LE NABAB

DÉSIRS

SECRET DE FAMILLE

Du même auteur

Quand les Bretons peuplaient les mers, 1979, Fayard.

Les Contes du cheval bleu les jours de grand vent, 1980, Livre de Poche Jeunesse.

Le Nabab, 1982, Lattès.

Modern Style, 1984, Lattès.

Désirs, 1986, Lattès.

Secret de famille, 1989, Lattès.

Histoire de Lou, 1990, Régine Deforges.

La Guirlande de Julie, 1991, Robert Laffont.

Devi, Fayard, 1992.

Quai des Indes, 1993, Fayard.

Vive la mariée, 1993, Du May.

La Vallée des hommes perdus, 1994, DS.

IRÈNE FRAIN

LE NABAB
DÉSIRS
SECRET DE FAMILLE

LES ROMANESQUES

JCLattès

LE NABAB

Pour François

Tout en se remplissant, il demeure immuable,
L'océan où se perdent les eaux.
De même celui en qui se perdent les désirs
Obtient le repos
Non celui qui désire le désir.

BHAGAVAD-GÎTA

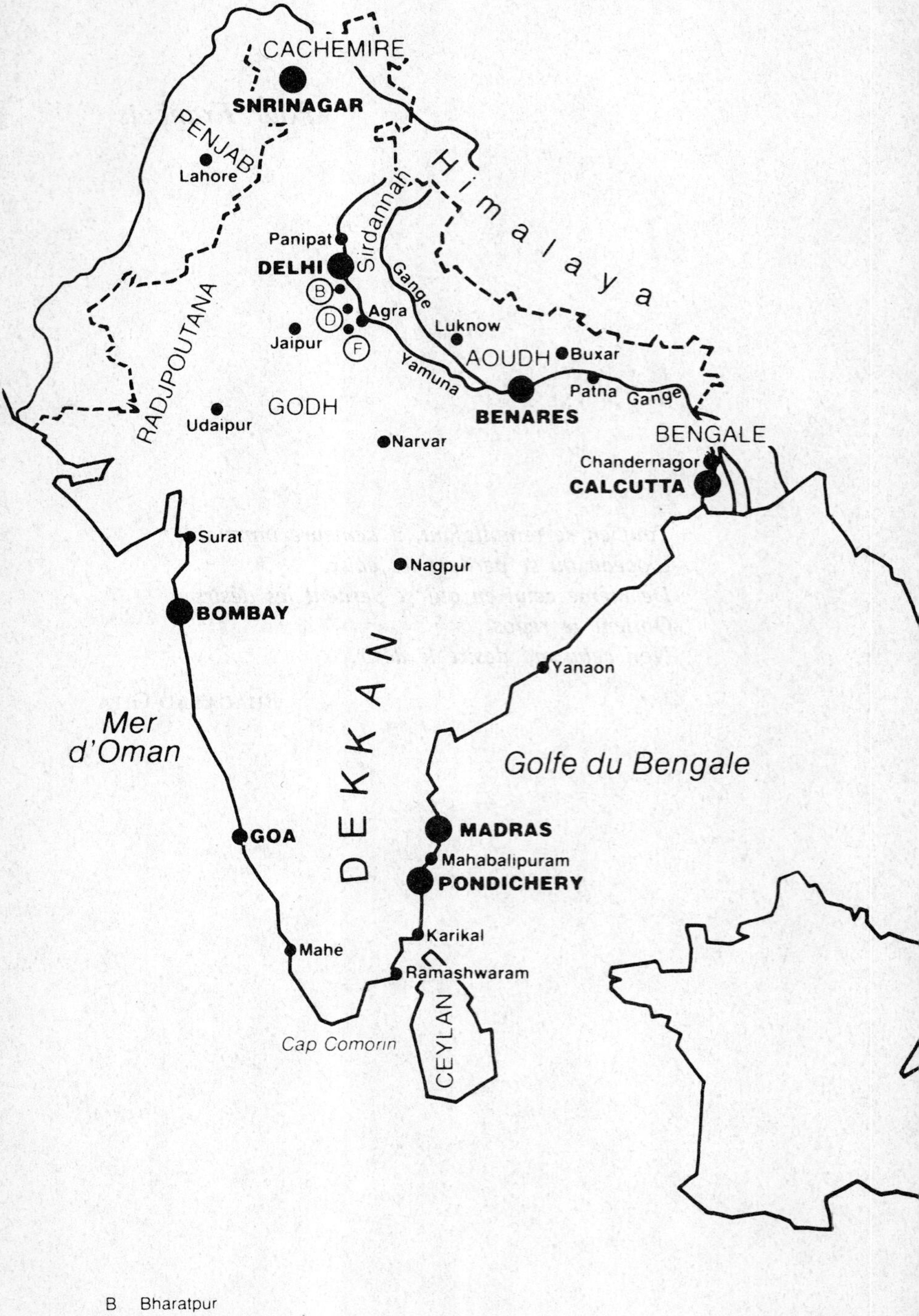

B Bharatpur
F Fatehpur Sikri
D Dig

Radjpontana = Radjasthan depuis 1947

Première partie

LE COMPTOIR DES PLAISIRS

LES PERSONNAGES

Madec, le héros
Sarasvati, la princesse, femme d'amour et femme de guerre.
Puis :
Marian, la gourgandine
Jeanne Carvalho, la banquière de Pondichéry
Sombre, le Seigneur de la Guerre, dit la Lune des Indes
Saint-Lubin, l'espion
Visage, le chirurgien barbier
Dieu, le canonnier
Martin-Lion, l'aventurier lyonnais
Ananda, le marchand de noix d'arec
Bhawani Singh, le prince
Mohan, son brahmane astrologue
Mohini, la confidente de la princesse
Gopal, son fils
Warren Hastings, le gouverneur anglais
Ram, son indicateur tendrement aimé
Sir Francis, son rival au Conseil du Bengale
Père Wendel, le jésuite ambigu
Chevalier, l'intrigant de Chandernagor
Marie-Anne Barbette, l'épouse de Madec, dite bégum Madec
Mumtaz, la favorite
Corentin, l'éléphant blanc.

Et :
Le Grand Moghol, Les Banquiers Mondiaux, Les Seigneurs de la Marchandise.

CHAPITRE I

Juin 1754

A bord du Duc de Bourgogne *en route vers Pondichéry*

Les navires un peu lourds qui gagnaient autrefois les mers orientales transportaient de temps à autre des jeunes filles fébriles et des garçons rêveurs. Tout les séparait ; il arrivait, le plus souvent, qu'ils ne se connussent jamais. Une seule parenté, secrète, jamais avouée, les unissait pourtant : c'était le nom des rives attendues depuis le départ d'Europe, et ils se les répétaient en silence pour se donner du courage, les après-midi de grand calme ou les soirs de tempête. Ce nom, c'était les Indes, et ils se croyaient en chemin vers des merveilles.

Ainsi donc, en ce mois de juin 1754, tandis que la chaleur aigrissait passagers et membres d'équipage, deux êtres au moins, à bord du *Duc de Bourgogne*, conservaient suffisamment d'espoir pour supporter cette promiscuité avec désinvolture : Marian de Chapuset avait dix-sept ans à peine. Séduite et abandonnée un an plus tôt, elle était passée en galanterie. Un embarquement providentiel l'avait soustraite aux poursuites et menaces d'un fermier général, qu'elle avait grugé d'assez belle manière. A l'escale de l'île de France, un officier entre deux âges s'était entiché d'elle ; il lui offrit ce qu'elle attendait : l'assurance d'un gîte à Pondichéry, chez une femme de sa connaissance, Jeanne Carvalho, dont la richesse, prétendait-il, dépassait celle des époux Dupleix qui, pourtant, régnaient sur la ville. Dans quelques semaines, les deux amants se retrouveraient chez elle, et ils iraient de fête en fête. A la vérité, Marian de Chapuset ne pensait plus guère à son vieux militaire. Tout ce qu'elle espérait des Indes, c'était des voluptés neuves, puisque, disait la rumeur, il n'était là-bas le moindre souffle d'air qui ne portât au plaisir ; et, ce qui n'était pas à négliger non plus, les tissus précieux, les parfums, les diamants même, s'y trouvaient à foison. Autant dire le paradis. Depuis deux jours maintenant qu'on avait doublé les Maldives, Marian s'épuisait les yeux à interroger l'horizon.

Cet après-midi, comme tous les autres, languissait. Le vent tombait. Marian connaissait peu de chose aux lois de la mer, mais elle devina, rien qu'au faseyement des voiles, que le navire allait s'encalminer et qu'il faudrait subir comme la veille, comme l'avant-veille, un effroyable tapage : voiles claquantes, grincements de poulies, tremblements sans fin dans la membrure du vaisseau. De surcroît, l'immobilité, alors qu'on était si près du but, créait chez les passagers une tension jamais atteinte ; les disputes naissaient tandis que le navire continuait à se balancer dans le vacarme, près de s'engloutir, semblait-il, dans les eaux brûlantes de la mer des Indes.

Marian détourna son ombrelle, jeta un œil du côté de la chambre du Conseil, puis sourit. A sa porte, elle reconnut une silhouette familière qui lui décrivait les signes qu'elle attendait. C'était Godeheu, haut fonctionnaire de la Compagnie des Indes, son nouvel amant. Une lourde mission l'attendait à Pondichéry. Il n'en parlait guère, et Marian s'en moquait. Quand il l'avait prévenue qu'il aurait fort à faire à son arrivée, elle lui avait répondu d'un simple rire, gracieux et futile, qu'il goûta fort : c'était à ses yeux le gage d'un véritable plaisir, puisqu'il serait sans lendemains. Ainsi donc, depuis une semaine, chaque fois que s'annonçait un calme, que l'ennui ou la querelle menaçaient le navire, que commençaient à monter les odeurs de viande rance et d'eau croupie dans les futailles, ils se retrouvaient pour oublier tout, jusqu'à leurs projets indiens, sur le matelas crasseux d'un lit de la marine.

Marian descendit l'échelle de coupée. Comme son amant l'avait prévu, la grand-chambre était déserte. Les autres étaient sur le pont, sans doute, à guetter la côte, ou dans la chambre du Conseil, à boire, à jouer aux cartes. Elle souleva la toile qui formait sa cabine, s'étendit sur son lit. Elle entendait déjà le pas lourd de Godeheu. Elle ferma les yeux. Elle ne l'aimait pas ; s'il possédait en amour un petit talent, c'était toujours avec brutalité. Il ne savait pas « parler », chuchoter les mots qui font que le plaisir grandit, y joindre les gestes raffinés qui distinguent le rustre de l'homme de qualité, ou le parvenu du grand séducteur. « Mais bientôt, se dit Marian pour la dix millième fois, bientôt je serai dans l'Inde. » Or il en va des hommes comme de la nourriture ; l'ordinaire des vaisseaux est médiocre ; qu'on vienne à débarquer, cependant... Voilà pourquoi, la rêverie aidant, elle ne sentit même pas que son amant l'enlaçait, et lui abandonna sa robe avec une docilité extrême.

Au même instant, à l'autre bout du vaisseau, un jeune pilotin de dix-huit ans, René-François Madec, natif de Quimper-Corentin, connu par tout l'équipage pour son extraordinaire incapacité à obéir – singulière infirmité lorsqu'on s'est enrôlé dans la marine –, reçut l'ordre d'aller nettoyer l'arrière du vaisseau, car le scorbut reprenait de la vigueur, la dysenterie récidivait ; il convenait donc de passer le navire à l'eau vinaigrée, tout spécialement la grand-chambre, qui abritait les officiers et gens de condition. Très curieusement – était-ce un effet de l'approche des Indes, ou de la chaleur qui s'abattait sur le *Duc de Bourgogne*, chaque fois qu'il s'encalminait – le pilotin Madec ne renâcla pas et prépara avec soin le mélange et l'éponge destinés à protéger des miasmes les bonnes gens de la grand-chambre. En effet, pourquoi aller encore au-devant des coups, puisque Pondichéry s'annonçait ? Une semaine à finir sur ce maudit bateau, et Madec quitterait la vie de marin. Il déserterait, c'était décidé. Comment, il ne le savait pas encore. Il lui fallait un peu d'argent, et, à terre, des gens pour le cacher. Pour l'instant, il n'avait ni l'un ni l'autre. Peu lui importait. Ce qu'il savait, c'est qu'il avait pris la mer en horreur, et qu'il lui fallait les Indes. Sans mesurer le moins du monde l'écart qui séparait la médiocrité de son état et l'immensité de ses rêves de gloire, il dégringola l'échelle qui menait à la grand-chambre et commença mollement à répandre l'eau vinaigrée. Il crut percevoir quelques remous dans une cabine. Il les attribua aux balancements qui agitaient le navire pendant les calmes et continua sa besogne. Après avoir nettoyé le plancher de la salle commune, il en vint aux cabines et souleva la toile de la première.

Ce qu'il y vit lui coupa le souffle ; un coffre était resté ouvert ; au beau milieu d'un amas de dentelles et de parchemins brillait ce qu'il espérait depuis si longtemps : deux pistolets à crosse d'argent. Il ne prit pas le temps de réfléchir et les fourra sous sa chemise. Il voulut se précipiter à la cale : en bas, derrière le capharnaüm de futailles et de toiles pourrissantes, il était sûr de tenir la meilleure des caches. Il se baissa sur son seau, quand il vit la silhouette d'un gros et grand homme repousser la toile de l'une des cabines et disparaître presque aussitôt par l'échelle de coupée. Puis, l'air un peu las, ce fut une jeune fille qui surgit du mur d'étoffe. Elle était jeune et paraissait bien née, tant il y avait de grâce dans ses gestes et d'élégance dans sa mise ; cependant, elle n'était pas belle : un peu maigre à son goût, et le cou très long. Elle tressaillit soudain, pressentant une présence. Elle se retourna, le vit sur-le-champ. Leurs regards se rencontrèrent. Madec la reconnut pour l'avoir croisée plusieurs fois au hasard des manœuvres. Elle se mordit les lèvres, prit une expression à demi coupable, puis le regarda droit dans les yeux, en rajustant son corsage de soie assorti à son regard vert. Il tenta de sourire. Elle n'avait pas bougé. Elle remettait en place, une à une, les mèches rousses de son chignon bousculé. Terrifié à l'idée qu'elle pourrait apercevoir sous sa chemise l'éclat des pistolets, Madec serra contre lui son seau de vinaigre et s'enfuit à toutes jambes dans la direction des cales. Avait-elle vu les armes ? Dix minutes plus tard, Madec avait résolu de n'y plus penser. Il réprima ses tremblements et courut au gaillard d'avant, au milieu de ses compagnons ; un conteur y entamait sa mille et unième histoire de sirène ou de trésor caché. Le vent revenait par petites bouffées, les voiles reprenaient leur respiration immense. C'était pour Madec un plaisir sans pareil : à chaque souffle qui les gonflait, il se rapprochait des Indes.

Marian épia longuement le couloir sombre où elle avait vu disparaître la silhouette du matelot. C'était la première fois qu'elle était prise de court, du moins sur le bateau ; à terre, par contre, depuis qu'elle avait quitté sa famille huguenote, elle avait eu son compte de lits défaits à la hâte, portes dérobées, fuites au petit matin. Un instant, elle faillit s'engager à son tour dans le corridor qui traversait le navire. Elle y renonça ; il faisait trop chaud. De plus, elle soupçonna qu'il menait à l'endroit infect où logeaient les marins, la « crapule matelotière », comme les appelait Godeheu. Gens sales, malodorants, toujours le juron à la bouche... Elle n'avait rien à chercher là-bas. Le *Duc de Bourgogne* se balançait moins. Les grincements faiblissaient. On avançait. Les Indes, si proches. Ses rêveries familières reprirent leur cours, et Marian retourna s'étendre sur son lit pour mieux les goûter jusqu'à l'heure du dîner.

Elle dut s'endormir. Lorsqu'elle revint aux choses de ce monde, une heure plus tard, lui sembla-t-il, son corps éprouva la rudesse d'un réveil en sursaut. Des cris, des vociférations, des injures l'arrachaient au bien-être de sa somnolence. Parmi les hurlements, elle reconnut avec surprise la voix de Godeheu. Cela venait de la dunette. « Divertissement d'un nouveau genre, se dit-elle. Il faut y courir. » Elle remit en ordre les plis de sa robe, vérifia l'équilibre de son chignon, puis gagna le pont. Elle n'avait pas atteint le sommet de l'échelle qu'elle reconnut Godeheu et le capitaine en second. Elle s'arrêta pour mieux observer. Son amant faisait face au capitaine du Quesnoy, un vieil homme un peu usé, qui cependant ne mâchait pas ses mots :

– Jean-foutre, hurlait-il à la face du second. Vous n'êtes qu'un jean-foutre, un faquin, La Bouchardière, un bâtard du cotillon ! Vous n'avez pas le droit de frapper un matelot comme vous le faites. Les ordonnances royales défendent qu'on use de la canne contre les marins ! Voici quinze jours, je vous l'ai encore rappelé ! Et il désigna un jeune homme accroupi sur le pont, tout en guenilles, et qui essuyait le sang qui lui coulait de la tempe.

La Bouchardière prit un air goguenard :

– Mais c'est Madec, capitaine, c'est Madec !

– Madec, grommela l'autre, apparemment désarçonné.

– Oui, intervint Godeheu, d'un air faussement désinvolte. Il m'a volé mes pistolets !

– Pistolets, pistolets, bougonna du Quesnoy, qui ne comprenait pas. Donnez-moi votre canne, La Bouchardière, je vous interdis de frapper les hommes.

Avec un geste qui confondait l'autorité et le théâtre, bien dans la manière des officiers français, il arracha la canne pour la jeter à la mer. A cet instant, Godeheu se planta devant lui, gonflé de l'importance qui convenait au codirecteur de la Compagnie des Indes :

– *Mes* pistolets, capitaine, entendez-vous ?

L'autre pâlit, reposa la canne, se tourna vers son second :

– Eh bien, faites donc fouiller le gaillard d'avant !

La Bouchardière s'exécuta.

— Laissez-moi prendre la défense de votre second, poursuivit Godeheu.

Il désigna Madec :

— Cette vermine s'obstine à nous taire l'endroit où il a caché les armes. La Bouchardière n'a pu se contenir. Il l'a frappé, en effet. Ce matelot est une bête venimeuse.

— Êtes-vous sûr qu'il soit coupable ? N'auriez-vous pas égaré vos pistolets ?

— Du Quesnoy ! Vous commandez ce navire, certes : mais n'oubliez pas qu'un homme tel que moi doit aussi tenir le compte de tous ses actes. Diriger la Compagnie n'est pas une mince affaire...

— Certes, certes...

— Ce matin, j'avais mes pistolets, vous le savez, puisque je vous ai demandé la permission de tirer quelques oiseaux. Vous vous en souvenez bien, près de cette île que nous croisions ? Puis je les ai déposés dans mon coffre. Je suis descendu tout à l'heure chercher ma dernière pinte de bordeaux, que je gardais pour la fin du voyage, et j'ai vu alors que mes pistolets n'étaient plus là.

— Votre coffre était fermé ?

— Je fais confiance aux passagers, monsieur du Quesnoy. Lequel des officiers s'aviserait de voler mes armes ? Du reste, Mlle de Chapuset passe dans la grand-chambre le plus clair de ses journées...

Il s'arrêta un instant, eut un petit rire :

— Nous sommes entre gens de marine. En tout cas, La Bouchardière affirme que c'est ce Madec qu'on a chargé de passer la grand-chambre au vinaigre. Il a vu mon coffre ouvert, il m'a volé.

Le capitaine s'épongea le front. A l'évidence, il était mal à l'aise ; il aurait bien voulu enlever sa perruque. Il soupira. Il était las de commander. Au prochain voyage, il prendrait sa retraite. Il observa un moment Madec, qui demeurait accroupi, les mains repliées sur sa tête, et se taisait. Quel âge pouvait-il avoir ? Dix-sept, dix-huit ans, bien fait de sa personne, et déjà une belle canaille. Depuis le départ de Lorient il était de toutes les bagarres. C'était lui qui, en pleine cérémonie du passage de la Ligne, avait réglé ses petites vengeances à la faveur de son déguisement, un diable cornu et fourchu. Ainsi, il avait plongé un officier dans un baquet d'eau de mer, d'où il ne le laissa ressortir qu'à demi étouffé. La Ligne est trêve sainte : on n'avait pu le punir. Par contre, à l'escale de l'île de France, quand il était rentré ivre mort, on l'avait fessé devant tout l'équipage. Une insolence rare : il avait continué à jurer sous les coups. Qu'en faire, maintenant ? Le battre encore ? Il se prit à souhaiter qu'on ne retrouvât pas les pistolets. A ses côtés, Godeheu écumait ; il considéra Madec, puis, retenant un coup de pied, lança au commandant :

— Il faut y mettre bon ordre, du Quesnoy ! Voilà pourquoi nos navires marchent mal, et que les Anglais nous battent au commerce ! La plus extrême discipline doit régner sur les vaisseaux de la Compagnie. Faute de quoi vous les verrez tous, ces misérables, se mettre à mener vie de chanoine, mangeant, buvant, dormant tout le jour, et jurant plus de diables qu'il n'est de pommes en Normandie ! Ce sont des bigots stupides et ivrognes, qui ne savent que réciter leurs superstitions imbéciles, sorcières, sirènes, Satan, loup-garou, et ils les mélangent à longueur de nuit en fricassée et en salade... Il s'interrompit. La Bouchardière était de retour.

— Nous avons fouillé tout le gaillard d'avant, annonça le second. Rien nulle part, ni dans les coffres, ni dans les hamacs.

Jusqu'à cet instant, Marian était restée légèrement en retrait, si bien que personne ne l'avait aperçue. Elle n'osait avancer, de peur que son amant la vît. Il l'aurait écartée sur-le-champ. Or elle voulait voir. En restant perchée sur l'échelle de coupée, elle pouvait observer tout à son aise, sans crainte d'être découverte. La scène était charmante, piquante même, puisqu'elle s'accroissait du spectacle de la souffrance. Ce marin humilié était beau. Une musculature saillante mais fine, des cuisses et des épaules superbes, des bras faits pour l'amour. Et surtout son expression, à la fois rêveuse et fermée, maintenant qu'il levait les yeux sur le capitaine en second. Des trains fins, un regard clair : trop de grâce pour un marin. Son visage, cependant, se creusait déjà des marques de la peine ; on devinait au creux de sa boucle un pli, dur, qui s'accentuait sous sa crispation grandissante. Une tension violente semblait le traverser, comme si tout son être se ramassait pour un effort. Son regard noircissait : honte, colère, vengeance préméditée, tout ensemble peut-être. C'était exquis. L'envie de s'approcher commença à dévorer Marian

— Où sont les pistolets de M. Godeheu ? tenta une dernière fois le commandant.

Madec ne répondit rien. Il se crispait de plus en plus.

— Sale canaille de matelot, cria alors Godeheu. Charogne, tu vas répondre, ou l'on va t'étriper comme cochon gras !

Marian esquissa un pas. Elle était maintenant sur la dunette. Les cris fusaient de toutes parts, les perruques s'agitaient, la sueur couvrait les visages ; Godeheu avait saisi Madec au collet, continuait de l'injurier, écrasait ses pieds nus de ses souliers, levait un bras. Il y eut alors un moment bizarre : le bruit cessa d'un coup. On n'entendit plus sur le pont qu'un frisélis de mousselines, celles de la robe de Marian, un tourbillon vert et vaporeux qui s'avançait doucement. Tous les regards convergèrent sur elle. Elle ouvrit son ombrelle, sourit ; Godeheu se précipita pour l'éloigner. Il ne fit pas trois pas. Tout se passa très vite, et personne ne comprit comment le codirecteur de la Compagnie des Indes se retrouva allongé sur la dunette, à demi assommé et la bouche en sang. Debout devant lui, le poing encore levé, Madec lui-même semblait stupéfait. Il tremblait de partout. Deux officiers le saisirent. Il se laissa faire. Toute son énergie s'était dissipée. D'un seul coup, le vent forcit. La jeune femme frémit, claqua son ombrelle et s'en retourna à la grand-chambre sans un seul regard.

Contrairement aux coutumes en vigueur sur le *Duc de Bourgogne*, on dîna bien après le coucher du soleil. Marian avait faim ; cependant, elle ne se plaignit pas. Elle connaissait la raison du retard : il avait fallu punir le beau matelot rétif ; du Quesnoy et Godeheu avaient tenu à surveiller l'exécution du supplice, et toute l'affaire avait pris du temps.

La table était servie dans la chambre du Conseil. Chandeliers et fanaux brillaient, ce qui donnait à la pièce moins d'austérité qu'en plein jour ; elle en paraissait plus intime, plus étrange aussi. Tandis qu'elle achevait le demi-chapon qu'on lui avait servi, Marian regarda Godeheu à la dérobée. Son visage massif s'était empourpré ; il avait bu, beaucoup plus qu'à l'ordinaire, sans doute pour oublier l'incident de l'après-midi ; du reste, il semblait y être parvenu. Il mâchait sans trop de peine, son œil s'était allumé, et même, lui qui d'habitude glaçait toute la table par ses manières de pisse-froid, il riait de temps à autre aux plaisanteries des officiers. Marian reconnut là les effets du vin. Elle sentit que Godeheu, si discret sur ses projets en Inde, allait parler. Pour la deuxième fois de la journée, et peut-être de la traversée, car dès Lorient elle s'était ennuyée ferme, sa curiosité fut piquée au vif. Un matelot enleva les plats, distribua de l'arak en guise de dessert.

— Quand vous repartirez de Pondichéry, capitaine, veillez bien à laisser aux fers ce petit voleur !

Du Quesnoy s'étonna de la remarque de Godeheu :

— Mais, monsieur, on n'a pas encore retrouvé vos armes ! Pour l'instant, je le laisse à fond de cale jusqu'au port. Il sera consigné à bord quinze jours. D'ici là...

— D'ici là j'aurai d'autres soucis en tête que mes pistolets, vous le savez bien, du Quesnoy. Je vous trouve bien indulgent. Vous devriez laisser croupir cette vermine avec les rats jusqu'à votre retour à Lorient.

— Il en mourrait. Il est bonne santé, ce n'est pas si commun sur les navires. Et vous savez quel mal on a pour recruter des marins.

Godeheu reprit de l'arak. Du Quesnoy voulut en finir avec cette conversation subalterne. Il se pencha vers Marian :

— Par bonheur, nous serons dans l'Inde d'ici peu. Et il nous faudra vous quitter, mademoiselle de Chapuset.

— Hélas oui ! monsieur du Quesnoy.

— Vous nous avez fait bien des mystères. A ce jour, nous ne savons même pas ce que vous venez faire dans l'Inde ?

L'alcool déliait les langues. Ainsi, songea Marian, il fallait répondre à la question qui brûlait tous les officiers depuis six mois qu'on avait quitté Lorient. Ses longues siestes dans la grand-chambre, ses airs distants et rêveurs avaient, la plupart du temps, découragé l'inquisition. Quant à Godeheu, préoccupé par d'autres soucis, il avait négligé de s'enquérir de son destin. En ce moment, d'ailleurs, il n'écoutait guère.

— J'ai... une parente à Pondichéry, Mme Carvalho. Elle a promis de me trouver un bon parti dans la ville. J'en doute un peu, mais je suis orpheline, mon frère m'a contrainte à partir.

Du Quesnoy s'étonna :

— A l'escale du Cap, vous m'avez dit que vous rejoigniez votre père. Et n'est-ce pas aussi ce que prétendit votre frère, quand je lui accordai votre embarquement ?

Marian sourit encore :

— Il se fait tard, monsieur du Quesnoy, vous me confondez avec une autre.

— Les vaisseaux de la Compagnie n'abritent pas si souvent de belles passagères, madame. Je ne peux vous confondre.

— Une autre, dans un autre voyage, poursuivait Marian, l'air lointain, sans paraître l'entendre.

Du Quesnoy n'insista pas. Au bout de tant de voyages, il n'était plus très sûr de sa mémoire.

— Le climat des Indes est pénible, reprit-il. Il faudra vous en méfier. Ce pays-là ne convient pas à tout le monde.

— A qui donc convient-il ? trancha soudain Godeheu. A personne, sinon à ces cochons d'Anglais !

— Il serait pourtant glorieux que nous les y battions, observa du Quesnoy.

— Cette guerre doit prendre fin ! La France devrait s'installer là-bas, autrement que dans des comptoirs. Il y a tant de richesses à conquérir. Et c'est le pays des sages... Un peuple doux, industrieux, qui nous aime ; les hommes y vivent, dit-on, selon les lois de la nature !

Godeheu l'interrompit :

— Vous n'avez guère dépassé le quai de Pondichéry, commandant, et trop étudié nos philosophes. Nous n'avons rien à faire aux Indes, sinon acheter au meilleur prix diamants, épices et mousselines. Pour conquérir les Indes, il faudrait continuer la guerre. Qui la paierait, sinon la Compagnie ? Elle va déjà si mal ! De ce jour-là, le commerce serait condamné.

— Dupleix fait la guerre.

— Dupleix est un fou.

Du Quesnoy sursauta :

— On le dit pourtant de vos amis... N'avez-vous point passé aux Indes des années entières ?

Godeheu prit une expression embarrassée :

— Oui, j'ai vécu des années là-bas. Je sais de quoi je parle, quand je parle de l'Inde. A Pondichéry, à Chandernagor, j'en ai passé des heures sur les marchés, chez les banquiers, dans les arrière-boutiques et, parfois, sur les chemins. Yanaon, Karikal, Mahé, cinq comptoirs en tout : cela nous suffit bien, croyez-moi, pour rapporter en France assez de poudre pour le nez des dames !

— Dupleix..., marmonnait du Quesnoy. Mais n'a-t-on pas dit que l'empereur des Indes voulait sa fille pour bru ?

— C'est possible. Une folie de plus. Les temps changent, du Quesnoy, et nous en savons désormais assez sur ce pays. Ce n'est pas le paradis que vous imaginez. Sitôt passé Pondichéry, c'est la jungle. Et des sauvages.

Marian, pour une fois, prit la parole :

— Mais comment donc les soieries et les épices pourraient-ils être fabriqués par un peuple aussi grossier ?

— Il n'est pas seulement grossier, madame ! Ces hommes sont des monstres !

Marian parut effrayée, ce qui réjouit Godeheu.

— Ils mutilent leurs enfants pour les faire mendier, poursuivit-il, ils brûlent les veuves sur le bûcher de leur mari, ils vendent à des hommes riches la virginité de leurs filles ! Et ils sont idolâtres, de surcroît ! Quand ils n'adorent pas Mahomet, ils vénèrent des dieux à tête d'éléphant ou de sanglier, des serpents, des vaches, que sais-je... On ne compte plus le nombre de leurs divinités. Sans oublier leur lubricité ! C'est pis que Rome aux temps de la décadence !

Marian l'écoutait, extrêmement déçue. Elle n'avait que fort peu parlé pendant le temps du voyage, voulant garder pour elle ses imaginations secrètes ; elle ne doutait pas que la réalité les confirmât. Quand son compagnon d'antan, un assez beau filou, à qui elle avait remis les bijoux volés à son fermier général, lui avait proposé un embarquement pour les Indes afin de lui éviter la prison, ou même la déportation car elle n'allait pas tarder à être découverte, Marian n'avait pas reculé devant l'aventure. A ce moment-là d'ailleurs, on pouvait lui proposer les Isles comme le Monomotapa, elle s'en moquait bien. Et puis, au fil du voyage, elle s'était mise à rêver des Indes, ou du moins de ce qu'on en décrivait en Europe : palais fleuris, esclaves nus et poudrés comme des laquais, danses et parfums, les *Indes galantes*, en somme, et voilà que Godeheu lui contait des horreurs.

Il avait beaucoup bu ; on ne l'arrêtait pas :

— Là-bas, pas de batailles rangées, pas de déclarations de guerre, pas de soldats, comme chez nous, bien alignés derrière un drapeau. Mais des assassinats, des trahisons, des danseuses espionnes qui viennent séduire l'ennemi et le transpercent d'un poignard dans le moment même de l'extase amoureuse... Des hordes de miséreux qui se jettent contre d'autres miséreux, les adorateurs de Mahomet contre ceux de la vache et du singe, les nababs contre les rajahs. Jamais de paix, toujours l'intrigue, jusqu'au plus profond de leurs harems. Toujours un feu caché qui couve, qui brûle intérieurement, et qui mine les Indes. Ce sera bientôt une conflagration générale !

Son exaltation retomba soudain. Il se tourna vers du Quesnoy et lui chuchota, comme s'il s'agissait d'une confidence :

— Croyez-moi, Dupleix se trompe. Les Indes ne nous sont bonnes qu'à faire du commerce. Il faudra arrêter sa guerre de conquête.

Marian voyait déjà se dissoudre ses espoirs de bonheur. Elle posa sa main sur la manchette de Godeheu, qui sursauta, gêné de cette marque publique d'intimité.

– Et Pondichéry, monsieur Godeheu, Pondichéry connaîtra-t-il la conflagration ?

– Mais non, madame, mais non ! Pondichéry, c'est l'Inde française. Le calme, la prospérité assurées. A condition de n'en point sortir, évidemment. Mais vous avez bien dit que votre parente était Jeanne Carvalho ?

Il avait donc suivi la conversation depuis le début.

– C'est cela même.

– Vous avez de la chance. C'est la plus riche et la plus habile femme de la place, tous les gens de la Compagnie le savent. Et quelles fêtes ne donne-t-on pas chez elle ! La société de la ville est charmante, vous trouverez vite un parti à votre goût.

Du Quesnoy approuva :

– Oui, cette femme est très riche. Sans être bien introduit dans Pondichéry, on connaît son nom de Lorient à l'île de France. Elle s'y connaît très bien en affaires, dit-on. Je comprends maintenant votre discrétion, mademoiselle de Chapuset.

Marian reprenait espoir. Godeheu avala un dernier verre d'arak et acheva son petit discours :

– Les Indes... Les femmes des Indes ! Elles ont le teint fort noir, la narine percée de bijoux, mais ce sont des merveilles, les uniques merveilles de ce pays brûlant. Des princesses. Et comme elles s'entendent en amour ! Elles nous en donnent à tous l'irrésistible contagion. J'ai longtemps habité Chandernagor, dans la résidence de campagne de Dupleix. Vous me prendrez peut-être pour un extravagant ; cependant, je dois vous avouer que certains jours on y goûtait des voluptés si fortes que je croyais respirer, avec l'odeur des fleurs, le parfum du plaisir.

– Chandernagor, répéta Marian. Chandernagor...

Godeheu se leva :

– Ne rêvez pas, madame. Le nom est beau, mais le lieu ne vaut rien. Trop éloigné pour le commerce, trop proche de Calcutta, où sont les Anglais. Du reste, Pondichéry nous suffit bien.

Il titubait. Elle passa devant lui sans le saluer.

– Chandernagor, murmura-t-elle encore, tandis qu'elle sortait sur la dunette.

Le ciel était clair. Le vent portait bien. Elle se promit ce soir-là de connaître elle aussi le parfum indien du plaisir, qu'il fût de Pondichéry ou de Chandernagor ; ou même, n'en déplût au sieur Godeheu, chez les plus barbares des rajahs.

⁂

Le chirurgien du bord n'avait pas assisté au dîner ; au bout d'une demi-heure de raisonnements, il avait persuadé le capitaine de ne pas jeter sur-le-champ le supplicié à fond de cale. « Je voudrais le veiller un moment, capitaine, il est toujours sans connaissance. » Pressé d'en finir, du Quesnoy s'était laissé convaincre : « Pour le moins, faites vite ! », et il était parti en bougonnant.

— Alors ? questionna un gros matelot roux qui se trouvait aux côtés du médecin.

L'autre ne répondit pas, se pencha sur les planches du gaillard d'avant, où Madec était étendu. Il écarta ses cheveux bruns, examina la blessure provoquée par le coup de canne. Ce n'était rien. Mais son patient respirait toujours aussi mal.

Le chirurgien Visage soupira :

— Mon pauvre Dieu..., il faut attendre.

— Attendre, répéta Dieu, puis il se remit à son loisir des soirs où il n'était pas de quart : il taillait des figurines. Il était très habile de ses mains. Dans les essences exotiques qu'il collectionnait aux escales, on le voyait toujours sculpter des images de saints ; d'où son surnom. D'ailleurs il était plutôt bigot, toujours ponctuel à confesse et communion. Il est vrai qu'il était canonnier ; il vivait près des mortiers et des mousquets, avec la poudre, l'acier des canons, la mèche des boutefeux. A vingt-deux ans, il avait déjà vu plusieurs fois des corps cassés en deux par un seul boulet, le pont ruisselant de sang, les éclats de bois qui volent partout et se fichent dans les chairs ouvertes. Scorbut, noyade, incendie, la mort multiforme des navires lui était familière ; Dieu s'était pourtant résigné à l'horreur. Il ne voyait pas pour lui d'autre destin, d'autre « planète », comme il disait en breton. Ses seules joies, il les trouvait dans l'amitié. S'il ne parlait guère, comme la plupart des gens de mer, il tâchait pourtant de se trouver toujours aux côtés des deux compagnons qu'il s'était faits sur le *Duc de Bourgogne* et dont il était certain qu'il aurait donné sa vie pour eux : le chirurgien Visage, qui l'avait guéri d'une brûlure réputée incurable, et le *petit Madec*, comme il l'appelait : Dieu était de quatre ans son aîné ; une sorte d'affection fraternelle le portait vers lui. Mais il y avait sans doute davantage : les frasques du petit lui avaient plu ; à travers elles, il découvrait un sentiment neuf, une colère possible contre la mer et ses misères, qu'il n'avait, pour sa part, jamais laissé sourdre. Cette fois, cependant, il n'approuvait plus son compagnon de peine. Voler des pistolets ! Mais pourquoi diable ? Car il était sûr que Madec était coupable, il l'avait deviné rien qu'à son œil un peu farouche quand on l'avait attaché aux vergues pour le lâcher dans l'océan, une fois, deux fois, trois fois, avant de le ramener ici, évanoui, livide, à demi noyé. Dieu laissa retomber son couteau. Visage se penchait à nouveau sur Madec, écartait sa chemise crasseuse, à demi pourrissante d'humidité.

— Il reprend souffle, on dirait.

En se relevant, le chirurgien surprit l'œil inquiet du canonnier.

— Tu connais Madec... Il s'en tirera.

Dieu reprit sa sculpture sans mot dire. Il se refermait sur sa peur. Visage voulut le rassurer davantage :

— Sitôt débarqué à Pondichéry, il se remettra à courir les filles de l'Inde, comme nous tous !

— Les filles de l'Inde ! éclata Dieu. Tu sais comme moi que c'est l'Inde qu'il veut, pas les filles ! Et pourtant, la marine, on s'en sort jamais, sinon les pieds devant ; il le comprendra, lui aussi, Madec !

— Ce n'est pas sûr, murmura Visage, et il se pencha encore une fois sur la poitrine de Madec, car elle venait de tressaillir.

Il connaissait bien son homme. Depuis qu'il voyageait sur les vaisseaux de la Compagnie, neuf ans maintenant, et il en était à son cinquième voyage, il avait rarement rencontré un marin si fougueux. Visage avait vingt-cinq ans ; sept années seulement le séparaient de Madec, mais il le considérait comme un fils : il l'avait connu mousse, alors que lui-même commençait l'apprentissage de la médecine de bord. Un jour de septembre dans le port de Lorient, il l'avait vu embarquer pour Pondichéry, jeune garçon encore, treize ans, quatorze ans peut-être, tout émoustillé à l'idée du départ. Cet enthousiasme fut sans lendemains. Coups, brimades, privations, Madec connut l'ordinaire des petits marins. Un jour de désarroi, il se confia à Visage : séduit par les boniments des racoleurs de matelots, il avait quitté sans crier gare la maison paternelle. Visage le rassura : si son père était bien l'homme qu'il avait décrit, ce maçon qui était allé autrefois au collège et donnait des leçons de lecture aux pauvres de Quimper, il ne lui tiendrait pas rancune de sa fugue. Ce serait le retour de l'enfant prodigue. Madec reprit espoir. On fit escale à Pondichéry. Tout d'un coup, Madec s'éclaira. La joie l'illumina quelques jours. Puis il redevint taciturne, violent. Il ne parla guère jusqu'à Lorient. Aussitôt débarqué, il prit la route de Quimper. Visage pensa ne jamais le revoir. Il se trompait. Malgré le bon accueil reçu dans sa famille, Madec ne supporta plus d'y vivre. La terre bretonne, irrémédiablement, lui devint trop étroite. Pour se distraire, il apprit à monter les chevaux d'un hobereau des environs. Puis, ne comprenant pas qu'un demi-gueux ne pût aussi posséder un animal, il vola un pur-sang. Le lendemain, il vint le rendre, mais la prison menaçait. Il reprit la route de Lorient, le chemin de la mer, un nouvel embarquement.

Était-ce vraiment un hasard, on l'embarqua pour les Indes. Ainsi donc, Visage l'avait retrouvé sur le *Duc de Bourgogne*. Il s'étonna :

— Tu veux toujours être marin ?

— Ce n'est pas la mer que je cherche, répondit sèchement Madec. Pas la mer !

Le reste de la traversée, il ne fut guère plus explicite ; il se referma dans le silence. Le temps que lui laissaient les tâches du bateau, et lorsqu'il n'était pas puni, il le passait à écouter les conteurs, se berçant d'histoires de trésors cachés, de femmes poissons et de princesses lointaines. L'œil triste, l'air taciturne, il demeurait des heures immobile, suspendu aux lèvres du faiseur de merveilles, dans l'attente, semblait-il, d'un *ailleurs*, qu'il était seul à voir.

Tandis qu'il guettait les signes d'un mieux, Visage se disait que ce garçon-là tranchait sur le commun. Madec n'était pas un marin. Visage avait observé assez d'hommes à bord des navires comme son métier les lui présentait, c'est-à-dire tels qu'en eux-mêmes, comme ils se montrent dans la maladie, ou aux approches de la mort ; et il se demandait à présent si Madec ne vivait pas sur un autre mode que ses compagnons : plus intense, plus chimérique aussi. Et c'était cela, bien qu'il fût l'aîné, qui le fascinait chez ce presque gamin : un mélange de force, de gourmandise, d'avidité, et surtout ce silence tendu qu'on devinait peuplé de visions folles et de créatures échevelées. Visage sursauta encore ; Madec gémissait faiblement, à intervalles irréguliers. Il n'avait toujours pas repris connaissance ; d'ici peu le capitaine aurait fini de dîner, et il reviendrait pour veiller à ce qu'on le descendît aux fers.

– Dieu ! il faudrait encore de l'arak !

Dieu laissa tomber son couteau et son morceau de bois, rentra pour aller à son coffre.

Il revint aussitôt, porteur d'une fiasque pâle :

– Tiens, barbier, dit-il en la tendant à Visage.

Le chirurgien écarta les lèvres de Madec, qui grimaça, puis suffoqua.

– Allons, mon brave Dieu, cette fois-ci, je crois bien qu'il nous revient.

Madec secoua longuement la tête ; une chaleur diffuse l'envahissait, qui chassait le goût du sel. Peu à peu, elle reflua. Il ne sentait presque plus rien, à part une sorte de grand vide en lui. Complètement engourdi, il tenta de reconstituer la réalité, d'identifier les silhouettes qui s'agitaient, mais il n'y parvint pas. Au dernier moment, il lui sembla que sa conscience s'éparpillait, et il retomba dans une somnolence où demeurait une seule certitude : il était encore vivant. Des souvenirs désordonnés traversèrent sa léthargie : le tourbillon vert de la robe féminine, les insultes d'un homme très rougeaud, puis le supplice de la cale, les cordes des vergues lui déchirant les avant-bras, la grande gerbe d'écume, quand le maître voilier l'avait laissé tomber à la mer du haut de son câble. Des bribes d'images se succédèrent dans son esprit, toujours dans le même ordre, répétitif et chaotique, puis elles se bousculèrent comme dans un cauchemar. Il voulut reprendre son souffle. Ainsi que tout à l'heure, il suffoqua. Il avait la gorge sèche ; du geste qui lui était familier quand il se réveillait dans la moiteur étouffante du bateau, il se passa la langue sur les lèvres. Le goût du sel le picota. Alors le cauchemar le reprit. A nouveau, l'horreur de la mer se referma sur lui. Il crut mourir. Souffler, respirer, chasser l'atroce oppression, l'étranglement de l'eau salée. Il recommença à haleter, et la conscience lui revint par petites saccades.

– Madec..., murmurait quelqu'un.

Cette fois, il avait retrouvé ses esprits. Il distingua la fiasque d'arak.

– Donne !

Visage lui versa l'alcool. Il avait encore du mal à respirer. Il cracha la première rasade, puis but encore.

– Ne bois pas trop, intervint Visage.

Il ne l'écouta pas. La vie le reprenait. Il avalait le liquide à grandes lampées, ne sachant pas encore pourquoi il désirait si fort la châleur sucrée de l'alcool. Puis, brusquement, il se souvint. Les pistolets. L'homme qu'il avait frappé devant cette passagère. Et puis la cale, l'humiliation. Il faudrait se venger.

Dieu s'était approché, qui le regardait avec une sorte de tendresse contenue.

– Je me vengerai, dit simplement Madec. Je le tuerai. Et je me tuerai après.

Dieu et Visage n'eurent pas le temps de répondre. Deux officiers arrivaient pour le traîner aux fers, où il devait rester jusqu'à Pondichéry.

Cette première nuit à fond de cale, alors qu'il était épuisé, Madec la passa sans dormir, dans une excitation qu'il n'avait jamais connue. C'était l'idée de la vengeance. Il avait résolu de prendre la vie de l'homme, quel qu'il fût, qui l'avait humilié, et ce par le feu de ses propres pistolets. Car ils étaient là, tout près, les pistolets, là où personne n'irait les chercher, derrière un amas de fûts pourris. Madec était certain de retrouver son ennemi. Pondichéry n'était pas si grand. Malgré les quinze jours qu'il devrait passer à bord après l'arrivée, il n'aurait aucun mal à le repérer plus tard. A cause de la femme. Il la voyait encore, avec son air insolent et sa robe verte. Ils étaient ensemble, c'était clair. S'il ne trouvait pas l'homme, il dénicherait la fille, et l'autre, il finirait bien par le découvrir, comme aujourd'hui, au sortir de son lit. Aux multiples cris qui lui parvenaient d'en haut, Madec sentit que la nuit finissait. Le vaisseau avançait plus vite que les jours précédents. Le vent, semblait-il, portait bien, car il entendait contre la coque un clapotis du meilleur augure.

Les Indes, le vent des Indes. Il s'étonna que ses projets de vengeance l'eussent toute une nuit détourné de son rêve. Et pourtant, avec pareil vent, le navire n'allait pas tarder à aborder. Un instant, Madec faillit renoncer à ses représailles. Il n'avait pas pris la mer pour verser le sang d'un misérable bourgeois enrichi – faute d'en savoir plus, c'était ainsi en effet qu'il voyait son agresseur – et risquer de passer le reste de ses jours au fond d'une geôle du comptoir français. Celui-ci, à la vérité, ne l'intéressait pas. Il ne désirait que ce qu'il cachait. Et ce qu'il cachait, c'était l'Inde, la vraie, celle que personne, ou presque, parmi les Français, n'avait encore pénétrée. Il n'en avait aperçu qu'une image. Elle lui suffisait pourtant. Ses souvenirs étaient d'une extrême précision. Ils remontaient à deux ans plus tôt. C'était un jour de gloire. On fêtait un homme qu'on appelait Nabab, Héros d'entre les Héros, Invincible Guerrier. Juchés sur deux cents éléphants, des princes indiens en procession vinrent lui prêter serment d'allégeance « sur la puissance sacrée du riz et du safran » ; ils portaient tous vêtements lamés, turbans à aigrette, diamants à chaque doigt. C'étaient pourtant des vaincus. Doublement vaincus : ils venaient d'abandonner leurs anciens maîtres, les Anglais. Car l'homme blanc, à qui maintenant ils présentaient robe de soie et collier de perles, et qui trônait pour les attendre sur un palanquin incrusté d'ivoire, était un Français : Dupleix, celui-là même qu'avait connu le père de Madec, les quelques années qu'il avait passées au collège.

Du haut du mât de son vaisseau, Madec vit tout de la cérémonie. Ce furent trois jours de gloire, trois jours et trois nuits d'un faste inouï. On distribua l'arak à pleins tonneaux, on tira des feux d'artifice, on chanta la gloire du nabab Dupleix. « Vous verrez que bientôt il nous prendra Golconde, criaient les gens de Pondichéry, oui, vous dis-je, Golconde et ses diamants ! Il en forcera la triple muraille, il en soumettra le prince, il fera plier jusqu'au Moghol ! »

Le bateau de Madec appareilla le dernier jour. Sitôt entrevu, le pays des merveilles s'évanouit. Madec se jura d'y revenir, quoi qu'il en pût lui coûter. Voilà pourquoi il se retrouvait maintenant à fond de cale, brisé de coups, les chevilles immobilisées par les fers : pour chercher la source de toute cette gloire et, peut-être, en prendre sa part. Un quart d'heure durant, Madec se maudit : selon la règle d'honneur qu'il s'était donnée, il lui était impossible d'aller chercher fortune sans s'être vengé ; c'était enfantin, mais c'était ainsi. Or sa colère avait peut-être compromis à jamais ses retrouvailles avec les Indes.

De rage, il se mit à cogner contre la coque du navire. A présent, le *Duc de Bourgogne* devait croiser les premières côtes indiennes qu'il avait vues disparaître deux ans plus tôt avec un tel désarroi. Car, au-delà de leurs longues plages, et derrière les jungles qui les bordaient, se cachait, il en était sûr, tout un monde qui l'attendait.

CHAPITRE II

Juin 1754

Godh, pleine lune du mois de Jyestha Année 4855 de l'ère de Kaliyuga

Encore une fois, Sarasvati maudit la chaleur. Elle ne cessait de se retourner sur son charpoï au sommier tressé, et elle craignit que Mohini ne se réveillât à son tour. Car, après elle, ce seraient Lakhsmi et Malika, puis toutes les servantes : des bavardages interminables, des questions à n'en plus finir. Il faudrait bien répondre, la chaleur s'appesantirait, et l'aube arriverait sans qu'elle eût dormi. Sans qu'elle eût goûté, surtout, un moment de solitude. Pour cette nuit, malgré sa peine, elle ne voulait rien d'autre. Et qu'il était difficile de demeurer seule au cœur du zenana, où toujours l'observaient les femmes, guettant à ses paupières la plus petite ride d'insomnie, à sa bouche le premier sourire éteint, pour deviner où elle en était de ses amours avec Bhawani, si ses nuits étaient pleines ou tristres, si son étoile pâlissait.

Sarasvati s'assit sans bruit au bord du charpoï. Elle rajusta son boléro, ramena derrière ses épaules sa lourde natte. D'un geste machinal, elle en caressa l'extrémité. « Mes cheveux se dessèchent, pensa-t-elle, il faudra que je demande à Mohini de les enduire d'huile de santal. » L'amour et la beauté : c'étaient là ses deux seuls soucis ; et d'ailleurs, qu'eût été l'un sans l'autre ? Elle souleva la gaze bleue de sa jupe et se dirigea vers les ouvertures ajourées du zenana. Les charpoï étaient disposés en désordre ; il fallait être très agile pour les éviter. Elle se guidait aux rayons de lune. D'ici deux jours, l'astre serait plein. Bhawani serait-il rentré pour la contempler avec elle ? Sarasvati aimait la lune, car la lune et l'amour ne se séparaient pas : tous les mois, ce rituel magique et brillant de l'astre reliait les amants au ciel, aux étoiles, à la nature entière. A l'ordre du monde.

L'ordre du monde, *dharma : c'est le devoir, et c'est ainsi*. Était-il aussi fatal que Bhawani s'éloignât d'elle et que s'approchât la menace du malheur ? Pourquoi ne pouvait-elle connaître la douceur du sommeil ?

Ce n'était pas, en tout cas, parce qu'elle ne partageait pas le lit du rajah. Ils ne dormaient que rarement ensemble ; comme toutes les femmes, Sarasvati vivant au zenana, le « paradis des dames », où Bhawani venait la visiter. Assez souvent aussi, il venait la chercher pour la promenade ou la chasse. C'était un fait très singulier dans l'Inde : contrairement à l'usage répandu dans toutes les cours depuis l'invasion des Moghols, les rajahs de Godh avaient maintenu les plus anciennes coutumes du pays, qui n'interdisaient en rien qu'on dissimulât ses épouses. La plupart des femmes, cependant, se contentaient d'une existence recluse, soit qu'elles fussent d'une région voisine, où les filles apprenaient à fuir le regard des hommes, soit qu'il leur suffît de vivre dans ce morceau de palais juché sur la colline, d'où l'on voyait toute la plaine de Godh, jusqu'à ses limites extrêmes, les montagnes, au nord, d'où descendait une grosse rivière, et le grand lac du sud, avec son île, où l'on avait bâti un palais de plaisance. Godh la bienheureuse, ainsi que l'appelaient les marchands : une principauté tranquille, en paix depuis des siècles ; une citadelle haut perchée, une ville aérée aux façades roses, la ceinture des remparts, puis les rizières, et les routes d'est en ouest, par où venaient les caravanes. La sérénité. Avec l'amour du prince, Sarasvati avait retrouvé ici le goût de la vie.

Et voilà que la peur la prenait. Pour la première fois depuis longtemps, elle s'était sentie envahie par quelque chose qui n'était pas l'amour. C'était extrêmement confus. Une terreur d'enfant, sournoise, inavouable. Le sentiment d'une menace implacable. Un danger pesait sur Godh, et peut-être sur Delhi, Bénarès, l'Inde entière, qui sait ? Elle avait un peu voyagé ; elle savait que la vie ne s'arrêtait pas aux marches de la province. Quelque chose était là, au bout des routes, un mal inconnu et mortel. Sans qu'une femme l'eût entendue passer, Sarasvati parvint aux stores. Elle se glissa sur la terrasse. Le marbre luisait sous la lune. Elle chercha le jardin. Dès qu'elle était prise de mélancolie, c'était là son refuge ; près des bassins et des fleurs, la vie lui paraissait meilleure. Le goût lui en était venu très tôt, à Delhi, où elle avait passé toute son enfance, dans la demeure de l'homme qui l'avait recueillie. Pendant des années, ces échappées représentèrent sa seule distraction d'orpheline de haute caste, dont on surveillait étroitement la jeunesse et la beauté pour mieux les monnayer le moment venu. Depuis, Sarasvati avait épousé Bhawani, mais comment aurait-elle pu délaisser les jardins dans une famille dont c'était, avec la chasse, l'exclusive passion, du jour où les rajahs de Godh avaient oublié la guerre ?

Elle marcha un moment le long du canal central. Il séparait le terrain en deux surfaces symétriques, puis aboutissait à un bassin en forme d'hexagone parfait, précédant son endroit favori, le *chadar*, une cascade artificielle de marbre blanc entièrement rectiligne et ciselée de motifs géométriques. Elle dominait la terrasse inférieure, tout aussi régulière que la première, d'autres bassins aux bords découpés en forme de feuilles de lotus, des chadars encore, plus petits ou creusés de niches profondes, où l'on pouvait, les jours de fête, allumer des bougies pour le seul plaisir de voir l'eau étinceler dans la nuit. Cette année, la mousson était tardive ; depuis deux mois, l'eau ne coulait plus. Plus une fleur aux parterres ; rien que le sol grillé et le marbre qui l'enchâssait.

– La chaleur, soupira encore Sarasvati. Cette mousson qui ne vient pas. Bawhani... Pourquoi est-il parti ?

Il avait prétendu qu'il partait à la chasse. Il ne voulait pas d'elle. C'était la première fois. Elle s'était étonnée. Il n'avait pas répondu. Elle crut d'abord qu'il suffirait, pour le retenir, de l'enjôler ; et elle avait dansé devant lui ainsi qu'il l'aimait, les seins nus, la jupe entrouverte. Il était demeuré las, comme accablé. Alors elle avait pleuré, supplié un peu ; et, comme il partait chercher ses armes, commandait de préparer ses éléphants, elle lui avait chanté doucement le vieux poème :

L'air, l'eau, le ciel, et le feu,
Tous les éléments se mêlent en un seul brasier.
Soucieux, le voyageur, et, comme un mouton, l'éléphant sauvage qui voit l'étang sec.
Le cobra se dissimule dans sa trompe, et le tigre s'endort dans son ombre.
Tout ce qui vit sur la terre, tout ce qui vit sur l'eau se sent faible et ne connaît point le repos. Et c'est pourquoi les sages ont prescrit : reste chez toi pendant le mois de Jyestha...

Jyestha, juin, le mois maudit d'avant la mousson. Toute l'Inde du Nord transformée en fournaise ; Godh la bienheureuse n'y échappait pas ; par ces temps-là, des tourments bizarres prenaient parfois les hommes, sans qu'on pût y trouver de remède ; et Sarasvati eut beau chanter, danser, agiter son éventail au cou du rajah, il fut inébranlable ; il partit seul, lourd d'angoisse, lourd de ce mal qu'il pressentait au bout des routes et qu'il avait fini par lui confier. Trois jours déjà. Trois jours qu'il était absent, trois jours aussi qu'elle se traînait dans le zenana en tâchant de donner le change, trois jours à porter cette peur grandissante, et ce n'était pas l'attente des pluies de mousson. Sarasvati passa et repassa la main sur la pierre de chadar. La solitude n'apportait pas de remède. Un poison, bien au contraire. Elle se leva d'un coup. La lune avait baissé. Elle retraversa le jardin d'un pas fébrile. Le marbre était encore chaud sous ses pieds. Les stores du zenana, d'ordinaire balancés par le vent de nuit, demeuraient immobiles. Sarasvati se glissa sous les lattes, se dirigea vers le charpoï voisin du sien :

– Mohini...

La natte de la dormeuse pendait du matelas comme un serpent suspendu à l'arbre après la mousson, et elle se lova brusquement dans ses mousselines dorées.

– Sarasvati !

On avait répondu doucement, mais le chuchotement était précis et calme, comme au sortir d'une simple somnolence.

— Viens avec moi. Je n'arrive pas à dormir. Viens me masser. Sortons.

Mohini se leva, saisit une lampe qui brûlait au pas d'une porte et suivit Sarasvati. Elles avaient la même démarche légèrement déhanchée, qui agitait le drapé de leur jupe d'une ondulation identique. Un charpoï était resté sur la terrasse. Pour ne pas réveiller leurs compagnes par leurs bavardages, les deux femmes le déplacèrent à l'autre bout du jardin. Mohini éleva soudain sa lampe sur le visage de la princesse :

— Tes yeux se creusent, Sarasvati. Il ne faut pas te tourmenter pour un homme qui est parti à la chasse.

— Masse-moi, Mohini. Je suis si fatiguée. Le jour va venir et je n'aurai pas dormi.

Elle s'étendit sur le sommier tressé, défit son boléro, les pans de sa jupe, puis tordit sa natte contre son cou.

Mohini se pencha sur elle, lui enleva un à un ses bijoux. Sarasvati s'abandonnait. Mohini lui envia sa tresse épaisse, qui lui tombait presque aux genoux, ses jambes déliées et surtout son teint clair. D'où pouvait-elle tenir une peau si pâle ? Elle ressemblait aux femmes du nord, aux filles mêlées de sang moghol qu'on voit entre Delhi et Lahore. Et ses yeux ! Clairs aussi, c'est-à-dire d'un noir ocellé de vert, qui étincelait lorsqu'elle regardait la lumière. Des traits d'une étonnante pureté, bien dessinés, fermes, pas un pli : en somme, la belle au visage de lotus dont parlaient les *raga* du soir, ceux que l'on chanterait bientôt, quand la mousson serait là, et avec elle la saison des amours. D'avoir pensé aux pluies, Mohini leva machinalement les yeux vers le ciel, geste commun depuis le début des chaleurs. Elle commença à pétrir le dos de la princesse.

— Il se prépare un orage, murmura-t-elle.

Sarasvati ne l'entendit pas, ou parut ne pas l'entendre. Depuis sa maternité, elle était souvent ainsi, tout le monde au zenana l'avait remarqué. Était-ce d'avoir donné au rajah son premier fils, elle avait pris dès ses relevailles des manières singulières : on la croyait proche, parce qu'elle était dans tout son être maternelle et féconde. L'instant d'après, elle s'éloignait, se refermait sur son amour pour Bhawani, qu'elle semblait vivre ainsi qu'un mystère dont elle eût voulu protéger l'excessive beauté. Elle gémissait sous le massage.

— Plus fort, Mohini, plus fort !

Mohini transpirait. Elle se débarrassa de son voile, poursuivit avec ardeur. La peau de Sarasvati se mêlait à la sienne ; elle y reconnaissait l'effet des soins de beauté qu'elles se prodiguaient mutuellement ; ainsi, il n'y avait qu'une semaine, elle avait entièrement poncé à la cendre le corps de la princesse, puis elle en avait épilé les moindres recoins ; et bientôt, à la nouvelle lune, elle lui préparerait un masque d'argile, pour l'adoucir encore, la polir, la parer pour l'amour. Mohini ferma les yeux. Ses mains volaient des épaules aux jambes, de la nuque au creux des reins. Ce corps qu'elle enviait, elle le connaissait par cœur. Et pourtant il se dérobait ; Sarasvati demeurait toujours offerte et lointaine, comme une déesse au mur d'un temple, qui sourit, danse et appelle, dont on palpe la ronde-bosse, qu'on décore des poudres sacrées, et qui s'évanouit au même instant, pierre issue de la pierre, et cependant, lorsqu'on y regarde encore, la fascination recommence, le mur s'anime, et il en sourd une puissance étrange : il y avait aussi cela en Sarasvati, une énergie sombre et dissimulée, qui n'était pas encore éclose et affleurait seulement par très brefs moments. A dix-neuf ans, et forte de ses trois fils, Mohini aurait dû exercer sur la jeune princesse l'autorité d'une aînée. Et pourtant Sarasvati, de trois ans sa cadette, la dominait ; non en qualité d'épouse du rajah, car Mohini, qui avait épousé un proche parent de Bhawani, recevait son content de dignités et d'égards. C'était plutôt un effet du charme de la princesse : un pouvoir inconnu, silencieux, irréfutable ; alors, comme tous les autres, comme Bhawani surtout, et malgré sa jeunesse, Mohini s'inclinait devant sa compagne : elle était belle.

Le massage touchait à sa fin. Mohini s'attaquait maintenant à la paume des mains, qu'elle appuyait fortement contre la sienne, avant d'en tirer les doigts l'un après l'autre ; on eût dit qu'elle voulait les arracher. Sarasvati parut se réveiller ; ce contact sensuel et complice la troublait toujours. Puis Mohini lui saisit les pieds. Elle les caressa d'abord, les frotta ; enfin, elle étira les orteils comme elle avait fait des doigts.

— Tu me fais mal !

— Alors il faudrait que tu quittes ton anneau de mariage, ou que je saute cet orteil-là !

— Jamais je ne l'enlèverai. Surtout maintenant que Bhawani est au loin.

— Es-tu stupide ! Tu crois vraiment que les tigres et les cobras vont le manger... Un chasseur comme lui, il t'a même appris à tirer à l'arc !

— Je n'ai pas peur de la chasse !

Sarasvati avait parlé à voix haute, presque crié.

Mohini se tut. Elle saisit sous sa jupe un morceau de gaze, dont elle s'épongea le visage. Le massage l'avait épuisée. Elle s'assit sur le rebord de marbre qui dominait le jardin. Sur le charpoï, Sarasvati soupirait ; la lune pâlissait encore, de gros nuages s'épaississaient du côté des montagnes. Un léger vent s'était levé. L'aube approchait ; demain, après-demain peut-être, commenceraient les pluies.

Elle se tourna vers sa compagne. Elle allait mieux. Elle avait retrouvé l'expression candide et tendre du jour où, toute nouvelle épousée, elle était entrée au zenana ; pour cet unique instant, où elle avait paru entièrement présente, Mohini l'avait aimée ; presque aussitôt, elle devint sa confidente. Aussi Mohini savait-elle que, d'un moment à l'autre, Sarasvati allait tout lui dire de cette angoisse qui lui enlevait le sommeil, et pourquoi son chagrin, et pourquoi son ennui.

Il ne fallait pas la presser. Elle désigna le ciel :

— Regarde, le jour va venir. Sais-tu que les servantes ont préparé du henné frais ? Dès que le soleil sera levé, je te baignerai, je te coifferai, et sur tes mains et tes pieds je dessinerai les plus beaux *menhadi* de la terre !

Mohini savait combien Sarasvati prenait soin de sa personne, surtout de ses pieds, qu'elle avait très jolis, fins et charnus à la fois. C'était la partie du corps la plus impudique ; Mohini parfois, dans leur intimité de femmes, se plaisait à les détailler, offerts sans retenue à ses regards, essayant d'imaginer les plaisirs du rajah quand il les levait jusqu'à ses yeux et sa bouche, ainsi que le voulaient les règles d'amour ; et il lui semblait même, certains après-midi, qu'elle imaginait trop bien.

Sarasvati dénoua ses cheveux. Elle glissa du charpoï et s'accroupit aux côtés de son amie.

— Mohini, Mohini...

Mohini la regarda et sourit. Le moment était venu. Sarasvati allait parler.

— La peur, Mohini, la peur. Je croyais l'avoir oubliée... Elle enfouit son visage dans la soie de sa jupe.

— Calme-toi. Je vais t'éventer.

Mohini repartait déjà vers l'intérieur du zenana.

— Rapporte aussi des coussins et du parfum... Et veille à ne pas réveiller les servantes... Ni Gopal.

C'était son fils premier-né. Depuis sa naissance, quatre mois, maintenant, Sarasvati se sentait sereine. La première épouse de Bhawani, en douze ans de mariage, était restée stérile. Elle avait vingt-cinq ans ; on ne la voyait guère. Elle s'était retirée dans une aile du zenana, d'où elle sortait rarement. Sarasvati l'avait aperçue une seule fois, tremblante, fébrile, toute cachée derrière de grands voiles. La seconde épouse était un peu plus jeune. Elle passait le plus clair de ses journées à pouponner ses quatre filles tout en mangeant des sucreries. Quant à la troisième épouse, Sarasvati n'en avait rien à craindre : c'était une plante. Profondément affecté de n'avoir point de fils, Bhawani avait pensé que sa troisième femme, s'il s'était agi d'une « humaine », lui aurait attiré malédiction plus grande encore, celle du chiffre trois, unanimement désigné comme maléfique. Avant de s'unir à Sarasvati il avait donc épousé, conformément à la tradition, une grande liane décorative, et le bonheur revint sur lui : un an après ses noces, Sarasvati lui donnait Gopal. Depuis ce jour, il ne voyait plus d'autre femme au monde ; quatre, cinq fois la semaine il venait la chercher ; c'était folie, disaient les femmes au zenana, il l'aime trop, feu de paille, pluie de printemps : cela ne peut durer. A cette pensée, Sarasvati sentit sa gorge se serrer. Se pouvait-il que le zenana eût raison ? Que connaissaient de l'amour ces femmes engourdies ? Que savaient-elles du rajah ? Sa mère était morte depuis longtemps, il n'avait pas de sœur. Et, d'ailleurs, qui aurait pu comprendre pourquoi il était parti sans elle à la chasse, seul, alors qu'il l'emmenait toujours, l'honorant des fastes de l'Éléphant Royal, dont le pas lourdement cadencé, quand Bhawani soulevait ses voiles, les étourdissait tous deux de sensations inédites.

Mohini revenait, chargée d'une corbeille et d'un tapis. Elle le déroula sur le sol, disposa des petits coussins, alluma un brûle-parfum. Sarasvati allait parler, mais elle hésita encore. Comment prononcer les trois syllabes qui la hantaient depuis le départ de son époux, trois syllabes ainsi qu'un maléfice, puisqu'elles la privaient des mille et une manières de l'amour ?

C'était trois jours plus tôt, après l'amour, justement ; un long moment ils avaient picoré dans l'insouciance. Sarasvati revoyait le lit blanc dressé sous une tente au fond du jardin, les sorbets oubliés au fond des porcelaines bleues et blanches, le paon qui se penchait pour boire dans une coupe d'or. Tout lui revenait avec une exactitude extrême. On avait étalé sur le marbre un tapis au dessin tranquille ; deux heures durant, leurs enlacements avaient imité l'entrelacs des fleurs, tandis qu'une musicienne jouait le *raga* Malivi, celui qui incite à l'amour l'après-midi. Plusieurs fois, il s'était montré d'une singulière fougue, au point que la joueuse de vina, pétrifiée du spectacle de son ardeur, en avait perdu le fil de sa mélodie, n'osant plus la reprendre sur le même ton, telle une magicienne effrayée par ses enchantements. Puis le soleil avait baissé. Sharma la caressait lentement, s'attardant aux plis de son cou, qu'elle parfumait de menthe frottée, car il en aimait l'odeur. Elle le devina soudain.

— Tu es triste, Bhawani.

Il regarda le ciel, lourd de mousson qui ne venait pas. Un couple de hérons, pourtant, traversait les nuages, signe de pluie prochaine.

— Tu es triste, et ce n'est pas d'attendre la mousson...

Il attira à lui le tuyau d'un narguilé.

— Les firanguis, Sarasvati, les firanguis...

Trois syllabes, une bouffée de tabac : ainsi s'était dissoute la magie de l'après-midi. Trois syllabes maudites : *firangui* ; puis une longue, très longue confidence, comme elle ne lui en avait jamais entendu. Une heure plus tard, il était parti.

— Allonge-toi donc, écoute-moi, répéta Mohini. Tu ne m'entends même pas.

Sarasvati, au contraire, se tendit davantage.

— Mohini, que sais-tu des firanguis ?

— Les firanguis ? Elle laissa reposer l'éventail. Lesquels ? Les hommes des caravanes venues de Perse ?

— Non. Les autres...

Mohini ne comprenait pas.

— Les autres ? Mais tu es née à Delhi, toi, tu en as vu, tu les connais mieux que moi !

— A Delhi, j'étais enfermée, à apprendre la danse et les arts de l'amour.

— Ne t'en plains pas. Le père de Bhawani t'a rachetée, t'a sauvée.

C'est lui qui t'a donnée à ton mari. Si tu n'avais pas appris la danse, tu ne l'aurais pas rencontré.

— Je suis de haute caste. Khsatrya, comme toi, autant que toi !

Elle élevait le ton. Sarasvati n'aimait pas son passé, sa longue enfance d'orpheline échappée par miracle aux massacres de la guerre.

Cette fois, cependant, elle s'était calmée très vite. Mohini voulut réparer son allusion à Delhi.

— Les firanguis... Les autres, ceux des Eaux Noires ? Ils sont très pâles, un peu rouges, dit-on. Les cheveux couverts de poudre blanche, et ils traînent des armes au bruit de tonnerre. C'est du moins ce qu'on prétend ! Sarasvati l'interrompit :

— Bhawani m'a dit qu'ils n'étaient pas loin.

Mohini éclata de rire :

— C'est cela ton tourment ! Les firanguis...

— Ils viennent de la mer, Mohini. Des pays impurs qui se trouvent au bout des Eaux Noires. Ils viennent sur des navires profonds, aux coques grosses comme des noix énormes, avec des bouches qui crachent le feu !

— Sarasvati ! Mais tout le monde sait cela depuis longtemps ! Comment veux-tu qu'ils arrivent ici, sur leurs bateaux ? Nous sommes si loin des Eaux Noires ! Et puis ce ne seraient pas les premiers voyageurs à passer ici. Tous les ans, les caravanes en amènent de nouveaux.

— Ils ne sont pas si pâles. Ils ne sont pas si durs.

— Mais qu'en sais-tu ? Et jamais un homme de l'Inde n'a redouté les firanguis. Qu'importe qu'ils arrivent. Ils nous achèteront, comme les autres, des diamants taillés, des épices ; et nous leur demanderons en échange des miroirs et des flacons d'eau de rose. Pourquoi te tourmenter ?

— Ce n'est pas ce que dit Bhawani.

Elle parlait d'un ton sec, hésitant encore à se confier, craignant que Mohini, comme toute autre femme, ne l'arrêtât du sempiternel : « Laisse à l'homme les affaires de l'homme. » Cependant, son cœur était trop lourd ; elle changea soudain de voix, laissa échapper toutes les phrases qu'elle ressassait depuis trois jours :

— Mohan est rentré de Bénarès. Il a rapporté de mauvaises nouvelles.

— Les brahmanes voient toujours l'avenir en noir, ma belle !

— Il est astrologue, Mohini. Il sait.

Mohini s'inclina. C'était vrai : que valait sa parole face à celle d'un voyant ?

— Les nouvelles sont mauvaises, poursuivit Sarasvati. Il a dit que les firanguis étaient de deux sortes et que chacune déteste l'autre. Les plus nombreux sont aussi les plus habiles à manier les navires, ils portent une veste rouge et se sont installés là où la rivière Ganga se jette dans les Eaux Noires. On dit qu'ils avancent peu à peu dans la plaine, qu'ils posséderont bientôt tout le Bengale. Les autres firanguis sont furieux ; ils veulent eux aussi le Bengale, et ils se répandent chez les princes pour leur demander de s'unir avec eux contre les hommes à vestes rouges...

— Tous les rajahs sont les vassaux du Moghol. L'empereur chassera les firanguis s'ils nous veulent du mal.

— Détrompe-toi, Mohini. Le Moghol n'est plus rien. A Delhi ce ne sont plus qu'intrigues et assassinats ; l'on ne sait même pas qui héritera du trône. Elle plissait le front tout en parlant. Mohini posa la main sur sa bouche :

— Tais-toi, Sarasvati, tais-toi. Voilà que tu me répètes les phrases d'un homme, et les mots du mâle sont laids dans la bouche de la femme. Tu es jeune, belle, tu es mère : que cherches-tu d'autre ? Laisse donc les firanguis là où ils sont, oublie cela ! Godh restera bienheureuse aussi longtemps que son rajah vivra, et les fils de ses fils. Allons ! laisse à l'homme les affaires de l'homme !

Sarasvati tressaillit. Elle jeta à sa compagne un regard un peu honteux.

— Allons, répéta Mohini. Viens, relève la tête, regarde, le jour se lève.

Sarasvati essuya une larme, passa le doigt sur son diamant de nez, sourit enfin. Un vol de hérons passa dans le ciel gris-bleu. Du zenana surgirent deux adolescentes encore ensommeillées.

— Un bain, vite, un bain, commanda Mohini.

Puis, sans désemparer, elle se saisit d'une fiole et se mit à frotter les cheveux de sa compagne avec de l'huile de santal.

— Appelez une musicienne, ordonna-t-elle. Quelques instants plus tard, une petite femme toute ronde s'assit à leurs côtés, une vina devant elle ; elle regarda longuement le ciel d'orage, préluda un moment, puis commença à chanter un raga de l'amour absent.

— *Proshita-patika,* murmura Mohini, petite princesse dont l'amant est au loin ! Allons ! la mousson va venir, le rajah ne tardera pas, et l'on te chantera à nouveau la chanson des plaisirs du soir !

Tandis que Mohini lui nouait les cheveux au sommet de la tête, Sarasvati ferma à nouveau les paupières. Elle n'était pas certaine d'avoir tout compris des explications de Bhawani. Tout ce qu'elle avait saisi, c'est que les peuples qui entouraient Godh, agités par les firanguis, se dresseraient les uns contre les autres. Et surtout Ragu, le frère cadet du rajah ; il ne se consolait pas de n'avoir pas hérité ; Mohan, à Bénarès, avait appris qu'il intriguait auprès des firanguis à veste rouge. Un instant, elle fut tentée de tout dire à Mohini. Cette fois-là, elle saurait s'expliquer, son amie verrait bien que sa peur était fondée, qu'elle avait des raisons de ne pas dormir. Elle s'arrêta au premier mot. Elle se souvint tout d'un coup que Ragu était aussi le beau-frère de Mohini. A quoi bon l'effrayer ?

Avec le matin qui venait, un paon entra dans le jardin. Sa grâce un peu fragile s'accordait à merveille au raga de la musicienne. Des femmes en tissus colorés s'agitaient derrière les moucharabiers ; on s'affairait. Des bébés pleurnichaient ; Gopal, peut-être. A cet instant précis, suspendu dans la paix, Sarasvati éprouva l'impression absurde que la sérénité désertait les lieux ; le zenana, le palais, la plaine de Godh, si lisses, si tranquilles dans le matin levant, tout cela se dissolvait devant la venue d'un autre monde, qui s'avançait, là, derrière les jungles et les montagnes, au bout des routes, du côté des Eaux Noires. Pourtant, c'était sûr, les choses allaient leur train ; la mousson n'allait pas tarder ; tout renaîtrait : les plantes, les animaux, les hommes. L'amour. Et voilà qu'elle pensait à la haine, qu'elle se rappelait la figure grimaçante de Kali la Noire, au fond d'une vieille chapelle du palais, où personne n'allait plus guère depuis des années que Godh était en paix. Le brahmane s'en plaignait vivement, répétant qu'il fallait l'honorer autant que le dieu Khrishna, car, disait-il, « l'esprit de mort et de destruction est nécessaire comme l'amour à la renaissance du monde, en cet âge usé par ses péchés... ». Pour la première fois, Sarasvati s'en voulut de ne pas l'écouter. Et si Kali, cette mousson ou la prochaine, choisissait de revenir à Godh ?

Les servantes arrivaient avec les cuvettes et les pots d'eau, ouvraient des fioles de parfums.

– Sais-tu bien ce qu'est la guerre, Mohini ?

– Godh ne connaît plus la guerre depuis des siècles. Godh est pacifique. Oublie cela, oublie Delhi. Tu es femme, tu es mère. Le temps est venu pour toi où l'enfance doit s'effacer. Et puis tu n'avais que trois ans quand tout cela est arrivé, tu me l'as dit toi-même.

– On n'efface pas le sang. Je le revois, tu sais, le sang de ma famille massacrée, les Afghans partout dans la maison, qui cherchaient de la chair à meurtrir. Les serviteurs assassinés sur la terrasse. Moi, les soldats ne m'avaient pas vue, ils m'avaient oubliée...

– Dharma, Sarasvati, dharma ! le vieux rajah de Godh t'a aimée comme sa propre fille, il a recherché des traces de ta famille, il a appris que tu étais khsatrya comme lui-même et ses ancêtres, et il t'a montrée à son fils ! Souviens-toi encore, quand tu es arrivée ici, le jour du Holi, et qu'il t'a fait danser. Crois-tu que tout cela soit l'œuvre du hasard ? Dharma, Sarasvati, et cesse donc de te plaindre !

Elle voulut lui répondre que Bhawani l'aurait aimée sans son père, fût-elle une danseuse des temples, une prostituée sacrée, ou même une femme de basse caste. Elle chassa ces mauvaises pensées. Mohini avait raison : les choses étaient dans l'ordre, tranquilles, et il fallait prendre le bonheur où il était. Le bonheur, il était là devant elle : Mohini qui riait avec les servantes et lui offrait le broc pour le bain. A son tour, Sarasvati se mit à rire et présenta son dos à la douche.

Dans l'air moite qui sentait l'orage, la fraîcheur lui fut délicieuse. En un instant, sa peur s'enfuit. A travers les giclées d'eau, elle regardait se mouvoir les étoffes des servantes, leurs bracelets, et parfois, quand elles se baissaient, leurs seins passant le boléro. C'était l'évidence même : la paix était sur Godh, immense, ronde, lisse. Les femmes se mirent à la frotter. Peu à peu, un bien-être infini gagnait Sarasvati ; on l'essuyait, on l'enduisait de farine de pois chiche pilée dans du lait, on parfumait un à un les recoins de son corps, on retouchait l'épilation, on commençait le maquillage. Sur la pointe des seins, d'où le bain avait chassé le fard doré passé pour la nuit, des petits pinceaux déposèrent une crème argentée ; puis ce fut le nombril, qu'on décora de fleurs multicolores qui convergeaient toutes, comme pour le souligner, vers le bas du ventre. Enfin on la coiffa, on borda au khôl le tour de ses yeux, avant de fixer sur son front, sous la marque rouge du tilak porte-bonheur, le samantha d'or qui couvrait la raie de ses cheveux, montrant qu'elle était mariée à qui l'aurait ignoré. Elle choisit ce jour-là de porter du rose ; à sa rapidité à passer jupe et boléro, Mohini comprit qu'elle était rassurée. Elle enfilait ses derniers bracelets, quand elle s'arrêta soudain :

– Mohini... Tu m'avais bien promis des *menhadi* ?

– Donne tes mains et viens sous le store, la chaleur monte.

Deux heures durant, un pinceau trempé dans la pâte brune du henné, Mohini dessina patiemment sur les mains et les pieds de la princesse les plus évidents symboles de l'amour fou, des paons, des fleurs de lotus, des myrtes entrelacés. Le matin avança doucement, avec un ciel très noir d'où s'échappèrent quelques gouttes de pluie. Le fantôme de Kali était loin. La saison des amours allait commencer.

Il n'était pas neuf heures quand on annonça que le guetteur avait aperçu dans la plaine, au sortir de la jungle, juste avant le palais du lac, les éléphants du rajah qui revenaient joyeusement sous la première averse. Le menhadi était sec. Sarasvati s'ébroua soudain dans ses voiles, secoua sa longue tresse et déclara avec allégresse :

– En attendant, allons prier Krishna, le Bleu Profond !

Un vol de hérons retraversa le ciel. D'où venaient-ils ? Elle s'arrêta dans son élan. Qu'attendait-elle ? Elle répéta :

– ... Khrishna, le Bleu Profond !

CHAPITRE III

Août 1754

Pondichéry

Sitôt débarqué, Godeheu, comme il l'avait prévu, devint un homme très occupé. Il avait reçu l'ordre de déposer Dupleix, gouverneur de Pondichéry et des comptoirs de l'Inde, que l'on soupçonnait de mener la guerre contre les Anglais sur l'argent de la Compagnie. Or, les ordres de Versailles étaient formels : désormais plus de guerre, mais des bénéfices. La possession des comptoirs était trop précieuse : que deviendrait la France si les vaisseaux ne rapportaient plus de thé et de mousselines ? Dupleix, avait dit le ministre, était un extravagant, doublé d'un voleur, tout nabab qu'on l'appelât ; Godeheu avait donc pour tâche de le renvoyer en Europe dans les plus brefs délais, après avoir réuni contre lui suffisamment de preuves et sollicité quelques bons témoignages – les Jésuites, peut-être, se laisseraient tenter, on connaissait leur goût pour ces sortes d'affaires.

Quinze jours durant, Pondichéry fut en émoi. On n'aimait guère Dupleix, et pas du tout sa femme, qui n'avait d'autre ambition, semblait-il, que de régner sur la ville ainsi qu'une maharani, bâtissant palais sur maisons de campagne, étalant un luxe inouï, méprisant qui portait moins de diamants qu'elle, et surtout passant nuit et jour à vouloir se mêler des affaires de son époux. Cependant, il n'était pas dans la ville un seul habitant blanc qui n'eût partie liée dans ces trafics. Notaires, courtiers, prêteurs à gages, ou simples agents de la Compagnie, ils étaient tous plus ou moins compromis, et ils tremblaient d'être trahis par l'ancien maître, quoiqu'ils fussent prêts, s'il le fallait, à le dénoncer avec la même ardeur qu'ils l'avaient servi. Au bout de quinze jours, toutefois, il fut évident que le seul gouverneur subirait la vindicte de la Compagnie. Pondichéry soupira d'aise. La vie pouvait donc reprendre son cours ordinaire ; on décida de fêter dignement le retour de l'insouciance ; et, comme c'était la coutume au comptoir des plaisirs, on donna un bal, dans le bâtiment même où Godeheu achevait la perte de Dupleix : le palais du Gouvernement.

Madec avait été libéré deux jours auparavant. Dans la chaloupe qui l'emmenait, aucun des matelots, pressés de retrouver Pondichéry, ne remarqua les pistolets cachés sous sa chemise. Il débarqua un peu hagard, étonné de découvrir une ville aimable et tranquille à la place de la cité qu'il avait quittée deux ans plus tôt. Il passa outre ; il n'avait plus en effet qu'une seule idée en tête : retrouver son offenseur. Depuis deux jours, Madec traînait donc dans la ville, suivant toute femme un peu rousse, détaillant tous les visages sans découvrir la moindre trace de son ennemi ; et pour cause, puisqu'il était enfermé dans un bureau du palais, épluchant l'un après l'autre des volumes de comptes. Au deuxième soir Madec sombra dans le plus noir chagrin. Voyant que le vent portait vers le Bengale, et constatant qu'il y avait au port des mouvements de navires, il pensa que le couple était parti vers les comptoirs du Bengale, Yanaon ou Chandernagor. Il allait renoncer à sa poursuite, la rage au cœur, quand il vit que le palais du Gouvernement était illuminé. Des dizaines de palanquins incrustés de plaques d'ivoire et de petits ananas d'or attendaient devant la grille, des esclaves enturbannés préparaient des torches. Il y avait bal.

Alors qu'une minute plus tôt il semblait prêt à admettre la disparition de son ennemi, il retrouva d'un seul coup la certitude qui le menait depuis deux jours : son homme était là, il le verrait sortir. Ou, du moins, il trouverait la fille qui le mènerait à lui. Sans plus chercher à s'expliquer sa conviction, il décida donc d'attendre. Les violons et les flûtes à bec venaient de se taire. Les musiciens quittaient le palais dans leurs livrées de soie. Au premier étage, dans une pièce immense tapissée de feuilles d'argent, les domestiques soufflaient un à un les chandeliers, puis tiraient sur les fenêtres de lourds rideaux de velours vert. Le bal était fini. D'un instant à l'autre, les invités seraient dans l'entrée, ils passeraient devant sa vasque de marbre et ses tritons. On n'entendait presque plus rien, sinon des rires, des petits cris, des murmures assourdis qui se perdaient dans la nuit, du côté de la Ville Noire, là où portait le vent, et ils s'y mélangeaient aux longues mélopées des prières indiennes.

Madec tressaillit soudain : des femmes un peu décoiffées étaient déjà là, qui se pressaient vers les palanquins. Les torches éclairaient des visages très blancs, entièrement poudrés des cheveux au décolleté, où la sueur commençait à creuser de petites ravines. Il se demanda comment il pourrait reconnaître la femme du bateau : toutes ces dames, ainsi que des masques de plâtre, lui paraissaient identiques. En quête d'une silhouette masculine, il se tournait à nouveau vers l'entrée du Gouvernement, quand il vit surgir ce qu'il attendait. Un lourd chignon roux, non poudré, une taille fine, une poitrine très menue. C'était la fille avec un homme à ses côtés. Il le tenait. Madec se cacha derrière un palmier. Enfin ! Le couple avançait doucement vers la grille. Un négrillon porteur de torche se précipita. L'homme le renvoya d'un geste très sec ; le petit demeura un instant interdit, puis s'enfuit à toutes jambes. Madec jubila. Il tâta encore les pistolets dans sa chemise. Il ne s'agissait plus que d'attendre l'occasion. Le couple se dirigeait vers la

Ville Blanche, dont les rues étaient fort sombres, il le savait depuis la veille. Il se cacherait, il tirerait. Ou bien non, il tirerait à visage découvert, puis il se sauverait vers la Ville Noire. Enfin, peu importe : il allait se venger, c'était une joie sans pareille, il en tremblait. De temps à autre, la jeune femme s'arrêtait pour soulever sa robe. Puis elle reprenait sa marche, alanguie sur le bras de son compagnon, dont on sentait bien qu'il aurait voulu aller plus vite. De temps à autre, cependant, il se penchait sur elle, lui murmurait quelques mots ; elle riait. Un moment même, alors qu'on pénétrait dans la Ville Blanche et que la rue décrivait un coude, il lui saisit la main, y déposa quelques baisers fébriles. Elle la retira, avec un nouvel éclat de rire. L'homme ralentit le pas, ses mains se perdirent dans le drapé de la robe. La fille rassembla ses jupes et se mit à courir, ou plutôt à le feindre.

On pénétra dans une rue plus étroite. La nuit était claire. L'homme pressa l'allure. Madec tâcha lui aussi d'avancer plus vite. Ils allaient rentrer chez eux, sans doute. La rue était bordée de hauts murs blancs, avec de temps en temps de lourds portails de bois derrière lesquels on devinait les palmes d'un jardin, de grandes maisons à terrasses et colonnades. L'homme s'arrêta devant la troisième porte.

— Venez, ma chère, murmura-t-il en tendant la main à la jeune femme pour l'aider à franchir le seuil.

Il avait une très grosse voix, ce qui surprit Madec. Il ne s'y arrêta pas, occupé qu'il était à sortir ses pistolets. C'était le moment. Il fallait le frapper avant qu'il ne fermât le portail. Cependant la femme était devant lui, qui trébuchait dans les pans de sa robe.

Madec n'osa pas tirer. Le couple s'attardait. Soudain, l'homme se pencha sur la jeune femme, comme pour l'embrasser, tandis qu'il soulevait l'épaisseur de ses jupons. La fille se raidit d'un seul coup, ramassa toutes ses étoffes, disparut dans le jardin. L'homme restait sur le seuil, les bras ballants. D'un bond, Madec courut face au portail et visa.

L'autre s'était retourné encore plus vite. Madec n'eut même pas le temps de tirer. Son adversaire était déjà sur lui, le traînait dans le jardin, refermait le portail.

Ils roulèrent tous deux sur une terre grasse, sans doute fraîchement arrosée, car elle collait. Madec reprenait son élan pour se ruer tous poings dehors sur son ennemi, quand la situation se renversa. Une étreinte effroyable se referma sur son cou. Celui qui le pressait avait des muscles énormes, durs et épais. Ce n'était pas l'homme du bateau. Il crut s'évanouir. L'étreinte se desserra. Il sentit sur lui une respiration chaude. Puis ce fut une volée de coups de poings.

Il n'avait plus la force de répondre. Il retomba sur le sol.

— Alors, on maraude ?

En effet, ce n'était pas la voix de l'homme du bateau. On le saisit au collet, le poussa vers la maison, puis dans un hall immense, très blanc, qu'éclairait un chandelier, suivi d'un long couloir où dormaient quelques Indiens ; ils ne se réveillèrent même pas sur leur passage. Enfin un escalier très raide, une porte effroyablement lourde, qui se referma sur eux. L'homme avait saisi au passage une lampe à *ghi*; il l'éleva sur Madec.

— Alors, on maraude ? insista-t-il.

Madec était anéanti. Tant de savoir-faire l'avait abasourdi, et ce n'était pas seulement la violence des coups. En un tour de main, cet homme l'avait pris, vaincu, réduit comme jamais, et il se retrouvait plaqué sur le mur d'une cave par un géant trapu en justaucorps de velours. Ses vêtements lui allaient mal. A l'évidence, c'était un homme de plein air et de grand vent, un marin, un soldat peut-être. Ses lèvres se tordaient en un sourire qui n'en était pas un, une sorte de grimace un peu satanique, un rictus d'enfer. Et ce regard ! Madec frissonna.

D'immenses yeux noirs, aussi noirs que ceux des Indiens, un regard qui fouillait les prunelles, ravi, à l'évidence, d'y découvrir la peur.

— Tu ne réponds pas ? Je sais bien pourtant que tu n'es pas venu voler...

Le rictus se creusait. La voix était grasse, sensuelle, avec un léger accent étranger.

— Un petit marin qui court les rues !

Il faisait chaud. La peau de l'homme semblait suinter de partout ; sa barbe bleuissait sous la lampe. A chaque pression de ses bras ou de ses jambes, Madec se sentait jaugé, soupesé comme un animal. Soudain, alors que le temps semblait s'éterniser, il sentit un genou s'enfoncer dans son entrejambe. Une main moite lui ferma la bouche, où son cri s'étouffa. Il s'affaissa sur le sol. On l'abandonna.

— Je te reverrai tout à l'heure. Et souviens-toi de mon nom...

La voix se fit triomphante, de plus en plus belle et rauque.

— On m'appelle Sombre !

⁂

Jeanne Carvalho sursauta sous sa moustiquaire. Elle venait, après celui de Marian, de reconnaître un pas familier. Elle se dressa dans son lit, tendit l'oreille. C'était dans l'escalier. Elle n'osait plus respirer. Si Sombre passait devant sa porte sans entrer, s'il continuait jusqu'à l'autre chambre, celle de Marian...

C'était impossible. Elle avait pris ses précautions. Au premier coup d'œil, elle avait compris ce qui amenait à Pondichéry Marian de Chapuset, sans même lire le billet qu'elle lui remettait, sans même savoir que c'était ce vieux gredin de Lestriverde qui la lui envoyait. Une robe trop voyante, un décolleté trop insolent. Et ce sourire alangui, un peu racoleur... Cette fille-là sentait la gourgandine, comme auraient dit les bonnes dames de Pondichéry. Jeanne Carvalho, un instant, songea à la mettre à la porte. Elle lut le billet, réfléchit. Lestriverde était un bon client, qu'elle fournissait en diamants depuis longtemps. Il promettait de venir au plus vite. Au plus vite : c'est-à-dire un an, deux ans peut-être, si la guerre continuait. Ou jamais :

l'Angleterre coulait tant de vaisseaux au sortir de l'île de France... Mais si, comme la rumeur commençait à s'en répandre, Godeheu était venu pour signer la paix ? Dans un mois le vieux Lestriverde accourrait ; qu'il apprenne qu'elle n'avait pas voulu de sa demi-putain, il était capable de crier au scandale, d'aller voir les gens de la Compagnie... Ce serait alors, pour six mois au bas mot, la fin de ses fructueux trafics. Jeanne Carvalho soupesa tous les risques. Elle n'était pas sûre encore que l'amour de Sombre valût qu'elle lui sacrifiât ses affaires. Elle reçut donc Marian à une seule condition, celle qui garantissait aussi les intérêts de son cœur : la chasteté jusqu'à l'arrivée du vieux militaire.

– Pondichéry n'est pas grand, mon enfant. Tout se sait ici. Les jésuites règnent. Je suis honorablement connue, par toute la ville, et au-delà ; je possède des intérêts chez les meilleurs agents de la Compagnie. Je vous accepte donc sous mon toit à la condition que voici : pas de galanterie, entendez-vous ? Ni intrigue, ni galanterie.

La jeune femme avait rougi. « Elle est donc encore un peu fragile, pensa Jeanne. Pas encore endurcie. Elle va m'obéir, mais s'accoutumer très vite au luxe indien. A moi de faire en sorte qu'elle se marie au plus tôt et qu'elle parte. Avec Lestriverde, ou un autre. »

En attendant, il fallait la loger, vivre dans la peur que Sombre...

Les pas se rapprochaient. Jeanne referma la moustiquaire. Surtout, qu'il ne sache rien de son insomnie, de son attente, de sa jalousie. Elle, jalouse, Jeanne Carvalho, qu'on n'appelait plus que *la* Carvalho, du jour où, héritant de son mari, elle avait fait fortune dans le négoce des tissus, d'où elle se retira habilement pour financer toutes les opérations secrètes de la Compagnie des Indes. De Lorient à Mahé, de Chandernagor à Karikal, pas un agent qui ne la connût, sans qu'elle eût jamais reçu le moindre titre officiel. C'est son nom qu'on murmurait à qui venait de perdre tout son bien dans un achat de mauvaise soie, son nom encore à qui s'était ruiné en jouant au pharaon. Du petit boudoir où elle serrait ses lettres de change, elle régnait sur le comptoir ; elle détenait plus de pouvoir que femme n'en avait jamais possédé à Pondichéry, fût-elle Mme Dupleix, qui avait voulu l'éclipser dans l'intrigue. Faute de discrétion, cette dernière avait échoué. Jamais les marchands indiens ne l'avaient aimée. Tandis qu'elle, la Carvalho, ils la respectaient, ils la vénéraient, ils venaient depuis la Ville Noire s'incliner dans son salon, lui proposant les plus beaux ivoires du Dekkan, les plus purs diamants de Golconde, les plus fines perles et soieries.

Cachée sous son drap et s'efforçant de feindre le sommeil, Jeanne mesurait l'étendue de sa puissance et la faiblesse de son cœur. Que n'eût-on pas exulté, dans tout Pondichéry, si l'on avait su qu'elle se mourait de jalousie, et cela pour un misérable soudard de cinq ans son cadet. Qu'elle l'eût pris pour amant, passe encore : caprice de femme riche. Mais l'aimer ! Car elle devait en convenir : quoiqu'elle donnât le change à tout son entourage, elle aimait Sombre d'une passion ravageuse, exigeante, irrésistible. Et voilà pourquoi, l'oreille tendue sous la mousseline du drap, elle était prête à sangloter, à la seule idée que, ce soir, il pourrait la délaisser.

Que faisait-il donc ? Était-il derrière sa porte, à chercher sa clé, ou s'en allait-il à tâtons chez l'autre, la petite, la jeunesse, la gourgandine ?

Elle n'en pouvait plus. Elle se leva, alluma son chandelier, mélangea dans une tasse de thé froid un bon demi-verre d'arak.

Elle n'avait pas fini de boire qu'elle entendit le déclic attendu.

– Sombre !

C'était plus fort qu'elle, elle avait crié. Elle savait pourtant qu'il en serait excédé. Elle retourna sous ses draps, heureuse qu'il soit là, et effroyablement malheureuse. Car il allait encore hurler, et elle se fâcherait aussi, et pleurerait, et peut-être une fois de plus la battrait-il en lui disant ces choses horribles, qu'elle ne lui donnait pas assez d'argent, qu'il allait partir, à moins qu'elle ne lui offrît quelque bayadères entre douze et seize ans...

Il avait allumé un chandelier dans le boudoir rose et bleu qui précédait la chambre, et en effet il commençait à crier :

– Alors, la Carvalho, as-tu bien compté tes roupies ?

Elle ne bougea pas.

– Tu ne dors pas ! rugit-il encore.

Cette fois, elle ne put se retenir.

– Pourquoi es-tu venu si tard ?

– Il fallait venir au bal, madame !

– Au bal ! Quand j'avais ici un agent qui venait négocier des bijoux de mariage ! Et puis, tu avais une cavalière ! Deux femmes pour un seul homme, c'est trop !

– Vous ne l'avez pas toujours dit, madame !

Il prenait maintenant plaisir à lui jouer le jeu de la distinction, à lui distribuer ces *madame* qu'elle détestait. Et puis, tout d'un coup, il redevint soudard, le soudard qu'il n'avait jamais cessé d'être : comme si elles l'eussent exaspéré, il jeta sa veste galonnée et sa chemise à jabot sur un bonheur-du-jour. Un flacon de parfum en verre de Hongrie s'écrasa sur le plancher marqueté. Il éclata de rire, le piétina. Elle ne put se retenir :

– Sombre ! tu n'es pas ici chez les carabiniers de Mayence !

Il s'approcha du lit, écarta la moustiquaire, souleva doucement la chemise de Jeanne, puis la repoussa d'un revers de main.

– Non, madame, mais je ne suis pas non plus chez la reine de France ! Et quand bien même vous seriez reine, vous êtes...

Il s'arrêta soudain. Lui aussi sentait revenir le vieux rituel de leurs disputes, et, pour une fois, il décida que c'en était assez ; oui, Jeanne avait quarante-cins ans, elle était lasse, lourde, et il n'aimait que les très jeunes filles. Oui, elle était fripée par un retour d'âge précoce dans les moiteurs tropicales. Mais elle était riche, et maintenant qu'il avait décidé de partir il voulait à tout prix endormir ses soupçons. Et puis il se sentait fatigué : une journée passée à débaucher des marins, des heures à leur vanter les bonheurs de l'armée indienne, le bal ensuite, tout ce temps perdu à courtiser la mijaurée qui logeait à côté, enfin l'échauffourée de tout à l'heure : il y avait de quoi éreinter son homme, fût-il allemand, dans la force de l'âge, et s'appelât-il Sombre, *alias* Walter Rheinhardt. Il lui fallait dormir très vite : deux, trois heures de sommeil, et il se lèverait vaillant et frais, juste avant l'aube, pour régler le sort du petit, en bas.

Il s'assit sur le lit, s'essaya à un ton doucereux qui lui allait mal :

— Jeanne...

Il passa ses mains étrangement longues dans l'épaisse chevelure de Jeanne Carvalho, tout ce qui lui restait de beauté. Comme il l'avait prévu, elle ne résista pas à ce geste ; elle tressaillit de tout son être :

— Sombre, Sombre...

Il laissa retomber les boucles noires, tenta de sourire. Il savait qu'il n'y parviendrait pas ; entre la colère et le rire, ses lèvres se perdaient toujours en un rictus maladroit, et son regard conservait l'expression funèbre et ténébreuse qui lui avait valu son surnom.

Jeanne, cependant, se calmait peu à peu.

— Alors, madame, que vous ont dit les agents des affaires de Dupleix ?

La femme de tête se réveillait. Elle parlait maintenant d'une voix ferme, paraissait l'oublier :

— Elles sont finies, mon ami, finies et bien finies ! Godeheu a découvert dans les comptes un énorme déficit. Mme Dupleix boucle ses malles : d'ici trois semaines le gouverneur fera voile vers l'Europe. Et là-bas, crois-moi, c'est un beau procès qui l'attend, le malheureux Dupleix...

Sombre ne l'écoutait plus. Il l'interrompit :

— Et la guerre ?

Jeanne éclata de rire :

— Depuis que tu vis sous mon toit, tu ne m'as jamais parlé que de la guerre !

Il la saisit aux poignets, l'attira à lui, puis la rejeta sur l'oreiller :

— La guerre est mauvaise pour les affaires. Je me soucie de tes bénéfices.

Jeanne le regarda d'un air interloqué ; elle ne comprenait rien à ce mélange de tendresse et de violence, elle commençait à perdre ses moyens. Sombre éclata d'un grand rire : c'était ce qu'il attendait. Maintenant, elle allait parler, sans rien lui cacher de ce qu'elle savait. Il la prit à nouveau dans ses bras.

— Rassure-toi, lui dit alors Jeanne, les quelques gueux que tu commandes seront bientôt tranquilles. Les Anglais signeront la paix avant un mois.

— Un mois, s'exclama Sombre. Un mois...

Elle ne vit pas son expression inquiète.

— Oui, c'est la paix, Sombre ! Les affaires, les bonnes affaires vont reprendre ainsi qu'avant. Mais tu n'étais pas ici de ce temps-là.

— Tu n'as plus besoin de t'enrichir ! Tu roules sur les diamants, les lettres de change, les sacs de roupies, et je n'en ai jamais vu que le centième !

Jeanne ne releva pas. Elle ferma les yeux, s'abandonna à ce qu'elle croyait son amour :

– Nous serons heureux, Sombre, nous serons heureux...

Sombre l'observa du coin de l'œil. Elle portait une chemise de mousseline blanche à la mode de Pondichéry, extrêmement fine et transparente. Cet examen le confirma dans sa résolution. Il partirait. Six mois auprès de cette banquière n'étaient que trop. A son arrivée, bien sûr, il avait goûté près d'elle quelques joies, celles du luxe et du repos. Cela avait pu suffire au simple déserteur qu'il était alors, venu fuir aux Indes quelques crimes commis dans les armées palatines. Désormais, il voyait plus loin. A vivre plus longtemps auprès de cette femme de cinq ans son aînée, qui l'avait imposé à Dupleix à la tête d'un petit régiment, il deviendrait vite ridicule. Grotesque. D'autant que la Carvalho commençait à se livrer à des transports inquiétants : des attendrissements, aussi subits que suspects, des larmes du matin, des airs mélancoliques au moindre relâchement de ses devoirs amoureux. Ce n'était pas le pire. Le plus grave, il venait de l'apprendre. La paix. Jeanne s'était endormie. Il la repoussa sur le lit, alla à la fenêtre.

La malheureuse ! La paix, et elle croyait que revenait le temps des bonnes affaires, quand l'exact opposé se préparait. Sitôt le traité conclu, les Anglais, à coup sûr, consolideraient leurs installations au Bengale, d'où, à leur manière bien hypocrite, ils allaient commencer à grignoter l'Inde. Le cœur de l'Inde. L'Inde des palais, des plaines fertiles, des maharajahs couverts d'or. Sombre s'était bien renseigné auprès des marchands, maintenant qu'il parlait tamoul. Là-bas, il y avait des montagnes de trésors à forcer, des villes fabuleuses à dévaster. Il fallait être là-bas avant les Anglais. Sillonner les plaines du Nord avec une armée, des canons. Se vendre aux princes, aux nababs, aux rajahs, pour mieux les piller. Quant au comptoir des plaisirs, il l'abandonnait à son sort : commerce de danseuses racolées dans les villages tamouls, tripatouillages dans les caisses de la Compagnie, bals, parties de trictrac, dépucelages organisés par des mères entremetteuses, mariages à l'encan se terminant invariablement sur des adultères consentis pourvu qu'ils fussent réciproques, la demi-république blanche et marine de Pondichéry irait son train ordinaire jusqu'au premier coup de canon anglais, jusqu'à la fin. Rien de tout cela n'intéressait Sombre, car il désirait le vice, le vrai grand vice, viols, harems, esclaves, torture, sang, danseuses nues ; la fortune, sans mesure, les femmes, innombrables, la mort quotidienne. Et le plein vent de la guerre. Pour tout cela, il lui fallait le Nord. Partir. Il retourna vers le lit, souleva la moustiquaire, regarda longuement le cou de Jeanne. Ses mains tremblaient ; depuis un an, le crime lui manquait. Il se contint. Quelques mois encore, et il comblerait ses désirs. Il avait racolé les hommes, il tenait les canons, ceux-là mêmes du régiment qu'il commandait. Il avait reçu la paie des soldats, et on lui avait adjoint un officier, un certain du Pouët. Cela ne le gênait guère : dès que ses recrues seraient accoutumées à l'Inde, au bout de douze ou quatorze mois, il déserterait avec les meilleures d'entre elles. Et à ce moment-là, à lui, les princes du Nord...

Sombre souffla le chandelier. Ce qui le retardait encore – et il continuait à partager le lit de Jeanne Carvalho pour cette seule raison –, c'est qu'il avait besoin de beaucoup d'argent pour gagner son pays de cocagne, soudoyer les hommes avant la traversée des déserts ou des jungles, recruter des cipayes, séduire les princes, fabriquer de nouveaux canons, acheter des dizaines de bons éléphants. Il faillit se lever, recommencer comme tant de nuits à chercher où la Carvalho pouvait cacher ses roupies et ses diamants. Il songea alors à la cave, qu'il avait plusieurs fois retournée, en vain, et se souvint du petit marin qu'il venait d'y enfermer. Un beau gaillard, celui-là, bien musclé, brûlant du feu de Dieu. Dans quelques années, peut-être, un vrai foudre de guerre. Mais pour l'instant, encore trop pataud, désordonné ; un chien fou. Il fallait le mettre au pas, lui apprendre la ruse et la discipline. Le faire souffrir, afin que le mal lui devienne familier. Il le mettrait avec les novices. Et, dès l'aube, le soumettre à sa loi. Interrompant là ses spéculations politiques, Sombre se mit à réfléchir aux moyens les plus susceptibles de desserrer les lèvres de cette recrue prometteuse, mais trop peu bavarde. Après avoir longtemps hésité entre le tisonnier chauffé à blanc et le fouet assaisonné de piment et citron, il choisit de s'en remettre à l'humeur du moment et s'octroya trois heures de sommeil, au terme desquelles il se réveilla fort exactement.

L'aube n'était pas levée qu'il tenait Madec à sa merci.

⁂

– Quand partirons-nous ? demanda Madec, tandis que Sombre lui déliait les poignets.

– Te voilà pressé ! La guerre s'apprend !

– Je sais me battre !

Sombre laissa échapper un sourire :

– Pas encore, pas encore...

Dans le regard de Madec passa le même tremblement que tout à l'heure, quand la douleur avait desserré ses mâchoires. Il haïssait cet homme ; et pourtant, lorsqu'il le regardait ainsi, il l'aurait suivi n'importe où. Il s'était établi entre eux, depuis le moment où il avait cédé sous la torture, une sorte d'alliance bizarre, une intelligence secrète et inexplicable ; l'autre l'avait vaincu, lui avait révélé ce qui dormait en lui, qui l'avait agité si fort tout le temps qu'il avait servi sur les navires : la soif des routes, les hasards des chemins, la guerre, l'aventure. Et ce matin, de le savoir, un peu d'enfance s'en allait de Madec.

– Tu n'as vraiment pas de place dans la cavalerie ? hasarda-t-il cependant.

Pour toute réponse, Sombre reprit son tisonnier dans le brasero, l'agita sous le nez de Madec. Il recula d'un pas. Sombre éclata de rire, un rire atroce, immense, rauque, qui résonnait dans la cave.

– Alors quand, balbutia Madec, quand ?

Sombre reposa le tisonnier.

– Dans quinze jours. A minuit. Sois à la taverne de Marie-Sans-Maison, auprès du port. Voilà de quoi vivre jusque-là.

Il sortit de son gilet un sac de roupies.

– Et tais-toi ! N'oublie pas que tu désertes la marine. Méfie-toi de tout le monde.

De sa main gauche, Sombre, comme la veille, lui comprimait le cou. Il étouffa. L'autre rit encore, un peu moins fort, comme lassé du jeu, et le relâcha. Il désigna la porte :

Sombre s'était détourné. Madec chercha encore son regard, quêta une sorte d'encouragement, un sourire. L'autre ne bougea pas.

– File !

Tout endolori, Madec gravit l'escalier. La plante de ses pieds, où Sombre avait à deux reprises appliqué le tisonnier, le brûlait affreusement ; il avait peine à marcher, il boitait presque. Il traversa le long couloir blanc, puis le vestibule de la demeure, et ne reprit ses esprits qu'à la lumière.

C'était l'aube, une aube très bleue, chaude déjà, comme toujours en Inde. Dans un coin du jardin, près de l'endroit où il s'était battu la veille, des domestiques à demi endormis commençaient à trier des graines. Ils le regardèrent passer avec la plus grande indifférence. Le portail était ouvert. Il se précipita dans la rue, courut jusqu'à l'avenue, s'arrêta contre un palmier, souffla un bon moment en massant ses pieds. La douleur était atroce. Il parvint à se contenir, puis, brusquement, il se souvint des pistolets, qu'il avait perdus dans la bagarre. Ils avaient dû rouler dans le jardin. Maintenant que Sombre l'avait lâché, sa peur s'estompait. Quelque chose même en lui se révoltait. Il résolut de retourner sur ses pas. Il allait rentrer dans le jardin, quand il aperçut au premier étage, debout sur la terrasse, la silhouette de Sombre. Il ne s'était pas encore aperçu qu'il était si énorme, presque monstrueux. Il crut encore entendre son rire et se sauva à toutes jambes. Au coin de la rue, il s'arrêta. Il était seul. Seul, et un peu ivre peut-être. Il respira longuement les odeurs de jasmin et de vétiver qui montaient des jardins, auxquelles se mélangeaient déjà les relents des premiers caris. « L'odeur de l'Inde », pensa-t-il, et il sentit monter en lui une sorte d'élan poétique. Il ne dura pas. Entre la peur de Sombre et le désir de l'Inde, Madec ne savait plus à quoi se résoudre. Marque incontestable d'une solide santé, il décida de remettre à plus tard ses pensées d'aventures et s'en alla dépenser ses roupies dans le premier lupanar qui se présenta.

***

Debout sur la terrasse, face au soleil levant, Sombre continuait à rire. Car il était rentré à l'improviste dans le boudoir de Jeanne, et il l'avait surprise, sans qu'elle s'en aperçût, serrant ses diamants dans la cachette qu'il cherchait depuis des mois : un petit coffret d'ivoire marqueté, confondu dans la décoration des murs, à côté de ses flacons d'eau de rose et ses boîtes à poudre.

Ainsi donc, s'il le voulait, il tenait toutes les pierres dont la Carvalho faisait trafic pour sa plus grande fortune et la perte des ambitieux qui gouvernaient Pondichéry. Il s'étonna que le coffret soit si petit ; les difficultés dues à la guerre, sans doute. Peu lui importait. Il patienterait ; entre deux expéditions avec son régiment, il reviendrait la voir, il endormirait ses soupçons, il la laisserait engraisser le magot. Il faudrait attendre six, huit mois. Pas davantage cependant. Il y avait trop à gagner dans le Nord. Quand il eut fini d'exulter sur la terrasse, Sombre revint doucement à la chambre de Jeanne. Six, huit mois, se dit-il encore, et il se souvint du petit marin. Ce ne serait pas assez pour le former à la guerre. Tant pis. Il l'abandonnerait. Un homme de plus, un homme de moins... Et, qui sait, les hasards des routes, un jour peut-être, le lui ramèneraient. Il se trouvait maintenant à la porte de Jeanne. Dans la pièce voisine, il entendait s'affairer la mijaurée qui n'avait pas voulu de lui. Il haussa les épaules, s'arrêta devant la chambre de la Carvalho, prit son plus bel œil noir et, pour une fois, il frappa avant d'entrer.

⁂

Les deux semaines qui le séparaient de sa désertion, qui étaient aussi les deux semaines avant l'appareillage du vaisseau, Madec les passa à arpenter le port. Il retarda le moment de penser au départ. L'argent qu'il avait en poche y était pour beaucoup ; Sombre s'était montré généreux. Il but des pintes et des pintes d'arak, souleva une bonne dizaine de jupons ou saris mercenaires. Dieu et Visage, rencontrés au détour d'un tripot, s'étonnèrent de cette soudaine embellie. Pour toute réponse, Madec leur jeta dans les bras sa bayadère du moment. « Il a dû gagner gros jeu », grommela Dieu, tout en palpant ce cadeau qu'il n'attendait pas. Et l'on en resta là. En fait, Madec ne parvenait pas à se décider vraiment. D'un côté, il y avait l'Inde, bien sûr, par le moyen de la désertion. De l'autre, la très relative sécurité de la marine française, avec sa hiérarchie autoritaire et bornée. Mais l'honneur ? Il avait si bien hésité qu'il était retourné à bord du *Duc de Bourgogne*. Le vaisseau appareillait le lendemain à l'aube. Et Sombre qui l'attendait... C'était l'heure de la décision. En quelques instants, dans l'obscurité du gaillard d'avant, il réunit tout ce qui lui manquait : son paquet de hardes, deux chemises, une culotte, qu'il attacherait sur sa tête au moment de plonger, une corde, pour se laisser couler contre les flancs du vaisseau. Tapi dans le noir, guettant les lumières pâles de Pondichéry, il se demanda encore pourquoi, au dernier moment, il avait suivi ses compagnons et regagné le vaisseau en partance. Peur de rompre, peur de la fugue. Et pourtant, les deux fois qu'il avait quitté la Bretagne, il s'était senti libéré. Course, échappée, liberté ; un moment d'exaltation intense, qui s'était dissous dès les premières heures en mer. Mais, pour ce seul instant, il aurait voulu qu'il y eût au monde dix mille Chines, un million d'Amériques, afin de renouveler jusqu'à plus soif l'indicible ravissement du départ. Cette fois-ci, c'était la rupture. Divorce, sans espoir de retour. Désormais, le fil invisible des chemins de mer ne le relierait plus à sa première vie, Quimper et ses marées tranquilles, champs de lin, beurre gras et vêpres carillonnantes.

Neuf heures sonnèrent au clocher des jésuites. C'était maintenant ou jamais. Peur de lui-même, ou goût du vertige, il avait reculé à l'extrême le moment du choix ; désormais, c'était clair : il trahirait la mer. Pas Sombre. Il avait dit « à minuit, chez Marie-Sans-Maison ». L'attendrait-il ? Ces deux lieues de mer à franchir, entre les requins et les brisants de la barre... Mourir. Mourir, ou gagner l'Inde. Voilà qui était beau.

Madec sortit de sa cachette, se déshabilla, fixa sur sa tête le paquet de hardes, attacha la corde au bastingage et la fit glisser sur les flancs du vaisseau. Il éprouva soigneusement la solidité du nœud, franchit la rambarde et, doucement, se laissa descendre. La mer était assez agitée. Il nagea vite au début, puis son rythme se ralentit. Il faillit se retourner pour jeter un dernier regard au vaisseau, dont les fanaux se balançaient, mais se retint. Ne plus penser. A rien, ni aux requins, ni à la barre. Nager. Forcer la chance. Et l'Inde. La fortune, à deux lieues.

Il passa quatre heures dans les vagues. Plusieurs fois, il défaillit. Au plus fort de la barre, bousculé de tous côtés, il se demanda, comme en rêve, quel était le visage de la Mort. Ici, il était impossible qu'elle vînt comme en Bretagne, squelette ironique et moissonneur, gardien des portes de l'Enfer Froid. En ces terres chaudes, au contraire, mourir devait être quelque chose de bien douceâtre, une fusion, un abandon. Curieusement, cette pensée morbide ragaillardit Madec ; il échappa bientôt à la barre et sortit de l'eau. Le sable était encore chaud. Il aurait voulu s'écrouler, s'endormir. L'Inde nocturne, plus insidieuse encore qu'en pleine lumière, lui offrait un berceau tiède, caressant, velouté, parfumé. Madec se souvint alors qu'on disait *partir dans l'Inde,* alors qu'on se contentait, banalement, d'annoncer qu'on allait « à la Chine » ou « aux Amériques ». Pris *dans* l'Inde : à son tour, il avait succombé, et il ne savait pas si c'était un piège ou un enchantement. Il se ressaisit. S'il abandonnait maintenant, s'il s'écroulait sur le sable qui remontait à chacun de ses pas, il était mort pour l'aventure. Coûte que coûte, rejoindre Sombre. Le courant l'avait éloigné de la ville. Son chemin jusqu'à la taverne de Marie-Sans-Maison s'en trouvait allongé ; il devrait se faufiler dans Pondichéry en traversant la Ville Noire, en contournant la cité par-derrière, du côté de la terre. Mais c'était aussi bien, il courait moins de risques d'attirer l'attention.

Pourvu qu'on l'ait attendu. Ses genoux chancelèrent. Ses oreilles bourdonnaient, sa gorge se desséchait d'avoir craché l'eau salée. Il s'était avancé de quelques pas sur le sable, quand le poids des vêtements, restés solidement amarrés sur sa tête malgré la violence des vagues, lui rappela qu'il était un fugueur. Il se sentit vaguement ridicule de se promener ainsi, nu et coiffé d'un paquet de hardes, pareil au dernier coolie de Pondichéry. Et comme l'orgueil avec le rêve étaient à peu près les seules choses qui le fissent marcher, il se rhabilla en un éclair, remonta la plage et s'engagea dans les champs qui bordaient la ville. Il redoutait surtout la traversée des *Limites* : une forte haie d'acacias, de palmiers, de cocotiers et d'aloès, qui formaient autour de Pondichéry une manière de rempart. Mais la certitude de la paix était maintenant si forte qu'on n'y avait même pas installé de poste de garde. A deux ou trois reprises, Madec distingua dans l'obscurité quelques vagues silhouettes. Il se tapit ; rien ne vint. Des Indiens en maraude, sans doute. Il en fut quitte pour la peur et des accrocs à sa chemise. Le plus dur n'était pas fait. Il était parvenu à la lisière de la Ville Noire, ainsi appelée parce qu'elle était le séjour des Indiens. La police de Pondichéry la surveillait étroitement ; avant tout, il s'agirait de l'éviter. Fort heureusement, Madec avait appris à la reconnaître : elle était exclusivement composée des « pions malabars », brutes massives et trapues, nées sur la côte ouest de la péninsule et qui se croyaient tout permis, en vertu de l'insigne fleurdelisé qu'elles arboraient en bandoulière.

Deux heures sonnèrent. Dans la Ville Noire, la vie ne s'était pas encore arrêtée. Quelques Indiens s'affairaient encore, farfouillant des étals à demi vides, à la lumière de leurs lampes remplies de beurre clarifié. De temps à autre il s'en échappait un relent de musique, une odeur forte, cari ou massala. Personne ne paraissait remarquer Madec. Il dépassa sans encombre le canal qui séparait le quartier indien de la Ville Blanche. Le dédale des rues s'arrêta. Avenues tirées au cordeau, hauts murs blancs aux portails clos : il serait difficile de se cacher, en cas de mauvaise rencontre. Il pressa le pas. Il se rapprochait du quartier des tavernes, son domaine familier. Toute une vie grouillante et tumultueuse, dans de petites maisons basses de crépi blanc qui tranchaient sur les formes massives et rouges du fort, et surtout la splendeur de la Porte Marine, par où les remparts s'ouvraient sur l'océan.

Pour la première fois, Madec se demanda ce qui avait bien pu pousser les Français à choisir, pour leur plus grand établissement aux Indes, un site aussi peu favorable. Les vaisseaux ne pouvaient franchir la barre, et, quand bien même ils l'auraient passée, ils se seraient échoués sur ces sables blonds et gris, où nulle anse, nul bassin ne pouvait les abriter. Seuls les remparts, le palais de Dupleix, le clocher de l'église des jésuites donnaient un air de majesté à l'endroit, dans le goût français : prestige, raison, sobriété. A découvrir ainsi Pondichéry déserte, à nu dans la nuit venteuse, Madec s'aperçut qu'il ne l'aimait pas. De l'éblouissement de son premier voyage ne demeurait qu'une merveille, la Porte Marine, la porte des Indes. Ce qu'il avait pu rêver d'elle, à son retour, dans les grisailles de Quimper : une gigantesque ouverture, ouvragée comme un décor de théâtre, comme les « châteaux » des bateaux, contournés de volutes et alambiqués à l'envi. Au pied de cette porte, la mer prenait un sens. Elle ne s'ouvrait pas sur des projets raisonnables de richesse patiente, comme le laissaient croire les façades rigides des autres monuments. Elle débouchait sur l'excès, la folie, une orgie de passion et de sensations fortes, analogue à l'exaltation fébrile qui portait Madec vers la taverne de Marie-Sans-Maison, au mépris de la fatigue et du sommeil. Dans l'Inde, il allait vivre double, et cette porte donnait sur un autre monde, semblable peut-être à celui des contes, où les navigateurs fous d'océan, au détour d'un archipel, trouvaient une île mystérieuse, des palais labyrinthiques, des secrets à forcer, des femmes à séduire et abandonner.

Pondichéry tout entière dormait, livrée à ses rêves tranquilles d'après les plaisirs. Les agents de la Compagnie avaient depuis longtemps recompté les roupies perdues ou gagnées au jeu, bu leurs derniers verres d'arak, et, dans les chambres des belles créoles, le vent soulevait rideaux et moustiquaires. Le quartier des tavernes lui-même semblait pris de torpeur.

Sombre, Sombre. M'a-t-il attendu ? Un frisson de terreur parcourut Madec ; il se mit à courir. La taverne du rendez-vous était au bout de la rue. Sombre était parti, il en était sûr. Il se laissa tomber en haletant sur la porte noirâtre de l'échoppe. Avec surprise, il sentit qu'elle cédait sous son poids, et il entra en trébuchant dans une vaste salle. Quelques bougies brûlaient. Sur une natte posée à même le sol, une forme féminine frémit, puis une autre, plus épaisse, dans un autre coin de la pièce. Et, brusquement, un homme se redressa, tout d'un bloc, surgi lui aussi d'un quelconque matelas.

— Sombre ! s'exclama Madec, et c'était un cri de soulagement.

Tout autour d'eux, des hommes se réveillaient, des matelots comme lui, burinés et en guenilles.

Sombre le prit au collet, le secoua, le poussa contre le mur :

— Tu as eu peur, dis-le, tu as eu peur !

Madec acquiesça en rougissant. Il sentit, comme deux semaines plus tôt, les muscles de Sombre l'écraser.

— Tu as eu peur ! continuait-il à gronder.

Madec osa lever les yeux, tenta de le braver. Les cheveux de Sombre étaient tout décoiffés ; privé de justaucorps de velours et de jabots de dentelle, il n'avait plus la prestance de l'autre soir ; sa puissance, cependant, demeurait intacte, plus insistante peut-être, car elle se montrait sans apprêt, à l'état brut.

Une femme se leva dans un coin, défripa sa chemise de plumetis bleu. C'était la tenancière.

— Pauvre petit !...

Sombre l'écarta d'un revers de main.

— Tais-toi !

Puis il héla les autres, saisit Madec par les épaules, le poussa devant lui :

— En route !

CHAPITRE IV

Avril-décembre 1758

De Mahabalipuram aux marches du Bengale

Les quatre années qui suivirent son engagement dans l'armée, Madec vécut dans un demi-bonheur, quoique autour de lui l'histoire se fût mise à bouger. De patrouille en reconnaissance, de défrichage en exercice de tir, il apprenait peu à peu à connaître l'Inde, et peu à peu aussi disparaissait sa part d'enfance. Quelques mois après l'avoir enrôlé, Sombre avait disparu. Il avait emmené une bonne part des hommes du régiment, et Madec s'était retrouvé aux ordres du chevalier du Pouët, un vétéran des Indes, qui avait remplacé dans son cœur son ancien maître, bien que les deux hommes fussent très dissemblables. Le matin de mai où l'on avait découvert la désertion de Sombre – quatre ans plus tard, Madec s'en souvenait avec la plus grande précision, les écuries silencieuses et vides, les sabots des chevaux imprimés dans le sable, dirigés vers le nord-ouest, vers les jungles, la colère de du Pouët devant l'affreuse évidence –, il s'était senti un peu orphelin. La complicité née de la nuit de la torture les avait liés ainsi que père et fils ; Sombre, au-delà même de la raison, lui avait appris tout ce qu'il savait de la guerre : à la tête de ses dragons, les cavaliers noirs, comme on les appelait, il lui avait montré comment dresser les chevaux à se cabrer pour avoir dans une charge l'avantage du premier coup de sabre, « monter à pic », ainsi qu'il disait en son langage imagé. Il lui avait expliqué comment rôder dans les maquis pour espionner les mouvements de l'ennemi, dans quel ordre ranger les soldats pour l'attaque. Ce ne furent, à vrai dire, que simples exercices, une manière de passe-temps : la vraie guerre persistait à se refuser. Un jour cependant il y eut des combats. Sombre alors, avec une cruauté rayonnante qui devait laisser à Madec une immense rancune, le relégua avec les fantassins, sous les ordres de du Pouët : trois ans plus tard, celui-ci l'y maintenait encore, par respect de la hiérarchie militaire, bien que Madec lui eût abondamment prouvé qu'il montait à la perfection.

En ce début de décembre 1758, alors que séchaient les dernières flaques de la mousson, Madec commençait à se lasser de l'armée régulière, et il se surprit souvent à penser à Sombre, ne comprenant pas encore pourquoi il l'avait abandonné ici, aux rives de l'Inde, où il se voyait s'enliser. Guerre ou paix, on ne savait plus. Rallumé deux ans plus tôt en Europe, le conflit entre la France et l'Angleterre avait comme hésité à se porter dans l'Inde. Mais un chef anglais venait de se lever, plus menaçant que tous les autres : Clive, dont tous reconnaissaient la marque à ses coups de main fulgurants. En un seul jour, il avait détruit Chandernagor.

Chandernagor... Seul espoir de la France au Bengale, et qui disait alors Bengale, disait aussi cocagne, eldorado, rivières de lait et de miel. Tapie dans un bras du Gange, aux portes de Calcutta, Chandernagor seule pouvait menacer la puissance anglaise. Le contraire s'était produit. La ruine, la catastrophe. La France, tout soudain, s'en était réveillée. Elle décida de se battre, envoya à Pondichéry un homme neuf, tranchant, brutal autant que Clive, le maréchal de Lally-Tollendal, Irlandais jacobite, héros de Fontenoy. Il commandait un corps expéditionnaire d'une assez rare qualité. A un moment où l'on ne savait plus où se trouvait le pouvoir, où l'armée s'était éparpillée sous les ordres contradictoires de ses chefs successifs, Madec, comme les autres soldats, salua l'arrivée de Lally comme un triomphe. Enfin, l'Inde à conquérir. Lally envoya l'armée au comptoir anglais de Madras, qu'on prit presque aussitôt. Madec exulta. A cette occasion d'ailleurs, le maréchal vint passer en revue le bataillon où il servait. A part Sombre, jamais homme ne lui laissa plus vive impression : c'était un être frémissant, tendu comme un arc, aux idées divinement simples, telles que les aimaient ses vingt-deux ans : plus d'Anglais dans l'Inde, mettre au pas les gens de la Compagnie, qui ne sont que vils faisans ; quant aux indigènes, des nègres comme les autres : point de nuance, point de quartier, un honnête homme aux Indes n'est qu'un coquin ailleurs.

Dans un premier temps, la popularité du maréchal fut extrême ; il la soignait : un membre du conseil de Pondichéry ayant proclamé qu'il verserait tout son sang pour le service du roi, Lally lui demanda aussitôt s'il en avait assez pour donner du boudin aux troupes. Cette énergie cassante fit le bonheur des soldats, et Madec n'était pas de reste. Du Pouët, cependant, le mit un jour en garde :

– Le maréchal va vite, trop vite... L'Orient n'est pas rapide.

Madec tombait des nues.

– Tu verras, reprit du Pouët, il a tort. Un jour, il ira réclamer les impôts des rajahs sans les salamalecs d'usage, eau de rose, prosternations, grandes politesses. Ce jour-là, la haine de l'Inde se lèvera.

– La haine de l'Inde ?

– Tu verras, tu verras... Tu as bien le temps.

Du Pouët ne s'étendit pas davantage ; mais, comme il l'avait prévu, le vent tourna. Dès qu'il eut pris Madras, Lally dut l'abandonner : un obscur prince des environs refusait de payer tribut. Malgré tous les canons du maréchal, le rajah résista. Lally s'obstina à son tour : temples pillés, idoles brisées, brahmanes attelés aux canons. Cette fois, Madec avait compris. Une sorte de désenchantement s'empara de lui ; les idées simples de Lally impliquaient, à la vérité, des manières de brute. Ce qui réussissait à Clive, parce que les troupes anglaises possédaient l'avantage du nombre, pouvait bien se retourner contre les misérables régiments français. Il saisit alors pourquoi, avant Lally, on lui avait appris à ménager les indigènes, en ne tolérant que le pillage et le vol ordinaire dans les armées d'Europe. En touchant aux idoles, on risquait fort de soulever les Indiens : ils se livreraient bientôt aux Anglais, qu'ils prendraient pour un moindre mal. Profitant du répit offert par Lally, ces derniers avaient en effet repris Madras ; à nouveau fortifié, le comptoir était imprenable ; les Français s'épuisèrent en un siège inutile. Il fallut rebrousser chemin. Fou de rage, Lally brûla la ville indienne, qui était vide : cet exploit cependant ne passa pas inaperçu. Pris d'une sorte de fureur de décision, il donna les ordres les plus insensés, rappela du Dekkan le légendaire général de Bussy, qui, de Golconde aux marches du Nord, tenait encore à sa botte de richissimes nababs. De bévue en bévue, on commença à le haïr ; les bruits changèrent. Il distribua aux soldats du lait de coco en guise d'arak, il fit déchiqueter à la bouche des canons un bataillon de cipayes, trop indolents à son goût : on le surnomma Néron, Domitien. Les jours de fête, pour obtenir leurs vivats, il dut payer les gens de Pondichéry ; il les traitait aussitôt de guignols à mourir de rire, appelait putains les bonnes dames du comptoir, et sodomites leurs maris, ce qui était un peu moins vrai.

Pendant ce temps, dans la Ville Noire, quelques brahmanes fanatiques commencèrent à colporter les bruits les plus curieux, et la population se mit à murmurer.

⁂

L'histoire en était là de ses hésitations, quand un ordre subit vint y mettre fin. L'armée campait dans un lieu ensablé, qui avait nom Mahabalipuram : Madec s'en souvint sa vie entière, car ce fut là le début de sa longue marche vers l'Inde, le vrai prologue de sa quête. Depuis quinze jours maintenant, on avait établi le camp au milieu des dunes, au bord du golfe du Bengale ; mais ce n'était pas ici un rivage ordinaire. Des siècles plus tôt, des souverains étranges, dont la mémoire s'était perdue, avaient voulu que cette plage fût leur port. Ils en lancèrent des vaisseaux jusqu'aux confins de l'Asie. Un jour vint où leur dynastie s'éteignit et leur cité après eux. N'en demeurait qu'un vieux phare, et surtout des dizaines de temples, sculptés à même des granits erratiques, à demi ensevelis par l'invasion des sables. L'endroit ressemblait, en apparence, aux temps qui couraient : indécis, lagunaire, lourd d'un passé à peine aboli, mais immature encore pour les jours à venir. L'aurore pourtant y revêtait des charmes irrésistibles, jusqu'ici ignorés de Madec. Tourmenté par l'insomnie et la faim, il s'était levé déjà depuis deux heures ; la nuit venait de s'éclairer, et il voyait l'Inde ressusciter soudain au premier rai de soleil, l'appelant comme jamais à cet autre monde qu'il cherchait depuis quatre ans, soldat sans chaussures d'une armée de traîne-misère. La lumière blanchissait sur la mer ; l'un après l'autre, les temples surgissaient de l'ombre, déroulant le détail de leurs frises, cortèges d'apsaras et de musiciens divins, processions d'éléphants sacrés, buffles monumentaux et placides taillés à même le granit qui affleurait sous les sables : c'était ici, dans le vent gris du matin, toute l'Inde des dieux réchappée de la mort des dunes, fière à nouveau devant la mer, malgré sa façade rongée de siècles et de sel. Quelques indigènes erraient déjà de temple en temple, porteurs d'offrandes. Ils s'attardèrent devant les princesses aux seins nus, taille fine et hanches pleines, puis, avec une tendresse et un naturel étonnants, couvrirent de poudre rouge les lèvres de leur ventre.

Païens... Madec se souvint de la réponse de du Pouët, quand il l'avait questionné sur tous ces dieux dont il apprenait les noms en même temps que la langue du pays : Vishnou, Brahma, Shiva, Parvati, Lakshmi, Ganesh, Khrishna, Kali... Syllabes incantatoires, magiques, terrifiantes, qui commençaient à peupler ses nuits, comme les formes trop dévêtues des déesses, dont la lubricité le réveillait souvent, tourmenté, hagard, tout entier tendu vers un corps désespérément absent. *Païens !* avait tonné du Pouët, méfie-toi, ce sont des sorciers ; sur leurs autels, au lieu des fleurs et de l'encens, on voit parfois du sang. Du sang d'homme. Ainsi donc, le diable était ici. De la religion, Madec n'avait appris en Bretagne que douleurs et péchés, chemins de croix, calvaires, *Mater dolorosa.* Parfois, bien sûr, les vierges des chapelles étaient un peu dénudées, arborant de temps à autre des seins triples ou sextuples ; parfois aussi, des sirènes à l'œil pervers se lovaient aux voussures d'une église. Cependant il n'avait jamais vu en un lieu saint tant de libertinage exhibé ; mais, au lieu de le heurter, cette impudeur, avec les mois qui passaient, lui devenait essentielle.

Le soleil montait sur le golfe du Bengale. Bientôt reprendrait la vie du camp, monotone, enlisée comme ces constructions. Il rôda un bon moment de sanctuaire en sanctuaire, tâchant d'apercevoir une cérémonie. L'accès des temples était interdit à la plupart des étrangers ; tout ce qu'il put voir fut, au fond d'une niche, l'image d'un dieu, couronné, de ses bras déployés, et qui dansait devant un sexe dressé, sculpté dans une pierre noire : forme brute, précise, parfaite. Des indigènes la dérobèrent à sa contemplation : c'étaient des filles tamoules, sans doute en désir d'enfant, venues honorer le dieu dans une pière, ou offrande, à leur façon : sari relevé, assises sur la pierre comme s'il se fût agi d'un amant.

Madec s'enfuit vers le camp. Misère, dénuement, fatigue : tentes délavées, uniformes déchirés qui séchaient dans le vent, dix canons, des chaudrons renversés : le néant, ou presque, face à l'onde.

L'Inde païenne. La belle affaire!... Là-bas, du côté des jungles où Sombre avait disparu, il était sûrement des femmes semblables à celles des temples, impudiques et superbes. Auprès de ces princesses, on ne pouvait que vivre double, comme Madec l'avait souhaité aux temps de l'enfance. La vie à grande allure, mener tout de front, à grandes guides, et la guerre, et l'amour.

Le clairon sonna. D'ici peu, avalé le premier cari, on le remettrait aux exercices, uniforme sale, fusil à l'épaule, fourniment sur le dos ; et sans chaussures, comme toujours. Madec se dirigeait vers l'endroit où chauffaient les marmites, quand il vit soudain la sentinelle courir, suivie d'un autre soldat, venu de Pondichéry certainement, car il avait, lui, les pieds chaussés. Du Pouët sortit de sa tente d'un air ensommeillé, échangea quelques mots avec le soldat, puis se réveilla tout à fait.

– Le clairon, se mit-il à hurler, le clairon, tout de suite!

Madec s'approcha.

– Le clairon?

– Oui, hurla du Pouët. C'est la guerre! Nous embarquons demain pour le Bengale!

– *Bengale...*, répéta Madec, comme s'il se fût agi du nom d'un dieu.

Puis il se retourna, face à la mer. La guerre, enfin. Et peut-être du nouveau. Le lendemain, comme annoncé, plusieurs navires vinrent mouiller face aux temples. Le régiment de Madec embarquait sur le *Bristol,* frégate arrachée aux Anglais par des corsaires malouins; on n'avait même pas pris le temps de changer son nom, tant la guerre commençait à presser. Debout dans la pirogue qui l'emmenait vers le navire, Madec s'étonna de retrouver devant des vergues et des haubans de très anciennes allégresses: à nouveau, un bateau, telle une promesse de bonheur, et pourtant il s'en allait au feu.

La pirogue franchit la barre. Des bruits oubliés s'approchaient, grincements, craquements, voiles qui claquaient ; autour de lui, les soldats se bousculèrent pour être les premiers à monter à bord. Madec se retourna, jeta un dernier coup d'œil aux temples de la côte. Le soleil de l'après-midi les dorait. La barre, en se gonflant, les dérobait un instant à sa vue; une fois la vague déferlée, ils surgissaient d'un seul coup, comme avatars d'un monde en renaissance éternelle. Lui aussi, il ressuscitait. Ces quatre années d'armée, il le voyait maintenant, l'avaient empli de lassitude; or l'annonce du combat ranimait subitement son énergie, une force secrète qui le tendait vers un but imprécis encore, mais dont il savait qu'il prenait le chemin.

A bord du *Bristol* l'attendait une première surprise: la frégate arrivait de l'île Bourbon, où elle avait embarqué des renforts; or, à peine Madec avait-il posé le pied sur le pont du navire qu'au milieu des têtes crevassées de soleil et d'alcool qui faisaient fête aux nouveaux venus il reconnut Dieu et Visage.

« Le temps parfois, comme un serpent, se mange la queue », se dit-il, et le monde peut être beau ; pour la première fois de sa vie il bénit les fortunes de mer, les haubans, les voiles, la sirène en figure de proue. Il sauta dans les bras de Visage. Visage, et pourquoi pas Dieu ? Sans doute parce qu'il était de plus loin son aîné, la trentaine maintenant, et sa tendresse affleurait davantage. Madec posa son fusil sur les planches du pont. Les deux hommes s'étreignirent.

– Madec ! tu t'en es tiré...

Le regard de Visage s'embua ; Madec y lut autre chose que la compassion indulgente d'autrefois. La mélancolie s'était installée en lui, semblait-il, ses yeux s'étaient enfoncés ; sur son front, ses cheveux bruns et raides se clairsemaient.

– Et toi, barbier, toujours au poste ?

– La guerre, Madec, tu vois où elle nous mène.

Il ne souriait plus.

Dieu les interrompit :

– Sus à l'Anglais, Madec ! Nous autres mariniers, on nous appelle au renfort ! Mort aux Saxons maudits !

Dieu, lui, n'avait pas changé. Il jubilait. Toujours aussi gros, toujours aussi roux. Comme autrefois, à chacun de ses mouvements, son uniforme paraissait près de craquer : une ventripotence triomphante, un baril de poudre avant l'explosion.

– Sus à l'Anglais ! criait-il encore. A moi, les canons !

Il mima une attaque, figurant d'un bras un canon pointé, et de l'autre, fourrageant sa bouche imaginaire, Madec éclata de rire, puis se retourna vers Visage, qui les regardait en silence, l'air un peu absent.

Pourquoi, un si beau jour, cet insondable fond de tristesse ? Pourquoi ces cernes aux creux des yeux, et si lasses ses mains douces, qui se penchaient autrefois sur lui avec tant d'amour ?

Madec n'eut pas le temps de s'interroger : Dieu le pressait de questions : tous les fantassins de l'armée des Indes allaient-ils donc nu-pieds, lui avait-on réglé sa solde, avait-il avoué sa désertion ? Madec se fit aussitôt conteur ; cela dura fort avant dans la nuit. Lui que ses deux amis, par le passé, avaient si peu entendu, il s'installa sans vergogne au beau milieu du gaillard d'avant, au lieu et place du tisseur de légendes. Le *Bristol* filait doucement vers le Bengale, poussé par les vents réguliers de la mousson de sud-est. Sans s'arrêter, Madec racontait les rizières embourbées, le siège de Madras, les dix-huit mois de solde qu'on lui devait, la joie des petites victoires, le pillage qui s'ensuivait, les filles plaquées sur la terre battue des cases, puis qu'on emmenait derrière la troupe pour ses plaisirs ordinaires. Il ne s'expliqua pas sur sa désertion, il ne dit rien de Sombre, ni de sa disparition dans les jungles. Les deux autres, du reste, n'en demandèrent pas plus. Leur complicité ancienne, entretenue de tempête en escale, était retrouvée : cela leur suffisait. Dieu n'en finissait pas d'exulter :

– Sus à l'Anglais ! On reprendra Madras, Mazulipatam, toute l'Inde !

Et, comme en écho, Madec reprenait son récit, racontait les grandes gloires de son armée, celles aussi des soldats indiens, les cipayes, qu'il fallait selon lui enrôler en plus grand nombre :

– Tu verras, Visage, l'Inde sera conquise par elle-même. Il se battent comme des dieux. Il faut voir leur allure, leur grand turban, leur plaque d'argent sur la tête, comme un casque ; ils s'entourent tout le corps de mousseline, en telle épaisseur qu'elle arrête les coups de sabre ! Et ils ne demandent rien : une cruche de terre au côté, un bidon fait d'une coque de coco, et ils vont au feu !

Visage ne l'écoutait plus. Il s'était levé. Il se dirigea vers la proue, observa un long moment les étoiles, très brillantes en cette saison dans le golfe du Bengale. Tout était calme ; avec ce vent régulier, la navigation se faisait sans peine. Les hommes de quart étaient près de s'endormir, et pourquoi les secouer ? La sérénité qui précède les catastrophes. La paix des navires, quand le diable rôde sur la mer. Cette fois, c'était pire. Le *Bristol* avait pris la mort en voyage. Contrairement au temps où Visage naviguait pour la Compagnie, il ne transportait pas dans ses cales des mousselines, ou des poudres à réveiller les sens endormis de l'Europe. Le navire était lourd de canons, farci de baïonnettes, gorgé de barils de salpêtre. Il se mit à arpenter le pont. Partout, des fusils. Son accablement grandit. Et Madec, qu'il venait de retrouver ? Il aurait dû être en joie, comme lui, comme Dieu... Madec, de la chair à canon ?

Tout à l'heure, perdu dans l'allégresse générale, il avait préféré se taire. Comment déclarer en effet à des soldats joyeux que l'Inde était promise à une gigantesque boucherie, qu'on l'avait recruté, lui, le chirurgien barbier, pour scier des jambes déchiquetées, soigner au perlimpinpin des plaies qui tourneraient à la gangrène, raconter les fariboles qui aideraient à mourir tous les Jolicœur, Grain-de-Sel et autres soldats d'aventure enrôlés de force sur ce bateau de mort ? Face à l'océan qui clapotait doucement, Visage sentit sa trentaine s'appesantir sur lui. Il s'en voulut d'en être arrivé là, spectateur impuissant d'une probable hécatombe. Et pourtant personne ne l'avait poussé, lui, Visage, rejeton d'une honorable famille nantaise, à franchir le mur du séminaire pour suivre un petit nobliau des Isles qui depuis des mois lui racontait les Tropiques. Dès les côtes africaines, il le regretta ; trop tard : quatorze ans, le destin avait bifurqué. Il décida d'être chirurgien de bord. De son ancienne vocation à servir l'Église, il garda une infinie compassion pour la souffrance, le sort tragique des esclaves noirs, ou la révolte de Madec, par exemple, quand il n'était encore que le *petit Madec*... Nul ne soupçonna sa vocation première. Il ne croyait plus ; finie la Bible, oubliées les paroles saintes. Ici-bas, rien n'existait de vrai, de beau, que la splendeur de la jeunesse, celle-là même qui commençait à le fuir et que la haine des hommes arracherait à ses compagnons.

Il caressa le bastingage tout en pestant contre le destin. Monde stupide où, dès treize, quatorze ans, tout était tracé de l'existence, sabotier, le fils du sabotier, musicien, celui du violoniste ; et pour qui se révoltait contre l'ordre des choses, Madec ou lui-même, le mirage des îles, la route, l'aventure. Perse, Martinique, Indes, Pérou. Filles brunes, sacs de piastres, escroqueries et coups de couteau. Et, le plus souvent, la guerre. Il secoua les épaules, retourna près de ses compagnons. Le gaillard d'avant sentait très fort l'arak. Certains chantaient :

Nous les aurons, les Anglais, vraiment,
A double rangée de dents,
Les marchands de mort subite...

Madec riait. Il jouait aux cartes. Son profil légèrement busqué passa rapidement dans le halo d'une lampe, et Visage devina en lui quelque chose qui attendait. Il frémit. Oui, car lui, Visage, il attendait aussi. Une merveille, peut-être, qui le sauverait de l'humeur noire. Mais était-il encore des merveilles au monde ? Il s'approcha des autres, demanda à partager la prochaine partie, s'assit près de Madec. Il était sûr de l'avoir deviné, de la même façon qu'il pressentait, sans la toucher, la tendresse de sa peau. La vie, si courte.

De désespoir, Visage perdit cinq parties successives.

⁂

Le *Bristol* avait pour mission de débarquer les troupes à Mazulipatam, place forte française aux marches du Bengale, assiégée de longtemps par les troupes anglaises. Le vaisseau n'avait pas mouillé qu'on dut se résoudre à l'incroyable : le fort s'était rendu, le pavillon anglais y flottait depuis quatre jours. La première pensée de Visage fut alors pour Madec, il craignit pour lui le plus violent désespoir. Ce ne fut que du dépit ; on l'aurait détroussé, roué, laissé nu en pleine place de Pondichéry, sous les regards ironiques des belles pavaneuses, qu'il n'aurait pas eu l'air plus abasourdi : on lui avait volé sa bataille. Les officiers décidèrent alors de continuer vers le nord. Si les Anglais, depuis un an, contrôlaient Chandernagor, ils ne tenaient pas encore tout le Bengale, et on trouvait toujours, éparpillés au long des dunes interminables qui se prolongeaient jusqu'au delta du Gange, des comptoirs français minuscules, vagues baraquements fortifiés à la hâte, où s'échangeaient de temps à autre des ballots de tissus et d'épices. La décision était sage ; cependant, le vent des Indes ne laissait pas d'autre choix. Tout repli sur Pondichéry était désormais impossible : la mousson de sud-est, qui venait de commencer, persisterait d'avril à décembre à pousser les vaisseaux vers le Bengale, quelle que fût la volonté des stratèges maritimes, et fussent-ils français. En désespoir de cause, on se laissa donc porter par le vent jusqu'aux confins du Gange, et le commandant, un dénommé du Quay, jeta son dévolu sur un fortin de la Compagnie des Indes, tellement abandonné qu'on n'en savait même plus le nom. On y construisit des casernes en torchis, on les couvrit de paille, et on y logea la troupe, qui y mena ses premiers combats contre les cobras, dont c'était la demeure familière. Puis on organisa un arsenal de fortune pour travailler à l'artillerie ainsi qu'aux munitions de poudre.

Madec ne décolérait pas. Toutefois, il ne parvint pas à s'avouer que ce contretemps était un effet de l'incapacité des officiers des Indes. Il aimait du Pouët, il respectait l'armée. Il attribua tout à la malchance, fulminant seulement de ne pas courir au feu. Aussi, comme l'avait été sa fureur, son enthousiasme ne connut plus de bornes quand il apprit le plan qu'ourdissait l'état-major. Mazulipatam pouvait être repris, à condition de séduire le rajah qui régnait sur le pays ; il commençait, semblait-il, à se lasser de la présence anglaise. On lui écrivit donc quelques mots très polis et très ornés, selon l'usage. Charmé de ce message qui lui laissait présager d'autres gains que des chamarrures de style, le rajah se rendit au camp des Français. On déploya toute la pompe militaire, on se répandit en salamalecs, la troupe même fut sommée d'en être. Le rajah fut ravi et promit de suivre les Français partout où ils voudraient.

Cependant les provisions diminuaient, et il était clair qu'on n'aurait pas assez de vivres pour attendre le moment où s'inverserait la mousson. Le commandant du Quay rappela donc le rajah, qui, pensait-il, lui avancerait sans difficulté sacs de riz et ruisseaux de perles, à valoir sur les pillages à venir, pour qu'on pût tranquillement manger à sa faim et acheter la poudre destinée à déchiqueter la chair anglaise. Le rajah promit tout ce qu'on voulait. La bonne humeur revint au camp ; Madec retrouva la jovialité de ses premiers temps dans l'armée, belles parties de chasse et de cartes. Visage seul demeurait taciturne : les semaines passaient en effet, sans qu'on vît les trésors convenus. On convia donc le rajah une troisième fois ; les paroles du commandant se firent plus vives. Selon Dieu, qui avait assisté à la scène, le prince y lut sans doute quelque menace : la nuit suivante, il avait décampé. Du jour au lendemain, il organisa, dans l'arrière-pays, la déportation des paysans de la province. Les Français étaient désormais privés de toute forme de subsistance : fruits, riz, légumes, il n'y avait plus rien ; il fallait donc livrer bataille.

Le « perfide rajah » campait au pied d'une montagne, à l'orée d'une épaisse forêt. Avant d'ouvrir le feu, on sacrifia quand même à l'usage en vigueur chez les peuples civilisés, et qui consiste à envoyer, avant l'ultime sommation, quelques ambassadeurs pleins de bonne volonté. A leur grand étonnement, et malgré les canons pointés à l'horizon, le rajah ne fit paraître aucune animosité ; des propositions furent faites de part et d'autre. L'Indien demanda qu'on fît placer des tentes à égale distance des deux camps, où le commandant français viendrait le rejoindre avec une escorte égale à la sienne. Et on y terminerait la négociation en paix. Madec devait faire partie de l'escorte. Mais il désapprouvait tant ces atermoiements, où il ne voyait que lâcheté et terreur du combat, qu'il obtint du commandant lui-même la permission de rester au camp ; du Quay adorait le cérémonial des tractations diplomatiques ; il ne vit aucun inconvénient à se passer de la présence de ce petit grenadier impulsif. On devait partir au point du jour ; mais le rajah fit retarder le rendez-vous jusqu'à la tombée de la nuit. Le lendemain matin, quatre soldats terrorisés apportaient au camp une nouvelle affreuse : le commandant et sa troupe étaient tombés dans une embuscade. Les hommes étaient morts sous les lances des Indiens, à l'exception de du Quay, qu'on avait emmené dans les montagnes. Des indigènes rencontrés dans la jungle avouèrent sous la torture qu'on l'y avait laissé mourir, au fond d'une fosse remplie d'excréments, offert en pâture aux serpents et aux insectes.

Le désarroi gagna le camp. D'autres troupes indiennes étaient arrivées, qui bloquaient l'accès à la mer et au vaisseau. Désormais, la famine était là. On prit donc le parti de vivre de maraude ; nuit et jour, les armes à la main, on escalada les collines pour prendre bestiaux et grains ; au retour, pour rejoindre le camp, on sa battait contre les Indiens. Avec l'énergie du désespoir et la faim au ventre, Madec se distingua dans quelques-unes de ces petites affaires. On le nomma alors sergent, et on le mit à la tête de quatre cents soldats cipayes, indigènes fort dociles, qu'on venait de soustraire à leur ancien maître, en leur faisant miroiter quelques babioles et quincaillerie d'Europe. La tâche était rude : il fallait tout leur apprendre. Madec, flatté d'être chef, y retrouva pourtant un regain d'ambition. De l'été à l'automne, et par les pires averses de mousson, il fournit chaque jour le camp en vivres, combattant la nuit aussi bien que le jour. Enfin, au prix d'un effort inouï, on força donc les lignes du rajah ; embuscades, batailles rangées, canons hissés sur les pirogues pour descendre les rivières qui menaient à la mer. Le *Bristol* était toujours là. Les vaisseaux anglais, sans doute occupés ailleurs, ou retenus par des vents contraires, n'étaient pas venus le reprendre. C'était décembre. Il fallait se hâter : la mousson allait s'inverser, porter les navires vers Pondichéry. Du Pouët ordonna d'embarquer. La moitié des troupes françaises étaient à bord, des officiers pour la plupart, quand une voile anglaise surgit à l'horizon. Il n'y avait plus à hésiter : le *Bristol* appareilla sur-le-champ.

Visage, Dieu, Madec et ses cipayes étaient restés à la côte, avec une cinquantaine d'autres soldats dont la fortune semblait se rire.

Il ne leur restait plus qu'à tenter de rejoindre Pondichéry par voie de terre, et la petite troupe s'engagea alors dans les montagnes. Par bonheur, ils avaient gardé des canons ainsi que quelques buffles, auxquels ils les attelèrent. Au moment de franchir le premier torrent, on découvrit sur la rive d'en face un petit temple à demi abandonné. Par une curieuse association d'idées, Visage se souvint alors que c'était Noël ; il le fit remarquer à ses compagnons, de peur que l'aventure qui commençait n'effaçât en eux le décompte du temps. Tous se signèrent et commencèrent quelques chants, à l'exception de Madec qui tenait les yeux fixés sur une statue de pierre, sculptée au temple de l'autre rive.

C'était une jeune fille très dévêtue, qui souriait à son amant et semblait inviter le voyageur des montagnes à venir partager leurs ineffables joies.

CHAPITRE V

Décembre 1758-août 1759

Pondichéry

La mousson tardive de l'Inde du Sud était à peine close que Pondichéry tout entière se mit à préparer des fêtes. Dans la Ville Noire, on allait célébrer le *maadu-pongol,* la fête des semailles et du riz à venir. Commença dès la mi-décembre un extraordinaire tintamarre de cymbales et de tams-tams, moins allègre, cependant, qu'à l'accoutumée. Dans la Ville Blanche, c'était Noël, Noël à la créole, à la façon du comptoir des plaisirs : depuis trois mois déjà, il ne restait plus chez les marchands une aune de satin, et les tailleurs indigènes s'échinaient nuit et jour à froncer des jabots, draper des ruchés, découper des prétintailles et creuser des décolletés dont l'insolence les glaçait de terreur. Une rumeur effroyable courait en effet la Ville Noire, murmurée des pagodes aux lavoirs, de l'atelier des tisserands aux boutiques des changeurs d'or, mais jalousement contenue dans le périmètre de la cité indienne : car nul n'osait la porter au-delà du canal qui séparait les deux villes, dans la crainte que la foudre s'abattît sur celui qui oserait la divulguer aux Blancs. Ce n'était pas une nouvelle, à proprement parler ; c'était plutôt une annonce, une prédiction, bref une parole divine. Mais qui aurait le courage de reproduire les mots des dieux, quand ils sont pleins d'un tel désespoir ? Et qui surtout oserait la répéter à un Blanc de Pondichéry, des firanguis la race la plus légère, la plus insouciante que la terre eût portée, fallait-il que leur dieu fût homme de confiance pour qu'ils se pavanent ainsi avec tant de fierté, dans la cité même que les autres dieux, les vrais, l'immense tribu de Brahma, avaient choisie pour théâtre de l'universelle punition, aux fins de régénérer le monde usé, en ce bas âge de Kali-Yuga.

De son boudoir aux volets clos, Jeanne Carvalho sentait monter d'étranges choses. Noël passa, cependant, sans qu'elle s'en inquiétât. Depuis que Sombre était parti, elle ne jouait plus au jeu de l'argent qu'avec désinvolture, une sorte de distance un peu somnambulique. Une suprême habileté, acquise de longue date, lui apportait encore le succès. Mais elle savait bien qu'elle ne s'y plaisait plus ; et, si elle persistait à réussir placements et spéculations, le miroir chaque matin lui en disait la raison : ces lourdes poches sous les yeux, la graisse noyant son visage et son corps, ce regard trouble, les mains qui parfois, sans motif apparent, se mettaient à trembler... L'arak avait définitivement remplacé le thé.

Cet après-midi encore, au sortir d'un très copieux déjeuner, rougail, cari, tourte, chocolat, confiture de mangues, elle n'avait trouvé le bienfait de la sieste qu'après trois grands verres d'alcool : le goût fort et sucré du liquide la rassurait. Avant de s'endormir, elle revit, se penchant sur elle, le grand poitrail de Sombre. Elle murmura son nom, tendit les bras sur le vide, des larmes s'échappèrent. Puis la torpeur de l'arak l'envahit ; elle flotta longtemps entre veille et sommeil, abandonnée à son fantôme d'amour. Puis il y eut, comme chaque après-midi, le réveil lourd et triste, les sens émoussés, mais la vieille blessure, la passion, toujours présente, prête à surgir, à renouveler le désespoir. Elle se leva, se traîna jusqu'au boudoir, s'arrêta devant sa coiffeuse. Elle saisit un flacon d'eau de rose, le renversa sur un mouchoir de dentelle. Les trois quarts de la fiole se répandirent sur le plancher marqueté : c'était souvent ainsi, elle le savait d'ailleurs, ses gestes perdaient de leur précision. Elle ne répara pas sa maladresse. Elle venait d'apercevoir dans le miroir les bouffissures de son visage. Elle détourna la tête. Ce n'était pas vrai. La glace mentait. Elle ferait venir Marian tout à l'heure, la forcerait à se pencher sur la glace, et elle verrait bien aussi, la petite, s'y défraîchir sa jeunesse.

– Une mauvaise glace, une mauvaise glace, murmura Jeanne, et elle repartit vers la fenêtre avec son mouchoir et son flacon en filigrane d'argent.

Elle n'avait même pas remarqué son esclave, assise en contre-jour près de la jalousie baissée, et qui, d'une palme immense bordée de vétiver, continuait à éventer la pièce comme si Jeanne n'avait pas bougé. Le soleil qui filtrait par les lattes du store fit étinceler le flacon. Jeanne plissa les paupières. Elle était maintenant complètement réveillée. Trop réveillée. Vite, de l'arak. Elle se tamponna fébrilement le visage à l'eau de rose, rajusta les boucles de son chignon et jeta à la petite un ordre en tamoul :

– Descends. Laisse la palme. Je veux...

La servante avait déjà compris. Elle ramassa les pans de son sari, glissa sur le parquet ciré, disparut dans l'escalier. Jeanne se mit à arpenter les deux pièces de son appartement, cherchant à contenir les frémissements qui la prenaient. Autrefois, l'attente fébrile de la conclusion d'une affaire la transportait ainsi. Désormais, elle ne tremblait plus que pour du vide : l'attente de la fiasque blanche qui lui donnait un semblant de joie.

Trois ans que cela durait. Trois ans, où elle n'avait jamais pleuré en public, où elle était restée droite, ferme, femme d'argent, femme de tête, même devant la petite Marian, qu'elle n'avait toujours pas mariée et qu'elle hébergeait encore. Trois ans de souffrances solitaires, d'avachissement discret, de demi-sommeils engourdis d'alcool. Comment se plaindre d'un homme qu'elle avait toujours su infidèle ? Et le mot était faible, puisqu'il était parti en la volant... Elle l'avait pressenti des mois auparavant. Il était trop calme, tout d'un coup, trop peu brutal, il revenait trop régulièrement de son régiment. Elle avait donc laissé, presque en évidence, quelques pierres assez communes. Au fil des mois, pour parfaire la supercherie, elle avait grossi le presque faux magot. Il ne lui déplaisait pas de le tromper à son tour ; c'était sa façon de le tenir, de le posséder, au double sens du mot. En elle quelque chose, bien sûr, continuait à espérer : c'était là un geste gratuit, il allait rester, il commençait à l'aimer...

Il n'en fut rien. Un matin de mai, elle se réveilla seule sous la moustiquaire ; comme prévu, la cachette des mauvais diamants était vide. Ce matin-là, curieusement, elle fut prise d'un immense rire. Là où elle cachait ses belles pierres, personne ne les trouverait jamais. Sombre avait tout obtenu d'elle, sauf sa part la plus inaltérable, la fortune, qu'elle ne livrerait jamais. Amère victoire. Le soir même, la vie commença à tourner en rond. Jeanne était vide, morte, achevée. De cette nuit-là, il y eut toujours, parmi ses fioles de parfum, beaucoup de bouteilles d'arak.

Nul à Pondichéry ne voulut s'étonner de sa soudaine solitude. Quant à elle, elle ne chercha pas à savoir où Sombre était parti. Les jungles, les rajahs, peut-être. Elle préféra l'ignorer : l'Inde comptait pour elle tant qu'elle déversait ici le produit de ses mines et de ses ateliers, elle s'arrêtait à la lisière de la Ville Noire : à l'extrême limite, à sa demeure de campagne, Circé, sur le chemin qui menait à Madras.

La servante tardait. Jeanne s'assit sur un canapé d'acajou incrusté de coquillages, cadeau d'un agent qu'elle avait soustrait aux foudres de Godeheu, puis se leva presque aussitôt. Son impatience grandissait. Elle se dirigea vers la fenêtre, écarta la jalousie. La Ville Noire, elle aussi, se réveillait de la sieste. Le tam-tam recommençait. « Oui, se dit Jeanne, la belle saison revient, les nuits brillantes d'étoiles, la fête du pongol. D'ici peu, on va voir arriver au port de nouveaux bateaux, avec des jeunes gens bien frais, de tendres jouvenceaux qu'autrefois j'aurais pris pour amants... » Les larmes lui revenaient. La servante n'était pas remontée. Elle courut jusqu'au palier, appela.

On ne répondait pas.

Jeanne se mit à réfléchir. Était-elle sûre que la petite ait bien compris ? Elle ne se souvenait plus de son nom. Elle en employait une bonne vingtaine, qui parlaient au moins trois langues différentes, tamoul, telougou et malayalam. Elle ne savait même plus ce qu'elle avait dit. Elle appela encore, passant mécaniquement d'un dialecte à un autre. On ne répondait toujours pas.

Soudain, la porte voisine s'ouvrit.

– Jeanne..., ma bonne Jeanne. Qu'avez-vous donc ?

C'était Marian, arrachée à sa sieste, toute fraîche, délicieuse, dans un caraco de velours vert et un jupon d'organdi blanc.

— Les servantes, répondit Jeanne, d'un ton très sec.

— Ces négresses... La fête leur tourne la tête ! Avec cette musique dans la Ville Noire...

Jeanne s'appuya à la rampe de fer forgé, vacilla. Marian la retint :

— Vous n'allez pas bien, Jeanne. Attendez.

Elle se précipita dans sa chambre, revint avec un verre.

Jeanne voulut refuser. Mais non, c'était plus fort qu'elle, l'odeur forte, le goût du sucre. Elle but d'un seul trait, soupira d'aise.

— On ne peut plus compter sur les servantes, ces temps-ci, commenta simplement Marian. Je n'ai jamais rien compris à ce qu'elles racontent, mais je les trouve bien fébriles, ces derniers jours.

Jeanne n'écoutait pas. Elle avait rougi. Ainsi, Marian savait. Et, qui plus est, elle aussi, elle aimait l'arak ! Elle se raidit dans son déshabillé. L'alcool. Et alors ? Ne s'ennuyaient-elles pas également, toutes deux ? Et n'était-il pas explicable que Marian y trouvât aussi une distraction passagère, puisque à vingt-deux ans elle n'était pas mariée et qu'elle n'allait pas tarder à se faner ? C'était sa faute, du reste. Mais il fallait désormais aller vite. L'arak avait rendu Jeanne tout à fait maîtresse d'elle-même. Elle résolut de s'ouvrir sur l'heure de ses inquiétudes :

— Venez donc dans ma chambre, mon enfant. J'ai à vous parler.

Marian parut étonnée :

— Mais... laissez-moi me refaire, je ne suis même pas coiffée, il fait si chaud !

Son caraco s'ouvrait en effet sur sa poitrine menue, qu'elle ne songeait pas à cacher.

— Peu importe. Venez.

D'amolli qu'il était l'instant d'avant, le ton de Jeanne s'était durci : cassant, impératif, ainsi qu'avec les servantes. Marian s'exécuta.

La Carvalho lui désigna le canapé, s'assit sur le lit.

— Souffrez que je vous parle franc, Marian. Si je vous ai accueillie avec un peu de réticence, voici quatre ans, vous avez bien vu que nous nous entendons à merveille. Ce qui m'est une grande consolation depuis que...

Marian leva les yeux, regarda par la jalousie.

— Bien, reprit Jeanne. Nous sommes heureuses, vous ne me pesez guère. Durant trois ans, vous avez attendu – ou prétendu attendre – le vieux Lestriverde. Parlons net, Marian, je vous le répète ; vous et moi savons bien qu'il ne viendra pas. L'île de France l'a retenu. Qu'il s'agisse d'une belle créole ou d'une mauvaise affaire – ou peut-être même est-il mort –, nous n'avons plus de nouvelles de lui.

— Je sais, dit Marian, je sais. C'est la guerre, un an qu'il n'écrit plus, je ne suis toujours pas mariée, les affaires déclinent. Quel souci je vous donne...

— Nous y sommes. Il faut vous décider.

— Tout le monde ici...

— Passe d'amant en amant, certes. Mais on se marie. Vous n'avez pas manqué d'hommes, vous n'en manquerez pas, et puis je m'en moque ! L'amour fait marcher les affaires !

– Vous n'avez pas toujours aimé la galanterie.

– J'avais alors mes raisons. D'ailleurs, je vous ai laissée assez vite mener vos amours à votre guise. Maintenant, ma belle, sachez que la jeunesse s'en va. Par bonheur, vous n'avez pas enfanté. Vous pouvez trouver un mari qui vous entretienne la vie durant, une bonne pâte d'homme, bien paisible, bien riche. Vous êtes encore charmante. Pour peu de temps... Allons, il faut vous marier.

Marian prit un air détaché :

– Il n'y a personne ici que je puisse épouser. Pondichéry n'est plus rempli que de barbons ou de soudards.

– Attendez les nouveaux bateaux, ma belle. Avec le bon vent, vous allez les voir débarquer, les jeunes hommes, ils vous croiront créole, ils seront riches, vous passeront vos caprices jusqu'à la fin de vos jours !

– Croyez-vous qu'ils veuillent ramener chez eux des filles telles que moi ?

– Qui vous parle de ramener ? Ils peuvent rester. Certains restent, épousent ici. Regardez les Kerjean. Des nobles, des vrais, avec des terres en Bretagne.

– En Bretagne...

Marian haussa les épaules, s'alanguit sur le canapé.

Pendant cinq bonnes minutes, elle demeura silencieuse. De temps à autre, elle s'étirait sur le divan, ainsi qu'un chat, soupirait, remettait de l'ordre dans ses boucles rousses, soupirait encore, caressait sa poitrine échappée du caraco.

Jeanne ferma à demi les yeux, l'observa entre ses cils. Elle qui n'avait jamais supporté, hors la présence docile et indispensable des esclaves indiennes, la moindre compagnie féminine, elle avait découvert en Marian une complicité agréable ; ce n'était pas une amie ; elles se confiaient peu l'une à l'autre, s'observaient plutôt, se devinaient : ainsi, le goût de l'alcool... Jamais, en ces quatre ans, elles ne s'étaient heurtées. Marian n'aimait que le plaisir ; elle était allée tranquillement d'amant en amant, silencieuse, discrète, rapportant de temps à autre quelques beaux bijoux qu'elle remettait à Jeanne pour le prix de sa pension, se vêtant toute seule, et superbement, toujours sereine, heureuse, semblait-il, s'il n'y avait eu, de temps à autre, ces grands soupirs, ces alanguissements, qu'elle chassait dans les plaisirs, variés à l'infini selon l'heure ou l'humeur : une tasse de chocolat, une nouvelle robe, la sieste, un long massage ordonné aux servantes, conclu sur des ardeurs interdites, que goûtaient fort aussi les petites tamoules. Une femme aérienne, que rien ne semblait toucher, pas même ses amants les plus assidus. Ils la traversaient sans la blesser, comme l'épée dont se transpercent les fakirs, et qui sort de leurs flancs intacts. Et comme elle la jouait bien, la comédie de l'amour, se refusant à l'un, se donnant à l'autre, silencieuse ou bavarde à point nommé, maniant en virtuose la pudeur ou l'œillade assassine. Dans toutes les fêtes, il y avait toujours eu autour d'elle comme un remous d'argent et de luxe ; on la cherchait, sans que jamais cela fît scandale ; on la quittait, et pas une larme n'était versée. « C'était peut-être cela, l'Europe, songeait Jeanne Carvalho : cette légèreté habile, brillante, cette délicate vanité. Demi-portugaise, trop tôt mariée, trop vite veuve, emportée par le souci des affaires, elle l'avait très longtemps ignorée. Devant Marian, elle en rêvait maintenant ; mais trop tard, n'est-ce pas, puisque Sombre était venu, que s'était évanouie sa beauté et que la vie tournait sans but.

— Ne faites pas la sourde, Marian, ne laissez pas fuir votre jeunesse, mariez-vous, mariez-vous...

Marian s'étira encore, battit des cils.

Jeanne s'interrompit, la contempla. Elle l'enviait. Merveilleuse indifférence, savante économie des sourires. La silhouette légère, la peau fraîche encore sous la poudre, le rouge et les mouches. Dans la fête continue de Pondichéry, une femme impalpable ; et pourtant, au fond d'elle-même, si dure, sans doute.

Brusquement, comme si elle surgissait d'un rêve, Marian consentit à parler :

— J'ai autrefois aimé, Jeanne, savez-vous ? Ce temps-là n'est plus. Laissez-moi m'amuser encore. Les amants sont des cartes à jouer, Jeanne, on s'en sert quelque temps ; quand on a gagné, on les jette, on en demande d'autres ! J'ai toujours gagné. On se prend, on se garde, un peu de temps, par convention, puis on se quitte, sans peine : *piacere senza pena,* comme dit la chanson, le plaisir, Jeanne, le plaisir sans la peine... La Carvalho frissonna. Se pouvait-il que Marian fût en train de lui faire la leçon ? Qu'elle fît allusion à Sombre ? Qu'elle eût deviné sa faille, sa passion secrète ? Marian sentit sa peur, lui désigna une boîte d'argent, d'où elle sortit quelques feuilles de bétel.

— Allons. Ne parlons plus de mariage. Après le pongol, je vous promets, j'y songerai.

Il y eut un long silence. Elles s'étaient mises toutes deux à chiquer. A son arrivée, Marian avait jugé cette coutume un peu répugnante, mais elle avait fini par admettre les vertus digestives de la plante, et le jus rouge qui colorait les lèvres et les dents lui parut bientôt, comme aux autres femmes, le complément obligatoire du maquillage. La bouche devenait sanguinolente, plus provocante, appelait d'autres bouches, d'autres baisers.

Le silence s'installa. Marian, les yeux mi-clos, rêvait de robe, songeait au madras jaune et vert qu'elle avait acheté la veille, à la dentelle de nouvelle façon qui l'agrémenterait. Jeanne mâchait consciencieusement, les mains enfin calmées.

Elle se leva soudain, les yeux fixés sur la palme abandonnée :

— La servante, la servante ! Elle n'est pas remontée ! Depuis tout ce temps !

Marian se leva avec paresse.

— Le pongol, Jeanne, je vous l'ai dit. Elles sont folles, comme toutes les négresses.

— Non, non, je n'ai jamais vu cela.

Marian remarqua qu'elle recommençait à trembler.

— Je descends.

Elle saisit au vol une robe de chambre en satin rose, trop étroite pour elle, qu'elle passa sur ses épaules, comme à regret, puis enfila ses babouches dorées. Ses pieds traînaient sur le parquet. Elle n'avait pas atteint la moitié de l'escalier quand elle s'arrêta, frappée de stupeur ; elle dut se rattraper à la rampe. Deux servantes s'étaient prostrées sur le sol et se lamentaient en cadence, en répétant un nom qui la fit frémir, et cette fois ce n'était pas de manquer d'arak : Mariamallé, la déesse de la petite vérole, dont elles prétendaient avoir vu, une heure plus tôt, l'effroyable apparition.

La perspective d'un désordre au sein de sa maison rendit tout son sang-froid à Jeanne Carvalho. Elle secoua les domestiques, les interrogea, les abandonna bientôt, avec l'ordre de ne pas quitter les lieux. Puis elle remonta à sa chambre sans un mot, saisit d'un geste jupons et corsets, commanda à Marian de la lacer et redescendit au salon, souveraine comme elle ne l'était plus depuis le départ de Sombre. Elle était transfigurée, au point que Marian, dans tout son négligé, paraissait soudain d'une fadeur extrême. Celle-ci, que la métamorphose de Jeanne avait pétrifiée, n'avait pas osé souffler mot. Elle s'habilla à son tour, descendit au salon, se hasarda à une question :

— Mais enfin, Jeanne, que se passe-t-il ? Qu'ont dit ces folles de servantes ?

— Retournez à votre chambre, ma petite Marian ; j'ai beaucoup à faire.

Et elle s'adressa aussitôt à un vieux serviteur métis. Marian savait assez de tamoul pour reconnaître dans les phrases de Jeanne l'annonce d'une visite qui promettait beaucoup d'ennui. Jeanne mandait en effet le vieil Ananda Rangapillé, seigneur des marchands de la Ville Noire, ancien courtier de Dupleix, et toujours attaché à la Compagnie.

— Vous voyez bien, ma belle, qu'il faut vous retirer !

Marian ne se fit pas prier ; plutôt que de subir leur interminable conciliabule, elle alla se coucher sous sa moustiquaire, où elle passa le restant du jour, croquant des gâteaux et rêvant de la France et des délicieux jeunes gens qu'elle y regrettait.

Le vieil Ananda se fit attendre. Une heure durant, Jeanne Carvalho le guetta de son salon, le regard fixé aux ombres changeantes des jalousies. Son inquiétude grandissait. Les filles avaient parlé d'une apparition de la déesse, d'une épidémie de variole qui se répandrait dans la ville. Jeanne savait bien que les dieux n'apparaissaient pas pour un prétexte aussi futile. Le mal était plus grand, qui sans doute menaçait les affaires ; et c'est bien pourquoi il lui fallait voir Ananda qui seul la renseignerait sur la rumeur du bazar ; quelques semaines plus tôt, au détour d'un marchandage sur des soies du Nord, ou des châles de Cachemire, elle ne s'en souvenait plus, il lui avait bien semblé que s'installaient chez les boutiquiers des silences insolites, qu'erraient dans son dos des regards lourds de peur, mais après tout, s'était dit Jeanne avec le détachement qu'on lui connaissait depuis trois ans, l'Inde est ainsi, placide et inquiète à la fois, impassible et secrètement tourmentée.

A présent qu'elle attendait Ananda, elle se reprocha son aveuglement, maudit la passion qui l'avait rendue insensible, au point d'émousser son plus précieux talent : une pénétration singulière des hommes et des choses, sa légendaire intuition de leurs plus petits mouvements. Elle joua un instant avec une boîte à musique, tapota son clavecin, se leva pour guetter le jardin et voir si elle ne voyait pas, derrière les jasmins et les lianes, s'avancer les robes chamarrées du marchand. Elle se rassit, tenta de se calmer ; elle était familière de la lenteur orientale, elle-même en usait au besoin. On avait dû déranger Ananda pendant sa sieste ; il avait dû se faire prier, dire qu'il lui fallait sur-le-champ rejoindre son magasin de noix d'arec, ou prétendre qu'il était fatigué, qu'il ne pouvait pas quitter sa maison de la Ville Noire, où tout, comme sa personne, était franco-indien, des colonnades à la romaine de la pièce centrale, à ses secrétaires dos-d'âne incrustés de marqueterie d'ivoire.

Qu'eût été Pondichéry sans Ananda ? Jeanne éprouvait pour lui, quoiqu'elle se fût souvent âprement battue contre ses conditions commerciales, une sorte de tendresse, de fraternité peut-être. Et pourtant c'était un Indien, un *Gentil,* comme disaient alors les Français fraîchement débarqués, par elle ne savait quelle allusion biblique. Ananda le madré, le matois, soixante ans ce mois-ci, et il semblait qu'il commerçait de toute éternité. Il avait commencé en vendant des noix d'arec ; devenu courtier officiel de la Compagnie, il retournait chaque jour à son ancienne boutique, où il continuait à vendre les mêmes fruits ; c'était en fait son observatoire ; de là, il épiait tout le bazar, pour le plus grand bien de ses très lucratives affaires. A la seule allée et venue d'un changeur d'or, au frémissement d'un tisserand sur le seuil de son échoppe, il devinait le cours du diamant et la qualité des mousselines. Or aujourd'hui, si Jeanne voulait continuer à bien mener ses affaires, si, comme elle le présumait, un début de peur s'installait dans la ville, il fallait qu'elle connût la rumeur du bazar, et lui seul, l'ancien courtier de Dupleix, la lui raconterait.

Un grincement dans la cour, des feuilles qui bruissaient, des froissements d'éventails et d'étoffes traînantes. Enfin ! Jeanne faillit se lever. Mais non. Il convenait de rester en place, bien droite sur le fauteuil, un coussin sous les pieds, telle une princesse. Tout bien considéré, Ananda n'était jamais qu'un Indien. Il entra, entama une bonne dizaine de prosternations. La Cavalho abrégea les civilités, lui désigna un fauteuil de rotin, où, elle le savait, il serait mal à l'aise, habitué qu'il était, comme tous ses semblables, à vivre accroupi ou allongé. Il s'exécuta avec un regard complice qui rassura Jeanne. Il parlerait donc. Et pourtant, depuis combien de temps ne s'étaient-ils pas vus ? Huit, dix mois, le temps du siège de Madras, quand on avait craint que les Anglais ne dévastent les récoltes ? Elle ne s'en souvenait plus. Peu lui en importait. Elle trancha dans le vif :

– Ananda, je veux savoir ce que dit Mariamallé, quand elle apparaît dans la ville.

Elle parlait en tamoul. Ananda fut surpris. Il était d'usage avec les Européens de parler leur langue, et il maniait le français à la perfection.

Il baissa les yeux, regarda un instant ses babouches rebrodées de fils d'argent. Il signifiait ainsi que la réponse était délicate, et même dangereuse pour sa personne. Jeanne était rompue à ces dialogues tortueux : elle attendit. Au bout d'un petit moment, Ananda releva la tête :

– Mariamallé, memsahib, dit ce qu'elle dit chaque fois qu'elle se montre.

Il sourit, laissa échapper un soupir. A l'évidence, il souffrait d'être engoncé dans un fauteuil, où ses robes le gênaient. Il se concentrait deux fois plus qu'à l'ordinaire. Tôt ou tard, il n'en pourrait plus, souhaiterait un tapis. A cet instant-là, il parlerait.

– Ananda, tu sais fort bien que je ne me lasse pas d'entendre ce que disent tes dieux et déesses.

– Il en va de même pour moi, memsahib. Je me fais toujours renseigner sur ce que racontent tes pères jésuites au prône de la messe. Mais ils ne sont pas aussi discrets que nos brahmanes, car les secrets que vous leur remettez en confession atteignent parfois ma boutique de la Ville Noire !

Jeanne sursauta. C'était un avertissement. Elle savait que les Indiens n'aimaient pas les jésuites, surtout depuis qu'ils avaient fait raser la pagode, aux tristes temps de Mme Dupleix ; mais qu'Ananda les évoquât ainsi, d'entrée de jeu, signifiait que l'hostilité des brahmanes était déclarée : ils devaient commencer à prêcher la terreur. Elle choisit de feindre la désinvolture :

– Ananda... Tu ne me feras pas croire que Mariamallé a parlé des pères jésuites !

Ananda se passa lentement les doigts dans sa moustache et ne répondit rien. Attendre, pensa Jeanne. Elle était la femme la plus patiente de la ville, et l'estime que lui vouait le marchand n'avait pas d'autre origine. Elle fit semblant d'épier le jardin. De temps à autre, son œil revenait sur Ananda. La sueur suintait sous son turban. Bientôt, abandonnant l'impassibilité de convenance, il l'essuya d'un revers de main. Elle sut alors qu'elle avait pris l'avantage : non seulement elle était sur son terrain, chez elle, mais encore en robe légère ; et lui, sous sa tunique de brocart et sa cape de velours de soie, il transpirait toute sa graisse de marchand repu.

Il parla, en effet :

– Mariamallé, memsahib, raconte des histoires tristes !

– J'imagine bien, Ananda, que la déesse de la petite vérole ne puisse être bien gaie !

Ananda s'assombrit :

– Memsahib... C'est le pongol, tu le sais, et le bazar devrait être en joie, puisque le soleil remonte vers nos contrées.

– Il est en joie ! Tous ces tam-tams, à longueur de jour !

– Ne te fie pas aux tam-tams, memsabib.

Enfin, Ananda se découvrait ; Jeanne saisit l'occasion :

– Vraiment ? Les affaires vont mal ?

– Le malheur est sur la ville, memsahib, la Ville Blanche comme la Ville Noire. Les brahmanes l'ont dit.

Il prit un air extrêmement pénétré, regarda Jeanne au fond des yeux :

– Tu es bien aveugle, memsahib, depuis quelque temps, bien aveugle... Tu n'étais pas ainsi par le passé. Te souviens-tu des belles affaires que nous avons traitées ensemble, quand c'était la prospérité, et que la déesse Lakshmi dansait dans nos rues ?

– Laissons cela, marchand. Le passé n'est plus. Je te parle du présent.

– Tu es aveugle, rétorqua Ananda, comme tous les tiens ; mais le malheur guette Pondichéry ! Quand je vaque aux affaires de la Compagnie, plus personne pour me témoigner du respect, la dispute déchire tous les agents. Les calamités sont aussi dans la Ville Noire, nous perdons de l'argent, le peuple tremble, pleure, gémit, tel celui de la cité maudite de nos écritures saintes, celui qui nuit et jour devait offrir aux dieux le sacrifice de ses fils...

– Ananda ! Nous n'en sommes pas là...

Il l'interrompit. Au fil des minutes, il s'était peu à peu dépouillé de son vernis européen, l'Inde était remontée lentement du plus profond de lui.

– Si, memsahib. Car depuis le départ de Dupleix vos agents ont volé les Indiens et obligé, voici un mois, femmes et filles à leur remettre leurs bijoux ; pour la guerre, ont-ils dit, parce que le gouverneur n'a plus d'argent pour combattre les Anglais !

– La guerre est loin ! Elle va s'éteindre !

– Non, memsahib, car Mariamallé est venue nous prévenir en jetant la petite vérole dans la Ville Noire ! Hommes de France et d'Angleterre, vous avez apporté ici l'impureté et le désordre, et la déesse vient nous châtier de vous avoir obéi.

– Si les Anglais prennent Pondichéry, Ananda, ni toi ni les tiens ne serez plus heureux.

– La déesse ne fait pas le détail des Français et des Anglais.

Ananda avait parlé sèchement ; il oubliait sa courtoisie habituelle. Jeanne soupçonna le pire. Une révolte des princes indiens soumis à la France ? Ananda, qui travaillait depuis si longtemps avec la Compagnie, n'aurait pu l'apprendre. On se serait méfié de lui.

C'étaient donc les brahmanes. La peur. L'épouvante venue du plus profond des temples, et dont elle avait connu le visage lors du premier siège de Pondichéry, dix ans plus tôt. Des milliers de riches et de miséreux s'étaient jetés sur les chemins, le regard fixe, perdu sur on ne savait quelle vision d'apocalypse ; et ils allèrent de sanctuaire en sanctuaire, priant et se mortifiant, pour demander rémission aux figures ricanantes ou impassibles des dieux de la destruction, Shiva, Kali, Durga... Certains n'en étaient jamais revenus. Mais cette fois l'épouvante s'installait au cœur même du calme ; la guerre était lointaine, indécise et larvée ; les agents, pas vraiment plus voleurs qu'à l'ordinaire.

Jeanne observa un moment Ananda. En avait-il été, lui aussi, de ces marches anciennes, de ces courses à l'effroi ? Oui, sans doute. Et sans doute aussi n'oserait-il pas faire état de sa peur devant un Blanc, une femme de surcroît. Elle appela une servante, demanda du thé.

Peut-être rassurée par la présence d'Ananda, la domestique obéissait comme à l'accoutumée, muette, impassible, effacée. Dès qu'elle eut apporté le plateau, Jeanne la renvoya, versa elle-même le liquide dans les porcelaines. Ananda avait eu le temps de retrouver son calme. Il buvait le thé à lampées gourmandes, les yeux baissés sur la tasse, l'air lointain. De sa main droite, il ramassait déjà les pans de sa robe. Jeanne comprit qu'il ne désirait pas prolonger l'entretien. A ce point de leur entrevue, le retenir eût été d'une extrême insolence, puisqu'il manifestait par toute sa personne qu'il n'avait plus rien à lui dire. Jeanne tritura un instant la dentelle d'une nappe. Elle n'en savait pas assez. Comment l'empêcher de partir ? Ananda reposa sa tasse. Elle rencontra son regard. Cette fois, il ne pouvait plus dissimuler. La peur, la peur, c'était bien cela. Il fallait trancher, coûte que coûte. Elle avança brusquement la main vers le fauteuil du marchand :

— Ananda, la déesse a parlé, et tu vas me répéter sa chanson, entends-tu ?

Elle avait prononcé cette phrase d'un seul trait, comme si elle s'y était lancée à corps perdu, dans un irrépressible élan de désespoir. L'effroi grandit dans les yeux d'Ananda. C'était précisément ce qu'attendait Jeanne : les Européens ne parlaient jamais religion avec les Indiens ; s'ils ne l'ignoraient pas délibérement, ils la méprisaient, ils s'en moquaient. A cet instant, Jeanne le soupçonna, le marchand devait la prendre pour une démone ; ou il fuyait à toutes jambes, et c'en était fini de leur complicité, ou il parlait, vaincu, fasciné par sa puissance d'intuition. Il parla. Ce ne fut au début qu'un murmure ; il desserra doucement les lèvres, puis les mots se précipitèrent :

— ... Ce n'est pas Mariammalé, memsahib ; oui, bien sûr, la petite vérole est dans la ville, et la déesse apparaît parfois aux femmes en menstrues. Mais une autre est venue, qui a parlé aux brahmanes, et c'est pire, memsahib, malheur sur nous, car c'est Radyafé, la quatrième fille du soleil ; il y a trois mois, elle s'est montrée à la porte des temples, avec ses quatre têtes, ses quatre nez, ses huit mains, ses huit yeux, ses huit oreilles...

Ananda abandonna alors toute retenue. De mourante, sa voix enfla, s'affermit ; les mots tamouls résonnèrent sous les stucs du plafond avec une solennité extraordinaire. Il était redevenu complètement indien. Ses gestes avaient repris leur aisance naturelle, il ne paraissait plus emprunté dans sa robe de brocart. La prédiction l'habitait tout entier. Il s'agenouilla sur le tapis. Le trouble gagna Jeanne. Jamais elle n'avait jamais vu cela, l'Inde en folie de la Ville Noire, entrant par surprise dans son salon calme et précieux de créole opulente.

La voix d'Ananda se fit mélopée :

– ... Radyafé, entends-tu memsahib, qui n'était pas venue depuis des siècles ! Mauvais signe, memsahib, malheur sur nous... Car ses oreilles sont grandes, ses lèvres pendantes et ses sourcils dressés ! Il lui sort du feu des yeux, et de la fumée des narines ; elle a deux jambes ! Elle paraît sur un éléphant, ce qui annonce la guerre entre les nations. Elle se plonge dans le jus des fleurs de margousier, ce qui annonce malédiction sur le genre humain. Son habit est noir, elle s'est barbouillée de gomme moulue, au lieu de santal, ce qui signifie malheur aux femmes mariées. Elle porte des joyaux faits des yeux des chats, ce qui veut dire malheur pour les joailliers et pour les chaudronniers en cuivre, car elle porte une marmite à la main ; ceux qui dorment d'un profond sommeil le perdront, car elle a au cou un collier de jasmin. Malheur aux bestiaux, car elle boit du lait ! Malheur aux malades de petite vérole, car elle mange une mangue ! Malheur à qui trafique de l'or, car elle porte un parasol jaune resplendissant ! Malheur aux bayadères, car elle a paru un vendredi ! Et elle fume une pierre qui se trouve dans le ventre des bœufs, ce qui annonce calamité pour les petits enfants ; malheur aux Hommes des Eaux Noires, car elle tient la lance à la main ! Malheur au genre humain, car elle se transforme en homme, avant de se coucher, fort étonnée, en regardant vers l'ouest...

Ananda se prit la tête entre les mains et se tut.

Un long moment, ils restèrent ainsi, sans rien dire ; il demeurait agenouillé, les yeux fermés sur sa terreur, attendant peut-être un mot de Jeanne.

Elle se taisait aussi, repliant mécaniquement le volant de taffetas qui frangeait le bas de son caraco. Derrière les jalousies baissées, les lianes du jardin remuaient leurs ombres fraîches. Quelques phrases tamoules parvenaient de la cuisine, et, parfois, le cliquetis de cuivres qu'on entrechoquait.

Jeanne se raidit soudain :

– J'en sais assez, Ananda.

Maintenant, il fallait à tout prix retrouver la conversation ordinaire, le ton uni et mesuré des marchandages. Feindre, ne pas trembler, garder la tête froide. Elle reprit la parole, en effet, de l'air détaché et serein qu'on avait toujours connu à la Carvalho, quand elle parlait affaires. Ce qui venait de se dire, elle tenta de le considérer comme un simple prélude au commerce. On avait échangé des politesses domestiques, n'est-ce pas, Ananda, nous avons dit : comme votre salon est bien meublé, comment vont vos petits-enfants, et notre vieil ami le marchand de bétel cache-t-il encore de belles soies dans son arrière-boutique, et la fille du fabricant d'eau de rose, est-il bien vrai qu'elle est toujours aussi coléreuse ?

Impressionné par un tel sang-froid, Ananda retrouva sans difficulté son personnage de courtier franco-indien. Une heure durant, ils évoquèrent sans discontinuer le cours des mousselines et des saphirs, discutèrent des arrivages de safran, fixèrent le nombre de miroirs à commander pour les rajahs voisins. Jeanne négocia quatre affaires d'un assez grand intérêt, après quoi, et selon les usages, elle donna congé au marchand.

Pour marquer l'estime qu'il lui portait, il voulut la saluer à la française ; ses lèvres effleurèrent le dos de sa main. Leurs regards se croisèrent encore. Le seul espace de cet instant, une seconde, un éclair, Jeanne fouilla l'œil d'Ananda, y cherchant encore un démenti. Elle pâlit. Il s'était déjà retourné, s'en allait vers le perron dans le froissement de ses brocarts d'or. Jeanne serra de toutes ses forces le rebord d'une table, lutta contre la tentation de l'arak. Ce n'était pas le moment. Garder l'esprit clair. N'avait-elle pas, dix ans plus tôt, enduré un siège ? Et ne s'en était-elle pas relevée, toute veuve qu'elle fût ? Si la Carvalho, comme on disait, s'abandonnait à la peur, qu'en serait-il de la Ville Blanche, toute amollie de plaisirs et d'intrigues ? Tenir bon ; dans l'œil d'Ananda, elle avait débusqué, inchangés par la confidence, l'épouvante de la Ville Noire, toute la vieille transe de l'Inde. Mais il le fallait, la Ville Blanche resterait calme. Et c'est bien pourquoi elle convierait au plus tôt la colonie dans sa maison de campagne, où elle donnerait grande fête.

***

Jeanne Carvalho fit diligence. Elle lança les invitations le soir même. Deux jours plus tard, tous avaient répondu et accepté, jusqu'au nouveau gouverneur, M. de Leyrit. Comme elle l'avait pressenti, on commençait donc à s'ennuyer, et il était urgent de distraire ce beau monde, avant que la peur ne vînt le saisir en plein désœuvrement. La fête était fixée au samedi suivant, de façon qu'on fût revenu le lendemain, pour la messe. On partit matin. La perspective d'une journée dans son domaine de Circé éloigna de Jeanne tout souci : avant d'atteindre sa maison de campagne, elle goûterait, trois lieues durant, l'ineffable douceur du voyage en palanquin ; de temps à autre, elle écarterait les rideaux de soie galonnés d'or, elle contemplerait à loisir les cocoteraies touffues, les hameaux, les temples, les étangs, et surtout les rivières bruissantes, où se concentraient la vie et la gaieté des femmes. Ce n'était qu'une trêve, elle ne pouvait se le cacher. En attendant, Jeanne voulait s'offrir le luxe de la promenade : les lavandières battant leur sari au ruisseau, le boutiquier recomptant ses cornets de bétel, le paysan repiquant le riz, et même le mendiant demi-nu des routes poussiéreuses. L'Inde, ainsi captée au cœur de ses occupations séculaires, la rassurerait pour quelques heures, la bercerait de son illusion.

Illusion, *maya !* disait parfois Ananda, désignant le ciel, au moment même où il venait de conclure une bonne affaire. Maya, memsahib, nous ne sommes ici que de passage, et tout n'est qu'apparence en ce monde. Maya, se répéta Jeanne au moment du départ. A la bonne heure ! Illusion ou non, une belle et grasse matinée sur les coussins d'un palanquin, c'était un luxe à ne point mépriser. Croire. Croire encore un moment que les soieries et les perles, le safran et les rubis continueraient longtemps à se déverser sur Pondichéry la belle. Et là-bas, au bout de la route, à Circé la bien-nommée, renouveler l'enchantement du comptoir des plaisirs. Et qui sait, le charme peut-être s'éterniserait.

On avançait un peu lentement, mais à une cadence régulière. Pour franchir une aussi longue distance, une chaise à porteurs n'aurait pas suffi ; Jeanne avait donc commandé qu'on avançât son palanquin d'ébène, sculpté de fleurs et incrusté d'ananas d'argent. Six valets indiens, les *boués,* le soutenaient, précédés d'un domestique à parasol ; derrière le palanquin, six autres boués, tout aussi impavides que les premiers, qu'ils devaient relayer quand viendrait la fatigue. Enfin venait une dizaine de pions armés de bâtons, que Jeanne avait prévus pour la traversée du bazar, quand la foule se ferait trop dense et qu'il faudrait l'écarter de son équipage. Devant cet étalage de marques de puissance et de distinction, nul n'ignorerait alors que le palanquin transportait des gens de qualité, et l'on traverserait sans encombre la Ville Noire. En ce matin levant, comme à l'ordinaire, la Ville Blanche demeurait calme. Aux côtés de Jeanne, Marian somnolait sur le sofa. Son visage abandonné aux coussins se balançait à la cadence du pas des porteurs. D'ici peu, elle serait réveillée : au carrefour de l'Étoile, d'autres palanquins, ou des carrosses, devaient se ranger derrière celui de Jeanne. Alors commenceraient la stridence des trompes, les roulements de tambour, qui précédaient toujours dans la Ville Noire les cortèges d'Européens. Puis ce serait le tintamarre du bazar, franchi en pleine effervescence. Enfin, la vina et les crécelles accompagneraient les danses de bayadères commandées pour saluer le cortège, comme il se devait, au sortir de la ville. Marian sortirait-elle alors de sa complète indifférence aux choses de l'Inde ? Jeanne en doutait. Depuis quatre ans, Marian s'était contentée d'explorer l'infinie variété des tissus étalés aux comptoirs des marchands indiens. Baccas, salampouris, gingiras, allégas, sottamouras n'avaient plus de secrets pour elle ; quelle merveille de soie ou de mousseline exhiberait-elle encore au bal de ce soir ?

Les porteurs tournèrent à angle droit vers le nord, vers la campagne. On avait donc atteint l'extrémité de la rue. Jeanne souleva un coin du rideau pour jeter un coup d'œil à la Ville Blanche. Sur les terrasses des jardins, où l'on avait abandonné de la veille des fauteuils de repos, grimpaient des arbustes à clochettes mauves.

La douceur, l'abandon même de la paix. Qui pourrait la détruire ? Là-bas, au loin, du côté de la mer, tout parlait d'ordre et de sécurité : la masse solennelle du fort dont les caves regorgeaient de munitions, avec l'or et l'argent de la Compagnie. Puis les casernes, entre le bastion Bretagne et le bastion Dauphine. Aux remparts, les canons pointés. L'hôpital, les entrepôts, les magasins de vérification des toiles, le palais du gouvernement, les églises, la porte Marine : Pondichéry tranquille, dont les murs blancs, et même l'ocre du fort, rosissaient dans l'allégresse du levant. Pondichéry sereine, solide. Les Indiens se trompaient. Le comptoir des plaisirs n'était pas si fragile. Jeanne se pencha davantage à la fenêtre du palanquin. Elle voulait s'assurer que les coolies recrutés pour le transport des provisions rejoignaient le cortège à l'heure dite. Ils étaient là, en effet, et elle sourit de satisfaction à les voir ainsi, une bonne vingtaine, la tête chargée de paniers ou de petits cuivres qui débordaient de fruits, de viandes, de pâtés. D'autres s'affairaient autour de quelques bœufs, porteur de bissacs gonflés. Ainsi donc, tout était en ordre, et ce n'était pas là un effet de la maya. Ils le verraient bien, cet ordre, les gens de la Ville Noire, quand on traverserait le bazar, ils ne songeraient plus à leurs déesses de calamité, Kali, Raduafé, Mariamallé, mais c'est Lakshmi, divinité de l'abondance, qui leur apparaîtrait, venue bénir les siens de sa danse sacrée. Et les brahmanes sinistres en seraient pour leurs frais.

Jeanne allait laisser retomber le rideau quand elle remarqua, au toit d'une maison, une immense couronne de margousier tressé. Elle écarquilla plusieurs fois les yeux ; c'était bien le feuillage vert de délicat, les fleurs mauves du lilas indien, que les gens de la Ville Noire offraient à Mariamallé pour conjurer ses maléfices. Jusqu'ici, pourtant, les Français avaient ri des superstitions indigènes. Le mal était-il si avancé ? Ce fut ensuite une seconde maison, puis une troisième, enfin toute la rangée de terrasses qui formait la rue. La lassitude s'abattit sur Jeanne. Elle lâcha le voile de soie. Elle avait compris. La terreur indienne avait franchi les lourds portails de la Ville Blanche. Comme chez elle, les domestiques avaient pleuré, hurlé, on avait tremblé, on avait tressé les couronnes de lilas, on avait prié. Elle saisit alors pourquoi on s'était empressé de répondre à son invitation. Elle, la Carvalho, comme disaient les Pondichériens, elle n'avait pas peur. Elle, la femme-homme, comme ils ajoutaient parfois. La femme-homme : bien sûr, puisque sa faiblesse n'affleurait jamais en public, bien sûr, puisqu'il y avait le secours de l'arak. Mais aujourd'hui... Elle sentit aussitôt que la fête de Circé serait dérisoire. Tant pis. Il fallait lutter. Donner le change, comme depuis le départ de Sombre. Grâce à quoi, cet après-midi, sous les arbres de sa folie, quand viendrait l'heure des madrigaux et des galanteries, tous les Européens oublieraient Mariamallé et la promesse du malheur. Eux aussi, ils joueraient la comédie : au premier importun qui hasarderait une question sur la petite vérole et les remous de la Ville Noire, ils feindraient la désinvolture, mon cher, ne contrariez donc pas les superstitions des domestiques, allons donc, la nuit est si claire, écoutez-moi ces beaux violons, avez-vous remarqué les épaules de Mlle de...

Jeanne déplia son éventail. Le soleil montait, elle le sentait bien, les rideaux de soie ne protégeaient plus de la chaleur. On n'était plus loin du carrefour de l'Étoile, on entendait quelques équipages venus rejoindre le sien.

Tenir bon. Jouer juste. Extirper le mal à la racine. Mais où était le mal ? Hier encore, sans qu'on sût pourquoi, une ombrelle avait pris feu dans une messe de mariage présidée par le gouverneur. Toute la colonie en avait frémi. Le mal ? Peurs informelles de la Ville Blanche, impressions diffuses, tout était encore pour Jeanne trop imprécis, malgré la confession du vieil Ananda. C'était l'Inde qu'il fallait déchiffrer. L'Inde du bazar, à nu, à cru, la Ville Noire dans le matin qui venait. A chaque instant, la chaleur s'alourdissait.

Jeanne déplia son éventail. On franchit le canal dans un tintamarre de trompettes. La Ville Noire était là, toute proche. Comme prévu, Marian s'éveilla. Elle prit une moue un peu fâchée, secoua ses boucles, caressa un moment le fermoir de nacre de son éventail ; enfin elle se décida à l'ouvrir, reprit son air détaché et dit à Jeanne d'un ton doux et las, presque un murmure, comme si elle s'arrachait à regret d'un monde extrêmement lointain :

– Désennuyez-moi...

– Faites comme moi, mon enfant, contemplez donc nos hindous à la tâche.

– Si je relève le rideau, le soleil me gâtera le teint... Dites-moi donc plutôt ce que vous nous avez préparé pour notre partie de campagne !

La traversée du bazar, Jeanne le savait bien, constituait pour Marian une insupportable épreuve. La cadence régulière du palanquin était bousculée par les mouvements de la foule ; les cris des pions, les relents de cuisine, les odeurs fortes l'incommodaient. Pour s'en distraire, elle demandait toujours qu'on lui annonçât les plaisirs à venir.

Tout en observant les Indiens derrière un pan du rideau, Jeanne parla du bal, énuméra des plats :

– ... Des tourtes de pigeons garnies de jambon et de culs d'artichauts, des canards aux câpres et aux anchois, des tartes au goyave et au gingembre, des macarons, des pralines... que sais-je, et des rougails, et des caris, naturellement.

– Jeanne, nous devrions nous méfier des caris. On m'a dit que l'épice cache le goût des poisons. Il y a eu ces derniers jours deux ou trois morts dans la Ville Blanche, sans qu'on démêlât pourquoi.

– Allons, Marian, vous n'allez pas vous aussi ajouter foi à ces racontars de nourrice ! Je suis née ici, sachez-le, et je n'ai jamais cru rien de tel. Qui donc pourrait vouloir notre mort ?

– Je n'aime pas les Indiens.

– Qui vous parle d'aimer ? Sachez aussi qu'ils sont comme les chiens ; ils n'attaquent que les poltrons, ceux qui tremblent en passant devant eux. Nous sommes maîtres en ce pays. Ananda lui-même me l'a dit : « Sans vous, ils ne peuvent rien ; ils sont comme un fil de soie qui demeure parfumé parce qu'il a touché les fleurs. » Peut-être pourraient-ils, j'en conviens, piller ou empoisonner quelques-uns d'entre nous. Mais ils ne savent pas se battre, encore moins se rebeller. Laissons-les à leurs champs d'épices et à leurs métiers à tisser ! Marian ne répondit pas. Jeanne l'avait remarqué, elle avait la discussion en horreur. Elle se replia dans la somnolence, songeant sans doute aux plaisirs de Circé.

Jeanne se cala sur les coussins, noua solidement le cordonnet du rideau, de sorte qu'elle n'eut plus, pour observer la rue, à le lever sans cesse. L'affluence était énorme. En certains endroits, selon l'expression en vigueur à Pondichéry, on n'aurait pas pu laisser choir un seul grain de pavot. Avec le soleil, c'était toute l'Inde qui s'en allait au marché ; dans la gigantesque bousculade au seuil des boutiques, ce qu'on cherchait, plutôt qu'acheter ou vendre, c'était chanter la vie, la vie renaissante avec la lumière de la nouvelle année ; au sortir du sommeil, la joie de retrouver tous ses semblables, hommes et femmes, et les animaux aussi, buffles, vaches, cochons, poulets, qui encombraient les rues. Terre, eau, ciel, soleil, et tous les cris des bêtes, les odeurs d'urine, les parfums de fleurs écrasées : une immense prière à la nature, à la Mère-Inde, dans un corps à corps sans fin, la sueur mêlée, les ablutions en pleine rue, les crachats rouges de bétel.

Tambours et trompettes ; bien qu'annoncés selon les règles, les boués peinaient, trébuchant sur la foule. Malgré les secousses, Jeanne était à l'affût. Rien n'arrachait les Indiens à leur indifférence. Visage après visage, elle tentait de déchiffrer les pensées recluses derrière les fronts peinturlurés, dessins et couleurs différents selon les sectes, mais toujours ornés en leur centre d'un point safrané. Bientôt, elle ne vit plus que cette seule marque, qui finit par lui paraître l'emblème de la connaissance qui lui était refusée. Revint alors à sa mémoire un jour lointain de l'enfance, où elle avait abruti de questions sa nourrice indienne pour savoir ce qui signifiaient les poudres sacrées du *tilak*. Elle apprit qu'elles protégeaient l'endroit le plus important de la tête : c'est là que le dieu créateur, Brahma, avait touché le premier être vivant, quand il l'éleva de l'état d'inconscience à la condition humaine. Aussitôt, Jeanne crut y reconnaître un signe du démon, la marque de ce que les jésuites appelaient la « folie indienne » : soulignés par ce point étrange, les yeux souvent fixes des Indiens semblaient en effet s'ouvrir sur un gouffre d'absolu irraisonné. Or, depuis que Sombre l'avait quittée, elle se demandait parfois, au profond d'une longue insomnie, ou dans la rencontre d'un parfum ancien, où refluait sa passion toute vive, s'il n'entrait pas en elle, par une béance qu'aucun divertissement ne pouvait combler, quelque chose d'étrangement semblable à la « folie indienne ». Alors sa tête bourdonnait, comme maintenant, et elle souffrait le martyre avant de mettre en fuite les démences où l'appelait, se plaisait-elle à croire, la proximité trop insistante des divinités de l'Inde. La sueur couvrit ses joues, son cou ; elle lâcha le rideau, respira, prit sa tête entre ses mains, ferma les yeux. Ne plus voir ces visages, garder la tête froide. Aux bruits des rues, à leur odeur seule, elle pouvait se repérer dans le bazar ; le quartier des tisserands sentait le coton frais cardé ; puis il y avait les relents un peu rances de la rue des huiliers, l'arôme sucré du quartier des marchands d'arak, qui lui donnerait envie de boire. Enfin, le fracas des échoppes de forgeron, le piaillage des femmes au quartier des tissus ; et, comme à l'accoutumée, la nausée la prendrait avant de sortir de la ville, quand on passerait devant l'atelier des tanneurs, rejetés comme vermine à la lisière de la ville, où s'étalaient leurs mares putrides et leurs cases de misère.

Qu'y changer ? L'Inde était telle : compartimentée à l'extrême, figée dans des habitudes immémoriales, centaines de castes, mépris des intouchables, et les règles sacrées des Varna Shastras interdisaient d'y rien modifier. Les tisserands de Pondichéry ne se mêlaient pas aux tisserands venus d'ailleurs, les changeurs d'argent ne mariaient par leurs fils aux filles des frappeurs de monnaie ; et, pour tous les diamants de Golconde, jamais un presseur de coton n'eût touché à la nourriture préparée par un vendeur de corail : dharma, dharma, l'ordre du monde memsahib ! soyons fidèles à notre caste, notre varna, et méritons après la mort une condition plus haute ! Dharma, murmurait Jeanne tandis qu'on s'approchait des Limites, dharma, voilà l'explication. Sur le passage du palanquin, les Indiens jouent l'indifférence, mais la peur est dans la ville, car le dharma est souillé, comme l'a dit la déesse, et nous sommes les fauteurs de trouble, nous les hommes blancs, qui venons des terres impures, nous qui avons traversé les Eaux Noires. L'odeur du quartier des tanneurs s'estompa. On arrivait à la porte de Villenour, juste avant les redoutes et les haies épineuses des Limites. C'était là que devaient danser les bayadères, et Jeanne s'étonna de ne pas entendre la musique qui préludait à leur divertissement. C'était au contraire une rumeur, des cris, des lamentations. On était à deux pas d'un temple, le sanctuaire de Khrishna. Jeanne pensa à une cérémonie funèbre. Elle tendit l'oreille. Ce n'étaient pas des funérailles : la mort n'allait jamais sans le bruit des trompettes, *do, si, do, si* et les petits tambourins devant la civière où l'on couchait le cadavre. Pas non plus de parfum brûlé sur les deux côtés du chemin. Elle allait s'étonner, quand Marian releva le rideau, tressaillit, s'exclama :

— Ciel ! Jeanne, quelle horreur !

Jeanne se pencha de son côté, releva la soie à son tour. Du haut du palanquin, soutenu sur les épaules des boués, on dominait toute la scène. Au bord de l'étang sacré, parsemé de lotus roses et d'iris bleutés, s'étendait une énorme masse informe et grise, de couleur presque aussi minérale que le granit du temple. Jeanne blêmit :

— Venkatachalam...

A la longueur extraordinaire de ses pattes, elle avait reconnu l'animal : Venkatachalam, l'éléphant de parade de Dupleix, sa bête favorite, qu'il avait confiée avant son départ aux brahmanes du sanctuaire de Khrishna. Jeanne donna aux boués l'ordre de s'arrêter. A sa voix, un homme s'était retourné dans la foule. Il se dirigea droit vers le palanquin. C'était Ananda.

— Memsahib ! Je te l'avais bien dit ! Malheur, malheur sur nous ! La tempête va dévaster le jardin qu'était jusqu'ici notre monde ! Venkatachalam est entré cette nuit dans la cité de Yama...

A ce dernier mot, Jeanne frémit. Sa main se crispa sur son ombrelle : Yama, dieu de la mort, premier humain qui connut le trépas, souverain de l'Autre Monde, le paradis du mont Meru, où il attend les âmes, les juge, puis les renvoie sur Terre à la prime averse, dans l'apparence et la condition qu'ils ont méritées. Après le départ de Dupleix, les prêtres avaient fait de Venkatachalam un éléphant sacré ; ils étaient bien capables de l'avoir empoisonné pour entretenir la panique.

Ananda lissait nerveusement sa moustache ; son teint bistré avait pris une coloration terreuse. Malgré les protestations de Marian, Jeanne demanda à s'approcher de la bête. Les pions écartèrent la foule. L'odeur du cadavre se précisa aussitôt, à faire pâmer les reîtres les plus endurcis. Elle s'avança sans ciller.

Déjà, les insectes pullulaient dans les crevasses noires qui sillonnaient le cuir de Venkatachalam. Sa trompe raidie marinait dans l'eau boueuse de l'étang sacré. Des fastes d'antan ne lui restaient que les peintures bleues et rouges dont les prêtres lui ornaient la tête et les défenses depuis le départ de Dupleix. Ce soir, les vautours lui feraient fête, à moins que les brahmanes, ce qui était plus sage, ne prissent la décision de le brûler sur-le-champ. Finis les caparaçons d'or et d'argent, les pompons de soie, les cornacs enturbannés. La parade était finie. Dans les flancs renversés de l'animal, que boursouflait déjà la décomposition, c'était un peu de Pondichéry qui venait de mourir. Ananda se prosterna devant Jeanne Carvalho. Elle passa devant lui sans lui accorder un regard et regagna le palanquin. Aux boués et aux pions pétrifiés, Jeanne donna un seul ordre : sortir de la ville au plus vite. Elle voulut interroger le visage de Marian, chercher un soulagement dans son indifférence. Celle-ci, au contraire, paraissait très affectée ; ses yeux se concentraient sur son éventail, et elle tiraillait son corsage d'une main crispée. Jeanne se détourna.

On parvint rapidement hors les murs. Le calme revint, et la beauté des choses.

On traversa des rizières vertes, des routes sablonneuses, des jardins où poussaient tous les légumes de la Terre, ceux de l'Europe comme ceux des Amériques, dont les graines arrivaient par les vaisseaux de la Compagnie. Fleurs et fruits : Circé s'annonçait. Au bout d'une lieue, on changea les porteurs. Jeanne s'attarda alors à regarder la ville, au loin, étalée rouge et blanc derrière ses murailles ; çà et là, des bouquets de palmes, les toits de ses pagodes ; la mer était paisible depuis deux semaines, le ciel net et clair ; à l'extrême horizon, dans l'embouchure d'une rivière, on distinguait quelques pirogues qui naviguaient allégrement vers une île plantée de cocotiers.

A cet instant précis, pour une seule rasade d'arak, Jeanne Carvalho eût volontiers donné Pondichéry tout entier. Il n'y avait pas d'alcool dans le palanquin ; aussi ses ordres aux nouveaux porteurs furent-ils très secs, et arriva-t-on à Circé bien avant midi.

***

La fête se dissolvait lentement dans l'après-midi finissant. On attendait le bal, mais ce n'était pas l'heure : il fallait que vînt la nuit.

— Une heure, soupira Marian, une heure encore à flâner au jardin entre les tables abandonnées, leurs cristaux pleins de citronnades réchauffées au soleil, les assiettes chinoises où les domestiques indiens raflaient des pâtés à peine entamés. Une éternité à meubler, à marcher sous les arbres légers de la tope, comme on appelait ici les parcs, à se mirer dans les bassins, à supporter les marivaudages peu convaincus des invités de Jeanne.

Maintenant que les reflets du soleil pâlissaient dans les moirures des robes, la journée n'en finissait pas de languir. Et y aurait-il vraiment du nouveau à ce bal ? Malheureusement, Marian connaissait trop la société de Pondichéry, presque toujours les mêmes têtes, toujours le même jeu : faces et perruques poudrées, saphirs au doigt au lieu des rubis de la dernière fois, un brocart d'or pour changer de la soie argentée du bal précédent. Pondichéry, songea Marian, oubliait sa fantaisie. L'air français, brio et mouvement perpétuel, était pris de fatigue, d'une étrange maladie. Il faudrait peut-être songer à voir ailleurs. Mais comment ? N'était-elle pas elle aussi prise au piège du comptoir, de ses répétitions mécaniques, plaisir et spéculations ? Un lointain galop de chevaux l'interrompit dans ses réflexions. Enfin, du nouveau...

Elle ne put retenir sa curiosité, s'avança dans l'allée sablée, sous les feuillages légers des filaos, fouilla la courbe du chemin qui menait à la route. L'ombre l'envahissait ; un carrosse en surgit soudain, doré et frappé aux armes de France. Ses roues crissèrent sur le sable, il s'arrêta à sa hauteur. Des laquais métis en livrée de mousseline blanche accoururent. On tira le marchepied, la porte s'ouvrit.

C'était le gouverneur, de Leyrit, qui avait pris la succession de Dupleix. Une sorte de caricature fardée, bardée de cordons et de décorations. Il ne s'occupait que de représentation, de parure, de perruques surtout ; il avait mis au point une mécanique ingénieuse dont il conservait jalousement l'exclusivité, et qui permettait, en tirant la peau sur le derrière de la tête, d'atténuer considérablement les rides du visage. Il ennuyait, avec ses airs hautains et cérémonieux : on l'invitait par simple convenance. Marian songeait au meilleur moyen d'éviter ce fâcheux, quand apparut derrière lui, à la lumière d'une torche brandie, ce qu'elle prit tout d'abord pour une très jeune femme. Une tête pâle, rose et très douce, s'il n'y avait eu les yeux, d'un bleu glacé, et un sourire un peu durci. Elle se hissait sur les talons pour mieux voir, lorsque les laquais tout d'un coup s'écartèrent. Marian découvrit alors avec ravissement que cette chose charmante était un homme, un homme de la plus délicate espèce, fin, léger, élancé, la tournure prise à merveille dans un costume blanc et or. Il s'avançait vers le perron en veillant à demeurer en retrait du gouverneur. Une démarche gracieuse et princière à la fois, l'ambiguïté même, un mélange de fermeté et d'indolence. Marian suivit, puis s'arrêta, comme fascinée. Jeanne apparut, sous d'autres torches, dans l'encadrement de la porte-fenêtre. Les silhouettes se découpèrent en ombres chinoises, où Marian reconnut d'abord les gestes affectés du gouverneur ; puis il y eut un second baise-main : une révérence aérienne, un papillon de nuit qui se serait mis à danser devant les vitres du salon.

Vraiment, il y avait du neuf. Marian en tremblait d'excitation. Elle aurait voulu être une héroïne de contes de fées : qu'à l'instant commencent les violons, le bal, un menuet, une pavane, une chaconne, une passacaille, n'importe quoi, mais qu'on danse, qu'on la voie, qu'elle éblouisse ; enfin, qu'on l'emmène.

Par un jeu d'évolutions discrètes et désinvoltes, Marian gagna le perron puis les salons, sans que son apparition y parût déplacée ou volontaire. Cinq minutes plus tard, on la présentait à l'inconnu.

– Le vicomte de Saint-Lubin, dit le gouverneur.

– Saint-Lubin, murmura à son tour Marian, toute rosissante.

Comme ce nom convenait à ce jeune homme, presque trop bien peut-être ; comme sa personne, il était distingué, délicat, avec un léger soupçon de frivolité : tout ce que Marian adorait dans l'existence. Elle redressa le buste sous le carcan du corset, tira doucement sa jupe pour dégager son décolleté menu.

– Madame...

On se pencha sur la main qu'elle tendait ; on effleura des lèvres ses diamants ; les dentelles de ce bras s'attardèrent sur ses doigts deux secondes de plus que ne l'exigeaient les bienséances : Marian sut qu'elle avait plu. Alors on échangea des mondanités, d'où les affaires, avec bonheur, se trouvèrent exclues d'un accord tacite. On picora des tourtes de pigeons et des confitures de goyave. La nuit s'était glissée dans les palmes du parc. Enfin un agent de la Compagnie se mit à l'épinette, et Jeanne Carvalho appela les violons.

L'affaire fut rondement menée. Comme s'ils s'étaient consultés, ils accordèrent la première danse à un tiers ; un regard coulé à propos derrière l'épaule de leur partenaire, une œillade suffisamment appuyée de part et d'autre, et la complicité s'établit. On laissa traîner les choses encore trois danses ; puis à la quatrième, un peu essoufflés et déjà fébriles, on se trouva enfin. Les doigts, très cérémonieusement, se croisèrent pour le menuet : chacun constata que cet avant-goût de peau lui convenait. Marian baissa les yeux pour feindre un émoi dont Saint-Lubin n'était pas dupe ; elle en profita pour observer à la dérobée la silhouette de son compagnon, et surtout ses hanches bizarres, étroites et rondes à la fois, identiques à celles des amours androgynes que l'on voyait aux niches du salon. Au bout d'une heure, ils se désirèrent suffisamment pour vouloir abréger les préliminaires habituels ; la colonie, qui les avait observés un moment, s'en désintéressa : d'autres couples s'étaient formés, n'attendant plus que le feu d'artifice pour s'égailler au hasard des chambres et boudoirs, dont la folie de Jeanne, Dieu merci, ne manquait pas.

Saint-Lubin et Marian, qui étaient plus pressés, étaient déjà descendus au jardin. Tant de charme inattendu chez son partenaire avait résolu Marian à entreprendre des ébats un peu plus longs et raffinés que d'usage.

Elle pensa à la chauderie, vaste bâtiment situé en dehors du parc, en bordure de la route, pour le repos des voyageurs en quête des grands pèlerinages, Bénarès ou Rameshwaram. Il était environné d'un gros bouquet d'arbres au feuillage touffu, dont les racines plongeaient dans l'étang voisin : cette proximité garantissait à l'édifice la plus parfaite fraîcheur, contrairement à ce que laissait supposer son nom. Marian l'avait déjà visité ; elle s'était étonnée de découvrir, si loin de l'Europe, toute une série de petits appartements étranges, d'une blancheur austère, voûtés à la gothique, ainsi que les cellules d'un monastère, si ce n'est qu'ils étaient plus vastes. Elle suggéra l'endroit à Saint-Lubin, en lui représentant qu'il n'en regretterait pas la solitude et le dépouillement. Elle s'assura cependant qu'il savait se défendre contre les serpents qui pouvaient gâcher n'importe où la meilleure aventure : car il venait de lui glisser qu'il n'était à Pondichéry que de sept jours à peine ; il arrivait de l'île de France, où il avait attendu les vents favorables avant de rejoindre les Indes. Qui il était, ce qu'il cherchait ici, Marian s'en moquait pour l'instant : ce serait pour après, et elle souhaitait que cet *après* fût le plus éloigné qu'il se pût. Une demi-heure plus tard, les jupons de Marian et son corset dénoué s'amoncelaient aux pieds d'un sommier à l'indienne, et tout s'annonçait bien.

Ce présage fut confirmé : ce fut un moment excellent ; et long, et varié, et délicieux, comme elle l'avait souhaité dès la première seconde. L'ennui s'était évaporé, avec les angoisses venues de la Ville Noire, les feuilles de margousier, Mariamallé et l'éléphant de malheur. Pour sa part, l'exquis jeune homme parut aussi fort satisfait ; à trois reprises au moins, il réitéra ses prouesses, demeurant tout aussi fringant et distingué. Marian suivait l'allure sans difficulté : si la nudité de Saint-Lubin avait révélé des contours assez fermes, il gardait pourtant quelque chose de tendre et langoureux, un peu d'enfance ou de féminité à fleur de peau, qui redoublait l'émoi de Marian. Vint cependant le moment de parler. Après les quelques mots d'usage, ah ! que le temps est merveilleux, madame, en cette saison, avez-vous remarqué ce matin toute cette belle mer, le paradis terrestre n'est pas loin, mais je suis ici depuis quatre ans, cher ami, j'y ai goûté à satiété... on passa à des questions plus sérieuses. Saint-Lubin fut direct :

– D'où venez-vous donc, mon amie, pour être restée quatre ans durant dans ce petit comptoir, vous qui avez si joli minois ? Ne me dites pas que vous êtes une parente de Jeanne Carvalho, je ne vous croirai pas !

– Vous devinez bien !

Elle parlait doucement, elle susurrait, les yeux cachés sous ses boucles défaites.

– Vous... vous êtes... soyons aimable, une sorte d'*aventurière* ?

Saint-Lubin avait détaché le mot avec une préciosité subite.

– Aventurière, répéta Marian, comme si les syllabes lui étaient tout à coup, à elle aussi, d'un prix inestimable.

– Et vous êtes égarée ici. Et vous vous ennuyez. Pondichéry n'est pas un lieu pour vous. Vous vous amusiez, n'est-ce pas, quand vous étiez en France ?

Marian rougit. Depuis son entretien avec Jeanne, à son arrivée dans le comptoir, personne n'avait jamais plus évoqué ce passé.

– Et vous le regrettez un peu, dites-le, la belle !

– *La belle !* Mais ce mot-là me paraît bien impertinent !

Il la saisit au menton :

– Allons... Tais-toi. Nous sommes tous deux de même race.

Elle rougit encore, s'en aperçut, et s'en voulut. Voilà que le plaisir se mêlait d'un trouble qui l'effrayait. Elle espéra qu'il ne remarquerait pas la coloration soudaine de ses joues, feignit la désinvolture, éclata de rire en secouant ses cheveux, dans un mouvement qu'elle savait irrésistible.

– Tu perces bien les âmes, assurément !

– C'est mon métier.

– Ton métier ?

– Laissons cela. Vous êtes bien jolie, bien charmante. Ne restez pas à Pondichéry.

– Mais pourquoi donc ? Et où irais-je ?

– A Madras, ma chère.

Elle regarda Saint-Lubin sans comprendre.

– Chez les Anglais ?

Il répéta, avec un petit ton pervers qui accentuait son air d'enfance :

– Oui, à Madras. Et nous nous y retrouverons. Car vous êtes vraiment très charmante, madame, vous n'êtes pas de celles qu'on abandonne.

Elle faillit répondre : « Détrompez-vous », se souvenant de ce premier amour, si vite dissipé, et qui l'avait menée, précisément, à l'*aventure*, comme il disait si bien. Elle se retint ; bien jouer, paraître lisse : indifférence, rouerie, désinvolture, sourires.

Il recommençait à la caresser :

– A Madras, vous dis-je, à Madras !

– Mais vous êtes français, lâcha-t-elle malgré le plaisir qui venait.

– Français... Disons plutôt français d'occasion.

Il la retourna sur le charpoï, s'amusa à examiner un à un tous les détails de son corps. Marian s'abandonnait, mais elle était de plus en plus étonnée. Cet homme si jeune – vingt ans sans doute, peut-être moins – ne mentait pas sur son pays d'origine, ses exploits de tout à l'heure ne permettaient pas d'en douter : Paris et Pondichéry avaient permis à Marian d'explorer la diversité des talents européens, et les manières de Saint-Lubin, indiscutablement, portaient la marque du brio français. Il s'allongea à ses côtés :

– Lâchons le mot, madame, j'ai besoin de vous. Il vous faut cependant me jurer le secret.

Ces invites furent accompagnées de si délicats baisers que Marian eût promis sur-le-champ de résister aux pires tortures de l'Inquisition, pour peu qu'on lui garantît une éternité d'amour avec ce beau jeune homme. Elle jura donc.

— Bien, reprit Saint-Lubin. Les affaires de l'Inde vont mal, madame, vous ne pouvez l'ignorer. Je suis... disons l'envoyé secret et extraordinaire du roi de France pour les affaires de l'Inde. Notre ministre de la Marine, qui m'a nommé, et qui m'aime, m'a chargé d'enquêter sur la situation de Pondichéry. Godeheu, qui n'entend rien à la politique, n'a rapporté que des livres de comptes, ou des factums plus volumineux que l'histoire d'Alexandre, et pleins de venin. Moi, je dois apprendre ce qui se trame réellement dans nos comptoirs. Et ce qui se trame aussi *contre* eux. Il me faudra donc aller chez les Anglais. A Madras...

Marian l'interrompit :

— Mais quelle aide puis-je donc vous offrir ?

— Officiellement, je suis un protégé de la marquise de Pompadour, qu'elle a envoyé ici pour s'initier au commerce. Nul ne sait que j'observe, que je note. Hélas ! mon ministre ne m'a guère rempli la bourse. Il était d'ailleurs imprudent de venir jusqu'ici avec des coffres d'écus. De surcroît, comme le gouverneur est un imbécile qui n'entend rien à la guerre, je dois le maintenir hors de tout cela, je ne puis lui demander un sou.

— La guerre ! Vous aussi vous parlez de la guerre... Vous n'allez pas, à votre tour, m'entretenir des méfaits de la Compagnie, me rebattre les oreilles de la grande colère des brahmanes...

— Vous avez tort. Depuis le départ de Dupleix, la Compagnie est finie, madame, elle se vendra bientôt à l'encan : c'est un oiseau qui a perdu une aile, elle est incapable de voler de l'autre ; malgré ses efforts, elle périra. Les agents de la Compagnie ne rêvent que d'exploits militaires, où ils perdraient toutes les places françaises plus sûrement encore que notre vilaine armée. Les officiers, eux, voudraient être marchands pour se remplir les poches !

— Ce sont là les potins de la ville ! Pondichéry a toujours été ainsi.

— Oui, madame, sauf quand le siège menace ! Et les brahmanes le savent. Ils sont bien renseignés. La plupart du temps, ils préfèrent s'asseoir que marcher, se coucher que s'asseoir, dormir que veiller et mourir que vivre. Mais qu'on touche à leur tranquillité, qu'on dépouille leurs fidèles de leurs oboles... ils sortent alors de leur indolence !

— Et c'est à Paris qu'on vous a appris toutes ces choses indiennes...

— Je suis un *cosmopolite*, madame : nulle part je ne suis étranger.

Son regard bleu s'était durci, et son air de jeunesse parut se dissoudre un instant. Il y eut un silence.

Marian calculait. Elle tenta d'analyser la complicité qui s'était, avec tant de rapidité, installée entre eux. Aventurier, aventurière : ils étaient bien du même métier, maîtres ès plaisirs, grâce et hasard ; vol aussi peut-être. Depuis quand n'avait-elle détroussé personne, autrement que par ses talents d'alcôve ? Elle refusa d'y songer davantage. Du passé, tout cela. Saint-Lubin était là.

Saint-Lubin : de ces syllabes mêmes, qui lui avaient plu si fort, elle commença tout d'un coup à se méfier. Les réflexes de sa vie antérieure lui étaient revenus. Cet homme était sans doute un de ces roturiers qui, du bien commun des lettres de l'alphabet, savaient tirer un nom léger, impalpable, identique à leur personnage. Un homme de vernis, mais d'une audace à affronter les dieux ; un artiste sans doute, dont le grand œuvre serait sa propre vie. Elle eut envie de soupirer, mais brisa sa mélancolie à temps. *Piacere senza pena,* le plaisir sans la peine... Elle en avait déjà rencontré, de ces hommes-là, du temps où son premier amant l'avait emmenée, toute fraîche enlevée, dans les coulisses des théâtres parisiens. Dès leur premier mois de vie commune, il la contraignit à partager leurs fredaines. Elle fut désirée, échangée, passa docilement de l'un à l'autre, émerveillée devant ces hommes si brillants, les paillettes du siècle, d'un siècle qui n'était plus grand, et dont les lumières, parfois, venaient mourir ici, aux rivages des Indes. Qu'ils se prétendent, comme Saint-Lubin, « cosmopolites », ou qu'ils s'avouent franchement gredins, ils se ressemblaient tous, en amour comme en affaires : des météores. Ils oubliaient les femmes comme les comptes d'aubergistes, trichaient au jeu, au lit, à la politique, répandaient un jour les perles à profusion, se retrouvaient le lendemain au cachot, pour s'enfuir bientôt et s'évanouir encore, tels des fantômes, une fois escroqués deux ou trois aigrefins moins roués qu'eux. Marian se cacha un moment dans ses cheveux ; ce Saint-Lubin, vraiment, ressemblait trop à son premier homme, qui l'avait aimée trois semaines à Paris, entre la Comédie et la rue Vivienne, le temps que durèrent ses écus et la fête, aux jours de neuve liberté : il était jeune, et beau, et éphémère, ainsi que celui-ci, venu d'où, elle ne sut jamais, reparti pour l'inconnu, où l'appelaient sans doute d'autres bonnes fortunes. Elle avait souffert, et de la même douleur qu'elle sentait poindre maintenant. On lui apprit alors ces trois mots italiens, dont elle jura de faire sa devise : piacere senza pena ; et elle courut, comme pour s'étourdir, gruger les riches financiers. Elle se releva sur le matelas d'un seul coup, avec un regard inspiré. Saint-Lubin paraissait attendre.

– Tu cherches de l'argent ?

– Oui. Pour la guerre.

Pour la guerre, se répéta Marian ; ce n'était pas si sûr. Il devait certainement savoir qu'elle vivait chez Jeanne et que la Carvalho était riche, comme le répétait tout Pondichéry. Il y avait donc un moyen de s'attacher cet homme ; elle, Marian, elle serait l'instrument délicieux de ses intrigues.

Elle prit une expression mutine :

– Si vous voulez de l'argent, monsieur de Saint-Lubin, ce n'est pas moi qu'il faut séduire. Vous vous êtes trompé de porte.

Elle sourit d'un air entendu ; on fit de même.

– Eh bien, ma chère, présentez-moi *la* dame.

– Elle est dure en affaires, sachez-le.

– Certes. Mais en amour ?

– En amour, monsieur, vous aurez bien du mal, car elle ne se remet guère d'avoir été abandonnée, voici quatre ans, par un vilain soldat qui l'a privée tout à trac de ses faveurs et, dit-on, de ses coups. Vous avez des talents, vous pouvez risquer l'affaire : c'est la grosse aventure, je vous l'affirme, car elle a le cœur fidèle et tendre ; je la soupçonne même de n'avoir pas eu, depuis ce temps, la moindre ombre d'homme sous sa moustiquaire...

– Alors nous allons signer un petit traité, mon amie : si vous m'aidez à réussir, et que je tiens sous la moustiquaire, comme vous dites, au-delà de la troisième nuit, me garderez-vous le bonheur de quelques excursions secrètes ? Car il me semble, voyez-vous, que je vous goûte un peu.

Marian rosit. Elle n'en espérait pas moins. Qu'il était joli, ce « je vous goûte un peu » ! Et comme il promettait de caprices, de piquant et de fantaisies ! Elle prit une mine assez arrogante, avec une petite moue indécise. Saint-Lubin se pencha sur son oreille. Il dut lui murmurer quelques effronteries, car aussitôt Marian éclata de rire, avec des accents peu équivoques. Saint-Lubin reprit son regard faussement naïf, mais quelle fougue, quand il la saisit par la taille, la contraignant à une autre pose, parmi les plus insolentes :

– Et ne l'oubliez pas, madame, nous nous retrouverons à Madras ! Chez les Anglais !

Après de longues caresses, encore inédites, puis les derniers gémissements, Marian pensa en effet qu'elle était prête à affronter toute société au monde, les Anglais comme les Hurons, pourvu qu'elle fût assurée d'y retrouver, de temps à autre, d'aussi singuliers transports.

⁂

Quelques semaines passèrent ; oubliant les rumeurs de guerre, Pondichéry stupéfait ne bruissait plus que d'une seule nouvelle : la Carvalho avait repris amant ; l'heureux élu était ce charmant jeune homme, de trente ans son cadet, qu'on appelait le chevalier de Saint-Lubin, et qui était si beau. On s'étonna un peu qu'il eût préféré la banquière vieillissante à la jeune Marian qui logeait sous le même toit et n'avait toujours pas trouvé d'époux à sa convenance. Celle-ci, du reste, était fort occupée. Une fois la semaine, on la voyait se rendre à la chauderie de Circé, d'où, murmurait-on, elle sortait deux heures plus tard, les joues très rouges, et fort embellie. Par chance, Pondichéry ne chercha pas l'auteur de ce singulier phénomène. Il lui suffit de constater que Saint-Lubin avait rajeuni une femme ; jamais on n'imagina qu'il pût en combler deux, d'autant qu'il se rendait à Circé sous les déguisements les plus divers, soudoyant largement le tenancier, et déployant un luxe de précautions qui frisait la manie.

Jeanne ne pressentit rien : elle avait découvert un nouveau bonheur. A l'ivresse de l'arak succéda celle de l'amour. Elle donna à son amant de très larges moyens ; quant à lui, il s'efforça de la conforter dans son aveuglement. Roué comme il l'était, rien ne fut plus facile. Cependant, il suivait les nouvelles de la guerre avec la plus extrême attention. Aux questions de Marian, il finit par répondre et lui exposa son inquiétude : l'Angleterre gagnait bataille sur bataille, l'ennemi ne tarderait pas à entrer dans la place. Il fallait s'enfuir de Pondichéry ; adieu ministre, gouverneur et roi de France. La rumeur prêtait à Jeanne un immense magot dont il ignorait la cachette : une fois découverte, Marian et lui se promettaient de s'enfuir à Madras, où ils fileraient le parfait amour, enfin libres de leurs faits et gestes.

D'abord un peu émue, un peu travaillée de scrupule, Marian finit par se laisser convaincre. Elle devina que son amant était, et peut-être de longue date, un agent des Anglais. Qu'il partageât quotidiennement le lit de Jeanne avait excité sa jalousie : il était des matins où elle se réveillait dans le vacarme de leurs transports. Quant aux escapades de la chauderie, était-ce la nécessité du déguisement, la peur continuelle d'être pris sur le fait, Saint-Lubin ne s'y rendait plus qu'un peu las ; leurs ébats avaient perdu de leur piment premier. Dans ces conditions, l'idée de s'enfuir du comptoir des plaisirs, qui n'était plus désormais que celui de l'ennui, la remplit de joie, d'autant qu'elle se voyait déjà riche de la fortune amassée en vingt ans par Jeanne Carvalho. Il ne s'agissait plus que de la dénicher avant l'arrivée des Anglais. Cela presse, répétait Saint-Lubin. En effet, jour après jour, on voyait rentrer dans la ville les restes de régiments défaits, demi-nus, pieds écorchés, des hordes exténuées de privations et de marches forcées. Quand ils arrivaient par la mer, leur situation n'était guère plus réconfortante : c'est ainsi que vint mouiller un soir une frégate nommée *Bristol* qui débarqua des officiers au désespoir : ils avaient perdu tous leurs fantassins, déclara l'un des chefs, un certain du Pouët. Le vent avait contraint d'abandonner les malheureux à la côte, sur les rives du Bengale ; ils avaient dû s'égailler dans le profond des jungles, et le bon sens interdisait de penser qu'ils en revinssent jamais.

Cette nouvelle acheva de jeter le trouble dans la colonie ; entretenu par les brahmanes, il grandissait chaque jour : les nourrices indiennes refusaient désormais de nourrir les enfants des Blancs, les seins des Européennes se tarissaient à leur tour, des incendies prenaient à tout propos, les pénitents couraient la Ville Noire en hurlant et se flagellant, des récoltes entières séchèrent sur pied ; enfin le commerce commença à décliner. L'agonie peut être longue, murmuraient les marchands du bazar ; six mois, un an. Mais qu'est-ce qu'un an au regard du temps où se meuvent les dieux, dharma, mon ami vendeur d'huile de palme, dharma, cher voisin ciseleur de corail : à la cité de Yama, nous serons tous jugés selon nos actes passés, et veillons surtout à ne point nous souiller, si nous voulons pour notre prochaine vie une condition meilleure.

Il ne demeurait donc dans toute la ville que deux êtres encore allègres et pleins d'espoir, Marian de Chapuset et le chevalier de Saint-Lubin : ils passaient le plus clair de leurs jours à ourdir traquenards, mensonges, artifices et fourberies, afin de découvrir l'endroit où la Carvalho dissimulait son magot.

CHAPITRE VI

Noël 1759-Janvier 1760

Marche vers Godh

Cette année-là, ni pour Dieu, ni pour Madec, ni pour Visage, il n'y eut de Nouvel An, de Jour des Rois, ni de Pâques carillonnées. Sitôt franchi le premier torrent, ils s'enfoncèrent dans un autre temps : le coucher du soleil, pour donner l'heure de la halte ; à son lever, la marche recommençait, et des mois ainsi. L'Inde était là, qui les happait, mais ils ignoraient encore ses rythmes propres, ses temps morts, ses jours de fête. Ils étaient seuls, égarés au fond des forêts comme dans le cours du temps, décomptant obstinément les jours l'un après l'autre, mais sans plus les marquer des césures familières : l'aventure les possédait. Jungles, cascades, cols, plateaux poussiéreux ; la chaleur de l'été, puis les cataractes de la mousson. Et d'autres montagnes, des rivières plus éperdues que les premières, des lianes aux réseaux plus tortueux, des marais, des plateaux encore. Pondichéry, Pondichéry, et retrouver la chance, et recouvrer la gloire. Coûte que coûte, on devait fuir la côte infestée de marins anglais et, sans doute aucun, d'autres perfides rajahs. Les cipayes avaient parlé de grandes routes au centre du pays, où, de mémoire indienne, on n'avait jamais vu de firanguis à vestes rouges. Les Français, disait-on, y avaient prêté main-forte à des princes du temps du général de Bussy, et la rumeur voulait qu'on les y aimât. On n'aurait donc rien à craindre sur ces chemins, excepté les attaques des brigands, mais on eût voyagé en Europe qu'il en serait allé de même. Alors on se mit à escalader une à une les montagnes qui se succédaient sans vouloir s'arrêter, si nombreuses que les cipayes les appelaient *ghats*, les escaliers.

On marcha des semaines, des mois, mécaniquement, le corps tendu vers l'ouest ; et Madec, qui toujours avait cherché l'est, n'avait de sa vie avancé ainsi. Derrière chaque colline, à tout nouvel horizon, il supposa l'existence de la route bienheureuse qui innervait l'Inde et le ramènerait aux quais de Pondichéry ; non pour un retour à l'Europe – existait-elle encore ? – mais pour un nouveau départ vers la gloire. Éclat, lustre, fastes, honneurs, l'orgueil le travaillait constamment. L'épisode du rajah l'avait mortifié. Il commandait à ses quatre cents soldats, il en répétait fièrement le nombre à tout propos, mais il ne possédait toujours pas de cheval. Et s'il franchissait des forêts, à perte de vue, à perte de vie, c'était dans le seul espoir de monter, un jour de parade, dans l'habit d'or des conquérants bénis. On rencontra des hordes de peuples nus, chez qui un rien semait l'effroi ; ils adoraient le feu et entaillaient les arbres de leurs haches de pierre. On s'endormit chaque nuit dans le ricanement des hyènes. On suivit même, quatre jours durant, un vieil éléphant solitaire qui s'en allait mourir en paix dans un lieu secret ; il s'arrêta enfin dans les vases d'un marais, au pied d'une petite colline, s'y accroupit soudain et s'abandona à la mort, au milieu d'autres carcasses vides et de dizaines de défenses engluées dans les roseaux. Chaque jour apporta un spectacle insolite, dont le souvenir se dissolvait aussitôt. Car seule comptait la quête : identique aux Lancelot et Perceval des contes de ses ancêtres, Madec, de torrent en rocaille, guettait une sorte de Graal indien, dont il imaginait les infinis bienfaits sans en connaître le détail. Les hasards de l'aventure, comme pour les héros d'autrefois, et fussent-ils les monstres d'une forêt farouche, n'étaient plus qu'embûches tendues dans une traversée des apparences ; et il marchait.

Et Dieu, et Visage, et les autres marchèrent, jusqu'au jour étrange qui révéla une route, et plus qu'une route même : un carrefour. Autour du feu, ils reconnurent des silhouettes dont les guenilles ressemblaient aux leurs. De part et d'autre, passé le premier mouvement de stupeur, ce ne fut qu'un élan. D'autres Français ! Rescapés d'une attaque meurtrière des Anglais dans le comptoir de Yanaon, ils avaient fui eux aussi vers les montagnes.

On s'embrassa. Un seul homme n'avait pas tressailli. A peine les effusions étaient-elles finies qu'il déclara :

– Hâtons-nous, car la jungle est malsaine !

Tous se retournèrent, un peu déconfits. Madec le prit à partie :

– Qui es-tu donc, pour nous faire la leçon ?

L'autre éclata de rire :

– On m'appelle Martin-Lion, petit soldat ! Martin-Lion, car parfois je rugis !

Et il recommença à rire. Alors que Visage redoutait déjà une altercation, où Madec à coup sûr n'eût pas gagné car l'autre était de fort grande taille, Madec à son tour se mit à rire. Tout dans la personne de Martin-Lion appelait la sympathie : c'était une sorte de géant au teint coloré, chaleureux, tendre presque, mais qui portait les marques de distinction que l'on voyait souvent aux officiers de l'armée française. Et pourtant il n'était, lui aussi, qu'un aventurier.

– Où t'en vas-tu ? demanda Madec.

– Mes hommes et moi nous allons vers le nord chercher à nous engager chez les princes !

– Êtes-vous fous ! intervint Visage. Vous n'allez pas déserter au moment où la nation a tant besoin de vous !

Cette fois, Martin-Lion ne s'esclaffa pas. Il venait de reconnaître en Visage un homme proche de lui ; leur langage, leur âge communs, leurs origines, peut-être. Dix minutes plus tard, il n'était plus question des jungles malsaines, et l'on décida de camper ensemble. Le soir venu, autour d'un feu, on parlementa ; cela dura toute la nuit et recommença la veillée suivante. On apprit alors que Martin-Lion était dragon ; il défendait Yanaon quand les canons anglais vinrent assiéger le comptoir français. Il s'était échappé avec sa troupe et des canons ; depuis des semaines il errait dans le Dekkan. La pauvreté des terres, jointe à l'hostilité déclarée des princes, nababs musulmans repris de fanatisme pour l'islam, l'avait résolu à mener ses hommes vers le nord, où il espérait rencontrer des seigneurs plus accommodants : les rajahs hindous, disait-on, étaient au contraire d'une tolérance extrême. D'autre part, il était persuadé que ceux-ci devraient tôt ou tard soutenir les attaques des Anglais quand ils poursuivraient leur percée au Bengale. Dans ces conditions, prétendait Martin-Lion, l'arrivée de soldats étrangers, avec des armes efficaces, un nouvel art de la guerre, serait reçue là-bas comme un bienfait des dieux.

– Vous ne pouvez envisager de traverser le Dekkan dans l'état où vous êtes, poursuivit-il. Regardez-vous, tout en guenilles, et si peu de canons ; pas de chevaux ni le moindre éléphant de guerre ! Les nababs du Sud, qui deviennent redoutables depuis notre déconfiture, ne feraient de vous qu'une bouchée.

– Et Pondichéry ? intervint Madec. Comment rentrer ?

– Nous pouvons rentrer, répondit Martin-Lion. A condition d'être patients et de faire un... un détour. Le Nord.

– Le Nord ?

– Pour revenir à Pondichéry, il nous faut être armés jusqu'aux dents, et nombreux. Nous avons donc besoin d'argent ; gagnons le Nord, joignez-vous à nous ! Nous finirons bien par dénicher un rajah en mal d'impôts, ou mort de terreur à l'idée de l'arrivée des Anglais. Nous lui proposerons de nous louer, oui, de *nous* louer, nous, nos canons, nos hommes, nos épées... Quand nous serons libres de notre engagement, et pleins de roupies, nous regagnerons Pondichéry sans avoir à craindre quiconque sur notre route. Foi de dragon, ce n'est pas déserter que de refuser le suicide !

Visage approuva. Dieu et Madec furent plus réticents. Au bout de trois jours de palabres, cependant, ils acquiescèrent. On leva donc le camp, et l'on recommença à marcher, les yeux désormais rivés sur le nord, comme un navire qui eût changé d'amer. Et défilèrent d'autres jungles, d'autres palmes, d'autres rizières, dont la mémoire s'effaçait chaque soir. Le temps était mort, hormis le rythme d'un pas devant l'autre ; à chaque montagne gravie s'installait l'éternité. Les peaux des hommes rencontrés s'éclaircirent, leurs langues aussi se modifièrent ; il arriva même que Madec, de temps à autre, y reconnût des syllabes qui n'étaient pas si éloignées du breton : qui l'eût cru ? Et l'on marcha encore, tout à l'espoir des palais du Nord, leurs perrons de marbre blanc, leurs princes dorés et pacifiques.

Combien traversèrent-ils de ces villages presque identiques, avec leurs cases de terres serrées au bord d'une mare boueuse, leur petit temple, des vaches errantes, les singes qui sautaient de liane en liane ? Selon le dieu tutélaire de la place, on les accueillait à l'entrée d'un « Shiv-shiv, Ram-ram » ou « Khrish-khrish » : bonjours aux syllabes tronquées des noms magiques de Shiva, Rama ou Khrishna ; la troupe apprenait du même coup qu'on la recevrait sans animosité, qu'on lui donnerait de l'eau, qu'on lui vendrait du riz. Marcher, survivre ; il n'y avait rien d'autre. Quelquefois, pourtant, à l'orée d'un village, l'Inde des campagnes leur offrait un visage nouveau : il les distrayait un moment de leur tension vers le nord. Ainsi, ces prédicateurs ambulants, qui couraient les sentes les plus perdues pour raconter la geste du seigneur Khrishna et transmettre son enseignement divin. Ils portaient dans leur baluchon de petits temples de bois peint, où se trouvaient représentées toutes les grandes scènes de l'auguste épopée, métamorphoses, expiations, renaissances, copulations sacrées. L'une après l'autre, le montreur de temples en ouvrait les portes : voici que s'offraient aux yeux émerveillés de nouvelles peintures, des dieux jeunes et frais, avatars des précédents ; et la seconde porte en cachait une troisième, puis une quatrième, jusqu'à une niche où apparaissaient, dans une pénombre semblable à celle des sanctuaires, trois dieux souriants, Vishnou, Rama, Khrishna ; alors se mourait le propos légendaire. Chaque fois la troupe s'arrêtait, comme fascinée, les Blancs d'ailleurs plus que les cipayes, Madec au premier rang. Toutes ces scènes grossièrement peintes en couleurs vives sur du bois laqué de noir lui plaisaient fort, ainsi qu'à Dieu, qui se souvint des temps de son enfance, où des prédicateurs bretons venaient aussi semer la bonne parole dans les villages de marins, à leurs yeux trop païens, et déroulaient devant eux une autre histoire de jeune homme à miracles. Il y avait pourtant ici, Madec le sentait bien, quelque chose de plus débridé, une merveille plus fraîche, qui sentait encore les débuts du monde. Dans les récits embrouillés des montreurs de temples, faute de bien connaître leur langue, il suivait mal la généalogie des dieux, leurs transformations successives ; deux divinités, cependant, lui devinrent familières : Ganesh, le dieu éléphant, ventripotent et souriant, et surtout Khrishna, aisément reconnaissable à sa couleur bleue, et ses comparses habituelles, de très jolies femmes plus ou moins dévêtues. Le prédicateur refermait une à une les portes du temple. On buvait une rasade d'eau, on reprenait la marche ; puis, afin d'oublier l'immensité de peine qui la séparait encore du Nord, la troupe berçait de rêves le rythme de ses pas.

En secret, chacun s'était construit le théâtre de l'arrivée. Madec, pour sa part, avait imaginé une bâtisse analogue aux manoirs féodaux de la campagne quimpéroise, en plus immaculé, en moins gris, où l'attendait un rajah chamarré de pied en cap, qui lui désignait un éléphant blanc ; une armée hurlante surgissait des profondeurs du palais ; sabre au clair, Madec en prenait la tête. Dans un fracas horrible, on se répandait dans la plaine, et, le temps d'un éclair, on avait pourfendu des bataillons entiers d'Indiens cruels ou de Saxons maudits. Au fil des routes, l'amitié se resserra entre les quatre hommes, avec des nuances cependant : Visage s'était plutôt rapproché de Martin-Lion et Dieu de Madec. Chaque jour se présentaient de nouvelles épreuves, qui les unissaient davantage. Un marais putride, et qu'il fallait pourtant traverser ; au détour d'un chemin, une famille de cobras qui se dressait, paralysant d'un seul coup la marche des cipayes : les Indiens se refusaient à les tuer ; le manque d'eau, souvent, et les querelles habituelles en temps de rationnement. Des hommes mouraient. Ils se laissaient aller au bord de la route, suppliant qu'on les abandonnât. La fièvre les avait pris ; le temps de se pencher sur une gourde, de la déboucher, de la leur tendre, ils avaient saisi leur pistolet et s'étaient tiré une balle dans la tête. Ou bien, au passage d'une rivière, le courant emportait un soldat ; un peu plus loin, dans une anse tranquille, les crocodiles attendaient leur proie. Mais rien n'approchait en singularité le trépas des cipayes. Quand ils n'allaient pas se joindre aux cohortes déguenillées des « fous de Dieu », sortes de pèlerins hébétés qu'on voyait sillonner tous les chemins, ils s'arrêtaient parfois aux marches d'un temple, se prosternaient, réunissaient leurs dernières forces pour une ultime mortification et mouraient d'un seul coup, sans bruit, les membres encore raidis dans l'attitude de la prière, les yeux grands ouverts, ainsi qu'ils l'avaient été chaque fois qu'ils s'étaient inclinés devant la divinité ou qu'ils avaient rêvé d'elle. Madec devinait bien que, désertant pour se faire *sadhu*, ou trépassant à l'ombre sacrée des sanctuaires, ces hommes aussi étaient en quête. Mais il voyait trop que leurs quêtes et la sienne ne se rejoindraient jamais. Car il marchait vers un but précis, au-delà duquel il ne pouvait imaginer d'autre « après » que celui de la gloire et de la fortune ; tandis que ces Indiens se perdaient dans l'éternel cycle des vies, pressés sans doute d'atteindre un état meilleur, tellement parfait qu'on n'y sentait plus rien.

Il y eut la chaleur, il y eut la mousson ; à des jours de soif succédèrent les pluies, et les routes coupées retardèrent la troupe des semaines. Après de longues journées d'immobilité sous les tentes détrempées, on reprit la route. Boue, serpents, plaines, poussière ; une langue nouvelle encore, l'hindi. A force de négocier chaque jour l'eau, le grain, les légumes, Madec y passa maître. Hier et demain s'y disaient de la même façon, comme avant-hier et après-demain. Au fil de cette migration effrénée, cela parut un signe : le temps, vraiment, s'était dissous. Qu'elle parut alors lointaine à Madec l'exaltation de Mahabalipuram, et son petit matin dans les dunes ; une tristesse sournoise s'emparait de lui, où il se retrouvait d'un seul coup dans le désarroi de l'enfance, lorsque son cœur déjà nomade s'attristait des cieux trop gris de la Bretagne. Et pourtant, plus que jamais, il était *dans* l'Inde ; telle une gangue, elle l'enserrait. Il possédait son content de chaleur et de palmes, et la belle aventure, puisque les maladies l'ignoraient : pas l'ombre d'un flux de ventre, pas la moindre bourbouille ; marais infestés, villages cholériques ou pestiférés, il traversait tout, quand tant d'autres tombaient : l'Inde le recevait comme un greffon qui prend bien. Mais il était inquiet ; une mélancolie ancienne affleurait, dont il déchiffra aussi les signes dans le regard de Dieu. Ni l'un ni l'autre ne priaient. A mesure que l'on s'approchait du Nord, les temples se transformèrent, se multiplièrent, jusqu'à créer l'obsession. Aux pyramides et chariots des sanctuaires côtiers succédèrent des pains de sucre entièrement sculptés, où le ciseau de l'homme abolissait la pierre. Quand ils étaient abandonnés, ce qui arrivait parfois au fond des jungles, on les explorait en allumant des torches. La lumière y révéla, répétées partout, des déesses rondes et maternelles, ou des sexes mâles dressés dans le granit, dont l'obscénité finit par ne plus étonner. Madec y trouva même la confirmation de l'intuition première qui le guidait depuis l'enfance : en Inde la vie était plus forte, la nature plus inépuisable, les femmes, peut-être, plus amoureuses. Il suffisait de regarder la jungle, dont les temples souvent n'étaient que le prolongement : quand elle s'arrêtait dans une plaine poudreuse, c'était, trois lieues plus loin, pour mieux reprendre, troncs énormes, fouillis d'une forêt pentue, lianes tordues de sève jusqu'à l'inextricable.

Et l'on marchait, l'on marchait toujours, sans arriver jamais. A l'entrée des villages hurlèrent des meutes d'enfants pouilleux, qui demandaient à caresser la peau claire des soldats ou la gueule des canons, comme ils l'auraient fait de l'effigie des dieux ; des cipayes moururent, des buffles aussi, harassés de tirer les canons. On viola des fillettes esseulées rencontrées près des rivières, des bayadères dépenaillées se vendirent pour quelques grains de riz. Enfin, au bout d'une dizaine de mois de ces marches brûlantes et mélancoliques, on atteignit une région chaotique, pierreuse et tavelée.

C'était janvier, l'hiver, la saison sèche. Les nuits étaient claires et souvent froides. Le pays, disait-on, était infesté de bandits, les Dakoïts coupeurs de tête, suppôts de Kali la noire. Par bonheur, ils devaient posséder de quoi manger à leur faim, ou la chair des Français leur parut impure, car on ne les vit pas. C'était partout le désert, la solitude ; le désespoir gagnait la troupe. Seul Martin-Lion gardait courage ; sur les navires de la Compagnie, il avait étudié les cartes et les récits de voyage, et il affirmait qu'on arrivait aux marches du Radjpoutana, au pays des princes du Nord. Un matin, en effet, derrière une montagne nue, on découvrit enfin une plaine immense et verte. Vers l'ouest s'étendait un lac, avec une île tout ornée d'une sorte de petit château aux marbres ajourés. Au centre de la plaine coulait une rivière très calme, qui traversait une ceinture de remparts de terre rouge ; ceux-ci abritaient des centaines de maisons à terrasses, façades roses, au pied d'une superbe citadelle fortifiée, où Martin-Lion, d'après ses anciennes lecture, reconnut sans faillir le palais de Godh.

C'était l'heure du levant, et la poussière n'avait pas encore envahi l'horizon. On vit distinctement des femmes porteuses de paniers descendre à la rivière, où elles trempèrent de grands linges multicolores. Déjà les paysans se penchaient sur leurs champs, les bergers poussaient leurs bêtes vers les prés. Tant de douceur et de tranquillité : en un instant, Madec trouva ce qui manquait à son cœur pour qu'enfin l'Inde le comblât.

Il ne savait pas comment le dire, ni même comment le penser. Il n'y avait pas, lui semblait-il, de mot français qui convînt à ce territoire de l'âme, que ni la marine royale ni l'armée ne lui avaient offert d'explorer. Il fouilla sa mémoire. Des syllabes enfouies lui revinrent ; elles étaient bretonnes : *karantez*, l'amour. *Karantez ar galon*, l'amour du cœur, *karantez ar c'horf*, l'amour du corps ; et même *orged*, la passion, la folie, pourquoi pas ? Cela, sans doute, en dehors des contes ou des vieilles chansons, ne pouvait s'avouer, voilà la raison pour laquelle on n'en parlait pas.

Avec le soleil qui montait, la lumière se fit plus blanche ; Godh cependant demeurait aussi belle, et elle rosit encore, éclata au milieu de ses prés. Le bonheur semblait s'y lover.

Karantez. Ici viendrait la plénitude.

CHAPITRE VII

Janvier-mars 1760

Godh, mois de Magha
Année 4861 de l'ère de Kaliyuga

Ils descendirent dans la plaine.

– Les canons, en avant! cria Madec.

L'ordre avait jailli, comme d'instinct. Nul ne protesta : aux Indes, ils le savaient tous, la force ne va pas sans le faste. Or ils étaient en guenilles, sans chevaux, sans éléphants, sans musique. Ils ne possédaient même pas le nombre, en un pays où le moindre rajah déplaçait des foules sur son passage. Si l'on exceptait les deux cent cinquante cipayes rescapés des marches ou des lubies religieuses, ils étaient à peine une centaine d'Européens amaigris, les traits tirés, tricornes déformés, cordons dorés s'en allant en charpie : ils n'impressionneraient pas le dernier des intouchables. A moins que les canons... Madec avait remarqué que les cipayes vénéraient les bouches à feu à l'égal de leurs divinités de la destruction : ne pouvait-on pas espérer révérence plus grande des maîtres de ces lieux, dont Martin-Lion prétendait qu'ils étaient *kshatrya*, guerriers de haute caste depuis la nuit des temps ? Scrupuleusement frottés par des poudres dont les cipayes conservaient le secret, les canons rutilaient dans le matin levant. Aux buffles qui les tiraient, les Indiens avaient tenu aussi à refaire une beauté. A la première fontaine, ils avaient nettoyé leur peau encroûtée de boue, fourbi leurs cornes pour les rendre brillantes ; aux premiers champs, ils avaient tressé des colliers de fleurs, qu'ils venaient de passer à leur col. Certes, on demeurait très loin du faste ordinairement observé chez les princes, du temps où ils venaient parader dans Pondichéry. Toutefois, l'équipage attirait curiosité et sympathie ; plus la troupe approcha des remparts, plus la foule grossit autour d'elle. Les femmes d'abord, les marcheuses des chemins, chargées de paniers de bouse de vache, de sacs de riz, d'enfants noués à leur dos. Malgré leur faix, elles avançaient de la démarche commune à toutes les femmes de l'Inde, une danse aérienne, pieds et bras légers, pareilles à Shiva, disaient les cipayes, Shiva Nataraja dont la cadence magique rythme la Création. Mouvement langoureux, ferme et lent à la fois, que les draperies des vêtements accentuaient à plaisir. A l'arrivée de la troupe, elles se figèrent soudain : d'un seul coup, tous les saris, les jupes multicolores s'arrêtèrent et on n'aurait pu dire si c'était l'étoffe, ou la chair des femmes, qui venait ainsi de se pétrifier. A une lieue des remparts, les enfants se précipitèrent ; ils jaillirent les premiers des portes, suivis de la multitude oisive qu'on voit toujours aux cités de l'Inde. Il y eut alors une immense bousculade ; Madec craignit pour les canons. Mais non, les bouches à feu les laissaient indifférents ; ce qu'ils voulaient, c'était toucher la peau des soldats, non celle des cipayes, trop identique à la leur, mais celle des Blancs ; ils caressèrent longuement les visages, ouvrirent sans vergogne les chemises, s'étonnèrent d'un teint si pâle malgré tous les soleils. Un peu réticent, car il craignait que les Indiens, par une volte-face qu'on leur connaissait parfois, ne s'avisent brutalement que les Blancs venaient des Eaux Noires, et qu'ils contractaient à les toucher une effroyable souillure, Martin-Lion finit par se laisser faire, et il s'abandonna, comme Madec, à l'exploration des mains brunes. Ne cherchaient-elles pas sur leur peau le même secret qu'eux-mêmes, quands ils fouillaient des yeux les saris des femmes ou le regard éperdu des *sadhu* : comment des êtres, qui paraissaient tellement autres, pouvaient en même temps demeurer si semblables ?

La curiosité de la foule ralentit la marche des Français. Ils mirent plus de trois heures à franchir la dernière lieue qui les séparait des remparts. C'était une immense ceinture ocre, de pierre et de terre mêlées, ouverte par sept portes sur la campagne, dont une porte d'eau par où la rivière sortait de la ville. L'ensemble était monumental mais ancien. Par endroits, on sentait le mur près de s'affaisser.

– Comment défendre une aussi longue muraille ? observa Dieu.

Il désigna la citadelle qui couronnait la ville :

– Crois-tu qu'ils cachent là-dedans des archers ? Il en faudrait des dizaines de milliers, et l'enceinte des remparts est très longue.

Madec approuva ; si Godh offrait de loin l'image d'une puissance tranquille, elle semblait plus fragile à mesure qu'on s'en approchait. Ces remparts d'abord, sans meurtrières, sans bastions ; de simples créneaux ogivaux, trop grands, trop exposés ; et surtout le matériau friable des murs, qui jamais ne résisterait à un canon anglais. La citadelle, pour la guerre, ne valait guère mieux. Elle était située au sommet d'un éperon rocheux qui l'isolait de la ville ; mais les palais de marbre qui le couronnaient, se pliant à tous les caprices de la falaise, lui donnaient un air futile, presque dérisoire. Madec avait rêvé de palais blancs, mais avec échauguettes, douves, pont-levis, herses, ceintures de bastions : la version indienne d'un château breton. Or il contemplait des arabesques de marbre, ajourées de partout, des colonnades offertes à la lumière, des pavillons gracieux qui narguaient les à-pics, des dentelles de pierre, tourelles frivoles, légers moucharabiers : un univers désinvolte accroché à ce qui n'aurait dû être, à ses yeux, qu'un roc de guerre. On parvint enfin aux portes de Godh. A cet endroit le rempart se renflait de deux tours massives, au milieu desquelles était percée une ouverture immense en forme d'ogive adoucie, ornée de festons et de fleurs peintes. C'était jour de marché ; les battants de cèdre clouté étaient ouverts sous la surveillance d'un corps de garde armé de lances.

On ne pouvait envisager d'entrer dans la ville sans proposer à son prince un gage d'amitié, ce qui, aux Indes, signifiait cadeau. Martin-Lion se tourna vers Madec :

— Toi qui parles leur langue, explique-leur : nous voulons camper sous les remparts en attendant que le rajah nous reçoive. Il faudrait lui présenter un cadeau...

Il parcourut la troupe :

— Oui, un cadeau...

A l'évidence, on ne pouvait se dessaisir d'un seul fusil. Pour le reste, la troupe ne possédait rien qui vaille, à part ses gourdes et gamelles fabriquées en Europe, dont l'offrande aurait du reste constitué un affront.

— Donnons un canon ! cria alors Madec.

Cette annonce créa la stupeur générale. La troupe n'avait rien de plus cher : onze bouches, traînées à travers le Dekkan au prix d'incroyables efforts. A chaque rivière, l'angoisse avait repris : pourvu que le courant ne les emporte pas, pourvu que les cordes tiennent ! Dans les steppes désertiques, autres folles inquiétudes, pourvu qu'on ait assez de fourrages pour les buffles, assez d'eau, pourvu qu'ils ne crèvent pas ; dans les montagnes, gare aux falaises, gare aux pierrailles. Douze mois pleins, et chaque jour on avait crié gare, gare aux canons !

Néanmoins, c'était clair, il fallait en offrir un. Peut-être en pure perte. Mais l'Inde l'exigeait : pour se faire agréer, donner ce qu'on possède de plus précieux, cela même par quoi on désire se faire admirer.

— Va pour un canon ! répondit alors Martin-Lion, et il fit signe à Madec de s'avancer vers les sentinelles pour parlementer. Le chef de la garde, tout enturbanné de blanc, attendait d'un air placide et légèrement ironique. Madec s'adressa à l'un des cipayes chargé de guider les buffles.

— Fais avancer Gueule d'Enfer !

Le cipaye frappa de sa baguette les flancs décharnés des bêtes. Les Français retenaient leur souffle : Gueule d'Enfer, le plus beau de leurs canons, un canon-minute, de pur acier suédois, qu'ils avaient sauvé à grand-peine de la sinistre affaire du rajah. Et si le prince de Godh, comme le souverain de la côte, était lui aussi un traître ? Trop tard, puisque l'attelage avait déjà atteint la hauteur de la porte, là où se tenaient les gardes. Madec fit quelques pas jusqu'au canon ; il salua d'abord à la française, puis s'inclina à l'indienne, le bras croisé sur le ventre et le corps à moitié plié, comme il l'avait vu faire à du Pouët dans l'Inde du Sud. Puis il se releva et cria :

– *Nazar !*

Le chef des gardes ne bougea pas ; cependant, il avait abandonné son air narquois. La curiosité le tenaillait manifestement, comme tous les autres Indiens rencontrés en chemin : il ne savait plus quoi penser, devant cet homme à peau claire, et qui semblait connaître sa langue.

– *Nazar*... répéta Madec. *Nazar*, pour ton prince, pour le rajah, cette bouche qui crache le tonnerre comme le dieu Indra.

Madec répétait mécaniquement la formule dont les cipayes désignaient les canons, sans avoir la moindre idée de ce dieu vomisseur de foudre. Il interrogea à nouveau le regard du chef des sentinelles. Celui-ci conservait son expression impassible. Il se sentit irrité. Ses compagnons devaient s'impatienter, douter peut-être de ses talents d'interprète. A vrai dire, il n'en était pas lui-même tellement certain ; de colline en montagne, de plaine en plaine, l'accent hindi changeait, parfois jusqu'à rendre la langue méconnaissable : il fallait constamment s'accommoder aux nouveaux venus de la route. Jusqu'à présent, Madec s'y était plié sans peine : dès l'âge de huit ans, son père l'avait contraint à un constant va-et-vient entre le breton et le français, et en Bretagne aussi, d'une lande à l'autre, il arrivait parfois qu'on ne se comprît pas. Il interrogea le garde une dernière fois, mais commença sa phrase moins paresseusement : il lui donna son titre :

– *Chaukidar, nazar, nazar*, pour ton rajah...

Le visage de l'Indien s'anima enfin. Il cria quelques mots d'hindi, si rapides que Madec n'en saisit rien. Dix gardes se précipitèrent. En l'espace de quelques instants, le canon fut rentré à l'intérieur des remparts, puis on le vit disparaître sous bonne escorte dans la rue principale qui menait à la citadelle.

– Maintenant, *parwanah*, dit Madec, *parwanah*, pour camper sous les remparts, en attendant ton seigneur.

Il était épuisé. Il se contenta donc de juxtaposer des mots ; quant aux formules de politesse, il préféra s'en passer, ne sachant pas quelle importance accorder à ce petit chef, et préférant ne pas étaler un vocabulaire susceptible d'interprétations fallacieuses. *Parwanah*, cela suffisait, et sans nul doute l'usage était partout identique : les étrangers devaient solliciter la permission de s'installer dans une cité, fût-ce pour planter leurs tentes l'espace de quelques jours.

Le garde répondit sans difficulté. Il désigna un bouquet de banians, qui n'était pas très éloigné :

– A quatre *koss* d'ici, vous pourrez vous installer, près de la Porte d'Eau.

Madec le dévisagea, l'air un peu étonné. Quatre *koss*, ce n'était pas très loin, à peine une demi-lieue. Un autre point toutefois le surprenait davantage : la forme très respectueuse que le garde avait employée dans sa phrase, une marque de déférence assez rare, et dont les syllabes, jointes à celles du verbe, avaient très agréablement résonné à son oreille. Les canons avaient donc produit l'effet escompté. Madec traduisit sommairement. Les autres s'inclinèrent à leur tour devant le garde, et l'on fit marche arrière pour établir le camp là où on leur en avait donné *parwanah*. Madec n'osa pas demander quand on les introduirait près du rajah. Depuis la traversée du Dekkan, les lenteurs de l'Inde lui étaient familières ; il devinait qu'on lui aurait répondu *kal*, d'un ton un peu las. *Kal*, demain, après-demain, hier, qu'importe, attends donc, étranger, la vie est courte, mais nous avons devant nous tellement d'existences !

Il se tut donc. On attendrait.

Deux heures plus tard, la troupe avait dressé les tentes auprès de la rivière. C'était un endroit assez beau, situé face à la Porte d'Eau, là où s'interrompaient les remparts pour laisser passer le fleuve, celui-là même qu'on avait aperçu du plateau, dévalant la montagne ; malgré la saison sèche, il coulait encore assez abondamment. On y remplit les gourdes et les marmites, on fit cuire du riz, on marchanda des légumes à des paysans qui passaient. Puis, une fois restaurés, on se mit à guetter les portes de la ville.

Vers la fin du jour, la troupe tout entière fut prise de somnolence. Personne encore n'était venu de Godh. D'avoir marché des jours sans désemparer, et de se trouver brusquement arrêtés non par un obstacle naturel, mais par une simple muraille qui n'aurait pas résisté à un coup de canon, l'énergie des hommes semblait s'être dissoute, et ils s'enfonçaient peu à peu dans la torpeur.

C'est alors qu'arriva le peuple du désert. Comme ses chameaux, il était couvert de poussière, et l'on apprit qu'une sécheresse excessive le chassait pour un temps de son domaine des steppes sableuses et salées. Les femmes marchaient en tête ; on les vit arriver de loin, armée dansante de jupes plissées couleur safran, bordées de ganse rouge et argent : on aurait cru sur le chemin une longue écharpe onduleuse. Elles étaient pauvres, plus pauvres certainement que les paysannes de Godh, moins raffinées aussi, mais elles ruisselaient de bijoux : énormes boucles d'acier perçant le nez, grelots sans nombre, dizaines et dizaines de bracelets, aux bras comme aux pieds. Des romanichels, pensa Madec. Cet air de pauvreté fière, leur somptueuse façon de porter la poussière des routes, et jusqu'à l'insolence des femmes, qui paradaient en avant de la troupe, tout cela rappelait ceux qu'à Quimper on appelait les *hommes d'ailleurs*, ou les *gens de loin*, qui venaient sur la grand-place les jours de fête montrer des tours et des jongleries. Abandonnant ses compagnons à demi engourdis, Madec se dirigea vers eux. Ils s'installaient déjà, comme en pays familier, attisant des feux, puisant de l'eau à la rivière. Un vieillard s'était isolé. Il sortit d'un gros ballot un attirail de rideaux et de poupées. Les enfants de Godh accoururent. Deux grandes joies en une seule journée, ils n'en pouvaient plus d'excitation. L'homme aux poupées les calma d'un seul geste. Le soir tombait ; sa parole monta soudain vers le ciel rougissant. Sa langue était dure, un peu saccadée ; c'était encore un autre accent, qui sentait le caillou et la rocaille.

Madec cependant s'y accoutuma dès la première phrase, la voix de l'homme ensorcelait :

– Me voici, moi le conteur, qui m'en vais vous dire une histoire ! Je l'ai pêchée dans l'océan où se jettent les rivières des contes. Mensonge ou vérité ? Tous les deux à la fois, c'est à vous de les démêler !

Puis il disparut derrière le cadre de bois qu'il avait déplié, tira les rideaux, et les marionnettes apparurent. L'auditoire se recueillit. Madec s'efforça de suivre le détail des récits. Il ne peina guère ; scène après scène, toute la vie indienne défilait devant lui : les femmes en sari multicolore et longue natte, le tilak au front, avec le bijou traditionnel des femmes mariées, épanoui comme une fleur à la naissance des cheveux ; les bayadères des chemins, dont la marionnette imitait à merveille le déhanchement savant et les poignets délicatement tournés ; puis vint le charmeur de serpents, avec un terrible cobra qui hésitait, se dépliait, se lovait encore, avant de se dresser dans sa corbeille, comme sur les places de marché. A moitié ravis, à demi morts de peur, les enfants hurlèrent ; enfin ce fut la vieille maquerelle, avare et stupide, qui querella son client et provoqua les rires. Pour finir surgit, près d'un oiseau de rêve, une belle princesse indolente et mélancolique :

– Elle est belle comme un bouton de lotus, disait l'homme aux marionnettes. Elle a le port du cygne, et son corps souple a le parfum du santal... Mais, toute jolie qu'elle soit, elle n'est pas aussi belle que la dame de Godh, qui vit avec le rajah dans le palais d'en haut.

Madec tendit l'oreille. Il n'était pas sûr d'avoir bien compris. C'était bien la première fois qu'il entendait vanter dans l'Inde la beauté d'une princesse.

Fallait-il en effet qu'elle fût belle pour que le conteur affirmât qu'elle surpassait les dames de légende. Le récit continuait. C'était une histoire de déesse amoureuse. Troublé, Madec ne le suivait plus qu'avec distraction. Enfin parut une poupée peinte en bleu, l'éternel Khrishna, qui déposa la princesse triste sur une balançoire et lui murmura des mots d'amour. Le soleil se couchait. Dans l'ombre, d'un seul coup, le montreur de marionnettes, replia théâtre, poupées et rideaux. C'était fini. Malgré la fin du conte, les enfants n'osaient pas bouger.

– ... Et maintenant je m'en vais, moi, l'homme des récits, qui vous ai dit une histoire, pêchée à l'océan où se jettent les rivières des contes ! Mensonge ou vérité ? Tous les deux à la fois, c'est à vous de les démêler !

Madec était déjà parti. Il retournait à sa tente. Quelques rayons rougissaient encore les falaises et les marbres fantasques de la citadelle. Il crut y voir s'y promener des torches vacillantes. Là-bas, derrière les marbres capricieux, contre une porte finement menuisée, la belle au visage de lotus contemplait-elle aussi la nuit qui venait ? Mais comment donc une Indienne, avec sa peau sombre, pouvait-elle approcher la roseur du lotus ? Qu'avait dit le conteur ? Son parfum de santal, le port du cygne... Mensonge ou vérité, à toi, Madec, de les dénouer. Un long moment, la tête un peu vague, il contempla le palais qui disparaissait dans le noir, tandis que se levaient les étoiles.

Les journées qui suivirent furent extrêmement tranquilles. Épuisés par leur marche, les Français dormaient le plus clair du jour, et la nuit aussi, dans le murmure de la rivière. La curiosité des gens de la ville s'éteignait peu à peu, le peuple du désert s'en était allé par les jungles, et les alentours du camp paraissaient presque abandonnés. Un seul homme à Godh s'inquiétait encore : c'était le rajah. Dès la réception du nazar offert par les gens des Eaux Noires, il avait convoqué Mohan, son astrologue, brahmane entre les brahmanes, qui interrogeait les planètes avec un art consommé. Mais le moment n'était pas favorable ; avant que l'astrologue pût s'en aller à l'observatoire déchiffrer l'ordre inscrit dans les étoiles et rapporter les réponses qu'elles prescrivaient, il avait fallu attendre trois nuits pleines.

Ce matin était décisif. Le premier rai du soleil n'avait pas passé les interstices du store que Bhawani se leva, repoussant d'un geste nerveux la demi-douzaine de petits coussins et d'oreillers répartis sur son charpoï, et dont la mollesse n'avait pas adouci son repos. Ni la couette légère, ni même le traversin de perles qu'il avait exigé la veille pour éloigner de lui le mauvais sort n'avaient pu le calmer. Plusieurs fois il s'était levé, guettant dans la plaine les formes géométriques de l'observatoire. Il ne vit rien et finit par s'endormir d'un sommeil inquiet, d'où l'arrachait maintenant un soupçon de lumière.

Un long moment, il posa le front sur le store, les paupières encore fermées, prolongeant l'instant où il n'était pas encore seigneur, rajah de Godh la bienheureuse. A l'entrée de la pièce, les deux gardes demeurèrent imperturbables ; ces gestes fébriles, un peu veules, n'étaient pas cependant dans les habitudes de leur maître. Malgré le souci qui l'assombrissait depuis des mois, il se levait chaque jour impatient d'être beau, appelait sur-le-champ les serviteurs pour la toilette, afin de se montrer au plus vite dans toute la plénitude de sa force et de sa jeunesse, lui, le rajah de Godh, Souryavansi, fils du Soleil.

Or ce matin il se sentait faible. Il n'osait même pas glisser l'œil sous le store. Une colombe posée sur la balustrade, un chat blanc courant au long d'une galerie, un serviteur à gros nez apparu derrière une fenêtre, ce serait le visage du malheur. A l'aurore, le premier regard posé sur le monde était signe des signes ; car le soleil, en même temps qu'il éclairait les yeux, illuminait l'âme, lui montrant les menaces, les obstacles à éviter et quelquefois la mort. Bhawani fut pris d'un sursaut de courage. Le fils du Soleil ne devait pas craindre les révélations de son ancêtre. Il pencha doucement la tête sous la jalousie, souhaitant, du plus fort qu'il pouvait, apercevoir dans la plaine un éléphant ou, ce qui serait mieux encore, un perroquet agrippé aux arbres de la falaise, un lézard courant les pierrailles.

Tout était calme, rien ne bougeait. Le monde n'était pas encore éveillé. Seules peut-être, dans la demi-obscurité, les porteuses d'eau s'en allaient à la rivière avec leurs bassins de cuivre. Peu à peu émergèrent de la pénombre les sept portes sacrées, les remparts crénelés, les angles droits des rues, tracées selon les principes d'architecture des temps anciens du Radjpoutana, qui voulaient que toute cité terrestre, dans son ordonnance aérée, ressemblât à la cité céleste du dieu Indra. De quartier en quartier, à chaque métier sa place, dans l'ordre et l'harmonie. Les maisons de la ville ne recevaient pas encore la lumière, le palais, lui, sur son piton, commençait à resplendir : et cela n'était-il pas justice, puisque les princes de Godh étaient nés du Soleil ?

Il chercha dans l'ombre le camp des firanguis, que signalaient leurs tentes fatiguées et quelques feux mal éteints. Il se retourna tout de suite, soupira, s'en voulut. Que pourraient lui apporter ces hommes ? Que préfigurait leur nazar ? Une bouche à feu, cracheuse de mort. Il en connaissait l'existence ; certains de ses voisins en avaient vu chez le Moghol. Mais Godh ne voulait pas de la guerre. Les mettre en usage, ne serait-ce pas rompre la trêve conclue avec les dieux depuis des siècles ? Et comment lancer sans frémir ces gueules à feu au milieu des combats qui n'étaient, au peu qu'il en savait, que mêlée et désordre ?

La nouveauté ne lui répugnait pas, bien au contraire : si le monde changeait, il fallait changer avec lui ; mais on ne pouvait s'y résoudre avant d'avoir consulté les signes, avant de s'être assuré que la modification des choses était d'accord avec l'ordre du monde. Bhawani, une fois encore, baissa les yeux sur le matin. Si ces firanguis s'étaient présentés aux portes du Nord, le présage eût été clair et la paix dans son cœur : tout ce qui vient de l'Himalaya est béni ; mais non, ils étaient arrivés au Sud, à la Porte du Vent, Hawa Pol. Et ces étrangers-là, n'étaient-ils pas aussi des sacrilèges, puisqu'ils avaient osé traverser les Eaux Noires ?

Il écarta fiévreusement les lattes du store. Désormais, il faisait assez jour pour qu'il vît l'observatoire. Il était situé à l'intérieur de la ville, sur un grand terrain plat ; c'était une très étrange construction, commandée par son grand-père au plus célèbre astrologue du temps, un disciple du maharajah Jai Singh. Le vieux rajah de Godh avait exigé un observatoire analogue aux *Jantar Mantar* que l'illustre maître avait bâtis dans les grandes cités indiennes, Delhi, Jaipur, Ujjaïn, Bénarès, aux fins de calculer le point d'infortune où se trouvait l'humanité depuis l'arrivée des moghols et de prévoir aussi le plus proche avenir. Tous les instruments de mesure consistaient en d'immenses structures géométriques de pierre peinte en rouge, blanc ou noir, des escaliers, des arêtes dures, des cercles parfaits tendus vers le soleil et les étoiles. Ce matin encore, il s'étonna devant les lignes impitoyables des gnomons et des arcs gradués, qui contrastaient si fort avec les formes légères, languides où il aimait à vivre. Le reflet dur de la perfection, se dit-il, la perfection de *Brahman*, l'au-delà implacable dont parle Mohan, et il se répéta le verset sacré :

Cet univers est pure conscience, tout est Brahman, éternel, impérissable...

Son inquiétude, pourtant, ne passait pas. Il se rappela d'autres phrases du brahmane : Rajah, la venue des firanguis est inscrite dans les astres, pourquoi te tourmenter, qu'est donc ton existence, et la leur, au regard des quatre millions trois cent vingt mille années de la durée du monde, dont se sont déjà écoulées, en ce jour de l'ère d'infortune, plus de trois millions huit cent quatre-vingt-dix-sept mille !

Il ne l'avait pas écouté :

– Va voir les astres, Mohan, je le veux !

D'ici peu, il serait fixé, avec le matin s'étaient évanouies les ultimes pâlissures de la lune, la traînée des dernières étoiles. Le store, soudain, lui glissa de la main. Il se garda de le rattraper de la main gauche : aujourd'hui, plus que jamais, le moindre geste devait être propice. Bien commencer la journée ; alors il claqua des doigts, haut et clair, comme seuls savent faire les princes. Aussitôt s'ouvrit une porte de bois ajouré, et déferla une nuée de serviteurs, qui se courbèrent devant lui l'un après l'autre. Le long rituel de la toilette allait commencer. On releva les jalousies, le soleil se répandit sur le marbre. Pourquoi s'inquiéter ? Le prince retourna à la balustrade. Tout était divinement calme, pareil au sommeil de Vichnou sur le serpent Ananta, aux temps où l'univers baignait encore dans l'océan d'inconscience. Le printemps s'annonçait ; déjà fleurissaient dans la plaine des milliers de jacarandas mauves. Il coula un regard vers les galeries du zenana. Des formes s'agitaient derrière des moucharabiers, mais il ne démêlait pas si elles étaient nues ou habillées. Lui revint alors, dans ses détails les plus intimes, le souvenir du corps de Sarasvati, et il s'aperçut qu'il ne l'avait pas visitée depuis l'arrivée des firanguis, quatre jours maintenant, une éternité.

Il se retourna vers ses serviteurs, l'air dur et impatient :

– Dès que l'astrologue sera là, vous l'introduirez !

Puis son regard s'en alla à nouveau sur la plaine de Godh. Une prière monta en lui, d'une ferveur qui le déchira. C'était que l'avenir, quel qu'il fût, épargnât au moins Sarasvati, de Bhrama, à coup sûr la créature la plus parfaite. Car lui, Bhawani, fils du Soleil et rajah de Godh, l'aimait ici-bas plus que toute autre au monde.

***

Il s'allongea sur un divan bas. Un serviteur le dévêtit et l'enduisit d'une pâte composée d'huile, de farine de gruau et d'essences odorantes, qui sécha aussitôt en s'effritant. Comme d'une coquille, le corps du rajah en émergea, lisse et frais. L'astrologue demeurait dans un coin de la pièce. Tant que la toilette ne serait pas achevée, il ne s'approcherait pas. Bien que Bhawani fût Souryavansi, et que toutes les impuretés qu'on enlevait à son corps ne constituent pas des souillures, la perfection de l'état de brahmane lui interdisait de s'approcher, du moins pendant les premières minutes des ablutions. Quant au rajah, la peur de savoir lui nouait la langue. Si l'on exceptait le tintement des fioles et des boîtes à onguents, dans la chambre de marbre régnait le silence.

Deux serviteurs entrèrent, porteurs d'aiguières d'argent. Le rajah s'arracha au divan, se pencha sur un bassin de cuivre. L'eau de rose, en coulant sur son dos musclé, le détendit. Il se releva, s'ébroua, s'allongea à nouveau sur le divan de toilette. Un nouveau domestique se précipita, lui présenta des bâtons de *nim* disposés sur une feuille de bananier fraîche. Il se servit aussitôt, mais ce matin il les écrasa sous ses dents avec la plus grande nervosité. Le jus dentifrice gicla sur son menton, et, devançant le geste d'un serviteur, il l'essuya d'un revers de main irrité. Accroupi dans son recoin, le brahmane attendait, les yeux baissés sur le tapis, apparemment indifférent.

– Mohan, murmura Bhawani.

Un nouveau domestique l'interrompit ; muni d'une raclette métallique en forme de fer à cheval, il se penchait sur la langue du rajah pour y gratter la couche pâteuse déposée par la nuit. Surpris de voir parler son maître, il faillit en perdre son instrument, mais se reprit à temps avec une habileté extraordinaire ; il est vrai que toute maladresse, fût-elle due à la fébrilité du prince, lui aurait immanquablement valu le fouet. Il était de son métier de comprendre que le rajah était tendu. Il expédia donc la séance de grattage de langue, tout comme son successeur le nettoyeur de paupières, qui retourna en un tournemain les deux membranes princières jusqu'au fond de l'œil et les débarrassa avec un minuscule instrument de la fine pellicule qui les asséchait encore au sortir du sommeil.

Avant de parler, Bhawani décida d'attendre qu'on l'eût massé. Pris entre l'impatience de connaître l'avenir et le désir de commencer la journée sous des auspices favorables, il s'en remit à cette dernière résolution.

De son recoin, d'ailleurs, le brahmane semblait l'approuver, il appela donc le coiffeur, qui vérifia soigneusement l'épilation de tout le corps et repassa sur le triangle du sexe la marque rouge et verticale du mariage. Le masseur pouvait alors s'approcher. Il saisit par les tempes la tête du rajah, la serra comme dans un étau, en s'arrêtant entre chaque pression pour frapper deux fois entre ses mains : ainsi s'envolèrent les mauvais esprits. Puis il posa une serviette sur le ventre et la poitrine du prince, le piétina ; enfin, de ses doigts trempés dans un mélange d'huiles chaudes, de moutarde, de safran et de santal, il le pétrit de la tête aux pieds. Dans la pénombre, le corps musclé brillait comme une statue d'or. Le masseur le regarda d'un œil un peu critique : le rajah demeurait encore trop mince, pas assez gros pour un chef. Mais cela viendrait avec l'âge, à force de fêtes et de sucreries. Toutefois, Bhawani portait indiscutablement les marques des élus des dieux : des yeux presque gris, un teint plus clair que le commun des Indiens, des cheveux parsemés de filaments blancs, comme il seyait à tout fils du Soleil, digne descendant des envahisseurs radjpoutes, nés autrefois du Feu sacré dans un pays lointain, et répandus par toute l'Inde pour en chasser les démons et la régénérer dans son tréfonds.

Les derniers soins allèrent vite. D'un coup de pince, on lui arrondit les ongles. Puis on lissa et ordonna sa moustache. Chaque rognure, chaque poil étaient soigneusement déposés dans une boîte d'ivoire, avec tous ceux des autres matins, qu'on brûlerait avec son corps le jour de sa mort. Tous les domestiques avaient compris que le maître était pressé ; ils avaient accéléré le rythme, sans omettre cependant la moindre de leurs courbettes obséquieuses ni rien perdre de leur dextérité délicate. Seul, un dernier homme prit son temps.

C'était un vieillard au visage ridé ; tout le temps de la toilette, il était resté aux côtés de Mohan. Il s'approcha et, d'un petit sac qu'il portait en bandoulière, tira une spatule en or qu'il appliqua sur le corps du rajah, en délimitant avec soin chacune de ses régions. Il était brahmane, tout comme Mohan, et faisait office de médecin quand l'astrologie empêchait son collègue de se consacrer à l'*ayur veda,* science de la vie et des moyens de la maintenir. De son outil sacré, il fermait les pores de la peau, distendus par les soins de beauté ; il interdisait ainsi, pour vingt-quatre heures, aux mauvais esprits de s'y insinuer. D'un geste, le rajah fit comprendre qu'il ne mangerait rien avant d'avoir conféré avec l'astrologue.

Tous le virent bien, son impatience grandissait : maintenant qu'il était propre, il pouvait parler sans crainte. En un éclair, bassines, fioles et pots de crème disparurent ; ne restèrent plus que les domestiques chargés des vêtements.

— Mohan, dis-moi sur l'heure ce que veulent les astres !

Le brahmane se leva.

— Les astres, seigneur, ne nous dictent pas leurs volontés. Ils nous racontent simplement ce qui, de toute éternité, est inscrit en *Brahman.*

Tandis qu'il prononçait ces paroles saintes, il souriait légèrement, ce qui n'échappa guère à Bhawani. Il sait, et il se tait ! pensa-t-il. Ces brahmanes sont bien tous les mêmes. Ils se rient de nous, avec leur savoir, quand bien même nous sommes kshatrya, et puissants comme moi ! Le brahmane continuait à sourire et le rajah, sentant qu'on suivait tous les mouvements de sa rage mal contenue, s'en voulut. Il lui fit signe de s'approcher et lui désigna, face à lui, un tapis du Cachemire, où le brahmane s'accroupit ; pendant qu'on l'habillait, Mohan gardait le silence ; il attendait que l'impatience du prince le découvrît davantage. Pour sa part, le rajah avait décidé de résister. Il se laissa docilement passer un pantalon collant, d'étoffe jaune mouchetée de rouge, puis une robe transparente et dorée. Les serviteurs l'aidèrent à attacher sa ceinture, où pendaient deux poignards à manche de jade de l'Himalaya, et, dans un fourreau de velours pourpre, un sabre à lame ondulée. Vint enfin le moment des bijoux ; Sharma espérait produire son effet. Sous son turban à aigrette et ses rangs de colliers, il aurait l'air d'un dieu, et le brahmane serait contraint d'abandonner son air narquois.

Il passa des bagues, un triple collier de rubis, arracha son turban des mains du serviteur et se le noua lui-même sur la tête.

— Le miroir !

Il fixa en un instant son aigrette de diamants ; les pierres étincelèrent. Très satisfait, Bhawani pensa qu'il ressemblait à Khrishna, son dieu favori. Il présenta à Mohan une boîte à bétel, s'accroupit devant lui, sur un tapis d'ivoire. Le brahmane persistait à se taire.

— Je te vaux bien, maintenant, brahmane, avec mon gros diamant sur le front ! C'est un troisième œil, et mieux que toi peut-être il lit l'avenir ! Comme moi, c'est un diamant kshatrya, je rayonne ainsi que lui, et mon pouvoir suit son éclat !

Le rajah s'admirait sans retenue dans le miroir.

— Méfie-toi, rajah... Ton rayonnement dans la glace pourrait t'éblouir toi-même.

Bhawani tressaillit ; où finissait l'avertissement, où commençait la plaisanterie ? On déconseillait à quiconque était paré de diamants de contempler son reflet, c'était exact ; cela, disait-on, avalait le pouvoir des rajahs. Mais on venait justement de baisser les stores ! En fait, Mohan voulait le ramener à son rang de kshatrya, inférieur à l'état de brahmane. Tous pareils, les brahmanes, insupportables, fiers de leur science et de leur caste !

Une fois encore il réprima son irritation car il nourrissait pour Mohan une extrême affection ; c'était un homme d'une cinquantaine d'années, un vieillard déjà, petit et sec, aux dons étendus et multiples : astrologue confirmé, diplomate extraordinaire, médecin parmi les plus savants. Malgré sa place éminente au palais, il avait tenu à conserver les attributs traditionnels de sa fonction, draperie safran nouée autour de la taille, cordelettes sacrées en bandoulière, et petit chignon piqué au sommet du crâne, alors qu'il aurait pu, comme dans beaucoup d'autres cours influencées par le luxe moghol, arborer turbans d'apparat et robes rebrodées de perles. Mohan n'avait qu'un seul idéal : la pureté ; mais elle n'excluait pas chez lui, à la différence de certains brahmanes, la présence au monde d'ici-bas à ses changements, à ses nouveautés. Son importance à Godh, il estimait la tenir d'abord de sa condition de brahmane, *deux fois né,* comme on disait : une première fois sa venue au monde, puis lors de son initiation ; mais il avait aussi reçu du père du prince mission de maintenir la tradition de la petite principauté, qui depuis des siècles conservait l'innocence tranquille des mœurs de l'Inde, aux temps où les Moghols ne l'avaient pas encore envahie. A ceux-ci toutefois elle empruntait les nouveautés — architecture, jardins, vêtements — qui ne pouvaient pas souiller la pureté des fonctions et des devoirs religieux. C'est à cette longue collaboration des rajahs avec les hommes de savoir, pour qui la religion n'était pas fermeture à l'univers, mais au contraire un accueil perpétuel de ses changements, que Godh devait d'être cette ville à la fois traditionnelle et contemporaine, hors de l'histoire, mais nourrie de ce qu'elle avait de fécond, protégée des guerres et pourtant à l'affût des nouvelles.

Singulière, en un mot. Pour l'étranger qui passait, elle était surtout la cité dont le prince, presque seul en Inde, ne cachait pas ses femmes. Observation futile, semblait-il de prime abord. Elle ne l'était pas, cependant; Bhawani le savait mieux que quiconque, qui avait maintenu l'usage, quoiqu'il en connût le danger, du jour où l'avait envoûté la beauté de Sarasvati. Cette entière liberté des femmes, leurs faces exemptes de tout voile, la latitude qui leur était laissée de sortir ou non du zenana, sans l'humiliante surveillance des eunuques que les autres princes imposaient à leurs épouses, constituait le symbole même de la cité de Godh : une ville franche, dans tous les sens du terme, visage découvert, indépendance, liberté et paix.

Le rajah sentit soudain peser sur lui le regard ironique du brahmane. Son irritation monta encore :

— Par l'amour ! Par l'acier ! Parle donc, brahmane.

C'était la formule sacrée des ordres royaux. Mohan ne pouvait plus se dérober :

— Les astres, comme le monde où nous vivons, se précipitent vers leur perte, seigneur.

— Oui, je le sais comme toi, et tout cela est écrit dans les textes sacrés des Védas et des Upanishads. Je ne t'ai pas fait veiller pour me l'entendre répéter comme lorsque j'étais enfant ! Je veux savoir ce que disent les astres !

Il ajouta, plus timidement :

—... Ce qu'ils me conseillent.

Il était contraint de plier devant la puissance du prêtre. Privé de ses connaissances immenses en astrologie, Bhawani perdait tout son pouvoir. Comment diriger un peuple sans le secours d'un intercesseur entre ce monde périssable et l'univers impérissable du *Brahman*, l'Être suprême, dont l'astrologue était l'un des rares élus à détenir une parcelle ?

Mohan jubilait :

— Rajah, rassure-toi, je ne viens pas te proposer une marche à l'étoile. Pour connaître la vérité divine, tu n'auras pas besoin de mener ton peuple de fontaine en lac sacré, de sanctuaire en pèlerinage. Contrairement à beaucoup d'autres royaumes indiens, le peuple de Godh est sain, la corruption des empereurs moghols l'a épargné... Il n'est nul besoin qu'il se purifie. Il s'interrompit, joua du plat de la main sur les dessins à reflets que dessinait la soie du tapis.

— Parle !

— Chaque acte de notre vie n'est qu'une étape sur le chemin d'une longue perfection. Pour l'instant, seigneur, méfie-toi des saphirs.

— Des saphirs ?

Bhawani se mit à inspecter fébrilement tout ses anneaux, saisit le miroir pour voir si la pierre maudite ne se mêlait pas par erreur aux diamants de son aigrette. Mais non, tout était en ordre. Il ne retint plus sa colère :

— Brahmane, je te fais venir pour te demander si je peux admettre sans souillure les firanguis à mes côtés, et tu ne trouves à me répondre ce que je sais déjà depuis la mort de mon père! Jamais, au grand jamais, depuis que le mal de ventre l'a emporté et que tu m'as révélé les secrets de cette pierre maléfique, je n'ai porté de saphirs, ni admis qu'on en portât à mes côtés!

— Toute chose est double en ce monde, rajah. Le saphir peut t'être maléfique, et bénéfique à un autre.

— Par l'amour et l'acier, suffit! Parle!

Mohan détestait ces colères du rajah. Il était de son devoir de le ramener à plus d'humilité. *Dharma,* devoir de caste, sans quoi l'ordre du monde serait souillé. Et n'était-il pas aussi le plus âgé, l'initiateur de ce petit seigneur bouillonnant?

— Retiens tes passions, rajah! A moi l'Ayurveda, la science de la vie. A toi la science de la guerre, Dhanourveda. Et à Sarasvati Gandhavaveda, la science des rythmes musicaux. A chacun sa caste, *varna,* sa couleur et son destin, sa part de connaissance. Tais-toi donc, respecte ton Dharma, écoute-moi plutôt, et passe tes colliers de perles, afin qu'ils aspirent avec ta sueur tes mauvaises humeurs!

Bhawani s'exécuta. Mohan reprit :

— Je te l'ai déjà dit, rajah, tu es trop pressé. Depuis que je suis entré dans cette pièce, tu attends de moi que je te dise l'avenir. L'avenir est comme le reste, ni bon, ni mauvais, et plutôt mauvais, puisque nous sommes en l'âge de Kaliyuga. Tu crois que je peux tout lire dans les astres, et tu désires que je te dicte ta conduite. Tu es encore faible. Tu es encore fragile, malgré ton diamant sur le front.

Le brahmane l'avait appelé par son prénom, le prince se sentit redevenir enfant, revivre les séances d'étude passées à réciter à longueur de jour les versets sacrés des Védas. De ces longues récitations, Mohan avait gardé, même lors des conversations plus profanes, une musique curieuse au fond de la voix, qui semblait psalmodier encore, poursuivre la vieille litanie du sacré. Bhawani était pétrifié de honte ; il avait eu tort de s'emporter. En Mohan, c'était le *Brahman* qui parlait.

— L'avenir va où il veut, Bhawani. Je ne discerne que de vagues repères. Si je distingue les inimitiés qui opposent les planètes entre elles, je ne peux, pas plus que toi, deviner le cours des choses.

Il répartit nerveusement les colliers de perles sur sa poitrine.

— Pardonne-moi, Mohan. Depuis que les firanguis sont aux portes de Godh, — et peut-être depuis plus longtemps, des années, depuis que tu m'as parlé des étrangers venus des Eaux Noires —, je n'en peux plus de perplexité et d'inquiétude. Maintenant qu'ils m'ont offert le nazar, je dois prendre une décision, et je ne sais que faire. Je t'en prie, aide-moi, et parle.

L'astrologue le regarda calmement, marqua une pause. Bhawani avait compris : il renvoya les serviteurs, toujours présents, qui passaient tout le jour à attendre les ordres. Dès qu'ils furent sortis, le prêtre se rapprocha du rajah et se mit à parler d'une voix presque chuchotante; il ne fallait pas non plus que les gardes l'entendent.

— Toute la nuit, rajah, je me suis consacré à *Brahman,* sur l'autel du Roi des Rois, sur l'orbe duquel, tu le sais comme moi, les courbes célestes ne sont que quelques feuilles, et les étoiles, et le coursier azuré du Soleil, que piécettes dans le Trésor du Suprême...

Bhawani sentit redoubler son exaspération ; le style ampoulé dont les brahmanes entouraient leurs déclarations importantes l'agaçait au plus haut point. Mais la leçon d'humilité de tout à l'heure avait porté ; il se tut.

Mohan remarqua sous les yeux du rajah de grands cernes bleus, qui lui ternissaient le teint, malgré les soins de toilette.

— Écoute-moi en paix, reprit-il. Sache que les firanguis sont déjà venus dans nos contrées, il y a très longtemps, dans des époques où se perd la mémoire. Ils s'appelaient Darius le Perse, ou Alexandre le Grec ; sache aussi qu'ils sont partis comme ils étaient venus, nous laissant simplement un peu de leurs arts et de leurs sciences, contre ceux qu'ils découvrirent ici. Puis ils rentrèrent dans les pays d'Ouest, chantant nos gloires pour des siècles et des siècles... La Mère-Inde ne change pas, rajah, ceux qui la visitent sont simples passagers, ils la caressent l'espace d'un court instant et s'en vont. A nous de tirer des firanguis le meilleur d'eux-mêmes !

— Autrefois, il y a cinq ans, tu m'as bien dit pourtant que les firanguis venus des Eaux Noires étaient de deux factions rivales et qu'ils ne tarderaient pas à se battre entre eux sur nos propres terres ?

— C'est exact ; ils se détestent comme mangouste et cobra. Les premiers portent veste rouge ; ils viennent d'une petite île perdue au nord des Eaux Noires et parlent un dialecte dont les brahmanes de Bénarès m'ont appris quelques mots. Comme ceux qui campent à nos portes, ils possèdent des bouches à feu, *cannon,* comme ils disent.

— Quoi ?

— *Cannon.* Peu importe. Or, voici ce que disent les astres. Nous venons d'entrer dans le signe du Capricorne et la planète de la guerre s'y trouve en exaltation. Les firanguis qui campent à tes portes t'apportent donc une guerre juste et bonne. Quand, je ne le sais pas. Mais n'oublie pas que tu es Kshatrya, Fils du Soleil, et que l'indépendance doit être ta vertu première, au prix même de ta vie.

— Car je dois en mourir ?

— Cela, les astres ne me l'ont pas dit. Je te répète simplement que tu dois te méfier des saphirs.

— Et Sarasvati, et mon fils ? Que disent les astres ?

— Ils sont eux aussi sous le signe de la planète guerrière.

— C'est impossible, du moins pour Sarasvati. Tout en elle est *Sukra,* amour et volupté.

— Dans ces conditions, rajah, jamais je n'aurais dû conseiller à ton père de te la donner en mariage, puisque l'astre d'amour est ennemi du Soleil ! C'est moi qui lui ai fait chercher le secret de sa naissance ; je me doutais bien qu'elle était khsatrya et non simple bayadère. C'est alors que nous avons su qu'elle était de bonne famille, et de surcroît, chose rarissime, protégée du roi Cobra. J'ai consulté le ciel, je m'en souviens encore, une nuit très claire ; tous les présages étaient bons : le soleil était entré en son point le plus actif, Putrabhava, enfants, gloire, universelle renommée...

— Oui, murmura Bhawani, c'est vrai.

— Godh, la liberté de Godh, répéta Mohan. Reçois ces firanguis. Et ne leur cache pas ton épouse !

— Je n'en avais pas l'intention. La clôture du zenana est bonne pour les musulmans, et j'ai toute confiance en Sarasvati. Elle n'est pas une femme commune.

— Tu as raison.

Le brahmane réfléchit un instant, puis ajouta :

— Surtout, fais-lui vite d'autres fils !

— Son ventre est sec depuis cinq ans !

— Le ventre d'une jeune femme qui a enfanté à quinze ans n'est pas sec quand elle en a vingt. Et toi-même, qui viens d'atteindre la trentaine, tu es fort et plein d'énergie. La deuxième épouse ne vient-elle pas encore de te donner une fille ? Rajah, c'est ton cœur qui est malade, non le ventre de Sarasvati : tu es inquiet, et la nature, malgré tes assauts, te refuse progéniture de celle que tu aimes.

— Qui craindrais-je ?

— Ton frère. Ton cadet, qui a disparu vers l'est aux lendemains de la mort de ton père.

— Je suis le rajah, de plein droit.

— Ne joue pas au plus fin. La jalousie de ton frère Ragu est connue de tous. Voilà pourquoi l'arrivée des firanguis te trouble et t'inquiète à la fois : si Ragu parvient à trouver une belle troupe de ces guerriers étrangers pour venir attaquer ta province, tu es fini. A moins que tu n'aies pris les devants et que, toi aussi, tu ne possèdes les armes et les hommes des Eaux Noires. Et que tu engendres suffisamment de fils solides et valeureux pour rendre ton pouvoir impérissable, même aux temps où tes forces, Dharma ! t'abandonneront. Fais des fils à Sarasvati ; en elle vit la force et la guerre, et le roi Cobra la protège.

Mohan ferma les yeux, rajusta les pans de sa jupe de safran. L'entretien était clos. Le rajah se prosterna.

— Va prier, dit le brahmane.

— Je m'en vais à l'instant voir Khrishna !

— Guerre et armées demandent plutôt Kali. Tu la négliges depuis ton mariage.

— Brahmane, laisse-moi à Khrishna, qui a béni toutes mes amours...

Le rajah éclata de rire. Mohan venait de lui rendre son assurance d'autrefois. Il se leva, retourna à la fenêtre, considéra une dernière fois la plaine de Godh, le fort du Tigre et les défilés qui en gardaient l'accès, revint aux remparts, au camp des firanguis. La lumière blondissait à chaque minute. Sous son aigrette de diamants, dans ses vêtements dorés, frais encore de la toilette, Bhawani resplendissait.

Il claqua des doigts ; un serviteur apparut :

– Fais venir le chef de la garde !

Quelques instants plus tard, l'homme était là :

– Qu'on prépare une robe de brocart d'or pour le chef des firanguis ! Qu'on leur donne à tous de quoi se nourrir, se parer et se rafraîchir. Et qu'on les fasse venir à moi par la ville, en grande pompe. Par l'acier ! Qu'il en soit fait selon ma volonté !

Toujours accroupi sur son tapis, le brahmane ne put réprimer un petit sourire. Les astres avaient raison. Et dire que Bhawani s'obstinait à croire que Sarasvati était du signe de l'amour et qu'ils continuaient tous les deux à rendre à Khrishna dévotion sur dévotion ! *Par l'acier !* Les astres guidaient le rajah sans qu'il s'en aperçût : ne venait-il pas d'omettre la seconde injonction rituelle des rajahs de Godh : *par la puissance de l'amour...*

A cet instant de sa réflexion, le brahmane cessa de sourire.

Il avait lui aussi omis de raconter à Bhawani une petite part de ce qu'il avait lu dans les astres. Jamais d'ailleurs il ne le lui dirait, pas plus qu'à Sarasvati qui l'apprendrait bien assez tôt. Comment se déroulerait ce qu'il avait appris en suivant l'orbe des étoiles, nul astrologue, si savant fût-il, ne pouvait le prédire. Cependant, dès minuit, Mohan avait clairement vu, aux ombres de la lune sur le *Jantar Mantar,* que la planète des combats venait d'entrer, en sa pleine puissance, dans la maison astrale qui commandait le destin de la princesse. Et Sarasvati la douce, qui se croyait encore de l'amour, deviendrait sous peu ce qu'elle avait toujours été au regard des étoiles : une femme de guerre.

***

Il était midi au soleil quand une rumeur s'éleva de la Porte des Vents. Du même bond, Madec et Martin-Lion furent debout. Ce fond de musique stridente et monocorde ne pouvait pas tromper : gloire, triomphe, serments, voilà ce qu'il annonçait ; le temps de l'attente était clos. Tout se mêlait dans le bruit qui venait : les cordes, les trompettes, les conques, les tambourins ; c'était le rythme grave et solennel des fastes indiens, amplifié à chaque minute par la basse continue de la foule en murmure. Des deux côtés de la route, le cortège soulevait une fine poussière rouge. Les Français écarquillèrent les yeux, mais ils ne purent distinguer qu'une troupe enturbannée de tissus lamés et quelques éléphants qui la suivaient dont on n'apercevait que les têtes et les défenses peintes ; la distance, jointe à l'effet du nuage de poussière, donnait à l'ensemble un aspect irréel.

Ainsi l'Inde venait à eux. Elle consentait à descendre de la citadelle où, depuis quatre jours maintenant, elle semblait s'être recluse, et il y avait dans son apparition lente et chamarrée quelque chose de ce que les saddhu du Dekkan appelaient le *darçan,* la vision d'un être béni, rencontré après des koss et des koss de marches épuisantes. Oui, et c'était encore un autre monde qui s'avançait vers eux, toujours une Inde en dissimulait une autre, qu'on ne finissait pas de désirer. Car voici qu'à nouveau elle soulevait ses voiles, et aujourd'hui encore elle allait les happer.

La musique enfla. Les Français étaient pétrifiés, comme s'ils avaient du mal à passer aussi vite de l'inquiétude à la joie. Depuis la veille, l'humeur noire l'emportait.

– L'Inde est lente, répétait Martin-Lion, mais, trois jours, c'est beaucoup trop. Ils n'ont rien compris à notre nazar.

– Il aurait fallu peut-être ajouter du santal, du bétel, suggérait Madec, et Dieu l'approuvait.

Visage, qui se taisait depuis l'arrivée, avait dit soudain :

– Ces gens-là ne sont pas faits de la même pâte que nous. Ils se moquent de la valeur des choses, ils cherchent surtout des signes de bon augure...

– Foutredieu ! Des signes, avait pesté Martin-Lion, et la soirée s'était passée en imaginations diverses, sans qu'un seul des quatre hommes n'avouât ce que tous redoutaient en secret : l'indifférence indienne, cette formidable force d'inertie qui, des mois entiers, des années parfois, pouvait décourager les plus ardentes entreprises.

Mais désormais le miracle était là, devant eux : l'Inde était descendue de Godh. Le premier, Madec s'arracha à la fascination.

– Martin-Lion, fais ranger la troupe !

Des ordres fusèrent. Le plus difficile fut d'obtenir l'obéissance des cipayes : la vue des éléphants leur avait tourné la tête. Ils hurlaient, sautaient de joie, se perdaient en remerciements éplorés à tous les dieux du panthéon hindou. Madec menaça, promit le fouet et peu à peu ses hommes se calmèrent. Le cortège n'était plus qu'à quelques pas. Le soleil de midi tapait. Madec se raidit. Tenir son rang envers et contre tout. Malgré les pieds nus, l'uniforme en loques. En lui remontait le vieil orgueil du pauvre. Sous ses guenilles, il se répéta qu'il possédait un « état » : sergent, depuis l'affaire du perfide rajah, et seul maître de ses cipayes. La procession s'arrêta. La nuée d'enfants qui l'avait suivie en piaillant s'immobilisa aussi, comme indécise. La musique se tut, il y eut un long silence, tandis que la poussière du chemin retombait doucement sur le sol. Au milieu des Indiens en turban de brocart s'avança un homme assez gros, dont la coiffure était ornée d'une aigrette de pierres précieuses. Il s'inclina devant les quatre chefs français, prononça les salams d'usage, puis déclara d'une voix forte :

– Khal'at !

Il tendait une robe de brocart analogue à celle qu'il portait.

Dieu, Visage et Martin-Lion avaient parfaitement compris, mais l'embarras les prit : à qui était destiné le cadeau ?

Madec s'avança, fit répéter le mot :

– Khal'at, pour nous, les firanguis ?

– Khal'at, pour ton chef.

Madec rougit. On ne l'avait pas pris pour le chef. Tel n'était pas son rang, d'ailleurs, puisque la traversée du Dekkan n'avait représenté, somme toute, qu'une simple et longue marche. En l'absence de tout combat à livrer, les quatre hommes s'étaient répartis le pouvoir en fonction de leurs compétences : Dieu aux canons, Visage à la médecine, Martin-Lion à l'itinéraire, Madec au ravitaillement. La décision avait toujours été collégiale, au terme de longues veillées ou de palabres sous les banians.

Madec traduisit ; les quatre hommes se regardèrent. Rien, dans leurs uniformes en hardes, ne permettait plus de les distinguer ; la misère des routes les avait rendus égaux.

– Martin-Lion, dit Visage, tu commandais bien des dragons ?

– Comme capitaine, oui, mais je n'ai plus de cheval !

– Il faut un chef, ajouta Madec. Tu as le grade.

– A Dieu vat !

Madec se retourna vers l'homme à l'aigrette :

– Voici mon chef.

L'Indien s'avança, s'agenouilla et déposa la robe aux pieds de Martin-Lion.

– Mon maître Sharma, rajah de Godh et fils du Soleil, te prie de m'accompagner avec ta suite en son palais de la citadelle.

Tandis qu'il parlait, des gardes descendaient d'énormes ballots du dos des éléphants.

... – Que tes hommes se rafraîchissent et se parent ; dès que ta suite sera prête, tu entreras sous notre garde dans Godh la bienheureuse, la cité des joyaux, qui dans sa beauté approche la splendeur de la demeure d'Indra ! J'ai dit, conformément aux ordres du Fils du Soleil, qui me l'a ordonné, par l'amour et l'acier !

Dérouté par cette avalanche de formules, Madec ne comprit que l'invitation à se rendre au palais. Il traduisit encore. Martin-Lion paraissait de plus en plus éberlué. Son teint s'était coloré, mais il parvint à conserver l'air de grandeur qu'il se donnait toujours, tête en arrière et mèche au vent. Les soldats de la garde indienne ouvrirent les ballots ; ils en sortirent d'autres robes, puis un turban à aigrette, que le notable présenta cérémonieusement à Martin-Lion.

– Madec, balbutia celui-ci. Demande-lui ce que je dois faire... Je ne vais tout de même pas m'habiller en carnaval !

– Je crois bien que si... Le vieux Dupleix, autrefois, n'en a pas usé d'autre façon !

D'autres coffres arrivaient. L'Indien confirma :

– *Sharif,* voici des parfums, des tissus, des babouches pour ta troupe !

Sharif, noble guerrier ; Madec ne connaissait ce mot que d'un mois, quand les hommes avaient rencontré un ermite qui leur avait demandé l'aumône et les avait pris pour des princes étrangers. L'enthousiasme l'envahit :

– Il n'y a aucun doute, Martin-Lion ; à ton nazar, le rajah de Godh répond par ces cadeaux, qui signifient qu'il agrée ta visite dans sa ville. Il te considère come son égal ! Nous devons nous habiller et le suivre

Martin-Lion soupira. Visage eut alors un de ses rares sourires :

– C'est pourtant bien toi qui nous as suggéré de venir offrir nos services aux princes du Nord, dont tu nous racontais monts et merveilles !

Martin-Lion n'aimait guère l'ironie ; il se mit à bougonner. Les Indiens tournèrent les talons et partirent attendre non loin de là, sous un bouquet d'arbres, laissant derrière eux une traînée de parfum.

Comment les hommes passèrent robes et turbans, comment ils se retrouvèrent, un moment après, juchés sur des éléphants caparaçonnés de drap d'or, comment le cortège, contournant les remparts, les amena à la Porte Triple, ni les uns ni les autres ne s'en souvinrent jamais : le soleil tapait trop fort, sans doute, et leur joie les étourdissait. Le parfum de santal brûlé que la garde répandait les drogua, décupla leur excitation ; ils s'abandonnèrent tout entiers à la pompe indienne. Avant de passer la triple ogive de la porte du Nord, la musique reprit, plus insistante qu'à l'aller. La foule en liesse jeta des fleurs.

On brûla encore du santal. Le parfum monta, et avec lui comme un vertige. Les arabesques de fleurs sculptées qui décoraient les vantaux de la porte, les guirlandes travaillées dans le marbre rose des tours de garde parurent monter vers le ciel, suivre les volutes de la fumée. Comme l'autre soir, Madec leva les yeux vers les fenêtres de la citadelle, suspendue au milieu des rocailles. Tandis qu'il cherchait derrière les fumerolles la silhouette fantasque du palais de marbre, il crut sentir sur le cortège le poids d'un immense regard, fixe et passionné. C'était absurde. Mais tout aussi irrépressible qu'insensé. La fatigue, le soleil, la musique, l'odeur forte. Il parvint cependant à repousser l'hallucination. Les éléphants reprirent leur marche. Le bercement de leur pas le calma. On pénétrait dans la ville, où les maisons donnaient de l'ombre et dérobaient aux yeux le palais d'en-haut.

Pourtant, la pesanteur étrange demeurait sur son front. Comme si on lui avalait l'âme. Et ce regard immense qui le dévorait, lui et ses compagnons, il ne savait pourquoi, semblait l'œil d'une femme.

⁂

Godh était une ville douce ; et rose, tellement rose. Rien dans ses murs n'appelait la démesure : une cité calme, tendre, aérée, où la liesse même paraissait tranquille. Tout y disait la paix. Madec respira ; peu à peu, l'hallucination se dissipa. Chaque quartier, très nettement délimité par de larges rues qui se coupaient à angle droit, apportait une découverte. En dehors de Pondichéry, Madec n'avait jamais eu le loisir d'observer les villes indiennes. Dans l'Inde du Sud, l'armée l'avait conduit de fortin en bastion ; quant aux routes du Dekkan, en dehors de cités de pierres cristallines, évitées la plupart du temps à cause des brigands qui les gardaient, elles reliaient surtout d'innombrables villages : à tout moment, on devinait, prêts à les détruire, le désert ou la jungle.

Ici, à l'abri des remparts, vivait une Inde en miniature, univers clos, aisément déchiffrable. Au bord de la rivière qui le traversait, le *chawk,* le marché, où se balançaient des barques de légumes et d'épices. Puis le quartier des potiers, celui des joailliers ; les ouvriers n'avaient pas quitté leur tâche, malgré le défilé, comme s'ils avaient tenu à offrir aux firanguis le spectacle de leur dextérité. Du haut de son éléphant, Madec distingua çà et là, derrière la foule des badauds, des hommes penchés sur leur travail, polissant les facettes de gemmes perdues au plus creux de leur paume. Le notable indien continuait de crier à l'adresse de Martin-Lion : « Te voici, noble firangui, dans la cité de Godh, semblable, par ses palais et ses joailliers sans nombre, à la ville d'Aramati, la demeure d'Indra... »

Encore Indra ! se disait Madec. Décidément, en ce pays, tout ce qui éblouit ou terrifie appartient à Indra... Entièrement à son observation, il ne traduisait plus ; et d'ailleurs Martin-Lion, sur l'éléphant qui le précédait, semblait s'endormir sous la litanie de l'Indien, n'échappant parfois à sa léthargie que pour vérifier l'équilibre de son turban.

A mesure qu'on se rapprochait des rochers de la citadelle, les constructions devenaient somptueuses. Et pourtant les maisons modestes de la périphérie n'étaient pas sans raffinements ; la moindre d'entre elles se parait de peintures multicolores à même la chaux des façades : paons, perroquets, éléphants porteurs de couples joyeux, guirlandes de *svastikas.* Aux carrefours, des parterres de fleurs, des fontaines mousseuses, aussi légères que les encorbellements des maisons ; puis la ville se mourait brusquement, au pied des rocailles, dans d'immenses demeures à étages et balcons arachnéens, où l'Indien annonça qu'habitaient de puissants marchands. On les dépassa ; et, tandis que la foule s'épuisait en derniers vivats, le cortège s'engagea sur la rampe abrupte qui menait au palais.

La falaise était si accidentée qu'on n'apercevait plus que les galeries les plus élevées de la citadelle. Sa fragilité, sa fantaisie s'accentuèrent encore aux yeux de Madec. Il l'en désira davantage. La rampe montait dur ; les musiciens s'essoufflaient, la marche même des éléphants se ralentit ; à chaque virage, le cornac les frappait, ce qu'ils n'appréciaient guère ; un instant, Madec se retourna vers Dieu et Visage. Il constata qu'ils n'étaient pas plus rassurés que lui. Les dais de brocart qui recouvraient le cuir des bêtes traînaient à terre, et il se demanda avec horreur ce qu'il adviendrait de lui si l'éléphant s'y empêtrait, emportant sous ses pattes l'étoffe et le balconnet de bois où il paradait... A l'évidence, personne, ni même le cornac, ne s'en préoccupait : maintenant qu'on avait traversé la ville, la routine du faste tirait à sa fin. La rampe décrivit un dernier coude. Embrassant le paysage qui s'étalait à ses pieds, Madec s'aperçut alors que la plaine de Godh était gardée au nord par un impressionnant défilé ; c'étaient les gorges de la rivière ; elle serpentait ensuite dans la plaine, avant de pénétrer la ville par une Porte d'Eau, puis d'en ressortir à l'ouest.

A l'autre extrémité du paysage s'étendait un lac isolé, qu'il avait repéré dès le matin de l'arrivée, au palais étrange qui recouvrait son île unique. Puis venaient des forêts, des collines, des montagnes verdoyantes, la jungle sans doute. Un décor parfait, si l'on excluait l'incongruité de ce lac erratique et son insolite construction. Madec détourna les yeux, se remit à fixer la citadelle : dans ce monde clos et paisible, c'était le centre qui l'attirait. On était parvenu au but. Une double ceinture de remparts crénelés, des portails massifs et roses comme ceux de la ville ; mêmes ogives douces, mêmes guirlandes de fleurs sculptées. Les éléphants montaient toujours. Des gardes armés de lances surgissaient de partout. Brusquement, la peur envahit Madec. Il venait de se souvenir de l'épisode, déjà lointain, du « perfide rajah ». Et si, une fois encore... Il n'eut pas le temps de conjecturer davantage. On allait franchir une troisième porte, quand surgit de cette dernière enceinte une grosse cohorte de soldats, qui entoura aussitôt le cortège des éléphants. D'une même syllabe rauque, les cornacs immobilisèrent les animaux devant le balcon de marbre ouvragé qui décorait la porte.

Madec voulut appeler Martin-Lion, mais la musique des trompettes et des cymbales reprit de plus belle et couvrit sa voix. L'un après l'autre, les éléphants se rangeaient contre le balcon ; un soldat en cotte de mailles détachait le portillon du palanquin, et le passager de l'animal descendait sans encombre. Martin-Lion n'avait pas eu besoin de traducteur pour comprendre ce qu'on lui demandait. Le notable indien le suivit dans la foule des soldats, l'air important, et ils passèrent la porte. La garde se referma sur eux. Madec eut un haut-le-corps : c'était impossible ; il n'avait pas escaladé cette montagne, dilaté d'espoir et de désir, pour se heurter au dernier rempart qui le séparait de la cité de marbre. Il se leva dans le palanquin, rouge de colère :

– Martin-Lion ! Martin-Lion ! Reviens !

De rage, il en avait oublié Dieu et Visage. Debout sur les coussins de soie, il trépignait. Il saisit un des traversins, l'envoya rouler à terre, empoigna le cornac :

– Descends-moi, descends-moi tout de suite !

Il hurlait de toutes ses forces. En bas, imperturbables, les musiciens poursuivaient leur fanfare. Le cornac s'affola, laissa échapper quelques sons auxquels Madec ne comprit rien.

– Descends-moi !

Sous lui, il sentit alors courir une onde lente et puissante. Aussitôt, le palanquin se mit à osciller comme un bateau pris dans la houle. Madec retint son souffle. Autour de l'animal, ce ne fut qu'un seul cri. Les soldats se plaquèrent sur les parois de la rampe, tandis que les musiciens s'éparpillaient derrière la porte de marbre. L'animal grondait.

– Tais-toi, étranger, dit simplement le cornac, et il saisit son bâton.

Dix ou quinze fois, il frappa les flancs de l'animal en criant des syllabes de plus en plus rauques, fortes, pénétrantes. A chacune d'entre elles, les coussins étaient parcourus de frissons. Puis remontaient cette force en révolte, des soubresauts saccadés, des barrissements à peine étranglés. Le cuir raviné de la bête exhalait une odeur atroce. Madec s'agrippa au portillon de bois. Peu à peu, la voix du cornac produisit son effet. Les soubresauts de l'éléphant se calmèrent. Il souleva une dernière fois sa trompe peinturlurée de plumes de paon et fit quelques pas vers la petite construction qui faisait office de débarcadère.

Toujours sur la défensive, Madec sauta au milieu des soldats qui le gardaient, la main sur ses pistolets; l'éléphant avança. Derrière, plus dociles, arrivaient les montures de Dieu et de Visage, qui le regardaient de l'air de pitié qu'on accorde à un fou. Il voulut leur parler, crier, mais les gardes le poussaient à son tour vers la cour. Comme si rien ne s'était passé, la mélopée indienne recommença, monocorde jusqu'à l'insoutenable. Et on le poussait toujours. Il était comme paralysé. Contre lui, il sentait crisser l'acier des cottes de mailles, presser la garde des épées. Sa gorge se serra. L'ombre de la porte était tombée sur lui. Il avançait, noué de peur, vers la lumière qui l'appelait. Les soldats lui masquaient l'intérieur du palais. Brusquement, la pression se relâcha. Plus personne devant lui. Un éblouissement le saisit. Ce n'était que du blanc. Mais un blanc lactescent, doux, nacré jusqu'à la transparence. Il cilla. Dans la lumière de l'après-midi se levèrent alors des jets d'eau, un jardin tranquille, et, tout au fond, une longue colonnade. L'une après l'autre, lignes et couleurs se précisèrent. Au milieu des piliers en forme de lotus se déployait un immense soleil d'or. En son centre s'alanguissait une silhouette assise, qui caressait un jeune daim. Un trône. Un prince, un seigneur. Le rajah.

Madec n'osait plus bouger. Les soldats avaient disparu, mais il sentait encore derrière lui leur remue-ménage; ils devaient escorter ses deux autres compagnons. D'ici, la musique ne parvenait plus qu'affaiblie. Sa robe l'empêtrait; sa ceinture de soldat, d'où pendaient ses pistolets, le gênait. En lui montait la peur.

Un homme s'avança vers lui d'un pas lent. Il portait une aigrette plus importante que celle du notable qui était venu au camp. Il s'inclina devant Madec.

– Bienvenue, noble firangui!

Madec en perdit tout son hindi.

– Bhawani Singh, fils du Soleil et rajah de Godh, t'invite à me suivre à l'audience qu'il t'accorde au *Diwan-i-Am*.

Diwan-i-Am... Madec ne connaissait pas ce mot. Il fit répéter, de peur d'avoir mal compris. Le mot *diwan* évoquait dans son esprit une tout autre idée : en breton on nommait ainsi le blé qui lève. Quel rapport?

– Tu connais notre langue, noble firangui?

Il eut une hésitation, puis débita tout d'un trait :

– Pas encore assez pour tout comprendre! Que veut dire *Diwan*?

– Ici, devant toute sa suite, le Fils du Soleil consent à t'écouter; ensuite il jugera de la conduite à tenir envers ton chef.

Un Conseil, comprit Madec. Il fut surpris; pourquoi tant de douceur en ce lieu, de fraîcheur et de bien-être ? Ces fleurs, ces bassins, ces parterres... Jusqu'à présent, l'exercice du pouvoir impliquait pour Madec austérité et claustration. Sur le bateau comme à Quimper ou Pondichéry, qui était puissant s'enfermait : bureaux hermétiquement clos sur tout soleil, rideaux, tentures, grilles, jalousies. Or, pour la première fois il pénétrait la demeure d'un seigneur, et il voyait une cour gracieuse, aux ouvertures découpant le ciel clair ; à peine, çà et là, un dais de velours pour en modérer l'éclat. S'il n'y avait eu, sous la colonnade, ce monumental soleil d'or adossé au marbre, on se serait cru au jardin d'une jeune princesse.

— Mais moi aussi, je suis *Diwan*, poursuivit son nouveau compagnon, en le guidant à travers les parterres. Je suis le premier après le rajah, l'homme de l'argent, le premier serviteur... Il s'interrompit. On était à quelques pas du trône ; il lui fit signe de s'arrêter et de s'incliner. Avant de se courber, Madec eut le temps de remarquer Martin-Lion, assis en tailleur, du mieux qu'il pouvait, sur un tapis de soie posé aux pieds du rajah. Sur le sol, décoré de fleurs dessinées en poudre de couleur, brûlait du santal dans de petites coupelles. Madec se releva. Dieu et Visage suivaient.

Assis devant le soleil, un homme jeune, tout doré, lui sourit. Il devait avoir une trentaine d'années. Mais qu'il était lisse ! Il l'envia. Pas une ride, pas un pli amer ; nulle part, sur son corps ou son visage, la trace des veilles, du travail qui ne paie jamais, de l'angoisse du pain. Seul, peut-être, ce cerne bleu...

— Quel est ton nom ?

La voix elle aussi était douce.

— Madec.

— Madecji, on m'a dit que tu connaissais notre langue !

Madecji : on avait accolé à son nom la syllabe qui en hindi marquait le respect. Seigneur Madec. La gueuserie revêtue de splendeur, bien plus encore que sous robe et turban. Il en oublia toutes ses peurs ; Visage et Dieu venaient d'arriver à leur tour. Il se lança à corps perdu dans sa tâche d'interprète.

Deux heures passèrent, légères, comme ce palais. Cependant, on parlait canons. Dès sa troisième phrase, le rajah demanda aux Français de lui fabriquer des bouches à feu et d'expliquer ensuite à ses soldats la manière de s'en servir. Pour ce faire, il proposait une somme énorme, un trésor, sembla-t-il aux quatre hommes.

Au terme des deux heures de discussion, Martin-Lion demeurait perplexe :

— Es-tu bien sûr, Madec, d'avoir tout compris ? Il ne nous propose pas d'entrer à son service, tu es sûr ?

Madec devina sa déception.

— Nous ne pouvons pas le proposer nous-mêmes. Il faut attendre.

— Oui, mais il a l'air d'en avoir fini avec les palabres.

Effectivement; Bhawani se levait sur les coussins, distribuait des ordres. Des serviteurs chuchotèrent. On apporta des narguilés, des coupes de sorbets et de confitures. Pendant quelques minutes, les Français s'abandonnèrent aux sensations nouvelles, cédrat confit, *lassis* à la rose, petites mangues cuites dans un miel translucide.

– Ne mange pas de la main gauche, avait prévenu Madec. Cela serait de mauvais présage. Le rajah ne touchait à rien, comme s'il attendait seulement que la curiosité de ses hôtes fût rassasiée. Martin-Lion, le premier, se demanda si ce petit festin sucré n'était pas un moyen de les retenir. L'après-midi s'avançait. Il repoussa son narguilé :

– Madec, et nos hommes ?

– Il est temps de rentrer, c'est vrai, fit Madec d'un air un peu las.

Le charme était brisé. En un instant lui revint le souvenir des tentes en lambeaux ; ordres, jurons, corvée d'eau, moustiques, serpents. Tout cela paraissait si lointain.

Le rajah le pressentit.

– Sache, Madecji, que vous êtes mes hôtes. Si vous acceptez ma proposition, tout le temps de votre mission, vous logerez en ce palais et partagerez ma vie.

– Et nos hommes ?

– Ici aussi, dans notre corps de garde. La citadelle est vaste et bâtie pour des soldats.

Madec traduisit.

Le bonheur de Dieu éclata aussitôt. Visage même, d'habitude sceptique et détaché, soupirait d'aise sur son tapis.

Seul Martin-Lion demeurait perplexe :

– Je ne peux accepter sans lui demander un gage d'amitié !

Bhawani précéda sa requête ; il ouvrit la paume des mains :

– Que puis-je offrir à ton chef en garantie de ma bonne foi ?

Martin-Lion ne sut que répondre ; ni lui, ni Madec n'avaient la moindre idée des usages en la matière. Un silence pesant s'installa. Chacun se creusait la tête. Bhawani prit l'initiative :

– Je vous offre deux femmes à chacun, trois pour ton chef. Et deux jeunes éléphants. Êtes-vous satisfaits ?

Visage intervint :

– N'accepte pas tout de suite, Martin-Lion. Marchande.

Une demi-heure plus tard, le rajah de Godh leur avait attribué trois esclaves à leur personnel et exclusif usage ; en tant que chef, Martin-Lion en obtint cinq. Les Français, toutefois, n'avaient pas exigé de changer le nombre des éléphants.

On désigna Dieu pour aller chercher la troupe et donner l'ordre de lever le camp. Tout était réglé. Bhawani se leva :

– Voulez-vous bien venir au Diwan-i-Khas ?

Suivi de son petit daim, qui ne l'avait pas quitté durant les deux heures de palabres, Sharma s'engagea dans un couloir qui prenait à l'extrémité de la colonnade. On déboucha sur une deuxième cour. Marbres. Jardins, jets d'eau, fenêtres découpées. Nouveau couloir. Puis une cour encore ; et galeries, et colonnades. Chaque fois, le jardin intérieur paraissait plus miraculeux, plus incroyable, l'eau qui sourdait aux cascades géométriques. Clochetons, coupoles graciles, carreaux de marbre polychrome : on allait de façade imprévue en décor irréel. Le soir venait ; au jour des fenêtres brunissait la plaine. Madec avançait sans comprendre. Comme si les fées des vieux contes marins l'avaient envoûté, il était prisonnier d'un charme. Son corps lui devenait étranger. Il n'était plus qu'un regard. Chaque pas lui enlevait comme une peau d'Europe ; il se sentait léger, ainsi qu'aux veillées du gaillard d'avant, lorsqu'il écoutait des contes. Mais cette fois il les voyait, les merveilles : plafonds cloisonnés de minuscules miroirs, murs carrelés de porcelaines chinoises. Il avait atteint son Inde intérieure. La féerie vivait ; il ne rêvait pas ; tant de détails en attestaient la vérité : l'ombre changeante du soir venu, la trace de l'arrosoir passé sur les fleurs, des pas inscrits au sable du jardin, la miette qu'emportait un paon cérémonieux, les flancs palpitants du jeune daim que le rajah poussait devant lui de couloir en couloir.

Bhawani s'arrêta au seuil d'une dernière cour et se retourna vers ses hôtes :

– Voici le Diwan-i-Khas.

– Je crois que c'est l'endroit où le rajah reçoit ses invités, expliqua Madec.

La cour était plus modeste que la précédente ; plus intime, plus gracile aussi. Sous la colonnade passait un petit canal, où coulait de l'eau fraîche.

– Le Fleuve du Paradis, expliqua le rajah.

Aucun des Français n'en douta. Dans ces architectures intérieures où sans le moindre heurt les jardins se mariaient au marbre, tout donnait l'illusion d'une béatitude céleste. Et la profusion des merveilles : pierres semi-précieuses enchâssées dans les murs, dais de brocart, tapis, mosaïques d'or et d'argent, n'écrasait jamais ; le corps ne pesait plus, mais continuait à sentir, et quels délices...

Un matelas de velours frangé était disposé sous le péristyle. Le rajah s'y installa, désignant des coussins à ses hôtes ; on apporta d'autres narguilés, de nouveaux sorbets. Le santal fumait toujours. On alluma des torches. Doucement, dans un coin de la cour, monta une musique légère. Une femme assise préludait un air allègre sur une sorte de mandoline. Peu à peu le rythme s'accéléra, les sons forcirent. Brusquement, la fatigue de la journée retomba sur Madec. Tout cela, encore, était trop neuf, trop fort. Il repoussa la pipe du narguilé.

Était-ce le tabac, le parfum du santal ? Il ne savait plus. Le bien-être, trop entier, trop rapide, peut-être ? Tous ses sens lui paraissaient atteindre une puissance insoupçonnée.

La musicienne reprit la mélodie sur un ton plus neutre, adouci. Madec entendit la voix du rajah :

Mécaniquement, Madec traduisit, comme pour lui-même, à voix basse :

– *Arc-en-ciel...*

D'une porte invisible surgit une silhouette mince et longue, qui se déployait à chaque pas. On ne distinguait d'elle qu'un magnifique sari bleu frangé d'or. Elle dansait. Ses doigts volaient sur le ciel du soir, désignant des créatures imaginaires, des étoiles, ou peut-être un dieu. Elle avançait cependant ; ses pieds nus ornés de bracelets à clochettes suivaient très exactement le tempo donné par la musicienne.

Elle n'avait pas atteint le halo des torches, mais on devinait chacun de ses déhanchements et, dans son dos, la natte épaisse qui se dépliait comme un serpent. Avec terreur, Madec sentit se dissiper son bien-être. Le vertige éprouvé aux portes de Godh recommençait.

La danseuse s'avança dans la clarté des torches et le rajah répéta avec la même douceur :

– Sarasvati...

C'était diabolique. Infernal, comme dans les histoires de sorciers. La lumière grésillante dévoilait à Madec un visage d'une beauté qu'il crut reconnaître. Où avait-il rencontré ces traits si purs, l'amande de ces yeux qui souriaient, le contour fin et charnu de ces lèvres qui se taisaient mais promettaient tant de joies.

Promettaient ? Il était fou. Cette femme appartenait au rajah. Le vertige. La danse, les hanches qui balançaient, les seins nus sous le boléro bleu, les doigts qui montraient le ciel. Le narguilé, le santal. Le vertige, le vertige...

Il s'évanouit.

⁂

Madec passa la tête par-dessus bord et sourit ; il venait de reconnaître la voix de Martin-Lion, qui l'appelait d'une embarcation identique à la sienne. D'un geste parallèle, les serviteurs indiens fendaient l'eau de leurs pagaies, dessinées sur le modèle d'une feuille de lotus. L'heure était divine, quoiqu'un peu fraîche : un matin d'hiver qui s'en allait vers le printemps. La surface du lac reflétait le bleu serein du ciel. Madec se laissa retomber sur les coussins de la barque. Il s'abandonnait à une joie inconnue : vivre, vivre avec délices, dans la seule conscience des plaisirs. Chaque moment en apportait de nouveaux. Ainsi tout à l'heure il y aurait la chasse. La barque du rajah et celle de la princesse, parties les premières, avaient déjà atteint les berges du lac, où se formait le cortège d'éléphants. Martin-Lion appela encore. Madec ne répondit pas. Il se sentait trop bien. La robe et le pantalon indien ne l'embarrassaient plus, il portait désormais le turban avec grâce. Seule peut-être, tapie quelque part, une angoisse un peu sourde. Mais non ; son corps, lui, était trop heureux.

Cette semaine passée au palais du lac l'avait définitivement remis. Au sortir de son évanouissement, il s'était retrouvé sur un charpoï, dans une des innombrables pièces de la citadelle. Un brahmane se penchait sur lui :

— Ne crains rien ; je suis l'homme de l'*ayurveda*.

Et il lui passa au bras un lien d'or et d'argent, où brillait un rubis :

— Garde-le à ton poignet. Pour te garder. Te protéger.

Madec ne savait quoi répondre ; il ne trouvait plus ses mots et s'agitait sur son charpoï. Le brahmane étendit la main sur son front :

— Fais le silence en toi, et entends ce silence. Écoute l'Un qui parle en toi, et dans ta poitrine l'éternité entière.

Puis il posa sur lui un regard calme et doux :

— Je suis Mohan, l'astrologue du rajah. Suis mes conseils.

Il tendit à Madec une coupe où flottait une poudre en suspension. Visage intervint :

— Dis-moi quel est ce remède !

Sans comprendre un seul des mots étrangers, le brahmane devina, à la violence du ton, que Visage se méfiait.

— Moi, ayurveda aussi, répétait le chirurgien en se frappant la poitrine de l'index. Ayurveda !

Mohan se tourna vers Madec :

— Donne-moi ta confiance. J'ai concassé dans ce liquide des pierres précieuses incinérées qui te guériront. Vois-tu, je suis brahmane, et je te soigne comme si tu étais le rajah.

Madec se laissa faire. Mohan lui présenta ensuite une sorte de bouillon épais et parfumé, qu'il avala presque d'un seul trait. Visage ne protestait plus. Après tout, il ne connaissait rien aux pierres ni aux herbes de l'Inde ; dans tous les cas, la médecine ne pouvait y être pire que l'apothicairerie de la Compagnie, dont il avait toujours usé avec le plus grand scepticisme. L'agate pilée du brahmane valait bien la poudre de vipère, les sang-dragon en larmes et toutes les râpures de cloportes qu'on distribuait aux marins agonisants.

— Fais le silence en toi, répétait le brahmane ; tes forces s'épuisent à force de tension. Écoute en toi le silence de l'éternité.

Sous l'effet de cette litanie, Madec s'endormit pour une bonne douzaine d'heures. A son réveil, le prêtre revint, porteur d'une proposition du rajah. En signe de bonne amitié, il offrait aux Français de séjourner au palais du lac pour qu'ils y refissent leurs forces, épuisées par un trop long voyage. Dès qu'ils s'en sentiraient le désir, on partirait chasser dans les montagnes avoisinantes.

Dans un premier temps, les Français se méfièrent. Encore des délais ! tonna Martin-Lion. Madec n'était pas rassuré non plus ; il s'étonnait de cette Inde qui s'attardait dans les plaisirs au moment même où elle parlait guerre, soldats, canons. Mais comment résister à l'assaut de ces bonheurs multiples et neufs ? On leur en proposait continuellement : massages, nourritures exquises, bains parfumés — ils avaient un peu renâclé, cependant, devant ce dernier délice ; il leur déplaisait assez de faire disparaître la carapace de crasse qui les protégeait, croyaient-ils, de tous les maux ambiants. On leur expliqua alors qu'ils risquaient de passer pour impurs : la dextérité des servantes fit le reste, et désormais, comme les Indiens, ils se baignaient quotidiennement.

Le palais du lac était un plaisir inédit. On accepta. Le lendemain, on quittait la citadelle et le bruit de ses armes, ses longues heures scandées par le son des cymbales et des tambours, et la musique douce qui émanait parfois, comme une plainte, de l'appartement des femmes. On redescendit la rampe, puis la ville de Godh. Cette fois le voyage à dos d'éléphant, la liesse de la foule laissèrent aux Français l'impression d'une simple routine. Ils se sentaient tous las, le rajah avait raison. Le rajah, ou plutôt le brahmane, qui semblait guider les moindres décisions et devinait tout. Il ne se montrait que par surprise, comme l'autre soir, lorsque Madec s'était évanoui et qu'il avait bondi d'une tenture.

Dans ces conditions, le séjour au palais de plaisance fut d'un infini repos. On leur fit une vie moins fastueuse, plus tranquille. Loin du labyrinthe de la citadelle, coins et recoins, couloirs, détours, où tout sentait la ruse, ils découvrirent une simple construction ouverte sur l'eau. Ils y vécurent en paix, à leur allure ; au petit matin, les lavandières des rives les réveillaient : le lac alors reprenait vie, respirait au rythme de leurs battoirs ; les crocodiles sacrés pointaient leur nez entre les nénuphars en dérive dans le courant. Madec se levait, déambulait sous les galeries de marbre blanc. L'île entière était palais ; pas un pouce de terre, à l'exception des petits parterres des jardins intérieurs. Une île-joyau. Derrière des moucharabiers roses, il discerna parfois des rires, des froissements d'étoffes, les cordes pincées d'un sitar qui annonçaient la femme, et peut-être la danseuse au nom étrange, Sarasvati, Arc-en-Ciel. De la semaine, il ne la revit pas, et le rajah lui-même ne les admit qu'à le saluer de loin, d'un sourire :

— Préparez-vous bien pour la chasse !

De temps à autre, comme ses compagnons, il fit venir du zenana l'une ou l'autre des filles qu'il avait reçues en cadeau. Ses assauts répétés le rassurèrent sur sa santé. Mais à l'instant où son plaisir se mourait sur ces peaux dorées, entre ces voiles et ces bijoux à profusion, lui revenait, dans un dernier soupir, la silhouette parfumée et dansante qui, l'autre soir, l'avait fait défaillir. Il chassa les syllabes de son nom, jusqu'à les oublier. Maintenant qu'on partait pour la chasse, qu'il allait la voir à nouveau, l'approcher peut-être, elles lui revenaient peu à peu, enjôleuses, troubles et distantes comme la danseuse quand elle avait jailli de l'ombre.

La barque de Madec avait atteint le petit embarcadère construit sur la rive ; celle-ci était vierge de constructions, si l'on exceptait des terrassements, sans doute en vue d'un jardin. Une route en partait ; une dizaine d'éléphants y étaient rangés, avec leur habituel harnachement de brocart et leurs palanquins en forme de petit palais. Madec ne leur accorda pas un regard. Il ne voyait sur le débarcadère qu'une seule créature : jupe et boléro bleu moucheté d'or, elle, mince, longue, les yeux tendus vers le matin juste levé. Il se souvint alors de son nom, qui l'avait tant troublé. Elle, Sarasvati.

Bleue. Il ne la verrait jamais que bleue. Comme tous les départs.

Comme la mer, quand elle promet. Comme l'amour, auquel il ne connaissait rien, mais qu'il pressentait, au geste langoureux du rajah, soulevant le bras de la jeune femme pour l'amener vers l'éléphant. Madec descendit de la barque, sauta sur les pierres du débarcadère. Le Diwan l'y attendait ; celui-ci s'amusa de voir que le firangui, dans ses vêtements indiens, se montrait moins maladroit qu'au premier jour. On lui avait remis un superbe sabre à manche de jade et lame ondulée, mais il avait demandé à passer à sa ceinture les deux pistolets qu'il avait gardés de ses campagnes depuis l'Inde du Sud. On n'en voyait pas l'intérêt : seul le rajah avait droit de chasser. Madec avait cependant insisté. On le laissa faire, voyant là sans doute un caprice de firangui.

Autour des éléphants grouillait une foule de domestiques, qui devaient transporter la nourriture, les vêtements de rechange, tout un capharnaüm destiné à meubler le pavillon de chasse, où l'on devait passer la nuit. Éventuellement, ils serviraient aussi de rabatteurs. Martin-Lion venait de rejoindre Madec sur le débarcadère, et les barques de Dieu et Visage n'allaient pas tarder. Le rajah échappa à la foule qui l'entourait et s'avança vers Madec. Il avait choisi son plus bel arc et portait dans son carquois une grosse provision de flèches.

— Explique à ton chef comment nous passerons la journée. Nous partons pour Baghdada.

— Le Domaine des Tigres, traduisit Madec.

— C'est un très bel endroit, ajouta le rajah. Un lieu sauvage, des montagnes, un lac, des forêts.

Il s'arrêta un instant, puis reprit d'un air un peu rêveur :

— ... Une solitude délicieuse.

Madec le regarda, un peu surpris. Pourquoi chercher, comme un plaisir, la solitude d'un lieu sauvage quand on était le jeune prince d'une cité fastueuse, opulente et tranquille ? Pour Madec, la solitude n'avait toujours été que le mal du pauvre ; la campagne, le repli du malheur. Avant tout, la joie, c'était « la Compagnie », comme on disait, la ville, Pondichéry ou Lorient, la fête. Alors, chez le rajah, quelle souffrance dissimulée ?

Bhawani poursuivait :

— Jusqu'à mi-chemin, tu monteras à mes côtés sur le premier éléphant. Nous y parlerons de Godh, et je t'expliquerai le déroulement de la chasse. Lors de la halte, tandis que nous prierons aux temples de Shiva et de la Grande Déesse, tu feras ton rapport à ton chef, qui viendra à son tour sur ma monture. Et, là, je tuerai le Tigre ! Le Tigre, entends-tu ?

Pour la première fois, Madec vit se dessiner sur le visage du rajah un sourire cruel. Un rictus. Le goût du sang, pensa-t-il. L'attrait de la souffrance. Où l'avait-il déjà vu ? Mais oui, Sombre, bien sûr, Sombre, qui n'avait fait que traverser sa vie, comme un éclair, et l'avait abandonné aux sables de Pondichéry. Il était sans doute mort. Madec chassa le souvenir.

En quelques mots, il expliqua à ses compagnons le protocole du voyage. Il sentait bien que Martin-Lion commençait à prendre ombrage de la prééminence que lui donnait son statut d'interprète. Néanmoins, le rajah lui avait réservé la place d'honneur pour le moment où la chasse commencerait vraiment, et Martin-Lion conserva sa jovialité ordinaire. Chacun rejoignit sa monture. Il n'y avait pas ici de balcon, et on accédait au palanquin par une petite échelle que soutenaient des serviteurs le long des flancs de l'animal. Sarasvati avait déjà pris place au milieu des coussins. Le rajah s'assit à ses côtés, puis fit signe à Madec de monter à son tour. Quand tout le monde fut installé, il donna au cornac l'ordre d'avancer.

— *Namasté,* dit simplement la jeune femme quand Madec apparut sous le baldaquin ; et elle joignit sur sa poitrine ses deux mains. Madec lui rendit le salut de la même manière, si ému qu'il en trembla.

— Aujourd'hui, par l'acier, je veux des tigres ! répéta Bhawani, tandis que l'on gravissait les premiers contreforts de la montagne.

— Je croyais pourtant que votre religion vous interdisait de tuer, intervint Madec. Vous honorez tant d'animaux sacrés, auxquels il ne faut pas toucher, sous peine de souillure éternelle... Jusqu'à ces crocodiles du lac !

Bhawani prit l'air supérieur que Madec commençait à lui connaître ; chaque fois que l'un ou l'autre des firanguis s'étonnait d'une habitude où il croyait lire une incohérence, le rajah lui adressait ce sourire d'un infini mépris :

— Seul le rajah a droit à la chasse, car il est kshatrya et fils du Soleil ! Le corps du tigre cache un démon ; l'ennemi du prince vient s'incarner en lui. Alors, firangui, tu vois bien que j'ai le droit de chasser ! Dharma !

Madec tentait comme il le pouvait de pénétrer la subtilité du Dharma : règle, vertu, devoir, Dharma justifiait tout, de la loi commune à l'exception. Il ne s'y accoutumait pas. Dans l'autre recoin du palanquin, Sarasvati souriait. Elle approuvait. Elle ruisselait de bijoux, elle en portait aux bras, au cou, dans les cheveux qu'elle avait noués en gros chignon. Une petite mèche en avait coulé ; elle se tordait sur sa nuque, ce qui la rendait plus humaine, moins parfaite. Dans le sourire, l'arc de ses sourcils se soulevait doucement, et sous ses lèvres apparaissaient des dents petites et régulières, rougies par le bétel, comme toujours ici. Tant de beauté. Madec se sentit misérable. La plénitude de la promenade sur le lac se dissolvait. Pourtant il portait toujours robe de soie et turban à aigrette, presque aussi somptueux que le Diwan. Mais auprès de la dame de Godh, il était plus gueux qu'à Quimper. Il comprenait maintenant pourquoi le conteur aux marionnettes avait évité de dire son nom et de la décrire plus précisément. Tout en cette femme approchait l'indicible.

La jungle commençait, avec ses enchevêtrements de troncs et de lianes. De temps à autre, l'ombre laissait filtrer un rai de lumière, qui illuminait brièvement le visage de la princesse ; le temps de l'éclair de soleil, le diamant brillait à l'aile de son nez. Ce profil. Ce nez, légèrement busqué, si fin, si noble. Un arc-en-ciel jaillissait de la pierre, rappelant à Madec les syllabes de son prénom. Il aurait voulu qu'elle parlât. Tout à l'heure, elle n'avait fait que chuchoter le salut rituel. Quelle était donc sa voix ? Il se détourna. Trop de bouillonnement en lui, malgré le moelleux des coussins et le pas calme de l'éléphant. D'ailleurs Bhawani se mit à discourir :

– Délicieux printemps, disait le rajah. Entendez-vous le chant des boulbouls ? Une rivière de beauté inonde mon cœur, et je suis entraîné dans une exquise joie...

Il chantait presque, et Madec ne suivait pas très bien le sens des mots. Il avait seulement remarqué que Bhawani commençait parfois les discussions importantes par ces sortes de mélopées. Un chant sacré, peut-être. Il attendit la suite.

– Madecji, en cet instant, je doute de la guerre. Et pourtant je sais que la guerre est inscrite dans la loi du Dharma. L'astrologue Mohan ne cesse de me le dire : Shiva, qui détruit, est aussi important que Brahma, qui crée, et Vichnou, qui conserve, et que j'honore tout particulièrement en sa huitième incarnation, Khrishma, le Bleu Profond. Mais ma cité de Godh est fille de la guerre. Maintenant que je suis loin d'elle, je le sais mieux encore ! Tu ne connais pas la légende de la fondation de ma ville, et je m'en vais te la dire pour que tu la rapportes à ton chef ! Il y a très longtemps, à une époque qu'on ne saurait dater, un de mes ancêtres, fils du Soleil comme moi, arriva dans la plaine de Godh, à l'endroit où la rivière surgit du défilé. Il y rencontra un ermite, s'inclina devant lui comme le veut la coutume, et le sage lui dit : « O prince des souryavansi, viens sur cette terre, et élève sur cette colline une grande citadelle. Érige ici ta demeure, fils du Soleil. car elle vivra mille ans, subira trois sacs ; au troisième, elle sera réduite en poussière, mais elle renaîtra pour l'éternité sous la forme d'une femme. »

Bhawani s'interrompit un instant, prit un air rêveur, puis reprit :

– Comprends-tu, Madecji, depuis toujours, nous autres rajahs de Godh, nous vivons dans la terreur de la guerre. Déjà, au cours des siècles, Godh a subi deux sacs, et elle s'en est relevée, comme l'avait prédit l'ermite. Nous avons eu la paix, une très longue paix, tranquillité, indépendance, le commerce fécond... Nous avons désappris la guerre, mes pères et moi, et les pères de mes pères. Le troisième siège ne saurait tarder. Vois-tu, Madecji, maya, maya, la paix ici n'est qu'apparence. J'ai besoin de vous, hommes venus des Eaux Noires !

Il avait prononcé cette phrase d'un ton très solennel. Il jeta un regard à Sarasvati, qui continuait à sourire, et se radoucit :

– Fort heureusement, les dieux m'ont donné un fils !

Il évita le regard de Madec et concentra son attention sur le chemin qui s'ouvrait devant l'éléphant. On parvenait à mi-montagne ; le site devenait impressionnant. Dans un ravin encaissé bouillonnait une rivière. Le cornac multipliait les ordres. L'éléphant obéissait avec docilité. De temps à autre, un paon sauvage, des bandes d'écureuils traversaient le chemin. Puis surgissaient une biche à robe tachetée de blanc, une antilope, un sanglier. Le prince ne bougeait pas.

– Pourquoi ne chassez-vous pas ce gibier qui surgit de partout ? hasarda Madec.

– Aujourd'hui, je veux des tigres ! répondit le rajah avec le même rictus qu'au moment du départ. J'attends d'avoir atteint son domaine. La petite chasse ne m'intéresse plus. Je veux le tigre, prince royal et solitaire comme je le suis, le tigre, qui fait le silence autour de lui ! Nous ne sommes pas encore parvenus en son royaume. Patiente !

Madec se tut. L'éléphant grimpait toujours. Bientôt, le chemin décrivit une large courbe, et on se trouva brusquement sur une plate-forme moussue, en surplomb d'une cascade tout ombragée de palmes. S'y élevaient deux temples jumeaux, souvenirs peut-être d'une cité ancienne, car des blocs de granit épars étaient renversés alentour. Le cornac du rajah arrêta son éléphant près d'une rampe verdie d'humidité ; les passagers descendirent, et chaque monture se rangea devant elle à son tour. Madec était surpris : malgré l'abandon qui régnait dans tout le site, les deux sanctuaires paraissaient parfaitement entretenus. S'ils n'étaient pas colorés, comme ceux de la plaine, si d'innombrables moussons avaient usé leurs formes d'un autre âge, on avait empêché la jungle de prendre le dessus sur les pierres, et c'était sans doute à un défrichage régulier qu'elles devaient d'être encore debout. Leurs dômes allongés narguaient l'exubérance des lianes ; sur les façades grises s'épanouissaient des frises qui mangeaient la pierre : une multitude de sourires intemporels, bienveillants et indifférents à la fois.

Le même sourire que celui de Sarasvati, pensa Madec. La princesse s'avançait de son pas tranquille vers le premier temple. D'où il était, il distingua dans la pénombre bleutée du sanctuaire la forme ronde d'une immense statue aux seins nus. La déesse inclinait doucement la tête sur le côté ; de son chignon, comme de celui de Sarasvati, s'échappaient quelques boucles. Elle aussi souriait. Mais, on le sentait bien, ce regard de douceur, d'un instant à l'autre, pouvait devenir terrifiant. Sarasvati s'avança vers la statue, déposa à ses pieds quelques offrandes et se recueillit. Dans la lumière atténuée du temple, son sari parut d'un bleu presque immatériel.

Bhawani était entré dans l'autre sanctuaire. Malgré les années, on l'avait aussi préservé du fouillis de la jungle. C'était le temple du Soleil. On y pénétrait par une porte monumentale. Le Dieu Soleil, Sourya, tenant à la main deux fleurs de lotus, surmontait la triade sacrée de Brahma, Vichnou et Shiva sculptée sur les chambranles. Bhawani se mit à prier. Le Diwan entra, puis les autres dignitaires invités à la chasse. La mélopée du sacré commença, où ne revint bientôt qu'une seule syllabe. *Om. Om. Om.* Madec ne comprit pas. Le son répété à l'infini allait se perdre sur la voûte de pierre et le berçait.

Il atteignit un état de conscience étrange. Ce n'était pas un vertige, comme l'autre soir. En lui s'ouvrait comme une brèche. Un flot de sacré. La litanie s'arrêta. Il entendit derrière lui un bruissement de soie. Il sursauta. Entre toutes les mousselines de l'Inde, il en aurait reconnu le froissement sous toutes les feuilles chiffonnées, derrière tous les cris des oiseaux de la jungle. C'était elle, encore, qui sortait et rejoignait Bhawani.

On reprit la marche à dos d'éléphant. Madec se trouvait sur la monture du Diwan, et il en éprouva une sorte de soulagement, bien qu'il ne fût plus aux côtés de la princesse : ce lieu lui pesait ; partout, surabondante, tenace, comme maléfique, la vie sourdait et le troublait. La princesse aussi l'inquiétait, avec son sourire trop immense, ponctué de l'étincelle du diamant de nez, les seins palpitants sous le boléro. Quel âge pouvait-elle avoir ? Dix-huit, vingt ans ? Déjà mère, à ce qu'on disait.

On arriva bientôt à un col de montagne, où la jungle s'arrêtait. L'air était plus vif, presque froid. Madec vit Sarasvati s'envelopper de châles du Cachemire. Puis on redescendit vers un plateau. On traversa une zone de marécages, où nichaient des milliers d'oiseaux.

— Ils sont venus de l'Himalaya, disait à Madec le gros Diwan de sa voix poussive. C'est ici qu'ils passent l'hiver ! Il désigna soudain un sous-bois, pris d'une exaltation insolite :

— Bhagdada ! Le Domaine du Tigre !

Aussitôt, on avança plus rapidement. Le rajah préparait son arc et ses flèches. La végétation s'épaissit. Le pas de l'éléphant dérangea quelques antilopes apeurées, des bandes de chats sauvages. Madec se tendit. Brusquement, la jungle entière se mit à frémir. Des singes jetèrent comme un cri d'alarme, puis se turent d'un coup. Les paons s'envolèrent vers des branches haut perchées. Au travers du chemin, une biche s'immobilisa, dressa l'oreille, puis disparut d'un seul bond. Le silence prit la forêt.

— Le tigre n'est pas loin, murmura le Diwan ; regarde, la jungle l'attend.

Le silence. Les éléphants continuaient pourtant d'avancer. Tous les hommes scrutaient le débouché du chemin. On ralentit.

— Il doit être à la cascade, reprit le Diwan. Le tigre adore l'eau.

— La cascade ?

— Oui, celle du pavillon de chasse, où nous passerons la nuit.

Madec comprit alors pourquoi les Indiens fouillaient l'extrémité du sentier avec une telle intensité. L'ombre était épaisse. On ne voyait presque plus le soleil.

Machinalement, il leva les yeux vers le couvert des arbres.

Là, là, sur cette branche devant l'éléphant du rajah ; il était là, le tigre, immobile dans sa majesté sûre. Là, souple, prêt à sauter, dans sa robe jaune rayée de noir ; il avançait une patte, toute de velours, sans briser une seule brindille, pour un ultime élan. Madec n'en avait jamais vu d'aussi près.

Le tigre tendit une griffe. Vite la main à la ceinture. Le pistolet. L'éléphant du rajah continuait d'avancer. Bhawani ne bougeait pas, ni Sarasvati, ni le cornac. L'impossible : ils ne l'avaient pas vu ! Et l'éléphant, indifférent lui aussi...

Le silence. Sarasvati se penchait vers le rajah. Sur le corps élastique du félin, un dernier frémissement. L'éléphant, enfin, suspendit son pas.

Tout se fit très vite. Un coup de feu. La masse lourde de la bête, brisée en plein élan. Et la chute, plus lourde encore, sur le palanquin. Coussins, morceaux de bois, dais de velours, tout roula dans les feuillages. Le cri du cornac de Madec : l'éléphant princier s'enfuyait dans la jungle, et l'autre, terrorisé, voulait le suivre. A force d'injonctions et de coups, l'Indien l'immobilisa.

— Sarasvati ! cria alors Madec.

Ce fut, depuis une éternité sembla-t-il, la première parole humaine. Il fallait à présent descendre de l'éléphant. Madec détacha les liens qui maintenaient le tapis du palanquin et, comme d'un hauban de navire, se laissa glisser. Sarasvati. Il était près d'elle.

Les serviteurs qui suivaient la chasse accoururent. Le Diwan hurlait, gesticulait du haut de sa bête. Madec n'entendait rien. Sarasvati ouvrit les yeux, étonnée, fixa Madec un instant, puis se tourna vers le rajah :

— Es-tu blessé ?

Il ne répondait pas. Du sang coulait sous la mousseline qui recouvrait son bras droit.

— Bhawani...

Elle se levait, tendue :

— Bhawani !

— Ce n'est rien.

Il souleva le tissu. Des éclats de bois étaient fichés dans la chair.

— Ce n'est rien. Et toi, la belle au visage de lotus ?

Tant de sang-froid. Madec était stupéfait.

— Bhawani, Bhawani, ma vie...

Le rajah se tourna vers Madec :

— Où est la proie ? Comment cela s'est-il fait ?

Madec lui désigna son pistolet, puis les morceaux de bois épars. Tout commentaire était vain ; le rajah comprit sur-le-champ : sous le poids du tigre, le palanquin avait cédé. Sarasvati était tombée la première. Ses châles et les coussins l'avaient protégée. Pour lui, le choc avait été plus rude. Il avait reçu sur le dos les pattes du tigre, et il commençait à sentir son épiderme lui cuire. Il se retourna : son vêtement était entièrement lacéré. Quant au cornac, emporté lui aussi par la chute du palanquin, il avait reçu le plus gros choc puisque la masse de l'animal s'était écrasée sur lui. Il était encore assommé, ainsi que Martin-Lion, tombé de l'autre côté du chemin.

— Visage, Visage ! cria Madec.

Le chirurgien fendit la foule des serviteurs et dignitaires.

— Ils ont besoin de soins ! clama encore Madec.

— Et l'homme de l'*ayruveda ?* interrogea Visage.

Le rajah réprima une grimace :

— La chasse est interdite aux brahmanes.

Madec désigna Visage :

— Mon ami connaît bien les blessures et les moyens de les calmer.

Voulez-vous qu'il examine votre bras ? Madec craignit de se voir opposer un refus méprisant : l'éternel sentiment de supériorité. A sa grande surprise, Bhawani accepta :

— Ton arme étrangère m'a sauvé la vie ; des mains étrangères peuvent me toucher.

Le ton était déterminé.

Visage souleva doucement la manche de brocart ; des éclats de bois, provenant du baldaquin, s'étaient enfoncés dans les muscles. Il connaissait bien ce type de blessure, classique à bord des navires, surtout après les canonnades, quand les boulets répandaient partout des volées d'éclisses. Néanmoins, que la chute d'un tigre eût produit le même effet le déconcerta. Par bonheur, il ne se séparait jamais d'une petite trousse où il rangeait quelques lames et deux ou trois pinces. Il eut tôt fait de débarrasser les chairs des éclats de bois, qui n'avaient pas pénétré profondément. Le rajah ne frémit pas. Il se contentait de respirer régulièrement.

— Maintenant, dit Visage, il me faudrait des crèmes et des onguents pour calmer la douleur et prévenir la gangrène. Je pense qu'il vaudrait mieux retourner à Godh.

Madec traduisit.

— Par l'acier ! A Godh, jamais ! s'exclama le rajah. Nous passerons la nuit comme prévu au pavillon de chasse. Diwan, donne l'ordre aux serviteurs de chercher dans la jungle des herbes à guérir.

C'était extraordinaire : le rajah parlait comme hier, comme tout à l'heure. Un calme superbe. Visage en demeura abasourdi. Sur les navires, ce genre d'héroïsme tranquille était chose courante ; la vie à bord n'était qu'une suite ininterrompue de souffrances et de petites morts. Mais ce jeune prince, si lisse, intact de toute épreuve, et qui semblait si alangui dans les plaisirs... L'exercice de la médecine apportait toujours de nouveaux sujets d'étonnement, et Visage se demanda une fois encore s'il n'y recherchait pas le contact avec l'imprévisible, plutôt que la satisfaction de soulager les corps douloureux.

Bhawani, appuyé sur les coussins qu'on avait passés derrière son dos, contemplait le tigre mort. Le coup de feu l'avait atteint en pleine tête. Le corps était intact.

— Approchez-le.

Il se mit à caresser le pelage encore chaud, rêva un moment.

— Madecji, maintenant, comprends-tu bien le tigre ? La chasse au tigre...

Madec ne répondit pas ; ses yeux erraient aussi sur la robe de l'animal. Il ne comprenait pas vraiment qu'il fût mort : tout était allé si vite, dans une fulgurance, pour finir sur le regard étonné de la princesse.

— Le tigre, reprit Bhawani. L'ennemi qui vous menace ! Et l'éléphant qui ne l'a pas senti... Cela n'arrive jamais. Vois-tu, Madecji, c'est un signe !

— Un signe ?

— Repartons. Nous verrons tout cela au pavillon de chasse. Qu'on me donne l'éléphant du Diwan ; que viennent avec moi le chef des firanguis et son homme de l'ayurveda. Madecji, tu monteras sur l'autre éléphant avec le Diwan et Sarasvati la belle. Par l'acier ! Et chargez le tigre sur ma bête !

Il se releva sans trembler malgré la douleur.

— Digne fils du Soleil, s'exclama le Diwan, incarnation de la force guerrière qui régit l'univers, Souryavansi, je salue ta force.

Il se répandit en prosternations. Bhawani passa devant lui sans un regard. Le cortège se remit en route. L'éléphant marchait à plus vive allure. Tantôt il balançait Madec contre les chairs flasques du Diwan, tantôt il le projetait contre le corps souple de Sarasvati. Il ne savait lequel redouter le plus. Il se raidit à l'extrême. Le voyage devenait une torture. Bientôt cependant les lianes s'espacèrent, les arbres s'ouvrirent sur le ciel. On parvint à une grande clairière ; auprès d'un étang se dressait un pavillon doré, léger, saugrenu, comme le palais de Godh ; et cependant il se mariait délicatement à la sauvagerie du lieu.

Le rajah donna l'ordre de s'arrêter. On lui tendit une échelle pour descendre de l'éléphant. L'accident ne paraissait pas l'avoir touché. Des serviteurs coururent vers le pavillon, armés de balais de jonc, le débarrassèrent en hâte des feuilles mortes et des souillures des animaux. D'autres apportèrent des tapis et des coussins. Dès que tout le monde fut descendu des éléphants, Sharma se dirigea vers la galerie extérieure du petit palais.

Il était environ midi. Sous le soleil d'hiver, le marbre se dorait davantage.

Le rajah ne s'assit pas. Il attendit que toute sa suite fût réunie autour de lui. Les notables prirent un air grave.

— Madecji...

Madec se tenait un peu en retrait. L'adresse du prince le décontenança. Sarasvati non plus ne voulait pas s'asseoir.

— Madecji, avance.

Madec s'exécuta. Le rajah enleva son turban, en détacha le diamant.

— Prends cette pierre. Voici mon troisième œil. C'est à toi qu'il revient, puisqu'il t'a guidé, et non moi. Prends ce diamant.

Madec était paralysé. La pierre était énorme et d'une eau superbe. Il avait tué un misérable tigre et on lui offrait un diamant, plus beau peut-être que ceux qu'avait reçus Dupleix, quand il soumettait les nababs.

— Je me suis sauvé en même temps que vous.

— Non. C'est moi que le tigre attaquait. En la bête se cachait mon ennemi, et tu l'as tué.

Il ajouta, d'un ton plus doux :

— Et tu as sauvé aussi Sarasvati, belle d'entre les belles, Nur Mahal, élue de mon harem. Par l'acier, je te commande donc de prendre ce diamant !

Madec ne bougeait pas. On n'entendait plus que le cri des oiseaux de la jungle, et de temps à autre des brindilles froissées. Alors que le silence atteignait l'intolérable, une voix douce et tranquille s'éleva :

– Si vous le refusez par l'acier, alors acceptez-le par l'amour !

Ce bruissement de soie, ce bleu moucheté d'or. Sarasvati joignit les mains sur son boléro, comme pour dire « Namasté », baissa les yeux et se tut. Madec tendit la main, prit le diamant, se prosterna aux pieds du rajah.

– Regarde bien cette pierre, dit Bhawani, c'est un diamant à six pointes, pur, sans tache, aux arêtes nettes et fines, d'une belle nuance, léger, illuminant l'espace de feux d'arc-en-ciel...

La voix de Sharma s'affaiblit. Il luttait contre la douleur. Il poursuivit pourtant :

– *Vajra !* Sache que ce mot est divin ! *Vajra,* la première d'entre toutes les gemmes, le diamant raye tout et n'est rayé par rien. Il n'est coupé que par lui-même. Il donne à celui qui le porte une force triomphante, le rend maître de toutes terres, apporte enfants, richesse, grain, prospérité, bétail, bonheur invincible... Le rajah se laissa tomber sur les coussins. Dans le ciel passa une volée de canards piaillants. Sarasvati demeurait debout, les yeux perdus dans ceux de Madec. Il serra la gemme entre ses doigts. Autrefois, il avait passé des nuits entières, quart ou bivouac, à rêver des joyaux indiens. Il en tenait un. Dans sa paume s'enfonçaient les arêtes de la pierre. La princesse le regardait toujours. Il baissa les yeux, cherchant un peu de solitude derrière le voile noir des paupières. Sarasvati, si lointaine, quand elle n'était qu'à quelques pas de lui. Au moment même où les trésors de l'Inde venaient le combler, c'est elle qu'il aurait voulu tenir ainsi, au plus creux de sa main.

Il était allé d'Inde en Inde, de révélation en révélation, pour aboutir à une femme. Il se répéta en silence les syllabes de son nom. Sarasvati. L'Inde ultime.

Le soir tomba presque d'un coup. Il y eut dans la jungle un court moment de silence ; les animaux du jour se taisaient, et ceux de la nuit n'avaient pas pris le relais. Le rajah avait emmené Sarasvati jusqu'à une pièce ouverte sur un bassin, dans l'aile la plus retirée du pavillon de chasse. Dans l'air flottait l'odeur des chapati grillées sur le feu de bois, et celle de l'épaisse sauce aux lentilles qui accompagnait les galettes. Un cri de hyène s'éleva ; assise sur sa natte, Sarasvati sursauta, renversant presque la lampe et le petit brasero qui brûlaient à côté d'elle.

– Tu as peur ?

Bhawani saisit la lampe, l'éleva près de son visage. Debout derrière lui, les deux servantes qui partageaient la chambre avec eux pour prévenir leurs moindres désirs interrogeaient la princesse du regard muet. Sarasvati rajusta sur son boléro les châles où elle se blottissait. Si elle s'était trouvée avec des femmes, elle n'aurait pas répondu, tirant sur elle ce voile d'impassibilité qui protégeait sa solitude dans la promiscuité ininterrompue du zenana. Mais comment ne pas répondre à Bhawani ?

– C'est pour toi que j'ai peur. Ta blessure...

– Je n'ai plus mal ; je ne sens plus rien, ni sur mon dos ni dans mes bras. La résine de laque a bu le sang de mes blessures. Tu vois, il n'est meilleur marchand de remèdes que le jardin de la nature ; deux serviteurs lâchés dans la jungle, ils saignent un arbre et six heures plus tard, sous l'effet de la divine sève, mes plaies se sont refermées.

Sarasvati fixait le turban du rajah. Il avait remplacé le gros cabochon offert à Madec par un diamant plus petit, qu'il portait ordinairement sur son sautoir de perles.

– J'ai envoyé un messager à Godh pour consulter Mohan ; dès demain nous le retrouverons au palais du lac, avec un diamant plus pur encore, choisi de ses mains chez les meilleurs joailliers de la ville. Il doit aussi préparer l'horoscope du firangui Madec, mais je ne sais pas comment il va s'y prendre, car le firangui n'a pas pu me dire le jour précis de sa naissance ; si j'ai bien compris, il ne semble pas compter le temps comme nous, selon la lune.

Sarasvati parut soudain inquiète :

– Sans tout savoir de son horoscope, tu ne peux garder longtemps à tes côtés un homme doué de tels pouvoirs. Et si sa force se retournait contre toi ?

Il prit la main de Sarasvati et plongea son regard dans le sien. Elle avait peur, en effet. Mais on aurait dit qu'elle essayait de se persuader de ce qu'elle disait. Sa voix tremblait. Elle ne redoutait pas le firangui Madec, ou, si elle le craignait, ce n'était pas pour le destin de Godh. En elle quelque chose échappait au rajah. Il lissa sa moustache. Ne l'aimait-il pas, justement, entre toutes ses femmes, pour cet indéchiffrable ?

– Suffit ! Tu es trop peureuse. Demain nous resdescendrons au plus vite et prendrons l'avis de Mohan.

Il saisit dans un plat une noix de bétel enveloppée d'une feuille fraîche :

– Prends donc cette *bamboula !* Et tais-toi... Tu n'es qu'une enfant, qui craint le cobra, alors qu'on a disposé le gravier autour de la maison !

– Je te rappelle que les cobras me protègent et que je n'ai rien à craindre d'eux !

Elle feignait la colère. Bhawani crut y lire un préliminaire aux jeux amoureux. Il la poussa vers le bassin, approcha la lampe et le brasero. Dans l'eau tranquille, à peine agitée par le léger courant de la cascade, se refléta le visage de Sarasvati. Il se pencha et déposer un baiser sur son image réfléchie. C'était le « baiser de déclaration ». Ainsi, ce soir même, et malgré la blessure, le désir le prenait. Elle croqua la noix de bétel, mâcha un moment la feuille, puis hasarda :

– Tu finiras du mal royal, Bhawani. Tu ne sais pas te ménager.

– *Rajayaksma !* Oui, j'en veux bien, du mal royal, car à te voir je me sens aussi amoureux que l'était le roi Lune, quand il courtisait la vache Rohini, et, comme lui, je consens à me dessécher à force de désir !

Sarasvati le regarda, étonnée. Depuis combien de temps n'avait-il pas été aussi gai ? Il prit ses pieds à deux mains et y imprima le baiser de provocation.

— N'oublie pas la loi, princesse ! Quelque geste que l'un des amants fasse à l'autre, celui-ci doit lui rendre la pareille, baiser pour baiser, caresse pour caresse, coup pour coup !

— Ton dos tout lacéré de griffures, ton bras...

Il répéta le baiser de provocation, dénoua le nœud du boléro, écarta les plis de la jupe. Bhawani approcha encore la lampe :

— Ah ! que je voie ta maison de kama !

A quelques pas de là, les deux servantes souriaient, le regard pétillant de curiosité. Assis face à face, ils avaient pris la figure de l'étreinte du lait et de l'eau, celle où les amants, tant leurs corps sont unis, ne sentent plus nulle blessure. Sarasvati fit un geste en direction des servantes pour qu'elles apportent un traversin où caler son dos, et qu'elles délient ses cheveux en signe de grande passion.

Quand il la vit déployer sa chevelure, Bhawani s'exclama :

— Tu as l'air d'un petit poisson qui sort du lac, tout paré, pour courir au rendez-vous d'un grand crocodile !

Les servantes se levèrent. Il les retint. Il fallait qu'il partage son émerveillement avec elles, leur dire combien Sarasvati lui était précieuse, leur montrer la beauté de la princesse, emportée dans le désir qui montait.

— Regardez, servantes, cette femme Padmini, telle qu'il n'en existe qu'une au monde sur dix millions de femmes. Sa sueur a l'odeur du musc, l'abeille la suivrait comme le miel ; elle a le yoni petit, qui s'ouvre comme un mystère, et je sens sa semence d'amour, parfumée comme le lys qui vient d'éclore. Femme-lotus...

Il s'interrompit. Sur son sein découvert, Sarasvati sentit s'enfonçer ses ongles, qu'il avait longs. Demain matin, dans le miroir, elle trouverait les marques artistes qui, en son absence, réveillaient l'amour ; signes délicieux, porteurs de noms tout aussi exquis, feuille de lotus bleu, patte du paon, ou, comme maintenant, quand on mordait en courbe l'intérieur des cuisses de façon à n'y laisser qu'un joli pointillé, le nuage brisé. Elle se dégagea un instant, pour le lui rendre, ce nuage brisé ; qu'il se souvienne d'elle, lui aussi, au matin ! Puis ils reprirent la figure de l'eau et du lait.

— De toi ce soir je veux un fils !

Elle ne l'entendit pas. Phra ! Phat ! Sout, plat ! A chaque coup, elle rendait le son approprié, le roucoulant, le tonnant, la cascadette de la caille ou le cri du paon.

— Je veux un fils !

Cette fois-ci elle avait compris. Aussitôt elle croisa ses pieds sur ses cuisses.

— Oui, oui, me voici !

Leurs respirations égales se mélangèrent. Cette docilité. Sans la moindre difficulté elle avait pris la figure de l'épouse d'Indra, celle qui donne les enfants. Sarasvati se laissa aller sur la poitrine de Bhawani ; elle ne sentait même plus les rangs de perles qui le recouvraient ; en elle, au bas de son dos, s'était réveillé le serpent Kundalini, et l'énergie du dieu, l'esprit de création, la parcourait, l'innervait de partout.

– Je veux un second fils.

Ce fut le dernier souffle du rajah, et ils retombèrent, oubliés l'un dans l'autre, morts à eux-mêmes. Le reflet du bassin s'était éteint. Les servantes assoupies murmurèrent. Un petit vent balança les palmes de la jungle, avec un bruissement qui ne couvrit pas le remue-ménage des animaux nocturnes. Et cependant les deux amants s'endormirent aussitôt.

Sarasvati s'éveilla la première, dès le petit matin. L'air était très frais. Les domestiques commençaient à réparer le désordre de la nuit, et on entendait derrière la cascade quelques barrissements d'éléphants qu'on harnachait pour le retour à Godh.

Bhawani dormait toujours, enveloppé sous ses châles. Il paraissait lointain, comme absent, semblable à Vichnou dans son sommeil sur le serpent d'éternité.

Pourquoi veut-il un fils ? se demanda Sarasvati. L'obscénité de la question la troubla aussitôt. Femme elle était, et mère de nombreux fils elle se devait d'être : dharma. Comme toutes les femmes de l'Inde, de l'intouchable à l'épouse du brahmane. Mais son ventre, sec depuis six ans ? Elle se souvint du plaisir de la veille. S'était-elle déjà approchée autant de la perfection de Kama ? Et ne promettait-il pas un bel enfant, ce bonheur-là, où il lui avait semblé atteindre l'éternité, jointe au rajah comme le couple divin des débuts du monde, Shiva et Shakti, si étroitement unis qu'ils ignoraient le temps, et jusqu'à leur différence.

Le temps. La différence. Mais si, il était là, le temps, elle était là, la différence. Bhawani dormait, séparé d'elle ; perdu dans quel rêve de guerres et de canons, de frère jaloux, de fils à engendrer ? Et dans l'autre aile du pavillon, de quels cauchemars et de quels désirs s'éveillaient les firanguis, surtout ce Madec aux yeux si pâles, avec l'arme redoutable de son pistolet ? Y avaient-ils droit aussi, les étrangers, venus des eaux impures, à cette part d'absolu que donne le plaisir ?

Elle se sentit brusquement mal à l'aise, souhaita la pénombre tranquille du temps de Khrishna, l'odeur des parfums brûlés, les offrandes de fleurs, la prière.

Elle regarda le rajah dormir. De temps à autre, son corps était parcouru de légers soubresauts : quand se produisaient ici-bas des cataclysmes, on disait que c'était Vichnou qui tressaillait dans son sommeil. Alors, que fallait-il penser de Godh, maintenant que les firanguis étaient là, qui l'arrachaient à sa tranquillité. Le signe du tigre, par exemple, hier... Quel nom donner à ce soudain tremblement de la vie ? Temps éclaté, temps chercheur d'horizon, temps d'attente et de guerre sournoise. Fini, le rythme de l'hiver et des moussons, des caravanes et des pluies : car le firangui Madec était venu, avec ses compagnons, et il semait le trouble.

Pourtant, songea Sarasvati, il y a aussi de l'amour en lui. Mais cette fièvre, cette mobilité continuelle, cette impuissance à respirer en douceur, cette inquiétude posée sur les hommes et les choses. Firangui, étranger, nouveauté. Cet homme-là ne voit que le jour à venir, non la minute présente.

Kundalini, serpent d'éternité, ta peau se fendille et craquelle, et moi, Sarasvati, me voici prise dans une faille du temps. Une chaîne d'événements va naître, plus forte que le retour régulier des moussons, plus forte que la vie, qui, déjà peut-être se lève en moi.

Bhawani tressaillit. Les blessures. Elle replaça les châles qui glissaient. Sur le bassin, le vent poussa une fleur légère, bleue, qui blanchissait sous la lumière montante. Elle dériva un moment, puis se perdit dans la cascade. L'instant était mort, et plus jamais il ne reviendrait. Comme l'instant d'hier, le plaisir avec le rajah, et puis surtout ce moment fou, où elle avait dit *« par amour »* au firangui Madec.

Alors elle comprit le pari insensé de Bhawani, et pourquoi il l'avait approuvée, quand elle avait contraint Madec à accepter le diamant. Le rajah voulait entrer dans la nouveauté des étrangers, ce monde entièrement tendu vers l'avenir ; et cependant, il conserverait la part d'immuable que lui avaient donnée ses pères, le respect de la loi de l'Inde, dharma, et qu'il transmettrait à des fils innombrables. Dharma : elle aurait donc un fils, si telle était la volonté des dieux. Et continuerait à tourner l'éternelle roue de la loi cosmique ; mais il y aurait désormais ici-bas une autre force qu'elle avait lue dans les yeux des firanguis. N'était-il pas grisant, comme ils semblaient le dire, de vouloir changer au monde quelques-uns de ses détails ?

Comme il était difficile pourtant, ce matin, d'être femme, de sentir en soi la force des choses et leur cycle sans fin, et de savoir aussi, comme seuls peut-être en avaient le droit les puissants, qu'il fallait désormais compter avec le monde neuf et catholique de l'irréversible. Et ce matin-là, quand le rajah se réveilla et qu'elle déposa, l'esprit ailleurs, le premier baiser à ses lèvres, elle se fit une fête à l'idée de penser qu'on vivrait peut-être avec les firanguis, qu'elle avait tant redoutés à la mousson de ses seize ans.

On reprit presque aussitôt la route de Godh, à une allure plus vive qu'à l'aller, un peu fébrile, eût-on dit. Sur le chemin du retour, on fit halte au palais du lac.

– Quand rejoindrons-nous Godh, demanda Madec au Diwan.

– *Kal*, Madecji, *Kal*, répondit l'autre de sa voix poussive.

La lenteur recommençait : cela pouvait être demain ou dans deux jours, la semaine prochaine ou jamais. Aucun des Français ne protesta. L'endroit était merveilleux ; l'on allait passer tout le jour à boire des liqueurs florales et sucrées. Seul Madec demeurait tendu.

L'astrologue arriva le matin qui suivit. Accompagné de deux gardes, il entra dans l'appartement des firanguis d'un pas lent et cérémonieux. De stupeur, Madec lâcha le flacon de liqueur dont il s'apprêtait à se verser une coupe. L'intrusion du pouvoir, ici, sous sa forme la plus dépouillée. Il devait se passer quelque chose.

– *Namasté !*

– *Namasté.*

Le geste du salut était maintenant familier aux Français. Madec désigna au brahmane quelques coussins épars.

– Merci. Je resterai debout. Ce que j'ai à vous dire tient en peu de mots. Entre le corps massif des deux sentinelles, sa silhouette petite et mince paraissait décharnée.

– Madecji, le rajah vous présente une nouvelle offre. Acceptez-vous de rester à Godh, le temps qu'il faudra, pour lui constituer une armée à la manière des firanguis ? Lui fabriquer les armes nouvelles, mais aussi commander ses hommes, leur enseigner les nouvelles façons d'obéir. Le rajah paiera le prix.

Madec traduisit, la voix tremblante. Ils allaient accepter, c'était sûr. Ils n'attendaient rien d'autre. A chaque mot traduit leur visage s'éclairait ; Dieu avait rougi de plaisir, l'air sceptique de Visage avait disparu, et Martin-Lion exultait déjà.

– Dis-lui que je ne peux pas répondre tout de suite.

L'attente était le rituel obligé de toute négociation : le brahmane ne fut pas surpris, quand Madec lui répéta la phrase en hindi.

– Faites vite, répondit cependant l'astrologue. Le rajah est impatient. Ce soir même, sur le lac, il y aura fête. D'ici une heure il attend votre réponse.

Il s'inclina et disparut.

– Enfin ! Enfin ! cria Martin-Lion. Je vous l'avais bien dit, les princes du Nord...

Madec se dirigea jusqu'à l'appui d'une fenêtre. Il contempla en silence la surface lisse du lac. Le printemps était là. Il faisait presque chaud. Bientôt s'élèveraient des routes indiennes des tourbillons de poussière. La terre se dessécherait jusqu'à se fendre de partout, et ce serait l'enfer d'avant la mousson. L'enfer, oui, l'enfer : il brûlait déjà en lui. Il ne pouvait rester ici. Comment leur expliquer ? Ils croiraient qu'il les abandonnait à cause du diamant qu'il avait reçu.

– Madec, tu vois bien que j'avais raison !

Il fallait parler tout de suite.

– Martin-Lion, je ne resterai pas. Je vais rendre son diamant au rajah, et je rentre à Pondichéry.

Visage sortit d'un seul coup de sa torpeur sucrée.

– Mais tu es fou, fou, fou à lier !

– Laissez-moi. Je ne suis pas fait pour cet endroit. Je veux rejoindre le Sud, l'armée française. C'est d'ailleurs ce que nous avions décidé. Je pars avant vous, c'est tout.

– Seul ? Et tes hommes, qui ne sont qu'à peine remis ? Tu es fou ! Pourquoi tant d'impatience ?

— Laissez-moi. Je ne resterai pas.

Martin-Lion intervint :

— Il est libre, Visage, comme chacun d'entre nous. Nous apprendrons à notre tour la langue des indigènes.

— Libre, bougonna Visage, tandis que Madec partait s'allonger près des cascades du jardin.

Une heure plus tard le brahmane était revenu. Quand Madec lui transmit la décision de ses compagnons, il hésita un moment à parler de lui-même. Mais l'astrologue le devança :

— Et toi ? Tu t'en vas ?

Madec ne put articuler une syllabe. Comment avait-il deviné ?

— Je... Je sollicite du rajah l'autorisation de gagner le Sud avec mes hommes. Qu'il reprenne le diamant qu'il m'a offert et dont je ne suis pas digne.

— Madecji, tu le lui expliqueras toi-même, ce soir, après la fête.

Impassible, le brahmane releva les plis de sa robe safran et s'évanouit entre les deux gardes au fond de la galerie de marbre qui menait aux appartements du rajah.

⁂

Quelques dernières barques illuminées s'attardaient sur le lac. Çà et là, la lueur d'une torche révélait une guirlande de fleurs abandonnée au courant ; un bref instant, des plantes aquatiques la retenaient dans le réseau de leurs feuilles étales.

La fête était finie. C'était donc le moment. Bhawani jeta un dernier regard derrière la tenture. Il observa rapidement les firanguis. Il était temps. L'astrologue le lui avait dit :

— Attends la fin, l'extrême fin de la fête. Qu'ils soient repus. Que les danseuses les aient envoûtés. Que le feu d'artifice, tiré des barques, ait comblé comme jamais leur soif de splendeur.

— Et le firangui Madec ? avait demandé le rajah. As-tu interrogé les astres ? Crois-tu qu'il partira vraiment ?

— Il est des cas, je te l'ai déjà dit, où parfois les astres se taisent. Je te parle en ce moment le seul langage de la vieillesse prudente et rusée, et non celui du brahmane.

— Mais pourquoi donc veut-il partir ? Et comment le retenir ?

— Sois patient, rajah. On n'a jamais vu personne quitter un éléphant pour monter un âne. N'essaie pas de le retenir dans l'immédiat. Les autres restent, ne l'oublie pas. Et il a une façon de partir qui montre bien qu'il reviendra.

— Mais quand ? Mais quand ?

Le brahmane soupira. La tristesse du rajah lui pesait, à lui aussi.

— Quand donc ? reprit Bhawani. Mohan, ne m'en veux pas de mon anxiété, mais de tous les firanguis Madec est celui que je préfère. Il m'a sauvé, et... il a beau venir des Eaux Noires je me sens proche de lui, comme d'un être qu'on a rencontré dans une vie antérieure.

– Cesse de divaguer. Cet homme est un étranger. Seuls peuvent t'être utiles son savoir-faire et la force de ses muscles.

– Pourquoi veut-il me rendre le diamant que je lui ai donné ?

– Par orgueil. Il ne veut pas prendre congé de toi en te laissant l'impression de n'avoir attendu que le moment propice pour recevoir un cadeau. Laisse-le te le rendre ; et, là encore, sois habile, si tu veux qu'il revienne. Parlons plutôt de ton nouveau diamant : tu l'as vu, il est plus gros que l'autre, et le joaillier qui l'a taillé m'assure que son eau est plus pure, plus puissante sa force.

– Oui, oui, répondit Bhawani, l'air distrait. Il pensait déjà à la fête. L'astrologue s'éclipsa.

Tout l'après-midi, il avait rêvé au moment où il se retrouverait en tête à tête avec le firangui. Contrairement à son habitude, il n'était pas allé au zenana, se contentant d'ordonner à Sarasvati de revêtir son plus beau sari et de passer les rangs de diamants et de perles qu'il lui avait offerts à la naissance de son fils. Il n'était pas d'humeur à l'amour ; le retour à Godh l'avait fatigué, son dos et son bras le tiraillaient ; et d'ailleurs, l'autre soir, n'avaient-ils pas connu l'un et l'autre leur part de grande joie ? Une dernière barque aborda au quai du palais. Bhawani claqua dans ses doigts ; deux gardes apparurent.

– Ici, tout de suite, le firangui Madec. Pas de torches encore. Qu'on n'en apporte qu'à mon ordre, une bonne dizaine : j'ai bien dit, à mon ordre. Par l'acier ! Les gardes tournèrent aussitôt les talons.

Appuyé contre un pilier, Madec fixait les dernières barques à errer sur le lac. Les salles étaient ici de dimensions réduites, plus modestes qu'à la citadelle ; des dizaines d'arcs ouvragés, des fenêtres découpées s'ouvraient sur l'eau, donnant l'impression que le marbre dont le palais était construit n'était que le prolongement solide du lac qui l'entourait. Maintenant qu'avaient disparu le rajah et la princesse – elle surtout, pourquoi se le cacher, qui s'était montrée ce soir plus belle que jamais –, il aurait souhaité mourir. Se perdre dans cette eau prisonnière, trop calme, qui parlait de mort douce, infiniment douce. Pourquoi, lorsqu'il avait, du sommet du plateau, découvert Godh, avait-il éprouvé ce rêve de plénitude, sinon parce que s'annonçait ici un trépas tranquille, pareil à celui des Indiens, et non cet épanouissement supposé de l'amour, qui n'était, il le voyait bien désormais, que brûlure et tourment ?

L'arrivée des gardes le dérangea :

– Madecji, le rajah vous demande !

Ils tendaient leurs lances vers la porte opposée. Madec les suivit à regret. Le couloir était sombre. Il se demanda pourquoi ils n'avaient pas de torches. Il fut encore plus étonné quand il pénétra dans la pièce où se tenait le rajah. Seul, un petit brasero l'éclairait, devant lequel il distingua le visage de Bhawani ; il était allongé à même le sol.

— Tu ne connais pas encore cet endroit, n'est-ce pas, Madecji ?

C'était vrai. Il ne comprenait pas pourquoi le rajah l'appelait, au moment même où il devait regagner la pièce qu'il partageait avec ses compagnons. Une audience secrète. Un frisson le parcourut. On allait chercher à l'empêcher de partir. Il voulut parler ; Bhawani l'arrêta dès le premier mot :

— Ainsi, Madecji, ta décision est prise : tu veux retourner auprès des tiens ?

— Permettez-le. Délivrez-moi de tout engagement envers vous ; voici la pierre que vous m'avez donnée.

Madec se prosterna, lui tendit le diamant.

Le rajah posa sa main dans la sienne. Elle était douce, presque amollie, et Madec en rougit, tant il savait ses propres doigts rugueux, râpeux à force de guerre et de souffrances. Sarasvati devait avoir la peau encore plus tendre, plus parfumée. Du coup, elle lui parut plus inaccessible que jamais.

— Madecji, je respecterai ton silence. Je ne chercherai pas à savoir pourquoi tu t'en vas. Tu m'as sauvé la vie : pour toujours je t'en saurai gré. Je te remets donc une escorte et des vivres pour t'aider à retourner chez toi. Et j'accepte de reprendre la pierre.

Il lui lâcha la main, serra la gemme dans son poing, puis reprit :

— Mais sache à présent qu'elle t'attendra ici. Quels que soient les temps et l'heure, sache que Godh t'attendra, enclose au sein de ces facettes. Car les diamants vivent aussi, d'une vie intérieure et puissante, toute de mystère et de sagesse. Cette pierre t'appartient, et je veux me donner une chance de te revoir en mes murs.

Le rajah se tourna vers la gauche, claqua les mains :

— Gardes, les torches !

Brusquement, la pièce s'illumina. Madec frémit. Le mur étincelait de toutes parts. Peu à peu, ses yeux s'accoutumant à la lumière, il y distingua un paon superbe, entièrement constitué de pierres précieuses ou semi-précieuses inscrustées dans le mur : améthystes, cornaline, turquoises, calcédoine, lapis-luzulis, le tout serti d'or ; à ses pieds, malgré ses perles et sa robe dorée, le rajah en devenait presque misérable.

— Voici, Madecji, la seule merveille de ce palais de plaisance. Vienne le premier conquérant, il balaiera les marbres de mon île, saccagera tous les jardins et, l'une après l'autre, arrachera les pierres de cette merveille.

— Vous n'avez pas besoin de moi pour la garder, interrompit Madec.

— Certes non ; on n'enlève pas si facilement les trésors de Godh.

Le rajah se tourna vers les gardes :

— Posez les torches, sortez.

Ils restèrent face à face. Bhawani laissa s'installer une place de silence ; Madec ne comprenait toujours pas, mais il ne savait comment reprendre la conversation. Il était ébloui, encore une fois, et n'en souhaitait que plus violemment partir. Trop de splendeur, trop d'amour. Ce paon, beauté déployée, tranquille et superbe, comme tout à l'heure Sarasvati.

Le rajah se leva :

— Je ne te retiendrai pas, Madec. Ne crains rien.

Il saisit l'une des torches :

— Vois, à la base de cette patte. Regarde de près.

— On a enlevé une pierre.

— Non. Tu te trompes.

— On croirait pourtant en voir encore la trace.

— Non. Il n'y en a jamais eu. Et regarde, enfonce ton doigt.

La main de Bhawani guida celle de Madec, fit pivoter son index :

— Enfonce, enfonce ton doigt...

Un crissement, puis un déclic. Il approcha la torche :

— Regarde.

Sous la patte du paon, un caisson de marbre avait glissé, découvrant une cache.

— Vois-tu, Madec, elle est vide.

— Je ne comprends pas.

— Je te l'ai dit : Godh a subi deux sacs ; au troisième, elle tombera. Dès que j'apprendrai que l'ennemi nous menace, c'est ici que je ferai porter le trésor de la ville. Quand elle tombera, le palais du lac sera saccagé, les pillards enlèveront une à une les pierres du paon, sans se douter, un seul instant, qu'un trésor plus fabuleux se cache à ses pieds.

— Que voulez-vous m'apprendre ?

— Je crains les temps à venir, Madecji. Reviendras-tu jamais ? L'astrologue lui-même n'en sait rien. Mais si tu reviens, de deux choses l'une : ou Godh sera encore debout, belle et tranquille comme tu l'as trouvée. Ou esclave, morte, finie, saccagée.

Il déposa le diamant de Madec dans la cache, fit à nouveau pivoter la vis de pierre, et le caisson se referma :

— Dans le premier cas, Madec, je serai toujours là, ou mon fils, ou le fils de mes fils. Ton diamant sera là aussi, dans sa cache, à t'attendre de sa vie invisible. Ou bien Godh ne sera plus ; alors viens ici, prends les dizaines et les dizaines de gemmes que tu y trouveras, et venge notre honneur. Voilà mon cadeau de départ en signe d'amitié. Nul, excepté Mohan, n'en connaît l'existence, pas même Sarasvati.

Pas même Sarasvati...

Madec se prosterna. Comme il avait raison de partir ; et comme il aurait voulu pouvoir le dire, l'indicible, qu'il reprenait la route pour une seule raison : ne plus entendre d'autres lèvres que les siennes prononcer les quatre sons où le monde, durant sa vie entière, puiserait tout son sens et son absurdité.

CHAPITRE VIII

Mars-décembre 1760

Retour à Pondichéry

Jungles retraversées. Torrents, montagnes, cols. Longs plateaux poussiéreux. Faim et soif. Madec refit, mais à l'envers, le chemin de la merveille. Cette fois, tout était plus facile. Le rajah lui avait offert un cheval, une petite bête afghane, nerveuse, rapide, qui lui rendit moins pénible les premières semaines de route. La chaleur monta, les cipayes commencèrent à déserter. On était au plus fort du Dekkan quand le cheval mourut d'un flux de ventre. A nouveau Madec se mit à marcher. Les hommes sentaient que ce chef solitaire portait en lui trop de désespoir ; chaque sanctuaire rencontré, le premier fou de Dieu venu lui enlevèrent cinq à dix hommes, alors qu'au temps de la marche vers le Nord ces occasions n'en détournaient qu'un ou deux en moyenne. Madec s'en revenait du Graal, sans Graal ; et pourtant il avait tout connu, épreuve, Dame du Lac et Château Périlleux. Les conteurs du Dekkan, qu'il écouta parfois, lui apprirent d'autres histoires : au tréfonds de la jungle, disaient-ils à longueur de veilles, séjourne un magicien gardeur de trésors, le Roi des Rois Cobras, montrant dans sa gueule béante le plus pur diamant qui soit au monde. « Joie des joies, ô bénédiction éternelle, à qui verra le Roi des Rois Cobras ! »

Dans la jungle de Godh, lui, Madec, dit Madecji, demi-gueux de Quimper-Corentin, avait trouvé mieux encore : l'espace d'un instant, il avait possédé le regard étonné d'une princesse indienne. Et voilà maintenant qu'à sa manière absurde, et l'âme noire comme jamais, il lui tournait le dos.

Afin d'oublier qu'il souffrait, Madec se réfugia dans la mesquinerie. Fort opportunément, la discipline militaire exigeait qu'on donnât des ordres ; bivouacs, corvée d'eau, négociations pour le ravitaillement, la besogne ne manqua pas. Les marchandages avec les populations locales furent des plus serrés ; pour se détourner de l'amour, Madec décida d'apprendre les cent premiers nombres de la langue hindi, dont les syllabes n'obéissaient à aucune règle de succession et ne se retenaient qu'au prix d'un intense effort de mémoire. Il confondit ainsi l'impudence des marchands qui prétendaient ne pas les connaître pour vendre au prix fort ou justifier leurs erreurs volontaires. Au bout de deux mois de marche, il s'aperçut qu'il ne parlait pratiquement plus qu'à l'impératif ; mais de ses cinq formes il avait désormais exclu les manières raffinées en cours chez le rajah de Godh ; il ne prononçait que les sonorités d'ordres brefs, rapides et presque méprisants. Il aimait pourtant ses cipayes, rescapés de la première marche, auxquels il avait joint des hommes offerts par le rajah. Lorsque son cheval mourut, s'écroula la dernière barrière qui le séparait d'eux puisqu'il n'y avait à ses côtés d'autre firangui. Mais que leur confier de ses états d'âme ? C'était déjà bien assez que de tâcher de marcher. A son départ, dans leurs adieux tendus, les compagnons de Madec, Martin-Lion en tête, lui avaient prédit le pire. Il s'était obstiné, refusant même les deux canons qu'ils étaient prêts à lui abandonner. Il s'en félicita. Les bouches à feu l'auraient retardé, et il était pressé. Autour de lui, l'Inde était calme, étrangement calme. L'argent remis par le rajah délia parfois des langues, lui ouvrit des routes secrètes, sans qu'il fût possible cependant d'apprendre ce qui se tramait. De loin en loin, il aperçut des troupeaux d'éléphants, l'ombre d'un tigre. A ces instants-là, trop lourds de réminiscences, Madec souhaita plus ardemment les rivages familiers de Pondichéry : vite, des rizières, des remparts à l'européenne, les mâts d'une frégate à l'horizon, n'importe quoi, un clocher d'église, une soutane de jésuite passant devant les murs de la Ville Blanche. Et, peu à peu, ses rêves redevinrent d'ambition. Du temps où il fourrageait contre le perfide rajah, du Pouët avait promis de le recommander à Lally. Il rêva à nouveau de gloires françaises. Devenir grenadier dans la cavalerie. Trucider de l'Anglais. L'odeur de la poudre. Des forts à prendre.

Il n'était plus qu'à cent lieues de Pondichéry quand il apprit que l'une des places les plus importantes que possédât la France sur la côte de Coromandel venait de tomber. Les Anglais, le temps de son absence, avaient patiemment grignoté toutes les positions françaises dans l'Inde. Il n'était même plus question du Bengale, d'où sa nation était pratiquement bannie. A l'ouest, l'ennemi tenait Surate. Il ne manquait plus à sa victoire que Pondichéry, et l'Inde entière était prise dans son étau.

A cette annonce, la quarantaine de cipayes qui restait à Madec s'évanouit dans la jungle.

Il considéra ses vêtements, qui n'étaient plus que haillons, puis ses pieds nus, tout craquelés par les chemins. La fuite en avant se définissant au premier chef comme une obstination à la catastrophe, Madec persévéra donc et se présenta en cet état aux portes de Pondichéry. La ville était singulièrement et fortement gardée. Il déclina qui il était, d'où il venait. Au bout de quelques heures de discussions et d'ordres transmis de subalterne en supérieur, on admit que René Madec, natif de Quimper, et ci-devant sergent dans le régiment du chevalier du Pouët, était le seul rescapé de la sinistre affaire qui avait opposé ce valeureux soldat à un misérable roitelet indien. Madec se garda bien d'évoquer l'épisode de Godh et le sort de ses compagnons. On l'autorisa donc à entrer dans la ville, toujours pieds nus et en guenilles ; il se présenta aussitôt au palais du gouvernement, où il chercha le moyen de rencontrer du Pouët. On le considéra d'un air indifférent, quoiqu'un peu mélancolique, mais on consentit, après quelques silences, à lui faire connaître que ledit chevalier était depuis longtemps mort et enterré des suites d'un baril de poudre qui lui avait explosé trop près de la figure. Aux bureaux du gouvernement comme chez les agents de la compagnie, les rangs des bureaucrates paraissaient s'être considérablement éclaircis, et il flottait dans l'air quelque chose de tendu et inactif à la fois qui aurait inquiété le dernier des gratte-papier. N'en étant point, Madec demanda avec ingénuité à être reçu par le maréchal de Lally, à qui, disait-il, le chevalier du Pouët avait promis de le recommander, et peut-être, insistait-il, avait-il eu le temps de dire du bien de lui avant que le baril de poudre ne lui fît sauter la tête ? On le regarda du même air attristé ; il y eut d'autres silences, puis, tout en plongeant une plume dans un encrier et en dessinant sur un parchemin quelques paraphes manifestement gratuits, on finit par le laisser passer : « La porte vous est ouverte, sergent ; vous pouvez parler à M. le Maréchal. Sachez cependant qu'il est convulsionnaire, qu'il chasse de son bureau tous les importuns, à commencer par ses propres aides de camp, et même le gouverneur de cet établissement, M. de Leyrit. Il serait en effet fort étrange qu'il gardât son calme, puisqu'il perd bataille sur bataille, et que les bons bourgeois de cette ville font afficher contre lui des libelles, jusqu'aux murs de sa chambre à coucher ! » Et le fonctionnaire éclata de rire, en continuant sur un autre parchemin ses artistiques paraphes. Dans ce palais presque abandonné, où il avait guetté autrefois Godeheu, Madec trouva sans difficulté le bureau du maréchal, qu'aucun huissier ne protégeait plus.

On le reçut. L'homme en effet paraissait très nerveux, beaucoup moins à son aise qu'à la revue de Madras. Madec constata cependant qu'il n'était pas en convulsions, ce qui le soulagea grandement. Comme, d'autre part, les jungles indiennes lui avaient offert de plus puissantes surprises, il ne s'émut pas non plus des deux pistolets chargés que le maréchal tenait en permanence sur son bureau, jouant de temps en temps avec eux et prêt à tirer sur le moindre fâcheux. Madec était déterminé ; Lally, rapide et brutal. Madec demanda un poste dans l'armée, en se recommandant de du Pouët dont, par bonheur, le maréchal se souvenait avec gratitude, car sa mort lointaine avait évité de se déranger pour ses obsèques.

– Cadet dans l'artillerie, déclara Lally en crachant par la fenêtre.

– Non, répondit Madec. Je veux la cavalerie.

Un peu surpris, Lally ravala la salive qu'il préparait pour un second crachat, se leva et lui dit :

– Breton, tête de cochon. J'ai besoin d'hommes comme toi. Alors va pour la cavalerie. Grenadier à cheval ! Et va-t'en donc me casser de l'Anglais !

Une heure plus tard, tandis qu'on enregistrait son nouvel état, Madec apprit d'un émissaire essoufflé que les Anglais resserraient leur pression sur les campagnes avoisinantes et qu'ils avaient décidé de porter le coup fatal au Comptoir des plaisirs.

⁂

Une semaine plus tard, les Anglais étaient sur la route de Pondichéry. Au palais du gouvernement, les ordres étaient formels : ne pas affoler la population. Il serait bien temps de la prévenir quand tonnerait le premier coup de canon. Lally, du reste, ne doutait pas de son armée ; il était certain de repousser l'ennemi. Aussi le Comptoir demeura-t-il paisible, quoique la Ville Noire fût plongée dans le plus grand désespoir.

Ananda Rangapillé était mourant. Malgré son indifférence grandissante aux gens du bazar, Jeanne Carvalho s'y était aventurée pour une visite de politesse à son vieux compère.

— Pondichéry est perdu, gémit-il, nous sommes finis, memsahib, je te l'avais bien dit, quand il était encore temps !

Jeanne ne s'attarda pas. A quoi bon demeurer plus longtemps dans la maison d'un moricaud ruiné, à écouter ses délires sans queue ni tête, quand l'attendait chez elle le cher, l'adorable, l'exquis Saint-Lubin ? Dans son obstination à vouloir un cataclysme, le bazar allait d'errement en errement. Le bonheur était là, tout proche : dans l'instant. Un courtier en mousselines lui assura cependant que la Ville Blanche n'offrait qu'une apparence de calme. Eh bien, donnons encore une fête, se dit Jeanne, une demi-fête bien sûr, le ravitaillement n'est plus ce qu'il était, et Circé bloquée par l'armée. Peu importe, un petit concert, ce soir, à la fraîche, avec les gens de la colonie...

Et elle rentra, le cœur léger, pressant ses porteurs, sans même remarquer leur pâleur. « Plus vite, plus vite... » Ils ne s'en étonnèrent guère. Car, depuis que ce jeune homme était entré dans sa vie, la Carvalho passait le temps à se hâter chaque fois qu'elle était loin de lui. Le retrouver ; se perdre dans ses bras ; depuis combien de temps, déjà, courait donc l'aventure ?

Elle entra chez elle d'humeur allègre. Vite, vite ; la fête à préparer pour ce soir, envoyer des messagers. Et puis chignon, aigrette, robe nouvelle, être parfaite, pour *son* retour. La vie de Jeanne n'était plus qu'un long prélude à l'amour ; miroirs constamment interrogés, robes pensées et repensées, poudres, parfums, alliances savantes de bijoux sur la peau, et tout cela dans le seul espoir de voir ces mains si jeunes, si tendres détruire d'un seul élan son bel arrangement. Elle monta tout de suite à l'étage. Marian sortait de sa chambre, un peu rose, défroissant son jupon au pas de sa porte, la gorge, comme souvent, passant son caraco. Du geste affectueux qui lui était devenu familier depuis que Saint-Lubin lui avait rendu le goût de vivre, Jeanne la saisit par ses boucles rousses : « Ne vous inquiétez pas, ma belle. Je suis allée chez Ananda : il délire. C'est lui qui répand dans la ville tous ces mauvais bruits ; il est perdu de fièvre, et fou de rage, à l'idée de voir venir la mort : vous pensez bien, plus de noix à vendre, plus de saphirs à trafiquer !

Marian lui jeta un regard terrifié.

– Allons ! Reprenez-vous ! J'invite ce soir la colonie à la musique ! J'ai déjà vu un siège, et c'était bien autre chose que ces Anglais-ci, qui ne savent que couper les oreilles des paysans pour les empêcher de nous livrer du riz. En ce temps-là, ils nous envoyaient des boulets et des bombes ! Ah ! vous auriez vu Mme Dupleix, tapie dans ma cave et les diamants débordant de son corsage ! En ce temps-la, la nation anglaise n'était pas encore amollie par les fièvres du Bengale. Comment voulez-vous qu'ils se fassent à ce pays dont ils ne connaissent rien ?

Elle lui saisit les mains, les serra dans les siennes.

Marian se détendit et sourit. Jolie, songea la Carvalho, mais en passe de se faner.

Marian, déjà, se sauvait dans sa chambre. Jeanne se refit une beauté, redescendit, donna des ordres, envoya des messagers, tempêta contre les servantes si rétives depuis quinze jours. Saint-Lubin revint vers midi, l'air léger, comme à l'habitude. Il n'avait pas fini de déjeuner qu'il repartit. Enfin, vers quatre heures, juste après la sieste, vint l'heure de la musique. Saint-Lubin n'allait pas tarder. Jeanne parcourut des yeux l'assistance, tandis que les musiciens réglaient leurs instruments. Ils étaient venus, tous. Enfin, tous ceux qui restaient. Tous ceux qui croyaient encore en Pondichéry. A nouveau, elle proposa à chacun un verre d'orangeade, une assiette de confiture. La chanteuse, une jeune mariée d'excellente famille, s'éclaircissait la voix. Le concert allait commencer.

Jeanne ne s'assit pas. Elle alla s'appuyer au chambranle de l'entrée afin d'accueillir son amant dès son arrivée. Il l'avait prévenue. « Je serai en retard, ne t'inquiète pas. Une petite réunion secrète avec le gouverneur, surtout n'en parle pas. »

Il était remonté pour se changer. Elle l'avait suivi, comme elle faisait toujours, et l'avait regardé s'habiller. Combien de temps encore lui appartiendrait-il, ce corps presque d'enfant, peau tendre, à peine duvetée, fesses minces et pommées à la fois ? Et tant de force pourtant. C'était trop beau, cet enfant-amant, qui tout soudain était venu la combler, et tout soudain aussi l'avait guérie de tout, de sa passion pour Sombre, des maternités qu'elle n'avait pas connues. Trop beau, oui, et combien de temps ? Mais elle n'avait jamais su compter que les roupies. Pas les années. Oui, et Saint-Lubin, encore une fois, s'était évaporé, tandis que tombait sur la ville la première averse de l'après-midi.

Elle guetta encore le jardin, ne vit rien, soupira. La musique commença, vive, entraînante. « Un air gai, surtout, un air gai ! » avait-elle réclamé. Les violonistes s'échinaient donc à la joie. Au grand désespoir de

Jeanne, leur poudre ne parvenait pas à dissimuler leur teint métissé, et certaines maladresses dans l'exécution du morceau laissaient trop apparaître qu'ils avaient appris la musique dans les arrière-salons du Comptoir. Mais enfin, se dit Jeanne pour la centième fois de la journée, encore un peu de patience ; les vaisseaux de France ne vont pas tarder à retrouver les mers libres, avec de bons gros équipages de cadets de famille tentés par l'aventure, des maîtres à danser frais émoulus des opéras d'Europe et des caisses de partitions neuves plein les cales... Quels esprits chagrins prétendaient donc que Paris abandonnait ses comptoirs ?

Elle en reconnut un, à deux pas, dans le couloir, qui parlait malheur à une jeune femme.

— Savez-vous bien que les bourgeois de France commencent à gronder ? Au dernier vaisseau, j'ai reçu une lettre de M. de Voltaire, et savez-vous ce qu'il me dit ? Que la guerre dans l'Inde n'est qu'une querelle entre commis, pour de la mousseline et des toiles peintes, et que le seul intérêt des longs et pénibles voyages qui mènent les jeunes gens vers nos comptoirs est d'apprendre à ne pas juger du reste de la Terre par le clocher de leur village ! Qu'enfin il ne sied pas aux nations européennes de faire endurer aux malheureux qu'elle transplante dans l'Inde des misères telles que l'Encyclopédie ne pourrait en contenir le dixième des détails.

— Voulez-vous bien vous taire, intervint Jeanne. Vous êtes venus ici pour écouter la musique, ce me semble, non pour semer l'effroi chez mes invités.

L'homme, un petit agent assez fat, lui désigna du doigt un plateau à thé et poursuivit d'un air ironique :

— Bientôt, madame Carvalho, Lally vous fera vendre cette belle vaisselle d'argent pour payer les soldats...

— Eh bien, répliqua Jeanne, allez donc chercher fortune chez les cafres de Madagascar, et l'on verra si vous y serez plus heureux qu'ici !

— Au train où vont les choses, madame, si vous voulez conserver un peu de votre fortune et continuer à traiter de belles affaires dans l'Inde, c'est à Madras qu'il vous faudrait partir.

Jeanne lui claqua son éventail au nez et se remit sur-le-champ à guetter par la fenêtre.

Ces gens-là ne connaissaient rien au bonheur ; agents de la Compagnie, plus misérables que valetaille, justaucorps usés, malheureux nobliaux en quête de fortune, plus vils encore que les gorets des intouchables. Mais heureusement il y avait Saint-Lubin qui, d'une seule caresse, ôtait pesanteur à la vie, même au plus fort de la guerre et de la mousson. La chanteuse entama son air. Était-ce l'orage menaçant, ce beau monde ne se réjouissait guère. Les maquillages ne parvenaient même pas à dissimuler la peur. Comme si la guerre pouvait contrarier l'amour ; voilà, on en oubliait même ce qui avait bâti la fortune de Pondichéry et l'avait toujours sauvé de ces Anglais secs et sans joie : son irrésistible vocation aux plaisirs. La Carvalho inspecta une dernière fois l'assistance. Son intuition fut confirmée : pas de main en errance sous les ruchés d'une jupe, pas de mouche assassine au liséré des seins. Les imbéciles. Et Marian ? Marian. Elle n'était pas là. Sa robe, sans doute, longue à mettre, et pas de servante pour l'aider. Pourquoi Jeanne l'avait-elle oubliée ? Le bonheur, toujours ; le bonheur, dont elle avait fait son ordinaire alors même que tout dans la ville s'en allait à vau-l'eau. Saint-Lubin dans cette maison, et la vie, comme lui, était devenue légère, mousseuse. Marian ? Elle s'était fondue dans le décor, avec ses petites robes, son air de rien, teint frais, silences opportuns. Cette fois-ci, toutefois, Jeanne se sentit mal à l'aise. Que Marian ne fût pas encore descendue lui parut soudain fort extraordinaire. En un instant elle fut à l'étage, malgré son souffle court. Elle s'arrêta devant la seconde chambre.

– Marian ! Marian...

On ne répondit pas.

La petite avait dû s'endormir. Il faisait si chaud. Jeanne se retourna pour vérifier dans une glace l'arrangement de ses boucles. Être parfaite, repasser de la poudre, remettre du rouge à ses joues. Depuis ce matin, tellement d'ordres à donner, et les servantes indiennes odieuses à force d'indolence. Elle poussa la porte de sa chambre, alla droit à la coiffeuse, agita fébrilement quelques fioles et boîtes à parfum. Un dernier regard au miroir, avant d'aller arracher Marian à son trop lourd sommeil ? Pourtant, cette musique...

D'un geste qui lui était depuis longtemps mécanique, la Carvalho caressa du plat de la main la serrure de son secrétaire en bois de rose, dont le contact lui plaisait. Aussitôt, comme par surprise, le battant céda, découvrit les coffrets qu'elle y gardait. La serrure était donc abîmée ? Il faudrait la changer au plus vite. Elle ne s'attarda pas. Tout était en lieu sûr. Tout, c'est-à-dire une dizaine de petits sachets de pierres précieuses, le quart peut-être de toutes les gemmes qui avaient transité par Pondichéry depuis le dernier siège. Sombre lui-même n'aurait pas pu les dénicher. Il les aurait cherchées à la cave, à la cuisine, derrière les sacs de riz et d'épices. Alors qu'elle les avait enterrées dans le pot où grandissait l'oranger de la véranda, là où les servantes, les après-midi de langueur, venaient masser Marian pour qu'elle s'endormît. Le premier lundi de chaque mois, tandis que dormait la maison, la Carvalho venait soigner sa plante et vérifiait ses pierres, en rajoutant une, en retranchant une autre, au hasard des affaires et des spéculations.

Elle retourna à la porte voisine :

– Marian...

Elle tourna la poignée. La chambre était vide, le lit défait. Défait, oui, mais de quelle façon défait... Ces draps en tapon, la moustiquaire chiffonnée, et surtout ce parfum encore stagnant, trop connu, cette trace de rouge au creux de l'oreiller, qui se mêlait à l'odeur de la poudre. *Sa* poudre. Elle ouvrit l'armoire : tout était en ordre, en apparence, les robes, le linge de dessous. Elle souleva les piles, secoua les tiroirs. Comme elle le pensait, pas trace de bijoux. On avait fui. On avait filé.

Sa tête se mit à bourdonner. Pour la première fois depuis longtemps, elle souhaita de l'arak. Elle s'adossa à l'armoire, tenta de réfléchir.

Les domestiques, si paresseuses ce matin... Marian, surprise à son retour de la Ville Noire. Il était là, bien sûr, Saint-Lubin, dans ce lit, sous cette moustiquaire. Alors Marian avait eu peur, elle avait pris la fuite ; c'était vrai, elle n'était pas descendue déjeuner, elle pourtant si gourmande, et Jeanne, dans son bonheur, n'avait même pas songé à s'en étonner.

Une gourgandine, elle l'avait toujours pensé. Tant pis pour elle. Marian avait cru mettre la main sur le petit. Elle s'était trompée ; car ce midi même, alors qu'elle était sans doute déjà à se prostituer sur le port pour obtenir un embarquement, Saint-Lubin était bien docilement revenu la voir, elle la Carvalho, plus très jeune, mais la plus puissante, la plus riche, la plus experte des femmes du Comptoir.

La tête, encore, lui bourdonna. Elle se souvint du secrétaire, courut à sa chambre. Il était forcé. Avait-elle été aveugle, tout à l'heure, pour ne l'avoir pas compris ? Elle fouilla les tiroirs : on avait tout retourné, billets à ordre, reconnaissances de dettes. Rien de monnayable. La petite en avait été pour ses frais. Restait à vérifier le pot d'oranger, sous la véranda. Jeanne se précipita dans l'escalier. Entre deux mouvements, les musiciens se turent. Elle s'arrêta d'un seul coup, le pas suspendu, comme un animal pris de peur. Au fond du silence, montant du jardin, elle venait d'entendre un bruissement de feuilles écrasées.

Lui, ce ne pouvait être que lui. Elle avait raison, Saint-Lubin revenait, reviendrait toujours. La gourgandine ne lui était rien. La musique reprit. Jeanne descendit l'escalier d'un pas plus assuré. La soprano entama un aria mélancolique. Elle eut un geste d'irritation : n'avait-elle pas demandé qu'on chantât gai, ce soir ?

D'où elle était, elle s'arrêta une dernière fois pour contempler l'assistance. Tous les notables de la colonie étaient présents, étalés dans ses fauteuils cannés, figés sous leur masque de plâtre et mâchant du bétel. Ils devenaient pareils aux Indiens, ils en tachaient leurs habits. Des bas mal tirés à la jambe des hommes ; trop de rides affleurant sous le maquillage trahissant la veulerie plus que l'énergie. Dans un instant, elle se cacherait derrière un rideau avec Saint-Lubin, et comme il se moquerait d'eux, lui chuchotant leurs ridicules à l'oreille !

Elle courut à la porte. Il devait être là. Devant elle se dressa un jeune homme mince et beau, comme l'autre qu'elle attendait. Mais la peau si brûlée, qui disait tant de courses au grand soleil. Pourtant, ces jolis yeux clairs...

Elle pencha la tête, sourit, les cils tremblants de larmes :

– Saint-Lubin...

– Mais, madame...

– Saint-Lubin !

— Madame... Les Anglais, les canons...

— Es-tu stupide ! Aussi stupide que ces greluchons à qui j'offre la musique !

— Madame... je dois vous prévenir... Je suis le sergent Madec, c'est le général de Lally qui m'envoie. Les Anglais...

Elle serra son bras sous le sien avec une force incroyable, le tira vers le salon. L'instant de la mélodie était particulièrement pathétique. La chanteuse roucoulait de son mieux, quand soudain sa voix se mourut.

— Le tonnerre, dit quelqu'un au fond du salon. Enfin ! la mousson !

La nuit n'était pas encore tombée. On regarda par la fenêtre. Deux, trois, quatre fois, il tonna encore, mais si sourdement, si régulièrement... Tous se levèrent.

— Les Anglais !

La bousculade. Les femmes, perdues dans leurs jupons et leurs escarpins. Des perruques dérangées. Violons et archets jetés aux orties. D'un seul coup le plâtras des maquillages se fendilla. L'instant d'après, la maison était vide.

— Où vont-ils ? où vont-ils ? répétait Jeanne Carvalho en s'agrippant au bras du jeune homme.

— Mon cheval, s'exclama Madec. On va me le voler ! Mon cheval ! Laissez-moi !

Elle continuait, d'une voix très douce, sans paraître l'entendre :

— Viens, mon amour, viens voir mes pierres, et tu comprendras que Pondichéry ne mourra pas. Pondichéry va vivre, vivre... J'ai déjà vu un siège, tu sais.

Et elle l'emmenait doucement vers la véranda, se demandant simplement d'où le bel enfant pouvait bien revenir pour avoir la peau si tannée, si brune, si semblable à celle de l'autre, Sombre, qui l'avait abandonnée voici des années. Elle s'arrêta au seuil de la pièce ; le nom remontait du plus profond d'elle-même ; le nom, et la douleur. Elle tressaillit :

— Sombre... Sombre, tu n'es pas Sombre, n'est-ce pas, tu ne m'as pas laissée ?

Elle sentit que le jeune homme tremblait lui aussi. Mais pourquoi donc sa main était-elle si rugueuse ?

— Regarde ! Le pot de l'oranger !

Elle s'accroupit. La terre vola de tous les côtés. Madec se figea, fasciné par cette femme en dentelles et robe à danser, fouillant comme un lapin la terre humide ; au loin, le canon tonnait toujours.

Brusquement, elle se mit à hurler. Elle avait atteint le fond du pot, grattait maintenant le grès ; ses ongles se cassèrent les uns après les autres.

— Il m'a volée ! Volée ! Volée... Je n'ai plus rien. Saint-Lubin !

Elle l'avait oublié. Elle déracina l'oranger, saisit un fauteuil de rotin, le jeta sur les vitres de la véranda.

— Saint-Lubin ! Sombre, Saint-Lubin ! Sombre, Sombre...

Il n'y comprenait plus rien. Il eut le temps, entre deux éclats de verre, de s'apercevoir que les invités en fuite étaient passés devant son cheval sans le voir, ou s'étaient refusés à le lui voler, eu égard, peut-être, à son harnachement militaire. Il soupira de soulagement. Cette femme était folle, il devait partir. Elle s'accrocha à son bras. Il la repoussa.

– J'ai fait mon devoir, madame !

Plus urgent, en effet, l'attendait. Il traversa en courant le jardin, enfourcha d'un bond sa monture. Cette scène insolite l'avait pourtant piqué, et les lieux réveillé en lui une bizarre réminiscence ; il se promit donc d'y revenir, si toutefois les hasards de la guerre, qui étaient considérables, lui en présentaient l'occasion.

⁂

Les deux mois qui s'écoulèrent avant la chute de Pondichéry, Madec ne douta plus d'être parvenu au terme de son existence. Cela ne tenait pas aux rigueurs du siège, mais au nom prononcé par la vieille folle, le soir où tonnèrent les premiers canons.

Sombre, dont la mémoire flottait en lui à la manière d'un songe d'enfance, fugace et fantomatique à la fois. La boucle était bouclée, se dit-il alors : de Sombre je suis revenu à Sombre. La mer est bloquée ; la terre interdite. Des deux côtés, les mêmes canons anglais. Pondichéry n'est plus qu'une souricière. Curieusement, cette pensée, jointe à la satisfaction de posséder un cheval, lui donna le cœur iéger, et même une certaine satisfaction, qui lui fit endurer avec aisance toutes les restrictions. L'officier était réduit à une demi-livre de riz, le soldat, dont Madec, à quatre onces ; avant de frire les cobras et de ronger le cuir des ceintures, on réquisitionna les derniers grains possédés par les particuliers. Injures, supplications ; ce ne fut pas une mince besogne. En raison de services rendus, les maquerelles du port réclamaient des ménagements analogues à ceux des agents de la Compagnie, et il était difficile de trancher à qui on devait la plus grande reconnaissance. Madec eut donc l'esprit fort occupé. De temps à autre, il éprouva la tentation de retourner à la maison étrange où il avait cru voir se clore le cours de son existence, quand, sur les lèvres de la folle, était venu le nom de Sombre. Il n'en eut pas le loisir. Un jour qu'il passait devant le porche toujours ouvert, il remarqua simplement des lambeaux d'étoffe pendus aux arbres, des meubles précieux, laque, bois de rose, chavirés au milieu des lianes nées de la mousson et fendus à la hache. Le vent avait poussé des dizaines de parchemins déchirés jusqu'au seuil du jardin, où ils achevaient de moisir. Il passa son chemin. On avait dû piller la « maison de Sombre », comme il la nommait en lui-même. Il s'en trouva, sans pouvoir se l'expliquer, encore plus soulagé, libre de dépenser son trop-plein d'énergie comme il l'entendait. Il y avait d'ailleurs fort à faire : on avait dépassé l'état de disette ; la famine entrait dans la ville.

Dans un ultime sursaut d'héroïsme, bien conforme à son naturel impulsif, le maréchal de Lally décida d'envoyer la cavalerie forcer la route de Pondichéry à Madras et rapporter du ravitaillement. Rendez-vous avait été donné à tous les cavaliers pour le soir même, près des Limites et du sanctuaire de Khrishna.

C'était la fin de l'après-midi ; la pluie s'était un peu calmée. L'orage, cependant, traînait encore des nuages lourds qui s'accumulaient du côté de la mer. Arrivé à l'étang de Khrishna, Madec arrêta un moment son cheval et contempla le paysage. Ville Noire contre Ville Blanche, Pondichéry s'étalait à ses pieds. Quelques pirogues devant la barre, pas une frégate au port, pas un bruit. Le Comptoir des plaisirs se mourait de l'intérieur, d'une consomption lente et certaine. Les cocotiers se pliaient docilement sous le vent, et les lointains de la mer, entr'aperçus dans une trouée de nuages, grisaillaient sous la mousson. Comment avait-il pu croire que l'Inde était ici ? La lumière diminuait, l'ondée allait reprendre. Madec se tourna vers le temple de Khrishna. Désert, lui aussi, comme la Ville Noire, comme le bazar, d'où les Indiens avaient fui avant même la famine. Il distingua pourtant, aux marches du sanctuaire, quelques formes allongées. Les habituels miséreux, les éternels laissés-pour-compte ou fous de Dieu, qui toujours s'en venaient, au milieu des pires catastrophes, attendre en un lieu consacré le passage à une nouvelle vie.

La réincarnation ne va pas tarder, songea Madec. Avec les pluies, un nouveau fléau s'annonçait en effet : l'épidémie. En pareille saison, les eaux bourbeuses de l'étang sacré, grossies d'averses, léchaient les degrés du temple et devenaient le nid préféré des fièvres. Il pressa le pas du cheval, quand il vit s'avancer la grande et belle silhouette d'une femme brune, en cheveux, qu'il crut reconnaître à son air altier et à sa mise impeccable. Une Européenne, en robe bleu-gris, qui commençait à flotter sur un corps amaigri : la folle de l'autre jour. Elle se baissa, prit dans ses bras un enfant indien et se mit à crier :

— Sombre !...

Elle descendit les marches du sanctuaire, s'avança dans la boue, voulut traverser l'eau.

Madec ne voyait que l'enfant, une fillette, cinq ou six ans peut-être ; elle devait mourir de faim. Que faire ? Il n'avait rien à leur offrir, et il devait partir. *Dharma,* se dit-il en souvenir de Godh ; et il comprit brusquement pourquoi, la plupart du temps, les Indiens n'admettaient pas les Européens dans l'enceinte de leurs temples. Une incompatibilité fondamentale. Ainsi, cette chrétienne, qui s'acharnait à vivre quand il ne fallait plus, de toute évidence, qu'attendre doucement la mort, s'abandonner à la toute-puissance du dieu, à la tranquillité de sa demeure. Mais aussi tellement de tendresse dans les gestes de la Blanche, tant de commisération pour l'enfance : Jeanne Carvalho s'était immobilisée, de l'eau jusqu'à la taille ; elle s'inclinait vers la fillette, lui caressait doucement le visage. Pour la première fois depuis longtemps, Madec s'émerveilla. Mais, d'un seul coup, les mains de la femme furent prises de tremblements. Elles s'arrêtèrent soudain sur le cou de la fillette qui la regarda sans comprendre.

Et puis une pression des doigts, dont il devina, d'où il était, l'étreinte implacable. Des serres. Et ce port de tête, si digne, si droit. Elle le fixait, Madec se précipita, entra dans l'eau de l'étang. La folle continuait à serrer. A chaque pas il trébuchait dans la boue ; il n'avançait pas. Enfin, du geste à la fois solennel et désinvolte d'une grande dame qui ouvre un bal, Jeanne Carvalho lâcha dans l'eau le corps de l'enfant et sourit à Madec :

– Sombre... mais je me trompe, je me trompe toujours ; mon pauvre, mon petit Saint-Lubin !

Madec ne l'entendait plus. Il avait glissé encore, mais il était parvenu à repêcher l'enfant. Un corps léger, si frêle. Depuis quand n'avait-il pas pris dans ses bras un enfant ? Et si maigre. Il le pressa contre son visage ; sur ses épaules ruissela la boue de l'étang. La fillette ne respirait plus.

Il retourna à sa monture. Il n'avait même pas de quoi envelopper le cadavre. Il le déposa au bord du chemin, remonta à cheval, fila à bride abattue. La folle allait le suivre, sans doute, mais elle ne pourrait aller bien loin. Il ne voulut pas se retourner. Il traversait les dernières cases qui le séparaient des Limites quand lui vint une pensée absurde, dont il se reprocha aussitôt la sottise. La boucle, se dit-il, n'est pas encore bouclée, puisque je sors de Pondichéry. Une autre vie, peut-être, commençait. Combien de temps se donnait-il ? Un jour, deux semaines, quatre mois ? Il ne savait pas. « Peu importe la durée de ton existence, avaient dit les *sadhu* rencontrés au hasard des routes, et Madec l'avait bien retenu, c'est la pureté qui compte ! »

Il songea au cadavre de l'enfant. C'était la première fois qu'il voyait une telle mort. Il eut un haut-le-cœur. La pureté, en tout cas, n'était pas ici. L'avait-elle d'ailleurs jamais été ? Et Godh ? Et Sarasvati ? Ne les avait-il pas souillés, lui aussi, de ses désirs, de ses ambitions de firangui ? Il faillit en pleurer. L'averse reprit. Il était en retard. Son détachement n'allait pas tarder à partir au feu. A la gloire peut-être. Il vivrait. Pondichéry mourrait sans lui.

Les Français résistèrent encore trois semaines. Le 16 janvier 1761, Pondichéry se rendit. Aux portes attendaient quatre mille Anglais et dix mille cipayes, et la cité ne comptait plus que trois cents soldats noirs et sept cents Français, pressés par la faim. La plupart des Indiens de la Ville Noire étaient morts entre les Limites et la barrière implacable des lignes ennemies. Il fallut brûler des monceaux de cadavres, parmi lesquels, chose un peu insolite, celui d'une Européenne d'une cinquantaine d'années, en robe de soie et escarpins dorés. Le maréchal de Lally fut conduit à Madras, où on l'emprisonna avant de le transférer en Angleterre. Son origine irlandaise lui valut, malgré sa maladie, un traitement fort rigoureux.

Madras, l'austère comptoir anglais, venait d'être égayé de l'arrivée d'un charmant espion à la solde de Sa Très Gracieuse Majesté britannique, le chevalier de Saint-Lubin, flanqué d'une délicieuse compagne illégitime, huguenote à ce qu'on disait, quoique d'allure un peu provocante. Ce jeune homme spirituel devint rapidement la coqueluche de la ville, par l'irrésistible description qu'il donnait de la déconfiture du Comptoir des plaisirs, avec un adorable accent qui ravissait les dames. Sa maîtresse dut en prendre assez vite ombrage, car elle lui fit plusieurs scènes publiques où sa jalousie éclata à la vue de tous, jusqu'au jour où le jeune Français s'évanouit dans la nature et Madras retourna à son ordinaire ennui.

Le Conseil du Comptoir chargea deux officiers, Dupré et Pigot, huguenots français passés au service du roi d'Angleterre, de s'en aller raser Pondichéry. Ils s'en acquittèrent très scrupuleusement. Les derniers habitants furent expulsés, et les jésuites priés de bien vouloir dire leur messe ailleurs. Quelques jours plus tard, il ne resta plus de la cité qu'un amas de pierres, un ou deux semblants de clocher et un plan de la façade du gouvernement qu'envahirent assez vite les ronces et les serpents.

Le détachement de Madec, dont la progression sur la route de Madras avait été empêchée par les pluies, se réfugia dans une forteresse au nom obscur, Gingy, où le drapeau français flotta trois mois encore. Pour finir, l'ensemble des forces ennemies vint l'assiéger, et il fallut se rendre. Madec fut fait prisonnier et mené à Madras, avec tous ses compagnons d'armes. Où on le jeta au cachot, sans espoir d'en sortir qu'en offrant ses services à la nation anglaise.

Pendant ce temps, à Paris, par une de ces volte-face assez communément attestées dans la politique française, le duc de Choiseul commença à réfléchir aux clauses d'un traité de paix entre la France et l'Angleterre, dont il résuma la philosophie en ces termes : « Tout laisser aux Anglais, et même le Canada. Tout abandonner pour les comptoirs de l'Inde. »

Deuxième Partie

LA DAME DE GODH

CHAPITRE IX

Avril-septembre 1761

De Madras au delta du Gange

La France des Indes était morte. Ses derniers soldats, officiers ou volontaires, furent parqués comme bétail dans la prison commune, où le commandement de Madras attendit qu'ils eussent bien croupi avant de les réduire à merci. Le sol gluant de la prison, les immondices, la mort en maraude, Madec résista pourtant. Chaque fois qu'apparaissaient à la porte les uniformes rouge et doré de ses geôliers, il était soulevé d'un torrent de colère. A chacune de leurs solennelles entrées, il aurait voulu pousser les cris immémoriaux de la Bretagne en guerre, *Torrebenn,* casse-leur la tête, sus aux Saxons maudits ! Il se tut. Son tourment surpassait la simple haine ancestrale. Chaînes aux pieds, rien ou presque dans le ventre, trois hardes pourries pour couvrir un corps humilié : il ne pouvait rien contre l'Anglais.

Au désespoir fou des premiers jours, hurlements, têtes frappées contre les murs, prières et larmes sans réponse, succéda le silence : un mutisme morne, prostration parfois entrecoupée de râles ; la Mort rôdait toujours, monarque fantasque qui frappait à son bon plaisir. Des gaillards bâtis à chaux et à sable expirèrent les premiers, d'autres, souffreteux et malingres, s'obstinèrent à vivre. Frêle et robuste à la fois, Madec fut de ces entêtés. A défaut de riz, que les Anglais distribuaient selon une irrégularité calculée, il se nourrit de hargne et de vindicte. Il se répéta, pour survivre, le détail de sa honte. Il se moquait bien que la France fût vaincue. Qu'elle eût perdu les Indes le désespérait davantage. Mais lui surtout, René Madec, il avait manqué son destin. Tout juste nommé grenadier à cheval, il était condamné à mourir de fureur et d'impuissance sur le terreau puant d'une prison anglaise. La France des Indes, que foutre ! Avait-elle jamais connu, hormis sous Dupleix, l'aspiration à la grandeur ? Mais lui, Madec, un rajah l'avait appelé Madecji, célébré sa force, serré au creux de ses doigts une pierre inestimable. Et tout cela pour finir ici, confondu dans la foule et prisonnier de ces cochons d'Anglais. *Confondu dans la foule :* quatre mots pour la honte, et c'était le pire à ses yeux. Pourquoi avoir repoussé Godh, qui lui offrait la chance de « s'ouvrir un chemin » ainsi qu'il nommait alors l'ambition, faute d'en connaître le nom. Chemin de la gloire, fui dans la déraison, et désormais interdit par une double rangée de baïonnettes anglaises.

Au terme de soixante jours d'emprisonnement, le commandement de Madras jugea que les cent cinquante Français encore vivants, en dépit du traitement de rigueur qu'on leur avait méticuleusement appliqué, pouvaient leur être de quelque profit. Londres voulait parachever la conquête du Bengale. On proposa donc aux Français le marché suivant : ou ils demeuraient dans cette geôle, fidèles à leur patrie, et la mort viendrait les prendre sans tarder, attendu que toute nourriture leur serait refusée ; ou bien ils acceptaient de servir sous l'uniforme rouge de Sa Majesté le roi George, qui avait fort à faire aux Indes.

On leur donna une soirée pour délibérer. Un tiers d'entre eux choisit aussitôt un trépas héroïque. Les deux autres tiers, sans hésiter, acceptèrent la seconde offre, qui flattait, il faut le reconnaître, l'instinct de conservation. Madec était du lot. Avant l'ouverture des portes de la prison, il prit spontanément la tête du groupe qui avait choisi le parti de la vie. Il les harangua avec une si belle fougue qu'il obtint aussitôt de ses compagnons la solennelle promesse de déserter à la première occasion, pour s'en aller délivrer l'Inde du joug intolérable des Saxons maudits.

Réunis sur la plage blonde de Madras, la centaine de Français passés à l'Angleterre attendaient leur chef. *A Frenchman,* leur avait-on aimablement précisé ; les compagnons de Madec s'accordaient à penser qu'il ne pouvait être qu'huguenot, comme les destructeurs de Pondichéry. Madras, annexe tropicale de l'hérésie, repaire colonial des mal-pensants, tonnaient même certains officiers, qui ne se pardonnaient pas encore d'avoir préféré les gamelles britanniques à l'opportunité d'une mort héroïque. Madec ne les écoutait pas ; pour la tranquillité de son âme, il possédait son serment, il déserterait. Cependant, il ne pouvait se dissimuler que le moment ne s'en présenterait pas de sitôt. D'ici quelques heures, il embarquait pour Calcutta. Là-bas, le piège anglais se refermerait sur lui : manœuvres, exercices, maniement d'armes, jusqu'au jour où on l'enverrait au feu. Alors seulement il pourrait prendre le large, et encore faudrait-il bien choisir son heure. Du temps, du temps... Tromper l'Anglais à la manière anglaise.

Il était midi. A l'horizon du fort, rien ne venait. La chaleur était insupportable ; et pas un cocotier pour donner de l'ombre. Les soldats s'étaient affalés sur le sable ; la toile épaisse de l'uniforme les protégeait de sa brûlure. Madec retrouva un geste familier, il se mit à égrener le gravier entre ses doigts, mais il ne rêvait plus comme autrefois. Il réfléchissait. Vingt-cinq ans bientôt, l'armée encore et toujours : que possédait-il de plus qu'aux temps du chevalier de Pouët ? Un uniforme neuf, une paire de souliers tout droit sortis des manufactures anglaises... Et l'espoir en moins. Un instant il contempla la mer, puis se retourna vers la ville. Le site ressemblait étonnamment à celui de Pondichéry. Un endroit tout aussi absurde :

une simple et immense plage, l'impitoyable barre, interdisant l'installation d'un port ; pour le reste, comme là-bas, remparts, fortins, Ville Blanche, Ville Noire, épices, bazar et palmiers. Et pourtant, les Anglais avaient gagné.

Pourquoi ? Pour quelle secrète raison ? Depuis son emprisonnement, Madec ne cessait de s'interroger. Il détailla les remparts, les casernes, les bâtiments administratifs. A première vue, rien ne différait du Comptoir français. Mais si, pourtant, cette froideur, cette efficacité. Contre le ciel bleu des tropiques, quelque chose de glacé, qui formait un contraste saisissant. Il se souvint alors de Pondichéry, dont maintenant il ne restait plus rien. La Porte Marine, panache, splendeur, appel aux plaisirs : la France des Indes en était morte.

Rien de tel ici. Les Anglais découvriraient-ils l'Éden des mers du Sud qu'ils y construiraient les mêmes murs austères. Pierres sans âme, ignorantes de la beauté, uniquement rassemblées pour abriter des comptables besogneux, des intendants méthodiques. Convoitise, cupidité. Le rêve anglais des Indes n'avait jamais connu la saison du désir. Et Calcutta ? Madec se livrait déjà à des imaginations voyageuses quand il vit, à l'extrémité de la plage, s'élever un nuage de sable. Des chevaux au galop. Les soldats se levèrent. Le chef, sans doute. L'air tremblait.

D'où il était, Madec voyait mal. La poussière retomba. Il distingua quelques silhouettes en uniforme rouge qui s'affairaient autour des chevaux. Des officiers. Ils échangèrent quelques paroles, calmèrent les bêtes égarées par ce galop en plein midi. Madec cligna les yeux. Mais non, il ne se trompait pas : quelque chose ici, quelqu'un peut-être, lui rappelait Godh. Le soleil. C'était sûrement le soleil ; devant lui ne flamboyaient que les uniformes des officiers anglais, le juron à la bouche, Goddam, Rascal et autres By Jove : assurément, et cyniquement anglais. Un des officiers se détacha du groupe, s'adressa aux hommes en français :

— Allez ! On embarque ! Qui que vous soyez, d'où que vous veniez, sachez que vous êtes ici dans l'armée britannique et que vous me devez pleine et entière obéissance. Faute de quoi vous aurez la tête cassée sur le front des troupes !

Martin-Lion. Madec faillit crier. Son exclamation s'étrangla. Son compagnon, lui aussi, venait de le reconnaître : il avait hésité une seconde, puis il avait repris sa harangue avec le même aplomb. Martin-Lion, privé, comme lui-même, de la barbe hirsute de leur errance dans le Dekkan ; Martin-Lion, sans la robe indienne qu'il avait reçue à Godh, et dont l'ampleur souple adoucissait là-bas sa stature de colosse. Madec comprit alors pourquoi il ne l'avait pas reconnu aussitôt : son corps se pliait maintenant aux règles de superbe en vigueur chez les Blancs : il rentrait le ventre, faisait valoir la cambrure de ses reins, la tournure de son mollet, paradait sous le velours neuf du conquérant anglais. Pour le reste, il n'avait pas changé, même autorité joviale, même voix rugissante, et les joues chaudes, rouges, où constamment affleurait l'émotion. Sous le silence de midi,

Martin-Lion termina calmement son inspection. Ni l'un ni l'autre ne parlèrent. Un seul moment leurs regards se croisèrent : Godh alors ressuscita tout entière, et Madec crut bien voir que son compagnon en tremblait.

— Allez, on embarque ! répéta Martin-Lion. Fichez-moi à l'eau tous ces catimarons !

Les hommes se précipitèrent sur les pirogues. Madec, lui, alla plus lentement. En lui cependant bouillonnait l'impatience ; mais comment trouver le moyen de questionner Martin-Lion ?

Godh, Martin-Lion : il n'aurait jamais pensé les retrouver ici. *Les :* c'est-à-dire Visage aussi, et Dieu, et le rajah, le palais, la Dame du Lac. Sarasvati. Avec Martin-Lion, c'était, curieusement, un peu d'elle qu'il tenait. Il ramassa encore une poignée de sable, la fit couler entre ses doigts. Un peu d'elle. Une infime part de la princesse, un grain de sable, ou plutôt un minuscule mica, car son souvenir brillait tellement encore, trop peut-être, à en défaillir, comme le soleil du plein midi. Madec en oublia son uniforme anglais qui jusque-là le rendait si honteux ; il ne pensa plus qu'aux moyens de questionner son nouveau chef, sans manquer aux us et coutumes de l'armée ; et, surtout, sans révéler quoi que ce fût des tourments secrets qui le dévoraient.

⁂

Doucement, portée par le cours tranquille de la marée, la frégate anglaise *Non Such* remontait le Gange. Côte à côte sur le gaillard d'avant, Madec et Martin-Lion regardaient défiler ses rives imprécises, couvertes d'inextricables jungles semi-aquatiques. Tantôt, au long d'un bras mort, comme par caprice, la végétation s'interrompait ; le fleuve avait changé de cours, laissant derrière lui de larges tranchées de boue, quelques mares, que la jungle n'avait pas encore reprises. Il flottait dans l'air une odeur étrange d'humidité fangeuse et pourrissante, un parfum lourd, de vie et de mort à la fois.

— Le Bengale est malsain, commenta Martin-Lion.

Madec ne répondit pas tout de suite. Depuis la nuit du départ, où il avait exigé de Martin-Lion des explications sur son départ de Godh, ils ne s'étaient plus quittés. Cependant Madec ne tenait pas encore la réponse à sa plus secrète interrogation. Ni l'un ni l'autre n'avaient osé évoquer Sarasvati, comme si son destin les troublait également. Alors s'était installé ce silence bizarre, entrecoupé parfois de remarques banales, de commentaires sur le paysage, de demi-questions.

— Oui, le Bengale est malsain, répéta distraitement Madec.

Il parlait d'une voix sourde, comme un écho triste et songeur des paroles de Martin-Lion.

— A la grâce de Dieu, ajouta-t-il seulement. Comme sur les vaisseaux de la Compagnie !

Son esprit était ailleurs. Le Bengale, il le savait bien, était un immense réservoir de maladies éveillées ou dormantes ; peu lui importait. Dès l'instant où le navire s'était engagé dans la rivière d'Ougly, le bras principal du delta, une bizarre émotion l'avait saisi, qui ne le quittait pas. Une sorte d'ivresse. Elle durait de longs moments, autant d'heures de paix qui effaçaient en lui l'obsession de Godh.

Bengale. L'Eldorado s'étalait sur les rives du fleuve, déroulant ses jungles foisonnantes. Ce pays, dont les syllabes couraient les quais de son enfance quimpéroise, depuis toujours il se l'imaginait léger, immatériel, impalpable ainsi qu'un sari lamé. On avait cherché à le détromper, du temps de la marine ; on lui avait raconté à longueur d'océan la lente agonie des matelots échoués dans ses comptoirs. Et voici qu'il en découvrait ici la vérité : ni le paradis de ses rêves d'enfant, ni l'enfer décrit par les mariniers. Non ; mais une réalité prenante, poignante, comme cette odeur, qui imbibait jusqu'aux cordages de la frégate. Une terre lourde, gorgée d'eau, une terre-fleuve. Une terre-force.

Ganga. Le fleuve le fascinait. Sitôt engagé dans l'armée, il avait appris que le Gange était femme. Ganga : déesse souveraine au pays des fleuves-dieux. Combien de filles rencontrées sur les chemins, et qui portaient son nom ? Combien de brahmanes venus jusqu'à Pondichéry en colporter l'eau sacrée dans des petits pots de terre suspendus au bout d'un bâton ? A leur attirail étrange, on les reconnaissait de loin : plus décharnés encore que les autres *sadhu,* ne vivant que de lait et de riz, ils abordaient le passant, et Madec parfois les avait écoutés : « Prends, prends donc l'eau de Ganga, la liqueur précieuse qui purifie les humains et nourrit tous les fleuves et les océans du monde. Prends l'eau sacrée, dont jamais l'homme ne connaîtra la source, prends, et va en paix... » Et voici que Ganga se déployait devant lui. D'elle, il ne savait rien, sinon ce que les rois de Mahabalipuram avaient gravé à leurs temples : dans une fissure de la pierre, au milieu d'une foule de génies des eaux, une longue déesse-serpent, dont les anneaux déroulés vers le bas représentaient la descente sur Terre de l'eau bienfaisante.

Accoudé à la rambarde, Martin-Lion continuait :

— Et on appelle cette jungle le paradis de l'Inde...

— Nous n'en sommes qu'au delta, répliqua Madec.

— Je sais, j'ai vu les cartes ; après Calcutta s'étend une plaine très fertile qui va jusqu'à l'Himalaya. Que les Anglais gagnent la guerre contre le nabab du Bengale, et ils prennent tout. *Tout,* entends-tu Madec ? Le thé, la soie, le riz, l'opium, le salpêtre. Les commerçants bengalis traiteront avec eux comme autrefois avec nous, ou avec les Portugais, les Hollandais. Et puis les Anglais tiendront aussi les routes, celles qui mènent à l'Arabie heureuse, à l'Asie jaune, le Tibet, la Tartarie, la Chine ! Les marchands de Madras racontent que les bengalis ont placé des agents partout, en Perse, en mer Rouge, à Sumatra, à Canton. Pour peur que les Anglais les appâtent, les soumettent à leur loi... Ils prendront tout, tu verras.

Martin-Lion poursuivit son énumération :

– La laque, la gomme, le benjoin, le tabac, le camphre, le musc, l'indigo, le santal, le gingembre, la cannelle... Il se grisait de mots. L'Inde en effet, entrepôt de tous les étranges, de tous les possibles. Mais le temps de la course aux épices était révolu, Martin-Lion ne pouvait l'ignorer. Si le Bengale avait donné à l'Europe l'envie de saveurs nouvelles, celle-ci s'en était lassée. Madec l'interrompit :

– Tu sais bien que les Anglais et les Hollandais brûlent maintenant leurs cargaisons de poivre pour en maintenir le cours. L'Angleterre ne se contentera pas de faire ici du commerce. C'est pour eux un nouveau territoire. Et voilà pourquoi tu t'es engagé chez eux ! Tu as pris les devants, toi, Martin-Lion ! Ils t'ont appâté, comme tu dis, ils t'ont soumis !

L'autre rougit sous l'attaque, comme la nuit où ils avaient réglé leurs comptes.

– Je t'ai tout dit.

Madec haussa les épaules. C'était vrai, d'une certaine façon. A quoi bon revenir là-dessus ? La nuit du départ, Martin-Lion lui avait raconté comment Dieu avait fondu des canons, et comment, avec Visage, il avait tenté d'entraîner les hommes à l'européenne : un échec cuisant. « Je ne suis pas un dresseur de sauvages, ces hommes-là ne savent pas obéir. » Il sollicita du rajah la permission de s'en aller, ce qui lui fut accordé sans difficulté. Le prince rayonnait d'une joie mystérieuse. Sans plus en éclaircir les raisons, les quatre hommes reprirent la route du Sud, des roupies d'or plein les poches.

Un jour, au cœur du Dekkan, ils apprirent la chute de Pondichéry et la fin de l'Inde française. Dieu et Visage choisirent de retourner vers le nord. La vie indienne leur plaisait. Ils pensaient trouver un autre prince à qui offrir leurs services. Et lui, Martin-Lion, préféra l'Angleterre. A cet instant de son récit, il s'était effondré. Alors la complicité née à Godh l'emporta. Madec arrêta ses questions, posa sa main sur l'épaule de Martin-Lion, pardonna. Ils burent ensemble des pintes d'arak. Et comment faire, maintenant, pour pousser plus avant la confidence ? Ce qui pouvait se dire dans la solitude de la nuit, à la lueur trouble d'un fanal, devenait déplacé au grand jour bleu du matin bengali. D'ailleurs, au plus profond de lui, les raisons du départ de ses compagnons lui étaient indifférentes. Godh, le rajah, Sarasvati, voilà qui lui importait.

Le bateau s'arrêta soudain ; un banc de sable barrait le passage. On affala les voiles, les marins sondèrent le fleuve.

– Regarde ! cria Martin-Lion. La vase est si dure qu'on dirait un rocher à fleur d'eau !

– Ce qui m'étonne, répondit Madec, c'est que ces chiens d'Anglais, les meilleurs marins du monde, paraît-il, soient tellement surpris quand ils voient arriver les bancs de sable ; tu vois, c'est à chaque fois le branle-bas de combat ! Ils n'ont donc pas de cartes du Gange ?

– Les bancs changent de place constamment. A chaque mousson, tout serait à refaire. Pas un mois, m'ont-ils dit, sans que sombre un vaisseau. Et les malheureux qui font naufrage ici n'ont rien d'autre à chercher que la jungle, où les tigres les attendent. Une quantité incroyable de tigres ! Il n'y a pas longtemps, un navire chargé de nègres du Mozambique s'est ouvert près de la rive. Les bêtes les ont tous mangés, à l'exception de trois ou quatre. Et il y a aussi les Mogs, les pirates du Gange, un ramassis d'esclaves fugitifs, commandés par des moines portugais défroqués ; si tu échappes aux tigres, tu tombes entre leurs mains ! Ou tu deviens des leurs, ou ils te tuent.

— Les Anglais, que je ne croyais pas pirates, ne m'ont pas offert d'autre choix ! rétorqua Madec.

C'était plus fort que lui. Quelque chose le poussait à provoquer son compagnon. Cette fois, Martin-Lion ne se laissa pas démonter. Avec une froideur et une ironie déjà presque britanniques, il répondit en souriant :

— Le monde a changé. L'Inde sera bientôt anglaise. Mais si tu regrettes d'être vivant, le Gange est là, qui t'attend avec ses tigres affamés.

La frégate repartait ; la jungle déroulait à nouveau son lacis de palmes et de lianes. Madec se planta devant son compagnon :

— Nous étions égaux, du temps de Godh, Martin-Lion. Tu ne m'aurais jamais parlé sur ce ton.

— Pourquoi es-tu parti, le premier ?

Madec ne répondit pas.

— Nous sommes de vrais soldats, reprit Martin-Lion. Notre place est dans une grande armée. Pas chez les sauvages !

— Et Dieu ? Et Visage ? explosa Madec. Ils ont choisi l'Inde, et toi ces cochons d'Anglais !

— Tais-toi !

Puis il se pencha vers Madec et se mit à chuchoter :

— A l'heure qu'il est, ils sont certainement dans le seul *parti* qui soit dans l'Inde !

— *Parti* ?

— Oui, c'est ainsi qu'on appelle une armée de mercenaires. Les temps ont changé, Madec, je te le répète. L'heure n'est plus à gagner des roupies en fondant des canons pour le premier roitelet venu. La guerre couve, la grande et vraie guerre. Les nababs du Nord appellent à eux des mercenaires de toutes les nations ; ils ont mis à leur tête un certain Sumroo, un homme terrifiant, du moins à ce que prétendent les caravaniers. Très cruel, très dur... On ne sait pas d'où il vient. Afghan, peut-être, d'après son goût pour la torture. Dieu et Visage ont été tentés. Moi, je n'ai pas voulu de cette affaire-là. J'aime les vraies armées.

— Sumroo... Curieux nom, dit Madec. On dirait de l'hindi, mais ce n'est pas de l'hindi.

Il s'interrompit soudain, l'air rêveur.

— Mais voilà pourquoi tes Anglais ont tellement besoin de soldats ! Ce Sumroo leur fait peur, à eux aussi ! Un jour ou l'autre, ils vont nous envoyer nous battre contre son armée. Contre Dieu, contre Visage !

Il n'osa pas ajouter que, ce jour-là, il déserterait, que l'occasion fût ou non favorable.

Martin-Lion s'était assombri ; il guettait les sinuosités du fleuve, d'où, à tout moment, pouvait surgir une levée de vase, ou même un navire, que les touffeurs de la jungle dérobaient au regard le plus aigu. Plusieurs fois, déjà, on avait vu apparaître, au dernier moment, la voile carrée d'une embarcation indienne qu'on aurait crue née d'une brusque efflorescence des lianes. On évita un nouveau banc de sable, puis la rivière décrivit un coude. Sur chacune des rives, Madec aperçut deux gros forts entourés de remparts et d'une énorme douve. Derrière les meurtrières, on devinait une quantité extraordinaire de canons et de mortiers.

– Baj-Baj ! annonça Martin-Lion.

– Ces canons-là portent en moyenne de cent cinquante à trois cents toises, dit Madec. Qu'on y ajoute quelques bombes... Impossible de passer à travers un amas de feux si bien dirigés, sur un fleuve aussi dangereux. Elle est bien gardée, leur Calcutta !

– Quand je t'expliquais pourquoi je ne voulais pas être du parti des vaincus ! Il y a dix, quinze ans, nous aurions pu gagner. Il aurait fallu détruire Calcutta dans l'œuf, bâtir ce fort à leur place ; agrandir, protéger Chandernagor.

Chandernagor ! Madec l'avait oublié. Disparu à jamais, lui aussi, dans la débandade générale de la France des Indes ? La frégate *Non-Such* salua le fort. Madec baissa les paupières. Il ne voulait pas le voir. Peut-être, en définitive, aurait-il dû choisir la mort. Le bras de Martin-Lion l'effleura, puis il sentit sa main se poser sur son épaule :

– Ne m'en veux pas. Nous sommes tous deux gens d'aventure. Chacun sa voie. Les routes du hasard se croisent et se décroisent, il en est des milliers.

Il chuchotait presque. Il était ému. Madec se sentit découvert mais aimé à la fois. Il rouvrit les yeux, tandis que tonnaient les canons. Maintenant, il oserait poser la question, l'unique, celle qu'il retardait depuis le départ de Madras.

– Parle-moi de Godh !

Il avait crié, autant pour se donner du courage que pour couvrir la canonnade.

– Godh... Godh...

Martin-Lion haussa les épaules, tritura un moment les cordons dorés de son uniforme. Madec continuait à le fixer. Que perdrait-il à lui parler ? Il se décida enfin :

– Godh... Mais qu'est-ce que Godh dans l'immensité de l'Inde ? J'ai mis deux mois à rejoindre Madras ! Ils n'avaient plus besoin de nous, je te l'assure. Depuis trois semaines le rajah rayonnait.

– Des voyageurs étaient passés ?

– Non, pas à ma connaissance. Quelque chose est arrivé, je ne sais pas quoi. Tu connais bien la vie compliquée de leur palais, les secrets, les tentures. Tout ce que j'ai remarqué, c'est qu'ils sont devenus joyeux du jour où la princesse, la quatrième épouse, a cessé de paraître en public. J'ai interrogé une de mes esclaves, qui m'a répondu qu'elle était devenue grosse, et donc impure selon leur loi. On l'avait isolée dans un coin du zenana. Seules les femmes intouchables avaient le droit de l'approcher. Curieusement, ils en étaient tous ravis. Je n'y comprendrai jamais rien. Si je l'avais engrossée, moi, cette belle danseuse, comme j'aurais été fier de la montrer à mon bras et de lui taper sur les fesses ! Voilà pour Godh, mon brave Madec. Tiens, regarde, là, sur le bord, un gavial, un gavial !

– Gharvihal, corrigea Madec d'une voix blanche. Il n'en avait jamais vu ; mais il en connaissait l'existence, depuis Godh, précisément, depuis le jour de la chasse. Le cortège attendait le couple royal qui priait à l'intérieur des temples. Parmi la foule des animaux gravés dans la pierre du sanctuaire, Madec avait remarqué une forme bizarre, un long reptile aux yeux protubérants, au museau très effilé. « Crocodile ? avait-il demandé au cornac, dans son hindi encore hésitant. – Non, noble firangui, c'est le seigneur Gharvihal, l'animal sacré de Vichnou, le Maître des Eaux. Jamais il ne te fera de mal ; jamais non plus ne lui fais de mal si tu le rencontres au bord des eaux sacrées de Ganga, car au creux de son ventre il garde les bijoux des êtres morts dans la pureté, les brahmanes et les jeunes enfants ; des dizaines et des dizaines de bijoux ! »

L'animal sortit de l'eau, étendit son long museau sur les boues grisâtres de la berge. Son ventre était gonflé. Ne plus penser à Godh, Madec tenta d'imaginer les bijoux qu'il pouvait contenir. Un animal coffre-fort. Ce n'était pas si insolite. L'Inde elle-même n'était-elle pas la gigantesque malle au trésor de l'univers, sertissant les joyaux de ses femmes dans l'argent de Potosi et l'or du Monomotapa, acceptant les piastres espagnoles comme les florins de Hollande, et les gardant, avidement, sans jamais les rendre, sinon dans les voiles fins et dérisoires des mousselines, les senteurs volatiles de l'eau de rose et du santal ?

Le Bengale, la serrure de ce coffre-fort. Comment n'y avait-il pas pensé plus tôt ? Il est vrai qu'il n'avait jamais beaucoup écouté les marchands. Au temps de ses voyages sur les vaisseaux de la Compagnie, il ne rêvait que de gloires militaires. Maintenant, il voyait bien que l'un ne pouvait aller sans l'autre, et il mesurait l'ampleur du désastre. Car Godh aussi serait du cataclysme. Dans ses échoppes résonnant de métiers à tisser, on fabriquait des soies lamées, qu'on chargeait sur les caravanes avec l'indigo et le riz ; c'est ici qu'elles aboutissaient, au Bengale, entrepôt de l'Inde et de l'Asie entière. Godh, dont les joailliers travaillaient, autour des pierres de Golconde, l'or venu des Amériques, transité par Madrid, Lisbonne ou Amsterdam : toutes les routes océanes convoitées par la marine anglaise. Godh qui ne se doutait de rien ; et, dans la joie d'une proche naissance, elle avait laissé partir les seuls hommes capables de la défendre. Se pouvait-il que l'Inde, comme la France, fût si étourdie ?

Les voiles recommencèrent à fasseyer. Avec la marée qui se mourait, le vent tomba. Le gavial, attiré sans doute par les petits poissons que le reflux abandonnait dans les flaques, disparut sous les eaux boueuses. Insensiblement, la frégate s'immobilisa. Il était encore tôt. La lumière bleue du matin s'argentait peu à peu, mais elle n'avait pas encore pris l'éclat dur de midi. Il y eut un grand moment de calme, mais de calme lourd : avant d'inverser son cours, l'eau s'endormit comme en un lac, dans l'odeur douceâtre de la végétation amphibie, les tressaillements devinés de la jungle.

– Calcutta, murmura Martin-Lion tout à ses souvenirs d'estampes. Calcutta... Encore trente lieues ; deux marées encore, nous y serons demain. Les yeux mi-clos, Madec ne répondit pas. Entre ses cils, son regard errait au ras des eaux, à la lisière des lianes et du fleuve. De tout son être il appelait le mirage. Le conte. Quel marin, au cœur des calmes équatoriaux, lui avait récité l'histoire du matelot qui « passa prince dans l'Inde » pour avoir rencontré sur le Gange la belle princesse à la frégate en or et aux poulies d'argent ? Madec ne se souvenait plus que des bribes de l'histoire ; l'épisode où la princesse versait au marin de la liqueur de « parfait-amour », le moment où elle l'installait dans son lit pour la vie, à faire le « Grand Quart ». Enfin, le début du conte lui revint : « C'était dans le temps où il n'y avait plus la guerre dans l'Inde... » Oui, mais son histoire à lui était plus triste : il y aurait à nouveau la guerre dans l'Inde, la princesse était lointaine, inaccessible, mariée, grosse de surcroît, et sans doute, à l'heure qu'il est, deux fois mère. Cette dernière pensée le mit au désespoir ; pendant quelques minutes, il souhaita même que Sarasvati fût morte, tant il lui était insupportable de l'imaginer mère à nouveau d'un enfant conçu, selon toute vraisemblance, pendant son séjour dans la demeure du rajah. Puis lui vint une pensée plus humaine. A cet instant précis, nonobstant la maternité de la dame et son propre serment de vengeance contre les Saxons maudits, il aurait bien donné tous ses rêves de gloire militaire contre un seul « Petit Quart » sur le charpoï de Sarasvati. Il repoussa l'idée, l'attribua à la fatigue et à une abstinence prolongée. Vaillamment, il s'efforça de chasser toute considération sur le destin général de l'Inde, dont il ne pouvait plus séparer le sort particulier de Godh et celui de sa princesse. Il passa donc le reste du voyage à questionner Martin-Lion sur les charmes de certaines couventines qu'on disait établies au comptoir voisin de Birnagor, et dont la rumeur voulait qu'elles fissent la joie de tous les chrétiens du Bengale. Martin-Lion fit état sans barguigner des talents qu'on leur prêtait, s'étonnant toutefois en lui-même d'un si soudain intérêt pour de triviales réalités. Pas un instant il ne comprit que son compagnon s'étourdissait, afin d'éviter de remâcher à l'infini son tourment qui, jour après jour, ne cessait de grossir.

CHAPITRE X

Avril 1760 à octobre 1761

Godh
Années 4861 et 4862 de l'ère de Kaliyuga
Les vingt lunes maudites
Du mois de Çaitra au mois de Karttika

Contrairement à ce que pensait Madec, la cité de Godh n'était pas heureuse, et, sourdement, à sa manière lente, elle se préparait à l'infortune. La joie folle du peuple, quand on avait appris que la quatrième épouse portait un enfant – présage de fécondité pour la ville entière, puisque son ventre, sec depuis six ans, reprenait soudain vie –, ne dura pas. Du zenana où elle vivait recluse parvinrent en effet les plus étranges rumeurs. Ne disait-on pas que la princesse était malade, et qu'à plusieurs reprises l'enfant attendu avait failli quitter son sein ?

Sarasvati était prise d'un mal étrange. Cela commença d'une façon très ordinaire, une sorte de mélancolie qui succéda très vite à l'allégresse des premiers jours. L'éloignement de Bhawani n'y était pour rien : dharma, c'était la loi. Il se plaisait d'ailleurs à lui rappeler constamment sa présence, lui envoyant mille et une gâteries, pâtisseries sans nombre, parfums très doux, tresses de fleurs des champs. Un matin même, il apprit que Sarasvati désirait de la viande, et il dépêcha aussitôt des serviteurs pour en acheter au quartier des intouchables. Sarasvati, cependant, se traînait de langueur en langueur.

– Tu es née sous une mauvaise influence ! lui répétait Ganga, une demi-sœur du rajah, devenue grosse presque en même temps qu'elle, d'un prince voisin de Godh qui la délaissait. Tout te sourit, et tu ne sais que te morfondre. Mohini a raison : à force de ne pas voir le bonheur qui est devant toi, tu finiras par rencontrer le malheur !

Sarasvati ne l'écoutait pas. Sans un mot, elle regardait pâlir le soleil derrière les verres colorés du zenana, la tête lourde, la gorge serrée de dégoût : en elle s'épanouissait jour après jour un corps d'enfant, mais il lui semblait que c'était une chair malade, un petit monstre rond et palpitant, étranger à elle-même. Elle n'osait s'en ouvrir à personne, pas même à Mohini. Folies, folies, lui aurait-on répondu, sornettes, Sarasvati, tu devrais être heureuse ! L'astrologue n'a même pas consulté les astres pour savoir si tu portes un fils ou une fille, et déjà ton époux te fête, et son amour s'accroît en même temps que ton ventre ! Terreurs et songeries de fillette, quand grandiras-tu, ma belle ?

Sarasvati se taisait donc, qui ne connaissait que trop le refrain. Obstinément, dans son silence, elle cherchait pourtant la raison de son mal. Elle accusa d'abord le temps de l'avant-mousson : nous sommes en mai, se dit-elle, les pluies ne vont pas tarder. L'allégresse du printemps est morte, les jours bleus de la forêt, où nous avons conçu l'enfant, se sont dissipés. Tout n'est plus que poussière et chaleur, saison maudite pour la femme enceinte ! Mais quand, quel jour maudit, dis-le moi Khrishna, s'est dissoute la paix de mon âme, accordée à mon corps comme sitar et tamboura ? Un matin, au sortir du sommeil, elle crut avoir trouvé. Elle venait de rêver. Elle s'était vue à la chasse, comme au jour où les firanguis les avaient accompagnés. Ainsi qu'à l'habitude, elle trônait sur l'éléphant de parade. Elle se penchait vers son compagnon. Ce n'était pas Bhawani, mais un homme pâle, beau et pur. Madecji. « Où est le rajah ? » lui avait-elle demandé, étrangement sereine.

– Il est très loin, princesse, et nous aurons la guerre !

Horreur, pensa Sarasvati à son réveil. Et il me disait tout cela en souriant, le firangui, et moi aussi je souriais.

Pour chasser le rêve et son mauvais présage, elle saisit aussitôt un linge, s'en essuya soigneusement la face. Son anxiété demeura. Car elle l'avait bien reconnu, le firangui Madec, ses yeux clairs comme le ciel de Godh aux lendemains de pluie, et sa façon malhabile et chantante de prononcer l'hindi. Lui, Madec. Tout avait commencé quand il était parti. Avait-il donc emporté avec lui le secret de la joie ? Bien qu'elle ne se mêlât jamais des affaires de Godh, elle fit demander des nouvelles des autres firanguis. On lui répondit qu'ils étaient partis eux aussi, dès qu'ils avaient fondu les canons, et qu'ils s'étaient dispersés aux quatre vents, les uns vers le nord, du côté des Himalayas, les autres vers les plateaux qui mènent aux Eaux Noires. Le mal, quelques jours oublié, reprit.

La mousson vint, un peu plus tôt qu'à l'habitude. Autour de la princesse, toutes les femmes s'empressèrent : « Ah ! voici enfin que nous respirons ! La délicieuse pluie ! Et quel soulagement pour toi, Sarasvati. Tiens, prends ce coussin, encore un sous ton cou, encore un sous tes jambes... Mais que tu as l'air triste ! Veux-tu de la guimauve ? du lait au gingembre ? des noix de cajou ? » Elle prenait le verre ou les plats inlassablement offerts, souriait, tâchait de faire mentir son regard. Un jour, était-ce en juillet, oui sans doute, car la mousson contemplée des fenêtres dérobait à ses yeux le palais du lac, le zenana se mit à frémir. Des pieds nus coururent sur les marbres, des bijoux tintèrent de partout, un chuchotement traversa un à un les moucharabieh, une à une les galeries, avant de venir mourir à son oreille.

– La première épouse, princesse, la première épouse...

– Taisez-vous ! cria Sarasvati. Je suis l'aimée, l'élue, la favorite. Rien ne saurait changer l'amour de Bhawani.

– Certes oui, répondit Mohini. Mais la première épouse a réussi à attirer le rajah jusqu'à son charpoï. C'était cette nuit. Les servantes m'ont tout raconté.

Sarasvati éclata de rire :

– Mais elle est stérile ! Que vous êtes sottes !

– En tout cas, il faut qu'elle ait persuadé le rajah du contraire, car il est venu jusqu'à son charpoï, et il a pris la position de l'union de la vache, ce qui lui a clairement signifié qu'il désirait d'elle un enfant.

– Et leurs baisers ? Et leurs morsures ? interrogea Sarasvati qui se forçait maintenant à sourire.

– Je n'ai pas ouï-dire de leurs baisers, répondit Mohini ; par contre, et tu le verras toi-même si tu veux, la première épouse porte à la joue la morsure corail-et-joyau. Elle est folle de joie.

– La pauvre ! Comme elle sera triste bientôt...

– Je ne crois pas. La première épouse, du jour où elle t'a sue enceinte, consulte tous les guru de la plaine et des jungles. Elle qui ne sortait pas, elle bat les chemins, prie les dieux, boit des potions d'herbes bizarres. Tu l'as vue, d'ailleurs, elle te nargue derrière son moucharabie !

– Nous avons toujours veillé à ne pas nous croiser.

– Sarasvati... Mais comment peux-tu oublier ? L'amour t'aveugle !

– Mais de quoi devrais-je donc me souvenir ?

– Hier... Mais hier... Tu l'as vue ! Elle t'a touchée !

Sarasvati continua à sourire et détourna la tête. Elle avait pâli.

– Oui, elle m'a touchée... Oui, Mohini... Mais elle est stérile ! La fécondité qui est dans mon corps ne saurait passer dans le sien, Mohini !

– Tu cherches à te persuader toi-même de ton erreur... Elle a vu tous les guru, te dis-je, elle est allée de pèlerinage en pèlerinage !

Sarasvati se leva, caressa lentement une ciselure de la fenêtre, puis se rassit, se mit à mâcher une feuille de bétel. Depuis qu'elle était enceinte, il était courant que les femmes du zenana qui désiraient un enfant cherchent à l'effleurer, la toucher, pour prendre un peu de sa force fertile. Hier, au moment de la musique, elle s'était étonnée de voir sortir de sa retraite la première épouse. Elle se rassura aussitôt : la joueuse de tamboura et celle de vina sont excellentes, se dit-elle, leur mélodie revit l'âme, la musique réconcilie les êtres les plus moroses avec l'ordre divin de Brahman. Moi aussi je devrais reprendre goût à l'existence.

Aussi, quand le bras de la première épouse effleura le sien, Sarasvati ne trembla pas, tant son désir était grand de retrouver la paix.

— Oui, Mohini, elle m'a touchée, mais de si peu ! Une goutte d'eau dans le désert n'y fait pas pousser la jungle. Et quand bien même la première épouse serait grosse, elle pourrait mettre au monde une fille ; et quand bien même elle aurait un fils, Gopal est le premier-né de Bhawani !

— La première épouse a le cœur dur et l'âme aigre, Sarasvati. De n'avoir point de fils du rajah l'a rendue méchante, et elle hait son époux. Pour se venger de lui et de toi, elle est prête à s'allier à quiconque vous jalouse... Dès la mort du vieux rajah, elle s'est alliée au frère de Bhawani ; et maintenant, elle lui envoie, dit-on, des messages. Souviens-toi de leurs regards à tous deux : aucun lien de sang n'unit ces deux êtres, mais ils sont frères dans la cupidité et l'amour du mal. Mohini s'arrêta un instant, puis reprit :

— Tu es si jeune, si belle, princesse... Et elle... bientôt elle aura trente ans ! Elle a vu les guru ! Elle a appris d'eux des secrets affreux.

— Fadaises !

— Elle fréquente les prêtres de Kali !

— Kali qui détruit protège aussi les femmes enceintes.

— Méfie-toi.

Mohini se leva. Avant de disparaître derrière le store, elle chuchota :

— Le rajah t'aime, sois-en sûre. Mais veille à le garder !

Cinq semaines s'écoulèrent. Sarasvati essaya d'oublier l'avertissement de Mohini. Le temps de sa grossesse, n'était-il pas légitime que le rajah approchât d'autres femmes, puisqu'il ne pouvait se distraire avec son élue ? Averses, nuages bas. Sarasvati passait le jour près des fenêtres. De temps à autre, une trouée du ciel découvrait le lac embrumé, les montagnes, parfois, les jungles reverdies. Gopal, le premier-né, sept ans bientôt, jouait à la guerre au bout du zenana.

— Celui que je porte ne lui ressemblera pas, ne cessait de penser la princesse.

Elle était sûre que ce serait un fils. L'astrologue le confirma bientôt. Le zenana tut ses rumeurs.

Et vint le jour des cinq ambroisies. Ce matin-là, comme au temps de sa première grossesse, Sarasvati accomplit une toilette complète. Elle en était au cinquième mois. Nul ne parlait plus de la première épouse. L'heure était solennelle. On allait fêter l'hôte qui habitait son sein. Et pourtant, elle était malade, son ventre la tiraillait de partout, la nausée la prenait à tout moment. Elle parvint toutefois à se faire plus belle qu'à l'ordinaire ; les étoffes, les bijoux voyants lui étaient interdits, seules les fleurs les plus simples pouvaient se mêler à ses cheveux. Elle se composa malgré tout un visage lisse, un rayonnement de façade, puis s'approcha de la clôture du zenana. En fait, elle se traînait. La pièce était très sombre, personne ne s'en aperçut. Elle entendit les paroles saintes du brahmane qui passaient le moucharabieh :

— A présent, Sarasvati, le cœur de ton fils est formé, et se lèvent en lui conscience, entendement et sensibilité ! Fête-le avec joie dans les cinq ambroisies...

Le rajah ouvrit la porte, s'avança, tenant un bol où se mêlaient le sucre, le beurre, le miel, le lait frais et le lait caillé :

– C'est notre deuxième enfant, Sarasvati, dit-il doucement. Aussi ne puis-je plus répéter le rite de *simanta* et séparer tes cheveux de la raie du bonheur. J'aurais pourtant volontiers recommencé...

Ce fut un grand moment de sérénité. Sarasvati ne souffrait plus. D'un seul coup, elle se sentit légère, attribua ses douleurs à l'absence de Bhawani.

Sans vouloir me l'avouer, j'étais jalouse, songea-t-elle. Comme j'ai eu raison de ne pas douter de lui !

Elle sourit ; pour la première fois depuis longtemps, elle ne feignait pas. Elle repartit à son charpoï, portant son ventre comme une gloire, et dormit quelques heures.

Le vent de mousson la réveilla. Il avait arraché le store à la fenêtre ; le soleil, échappé soudain d'une trouée de nuages, s'était posé sur son visage, et elle se leva d'un coup, le corps en sueur. Elle allait appeler la servante pour réclamer de l'eau quand son regard endormi effleura le marbre. Elle ne comprit pas aussitôt. C'était une forme de poupée, faite de pâte de riz pétrie.

En guise de sari, elle portait une étoffe immaculée. Elle pensa aux jeux des enfants. L'une ou l'autre des fillettes avait dû entrer dans la chambre, oublier son jouet.

– Du blanc, murmura-t-elle, encore ensommeillée. La couleur du deuil pour une poupée. Ces petites filles sont vraiment bien étranges...

Le soleil glissa, fantasque, jusqu'à la statuette. Il y eut une sorte d'éclair, et Sarasvati se mit à hurler. Sur le bas-ventre de la poupée, enfoncée droit dans l'étoffe et la pâte, brillait la lame étroite d'un poignard d'or.

Le soir même, on rappela le brahmane. L'enfant voulait s'échapper du sein de la princesse, et il fallut plusieurs heures de prières pour l'y maintenir, malgré l'acharnement du démon saisisseur qu'avait annoncé la poupée de riz.

***

Et les douleurs reprirent, pour de longues semaines. Personne ne donnait cher de la vie de Sarasvati, pas plus de celle de l'enfant qu'elle portait. La tristesse s'installa au zenana. Peu avant Diwali, la fête des lumières, à la fin de l'automne, la jeune Ganga accoucha avant terme d'une petite fille malingre, et son époux ne vint même pas la saluer, occupé qu'il était avec ses bayadères. Malgré ses souffrances, Sarasvati tâcha de la rassurer. Mais elle ne pouvait se le dissimuler, c'était elle-même qu'elle cherchait à calmer. Bhawani viendrait-elle la retrouver, elle aussi, après les couches ? Et si elle allait donner naissance à un monstre ?

Elle tint bon cependant. Son ventre était énorme ; elle ne pouvait plus bouger. Enfin vint le temps des couches, deux semaines après le terme prévu, au début du mois de Margasirsa. On appela la vieille Sita, la sage-femme du palais, qui avait accouché toutes les princesses. Elle n'était pas entrée dans la chambre réservée aux naissances qu'elle devina que ce jour-là serait une grande épreuve, pour elle-même comme pour Sarasvati. Les douleurs augmentaient sans que pourtant l'enfant s'annonçât. Sarasvati gémissait. Elle lui saisit les bras et entreprit de les masser :

— Prends patience, princesse, prends patience... Une crampe monta. Humblement, Sarasvati tenta de la suivre, de s'oublier en elle. Elle laissa échapper une nouvelle plainte.

— Doucement, princesse, doucement...

Le mal décrut.

— Sita, Sita, ce n'est pas comme pour mon premier-né.

— A chaque fois, on croit avoir plus mal qu'au premier jour, la belle ! Allons... Le second fils est toujours plus facile ! Ton corps s'est façonné à son devoir de femme. Ton enfant passera en toi comme la rivière dans la ville de Godh. Retourne-toi, que je te masse en attendant la prochaine douleur.

Elle aida Sarasvati à se soulever du charpoï. Sita avait les mains douces, très douces, et Sarasvati s'en étonna, car Sita était vieille. Mais ces femmes-là, de la caste des *nai*, à force d'avoir aidé des dizaines de naissances, portaient en elles un peu d'une éternelle jeunesse : tant de vies neuves, écloses sur leurs mains, tant de premiers cris guettés par leurs oreilles... Et pourtant la mort si souvent rencontrée, les accouchées baignant dans leur sang, les nouveau-nés obstinément violacés qui jamais n'ouvraient les yeux sur la lumière. Ces femmes-là venaient d'un autre monde. Cette fois-ci, ses mains s'approchaient-elles pour la mort ou la vie ? Avant de se retourner pour lui offrir son dos, Sarasvati guetta ses yeux :

— Dis-moi, sage-femme, n'as-tu pas peur ?

— Voyons, princesse, ne t'ai-je pas bien accouchée de Gopal ?

— C'est long, trop long... Des heures que je suis ici à me tenir le ventre !

— Jeunette que tu es ! Impatiente, trop impatiente.

— Tu m'as tant répété que le second enfant était plus facile...

Sita tenta de sourire encore ; elle allait parler, mais la princesse posa sa main sur sa bouche :

— Tais-toi, sage-femme ! Je sais que tu mens. Je la sens, moi, la douleur, et je sais bien que je n'ai jamais souffert ainsi. L'enfant peine en moi, je suis à la torture !

— Dharma, princesse.

— Dharma, répéta Sarasvati en soupirant.

Elle se coucha sur le côté et Sita commença à pétrir son dos. Elle sommeilla un court moment, puis, d'un seul coup, repoussant le bras de la sage-femme, elle se dressa sur le charpoï.

– Sita, je t'en prie, cours chercher le brahmane, c'est le démon saisisseur d'enfant, je le reconnais bien, il revient ! Il est là, le Rôdeur de Nuit, le Raksa !

La sage-femme se mit à trembler.

– Calme-toi, princesse, calme-toi. Les douleurs sont plus fortes et se rapprochent, tu as des visions, c'est quelquefois ainsi !

Sarasvati haletait :

– Le saisisseur, te dis-je, le saisisseur, comme la dernière fois, le jour de la poupée.

Le visage ridé de Sita blêmit. Si la princesse disait reconnaître le démon, elle qui en avait déjà vu le visage, elle avait raison. Le Raksa. Nairta sans doute. Ou Papadevata, celui qui était venu quatre mois plus tôt ; maintenant, il cherchait à retenir l'enfant dans le sein de sa mère, l'étouffer, l'empêcher de connaître le monde.

Le brahmane, vite. L'homme de l'ayur-veda. Sita souleva la petite lampe qui brûlait au pied du charpoï, ramassa les plis de son sari :

– Attends un instant.

Éperdue de souffrance, Sarasvati se laissa retomber sur les coussins. Le zenana se mit à frémir. Elle ferma les yeux, résignée. Plusieurs fois dans sa vie, depuis qu'elle était entrée dans l'appartement des femmes, elle avait entendu cette rumeur sourde. C'était le bruit des naissances difficiles. Le marbre résonnant des courses des servantes ; les soupirs des femmes réveillées en hâte, ou dérangées dans leurs plaisirs ; des chuchotements à peine étouffés. Puis des lampes se promenaient, on tâchait de faire silence. Si la femme dont le ventre peinait n'était pas de haute naissance, le frémissement se taisait bientôt, et s'installait un silence indifférent ; si au contraire c'était une princesse, dont le « devoir de femme » s'enlisait aux parages de la mort, le bruit grandissait, ainsi que maintenant. Tout le zenana se mettait à l'affût, les bavardages s'enflaient, puis refluaient, régulièrement. Personne n'entrait dans la chambre sombre où gisait la femme en travail, mais toutes tendaient l'oreille vers les soupirs qui filtraient des moucharabieh, les gémissements qui franchissaient les stores. On écoutait, puis on commentait ; on racontait le jour où, soi-même, on s'était tordue de douleur dans la pièce obscure, on instruisait les petites filles. De temps à autre, une femme plus sombre que les autres, une vieille ridée, la plupart du temps, racontait une histoire de dieu saisisseur, et, dans le silence retombé de la nuit, on n'entendait plus que le son monocorde de sa voix. Facile ou tragique, chaque accouchement d'une des leurs était la grande fête des femmes, la seule aventure qui fût permise au zenana, une secrète cérémonie de la vie, qui invariablement se terminait, que l'accouchée fût morte ou vivante, l'enfant garçon ou fille, beau ou malformé, vigoureux ou chétif, par une litanie ininterrompue de Dharma ! avant que ne s'installât à nouveau la monotonie des sonorités quotidiennes.

Dharma ! Dharma ! se répétait Sarasvati pour vaincre la douleur. Et derrière la cloison du store, loin de l'impureté dont la naissance souillait son corps, les femmes guettaient chacune de ses respirations, épiaient le moindre de ses cris. Sarasvati n'était pas seule. Toutes les femmes du zenana, amies ou ennemies, haineuses ou tendres, l'entouraient de leurs sens aux aguets. Et là-bas, au fond des plus lointains corridors, elle entendait courir sur la pierre les jambes lourdes de la vieille Sita.

Une nouvelle douleur, plus forte encore, la terrassa. Un cri, un hurlement de bête percée de flèches.

— Le saisisseur, murmura la princesse, puis elle se remit à haleter.

Le zenana se tut. Désormais, elle était seule. Un silence glacial retomba sur la chambre. Avant de s'évanouir, Sarasvati crut pourtant distinguer, à la lueur tremblante de la lampe à huile, une forme très maigre, tendue derrière le store de la fenêtre, et qui paraissait prête à braver d'un instant à l'autre l'impureté de la pièce où elle accouchait.

Le brahmane arriva le plus tôt qu'il put. Avant d'entrer dans la pièce impure de l'accouchement, il pria les dieux de ne pas le punir de la souillure qu'il allait commettre. C'était pure forme : la loi autorisait l'homme de l'ayur-veda à secourir les femmes en couches, pourvu qu'il accomplît ensuite tous les rites de lustration et qu'ainsi sa dignité de brahmane demeurât intacte. Dès qu'il vit Sarasvati, il réprima un tremblement. Sita s'accroupit au pied du charpoï, accablée, ne sachant que faire.

— Sage-femme !

Elle se prit la tête entre les mains :

— C'est fini, brahmane, c'est fini.

Mohan se raidit :

— Non.

Il lui désigna un petit paquet qu'il avait rassemblé à la hâte.

— Voici les plantes. Allons, dispose-les autour d'elle ! Voilà... Maintenant, je vais commencer les *mantra.*

Docile, la sage-femme parcourut la chambre, plaçant chaque herbe et chaque fleur à l'endroit prescrit.

— Avant que je n'entame les incantations, fais brûler près de son ventre la peau de serpent noir.

Le brahmane lui tendit une pellicule noirâtre que Sita enfuma à la flamme de la lampe.

— Le soleil ne va pas tarder à se lever, dit le brahmane. Il faut que j'aie fini avant l'aube, trop propice à la mort. Donne-moi le *soma.*

Il s'approcha du charpoï. C'était l'heure d'avant le jour ; le temps, suspendu entre nuit et lumière, hésitait, s'immobilisait. Du zenana ne filtrait plus un souffle. Le brahmane commença la récitation des *mantra* :

— Regarde, femme, voici le soma, liqueur de l'immortalité ! Voici le dieu du feu, et le dieu cheval ! Qu'ils viennent en cette maison, que leur séjour y soit doux. Voici le soma, liqueur d'immortalité tirée des eaux, que ton enfant devienne léger, qu'il se libère de ton sein ! Femme, voici les bonnes divinités, Anada, Pavana, Arka et Vavasa, et tous les génies qui protègent l'onde salée ; lâchés sont les liens rompus du bétail, lâchés les rayons du soleil. Libéré de toute crainte, enfant, viens, viens vite !

Sarasvati se mit à gémir.

— ... Sur la montagne sacrée se trouve la déesse Surasa ; à ses chevilles sont des anneaux, dont le son apporte la délivrance à la femme enceinte. Aïm ! Hrim ! Ô Seigneurie ! Toi qui as le bonheur pour guirlande !

Le brahmane brandit une plante cachée dans les plis de son dhoti, en détacha une feuille où il grava un signe :

— Princesse, voici la plante *adhaka*, celle qui délivre !

Sarasvati ne se plaignait plus. Le brahmane posa la feuille sur le lit, d'un air accablé.

Il se tourna vers la sage-femme :

— Pendant sa grossesse, lui as-tu bien prescrit de prier le dieu singe Hanouman à chaque samedi ?

— Mais elle l'a fait... murmura Sita. Dharma ! Dharma ! Le saisisseur a été le plus fort, brahmane.

— Non ! En cette femme lutte encore le démon. Mais la vie ne s'est pas éteinte en elle. Sarasvati est une femme de guerre.

— Que dis-tu là ?

— Une femme de guerre, répéta Mohan.

Sita ne comprenait pas. Mais elle vit bien que le brahmane ne parlait que pour lui-même.

— ... Une femme de guerre, marmonna-t-il encore.

Derrière le store, la forme maigre avait frémi.

***

L'aube venue, il y eut le cri, la grande clameur des naissances. Aussitôt, cependant, la sage-femme se rembrunit :

— La petite fille n'a pas survécu.

Le brahmane sourit :

— Oui... Mais son fils vivra !

Sarasvati, avec le jour qui montait, rouvrit les yeux.

— L'enfant est mort ?

— Le premier enfant ! dit doucement Sita. Le premier seulement !

Sarasvati secoua la tête sur le charpoï.

— C'étaient des jumeaux, reprit la sage-femme. Des jumeaux ! Voilà pourquoi tu as tant peiné !

— Des jumeaux, répéta Sarasvati. Il me reste un fils ?

— Attends, attends, la belle. Il y a tant à faire autour de lui !

Sarasvati aperçut Mohan :

— Tu m'as sauvée. Tu as sauvé mon fils.

— Le saisisseur est vaincu, princesse.

— Oui, mais la petite fille est morte. Où est-elle ?

— On l'a emmenée au fleuve ; il n'était pas bon de la garder ici. Mais ne te lamente pas ; son âme était pure, aussi pure que celle des brahmanes, et elle renaîtra bientôt. Dharma !

— Dharma ! répéta Sarasvati.

Les bruits du zenana enflèrent tout d'un coup. On bavardait bien fort, ce matin. Le cri de la sage-femme avait réveillé tout le monde. A en juger par les cliquetis de cuivres et de bassines, on faisait de grandes toilettes.

— Tu es bénie des dieux, princesse, sache-le ! Crois-en l'homme de l'ayurveda : quand des jumeaux viennent au monde, fille et garçon, c'est d'ordinaire le garçon qui meurt si les dieux ont résolu d'en faire périr un.

— Dharma, dharma... Mais montre-moi mon fils.

— La voici à nouveau tout impatiente ! s'exclama Sita. Vois comme la vie revient en elle. Regarde-le, ton fils, oint de la poudre d'or, du miel et du beurre ! Laisse donc le brahmane en paix, il va se mettre à l'horoscope. Allez ! Maintenant il faut que je baigne le petit dans l'eau de cardamome.

— A-t-il déjà goûté la cuiller d'or ?

— Oui, princesse. Il n'avait pas déplié ses poumons que l'ambroisie touchait déjà ses lèvres.

— Bhawani...

La vue de Sarasvati s'était brouillée, mais elle reconnut le rajah au seuil de la pièce.

— Un fils... C'est donc bien un fils !

L'enfant criait ; Sita le déposa dans ses bras.

— Mon fils, s'exclama le rajah, je te souhaite la sagesse ! Que jamais la *mveda* ne te quitte, qu'avec toi soient la prospérité, la longévité, l'intelligence, la force physique et la protection des dieux !

Sarasvati sourit, puis ferma les yeux. Elle avait gagné. Bhawani était là, rayonnant, murmurant tout bas dans l'oreille de l'enfant les formules sacrées. Pendant deux semaines encore, jusqu'à son deuxième bain, Bhawani ne s'approcherait pas d'elle, fût-ce pour l'effleurer, mais elle était heureuse ; accompli deux fois, son devoir de femme ! Elle demanda l'enfant.

— Quelle impatiente, continuait à marmonner Sita. Il est beau et bien fait, je te le répète !

Bhawani s'appuya au marbre de la porte :

— Beau comme le jour ! Il a ta peau...

Il était pâle, en effet, et si léger. Sarasvati se mit à le caresser.

— N'est-il pas faible, Sita ? Vois comme il est pâle.

— Les femmes du Nord ont des enfants au teint clair. Regarde aussi ses yeux !

Ils étaient différents de ceux de Gopal. Plus pâles, plus brillants, son regard de mère s'en aperçut sur-le-champ.

— Il sera calme, je crois. Calme et rêveur... Ces yeux... Mais quel nom lui donner ?...

— Le brahmane n'a pas encore terminé l'horoscope. Il faut attendre qu'il donne l'initiale, dit Bhawani.

— Et envoyer quelqu'un enterrer le cordon ombilical, ajouta la sage-femme.

Le rajah eut un dernier regard, s'éclipsa, rayonnant. Sita se mit d'un seul coup à trembler. Fébrile, elle inspecta la pièce d'un regard circulaire, puis tourna et retourna tous les récipients qui s'y trouvaient.

— Qu'y a-t-il ? interrogea Sarasvati.

Sita ne répondit pas. Elle souleva encore deux à trois fois les bassines :

— Cela ne se peut, princesse, cela ne se peut...

— Mais de quoi parles-tu ? Envoie-moi les servantes ; tu es épuisée et moi aussi. Va donc manger et dormir !

Comme égarée, Sita s'agenouilla au pied du charpoï.

— Pardonne-moi princesse, pardonne-moi... Ce n'est pas ton enfant que voulait le saisisseur ; ou la saisisseuse, plutôt...

— La saisisseuse ? Que veux-tu dire ?

— On voulait ta force, princesse. Le cordon ombilical a disparu.

⁂

Mohini, comme une folle, traversa les longs couloirs du zenana. Essoufflée, elle s'arrêta au seuil de la chambre de Sarasvati.

— Dois-je le lui dire ? Elle doit être si lasse...

Dans son désarroi, elle s'était exprimée tout haut. Mohan se dressa devant elle :

— Il faut parler, Mohini, si tu sais quelque chose qui puisse chasser le mal.

Mohini sursauta. Elle n'avait pas soupçonné la présence du brahmane. Elle se reprit sur-le-champ :

— Ainsi, tu montes la garde, Mohan ?

— Les saisisseurs peuvent rôder encore !

— Saisisseurs... Ou saisisseuses ?

— Eh bien, parle, comme je te l'ordonne ! Mais pas devant la princesse. Viens par ici. Elle dort.

Le brahmane attira Mohini dans un recoin du couloir. Le soleil, déjà haut dans le ciel, jouait dans les ciselures du marbre et les bois des moucharabieh.

— La première épouse, n'est-ce pas ?

— Comment as-tu deviné ?

— Mohini, mon métier est de tout deviner, des astres et des dieux, des hommes, des animaux et même des plantes. Que serait notre monde, en cette ère de kali-yuga, s'il n'y avait pas des êtres doués du pouvoir de pressentir ?

– Les femmes aussi devinent parfois, dit Mohini. Depuis longtemps je la soupçonnais. Mais cela, cela, cette horreur ! Non, je ne voulais pas l'imaginer. Je croyais que c'était une folie d'intouchable ou un crime en usage chez les femmes de basse caste !

– La haine avilit aussi les brahmanes, et les kshatrya, Mohini.

– Mohan ! Je n'en suis pas remise. Cette odeur... Je n'en peux plus ! Elle ne s'est pas cachée, sais-tu ? Elle l'a préparé elle-même.

– Aucune servante, fût-ce la plus vile, n'y aurait consenti. Mais remets-toi. Cela arrive de temps à autre. Deux ou trois fois déjà, dans la ville de Godh, une femme jalouse a dérobé et mangé le cordon ombilical du fils de sa rivale. La première épouse croit ainsi devenir féconde, et peut-être le sera-t-elle. Vois-tu, Mohini, Brahman, l'Esprit, est pur, éternel, inchangé. Les dieux, eux, sont déjà souillés de l'œuvre du temps, et ils peuvent aussi montrer leur force dans la cruauté. Kali comme Khrishna connaît la passion. Et cela est bien.

Mohini haussa les épaules.

Le brahmane reprit :

– Et maintenant, fais la paix en toi. Pas un mot à Sarasvati. Qu'on lui dise que la sage-femme était épuisée, qu'elle ne s'est pas souvenue que j'avais appelé une servante, et que le rite avait été accompli comme il se doit. La première épouse va se calmer pendant un moment ; elle ne va plus penser qu'aux moyens d'attirer à nouveau le rajah à son charpoï, et je ferai en sorte qu'il ne soit pas trop indifférent. Pendant ce temps, Sarasvati et son fils prendront des forces. Allons, presse les servantes, qu'elles lui préparent les pichets de lait au gingembre, des gâteaux de sucre brun et d'amandes ! Sois en paix, Mohini.

La jeune femme, encore sous le coup de l'émotion, ne parvenait pas à sourire. Elle rajusta le voile de son sari et dit simplement :

– Je suis en paix. Je vais prier Khrishna.

– Tu es fort sage, Mohini.

Elle s'éloigna dans le couloir avec un air courroucé. Cette nuit, la lune sera encore pleine, se dit le brahmane. Je descendrai au *Jantar Mantar.*

Pure forme. Les astres, il le savait, confirmeraient les calculs opérés à l'heure de la naissance. *Satrubhava,* telle était la maison astrologique de cet enfant. *Satrubhava* : entraves, maladies, misère, ennemis, disaient les livres, et leur parole était incontestable. Lequel choisir de tous ces fléaux ? Comment prédire ? Comment oser déclarer le malheur, le pire de tous, puisque l'astre de l'enfant se situait en plein *madhya bhava*, le point le plus actif de la maison maléfique ? Il aurait fallu, pour se prononcer, déterminer l'avenir de sa mère, qui demeurait constamment flou depuis des mois, depuis l'arrivée des firanguis. Tout ce qu'il pouvait y lire, c'est qu'en Sarasvati, inchangée, se trouvait la force de guerre. Et c'était d'ailleurs la raison pour laquelle Mohan, homme de science et de prière, ne pouvait malgré lui s'empêcher d'aimer cette jeune mère qui, de la vie, ignorait presque tout.

⁂

Vingt mois durant, le brahmane vécut dans l'inquiétude. La princesse n'avait pas accompli ses relevailles qu'on découvrit auprès de son fils nouveau-né, lové dans des coussins épars sur le marbre, un cobra royal d'une taille impressionnante. Il n'avait pas touché l'enfant. Sarasvati interdit qu'on le tuât ; elle voulut y voir un signe favorable :

— Moi aussi, dans mon enfance, je fus épargnée par un cobra royal ! Et par la suite, quand Delhi fut mise à sac, je fus l'une des seules à échapper au massacre ! Cet enfant-là traversera le fer et le feu...

Et Sarasvati prit le bébé dans ses bras, sourde à tous les conseils, étonnée cependant de lui voir ce teint pâle et ces yeux étrangement clairs.

— Tu ne dis rien, brahmane, toi qui sais tout des hommes et des bêtes ?

— Les grands cobras sont de famille royale, et sans doute reconnaissent-ils leurs semblables, répondit Mohan en hochant la tête. Aux époques lointaines du début du monde, ils étaient les maîtres absolus. L'ordre de l'univers a voulu que l'homme les détrônât. Mais n'oublie pas, Sarasvati : malgré leur défaite, les serpents rêvent encore de reprendre leur place. Le venin qu'ils distillent est produit par des millénaires de rage intérieure. Parfois cependant, malgré leur déchéance, ils gardent en leur cœur la raison et consentent à épargner un faible. Qui peut connaître l'âme impénétrable des serpents ?

Sarasvati éclata de rire :

— Comme tu racontes bien les histoires, Mohan !

Et elle les répéta à l'enfant babillant.

Mohan tâchait de paraître impassible ; néanmoins, il se demanda pendant des mois comment un cobra d'une si grande taille avait pu pénétrer l'appartement des femmes. Les jardins ratissés n'abritaient pas le moindre orvet, et on prenait bien soin à renouveler chaque jour le gravier qui empêchait, mieux que la meilleure barrière, l'entrée d'un éventuel reptile. La première épouse ? Comme elle était sotte, alors, si c'était elle qui avait introduit le cobra : tout le monde, jusqu'au rajah, y avait lu un heureux présage. Dharma, dharma, que les astres se trompent ! marmonnait Mohan en épiant les allées et venues du zenana, et il savait bien qu'ils n'étaient pas dans l'erreur.

Bientôt se répandit dans la ville une troublante nouvelle. Des marchands revenus du Bengale racontaient que Ragu, le frère du prince, y réunissait des troupes avec des armes nouvelles prêtées par des firanguis.

C'était le début de l'automne, la fin des pluies. La mousson avait été bonne ; les paysans apportaient aux notables chargés de les récolter de belles et grasses dîmes. La richesse est dans Godh, clamait le Diwan, et Bhawani conservait l'allégresse qu'il ressentait depuis la naissance de son second fils. Seul Mohan se tourmentait. Il fit interroger en secret les caravaniers.

— Le frère du rajah s'est-il rangé derrière le nabab du Bengale pour l'aider à recouvrer ses droits et possessions ? demandèrent ses émissaires.

— Détrompez-vous, leur fut-il répondu. Il a offert ses hommes et ses armes aux firanguis à vestes rouges ! Les firanguis qui ont pris le Bengale ! Mohan fut atterré. Il n'était plus douteux qu'un jour ou l'autre, proche ou lointain, mais qu'étaient quelques années au regard des dieux, ce traître de Ragu reviendrait à Godh. Il fallait, bien sûr, que les firanguis à vestes rouges s'aventurent plus profondément dans l'Inde, qu'ils dépassent Bénarès, qu'ils convoitent Delhi, le Radjpoutana. C'était plausible. Et, de toute façon, Ragu était assez bas pour se vendre au chef le plus fort, quel qu'il fût, pur ou impur. Ainsi donc, comme prévu, il y aurait la guerre. Ni les jungles, ni les déserts, ni les moussons ne l'empêcheraient de venir.

Cependant, tout était calme. Le malheur prend son temps, songeait Mohan, les yeux plus souvent fixés que de coutume aux embrasures du zenana. Là-haut, la vie avait repris son cours ordinaire : sieste, musique, massages. La maternité avait encore embelli la princesse. Sitôt accomplies les purifications en usage après les couches, on avait vu Bhawani courir à son charpoï. La première épouse, néanmoins, continuait à porter beau. Elle sortait très souvent de l'appartement des femmes, avec un air d'insolence rieuse que Mohan lui détestait. Elle a appris les nouvelles des marchands, se dit-il, et le malheur qui se prépare lui tient lieu de joie ! Mais il se refusa à prévenir le rajah : il aurait pu se mettre en colère, prendre contre son frère et la première épouse des dispositions violentes, hâtives, plus dangereuses encore que leur présumé complot. Quelles ruses ourdissait Ragu, comment comptait-il attaquer, quel chemin emprunterait-il, le brahmane l'ignorait. Or, disait le proverbe, à la chasse au tigre, le premier coup doit être mortel, rien de plus mauvais que le fauve blessé ; Mohan laissa donc en paix la première épouse.

Un matin d'automne, cependant, un immense cri déchira les couloirs ensoleillés du zenana. Godh ce jour-là ruisselait de lumière, le palais du lac brillait comme un joyau.

— Voici donc le début du malheur, déclara Mohan, et l'on dirait qu'il aime les beaux jours.

Il courut vers les servantes éplorées ; elles lui désignèrent, ainsi qu'il s'y attendait, les fils de Sarasvati. Agités d'atroces convulsions, la bouche infectée d'une bave verte, ils hurlaient tous deux, comme à la mort. Mohan entama aussitôt des incantations :

— Mères divines, protégez en mères ces deux enfants ! Divinités ailées, rapides comme la pensée, faces de chats, d'éléphants et de tigres, yeux de safran, cheveux hérissés, cheveux noirs, cheveux blancs, vous qui aimez la lymphe et la moelle, vous qui n'avez qu'une main, qu'un pied, qu'un œil, vous, créatures affolées, ivres, furieuses ! Mères divines, protégez en mères ces deux enfants !

Dix, quinze fois, le brahmane répéta les *mantra*, tandis que Sarasvati se balançait d'avant en arrière au rythme des paroles sacrées. A la dix-septième fois, les enfants se calmèrent. Gopal, l'aîné, s'arrêta le premier. Ses traits se détendirent, il ouvrit les paupières, sourit et dit quelques mots. Il vivait.

Le dernier-né, plus fragile, mourut au même instant. Il était si pâle, commenta simplement Mohan, avant de porter le petit corps à la rivière.

– Par l'acier ! s'exclama le rajah quand il apprit la nouvelle. Nous aurons d'autres fils ! Sarasvati est jeune et vigoureuse. La dernière lune d'hiver ne sera pas finie qu'elle sera grosse à nouveau ! Quant à mon premier-né, il faut qu'il soit bien fort pour avoir vaincu les démons saisisseurs. Regarde, Mohan, Godh la bienheureuse et la paix qui l'environne...

– Il faut que ton épouse soit bien forte pour avoir sauvé son premier-né des mains des saisisseurs, corrigea le brahmane. Quant à Godh...

Il ne termina pas sa phrase ; déjà le prince retournait à sa musique. Mohan descendit de la citadelle. Avant de jeter le corps enveloppé de blanc dans la rivière qui sortait de Godh, il contempla la place ombragée où, deux ans plus tôt, les firanguis avaient établi leur camp. Alors s'éclaira d'un coup l'horoscope des époux royaux. Des années qu'il n'y lisait rien, en effet, car il se refusait à les dissocier l'un de l'autre. Mais si le destin de Bhawani était irrémédiablement lié à Godh, Mohan découvrait maintenant que le sort de Sarasvati, comme ces eaux qui fuyaient la ville après l'avoir traversée, l'entraînait, de façon tout aussi irrésistible, vers les terres extérieures.

CHAPITRE XI

15 octobre 1761

Calcutta

En ce mois d'octobre 1761, de tous les ports que la marine anglaise avait construits dans le monde, Calcutta était certainement la ville la plus laide qui se puisse imaginer. Chaque fois qu'il quittait le couvent de Birnagor, où il se distrayait à intervalles réguliers de l'ennui de sa charge, et quoiqu'il fût anglais, Warren Hastings, membre du Conseil du Bengale, était contraint d'en convenir.

Cinq heures du matin, avait annoncé la supérieure du couvent. Le jour se levait sur le Gange ; d'incessants mouvements de navires le parcouraient déjà. Frégates, flûtes, barges, boutres, brigantins : il en était de toutes sortes et de toutes les tailles. Cinq cents vaisseaux au moins, mouillés le long des quais, forêt de mâts, jungle de cordages. Au milieu du fleuve flottaient d'énormes troncs de bois charriés par les eaux depuis le Népal ; des dizaines de barques indiennes à voiles carrées s'agglutinaient autour d'eux afin de les haler. Le Gange, comme une route. Mieux encore : une caravane aquatique. Avant de laisser retomber la gaze qui protégeait la fenêtre étroite de la cellule, Warren Hastings songea un moment à d'autres caravanes, terrestres celles-là, qui traversaient à date fixe le lointain marché de Cassimbazar où il avait fait ses débuts aux Indes. Les chariots chargés de blé ou de riz, les milliers de bœufs qui les tiraient, la sueur mêlée des hommes et des animaux, leurs cris, la foule des colporteurs, la fête. Là-bas, le commerce était liesse. Alors, pourquoi l'Angleterre, venue sur ces rivages assouvir ses gourmandises marchandes, avait-elle bâti une ville aussi disgracieuse ?

On frappa à la porte de la cellule ; il reconnut la voix étouffée de la supérieure :

– Mr. Hastings ! Ne vous rendormez pas ! Il est temps que vous partiez, mes pensionnaires vont se réveiller !

Maintenant que le temps du plaisir était passé et qu'il n'avait plus besoin de ses services, la voix éraillée de mère Maria lui fut particulièrement désagréable. De surcroît, son détestable accent portugais ne s'améliorait guère; malgré la fréquence des visites d'Hastings au couvent, la supérieure abîmait avec la même insistance la pureté sonore de la langue anglaise.

Il laissa retomber le rideau, se retourna et ouvrit la porte:

— Apportez-moi plutôt un miroir, au lieu de geindre comme vous le faites.

Mère Maria sortit aussitôt d'entre ses jupes une petite glace:

— Vous n'êtes donc pas content, Mr. Hastings, pour vous montrer de si méchante humeur? Ce serait bien la première fois...

Sa voix suppliait presque, la graisse de ses joues en tremblait. Un mot encore et elle fondrait en larmes. Il l'arrêta aussitôt:

— Mais non, mère Maria, je suis ravi, comme toujours. Le jeune moine qui veille au salut et à l'instruction de vos chères pupilles est parfait, comme vous-même. Je suis ravi, parfaitement ravi.

Il saisit ses mains potelées, perdues dans les grains épais de son chapelet:

— Ravi, vous dis-je, répéta-t-il en souriant.

C'était parfaitement exact. Tout en rajustant sa perruque sur ses cheveux déjà grisonnants, il dressa mentalement un récapitulatif précis des plaisirs que lui avait offerts la fin de cette nuit. Assez pour vivre dans la sérénité quinze jours, trois semaines. Comme à l'ordinaire, moyennant quelques pièces, mère Maria l'avait promené de cellule en cellule. A chaque porte elle s'arrêtait, ouvrait doucement le guichet, et Warren Hastings contemplait le spectacle qui s'offrait à lui, voyant sans être vu, en toute quiétude. Puis il passait à la cellule suivante, bénissant en silence la divine industrie de la supérieure. Car, en ces rivages du Bengale où tant de maux menaçaient les marchands, le saint office de mère Maria consistait à abriter dans ses murs quelques jolies créatures susceptibles de distraire les Européens des pénibles soucis du commerce. Ces messieurs, en général argentés, choisissaient leur nonnain selon les mouvements de leur conscience ou le caprice du moment: il en était de chrétiennes, de musulmanes, et même des hindoues. Contre de gros sacs de roupies, que la supérieure utilisait d'ailleurs à bon escient, bâtissant et ornant une assez belle église, ils passaient toute une nuit avec la moniale de leur choix, et c'étaient ces ébats quelque peu sabbatiques, quoique tolérés, que Warren Hastings aimait à venir contempler. A chaque porte venait une joie neuve, car la supérieure de Birnagor hébergeait des couventines de toutes confessions et de toutes couleurs, si bien que chacune d'entre elles, sur son identique couche monacale, présentait au visiteur une conformation, une pratique et des talents qui illustraient fort agréablement les théories sur la diversité du génie à travers les peuples. Warren s'amusait beaucoup. Selon le jour et les occasions, mère Maria assortissait telle belle Indienne à un vieil Hollandais édenté; une autre fois, Warren la retrouvait dans les bras d'un jeune et fringant

Anglais. Il observait sans relâche, notait mentalement les variantes, appréciait l'art et la manière à leur juste mesure. Jamais, cependant, il n'approchait les jeunes créatures : le bruit courait qu'elles n'étaient pas des plus saines et que les attentions de mère Maria eussent été parfaites si, au jeune moine qui les éduquait, elle avait adjoint un brillant apothicaire. Mais de telles considérations n'arrêtaient pas un Anglais.

C'était plutôt le lieu qui bridait les élans de Warren. Trop de crucifix, bénitiers et mater dolorosa baroques lui rappelaient qu'il était dans une enceinte consacrée, et cela même qui pimentait le spectacle des nonnes interdisait qu'il poussât plus loin l'affaire : l'infinie prégnance du péché. Warren Hastings se passa le visage à l'eau de rose, constata avec satisfaction qu'il n'y apparaissait rien de ses turpitudes nocturnes : il était redevenu lisse, si l'on exceptait la longue ride verticale qui lui barrait le front depuis son veuvage et allongeait encore son visage fin et délicat. Mais cela lui ajoutait du sérieux. Il pourrait apparaître honoralement aux cérémonies qui l'attendaient l'après-midi même à Calcutta. D'un revers de la main, il chassa les plis que le sommeil avait laissés dans sa veste, baisa avec ferveur les mains de la supérieure et s'éloigna sous les voûtes blanches du déambulatoire.

Une lieue à parcourir, et il était cinq heures passées. Un rendez-vous d'affaires à six heures avec Ram, le jeune banquier bengali qu'il devait rejoindre aux confins du quartier arménien afin de prendre les dernières nouvelles des intrigues indiennes. Il aurait dû presser le pas. Quelque chose, cependant, qui ressemblait à de l'indolence, le retenait ici : le jardin sentait bon, il faisait presque frais. Sitôt passé le porche, il reverrait le Gange, et surtout Calcutta, verrue hideuse et pourrissante accrochée au fleuve. Le commerce, l'ennui, la tristesse. De Birnagor, il aurait voulu garder avec lui un peu de la fraîcheur. Non sans émoi, il se souvint alors qu'il avait négligé de compter au titre des plaisirs de la nuit une vision étrange et bien douce qui le troubla à nouveau. Était-ce à la huitième ou à la neuvième cellule ? Un guichet entrouvert avait révélé des formes très blanches, merveilleusement fermes et graciles à la fois, qu'il avait prises sur le moment pour celles d'une novice. Avec stupeur, il s'était alors aperçu qu'il s'agissait d'un jeune homme, d'un très jeune homme, dont la tête, se renversant joliment sur le côté, avait laissé voir sa partenaire : en fait de moniale, c'était l'épouse du constructeur des remparts de Calcutta, l'une des plus jolies personnes qui fussent chez les Européennes du Bengale, où la beauté se faisait rare. Mère Maria avait alors prestement refermé le guichet :

– Mr. Hastings, je vous prie, gardez le silence... Mr. Hastings ! La prochaine fois, je ne vous ferai pas payer...

Délicieuse et surprenante vision. Tandis qu'il descendait au bord du Gange, Warren Hastings fut envahi de torrents d'allégresse. Certes, la perspective de pouvoir revenir à Birnagor sans bourse délier n'y était pas étrangère : il n'était pas depuis treize ans employé de l'*East India Company* sans que cet office n'eût gravé en lui le sens de la plus stricte économie. Mais voilà que se présentait enfin une nouveauté à ajouter au catalogue un peu ressassé des fantaisies de Birnagor ; ce n'était pas d'avoir contemplé un adultère mondain, c'était mieux : pour la première fois de sa vie, une sensation agréablement bizarre avait traversé Warren. Il venait d'être troublé par la beauté d'un homme. Toutefois, comme chacun de ses pas le rapprochait de Calcutta, où la morale en vigueur voulait que les préoccupations commerciales l'emportassent sur toute autre sorte de considération, il s'empressa d'effacer en lui le souvenir de cette adorable découverte qui, à coup sûr, l'eût entraîné vers un lyrisme extrêmement fâcheux.

⁂

Malgré sa jeunesse – il n'avait tout au plus que vingt-trois ou vingt-quatre ans –, Ram était l'un des habiles banquiers de la toute-puissante caste des Sahukars bengalis. Hastings lui avait donné rendez-vous dans une rue fangeuse du quartier arménien, afin qu'il lui éclaircît les étranges remous qui paraissaient agiter depuis quelque temps les provinces du Nord. Tandis qu'il pressait le pas à travers les rues de la ville, le souvenir de sa nuit s'effaça peu à peu. Son moment de nonchalance à la sortie de Birnagor l'avait contraint à se hâter, et il avait crotté ses souliers et ses bas. Bien qu'on fût au début de la saison sèche, Calcutta n'était pas plus propre que Londres. Des immondices souillaient en permanence les rues tortueuses de la ville, même dans le quartier anglais, où, du reste, rien n'était entretenu. Il l'avait traversé en courant presque, essayant de résister à l'ennui qui transpirait de toutes ses constructions. Des maisons sans alignement, un semblant de place mal pavée où s'immisçaient partout les herbes folles, et, le long des quais, une vague perspective, réplique fade du théâtre somptueux des ports européens, Londres, Pétersbourg, Nantes ou Amsterdam.

A tout prendre, Warren préférait le désordre du quartier arménien, le charme de ses maisons de bois aux encorbellements périlleux, la boue même de ses venelles, où coulaient dans le même ruisseau la fiente des hommes et celles des animaux. Et son regard s'amusait à traquer, dans l'obscurité des boutiques, les dizaines et les dizaines de mercantis silencieux, pâles et roués, penchés sur leurs balances, ou sur leurs comptoirs à mesurer le tissu. Il se disait alors qu'il était en train de se perdre dans le lieu où se réunissaient toutes les ruses de l'Orient, et cette pensée le mettait en joie.

Aussi Warren avait-il situé ses rendez-vous secrets avec le jeune Bengali aux confins de ce quartier silencieusement chéri. Du moins aimait-il à penser que ces entrevues étaient confidentielles ; au fond de lui-même, il savait bien que son tricorne et son habit anglais ne passaient pas inaperçus. Ce qu'on ignorait, en revanche, c'était la nature de ses rapports avec Ram. On croyait à des tractations commerciales, aux catiminis d'affaires dont étaient coutumiers les agents de l'*East India Company*. Les moments qui précédaient chaque rendez-vous remplissaient donc Warren Hastings d'une félicité un peu perverse, eût-il comme aujourd'hui gâché des bas de la meilleure soie pour arriver à l'heure.

Adossé contre le mur de bois d'une maison qui formait lisière entre le quartier indien et le quartier arménien, Ram l'attendait, les yeux comme toujours perdus dans le vague. Bien des fois Warren s'était demandé si ce regard curieusement triste et fixe n'était pas dû à un usage immodéré de l'opium, très répandu sous ces climats ; mais il n'avait jamais reconnu sur sa peau l'odeur si caractéristique de la plante brûlée. Son premier coup d'œil fut pour les cuisses nerveuses et longues de Ram, insolemment apparentes sous son dhoti blanc. L'autre ne bougea pas. Il lui toucha l'épaule, le salua à l'indienne. Ram demeura impassible. Warren recommença.

— Ram, très cher, très honoré Ram, donne-moi la bénédiction de ta divinité...

Jeu, ou ferveur sincère, Ram ne consentait jamais à sortir de sa torpeur qu'au nom de la déesse dont il se proclamait le fidèle servant. Warren connaissait sa manie, et c'était pure flatterie, s'il ne prononçait pas le nom sacré dès la première phrase. Il lui était même arrivé de faire traîner l'affaire plus longtemps, pour mieux convaincre l'Indien de son importance : ainsi, il pouvait obtenir de meilleurs renseignements. Aujourd'hui cependant il pressa le protocole, car il avait devant lui une rude journée.

— Ram... je t'en prie, que Kali me bénisse.

— Kali te bénit, répondit l'Indien en soupirant. Viens !

C'était la deuxième étape du rituel, celle que Warren préférait. Ram parlait d'une voix blanche, un peu oppressée. Il le poussa dans le couloir central d'une maison, qui débouchait sur une cour tranquille, encombrée de palmes, d'où personne ne les voyait. Mais eux, à travers une trouée du mur de la cour, pouvaient contempler tout à loisir le temple de Kali, la déesse de Calcutta.

Voir sans être vu : ici encore, Warren jubilait. Peu lui importait cependant le va-et-vient des Indiens, qui se pressaient dès l'aurore pour honorer leur toute-puissante patronne. Kali seule l'intéressait. A travers les lianes, il contemplait sa figure noire, monstrueuse et sanguinolente, les bâtons d'encens, les fleurs déposées autour de la statue par les fidèles. Le diable. Un tête-à-tête avec Satan, pour la grandeur de la lointaine Angleterre. Il se sentait héroïque.

Les deux hommes s'assirent côte à côte, à même le sol. Ram prit la main de l'Anglais, la pressa doucement, selon un geste familier aux Indiens. Warren détestait ce contact et l'aimait à la fois. Cette peau sombre, païenne, impure...

— Prends bien garde, l'étranger, que la déesse ne saisisse ta race pour assouvir sa vengeance !

— Tu me le dis à chacune de nos rencontres. Quelles nouvelles du Nord, de la province d'Aoudh ?

Warren tâchait de ne pas paraître sec, alors que le temps pressait ; il tentait d'adoucir sa voix un peu nasale.

— Tous les gens du Nord n'adorent pas nos divinités, sahib ; leurs temples parfois sont étranges et nus, et l'on n'y voit nulle image du dieu unique qu'ils adorent. Mais, comme les Bengalis, ils commencent à vous haïr.

Ram serra avec fébrilité la dizaine d'amulettes qui pendaient à son cou, poudres de serpent ou de scorpion pilés, serrées dans des goussets de cuivre et d'or, autant de remèdes à l'adversité.

— Vous autres, Bengalis, nous haïr ? Mais nous travaillons de concert depuis si longtemps !

— Tu n'as pas de mémoire, étranger, et pourtant tu es plus âgé que moi ! Nous vous aidons avec notre or, parce que les banquiers sont toujours du côté du plus fort. Depuis que ton ancien chef, Clive, a vaincu notre nabab à la bataille de Plassey, nous vous appartenons. Cinq ans, six ans déjà... Mais cela fait presque autant de temps que les agents de ta compagnie pillent le nouveau nabab. Un fantôme, installé par vous.

— Les salaires de nos agents sont trop faibles ; il faut bien les intéresser au commerce en leur permettant de trafiquer un peu pour leur compte ; Ram, tu es toi aussi un Seigneur de la Marchandise, tu le comprends sans peine ? Ta famille et toi-même profitez assez de notre commerce !

Warren sentait la colère monter en lui ; ce jeune Indien, qui prenait un ton à lui donner des leçons... Il s'interrompit néanmoins. L'autre continuait, et il savait bien qu'il n'avait pas tort :

— Vous allez trop loin, sahib. Avant que vous ne vous installiez ici, nos princes avaient jalonné l'Inde de douanes et de péages qui protégeaient notre commerce et nous enrichissaient. Depuis que vous êtes les maîtres du Bengale, vous avez obtenu la dispense des droits de douane, et même de visite, pour toutes marchandises.

Warren l'interrompit :

— Mais il y a le *dustuck* !

— Le *dustuck* ! ricana Ram. Mais ce passeport, tous vos agents l'obtiennent ! Pour être protégé des agents du fisc il suffit maintenant qu'un vaisseau arbore pavillon britannique ! Le Gange est parcouru de centaines de navires qui repartent vers les Eaux Noires gorgées de nos richesses, sans que jamais nous puissions y trouver à redire. Je te le répète, sahib ! Prenez garde. Car les banquiers du Bengale sont en colère de voir l'or s'enfuir de l'Inde comme le sang du cou de la victime immolée.

Il désigna du doigt le sanctuaire où des hommes se prosternaient devant la statue de la déesse. On entendit quelques piaillements, puis les fidèles s'agenouillèrent. On venait de tuer un petit chevreau ; ils contemplaient avec recueillement le sang qui se répandait à gros bouillons aux pieds de la divinité noire.

— Nous en avons déjà trop fait pour vous, reprit Ram.

— Et le Nord, dans tout cela ? rétorqua Warren. La nababie d'Aoudh, d'où tu reviens ?

Warren s'impatientait ; les syllabes bengalies, qu'il maniait d'ordinaire à la perfection, s'emmêlaient dans sa bouche. Ram ne quittait pas des yeux la statue de Kali. Il était manifestement décidé à ne pas répondre. Warren enrageait. Il les avait pourtant bien prévenus, ses collègues de l'*East India Company*. Il n'y avait pas deux mois, en plein conseil de la présidence du Bengale, il s'était lancé dans une tirade passionnée :

— Ne tombons pas à notre tour dans le travers qui a perdu la France. Les agents de la Compagnie abusent du commerce privé, ils lèsent les intérêts des financiers indiens. Mettons fin à ces abus, ou nous risquons de les voir nous devenir hostiles...

Il n'avait convaincu personne. Il n'avait jamais eu d'éloquence. Ram continuait à se taire, et cela pouvait durer des heures. Et pourtant, c'était clair, un secret lui pesait ; il avait quelque chose à lui transmettre. Une révélation, qui serait aussi un avertissement, un conseil de prudence. Par l'intermédiaire de Ram, Warren et la banque bengalie avaient, ici même, machiné assez d'intrigues pour que ses alliés ne le trahissent pas sans le prévenir. Agacé, l'Anglais se mit à frotter la soie de ses bas. Il lui fallait deviner. Mais il lui manquait la pièce maîtresse de l'énigme. Quelle question poser ? C'est à moi de parler, se dit Hastings. Si je vois juste, il approuvera. Sinon, je ne saurai rien de plus.

— Ram !

L'Indien ne tressaillit même pas.

— Ram ! Pourquoi es-tu allé chez le nabab d'Aoudh ? Dis-le-moi, dis-le... Tu es allé voir les Banquiers Mondiaux, n'est-ce pas ? Les frères Djagarset, qui ont quitté leur Radjpoutana, et tu les as retrouvés là-bas ?

Ram se retourna vers Hastings. Au lieu de l'œil vague qu'il avait encore une minute auparavant, insondable à force de flou voulu, il avait un air très doux, celui d'une bête vaincue. Warren connaissait bien la gamme d'expression des Indiens ; il comprit ce qu'annonçait cette subite douceur : il l'avait percé. Il suffisait, maintenant, de persévérer :

— Le nabab d'Aoudh a besoin d'argent pour faire la guerre, n'est-ce pas ? Et si les frères Djagarset vont jusqu'à se déplacer chez lui, c'est que l'affaire leur paraît suffisamment sérieuse pour engager leurs énormes fonds dans ce conflit. Mais à qui donc en veut le nabab d'Aoudh ?

Warren savait qu'à ce point de la conversation Ram prendrait le relais.

— A vous, sahib ! La guerre, contre vous, la guerre ! Tous les Indiens rangés contre les firanguis. Le nabab d'Aoudh prétend restituer le nabab du Bengale dans tous ses droits ; à la vérité, il cherche surtout à vous chasser d'ici. Le Grand Moghol est derrière eux.

— Le Moghol !

Warren éclata de rire.

— Le Moghol ! Mais il n'est plus rien ! Un prince amolli, vautré sur son harem à la cour de Delhi, à condition que les Afghans le laissent rentrer dans sa ville et que ses eunuques ne se mettent pas à comploter contre lui... Le Moghol !...

— Oui, le Moghol, sahib, le Grand Moghol, le Seigneur du Monde, le souvenir vivant des grandes ombres du passé, et sous sa gloire les hommes se reposent comme sous un parasol ! Le fils de Tamerlan, Babur, Aurengzeb !

— Ram, tu plaisantes. C'est un musulman. Un fils d'envahisseur.

— Le Moghol n'emporte pas notre or derrière les Eaux Noires.

— Ainsi, reprit alors Warren, les banquiers sont en colère, même les frères Djagarset...

Ram ne répondit rien. Warren continuait à réfléchir. L'affaire était grave. Que feraient les Anglais devant des hordes de barbares déchaînés ? Dès l'origine, leur politique avait été d'éviter les affrontements. La bataille de Plassey, qui leur avait donné le Bengale, n'avait représenté qu'un engagement dérisoire, en comparaison des immenses conflits qui déchiraient l'Europe. Clive ne s'était distingué en Inde que par la soudaineté et l'efficacité de ses assauts. Pour le reste, la Compagnie anglaise avait patiemment rongé le Bengale, en silence et en toute apparente humilité. Jamais Warren n'aurait imaginé que cette sinistre affaire de commerce privé prît de telles proportions. Les Anglais, à leur tour, étaient donc pris au piège de l'avidité commerciale qui avait fait la perte de la France ? Non, tout cela était exagéré. Les Bengalis aimaient la peur et la démesure. Ram se trompait, ou le trompait.

— Les Indiens ne s'entendent pas entre eux, Ram. Le Moghol n'a pas d'autorité.

— Pour retenir l'or chez eux, sahib, les Indiens sont prêts à tout. Les nababs des provinces musulmanes comme les rajahs hindous. Eux aussi vivent des douanes et des impôts. Ils sont nombreux, les rajahs des steppes et ceux des jungles ! Les Djattes, les Radjpoutes, que commence à gagner l'inquiétude. N'oublie pas que les Banquiers Mondiaux viennent du Radjpoutana, là où convergent les grandes routes de l'Inde, reliant la mer aux chemins des caravanes, vers l'Arabie, le Cachemire, le Tibet. Et n'oublie pas non plus l'histoire du Trou Noir !

Ram se remit à contempler Kali. Le Trou Noir... Cette fois, l'avertissement était clair. Comment avait-il fait pour y échapper, lui, Warren ne le savait pas encore. Six ans plus tôt, juste avant Plassey, l'ancien nabab du Bengale s'était révolté, avait envahi Calcutta. Cent quarante-six Anglais furent faits prisonniers et jetés vivants au fond d'un entrepôt, où le nabab les laissa périr de chaleur, n'en extrayant qu'une jeune femme qu'il ne jugea pas assez défraîchie pour faire injure à son harem. Divers monuments de la ville commémoraient ce tragique épisode. Par quel bonheur Warren s'était-il trouvé retenu dans une bourgade des environs, quand tout l'appelait à Calcutta ? De ce jour il se crut protégé du destin ; mais il suffisait qu'on prononçât ces terribles syllabes, *Black Hole*, pour qu'il en frissonnât encore.

— Nous n'en sommes pas là.

— Non, sahib ! mais que les tiens se rappellent qui leur a livré le nabab du Bengale : un des nôtres, un sahukar, Ormishund. Clive lui avait promis le quart des bijoux du nabab, cinq pour cent de son trésor. Ormishund vous a donné le nabab. Les tiens ont gardé le trésor. La semaine dernière, on a retrouvé Ormishund terré au fond de son immense palais : il venait d'apprendre que Clive ne reviendrait plus jamais de son île lointaine. Jusqu'à ce jour il avait espéré. Ormishund est devenu fou. Les sannyasis commencent à menacer.

Décidément, Ram était décidé à ne lui épargner aucune terreur. Warren prit le parti de plaisanter :

— Les sannyasis ! Nous avons souillé l'ordre cosmique, c'est cela ! Alors tu seras des victimes, Ram, toi qui me donnes rendez-vous près du temple de Kali ! Tu souilles la déesse en traitant avec les firanguis !

— Je sais. Le massacre rituel des sannyasis ne m'épargnerait pas s'ils se mettaient en marche. Je suis commerçant ; eux, des guerriers khsatrya, et c'est du commerce dont ils veulent laver le Bengale. Dharma ! Mais tu es prévenu.

— Ram, parlons net ; tu m'as averti, je t'en remercie. Je me doutais bien qu'un jour ou l'autre les Banquiers Mondiaux nous trahiraient. Mais qu'ils sachent ceci : s'ils veulent la guerre, ils perdront. Qu'ils coupent ou non nos routes avec l'Afrique, la mer Rouge, le Cachemire ou Sumatra, il y a une chose qu'ils ne sauront jamais faire comme nous : la guerre. Notre guerre à nous. Les canons. Les baïonnettes. L'ordre. Nous sommes les plus forts.

— Maintenant, peut-être plus.

Ram saisit son collier, puis agita comme une toupie les amulettes qu'il portait à son cou. Encore quelque chose à deviner. Warren se sentit épuisé. Tout le bien-être qu'il avait trouvé à Birnagor s'était envolé de son corps. Il regarda à son tour la statue de Kali. Le sacrificateur était parti, et il ne restait plus, aux pieds de la déesse, au milieu des colliers de fleurs, qu'une grande flaque de sang qui achevait de coaguler au soleil. Pour la première fois depuis bien longtemps, Hastings aurait voulu être loin d'ici. La verte Angleterre, ses enclos à bétail, ses prairies mouillées, une maison tranquille de l'Oxfordshire...

Un juron lui échappa alors :

— Rascal ! Rascal ! Mais vas-tu bien me dire ce qui nous empêche, nous, Anglais, d'être les plus forts !

Ram se leva lentement, s'inclina devant Warren Hastings et lui chuchota dans l'oreille :

— Sumroo, sahib..., et les aventuriers.

***

Warren Hastings revint à sa demeure dans un état de grande agitation ; il ne quittait pas des yeux les pavés herbus, son front se creusait d'une grande ride verticale ; plusieurs fois, il manqua de se perdre dans le fouillis des maisons. Enfin il retrouva la petite place où il s'était loué une bâtisse grise à deux étages, fort cher, non loin de la cabane de bambou et de chaume qui faisait office d'église anglicane et d'un obélisque d'assez mauvais goût, destiné à éterniser le souvenir des martyrs du Trou Noir. La vision de ce monument ranima ses inquiétudes ; les mouvements de la plus vive passion se bousculèrent dans son âme. Nul n'en sut rien : à cette heure ses collègues anglais étaient tous penchés sur leur maîtresse ou leur livre de comptes ; quant aux servantes de Warren, qui depuis son veuvage constituaient son exclusive compagnie, leur indifférence égalait leur beauté, et elles n'eurent pas un frissonnement quand leur maître franchit le seuil de la maison.

– Du thé, commanda-t-il simplement.

Il passa devant elles sans les regarder. Elles obéirent aussitôt, les yeux baissés, bruissantes d'étoffes drapées.

– Dans le bureau ! ajouta-t-il en gravissant l'escalier qui menait à sa chambre.

Il s'étendit un instant sur son lit, tâchant de se calmer. Il n'y parvint pas ; il valait mieux se mettre à la tâche. Aussitôt donc il redescendit à son cabinet de travail. Le thé était déjà là, sur un plateau de laque. Il posa doucement la main sur la porcelaine de la théière. Il aimait ce contact. A chaque instant diminuait la chaleur, et avec elle semblait s'enfuir un peu d'éternité. Immuables, gelés sous la couverte, les monstres fous et les dames délicates s'en riaient et continuaient à gambader. D'où lui était venue cette porcelaine de Chine ? Warren ne le savait plus. Tant de lots d'objets rares lui passaient par les mains depuis qu'il était au Bengale. L'Asie faisait naufrage, et tout ce qu'elle possédait de précieux, un jour ou l'autre, échouait à Calcutta, dans les magasins anglais. Pour combien de temps ? Un *sahukar* lui avait dit un jour, au plus profond du marché de Cassimbazar : « Firangui, tu es jeune ! Si tu veux faire fortune ici, n'oublie pas que la vie d'un Indien n'est qu'une minute de patience au cœur de trente-trois millions d'existences... » La patience n'avait pas manqué à Warren. Travail, silence, discrétion. Mais pas encore de fortune, et trente ans déjà... Il ne se sentait pas devant lui trente-trois millions d'existences. La nouvelle que l'Inde allait se soulever l'accabla à nouveau. L'Inde et les aventuriers. Et ce nom inconnu, terrifiant, Sumroo... Il caressa la porcelaine. Elle refroidissait. Il se versa une tasse de thé. Le liquide, à peine infusé, était encore doré, presque orange, comme il l'aimait. Le thé, sa grande force : dans l'étuve de la mousson comme à la saison sèche, il ne s'était jamais permis d'autre breuvage. Et il avait résisté à tout : à la peste, à la dysenterie, au choléra, à toutes les fièvres que couvait avec tendresse la jungle du Bengale. Et cela à Calcutta même, qu'on appelait le Golgotha de l'Inde. Il se souvenait encore de l'horrible année 1757, quand l'épidémie avait tué les trois quarts des agents de la Compagnie. Des mois d'horreur.

A la première averse, le cimetière gorgé d'eau avait laissé remonter les cadavres. Sa femme et ses deux enfants avaient succombé. Lui, il avait tenu. Quelques moussons plus tard, les fièvres continuant à décimer le Conseil de l'*East India Company,* sa belle santé lui avait valu un brillant avancement, et il ne savait plus s'il devait y voir la main du destin ou un effet inattendu de son breuvage préféré.

Il soupira. Ses livres de comptes l'attendaient. Il allait lui falloir, en *True Born Englishman* qu'il était, consciencieusement s'ennuyer. Il appela la servante, qui parut aussitôt ainsi qu'à l'accoutumée.

– Assieds-toi ici. Tu me verseras le thé pendant que je travaillerai.

Elle s'accroupit sur le sol ; il la contempla un instant. Elle était fine et longue comme certaines des Bengalies que mère Maria employait à Birnagor. Docile, muette, impavide. Un bel animal. Comme des autres, il ne savait rien d'elle, à peine le son de sa voix, à peine le goût de sa peau, qu'il goûtait de temps à autre, au gré de son caprice. De ses servantes, il n'attendait rien, que cette présence attentive et indifférente à la fois, cette épaisseur de silence, aussi constante sous ses assauts brusques et ses fuites soudaines quand l'idée du péché le reprenait. Il souleva une grosse liasse de parchemins. Lettres de change, inventaires de magasins, décomptes de balles de soie, ordres d'achat venus des marchands de la lointaine City. Que n'aurait-il pas donné pour être des leurs, à banqueter d'huîtres ou à nocer avec les plus belles catins de Londres ! Il pensa, une fois de plus, que sa vie avait bien mal débuté ; être né Hastings, noble et intelligent, et se voir condamné par un tuteur imbécile à devenir un zélé fonctionnaire de la Compagnie... Il n'avait pas connu sa mère, morte peu après sa naissance ; son père n'avait pas tardé à s'évanouir aux Amériques. Brillant élève, il avait été proposé comme boursier à l'université : Oxford, latin, grec, hébreu, histoire et philosophie des peuples, voilà qui lui aurait plu. Alors était venu ce tuteur avide, pressé de se débarrasser de lui. « L'*East India Company*, mon garçon, le commerce, voilà le destin d'un *True Born Englishman*, quand il n'a plus ni château, ni famille, ni terres ! » Warren entendait résonner encore son petit rire sec. Le mépris. Il s'était juré de se venger. Mais quinze ans maintenant que l'Inde l'avait pris, quinze ans de paperasses, de comptes, de finasseries. Quinze ans de demi-vie, quand tout bougeait autour de lui : l'Inde profonde, bouillante, intense, qu'il ne faisait que soupçonner ; et toutes les mers du monde, sillonnées de capitaines flibustiers ou explorateurs, à la recherche de trésors, de bons sauvages ou de paradis perdus. Rien. Il n'avait rien connu. Rien tenu, rien possédé. La servante versa une deuxième tasse de thé. Il ne parvenait pas à se mettre au travail. Sur les rayons de son bureau, entre des masses de registres, luisaient quelques reliures de peau. Son regard glissa lentement sur les tranches. Il continuait à rêver. L'université, ou l'aventure, il lui aurait fallu l'une ou l'autre ; les boiseries tranquilles des bibliothèques d'Oxford, ou les mers folles de la boucane. Mais pas ce compromis chaud et grisâtre de Calcutta. Ici, comme les murs au temps de la mousson, il croupissait. Warren

Hastings ouvrit un registre, prit sa plume. Il allait la tremper dans l'encrier, quand il arrêta son geste. Ses yeux ne quittaient plus les cinq dernières reliures du rayonnage. Les œuvres complètes de Daniel Defoe. Il les avait lues et relues. Il les connaissait par le menu, mais chaque fois son plaisir demeurait le même, et extrême. L'histoire du capitaine Jack, « qui naquit gentilhomme, exerça pendant vingt-six ans la profession de voleur, fut cinq fois marié avec quatre catins, partit à la guerre, se conduisit bravement, obtint de l'avancement, est toujours à l'étranger achevant une vie merveilleuse, est résolu à mourir général »... Ou bien les « heurs et malheurs de Moll Flanders, qui, pendant une vie continuellement variée qui dura soixante ans en plus de son enfance, fut douze ans une catin, cinq fois une épouse, dont une celle de son propre frère, douze ans déportée pour ses crimes en Virginie »...

Warren soupira, très bruyamment sans doute, car la servante sortit de sa torpeur et posa sur lui un regard presque étonné.

— Verse-moi du thé.

C'était bien la troisième tasse. Et pourtant il ne parvenait pas encore à se mettre au travail. Les aventuriers. Mais non. Ce monde-là était mort. Il y avait beau temps que l'*East India Company* avait abandonné son premier titre de « Compagnie des marchands aventuriers ». C'était maintenant l'ère de la sécurité, de l'organisation. D'ici peu tous les navires seraient assurés, et il n'y aurait plus un marchand assez fou pour prêter son argent « à la grosse aventure », gagnant dix fois la mise si le navire rentrait mais perdant tout s'il venait à sombrer. Folies, folies ! Defoe, lui aussi, un forcené ; un génie, mais imposteur et fou, comme tous les hommes de lettres. Bravement, Warren Hastings trempa sa plume dans son encrier. La petite Bengalie ne le regardait plus, et il en fut soulagé. Saurait-elle jamais, cette adorable servante, qu'elle venait de l'aider à surmonter la plus affreuse des tentations qui soit à un homme de commerce ? Lui, Warren Hastings, gentilhomme anglais de souche pure, quoique ruinée, avait bien failli laisser là comptes et lettres d'affaires pour se plonger dans l'histoire hautement condamnable du capitaine Jack. Damnation ! Au moment même où il apprenait que les grands intérêts de la nation britannique étaient menacés ! Dans son émoi, Warren Hastings avala coup sur coup trois tasses de thé supplémentaires, puis demanda à son exotique ange gardien de lui apporter sur-le-champ un autre récipient de l'excellent breuvage. Quatre heures durant, avec une ardeur inégalée, il aligna les chiffres, sans la moindre fatigue. Quand vint l'heure de la réception, il lui sembla même parvenir à une sereine lucidité. Quoique subsistât en lui la nostalgie de n'avoir point connu le destin d'un capitaine Jack ou d'une Moll Flanders, Warren Hastings s'était en effet persuadé que la médiocrité de l'Inde anglaise pourrait connaître une heure de splendeur, pourvu qu'on lui proposât un projet approprié à ses talents. Vaincre l'Inde. Réduire, soumettre, organiser. Mais le tout, par pitié, sans l'aventure !

Et, qui sait, peut-être serait-il l'homme de l'affaire ? L'homme d'une

Inde neuve, d'où seraient exclus les gentilshommes de fortune et tous les Sumroo de la terre.

⁂

Pour la société européenne de Calcutta et des environs, le 15 octobre était un grand jour. Cette date marquait en effet le retour définitif de la saison sèche et l'ultime terme des agonies dues aux fièvres de la mousson. Les gens de bonne compagnie avaient pris coutume de se réunir en ce jour pour une belle assemblée, où ils se félicitaient mutuellement d'avoir échappé aux périls de la saison des pluies. On dénombrait silencieusement les morts et les vivants, on poussait quelques petits soupirs de regret, enfin on s'asseyait autour d'une table bien garnie pour fêter dignement le départ du fléau. La satisfaction d'être en vie était si unanime, et si morose la société des Anglais, qu'ils consentaient ce jour-là à admettre dans leur cercle tous les Européens de la région, qu'ils fussent des comptoirs hollandais, des loges danoises, ou même, fait éminemment remarquable en ces lendemains de guerre, quelques survivants égarés du siège de Chandernagor. Dans ces conditions, la visite que Warren Hastings avait faite le matin même au couvent de Birnagor était une manière d'anticipation de la fête ; son entretien avec Ram avait failli tout gâcher. Par bonheur, il était parvenu à triompher des tourments dus à ces révélations. C'est donc d'un pas allègre, et fort d'une neuve ambition, qu'il se dirigeait maintenant vers le lieu des agapes.

C'était une grosse bâtisse à deux étages, grisâtre et moussue comme tout Calcutta à cette époque de l'année ; le Gange, en période de crue, venait presque en lécher les fondations. Avant de franchir le semblant de jardin qui l'entourait, Warren eut un regard pour la banlieue de la ville, de l'autre côté du fleuve : des potagers gras et plantureux, où se mêlaient plantes indiennes et essences européennes, si bien que, de loin, on pouvait croire y retrouver l'air d'aisance et de sérénité que les Anglais savaient donner à toutes leurs campagnes. Des réminiscences de prés mouillés et de boiseries douillettes se bousculant à nouveau dans son esprit, Warren rappela à lui toutes les ressources de sa détermination et se tourna résolument vers la façade du *club*. Il devait être légèrement en retard, car des bruits de conversation, et surtout des tintements de vaisselle, lui parvinrent dès qu'il eut franchi le seuil. Il sourit, de sa manière faussement aimable, à un domestique européen en livrée et pénétra dans le couloir central qu'ornait une sorte de marbre à l'antique. Les bruits de voix venus de la salle à manger s'amplifièrent. Oui, des marchands. Derrière ces plâtres fendillés, à travers les gloussements et les éructations qui arrivaient jusqu'à lui, Warren devinait toutes les faces rougies qui l'attendaient, couperosées et congestionnées d'alcool. Il fallait entrer. Toujours attentif à sa mise, quoique d'une élégance strictement réglementaire, Warren jeta un coup d'œil dans l'unique glace qui ornait le couloir. Il supposait en effet qu'il y aurait dans l'assistance quelques troublantes Européennes, ce qui le rendait ordinairement un peu timide; or l'ambition exigeait qu'il brillât par toute sa personne. Le reflet du miroir n'était guère encourageant. Sa perruque était de travers, comme souvent. Quel travail souterrain de ses cheveux rebelles pour déranger si fréquemment l'arrangement de son visage? Il se maudit, se trouva laid et entra cependant.

« Fasse le Ciel que ma naissance et mon intelligence des affaires indiennes me tiennent lieu de beauté », pensa-t-il, un peu lyrique, tandis qu'il poussait la porte.

– Hastings! vous enfin, que nous n'espérions plus!

Warren s'arrêta, le regard un peu fixe.

– Enfin, Hastings, reprit son interlocuteur, vous êtes en retard, mon ami, et vous rêvez encore!

L'homme, un de ces marchands congestionnés auxquels il pensait tout à l'heure, l'apostrophait avec une ironie amère, qui le lui fit aussitôt reconnaître. C'était Botson, membre comme lui du Conseil du Bengale; les deux hommes se détestaient. Warren ne supportait pas les manières grossières de Botson, et moins encore l'étroitesse de ses vues sur l'Inde. Quant à son rival, il jalousait Hastings pour sa culture, sa finesse, sa patience ascétique, toutes qualités rarissimes sous les cieux du Bengale. Son voisin, un Hollandais, poursuivit:

– Vous passez trop de temps sur vos comptes, Mr. Hastings! Je veux bien que votre légendaire tempérance fasse de vous l'homme le plus coriace de ce maudit pays, mais enfin il nous faut en tout respecter la mesure... Voyez-vous donc ce beau banquet!

Warren Hastings se pencha vers la table. A première vue ce n'était guère que l'ordinaire des fêtes anglaises. Le marchand hollandais reprit:

– Venez, venez à mes côtés!

Redoutable Néerlandais. Il lui tendait un siège, lui désignait une place, juste en face de ce Botson qu'il haïssait. Par bonheur, le président du Conseil du Bengale, Vantissard, n'était pas loin et pourrait venir à son secours en cas de besoin. Warren le salua respectueusement, tandis que le marchand hollandais entamait un inventaire des plats:

– Regardez-nous ces mets exquis, Mr. Hastings! N'êtes-vous donc point gourmand, pour accourir à la fête d'aussi mauvaise grâce?

Il ne cesserait donc jamais! Et cet horrible accent continental, presque germanique, une voix épaisse. Aucune grâce chez ces étrangers. Warren s'assit, contempla à nouveau la table. Caris variés, chapati à l'indienne. Mais, était-ce la joie de la victoire sur la France, on avait innové: chaque fois que la nation britannique damait le pion aux Français, elle prenait en effet un plaisir un peu pervers à s'annexer, outre leurs possessions territoriales, leurs nouveautés en matière de plaisir; cette année, à l'évidence, la conquête était culinaire: les narines de Warren en frémirent de joie. Sur le plat que lui tendait un laquais, il reconnut des œufs durs arrosés d'eau de rose, à la dernière mode parisienne. Puis vinrent, pour accompagner le ragoût de mouton, non ces épices, dont on était si las, mais une sauce à l'iris, enfin une autre au musc. Il remplit avidement son assiette de porcelaine.

— Ah ! comme je préfère les parfums aux épices ! murmura-t-il en humant le plat. C'est le meilleur de l'Inde...

L'odeur délicate des sauces l'avait détendu. Avant de goûter la première bouchée, il les respira un long moment. Un vrai bonheur. Enfin il échappait à ces senteurs moites et chaudes qui imbibaient toute la vie indienne, des cuisines aux caves, des chambres aux cales des navires. Plus qu'un paysage, l'Inde, pour lui, était d'abord une odeur. Tenace, pourrissante et forte. Un instant, les sauces au musc et à l'iris l'en sauvaient ; et pourtant c'était l'Inde aussi qui produisait ces parfums ; mais il avait fallu attendre un caprice de Paris, fatigué de plaisirs trop anciens, pour en retrouver les délices au fond d'une porcelaine. Il avala coup sur coup deux œufs à l'eau de rose.

— Eh bien, mon ami, voilà comme nous vous aimons ! Un peu gourmand. Oubliez donc vos malheurs un moment.

A son tour, Vantissard se mettait de la partie ; Warren le maudit. Comme s'il pouvait regretter femme et enfants, en un pays où il en mourait tant. Comme s'il n'y avait pas au monde d'autre gourmandise que d'engloutir des monceaux de ragoûts et des pintes d'alcool... Mais enfin, pourquoi leur en vouloir ? Warren éprouva alors une satisfaction inattendue : de lui, on ne percevait donc que cette image extérieure d'homme tempérant, studieux, presque ascétique. Et Birnagor... Ses convoitises secrètes. Nul ne les pressentait. Un bref moment, les yeux mi-clos pour mieux savourer la sauce à l'iris, il mesura avec délices la toute-puissance de son hypocrisie. En face de lui, Botson demeurait silencieux. Il lui parut encore plus rouge que tout à l'heure. Il est vrai que les bouteilles se vidaient rapidement. Bordeaux, madère, cognac, on n'avait pas lésiné. De surcroît, aucun des membres de l'assistance ne pouvait avaler une bouchée sans l'arroser de bière, et l'usage voulait qu'entre chaque service on engloutît un demi-verre de ratafia de cerises.

Vantissard reprit :

— Voyez-vous, Hastings, je crains que vous ne trouviez de sitôt une de ces jeunes beautés qui guérirait votre mélancolie. Depuis que Chandernagor est tombé, toutes les belles créoles françaises ont fui les Indes et sont parties chercher fortune à l'île de France ou aux Isles d'Amérique... Il va falloir que nous vous fassions venir un bon parti de notre verte Angleterre. Hélas ! ces dames-là sont rarement à notre goût. Il faut choisir : de l'agrément d'une famille, ou de la solitude des galanteries !

Warren pâlit. Se pouvait-il qu'on l'eût découvert ? Pourtant, mère Maria, qu'il payait si cher...

— Je ne vous comprends pas.

— Vous êtes un homme triste, Hastings, perpétuellement mélancolique. Il vous faut épouser rapidement. Un homme seul, et tempérant comme vous l'êtes — contrairement à bien d'autres —, ne résistera pas longtemps à l'ardeur pernicieuse de ce climat. Ou prenez quelques galantes amies. Il est quelques Indiennes fort saines, et très charmantes !

Warren respira. L'habitude de la dissimulation lui permit toutefois de cacher son soulagement, et il répondit presque aussitôt :

– Je ne cherche pas tant la beauté que l'agrément des âmes.

– Cher, très cher Warren... Vous êtes l'employé le plus déroutant qu'ait jamais employé l'*East India Company*. On croit connaître un homme d'affaires ; on découvre un poète !

– Je ne crois pas que Mr. Hastings soit celui que vous décriviez, intervint Botson.

Warren avait bien prévu que le long silence de son rival cachait quelque perfidie. L'autre avait bu. Il s'attendit au pire. Botson avait prononcé sa phrase du ton aigre que tout le monde lui connaissait, et la voix empâtée de ses abondantes libations.

– ... Il me fait beaucoup penser à ces nababs indiens qui refusent de payer leurs impôts, arguant de leur pauvreté. En réalité, au plus profond de leurs palais et de leurs forteresses, ils entassent des trésors...

– Expliquez-vous, Botson, car je crains qu'il n'y ait là quelque offense !

Warren, cette fois, n'avait pas blêmi. Botson reprit, d'un air dégagé :

– Certes, certes. Mais ne vous croyez surtout pas insulté. Vous avez la pauvreté ambitieuse, la vertu patiente. Vous attendez votre heure. Et...

Botson, jusque-là, se maîtrisait encore ; mais la hargne fut la plus forte :

– ... Vous avez pris le parti de l'Inde. Vous jouez votre jeu, non celui de la Compagnie. Comme Clive, qui est parti du Bengale avec des diamants plein les poches, pour des dizaines de milliers de livres !

– Je vous mets au défi de prouver que je thésaurise les diamants ! Et faut-il ici rappeler les exactions de la Compagnie sur les Indiens ? Les 800 000 livres sterling prises sur l'ancien nabab du Bengale, son trésor raflé sans autre forme de procès ! 7 271 666 roupies, ni plus ni moins, 700 caisses qui remplirent 100 navires, vous en souvenez-vous, M. Botson, le beau spectacle sur le Gange, bannières déployées et musique en tête ! Dois-je vous rappeler que vous étiez de ceux qui avaient promis d'en verser cinq pour cent au banquier qui avait livré le nabab ? Ormishund ! Ormishund ! Ce nom vous rappelle-t-il quelqu'un, Botson ? Ormishund est devenu fou, le saviez-vous, de n'avoir point été payé pour sa trahison. Est-ce défendre l'Inde, de prétendre que la nation anglaise ne se maintiendra en ce pays que si elle consent à se comporter loyalement envers lui ? Craignez bien, Botson, que l'Inde ne préfère être notre ennemie plutôt que notre esclave !

– Hastings, vous avez des chiffres une mémoire fort exacte. Je maintiens cependant que vous entretenez avec les banquiers indiens des relations, disons très ambiguës. Vous ne semblez guère dévoué au bien public, quand vous fréquentez cette caste des *sahukars* répandue par toute l'Asie.

Goddam ! se dit Hastings. Il m'a vu, il m'épie, il sait tout de mes rendez-vous. Cette ville est donc plus ouverte à la curiosité mesquine que le plus misérable canton de l'Oxfordshire.

– Botson, savez-vous vous passer des banquiers indiens pour faire du commerce ? Nos amis du *Stock Exchange* n'ont pas encore ouvert d'annexe en ce pays, que je sache !

L'autre sourit, les lèvres pincées :

– Enfin, Hastings, reconnaissez qu'ils sont nos concurrents, non nos alliés : leurs femmes même, du fond de leurs harems, spéculent sur le cours de la soie et du coton ; et, m'a-t-on dit il y a peu, ils viennent de s'installer à Moscou ! Moscou ! Vous rendez-vous compte ! La Sainte Russie ! Il y a deux ou trois ans, l'un de ces maudits banquiers s'est avisé d'y mourir : bien sûr, il a fallu le brûler, selon leur coutume barbare. Mais pis encore : la femme voulait faire *sati,* se brûler vive sur le bûcher de son époux, usage peu chrétien, même chez les orthodoxes. Eh bien, poursuivit Botson en prenant à témoin toute l'assistance, figurez-vous que le tsar a cédé, eu égard à la puissance de ces beaux banquiers, et qu'il y a eu sur la place de Moscou, au beau milieu des glaces, une aussi vigoureuse flambée que dans notre cité de demi-nègres !

– Messieurs, je vous prie, calmez-vous, intervint Vantissard. Nous aurons réunion au Conseil du Bengale d'ici peu. Ce n'est ni le lieu, ni l'heure de débattre de nos soucis domestiques.

Il jeta successivement un coup d'œil bref et froid aux deux protagonistes. Warren, aussitôt, s'en voulut. Son élan passionné l'avait entraîné à faillir à la règle de discrétion qu'il s'était imposée. Et tous ces étrangers, levant la tête l'un après l'autre, au fur et à mesure que le ton montait... A ses côtés, le marchand hollandais exultait :

– Eh bien, messieurs les Anglais, vous voici, en ce jour de liesse, réduits à des querelles de boutique, quand vous ne cessez de dire que nous sommes de vils colporteurs vautrés sur notre or et nos épiceries...

Lui aussi avait bu. Tout, aujourd'hui, était grotesque. Warren, plus que jamais, était pressé d'en finir. Vite, retrouver le thé. Étreindre une, deux, trois servantes. Ou, pourquoi pas, retourner à Birnagor, puisque sa découverte de la nuit lui valait désormais un crédit illimité. Impossible cependant de partir aussitôt. Il n'était que quatre heures de l'après-midi. On avait choisi ce moment du jour par pure imitation des usages de Londres. C'était l'heure en effet où les gros marchands de la City quittaient le *Stock Exchange* pour se distraire des jeux de la Bourse dans quelque repas fin. Ils y retrouvaient des femmes, demi-putains soyeuses, sans lesquelles, croyaient-ils, l'argent gagné à spéculer n'aurait pas possédé l'éclat qu'ils en attendaient. Ici, évidemment, la société manquait de femmes. De *jolies* femmes, excepté la ravissante Hollandaise, épouse de l'ingénieur qui avait conçu les remparts du fort et surprise la nuit même par Warren en couventine dépravée. En la cherchant dans l'assemblée réunie autour de la table, Hastings remarqua qu'elle était absente. Son époux était là cependant, un Suisse du nom de Wagner, qui ne mangeait guère et semblait préoccupé, à voir son air pâle et son expression mélancolique. Était-il au courant de son infortune de la nuit, de l'existence de l'éphèbe – ah! s'exclama Warren en lui-même, divine blancheur de ses flancs nus, exquise fermeté de ses contours juvéniles! Et pourquoi la dame, contre tous les usages, ne paraissait-elle pas à cette fête du 15 octobre?

A se souvenir de ses élans hardis, Hastings pensa qu'elle avait dû s'en trouver fatiguée. Néanmoins, cela ne la dispensait pas de venir banqueter avec ses coreligionnaires, ne fût-ce que pour offrir aux Anglais si pauvres en accortes compagnes le spectacle de son harmonieuse personne. Autour des agents de l'*East India Company*, Warren ne distinguait en effet pas une seule créature susceptible d'éveiller son désir, quand bien même il l'aurait observée dans les débordements de Birnagor. Des teints gâtés par les moussons et sans doute aussi par l'habitude immodérée du cognac et du ratafia de cerises. A quoi les femmes de Calcutta pouvaient-elles employer leurs journées, quand déjà lui, Warren, s'ennuyait sur ses paperasses? Coucheries tristes et commérages, il ne le pressentait que trop, rien qu'à leurs lèvres pincées, toutes parées pour le persiflage, leurs décolletés provocants, mais sans art ni perversité. Même au plus fort des chaleurs de juin, elles demeuraient aussi froides que les pierres des quais londoniens.

On apporta de nouveaux plats, des petites cailles macérées dans un sirop de sucre et de cannelle, ainsi que du cochon de lait rôti, assorti d'une sauce florale au parfum extrêmement étrange. « Patchouli », criait une partie de l'assistance. « Non »! hurlait l'autre, qui penchait pour la myrrhe. Tout en disséquant une admirable caille, Warren se mit à observer par en dessous le Suisse à l'air mélancolique. Il paraissait vraiment tourmenté, touchait à peine aux plats, et à deux ou trois reprises, quand on l'interrogea sur l'état d'avancement de ses travaux, Warren remarqua qu'il tremblait de la tête aux pieds. Autant par curiosité sincère que pour échapper à un nouveau sujet de querelle, Warren passa le reste du repas à épier le Suisse. Au terme du festin, tandis que tous les convives commençaient à s'endormir dans les fauteuils, ou, pire encore, à vomir et chanter avec leurs femmes comme les dockers de Londres, l'ingénieur se leva vivement et sortit, comme on s'enfuit. Warren le suivit prestement, dans l'indifférence générale. Les rues de Calcutta étaient fort obscures, et il ne put l'observer longtemps. Néanmoins, les gestes de désespoir qu'il lui vit accomplir – il s'arrêtait de temps à autre, la tête contre un mur, se mettait à se lamenter tout haut, fouillait et refouillait les poches de sa veste – le convainquirent que son homme n'était pas en proie au seul chagrin que donne l'infidélité d'une jolie femme.

Warren Hastings, ainsi qu'à son habitude, avait vu juste. Trois jours plus tard, on apprit en effet que l'ingénieur suisse venait de s'embarquer, pour chercher remède à son infortune dans un archipel éloigné du Pacifique. Un mois plus tôt, il avait rencontré sur les quais de Calcutta un jeune homme fort beau, français et huguenot, qui arrivait d'on ne savait où et répondait au nom très élégant de Saint-Lubin. Il le revit souvent, l'introduisit chez lui, le présenta à sa femme. Une semaine ne s'était pas écoulée qu'il avait enlevé la dame, ou, comme le prétendaient les mauvaises langues, c'était la dame qui l'avait enlevé, car il ne paraissait pas prêt à se l'attacher pour l'éternité. Fait singulier, ce désastre conjugal provoqua une réunion extraordinaire du Conseil du Bengale : avant de s'embarquer pour son île déserte, le sieur Wagner avait écrit à Vantissard, lui révélant qu'outre son épouse, le chevalier de Saint-Lubin lui avait dérobé les plans du fort de Calcutta, seconde défense du Bengale après la citadelle de Baj-Baj. De l'avis général, les deux fourbes adultères s'étaient embarqués pour la Hollande, d'où ils ne tarderaient pas à passer en France ; et nul ne doutait plus qu'à Versailles le ministre de la Marine ne fût disposé à payer très cher l'inestimable document, aux fins de prendre sa revanche après la chute de Pondichéry.

CHAPITRE XII

20 octobre 1761

Calcutta

— Messieurs, l'affaire est grave, commenta Vantissard dès qu'il eut achevé la lecture de la lettre aux membres du Conseil. Voici les plans de notre forteresse aux mains de l'ennemi. Que nous signions ou non un traité de paix avec la France, notre sécurité est virtuellement menacée, car nous n'avons pas les moyens de changer notre défense, ni de renforcer l'avant-poste de Baj-Baj.

— Nous sommes à présent les seuls aux Indes, intervint Botson. Nul vaisseau étranger, à plus forte raison nulle flotte, ne peut passer Baj-Baj. Ne donnons pas à cette affaire l'allure d'une tragédie.

Warren gardait le silence. Il ne pouvait pas faire état de ce qu'il avait appris de Ram. Peut-être Vantissard, ou un autre membre du Conseil, le savait-il ; mais, du moins officiellement, rien ne fondait Hastings à solliciter des Indiens des informations secrètes. Parler serait imprudent ; et, à coup sur, Boston en profiterait pour ranimer leur vieille querelle à propos des banquiers. Warren était perplexe. Chacun à leur tour, les membres du Conseil donnaient leur sentiment. Bientôt arriverait le moment de parler, et il ne savait que dire.

— Hastings ! Hastings... Mais vous rêvez encore !

Warren sursauta. Il arrivait souvent qu'on le crût perdu dans des méditations sans rapport avec l'objet du débat, ce qui lui valait cette indestructible réputation de rêveur, ou même de songe-creux, quand il n'était que calcul et supputations.

— Hastings ! lui lança à nouveau Vantissard d'un ton sec. Nous attendons maintenant votre avis. Warren improvisa :

— Monsieur le président, je me limiterai à une observation simple, qui cependant pourra vous paraître saugrenue. Pourquoi nos ennemis — quels qu'ils soient, et il peut s'en déclarer de nouveaux — ne nous attaqueraient-ils pas de l'intérieur, et non de la côte ? Après tout, la redoutable renommée de Baj-Baj est suffisamment assurée chez toutes les nations marchandes pour qu'aucune d'entre elles n'ose se mesurer au feu de la citadelle qui verrouille le Gange. Mais qu'on nous attaque par le nord, ou l'ouest...

— Vous continuez à vous perdre dans vos songeries de poète, grinça Botson. Comment voulez-vous qu'on nous attaque à l'ouest ? Il faudrait traverser la péninsule de part en part ! Et encore faudrait-il y pénétrer ! Or nous tenons le Gujarat, Surat sa capitale, et surtout Bombay, la porte de l'Inde. Ses marchands nous sont tout dévoués. Ils nous prêtent autant d'argent que nous en voulons, même les *parsis,* qui sont si durs en affaires ! Ils ne vont tout de même pas nous mettre à la porte ; d'aussi bons clients, il n'y a guère que nous ! Allons, Hastings, vous ne voulez pas nous prédire une invasion des lamas de Tartarie ou des sauvages des Himalayas, que je sache !

Warren demeura silencieux. Il attendait que Vantissard se découvrît, ce qui ne tarda pas :

— Nos ennemis sont peut-être déjà dans l'Inde, dit le président.

Tous les membres du Conseil le dévisagèrent, pétrifiés. Hastings se fit un devoir de feindre une identique stupeur, tandis que Botson, moins congestionné que lors de la réception du 15 octobre, ses excès de table l'ayant contraint à jeûner plusieurs jours, pâlissait de rage et d'inquiétude.

— Je reçois de nos loges les plus lointaines des messages fort inquiétants, poursuivit le président. Les musulmans et les hindous, traditionnellement ennemis, songent à s'unir pour rétablir dans ses endroits l'ancien nabab du Bengale.

— Ils ne connaissent rien à la guerre ! ricana Botson.

— C'est exact. Et vous auriez raison de sourire s'il n'y avait parmi eux un certain Sumroo.

— Sumroo ! Mais quelle folie ! intervint Spencer, un ancien épicier passé au service de la Compagnie, un homme d'un naturel plutôt optimiste, jovial et épicurien ; rien ne pouvait l'émouvoir durablement, depuis que la chance, comme Warren, l'avait soustrait au massacre du Trou Noir.

— Cela fait trois mois que l'cn parle de ce Sumroo, reprit-il. Je suis certain qu'il ne s'agit que d'une belle invention. Ces moricauds de Bengalis veulent semer la terreur parmi nous. Bon prétexte aussi pour faire grimper les taux d'intérêt. Interrogez ceux qui vous parlent de Sumroo : ils ne l'ont même jamais vu ! Mais moins ils l'ont vu, plus ils y croient... Nous sommes Anglais que diable, nous n'allons pas ajouter foi à pareilles sornettes !

— J'ai quelque raison de croire que ce ne sont pas des sornettes, déclara Vantissard d'un ton grave et mesuré.

De plus en plus inquiet, Botson sortit de sa poche une tabatière de porcelaine et se mit à priser nerveusement.

— J'ai même toutes raisons de penser que ce Sumroo est un Européen, peut-être un Français. En tout cas, il entraîne ses armées à notre manière. Canons, batailles rangées ! Canons, vous dis-je, canons, tambours et trompettes... Les Indiens ont eu du mal à s'y faire, mais aux dernières nouvelles il semblerait qu'ils commencent à s'y accoutumer.

– Ces macaques..., dit Botson.

Vantissard prit le parti d'ignorer les commentaires de l'assistance.

– Et voici le plus grave. Le plus certain aussi, car le reste n'est que le résumé des rapports de nos agents, et vous savez comme moi qu'ils ne pénètrent pas encore le cœur de l'Inde ; tout ce qu'ils savent, ils le tiennent de colporteurs, de marchands qui suivent les foires et les caravanes, et ce ne sont pas des sources sûres. En revanche, il est désormais certain que les Indiens font très nettement la différence entre deux sortes de *firanguis*, comme ils disent : les Français et nous-mêmes. Nous ne pourrons plus les abuser longtemps, et pour peu que des Français se mettent dans leurs rangs, les commandent...

– Monsieur le président, dit alors Hastings, permettez-moi de vous rappeler que je n'ai jamais approuvé ce titre de roi de France que nous accolons dans nos correspondances au nom de Sa Majesté le roi Georges. Il était prévisible qu'un jour ou l'autre les Indiens apprissent que nous l'usurpons pour mieux les tromper. Un titre datant de la guerre de Cent Ans ! Il est encore dans l'Inde des marchands français parlant hindi ou persan et qui ont pu facilement rétablir la vérité.

– Hastings, soyons terre à terre, repartit Spencer. Les Indiens n'ont pas de ces subtilités. Il nous est fort utile de nous servir de ce titre, comme du portrait du roi de France qui se trouve dans le bureau de Monsieur le président ; savez-vous ce que racontent vos chers Indiens, d'avoir ouï-dire de ce tableau ? Eh bien, que Louis XV – Dieu le damne, lui et toutes ses catins ! – est notre prisonnier ! Louis XV à Calcutta ! Voilà comme ces sauvages entendent la politique ! Croyez-moi, auraient-ils enfin démêlé que les Français et nous sommes comme chien et chat, cela ne changerait pas grand-chose à l'affaire...

– A moins que ces Français ne les convainquent de venir délivrer leur roi ! rétorqua Hastings.

Cette remarque en apparence anodine provoqua une stupeur plus forte que les gravissimes déclarations de Vantissard. Le ton léger dont Hastings l'avait prononcée, le sourire malicieux qui avait alors éclairé son visage y furent pour beaucoup, chez des hommes qui ne s'étaient pas encore accoutumés à ce que le cynisme prît un vague air d'humour. Chacun se sentit menacé. Comme aux meilleurs moments de Birnagor, Warren réprima un sourire et prit un intense plaisir à observer ses compagnons. Combien d'eux ne s'accommodaient des Indes que par manie de thésauriser ? Spencer, le jovial Spencer, par exemple, était blême. Finie la contrebande de diamants vers l'Angleterre...

A l'idée que dès la sortie du Conseil, l'ancien épicier enverrait sur la premier vaisseau venu un émissaire chargé de toutes ses pierres fines, Warren exulta.

– Calcutta n'a pas de remparts, poursuivit-il. Seul le fort nous protège, ce fort dont les plans ont aujourd'hui disparu.

– J'espère que vous ne nous conseillez pas de fortifier la ville elle-même, interrompit Botson. Calcutta est indéfendable. Nous n'allons quand même pas nous retrancher derrière des murailles de torchis, comme le Moghol, à Delhi, avec son fort de comédie !

Quoiqu'il doutât fortement que les remparts de Delhi fussent une fantaisie d'empereur décadent, Warren poursuivit sans paraître l'entendre ; remuer le fer dans la plaie lui devenait infiniment délicieux ; à chaque parole s'accroissait son plaisir, avec la terreur de ses collègues :

— Le bruit court que les riches Indiens de la ville, dont les intérêts sont liés aux nôtres, engagent des vigiles à leur service, des chaudikars privés, comme ils disent. Mais nos propres *chaudikars* s'endorment au coin des rues, au lieu de surveiller nos portes et nos fenêtres. Ils s'endorment, messieurs, ils s'endorment ! Tandis que d'autres se réveillent ; n'avez-vous point entendu la rumeur des *sanŷasis ?*

— Vous avez toujours eu peur des hindous, Hastings, de leurs dieux, de toutes leurs diableries ! Les étrangleurs de Kali, maintenant ! Depuis le temps qu'ils promettent la malédiction à tous les nouveaux venus aux Indes !

— Alexandre le Grand est mort des Indes, repartit Hastings, qui commençait à se prendre au jeu de Botson.

— Et Tamerlan, et Babur, et Aurengzeb, Shah Jahan, et tous les autres envahisseurs barbares qui règnent encore sur ce pays, ils s'en sont bien accommodés des Indes, il me semble ! Eh bien, Hastings, c'est notre tour de gagner. Je vous soupçonnerais bien de vous être converti au culte de cette Kali de malheur, à vous voir toujours jouer au mauvais prophète. Allons, Hastings, vous êtes un fin lettré : rappelez-vous que l'Inde adore aussi la jeune et belle Sarasvati, déesse des arts et de la connaissance ! Un peu d'allégresse, que diable !

— Botson, Botson ! intervint Vantissard d'un air las. Il nous faut réfléchir de concert. Londres exige de nous des rapports ; et l'Inde est si lointaine que les mémoires que nous enverrons là-bas sont autant de résolutions, des décisions qui engagent l'avenir de l'Angleterre. Le Bengale tient l'Inde, et l'Inde tient l'Arabie, et les îles de Java, Sumatra, la moitié de l'Asie, par le réseau de ses marchands. Londres ne peut plus se passer du Bengale !

Apparemment, autour de cette table, personne ne se souciait de Londres, excepté Vantissard. Cependant, il parut évident à Warren qu'aucun des membres du Conseil ne pouvait présentement se passer du Bengale pour son usage privé, ce qui imposait un intérêt momentané pour la discussion en cours.

— L'essentiel est de garder les banquiers avec nous, déclara sentencieusement Spencer.

— Mais les banquiers de Calcutta sont avec nous ! tonna Botson, et je ne les ai pas encore vus mettre à feu les canons !

— Votre parole dépasse certainement votre pensée, remarqua Hastings ; on vous sait avisé ; rien ne se fait en Inde sans les banquiers ; la

Grèce antique n'avait pas encore conçu Périclès que les *sahukars* menaient déjà les affaires en ce pays. Mais vous avez raison sur un point, cher Botson, je vous le concède. A trop parler des banquiers, nous oublions les fermiers de l'impôt.

— Hastings, expliquez-vous, interrogea Vantissard. Je ne vois pas ce qui unit les fermiers de l'impôt au présent débat. Je vous rappelle, si vous ne l'avez pas compris encore, qu'il s'agit de savoir si oui ou non nous allons devoir entrer en conflit avec les Indiens pour la nababie du Bengale.

Warren soupira. Lents, lents, que ces hommes étaient lents. Vantissard lui-même passait son temps à jouer les arbitres, à solliciter de ses collègues des décisions qu'il était incapable de prendre, à polir de laborieuses et pompeuses déclamations. L'Inde aussi était lente, mais quand elle commençait à bouger... Warren songea à l'interminable attente de la mousson, quand des semaines entières tombait du ciel plombé une véritable fournaise qui rendait fous hommes et animaux. Et puis un jour les nuages crevaient, dans un cataclysme de fin du monde. Et si l'apocalypse des armes, comme une autre mousson, était près d'éclater ? On le crut rêveur, une fois de plus. Déjà des bouches s'ouvraient pour le harceler. Il eut le temps de les devancer :

— Oui, les fermiers de l'impôt, c'est évident. Le Moghol leur accorde des circonscriptions où s'étend leur droit de réclamer les redevances ; le *jaghir*, n'est-ce pas, c'est bien ainsi que cela s'appelle ? Admettons que le Moghol ou ses nababs ou rajahs cèdent à leur tour ce jaghir, par paresse ou reconnaissance à des étrangers, des Français, enfin, des aventuriers... D'un seul coup, ceux-ci détournent, à notre détriment, toute une partie de la richesse indienne, et sans d'autre peine pour nos ennemis que celui de séduire les Indiens. Cet or, gagné par les échanges de tissus, d'indigo, d'épices, que sais-je encore, avec l'*East India Company*, le voilà dans leur poche ! Et quand on se souvient que les fermiers de l'impôt, d'accord avec les marchands et les banquiers, contrôlent tout en Inde, de la circulation du sel à celle des caravanes de blé, de grain...

Warren s'interrompit un instant, les joues échauffées, puis reprit :

— Imaginons un instant que ce Sumroo, dont vous parlez, ou l'un quelconque de ces condottieri déments mettent la main sur un, ou plusieurs de ces *jaghirs*... L'acier indien est l'un des meilleurs du monde ; une armée neuve, moderne peut être levée sans peine. Ajoutons à cela le fanatisme des fous de Dieu ou autres *sannyasis*, voici la guerre, mon cher Botson, la guerre contre la Compagnie, et les quelques rajahs déçus ou jaloux de leurs familles que nous entraînons à l'anglaise ne nous en sauveront pas ! Nous aurons tôt fait de perdre cette belle allégresse que vous nous conseillez.

— Alors il faut attaquer, repartit Botson sans se laisser démonter. Attaquer sur-le-champ, monsieur le président, et tuer dans l'œuf cette vile canaille indienne qui complote contre nous avec la lie des soldats français !

— Oui, attaquer, attaquer, c'est la seule solution, renchérirent les membres du Conseil.

— Il nous faudra cependant attendre l'occasion favorable, objecta Vantissard. Je partage votre avis, mais rien n'est déclaré, et nos indications sont encore trop vagues. Attendons que la situation se précise. Le président saisit sa plume, la trempa dans son encrier. Il ne faisait pas chaud en cette fin d'octobre, et pourtant il s'épongea le front. Il parut soulagé :

— Enfin, messieurs, voici une décision claire et nette, qui fait honneur à notre nation ! La résolution, le calme, le sang-froid, toutes qualités qui ont manqué à nos voisins de Chandernagor, et c'est bien pourquoi ils perdent leurs colonies !

Un instant ému par cet élan d'enthousiasme satisfait, Warren hésita à intervenir. Il lui fut pourtant impossible de retenir sa pensée.

— Je désapprouve cette décision.

— Comment ! éclata Vantissard, à bout de nerfs. Allez-nous bientôt nous laisser en paix, Mr. Hastings ! On dirait que vous prenez goût à semer ici la discorde ! Vous êtes un excellent agent de l'*East India Company*, soit, c'est une affaire entendue. Mais pour le reste, de grâce, épargnez-nous ! Employez votre zèle à collectionner les miniatures ou réservez vos talents byzantins à vos écritures persanes, je vous prie.

Les membres du Conseil perdirent brusquement leur air compassé, toute l'assemblée éclata de rire. Jamais en effet on n'avait compris qu'un agent de la Compagnie pût préférer extorquer aux Indiens leurs miniatures plutôt que leurs diamants. On souriait d'en savoir Hastings grand connaisseur, d'autant qu'il se piquait d'en traduire les légendes, qu'on supposait fort libertines, à en juger par les alertes postures des personnages qu'elles représentaient. Aussitôt, Vantissard regretta son éclat.

— Cela dit, mon cher Warren, j'approuve le mémoire que vous m'avez remis sur le commerce privé et qui vise à réduire les abus de pouvoir de certains de nos agents.

Botson blêmit :

— M. le président... Vous n'avez pas le droit. Sur ce point la majorité du Conseil est contre vous. Tous les agents de la Compagnie ont besoin de commercer à leur propre compte pour compenser le désagrément de la vie outre-mer et le faible salaire qu'ils reçoivent. Il n'y a guère qu'Hastings pour prétendre qu'ils sont des voleurs. Vous avez la majorité contre vous, monsieur le président !

— Je le sais, Botson. Et pourtant je signerai ce mémoire.

— Vous nous trahissez.

Vantissard ne répondit rien.

— Vous trahissez l'*East India Company !*

— Suffit, Botson. Chacun de vous a donné son avis ; pour ce qui est de la guerre, vous m'approuvez, tous autant que vous êtes. Et c'est le plus important : garder le Bengale, garder l'Inde.

— Excusez-moi, monsieur le président, mais ce sont là deux décisions contradictoires.

C'était encore Warren. De la même voix neutre, et nullement décontenancé par l'ironie de l'assemblée, il continuait ses impertinences.

— Je m'explique : quelle est la raison de notre victoire au Bengale ? Notre humilité, messieurs, ne l'oublions pas. Rappelons-nous comment l'un de nos premiers directeurs se présenta au Moghol : « La très humble poussière John Russel, gouverneur de l'*East India Company.* » Gare à nous, si la présomption vient à nous prendre !

— Alors, dit Botson en riant, que nous recommande notre belle Cassandre ?

Warren se tourna vers Vantissard :

— Il nous faut réduire l'Inde, soit, car elle ne saurait longtemps nous craindre. Mais ce n'est pas une victoire voyante qui nous la gagnera ; surtout si les aventuriers, cette racaille d'aventuriers, se met à agiter les indigènes en sous-main. Il faut diviser les Indiens, tout simplement. Ce n'est pas si difficile. Jouons un peuple contre un autre. Les Mahrattes contre les Radjpoutes. Les musulmans contre les hindous du Dekkan, ou du Bengale, que sais-je ? Nous avons le choix ! L'Inde est une mosaïque : jetons épars tous les morceaux qui la forment. Nous jouons ici forte partie : notre réputation à la face de l'univers. Le monde est désormais un village, messieurs, un village dont la place publique est l'océan. De la mer Baltique aux rives du Pacifique, la route des Indes est devenue trop universelle pour que nous puissions nous permettre la moindre faiblesse au Bengale. Sinon, Mr. Botson, Mr. Spencer, fini les beaux tissus qui remplissent vos caisses ! Fini, les organdis, les guinées, les chittes, les mousselines, les mouchoirs de Mazulipatam, les gazes, les percales... Et, ajouta-t-il, en glissant un regard appuyé du côté de Botson, car il le soupçonnait du même trafic que Spencer, fini, fini les diamants vendus sous le manteau à Londres !

— Vous m'insultez, monsieur !

— Non, Botson, répondit Warren du même ton aimable. Je prétends simplement que c'est raisonner fort étrangement, de vouloir une grosse guerre aux Indes, y entendre maintenir l'*East India Company* et tolérer que se bâtissent ici des fortunes trop rapides !

— Vous m'insultez !

— Je refuse votre défense du commerce privé, ce en quoi je ne fais que suivre les décisions de notre président.

Le ton tranquille de Warren joint aux désagréments probables d'une abstinence prolongée d'alcool portèrent à son comble l'exaspération de Botson. Il se leva d'un bond, décocha à Warren une gifle d'une violence inouïe jusqu'alors dans les annales de l'*East India Company.*

— Messieurs ! se mit à hurler Vantissard, dont la perruque ruisselait de sueur.

Warren se leva. Il titubait ; il dut se rattraper au dossier de sa chaise.

En face de lui, plus rouge que jamais, Botson continuait à le narguer, tirant un nouvelle prise de sa tabatière. Cette rougeur agressive rendit ses esprits à Warren :

– Nous réglerons cette affaire comme il sied à des gentlemen, dit-il d'un ton posé. Je suis de la lignée des Hastings, vous ne l'ignorez pas.

– Non, Hastings, je vous l'interdis ! cria Vantissard. Le Conseil est unanime pour condamner avec moi l'acte grossier de votre adversaire. Sortez, Botson. Et entendez-vous, Hastings, je vous interdis formellement d'y répondre. Que la réprobation du Conseil suffise à le confondre !

Botson s'exécuta, l'air dégagé, toujours prisant son tabac.

Warren se rassit. Faire front. Garder contenance. Il ne pensait plus à lui-même, comme c'était étrange. Il étendit ses mains devant lui, à plat sur l'acajou de la table. Elles ne tremblaient pas. Peu à peu, il retourna au monde sensible. Il se repaissait du contact de ce bois exotique, lisse, vernissé ; l'odeur des Indes, pourrissante et lourde d'épices, lui revenait doucement. Nous sommes en octobre, pensa-t-il. Là-bas, en Angleterre, ce sont les premières tempêtes, les grandes brumes, les feuilles roussies sur l'herbe verte. Il jeta un œil à l'une des fenêtres de la salle du Conseil, sans s'apercevoir des regards de pitié qui se posaient sur lui. Les stores de bambou, éternellement tirés ; et ces palmes tranquilles, éternellement vertes. Pourquoi l'Inde, qu'on disait terre de la sérénité, devenait-elle pour les Européens le champ de la passion ? Il s'en voulut. L'ordre, le calme, la raison, vaincus. Et pourtant il était de son devoir de dire ce qu'il pensait de l'Inde. La sagesse, le bon sens, la vérité... Il ressassait son idéal.

Un moment, tandis que s'alourdissait le silence, Warren fut tenté de se lever. Partir en criant, hurler : « Je rentre à Londres, je ne suis plus de la Compagnie ! » Il jugea aussitôt cette phrase d'un ridicule achevé. Un rapide calcul l'amena à penser qu'il ne pourrait guère rentrer en Angleterre avant trois à quatre ans, si du moins il voulait rapporter de quoi s'assurer quelques années de paix et doter sa sœur ; à condition, bien évidemment, de respecter les règles de probité qu'il entendait imposer aux membres de la Compagnie. Il attendrait donc. Patience. S'il n'avait pas, comme les Indiens, trente-trois millions d'existences devant lui, il possédait pour le moins une superbe santé, enviée de tous.

Ce fut dans cet instant de silence, alors que les membres du Conseil retrouvaient peu à peu le sang-froid méprisant qui leur tenait lieu de sérénité, et comme Vantissard s'apprêtait à parapher la proposition de guerre et l'interdiction de commerce privé, que Warren Hastings prit la décision qui allait bouleverser le destin de l'Inde comme celui de l'Angleterre.

Le temps venu, il rentrerait à Londres. Il attendrait son heure, tranquillement, sobrement, à sa manière ordinaire. Il ne doutait pas qu'on créât pour lui une chaire de persan, à Oxford ou ailleurs, qu'il occuperait jusqu'au jour où, la chance aidant, viendrait le temps d'agir. S'il n'obtenait pas l'enseignement du persan, qu'importe, on lui laisserait bien la philosophie ; ou même l'histoire, il en voulait bien. Et dans l'éventualité, toujours envisageable, où le sort lui refuserait de revenir aux Indes investi du pouvoir suprême, Warren Hastings était résolu à passer ce qui lui restait de vie loin du pouvoir et des livres de comptes, à méditer sur le destin des peuples en contemplant les pelouses mouillées d'un prestigieux collège.

CHAPITRE XIII

Mars 1763 — Août 1763

Calcutta – Buxar

C'est au lendemain du carnaval de 1763 que le Conseil du Bengale ordonna une attaque, qui se flattait d'être définitive, contre les nababs du Nord en rébellion contre les vues anglaises.

Quelques jours plus tôt, le 10 février, la victoire de l'Angleterre sur la France avait été consacrée par la signature du traité de Paris. On ne la connaissait pas encore à Calcutta, mais les derniers courriers parvenus de Londres laissaient présager la teneur des accords : la France livrerait à sa rivale le Canada et toutes ses dépendances, le Sénégal moins l'île de Gorée, Grenade moins les Grenadines, enfin toutes ses possessions dans l'Inde, à l'exception de cinq comptoirs. La politique des isles à sucre avait prévalu sur toute autre considération ; on avait préféré les champs de canne des Antilles aux immensités de l'Hindoustan ; on avait réclamé les comptoirs pour contenter les gros marchands de Lorient, Nantes ou Bordeaux, et les élégantes toujours éprises de soies et de mousselines. Mais les diplomates de Versailles ignoraient ou feignaient d'ignorer que les comptoirs de Yanaon, Karikal et Mahé n'avaient jamais été que de vagues bâtisses échafaudées à la hâte au bord de plages ensommeillées, et que Chandernagor achevait de se décrépir sous les lianes bengalies et l'humidité qui montait du Gange. Perclus de rhumatismes, criblé de dettes, poursuivi sans relâche par les financiers de la Compagnie, Dupleix n'avait ni la force, ni le crédit qui eussent permis de le rappeler ; la mort s'approchait de lui à grands pas. Quant à Pondichéry, il était de notoriété publique que la ville autrefois splendide n'était plus qu'un champ de ruines, couvert de ronces et peuplé de serpents.

Néanmoins les Anglais se méfiaient ; à Londres comme à Calcutta, on se doutait que l'humiliation essuyée aux Indes pourrait bien réveiller un jour l'ardeur des Français, encore gouvernés par une aristocratie parfois étourdie, mais qui n'avaient pas oublié tout à fait leurs jours de panache.

On craignait fort quelque retour de courage et de flamme, d'autant qu'on les savait capricieux et inattendus, comme il sied à une nation primesautière entre toutes. On redoutait par-dessus tout que les Français prissent pour cette revanche le terrain même où ils avaient connu la défaite, et les Anglais soupçonnaient fort Choiseul d'ourdir là-dessus quelque secrète machination ; l'affaire des plans volés augmentait leurs craintes : le ministre français aurait pu n'accepter le traité que dans le souci de ménager un moment les rumeurs de ses bourgeois, fatigués des guerres lointaines et des guerres tout court ; le trublion Voltaire avait en l'espèce apporté aux Anglais un secours inespéré, avec ses belles pointes sur ces Indes, « qui ne servent qu'à allumer de grandes guerres, et poudrer le nez de nos maîtresses », et autres arpents de neige du Canada. Mais le philosophe se faisait bien vieux ; le roi Louis XV, pourri de vérole, ne serait pas plus éternel. Qui sait si d'ici peu ne monterait pas sur le trône un souverrain plus sensible aux choses de la mer et des colonies ? Il convenait donc d'être prudent. En ce printemps de 1763, la sagesse commandait qu'on réduisît au plus tôt les débordements intempestifs des nababs si dommageables à la prospérité du commerce anglais ; et, par voie de conséquence, à l'avenir et à la puissance de la couronne britannique.

Encore présent au Conseil du Bengale, quoiqu'il en voulût, Warren Hastings donna son assentiment à ces vues d'un air mélancolique et comme détaché. Il aurait d'ailleurs fallu être fou pour ne pas souscrire à la résolution d'attaquer les nababs. Au cours de ces deux ans, les nouvelles venues de l'intérieur de l'Inde s'étaient faites de plus en plus alarmantes. Sumroo, dont le nom semait la terreur, attirait tout ce que l'Inde comptait de soudards et de gentilshommes d'aventure. Les Anglais, de leur côté, n'avaient rallié à leur cause que de misérables hobereaux intrigants. Le nabab du Bengale, ne contenant plus sa colère de voir les vaisseaux anglais drainer ses trésors vers les terres impures sises au-delà des Eaux Noires, s'était brusquement rebellé. Sumroo, aussitôt, était accouru à ses côtés. Et un autre nabab, Souja-Doula, maître incontesté de la très riche province d'Aoudh, se lançait lui aussi dans la guerre, en se targuant même de rétablir dans sa splendeur passée le Grand Moghol, que les malheurs du temps avaient momentanément contraint à quitter Delhi, et dont le nabab abritait chez lui la splendeur déchue. Les Indiens oubliaient, pour les besoins de leur cause, que ce même Sumroo, deux ans plus tôt, n'avait pas hésité à bafouer le respect dû au Moghol en attaquant Agra, à la tête des Djattes, peuple d'une turbulence extrême. Piller le trésor des empereurs moghols, prendre le fort rouge, en saccager les palais ne lui avait pas suffi. Il se rendit au Taj Mahal, dont le magnifique mausolée de marbre blanc abritait les tombes de l'empereur Shah Jahan et de son épouse. Dépité de ne pouvoir subtiliser les innombrables pierres précieuses qui ornaient le tombeau, il en avait alors arraché les portes d'argent. La fureur guerrière et sa volonté de terroriser les populations l'emmenèrent encore plus loin : il courut aux portes de la ville, où, dans une tranquille campagne, Akbar, le plus prestigieux des empereurs, s'était fait ensevelir un siècle et demi plus tôt au cœur d'un gigantesque tombeau blanc et rouge, d'architecture gracile et grandiose à la fois. Non content d'en démanteler les minarets, Sumroo conduisit la horde de ses soldats jusqu'à la chambre funéraire, au plus profond d'un souterrain obscur. Et là, à la lueur des torches, il souleva de ses propres mains la dalle de marbre qui protégeait le corps. On ne sut jamais vraiment ce qui se passa ; les gardiens du mausolée réchappés de l'aventure ne surent que décrire les cris sauvages de Sumroo, ses rugissements de haine et de jouissance mêlées, répercutés jusqu'au ciel par une ouverture qui montait cent pieds plus haut, jusqu'au sommet du monument. De l'empereur défunt, on ne retrouva que des métacarpes écrasés et quelques vertèbres éparses. Les restes d'Akbar furent emportés par la soldatesque en fureur et dispersés dans la campagne. Le diamant Ko-hi-Noor, au grand soulagement des Anglais, avait été placé depuis longtemps en un lieu plus sûr que le pilier de marbre et d'or qui couronnait l'édifice, où des voyageurs européens l'avaient admiré cent cinquante ans plus tôt ; la disparition de la célèbre pierre n'était certainement pas étrangère à la fureur des soldats. Il était donc urgent d'intervenir, et non plus d'attendre, au nord-ouest du Bengale, dans le royaume d'Aoudh, là où s'étaient réunis, tageusement la couronne britannique ; chaque mois la brute pilleuse et violeuse s'approchait de Calcutta. On résolut alors une expédition d'envergure au nord-ouest du Bengale, dans le royaume d'Aouan, là où s'étaient réunis, sous ses ordres, les deux nababs rebelles.

Et c'est ainsi qu'un matin de mars 1763, au moment où se préparaient les chaleurs de l'avant-mousson, le sergent René Madec, depuis bientôt deux ans aux ordres du capitaine Martin-Lion, et conséquemment au service de l'armée anglaise, apprit que son régiment partirait le jour même pour la frontière du Bengale, aux fins d'exterminer une vermine dite Sumroo, alias la Lune des Indes, dont le nom, décidément, ne lui était pas étranger. Le major Adams, qui commandait les troupes, les exhorta en termes extrêmement vifs, fustigeant la barbarie indienne qui menaçait la tranquillité du commerce. Et l'on s'en fut lui porter un coup fatal, d'un pas au demeurant assez peu gaillard.

Plusieurs mois on attendit la bataille. Les Anglais gardaient le régiment de Madec pour le cas où le nabab persisterait à ne pas céder ; à ce moment-là, pensaient-ils, il faudrait, pour lui donner l'estocade, des troupes bien fraîches et bien entraînées, et l'on enverrait les Français en première ligne. Ils avaient sous-estimé le nabab du Bengale. Cassim Ali Khan s'estimait très largement supérieur aux Britanniques, et il refusa de se laisser faire. De mai à juillet, il leur fit la guerre à sa manière, leur coupant le ravitaillement, enlevant des soldats, suscitant chez les marchands d'innombrables défections. Fidèles à leur politique, les Anglais tentaient d'éviter un affrontement trop sanglant, qui aurait pu soulever des remous excessifs en Europe et de nouveaux conflits avec leurs voisins. Cependant, la guerre s'enlisait, au propre comme au figuré, puisque chacun des adversaires voulait battre l'autre à l'usure et qu'on avait décidé, d'un accord tacite, que la mousson ne saurait interrompre les hostilités.

Deux faits pourtant résolurent les Anglais à déclencher l'ultime engagement. Dans un premier assaut, où l'ennemi avait décimé entièrement le 84e régiment de la Compagnie des Indes, les officiers britanniques remarquèrent que leurs adversaires avaient chargé à la baïonnette, soutenus par des salves d'artillerie extrêmement régulières, à l'européenne, servies par des soldats blancs. Quant aux cavaliers, ce n'étaient pas les fourrageurs indisciplinés des armées indiennes. Ils chargeaient en bon ordre, obéissaient remarquablement à un chef mystérieux qui cachait son visage sous un tricorne bizarre, à mi-chemin entre le turban d'un nabab et la coiffure d'un officier français. On murmura un nom, qui vint jusqu'aux oreilles de Madec et Martin-Lion, et les fit frissonner, Madec d'ailleurs plus que son compagnon. Sumroo... Ainsi, comme prévu, il se montrait, et le jour approchait où on le verrait en face. Mais l'occasion n'était guère en faveur des Anglais : ils étaient à peine sept mille, y compris les Français ; pour leur part, les Indiens, disait-on, pouvaient aligner jusqu'à cinquante mille hommes. On hésita donc. En juillet toutefois une nouvelle arriva qui ne permettait plus de tergiverser. Le nabab du Bengale, persuadé par Sumroo que les frères Djagarset, dits Banquiers Mondiaux, complotaient contre lui avec les Anglais, les fit emprisonner, contre toute prudence et le plus élémentaire bon sens, puisqu'ils n'avaient cessé de défendre les intérêts de l'Inde, ne s'accordant que les petits accommodements en usage chez les hommes d'argent. Leur puissance était extraordinaire. Tout l'argent du Bengale passait entre leurs mains ; ils collectaient les impôts, battaient monnaie, fixaient le cours des roupies, étendaient leur influence jusqu'à l'Arabie et aux îles de la Sonde. Sans doute, pendant un certain temps, avaient-ils ménagé la chèvre et le chou, les nababs en même temps que les firanguis. Mais Sumroo, à qui naguère ils avaient refusé un prêt, voulut se venger d'eux, s'approprier leur fortune, et il persuada le nabab qu'ils étaient des traîtres ; c'est du moins ce que racontèrent les témoins du crime, des eunuques effarés et des soldats morts de peur, qui se sauvèrent du palais du nabab aussi vite qu'ils purent, répandant par tout le Bengale leur épouvantable récit. Sumroo, prétendaient-ils, avait attiré les banquiers à Patna, la capitale du nabab. Sitôt arrivés, on les chargea de fers. Les Frères, ne doutant plus alors du sort qui les attendait, offrirent quarante millions de roupies en échange de la vie. Le nabab refusa et confia à Sumroo le soin de l'exécution. A l'annonce de leur condamnation, les banquiers, invariablement calmes, prièrent Sumroo de les exécuter selon les règles de l'honneur mahométan, avec un beau sabre bien affûté. Sumroo éclata de rire et se mit à rugir ; sans autre forme de procès, il les fit ranger contre un mur, sortit ses pistolets ; il commença à tirer ; un coup dans les jambes, un coup sur l'épaule, un autre dans les cuisses : les banquiers s'écroulèrent, tandis que Sumroo riait de plus belle... Le supplice dura une bonne heure. Tantôt, racontaient les transfuges, Sumroo s'approchait des banquiers, qui le suppliaient de les achever. Il posait alors son pistolet sur leur tempe, puis au dernier moment l'enlevait dans un grand rire, et ses rugissements de plaisir résonnaient à nouveau. On interrogea scrupuleusement les Indiens qui s'étaient sauvés. Même sous la torture, ils furent incapables de dire à quoi il ressemblait ni le pays dont il venait. Tout ce qu'on put savoir fut qu'il était pareil aux effigies grimaçantes de la déesse Kali.

Ces bruits, comme tous les autres, parvinrent aux oreilles de Madec. Il ne laissait pas d'en être troublé. D'un jour à l'autre, le major du régiment l'avait annoncé, on allait partir affronter le monstre. Et, quoiqu'il fût presque certain que cette bataille se transformât en boucherie, il attendait le feu comme une délivrance. Demain, après-demain, la mort, songeait-il, et il souhaitait qu'elle fût rapide, éblouissante, glorieuse. Il était prêt pour cela à se jeter seul sur Sumroo, il en oubliait son serment de déserter, Godh elle-même s'évanouissait dans son impatience du sang. On était au plus fort de la saison des pluies, et Madec ruminait une fois de plus ces rêves informels quand le major Adams, qui commandait son régiment, entra soudain dans la tente où il jouait aux cartes avec Martin-Lion.

— Je vous cherchais partout, capitaine Martin ! Réunissez vos hommes ! Cette fois-ci, c'est décidé. Tout le monde part au combat. Tout le monde, entendez-vous ? Les cuisiniers, les palefreniers, les soldats français ! Distribuez les réserves d'armes et de munitions. Nous attaquerons à midi.

— Que s'est-il passé ?

En quelques phrases brèves, le major Adams exposa l'horrible nouvelle. Sumroo avait fait prisonniers deux cent cinquante Anglais, dont quarante officiers, qu'il avait réunis dans la capitale du nabab, à Patna. Cassem Ali Khan, mis en appétit par le massacre des banquiers, estima qu'il n'avait pas eu son content de sang ; il réclama donc la mort des Anglais. Sumroo hésita, songeant sans doute à la rançon qu'il ne pouvait manquer d'en tirer. Mais le nabab se mit en colère, menaça de confier l'exécution à un autre soldat et lui promit enfin de lui faire couper la tête s'il n'obéissait pas promptement. Sumroo se dirigea alors vers le patio entouré de terrasses où soupaient les soldats anglais.

— Je suis certain qu'il s'agit d'un Européen, dit le major Adams. Il faut nous méfier. Il connaît tout de nos usages et de nos nations. Du haut des terrasses, il a interpellé les soldats en une langue « semblable à la vôtre », m'ont dit les Indiens qui nous ont apporté la nouvelle. Les prisonniers ont cru qu'il voulait les sauver : il avait crié que les Français, Italiens, Allemands ou Portugais de la troupe devaient sortir du groupe. D'un seul élan, ils ont répondu qu'ils étaient tous anglais. Aussitôt, Sumroo a fait tirer sur eux. Ils s'armèrent de chaises, de tables, de bouteilles, de plats pour se défendre, mais ils ont été tués jusqu'au dernier, et on a expédié à la baïonnette ceux qui n'ont été que blessés. Allons ! Il faut nous battre maintenant contre ce barbare, et le temps presse !

En dépit de tous les usages de l'armée, Madec intervint :

– A quoi ressemble donc cet homme ?

Le major Adams et Martin-Lion, interloqués, le dévisagèrent.

– A quoi ressemble Sumroo ? répéta Madec.

Il était calme, et, chose rare, il n'y avait pas dans son anglais la moindre trace d'insolence.

– Vous êtes bien curieux pour un ancien prisonnier français ! Dois-je vous répondre ? En principe non, mais comme vous partez vous battre, je vous le dirai si cela doit vous donner du cœur au ventre. On le dit bel homme au poil brun comme les indigènes, mais le teint un peu plus clair. Pendant la bataille, il porte, sur un habit à l'indienne, un tricorne, à notre manière. Cependant, aucun des nôtres n'a encore réussi à distinguer ses traits, car son tricorne est toujours baissé sur ses yeux. Il dirige les opérations de loin, toujours attentif à l'artillerie, qu'il soigne particulièrement, et ne s'approche de ses ennemis que lorsqu'il a gagné, pour achever les blessés agonisant, sur le champ de bataille.

Le major Adams s'interrompit soudain et ricana :

– Cela vous suffit-il, sergent Madec ? Ne pâlissez donc pas ainsi. Je vous mettrai à la première ligne pour que vous ne perdiez rien du spectacle. Et ouvrez aussi grand vos oreilles, car le rire de Sumroo éclate entre chaque salve de canons, et il est devenu célèbre par toute l'Inde !

Puis il se tourna vers Martin-Lion :

– Rendez-vous dans une heure.

Les deux hommes saluèrent. Martin-Lion leva les yeux vers Madec. Il était pâle, en effet.

La bataille eut lieu l'après-midi même, sur un grand plateau de terre rouge, bordé de rizières verdoyantes, qu'on appelait Buxar. De ce combat fulgurant, qui assura définitivement aux Anglais la possession du Bengale, et dans lequel Madec se révéla à lui-même ses qualités de chef, il ne devait garder qu'un souvenir un peu flou, dû sans doute à la rapidité de l'assaut. Tout ce dont il demeura sûr, ce fut du début : il avait volé un cheval. Au moment de partir affronter le monstre – puisqu'il avait décidé que Sumroo était tel, semblable en cela à ceux de ses vieux contes –, il avait jugé que seul un destrier convenait pour donner à l'affaire le panache qu'elle méritait. Du même coup, il n'hésita pas à braver le major Adams. Ce ne fut pas très difficile. Depuis qu'on avait pris la décision d'attaquer, le régiment battait de l'aile. Les cuisiniers et les gens de service répugnaient à partir au feu, et les réquisitions un peu brutales du major avaient suscité quelques incidents. Le cipayes, de leur côté, ne brûlaient pas d'une ardeur extrêmement guerrière à l'idée de devoir affronter Sumroo qui avait si bien réussi à terroriser les siens. Il y eut quelques rixes, des suicides hâtifs, un commencement d'agitation ; au signal du départ, Madec se présenta sur son cheval avec une expression très insolente, dont il supposait qu'elle lui vaudrait une mort immédiate, ou la plus parfaite apathie : ce fut l'indifférence qui prévalut. Il était plus que temps de donner l'assaut chez un major anglais, le pragmatisme l'emportait toujours sur le sens de la hiérarchie militaire. L'enjeu de la bataille était la possession du Bengale : on n'allait pas perdre temps et poudre pour un misérable sergent français qui, du reste, allait offrir en première ligne le rempart de sa jeune poitrine. Donc le major Adams ne sourcilla pas et cria « A l'attaque ! » de la voix aigre et sèche qu'on lui connaissait. Aussitôt, Madec éperonna sa bête. La terre lui colla aux sabots. Il eut le temps de voir l'armée ennemie qui attendait en face, bannières déployées, forêt de lances, éléphants de combat harnachés d'or. Elle était rangée près d'un temple, ce qui accentuait son caractère exotique. Du coup, Madec se demanda s'il était à la guerre. La première salve de canon dissipa ses doutes. Droit devant lui, une foule de Blancs chargeait à la baïonnette. Désarçonnés par cette avance, submergés par le nombre, les Anglais se mirent à reculer. Déjà la ligne était rompue, déjà des hommes armés de lances, une énorme foule enturbannée et hurlante, surgissaient derrière les baïonnettes. Les canons anglais s'évertuèrent à leur tour, mais à salves plus espacées. Des artilleurs s'enfuirent ; trois éléphants ennemis s'approchèrent, prêts à enlever les pièces abandonnées.

Madec, passif jusque-là, sentit alors se lever le vieux « Non ! » de ses révoltes d'antan. Non ! Pas la défaite. Il oublia l'Angleterre, l'uniforme rouge, il ne chercha même pas à savoir qui étaient ces hommes blancs occupés à charger à l'européenne. Il ne pensait plus qu'à Sumroo, la bête, le monstre assoiffé de sang dont on lui avait raconté les exploits macabres, et pour lequel il avait volé ce fier cheval. Sumroo... Aux syllabes rauques du nom de l'adversaire, la haine le soulevait. Une folie meurtrière, une trouble vengeance, une fureur atroce, la même que celle qui rugissait dans le nom de *Sumroo*. On hurlait de tous côtés, on fuyait, la débandade commençait, et Madec seul avançait. Le rire d'épouvante du monstre n'allait pas tarder. Un instant, les canons se turent. Madec en profita pour hurler à son tour.

Des cris, pour rassembler. Puis des ordres. Dix, vingt cavaliers se regroupèrent autour de lui. Puis d'autres, par dizaines, et il cria encore, des mots anglais et français dont par la suite il ne se souvint plus. Tout ce qu'il retint, c'est qu'une heure plus tard la ligne était rétablie, au long d'un champ de coton, loin de la boue des rizières. On biaisa ; on encercla l'artillerie de Sumroo, on la chargea : monceaux de cadavres blancs, déchiquetés par les boulets ou transpercés de baïonnettes. Emporté dans son élan, Madec ne voyait rien, que sa tactique. Dans son excès de violence, il restait indifférent aux morts qui s'accumulaient de part et d'autre ; et cette ardeur même, des mois plus tard, l'empêcha de reconstituer un souvenir cohérent et ininterrompu. Une seule image surpassa les autres, et il en garda une mémoire tenace : le moment où l'artillerie tomba entre ses mains. Les salves anglaises venaient de reprendre. Les fantassins ennemis s'enfuyaient tous. Deux éléphants de guerre abandonnés par leur cornac s'étaient mis à errer sur le champ de bataille, leurs brocarts souillés de sang et d'entrailles déchirées. La victoire avait changé de camp. Encore deux ou trois échauffourées contre le groupe de cavaliers qui s'obstinaient à résister, et le combat serait clos.

A la tête des Anglais, Madec se rua sur cette poignée d'hommes. A son fusil de sergent, il avait joint un sabre de bel acier britannique arraché à l'un des premiers officiers tombés dans la bataille. La lame étincelait, et derrière elle celles des autres cavaliers, d'un même irrésistible éclat. C'est alors qu'il vit le tricorne. Un tricorne noir, bordé d'or et de velours, avec un diamant fixé en son milieu, comme l'œil magique sur le turban des rajahs. L'homme s'obstinait à baisser la tête ; on soupçonnait cependant le regard, un regard buté, masqué, sinistre. Madec s'avançait toujours, sabre au clair.

Cet homme ! Il le lui fallait. Il n'était plus qu'à une dizaine de pieds. Un dernier élan de son cheval, et il le tenait à merci. A ce moment lèverait-il les yeux pour recevoir la mort, l'homme au tricorne noir, dont Madec se refusait encore à prononcer le nom ?

Alors se leva le rire. Un rire rauque et puissant, un rire profond, gigantesque et pourtant ironique. D'une étreinte des genoux, l'homme avait dérobé son cheval à l'assaut de Madec. Il piqua des deux, partit sur le côté. Et le rire continua. Madec entama une poursuite ; son cheval était plus vif que celui de son adversaire, il eut tôt fait de le rejoindre.

Dans la pagode, une divinité bleue dansait contre des murs blancs. Le cheval noir de l'ennemi, un moment arrêté dans sa course contre les murs du temple, trébucha sur des cadavres. Madec, une deuxième fois, leva son sabre. L'autre ne riait plus. Madec n'entendait que son souffle ; il paraissait plus écumant que les naseaux de sa monture. Le cheval trébucha encore, puis se reprit. En un éclair, il échappa au coup de Madec. L'épée, cependant, avait effleuré le tricorne, et le chapeau était tombé à terre, dérisoire, sur le corps déjà gris d'un jeune cipaye percé de coups. Le temps pour Madec de suivre la chute du tricorne, Sumroo avait disparu au grand galop dans les rizières. Il chercha du regard les autres cavaliers. Eux aussi s'enfuyaient. La bataille était gagnée. L'Angleterre tenait le Bengale. Il descendit de cheval et ramassa le couvre-chef.

Le soir venu, le major l'interrogea. Il ne répondit rien, tournant et retournant sans cesse ce tricorne dans ses mains d'où le diamant avait disparu, sans doute enfoui dans la boue du champ de bataille. Le major Adams se résigna à ce silence. Il fit donner à Madec double ration d'arak, pour le remercier d'avoir si bien suppléé à sa propre incompétence. Madec la but sans se faire prier. Tandis que la chaleur sucrée de l'alcool commençait à l'engourdir, un souvenir ancien remontait en lui, celui d'une maison blanche au jardin couvert de palmes, avec une petite cave noire au bas d'un couloir. Puis un regard terrible, des yeux de jais, et des sourcils arqués jusqu'au paroxysme, dans un rictus à mourir d'effroi. Cet homme-là, il n'y en avait qu'un seul au monde. Sumroo, ou la terreur faite homme. Tout s'expliquait : le pillage du Taj Mahal, l'assassinat des Banquiers Mondiaux, la torture des otages anglais, le rire, le goût du sang. Sumroo... Sombre !

⁂

Quarante-huit heures durant, Madec essaya de réunir les quelques souvenirs indistincts qui lui restaient de Pondichéry. Tout demeurait flou ; il finit par renoncer. Son esprit se porta alors vers ses préoccupations plus matérielles ; il fit une grande toilette, nettoya son uniforme et s'en fut d'un pas guilleret réclamer au major Adams le montant de sa solde, impayée depuis vingt-deux mois.

On la lui refusa avec une arrogance qui acheva de l'irriter. Aux yeux de ses compagnons, qu'ils fussent anglais ou français, Madec était devenu une espèce de héros, chasseur de barbares et dompteur de monstres. Le major Adams ne l'entendait pas de cette oreille ; il était résolu à ce que ce jeune sergent ambitieux rentrât au plus vite dans le rang. Il distingua cependant que ce ne serait pas tâche aisée, car sa recrue française joignait à la popularité une redoutable effronterie ; il prévoyait le pire.

Madec revint le voir, et le major lui opposa le même refus, nuancé cependant d'un léger sourire. Il venait en effet d'envoyer son rapport au Conseil du Bengale, en s'octroyant l'entière responsabilité de la victoire de Buxar ; qui croirait jamais les assertions d'un petit soldat français ? Il fallit un moment ordonner qu'on le déchiquetât à la gueule des canons, comme l'autorisaient en cas d'impertinence les usages de l'armée des Indes. Il n'en fit rien. Ii valait mieux se débarrasser du sergent Madec avec discrétion. Maintenant que tout danger était écarté, Sumroo défait, le nabab en fuite, et le Bengale définitivement assuré aux Anglais, la frontière de l'ordre, de la raison, du monde civilisé était portée jusqu'ici, à Buxar. Au-delà, hélas ! c'était encore l'Inde, et son gigantesque estomac toujours prêt à annihiler dans sa barbarie croupissante la plus ardente énergie venue d'Europe. Pour perdre Madec, il suffisait donc de l'y jeter. Aussi le major Adams ne put-il s'empêcher de sourire, tant il était satisfait, quand Madec, ulcéré par son refus, lui déclara d'un ton fort impudent :

– Point de solde, point de soldats, major Adams !

Et le lendemain, lorsqu'il entendit battre la générale et claquer sur la terre des galops de chevaux, il ne sauta pas de son matelas, comme c'était son devoir. Deux cent cinquante Français de moins, qu'importe puisqu'il tenait le Bengale ? Il se surprit même à ricaner derrière les toiles de sa tente quand il entendit les ordres de Madec :

– Amenez les canons !

– Il n'y a plus de bœufs ! répondirent les soldats.

– Cochons d'Anglais ! Ils les ont cachés. Eh bien, qu'on mène l'artillerie à la bricole !

Et le major Adams, de plus en plus réjoui, sortit de sa tente pour contempler le spectacle des soldats français attelés quatre par quatre aux canons et ahanant à les tirer par les chemins du camp. Il fut un peu moins gai quand il s'aperçut que certains de ses hommes, convaincus par l'ardeur du sergent Madec, avaient consenti à le suivre. Il dépêcha alors quelques officiers auprès des mutins, munis de sacs d'argent et de belles paroles. Suppliant et joignant les mains, ils obtinrent quelques défections chez leurs compatriotes ; les Français, fidèles à leur serment, continuaient, sourds à tous les discours. Enfin Madec, las de cette compagnie et pris d'envie d'en découdre, ordonna de battre « Au Champ ». Cette résolution mit aussitôt les Anglais en fuite, et ils se vengèrent en exterminant ceux des leurs que les sacs d'argent avaient persuadés de revenir au camp.

A deux lieues de Buxar, se voyant libre, Madec fit halte. La marche vers l'Inde, ou plutôt ce qui restait d'elle, allait reprendre ; il fallait un chef. Conformément à l'usage en vigueur chez les aventuriers, on devait le choisir d'une commune voix, après quoi on serait tenu de lui obéir comme à un général. A l'unanimité, Madec fut désigné.

Martin-Lion n'était pas venu : le sentiment qu'éprouva Madec, dès qu'il retrouva la liberté, ne fut donc pas aussi heureux qu'il l'avait souhaité. Ce n'était pas vraiment une surprise ; au fil des mois, Martin-Lion s'était peu à peu accoutumé aux manières britanniques. Quelques heures plus tôt, dans la complicité d'une dernière veille, lorsque Madec s'ouvrit à lui de son projet, Martin-Lion s'était rembruni :

– Après une si belle victoire, on ne se révolte pas pour une solde impayée. D'ici peu, les Anglais te donneront tout ce que tu veux, grade, honneur, richesse ! Sois patient... Attends que nous ayons levé le camp, que nous soyons rentrés à Calcutta.

– Les Anglais n'ont que faire de moi. Pour eux, c'est le major Adams qui a remporté la bataille. Et le Bengale est entre leurs mains, par ma faute.

– Ta faute ! Mais tu n'avais pas le choix !

– J'ai un serment, Martin-Lion. Le temps est venu de l'honorer. Nous avons rempli notre dette à l'égard des Anglais. Désormais ils sont redevenus nos ennemis.

– Es-tu fou ? Il est temps de cesser les batailles ! L'Inde est en train de devenir anglaise, et l'Angleterre lui apporte la paix. La paix, oui, et la prospérité !

– Tu es des leurs, Martin-Lion, depuis longtemps des leurs.

Il n'y eut pas un mot de plus, pas une bourrade, pas un adieu. A la lumière mourante du feu de camp, Madec vit pourtant s'affaisser les épaules de son compagnon ; il remarqua alors que le géant triomphant rencontré naguère dans les montagnes du Dekkan s'était voûté, amaigri ; sa vitalité éclatante commençait à se ternir. Il n'y avait plus un mot à dire en effet, puisque désormais Martin-Lion songeait à d'autres combats que ceux des armes. Banquier, administrateur prospère de cette terre inépuisable, voilà sans doute ce à quoi il rêvait maintenant que les Anglais tenaient le nord de l'Inde. Comment lui en vouloir ? Madec jeta un seau d'eau sur le feu, puis il rentra dans sa tente, pour sa dernière nuit sous la bannière anglaise.

Maintenant il était libre. Libre, et seul. Du haut de son cheval, il contempla la plaine. Dans le soleil levant, l'Inde déroulait peu à peu ses palmes, ses rizières, ses champs gras de plantes précieuses, enfin le cours d'un fleuve. On décida de le suivre, ou plutôt Madec le décida : il était le chef. Il rentrait en aventure, investi du pouvoir suprême. Mais seul. Jamais ne reviendraient les jours magiques de la marche sur Godh, les quatre chefs égaux, les palabres sous les banians. Et Godh, reviendrait-elle ? Il le voyait maintenant, le cours de son existence s'était noué là-bas ; et, mieux que ne l'eussent fait des mémoires griffonnés au hasard des chemins, elle marquait tout dans sa vie, *avant* et *après*.

Autour de Madec, les soldats s'impatientaient ; des chevaux piaffèrent ; les hommes, un peu hagards, fixaient la plaine d'un air désorienté. Seul face à l'Inde. Ce n'était pas le plus lourd à porter. Savait-il seulement ce qu'il venait y chercher ? La survie, sans doute, mais à quoi ? A lui-même, à la défaite de la France, à l'amour ? Plus que jamais, il tournait le dos à l'Europe. Pour la paix de son âme, il choisissait le domaine des jungles, des guerres cruelles, des dieux meurtriers, contre la conquête blanche qui se voulait tranquille, ordonnée et prospère. Marcher, galoper, la tête un peu grise ; et vers quel mystère originel, vers quel cœur secret des choses ? Il n'aurait pu le dire ; c'était folie, et pourtant il fallait y courir.

– Où partons-nous ? cria un soldat.

– Marches forcées jusqu'à la première ville ! jeta Madec d'un air étourdi. Plein ouest !

Il avait dit ouest non au hasard, mais parce qu'il savait qu'en cette partie inconnue de lui demeurait l'Inde inaltérée. Et Godh aussi, rose et calme, à ses marches.

Il éperonna son cheval :

– Qui m'aime me suit !

La petite armée se mit en route. Le lendemain, elle atteignit une ville étrange, funèbre et sacrée, peuplée de yogis et d'astrologues squelettiques. Elle résonnait des syllabes de mots divins, et ses rues n'étaient que longues venelles aboutissant toutes à de grands escaliers dont les marches se mouraient dans une immense rivière : Madec reconnut le fleuve sans difficulté ; c'était le Gange, à nouveau. Quant à cette cité béate et lépreuse, que la troupe découvrit à l'aurore, flamboyante du soleil levant et des premiers bûchers funéraires, elle ne pouvait être que la cité de Shiva, Varanasi la toute-sainte ou, pour employer les syllabes impures qu'avait inventées l'Europe, l'antique Bénarès.

CHAPITRE XIV

Octobre 1763

Bénarès
Mois d'Asvina, année 4864
de l'ère de Kaliyuga

Le rajah de Bénarès était un petit homme sec, ce qui le distinguait de tous les puissants de l'Inde. Il vivait sur la rive gauche du fleuve dans un vieux palais un peu biscornu, et ne quittait guère ses appartements privés depuis que la malédiction anglaise dévastait le Bengale. Il fallait donc une occasion extraordinaire pour qu'il consentît à se rendre en son Diwan-i-Am. Fait encore plus inouï, et sur lequel ses ministres se perdirent en conjectures affolées, c'était le rajah lui-même qui avait décidé l'entrevue dès l'instant où il avait appris que des firanguis franchissaient les portes de la cité sainte. Madec s'était arrêté au seuil d'un temple, admirant les contorsions savantes d'un yogi en voie d'illumination, quand les gardes du rajah vinrent lui intimer l'ordre de se rendre au palais. Il sursauta violemment, car il n'avait pas entendu depuis longtemps le langage officiel et poli des dignitaires ; il y reconnut aussitôt une invite qu'il était vain de vouloir décliner. Il crut encore se retrouver à Godh, lorsqu'il traversa les innombrables cours du palais où ruminaient d'impavides éléphants, puis des couloirs et des galeries non moins innombrables, enfin les enfilades de salles qui précédaient le Diwan-i-Am.

Le rajah l'attendait, assis sur une pile de coussins dorés, devant une foule de courtisans et une armée de domestiques balançant des palmes. Pourtant, il n'y avait dans son attitude aucune trace d'alanguissement ; il se tenait très droit, comme absorbé dans ses pensées, ce qui ne laissa pas d'étonner Madec, qui lui trouva une certaine parenté d'allure avec les quelques fakirs observés dans les rues. Le rajah abrégea les salamalecs d'usage, repoussa le narguilé que lui tendait un serviteur obséquieux et lâcha comme à l'improviste :

– D'où viens-tu, firangui ?

Il parlait d'une voix sourde et ne cessait de triturer entre ses doigts un objet étrange ; d'abord, Madec n'y prêta guère d'attention. C'était une espèce de tigre en bois peint, penché sur sa proie qu'il dévorait avidement. Il crut d'abord qu'il s'agissait d'une quelconque figurine de dieu, pareille à celles dont les hindous s'entouraient volontiers ; mais, à y regarder de plus près, il découvrit que la proie portait tricorne, veste rouge et culotte bleue, l'uniforme même sous lequel il avait servi chez les Anglais, et qu'il n'avait pas encore jugé bon d'abandonner. Il crut comprendre alors les raisons de cette convocation soudaine au palais du rajah et ne douta pas, à voir l'ardeur du tigre à saisir la chair européenne, que sa fin pût être meilleure.

— Tu ne réponds pas, firangui ? Mes gardes m'ont pourtant dit que tu entends parfaitement notre langue. Tu n'es pas neuf en ce pays. Qui es-tu ? Où vas-tu ?

Madec rassembla péniblement ses vieux souvenirs d'hindi de cour :

— Très honoré rajah, sache que je ne suis pas de tes ennemis !

— Tu portes leurs vêtements !

— Nous fuyons les hommes à veste rouge, rajah. Nous ne sommes pas des leurs.

— Les fuir, quand ils viennent de prendre le Bengale ? Le rajah s'était mis à sourire et caressait doucement le dos du tigre.

— Nous avons été enrôlés de force dans leur armée, très honoré rajah. Nous avions fait le serment de déserter à la première occasion. Cette occasion s'est présentée il y a deux jours, à Buxar.

— Es-tu bien sûr de dire vrai, firangui ? Car je les connais, les mensonges des hommes venus des Eaux Noires ! Toujours vous vous faites petits devant nous pour mieux nous tromper, « vends-moi du poivre, vends-moi de la soie, je ne suis devant toi qu'un minuscule grain de sable, je ne viens ici que faire du commerce et je touche la terre de mon front »... Et maintenant ces marchands soi-disant pacifiques s'emparent de nos terres !

— Je te dis vrai, rajah !

— Hmmm... hmm... murmura le prince. Il se perdit encore un moment dans ses pensées, puis il déclara, d'un air brusquement tendre :

— Comment ne pas te croire ? Tu es entré dans la cité sainte avec l'innocence des enfants.

Il pinça ses lèvres émaciées et ajouta, sans vouloir dissimuler son ironie :

— Et d'ailleurs, tu n'es peut-être qu'un enfant.

Madec rougit.

— Maintenant, dis-moi où tu vas.

— Je vais vers l'ouest.

Le rajah déposa le tigre de bois sur un coussin.

— Et que vas-tu donc chercher dans l'Ouest ?

— Je connais un peu ce pays. Je veux offrir mes services et mes hommes à des princes indiens.

Le rajah sourit à nouveau :

— Nos terres de l'Est ne te plaisent-elles donc pas ? Ignores-tu que Bénarès est la ville la plus sacrée de l'Inde ? D'ordinaire, les hommes ne souhaitent d'autre terme à leur voyage que les rives de la cité de Shiva ! Vous êtes donc bien étranges, vous autres barbares, à errer sans but par les routes du monde ! Hmmm...

Sa voix s'assourdit encore, et les muscles de ses mâchoires se crispèrent :

— Mais je suppose que tu as un but ?

Madec se tut.

— L'argent ?

Les serviteurs agitaient leurs palmes avec la même indifférence ; le silence devenait insupportable.

— Vous autres firanguis, vous allez de rajah en nabab, de nabab en rajah comme les *sadhu* vont de temple en temple !

Il se tourna vers le balcon du Diwan-i-Am, désigna le fleuve qu'on apercevait en contrebas derrière la fenêtre ouvragée :

— Les *sadhu* s'en viennent un jour mourir à Bénarès, délivrés du fardeau de leur vie, et leurs cendres purifiées se perdent dans les eaux de Ganga. Vous autres firanguis vous allez par les chemins, sans but que de vous vendre au plus offrant !

— Qu'en sais-tu, rajah, si je suis à vendre ? repartit Madec. C'est toi qui m'as fait mander. Que me veux-tu ?

Le rajah plissa les yeux, parut un moment s'endormir :

— Tu es pressé, comme les autres.

— Les autres ?

Le rajah rouvrit les yeux, brusquement vif et tendu :

— Vers l'ouest, tu veux aller vers l'ouest... Tu ne pourras pas, jeune firangui ! Tu n'as pas d'argent, trop peu d'hommes.

— Je sais me battre !

— Tu es un beau guerrier, je le reconnais. Fort et bien fait. Tu aimes les armes. Tu cherches la gloire, peut-être. L'Inde n'est pas un pays pour la gloire !

— Peu m'importe !

— On ne se bat pas contre la famine. La mousson n'a pas été très bonne. cette année. Le riz manque, les bêtes meurent, les bandits infestent les routes. Seul un homme riche, doté d'une armée puissante, peut traverser les provinces qui mènent à l'Ouest. Le Radjpoutana, n'est-ce pas, c'est bien là que tu veux aller ?

— Peut-être, dit Madec d'une voix blanche.

En lui grandissait, obsédante, l'impression d'être en conversation avec le diable : cet homme devinait tout.

— Hmm... hmm... continuait-il à marmonner. Son regard pétillait et il s'était brusquement détendu.

— Tu es pressé, très pressé, comme tous les firanguis. Trop de désir, trop de passion en toi. Bien. Maintenant, parlons net.

Madec n'osait s'éponger le front, de peur de montrer à ce vieillard démoniaque que l'entretien l'épuisait ; ses oscillations perpétuelles, de méditations solitaires en attaques soudaines, l'avaient exténué. Encore une fois, le rajah pénétra ses pensées :

— Assieds-toi. Prends ce coussin.

Derrière lui, Madec sentit frémir la foule des courtisans. A l'évidence, ils ne s'attendaient pas à ce que l'étranger reçût aussi vite de tels signes de faveur.

— Firangui, l'Inde est malade, bien malade, je ne te l'apprends pas.

Le rajah parlait maintenant à voix basse, et très vite, comme s'il avait souhaité que ses ministres et les courtisans ne pussent saisir le moindre mot.

— Je suis rajah de Bénarès, mais je ne crains rien pour ma ville, la plus sainte qui soit au monde. Ici commence et finit toute sagesse. Pas un puissant du monde qui n'ait voulu Bénarès, et pas un qui l'ait possédée ! Les Tartares, les Arabes ont bousculé nos temples, mutilé nos divinités, et Bénarès est toujours là. Qui pourrait détourner le cours sacré des choses ? Regarde, firangui, elle pèse, cette ville...

Il désigna le balcon. En contrebas, on voyait la foule se presser sur les escaliers et se baigner dans le fleuve, arrondi le long de la ville comme un croissant de lune ; dans l'air du matin s'élevait la fumée brune des bûchers. Par bouffées, selon les caprices du vent, l'odeur âcre de la chair roussie montait jusqu'au Diwan-i-Am.

— Elle pèse ! reprenait le rajah. Sache-le, firangui, quand Brahma créa le monde, le ciel, sa partie la plus légère, monta. Bénarès était la plus lourde et vint ici, sur Terre. Elle pèse... Je n'ai donc rien à craindre des Anglais. Ma ville, depuis la nuit des temps, tisse les plus beaux brocarts de l'univers, et de toute éternité elle les a vendus jusqu'aux confins du globe. Quant à moi, je n'attends plus rien de cette vie passagère.

— Alors, pourquoi veux-tu me retenir, moi qui suis passager ? Je veux aller à l'ouest, et j'irai ! Tu ne m'empêcheras pas !

— Jeune, jeune impatient ! Tu l'auras, le bonheur d'illusion que tu cherches ! *Maya, maya,* car tout ici-bas est *maya*. Mais prends ton temps...

— Mon temps m'est compté, rétorqua Madec ; mes hommes ont faim et soif. Depuis des mois ils peinent chez l'Anglais, sans recevoir de solde. Il faut que nous trouvions à nous employer. Je connais des hommes, dans l'Ouest, qui nous prendront à leur service.

— Je te répète que tu ne pourras franchir les provinces qui mènent à l'Ouest. Et nous avons besoin de toi ici.

Madec prit un air étonné :

— Je croyais que tu étais indifférent aux choses de ce monde, très honoré rajah !

— Certes. Tout est éphémère ici-bas ; ainsi que les brins d'herbe et les insectes, les empires naissent et disparaissent sans laisser de traces. Mais je ne veux pas voir les hommes à veste rouge souiller les flots de la très sainte

Ganga. *Ganga maj ki jai!* Gloire à la mère Gange! Je suis prêt pour cela à m'allier aux nababs musulmans bien qu'ils n'adorent qu'un seul dieu dans leurs temples nus.

— Les nababs ont Sumroo pour les défendre!

Le rajah plissa à nouveau les yeux :

— Tiens, jeune firangui, tu connais donc Sumroo, toi aussi? Comme la gloire est vaine...

— Pas si vaine, puisque son nom est venu jusqu'à Calcutta!

— Si, firangui, la gloire est vaine! Sumroo a été défait par les Anglais, et il est en fuite, l'homme qui depuis dix ans faisait trembler l'Inde! En fuite, l'homme qui pillait les tombes, massacrait les banquiers! Il n'a pu supporter la défaite, il a réuni ses hommes, ses trésors et ses femmes, et il est parti.

— Parti? Mais où?

Le rajah se mit à rire, d'un ricanement aussi sec que toute sa personne :

— L'éléphant cherche la rivière quand il a soif, firangui. L'homme avide s'en va là où se trouvent les fleuves d'or et d'argent. Sumroo est reparti vers l'Ouest. Et il passera, lui, les plaines vides de grain, car il est riche et fort. Toi, tu dois attendre. Dharma ! Alors tu vas m'aider !

Madec, abasourdi, ne répondait rien.

— ... Quelques mois seulement, le temps que vienne la prochaine mousson. Les temps sont troublés, les impôts ne rentrent pas. Tu vas m'aider à les récolter. Tu en garderas une part pour toi. Les nababs t'en sauront gré. Ce sont mes amis malgré leur religion impure. L'un d'entre eux est riche. Il abrite chez lui le Moghol. C'est pour toi une occasion inespérée : réfléchis; tout ce que tu nous aides à recueillir auprès de nos paysans, c'est autant que ne prendront pas tes ennemis les Anglais. Et tu en recevras ta part, pour te construire une petite armée et t'en aller chercher dans l'Ouest ton bonheur d'illusion.

— Je ne cherche pas un bonheur d'illusion, soupira Madec.

— Tu cherches trop à flatter tes désirs pour n'être pas victime de la *maya*, firangui, comme tous tes semblables. Si j'étais vraiment un sage, je chercherais à t'en guérir, mais tel n'est pas mon rôle, puisque je suis rajah; je dois d'abord penser à mon peuple. Et puis on ne retient pas un homme en proie au désir! Mais n'oublie pas que les grands rois ont tous disparu, que les océans s'assèchent, que l'étoile Polaire se déplace, que les dieux même abandonnent leurs anciennes demeures. Regarde, sous ces balcons, les bûchers qui s'élèvent sur la sombre plate-forme de Yama, le dieu des morts, regarde les crânes qui éclatent entre les flammes. Il s'interrompit un instant, pressa la main de Madec :

— Mais enfin, tu vas me récolter les impôts, n'est-ce pas? Je te confie mon jaghir, et j'écris à mon voisin, le nabab Souja-Doula, pour qu'il en fasse de même, Allons, réponds!

— Me laisseras-tu libre à la prochaine mousson?

– Firangui ! Ah ! Tu es bien un barbare ! Les yeux toujours rivés sur le futur !

– Je veux un gage de liberté !

– Eh bien, je te le donne ; c'est un firangui, comme toi, rompu à l'Inde depuis des années. Un homme de mon âge, un sage, un saint homme de ton pays. Que veux-tu de mieux ? Lui saura te parler, te conseiller. Le croiras-tu, lui, l'homme à la robe noire ?

– Un prêtre ?

– Oui, firangui ! Lui aussi il veut partir vers l'ouest. Vos intérêts sont les mêmes. Dès que tu auras l'argent et les hommes pour t'en aller, tu l'escorteras. Alors, maintenant, me fais-tu confiance ?

– Je veux voir le prêtre.

– Tu le verras. Ce soir même.

Alors, à la grande stupeur de ses ministres, le rajah de Bénarès se pencha vers Madec, lui glissa quelques mots à l'oreille. Puis il se tourna vers l'assistance médusée et clama d'une voix fort réjouie :

– Nous avons fait affaire ! Apportez des sorbets, des *lassi,* des fruits, des narguilés !

Il se pencha vers son hôte :

– Quel est ton nom, jeune firangui ?

– Je me nomme Madec ! répondit-il haut et clair, mais il avait la mine un peu inquiète.

⁂

On avait reconduit Madec aux escaliers de pierre, aux *ghats,* comme disaient les Indiens ; ses compagnons l'avaient rejoint ; puis on avait passé le fleuve, sur des barcasses à demi vermoulues, afin d'établir le campement sous un bois de manguiers de la rive droite, à l'endroit assigné par le rajah. La journée fut tranquille. Madec distribua aux soldats les trois cent cinquante roupies qu'il avait glanées sur les cadavres lors de la bataille de Buxar, et il prit plaisir à voir « ses » hommes, car enfin ils étaient les siens, se régaler de fruits frais et de chevreau grillé au lieu du sempiternel cari des armées. Sur l'autre rive, avec midi, commençaient à vaciller les flammes des bûchers ; néanmoins la foule, inlassable, continuait à descendre les *ghats* pour le bain rituel. Enfin le soleil baissa. C'était l'heure. Les volutes du crématoire pâlirent, leur odeur même parut plus douce. Comme convenu, la barque du passeur arriva. Madec s'efforça de dissimuler son inquiétude. Il avait prévenu ses hommes : « J'irai seul ! – N'as-tu pas peur de t'enfoncer dans cette ville inconnue ? avait demandé un soldat, un jeune sergent blond rescapé comme lui des geôles de Madras. Et si le prêtre n'était qu'une invention du rajah ? – Je n'ai pas eu peur de Sumroo, repartit Madec, pourquoi crois-tu que j'aie peur des Indiens, ou d'un prêtre ? » Et il embarqua aussitôt sur la pirogue d'un passeur aux yeux fixes. Il disait vrai ; il n'avait pas peur. Mais il avait toujours haï les prêtres. Il les connaissait mal. Il devinait qu'ils vivaient selon une discipline et une hiérarchie assez voisines de celles de l'armée ; cependant, il en ignorait les arcanes. Qui découvrirait-il, au rendez-vous chuchoté du rajah ? Un capucin vêtu de bure et les pieds nus dans ses sandales ? Un abbé en robe noire et rabats blancs ? Un curé poudré ? Ou, pourquoi pas, un aumônier de marine, jurant et crachant tous les diables de mer ? Les heures passant, cette histoire d'homme à robe noire lui avait paru de plus en plus étrange. Pour Madec, la chrétienté s'arrêtait aux portes de Pondichéry. Calcutta s'était construit comme par devoir une bâtisse où honorer le dieu anglican, mais il n'y avait jamais vu entrer quiconque, sauf peut-être le matin de Pâques. Avait-il prié, lui-même, aux jours les plus sombres de son désespoir ? Le souvenir de Dieu ne demeurait en lui qu'à travers quelques mots latins, répétés mécaniquement au lever, au coucher, avant les batailles, et devenus presque plus étrangers à ses oreilles que les plus neufs des vocables hindis. Ses jurons eux-mêmes, foutredieu, ou goddam, ne disaient plus depuis longtemps que simple joie ou rage, sans que s'y mêlât le plaisir d'injurier le Ciel, puisque à chaque instant l'Inde déployait d'autres divinités infiniment plus présentes, et donc infiniment respectées. Quel ricanement du destin voulait donc que ses retrouvailles avec Dieu, ou du moins son représentant, eussent lieu en plein cœur de Bénarès, dans un déferlement de sacré qu'il ressentait sans pouvoir le comprendre ?

Au milieu du fleuve, le passeur parla. Madec l'avait tout d'abord cru muet, et il s'était mis à rêver, nonchalamment assis sous le taud chancelant du bateau. Dans l'eau glissaient des guirlandes de fleurs dénouées, de petites coques remplies d'offrandes que le flot n'avait pas englouties encore et, de temps à autre, quelques cadavres. Peu à peu se rapprochait la rumeur de Bénarès, mêlée au clapotement des vagues et des rames ; une psalmodie sans fin, une douce mélodie spectrale qui le berçait. Était-ce l'oubli, la sérénité, le pressentiment du néant ? En secret il souhaitait que s'ouvrît le mystère.

— Je m'appelle Bhagirata, dit le passeur. Sais-tu qui est Bhagirata ?

Madec secoua la tête ; l'homme lui expliqua alors qu'il portait le nom d'un pieux ascète de la nuit des temps, qui avait obtenu de Brahma la descente sur Terre de la belle Ganga, au temps où elle n'était pas encore un fleuve. Et, tandis qu'on s'approchait des ghats, Bhaghirata lui raconta comment Ganga, fille d'Himalaya le roi des montagnes, descendit sur Terre, recueillie par Shiva dans la tiare impénétrable de sa chevelure, où des millions d'années, comme en un labyrinthe, elle demeura prisonnière. On parvint à la rive.

— Ah ! firangui ! dit le passeur en arrimant la barque à un anneau du quai. Innombrables sont les aventures de Ganga la belle, et ma vie entière ne suffirait pas à les dire !

Émerveillé du récit, Madec oublia son inquiétude. Il y avait bien quelque chose d'étrange dans l'Inde, puisque l'homme le plus humble racontait les grandes histoires de dieux avec plus d'élégance qu'un rajah. Il sourit ; tout heureux de cette reconnaissance, Bhaghirata sourit à son tour.

Ses yeux avaient perdu leur fixité, ils vivaient maintenant, chaleureux et tendres :

– Je dois te mener au lieu du rendez-vous. Suis-moi, mais prends garde à ne pas me perdre dans la foule.

D'un pas vif, il escalada les degrés des ghats. Ganga maj ki jai. Gloire à la mère Gange... Madec comprit ici les paroles du rajah. Au bord du fleuve, ou plutôt de la rivière, puisque Ganga était femme, Bénarès n'était plus que cet immense alléluia, paroles et gestes unis dans la même prière. Indifférents à la peau claire de Madec, à sa veste de firangui, les Indiens se pressaient dans l'eau sainte. Immergés jusqu'à la poitrine, ils accomplissaient tous un rite identique, prenaient un peu d'eau dans la main, la levaient jusqu'au soleil, la jetaient sur leur tête, la buvaient, nobles, détachés. Les femmes surtout, à la pudeur intacte dans leurs saris collés à la peau. Au cœur de la foule, chacun d'entre eux était seul, en tête à tête avec la divinité, dans la rencontre magique que donnait l'eau sacrée. Déjà certains, qui allaient passer la nuit sur les ghats, préparaient des chapatis, remplissaient des lampes. D'autres lavaient des étoffes. A chaque pas Madec était bousculé. Jamais en Inde il ne s'était senti plus étranger. Le rajah avait raison : il était un Européen, il ne cherchait que l'avenir, non l'éternité.

– Pourquoi donc y a-t-il tant de monde ? interrogea-t-il.

– Tu ignores donc, firangui, que Bénarès est la cité de Shiva ? C'est ici qu'il a vécu quand il a pris forme humaine, c'est ici le Ciel même, non une ville ordinaire. C'est son sanctuaire suprême et secret ; qui meurt ici, qu'il soit brahmane, khsatrya, commerçant, intouchable, barbare, homme ou femme, ver de terre, oiseau ou fourmi, quel qu'il soit, revêt au trépas la figure de Shiva ; car Shiva donne à tous les êtres, sans distinction, pouvoir de franchir l'Océan des renaissances ! Ici, dans l'eau de Ganga, l'âme fragile retrouve sa force et vainc toute souffrance. Tout est sacré à Bénarès, même la parole !

La psalmodie continuait, en effet, comme en un temple à ciel ouvert. Tantôt, elle enflait au voisinage d'un orateur ou d'une université ; près d'un temple au toit couvert d'or, elle grossissait encore, tandis que des fidèles, à force d'honorer le dieu en versant des verres d'eau sacrée, transformaient une ruelle en torrent boueux qui ne tarissait pas. Si la rumeur faiblissait, c'était pour mieux reprendre. Litanie des *tarakamantra,* longuement articulés pour libérer l'âme, récitation en chœur des textes sacrés, chapelets chuchotés dans la fièvre. Bénarès priait sur tous les tons, de la ferveur tranquille au cri désespéré. Mais toujours, à chaque carrefour, la répétition inlassable du nom de Ganga, et surtout, basse continue aux sonorités rauques, la syllabe sainte entre toutes, *Om, Om,* que Madec avait entendue pour la première fois dans les temples de Godh. Et tandis qu'il marchait, emporté par ses ondes lancinantes, il lui sembla qu'elle n'avait pas cessé depuis de résonner à ses oreilles.

– Tu es ici dans le Ciel même ! répétait le guide.

Om, om, om... Et déferlaient toujours les aveugles, les boiteux fatigués, les fakirs arrachés un moment à leur planche à clous pour leurs ablutions au fleuve. *Om.* Certains ne bougeaient plus et s'abandonnaient, comme bercés par le va-et-vient de la foule. Les yeux clos, perdus dans l'extase, ils n'attendaient plus rien ; le flot de pèlerins, que Madec et le guide remontaient à contre-courant, ne leur accordait pas un regard. Dans sa communion avec le dieu, chacun, comme dans l'eau, demeurait seul ; et pourtant les peaux se frottaient, et pourtant les yeux hagards, les fronts coloriés se ressemblaient, tous poudrés et cendrés de marques magiques.

Parfois une scène insolite arrêtait Madec ; des sadhu squelettiques s'avancèrent, royaux, sous d'immenses parasols tressés en lattes de palmes. Un homme se mit à se rouler dans la poussière en hurlant sa passion pour Dieu. Un autre brandit une hache, annonçant sa résolution de se mutiler en public pour expier ses péchés. Le sang jaillit, une main s'écrasa sur le sol. Madec fut pris d'un haut-le-cœur.

— Viens, fit le guide d'une voix inquiète. Ne regarde pas, firangui. Nos dieux te sont étrangers. Et ces gens qui se mutilent ne sont pas agréables à Shiva, contrairement à ce qu'ils croient, pas plus que les Kapalikas qui se nourrissent de chair humaine et d'excréments !

Madec se mit à trembler. Lui qui n'avait plus peur de la guerre commençait à craindre Bénarès. Une terreur panique. Un à un, il interrogeait les visages, cherchait à comprendre. Aux pèlerinages de son enfance, il avait vu comme ici accourir aveugles et paralytiques, et ils demandaient aussi à l'eau de les soulager, mais c'était l'eau claire et petite d'une fontaine blottie sous des chênes, mais ce n'était pas cette folie, mais ce n'était pas cette foule. Ici l'Inde déversait tous ses maux, ici l'Inde était en son extrême : toute comparaison s'avérait dérisoire.

Le pire, cependant, n'était pas encore venu. Au pied d'un temple décrépi, il fallut enjamber des mourants. Bhaghirata marchait vite, Madec trébucha sur un corps. Le contact douceâtre d'une chair fiévreuse. Déjà pointait le gris de la mort. C'était une femme, une très jeune femme, dont les cheveux collés trempaient dans la boue.

— Sarasvati, murmura-t-il.

Depuis quand n'avait-il pas dit son nom ? Vivait-elle encore ? Il eut mal. Elle, l'Indienne, comme les autres elle devait souhaiter venir mourir dans cette ville d'enfer qu'il ne comprenait pas, ne comprendrait jamais. Il se pencha vers la morte. Demain ces cheveux superbes ne seraient plus que cendres, emportées par Ganga vers l'océan. Sarasvati, peut-être cendre dissoute dans l'eau de Ganga.

Il se leva. Le guide souriait. Madec avait parlé tout fort.

— Que dis-tu ? Tu parles de la déesse Sarasvati ?

— La déesse ?

— Ah ! Tu ne connais pas nos dieux. Sarasvati est une rivière, comme Ganga, mais une rivière invisible et souterraine, un fleuve de l'esprit, l'eau de la connaissance qui rejoint Ganga en amont de Bénarès, là où se jette aussi l'autre rivière sainte, la belle Yamuna...

Il continuait, heureux, les yeux brillants, tressant à chaque pas les guirlandes des grandes légendes. Il s'arrêta soudain. On avait atteint une sorte de petite place, entourée de maisons à véranda de grès rouge.

– Nous arrivons, firangui, chuchota-t-il, brusquement tendu.

C'est alors que surgirent les lépreux. Du fond d'une venelle tortueuse, ils avançaient, en troupe compacte, la main, ou le moignon, tendue droit vers Madec. Une horde geignarde, sans force, des faces dévorées, aux lèvres douloureusement ouvertes pour réclamer pitance. Était-ce l'atmosphère sacrée de la ville, était-ce la perspective de rencontrer un prêtre, un réflexe ancien revint à Madec, qu'avaient gommé ses années indiennes : la compassion. Il fouilla sa poche. Il y restait quelques roupies, le seul bien qu'il avait. Il les jeta dans une main.

– Non ! cria Bhaghirata.

Mais déjà les lépreux se précipitaient sur Madec. L'un d'entre eux avait saisi la pièce, et les autres hurlèrent. Bhaghirata tomba. Il disparut sous les haillons des mendiants. Un pugilat commença entre deux d'entre eux, tandis que les autres plaquaient Madec contre le mur de la maison, criant doucement comme des bêtes à l'agonie, leurs membres en lambeaux courant sur son corps, leurs visages rongés collés à sa bouche. Alors Madec se sentit soulevé en l'air par les épaules. Happé. Sous lui, les cris moururent. Il bascula de l'autre côté d'une fenêtre, qu'on referma précipitamment.

***

– Inutile de descendre, mon fils. Il est mort. Étouffé, piétiné, que sais-je ? C'est chose courante. Regarde, il ne bouge plus. De toute façon il serait imprudent de s'aventurer dans la rue. Les lépreux doivent rôder encore.

– Je croyais que les curés devaient donner l'extrême-onction, grinça Madec.

Il était encore mal remis de sa mésaventure, et il lui déplaisait souverainement d'avoir été sauvé par un prêtre.

– A ce que m'avait dit le rajah, je te croyais plus habitué à l'Inde, répliqua l'homme en noir. D'abord, contre toute prudence, tu fais l'aumône à des lépreux. Ensuite, tu t'étonnes de l'indifférence du soldat du Christ envers ces idolâtres ! Je ne confesse que les convertis, mon fils, et ils ne sont pas légion ici.

– A quoi passes-tu donc tes jours en ce pays ?

– Mon fils, Dieu écrit droit avec des lignes courbes ! Le temps n'est pas encore venu où les Indiens se presseront dans nos églises. Il nous faut d'abord gagner la faveur des puissants.

— A mon avis, le rajah de Bénarès n'est pas près de se convertir ! déclara Madec en s'épongeant le front.

Le père Wendel considéra attentivement son hôte. Un soldat. Né gueux, sans aucun doute ; il devait tout ignorer de l'exercice de la puissance temporelle. Mais il était clair qu'il savait se battre. Belle tournure, œil vif, vigueur du corps et de l'âme. On pourrait faire affaire.

— Viens par ici. Tu dois avoir soif.

Madec ne voulut pas se détacher de la fenêtre. Bhaghirata, étendu à même la rue, était bien mort. Un quart d'heure plus tôt, il lui racontait encore les merveilles des dieux indiens...

— Viens donc, mon fils ! Les intouchables viendront ramasser son cadavre. Il est parti pour son paradis idolâtre. Viens.

Le prêtre parlait d'une voix extrêmement persuasive. Douce, trop douce, pensa Madec. Enfin, le plus difficile était passé puisque l'homme à la robe noire existait bel et bien ; Madec fut soulagé. Il le suivit dans la pièce voisine, s'assit sur un prie-Dieu de laque. Un gigantesque crucifix doré ornait un pan de mur blanc.

— C'est le rajah qui m'envoie à vous, commença Madec.

— Je sais, je sais... Bois donc un peu.

Le prêtre versa un peu de *lassi* dans un verre et le lui tendit.

Deux jeunes serviteurs attendaient contre une porte.

— Ils sont bien tournés ? n'est-ce pas, dit-il à Madec en les désignant du doigt.

Les domestiques, sentant qu'on parlait d'eux, se plaquèrent contre le mur, avec des yeux apeurés de bêtes mal dressées.

— Ils viennent du palais. C'est un cadeau du rajah. Tu peux parler en paix ; ils ne connaissent pas notre langue. Veux-tu des *chapatis* ?

Il présenta à Madec une galette qu'il tenait à la mode indienne entre deux doigts de la main droite. Madec ne put retenir sa curiosité :

— Vous vivez donc à leur manière ?

— Par quel miracle voudrais-tu, mon fils, qu'un prêtre s'avisât d'échapper aux usages de l'Inde ?

— Je ne sais pas, fit Madec d'un air embarrassé.

— Je dirais même, poursuivit sentencieusement le prêtre, que nous autres jésuites considérons comme une obligation religieuse d'adopter les coutumes du pays où nous semons la bonne parole.

Madec sursauta. *Jésuite ;* il n'avait pas encore entendu parler de cette espèce de prêtres. Ou bien alors c'était si ancien... Il examina l'autre quelques instants, tâchant de distinguer de quelle pâte il était fait. C'était bien un ecclésiastique, point de doute là-dessus : voix en demi-teintes, ni mâle ni fausset, teint pâle, qui annonçait que l'homme passait plus de temps à l'ombre des antichambres qu'au grand soleil de l'Inde. Mains délicates, très soignées, d'un maître ponctuellement servi. Enfin, dans ses yeux gris, un air fort convenable d'hypocrisie bien portée. Un seul trait le distinguait des abbés rencontrés jusqu'alors : celui-ci n'était pas gras. Il paraissait même franchement maigre, et sa soutane flottait sur lui. Madec en conclut que l'ordre des jésuites exigeait de ses membres, contrairement aux autres congrégations catholiques et romaines, une indifférence prolongée à l'égard des plaisirs de la table. Ravi de n'en être point, il but avidement quelques gorgées de lassi :

– Tu es donc soldat, reprit le prêtre. D'où viens-tu ? Où es-tu né ?

– Ah ! Non, pas de questions, répondit Madec. Je ne sais pas moi-même qui vous êtes !

C'était une vieille habitude, prise à bord des bateaux. La moindre confession s'y transformait en commérage et il avait appris très tôt à se méfier des prêtres, de leurs talents romanesques et sournois. Celui-ci, quoique maigre et jésuite, pouvait bien être de la même eau.

– Mon fils, tu te méfierais d'un honorable membre de la Compagnie de Jésus ! Nous qui courons le monde du Brésil à la Chine pour porter la Bonne Nouvelle ! Nous, dont les collèges font la gloire de l'Europe !

Les collèges. Ce mot restitua à Madec sa mémoire pleine et entière : c'était son père qui lui avait parlé des jésuites, un jour qu'il déplorait de ne pas avoir assez d'argent pour leur confier ses fils ; il avait dû y faire un an ou deux d'études, dans les années 1720, en compagnie du jeune Dupleix. Quimper, Dupleix, les jésuites, les Indes : en somme, dans ce collège, autrefois, sans qu'il en sût rien, s'était noué quelque chose de son destin.

– Dis-moi ton nom.

Il tutoya le prêtre. Provocation voulue, qui signifiait : « Nous sommes aux Indes, ici ! Donc égaux. »

Interloqué, l'autre acquiesça :

– Wendel. Le père Wendel.

Madec le sentit alors en son pouvoir. Il faillit s'esclaffer ; c'était la première fois qu'il narguait un prêtre, et, qui plus est, un prêtre qui l'avait sauvé. A l'évidence, celui-ci n'était guère habitué à des manières directes. Néanmoins, il savait plier l'échine : le voilà qui devenait tout humble, mielleux, doucereux :

– Mon cher fils, ainsi nous avons le même ami, le rajah de Bénarès. Avez-vous accepté sa proposition ?

– Et toi, père Wendel ? rétorqua Madec.

– Je n'ai guère le choix, mon fils. Celui qui me protégeait vient de partir, et je ne peux à présent rejoindre Agra, où je me proposais de ranimer un établissement fondé autrefois par les miens.

– Agra ? Et pourquoi Agra ?

– L'ancienne capitale du Moghol, mon fils. Tout près de Delhi. Il y a là-bas de très anciennes communautés chrétiennes, venues il y a deux siècles au temps du roi Henri. Elles sont très proches du Moghol ; et c'est le Moghol que nous devons toucher, nous autres jésuites, pour la plus grande gloire de Dieu !

– Parlons clair, jésuite. Peu m'importe ce que tu cherches, tu es Européen et catholique comme moi. Bien. Nous sommes bloqués à Bénarès, et tu cherches quelqu'un qui puisse te convoyer : c'est cela ?

– Certes, certes.

– Me paieras-tu ?

– Je ne suis, mon fils, qu'un simple soldat du Christ. La récompense que ma présence et mon secours pourront t'apporter n'a pas de prix et ne saurait se monnayer. Bienheureux les pauvres, car ils connaîtront Dieu !

Madec l'interrompit :

– Et l'autre... ton... protecteur précédent... L'as-tu payé pour ses services ? Car je n'ai pas ouï-dire d'autres catholiques dans l'Inde, et cela m'étonnerait fort, si maintenant les hindous ou les mahométans prenaient pour des roupies ton royaume des Cieux !

– Mon ancien protecteur est pour l'heure sur un chemin hasardeux, mon fils, mais il faut prier pour lui, car je sais qu'il reviendra au vrai Dieu ! Les voies du Ciel...

Madec l'interrompit :

– Qu'il reviendra ? Mais c'est donc un des nôtres ?

Madec avait parlé sans réfléchir ; il n'avait pas fini sa phrase qu'il s'étonnait déjà, en face de ce prêtre qui ne lui était rien, d'avoir dit « un des nôtres », comme s'il s'agissait d'une communauté retrouvée. Sans doute la traversée de Bénarès lui avait-elle rendu un peu d'Europe ; pour la première fois depuis longtemps, il se sentait en exil.

– Eh oui, mon fils, il est des nôtres. Il s'habille à l'indienne, il a le teint foncé, mais c'est un Européen.

A ses mâchoires soudain crispées, à cette lueur d'effroi dans les yeux, Madec devina aussitôt de qui il parlait :

– Comment, jésuite, comment toi, un prêtre, as-tu pu t'acoquiner avec une brute pareille !

– Sombre est comme toi une créature de Dieu.

Sombre. Il avait eu raison encore une fois, la boucle se renouait. Serait-il à jamais destiné à marcher sur ses traces ?

– Sombre t'a abandonné ?

– Il est parti vers l'ouest se refaire une fortune chez les rajahs. Il n'a pas eu le temps de venir me chercher. Qu'est-ce qu'un pauvre prêtre, quand il faut sauver les canons ? Et il a eu raison. Dieu a le temps.

– Je voudrais bien savoir ce qui rapproche Dieu de Sombre ! éclata Madec.

– Mais le Moghol, bien sûr, le Moghol !

– Le Moghol est mahométan !

– Réfléchis : Sombre va sauver le Moghol des Anglais, et nous autres jésuites pourront alors le ramener, lui et son peuple, à la vraie foi. Et les hindous suivront.

– Le rajah de Bénarès connaît tes projets ? ironisa Madec.

– Le rajah de Bénarès sait que je suis l'ennemi des Anglais et cela lui suffit. Jamais les pernicieuses idées calvinistes ne doivent régner sur l'Inde, voilà mon but.

Le jésuite considéra Madec en silence, puis ajouta :

— Cela te va-t-il, mon fils, pour me faire confiance ?

— Cela me va.

— Alors maintenant, parlons un peu de toi !

Il alluma une petite lampe remplie de beurre clarifié. La pièce était grande, mais basse de plafond ; il y régnait une sorte de dépouillement monacal. Quatre heures durant, les deux hommes s'entretinrent des termes de leur accord. Ils convinrent de partir avant la prochaine mousson, dès que l'impôt serait récolté ; Madec obtint du jésuite qu'il ne se mêlerait en rien des expéditions militaires, se contentant exclusivement d'attendre le jour du départ dans la plus grande discrétion. Le père Wendel lui jura sur les Évangiles qu'il continuerait à mener la même vie discrète faite d'entrevues régulières au palais du rajah et de longues méditations au fond de cette demeure reculée.

Au cours de cette conversation, Madec parvint même à se faire une idée du passé du prêtre. Envoyé aux Indes une dizaine d'années plus tôt, il avait commencé à convertir les païens de Goa, avant que les hasards des cours indiennes, qu'il semblait priser fort, ne le mènent à Agra, où il avait rencontré Sombre, à la faveur du pillage. Pour des raisons qu'il se refusait à expliquer, il l'avait suivi. Cependant il ne nourrissait pas pour lui assez d'amitié pour l'accompagner sur le champ de bataille, et il avait passé tout le temps de la campagne auprès du rajah de Bénarès qui appréciait beaucoup, prétendait-il, ses talents de botaniste et de médecin. Madec en douta : tout comme à Godh, il avait remarqué auprès du rajah un homme de l'ayur-veda, d'apparence fort intelligente. A en juger par les coups d'œil concupiscents que posait parfois le jésuite sur la croupe de ses deux serviteurs, Madec subodora que ses talents étaient d'une autre nature ; cela, du reste, lui demeura parfaitement indifférent, du moment qu'elles ne le menaçaient pas dans son intégrité physique, il ne s'inquiétait plus des particularités humaines. Il était d'ailleurs fatigué. Il demanda donc au jésuite qu'il lui offrît un charpoï pour la nuit, en priant silencieusement le Ciel, s'il existait, pour que son sommeil fût tranquille. Cette grâce lui fut accordée : le père Wendel désirait sans doute ménager une si bouillante énergie, ou ne reconnaissait pas en Madec un terrain susceptible d'accueillir favorablement ses ardeurs. Puis à l'aube, il regagna son camp. Les premiers bûchers s'allumaient sur les ghats.

Par bonheur, il ne rencontra aucun lépreux et trouva sans difficulté un autre passeur. Il contempla longuement les eaux du Gange, rosissantes de l'aube. Ainsi, une rivière invisible s'y jetait en amont, qui portait le nom de sa bien-aimée interdite. A cet instant, il regretta Bhaghirata. Il aurait voulu que son guide fût encore vivant pour lui répéter la merveille : Sarasvati était une déesse, vivante et éternelle à la fois, elle ne mourrait jamais ; pour le moment, pareille à la rivière magique, elle lui était refusée, mais il la reverrait, la contemplerait, la toucherait peut-être. Fort de cette intuition, Madec s'imposa alors l'ardente obligation de réunir au plus tôt un monceau d'argent, afin de venir proposer à Godh les fastes d'une puissance comme les Indiens n'en avaient pas connus. Que la princesse dût lui demeurer lointaine lui importait peu. Il voulait qu'elle le vît dans toute sa gloire et que cette majesté même, où ils seraient enfin égaux, leur tînt lieu d'amour.

CHAPITRE XV

Mars 1764

Agra

Ils partirent quatre mois plus tard. Tout se passa comme à plaisir. La petite armée fit merveille, terrifia les populations, l'argent rentra. Dès le premier mois, Madec put emprunter aux banquiers de Bénarès et fondre des canons dans les échoppes du bazar. Il les remboursa dès la seconde campagne, engagea mille cipayes. Il aurait pu rester quelques mois de plus, mais il craignait de marcher pendant les chaleurs de mai et de juin. Ce n'était pas encore la gloire ni la splendeur. Mais enfin, il était sûr de pouvoir traverser les plaines sans encombre, et il brûlait de plus en plus de prendre la route. Le jésuite, qui s'était tenu sage, n'éprouvait pas moins d'ardeur à partir. « Agra, Agra ! ne cessait-il de répéter. Ah ! Madec, quand tu verras le Taj Mahal ! » L'attente les avait rapprochés. Ils se tutoyaient sans vergogne, et le père Wendel ne lui donnait plus de ses *mon fils* doucereux ; Madec finit par en oublier sa défiance première. Et ils se mirent en chemin, dans l'indifférence générale. Bénarès continuait tranquillement à brûler ses morts sur les ghats, et le rajah, les caisses débordantes des impôts récoltés, recevait d'autres favoris que l'homme à robe noire en ses appartements.

Le voyage fut long. La famine semait sur les routes des ossements d'animaux divers. De temps en temps on croisait des hordes de paysans égarés, ou des brigands pointant le nez vite chassés à coups de fusil. Madec avait acheté force vivres, et on ne souffrit pas. Seule la soif, dans les vallées que la dernière mousson avait oubliées, tourmenta les soldats quelques jours. A la hauteur de Delhi, on piqua brusquement vers le sud pour rejoindre Agra sans traverser la capitale du Moghol, que l'on disait encore peu sûre. Et, un matin de mars, au débouché de la plaine, au pied d'une rivière somptueuse et tranquille, ce fut l'illumination promise par le jésuite, la coupole immaculée du Taj Mahal et la splendeur sereine de ses minarets de marbre. Dès lors, Madec ne vit rien d'autre. Les soldats demandaient à s'arrêter, réclamaient à boire, les chevaux fatigués renâclaient ; Madec avançait, sourd à tous les soupirs. Il n'eut pas un regard pour les innombrables ruines qui parsemaient la ville, ni même pour les remparts et les marbres délicats du fort Rouge. Le Taj, aérien, latescent, tremblait comme un mirage à l'horizon de la plaine d'Agra ; rêve de pierre immatériel, il semblait flotter entre ciel et terre, tel les palais de fées entrevus dans les contes, et Madec redoutait qu'un caprice de la lumière ne vînt à le dissoudre au fond du jour bleu.

— Sais-tu, répétait le jésuite en s'épongeant le front, sais-tu qu'il fut bâti par Shah Jahan en mémoire de son épouse préférée. Elle s'appelait Mumtaz Mahal, l'élue du harem, elle est morte en couches, à la naissance de son quatorzième enfant, et l'empereur en fut inconsolable. Vingt ans, Madec ! Entends-tu, Madec ? Vingt ans pour le construire, le Taj Mahal ! On fit venir tout ce qu'il y avait de plus beau en Asie, d'est en ouest, du nord au sud ; les pierres de Ceylan, les marbres d'Iran, les rubis de Golconde, les jades du Tibet, les cornalines de...

Madec n'écoutait pas et avançait toujours. On traversa une petite ville, sorte d'annexe d'Agra, qui s'était installée autour du mausolée. Un moment, dans les rues étroites du bazar, les coupoles se dérobèrent à son regard. Dans sa fureur de les avoir perdues, il éperonna son cheval. La tête lui tournait. Plus il approchait, et plus le Taj lui paraissait lointain et prêt d'un instant à l'autre de s'envoler dans les airs. Alors il comprit pourquoi cette vision l'attirait, le fascinant comme il ne l'avait jamais été qu'à Godh. C'était un lieu de mort, un tombeau, un mausolée, et pourtant c'était un lieu d'amour. Dans cette architecture solennelle et gracieuse, il retrouvait la seule leçon qu'il connût alors de l'existence : la vie brève, et l'amour seul pour la sauver. C'était, devant lui, l'image même de la passion qui le tourmentait : un amour d'absence. Un amour qui creusait de douleur tous les jours qu'il avait vécus depuis son départ de Godh, mais qui l'avait purifié aussi, à la manière d'un jeûne ou d'un pèlerinage. Et il volait vers le Taj, comme illuminé, et il accourait vers l'élan des coupoles et des minarets, car en eux il reconnaissait la même force mélancolique et tendre qui, depuis qu'il avait déserté l'Anglais, le portait à nouveau vers Godh et sa dame entrevue dont il croyait apercevoir ici jusqu'aux tréfonds de l'âme.

Le jésuite le rejoignit. De son cheval, il continuait à jouer les guides :

— Vingt ans, vingt mille ouvriers, et l'empereur ne voulut pas s'arrêter là ; il commença un pont sur le fleuve, pour relier le mausolée de son épouse au sien qu'il désirait identique, mais de pierre noire. On commença à rechercher le marbre et les pierres précieuses, on posa les piles du pont. Mais le fils de l'empereur renversa son père. Shah Jahan finit ses jours emprisonné au fort Rouge, n'ayant pour consolation que la vue du tombeau de sa bien-aimée.

Madec, cette fois, avait écouté, et il imagina l'empereur veillissant, passant le temps qui le séparait de la mort à s'user les yeux sur les dômes du Taj. L'amour, l'amour d'absence, c'était bien cela. Sa fébrilité grandit, et l'envie d'en percer au plus tôt le mystère. Un parc lui dérobait encore la découverte, un immense jardin à la manière de ceux qu'il avait vus à Godh, mais cent fois agrandi. A l'exception des bassins, il n'était plus guère entretenu, mais on distinguait très nettement le tracé des allées où jouaient des singes. Des perruches volaient dans les fourrés. Au centre de la perspective, un bassin longiligne et étroit s'étendait jusqu'au tombeau et distribuait l'eau dans tous les parterres. Madec s'arrêta, attacha son cheval à un tronc d'arbre, continua sa marche, toujours indifférent à ses compagnons. L'eau murmurante sur les *chadars,* le raffinement des marbres ciselés où couraient des cascades, tout lui rappelait Godh, et il en tremblait. Le premier, il escalada la terrasse qui menait au tombeau. Des groupes d'Indiens, des musulmans pour la plupart, sommeillaient à l'ombre des parapets ; gardiens, mendiants, c'était tout comme. Madec éparpilla quelques piécettes puis entra.

Passant le seuil du tombeau, où subsistaient les gonds d'argent des gigantesques portes, il aurait pu penser aux saccages de Sombre, à sa vaine fureur quand les armes se brisèrent contre les dalles, quand les frises de joyaux se refusèrent à l'estoc des épées. Mais Sombre avait alors déserté sa mémoire. Il entrait dans un lieu que l'histoire paraissait ne pas devoir toucher, fût-ce dans ses plus violents paroxysmes. Grenats, cornalines, porphyre, émeraudes, turquoises, rubis, saphirs, jade, porphyre et marbre : le jésuite n'avait pas menti. Des guirlandes de fleurs à l'infini, si vives et si brillantes que la pierre donnait l'illusion d'un tissu brodé. C'était une tente, une coquille, un palais creux et léger, et pourtant bâti avec les minéraux les plus durs, les plus lourds.

Madec sentit arriver derrière lui le gros de la troupe. Il s'empressa de disparaître dans la galerie tournante qui entourait le centre de l'édifice. Entre chacune des pièces, de vastes panneaux de marbre ciselés laissaient passer un courant d'air frais. Mourir ici. Y reposer en paix. Sa main courut un long moment sur les contours d'une frise d'iris ; il envia le sort de Shah Jahan et de son épouse. Mais eux, de leur vivant, avaient possédé la gloire et la splendeur. La mort n'avait fait que les exalter pour l'éternité, dans cet envol minéral et précieux vers le ciel de l'Inde.

Être cette pierre, pour ne plus savoir, pour ne plus sentir. Madec soupira longuement. Même ici, la paix ne venait pas, le monde était trop proche, chaleur, odeurs, bruits de cette Inde pour qui il se perdait.

La cohorte des soldats se rapprochait, au-dessus d'elle, Madec reconnut la voix sentencieuse du père Wendel. Il sortit, descendit au jardin, détacha son cheval. Un long moment, il resta à contempler le reflet du dôme dans le bassin central, tentant de conserver en lui la magie du lieu. Mais déjà elle s'enfuyait, par à-coups minuscules, et il sentit qu'il allait pleurer. Alors il monta en selle et lui tourna le dos. Les autres le rejoignirent sans tarder, réclamèrent à boire et à manger. Sur le visage des soldats les plus rustres et les plus affamés, Madec distingua cependant, ainsi qu'en lui-même, quelque chose de neuf : on s'en retourna au bazar d'un pas plus lent, et les hommes avaient le regard las et songeur qui suit les nuits d'ivresse.

Le père Wendel avait conservé son sourire mince et son air retors ; il bouillait d'impatience, mais Madec lui parut si absent qu'il attendit qu'il se fût restauré pour l'entreprendre sur le projet qu'il mûrissait depuis leur rencontre. Il n'eut pas le temps d'aligner dix phrases. Il ne lui avait pas plus tôt proposé de s'arrêter définitivement à Agra, où il serait reçu dans la communauté catholique et introduit auprès de l'empereur, que Madec l'interrompit d'un geste particulièrement sec :

— Non, jésuite ! Non. Je n'ai que faire de tes manigances auprès du Moghol. Je suis un soldat, un homme de guerre. J'aime l'air et le plein vent, et même la poussière de l'Inde, ses routes, ses jungles. Ton affaire ne m'intéresse pas.

Le père frotta nerveusement ses longues mains l'une contre l'autre, puis il eut un petit rictus :

— Mais enfin, Madec, le Moghol, le Moghol, c'est le seul espoir de l'Inde française !

— Je ne suis pas fait pour l'intrigue, jésuite.

— Tu es chrétien ! Le sort de millions d'âmes est lié à notre victoire. Nous autres, catholiques, sommes intallés à Agra depuis cent cinquante ans. Cent cinquante ans que nous attendons l'occasion de prendre la haute main sur l'empereur des Indes. Voici le moment. Nous avons là-bas une église, un collège, une bibliothèque. En cinq ans de mission à Agra, j'ai même obtenu du Moghol qu'il protège une des familles chrétiennes de la ville. Cela ne s'était jamais vu. Il a accepté, Madec, et il comble de faveurs la fille aînée de cette famille, une ravissante enfant que nous allons devoir marier bientôt. Ton destin est ici, Madec, avec nous ! Viens vivre auprès de tes semblables, des chrétiens comme toi. Ils sont riches, calmes, aimables. Tu pourrais y trouver un bon parti et te marier dans la foi de tes pères. Prête-nous le secours de tes armes. D'ici, du cœur de l'Inde, la France peut renaître, une France indienne, forte, valeureuse, protégée par le Moghol.

— Le Moghol est en exil, il ne cesse d'errer de rajah en nabab !

— Le Moghol reviendra dans sa ville s'il sait y trouver une armée forte. Bâtis-la, tu la commanderas. A toi reviendra alors toute la gloire ! Madec, tu es un guerrier sans pareil !

Quand il se mettait à flatter, le père Wendel éprouvait le plus grand mal à modérer ses effusions séductrices : il posa avec transport son front sur la poitrine de Madec, contact qui révulsa quelque peu ce dernier, quoiqu'il ne s'en étonnât plus. Il le repoussa avec un peu d'humeur :

— Écoute, jésuite, point de sentiment entre nous. J'ai à faire ailleurs. Je t'ai promis de te convoyer jusqu'à Agra. Nous y sommes, j'ai tenu parole ; que veux-tu de plus ?

Le jésuite parut fort contrarié.

— Nos routes se séparent ici, poursuivit Madec. J'ai un devoir à remplir auprès d'un rajah, rencontré naguère et que j'ai abandonné trop vite. Je crains que la guerre ne se rallume et qu'il ne soit en difficulté. Et d'ailleurs, jésuite, tu n'as plus besoin de moi, maintenant : tu vas retrouver Sombre.

— Sombre n'est plus ici, Madec. Il a disparu dans l'Inde lui aussi.

— D'où le sais-tu ? coupa Madec. Nous ne sommes même pas rentrés dans Agra. Nous n'avons rencontré ni marchand ni émissaire !

— Avant la bataille de Buxar, nous avions lui et moi passé une convention. S'il arrivait qu'il perdît et qu'il dût fuir, il irait se mettre au service des Djattes, dans la province d'Agra. S'il dominait encore le pays au moment de mon arrivée, je le saurais aussitôt, car son étendard noir frangé d'or flotterait sur le fort. Sinon, c'est qu'il serait parti ailleurs, et je devrais l'attendre à la mission des jésuites.

Madec leva les yeux vers le fort, qu'on apercevait derrière le bosquet où l'on avait fait halte. Tout était morne. Pas un soldat aux remparts, pas un canon pointé. A l'évidence, la place était abandonnée.

— J'ai rempli ma parole, répéta Madec. Un autre devoir m'appelle.

Le jésuite plissa soudain les yeux et ajouta avec un petit sourire charmeur et matois :

— Et qui est ce rajah que tu aimes tant ?

— Tu ne peux le connaître. Il habite une petite province à la frontière du pays radjpoute. Une belle terre, environnée de montagnes et très bien cultivée. Il possède de très beaux palais, des chasses, un grand lac.

Le jésuite réprima un mouvement d'impatience. Ses lèvres minces se mirent à trembler :

— Ses sujets trafiquent et taillent les pierres fines, n'est-ce pas ?

— Tu le connais ?

— Le rôle d'un jésuite est de tout apprendre du pays où il vient répandre la parole du Christ. Tu me parles donc du rajah de Godh. Détrompe-moi si je fais erreur.

— Tu as vu juste, répondit Madec abasourdi.

Il y eut un petit silence. Le jésuite palpa les plis de sa soutane, les fripa et les défripa méthodiquement :

— Je t'ai déjà sauvé une fois, Madec. Alors écoute-moi. Ne va pas à Godh.

— Et pourquoi donc ? hurla Madec, le visage subitement empourpré.

— Ne va pas à Godh. Ce pays est malsain.

— Malsain ! Es-tu donc fou, jésuite ! Je reviens du Bengale, où les hommes meurent comme mouches ! Godh est certainement le pays le plus sain que je connaisse en Inde. Belle eau, campagne sèche et aérée, un peuple heureux et bien nourri.

— Je ne parle pas de cette santé-là, Madec. De mauvaises choses se préparent là-bas, des révolutions pernicieuses. Ces gens-là sont des Radjpoutes, des guerriers orgueilleux qui ne reconnaissent nul maître, nul suzerain !

— J'ai une dette envers eux.

— On n'a pas de dette envers des idolâtres !

Madec s'empourpra davantage. Il n'avait pas eu depuis longtemps une discussion aussi violente ; il ne comprenait pas l'opposition obstinée du jésuite, et il sentait se lever en lui le vieux ferment de la révolte :

– Ces idolâtres-là ont plus de cœur et d'amour que la plupart des chrétiens. Et plus d'indifférence aussi à l'égard des biens de ce monde !

Le jésuite blêmit :

– Madec ! Veux-tu te perdre, toi et ton âme ?

– Laisse donc mon âme en paix !

– Des païens ! Ce sont des païens, ces idolâtres qui t'attirent ! Malheur à toi, Madec, si tu les écoutes une minute ! Souviens-toi des juifs, quand ils se mirent à adorer le veau d'or ! Les trésors des rajahs ne sont que vanité, Madec, et notre existence une poussière !

Madec se leva brusquement :

– Tais-toi, jésuite !

– Les païens portent le diable en eux, l'avarice, le stupre et la luxure ! Leurs femmes ne sont que putes et chiennes, ventres ouverts à tous les immondices, *more diabolico et sodomico...*

Madec n'entendait pas le latin, mais la colère du jésuite ne lui laissa aucun doute sur le sens de l'injure, qu'il lui retourna aussitôt, en la traduisant de façon un peu libre :

– Chien ! Chien toi-même, diable et sodomite ! Crois-tu que je n'aie pas vu tes manigances à Bénarès ? Chien !

Il saisit le jésuite au col de la soutane, lui enfonça son pistolet dans le ventre. Des soldats accoururent :

– Laissez-moi ! cria Madec. Regardez cette vermine de prêtre qui pâlit et qui tremble dès qu'on lui crie aux oreilles !

Les soldats se mirent à rire. Il le lâcha sur l'herbe :

– Pars ! Pars d'ici, décampe à l'instant, fous le camp à ton collège et marie tes petites chrétiennes !

Le père Wendel se leva, secoua posément ses jupes couvertes de poussière :

– Dieu te pardonne, mon fils. Tu cours après le vent, et tu en mourras peut-être. Mais si tu réchappes, sache-le, je serai toujours là. Tu reviendras ici.

Madec haussa les épaules, tourna le dos. Il ne l'écoutait plus.

Le jésuite détacha son cheval, monta en selle : il poursuivait ses imprécations onctueuses, tout en répandant les signes de croix :

– Tu reviendras, et tu seras blessé, fatigué, malade. Vieux ! Vieux ! Tu seras vieux, si tu n'es pas mort !

Les paroles du jésuite se perdirent dans une bourrasque de poussière. Madec était déjà à dix pas, et il chantait allègrement un air à boire.

CHAPITRE XVI

Quinzaine claire du mois de Falguna
An 4865 de l'ère de Kaliyuga.
(mois de mars 1764)

Godh
La veille du Holi, puis le Holi

D'un geste délicat, Sarasvati enfila sur le collier de fleurs la dernière corolle rapportée du jardin. C'était un bouton blanc, à peine rosé, et elle l'avait gardé pour la fin, afin qu'il orne comme un joyau le centre de la guirlande.

– Le printemps revient, Mohini. L'année va recommencer.

– Quel bonheur ! répondit son amie en caressant son ventre gonflé.

– Quel bonheur pour toi, car chaque jour te rapproche de ta délivrance ! Un enfant au printemps, c'est la joie pour l'année.

– Ne sois pas morose, princesse. Ton tour d'être mère reviendra.

Sarasvati vérifia la solidité du collier, puis le déposa sur un petit coussin :

– Voilà ! Il est fini, le présent que j'offrirai demain à Khrishna.

Elle soupira, puis reprit :

– Mon ventre est sec, Mohini, aussi sec depuis quatre ans que celui de la première épouse. Aussi sec que les déserts qui sont derrière la jungle.

Elle parlait doucement, posément, les yeux perdus dans les lointains de la fenêtre.

– La jeunesse m'abandonne...

Mohini n'osait pas répondre. Depuis des mois, la conversation avec Sarasvati ne consistait plus qu'en ces longs monologues. La princesse parlait, de temps à autre, non pour meubler le silence, mais pour énoncer, sereine comme elle ne l'avait jamais été, des vérités tristes et tranquilles qui semblaient venir d'un autre monde. Lointaine, lointaine... Où vivait-elle à présent ? Dans quel univers de résignation calme, d'indifférence, et d'ardeur aussi ; car, de temps à autre, il y avait dans son regard cette flamme presque terrifiante, que Mohini n'avait jamais observée chez une femme et rarement chez un homme, à moins que ce fût un guerrier revenu de la chasse ou un *sadhu* illuminé. Oui, c'était vrai, le temps sur elle avait laissé sa marque. Au creux de ses yeux s'étaient fixés des cernes bleus, et de fines ridules s'arrondissaient autour de sa bouche. Mais jamais Sarasvati n'avait encore été aussi belle. Car enfin elle resplendissait de beauté, de vraie beauté, et non plus du simple éclat de la jeunesse en gloire. Étaient-ce sa voix plus décidée, ses gestes plus fermes, ou son regard brillant d'une sourde force, encore inemployée ? Mohini n'aurait su le dire. Tout ce qu'elle remarquait, c'est qu'à l'âge où le commun des femmes et elle-même commençaient à s'amollir, s'affaisser, perdre leur grâce dans les maternités répétées ou l'abus des sucreries, Sarasvati prenait le chemin inverse. Elle s'affinait, s'épurait. Bien sûr, Mohini le sentait bien, au bain ou sous les caresses du massage, ses seins n'étaient plus aussi fermes, plus aussi effilé le fuseau de ses cuisses. Mais elle avait gagné en douceur ce qu'elle avait perdu d'aspérité ; le sillon profond de son décolleté, les petits coussinets dodus de ses hanches, tout cela seyait merveilleusement à son âge qui s'en allait tranquillement vers les jours de sérénité. Dharma ! l'âge du repli, de la réserve, vingt-six ans bientôt...

— Vingt-six ans, j'aurai bientôt vingt-six ans, fit Sarasvati, comme si elle avait suivi le cours de ses pensées. La jeunesse s'enfuit de moi.

Elle se pencha vers un miroir, toucha de l'index les plis délicats de ses traits. Ce visage, cet éclat intense : voilà ce qui sauvait Sarasvati du temps. Elle rayonnait de l'intérieur, d'un monde où nul ne pénétrait. Mohini y soupçonna soudain des merveilles, de beauté comme de douleur.

— La fleur épanouie sent plus fort que le bouton, princesse ! hasarda-t-elle alors.

— Combien de temps, combien de temps ? Bientôt va venir l'âge où les hommes se plaisent à s'entourer de jeunettes, de petites filles à peine échappées des saris des nourrices. Plus s'argentent les cheveux des hommes, et plus les prend la maladie des seins à peine éclos, des jambes maigres et des ventres plats !

Sarasvati retourna le miroir sur le tapis, suivit un moment des doigts le dessin d'une guirlande.

— Le rajah ne songe pas aux femmes, princesse. Il ne rêve que jardins.

— Jardins ou guerres.

— Dharma, Sarasvati. Si son frère l'attaque comme il l'a menacé, il faudra bien qu'il se défende.

Il y eut un long silence. Accroupie sur le tapis, Sarasvati redessinait les fleurs.

— La guerre... oui... je n'ai pas peur de la guerre. Je l'ai déjà vue, enfant. Et Godh est un diamant. Indestructible !

Puis elle ajouta, dans un de ces élans soudains qu'on lui connaissait depuis la mort de ses jumeaux :

– Et qu'ai-je à craindre ? Mon fils Gopal est beau et fort, il a dix ans, et le printemps revient ! Le rajah viendra me chercher demain pour fêter le Holi au bord du lac, dans les jardins qu'il vient de bâtir. Viens, Mohini, viens au jardin écouter la musique, et nous regarderons descendre le soir en jouant avec les perruches.

Mohini se mit à rire :

– Comme tu changes vite, Sarasvati, depuis quelques semaines ! Tu as parfois le front lourd et sombre comme un ciel de mousson et l'instant d'après je te vois souriante et belle, pareille à la fleur de lotus !

– Viens, Mohini, dit simplement Sarasvati, et elle aida son amie à se relever. Viens, j'ai hâte de retrouver les autres.

Et elle s'enfuit vers le jardin. C'était bien une fuite, en effet ; du plaisir, de la musique, plus de questions. Mohini commençait à lui peser, et tout le zenana. Elle-même aussi se détestait, d'une certaine façon. Ou du moins elle avait pris en grippe la condition que la vie lui imposait. Ce matin même – et cela elle ne l'eût avoué à personne –, Sarasvati s'était demandé si elle n'allait pas devenir semblable à toutes ses compagnes, avec sa jeunesse qui s'évanouissait peu à peu.

Ce qui s'était passé était pourtant chose banale : on s'apprêtait à marier Parvati, une toute jeune fille, quatorze ans à peine, à un cousin de Bhawani. Selon la coutume, les sages-femmes étaient venues la visiter, dire si elle ferait une épouse heureuse, une bonne porteuse de fils ; pour la circonstance, on lui avait donné son bain en grande cérémonie.

Comme toutes les femmes, elle s'était pressée pour observer la petite, voir comment elle ouvrait son corps à l'exploration des visiteuses. Et, tout d'un coup, Sarasvati s'était sentie devenir jalouse, jalouse à mourir de ces formes neuves, comme les siennes ne le seraient jamais plus. Alors, sans vergogne, elle se mêla aux bras habiles des servantes, réclama pour elle-même la peine du massage.

Tandis que la petite gémissait de bien-être, Sarasvati s'attardait aux creux secret, aux rotondités naissantes, non par plaisir, mais parce qu'elle voulait saisir un peu de cette verte jeunesse, la retenir en elle, y puiser des forces neuves.

Ce soir, ce fut encore Parvati qu'elle réclama, dès qu'elle eut entraîné Mohini au jardin. Elle posa la main sur son épaule, la jeune fille s'abandonna, et Sarasvati se sentit forte. Puissance étrange, nouvelle, qui montait en elle à la façon du lait, aux lendemains des naissances.

Le soir tomba comme un enchantement. Les cascades murmuraient. Mohini s'était éloignée, portant ailleurs son ventre et ses questions. Dans une cage jouait une perruche; on apportait un narguilé. Des dizaines de petits biscuits sucrés s'entassaient dans des bols ciselés. Le santal se consumait dans les brûle-parfum. Trop parfait, ce moment, suspendu entre ciel et terre, dans le jardin qui dominait le palais, et Godh, éternellement rose, au bas de la falaise. Suspendu aussi entre guerre et paix. Sitôt finies les fêtes du Holi, l'inquiétude reprendrait. Le frère de Bhawani était aux marches de la province avec une armée neuve, disait la rumeur du bazar. Toutes les femmes du zenana le savaient, à l'exception peut-être de quelques servantes demeurées et de la petite Parvati, qui n'avait de pensée que pour son promis qu'elle n'avait jamais vu, et pour la nuit où il déferait ses voiles. Pauvre Parvati. Imaginait-elle qu'au lendemain de ses noces son époux tout neuf saluerait d'un tendre adieu, puis sortirait son armure, avant de s'en aller sur un éléphant de guerre ? Ce n'était pas sûr, mais il fallait y penser, puisque Bhawani lui-même, dès que les bruits des marchands passèrent le seuil du Diwan, avait ordonné d'avancer le mariage. La guerre. Mais Sarasvati, désormais, s'en moquait. Elle était prête. La musicienne jouait sur la vina un raga de l'amour serein ; une femme se mit à psalmodier la chanson d'une *svadhinapatika,* dame éternellement aimée de son seigneur. Dans un angle de parterres, sous un dais de velours, une servante présentait des couleurs à une jeune princesse mariée de l'an passé, qui dessinait avec application la silhouette de son époux.

Le vent du soir se leva, un peu frais, et la musique commença à languir. Une à une, les femmes s'ébrouèrent, secouant leurs pendeloques et les plis de leurs jupes. Elles souriaient. Demain, ce serait la grande fête du Holi, ultime trêve, peut-être, avant la guerre. Sarasvati détacha son bras de l'épaule de Parvati.

— Allons, petite, lève-toi, va donc dormir. Le sommeil est le meilleur onguent des futures épousées !

La petite obéit, se leva d'un bond, courut sous les pavillons de marbre où déjà s'allumaient des lampes. Sarasvati se leva à son tour, tandis que les servantes sortaient leurs balais de jonc pour réparer le désordre du jardin. Elle s'avança jusqu'à la galerie qui dominait la falaise et, un long moment, tant que le soleil demeura à l'horizon, elle resta à regarder les hautes montagnes noires qui encadraient la route du Nord.

Le lendemain, aux premiers rayons du soleil, la grande rumeur des fêtes s'empara du palais.

— Les couleurs sont prêtes ? Et les seringues ? Avez-vous pensé aux seringues ?

D'un bout à l'autre du zenana, la voix claire de Sarasvati résonnait, courait les galeries et les jardins.

— Allons ! dépêchons ! Les éléphants nous attendent à la porte, ils vont finir par s'impatienter à nous attendre sous leurs dais ! Allons ! Allons !

— Tu es bien vive, ce matin ! remarqua Mohini, qui languissait sur son charpoï.

— Ne nous jalouse pas, Mohini, je te laisse ma petite servante pour te gâter ! Et Sita va rester au palais, pour veiller sur toi si l'enfant se décide à venir.

— C'est encore trop tôt... Mais je me sens bien lasse. Crois-moi, je n'ai guère envie de vous suivre à la fête. Je m'étonne simplement de te voir si fébrile !

Sarasvati fronça les sourcils. Son visage, qu'avait détendu la joie du départ, se ferma. Elle se pencha vers le charpoï d'un air froid, serra le bras de Mohini :

— Repose-toi.

Mohini ferma les yeux.

— Ne t'inquiète pas. Le jour sera beau. Ce sera une grande fête. Moi, je vais dormir pendant ce temps-là.

Sarasvati sortait déjà. Quelle allégresse la portait, la rendait légère, fantasque, heureuse comme les perruches du jardin ? Elle allait retrouver Sharma au palais du lac. Mais, auparavant, il y avait la grande parade en éléphant au milieu de la foule en liesse, dont on percevait déjà la rumeur. Chacun chercherait à asperger son voisin d'eau colorée, les femmes assailliraient les hommes, leur arracheraient leurs vêtements, les fouetteraient pour fêter le printemps revenu. Car depuis quelques jours déjà la vie renaissait, et il fallait répandre l'eau et la couleur de tous côtés pour obliger la nature à en faire autant, et qu'elle ne ménageât pas, à la mousson prochaine, ses cadeaux de pluie. L'année dernière, les orages d'été n'avaient pas manqué, mais les paysans demeuraient soucieux car les averses n'avaient pas été aussi abondantes qu'à l'ordinaire. On murmurait même qu'il avait à peine plu dans les plaines du Nord, et certaines d'entre elles, disait-on, s'étaient transformées en désert. Quelle faute les hommes avaient-ils donc commise pour que les dieux les punissent de telle sorte, en les privant du trésor de l'eau ? Il fallait donc cette année une belle fête du Holi, bien généreuse, bien débordante, pour que le monde reprenne espoir et vie, que les plantes sortent de toutes parts en pousses vigoureuses, que le lait des vaches sacrées soit crémeux et nourrissant, que les rizières verdissent, que les hommes soulèvent les jupes des filles, et qu'à l'automne naissent de bons gros garçons.

Bhawani attendait la princesse au pied d'un éléphant :

— Namasté !

— Namasté...

C'était fête aujourd'hui ; ils se sourirent. Le rajah s'était paré de brocart d'or ; il resplendissait de toute sa personne, et, pour une fois, il avait oublié sa mélancolie. Depuis des mois les menaces de guerre le minaient ; il mangeait à peine, il avait maigri. Qui ne l'aurait pas vu comme à présent, en vêtements de fête et dépourvu de son turban royal, l'aurait pris pour un homme ruiné, ou appauvri, tant il avait perdu la corpulence des puissants. Seuls ses cheveux argentés attestaient à la foule qu'une parcelle du pouvoir divin résidait en lui.

— Tu es bien belle, Sarasvati, tu as le charme de la lune nouvelle à son lever ! Mais guère pressée ! Ton fils est arrivé avant toi !

Gopal était déjà monté sur l'éléphant, lui aussi vêtu d'or et enturbanné.

— Les enfants se font une fête de la fête! Ils sont plus rapides que nous autres femmes.

— Ne te réjouis-tu pas du Holi?

Sarasvati baissa les yeux.

— Certes... Mais il me faut tellement d'heures pour soigner ma parure.

Bhawani saisit entre ses doigts une de ses boucles d'oreilles.

— Et si peu de temps à un rajah pour en défaire l'arrangement...

Sarasvati feignit de baisser les paupières; elle n'aimait pas ces déclarations publiques, surtout en présence du gros Diwan, qui ne manquait jamais, en pareille occasion, de l'épier ensuite pendant des heures avec une poussive concupiscence. Sous ses cils pourtant elle traquait le regard du prince, elle cherchait au fond de ses pupilles la lumière aiguë qui lui dirait que le rajah ne mentait pas, que son désir était vrai. D'effleurer son oreille, elle en défaillait déjà. Elle leva les yeux, prête à affronter hardiment le regard qui la convoitait. Oui, il l'aimait, sans doute. Mais elle, l'aimait-elle toujours, de l'âme et du corps?

Un éléphant se mit à frapper le sol d'une patte nerveuse.

— Partons! dit le rajah.

Bhawani, son fils et le Diwan devaient prendre place sur la première bête. Sarasvati se dirigea docilement vers le second éléphant, qu'elle partageait avec l'indolente deuxième épouse, plus que jamais confite dans les sucreries pâteuses. Elle s'était hâtée, malgré sa graisse, et elle avait pris place depuis longtemps sous le baldaquin. Le cornac cria quelques mots; l'animal se dirigea vers le petit embarcadère, et Sarasvati rejoignit sa place. La journée s'annonçait belle. Air léger, ciel bleu de mars, et déjà la chaleur montante. L'éléphant du rajah ouvrit la marche, précédé d'une cohorte de soldats armés de lances ou de grands éventails. Puis s'avança celui de Sarasvati, entouré de petites bayadères et de musiciens, enfin toute la cour, sur une vingtaine d'autres éléphants.

A chaque pas de l'animal, Sarasvati sentait s'appesantir contre elle la chair trop douce et trop molle de la seconde épouse, qui souriait béatement, toute à l'espoir des gâteaux de la fête. Tous les ans, au Holi, c'était la même procession, le même protocole; Sarasvati en connaissait l'épreuve. Pourtant jamais jusqu'à présent n'était revenu, violent comme s'il était de la veille, le souvenir de l'autre procession d'éléphants: celle de la chasse, celle de l'accident, celle de la nuit où furent conçus ces deux enfants qui étaient morts si vite, ainsi que des oisillons trop fragiles. Et elle, la mère, toujours vivante, toujours amoureuse de la vie. Le trouble qui remontait n'était pas celui de Bhawani. Et si ces enfants étaient morts à cause du firangui ? Non. Cet homme n'avait pu apporter le malheur. Mais la plénitude de la nuit du pavillon de chasse, qu'était-ce en vérité? Plus le temps passait, et plus Sarasvati réfléchissait aux leçons de son maître, le guru qui l'avait présentée au vieux rajah, alors qu'elle entrait à peine dans sa quinzième année. Sur le moment, elle n'avait retenu de son enseignement que les prouesses qu'il avait apprises à son corps, le code des cris et des morsures, les dessins des jambes, l'art de présenter son ventre, toutes choses alors inconnues. Mais il avait dit aussi : « Il y a plusieurs sortes d'union, Sarasvati, l'union spontanée, quand deux êtres s'unissent par sympathie et goût mutuel et qu'ils sont de même naissance. L'union de l'amour ardent, quand deux amants ont connu trop de peine avant de se réunir. L'union de l'amour transmis, quand l'un des deux amants, pendant toute la durée de l'amour, s'imagine qu'il est dans les bras d'une autre personne, qu'il aime réellement. »

L'éléphant descendait lourdement la rampe. Godh se rapprochait, et les clameurs de la foule. A la porte d'eau le niveau de la rivière était un peu bas pour la saison.

– Khrishna, Khrishna, protège cette ville et donne-nous bientôt une bonne mousson...

Pourquoi prier si fort ? Pour son enfant peut-être, devant, sur l'éléphant royal ? Pour Bhawani ? Elle contempla un moment les deux dos si semblables.

Soudain, à un coude de la rampe, elle fut projetée sur la deuxième épouse. Elle s'excusa. L'autre soupira en gloussant, ainsi qu'à son habitude.

Sarasvati détourna les yeux. A cet instant, elle aurait voulu ne plus rien sentir, comme sous l'effet de la fleur de pavot. Jamais femme ne lui avait autant répugné. Ce n'était pas cependant qu'elle se mît à détester la deuxième épouse ; mais au contact de cette chair amollie, fatiguée par la vie du zenana, Sarasvati venait de comprendre qu'elle ne voulait pas de ce destin. Elle était encore belle, et ferme, et ardente. Mais pour combien de temps ? Elle aussi, le zenana la tuerait, de cette mort lente et flasque. Elle rêva un instant d'une vie plus dense, d'air libre, de grand vent ; elle ne craignait plus le sang, la guerre, la tragédie. Et le passé devenait dérisoire. Des années, des années entières, mousson après mousson, à lutter contre ses compagnes, à rivaliser de savoir-faire, d'onguents et de parures ; des jours, des mois inquiets à interroger les miroirs : pourquoi ? Être la plus belle, la plus enviée ? Que lui avait donné Bhawani en retour, sinon le plaisir du corps et la glorieuse certitude qu'elle avait gagné ce combat ? Sa maternité même, la naissance de Gopal, elle l'avait ressentie comme une victoire. La mort des jumeaux, un signe des dieux, un avertissement indéchiffrable. Mais comme tout s'éclairait subitement ! Tout avait commencé avec l'arrivée des firanguis. *Du* firangui. Qui allait revenir, oui, qui allait rentrer à Godh, d'où il n'aurait jamais dû partir. Son destin était ailleurs. Hors du zenana ! Loin de la prison des femmes, du lieu des miroirs et des accouchements, des attentes de l'amour et des pensées recluses.

Pensées impures ! Tandis qu'on pénétrait dans la ville, que la pente du chemin s'adoucissait sous l'éléphant, Sarasvati tenta de les repousser. Idées souillées, horreur de l'âme qui risquaient de salir aussi l'ordre du monde, son harmonie, et de compromettre la mousson prochaine. Dharma, Sarasvati, dharma ! Ton esprit est souillé, en ce jour sacré, veux-tu donc la ruine de ta famille ?

Mais l'affreuse conviction se levait à nouveau, irrésistible, inquiétante et délicieuse à la fois, plus violente à chaque pas de l'éléphant : « Bhawani, je l'ai aimé de l'amour ardent, mais je ne l'aime plus que du désir tranquille. Bienheureuse encore, si sur notre charpoï ne vient pas se mêler l'image d'un autre, pour l'union de l'amour transmis. »

Il faisait trop beau. Il fallait jouir du bonheur, tant qu'il en était l'heure. On entrait dans Godh, on passait le quartier des marchands, dont les hautes maisons roses ne parvenaient pas à cacher les pans de la falaise et la silhouette de la citadelle. Elle se retourna. La deuxième épouse s'était endormie. Elle regarda le palais accroché au rocher, chercha à repérer les galeries du jardin, où, des jours entiers, et, elle en faisait le compte maintenant, des années entières, elle avait contemplé la plaine. Elle les découvrit sans mal. Une mousseline de pierre. Tout cela, le point d'ancrage de sa vie petite, qui jusqu'alors lui offrait l'image de la solidité, lui sembla d'un seul coup dérisoire. Pis encore : fantaisiste, irréel, comme les songes. Le zenana était derrière elle.

La veille encore elle se serait interrogée avec terreur sur l'avenir qui serait le sien. Elle s'en moquait maintenant. Car son regard était descendu vers la plaine ; elle avait épié les chemins du Nord, dont elle apercevait les lacets suspendus aux ondulations des montagnes. Or en ce jour du Holi, Sarasvati y trouva ce qu'elle espérait : le poudroiement jaune d'une troupe en marche. Pour qui était rompu à observer la plaine et à guetter les mouvements de la guerre, celui-ci annonçait sans faillir, rien qu'à voir ses nuages réguliers et son rythme hâtif, l'arrivée fougueuse des hommes des Eaux Noires.

⁂

Madec descendit la montagne ; à ses pieds grondait la rivière. Elle ne remplissait guère plus du quart de son lit habituel, on le voyait à la ligne de joncs desséchés qui marquaient le cours des hautes eaux, mais la déclivité de la gorge et le chaos des rochers étaient assez forts pour tourmenter le fleuve et faire monter jusqu'à la route le frémissement de ses bouillons. On le suivait depuis trois jours. Après la traversée des crêtes qui servaient de frontière naturelle au pays radjpoute, découvrir, au sortir d'un col, ses eaux jaunâtres avait empli Madec d'une joie immense. A quoi l'avait-il reconnue, la rivière de Godh, qui n'était là-haut qu'un ruisseau impétueux, perdu dans la solitude des pierres sèches ? A son air un peu méchant ? Aux terres ocrées qu'il roulait, au soleil rouge d'ouest qu'il semblait chercher, dévalant la pente des cols avec une ardeur surprenante ? Madec l'ignorait encore. Sans doute en lui, plus sûre qu'une boussole, la mémoire de Godh était assez forte pour qu'il la reconnût dans tout ce qui l'annonçait ; eau, ciel, terre, pierre, et, déjà, qui montait vers lui avec l'entêtement du printemps, l'odeur des jasmins sauvages et des jacarandas.

Et maintenant voici que Godh s'étalait à ses pieds, offerte à lui comme la première fois. Vue du nord, elle présentait son plan curieusement symétrique, l'alignement régulier des portes au long des remparts, la rivière la traversant en son centre comme les deux parts d'un fruit, le noyau inaltéré de sa citadelle. Au milieu du fouillis de clochetons et de galeries qui la couronnait, Madec chercha un lieu familier. Le Diwan-i-khas. Ou les fenêtres de la chambre où il avait dormi. Il ne trouva rien. Le souvenir et le moment présent se superposaient mal ; il se demanda s'il n'avait pas rêvé. Godh demeurait, alors même qu'il l'embrassait de tout son regard, à la fois donnée et soustraite, à la fois présente et absente. Comme elle, pensa-t-il, et il eut mal. Il se retourna vers sa petite armée. Les hommes étaient couverts de poussière. Devant le gros de la troupe marchaient deux éléphants de guerre un peu poussifs, qu'il avait achetés à Agra peu après avoir chassé le jésuite. Ses derniers sacs de roupies y étaient passés car Madec avait dit aux soldats :

– Délibérons pour savoir si nous nous passerons d'éléphants, sans lesquels il n'y a pas de grande armée aux Indes, ou si nous préférons manger un peu moins !

La troupe, à l'unanimité, avait choisi les éléphants. Elle n'avait pas vu sans mélancolie diminuer sa ration de cari ; cependant, tous avaient bien lu dans l'œil brillant de Madec sa convoitise orgueilleuse, et ils savaient qu'elle était son unique aiguillon. On emmena donc les bêtes. Quelques cipayes débauchés en chemin tentèrent de leur donner un semblant de faste en peignant leurs défenses et leur front de dessins contournés et chatoyants. On tendit sur leurs flancs de grands draps brodés, mais la traversée des montagnes et les vents de poussière les avaient beaucoup éprouvés. Madec crispa les mâchoires ; il s'en voulait : il n'avait su que choisir entre son souci d'apparaître en beauté et sa hâte à franchir les portes de Godh. Il aurait mieux valu être franchement pauvre, ou d'une richesse éclatante. Bien sûr, on placerait les éléphants en tête, quoique fatigués et pisseux. On y adjoindrait les canons, comme aux temps d'autrefois. Cependant, à supposer même que les canons fissent aux gens de Godh autant d'effet que par le passé, cela ne suffisait pas.

D'un mouvement nerveux, Madec essuya la poudre qui recouvrait son habit. Peine perdue. A chaque pas son cheval soulevait un autre nuage. Depuis Bénarès, Madec s'habillait à l'indienne, robe de brocart et pantalon bouffant. Pendant les marches, s'il y avait menace, il revêtait une sorte de cotte en acier tressé et un casque à visière de la même cotte, sous lequel il se trouvait assez belle allure. Mais comment devait-il se présenter à Godh ? En Européen, comme autrefois, c'est-à-dire en Anglais et en guenilles, vu l'état de son dernier uniforme ? Ou bien en Indien, donc étranger à lui-même, et courant le risque de paraître ridiculement costumé devant des hommes qui ne l'avaient peut-être aimé qu'en ce qu'il était, comme ils disaient, un *firangui*.

– Va pour l'Indien, murmura-t-il, et il se retourna à nouveau vers ses hommes :

– Voyez le bosquet, au sud, là où la rivière sort de la ville. C'est là que j'ai campé la première fois. Nous y retournerons, et nous ferons toilette. Si les choses n'ont pas changé en ce pays, le rajah nous enverra aussitôt son Diwan, puis nous serons reçus dans son palais !

– Holà, Madec ! cria un cavalier. Elle m'a l'air bien agitée, cette ville... Regarde cette foule, dans les rues au bord des remparts !

Madec suivit son doigt :

– Ma foi, oui. Ce doit être une fête. Ils adorent tant de dieux ! C'est toujours fête chez les hindous.

– Une fête, répéta l'autre en plissant les yeux. Comment savoir ?

D'ici, on ne percevait en effet que les mouvements d'une foule colorée et désordonnée, dont les remous, vus d'en haut, paraissaient très lents, sans qu'on y pût distinguer un but, ou une quelconque signification.

– En avant, cria Madec, dépêchons ! En bas, nous aurons à boire et à manger !

Cette dernière proposition ne manqua pas son effet habituel ; elle redoubla l'ardeur des soldats. On fit passer les éléphants en tête, on aiguillonna les bœufs qui tiraient les canons. Ils mugirent, et, emportés par l'élan général, des chevaux se cabrèrent, qu'on retint à grand-peine dans les dernières pentes. Quant aux huit cents fantassins, ils suivirent en désordre et tout essoufflés. On alla si vite qu'il n'était pas neuf heures au soleil quand on parvint aux portes de Godh.

Ce fut un hourvari sans nom. Porteurs d'énormes seringues de métal, les hommes se bousculaient pour asperger d'eau colorée toutes les formes féminines qui venaient à les croiser ; et il n'en manquait pas, car le jeu des femmes consistait à arracher aux mâles les pagnes safranés dont ils s'étaient ceints ; puis, quand le mal était fait, de leur fouetter les cuisses de petits balais flexibles, qu'à dix pieds de là on devinait cinglants.

Médusé, Madec dona l'ordre d'arrêter la marche. Depuis qu'il l'avait observée du haut de la montagne, la foule s'était considérablement accrue ; elle débordait maintenant l'enceinte des remparts.

Il ne pouvait se faire entendre, le charivari était scandé par un vacarme de tambours ; il en était de toute espèce : des tam-tams, des grosses caisses, ou même de simples peaux tendues sur des cercles de bois, analogues à celles qu'on voyait en Europe aux mains des bohémiens. Des femmes soufflaient aussi dans de longues trompettes et dans des sortes de cors. Le tout faisait une effroyable cacophonie.

Il était fort désarçonné. Il s'attendait à ce qu'on le vît venir, qu'on lui préparât un accueil ; peu lui en importait la nature, pourvu qu'on le reconnût. Quand on avait traversé les dernières rizières, il s'était senti fort paisible, prêt à tout, et même à mourir, pourvu qu'il sût que Sarasvati était ici, vivante, et que le monde allait son train. Il se doutait bien qu'il ne la reverrait pas de sitôt ; il y aurait l'habituel prélude des salamalecs et des palabres, la longue marche à travers jardins et galeries, tentures une à une soulevées, tapis à baiser, cadeaux à offrir. Il avait réuni un beau *nazer,* acheté dès Bénarès : deux chevaux bruns, en mémoire des montures afghanes que le rajah lui avait remises à son départ, deux bourses craquantes de perles, enfin un canon frais fondu de sa dernière campagne. Madec avait donc rêvé d'une attente tranquille sous le bois de manguiers, d'une procession indolente des notables rangés derrière le Diwan, d'éléphants, de chasse peut-être. Il avait pensé, parfois, à l'éventualité du malheur : la guerre, un autre rajah, Sarasvati malade ou recluse... Il n'avait pas prévu la fête qui lui apparut tout soudain comme le pire : lui Madec, l'étranger de retour, on ne l'avait pas vu !

Il était fou de rage. Pour mettre le comble à sa colère, une giclée d'eau colorée venait de l'atteindre au visage ; sa robe de brocart, dont il avait réussi à détacher la poussière, ruisselait maintenant de grosses gouttes rouges. Tout occupés à se battre, les gens de Godh ne prêtaient nulle attention aux Français ; les éléphants de guerre s'étaient rangés docilement au long de la rivière, et déjà les cornacs les avaient abandonnés pour aller se joindre à la liesse générale, suivis par les cipayes, qui ne voulaient pas laisser passer une si belle occasion.

Les Français ne comprenaient pas.

– Rentrez dans les rangs ! s'époumona Madec. Rentrez dans les rangs, ou je vous brûle la cervelle à tous !

Les stridences des trompettes reprirent alors de plus belle, et il sembla que nul mot ne passerait ses lèvres. Et puis, soudain, la foule s'écarta.

Une à une, les femmes abandonnèrent leurs tambours, baissèrent leurs cors. Les plis de leurs saris retrouvaient leur sagesse coutumière, leurs traits redevenaient sereins. Mais on ne regardait toujours pas Madec. Au contraire, tous lui tournèrent le dos, les yeux rivés sur la porte des remparts.

Une musique nouvelle déferla. Madec la reconnut aussitôt. La parade. La parade solennelle du rajah, quand il descendait vers la ville, vers la plaine. Les musiciens, les porteurs d'éventails géants, les bayadères, la procession d'éléphants, parés comme les divinités des temples.

Il n'eut que le temps d'éponger les dernières gouttes rouges que n'avait pas bues sa robe. Du haut de sa monture, le rajah l'avait aperçu. Il attendit pourtant d'être à la hauteur de Madec pour arrêter la marche. L'une après l'autre, les autres bêtes ralentirent et s'immobilisèrent. La foule se retourna. Ce ne fut qu'un cri, venu du second éléphant :

– Madecji !

Le rajah ne bougeait toujours pas, mais Sarasvati, elle, s'était levée dans le palanquin.

Aussitôt Madec reconnut sa voix. Sa mémoire, où il l'avait enfouie, s'ouvrit d'un seul coup. Mais il ne voyait pas la princesse, car l'énorme palinquin du premier éléphant bouchait la perspective du cortège.

— Madecji..., répéta-t-elle plus doucement, puis sa voix se mourut.

— Madecji..., reprit le rajah. Tu nous avais sauvés !

Madec sauta de cheval, se prosterna sur le sol.

— Rajah ! Me voici de retour, avec ma modeste armée, que je t'offre, si tu y consens !

Il craignit aussitôt d'avoir été trop direct. Le rajah détaillait les canons, les fantassins, les éléphants de guerre.

— D'où viens-tu, Madecji ? Du Nord, par ce pays qui craque de partout et se fendille comme la terre assoiffée ?

Il parlait d'une voix neutre, un peu assourdie. Madec eut peur : et si le rajah lui en voulait ? Et s'il l'avait deviné ?

— Oui, je viens du Nord, très honoré seigneur. J'étais auparavant au Bengale, où les firanguis à veste rouge m'ont retenu prisonnier pendant presque deux ans.

— Les firanguis à veste rouge..., répéta le rajah. Il s'interrompit un instant, l'air méfiant :

— Et tu nous reviens ?

Madec leva les yeux vers le rajah. Leurs regards se croisèrent. Ni l'un ni l'autre ne pouvaient évoquer le souvenir commun qui revenait à leur mémoire, la chambre du paon, le diamant et le pacte qu'ils avaient passé. Mais le regard suffit. Le visage de Bhawani s'éclaira :

— Tu n'as pas changé, dit le rajah. Relève-toi.

Madec secoua la poussière de sa robe et se planta devant l'éléphant :

— Accepte-moi dans ta ville, avec mon armée !

— Madecji, tu ne resteras pas dans ma ville, alors que je vais festoyer. Suis-moi ! Car c'est aujourd'hui le jour du Holi, le carnaval sacré du printemps. Aujourd'hui la nature est en joie, et nous la célébrons, pour que d'ici trois mois elle nous apporte une bonne mousson. Allons, suis-nous jusqu'au lac. J'ai fait construire sur la berge de l'Est de nouveaux jardins, que je compte bien étrenner tout de suite. Tes soldats camperont sur le rivage ; toi, nous t'hébergerons au palais. Par l'acier !

Madec se prosterna encore pour acquiescer, puis leva à nouveau les yeux vers Bhawani ; aussitôt, il remarqua tout de sa transformation : son amaigrissement, sa fatigue, mais, surtout, il s'était creusé en lui comme une étrange fragilité ; autrefois, ses joues rebondies et son teint frais laissaient croire à l'insouciance. Maintenant — était-ce que lui, Madec, s'était au contraire endurci —, il ne lisait plus sur ses traits qu'une grande blessure, le tourment d'un vaincu. L'Inde sans doute, l'Inde meurtrie le tenaillait. Son visage s'était curieusement émacié et de grandes rides un peu tristes sillonnaient ses joues brunes. Pourtant quel éclat, quelle force encore sous son turban et son aigrette. Et cette bonté inaltérable au fond des yeux. Somme toute, il vieillissait bien. Et elle ? Il n'avait entendu que sa voix. Madec fut saisi d'une honte soudaine. Il avait autrefois sauvé la vie de ces deux êtres, d'un coup de fusil opportun, voilà tout. Ce rajah et son épouse lui en étaient reconnaissants, ainsi que savaient l'être les Indiens. Et lui, Madec, il s'était inventé un conte, une chimère extraordinaire qui n'avait eu d'autre effet que de le faire courir par monts et par vaux, pour trouver quoi ? Une petite ville rose, dans une minuscule province menacée, avec un rajah aimable et inquiet, au sein d'un monde de dieux, de fêtes et de rites inaccessible à tout étranger, l'appelât-on Madecji... Le rajah cria quelques ordres au cornac. Il donnait le signal du départ. Son éléphant s'ébranla doucement, tandis que reprenaient les danses des bayadères. Madec se rangea sur le côté.

– Nous allons suivre ! cria-t-il à sa troupe éberluée. Nous camperons au bord du lac.

La monture du rajah s'éloignait, et s'avançait maintenant le deuxième éléphant. Il ne vit tout d'abord qu'un amas informe de mousselines roses, surmontées d'un visage souriant et gras, outrageusement maquillé. Non, ce ne pouvait pas être elle, cette masse dodelinant au pas de l'animal, elle ne pouvait pas avoir autant changé, il ne s'était pas passé assez de temps. L'éléphant était désormais à la hauteur de Madec, qui déjà cherchait la troisième bête ; cette voix, ce cri, tout à l'heure, il n'avait pas rêvé. Un musicien le bouscula, deux bayadères l'effleurèrent de leurs hanches nues. L'éléphant l'avait dépassé.

– Sarasvati.

Un sari bleu de nuit galonné d'or. Cet inimitable geste de la tête pour se retourner et ce voile pailleté qu'elle remonta devant ses lèvres, dans un mouvement d'une infinie pudeur. Elle était là, vivante, superbe, aussi belle qu'au premier jour, la dame qu'il avait cherchée depuis des mois, celle dont le visage s'était dessiné à l'horizon des plaines affamées, des jungles vertes et putrides et des champs de bataille, comme dans le jardin du Taj. Elle était là ! Droite, souveraine et princière. L'autre femme, étalée sur les coussins du côté où Madec regardait la procession, l'avait dérobée à ses yeux par un effet de perspective ; elle, Sarasvati, elle avait dû le voir, et c'est pourquoi elle se penchait à présent vers lui, avec une ombre de sourire, comme pour lui dire : Je sais...

Il était soulagé. Soulagé, mais non comblé. Car le cortège s'éloignait déjà, et, n'eût été ce geste imperceptible de la princesse pour se retourner, il n'aurait vu d'elle que ce qu'il contemplait maintenant, paralysé au milieu de la foule des danseuses : un dos brun et droit passant le boléro bleu et or, et ces voiles qui voletaient, l'image même de la délicieuse souffrance qui l'avait porté vers Godh : Sarasvati, ou l'amour d'absence, offerte et à la fois refusée.

De la journée, Sarasvati ne rencontra pas le firangui. Tout le temps de la fête, dans les nouveaux jardins, il s'était tenu éloigné, comme l'exigeait la décence en pareille circonstance. Il eût été inconcevable qu'un étranger se mêlât aux réjouissances, puisqu'on racontait qu'il adorait d'autres dieux, ou, chose plus extraordinaire encore, un seul dieu, un misérable torturé sur deux morceaux de bois. Mais enfin, quelque chose le lui disait tout bas, ce firangui-là n'était pas comme les autres ; il y avait en lui une sorte de don secret, une affinité bizarre avec la terre indienne ; et, pensa Sarasvati durant toute la fête, nul à la cour de Godh n'eût été surpris si, comme toute l'assistance, il s'était armé d'une seringue pour asperger les femmes.

Au lieu de cela, il s'était assis au bord d'un chadar, et le jour entier il y était demeuré, se levant seulement à la fin des réjouissances, quand le rajah vint à lui pour lui faire admirer son nouveau parc.

– J'avance en âge, avait-il dit à Madec. J'ai un fils, qui pourra me remplacer quand s'enfuira de moi la vie. Mais les hommes ne se perpétuent pas seulement par leur descendance. Il leur faut construire. Je n'aime pas les grandes choses de pierre que bâtissent nos empereurs, des mahométans venus du nord ; ils ignorent la vanité des actes d'ici-bas et ne veulent rien savoir de l'éternel cycle des réincarnations. Non, non, je n'aime pas cela...

Il parlait à voix basse, avec une sorte de tendresse, comme pour la confidence.

– Tout ce qu'ils ont inventé de beau, ce sont les jardins. Les jardins, Madecji, comprends-tu ?

Madec n'avait jamais réfléchi à la question, et il interrogea Bhawani du regard.

– Regarde, Madecji, regarde cette feuille de lotus.

Sur un bassin dérivait une fane encore verte, qu'une femme enjouée avait sans doute arrachée en cueillant une fleur. Des gouttes d'eau la parsemaient ; à chaque remous du bassin, elles étincelaient dans le soleil avec de minuscules arcs-en-ciel.

– Regarde, Madecji, poursuivit le rajah, c'est l'image même de notre vie. Le jardin vit et meurt avec la saison, il resplendit ou s'assèche selon la loi du soleil et des pluies. Serions-nous assez riches pour paver de joyaux ces bassins, assez savants pour faire jaillir la lumière de ces jets d'eau, le jardin resterait froid et dur, s'il n'y avait la splendeur des arbres et des fleurs. Et les veilles de mousson, leur sécheresse même présage notre mort.

Madec écoutait en silence, tâchant de suivre du mieux qu'il pouvait l'hindi poétique de Bhawani.

– Vois-tu, Madecji, la guerre est proche, et je mourrai peut-être, sans avoir jamais contemplé mon fils sous l'armure des guerriers radjpoutes. Ce matin encore, je n'osais le croire. Je l'ai compris quand je t'ai vu.

– Rajah ! Mais je ne t'apporte pas la guerre ! interrompit Madec.

Bhawani s'assit à son tour au bord d'un chadar :

– Te souviens-tu de notre pacte, dans la chambre des paons ?

– Rajah... Comment aurais-je pu l'oublier ?

– Tu ne serais pas revenu, Madec, si ta nation avait vaincu.

Madec était abasourdi. C'était peut-être vrai. Mais il y avait la princesse. Sarasvati. Comment lui dire ?

Le rajah lui prit la main :

– Tu ne serais pas revenu. Car la gloire est insolente, elle corrompt tous les hommes. Toi, tu es resté pur.

– La défaite, la prison, les hommes à veste rouge auraient pu tout aussi bien me corrompre !

– Non. Pas toi.

Il lui tourna le dos, refusant de s'ouvrir davantage. Il claqua des doigts ; les serviteurs, surgis d'un fourré, accouraient déjà.

– Un dais. Des coussins. Du santal. Des sorbets et des lassi !

Madec ferma les yeux. Ainsi, comme il l'avait redouté, le rajah l'avait deviné. Pire encore : il comptait bien utiliser à son profit ce qu'il soupçonnait de lui, sa course folle à la chimère, son impossibilité à entreprendre quoi que ce fût de grand s'il ne se fabriquait pas des monstres à vaincre, d'impossibles et lointaines princesses à séduire. Le rajah se taisait désormais. Il semblait méditer. On leur présenta les coussins. Quatre serviteurs en livrée de fête hissèrent le dais.

– L'ombre..., murmura Bhawani. Que l'ombre est bonne. C'est le privilège des riches. Tout le jour les paysans peinent sous le soleil et la poussière. Mais quand s'annonce la guerre le puissant lui aussi doit les affronter pour défendre son bien. Et voilà pourquoi j'ai construit un jardin. Pour le repos avant la souffrance. Personne ici ne l'a compris, pas même le Diwan. Ils croient tous que je ne suis qu'un homme amolli, comme eux. Ils pensent que je m'amuse à rêver de jardins parce que je crois à la paix, comme mes aïeux, qui les aménagèrent après la dernière grande bataille qui ensanglanta Godh. Fous ! fous et aveugles, les hommes qui m'entourent !

– Et l'astrologue ? hasarda Madec.

– L'astrologue... L'astrologue est en prière dans un ermitage de la jungle. J'attends son retour. Allons, prends ce sorbet.

Madec n'insista pas. Parler de l'astrologue, c'était évoquer directement les affaires d'État. Il étendit la main vers le verre de sirop glacé. Bhawani se pencha vers le chadar, trempa longuement sa main dans l'eau qui ruisselait sur les ciselures de marbre :

– L'eau ne coule pas vite. Les réservoirs n'ont pu être remplis par la dernière mousson. Ah ! Madecji, puisse ton retour ramener ici la puissance et la fertilité. Ma première épouse n'a jamais été qu'un ventre sec, la deuxième s'obstine à mettre au monde des filles, et d'ailleurs son temps est passé. Quant à Sarasvati...

La main de Madec trembla sur le verre.

– On la croirait ensorcelée. Deux enfants, des jumeaux, qu'elle a mis au monde voici quatre ans. Ils sont morts, l'un après l'autre, comme par magie. Et depuis, son ventre demeure sec. Un fils, un seul fils pour me défendre mes terres... Ce n'est pas assez.

Madec avala le sorbet d'un seul trait.

– Je devrais prendre une nouvelle épouse.

Il avait parlé d'un ton tranquille et détaché, comme s'il avait évoqué l'éventualité de construire un jardin neuf ou de changer d'éléphant de parade.

– Mais comment prendre femme, désormais, sans le feu de la passion ? La beauté de cette fille élancée est comme un étang où mon cœur est tombé ! Il faudra bien pourtant que je m'y résolve, car Godh ne pourrra survivre sans le secours des guerriers mes fils. Khrishna lui-même faisait l'amour aux bergères, et Radha son épouse ne l'a pas quitté, et jamais elle ne cessa de l'aimer.

Madec était stupéfait. Il aurait voulu parler, crier, questionner, questionner, ruser, biaiser, deviner, mais savoir, savoir enfin tout du cœur de ces deux êtres. Qu'attend-il de moi ? se disait-il en regardant le rajah. Que veut-il me confier, à sa manière détournée, et que je ne comprends pas ? Il m'a découvert, mais moi, je n'arrive pas à percer un seul détour de sa pensée. Il n'eut pas le loisir de pousser plus avant sa réflexion. Trois serviteurs accouraient, précédant le Diwan, qu'ils abritaient sous un grand parasol jaune :

— Très honoré rajah, dit celui-ci en se prosternant devant Bhawani, il y a au palais un homme du Nord, avec une suite somptueuse. Il demande à être reçu.

— Je ne recevrai personne aujourd'hui. Et tu le sais. Pourquoi donc viens-tu me déranger ?

— C'est un alchimiste, très honoré rajah. Il prétend qu'il fabrique de l'or.

— Un alchimiste ? répondit le rajah en lissant ses moustaches. Un alchimiste...

Puis il ajouta brusquement :

— Le brahmane est absent. Va, et dis à cet homme d'attendre jusqu'à demain. Fais-le camper sur les berges. Je ne peux pas le recevoir tant que Mohan n'a pas consulté les astres.

Le Diwan se prosterna à nouveau et tourna les talons.

— Comment ! intervint alors Madec, tu m'héberges au palais du lac sans avoir pris les présages, moi, un firangui, et cet homme qui dit fabriquer de l'or, un homme de ton pays, tu le fais camper à tes portes ainsi que mes soldats !

Bhawani sourit :

— Je ne connais pas cet homme. Il en vient toutes les semaines, de ces demi-magiciens. Je ne le verrai que par curiosité ; au brahmane de me dire si cette curiosité est pure ou impure.

Puis il reprit le cours de sa méditation. On n'entendit plus que le frémissement des jets d'eau et le pépiement des oiseaux dans une voilière, joliment posée à la croisée des parterres.

Sharma sortit enfin de sa torpeur, héla des serviteurs à moitié endormis, leur demanda d'agiter des chasse-mouches. Le soleil n'allait pas tarder à se coucher.

— Le temps est lourd, Madecji, le printemps va perdre de sa fraîcheur. La fête du Holi est finie, et demain reprendront les soucis.

— La guerre..., murmura Madec à son tour.

La lumière changeait, et les terrasses du jardin, elles aussi, se transformaient. C'était une succession régulière de levées de terre contenues dans une maçonnerie de grès rose, comme celle des maisons de Godh. Un canal central les traversait, et l'eau, patiemment pompée du lac par une ingénieuse machine dissimulée sous les arbres, se déversait de terrasse en terrasse à travers chadars et jets d'eau. Le rajah et Madec étaient assis au sommet du jardin, près de la plus haute fontaine. Maintenant que s'adoucisait le soleil, Madec découvrait avec netteté l'alignement symétrique de leurs parterres, les délicats motifs de marbre, étoiles, losanges, hexagones, qui les composaient ; partout, la croissance informelle des fleurs printanières adoucissait ce que l'ensemble aurait eu de trop géométrique ou de trop parfait ; des arbres aux branches flexibles humanisaient la rigueur dentelée des bassins, la fluidité égale de l'eau sur les cascades. Oui, se dit alors Madec, ce jardin parle d'un monde éphémère, et qui renaîtra. Mais suis-je fait pour lui ? Il demeurait encore sous le charme du Taj Mahal, où le parc et le mausolée n'avaient cessé de lui signifier, au contraire, un amour éternel, par-delà la souffrance et la mort. Du parterre auquel on avait adossé son coussin, il détacha un narcisse, puis une violette.

— La guerre... Mais tu ne m'as jamais parlé de tes ennemis, rajah. Est-il possible que les hommes à veste rouge te menacent déjà ? Je les croyais encore occupés à conquérir le Bengale.

— Il est temps de te le dire, Madecji. J'ai un frère, qui me jalouse depuis toujours. Il n'est que de dix mois mon cadet. Quand j'ai pris le pouvoir, à la mort de mon père, il est parti vers les montagnes du Nord, se mettre au service du Moghol, par dépit de ne pouvoir posséder Godh à lui seul. Je ne l'ai pas revu depuis. Mais j'ai eu des nouvelles. On raconte qu'il s'est mis au service des firanguis à veste rouge, qu'il a appris leurs usages de guerre, qu'ils l'ont grassement payé. Il serait actuellement aux marches de la province, avec certains des firanguis, qu'appâte le renom de nos rizières et de nos pierres fines. Mais dois-je croire celui qui me l'a fait dire ? C'est un homme sans foi ni loi, et qu'attirent peut-être autant qu'eux les diamants de Godh.

— Les marchands qui nous renseignent mentent souvent, ou se trompent, approuva Madec.

Le rajah se mit à rire :

— Oh ! Mais celui-là n'est pas un marchand, et tu dois bien connaître son nom, qui a couru toute l'Inde ! Il s'est établi voici trois mois au sud de la province de Godh, à la limite du Dekkan et des défilés que peuplent les Dakoïts. Il aurait réduit, paraît-il, ces armées de bandits, les aurait adjointes à ses propres troupes. Et c'est bien pourquoi je n'ai rien accepté de ses offres. Des bandits sur mes terres, jamais, dussé-je voir périr Godh sous mes yeux !

Il s'était enflammé soudain, et dans ses yeux brillait la colère.

— Tu sais bien son nom, Madec.

— S'il ne t'a pas par l'amitié, il te possédera par la force.

Ni l'un, ni l'autre, comme par superstition, n'avaient osé prononcer le nom redouté. Ainsi qu'au jour du pacte de la chambre des paons, certains mots, certaines syllabes auraient détruit sans retour toute complicité.

— Je sais, répondit Bhawani. Mais la roue de la vie ne tourne pas toujours comme on le prévoit. Regarde : l'eau faiblit encore sur le chadar. L'eau faiblit..., répéta-t-il, l'air fantasque, comme inspiré. Jamais je n'ai vu printemps aussi sec. Aurons-nous assez d'eau pour aller jusqu'à la mousson prochaine ? Sache, Madec, qu'en Inde l'eau commande tout, jusqu'à la guerre. Le lion finit par sortir de sa tanière quand s'assèche la forêt.

— Que veux-tu dire ?

— Laissons cela.

Il s'était brusquement levé, tendu, les mains tremblantes. On entendait en effet un bruit d'étoffes froissées, des rires, un babil d'enfant.

— La voilà ! ajouta-t-il simplement, comme si ces mots à eux seuls excusaient son soudain silence.

⁂

On avait joué joué un instant avec l'enfant, on l'avait caressé, puis on lui avait dit : « Petit Gopal, il est temps de rentrer, le soleil se couche et vous avez les mains sales. Regardez-moi ce safran qui vous tache de partout, était-ce bien la peine de vous donner une si belle robe pour aller à la fête et une si brillante aigrette, que voilà maintenant toute gâchée... » Gopal continuait à rire, et sa mère aussi, et son père ; le firangui, dans son coin, s'était assombri. Madecji, murmura la princesse avec un soupir, quand l'étreinte du rajah abandonna sa taille pour saisir la main de l'enfant. Madecji... Et ce soir-là tout fut à la couleur de *l'amour transmis*. Bhawani lui disait-il : « Ma belle, la lune se lève, elle est pleine et je vois poindre son halo », Sarasvati pensait : « Puisse l'autre pouvoir me le dire un jour, et puisse ce jour-là venir bien vite ! »

On était rentré doucement, à pied, jusqu'à l'embarcadère du lac. Là, le firangui avait rangé ses troupes, et il présenta son *nazer* à la lueur des flambeaux. « Il ne me regarde pas, songeait la princesse. Il ne me voit pas plus que Khrishna ne voyait les bergères quand paraissait Radha. Oh ! Khrishna, Khrishna, toi le Bleu Profond, redonne-moi le souffle que tu m'as enlevé. Le serpent de l'angoisse tord mon cœur, et je suis pareille à l'oiseau *chataka*, qui crie inlassablement dans l'attente de la goutte d'eau ; mais pas un mot ne passe mes lèvres. Je suis femme, Khrishna, et je suis folle. »

L'instant d'après elle maudissait sa prière. Car le firangui relevait les yeux vers Bhawani, lui désignait deux bourses craquantes de perles, et tous deux se mettaient à rire, sans plus faire attention à elle que si elle avait été un papillon de nuit, ou l'un de ces hommes de basse caste qui s'affairaient sur le sol avec de petits balais pour nettoyer les dégâts de la fête.

On embarqua, toujours à la lueur des flambeaux. Le palais du lac étincelait dans la nuit. On banqueta au bord des galeries ouvertes sur l'eau, tandis que les servantes tiraient des feux de Bengale. L'air était trop lourd pour un début de printemps. La mousson sera dure, songea Sarasvati, tandis qu'elle éloignait de son visage des insectes affolés, ainsi qu'aux pires temps du mois de mai, quand se préparaient les grands orages.

– Allons, allons, servantes, cria-t-elle aux domestiques harassées par la fête. Vous êtes bien dolentes ce soir, vous remuez les chasse-mouches avec la lenteur des eunuques. Votre journée est loin d'être finie, car il faudra me baigner et me parer pour la nuit !

Elle se sentit devenir méchante. Les longues palabres du prince avec l'étranger l'irritaient ; ils échangeaient des propos interrompus, puis ils s'arrêtaient tout à trac, et c'étaient des silences sans fin, où ils se souriaient et se regardaient dans les yeux, sans le moindre égard pour sa présence. Et, ce qui la porta au comble de l'exaspération, le rajah ne lui avait pas demandé de danser. La jugeait-il désormais trop vieille, ou trop défraîchie, pour offrir à leur hôte le spectacle enchanteur qu'elle prodiguait rituellement aux autres visiteurs ? Il aimait cet homme, c'était évident. Alors, pourquoi ne pas l'honorer comme il se devait ? Le rajah ne s'intéressait plus à elle, il ne pensait plus qu'à ses jardins, ou à la guerre, puisqu'elle ne portait pas d'enfant.

Pas un instant elle n'imagina qu'il pût être jaloux. Depuis que le firangui lui était apparu, un seul doute la torturait. Elle, qui avait toujours su séduire, qui avait appris toutes les ruses du corps et de l'âme pour retenir un homme, qui connaissait par cœur les tours et détours des silences, des cris, des battements de cils et des sourires calculées, elle se sentit soudain toute pauvre, et elle demanda à se coucher.

Bhawani frémit, mais acquiesça :

– D'ici peu je te rejoindrai. J'ai encore à parler à Madecji.

Elle partit de son air altier, ignorant délibérément le double regard qui s'attachait à ses pas.

– Allons, servantes ! cria-t-elle encore, dès qu'elle fut parvenue en ses appartements. Et elle exigea un grand bain tiède à l'eau de rose, et qu'on la massât, longtemps, longtemps, nerveuse, jamais contente, jusqu'au moment où monta le désir.

Bhawani entra à cet instant précis.

– Il fait chaud, dit-il doucement aux servantes. Laissez-la maintenant, et portez sur la terrasse un lit et des coussins. Allumez des bougies.

Elle était là, pantelante sur le charpoï du massage, n'attendant plus de lui qu'un geste.

Il s'assit sur le bord du matelas tressé. Un à un, il prit les bijoux déposés à terre : les rangs de perles fines, les bracelets de pieds qui tintaient, les bagues d'or et d'argent, la tresse de diamants pour le front, et il les lui passa.

– Laisse-moi te parer.

Il lui tendit un miroir :

– Tu es nue, et je te rhabille. Regarde-toi : je te pare pour l'amour. Sous les perles et les diamants, tu es encore plus nue !

Elle regarda le miroir, un peu étonnée. Il poursuivit :

– Pour cette femme-là, ne serais-tu pas toi aussi pleine de désir ? Une vraie Padmini, lustrée comme la tige du mirobolan, les yeux doux comme la gazelle, les seins renversés pareils à deux coupes d'or ; et son jagdana, comme il est pur, et mystérieux son délicat yoni...

Il éclata de rire, la souleva jusqu'au lit dressé sur la terrasse. Et elle, elle pensait : « Jamais l'étranger ne saurait me les dire, ces mots qui préludent au désir, mais il est peut-être d'autres mots, de l'autre côté des Eaux Noires, plus forts encore, pour faire lever le ventre et s'ouvrir le yoni. »

Elle répandit ses cheveux sur son dos. Il la saisit par les pieds, lui montra le ciel au-dessus de la terrasse :

– Vois, je te l'avais bien dit, la lune a mis son halo. Qu'elle nous verse l'ambroisie de l'amour ! Servante, chasse donc les insectes qui montent de l'eau.

Il ouvrit la robe de la princesse, l'enlaça violemment :

– J'ai apporté du lait au fenouil.

– Crois-tu qu'il en soit besoin ? murmura Sarasvati, tandis qu'ils buvaient au même verre.

Les perles tremblaient à ses oreilles. Phra ! Phat ! Sout ! Plat ! Et la roue de l'amour recommença à tourner. Du baiser de provocation aux petites morsures : baiser touchant, baiser droit, baiser penché, griffure en demi-lune, en patte du tigre, en feuille du lotus bleu ; cascadette de la caille, pleurs, roucoulement du coucou... Ils voulurent aller par toutes les figures, de l'étreinte du lierre à celle du grimpeur à l'arbre. Tant qu'ils le purent, l'un comme l'autre, ils observèrent les règles des Soûtra. Mais ils durent enfin laisser le jeu, car le désir avait grandi trop vite. Bhawani se hâta d'en venir aux *auparishtaka ;* sous sa langue affolée, Sarasvati défaillit la première. Alors elle se leva, tandis qu'il restait allongé :

– Vous avez été mon vainqueur ! Je veux, à mon tour, vous faire demander grâce...

Et elle le caressa de toutes les manières. « Viens, cette nuit, murmurait Bhawani pour prolonger sa joie, viens, mon amour, car les jours passent ! Demain toi, moi et la jeunesse nous nous serons enfuis. » Et Sarasvati souriait, heureuse dans l'éphémère.

Jamais avant cette nuit ils n'avaient moins songé aux dessins qu'ils décrivaient sur le lit, jamais ils ne s'étaient autant abandonnés. Il s'endormit, comme on fuit.

Quant à Sarasvati, elle reposa, tranquille, apaisée, le corps enfin repu par l'union de l'amour transmis. Tout le temps de leur étreinte, était-ce le prolongement de cette journée sainte, elle n'avait cessé d'implorer Khrishna. Et, dès les premières morsures, les premiers baisers, le dieu s'était levé derrière Bhawani, dans son immense gloire bleue. Seulement, pourquoi se le cacher, maintenant que le rajah dormait et que la profonde nuit les enveloppait tous deux, le beau Khrishna lui-même avait les traits du firangui.

*
**

Le prince se réveilla aux premiers pépiements des moineaux. Les eaux du lac rosissaient à peine. Il observa un moment sur l'autre berge les fumées mourantes qui s'élevaient du camp des firanguis, puis les terrasses de son jardin. Pour en parfaire l'inauguration, il manquait d'y avoir goûté un dernier plaisir : celui d'y faire combattre ses deux éléphants préférés, deux énormes bêtes dressées tout exprès pour la guerre et pour lesquelles il avait demandé qu'on aménageât une terrasse particulière, la plus basse, au ras du rivage. C'était un terrain un peu sableux, très ordinaire d'apparence, car on n'y avait planté ni arbre ni gazon. Un mur le séparait en deux parties égales ; il s'élevait à hauteur du poitrail des animaux, et il suffisait de les exciter à coups de piques et de cris appropriés pour que se réveillât en eux l'instinct de la jungle et que commençât le combat.

La plupart du temps, l'un ou l'autre des protagonistes succombait. Pourquoi donc, ce matin, vouloir la mort d'un de ses éléphants favoris ? Bhawani préférait l'ignorer. On ne manquerait pas, une fois de plus, d'y voir une des bizarreries dont on le disait coutumier. Tout ce qu'il savait, c'est que dès son réveil il s'était penché sur la princesse et l'avait découverte lointaine, absente, comme jamais elle ne fut. Bien sûr, le sommeil, en anéantissant les êtres au sein de Brahman, les soustrayait du même coup à toute possession humaine ; ils se refermaient sur eux-mêmes ; et cette clôture, l'amour même ne pouvait la franchir. Mais l'aimait-elle encore, Sarasvati, souriant et murmurant dans son rêve, la jupe ouverte et les seins dressés vers une volupté insaisissable ? Il aurait voulu la prendre encore, la réveiller d'un seul coup, l'arracher à ce plaisir qui rôdait autour d'elle sans qu'il pût savoir d'où il venait ; la prendre avec violence, la battre, la tuer peut-être. Elle était trop belle pour mourir ; et, dans le sommeil même, trop obstinément vivante. Alors le rajah n'eut plus qu'une seule hâte : voir couler le sang d'un de ses éléphants.

Il regagna ses appartements à travers les galeries ombreuses, où flottait toujours, entre les lampes consumées et les serviteurs endormis, un peu d'humidité matinale. La journée s'annonçait chaude. Il réveilla ses domestiques, expédia le bain et les soins de beauté. Il chuchotait en donnant les ordres. Il voulait partir seul. Seul, c'est-à-dire sans l'habituelle escorte du Diwan et des courtisans et en n'emmenant que deux ou trois hommes pour veiller au détail de ses menus plaisirs. Il jeta encore un coup d'œil pardessus la balustrade de marbre, tendit l'oreille. Quelques barrissements lui parvinrent. Il eut un sourire de satisfaction ; on avait donc exécuté ses ordres en tous points, mené cette nuit du palais de Godh ses bêtes chéries. Les cornacs n'allaient pas tarder à se réveiller à leur tour. Déjà la barque princière fendait les eaux, et elle s'arrêta face au débarcadère. Bhawani sauta dans le bateau. Lentement, il longea la terrasse où dormait encore Sarasvati, derrière la mousseline de gaze que venait de tendre une servante attentive. Il ne voulut pas la regarder. Quelques minutes plus tard, il abordait au jardin, et des cornacs ensommeillés traînaient les éléphants jusqu'à la terrasse du combat.

Le premier animal était une grosse bête à longues jambes, assez affectueuse, mais d'un caractère très impulsif, si on venait à le piquer. Bhawani avait un faible pour lui, en raison de ses défenses effilées, qu'il avait fait peindre d'or, tant la courbure en était splendide. Son adversaire, au contraire, ne possédait aucune élégance ; massif, trapu, obéissant, il semblait indifférent à tout, si ce n'est aux ordres du rajah, qui le gâtait de ses friandises favorites. Il l'aimait aussi, mais pour des raisons presque exactement inverses : il adorait chez lui sa fragilité, bizarrement contenue sous une épaisseur de cuir gris, sa vulnérabilité secrète. Il le contempla un instant, tandis que les cornacs roulaient des yeux effarés :

– Vas-tu mourir, toi, le gros éléphant, repu et satisfait comme le dieu Ganesh ? Vas-tu mourir ce matin ?

Il allait donner le signal du combat quand un homme vêtu de brocart d'or se profila à l'entrée de la terrasse. Il avançait cérémonieusement les yeux baissés et les mains repliées dans les manches de son vêtement.

– Qui est-ce ? lança le rajah à l'un des serviteurs.

– L'alchimiste, répondit celui-ci d'une voix assourdie.

– L'alchimiste ? Ici, et à pareille heure ?

Il allait saisir une chique de bétel, dans la petite aumônière suspendue à sa ceinture, quand il sursauta :

– Mais qui es-tu, toi ? Tu n'étais pas avec moi dans la barque !

Puis il se retourna :

– Et ceux-ci ? Je n'ai amené que trois domestiques.

L'homme sourit :

– Le combat des éléphants peut mal tourner, rajah ! C'est la quatrième épouse, quand elle t'a vu partir, qui nous a donné l'ordre de t'accompagner.

– La quatrième épouse...

Ainsi, elle ne dormait pas. Elle s'inquiétait de son sort. Elle avait peur. Et peut-être même était-elle jalouse. Divine femme. Infinies combinaisons de la stratégie amoureuse ! Il se mit à rire ; il se sentit brusquement jovial. Il n'avait plus envie de voir se battre ses éléphants. Ils lui étaient redevenus précieux. Il en aurait peut-être besoin pour la guerre.

– Ainsi, voici un alchimiste !

L'homme en robe d'or s'approcha.

– Quelle merveille viens-tu donc me proposer, charlatan ?

– L'or, seigneur ! Je peux tout transformer en or. La pierre, la fleur, la poussière.

– Et la chair humaine ? ironisa Bhawani.

– La chair humaine..., murmura l'autre.

Il fut interrompu par un bruit strident. C'était un son inconnu à Godh, le bruit d'un instrument militaire, un de ces clairons dont les firanguis rythmaient la vie de leur camp. Madecji est sans doute réveillé, pensa le rajah, et il se tourna vers le lac. Il avait raison. Une deuxième barque venait d'accoster à la berge, et elle se balançait doucement sous le vent du matin. Madec n'y était plus. Sharma chercha sa silhouette sur les sables roses. Il l'aperçut enfin.

– Va chercher le firangui ! cria-t-il à un serviteur.

Celui-ci ne bougea pas.

– Va chercher le firangui, te dis-je ! répéta le rajah, et il leva la main sur lui.

Déjà un autre domestique, un petit gamin peureux, le précédait et courait vers Madec à toutes jambes, comme si c'était lui qu'on avait menacé.

Furieux d'avoir été dérangé dans sa curiosité par un serviteur rétif et d'avoir ainsi failli perdre la face devant un étranger, Bhawani se tourna vers l'alchimiste avec irritation :

– Tu fais de l'or ? Eh bien, j'en veux tout de suite !

– Tu ne me crois pas, n'est-ce pas, rajah ?

– Mais si, je te crois... Je m'étonne simplement que tu choisisses le seigneur d'une petite province, plutôt que le Moghol, pour faire montre de tes talents.

– Vois cette robe, dit l'alchimiste en désignant son vêtement. Ce n'était hier que du vulgaire coton.

– Tu n'as pas de chance. Pour moi je ne vais jamais que vêtu de brocart d'or. Je n'ai pas besoin de tes services !

– Oui, mais ta ceinture est de coton safrané.

– Certes, dit le rajah, et il lui présenta son ventre en riant.

Madec arrivait au pied des jardins. Il ne comprenait pas pourquoi ce gamin nerveux l'avait subitement tiré par la manche en balbutiant des mots incohérents, alors qu'il s'apprêtait à regagner son camp, la tête lourde d'une nuit blanche. Il leva les yeux vers le parc et ses parterres étagés. Il ne démêlait pas la raison de cette scène étrange : des éléphants un peu fébriles qui se regardaient par-dessus un mur gris, des serviteurs tendus aux gestes mécaniques, pareils à des soldats à l'aube d'une bataille, deux cornacs terrés sur les remblais de la terrasse, et cet homme à robe d'or qui ne bougeait pas, qui ne se prosternait pas devant le rajah et semblait proférer des paroles qui le paralysaient. Était-ce un émissaire, un porteur de mauvaises nouvelles ? L'Inde était parfois si bizarre. Madec se penchait pour interroger le petit domestique, quand un immense cri déchira l'air, suivi d'un autre qui mourut aussitôt. Il leva les yeux.

Trop tard. Que n'avait-il compris, que n'avait-il couru, volé sur la terrasse. Le rajah, un poignard fiché dans le ventre, s'écroulait sur le sol et roulait dans la poussière. Madec se précipita. Chacune des marches qui menait au lieu du drame lui parut une montagne à gravir. Les éléphants s'étaient mis à barrir, l'un d'eux surtout, et dans les intervalles de ses hurlements on entendait d'autres cris, des gémissements, des râles et des glapissements d'horreur. Il ne voyait rien. Pour accéder à la terrasse, il fallait gravir un escalier très raide ; il avait beau lever la tête, il n'apercevait que les très lointains parterres de la dernière terrasse, selon l'effet de perspective voulu par le rajah lui-même, et qu'il lui avait expliqué la veille. « La danse des voiles, Madecji, nos jardins ressemblent à la danse des voiles des danseuses sacrées : nous en voyons le terme, l'objet même de nos désirs, le yoni qui monte et descend au rythme de la danse ; mais combien de voiles à lever avant d'en apercevoir la forme, dessinée sous un dernier tissu. Et jamais nous ne l'étreindrons, car à cet instant même disparaît la danseuse. Nos jardins sont semblables. Il faut monter, monter de terrasse en terrasse, avant d'attendre la dernière fontaine. Du bas du jardin tu ne vois qu'elle, tu te crois proche de ton repos. Et tu es loin. Combien de marches à gravir... »

Combien de marches à gravir... Le rajah n'avait pas cru si bien dire. Sur Madec s'appesantit comme une chape de plomb. La sueur ruisselait sur ses joues. Un cauchemar, c'était un cauchemar. La nuit pourtant s'était enfin dissipée, cette nuit infernale, passée à se mordre les poings sur son charpoï du palais, sous le désir et la douleur. Enfin, à la dernière marche, se dévoila toute la scène. Le rajah gisait dans la poussière, et son sang séchait déjà autour de lui dans une grande flaque. Autour de lui, d'autres corps ensanglantés et l'homme à robe d'or, le visage tailladé au point d'être méconnaissable. Enfin des domestiques, dont la peau avait déjà pris le gris de la mort.

– Bhawani.

Il prononçait son nom pour la première fois, selon les mêmes intonations qu'il avait entendues à Sarasvati.

Il se pencha sur le sol. Le rajah vivait encore.

– Bhawani...

– Protège-la... Mon fils..., il est trop jeune... Protège Godh.

Madec se mit à trembler. Il connaissait bien le visage de la mort, cet air d'abandon et d'enfance que prenaient les hommes à son approche. Mais sur les champs de bataille il était rare qu'on s'arrêtât quand tombait un compagnon. Pour qu'on interrompît une charge, qu'on descendît de cheval afin de recueillir d'ultimes paroles, un dernier souffle, il fallait éprouver une amitié bien puissante. Or, depuis que Dieu, Visage et Martin-Lion s'étaient éparpillés aux quatre coins des jungles, cette amitié-là, Madec ne l'avait plus connue, excepté pour Bhawani! et voilà que le rajah venait de s'écrouler, percé de coups, sur la poussière sans gloire d'un jardin de plaisir.

– ... Détache mon aigrette... Je te remets mon pouvoir jusqu'à la majorité de mon fils... Mon pouvoir... Par l'acier du courage !

– Rajah..., ils ne me croiront pas !

Le sang continuait à couler de son flanc.

– Ils te croiront... à cause de l'aigrette, à cause de Sarasvati... Prends cette aigrette.

Puis il murmura des paroles bizarres, dans une langue que Madec ne comprit pas.

Enfin, il tourna les yeux vers le ciel :

— Par l'acier du courage... Par la puissance de l'amour...

Le rajah de Godh était mort.

Madec fourra fébrilement l'aigrette dans un pli de sa robe. Désormais, il s'agissait de comprendre. Le rajah n'avait pas pu se défendre. Son poignard était resté dans sa gaine, et il avait dû tomber dès le premier coup. Quant à l'assassin, ce mage à robe d'or, il était mort aussi. Madec se pencha sur le corps ensanglanté. On lui avait fendu la tête. La mâchoire était fracassée, les yeux exorbités, ainsi qu'on le voyait aux animaux de boucherie. Il serait impossible de l'identifier. A sa main brillait un saphir énorme, que Madec n'osa pas toucher.

Il tressaillit soudain. Un bruit imperceptible, un crissement de graviers dans le sable. Il se retourna d'un seul geste. Il n'y eut que le temps de l'éclat d'une lame dans le soleil. D'un seul coup de pistolet, il avait foudroyé la forme humaine entr'aperçue. Le sable, à nouveau, buvait le sang.

— Pitié, pitié ! cria alors une autre voix.

A sa grande stupeur, Madec vit sortir cinq serviteurs du parc à éléphants. Ce n'étaient pas les cornacs, mais des domestiques enturbannés de jaune, comme ils l'étaient tous au palais du rajah.

— Pitié, pitié, épargne-nous ! reprirent-ils en chœur, et ils s'avancèrent en se prosternant.

— Rangez-vous là ! hurla Madec en leur désignant le mur de la terrasse. Rangez-vous là, ou je vous brûle la cervelle !

Ils s'exécutèrent d'un air terrifié. Madec ne s'y fiait pas. Il était convaincu qu'ils étaient armés comme l'autre qui avait surgi tout à l'heure. Sous leurs dhotis, ils cachaient à coup sûr une de ces redoutables armes indiennes, des poignards à lame en forme de flamme, qui pénétraient jusqu'au profond des chairs et tuaient sur le coup. Pour l'instant, il les tenait en respect, mais cela ne saurait durer. Un instant d'inattention, et ils sautaient sur lui. Il résolut de pointer sur eux le pistolet en demeurant à bonne distance, dégaina son sabre, afin de ne pas être pris au dépourvu tandis qu'il inspectait l'horizon. Des mouches s'agglutinaient déjà sur les cadavres. Le soleil commençait à chauffer. Du côté du lac, rien ne bougeait encore. Pourtant, on avait dû entendre les cris, le coup de feu. Seule une barque fendait l'eau, tandis que les lavandières, munies de leurs battoirs et de leurs linges colorés, s'installaient sur les rives. D'un moment à l'autre, sous les coups de leurs battoirs, comme un poumon gigantesque, le lac allait reprendre sa respiration du matin. Il fouilla alors la plaine du regard, cherchant un indice, un nuage de poussière, la course d'un cavalier, tout mouvement suspect qui pût annoncer le danger. Rien non plus. Rien du côté de la ville, rien à l'horizon de la jungle, rien aux montagnes du Nord. Tout était calme. Alors, pourquoi ?

Madec, une fois de plus, butait sur l'inexplicable. S'il s'agissait d'une révolution de palais, pourquoi ces « serviteurs » avaient-ils trucidé l'alchimiste ? Et pourquoi, ensuite, s'était-on acharné sur lui, Madec, l'étranger ?

Qu'on eût tué les domestiques du rajah lui paraissait plausible, presque naturel. Mais l'alchimiste ? Et ce petit apeuré qui était venu lui tirer la manche alors qu'il s'en allait au camp ? Il regarda autour de lui. Le gamin avait disparu. Il n'allait pas pouvoir tenir longtemps ainsi. A la moindre défaillance de sa part, les hommes qu'il tenait en respect lui sauteraient au visage. Celui dont il avait fracassé la tête râlait doucement sur le sol. Madec repoussa la pitié qui l'envahissait, se raidit. L'instant s'immobilisait, et il se demanda si ce n'était pas le prélude à sa propre mort. Une petite mort bleue, dans un matin tranquille, avec à ses pieds un paysage de rêve, le palais de marbre enchâssé dans les eaux du lac, la citadelle rose à l'horizon, rose, trop rose sur les montagnes noires. Brusquement, comme au sortir d'un cauchemar, la vision bascula. Une charge d'abord, une charge de cavalerie. Un tourbillon de poussière. Ses hommes ! Et sur le lac, dix, vingt barques, toutes parées encore des guirlandes du Holi, et des hommes qui s'agitaient, criaient, brandissaient des lances. Enfin ! Devant son pistolet, les serviteurs se mirent à trembler. Et lui aussi, Madec. Sur la première barque, droite comme jamais, divine, mais d'une présence charnelle qu'il ne lui avait jamais vue, se tenait Sarasvati. Elle pénétra sur la terrasse, calme, royale, tandis que s'ébrouaient les soldats. D'un seul coup d'œil, elle fit le tour du terrain, le décompte des morts, reconnut les cadavres. Puis, d'un pas imperceptiblement ralenti, elle s'avança vers le corps du rajah. Elle s'accroupit, contempla longuement son visage, ordonna qu'on lui fermât les yeux. Puis elle se releva :

– Madecji, fais fouiller le parc !

Il demeura un instant médusé. Quoi, pas un cri, pas une larme, pas un soupçon d'attendrissement, à l'exclusion de ce geste rituel ! Et si belle, si étrangement belle et sereine, les traits paisibles comme les eaux du lac. Cette femme n'a pas de cœur, pensa-t-il, et il se tourna pour transmettre l'ordre aux soldats. Elle se pencha vers l'alchimiste, contempla longuement son visage fracassé. On eût dit qu'elle se repaissait du spectacle des os à nu, des yeux sanguinolents, des morceaux de cervelle éparpillés.

– Évidemment..., dit-elle simplement.

– Évidemment ? répéta Madec, abasourdi.

Elle ne répondit pas, se tourna vers un homme long et maigre que Madec reconnut aussitôt comme le chef de la garde au palais du lac.

– Envoie un émissaire au palais de plaisance. Que personne n'en sorte avant trois heures. Et j'interdis que la nouvelle transpire jusqu'à Godh. Personne ne bougera d'ici avant que le parc n'ait été fouillé. Par l'acier !

Elle parlait d'un ton extraordinairement ferme, et le chef de la garde lui-même en parut pétrifié. Une voix si douce, aux inflexions sensuelles encore, pour prononcer des phrases d'hommes, des syllabes de force, des mots d'autorité. Et on eût dit qu'ils annonçaient le sang.

– Ces hommes, qu'on les torture ! Je veux savoir, et je saurai !

Les serviteurs, cernés de lances, ne tremblaient plus. Ils attendaient, les yeux perdus sur l'horizon du jardin. Les éléphants recommencèrent à barrir.

— Qu'on les torture, et sur-le-champ !

Aussitôt, des soldats de la garde se précipitèrent sur eux et les ligotèrent. On alluma un feu, puis on y chauffa la pointe des lances. Les prisonniers n'eurent pas un tremblement.

— Ils font les braves, dit Sarasvati du même air calme et mesuré. Allez me chercher une petite caisse de fourmis rouges, et qu'on coupe d'abord la main de celui-ci.

Elle désigna un prisonnier au hasard. Derrière le mur de pierre, les éléphants barrirent de plus belle. Le soleil montait vite, donnant aux eaux du lac la couleur de l'acier. Madec héla ses hommes, qui redescendaient du parc. Ils avaient débusqué deux autres serviteurs, occupés à se débarrasser de leurs vêtements de service, et les ramenaient. Ils avaient la même expression, hagarde et butée, que ceux qu'on avait pris les premiers. Tandis qu'on attendait l'instrument de supplice, un grand silence s'abattit sur la terrasse. Un garde avait tranché la main d'un prisonnier ; il n'avait pas crié. Les mouches s'étaient précipitées sur le membre tranché, sans que personne n'y prêtât la moindre attention, tant il avait déjà été répandu de sang sur le sable du terre-plein.

Sarasvati continuait à donner des ordres à mi-voix, et Madec crut saisir qu'il s'agissait des dispositions des funérailles, et du retour à Godh.

— Voici les fourmis, cria un garde triomphant qui émergeait de l'escalier. Il vint se prosterner aux pieds de la princesse, porteur d'un gros coffret métallique.

— Bien ! dit Sarasvati. Je vois que les réserves de l'astrologue sont toujours aussi bien garnies. Et elle eut un petit rire extrêmement joli. Le chef des gardes s'avançait vers le blessé :

— Parlez, vous autres, ou vous connaîtrez le même sort !

Il lâcha les fourmis sur le moignon sanguinolent. Madec fut pris d'un haut-le-cœur. Les bêtes, d'énormes insectes rouges, se précipitèrent avidement sur la blessure et commencèrent à la dévorer. Le prisonnier se mit à hurler, lui qu'un instant plus tôt on aurait cru indifférent à tout.

— Pitié ! Pitié ! hurlèrent les autres.

— Jetez cet homme dans le parc à éléphants, cria Sarasvati. Ses traits demeuraient calmes. Il n'y avait pas trace de méchanceté sur son visage, ni de désir de vengeance. On emportait le prisonnier, toujours hurlant. Sarasvati s'avança vers ses compagnons :

— Parlez, maintenant...

Cette voix suave, cette sensualité qui roucoulait dans tous les mots. Et en même temps une absolue indifférence, une maîtrise totale. A chaque syllabe, à chaque geste, Madec lui trouvait de nouvelles raisons d'être aimée.

— C'est le frère du rajah qui a envoyé l'alchimiste..., murmura un prisonnier.

— Le frère du rajah, princesse ! reprit un autre, et la première épouse... Mais elle n'en voulait pas à ton époux, je te le jure !

— Et à qui donc?

Elle continuait à s'exprimer d'un ton posé, presque poli. Soudain, de nouveaux cris déchirèrent le ciel, et l'on vit, dans l'enclos, s'emballer l'un des éléphants.

— Il écrase le traître, commenta Sarasvati, et elle reprit le fil de son interrogatoire.

— L'alchimiste nous a trahis!

— Tais-toi, fit son voisin.

C'était un très jeune homme, long et maigre, qui tentait désespérément de résister au regard inquisiteur de la princesse. Elle s'avança vers lui, lui rit au nez:

— Et tu crois qu'il t'obéira! Garde, déshabille-le, chauffe la lance entre ses cuisses!

— Sarasvati! hurla Madec.

Puis il se reprit:

— Princesse... Un peu de patience! L'autre va parler.

— Madecji, sache que je n'aime pas les insolents de son espèce!

Elle s'était brusquement échauffée:

— Et qu'on le fouette au sang, et qu'on y mette les fourmis, et qu'on le jette au pied des éléphants!

Le premier prisonnier, terrorisé, parlait désormais avec une rapidité extraordinaire:

— Nous devions tuer ton fils, princesse, elle le voulait. Nous sommes du palais, princesse, nous reconnais-tu? Nous autres, nos parents, nos grands-parents, nous avons toujours servi la famille du rajah avec dévouement. Mais la première épouse souffrait tant!

— Au point de tuer le rajah..., ricana Sarasvati.

— Elle ne le voulait pas, elle ne voulait que ton fils.

Sarasvati jeta un coup d'œil inquiet au palais de plaisance.

— J'ai donné les ordres, murmura le chef des gardes, qui avait suivi son regard.

— Continue, dit-elle au prisonnier. Parle!

— L'alchimiste nous a convoqués ce matin au jardin, nous disant qu'il allait convaincre le rajah de faire venir ton fils, ici, seul avec lui, à la nuit tombante, pour voir la transformation de toutes choses en or. Il nous a demandé de l'accompagner par précaution. Quand nous l'avons vu tuer ton époux, nous nous sommes précipités sur lui et nous l'avons tué et défiguré, ainsi que l'avait prescrit la première épouse. Puis nous avons tué les autres serviteurs qui l'accompagnaient. Il était presque seul. C'est alors que le firangui est arrivé.

— Et que tu l'as menacé, crapule, je t'ai bien vu! Et tu mourras pour cela, tu mourras.

— Princesse! intervint Madec.

Elle ne l'entendait pas, poursuivie par une idée fixe:

— Et le nom de cet alchimiste?

— Nous ne l'avons jamais su.

— Ah ! tu ne l'as pas su ! Donnez-le aux fourmis.

Elle sourit, un peu mécaniquement, puis se retourna vers le cadavre du mage ; elle écarta les dizaines de mouches qui s'agglutinaient sur sa tête et commençaient à la vider.

— Madecji !

Il sursauta :

— Tu n'étais pas là, n'est-ce pas, quand tout cela s'est passé ?

— Un gamin est venu me chercher alors que je rejoignais mon camp.

— Je le sais. Je t'ai vu partir.

Son regard se troubla, elle baissa les yeux un moment.

— Tu n'as pas aperçu le visage de cet homme ?

— Non.

— Où est le gamin ?

Le petit s'était blotti dans un angle de la terrasse et se cachait la tête entre les mains.

— Viens ici, lui lança Sarasvati.

Il approcha, tremblant de tous ses membres. Elle lui prit le menton entre ses doigts, presque maternellement :

— Et toi, tu l'as vu ?

— Oui..., balbutia l'enfant.

— D'où venais-tu ?

— Le rajah m'a emmené ce matin pour faire combattre les éléphants.

— C'est exact, confirma le chef des gardes.

— Alors, dis-moi, comment était ce mage ?

L'enfant hésita un moment :

— Il n'est pas des nôtres, princesse.

Elle arqua les sourcils, étonnée.

— Pas des nôtres ? Et comment cela ?

Enhardi, l'enfant parla d'une voix plus assurée :

— Il avait le visage paré et maquillé comme la statue de Khrishna le jour de sa fête.

— Ah ? dit Sarasvati en se penchant sur le cadavre. Madecji ! Tu es un étranger, un homme de guerre, et tu ne crains pas de te souiller en touchant les cadavres. Ouvre donc la robe du mage ! Elle souriait toujours, comme illuminée d'une certitude. Madec repoussa les mouches à son tour et se mit à défaire le col de la robe dorée. Le corps commençait à sentir. Les fils qui retenaient l'étoffe étaient extrêmement fins et noués très serrés. D'énervement, il s'emmêla plusieurs fois les doigts. Le regard de la princesse ne cessait de le suivre, et cela lui pesait. Il parvint enfin à écarter le lourd tissu.

— Arrête-toi, dit alors Sarasvati. Je sais ce que je voulais savoir.

Elle ne riait plus. La robe avait découvert le corps d'un Blanc.

— C'est un Anglais, dit Madec. Ce ne peut être qu'un Anglais.

— Un Anglais ? Comment dites-vous ces choses, vous autres firanguis ?... *An-glais*...

— Un firangui à veste rouge, princesse.

Il ne savait comment lui parler. Sarasvati éclata de rire :

— Et comment fais-tu, Madec, pour reconnaître un firangui *anglais* d'un homme de ton pays ? Nu, il était tout blanc, et semblable à toi, j'imagine ?

Madec rougit :

— Il avait des cheveux roux... Et puis son teint, plus pâle que le mien. Il devait avoir les yeux verts, ou bleus.

— Toi aussi, tu as les yeux bleus.

Il ne put répondre. Elle le regardait bien en face, dans le soleil, et la gorge de Madec s'était soudain nouée. Il la contempla longuement et lui tendit l'aigrette du rajah. Cette aventure se termine ici, pensait-il, elle va prendre l'aigrette et me renvoyer. Elle la prit en effet, et elle exulta :

— Il t'a remis son pouvoir !

Le Diwan arriva à cet instant précis :

— Princesse ! êtes-vous folle ?

Elle le toisa.

— Êtes-vous folle pour vous aveugler ainsi ? reprit-il d'un ton un peu plus humble. Qui vous dit que le firangui ne l'a pas arrachée du turban et qu'il n'est pas des conspirateurs ?

Il désigna le cadavre à demi dénudé de l'alchimiste :

— D'ailleurs, l'assassin est un firangui !

Il était déjà prêt à dégainer son poignard. Sarasvati s'interposa :

— Non.

Toujours la même voix posée, et ces yeux qui vous transperçaient jusqu'à l'âme.

— Non, répéta-t-elle.

— Ainsi, princesse, vous avez perdu toute méfiance !

— Garde à toi, Diwan ! Une méfiance de plus envers lui, et tu mourras à ton tour sous les pas des éléphants !

Le Diwan se confondit en excuses.

Chose étrange cependant, l'incident n'avait pas diminué le prestige de Madec. Il en était même sorti grandi. Jamais pourtant il n'avait imaginé qu'il pût être protégé par une femme. Mais s'agissait-il vraiment de protection ? « Une méfiance de plus... » avait-elle dit. L'aimait-elle, lui, le petit soldat à peine échappé des armées anglaises ? Et pourquoi, depuis ce mot, était-il soulevé de joie ? Se trompait-il, ou la langue indienne lui jouait-elle des tours ? C'était un sentiment très curieux ; la certitude d'un partage, d'une égalité, en un pays qui ne connaissait qu'une hiérarchie démultipliée à l'infini, brahmanes, intouchables, guerriers, castes et sous-castes. Jusqu'au moment où Bhawani lui avait tendu l'aigrette, Madec était persuadé n'être que le figurant d'une tragédie qui ne le concernait pas, ou dont il fallait se convaincre qu'il y était extérieur, étranger, firangui, comme ils disaient. En lui remettant l'aigrette, il était persuadé que le rajah lui signifiait son adieu, un simple et terrible adieu. Pour le reste, il n'avait pas osé le répéter à Sarasvati ; et pourtant, dès qu'il lui avait tendu l'aigrette, elle avait compris :

– Garde-la, Madec. C'est ta force. Mon fils a besoin de ta protection.

Le symbole était donc limpide. La princesse aurait pu l'ignorer. Or elle l'avait accepté, avec une sorte d'allégresse qui le gagna à son tour : la dame de Godh le reconnaissait comme un pair.

⁂

Dans le palanquin, il se retourna. Derrière l'éléphant royal, hissé sur un chariot et enveloppé d'un suaire reposait le cadavre de Bhawani, qu'on emportait vers la ville. Rien ne permettait de le savoir. Non seulement les ordres de Sarasvati avaient été scrupuleusement respectés, et rien n'avait filtré du drame, mais elle avait aussi exigé qu'on recouvrît le corps d'un amoncellement de fleurs, afin que rien ne permît de distinguer si le mort était un adulte ou un enfant. La garde du palais de plaisance suivait le chariot, puis les soldats de Madec, et des bœufs traînant des canons, qui fermaient la marche. Étonnés par cet équipage peu commun, des paysans se retournaient parfois. Hier encore, ils jouaient sur le passage du cortège royal, aspergeant les éléphants et les bayadères d'eau colorée. Ils avaient abandonné leurs vêtements de fête, repris le travail avec un air un peu las.

– L'eau va manquer, commenta Sarasvati.

Elle s'éventa doucement. Il était presque midi, on arrivait aux portes de la ville. Elle se retourna un moment, jeta un dernier regard au palais du lac. Elle était soudain redevenue grave.

– L'astrologue... Il n'avait pas consulté l'astrologue, murmura-t-elle, le visage crispé. A cet instant, Madec crut qu'elle allait pleurer. Ses lèvres tremblaient imperceptiblement. Elle froissa les plis de son sari blanc puis retrouva son calme avec une sorte de défi dans les yeux. Où allait-elle chercher tant de force ? Demeurait-elle la même que cette jeune femme un peu gracile pour qui il avait battu montagnes et déserts ? Si, pourtant, elle était pareille... Les épaules plus pleines qu'en ce temps-là sans doute, le contour des lèvres plus ferme, et plus douce la ligne des seins sous le boléro. Il eut peur, à nouveau. Envie de fuir, de s'en aller au triple galop. Pour aller où ? Chez le jésuite, à Agra ? Il se rappela alors sa phrase : « Ce pays est malsain. » Malsain. L'homme à robe noire avait raison. De la nuit Madec n'avait fermé l'œil, tiraillé entre son amitié pour le rajah et la force irrépressible qui le portait vers Sarasvati. Et voici qu'au matin, et sans qu'il y fût pour rien, le rajah était mort, bel et bien mort ; et lui, Madec, assis contre les hanches à moitié nues de cette princesse qu'il désirait depuis des mois et qui soudain lui susurrait des confidences, lui glissait des secrets, lui parlait comme à un égal.

« Cela ne durera pas, pensa Madec. Je n'ai pas le courage de fuir ; et donc je mourrai ! »

Mourir à Godh. La rampe décrivit son dernier coude et il fut bousculé.

— Déjà..., chuchota-t-il, puis il leva les yeux.

— Que dis-tu ? lâcha la princesse et il trembla rien qu'à l'entendre. Nous voici arrivés, c'est maintenant que tout commence !

Son visage, une fois encore, se crispa. L'éléphant se rangea devant la balustrade. Madec tendit la main à la jeune femme pour l'aider à descendre, mais elle le repoussa.

— Rangez l'éléphant ! cria-t-elle au cornac. La bête, d'un pas lourd, se plaqua contre le mur. Sarasvati descendit jusqu'au chariot, leva les yeux vers les balcons. A ce moment du jour, la lumière aveuglait, on voyait mal. Les troupes et les canons arrivaient par-derrière et se rangèrent à leur tour. Le silence était écrasant. Rien ne bougeait au palais, qui semblait presque vide, creux, tel une illusion de magicien... On attendit. Le soleil brûlait. Personne ne bougeait. Instinctivement, Madec s'était placé aux côtés de Sarasvati, malgré le refus qu'elle avait opposé à sa main. Son bras frôlait le sien, et sa taille nue touchait ses doigts. Elle ne tressaillit pas, semblait même s'abandonner. Elle était accessible.

Aux fenêtres du zenana se profila enfin une forme très maigre, en habit de fête, une mousseline dorée qui resplendissait dans le soleil. Elle leva le store d'un mouvement sec et examina longuement les nouveaux arrivés. On ne distinguait pas ses traits, mais bientôt elle éclata d'un grand rire : une hyène, et tous la reconnurent.

— Première Épouse ! s'exclama Sarasvati. Première Épouse, voici ton œuvre ! Elle souleva le suaire d'un seul coup. Avec l'étoffe retombèrent les colliers de fleurs. Ce fut alors un long gémissement. Un cri dont on ne sut jamais s'il était de terreur, de dépit ou de désespoir.

Toute la journée qui précéda les funérailles, Sarasvati ne cessa d'ordonner, d'exiger, de régenter. Elle refusa de regagner le zenana, prétextant que la présence de la première épouse l'incommodait. Tout le monde s'était étonné : rien n'était plus simple que d'assassiner sa rivale ; un peu de poudre de diamant glissée dans l'eau du thé, ou bien un garde complaisant introduit de nuit dans le zenana, un verre de poison, un coup de poignard, et tout était réglé. Personne n'aurait ignoré d'où venait la mort, mais nul n'aurait songé à y redire : dharma ! La première épouse avait voulu tuer l'enfant de Sarasvati ; le complot avait échoué, l'assassin s'était trompé de cible, dharma, dharma ; elle méritait donc de mourir ; la quatrième épouse ne pouvait quand même pas lui offrir la satisfaction des veuves, lui laisser la grâce du sati, lui permettre de s'immoler sur le bûcher du rajah ! Contre toute attente. Sarasvati laissa sa rivale en vie. La nuit entière, elle conféra avec l'astrologue, au pied du trône en forme de soleil où Bhawani s'asseyait pour les audiences. Elle avait renvoyé le Diwan à ses petites esclaves, lui en offrant même trois supplémentaires, choisies dans la fine fleur des servantes du zenana, et dont l'une, à ce qu'on disait, était encore vierge. Le Diwan, dont on connaissait bien les travers, l'avait remerciée avec enthousiasme de ces faveurs inespérées par temps de deuil, et il s'était éloigné à grands pas haletants le long des galeries.

L'astrologue avait tout approuvé. Dès son retour, prévenu par les soins de la princesse, il ne l'avait pas quittée, et ne cessait de la regarder en hochant la tête avec un air de fatalité tranquille. Madec s'était alors rembruni. Ordres, conciliabules, objections du brahmane, chuchotements, puis ordres à nouveau, les serviteurs allaient et venaient, s'inclinaient devant la princesse, couraient obéir au premier de ses souhaits. Madec n'avait plus d'existence, il le sentait bien. Il demeura pourtant à la contempler jusqu'au soir, assis sur un coussin dans un coin du Diwan-i-Am, ne sachant que penser, s'il fallait trouver dans cet anéantissement de l'être le secret du bonheur ou, au contraire, se révolter d'être réduit à l'état d'objet. Le soleil n'était pas couché que la voix flûtée de la princesse mit fin à ces considérations. On la pria de se retirer, et il s'éloigna dans les galeries, écrasé de solitude, jusqu'à une chambre de marbre ouverte sur la plaine où ne l'attendait cette fois nulle esclave. Il l'aurait souhaité : pour passer son désir sur le premier corps venu, et se convaincre à jamais de l'indifférence de Sarasvati. Il eut un moment de rage, mais la fatigue fut la plus forte ; il s'endormit presque aussitôt. Un serviteur le réveilla avant l'aube.

– Les funérailles, sahib... Comment il revêtit à son tour des habits de deuil, par quel mystère il se mêla au cortège sans qu'on lui prêtât la moindre attention, et comment se déroula la cérémonie jusqu'à ce geste affreux qui lui soulevait encore le cœur, il n'en garda pas le moindre souvenir. Tout s'était passé dans une sorte de demi-sommeil ; la pénombre ouatée du petit matin n'y fut pas étrangère. Il avait parcouru au milieu des autres les rues de la ville, jusqu'au terrain de crémation, au bord de la rivière. On l'empêcha de s'approcher, de peur que sa condition impure de firangui ne souillât les obsèques. Il s'arrêta sur un petit tertre, d'où il vit toute la scène. Les rangs serrés des femmes, blanches et calmes devant les bois bruns du bûcher, c'est tout ce qu'à présent il gardait en mémoire ; enfin Sarasvati, la plus belle de toutes. Elle serrait son fils dans les plis de sa jupe, contre son ventre. On tendit à l'enfant une torche résineuse. Il ne sut d'abord qu'en faire et interrogea sa mère avec des yeux surpris. Elle se pencha vers lui, lui désigna du doigt le corps de son père, tout enveloppé d'un suaire de safran. Le brahmane était là, qui récitait des formules incompréhensibles, répandait de part et d'autre de la paille et de l'eau. Il présenta à l'enfant quelques plats de riz ; Gopal les posa près du corps ; enfin il approcha la torche du bûcher et mit le feu en trois endroits différents, selon les prescriptions du prêtre. La flamme prit sur-le-champ. Le bois crépita. Personne ne bougeait, et Madec trouva la scène extrêmement sereine. « Ce n'est donc que cela », pensa-t-il. Les flammes se propageaient très vite, une fumée âcre se dirigeait vers la rivière. Il rêvait.

Soudain, il y eut un mouvement dans les voiles des femmes. Ce fut un geste lent, imperceptible, mais très assuré. Une à une, elles s'écartaient, avec une grâce languide qui lui parut extraordinaire. A cet instant, il les jugea très belles. Mais son regard appelait la comparaison, et il chercha, comme à l'accoutumée, la silhouette de la princesse. Sarasvati était restée seule au premier rang. Droite, impitoyable, un roc. Cependant, derrière elle, les femmes se réunissaient, s'agglutinaient les unes aux autres, puis s'avancèrent, comme pour un assaut. Elles la poussèrent. Elles n'étaient plus qu'une seule masse blanche, une seule force cachée sous les saris de deuil, et qui poussait, poussait, avec une force incroyable. Sarasvati vacilla. Un instant, Madec crut qu'elle allait s'écrouler dans le brasier et faillit se précipiter. Mais non, elle tenait, elle résistait, corps tendu dans l'autre sens, avec une force démesurée, elle aussi, pour refuser la mort qu'on lui voulait, la mort des femmes. Une à une, comme vaincues, les formes blanches reprirent leur place. Sarasvati était blême. Mais elle avait gagné.

Alors se détacha du groupe une forme malingre, un peu voûtée. Madec la reconnut aussitôt : c'était la première épouse. Sur le côté du bûcher, on avait ménagé un petit renfoncement, vers lequel elle se dirigea d'un pas tranquille, la tête couverte d'un châle de Cachemire et parée de tous ses bijoux. On lui tendit de l'eau, qu'elle but d'un trait, puis elle mâcha une feuille de bétel. Enfin elle s'assit dans la cache, et l'on tira sur elle un panneau de bois. Les femmes commencèrent à hurler, de joie ou d'horreur, Madec n'aurait su le dire. Les assistants se mirent à tourner autour du bûcher en tous sens; les instruments les plus divers résonnèrent, dans une atroce cacophonie. De temps à autre, la fumée capricieuse se rabattait sur le sol, et Madec apercevait alors Sarasvati, imperturbablement droite et sereine, son enfant serré sur son sari blanc. Enfin un homme se précipita sur le bûcher, muni d'un petit marteau brillant, pour casser les os du crâne du rajah, afin de libérer son âme et lui permettre de retrouver l'Unique, l'Inaltéré Brahman. C'en fut plus que Madec ne pouvait supporter. Il tourna les talons puis courut d'un seul trait jusqu'à la citadelle. Il n'était pas rentré au palais qu'un messager lui intimait l'ordre de la princesse de la retrouver près du bûcher à la nuit tombante.

⁂

Tandis qu'il errait aux parages du champ funéraire, Madec cherchait encore la raison du rendez-vous. On ne pouvait imaginer lieu plus macabre. L'endroit était jonché de débris de la cérémonie, guirlandes arrachées, piétinées, grains de riz éparpillés, bols d'offrande cassés. Le bûcher fumait encore, avec un relent de chair roussie que n'avaient pas dissipé le santal et l'encens répandus à profusion. Le soir tombait sans apporter la fraîcheur. Madec s'approcha de la rivière. Elle avait encore baissé; il contempla la plaine; elle se desséchait lentement, lui sembla-t-il. Et lui, n'était-il pas en train de se dessécher, à force d'aimer cette princesse capricieuse et imprévisible, dans un univers semblable à ce qu'elle était, doux et cruel tour à tour ? Et d'abord, pourquoi ce rendez-vous ? N'y avait-il pas plus urgent à faire : envoyer des hommes aux marches de la province, pour surveiller les frontières ; doubler les gardes au palais pour parer à tout nouveau complot ; les cieux à interroger. Et à peine veuve, elle le faisait mander, sur le champ même où on avait brûlé son époux !

Fragile, fragile et forte Sarasvati. Il ne la comprenait pas, mais il ne l'en aimait que plus. Madec souleva une bûche à demi consumée. Quel sang-froid, ce matin, dans le petit jour, quand on avait dressé sur le bûcher le corps de Bhawani. Droite, blanche au milieu des femmes, plus endeuillée que toutes, tant elle était plus droite et plus blanche.

La découvrant pour la première fois dans un sari immaculé et privée de tout bijou, il avait alors conçu l'idée de ce que pouvait être sa nudité ; mais cela pour autant ne lui rendit pas Sarasvati plus proche. Jamais, en tout cas, il n'avait pensé qu'il la rencontrerait si vite. Le soleil baissa encore ; il pensa qu'elle ne viendrait pas, se mit à piétiner une bûche calcinée. Elle ne viendra pas, elle se moque de moi, elle veut observer jusqu'où je peux m'avilir pour elle, elle est à m'épier du haut de la citadelle, et elle rit, elle rit. Il allait sortir du champ funéraire quand il la vit s'avancer au milieu du chemin.

Elle arrivait enfin, tous voiles déployés dans le jour qui baissait. Elle s'était vêtue de coton, une très commune mousseline rouge qui la confondait aisément avec les paysannes. Dès qu'elle fut parvenue auprès de Madec, elle défit le tissu qui dissimulait son visage, l'étendit sur le sol, puis elle déposa un petit panier et trois lampes qu'elle alluma :

– Viens !

Il n'osait bouger. En soulevant son voile, elle avait dégagé l'énorme masse de sa chevelure, que nulle tresse ne retenait ; par vagues, l'une après l'autre, les mèches retombèrent lourdement le long de ses hanches.

– Viens !

– Princesse... Tu es seule. N'as-tu pas peur, toi aussi, de mourir ?

– Je ne mourrai pas.

Elle parlait toujours du même ton ferme et tendre.

– Allonge-toi.

Il ne fit pas un geste :

– Qu'attends-tu de moi ?

Elle le regarda d'un air surpris :

– Et toi, qu'attends-tu de moi, que je n'attende de toi ?

Ce devait être un piège. Il refusa à nouveau de prendre place sur le voile :

– Je connais un peu les usages de ton pays. Veuve, une femme indienne est maudite ; malheur à qui la convoite, malheur à qui la suit.

– J'ai refusé le sati, Madec. Je veux une grande et belle vie !

Elle parlait maintenant comme on défie un adversaire, comme on mène des hommes à la bataille. Il se souvint alors de la cérémonie du matin, des femmes qui la poussaient et de son immense tension pour résister à leur élan.

— Je l'ai décidé dès que j'ai vu le cadavre de Bhawani, Madec, sache-le ! La malédiction n'est pas pour moi. Elle est bonne pour la première épouse. Du reste elle n'a accompli que son devoir de première épouse, le suivre dans la mort. Quant à moi, j'ai décidé de vivre. J'ai un fils. Il n'y a pas d'homme au palais. Je serai l'homme. Je suis une Radjpoute, une Kshatrya !

— Et le Diwan ? Et l'astrologue ?

Elle sourit :

— Le Diwan n'est qu'un vieil amolli. Quant aux astrologues, il faut que tu sois un firangui pour ignorer qu'ils sont hommes de science, non d'action.

— Tu as donc besoin de moi ?

Elle inclina la tête de part et d'autre, et ses bijoux, qu'elle avait remis depuis le matin, tintèrent doucement !

— Besoin de toi, besoin de toi... Je ne comprends pas ce que tu veux dire.

Elle planta ses yeux dans les siens :

— Il faut se taire, Madecji.

Il s'étonna de la distance reprise dans cet inattendu « Madecji ». Une bûche achevait de se consumer, et elle crépita soudain. Il baissa les yeux. Tout était signe ici, tout parlait un langage qu'il ne parvenait pas à déchiffrer. Mais comment demander des explications ? L'instant était magique, fragile, il ne voulait pas le détruire. Il y avait tant de choses pourtant qu'il cherchait à comprendre : l'étranger, blanc comme lui, qui avait assassiné le rajah sous cet accoutrement grotesque d'alchimiste ; le *sati* de la première épouse, les femmes qui avaient poussé Sarasvati, et surtout son refus du bûcher, le mystère de cette princesse si sereine, si calme, si froide dans le deuil.

Froide ? Non, elle ne l'était pas. Ou ne l'était plus. Car elle tendait les mains vers lui, posées l'une sur l'autre dans l'attitude du salut ou de la prière :

— Madec !

— Sarasvati...

— Il est deux sortes d'amour, lui chuchotait-elle dans le soir. L'amour *svakiya,* qui est union légitime, et l'amour *parakiya,* qui ne reçoit pas l'assentiment des autres. Madecji, notre amour est *parakiya,* et il n'en sera que plus beau.

— *Svakiya... parakiya...* répéta Madec en s'asseyant sur le sol.

Il évita soigneusement de toucher au voile qu'elle avait étendu. D'un moment à l'autre, il le savait bien, il n'y résisterait plus, mais il voulait repousser cet instant le plus loin possible. Il saisit un morceau de bois calciné, encore tiède sous les doigts. Il tremblait :

— Ne me parle pas de l'amour !

Elle ne tressaillit pas :

– La voie de l'amour est étrange, Madec. Dès que s'y pose le pied, le corps est saisi de faiblesse. Si tu désires l'amour, laisse-lui toutes tes pensées. La gazelle folle de musique brave la mort et s'aventure dans les pavillons de chasse où chante la vina. La phalène amoureuse de lumière sacrifie son corps en tournant autour de la flamme. Au crépuscule, l'abeille reste prisonnière de la fleur qui se referme, et, tu l'as bien vu, l'oiseau *chakor*, dans sa passion pour la lune, se met à manger de la braise.

Sa voix s'adoucissait à chaque mot ; elle lui caressait les mains, le visage, les cheveux.

– Les fous qui fuient les femmes n'obtiennent que des fruits amers ! D'ailleurs, on ne résiste pas à Kamale, dieu de l'amour. Le jour où les hommes honorables maîtriseront leurs sens, les montagnes traverseront l'océan à la nage ! Et, ajouta-t-elle avec un petit regard coulé, ce que femme entreprend dans sa passion, Brahma lui-même n'a pas le courage d'y mettre obstacle.

Il la repoussa :

– Que veux-tu dire ? Que je suis ici ton prisonnier et que je dois mourir pour toi, comme ces malheureux serviteurs qu'on a torturés ?

Les mots s'étranglèrent dans sa gorge. Il n'avait pas fini sa phrase que sa colère s'était muée en désespoir. Elle allait se lever sans doute, reprendre cet air impérieux et souverain qui ne la quittait plus, ramasser ses voiles, l'humilier une dernière fois ; et il mourrait sans l'avoir possédée. Possédée ! Mais tenait-on jamais une femme pareille ? Bhawani lui-même l'avait-il un jour dominée, réduite, annihilée ?

Elle va partir, se dit-il, et les larmes lui vinrent. A son grand étonnement, Sarasvati continua à le caresser ; ses mains délicieuses s'attardaient à son cou :

– Combien sont étranges les voies du destin... Il me l'avait bien dit, mon guru, aux temps anciens où il me donna au vieux rajah de Godh. « Peut-être voudra-t-il faire de toi son épouse et il faudra te soumettre. Mais il est vieux, il mourra vite. Alors, le jour où viendra pour toi le deuil, me disait-il, romps la chaîne des conventions. Tu portes en toi la force, Sarasvati, tu es toute *vajrapani,* il faut la donner à un homme, un homme que tu aimes. Ne fais jamais sati, ces choses-là sont bonnes pour les faibles femmes. Toi, tu es une porteuse d'énergie. » En ce temps-là je n'avais d'yeux que pour Bhawani, je n'y ai rien compris ; s'il était mort alors, je l'aurais suivi sur le bûcher comme la première épouse. Il avait raison, le guru, les femmes du zenana sont molles et sans courage. Elles ont voulu me jeter au bûcher, parce qu'elles savaient que je voulais vivre. Vivre pour Gopal... Pour Godh. Pour moi aussi.

– Je les ai vues. Comment as-tu fait pour résister ?

Il leva les yeux vers elle, se mit lui aussi à caresser son visage. Elle poursuivit :

– Je reviens de loin, Madec, sache-le. Quand j'ai accouché de mes jumeaux, j'ai failli mourir. Elles, les femmes, elles m'avaient envoyé les raksas. J'ai tenu. Mes enfants sont morts, mais moi j'ai tenu.

Les raksas... Encore un mot que Madec ne comprenait pas. Il ne s'attarda pas. Ce qui le troublait davantage, c'était la conspiration des funérailles.

– Mais ce matin ? Que voulaient-elles ?

– Peu importe. Je vivrai, on ne me tuera pas. Dharma ! Ce qui devait arriver est arrivé. Ce qui doit arriver arrivera ; et...

– Et ?

Elle se pencha sur lui, détacha un à un les boutons de sa robe, dénoua les plis de la ceinture :

– Ce qui est en train d'arriver est également en train d'arriver.

Et elle éclata de rire.

Om ! Om, répéta plusieurs fois la princesse, puis une série de syllabes qu'il ne comprit pas. Madec ouvrit les yeux, la prit doucement sous son bras, releva sur ses seins la mousseline rouge, interrogea son visage. Ses traits étaient transfigurés. Plus sereins, plus lisses, plus doux que jamais. Et sa voix continuait à roucouler :

– Le joyau dans le lotus, Madec !

Elle battit lentement des cils, puis s'assoupit un long moment. Le joyau dans le lotus : cette fois, il avait compris... *Maithuna,* lui avait-elle glissé tout à l'heure, je sens que nous allons le connaître ! Sais-tu que nous construisons toujours nos temples à l'endroit où un homme et une femme ont atteint le maithuna ?

Il avait ri, sans plus penser qu'ils étaient allongés entre les restes des bûches.

– Eh bien, nous l'aurons donc.

Et il avait baissé les yeux vers l'endroit de son corps qu'elle venait d'appeler lotus. Elle continuait à somnoler ; les étoiles se levaient une à une. La journée était abolie. Un peu de fraîcheur montait de la rivière. Il rejeta la tête en arrière, sourd à tous les bruits de la nuit indienne, les hurlements des chiens errants et le ricanement des chacals. Il la tenait enclose au creux de ses bras, et le rythme de sa respiration tranquille lui suffisait. Ses oreilles en bourdonnaient presque.

Elle s'éveilla enfin, d'un seul coup, toute vive :

– Approche la lampe, que je te voie encore !

Il rougit. Il n'était pas habitué à pareille inquisition. Tout à l'heure, quand étaient tombés les derniers vêtements et qu'il s'était penché sur elle, il avait été décontenancé de sa soudaine autorité : elle l'avait saisi aux poignets, contraint à rester un moment assis devant elle, également assise, qui continuait à le masser ou le caresser, il ne savait plus.

A la surprise succéda une sorte de colère : qu'attendait-elle de lui ? Et son désir à lui courait grand risque, à se prolonger ainsi dans les mignardises. Les femmes indiennes qu'il avait connues jusque-là ne connaissaient pas pareilles manières ; il est vrai qu'il n'avait jamais connu que l'occasion de les violer ou de les payer. Cependant... les minutes passant, il avait cru comprendre. Non seulement sa vigueur ne s'évanouissait pas, mais il lui sembla même qu'elle s'en accroissait. C'était extrêmement curieux. Sarasvati ne cessait de parler, puis s'arrêtait de temps à autre pour corriger l'inclinaison d'une hanche, le dessin d'une cheville, le parcours de sa main. Il s'abandonna et la contempla à l'œuvre; dans ses gestes, il ne vit plus bientôt le savoir-faire d'une femme experte, mais l'application illuminée d'une artiste; il se souvint alors du premier soir où elle lui était apparue : une danseuse. Il s'était souvent demandé comment elle s'exerçait à ces figures subtiles et acrobatiques, et maintenant il le savait : dans l'amour, bien sûr, dans l'amour.

Ce fut en effet une danse; il la suivit sans aucune peine, et bientôt à son tour se mit à inventer, et c'était lui qui la saisissait aux poignets, aux épaules, aux chevilles.

— Tu ne regardes pas mes pieds, lui dit-elle enfin d'un air un peu Triste. Regarde, regarde les beaux menhadis que j'ai dessinés pour toi, en dépit de tous mes devoirs de veuve!

Il souleva la lampe à son tour, inspecta un à un les dessins qu'avait tracés le pinceau ; et il sut alors qu'elle était près de défaillir. Elle murmura pourtant encore :

— Sens, oh! sens, Madec, le serpent Kundalini qui se lève en toi et remonte jusqu'à ton esprit.

Puis elle commença à gémir, ou crier, ou chanter, il ne se souvenait plus. Il était désormais un peu las. Las, repu et tranquille.

Sarasvati continuait à promener la lampe sur son corps, s'arrêtant parfois à une cicatrice, et surtout à la lisière de ses mains et de ses bras :

— Comme ta peau est blanche... Ta main elle-même, brûlée par le soleil, est plus pâle que la peau de mes cuisses. Et pourquoi n'as-tu pas de bijoux? Tu ne portes donc pas l'amulette de ton dieu préféré?

— Je n'ai pas de dieu préféré.

— Comment? Mais sans amulette il ne peut pas te protéger.

— Laissons cela.

Elle eut un œil intrigué, puis reprit son air serein :

— Tu as raison. Nous aurons le temps.

— Le temps de quoi?

— Tu me raconteras les Eaux Noires, répondit-elle en se relevant.

Madec la suivit. Elle ramassa la mousseline rouge qui s'était un peu déchirée; elle la drapa cependant autour d'elle sans qu'il y parût. Il n'y eut pas un adieu. Il ne voulut pas la regarder s'habiller; il détourna la tête; chaque bijou qui tintait, le bruit léger du tissu qui retrouvait ses plis, il la sentait déjà qui s'éloignait de lui. Enfin, elle leva à nouveau la lampe :

— Madec...

Elle allait dire un mot, puis se retint. Elle se retourna, légère, tranquille, et partit à travers les bûches calcinées.

A la lisière du champ, Madec crut voir une forme accourir à elle. Il se précipita. Elle le repoussa :

– C'est un garde.

D'un seul mot, Sarasvati était redevenue la dame de Godh et remontait vers le palais d'un pas souverain.

Le reste de la nuit, Madec ne cessa d'errer sur le champ funéraire. Désormais, il entendait les chacals et les chiens. De temps à autre, il soulevait une bûche encore chaude et l'éparpillait en soupirant. La lune se leva bientôt, pleine et blanche. Elle avait perdu le halo des jours précédents. L'exaltation de Madec était si grande qu'il passait d'une minute à l'autre d'une joie extrême au plus noir désespoir. Il se sentait perdu, une fois encore, au cœur d'un monde qui lui échappait de plus en plus, où cependant il rêvait de se fondre, s'oublier, s'endormir et peut-être mourir. L'instant d'après lui revenait le sourire de la princesse après l'amour, et il voulait vivre. Tant de passions contradictoires l'achevèrent.

Aux dernières heures de la nuit, il s'arracha à ce lieu qu'il commençait à trop aimer pour se diriger vers son camp. Il franchit la rivière, réveilla la sentinelle assoupie, demanda une tente. Avant de soulever la toile, il se retourna vers Godh. Le ciel commençait à bleuir, et pâlissait la lune. Il distingua vaguement dans l'aube naissante les arêtes dures du *Jantar Mantar*, puis il rentra sous la tente, sans voir la silhouette menue de l'homme qui se tenait à son sommet. C'était Mohan, le brahmane astrologue. Toute la nuit, il avait interrogé les astres. Mais souvent son regard s'était brouillé ; quelque chose l'appelait vers le bas quand il aurait dû contempler le haut. Car dès minuit, à l'heure où se leva la lune, il s'était mis à pleurer en décomptant les étoiles. Et il répéta : « Dharma, dharma... Car il le faut ! »

CHAPITRE XVII

Avril, mai, juin 1764

Godh, mois de Vaisakha, Jyestha, Asadha de la même année

Le printemps passa comme un songe. Il était mort très tôt, rongé par la chaleur. Sur l'eau des bassins se fanèrent les lotus, et il n'y resta plus que des flaques saumâtres où des graines envolées achevèrent de pourrir. Et il ventait ; un vent ardent qui venait des montagnes, un vent de peine et de poussière ; un vent qu'on eût dit de sel, tant il brûlait la peau. C'était la mousson qui se préparait. Le paysan penché sur son champ, le sadhu des chemins, la lavandière au bord du lac, les notables amollis du palais, tous se posaient la même question : « Et si la mousson ne revenait pas... » « Non, cela ne se peut, songeaient-ils aussitôt. Il faudrait pour cela que le dharma fût souillé... » Et ils interrogeaient anxieusement le ciel privé d'oiseaux. Dans les jardins du zenana s'endormaient les paons, et les perruches s'étaient tues. De temps à autre, une jeune fille inquiète saisissait sa vina, chantait quelques instants un raga du temps de l'avant-mousson, le cobra qui se dissimule dans sa trompe et le tigre qui s'endort dans son ombre. Mais vite elle s'arrêtait, car la fatigue était la plus forte.

Le palais de Godh s'assoupissait lentement. Mais c'était d'un sommeil léger de bête menacée. Si le dharma était souillé... Alors le regard s'en allait errer du côté du Diwan-i-Am, là où, contre tous les usages, Sarasvati s'obstinait à vivre, son fils Gopal accroché à son sari blanc. Elle avait repris le deuil, en effet ; et tout le monde feignait d'ignorer l'éphémère mousseline rouge et le soir du bûcher. Sitôt soudoyés, les gardes avaient parlé ; quelques piécettes généreusement distribuées aux intouchables qui gardaient le champ funéraire avaient eu raison d'un silence sur lequel, du reste, la princesse n'avait jamais compté. La riposte ne tarda pas. Le lendemain même, alors qu'elle venait de la rivière où Gopal, selon la coutume, avait brisé l'urne contenant les cendres de son père, les servantes lui proposèrent un lassi un peu amer, qu'elle but pourtant jusqu'à la lie. Elle souriait ; elle demanda même qu'on lui en versât encore. Elle tendit alors le verre plein au premier venu, qui se trouva être le Diwan. Il blêmit, fut pris de tremblements, bredouilla que ses femmes le réclamaient, que l'une d'entre elles était en passe d'accoucher, que si c'était un fils... « Bois », répéta la princesse, et l'on vit bien alors qu'elle était pâle aussi, « bois, vieux et sale obèse mou, ta chair n'est déjà que pourriture, et les chacals eux-mêmes n'en voudraient pas » !

Sa belle voix ne masquait pas la portée de l'insulte ; il fut dès lors évident qu'elle venait de signer l'arrêt de mort du Diwan, dont elle donnait simultanément une très exacte définition : « Tu ne nous as jamais servi à rien, les femmes t'ont usé, repose-toi un peu et bois avec nous ! » Quelques silhouettes dans l'assemblée parurent singulièrement impatientes, non de la terreur du Diwan, mais de la vigueur de la princesse ; on n'avait d'yeux que pour ses joues, qui reprenaient rapidement couleur après s'être ternies un bref moment.

Le Diwan finit par saisir le verre de lassi qu'on lui tendait fort joliment, mais avec une égale autorité. « Avale-le jusqu'au bout », murmurait la princesse. Le ministre n'en avait pas bu les deux tiers qu'à son tour il changea de couleur et vint s'écrouler aux pieds de Madec. Il eut une agonie assez douloureuse ; il se tordit quelques minutes en tenant à deux mains son ventre considérable. Assise au milieu des coussins, Sarasvati ne broncha pas ; puis, jugeant sans doute ce spectacle peu conforme à l'idée de beauté qui l'animait toujours, elle ordonna à l'un des gardes qu'il perçât hors de sa vue l'abdomen encombrant, et le Diwan expira sans autre forme de procès. A la pensée que Sarasvati avait bu le même liquide, Madec ne put se retenir :

— Il faut appeler l'astrologue ! Vite, l'homme de l'ayur-veda, vite !

— Je suis là, intervint posément le brahmane. Sois en paix, Madecji, il n'y a rien à chercher d'autre.

— Rien à faire ?

Il eut un moment d'intense désespoir. Tous les usages, tous les codes de cette cour lui échappaient chaque jour davantage ; on eût dit que la mort du rajah avait brusquement affolé le cours tranquille de la vie du palais, que tout marchait à contresens ; et, malgré le plaisir un peu trouble de l'inédit, il aurait donné tous les diamants de l'Inde pour retrouver le quotidien splendide et prévisible du règne de Bhawani.

Le brahmane s'approcha de lui :

— Regarde, Madecji : elle possède la force.

Tous les courtisans se prosternaient devant elle.

— Elle a vaincu, reprit Mohan. Le poison même lui cède.

Bien des fois, durant les semaines qui suivirent, Madec s'interrogea sur cet incident. Puisés au même vase, le *lassi* du Diwan et celui de la princesse ne pouvaient être qu'identiques ; et d'ailleurs Sarasvati ne le savait-elle pas, qui l'avait tendu au ministre avec un éclair de perversité qui n'avait échappé à personne ? On avait dû sans doute la prévenir, et le brahmane lui fournir un contrepoison. Il tenta plusieurs fois d'éclaircir ce mystère ; la princesse éluda toujours la question, comme s'il ne s'agissait que d'une futilité. Ils n'eurent d'ailleurs qu'assez peu de moments en tête à tête ; chaque fois qu'elle le mandait au Diwan-i-Am, déserté peu à peu par les courtisans qu'abattaient les premières chaleurs, Sarasvati recevait Madec en présence de l'astrologue. Elle était lisse, lisse et tranquille, comme si la nuit du bûcher n'avait pas existé ; les premiers jours, il ne sut que dire. Comment, c'était là la femme qu'il avait tenue dans ses bras, et maintenant elle jouait à la lointaine, elle se plaisait à le rendre jaloux... A la longue, il remarqua cependant que le brahmane avait l'air absent et ne les écoutait pas. Il découvrit alors un nouveau plaisir.

Ils parlèrent. Tandis que derrière les stores montait la chaleur et qu'un jour de plus en plus ardent chauffait les verres colorés des galeries, ils se racontèrent l'un à l'autre leur vie, comme ils ne l'avaient jamais fait. Les trois mois qui précédèrent la mousson, à quelques exceptions près, la réception des émissaires ou les absences obligées de Madec, ils les passèrent dans ces longues conversations, que seuls interrompaient les jeux de Gopal ou les séances de musique. Ils ne se touchaient pas, et, quand on doublait les stores pour filtrer le jour, ils se voyaient à peine. Ils n'eurent jamais autant l'impression de s'approcher davantage. Dans cet amour où les préliminaires avaient été laconiques, l'*après* fut bavard jusqu'à la prolixité. Ils ne se touchaient pas, ils ne se touchaient plus. Sarasvati menait le jeu ; elle paraissait désormais lui refuser son corps, non par l'effet d'une soudaine vertu, mais, semblait-il, dans l'attente d'un événement qui ne se précisait pas encore. D'ailleurs Madec, qui ne voulait plus demeurer qu'à son camp, d'où il remontait tous les jours pour ces palabres voluptueuses, imaginait mal qu'il pût l'étreindre au milieu de ces tentures lourdes de regards mal dissimulés ; il savait bien pourtant qu'il n'y eût couru nul risque depuis que la princesse avait résisté au poison. Il ne tenta rien cependant, ne se plaignit aucunement ; entre eux s'était installé un accord tacite, de ne rien évoquer qui touchât à leur passion, jusqu'à un terme indéfini qu'ils situaient mal et qui était peut-être la venue des pluies. Mais en parlant ils continuaient à faire l'amour ; et leurs yeux, quand ils se croisaient dans la pénombre moelleuse du Diwan-i-Am, avaient des éclairs déchirants comme ils n'en avaient échangé que sur les cendres du champ funéraire. Les mots, simplement, avaient pris le relais de la danse du corps, et dans leurs phrases murmurées ne s'épanouissait plus qu'un seul désir : y contenir la quintessence de leur vie entière. Sarasvati brodait le récit de son passé ; Madec, pour qui toute mémoire commençait à Godh, disait plutôt son âme. Parfois son vocabulaire se montrait défaillant ; la princesse le questionnait sans relâche pour savoir ce qu'il cherchait à exprimer ; et, le plus souvent, elle devinait.

Gopal, qui ne quittait plus sa mère, jouait parfois bruyamment, exigeait caprice sur caprice. Les serviteurs fatigués le comblaient aussitôt, et

Sarasvati, un instant distraite par le tapage, reprenait son sourire et le cours du bavardage.

Le monde « de l'autre côté des Eaux Noires » l'intéressait au premier chef. Un après-midi entier, elle harcela Madec pour savoir comment étaient faites les femmes de l'Europe. Il lui répondit d'abord qu'elles étaient blanches comme lui, « plus blanches encore que ma peau la plus blanche, ajouta-t-il inconsidérément, car elles fuient le soleil comme la peste ». Sarasvati blêmit de jalousie : « Et moi, je suis donc noire ? demanda-t-elle d'un ton qui n'admettait que le non pour réponse. – Pas vraiment », dit Madec qui ne voyait pas venir le drame.

Le brahmane, effrayé, s'arracha à sa méditation. Sarasvati frémissait de tout son corps ; enfin la fureur s'évanouit ; l'espace d'un nouveau frisson, elle redevint femme d'acier. Madec tenta de se reprendre :

– Dans mon pays, c'est la coutume d'être blanche. Les femmes les plus communes le sont, ce qui ne les empêche pas d'être laides.

Il s'enlisait. Elle le contempla avec ironie :

– Vraiment ? Explique-moi cette bizarrerie.

– La beauté n'a rien à voir avec la couleur de peau. Il n'y a pas chez moi de femme qui puisse t'approcher en grâce, fût-elle blanche !

– Fût-elle blanche !

Elle partit d'un grand rire, et il ne sut jamais si c'était de joie qu'il la complimentât, ou de rage de n'avoir point la peau aussi pâle qu'elle la rêvait. Puis elle poursuivit la ronde des questions :

– De quelle caste es-tu ?

Varna : elle avait dit *varna,* couleur, condition.

– Il n'y a pas de caste chez nous. Il y a des États.

– Alors tu es un guerrier, un *kshatrya* comme moi !

Il n'osa pas la contredire. Depuis qu'il était en Inde, comme tous les voyageurs, il avait un peu réfléchi aux milliers de castes qui la divisaient. Il avait appris à respecter les brahmanes, à se méfier des guerriers, à redouter les ruses des marchands, à employer avec mépris les hommes des *sudra*, les gens de service. Il s'était d'abord révolté du sort des intouchables ; c'étaient les premiers Indiens qu'il eût côtoyés à Pondichéry, puisque les chrétiens, avec leur religion qui prétendait les hommes égaux, avaient trouvé en eux des recrues faciles. Avec le temps, néanmoins, Madec avait adopté les préjugés des indigènes, qui repoussaient avec horreur ceux qui les fréquentaient. Aussi la question de Sarasvati le troubla-t-il, et surtout l'affirmation qui suivit : « Tu es un *kshatrya* ! » Dans la France qu'il avait quittée, cela signifiait noble, et noble il ne l'avait jamais été ! Il les avait même tellement haïs, les porteurs d'épée ! Se pouvait-il donc qu'une société pût fonder la condition sur le mérite, puisque enfin le rajah de Godh ne l'avait estimé qu'en ce que Madec lui avait montré de lui-même, bravoure, droiture, efficacité dans les armes ; et, d'une certaine façon, c'était à ce mérite aussi qu'il devait de connaître et d'avoir possédé Sarasvati. Cependant, il voyait bien que c'était là une exception, due sans doute à sa condition de firangui :

l'Inde distinguait les hommes selon leur *jati*, leur naissance, le même mot qu'on employait en Europe. La seule différence était qu'elle multipliait les *jati* à l'infini ; là où l'homme de France, dans sa rude simplicité, distinguait seulement le gueux du sang-bleu, le bourgeois de l'homme d'église, l'Indien établissait des nuances sans fin entre le marchand de riz, celui de bétel et celui des noix de cajou, ne confondait pas le cureur de latrines avec le blanchisseur, ni avec le brûleur d'excréments, encore moins avec le gardien des ongles coupés des rajahs. Qu'était-il donc à présent, lui, Madec, René, de Quimper-Corentin ? Considéré en Inde, parce que inconnu et armé de canons. Mais de retour de l'autre côté des Eaux Noires, que serait-il ? Étranger à l'Inde, il comprit alors qu'il l'était encore plus à l'Europe. Il avait même passé plus de temps en Asie qu'en son pays natal, dont il ne connaissait que deux villes : Lorient, Quimper, et quelques lieues de mer. Les plaines, les montagnes, les autres hommes de ce pays qu'on nommait France, qu'en savait-il ? Et de ses langues, et de ses usages, et de ses princes, et de son roi ? Assurément, il en était ignorant. Alors, pourquoi, lorsqu'on lui disait qu'il était firangui, affirmer avec tant de violence qu'il n'était pas des hommes à veste rouge, et qu'il était français ?

– Que fais-tu, là-bas, pendant la saison des pluies ?

Elle l'interrompait toujours dans ses méditations et revenait sans cesse à cette question. Il avait le plus grand mal à lui expliquer qu'il y avait en Europe quatre saisons ; elle se refusait à le croire et l'arrêtait toujours d'un obstiné : « Et la mousson ? » Madec comprit bientôt l'origine de ce refus. « Votre année ne finit donc jamais ? s'exclama-t-elle enfin, excédée. – Si, notre année finit, lui expliqua-t-il alors. Mais pas avec les pluies. Nous n'en manquons jamais, et nos prés sont éternellement verts. Seulement, en contrepartie, nous avons froid le tiers de l'année, froid comme vous n'avez jamais froid ici, sauf peut-être dans les montagnes. Et il fait noir, noir et gris des mois entiers, noir et froid !

Elle ouvrit grand les yeux, terrifiée ; et le brahmane écouta.

– Mais quand donc commence votre année ?

– Alors vient le jour où nous fêtons la naissance de notre dieu, par une nuit très froide et très longue. Ce jour-là, nous savons que le soleil ne va pas tarder à remonter à l'horizon et qu'il va revenir réchauffer notre vie. Alors commence notre année.

– Et le Holi ? Fêtez-vous le Holi ?

– Nous avons quelque chose qui lui ressemble. Mais tu sais bien que nos dieux ne sont pas les mêmes. Elle hochait la tête :

– Un seul dieu ! Un seul dieu, et qui n'a vécu qu'une seule fois... Comme la vie doit être triste ! Ne préfères-tu pas les nôtres, qui vont d'avatar en avatar, et nos animaux sacrés ?

– Nous n'avons pas le droit d'adorer des animaux.

– Sot que tu es ! Tu ne t'intéresses même pas à Ganesh, qui donne la bonne chance ? Toi qui allais par les routes, ne crois-tu pas que Ganesh t'a protégé, pour te mener ici par deux fois sans encombre ?

Il n'osait pas répondre. Ganesh était sans doute le dieu qu'il connaissait le mieux ; était-il bien certain d'ailleurs de ne pas l'avoir prié, avant de traverser un défilé infesté de bandits ou d'avoir hésité à la croisée d'un chemin ? Mais elle concluait déjà le chapitre d'un air péremptoire :

– Je n'aime pas ton monde étrange, qui torture les sadhu !

L'histoire du Christ l'avait étonnée ; elle ne s'en remettait pas : « Vous l'avez torturé, et donc vous n'avez plus de fous de Dieu ! » Des fous de Dieu, des fous de Dieu ? Madec cherchait dans sa mémoire. Elle disait vrai. Qu'avait-il rencontré sur les chemins de son enfance, sinon des pauvres ou des ivrognes en mal de bateau ? Bien sûr, leurs yeux hagards et fixes pouvaient s'apparenter à ceux des sadhu ; mais ils n'étaient pas pour autant des saints hommes, si c'était ce dont elle parlait. Et du reste, il ne connaissait de la religion que les fêtes carillonnées et le latin des aumôniers de bateau. Alors il secouait la tête : « Non, nous n'avons pas de fous de Dieu », et elle répétait : « Je n'aime pas ton monde étrange ! Écoute plutôt les histoires d'ici ! »

La plupart du temps, néanmoins, elle ne lui racontait pas les aventures des dieux, comme si elle se refusait à les mettre en concurrence avec la geste mystique et douloureuse du sadhu nommé Christ, ou parce qu'il s'agissait aussi de choses trop sacrées pour l'oreille d'un firangui, fût-il Madec. Non ; elle préférait les histoires de l'*océan où se jettent les rivières des contes*, celles-là mêmes que comportaient les récitants ambulants. Madec les connaissait bien ; mais, comme au temps du bateau, il retrouvait un plaisir sans égal à en suivre les délicieuses péripéties ; Gopal à son tour s'arrêtait de jouer, et ils partaient tous trois pour l'archipel lointain du Roi des Perroquets, à la recherche de la Cité d'Or, ou dans les sables du désert, en quête du lac sacré renfermant le Lotus de Cristal. C'étaient, curieusement, des récits assez proches de ceux qu'on racontait sur les navires, des errances sur la mer, au milieu d'îles monstrueuses, serpents ou crocodiles flottants ; ou bien des cités merveilleuses cachées au profond des jungles ou de l'océan, des princesses recluses, et même un roi Pêcheur, qui gardait d'incommensurables secrets. Madec parfois prit le relais, ravaudant dans sa mémoire des bribes d'aventures féeriques, belles sirènes des mers et princes chevauchant. Avec le soir descendaient du zenana des lambeaux de musique ; Sarasvati se levait, enroulait un store entre ses doigts, cherchait dans l'air un peu de fraîcheur. Et puis, royale, elle faisait venir dix servantes. Alors qu'on l'éventait, elle picorait sorbets, sucreries et chapati, puis concluait invariablement des mêmes mots : « Demain, à l'aube, j'irai prier Khrishna, le Bleu Profond ! » A ces paroles, Madec comprenait qu'il n'avait plus qu'à redescendre au camp. Et, tandis qu'il retrouvait les soucis de sa troupe, l'eau qui diminuait aux citernes, le riz qui commençait à manquer, l'attente des vigiles envoyés en éclaireurs jusqu'aux frontières, il se demandait combien de temps durerait cet étrange bonheur.

Un matin – c'était la fin mai, sans doute, ou le début de juin, il ne savait plus, il vivait désormais selon le décompte des mois indiens –, il monta au palais comme à l'ordinaire. La chaleur avait encore augmenté. Il salua la princesse, prononça quelques phrases. La conversation languit dès les premiers mots. Il faisait trop chaud, sans doute ; Sarasvati avait demandé qu'on laissât un peu de ciel apparaître à la galerie, et elle ne cessait d'y guetter un signe, sans écouter une seule de ses phrases. Le signe finit par apparaître :

– Regarde ! Le ciel se plombe. La mousson ne va pas tarder, on dirait.

Le brahmane se tourna vers l'ouverture de marbre :

– Il est trop tôt, princesse.

– Trop tôt ! Alors cela donnera du temps à nos ennemis. A la guerre...

– Qui te parle de guerre ? interrompit Madec. Il faudrait être fou pour attaquer avant la mousson, et je n'ai jamais vu quiconque commettre pareille imprudence !

Elle éclata de rire :

– Mais le frère de Bhawani est fou ! Quant aux Anglais ses amis...

– Je connais la folie anglaise. Ils n'ont jamais attaqué avant la mousson.

– Madec, dit alors la princesse d'une petite voix tendre, il suffit que s'unissent deux folies moyennes pour que l'on connaisse la grande folie.

La conjonction de la beauté de Sarasvati et de ses phrases ironiques et sentencieuses agaçait de plus en plus Madec. Il préféra se taire plutôt que de lui manquer de respect.

– J'aurais cru qu'on nous aurait attaqués plus tôt, poursuivit-elle. Et elle ajouta en se tournant vers Mohan :

– C'est trop tôt pour la mousson, mais trop tard pour la guerre.

Le brahmane conserva son expression impassible. La princesse n'avait pas changé depuis le jour du meurtre. Un peu plus pâle peut-être, à force de réclusion voulue. Madec souhaita un instant retrouver le grand air avec elle, retourner au palais, une chasse peut-être. Mais non ; depuis que s'amplifiaient les rumeurs de guerre, personne n'envisageait plus de quitter la ville. C'était trop dangereux. Le pavillon des montagnes lui demeurerait donc aussi inaccessible que les lieux magiques des contes une seule fois entrevus, jamais retrouvés. Il se leva. Il se sentait brusquement tendu. Ce n'était pas la première fois, pourtant, qu'à Godh on évoquait la guerre devant lui ; à tout prendre, de quoi lui avait-on parlé d'autre, quand on lui avait vraiment parlé ? Mais il croyait la rumeur évanouie depuis la tentative d'assassinat contre Sarasvati ; des semaines entières, tout était redevenu calme, et muets les gens du palais, comme les marchands de la ville. Pourquoi donc Sarasvati choisissait-elle d'y revenir, et même de prononcer ce seul nom haï, quand rien ne bougeait ? Les soupçons. La peur. Les tentures épiées, la nourriture suspectée : avait-elle besoin d'un tel cauchemar ? Madec se dit alors que les jours passés n'avaient peut-être été qu'un long intermède de tranquillité fallacieuse, dont il avait été le seul à goûter la saveur. Il l'observa ; non, vraiment, elle n'avait pas changé. C'était donc qu'il rêvait ou qu'à jamais l'Inde lui serait étrangère.

Il écarta le store et se pencha à la fenêtre. La plaine de Godh, entièrement desséchée, paraissait grise. Les eaux du lac avaient beaucoup baissé, et l'on voyait d'ici les boues laissées sur le rivage. Soudain, il sursauta :

– Voici de la visite, princesse !

Elle tressaillit à son tour. Il est vrai que Madec avait parlé d'un ton grave, un peu nerveux, comme le guerrier qui va passer à l'attaque.

– Des ennemis ? s'exclama-t-elle, en tâchant de garder son calme.

– Je ne sais pas, répondit-il, et il fouilla encore l'horizon.

Un nuage de poussière venait de s'élever sur les contreforts du plateau du Sud, à l'endroit même où la première fois Madec et ses compagnons étaient arrivés en vue de Godh. Mais ce n'était qu'un petit tourbillon, celui qui s'envole sous les pas d'une dizaine de cavaliers, plutôt que la nuée d'une troupe en marche.

– Attendons, attendons, murmura Madec. Ce pourrait être une ruse.

Il ne croyait pas à une attaque. Ses hommes et ses canons avaient été répartis à l'orée de tous les cols, et ils avaient ordre de ne laisser passer personne qui fût armé, à l'exception des marchands, connus des gens de Godh, et qui du reste ne prenaient guère la route par ces temps incléments. Sarasvati se leva à son tour, se précipita à la fenêtre. Elle frôla son bras de sa taille nue, il se retint à grand-peine de la saisir à bras-le-corps. Elle ne s'aperçut de rien ou fit semblant. D'un coup d'œil, elle embrassa le paysage, et elle découvrit la première l'arrivée d'un soldat du guet, de ceux qu'on postait à chaque porte de Godh ; il courait sur la rampe à toutes jambes, mais ne semblait pas affolé.

– C'est une ambassade, soupira-t-elle en rajustant les plis de sa jupe, puis elle regagna les coussins.

– Méfie-toi, princesse, dit alors Madec. Méfie-toi ! Souviens-toi de l'alchimiste.

– C'était un Blanc. Les Blancs ne connaissent rien à la ruse. Nous, nous y sommes passés maîtres.

Le brahmane, dans son coin, continuait à se taire. Quelques instants plus tard, la nouvelle franchissait l'une après l'autre les galeries, et bientôt entra le chef des gardes.

– Des émissaires seront là d'ici peu, princesse.

– Bien. Et de qui viennent-ils ?

– Ils portent l'étendard noir frangé d'or.

Sarasvati se tourna vers le brahmane :

– Mohan, à qui donc appartient l'étendard noir frangé d'or ?

– Non ! interrompit Madec. Non !

Le brahmane se mit à sourire :

– Tu crains donc davantage son drapeau que son armée ? Il n'est pas de nos ennemis, que je sache, l'homme à l'étendard noir frangé d'or. Et quand bien même il le serait, ce ne sont là que ses émissaires.

Le brahmane lui aussi refusait de prononcer le nom fatidique. Madec tâcha de cacher qu'il tremblait ; il se mit à mâcher du bétel, ainsi qu'il en avait pris l'habitude depuis ses visites quotidiennes au palais.

Il sentit sur lui le regard de Mohan, l'esquiva. L'astrologue avait raisonné juste ; après tout, Sombre n'était pas de ses ennemis. Tous deux s'étaient battus pour l'Inde contre les Anglais. Sauf à Buxar. Et c'était bien pourquoi Madec tremblait. Que Sombre l'eût reconnu lors de leur combat singulier, et c'en était fait de lui. Il essaya de réfléchir le plus calmement qu'il put. Les chemins de l'Inde multipliaient tellement les visages ; et tant d'années s'étaient écoulées depuis la petite nuit de Pondichéry. Sombre, en raison de son âge et de son étonnant visage, était facile à identifier parmi les Européens de l'Inde ; mais comment se souviendrait-il, pour sa part, d'un pilotin de vingt ans à peine, lâché sitôt débauché dans les sables de Pondichéry ? Oui, mais qu'adviendrait-il si le projet de Sombre était de porter la guerre à Godh ? « S'il apporte ici la guerre, je le tuerai. Et je mourrai après lui s'il le faut. Mais je ne verrai jamais Godh qu'intacte ! » Il souleva à nouveau le store. Les cavaliers venaient d'atteindre les pentes du plateau et s'apprêtaient à les dévaler pour descendre dans la plaine. A leur tête, comme annoncé, flottait le grand drapeau noir.

Et pourtant, Madec le savait avec certitude, Godh n'échapperait pas à la guerre. Ce n'était plus maintenant qu'une question de jours. A moins que la mousson...

⁂

Dès l'annonce officielle de l'arrivée de l'ambassade, qui eut lieu une heure plus tard, Sarasvati convoya le *durbar*, l'assemblée de tous les nobles de Godh. Elle gouvernait, c'était indéniable. Parents, alliés, vassaux de l'ancien rajah, tous furent mandés pour le lendemain au Diwan-i-Am, et tous s'exécutèrent avec une docilité fébrile et surprenante. Seule Sarasvati n'en paraissait pas étonnée ; elle menait son affaire comme si de toute éternité elle avait percé le cours des choses et continuait à sourire d'un air à demi absent. Elle avait exigé que les soldats de Madec s'installassent au palais, afin de ne pas gêner le camp des ambassadeurs, qu'on n'abriterait pas avant la réception d'usage. Madec passa donc la nuit à la citadelle. Il ne put fermer l'œil tant il y eut de remue-ménage ; aux petites heures de la nuit, quand tout s'endormit enfin, le silence lui-même sembla inquiet et tendu. C'était en fait lui qui était dans l'angoisse de savoir si proche la princesse, mais interdite par les seules conventions de cour, qu'elle regardait parfois, selon son caprice, avec une extrême désinvolture, et cela le tourmentait de manière insupportable. Enfin, quand le sommeil l'emporta, un serviteur amusé vint l'arracher à ses bienfaits : Sarasvati voulait le voir avant le *durbar*. Il obéit ; cependant il était furieux.

Il entra d'un pas martial dans le Diwan-i-Am. Elle était debout près d'une fenêtre et contemplait la ville derrière les lattes du store.

— Viens ! Regarde.

La parade des ambassadeurs venait de commencer. Mais ce n'était pas ce qui l'intéressait. Elle désigna à Madec une des cours du palais :

— Voilà le dorbar de Bhawani, ceux qui ont voulu m'assassiner et qui ont peut-être armé le bras de l'alchimiste. Regarde-les : des petits serpents privés de venin ! Et je suis leur joueuse de flûte !

Elle exultait.

— Crains qu'ils ne veuillent encore te mordre !

— Madecji ! Toi, tu es un guerrier. Mais eux ! La paix amollit les hommes, et Godh vit depuis trop longtemps dans la paix. Vois-les, ces hommes avachis : crois-tu qu'ils entreront dans l'armure de leurs pères ? Leur graisse molle fera éclater les cottes de mailles, leur bras obèse tremblera quand il faudra lever l'épée. Il n'est pas jusqu'à nos éléphants qui n'aient oublié la guerre !

— Tu veux donc la guerre ? interrogea Madec, et il posa sa main sur la sienne.

Elle ne la retira pas. Mais que signifiait ce geste pour une Indienne ?

— La guerre... Ce qui devait arriver est arrivé. Ce qui doit arriver...

— Arrivera ; et ce qui est en train d'arriver est également en train d'arriver ! Tu me l'as dit l'autre jour, princesse ; mais alors je croyais que tu m'annonçais le bonheur !

— Tu es impatient, Madec, trop impatient ! Le bonheur se taille, comme les diamants ; il faut du temps pour cela. Ensuite seulement, quand il a perdu sa gangue et qu'il brille, il n'est rayé que par lui-même. Un peu de souci ne fait pas de mal aux joies à venir.

— Souci ! Tu appelles la guerre un souci !

— Qui te parle de guerre ?

Elle laissa retomber les lattes du store et se dirigea vers les coussins. Souveraine, oui, c'était le mot, souveraine. Elle gouvernait.

Madec se radoucit. Elle venait de lui offrir un espoir, un petit lambeau d'avenir, un rêve d'amour proche et de corps partagé. Il s'en voulut, mais l'espérance à nouveau lui redonnait vie, et il oublia le souvenir de sa nuit sans sommeil.

— Reste au dorbar !

Et voilà qu'elle redevenait reine. Il lui désigna sa peau blanche.

— C'est vrai, répondit-elle avec un petit rire. Firangui ! J'allais l'oublier. Va derrière la tenture. A cet instant, il fut persuadé qu'elle n'avait rien oublié du tout, mais qu'elle avait voulu jauger son désir de se mêler aux affaires d'État, d'user de son pouvoir sur elle pour partager l'autre pouvoir, celui qui jour après jour ne cessait de prendre de l'importance dans sa vie, le gouvernement de Godh. Dès les premiers mots aux serviteurs, dès l'entrée des courtisans, tout allumés par la nouvelle, elle avait régenté les préparatifs de réception avec une parfaite connaissance des usages. D'où tenait-elle tout cela, elle qui n'avait jamais vécu qu'au zenana ou dans l'ombre du rajah ? Dans l'ombre... était-ce si certain ? Et le brahmane, qui se taisait obstinément, n'était-il pas plus bavard dès que lui, Madec, avait tourné les talons ? Du haut en bas des galeries, le palais s'était mis à frémir ; on avait sorti les éléphants, on les avait caparaçonnés de brocart. Dans le Diwan-i-Am, une foule de serviteurs embrasèrent des brûle-parfum, présentèrent des colliers de perles que Sarasvati passa l'un sur l'autre. Les hommes de la citadelle s'abandonnaient à une curieuse excitation nerveuse que Madec ne comprenait pas, pas plus qu'en lui-même il ne démêlait s'il tremblait sous l'effet de la joie ou de la frayeur. Avant de disparaître derrière la tenture, il voulut encore regarder par la fenêtre ; il interrogea cette fois non la plaine ni le rebord des montagnes, mais le sommet du palais ; là où vivaient les femmes, un endroit qui semblait mort depuis des semaines d'un sommeil qui jamais ne lui paraissait naturel. Là aussi, comme ailleurs, renaissait la vie, avec la même fébrilité inquiète ; il distingua des saris courant au long des balcons, des formes délicates penchées aux encorbellements de marbre ; et, surmontant les bruits des cuisines où l'on préparait des gâteaux frais, des caris de fête, une *vina* reprit un raga languide du temps de l'avant-mousson.

La musique de la garde, à son tour, déchira l'air. Il était temps de se cacher. La parade des éléphants gravissait lourdement la rampe. Madec disparut derrière la tenture. Il se passa un long moment avant que n'apparussent les hommes de l'ambassade. A quoi pense-t-elle, se demandait Madec, à quoi songe Sarasvati, assise sur ses coussins et caressant ses rangs de perle ? Il se fit alors la réflexion qu'il ne le devinerait pas, même s'il la voyait, et il faillit en pleurer. Ces longues semaines de discussions n'avaient dû être pour elle qu'une façon de passer le temps, agréable sans doute, parce que nouvelle. Un firangui ! Un firangui pour amant, le temps d'un soir, au moment même où elle était veuve ! Distraction analogue, en somme, à celle du rajah quand il élevait des daims dans le seul but de décorer ses méditations au jardin. A cet instant, il eut envie de la tuer. La tuer sur l'heure, d'un coup de poignard surgi de la tenture. Il en caressait la lame quand la voix de la princesse résonna sous les colonnes.

– Bienvenue à vous au palais de Godh !

D'où il était, Madec entendit les tapis se froisser sous les courbettes. Suivirent les salamalecs d'usage, des échanges de cadeaux. Tandis qu'elle faisait sauter la serrure d'un coffret, Sarasvati se mit à rire et s'exclama :

– Mais enfin, ceci n'est pas pour moi... Seul un époux qui voit son premier-né peut se permettre d'offrir un tel bijou à son épouse !

– Qui sait, très noble princesse, si notre maître ne te vénère pas à l'égal de celui-là ?

– Explique-toi, dit Sarasvati d'un ton sec ! Et parle-moi de ton maître. Sumroo, n'est-ce pas ? Que me veut-il ?

– Les étrangers sont en route vers ta province.

– Quels étrangers ? coupa-t-elle aussitôt.

Elle semblait se durcir à chaque parole.

– Les firanguis à veste rouge.

L'ambassadeur attendit longuement l'effet de sa réponse, qui ne vint pas. Il poursuivit alors :

– Ils ont été retardés par la sécheresse ; ils ont perdu des hommes. Mais ils sont encore des milliers, avec des canons.

– Les hommes des montagnes les repousseront.

– Non, très honorée princesse, car ils ont recruté des Indiens cipayes, des milliers eux aussi, et c'est le propre frère de feu le très honoré rajah de Godh...

– ... Qui les commande, tout cela je le sais ! Dépêche-toi, ambassadeur ! Tu ne m'apprends rien que je ne sache, et je crains bien que tu ne perdes ton temps. Dis-moi à l'instant qui est ton maître et ce qu'il veut, sinon je te renvoie aussitôt dans la plaine asséchée !

Madec entendit s'étrangler la voix de l'ambassadeur. Il connaissait bien la tactique de Sarasvati : dès qu'un visiteur lui était importun ou qu'il n'allait pas assez vite à son gré, elle ordonait aux serviteurs, par signes imperceptibles, de cesser de l'éventer. Le malheureux ne s'en apercevait pas aussitôt ; il bredouillait, s'épongeait le front ; et comme les domestiques agitaient à nouveau leurs palmes, mais de la façon la plus irrégulière et la plus capricieuse, le supplice se poursuivait jusqu'à ce que, persuadé de l'inconfort de la pièce et de l'indocilité du service, le fâcheux ne décidât de disparaître, sa requête coincée dans la gorge ou ravalant ses récriminations.

Celui-ci devait avoir une mission d'importance. Il enchaîna presque aussitôt :

– Sumroo tient toutes les terres de l'Ouest. Il est le maître officiel de la plupart de ses domaines. Pour les autres terres, ce sont des *jaghirs*, confiés par des rajahs. Il étend sa domination jusqu'à Agra. La sécheresse a été bonne pour ses troupes. Là où se meurt le paysan, le soldat gagne du terrain, princesse !

– Il fallait donc qu'il contînt les Anglais !

– Les Anglais sont venus du nord, par des chemins détournés.

Ils ont pris les mêmes routes que moi, pensa Madec derrière la tenture. A l'heure qu'il est, ils doivent être à la limite du désert. Et c'est cela qui les arrête.

– Mon maître a appris la conspiration ourdie contre ton époux.

– Les nouvelles vont bien vite en ce pays.

– Ne te moque pas, princesse. Ce qu'il te propose est sérieux. Tu n'es qu'une femme, et tu auras devant toi bientôt une immense armée.

– On n'attaque pas avant la mousson.

– C'est juste. Mais après les pluies...

Il y eut un long silence.

– Je ne suis pas si désarmée que tu le dis. Et pas si seule.

Madec frémit. L'ambassadeur, cependant, ne releva pas la phrase.

– Mon maître est puissant. Le Moghol l'a nommé « Lune des Indes » !

– Ah ! fit Sarasvati d'un air impressionné. Le Moghol... L'empereur n'est donc plus errant ?

– Sumroo lui a promis de le faire rentrer dans Delhi.

– Lune des Indes... Que ne donnerait-on pas contre de vagues paroles ! Paroles contre paroles, ambassadeur, vanité que tout cela. Ce joyau que tu m'offres, par contre, n'est pas vain.

– Princesse, très honorée princesse, laisse-moi doucement venir à l'objet de ma visite.

Rien qu'à l'entendre, Madec devina que l'ambassadeur n'en pouvait plus et qu'une fois encore, les serviteurs désordonnaient le rythme de leurs éventails. Il s'obstina néanmoins :

– Tu es veuve. Ici les femmes portent malheur quand elles ont perdu leur époux. Mon maître, pourtant, désire t'épouser. Tu seras puissante, riche, honorée.

Il y eut un instant de stupeur, puis Sarasvati éclata d'un grand rire. Il sonnait clair et beau, il parcourait l'un après l'autre les couloirs, et il s'écrasa enfin contre les portes d'argent clouté qui fermaient l'accès du Diwan-i-Am.

– Sumroo ! Mais c'est un firangui !

A ces mots, Madec sentit son cœur se déchirer. Comme dans un brouillard, il l'entendit qui poursuivait :

– Un firangui ! La Lune des Indes, peut-être, mais un de ces brigands qui courent l'Inde depuis que le Grand Moghol n'est plus qu'un amolli ! Sumroo... Et sais-tu bien, toi qui n'es qu'un ambassadeur, que l'assassin du rajah était aussi un firangui, un homme à la peau blanche, comme le maître qui t'envoie ? Qui me dit que Sumroo n'avait pas armé sa main ? As-tu des gages ?

Il ne répondit rien, manifestement terrifié. Tout le dorbar se taisait ; on n'entendait plus que le bruissement des éventails. Sur le visage de Sarasvati s'était dessinée en effet une expression sauvage, cruelle, effroyable. Deux ou trois fois depuis le bûcher, elle l'avait eue, et Madec la devina sans la voir, rien qu'au silence sans fond qui suivait ses paroles.

– Tu es veuve, princesse, insista l'ambassadeur. Ta province est fragile, malgré ses joyaux.

– Reprends donc celui-ci !

Elle referma le coffret d'un coup sec, le jeta à terre, puis ajouta :

– J'ai un fils ! Il me défendra.

– Réfléchis bien, très honorée princesse. Il est très jeune !

Madec sentit qu'un homme se déplaçait lentement le long de la tenture. Il souleva délicatement un pan de tissu. Il aperçut alors le brahmane qui joignait curieusement les mains. Sarasvati ne perdait pas un seul de ses gestes étranges, et son regard revint à l'ambassadeur :

– De telles décisions ne se prennent pas en un jour, déclara-t-elle avec un grand sourire charmeur.

– Alors je reviendrai... Mais quand ?

— Attendons donc la fin de la saison des pluies ! Par l'acier !

— Soit, fit l'ambassadeur, et il s'inclina longuement. L'un après l'autre, les hommes de sa suite se prosternaient à leur tour, avec la langueur obséquieuse qui était de mise en pareille circonstance. Un seul d'entre eux demeurait un peu raide, l'air emprunté, une façon d'être que Madec connaissait bien. Celle d'un firangui. Ce qu'il avait pressenti se vérifia sur-le-champ. Quand l'homme releva la tête, il reconnut aussitôt ses traits et il en laissa choir la lourde tenture. L'homme avait vieilli, un de ses yeux paraissait mort, mais c'était bien lui : Visage.

Pour lui parler, il fallut attendre la fête du soir. On avait introduit des danseuses, des musiciens ; quelques femmes très parées étaient descendues du zenana, dont la deuxième épouse, fort gaie, qui trempait les doigts dans tous les plats. Saravasti fit redoubler les porteurs d'éventails ; elle disparut bientôt derrière leurs palmes. Madec n'éprouva aucune peine à échapper à la foule du dorbar. Visage s'était éloigné sous les galeries du jardin, puis s'était assis sur un rebord de marbre, contemplant avec mélancolie un jet d'eau tari ; il attendait Madec, semblait-il. Il n'était pas le seul firangui de l'ambassade ; il y en avait au moins trois. Nul au dorbar ne s'en étonna ; il paraissait évident que Sombre, en étranger, s'attachât d'autres étrangers.

Tandis qu'il se frayait un chemin parmi les notables étalés sur les coussins, Madec s'interrogeait. Raconterait-il à Visage l'indicible, sa brève aventure avec la princesse, ou son ancien compagnon le pressentirait-il au premier regard ? D'un seul coup, il se sentait redevenir enfant, mais un enfant révolté, fou de douleur : car comment lui expliquer aussi le plus difficile, que depuis la nuit du bûcher il n'avait pas possédé la princesse et qu'il s'éternisait ici dans le vague, très vague espoir de retrouver un enchantement vite enfui. Au seuil du jardin, il eut une hésitation. Il avança néanmoins, amer et triste comme il l'avait rarement été. Ce furent donc des retrouvailles sans joie. Les effusions de la surprise en furent même absentes ; il était clair pour l'un et l'autre que les chemins de l'aventure ne cessaient de se croiser et de se décroiser, et qu'il ne fallait y voir qu'un effet de sa nature intime, une sorte de mécanique secrète de l'Inde et de ses routes. Visage et Madec se retrouvaient, et ils demeuraient froids : mais s'émeut-on, pensaient-ils, du galet cent fois ramené par la mer en son ressac ? Au premier coup d'œil, ils surent que leur passé mutuel avait connu de grands méandres et qu'ils n'avaient guère envie de les raconter. Visage avait perdu un œil, au Bengale précisa-t-il. Madec redouta que ce fût à Buxar ; il préféra ne pas s'étendre, pour ne pas avoir à mentir.

— Et Dieu ?

— Dieu est là-bas, avec *lui*... Il est artilleur en chef. Il a fondu des dizaines d'excellents canons.

— Bien...

Madec saisit une plante desséchée dans un parterre et se mit à réfléchir. Le souvenir du jésuite le tracassait. Il avait dû parler ; s'il était parvenu à rejoindre Sombre, il avait dû prononcer son nom, peut-être lui dire qu'il y avait des firanguis à Godh. Visage lui aussi devait savoir. Il résolut d'attaquer de front :

— Qui t'a appris que j'étais ici ?

— Je l'ignorais. Tout le monde l'ignorait. Sombre a appris de ses banquiers espions l'assassinat du rajah, et surtout le complot contre la princesse.

— Il cherche une épouse résistante au poison ?

— L'histoire a fait grand bruit ! Certains Indiens prétendent qu'elle est déesse !

— Déesse...

Madec était accablé. Jusqu'à cet instant, il avait cru que Godh était isolée du reste du monde, et sans doute l'avait-il aimée pour cela. Jamais il ne l'aurait imaginée au centre des routes, à la croisée des ragots et des légendes.

— Parvenus aux marches de la ville, nous avons appris des paysans que des firanguis y avaient installé leur camp. J'ai pensé que c'était toi.

— Pourquoi ? interrompit Madec.

— Je savais que tu reviendrais ici.

Il posa sa main sur son épaule, comme autrefois, aux temps du bateau. Madec se troubla ; un instant, il fut tenté de repousser ce contact, tant il lui parut incongru : ils étaient tous deux vêtus à l'indienne, avec des robes que le seul souvenir du passé rendait pareilles à des déguisements ; un geste européen modifiait le corps, l'étoffe avait du mal à s'y plier sans paraître ridicule. Le sentiment l'emporta cependant. Les autres contemplaient les danseuses. Personne ne venait au jardin, qui n'apportait plus de fraîcheur.

— J'ai vieilli, Visage. Les choses ont changé.

— Je sais. Et moi aussi. Le turban cache mes cheveux gris.

— Les choses ont changé... répéta Madec.

— Les autres se sont effrayés quand ils ont appris la présence d'un firangui, continua Visage. L'ambassadeur surtout, une de ces crapules indiennes amollies, qui n'a d'autre talent que de savoir mentir et ruser. Sombre les aime.

— Il a tort !

— Ils le servent. Et l'on peut aussi les duper, quand ils sont morts de peur. C'est ce que j'ai fait ; je lui ai dit que tu étais des nôtres, que je te connaissais. A l'heure qu'il est, ses petits espions ont dû le lui confirmer.

Il se mit à rire, et Madec remarqua que sa voix s'était un peu cassée. La chaleur s'alourdissait du minute en minute. Madec n'avait plus qu'une envie : retrouver ses hommes, son camp, une rasade d'arack, fuir dans le sommeil. Auparavant, toutefois, il attendait un mot de Visage, une phrase, une seule. Mais pour l'obtenir, il fallait qu'il se découvrît, et cela lui pesait plus que tout au monde.

Visage le tira d'embarras :

— Sombre va mal, Madec !

— Comment ? Que veux-tu dire ?

— Oubliés-tu que je suis médecin ? Pour cette unique raison, il m'a admis sans peine à ses côtés. Il est riche à crever, puissant... L'ambassadeur dit vrai !

— Il ne va donc pas si mal.

— Je suis le seul à le savoir. C'est moi qui lui fais ses teintures, pour qu'il paraisse encore avec ce poil noir qui fait l'admiration des troupes européennes. Il a cinquante ans bientôt, Madec, il est usé ; usé de femmes, usé d'alcool, usé d'opium aussi. Contrairement aux Indiens, il n'a pas su s'arrêter. Il ne dort plus. J'ai parcouru les jungles à la recherche des guru qui possèdent le secret du sommeil. Ils ont, parfois, consenti à l'approcher. Ils repartent tous en laissant des poudres bizarres, qui font de l'effet quelques jours à peine, plus de mal que de bien. Il est perdu.

— Combien de temps ?

Madec, soudain, s'était allumé.

— C'est difficile à dire. Sa résistance est étonnante. Et ces Indiens connaissent parfois des drogues étranges. A dire vrai, je ne sais pas bien ce qu'il a. Tout ce que je vois, c'est que son corps est décrépit.

— Alors pourquoi veut-il ce mariage ?

— Il a la maladie des puissants, Madec, le mal des chefs qui vieillissent. Il veut survivre à sa légende. Il a mal supporté sa défaite au Bengale. Il lui faut une femme.

— N'a-t-il pas de fils ?

— Si ! Mais il le hait. C'est un métis, qu'il considère comme un faible. Il lui faut une femme ; sa variante femelle, sa réplique indienne, avec la beauté, la grâce, le panache. La force... Ils disent tous qu'elle la porte en elle, la force !

— Les Indiens sont fous.

Il ne croyait pas un mot de ce qu'il disait, mais tout son être se révoltait contre ce mot « force » qui lui enlevait Sarasvati plus efficacement que tous ses dédains. Force, déesse, disait Visage. Mais ce n'est pas *elle*, voulait-il crier, ce n'est pas elle, qui est de chair et de sang, que j'ai tenue entre mes bras, que j'ai caressée. On ne caresse pas la force. On n'étreint pas les déesses. A cet instant-là lui revinrent à l'esprit les contes indiens où de pauvres humains couchent sans vergogne avec les divinités. Il fut pris d'une atroce douleur ; il se souvint que naguère, des années entières, il avait lui aussi idolâtré Sarasvati. Une figure sacrée, une effigie superbe : l'amour n'était-il alors qu'un subtil imagier ?

— Écoute, Madec. Écoute bien ; je sais que tu ne vas pas m'entendre longtemps. Nous nous dirons si peu...

— Achève, achève en effet ! cria Madec, que la rage commençait à étouffer.

— Il ne la touchera pas. Mais il faut qu'elle l'épouse. C'est sa seule chance. Et la tienne.

Madec se leva d'un bond :

– Non, Visage !

L'autre ne parut pas étonné.

– Méfie-toi, Madec. Sombre est retors. Il avait prévu le refus de la princesse. Il veut la tenir à merci. L'obtenir de son plein gré plutôt que par la force. L'ambassadeur a menti. Réfléchis encore ; si tu le désires, je pourrai te faire tenir des troupes de cipayes, nul n'en saura rien.

– Jaé, siffla Madec. Jaé, Jaé !

Dans sa rage, il avait parlé hindi. *Jaé* : hors d'ici ; d'un homme à un autre, le comble du mépris. Visage le comprit ainsi ; il s'obstina cependant :

– Alors méfie-toi, répéta-t-il. Car les Anglais ont passé le désert du Nord, et ils attaqueront avant la mousson.

Madec avait tourné les talons. Il passa une nuit effroyable. Il se reprochait sa dureté envers Visage, l'injure qu'il lui avait jetée ; cependant, il n'avait pu supporter de le voir évoquer les liens qui l'unissaient à la princesse, fût-ce à mots couverts. Il se remémora le temps du bateau, les jours passés ici même autrefois. Visage n'avait pu mentir. Il avait agi en toute amitié, à sa manière tendre et paternelle. Au matin venu, Madec n'avait pas trouvé le sommeil. Aussi décida-t-il d'aller rendre visite à la princesse, à l'ouverture habituelle des audiences. Comme si elle s'amusait à le torturer, Sarasvati, ce jour-là, en retarda l'heure. Deux lances obstinément baissées fermaient l'accès du Diwan-i-Am. Madec enrageait. Elle consentit enfin à le recevoir. Il ne s'attarda pas. Après les salutations ordinaires, pendant lesquelles il eut le plus grand mal à se contenir, il l'entreprit aussitôt sur les menaces de guerre :

– Il faut inspecter les marches, princesse. Les marches du Nord.

– L'ambassadeur a dit que l'ennemi n'attaquerait pas avant la fin des pluies ! Et elles n'ont même pas commencé !

Sarasvati regarda le ciel d'un geste devenu mécanique.

– Laisse-moi partir.

Madec se refusait à argumenter. Non seulement son opération de patrouille relevait de la plus élémentaire prudence – quoiqu'il en eût, les propos de Visage l'avaient inquiété –, mais il tenait à affirmer l'indépendance de ses troupes.

Le sourire de Sarasvati s'évanouit.

– Il n'est rien de plus cruel que d'abandonner celle qui vous aime aux approches de la mousson.

Tant de jours, tant de semaines sans la moindre déclaration ! Il fallait qu'il annonçât son départ pour enfin obtenir d'elle les mots qu'il attendait. Et tout cela était dit d'un air fort sérieux, et convaincu, et grave. Du coup, il faillit rester. Il se reprit aussitôt :

– Ne m'as-tu pas abandonné, toi aussi ?

– Non.

Toute réplique eût été vaine.

– Je m'en vais pour ton salut. Pour ta tranquillité, pour Godh. Et du reste je ne serai absent que quelques jours. Je serai de retour avant les premiers orages.

Elle se taisait.

— Avant la pluie je serai là, répéta Madec.

Elle regardait le ciel. Il s'était encore plombé, et des couples de hérons traversaient les nuages en battant des ailes.

— As-tu vu les oiseaux ? murmura-t-elle simplement.

— Oui.

Il y avait en elle quelque chose qu'il pressentait, mais qu'il n'arrivait pas à cerner. Une sorte de grâce étrange, de poésie soudaine, et dont il sentait bien qu'elles avaient quelque chose à voir avec le temps. Caprice de femme, se dit-il, et il chercha ses yeux. Ils brillaient.

Ses yeux. Le profil légèrement busqué de son nez, le diamant qui étincelait. L'arc si pur de ses sourcils, et surtout sa peau sombre, et d'un grain pourtant tellement fin : toute l'Inde en elle, qu'il croyait saisir, et se refusait toujours.

— Je dois partir, Sarasvati.

Aux sonorités de son nom, elle tressaillit enfin. Elle m'aime donc, se dit Madec, et il pensa que sa patrouille n'avait plus d'objet. Mais déjà elle lui répondit :

— Dharma ! Pars donc...

— Que feras-tu de ce temps-là ?

Elle prit une pistache dans un plat d'argent, la défit lentement :

— De la musique, bien sûr. C'est la saison.

— Je reviendrai vite.

— Alors pars vite ! Tu n'en seras là que plus tôt...

Il n'osait encore y croire. Elle était redevenue humaine ; humaine pour lui seul, ou peut-être aussi pour le brahmane, qui pliait et repliait avec fièvre un pan de son dhoti. Lui aussi, la mousson le travaille, pensa Madec, il perd son calme. Vivement les pluies !

Il salua la princesse, puis disparut dans la pénombre du palais qu'endormait l'été.

⁂

Madec n'était pas parti une journée qu'il y eut une première pluie. On entendit un grand coup de tonnerre, puis l'averse crépita.

— Relevez les stores ! cria Sarasvati. Je veux voir la mousson...

Gopal, à côté d'elle, battit des mains :

— La mousson, la mousson !

— Je savais bien qu'elle n'allait pas tarder, murmura la princesse. Je savais bien...

Ce ne fut qu'une grosse averse, qui s'arrêta bientôt, et le ciel s'éclaircit. L'air, pourtant, s'était rafraîchi ; d'un seul coup la plaine parut plus verte. La poussière avait disparu. De tous côtés, le palais se mit à bruire. Depuis la passagère effervescence du dorbar, il était retombé en sommeil : la léthargie désespérée d'un malade dans les jours qui précèdent la mort. Je vis, je vis, et je vivrai, se répétait Sarasvati. Je vivrai, mon fils aussi. Combien de temps encore avant qu'il ne porte l'épée. Quatre, cinq ans ? Mais j'attendrai le temps qu'il faut !

Et elle réclamait le bain, des servantes, un massage, les miroirs et les onguents. Elle s'était octroyé la moitié des domestiques du zenana, non sans une joie un peu perverse, à l'idée que son pouvoir lui permettait pareille audace et que toutes les « femmes d'en haut », comme elle disait, enrageaient de devoir se passer de leurs services. Elle ne pensait plus à ses amies d'antan ; ni à Mohini, qui avait mis au monde un fils, au lendemain de l'assassinat ; ni même à la petite Parvati qu'on n'avait toujours pas mariée, et dont le bruit courait qu'elle se languissait. Elle ne pensait plus à personne, sinon à Gopal, et surtout à Madec. Le firangui ne cessait d'occuper son âme. Moi aussi, je me languis, se disait-elle en écoutant le babillage des servantes. De quoi peut-elle se plaindre, la jeune fille qui n'a pas connu les joies de l'amour ? Moi, je pleure après un bonheur enfui, et je l'ai de si près tenu. Le plaisir surtout lui manquait. Derrière les lourdes tentures du Diwan-i-Am, où elle avait aménagé ses appartements pour être sûre d'être bien gardée, et, si venaient à nouveau des assassins, de les voir arriver, elle s'était construit un univers neuf, plus vaste, plus libre. Mais elle regrettait parfois l'intimité des femmes ; plus d'émulation dans la subtilité du maquillage ; plus de concours de saris, ou de parfums. Plus de babils d'enfants, hormis le bavardage de Gopal, mais il était grand. Plus de corps dévêtus, contemplés au sortir du bain, et dont on observait jour après jour l'éclosion de beauté, ou, au contraire, la lente décrépitude. Ni la chaleur, diverse comme leur forme, des seins qu'on passait à la crème d'or, la peau douce des ventres ornés de dessins, les longues heures passées à entrelacer les menhadi. Tout cela, elle l'avait fui. Ici aussi, on la parait, la massait, la maquillait. Parfois, le bras trop longtemps frôlé d'une jeune servante la troublait, appelait des caresses anciennes. Le désir s'éteignait aussitôt. Madecji. Mais elle avait troqué le zenana contre la solitude. Quant à la vie de plein vent; où était-elle ? Était-elle d'ailleurs faite pour cela ? En cette fin d'après-midi, tandis qu'elle regardait la plaine éveillée par la pluie et les crêtes lointaines où chevauchait Madec, elle en douta un instant. Le regret du zenana se fit plus insistant ; puis elle réfléchit : non, elle n'y retournerait pas. L'autre jour, quand il lui avait annoncé qu'il partait, elle avait envié Madec. Elle aurait voulu le suivre. Mais tout la retenait ici. Un pas en dehors du palais, avec ces Anglais qui hantaient le désert du Nord, et c'en était peut-être fini de Godh. A qui se fier, tant que les pluies ne seraient pas là ?

Cependant la mousson venait. Une semaine encore, Madec serait rentré, et ils pourraient s'offrir tous deux un moment de bonheur. Le bonheur des pluies, du long *amour-d'après-midi*, tandis que l'averse remplit les rivières et que coassent les grenouilles. Une forte odeur de terre mouillée s'élevait par les fenêtres.

— Levez les stores, levez les stores ! cria encore Sarasvati. L'air s'est rafraîchi. Je veux maintenant voir la lumière ! La vie de plein vent, quand viendrait la vie de plein vent ? Où était-il, Madecji ? Que pensait-il, ruisselant sous les averses ? Et si l'ennemi était aux marches ? Elle soupira. Elle n'avait même pas un portrait de lui, une miniature enluminée sur laquelle pleurer, tandis qu'une musicienne chanterait un raga de l'amour absent. Elle ne possédait rien du firangui. Et lui rien d'elle. Pas un bijou échangé, pas un signe. Rien. Et pourtant ce dénuement, cette distance, ce lien fait d'attente et d'éloignement, c'était elle qui l'avait voulu, comme une suprême et difficile liberté. Elle se rassit sur les coussins, demanda un narguilé. Fumer, s'étourdir de vapeurs. Oublier. Elle avait trop exigé des autres, de Madec et surtout d'elle-même. Il fallait vivre, tout simplement. Prendre le bonheur quand il passait ; l'amour et le désir aussi, à la volée. Les premières bouffées de fumée la calmèrent.

Pensées de pluie, se dit-elle en souriant. Peu à peu, une sorte d'euphorie l'envahit, insinuante, reposante. Elle ferma les yeux.

Un chuchotement soudain la fit tressaillir.

— Princesse ! Princesse...

— Laisse-moi.

— C'est Mohini !

— Je ne veux voir aucune femme.

— Princesse ! Elle revient de son premier bain, elle veut te voir !

Sarasvati ouvrit lentement les paupières, rajusta les plis de sa jupe. Mohini, retour du bain rituel, après la naissance de son premier fils ! Son mari était peut-être de ceux qui avaient préparé le poison. Qu'importe. Elle ne pouvait pas ne pas la recevoir. Et pourtant le passé n'était plus ; depuis la nuit du bûcher, il s'était consumé avec la chair du rajah, et, comme elle, dissous dans l'immensité du monde.

— Qu'elle vienne donc, soupira Sarasvati. Fais-la entrer !

D'abord, Mohini ne parla pas. Quelque chose pesait sur sa langue, quelque chose de lourd, la peur, la honte peut-être.

— Mohini..., chuchota alors Sarasvati.

Elle ne répondit pas. Elle gardait les yeux sur le sol, toute contrainte et apeurée.

— Mohini !

Cette fois, la princesse avait presque crié. Si cette femme résistait à la douceur, alors il lui fallait la force, et de force elle ne manquait pas. Elle avait vu juste. Mohini, aussitôt, releva la tête.

— J'ai eu un fils.

— Je sais. Tu dois donc être heureuse, et pourtant tu paraîs prête à pleurer. Qu'as-tu donc qui te tourmente ?

— Princesse...

Les larmes lui venaient, en effet. Elle avait vieilli. Des fils blancs, de plus en plus serrés, parcouraient sa longue tresse ; sa dernière grossesse l'avait épuisée ; elle avait maigri et un grand cerne creusait ses pommettes.

— Parle.

Sarasvati lui présenta la boîte à bétel, mais elle refusa l'offre :

— Je ne t'ai pas vue depuis le Holi.

— Je sais. Veux-tu des sorbets ?

Elle essuya ses larmes, secoua encore la tête :

— On dit que tu n'es plus la même. Que tu as la *vajra*... On parle de toi comme de Kali, Parvati ou Lakhsmi. Une déesse.

Elle s'interrompit un instant, puis reprit doucement :

— Et cependant tu ne l'es pas.

Sarasvati se mit à sourire.

— Tu ne l'es pas, tu ne l'es pas, je le sais mieux que personne ! La folie a pris ce palais !

— C'est la mousson, dit Sarasvati, et elle souleva la tenture qui lui dérobait le jardin.

— La mousson...

Mohini jeta un coup d'œil autour d'elle.

— Puis-je parler ?

— Sois sans crainte. Je ne crains nulle rumeur. J'ai vaincu le poison, ne l'oublie pas.

— Justement, le firangui...

Sarasvati fit claquer le fermoir de la boîte à bétel :

— Que sais-tu de lui ?

— Mais rien... Il est parti, n'est-ce pas ?

La princesse se durcit davantage :

— Ainsi tu viens aux nouvelles ? Mais qu'avez-vous toutes à vous pencher sur mon destin ? La mousson arrive, n'est-ce pas ? L'ordre du monde va son train ! Alors ? Qu'avez-vous à faire du firangui ?

— Première pluie n'est pas mousson, Sarasvati.

— Première pluie SERA mousson ! Sors ! Et puis non, reste ! Je m'ennuie...

Mohini ravala ses larmes :

— Non. Tu n'es plus la même. Tu n'es plus la même.

Sarasvati ramassa ses jupes, s'arracha aux coussins. Elle s'était brusquement radoucie :

— Viens au jardin... Pourquoi me taire, Mohini, pourquoi me taire ?

Ses mousselines traînaient sur le marbre humide. L'averse avait été trop courte pour remplir les bassins ou renforcer la pression dans le réservoir qui les alimentait ; pourtant, çà et là, des flaques brillaient. On entendit même un oiseau chanter. Les paons, dans un coin des parterres, surgirent tout à coup.

— Seulement aussi, pourquoi parler, reprit Sarasvati, pourquoi parler ? Seul un blessé comprend l'état d'un blessé. Seul un joaillier connaît la valeur d'un joyau.

Les traits de Mohini se détendirent. Elle reconnaissait le rituel des confidences, toutes les convenances qui les précédaient ; si la cérémonie recommençait, Sarasvati n'avait pas changé, elle n'était pas la femme dure et sèche qu'on lui avait peinte et que tout à l'heure, à son tour, elle avait cru découvrir. La princesse l'aimait encore, puisqu'elle allait lui ouvrir son cœur.

– Oui, mais les blessés ont besoin de médecins, et les diamants de montures !

Sarasvati poursuivait sans l'entendre :

– ... Le coucou qui chante, je crois qu'il dit *son* nom ! Le nom de Madecji... Le bout de mes ongles s'usera à compter les jours, les heures. Toute la nuit le sommeil m'a fuie ! Regarde : il y a de l'eau partout ; la terre va reverdir, et les nuages s'amonceler encore, noirs et jaunes, les nuages fous de la mousson. Mais, lui, il est parti, et il n'a pas soulevé mon voile, il n'a pas dit une parole tendre... Il a lancé la barque de l'amour, mais il m'a laissée sur l'océan de solitude !

– Tu l'as déjà chantée, cette chanson-là, pour une autre mousson.

– Mohini ! je t'interdis ! Depuis toutes mes vies antérieures je me gardais vierge pour lui !

– Tu n'as donc plus rien conservé du monde, ni tradition, ni famille, ni respect humain ?

– J'ai mon fils. On ne me le tuera pas.

– Et que te dirait ton fils, un jour, s'il te naissait... un bâtard !

– Tais-toi ! Je me doutais bien que tu viendrais m'accabler de reproches, me verser un autre poison ! Détrompe-toi, si tu crois pouvoir briser cet amour en moins de temps qu'on ne coupe une fleur de jasmin ! Privée de sa vue, rien ne me plaît, sache-le et tiens ta langue ! Le monde sans lui n'est que *maya*, illusion et rêve ! Je me noyais dans l'océan de la mort, et il m'a prise en protection.

Elle s'arrêta un instant au bord d'un bassin. La pluie s'y était concentrée en raison de sa forme très creuse ; Sarasvati y chercha son reflet. Elle se mira un long moment, rajustant sur son boléro ses rangs de perles et sur son front la disposition des joyaux. Puis elle brouilla ce qu'elle avait fait, en secouant la tête d'un geste fébrile :

– Perles et bijoux sont faux et brillent d'un faux éclat, tous les ornements sont faux ; seul est vraie la force de l'amour !

– Et ton rang ?

– Je suis noble et de grande famille, et toujours alliée d'une grande famille ; tu as bien entendu parler du dorbar, au fond du zenana ? Tous, te dis-je, ils sont venus tous, les nobles de Godh, et ils m'ont prêté serment d'allégeance. Et d'ailleurs Mohan me protège ! Le brahmane me donne raison... Maintenant, va ! Va, car tu me déplais, Mohini. D'avoir mis au monde un fils ne te donne pas droit à l'insolence ! Va !

Mohini ne la saluait pas ; elle demeurait immobile. Les paons continuaient à tourner dans le jardin.

– Non. Je n'étais pas venue pour entendre ta colère. La mousson revient, n'est-ce pas, dharma ! Et s'il est vrai que tu es déesse...

« Elle est amère, pensa Sarasvati. Amère et jalouse, comme les autres. Qu'y puis-je ? Le souci assombrit son cœur, comme les taches la beauté de la lune. »

– ... J'ai peur, confirma Mohini. Je dors mal.

– Les nuits qui précèdent la mousson sont toujours difficiles.

– Tu ne penses qu'à tes tourments ! Mais j'irai droit au but. Voici ce que j'ai vu, cette nuit, au zenana.

– Au zenana ! La vie du zenana m'indiffère, Mohini. Les peuples ne sont pas gouvernés par les femmes coquettes !

– N'as-tu gouverné Bhawani, pendant un temps ?

– On ne gouvernait pas Bhawani. On le séduisait !

– Les enfants conçus dans l'appartement des femmes régentent plus tard les armées, Sarasvati. Mais ce n'est pas de cela que je voulais te parler.

Son visage venait de blêmir.

– Parle donc, dit Sarasvati avec un sourire ironique. Dis-moi les secrets des charpoï, les commérages...

Mohini ne se laissa pas entamer :

– J'ai eu... J'ai eu une vision.

– Un rêve ?

– Je ne sais pas... J'ai vu cette nuit des choses étranges ; tu étais là, comme je te vois.

– Ce sont là choses qui arrivent. Nous avons parfois le pouvoir de donner force de matière à ce qui n'est pas, ou qui n'est plus.

– Tu étais là, dans la chambre d'accouchement. Tu étais allongée, demi-nue sur le charpoï, comme pour le travail.

– La maternité te dérange l'esprit !

Mohini ne l'écoutait pas, poursuivait, les yeux révulsés :

– Tu étais là, gémissante, tes trois enfants à tes côtés... Ils étaient morts.

– Mais enfin, Mohini, c'étaient des jumeaux ! Ne me parle plus de cela.

– Tes trois enfants morts, te dis-je, Gopal aussi. Je t'ai vue, comme maintenant ! Un homme te tendait les bras, et tu t'es levée. Je l'ai reconnu. Il avait le crâne ouvert et un dhoti de safran.

– Bhawani...

Sarasvati chancela, dut s'appuyer contre un pilier. Mohini continuait, les yeux révulsés, impitoyable :

– Et il avait aussi le ventre ouvert... Tu t'es levée, il t'a mis la main dans la plaie : « Venge-moi, venge-moi du firangui ! »

– L'alchimiste...

– Crois-tu ?

Mohini éclata de rire, d'un rire sec, atroce, cassé.

– Crois-tu ? Car il a continué, le rajah, lui pour qui autrefois tu te lamentais quand il te quittait trois heures !

« Godh va mourir, va mourir. Le firangui... Ton fils... » Il t'a tendu une épée, désigné un éléphant dans la cour. Tu as saisi l'arme! Te voilà prévenue, princesse. Il y avait du sang partout, du sang sur lui, sur le lit. Du sang sur toi. Et puis...

– Madecji ?

Sa voix s'étrangla dans sa gorge.

– Le firangui était derrière le rajah, et il t'a tourné le dos. Il ruisselait de sang lui aussi. Il s'est écroulé !

Mohini exultait.

– Tu le vois bien, Sarasvati ! Première pluie n'est pas mousson !

A cet instant même, le tonnerre gronda, et le ciel parut plus lourd. Des gouttes larges et pressées s'écrasèrent sur les allées.

– Eh bien, tu te trompes, cria Sarasvati en se redressant devant elle. Tu te trompes, toi et tes apparitions inventées ! Fadaises de femmes ! Retourne au zenana !

Mohini se dressa elle aussi, puis se retourna d'un air las. Curieuses, les domestiques accouraient l'une après l'autre. Elle les écarta, puis sortit. « Elle a vieilli, pensa Sarasvati. Il est temps pour elle de ne plus avoir d'enfants, car son corps les porte mal, et elle enrage d'avoir perdu ce qui lui restait de beauté. Le zenana est mauvais pour les femmes, mauvais, plus pernicieux qu'un poison. »

Elle se sentit à nouveau allègre de l'avoir déserté.

– Il reviendra bientôt... Madecji !

Elle murmura dix fois son nom. L'averse reprenait, plus forte que la première. Il plut quatre heures d'affilée.

***

Dix jours plus tard, Madec rentra des marches du Nord. Il arriva comme une surprise ; non que Sarasvati eût cessé de l'attendre, mais désormais l'orage avait bouché l'horizon ; il n'arrêtait plus de pleuvoir, de longues et grosses averses entrecoupées de tonnerre, et on n'y voyait rien à dix pas. Les murs du palais commençaient à moisir, une odeur fade de nature en gésine envahissait tout. Des pousses vivaces jaillissaient de la terre humide ; les flancs rocheux de la citadelle eux-mêmes entraient en reverdie. Les perruches gazouillaient à nouveau, et les coucous, et les moineaux. Les singes des coteaux s'étaient réveillés ; les serpents aussi, qui commençaient à tuer, disait-on, les malheureux qui dormaient sous les arbres. Mais la plupart des hommes étaient dans la joie ; la terre assoiffée retrouvait sa vigueur, les pluies s'annonçaient abondantes. Chacun se blottissait sur son petit bonheur, et le crépitement des averses en rythmait les plaisirs éphémères. C'était la mousson.

Aux verres colorés du palais, aux petits miroirs d'argent qui en décoraient les plafonds s'accrochait une buée légère qui ne les quittait plus. Les yeux de Sarasvati s'y perdaient souvent ; elle s'y oubliait des heures au fond de rêveries sans but, et son regard lui-même en prenait l'éclat mouillé. Elle, si nette, devenait floue, embuée, imprécise. Elle n'en était que plus belle, belle comme les pluies de mousson, pensait le brahmane, qui ne cessait de l'épier. Et une immense tristesse le prenait alors, qui grandissait jour après jour.

Godh s'était assoupie. En cette saison ne passaient plus les marchands, et les joailliers travaillaient au ralenti. Faute de colporteurs, on n'avait plus de nouvelles. Avec la chaleur disparue, les rumeurs inquiétantes de l'été s'étaient tues. La guerre ne sera pas pour cette année, disaient les vieux tailleurs de diamants, et on les écoutait, car seuls les vieux tailleurs de diamants savent comme il faut prévoir les guerres. Pour s'occuper, on parlait donc de la rivière. Il avait beaucoup plu sur les montagnes ; elle avait exagérément grossi. Certaines maisons des bas quartiers, après quinze jours de mousson, avaient déjà les pieds dans l'eau, et cela parut inquiétant. A la Porte d'Eau, les flots roulaient à mi-ogive ; certaines nuits, on avait entendu dans les montagnes des grondements d'assez mauvais augure. Nul ne s'y risqua cependant : « Les firanguis y sont en patrouille, disaient les vieux, pourquoi sortir pendant la mousson ? Et d'ailleurs la rivière de Godh, de mémoire d'homme, n'a jamais débordé. Dharma ! Nous nous plaignions de la sécheresse ; ne nous lamentons pas maintenant d'avoir trop d'eau. » « Dharma ! » répétaient les autres, et ils se rendormaient dans le chant des averses.

Un après-midi d'orage, Sarasvati fumait le narguilé, et des musiciens lui jouaient un raga de mousson, quand un brouhaha montant des cours intérieures la dérangea dans son plaisir mélancolique. D'un seul coup, elle fut aux aguets : ce cliquetis d'armes, ces sonorités étrangères, cette voix ferme et douce à la fois, elle les aurait reconnus entre mille. C'était lui. Enfin ! Elle arrêta les musiciens.

— Faites venir le firangui !

Il la fit attendre. Il réclama un bain, des vêtements propres, un repas copieux. Il prolongea les préliminaires à plaisir. Enfin il parut, vêtu de brocart neuf et parfumé, l'air un peu las. Mais il avait le teint rose d'humidité, ce qui enchanta Sarasvati. Il fut très bref.

— Il n'y a pas âme qui vive aux marches du Nord !

Le sourire de la princesse devint éclatant :

— Eh bien ! Nous partirons pour le palais du lac. Nous avons bien besoin de repos, il me semble !

Elle était resplendissante ; cette embellie soudaine rappela à Madec un souvenir exquis. La perspective très précise que contenait sa proposition le fit renvoyer à son tour :

— Mais je suis fatigué, princesse !

Ils éclatèrent d'un même rire.

— Il est des fatigues qui reposent d'autres fatigues ! Qu'on harnache les éléphants ! Brahmane, veille sur ce palais en mon absence... Je te confie Gopal !

— Tu ne l'emmènes pas ?

Elle sourit :

— Enfin, brahmane... Il s'ennuierait ! Veille sur lui.

Puis elle ajouta en chuchotant :

— Nous avons nos messagers, n'est-ce pas ?

Mohan l'écouta d'un air un peu accablé, voulut dire quelques mots. Elle l'abandonna aussitôt, toute à sa joie. Et les musiciens ! Les musiciens viennent aussi ! Et mes servantes ! Vite, préparez les saris, les onguents, la toilette...

Madec, ravi, s'abandonna aux ordres et aux délices qu'ils promettaient ; il eut cependant un petit sursaut :

— Et mes hommes ?

— Tes hommes ? Mais qu'en as-tu besoin ? Nous partons pour le palais de plaisance !

— Je n'aime pas me séparer d'eux. Je les veux.

— Tu ne vas pas les faire camper, alors qu'ils reviennent à peine des montagnes...

— Non ; mais je les veux.

Elle réfléchit un instant :

— Écoute, Madec... A quelques *koss* du palais, à la lisière de la jungle, il y a une sorte de caravansérail, une halte pour les voyageurs avant les routes de la forêt. Elle est déserte ; en cette saison personne ne se hasarde à voyager. Je les y ferai installer !

Il faillit observer qu'elle ne semblait guère tentée de les héberger au palais du lac, mais il savait bien que c'était chose impossible ; arack, cris, chansons à boire, ils gâcheraient tout. Il se résigna, un peu inquiet cependant.

Elle le devina :

— Donne-leur mission de ne pas bouger avant ton ordre ou ton retour ! Que crains-tu donc ? Ces hommes te sont tout dévoués.

— Oui, murmura Madec, et il continuait à froncer les sourcils tandis que noircissaient ses yeux bleus.

— Allons ! C'est le temps de mousson, les pluies, la saison du repos !

Elle riait. Il se détendit à son tour et somnola un moment sur les coussins du Diwan. Trois heures plus tard, on était dans la plaine, sous l'averse qui ne cessait pas. Les éléphants pataugeaient dans la boue. De temps à autre, Sarasvati passait son visage hors du palanquin, l'offrait à l'ondée en murmurant des noms de dieux. Madec somnolait.

A mi-chemin, une soudaine accalmie découvrit le paysage ; comme par magie, l'on vit se lever dans le lointain le palais du lac ; il rutilait de pluie dans l'après-midi finissant.

Ils s'installèrent dans une partie du palais que Madec ne connaissait pas, et ce fut là qu'il comprit ce que l'architecte avait voulu qu'il parût : un petit joyau, dont les facettes multiples contribuaient chacune à la perfection, sans qu'on pût jamais en épuiser l'éclat. Sarasvati l'avait entraîné dans une vaste pièce de marbre, ouverte sur un jardin décoré de palmes, d'où l'on voyait la citadelle, la ville de Godh et, derrière elles, les lourdes montagnes noires des marches du Nord. Ou du moins les apercevait-on de brefs moments, quand les nuages de mousson se déchiraient sur un soleil fatigué ; mais ils se refermaient vite, ne laissant pour tout horizon que les berges du lac. L'eau montait. Parfois, sous une rafale de vent, des vagues un peu boueuses venaient lécher les parterres du jardin. Madec s'en inquiéta dès le premier jour.

– C'est un lac artificiel, répondit Sarasvati d'un air un peu désinvolte ; tout a été prévu, même les crues. Il y a là-dessous des canaux, des puisards... L'eau s'en va alimenter les champs...

Elle désigna vaguement le rivage, la route de Godh.

– Tu crains la rivière, toi aussi ? reprit-elle. Mais tu sais bien que le lac est en hauteur. La route monte pour venir jusqu'ici, et la ligne de rochers le protège.

Il soupira :

– Je ne crains rien.

Elle eut un geste d'impatience :

– Que nous importent les pluies et leurs soucis ! Nous ne sommes pas des paysans, que je sache. Viens ! Viens ! C'est l'heure de l'amour !

Et elle appela les musiciens.

Depuis leur arrivée, tout était prétexte à l'amour, et surtout l'heure. Sarasvati regardait le ciel changeant : « La pluie va cesser, viens ! » Un coucou se posait sur le marbre mouillé, se hasardait à picorer des pistaches. « *Kokkilah, kokkilah,* viens dans ma main ! » Il s'envolait ; elle éclatait de rire : « Eh bien, toi, viens, Madec ! » Ou c'était dans le ciel un vol apeuré d'oiseaux *sara* que chassait la pluie : « Oh ! Madec, regarde ces deux-là, qui vont toujours par deux ! Regarde : ainsi je te serai fidèle, ainsi tu le seras ! » Et revenait le désir, tandis que les musiciens préludaient un raga. Les premières heures, Madec fut gêné par leur présence, à tel point qu'il demanda à Sarasvati de les renvoyer.

– Oh ! s'exclama-t-elle d'un air sincèrement navré. Mais il n'est pas d'amour sans musique !

Il n'insista pas. Il comprit qu'il venait encore d'aborder un domaine inconnu, auquel il se devait de s'accoutumer, faute de quoi il la perdrait sans retour. Il lui prit le visage entre les mains puis caressa doucement l'arête de son nez ; il s'arrêta un moment sur son aile, là où s'inscrutait le diamant. C'était devenu un lieu de prédilection, il y revenait toujours, même au plus fort du désir ; l'Inde, l'Inde ici sertie, dans cette peau dont on ne savait plus si le joyau en était l'excroissance, ou le visage sa monture. Cette femme est diamant, pensait-il, et il perdit longtemps ses yeux dans l'eau de la pierre, comme si elle contenait de Sarasvati la plus intime essence.

Alors reprit leur danse, une danse où il était passé maître désormais, saisissant les mains et les pieds à point nommé, honorant selon les règles qu'elle lui murmurait la géographie de son corps, pour finir le ballet, en même temps que se mourait le raga, à ce qu'elle appelait joliment « ma maison de Kama » ; puis ils restaient des heures à picorer et à parler, tandis que les musiciens se reposaient à leur tour ou lutinaient les servantes. Le deuxième jour – était-ce avant ou après l'amour, il ne se souvenait plus, tout commençait à se mêler dans sa tête, il soupçonnait Sarasvati d'incorporer à leur nourriture quelque substance qui les revigorât constamment –, il se leva pour contempler les eaux du lac après l'averse. Le crépitement des gouttes s'était tu ; il espéra une éclaircie et l'apparition magique de la citadelle au lointain, qui le fascinait toujours. Il crut rêver, il se frotta les yeux : le lac avait disparu. Ce n'était plus devant lui qu'une immense étendue verte de plantes grasses et rases ; les barques elles-mêmes, qui les avaient amenés, s'y trouvaient emprisonnées.

Il se retourna brusquement :

– Sarasvati...

Sa voix se mourut ; elle dormait. Déjà, la veille, il l'avait vue s'enfoncer dans cette sieste lourde des après-midi de mousson ; lui-même se sentait trop fébrile pour s'y abandonner. De la savoir si proche lui ôtait le sommeil. Mais il ne voulait pas la déranger ; elle était superbe quand elle dormait ; chaque fois elle se réveillait encore plus belle, toute reposée, à nouveau prête pour l'amour. Et de la contempler, abandonnée dans la sieste, lui donnait l'impression qu'elle lui appartenait tout entière, qu'enfin elle n'était plus l'Inde, mais une femme, la sienne.

Il attendit deux heures, vaguement inquiet. Il ne pouvait se dissimuler que les plantes dérivantes soudain surgies du lac n'étaient pas vraiment ce qui l'effrayait : sitôt réveillée, Sarasvati lui en donnerait une explication rassurante, et son sourire, comme toujours, abolirait la peur. Il ne redoutait donc pas ce phénomène étrange, mais il craignait qu'il n'annonçât autre chose, cet autre chose qu'il sentait rôder autour de Godh depuis son arrivée le jour du Holi, cet autre chose qui avait tué le rajah, l'alchimiste, et qu'une fausse paix s'obstinait à cacher. Bien sûr, il n'avait rien trouvé aux marches du Nord. Les montagnes étaient vides. Pas un sadhu, pas un marchand. Les cols n'étaient plus que des déserts mouillés, et le monde semblait s'être renfermé sur lui-même. De l'eau, de l'eau sans fin ; des nuages en fuite, qui crevaient l'un après l'autre, bouchant l'horizon à cinquante pas. Plusieurs fois, il avait arrêté sa patrouille, se disant : ils sont là, ils sont là, je le sais. Les soldats l'avaient regardé comme s'il était fou. Qui aurait pu risquer de cantonner une armée d'invasion dans les défilés sinistres du Nord sans courir le danger d'une mutinerie ou de l'épuisement ? Il pleuvait si fort... Les Anglais ont de bonnes tentes, pensait-il cependant. D'excellentes tentes et une discipline exemplaire. Oui, mais comment faire la guerre de concert avec les Indiens, qui sont si fantasques ? Et la poudre, comment la protéger ? On ne fait pas la guerre à la saison des pluies ! Si toutefois ils connaissaient un abri, un refuge ? Si la population les protégeait, les sauvages Bhils par exemple, cette peuplade étrange qui ignorait tout de la civilisation, fût-elle indienne. Mais non, non et non, se répétait-il, ma raison défaille ; c'est le temps de mousson qui me monte à la tête ! Maintenant Sarasvati dormait et l'anxiété revenait. Quelque chose lui échappait ; la nature ou les hommes étaient lourds, lourds et gros d'un drame, d'un cataclysme ou d'une renaissance, il n'aurait su le dire. Lourds, trop lourds...

Elle se réveilla enfin.

— Le lac, murmura-t-il, et il la souleva pour la porter jusqu'au jardin. Le lac... Il n'est plus là...

Il écarquilla les yeux. Le lac était revenu. A demi cependant ; les grands bancs verts de plantes grasses dérivaient devant lui, poussés par de brusques rafales de mousson, et le paysage se modifiait à chaque minute ; les barques, tout à l'heure emprisonnées, avaient échappé à l'invasion des plantes et se balançaient sous le vent avec un air d'ironie.

— Les jacinthes d'eau, dit Sarasvati en souriant. Les jacinthes d'eau ! Tu vois bien que le monde ne cesse de changer et qu'il faut toujours célébrer à point nommé le bonheur qui passe.

L'averse redoubla. Quelques instants, et ils furent trempés. Ils rentrèrent sous la galerie en éclatant de rire.

Il écarta une à une ses mousselines mouillées :

— Tu vas prendre froid !

— Toi aussi...

Elle dégrafait sa ceinture.

— Musiciens !

Ils entamèrent un autre raga. L'un d'entre eux tenait le tambura, qui donnait un bourdon continu, extrêmement discret, mais imposait au joueur de vina et aux deux amants la dominante de la mélodie et les en imprégnait. *Raga,* pensait Madec, *raga,* qui signifie attirance, couleur, passion tout à la fois. *Raga :* la musique colore mon âme et mon corps, et les siens aussi.

— Nada Brahma, lui expliqua Sarasvati après l'amour, tandis qu'elle réclamait une autre mélodie, celle de *shanta rasa,* paix, tranquillité et repos. Nada Brahma, le son est Dieu ! Par lui tu atteins la félicité divine, comme par l'amour. Et même quand nous souffrons lorsque l'amant est absent et que la nostalgie prend notre âme, quand nous sommes pleins de *shringara !* Sais-tu comme j'étais triste, quand tu étais aux marches ? *Shringara, rasa adi,* le premier des sentiments qui sont dans la musique, le premier, car l'amour est la force originelle.

De la musique elle aurait parlé des heures. Il l'interrompit :

— Je ne t'ai plus jamais vue danser.

— Danser...

Quelque chose en elle se leva soudain, quelque chose d'enfui qui remonta le long de ses muscles, affleura à sa peau.

— Danser... Mais pourquoi donc ?

— C'est ainsi que je t'ai vue apparaître la première fois.

— Ah !

Elle secoua la tête, prit dans ses mains la masse de ses cheveux, refit sa tresse lentement.

— Il y a bien longtemps que je ne danse plus.

Il aurait voulu lui dire : « Danse, danse pour moi, danse encore », mais il se dit que les temps n'étaient plus les mêmes, et sa tristesse inattendue l'étonnait trop. A nouveau, elle s'éloignait : c'était sa première fuite depuis leur arrivée au palais du lac. Elle dut sentir son vœu secret, car elle se justifia aussitôt :

— Je ne danse plus depuis ce temps-là. Depuis les enfants... les jumeaux qui sont morts. Maintenant ma force est ailleurs, va ailleurs. Et puis, il ne faut plus penser à Godh, ne penser à rien...

Une violente averse crépitait à nouveau.

— Donne le narguilé.

Elle fuma un long moment ; de temps à autre elle lui tendit le tuyau ; leurs lèvres se cherchèrent. L'amour même est une danse, Madec. Et elle est à deux.

— Je sais.

— Toi, je t'ai aimé quand je t'ai vu nous quitter. Tu étais à cheval, un pur-sang qu'on t'avait remis en cadeau...

Elle évitait soigneusement de prononcer le nom de Bhawani. Cependant il était là. Pour conjurer le souvenir, Madec saisit Sarasvati au ventre, éloigna le narguilé. Elle se mit à rire, d'un rire pareil au premier jour, inquiétant et irrésistible. Il comprit alors qu'offerte, accessible, présente, il ne l'aurait jamais cherchée, et qu'en ce moment même une partie de la princesse se refusait toujours, qu'il ne posséderait pas, se laissât-elle éternellement, et davantage encore, saisir ainsi.

— Tu étais si beau, si noble sur ce cheval nerveux, poursuivait-elle. Tu l'as dompté sitôt monté ! Seuls les hommes nobles en sont capables, seuls les nobles !

Elle lui tendit encore le narguilé, qu'il repoussa.

— J'ai sommeil...

— Dors. Mais montre-moi encore tes yeux si clairs ! On dirait de l'eau, une rivière.

— Les eaux... les eaux montent, chuchota Madec en clignant les paupières, puis il s'endormit.

La pluie les berça toute la nuit ; elle ne s'arrêta qu'aux premières lueurs de l'aube ; cependant le ciel demeurait lourd. Toute la journée, ils guettèrent une éclaircie. Le temps commençait à trop languir, et le plaisir, par son excès même, les lassa. Ils étaient désormais repus l'un de l'autre, Sarasvati surtout. A nouveau, mais en silence, elle s'était mise à regretter les allées et venues du palais et les petites griseries de sa puissance. Ils attendirent donc une accalmie ; le soleil allait se coucher quand elle s'annonça. Les montagnes du Nord apparurent au lointain, avec une netteté si surprenante qu'on y distinguait la route. Elle n'était pas vide. N'osant y croire, ils se raidirent tous les deux sur la balustrade ajourée de la fenêtre.

Bannières au vent, une immense troupe se répandait dans la plaine. Elle semblait déjà aux portes, mais se prolongeait encore sur les chemins des montagnes, comme une immense chenille dont les anneaux se déroulaient et à une vitesse prodigieuse. Il y avait de tout : de la cavalerie, des canons, des éléphants de guerre. Il y avait de tout, mais surtout le pire. Car l'énorme serpent sorti de la tourée de nuages était à dominante rouge, incontestablement et effroyablement rouge.

— Les Anglais, chuchota Madec.

— *Anglais,* répéta Sarasvati. *Anglais !*

Elle serra le bras de Madec et le regarda avec une expression d'une effroyable sauvagerie, qui dépassait en violence tout ce qu'il avait pu déjà y lire de démesuré.

— *Anglais !*

Il crut qu'elle allait ajouter *Dharma !* et s'effondrer dans ses bras ; mais non. Elle se tendait encore, se crispait, comme en proie à une intense exaltation intérieure qu'elle n'endiguait plus. Il la crut possédée.

— Sarasvati !

Alors retentit un terrible grondement. Ce n'était pas celui des canons, ni celui du tonnerre ; autour d'eux, sous leurs pieds, au-dessus de leurs têtes, tout se mit à trembler. Le soleil rougeoyant apparut entre les nuages.

— Regarde ! cria Madec.

Elle n'eut pas un frisson. Elle fixait la scène d'un air dur et froid, et c'est là qu'elle dit simplement :

— Dharma !

La terre trembla à nouveau, encore plus fort.

— Dharma...

Sous l'effet d'un phénomène inexplicable — le tremblement de terre, sans doute, conjugué à l'excès des pluies — la rivière de Godh venait de quitter son lit, et le torrent fougueux qu'elle était dans les montagnes débordait jusqu'à la route, emportant comme fétus de paille les colonnes anglaises et leurs canons. Puis Godh subit à son tour l'assaut de la terrible vague, et dans un bruit de tonnerre elle disparut sous leurs yeux, tandis que surgissaient de nouveaux nuages, où s'enfonça précipitamment le soleil du soir.

Elle eut un sang-froid admirable :

— La citadelle tiendra.

— Il faut partir, dit Madec.

— Non. Il fait nuit. La terre peut encore trembler, les pluies grossir. Cela ne servirait à rien.

— Mais ici...

Elle l'interrompit aussitôt :

— Ici nous sommes en paix. Ici l'eau ne viendra pas.

Elle parlait très calmement, absolument convaincue.

— La citadelle tiendra ! Laisse ces chacals de firanguis à veste rouge croupir dans la boue. A présent, ils sont bien châtiés.

– Mais Godh ?

– Godh en a vu d'autres. Son peuple a été plusieurs fois massacré, autrefois. Dharma ! C'est la mousson.

Sous eux la terre trembla légèrement.

– Pas seulement la mousson, fit remarquer Madec. La terre a tremblé.

– Dharma ! Qu'y puis-je ? Crois-tu que de mes faibles mains je puisse repousser les eaux, calmer la terre ? Non ! Bien. La citadelle est sauve. Que souhaites-tu d'autre ? Cette ville était dans le bonheur depuis trop longtemps. Il lui faut du malheur pour renaître. C'est Kali qui l'a frappée, et Kali a raison.

Madec tournait dans la pièce, fébrile. Les serviteurs venaient d'accourir, des lampes à la main. A leurs yeux rougis on devinait qu'ils sortaient du sommeil.

– Ce n'est rien, leur dit Sarasvati. Préparez-nous de quoi manger. Allez !

Ils courbèrent l'échine, s'exécutèrent. Sarasvati arrêta cependant l'une des domestiques, une vieille femme très ridée qui d'ordinaire leur présentait les plats. Elle lui chuchota quelques mots.

– Que lui dis-tu ? cria Madec.

– Je lui donne des ordres pour le repas, répondit Sarasvati d'un air indifférent.

Madec agrippa la servante par le bras :

– Répète-moi ce que t'a dit la princesse !

La vieille résistait avec une extraordinaire énergie.

– Lâche son bras, cria à son tour Sarasvati. Mais qu'as-tu donc ?

– Tu lui fais mettre des drogues dans la nourriture !

– Sot que tu es, de douter ainsi de ta puissance ! Et crois-tu que l'heure soit bien propice à de tels soupçons ? Mangeons donc, il nous faudra de la force demain ! A l'heure qu'il est, la ville doit regorger de cadavres.

Elle avait dit ces derniers mots avec une tranquille assurance, comme si de la mort rien ne devait la toucher. Et toujours la même expression sauvage au fond des yeux, qui ne la quittait plus un seul moment. Quelques instants plus tard, le repas était là : des fèves rouges, des chapatis, du riz. Ils dînèrent en silence. Avec étonnement, Madec découvrit qu'il avait grand-faim. Il partit un moment au jardin, surveiller le cours des eaux. Il devinait dans l'obscurité les bancs de jacinthe dérivantes qui se frottaient aux barques avec un léger crissement. De temps à autre, les nuages en fuite laissaient passer un peu de lune, mais elle se cachait presque aussitôt. Il rentra. Il avai sommeil. Il chercha le charpoï. Sur le lit voisin, Sarasvati dormait déjà. Il eut un sommeil étrange. Plusieurs fois, il se vit dans les bras de la princesse qui le serrait fort, soulevait ses mousselines, ouvrait ses jambes et disait : *Kali, Kali,* au plus fort de l'amour. Kali ? se demandait-il. Mais cette déesse est horrible, sanguinolente, effroyable à voir, tu n'es pas

Kali ! Et il cherchait dans ses voiles la douceur de ses seins. Plusieurs fois aussi il crut atteindre le plaisir ; un plaisir plus déchirant qu'avant, plus intense, plus torturé, aurait-on dit. Et quand il s'évanouissait ne lui succédait pas la paix accoutumée, mais ce sommeil agité, cette demi-veille où l'engourdissait pourtant une imparable torpeur.

Le matin vint. Il filtra doucement par les découpures des fenêtres. C'était un jour très gris, plus calme et plus pâle cependant que tous ceux qu'on venait de vivre. Madec plissa les yeux, un moment ébloui, et se dirigea vers le jardin. Il vacilla ; il avait la langue pâteuse. Sarasvati accourut derrière lui. Elle avait achevé sa toilette et revêtu un nouveau sari blanc. Ses bijoux tintèrent sur le marbre.

— Madec ! Vite... Nous partons.

Il regardait le lac, sans pouvoir lever son regard jusqu'à Godh. Les jacinthes d'eau continuaient à dériver, mais plus doucement, car il ne ventait plus.

— Maintenant, les crocodiles ont dû s'endormir, chuchota Sarasvati.

Les crocodiles. Il n'y pensait plus. Mais là-bas, dans la ville, ils devaient être à la chasse, les crocodiles ! Comment pouvait-elle dire des mots pareils, si poétiquement calmes, en un tel moment ? Et l'épidémie ? Avait-elle pensé à l'épidémie qui prenait impitoyablement les villes inondées ? Il huma l'air, y redoutant l'odeur douceâtre des maladies. Mais non, il faisait bon. Une fraîcheur tranquille de lendemain de pluie. Il vacilla un moment, s'adossa à un pilier.

— Ce n'est rien, dit Sarasvati en souriant. Bois un peu de thé.

Elle lui tendit un verre fumant, qu'il but d'un seul trait, sans peur de se brûler la langue. Il avait soif :

— Encore, dit-il, et une servante accourut pour lui présenter une seconde tasse.

Il alla brusquement mieux.

— Mes hommes !

— Tes hommes sont au caravansérail de la jungle, où ils n'ont rien à craindre.

— Ils attendent mes ordres.

— Il les attendront donc le temps qu'il faut, s'ils t'aiment comme ils le doivent.

— C'est juste.

Il se sentit rassuré. Il s'en voulut, maudit ses craintes. Il ne se reconnaissait pas, ce matin. La nuit avait été mauvaise.

— J'ai un goût infect dans la bouche...

— Les hommes parfois résistent mal aux émotions.

Elle eut un très léger demi-sourire, puis elle ajouta d'une voix presque dure :

— Il faut partir !

Il interrogea son visage. Elle n'avait pas changé depuis la veille. Si, peut-être, ce grand cerne sous ses paupières, sa bouche, un peu tendue, un pli comme incrusté à la commissure des lèvres. Il précipita la toilette. Quelques instants plus tard, à peine rafraîchi, rajustant encore les plis de sa robe, il attendait la barque sur le perron de marbre. Il osa alors interroger l'horizon.

Godh apparut derrière la brume. Comme l'avait prévu Sarasvati, la citadelle avait tenu. Mais de la ville il ne restait rien, ou presque. Il crut tout d'abord à un effet du brouillard, une vapeur persistante qui se serait posée sur les façades roses. Mais il fallait se rendre à l'évidence : la rivière en furie avait balayé les fragiles membrures des maisons ; les pierres dont elles étaient bâties ou, plus facilement encore, la terre rose et séchée de ses briques avaient été emportées sans retour.

– Godh est morte, déclara-t-il avec une voix qui tremblait.

– Non ! Elle est vivante ! La citadelle a tenu. Ce sont les guerriers qui fondent les villes et bâtissent les empires ! Et les guerriers, avec leurs femmes, étaient dans la citadelle !

Il n'y avait rien à redire. Madec se crispa un moment, faillit parler, puis résolut de se taire. Ils embarquèrent.

Lentement, la pirogue traversa les eaux, évitant de temps à autre des bancs de jacinthes. Sarasvati n'eut pas un regard pour le palais, mais ses yeux croisèrent un instant ceux de Madec. Il sut alors qu'elle n'aimait plus ce lieu, que tout son être était ailleurs, Godh peut-être, ou plus loin encore. Il baissa les paupières, n'osant la regarder davantage. On aborda.

– Les éléphants ! cria Sarasvati. Les éléphants, par l'acier ! On les avait abrités dans une remise des jardins du rajah, non loin de la terrasse où il avait été assassiné. Madec craignit que les cornacs, effrayés par le tremblement de terre, ne se fussent enfuis. Il se trompait ; comme des bêtes fidèles, ils étaient restés là, à dormir sous les portes, indifférents à tout, et ils accoururent dès qu'ils entendirent la princesse.

Le voyage fut très pénible. Sitôt qu'on eut dépassé la ligne de rochers apparut l'étendue du désastre. La plaine de Godh n'était plus qu'un immense lac, mais un lac boueux, d'où émergeaient parfois des pans de construction, et surtout la ligne crénelée des remparts qui ne s'était pas entièrement effondrée. Au centre de cette petite mer, on distinguait un courant plus bourbeux encore, qui charriait des arbres, des poutres, des masses informes et, d'ici déjà on le soupçonnait, des dizaines de cadavres, parmi lesquels glissaient de longs serpents d'eau.

On arriva bientôt à la hauteur des remparts ; il fut alors évident que les éléphants ne pourraient plus avancer. A la trace laissée par le courant sur ce qui restait des murs, on voyait cependant que la décrue s'amorçait ; elle semblait même si rapide que Madec jugea que l'inondation soudaine de la ville avait davantage à voir avec le tremblement de terre qu'avec l'abondance des pluies. Il ne s'arrêta pas à ces considérations. Il fallait entrer dans la ville, et pour cela franchir ce torrent.

– Les éléphants passeront, cria Sarasvati.

– Non ! cria Madec. Es-tu devenue folle ?

Elle avait déjà donné l'ordre, et la bête, après un instant d'hésitation, s'avançait dans les flots. Les autres suivirent. Ils vacillaient. En se brisant contre leur corps, le torrent formaient des vagues, qui les aspergèrent entièrement plusieurs fois.

Sarasvati ne bronchait pas. Ses cheveux dégouttaient d'eau boueuse, son sari blanc collait à sa peau.

– Tu as froid, lui dit Madec, et il défit la mousseline de son turban pour la poser sur ses épaules.

Elle n'eut pas un remerciement. L'éléphant frémit une dernière fois, puis, dans un ultime effort, se hissa sur la berge de la rivière, son nouveau rivage, plutôt, car elle s'était creusé un autre lit, très profond, au beau milieu des maisons renversées.

– C'était le bazar, ici, dit Madec.

– Nous en construirons un autre. Je rebâtirai la ville.

L'éléphant grimpait maintenant par les rues. L'eau avait très vite reflué, ne laissant derrière elle que des blocs épars, dont certains étaient fissurés de partout. La grande rue transversale de Godh était à peu près intacte, à l'exception d'une large crevasse qui suspendit un court instant le pas de l'éléphant. Sarasvati en profita pour se retourner.

– Les autres suivent. Bien !

On distinguait très nettement le *Jantar Mantar,* dont les structures géométriques avaient été épargnées ; mais l'observatoire était construit sur un terrain plat, et les eaux s'élevaient jusqu'à sa mi-hauteur, ce qui lui ôtait toute harmonie. D'un geste identique, ils détournèrent le regard ; la désolation de la ville commençait à leur peser de manière insupportable. Et surtout l'odeur de la mort. Sarasvati ramena un pan de son voile souillé contre sa bouche, mais le repoussa aussitôt ; l'exhalaison imprégnait tout, douceâtre, insinuante, jusqu'à l'écœurement. Jusqu'à présent, ils s'étaient refusé à jeter le moindre coup d'œil aux cadavres ; désormais, on atteignait le quartier des riches marchands, les habitations se raréfiaient à l'approche de la falaise : il était impossible de les ignorer. Madec les reconnut en frissonnant.

– Des firanguis à veste rouge... Ils étaient donc entrés dans la ville.

– La citadelle, dit alors Sarasvati, qui ne l'écoutait pas. Tu vois, elle a tenu !

D'un seul coup les lourdes falaises venaient en effet de leur apparaître, puis les découpures de marbre du sommet du palais. De gros rochers s'étaient détachés des parois et s'étaient écrasés sur les maisons des marchands, laissées intactes par l'inondation. Rien ne bougeait. Madec commença à trouver l'affaire étrange. A nouveau se leva en lui la sourde terreur de la veille. Il fouilla les remparts. Rien n'y bougeait non plus. Il inspecta les rochers ; il y trouva enfin ce qu'il redoutait. Des cadavres : des cadavres d'hommes en armes, des archers, des lanciers ; çà et là, accrochées à des épineux, des bannières gorgées d'eau. Et enfin, des uniformes rouges, des fusils.

— Ils avaient donc attaqué !

Elle ne l'écoutait décidément pas. Ou bien peut-être ne voulait-elle pas l'entendre, car son visage s'était encore durci, fermé, refusé. Les éléphants grimpaient de plus en plus péniblement, constamment gênés dans leur progression par des blocs de rocher, ou, pire encore, des corniches de marbre détachées du palais. Ils glissaient aussi parfois sur la terre humide ; le vent se leva.

— Tu as froid, répéta Madec, et il vit cette fois qu'il avait raison : elle tremblait. Il posa sa main sur la sienne.

Elle eut alors un regard très doux, infiniment tendre, qui ne dura pas. Plus tard, il se souvint que ce fut le dernier. On était parvenu aux portes du palais. Elles étaient à demi écroulées. Ici aussi, de nouveaux cadavres, des Indiens cette fois. L'éléphant les déposa sur le petit débarcadère. Plusieurs marches s'étaient affaissées. Madec dut sauter pour les franchir, et il tendit les bras à la princesse ; elle s'abandonna quelques secondes, se reprit aussitôt.

— Gopal ! murmura-t-elle, et elle se dirigea résolument vers les portes arrachées.

Elle avait compris. Un seul coup d'œil à la première cour, et la vérité s'imposa, accablante. Épars sur les carreaux de marbre, d'autres cadavres. A leurs turbans dorés, elle les reconnut sans faillir : c'étaient les gardes du palais. Du sang, du sang partout, et des os broyés, des cervelles éclatées, des membres tranchés ou déchiquetés. Ce n'était pas là l'effet d'un tremblement de terre. A part quelques corniches effondrées, des encorbellements brisés, le palais de marbre était intact.

Comme prévu. Cependant, ce que Madec et Sarasvati n'avaient pas deviné, faute d'avoir plus longtemps pu observer la plaine, c'est que deux heures avant l'inondation l'ennemi était entré dans Godh, massacrant les habitants, attaquant la citadelle.

— Les messagers, se souvint Madec.

— Les messagers ont été arrêtés par les pluies, ou emportés par la rivière, intervint aussitôt Sarasvati.

Elle était calme, outrageusement calme et souveraine, ce qui acheva de l'exaspérer. Pas une plaine, pas un pleur, pas même un seul frémissement. Elle faisait face, avec une tranquillité où Madec se sentait insulté. Oui, ce bonheur même lui serait refusé, la prendre dans ses bras, la consoler, lui promettre une vie meilleure. Il comprit alors qu'il n'avait rêvé de Godh que pour sa princesse et que le destin de la ville, en définitive, lui était indifférent. *Firangui*... Étranger à tous ces hommes, désormais cadavres, étranger surtout à cette femme, qui marchait la première, se retournant de temps à autre pour faire signe aux serviteurs de la suivre et les contraindre à braver leur peur. Au détour d'une galerie, elle pressa soudain le pas.

— Non, non, ce n'est pas possible !

Elle avait crié, saisi à son cou une petite amulette d'or.

– Non !

Les cadavres s'amoncelaient toujours. C'étaient maintenant des femmes, des servantes, cheveux défaits, jupes entrouvertes. Et des enfants, une multitude d'enfants, des bébés, des adolescents parfois. Madec n'avait jamais soupçonné que le palais abritât tant de vies, de jeunes vies ; il l'avait parfois entendu frémir, ou s'alanguir doucement ; maintenant, il s'étonnait de ne jamais y avoir perçu de cris, de clameurs, de vivats ou de hurlement. Vie douce et feutrée, que la violence soudain surgie venait d'anéantir. Où avaient-ils vécu, joué, grandi, tous ces petits qu'on venait d'assassiner ? Jamais il ne les avait remarqués. Mais si souvent la destinée d'un Indien, vie, mort, conception, sommeil, amours, se jouait entre deux corridors, le minuscule espace d'une natte posée à terre, un recoin sombre ; béni encore celui qui possédait un toit ! Qu'avaient-ils attendu de l'existence, tous ces yeux ouverts sur les plafonds incrustés de miroirs ou de plaques d'argent, avec la même expression tragique et tendre qu'ils avaient dû avoir quand ils étaient en vie ? Les larmes lui venaient. Il glissa sur une flaque sang et tomba. Il n'était pas relevé qu'il entendit Sarasvati crier encore :

– Gopal ! Gopal, non...

Ses mots résonnaient sous la voûte des couloirs. Il hurla à son tour :

– Sarasvati !

Elle courait, éperdue.

Il l'appela encore. Mais c'était de désespoir et d'impuissance, car il savait qu'il ne l'arrêterait pas. En un moment elle fut dans le Diwan-i-Am. Une forme blanche se dressa soudain devant elle :

– Ils n'ont pas voulu me tuer. Je t'attendais !

C'était Mohan, le brahmane. Il avait la même expression que la princesse, étrangement sûre d'elle-même.

– Je sais. L'enfant ?

Il ne répondit rien, secoua doucement la tête.

– L'enfant !

Mohan ne bougeait pas. Madec remarqua alors un petit paquet blanc couvert de fleurs autour duquel brûlait l'encens. Au milieu du désordre du palais, au cœur du carnage, c'était comme un minuscule îlot d'ordre et de beauté, la seule chose qui pût rappeler les scènes douces et sereines qu'il y avait toujours observées.

– Gopal ! hurla à nouveau Sarasvati, et elle se précipita sur les linges qui l'enveloppaient.

– Non ! fit Mohan en secouant la tête. Dharma ! Ne cherche pas à le voir.

Elle s'inclina doucement sur le corps, tenta de défaire les linges, puis détourna son visage. Il y eut un long, très long silence, puis elle se mit à sangloter. Le vent soufflait par rafales, apportant chaque fois l'odeur de la mort. Elle ne pleura pas longtemps. Elle se releva bientôt, les yeux rouges mais secs :

– Mohan, il faut tout faire selon les règles. Dresse un bûcher. Madecji !

Il tenait les yeux baissés. Elle comprit son émotion, reprit plus doucement :

– Il faut l'aider...

– J'ai trouvé du bois, princesse, interrompit Mohan ; du bois de santal. J'ai cassé des coffres.

– Bien, bien...

Elle parut un moment absente :

– Dis-moi ce qui s'est passé. Et les femmes ? Le zenana ?

– A quoi bon ? dit le brahmane en se baissant pour réunir des éclats de bois.

Elle eut dans les yeux un éclair de sauvagerie :

– Mais pour me nourrir, Mohan, pour nourrir ma haine jusqu'à ma mort, et au-delà ! Je veux tout savoir, entends-tu, tout savoir !

Ses cheveux s'étaient défaits ; son corps tout entier s'abandonnait à une furie singulière, dont Madec s'étonna de la voir si proche des transports qu'il lui connaissait dans l'amour.

– Comme tu veux.

Le brahmane entama alors un assez long récit. Les Indiens avaient attaqué les premiers, par surprise, par le nord, au cœur de l'après-midi ; le frère du prince menait l'assaut. La garde du palais avait aussitôt canonné l'ennemi avec les armes que Madec avait laissées au palais. Peine perdue. Les assaillants étaient des centaines, et ils semblaient préférer mourir jusqu'au dernier plutôt que d'abandonner le combat. La mousson rendait les murs glissants ; un nombre considérable d'ennemis périt en escaladant les murs ou les falaises, le frère du rajah l'un des premiers.

– Ils regardaient souvent du côté des montagnes du Nord, poursuivit le brahmane, et je suis sûr qu'ils attendaient du renfort.

– C'est exact, interrompit Madec. Nous les avons vus. Les firanguis à veste rouge. Ils sont venus. Ils ont été noyés dans l'inondation.

Il n'osa regretter l'absence de ses hommes. Auraient-ils résisté à l'attaque ? Il se doutait bien que la canonnade servie par des Indiens n'avait pu atteindre l'efficacité européenne. Mais, de leur côté, ses hommes n'étaient pas habitués à la guerre archaïque que pratiquaient les rajahs. Ils auraient pu tout aussi bien se laisser désarçonner. En définitive, il était heureux de les avoir mis à l'abri. Godh est morte, murmura-t-il, Godh est morte. Bien qu'il n'en laissât rien paraître, il n'éprouvait plus qu'une seule envie : partir au plus vite. Partir, pour se battre. Venger l'honneur de cette citée violée. Venger Sarasvati. Trucider les Anglais. La folie de la guerre l'envahissait à son tour, lui qui la veille ne rêvait que de paix. Le brahmane continuait :

– Enfin ils sont entrés. Ils ont massacré la garde. Et puis ils sont venus ici. Je n'ai rien pu faire... Il n'a pas souffert.

– Achève, dit alors Sarasvati.

– Les femmes du zenana ont alors compris ce qui les attendait. Les notables qui restaient au palais se sont battus jusqu'au dernier, mais tu sais bien ce qu'ils valent à la guerre !

– Achève ! cria à nouveau la princesse.

– Elles ont dressé un grand bûcher et l'ont allumé. C'était presque la nuit. Elles s'y sont jetées avec leurs enfants.

– Mohini, murmura Sarasvati.

– Toutes, princesse, toutes sans exception, et même la petite Parvati. Ce sont des radjpoutes, tu le sais bien, des femmes de guerriers !

Elle éclata soudain, avec une rage insensée :

– Fariboles ! Tout cela, ce ne sont que mots vains ! Moi aussi je suis une guerrière, sache-le. Les temps ont changé, brahmane, tu le sais comme moi et tu feins de l'ignorer ! Pour les firanguis à veste rouge, rien ne compte, ni même ces gestes d'éclat. C'est notre mort qu'ils souhaitent ! Eh bien, je vivrai ! Je vivrai, entends-tu, brahmane ?

– Alors ils sont redescendus dans la plaine, poursuivit Mohan sans paraître l'écouter ; ils étaient fous, comme désorientés. Ils en voulaient maintenant aux marchands, aux joyaux. Alors la terre a tremblé. C'était la nuit...

– Kali, Kali ! dit Sarasvati.

Le brahmane hocha la tête.

Elle se détourna, avança vers la cour de la garde.

– Où vas-tu ? Je veux être avec toi !

Madec avait crié, il avait hurlé ces paroles qu'il retenait en lui depuis des semaines, dans la crainte qu'elles n'éloignent de lui la princesse, plus sûrement que la pire maladresse. Mais le cataclysme les avait épargnés tous deux. Et le couple qu'ils formaient, il n'hésitait plus à en crier l'existence haut et clair, comme s'il avait pour tâche de recommencer le monde. Godh, le rajah, son enfant, sa garde, le zenana, morts, irrémédiablement morts. Et lui, Madec, n'avait-il jamais été que de mort en mort, de cataclysme en cataclysme ? Pondichéry, déjà... C'en était trop, il fallait, au moins, que sa passion se dise, qu'il aille jusqu'au terme de son ultime folie, pareil aux hommes qui venaient de tuer, à la nature et ses maux répandus ; puis ressusciter, avec Sarasvati.

Mais elle persista à ne pas l'entendre, s'en alla sous les voûtes de son pas hautain. Il la suivit. Elle pénétra dans une cour. Il n'avait jamais prêté attention à ces galeries un peu grises que rien ne décorait ; il n'y venait jamais que pour y laisser ses chevaux, dont les hommes du rajah prenaient le plus grand soin.

Elle se dirigea vers une petite remise.

– Ont-ils au moins épargné son daim ?

Madec se souvint : le rajah possédait en effet un daim préféré, qu'il sortait de temps à autre au jardin et dont il aimait qu'il ornât, avec les jets d'eaux et la musique, ses méditations poétiques. Il se demandait ce qui pouvait amener Sarasvati à penser à cette bête au milieu d'un pareil carnage, lorsque la princesse se retourna et lui dit :

– Donne-moi ton poignard !

– Es-tu folle ?

– Détrompe-toi. Je tiens à la vie ! Donne-moi ton poignard, à moins que je ne prenne un de ceux des gardes.

– Tu ne vas pas te souiller en dépouillant un cadavre !

– Crois-tu ?

Elle paraissait si convaincue qu'il lui tendit son arme.

– Viens, joli daim, viens...

La bête, d'abord apeurée, résista un moment, mais elle devait la connaître un peu, car elle la suivit. Sarasvati se mit alors à courir le long des couloirs ; le daim courait aussi, et de temps en temps elle s'arrêtait, lui flattait l'encolure.

Madec n'osait plus l'appeler et, plus par peur de la perdre que par curiosité, il lui emboîta le pas.

– Ne reste pas ici !

– Si !

– Madec, je t'en supplie, va-t'en... Tu ne peux pas comprendre, tu es un firangui !

– Non.

– Soit. Mais tu l'auras voulu.

On était parvenu dans une seconde petite cour, une sorte de patio où s'ouvraient plusieurs sanctuaires. Dans le premier, Madec reconnut d'abord une monumentale statue de Khrishna, tout ornée de couronnes qui finissaient de pourrir dans l'humidité ambiante. Mystérieusement, il n'y découvrit aucun cadavre. Sarasvati se dirigea sans hésitation vers le plus petit des temples, dont elle écarta précautionneusement les battants dorés. Une forme grimaçante se dessina entre les portes. Elle dansait debout sur le corps inanimé d'un dieu, visiblement ravi de ces effusions meurtrières. La déesse tirait une langue rose vif, dégouttait de sang, agitait de multiples bras, à l'extrémité desquels elle tenait des colliers de têtes décapitées. Sarasvati prit-elle seulement le temps de prier ? En tout cas, il n'en garda pas souvenir. Elle détacha de son cou son amulette d'or, la piétina, caressa encore le daim, lui flatta le col.

Puis, tout soudain, elle lui enfonça le poignard dans la gorge. Le sang rejaillit sur son sari. Elle riait, elle riait à gorge déployée :

– Vois-tu, Madec, désormais je suis à Kali, je lui appartiens. A Kali, à elle seule !

C'était comme un défi. Il la crut prise de démence, se rappela cette autre scène de sang et de mort, à Pondichéry, cette femme qui hurlait le nom de Sombre et qui, elle aussi, avait voulu conjurer son désespoir dans la mort. Mais non, Sarasvati n'était pas folle. Car elle descendait les marches du temple, venait à lui :

– Viens, Madecji. Nous partons.

Elle lui pressa doucement le bras, et ils s'en allèrent ainsi par les couloirs, sautant de temps à autre pour éviter une flaque de pluie, ou de sang à demi séché.

Le reste alla très vite. Pendant que Mohan achevait dans le jardin les préparatifs du bûcher, Sarasvati fit le compte de ses bijoux et de ses saris. On n'avait rien touché, on n'en avait voulu qu'à la vie des gens du palais. La garde avait certainement résisté un moment, mais le carnage était sans doute consommé bien avant le tremblement de terre. Dans leur terreur, aux premières secousses, les ennemis avaient fui la citadelle, certains même s'étaient jetés par les fenêtres, et c'était là les cadavres qu'on avait découverts dans les falaises et sur la rampe.

– Ils n'ont pas voulu me tuer, expliqua le brahmane, ils croyaient ainsi se racheter dans leurs vies à venir. Malheur sur eux !

Madec s'en fut explorer tous les recoins du palais ; il découvrit bientôt que, contrairement aux apparences, le carnage n'avait pas été complet : une cinquantaine de personnes, des gardes, mais aussi quelques servantes du zenana, s'étaient réfugiées dans une sorte de cave, où elles avaient résolu d'attendre la mort. Il eut le plus grand mal à les persuader que tout danger était écarté et à les faire sortir. On leur confia aussitôt la tâche de réunir les cadavres, ainsi que du bois, pour brûler tous les morts sur un bûcher de la cour centrale. Mais c'était là un travail d'une extrême complication : tant de gens de castes différentes, qu'on ne pouvait incinérer ensemble...

Madec pressentit que Sarasvati allait trancher. Depuis tout à l'heure, elle semblait oublier le malheur dans les ordres qu'elle donnait. Elle regarda longuement la plaine et dit :

– Brahmane ! Qu'on les brûle ensemble ! Par l'acier !

Il l'observa sans mot dire, interloqué.

– Je t'obéirai. Mais c'est mal. C'est contraire au dharma.

– Contraire au dharma !

Elle éclata de rire.

– Chez les firanguis, la mort est égale pour tous ! Madec faillit remarquer que ce n'était pas exactement la même terre, ni la même pierre qui recouvrait les pauvres et riches au jour du cimetière, mais il jugea à bon escient que l'heure n'était pas à ces considérations exotiques, et il entreprit lui aussi de réunir du bois. Deux heures plus tard, deux bûchers fumaient dans la cour intérieure. Le plus petit était celui de Gopal. Et l'autre, énorme, pour tous les autres. On avait réuni tout ce que le palais contenait de bois, puis on y avait amoncelé, pêle-mêle, tous les cadavres. Le petit bucher n'était pas consumé qu'elle cria :

– Chargez les éléphants !

– Princesse, gémit alors le brahmane. Mais où pars-tu ?

– Je fuis cette ville maudite. Viens si tu veux.

– Et le firangui ?

– Le firangui me suit.

Madec la regarda d'un air stupéfait :

— Tu vas bien vite ! Et mes hommes ?

— Nous ferons chercher tes hommes !

— Non. Je ne te suivrai pas. Je ne sais pas où tu veux aller, mais je ne te suivrai pas.

— Et pourquoi ?

Madec ne répondit rien. Elle répéta sa question :

— Et pourquoi, Madecji, je te prie ?

— C'est jour de deuil. Il vaut mieux nous taire.

— Partons. Nous nous expliquerons en chemin.

Il l'avait précédée, s'avançait déjà vers la porte, où les attendaient les éléphants. A sa grande surprise, Madec monta sur le second. Elle ne dit rien, et, en silence, ils commencèrent à descendre vers la ville. Sarasvati ne voulut pas se retourner, mais, lui chercha une dernière fois l'image de la citadelle. Le ciel était presque entièrement dégagé. Il vit alors le brahmane, debout sur la corniche du Diwan-i-Am.

— Mohan !

Sarasvati sursauta et fit volte-face à son tour. C'était trop tard. Le brahmane venait de se jeter du haut de la falaise.

— Dharma, commenta simplement Sarasvati, l'air immuablement absent.

Ce fut tout. On atteignait déjà les maisons des marchands. L'odeur de mort devenait de plus en plus forte, mais les eaux baissaient toujours. A la place des gros ruisseaux, ce n'étaient plus maintenant que des petites rigoles fatiguées qui parcouraient les rues de Godh, et l'on voyait bien que les dégâts du tremblement de terre avaient été plus terribles que ceux de l'inondation. Parfois, on voyait rôder un chien, une vache miraculeusement épargnés ; mais déjà, en grappes lourdes, s'abattaient les vautours.

On franchit cette fois le torrent sans difficulté.

On n'avait pas fait une demi-lieue que Sarasvati donna au cornac l'ordre d'arrêter et de ranger sa bête le long de celle de Madec.

— Je t'accompagne auprès de tes hommes.

— Non.

C'était un refus net, buté, et pourtant il se faisait violence. Comment lui expliquer, avec la mort omniprésente, qu'il ne pouvait pas la suivre, parce qu'il voulait vivre ? Elle le dévorait, et leur passion, s'il restait auprès d'elle, le ferait mourir à son tour. Brusquement, il venait de réaliser que la force de Sarasvati, pour qui l'aimait ainsi que lui, d'un désir irrépressible de possession pleine et entière, serait un insupportable fardeau. Elle régnait, et il ne souffrirait pas longtemps cet empire sur toutes choses. Il se sentait devenir esclave. D'un seul coup, ses révoltes d'enfants se réveillaient ; il lui fallait secouer un dernier joug, le pire de tous, puisque c'était celui de l'amour. C'était maintenant ou jamais. Un pas de plus à ses côtés, et c'en était fait de lui. Elle regardait les collines de l'Est, toute frémissante d'avidité.

— Viens, Madecji...

Les lèvres de la princesse tremblaient, mais ce n'était pas de passion.

Car il le connaissait, Madec, ce regard-là, cet éclat intense qui illuminait les visages. La soif de neuf, le désir d'aventure. Or il se connaissait trop bien pour ignorer qu'ils ne se sépareraient jamais plus, s'il escaladait seulement avec elle la première de ces collines.

Qu'elle était belle, pourtant. Qu'il serait bon de se laisser aller, de mourir d'elle, avec elle, par elle. Il se reprit. La sirène des contes. La tentatrice des mers, ou des forêts interdites. La mort d'amour n'est pas belle, se dit-il, ce sont les sots qui le croient ; qui trépasse sous le joug d'une femme ne mérite que la honte, et la pire. Détester cette femme. La haïr, la fuir, il n'y avait que cela. Et très vite. Sur l'heure. Ne plus la voir, ne plus entendre cette voix roucoulante qui répétait, comme un maléfice, Madecji, Madecji...

– Tais-toi ! cria-t-il, feignant la colère, puis il se retourna vers la ville.

De la citadelle montait encore la fumée des bûchers. Le ciel s'était à nouveau couvert, mais un peu de soleil filtrait encore, assez pour faire briller le palais, et l'autre, celui du lac, à l'extrémité opposée du paysage. Dans les jardins de Bhawani, qui étaient tout proches, on distinguait les arbres renversés par la pluie, et une terrasse paraissait près de s'effondrer.

– Ce lieu n'est que mort, dit Madec.

– Viens avec moi... nous nous vengerons. Je vaincrai l'Anglais !

Elle tâcha de sourire, mais il vit bien que le cœur n'y était pas. La vengeance désormais ne quittait plus son regard.

– Je devrai donc accepter l'offre de Sumroo !

A sa grande surprise, Madec n'éclata pas :

– Tu l'aurais fait un jour ou l'autre. La puissance, le pouvoir, voilà tout ce qui t'intéresse !

– Tu es un firangui, Madecji. Comment peux-tu prétendre lire dans mon cœur ?

– Tu n'aimes que dominer. Séduire. Tu as la force, paraît-il, la vajra. Je l'ai moi aussi. Je ne te suivrai pas.

Une larme glissa sur la joue de Sarasvati.

– C'est vrai, tu as la force. J'ai cru pourtant pouvoir te garder, je t'ai même versé des drogues.

Il ricana :

– Je m'en doutais ! Tu n'as que mépris pour les firanguis !

Elle essuya ses larmes d'un pan de son sari, puis se dressa dans son palanquin. Elle redevint royale :

– Non, Madecji, tu n'étais pas un firangui, et je ne t'ai pas aimé comme un étranger. Mais il est sur terre, je le vois bien à présent, deux races d'humains, plus étrangères l'une à l'autre que les Indiens et les hommes venus des Eaux Noires ! Oui, il est sur terre deux races incompatibles, qui sont les hommes et les femmes !

– Homme et femme pourtant nous nous sommes aimés, et de quelle façon ! lui cria Madec. A cet instant, il sentit monter à nouveau en lui le désir de ne plus lui résister, de s'abandonner, de se faire à jamais son unique esclave, son chevalier servant, sa créature. Il détourna cependant la tête et, d'une voix blanche, il commanda au cornac de faire avancer l'éléphant.

– Vite, vite...

La bête partit au petit trot, et bientôt la ligne rocheuse qui protégeait le lac déroba à son regard l'image de Sarasvati.

« Qu'elle vive et qu'elle se venge ! pensa-t-il. Elle possède la force, elle passera les montagnes, la mousson même ne saurait la toucher. »

Les premiers instants, il dut encore se faire violence, et les mots qu'il se répétait ne le convainquaient pas. Puis vint peu à peu la paix. Il était seul, et libre. Il eut peur pour elle encore un moment, il redouta les défilés infestés de bandits, les rivières en crue. « Mais non, se dit-il, elle a son escorte de serviteurs. Et la *vajra*...

⁂

Il était serein quand il parvint aux berges du lac. Le palais étincelait dans l'après-midi. Les bancs de jacinthes s'étaient regroupés au long de l'embarcadère, où se balançait la même barque qui, le matin même, l'avait emmené vers Godh. Un joyau, ce palais était un joyau. En un éclair lui revinrent la scène de la chambre des paons et la promesse du rajah. Comment n'y avoir pas pensé plus tôt ? Sarasvati, sans doute, lui avait bouché tout horizon et empêché toute mémoire qui n'était pas d'elle.

« Godh a subi deux sacs, avait dit le rajah ; au troisième, elle tombera ; le palais du lac sera saccagé... »

Sur ce dernier point il s'était trompé. L'ennemi n'avait pas eu le temps de piller ce lieu qu'aimait tant Bhawani, parce qu'il y reconnaissait sa propre image, tendresse et vulnérabilité. Il devait se douter de sa fin prochaine ; ses paroles, maintenant que Madec se les remémorait, lui parurent celles d'un mort-vivant. Elles lui revenaient sans difficulté, nettes comme si elles étaient de la veille :

« ... Si tu reviens, de deux choses l'une : ou Godh sera encore debout, belle et tranquille comme tu l'as trouvée. Ou esclave, morte, finie, saccagée. Dans le premier cas, Madec, je serai toujours là, ou mon fils, ou le fils de mes fils. Ton diamant sera là aussi, dans sa cache, à t'attendre de sa vie invisible. Ou Godh ne sera plus ; alors viens ici, prends les dizaines et les dizaines de gemmes que tu y trouveras et venge notre honneur.

Madec arrêta le cornac, sauta de l'éléphant ; un instant plus tard, il était dans la barque, pagayant entre les fleurs aquatiques. Venger l'honneur de Godh. Détruire les Anglais, les firanguis à veste rouge, comme elle disait.

« Sarasvati... » Il balbutia son nom, puis se mit à méditer. Son départ à elle était de vengeance et de pouvoir en même temps. Une puissance mystique, qu'il refusait, depuis qu'il l'avait vue ajouter au sang de son enfant, au sang de ses compagnes du zenana, à celui des nobles et des soldats, le sang de ce malheureux daim qu'elle avait offert à Kali.

« Tu es un firangui, tu ne peux pas comprendre... »

Mais si, il avait compris. Et trop. A la destruction de son peuple, elle voulait ajouter une destruction plus universelle, plus intense, un nouveau cataclysme : « Kali, je lui appartiens désormais ! » Où serait la place pour l'amour, le partage, le don, l'oubli de soi ? En son nom, au nom de ce qu'elle avait été, il avait donc décidé de la quitter. Tout s'était passé de manière très simple, logïque, presque naturelle ; elle croyait que le sang régénérait la terre, et dans ses yeux s'était levée cette lueur farouche qu'il n'avait vue, il ne se le cachait plus désormais, que dans les yeux de Sombre. Lui n'était pas de ces hommes-là ; fort bien : c'était donc la croisée des chemins. A l'heure qu'il était, il avait encore le temps de la rattraper, de la rejoindre, de lui dire : pardonne-moi, je ne veux rien d'autre que toi, la vengeance de Godh, la mort des Anglais...

Tandis que s'approchaient de sa barque les moucharabieh et les corridors du palais, il soupçonna cependant qu'il pouvait être plusieurs façons de mener la guerre, de répandre la mort ; l'une, pour défendre une cause ; l'autre, pour le sang, la destruction en eux-mêmes, pour étancher une soif plus intime, secrète et sans fin, l'avidité du pouvoir, l'éternelle danse d'un désir meurtrier, *Kali ! Kali !,* ainsi que l'avait crié la princesse.

Alors qu'il abordait au palais, le souvenir de la nuit reflua. La présence de la monstrueuse déesse ne s'y était-elle pas manifestée, dans ces songes bizarres d'homme à demi drogué ? Il soupira. Tout ici était demeuré propre, net et clair, comme à l'accoutumée. Le rajah s'était trompé ; pas de sang, pas de cadavres ; seul peut-être, dans la chambre abandonnée, le désordre de l'amour. Madec en fut presque étonné. Cependant, portée par le vent, l'odeur de mort venue de Godh se précisait. Il aurait dû se hâter ; il n'y parvenait pas.

Il erra un long moment dans les couloirs, un peu songeur. Elle l'avait drogué, elle l'avait dit elle-même : « J'ai cru pourtant pouvoir te garder... » Lui avait-il donc été, lui aussi, si étranger ? *Firangui...*

Dès lors, il fut certain qu'elle l'avait aimé il se sentait presque heureux. L'absence enfin devenait plénitude. Il retrouva sans peine le chemin de la pièce où ils s'étaient si longtemps caressés ; il pensa à nouveau entendre un raga de mousson. Il rêvait. Mais un peu du parfum de la princesse flottait encore dans l'air, et ses effluves, ainsi qu'un mécanisme, appelaient la musique. Il crut encore la désirer. Un de ses saris était plié sur un coussin. Il faillit le prendre. « Non, rien d'elle, se dit-il aussitôt. Pas l'ombre d'un bijou, pas un fil de tissu. Que tout demeure dans le souvenir, un coin de mémoire que nous serons seuls à posséder en commun. »

Il était calme. Il déambula dans les couloirs, cherchant le chemin de la chambre des paons. Avant le moment où, inexorablement, il devrait s'arracher à ce lieu, il voulait s'en imprégner à jamais. Quels rêves et quels chagrins avaient agité les servantes ? Quel homme, le premier, y avait fait l'amour ? Quels vents de poussière avaient terni les marbres et quelles moussons adouci les arêtes de leurs ciselures ? Quel jardinier pensif avait disposé ces iris, ces lotus, oublié cette palme sauvage au creux d'un bassin, quels enfants conçus sur cette natte, quels feux de Bengale tirés sur l'esplanade ?

Tandis qu'il marchait, Sarasvati cessait peu à peu d'être la mesure du monde. Depuis longtemps, elle était déjà devenue autre, se dit-il bientôt. *Autre* ; et lui aussi, à ce jour, partait pour une vie neuve.

Construire, enfin. Il était temps. Quel âge avait-il ? La passion avait aboli en lui le sentiment de la durée ; mois, jours et semaines, il ne savait plus depuis longtemps, il n'avait compté que les moussons, ou les nuits de pleine lune, quand pesaient trop solitude et désir. C'était fini. Il regagnerait d'ici peu le temps tranquille des saisons, de l'hiver qui vient, du printemps qui naît ; il oublierait le feu continu de la passion qui mangeait les nuits, ternissait les aubes les plus douces, fatiguait davantage les midis ardents, tuait l'apaisement du soleil couchant. Il n'attendrait plus Sarasvati ; et c'était bien ainsi, même si la vie, de plus calme, devenait plus vide.

De couloir en moucharabieh, de galerie ajourée en souterrain obscur, il parvint enfin à la chambre des paons. Il s'était muni en chemin d'une petite lampe, et le miracle de la dernière fois se produisit avec une facilité qui le déconcerta : le paon déployé, la cavité au pied de sa patte, le crissement, le déclic. Des dizaines de gemmes. Et le gros diamant, qui brilla intensément dès que Madec approcha la lampe.

— La vie invisible des pierres, murmura-t-il.

Un petit sac de brocart était déposé auprès des gemmes comme s'il était prévu que l'on vînt les chercher. Madec y enfouit le diamant. Ainsi que l'avait annoncé le rajah, le trésor de Godh était là, à côté, ces dizaines de joyaux qui s'étaient mis à briller dès qu'il avait introduit la lampe. Il n'y toucha pas, repoussa la porte d'un geste sec et la regarda sans frémir se refermer sur eux.

— La vie invisible des pierres, répéta-t-il tout bas, tandis qu'il resserrait son poing sur l'énorme diamant. La voici, dans ma main, la vengeance de Godh, hommes, armes, canons ; et la mort des Anglais ! Torrebenn ! Et la gloire...

Il se mit à courir à toutes jambes. Quelques instants plus tard, il était dans la barque. Tandis qu'il regagnait la berge, son regard se porta vers l'est, là où, disait-on, Sombre régnait en maître. L'horizon s'était encore dégagé, on voyait les montagnes jusqu'aux cols. Comme il l'avait prévu, c'était la route que prenait la caravane de Sarasvati.

Troisième partie

CHANDERNAGOR

CHAPITRE XVIII

Mousson de 1764

Godh-Agra

Tout le voyage, le ciel demeura lourd, grave et triste. Madec ne suivit pas la couleur du temps ; imperturbable, serein, presque joyeux parfois, il allait sans trêve par les montagnes, harcelant de temps à autre son cornac et le petit éléphant qui lui servait de monture. Ses soldats suivaient à quelque distance, n'osant renâcler, tant ils étaient heureux d'avoir échappé au cataclysme de Godh. Les rivières grondaient tout autour d'eux, ils ne cessaient de patauger dans une boue rougeâtre, mais ils allaient de l'avant sur les cols déserts, animés par la seule force que donne la certitude d'avoir échappé à une totale destruction. On ne rencontrait âme qui vive ; les montagnards, les nomades, les sadhu solitaires, les animaux eux-mêmes semblaient s'être terrés pour jouir en paix du bonheur des pluies revenues. Doucement balancé sous les franges ruisselantes du palanquin, Madec somnolait souvent, rêvant à demi, prolongeant autant qu'il était possible des divagations informelles à la frontière de la veille et du sommeil. C'était une sorte de léthargie vide, une torpeur opaque. Quand il s'en libérait enfin, elle lui laissait le cerveau aussi inactif que ses membres relâchés. Des giclées de pluie, une hésitation dans le pas de l'éléphant le contraignaient soudain à revenir au jour présent. Il se tendait d'un seul coup, hélait le cornac : « Quand sortirons-nous enfin de ces maudites montagnes, méfie-toi des gorges, le pas de ta bête faiblit, as-tu remarqué des traces de cavaliers, es-tu bien sûr de connaître la route qui mène à Agra ?

Agra, Agra, il n'avait que ce mot-là à la bouche. Il jetait par-derrière un dernier coup d'œil, pour vérifier que la troupe suivait, puis reprenait le cours de sa rêverie. Il en avait exclu tout passé qui ne fût pas Agra et les promesses du jésuite. Agra, son port, sa recouvrance : au milieu de ces montagnes, Madec se découvrit des espoirs de marin. Poser son sac. Mettre fin à l'errance. Bâtir une vie tranquille, ancrée, terrienne. Le roulis continuel de l'éléphant et l'eau qui sourdait de partout contribuaient grandement à entretenir cet état d'âme incongru. Comme sur les vaisseaux de la Compagnie des Indes, les vêtements commençaient à pourrir. Depuis quelques jours, les soldats souffraient aussi de la faim et Madec n'osait plus réclamer au cornac les maigres rations qui restaient dans les sacs empilés à la hâte lors du départ de la citadelle, et qu'on avait accrochés au flanc de l'animal. L'homme refusait obstinément d'y toucher : « Madecji ! tu es le chef, qu'est mon existence au regard de la tienne ! » Madec attribua ce refus à quelque préjugé de caste : « Ma vie est liée à la tienne, cornac ! Que ferais-je de cet éléphant sans ton secours ? Je ne sais pas le guider ! »

Le cornac continuait à secouer la tête : « Madecji, tu es le chef... »

Madec ne poussa pas plus avant sa tentative et résolut d'épargner les vivres autant qu'il le pouvait, n'attendant plus qu'Agra pour mettre un terme à ces désagréments qui, du reste, entre ses somnolences et ses rêveries, ne l'affectaient que de façon fort bénigne.

Il méditait. Dans ses songes en bordure du chemin, il se comparait à un serpent qui mue, une longue couleuvre abandonnant l'une après l'autre les peaux de tous ses printemps ; et peu importait que pour lui fût fini le printemps. La mousson est la seule grande saison de l'Inde, se répétait-il sans cesse, une renaissance répétée autant d'années que dure la vie, et où se lovent tous les bonheurs à venir. Quimper, Godh, Agra, voici venir ma troisième naissance, et cette fois-ci sera la bonne. Alors il passait la tête au-dessus du baldaquin, interrogeait le ciel pour la trentième fois du jour, cherchait à percer son écran de brouillard opaline ou de cristal liquide. Le soir, il voyait invariablement s'avancer des nuages aux teintes qui viraient et passaient en un rien du gris presque noir à des pastels nacrés. On arrêtait l'éléphant ; il s'écroulait, docile et épuisé. On cherchait un recoin de roche où s'abriter quelques heures, sous la bâche à peine tendue des tentes détrempées. La lune parfois monta dans le ciel battu de vent, et elle souligna d'ambre les nuages en fuite. Cette fois, ma joie sera tranquille, rêvait toujours Madec. Je ferai la guerre, mais sans flamme ni passion. Je serai riche et sage. Et il s'endormait, ne doutant plus que d'aussi fermes résolutions ne pussent venir à bout de la folie indienne.

Un matin, le cornac se mit à tousser. Il frissonnait de partout et son corps maigre paraissait très fiévreux. Il repoussa encore la nourriture, prétextant que la plaine n'allait pas tarder. Et en effet, le soir venu, elle surgit au débouché d'un col. La pluie venait de cesser ; c'était le coucher du soleil, une heure toute mauve. A travers la brume diaphane qui filtrait les derniers rais de lumière, Madec distingua ce qu'il attendait depuis si longtemps, éparpillées dans la plaine comme autant de signes de la vie humaine et de son ordre éternel, les fumerolles des galettes de bouse qui cuisaient le dîner de l'Inde. Demain, enfin, il serait à Agra.

– Cornac ! Regarde ! cria-t-il dans sa joie.

L'autre avait vu depuis longtemps et souriait d'un air absent. Il chancela soudain.

– Cornac !

C'était trop tard. L'homme s'était évanoui et roula aux pieds de l'éléphant. Celui-ci, toujours étrangement calme, ne broncha pas, mais laissa échapper un très curieux barissement doux. L'agonie du cornac dura toute la nuit. Madec avait compris aussitôt qu'il n'y avait plus d'espoir. La fièvre, la faim, la chute se conjuguaient pour terrasser le squelette frémissant qu'était devenu son corps. Sa résistance fut cependant surprenante. Madec le recueillit au creux de ses bras, tâcha de le réchauffer en le massant selon l'usage indien et attendit le jour. Aux premières lueurs de l'aube, le cornac commença à s'agiter et murmura :

— La prospérité soit sur toi, Madecji. Prends ceci.

Il lui tendit une petite amulette serrée au creux de sa paume.

— Prends-le, Madecji. Que sa sagesse te protège.

Le soleil se levait dans un ciel pur. Madec leva l'objet vers la lumière. C'était un petit Ganesh de cuivre tout usé, avec une longue trompe grossièrement ciselée.

— Cornac...

Les yeux de l'homme demeuraient fixes. Le soleil déferla d'un coup sur la plaine, et Madec soupira. Le cornac était mort. Madec se leva, un peu las. Il glissa l'amulette dans la poche de sa robe, tout près des faces polies de son diamant. D'un village proche, il entendit l'appel du matin, celui que les brahmanes lançaient à la lumière, au feu, au soleil. D'un bout à l'autre de l'Inde, la même psalmodie montait vers le ciel, bruit rauque des conques dans lesquelles on soufflait, murmure des versets qui célébraient la naissance du jour. Et pourtant, de cette terre indienne, Madec n'espérait plus rien, sinon une ville à peine entrevue et un prêtre d'Europe qui, des heures durant, lui avait naguère parlé de vie sage et bien étroite.

Pourquoi donc avait-il accepté le Ganesh du mourant, dieu des brigands, des écrivains, des imposteurs, toutes choses qu'il n'était pas et ne voulait point devenir ? Il faillit le remettre sur le cadavre, mais pensa qu'il était néfaste de refuser le présent d'un mort. Je deviens comme ces fous d'Indiens, superstitieux et idolâtre, fulmina-t-il en silence, faut-il que cette femme m'ait ensorcelé ! Pour la première fois depuis leur séparation, il songeait à Sarasvati ; il se jura que ce serait la dernière. Il garda le Ganesh. Quittant la dame de Godh, il avait à jamais tourné le dos à l'aventure ; mais il se fit la réflexion que le dieu ventripotent dont le cornac lui avait offert l'effigie protégeait toutes personnes soumises, comme les coupe-jarrets, à la nécessité de réfléchir deux fois plutôt qu'une. Il repoussa donc ses scrupules religieux et s'avisa qu'il lui fallait résoudre sur-le-champ une urgente difficulté : qu'allait-il advenir de l'animal du cornac ?

Il jugea que l'adieu à la vie hasardeuse commençait par une stricte économie. Le prix des éléphants demeurait constamment très élevé sous ces climats où pourtant ils abondaient. Madec décida donc de conserver la bête, quoique ses pattes un peu basses lui parussent peu conformes au brillant état qu'il espérait à Agra. Fortune faite, il lui serait toujours loisible de s'en procurer qui soient plus élégants. Il s'agissait donc de la nourrir au plus vite, et de ne point la quitter afin de paraître dans un équipage convenable en la bonne ville du père Wendel.

Envoyés au village voisin, les hommes de Madec, à force de baragouiner hindi, finirent par dénicher un grand homme maigre, que la rumeur locale donnait pour versé en science éléphantine. Dès qu'il eut examiné la bête, il s'inclina respectueusement devant Madec, en lui servant des « très honoré seigneur » à n'en plus finir. Madec l'interrompit avec humeur :

– Parle, si tu t'y connais en éléphants ! Mon cornac est mort. Que te semble de cette bête ?

– Oh ! très honoré seigneur, il est encore un peu jeune pour que l'on se prononce, mais assurément il fera un animal royal !

– Trop jeune ? Comment cela ? Quel âge a-t-il donc ?

– Douze, treize ans, je pense ; il va encore grandir. Regardez son poitrail, déjà bien bombé : il sera très puissant. C'est vraiment un animal royal, de la première caste des éléphants !

Madec demeura interloqué ; il ignorait que les Indiens étendaient aux animaux la hiérarchie impitoyable qui les divisait eux-mêmes. Il sourit d'un air sceptique :

– Et à quoi le vois-tu ?

– A son œil d'abord, seigneur firangui, à son œil rond, vif et bon. Puis à ces taches roses et blanches qui parsèment ses oreilles. A sa longue queue, qui cependant ne touche pas le sol. Et surtout à la couleur de sa peau !

Madec examina plus attentivement l'animal. Il était gris, lui semblait-il, aussi gris que les autres éléphants. Il dut prendre alors une expression un peu déconcertée, car l'expert en éléphants eut un rictus ironique :

– Tu ne connais donc pas la valeur des cadeaux que tu reçois, firangui ?

L'homme avait abandonné toute formule de politesse et le considérait désormais avec un mépris mal dissimulé. Madec sentit la colère monter en lui :

– Celui-ci n'est pas un cadeau. Et d'ailleurs, que t'importent les présents que je reçois ? Firangui je suis, et firangui je demeure, mais prends bien garde à mon sabre et à mes mousquets si je les pointe sur toi !

Il avait dégainé son épée et l'agitait sous le nez de l'homme aux éléphants. Le geste eut aussitôt l'effet escompté : l'autre pâlit, se prosterna et demanda grâce.

– Bien, fit Madec. Continue maintenant.

Il sentit un léger bourdonnement dans ses oreilles et crut un instant que la terre tremblait sous ses pieds. Cela ne dura pas. Il s'épongea le front, reprit ses esprits. L'homme aux éléphants n'osait plus dire un mot.

– Parle ! répéta Madec d'une voix plus douce, comme lasse.

– Assurément, cet éléphant est un don des dieux ! Outre ses qualités d'animal royal, il possède à chaque patte seize ongles, ce qui signifie prospérité pour celui qui le possède.

– Bonheur ? interrogea Madec, qui n'était pas sûr d'avoir bien compris.

– Non, prospérité, maintint l'autre. Mais enfin, qui connaît la prospérité connaît aussi le bonheur ! ajouta-t-il avec un petit rire. L'on trouve parfois des sadhu qui prétendent le contraire, mais ce sont des fous !

Il examina de plus près l'animal, lui palpa les flancs :

– Cependant...

– Quoi ? intervint aussitôt Madec, qui commençait à tenir à sa bête.

– Ton éléphant est mal nourri ! Quel dommage pour un éléphant blanc...

– Il n'est pas blanc !

– Il est blanc, très honoré seigneur, car il est clair !

Ces subtilités achevèrent d'exaspérer Madec ; il y retrouvait l'intarissable penchant de l'Inde à ergoter, pinailler, diviser, subdiviser, morceler les idées jusqu'à l'extrême, passion particulièrement répandue chez les marchands, mais qu'il avait aussi découverte avec effroi chez Sarasvati, au cours de leurs longues conversations, quand ils attendaient la mousson. Il ricana, puis cria d'un ton dur, qui terrifia ses soldats :

– Soit ! Va pour l'éléphant blanc ! Et maintenant, es-tu capable de nourrir cette bête ?

– Si tu me payes, très honoré seigneur ! Et je te préviens que ce pays a connu la disette, l'an passé.

– Je sais ! Tu seras payé ! Alors, que faut-il donner à cette malheureuse bête ?

– Il faut d'abord l'engraisser, très honoré seigneur. La nourrir de beurre clarifié, mélangé à du lait de vache, de l'huile de graine de sésame, du sucre, de l'ail haché... Cela ne te coûtera pas cher. Mais ensuite...

– Quoi encore ?

– Ah ! Seigneur... C'est qu'un éléphant blanc ne mange pas la même nourriture que les bêtes ordinaires, fussent-elles royales ! Il lui faut la canne à sucre la plus douce, les bananiers les plus moelleux, les gâteaux de froment les plus dorés et des boissons parfumées à l'eau de rose et au jasmin !

Madec sentit à nouveau sa tête bourdonner. Les paroles de l'homme à l'éléphant n'y étaient pour rien, il l'écoutait à peine. Il était las, extrêmement las. Agra, au plus vite ; la demeure du jésuite, le repos, le bonheur.

– Il aura tout cela ! lâcha-t-il d'un air absent.

Puis il sembla brusquement pensif, considéra d'un œil perçant son interlocuteur :

– Es-tu cornac ?

– Oui, seigneur.

– Veux-tu t'attacher au service de mon éléphant blanc ?

L'autre parut au comble de la joie :

– C'est trop d'honneur !

– Réponds : acceptes-tu ?

L'homme se prosterna aux pieds de Madec.

— J'accepte, seigneur, j'accepte !

— Bien ! Alors nous partons.

Il lui désigna la bête.

— Pas si vite, pas si vite, cria le cornac. Il faut que l'éléphant s'habitue à moi. Il vient de perdre son maître, il doit être dans l'affliction !

Madec haussa les épaules :

— Soit ! Mais fais vite.

Il faillit chanceler. Un nouveau vertige venait de le prendre, suivi d'un élancement aigu au ventre. Il n'était plus seulement las, il était mal. Il fallait n'en rien laisser paraître. Il résolut de tenir bon.

Pendant une bonne heure, l'homme, dont on venait d'apprendre qu'il se nommait Arjun, tourna et vira autour de l'animal, le touchant tendrement, lui murmurant à l'oreille des syllabes douces et étranges, l'examinant de toutes parts, et s'arrêtant soudain, pour interroger un long moment son regard triste et docile. Enfin il s'avança vers Madec :

— Nous pouvons partir ; je pense que c'est une bête placide et bien obéissante. Quel est son nom ?

— Son nom ? éclata Madec. Mais comment veux-tu que je sache son nom ? Je n'étais pas son cornac !

Arjun réprima encore une grimace de mépris, mais ne put retenir une nouvelle insolence :

— Le propriétaire d'un animal royal se doit de connaître son nom !

Madec ne se releva pas. La douleur lancinante au ventre reprenait, un léger brouillard voilait sa vue. Rentrer, rentrer. Cette fois, c'était peut-être la mort qui s'approchait, douceâtre, languide, traîtresse, comme toutes les choses de l'Inde, quand elle n'était pas en folie. Et il mourrait loin du pays. La Bretagne. Depuis quand n'y pensait-il plus ?

— Son nom ? murmura-t-il comme dans un songe.

Puis il enchaîna d'une voix brusquement rassurée :

— Il s'appelle Corentin !

— Koh-ran-thin ? répéta le cornac en détachant les syllabes. Voilà un nom bien étrange. C'est un dieu ? Ton dieu ?

— Si tu veux... C'est un nom de mon pays, de l'autre côté des Eaux Noires. Va ! Nous partons !

Quelques minutes plus tard, la petite colonne était en marche. Madec allait mieux. S'abandonner sur les coussins le soulageait, quoique parfois, sourde et tortueuse, la douleur se levât. Le matin était clair, le soleil haut, on allait bon train. De temps à autre, le nouveau cornac se retournait vers Madec et lui lançait en riant :

— Koh-ran-thin, Koh-ran-thin ! Ah ! Quelle jolie bête il va faire d'ici trois à quatre ans ! Koh-ran-thin, Koh-ran-thin...

— Corentin, murmurait à son tour Madec, à demi couché au fond du palanquin. Corentin...

Ainsi, se disait-il avec un plaisir un peu mélancolique, un peu de Bretagne m'est demeurée. Malgré l'Inde. Malgré Godh. Malgré Sarasvati.

Il soupira. Avec ce nom de Corentin lui était revenu soudain le souvenir de sa mère, Corentine-Manon, dont il ne se rappelait plus les traits, et qu'à présent la vraisemblance contraignait à tenir pour morte. Au bord de sa mémoire rôdait aussi Quimper, communément dite Quimper-Corentin. Vivait-elle encore au bord de son fleuve étroit, avec ses marées grises et ses champs d'ajoncs ? Mais tout cela avait-il vraiment existé ? *Maya, maya,* illusion, comme disaient les Indiens ! Rien n'avait de réalité ; ni ici, ni là-bas. Il n'avait pas le mal du pays, ou du moins pas encore ; et en cet instant, aurait-il fallu qu'il choisisse entre l'illusion en Bretagne et le mirage indien, il aurait à nouveau, chimère pour chimère, tranché pour l'Inde, car il n'était toujours pas rassasié de ses fantômes colorés. Non, il n'avait pas encore le désir de rentrer. Envie seulement de se reposer. Un petit moment ; un long moment. Et ensuite, encore l'Inde. Mais cette fois, l'Inde et l'ordre. Après une dernière douleur, plus déchirante que les précédentes, il s'endormit au fond des coussins.

On fit halte au premier village pour y déposer le cadavre de l'ancien cornac. Moyennant quelques pièces, Madec obtint qu'on le brûlât sur-le-champ, eu égard au dévouement de ce pauvre hère qui l'avait béni en mourant. Tout en reprenant la route, il demeurait bien étonné qu'Arjun eût si facilement accepté de s'attacher à une bête qui n'avait guère porté chance à son prédécesseur. Il tâcha de distinguer les raisons de cet enthousiasme et parvint à la conclusion que le zèle de ces deux hommes n'était pas adressé à son propriétaire, mais bel et bien à l'éléphant lui-même, en raison de son état d'animal de haute caste. N'avait-il pas entendu raconter à Godh que les éléphants blancs étaient la réincarnation du premier éléphant du monde, Airavata, sorti de la coquille de l'oiseau de Brahma ? « C'est un éléphant qui soutient tout l'univers, avait dit Sarasvati, et l'éléphant blanc ressemble au lait cosmique. » Il avait éclaté de rire, il s'en souvenait encore, ne comprenant pas qu'un éléphant fût comparé à du lait, et doutant fort que jamais pût naître pachyderme qui fût blanc de peau. Elle avait maintenu, il avait ri encore plus fort, elle avait répété sa fable d'un air prodigieusement irrité, puis elle s'était fermée, comme chaque fois qu'il la jugeait extravagante ; il se rappelait d'ailleurs qu'il lui avait fallu des heures de cajoleries pour qu'elle consentît, unique délice qu'il lui était encore loisible de goûter, à parler à nouveau et surtout à sourire. Souvenirs de Godh : plus on s'approchait d'Agra, plus il les pensait néfastes à ses projets de vie ordonnée et à la paix de son âme. On atteignit une large route, où l'on distinguait un troupeau de chameaux.

La vie reprend, pensa-t-il, puisque voici revenues les caravanes. Cette pensée le rassura. Elle lui parut balayer définitivement Godh, la mort, le cataclysme. Du reste, la région d'Agra était extrêmement plate, ce qui le soulageait infiniment, tant le cauchemar vécu dans le royaume de Sarasvati lui semblait lié aux barrières de jungles et de montagnes qui l'entouraient. Ici, une enclave de mort ne pouvait s'imaginer.

C'était un monde de routes et d'espaces sans fin, un univers libre, ouvert, aéré. Il s'en voulut d'avoir cru Godh protégé. Du même coup, il vit toute sa jeunesse comme une longue et gigantesque erreur, et il s'endormit sur cette certitude. Il ne se réveilla qu'aux portes d'Agra. Il ne discerna tout d'abord qu'une masse rouge et informe, et se demanda où il était. Le brouillard sur ses yeux s'était encore épaissi. La vue lui revint peu à peu, mais ses douleurs du ventre avaient augmenté.

— Seigneur, où allons-nous ? demanda le cornac.

— Connais-tu la ville ?

— Un peu... Par cette porte, nous pénétrons dans le marché.

— Conduis-moi à la maison des hommes à robe noire !

— Les prêtres firanguis ? Mais je ne sais pas où ils demeurent !

— Comment ? s'exclama Madec. Ne sont-ils pas assez connus dans Agra ?

— Je n'ignore pas leur existence, mais je ne sais où se trouve leur maison.

— Eh bien, descends, et demande-le ! Tâche aussi de me ramener des hommes qui puissent nous ouvrir le passage au milieu de la foule. Dépêche-toi !

La douleur le tordait à nouveau, et il eut un regard terrible en prononçant ces derniers mots. Le cornac descendit de sa monture avec des mouvements fébriles, puis disparut à toute vitesse. Une meute de mendiants se précipitait déjà autour de l'éléphant et des soldats, qu'il fallut faire fuir au plus vite tant ils étaient pressants. Depuis son aventure de Bénarès, Madec craignait surtout qu'il n'y eût parmi eux des lépreux, et il interdit formellement qu'on distribuât la moindre aumône. D'ailleurs, ses hommes n'avaient plus grand-chose à donner ; les mendiants, à la vue de leurs vêtements délavés, n'insistèrent guère, et l'attente s'installa.

On était au cœur de l'après-midi. Il n'avait pas plu de la journée, ce qui parut à Madec fort singulier, après les déluges qu'il avait connus dans les montagnes. De gros nuages s'accumulaient à l'horizon, qui n'allaient pas tarder à crever ; en attendant, le soleil brillait, durcissant encore le coloris rouge des murailles d'Agra.

Arjun ne revenait pas. Je ne connais pas cette ville, songea Madec. La dernière fois, je n'ai fait qu'y passer, sans même franchir ses remparts. Que vais-je devenir si les jésuites n'y sont plus ? Et si ce cornac a décidé de s'enfuir ? Comment diriger cette bête que je ne connais pas ? Si au moins c'était un cheval... Il contempla longuement son éléphant blanc. Son premier véritable éléphant. Et il était royal. Ne fallait-il pas y voir un signe ? Il s'aperçut alors qu'il commmençait à le regarder avec les yeux des Indiens ; cette bête qui le matin même ne lui paraissait qu'un pauvre animal fatigué, un peu bas sur pattes, était en passe de lui devenir extrêmement précieuse. Désormais, résolut-il, je ne quitterai plus Corentin.

Enfin surgit de la porte la silhouette qu'il espérait : une longue forme efflanquée vêtue de noir qui s'avançait dans la foule avec une inimitable componction. Arjun le suivait ; comme il avait à peu près la même taille et une maigreur identique, on aurait cru de loin la réplique brune, légère, souple, et, pour tout dire, indienne, du père Wendel.

Un sourire de victoire le transfigurait. Pour le reste, il n'avait pas changé. Il le salua le premier, ce qui n'était pas coutume chez lui :

– Bonjour, mon fils ! Te voici donc de retour à Agra...

– Bonjour, prêtraille !

Malgré l'injure, l'autre continua à sourire et poursuivit :

– Il est vrai que l'autre jour, mon fils, tu n'étais pas entré dans la ville. Es-tu donc retourné voir ton cher Taj Mahal ?

– J'ai besoin de toi, sale abbé ! lui lança Madec, j'ai besoin de toi et tu le sais fort bien. Mais tu as de moi encore plus grand besoin, pour m'avoir fait « l'autre jour », comme tu dis, tes grandes et belles promesses. Je te reviens : alors tu vas me la tenir, ta parole, cochon de jésuite, sinon il t'en cuira, de toi et de ta vieille soutane !

Malgré les douleurs qui lui tordaient les tripes, il prononça ces insolences avec une vigueur certaine. Le jésuite en fut très impressionné ; de plus, grâce à ses connaissances étendues qui lui avaient valu d'entrer dans un ordre religieux partiellement voué à l'espionnage exotique, il avait reconnu dans la monture de Madec un éléphant royal, et blanc de surcroît. Cette découverte eut sur lui un effet immédiat : il cessa de sourire, se courba très légèrement, frotta l'une contre l'autre ses longues et blanches mains, puis susurra :

– Soyez le bienvenu en cette ville d'Agra, cher Madec, et que Dieu vous protège ! Puis-je vous rejoindre sur votre animal ?

– Cornac ! Fais baisser l'éléphant !

Arjun s'exécuta, mais il fallut le secours de trois soldats pour hisser le corps anguleux et rigide du prêtre dans le palanquin. Madec ne voulait pas entamer les discussions avant d'être arrivé. Il détourna donc son visage et regarda en arrière. Il découvrit alors, plus légères que jamais dans la brume du soir montant, les coupoles aériennes du Taj Mahal, et il s'aperçut ainsi que le jésuite l'avait pressenti, qu'elles ne signifiaient à ses yeux plus rien d'autre que la mélancolie d'un rêve abandonné.

La traversée d'Agra fut une pénible épreuve. La ville était bâtie sur une série de ravins, dont les rues suivaient le relief capricieux ; leurs pavés de brique et de pierre étaient souvent arrachés, des fondrières les coupaient constamment, au point que Corentin, à plusieurs reprises, laissa paraître des signes de fatigue. Les quelques malheureux qu'Arjun avait recrutés pour ouvrir le passage ne furent d'aucun secours : en ce temps de mousson les habitants d'Agra demeuraient cloîtrés chez eux le plus clair du jour ; c'était encore la morte-saison des affaires. Malgré sa modeste stature, on n'osa pas aventurer Corentin dans les rues tortueuses du marché, où il n'aurait pas réussi à se faufiler. On emprunta donc une des trois rues principales d'Agra, suffisamment larges pour laisser passer pareil équipage, et que les empereurs moghols, du temps de leur splendeur, avaient ordonné qu'on ouvrît pour la pompe de leurs triomphes. De part et d'autre de cette route, et aussi loin que portait le regard, on mesurait avec tristesse la désolation qui s'était abattue sur leurs états autrefois florissants. De tous côtés, ce n'étaient que masures, décombres, ruines enchevêtrées. Parfois, le regard y distinguait un pilastre intact, où s'entrelaçaient de délicates arabesques. Ailleurs, c'était une vasque de marbre, oubliée au milieu de blocs épars mangés de lianes neuves. A Godh, on n'avait pas eu le temps de porter la mort dans les pierres. Ici, il semblait au contraire qu'une divinité plus cruelle avait cherché à ruiner jusqu'en son cœur l'image de la magnificence et du pouvoir. Tandis que montaient, de plus en plus régulières et franches, les douleurs qui lui brûlaient les flancs, un sentiment neuf s'empara de Madec : celui de l'inanité de la puissance, de la vanité de l'ambition.

La gloire ! Pourrait-il s'en passer jamais ? Était-il bien certain d'avoir fini de vouloir monter, et de ne plus souhaiter que des joies ordinaires, sages et mesurées ? De ne plus envier ceux qui le dépassaient ?

Celui-là même qui, quatre ans plus tôt, avait transformé cette ville splendide en champ de pierres inculte, n'était-il pas Sombre, entraînant derrière lui les hordes des Djattes, et sa folie destructrice ne lui avait-elle pas valu un renom sans égal, à lui qu'on appelait la *Lune des Indes*, des Himalayas au cap Comorin ?

Il soupira bruyamment, chassa ce souvenir désagréable. Les tiraillements de son ventre devenaient plus aigus. Il les maudit, n'y voulant voir cependant qu'une incommodité passagère qu'un peu de repos apaiserait, en même temps que son humeur noire. L'effort était tel qu'il tremblait de partout. Le jésuite n'avait pas manqué de l'observer ; dans son regard s'alluma une joie à peine retenue. Avec la délicatesse un peu fade qu'on voyait en Europe aux Saint-Jean des églises, il étendit sa main pâle vers Madec, puis donna l'ordre au cornac d'arrêter : devant l'éléphant se dressait en effet une belle porte de bois barrée de fer ; une haute croix de pierre la surmontait, afin qu'il n'y eût pas de doute sur la nature d'un lieu qu'à l'abord on pouvait prendre pour un bastion ou un fortin.

— Avant que de pénétrer en cette sainte enclave, dit alors le père Wendel, confiez-moi donc, cher Madec, ce que vous attendez de mon humble ministère...

— Me marier, prêtraille, comme tu me l'as promis !

⁂

Sitôt dans ses murs, le père Wendel voulut entraîner Madec à sa chapelle pour y remercier, comme il disait, la Divine Providence. Madec refusa tout net et réclama un bain.

Le jésuite pâlit :

— Un bain ! Mais les usages de l'Inde sont pernicieux, mon fils ! Le diable toujours vient s'y loger !

— Laisse le diable là où il est !

Wendel ne désarma pas :

– Huiles et parfums sont œuvres de concupiscence!

– Je n'entends rien à ton langage. Je veux un bain, je ne ressemblerai pas à un chien puant!

– Je n'ai pas de bassines.

– Tu mens. Toi aussi tu te baignes et te parfumes. Tu n'as pas l'odeur des Européens aux Indes. Tu te caches, mais tu te baignes!

Le jésuite rougit légèrement et désigna à Madec l'enfilade des cours :

– Suivez-moi, mon fils. Au fond se trouvent les chambres. Comme chaque fois qu'il était découvert, le père Wendel ne revenait jamais sur ses dires, il ne cherchait pas le moins du monde à se justifier; une fois encore, Madec admira ses incessants changements de sincérité, s'il était possible encore d'appeler sincérité cette merveilleuse aptitude à courber l'échine.

Ils traversèrent un semblant de déambulatoire délavé de pluie, puis des cours grisâtres, désespérément semblables les unes aux autres. Ni marbres ni fontaines; pas la moindre décoration, pas un soupçon de jardin, pas l'ombre d'une ciselure.

– Voici le collège, et par là la bibliothèque, dit le jésuite en lui montrant une construction fissurée et moisissante.

De quelques mots hindis, il réveilla trois dormeurs assoupis sous une voûte :

– Au travail!

Les hommes, des adolescents encore, s'approchèrent docilement. Madec fut étonné de leur peau très claire. Parmi l'infinité des visages de l'Inde, il n'avait jamais rencontré de teint si pâle ailleurs qu'à Pondichéry et à Calcutta, où les bordées de marins facilitaient le mélange des races.

– Ce sont des métis? interrogea-t-il.

– Des Français, mon cher, des *frantcis* comme on dit ici! Je leur dispense l'enseignement du Christ; en échange, ils entretiennent la mission.

– Ils ne sont donc point riches?

– Ceux-ci ne le sont point. Les autres...

Il eut un geste évasif et plein de respect, auquel Madec comprit que ces autres-là, s'ils n'étaient point domestiques, offraient, sans doute possible, rémunérations et service de qualité cent fois supérieure.

Le père avait prévenu ses pensées :

– Ah! Madec! Nous sommes dans la misère, nous autres missionnaires.

Il pointa l'index vers la chapelle :

– Regardez cette église... Elle était autrefois couronnée d'une tour, avec trois grosses cloches, que le Moghol Jahanghir avait offertes à la mission. En ce temps-là – c'était vers l'an 1620, je crois –, l'empereur était bien près de se faire chrétien. Il s'entourait d'Européens, les ancêtres de ceux qui demeurent encore ici. Des médecins, des marchands, des architectes... Et puis Jahanghir est mort. Il a demandé l'extrême-onction, mais ses eunuques n'ont pas voulu prévenir la mission. Il est mort dans la religion des infidèles.

— Hindou ?

— Non, mon fils ! Musulman, musulman ! C'est moins affreux ; ces gens-là n'ont qu'un seul dieu, ils reconnaissent le Christ parmi leurs prophètes, mais ce sont pourtant des damnés !

Il décocha à Madec un coup d'œil narquois :

— Vous devriez savoir tout cela, Madec, depuis le temps que vous êtes dans l'Inde.

Madec haussa les épaules.

— Le fils de Jahanghir nous haïssait, reprit le jésuite. Il a détruit nos deux autres missions, Delhi et Lahore. Et ici, comme tu vois, ruine et désolation : la tour de la chapelle a été renversée, ses cloches volées, à l'exception de la plus grosse, que les Djattes ont emportée, voici quatre ans, lors du sac de la ville. J'étais absent, je n'ai rien pu faire, ajouta-t-il comme pour s'excuser.

Madec prit un air ironique :

— C'était pourtant Sombre qui menait les Djattes en ce temps-là...

— D'une cloche, Sombre ne peut faire qu'un usage chrétien, mon fils.

— Chrétien, Sombre, avec ses débauches, ses eunuques, ces femmes qu'il épouse à toutes mains ?

— Sombre ne tardera pas à revenir dans les chemins de Dieu.

— Prends garde, curé, qu'il ne meure avant !

Le jésuite eut un petit sourire bizarre :

— Gardons foi en la divine Providence, mon fils, les desseins de Dieu sont impénétrables !

— Pardi !

— Mon fils, poursuivit Wendel en joignant les mains sur son front, depuis des mois je m'attache à le faire revenir en notre troupeau, et je ne suis pas loin d'aboutir.

Ils étaient parvenus au fond de la dernière cour, et le père Wendel s'arrêta devant une petite pièce qu'un léger store à l'indienne protégeait de l'extérieur. Il le souleva et fit signe à Madec d'entrer le premier. C'était une pièce entièrement nue, une sorte de cellule aux murs moisis, que ne décorait qu'une écritoire bancale et un vieux crucifix contourné à la manière portugaise. Un sommier à l'européenne occupait la plus grande part de la chambre. Madec résolut de ne pas franchir cette enceinte sordide sans avoir en poche, à côté du diamant et de son Ganesh, l'assurance du bonheur. Il fallait donc attaquer sur-le-champ, malgré le sommeil qui venait ; ne pas laisser au père Wendel le premier quart de silence qui lui permettrait de s'éclipser en prétextant vêpres ou matines. Il entra dans le vif du sujet :

— Tu vas me marier, curé.

L'œil de son vis-à-vis s'alluma :

— Et avec qui ?

— Ne joue pas l'innocent. Je veux, comme tu me l'a promis, une jeune chrétienne, belle et bien dotée.

— Vous demandez beaucoup, mon fils.

Madec l'interrompit aussitôt :

– Jésuite ! Jamais je n'ai pu supporter tes détours et tes faux-semblants. Parle, et nous verrons bien si nous pouvons conclure !

Le père Wendel toussota quelques instants. Les serviteurs entrèrent, porteurs d'une bassine fumante et de quelques aiguières d'eau fraîche, qu'ils laissèrent sur le pas de la porte. Sans plus de cérémonie, Madec se saisit de l'une d'entre elles et se mit à boire au goulot.

– Alors, jésuite, cria-t-il quand il en eut fini. Dépêche-toi, car je suis fourbu !

L'eau fraîche n'avait pas étanché sa soif ; il se sentait fébrile ; à parler mariage pourtant, ses douleurs s'étaient un peu calmées.

– Eh bien... Mais promettez-moi d'abord, mon fils, que vous nourrissez vraiment l'intention de vous marier, et qu'il n'est pas dans votre âme pensée de ruse ou de tromperie.

– Soit ! Parle donc !

Le père plissa le front, puis laissa s'installer un petit silence. Sentir Madec impatient lui fournissait un plaisir inespéré. Enfin il commença :

– Au temps du moghol Janhanghir, comme je te l'ai dit tout à l'heure, se sont installées des familles chrétiennes, une cinquantaine environ. C'était le grand espoir de notre congrégation...

– Au fait, jésuite ! Je sais cela. Les *frantcis*. Et alors ?

– J'y viens. Parmi la vingtaine qui en reste se trouve une famille fort riche ; malgré les malheurs du temps, elle a conservé une certaine prospérité. Le chef de cette famille n'a gardé vivant qu'un seul enfant, une fille, qu'il n'a pas encore mariée, car il ne veut pour elle qu'un bon catholique de sang européen.

– Est-elle jeune et jolie ?

– Certes, certes, mon fils, mais là n'est point la question. Si vous voulez conclure l'affaire, il faut faire vite ; les Indes bougent, les gentilshommes de fortune commencent à courir les routes, et d'ici peu il ne manquera pas de prétendants qui soient du goût de ma brebis !

– Quelles garanties m'apportes-tu ?

– La famille de la jeune fille est protégée du Moghol.

Madec éclata de rire :

– Mais le Moghol est aujourd'hui errant !

– Tout change, Madec, tout change ! Il ne le sera pas toujours ! La cour se reconstitue. Des appuis neufs lui sont venus ; les Marathes, un peuple du Dekkan, qui veulent le rétablir dans sa ville de Delhi. On murmure déjà qu'il ne va pas tarder à y rentrer.

– Crois-tu que les Anglais le laisseront faire ?

– Les Anglais sont encore trop occupés à se maintenir au Bengale. Et la seule chance française de reprendre les Indes, c'est de restaurer le Moghol. Pour cela, nous avons besoin d'un chef de guerre. Si vous concluez ce mariage, si par votre beau-père vous vous ralliez les banquiers de l'Inde, si vous parvenez à vous approcher du Moghol, tous les espoirs vous sont permis, Madec !

— Les Anglais ne le permettront pas.

Le jésuite trembla légèrement. Il paraissait excédé :

— Je vous répète que les Anglais ont à faire ailleurs.

— A Godh, par exemple.

— Dieu ait leur âme, mon fils.

Ainsi, Wendel savait. Il aurait dû s'en douter. Qui l'avait mis au courant ? Sombre bien sûr, Sombre ou ses émissaires. Dès le début le jésuite avait su, dès le printemps, dès Agra, dès Bénarès peut-être... Évidemment ! Des mouvements de troupes anglaises n'avaient pu passer inaperçus, surtout au cœur de l'été, dans les plaines faméliques et brûlantes.

Madec se remémora l'ambassade de Sombre. Comment avait-il été assez naïf pour n'y pas prêter attention ? Et si c'était Sombre lui-même, fou de rouge d'apprendre le refus de Sarasvati, qui avait manigancé l'attaque de Godh, le meurtre de Gopal ? Non, c'était impossible. Sombre détestait trop les Anglais. Mais l'amour, l'amour, le désir de posséder cette femme magique, de retrouver prestige, gloire et puissance. Et n'était-il pas capable de la plus noire duplicité, plus diabolique encore que celle du jésuite ? La tête commençait à lui tourner. Il interrogea du regard le père, qui le fixait avec un visage fermé depuis que Madec avait parlé des Anglais. Il n'en dirait pas plus, c'était clair. Il fallait achever au plus vite.

— A qui veux-tu, jésuite, que je mène la guerre ?

— Nous parlions mariage, ce me semble ?

— Guerre ou mariage, à t'entendre, c'est tout comme en ce pays !

— Vous voulez donc, mon fils, mettre de l'ordre dans votre conduite ?

Madec remarqua en frissonnant que le père Wendel prenait le ton de la confession. Il fut alors bien près de le jeter hors de la chambre, lui et ses onctuosités. Mais il sentit à nouveau un grésillement à ses oreilles, ce qui sauva le jésuite de quelques malencontreuses bourrades ; car il n'entendait plus ses paroles que déformées, comme parvenant d'une pièce lointaine ; il se persuada donc que ce discours s'adressait à un autre que lui et qu'il pouvait le supporter. Le prêtre continuait :

— ... Il convient donc, mon fils, de devenir riche, pour faire honneur à votre nouvelle famille ; un mariage coûte fort cher sous ces climats, bien plus cher qu'en Europe. Vous devrez prendre service chez un rajah ou maharajah des environs, qui vous confiera le soin de récolter ses impôts ; vous avez déjà fait merveille à cette tâche, et je veillerai personnellement à vous trouver emploi, sitôt finie la saison des pluies. Puis, quand vous aurez pris femme...

Madec releva ses cheveux qui lui gênaient le regard et interrompit le père :

— Ne plaisantons pas, jésuite. A présent, je n'ai rien, je ne suis rien, que mes talents à la guerre. Crois-tu que le père de cette fille, qui tient tellement à elle, va me croire sur parole et sur ma bonne mine ?

– Cet homme m'est fidèle ; il suit tous mes avis. Ne suis-je pas le bon pasteur d'Agra ?

Wendel avait pris l'expression d'une vieille fille offusquée. Il plissa à nouveau les yeux d'un air extrêmement pénétré :

– Et puis il n'y a pas que lui à souhaiter la venue d'un bon chef de guerre. Les marchands...

– Les marchands ! Ils vont toujours du côté du plus fort. Ils se plieront aux Anglais !

– Non pas, Madec, si le Moghol reprend le pouvoir !

– Tu ne crois donc plus en Sombre ? Voilà un chef de guerre !

– L'ennemi est puissant, mon fils. Il nous faut de grandes armées. Il y a Sombre, en effet ; il y a aussi Salvador de Bourbon, un *frantci*, comme le père de cette fille à marier ; il descend d'un aventurier venu ici il y a deux siècles, oui, un Bourbon, te dis-je, un Bourbon, comme notre bon roi ! Et il y aura vous, Madec...

Il avait touché juste. Malgré la fatigue, Madec rougit de plaisir. Il préféra cependant s'en tenir à la question d'argent et répondit d'une voix affaiblie :

– Résumons : pour prendre femme, il faut que je sois riche et qu'ensuite je m'engage à servir la cause du Moghol ?

– Ne vous inquiétez pas de cela. Commencez par être riche, mon fils, vous aurez la fille, puis le rang, enfin viendra la gloire. L'espoir se lève pour la France des Indes...

A ces mots, épuisé par un ultime effort d'attention, Madec s'écroula de tout son long sur le sommier :

– Alors j'épouse, jésuite, j'épouse. Mais avant tout, montre-moi la fille.

Le père Wendel ne répondit pas. Madec dormait déjà, les bras en croix, la tête penchée sur le côté.

– Je le savais bien, murmura le jésuite, et il sortit sans le bénir.

⁂

Madec dormit quinze heures d'affilée. Dans son sommeil s'agitèrent parfois des visions singulières : Corentin, son éléphant, qui gambadait dans les jardins de Godh, avec une peau immaculée qu'il n'avait jamais eue, tout éléphant blanc qu'il fût dénommé ; le père Wendel, nu et souriant, qui distribuait des bénédictions fort obscènes aux mendiants d'Agra ; Sarasvati enfin, dont il ne parvenait pas à chasser l'image, et qui s'obstinait à lui paraître en habits de noces.

Tous ces fantômes, plus inquiétants les uns que les autres, étaient dominés par la silhouette constamment présente du Grand Moghol, que l'esprit anxieux de Madec dessinait au cœur du sommeil comme une sorte de gros dragon chamarré, tout orné de perruches et de crocodiles humides. L'empereur se penchait vers lui à intervalles réguliers, pour lui déclarer d'une voix caverneuse : « Je te remets ma protégée ! » puis se retirait dans un recoin ombreux, et réapparaissaient en désordre le père Wendel, le beau Corentin, Sarasvati, à qui Madec tendait les bras, elle lui échappait, il s'écroulait à terre, le Moghol le relevait, « Je te remets ma protégée... », et recommençait la danse du rêve. Une averse crépitante le réveilla enfin. Avant de s'endormir, il n'avait même pas pris son bain, il ne s'était pas non plus débarrassé de la robe fangeuse qu'il portait depuis Godh ; inévitable conséquence, qu'il découvrit avec horreur, il sentait l'Européen, c'est-à-dire très mauvais.

Il allait se retourner pour chercher la bassine, dont il se souvenait qu'on l'avait déposée près de la porte. Elle avait dû y rester ; elle serait à présent pleine des eaux de l'averse, et il pourrait s'y rafraîchir. Il avait soif. La tête lui tournait toujours. Il chercha les aiguières, comme à tâtons, encore chancelant. Elles avaient disparu. Il souleva le store. Un long moment, sa robe jetée à ses pieds, il tendit son corps aux pluies de mousson. Il fut soulagé en quelques instants. C'était même délicieux. Il reprit son vêtement. L'averse l'avait définitivement transformé en loque. Il rentra dans la chambre, le secoua pour l'étendre.

— Mes soldats...

Il jeta à nouveau un œil dehors, vit des silhouettes familières s'agiter autour de la cour. Ils étaient là, tout allait bien. Eux aussi avaient dû se reposer, dormir une longue nuit. Le soleil, doucement, commençait à percer l'averse.

— Il faut que je change de vêtements, dit-il à mi-voix, et il se pencha sur sa poche droite pour y chercher son diamant.

Il n'y était plus.

Son esprit était encore embrumé, mais il ne rêvait pas : le diamant avait disparu. Pourtant il percevait encore dans les plis de la robe le poids de la pierre, auquel il s'était accoutumé depuis son départ comme s'il était une partie de son propre corps.

Il fourragea avec fébrilité dans l'étoffe. Ses doigts, enfin, reconnurent les faces du diamant. Il était là, avec l'amulette. Mais on y avait touché, puisqu'il le trouvait dans la poche gauche, au lieu qu'il soit dans la poche droite où il l'avait toujours gardé. Ses visions de la nuit lui revinrent. Dans le désordre du rêve, se pouvait-il qu'il en ait ainsi interverti la place, par un de ces gestes bizarres que ne contrôlent plus les esprits troublés ? Il sortit la pierre du tissu, l'éleva jusqu'à la lumière, l'examina dans le soleil qui montait. C'était bien elle, sa taille inimitable, son reflet blanc-bleu.

— Cochon de jésuite... Il m'a fouillé pendant que je dormais.

Il arracha la toile du sommier, s'en revêtit les hanches, saisit son pistolet et son épée. Il ne songea pas à l'effet qu'il produirait sur ses soldats qui déjà le contemplaient avec stupéfaction ; il se moquait autant du jésuite. Il n'avait qu'une seule idée en tête : le prendre au collet, le faire avouer et l'étriper sur-le-champ.

Un des hommes devina son projet :

— Tu cherches le jésuite ? Il est à confesser !

— A la chapelle ?

— Oui, à l'entrée. On a demandé notre tour, dame, on ne sait jamais, avec la mousson, les maladies, il a dit, plus tard, plus tard, les gens d'Agra d'abord...

Madec ne l'écoutait plus. Il traversa la cour au pas de charge, sans se soucier de son accoutrement. La toile du sommier ne formait qu'un pagne court autour de ses hanches, mais depuis qu'il avait connu Godh, son corps s'était accoutumé à tous les tissus, à tous les plis, à tous les nœuds, car l'Inde le plus souvent ignorait les coutures et maîtrisait l'art de vêtir sans contraindre ; la meilleure soubreveste ne lui aurait pas donné plus d'aisance. Nu, demi-nu, drapé dans une mousseline, il ne se sentait jamais plus ridicule, et il lui sembla même, tandis qu'il courait sur les pavés humides, que ce bonheur du corps lui était venu pour toujours, le soir où Sarasvati avait pour lui soulevé ses voiles.

Il était parvenu à la porte de la chapelle, à demi vermoulue, comme tout le couvent, et pénétra dans le lieu saint sans autre forme de procès. On ne l'avait pas entendu car rien n'avait frémi croisillon du confessionnal. Madec se posta derrière le premier pilier.

On parlait hindi. Le confessé était agenouillé à la vue de Madec. C'était un homme assez clair, aux traits fins, un *frantci,* à l'évidence, d'après ce qu'il avait cru comprendre de cette nouvelle race. Il devait avoir une cinquantaine d'années et paraissait fort riche, à voir toutes les pierres qui étincelaient à ses mains.

Le jésuite, lui, était dissimulé au regard par la porte ouvragée du confessionnal, et Madec, un long moment, n'entendit que des chuchotements informes. Le *frantci* hochait la tête en silence ; Madec enrageait derrière son pilier. Ce confessionnal était parfaitement grotesque. On avait voulu y copier la splendeur des ébénisteries indiennes, et on n'avait construit qu'un genre de palanquin mafflu. Manifestement, il servait beaucoup, à voir l'usure de ses marchepieds. Enfin le *frantci* se décida à répondre. Madec se contracta. Il parlait d'une voix un peu grasseyante, avec un accent qui lui était inconnu. Il tendit davantage l'oreille :

— C'est quand même ennuyeux... Il faudrait le tailler...

— Mais non, mais non, intervint Wendel, presque à voix haute, tant il était irrité.

— Qui vous dit qu'il acceptera de me le vendre à ce prix ? Si vous ne demandiez pas pareille commission... Et tout le monde saura qu'il arrive de cette ville maudite ! Vous avez beau me dire que la pierre n'en a que plus de prix, il vaudrait mieux la tailler, je n'aime pas les gros diamants, cette pierre pourrait me porter malheur ! Ne dit-on pas que le rajah a été assassiné ?

Madec sortit de l'ombre :

— Et toi aussi, jésuite, tu le seras, si tu ne sors pas sur-le-champ !

Le *frantci* faillit s'évanouir. Le père ne bougea pas, on aurait pu croire le confessionnal vide de prêtre. Madec avait prévu cette parade. Il se précipita vers les croisillons.

– Sors ! ou je te brûle la cervelle !

Ce disant, il tira vers le plafond, d'où il tomba d'abondants plâtras. Comme prévu, Wendel consentit alors à repousser la porte. Il sortit lentement, blême, mais non point désemparé :

– Vous, Madec, et dévêtu, en ces lieux sacrés !

Il contemplait avec insistance le bas de son corps.

– Tais-toi, espion ! Espion du diable !

Le marchand se prosterna devant Madec, se répandit en salams terrorisés.

– Toi, va-t'en !

Il disparut. Il y eut alors un long silence et l'on n'entendit plus que ses pas pressés qui s'éloignaient sur les pavés humides. Contrairement à son habitude, le jésuite prit l'initiative de l'attaque :

– Ainsi, la princesse de Godh t'a récompensé.

Il le narguait. Madec aurait voulu le tuer sans attendre ; cependant, la tête lui tournait, et il ne se sentit plus très sûr de sa force. Pour se moquer ainsi de lui, l'autre avait deviné son malaise et il en profitait :

– Elle t'a bien mal récompensé... C'est un diamant mol !

Madec ne comprit pas.

– Un faux diamant, si tu préfères, poursuivit le jésuite.

Madec faillit chanceler. A ses oreilles, le grésillement reprenait. Ne pas tuer Wendel, ne pas le tuer. Il était trop précieux pour le moment. Il pointa sur lui la lame de son sabre :

– Je comprends l'hindi aussi bien que toi, prêtraille ! Ton marchand ne voulait pas de ma pierre, car elle était trop belle ! Il voulait la retailler... Et toi, tu demandais ta commission, pour pouvoir nourrir tes pauvres, sans doute, ou t'acheter des nouvelles cloches !

Wendel ne broncha pas.

– Tu vas me marier au plus vite !

– On ne se marie pas sans fiançailles.

– Alors fiance-moi.

– Il faut attendre.

– Nous n'avons que trop tardé !

– Je ne suis pas sûr de tes sentiments chrétiens.

Pour une raison que Madec ne démêlait pas, le père Wendel cherchait à gagner du temps. Il veut me tenir à merci, pensa-t-il. Et, pour la première fois, il se dit qu'il était malade ; cela, peut-être, se voyait. Malade... Wendel ne le lui avait-il pas prédit, au moment de leur séparation sous les murs d'Agra ? Et autre chose, aussi, dont il ne se souvenait plus...

Son sabre était toujours pointé sur la soutane du jésuite. Peu à peu, Madec sentait diminuer en lui l'énergie qu'il avait rassemblée. Dans un ultime sursaut, il se contracta :

– Jésuite, sache que j'ai gagné cette pierre au fil de l'épée, et que je la tiens, des diamantaires de Godh, qui, avec ceux de Jaipur et Golconde, sont les joailliers les plus sûrs de l'Inde. Tout ce que tu as appris à me fouiller les poches, c'est que je peux t'acheter sur-le-champ ta fille à marier. Alors tu vas aller chercher son père et tenir ta parole ! Allez, va !

Wendel ne bougea pas d'un pouce.

– Va, te dis-je !

D'un seul coup d'épée, Madec déchira sa soutane, qui découvrit un ventre maigre et cependant fort mou, de peau blanchâtre, et, ainsi qu'il le supposait depuis longtemps, huilée avec le plus grand soin et extrêmement parfumée. D'une légère saccade du poignet, il agita la pointe de son sabre, qui y décrivit une longue balafre. Le sang se mit à sourdre :

– Seigneur ! Pour toi je vivrai le martyre ! hurla Wendel.

– Je t'ai à peine égratigné ! Quant au martyre, tu en as connu d'autres... Allons ! Va ! A moins que tu ne préfères te faire empaler !

Cette dernière proposition ne sembla guère agréer au jésuite, qui enfin se mit à trembler :

– Laisse-moi souffler ! Il faut que je change de soutane...

– Certes non, rétorqua Madec, va !

Wendel ne demanda pas son reste et ramassa ses jupes. Le temps de son absence, Madec fut d'une humeur charmante, que ses soldats ne lui avaient pas connue depuis fort longtemps. L'idée du père courant Agra dans sa robe déchirée, et tâtant sa blessure avec un air consterné, lui donnait une félicité sans nom qui parvenait même à effacer ses malaises. Deux heures plus tard, le prêtre était de retour, accompagné d'un nouveau *frantci*, un homme frisant la soixantaine, de physionomie un peu triste, que Madec attribua au regret de marier sa fille. C'était en effet le sieur Barbette, descendant d'une vieille famille française établie à Agra depuis bientôt deux siècles, et qu'on disait assuré de la protection du Moghol. On se rendit à la bibliothèque, où, très docilement, le père enregistra de sa plus belle plume une promesse de mariage rédigée en bonne et due forme. Le sieur Barbette, présentement marchand de grains, soies et tissus en la ville d'Agra, promettait sa fille Marie-Anne, née à Delhi, au sieur René Madec, logeant à la grâce de la communauté des jésuites, en attendant que sa fortune lui permît d'acquérir bonne maison en la susdite ville. Le père de la fiancée s'engageait à fournir à sa fille une dot de dix lacks de roupies, en échange de quoi le sieur Madec, aventurier de son état, offrait comme gage de bonne foi un diamant blanc-bleu, authentique et de belle taille, provenant des ateliers de Godh, lequel lui serait restitué après consommation du mariage. On en fixait la date à la mousson prochaine, temps pour le sieur Barbette de se préparer à cérémonie si considérable et pour Madec de réunir la fortune que réclamaient cette alliance et le rang éminent auquel elle l'élevait.

On parapha les parchemins établis en triple exemplaire ; Barbette en hindi, Wendel en latin et Madec d'une vague croix : Godh lui avait enlevé jusqu'au souvenir de l'écriture, qu'il avait apprise pourtant autrefois, sous les leçons de son père, maçon-instituteur à Quimper-Corentin. Ne se souvenant même plus comment on lisait les caractères latins, il eut un moment un léger doute sur la nature de l'acte, mais il n'en laissa rien paraître, comptant fort sur la terreur du père Wendel, qui à l'évidence n'avait guère envie de voir s'ajouter une nouvelle balafre sur son abdomen délicat. Du reste, tout le temps de la négociation, il n'avait rien pressenti des ignorances de Madec et parut très surpris quand celui-ci apposa sur le papier sa petite croix.

– Il faudra, cher Madec, que je vous apprenne les lettres, lui déclara-t-il avec componction.

Barbette paraissait content, quoique toujours un peu mélancolique; Madec songea alors à la fille; pour que son père lui portât une passion si vive, elle devait être bien charmante. Il était près de passer la porte, quand il s'enquit soudain :

– Quelle âge a la promise?

– Douze ans, Madecji, répondit Barbette.

Il y eut alors un silence de mort.

Wendel intervint, les mains tremblantes d'effarement :

– C'est l'âge commun du mariage aux Indes...

Madec ne sourcilla pas.

– Fort bien. Elle aura donc treize ans à la mousson prochaine. Quand puis-je la voir?

Le jésuite et Barbette échangèrent un regard consterné :

– Mais, Madec... Vous ne pouvez ignorer...

– Quoi encore, prêtraille?

– L'usage des Indes exige que le fiancé ne voie pas sa promise avant la nuit de noces... La loi chrétienne elle-même ne saurait s'y soustraire!

Madec n'avait plus qu'une idée, retrouver son lit.

Il soupira, s'avança dans la cour et jeta au jésuite :

– Eh bien, soit! J'attendrai. Bien des salams, seigneur Barbette, et gardez mon diamant en sûreté! Et toi, jésuite, fais-moi tenir un lit, dans cette même bibliothèque, car ta chambre est petite et j'aime trop mes aises!

Le jésuite s'exécuta. Madec ordonna à ses soldats de garder sa porte jour et nuit; dès que le lit fut prêt, il s'endormit à nouveau pour de longues heures, au milieu de ces objets étranges qui commençaient à l'attirer, des livres dont l'odeur humide et fade lui plaisait. Il ignorait encore que c'étaient les œuvres de saint Jean de la Croix, ou des compilations savantes sur la grâce efficiente, ce qui aurait gâché sa belle humeur. Le lendemain matin, d'incessantes douleurs au bas-ventre l'arrachèrent au sommeil. Il demanda à boire; il ne cessait plus d'avoir soif, il se sentit usé. Pour ses soldats, il fut clair qu'il était malade, et peut-être gravement. Curieusement, Madec ne s'en soucia pas; il ne remarqua même pas leurs excès de sollicitude. A peine désaltéré, il réclama un miroir, avec une telle insistance qu'on en dénicha un, dans la chambre du jésuite et malgré ses protestations, entre des savons et des fioles à parfum. On le lui tendit. A peine s'y était-il regardé qu'il s'en détourna d'un air très las. La prophétie du jésuite — mais était-ce vraiment une prophétie — venait de lui revenir entière :

— Je suis vieux, eut-il encore la force de murmurer. Vieux et malade. Godh m'a tué.

Et il s'endormit profondément.

⁂

Ce fut en vérité une curieuse maladie. Madec avait le teint fort jaune, il dormit beaucoup ; dans les moments de veille, ce n'étaient que vomissements et flux de ventre. Pendant tout le temps que dura son mal, on ne donna pas cher de sa vie ; il délirait parfois, en breton, en français et en hindi, sans qu'il fût possible de reconnaître le sens de ses paroles, à l'exception d'un « maya, maya » qui revenait sans cesse. Malgré les réticences des soldats qui gardaient sa chambre, le père Wendel obtint de soigner Madec. A vrai dire, ils laissèrent faire, pensant que ses médecines ne pouvaient aggraver un état jugé désespéré. Des journées entières, dans le secret de sa chapelle, le jésuite prépara des poudres étranges, des sirops amers ou courut la campagne, une flore sous le bras, à la recherche de plantes rares ; il eut même, dit-on, des entrevues mystérieuses au fond du bazar d'Agra d'où il rapporta au couvent de petits sachets bruns qu'il cachait dans ses jupes avec précaution. Potions, élixirs, juleps se succédèrent ; il essaya tout, et il les versait lui-même au malheureux Madec, avec une tendresse presque paternelle. Un matin, la fièvre atteignit un seuil d'où il était assuré qu'on ne pouvait revenir. Wendel décida alors de veiller le malade tout le temps qu'il faudrait. Cela dura plusieurs jours et plusieurs nuits, et il ne dormit pas, l'œil rivé sur le visage émacié de son patient, et comme illuminé d'une passion secrète. De temps à autre, il lui épongeait le front, le calait sur son oreiller, mais le plus étonnant demeurait qu'il ne priait pas : on ne lui vit pas même un chapelet entre les doigts, au point qu'on pouvait se demander à bon droit s'il était médecin plutôt que soldat du Christ. Un après-midi enfin, alors qu'abattu comme jamais le jésuite sortait de son église, Madec émergea de sa somnolence. La fièvre avait pratiquement disparu. C'était la fin des pluies, la lumière de l'Inde se remettait au bleu. Pour la première fois, Madec ouvrit sur la pièce un regard qui n'était plus de brume. Le plafond de poutre et de chaux, les rayons de livres, les bois sans fioritures : il se crut un instant de retour en Europe. L'odeur, aussitôt, le détrompa. Car elle était bien là, l'odeur de l'Inde, s'infiltrant partout, et ses sens aiguisés par le jeûne la lui restituaient avec une intensité jamais connue ; il y distinguait tout : le parfum des lianes grasses et vernies surgies de la mousson, les fumigations d'encens dont on avait imprégné la pièce, les fragrances de nard échappées de l'église et, enrobant l'ensemble, les éternels effluves d'épices et de déjections chauffées au premier soleil d'après les pluies, vénéneuses, maléfiques, glorieuses comme l'amour.

Il sut alors qu'il s'en revenait de la mort. A son store s'agitaient les rayons de l'automne, et il renaissait, pur, lavé, neuf du passé. Léger, pareil au ciel qui passait la fenêtre. La maladie, dont il pressentait maintenant qu'elle l'avait envahi bien avant son arrivée au couvent, avait été son orage, sa mousson, sa vraie descente aux enfers. Son vrai voyage aussi, plus véridique que les milliers de lieues parcourues sur les vaisseaux de la Compagnie, plus réel que les chemins interminables qu'il avait battus de jungle en montagne. Du cœur de la fièvre, où plusieurs fois il s'était vu mourir, et de la pire façon, dans un lit, la langue nouée, prisonnier d'un demi-sommeil solitaire et douceâtre, il avait pourtant gardé la conscience d'avoir échappé à plus grand mal encore, Sarasvati, qu'il ne pouvait voir désormais que sous les traits de la reine Maya, Souveraine de l'illusion, aussi fuyante que la dame de Godh, qui lui avait conté ses sortilèges avec une complaisance inaccoutumée, en ces temps de l'avant-mousson plus brûlants que la fièvre. Oui, il avait réchappé de l'enfer, de Kali buveuse de sang, de la ronde rouge de la mort, de tous les démons de l'Inde, saisisseurs, raksas, dakinis. Les temps de la renaissance étaient arrivés ; libéré de son corps, son esprit flottait doucement au ras des eaux premières, prêt à s'élancer à nouveau vers le monde des sens, le ciel bleu doux, l'odeur, l'odeur...

— Maya, murmura-t-il encore, et Wendel se pencha sur lui.

— Vous voici bientôt guéri, mon fils...

— Jésuite... Je dois reprendre les armes.

— Prenez patience, mon fils. Il faut vous fortifier.

Wendel parlait d'une voix tendre, d'où toute hypocrisie semblait s'être envolée. Madec se crut en confiance :

— Je n'aime pas les lits, jésuite. Où est mon éléphant ?

— Ta bête va bien. Elle a grandi.

— Corentin ! Il a de belles défenses ! Je le mènerai à la guerre.

— Holà ! Madec... Pas si vite !

Madec désigna le store, qu'agitait le vent doux de septembre :

— Les pluies sont finies.

— Qui vous parle de guerre, mon fils ? L'Inde est calme. D'ici deux mois les premières moissons seront rentrées ; alors il sera temps de songer à récolter les impôts d'un rajah. D'ici là, il faut vous fortifier !

— Je n'ai pas de temps à perdre dans ton couvent.

— Certes, mon fils, mais vous êtes affaibli. Je vous ai soigné, je vous ai sauvé : je vous aiderai à reprendre force.

— Je m'ennuierai chez toi.

Le jésuite posa sa main sur le drap :

— Vous pouvez apprendre de moi des choses fort utiles.

— Et quoi donc qui me serve ? Tu ne sais même pas tenir un mousquet !

— N'avez-vous pas envie d'apprendre à lire, mon cher fils ? Et à écrire ? Croyez-vous bien que la gloire puisse s'accommoder de l'ignorance ?

— La gloire...

Madec eut un long soupir. La conversation l'avait épuisé. Il n'avait même pas le courage de se lever dans son lit et de crier à ce prêtre le « va au diable » qu'il méritait. Et pourtant, la gloire... Peut-être le jésuite avait-il raison. Il se refusa à argumenter. Le souffle lui manquait ; et, tout compte fait, le lit ne lui était pas si désagréable. Il contempla la lumière qui filtrait par le store et, tout doucement, il s'assoupit.

Une semaine plus tard, le père Wendel entamait sa première leçon de lecture. Il vit sur-le-champ que Madec en savait tout. L'amnésie due à des années d'errances indiennes s'était brusquement effacée. Il en fut de même pour l'écriture. La maladie avait réveillé en Madec une rage de savoir toute nouvelle : il profita donc de sa convalescence pour obtenir du jésuite quelques leçons d'écriture arabe ; il en apprécia beaucoup les caractères, qu'il compara joliment à une route, un voyage tortueux d'un point à un autre. La santé lui revenait à si belle allure que Wendel n'eut pas le temps de lui donner, comme il le souhaitait, quelques rudiments d'écriture sanskrite. Un beau matin, au milieu d'une leçon, Madec renversa d'un seul coup livres, plumes et parchemins, déclarant soudain qu'il avait besoin d'air et qu'il reprenait la guerre.

— La guerre ? Mais qui a parlé de guerre ? Il s'agit simplement de récolter des impôts. Je vais vous trouver un rajah !

— Je n'ai pas besoin de toi ! Guerre ou impôts, c'est tout comme : éléphants, mousquets, canons ! Je pars.

De tels signes de santé déçurent vivement le jésuite ; du temps de sa maladie, la détresse de Madec l'avait sincèrement affecté ; plus tard, sa rapidité à apprendre et son insatiable curiosité lui avaient offert l'ineffable plaisir de le sentir à merci. La proie était plus remarquable que prévu, et il comptait bien éterniser son empire. Or, d'un seul geste, Madec avait détruit ces folles imaginations ; il fut désespéré. Il tenta de le retenir, si troublé qu'il l'en tutoya :

— Tu es encore malade, Madec. C'est moi qui t'ai guéri, avec mes breuvages de plantes. Tu en as encore besoin.

— Les Indiens, comme toi, savent préparer des médecines. Je pars.

Il se leva, encore chancelant, et, sans un regard, il se dirigea vers ses soldats.

Une semaine plus tard, il avait ranimé sa troupe, acheté de la poudre, fourbi ses canons, amassé du ravitaillement. Un marchand de la ville lui avait indiqué un rajah un peu éloigné, dont on prétendait qu'il avait grand besoin d'une armée, afin de réunir ses impôts qui depuis deux ans ne rentraient pas. Madec envoya un émissaire, puis se mit à attendre fébrilement son retour. Le jésuite, furieux d'avoir été devancé, commençait à regretter que ses médecines eussent été si efficaces ; il se mordait les doigts de ne les avoir point prescrites plus parcimonieusement, ce qui, à coup sûr, eût retardé la convalescence de son patient, qu'il trouvait décidément trop turbulent.

On attendit plus de trois semaines dans ces dispositions, Madec au comble de l'impatience et le jésuite exaspéré à proportion, quand l'émissaire revint enfin. Il apportait une réponse favorable. Avant de le laisser repartir, on ne manqua pas de le questionner sur l'état des provinces qu'il avait traversées ; ce fut alors qu'éclata la nouvelle, qu'à dire vrai tout le monde soupçonnait, sans s'y résoudre cependant : la princesse de Godh était arrivée dans le royaume de Dig, celui-là même où résidait Sombre. Elle campait à ses portes, on ne doutait pas qu'il la reçût incessamment. Enfin, chose plus extraordinaire encore, le bruit courait qu'il avait renouvelé ses propositions matrimoniales, malgré le refus qu'avait naguère essuyé son ambassade. Cette fois, la dame de Godh n'avait pas montré qu'elle s'y opposât ; et l'on mumurait même qu'elle était décidée à se faire chrétienne, aux fins de convoler avec Sombre, qu'on n'appelait plus que la *Lune des Indes*.

CHAPITRE XIX

Septembre 1764

Dig
Quinzaine sombre du mois de Bhadrapada
An 4865 de l'ère de Kaliyuga

Elle entendait déjà les conques, les trompettes, les tambourins, tout le déferlement sonore qui, où qu'on fût en Inde, célébrait aux quatre vents l'arrivée d'un puissant. Encore un petit moment, et à son tour elle franchirait les portes de la ville. Et quelle ville : Dig, capitale des Djattes, paysans-soldats renommés jusqu'aux Himalayas, des hommes-lions, avec Sombre à leur tête, dans une enceinte à leur image, dizaines de bastions, tours, demi-lunes, douves et meurtrières ; sur des koss et des koss, une muraille de terreur. Tout à l'heure, il lui suffirait d'un mot pour que ces murs fussent aussi les siens.

Sarasvati avait peur. Dans la solitude de sa tente, assise au milieu des tapis et des coussins fatigués du voyage, elle pouvait encore donner le change, mais qu'adviendrait-il lorsque Sombre entrerait, lui qu'on disait la *Lune des Indes* ? Pour la centième fois du matin, elle saisit son miroir. Face à un homme, quel qu'il fût, elle ne possédait désormais d'autre défense que la beauté. Elle respira ; tout était en ordre, et c'était merveille pour une errante qui n'avait plus de femme qui sût la parer. Au centre de son front, sous son voile bleu et un léger diadème d'or, le tilak rouge, parfaitement circulaire ; à ses paupières, aussi pur qu'autrefois, le double trait de khôl ; une cascade de perles couvrait son boléro ; à ses poignets s'entrechoquaient les bracelets de turquoises, reçus pour les naissances, du temps de Bhawani Arrachés à la hâte au palais envahi par la mort, les bijoux demeuraient son unique souvenir de Godh. Si elle avait distribué ses saris aux mendiants pour tout oublier de la mousson maudite, elle avait gardé les joyaux, car leur existence invisible, commencée sous terre des milliers d'années plus tôt, lui semblait échapper à toutes les vicissitudes humaines, quoiqu'une légende assurât qu'en certaines carrières on pût les semer et que, pareils aux plantes, ils renaissaient. « Sottises, pensa Sarasvati, rien d'autre que le sang répandu ne saurait permettre la renaissance ! Que perles et diamants poursuivent donc sur ma peau leur longue vie secrète, et songeons plutôt à la guerre et aux épousailles ! »

Elle approcha ses yeux du miroir, inspecta sans indulgence les contours de son visage. Malgré l'épreuve du voyage, l'absence de masseuse, les nuits sous la tente, les pluies sans fin, elle avait réussi à se garder belle. Miracle, sans doute, et fallacieuse apparence. Si les autres s'y trompaient, elle ne voulait pas être sa propre dupe. Tous, pendant cette folle équipée par monts et par jungles, n'avaient cessé de l'admirer. Rafales, ravines, vent, pluie, froid, danger, serpents rôdeurs, torrents en crue, elle avait tout supporté, elle ne s'était jamais salie. Toujours elle s'était montrée royale, tête haute, lisse, sereine, intacte.

Intacte, c'était le mot, et plusieurs fois elle avait surpris les murmures de sa suite, « regarde, cornac, comme elle est belle, regarde, servante, jamais souillée de boue, et elle ne pleure pas son fils comme une faible femme, pas même le firangui qui s'en est allé au hasard des montagnes, vois donc, petit guide, comme elle est souveraine, la princesse de Godh qui porte la vajra »...

Intacte ! Le beau mensonge. De près, le miroir mettait bien sa fêlure à nu. Très secrète encore, cette petite meurtrissure, bien lovée dans le repli des rides naissantes, l'œil imperceptiblement durci, les lèvres qui s'asséchaient, là où, trois mois plus tôt, elles s'ouvraient encore pour la gourmandise. Rien que de très léger, rien qu'un signe ténu, comme elle en avait parfois observé dans la nature : le froissement sous l'averse d'un pétale de lotus, la fatigue de la rivière au premier grand soleil.

Ils ignoraient cependant, tous ceux qui la disaient belle, que cette beauté-là était en sursis. Sarasvati ne rayonnait plus, et bientôt sans doute sa déchirure éclaterait ; car c'en était fini de l'amour, des après-midi de plaisir et de ses mille manières. Elle ne brillait plus que de nuits de haine. Soleils, printemps, moussons, automnes clairs s'étaient arrêtés à jamais. Il n'y aurait plus d'attente que du sang. Sa vue, son odeur, les corps ouverts et transpercés, voilà ce qui l'avait menée à Dig ; elle le désirait aussi violemment qu'elle avait voulu le firangui, qui l'avait quittée, le fou, sans savoir la saveur du festin à venir, car il aurait été si beau, l'amour, au milieu des morts, si fort, le plaisir, après le sang. Rien qu'à y repenser, les larmes lui revenaient ; elle se raidit. La musique lui perçait les oreilles. Un serviteur souleva la toile qui fermait la tente :

– Il sera là d'ici peu, princesse.

– Assure-toi que c'est bien lui !

– C'est lui ! Il s'avance en tête, sur un éléphant gigantesque, et il porte l'étendard noir et or...

– Ce peut-être un autre ! Ces firanguis connaissent toutes les ruses.

– C'est lui, c'est lui...

Le garde tremblait déjà. C'était donc bien Sombre.

– Fais-le attendre un moment. Qu'il sache bien que je ne suis pas une vaincue.

Encore un moment de silence, avant que ne bascule le passé. Les larmes remontaient. C'était stupide : elle n'avait pas tressailli quand elle avait répandu dans la rivière les cendres de Gopal. Ne disait-on pas qu'elle avait la vajra ? Mais de lui, Sombre, on le prétendait aussi ! Colère contre colère, lequel les deux serait le plus fort ? Lequel ramperait, sourirait, souffrirait, donnerait tout pour l'autre ? Elle trembla à son tour. Contre tous les usages, Sombre avait accepté de se rendre à sa tente pour lui souhaiter la bienvenue ; ensuite, il chercherait peut-être à l'humilier. Sombre, qui tuait comme d'autres boivent, qui ne rougissait de rien, qui traînait par toute l'Inde des troupeaux de femmes esclaves et enamourées. Un instant, Sarasvati se mit à douter de sa force. « C'est Madec qui me l'a donnée, se dit-elle, Madec et son beau corps blanc, sa vigueur jamais connue ; et il m'a quittée, las de ma peau noiraude, de mes musiques, de mes breuvages ; trop de mois à l'aimer, à me sentir petite à sa première tristesse ; d'ailleurs, il a résisté au sortilège... »

La musique était au seuil de la tente, lui déchirant les oreilles. Le garde obéissant prolongeait l'attente ; un seul geste, et c'en serait fini : d'un firangui à l'autre. Il ne fallait pas pleurer. Seule et pauvre elle était sans doute ; pour tout bagage, un semblant de force, un reste de beauté. Tant pis. Faire face, tenir bon.

– Qu'il attende encore ! chuchota-t-elle au garde.

Elle songea alors qu'elle n'avait pas d'étendard, ni le moindre signe distinctif qui annonçât son pays. Savait-elle encore, d'ailleurs, d'où elle était ? Dig, Delhi, Godh ? Sans terre, sans homme, sans enfant, l'Inde aurait dû la rejeter, telle une intouchable, privée de l'eau et du feu et souillant tout sur son passage. Mais elle possédait la vajra, qui triomphait de tout : du veuvage, de l'amour interdit, du départ du firangui. Elle fouilla précipitamment dans les coussins. De Madec, elle avait conservé un souvenir ; c'était un vieux mousquet, qu'elle lui avait dérobé au palais du lac, lors de leur dernier matin. Il ne s'en était pas aperçu, la main obstinément serrée sur son sabre, tant il s'était accoutumé à la manière indienne, et la tête trop lourde pour songer à la guerre. Ce mousquet serait donc son emblème, son fétiche, son étendard. Elle posa le fusil à plat sur ses genoux et attendit dans cette posture la venue de Sombre qui ne tarda pas.

Il apparut d'un seul coup, jambes écartées, tête haute, en costume de guerre. Pendant plus d'une minute elle ne vit rien de lui, que cette silhouette gigantesque qui se profilait dans le contrejour. Dehors, c'était midi, et la tente était ténébreuse ; il cligna les yeux et on ne sut jamais si c'était d'entrer dans l'ombre ou d'être ébloui par la princesse. Elle ne dit pas un mot, elle ne bougea pas. Il y eut un grand silence, puis quelque chose frémit, qui n'était pas d'elle, mais de Sombre. Il frissonnait. L'un après l'autre, ses muscles, toujours tendus pour le combat, la haine, la violence, se laissèrent aller ; son sabre, son bouclier, sa cotte d'acier hérissée de clous n'étaient plus qu'un déguisement, des jouets d'enfant. Il réunit ses jambes, se prosterna, joignit ses mains pour le salut :

– Namasté, princesse.

Il n'avait pas ajouté, comme le voulaient les usages, « très honorée », mais elle ne s'en formalisa pas, devinant déjà qu'elle était la plus forte et qu'il ne voulait pas que cela parût.

– Namasté, très honoré seigneur Sumroo, répondit-elle avec malice.

Il releva le front ; sans la moindre retenue, elle se mit à l'examiner. Ce qu'elle vit d'abord, c'est qu'il était vieux, incontestablement vieux. Barbe noire et fournie, certes, mais très maladroitement teinte, tout comme ses cheveux, à ce qu'on en voyait du moins déborder du casque clouté. Quel âge ? Cinquante, soixante ans ? En tout cas, il était parvenu au temps où les hommes se relèvent mal de la manie des femmes, à force d'avoir cherché sur leurs corps la jeunesse évanouie. « Celui-là ne me possédera pas, songea-t-elle, quand bien même je l'épouserais. » Pour le reste, il n'était pas mal fait. Belle allure, silhouette massive, un peu trop sans doute selon le goût indien : trop de muscles et pas assez de graisse ; mais Sombre était un homme de guerre, n'est-ce pas, cela même qu'elle cherchait. De longues mains, cependant, un peu étranges ; elle s'y arrêta un moment : combien de vies avaient-elles arrachées ? Elle tenta de les imaginer dans le sang. Cela vint sans difficulté ; elle en conclut que la mort devait bien leur aller. Puis elle revint à son visage.

Sombre continuait à se taire, ses lèvres grasses légèrement frémissantes. Il fallait bien que quelqu'un se décide à parler ; malgré un reste d'orgueil, elle résolut de prendre les devants, car elle sentait son avantage assuré :

– Merci, très honoré Sumroo, d'avoir accédé à ma requête. Je ne suis qu'une errante, une faible femme sans protection... Merci de m'avoir accueillie, pauvre et sans escorte.

Les longues mains faites pour le sang tressaillirent.

– Princesse, vous êtes belle. Votre beauté vous ouvre toutes les portes.

Elle prit aussitôt un ton plus dur :

– Cela ne suffit pas, Sumroo, vous le savez fort bien. La beauté passe, comme tout le reste. Seule compte la force. Asseyez-vous.

Il s'exécuta. Elle voulait l'avoir à sa hauteur, à sa mesure, à même le sol ; cependant, il demeurait énorme.

– La force ! Vous l'avez, princesse. C'est du moins ce qu'assure la rumeur.

Elle éclata de rire, de son meilleur rire, un de ceux qu'elle réservait à l'amour, dont elle savait qu'on n'y résistait pas. Les lèvres de Sombre se crispèrent dans un rictus effroyable.

« Cet homme, se dit Sarasvati, doit faire l'amour comme on dépèce un cadavre, avec ce même sourire qui n'en est pas un, de plaisir et de dégoût. Il se repaît des femmes, il s'oublie dans leurs blessures. »

Cette pensée était si nouvelle qu'elle faillit s'en effrayer ; elle mesura alors sa propre transformation. « Pour percer ainsi l'âme de cet homme, faut-il que je lui ressemble », songea-t-elle, et elle sourit de sa découverte. Sombre avait chassé son trouble.

— J'ai de bonnes raisons de consentir à me déplacer pour vous voir, déclara-t-il sèchement. Vous avez une fois rebuté mes ambassadeurs. Je viens moi-même vous le dire de ma bouche, et je ne me perdrai pas en longs détours. L'offre d'avant la mousson tient toujours : je veux vous épouser !

Il parlait d'une voix forte, où passait cependant quelque chose de très subtil, une sorte de sensualité exempte de tendresse, qui rappelait irrésistiblement à Sarasvati les accents de Madec, juste avant la fin de l'amour.

— Vous êtes un firangui, très honoré Sumroo. Vous avez la peau blanche.

C'était un peu faux ; dès l'abord, elle l'avait remarqué, il avait le teint foncé, ce qui d'ailleurs l'avait un peu déçue.

Sa remarque parut le décontenancer :

— Certes, certes... Mais je sais qui vous êtes et d'où vous venez. Si vous n'aviez pas la vajra...

— Que voulez-vous dire ?

Elle s'était subitement durcie.

— Rien. Ne parlons pas de cela. Sache simplement que je n'ai pas les préjugés de tes semblables. Je suis un homme venu des Eaux Noires, et c'est pour cela que tu me cherches, toi aussi. Car tu me cherches, à présent.

Il s'était mis à la tutoyer, abandonnant à chaque mot toute marque de respect. Elle se sentit tout soudain nue devant lui ; machinalement, elle qui depuis des semaines allait face au vent, elle se voila le visage.

— *A présent ?* Mais de quoi parles-tu donc, Sumroo, que tu ne dis qu'à demi ?

Il fit semblant de ne pas l'entendre.

— Je n'aime pas les marchandages, princesse. Voici mon offre : unissons-nous. J'ai les hommes, l'expérience des guerres, les fusils et les canons. Je te les offre pour ta vengeance. Car tu hais les Anglais, n'est-ce pas, les firanguis à veste rouge ? En échange tu me donneras la vajra.

— La vajra ! Tu sais donc cela ! Et tu crois ces sornettes, toi, Sumroo, l'étranger qu'on appelle la Lune des Indes !

Il lui lança un regard terrible, qu'elle soutint.

— Princesse, méfie-toi. Je ne suis pas marchand de neige !

Sarasvati réprima son sourire.

— Parlons donc, Sumroo.

— Je sais qui tu es et j'ai besoin de toi. Les Anglais s'étendent chaque année davantage. Ils corrompent un à un les princes et s'en servent pour pénétrer les terres les plus reculées.

– Tu ne m'apprends rien.

– Je te rappelle ton malheur pour te montrer qu'il va atteindre tous tes semblables et qu'ils ont besoin de toi !

– Continue donc.

– Clive, le vainqueur de Plassey, que voici huit ans maintenant a ouvert le Bengale aux Anglais, est de retour. Il a reçu de son roi les pleins pouvoirs. Il fera ce qu'il veut, où il veut, sans être contraint d'en référer à quiconque, sans attendre les ordres venus par les bateaux de l'autre côté des Eaux Noires. Entends-tu, princesse, sans attendre les bateaux !

– Cela fait déjà un moment que les firanguis à veste rouge se sont installés au Bengale. Il est trop tard pour se réveiller. Dharma ! Nous payons pour nos fautes.

– N'as-tu pas déjà payé bien cher, princesse ?

– Ne me parle pas ainsi, Sumroo, ou je te maudis !

Il baissa un moment les paupières, puis reprit :

– Tu connais le dicton, princesse : il y a cent portes pour entrer dans le royaume du Bengale, et pas une pour en sortir.

– Les firanguis à veste rouge y entrent et en sortent comme ils veulent !

– Oui. Parce que nous n'avons rien fait pour les en empêcher. Tant que le Moghol sera faible, ils continueront. Mais qu'il redevienne puissant... Avec moi. Avec toi. Je fermerai les portes du Bengale. Avec toi !

– Moi !

– Oui, toi. Tu es belle, forte, trop belle et trop forte pour ces Indes qui craquent de partout. Aucun homme, sauf moi, ne voudra de toi, car tu fais peur.

– Peur ?

Elle était sincèrement étonnée. Ainsi, c'était cela, la vajra ?

– Oui, peur. Mais je te l'ai déjà dit, je n'ai pas les préjugés des hommes d'ici. Moi aussi je fais peur. Et j'ai le savoir des firanguis, princesse. Je connais le Moghol ; la guerre est mon amie. Je suis connu par toute l'Inde.

– Oui. Mais tu n'y es pas le seul firangui.

Sombre blêmit. Elle crut un instant qu'il allait se lever. Ses mains se crispèrent sur le pommeau du sabre :

– Oublie-les !

Elle ne répondit rien.

– Oublie-les. Ce sont là gens de sac et de corde, de misérables aventuriers qui se vendent au hasard des chemins.

– Non.

– *Il* t'a laissée, n'est-ce pas, car tu es devenue pauvre, il t'a abandonnée, il a eu peur, et te voilà à mes portes !

De dépit, il s'enferrait ; Sarasvati continuait à secouer la tête :

– Non.

Elle replia sur elle un à un ses voiles, comme pour lui signifier son congé. Son visage disparut bientôt sous la mousseline bleue, et il ne vit pas qu'elle pleurait.

– Je t'offre la vengeance.

– De lui je n'ai point à me venger.

– Je te donne le pouvoir.

– Ne me trompe pas. C'est toi qui le possèdes. Tu ne le lâcheras pas.

Il enleva son casque, le posa sur le tapis. Elle souleva un pan de mousseline. Ses larmes s'étaient vite taries. Rien n'avait percé de son émotion. Cette dernière victoire sur elle-même acheva de la rassurer ; à nouveau, elle observa Sombre, il était vieux et très las. Le casque avait découvert un front creusé de très larges rides, et sur son crâne commençaient à s'éclaircir les cheveux que la teinture abîmait. Cette fois, ce fut lui qui déchiffra sa pensée :

– Je n'ai rien à te cacher, princesse. Je ne suis plus jeune. Tu es très belle, mais je suis revenu des femmes. Je n'attends plus rien d'elles.

– On dit que tu en possèdes deux cents, au bas mot, sans compter celles que tu achètes de temps à autre... Il en est certainement de plus jeunes et plus jolies que moi. De plus fécondes, aussi, car tu n'ignores pas que mon ventre est sec depuis des années déjà. Alors, qu'attends-tu de moi, qui ne soit pas d'une femme ?

– Tu n'es pas une femme.

Sarasvati éclata de rire, d'un rire plus perfide encore que le précédent, un petit rire cascadé qu'elle n'avait jamais réservé qu'aux très grands après-midi, quand Bhawani ou Madec, emportés par ses imaginations amoureuses, emmenaient son corps vers des plaisirs inconnus, dont le raffinement la ravissait des heures. Elle guetta le visage de Sombre, où elle voulait voir revenir l'expression sauvage de tout à l'heure, cet air de tueur avide de blessures. Rien ne vint. Il baissait la tête, serrant fébrilement ses mains l'une contre l'autre.

– Et que crois-tu que je sois, sinon une femme, reprit-elle. Quel monstre crois-tu épouser ?

– Il y a de l'homme en toi.

Elle ne fut pas certaine d'avoir saisi le sens de ses paroles. Sombre parlait parfaitement hindi, mieux encore que Madec, et sans le moindre accent. Mais depuis l'été passé avec l'autre firangui elle se méfiait des hommes des Eaux Noires, car souvent on croyait les saisir, et c'était un tout autre monde qui parlait dans leurs phrases, l'univers inconnu qu'elle avait désespérément cherché sur la peau si pâle de Madec, et qu'il lui avait refusé. Elle releva un à un ses voiles. Sumroo venait de l'émouvoir. Pourquoi la devinait-il si bien ? Pourtant, c'était chose assurée, jamais, au grand jamais, il ne la posséderait.

Il le savait déjà. Il releva la tête, comme si elle avait parlé à voix haute :

– M'épouseras-tu ?

– Je suis pauvre, misérable, stérile.

– Peu importe.

– Et le ventre sec ?

– Peu importe.

Elle n'en revint pas.

– De m'épouser ne te donnera pas la vajra.

– Je t'apprendrai la guerre. Nous jetterons les Anglais hors de l'Inde.

– Je suis hindoue.

– Cela me convient. Ce sont les tiens qui sont ici les maîtres de l'argent.

– Je ne possède rien. Et je ne connais pas les banquiers.

– Je m'en moque. Tu es hindoue, tu possèdes la vajra, et tu seras ma femme. C'est assez pour obtenir d'eux l'argent d'une grande guerre.

– Et ton dieu ? Qu'en dira ton dieu ?

– Hormis celle de sa personne, un grand homme de guerre n'a point de religion !

Il s'était brusquement détendu.

– D'autres que toi sont plus respectueux.

– Soit, si tu le veux, Dieu ! Dieu, le grand distributeur des empires !

Il eut alors le rictus que Sarasvati attendait. Il exultait ; la joie l'inonda à son tour. Elle venait de comprendre ce qui lui échappait depuis le début : à cet homme, il fallait parler pouvoir. La puissance lui tenait lieu d'amour. S'il entretenait encore des centaines de femmes, c'était sans doute par souci de superbe, car il semblait fort usé ; seule l'image de sa propre gloire pouvait le réveiller, en dissipant l'ennui qui l'avait pris.

– Un dernier point, cependant, objecta Sarasvati. On naît hindou, Sumroo, on ne le devient pas. Si je t'épouse, il convient donc que je change de religion.

– Ne cherche pas à éluder ma question, princesse, je te le répète, je ne suis pas un marchand de neige ! M'épouseras-tu ?

– Si tu consens à me prendre pour femme selon le rite chrétien, je serai à toi.

Il la dévisagea sans comprendre. Son ambassade lui avait bien décrit les manières étranges de la dame de Godh, et d'une Indienne il s'attendait à tout. Mais une telle proposition l'atterrait. Le firangui de Godh n'était donc pas le jeune homme libertin qu'on lui avait décrit, puisqu'il avait converti, ou presque, une dame de haute caste à une religion prônant l'égalité. Une femme que lui, Sombre, avait à présent le plus grand mal à mater ! Fort heureusement, ce Madec, comme on l'appelait, s'était éloigné, et il était maintenant aux bons soins du père Wendel. On verrait donc à le maintenir à des tâches subalternes. Ou à le faire disparaître. Sombre plissa le front ; ses yeux disparurent presque derrière ses sourcils. Cette histoire de firangui le contrariait au plus haut point. Il n'avait jamais eu sur lui que des renseignements contradictoires ; constamment, quand ses agents lui transmettaient de nouvelles informations, il s'était acharné à les trouver insignifiantes, tout en éprouvant une singulière impression de déjà-vu qu'il ne parvenait pas à définir ; et il restait persuadé, au fond de lui-même, que ce jeune Madec qu'on lui décrivait négligemment depuis un an avait plus de pouvoir qu'on ne voulait le croire. La vajra ? C'était impossible. Elle seule l'avait, il suffisait de la regarder. Du reste, pour l'instant, Madec ne pouvait pas contrecarrer son union avec elle, puisque tout le monde s'accordait, à commencer par la princesse, à reconnaître qu'il avait pris l'initiative de la rupture. Bien au contraire, puisque la dame semblait l'aimer encore, il bénirait l'affaire, trop content d'être débarrassé d'une liaison encombrante. Un libertin, peut-être, un jeune étourdi, un aventurier sans envergure. Et cette belle princesse, qu'avait adorée un peuple entier, s'était donné à ce chien ?

Tandis qu'il contemplait Sarasvati immobile et souriante au milieu des coussins, un point cependant préoccupait Sombre : Wendel, une semaine plus tôt, dans son dernier courrier, lui assurait encore que la princesse était une idolâtre résolue, une dangereuse païenne dont il était vain d'espérer autre chose que sang et luxure. Les renseignements du jésuite étaient donc mauvais. Pour le sang, il ne s'était pas trompé, Sombre l'avait bien vu à ses yeux, et aux éclairs qui s'étaient allumés quand il avait évoqué les Anglais. Pour la luxure, c'était une autre affaire, dans laquelle Wendel s'entendait fort peu, quand elle n'était pas masculine. Et d'ailleurs, il valait mieux n'y plus penser. Sombre était las ; il avait peur. Tout, en cette femme, le déroutait. Aurait-il seulement, quand elle serait dans son lit, la force de l'honorer ? Mais le plus important était qu'elle acceptât le mariage. Et elle acceptait. Il lui fit répéter sa phrase :

— Prends-tu donc ici même l'engagement de m'épouser ?

— Oui. Selon le rite chrétien.

— Je n'ai pas de prêtre qui puisse te baptiser. Je suis pressé de te prendre pour femme. La saison de la guerre approche.

— Baptiser... ?

Il avait traduit le mot en hindi, par une sorte de métaphore, intermédiaire entre *verser de l'eau* et *initier* ; elle se souvint en effet de cet usage, dont Madec lui avait dit quelques mots, au détour d'une de ses questions.

— Mais ne puis-je donc pas t'épouser sans être, comme tu dis...

— Baptisée... Non.

Sombre plissa encore le front. Il était partagé entre la volonté de faire vite et une inquiétude extrême ; il pouvait, c'était évident, organiser un semblant de baptême, faire bénir le mariage par un prêtre d'occasion. Mais il connaissait bien le ritualisme des Indiens : que cette redoutable femme vînt à découvrir la supercherie, et c'en était fini de ses projets. Quant à dépêcher ici le père Wendel, qui était à vingt lieues, rien de plus facile, mais le jésuite ne manquerait pas de questionner, confesser, espionner, intriguer. En cette affaire Sombre voulait être seul. Tant pis. On l'intimiderait.

— Si tu le veux, princesse, nous serons époux dans trois jours.

Il eut à nouveau un petit rictus, plus discret cependant que les précédents.

Il allait se lever pour la saluer, solliciter une ultime réponse, quand elle l'interrompit dans son geste :

– Dis-moi seulement quel est le titre de ta première épouse.

– Elle n'en a pas. On l'appelle *bégum*, en langue moghole. C'est la seule femme que j'aie épousée ; elle m'a donné un fils, elle est douce et soumise. C'est une musulmane.

– Tu changes donc de religion selon l'épouse ?

– Que t'importe ?

– Rien. Je veux porter mon titre.

Les longues mains se crispaient, se tendaient vers elle sans un tremblement. Sarasvati crut qu'elles allaient se jeter sur elle, la battre, la renverser, l'étrangler. Il n'en fut rien. Comme au matin du meurtre de Bhawani, toute son énergie se ramassa en elle, très calmement, et Sombre recula ses doigts, les replia, baissa les yeux.

– Je ne veux rien d'autre, Sumroo. Entends-tu : RIEN. Tout est clair. Tu es l'allié du Moghol ; tes troupes... *nos* troupes vont se battre pour lui. Je veux un titre qui me donne du respect à sa cour. Et par toute l'Inde. Et aussi devant les firanguis !

– Jure-moi que tu dis vrai !

– Je n'ai ni parents, ni mari, ni enfants, ni même de dieu... Sur quoi donc jurerais-je ?

– Jure-le-moi sur la vie du firangui ton amant !

Cette fois, elle ne tressaillit pas.

– Il est peut-être mort, lui aussi...

– Non. Il vit.

– Il vit... Alors qu'il meure si je mens.

Sombre la fixa intensément, cherchant à démêler une ultime ruse. Le firangui l'avait abandonnée, et elle nourrissait peut-être assez de ressentiment pour souhaiter sa mort ; en ce cas, elle pouvait allégrement parjurer. Mais il ne lisait rien dans ses yeux, qu'une ardeur insolite et violente qui le dérouta davantage. « Qu'elle passe donc dans mon lit, se dit-il, après quoi je saurai tout d'elle. » Néanmoins, il n'en était pas absolument certain ; il se prosterna une dernière fois.

– Soit, dit-il en se relevant. D'ici trois jours, tu seras donc ma femme, la princesse Sarasvati !

Puis il disparut à grands pas dans la lumière de midi.

***

Trois journées durant, Sarasvati demeura sous la tente, la tête pleine de larmes qui ne venaient pas. Elle attendait pour sortir qu'arrivât l'homme à robe noire, sans lequel, disait-on, le mariage ne pouvait être célébré. Au troisième jour la route demeurait vide. Le temps s'éternisait entre les averses chaque matin devenues plus rares.

La mousson se termine, songea Sarasvati en ce troisième soir, et une très fade tristesse la pénétra tout entière. Elle se voyait flotter, encore un peu perdue, entre deux hommes, entre deux dieux. Deux dieux ; mais de ce vague Christ des récits de Madec, il n'était point question. Elle ne se souvenait guère que d'un conte fragmentaire, l'aventure bizarre d'un enfant pauvre devenu *sadhu* puis crucifié, et surtout des affres de sa mère, une vierge aux yeux doux privée, ainsi qu'elle, du fruit de ses entrailles. Ce Christ-là, se disait la princesse, ne sera jamais qu'un leurre, comme à la chasse, une apparence où piéger le gibier : le nouveau et seul gibier, l'Anglais. Elle avait bien saisi qu'entre Sombre et les firanguis n'existait nulle différence, sinon celle qui sépare le vainqueur du vaincu ; Sombre, comme les Anglais, avait voulu prendre les Indes, les Indes tout entières, de ses neiges éternelles à ses forêts de cocotiers. Sa convoitise avait été déçue, peut-être parce qu'il les avait recherchées d'un désir égoïste, d'un rêve fou de domination solitaire ; alors que les firanguis à veste rouge, Sarasvati le pressentait depuis Godh, pourrissaient l'Inde ainsi que des termites en groupe et en silence : gourmandise secrète, tenace, jamais découragée. Voilà pourquoi elle voulait Sombre, ses canons, ses soldats, sa foi même de firangui, pour briser l'ennemi sur sa propre image, sur ses propres armes, et elle devenait chrétienne pour le dernier sentiment à l'agiter encore, la passion de Kali. Kali la noire. Elle n'ignorait pas qu'elle allait se prêter à une cérémonie barbare, où elle accomplirait des gestes impurs, dirait des mots qu'elle ne penserait pas. Mais tout cela serait futile, insignifiant ; au moment même où elle se livrerait au prêtre firangui, elle consacrerait en réalité son union à Kali. Le sacrifice du daim, sur l'autel de Godh, n'avait été que prémices. Avant l'heure du mariage, le temps de Khrishna ne serait pas révolu. Parfois encore, et trop souvent, Sarasvati se réveillait, les lèvres murmurantes d'invocations au divin berger. Si Khrishna n'était plus le Bleu Profond, si dans ses rêves il paraissait avec la même pâleur que le firangui Madec, il en gardait l'obsédante et lointaine présence, un songe, une brume errante, la mémoire nébuleuse du plaisir, qu'il fallait dissiper pour toujours. Sarasvati en était là de ces pensées amères, la tête lourde comme jamais de n'avoir pas pleuré, quand se présenta à la nuit tombée un cortège venu de la ville. Sombre n'en était pas, mais son émissaire, firangui de belle allure quoique borgne et un peu vieilli, la priait de bien vouloir entrer dans les murs de Dig, où, prétendait-il, elle serait plus à son aise pour attendre le prêtre.

On approcha une lampe. La servante l'avait élevée près du visage de Sarasvati, si bien que la flamme éclairait doucement ses joues, dont elle soulignait admirablement les contours fins et la peau dorée. L'émissaire, troublé, détourna le regard. Son air de sagesse tranquille plut à la princesse.

– Quel est ton nom ? lui demanda-t-elle sans répondre à son message.

– On m'appelle Visage.

– Visage, répéta Sarasvati d'un ton rêveur.

Elle venait de reconnaître dans ces sonorités difficiles la musique des mots firanguis, et le trouble à son tour la prenait.

– Visage... Et que fais-tu à la cour de Sumroo ?

– Je suis médecin de mon métier, princesse.

– Pourquoi donc te vois-je ici en messager ?

– Chez les vôtres aussi, princesse, les médecins sont parfois conseillers ou confidents.

Il parlait hindi avec un accent assez net, ce qui renforçait l'étrangeté de leur dialogue. Elle eut, une seconde, l'impression d'un déjà-vu ; quelque chose, dans cet être, rappelait le passé ; une immédiate sympathie, ce fond de tendresse un peu triste qu'il portait sans pouvoir la cacher. Elle repoussa cette pensée : elle n'avait jamais connu de firangui borgne, et il était temps de renoncer aux souvenirs. Il avait pourtant parlé de confidents, et Sarasvati ne put s'empêcher de songer à Mohan. Mohan, disparu lui aussi dans le désastre de Godh, et de son propre fait, puisqu'il avait choisi de mourir, plutôt que de la suivre. Peut-être l'avait-il aimée, à sa manière, et abandonnée à un destin qu'il réprouvait, lui, le doux et tendre brahmane. Mohan le secret, le pacifique.

Elle se reprit :

– Oui, en effet. Je vois que tu connais les usages de l'Inde.

– Qui, vivant auprès de Sumroo, pourrait les mépriser ?

Il avait souri, et ce sourire était beau. Sarasvati en oublia qu'il était borgne.

– Assieds-toi. Ainsi, ton maître désire que j'entre dans sa ville ? Ignore-t-il donc qu'avant son mariage nulle femme respectable n'approche de la demeure de son maître à venir ?

Visage avait prévu la difficulté ; il continuait à sourire :

– Excusez-moi, très honorée princesse, mais ce n'est pas ici un mariage ordinaire.

– Oui, je sais. C'est moi qui campe aux portes de mon époux ; je suis errante et sans foyer.

– Disons plutôt, très honorée princesse, que mon maître a pensé qu'il n'était guère aimable de te faire attendre à ses portes plus longtemps, alors que le prêtre tarde, et qu'il t'avait promis le mariage pour ce jour.

Elle éclata de rire ; il parut à nouveau fort troublé.

– Comme tout cela est bien dit ! Mais retourne chez ton maître, et dis-lui que j'attendrai. J'ai passé toute la mousson sous la tente, je peux encore y rester quelques nuits.

– Princesse...

Sarasvati sursauta. Visage avait pris un ton suppliant, presque tragique :

– Princesse... Il ne faut pas refuser.

– Et pourquoi donc ?

– Je suis le médecin, et aussi le confident. Ne refusez pas.

— Confident ! Tu pourrais donc être le traître ! Qui me dit que Sumroo ne veut pas m'attirer dans un piège ?

Elle ne riait plus.

— Fort bien, dit Visage, et il se leva.

Il semblait sincèrement blessé. Elle le saisit au poignet, le força à se rasseoir. La lampe l'éclaira de plus près, et elle crut encore reconnaître un lambeau de passé, une curieuse parcelle de souvenir qui, très brièvement, à la manière d'un paysage nocturne soudain déchiré par un éclair de mousson, réunissait Madec, Bhawani et ce firangui borgne.

— Sois en paix, dit-elle d'une voix blanche. Je te crois le cœur pur. Explique-moi ce que me veut Sumroo.

— Il est impatient... Il n'est plus très jeune.

Ils se comprenaient à demi-mot ; dès les premiers instants s'était établie entre eux une complicité qui ne cessait de se préciser.

— Il te laisserai en paix, continua Visage. Mais il a besoin de savoir que tu es dans sa ville, dans son palais, proche de lui, presque déjà sa...

— Je sais, interrompit Sarasvati. Et l'homme à robe noire ?

— Certaines routes, dit-on, sont coupées par des rivières en crue. Il aura du retard.

— Les pluies sont finies.

— Oui, mais certains torrents, descendus des montagnes...

— Soit, interrompit-elle encore. Je consens à te croire. Pourtant, je devrais te demander de m'en répondre sur ta vie.

— Si vous le désirez, princesse.

— Non. Point de gage entre nous. J'entrerai demain à l'aube dans la ville de Sumroo. Je veux un cortège. Musiques, danseuses, éléphants.

— Tout est prêt.

— En es-tu sûr ?

— Absolument.

Elle rit à nouveau et ajouta :

— Pour moi-même, quatre éléphants de haute caste, en plus des autres.

Il la regarda sans comprendre. Ravie de son effet, Saravasti plissa les yeux, agita doucement ses bracelets :

— Oui. Un éléphant pour moi seule ; et trois éléphants, dont le palanquin sera vide. Entends-tu : *vide,* absolument vide. Pour le reste, la procession ordinaire. C'est la seule condition que je mette à mon entrée dans Dig.

Elle arracha la lampe des mains de la servante ; Visage comprit alors qu'elle ne plaisantait pas. Elle avait dans les yeux une expression farouche, qu'il ne lui avait jamais vue ; mais avait-il jamais connu la dame de Godh ?

Lors du premier voyage, au temps où Godh était en paix, il n'avait voulu voir en elle qu'une très belle jeune fille, à peine modifiée par la maternité. Tout à l'émerveillement des palais, de la chasse, des esclaves qu'on lui offrait, il s'était tenu loin d'elle, indifférent ou parfois peureux. Le hasard l'entraînait à la redécouvrir. La lumière mouvante approchée de ses traits révélait la même beauté qu'autrefois, mais comme approfondie, affinée, ciselée d'une ardeur intime ; elle ne la possédait pas au temps de Bhawani, et Visage l'avait sentie poindre seulement quelques mois plus tôt, le jour de l'ambassade. Toute douceur en était absente ; ce n'était plus que la beauté délicate et dure d'un joyau serti, et la comparaison s'imposa à lui avec d'autant plus d'évidence qu'il n'y avait dans son corps nulle partie apparente qui ne fût parée de bijoux ; mais là où les pierres auraient dû paraître exaltées par la peau, c'était la peau elle-même qui devenait joyau, et l'on oubliait les turquoises, diamants, et autres saphirs, pour ne plus voir que l'architecture sublime de ce visage et de ces bras, auprès desquels toute précieuse orfèvrerie lui sembla aussitôt ramenée au rang de breloque vaine. Sarasvati devina son émoi ; elle ne répéta pas sa phrase. Il se leva, la salua sans oser la regarder plus longtemps.

— Nous nous sommes compris, je crois, dit-elle simplement.

— Il n'est point la peine de le dire, très honorée princesse, répondit-il, avant de s'évanouir dans la nuit.

Elle éleva une dernière fois la lampe, afin de ne rien perdre de cette silhouette un peu voûtée, qu'elle avait dû rencontrer dans une autre existence, au milieu du circuit infini des vies.

La vie d'avant, peut-être, celle de Godh. Depuis la mousson, chaque fois que lui revenait un fragment de mémoire, la naissance de Gopal, les chasses, ses danses pour Bhawani, les figures nocturnes qui préludaient à l'amour, elle y voyait comme les réminiscences d'une existence antérieure. Entre Madec et Sombre, Sarasvati était morte ; la haine seule la faisait renaître. La nuit suivante, elle rêva pourtant que des liens plus mystérieux unissaient les parties éclatées du temps, et elle se prit à songer qu'un dieu narquois s'amusait peut-être à faire marcher les hommes sur l'orbe misérable de leurs propres pas.

⁂

Malgré l'heure tardive, Sombre ne dormait pas ; ses insomnies duraient depuis des années, surtout lorsque Visage n'était pas là pour doser exactement dans une coupe les poudres diverses qui lui donnaient le repos. La veille encore, le guerrier vieillissant avait envoyé vers les jungles du Nord, du côté des Himalayas, un nouveau sadhu, aux fins de lui rapporter des plantes mystérieuses qui, murmurait-on, auraient seules raison du mal dont il souffrait. Insomnie rebelle, extrême lassitude, ou prélude à une affection plus franche, nul ne savait, pas même Visage, qui pourtant s'épuisait à l'observer. Malgré les ans, la maladie terrible dont ces nuits blanches paraissaient le présage ne se déclarait pas, et Sombre parfois se demandait, au cœur de ses angoisses, s'il ne souffrait pas, plutôt que du corps, d'un long dérèglement d'âme, une sorte d'hypertrophie de la colère et du désir. Qu'avait-il été d'autre en effet que cette force brutale, convoitise, volonté, orgie, fureur, concupiscence ? Au soir de sa vie, le repos qui suivait ses frénésies et ses courroux ne venait plus ; son tourment durait jusqu'à l'aube, où le sommeil, souvent, ne le soulageait qu'une petite heure.

Cette nuit, sans le secours de Visage, il en serait ainsi, à moins que l'autre ne se dépêchât, et il fallait qu'il se dépêchât, car, outre le sommeil, il devait lui ramener un peu de la femme qui campait à ses portes. Tant qu'il ne l'aurait pas épousée, le plus fort de son anxiété se fixerait sur elle. Deux nuits déjà qu'il maudissait le jésuite, la mousson, la terre entière ; quand enfin vint le dernier soir, il ordonna à Visage, le seul auprès de lui en qui il eût confiance, de mander la princesse pour le lendemain. Au premier caprice de la dame, il avait résolu de la tuer. Au fond de son désir et de sa nuit, rien d'important ne comptait plus, ni le Moghol, ni la menace anglaise, ni la vajra, nulle combinaison politique. Il lui fallait ici Sarasvati, dès l'aube, dans ses murailles, au creux de son palais ; il ne la verrait pas, il ne la toucherait pas ; mais elle serait enfin dans sa tanière, et cela seul lui suffisait.

Il approcha de sa bouche le tuyau du narguilé. Maintenant qu'il usait de l'opium, ce plaisir-là lui était fade ; c'était un geste machinal, une sorte de contenance qu'il se donnait vis-à-vis de lui-même. Tout était calme au palais des Mille Fontaines. Parmi toutes les demeures du rajah des Djattes, il l'avait choisi en raison du murmure incessant de ses cascades et de ses canaux. Le maître des lieux le lui avait volontiers abandonné ; pour sa part, il passait le plus clair de son temps au fond d'une remise pourrie par les pluies, où il se livrait avec un jeune brahmane à d'interminables expériences d'astrologie et d'alchimie, laissant à Sombre la liberté de conduire les affaires comme il l'entendait, qu'il s'agît de mener la guerre ou d'engrosser ses femmes. Sur ce dernier point, Sombre se montrait fort léthargique depuis quelques mois. La fécondité du zenana avait baissé d'autant. C'était précisément ce qui l'inquiétait ; trois jours plus tôt, il avait découvert en la dame de Godh une princesse infiniment séduisante, bien plus fascinante que toutes les femmes qu'il avait pu connaître. Or, si paradoxal que cela pût paraître, il l'espérait moins belle ; il aurait souhaité en elle au moins un soupçon de charme commun, cette indolence sensuelle qu'avaient souvent les indigènes, et qui faisait que l'Inde était peut-être le seul pays au monde où se pussent confondre princesses et courtisanes. Il n'avait rien trouvé que d'une reine : intelligence, vivacité, ruse et haine ; une force intérieure incalculable qui annihilait la femme, ou du moins l'idée que Sombre se faisait de la femme. A son seul souvenir son angoisse redoublait, et la quasi-certitude de se présenter devant elle au soir des noces comme aucune autre ne l'avait vu le paralysait des heures à l'avance.

Des pas résonnèrent sur le marbre de la galerie. Il se souleva du sofa où il méditait, tendit l'oreille ; ce n'était pas la démarche d'un serviteur, ni même d'un garde. Il avait, comme à l'ordinaire, dégainé son poignard et sorti son pistolet, vieille habitude de guerrier rompu aux traîtrises. Il écouta encore. Enfin il se rassura : c'était bien Visage, avec les nouvelles de la dame de Godh. Accroupi à l'indienne sur son sofa, Sombre conserva pourtant son pistolet braqué. Il attendait le mot de passe. Il résonna bientôt sous les voûtes de la chambre :

– Le tigre dévore l'Anglais qui l'a chassé !

Sombre saisit une lampe qui se consumait au pied du sofa.

– Entre !

Visage s'approcha, nullement étonné du pistolet pointé sur lui ; comme toujours, Sombre ne le rengainerait qu'au bout d'une bonne minute, quand il se serait convaincu que son médecin ne conspirait pas contre lui. Traitement de faveur car le commun des visiteurs était forcé de converser sous la menace constante de l'arme, et il arrivait même qu'une colère subite du maître déchargeât l'arme sur un partenaire insolent ou rétif. Pourtant, Sombre n'était pas seul. Une tenture cachait une pièce absolument inaccessible par une autre voie que la chambre, où il cachait une douzaine de serviteurs et d'hommes en armes, prêts à surgir à la moindre alerte ; néanmoins, dans son obsession du complot, Sombre vivait dans la jalousie de son ombre, et il nourrissait pour l'humanité une méfiance sans réserve. Il claqua des doigts ; les serviteurs qui veillaient derrière le rideau apportèrent sur-le-champ de grosses lampes basses, qu'ils allumèrent avec précaution. Les flammes semblaient ajouter de nouvelles arabesques aux tapis ; devant leurs ombres changeantes, Visage ne put s'empêcher de penser à la scène de tout à l'heure : mais il contemplait alors le dénuement d'une tente humide, et non la splendeur de ce palais. Et cependant tout, absolument tout, lui avait paru plus beau. Il crut en découvrir la raison dans l'apparence de Sombre, ses traits usés par la guerre et l'opium, ses cheveux fatigués d'être teints, et surtout, au fond de ses yeux, son tourment non dissimulé, qui parvenait encore devant les soldats à lui tenir lieu de flamme guerrière. Comment résistera-t-il, se dit alors Visage, à une femme qui ne craint plus rien, ni complot, ni torture, ni surtout la détresse des nuits ?

Sombre l'interrompit dans ses pensées :

– Alors ? Vient-elle demain ?

– Oui.

Il se leva d'un bond, brusquement ragaillardi.

– Elle vient.

Il n'osait y croire.

– Elle vient ! reprit-il. Demain. Demain à l'aube, comme je l'ai demandé ?

– Oui.

La physionomie de Visage l'intrigua. Il semblait à la fois abattu et exalté ; il en fut surpris car Visage l'avait toujours frappé par son égalité d'âme.

– Ne me cache rien, médecin du diable !

– Elle vient, je te le dis.

– Le cortège est prêt. Un ordre et les bayadères seront réveillées, les musiciens, les éléphants !

Il exultait, Visage jugea prudent de l'interrompre aussitôt :

— Il faut trois éléphants de plus. Et de haute caste.

— Comment ? éclata Sombre. Comment ! Mais je t'avais interdit de céder à ses caprices ! Que veut-elle donc, avec ces trois éléphants ?

Visage hésita un instant, mais il fallait achever :

— Trois éléphants, Sombre, et trois palanquins, qui demeureront vides, absolument vides.

A son grand étonnement, Sombre ne répondit pas. Était-ce la rage ou la stupeur, il se taisait, l'œil noir, le sourcil froncé. Les lampes vacillaient sur le tapis. Visage n'osait s'éloigner, comme il le faisait d'ordinaire quand Sombre réfléchissait ; seulement son maître n'avait pas encore reçu sa potion. S'il s'en apercevait au sortir de ses pensées, dans quelle fureur entrerait-il !

— Trois palanquins vides... Mais pourquoi donc ? interrogea Sombre d'une voix soudain cassée.

— Je n'en sais rien. Mais elle les exige ; sans eux, elle menace de ne pas entrer dans la ville.

— Paraît-elle toujours disposée au mariage ?

— Je n'étais pas avec toi lorsqu'elle a accepté. Cependant, je l'ai trouvée fort sereine. Elle t'épousera, j'en suis certain.

— Garde à toi si tu te trompes ! Cette femme est folle, et moi plus fou encore de vouloir l'épouser ! Surveille-la bien, Visage, elle est capable de tout, il faudra que je double ma garde et mes espions, il faudra que je lui attache des femmes qui la gardent, il faudra... Sa colère retombait peu à peu ; il s'affala sur le sofa, renversant le narguilé, le pistolet, le poignard.

— Visage... A toi seul je peux le dire. Donne-moi les poudres qui rendent l'homme fort ! Indiennes ou européennes. Les indiennes plutôt, ces singes-là savent tout de l'amour, donne-les-moi, vite, après tu me verseras le pavot, le pavot...

Il n'avait jamais pu donner d'autre nom à la drogue ; l'usage de l'opium était couramment répandu d'un bout à l'autre des Indes ; on le consommait sous diverses formes, la plus banale étant d'en mâcher des tablettes, et les femmes dU zenana n'étaient pas de reste. Sombre cependant savait qu'il avait dépassé depuis longtemps cette pratique commune. Visage mêlait à ses médecines d'autres poudres, les plus puissantes, les plus diverses, dont il variait constamment la composition, dans l'espoir d'alléger les peines de son maître.

Il commençait à bégayer ; c'était le moment critique, celui où vite il fallait le calmer, l'envoyer dans le faux sommeil que donnaient les potions. Bien souvent, c'était aussi un moment d'extrême lucidité où, comme dans la voyance, se rassemblaient à une vitesse prodigieuse les souvenirs et les calculs ; en quelques instants, il en avait pénétré la substance, en retirait une conclusion essentielle ; son angoisse enfin retombée, il s'abandonnait sur la soie du sofa, n'attendant plus, pour le délivrer de ses ultimes tourments, que le secours des médecines.

— Des palanquins vides, des palanquins vides ; j'ai entendu parler de ça, autrefois. Un vieux maharajah... Il avait perdu à la guerre ses cinq fils. Dans les processions, sa vie durant, figurèrent toujours cinq éléphants, cinq palanquins vides hissés sur leur dos. Il s'interrompit un instant, fronça encore les sourcils.

— Mais celle-ci... elle n'a perdu que son mari et son fils !

— Il y a eu des jumeaux, dit-on, qui sont morts !

— Cela fait quatre morts, et non trois ! tonna Sombre.

Visage ne répondit rien, se pencha sur la petite trousse qu'il promenait toujours avec lui. C'était là qu'il gardait, sitôt mélangées en des proportions connues de lui seul, ce qu'il appelait les poudres de Sombre. Les serviteurs connaissaient le rite, ils approchaient déjà la coupe et l'aiguière.

— L'Inde est étrange, Sombre, ne cherche pas à démêler les détours de cette femme. Elle a souffert, elle souffre encore. Toutes ses fantaisies ne sont que façons de tromper sa douleur. D'ici peu elle sera chrétienne, et la paix dans son cœur.

— Quatre, et non trois, répétait Sombre, tandis qu'il se penchait vers la coupe.

Avant de s'anéantir dans le sommeil, il fut pris d'un dernier sursaut. Il se dressa sur son séant, d'un seul coup, comme s'il avait enfin compris le vœu de Sarasvati.

— Tant pis, murmura-t-il à Visage. Donne-lui ce qu'elle veut.

Une atroce intuition venait de le traverser. Le troisième palanquin vide désignait lui aussi l'un des morts du désastre de Godh, mais ce mort n'était pas un cadavre. C'était sa passion défunte, l'amour qui l'avait jetée vers Madec, et dont elle entendait signifier le deuil ineffaçable, alors même qu'elle entrerait dans la cité de Sombre.

⁂

La procession partit lorsque pointait l'aube, dans les stridences des trompettes et des conques. La terre était sèche et le ciel clair. De toutes parts le sol avait verdi, et s'annonçaient déjà les premières récoltes. C'était jour de marché. A l'arrivée des éléphants, les paysannes accroupies devant leurs tas multicolores, légumes, épices, grains de toute sorte, eurent un moment d'épouvante, quand elles virent défiler les trois palanquins vides, puis cette princesse trop belle qui ressemblait à une déesse. On les vit soudain blêmir, ou arrêter leurs mains sur le plateau des balances, avant de les joindre pour le *namasté* effrayé qu'on ne devait qu'aux divinités terribles, Durga, Kali, ou les démons saisisseurs.

Du haut de son palanquin, Sarasvati contemplait la ville, un enchevêtrement de murailles, de palais et de temples, si confus parfois qu'on ne savait plus si l'on entrait dans une place forte ou un lieu de plaisance. Peu m'importe, pensait-elle, tous lieux désormais me sont égaux, et la guerre se mène plutôt à l'air libre que dans le secret des chambres.

Autour du cortège, elle sentit bientôt monter comme une étrange liesse, quelque chose qui n'était pas de la joie. Elle reconnut l'excitation religieuse qui prend les foules aux éclipses de Lune ou de Soleil, quand le peuple entier se jette dans les rivières pour supplier le démon de ne pas avaler l'astre qui est en peine. La procession cependant, à l'exception des palanquins vides, s'avançait selon les usages : on distribuait des poignées de sucre candi, on répandait de pleins flacons d'eau de rose. La *vajra*, sans doute ; il y avait dans tout cela une tension cachée, le frisson du divin. Car çà et là, Sarasvati remarqua aussi quelques excès : des orchidées précieuses jetées aux pas des éléphants, des fontaines remplies de parfums ; et elle s'étonna alors que Sombre, qui la voulait pour la guerre, souhaitât l'entourer d'une telle volupté.

On pénétra dans l'enceinte des palais. On lui avait expliqué que Sombre occupait l'un d'entre eux, et qu'elle ne devait pas s'attendre à ce que le rajah des Djattes vînt l'accueillir, car il vivait retiré du monde et ne voulait pas se mêler des affaires. Elle avait souri d'un air indifférent ; tout cela lui convenait. Elle n'avait guère envie de retrouver le cérémonial des cours, Diwan, astrologue, rajah trônant sur un siège en forme de soleil ; comme Bhawani, le seigneur de Dig se disait petit-fils de l'astre divin, et son palais principal, Souraj Bhavan, en portait le nom. Elle aurait même souhaité que Sombre vécût dans une résidence européenne, sans d'ailleurs pouvoir imaginer ce que cela pût être, afin que dans sa nouvelle vie rien ne vînt rappeler l'ancienne. Son attente fut trompée : pavillons de marbre reflétés dans des bassins, jardins et parcs parcourus de canaux, légers balcons ciselés, tout la ramenait à la poésie de Godh, ses rêves aériens sculptés dans la pierre. Elle ne comprenait pas ; malgré ce qu'en prétendait Madec, le monde devait donc être bien minuscule, pour que se répètent ainsi, d'un bout à l'autre des routes, une aussi singulière uniformité.

Depuis quelques instants, un homme courait aux côtés de l'éléphant, indiquant à mesure les différents bâtiments. Quand on dépassa le zenana, un vieux palais sinistre tout fermé de moucharabieh, Sarasvati ne put s'empêcher de soupirer d'aise ; elle retrouvait un de ses plus vifs émois, celui d'avoir brisé la clôture des femmes. La certitude de la liberté s'imposa à elle avec une telle évidence qu'elle en fut comme secouée ; elle s'aperçut d'un seul coup de toute la vie qui l'entourait : réelles, ces couleurs roses et jaunes des pavillons de marbre, réels, ces carapaçons d'argent sur le dos des éléphants, vivantes, ces bayadères en plein effort, et leurs seins qui parfois passaient le boléro. Vivante et réelle, Sarasvati elle-même, féroce, gourmande de haine sous ses voiles rouges, enfin réchappée de la transparence somnambulique où elle flottait depuis la mousson. Le guide lui indiquait le Palais des Poissons, une banale construction, fantasque et délicate quand une rumeur soudaine parcourut le cortège ; le maître de cérémonies, placé devant les palanquins vides, s'arrêta d'un seul coup ; il était clair qu'il ne savait que faire. Amusée, Sarasvati se retourna. Au détour du dernier jardin, au milieu de coolies décontenancés, s'agitait une longue silhouette toute vêtue de noir qui glissait sur les fleurs répandues et les morceaux de sucre. L'homme, un firangui, avait abandonné sa chaise à porteurs et lançait des signes désespérés.

Sarasvati le jaugea d'un seul coup d'œil. Cet être grotesque, plus laid à chaque pas, s'annonçait déjà comme parfaitement ridicule ; mais il était sans doute assez redoutable : de toute évidence, il s'agissait du prêtre.

Le père Wendel était en grande colère. Il était persuadé que Sombre voulait se rire de lui, et ne l'avait mandé à Dig que pour lui montrer combien peu il craignait le Christ, et le forcer à assister à un mariage païen. Il dépassa le cortège à grands pas, avec cet air outré qui déplaisait si fort à Sarasvati. Il alla droit au palais des Mille Fontaines. Dès la première galerie, il tomba sur Visage.

– Où est Sombre ?

Visage ne put s'empêcher de rire. La soutane du prêtre était maculée de poussière et d'immondices, signe qui, aux Indes, marquait infailliblement tous les voyageurs. En outre, il serrait contre son cœur tout son matériel à bénir, comme s'il devait d'une minute à l'autre offrir son corps au martyre.

– Nous ne vous attendions plus !

– J'ai été retardé ! Tous ces païens, sur les routes, qui revenaient de leur pèlerinage au Diable !

– Khrishna ? Qu'y pouvons-nous, mon père, si Sombre a élu domicile à quelques lieues de Vrindavan ?

– La peste soit de Khrishna et de Vrindavan !

– Ne jure pas, mon père...

Wendel devint écarlate :

– Vous allez les marier, n'est-ce pas, les marier selon le rite païen !

– Certes non ! Et je vous conseille de calmer votre colère. Sombre vous maudit depuis deux jours, et c'est du désespoir de ne point vous voir qu'il s'est résolu à faire venir la princesse !

– Alors il voulait se passer de moi.

– Non, mon père...

Visage s'interrompit un instant, puis reprit :

– Il a si peur qu'elle ne lui échappe.

A l'idée de savoir Sombre tourmenté, Wendel eut un semblant de sourire.

– Bien. Je m'en vais donc me rafraîchir !

– Non ! Tu restes là !

La voix terrible avait retenti ; Sombre venait de paraître, dans son costume de guerre hérissé de pointes, qui lui tenait lieu également de tenue d'apparat. Wendel se prosterna en tremblant :

– Seigneur Sumroo...

– Relève-toi, vermine de prêtre, vil cobra, sanglier puant !

Wendel ramassa ses jupes sales, comme ravi des insultes. Il ne retrouvait son efficience qu'humilié, forcé, sali. Visage l'en détesta davantage ; il frémit à l'idée que ces mains trop blanches, aussi longilignes que son âme était retorse, allaient d'ici peu verser l'eau bénite sur la nuque exquise de la princesse, puis toucher ses doigts, les unir à ceux de Sombre...

Celui-ci continuait à secouer le jésuite :

– Le baptême, sur-le-champ ! Et le mariage ! Allons, sors ton viatique !

– Mais où, mais où ?

– Ici !

Il désigna au fond de la galerie un patio minuscule, orné de plantes vertes et tout de marbre noir. C'était un lieu d'une extrême sobriété ; les découpures de ses arcades rappelaient un peu celles d'une église, et on aurait pu s'y croire, avec un peu d'imagination, dans le jardin d'un cloître où d'une chapelle romaine.

– Oui, oui, acquiesça Wendel. Mais tu dois te confesser, mon fils.

Le seul mot de confession lui avait rendu toute sa componction.

– Me confesser !

Sombre éclata de rire, son vieux rire d'autrefois, comme on ne le lui avait pas entendu depuis longtemps, et ses rugissements résonnèrent de voûte en voûte :

– Me confesser ! Toi le père Wendel, me demander mes péchés, toi qui soulèves les jupes de tous les bougres de l'Inde ! Voilà pourquoi tu es en retard, et tu oses demander à te rafraîchir ! Et de quoi donc te rafraîchir, jésuite, vautour, chacal pourri !

Le jésuite n'insista pas. Une demi-heure plus tard, l'eau ruisselait sur le cou doré de la dame de Godh, qu'on n'appellerait plus désormais que la princesse Sarasvati. Le père Wendel, devant une croix de santal et une image de la Vierge copiée sur son missel par un artiste indien, prit ensuite sa main lourde de pierres, et la posa sur celle de Sombre, raide et féroce sous son costume de guerre ; au dernier moment, il avait ajouté un diamant au milieu de son casque, et, sur son pectoral, un long collier de perles noires. Quand elle découvrit le bijou, Sarasvati frissonna ; elle crut y deviner un signe de sa déesse, un appel de Kali : tout d'ailleurs semblait l'évoquer, du marbre du patio à la robe du prêtre, à peine éclairée de son étole pourpre. On lui traduisait à mesure le latin du jésuite. Elle se retint de sourire sous ses voiles. Le dépouillement de la cérémonie, sa hâte, le détachement de tous les assistants contrastaient si fort avec la ferveur des mariages hindous : tout cela convenait à l'austérité de sa tâche. Non qu'en épousant Sombre elle renonçât au luxe, loin de là : la magnificence et l'or étaient la condition obligée du pouvoir. Elle recherchait plutôt une rigueur de l'âme, dont elle croyait encore qu'elle était l'apanage des firanguis. Ainsi, ces simples anneaux d'or échangés, qui signifiaient leur union infrangible ; la logique parfaite du serment de fidélité qu'ils avaient prononcé l'un et l'autre : dans le mariage hindou, on ne l'exigeait que de la femme. Point de marche autour d'un foyer, point de *mantras* à n'en plus finir : non, trois mots, deux gestes imperceptibles, et voilà qu'on la disait liée à cet homme.

Pour le meilleur et pour le pire, à ce qu'elle avait cru comprendre. Et elle savait que ce serait le meilleur pour elle, et le pire pour lui.

Elle respira longuement, ferma les yeux, les rouvrit sur le patio. C'était fini. Quelle merveille que cela se fût passé dans ce lieu géométrique et nu, si loin des ventres humides des temples indiens, boyaux moussus au creux desquels s'agitaient trop de démons et de génies ; noire, noire elle était, mais c'est au ciel clair, à l'air libre que devaient se répandre le mal, la douleur sans nom de sa double vengeance, d'avoir perdu Madec et la vie de son fils. Visage l'observa un moment. Il remarqua son air tranquille et absent, son expression de force contenue. Elle continuait à rayonner. Songeant aux poudres qu'il avait prescrites à son maître, il ne laissait pas d'être inquiet pour la nuit qui allait suivre. Que pouvait la médecine devant un homme vieilli trop vite, qui s'obstinait à désirer, pis encore, à dominer, une femme que nul ne matait ? Tout entier à sa folie, Sombre exultait comme un jeune homme : il eut même un regard pour la madone du jésuite ; au moment de le renvoyer, il ordonna à Wendel :

– Fais venir ton artiste, qu'il me peigne dans le mois une Vierge à l'enfant qui ressemble à ma femme ! Il n'osa pas saisir la princesse aux cheveux et aux poignets, ainsi qu'il en usait quand il voulait signifier à son entourage qu'une nouvelle venue allait retenir ses faveurs plus longtemps que de coutume. Sarasvati allait la première, comme si de ce palais elle connaissait tous les recoins, et il la suivait, le dos un peu cassé, le sourcil tourmenté de l'épreuve qu'il se donnait.

La nuit suivante, à l'heure qu'il avait fixé pour la visite de Visage, il était seul dans sa chambre, l'œil vide et la main tremblante. Sur le double sofa préparé pour la circonstance, il n'y avait pas l'ombre d'un pli, pas plus que dans l'air le moindre souvenir d'un parfum de femme.

CHAPITRE XX

Juin 1765

Panipat

Comme on l'avait annoncé à Madec pendant sa convalescence, Corentin avait grandi. C'était maintenant un superbe et vaillant éléphant, que les moelles de bananier et les cannes à sucre généreusement distribuées par Arjun avaient rendu joyeux, quoique d'humeur parfois excessivement folâtre. La guerre le changera, pensa Madec, et les mois qui suivirent lui donnèrent raison. Corentin renâcla un peu au moment des premières marches, on crut même, lors d'un premier engagement, qu'il ne supporterait pas le choc de la bataille. Le bruit des canons l'avait terrifié ; il s'était sauvé à toutes jambes, piétinant au passage de malheureux cipayes. Mais il se fit peu à peu au combat. Arjun s'était attaché à lui d'un amour sans pareil. Il déploya des trésors de patience ; comme l'éléphant, dans le fond, était des plus dociles, il devint très vite un excellent animal de guerre, allant jusqu'à connaître chez les soldats indiens une popularité extrême, au point qu'ils le tenaient pour leur porte-bonheur.

Madec, lui aussi, se transforma. Le marchand d'Agra l'avait adressé à un prince des plaines du Nord : un pays neuf pour lui, en majorité musulman, qui étendait ses plaines fertiles entre Delhi et les Himalayas. Dès qu'il fut parvenu chez son nouveau maître, un nabab, et non pas un rajah, comme on le lui avait promis, il s'aperçut que celui-ci ne pourrait pas le payer. Indifférent à la beauté du seigneur, à l'air de majesté qui régnait dans toute sa personne, à son raffinement extrême, qui surpassait tout ce qu'on pouvait connaître en ce pays qui n'en manquait pas, Madec résolut sur-le-champ de le quitter.

Ce prince était un ancien vizir du Moghol, retiré dans le Nord à la suite de quelques excès. Il s'était autrefois signalé pour avoir fait décapiter plusieurs hauts dignitaires de l'empereur d'alors, ainsi que ce dernier ; mécontent de son successeur, il lui infligea cependant un traitement plus doux : il se borna à lui crever les yeux ; c'était la façon élégante de déposer un empereur. Le troisième, bien décidé à défendre l'intégrité de sa personne, lui voulut du mal, et le vizir se réfugia là. Avant de lever le camp, Madec jugea donc plus prudent d'entamer avec lui quelques négociations. Elles furent longues et difficiles. Néanmoins, le vizir reconnut qu'il était hors d'état de le payer ; de surcroît, il traversait un moment de sa vie où le souci de la volupté l'emportait sur celui de la cruauté ; il n'avait plus que la poésie en tête, et voulait pour faire sa culture ajouter deux idiomes aux vingt-deux qu'il possédait déjà, ce qui lui laissait peu d'énergie pour décider d'empaler ce négligeable firangui : si l'étranger, sans nul doute, savait manier les canons, de toute évidence il ne maîtrisait pas l'art du complot. D'un geste large, il finit par lui signifier son congé, un peu las de ces discussions d'arrière-boutique, où on ne lui parlait que soldes à payer d'avance, canons à fondre, et coût de ravitaillement.

Madec ne partit pas à l'aventure, et c'était à coup sûr le principal changement dans son caractère. Depuis bientôt un mois, un peuple voisin, les Rohillas, ne cessait de le solliciter. En guerre avec les Mahrattes, une horde de l'Ouest, qui cherchait à profiter du désarroi du Moghol pour s'approprier de nouveaux fiefs, ils avaient entamé des mois auparavant le siège d'une forteresse réputée imprenable, une manière de cité de terre à triple ou quadruple enceinte, bâtie au sommet d'un piton. Sitôt sur les lieux, Madec n'eut pas de peine à se rendre maître de la situation ; le désordre absolu, seule règle que connussent alors les armées indiennes, était l'unique raison de ce siège prolongé. Il repéra aussitôt les endroits vulnérables du fort, sema habilement la panique chez les assiégés ; enfin, par un usage méthodique de l'artillerie, il fit tomber en huit jours une place qui tenait depuis des mois.

L'Indien ne connaît pas la mesure ; on réserva à Madec un accueil triomphal, et s'ensuivit ce qu'il espérait : on lui offrit une solde considérable, plus de dix mille roupies, des cipayes autant qu'il en voudrait, toutes facilités pour former une armée à l'européenne, et surtout une part non négligeable des impôts qu'il récolterait sur les populations nouvellement soumises.

Encore une très brève campagne, et il ramena à la capitale du pays plus que son maître n'en avait jamais espéré. Ce fut la gloire ; au moment du partage, Madec se trouva à la tête, outre sa solde, de cinquante mille roupies en or, pierres, bijoux, monnaie ; il s'empressa aussitôt de joindre les plus grands banquiers, les héritiers des frères Djagarset autrefois massacrés par Sombre. Leur opulence n'avait pas baissé, on continuait à les appeler les Banquiers Mondiaux. En quelques mois, tout ce qu'il y avait de riche et de puissant dans l'Inde connut donc Madec, et l'on ne cessa de s'étonner de l'ascension si rapide d'un firangui sorti de rien, qui construisait sa fortune, non, comme la plupart des autres, sur de misérables combinaisons de commerce et de mensonge, mais au grand air de la guerre à l'indienne.

Effectivement, depuis sa maladie, Madec brûlait d'un feu tout neuf.

En même temps qu'il l'avait vieilli, le mal, en son for intérieur, l'avait régénéré. D'une curieuse façon cependant. Si parfois Godh et sa princesse venaient encore errer à la lisière de ses rêves nocturnes, à l'état de veille il n'y songeait presque plus, exclusivement préoccupé de son argent et de sa gloire. Il avait bien compris qu'aux Indes, l'un n'allait pas sans l'autre.

Souvent, lors d'un partage, au détour d'une tractation, le chef des Rohillas dut lui remontrer qu'il tenait à l'or avec une ardeur dangereusement croissante ; Madec répondit aussitôt, avec l'expression de l'orgueil blessé, qu'en son pays les hommes n'avaient point d'autre souci que la passion de leur splendeur, et qu'il n'avait jamais ouï dire que celle-ci, là-bas comme dans l'Inde, pût aller sans la fortune. Par son pays, en ce temps-là, il entendait la France, et non la Bretagne, dont il voulait oublier l'existence pour en avoir trop entretenu Sarasvati lors du dernier été. Un moment, il avait tenté de lui faire comprendre qu'il appartenait à un peuple vaincu, comme les Indiens d'autrefois l'avaient été par les Moghols ; il lui répétait que son peuple isolé et farouche, sur son morceau de roc, détestait l'envahisseur comme l'hindou le musulman. Elle n'y avait voulu voir qu'une nuance futile : « Tais-toi, Madec, je ne comprends rien à tes histoires de peuples vaincus, tais-toi, la mousson ne tardera pas, regarde dans le ciel le vol des oiseaux *sara*, vois l'éclair, les pluies sont proches... »

A présent, il chassait ces souvenirs. Cependant les chaleurs montèrent, vives et dures comme l'an passé. Un nouvel été, sec et brûlant, s'en revenait. Madec se sentait pris de la même aridité que la terre qui se craquelait, et il se disait chaque soir, quand la fraîcheur n'arrivait plus, que sa sécheresse d'âme croissait à proportion de sa fortune. Peu importe, c'est bien, se persuada-t-il tandis que s'épaississait la fournaise. Dharma, fort bien ! Le soleil tape et la terre roussit ; je me marierai au beau milieu des pluies, ce sera grand et fastueux, car moi aussi j'ai grandi, et je serai splendeur.

Dans quelque cour qu'il passât, que ce fût l'humble réunion de quelques hobereaux, ou le dorbar gigantesque d'un nabab munificent, son occupation favorite était d'observer la pratique quotidienne du pouvoir chez les descendants des conquérants moghols, et son exercice le plus commun aux Indes : la distribution des titres. En quelques mois, malgré la difficulté des mots persans, Madec avait appris la langue du pays, l'*urdu*, ou « langue du camp » ; il fut très vite à même de pénétrer les subtilités de l'organisation impériale.

Le principe en était simple. La totalité des terres de l'Inde appartenait à l'empereur ; ce domaine étant extrêmement étendu, les souverains moghols avaient confié la perception des impôts à des *zamindars* ou autres militaires, à charge pour eux de leur en reverser une partie. D'autres fois, ils en avaient offert le bénéfice entier à des officiers méritants : ce revenu leur tenait lieu de salaire. Avec le temps, et l'empire se décomposant, la plupart de ces gentilshommes étaient devenus indépendants ; leur bénéfice, *jaghir*, était quasiment devenu leur propriété ; ils se battaient les uns les autres pour se les soustraire, et c'est à eux présentement que se vendait Madec. Néanmoins, surtout dans cette Inde du Nord dont il était à battre les plaines, et qu'occupaient toujours les descendants de l'armée d'invasion, la hiérarchie moghole conservait un prestige immense ; quoiqu'on sût fort bien que le pouvoir de l'empereur faiblissait d'année en année, on mettait une vanité extrême à se parer des titres qu'il distribuait selon son plaisir. Pour lors, il n'était pas un prince qui ne fût le frère, ou du moins le cousin germain du Soleil ou de la Lune ; et, qu'il se montrât un prodige de sagesse ou un monstre de cruauté, il avait droit, au bas mot, d'être nommé Gloire du Firmament ou Colonne de la Vertu. Madec ne rêvait pas de définitions aussi vaines. Mais il voulait un rang qui le sortît du commun, de l'état de simple cavalier enrichi dans la rapine, où il demeurait encore. Car qu'était-ce d'autre que rapine que le ramassage des impôts ? Sitôt les récoltes rentrées, on se précipitait dans les villages, menaçant, tuant, incendiant au premier soupçon de révolte ou de mensonge. On tirait au mousquet sur des paysans qui n'avaient que des pierres pour se défendre ; et pourquoi se défendaient-ils, sinon pour garder de quoi survivre ? Cette année, après une excellente mousson, la récolte avait été superbe. Point d'insectes, peu de voleurs, et la guerre en sommeil. Alors, au milieu des cabanes de terre et des paysans qui bénissaient déjà les dieux, Madec avait surgi, canons pointés, déversant sur les huttes le sang et la mort, indifférent à tout, aux femmes, aux enfants égorgés, à la ruine qu'il semait partout où il passait, tant depuis Godh le carnage lui paraissait une loi universelle de l'existence, une sorte de Dharma, quasi vital, auquel il était vain de vouloir se soustraire ; et tant aussi, il faut le dire, s'était levée en lui la soif inextinguible de la gloire et de l'or. Que ne le sacrait-on *rouzindar, mansebdar*, ou même *omrah*, seigneur du Moghol, pour qu'il menât grand train, palanquins, éléphants, femmes, sucreries et épices à foison, vivant dans un luxe de fou, accumulant des trésors en montagne ?

Chaque fois qu'il eut à faire dans une ville du Nord – fonte de canons neufs, ravitaillement, transactions avec les banquiers –, il en revint tourmenté de faste. Il avait aperçu Luknow, au centre du fabuleux royaume d'Oudh, que menaçait depuis des mois la convoitise anglaise ; de Lahore la douce et belle, de ses marchés innombrables ruisselant d'épices, bijoux et bois précieux, de son temple d'Or, de ses fontaines diaphanes, de ses faïences étincelantes, de ses guerriers farouches, les Sikhs, qui jamais ne se séparaient de leur sabre, Madec n'avait eu que des échos assourdis, mais suffisamment enflammés pour que se levât son désir. Il avait ouï dire que Martin-Lion avait établi dans ces contrées un réseau de commerce semi-clandestin, qui lui procurait déjà de si beaux bénéfices qu'on lui prêtait le projet de s'y installer pour toujours, dès que la paix dans l'Inde serait assurée. Pas plus que Martin, Madec ne pouvait désormais se passer des plaisirs indiens, luxe, parfums, douceurs, épices, et il recommençait à y songer, séductions innombrables de ses femmes voilées en ces pays du Nord, et donc d'autant plus désirables. Mais il ne s'y livrait qu'entre deux combats, à peine rafraîchi de l'odeur de la poudre, de la poussière des champs de bataille.

Il se répétait en rêvant les titres des seigneurs moghols, *omrah do hazari*, seigneur à deux mille chevaux, *omrah panch hazari*, seigneur à cinq mille chevaux ; et même, pourquoi pas, *omrah duazdeh hazari*, seigneur à douze mille chevaux... Comme il avait été bien inspiré d'accepter la proposition du jésuite ! D'ici peu viendraient les épousailles ; il s'approcherait du Moghol, et s'offraient peut-être à lui d'autres titres, encore plus fastueux : *Nabab*, Seigneur, *Bahadour*, Guerrier-Toujours-Prêt-Au-Combat, et ces dignités mystérieuses de la cour de Delhi, où l'homme disparaissait derrière la poésie de son nom, Palme-des-Guerriers, Canal-des-Grâces, Lion-de-Guerre ; enfin, titre suprême entre les suprêmes, *Khan*, Prince, sublime de simplicité, au point que Madec, dans ses imaginations mêmes, n'osait jamais se le traduire.

A ce moment de ses rêveries, grisé de gloires à venir, Madec en oubliait l'Inde. Sans qu'il en parût, elle continuait doucement à se décomposer. Chaque mois qui passait, le termite anglais pénétrait plus avant au Bengale ; il était d'ailleurs évident que l'armée du roi George ne s'y bornerait pas ; elle ne cessait de mener des incursions multiples profondes, et plus ou moins détournées. Il fallait s'aveugler pour ignorer que l'affaire de Godh, très discrètement étouffée, n'en avait été que le prélude, et un épisode des plus banals.

Cependant la récolte avait été magnifique ; la nouvelle mousson n'allait pas tarder. Comme la précédente, les astrologues l'annonçaient excellente. En ce mois d'avril 1765, Madec pouvait à bon droit penser que le temps des passions s'était clos, et que, l'amour à jamais exclu, sa vie serait une course tranquille à la richesse et à la gloire. Rien ne s'opposait plus à ce qu'il achevât son projet de mariage. Aussi écrivit-il au sieur Barbette qu'il serait très heureux qu'il prît aussitôt des arrangements en vue des épousailles.

Ainsi fut fait. Barbette lui répondit sur-le-champ qu'il acceptait son offre, aux termes du contrat signé dix mois plus tôt. Il commençait les préparatifs, et affirmait qu'il veillerait, comme la fortune de Madec l'y autorisait maintenant, à prévoir pour la cérémonie tout l'éclat nécessaire.

⁂

Il se présenta une difficulté immédiate : le chef des Rohillas avait peur. Il craignait tout, l'Anglais, les Mahrattes, et même ses alliés afghans ; dès qu'il apprit de Madec ses projets de mariage, il le supplia de ne pas s'éloigner. Madec entra dans une fureur terrible ; jamais il n'avait imaginé se marier ailleurs qu'à Agra ; à vrai dire, il ne s'expliquait pas cette détermination. Sans doute était-ce un souvenir du Taj Mahal, sans la vue duquel il n'aurait jamais compris ce qu'il en était de l'amour. Dans son union avec la fille du sieur Barbette, il ne songeait pas un instant que pût entrer le moindre sentiment ; cependant il s'agissait d'un mariage, et il partagerait avec elle la même couche. Aussi l'image du Taj avait-elle plané depuis des mois sur tous les rêves qu'il s'était forgés, et était-il hors de lui à l'idée d'y renoncer. Il fallut toutefois plier. Madec tenait trop à son maître et aux généreux subsides qu'il lui distribuait, pour risquer en quoi que ce fût de les perdre en même temps que sa gloire naissante. Il envoya donc un courrier au sieur Barbette, lui disant que les troubles du temps l'empêchaient de se rendre à Agra, et que chacune des deux parties devrait faire vers l'autre un bout de chemin. D'un commun accord, ils fixèrent le lieu des noces à Panipat, une petite cité au nord de Delhi, sur la route caravanière qui reliait la capitale du Moghol aux cités fabuleuses du Penjab, Lahore, Amritsar, et leurs plaines fécondes, ainsi qu'à la non moins bienheureuse vallée du Cachemire, en bordure des Himalayas. On ne pouvait faire un meilleur choix. Si Panipat n'avait pas la splendeur d'Agra, ni la beauté raffinée des cités radjpoutes, c'était un endroit hautement symbolique, qui ne manquerait pas d'attirer sur Madec l'attention vigilante du Grand Moghol. C'était là en effet que son ancêtre prestigieux, Baber, avait remporté la victoire qui lui avait donné les Indes, exactement deux cent quarante ans plus tôt. Évidemment, à l'égard de ses anciens amis hindous – Sarasvati en particulier –, l'affaire n'était pas dénuée d'irrévérence : il allait se marier sur les lieux mêmes qui avaient consacré leur défaite. Six ans plus tôt les Moghols avaient arrêté à Panipat une nouvelle invasion hindoue. Cela n'arrêta pas Madec ; du reste, une idée nouvelle avait germé en lui depuis sa convalescence, à la lumière des longues conversations qu'il avait alors eues avec le père Wendel. Le jésuite lui avait parlé des empereurs moghols, s'arrêtant tout spécialement à la personnalité d'Akbar, pour lequel il semblait nourrir une tendresse fascinée. Roi analphabète, mais non sans culture, grâce à sa mémoire étonnante, Akbar avait passé sa vie à guerroyer ; au soir de sa vie, il avait compris que l'unité de l'Inde, péniblement acquise au combat, ne se maintiendrait pas, à moins que ne s'unissent les communautés hindoues et musulmanes, jusqu'alors farouchement rivales. Il tenta donc d'instaurer une religion neuve, qui mêlerait les vérités des frères ennemis, auxquelles il ajoutait, dit-on, celles du christianisme : la douceur des Évangiles lui paraissait le liant nécessaire à son projet. La légende voulait aussi qu'il eût étendu la tolérance jusqu'à vouloir des épouses des trois religions, fait que le jésuite ne jugeait pas avéré.

Le vieil empereur avait échoué. Son successeur, Aurengzeb, avait tout détruit de son œuvre, allant, dans sa folie mahométane, jusqu'à renverser les plus vieux temples de Bénarès. Tout au long de ces mois passés sur les traces des batailles impériales, sur les routes de ses caravanes et de ses lieux de plaisance, Madec avait constaté l'état de décadence où son empire se trouvait aujourd'hui parvenu. Il en avait conclu qu'Akbar avait vu juste ; son union des trois croyances et de leurs fidèles aurait pu guérir l'Inde de sa folie première et la préserver du mal qui l'avait prise. Musulmans, hindous, firanguis, à nouveau unis sous la houlette du Moghol, ils se sauveraient peut-être du monstre anglais ; car, pour chrétiens qu'ils fussent, il n'était pas question, dans l'esprit de Madec, que les Saxons maudits prissent la moindre part à cette renaissance, attachés qu'il les voyait à un seul et unique but : le profit commercial.

En se mariant à Panipat, Madec marquait donc son attachement à l'Inde profonde, l'Inde unie du nord au sud, une Inde des temps neufs, une Inde tranquille dans sa diversité infinie, *une Inde* enfin, plutôt que *des Indes*. Ballotté de Pondichéry à Calcutta, de Godh aux marches du Cachemire, pressentant la beauté glaciale des cimes himalayennes aussi bien qu'il se souvenait des jungles du Dekkan, Madec entendait retrouver par ce mariage l'unité perdue de son être. Trente ans : c'était l'âge. Brisé par les massacres de Godh, l'âme éparpillée par la passion de Sarasvati, le corps encore parfois tiraillé de désir, il n'aspirait plus qu'à la sérénité d'un projet simple et lucratif.

Suivi de son armée, ainsi que du chef des Rohillas, qui ne le quittait plus, c'est dans ces dispositions fort originales qu'il se mit en route vers la cité de Panipat.

⁂

Tout commença vers six heures du matin. Il faisait déjà chaud, atrocement chaud. A cette heure du jour, le ciel ne s'était pas encore plombé, comme il le fait ordinairement aux approches de la mousson. Il était bleu et clair ; et, n'eût été cette touffeur qui ralentissait les gestes, coupait le souffle, fatiguait l'esprit, on aurait pu se croire un matin de printemps.

Madec avait loué dans Panipat une gigantesque demeure, une sorte de palais tout en galeries et jardins. Elle avait appartenu jadis à l'un des grands de la cour, quand le Moghol était encore en sa magnificence, et qu'il partait l'été sur les routes du Nord, pour y chercher la fraîcheur des Himalayas. C'était un peu pour lui qu'on l'avait bâtie, car il aimait, sur son chemin, que l'un de siens lui offrît une halte, loin du tumulte des caravansérails. Après les malheurs de l'empire, elle était devenue la propriété d'un banquier, qui l'avait ornée du luxe ostentatoire propre aux gens de sa caste. Elle avait plu cependant à Madec. Il l'avait retenue dès son arrivée, afin d'y loger sa fiancée et la famille de Barbette en attendant le jour des noces. Jusque-là, comme l'exigeaient les convenances, il s'installerait ailleurs. Autant par souci d'économie que pour montrer qu'il n'abandonnait pas un instant le souci de la guerre, il s'en fut camper avec toute son armée aux portes de la ville, ce qui ne manqua pas d'ajouter à son panache.

Les quelques jours qui précédèrent, toutes les routes de Panipat furent encombrées de convois ; ce n'étaient que troupeaux de cabris, moutons, volaille, buffles chargés de sac de riz, chameaux croulant sous les légumes, pains de sucre, jarres d'huile ou de *ghi*, farines diverses, mangues juteuses, épices, tissus, parfums. Suivaient des hordes d'intouchables, mandés depuis dix lieues pour dépecer les bêtes ; des cuisiniers par dizaines, d'innombrables servantes. Venait aussi, à dos d'éléphant ou dans des palanquins fermés, la foule des invités : banquiers de Luknow, bijoutiers de Lahore, notables provinciaux du Moghol, marchands de soie ou de canons. Tout ce monde, malgré les chaleurs, se hâtait vers la ville en souriant, déjà porté par la liesse naissante : la fête était là, la grande fête indienne, sans laquelle ici la vie n'avait point de sens, et que la moindre occasion suffisait à réveiller.

Le père Barbette avait bien fait les choses ; de Luknow, où il avait de puissantes relations, et où il ne tarderait pas à se retirer sitôt sa fille mariée, il avait appelé les plus grands musiciens. Dès les premiers rayons du soleil, leurs mélodies endiablées arrachèrent Madec à son profond sommeil. Il en fut ravi. Il craignait trop la solitude de l'aube. Sous la tente, et par un été trop semblable au précédent, le souvenir de ses attentes passées aux murs de Godh, et pour une autre femme, aurait pu remonter, assez vite pour lui gâcher la journée. Il redoutait tellement ses vieux fantômes qu'il avait renoncé à ses tentes à l'européenne, dernier vestige de ce temps-là, malgré leur solidité dépouillée qui lui paraissait si commode ; puisqu'il voulait entamer sa nouvelle vie sous le signe de l'empereur, il avait choisi pour l'attente des noces un immense pavillon de toile bleu et blanc, frangée d'or, qui ressemblait à celle des généraux moghols, et dont les couleurs lui rappelaient sa patrie. A l'intérieur, et ce n'était pas seulement par souci du confort, il avait disposé des sofas de soie du Penjab, des tapis de Cachemire, des cuivres de Luknow : rien, absolument rien, ne devait rappeler le pays hindou ni les artisans de Godh. Il se voulait autre, il se voulait neuf, et il bénissait l'infinie variété des produits de l'Inde, qui lui permettaient si facilement d'échapper à des jours maudits.

Ainsi donc, vers six heures, il se prépara à la noce. Après un court bain parfumé, il passa une longue tunique de brocart d'or, tissé pour la circonstance. Quoi qu'il en eût, les réminiscences de ses errements le poursuivaient encore : ainsi, sur toutes les parties de son corps dont il avait vu que Sarasvati était friande, n'avait-t-il pas frotté de puissantes essences de menthe fraîche, qui continuaient à le brûler ? Ne se nettoyait-il pas la langue et les yeux ainsi qu'il l'avait vu faire à Bhawani ? Ne s'ornait-il pas le front d'un turban et d'une grosse améthyste volée dans le sac d'une cité rebelle, qui le désignerait à l'assistance comme le détenteur d'un pouvoir sacré ? Et ce bain, ce bain surtout, d'où il venait de sortir, comme tous les matins, régénéré, c'était bien Sarasvati qui lui en avait enseigné les délices ; or, il exigeait de ses serviteurs qu'on y dosât les parfums avec la plus extrême perfection, comme s'il en eût été l'inventeur, car il ne voulait plus savoir qu'il en tenait la recette de la bouche même de la dame de Godh.

Il rayonnait cependant, tandis qu'on l'enturbannait d'un brocart assorti à sa robe. Un serviteur s'inclina devant lui :

– Madecji... Ce sont tes femmes !

Ses femmes... Il avait oublié. Il sursauta :

– Fais-les entrer !

Quatre silhouettes se profilèrent à l'entrée de la tente, vaguement intimidées. La plus âgées, revêtue d'un sari, se prosterna la première ; les autres, plus jeunes et comme effarouchées, n'osaient bouger.

— Avancez donc !

Les quatre silhouettes se précisèrent. Madec n'eut pas un regard pour la première, une femme d'une cinquantaine d'années qu'il n'avait choisie que pour ses compétences avérées de matrone. Les trois autres étaient des filles d'une vingtaine d'années, des musulmanes, comme le signalaient d'emblée leurs pyjamas persans ; deux d'entre elles lui avaient été remises en guise de bakchich par un hobereau qui était à la ruine, et ne pouvait s'acquitter de ses impôts ; enfin la dernière, la plus jeune, pour qui il nourrissait une très sincère affection, était une bayadère rencontrée à Luknow. Elle l'avait surpris par ses dons amoureux, tant ils s'approchaient du talent de Sarasvati, sans l'atteindre toutefois. Elle vivait alors dans une maison de plaisir ; ce jour-là, Madec se sentit plus ému qu'à l'ordinaire, et donc moins préoccupé de son or. Il l'acheta sur-le-champ et la surnomma *Mumtaz Mahal*, l'élue du harem, nom qu'avait donné l'empereur Shah Jahan à son épouse bien-aimée, qui reposait sous les dômes du Taj. C'était dérision envers lui-même, ainsi qu'exorcisme de ses illusions sur l'amour.

Ce matin, il était d'humeur très enjouée ; il prit plaisir à la taquiner :

— Mumtaz Mahal, la belle entre les belles, que te semble donc de ma promise ?

Mumtaz baissa les yeux, troublée ; la complicité ouverte de son maître l'embarrassait.

La matrone intervint :

— Madecji... Elle est trop jeune, celle-ci, pour pouvoir te répondre ! Crois-en mon expérience de matrone ! La fille de Barbette te donnera de beaux enfants. En elle tout est prêt pour la maternité : duveté ce qui doit être duveté, renflé ce qui doit être renflé, et joliment fermé ce que tu ouvriras !

Les deux autres femmes acquiesçaient sous leurs voiles.

— Mais encore ?

— Elle te fera de beaux enfants, répéta la matrone. Sa hanche est courbe et large, ses seins déjà généreux !

Madec la regarda d'un air méfiant. Depuis une semaine, il commençait à être inquiet à l'idée d'épouser une fille de treize ans qu'il n'avait jamais vue. Tout s'était passé si facilement dix mois plus tôt, trop facilement peut-être ; et cet archarnement du jésuite à la lui faire épouser. Il avait demandé un portrait qu'on lui avait refusé. Il avait appris alors que la coutume du pays autorisait le fiancé à faire visiter sa promise par des femmes de sa maison ; s'il y avait dans la future épousée quelque vice du corps, quelque tare insoupçonnée, le contrat passé avec son père pouvait fort bien être déclaré nul ; il était prudent de s'en assurer avant la nuit de noces, après quoi, rien ne pouvait être entrepris, le marié, de toute façon, étant considéré comme ayant retiré toute valeur marchande à son épouse.

– Il s'agit bien d'enfants ! tonna Madec. Avant de lui faire des enfants, encore faut-il qu'elle me plaise ! Matrone, dis-moi le vrai : cette fille est-elle exempte de tare ?

– Elle l'est.

– Et son visage ?

– Elle n'a que treize ans !

– A treize ans, matrone, on sait bien si une fille sera belle ou affreuse ! C'est à ton âge qu'on n'a plus d'autre choix que la laideur ! Réponds, ou je te fais fouetter devant tous mes soldats !

Mumtaz, dans ses voiles, continuait à baisser les yeux.

– C'est une femme *Hastini*, déclara soudain la matrone.

– *Hastini*... répéta Madec, tâchant de rassembler ses souvenirs.

Il dévisagea la vieille femme. A l'évidence, elle ne mentait pas, ou plus. Ses yeux très noirs se plantaient dans les siens. Elle faisait front d'un air très assuré, avec la tranquillité inébranlable qu'avaient souvent les vieilles hindoues. Car elle était hindoue, contrairement à Mumtaz et aux deux autres, et c'était bien pourquoi Madec l'avait choisie pour visiter la fille, connaissant la science consommée de toutes ses semblables dans les arts de l'amour. Mais elle lui déplaisait ; il n'avait guère envie de pousser plus avant les questions. C'est Mumtaz qu'il voulait interroger, et seul à seul, Mumtaz qu'il cajolerait, qui se laisserait faire, qui parlerait tout net ; pour être musulmane, elle avait vécu assez longtemps dans une maison de plaisir pour juger des bonheurs que promettait la petite.

– *Hastini, hastini*, murmurait Madec en triturant la garde de son sabre.

– Oui, une femme *hastini*, reprit la matrone, et elle se mit à réciter les versets des vieux livres :

– « Son abondante chevelure luit, et se déroule en boucles soyeuses, son regard troublerait le dieu d'amour, il ferait rougir les bergeronnettes ! Le corps de cette femme gracieuse ressemble à une liane d'or, ses seins fermes et rebondis ressemblent à deux vases de vermeil... »

Elle s'arrêta brusquement, joignit ses mains en *namasté*.

La tradition, sans doute, s'arrêtait là. Le texte était fini. Rien, il ne saurait rien de plus, c'était clair. Madec passa sa main sur son front plein de sueur. Une seule question le torturait désormais : qui était Sarasvati, selon l'impitoyable hiérarchie de Kama, le dieu qui présidait à l'amour ? Bhawani lui-même, un soir, ne l'en avait-il pas entretenu ?

– Connais-tu nos règles d'amour, Madecji ? – Madec avait secoué la tête. – Quel dommage ! Ah ! Madec, c'est peut-être, avec nos dieux, notre plus grand trésor ! Rougissant, Madec avait détourné le regard. Bhawani le devina. – Il est tard. Un jour je te l'expliquerai, quand tu prendras femme... Car il faudra bien que tu prennes femme ! Il désigna alors Sarasvati : – Vois-tu, la solitude est mauvaise ; la vraie solitude, celle que connaît l'âme privée d'affection, esseulée, malheureuse, toujours en quête de sa moitié, qu'elle a perdue aux temps de l'autre vie. Et nous passons notre existence à chercher la femme qui nous la ramènera. Il est des règles pour cela... Sache-le déjà, Madec, et ne l'oublie pas, il est quatre types de femmes : la femme-lotus, la Padmini. La Chitrini, ou femme habile. La Hastini, ou femme-éléphant. Enfin la Shankhini, la plus basse, la femme-truie. Il existe, nous disent les poètes, une Padmini sur dix millions de femmes, une Chitrini sur dix mille, une Hastini sur mille ; la Shankhini se trouve partout... Je te laisse deviner quelle femme est Sarasvati ! Et il avait éclaté de rire, avant de donner le signal du coucher.

Ainsi donc, la fille de Barbette était une Hastini. La description de la matrone, cependant, était assez flatteuse, pour une femme de troisième ordre ; elle aurait tout aussi bien pu s'appliquer à Sarasvati. Fariboles que tous ces classements, pensa Madec. L'important, c'est le moment du désir. Ne pas trouver une fille de glace, mais une amie docile, vive, ingénieuse. Mumtaz viendrait l'aider. Il s'adressa à nouveau aux femmes :

– Et vous, les deux autres, qu'avez-vous à dire de plus ?

– La matrone a dit vrai, seigneur Madec !

– Sottes que vous êtes ! Vous êtes du Nord, vous ne connaissez rien aux règles d'amour !

Elles se récrièrent aussitôt :

– Elle a dit vrai, elle a dit vrai !

Elles se prosternèrent à ses pieds, laissant béer leurs grands décolletés. Des greluches. Que ne s'en était-il débarrassé ? Il aurait bien sûr passé pour un fou ; la force d'un chef se mesurait à son harem, c'était une affaire entendue. Cependant, depuis six mois, pour une raison qu'il n'osait s'expliquer, il avait toujours possédé plus d'argent que de femmes. Il soupira, leur ordonna de se relever. Il les garderait ; elles lui avaient tout de même procuré, quoiqu'un peu maladroites, quelques soirées plaisantes par temps d'avant mousson.

– Allez-vous-en, toutes trois ! Partez ! Mumtaz, reste ici !

Mumtaz releva les yeux ; elle maintenait cependant devant sa bouche un pan de son voile, dans un geste de pudeur qui étonnait toujours Madec : il ne comprenait pas ces délicatesses chez une ancienne prostituée, dont il avait jugé, aux quelques heures passées dans la maison de plaisir, qu'elle avait dû se soumettre à de multiples turpitudes.

– Mumtaz... Et pour l'amour ?

– Comment savoir, Madecji... Elle te viendra neuve. Il faudra que tu lui apprennes !

– Mais tu le sais, toi, si elle sera bonne. Tu le sais ! Tu en as vu arriver, dans la maison de Luknow, des petites comme elle, à peine échappées du sein de leur nourrice.

– Ce n'était pas moi qui les choisissais !

– Tu sais, Mumtaz, tu sais...

Il suppliait.

Elle se laissa faire, comme prévu, douce et tranquille :

– Oui, je sais.

Ainsi que Sarasvati, elle parlait toujours d'une voix tendre, un vrai miel, les mots dans la bouche comme des bijoux. Il n'était pas jusqu'à son accent du Nord, les syllabes rauques de l'Urdu, qui sous sa langue ne donnaient une musique étrange, troublante, pareille aux douceurs de l'amour.

– Je sais, oui. Elle a treize ans, seigneur Madec, elle a du sang firangui. Elle est très claire, les gens d'ici l'apprécieraient beaucoup.

– L'apprécieraient ?

Il paraissait de plus en plus inquiet.

– La matrone ne t'a pas trompé : tout ce qui doit être duveté est duveté, renflé ce qui doit être renflé, fermé ce que tu ouvriras. Mais elle n'a que treize ans, elle n'est pas encore entièrement faite, comme le sont parfois les filles de firangui. Les os un peu vifs, les cuisses encore vides de graisse, tu comprends ? J'en ai vu une ou deux qui lui ressemblaient, à la maison de plaisir, des esclaves volées sur les bateaux d'Arabie. Ces filles-là ne sont bien parfaites qu'à seize ou dix-sept ans. Il faudra lui donner du lait de chamelle, des loukoums... Mais, seigneur Madec, tu dois savoir tout cela : toi aussi, tu es un firangui !

Il feignit de ne pas entendre.

– Elle n'est pas encore faite ! Alors, Mumtaz, Mumtaz, nous la ferons, veux-tu ?

Elle rougit, releva son voile à nouveau sur sa bouche, sourit à demi d'une joie mal retenue.

– Oui, seigneur Madec.

– Comme le veut la coutume, je ne serai pas dans son lit avant dix jours. Tu seras près de moi, n'est-ce pas ?

– Oui, seigneur Madec.

– Maintenant, va ! Nous nous retrouverons...

Elle voulut se prosterner ; il l'en empêcha.

– Va.

Elle s'en alla très mollement, avec une démarche balancée qui rappelait elle aussi la princesse de Godh. Malgré la chaleur insupportable, il la contempla un instant par l'ouverture de la tente. La sueur perlait à ses tempes. Il appela un serviteur.

– Va voir si Corentin est prêt !

Il s'avança au milieu du camp ; la poussière commençait à s'élever lentement dans l'air, signe assuré de grande chaleur. Mumtaz avait disparu. D'ici peu, il fallait s'en aller au palais de Barbette, où le jésuite donnerait sa bénédiction. Il était prêt ; tout était en ordre.

Alors seulement il s'aperçut qu'il avait négligé de poser à Mumtaz la question la plus importante, celle qui le tourmentait depuis une semaine : quel était le visage de Marie-Anne Barbette, la fille de treize ans qu'il allait épouser ?

Quelques instants plus tard, Madec faisait son entrée dans la ville. Quoique la procession solennelle ne fût prévue que pour le soir, il avait absolument tenu à ce que Corentin fût de toute la fête, et il s'en allait donc sur son dos, heureux dans le matin, l'âme dilatée de joie, n'attendant plus que le moment qui le délivrerait de ses ultimes angoisses. On avait bouchonné Corentin fort soigneusement ; jamais on n'aurait pu imaginer qu'il servît à la guerre. Son cuir avait retrouvé sa délicatesse première et sa peau très claire que les cipayes avaient peinte d'un maquillage subtil, sur toutes les parties de son corps qui n'étaient pas recouvertes par son caparaçon de tissu lamé. Ainsi, de ses oreilles au bout de sa trompe, ce n'étaient que fleurs géantes doucement contournées, plumes de paon, signes cabalistiques, tous les dessins de l'amour et de la prospérité, en couleurs roses, bleues, blanches, qui s'harmonisaient à merveille avec le ton de sa robe. Une améthyste sertie d'or avait été fixée juste au-dessus de ses yeux ; au bout de ses longues défenses s'agitaient deux queues de yack, qu'on avait fait venir à grand prix des montagnes de Tartarie. Corentin avait donc belle allure, l'air d'un éléphant-roi : à le voir, on se croyait revenu aux tout débuts du monde, les temps où Ganesh briseur d'obstacles gambadait dans les cieux neufs sur le dos d'un rat, les heures plus anciennes encore où Brahma, l'universel géniteur, fit sortir d'une coquille envoûtée par ses chants un pachyderme à peau de lait ainsi que celui-ci. Oui, Corentin était beau, divinement beau, et Madec, superbe lui aussi, même améthyste sur le front, même robe dorée, peau pâle de haute caste, béni du ciel, allègre et vaillant, royal enfin comme sa monture.

D'ici peu, il faudra que je marie Corentin, songeait-il, il serait affligeant qu'une aussi belle bête passât sa vie sans descendance. Sitôt les noces finies, j'en parlerai à Arjun. Cette bête-là me porte bonheur, et je veux qu'elle partage ma joie. Pour l'allégresse, c'était déjà chose faite ; comme s'il avait compris les pensées de son maître – ou bien était-ce un effet de la dextérité d'Arjun –, Corentin s'en allait par les rues de Panipat du pas folâtre qu'il avait du temps où il ignorait les combats, fantasque, gambadant presque lorsque la foule, par extraordinaire, au détour d'une place plus vaste ou d'un carrefour peu fréquenté, se raréfiait. Sous son palanquin doré qui le protégeait du soleil, Madec savourait tous les caprices de son pas, s'abandonnait à la beauté du moment. L'heure était magnifique, le ciel encore bleu, malgré la fournaise envahissante. De rue en rue resplendissaient les faïences fines des caravansérails ; la musique du cortège, tambours, conques, petits violons, grandissait ; des femmes dansaient déjà. La tête grisée, oublieux désormais du passé, Madec se livrait tout entier à ce qu'il ressentait déjà comme un triomphe, le prélude glorieux de sa marche au Moghol.

L'affluence était considérable. A près de dix lieues à la ronde. Les campagnes alentour s'étaient vidées de leurs habitants. Mais tous n'étaient pas là, puisque la noce allait durer dix jours ; de surcroît, la plupart des invités jugeaient que seuls les festins consacraient les épousailles de Madec, et non la barbare et rapide bénédiction qui avait lieu ce matin. On avait dû échelonner les agapes : d'accord avec Madec, Barbette avait prévu une foule de convives, pas moins de dix mille par jour. La dépense serait excessivement lourde, mais l'ambition se paye, avait pensé Madec ; dès la fin de la mousson une nouvelle année de campagne, et il en aurait largement couvert les frais. D'ailleurs, il avait de nouvelles raisons d'être en joie : le bruit de son mariage avait déjà couru jusqu'au Bengale, au Dekkan, au pays même des Djattes, là où résidait Sombre, et de mystérieux émissaires, plusieurs fois déjà, étaient venus jusqu'à lui afin d'entamer des négociations. Il avait éludé dès les premiers mots, prétextant le souci de ses noces. Trois mois encore, et ce sera le Moghol, songeait-il chaque nuit. Le Moghol, et l'on saura alors ce que vaut un firangui. Il ne voulait pas se préciser la nature de ce *on* : il se répétait que c'était l'Anglais ou tous ceux qui, par le passé, l'avaient peu ou prou humilié. Il savait cependant qu'il se racontait des mensonges ; ce *on*, il ne le connaissait que trop. Mais tant pis : ce matin était beau, serein, et il volait vers le bonheur.

Corentin s'arrêta enfin devant le palais de Barbette. Au premier regard, Madec ne reconnut pas l'édifice : on l'avait entièrement couvert, du moins sur la façade qui donnait sur la rue, de longs dais dorés, et le sol était décoré de fleurs. L'encens fumait déjà. Le père Barbette attendait Madec sur le seuil ; il lui fit signe de se hâter. Madec sauta sur l'échelle qu'on lui tendait, descendit prestement de l'éléphant. D'une galerie qu'on voyait de la porte, le père Wendel distribuait déjà des bénédictions.

— Bonjour, mon fils ! lança-t-il à Madec avec une vigueur inaccoutumée.

— Bonjour, jésuite !

Madec aurait bien aimé lui servir son lot habituel d'injures, tant sa personne lui déplaisait ; mais il convenait de garder contenance, car ce n'était ni le lieu ni l'heure. La tâche fut facile : à sa grande stupeur, le jésuite ne lui proposa pas de se confesser :

— Suivez-moi, Madec, c'est ici que la fiancée vous attend.

Ils quittèrent la galerie ensoleillée, s'engagèrent dans un corridor étroit et sans lumière. Pendant un bon moment, encore ébloui du matin, Madec ne distingua rien ; le jésuite se retournait de temps à autre pour lui dire :

— Venez, venez, ne craignez rien.

Il pénétra dans une salle. Quelques hommes étaient assis à même le sol, qui se levèrent dès son arrivée.

— La mariée ? Où est la mariée ?

Wendel désigna dans la pénombre un moucharabieh :

— Ici.

Madec écarquilla les yeux ; il discernait à peine des formes voilées qui s'agitaient, d'autres cierges, la fumée des parfums qui montait derrière le treillis de bois.

— Je l'épouse, c'est désormais une affaire assurée. Je veux la voir.

— Pas avant le soir des noces, mon fils, pas avant.

— Comment ! Mais c'est ici un mariage à la chrétienne !

— Vous êtes désormais un Grand, Madec, comme je vous l'avais promis. Et ceci est l'usage qui règne chez les Grands! Ne pas vous y conformer serait vous avilir.

– M'avilir! Mais tu m'as trompé, jésuite, tu m'as dit que je la verrais le jour du mariage! Tu vas me forcer à attendre dix jours, à ne pas la voir, même maintenant? Et comment vas-tu nous unir, comment?

Madec parlait de plus en plus fort; il était maintenant près de crier. Derrière le moucharabieh les formes s'ébrouaient, les flammes des cierges s'étaient mises à vaciller. Barbette lui posa la main sur la bouche.

– Tu n'avais pas le droit d'ignorer cet usage.

– Je suis nouveau venu dans le Nord. Et dans le mariage aussi. Je suis un homme de guerre, non un galant qui court les dots!

– Ma fille n'est point tarée, je te demande de me croire sur parole! D'envoyer les femmes la visiter, c'était ton droit le plus strict. Maintenant, cependant, tu commences à me faire insulte, et je t'adjure de te taire.

Madec n'avait jamais entendu Barbette parler si fermement; d'ordinaire, il se tenait sur la réserve, d'un air triste et effacé. Son intervention n'en prit donc que plus de poids.

– Fort bien mon beau-père, qu'on nous marie sur l'heure!

Le père Wendel, plus que jamais pommadé, entama sur-le-champ les prières; de l'autre côté de la cloison parvenait à Madec une musique très douce, la mélopée susurrée des paroles latines, et il chercha dans ce concert la voix de sa promise. Pourvu qu'elle soit jolie, se prit-il à souhaiter. Fût-elle la plus belle des femmes, je ne supporterais jamais une épouse à la voix aigre... Depuis le début de la cérémonie, il s'était écoulé un bon quart d'heure. L'encens fumait de plus en plus, les paroles sacrées semblaient en suivre les volutes. Tout entier à ses vœux, Madec n'avait rien écouté. Une franche bourrade du père Wendel l'arracha à sa torpeur :

– Madec, Madec, avancez-vous, c'est le moment!

Un peu embarrassé dans la raideur de son brocart, il s'approcha, ainsi qu'on le lui montrait, du moucharabieh de santal. Le jésuite en dégagea la partie supérieure. D'un seul élan, Madec se hissa sur la pointe des pieds. Il n'eut que le temps d'apercevoir une petite silhouette perdue dans des voiles rouge et or qui la recouvraient entièrement, visage compris, et sur laquelle s'agitaient les ombres d'un chandelier.

Le père Wendel l'arrêta aussitôt :

– Holà! Madec, holà! Ne tentez rien, je vous prie, qui vous rabaisse! Passez la main par-dessus cette cloison, et, par la grâce de Notre Seigneur, baissez les yeux et ne bougez plus!

Madec s'exécuta sans mot dire. Il tremblait un peu. Dans l'autre pièce, il l'avait bien entendu, une voix de vieille femme avait murmuré en hindi la même injonction. Une autre main, qui tremblait davantage, saisit alors la sienne, tandis que Wendel psalmodiait des répons. C'était une chair tendre, extrêmement douce, une chair où se sentaient encore les arêtes des os, une peau un peu fade à force d'être suave. D'ici lui parvenait son parfum, exalté par la chaleur ambiante. Non, rien de cela ne lui répugnait ; mais rien non plus ne l'enthousiasmait.

– C'est à vous de répondre, Madec, murmura Wendel d'un ton excédé.

– Répondre... répondre quoi ?

Il avait, comme le jésuite, parlé en français.

– L'échange des serments se fait en hindi. Je vous demande si vous la prenez pour épouse.

Il sourit :

– Mais oui, mais oui.

Le jésuite répéta sa question en se penchant vers les croisillons du moucharabieh. Dans la main de Madec, les doigts inconnus se crispèrent brusquement, et il entendit une voix frêle, mais de femme déjà, qui répondait le *oui* hindi. Wendel agita son goupillon, répandit encore un flot de paroles latines, puis saisit chacune des deux mains, qu'il sépara d'un geste autoritaire. C'était fini.

Pour le moins, elle aura une jolie voix, se dit Madec, et il s'en retourna par le corridor à moitié satisfait.

⁂

Des jours qui suivirent, Madec ne conserva qu'une confuse mémoire, tant ils se ressemblèrent dans leur débauche de luxe. Sitôt conclue la cérémonie, il emmena Barbette à son camp, ainsi que tous les hommes de la famille, qu'il régala ainsi qu'il le fallait. Tout ce que l'Inde comptait de plats somptueux était distribué à foison : carries brûlants, éteints par des pintes de lassi aux herbes ; montagnes de chapatis et de riz safrané ; pleines marmites de confiture de mangue, épaisse, gluante et douce ainsi que les pluies de mousson ; citrons verts, confits dans l'huile et le vinaigre ; thé aux épices, sentant fort le gingembre frais, et servi très chaud, vraie bénédiction par le temps d'été ; sorbets divers, dont on puisait la transparente glace au fond d'immenses pots de cuivre, dont on se demandait où l'on avait bien pu les garder, pour qu'ils fussent ainsi gelés encore, alors que l'hiver était si loin ; chatnis innombrables, où l'on se plaisait à retrouver toutes les épices de l'Inde, fenugrec, cumin, anis, piment, tamarin, sucre roux, coriandre, menthe fraîche, muscade, massala, girofle, moutarde, pavot, nigelle, bétel, arec, curcuma, safran... Dix jours durant, tous les plaisirs furent de la fête, sans retenue aucune, tous les bonheurs de la langue et du ventre. Comme autant de feux d'artifice, ils explosaient l'un après l'autre, maléfiques, immoraux, divins. Des après-midi entières, c'était la douceur sucrée à mourir des pâtisseries au sirop, celle des beignets en forme de fleur tout dégoulinants de miel : ceux-là flattèrent la langue et le dedans des joues, ce furent des duvets, des tendresses, des cajoleries. Venaient ensuite, dans un complet désordre, des carries qui déchiraient les plus secrètes muqueuses ; l'estomac pourtant accoutumé se mettait à hurler, dans une douleur qui rappelait l'amour, déflagration de délices en même temps que de souffrance. Et les servantes, jusqu'à tard dans la nuit, répandaient les sucrés-salés, les gâteaux au lait gorgés d'aphrodisiaques, le rhum capiteux, le vin de palme, et surtout de pleines broches de viandes, suprême liberté qu'autorisaient les pays du Nord, pourvu qu'on ne servît pas du porc. Madec, qui avait un peu souffert à Godh de ne point pouvoir s'octroyer de temps à autre une bonne volaille rôtie, s'en donnait aujourd'hui à cœur joie. Dix jours durant, Panipat vécut dans le fumet des viandes rousses. Les cuisiniers du pays, héritiers scrupuleux des vieilles traditions mogholes, les accommodèrent de mille façons : perdreaux marinés et farcis, cabris entiers enfouis dans des fours de terre, bœufs embrochés sur des feux qui ne s'éteignaient ni du jour ni de la nuit. Chaque festin fini, mâchés les derniers bétels, crachés les derniers jets de salive rouge, l'on pétait, l'on rotait, avant de se pencher, ultime félicité, seule permise aux proches parents des mariés, vers des coupelles fines, où brillait de l'argent pilé. C'était alors une sensation sublime : brusquement, toutes les épices avalées par le corps s'en trouvaient exaltées. On pétait, on rotait encore; et l'on songeait aux femmes.

Jongleurs, danseuses à demi nues, combats de coqs, tout était là pour exacerber le désir; il fallait cependant attendre. Si quelques invités, n'y pouvant plus tenir, s'éclipsèrent brusquement entre deux bombances, les convenances, dans l'ensemble, furent à peu près observées. Au sortir de ses nuits qui commençaient à l'aube, Madec remarqua des servantes endolories et sur leur visage une expression de plénitude enjouée qui ne trompait pas. Il y eut parfois des cris, des plaintes, des saris déchirés, des bêtes même, qu'on prétendit mises à mal. Mais nul ne s'en souciait. Du matin au soir on était étourdi; les mélodies des chanteurs, le tintamarre de leurs violes et de leurs tambours, les rondes des danseuses étouffaient tout. De temps à autre, on se mit en longue procession sous des pluies de riz, pour porter la fête aux fenêtres des femmes, au palais de Barbette où elles étaient cloîtrées avec la petite; soldats, musique, éléphants, Corentin en bonne place, toujours ravi, car il était lui aussi du festin et se gavait de loukoums, on donnait l'aubade à la mariée, pour l'aider à son tour à laisser place au désir. A quoi passait-elle ses journées derrière les moucharabieh ? Madec l'ignorait. A force de venir parader chaque jour, sa curiosité s'excitait, et elle devint si forte qu'un soir il manda Mumtaz à sa tente. Elle arriva, toute tremblante :

– Ce n'est pas bien, Madec. Tu te dois d'être chaste jusqu'à la dernière nuit.

– Je ne veux que te parler.

– Me parler ?

– Que font les femmes jusqu'à la nuit de noces ?

Elle sourit.

– Je n'en sais rien ! Je viens d'une maison de plaisir ! Je n'ai jamais été mariée.

– Tu as bien dû voir un mariage, une fois au moins, quand tu étais petite ?

– Oui... Mais qu'y a-t-il à savoir ? Elles sont enfermées, les femmes, elles sont sur des sofas, elles mangent, elles se parent, elles maquillent la mariée, la parfument, lui murmurent des conseils... Le soir venu elles la déshabillent, elles la baignent, elles chantent de vieilles chansons, la regardent, jouent avec elle comme une poupée, lui racontent leur nuit de noces, leurs accouchements. Tu sais, Madec, elle ne voit pas le temps passer, la petite, elle le sait bien, c'est son dernier moment de bonheur !

– Le bonheur est d'appartenir à un homme, Mumtaz !

Elle le regarda d'un air sceptique :

– Tu crois ? Pour l'instant on la choie, on n'a d'yeux que pour elle. Après...

– Elle sera heureuse avec moi. Je lui ferai des enfants. Va-t'en.

Elle allait partir, mais il la retint au dernier moment :

– Tu viendras, n'est-ce pas ? Tu l'aideras. Toi aussi tu m'appartiens.

Elle ne souriait plus. Elle prit un air faussement docile, l'air qu'elle avait quand il l'avait découverte à la maison de plaisir, et il soupçonna sa tristesse.

– Oui. Je serai là. Dans deux jours, n'est-ce pas ?

– Dans deux jours. A la nuit close, là-bas...

– J'y serai.

– Tu entreras avec ma suite et mes coffres.

Elle acquiesça, joignant les mains en *namasté* :

– A bientôt.

Et c'est ainsi que de bombance en procession, au milieu d'une foule en liesse qui ne se fatiguait pas, de musiciens et de danseuses qui officiaient tout le jour malgré la chaleur et la poussière, s'arrêtant à peine le temps de la sieste ou aux approches de l'aube, Madec arriva au terme des fêtes. Chaque soir il y eut bal, et chaque soir feu d'artifice, des danseuses fraîches relevaient celles qui s'écroulaient ; le dernier jour enfin, comme le voulait la coutume des grands, il régala tous les pauvres de la région, plus de dix mille personnes, qu'il abandonna au coucher du soleil pour rejoindre le palais de Barbette. Celui-ci l'attendait sur le pas de la porte :

– Demain, si tout va bien, je te rendrai ton diamant.

– Tout ira bien, beau-père, répondit Madec, et il s'engouffra dans la galerie d'entrée, suivi de ses malles, de ses serviteurs et de la belle Mumtaz que l'on regarda d'un air fort étonné.

On mena Madec jusqu'à une grande pièce sombre, précédée d'une galerie ouverte sur les jardins. Le serviteur s'arrêta brusquement.

– C'est là, seigneur.

Il désigna une pièce précédée d'un corridor et fermée d'une porte ouvragée. On en était bien à dix pas. De la rue parvenait encore le vacarme des musiciens.

– Viens, souffla Madec à Mumtaz.

Ils s'engagèrent dans le couloir. Pour avoir visité la demeure avant de la louer, Madec connaissait un peu les lieux ; cependant, il ne s'était guère soucié de savoir comment les Barbette s'y arrangeraient, et il découvrait cette salle ainsi qu'une surprise. Le couloir se terminait sur une porte massive sculptée dans du cèdre, entièrement ciselée d'ornements à la moghole ; çà et là, à la lumière de la torche remise par le serviteur, il reconnut même des fragments d'écriture persane, qu'il n'avait pas le cœur à déchiffrer.

— Entre, lui chuchota Mumtaz. Entre ; je te suivrai.

Il poussa les battants. Il y eut comme un frémissement ; tout d'abord il ne vit rien, et il ne put deviner d'où venait le bruit. Puis, éloignant de son visage l'éclat de la torche et le promenant de part et d'autre, il s'accoutuma à la pénombre. Il discerna alors, presque au fond de cette immense pièce, un petit tas de voiles rouge et or, de la même couleur que l'autre jour. Il jugea que ce ne pouvait être que sa jeune épousée. Elle n'était pas seule. Trois vieilles femmes l'entouraient, qui jetaient sur elle des poignées de riz ; de surcroît, le fond de la salle n'était qu'un immense moucharabieh, du même bois parfumé que la porte ; il cachait une autre pièce, au moins aussi grande que celle où il se tenait, où remuaient sans retenue des dizaines de femmes, éventées par des servantes et croquant des pistaches.

Il s'approcha du petit tas rouge.

— Voici ta femme, lui dit une des vieilles.

Elle était tout éventée et sa voix chevrotait. Madec l'écarta d'un geste :

— Va-t'en !

— M'en aller ! Mais je suis sa tante ! Pauvre petite, elle a perdu sa mère voici trois ans, et c'est moi qui l'ai préparée !... Qui *te* l'ai préparée...

— Je n'ai pas besoin de toi, ni de tes...

Il pointa le doigt sur ses compagnes, prêts à les injurier. Il se retint :

— Allez-vous-en, de grâce !

Elles ne bougèrent pas. Derrière le grillage, par grappes, les silhouettes voilées s'agglutinaient, retenant leur souffle.

— Faut-il vous supplier, ou vous menacer ?

Sa main se crispa sur la garde de son sabre.

— Toi, tu as bien emmené une suivante !

— Tais-toi, vieille. Cette fille m'appartient. De celle-ci qui est à mes pieds, je suis dorénavant le maître, et je te conseille de filer !

Elles s'exécutèrent rapidement, à l'exception de la plus âgée, qui marqua de la mauvaise grâce :

— Je te souhaite bonne chance, marmonna-t-elle.

S'il ignorait presque tout du mariage à l'indienne, Madec savait cependant qu'il n'était pas d'usage, avant la nuit des noces, de formuler le moindre souhait. Musulmans ou hindous, tous craignaient le mauvais sort que répand si facilement le courroux divin. Évidemment, ce qui se passait à Panipat depuis quelques jours était fort singulier : dans ce mariage franco-indien, entre un firangui pâle, et assez peu chrétien, et une Indienne baptisée qu'on disait fort dévote, tout déroutait : on ne savait plus où s'arrêtaient les rites catholiques, où commençaient les mœurs des infidèles, où s'insinuaient les superstitions païennes. Mais le regard terrible de la vieille avait édifié Madec : d'être écartée d'un spectacle unique, dont elle rêvait peut-être depuis des mois, elle était folle de rage ; aussi, dans sa fureur, lui souhaitait-elle bonne chance, afin d'attirer sur lui tous les génies du mal. Il n'eut pas le cœur de répondre. Dans la pièce voisine, où venaient d'entrer les trois sorcières, il entendit des imprécations, des éclats de voix suivis de chuchotements. Puis il y eut comme un immense bruit d'ailes : une à une, lentement, comme à regret, les femmes quittaient la place, dans le murmure de leurs voiles froissés. Madec soupira d'aise. Quoique Godh l'eût habitué à la présence constante de serviteurs ou de musiciens, au va-et-vient des suivantes et des caméristes, il souhaitait ce soir être seul face à sa jeune épousée ; seul, c'est-à-dire avec Mumtaz, rassuré par sa présence discrète, à ses conseils, sa tendresse délicate.

– Viens, petite, viens, murmurait-elle au petit tas rouge. Viens sur le sofa.

La fille se leva d'un seul coup. Elle n'était pas grande.

– C'est moi, la servante du seigneur Madec, poursuivait Mumtaz. J'étais avec la matrone lorsqu'elle t'a visitée. Tu as bien vu que j'étais douce...

– Oui, murmura une voix soudain rassurée.

– Que t'ont donné les vieilles ?

– Rien encore.

– Alors bois ceci.

Elle lui tendit une petite fiole, qu'elle but à longs traits sans relever ses voiles. Quand elle eut fini, Madec sentit qu'elle l'observait derrière l'étoffe. Il était ennuyé, mal à l'aise, un peu fatigué. Mumtaz à son tour lui tendit une autre fiole, qu'il connaissait bien depuis leur rencontre à la maison de Luknow.

Il but, très lentement. Il n'était pas pressé.

Mumtaz s'éloigna dans un coin de la pièce.

– Reviens. Tu m'éventeras.

– Non, Madecji. Un autre jour.

Elle avait pris un air buté ; il comprit qu'elle ne céderait pas. Elle s'allongea sur un charpoï, que sans doute les vieilles avaient prévu pour elles.

Alors, dans le brusque silence qui s'abattait sur la ville, Madec un à un souleva les voiles.

Quand il se réveilla, la petite avait disparu. Il faisait encore plus chaud que la veille, mais il reconnut dans l'air la moiteur pesante qui annonçait l'orage. Il comprit aussitôt pourquoi Marie-Anne l'avait quitté. Avant de s'endormir, il lui avait annoncé qu'il souhaitait retourner vers le nord avant la mousson. « Aux premières pluies, les routes seront coupées ; je t'installerai dans une ville tranquille, en attendant que se passe la saison humide. Tu auras la paix. » Elle était sans doute partie se préparer et dire adieu à son père, qui s'en retournait lui aussi vers le nord, à Luknow, où l'appelaient de pressantes affaires. Les torches s'étaient éteintes. Par de petites fenêtres découpées, qu'il n'avait pas remarquées dans l'obscurité, tombait un jour très dur. Mumtaz, sur son charpoï, continuait à sommeiller. Il s'approcha d'elle sur la pointe des pieds. C'était vrai, elle ressemblait un peu à Sarasvati, surtout quand elle dormait : cette façon identique de plier son cou sur sa longue tresse, sa peau, qui ne semblait jamais souffrir de la chaleur, cette matité extrême, transparente et dorée. Il soupira. Une histoire étrange lui trottait dans la tête depuis son réveil, qui lui revenait maintenant avec la plus grande netteté. Il était ici, aux Indes, nouveau marié, bientôt proche du Moghol, et prêt à commencer une carrière splendide comme jamais firangui n'en avait accompli, et voici qu'il ne songeait plus qu'à un prêche entendu voici des années en l'église de Quimper. Un prêche ! Lui, Madec, qui n'avait jamais assez d'insultes contre les prêtres, surtout s'ils étaient jésuites, comme Wendel. Lui qui blasphémait, ne priait plus, invoquait Ganesh à la croisée des chemins, convaincu que le dieu éléphant lui ouvrirait toutes les routes, celles des jungles comme celles de l'esprit. Et d'ailleurs, n'en portait-il pas toujours l'amulette au cou, cachée sous la chemise, malgré les remontrances du père ? L'autre jour, au moment du mariage, quand il avait pris la main de Marie-Anne, il avait cru la sentir tressaillir sur son cœur.

Et maintenant il se souvenait d'un prêche ! A vrai dire, il avait oublié la teneur du sermon ; ce qui lui restait de cet épisode enfantin, baigné dans la lumière de la cathédrale quimpéroise, c'était une histoire de femmes orientales, un conte exotique, si l'on veut, avec bergers, fontaines, patriarches en quête de rivières de miel. Le héros du conte, il s'en souvenait fort bien, avait nom Jacob ; il désirait Rachel, la fille de Laban, qui était la cadette. L'aînée était Lia ; elle avait les yeux ternes, mais Rachel avait belle tournure. Au bout de sept ans de travail chez Laban, Jacob obtint Rachel, et il y eut force festins. Or, au soir des noces, au lieu de Rachel, ce fut Lia qui se glissa dans son lit, et Jacob la connut, sans s'apercevoir du subterfuge. Ainsi Madec, cette nuit, avait cru épouser Rachel. La boisson de Mumtaz aidant, il s'était livré à des transports répétés, comme il n'en avait pas connu depuis bien longtemps, et la petite, fort délicate et ingénieuse, elle aussi soutenue par l'ardeur du breuvage, l'avait suivi toute la nuit.

Enfin, quand l'aube pointa aux fenêtres, il regarda son épousée. Alors Mumtaz, croyait-il se souvenir, pareille à une biche inquiète, s'était soulevée de sa couche. Marie-Anne les avait fixés tous deux d'un air doux et tranquille ; elle avait la peau lisse, elle était toute fraîche. Non, elle n'était pas laide. Comme l'avait assuré le père Barbette, il n'y avait en elle nulle tare ; duveté ce qui devait être duveté, renflé ce qui était devait être renflé ; et maintenant ouvert ce qui devait être ouvert. Son visage lui-même, dévoilé aux premiers baisers, n'avait rien qui pût détourner le regard.

Mais Marie-Anne, telle la Lia de Jacob, avait les yeux ternes, et la marieuse avait dit vrai, qui avait annoncé à Madec qu'elle était Hastini.

Hastini tout entière était Marie-Anne, et Madec comprenait maintenant la compassion de Mumtaz, à qui depuis longtemps il avait conté ses amours de Godh. Hastini, femme de troisième rang, juste avant la Sankhini ; une sur mille s'en trouve, disaient les règles de Kama, les textes sacrés de l'amour récités par la matrone.

Comme il était généreux, le maître ancien qui en avait établi les lois ! Une sur cent, une sur dix, une sur deux, les femmes Hastini ! Surtout pour qui s'en revenait de Sarasvati la parfaite, Sarasvati la Padmini, la femme-lotus, une sur dix millions, une seule et unique dans des galaxies de femmes ! La douce, la tendre, la petite et charmante Marie-Anne, malgré ses traits effilés, sa peau très pâle quoique déjà dorée, sa très lourde tresse, sa poitrine généreuse, son délicat yoni, oui, Marie-Anne, dans toute sa jeunesse, n'était qu'un loukoum fade. Commune, commune, elle était désespérément commune.

Mumtaz s'éveilla soudain et sourit ; elle paraissait heureuse :

– Es-tu content, Madecji ?

Il se força à chasser sa tristesse.

– Oui, belle Mumtaz.

Elle le devina aussitôt, un peu comme Sarasvati :

– Elle te fera de beaux enfants, tu sais.

– Oui, sans doute.

– Je te donnerai à nouveau l'élixir.

– Ne parlons plus de cela. L'important est qu'elle soit douce et docile.

– Elle l'est.

Elle s'interrompit pour renouer sa tresse, puis répéta :

– Elle te fera de beaux enfants.

– De beaux enfants, reprit Madec comme en écho. De beaux enfants...

Il venait de comprendre que c'était là son principal regret, de n'avoir pas rempli le ventre de Sarasvati, de n'avoir pas serré contre lui un enfant qui rappelât leurs deux corps unis.

– Oui, un enfant... J'espère qu'elle n'est pas stérile.

Mumtaz se rhabillait en silence. Il appela les serviteurs pour la toilette. Il ne fallait pas s'attarder. Désormais, il était le maître de cette fille si proche du Moghol. Désormais commençaient les grandes choses. Pour entamer la journée, il fit remettre à Barbette le drap de sofa soigneusement plié, en échange de quoi on lui remit son diamant de Godh, son blanc-bleu toujours aussi gros, intact, toujours aussi pur.

Le lendemain, il s'en retourna vers le nord suivi de son armée et des soldats Rohillas, repus, fatigués et renâclant devant les marches. Les pluies n'allaient pas tarder. Il installa Marie-Anne dans un vieux caravansérail de la ville de Bareilly, derrière une couronne de mosquées tranquilles. Il y attendit la fin des pluies, dans une immense paresse, qu'aucun de ses proches ne lui avait connue. Quand le ciel s'éclaircit, il échappa soudain à la nonchalance. Il s'apprêta à partir pour Luknow, afin de négocier avec son beau-père plusieurs transactions bancaires et d'acheter des canons neufs. Tout allait bien ; ainsi que les astrologues l'avaient annoncé, la mousson nouvelle avait été aussi généreuse que la précédente. C'est alors qu'éclatèrent deux nouvelles qui le laissèrent à demi étourdi. D'abord, ce fut Mumtaz, qui courut toutes les galeries de la maison pour l'avertir que Marie-Anne était enceinte. Ensuite, et dans le même quart d'heure, il apprit l'arrivée d'un émissaire du Sud. Il annonçait de nouvelles attaques anglaises, bien plus considérables et meurtrières qu'elles ne l'avaient jamais été. Comme à leur habitude, les Britanniques se servaient de petits rajahs ambitieux qu'ils armaient jusqu'aux dents. Les paysans mécontents des impôts formaient le plus gros de la troupe ; canons, mousquets, sabres et baïonnettes, et l'on mettait en marche. La cruauté commune aux Indes faisait le reste. L'ambassadeur disait venir du pays des Djattes.

— Mon maître te sollicite, dit-il à la fin de son exposé.

— Je suis bien ici, et je ne partirai pas. Mais qui est donc ton maître ?

— Le maharajah Badan Singh.

— Je ne le connais pas.

Madec réfléchit un instant :

— Le pays des Djattes... Mais n'y a-t-il pas chez toi quelques firanguis ?

— Si, Madecji.

Pris d'une immense fureur, Madec empoigna l'émissaire :

— Que ne me l'as-tu dit plus tôt, vieux chacal ! Tu as donc peur de me le dire, ce nom-là ? Que redoutes-tu le plus, de lui ou de moi ?

— Détrompe-toi, Madecji, mon maître n'est pas celui dont tu parles.

— Et qui donc d'autre, veux-tu me dire ? hurla Madec.

— C'est une femme, murmura l'émissaire. Mon maître est une femme, et on l'appelle Sarasvati.

Les bras de Madec en tombèrent, et avec eux l'ambassadeur, qu'il n'avait cessé de secouer jusqu'à ce qu'il prononçât les syllabes attendues. Il reporta aussitôt son départ et s'enferma trois jours avec le messager dans une pièce reculée du caravansérail, afin qu'il l'entretînt plus profondément de l'état de l'Inde.

CHAPITRE XXI

Janvier 1772

Quelque part en mer entre Madras et Calcutta

Warren Hastings reposa sa plume dans l'encrier, soupira, contempla un moment ce qu'il apercevait de mer par le hublot. Il était heureux ; entre chacune de ses missives, il la voyait s'éclaircir. Du bleu intense qu'elle avait la veille au large de Madras, elle était passée à une teinte plus pâle, un peu boueuse, qui annonçait le Gange.

Le vaisseau se balançait doucement. Calcutta, Calcutta bientôt. Calcutta enfin, après des années d'ennui et de souffrance. Calcutta, où l'attendait une femme. Non point la plus belle au monde, certes non, il ne faut demander à Dieu que ce qu'il peut raisonnablement offrir, mais la plus délicieuse, la plus ressemblante surtout à l'idée que Warren, depuis son retour d'Angleterre, s'était fabriquée du bonheur. Une idée neuve, venue des brumes de son exil londonien.

Il lui semblait pourtant qu'il l'avait toujours connue, qu'il était né avec elle. Mais là-bas, au bord des canaux où glissaient les premières péniches, auprès des manufactures industrieuses comme des jardins faussement sauvages des *terrace-parties,* il n'était pas un gentleman qui ne crût inédite cette façon d'être. Comment l'appelait-on, déjà ? Warren eut un peu de mal à retrouver le mot. C'était un adjectif, il s'en souvenait bien ; on ne l'avait guère appliqué, jusqu'à ces dernières années, qu'à une certaine littérature fade et merveilleuse à la fois, pour esprits faibles et dames solitaires.

Il fouilla un instant sa mémoire, sourit.

Romantic, romantic, c'était cela. Avec le monde qui changeait, les mots aussi se transformaient. Son goût de la précision fut comblé. Romantic : cet adjectif, à coup sûr, serait celui de l'ère à venir. L'ère du cœur. Seul le génie britannique pourrait y concilier beauté, richesse, vertu, et domination universelle. Ce soir, Warren Hastings se sentait visionnaire.

On serait à Calcutta d'ici deux jours. Warren revint à sa lettre, relut sa dernière phrase. Il écrivait à un ami. Une relation plutôt, un de ces compagnons que sa misère avait apitoyé, et qui l'avait secouru pendant son séjour en Angleterre. Se rappelant la gêne où il fut réduit alors, Warren se prit à douter de la réalité de son bonheur présent. Qui prétendait qu'on pouvait faire fortune dans l'*East India Company* ? Pour un Clive qui s'en revenait les poches pleines de diamants, combien d'agents comme lui, qui dépensaient leur petit pécule à doter une sœur ou une nièce, puis se retrouvaient à la ruine, contraints un jour sur deux à faire antichambre pour obtenir de rentrer aux Indes ? Sitôt débarqué sur les quais de Londres, Hastings avait compris l'ampleur de ses illusions. Westminster n'avait que faire des coloniaux de son espèce. Après les silences glacés et les demi-ironies qui étaient aussi le génie de son peuple – d'ailleurs Warren savait aussi les manier à l'occasion –, on lui avait très vite représenté que son errance indécise entre Gange et Tamise le reléguait irrémédiablement au rang d'un déclassé. Quant au seul projet désintéressé qu'il eût conservé, celui de créer à Oxford une chaire de persan, il n'avait suscité que quelques petits rires secs. Dans le meilleur des cas, on avait eu la grâce d'y voir une marque d'humour, une excentricité de noble déchu. Les portes se fermèrent une à une devant lui. Ses appartements se rétrécirent. Un jour il dut emménager dans une soupente. Il se voyait bientôt partager les mêmes paillasses que les dockers de Londres.

Quatre années d'errance et de misère, quatre interminables années passées à guetter le retour des Indiamen. La nécessité devint pressante. Warren se fit alors violence. Il sollicita son unique protecteur, Sykes, qui ne recula pas devant les mots :

« Il doit retourner en Inde, ou bien il sera mendiant », écrivit-il à Clive. C'était la plus stricte vérité. En 1769, Hastings repartait pour Madras, le second comptoir anglais, où, du reste, on ne lui confiait qu'une place médiocre, *Export Ware Housekeeper*. Il n'avait pas même assez d'argent pour acheter son équipement colonial mais il exultait : Madras serait son marchepied vers le pouvoir. Tout s'était confirmé. A présent qu'il s'en allait vers Calcutta, c'était la même joie. Depuis deux ans, les Indes lui avaient redonné le goût de vivre. A peine avait-il quitté Londres qu'il avait découvert cette charmante Marian, embarquée avec son époux sur le même vaisseau que lui. Il avait été malade : elle l'avait soigné, avec une délicatesse sensuelle qui promettait des félicités sans nombre. Elle était mariée : il l'avait achetée. Bel et bien, et fort simplement achetée, à son propre époux, pour le prix du divorce, des deux enfants qu'elle avait, et de la complaisance du sieur Ihmoff, qui, à vrai dire, n'en manquait pas. Après avoir peint quelques miniatures, fabriqué deux ou trois automates pour des princes indiens, celui-ci, comme convenu, et dûment appointé par Warren, s'en était retourné à sa lointaine province germanique, où il ne désespérait pas d'obtenir bénédiction de sa rupture, pour le motif irréfutable d'une incompatibilité d'humeur. Car bien qu'on fût dans l'Inde et qu'il s'annonçât des temps neufs, il ne convenait pas que le premier fonctionnaire de l'*East India Compagny* entretînt avec une femme, si charmante fût-elle, des relations coupables et illégitimes. La vertu, toujours la vertu : pourquoi l'avait-on nommé président du Conseil du Bengale, sinon pour y purger la compagnie de ses brebis galeuses ? C'était la vertu qui menait Hastings au pouvoir. Il entendait donc la respecter. Les ordres de Westminster étaient clairs, en effet : version moderne du *True Born Englishman*, Hastings avait pour mission d'enrayer la contagion chez ses compatriotes de la folie indienne. Rendre toutes choses aussi anglaises que possible, sages, mesurées, un brin distantes, parfois cocasses. Bâtir une Inde tranquille et sans passion. Une Inde ou il y aurait comme là-bas des chevaux propres et de grands palais à colonnades, des *terrace-parties* devant des jardins moghols, des chiens à pedigrees dans la chasse au perdreau, des gentlemen dans les palanquins des éléphants, des tasses de thé à n'en plus finir.

Une Inde mélancolique et tendre, enfin, que l'on pourrait avec délectation coucher sur les estampes, avec jungles ombreuses et paysans un rien bucoliques, ainsi que sur les derniers tableaux de Gainsborough. Et puis, sur le modèle de Londres, une ville neuve pour capitale : Calcutta...

Pax britannica. Aux pieds d'Hastings s'inclinerait tout ce que l'Asie comptait de rois, et il serait l'unique détenteur du Cabinet des Merveilles.

Il tâta la porcelaine de la théière ; elle était froide. Il sonna pour en réclamer une autre. Une ordonnance entra, enleva le plateau sans un mot. Ici, tout le monde connaissait déjà ses habitudess. Il lui fallait du thé, très vite, pour qu'il pût réfléchir. Derrière la porte, on s'affaira.

Warren, soudain, était devenu inquiet. La solitude londonienne l'avait accoutumé à l'examen de son cœur. Oui, il était fou du Bengale, épris comme un gamin, amoureux, comme il ne l'était jamais plus d'une femme, fût-elle Marian. Elle, il ne l'avait désirée qu'une demi-heure, tant il avait été clair qu'elle se donnerait à lui au bout du seul délai des convenances en vigueur dans le jeu galant. N'était-ce pas pour cela qu'il l'avait choisie, bien qu'il ne lui restât qu'un souvenir de beauté ? Son air d'aisance et de tendresse légère, cette mélancolie à la mode... Et surtout ce que les Français, dans leur langue amoureuse, appelaient fort justement *la facilité.* Marian était *facile,* étonnamment *facile,* davantage même que les filles de Birnagor. Rompue à toutes les figures, à toutes les voies de l'amour ; le corps toujours offert et chaud, ce qui finissait pas lasser d'ailleurs, comme une pâtisserie trop sucrée. Mais dans l'âme, plus facile encore, plus soumise : une sorte de dévotion sensuelle, un peu triste, ce qui montrait qu'elle y était neuve, et que peut-être, elle aimait son maître et acheteur. Quel passé ombreux, chaotique, mensonger, tout cela cachait-il ? Warren préférait l'ignorer. Elle lui avait confié qu'elle était venue à Madras autrefois, dans sa jeunesse. Il aurait pu pousser plus avant les questions. Il s'y refusa, moitié par peur, moitié par insouciance. Entre eux, il ne s'agirait jamais que d'amitié. Avec le Bengale, Warren savait qu'il vivait tout autre chose. Le Bengale était traître, mystérieux, jamais conquis : *difficile.* Ses sourires, sa soumission : une façade, un paravent, un mensonge permanent. De lui à Warren, c'était l'amour ; plus même, la passion. Il termina rapidement sa lettre, signa. Il n'était pas utile d'étaler ses sentiments. Le soir était tombé. On ne distinguait plus la mer. Le bateau continuait d'avancer au même rythme. A Calcutta la marchande, les raffinements de l'Europe des lumières seraient loin. On ne parlerait plus que chiffres. Ou guerre. La guerre, précisément. Warren n'avait pas encore touché aux dossiers. Avec la nuit venait le temps de l'étude. Son ordonnance, ainsi qu'à l'habitude, allumait les bougies du bureau.

La guerre menaçait sur deux fronts ; au nord, les Mahrattes tentaient, à n'importe quel prix, d'établir un grand royaume hindou sur les ruines de l'Empire moghol. De temps à autre, ils s'alliaient à l'empereur, pour mieux faire trembler les Anglais. Ce n'était pas le pire. Le Sud lui aussi commençait à bouger. Un aventurier musulman, Haïder Ali, avait pris Mysore. De là, il cherchait à ébranler Madras, prétendait aussi menacer Bombay, déjà bien inquiétée par la proximité mahratte. Warren se rembrunit ; pourtant, il était fort peu probable que ces deux factions pussent un jour s'unir, étant de religions rivales et farouchement hostiles. Mais un nom pouvait souder l'Inde. Un nom seul, briser la division sur laquelle grandissait l'Empire anglais. Et ce nom-là, c'était la France.

Or, fait peut-être insignifiant – mais il n'y avait rien, aux yeux de Warren Hastings, qui fût vraiment sans importance –, il venait de retrouver, sur deux rapports différents, une allusion à un même homme. Tant chez les Mahrattes que chez le sultan de Mysore on signalait sa présence. Il fallait donc qu'il fût diaboliquement habile, pour s'introduire ainsi partout ! Et le nom de cet homme était français.

D'un geste méthodique, Warren souleva les deux liasses, les plaça l'une à côté de l'autre, se prit la tête entre les mains. C'était tout de même assez extraordinaire ; le plus étonnant était qu'on ne lui en eût rien dit, et qu'il ait dû le remarquer par un effet du hasard ou de sa prodigieuse mémoire. Il lut plus attentivement les rapports des espions. C'était clair, extrêmement précis. On n'avait rien omis, à l'exception, grave lacune, de la description détaillée de ce fameux Français. Il faudrait là aussi apporter quelque réforme dans les méthodes de la Compagnie.

La France ! Warren frissonna. Ainsi, il faudrait encore affronter ces hobereaux empanachés qui ne connaissaient rien au commerce et n'avaient d'autre mérite que la grâce de leurs femmes et la beauté de leur langue. C'était incroyable ! N'avaient-ils pas assez compris, lors de la guerre de Sept Ans, qu'ils n'étaient pas faits pour la guerre au loin, ni pour la marine, encore moins pour le commerce ? Au traité de Paris, fort galamment, on leur avait laissé leurs cinq misérables comptoirs. Et voilà qu'ils avaient rebâti Pondichéry, cette ville imbécile, et qu'ils nourrissaient l'idée de s'en servir pour des opérations dans le Dekkan !

Même si les entreprises françaises n'étaient que grandes courses à la chimère, un certain goût de la perfection poussa Hastings à dresser la liste de tous ses éventuels acteurs, par ordre de danger croissant, comme l'exigeait la plus élémentaire logique. Il saisit une feuille vierge, trempa à nouveau sa plume, souleva une à une les feuilles des dossiers. Il ne retrouvait plus le nom qui l'avait frappé tout à l'heure. Il s'irrita, bouscula sa tasse. La porcelaine tinta.

– Ah !

Il s'était à nouveau exclamé tout haut. Oui, c'était bien un nom français ; il lui rappelait même une ombre de souvenir, qui pourtant ne s'éclairait pas.

Il en répéta plusieurs fois les syllabes.

– Saint-Lubin...

Que disaient donc les espions ? Dans le rapport qu'il avait sous les yeux, on décrivait Saint-Lubin comme « d'assez belle tournure », on rappelait, à trois reprises au moins, sa relative jeunesse. L'agent de renseignement semblait avoir été sensible à la beauté du personnage. Cela aussi suscitait chez Warren une réminiscence. Malheureusement, il ne manquait pas chez les Français de fort beaux jeunes hommes. Celui-ci cependant devait offrir de très singuliers appas. Un extravagant, une jeune tête brûlée, sans doute aucun : l'espion n'avait-il pas noté qu'il était venu jusqu'à Mysore « par la caravane », c'est-à-dire en bravant les déserts de Perse et d'Arabie, les périls en tous genres du pays afghan, les traîtrises des steppes asiatiques ? Un voyageur intrépide. Curieux, pour un beau jeune homme, que l'on disait également fort introduit dans les bureaux de Versailles.

Il est vrai, songea alors Hastings, que les ministres de Louis XV viennent d'avoir un sursaut de bon sens, ils ont dissous leur misérable Compagnie des Indes, renvoyé à leur vanité les splendeurs de leur prétentieux Lorient, les fausses gloires de Bordeaux et de Nantes... Les Français n'aiment pas la mer, et ils ont bien raison, car elle non plus ne les aime pas, ils ne sont pas faits pour elle. Ils viennent maintenant aux Indes par la caravane, comme aux antiques temps de Marco Polo !

Il en riait presque. Il reprit sa liste. Qui placer en second lieu ? Sans reprendre les dossiers, il résolut d'écrire le nom de Sombre.

– Toujours en vie, ce monstre. Toujours en vie, malgré son mariage...

Il ne savait rien de la nouvelle épouse. Il fourragea à nouveau dans les parchemins.

– La princesse Sarasvati... « Fort catholique, ainsi que son époux. On l'a beaucoup redoutée au moment de son mariage en raison d'un ressentiment qu'on lui supposait envers notre nation. Il n'en a rien été. Elle n'a rien accompli d'extraordinaire, se contentant simplement, par un effet de la superstition commune sous ces climats, de fréquenter de temps à autre, en dépit de sa religion catholique et romaine, quelques temples écartés où se pratiquent nuitamment des sacrifices aux divinités païennes. »

Au grand désespoir de Warren on ne disait pas qu'elle eût des enfants, pas plus qu'on ne mentionnait son âge, sa beauté, ni la raison de sa supposée rancune.

– Les bons temps de l'espionnage se perdent, bougonna-t-il. Il faut que j'y mette de l'ordre. La Compagnie ne sait pas utiliser les Indiens. Ah ! Ram, Ram... Le revoir au plus tôt, s'il n'est pas mort dans la famine de l'an passé...

Au fond de lui-même, il doutait qu'un banquier, ou fils du banquier, pût mourir jamais dans une quelconque famine. Quelle était cette mystérieuse protection qui, jusqu'aux Indes, protégeait souvent les riches des pires calamités ? Mais enfin, il fallait s'attendre à tout, la peste et le choléra, tout de même, n'avaient pas toujours une égale révérence pour les hommes d'argent. Comme il serait triste cependant qu'il fût mort, ce très cher Ram. De son espion préféré, Warren n'avait gardé qu'un délicieux souvenir, celui de son dhoti collé sur ses flancs, et sa démarche ondoyante, comme une claire invite à la volupté. Elle le troublait encore, en dépit de l'ère de vertu qu'il avait décidé d'instaurer. En tout cas, s'il vivait encore, le charmant Bengali lui dirait tout de la Princesse Sarasvati. Dès son arrivée, il se ménagerait un rendez-vous avec lui. A cette pensée, ses anciens bonheurs lui revinrent. Le temple de Kali. Les déguisements au petit jour. La traversée du marché, parmi les Indiennes au ventre nu, accroupies devant leurs légumes. Le sang des chèvres se caillant dans le soleil, au milieu des fleurs pourrissantes et de l'encens en volutes. D'un seul coup, Warren comprit d'où lui venait cette inépuisable passion pour le Bengale. Il sut que le but qu'il se proposait, la faire anglaise, n'était qu'un prétexte intellectuel, une maladie d'Européen au cerveau trop actif. En réalité, c'étaient tous ses sens qui l'appelaient là-bas, ses sens malades d'avoir été trop longtemps comprimés, battus, refusés. Au fond de lui, ce qu'il attendait du Bengale était une explosion sensuelle, et il se trompait lui-même en l'appelant sentiment. Non, il voulait la fièvre, le délire, la jouissance. Flagellation ou mise à mort, peu lui en importait l'issue, pourvu qu'enfin il connût la fête, qu'il se roulât dans l'orgie. Et, il dut aussitôt se l'avouer, tout ce qu'il craignait des Français était qu'ils l'en empêchassent.

Il restait encore deux noms à écrire. Celui de Chevalier bien sûr, le directeur du comptoir de Chandernagor, qu'il connaissait depuis toujours. Lui aussi, comme la plupart de ses compatriotes, un homme insignifiant. Il avait cependant la manie d'écrire. Assez stupidement, il envoyait en France des missives à n'en plus finir, qu'il dissimulait dans des ballots de châles et d'eau de rose, sans imaginer qu'il était sur les quais assez de coolies vendus aux Anglais pour leur transmettre son courrier. Pour l'instant, ce n'avaient jamais été que broutilles d'arrière-boutique, mais on lui prêtait d'autres projets, et un dernier rapport affirmait qu'il serait entré en contact avec un aventurier français retiré dans le nord de l'Inde.

Le nord de l'Inde... Le pays convoité par les fameux Mahrattes... Saint-Lubin...

– Goddam ! éclata Warren, et il en renversa la théière. Un moment abasourdi, il regarda sans comprendre les morceaux épars de sa porcelaine. Il ne put s'empêcher d'y lire un présage. Sa théière préférée. C'en était fini de ses rêveries interminables, des calculs échafaudés en laissant son regard se perdre sur les silhouettes épurées des belles Chinoises. L'eau brune du thé s'était répandue sur le parquet, qu'elle noircissait peu à peu.

– Goddam ! répéta-t-il, et il repoussa du pied les morceaux brisés, avant de les écraser rageusement sous son talon.

Il reprit le cours de sa réflexion. L'intérieur de l'Inde... Il jura encore. Le puzzle, enfin, se reconstituait. C'était de l'intérieur de l'Inde que la France, cette fois, mènerait son offensive. Saint-Lubin, Chevalier servaient d'agents de liaison, d'émissaires, d'espions. Sombre, lui, fournirait les troupes. Sombre, et peut-être aussi cet aventurier français qu'on signalait non loin de lui.

Ainsi que Saint-Lubin, c'était un inconnu pour Warren. Il consulta à nouveau la notule qui le concernait. On le disait âgé d'environ trente-cinq ans, marié à une *Frantci,* et à la tête d'une fortune assez considérable gagnée en collectant les impôts. Tout cela était fort commun. Commune, aussi, sa trahison : il avait quitté le service des Rohillas, qui ne l'avaient pas payé, pour les Djattes, près du pays de Sombre. Pourquoi Sombre, on ne le disait pas. Cependant, on le prétendait vénal, et lié à ce dernier par une amitié certaine, quoique très distante : s'ils travaillaient de concert, ils ne se rencontraient jamais.

Cette fois, l'espion avait noté quelques détails intéressants. Le Français avait un enfant, une épouse qu'il chérissait, quelque harem, et recevait de temps à autre la visite du père Wendel.

– Wendel ! Ah ! Wendel ! sourit Hastings. Comme il fait bien les choses...

Il ne l'ajouta pas à sa liste, quoiqu'il doutât un peu de son intégrité.

Il trempa sa plume dans l'encrier, pour ajouter à sa liste le nom de l'aventurier, qui lui parut assez barbare : Madec. Ce pouvait d'ailleurs n'être qu'un surnom, ou un pseudonyme. Un anagramme peut-être. Il relut sa liste.

Quatre noms. Pour menacer l'Inde anglaise, cela faisait trop d'hommes, ou pas assez. Il faudrait en savoir davantage. Sur ce bateau, Warren se sentit brusquement paralysé. Il brûlait plus que jamais de revoir Calcutta. Il fut agité soudain d'une étrange émotion. Ram ! Ram ! Il ne pensait même plus à Marian. Il sonna pour qu'on lui préparât son lit, gagna sa cabine dès qu'elle fut prête.

Avant de s'endormir, il se remit à sa lecture favorite, la *Bhagavad Gita*. Il la pratiquait en sanskrit, habitude prise pendant ses années d'ennui. Il l'ouvrit à l'endroit où il l'avait laissée la veille : ... « Tout en se remplissant, il demeure immuable, l'océan où se perdent les eaux. De même, celui en qui se perdent les désirs obtient le repos, non celui qui désire le désir... »

Cette sage lecture n'eut aucun effet sur lui. Toute la nuit, il rêva de Ram.

CHAPITRE XXII

12 janvier 1772

Calcutta

Assise au centre du salon sur un tabouret bas, Marian Imhoff attendait Hastings en distribuant des ordres. Depuis qu'elle s'était installée à Calcutta, où les subsides de Warren lui permettaient de mener grand train, c'était sa besogne préférée, au point que, afin de ne rien perdre de cette infinie jouissance, elle s'était mise au bengali, elle qui toujours avait détesté l'apprentissage des langues.

En cet après-midi finissant, elle avait relégué les femmes à la cuisine ou aux berges du fleuve, et l'on ne voyait autour d'elle que des serviteurs mâles : brodeurs, raccommodeurs de mousselines, épousseteurs de tapis, jardinier, régisseur, préposés à l'entretien des meubles, réparateur de bibelots, et même un jeune peintre indigène qu'elle avait chargé d'exécuter, à la mode européenne, de grandes planches botaniques sur les curiosités des Indes. Debout devant elle, ils attendaient patiemment leur tour, présentaient leur travail ou leurs registres, s'inclinaient, se prosternaient, guettaient, le front inquiet, l'approbation de la maîtresse, se prosternaient encore, tandis qu'elle critiquait impitoyablement leur ouvrage ou la tenue de leurs comptes.

Était-ce la proximité du retour d'Hastings ou le plaisir de cette compagnie exclusivement masculine, Marian souriait à demi, les lèvres humides d'une convoitise bizarre. Autour d'elle, pourtant, les domestiques n'avaient pas la grâce frivole des galants qui la courtisaient aux beaux temps de Pondichéry. Leur va-et-vient n'était pas feinte soumission, et leur docilité se chargeait parfois de regards lourds, où tout autre qu'un Blanc aurait pu lire des lueurs de rancune. Cependant ils tremblaient. Tous la craignaient, tous, sauf peut-être le jeune peintre en botanique, qui supporta sans frémir les quelques mots secs que Marian lui lança en guise de compliment :

– C'est encore trop indien, ce lotus, petit peintre ! Trop contourné, trop flou ! Tu n'es pas assez net. Regarde : je n'arrive même pas à compter combien la fleur a de pétales. Marque davantage ton trait, enfin !

Une fois par semaine, Marian tenait à dresser le bilan du travail accompli ; elle avait compris qu'il avait pour les serviteurs l'importance et la gravité d'une vraie cérémonie. Elle commençait par faire tirer les stores sur les fenêtres du salon, même par les temps bleus et doux de l'hiver, comme c'était alors la saison. Puis elle faisait mander toute sa valetaille, s'asseyait avec solennité au centre de la pièce pareille à un maharajah devant son *dorbar* ; alors enfin elle s'abandonnait à la volupté des dos courbés sous ses humiliations flûtées. C'était savoureux. Un délice, dont jamais elle ne se lasserait. Etre servie plutôt que de servir. Avant ce bonheur-ci, dix années vides en effet et tristes comme le sinistre baron qu'elle avait fini par épouser, quand il lui avait promis, à bout d'arguments pour l'attacher à lui, qu'il la ramènerait aux Indes. Car elle les avaient fuies, ses Indes chéries, dans un élan de rage, sur le premier vaisseau en partance pour l'Europe. Certes, elle savait que ni la France, ni l'Allemagne, ni l'Angleterre ne lui avaient jamais rien donné. Il n'y avait donc aucune raison pour qu'elles lui offrissent davantage. Mais ne venait-elle pas de tout perdre en la personne de Saint-Lubin, tout perdre du vrai bonheur, celui qu'on ne trouve qu'à l'est de l'Afrique et dans la profusion du Tropique ? Lui, l'unique, le superbe, le merveilleux Saint-Lubin l'avait, dans une dernière pirouette, abandonnée aux rives de Madras. Aujourd'hui encore, alors qu'avec Hastings sa vie paraissait s'engager sur la voie de la tranquillité et qu'elle était morte aux troubles du cœur, elle s'en souvenait en tremblant. Fallait-il cependant regretter ce temps-là ? Avec l'amour du gouverneur, toutes les Indes venaient de lui tomber entre les bras. S'agissant d'Hastings, *amour* était sans doute un bien grand mot. Elle l'avait su au premier baiser : il avait une façon d'embrasser méthodique, « point trop n'en faut », comme aurait dit Saint-Lubin. L'affaire un peu plus loin menée, elle découvrit la même mesure dans sa manière d'alterner élans du corps et effusions sentimentales ; c'était d'ailleurs un très moyen amant. Mais il souffrait d'une maladie commune, dont Marian avait saisi aussitôt le parti qu'elle pouvait tirer : il désirait qu'on l'admirât. Ambitieux et rapide, une cour innombrable l'eût encombré. Il y avait là une place à prendre, et elle abandonna sans vergogne mari et enfants. Deux ans de vie médiocre sous les palmes de Madras, et voilà qu'Hastings était nommé gouverneur général. Toutes les Indes à ses pieds. Il y a donc un destin, songeait Marian en examinant dans le jour de la porte le rapiéçage d'une mousseline. Il y a un destin, et voici maintenant, au bout de toutes mes errances, une union solide et tranquille.

Elle reposa sur ses genoux le tissu, congédia le serviteur :

– C'est bien ; tu peux aller. Tu reprendras une à une les moustiquaires des chambres. Les insectes les ont percées. Il faudra voir aussi les nappes des guéridons. Fais-les blanchir d'abord. Va.

Elle soupira. Rien ne restait propre à Calcutta. Ce n'était pas la proximité du port, pourtant, puisqu'elle avait choisi de s'établir à l'extérieur de la ville, au milieu des derniers potagers, presque à la lisière de la jungle. Cette salissure continuelle, contre laquelle tous ses soins semblaient impuissants, lui demeurait un vrai mystère. Et pourtant, dût-elle perdre des heures à distribuer des ordres, il fallait que tout fût propre, impeccablement propre. Jamais elle ne se fût avoué qu'en ce souci de perfection domestique elle s'efforçait de copier le fantôme hagard qui venait parfois hanter ses rêves, la silhouette généreuse et ferme de Jeanne Carvalho. Elle préférait se dire qu'elle recherchait cette netteté pour complaire à Hastings : il y voyait un signe des temps à venir, une qualité par laquelle, affirmait-il, l'homme blanc étendrait sa suprématie à la Terre entière, aussi efficacement qu'au moyen de ses armées.

Un remue-ménage soudain la fit tressaillir de joie. Elle venait d'entendre la cohue ordinaire qui précédait l'arrivée d'un palanquin, et, au pas rapide qu'elle distinguait sur le gravier de l'allée, elle avait reconnu Hastings.

Warren se précipita sur les marches du perron :

– My Queen !

Dès qu'il était loin du regard des hommes, il s'abandonnait au lyrisme :

– My heart's treasure ! The deity of my religion...

Marian devina pourtant qu'il se moquait un peu ; de lui-même d'ailleurs, de ses accès brutaux de sentimentalité, plus que de sa compagne retrouvée. Elle sourit en lui tendant la main :

– Vous me flattez trop.

Elle avait répondu en français, langue que le gouverneur possédait à merveille, non par affectation mais pour se réfugier dans la distance élégante du « vous » français, le temps que se rétablît leur intimité.

– Comment va votre santé, madame ? reprit Warren que le jeu amusait. Le Bengale vous réussit, on dirait. On le dit cependant si malsain...

Il lui saisit la main, la couvrit de baisers. Marian soupira :

– Malsain... Le pays, non point ! Mais les domestiques, Warren, les domestiques ! Quelle misère ! Impossible ici de mener comme il faut un train de maison...

– Je vous vois pourtant superbement installée.

Ses effusions, étaient déjà terminées. D'un instant à l'autre, ils allaient parler anglais. Ses bras, un moment, avaient cherché sa taille, ils retombaient maintenant, tandis qu'Hastings inspectait le couloir, le salon, la pénombre de l'escalier. Il était ainsi : plaisir rapide, qu'il ne faisait durer que par pure convenance, émotions fugaces, transports toujours tenus en bride.

Il eut pour Marian un ultime regard attendri. Oui, reposante était cette femme qui l'attendait sans relâche, à toute heure du jour ou de la nuit, constante, offerte, sereine, toujours disponible à ce jeu dont l'hypocrisie paraissait l'enchanter. Voyant le sentiment s'éloigner d'Hastings, elle devenait toute prévenante. Elle se retournait déjà, commandait du thé.

— Tu as soif, n'est-ce pas ?

Il s'avança dans le couloir sans répondre, tant il était clair qu'elle avait percé son désir.

— Tu as admirablement arrangé cette maison.

Il était sincèrement admiratif. Ici il ne reconnaissait pas les intérieurs sombres et débraillés de Calcutta, où voisinaient toujours sofas défaits, meubles précieux et les pires tableaux qu'on vendît à Londres, sur fond de domestiques ensommeillés ou de nourrices obèses s'exténuant à calmer des gamins blancs trop gâtés.

Ici régnait l'ordre. Warren fut ravi d'y trouver le reflet de ses plus secrets desseins sur l'Inde. Cela l'avait frappé dès son arrivée, quand, sur la route qui bordait le fleuve, il avait distingué cette grande maison à colonnades blanches, ni trop massive ni trop légère, qui se détachait sur le courant. Il y avait, dans la symétrie de son triple fronton, la rigueur de sa colonnade centrale, le charme de la terrasse qui en formait le toit, une harmonie certaine, de la grâce et de la mesure à la fois, un alanguissement sans faiblesse qui était tout ce que Warren adorait.

Il revint sur le perron, contempla le jardin en silence. Il ne se souvenait pas que la demeure eût possédé un parc. Il était donc l'œuvre de Marian.

— J'aime ce jardin.

Marian l'avait suivi, elle rougit de plaisir.

— Je n'ai guère eu le temps de m'y consacrer. Seules les terrasses sont achevées. Plus tard, nous aurons une serre, un jardin botanique, des orangers, des manguiers... Des orchidées. Une ménagerie, peut-être.

Il hocha la tête. Oui, vraiment, ce jardin lui plaisait. D'où lui était venue cette idée de parterres symétriques, de bassins tranquilles, de haies régulières qui fuyaient jusqu'à l'horizon du fleuve où, dans la lumière mourante, dérivaient encore les voiles carrées des barques du Gange, la proue en forme de paon d'un navire de rajah soumis aux Anglais ? Le moment était superbe ; c'était le grand soir de l'Inde, l'heure où de la campagne s'élevaient partout les feux du dernier repas, dont les fumées troublaient faiblement la pureté bleue du ciel hivernal. Qu'on était loin de la mousson, et comme son cataclysme paraissait impossible, devant ce paysage parfait, rigoureux, presque mathématique. Warren songea d'abord que Marian avait cherché à recréer ici, en Française qu'elle était, et semblable à tous les esprits éclairés du siècle, la symétrie des jardins de Versailles. Mais il se rappela qu'elle ne les avait pas connus autrement peut-être que sur des estampes dont les perspectives étaient toujours fausses. Il se souvint alors qu'à son départ de Madras, il lui avait confié sa collection de miniatures mogholes, le seul bien qu'il possédât. Il s'était toujours refusé à les monnayer. C'était donc dans le souci de lui plaire que Marian avait copié le décor des jardins moghols, cette stricte harmonie, leur rigueur implacable qui surprenaient tant à la lisère de la jungle, surtout lorsqu'on pensait aux savants fouillis des nouveaux jardins d'Europe dont l'Angleterre, précisément, avait voulu que la nature en fût l'unique modèle. Fallait-il qu'elle l'aimât... Pour un peu, Warren s'en serait ému, s'il n'avait reconnu dans son dos le tintement d'une porcelaine. Il se retourna. Marian l'attendait devant la porte avec un domestique chargé d'un plateau et d'une théière ; d'un doigt un peu las, elle fit signe au gouverneur de la suivre. Tel un huissier, il pénétra dans le salon d'un pas rapide, inspecta l'état des lieux, catalogua puis rangea dans sa mémoire les moyens qu'elle avait déployés pour lui plaire. Laques, crédences, porcelaines fines, estampes fraîches, jades légers et miniatures : elle avait réuni tout ce qu'il aimait en une harmonie douce, anglo-indienne, celle-là même dont il rêvait depuis l'Angleterre. Une beauté neuve, européenne et exotique tout ensemble. Elle ne détonnait pas, bien au contraire, avec l'extérieur de la maison. Une boîte à couture incrustée de nacre était restée, il ne savait pourquoi, au centre du salon, tout près d'un tabouret bas. Il en débordait de pleines sachées de soie multicolore, ce qui donnait à l'endroit une note de négligé charmant sans laquelle la pièce eût paru un peu sèche, abstraite, intellectuelle peut-être. Le soir tomba tout d'un coup. Des serviteurs silencieux apportèrent des chandeliers. Marian servit le thé, puis proposa au gouverneur une partie d'échecs sur un jeu dont le modèle faisait fureur à Calcutta : ses pièces d'ivoire ciselé représentaient, face à face, une armée anglaise et un bataillon indien. Rajahs et généraux simulaient les rois, on avait éléphants et canons en guise de tours, enfin des cipayes servaient de pions. La partie ne fut pas longue. Lassitude ou désir de complaire à Hastings, Marian commit erreur sur erreur. Le gouverneur, qui lui avait laissé les Blancs – c'est-à-dire les Anglais –, l'arrêta soudain :

– L'échec et mat est inévitable, madame. L'Inde vous a vaincue !

Il avait à nouveau parlé en français. Marian sourit :

– Voulez-vous dîner ?

Il acquiesça.

Le souper fut des plus brefs : Warren n'ignorait pas que Marian n'avait aucun goût pour la nourriture ; elle n'avait jamais su ce qui s'imposait ici, diriger la moindre cuisinière indienne ; elle aurait mangé n'importe quel affreux curry. Après une ultime tasse de thé, ils se retirèrent au premier étage, dans un boudoir qui jouxtait leurs deux chambres.

Warren enleva sa perruque, la déposa sur un guéridon, se pencha sur la glace qui le surmontait. Il s'en détourna vite : Marian l'observait. Il passa sa main dans ses cheveux très blancs. Elle ne put s'empêcher de rire. Warren était resté très mince et, sans sa perruque, il avait l'air d'un petit garçon vieilli trop tôt : ses cheveux gros et secs, encore très fournis, étaient parcourus d'épis, et ils gardaient un aspect ébourriffé qui donnait toujours au gouverneur l'air de sortir d'un lit ou de revenir d'une course à cheval.

Il se retourna et soupira :

– J'ai tant à faire, Marian, tant à faire... Pour combler ses dettes, Londres veut l'Inde, toute l'Inde. L'Angleterre doit tenir son rang en Europe, les guerres lui ont coûté cher. Un jour ou l'autre, les bénéfices de la

Compagnie doivent lui revenir. Ici, je dois transformer en État la simple administration d'une rente ! Expulser les banquiers bengalis, réformer la propriété, construire un droit qui vaille à la fois pour les Anglais et les Indiens, supprimer les abus, ménager les personnes. Purifier, purifier... Les taxes, la douane, les bandits, le Sud qui s'agite, Bombay qui veut faire sécession, et puis ces pays immenses, à peine connus, les Himalayas du Népal, les coupeurs de tête aux rives du Brahmapoutre, les Lamas de Tartarie, le Cachemire, ah ! le Cachemire !

Il savait bien que Marian ne l'écoutait qu'à demi, qu'elle ne connaissait de l'Inde que ses comptoirs et ses salons, qu'elle n'avait pas même l'idée que ses habitants puissent écrire, penser, rêver, aimer. Il continua pourtant :

– ... Et tous ces dieux, des millions de dieux, les musiciens divins, les danseuses célestes. J'ai rencontré voici quatre jours un grand marchand de Calcutta, un banian né à Bénarès. Il m'a raconté que les Indiens avaient reçu une prophétie, voici des centaines d'années. Un jour, leur avait dit un de leurs sages, les enfants du dieu-singe Hanouman prendront l'Inde. L'Inde entière, entends-tu, l'Inde entière...

Il se dirigea vers la fenêtre, fixa dans le noir un point invisible :

– ... Je suis peut-être le chef de cette armée de singes !

De sa coiffeuse, l'air lointain, Marian haussa les épaules :

– Tu ne vas pas te comparer aux nouveaux arrivants, tout de même ! Tu n'es pas un *griffin* ! Tu es gouverneur, tu as reçu le meilleur accueil qui soit !

Il poursuivit sans l'écouter :

– Et surtout, je suis seul. Seul comme Robinson Crusoé.

Elle parut soudain effrayée :

– Naufragé ?

– Si l'on veut... Te souviens-tu du passage où Robinson se met à construire un navire pour fuir son île, à une bonne distance de la mer, sans même savoir comment il le mettra à l'eau ?

Marian avait peu de mémoire des livres qu'elle lisait ; il le savait. Elle hocha pourtant la tête :

– Alors je construis mon bateau... sans plus de réflexion, à une énorme distance de la première plage, sans savoir non plus comment je le mettrai à la mer ! Et comme Robinson, chaque fois que se présente une objection ou une difficulté, je les écarte promptement, et je me dis : « Cela n'est rien ; finissons d'abord le bateau, et je suis sûr que je trouverai ensuite le moyen de le lancer... »

Il se détourna de la fenêtre, fit face à Marian :

– Mon bateau, Marian, c'est l'Inde.

Il prononça ce mot avec une immense tendresse. Il changea brusquement de ton :

– Quelle heure est-il ?

– Je descends au salon consulter la pendule.

– Reviens vite. Demain, je dois partir à l'aube.

Il lui expliqua en quelques mots son rendez-vous aux confins du bazar :

– C'est un espion que tu dois voir ? Pourquoi ne pas le faire venir ici ?

– Non.

– C'est pour la guerre ?

Il ne répondit pas.

– La France ?

– En quelque sorte.

– La France...

Elle n'en demanda pas plus. Tandis qu'elle descendait l'escalier qui menait au salon, promenant les ombres des bougies sur les murs blancs de sa demeure, elle se prit à songer à d'autres murs blancs, entre lesquels, des années plus tôt, un autre homme lui avait aussi parlé de guerre et d'espionnage. Il lui vint alors une curieuse idée : cet homme n'avait pu laisser choir ses occupations mensongères et météoriques, et il était vivant, non loin d'ici. L'Inde violente, sanguinaire, haineuse, traîtresse, dont le gouverneur venait de lui parler, semblait en effet avoir été inventée pour lui. Une sorte de joie s'empara de Marian, et elle se mit à souhaiter la guerre, à rêver de ce petit comptoir français blotti au fond d'une belle anse, dont on lui avait autrefois rebattu les oreilles, et d'où peut-être resurgiraient tous les plaisirs de sa jeunesse.

Quand elle remonta, Hastings sortait de sa mallette des reliures fatiguées, Defoe, bien sûr, mais aussi Lucrèce, Hume, Machiavel, ainsi qu'un ouvrage moins patiné que les autres, qui paraissait presque neuf.

– Diderot, madame, un Français comme vous, lui dit-il en le lui tendant.

Elle refusa son offre :

– Il est temps de dormir, Warren. Demain je me lèverai avant vous pour préparer cette expédition au bazar. Vous êtes vraiment un extravagant !

Il se pencha sur elle enfin, pour l'embrasser. C'était leur premier contact un peu intime. Leurs peaux s'effleurèrent. Celle du gouverneur était rêche, comme parcheminée. Elle remarqua aussi sur ses mains quelques taches brunes qui n'y étaient pas six mois plus tôt. Il avait vieilli, en effet. Il n'y avait que son cerveau qui fût jeune. Mais que pouvait-elle faire de son intelligence, sinon l'utiliser pour sa propre tranquillité ?

Elle s'éclipsa sans un mot.

A peine avait-elle disparu que Warren souffla les bougies. Il était soulagé. Elle l'avait écouté avec patience ; il était venu à bout de son angoisse, et elle n'avait rien demandé en contrepartie, ni des indiscrétions politiques, ni surtout la chaleur de son lit. Il avait suffi qu'il sorte ses livres, et elle avait compris qu'elle était de trop, qu'il ne désirait plus que la solitude.

Délicieuse, délicieuse femme... Une esclave blanche. Ainsi, maintenant, alors qu'elle devait être sous sa moustiquaire, si le désir brusquement venait le tourmenter, il n'avait qu'à vite se lever, gagner sa chambre, la chercher sous les draps, lui glisser les douceurs convenues, la prendre vite, la remercier en deux mots, avant de revenir ici, apaisé, tranquille... Pure hypothèse d'école. D'ici quatre heures il faudrait se lever, l'esprit bien clair, pour aller à la rencontre de Ram. Sitôt qu'il avait posé le pied sur le sol de Calcutta, une semaine déjà, Warren avait fait fouiller les dédales de la ville indienne. Et cette semaine n'avait pas été de trop : quels bouleversements étranges agitaient la banque bengali et les marchands du bazar ? Les indicateurs renâclaient, les espions blancs avaient peur, les portes grillagées se fermaient une à une. Mais Ram était vivant, et c'était l'essentiel. Le reste, il le saurait demain.

Aux premiers rayons du soleil, au fond de la cour qui donnait sur le temple de Kali, il verrait surgir, tel un dieu des Écritures indiennes, l'adorable silhouette du jeune Bengali. A cet instant de sa rêverie, Warren éprouva une sensation bien connue, irritante et agréable à la fois, qui lui fit regretter d'avoir donné congé à Marian. Mais comme la journée qui venait promettait d'être rude, il chassa de son esprit les images libertines qui s'y pressaient en foule et s'endormit presque aussitôt d'un sommeil fort lourd.

⁂

Une heure avant le lever du soleil, Marian vint réveiller le gouverneur. Il fut prêt en quelques instants, savoura avec une ardeur inaccoutumée le thé brûlant qu'elle lui servit à petites tasses. Devant le perron, elle avait fait sortir un vieux palanquin, le premier qu'elle eût possédé quand elle s'était installée ici. Il n'avait pas le faste de ses nouveaux équipages ; celui de Warren resterait dans le jardin, bien en évidence, entouré de ses pions : ainsi tout le monde croirait qu'il était encore dans son lit, et personne ne pourrait soupçonner son expédition au bazar.

— Méfie-toi tout de même, Warren. Je n'aime pas les Indiens. Mes domestiques, je les observe bien tous les jours, ce sont des traîtres comme tous les Bengalis. Ton rendez-vous n'est peut-être qu'un traquenard.

— Je suis sûr de mes gens. J'ai toujours agi ainsi.

— Tu es le gouverneur désormais.

— Qui me reconnaîtrait ?

Marian lui avait passé un vêtement fort commun, celui qu'il portait au moment de son retour aux Indes. Il était très fripé et tout élimé aux coudes ; les bas étaient de soie défraîchie, il était difficile de reconnaître le gouverneur, quoiqu'il n'eût mis aucun soin à grimer son visage. Il s'était simplement appliqué à ressembler à ce qu'il était autrefois, un homme voûté avant l'âge à force de besognes ennuyeuses et d'ambition retenue, triste et morne comme la Calcutta anglaise. Il s'amusa un moment à prendre devant elle le pas affairé des petits courtiers de la Compagnie, leur expression suffisante et soucieuse à la fois. Marian cependant ne sourit pas :

— Est-il vraiment besoin d'aller soi-même aux renseignements ? N'as-tu donc pas des hommes pour cela ?

— On n'est jamais aussi bien servi que par soi-même, comme vous dites en France.

Elle se montra ce matin très inquisitrice :

— Mais sur qui veux-tu donc apprendre tant de choses ?

Elle fit une pause, puis reprit :

— Il y a peut-être des choses que je sais, moi...

— Marian !

Son air mystérieux inquiéta Hastings.

— Nous nous sommes promis de vivre hors du temps, Marian, loin des vices du siècle. Laisse-moi ma besogne.

— C'est vrai, je te l'ai promis. Mais ces Français dont tu parles, j'ai pu les connaître.

— Où ?

— Autrefois, en France. J'étais jeune, mais j'ai pu les connaître.

Hastings la regarda d'un air bizarre, puis déclara d'un ton définitif :

— Restons tous deux loin de cela. D'ailleurs, c'est d'abord sur une Indienne que je cherche des renseignements. Une femme dangereuse... Enfin, une femme qu'on a présentée autrefois comme telle, et dont le mari s'est abouché avec un Français.

Il surveillait ses mains ; comme il s'y attendait, il les vit frémir.

— Qui ?

Warren eut un petit ricanement :

— Oh ! Celui-là, depuis le temps qu'il est en Inde, tu n'as pas pu le rencontrer ! C'est un genre de rajah, de nabab français. Il a pris femme et enfants ici, c'est un guerrier, comme l'autre, Sumroo, le mari de cette Indienne. Tu vois bien que tu ne connais pas ces gens-là !

Chaque mot de Warren résonnait dans la poitrine de Marian. Elle tenta pourtant de réfléchir. Le Français avait pris femme, il avait des enfants, le gouverneur affirmait que c'était un guerrier. Non, il ne pouvait s'agir de Saint-Lubin ; il était trop céleste, trop irréel, trop habile aussi, pour avoir jamais engendré. Et surtout, il ne savait pas tenir une arme. Il faisait le mal en douceur, sans faire couler le sang, d'une manière impalpable, immatérielle, qui ouvrait dans les êtres des blessures plus pernicieuses encore que celle d'un poignard indien.

Les domestiques, simplement vêtus d'un dhoti, et le dos recouvert de pièces de laine, s'avancèrent vers le palanquin.

— A bientôt, madame, murmura Hastings.

— A bientôt, gouverneur.

Il s'allongea dans le palanquin. Avant de baisser le rideau, il chercha encore sa silhouette dans la nuit. Elle avait déjà disparu.

Les pions se mirent en marche. Bientôt Warren n'entendit plus sous leurs pas le crissement du gravier ; ils décrivirent un coude : comme il le leur avait ordonné, ils prenaient la direction de la ville. Il lui sembla alors qu'il respirait plus largement ; l'air lui parut plus léger. Un moment encore, il tâcha d'imaginer ce que faisait Marian. Il la vit, se déshabillant devant sa coiffeuse, avec son air lent et indifférent à tout. Il pensa qu'elle allait se rendormir. Une idée bizarre lui traversa soudain l'esprit : et si elle mourait ? Aussitôt, comme par automatisme, lui revint une phrase de Clive, écrite des années plus tôt, quand Warren n'était encore qu'un simple agent à Cassimbazar. Au bas d'une lettre, celui-ci n'avait pu s'empêcher de lui faire part de la mort de sa fille, et s'était laissé aller à lui confier sa douleur. « Bien vite, lui répondit Clive, bien vite, monsieur, vous la remplacerez. » Ce ne fut pas de la part de Clive simple politesse. C'était la pure vérité. Warren ne tenait en réalité à personne. Marian disparue, elle qu'il disait si rare, il trouverait bien quelqu'un d'autre à qui raconter ses peurs. Le monde ne manquait pas de femmes complaisantes. Il suffisait de savoir choisir. Ram était-il patient, aussi docile qu'elle ? Il en doutait encore. Warren souleva le voile du palanquin. Le jour naissait, dévoilant sur le fleuve les premières barques, des sortes de péniches à haleurs qui remontaient le Gange, quelques vaisseaux anglais ancrés sur des quais neufs. De l'autre côté de la route, l'eau des rizières bleuissait dans le matin. Warren se mit à fixer l'horizon, songeant aux centaines et centaines de champs semblables à ceux-ci, qui s'éveillaient en même temps au premier soleil, les terres à jute, à coton, à thé, à soie. Une bonne mousson, et peut-être le Bengale reprendrait-il vie, après l'atroce famine de l'an passé. De temps à autre, on croisait encore sur la route des ossements épars ; depuis la catastrophe, personne n'avait songé à les débarrasser, comme s'il s'était agi d'un signe des dieux, le rappel sacré de la destruction universelle, qu'il eût été sacrilège de détruire sur une terre où Kali régnait en souveraine.

Longtemps il n'avait pas compris pourquoi le fondateur de la ville anglaise avait tenu à offrir un sacrifice à la monstrueuse déesse, le jour même où il avait reçu du nabab du Bengale licence d'y établir un comptoir. Grâce au recul pris durant son séjour londonien, Warren savait qu'il se devait lui aussi de passer un pacte avec elle. Bien qu'il ne voulût pas se l'avouer, c'était un peu le but de son rendez-vous avec Ram. Un chaos, Calcutta n'était rien d'autre. Un chaos, d'où sortait, à chaque mousson, une richesse monstrueuse, comme du ventre énorme d'une déesse mère. Tandis qu'il contemplait derrière son rideau les petites rigoles d'eau claire qui irriguaient les champs, Warren se plut à songer que cette richesse pourrait tout aussi bien être d'un ordre spirituel, et que la déesse indienne de l'intelligence pourrait trouver son compte à Calcutta. Londres, la ville-monde de l'Europe, depuis qu'elle drainait tout le divers de l'Asie et des Amériques, n'en était-elle pas devenue le phare intellectuel ? Voltaire, qu'eût-il été sans l'Angleterre ? Et Rousseau, et tant d'autres, qu'il n'avait pas eu le temps de lire, mais dont il rêvait qu'ils préparaient, tout comme lui, les temps à naître. Il chercha un instant le nom de la divinité locale de la sagesse, une sorte d'Athéna sensuelle, de muse dansante, qui ne dédaignait pas l'amour. Le nom lui revint alors qu'on traversait les potagers de la ville : Sarasvati. Il trouva ces syllabes harmonieuses, mais se persuada que celles de Kali, puissantes et monstrueusement féminines, tout ce qu'il redoutait dans les femmes convenaient mieux à la ville du Gange. Calcutta, une ville en menstrues, ou en gésine perpétuelles. Une ville-fleuve, une sirène, une ville-putain, toujours offerte, beuglante, avec des râles d'amour et de mort. Il l'aimait. Il s'endormit, malgré le tumulte qui grandissait aux approches du matin. De temps à autre, des lépreux qui mendiaient, les lamentations d'un cortège funéraire, des convois de buffles en route pour le marché faillirent l'arracher à son demi-sommeil. Il se soulevait à peine des coussins, la tête fatiguée de rêves fiévreux, avec des gestes de noyé qui s'abandonne au flot. Il se sentait bien, en effet, dans cette somnolence lourde de l'attente de Ram, bercé par le pas régulier des pions, enfoncé dans la soie défraîchie des coussins. Il ne souhaitait plus qu'une chose, que cela durât longtemps, ces odeurs marines et pourrissantes que le rideau n'arrêtait pas, ce remue-ménage crasseux qu'il devinait derrière le palanquin, la foule indifférente qui s'ouvrait devant lui pour se refermer aussitôt, les hommes en sueur qui s'escrimaient sur leur besogne de misère, les femmes à demi nues ployant sous leurs paniers. Oui, il savait tout de Calcutta, de ses bâtisses moisies à peine construites, des claquements de ses voiles en partance, de la sève juteuse des lianes guettant les cimetières anglais. Il savait tout, jusqu'au labyrinthe grillagé du quartier arménien : là commençait l'Inde, son éternelle ignorance. Là commençait Ram.

Les pions s'arrêtèrent d'un seul coup. A une vitesse prodigieuse, Warren chassa de son esprit tous les miasmes de ses rêves. Il redevint aussitôt éveillé, vif, précis, calculateur. Avant de se relever, il inspecta son costume. Tout était en ordre. Pour le reconnaître, il faudrait l'avoir suivi depuis son lit. Il sauta à terre, s'engagea dans la demi-obscurité des ruelles. Le soleil ne perçait pas encore l'étroitesse des murs. Il redécouvrit avec satisfaction la maison abandonnée de ses rendez-vous d'autrefois, s'engagea dans le couloir. Rien n'avait changé. Dans la cour, au fond, il retrouva aussitôt la brèche du mur, et le temple de Kali où s'agitaient les silhouettes des fidèles sous les premiers rayons du soleil.

Debout dans le dernier recoin d'ombre du couloir, Ram était là qui l'attendait, nu dans son dhoti malgré le froid du matin.

Warren voulut étendre la main, prononcer quelques mots de bienvenue. L'autre l'en empêcha d'un seul geste :

– Non. Fais vite.

Il semblait froid, un peu buté. Il n'avait pas changé. Son corps luisait dans la pénombre, toujours aussi mince, ferme, musclé. Mais ses traits, s'étaient durcis. Il avait perdu son air de demi-enfant ; sa bouche se plissait dans une sorte de rictus amer et gourmand à la fois, qui lui donnait une expression particulièrement troublante. Il était encore jeune, sans l'être ; ses cheveux blanchissaient déjà. On eût dit qu'il était riche d'une expérience nouvelle, exaltante ; mais au seul premier coup d'œil, Warren ne put démêler si elle lui venait de la pratique de la banque ou de celle du plaisir.

— Fais vite, te dis-je, répéta Ram. Que veux-tu savoir ?

— Que sais-tu des firanguis de Chandernagor ?

— Chandernagor ! C'est un village... Tu ne m'as pas fait venir pour cela.

Il regarda autour de lui, agita nerveusement le paquet d'amulettes qu'il portait au cou.

— Je te parle de tous les firanguis qui ne sont pas comme nous. Les frantcis, ceux du Nord. On dit qu'ils ont fait de grosses fortunes, les banquiers les connaissent ; tu les connais...

— Depuis l'assassinat des frères Djagarset, la banque indienne va mal, sahib, tu le sais mieux que personne ! Les héritiers des Banquiers Mondiaux ne sont même pas épargnés. Et que vaut la fortune d'un firangui, à côté des trésors que les tiens emportent vers les Eaux Noires ?

— J'ai toujours protégé ta famille. Je continuerai à le faire.

— Ma famille, oui... Mais que dira ma caste ?

— Ah ! Ta caste... C'est une autre affaire. Nous verrons cela.

— Méfie-toi, sahib, l'Inde est violente.

— Je sais. Mais que sais-tu des firanguis français, dis-moi, que sais-tu ?

— Rien.

Il secoua la tête, plus fermé encore que tout à l'heure. Le soleil montait, exposant ses jambes à la lumière. Il avait embelli, sembla-t-il à Warren. Il était plus tourmenté, plus profond sans doute. Il s'était parfumé. Warren s'approcha :

— Ram...

Il parlait d'un ton très doux, qu'il ne s'était jamais connu, même avec Marian. L'autre leva vers lui des yeux à peine étonnés, où il sentit le début d'une faiblesse. Il fallait aussitôt l'exploiter. Il posa la main sur l'épaule du jeune homme, frémit. Que cette peau était douce, polie, ferme et solide à la fois, comme jamais ne savait l'être la peau d'une femme. Il descendait lentement la main sur ce dos nu, prenant plaisir à voir les muscles frissonner un à un sur son passage, appréhendant le moment où l'arrêterait l'étoffe du dhoti. Ses lèvres tremblèrent.

— Ram...

L'autre leva la tête, ferma les yeux, s'arc-bouta contre Warren.

— Qui est cette femme qui a épousé Sumroo ? Tes frères travaillent avec l'argent de Sumroo, je le sais. Et l'autre, le frantci qui vit non loin d'eux, qui est-il ? Dis-moi, Ram...

Le jeune homme eut un demi-sourire, se détendit, offrit son corps à la lumière ; les plis de son dhoti se défaisaient lentement.

— La princesse... Ah, la princesse ! Viens.

Il saisit tout d'un coup la main de Warren, lui désigna dans l'angle un petit appentis. Le gouverneur eut un moment de recul ; tout lui échappait à présent, tout allait trop vite, trop loin.

— Le temple, Ram ! On va nous voir.

Il tremblait. Il sentait dans son dos comme une présence ; quelqu'un qui serait venu de la rue, du bazar. Ram le lâcha soudain et traversa la cour à toutes jambes. Warren se plaqua contre le mur du couloir, tâta dans sa poche le petit pistolet qui ne le quittait pas. C'était trop tard ; il y eut, dans les herbes folles de la cour, un bref corps à corps. Il n'eut que le temps de discerner l'éclair d'un couteau, et déjà l'autre, un très jeune homme maigre et musculeux, arrachait les amulettes qui pendaient au cou de Ram, sautait par la brèche du mur, disparaissait dans la foule des fidèles. Il n'y avait pas eu un cri, nul sinon Warren ne semblait s'être aperçu de quelque chose. Il jugea bon de disparaître sur-le-champ. Avant de quitter le couloir, il se retourna, comme pris d'un regret. Une seconde, il fixa la tache de lumière où se détachait tout à l'heure la silhouette du jeune Bengali. Tout était calme. Les lianes se balançaient dans le matin grandissant ; au fond de la brèche, des fidèles tranquilles se prosternaient, passaient au cou de la déesse, juste au-dessus de son collier de têtes, des guirlandes de fleurs et des bâtons d'encens. Au milieu du soleil s'étendait le cadavre nu d'un homme encore jeune, la gorge tranchée net ; entre ses flancs étroits commençait à se cailler, ainsi qu'aux victimes offertes à Kali, un grand ruisseau de sang frais.

Le dos plus voûté qu'à l'ordinaire, Warren rejoignit ses pions à grands pas. Autour de lui, le bazar s'agitait avec indifférence, sans plus de violence ni de joie. Il n'y comprenait rien. A vrai dire, il était moins égaré par la mort de Ram que par l'imminence de l'acte qu'il avait failli commettre, le trouble de sa peau qui avait frémi contre l'Indien. Il cherchait à démêler les raisons du crime ; cependant son désir frustré continuait à l'éprouver, et il n'y voyait plus rien. Une fois rentré chez Marian, il parvint à songer froidement à la scène. On avait égorgé Ram avec une précision étonnante ; Warren n'avait jamais croisé la mort de si près. Lui qui s'était toujours tenu à l'écart de la guerre, il ne connaissait du trépas que son visage bengali, les innombrables Indiens raides et gris ramassés au matin sur le bord des routes ; pour le reste, c'étaient les visages cireux des agents de la Compagnie allongés sur leur lit de mort pendant les épidémies de la mousson, ou l'agonie misérable des pauvres de Londres, du côté des docks. Il n'avait pas encore vu jaillir tant de sang. Cette image, une bonne heure, ne cessa de l'obséder ; le sang, le sang épars sur le corps nu de Ram qui devait à présent sous le soleil commencer son lent travail de décomposition.

Marian, dans sa chambre, n'avait pas bougé. Elle dormait. Il ne la réveilla pas. Chose rarissime, il repoussa le serviteur qui lui proposait du thé, commanda du ratafia de cerises. Il s'enferma dans sa chambre, où il écrivit quatre heures d'affilée. Ce n'était qu'un brouillon. Il transportait toujours au fond de sa mallette de vieilles feuilles de livre de comptes, des bordereaux usagés, des parchemins à demi déchirés, qu'il employait à recevoir ses idées les plus intimes, au fur à mesure qu'elles lui venaient ; c'étaient, le plus généralement, des considérations sur l'Inde. Le fait qu'elles se confondissent avec les chiffres de l'*East India Company* l'amusait au plus haut point : il y voyait la rencontre de l'ambition marchande et de la prophétie politique, de l'esprit visionnaire et de la gestion du quotidien. Mais ce matin-là, rien ne put le distraire. Il saisit le dos d'une vieille enveloppe, ouvrit à sa droite la *Bhagavada Gita,* se mit à griffonner fiévreusement. Il n'abandonna sa plume que bien longtemps après, quand son texte se termina sur ces mots : « ... C'est sur la vertu, et non l'habileté de ses employés, que la Compagnie doit fonder la stabilité de ses domaines. La culture est utile, non seulement aux individus, mais encore à l'État, et à l'humanité en général, par les nouvelles lumières qu'elle procure, en ouvrant une voie de communication avec le peuple que nous dominons par le droit de conquête... Nous devons apprendre à les observer, afin de développer une sensibilité plus généreuse pour leurs droits naturels, et apprendre à les estimer d'après les nôtres mêmes. Mais ces exemples ne sauraient être puisés que dans leurs écrits, qui subsisteront encore longtemps après que la domination britannique dans l'Inde aura été anéantie, et que les sources de la richesse et de la puissance qu'elle y avait puisées auront été effacées du souvenir... »

C'était encore bien imparfait ; il demeurait quelques petites répétitions, des défauts légers dans la clarté de l'expression. Mais l'essentiel était que ces sublimes pensées fussent notées dans le moment même où elles étaient nées. Des moments pareils, où l'âme s'élevait si loin dans l'espace et le temps, ne se retrouvaient guère. La mort de Ram venait en effet rappeler à Warren la vanité des entreprises humaines, et le gouffre d'ignorance que l'Inde ouvrait sous les pas de l'Angleterre. Point de paix en cette terre si nous ne cherchons pas à la connaître, songeait le nouveau gouverneur du Bengale, point de profit non plus si nous ne perçons son secret. Il prit alors sa première décision, dont il remit l'exécution à plus tard, mais qu'il dédia à la mémoire de Ram : dès que possible, il recruterait un Anglais capable de traduire la *Bhagavad Gita.*

Après quoi il déverrouilla sa porte, héla un domestique, le pria d'appeler Marian. Il était midi passé. Il lui demanda aussitôt ses faveurs ; elle accepta, et ils goûtèrent tous deux quelques joies. Warren se complut à penser qu'elles approchaient ce qu'on en voyait sur ses miniatures. Il se trompait : il ignorait encore que la manière indienne exigeait l'amour long. En effet, comme il était pressé, il avait abrégé la fête, et s'en était vite retourné fonder l'Inde anglaise.

CHAPITRE XXIII

janvier-septembre 1772

Bharatpur.
Du mois de Magha au mois de Bhadrapada
Années 4872-4873 de l'ère de Kaliyuga

A peu près la même semaine, Madec reçut une lettre des plus déroutantes. Ce n'était pas la première ; trois mois plus tôt, comme aujourd'hui, Visage lui avait porté une missive du même correspondant, Chevalier, commandant du comptoir de Chandernagor.

En ce matin de janvier, cependant, Madec se souciait de la France comme d'une guigne. Il s'apprêtait à soigner Corentin, qui lui donnait bien du souci. Trois jours plus tôt, Arjun avait remarqué à sa tempe une petite sécrétion de fort mauvais augure : la saison des amours allait recommencer. En ce domaine, Corentin se montrait particulièrement passionné : un an plus tôt, il avait ravagé la moitié des écuries pour aller rejoindre une éléphante de basse caste, qu'il engrossa d'un éléphanteau hybride. Depuis ce jour, et quoiqu'on ne mît pas en doute ses capacités de géniteur, on l'enchaînait dès que s'annonçait le *masth,* la période amoureuse, car Corentin déployait vraiment une ardeur excessive et l'on craignait, pour l'arrêter, d'être contraint à l'abattre ainsi qu'un tigre mangeur d'hommes. Madec était inquiet. Corentin supportait très mal les chaînes ; jour et nuit il ne cessait de barrir. En pareille époque, il ne souffrait nulle présence humaine, pas même celle d'Arjun. Pourtant Madec voulait le voir, ne fût-ce que de loin. Il se demandait s'ils avaient tous deux beaucoup de temps à vivre ensemble. Il traversa à grands pas les galeries de son palais, ses jardins, sortit vers les écuries. Corentin était au centre de la cour, dûment enchaîné. Il ne barrisait plus. Il paraissait rêver, balançant doucement sa trompe, l'œil un peu vague, comme il l'avait parfois. Ses longues défenses luisaient dans le soleil du matin. Il était vraiment superbe. Les prévisions d'Arjun s'étaient toutes vérifiées : taille exceptionnelle, large poitrail très bombé, lourde trompe, longue queue qui ne touchait pas terre, pattes massives, la peau toujours aussi claire, et surtout de petites taches roses et blanches sur la face et les oreilles, qui lui conservaient un air de fantaisie bien qu'il fût maintenant coutumier de la guerre. A chaque bataille, c'étaient soixante éléphants qui le suivaient, les bâtards, les basse-caste comme les autres animaux royaux que la fortune grandissante de Madec lui avait permis d'acquérir ou qu'il avait pris à la chasse. Corentin avait droit aux plus grands égards : on continuait à le gratifier d'un traitement de faveur, tendres moelles de bananier, gâteaux de froment dorés, canne à sucre, boissons parfumées au jasmin. Au combat, toutefois, sa nourriture était plus fruste. Il ne s'en montrait pas moins vaillant, chargeant toujours au premier rang de l'armée, sans peur des flèches et des canons, toujours docile à l'égard de son maître et placide envers ses compagnons de combat. Un vrai joyau, ne cessait de clamer Arjun, un bijou, Madecji, un cadeau des dieux !

Un cadeau des dieux, se répétait Madec en ce matin d'hiver, tandis qu'il regardait Corentin se pencher vers une brassée de canne à sucre fraîchement coupée. Un joyau, comme mon diamant de Godh. Mais ce bijou-ci ne saurait rentrer au ventre d'un vaisseau. Quant à le faire revenir par la caravane, c'est une épreuve que jamais ne supportera mon beau Corentin.

Vaisseaux et caravanes, caravanes et vaisseaux ; depuis quelques mois, ces mots revenaient sans trêve dans l'esprit de Madec. Six ans seulement qu'il était marié, et son désir de gloire paraissait comblé. La richesse avait envahi son existence, son corps lui-même en portait la marque, puisqu'il ne se montrait plus que paré de brocarts précieux, enturbanné de soie, endiamanté sur toute sa personne, la tête fière sous l'aigrette, les mains alourdies d'anneaux plus somptueux les uns que les autres... Après avoir trahi les Rohillas pour les Djattes, il s'était installé à égale distance d'Agra et de Dig, dans la ville de Bharatpur où il s'était construit un immense palais. Deux autres résidences dans les environs, des terres innombrables, des avoirs prodigieux en or et lettres de change chez les Banquiers Mondiaux, des serviteurs autant qu'il en voulait, un parti gigantesque, mené selon une discipline inflexible, fait unique dans les annales de l'Inde ; Madec possédait de quoi rassasier son cœur.

Il était repu. C'était venu lentement, tout d'abord, au fil des premiers mois qu'il passa chez les Djattes. La proximité de Sombre et de Sarasvati entretint quelque temps en lui une soif de briller, une avidité de faste. Mais ses espoirs de grandes choses aux Indes s'amenuisèrent peu à peu. Six ans plus tôt, l'émissaire de Sarasvati l'avait convaincu d'abandonner les Rohillas pour se rapprocher du théâtre où, prétendait-il, devait naître et s'épanouir la résistance à l'Anglais dès que le Moghol reprendrait de la force. Rien n'était venu. Une fois établi à Bharatpur, Madec ne reçut plus une nouvelle de la princesse Sarasvati, ainsi que tous l'appelaient désormais. Visage, de temps à autre, lui rendait visite, porteur d'un message de son époux, quand il cherchait à mener avec Madec telle ou telle opération militaire : mais ce n'étaient jamais que des associations temporaires, de pillage plus que de politique. L'aventure seule les rapprochait ; ils ne se rencontraient même jamais. Sombre, d'ailleurs, aimait s'entourer de mystère. Il surgissait sur le champ de bataille au plus fort du combat, monté sur un cheval fauve, entièrement vêtu de couleurs funèbres, à l'exception du thorax où ruisselait, sur une cuirasse peinte en blanc, une cascade de perles noires. Alors, sabre au clair, il se mettait à charger, impitoyable, fulgurant, pour disparaître au bout d'une heure, le carnage achevé, vers un équipage bizarre de quatre éléphants à palanquins vides qui l'escortaient jusqu'en son palais de Dig. Ainsi donc, Sarasvati se taisait. Madec n'osait s'enquérir d'elle, et nul d'ailleurs ne prononçait son nom. Il se répéta mille fois ce que prescrivait aux firanguis la sagesse populaire : l'Inde est lente, sais-tu, lente et paresseuse, traîtresse aussi, perfide ainsi que le cobra, allons, Sarasvati te fera signe un jour ou l'autre, attends, Madec, sois patient, l'heure n'est pas encore venue, l'heure, qui sera *ton* heure... Un jour enfin, il pensa qu'il se berçait d'illusions, et il se dit que ses espoirs débouchaient sur du vide. Princesse Sarasvati, reine du vent, souveraine des chimères, maya, maya ! Elle m'a joué, comme toujours. Elle me voulait à sa portée, pour se servir de moi si l'occasion s'en présentait. Et l'occasion n'est pas venue.

De ce jour, l'ambition de Madec se tarit. Ce qui d'abord n'avait été qu'un lent travail de son âme se transforma en nostalgie violente ; la passion qui le poussait depuis quinze ans par tous les dangers de l'Inde ne l'aiguillonnait plus. Il y avait en lui comme une fatigue des sens, une stérilité du désir. Chaque année, après la saison des pluies, il se remit à battre les campagnes, une fois pour récolter les impôts, une autre pour soumettre tel petit rajah insolent, une autre encore pour dépouiller un peuple devenu fragile. Tout cela l'enrichissait facilement, mais sans panache. A ses propres yeux, il demeurait moyen ; ses pillages et prétendus exploits n'étaient que la routine de l'Inde, depuis que la décadence avait gagné les États du Moghol. Autrefois, Madec se serait révolté contre lui-même, se serait mortifié de se voir si commun. Mais la contagion de l'Inde était trop forte : pareil aux filles des zenanas, comblant leur ennui en se gavant de sorbets trop sucrés et de pâtisseries gorgées de miel, Madec avait multiplié les rapines, accumulé des butins dont il n'avait que faire. Les femmes elles-mêmes ne l'intéressaient plus. L'un après l'autre, les enfants que portait la bégum son épouse mourraient à peine nés ; quatre ans plus tôt, cependant, un enfant mâle survécut, ce qui apporta à Madec un léger renouveau d'énergie. Il l'avait appelé Balthazar-René-Félix : René, pour qu'il fût son prolongement, Félix, comme le lui avait expliqué Wendel, pour qu'il connût, dans ce monde comme dans l'autre (et surtout celui-ci), toutes sortes de bonheurs, enfin Balthazar, en souvenir d'une légende racontée autrefois sur les bateaux ; au nombre des Rois mages, disait-elle, se trouvait un prince du nom de Balthazar, porteur d'encens, et qui venait de l'Inde. S'il avait été mieux rompu à sonder les replis de son cœur, Madec aurait alors compris que cette idée saugrenue d'appeler son fils Balthazar n'était pas innocente et qu'elle contenait déjà le projet d'un voyage vers l'ouest, sinon celui de son retour.

Les choses n'étaient pas alors suffisamment avancées dans son esprit. Il continua d'engrosser régulièrement la bégum, qui perdit aussi constamment ses rejetons. Mumtaz, par contre, se montra plus heureuse ; elle s'obstina toutefois à donner le jour à des filles. On commença à parler, dans l'intimité poreuse du zenana, d'une malédiction étrange; circulèrent des histoires de Raksas, de démons saisisseurs. Madec ne s'en émut pas. Sa paternité elle aussi comblée, il ne demandait qu'une chose: qu'on couvât Balthazar. Pour les trois filles au teint pâle et aux yeux presque verts que Mumtaz avait enfantées, il constitua chez les Banquiers Mondiaux de grosses dots en diamants et pièces d'or, sans oublier des montagnes de soie à saris, ainsi que le voulait l'usage indien. Il repoussa avec vigueur tout ce qui pouvait lui rappeler le versant ténébreux de l'Inde, n'en voulant plus garder que ce que l'Occident retenait d'elle: la splendeur. Ainsi donc, il eut un jour envie de rentrer. Refaire la route à l'envers. Ramasser tout son bien et rentrer. Mais il fallait que ce chemin fût court. Les vaisseaux, les courriers étaient lents. Deux ans plus tôt, le hasard lui amena des officiers bretons, perdus dans la poussière de l'Inde comme il l'avait été jadis. Leurs noms, du Drénec, Kerscao, Clémencin, réveillèrent en lui des souvenirs volontairement obscurcis, celui de Dieu, par exemple, devenu, disait-on, maître canonnier chez Sombre, ou de Martin-Lion, qui achetait par centaines des terres dans les hautes plaines du Nord. L'épopée du Dekkan s'effaçait dans sa mémoire, mais il retrouva sans difficulté la langue de ses frères. En questionnant les nouveaux arrivants il apprit qu'on avait rebâti Pondichéry; la guerre contre l'Anglais s'était rallumée dans le Sud, la Compagnie des Indes était nouvellement dissoute et le comptoir français, ainsi qu'à ses beaux temps, recommençait à happer de pleines troupes de soldats ambitieux ou contraints.

A ce moment, Madec aurait pu connaître un regain d'ambition; il aurait pu même se griser de la tentation de fonder une communauté bretonne au sein de la mosaïque infinie qui composait les peuples de l'Inde. La plupart de ses hommes en effet, anciens comme nouveaux venus, venaient de la loitaine presqu'île. Quelque chose, cependant, l'en empêcha ; une sensation confuse, une bizarre intuition, une résurgence, peut-être, de son passé de Godh. C'était l'idée que l'Inde, en dehors de ses comptoirs, ne pouvait accueillir l'homme blanc autrement qu'isolé, ou presque, afin de l'engloutir sans risque dans son gigantesque estomac. La réunion sous une même loi d'hommes venus de l'Ouest, plus nombreux et mieux organisés que les vagues frantcis d'Agra, n'eût été pour elle qu'un greffon malsain, elle l'eût rejeté sans pitié: trop peu d'amour en l'homme blanc, trop peu de haine. De la mesquinerie, point de saine passion, trop de folie étrangère à la sienne.

Madec envoya vers Goa un premier message. Il n'osait joindre un comptoir français, de peur qu'on lui demandât des comptes de sa désertion de la marine et de son engagement sous la bannière britannique. D'autre part, en joignant les Portugais, il évitait de formuler clairement un désir précis de recouvrer sa patrie. En fait, ce qui le tourmentait alors n'était encore qu'une nostalgie d'homme nouvellement enrichi : savoir si ses parents vivaient toujours, ce que les nouveaux Bretons n'avaient pu lui dire, leur faire tenir de quoi soulager leur vieillesse. Une fois même, il se prit à penser : « Quelle belle entrée je ferais dans Quimper, avec mes soldats et mes éléphants ! » Ce jour-là, il s'aperçut qu'il ne pensait plus en Français ni même en Breton, mais en Indien. Rentrer, mais pourquoi ? Pour la gloire ? Mais était-il à l'Ouest quelque chose qui ressemblât à la gloire ? Un pays froid, des brumes, du gris, pas d'éléphants ; et surtout quel rang ? Retrouver son état de demi-gueux, alors que tout encore était possible ici ? Mais Madec jetait désormais sur ses vieux rêves un regard dur. Il n'y avait pas quatre mois, un certain M. de Modave était venu le consulter sur les chances qu'il avait « de se frayer un chemin dans l'Inde ». C'était ce qu'on appelle un vieux beau, un noble d'assez fringante allure malgré sa cinquantaine proche, et qu'avaient usé de malheureuses tentatives de colonisation à Madagascar, à ce qu'il prétendait du moins. Ses grands airs de salonnard égaré aux tropiques, comme Madec en avait observé sur les navires de la Compagnie, lui rappelèrent que l'Europe était aussi le pays du mépris ; le comte de Modave lui déplut infiniment. Il ne le montra pas. Toutefois, il prit un intense plaisir à le décourager : « Monsieur de Modave, l'empereur est présentement misérable, fugitif et errant ; il n'y a à l'évidence nulle raison qui puisse nous faire penser qu'il en aille autrement dans les années qui viennent, encore moins dans celles qui vont suivre. De l'empire moghol ne demeure à cette heure qu'un cadavre ; et l'âme qui devrait animer ce corps n'est plus qu'une ombre vaine, sans crédit et sans influence. » A sa grande déception, l'autre ne fut pas désarçonné ; il eut un petit rire léger, prit un air détaché et lui rétorqua : « Êtes-vous bien certain, monsieur Madec, de ne point vouloir lui reconnaître de la grandeur, par le dépit que vous avez de n'avoir pas été considéré de lui ? Il n'y a pas longtemps encore que j'étais en France, et je vous assure qu'à Versailles, chez les ministres dont j'ai l'oreille, on faisait grand cas du Moghol... »

Furieux d'être ainsi découvert, Madec enragea ; il tâcha néanmoins de prendre le même ton méprisant et badin : « Dans ces conditions, monsieur de Modave, je ne comprends pas ce que vous venez chercher sur les routes de l'Inde, encore moins chez des gueux de mon espèce ! Fondez donc un parti, offrez-le au Moghol, et vous verrez bien vous-même ce qu'il en adviendra ! – Vous n'êtes pas un gueux, monsieur Madec, on vous dit riche à millions. – Sachez donc alors, monsieur de Modave, qu'on ne risque pas pareille fortune pour un fantôme de gloire. » Et ils se quittèrent sur ces paroles assez peu amènes.

C'était le temps, Madec s'en souvenait maintenant, où il avait reçu une première lettre de Chandernagor. Un certain Chevalier, commandant de la place, lui proposait de se mettre à la tête de « forces considérables », au demeurant aussi grandes qu'elles étaient vagues, pour faire plaisir à un ministre français qui n'était pas nommé. L'homme assurait pourtant que le renom de Madec lui était parvenu et lui avait laissé une impression des plus vives. Ma réputation, jusqu'en France ? Madec n'en revint pas. La fin de cette brève missive, cependant, le fit déchanter : le commandant de Chandernagor, arguant que « les richesses ne sont dans l'Inde que choses passagères », lui offrait de faire passer sa fortune en France par l'intermédiaire de lettres de change remises aux Banquiers Mondiaux. Il fallait être bien malhabile, ou le considérer comme un parfait demeuré, pour lui présenter, en moins de dix lignes, deux propositions aussi contradictoires. De deux choses l'une, se dit Madec : ou je lève des troupes sur mes deniers pour le compte de la France, et je reste dans l'Inde. Ou je fais passer ma fortune en Europe, et je rentre. Mais l'une et l'autre ne sauraient s'accorder. Il relut la lettre, la jeta dans un de ses coffres et répondit assez sèchement à cette obligeante missive : « Je ne vois pas, monsieur, en quoi je peux devenir utile à ma patrie, en un pays aussi éloigné d'elle. A la vérité, je n'ai rien à désirer au-dessus de la fortune dont je jouis présentement, mais j'ai formé le dessein de passer en Europe pour jouir paisiblement du fruit de mes travaux, et je vous prie de bien vouloir user de l'influence et des facilités que vous confère votre rang éminent à Chandernagor afin de me faire tenir des passeports, nécessaires à mon retour en France. »

Il ne lui plaisait pas encore d'écrire. Bien que parfois il en fût las, il n'aimait alors que la guerre, et surtout ce qui la suivait : le décompte des butins, les négociations chez les héritiers des malheureux frères Djagarset. Sombre, qui avait assassiné leur père et leur oncle, menait très étrangement avec eux de fructueux marchés, sans qu'il y eût de leur part la moindre animosité. D'année en année, leur visage s'était fermé pourtant, comme sous l'effet d'une irrésistible terreur. Mais rien dans la guerre ni dans les affaires ne se précisait. Madec tenta un jour de les questionner : « Que craignez-vous donc, vous autres banians ? Français, Anglais ou Indiens, c'est bien vous qui tenez l'argent, et les richesses de l'Inde se vendront toujours par le monde ! – Ah ! Madecji, les grands temps de la banque se meurent, sais-tu ! Ils vont nous chasser du Bengale, ils vont tout nous prendre ! La déesse Lakhsmi a déserté nos terres, depuis que les firanguis à vestes rouges s'y sont installés ! Ah ! Madecji ! D'autres prendront nos places ! » Ces lamentations laissèrent Madec indifférent ; c'était l'habitude de l'Inde que les riches fussent toujours à se plaindre du mauvais cours des affaires ; devant l'adversité, on ne trouvait que les pauvres à se taire. Il leur lança donc avec un peu d'insolence :

– Vous autres Indiens construisez parfois votre propre perte. Si tous les peuples de l'Inde s'unissaient contre les firanguis à vestes rouges, votre avenir serait à nouveau assuré !

Les Djagarset lui répondirent avec un regard hébété :

– Les peuples de l'Inde... s'unir ?

Il était clair qu'ils refusaient d'entendre ce langage.

– Oui, répartit Madec. Derrière le Moghol.

– Mais le Moghol va à la ruine ! Et c'est un musulman !

– Ne travaillez-vous point avec l'argent des musulmans, vous aussi ? Ne les avez-vous point tolérés pendant des siècles ? Et les firanguis à vestes rouges ne viennent-ils pas d'autoriser le Moghol à rentrer dans Delhi ?

– Il a péché lui aussi, et les pères de ses pères. Nous serons tous punis. Dharma ! Dharma ! Seule Kali peut nous sauver.

– Kali ! explosa Madec en recomptant ses lettres de change. Kali ! Sornettes ! Et vous êtes banquiers !

– Oui, Kali, maintint l'aîné des Djagarset. Kali, la régénératrice. Comme le temps qui passe, détruit et fait renaître, Kali doit être aimée.

– Kali n'est pas belle !

– Kali n'en doit pas moins être aimée, firangui !

Ils avaient répondu ensemble, lui jetant de concert, au lieu du traditionnel et respectueux *Madecji,* ce *firangui* qu'il reçut comme une injure.

Il prit congé aussitôt, se retira sans mot dire en son palais de Bharatpur. Kali ! Tous ces Indiens étaient fous à lier. Une maladie contagieuse, dont Sarasvati n'avait été que la victime ordinaire. Tout ce pourquoi Madec avait autrefois adoré l'Inde, il le haïssait désormais. Son désir de regagner l'Ouest se précisa. Il eut des larmes insolites au soleil couchant, son cœur, certaines nuits sans lune, se serra comme aux jours de l'enfance. Ce n'était pas d'espoir, mais de renoncement. Quelques semaines, il crut pouvoir échapper à ce nouveau mal. Le rajah des Djattes le déclara *panchazary :* comme tel, il eut droit à une musique militaire permanente, quatorze trompettes à cheval, des cymbales portées à dos d'éléphant. Quelle belle entrée il ferait à Quimper... Mais Corentin ? Sans le savoir, il s'inventa encore des raisons de rester ; tous ses rêves finissaient d'ailleurs par buter sur cette histoire d'éléphant. Je n'échangerai pas mon beau Corentin, se disait-il, contre dix ni même cent Mumtaz. Dans sa tête, c'était comme le temps de l'avant-mousson, lourd de nuages et vide de pluie. Il en était arrivé, une semaine plus tôt, à s'en remettre au sort. Dharma. Pourvu que ma lettre ne parvienne jamais à Chevalier. Pourvu qu'elle se perde, que mon messager meure, qu'il soit pris dans la peste, qu'un cobra le pique, qu'un tigre le dévore, oh ! Ganesh, Ganesh, dieu des routes et de l'aventure, toi qui toujours m'as protégé...

Ce matin encore, Madec en était là de ses prières et désirs constamment contradictoires, quand se profila, derrière le turban des Sikhs qui gardaient le jardin, la silhouette familière d'un firangui. Il portait sous un bras un paquet de parchemin, et Madec le reconnut aussitôt : c'était Visage, qui arrivait d'Agra sans même avoir pris le temps de secouer la poussière de sa robe. Malgré le profond amour qu'il nourrissait pour Corentin, Madec se mit à souhaiter tout le contraire de ce qu'il demandait à Ganesh l'instant d'avant. Il ne voulait plus qu'un passeport pour rentrer en France, et c'était sans doute aucun ce que Visage lui apportait.

⁂

– Laissez-nous, ordonna Madec aux gardiens sikhs.

Les hommes enturbannés s'éloignèrent à pas lents.

– Ne vous éloignez pas. Surveillez le jardin.

Depuis l'assassinat de Bhawani, Madec avait appris que la mort venait souvent guetter les puissants aux endroits les plus inattendus, en particulier dans les jardins. L'an passé, le rajah des Djattes avait péri aux abords d'un temple, sous les coups d'un faux alchimiste, un Indien cette fois, qui l'avait attiré dans un guet-apens. Comme Bhawani, il s'était écroulé, percé d'un poignard.

Visage prit un air goguenard :

– Tu as peur, Madec ?

– C'est l'Inde qui a peur, Visage. Et tu sais bien que peureuse elle devient sanguinaire.

Visage approuva. Depuis quelques années, il ne vieillissait plus. Il était parvenu au temps où les traits reflètent le détachement intérieur ; une sorte de sérénité, sans doute. On en oubliait qu'il était borgne.

– Je t'apporte une lettre.

– Je sais.

Ils étaient tous deux face à face, debout devant un bassin à cascade. Des servantes passèrent sous une galerie. Madec les héla, réclama des coussins, de quoi manger. Puis il se tourna vers Visage :

– Allons nous asseoir près du *chadar*.

Visage le suivit, et ils attendirent tous deux le retour des domestiques. Une sorte d'accord tacite s'était établi entre eux : ne pas parler avant d'être installés. Des habitudes indiennes, c'était certainement celle qu'ils avaient eu le plus de mal à prendre. Leur rapidité, leur volonté d'être directs froissait souvent leurs partenaires indigènes. Mais aujourd'hui l'heure était grave ; ils devaient se ménager l'un l'autre. Ainsi que les Indiens, ils repoussaient donc le moment de parler.

Les servantes revinrent, étalèrent les tapis, posèrent les traversins, offrirent des narguilés.

– Le bétel ? interrogea Madec.

– Pardon, maître, murmura une des femmes.

Un bon quart d'heure s'écoula en gestes calmes, comme fatigués ; il allait se dire des choses graves, et tous deux en reculaient l'instant, comme si un seul mot, de l'un ou de l'autre, eût représenté le renoncement à cette vie présente, à ce paysage même : les marbres pastels du palais de Madec, les reposoirs symétriques qui en marquaient les angles, le jardin moghol, ses cascades, ses canaux, enfin, à l'horizon des derniers buissons, les murailles rouges de Bharatpur, semblables en tout point à celles de Dig. Était-ce le perpétuel souci de la guerre, ou le reflet de l'ordre qu'il avait mis dans sa conduite, Madec avait refusé dans son palais tous les fastes ordinaires, les murs incrustés de petits miroirs, les décors de pierres semi-précieuses. Cela n'empêchait pas qu'on se crût dans un endroit de rêve, le paysage d'un conte de fées ; et, d'une manière identique aux charmes des légendes, on aurait pu croire qu'il suffisait d'une seule parole pour en dissoudre la magie.

La servante fautive revint, porteuse de cornets de bétel, où se mêlaient la chaux et l'arec. Madec considéra un moment ses jardins, caressa le marbre du chadar, où son doigt s'attarda dans les vaguelettes toutes pareilles que la pierre creusait dans l'eau. Il décida de rompre l'enchantement.

– Ainsi, je vais rentrer.

Il eut un rire très bref, un rire de dérision dont Visage devina qu'il se l'adressait à lui-même.

– Rentrer ? Mais où ?

– Comment ? Mais tu le sais bien !

Très étrangement, Visage crut qu'il parlait de Godh :

– Mais la ville est détruite, Madec. Plus personne n'a voulu vivre là-bas. De la citadelle, on a fait un lieu de culte, un endroit où l'on a construit, en hommage au sacrifice des femmes, comme à Chittor, un temple de la Renommée... Et tu le sais, d'ailleurs !

Madec, cette fois, éclata d'un rire franc, qui ne s'arrêta plus :

– Visage... Visage... Godh ! Es-tu fou ! Godh n'a jamais existé ! C'est la maya ! L'Inde a existé, oui. Mais elle est morte ! Je rentre, Visage, je rentre !

Visage ne comprenait pas, ou plutôt se refusait à comprendre.

– Rentrer... rentrer... ne cessait-il de répéter, tandis que Madec continuait à rire.

Celui-ci lui arracha les parchemins :

– Allons. Ne barguignons pas. Il faut savoir trancher. J'ai choisi. Montre-moi donc ces passeports. N'essaie pas de me retenir.

– Les passeports ?

– Oui. Ceux que j'ai demandés à Chevalier. C'est le courrier de Chandernagor, n'est-ce pas ? Tu es allé le chercher chez Wendel ?

– Oui, répondit Visage, l'air atterré.

Comment préparer Madec à ce qui l'attendait ?

Le courrier était parvenu directement chez lui, au palais de Sombre, à Dig où il demeurait. Comme si Chevalier avait voulu tenir Wendel à l'écart de son projet. Pour qu'on se méfiât ainsi du jésuite, l'affaire était donc d'importance. Le paquet comprenait une lettre qui lui était adressée en particulier, à lui, Visage, et où se trouvaient exposées les propositions faites à Madec. Aussi Visage savait-il ce que son compagnon allait y lire. Madec le regardait fixement, n'osant décacheter le parchemin.

– Tu te fourvoies, hasarda Visage. Tu ne rentreras pas.

Madec ne cilla pas. Il conservait le silence, souriait à demi, ainsi que les Indiens, lorsqu'ils refusaient de répondre. Et d'ailleurs, n'eût été la couleur de sa peau, trop pâle encore malgré tous les soleils, couperosée aux joues et crevassée tout autour des yeux, on aurait pu le prendre pour un Indien. Un Indien du Nord, s'entend, un homme du Cachemire ou des marches du Népal ; avec l'âge, ses yeux s'étaient bridés, accentuant ses pommettes, qu'il avait hautes, ainsi que les conquérants venus des steppes. Mais il y avait ce regard bleu, ce fixe et triste regard bleu qui commençait à s'éteindre et disait à Visage, contre toute raison, « je veux rentrer ».

Rentrer ! L'eau mélancolique de ces yeux. Ils étaient de l'Ouest, ces yeux-là, et pour un peu de paix avant la mort, ils réclamaient l'Occident. Visage l'avait observé : après les folies aventurières, l'instinct commande souvent aux hommes de retourner à leurs racines. Cependant, depuis qu'il avait lu la lettre de Chevalier, une seule évidence s'imposait à lui : Madec devait rester. Faute de quoi il ne parviendrait pas lui-même à justifier sa présence à Dig. Il laissa parler sa passion :

– Lis cette lettre, Madec. Tu verras bien que tu ne peux pas t'en aller. Tu ne peux pas !

Il hurlait presque. Les gardes sikhs passèrent des têtes inquiètes par-dessus les buissons. Madec se souleva sur les coussins, rajusta sur ses épaules un châle de Cachemire, désigna le ciel à Visage :

– Il fait si frais parfois en Inde... Nous sommes encore en hiver. Je l'avais oublié. Rentrons.

Ils s'installèrent dans le dorbar, là ou Madec recevait, ainsi qu'un prince, les rajahs, émissaires ou marchands qui le sollicitaient. Comme les seigneurs de l'Inde, il s'asseyait alors sur un trône bas, au milieu d'une quantité extraordinaire de traversins et de tapis sous un plafond peint de bleu et d'or, unique luxe qu'il se fût permis en ce palais. Veillées d'armes ou lendemains de victoire, tout commençait et finissait ici. Combien de vendeurs de sabres, de fondeurs de canons, d'espions, de traîtres, de mercenaires, de hobereaux en mal d'impôts s'y étaient succédé depuis cinq ans ? La moitié des puissants de l'Inde du Nord, au bas mot, et pourtant en dehors du faste de convenance l'endroit demeurait d'une simplicité extrême.

Madec ne s'assit pas sur son trône. Il tendit un coussin à Visage, s'accroupit en face de lui. Des servantes rapportèrent du jardin les narguilés, ainsi que du bétel frais. Madec se mit à mâcher lentement. Enfin, d'un geste extrêmement brusque, comme s'il était pris d'une soudaine résolution, il brisa les cachets de la lettre.

La missive contenait beaucoup de mots oubliés : *Patrie, amour pour le roi, considération, honneurs, Nation :* ce dernier vocable ne cessait de revenir au point que Madec, dans un premier temps, ne comprit pas qu'il s'agissait de la France. Il crut que son correspondant évoquait l'Inde : du temps de sa jeunesse, il n'avait jamais entendu qu'on parlât ainsi de son pays natal. C'était un singulier vocabulaire que celui de Chevalier. Il ne s'en émut pas ; le français lui avait toujours été une langue artificielle, un des instruments obligés de l'ambition. Il n'était guère accoutumé au français écrit, encore moins à l'abstraction de termes tels que « droits incontestables », « émulation », « souvenir pour toujours mémorable ». Mais l'hindi, qu'il pratiquait à la perfection, se montrait parfois plus abstrait ; d'autre part, les activités guerrières et marchandes de Madec l'avaient accoutumé depuis des années à voyager sans heurt dans la constellation des langues de l'Inde, telugu, oriya, gujerati, urdu, aussi fécondes en mots que les peuples errants jetés sur les routes par la multiplication des désordres.

Avant d'interroger Visage, l'orgueil le poussait à s'assurer qu'il avait bien compris le contenu de la missive ; il la relut quatre fois.

Il écarta d'emblée la dernière proposition qu'elle contenait : prêter de l'argent à la France, aux fins de reconstruire les remparts de Pondichéry. Comme le précédent, ce courrier sentait le filou. Quel était donc ce Chevalier, et la France derrière lui, pris d'un soudain intérêt pour un ancien sergent, déserteur, mais enrichi dans l'Inde ? Madec soupçonna que cette passion subite pour son destin était à proportion de sa fortune connue.

Il revint cependant sur deux passages qui l'avaient fortement intrigué. Dans le premier, un peu dithyrambique, on lui promettait qu'il serait « notre libérateur et un autre Moïse ». Madec ne se souvenait plus si ce dernier personnage était un guerrier des sables ou l'un des trois Rois mages, mais c'était en tout cas quelque chose d'approchant, et la comparaison le flatta. Le mot de libérateur le retint également, ainsi qu'un autre qui suivait, dont pourtant il ne put démêler le sens.

Il eut un sursaut d'humilité, interrogea Visage. Celui-ci trompait son impatience en tirant sur son narguilé.

– *Révolution*, Visage... Je ne comprends pas.

– Révolution... Ah ! Cela fait bien longtemps que je n'ai pas entendu ce mot.

Il aspira le tuyau du narguilé, réfléchit un instant :

– Ce n'est pas simple... Les livres sont si loin de moi. On dit cela du corps, quand par extraordinaire la composition des humeurs qui le forment vient à se modifier. On le dit aussi d'un peuple, quand un soudain changement bouleverse sa constitution première. Madec relut tout haut la phrase de Chevalier : « ... Dans la position où vous vous trouvez, quelles facilités n'aurez-vous pas de causer une révolution capable de relever votre nation de l'état de langueur où elle se trouve aujourd'hui plongée dans l'Inde par une suite de ses anciens malheurs, dont vous connaissez les causes... » Oui, c'était clair. Mener la guerre, derrière le Moghol, pour la France, sa patrie, contre l'Anglais. Bien. Cela coûterait cher. Où était l'argent ? On n'en parlait pas. On l'attendait donc de lui. En conséquence, la prudence dictait de ne point écouter ce Chevalier. Cependant, un dernier mot, plusieurs fois répété, troubla Madec. C'était le mot honneur.

L'honneur. L'honneur et l'argent. En Inde, les deux allaient de pair. Il n'était pas de noble qui ne cherchât à étaler sa fortune et ne fût prêt à accomplir les pires bassesses pour acquérir de nouveaux trésors. Ici, on parlait d'une autre forme d'honneur, qui était simplement de défendre la très haute idée qu'on se construisait de soi, .au mépris des biens de ce monde.

Madec réfléchissait lentement. Quelque chose d'ancien trembla bientôt en lui. Rien de très violent, non, une simple vibration, une part de lui-même qui n'était pas repue, un lambeau d'insatisfaction subitement réveillé.

En bas du second feuillet, il l'avait bien lu, il n'avait pas rêvé, ce Chevalier lui parlait d'un jeune Français comme lui, Gentil, arrivé gueux aux Indes : « Il vient d'obtenir presque à la fois un brevet de capitaine et la croix de Saint-Louis. » Une pensée folle traversa la tête de Madec, une idée d'enfant :

– Moi aussi, je veux la croix de Saint-Louis. Et devenir capitaine. Mieux encore : colonel !

On lui demandait de l'argent, soit. Ce n'était pas le pire. Tout se paie. Il en regagnerait d'autre, plus encore, puisque l'entreprise, ni plus-ni moins, était de ranger ses troupes derrière celles du Moghol. Le Moghol, enfin ! Et l'on y songeait en France ! Et c'était sur lui qu'on jetait les yeux. « ... Vous êtes brave, et en état de conduire des armées ; les princes de l'Hindoustan vous cherchent, et c'est à qui d'eux vous aura dans son service ; tant de circonstances réunies vous offrent une occasion unique de vous immortaliser à jamais, et de rendre votre nom pour toujours mémorable, dans les fastes du pays qui vous a donné naissance... A l'âge où vous êtes, et dans la route de fortune où vous vous trouvez placé, il me semble qu'un pareil plan vous doit flatter et exciter votre ambition. »

Le maître mot était lâché.

– Les raisons de ce Chevalier sont fortes, déclara Madec, sitôt finie sa relecture. Cependant, je veux y réfléchir à loisir.

Visage, fort satisfait, se retira sans un mot de plus. Madec manda ses banquiers sur-le-champ, les interrogea sur le montant exact de ses possessions en or, pierres précieuses et lettres de change ; il voulut aussi une évaluation de ses biens immobiliers, ce qui prit quelques semaines et retarda d'autant le moment d'une résolution définitive. Il répondit enfin à Chevalier vers le mois de mai, en lui demandant sur son plan d'autres précisions qu'il estimait nécessaires avant d'arrêter son choix.

La mousson vint, incitant, comme chaque année, son âme à la mélancolie ; ses yeux, à travers les verres colorés de son palais, les stores des galeries, dérivaient sur le monde comme une barque sur l'océan calmé, vagues, vides, pleins de rêves informes, et de langueurs étranges. Il ne se reposait pas : il s'en remettait au cours de la vie, il attendait une décision qu'il ne se résolvait pas à prendre, il espérait, ainsi qu'à Godh, une révolte soudaine des événements ou, mieux encore, des éléments, qui lui auraient montré, tel un dieu apparu soudain dans le ciel orageux, le chemin à suivre.

⁂

Dans ces conditions, l'arrivée de Saint-Frais constitua une grande chose. C'était un homme très beau, quoiqu'il ne fût plus de la première jeunesse. Il se présenta un soir à sa porte, tout crotté de bas en haut et ruisselant de pluie. Il portait sur le visage quelque chose d'un peu corrompu, qu'il avait peine à dissimuler. Dès l'abord, il déplut à Madec qui fut persuadé qu'il ne voyageait pas sous son véritable nom. Mais l'inconnu avait bravé la mousson et les devoirs de l'hospitalité n'auraient su être bafoués sans étonner les Indiens. Enfin, cet homme était français, il apportait peut-être quelque message.

Dès qu'il fut reposé, Madec le convoqua et lui demanda s'il n'avait point par hasard de lettre pour lui. Saint-Frais parut très étonné, trop étonné peut-être. Il affirma n'être qu'un coureur des routes, un simple aventurier que retenait ici son amour de l'Inde. Il en connaissait les usages, il en parlait toutes les langues. Madec abrégea la démonstration : cependant, son hôte semblait connaître Chevalier. Dans son indécision, et se méfiant d'éventuels colportages, Madec n'osa approfondir ce point.

Un enthousiasme extraordinaire envers la cause du Moghol animait Saint-Frais, Madec le mit au compte d'une jeunesse prolongée. Il avait sans doute le même âge que lui, bien qu'il parût singulièrement moins usé. Il parlait avec flamme : il prétendait sauver l'empereur de la sauvagerie anglaise, arracher l'Inde à la barbarie des hommes de Londres. Madec approuva toutes ses vues ; il en nuança néanmoins l'ardeur, lui représentant que bien des nobles de la cour moghole n'étaient que des satrapes assoiffés d'or et de sang. L'autre l'écouta très attentivement, voulut bien en convenir et lui dit enfin :

— Il est pourtant dans l'Inde, comme en France, des hommes libres, libres de la vraie liberté, libres de leur combat pour la justice. Et seuls les peuples libres accèdent à la véritable noblesse.

S'engagea alors une discussion sur le mérite. Devant cet esprit si nouveau, Madec se sentit autorisé à faire état de l'opinion qu'il s'était forgée depuis des années :

— La naissance n'est rien, expliqua-t-il, veuillez me pardonner, monsieur de Saint-Frais, mais nous sommes ici dans l'Inde, où je suis prince, quand je n'étais que gueux à Quimper.

— Comme je vous approuve, monsieur Madec ! Il n'y a pas si longtemps j'étais en France, et il s'y prépare, croyez-moi, de grandes choses, des révolutions étranges !

— Fort bien, répondit Madec. C'était la deuxième fois en peu de mois qu'il entendait ce mot neuf. Et que sont donc ces *révolutions* ?

— Connaissez-vous les mœurs des Sikhs, monsieur Madec ?

— Certainement, puisque je les ai plusieurs fois défaits ; j'en emploie même dans mon parti !

— Vous n'ignorez pas, poursuivit Saint-Frais, que ce peuple a chassé de sa religion l'idolâtrie ? Il tient une fois l'an le congrès général de sa nation, et il n'aime guère la division des hommes en castes.

Madec l'arrêta ; il refusait qu'on assimilât l'Inde à l'Europe.

— Holà ! holà, monsieur de Saint-Frais ! Il s'interrompit. Il avait décidément du mal à prononcer ce nom qui sentait l'imposture... Les Sikhs sont de l'Inde, et de l'Inde ils demeurent !

— Leur guru Nanak a pourtant dit : « Il n'y a pas d'hindous, il n'y a pas de musulmans. Il n'y a qu'un dieu, la Vérité Suprême. »

— Vous êtes bien savant !

— Ne vous moquez pas. Car c'est cela même, monsieur Madec, qu'on murmure à présent par toute la France !

Madec parùt soudain furieux :

— Qui le dit ?

— Ceux-là mêmes qui comme vous possèdent le mérite sans avoir la naissance. Ceux-là mêmes, ainsi que vous, qui prétendent que la naissance n'est rien où la vertu n'est pas.

— Et le roi, monsieur de Saint-Frais ? Que dit-il, lui, de tout cela ?

— Il y viendra.

— Il y viendra... Madec réfléchit un moment avant de reprendre : Mais comment se fait-il qu'un homme bien né tel que vous teniez à m'avertir de ces bouleversements ? Votre intérêt serait de vous taire !

— Là où il s'agit de l'intérêt de la nation et de sa grandeur dans l'Inde, toute âme véritablement noble sait dompter ses plus basses pensées !

Ce dernier trait plut à Madec, sans toutefois lui ôter sa méfiance. Il scruta Saint-Frais d'un œil plus perçant. L'autre n'esquiva pas son regard. Bizarrement, Madec se mit à regretter de s'être ouvert à lui d'une de ses plus intimes convictions. Ils n'étaient pas du même rang, comme on disait en France, et toutes ses déclarations égalitaires étaient trop belles pour être vraies. Mais après tout, cet homme ne lui demandait rien, sinon l'hospitalité, le temps que se calment les pluies. Il n'avait pas l'air de rouler sur l'or, n'entretenait que deux chameaux, un cheval et cinq gardes : c'était peu. Rien, d'ailleurs, ne pesait en lui, il paraissait prêt à se volatiliser d'un instant à l'autre, semblable aux apparitions surgies des jongleries des magiciens indiens. D'où il venait, où il allait, il l'avait à peine dit. Madec ne chercha pas à en savoir davantage. Il écourta l'entretien. Était-ce le temps de mousson, il ne désirait plus que la solitude. Du reste, l'autre ne s'attarda pas. A la première éclaircie, il réunit sa modeste suite et vint lui demander congé. Il n'était là que de cinq jours.

— Vous partez déjà ? feignit de s'étonner Madec.

— Oui, répondit Saint-Frais d'un air absent.

— Ne craignez-vous point les fleuves en crue, les serpents qui rôdent dans tous les chemins, les routes coupées par les boues ?

— J'ai trop à faire. Il s'agit de l'Inde, et du Moghol. Je lui offrirai ma personne ! C'est une sorte de foi qui me guide. Mais vous avez vécu trop loin de notre France, vous ne pouvez comprendre ces idées neuves. Adieu, monsieur Madec, je vous remercie encore.

Il chercha dans sa poche une tabatière, où se trouvait dessiné le visage d'une femme, la déposa dans la main de Madec, salua une dernière fois.

L'instant d'après, il disparaissait sur son cheval dans les rues de Bharatpur.

L'averse reprit aussitôt. Il aurait dû rester, pensa Madec, pourtant pressé de reprendre sa méditation solitaire.

Il considéra un moment le cadeau de Saint-Frais. C'était une tabatière, un objet un peu ancien. Une fort belle femme brune s'y trouvait peinte, d'une quarantaine d'années, qui paraissait venir d'un autre monde et souriait avec mélancolie. Un prénom y était inscrit : *Jeanne*, une date : 2 avril 1759. Enfin un nom, Saint-Lubin, suivit d'un mot d'amour qui lui parut ridicule : « Mon petit Cupidon. » Saint-Lubin. Encore un nom qui ne lui était pas étranger. Il se mit à réfléchir. Sa mémoire défaillait. Pour tout ce qui touchait à Pondichéry, sa mémoire était rebelle. Dès l'entrée de ce jeune homme dans sa demeure, l'habitude des routes lui avait fait pressentir qu'il mentait, du moins sur son nom. Mais avait-il menti sur tout ? Il devait posséder des raisons bien précises de dissimuler son identité. Quelle étourderie, dans ces conditions, de lui avoir laissé cette tabatière où se trouvait inscrit ce nom, Saint-Lubin, Pondichéry... Madec contempla le visage de la femme. Quelque chose du passé y frémissait, l'espace d'un très court instant. Et tout s'évanouissait plus rapidement encore.

Madec soupira. Tout ce monde — les femmes blanches, les perruques, la poudre — était si éloigné. Était-il bien certain d'y vouloir revenir ? N'était-ce pas, d'une certaine façon, une course vaine aux temps de sa jeunesse, où les femmes de Pondichéry, en effet, s'habillaient et se coiffaient ainsi, ces dames si jolies qu'il n'osait alors approcher, les inaccessibles fées des bals des Tropiques ? Vivaient-elles encore, dansaient-elles toujours ? Portaient-elles les mêmes rubans pastel que la femme de la tabatière, et ces profonds décolletés ? Qu'étaient-elles devenues, dans le monde changeur et lointain que décrivait Saint-Frais ?

Il réfléchit longtemps à cette étrange visite. Quelques semaines plus tard, le gros de la mousson passé, deux lettres lui parvinrent de Chandernagor, plus longues et plus insistantes que les précédentes. Elles étaient respectivement datées du 24 juillet et du 16 août 1772. L'on promettait clairement à Madec, en échange de ses services, un brevet de capitaine et la croix de Saint-Louis. Ce n'était donc plus un vague appât. Mais ce fut une autre phrase qui détermina Madec ; elle se grava dans son esprit pour le restant de ses jours, tant elle exprimait sa pensée avec la plus parfaite exactitude :

« ... La noblesse d'extraction n'est point nécessaire à qui veut remplir les vues de l'ambition. »

Ainsi donc, en un mois de temps, le hasard lui amenait, de près ou de loin, deux personnes fort différentes, quoique également bien nées : Chevalier, commandant de Chandernagor, et l'aventurier Saint-Frais, qui lui tenaient des discours identiques, où lui, Madec, ci-devant gueux de Basse-Bretagne, ancien mousse de la Compagnie française des Indes orientales, se retrouvait tout entier. La France, qui l'avait autrefois humilié, avait donc effectivement changé, et cette « révolution », comme eût dit Chevalier, valait bien qu'on lui sacrifiât momentanément sa fortune.

Madec prit alors la résolution de trahir le rajah des Djattes en lui abandonnant du même coup les deux cent mille roupies de solde que celui-ci lui devait, et de passer avec Corentin, or, pierres, perles, chevaux, éléphants, femme, enfant, serviteur, et bien sûr la belle Mumtaz, dans les États du Moghol, au nom du roi de France et de la Nation.

CHAPITRE XXIV

Même mois, la nuit et le jour qui suivirent

Dig

Le soir même de son entrevue avec Madec, un message de Sombre attendait Visage. Ses espions l'avaient prévenu que des lettres étaient arrivées de Chandernagor. Tant de courrier venant de la France, dont on avait perdu jusqu'au souvenir, et en si peu de jours, il y avait gros à parier, lui murmurèrent-ils, qu'enfin se précisât le renversement attendu depuis si longtemps dans les affaires de l'Inde. Visage ne fut guère étonné de cette convocation. A vrai dire, elle le soulagea même un peu, car il ne voulait pas donner l'air de manigancer quelque intrigue dont Sombre ne fût pas. D'ailleurs, comme à Madec, la missive de Chevalier lui demandait de plus amples précisions sur « Monsieur Sombre » ; à défaut de soldats, proposait-elle fort cérémonieusement, la Lune des Indes pourrait pour le moins avancer à la France une petite part de sa fortune, que la rumeur publique prétendait immense. Visage attendit la fin de la nuit avant de se rendre chez son maître. Pour rien au monde il n'aurait dérangé ses habitudes. Il ne savait au juste à quoi Sombre passait ses insomnies, à quelles méditations sanguinaires, en tête à tête avec quels fantômes. Nul n'ignorait cependant, au palais des Milles Fontaines, que la solitude ténébreuse du vieux guerrier ne pouvait être rompue qu'aux premières lueurs du jour, faute de quoi il entrait dans des colères atroces, des crises qu'on eût dit de semi-démence, qui le laissaient affaibli et prostré pour des heures, avant que ne se réveillât, plus avide et sauvage que jamais, sa violence native, qui le précipitait à nouveau sur le chemin de la guerre. Le premier marchand à lui signaler le pays affamé par une mauvaise mousson, et il traversait des plaines entières pour le réduire à merci. Viols, tortures, exécutions : les assiégés finissaient par déterrer leurs trésors. Il s'en retournait alors, un peu fatigué d'avoir si vite assouvi sa soif d'or et de sang, terrorisant toujours hommes et bêtes sur son passage, et chargé du plus hétéroclite butin, qu'il déposait aux yeux ravis de la princesse, femmes violées, éléphants, tigres pour sa ménagerie, pierreries diverses, cuivres, canons, sabres, troupes enchaînées de malheureux vaincus : on n'aurait su dire si Sombre revenait de la chasse ou du combat.

Les opérations qu'il menait avec Madec étaient en revanche toujours pesées, réfléchies, concertées. Tout se passait comme s'il y avait eu chez Sombre deux usages de la violence : le plus commun, piller, un instinct, comme de boire, manger, razzier des femmes. Avec l'âge, cette fièvre ne lui revenait que par intermittence ; un courroux passager, où il était impossible de distinguer s'il se révoltait contre son entourage, plutôt que contre lui-même et son impuissance naissante. Le second était au contraire un comportement exclusivement politique. C'était un effet de sa raison qui l'amenait à ménager Madec malgré la concurrence qu'il représentait. Les deux hommes avaient très soigneusement veillé à ne jamais se retrouver sur les mêmes terrains de rapine. Comme si la chose allait d'elle-même, ils ne s'étaient unis que pour combattre un ennemi commun, des peuples trop turbulents, des armées d'envahisseurs, des vautours, comme eux, que tentait l'ambition d'arracher ses meilleurs morceaux à la dépouille de l'Inde. Pour cette seule raison, six ans plus tôt, Sombre avait laissé Sarasvati convaincre Madec de se rapprocher de Dig. Il craignait trop fort que son rival ne vînt à se tailler un empire dans le Nord qui pût compromettre sa propre royauté sur l'universel pillage. Dès son arrivée, il lui abandonna les miettes du festin; bientôt d'ailleurs il dut reconnaître qu'il payait son hégémonie beaucoup plus cher que prévu. Cela l'étonna. Cependant, il se refusa à rencontrer Madec ; dans les batailles importantes, ils se concertaient par le truchement d'émissaires. Un jour, l'un d'entre eux lui apprit une nouvelle qui le remplit d'allégresse : Madec ne parlait plus de l'Inde. Il était résigné. Il songeait à rentrer. Sombre connaissait assez son ambassadeur pour savoir que Madec ne lui avait rien confié, mais que l'autre avait déchiffré ses pensées. C'était un Indien très subtil, habitué à démêler les cœurs les plus insondables. Ce jour-là Sombre fut en joie, comme personne encore ne l'avait pu voir.

L'annonce du premier courrier de Chandernagor, toutefois, l'avait rembruni, et Visage craignait fort que le second ne le contrariât davantage. De corridor en galerie, tandis qu'il traversait le palais, sa peur se précisait, il commençait même à trembler. Il est vrai que de nuit, le palais des Mille Fontaines ressemblait désormais à l'antichambre des Enfers. De jour, et bien que l'avarice de Sombre empêchât qu'on l'entretînt, l'élégance délicate des pavillons moghols lui conservait un air de féerie. En dépit des injures des moussons, il paraissait impalpable, tout frissonnant aux frontières de l'irréel, prêt à s'envoler vers on ne savait quelle fantasmagorie. Sitôt le soleil couché, était-ce la monstrueuse personnalité du maître des lieux, on croyait entrer dans le repaire des divinités sanguinaires, telles que les décrivaient les grands livres sacrés des Indes. Visage les avait lus et relus ; et chaque nuit, de couloir en couloir, il s'apprêtait à voir surgir les démons, à peine échappés du chaos primordial, venimeux, gluants, avides de broyer les os des hommes ou de répandre sur eux des moussons chargées de pestilence.

Le silence régnait. Depuis quelques années, Sombre avait exigé qu'on arrêtât au crépuscule le mécanisme qui alimentait les fontaines ; il prétendait qu'elles coûtaient trop cher et aggravaient ses insomnies. Nulle lumière non plus, pas un flambeau dans les couloirs, à peine, à la main des gardes, des lanternes fumantes de beurre clarifié. De temps à autre, les élytres froissés d'un monstrueux insecte faisaient sursauter Visage ; ou bien c'étaient des chauves-souris, blotties en gros paquets sous les corniches des plafonds, qui se soulevaient toutes ensemble, inquiètes, et retombaient aussitôt, comme accablées ; si l'une d'elles se risquait à un vol hors du nid, elle errait le long des murs où s'écaillaient les fresques, tournoyait deux ou trois fois sans conviction, et rejoignait d'une aile visqueuse l'abri du plafond. Le silence en effet, comme l'obscurité, collait, il y avait dans le palais nocturne quelque chose de gluant qui annonçait la mort, sans que celle-ci fût proche. Et cependant, songeait Visage à chaque pas, il est aussi dans cette demeure une femme qui est la vie, et qu'on prétend encore, sur les routes de l'Inde, porteuse d'énergie. Était-ce donc sa seule présence qui repoussait le trépas ?

Tandis qu'il traversait un à un les barrages de gardes que Sombre faisait dresser au moindre coude des couloirs, chuchotant à mesure les mots de passe convenus, Visage se demanda une fois encore par quel mystère Sombre se maintenait en vie. Ses pauvres poudres, autant qu'il en sût, n'y étaient pour rien. Il mêlait les enseignements de l'ayur-veda à sa propre science ; mais, tout comme les brahmanes qui les lui avaient confiés, il était convaincu qu'ils ne pouvaient rien contre le tourment diabolique qui dévorait l'âme de Sombre, et son corps avec lui. Six ans plus tôt, il ne lui donnait, au plus, qu'une année à vivre. Au lendemain de son mariage avec la dame de Godh, quand il découvrit dans sa chambre le sofa intact, il crut que sous vingt jours on lui clouerait son cercueil. Il se trompait. Sombre passa l'hiver, puis la mousson suivante. Il reprit la rapine et la guerre comme à l'accoutumée. Chaque année, aux approches du mois de Jyestha, tandis que sur la plaine s'abattaient les chaleurs, Visage avait la certitude que sa prochaine visite nocturne lui révélerait son maître à l'agonie. Il n'en fut rien. Ses insomnies n'étaient pas plus sévères qu'au temps de son mariage. Peste, choléra, dysenterie, typhus, il traversa toutes les épidémies, comme pourvu d'une immunité particulière, d'origine diabolique, sans doute aucun, quoiqu'on le vît de plus en plus prier le Christ et ses saints. Mieux encore, la présence de Sarasvati le revigorait. Ils allaient de concert à la guerre. Elle restait toujours à l'écart, debout sur son éléphant royal, et accompagnée de ses trois bêtes à palanquins vides. Elle ne s'avançait jamais davantage. Elle observait. On voyait bien, toutefois, qu'elle n'avait pas peur. Soudain Sombre intervenait, à sa manière foudroyante et fantomatique. On la voyait sourire, un bref instant. Puis il la rejoignait au grand galop et ils rentraient tous deux au palais des Mille Fontaines, elle, redevenue impassible et lointaine, lui, à ses pieds, paraissant minuscule sur son palefroi tant l'éléphant de la princesse était haut sur pattes. Mais il exultait.

A ce qu'en savait Visage, la vigueur de Sombre ne s'était pas réveillée. Pas plus qu'au premier jour, Sarasvati ne venait partager son sofa. Il ne s'en ouvrit jamais à son médecin ; il lui laissa simplement entendre qu'il s'accoutumait peu à peu à ne plus désirer les femmes. Seules les exigences du faste lui imposaient d'entretenir un harem, environ deux cents captives enlevées lors des pillages et soigneusement triées par ses soins. De temps à autre, il les réunissait dans ses appartements clos sur le jour, leur commandait de se montrer nues, de danser, de prendre des poses lascives. Parfois même il y conviait les plus grossiers de ses soldats ; il s'amusait fort de les voir partagés entre leur concupiscence et la terreur qu'ils avaient de lui. Certains ne pouvaient retenir leurs élans : on les transformait sur-le-champ en eunuques, condamnés, qu'ils fussent Européens ou indigènes, à protéger des regards indiscrets le corps des belles créatures qu'ils avaient si imprudemment convoitées.

On murmurait que Sarasvati n'était pas de reste dans ces plaisirs solitaires. La rumeur du palais voulait qu'elle assistât à la fête, fort attentive, derrière la grille d'un moucharabieh aménagé à son intention par son époux lui-même. La chose, toutefois, ne put être prouvée. Les appartements de Sombre étaient inaccessibles au commun des mortels. Seuls auraient pu le dire les gens de sa garde, mais ils n'en passaient pas l'enceinte, constamment enfermés de peur d'un complot. Hormis la princesse dont nul ne savait d'ailleurs le détail des allées et venues, Visage était le seul à y pénétrer chaque nuit.

Il franchit le dernier barrage de soldats, entra dans l'antichambre. Sombre, collé à la porte, l'avait entendu arriver. Comme d'habitude, il lui demanda lui-même le mot de passe :

– De tous les anges qui sont au ciel...

– Je ne suis point l'Ange Exterminateur.

– Entre !

Il y eut un long cliquetis de serrures, puis Visage sentit la porte s'ouvrir. La manie des fermetures métalliques, dans un pays qui n'en comportait pas ou peu, à l'exception des coffres, des prisons ou des porches des remparts, était l'une des dernières excentricités de Sombre. Il y avait préposé l'ancien canonnier Dieu, qu'il avait placé à la tête de sa garde personnelle. Son nom lui plaisait de plus en plus. Il y voyait, comme dans la présence de Sarasvati, l'assurance d'une protection. De son côté, le maître-artilleur s'accommodait fort bien des mille et une exigences de la Lune des Indes. Sombre l'avait gratifié d'un harem important, et Dieu, à quarante ans passés, préférait demeurer au palais à fabriquer des serrures plutôt que de courir la mort sur les champs de bataille.

Caché derrière la porte, Sombre attendait Visage, prêt à sauter sur lui à la moindre menace.

Comme pour le rassurer, Visage étendit ses mains nues.

– Bien, bougonna Sombre, et il sortit des ténèbres.

Son regard noir luisait toujours avec la même intensité, mais on sentait dans toute sa personne le renoncement à la jeunesse. Il ne se teignait plus les cheveux, ses sourcils poivre et sel et les rides qui lui ravinaient le front s'étaient figés dans l'expression sauvage qu'il prenait autrefois pour la guerre. Son teint bistre tournait à l'olivâtre : la maladie couvait encore, très certainement. Surtout, il avait maigri, il flottait dans sa robe. Émacié, Sombre n'en était que plus terrifiant. Une force nouvelle, un regain d'énergie qui se développe parfois au cœur de la vieillesse se levait en lui, aigu, sinistre. Toute comédie avait déserté son être, laissant à nu la pure et simple cruauté. Telle sa nature première, intime, elle affleurait. Comme tous les soirs, Visage eut peur. Selon le rite convenu, il se dirigea vers le sofa et déposa sur le tapis le coffre portatif où il serrait les poudres.

– Non ! hurla Sombre.

Visage s'y attendait, mais ne voulait pas modifier lui-même le cours du rituel. Sombre reprit :

– Parle ! Tout de suite. Et va vite ! Je suis fatigué.

Dans ces moments-là, quand il prétendait être « fatigué », il devenait très dangereux. Visage ne se fit pas prier. Il résuma ce qu'il savait en peu de mots :

– L'homme de Chandernagor, Chevalier, demande à Madec de mettre ses troupes à son service. Il ne lui demande plus d'argent. Je crois que Madec a fait son choix.

– Ah oui ! ricana Sombre. Et quel choix ?

– Il va rejoindre le Moghol.

Sombre éclata de rire :

– Tant mieux ! Il va donc trahir notre présent suzerain, le rajah des Djattes. Et devenir ainsi notre ennemi. Non seulement il m'abandonne ses territoires, mais nous allons mener bataille contre lui !

Il éclata de rire. Ce n'était plus son rire d'autrefois, il était moins profond, moins puissant, et, de temps à autre, on y discernait des chevrotements de vieillard.

– Je vais le piller !

Visage hésita un instant :

– Sa décision peut prendre quelques mois. J'ai de bonnes raisons de penser qu'il va suivre le Moghol, mais l'affaire n'est pas assurée.

– Oh ! Ne t'inquiète pas ! Parle clair. Je ne te trahirai pas.

Visage, pour une fois, s'étonna de la légèreté de son maître. Sombre savait bien pourtant que le courrier venait de Chandernagor : il avait ouï dire qu'il était de Chevalier. Il aurait dû supposer que les propositions d'un marchand si éloigné ne pouvaient suffire à ébranler Madec. Comment ne voyait-il pas que derrière Chevalier, c'était la France qui commençait à bouger ?

– La lettre parle aussi de vous, maître, hasarda-t-il.

— De moi ! Bien sûr ! Je suis la Lune des Indes.

Visage ne sut s'il fallait y voir un signe d'ironie ou la marque d'une folie naissante.

— Ce Chevalier demande que vous l'aidiez. Une simple contribution en argent, qui ne nuirait en rien à votre indépendance...

Cette fois, Sombre ne rit pas. Il hoqueta :

— De l'argent ! De l'argent !

Visage craignit le pire, se pencha fébrilement vers la mallette aux poudres.

Sombre reprit son souffle. Son regard s'était voilé :

— Ne sait-il pas, ce misérable Chevalier, dans son trou à serpents de Chandernagor, que Sombre est peut-être le plus riche prince qui soit en Inde ? Eh bien ! tonna-t-il soudain, Sombre ne lâchera jamais son or ! Je suis le plus riche et le plus avare ! Je ne donne qu'à Dieu, Dieu, le vrai, celui du jésuite, pour la paix de mon âme ! Je reconstruis l'église d'Agra, je prépare la pierre de ma tombe, j'entasse de quoi payer mes messes ! Dix mille messes pour ma mort ! Le reste, je le garde. Pour mon fils, celui de ma première femme.

Il s'interrompit un instant, souffla, poursuivit d'une voix plus sourde :

— ... Pour la princesse aussi. Et puis tais-toi, médecin du diable, messager de malheur. Verse-moi ma potion !

Contre toute prudence, Visage fit front :

— Non.

Sombre ne cilla pas, mais se mit à le regarder par en dessous, visiblement très décontenancé :

— Que cherches-tu, borgne ? Que je perce l'œil qui te reste ? Les médecins ne manquent pas en Inde. Une fois aveuglé, empalé, tu seras remplacé sur l'heure.

Visage s'obstina :

— Il faut aider le Moghol. La France...

Sombre l'interrompit d'un nouvel éclat de rire :

— La France ! Mais balivernes, misérable apothicaire, suceur de sang ! Moi, Walter Rheinhardt, déserteur d'Allemagne et de toutes les armées, donner mon argent à un roi, et qui plus est au roi de France ! Je suis plus riche et plus puissant que lui, qu'il crève, lui, ses ministres et ses maréchaux ! La France ! Elle a perdu une fois, elle ne gagnera pas la seconde fois, sache bien ceci, Visage, l'Inde n'adore que les vainqueurs ! Moi-même, à Buxar, j'ai failli me perdre et je n'ai dû mon salut qu'à ma fuite dans l'immensité de l'Inde. Car je n'avais pas de nation, moi ! Ni France, ni Angleterre, ni rien ! Les Indiens ont oublié qu'un jour je fus vaincu. La Lune des Indes ! J'ai gardé mon nom. Et j'ai épousé leur plus belle fille, la porteuse de vajra. Je suis des leurs, sans être d'ici. Un flibustier, un forban des jungles. Crois-moi, Visage, il n'y a rien pour la France à espérer ici. Le Moghol n'est plus qu'un cadavre à dépecer, une épave. Je tiens à demeurer du festin. Que Madec s'en aille lui offrir l'occasion d'une dernière défaite, à la bonne heure ! Il m'en restera davantage à manger et je paierai plus de messes à mon âme !

– Il n'y a pas que l'argent dans votre vie, maître. Il y a la princesse et la princesse aime l'Inde.

Sombre blêmit. Il s'allongea sur le sofa.

– Verse les poudres.

Visage se pencha sur ses fioles.

– Je me fous de l'Inde..., murmura Sombre. Sarasvati me maintient en vie. Elle a la vajra.

– Vous ne le croyez pas. Ce sont des balivernes bonnes pour les Indiens.

Au lieu d'éclater, Sombre se radoucit :

– Non, Visage, je devrais être mort, malgré tes poudres. Mais je vis et je vivrai longtemps encore. J'échappe même aux vengeances, sais-tu, médecin, même les pires. La princesse me protège. Les Banquiers Mondiaux, dont j'ai assassiné les pères, Dieu me pardonne, les Djagarset eux-mêmes me baisent les pieds.

Il se releva sur le sofa, pris d'une soudaine jubilation :

– Ils me baisent les pieds et je leur donne pourtant si peu d'or à changer, et je caresse le ventre de leurs filles... Je pourrais même les empaler devant eux, ils ne bougeraient pas ! C'est la princesse !

– Elle ne sort guère, sauf au combat. Elle ne tire pas au canon. Et vous savez comme moi que toutes les légendes se meurent. Six ans déjà ! Elle ne fait plus parler d'elle. Et d'ailleurs elle est chrétienne.

– Chrétienne !

Sombre soupira. Surpris, Visage cessa de tourner les médecines dans la coupe :

– Le père Wendel l'a baptisée !

– Ah ! mon pauvre Visage, que tu es naïf !

Sombre l'attira à lui et lui donna une bourrade presque tendre.

– Brave apothicaire, nul ne le sait que moi, mais à toi je peux le dire puisque tu me soignes si bien. Connais-tu les sannyasis ?

– Les sannyasis ? Oui, des pénitents, qui vont de ville en ville, proclamant que le dharma est souillé et qu'il faut purifier notre vie. Il y en a surtout au Bengale.

Sombre corrigea :

– Il y en a partout dans l'Inde du Nord depuis que les Anglais ont pris le Bengale.

– Je n'en ai pas vu ici.

– Ah ! Visage ! Tu passes trop de temps à lire les livres des moricauds, pas assez à les regarder vivre. C'est vrai qu'ils se cachent...

A ce moment, Sombre sursauta violemment. Visage, lui aussi, avait entendu le bruit, un froissement d'étoffes derrière le moucharabieh du fond. Ils se regardèrent. Sombre s'étendit sur le sofa, ferma les yeux, comme pour cacher son inquiétude.

— J'ai sommeil. Verse la potion.

Il avait une voix rauque, presque de mourant :

— Dépêche-toi. Donne. Je veux dormir.

Visage fut pétrifié. Ainsi, l'instant d'avant, il était prêt à s'abandonner à des confidences : le ton attendri qu'il avait pris ne pouvait l'avoir trompé. Puis, un frisson derrière un moucharabieh et Sombre se taisait. Visage examina la pièce. Rien n'annonçait une présence insolite. Une lampe se mourait. Au moucharabieh, rien ne bougeait. Pourtant, ce ne pouvait être un garde qui se trouvât à cet endroit. Ils se tenaient toujours à l'exact opposé. Sombre aurait pu les changer de place. Cependant, il avait été surpris, bien plus que Visage lui-même. Il lui tendit la coupe. Sombre but à longs traits.

— Va-t'en ! lui lança-t-il dès qu'il eut fini. Va-t'en. Il faut que je prie.

— Paix à votre âme, ironisa Visage.

Sombre s'était relevé en effet, son corps amaigri secoué de tremblements.

— Paix aussi à la tienne, apothicaire du diable !

Visage repoussa la porte. Tandis qu'il s'éloignait résonna le long cliquetis des serrures qui se refermaient sur Sombre. Aux échancrures découpées des couloirs, l'aurore s'annonça. Il n'était pas parvenu au seuil de sa chambre qu'une servante accourut, qui lui demanda de la suivre, à la requête expresse de la princesse Sarasvati.

***

Sarasvati était assise au fond d'une pièce très blanche, dépouillée à l'extrême, un peu semblable à celle où le jésuite l'avait unie à Sombre. Visage ne l'avait pas rencontrée depuis des mois et jamais d'aussi près. Il l'avait aperçue lors du premier dorbar, ruisselante de brocarts dorés, figée comme une déesse aux côtés de son époux. Il l'avait trouvée détachée, hors du monde, inaccessible ; non comme à Godh. Ici, nul ne lui prêtait attention. Elle se dissolvait dans les débauches d'or. Elle n'était qu'une des vagues parties du faste théâtral qui accompagnait toutes les apparitions de Sombre, un des multiples attributs de sa force. Visage s'étonna un peu qu'elle fût si facilement entrée dans le jeu, au point d'y laisser sa personne. Mais comme les autres il l'oublia.

Maintenant qu'il l'approchait, sa surprise était exactement inverse : elle lui paraissait si peu indienne. Ce ne fut qu'une impression fugace. Sarasvati avait abandonné sa tresse ; elle avait roulé ses cheveux dans un énorme chignon serré bas sur la nuque, ce qui lui dégageait entièrement les traits ; son voile était fixé plus haut sur la tête, comme aux femmes d'un certain âge, qui ne craignent plus le regard des hommes.

Ce n'était pas pourtant qu'elle semblât vieillie. Elle avait grossi, certes, mais sans s'alourdir. Les rides qui s'étaient installées aux contours de ses yeux, de sa bouche, de son menton avaient encore l'air de fossettes.

Ses yeux brillaient toujours du même insoutenable éclat, renforcé par le double trait de khôl qui les soulignait. Il n'y avait guère que ses cernes, deux grands cernes presques noirs et profonds, pour rappeler le poids des années et l'étendue de ses malheurs. Néanmoins elle n'en laissait rien voir. Elle souriait. L'aube se levait peu à peu derrière les stores. Ses traits se précisèrent. Elle ne portait pas de bijoux, à l'exception de son diamant de nez et d'un rang de perles à médaillon qui s'enfonçait dans les plis de son cou. Ainsi éclairée, avec l'air de sérénité qui l'illuminait, elle rappela à Visage les madones européennes. Son attention fut alors attirée par un objet insolite. C'était un tableau fixé au mur. Il n'en avait jamais vu en Inde, sauf à Pondichéry.

« L'Occident arrive », songea Visage avec mélancolie. Puis il étudia plus soigneusement la peinture. C'était incontestablement une Vierge à l'Enfant. Mais une Vierge noire : elle avait les traits de Sarasvati. Ainsi donc Sombre lui avait offert ce tableau commandé au jour des noces, lui qui prenait et ne donnait jamais. En signe de reconnaissance et de bonne intelligence, elle aurait dû glisser dans le médaillon qu'elle portait sur sa poitrine la miniature représentant son époux. Visage frémit soudain. Le médaillon était vide. Il n'eut pas le temps de chercher pourquoi. Sarasvati lui jeta soudain d'un air ironique :

– Tu trembles, médecin ?

– Très honorée princesse, il ne sied pas à une femme de ton rang de me faire pénétrer dans le zenana.

– Tais-toi, médecin. Ne t'embarrasse pas de politesses inutiles.

– Mais que dirait le seigneur Sumroo ?

– As-tu vu quelque eunuque pour garder mes appartements ? Je suis libre, sais-tu ? Je décide de ce qui me plaît. Le seigneur Sumroo ne dira rien. Et d'ailleurs je ne vis pas au zenana. Sais-tu bien, médecin, ce qu'est la vie au zenana ?

Visage ne sut que répondre. Il pensa être tombé dans un piège, le pire qui soit, celui des femmes. Ainsi qu'à leur première rencontre, Sarasvati le perça sur-le-champ :

– Ne tremble pas ainsi ! Tu ressembles à une jeune mariée !

Il rougit.

– Devine donc, médecin, pourquoi je te fais venir.

Il soutint son regard noir, comme tout à l'heure celui de Sombre :

– A cause des lettres qui me sont venues.

– Tu crois ? ironisa-t-elle pour voir combien de temps il supporterait l'épreuve. Et si j'étais malade ?

Elle se pencha ; son boléro échancré s'ouvrit aux yeux de Visage. Il sentit qu'elle le guettait.

– Je suis une femme encore désirable, n'est-ce pas, encore belle malgré les ans !

Visage détourna la tête. Il se sentait honteux d'être vieux et borgne, à la merci d'une si belle femme. A mesure qu'elle parlait, le charme de Sarasvati grandissait. Elle en jouait. Son âge – le sommet, semblait-il, d'une superbe trentaine – lui en donnait ici le droit. Elle n'était plus tenue à l'excessive réserve imposée aux très jeunes femmes. C'était sans doute la raison pour laquelle il l'avait crue presque européenne. En fait, il le constatait maintenant, la princesse demeurait indienne : sa cruauté de chat, cette façon légère de disposer du destin d'autrui, d'ordonner, de jouer sans que ce fût un jeu... Visage avait observé qu'en Inde cette époque de la vie représentait souvent l'apogée des femmes. Ce qu'elles perdaient en beauté, la société le leur restituait en pouvoir. Il fallait pour cela qu'elles eussent enfanté, puis élevé des fils. Ce n'était pas le cas de Sarasvati. Mais tout se passait comme si l'immensité de son malheur, son extraordinaire aventure, l'élevait à un point de souveraineté que jamais une autre n'aurait pu atteindre.

Elle l'interrompit dans ses pensées :

– Rassure-toi, médecin. Je ne t'ai pas fait venir pour te perdre !

Visage osa enfin la regarder en face. Elle prit un air pincé :

– Et puis, qu'as-tu à me fouiller ainsi. Tu comptes mes rides ? Tu ne sais donc pas que ce sont les pieds d'une femme qui doivent exciter le désir d'un homme, et non sa tête, son *visage*, comme on dit dans ta langue. Elle lui tendit ses pieds décorés de henné, rêva un bref instant, puis reprit :

– Il est vrai que c'est ton nom, Visage...

Elle éclata de rire. Elle avait prononcé les deux dernières phrases en français, une langue impeccable d'ailleurs, dont elle roucoulait doucement les syllabes, ainsi que les gens de Pondichéry. Visage fut abasourdi :

– Tu sais donc le français ?

– Je l'apprends, oui. Dieu me l'apprend.

– Dieu ?

– Oui, le maître canonnier. Lui aussi, il porte un nom étrange. C'est l'inconvénient de votre langue.

– Toutes les langues sont étranges, princesse, lorsqu'on se met à les apprendre... Et les hommes qui les parlent encore plus que leurs mots. Les firanguis surtout, les hommes blancs.

Elle sourit d'un air entendu.

– Certes, certes... A ce que je vois, tu es bien impatient de parler des lettres. Nous attendrons cependant. Nous y arriverons le moment venu. Il ne faut jamais presser la mangouste de tuer le cobra. Elle sait bien l'attaquer à point.

Elle souleva le store qui les séparait du zenana :

– Allons, viens !

Visage blêmit :

– Les femmes ne me sont rien, très honorée princesse.

– Viens !

C'était un ordre. Il fut troublé. Il ne savait quel parti prendre. Lui résister, il le sentait déjà à son regard où couvait la colère, c'était lui imposer un affront qui jamais ne serait pardonné. La suivre, c'était aller au-devant d'un danger sans mesure. Il lui barra le chemin :

– Que veux-tu de moi ?

Elle sourit un long moment, puis elle se mit à ricaner :

– Couard, pleutre ! Poltron que tu es, comme tous les mâles en ce bas monde ! Crois-tu être encore assez jeune et beau pour que je veuille de toi ou même te donner aux femmes de Sombre ? Tu es borgne, ne l'oublie pas ! Et crois-tu détenir assez de pouvoir pour que je cherche, par mes charmes ou ceux de mes filles, à te tenir sous ma coupe ?

Sous l'effet de la colère, elle recommençait à parler en hindi. Elle se radoucit bientôt :

Elle le tira par la manche de sa robe, le poussa derrière le store, et ils restèrent un moment sur le balcon de la pièce. C'était une longue galerie couverte, où alternaient les carreaux de faïence bleue et les croisillons des moucharabieh ; elle était encombrée de plantes vertes et courait tout autour d'un vaste patio à étages. Juste au-dessous d'eux, c'était le zenana.

Le soleil se levait doucement. D'ici, on avait une vue très nette sur toutes les pièces, contrairement à l'habitude, les stores n'étaient pas baissés. On pouvait donc les observer à loisir.

– Ce sont les femmes de Sombre, chuchota Sarasvati, toutes celles qu'il achète pour entretenir l'illusion de sa force. Regarde-les, les pauvres : elles ont fêté toute la nuit.

Autour des charpoï en désordre, on voyait en effet des coupes à demi vides de vin de palme, des pâtisseries entamées, des fioles à élixirs. Les eunuques enivrés ronflaient ventre béant. Dans les cheveux épars des femmes endormies se flétrissaient des couronnes de fleurs, et sous les châles leurs corps se soulevaient lentement. Parfois les traversait un râle étrange, un souvenir de la fête. Leurs voiles soudain se gonflaient, leurs boucles d'oreilles se mettaient à tinter, comme un prélude à des réjouissances nouvelles. Des bouches s'avançaient vers celles de leur voisine, pour les goûter, comme si elles fussent celles de leur maître. La passion s'échauffait bientôt, renversait des tissus ; des mains, des jambes se cherchaient au milieu des ceintures dénouées et des bijoux brisés, avant de retomber, quelques instants plus tard, lourdes, apaisées, repues et lasses de ces amours somnambuliques.

– C'est toi qui le permets ? interrogea Visage.

– Médecin ! Crois-tu vraiment que ces belles créatures pourraient se satisfaire de danser nues une fois le temps devant le pauvre Sumroo...

Le pauvre Sumroo. C'était bien la première fois que Visage entendait parler ainsi de son maître. Il fut atterré. D'ordinaire, les Indiens employaient mille circonlocutions pour aborder les sujets qui les préoccupaient ; mis à part le prélude du zenana, Sarasvati l'attaquait sans ambages.

– Que te dire ? Il y a six ans je le croyais près de mourir. Il a tenu. Il va mieux, même. Et pourtant mes poudres ne sont ni pires, ni meilleures qu'avant.

– Tu ne vas pas me dire, toi, un firangui, que j'ai la vajra, et que c'est moi qui le fais vivre !

– Les raisons qui maintiennent en vie des hommes qu'on croyait au bord de la tombe sont impénétrables, princesse. La médecine est science de longue vie, ayur-veda, comme on dit chez toi, mais certains des remèdes sont cachés au fond de notre cœur. Qui pourra démêler ces mystères ?

– Abrégeons, médecin. Je sais qu'il s'épuise. Bientôt il mourra, par une nuit plus dure que les autres. Si je ne le soutiens pas. Car j'y crois, moi, à la vajra, vois-tu...

– Alors qu'attends-tu de moi ?

Elle répondit d'une voix extrêmement dure, et c'était pourtant la même madone qu'au tableau :

– De savoir quand je peux espérer mettre ma force ailleurs qu'à soutenir ce vieillard.

– Je ne comprends pas.

– Tu as bien reçu des lettres, non ? Des lettres de France. Ou du moins de Chandernagor.

– Oui.

– Tu en as porté une à Madec ?

– Oui.

– Il va rejoindre le Moghol ?

Ainsi, elle ne se cachait même pas d'avoir espionné Sombre, tout à l'heure, derrière le moucharabieh. Mais peut-être étaient-ils complices. En tout cas, elle semblait mener le jeu, puisque Sombre s'était si soudainement arrêté dans ses confidences.

– Je ne sais pas, répondit Visage d'un ton faussement détaché.

– Deux semaines, trois mois, je m'en moque, pourvu qu'il parte !

– Toi aussi, princesse, tu veux sa perte ?

Elle rit :

– Qui te dit qu'il va à sa perte ?

– Sombre ne veut pas donner d'argent pour la guerre.

– C'est évident ! Il n'en donne à personne ! Il entasse !

Il y eut un long silence. Du zenana montaient des bruits de vaisselle renversée, les cris de fausset des eunuques, des effluves de parfum qu'on brûlait. Sur le mer de la chambre, avec le jour, pâlissaient les couleurs de la madone.

– Tu le connais bien, ce Madec, n'est-ce pas ? Tu le connaissais d'avant moi... C'était toi, le médecin firangui qui l'accompagnait à Godh.

Jamais Visage n'aurait imaginé qu'elle pût oser évoquer une rencontre qu'il avait lui-même effacée dans sa mémoire. Profitant de sa surprise, Sarasvati poursuivit :

– Je n'ai guère de souvenir de ce temps-là. J'étais heureuse, comprends-tu, si heureuse. Mais je sais depuis les lettres de Chandernagor que tu étais avec lui. Tout m'est revenu.

— Princesse, tu ne les as pas lues, ces lettres !

— Pourquoi l'homme de Chandernagor aurait-il fait de toi son homme de confiance auprès de Madec ? L'Inde est grande, Visage, pas assez cependant pour garder les secrets. Ce n'était d'ailleurs pas un secret. Nous sommes peu à survivre au bonheur de Godh. Nous nous reconnaissons entre nous.

— Où veux-tu en venir ?

Sarasvati se pencha sur un coffre de cuir, l'ouvrit avec délicatesse.

— Regarde !

C'était un petit tigre de bois peint, penché sur un homme en tricorne et uniforme rouge, un Anglais, à l'évidence, qu'il s'occupait à dévorer.

— Mon tigre te plaît, n'est-ce pas ? dit Sarasvati. Celui-ci n'est que très modeste. C'est un marchand venu du Sud qui me l'a vendu. D'après lui, un firangui construit de grosses machines animées, sur le modèle de celle-ci, qu'il propose aux nababs du Dekkan mécontents de la présence anglaise. On dit que c'est le rajah de Bénarès qui le premier a eu l'idée de cette image. C'est très beau, n'est-ce pas ?

Elle se leva lentement, agita une sorte de poignée qui se trouvait sur le côté. Le tigre se mit à se lever et à rugir, tandis que l'Anglais laissait échapper des râles de mourant.

— C'est bien gracieux, commenta Sarasvati. Mais celui-ci est trop petit.

Elle montra à Visage la bouche circulaire de l'Anglais :

— On peut aussi introduire dans l'objet une bonne vessie de sang frais, et l'homme crache le sang à chaque râle. Cela fait plus vrai. Mais c'est salissant.

— Je te croyais chrétienne, princesse. Tu aimes le sang. Tu n'étais pas ainsi autrefois.

Visage était allé trop loin ; dès qu'elle avait évoqué le passé et dissipé la dernière équivoque, il s'était cru autorisé à lui faire la leçon.

— Belle franchise ! éclata Sarasvati. J'en ai vu plus que toi, médecin, du sang, et j'en veux encore ! Regarde cet enfant, au mur ! Ce n'est certes pas ton Christ de pacotille, qui pardonne et tend la joue gauche ! C'est *mon* fils, le seul qui me restait, et on me l'a tué ainsi que boucherie !

Elle éclata à nouveau d'un grand rire :

— J'ai besoin de toi, Visage, sinon je te ferais empaler sur l'heure... Pauvre médecin. N'as-tu pas compris que je gouverne Sombre ? Je suis discrète et patiente, nul ne me voit. Il est temps pourtant que tu le saches : rien, de Madec, désormais ne doit m'échapper. C'est à moi que tu transmettras les messages, non à mon époux. A lui, tu diras la vérité ou le mensonge, peu importe. Tu es ma crétaure, entends-tu, ma créature...

Elle claqua des doigts ses servantes, qui surgirent d'une tenture, l'œil à peine étonné.

— Préparez le bain !

Il frissonna. Ce qu'il craignait une heure plus tôt venait d'arriver : elle le tenait à merci.

— Je suis pressée, vieux borgne. Tu vas me le jurer sur l'heure : pas un courrier de Chandernagor ne doit m'échapper.

— Et si Madec vient à être défait ?

— La suite est mon affaire.

— Je ne sais, princesse, si tu veux son bonheur ou son malheur.

— Les dieux seuls nous commandent, Visage. Laisse-moi donc à mon désir. Quant à Sombre, je veux être avertie de tous les changements qui surviendraient dans sa santé. Jure-moi !

Visage s'agenouilla sur le tapis, posa sa tête jusqu'à terre, selon le rite indien. Les pieds de Sarasvati le touchaient presque, couverts de bagues, de bracelets, et décorés de fleurs peintes au henné. Il répéta tout ce qu'elle lui dictait, sans même oser respirer. Quand il releva la tête, elle se penchait sur lui avec tendresse, ainsi qu'elle l'aurait fait sur un enfant au berceau. Ce fut alors qu'il découvrit, derrière le médaillon vide qui cachait le sillon de ses seins, une vieille amulette ternie de vert-de-gris. Tout en la dissimulant dans son boléro, elle se mit à rire une dernière fois ; c'était le même rire qu'en sa jeunesse, une cascatelle, toute en fraîcheur.

— Ceci, médecin, c'est une autre histoire et qui n'est pas pour les firanguis !

On apportait le bain fumant. Visage se retira aussitôt. Il erra longtemps dans les couloirs, abasourdi. Les fontaines, avec le matin, recommençaient à bruire. Il se perdit plusieurs fois, heurta des serviteurs endormis, des volières abandonnées. Il finit par retrouver sa chambre, où, des heures entières, il se demanda par quel miracle il avait prêté ce serment, si c'était par amitié pour Madec, ou par un bizarre sentiment qui le poussait vers la princesse. Il finit par conclure qu'il avait parfaitement joué. L'homme de Chandernagor ne lui conseillait-il pas de s'appuyer pour vaincre sur « tout ce qu'il y avait de puissant en Inde » ? Peu lui importait donc la princesse Sarasvati puisque, de toute façon, ses vues serviraient l'intérêt de la France. Enfin, pour se calmer, il se persuada qu'elle continuait d'aimer Madec. Un seul détail l'empêcha toutefois de retrouver une complète sérénité : l'effroi de Sombre quand il s'était aperçu qu'on guettait ses confidences sur les sannyasis, et surtout l'amulette grimaçante entre les seins de Sarasvati. C'était la monstrueuse Kali.

CHAPITRE XXV

De la mousson à l'hiver 1772

Bharatpur-Delhi

Madec ne vit pas finir les pluies. Du jour où fut arrêtée sa décision de servir l'empereur, il vécut dans l'attente des messages. Pas un marchand ne passait dans Bharatpur sans qu'il ne fût mandé à son palais. « Que fait à présent le Moghol ? harcelait Madec, en dépit de toute prudence. – Le Moghol ! s'esclaffaient les marchands. Mais il est tout à son sérail ! » Et ils s'étonnaient qu'un homme aussi puissant que Madecji pût à ce point se préoccuper du Moghol. Étrangeté de firanguis, pensaient-ils, et ils repartaient dans les trouées des averses.

Contre tout son orgueil, Madec se résolut à prendre l'initiative des offres de services, puisque l'empereur ne se décidait pas à l'appeler. Dans un ultime message, il lui parla plus clairement de la France et des grandes choses que sa patrie voulait pour lui.

C'était, pensa-t-il, la dernière chance qu'il s'accordait. Le dernier espoir de devenir, selon l'expression de Chevalier, « l'homme de la nation ».

L'homme de la nation... Il n'avait plus que ces mots en tête. Il y eut des moments où, à se les murmurer, Madec fut pris de vertige. *Nation,* surtout, lui plaisait ; quelque chose dans ce mot lui rappelait une part obscure de ses racines. Non les rues de Quimper, non le lieu de Bretagne qui depuis l'enfance modelait ses rêves. Mais une contrée de lui-même plus vaste, celle-là même qui le justifiait autrefois à ses propres yeux, quand il avait jeté dans la fange un nobliau qui l'avait nargué. Quelque chose du ruisseau où il était né : la boue qui se hissait à la gloire, le peuple enfin splendide.

Tout cela était fort éloigné de l'Inde. Tant que Madec attendit sa réponse, le monde autour de lui perdit sa réalité. Il ne voyait rien, il ne sentait rien. Il sortit parfois à cheval dans Bharatpur pour scruter l'horizon des routes embourbées. Le ciel demeurait bas, brumeux, les messagers, comme les animaux, semblaient partis pour d'autres pays. Même Janmasthami, l'anniversaire de la naissance de Khrishna, le laissa indifférent, sourd et aveugle. La ville était en fête. Dans chaque foyer les femmes s'affairaient, cuisant des gâteaux de riz et de lait, jetant dans des marmites de sucre de pleins paniers de fruits juteux, qui en ressortaient craquants et glacés à merveille. Toute l'Inde en ce jour célébrait l'amour ; les jeunes gens lutinaient les jeunes filles sur des balançoires pareilles à celles des amants divins. Des temples aux maisons de terre, on récitait les versets sacrés de la vie de Khrishna, on racontait sa victoire sur les démons et le tyran Kansa, ses facéties à Vrindavan, les vierges qu'il posséda dans l'eau des rivières, la jalousie de Radha trop folle de son corps bleu, enfin l'offrande qu'il fit de son enveloppe charnelle au dernier jour, pour apporter aux hommes les bienfaits de la paix.

Madec s'en moquait bien. Il n'avait que la guerre en tête.

Dans son palais, pourtant, on n'était pas de reste ; c'était Marie qu'on célébrait. La bégum Madec fabriquait pour la Vierge de petites offrandes ; comme dans les maisons de Bharatpur, fruits confits et gâteaux de riz, pour que la Mère divine protégeât le nouvel enfant qu'elle portait. A l'autre bout du palais, Mumtaz chantonnait tout le jour, prise elle aussi de fièvre amoureuse. Devant son miroir, elle bordait et rebordait ses yeux de khôl, elle parfumait et lissait ses cheveux tressés de fleurs. Le soir venu, elle levait une lampe vers le jardin et guettait l'heure où reviendrait son maître bien-aimé.

Il venait le front plus soucieux de soir en soir. Mumtaz se douta de quelque chose. Elle redoubla d'attentions pour lui, comme s'il était un enfant malade. Madec, cependant, ne parlait pas. Elle tenta le tout pour le tout : « Madecji, tu t'assombris alors que l'amour est partout ! Veux-tu que j'essaye les tours des prostituées des temples, tu sais, les servantes du seigneur, les Devadesi, allons viens, j'en ai beaucoup appris, à la maison de plaisir... » Il ne la repoussa pas. Un matin d'éclaircie, ils transportèrent même leurs joies au jardin, sur un tapis tout neuf, et elle le convainquit, dans la demi-allégresse qui suivit, de jouer avec elle au cerf-volant, ainsi que tous les amoureux quand la mousson finit. Il persévérait néanmoins à se taire.

Un soir enfin, Bharatpur ne sentit plus le riz au lait, signe indubitable de la fin des fêtes. Un homme délicat et grassouillet, qui se prétendait marchand à Delhi, se présenta à sa porte.

Si la capitale comptait beaucoup de négociants de son espèce, trafiquant les fruits et légumes entre Kabul, Srinagar et Agra, il ne fallait pas être grand clerc pour deviner que celui-ci n'était pas ce qu'il affirmait, à savoir marchand de melons et pistaches. Teint clair, yeux bridés, manières raffinées, il avait tout du notable moghol ; Madec l'introduisit aussitôt. Ils n'échangèrent pas un mot. L'autre sortit de son manteau trempé un sac de quatre mille roupies en acompte sur les quarante mille qu'on lui promettait, puis un gros rouleau d'acier travaillé qui contenait un parchemin.

C'était une patente de nabab.

Dans une lettre jointe, le généralissime du Moghol déclarait que l'empereur acceptait l'offre du firangui et de son roi. Le titre de nabab, accordé au seigneur Madec, prendrait effet à l'heure où il rejoindrait Delhi. La chose serait solennellement signifiée à la face du monde, dont le Moghol était le parasol. On l'attendait.

– Au plus tard dans deux mois ! ajouta simplement le faux marchand de melons afghans.

– Marché conclu, répondit bravement Madec.

Le soir même, Madec fit mander Mumtaz.

– Je veux encore les tours des Devadesis.

Elle fut surprise, mais s'exécuta avec soin.

Le jeu fini, elle sut qu'il allait parler.

– Tu es bien habile, Mumtaz... Pleine d'imagination. Mais enfin, tu n'es pas une Indienne !

Elle saisit l'occasion :

– Non, répondit-elle fièrement. Mais les gens du Moghol non plus, tu verras !

Il la saisit aux cheveux :

– Comment sais-tu ?

– Madecji... Nous autres femmes, nous sommes habituées à tout observer. On ne nous dit rien, mais il est bien des choses qu'on apprend à travers les grilles d'une maison ! Rien qu'à regarder la pluie qui tombe derrière les moucharabieh...

Il la relâcha, et elle le regarda de côté, toute douce, souriante, à peine émue de sa violence :

– Le visage du soldat qui court entre les gouttes, sa façon de porter l'épée... La façon même dont tombe l'averse ! Et puis ton regard, Madec, tes yeux changeurs après...

Elle hésita :

– Après... Comme maintenant. Combien de choses, Madec, dans tes yeux qui changent de couleur !

Elle approchait la lampe. De colère, Madec la souffla. Il s'en alla à l'autre bout de la pièce, s'étendit sur le tapis, ramena sur lui un grand châle. Il ne bouda pas longtemps :

– Et la begum Madec, le sait-elle aussi ?

– Entre femmes, Madecji, on ne se dit rien, mais le silence parle à toutes.

Il revint auprès de Mumtaz, essaya de s'endormir. Le sommeil ne vint pas. Il se retourna une dernière fois vers elle, caressa ses hanches à travers la soie de ses pantalons bouffants.

– Mumtaz... Crois-tu que toutes les femmes devinent ? Toutes ? Même de loin ?

– De loin ? Que veux-tu dire ?

Elle avait la voix du premier sommeil. Il préféra ne pas insister :

– Dormons.

Le lendemain, une heure avant l'aube, il expliquait à ses soldats le plan qu'il avait mis au point pour trahir le rajah des Djattes.

L'entreprise fut plus difficile qu'il n'y avait songé. Le gros de son armée campait à vingt lieues. Madec la confia à Kerscao, un de ces officiers bretons nouvellement arrivés, bien né, très cultivé et excellent soldat. Pour sa part, il demeura à Bharatpur, avec cinquante fantassins et autant de cavaliers : il s'agissait, au premier chef, de sauver sa fortune. En une journée, il réunit les pierres et l'or qu'il possédait ; il en chargea six grands coffres, qu'on arrima sur le dos de Corentin. Suivirent les autres éléphants, les chameaux, les chariots à bœufs, portant sa famille et le reste de ses biens, tapis, vaisselle, serviteurs. La palais avait été entièrement vidé. La caravane se dirigea vers le camp où l'attendait Kerscao tandis que Madec, avec ses cent soldats, s'en allait vers la route où l'attendaient les Djattes. Comme il le supposait, l'alarme avait été donnée. Un détachement barrait la route.

– Le rajah des Djattes te mande en son palais, hurla le chef de la garde. Il exige des explications sur tes ventes, achats et déplacements !

Il fallait gagner du temps ; permettre à la caravane, Corentin, sa fortune, ses femmes de rejoindre sans encombre les États du Moghol. Il parlementa, allongea à plaisir les salams et les marques d'égards. La brute djatte, flattée, s'y laissa prendre un moment. Cependant, la nuit s'avançait. Madec avait allumé des flambeaux. Ils révélèrent, derrière lui, de très gros bagages. Ce n'était que vil paquetage d'armée, mais la convoitise du Djatte finit par s'exciter :

– Saisissez ce chacal !

Déjà Madec avait fait renverser les torches. Tous ses hommes tirèrent d'un seul élan. Profitant de la confusion, ils se retirèrent derrière les bagages et soutinrent pendant une heure un feu nourri. Les Djattes s'épuisèrent. Il était temps de rejoindre le camp. Madec ne pensait plus qu'à Corentin et à ses coffres d'or. Le diamant de Godh, enfoui dans un chariot sous un ballot de soies grossières... Les Djattes refusèrent de le laisser fuir. La poursuite commença. A la tête de la cavalerie, Madec hurlait pour presser ses hommes. De temps à autre, la charge des Djattes se rapprochait, on tirait dans la nuit ; parfois, on distinguait un bruit sourd sur le sol, un corps qui s'écroulait, puis le galop des chevaux recouvrait tout.

La nuit était claire, sans un brin de vent. Et pourtant le monde s'agitait en tous sens ; toutes les visions de la route s'entremêlaient, les banians noduleux, les fontaines désertes aux carrefours, les temples de campagne où dansaient, glacés sous des couches de peintures vives, les génies de la terre et du ciel. Visions fugaces, aussitôt superposées les unes aux autres ; Madec croyait se battre contre les créatures de l'Enfer :

– Raksa, Raksa, tu ne m'auras pas ! hurlait-il, chaque fois qu'il se retournait pour tirer sur les Djattes. Plus s'avançait la nuit, plus l'ennemi se confondait en effet dans son esprit avec les démons dont parlaient les femmes, les saisisseurs venus de l'au-delà pour arracher aux humains leurs biens les plus précieux.

– Raksa, Raksa, répétaient les soldats sans comprendre, tandis qu'ils passaient, une à une, les dernières collines du pays djatte.

Rien n'arrêta l'énergie de Madec. Deux heures avant l'aube, victorieux des Djattes comme des fantômes de la route, il atteignit son camp. Tous ses doutes tombèrent. Il était certain d'être l'homme de la Nation. Il commanda de battre la *Générale,* puis *Aux Champs.* Il exultait. Il se crut revenu à ses grands espoirs d'enfant débarqué à Pondichéry. Il se sentit français, incontestablement français. Et heureux de l'être. C'était la première fois. Il profita du répit pour priser du tabac dans la jolie boîte que lui avait donnée Saint-Frais. Sur son couvercle, la belle Pondichérienne continuait à sourire. Ainsi, pensa Madec, la France de l'Inde va renaître. Il rendit son sourire à la dame de la boîte, l'enfouit dans sa poche, pressa le pas de son cheval. En route vers de grandes choses, il convenait de se hâter.

Son armée avança sans encombre. Depuis que la caravane s'y était jointe, c'était un bazar en marche plutôt qu'une armée. A ses troupes encadrées et entraînées à l'européenne s'ajoutait un nombre extraordinaire de porteurs, chariots, canons, victuailles, barils de poudre, un apparent désordre propre à frapper d'apoplexie tout général d'Europe. La progression s'en trouvait retardée; néanmoins, vers neuf heures du matin, on n'était plus qu'à trois lieues des États du Moghol.

A peine coupée de la verdure d'un marais, une immense plaise s'étendait, toute libre: le pays de Delhi. La trahison était consommée.

Madec n'osait y croire. Il donnait l'ordre de franchir le marais, quand il vit se ruer une foule incroyable, attaquant à la manière indienne, dans la confusion la plus complète. Il chercha fébrilement leur étendard: c'étaient encore les Djattes. Les yeux rivés sur Corentin qui ouvrait la marche, Madec eut un moment d'hésitation. Il fouilla l'horizon. C'était l'heure où se décidait la victoire, si jamais du fond de ces collines, sur son cheval fauve, surgissait l'homme en noir.

Il ne vit rien. Il pouvait gagner. Il chargea.

– Raksa ! C'est moi le Raksa ! hurlait-il, tandis qu'il hachait bras et jambes à coups de sabre. Des éléphants s'écroulèrent, les jambes brisées de boulets. Les chevaux se renversaient un à un, les Djattes glissaient sur leurs entrailles.

Soudain, la voix de Madec s'étrangla. L'étoffe de sa robe s'était déchirée. Le sang ruisselait sur son bras. Une balle, sans doute. Il ferma les yeux. Quand il les rouvrit, quelques secondes plus tard, ce fut pour voir Kerscao à ses côtés, lui-même balafré d'un coup de sabre.

– Continuons ! Ils reculent ! Fais protéger le marais par les canons, et que passent les chariots et les bagages ! Les Djattes reculaient, en effet. Lentement, les éléphants traversèrent le marais, puis les chameaux, les bœufs, les fantassins. Madec demeura le dernier sur la rive. Les ennemis, de temps à autre, tiraillaient sans conviction. Ils disparurent peu à peu dans la boue des chemins. Madec décompta rapidement ses morts : une cinquantaine, des cipayes pour la plupart.

Il jeta un regard sur le marais. Corentin avait atteint l'autre rive, ses coffres d'or et de pierres toujours bien arrimés. Il engagea dans la vase rougeâtre le sabot de son cheval. A son bras, il sentait une intense douleur. Une sorte de fièvre se levait en lui.

Un très léger instant, son cheval hésita à poser le pied dans les eaux gluantes. La tête un peu lourde depuis sa blessure, Madec ressentit cette hésitation comme un nouveau choc. Il s'agrippa aux rênes de la bête, se reprit, eut un dernier regard pour le pays djatte. Une nouvelle fracture dans sa vie : là-bas, irrémédiablement perdus, son palais de Bharatpur, ses jardins, son bonheur simple, la fin supposée de ses passions. Dig, aussi, où s'était recluse à jamais, croyait-il, la dame de Godh. Sur l'autre rive, l'inconnu, Delhi, la plaine des honneurs, la France des Indes recommencée. Mais Sarasvati, un jour, n'avait-elle pas aussi parlé de l'empereur ? Comme à son habitude, lorsqu'il se voyait vaciller à la croisée des chemins, Madec musela avec autorité ses restes d'émotion et franchit sans frémir la demi-lieue de boue qui le séparait des États du Moghol.

CHAPITRE XXVI

Décembre 1772

Delhi

La plaine de Delhi était singulièrement plate ; l'affirmer n'était pas commettre un grossier pléonasme. D'ordinaire, en effet, les plaines savent s'agrémenter de courbures inattendues, de gonflements légers, de petites ondulations ; à tout le moins, quelques délicats mamelons viennent soulager le voyageur excédé de leur irritante monotonie. Les États du Moghol, bien au contraire, offraient à l'armée de Madec l'image surprenante de la plus parfaite uniformité. Était-ce la grisaille rougeâtre de cette campagne, ou l'insidieuse influence de l'automne naissant, Madec commença à regretter d'avoir quitté Bharatpur. Douze jours qu'on marchait depuis la trahison des Djattes. Les blessures reçues se refermaient peu à peu ; on avançait dans le calme. Point de chaleur, point de poussière, c'était la meilleure saison pour un voyage. Madec pourtant s'était assombri.

En dépit de son expérience, il s'était plu à imaginer les États du Moghol cent fois plus riches que tout ce qu'il avait vu aux Indes. Or ils se présentaient à lui comme une terre abandonnée, un demi-désert. De loin en loin, de vagues bouquets d'arbres, une mare rousse, dix masures de paille et de torchis : c'était tout pour la vie ; on repartait aussitôt dans le néant des champs rouges.

Madec chevauchait en tête de sa troupe. Il se retournait souvent pour observer ses hommes. Comment imaginer que ce ruisseau, ce mince filet de vie humaine perdu dans l'immensité de l'Inde, allait, par la volonté et l'énergie d'un seul d'entre eux, lui, Madec, apporter sa seconde naissance à un continent moribond ? Depuis plusieurs jours, cette pensée l'irritait. Il était pris de doute, de regret. Du même coup, il était devenu d'une humeur exécrable.

Au matin du douzième jour, une rumeur s'éleva de l'armée. Son cheval tressaillit. Dans la brume qui se dissipait venaient de surgir au bout de la route des coupoles rougeâtres et des dizaines de minarets.

— Delhi, la Rome de l'Orient, murmura Kerscao qui chevauchait à ses côtés, et qui avait des lettres.

— On dirait un camp, bougonna Madec. Regarde ces remparts. Tous les monuments qu'ils protègent rassemblent à des tentes.

La brume se déchirait très vite, comme souvent en Inde. Sans le savoir, l'armée n'était plus qu'à deux lieues des murs.

— Un camp, reprit Madec. Un camp immense et qui serait de pierre.

— Tu vas voir les merveilles qu'elle contient, poursuivit Kerscao. Des merveilles, tous les voyageurs l'ont dit. Un marché fabuleux, des mosquées superbes, et le fort du Moghol, ses jardins suspendus, son trône, avec deux paons de pierres précieuses et d'or, des plafonds lambrissés d'argent. Cette ville est vieille comme le monde, sept cités, sept cités, oui, construites l'une sur l'autre. Le premier, Indra le dieu du ciel, vient l'habiter...

Madec l'interrompit :

— Cette ville n'a rien d'indien. Épargne-moi tes voyageurs, Kerscao. Je m'en moque. Je ne veux que le Moghol.

Il se retourna pour observer Corentin. Bien qu'il n'eût pas reçu de blessure, la bataille contre les Djattes avait un peu éprouvé l'animal. Il avait l'air triste, comme plein de sombres pressentiments. Madec s'inquiétait : ne disait-on pas que les éléphants, détenteurs d'une sagesse quasi divine, prévoyaient le mal que les hommes s'obstinaient à se cacher ? Corentin avait définitivement abandonné son pas fantasque, ses manières polissonnes. L'air du pays lui déplaisait et la proximité de Delhi, contre tous les vœux de Madec, ne semblait pas le réjouir davantage.

— Je n'aime pas cette plaine, déclara Madec à son second. Non, vraiment, cette ville ne me dit rien.

— Toutes les cités mogholes se ressemblent. Ces minarets, ces remparts tout rouges... Agra n'est pas différente. Madec se raidit sur son cheval :

— A Agra, Kerscao, il y a le Taj !

Il s'en voulut aussitôt de cette réplique simpliste. Pour avoir traversé tant de villes indiennes, il savait que chacune d'elles, et pas seulement Agra, possédait la singularité d'un être humain. Ainsi, au bord du même océan, rien ne rapprochait l'alanguissement tropical de Pondichéry et la magnifique putréfaction de Calcutta. Les villes du Nord, Luknow, Lahore, avaient le charme persan de leurs courtisanes, telle Mumtaz, mais rien de commun avec la fierté rocheuse des cités radjpoutes. Delhi, elle, s'annonçait comme autre chose encore, qu'il distinguait mal. Les nuages s'ouvrirent davantage. Un immense minaret surgit soudain devant eux, à un quart de lieue à peine. Mumtaz passa la tête hors de son chariot et se mit à crier avec joie :

— *Qutb Minar,* Madecji, *Qutb Minar !*

Elle rayonnait. C'était son pays : tout ici redevenait musulman. Le *Pôle de la Foi,* en effet, le plus haut minaret que l'Islam eût jamais construit. Delhi, Madec s'en souvint alors, s'était bâtie sur les corps des héros radjpoutes, les ancêtres des hommes aux astrologues, diamants et villes roses, les adorateurs des dix millions de dieux. Ici, l'Inde des temples et des divinités dansantes avait été vaincue. Mais son vainqueur même, au cœur de ses États, approchait à son tour de la mort.

On arrivait à l'endroit fixé pour la halte. Madec ordonna que le convoi s'arrêtât. Sur le bord de la route se dressait un caravansérail ruiné dont la cour lépreuse abritait un puits. Tandis que les soldats se ruaient vers l'eau, que les femmes descendaient des chariots et s'ébrouaient sur le chemin, Madec abandonna son cheval, escalada les décombres. C'était chez lui une vieille habitude de voyageur et de soldat. Avant de pénétrer un pays nouveau, il voulait toujours le contempler d'en haut. Or, dans cette plaine à demi déserte, il n'en avait pas encore découvert l'occasion.

Rouge, rouge sans fin était la terre jusqu'aux remparts de Delhi, une immense enceinte crénelée qui s'interrompait de temps à autre, rouge ocré elle aussi. Madec reconnut sur-le-champ que les trous gigantesques percés dans la muraille n'étaient pas l'œuvre des moussons ; des canons, des éléphants étaient passés par là, et nul n'avait réparé le saccage. Derrière le rempart, la désolation n'était pas moindre. Pour un dôme de mosquée encore intact, dix ou vingt palais ruinés, des mausolées éparpillés dans des jardins en friche, puis sur un terre-plein surplombant le même fleuve qu'à Agra, un fort presque identique : la demeure du Moghol. Mais dans tout le paysage, il ne trouva rien qui ressemblât au Taj. Les rêves mélancoliques et tendres dont les Moghols avaient adouci la gloire d'Agra, étaient exclus d'ici : Delhi n'était que de pouvoir. Pouvoir à présent ruiné, qui pouvait cependant renaître, puisque sept fois déjà la ville avait ressuscité.

Aux pieds de Madec, tout s'entremêlait : les chapiteaux des mosquées, arrachés à de vieux temples hindous, soutenaient les coupoles dressées pour le Dieu unique ; aux pilastres des colonnades s'ouvraient les jambes d'une danseuse céleste ou les anneaux du serpent d'éternité. Peu importait, après tout, que les États du Moghol fussent en ruine. Mort, naissance, apogée, qui connaissait le cours des choses ? Partout où il était passé, Madec avait vu l'Inde survivre aux pires catastrophes. Lui, Madec, René, nabab des États du Moghol, d'ici deux jours entrerait dans Delhi. Et, avec lui, pour la grandeur de l'Inde et sa résurrection, la plus prestigieuse nation qui fût alors en Europe : la France. Il s'était longtemps cru de nulle part ; des années, on l'avait appelé *firangui* ; cependant, il était resté étranger à son propre pays. Mais maintenant qu'il y allait de sa gloire, son nom, singulièrement, ne lui brûlait plus la bouche.

Le généralissime de l'armée moghole se présenta à Madec dès l'aube qui suivit. Ainsi que bien des princes de l'Empire, c'était un homme de belle tournure, à la barbe soignée et au sourire cruel. Il éluda immédiatement toutes les questions de diplomatie internationale, pour concentrer son propos sur un unique objet : le protocole compliqué de l'entrée dans Delhi du nabab Madec, qui commença dès le lendemain. Il n'en avait pas précisé la durée. A la grande surprise de Madec, elle dura trois jours. Delhi était assurément fort étendue, pas assez grande cependant pour justifier une procession aussi longue. Au bout d'une demi-journée, Madec se demandait déjà si le généralissime, nommé Nagef-Khan, ne cherchait pas à se moquer de lui.

Le jour avait bien commencé. Il faisait frais; il flottait dans l'air quelque chose de montagnard. Le vent descendu des Himalayas dégagea le ciel, puis tout net arrêta de souffler. La plaine apparut vide de la moindre poussière ; la terre rouge, contre le ciel très bleu, en prit une teinte plus violente qui rassura Madec : si les couleurs criaient ainsi, c'était donc qu'on demeurait en Inde.

Les descendants des Moghols avaient gardé et même raffiné leur sens légendaire de l'apparat. Ils étaient arrivés par milliers, avec des dizaines d'éléphants de première caste et des chevaux de luxe entièrement chamarrés, qui trottaient très élégamment au son des tubas et des tambours. Pour le reste, c'était le commun des cérémonies indiennes, turbans dorés, aigrettes, pierreries, rehaussé toutefois d'un éclat particulier : les fameux notables moghols, que Madec, au sortir de Godh, avait si fort enviés, étaient au complet. Chacun d'eux, *rouzindar, mansebdar, omrah, panchazari, duazdeh hazari, Perle de Gloire, Colonne de l'Empire,* marchait avec son cortège particulier, ses musiciens, son étendard, ses soldats en cotte de mailles et ses mousquetaires, si bien que le cortège qu'ouvraient, côte à côte, Madec et Nagef-Khan semblait se multiplier d'autant.

Et d'ailleurs, les premières heures de la marche, Madec crut connaître les transports d'un triomphe. Aux côtés de l'étendard du Moghol, il étrennait son gonfalon de nabab ainsi que l'étoffe blanche et or du drapeau français sur lequel il avait fait broder, comme insigne de son régiment, la silhouette de son bien-aimé Corentin. On traversa des jardins, on longea des mausolées, on contourna des remparts. La foule accourait de partout, inépuisable, indéfiniment renouvelée, couvrant de vivats le vacarme des timbales et des trompes. Delhi, enfin, se montrait vivante, ce n'était plus un désert. Elle abritait un peuple immense, disséminé dans une multitude de villages cachés dans les bosquets, et il hurlait, dansait, chantait : c'était énorme et magnifique à souhait.

On passa des enceintes à demi éboulées qui débouchèrent sur d'autres murs. On dérangea marché sur marché, et les badauds abandonnèrent leurs étals de beignets pour lancer sur la procession roses fraîches et liqueurs jasminées. A l'horizon des ruelles en folie se profila plusieurs fois la façade puissante du fort du Moghol. On se dirigeait droit vers lui ; mais au dernier moment, alors qu'enfin on allait l'embrasser dans son entier, les balanceurs d'ostensoirs et les porteurs d'éventails qui ouvraient la marche pivotaient, tournaient brusquement à droite ou bien à gauche ; cela paraissait pur caprice.

Ainsi, en une seule matinée, on fit volte-face à cinq reprises, on s'en alla, comme par fantaisie, vers d'autres foules, d'autres jardins, d'autres mausolées, sans qu'à midi passé on eût franchi l'enceinte du Moghol.

Madec tâcha de dissimuler sa rage. Il jeta un œil furtif sur Nagef-Khan, dont l'éléphant marchait au même pas que le sien, quoique avec plus de lourdeur. Il eut la certitude que le général ne l'aimait pas. Cela avait dû commencer la veille lorsqu'il avait découvert Corentin. Ragaillardi par une nourriture plus délicate et les soins de toilette prodigués en vue de la fête, celui-ci avait un peu retrouvé de sa belle humeur. A peine Nagef-Khan l'eut-il aperçu qu'il lui lança un regard particulièrement mauvais que Corentin du reste, lui rendit. De surcroît, il se mit à barrir ; un instant, Madec put croire que le général allait s'enfuir à toutes jambes. Fort heureusement, il parvint à garder la tête froide. Il prit seulement un petit air très hypocrite. Corentin, quant à lui, préféra détourner la tête, secoua sa trompe, et les apparences furent sauves.

A présent cette impression de haine se précisait. Selon les convenances, Madec avait revêtu un uniforme à la française, où il se sentait terriblement engoncé. Nagef-Khan, pour sa part, paradait dans une large et souple robe de soie mouchetée d'or ; il distribuait de généreux saluts, si bien que chacun de ses gestes paraissait destiné à narguer Madec, à entraver tout le bonheur qu'il aurait pu goûter. Que le généralissime l'eût ou non cherché, il ne parvenait pas à savourer l'ampleur de l'événement. Il doutait même que ce fût un triomphe. Les éléphants tournaient, tournaient sans fin, comme les chevaux au manège, autour d'une ville rouge dont ils se refusaient à pénétrer le cœur. De temps à autre, les tubas s'essoufflaient, les vivats se clairsemaient ; à travers les fumées d'encens se glissait l'odeur de la viande frite et des boulettes de poisson. Puis c'était une nouvelle ruée de foule, un torrent humain se déversait, se répandait en clameurs. Au sortir de ruines abandonnées, on avait pu croire, un moment, au silence ; alors surgissait un village de torchis, puis un *chawk* débordant d'épices. A nouveau, les cris, les chants, la liesse. Constamment, Delhi surprenait, se contredisait, tournait sur elle-même. Les Moghols n'en avaient cure, ravis de cette absurde marche dans un labyrinthe, narquois et fiers de dérober à Madec son impossible trésor, le palais du Moghol.

Deux jours pleins, il tourna ainsi dans Delhi, furieux, frustré, et cependant muet. Le soir venu, les Moghols le raccompagnaient à son camp, et ils se postaient tout près avec leurs bêtes, comme pour l'excéder et l'observer encore. Il ne dormait pas. Au matin, hébété, il reprenait la procession ; il ne savait plus s'il devait se forcer à partager la liesse ambiante ou se faire raide et ténébreux, ainsi que la victime humiliée aux yeux de tous. Parfois l'exaltation le prenait. Il tremblait de joie, il pleurait presque. L'instant d'après, il croisait l'œil oblique de Nagef-Khan, et il détestait tous les Moghols, Delhi, les fleurs piétinées, l'eau de rose et les turbans. Observant la foule qui sautait de joie à ses pieds, il la comparait alors à la mécanique d'un automate, remontée d'elle-même à la seule approche d'un éléphant maquillé.

Au matin du troisième jour, au mépris de toute la diplomatie franco-moghole engagée sous son nom, Madec était près d'éclater. Alors, comme s'il l'eût senti, Nagef-Kahn, d'un geste large, lui désigna une immense avenue. De part et d'autre s'étendait le grand bazar de Delhi, le chawk par excellence, le marché entre tous les marchés. De Canton à Constantinople, il était connu par tout l'Orient, des caravanes chinoises aux quais des Yémen. Ses devantures, tout le monde le savait, n'offraient que denrées communes ; mais, disait la rumeur, ses boiseries grillagées cachaient le plus secret, le plus précieux de l'Asie profonde, venu par des routes périlleuses, inaccessibles aux profanes de la Marchandise, les steppes de Tartarie, les défilés du Tibet, les jungles du Népal, autant de pays encore inexplorés. Derrière leurs moucharabieh vermoulus, les trafiquants de Delhi en savaient seuls les routes : d'où le prestige de leur nom, les Seigneurs de la Marchandise. Et ils s'étaient tous extraits de leurs officines, ils étaient au balcon, les rois du jade et de la soie. Du haut de Corentin, Madec passait à leur hauteur, il les contemplait de tout près.

Il chercha vainement sur leurs traits grossiers de banians enrichis l'ombre d'une passion aventurière. Son imagination butait sur du commun. Nagef-Khan, d'un mot, l'arracha à ses spéculations :

– Nous voici au terme de notre procession ! Prépare-toi, nabab Madec, à pénétrer la demeure du Seigneur du Monde, souverain universel, à l'ombre duquel, comme sous un parasol, l'humanité entière doit se reposer ! Il débitait les titres d'une voix mécanique, sans passion aucune. On y sentait à la fois de la haine et de l'envie : il était clair qu'il désirait, lui aussi, offrir son ombre à l'humanité et qu'il eût volontiers supplanté son maître dans cette auguste tâche.

Madec sursauta. Un frisson familier parcourait le marché. Il le reconnut aussitôt. Une solennité s'annonçait, supérieure à ce qu'il venait de vivre. Nagef-Khan ne lui mentait pas. Les deux jours précédents n'avaient été que préparatifs. Somptuosités apéritives, en somme, telles les délicatesses des festins indiens. Arrivait maintenant, au terme d'une attente qui avait énervé tous ses sens et même sa sensibilité politique, l'apothéose. Aurait-elle le même effet que l'argent dégusté en cuiller à la fin des orgies mogholes ? Il n'en douta plus. Les tubas crièrent de plus en plus fort. La foule grossit. Des étals de beignets se renversèrent, de pleines bassines de confitures et de sorbets se répandirent sur les parterres de fleurs. Soudain s'ouvrit devant les éléphants un espace immensément libre. Une mosquée sur la gauche, une esplanade surplombant la rivière Yamuna, la même qu'à Agra. Et, comme là-bas, un fort, un gigantesque fort, rouge lui aussi, flanqué de tours rondes d'au moins trente pieds d'élévation. C'était à la fois terrifiant et admirable.

– Entrons, cria Nagef-Khan. Le Grand Moghol t'attend, Nabab Madec !

Ce fut son dernier instant de lucidité ; l'ivresse, enfin, l'envahit.

– La porte de Lahore ! annonça Nagef-Khan de sa voix blasée.

Madec bouillonnait. Du coup, il ne vit rien, ni les douves à sec, ni les remparts fissurés de partout. Les éléphants s'engagèrent sur les pavés d'une rampe. L'ombre puis le silence tombèrent sur la procession. On arrêta les bêtes au seuil de la rue centrale. Dans l'obscurité du lieu, leurs chamarrures parurent déplacées. Toute liesse s'était éteinte.

Ici donc, ville au sein de la ville, c'était le cœur des États du Moghol. Le pouvoir était proche. Mais, à la différence de Delhi qui s'agitait trente pieds plus bas, le fort était une cité vide. On s'engagea dans l'allée qui menait au palais, une longue rue voûtée et bordée d'arcades, où s'agitait le menu peuple du bazar impérial : gardes déguenillés, astrologues pouilleux, marchands de mille minuscules choses. Ils s'accrochaient à leurs boutiques, les mains tremblantes devant le peu qu'ils avaient à vendre, comme pour le protéger d'un nouveau cataclysme : la guerre, tant de fois, était venue ici. C'étaient des mendiants, des morts-vivants, plutôt que des marchands. Quelle illusion de fortune, quel rêve encore les retenaient dans ces remparts si fragiles ? Le même, sans doute, qui chavirait à présent l'esprit de Madec. Il marchait, comme à Godh, vers la merveille. Pourtant, autour de lui rien ne ressemblait aux splendeurs décrites par Kerscao. Les ateliers des brodeurs avaient disparu, comme ceux des orfèvres, des peintres, des tailleurs, des tourneurs, des appliqueurs de laque, des faiseurs de babouches, des tisseurs de soie. Avaient-ils jamais existé ? A chaque carrefour, l'air froid claquait sur des façades abandonnées. La richesse avait fui. Sur les toits s'amusaient quelques vautours. Tels les palais des contes désertés par les fées, la demeure du Moghol était vide, comme jamais ne l'avait paru la citadelle de Godh, fût-ce au matin du massacre. D'ici, c'était aussi le pouvoir qui s'en était allé ; et pire encore peut-être : l'esprit qui fonde la puissance.

Retentit soudain un roulement de tambour.

– *Nakharahkhana,* annonça Nagef-Khan.

C'était la porte de la musique. Ils la franchirent d'un pas pressé. La lumière avait déferlé en même temps que les sons. Elle happait le cortège. Sans transition, on abandonna l'austérité de l'architecture militaire pour la nonchalance d'une cour et d'un jardin. Au fond d'une esplanade traversée de canaux s'ouvrait une grande salle à plusieurs rangs de piliers, à peine protégée de toiles rouges.

– Diwan-i-Am, Nabab Madec... Voici que tu t'en vas saluer l'ombre de Dieu.

Madec frémit. La fièvre lui battait les tempes. Un brouillard tomba sur ses yeux, qui n'était pas l'éblouissement de la lumière retrouvée.

Il se dirigea d'un pas faussement assuré vers le trône du Grand Moghol, serrant dans ses poches les roupies d'or que la tradition voulait qu'il lui offrît.

Les arbres étaient secs, le gazon jauni. Ni les bassins ni les canaux ne murmuraient. N'eût été le froid, on se serait cru en pleine saison d'avant-mousson. Un vieux garde s'avança, un bâton à la main, gesticulant des bras et des jambes comme un possédé. Une forme soyeuse s'agita sur un trône de bambou tressé, et l'homme au bâton s'inclina devant elle :

– Salut, Roi des Rois, Vainqueur du Monde, Maître de l'Univers !

Puis Madec fut poussé vers ce qu'il supposa être le Moghol. Il ne pouvait que le supposer en effet, puisqu'il ne reconnaissait autour de lui ni les porteurs de massues d'argent promis par Kerscao, ni surtout le fameux trône aux deux paons, dont tous les voyageurs assuraient qu'il était le trésor du palais, le chef-d'œuvre d'un frantci du siècle passé. Le garde enfonçait son bâton dans le dos de Madec :

– Avance ! Fais ton salam !

Madec s'exécuta.

– Maintenant, donne ton nazer !

Il obéit encore, tendit ses roupies d'or dans un mouchoir de mousseline. Une main soignée les saisit, les compta. Le garde saisit alors Madec aux épaules, le somma de regagner le bout du jardin. Les notables moghols s'approchaient à leur tour, lui dérobant le visage de l'empereur. Courbé sur le tapis pendant le salut, il n'avait pas même aperçu ses traits. Déjà, on le reléguait à vingt pas de lui, on lui réclamait à nouveau des courbettes, tandis que les omrahs, les Soutiens du Ciel, les Colonnes de l'Empire passaient dans le mépris de leurs robes bruissantes et lui écrasaient les pieds. Enfin les salams touchèrent à leur fin. Les notables en tunique revinrent aux côtés de Madec ; on apporta des coussins. Tous s'assirent.

Une heure durant, le Moghol demeura muet. De temps à autre, il claquait des doigts. Des serviteurs sales s'affairaient aussitôt. Les caprices succédaient aux caprices. Ce fut d'abord une revue de cavalerie, plutôt saugrenue au beau milieu de ce jardin, quoiqu'il fût à l'évidence à peu près abandonné. Les bêtes déposèrent leur crottin un peu partout sur le marbre ; un moment, les cascades coulèrent, de ce qui n'était pas de l'eau jasminée. Les bêtes étaient très nerveuses ; un serviteur prit une ruade, ce qui amusa fort l'assistance. D'un air distrait, le Moghol commanda ensuite un combat de gazelles apprivoisées, dont il se lassa au bout d'un quart d'heure. Il fit venir alors des cadavres de moutons, vidés de leurs entrailles, où il essaya inlassablement la lame des divers couteaux qui pendaient à sa ceinture. Il variait le geste avec un art consommé, tandis que les gardes tournaient et retournaient les bêtes devant lui, dans toutes les positions. Chaque fois qu'il retirait sa lame des chairs, les notables criaient en chœur :

– Merveilles, merveilles ! Il-a-fait-merveilles !

Madec voyait avec terreur s'avancer l'après-midi, quand enfin le Moghol consentit à parler. Il repoussa avec un dégoût soudain les moutons sanguinolents, mit de l'ordre dans les plis de sa robe, se cala contre le bambou du trône et déclara :

– Approche, nabab !

– Merveilles ! Il-a-dit-merveilles ! renchérirent les courtisans.

La situation était parfaitement absurde. Mais, tout bien considéré, aussi solennelle qu'incongrue. Madec opta pour la gravité. Il s'avança. Le Moghol continuait, d'une voix caverneuse, à demi étouffée par la soie qui le recouvrait :

– Approche, Soleil-de-Ma-Cour, Héros-de-Mon-Empire, Madec,

Nabab, Madec, Bahadour, Toujours-Prêt-Au-Combat, Mon-Lieutenant-De-Guerre, Madec, Bocci, Troisième-Après-Mon-Grand-Vizir !

Madec avait calqué son pas sur le rythme auquel l'empreur débitait les titres, si bien qu'il fut près du trône à la fin de l'énumération. Cela fut très vivement apprécié. On lui sourit.

— Moi, Shah Allam, successeur de Tamerlan, Roi des Rois, Vainqueur du Monde, Maître de l'Univers, je te fais nabab, de première caste, te voici mien, voici ton cachet, tes patentes renouvelées, prends cette robe d'or, ce turban, cette aigrette, cette ceinture...

Madec eut à peine le loisir d'observer le Moghol. Son regard s'était embué, comme celui des navigateurs quand ils découvrent leur extrême lointain, leur ultime inconnu. Cet inconnu-ci n'offrait rien que d'un peu triste. C'était un demi-vieillard, semblait-il, ni vraiment jeune, ni franchement chenu ; il portait un carquois et un sabre : ses mains délicatissimes savaient-elles seulement s'en servir ? Elles sentaient si fort le parfum des femmes... Elles se penchèrent vers Madec avec de petits gestes las, comme convaincues de leur inutilité, mais où l'on cherchait à montrer de l'art. Des doigts très mous effleurèrent son front ; Madec voulut relever les yeux, affronter tout droit le regard du Moghol.

Il n'en eut pas le temps. Les serviteurs le saisirent à bras-le-corps. Il disparut sous une étoffe. Comment l'avoir oublié ? C'était bien sûr la *kalaate,* la robe d'or traditionnelle, comme à Godh, comme chez tous les rajahs. Il respira et prit le turban puis l'aigrette qu'un notable lui présentait. L'empereur hochait la tête. Il lui désigna un cheval :

— C'est aussi pour toi !

— Merveilles, Il-a-fait-merveilles, psalmodiaient toujours les courtisans.

Brusquement, le Moghol se leva. Le chant s'éteignit aussitôt. Il détacha son cimeterre et, de sa propre main, le passa dans la ceinture de Madec.

Nagef-Khan blêmit. Le premier toutefois, il reprit le chant :

— Merveilles... Il-a-fait-merveilles...

Madec se laissa faire, l'esprit tendu vers son projet. L'empereur maintenant se penchait sur ses officiers, leur passait à leur tour robe dorée et aigrettes de pierres. Kerscao jubilait sous son brocart neuf.

Abandonnant toute convenance, Madec voulut à nouveau s'approcher du Moghol.

— Seigneur... La France... Les projets de guerre...

L'empereur sourit :

— Ne trouble pas les salams.

— Mais...

Il se ferma soudain. Nagef-Khan s'interposa :

— Il sera un jour bien assez temps.

Un quart d'heure encore, la cérémonie se prolongea. Tous les officiers de Madec étaient à présent revêtus de robes. On se voûta dix fois sur les tapis usés, on tourna lentement autour du jardin mort, salams, merveilles, l'empereur réclama encore un mouton mort, dont il lacéra longuement les chairs.

Soudain il lança un œil appuyé vers la gauche, où se dressait un joli bâtiment.

– Le sérail, chuchota Kerscao.

Il avait vu juste. Une dizaine d'eunuques en surgirent, comme s'ils guettaient ce regard depuis des heures.

– Préparez-moi mes femmes.

– Merveilles ! approuvèrent les courtisans.

Madec comprit qu'il était trop tard. Si loin qu'il fût, il hasarda pourtant :

– Mais... la guerre... Nos accommodements...

L'autre sourit vaguement, claqua des doigts. Les porteurs de bâton s'avancèrent vers les Français :

– C'est fini. Repartez.

On les reconduisit par une autre porte. Ils traversèrent une série de galeries. Madec était dégrisé. Comme ses compagnons, il remarqua les plafonds vidés de leurs lambris d'argent, les murs soigneusement excoriés des rubis, topazes et émeraudes qui les ornaient autrefois. Maintenant qu'étaient terminées les excentricités du Moghol, la mélancolie déferlait sur son palais. C'était triste, presque funèbre. Sitôt franchies les portes du fort, la liesse reprit. Le monde avait retrouvé sa qualité sonore, il résonnait, vibrait, hurlait de toutes parts. Un bref moment, Madec se demanda s'il ne s'était pas laissé prendre à un piège. Le généralissime lui déplaisait, ainsi qu'à Corentin. Et ce Moghol si mou, si délicat, son refus de parler de la guerre, de l'alliance, son palais de silence... Néanmoins, Madec était nabab. Et de première classe. Bahadour de surcroît, et Bocci, roi ! Troisième dans l'empire après le Grand Vizir. Un palanquin tout neuf s'était joint au cortège, ainsi qu'une musique militaire. Ses harmonies persanes ne lui plaisaient guère, mais enfin, c'était le signe de sa dignité. Et d'ailleurs la foule ne l'acclamait-elle pas plus fort que tout à l'heure ?

Il se rengorgea. On n'était pas rentré au camp qu'il avait retrouvé toute sa sérénité. Ainsi qu'aux plus beaux jours de sa jeunesse, l'ardeur s'empara de lui. Relever l'empereur de sa présente déchéance, comme le lui avaient demandé Chevalier, Visage, Saint-Frais... Et que dirait Sarasvati, si elle apprenait son titre ? Nabab de première caste, Bahadour, Bocci... Pour la première fois depuis six ans, il eut envie de la revoir. Un désir de revanche, sans doute. Elle, qui avait clamé qu'elle mènerait la guerre, elle n'avait rien fait que d'une femme : se marier. Il se rappela sa dernière phrase : « Souviens-toi, Madec, il est deux races d'êtres en ce monde : les hommes et les femmes ! » Certes ! Et la guerre était pour les hommes. Sans le savoir, Sarasvati lui avait offert l'occasion de la grandeur. Ce soir-là, Madec voulut demeurer seul dans sa tente. Une sensation nouvelle l'habitait, qu'il voulait s'expliquer.

Il se voyait enfin échapper aux fatalités. La première, bien sûr, était celle dont lui avait parlé Chevalier : l'humilité de ses origines. La seconde était immense : en ce jour, c'était peut-être la fin de sa soumission à l'événement. Madec était désormais un homme en marche.

Mais non plus seul. Derrière lui, la *Nation.* La France, qui tout à l'heure peut-être s'était fiancée à l'Inde.

Il n'avait pas la moindre idée du nom qu'il fallait donner à ce qu'il éprouvait. L'*Histoire,* peut-être, selon un mot cher à Chevalier ? Il ne savait pas. C'était encore un langage étranger. Néanmoins, le sentiment était fort, intense, déchirant, presque à en défaillir. Au milieu de tous ces transports, une soudaine résolution s'imposa à lui : dorénavant, il noterait tout ce qu'il entreprendrait. Dates, noms, lieux, tout y serait. Le passé aussi, il le mettrait au net. Et pour l'instant, ce qui pressait, c'était de fixer sur le papier le souvenir de cette journée singulière.

Madec s'accroupit donc sur le tapis, et, pour la première fois de sa vie, il se mit à rédiger un texte qui n'était ni un compromis militaire ni une lettre de change. Il énuméra soigneusement ses titres, les cadeaux qu'il avait reçus, les rares paroles du Moghol. Parvenu au terme de son inventaire, il s'aperçut qu'il n'avait pas écrit trente lignes et que le plus important, l'impression étrange qui l'avait accompagné tout au long de ce jour, s'en trouvait absente. Il chercha et rechercha ses mots, en vain. C'était en lui comme une barrière, une impossibilité majeure.

Au bout d'une heure de pénible réflexion, où il retourna encore ses souvenirs de la journée, dans une ivresse et une souffrance indémêlables, il écrit une phrase qui le satisfit enfin : « A considérer maintenant l'état de grandeur où je me trouve, à peine puis-je croire que ce ne soit un songe. »

CHAPITRE XXVII

Décembre 1772 - janvier 1773

Dig-Delhi
An 4873 de l'ère de Kaliyuga

Le bruit de l'accueil reçu par Madec à Delhi parcourut l'Inde à une vitesse extraordinaire. Sans doute le Moghol avait-il distingué bien des chercheurs d'aventures ; mais Madec était le premier firangui qui eût trahi son maître, riche et opulent, pour se ranger sous la bannière de l'empereur qui n'était rien ou presque.

Sarasvati apprit la nouvelle sans surprise. Très fidèlement, comme convenu, Visage la lui porta, et il revint plusieurs fois lui faire part de l'émotion qu'on en avait éprouvée à Chandernagor, et même en France, à en croire les lettres de Chevalier. Des frantcis isolés, des couvents portugais, disait la rumeur, sollicitaient l'un après l'autre la protection du Nabab, et Versailles, ajoutait-on, se murmurait en frémissant sa terrible épopée. Sarasvati écoutait en silence. Elle ne cherchait pas les nouvelles, c'étaient les nouvelles qui venaient à elle. Depuis l'entrevue de la dernière mousson, il semblait qu'elle tenait Visage à sa merci. A son tour, il avait succombé à son charme. S'il espérait des lettres de Chandernagor, ce n'était pas pour leur contenu, mais pour pénétrer à nouveau dans les appartements de la princesse, s'imprégner de son parfum, revoir le balcon, la volière, le mur blanc à la madone. Et pourtant Sarasvati parlait à peine, hochant doucement la tête entre les phrases du médecin, l'œil fixé sur les saisons qui défilaient à sa fenêtre.

Il n'avait pas la moindre idée de ce à quoi elle occupait ses journées. Loin d'elle, ainsi que Madec aux temps de Godh, il ne voyait rien, il oubliait le monde et sa réalité. Elle possédait en effet un pouvoir singulier, celui de gommer toutes choses, de faire accéder les êtres qu'elle avait touchés à une sorte d'univers en trompe l'œil. De cet état d'âme, l'Inde sans doute était très familière. Autrefois, interrogeant les yeux des agonisants ou les regards effarés des sadhu, Visage l'avait découvert avec étonnement; maintenant, il ne voyait même pas qu'il s'y trouvait pris. Entre les appels quotidiens de Sombre, qui le mandait de plus en plus tôt dans la nuit, et ses longues courses dans la campagne pour chercher des plantes, il ne vivait plus que d'elle, de sa seule attente et du prétexte qui la lui ramenait : les lettres de Chandernagor. Or ce matin, c'était Sarasvati qui l'avait appelé. Il était presque midi. Il n'en revint pas. Son cœur se mit à battre. Visage tenait un journal exact de toutes ses visites à la princesse : c'était sa seule incursion dans le temps, un calendrier irraisonné qu'il eût souhaité éternel. Et lui, le presque vieux, le borgne, le tranquille Visage, voici qu'aux yeux de tous il se mettait à courir les galeries du palais, haletant, radieux, l'angoisse et la passion indécemment étalées.

Dès qu'il eut passé le seuil de ses appartements, Visage comprit que l'heure était grave. La guerre, peut-être. Il essaya de rassembler dans son esprit tout ce qu'il savait des rumeurs de palais. Il n'y parvint pas. Il n'écoutait plus ce qu'on racontait de l'armée. La cour des Djattes, parfois, était parcourue de remous. On assassinait. On allait soumettre un voisin. On volait, on massacrait. Cela n'était pour lui que du « on-dit », du « paraît-il ». Seule existait Sarasvati, et, pour le reste, battre les campagnes, interroger les brahmanes sur l'ayur-veda et lire jusqu'à plus soif leurs vieux livres sacrés.

Sarasvati l'arracha à son étonnement :

— Prends ce coussin.

Il salua, s'assit en tremblant.

— Je sais que tu n'as pas de lettres de Chandernagor. C'est moi, cette fois, qui suis la messagère.

Elle lui tendit un cornet de bétel. Ses mains tremblaient, elles avaient perdu leur lenteur familière.

— Visage... Les Djattes vont bientôt attaquer le Moghol.

Il ne s'émut pas :

— Madec les a déjà vaincus. Ils perdront.

— Les Djattes, reprit-elle. Unis aux Mahrattes ! Deux cent cinquante mille hommes...

Cette fois, il blêmit :

— Empêche cela. Tu tiens Sumroo à merci, princesse.

— N'y compte pas.

Elle le fixait d'un air farouche. Une colère soudaine déferla sur Visage. Il en cracha son bétel. Tout ce qui le portait vers elle l'instant d'avant se transforma soudain en répulsion sauvage, irrésistible.

— Alors, princesse, je ne suis plus des tiens ! Je pars. Je ne peux demeurer dans le camp où l'on prépare froidement la perte de Madec !

Il allait se lever, quand elle l'arrêta d'un seul mot :

— Je l'espère bien !

— Comment? Et que t'ai-je fait pour que tu me chasses? Elle ne répondit pas. Elle observa un moment sa volière où jouaient des perruches. Le soleil les éclaira soudain, puis se cacha.

– Quelle vengeance poursuis-tu, princesse ? hasarda Visage. Quel mal Madec t'a-t-il fait ? Deux cent cinquante mille hommes contre Delhi ! Avec les soldats du Moghol, Madec n'en possède pas soixante mille...

– Baisse le ton, médecin ! Baisse vite le ton, avant qu'il ne t'en cuise !

Elle parlait maintenant d'une voix rauque, souterraine, comme un animal qu'on menace.

– Sache que je ne poursuis d'autre vengeance que la mort de mon fils ! Que m'importe le souvenir de Madec. Dharma ! Cette attaque aura lieu. Je suis encore bien bonne de t'en prévenir.

– Je partirai donc.

– Eh bien, va ! Je ne te retiendrai pas.

Elle laissa s'installer un petit silence, puis ajouta :

– Et même, je ne te trahirai pas !

Elle éclata de rire.

Visage ne se laissa pas décontenancer :

– Si tu consens à ce que je m'en aille, princesse, c'est alors que tu as quelque chose à me demander en échange.

– Bien vu. Alors devine !

– C'est difficile ! Que va devenir Sumroo, ton époux ?

– Lui, il faut qu'il vive. Moi, médecin, c'est différent : toutes ces moussons qui défilent, mon ventre sec, les printemps qui reviennent, et ma vie si vide...

– Sumroo ne vit que par toi. Toi par lui. Par ses armes.

– Je ne sais pas. Je ne crois pas.

– J'en suis certain. Ce ne sont pas ces poudres...

Elle l'interrompit :

– Ces poudres, justement. Si tu t'en vas...

Il éclata :

– C'est donc cela !

Sarasvati dégagea sa tête de son voile, étendit son bras vers Visage. Sa main, un long moment, s'appesantit sur la sienne.

– Médecin... Je ne sais comment vous êtes, vous, les hommes de l'Ouest. Madec est loin, à jamais loin... je n'ai plus goût à la vie. Tu lui ressembles, pourtant, Visage, tu lui ressembles.

Elle parlait maintenant en français.

– Tu es pâle, comme lui, et digne, et tu as les yeux clairs. Depuis longtemps déjà j'aurais pu mourir. Que sommes-nous, Sombre et moi, dans l'Inde qui meurt ? Des moisissures accrochées à un vieux cadavre. Sombre est las. Il ne pense plus qu'au salut de son âme. Il a encore rappelé Wendel, il le couvre de roupies en échange de ses absolutions. D'ailleurs, Sombre ne sera pas de cette guerre.

– Comment ? Et que m'as-tu dit tout à l'heure ?

— Qu'il n'en soit pas ne signifie pas qu'il la désapprouve. Pour sa part, Sombre ne veut rien tenter contre le Moghol, c'est tout.

— Et le rajah des Djattes ?

— Le rajah empruntera nos troupes le temps de l'expédition. Sombre restera ici.

— Je ne suis donc pas le seul à rester fidèle à Madec !

— Tu vois... Pourquoi me haïr ?

— Je ne t'ai jamais détestée, princesse.

— Laissons cela. Maintenant, si tu pars, fais vite. Et donne-moi les poudres.

— Les poudres ? Mais qui pourra les administrer à Sombre ?

Sarasvati réprima un rictus de colère :

— Écoute, médecin, ou bien tu restes ici, tu continues à soigner Sombre, et tu abandonnes Madec. Ou bien tu pars, et tu me confies le remède ! Tu dois choisir ! Sinon, tu signes ta perte ! Tu trahis l'un ou l'autre. Sombre ou Madec.

Visage était stupéfait. La main, toujours, tenait la sienne. Elle était extrêmement douce. Sarasvati s'approcha de lui, prit sa tête entre ses bras :

— Tu es borgne, médecin, mais tu es beau. Tu es droit... Jamais il n'avait senti de si près sa peau, son parfum. Il n'avait plus envie de partir.

— Donne-moi les poudres, Visage. Je crois que cela vaut mieux.

Il se leva, disparut dans les galeries, la tête chavirée. Il venait de se rappeler qu'il avait plus de quarante-cinq ans. Or il venait de désirer une femme de plus de dix ans sa cadette ; et ce qui mettait le comble à son désarroi, il la fuyait en s'apprêtant néanmoins à passer par tout ce qu'elle exigerait. Une heure plus tard, Visage et Sarasvati s'enfermaient dans une pièce obscure de ses appartements, celle-là même, impure, où l'on cuisait la nourriture. Il ne fallut pas beaucoup de temps à la princesse pour comprendre le dosage des poudres et le maniement des flacons. Visage voulut lui inscrire le détail sur un parchemin. Elle refusa net :

— J'ai tout retenu.

Lui qui ne s'était jamais fié à une femme, il la crut sur parole.

— Maintenant, conclut-il simplement, cache cette mallette en lieu sûr. Personne d'autre que toi ne doit y toucher. Tu as compris, très honorée princesse : une seule goutte de certains élixirs, et c'est la mort sur-le-champ. On ne sent même rien.

— J'ai compris. Quant à toi, tu partiras dès l'aube. Je te ferai tenir un cheval et un garde. On n'y verra que du feu. Sinon, dis que tu pars chercher des plantes du côté de la frontière ou consulter un guru.

Visage sourit. D'ici quelques heures, ils allaient être séparés, peut-être pour longtemps, peut-être pour toujours. Cependant il ne souffrait pas ; cette complicité neuve, entière, absolue, à la veille du départ, lui était délicieuse. Il allait pousser la porte de la pièce quand il s'arrêta soudain :

— Et Dieu ?

– Dieu ? Et pourquoi Dieu ? Crois-tu qu'il veuille te suivre auprès de Madec ?

– Oui.

Elle ne parut pas surprise. Visage tint cependant à se justifier :

– Lui aussi, il était avec moi, avec Madec, à...

Sarasvati posa sa main sur sa bouche :

– Tais-toi. Je sais. Dieu m'a appris ta langue. Maîtres et élèves se disent bien des choses. Et lui aussi... Elle laissa retomber son bras, l'air un peu rêveur.

– Lui aussi, comme tu dis, il t'aime, princesse... Il partira, cependant.

Elle corrigea :

– Non, Visage. Il... m'aime, *et c'est pourquoi* il partira. Comme toi. Comme...

– Ne dis pas cela. Tu le souhaites, princesse, ce départ.

Visage parlait très vite, d'une voix assurée, presque étonné lui-même de sa soudaine fermeté. L'imminence de la séparation, la gravité des secrets échangés rendaient tout infiniment facile. Sarasvati l'observa longuement, sans la moindre trace d'émotion.

– Va donc chercher Dieu. Qu'il parte aussi.

– Il vaudrait mieux que ce soit toi, princesse. Je l'ai si peu vu. Tu le gardais tout à toi.

Il parlait déjà à l'imparfait, comme si la fuite était consommée.

– Non. Toi ! Il est là-bas, avec ses serrures, au fond de ce couloir.

Elle lui montra une galerie qui s'enfonçait dans ses appartements.

– Je ne veux plus vous voir, ni l'un ni l'autre. Partez. Partez, demain à l'aube. Et tâchez de rester en vie.

Le couloir était sombre. Visage voulut, une fois encore, rencontrer l'éclat de son regard, s'y perdre, y guetter une ultime buée. Tout à la griserie de lui obéir, il n'avait pas imaginé que le passé basculât si vite. Sarasvati se retournait, les yeux baissés. Elle s'avançait dans le couloir, le pas assuré malgré l'obscurité, comme en quête d'un mystère qu'elle était seule à connaître. Parvenue au bout du corridor, à l'endroit où s'étalait la lumière venue du jardin, elle se retourna dans le soleil qui traversait ses voiles.

– Allons ! Va voir Dieu !

Visage se tassa soudain, passa la main sur son œil mort et ses cheveux blancs, puis il partit vers la pièce lointaine où Dieu, disait-elle, travaillait tout le jour à ses subtiles mécaniques.

Il était minuit passé. C'était l'heure indiquée par Visage. Sarasvati s'engagea lentement dans le dédale de corridors qui parcouraient le cœur du palais. Serrures dissimulées, panneaux pivotants, les mécanismes, un à un, cédaient sous ses doigts. Elle s'avançait dans le noir sans difficulté, rompue à tous les obstacles qui se dressaient devant elle. Des heures durant, lors de sa mise en place, elle avait étudié les détails avec Dieu, et cela faisait plus d'un an que le passage secret lui était familier. Elle chercha à tâtons une dernière cheville de bois, la découvrit bientôt, et le grillage du moucharabieh glissa lentement. Sur son sofa, elle vit Sombre trembler. Il saisit son poignard à deux lames, retomba soudain sur les coussins :

– C'est toi...

– Oui.

Sarasvati se pencha vers la lampe qui brûlait à terre.

– Où est le médecin ?

Elle prit plaisir à le torturer :

– Comment ? Le médecin, en pleine nuit, seigneur Sumroo, es-tu donc si malade ?

Il l'arracha par son boléro, plaça devant sa gorge la double pointe du poignard.

– Ne joue pas les innocentes. Tu sais que Visage n'es pas venu. Je veux mes poudres !

Elle ne tressaillit pas :

– N'as-tu point assez de ma vajra ?

– Vajra ! Ne mens pas, princesse !

Il continua à jouer du poignard. Visage l'avait dit : c'était le moment crucial. La seule minute dangereuse, la première. Il fallait qu'il acceptât de recevoir de ses mains le remède. Il lui fallait gagner. Sinon, c'était la mort, là, tout de suite. Sombre écumait :

– Je sais, depuis des mois, que tu as acheté mes gardes... Un mot de moi et ils te tuent. Tu m'espionnes ! Pourquoi, pourquoi t'ai-je donc laissé faire... Maintenant tu m'enlèves le médecin.

Il se mit à gémir. Mais la lame du poignard demeurait sur son cou. Elle tenta le tout pour le tout :

– Tais-toi, seigneur Sumroo !

Elle avait à peine élevé la voix. La main de Sombre retomba d'un coup.

– Je me doutais qu'un jour tu oserais entrer ! Je l'espérais, même. Et pourtant je savais qu'en même temps tu m'enlèverais Visage. Qu'as-tu fait de lui ? Tu l'as vu aujourd'hui, ce vieux borgne...

– Le vieux borgne est parti. Parti chez Madec.

– Et j'espérais que tu venais pour...

– Tu n'as rien à espérer de moi.

– Je sais ! Tu n'es qu'une femme froide et dure, un monstre de silence et de haine !

– Nous nous ressemblons, seigneur Sumroo !

Il continuait à gronder, la tête entre les mains :

– Un monstre, un monstre...

– Il ne t'a pas manqué de femmes chaudes et tendres. Il ne t'en manque toujours pas.

Sombre éclata :

– Tu n'as jamais voulu de moi. Je ne t'ai vue qu'aux dorbars quand on parlait de guerre. Ou sur le champ de bataille. Tu renvoyais tous mes serviteurs quand ils te portaient d'autres messages que ceux qui parlaient combat ! Et tous les soirs, tu étais là, à m'espionner...

— Ne me l'avais-tu pas promise, la guerre ?

— Foin du passé !

— Certainement pas, s'obstina Sarasvati. Je n'ai toujours pas reçu vengeance.

Sombre ne l'entendait plus :

— Mes poudres... Le médecin... Je veux mes poudres !

Elle sortit de ses voiles la mallette de Visage. Sombre, un long moment, demeura muet. L'effet de surprise avait joué. Elle avait gagné. Sarasvati se mit à rire. Ses longs doigts bruns caressaient le petit coffre, comme pour accentuer à plaisir le contraste entre sa mise, somptueuse et soignée, et le vieil objet venu de l'Ouest.

— Les poudres, princesse... murmura enfin Sombre. Mais tu ne sauras pas les préparer !

Son rire reprit :

— Moi, ne pas savoir !... Pauvre, pauvre Sumroo ! Tes espions te renseignent mal ! Ignores-tu que j'ai appris la langue des firanguis ? J'apprends ce que je veux, comme je veux, et aussi vite que je le veux ! C'est vrai, Sumroo, j'ai la vajra, et tu devrais être mort... Mais tu as encore à apprendre de l'Inde, firangui que tu es ! Firangui tu demeures, Sumroo, firangui...

Elle chantonnait le mot, tout en secouant la mallette.

— Princesse... Méfie-toi ! Les fioles...

Il haletait.

— L'Inde est lente, Sumroo, faut-il te le rappeler, à toi qui peut-être en ce siècle l'as connue le mieux ? J'ai tout le temps pour ma vengeance, et tout le temps pour tes poudres. Une minute, un an, deux siècles, c'est tout comme, au regard de l'éternité ! Les mains noueuses de Sombre, agrippées au sofa, attirèrent l'attention de Sarasvati. Comme elles avaient changé, depuis le temps de ses noces. De longues et fines, « faites pour le sang », ainsi qu'elle l'avait pensé, elles s'étaient transformées en crochets tourmentés, parcourus de nodosités douloureuses. Elle ne l'avait jamais remarqué. Il est vrai qu'en public Sombre portait toujours ses gantelets de mailles, sous son armure hérissée de pointes, où, selon Visage, il avait maintenant tant de mal à entrer : « S'il vit encore six mois, begum, ce sera grâce à toi. A toi seule... » Mais justement, il fallait qu'il vive six ans, et non six mois. L'Inde ne se préparait que lentement à la grande guerre. Et elle, Sarasvati, elle n'était pas prête non plus : pas assez vieille.

— Seigneur Sumroo... Écoute-moi !

Elle le saisit à bras-le-corps. Il était lourd, affreusement lourd. Elle se tendit de tout son être, parvint à le maintenir assis sur les coussins.

— Écoute-moi bien, Sumroo, avant que je ne te donne les poudres. Le rajah des Djattes — ton seigneur, et le mien — va attaquer Delhi. Avec les Mahrattes.

— Laisse-moi. Je sais cela.

— Madec est là-bas, chez le Moghol.

Elle le sentit tressaillir sur l'étoffe :

— Qu'ai-je à faire de *ton* Madec ? Tu le veux à nouveau ?

Elle faillit, de colère, le laisser retomber, le laisser là, seul, briser les fioles, jeter les poudres au premier vent. Elle se retint. L'enjeu était trop gros.

— Tu n'iras pas à cette guerre.

— Et pourquoi donc ? Misérable femme, putain, tu as vendu ton corps aux firanguis, et tu veux que je t'obéisse !

— A toi, seigneur Sumroo, certes je te l'ai vendu ! Tu m'as achetée, et je ne t'ai rien donné. Pauvre vieux porc ! Un intouchable ne voudrait pas de ta chair...

Il essaya de prendre son regard d'autrefois, ses yeux terribles qui disparaissaient sous ses sourcils. Il n'y parvint pas.

— Les poudres, Sarasvati !

C'était bien la première fois qu'il l'appelait par son nom, et non son titre. Une vague étrange déferlait sur lui, de la tendresse, de l'abandon. Elle saisit l'occasion :

— Écoute-moi, si tu veux ta potion ! Demain, au dorbar du rajah, refuse la guerre. Prétexte ta santé. En compensation, offre tes hommes et tes canons.

— J'ai besoin du combat, princesse. Cela seul donne du goût à ma vie.

— Ne te mens pas à toi-même. De ta vie je suis le seul épice, le seul piment. Tu ne t'étais jamais attaché à une femme. Tu as besoin de moi.

Elle avait posé ses mains autour de sa tête, comme à Visage. Il tenta un moment de résister. Elle s'obstina. En plein midi, peut-être, il aurait gagné. A présent, avec la nuit qui s'avançait, elle était la plus forte. Il souffrait trop. Sarasvati en trouva la victoire un peu fade.

Elle se pencha sur la malette de Visage, l'ouvrit avec précaution. Elle posa une à une les fioles et les boîtes sur le guéridon bas, ainsi que le médecin le lui avait expliqué. Elle commença à verser, à mélanger. Elle souriait. Elle était d'une grâce exquise, et elle le savait. Elle sentait les yeux de Sombre à demi ouverts sur elle, ravis, en fin de compte, que ce ne fût plus un vieil homme qui vînt à son chevet, mais cette lointaine épouse qu'il ne voyait qu'au dorbar ou la veille des batailles, apprêtant ses quatre éléphants.

— Je ne peux rien contre toi, Sarasvati. Mais je ne comprends pas ce que tu cherches. Madec était ton amant. Tu veux sa mort ? Pourquoi avoir attendu si longtemps ? Ils seront deux cent cinquante mille en face de lui...

Elle admira qu'il pût, malgré sa douleur, calculer encore.

— Tu as pris ses fiefs, n'est-ce pas, quand il est parti ? Tu te moques bien de Madec, toi aussi !

— C'est un grand guerrier.

– Tais-toi, tu n'aimes que l'argent. Mais crois-moi, si l'Anglais arrive jusqu'ici, c'en est fait de toi. Et de *moi*. Tu es vieux, Sumroo, tu ne pourras rien défendre... Nous avons donc besoin de Madec.

– Tu veux le perdre.

– Non ! Écoute-moi. Il faut le détacher du Moghol. Il faut qu'il passe au service des Indiens. Les Djattes, qu'il a trahis, ne voudront plus de lui. Les Mahrattes, si. Il faut donc qu'il perde à Delhi. Les États du Moghol tomberont aux mains des Mahrattes. Au lieu de le poursuivre, ceux-ci lui demanderont d'être leur général. Il acceptera. Alors, nous autres Indiens, nous pourrons reconquérir notre terre. Toutes les terres de l'Est qui sont aux mains des Anglais. Et le Bengale.

Comme elle l'avait prévu, Sombre se mit à rire. Il chevrota lentement, doucement, comme un animal satisfait. Elle lui caressa les cheveux. Il s'abandonnait dans ses bras, et elle avait peine à le porter.

– Tu es belle, princesse. Belle et forte. Tu vois loin, en effet, plus loin que moi désormais... Mais Madec a déjà vaincu dans des combats plus durs. Quand il a déserté, les Djattes étaient cent mille, et son armée comptait à peine deux mille hommes.

– Ce n'est que la rumeur ! Tu n'étais pas là pour le voir, Sumroo. Et Madec se battait alors en terrain découvert. Cette fois, il sera enfermé dans Delhi. Enfermé, entends-tu ? Sais-tu ce qu'est un siège en cette ville ? J'étais enfant lorsque les Afghans sont venus... Je m'en souviens encore.

– Il n'est pas sûr qu'il perde, princesse, pas sûr.

– Si.

– Tu es orgueilleuse, et tu te méprends. Que connais-tu de la guerre, que je ne t'aie appris ? Seulement tu ne l'as jamais menée...

– Il perdra, Sumroo, car nous lui ferons savoir que je suis morte !

– Morte ! Et comment cela ?

– Morte, oui. Sauf pour toi. Wendel est au palais, n'est-ce pas ?

– Oui, murmura Sombre.

– Appelle-le demain dans la chapelle. On y a déposé le cadavre d'une femme de haute caste, pâle et grande ainsi que moi. Dis-lui qu'on m'a trouvée morte, empoisonnée. Qu'il m'enterre sur l'heure. Dès l'aube, entends-tu ? Dans le parc devant le palais.

– Et toi ?

– Tu vas me cacher ici. Et tu épouseras une autre femme, aux yeux de tous. Je ne sortirai que pour la guerre, quand Madec, pour toujours, sera attaché à l'Inde.

– Et les tiens ? Les...

Il hésita.

– Les sannyasis... Seigneur Sumroo ! Es-tu retombé en enfance ? Ce sont eux qui préparent tout... Ils savent, bien sûr. Ils ne trahiront pas. Ils craignent trop Kali !

– Et comment Madec le saura-t-il ?

– Le médecin. Demain, avant son départ, Visage croisera mon

cadavre. Il se taira d'abord, bien sûr, puis il parlera. D'ici là Madec sera enfermé dans Delhi.

Sombre se mit à rayonner. Il se souleva sur son sofa, oubliant la potion.

– Tu es forte. Mais tu as oublié quelqu'un.

Il avait retrouvé, quelques secondes, sa grande voix d'antan, et ses yeux brillaient à nouveau.

– Et qui donc ?

– Wendel... Wendel. C'est un traître dans l'âme. Il fouine partout.

– Tu lui feras peur.

– Il n'a plus peur. D'autres, sans doute, lui graissent la patte.

– Qui ?

– Je ne sais pas. Des petits rajahs. Le Moghol. Les Anglais, peut-être. Comment savoir ?

Sarasvati soupira. Elle était épuisée. Tout se passait selon les prescriptions de Visage. Peu à peu, le corps de Sombre s'enfonça dans les coussins, coinçant sa main contre le bois du sofa. Elle la dégagea avec peine, soupira encore. Sa nouvelle tâche l'écrasait. Mais elle n'avait personne à qui se confier. Déjà, peut-être, Sombre ne l'entendait plus.

– Wendel, murmura-t-elle pourtant... Wendel. Eh bien, si tu le veux, seigneur Sumroo, nous prendrons donc nos précautions. Car j'ai mes hommes, moi aussi.

Elle le regarda un instant. Il s'endormait d'un sommeil terrible, sans ronflements, un sommeil d'artifice qui lui coupait le souffle. Et pourtant son visage n'était pas serein. Cette ravine, qui lui coupait le front en deux, ces lèvres tordues d'envies, de peurs, de supplices donnés, d'orgueil inassouvi. Sarasvati fut inondée de bonheur. Lui aussi, Sumroo, elle le tenait. Elle aurait pu même, sous sa babouche, l'écraser comme fourmi, et nul n'y aurait trouvé à redire. Un petit moment, elle s'amusa à faire courir la lampe sur ses traits endormis. Il ne bougea pas. Mais le temps pressait. D'ici quatre heures, ce serait l'aube, il se réveillerait, et il convenait que tout fût prêt pour la première heure de la vengeance.

***

Surpris dans son bric-à-brac de rouages, serrures, automates à peine ébauchés, Dieu n'avait pas fait la moindre difficulté. Visage lui exposa la situation en deux phrases. Il comprit aussitôt :

– Il faut partir...

Ils n'eurent rien de plus à se dire. Complices dans l'enlisement de Dig, ils se retrouvaient complices dans l'aventure, sans s'être parlé depuis des mois. Dieu pensa que Visage reprendrait la chirurgie, et Visage que Dieu se remettrait aux canons. La même femme, qui les avait emprisonnés, leur ouvrait à nouveau les chemins de l'Inde : ces choses-là, assurément, étaient trop élémentaires et compliquées à la fois pour qu'ils songeassent à les démêler. D'ailleurs le temps pressait.

– Elle nous prépare des chevaux, dit Visage. Nous partirons à l'aube.

– Elle, répéta Dieu, et il rangea tous ses outils.

Ainsi donc, à l'aube suivante, ils se retrouvèrent aux écuries, tous deux également fébriles. Ils détachaient leurs montures pour longer les jardins, quand une mélopée attira l'attention de Visage.

– Du latin, souffla-t-il, du latin ! On dirait bien une messe.

La rumeur s'amplifia. Visage se plaqua contre le mur de l'écurie.

– La messe des morts, chuchota Dieu.

Derrière les buissons défilait en effet un petit cortège, en tête duquel ils virent Sombre qui n'était pas en habit de guerre. Wendel ouvrait la procession. Visage pâlit :

– Il faut que je sache.

Il se précipita dans le jardin. Une fosse béante s'ouvrait au milieu d'un parterre. Au-dessus d'elle, très appliqué, le jésuite répandait les signes de croix. Au fond du trou reposait une longue forme blanche, à la fois mince et pleine. Une femme, à n'en pas douter. S'échappaient du suaire une lourde natte noire, ainsi qu'une main brune encore chargée de bagues. Visage fut pris de tremblements ; pendant un long moment il ne parvint pas à détacher ses yeux de la main et de la chevelure. Enfin il se leva. Dieu n'avait pas bougé de l'écurie. Il lui dit tout.

Ils se mirent en marche en silence. De la journée, ils n'échangèrent un mot. Au coucher du soleil, ils étaient parvenus aux marches des États du Moghol. Visage se confia enfin :

– Elle m'a trompé, elle voulait du poison, de quoi mourir. Lui aussi, Madec, il va mourir. Elle le savait.

Dieu secoua ses cheveux roux :

– Qui te dit, Visage, qu'elle s'est donné la mort ? Et si c'était Sombre ?

Visage parut épouvanté.

– Il vaut mieux avoir rejoint Madec, ajouta Dieu. S'il doit être vaincu, nous tomberons à ses côtés.

– Oui, répondit Visage. Et puis, nous ne lui dirons pas qu'elle est morte.

Dieu approuva. Peu après, ils franchirent sans être inquiétés la frontière du Moghol.

Au même moment, intrigué par un bûcher dressé derrière le palais des Mille Fontaines, Wendel soudoyait un garde pour qu'il lui ouvrît la tombe, fermée sous sa bénédiction douze heures auparavant. Le jésuite descendit dans la fosse sans la moindre vergogne ; il se pencha, retourna la terre, et ricana. Il demanda au garde de replacer la dalle, puis quitta Dig à toute hâte, sans même saluer Sombre, qui pourtant le réclamait pour la survie de son âme. On le laissa faire. Le lendemain il était à Agra. Il n'avait pas franchi la porte de son couvent que deux coups de sabre lui tranchaient les avant-bras, tandis qu'une lame bien effilée lui déchirait la langue. Avant qu'il ne s'évanouît, on lui chuchota quelques mots sanscrits, dans le style orné des Livres Sacrés de l'Inde :

— « Afin que ta langue mauvaise ne puisse dire le mal, ni ton stylet, le répandre. »

Au sortir de sa convalescence, quatre mois plus tard, le jésuite n'en put rien transmettre : il était désormais muet et manchot.

***

Tout se passa exactement selon le plan de Sarasvati. Un fait nouveau vint même parfaire le malheur qu'elle prévoyait : le Grand Moghol n'avait plus de quoi payer ses mercenaires. La chose était demeurée très longtemps secrète. Cependant, depuis le triomphe de leur chef, les troupes de Madec ne mettaient plus de bornes à leurs espérances ; elles croyaient trouver à Delhi la fine fleur des richesses de l'Inde, sa quintessence en pierres précieuses et pièces d'or. Pas un jour sans qu'un soldat arrêtât Madec :

— Quand nous distribues-tu le trésor ?

Il ne savait que dire. De trésor il n'y avait point ; mais point non plus de solde. Lui-même n'était pas payé. A deux reprises, il se présenta aux portes du fort impérial. Les gardes lui signifièrent aussitôt qu'il n'était pas souhaité. Il rebroussa chemin, il attendit. Deux mois s'écoulèrent, dans la plus grande perplexité. Il ne se résolvait pas à l'idée qu'il avait vécu un songe, que le Moghol l'avait abusé, que Delhi n'était que misère. Ses soldats, pour leur part, étaient déjà dégrisés. Un beau matin, au sortir de sa tente, Madec sentit que la révolte grondait. Des centaines d'hommes menaçaient de partir. Il tenta un discours. Peine perdue. Manifestement les paroles ne pouvaient les calmer. Le cœur gros, il ouvrit donc ses coffres, et s'en fut au bazar de Delhi monnayer des diamants chez les Seigneurs de la Marchandise. Ceux-ci exultaient. Quand Madec entendit le prix dérisoire qu'ils lui offraient pour ses pierres, il comprit tout d'un coup la curiosité distante qu'ils lui avaient manifestée lors de son triomphe. Derrière leurs balcons grillagés, ils s'étaient amusés du spectacle d'une proie à venir, ravie d'une gloire chimérique, bientôt écrasée, vaincue, à merci. Madec les étonna. Il les saisit au revers de la robe, tempêta, marchanda jusqu'au plus fort de la nuit. Il finit par obtenir un prix presque équitable. A l'aube suivante, il payait ses troupes. Il terminait la distribution de roupies, quand les sentinelles postées aux frontières firent irruption dans le camp, porteuses d'une terrible nouvelle : les Mahrattes, renforcés par les Djattes, marchaient sur la capitale.

Ce n'était pas vraiment une surprise. A l'arrivée de Visage et de Dieu, quand il avait vu se profiler à la porte du camp leurs silhouettes érodées par les ans, Madec avait éprouvé comme le pressentiment de la défaite. Toujours cette vieille idée, venue d'où il ne savait, que le temps, comme un serpent, se mordait la queue. Mais, à la différence des jours d'autrefois, il ne put y lire l'annonce d'une nouvelle jeunesse. Depuis son triomphe, son

« zénith », ainsi qu'il disait, il était persuadé que le déclin commençait. La vie qui, pensait-il, lui avait donné d'elle la meilleure part ne pouvait plus, dans sa courbe descendante, que lui offrir le pire.

Un immense effroi l'envahit : pourquoi Sombre avait-il lâché ses amis ? Après les premières embrassades, on en vint aux explications. Madec les trouva singulièrement confuses. Dieu et Visage finirent par évoquer l'éventualité d'une coalition des Djattes et des Mahrattes.

– Et Sombre ? interrompit Madec. Sombre, est-il de l'affaire ?

– Non.

– Et que n'est-il ici, avec nous ! hurla Madec.

– Tu sais bien qu'il est malade, intervint Visage.

– Malade, malade... Reste seul avec moi, médecin, j'ai à te parler.

Dieu s'éloigna d'un air moqueur. Madec, déjà, saisissait Visage à bras-le-corps :

– Dis-moi la vérité.

– La vérité...

– C'est elle, n'est-ce pas, elle...

– Non. Non, Madec, crois-moi. C'est Sarasvati qui nous a appris ce qui se trame entre les Djattes et les Mahrattes. C'est grâce à elle que nous sommes ici. Quant à Sombre, s'il est malade, c'est de trop lui obéir.

– Regarde-moi en face, Visage. Ne me trompe pas !

Le médecin eut un sourire amer :

– Comment un borgne regarderait-il en face !

– Comment va-t-elle ? murmura Madec, et il rougit.

– Bien, Madec, fort bien.

Un grand silence s'installa, que Madec n'osa rompre. Une peur subite ; la certitude que rôdait ici une part d'incompréhensible, mais, en même temps, l'impossibilité de la chasser. Il aurait fallu questionner plus avant, avoir le courage de parler d'elle, se rappeler sa peau dorée, le timbre de sa voix, et tant de mots enfouis.

Trop de soucis lui pesaient. Il sortit sur le pas de sa tente, accablé par l'immensité de la tâche. Trouver de nouveaux éléphants de guerre, fondre des canons, accoutumer les hommes du Moghol à manœuvrer à l'européenne. C'était lourd, effroyablement lourd. Plutôt que le message d'un malheur, mieux valait voir en l'arrivée de Dieu et de Visage un bienfait de la Providence. Madec chassa sa fatigue et se remit au labeur.

De temps à autre, quand le commandement lui en laissa le loisir, il s'improvisa guetteur, il monta aux chambres de veille. Morne et rouge, la terre de Delhi semblait attendre l'invasion, malgré tous les mouvements de troupes et l'accumulation des armes. Comme si l'endroit eût été ravagé d'une peste effroyable, les messagers l'évitaient. En deux mois, il n'y eut pas une lettre de Chandernagor. Si prolixe un an plus tôt, Chevalier se taisait. Pas l'ombre d'un brevet de capitaine, pas le moindre espoir de renforts venus de France. Un moment si proche, la *Nation* n'était plus qu'un fantôme, deux syllabes abstraites, sans réalité aucune. Car la seule vérité, pour

Madec, ce n'était désormais que l'horizon rougeâtre de cette plaine. où surgiraient, un jour ou l'autre, les armées levées pour l'abattre.

Leur arrivée ne fut pas une surprise. C'était la fin de décembre, *bientôt la Noël*, comme disaient les frantcis égarés au bazar de Delhi. Ils n'eurent pas le loisir de chanter leur enfant-Dieu. Rien n'arrêta les armées venues du Sud. Elles franchirent la frontière en une demi-journée. Au matin du 20 décembre, elles étaient à deux lieues des remparts. Du haut d'une tour avancée, Madec et Nagef-Khan contemplaient la catastrophe.

Une à une, les troupes mogholes cédaient, emportées par l'irrésistible poussée des Mahrattes. Encore une heure, et elles seraient acculées aux murs. A moins d'une bataille rangée. Delhi tombait aux mains de l'ennemi.

Bizarrement, Madec ne se décidait pas à descendre.

– Le temps presse, déclara Nagef-Khan.

Il était clair que le généralissime ne savait quel parti prendre. Madec paraissait absent. En temps ordinaire, il aurait dévalé l'escalier de la tour, enfourché son cheval, déplacé les troupes en un tournemain, harangué les soldats dans leurs langues diverses, et chargé, sabre au clair, au premier rang. Nagef-Khan craignit que son désarroi ne l'eût gagné.

– Il faut descendre, reprit-il.

Madec ne l'écoutait pas ; il marmonnait :

– Sombre n'est pas là. Je ne vois pas son étendard...

Puis, sans s'apercevoir de l'incohérence de son discours, ou tout simplement parce que ses mots s'adressaient à lui-même, suivant le cours d'une logique qu'il était seul à connaître, il ajouta d'un ton satisfait :

– Elle ne m'a pas trahi.

– Elle ? Mais qui, Nabab Madec ?

A nouveau, Madec inspecta les dizaines de gonfanons qui claquaient au vent de l'ennemi.

– Elle... Sa femme. La princesse.

Nagef-Khan partit d'un grand rire :

– Et pour cause, Nabab Madec, puisqu'elle est morte voici deux mois !

Des cris de guerre montaient de partout. Les éléphants s'étaient mis à barrir. L'air sentait déjà la poudre. Les bras de Madec se crispèrent sur le grès rouge de la tour. Il regarda longuement la plaine, avec une expression parfaitement stupide.

– Nabab Madec ! hurla Nagef-Khan.. Nous attendons ton plan !

Madec sursauta.

– Va rejoindre le centre, répondit-il, la voix subitement enrouée. Oui, c'est cela, va au centre. Moi, je prendrai la gauche.

Le centre et la droite fondirent dès les premiers assauts. Les sabres mahrattes tranchaient, déchiraient, étripaient. Les éléphants piétinaient les cadavres, les canons tonnaient sans discontinuer. Cela dura des heures. Retranchée dans des champs de blé, appuyée sur la rivière Yamouna, seule la gauche résistait. Le soir venu, Madec tenait encore. Il fit bouger ses troupes jusqu'à la grand-porte de Delhi, celle-là même qu'il avait franchie lors de son triomphe. Les mousquets mahrattes se turent soudain, leurs sabres retombèrent : Delhi était sauvée du pillage. Dans les tréfonds du bazar, les Seigneurs de la Marchandise retrouvèrent espoir. Il y eut dans la cité comme une rumeur assourdie, un chuchotement soulagé qui dut atteindre le fort du Moghol, car le soleil n'était pas couché depuis une heure que Madec y fut appelé.

Il refit dans la nuit le chemin de sa gloire. Delhi était sauvée, mais il était accablé. Un messager venait de lui apprendre que son camp, situé hors les murs, avait été ravagé. Tentes, chameaux, canons, tout avait été emporté. A présent, Madec ne possédait plus que ce qu'il avait mis à couvert dans la ville, ses coffres d'or et de pierres, Corentin, ses précieux parchemins, et sa famille, dont la begum, qui venait d'accoucher. Tout le reste, irrémédiablement, était perdu. Le fort était silencieux. A chaque porte s'agitaient des gardiens effarés. Au nom du nabab Madec, ils se perdaient en humilités, puis s'évanouissaient dans la nuit. Seul, au bout de la rampe, le Diwan-i-Am était éclairé. Sous ses plafonds caissonnés où les flambeaux révélaient les quelques placages d'or épargnés par les précédents pillages, Madec reconnut la silhouette du Moghol, écrasé sous sa *kalaate* rebrodée de perles. Son visage ne trahissait aucune émotion. Des courtisans tremblants se pressaient contre les colonnes. Le Moghol n'eut pas un mot. Il se leva, saisit Madec aux épaules, lui donna l'accolade, puis, d'un mouvement rapide, détacha la fibule qui retenait sur ses épaules une grande cape d'apparat. Les courtisans avaient entamé un discret : « Merveilles, il a fait merveilles », mais l'inédit du geste fit expirer leur litanie. Entièrement recouvert du brocart impérial, Madec regardait en face le Seigneur du Monde. Seigneur d'une ville assiégée, qui n'avait dû son salut qu'à l'énergie d'un firangui : une ardeur sauvage, un peu démente, où il y avait de la maladie ; un mal de l'âme inconnu, étranger à l'Inde, pourtant si fertile en folies. Le Moghol dut percevoir l'intensité de cette détresse. Il se pencha à nouveau vers Madec, et, très maladroitement, lui serra le bras. Madec interrogea ses yeux. Il les avait très clairs, presque verts, avec un beau dessin en amande. On y sentait une sorte de bonté, mais surtout de la fatigue, la lassitude d'une errance éternelle.

Madec s'y reconnut. Si cet homme, en face de lui, avait tout reçu en naissant, terres, renom, fortune, palais, la vie, en contrepartie, ne lui avait donné que la haine. Madec, lui, né de rien, avait cherché la gloire ; il s'y était hissé, et, en chemin, comme par surcroît lui aussi, il avait reçu l'amour. A présent tous deux se retrouvaient égaux, brisés, humiliés par le même malheur, rabotés jusqu'à une condition identique. Fraternité de la défaite et du silence ; dans ce vieux palais condamné à la solitude, elle rapprochait, au-delà des hommes, les deux parties du monde les plus opposées, et, sans doute aussi, les plus complémentaires.

Un dernier instant, Madec se perdit au fond de ce regard brun ocellé de vert. Il s'embuait peu à peu sous les flammes des torches. Avant même qu'un garde, comme le jour du triomphe, vînt annoncer la fin de l'entrevue, Madec eut un ultime salam, et il s'en alla par les couloirs, le pas alourdi par sa cape d'argent.

Le lendemain, les Mahrattes avancèrent encore. Ils entreprirent de canonner les murs. Vers midi, blessé d'un boulet à la cuisse, Madec dut quitter le combat. Ses troupes continuèrent cependant à résister, et la bataille s'éternisa jusqu'au crépuscule. Les portes de Delhi tenaient toujours. Dans la tranquillité de jardins isolés, les ambassadeurs des deux parties se mirent alors à préparer la paix. Vers minuit, le traité fut au point. Les Mahrattes et les Djattes renonçaient à prendre Delhi. Ils exigeaient néanmoins que le Moghol abandonnât toutes ses conquêtes récentes, ainsi que la cession de fiefs importants. Du même coup, les propres vassaux de l'empereur ne lui laissaient plus qu'un cercle de terres exsangues, dans les environs immédiats de la capitale. La dernière condition n'était pas la moins dure. A moins d'une reprise immédiate des hostilités, et la fermeture de toutes les routes qui alimentaient les Seigneurs de la Marchandise, l'ennemi exigeait le départ sans délai du dénommé Madec, nabab et firangui, Bahadur, Bocci, et Soleil du Moghol. Arraché à son sérail pour signer la paix, l'empereur souscrivit sans discuter à toutes ces exigences. Madec apprit la nouvelle au matin. Il gisait sur un charpoï au fond d'un caravansérail qui jouxtait le bazar. Mumtaz et la begum se perdaient en lamentations, tandis que Visage posait sur sa cuisse déchirée un cataplasme d'herbes indiennes.

Dieu entra en courant :

— Madec ! La paix est signée.

— Les conditions ?

Dieu résuma ce qu'il savait. D'un coup de reins, Madec se leva sur son charpoï. Vacillant encore, il déclara à la cantonade :

— S'il en est ainsi, mes amis, nous rentrons donc en France !

Et sur-le-champ il donna des ordres pour qu'on se mît en marche.

⁂

Du fond de sa cache, Sarasvati savourait les messages. Il ne se passait pas de semaine sans qu'elle reçût des nouvelles, ou qu'on lui demandât, sous le couvert de Sombre, comment mener les opérations. Sa mort supposée, et le fait que la Lune des Indes eût pris une nouvelle épouse, musulmane celle-là, arrangeaient ses projets plus qu'elle ne l'avait imaginé. A part ses fidèles sannyasins, qu'elle visitait nuitamment au profond des temples, nul ne savait plus dans l'Inde qui était vraiment la mystérieuse Sarasvati. Les plus folles rumeurs couraient les caravanes : Sombre avait tué son épouse indienne, trop impérieuse, pour épouser une jeune et docile musulmane, mais la dame de Godh se vengeait de lui en hantant son palais, et même les champs de bataille. D'autres affirmaient que la nouvelle épouse était la réincarnation de Sarasvati. Pour avoir souillé le Dharma dans ses amours avec un firangui, elle se serait donné la mort. De temps à autre, elle apparaîtrait au plus fort des combats, demandant vengeance des descendants du dieu-singe Hanouman, les étrangers venus des Eaux Noires, les assassins de l'Inde. Pour Sombre, l'effet de ces rumeurs était tout bénéfice. Il allait beaucoup mieux. Un brahmane plus lettré que les autres avait reconnu dans ses douleurs une forme de rhumatisme aigu. Elles s'en étaient considérablement allégées. Il ne parvint pas cependant à se libérer du besoin de certaine poudre blanche, que Sarasvati, quoiqu'elle en diminuât les doses, lui mélangeait scrupuleusement chaque nuit dans sa coupe.

En fait, c'était la proximité de la princesse qui le revigorait, et surtout leurs conciliabules pendant les heures qui précédaient minuit. Tout le temps qui la séparait du moment de soigner Sombre, Sarasvati le passait en effet à rire avec lui de leur grand mensonge, à machiner de nouvelles façons de brouiller les cartes. De temps à autre, quand elle était lasse de son existence nocturne, Sombre l'emmenait au grand jour, sur un cheval fauve tout semblable au sien, et ils surgissaient de concert dans les batailles. Dès que tonnait le canon, elle se lançait dans la mêlée, tirant au mousquet, éperonnant sa bête. Enfin, elle partait d'un grand rire et soulevait son voile. Tous se figeaient, les hommes de Sombre comme ses ennemis. Alors elle repartait vers Dig au grand galop.

Sombre à son tour éclatait de rire. Belle, vénéneuse, fulgurante, Sarasvati, ou sa figure de l'au-delà, avait brisé d'un coup toutes les résistances. Le fantôme de la mort était passé. Incertains eux-mêmes, persuadés d'être les jouets de la maya, les soldats de Sombre ramassaient le butin. Qu'ils fussent Indiens ou aventuriers d'Europe, ils rentraient l'œil illuminé, la poitrine gonflée, aurait-on dit, de la *vajra* qu'ils prêtaient à leur chef. Pour parfaire la confusion, Sombre sortait parfois sa nouvelle épouse, la bayadère musulmane et timide ; il la dévoilait elle aussi, la jetait sur un cheval, la contraignait à tirer au fusil. Taille, âge, démarche, beauté, la dissemblance entre les deux femmes était considérable. Nul pourtant ne s'en étonnait. Ce qui comptait aux yeux des Indiens, c'était l'incompréhensible : parler du mystère, en jouir, l'entretenir, l'embellir, et, surtout, ne pas l'élucider.

Aussi les nuits de Sombre en compagnie de sa recluse étaient-elles devenues les plus belles heures qu'il eût jamais passées. Il ne la touchait pas plus qu'avant, mais il lui parlait, délice sans pareil, inconnu de lui. Sa joie ne connaissait plus de limites. L'obscurité de ses liens conjugaux lui avait apporté dans l'Inde un extraordinaire regain de popularité. Il n'était plus la brute sanguinaire dispersant les os d'Akbar, ou volant les portes du Taj, ni surtout le guerrier vieillissant du palais des Mille Fontaines. Qu'on l'eût dit son esclave ou son maître, il était le seul à parler à la dame de l'au-delà, à communiquer avec la déesse. Les banquiers étaient à ses pieds ; l'argent affluait comme jamais. Auprès du jésuite muet, il s'achetait plus de messes que la totalité des rois d'Europe n'en pouvaient obtenir du pape. Le soir venu, immuablement allègre, il rentrait à ses appartements, réveillait

Sarasvati de ses longs sommeils diurnes. Ravi, il lui racontait tout de ses espoirs, de ses turpitudes, de ses plus noirs secrets. Il succombait au charme qu'il avait tant redouté d'elle à la veille de leurs noces. Entièrement à la joie d'avoir trouvé en elle la meilleure des complices, il ne se retenait plus de l'aimer ; et, plus encore que Madec, plus même que Bhawani, Sarasvati le tenait sous sa coupe.

Pas un bruit courant les routes, pas une confidence d'espion, pas un message intercepté qu'il ne lui confiât. Or, toutes ces nouvelles étaient merveilleusement unanimes : Madec avait perdu. Comme prévu, au sortir de Delhi, le général mahratte l'avait attendu avec des offres de services. Madec avait accepté. Quelques mois encore, un an peut-être, et il aurait repris goût à l'argent. Alors on pourrait mener contre le Bengale l'attaque décisive, chasser l'Anglais des Indes. Et ce jour-là, splendide, heureuse, digne incarnation de Kali sur terre, Sarasvati enfin ressortirait de sa cache.

Un soir cependant, Sombre apporta une nouvelle qui la consterna. C'était la copie d'une lettre destinée à l'homme de Chandernagor. Elle contenait une autre missive, elle aussi recopiée, et destinée, semblait-il, aux hommes des Eaux Noires. On y apprenait que Madec renvoyait en Europe son second, Kerscao, pour qu'il instruisît sa nation de l'avantage qu'il y aurait à envoyer en Inde des troupes françaises. Pour sa part, croyant avoir tout fait pour convaincre le roi de l'attachement qu'il portait à sa patrie, Madec reconnaissait le peu de succès de ses entreprises. En conséquence, il était déterminé à rentrer en France, afin, concluait-il, « de donner de l'éducation à mes enfants, leur procurer un établissement honorable, soulager mes pauvres parents et mourir à Quimper... ».

De cette phrase, Sarasvati ne retint qu'un mot; elle haussa les épaules :

– Ainsi, il a fini par avoir un second enfant... Dans le malheur, les hommes s'obstinent toujours à engendrer !

Allongé sur son sofa, Sombre se taisait. Elle s'approcha de lui :

– Il ne partira pas.

Il ne put s'empêcher de la contredire :

– A moins de le tuer, tu ne l'empêcheras pas de partir.

– Je le garderai. Et sans le tuer.

Sombre faillit éclater. Tant que Madec était resté lointain, il était un sujet de conversation agréable, l'un des supports de sa complicité avec la princesse. Qu'elle vînt comme à présent à trop s'en préoccuper, la jalousie l'envahissait. Il se sentait exclu de la passion de Sarasvati ; comme avant, elle devenait inaccessible.

– N'oublie pas ta vengeance, princesse. Tes enfants morts. Les Anglais... Madec ne vaut plus rien à la guerre !

– Vous autres, hommes de l'Ouest, vous ne voyez jamais plus loin que la pointe de votre babouche ! Je *nous* garderai Madec, sans le tuer.

Il ricana :

– Et comment ?

– Pauvre Sumroo... Tu ne le vois donc pas ?

– Non, répondit-t-il d'un air piqué.

Ce fut à elle de rire :

– Par l'homme de Chandernagor...

Cette nuit-là, malgré les poudres, Sombre dormit d'un sommeil agité.

CHAPITRE XXVIII

Février-septembre 1773

Delhi-Narvar

L'enfant qui venait de naître à Madec était une fille. On la baptisa Marie-Anne, comme sa mère, et c'est en se penchant sur elle, que son père, une seconde fois, avait été saisi de l'irrésistible désir de rentrer au pays. Pourtant, lors de la naissance, survenue peu après le triomphe de Delhi, Madec ne lui avait pas prêté la moindre attention. Il ne nota même pas l'événement sur ses parchemins. Dans la débâcle qui suivit le siège, on emporta l'enfant comme un paquetage. Corentin, lui, avait droit à des égards mille fois supérieurs : pour qu'il conservât, dans un pays dévasté par la guerre, ses fraîches cannes à sucre et ses délicates galettes, Madec se compromit à des vilenies sans nombre, dont l'entrée au service des Mahrattes constitua l'exemple le plus voyant.

Il avait dépensé les deux tiers du trésor contenu dans ses coffres, et il voyait venir le jour où il devrait se séparer du diamant de Godh. Un peu gêné de suivre ses ennemis de la veille, il se justifia à ses propres yeux en prétextant le salut de Corentin et l'effroyable tristesse qu'aurait éprouvée l'animal s'il avait fallu vendre, pour survivre, les grelots d'or massif qu'il portait aux pieds. Tout le monde, à commencer par Visage, fit semblant de le croire. Sindia, le général mahratte, offrait de bonnes soldes, et la certitude de gros butins. On partit donc vers l'ouest, où s'étendait son territoire. Corentin marchait d'un bon pas, il paraissait très heureux. Madec s'en réjouissait ; il en oublia sa déroute. Il n'allait pas tarder à découvrir en sa fille une autre source de consolation. Ce fut aussi la naissance d'un nouveau tiraillement. Se leva en lui un amour inconnu, absolument contradictoire à sa passion pour l'éléphant. Marie-Anne, on le voyait déjà, n'était pas indienne, ou si peu. Elle avait « tout pris de lui », selon l'expression des femmes. Jusqu'alors, Madec n'avait guère prêté d'attention à leurs jugements. Commérages, marmaille, basse cuisine ! tonnait-il lorsqu'il les entendait, et il reprochait vivement à Mumtaz d'y mettre du sien.

Cette fois-ci, quelque chose avait changé. La défaite, peut-être. Ou l'âge. Trente-sept ans. L'an passé, pourtant, il aurait conservé son indifférence. Mais, de la même façon qu'aux lendemains de Godh, il venait de vieillir tout d'un coup ; une sorte de saccade du temps. En un seul mois, il perdit la moitié de ses cheveux. Le reste, sur les tempes et la nuque, grisailla à grande allure : il n'osait jamais plus quitter son turban. Ses blessures, quoique bien refermées, le tiraillaient par jour d'orage. Enfin il ne supportait plus aussi bien les marches en plein soleil ; de temps en temps, il devait s'arrêter, haletant, l'estomac noué et tordu de nausées.

Alors il y eut cet enfant. Son premier-né, Balthazar, l'avait contenté, sans plus. En somme, une vanité commune, la satisfaction d'avoir engendré un fils. Jamais il ne l'intéressa. Petit, noiraud, taciturne, il se cachait toujours dans les jupes des femmes : Madec était père, sans être paternel. Marie-Anne, elle, fut une révélation. Elle avait environ dix mois. Madec venait d'emménager dans une demeure offerte par le général mahratte, et descendait chez les femmes pour chercher Mumtaz. Dans la cour du jardin, il faillit s'écrouler sur une petite forme enveloppée de soie unie, qui rampait avec vivacité sur le marbre. Il se retint à la grille d'une fenêtre. Un regard très bleu s'approcha de lui, étonnamment vif, curieux, presque moqueur. C'était Marie-Anne.

Comment n'avait-il pas remarqué plus tôt qu'elle avait le teint si clair ? Pâle, rosé, picoté de très légères taches rousses, comme étaient roux aussi les reflets de ses cheveux fins. Et ces mains longues et blanches, bien qu'elle fût un bébé, cette grâce un peu brusque du corps, qui, contrairement à ce qu'on voyait toujours en Inde, se passait sans difficulté de bijoux, de pierres précieuses, de tissus chamarrés. Un naturel immensément simple et brut : tout, dans cet enfant, disait l'Europe et la Bretagne. De ce jour, il l'adora. Pas un matin sans qu'il se glissât chez les femmes prendre de ses nouvelles, pas un départ en campagne sans qu'il vînt l'embrasser, les larmes aux yeux : « Marie-Anne, Marie-Anne, prie bien le Ciel que ton père revienne, que la bouche des canons ne le mange pas, demande à la Vierge qu'il te rapporte beaucoup d'argent, car vois-tu, ma petite, mon adorée, les filles ont besoin de grosses dots, et je veux que tu sois la plus riche en... »

Il s'arrêtait généralement à ce point de son discours, n'osant pas ajouter ce à quoi il pensait, le mot haï et désiré à la fois, neuf et ancien comme jamais, le délicieux et maléfique « Bretagne ». Car aussitôt il filait chez Corentin. Avec les airs penauds des gamins ou des maris coupables, il courait droit aux écuries, entamait un compliment parallèle, qu'il savait illusoire : « Allons, mon brave et beau Corentin, mon adoré, le roi des Éléphants-Rois, partons donc chercher des roupies, je te donnerai de nouvelles clochettes, et puis, Corentin, un jour viendra où je trouverai une caravane, qui te ramènera à Quimper... » Arjun regardait Madec avec beaucoup d'inquiétude. Plus les jours passaient en effet, plus celui-ci répugnait à parler hindi à l'éléphant. Il préférait le français, et surtout le breton. Arjun était perdu d'angoisse. Il redoutait que ce changement de vocabulaire, et quasiment de mesure, de musique phonétique, ne finît par troubler Corentin.

– Tu sais, Madecji, intervenait-il parfois, les éléphants comme les hommes ont leurs habitudes, leur mémoire est bien plus grande que la nôtre. Ne mélange donc pas les langues ! Corentin va te prendre pour un étranger, et il ne nous aimera plus. Tu vois bien que depuis Delhi il n'est plus aussi vaillant ; il faut le ménager, Madecji !

– Il est dans la force de l'âge, répondait Madec d'un air irrité. Il a vingt ans, des dizaines d'années devant lui, les éléphants vivent jusqu'à soixante-dix ans !

– Les éléphants royaux ne sont pas comme les autres, observait tristement Arjun, et surtout les éléphants blancs.

Madec ne l'écoutait pas. Un beau matin, après avoir expédié sur les routes des messagers porteurs de parchemins, il arriva aux écuries d'un pas singulièrement joyeux.

– Nous allons rentrer en France, annonça-t-il.

Arjun venait de bouchonner la robe de Corentin, elle sentait très fort les poudres parfumées.

– Éloignons-nous, dit le cornac. Il ne faut pas en parler devant lui.

Ils s'en allèrent dans un recoin des écuries.

– Tu es décidé, seigneur Madec ? demanda Arjun.

A son air grave, Madec comprit qu'il avait peur pour Corentin.

– Oui, Arjun. Tu m'accompagneras jusqu'à Pondichéry.

– Tu ne rentres donc pas par la caravane ?

– Je te laisserai Cor...

– Tais-toi, seigneur Madec, tais-toi. Quoi que tu fasses, je te suivrai. Mais je m'arrêterai aux Eaux Noires.

– Je ne te le demande pas ! Je te donnerai Corentin.

– Nul ne sait l'avenir, interrompit encore Arjun. Nul ne le sait... Dharma !

– Dharma, répéta Madec, qui songeait à sa fille.

Arjun prit soudain une expression terrible :

– Méfie-toi tout de même, seigneur Madec.

– Et de quoi donc ? J'ai pris toutes mes assurances pour traverser le Dekkan. Une escorte nous attendra. D'ici quatre mois je serai à Pondichéry.

– Dharma ! bougonna encore Arjun. Mais crains que Ganesh, dieu et maître de Corentin, ne se mette à dresser devant toi les barrières qu'autrefois il t'a levées ! Les Éléphants-Rois ne supportent pas de partager avec quelqu'un d'autre l'amour de leur seigneur !

– Partager l'amour ! Mais que dis-tu là, Arjun ? Tu divagues !

– Reviens voir ta bête, s'obstina Arjun. Reviens donc la voir, et vois si tu peux sans lui traverser les Eaux Noires.

En dépit de son agacement, Madec le suivit. Il caressa Corentin un petit moment, joua avec sa trompe, lui murmura des mots doux.

– Et alors ? dit-il à Arjun au moment de partir.

– Dharma ! répondit le cornac, et il s'éloigna en soupirant.

Un an plus tôt, rien qu'à examiner Corentin, Madec aurait compris ce qui désolait Arjun. Comme lui, il en aurait perdu le sommeil ; il aurait cherché par les routes les meilleurs brahmanes soigneurs d'éléphants. Car depuis deux semaines environ, une humeur transparente, presque cristalline, affleurait à la paupière de Corentin. Elle ressemblait à des larmes, mais ce n'étaient pas des larmes. Que Madec n'eût rien vu confirma le pressentiment d'Arjun : ce liquide étrange apparu aux yeux de sa bête était bien le signe qu'évoquaient les versets sacrés transmis de cornac à cornac depuis la nuit des temps, l'annonce indubitable des malheurs prêts à s'abattre sur le maître trop désinvolte de l'éléphant blanc.

⁂

Par l'intermédiaire complaisant de Sombre, Sarasvati joignit sans difficulté celui qu'elle appelait « l'homme de Chandernagor ». A force de rassembler, comparer, soupeser les informations de tous les espions, dans un jeu sans fin qui ressemblait, sans qu'elle le sût, aux puzzles si fort en vogue dans la société anglaise, elle finit par se construire une idée précise du sieur Chevalier : un intrigant, un ambitieux, au demeurant fort habile et persuasif, et qui était attaché aux « intérêts de sa nation », selon son expression, dans l'unique mesure où ceux-ci servaient ses projets de fortune. Peu lui importait. Rien ne comptait, sinon qu'il lui servît. En l'occurrence, il devait empêcher Madec de sortir de l'Inde. Le ramener à ses pieds, docile, désespéré, consentant à tout, la tête vidée de tout ce qui touchait à l'Europe : bon pour Kali. Sarasvati le savait par Chevalier, Madec avait envoyé requête sur requête à son souverain des Eaux Noires. Elle ne cessait plus d'en rire. Lui qui, sept ans plus tôt, l'avait quittée pour satisfaire ses ambitions mogholes en compagnie de la fille Barbette, voilà qu'il recommençait, malgré sa défaite à Delhi, à courir les *honneurs de neige,* ainsi qu'on disait en hindi. Dans ses interminables missives auprès du roi de France, il n'arrêtait pas de réclamer un brevet de capitaine, en raison, prétendait-il, des services qu'il avait rendus. Quels services, sinon des batailles vaines ? Sarasvati ricanait encore. Cet homme-là, songeait-elle, ne saura jamais que courir après des fantômes, et je l'aimais mieux cherchant l'amour que chasseur de chimères au pays de l'Ouest.

Elle était certaine de pouvoir l'emprisonner dans l'Inde. De ses derniers recoupements, elle avait acquis la certitude que le pays de Madec, cette France dont jamais elle ne prononçait le nom sans un délicieux frisson, n'éprouvait plus le moindre intérêt pour ce qui se passait à Delhi. Si la situation avait dû s'éterniser, c'eût été fort ennuyeux. Pour l'instant, l'opportunité était merveilleuse : il s'agissait pour Sarasvati de gagner du temps. Or les nouvelles étaient excellentes. Par des banquiers de Calcutta affidés aux dévots de Kali, lui étaient parvenues des informations que le

Conseil anglais était seul à connaître, et que son gouverneur, Warren Hastings, n'aurait jamais dû laisser filtrer. Le roi de France, disait-on, était très malade, le désordre le plus complet régnait à sa cour. Ses ministres, indifférents à l'Inde, seraient chassés dès sa disparition ; mais pour l'instant, le vieux souverain ne semblait guère décidé à gagner le Royaume des Morts. Parfait, se disait Sarasvati. Cela me laisse le temps d'enfermer Madec. Dès qu'il sera entre nos mains, nous lui ferons miroiter de nouveaux espoirs. Quel que soit son roi, intéressé ou non par les affaires de l'Inde, je pourrai de toute façon lui faire accroire que son souverain n'a d'autre désir que de chasser les Anglais de l'Inde. Et il le fera. Derrière moi. La position de Chevalier, telle qu'on pouvait la deviner dans les missives hypocrites qu'il envoyait à Sombre, n'était guère très éloignée. Bien sûr, rien ne se disait ouvertement. Tout se laissait entendre. Il fut donc aisé aux agents de Sombre d'obtenir de lui ce qu'exigeait Sarasvati : que les appuis sur lesquels comptait Madec pour traverser le Dekkan et rejoindre Pondichéry se dérobassent au dernier moment.

⁂

Comme à son habitude, Madec avait envoyé en tête sa famille, ses coffres, et Corentin. Le précieux cortège s'arrêta à Narvar, la ville où commençait la grande route centrale qui menait au Sud. Au-delà, on ne pouvait voyager sans escorte. Il était donc prévu que, dès que serait arrivé Madec, un Français du nom de Gentil, celui-là même que Chevalier lui avait cité en exemple pour le convaincre de joindre le Moghol, vînt apporter le secours de ses troupes. Madec suivit un mois plus tard. A son tour, il avait traversé les montagnes. Il avançait comme un aveugle, mettant une énergie insensée à parcourir en sens inverse les chemins qui, des années plus tôt, l'avaient amené jusqu'à Godh.

La nouvelle de son départ vint aux oreilles des Djattes. Ils voulurent se venger de sa désertion passée. Ils bloquèrent toutes les routes qui menaient au Dekkan. Seul un défilé ne semblait pas fermé. Madec décida de le prendre. Deux villes fortes en gardaient l'issue, et il aurait suffi de poster cent soldats dans les montagnes pour empêcher de passer vingt mille hommes. Tant pis, se dit Madec, et il s'engagea dans la passe. D'un côté, c'était un labyrinthe de crevasses, de l'autre grondait la rivière Chambel. C'était folie. Mais au bout, il y avait l'Europe. Il marcha. Arrivé aux deux villes fortes qui fermaient le passage, il couvrit sa cavalerie par deux corps de cipayes à pied, et il sortit du royaume des Djattes sans un mort, ou presque.

La nouvelle ne désarçonna pas Sarasvati. Au contraire, elle en fut réjouie. Il lui plaisait en effet de voir Madec se dépenser sans compter pour se retrouver, en fin de compte, bloqué au cœur de l'Inde par une escorte qui ne venait pas. Telles les marionnettes des conteurs de Godh, Madec lui obéissait, si loin qu'elle fût; c'était un bonheur immense, et elle s'en voulut de l'avoir méconnu.

Il poursuivait sa route sans encombre. Une après-midi, la jungle s'éclaircit. Il reconnut à son orée la route poussiéreuse de sa jeunesse, celle qui menait à Pondichéry. Narvar n'était plus loin. Il pressa l'allure. Le soir même, il retrouvait sa famille. Il se précipita au caravansérail où elle était logée, saisit Marie-Anne entre ses bras, la couvrit de baisers.

– Tu vis, tu vis, ma belle, mon adorée! Et moi aussi, je vis, je te retrouve... D'ici trois mois nous voguerons vers la France.

Marie-Anne se mit à gazouiller. Mumtaz se taisait. La bégum souriait plus qu'à l'ordinaire, heureuse de sentir qu'un peu d'elle, enfin, rendait la joie à son époux. Dans la cour lépreuse de l'hostellerie, Corentin continuait à larmoyer, et Arjun se morfondait, car son maître ne l'avait pas encore salué. Enfin Madec ressortit de chez les femmes, s'approcha des écuries :

– Arjun!

– Seigneur Madec...

– Soigne-le bien...

Il n'osait même plus prononcer le nom de l'éléphant.

– Soigne-le bien. Dès qu'arrivera l'escorte, nous reprendrons la route. Il faut qu'il soit vaillant, si tu veux à Pondichéry...

– Tais-toi, Madecji, dit Arjun, et il détourna la tête.

Deux mois s'écoulèrent, dans une solitude extrême. Sitôt passée la joie des retrouvailles, Madec s'aperçut que Narvar était une cité presque abandonnée. L'escorte ne venait pas, la route du Sud était un ruisseau de poussière qui ne menait à rien. Les premiers temps, il se divertit à chasser. La région était giboyeuse. Il tirait tous les jours le cerf et la panthère. Corentin humait avec joie l'odeur des jungles retrouvées. Parfois, les battues débouchèrent sur un temple vide, on croisa d'étranges statues moussues, des dieux pervers et dansants, des cénotaphes.

Madec ne leur accorda qu'une attention distraite. Son esprit était ailleurs. Il avait les yeux vides, le regard indifférent du voyageur en partance. Arriva la saison des pluies; on était toujours sans nouvelles de l'escorte. De la chasse, Madec passa à l'exploration. Il allait d'étonnement en étonnement. Qui avait pu jeter hors d'ici les peuples d'antan, tout ce grouillement d'hommes qui battait autrefois les chemins de l'Inde? Il ne savait plus si c'était sa mémoire qui avait inventé ces foules ou s'il était le jouet de la maya. Des heures durant, il fouilla la jungle. Les lianes étaient neuves, laiteuses, comme nourries d'une fécondité soudaine. A l'évidence, le pays avait été dévasté. Les bandits, sans doute.

Son regard ne quitta plus l'horizon du sud, les montagnes, les cols, que tenaient les brigands. Sans trêve, il tournait et retournait les forêts. Narvar était située dans une grande cuvette humide. Malgré la pluie, on pouvait lui trouver un certain charme, celui des petites villes mogholes, jolies, fantasques, endormies dans la mousson. Bientôt pourtant Madec se prit à la détester. Il connaissait maintenant chaque lieue de la jungle. Il découvrit, de loin en loin, des palais tout abandonnés. Derrière des barrières de lianes surgissaient brusquement des marbres, des vasques, des bassins ; d'un coup de sabre, il écartait la végétation qui pourrissait à leur surface, dévoilait sous l'eau croupie des fonds de pierre polie, tout incrustée de cornaline et de jade. Poursuivis par des malheurs inconnus, les maîtres des lieux avaient disparu, livrant leurs demeures à la terre vénéneuse. La lèpre avait gagné les murs, un air putride flottait dans les couloirs, la malédiction rôdait. Jour après jour, Madec décrivit dans la campagne des cercles de plus en plus étroits. Narvar s'était vidée comme par enchantement. Un matin, il allait par habitude retrouver Corentin, quand il comprit que l'escorte ne viendrait pas. Chevalier l'avait trahi.

CHAPITRE XXIX

Mai-juin 1775

Calcutta

Occupé à parapher un ordre d'exécution, Warren Hastings sursauta soudain. Bien qu'il en connût par cœur le contenu, il garda les yeux rivés sur son parchemin. D'ailleurs, il ne lisait pas ; il tendait l'oreille, inquiet, brusquement arraché à la quiétude de son bureau de gouverneur. C'était l'heure de la sieste, le moment ordinaire où, repue de son déjeuner avalé à l'instant le plus chaud du jour, Calcutta s'endormait tout entière. Il n'y avait guère que les pauvres, les Indiens s'entend, pour traîner par les rues nouvellement tracées, et lancer, de loin en loin, la plainte du mendiant, le cri du marchand de mille choses. Le port lui-même s'engluait dans la torpeur. Tous, matelots, calfats, charpentiers, hâleurs, maîtres voiliers ou capitaines, ils étaient allés chercher le frais, à l'ombre des banians ou dans l'obscurité des bouges.

Or cet après-midi le port frémissait. Et non seulement les quais, mais maintenant la ville anglaise, les abords du parc qui bordait le palais du gouvernement. Ni les boiseries du bureau d'Hastings, ni les rideaux de sa fenêtre, ni ses grands stores à l'indienne n'arrêtaient ce brouhaha qu'on entendait habituellement vers les six heures du soir, quand la proximité de la nuit ramenait des espoirs de fraîcheur : le trot des chevaux tirant les phaétons, les ordres secs lancés aux porteurs de palanquins.

Oui, cet après-midi, Calcutta ne dormait pas. Mais seule vraiment la ville anglaise s'était éveillée. Sans quitter son bureau, Warren avait senti que l'Inde, en réalité, continuait à dormir, indifférente à ce qui avait arraché les Britanniques à leur digestion soporifique ; trop de bruits d'Europe, trop de cris impatients, de sonorités froides et fades, qui montraient que de sa somnolence rituelle, l'Inde sortait contrainte et forcée, acteur en apparence impassible, docile, mais couvant la colère, comme toujours, depuis qu'elle avait compris que l'Angleterre avait volé sa terre.

— Un bateau est arrivé, songea Warren, et il marcha jusqu'à sa fenêtre.

Il souleva le store, les mains soudain fébriles. Sur le Gange endormi, des dizaines de vaisseaux anglais balançaient leur mâture, tandis que dérivaient les petites voiles carrées des barques indiennes. L'agitation était plus proche : aux grilles du parc se pressaient quelques dames, qu'il devina fort émoustillées. Quatre palanquins s'étaient arrêtés, ainsi qu'un phaéton. Il y reconnut avec désagrément Sir Francis, son principal adjoint, et son plus grand rival.

Warren haussa les épaules. Il lui déplaisait souverainement d'être dérangé dans la solitude de son travail. Solitude qui était aussi celle du pouvoir, et qu'il aimait. Elle lui donnait l'impression qu'il était le maître de la destinée de l'Inde. Ce n'était, hélas, qu'une illusion, puisqu'il devait rendre compte de ses actes à trois autres membres du Conseil du Bengale, Monson, Clavering, et surtout à ce noble plein de morgue et tout frais débarqué, Sir Philip Francis, qui n'allait pas manquer, d'ici quelques instants, de lui demander audience. Encore une fois, Warren haussa les épaules, chercha du thé. Le récipient était vide. Il s'efforça de conserver son calme. De toute façon, c'est la nouvelle qui compte, se dit-il, non le messager, et il se mit à guetter l'antichambre.

Derrière la porte, on s'agitait. Des chaussures neuves crissèrent sur le parquet, on échangea des saluts. D'une minute à l'autre, la porte allait s'ouvrir. Il fallait se préparer à tout accepter avec flegme. Pour se détendre, Warren entreprit de fixer l'unique tableau qui décorât son bureau : le portrait du roi de France, un souvenir de son prédécesseur. A son époque les Indiens n'avaient d'yeux que pour son rival français et Clive avait trouvé commode de se présenter comme un sujet de Louis XV. Il n'était pas dans l'Inde un riche banquier qu'il ne menât un jour ou l'autre sous ce royal portrait, afin de le décider à telle ou telle concession commerciale. L'effet était en général foudroyant. Superstition ou hommage au vainqueur de Plassey, Warren n'avait pas dérogé à la coutume. Le tableau était assez élégant. On y voyait Louis XV, en pied, tout de bleu et blanc vêtu, encore jeune, fringant. Il avait dans l'allure ce qu'il fallait de délicatesse pour qu'on pardonnât à sa superbe : l'esprit français, en somme, tel que le ressentait Hastings, brillant, frivole, désinvolte, tout ce qu'il admirait pour des raisons esthétiques et littéraires. Tout ce qu'il détestait aussi, pour le respect grandissant qu'il portait à l'efficacité commerciale et aux valeurs de la grande Angleterre. Une ordonnance l'arracha à sa contemplation :

— Gouverneur... C'est Sir Francis ! Il apporte un message.

— Qu'il entre ! répondit Warren sans un frisson.

Son visiteur n'était pas assis devant lui qu'Hastings lui retira toute occasion de se faire valoir :

— Ne me dites rien, Sir Francis, laissez-moi deviner ce qui vous amène... Le roi de France est mort, n'est-ce pas ?

— C'est exact, répondit l'autre, d'une voix blanche. Comment le savez-vous déjà ? Le vaisseau qui porte la nouvelle est à peine arrivé !

Warren feignit le détachement. Sir Francis était blême. Il se reprit et poursuivit d'un ton plus ferme, en essayant un sourire satisfait :

– Voilà pour vous... pour nous, une très mauvaise affaire !

⁂

Malgré la chaleur de l'après-midi, Warren Hastings et Sir Francis s'enfermèrent plusieurs heures dans le bureau du gouverneur. Leur conversation ne fut pas des plus amènes. Sir Francis était un homme assez singulier. De son apparence physique, il n'y avait pas grand-chose à retenir, sinon qu'il était un « beau », terme français que les Britanniques, pour n'en avoir pas trouvé dans leur langue l'exact équivalent, appliquaient volontiers aux hommes de son espèce. Toutes sans exception, les femmes de Calcutta raffolaient de lui ; à écouter Marian, Hastings avait cru comprendre qu'un séjour ancien dans la capitale française n'était pas étranger à pareille faveur. Sir Francis y avait collectionné, dans les années 1765, un nombre considérable de conquêtes féminines. Cela lui avait valu un surnom, le *Bel Anglais,* qui avait traversé les mers.

En attendant le thé, Warren l'observa un moment, cherchant à démêler en lui ce qui pouvait bien attirer les femmes. Certes, il était grand, ses proportions étaient parfaites ; la tête fièrement rejetée en arrière, point de ventre, une cambrure honorable, quoique fort courante chez les aristocrates ; enfin des traits assez classiques. Toutefois, était-ce l'abus du vin ou des filles, son visage commençait à se bouffir : deux vilains cernes, en particulier, lui gâchaient le regard. Tout cela demeurait fort discret. Il avait trente-cinq ans et paraissait encore jeune. Sir Francis avait grande allure ; mais de là à le trouver beau, à s'extasier, comme Marian et les amies qu'elle invitait à ses thés, sur « ses oreilles ravissantes », ou « ses mains modelées à la perfection »... En vérité, ces dithyrambes étaient grotesques. Ou bien ces dames ignoraient la définition précise de la beauté d'un homme : par exemple l'alanguissement exquis de l'éphèbe inconnu découvert autrefois au couvent de Birnagor, souvenir aussi frais dans la mémoire du Gouverneur que celui de Ram, le bel et merveilleux banquier.

Le silence pesait, qui ne serait rompu qu'à l'arrivée de la théière ; Warren aurait pu s'abandonner à loisir à ses vieux rêves. Mais ceux-ci le troublaient à l'excès. Il s'en voulait de n'avoir pas éclairci, voire puni, l'assassinat de Ram. Il n'était plus jamais retourné au quartier arménien, encore moins aux abords du temple de Kali. Il se justifiait en se répétant que sa tâche était ailleurs, qu'il n'avait pas besoin des secrets de l'Inde pour construire les palais, les pelouses, les frontons blancs, les colonnades, tout ce qu'il souhaitait pour Calcutta l'anglaise. En effet, en trois ans, la ville avait changé de visage. Elle avait pris une apparence d'ordre. Comme les nobles du Kent ou du Surrey, ses habitants s'étaient mis à courir de courses de chevaux en bal, de *terrace-party* en séance de musique. A vivre.

A se corrompre, aussi, et de plus belle. D'une nouvelle façon, insaisissable, bien plus élégante, bien plus hypocrite. Dans ces conditions, ce qui prenait forme sous les yeux d'Hastings, était-ce l'Inde anglaise, ou l'Angleterre indienne ? Il n'aurait su le dire. Son rêve de pureté s'évanouissait devant lui. Quelque chose, depuis la mort de Ram, lui échappait dans cette terre. Il n'avait pu le définir : l'étendue de sa tâche, les deux premières années, l'avait complètement absorbé. Rassuré par Marian, il avait exclu de sa réflexion tout ce qui n'était pas du domaine de la pure raison. Quelques mois plus tôt, trois nouveaux membres du Conseil avaient débarqué à Calcutta. Il reconnut tout de suite en eux des ennemis déclarés. Leur jalousie était patente. Le « triumvirat », comme on l'appelait, avait pour but avoué de détruire le peu qu'il avait construit, puis de prendre sa place. Des trois, Sir Francis était le plus acharné. Le plus élégant, le plus dissimulé, le plus redoutable. Quelle que fût la nouvelle qu'il apportât, Warren, une fois de plus, devait lui démontrer qu'il était parfaitement maître de la sitaution : dans ce bureau étouffant s'annonçait donc une nouvelle bataille.

Un serviteur entra, porteur du plateau de thé. Francis eut peine à cacher son désagrément ; ainsi que bien des Britanniques établis à Calcutta, il ne supportait que l'alcool. Warren s'en amusa presque ouvertement :

– Ah ! Sir Francis ! Je sais qu'à cette heure vous aimez le cognac. Désolé, je n'en ai pas ici le moindre petit verre... Ni même du ratafia de cerises... Je n'ai pas connu, comme vous, les délices de Paris, *le luxe, la mollesse*, ainsi que dit Voltaire. Je suis un barbare, Sir Francis !

– Un barbare, c'est en effet le mot, gouverneur !

Warren ne s'attendait pas à une attaque aussi rapide. Néanmoins, il ne broncha pas. Il se pencha sur la théière, s'amusa à en faire longuement infuser le liquide, puis il le versa avec délicatesse dans une porcelaine bleu-blanc, qu'il tendit à son adversaire.

Sir Francis n'osa refuser. Warren attendit qu'il eut goûté le thé, savoura lui-même la brûlure excitante de sa première lampée et consentit enfin à répondre :

– Vous me semblez bien sombre.

– Qui ne le serait, par les temps qui courent ? A moins d'être aveugle !

Warren porta à nouveau la tasse à sa bouche. Cette fois, il ne le but pas, mais le huma lentement. Il se forçait à cette indolence ; en fait, il bouillait de savoir les nouvelles. Mais la lenteur ! se répétait-il, la lenteur et l'indifférence indiennes, le grand enseignement de ce pays, ma seule force face à ce *griffin* impatient de me perdre. Il reprit enfin la parole :

– Sentez-moi ce thé, Sir Francis. Une vraie merveille. Un nouveau cru, planté par nos agents sur les pentes de l'Himaiaya. Il faudra continuer, c'est bien votre avis ? Ah, ces belles pentes des montagnes d'Assam, Siliguri, Darjeeling...

— Pays de sauvages ! interrompit Francis. Vous n'y êtes même pas allé.

— Certes ! Mais j'ai les rapports de nos voyageurs, et les estampes qu'ils me gravent de ces paysages.

— Il vaudrait mieux pour l'Angleterre, et le Bengale, que l'esprit du gouverneur fût ailleurs qu'à des estampes !

Francis, enfin, se découvrait.

— Il n'y a pas un instant vous me disiez barbare. Allons donc ! Buvons ce thé à la santé du roi George... et fêtons la mort du Bien-Aimé !

Il désigna à Francis le portrait de Louis XV. L'autre leva les yeux, goûta une gorgée de thé, grimaça.

— Ne fanfaronnez pas, gouverneur. Malgré toutes vos estampes, vos traductions des textes indiens, vos projets d'une académie qui se consacrerait à la science de l'Asie, vous demeurez un barbare.

Warren se crispa. Francis avait une manière si élégante d'assener l'injure qu'il était tout à fait impossible d'y répondre.

— Bien sûr, poursuivait l'autre, vous avez réformé les impôts, la justice, les douanes. Le *Regulating Act*... Purification des finances de la Compagnie ! La belle affaire ! C'est pour mieux vous tailler votre empire ! Vous régentez tout, Hastings, avouez-le, les octrois, les lois indiennes, le commerce de l'opium et du sel. Vous comptez trop sur vous-même. Le pouvoir absolu vous perdra. Écoutez nos conseils.

— Allez au fait, Sir Francis.

— Vous avez torturé des rajahs indiens rebelles à vos visées. Vous les avez emprisonnés. Et même...

— Un d'entre eux sera exécuté, soit. Et alors ?

— Vous osez en convenir sans trembler ?

Hastings se leva d'un air las, se planta droit devant Francis :

— Vous êtes donc venu me demander la grâce de Nandkumar ? Le faussaire, le traître Nandkumar, qui voulait ma perte et celle de l'Inde anglaise ? C'est bien cela, n'est-ce pas ? La mort d'un roi de France n'était qu'un prétexte à votre visite !

Francis ne se laissa pas désarmer :

— Nous le verrons plus tard. En attendant, Hastings, réfléchissez bien : Nandkumar est maharajah et brahmane. Brahmane, entendez-vous ? Et vous voulez le pendre ! Vous qui connaissez si bien les lois de l'Inde, vous ne pouvez ignorer que les indigènes y verront une souillure irréparable, qu'ils pourraient bien nous faire payer. Le Bengale est fragile, gouverneur, depuis la mort du nabab d'Aoudh. Il y a là-bas des Français ! Des Français en nombre considérable, avec des *partis,* comme ils appellent leurs armées. Des chefs dangereux, comme Sombre...

— Depuis le temps que l'Inde parle de Sombre ! Celui-là n'est pas loin de la tombe, croyez-m'en.

— Il y a sa femme.

— On ne sait même pas si elle existe. Ce ne serait pas la première fois que Sombre s'invente des légendes. A la soixantaine, on n'est plus très bon guerrier.

— Il n'est pas seul. Il n'est pas le chef de cette affaire qui se développe contre nous au pays d'Aoudh. Il y a là une grande armée, avec un homme tout dévoué à la cause indienne, à leur projet de reconquérir le Bengale. Un chef français !

Warren se rassit. La chaleur lui pesait. Les petites phrases sèches de Francis, sa volonté de lui faire la leçon l'agaçaient à l'extrême. D'autant qu'il paraissait bien renseigné. Possédait-il déjà son réseau d'espionnage personnel ? C'était peu probable, pour un homme si fraîchement arrivé. Son inquiétude grandissait. Depuis la mort de Ram, Warren s'était désintéressé des espions. Il n'avait plus guère d'hommes de renseignements. Il construisait, il organisait, il étendait les conquêtes anglaises, l'esprit désormais éloigné des bazars, des Banquiers Mondiaux, des Seigneurs de la Marchandise. Seule peut-être, dans l'Inde, la littérature continuait à le passionner. La traduction des lois sacrées de Manu était terminée, celle de la *Bhagavad Gita,* en bonne voie. Il s'en voulut ; il fallait reprendre l'espionnage. Il l'avait aimé : il pouvait l'aimer encore, et, comme les textes religieux de l'Asie, le trouver *sublime,* mot qui résumait présentement dans sa bouche la reconnaissance de la parfaite beauté.

Il décida de presser l'entretien.

— Vous me disiez que vous m'apportiez des nouvelles, Sir Francis ?

Il pointa l'index sur un gros parchemin que Francis triturait depuis son entrée dans le bureau.

— C'est juste, répondit Francis, et il eut son premier sourire.

Il tendit à Warren la liasse de feuillets. L'écriture, comme tout ce qui venait des bureaux de Londres, en était fine et soignée. C'était un condensé des informations recueillies par tous les agents de la Couronne répandus dans les chancelleries étrangères, les ports des Amériques, les comptoirs de l'Asie. Une part de ces renseignements venait d'ici même et n'était donc pas étrangère au gouverneur. Il en connaissait même certains de longue date ; mais on devait toujours les transmettre à Londres, où les ministres du roi George les ajoutaient à la foule d'indications reçues de tous les océans. Alors, lointain et sentencieux, Westminster envoyait ses conseils, ses directives, parfois même ses ordres. Avant de lire, Warren s'adressa une dernière fois à Sir Francis :

— Le grand ennui, dans ces sortes d'affaires, c'est que la lenteur des voyages nous contraint à obéir aux ordres avec un an de retard. Or moi, j'ai toujours cru que la politique ressemblait à l'art de la navigation. Ici, je suis simple matelot, et Londres est mon capitaine. Or qu'abviendrait-il d'un marin qui, voyant venir l'orage, et découvrant son capitaine frappé de soudain mutisme, déciderait d'ignorer la tempête ?

Sir Francis éclata d'un rire jovial :

— Philosophez, philosophez, mon cher Hastings. Vous n'en aurez plus le loisir quand vous aurez lu ce rapport !

Les stores baissés sur la chaleur ne laissaient plus passer qu'une lumière affaiblie. Warren s'approcha des fenêtres pour déchiffrer le texte. Au bout d'un quart d'heure, il transpirait à grosses gouttes. Quand il se rassit à son bureau, il était blanc de rage. Sir Francis prit cette pâleur pour de la peur ; il pensa alors que le gouvernement du Bengale lui reviendrait sous peu.

Hastings réfléchissait méthodiquement. L'auteur du rapport, un ancien commis de la Compagnie retiré dans les bureaux de Londres, ne pouvait être contesté. C'était un esprit appliqué, voire besogneux, qui concevait ses rapports ainsi qu'un bilan d'exercice, avec une extrême limpidité. Le gouverneur aimait cela ; il y reconnaissait un peu de son esprit d'antan, quand la fièvre du pouvoir ne l'avait pas encore atteint. Cette fois, il sentit pourtant combien une clarté excessive pouvait être cruelle. Westminster ne s'étendait guère sur le décès du roi Louis XV. On l'enregistrait. Sur son successeur, Louis XVI, on était à peine plus prolixe. On signalait un seul fait : le jeune souverain nourrissait un faible envers la marine. Ses ministres, soudain convaincus de l'utilité du grand commerce, étaient animés à nouveau de grandes vues sur les colonies. On n'en voulait pour preuve que les avances considérables qu'ils venaient de consentir à un certain chevalier Pallebot de Saint-Lubin, connu aussi sous le nom de Saint-Frais, expert ès Indes et aventures. Il avait fait le siège des antichambres versaillaises et venait d'obtenir, après trois ans d'efforts, d'énormes subsides aux fins de mener une expédition dans le cœur de l'Inde, de concert avec le peuple indigène le plus menaçant pour la souveraineté britannique, à savoir les sauvages Mahrattes. Le retour de Saint-Lubin, disait le rapport, pouvait être attendu dès réception de la présente. Il se rendrait aussitôt chez ses alliés, avant de mettre en marche une offensive franco-indienne.

– Goddam ! pesta Hastings, avant de revenir s'asseoir. Il avait compris. Pour saisir l'ampleur de la menace, il n'était pas besoin d'aller jusqu'aux derniers feuillets. Depuis combien de temps avaient-ils été rédigés ? Six mois, dix mois, peut-être, le temps qu'aborde à Calcutta le vaisseau qui les acheminait. Il reprit toutefois sa lecture. Il avait détaché un store, qui laissait entrer sur son bureau un jour très blanc, où il pouvait déchiffrer aisément.

« Il est évident que l'intelligence française avec le peuple mahratte constitue un obstacle majeur à notre domination en Inde, étant donné que le nabab du pays d'Aoudh, Suja-Dowlah, qui avait passé alliance avec nous pour empêcher les prétentions de tout prince indien sur nos possessions au Bengale, serait à la mort. Or, il se trouve chez lui nombre de soldats et aventuriers français prêts à mener contre nous la rébellion indienne, et même à nous envahir ; à leur nombre, un certain Madec, le plus bouillant et le plus dangereux. Celui-ci, par l'attachement excessif qu'il semble porter aux cultes idolâtres, par l'étrange accointance qui l'unit au redoutable Sombre serait, selon toute vraisemblance, fort désigné pour mener les attaques rebelles et fanatiques contre notre souveraineté au Bengale. En conséquence...

Warren s'arrêta là. Francis l'observait d'un air narquois.

– Madec, n'est-ce pas... Vous en êtes à Madec.

– Comme Sombre, Sir Francis, je connais son nom depuis longtemps ! Madec est un petit ambitieux, tel qu'on en trouve dans le peuple de plus en plus souvent. En France plus d'ailleurs que dans notre chère Angleterre ! Un je-ne-sais-quoi, un va-nu-pieds, un fils de cabaretier bas-breton, bref, la canaille habituelle des vaisseaux français. Il y a trois ans, je crois, il s'est cru maître du monde, pour avoir été reçu chez le Moghol ! Deux mois plus tard, il a engagé bataille pour le service du Grand Monarque : il a tout perdu, de sa fortune et de sa solde.

– Depuis ce temps, il s'est refait, observa Francis.

Hastings parut étonné. Décidément, son adversaire était bien renseigné.

– Il s'est refait, il s'est refait... bougonna-t-il. C'est vite dit. Il est parti au pays d'Aoudh, comme les autres, là où il y a les plus belles putains et les meilleures maisons de plaisir.

– Le Moghol ne l'a pas abandonné. Il lui a remis un *jaghir*.

– Soit, soit, il a la fortune commune aux gens d'aventure.

– Londres le dit dangereux.

– Ne plaisantons pas, Sir Francis. Vous le savez autant que moi, puisque vous êtes pareillement informé, la France lui refuse depuis trois ans le brevet de capitaine qu'il lui réclame à cor et à cri. Tous les courriers partant de Chandernagor sont vérifiés. Croyez-moi, le gouvernement de la France, pas plus que nous, ne peut avoir d'estime pour ce gueux sans foi ni loi.

– Le rapport...

– Eh bien oui, le rapport, Sir Francis ! Nous lui obéirons donc, et nous perdrons ce Madec, qu'on nous dit si grand !

Il marqua une petite pause, puis coula un regard vers le somptueux costume de son interlocuteur.

– Après tout grandeur et décadence, c'est la loi de l'aventure, n'est-ce pas, vous avez lu Daniel Defoe ! Et de l'aventure, quoique nobles, nous en sommes également, vous et moi. Qui se croit fort se retrouve faible le lendemain.

– La remarque vaut aussi pour vous, gouverneur.

– Absolument. Et voilà pourquoi je perdrai Madec.

Francis se mit à ricaner :

– La déduction est simple, gouverneur, non l'exécution de l'affaire. Il vous sera plus facile de mener un brahmane à la potence, que de vous saisir de ce Madec. Il est très bien entouré, savez-vous ? Et riche : les subsides de Sombre, ses propres terres, ses jaghirs, que feu Suja-Dowlah avait demandés pour lui au Moghol, un revenu d'un million de livres françaises, dit-on, des canons autant qu'il veut, tous les débris de petits partis français regroupés autour de lui, des noms prestigieux de la France, d'Aumont, de Cressy, La Sauvagère, La Martinière...

– Ce ne sont jamais que les infimes déchets de la société de Pondichéry. Ils demeurent dans le royaume d'Aoudh parce qu'ils ne savent comment en sortir, et que le charme des putains musulmanes les retient. Nous les perdrons. Ils sont enfermés dans l'Inde.

Warren parlait sans conviction, mais il ne pouvait s'empêcher de contredire Francis. Celui-ci eut un petit rire :

– Oui, vous avez raison. Enfermés. Et par qui, je vous prie ?

– Le Bengale est le verrou de l'Inde.

– Non, gouverneur. Ce verrou, c'est une femme. La femme de Sombre.

– La princesse ! Vous aussi, Sir Francis, croyez à ces racontars ! L'intervention providentielle et vengeresse d'une réincarnation, l'histoire d'un fantôme de femme venue se venger du sac d'une ville que nous aurions commis autrefois aux confins du Radjpoutana ! Sombre a épousé une Indienne, qui est morte. Il vient de convoler avec une bayadère musulmane, qu'il entraîne à la guerre. C'est une de ses dernières excentricités avant sa mort. Laissez-le en paix. Madec n'a rien à voir dans cela.

– Ce n'est pas ce que prétendent les Indiens.

Warren commença à se sentir irrité.

– Notre force, Sir Francis, c'est la raison. La raison venue d'Europe, et qui d'ailleurs, chez nous autres Anglais, n'exclut pas le cœur. N'allons pas nous laisser gagner par toutes ces peurs inconsistantes. Gardons notre sang-froid. Je connais l'Inde et les Indiens d'avant vous. Ils naissent avec la peur au ventre...

– La peur... Nous l'avons aussi, gouverneur. Finissez le rapport.

Warren en parcourut rapidement les dernières lignes. Rien de très intéressant. On lui conseillait de renforcer sa surveillance sur Chandernagor et son remuant commandant, Chevalier. Enfin, on signalait la nécessité de la loyauté à l'égard de la Couronne britannique ; toute volonté d'indépendance, analogue à celle qui présentement ravageait l'Amérique, serait comme là-bas sévèrement réprimée.

– Rien dans ce parchemin n'appelle la peur. Il contempla la bouche charnue, trop rouge, de Sir Francis, ses mains blanches, très fines. La vie lui avait tout donné. Il n'était pas venu aux Indes pour se refaire, contrairement à tant d'autres. Il était là de passage, par accident ; ne disait-on pas que sa place de membre du Conseil, grassement rétribuée, lui avait été octroyée par le roi George pour prix de son silence, quand un ministre avait découvert que c'était lui, Junius, l'ignoble pamphlétaire qui depuis des mois médisait du souverain dans des feuilles anonymes. Le dénonciateur d'Angleterre n'avait pas pu oublier ses habitudes. Warren se reprocha de n'y avoir pas songé plus tôt. Il se promit de le surveiller de plus près. Mais Francis, comme tout homme, possédait une faille. Et cette faille, sa ressemblance avec le roi de France la révélait pleinement. Le regard de Warren erra sur le portrait. Le plaisir, bien sûr, le plaisir. Francis, qui si fort le condamnait, ne devait le connaître que trop.

Warren entrebâilla la porte et commanda une nouvelle théière. Francis conservait son expression supérieure, ignorant que ce geste du gouverneur était le signe d'une énergie neuve.

— Ah ! gouverneur, reprit Francis avec assurance, qu'allons-nous faire de ce Madec ?

— Envoyons une peuplade se déchaîner contre ses États. Les Rohillas, par exemple ; il les a trahis autrefois.

— Et si Madec gagne contre eux ?

— Il perdra.

Hastings avait repris le ton sec qu'il avait à l'arrivée de Francis. Pourtant, il savait bien que la phrase qu'il venait de prononcer était fort dangereuse. C'était un exorcisme, une simple formule pour se rassurer. Il la répéta cependant plus fermement encore :

— Il perdra, vous dis-je.

— Et cette femme, la princesse... Ne croyez-vous pas qu'il faudrait se renseigner davantage ?

— Soit. Cela ne coûte rien.

Là encore, Warren s'avançait. Le seul homme capable de l'informer, contàcté dès son installation à Calcutta, n'avait jamais répondu à ses avances. Ce jésuite, établi à Agra... Peut-être était-il mort ? Les routes de l'intérieur étaient incertaines, surtout par les chaleurs d'avant-mousson. Peu importe. Là aussi, il valait mieux tenter l'aventure. Warren se rengorgea soudain. Maintenant qu'il voyait un moyen de tenir Francis, de gagner une partie que son adversaire était venu lui annoncer comme effroyablement difficile, il se jetait à corps perdu dans la bataille, avec une excitation qu'il n'avait pas connue depuis la mort de Ram. Le thé venait d'arriver. Francis n'allait pas tarder à lever le siège, non sans lancer, c'était à prévoir, une ultime attaque. Elle arriva sur-le-champ.

— Et Nandkumar, gouverneur ?

— Il sera exécuté.

— Pesez-vous tous les risques, après lecture du rapport de Londres ?

— Je les pèse, n'ayez crainte. Nandkumar est une fripouille. Il a prétendu que j'ai été acheté par la tutrice du nabab du Bengale, puis que je l'ai séduite pour mieux tenir la province, que sais-je encore ? A titre de preuves, il a usé de faux ! Non, Sir Francis, nous ne pouvons tolérer pareilles atteintes à notre souveraineté en ces lieux. Nandkumar sera donc exécuté.

— C'est un maharajah !

— Coolie ou maharajah, peu me chaut.

— Vous avez fort bien pu séduire cette princesse, gouverneur, je ne goûte guère les charmes des moricaudes, mais après tout, un homme est un homme, n'est-ce pas ?

Warren haussa les épaules.

— Un peu de thé ?

– Non, je vous remercie.

Il était clair que Sir Francis brûlait de retrouver sa maison, son bain, et sa fiasque de cognac.

Il ajouta cependant d'un air venimeux :

– Certains murmurent que vous avez acheté les juges de Nandkumar. Pourquoi l'exécuter selon la loi anglaise, le pendre haut et court, puisque vous connaissez le droit indien ? Vous avez corrompu des pandits de Bénarès pour qu'ils vous révèlent leurs lois sacrées qu'ils ne livrent à quiconque, excepté sous la torture.

Le gouverneur se leva, s'approcha de lui, lui chuchota dans l'oreille :

– Faut-il apprendre à tout Calcutta que Junius va sévir en ses murs ? Francis se dressa d'un seul coup. C'était à son tour de blêmir.

Warren poursuivit à voix haute :

– En ce cas, mon cher Sir Francis, voulez-vous que nous nous retrouvions demain, à la séance du Conseil, pour faire part à tous les membres du gouvernement de vos excellentes suggestions ?

Francis reprit son air désinvolte :

– Bonsoir, gouverneur. Ne travaillez pas trop. Pourquoi ne voulez-vous jamais être des nôtres, au jeu ou à la danse ? Mrs. Imhoff, j'en suis sûre, doit se languir d'y venir seule.

– Oh ! Mrs. Imhoff...

Warren s'était déjà rassis à son bureau, soulevait des paperasses. L'autre eut un sourire d'un assez beau mépris, salua et disparut.

– C'est bien cela... Le plaisir, murmura le gouverneur. Maintenant il me faut interroger Marian. Elle saura, elle.

Il saisit dans ses tiroirs un joli papier vélin, dont il ne se servait que très rarement, et il rédigea rapidement un court billet. Il mêla équitablement les déclarations d'amour convenues et les précisions utiles à un rendez-vous : « Mon adorée, le trésor de mon cœur, je serai ce soir à la porte de votre maison, pour une affaire si douce que je ne souffrirais point que vous sortiez. Ah ! bientôt vos regards délicieux, votre voix enchantée ! Ne partez point, ma douce Marian. Je serai là à la fraîche. »

Il ne signa pas, estimant qu'elle aurait compris, appela un messager. L'homme, un bengali entre deux âges, avait les yeux curieusement hagards, ainsi qu'une haleine insolite, que l'on respirait parfois dans les échoppes du bazar. Warren n'y attacha pas la moindre attention et remit dans ses mains fiévreuses son billet galant.

***

Ainsi qu'il l'avait annoncé, Hastings quitta le gouvernement à la fraîche. Dire « à la fraîche » était d'ailleurs pure formule de style, une appréciation très relative des variations de température car on était en mai, et la canicule paraissait permanente. Depuis un bon moment déjà on avait quitté le *good english weather* qui faisait le bonheur des dames pendant les trois mois d'hiver.

Tandis qu'on approchait du parc de Marian, Warren s'abandonna à la mélancolie. Où sont donc passés les temps anciens ? se demanda-t-il. A cette pensée, qu'il jugea très originale, une légère douleur le traversa, et il se trouva sublime. Où étaient les temps de Calcutta la pionnière, ses quais boueux, ses masures en désordre tout juste bonnes à abriter des comptables pensifs ? Les temps, aussi, de Birnagor, aujourd'hui rasé pour faire place à un entrepôt de jute... La richesse était venue. Calcutta, bientôt, serait la ville-monde dont il avait rêvé. Au premier vent qui poussait les vaisseaux aux rives du Bengale, débarquaient des foules de Britanniques. Du coup, tous les étrangers des environs, Hollandais, Portugais, Danois, et même les Français de Chandernagor, s'en trouvaient définitivement condamnés à vivre dans l'ombre de l'Angleterre.

Les Français... Warren se souvint des menaces qu'annonçait le rapport. Madec, la princesse... Sans les négliger, il ne pouvait, pour sa part, renoncer à ses certitudes. Calcutta et le Bengale ne mourraient que d'eux-mêmes. N'était-ce pas une loi de l'histoire, que tous les empires finissent un jour par succomber sous le poids de leur propre grandeur ? Et n'était-elle pas plus fatale, ici, sur la terre de Kali ? Pourtant, il s'obstinait, contre vents et marées, à construire l'Inde anglaise, vouée inéluctablement, il le savait, par la tare secrète qui avait accompagné sa naissance, à une destruction plus ou moins lointaine. Pour s'en persuader, il lui suffisait d'observer les hommes qui s'agitaient autour de lui. Mis à part Francis, l'avidité, la grossièreté, à l'état pur. La poudre, la perruque, le masque de la comédie salonnarde les cachaient mieux qu'au temps jadis. Mais on voyait bien que les trognes étaient les mêmes qu'aux tavernes de Londres ; rien ne les séparait, dans la caricature, des tableaux de Hogarth. On trouvait seulement plus de vice, plus de perversité que dans les peintures du célèbre satiriste. Le diable était ici, sous sa forme la plus retorse. Le gravier crissa sous les pas des porteurs. On arrivait, Hastings soupira d'aise. Marian et lui se mentaient, sans doute, dans tous leurs élans, poèmes, billets et mots d'amour. C'était sans importance. Leurs vies, sans être vraiment unies, continuaient à coexister agréablement. La corruption les épargnait. Warren en était certain. Marian, toutefois, fréquentait les salons, mais à sa manière, distante, légère et vaguement triste, plus mélancolique chaque année. La quarantaine ne lui seyait guère. Maigre sans l'être vraiment, languissante, sans qu'on pût découvrir en elle une maladie déclarée, elle paraissait s'évanouir dans un monde étranger, un ailleurs qui aurait irrité le moins assidu des amants. Mais, à vrai dire, l'attente du divorce qui permettrait de justes noces ne les impatientait pas. Ils vivaient déjà en vieux époux : un code d'indulgence mutuelle, de silence et de bons usages. Mousson après mousson, les années le scellaient.

Le palanquin s'arrêta devant le perron blanc, Warren sauta à terre avec une ardeur inhabituelle. C'est qu'aujourd'hui il avait beaucoup à demander à Marian. De se sentir inquisiteur le rafraîchissait tout entier. Il escalada les marches du perron. Où était-elle ? Il fouilla l'ombre du couloir. Non, elle n'était pas là. Depuis sa nomination, c'était la première fois qu'elle ne l'attendait pas. Le message... Se pouvait-il qu'elle n'eût pas reçu le message ?

Il revit alors l'Indien qui avait pris le billet. Ces yeux fixes, cette odeur étrange... Que n'y avait-il pensé plus tôt ! Qu'il avait été étourdi, de confier sa lettre sans s'assurer du porteur. D'ordinaire, il ne procédait jamais ainsi. Il choisissait toujours deux hommes, de façon que l'un pût relayer l'autre. Celui-ci, de toute évidence, sortait d'une fumerie d'opium, où il était retourné, sitôt empochée la demi-roupie du gouverneur.

Dans la maison régnait le silence. Warren pénétra dans le couloir central, tendu, entre chaque colonne, de grands pans de shantung bleu. Comme chaque fois que les maîtres n'étaient pas là pour donner des ordres, les domestiques s'étaient endormis, éparpillés dans les endroits les plus incongrus : roulés sous un fauteuil, assis contre le socle d'une colonne, pelotonnés sur une marche de marbre. Ils ne bougèrent pas à son approche. On aurait cru un champ de bataille, ou un lendemain d'épidémie. Mais Marian était là, c'était sûr. Warren avait vu son ombrelle posée sur une crédence et sa jolie aumônière sans laquelle elle ne sortait pas.

Soudain, il fut pris de tremblements. Arriver sans prévenir, c'était la pire des fautes. Le galant homme s'annonce toujours, lui avait expliqué autrefois un huguenot français passé dans l'armée de Madras : pour ne pas déranger son amie, autant que pour éviter de découvrir une éventuelle infortune. L'instant d'après, Warren était au premier étage, l'œil rivé à la serrure du boudoir de Marian. C'était, il faut l'avouer, une volupté fort ancienne, guère éprouvée depuis Birnagor : le plaisir de voir et de ne point être vu.

Car Marian était là, sous ses yeux. Il entendait aussi le froissement de son déshabillé de satin, avec un crissement bizarre que couvraient, de temps à autre, de tout petits cris. Warren dut convenir très vite que cette révélation brutale d'une part de sa maîtresse si longtemps ignorée comportait, tout bien considéré, quelque désagrément. Aussi s'arracha-t-il au trou de la serrure et, d'un geste résolu, poussa-t-il la porte.

Dans l'esprit d'Hastings, la nuit qui commença au trou de cette serrure devait rester à jamais mémorable. Elle ouvrit en effet dans son existence une déchirure brutale. Il y eut désormais, pour le restant de ses jours, un « avant » et un « après » ; et, bonheur ou malheur, le destin voulut que cette révélation lui advînt par Marian.

Marian, l'adorée, la reine, le trésor de son cœur, selon ses propres formules. Il la croyait encore à la surface des choses, quand elle était depuis longtemps en leur cœur. Jamais comme cette nuit il ne brûla autant de connaître son passé. Mais il y avait urgence ; il se contint donc et se cantonna au présent. Un Européen ignorant des choses de l'Inde eût été simplement amusé par le spectacle qu'offrait Marian Imhoff. Il l'eût trouvé surprenant, gracieux, voire saugrenu. Pour le gouverneur général du Bengale, c'était bien autre chose.

Marian était assise à même le parquet, face à une énorme bassine de cuivre tibétain remplie de dizaines de perles, au milieu desquelles elle avait déposé une portée de chatons qu'elle s'amusait à y ensevelir. Or ces perles n'étaient pas un cadeau du gouverneur. Elle n'avait pu les acquérir qu'illégalement, à moins que ce ne fût le *nazer* d'un Indien. Pour quelles combinaisons, pour quelle intrigue ? L'esprit d'Hastings se mit à travailler à une vitesse extraordinaire. Dans tous les cas, l'affaire était grave. Le seul courtier en perles qui fût admis à Calcutta était un ami de Francis. Qu'elle en fût ou non consciente, Marian trempait donc dans une affaire de corruption qui le menaçait directement, lui, Hastings, le gouverneur : on voulait donc sa perte.

Il s'avança :

— Madame...

Il parlait en français.

A son accent, elle le reconnut sur-le-champ :

— Hastings !

Elle avait crié comme elle avait senti : Hastings, et non Warren, ce prénom qu'elle renâclait toujours à dire hors de sa présence. Il comprit d'un seul coup la distance qui les séparait, l'immensité de ses illusions sur sa pureté.

— D'où tenez-vous ces perles ?

Il avait pris l'inflexion sèche du commandement. Elle enchaîna sur le même ton et lui répondit plus durement encore :

— Monsieur, ce sont là mes affaires !

— Quel rajah vous a corrompue ?

Elle éclata de rire, repêcha un chaton à demi étouffé.

— Répondez-moi, vous dis-je ! Je vous l'ai bien dit, dès ma nomination au gouvernement du Bengale : point d'affaires, madame, point de spéculation, point d'intrigue. La femme de César ne doit point être soupçonn...

Elle ne le laissa pas finir. Avec une aisance extrême elle se releva, drapa avec élégance autour d'elle les plis de son déshabillé, puis lui décocha un regard féroce qu'il ne lui avait jamais vu :

— Mais, monsieur, je ne suis pas votre femme !

Warren se détourna. Il ne pouvait souffrir ce regard un instant de plus. Ses mains s'agrippèrent à une console, ses traits se convulsèrent. Il ne voulait pas qu'elle le vît. Un moment, il crut qu'il allait pleurer. *Grasping !* Ainsi, comme toutes les femmes de Calcutta, Marian était *grasping*, avide, âpre au gain, les dents longues, les mains crochues. Francis avait raison. Il passait trop de temps au gouvernement. Trop de temps sur les parchemins, trop de temps à chercher comment contrer les membres du Conseil, trop de temps sur les livres sacrés de l'Inde. La littérature, les jardins, la beauté, le sublime... Chimères, fariboles. La corruption avait tout gagné, le Mal était universel.

Il ne philosopha pas longtemps. Il comprit aussitôt le parti qu'il pouvait tirer de l'affaire. Il était évident que Marian, de près ou de loin, avait été achetée par l'entremise de Francis. Elle pourrait d'autant mieux le renseigner, surtout maintenant qu'il la découvrait coupable. « Ce par quoi Francis a voulu me perdre le perdra lui-même, songea Hastings. Et j'irai plus loin. Je materai l'Inde, dont il me promet si grande révolte. J'exécuterai Nandkumar. Je détruirai Madec et la princesse. L'Inde anglaise sera mon œuvre. La mienne seule ! Avant qu'il ne se retournât, l'image de Ram lui revint. Sa mort, il le comprenait maintenant, avait signé la fin de la passion généreuse qu'il portait à la terre indienne. Les temps de la curiosité étaient clos. Il fallait conquérir. Un nouveau jeu s'imposait. Être impur *utilement.* Warren Hastings détacha ses mains de la console. Il se calmait peu à peu. Comme il était vil lui-même, en effet, puisqu'il allait se retourner vers Marian, la prendre dans ses bras, lui demander pardon d'être si peu galant, lui baiser les mains, l'emmener jusqu'au lit, soulever la moustiquaire, froisser les draps de mousseline, détacher le ruban du déshabillé, caresser ces seins las de trop d'années sans amour, embrasser cette bouche toute avidité et mensonge, enfin mourir entre des bras chargés de pierres volées, volées à l'Inde, en murmurant les rituels *my queen, oh ! Marian, sweet Marian, beloved, mon adorée.*

Et il le fit, en effet, et elle ne protesta pas, et ils poussèrent leur commun mensonge jusqu'à échanger, à certain moment, le sourire complice des vieux roués.

Quand, enfin, nu et apaisé, Warren ramassa sur eux les draps, il reprit la parole avec une expression tranquille :

– Suis-je bien pardonné, madame ?

– Depuis si longtemps, gouverneur, on ne vous connaissait plus pareils transports...

Elle avait rosi de partout. Warren en conçut quelque fierté. Profitons-en, songea-t-il. Être impur utilement.

Il n'éprouva aucune difficulté à apprendre ce qu'il voulait savoir. Il ne parla pas à Marian de ses perles, encore moins du jeu cruel auquel elle avait soumis sa portée de chatons. Cela la rassura ; elle était prête à répondre à toute autre question. En trois phrases, il avait amené la conversation sur Sir Francis.

– Le plaisir, Marian, le plaisir... Hélas ! je passe toutes mes journées au gouvernement. Mais tout homme ambitieux renonce aux joies du monde, n'est-ce pas ?

– Ce n'est pas ainsi que Sir Francis mène sa vie, Warren.

Il fit mine de se lever avec indifférence. Elle lui retint le bras. Elle voulait, c'était clair, prolonger l'intimité.

– Le « bel Anglais », lui, prétend concilier les plaisirs avec les charges de sa tâche.

Warren haussa les épaules.

– Le jeu ? Les femmes ?

– Si vous étiez plus au fait des choses du monde...

– Le monde, Marian, c'est pour moi l'Angleterre, les océans, le Bengale. De Sir Francis, à vrai dire, je ne sais rien, que son incompréhension des choses qui touchent à l'Inde.

– Il est encore un peu *griffin*, Warren. Je t'assure que c'est un homme exquis, agréable, plein d'esprit...

– Il est charmant, en effet. Et il est beau.

– Beau, oh oui ! très beau. Et séducteur... Il y a en lui un *je ne sais quoi*, un mélange de gaieté, d'esprit et de sentiment, oui, c'est cela, de sentiment, qui captive énormément les femmes.

– Toi ?

– Moi... Je n'ai plus l'âge, Warren, et je suis à toi.

– Il pourrait te vouloir pour t'enlever à moi, pour ce simple plaisir.

– Ce n'est pas là ce qu'il recherche ! Mais les jeunes, très jeunes femmes. Les jeunes filles.

– Les indigènes ?

– Oh non ! Les blanches, les vraies blanches ! Si tu savais les fêtes qu'il donne à son bungalow * de Lodge, avec son frère !

– J'y suis allé comme toi. Nous n'y avons jamais rien vu d'extraordinaire.

– Warren, sais-tu ce qui se passe dans ses quatorze chambres dès que nous sommes partis ?

– Et le sais-tu, toi ? Non, Marian. Cet homme-là joue les extravagants. Il sera bientôt submergé de filles indiennes et d'enfants olivâtres. Il est déjà fatigué de ses carrosses, de ses pions qui crient dans les rues son titre à tue-tête. Il se lassera aussi des femmes.

Marian parut piquée :

– Non. Sir Francis n'aime que les Blanches. Il les prend de plus en plus jeunes. Il faut voir comme il les courtise. On dirait un Français.

Warren allait de surprise en surprise.

– A ce train, *my queen*, il ne lui restera plus guère de gibier dans la ville.

– Enfin, gouverneur ! Mais il y a Chandernagor !

– Chandernagor ? Comment cela ?

– Oui. Chandernagor ! Chevalier, le commandant de la place, donne des fêtes dans l'ancien palais de Dupleix. Mais ils s'ennuient entre Français. Ils ont trop de femmes et pas assez d'hommes. Chevalier a décidé d'inviter des Anglais. Nous ne sommes pas en guerre, n'est-ce pas, nous pourrons aller ?

Warren demeura un moment silencieux. Il calculait. La proposition de Chevalier, dont il connaissait les courriers vers la France, n'était certainement pas innocente. L'ennui, c'était qu'un nombre de plus en plus croissant de lettres diplomatiques lui échappait depuis quelques mois. Chevalier avait dû apprendre qu'il était espionné et trouver de nouveaux moyens de correspondre avec Versailles. Que cherchait-il donc ? Marian soulevait le drap, recommençait à le câliner :

---

* Maison de campagne.

– Chandernagor... Nous irons, n'est-ce pas, Warren, nous irons ?

– Y a-t-il une date ?

Il avait repris le ton sec du gouverneur. Il était irrité que le pouvoir l'empêchât de connaître toutes les menues choses de Calcutta, qui souvent s'avéraient d'une extrême importance.

– Enfin... non, il n'y a pas de date, c'est une simple proposition de Chevalier à Sir Francis. Il n'acceptera rien sans ton accord.

– En ce cas, nous irons doucement. Nous y viendrons. Mais il faut attendre.

Marian se rembrunit.

– Oui, il faut attendre, répéta-t-elle. L'exécution du brahmane ?...

– Exactement. Je vois que les nouvelles vont vite, de salon en salon.

– Pourquoi l'exécuter ?

– Marian, je vous prie. Vous ai-je parlé de vos per...

Elle l'interrompit :

– Nous irons, n'est-ce pas ?

– Nous verrons. Il n'y a pas que l'affaire du brahmane pour nous retarder. Il y a comme toujours des menaces de guerre, mais plus inquiétantes, à présent qu'un nouveau souverain est monté sur le trône de France.

Marian reprit son air mélancolique qui lui donnait le visage d'une malade. Warren jugea que c'en était assez.

Tandis qu'il se rhabillait pour aller à sa chambre, Marian poursuivait tout haut sa rêverie :

– Chandernagor... Sir Francis, comme toi, écrit de beaux poèmes. Et il tient son journal. Quelles belles choses il pourra nous écrire après les fêtes de Chandernagor, si jamais elles ont lieu ! Lui qui est si peu anglais, la France l'inspirera.

Warren se retourna d'un seul coup :

– Quoi ? Il tient son journal ? Et tu l'as vu ?

– Mais non, mon pauvre ami ! Il ne le montre qu'à ses maîtresses et seulement le passage qui les concerne, la naissance de leur amour, les premiers émois, etc.

– Belle stratégie, en effet, commenta Hastings.

– Le *Bel Anglais,* que veux-tu...

Marian retomba sur l'oreiller ; sa voix se mourait. Elle dormait à demi.

En vérité, elle est toujours française, pensa Hastings en quittant la chambre. Étrange soirée... Étrange journée, également. Il lui semblait qu'en quelques heures le destin s'était plu à lui désigner tout ce qui menaçait son ascension, Sir Francis, Madec, la princesse, la corruption de Marian, les menées de Chevalier et de l'agent Saint-Lubin. Cinq pièces, d'importance diverse, et qui venaient d'un même puzzle, celui du regain d'ambition de la France sur le pactole indien. Cinq pièces, en effet, et elles se rejoignaient toutes au même endroit : le petit comptoir français endormi au bord du Gange. Hastings ne savait même pas à quoi il pouvait ressembler. La curiosité le brûlait. Mais il y avait plus urgent. D'ici là, trois tâches s'imposaient. Premièrement, exécuter l'encombrant Nandkumar et veiller à ce que le Bengale conservât son sang-froid. Deuxièmement, régler le cas du sieur Madec, nabab de son état. Pour cela, il fallait attendre le retour de l'émissaire dépêché à Agra cet après-midi même. Par ces temps de chaleur, cela pouvait prendre deux mois. Enfin, attendre aussi l'arrivée à Chandernagor de l'agent Saint-Lubin.

Ainsi, par l'entremise de la France, la perversité politique et les vices intimes du gouverneur se recoupaient d'une manière qui se montrait, pour sa raison, la plus satisfaisante qui fût. Mais il fallait attendre. Attendre... Que le plaisir, hélas! était lointain.

⁂

On était au début de juin et les chaleurs ne cessaient de monter quand le sheriff chargé de la prison commune vint annoncer au maharajah et brahmane Nandkumar que son exécution était fixée au lendemain. Le notable indien était résigné. Il reçut la nouvelle sans sourciller, et ce furent ses bourreaux qui tremblèrent, quand, le matin suivant, par un ciel plombé et grésillant de grillons, ils présentèrent à la corde son cou des plus sacrés.

Nandkumar n'eut qu'un mot : qu'on transmît ses adieux aux triumvirs ennemis d'Hastings, Clavering, Monson et surtout Sir Francis. Toutefois, il n'eut pas un mot de malédiction pour le gouverneur, dont la rumeur disait pourtant qu'il avait acheté ses juges. Les triumvirs assistèrent de loin à l'exécution. Ils étaient extrêmement fébriles : s'ils avaient soutenu Nandkumar, ce n'était pas par sympathie brahmanique. Tout simplement, ils l'avaient pris pour instrument de la perte d'Hastings; de la pendaison, ils espéraient une émeute indienne qui renverrait le gouverneur vers la verte Angleterre, accompagné de l'opprobre le plus général. Pour assister à l'exécution la ville indienne s'était vidée. Une foule immense couvrait la place. Toute la nuit, une folle rumeur avait couru Calcutta : il était impossible que les dieux permissent qu'on pendît un brahmane. Kali reçut des centaines de poulets égorgés, des dizaines de chèvres expirèrent sur ses autels, l'encens enfuma des quartiers entiers. Si la foule avait accouru, c'était en effet pour voir la toute-puissante déesse déchirer les nuées de l'avant-mousson et descendre, terrible, accompagnée de ses Raksas et de tous les démons de l'univers, afin de sauver le brahmane d'une mort ignominieuse et l'emmener dans la félicité éternelle des Himalayas.

La vue du cortège détrompa les Indiens. Nandkumar, à l'évidence, n'attendait rien du ciel. Tranquillement installé dans son palanquin, insigne de son rang, il s'approcha de la potence avec un sang-froid qui étonna jusqu'aux Anglais. Un seul souci l'occupait : celui d'avoir près de lui des hommes de sa caste, afin qu'ils célèbrent ses funérailles dans la stricte conformité aux rites des deux-fois-nés. Enfin il se livra aux bourreaux. Ils officièrent avec leur dextérité coutumière.

Le peuple fut frappé d'horreur. Après un moment de silence, où les Bengalis, sans un geste, contemplèrent le cadavre du brahmane se balancer au bout de la corde, ce fut un immense cri, puis une bousculade effroyable : tous, ils couraient au Gange pour laver dans l'eau sacrée l'épouvantable souillure d'avoir vu un tel crime.

Derrière les stores de son bureau, au-delà des pelouses grillées par la chaleur et des palmiers du parc, Warren Hastings guettait la rumeur. Elle ne vint pas. Après le grand cri qui avait salué le passage de Nandkumar dans la Cité des Morts, Calcutta retrouvait son rythme ordinaire.

En apparence, la ville n'avait pas frémi. De la journée, cependant, Warren Hastings ne parvint à travailler. Il ne put même toucher à sa théière. Vers le soir, un agent zélé lui apporta une note qui aurait dû le rassurer : il y était dit que l'exécution du brahmane avait convaincu les Indiens qu'il était dangereux de s'attaquer à la personne du gouverneur. Warren renvoya l'agent et sa note. Il demeurait inquiet. Comment s'assurer de ce bruit ? Il aurait fallu s'aventurer au bazar. C'était folie. Et du reste, qu'y aurait-il rencontré d'autre que des yeux lourds et noirs, tout de peurs et menaces mêlés ?

Le matin qui suivit, après une nuit d'insomnie, une nouvelle visite lui ôta l'envie de travailler. C'était l'espion qui revenait d'Agra. Il avait fait diligence. La première question du gouverneur fut pour Madec :

– Les Rohillas sont-ils prêts à l'attaquer ?

– Tout est en place, gouverneur.

– Bien. Où se trouve-t-il ?

– Aux frontières de ses États, du côté d'Agra. Il a groupé autour de lui tous les partis français et, avec l'aide du généralissime Nagef-Khan et du Seigneur Sumroo, il s'apprête à réunir auprès du Moghol tous ses vassaux autrefois rebelles.

– Y compris les Mahrattes ?

– Oui, très honoré gouverneur.

– Il perdra !

L'espion, un Bengali entre deux âges aguerri aux silences, n'osa pas répondre. Warren voulut éviter son regard ; il détourna la conversation :

– Wendel nous renseigne donc aussi bien qu'avant. Pourquoi s'est-il tu pendant tout ce temps ?

Le Bengali eut un air effaré :

– Mais, gouverneur... Ce n'est pas lui qui m'a renseigné.

– Comment ?

– Mais non... L'homme en noir ne peut plus parler.

– Ne peut plus parler ? Mais comment donc ?

Alors le Bengali raconta ce qu'il avait vu en l'église d'Agra et ce fut pour Warren un récit atroce. Quand l'espion était entré dans le nouveau sanctuaire, rebâti et embelli à grands frais par les subsides de Sombre, le jésuite célébrait la messe. Nulle parole ne sortait de sa bouche. Il mimait avec les lèvres les sonorités supposées des mots, et, derrière lui, un jeune frantci psalmodiait les paroles latines. Enfin, et c'était le pire, le jésuite n'avait plus d'avant-bras. Un artisan de la ville avait fixé sur ses moignons deux gros crochets de fer à doigts savamment articulés, dont les cliquetis métalliques rythmaient ses bénédictions et la distribution des saintes hosties. Parfois les crochets se prenaient dans son surplis ; il s'arrêtait d'un coup, proférait des grognements, un enfant de chœur se précipitait pour le dégager, et il reprenait le cours de son office. Les conversions, disait le Bengali, n'avaient pas baissé ; les gens d'Agra le prenaient pour un saint et affluaient pour contempler ces rites insolites dont ils espéraient de grands bonheurs dans leurs vies à venir.

Un juron de Warren interrompit son récit.

– Damned ! Et qui lui a fait cela, tonna-t-il, qui ?

– On ne sait pas, répondit l'espion. Certains disent que c'est le fantôme de la princesse Sarasvati.

– Va-t'en, cria Warren. Sarasvati ! Ils sont fous.

L'espion sortit immédiatement.

– Elle aussi, je la perdrai, murmura Hastings entre ses dents.

Cette fois, il eut clairement conscience que les menaces s'accumulaient.

– Je les perdrai, se répéta-t-il toute la journée. Tous, sans exception.

Puis il se replongea dans ses dossiers. Le soir venu, quand un peu de fraîcheur tomba sur Calcutta, il ouvrit la fenêtre du gouvernement et contempla longtemps le Gange, du côté de Chandernagor.

CHAPITRE XXX

Juillet 1775

Fatehpur Sikri

Vers la mi-juillet de la même année, c'est-à-dire à peine un mois après l'exécution de Nandkumar, l'armée des Rohillas se mit en route vers les États du nabab Madec. C'était un peuple impétueux, bouillant, avide, qui descendait des montagnards afghans. Dans leur mémoire, le souvenir de la trahison de Madec demeurait très vivace : les espions à la solde de Warren Hastings les avait manœuvrés sans difficulté. La mousson, cette année-là, s'annonçait tardive. Depuis déjà un mois les pluies auraient dû recouvrir le pays. D'un bout à l'autre de l'immense péninsule, les Indiens affolés prévoyaient les pires catastrophes. Les sujets de Madec n'échappaient pas à la panique : après tout, quel était ce firangui qu'un nabab du Nord, Suja Dowlah, aujourd'hui passé dans la Cité des Morts, leur avait imposé ? Bien sûr, on murmurait partout que Madecji était la dernière chance de l'Inde, qu'il ramenait sous la bannière du Moghol tous ses vassaux naguère révoltés, qu'il rencontrait aussi, de temps à autre, par des mystères impénétrables, le fantôme terrifiant de la dame de Godh. Mais rien n'était moins sûr. Et même si Madecji rendait hommage aux dieux de l'Inde, si le bruit voulait aussi qu'il serrât dans sa poche un vieux Ganesh de cuivre usé, fallait-il oublier qu'il venait des Eaux Noires, fallait-il consentir à verser l'impôt à cet homme trop pâle, fallait-il oublier qu'il était firangui ? Dharma ! Et la mousson n'arrivait pas. Un jour ou l'autre viendrait l'expiation.

Madec était dans la plaine de Delhi, tâchant de joindre l'armée mahratte aux débris des forces mogholes, quand lui parvint la nouvelle qu'on envahissait ses États. Il prit la chose avec le plus grand calme. Son devoir, bien sûr, lui imposait de les défendre. Une bataille de plus, une bataille sans importance. Depuis Narvar, une immense sérénité l'avait gagné. Peu à peu, ses désirs s'étaient émoussés. Il n'y avait plus en lui l'impatience, la passion, la folie de l'être qui avaient marqué sa jeunesse, voire sa maturité, quand il n'avait d'autre souci que d'entasser or et diamants. Seulement peut-être Marie-Anne, sa fille toujours adorée, réveillait un peu de ses émois anciens. Comme à l'accoutumée, il courut l'embrasser avant de se mettre en marche. Il découvrit une Marie-Anne tout enjouée. La begum Madec souriait en silence, comme toujours. Seule Mumtaz paraissait tourmentée. Elle agrippa Madec par la manche de sa robe de guerre :

– Emmène-moi, seigneur.

– Es-tu folle, une femme dans la bataille !

– Les autres chefs sont toujours suivis de leur harem ! Emmène-moi.

Elle s'agenouilla, lui saisit les pieds :

– Madecji, la vie est si courte, et si court le plaisir...

Elle releva les yeux, toute couverte de larmes. Elle était bouleversante dans sa beauté de femme mûre qui commençait à se faner, ses yeux verts fatigués, non de la peine, mais de l'ennui du zenana, des gestes identiques répétés à l'infini depuis des années, langer les enfants, diriger les servantes, les nourrices, cuire les caris, les lentilles, les gâteaux de riz et de lait, et toujours les mêmes mots, qui ne passaient jamais les moucharabieh, qui ne connaissaient jamais le grand air et le vent. « Suis-je enceinte, vais-je garder l'enfant, le seigneur Madec est en campagne, quand reviendra-t-il, la mousson est encore loin, le petit ne boit plus le lait de sa nourrice, hélas, ma belle, demain il sera mort, dans un mois la fête du pays, il faudra acheter de l'encens frais, que le marchand vienne avec des saris neufs, Balthazar a cassé la marmite de terre, Marie-Anne a grandi... »

Madec la prit par les mains, la releva.

– Tu me suivras. Cette seule et unique fois, car il n'y a pas de danger. Et veille bien au retour à ne point susciter la jalousie des femmes.

Ils échangèrent un long regard. Dans les yeux de Mumtaz, ce fut la même lueur qu'au jour où Madec l'avait arrachée à la maison de plaisir.

Quand l'armée fut en ordre de marche, Madec s'assura d'un dernier détail. Y avait-il, au sujet de cette bataille, quelque recommandation de Sombre ? Les messagers n'avaient rien reçu. Il partit donc avec encore plus d'assurance. Son affaire était bien, comme il le pensait, strictement privée : il allait au secours de ses sujets comme un maître de maison court à ses fenêtres si les brigands les menacent. Il se sentait serein.

Il n'avait pas cherché à éclaircir ce qui l'avait empêché de passer Narvar. Ou plutôt il ne le savait que trop. Elle, bien sûr, Sarasvati. Il n'osait pas se l'avouer, à demi ravi de sa condition de prisonnier. Il n'avait pu partir, car il la servait, tel un chevalier. Les messages de Sombre, nul ne l'ignorait, c'étaient ses ordres à elle, ordres semi-divins d'une demi-morte, d'une encore vivante, d'une créature mi-souterraine, mi-terrestre, dont peut-être, dans une vie antérieure, Madec avait été l'amant. Cela parfois arrivait aux humains, disaient les textes sacrés ; et l'on rencontrait déjà, aux carrefours poussiéreux, des montreurs de marionnettes qui racontaient sur la dame de Godh de longues histoires qui leur valaient de grandes recettes. Elle y était tantôt *apsara*, danseuse céleste lovée aux pieds de Vichnou, puis rédemptrice noire, sous la forme de l'horrible Kali, qui punissait les méchants et sauvait les meilleurs. Oui, il se sentait, il se savait son chevalier, prisonnier de sa dame du Lac. Comme dans les vieux contes bretons qui traînaient toujours dans sa mémoire à côté des histoires indiennes, il ressentait autour de lui la révérence accordée aux chevaliers d'antan. Mille détails l'attestaient : la place qu'on lui accordait dans tous les banquets, la vénération des rajahs quand, juché sur Corentin, il entrait dans les villes, les chuchotements qui parcouraient les dorbars dès qu'il avait le dos tourné et que Dieu et Visage lui rapportaient fidèlement.

Combats, récoltes d'impôts, comptes chez les Banquiers, la vieille vie avait repris. Son corps, de loin en loin, s'était marqué de nouvelles blessures. Mais ce n'était que le corps. Pour le reste, Madec s'anéantissait dans l'obéissance. Tout frais venu d'Europe, un inconnu aurait pu voir en lui un bâtisseur d'empire, puisqu'il racolait tous les Français égarés dans l'Inde, qu'il fondait des centaines de canons, qu'il organisait, de concert avec Nagef-Khan, une vaste armée moghole, qui pût se battre à l'européenne. Ce faisant, il n'était qu'un esclave, un prisonnier résigné ; tout cela n'était qu'obstination à se soumettre à l'Inde, entêtement dans l'esclavage. Un à un, ses désirs s'émoussaient. Il n'écrivait plus à Versailles pour son brevet de capitaine. Du reste, ni la France, ni Chevalier, ne lui répondaient plus. Il était ici, condamné à l'Inde, pris à son piège, femme, déesse ou terre maléfique, il avait oublié, et, tel un papillon affolé pris au grillage d'un moucharabieh, il parcourait plaines et jungles sans relâche, éléphants et canons en tête, pour la gloire d'un amour idéal dont il ne recevrait peut-être jamais remerciement.

Une fois de plus, tandis qu'il volait au secours de ses États, Madec s'abandonna à ces folles pensées. Vers la fin de juillet, il arriva à l'endroit où s'étaient postés les Rohillas. L'endroit était superbe. C'était une vaste colline recouverte de ruines, les restes de la Cité Parfaite construire deux siècles plus tôt par l'empereur Akbar. On l'appelait Fatehpur, ce qui parut à Madec d'un excellent présage : le mot signifiait en effet la Ville de la Victoire.

La nuit qui suivit et cette seule nuit, Madec admit Mumtaz sous sa tente. Il avait été bouleversé qu'elle voulût le suivre, et il se reprochait de l'avoir ouvertement considérée jusqu'à ce jour ainsi qu'un Moghol regardait les femmes de son harem, viens, reste, tu es délicieuse, et maintenant va-t-en, je t'en prie, laisse-moi, j'ai à faire ! Oui, il avait eu à faire. L'ambition. Mais aussi la longue fuite, le long chemin de croix, pour se sauver de l'autre femme, l'irremplaçable et la maudite.

Sarasvati, Mumtaz : la musulmane, quoique docile, avait adouci tous ses jours de souffrance. Plus pleine, plus sereine, moins tendue que la princesse de Godh, elle la lui rappelait cependant. Une certaine habileté dans l'amour, cette façon de faire qui était une danse, ces mots murmurés, et surtout, comme la dame de Godh, un don extraordinaire à saisir la poésie de tous les instants, à les prolonger au-delà du plaisir. Mumtaz, elle aussi, était l'Inde. L'Inde plus pâle des plaines du Nord, l'Inde des femmes moins souveraines, l'Inde langoureuse des palais moghols, celle qui venait des grands déserts asiatiques, des caravanes sans fin, des villes jasminées, des sérails pleins de filles effarouchées, des mosquées nues et chaudes sous les soleils de plomb.

Il défit lentement ses voiles. Mumtaz ne baissait pas les yeux. Sa main s'attarda à son ventre. Trois filles, elle lui avait donné trois filles. Peut-être se fût-il davantage rapproché d'elle si elle avait enfanté des fils. Mais cela n'eût rien changé à la nature de son amour. Car amour il y avait, bien qu'il sût que jamais plus la passion ne le déchirerait.

— Mumtaz...

— Madecji... Tu ne m'en veux pas de t'avoir suivi ?

Il sourit.

— Comment regretter le plaisir ?

— J'ai trop appris à me taire, Madecji, à suivre toujours les caprices des hommes. Mais tu n'es plus seulement un...

Elle s'interrompit, chercha ses mots. Madec sourit encore, rétablit sous son dos les coussins de soie.

— Oh ! Madecji, j'ai peine à le dire et je ne voudrais pas te blesser. Tu m'es un frère et un ami, aussi, plus qu'ami... enfin je ne sais plus...

Madec enleva sur ses cuisses le dernier voile :

— Les grandes choses, Mumtaz, nous n'avons pas de mots pour les dire, j'ai appris cela, autrefois. Notre langue se paralyse, notre tête bourdonne, et nous voilà plus imbéciles qu'un idiot de village. Mais les grandes choses, Mumtaz, comme nous sommes tous deux très habiles à les faire !

Il avait parlé d'un seul trait. C'était une phrase de Sarasvati, une de ses phrases magiques, comme toutes celles qu'elle avait prononcées au palais du lac. Mumtaz ne savait qu'en penser. Elle demeura un instant rêveuse, partagée entre joie et souffrance. Elle eut alors un mot étrange :

— Au jeu d'amour nous sommes égaux, toi et moi, Madecji, car nous y sommes d'une même force et je t'ai donné bien des leçons. Mais sitôt que j'ai quitté ton charpoï, je suis une prisonnière.

— Prisonnière ? Tu vas et viens à ta guise !

— Prisonnière, oui. Prisonnière de toi. Les enfants que j'ai eus de toi, l'attente de toi, Madecji... Toi !

— J'ai eu tant à faire, Mumtaz.

Elle prit soudain un air dur :

— Alors il faudra peut-être arrêter, Madec. Je te le répète : la vie est si courte !

Madec blêmit. Elle avait parlé du même ton royal et assuré que Sarasvati, lorsqu'elle énonçait des certitudes. Jamais la princesse ne s'était trompée. Et Mumtaz elle aussi semblait dire vrai. Les femmes de l'Inde avaient-elles donc le pouvoir de percer les secrets du monde ? Était-elle exacte, la légende que racontaient les frantcis d'Agra, selon laquelle le nom de Brahma, dont les Indiens prétendaient descendre, était en fait celui d'Abraham, dont ils étaient les fils illégitimes ? Ils étaient venus demander leur part d'héritage au patriarche et Abraham avait déjà tout distribué ; il ne lui restait plus que la dot de Rachel, tout un paquet de secrets de magie et de divinations qu'il leur remit, et ils partirent vers l'est, vers cette Inde où ils s'établirent, gardant, seuls de toute la Terre, la grâce d'éclaircir les grands mystères de l'Univers.

Il se pencha sur le charpoï. Les cheveux de Mumtaz avaient ruisselé sur son corps, et c'était un dernier voile à rejeter.

– La vie est brève, Madecji, poursuivait-elle.

– C'est encore une grande chose, ce que tu dis là, Mumtaz ! Veux-tu donc maintenant que nous passions aux actes ?

Elle éclata de rire, un rire un peu saccadé, moins serein qu'à l'habitude. Puis elle enfonça ses ongles dans les épaules de Madec, et, par petits gestes, lui demanda de la prendre selon le modèle « sésame et riz ». C'était, disait la tradition, marque de grande passion. Quand Mumtaz éleva la petite lampe jusqu'au visage de Madec, elle vit bien qu'il y prenait sa joie, mais comme au jour de leur rencontre, un autre visage de femme continuait à vivre sous ses paupières closes. La vie est si courte, pensa-t-elle, et elle faillit pleurer.

⁂

Point de remparts à Fatehpur ; depuis deux siècles la cité était vide. Ouverts sur la plaine d'Agra, des dizaines et des dizaines de pavillons à étages, cours, bassins et salles ; enfin, en contrebas, le souvenir mélancolique d'un lac asséché. Il faisait une chaleur accablante. Les Rohillas, épuisés par de longues marches et privés d'eau, n'osaient pas tenter l'ultime attaque. Les deux camps s'endormirent face à face, dans une sieste qui paraissait la mort.

Madec ne savait que faire. Mumtaz elle-même s'était abandonnée au sommeil. Les canons étaient pointés sur l'ennemi, tout était en ordre. Fébrile, il décida de passer l'après-midi à rôder dans les ruines. Il erra de terrasse en terrasse, de corniche rose en bassin verdâtre, dérangea des grappes de perruches, des singes exténués de chaleur, des serpents parfois, qui s'enfuyaient entre les pierres. Fatehpur était morte. Avait-elle jamais vécu ? Pouvait-on espérer qu'elle revive ? Au bout de douze ans d'existence, l'eau même l'avait fuie et le rêve de l'empereur, ces rues rectilignes à perte de vue, ces palais abstraits, ces merveilles trop évidemment pensées, tout cela, pour une citerne capricieuse, avait sombré dans le néant.

Ici, le cerveau bâtisseur d'un empereur de génie avait imposé ses visions à une colline sèche ; il avait exigé que la nature s'y pliât. Elle avait refusé. Non sans traîtrise. C'était un ermite qui avait attiré Akbar en ces lieux, lui promettant des fils, quand toutes ses épouses demeuraient stériles. Elles enfantèrent. Akbar voulut rejoindre l'ermite. Il crut à l'impossible, à la fécondité soudaine de la terre, comme celle du ventre de ses femmes.

Alors il construisit sur le sol aride son rêve de pierre nue, bibliothèques, mosquées, jardins, terrasses, observatoire. Il y voulut réunir tout ce que l'art avait produit de plus beau, de Bagdad à Ceylan, de l'Arabie heureuse aux cités lointaines de l'Asie jaune, marier les splendeurs d'Angkor et les folies de Samarkande. Et cela fut. Les villes mogholes, jusque-là ambulantes, prirent ici racine. Racine et mort. Au propre comme au figuré, Akbar avait pétrifié son rêve. Étrange après-midi, en vérité, celui que passa Madec en la Cité Idéale. Lui qui jamais ne s'arrêtait à contempler les monuments, peut-être parce qu'il était, non un bâtisseur, mais un éternel errant, un homme de la route et de la poussière, il se sentit lui-même atteint par l'engourdissement minéral qui avait pris l'endroit.

Il traversa des plates-formes sans nombre, escalada le reposoir où Akbar buvait l'eau d'immortalité, franchit des dizaines de passerelles, des bassins, des ponts à n'en plus finir. Dans les galeries ouvertes sur la plaine, il imagina sans peine les jeux d'*amour l'après-midi*, il contempla sans déplaisir l'échiquier en croix sur lequel Akbar, au temps de sa splendeur, déplaçait, en fait de pièces, ses esclaves nues. Mais chaque perspective débouchait sur le désert et il eut bientôt la bouche sèche, comme la sensation du néant. Avec le soir s'approchèrent lentement léopards et chacals. Il parvint à la mosquée. Dans le soleil couchant, il eut encore le temps de déchiffrer l'inscription qui en ornait la porte. Les années ne l'avaient pas ternie :

« Jésus, fils de Marie, que la paix soit sur lui, a dit : Le monde est un pont, passe sur lui, mais n'y construis pas de maison. Qui espère pendant une heure, espère pour l'éternité. Le monde est une heure : passe-la en prière, car ce qui suit est inconnu... »

Alors dans la ruine de la cité défunte, Madec tomba à genoux et pria. Il ne savait pas quel dieu il suppliait, si c'était le Christ, le Grand Prophète, Kali ou son cher Ganesh. Tous les ponts de la ville étaient dans ses souliers ; lui non plus, Madec, il n'avait pas de demeure et peut-être, comme disait la phrase, n'en fallait-il pas souhaiter.

Oui, le monde est un pont, disait-il, tandis que la cité disparaissait dans le soir. Un pont et je suis de passage. Dieux, qui que vous soyez, donnez-moi donc un bateau pour rentrer en France, et ma tombe y sera ma demeure.

Quand le soleil fut couché et qu'il rentra à son camp, il s'étonna de n'être plus le chevalier servile qui, tout à l'heure encore, brûlait de vaincre les Rohillas. Pourquoi donc, dans sa prière, avoir négligé de demander la victoire ? Pourquoi donc avoir oublié Sarasvati ?

La chaleur s'était aggravée. La nuit fut lourde de nuages. Le lendemain matin, juste après l'aube, l'orage éclata, et ce fut l'heure que choisirent les Rohillas pour passer à l'attaque.

En l'espace d'un seul quart d'heure, l'averse avait tout détrempé : les réserves de poudre, les mèches des canons, les amorces dans le bassinet des fusils. Les Rohillas l'avaient prévu. Sur le camp de Madec s'abattirent des lances, des grêles de flèches. Il fallait fuir sur-le-champ, tout abandonner, quitte à essayer, sitôt la pluie passée, de prendre l'ennemi à revers. Madec fit sonner la retraite.

— Nous lutterons à l'arme blanche, cria-t-il à Dieu qui s'agitait dans tous les sens. Les officiers, à cheval, et les cipayes, en avant ! Nous les couvrirons ! Arjun, amène ici Corentin !

Le corps à corps commençait déjà. Madec n'eut que le temps de sauter sur la bête aux côtés de Mumtaz, qu'on venait d'y hisser, la chevelure encore tout emmêlée.

— Madecji...

Elle n'osa se blottir contre lui, de peur de le gêner dans ses gestes. Bien qu'elle n'eût aucune arme à la main, elle se tenait toute droite dans le palanquin, comme si, elle aussi, elle était prête à frapper.

L'armée de Madec se repliait vers la cité morte. Le ciel crevait de partout. Il faisait très noir. On frappait, indistinctement, les hommes et les chevaux. Les cipayes tombaient par dizaines.

Corps à corps, cache-cache. Les hommes glissaient sur les dalles, les coutelas des Français tuaient mal, ils ne pouvaient rien contre les poignards à double lame, les massues, les crochets de fer de l'ennemi. De tous côtés, on se poursuivait dans le dédale des pavillons de plaisance, le sang se délayait dans les flaques, déjà, sur les tuiles bleues des reposoirs, les vautours étaient à l'affût. Une heure de combat et l'échiquier d'Akbar, à la place des esclaves nues, fut semé de cadavres ; on aurait cru qu'un dieu jaloux, mauvais joueur, en avait bouleversé les pièces d'un revers de main.

Il fallait rejoindre Agra au plus vite. Madec ordonna à Arjun de lancer Corentin au trot de guerre et il pressa la retraite des fantassins. On était sorti de Fatehpur quand soudain Corentin suspendit son pas. Dans le matin naissant, on découvrit en face de lui une autre bête de guerre, un éléphant gris de seconde caste. Il errait lamentablement, privé de cornac. Madec regarda de tous côtés. Il n'y avait pas d'ennemis. Devant la retraite des Français, ils avaient abandonné la poursuite, préférant se livrer au plaisir de piller leur camp. L'animal, porteur d'un fanion rohilla, était donc abandonné. Il se mit brusquement à barrir. Les deux bêtes se fixèrent un instant. Mais l'immobilité ne dura pas.

— A terre ! cria Arjun. On l'a drogué pour le combat, sa gueule sent l'arack à plein nez !

Madec saisit Mumtaz :

— Viens ! Saute après moi !

— Jamais !

— Saute !

Il était déjà à terre, tout couvert de boue :

— Saute ! Je vais t'attraper !

Il n'eut pas le temps de poursuivre. L'autre bête, excitée par l'alcool, se précipita sur Corentin, lui laboura les flancs de ses défenses, une première fois, puis une deuxième. Arjun avait beau encourager Corentin, l'exhorter à fuir, l'instinct de la bataille était le plus fort. En face de lui, l'autre bête continuait ses coups de boutoir, massive, régulière, à peine fatiguée.

Dieu surgit tout d'un coup. De son cheval, il avait tout vu.

— Madec ! Viens en croupe ! Il faut partir, ils nous poursuivent !

Madec ne l'entendit pas. Il ne voyait que Mumtaz.

Debout dans le palanquin, elle basculait à chaque attaque. L'autre animal eut un léger répit. Corentin vacilla mais reprit son équilibre. Mumtaz regarda Dieu, Madec, le cheval. Elle eut un très grand sourire, et, comme si c'était une chose infiniment naturelle, elle se pencha par-dessus le palanquin et se jeta à terre. L'autre bête attaqua au même moment. L'instant d'après, Mumtaz disparaissait dans les giclées de boue soulevées par les pattes de l'éléphant drogué.

— Madec, allons-nous-en ! criait Dieu à en perdre le souffle. Laisse Corentin ! Il est perdu... Elle aussi !

Alors il se passa une chose extrêmement curieuse. Corentin lui aussi se pencha sur le côté ainsi que l'avait fait Mumtaz, et, très exactement comme elle, se laissa tomber dans la boue, les flancs déchirés et sanguinolents. Il était mort. La pluie reprit de plus belle.

— Arjun... souffla Madec puis Dieu éperonna leur cheval.

Madec ne retrouva ses esprits qu'aux environs d'Agra. Le ciel s'éclaircit un moment, découvrant les coupoles du Taj. Il comprit alors qu'il avait tout perdu : son camp, ses cipayes, ses canons, ses bœufs de trait, ses éléphants de guerre, sa bête royale, Corentin, et bien sûr Arjun qui s'était laissé mourir avec lui, comme tout cornac qui se respecte.

Mais Mumtaz, se répétait-il inlassablement, Mumtaz, pourquoi Mumtaz ? Elle avait voulu le suivre, elle l'avait supplié de l'emmener, elle avait pleuré pour venir jusqu'ici, pourquoi donc ?

On s'approchait d'Agra et le mausolée de l'autre Mumtaz, la vraie, Mumtaz Mahal, celle de Shah Jahan, luisait dans le soleil revenu. Quelle femme à présent égalait dans l'Inde entière le renom légendaire de la dame ensevelie au Taj ? Qui d'autre, sinon Sarasvati ? Alors Madec saisit pourquoi sa belle favorite l'avait suivi à la guerre, et il se dit que les visages les plus familiers étaient bien insondables, puisqu'elle, la docile, la tendre, l'effacée, qui des années entières avait attendu sans broncher ses retours de la guerre, n'avait rien souhaité d'autre que de s'illustrer à ses côtés, comme l'autre, l'inaccessible rôdeuse des champs de bataille, le fantôme qui le hantait, Sarasvati, la dame de Godh. Et il sut en même temps que Mumtaz l'avait aimé. Fatehpur, ville de la défaite. Il avait tout perdu, jusqu'au bonheur de l'amour partagé, dont il aurait pu combler l'ancienne prisonnière de la maison de plaisir.

CHAPITRE XXXI

Hiver 1776

Chandernagor

L'annonce du désastre de Fatehpur parcourut l'Inde avec la même rapidité que la nouvelle du triomphe de Madec à Delhi, trois ans plus tôt. Pas un nabab, pas un maharajah qui ne donnât le firangui pour condamné, du moins dans son crédit politique. Les apparences leur donnaient raison. Lors d'un dorbar solennel, le généralissime du Moghol n'avait pas hésité à narguer Madec :

– Très respecté Nabab, il n'est guère honorable, pour un chef tel que toi, de se voir battre par d'aussi piètres guerriers que les Rohillas !

En guise de réponse, Madec brandit son sabre et menaça Nagef-Khan. Aussitôt, comme le généralissime l'avait escompté, les officiers moghols se jetèrent sur lui, l'épée haute et le pistolet au poing, espérant voir Madec les supplier de lui laisser la vie. Il n'en fut rien. Il demeura parfaitement froid. Il n'attendait plus rien de l'existence. Le diamant de Godh, placé en lieu sûr, pourrait, en cas de malheur, nourrir cent familles pendant trois générations. Ses filles nées de Mumtaz étaient bien dotées ; d'ici deux ou trois ans, on les marierait. Quant à Marie-Anne et Balthazar, ils grandissaient en paix, à Barri, au secret d'une maison fortement gardée. Tant de sérénité dérouta Nagef-Khan. Il étouffa le dépit de n'avoir point vu Madec à ses genoux, et préféra continuer à compter avec lui. Entretenue par les Anglais, la guerre reprenait de toutes parts. Le pays des Djattes, autrefois paisible, s'enflammait. Les musulmans prenaient les armes contre les hindous, c'en était fait de la paix religieuse. Le Grand Moghol ne pouvait souffrir pareille situation. Il se devait d'aller défendre les hommes de sa foi. Son armée se mit en marche, sous le commandement de Madec et de Nagef-Khan. Tous les hindous étaient sauvagement poursuivis. Madec, impuissant, regardait torturer des hommes qui adoraient les mêmes dieux que la dame de Godh. Impuissant, ou peut-être indifférent, accablé de fatalité. Rien n'arrêtait la cruauté des Moghols : on massacrait les pèlerins en route vers le sanctuaire de Khrishna, on empoisonnait les puits en plein été, enfin, et ce fut le pire, il fallut se résoudre à assiéger Dig.

Sombre l'avait quittée. Son départ avait précipité la catastrophe, et Madec se demanda s'il ne l'avait pas cherchée. En réalité, la Lune des Indes voulait surtout qu'on ignorât son déclin. Sa maladie n'avait pas empiré ; mais, brusquement, était-ce la vieillesse ou l'abus des médecines, il s'était racorni, rabougri, tel un fruit séché au soleil. Il n'osait plus porter son costume de guerre, tellement il le sentait flotter autour de lui. Il ne paraissait plus qu'en robe moghole, rouge et plissée, avec une ceinture de cuir et un sabre à garde de jade. Il arborait toujours son pectoral de perles noires, qui crissaient à chacun de ses gestes. Comme il ne bougeait les bras que très difficilement, on pouvait prendre ce bruit étrange pour celui de ses os, la plainte, aiguë et sourde à la fois, de son corps fatigué, et l'on imaginait, sous les bijoux et le collier, ses entrailles malades, toutes semblables au nom qu'il portait, sombres, noires, suintant d'une horrible sanie, percluses, ainsi que son âme, d'un mal satanique. Et pourtant, plus que jamais, il n'avait que le Ciel en tête. Le jésuite aux crochets de fer avait récemment reçu une bonne partie de ses prises de guerre. Puis Sombre s'était retiré dans le Nord, à Sirdannah, non loin de Delhi, certain que le temps des mercenaires, en même temps que sa propre vie, tirait à sa fin. C'était un pays qu'il avait gagné à la guerre, un jaghir que le Moghol, comme à Madec, lui avait accordé. Il aurait pu se battre encore, mais avant de mourir, il lui fallait une terre à lui, des frontières sûres, une existence indépendante : un nid, en somme. Sarasvati le suivit avec une sorte d'allégresse. Elle s'était lassée de leur comédie commune. Quatre ans d'existence à moitié recluse l'avaient épuisée. Avant la mort de Sombre, elle avait besoin de reprendre son souffle. Car elle envisageait sereinement le trépas de son époux, priant seulement Kali de le lui donner au moment opportun, quand elle serait en force de mener la guerre, et que l'ennemi serait mûr pour tomber sous les coups.

Son retour au grand jour se passa sans encombre. La principauté de Sirdannah était à l'écart des routes. Après la folie d'un déménagement qui mobilisa des centaines de chariots, personne là-bas, dans ce palais tout neuf, ne s'étonna vraiment de la présence de Sarasvati. On avait pris de nouveaux serviteurs. Quant aux soldats et aux femmes du zenana, ils virent dans sa présence la confirmation de la légende qui avait couru l'Inde : la dame de Godh était morte, puis s'était réincarnée. Tout, dans ces conditions, était immensément simple. Les premiers temps de leur installation, Sarasvati craignit cependant pour son époux la nostalgie de la guerre. Cette peur était vaine. Par un de ces revirements que connaît parfois la vieillesse, il s'intéressa à tout ce qui, jusque-là, l'avait laissé indifférent : l'élevage des vaches, la culture du coton, du sucre, du tabac. Ainsi, bénissant Dieu à toute heure du jour, les doigts perdus dans les grains de son chapelet, l'esprit concentré sur ses bucoliques projets, apparemment vidé de tout soupçon de colère, Sombre attendait la mort, satisfait de n'être plus des batailles où, aux portes mêmes de son ancien palais, s'épuisait Madec.

Il faut le souligner, cette métamorphose de Sombre était saisissante. Il était parvenu à retrouver le rythme ordinaire de l'humanité, à veiller le jour, à dormir la nuit. Parfois même, une curieuse léthargie le prenait dès l'après-midi ; il dormait quinze heures d'affilée, d'un sommeil trop profond pour n'être pas suspect. Quelques serviteurs murmurèrent alors que l'une des épouses, l'étrange hindoue au regard noir qui le veillait sans cesse, lui versait des potions préparées de sa main, dont elle tenait les recettes de vieux ermites arrachés aux jungles. La rumeur fut brève. Une semaine plus tard, on retrouva les bavards étranglés d'une manière qui portait la marque des dévots de Kali. Dès lors, le palais de Sirdannah entra dans le silence, et on ne vit ailleurs domestiques plus muets. On ne s'étonna plus de rien, ni de l'autorité de la princesse sur le seigneur Sumroo, ni de celle qu'elle avait sur les femmes et sur le fils unique du maître qu'elle commandait comme un chien. Venant d'elle, rien ne surprenait, pas même ses extravagantes lectures, dans des volumes aux signes inconnus, dont il était pourtant facile de reconnaître qu'ils venaient des Eaux Noires, et qu'ils étaient impurs. Car il en arrivait, des hommes étranges, à Sirdannah, tout spécialement ces après-midi où Sombre, brusquement, s'effondrait sur son sofa. C'étaient parfois de simples messagers, et, on le voyait à leur visage, ils venaient de l'est, du Bengale où régnaient les Anglais. Ou bien plus rarement, c'était des firanguis, des hommes errants entre Delhi et le Sud, et qu'on prétendait bons, bien qu'eux aussi fussent d'un pays des Eaux Noires. Dans ces cas-là, Sombre ouvrait un œil, consentait à quelques politesses, et entre deux bouffées tirées de son narguilé, racontait ses expéditions aux marches du Cachemire, ou parlait de sa lointaine Allemagne ; il disait toujours à son visiteur : « Retournez donc là-bas, et allez voir Trarbak, la ville où je suis né ! Sous son château, se trouve une mine d'argent, je vous le jure, allez donc fouiller là-bas, au lieu de moisir ici ! Il n'y a plus de trésors à tirer des Indes ! »

Puis il se rendormait, et la belle hindoue qui le veillait raccompagnait le visiteur en chuchotant des mystères.

C'est ainsi qu'un soir, par un notable moghol dépêché en hâte à Sirdannah, on apprit que Dig venait de tomber. Le messager exultait. Sombre ne se releva même pas de son sofa.

– Qui commandait l'armée ? demanda Sarasvati.

– Nagef-Khan, très honorée princesse, et...

– Madec, bien sûr. Madec, qui ne vaut rien. Il n'est donc plus bon qu'à saccager. Que ne rentre-t-il en son pays ?

Le Moghol s'inclina devant la princesse :

– Est-il impertinent, princesse, de te rappeler que tu le sais mieux que moi ? Les firanguis passent si souvent par Sirdannah. Et les nouvelles du Bengale...

– Tais-toi, et sors ! ordonna Sarasvati.

Oui, elle savait tout de Madec depuis son échec, et elle mettait même de la perversité à s'enquérir de lui. Ouvertement, elle ne souhaitait plus rien, qu'il s'en allât. Qu'il était imbécile, de croire encore au Moghol, de le suivre dans des opérations aussi stériles que le siège de Dig. Butins, bien sûr, petite gloire. Et l'Inde, dans tout cela ? L'Inde, et ses dieux, qu'il laissait outrager... Son prisonnier, désormais, l'encombrait. Elle savait que, depuis Fatehpur, il s'était pris au jeu, qu'il croyait sincèrement pouvoir sauver l'Inde, qu'à nouveau il envoyait par-delà les Eaux Noires, chez son souverain, lettre sur lettre, où, disaient les messagers bengalis, il ne demandait plus seulement un brevet de capitaine, mais bâtissait de grandioses stratégies. L'une d'entre elles, la dernière en date, ne s'appelait-elle pas le *Grand Projet* ? Folies. Il voulait établir une colonie française dans la vallée de l'Indus, aux fins d'aider le Moghol à reconquérir le Bengale. Quand ce serait chose faite, on concéderait aux Anglais de s'installer au Sud, dans le Dekkan, la partie la plus inféconde de l'Inde. Comment, mais comment Madec pouvait-il méconnaître l'absurdité de son Grand Projet ? Le Moghol n'était rien, il le savait pourtant, maintenant qu'il l'avait vu à l'œuvre ! Et s'il chassait un jour les Anglais du Bengale, jamais ceux-ci n'accepteraient d'être cantonnés aux jungles du Dekkan. Et que diraient les hindous, dont elle était, de voir se reconstituer la puissance musulmane ?

La démence avait pris Madec. Folie épistolaire, sans doute ; il ne pouvait croire à ce qu'il écrivait. Dans les interminables missives dont il accablait l'homme de Chandernagor, et qu'elle connaissait par les messages de Chevalier, il était clair qu'il essayait de se masquer son échec. Mais qu'il parte, Kali, qu'il parte ! Quelquefois, Sarasvati dut s'avouer les raisons qui la poussaient à souhaiter si fort son départ : la honte, sans doute, d'avoir cru en lui. Et aussi quelque chose de très trouble, qui, en pensée, l'arrachait parfois à la vertu qu'elle s'était imposée. Quelque chose, en définitive, qu'elle préférait ignorer.

Le soir où elle apprit la fin de Dig, il lui fut plus difficile d'échapper à ses tourments. Elle eut donc envie de passer sa colère sur le zenana.

La nouvelle y était déjà parvenue. Servantes ou filles du harem, bien des femmes, avant Sirdannah, n'avaient connu d'autre horizon que le palais des Mille Fontaines, ses pavillons exquis, la lointaine silhouette des murailles de Dig. De les savoir saccagés les avait plongées dans la détresse. Sarasvati, qui s'en doutait, prit donc un plaisir infini à leur rendre visite, à leur parler, tandis qu'elle leur caressait les cheveux et les pieds :

— Alors, les belles, la vie d'ici vous plaît-elle ?

Les larmes perlaient encore à leurs paupières, le khôl avait laissé sur leurs joues les marques du désespoir. Elles réprimèrent des sanglots, mais leurs mains tremblaient de colère. Dès que Sarasvati eut tourné le dos, ce fut une explosion :

— Comment, n'y était-elle pas aussi, avec nous, à côté de nous, dans ce palais ? Ne l'a-t-elle pas connu, aimé ? Elle se moque de nous, elle nous nargue !

— Méfiez-vous, répondaient les femmes plus âgées. Cette femme-là n'est de nulle part, et elle revient de chez les morts. C'est une démone, une raksa, la réincarnation d'une princesse morte, rappelez-vous combien de temps elle a disparu, et comme elle est revenue auprès du seigneur Sumroo dès notre arrivée ici. Il l'adule à l'égal d'une déesse, sachez-le, elle est morte, elle revit, c'est elle qui donnait la victoire à Sumroo du temps de la guerre ! Allons, ne pleurez pas Dig ! Ce temps-là est fini, ne haïssez pas cette femme qui pourrait maudire vos ventres et les rendre secs, allons, ne pleurez pas Dig, pensez à autre chose ! Nous sommes ici en paix, le maître est fatigué, il mourra bientôt, prions les dieux de nous donner paix et félicité !

Pourtant le lendemain il y eut d'autres larmes, car Sarasvati revint, pour ajouter d'horribles détails au récit des messagers. La cloche, principal ornement du palais du rajah, parce qu'il l'avait volée jadis à l'église d'Agra, et dans laquelle tout le peuple djatte voyait le signe de sa force, avait été reprise par le firangui Madec. Non content de l'emporter, il l'avait fondue pour la transformer en canons. Sitôt ses armes fabriquées, il en avait haché les derniers habitants de Dig. Pire encore, les Moghols avaient rempli les temples hindous de tripes de vache et de têtes de bœufs, souillant ainsi pour des siècles et des siècles la pureté des sanctuaires. Sarasvati racontait tout cela en souriant. Comme la veille, dès qu'elle eut disparu, les femmes se mirent à gémir, les musulmanes comme les autres :

– Comment, elle, une hindoue, s'amuser de ces crimes, n'est-elle pas plutôt une force du mal faite femme ? D'où vient-elle donc ? Dis-nous, toi, la petite, qui as épousé Sombre après sa disparition, qui est-elle au juste, que sais-tu de cette femme ?

L'ancienne bayadère secoua la tête :

– Non, je ne sais rien de plus. Puis elle se replia dans ses voiles. Alors les femmes tracèrent sur le sol des carrés magiques, et l'on entendit des nuits entières leurs incantations terribles. De temps en temps, Sarasvati venait jusqu'aux grilles du zenana, les observait un petit moment, et continuait à sourire.

Une semaine plus tard, après l'arrivée d'un messager bengali, on apprit qu'elle avait disparu. Sombre, disait la rumeur, s'était endormi depuis deux jours, et il ne sortait plus, ou presque, de cette léthargie soudaine. Les vieilles femmes se mirent à crier que leurs maléfices contre la démone avait réussi, et qu'elle ne sortirait plus de la Cité des Morts. Aussitôt, le palais de Sirdannah retrouva la paix. Le zenana, à nouveau, sentit fort le henné et les gâteaux de miel, tandis que Sombre, avec des gestes de nageur fatigué, se relevait parfois de son sofa moite de sueur pour murmurer de longs *Ave*.

⁂

C'était l'hiver, la meilleure saison du voyage. De temps à autre, Sarasvati soulevait la toile fruste du chariot à bœufs qui la traînait vers le Bengale, se demandant comment l'Inde pouvait dérouler tant de plaines, de rivières si belles, de fleuves gigantesques. Pour la première fois de sa vie, ses rêves de grandeur recoupaient la réalité des choses. Oui, l'Inde était vraiment immense, fertile, souveraine, à l'ouest, les grands déserts caravaniers, au sud les montagnes du Dekkan, au nord, les steppes mogholes et les himalayas, enfin à l'est, ce Bengale qui faisait tourner toutes les têtes, avec, blottis dans une anse du Gange, la petite ville des firanguis français, l'ultime terme de ce voyage insensé, Chandernagor.

Les bœufs avançaient lentement. Dès qu'on atteindrait le Gange, et passé Bénarès, on prendrait un bateau, avait-elle annoncé à ses gardes. Les routes, pour l'instant, demeuraient tranquilles. Toutefois, afin d'éviter d'être importunée, elle s'était entièrement voilée. De temps à autre, elle fermait les yeux, s'abandonnait aux coussins. Les tissus de mousseline caressaient son visage au rythme du chariot. Cela la reposait, tout en lui permettant d'ordonner la foule de ses pensées, à cette heure encore par trop enchevêtrées. Les premiers jours en effet, elle s'était demandé si sa décision n'était pas une pure folie. Un message arrivé à Sirdannah, et destiné à Sombre – mais l'homme de Chandernagor savait bien qu'elle le lirait –, exposait le dernier projet des intrigants français. On y disait que l'un des meilleurs moyens d'affaiblir la puissance anglaise au Bengale, et par conséquent en Inde, était de compromettre gravement tous ses dirigeants. L'affaire Nandkumar avait échoué. On pouvait tenter autre chose : si le gouverneur, ou son second, étaient compromis, il s'ouvrirait à Calcutta une sorte de vacance du pouvoir, dont la France, alliée à ceux des Indiens décidés à se battre, pourrait tirer grands profits. Depuis quelques mois, ajoutait Chevalier, un nombre croissant d'Anglais se rendaient à Chandernagor, où se donnaient des fêtes. L'un des membres du Conseil de Calcutta s'était épris d'une jeune Française, seize ans à peine, mariée de surcroît. Il était prêt à commettre l'irréparable ; Chevalier ne donnait pas cher de son avenir politique. Pour le Nouvel An firangui, on organisait à Chandernagor de nouvelles festivités où viendrait, disait-on, le gouverneur en personne. Dans son message, Chevalier n'avait pas explicitement demandé la présence de Sarasvati. Néanmoins, il avait suggéré qu'il serait assez heureux de s'entretenir de leurs projets avec « l'un ou l'autre des rois de Sirdannah, et, ajoutait-il, je n'ai jamais encore vu la princesse, dont on assure par toute l'Inde qu'elle est d'une grande beauté ».

Jusqu'à Bénarès, Sarasvati ne comprit rien à ce qui la poussait, femme seule, un peu lasse, le cœur encore plein de vengeance, à prendre la route par ces temps incertains. Mais après le pèlerinage sacré, le bain rituel dans l'eau du Gange, quand elle se fut rompu la tête à répéter la syllabe magique, *om, om, om,* oubliée depuis si longtemps, tout s'éclaira enfin.

On prit un bateau. Assise en poupe, sous un léger parasol, elle découvrit les marches du Bengale, une terre douce, calme et baignée de bleu. De temps à autre, sur le bord du fleuve, des sanctuaires étageaient leurs pierres pourries d'humidité. On croisait des navires comme elle n'en avait jamais vu, à coque ronde au lieu d'être plate, à quatre, cinq, six voiles, au lieu d'une seule, et carrée. Le monde des firanguis approchait. Bien sûr, comme partout en Inde, les femmes continuaient à laver leur sari au fleuve, bien sûr, teinturiers et foulons s'y retrouvaient, pour y plonger le safran et l'indigo. Mais elle ne pouvait se le cacher : « Le monde change, Sarasvati, et vois ton corps aussi que les années ont épaissi, les rides autour de tes yeux que le khôl ne dissimule plus, la ligne de ton nez qui se creuse, tes hanches, qui n'osent plus se balancer comme avant, le temps de la femme est révolu pour toi, Sarasvati, Dharma : tu n'as plus devant toi que la guerre, pour te faire espérer... » L'espérance. C'était bon pour la jeunesse, tout cela. Pour les jours de Godh, ses seize ans offerts à Bhawani, les premiers babils de Gopal, la musique lente sur les terrasses du palais du lac, les feux d'artifice, pour tout dire, la vieille féerie anéantie par la guerre. Or c'était Diwali, la fête des Lumières. Par tout l'Inde, on célébrait l'espoir. Dans la plus humble des cabanes, hommes et femmes allumaient de petites lampes, et sur les bords du Gange scintillait parfois dans le soir un second fleuve, celui de la lumière, celui de l'espérance. Sarasvati s'étonnait. Comment, on pouvait encore croire au bonheur, prier Lakshmi, déesse de la fécondité, en dépit de tous les fléaux qui s'abattaient sur l'Inde ? Pendant toutes ces années passées auprès de Sombre, elle n'avait eu que la vengeance en tête, et peut-être son cœur, comme le corps de son époux, s'était-il aussi racorni. A la vue des centaines de lumières, qui, de village en village, célébraient Diwali, le doute s'installa en Sarasvati. Et si elle s'était trompée depuis le désastre de Godh ? Follement, obstinément trompée ? Et s'il y avait, au milieu des forces qui agitent le monde, une puissance plus grande que celle de Kali ? Venant d'une femme qui s'était vouée corps et âme à la déesse noire, et qui, secrètement, continuait d'animer des armées de dévots, étrangleurs, égorgeurs, rôdeurs de nuit, cette pensée était vraiment extraordinaire. Elle s'en serait sincèrement effrayée si, au fil de sa descente du Gange, elle ne s'était pas souvenue de la légende de Parvati, Fille de la Montagne et Divine Mère. Ses deux fils, le dieu de la sagesse et le dieu de la guerre, se disputaient pour monter sur ses genoux. « Je ne puis vous prendre tous les deux à la fois, leur dit-elle. Mais allez courir autour du monde, et le premier de retour s'assiéra sur mes genoux. » Le dieu de la guerre s'éloigna au grand galop sur son cheval fougueux. Le dieu de la sagesse tourna trois fois autour de sa mère, puis s'assit sur ses genoux : il avait fait le tour de l'univers, qui était sa mère, qui était l'amour.

Depuis des années, depuis la disparition de ses fils, Sarasvati s'était efforcée de n'y point penser. Après le pèlerinage de Bénarès, elle y songea en toute sérénité.

Et si l'amour était le plus fort ? Le doute était insupportable.

Alors, puisque Sombre allait mourir, et que, seule, il faudrait reprendre la guerre, canons, camps, soudards, éléphants, elle devait s'assurer de la nécessité de la haine, et surtout, effacer à jamais la cause même de ces relents de tendresse, le visage trop pâle du firangui Madec, dont elle allait, à Chandernagor, rencontrer l'univers.

La barque indienne à voile carrée arriva à destination par une belle après-midi d'hiver. La mousson avait cessé quatre mois plus tôt, et le Gange avait beaucoup baissé, laissant sur ses rives boueuses des troncs creux de banians emportés par l'inondation, des lianes torses, et, de loin en loin, des épaves de canots qui croupissaient sur les bancs de vase.

Un dauphin du Gange pointa le nez. En ces temps de saison sèche, il descendait sans doute vers l'estuaire. Puis ce fut un gavial, à demi endormi sur la berge, qui rappela à Sarasvati les crocodiles du lac de Godh. Un bon moment, son attention fut distraite, et elle ne s'aperçut même pas que le fleuve décrivait une boucle. Le vent poussait bien, et, tout comme le navire, elle se laissait porter. Tout d'un coup, Chandernagor fut devant elle.

Elle n'eut aucune peine à reconnaître le comptoir français : il lui semblait l'avoir vu dans une autre vie. Au fond d'une anse large de sable clair, derrière un simulacre de quai envahi par les lianes, s'entassaient une vingtaine de maisons d'une facture inconnue d'elle : de grandes fenêtres droites, trop droites, pas une courbure, pas une inflexion de la pierre, pas une douceur dans cette façon de construire. Elle se dressa brusquement dans la barque, qui manqua de se renverser :

– Chandarnagar...

Elle prononça le mot à l'indienne, trop émue pour retrouver le nom français. Chandernagor. Elle soupçonna un instant que les sonorités du nom devaient paraître superbes à tout firangui ignorant de l'Inde. Elle descendit de la barque. Déjà, ses gardes s'avançaient sur le quai de planches branlantes, demandaient Gorette, la demeure de Chevalier. Sarasvati se raidit dans ses voiles. Chandernagor n'était rien, mais il était trop tard désormais, pour faire le voyage à l'envers.

Dès le premier regard, elle sut qui était Chevalier, dont les lettres étaient si élégantes, et si répugnante la personne. Ce n'était pas qu'il fût sale, loin de là. Il était même trop apprêté, trop parfumé, trop soigné pour un firangui, et le vil marchand qu'il était en réalité. Indien ou Blanc, Sarasvati savait lire depuis longtemps sous l'écorce des corps ; et ce Chevalier, elle se serait bien allongée sur la planche à clous des guru pour en attester, n'était qu'un commerçant sans scrupules, un intrigant de la plus basse espèce. L'homme qui le suivait était d'une autre trempe. Plus jeune encore, très mince, il avait sans doute eu quelque beauté. Mais l'œil de Sarasvati ne s'y trompa guère : cet homme-là, s'il n'avait pas la bassesse de l'autre, respirait aussi le mensonge et le vice. Elle aurait pu fuir aussitôt, tant cet univers lui déplaisait ; un sentiment d'intense douleur l'avait prise dès qu'on avait ouvert devant ses gardes les portes de Gorette. Chevalier, arrivé en hâte, s'était perdu en salams :

– Oh, madame, madame, vous qui parlez, dit-on, si bien notre langue...

Elle ne desserra pas les dents. Elle croyait voir la mort. Chevalier dut pressentir sa déception, car il ajouta :

– Vous le savez, depuis notre défaite, nous ne sommes pas riches, c'est moi qui de mes deniers ai restauré le palais de Dupleix, son parc, mais, vous l'imaginez, c'est très difficile...

En effet, songeait Sarasvati. Comment pouvait-on appeler parc une friche pareille, d'où émergeaient, de loin en loin, des marbres moussus, quelquefois renversés, et qui représentaient, suprême horreur, des femmes blanches, immobiles et nues : autant dire des fantômes.

Il la fit pénétrer dans la demeure. Tandis qu'elle montait les marches du perron, elle sentit le deuxième homme, le faux jeune aux cuisses minces, l'ancien beau plein de mensonges, qui la frôlait. Elle eut un mouvement très sec, enfonça dans son poignet comme par étourderie, l'une des pierres aiguës qu'elle portait à sa main. Il faillit crier. Sous son voile, elle se mit à sourire. L'autre devait saigner ; c'était parfait : il se tiendrait désormais à distance.

Une heure durant, Chevalier lui montra, non sans satisfaction, les enfilades de salons de l'ancien palais de Dupleix. Ce n'étaient que murs de stuc blanc, trumeaux alambiqués, que l'on avait cru bon de sertir des miniatures mogholes. Sarasvati frémissait de rage. Ici, pour l'agrément des firanguis, les scènes de l'amour sacré ! Ici, des princes pareils à Bhawani, partant à la chasse et embrassant leur bien-aimée, des femmes demi-nues à la toilette, regardant dans le ciel les vols d'oiseaux *sara*... Non, ce n'était pas possible, son propre reflet, ou du moins celui de sa jeunesse, n'était pas aux mains de ces hommes pâles, qui ne comprenaient rien, qui souillaient tout. D'être à Gorette, elle se sentait impure, sale, effroyablement malheureuse. Si encore elle avait pu courir au Gange pour se laver de cet horrible contact... Mais il fallait tenir, au moins jusqu'au soir de la fête.

Elle se tassa soudain, se replia dans ses voiles, dont elle saisit un pan pour cacher son visage.

Chevalier la regarda, décontenancé, et ne sut plus que dire.

Elle s'arrêta enfin, désignant une petite pièce :

– Je resterai ici. Quand a lieu votre fête ?

– Dans deux jours, princesse. Vous verrez, ce sera fort beau.

– Où seront vos invités ?

Il désigna une vaste pièce dans l'enfilade des salons :

– Là-bas.

– Si vous désirez que je reste jusqu'à ce jour, arrangez-vous pour que je voie, sans être vue. Je n'ai rien à faire en ces lieux. Je suis une princesse indienne.

– Mais, très honorée princesse, c'est ici une demeure à l'européenne, nous n'avons...

– Oui, j'ai vu. Vous n'avez pas de grillages, ni de moucharabieh. Mais je suis princesse Kshatrya et pas de ces bengalies que vous offrirez à vos misérables invités. J'aurai donc, dans deux jours de quoi voir sans être vue, ou bien je ne serai plus des vôtres.

Chevalier s'inclina, puis le faux jeune homme.

⁂

Les deux jours qui suivirent, Sarasvati les passa dans la petite chambre, placide, fumant le narguilé toute la journée.

Malgré le mépris qu'il affichait pour la princesse moricaude, selon l'expression dont il usait désormais pour désigner Sarasvati, Chevalier n'avait pas osé passer outre son désir. Le soir de la fête, l'un des murs du grand salon avait été percé, puis fermé d'un grillage de bois de santal, à la manière commune des demeures indiennes. Sarasvati n'eut pas un mot de remerciement. A l'aide d'une petite lampe à huile elle inspecta les lieux avec soin. L'humidité du Gange, même en plein hiver, suintait de partout. Sur les stucs neufs des parois, elle remarqua de grandes auréoles grisâtres, ainsi que de légères mousses moisies, qui lui donnèrent un peu de courage : d'ici peu cette maison de malheur serait mangée de pourriture, puis avalée par le fleuve saint qui roulait au bas du parc. Chevalier s'éclipsa. On entendait des cris, des sabots de chevaux grattant le gravier de la route, des mots étrangers.

Voilà. C'était l'heure. D'ici peu ils seraient tous là, ceux qui s'étaient promis de voler l'Inde à elle-même, Français comme Anglais, Sarasvati se fit, sous ses voiles, encore plus petite, avide de connaître ce pays des Eaux Noires, dont, un été entier, Madec lui avait dit les étrangetés ; mais, en même temps, elle était écrasée par l'épouvantable souillure qu'elle s'apprêtait à commettre.

Chevalier paradait devant ses invités anglais, il désigna une table chargée de plats :

— Nous vous avons préparé les choses comme vous les aimez à Calcutta : soupe, volaille rôtie, riz et cari, pâté de mouton, agneau, pudding de riz, tartes, beurre frais, fromage, vin de Bordeaux, cognac, et bien sûr, de la liqueur de parfait-amour !

On s'assit autour d'une longue table. Sarasvati connaissait cet usage, dont il était abondamment parlé dans les livres venus des Eaux Noires, mais elle n'en avait pas encore mesuré toute l'absurdité. Pourquoi afin de se nourrir se hisser sur quatre morceaux de bois, alors qu'il était si simple de s'accroupir à terre ? Les instruments dont usaient les firanguis, couteaux et fourchettes, ne l'inquiétèrent pas : c'était un détail. Ce qui la repoussait davantage, c'était autour de la table, l'alternance régulière des hommes et des femmes : il n'y avait pas, comme elle l'avait pensé, un lieu séparé pour chaque sexe. Mais, pire encore, à force d'observer les convives, elle comprit que les jeux d'amour avaient commencé en même temps qu'on engloutissait des pleines bouchées de volaille et de viande rôties. Très vite d'ailleurs on abandonna la table, et l'on se mit à danser, au son d'une musique suraiguë, trop rapide, qui restait au ras des choses, sans chercher jamais l'au-delà de la danse, l'union magique de l'instant avec le divin.

Sarasvati n'en pouvait plus. Tout ceci était profane, scandaleusement profane. Les firanguis effleuraient toutes choses, sans jamais pouvoir s'élever. Des oisillons sans grâce, condamnés à ne jamais s'envoler. Du bruit en guise de musique, et pour la danse, un dessin à ras du sol, qui souillait la terre et les puissances divines cachées en son sein. Madec n'était pas ainsi. Il avait toujours paru familier des forces obscures qui gouvernent le monde, et pourtant présent, si intensément présent à l'univers. Son regard interrogea une à une toutes les figures qui s'agitaient derrière le grillage de bois. Les hommes blancs, plus blancs qu'à l'ordinaire, car leurs faux cheveux et leurs faces étaient alourdis de poudre, enlaçaient des dames d'âge divers, blafardes elles aussi, à l'exception de deux ou trois d'entre elles, où Sarasvati reconnut de très jeunes filles. L'une d'entre elles, surtout, qu'elle envia aussitôt. Si pâle, si rose, et des cheveux légers, bouclés, une vapeur dorée. C'était donc cela, la *blondeur*. Étrange femme en vérité, qui portait si peu de bijoux : pas un diamant au nez, à peine un bracelet, un rang de perles, et tout cela si fin, presque imperceptible. Elle devait être pauvre, ou mal dotée. Et puis cette robe, trop serrée sur le buste, trop large sur les hanches, et qui couvrait le ventre. Non, Madec ne pouvait pas venir de ce monde extravagant. Il n'avait jamais pu désirer ces femmes. Et d'ailleurs, n'avait-il pas épousé une frantci, une demi-indienne ? Déçue, furieuse de s'être souillée l'âme pour si peu de chose, Sarasvati allait se détourner du moucharabieh, quand la figure d'un homme mélancolique, isolé dans l'un des angles du salon, l'attira soudain. Il n'était qu'à peine poudré ; sa perruque était de travers ; et surtout, dans ses yeux presque gris, qui brillaient à la lumière des lustres de cristal, elle retrouva l'expression bizarre, qui, de temps à autre, traversait autrefois les yeux de Madec. Incontestablement, cet homme n'était pas de la fête. Il contemplait le spectacle de loin, comme détaché. Sa mise était des plus discrètes. Quelquefois, il avait un regard pour la jeune blonde, qui dansait depuis une heure au bras d'un firangui en costume somptueux. Elle se demanda s'il n'était pas jaloux. Puis elle chercha à deviner s'il était français ou anglais. Il portait l'air de la défaite : elle opta pour la France.

Sarasvati avait vu juste : cet homme solitaire était fort triste. Cependant elle s'était trompée sur un point, le plus important : l'homme qu'elle avait remarqué n'était autre que son pire ennemi, Warren Hastings, gouverneur général du Bengale, et ce n'était pas une défaite qui l'affectait si fort. Pour ce qui était de l'Inde, en effet, ses affaires allaient bien. L'administration du Bengale était épurée, les agents mis au pas, les Indiamen rapportaient en Angleterre des cargaisons de plus en plus somptueuses, sans qu'on pût jamais accuser le gouverneur de corruption. L'un de ses ennemis personnels, Clavering, membre du « triumvirat », venait de mourir. Or, marque suprême de l'empire que Warren Hastings possédait désormais sur les Indiens, ceux-ci y avaient vu l'effet d'un pouvoir extraordinaire, qu'ils n'avaient jamais reconnu à un Blanc. Ils le disaient en effet sorcier, capable de mener au trépas, par des moyens obscurs, la foule de ses ennemis. Il s'ensuivait que la ville indienne le respectait ; on observait même sur son passage des signes de vénération communément réservés aux plus célèbres des guru. Pour couronner sa réussite, il venait d'annoncer la mise en œuvre de son plus vieux projet, la création d'une académie chargée d'explorer le domaine inconnu de la culture indienne, et, pourquoi pas, dans les temps à venir, birmane, cinghalaise, chinoise même. On l'avait nommée, selon son vœu, l'*Asiatic Society*. Enfin, il venait d'apprendre que les tribunaux d'Allemagne avaient consenti à l'annulation du mariage Ihmoff, si bien qu'il pourrait d'ici peu épouser Marian, et offrir à la face du monde toutes les garanties de la respectabilité. Cependant, la veille au soir, quand il s'était agi d'évoquer la fête de Gorette – Goretty, comme disaient les Anglais, qui n'aimaient pas les sonorités françaises –, Marian avait annoncé au gouverneur qu'elle n'en serait pas.

– Comment, *my queen*, voici dix-huit mois, vous m'en suppliiez !

– Non. Je n'irai pas.

Elle secouait la tête, se retournait comme pour bouder, vers sa coiffeuse, se mettait à brosser ses cheveux. Warren eut un air soucieux :

– Vous n'allez pas bien, *my heart's treasure,* vous n'allez pas bien. L'Inde vous a fatiguée, je crois. Et pourtant, tous ces diamants que je vous donne, ces perles, le moindre de vos caprices passé, au péril de mon œuvre et de mon honneur...

Marian posa sa brosse, se retourna :

– Il s'agit bien d'honneur !

Puis elle se perdit, comme elle le faisait depuis quelques semaines, dans une de ses interminables rêveries devant son miroir.

A vrai dire, une autre affaire tourmentait Warren. Il était parvenu à faire passer un de ses hommes au service de Francis, pour l'espionner. Une semaine plus tôt, l'espion avait forcé le secret du fameux journal, et lui en promettait une copie. Six jours maintenant que le gouverneur attendait, et rien n'était venu. Il imaginait le pire : que sa surveillance eût été découverte, que l'espion l'eût trahi, que Sir Francis lui tendît un piège. De surcroît, il n'avait accepté de se rendre à Gorette, qu'avec la certitude de connaître ces fameux renseignements, qui lui permettraient de comprendre la conduite de son rival, et, conséquemment, de mieux le perdre. Il avait mal dormi. Il doutait de sa chance. Il avait tort : le lendemain matin, la copie du journal était sur son bureau. Il la parcourut avec avidité, ne s'attachant qu'à ses derniers passages.

Il fut d'abord très satisfait. On y apprenait d'abord que Sir Francis s'était épris d'une très belle jeune Française de Chandernagor. Elle était mariée à un certain Grand, ami de Chevalier. « Peu importe, écrivait Francis, l'amour triomphe de tout. Cette nuit, le diable sera à Goretty. Je renonce à toutes les femmes de Calcutta pour la petite de seize ans. Je sais qu'elles vont pleurer, et spécialement la riche épouse du Tyran, mais qu'elle pleure, je m'en moque bien, elle se consolera avec ses diamants et ses perles ! » A la première lecture, Warren ne remarqua que l'injure : Tyran. Tyran, lui, Hastings, l'épurateur de la Compagnie des Indes, le chasseur de toute corruption. L'insulte l'avait blessé. Il relut cependant la copie. La maîtresse du tyran, écrivait Sir Francis, devait pleurer cette nuit. Les pensées les plus confuses agitèrent Hastings. Il essaya de les repousser. Le travail l'accablait tant qu'il y parvint jusqu'à la tombée de la nuit. C'était l'heure de se rendre à Chandernagor. Ce soir-là, il décida de ne pas paraître à la maison de Marian. Il mit un peu d'ordre dans sa mise, se résigna à demeurer terne, et appela son phaéton. Lorsqu'on eut dépassé Calcutta, il ne put se masquer davantage les révélations du journal de Francis. Oui, c'était clair, Marian avait été, ou brûlé d'être, la maîtresse du *Bel Anglais*. Elle l'avait aimé. Comment ? Combien de temps ? Une souffrance atroce s'empara de lui. Pour la première fois, il s'interrogeait sur Marian.

Pourquoi, jusqu'à maintenant, avoir évité les questions, sinon pour éviter de donner à cette femme une aura dangereuse ? Dangereuse, car si Warren avait été jaloux, il aurait fouillé dans son passé, il n'aurait plus pensé qu'à elle, il l'aurait, elle aussi, espionnée, il en aurait oublié la politique : en un mot, il l'aurait aimée. Aimer Marian. Ridicule, et si peu *romantic,* puisqu'elle n'était plus qu'une demi-vieille femme, ménagère avisée, *grasping,* et lectrice attentive de l'*English Gardiner !*

On était à une lieue de Chandernagor quand Warren réussit à s'imposer une héroïque résolution : il ne fallait pas chercher à savoir, mais pousser l'aventure jusqu'au bout. Il avait acheté Marian au sieur Ihmoff, fort bien, il l'épouserait, avec tout son passé, son impureté, sa corruption. Elle vient d'aimer pour la dernière fois, songeait le gouverneur. Elle est entrée dans l'ère de la résignation. Prenons-en acte. La femme de César ne doit pas être soupçonnée : elle ne le sera pas. Nous finirons peut-être, avec la vieillesse qui vient, par nous aimer vraiment.

Warren soupira longuement, presque soulagé, et se redressa sur le siège du phaéton. D'ailleurs ne tenait-il pas la plus belle vengeance qui soit contre un rival en amour, puisque ce soir même, Sir Francis venait aussi à Chandernagor, mais pour consommer sa propre perte ?

⁂

La fête tirait à sa fin. A l'exception de l'homme triste, tout le monde avait bu, mangé et dansé. Le faux jeune homme, un moment, avait rôdé autour du firangui solitaire. L'autre lui avait jeté un regard étonné, puis il avait détourné la tête, comme un gamin pris en faute. Dans un coin de la pièce, la jeune blonde s'abandonna aux bras de son cavalier. Un autre firangui, rougeaud, soucieux, l'air fatigué, apparut soudain, proféra quelques mots, puis ressortit aussi vite qu'il était entré, avec une expression d'une fureur extrême.

Sarasvati commençait à s'ennuyer. Les plaisirs du pays par-delà des

Eaux Noires l'avaient plus que déçue. Elle tentait de réfléchir. Les dieux, où étaient donc les dieux ? Elle songea encore à l'histoire de Parvati et de ses deux fils. Non, le bonheur n'est point dans la sagesse, pensa-t-elle, et ce n'est pas ma voie, malgré le nom que je porte. Je préfère le dieu de la guerre, qui parcourut trois fois l'orbe du ciel ! L'amour, par cette lointaine nuit de mousson au palais du lac, l'amour m'a fuie pour toujours.

Dans son dos, soudain, elle sentit une présence. L'homme très mince, l'horrible faux jeune homme à figure de traître, était entré à nouveau, et il levait un chandelier vers son visage dévoilé.

Dans sa stupeur, Sarasvati se mit à parler en hindi :

— Es-tu fou, misérable, de venir ici ! On va me voir, avec ta lampe ! Il sourit, et lui répondit dans la même langue, sans le moindre accent :

— Viens donc ici, très honorée princesse. Sans savoir pourquoi, elle le suivit dans la pièce voisine. Suprême horreur, elle empestait la viande rôtie. Elle eut une grimace de dégoût. Il l'attaqua de front :

— Je sais qui tu es.

Sarasvati se mit à rire.

— Tu as toutes les impudences, firangui, à ce que je vois ! Pourquoi saurais-tu donc ce que tout le monde ignore ?

— Tu es la dame de Godh, n'est-ce pas ?

Godh. Elle avait tressailli. Il avait le front de prononcer cette syllabe interdite, le nom de la ville maudite, qu'aucun Indien, plus de dix ans après la catastrophe, n'osait évoquer. Il avait dû pressentir son trouble, car il poursuivit, toujours en hindi :

— Tu peux beaucoup pour nous, princesse, pour la France. Tu aimes les Français, n'est-ce pas ? Pour te venger, il te suffirait de si peu. Regarde donc par la grille cet homme un peu voûté : c'est le gou-...

Elle n'y tint plus, l'interrompit brusquement :

— La dame de Godh est un fantôme, firangui. Nul ne sait qui elle est.

— Moi, je le sais.

— Toi, pauvre petit serpent !

— Très honorée princesse !

— Ne me flatte pas ! Tu es de ceux qui volent et se vendent. Va-t'en ! Vous autres firanguis n'êtes venus ici que pour nous souiller. Va-t'en !

L'autre ne trembla pas. Cependant, sa peau trop pâle se fendilla sous la poudre ; il eut un petit rictus nerveux :

— Je sais qui tu es, ce que tu fais... Kali...

— Ne prononce pas des mots que ta bouche salit, firangui !

Elle cracha le mot comme une injure. Il voulut s'éloigner, puis eut comme un regret, se retourna au seuil de la porte, et dit en guise d'adieu :

— Et le firangui Madec, qui sait que tu es ici, et qui a pris la route dès qu'il a appris que tu venais à Chandernagor, t'a-t-il salie, lui aussi ?

— Firangui ! lança encore Sarasvati, et elle lui tourna le dos. Elle avait retrouvé son port de princesse, ce qui ne lui était pas arrivé depuis qu'elle était entrée à Gorette.

A travers l'enfilade des salons, elle appela ses gardes :

– Nous partons. Trouvez un chariot à bœufs, un palanquin, un éléphant, des chevaux, n'importe quoi, mais nous partons. Voici l'argent.

Elle leur tendit des pièces d'or.

Elle les secouait. Ils se mirent à plier des baluchons, réunirent les quelques saris que Sarasvati avait emportés, ramassèrent les pots d'onguents et les fioles de parfum.

– Je serai là dans un instant. Elle retourna vers le lieu de la fête. Une dernière fois, elle voulait ranimer sa haine, contempler ce qui, des années entières, la nourrirait dans la grande guerre qui allait commencer. Elle avançait lentement. La musique s'était tue. Derrière les petits croisillons, la pièce apparaissait. Elle s'approcha. Le bal était fini ; une autre danse commençait, qu'elle connaissait bien, et qui était, de loin, à peu près semblable à ce qu'elle en savait, malgré les peaux si blanches et les corps différents. La belle blonde fixait le plafond, le jupon ouvert sur des formes exquises. A ses pieds, son cavalier se répandait en baisers.

Sarasvati tremblait. Sa vue s'était soudain obscurcie. Madec... Fou qu'il était, d'avoir pris la route, quand les Anglais le recherchaient et que les chemins du Bengale étaient fermés à tous les étrangers. Mais elle ne pouvait plus rien pour lui. Ou il mourrait, maintenant, et de la main des firanguis à veste rouge, ceux-là mêmes qui s'ébattaient ici ; ou il vivrait, et, elle en était sûre, il rentrerait chez lui, dans ce monde impur, dont elle avait sous les yeux le reflet. Elle s'arracha au grillage de santal. Une lampe brûlait sur le sol, qu'elle n'avait pas remarquée. Elle se baissa pour la ramasser, l'éleva vers les couloirs qui la ramenaient à sa chambre. Elle vit alors qu'elle n'était pas seule. Un autre qu'elle avait épié la fête. Il se plaqua contre les croisillons, tournant soudain le dos à ce qui l'intéressait si fort une minute plus tôt. Un moment très long, ils se regardèrent sans comprendre. Sarasvati ne le quittait pas des yeux, s'attardant sur les cheveux blancs tout ébouriffés qui passaient la perruque, la bouche pleine qui tremblait, la grande ride qui se creusait sur le front. Il avait un air de coupable saisi en flagrant délit. Sarasvati faillit lancer une injure, comme à l'autre. Elle n'en fit rien ; sans un mot, elle replia sur elle ses grands voiles, puis, d'un seul coup, détacha son regard des yeux du firangui. Anglais, Français, gouverneur ou intrigant, quelle importance, puisque Chandernagor n'était rien, puisque Madec allait disparaître. Puisque tout était dit.

⁂

Un quart d'heure durant, le gouverneur général du Bengale demeura dans la position assez ridicule où l'avait surpris la princesse. Il ne comprenait rien à l'irruption de cette Indienne qui l'avait si intensément regardé, puis s'était évanouie, l'abandonnant dans ce réduit qu'il avait découvert par le plus grand des hasards. Enfin il retrouva ses esprits et sortit sur-le-champ.

Tout le temps qui lui resta à vivre, et pendant les innombrables tempêtes qu'il traversa, il ne devait jamais oublier les yeux de cette femme. Jamais, fût-ce chez ses rivaux les plus acharnés, il n'avait lu tant de haine, et jamais non plus il n'avait imaginé que la haine pût être si belle.

CHAPITRE XXXII

Janvier 1777

Caravansérail sur le chemin de Bénarès. Quinzaine claire du mois de Magha. An 4877 de l'ère de Kaliyuga

Le grand jour d'hiver, jaune et clair, tombait par l'ogive de la fenêtre. Derrière les croisillons, Madec vit passer lentement la silhouette d'un paon. La surface où il se déplaçait n'était pas grande, juste un rebord de pierre peint en blanc, mais la bête, avec la solennité du pas propre à son espèce, le parcourait de bout en bout, méticuleusement, puis se retournait, avec, parfois, un léger roucoulement. Madec ne pouvait en détacher les yeux ; il avait la tête lourde, effroyablement lourde, et un mauvais goût dans la bouche qui lui rappelait un souvenir lointain. Il y eut tout à coup un grand froissement d'ailes, et l'oiseau, fatigué sans doute de ses monotones allées et venues, sauta de la fenêtre. Madec fut parcouru d'un frisson. Il fit un effort, tâcha, malgré sa migraine, de distinguer ce qui l'environnait. Il ne comprit pas où il était. Ce n'était ni son palais, ni sa tente de guerre, mais une pièce nue, des murs blancs, cette ogive grillagée, et, sur la terre battue, le charpoï grossier où il était étendu. Brusquement, la mémoire lui revint. Le caravansérail. Sa course éperdue vers Chandernagor, deux chevaux afghans de la meilleure race crevés sous son fouet...

Le petit garde qui l'accompagnait avait alors crié : « Madecji, il faut nous arrêter, plus loin on ne nous vendra pas de chevaux, rejoignons la route qui mène à Bénarès ; il y a là-bas un grand caravansérail, nous y trouverons bien des bêtes à acheter ! » C'était judicieux. Depuis son départ, trois jours à peine, Madec avait évité les grands chemins ; mais à présent il n'avait plus le choix. Or l'endroit que lui proposait l'Indien était bien choisi. Sur cette route, en effet, passage obligé d'est en ouest, convoyaient toutes sortes de marchands, et il eût été bien étonnant qu'il n'y découvrît personne qui, malgré les temps de famille et de guerre, ne pût lui vendre deux animaux.

Ils arrivèrent en pleine nuit. Sous les voûtes qui bordaient un petit jardin brûlaient des lampes à l'odeur rance. Il faisait froid. La cour de l'hostellerie était presque vide. Soudain, Madec se sentit très las. Il reconnut les signes avant-coureurs d'un étourdissement. Cela lui arrivait de plus en plus souvent depuis sa défaite de Delhi. Il ne demanda pas des bêtes, mais un charpoï. Son petit compagnon, toujours vaillant, se mit à sourire :

— Il faut te reposer, Madecji... Madec fouilla à nouveau sa mémoire. Le paon était revenu sur la fenêtre. Cette seule phrase lui revenait : « Il faut te reposer, Madecji... » Il se revit, chancelant devant le charpoï. Et l'Indien, il s'en souvenait maintenant, lui avait tendu une grande coupe : « Madecji, tu n'es pas bien... Repose-toi... Bois. » Il avait bu.

— C'est bon, l'arack ! répétait le jeune garde. Il aurait voulu répondre que ce n'était pas de l'arack, que le goût du sucre en cachait un autre, amer, le goût de sa dernière nuit au palais du lac, mais plus fort, plus amer encore. Sa tête s'était brusquement alourdie, et les mots n'avaient pas passé ses lèvres. Il s'était endormi. Comme à Godh, la nuit de la catastrophe. On l'avait drogué. C'était le petit. Et d'ailleurs, où était-il, le petit ? Il inspecta la chambre. Peu à peu, le brouillard s'estompait devant ses yeux. Il était parti, bien sûr. Il s'était sauvé pour porter la bonne nouvelle à ceux qui l'avaient payé pour son forfait, Dieu et Visage, évidemment, Visage, surtout, qui avait pris un air si mauvais à l'annonce de son départ : « Reste ici, Madec, ne va pas courir après cette femme, elle est folle ! Reste ici, Sombre t'a menti, il t'a fait dire qu'elle était partie pour mieux te perdre, il te jalouse depuis des années, le Bengale est rempli d'Anglais, ta tête y est mise à prix, imagine que la princesse et lui soient complices, qu'ils ne cherchent que l'argent de ta vie, cette femme est diabolique, et Sombre, qui va mourir, veut s'offrir la joie de te savoir mort avant lui... »

— Je vais la chercher, répétait Madec. Elle n'ira pas à Chandernagor ! Je la remettrai dans le droit chemin !

— Mais tu ne pourras rien contre cette femme ! Et ton parti, tes soldats que tu n'as pu payer cette année, les officiers qui se disputent...

— Il s'agit bien du parti !

Visage, il s'en souvenait bien maintenant, avait eu un rictus furieux, avec un petit regard qui signifiait va-t'en toujours, tu verras ! Il avait dû courir à ses coffres d'apothicaire, pleins d'herbes indiennes et de potions bizarres, ramasser dix pièces d'or, les agiter sous le nez du garde.

Madec peinait encore à réfléchir. Combien de temps avait-il dormi ? Dix, douze heures ? Et depuis quand Sarasvati avait-elle pris la route ? Trois semaines, d'après le message de Sombre, et, avait-il ajouté, elle voyageait en chariots à bœufs. A cheval, Madec aurait pu la rattraper, à condition d'aller vite, de ne jamais désemparer... Il était furieux. Depuis longtemps la princesse devait être à Chandernagor. Ainsi donc Visage avait gagné, qui lui avait prédit qu'il ne pourrait jamais lui barrer la route. Et pour cause... Au prix d'un énorme effort, Madec se leva, gagna la cour du caravansérail. Des femmes accroupies préparaient les légumes d'un cari, deux chameaux tout pelés se serraient l'un contre l'autre. Enfin, sous une galerie, un homme très gros, d'une corpulence rare par ces temps de disette, fumait son narguilé en regardant le ciel. C'était, à n'en pas douter, le maître du caravansérail. Madec se planta devant lui, arracha le tuyau de son narguilé. L'autre eut un air ironique :

— Tu as dormi si longtemps, seigneur... Nous avons craint pour ta vie !

— Ma vie..., balbutia Madec, encore engourdi.

— Oui, nous avons fait venir un homme de l'ayur-veda, mais il nous a affirmé que tu avais bu trop de liqueur d'opium... Il ne faut pas abuser de ces choses-là.

— Et mon garde ?

L'autre se mit à rire :

— Il est parti, seigneur ! Il t'a vraiment cru mort ! Il est parti chercher fortune ailleurs. Madec, peu à peu, retrouvait ses esprits. Il s'éloigna dans une galerie, tâta l'ourlet de sa robe, où il avait caché quelques pierres et rie, tâta l'ourlet de sa robe, où il avait caché quelques pierres et pièces pièces d'or, afin de monnayer son expédition. Elles étaient là. On ne l'avait pas volé. C'était donc bien Visage qui avait tout manigancé. Il revint dans la cour, héla le maître :

— Et j'ai dormi combien de temps ?

L'autre partit d'un grand rire :

— Mais trois jours, seigneur, trois jours pleins ! Trois jours sur ton charpoï... plus raide qu'un cadavre !

— Non, pas trois jours, c'est impossible.

— Si. Mais rassure-toi, seigneur, tu n'es pas le premier firangui qui se laisse prendre. Madec repoussa brutalement l'appareil du narguilé : cer Madec. Il repoussa brutalement l'appareil du narguilé :

— Un cheval. Je veux un cheval. Tout de suite ! Le maître de caravansérail consentit à se lever :

— Es-tu fou ? Mais enfin, seigneur, regarde cette hostellerie ! Ne vois-tu pas que la guerre l'a vidée ? Ici, c'est la meilleure place entre Bénarès et Delhi, et c'est l'hiver, la meilleure saison pour le voyage... Il n'y a personne ! Les marchands se cachent, seigneur firangui, ils se terrent !

Madec le saisit par le revers de la robe, dégaina son petit poignard à deux lames :

— Trouve-moi un cheval, ou un éléphant...

L'autre ne se laissa pas intimider :

— Tu peux me tuer, seigneur, si tu veux. Cela ne change rien à l'affaire. Tu ne passeras pas Bénarès. Les Anglais interdisent tout passage aux autres firanguis. Ils sèment la terreur. Et c'est bien pourquoi personne ne veut plus voyager. Pas même les saddhu !

Madec hésita un instant. Il était rare qu'en Inde on cédât quelque chose de précieux sans contraindre l'autre à utiliser la menace ; c'était un rituel en quelque sorte, et Madec aurait failli à l'image qu'il voulait donner de lui-même s'il n'avait pas sorti son poignard. Mais si, sous la menace, ce gros maquignon suiffeux affirmait qu'il n'y avait plus une bête à vendre, cela devait être vrai. Car cet homme-là, c'était clair, tenait à la vie. Madec relâcha son étreinte, observa la plaine rouge, derrière le porche du caravansérail. Il la contempla un long instant. L'aubergiste ne tremblait pas. Soudain, Madec leva à nouveau le poignard sur lui :

– Et ceci, chacal, ceci, qu'est-ce d'autre qu'un voyageur venu de l'est ?

Il le poussa vers le porche, où s'élevait déjà un nuage de poussière. Un éléphant gris, surmonté d'un gracieux palanquin, fit son entrée dans la cour. Le cornac, un petit Bengali, sauta à terre, tendit à son passager une sorte d'échelle portative. Une femme très droite déploya ses voiles, descendit l'échelle et se dirigea vers les galeries ogivées. Une fine mousseline bleue cachait son visage. Deux gardes fatigués suivaient sur un chameau. Madec lâcha l'aubergiste, qui lui cria :

– Eh bien, seigneur firangui, essaie toujours avec ceux-là !

Madec s'était précipité. Il saisit le poignet de la femme, souleva son voile. Le port de tête inimitable ne l'avait pas trompé : c'était Sarasvati.

Bien des fois – c'était, généralement dans le repos un peu triste qui suivait ses ébats avec Mumtaz, ou, tout à l'inverse, dans la furie des combats – Madec avait pensé, rêvé, souhaité de tout son être retrouver Sarasvati. Jamais cependant il n'avait imaginé que ce fût ainsi, dans la cour lépreuse d'un caravansérail, au milieu des odeurs de cuisine et de bêtes lasses. Dans ses rêveries, il s'était vu assis sur un trône d'or et d'argent, quelquefois de pur diamant. Elle venait à lui, soumise, pleureuse, suppliante. Ou bien il la sauvait d'une ville en flammes, il l'arrachait à la bouche d'un canon, il la volait à un ogre qui l'emprisonnait – sous ce dernier costume, sans doute, il dissimulait Sombre. Dans tous les cas, la dame de Godh était à ses genoux, éperdument reconnaissante, et du palais de Madec sortaient des messagers par dizaines, pour annoncer à l'Inde entière la surprenante nouvelle. Depuis leur séparation, c'étaient d'ailleurs ces rêves qui l'avaient fait avancer, battre les plaines de l'Inde par les pires chaleurs, oublier la poussière, les blessures, les défaites, les humiliations, continuer à marcher, vers des gloires de plus en plus chimériques. Et même aussi, il se l'avouait à présent, toutes les lettres qu'il avait envoyées en France, ses mémoires, ses rapports, son Grand Projet, cette folie d'écriture qui l'avait pris depuis le désastre de Fatehpur, tout cela peut-être, un rêve fou, l'avait guidé : Sarasvati éblouie, ployant la tête devant lui, Sarasvati subjuguée, réduite, admirative, Sarasvati, enfin, *possédée.* Or présentement voilà qu'elle lui faisait face, aussi droite qu'avant, point du tout soumise, mais si proche, si intensément présente, humaine, presque sœur. Elle ne portait pas de bijoux, à l'exception de ses bracelets d'argent et d'un diadème d'or posé sur son tilak. Son sari était sali par des heures de voyage, mais elle demeurait princière, comme toujours : rien en elle n'attestait qu'elle fût plus fragile qu'autrefois.

– Madecji, dit-elle simplement.

Sa voix n'avait pas changé. Ce fut lui qui se prosterna.

– Madecji, répéta Sarasvati, relève-toi, viens...

Il la suivit. Un seul mot avait suffi, et il avait su que Chandernagor, quoi qu'elle y eût vu, ne l'avait pas touchée. Elle était là, toute semblable à ce qu'il avait connu d'elle, souveraine, infrangible, mais si douce pour lui, pour lui seul : le paradis. Comme aux jours du palais du lac, tout s'effaça autour d'eux. Rien n'avait plus d'existence, ni l'aubergiste goguenard qui avait repris son narguilé, ni la plaine rouge à l'horizon, ni les souvenirs de mort et de guerre.

Maya, maya, se dit plusieurs fois Madec, comme pour conjurer un danger. *Maya,* déesse de l'illusion. Et tout était vrai, pourtant, Sarasvati qui se baissait vers une bassine de cuivre, y lavait son visage un peu las, agitait ses bracelets, se penchait vers un miroir. Comment elle réussit à trouver, dans ce caravansérail crasseux, un endroit qui fût un peu propre, un tapis acceptable, de l'encens, quelques fleurs à effeuiller, comment ils se retrouvèrent dans la chambre aux murs nus, il n'en garda pas le moindre souvenir, pas plus que des mots qu'ils échangèrent ; et d'ailleurs, se parlèrent-ils vraiment, autrement que pour dire, viens ici, donne-moi ta main, viens, viens... Il retrouva sans peine leur lenteur d'autrefois, les chuchotements, les gestes sacrés. Cela venait tout seul, tranquillement. Il ne chercha pas à penser, certain qu'il n'y avait rien à comprendre à cette ironie dernière du hasard et des routes.

Car, ainsi que Sarasvati, Madec savait qu'ils vivaient là leur ultime rencontre. Ils se devinèrent. Midi venait. Le paon, unique décoration de cet endroit désolé, se mit à nouveau à arpenter le rebord des ogives. La lumière sur son plumage avait changé. Elle était plus douce, plus bleue. Alors, sur le vieux tapis du caravansérail, Madec et Sarasvati entreprirent ensemble de réussir leur fin. Il n'y avait pas de musique. Pas de servantes non plus pour déplacer les coussins, approcher le tuyau du narguilé, réveiller leurs ardeurs de leurs yeux aux aguets. Ils ne s'en aperçurent même pas.

Lui, il savait mieux l'amour ; elle, elle avait un peu oublié ; néanmoins, sout, phra, phat, phut, ils accomplirent parfaitement le tour des choses : petits baisers, jolies morsures, griffe du tigre, patte de paon, nuage brisé, corail et joyau... Au fur et à mesure que les figures lui en commandaient l'exploration, Sarasvati découvrit le corps de son amant plus épais, et surtout marqué de cicatrices fraîches. Quant à Madec, il trouva en elle des coussinets et des replis qui autrefois n'y étaient point. Ils s'en moquèrent. La joie les portait, et non les règles d'amour. C'est elle qui leur commanda sur le tapis usé tel dessin, plutôt que tel autre. Il leur suffisait d'échanger un regard pour savoir, sans un mot, que faire de leur corps. Enfin le jour déclina, et tout était fini. Sarasvati comprit que son amant était terriblement las, peut-être malade ; épuisé, en tout cas. Une petite lampe brûlait à la porte, qu'elle s'en alla chercher. Elle l'éleva jusqu'au visage de Madec. Ses cheveux blanchis s'étaient raréfiés et dégageaient son front. Son regard en paraissait plus intense, plus clair encore que dans le souvenir qu'elle en avait gardé. Il était malade, elle avait vu juste. Alors elle choisit de poser la question qui, à jamais, fermerait leur histoire :

– Tu vas t'en retourner par-delà les Eaux Noires ?

C'était à peine une question ; une sorte d'affirmation tranquille, tout juste nuancée d'un doute poli.

– Oui.

Voilà, c'était dit, et sans un tremblement.

– Oui..., murmura-t-elle en écho, rassemblant dans ses mains ses cheveux défaits par l'amour.

– Et toi, tu vas mener la guerre, n'est-ce pas ? reprit Madec.

Elle avait déjà roulé son chignon. Elle se drapait dans la soie d'un sari rouge, ainsi qu'au soir de Godh, quand elle lui était apparue sur les cendres du champ funéraire. Plus austère, cependant, toute raidie de l'intérieur, grave, un peu tragique. Il voulut saisir ses mains, y contempler encore ses dessins au henné, lui parler, la consoler peut-être. Elle le devança, posa ses doigts sur sa bouche :

– Dharma, Madecji.

Comment lui dire l'impossible, qu'elle continuait à l'aimer, qu'elle aurait voulu prendre dans sa main toute l'eau de ses yeux et l'y garder, comme les diamants des joailliers de Godh ? Et puis, fallait-il parler ? Ne s'étaient-ils pas tout dit, quelques instants plus tôt ? Tous les combats, les désespoirs, les meurtrissures ? Malgré le monde étrange d'où venait Madec, malgré le temps, son amour n'avait pas déteint, il n'était pas de mauvaise couleur, comme disait le proberbe hindi. Seulement Kali, qui commandait tout, allait les séparer, les emporter vers d'autres cieux, d'autres vies. Il fallait se soumettre. Elle, elle pourrait. Mais lui, qui venait de ce pays maudit d'hommes arrogants, le saurait-il jamais ? Lui, Madec, l'orgueilleux, le rêveur, le chasseur de choses qui n'existent pas... Elle voulut le rassurer.

– L'amour est un passeur, Madecji, et nous traverserons l'insondable océan des âges... Dharma.

Il eut un air étonné, pâlit un peu, puis il sourit :

– Dharma.

Ils s'endormirent. Pour une fois, ce fut lui qui s'éveilla le premier. Il était parti depuis deux heures, raconta le maître du caravansérail, quand Sarasvati, cachant les morsures de l'amour sous de longues écharpes, reprit la route de Sirdannah.

CHAPITRE XXXIII

Avril 1777-janvier 1778

Retour à Pondichéry

Rentré dans ses États, Madec y découvrit le plus complet désordre. Les Européens de son parti s'étaient mis à se quereller. L'abus des femmes et de l'arack, joint aux rigueurs du climat, les avait excités plus que de mesure ; il avait suffi que Madec s'éloignât pour que tout partît à vau-l'eau. On avait tué des cipayes, étranglé des concubines, noyé, par une nuit d'ivresse, plus de dix canons dans la rivière Yamouna. Or l'année avait été des plus mauvaises, après une mousson presque inexistante. Les impôts n'étaient pas rentrés, les soldats n'avaient pas reçu leur solde, la révolte grondait. L'arrivée de Madec les apaisa un peu. Il n'osa pas leur annoncer sa décision. Trois semaines encore, il feignit d'attendre un courrier de Chandernagor, il leur parla du Grand Projet, qu'une seule lettre de Versailles, prétendait-il, pouvait faire renaître. Cependant, il avait commencé, en secret, à négocier tous ses biens. Il ne se hâtait pas ; rien ne pressait, il fallait en tirer le plus d'argent possible, marchander lentement, doucement, à l'indienne.

Nagef-Khan le contraignit à aller vite. Sentant que les forces de Madec s'étaient affaiblies, il se présenta à la frontière de ses États, le sommant de s'en aller dans le mois qui suivait, faute de quoi il l'envahirait. A la surprise générale, Madec ne lui répondit pas. Il acheva en trois jours la vente de ses biens, annonça à ses soldats qu'il se retirait de la guerre. Comme il craignait les périls d'un trop long voyage, il se résigna à vendre le diamant de Godh. La somme énorme qu'il en retira fut confiée à un banquier de ses amis, à charge pour lui de l'ajouter à la dot des trois filles nées de Mumtaz et de les marier au plus vite. Le banquier fit du zèle ; il était musulman. Un mois plus tard, il les avait adjointes à son harem et empocha la dot. Madec n'en sut rien. Il était déjà parti, après avoir froidement annoncé à ses soldats qu'il se retirait de la guerre et qu'il quittait l'Inde. Dieu et Visage, à qui il remettait son parti, parurent stupéfaits ; néanmoins, ils acceptèrent l'offre de leur ami, et ils se séparèrent sans une larme, au début d'avril 1777. Tel fut leur détachement qu'ils parurent certains de se retrouver un jour ; on eût dit qu'ils partageaient un secret, une étrange complicité.

Madec avait envoyé dans le Dekkan une forte troupe armée de canons, qui devait lui ouvrir le passage et lui servir d'escorte. Il n'était pas disposé à attendre, comme cinq ans plus tôt, le bon vouloir de Pondichéry, ni à renouveler l'épisode de Narvar. Vers le 15 avril, un message arriva enfin : l'escorte gardait solidement les routes, la voie était libre. Les brigands étaient maintenus à bonne distance, il franchirait le Dekkan sans encombre.

Alors qu'il mettait en marche, un second message lui parvint. Il provenait de Chandernagor. C'était une lettre de Chevalier : « Monsieur Madec, reprenez donc votre Grand Projet, j'ai tout lieu de croire que le roi de France vous en bénira... »

Madec froissa la lettre. Le Moghol, trop longtemps déçu, ne l'écouterait pas. Et de toute manière, quand bien même il lui serait favorable, il y avait, entre l'empereur et lui-même, ce Nagef-Khan qui voulait sa perte.

Dharma, songea donc Madec, et il se mit en marche.

Il y eut huit mois de voyage, huit longs mois pendant lesquels il s'efforça de rester près de Marie-Anne, afin de ne pas trop regarder les jungles autour de lui, la route du Dekkan qu'il parcourait à l'envers, chaque lieue qui le séparait de Sarasvati, aussi sûrement qu'autrefois elles l'en avaient rapproché. La begum, son épouse, ne percevait pas bien ce qui se passait ; elle ne cessait de surveiller les bêtes qui transportaient ses saris et ses bijoux, puis, l'air absent, elle se mettait à marmonner des prières ou questionnait des hommes d'escorte sur le pays de France, qu'à l'égal des hindous elle paraissait redouter. Le soir venu, on faisait halte. Madec quittait ses hommes pour retrouver Marie-Anne, qui sautait de joie à son approche et lui réclamait des contes. Il s'exécutait aussitôt, mêlant à ses récits des brides des légendes entendues à Godh, ou des morceaux de sa propre histoire habilement transposés. Seule, dans un recoin de tente, la begum semblait tout comprendre, et on la voyait parfois hocher la tête, les yeux hésitant entre l'émerveillement et les larmes. Quand le conte était fini, Madec posait Marie-Anne à terre :

— Maya, ma fille, tout cela n'est qu'un conte, illusion et faribole, qui pourra démêler le vrai du faux, si ce n'est la reine Maya, souveraine des chimères !

— C'est moi, la reine Maya, répondait Marie-Anne avec assurance, et je veux encore une histoire !

Et c'est ainsi que de légende en légende, de veillée en veillée, de montagne en montagne, Madec sortit peu à peu de l'Inde, où il s'était enfermé si longtemps. On était au début de février 1778 quand il se présenta aux portes de Pondichéry, sain et sauf avec femme et enfants, et encore richissime.

Quelques semaines plus tard, l'envoyé extraordinaire du roi de France auprès du moghol, M. de Montigny, arrivait à Delhi, chargé de mettre en œuvre le Grand Projet. Reçu par l'empereur, il ne put que déplorer avec lui le départ de Madec. Ils décidèrent de le supplier de rentrer. Montigny rédigea une lettre : « ... Monsieur, je ne puis que vous témoigner les regrets de votre prompte retraite à Pondichéry, en un temps où vous touchiez à la veille d'éprouver les bontés du ministre et les grâces du roi... Je crois qu'il n'y a que votre retour qui puisse faire revivre tout ce que vous aviez à vous promettre, concernant votre avancement militaire. » La lettre ne parvint jamais à Madec. La guerre entre Français et Anglais avait repris dans l'Inde, et le messager de M. de Montigny eut la tête tranchée en chemin. Du reste, Madec eût-il reçu cette missive que cela n'eût rien changé à sa résolution : les gens de Pondichéry l'avaient déjà fait capitaine, ainsi qu'il le souhaitait depuis des années.

Seule blessure à sa vanité, Madec ne commandait que seize dragons, et Pondichéry, à nouveau, était assiégé.

Il avait suffi en effet qu'il rentrât dans la ville pour que l'air recommençât à sentir la poudre. Il avait connu deux mois de répit, pendant lesquels on l'avait fêté. Il put constater que son renom était extrême et sa gloire à son comble. Il s'y montra plutôt indifférent ; il voyait bien que tous ses admirateurs n'avaient guère dépassé les limites de Pondichéry et que son titre de nabab leur tournait la tête. L'Inde, ici encore, travaillait les imaginations. De plus, on le disait riche ; comme en effet il ne craignait pas la dépense, tout le monde fut bientôt à ses pieds, et le brevet de capitaine vint avec la plus grande facilité. En réalité, il ne dépensait pas plus qu'avant. Il se trouvait même économe. Il vivait à l'indienne, avec munificence, au milieu d'aventuriers poudrés que la vue d'un cobra effrayait et qui n'osaient pas franchir la première jungle. Cette admiration le lassa très vite. Il n'attendait qu'une voile pour retrouver la Bretagne magique qu'il promettait à sa fille, comme autrefois les marins de Quimper, au bord des quais moussus, lui avaient promis les merveilles de l'Inde. La saison des vents favorables approchait quand on annonça la chute de Chandernagor. La guerre d'indépendance américaine avait rallumé la vieille haine des Anglais, qui entendaient bien faire passer sur les comptoirs de l'Inde l'immense dépit souffert dans leurs colonies de l'ouest.

La fête était finie. Madec eut à peine le temps de rassembler ses souvenirs, de superposer à la nouvelle Pondichéry, sans remparts ni porte Marine, les images qu'il avait gardées d'autrefois, la maison de la Carvalho, le palais du gouvernement, le port et ses bordels, et il fallut reprendre la guerre. On était assiégé. Il cacha la begum et ses enfants dans un couvent, enterra son magot, et, comme il l'avait toujours fait, il repartit se battre. Embuscades, canonnades, tranchées, terrassements. Cela dura quatre mois, de juillet à octobre.

A l'horizon, c'était la guerre navale ; pas plus que vingt ans auparavant, il ne fallait compter sur l'héroïsme des officiers français. A la première bataille, l'amiral décréta qu'il ne pouvait rien pour Pondichéry, et s'en fut au premier vent vers l'île de France, où, lui assurait-on, vivaient les plus jolies créoles qui se trouvassent par le monde. Des deux mille hommes, Blancs et Noirs, qu'on était au début du siège, les Français se retrouvèrent très vite à huit cents. Les Anglais étaient dix mille ; à leur tête, les mêmes chefs qu'à Buxar, quand le Bengale était tombé aux mains des Anglais.

De juillet à octobre, on se battit donc. On prit Madec pour un héros, parce qu'il sautait de tranchée en tranchée, enclouait ou volait des canons anglais, trucidait du Saxon à grands coups de sabre, comme il aurait fait du Djatte ou du Rohilla, s'aventurait là où jamais personne n'aurait osé avancer l'orteil de son esclave. Selon le jour, on souriait de lui. Son côté mi-indien, mi-breton, ses jurons alternativement celtes et hindi lui donnaient une allure joliment exotique que goûtaient fort les nobles français amateurs de curiosité ; mais le lendemain, quand il tentait de prendre une tranchée à une lieue des Limites, les mêmes criaient au fou, Madec partait cependant et revenait vainqueur. Plus personne alors ne savait s'il fallait railler, ou redouter les exploits du nabab, ainsi que tous désormais l'appelaient. Parmi ces officiers, il n'y avait guère qu'un certain Barras, jeune homme courageux quoique porté à l'excès sur les dames, pour lui témoigner une chaleureuse sympathie. Pendant les accalmies, entre deux récits de son naufrage aux Maldives, où il avait étudié sur le terrain la galanterie des femmes indigènes, Barras ne cessait d'assurer Madec de son entière admiration, ajoutant même qu'un jour l'audace et la fougue, toutes semblables à la sienne, redonneraient vie à l'Europe moribonde, et que le premier qui saurait renoncer à la bonne vieille guerre, en menant le combat à sa manière, s'assurerait du même coup la domination du monde. Madec ne l'écoutait qu'à demi ; ces vues sur l'avenir lui paraissaient fort étrangères. Il ne désirait plus rien qu'un bateau pour rentrer en France. En conséquence, il fallait donc sauver Pondichéry, ou du moins assurer la capitulation dans des conditions honorables.

On était en octobre ; les pluies n'allaient pas tarder. Dans Pondichéry ne demeuraient plus que quatre cents soldats. A l'horizon, pas le moindre espoir de secours par la mer. Les Anglais avaient perdu six mille hommes, mais des renforts affluaient par toute l'Inde. Brusquement, dans le comptoir, tout le monde fut las de l'héroïsme : pourquoi s'obstiner plus longtemps à défendre cinq cents maisons au long d'une plage grise, cinq cents maisons construites pour mieux se faire détruire, comme l'avaient été inéluctablement celles qui les avaient précédées ? Rien ici ne réveillerait jamais le sentiment de la grandeur ; toute splendeur avait été révolue depuis le dernier siège, et le Comptoir des plaisirs ne renaîtrait jamais. Il fallait s'y résoudre : c'était une ville absurde. Seule pouvait survivre la Ville Noire, la ville indienne. A chaque siège, les marchands l'avaient relevée de ses cendres. Cette fois encore, elle ressusciterait. Car une pensée plus désespérante encore que l'imminence de la victoire anglaise s'imposait : l'Inde, un jour, dévorerait Pondichéry, comme elle avalait déjà les vieux comptoirs portugais, comme elle absorbait ce qui restait des établissements danois. Et comme peut-être, en fin de compte, un jour lointain, elle engloutirait l'Angleterre.

Cette dernière réflexion n'appartint qu'à Madec. Il eût sans doute été furieux d'apprendre qu'il la partageait avec Warren Hastings et que le gouverneur, tout en menant ce siège de son lointain bureau de Calcutta, se persuadait lui aussi de la vanité des entreprises européennes aux Indes, quand du moins il consentait à les jauger à l'aune de l'éternité. Pour l'instant cependant, il fallait continuer à vivre ; et la vie exigeait, tant pour les Anglais que pour les Français, que Pondichéry se rendît.

Le 18 octobre 1778, on capitula donc. Les deux jours précédents s'étaient passés en pourparlers entre les deux camps, où Madec, fait remarquable, fut l'objet d'une clause spéciale. Un moment, les Anglais avaient parlé de lui laisser la liberté contre versement de sa fortune, sur laquelle ils paraissaient fort renseignés. Les Français ne l'entendirent pas ainsi. Sachant qu'en grande part ils devaient d'être saufs aux exploits du nabab, ils exigèrent qu'on le laissât en paix, attendu qu'il n'avait présentement d'autre désir que de se retirer en France. A ces mots, les Anglais parurent extrêmement soulagés. Après quelques conciliabules où ils pesèrent avec lenteur, selon leur coutume, les avantages et les inconvénients de la chose – le nom du gouverneur du Bengale, qui semblait les terrifier, revint très souvent dans leurs phrases –, ils accordèrent un sauf-conduit au capitaine Madec, et le 18 octobre, les troupes françaises, comprenant quatre cent quatre-vingt-treize hommes, sortirent en grande pompe par la porte de Villenour, celle-là même, où dix-sept ans plus tôt, Madec avait rencontré Jeanne Carvalho, qui tenait la fillette étranglée et hurlait le nom de Sombre. Vingt mille Anglais leur présentèrent les armes. Une fois terminé le défilé français, les Britanniques ne bougèrent pas, attendirent le reste des troupes. Ils étaient persuadés n'en avoir vu que l'avant-garde. On les détrompa : c'était là toute l'armée française. Ils ne voulurent rien en croire et firent fouiller la ville. Ils n'y découvrirent personne, sinon quelques putains faméliques, des capucins fatigués de dire des prières et une vingtaine de bourgeois qui n'aspiraient qu'à décamper. C'était la troisième mort du Comptoir des plaisirs.

A la mi-décembre de la même année, une voile française se présenta enfin pour ramener dans la patrie tous ceux qui le voulaient. Le vaisseau se nommait le *Brisson*. L'un des premiers Madec en franchit la passerelle. Il emportait huit caisses, que les Anglais, par une dernière attention, exemptèrent du droit de visite. Autour de lui se pressaient une foule de réfugiés, tout en pleurs et désespérés, qui ne pouvaient arracher leur regard du peu qui restait de Pondichéry.

Une fois sur le pont, Madec, quant à lui, ne se retourna pas. Il partit tout droit s'enfermer dans sa cabine et, serrant Marie-Anne contre lui, il commença un conte.

ÉPILOGUE

Europe,
1778-1784

Dès son retour en France, Madec fut reçu à Versailles, anobli, fêté dans tout Quimper. Il y acheta de nombreux domaines, vendit ses derniers diamants pour la construction d'une maison de campagne, fréquenta la meilleure société, engendra une deuxième fille. Le peuple l'aimait, l'appelait le nabab et, sur ses aventures, composait des chansons. De temps à autre lui parvenaient des messages de l'Inde, qu'il hésitait à ouvrir tant les nouvelles étaient mauvaises ; l'un des derniers fut signé de Visage, qui lui annonça qu'il se faisait corsaire, avec cette seule explication : « Dieu est mort. Le parti est foutu. »

La santé de Madec déclina rapidement. Dès l'année 1783, il ne sortit plus guère, hormis pour de longues promenades à cheval dans le pays bigouden, dont il aimait le grand vent de mer. Au tout début du printemps 1784, il partit pour une de ces chevauchées sur les grèves de la presqu'île et on ne le vit pas revenir. On ne s'étonna guère : c'était le temps qui précédait l'équinoxe. Comme aux plus douces saisons de l'Inde, l'air était tiède, le soleil éclatait. La lande avait fleuri de partout, d'un jaune qui déchirait les yeux. Quel meilleur remède pour un malade que de s'en aller prendre l'air du large au bout de cette presqu'île un peu magique, où, disait-on, se retrouvaient les amants séparés par la vie, avant de s'embarquer pour les paradis bienheureux.

Il ne rentra pas de la nuit. On commençait à s'inquiéter quand on apprit qu'un paysan l'avait découvert au matin, dans la boue d'un chemin creux, à demi assommé par une chute contre un talus. Sa monture avait disparu. Une sorte d'amulette en cuivre, qui représentait un monstre, avait glissé de sa paume.

Le paysan y vit un signe du diable et la précipita dans un puits avec de grandes malédictions. Madec vivait encore. On le ramena à Quimper. La fièvre l'avait pris, et il délirait dans une langue bizarre que seule comprenait la begum son épouse. On ne retrouva pas le cheval. Des paysans le signalèrent à l'extrémité de la presqu'île, d'autres prétendirent qu'il était entré dans les vagues et qu'il s'était perdu dans les rouleaux. Le sénéchal chargé de l'enquête n'en crut pas un mot et proclama que c'étaient là des sornettes, un effet pernicieux de la sottise des manants de Penmarch, gens sauvages, et tout juste bons à peupler les colonies.

Dans son hôtel de Quimper, Madec entrait en agonie. Elle se prolongea jusqu'au seuil de l'été. Il apercevait de son lit les jardinets de son hôtel. Dans ses rares moments de conscience, il ne les quittait pas des yeux. Ainsi il vit, semaine après semaine, se succéder les fleurs. Il levait les paupières, contemplait la verdure, puis se rendormait ; alors, comme au temps de sa maladie chez le père Wendel, défilaient dans ses rêves les images confuses de son aventure à Godh. Il lui semblait n'avoir pas vécu depuis le jour du cataclysme. Les tourelles délicates de la ville disparue s'emmêlaient les unes aux autres, se dilataient jusqu'à l'infini, puis c'était la princesse qui se penchait sur lui, avec l'expression de joie intense qu'elle avait eue le soir du bûcher, ou durant les quelques nuits passées au palais de plaisance. C'était insupportable, Madec se réveillait, suppliant son épouse de lui verser de l'eau, murmurant des prières où il mêlait Christ et Ganesh, et criant surtout qu'il souffrait le martyre. On fit venir des médecins. Aux apothicaires de Quimper succédèrent des chirurgiens de Brest et de Lorient. Puis ce furent les prêtres, que le nabab subit dans la plus totale inconscience. On en revint aux médecins. On appela un homme de Rennes qu'on prétendait sans pareil : il dut avouer une égale impuissance. Le corps de Madec était couvert de cicatrices ; les médecins s'étonnèrent qu'il eût survécu à tant de plaies, mais ils n'expliquaient pas non plus qu'une simple chute de cheval, qui n'avait causé nulle blessure apparente, pût venir à bout d'un homme aguerri par les dangers de l'Inde, qu'avec sagacité ils supposaient fort grands.

Chaque fois qu'ils entraient, la begum se prosternait devant eux. Dans un mélange extraordinaire de breton, de français et d'hindi, qu'ils avaient peine à comprendre, elle les suppliait de lui rendre son mari en leur promettant ce qui lui restait de bijoux. Ils la rassurèrent unanimement. A la vérité, ils étaient très perplexes. Tout ce qu'ils devinaient, c'était que la vie s'en allait de cet homme, non qu'il eût reçu une blessure fatale, mais parce qu'il ne voulait plus se battre contre la mort ; l'instinct de guerre et de survie avait quitté le nabab, et il n'y avait plus qu'à attendre la fin.

Cependant, la bonne société de Quimper, qui tenait toujours à son héros, les assaillait de questions. De façon inouïe, comme s'ils en eussent convenu, ils racontèrent tous la même fable : quand le nabab était tombé de cheval, toutes les plaies qu'il avait reçues en Inde s'étaient soudain rouvertes, et elles refusaient depuis de se refermer. La nouvelle courut Quimper et ses faubourgs. A leurs chansons sur celui qu'ils appelaient *l'homme de loin,* faïenciers et lavandières ajoutèrent un couplet sur les blessures, dont ils multiplièrent le nombre. Sans qu'il y eût là-dedans la moindre cruauté, ils attendaient sa mort avec fébrilité, tandis que tombaient sur la ville les premières pluies de printemps. Leur grand homme, d'un jour à l'autre, allait s'en aller pour l'Enfer Froid, le séjour d'eaux mortes et de brouillard des trépassés de la Celtie. Alors enfin les chansons ressembleraient à son destin : une boucle qui se referme, bien ronde, bien troussée.

Un matin de juin, alors que devant la fenêtre du nabab se fanaient les derniers camélias, son esprit tout d'un coup cessa d'être obscurci. La begum, qui le veillait jour et nuit, remarqua qu'il avait ouvert les yeux. Il contemplait les fleurs. Il prononça quelques phrases, d'une voix extrêmement douce, et elle en fut surprise, car elle ne l'avait pas entendu parler depuis longtemps :

– Là-bas, lui dit-il lentement, là-bas il y avait des fleurs, de grandes galeries, qui s'ouvraient sur des jardins.

Il parlait en hindi, avec les modulations mystérieuses et solennelles qu'il aimait à prendre quand il inventait des contes pour Marie-Anne.

– Il y avait un lac, reprit-il. Et des fleurs qui dérivaient sur l'eau. A chaque minute, le paysage changeait...

Il désigna soudain l'arbre aux camélias. Une à une, les fleurs abandonnaient leurs pétales aux premiers vents d'été.

– Je sais, dit la begum. Il y avait un lac. On me l'a dit, un jour.

Madec ne l'entendait pas.

– Regarde, poursuivit-il. Les fleurs dérivent. C'est le vent de mousson. Il va encore pleuvoir. Appelle les musiciens, il faut de la musique, le raga de l'après-midi, le raga qui précède la pluie.

Inertes depuis des mois, ses mains s'agitaient. Un pétale de camélia tourbillonna dans le vent, puis il vint se poser au bord de la fenêtre.

– La fleur dérive, continuait Madec. Dérive comme un bateau...

La begum eut un moment d'espoir. Le pétale en effet bougeait lentement sur le granit du rebord, comme poussé par un invisible courant. Elle se leva, sourit, partit à la fenêtre. Ses voiles indiens bruissaient sur le parquet ciré. Elle saisit délicatement la fleur entre ses doigts bruns.

– La voici, Madecji, la fleur comme un bateau.

Madec avait un air extrêmement lointain.

– La voie de l'amour est étrange, murmura-t-il encore, et il ferma les yeux sur l'Enfer Froid.

ANNEXE

CE QU'ILS DEVINRENT

La begum Madec survécut cinquante-six ans au nabab. Un moment inquiétée lors de la Révolution, elle retrouva très vite la paix, en raison du prestige immense de feu son époux, dont on convint qu'il avait sacrifié en Inde une fortune immense, pour l'intérêt supérieur de la nation. Sa fille Marie-Anne mourut avant sa vingtième année. Marie-Henriette, la dernière-née, fut mariée dans la noblesse bretonne. Quant à Balthazar, il hérita du manoir de Pratanraz, où il mourut nonagénaire. Il était devenu maire, trésorier général de l'Association bretonne, et avait épousé une descendante de l'explorateur Kerguélen, découvreur des îles du même nom.

Il y a quelques années, dans les environs de Quimper, la mémoire populaire conservait encore dans ses chansons le souvenir du nabab, qu'elle appelait *l'homme de loin (an den vzo bell).*

Warren Hastings, l'année même du départ de Madec, dut affronter à Calcutta médisances et calomnies de plus en plus nombreuses. Sir Francis n'y était pas étranger. Le gouverneur entreprit de le perdre. Il se battit en duel contre lui, le blessa grièvement. Sir Francis regagna l'Angleterre. Puis Hastings poursuivit la conquête de l'Inde. Il fit prendre Bénarès, en arrêta le rajah, distribua ses trésors aux soldats anglais, séquestra les begums du royaume d'Aoudh qui refusaient de payer tribut aux Britanniques. Enfin il fut rappelé en Angleterre en 1785. Sir Francis, l'écrivain Sheridan et bien d'autres orchestrèrent contre lui un retentissant procès en corruption, qui dura sept ans, agita considérablement l'Angleterre et même l'Europe. Acquitté, Hastings y perdit cependant une bonne partie de sa fortune. Il racheta le domaine de ses ancêtres, Daylesford, où il se retira, acclimatant des plantes indiennes, chérissant des chevaux arabes et composant des vers dans le goût romantique. L'université d'Oxford le nomma docteur. Il mourut à quatre-vingt-six ans dans les bras de Marian.

Sir Francis, dès le lendemain de la rencontre de Chandernagor, était devenu l'amant de Mme Grand. Une dénonciation leur valut d'être surpris les premiers jours de leur aventure. Convaincu d'adultère, Francis fut traîné en justice par l'époux de la jeune femme, qui obtint de lui soixante mille roupies de réparation. Peu de temps après, le gouverneur trouva un prétexte à l'éloigner. A une provocation de Francis au sein du Conseil, Hastings avait répondu par des attaques sur sa vie privée. Comme on l'a vu, les deux hommes se battirent en duel, et Francis dut rentrer en Angleterre ; il emmenait Mme Grand, mais, pour des raisons de « convenance », ils n'occupaient pas le même navire. La jeune femme noua très vite en chemin une seconde liaison et disparut de sa vie, comme on le verra plus bas (voir *Mme Grand*). Rentré en Angleterre, il contribua très efficacement à la perte d'Hastings. Il fonda une Société des Amis du Peuple, se remaria à soixante-quatorze ans à une jeune femme de vingt-deux ans, continua à écrire des pamphlets et à courtiser les dames, enfin mourut d'un cancer en 1818, la même année qu'Hastings, deux ans après qu'on eut démasqué en lui le mystérieux Junius, auteur de libelles anonymes dirigés autrefois contre le roi George III, et qui avaient déchiré l'Angleterre.

Mme Grand, au terme d'une longue suite de liaisons et pérégrinations diverses, épousa Talleyrand en 1802, qui l'avait sauvée quatre ans plus tôt d'une accusation d'espionnage. Elle mourut princesse de Talleyrand, avec la réputation d'avoir été la plus grande et la plus stupide beauté qui fût en Europe du temps de Napoléon.

Saint-Lubin, pour des raisons demeurées mystérieuses, abandonna ses intrigues en Inde dès que Warren Hastings le fit espionner. Sa présence est attestée à Malte vers 1780, puis à Marseille, où, malade, il reçut dans sa chambre le commissaire du port, « paré comme une nouvelle accouchée ». Il arriva à Paris accompagné d'une belle suite de jeunes Africains et de Portugais des meilleures familles. Une plainte déposée contre lui, émanant d'un capitaine de vaisseau qu'il avait menacé et séquestré au cours de ses aventures, lui valut aussitôt d'être embastillé. Il contracta le scorbut, fut envoyé à la prison de Charenton ; il s'en évada. On le retrouve exerçant la profession de perruquier à Cologne et à Trèves, d'où il envoie à Versailles de nouveaux mémoires sur l'Inde, d'une extrême limpidité. Puis il disparaît sans laisser de traces.

Dieu mourut dans la flotte de Suffren, où il s'était engagé.
Visage, comme il l'avait annoncé à Madec, abandonna le parti pour devenir corsaire et écuma la mer entre Surate et Bombay. Le père Wendel fit signaler sa mort en 1788, sans plus de précision sur les circonstances de sa fin.

Le jésuite, pour sa part, mourut septuagénaire, au printemps 1803. Ses activités demeurent très obscures, quoiqu'on ait la certitude qu'il était pro-anglais, en raison des trafics commerciaux très importants auxquels il se livrait dans les royaumes du Nord, tombés sous la domination britannique peu de temps auparavant.

Martin-Lion connut le sort le plus heureux. Acquis depuis longtemps aux Anglais, il fit fortune dans le Nord, en créant un système d'assurances sur les transports de marchandises. Il se fit construire dans sa ville, Lucknow, un immense palais, Constantia, toujours visible de nos jours, et qu'on appelle désormais La Martinière. Il mourut en 1800, au milieu d'un harem considérable, en léguant à ses femmes des sommes extraordinaires, ainsi qu'aux cités de Calcutta, Luknow et Lyon, qui était sa ville natale. Il avait refusé toute sa vie la nationalité anglaise. Son palais fut transformé en collège, où Kipling situa l'enfance d'un de ses héros, Kim.
héros, Kim.

Sarasvati. Sombre était mort d'un rhume, lui abandonnant sa fortune et ses hommes. De ce jour, la princesse fit trembler l'Inde, menant guerre sur guerre, levant armée sur armée, prenant amant après amant, ce qui enfiévra par la suite l'imagination des romanciers. En réalité, nul ne sait vraiment à ce jour si la femme qui fit la terreur des gouverneurs anglais, et qu'un ami de Stendhal rencontra vers 1840, dévorée d'avarice, dévote à l'excès quoique fort cruelle, et « ratatinée comme un fruit sec », est effectivement l'ancienne princesse de Godh, ou plutôt la bayadère musulmane qu'avait épousée Sombre à la veille de sa mort, et qui lui servit à tromper les foules. L'affaire est extrêmement épineuse, les sources historiques, presque absentes. Il convient cependant de remarquer que la princesse, ou son double, s'éteignit centenaire, qu'elle était richissime, et qu'on chanta pour elle un service funèbre à Saint-Pierre de Rome.

Une quinzaine d'années plus tard éclatait la révolte des cipayes. Cruellement réprimée, cette vague de résistance à l'occupant anglais cristallisa par la suite le sentiment nationaliste indien qui devait aboutir, en 1947, à l'indépendance du pays.

TABLE DES MATIÈRES

PREMIÈRE PARTIE

LE COMPTOIR DES PLAISIRS

DEUXIÈME PARTIE

LA DAME DE GODH

TROISIÈME PARTIE

CHANDERNAGOR

DÉSIRS

A mon ange gardien.
A mon démon familier.

Ce que j'ai contre toi, c'est que tu as renié ton premier amour...

Apocalypse de Jean.

CHAPITRE I

Pourquoi Trendy, à son arrivée, se trompa-t-il de villa ? Des années et des années après, quand lui revinrent, par bribes, les souvenirs de ce temps-là, il se heurta toujours à cette étrangeté initiale. Son aventure débuta par une anomalie. Malgré sa mémoire brouillée, il lui resta une certitude : ce fut à cet instant, pour la première fois, qu'il eut l'impression que rien n'allait son train.

D'autres s'en étaient aperçus plus tôt. Quelques-uns ne le ressentirent qu'après des semaines et des mois, la plupart ne l'apprirent qu'une fois le danger passé ; si bien qu'on eut du mal à croire que le péril avait été si grand, et l'on préféra penser à la naissance d'une nouvelle légende, cadeau inespéré d'une époque qui n'en enfantait plus. De fait, les chroniques se font rares sur ce temps où l'on crut les choses suspendues entre le visible et l'invisible, où l'on ne parla plus que de doubles lunes, d'imprécations, de pestes, de prophéties universelles, de dragons marins cracheurs d'apocalypse, où l'on prétendit voir, au ciel, le soleil donner des signes de faiblesse, et du fond des océans resurgir le Maître des Enfers.

Dans la villégiature tranquille que traversait la moto de Trendy, rien n'annonçait qu'on pût à nouveau songer au Gouvernement de la nuit. Rien n'évoquait non plus les fantasmagories anciennes, le tourbillon des siècles, les grimoires enfouis au plus profond des âges. D'ailleurs il en ignorait tout, comme il ne savait rien encore du sel que le péché donne à l'amour. A Paris, il menait double vie. Le jour, on le connaissait comme Mathieu Florimont, biologiste de son état, vingt-huit ans, chercheur passionné dans un domaine peu courant, les déformations vertébrales des os des poissons, qui se multipliaient de façon inquiétante depuis une dizaine d'années. La nuit, il devenait Trendy, ainsi nommé par ses amis pour la légendaire élégance de sa mise : il était toujours habillé à la dernière mode, à un détail près, une écharpe de soie grège dont il ne se séparait jamais. Avec la même rigueur, il avait voulu pour amis des musiciens encore inconnus, des peintres d'avant-garde, des créateurs qui cherchaient à percer : personne qui, de près ou de loin, approchât le milieu de la science. Mais pareilles accointances, pour le distraire de l'aridité de ses vertèbres de poissons, écourtaient ses nuits et menaçaient ses recherches. A bout de patience, celui qui les dirigeait, le célèbre Drogon, venait de lui adresser une sorte d'ultimatum : il n'avait plus que six mois pour achever son travail. Avec la même autorité, il lui avait enjoint de se retirer au calme, chez une personne de sa connaissance, une veuve, avait-il précisé, qui saurait l'entourer de la sérénité nécessaire à ce moment crucial de la vie d'un chercheur. « Sa villa est magnifique, avait ajouté Drogon. Loin de tout et au bord de la mer. Là-bas, si vous ne concluez pas, vous n'aurez aucune excuse. L'Ouest, l'Océan, la paix. Je vous donne six mois. » On ne répliquait jamais à Drogon, on ne le contredisait pas. Trendy était son étudiant préféré ; il s'était exécuté.

23 *bis*, allée du Phare, telle était l'adresse que cherchait le motocycliste nerveux qui venait de s'engager sur cette route étroite et poussiéreuse. Il faisait encore chaud en cette mi-septembre. Il était pressé d'arriver, de s'installer. Les villas se succédaient sans porter de numéros. On ne pouvait les identifier qu'à des plaques aux noms prétentieux. Des parcs les entouraient, avec des vieux cèdres, derrière des murs très hauts souvent hérissés de barbelés ou de tessons de bouteilles. Trendy ignorait comment Mme Van Braack, sa future hôtesse, avait baptisé sa maison. L'allée du Phare était interminable. On était ici aux confins de ce qui n'était ni une ville ni un village, mais un séjour de vacances déserté d'un seul coup aux approches de l'automne. Volets repoussés sur des tourelles faux gothique, grilles verrouillées, jardins en début d'abandon : tous ceux qui s'entêtaient encore à passer leur été dans cette

villégiature désuète avaient quitté les lieux dès la fin du mois d'août. Entre deux cèdres, Trendy vit soudain briller la mer. *Allée du Phare*, répéta une plaque à l'angle d'un mur. Les constructions se raréfiaient. Il n'était plus loin du but : Drogon lui avait affirmé que la villa de la veuve était isolée et qu'elle donnait sur l'Océan. Il chercha encore en vain une indication de numéro. Son exaspération grandit. Le moindre trou perdu en bordure de mer devait posséder son allée du Phare, ces mêmes cèdres, ces mêmes villas aux noms grotesques à force de se vouloir maritimes, la *Rose des Vents*, *l'Astrolabe*, *Marie-Morgane*, et jusqu'à un *Whisky du Matelot*. Il commençait à se croire perdu lorsqu'une grille imposante attira son attention. Elle portait enfin une plaque chiffrée. C'était le 23. Il coupa son moteur, sauta à terre, cala sa machine.

Il n'y avait pas de sonnette, la serrure était entourée d'une énorme chaîne. Ce détail acheva de l'excéder. L'impatience était alors, avec son goût de l'exactitude et une extrême pénétration d'esprit, l'un des traits marquants de son caractère. Il s'empara de la grille et se mit à la secouer. En quelques secondes, ses efforts lui apparurent dans toute leur vanité. Son écharpe avait roulé dans la poussière. Comme il la ramassait, ses yeux revinrent au numéro. 23. Lui, on l'attendait au 23 *bis*. Il s'était trompé. Il avait horreur de se tromper. Il était toujours précis, dans son travail de biologiste comme dans ses choix vestimentaires. En temps ordinaire, sa colère aurait redoublé. Il n'en fut rien. Il resta cloué devant la grille. Il ne pouvait plus se détacher de la villa.

Comme les autres, elle semblait déserte. Son nom était inscrit en caractères gothiques sur une plaque de faïence, juste au-dessous du numéro. *Désirada*. Elle n'avait tout au plus qu'une cinquantaine d'années et son architecture n'était pas spectaculaire : une lointaine inspiration médiévale ou renaissante, une longue galerie percée de vitraux violets et jaunes dans le goût 1900. Pourtant elle retenait. C'était d'abord son matériau, une pierre roussâtre, inusitée dans la région, avec de larges taches de topaze brûlée, comme d'origine volcanique. Une tourelle portait sur toute sa hauteur de larges traînées noires, souvenir évident d'un incendie. Au-dessus de la porte d'entrée sculptée dans un bois massif se déroulait une frise de carreaux décorés de signes, où Trendy reconnut, entre des caractères indéchiffrables, les emblèmes des cartes à jouer. Une odeur puissante s'élevait du parc ; sous la note acide de la fougère et d'un buisson d'asters, l'arôme insistant des tubéreuses.

Malgré la chaleur, Trendy n'avait pas la force de se débarrasser de son blouson. Comme échappée d'un rêve, cette façade le paralysait. La villa devait être fermée depuis des années, mais on continuait d'entretenir le parc. A côté d'un bouquet de peupliers s'arrondissait un étang. Il crut reconnaître, sur son bord, une pierre tombale. Ensuite tout se perdait dans la confusion des verdures. Son regard revint vers la maison. S'il n'y avait eu un reste de vent, la rumeur affaiblie des vagues, on aurait éprouvé l'illusion de se trouver au plus profond des terres, tant la bâtisse était solide et protégée de tout. Il eut aussi l'impression que les pierres de la demeure dévoraient peu à peu la pelouse, il y sentait comme une puissance tentaculaire poussant peu à peu son empire sur la végétation qui l'entourait ; et, il ne savait pas davantage pourquoi, il imaginait derrière les vitraux, les fenêtres oblongues aux espagnolettes de bronze, des tentures épaisses, des cheminées sans fond, des dizaines de chambres secrètes.

Voit-on la mer, d'ici ? se demanda-t-il. Au moment précis où il la cherchait par-delà la ligne des cèdres, il distingua, comme suspendue dans les airs, une verrière très lumineuse. C'était la maison voisine. C'était là qu'on l'attendait.

Il s'arracha à la grille et enfourcha sa moto. La route décrivit un coude et s'arrêta sur un petit promontoire, sans autres édifices qu'un phare en ruine et une villa très blanche, toute en colombages et verrières. Un rang d'arbres et de tamaris l'abritait du vent. Derrière leurs branchages, c'était enfin la mer. Il était arrivé. Ainsi que la précédente, la villa portait une plaque. Elle s'appelait *Hauteclaire.* Malgré le peu de goût qu'il avait pour les intuitions, Trendy ne put chasser l'évidence irraisonnée qui s'imposa alors à lui : depuis des années, le moment peut-être de leur construction, ces deux maisons ne s'aimaient pas ; et, avec l'acharnement des vagues qui mangeaient les criques et les falaises du petit promontoire, le temps avait creusé entre elles des fissures, des ravines, une sorte de fossé peut-être, qui de ces deux voisines faisaient des ennemies.

CHAPITRE II

Il n'y avait pas plus de sonnette à la barrière blanche d'*Hauteclaire.* Mais c'était le bon numéro. Trendy se demandait par quel moyen s'annoncer quand il vit, assise à même les marches du perron, une femme blonde qui brodait. Au seul ronronnement de la moto, elle avait levé la tête. Trendy coupa son moteur. Elle était déjà debout, abandonnait son ouvrage, une grande nappe à motifs vivement colorés, et traversait le bout de jardin qui la séparait de la barrière.

— Vous voilà, dit-elle.

Elle n'avait pas ajouté « enfin », mais c'était tout comme. Elle avait une voix très fraîche, presque juvénile, avec une pointe d'accent difficile à reconnaître. Elle souriait. Elle devait approcher la quarantaine et elle était encore belle, avec ses cheveux roulés en un lourd chignon d'où s'échappaient des dizaines de minuscules mèches rebelles qui frisottaient ; à contre-jour, elles formaient autour de son visage une auréole de soleil. C'était bien là Ruth Van Braack, telle que son professeur la lui avait décrite.

— Je viens de la part du docteur Drogon, bredouilla-t-il.

Il ne savait pourquoi, il perdait d'un seul coup son aisance.

— Je vous attendais, répondit-elle. Je suis ravie...

Elle lui tendit la main puis ajouta :

— Il fait très chaud. Vous devez avoir une soif horrible.

Elle le fixait avec une expression curieuse, où il crut lire de l'ironie. Et cependant elle ne riait pas, c'étaient seulement ses yeux qui se moquaient, des yeux gris-bleu, cernés de rides à peine perceptibles.

Il se retourna vers sa moto, d'où il détacha un sac.

— C'est lourd ?

Elle ne riait plus. Elle se penchait vers lui, attentive, presque tendre. Elle était belle, décidément. Avec sa chemise blanche échancrée sur une poitrine opulente et son pantalon noir qui moulait des jambes élancées, Ruth Van Braack ne ressemblait guère à l'image que Trendy se faisait des veuves. Il fallait reconnaître qu'il n'en avait jamais fréquenté. Il avait connu quelques femmes mariées, des divorcées, d'innombrables célibataires, des solitaires, des femmes tout juste abandonnées, mais jamais de veuves. Cela conférait à Mme Van Braack un charme supplémentaire.

Alors qu'elle l'introduisait dans la villa, il lui rendit une ombre de sourire.

— Vos bagages, vos malles, dit-elle. Je les ai comptés et recomptés. Tout est arrivé avant-hier. Tout est là. Judith et moi, nous les avons montés là-haut...

Ils pénétrèrent dans la maison. Le vestibule, très large, s'ouvrait sur un grand escalier de marbre.

— Comme convenu avec le docteur Drogon, je vous ai réservé le dernier étage. Cela vous fera une sorte d'appartement. Il est très lumineux. Vous l'aimerez, je pense...

Il avait posé son sac sur le carreau de l'entrée et ne l'écoutait pas. Il n'avait entendu qu'un seul nom, Judith. A aucun moment Drogon n'avait évoqué cette tierce personne. Il lui avait juré qu'il vivrait ici dans la solitude, déchargé de tout souci matériel par cette veuve dont il lui avait garanti l'extrême discrétion. Pour commencer, Mme Van Braack ne ressemblait pas à une veuve, ce qui menaçait déjà sa tranquillité d'âme. Drogon pourtant devait le savoir, qui avait prétendu qu'elle était de ses relations. Et pourquoi lui avoir caché l'existence de cette Judith ? A moins que ce ne soit une bonne ? Ce n'était pas plus rassurant. Depuis son enfance, les domestiques étaient la phobie de Trendy, pour leur opiniâtreté à ranger ce qu'ils nommaient son désordre. Chez ses amis des Halles, au moins, on ne rangeait rien, et c'était là une partie de son bonheur. Il fallait savoir dès maintenant qui était cette inconnue, — il pensait déjà cette intruse —. Il fallait la rencontrer au plus vite. Et, se disait-il avec l'excès caractéristique de ses colères intérieures, si les conditions de ma tranquillité ne sont pas remplies, je repars aussitôt. Ce ne serait pas difficile de persuader Drogon que le bruit et l'agitation de son appartement valaient mieux pour ses études qu'un exil au bord de la mer perturbé par la première venue.

Ruth Van Braack l'avait entraîné au salon et lui offrait des boissons fraîches. Tandis qu'il se désaltérait, une seule idée le préoccupait : allait-on le laisser en paix ? Il ne voyait rien d'*Hauteclaire*, ne sentait rien du poids de son passé. Son hôtesse s'était assise en face de lui et se répandait en civilités. Au bout d'un moment, n'y tenant plus, Trendy l'interrogea :

— Le docteur Drogon m'a dit que vous viviez seule...

— Ma fille est ici, coupa-t-elle.

Elle désigna du doigt l'étage au-dessus :

— Judith. Elle a vingt ans. Elle peint.

Ruth Van Braack avait répondu avec hauteur. Et, comme si elle n'avait attendu que cette déclaration, une créature tout échevelée déboula dans l'escalier et fit irruption au salon. Elle était vêtue exactement comme sa mère.

— Ah ! le voilà ! s'exclama-t-elle sans autre préambule. Tu vois bien, il a fini par venir !

Elle était moins blonde que Mme Van Braack et, au grand regret de Trendy, ses cheveux étaient coupés à la hauteur des épaules. De surcroît, elle était décoiffée.

Elle ne lui laissa pas le temps de se lever pour la saluer. Elle enchaînait déjà :

— Tes malles ! Ce qu'elles étaient lourdes ! Tu vas me montrer ce qu'elles cachent ! Quel travail, pour les monter !

— Nous les avons montées ensemble, intervint sa mère.

— Tu m'as seulement aidée.

Elle se retourna vers Trendy :

— Tu vas les ouvrir, insista-t-elle. Viens. Monte avec moi.

Elle l'avait saisi par la manche, elle l'entraînait vers l'escalier. Ruth Van Braack n'esquissa pas le moindre geste. Elle observait la scène, impassible, comme devant un déchaînement qu'il serait vain de chercher à calmer.

Judith avait le ton d'une petite fille, et sa désarmante autorité. Trendy se laissa faire. Pourtant, entre autres et violentes aversions, il avait toujours détesté qu'on le tutoyât.

Cela lui venait d'une éducation peu commune. Il avait été élevé par des grands-parents britanniques. Ils avaient consacré ce qui leur restait d'énergie et d'une fortune autrefois gigantesque à lui offrir les nurses, gouvernantes et professeurs particuliers les mieux choisis. De cette enfance dorée sur les bords de la Riviera, Trendy n'avait rien retenu, sinon une bonne connaissance des usages du monde — lesquels commençaient à se perdre — et une extrême distance à l'égard des inconnus, surtout des femmes, à moins qu'elles n'aient, bien sûr, le charme et la classe de Mme Van Braack. Ses maîtresses traversaient sa vie une ou deux nuits, quelquefois une semaine, jamais plus. Dans l'ombre de ses amis artistes, Trendy menait une vie sage et sans tapage. Sa famille, notamment sa mère, ne se l'expliquait pas. S'il avait tourné au fils de famille désargenté, un peu voyou et vaguement truqueur, ses grands-parents, qui l'adoraient, s'en seraient réjouis ouvertement : voilà qui aurait comblé la passion de l'excentricité qui travaillait les Spencer depuis cinquante ans, date à laquelle leur fortune, chèrement acquise dans le commerce de la noisette pilée, du clou de girofle et de la marmelade d'oranges, était devenue si considérable qu'il n'était plus resté à ses héritiers qu'une seule issue, la convertir dans le bien le plus rare et le plus coûteux qui fût : la pure et simple extravagance.

Iris Spencer, la mère de Trendy, s'y était fort bien entendue. Actrice depuis l'âge de seize ans, elle avait été de tous les films scandaleux, de toutes les pièces d'avant-garde. Dresser un catalogue du nombre et de la variété de ses amants était une tâche aussi saugrenue que désespérée. On avait rempli pour elle des fontaines de champagne rosé, elle avait piétiné dans les festivals des tapis d'orchidées semés sous ses pas par des soupirants beaux et riches à se damner, elle avait eu ses nuits de Capri dans des décapotables jaune citron, cinq maris à quarante-cinq ans, quelques réveils nauséeux dans des cliniques de New York ou d'Acapulco. Elle manifestait dans l'ensemble une belle ardeur à vivre, pour autant qu'il lui restait des diamants à croquer. L'un des malheureux promus au titre d'époux se avait été Jean Florimont. Il était jeune premier dans un film de cape et d'épée, elle le trouvait stupide, c'est-à-dire trop rangé, mais voulut de lui un enfant. A six mois de grossesse, elle organisa un mariage fracassant. D'abord enchanté de cette rapide ascension, Florimont s'éclipsa à la première dispute, un bris de glace place Vendôme. Pour un collier de perles que son mari lui avait refusé, Iris Spencer avait mitraillé la vitrine du joaillier d'un petit revolver dont elle ne se séparait jamais. Les vitres avaient bien résisté mais Florimont avait écopé d'une balle. Il n'avait pas le sentiment qu'elle fût exactement perdue. Il avait préféré filer. On ne l'avait plus revu. Dès sa naissance, Iris avait confié l'enfant à ses parents, trop heureux d'égayer d'un bébé leur morne séjour des bords de l'Esterel. Sur un point cependant Trendy les avait déçus : c'était un enfant sérieux. Sans aucun doute, c'était un Florimont davantage qu'un Spencer, à moins qu'après un saut de plusieurs générations le gène opiniâtre de l'épicerie n'eût brusquement réapparu pour investir sa personne. Aucune folie ne le tourmentait, sinon celle de la mer ; mais, loin d'armer un yacht, de s'en aller, comme il aurait dû, mener la grande vie entre Marbella et Bora-Bora, il s'était contenté d'être un besogneux. Il passait des examens, des concours qu'il réussissait. Pire encore, il s'était mis en tête de soutenir une thèse, personne ne savait au juste sur quoi, les crabes, peut-être, les algues, ou les dents de baleine. Bien fidèlement, depuis qu'il les avait quittés, Trendy continuait de rendre visite à ses grands-parents. De loin en loin il voyait aussi sa mère, quand ses caprices, ou ses amants, la ramenaient en Europe. Mais rien ne le rattachait plus à eux que le soin extrême qu'il avait de sa mise et, davantage encore, cette quasi-impossibilité de tutoyer qui que ce fût, à moins de s'y trouver autorisé par de très puissantes raisons. A ce jour, il n'en voyait que deux : l'amitié ou l'amour. Pour la première, il la connaissait bien ; quant au second, il doutait qu'il existât.

Aussi, malgré l'intérêt que suscitaient en lui les invites de Judith, et tandis qu'il la suivait d'étage en étage, Trendy ne laissait pas d'être heurté par ses manières.

— Je te conduis à ta chambre, poursuivait-elle. J'habite juste en dessous. Moi aussi, j'ai mon étage. Tu vois, quelle organisation !

Elle sauta sur le dernier palier. Son enthousiasme laissa Trendy de glace. Elle s'entêta :

— Il y a deux grandes pièces qui communiquent. Et regarde les fenêtres ! Toute cette lumière... C'est moi qui aurais dû m'installer ici.

Elle colla son nez à un carreau :

— Pour ma peinture. Mais je préfère travailler ailleurs, loin d'ici.

Elle s'était assombrie. Elle se mit dos à la fenêtre, étendit les bras :

— Tu vois, tu as toute la mer pour toi.

Puis elle traversa la pièce. Elle continuait :

— La salle de bains, au fond. Ici, ta chambre. Elle est très grande. Elle donne sur le jardin.

A présent qu'elle s'était adoucie, Judith avait les mêmes intonations que sa mère, très tendres, fraîches, mais sans le moindre accent. Trendy jeta un œil dehors. La chambre donnait sur une longue pelouse plantée de cèdres. Elle s'arrêtait sur un mur derrière lequel il aperçut d'autres cèdres, puis des peupliers. C'était le parc de la maison voisine, la villa qui l'avait arrêté si longtemps tout à l'heure, il ne savait plus pourquoi.

Judith le tira à nouveau par la manche :

— Viens.

Elle le repoussait dans la première pièce, celle qui donnait sur la mer, le bureau, comme elle disait. Pourquoi l'écoutait-il, la suivait-il ? Elle était jeune, belle, c'était une affaire entendue, grande, mince, plus grande et plus mince que sa mère, mais moins distinguée qu'elle et presque négligée.

— Voici tes malles, dit-elle. On les a bien rangées, on n'a rien touché, comme tu l'avais demandé. Il y en a quatre, plus trois caisses. C'est bien le compte ? Tu les ouvres, maintenant ? Je voudrais voir...

— Rien d'intéressant, coupa Trendy. Rien à voir.

— Si. Il paraît que tu travailles sur des squelettes de poissons. Que tu en as apporté une vraie collection. Que tu es ici pour six mois. Tu vois, je sais tout ! Ouvre une malle, juste une !

Elle s'assit sur une caisse. Le soleil tomba sur son visage. Il avait bien vu, tout à l'heure, elle était moins blonde que sa mère. Elle avait pourtant le même rayonnement. Mais pour qui se prenait-elle, cette gamine, de quel droit l'envahissait-elle ? Et sa mère qui la laissait faire...

Il n'avait pas encore osé enlever son blouson, son écharpe. Il avait chaud, très chaud, il avait envie d'une douche. Il décida de jouer l'autorité :

— Levez-vous de cette caisse. C'est très fragile.

— Je sais, c'est marqué dessus. Ouvre-m'en une.

Il ne bougea pas. Elle eut un air dépité, se leva, se baissa sur l'une des malles et se mit à secouer sa serrure.

— Laissez ! hurla Trendy, et il sortit un trousseau de clefs de la poche de son blouson. Vous allez être déçue, reprit-il plus calmement, et il déballa avec précaution un petit squelette jauni.

— Ah ! fit-elle, comme prévu, avec une petite moue.

Elle ne va pas tarder à filer, pensa Trendy, elle va retourner à ses barbouillages et à sa pâte à modeler. En effet, elle haussa les épaules et se dirigea vers le palier.

Trendy feignit de l'ignorer et se retourna pour enlever son blouson. Il se croyait seul quand il entendit un petit sifflement. C'était toujours Judith, adossée à la porte. Elle s'était emparée du squelette, le tenait devant ses yeux comme un face-à-main et jouait à l'examiner comme un invité dans un salon d'autrefois.

— Echarpe de soie sauvage en plein jour, blouson de cuir à petits revers d'astrakan, le cheveu tiré au cordeau, le grand chic, monsieur, pour notre pauvre trou... C'est pour ça qu'on t'appelle Trendy !

Elle minauda quelques instants, puis éclata de rire. Trendy jeta son blouson sur le bureau. Ainsi, Drogon l'avait trahi, il avait tout raconté à ces deux femmes des raisons pour lesquelles il l'exilait ici. Ce n'était pas le pire : quand il releva les yeux sur Judith, il reconnut avec horreur que le squelette qu'elle tenait entre ses doigts était un spécimen rarissime, un exemplaire presque unique de callionyme lyre scoliosé ; et elle s'inclinait à nouveau sur la malle, déballait un second paquet, comme par hasard encore plus rare, un minuscule opithoproctus grimaldii venu tout droit de la fosse des Mariannes. Bien entendu, il n'eut ni le temps ni le courage de l'arrêter. Dans la seconde qui suivit, le callionyme déformé s'écrasa, non sur le tapis, c'eût été trop beau, mais sur le carrelage du bureau, où la colonne vertébrale de la bête, objet de tous ses soins depuis plus de sept ans, se disloqua sur-le-champ.

— Maintenant, sortez ! éclata Trendy. J'ai du travail.

Elle ne s'excusa pas, elle lui fit front. Elle le fixait de ses yeux gris-bleu, d'une très belle eau, avec des reflets verts. C'était encore une sorte de chantage, car elle continuait de serrer entre ses doigts l'infortuné grimaldii.

Trendy se passa les doigts dans son épaisse chevelure brune, signe chez lui de grande résolution. Pour que cette sombre idiote le laisse définitivement en paix, il était décidé à payer le prix qu'il fallait, fût-il celui d'un poisson abyssal. Il lui décocha donc une énorme gifle.

On la lui rendit aussitôt, assortie d'une injure non moins sentie. Puis, comme il fallait s'y attendre, on jeta le squelette dans la malle avec la plus entière désinvolture. Par une chance inouïe, il en réchappa. Enfin on sortit en claquant la porte. D'autres fracas suivirent, d'autres portes qu'on malmenait avec une égale énergie. Puis ce fut le plus complet silence.

CHAPITRE III

Rien ne dérangea plus Trendy jusqu'à l'arrivée du soir. C'est alors seulement qu'il découvrit *Hauteclaire*. Du reste, durant les semaines de son étrange séjour, cette maison lui apprit d'abord la force de la nuit, ses révélations insidieuses, l'empire qu'elle exerçait sur les êtres et les choses. La magie commença avec ce premier soir. Il ne l'avait pas vu venir. Malgré l'intruse, malgré son moment de colère, il n'était pas parti. Il s'était installé. Il avait vidé ses malles, rangé ses paquets de dossiers, ses fiches, ses squelettes. Il était même parvenu à retrouver les os de son callionyme brisé et avait reconstitué sa colonne vertébrale scoliosée d'une façon qui finit par lui paraître convaincante. Il n'avait pas senti le temps passer. C'était peut-être le soleil qui l'avait étourdi, l'immense lumière qui, avec l'après-midi, s'était répandue dans la pièce à la façon d'une marée montante. A mesure que s'écoulaient les heures, il oubliait la gamine, comme il l'appelait, il ne pensait plus qu'au travail qui l'attendait. Ici allaient se conclure des années de recherche, des milliers et des milliers d'heures passées à tourner et retourner des vertèbres sous son microscope, à dévorer des métrages de livres au fond des bibliothèques, à engranger des myriades d'observations lors de ses séjours dans des stations lointaines, Kerguelen ou Touamotou. Au-delà, c'était aussi son enfance la plus secrète qui allait se conclure, des années qu'il avait vécues avec la même passion, quand, au scandale général, il restait des éternités à sonder les moindres remous d'une flaque d'eau de mer. De curiosité en curiosité, il en était arrivé à des études de géologie marine puis à ces très bizarres déformations osseuses des poissons, qu'il était presque le seul à étudier. Caprice momentané de la nature, qui en offrait parfois de pires, ou prélude à une mutation générale de l'espèce ? Quoiqu'elle fût effrayante, Trendy penchait pour cette dernière solution. Drogon était du même avis, ce qui était le plus important. Voilà pourquoi il le pressait de terminer ses travaux. Son professeur avait raison, comme toujours, et qu'aurait-il été sans lui ? Il était à la fois sa conscience, son maître, le père qu'il n'avait pas connu.

D'admirateur inconditionnel, Trendy avait réussi à devenir son assistant. Depuis deux ans, il lui écrivait ses conférences, ses articles, dirigeait son laboratoire quand ses activités mondaines le retenaient ailleurs, ce qui était de plus en plus fréquent. En échange, Drogon lui offrait les services de ses secrétaires et le bénéfice de ses relations. Il environnait ses amitiés de mystère, mais Trendy s'en moquait, qui ne s'attachait qu'à leur résultat : des séjours dans les centres de recherches les plus réputés, l'accès à des travaux souvent confidentiels, des échantillons de poissons introuvables expédiés sitôt pêchés par avion spécial. Le découvreur était en général quelque milliardaire passionné d'océanographie dont Drogon aimait à s'entourer.

Certes, des bruits bizarres couraient à son sujet. Sa vanité, disait-on, ne connaissait pas de bornes ; on rappelait qu'au Muséum il avait tapissé les murs de son bureau de ses innombrables diplômes *honoris causa.* Le plus souvent, on ne comprenait pas qu'il sacrifiât la science et un exceptionnel talent de chercheur pour des activités qu'on jugeait frivoles. Trendy ne voulait pas entendre ces critiques. Il refusait de s'interroger sur leur amitié. Drogon allait de soi. Il avait toujours existé, il existerait toujours. Un jour, il avait eu pour lui cette phrase bouleversante : « Vous serez mon successeur. » Trendy ne pouvait imaginer qu'il prît un jour sa retraite ou qu'il disparût. Drogon serait toujours là pour le guider. Quand il lui avait donné six mois pour conclure ses recherches et conseillé de quitter Paris, il avait obéi sans discuter. C'était un ordre. D'ailleurs tout était déjà prévu ; et qu'opposer à cet homme d'une intelligence hors du commun qui relevait ses lunettes sur son crâne oblong et chauve et le fixait d'un œil impitoyable ? A cinquante ans passés, malgré sa calvitie, il n'avait rien perdu de sa séduction. La rumeur le voulait sportif ; de fait, il était encore mince et fin. On ne résistait pas à Drogon. A des kilomètres de lui, Trendy sentait encore son emprise. Il laissait retomber sa colère, oubliait la gifle qu'il avait reçue, aussi bien que celle qu'il avait donnée, et s'installait dans une maison où une jeune fille claquait les portes et cassait les squelettes de poissons. Sans chercher à démêler si c'était là son goût ou une obéissance aveugle à son professeur, il découvrait peu à peu les charmes de son appartement — son étage, comme avait dit la gamine. Il se croyait suspendu dans les airs. De l'extérieur, il avait éprouvé une illusion identique lorsqu'il avait découvert *Hauteclaire* derrière les arbres de la villa voisine. En s'y reflétant, les rayons du plein midi l'avaient trompé, il avait cru à une verrière, une sorte de véranda miraculeusement perchée au sommet d'une villa soumise à tous les vents. En réalité, il s'agissait de fenêtres immenses et très rapprochées. Un double vitrage et de lourds volets les assuraient contre les tempêtes. Néanmoins, de l'intérieur, l'illusion persistait. Et le grisait. Quand la lumière faiblit, il s'en aperçut à peine. Tandis qu'il achevait de ranger ses dossiers et de déballer ses squelettes, une idée effleura son esprit : cette maison avait été construite pour des rêveurs, par des rêveurs. Il la chassa aussitôt. Lui, il ne rêvait pas. Ou en tout cas il n'en avait pas le droit. Six mois pour conclure, avait dit Drogon. Et il se remit à ses classements.

Il se surprit à tourner le bouton d'une lampe. Il ressentit d'un seul coup toute la fatigue du voyage. Il commençait aussi à avoir faim. Alors il se changea, remit en ordre ses mèches noires et drues, jeta son écharpe sur son cou et descendit au rez-de-chaussée le plus vaillamment qu'il put. La pensée de retrouver Mme Van Braack lui était agréable ; mais il eût donné volontiers donné quelques-uns de ses squelettes pour ne plus jamais rencontrer sa fille.

Son hôtesse était au salon. Il la vit de dos, devant la cheminée, où elle se penchait pour attiser le feu. Du coup, il ne remarqua rien des objets qui décoraient la pièce et qui auraient pu, dès ce moment, l'éclairer sur ses secrets. Il ne voyait qu'elle, Ruth, sa haute silhouette inclinée au-dessus des braises. Son chignon tressé prenait dans la pénombre des reflets cuivrés. En dehors des crépitements du feu, le silence était tel qu'il craignit de lui faire peur. Il ne savait comment s'annoncer. Il fut très vite tiré d'embarras. Elle avait dû l'entendre venir, car elle se retourna d'un mouvement tranquille et lui déclara sur le même ton moqueur qu'elle avait eu à l'instant de leur rencontre :

— Vous avez vu ma fille. Ne vous inquiétez pas. Elle est très lunatique.

On aurait dit qu'elle reprenait leur conversation là où Judith l'avait interrompue. Trendy crut alors comprendre pourquoi Drogon l'avait envoyé ici : à *Hauteclaire*, le temps n'existait pas. Ou pour le moins les heures y étaient paresseuses, aussi lentes qu'il le fallait pour bien réfléchir.

— Judith est capricieuse, reprit Ruth. Surtout avec les hommes. Je la connais bien, vous ne la reverrez pas de sitôt. Vous aurez la paix. Comme convenu avec le docteur.

Elle appelait Drogon *le docteur*. Elle devait le connaître de longue date.

— Bien sûr.

Ce fut tout ce qu'il parvint à dire. Elle devina son malaise, car elle enchaîna :

— Ma fille n'a pas eu la vie facile.

Elle avait dit *ma fille*, mais il eut la certitude qu'elle parlait d'elle-même.

— Elle est née en mer, poursuivit-elle. C'est très rare de nos jours, vous savez. D'après la tradition, les filles qui naissent en mer sont très primesautières.

Ses yeux continuaient à pétiller. A l'évidence, elle ne croyait pas un mot de cette superstition. Elle invita Trendy à s'asseoir et lui offrit un verre de porto. L'alcool était vieux, corsé, le cuir du fauteuil, sous la main, ancien et doux. Le bien-être l'envahissait. Il oubliait pourquoi il était venu ici, et jusqu'au souvenir de la gamine qui l'avait giflé. Ruth s'était assise en face de lui et buvait de la même façon que lui, à petites lampées, sans un mot. Il osait à peine la regarder. Une veuve, avait dit Drogon ; et il avait ajouté, cela lui revenait maintenant : « Une femme d'un autre temps ». Sur le moment, cette définition lui avait paru superflue. Il en découvrait à présent toute l'importance : si Mme Van Braack était belle encore, et presque jeune, on voyait bien aussi qu'elle avait l'esprit ailleurs. L'impression était difficile à éclaircir, mais il semblait qu'une partie d'elle-même ne cessait de regarder en arrière, de remuer un passé tourmenté, de penser, en effet, à un autre temps.

Comme il n'osait toujours pas reprendre la parole, il entreprit d'examiner la pièce. Ses yeux s'attardèrent sur une bibliothèque. Ruth en profita pour renouer la conversation :

— Je relie des livres, dit-elle. J'ai quelques clients très réguliers. On me connaît, certains viennent d'assez loin. Je les vois surtout l'été, au moment des vacances. Bien sûr, cela ne suffit pas à nous faire vivre. Judith veut reprendre ses cours de peinture, à Paris. Si elle ne change pas d'avis...

Elle hésita un instant :

— Par bonheur, nous avons un héritage.

Elle avait accompagné ces derniers mots d'un geste large et fiévreux qui paraissait désigner la maison.

— Et vous, notre pensionnaire ! ajouta-t-elle avec un rire.

Il sourit à son tour. La situation était en effet si désuète qu'elle prenait un tour amusant. Le vent qui se levait agita légèrement les rideaux et fit ployer d'un coup les flammes dans la cheminée. Il se sentait vraiment bien dans la compagnie de cette femme. Et sa maison existait, elle vivait.

— Le vent, dit-elle. C'est souvent à cette heure-ci. Je vais...

Elle ne termina pas sa phrase et se dirigea vers la porte pour fermer les volets. Ses gestes avaient la justesse et la sérénité d'un rituel. Son visage passa dans le halo d'une lampe. L'ironie l'avait quitté.

— Je peux vous aider ? demanda Trendy, et il voulut la suivre.

— Non. Ce soir vous devez être fatigué.

Il insista. Pour l'arrêter, elle posa la main sur son poignet. Sa peau était ferme et très douce.

— Mais promettez-moi que demain...

— Oui, demain, c'est juré. Et tous les autres soirs, tant pis pour vous !

Elle riait à nouveau, elle était déjà dehors, et rabattait avec force sur la maison les lourds battants des persiennes blanches.

Elle partit s'affairer à la cuisine. Trendy à nouveau proposa son aide. Une seconde fois, il fut gentiment rabroué. Il resta donc seul un long moment et déambula du salon au vestibule puis à la salle à manger. Ainsi qu'à l'étage, les murs étaient percés de très larges fenêtres. Maintenant que Ruth avait fermé les volets et, de l'intérieur, rabattu sur les carreaux d'épais rideaux doublés de chintz, une image s'imposait à Trendy : celle du carré d'un navire. Pourtant les pièces étaient très vastes et la décoration d'*Hauteclaire* n'était pas copiée sur celle d'un yacht. On était ici à l'intérieur d'une vraie maison, avec des armoires, des coffres, des fauteuils, de la vaisselle, des tableaux. La sensation de Trendy était confuse, il avait l'impression de se trouver dans un bateau qui a beaucoup roulé, essuyé des tempêtes sans nombre, doublé de terribles récifs, cinglé d'archipel en archipel, pour venir enfin toucher terre, mais sans vraiment connaître le repos. C'était un faux répit, qui durait peut-être depuis des années, et pourtant tout était conçu pour le confort de la halte. Un curieux tableau, placé au-dessus de la cheminée du salon, le laissait d'ailleurs entendre. Il était très coloré, et placé bien en évidence. Trendy se demanda comment il avait pu l'ignorer. Il représentait un navire attaqué par un gigantesque poulpe. Les tentacules du monstre s'entouraient aux mâts, le bateau donnait de la gîte et menaçait de sombrer. C'était une grande peinture dans le genre naïf ; à en juger par l'architecture du navire, la pièce devait être ancienne. Sur son cadre doré, dans une calligraphie moderne qui jurait avec la facture du tableau, une main avait gravé une inscription : *Heureux celui qui touche au port.* Ces mots en grosses lettres avaient été rajoutés avec une application surprenante. Pour y avoir mis tant d'acharnement, on pouvait soupçonner que celui qui avait si ouvertement vanté les bonheurs de l'escale ne les avait jamais goûtés.

Il n'eut pas de mal à en découvrir l'auteur. Sur le mur voisin, tout à côté de la bibliothèque, se trouvait le portrait d'un capitaine. Sa ressemblance avec Ruth était criante. Mais c'était Ruth en homme triste, Ruth sans sourire, une Ruth usée par les nuits blanches. Son père ou un oncle, un proche parent, en tout cas. Derrière sa silhouette raidie contre on ne savait quelle adversité, le peintre avait représenté le plan d'Amsterdam ; et Trendy, encore subjugué par l'expression torturée du capitaine, ne put s'empêcher de comparer ses canaux concentriques aux sept cercles de la damnation, tels qu'ils enserrent, dit-on, le territoire des Enfers.

Dehors, le vent forçait. Il crut entendre le fracas des vagues sur les rochers tout proches. Ce n'était peut-être qu'une illusion. Il ne connaissait encore rien d'*Hauteclaire,* il était à l'affût de ses bruits, de ses odeurs secrètes. Il sursautait au premier crépitement du feu, sur les bois luisants des meubles, il guettait de fraîches senteurs de cire, caressait des porcelaines bleues et blanches au bord du vaisselier, s'arrêtait pour jouer avec un télescope ou un vieil astrolabe. Tout respirait ici une ancienne opulence. Une idée le traversa d'un coup : cette maison n'avait pas de racines, voilà pourquoi il avait pensé au carré d'un navire. Ou bien ses racines étaient ailleurs, en Hollande, comme semblaient l'indiquer des carreaux de Delft qui décoraient l'entrée et les fauteuils flamands placés au coin des fenêtres.

— J'arrive, cria Ruth du fond de la cuisine. J'arrive bientôt, ne bougez pas !

Il n'était pas impatient. Il goûtait un plaisir neuf, celui de s'attarder, la simple volupté d'aller de pièce en pièce. Dans les cercles des lampes rigoureusement réparties, et parfois posées à même le sol, il découvrait les objets les plus inattendus. Il s'étonna de n'avoir pas remarqué la figure de pierre déposée au pied de l'escalier, deux gros tritons dont la queue écailleuse et puissamment retournée avait dû soutenir, sur un fronton d'Amsterdam, quelque Neptune en majesté. Ailleurs, c'était un sabre d'abordage, un éperon de mât chantourné, toute une accumulation de souvenirs d'amirauté qui ne tournait jamais au désordre. Chaque objet, semblait-il, possédait une place assignée de toute éternité. Jamais il n'en écrasait un autre, il était là, tout bonnement, sans un grain de poussière. De vigoureuses plantes vertes, entretenues avec soin, atténuaient ce que cet ensemble maritime aurait eu de lassant ; et l'extrême rigueur domestique qui en assurait la beauté expliquait que l'étranger se sentît, à *Hauteclaire,* parfaitement protégé.

Enfin il y avait les tableaux. Eux surtout parlaient du passé. De pastel en grisaille, de gravure au burin en esquisse aux couleurs franches, on traversait la gamme entière des humeurs de la mer, les orages, les calmes, les marées basses, les menaces indécises des grands embarquements. On revivait les voyages lointains et les colonies d'autrefois, légendées dans des langues diverses, le plus souvent l'anglais ou le néerlandais. « Clipper sous voiles dans la mer Rouge », « Poulo Zapata et son rocher par gros temps », « Fête des lampes à Nagasaki », « Palais du Gouvernement à Batavia »... On y distinguait des frégates fragiles lancées au péril des flots, ou parfois des vaisseaux plus anciens, pansus, la coque si renflée qu'on leur aurait bien prêté, sous la mer, comme des ouïes cachées, ou des flancs regorgeant de frai. Un navire était drossé sur une côte d'horreur, un autre échouait au Mozambique, un troisième sombrait au Spitzberg, au milieu des icebergs et des baleines.

D'un seul coup, Trendy sentit qu'on l'observait. Il se retourna. A son grand soulagement, ce n'était pas Judith, mais sa mère.

— Toutes nos gloires sont derrière nous, dit-elle.

Elle n'avait plus la même voix que tout à l'heure. Il comprit qu'elle parlait de sa famille. Elle se saisit d'un châle et s'y enveloppa. Il ne faisait pas froid, pourtant. Puis elle désigna le portrait de l'homme triste :

— C'est lui qui a fait bâtir cette maison. Le capitaine. Mon père. Il faudrait que je vous raconte, un jour... Il était encore jeune, en ce temps-là. Plus jeune que sur le portrait. Je n'étais pas née. Tout nous vient de lui.

A mesure qu'elle parlait, elle reprenait de l'assurance.

— Il a passionnément aimé la mer. Comme vous, sans doute, mais pas de la même façon. Il a beaucoup navigué. Les gens l'appelaient le Capitaine. Il avait pourtant un titre plus ronflant, il avait été gouverneur, loin d'ici, dans les colonies. Il parlait très peu, sauf quelquefois de ses voyages. « Le monde, m'a-t-il dit un jour, ne se connaît que par la mer. Par la solitude, la peur, l'immensité. Là est notre début et notre fin, la mer nous fait, la mer nous perd. A bord d'un navire, la brute la plus épaisse le sait. » Il parlait bien, quand il voulait parler.

Elle soupira, comme si elle s'en voulait d'en avoir trop dit.

— C'était un vieux fou, mais il avait raison. Plus tard, moi aussi, j'ai un peu navigué, et j'ai su qu'il disait vrai. Pour le reste, c'était un homme difficile. Il avait ses excuses. C'était juste après...

Elle s'interrompit et se serra davantage dans les plis de son châle. D'un seul coup, elle accusait la fatigue.

— Allons, dit-elle. Passons à table.

— Et Judith ? bredouilla Trendy.

— Laissons-la mener sa vie. Elle s'y entend, croyez-moi.

La phrase était définitive. De toute la soirée il ne fut plus question de Judith. Avec brio, Ruth réussit à conserver le ton mondain et faussement enjoué de leurs premières conversations. Plus une confidence ne passa ses lèvres. Qu'elle voulût si soigneusement préserver un mystère redoublait son charme, s'il en était besoin. Il doutait de plus en plus qu'elle fût veuve. D'ailleurs, devant le portrait de l'homme triste, ne lui avait-elle pas glissé le nom de son père, et n'était-ce pas le même que le sien ? La questionner aurait été d'une inconvenance majeure. Aussi pendant des semaines, à cause de son excellente éducation, Trendy n'en sut pas plus long sur l'énigmatique figure du capitaine Van Braack.

CHAPITRE IV

Une dizaine de jours s'écoulèrent, dans ce qui plus tard ressembla au bonheur : une brève période sans mystère et sans artifice. Trendy travaillait. Personne ne le dérangeait, pas même la vieille Josepha qui venait tous les matins aider Ruth à tenir la maison. Elle était d'une discrétion exemplaire et ne touchait pas au désordre de son bureau. Au bout de quelques jours, il eut rédigé une introduction incisive dont il était assez fier. Il ne rencontrait son hôtesse qu'à l'heure des repas, et il l'aidait alors dans ses tâches domestiques, espérant vaguement retrouver le moment où des bribes de confidences avaient passé ses lèvres. Mais Ruth ne parlait plus de sa famille. Dans leurs conversations de table, elle évoquait surtout la région, qu'elle connaissait à la perfection. Elle indiquait à Trendy quelque chapelle de l'arrière-pays, des châteaux peu connus qui, disait-elle, méritaient une visite. Ou bien elle évoquait les cités englouties au large de la côte, des Babylones païennes dont on savait fort peu de chose. Elle ne dissertait jamais sur les nouvelles du monde. Du reste, pas une gazette ne passait le seuil d'*Hauteclaire* ; et, comme si elle avait tenu à garder sa maison dans un territoire d'où l'Histoire était exclue, on n'y voyait, n'y entendait jamais les images et les sons qui agitaient l'univers.

Judith était invisible. D'un accord tacite, ni Trendy ni Ruth ne prononçaient son nom. Pourtant elle était là, à l'étage en dessous du sien. A plusieurs reprises, alors qu'il descendait pour déjeuner, Trendy l'avait aperçue qui filait sur la route, juchée sur une vieille mobylette. Où allait-elle, à quoi passait-elle ses journées ? A peindre, mais où ? Et peignait-elle seulement ? A la vérité, autant qu'il le pouvait, il tâchait d'éviter la question. Plusieurs fois aussi, alors qu'il était arrivé au salon plus tôt que de coutume, pour mieux goûter, dans la solitude, le charme nocturne d'*Hauteclaire* — son côté Rembrandt, comme il l'appelait, et qu'il aimait à opposer à son versant diurne, qu'il nommait son côté Vermeer — il avait éprouvé la sensation d'une présence impalpable, ou, plus exactement, d'une présence qui venait de s'évanouir. Le salon, le vestibule étaient encore tout remplis de Judith. De cette Judith seulement croisée, et avec quelle violence, il se surprenait à chercher une trace. Il découvrait parfois un napperon, un tisonnier qui n'étaient plus à leur place, un coussin déformé au bord d'un canapé. Parfois aussi il voulut débusquer, sous les odeurs de cire et de braise consumée, le reste de parfum — mais quel était-il, déjà ? — qui lui en eût offert la preuve indiscutable. Il ne le trouva pas. C'était peut-être aussi bien. Son travail avançait avec régularité. Mme Van Braack était une hôtesse agréable et ses silences, en définitive, lui convenaient. Elle ressemblait à ce qu'il avait pressenti d'elle au premier jour : une femme un peu distante, mais chaleureuse, sauf à de très brefs moments, lorsqu'une expression subitement apeurée, on ne savait pourquoi, venait assombrir son regard. Trendy remarqua aussi ses mains : longues et charnues à la fois, elles s'attachaient à toutes choses avec une égale générosité, qu'il s'agît, à la cuisine, de pétrir une pâte à tarte, d'un cuivre à polir au salon, d'un rosier à tailler au fond de son jardin. Elle entretenait ce petit parc avec une minutie surprenante. Lui aussi, il avait deux côtés : une pelouse sage entre la villa et la route, et par-derrière, des murs de la maison voisine jusqu'aux rochers et à la mer, un terrain plus désordonné, en pente douce, qui se terminait sur une rangée de cyprès.

Assuré désormais de mener son travail à bien, Trendy s'octroya, au bout de quelques jours, de courtes promenades. Il choisissait de s'éclipser juste avant l'heure où, de loin en loin, Ruth recevait des visites, des hommes âgés et distingués, pour la plupart, qui s'annonçaient le matin, en général, par un appel téléphonique. C'étaient des bibliophiles, selon toute vraisemblance. Ils n'étaient guère nombreux. Plus régulièrement, et toujours à cinq heures, arrivait une femme brune, belle et très élégante. A ce que Trendy pouvait en juger du haut de son perchoir, ainsi qu'il nommait maintenant son étage, elle devait avoir le même âge que Ruth. Elle garait sa voiture, un coupé sport un peu voyant, au bout de l'allée du Phare et traversait d'un pas nerveux le jardin d'*Hauteclaire*. Ce devait être une amie de Mme Van Braack. Pour ne jamais rencontrer ni les uns ni les autres, Trendy fixa ses escapades au tout début de l'après-midi. Elles étaient encore modestes. Il n'avait pas envie de sortir sa moto. Il partait à pied jusqu'à l'endroit où finissait la route, puis empruntait un sentier qui suivait la clôture de la villa. La ligne de rochers s'incurvait jusqu'à une anse sablonneuse bien protégée des vents dominants, où l'on avait bâti une cale. Un yacht très fin y était amarré, dont le nom original, autant que la facture ancienne, retint l'attention de Trendy. Il était baptisé *Le Roi-des-Poissons*. Trendy s'était toujours demandé d'où pouvait bien venir la légende qui voulait que, comme pour les autres créatures terrestres, le peuple des poissons, si nombreux, si divers, dût posséder un souverain. C'était d'ailleurs cette fable, découverte au hasard d'une lecture de sa première enfance, qui était l'origine, en partie, de sa passion pour la mer. Mais, dans ces brèves excursions de l'après-midi, c'était toujours *Hauteclaire*, et non les poissons, qui le préoccupait, *Hauteclaire* et ses deux habitantes. De son sentier à flanc de rocher, il ne voyait pas la villa, dissimulée par la ligne des cyprès. Alors il se demandait si Ruth et Judith sortaient ce yacht, si soigneusement calfaté et verni, si elles fréquentaient cette plage. S'y baignaient-elles, l'été venu ? Et pourquoi ces deux femmes aux noms tirés des Ecritures avaient-elles échoué ici, comment y vivaient-elles à longueur d'année, qui étaient leurs amis, leurs amants, à quoi, à qui rêvaient-elles ? Le premier soir, parlant de Judith, Ruth avait dit : « Elle est capricieuse, surtout avec les hommes. » Quels hommes ? Qui, en dehors des clients de Ruth, venait donc visiter ces fausses solitaires ? Jusqu'à maintenant, à *Hauteclaire*, il y avait eu si peu d'allées et venues...

Alors Trendy se rappelait la mobylette de Judith, jetait avec humeur un paquet d'algues sèches sur les rochers mangés de lichens, froissait entre ses doigts une giroflée, une armérie, un liseron de mer ; et il se demandait aussi pourquoi ces plantes de rocaille étaient encore en fleur, alors que la saison était si avancée. Cette année, les tempêtes d'équinoxe n'étaient pas venues, les grandes marées de septembre s'étaient régulièrement enflées, mais sans le déchaînement cosmique qui d'habitude les accompagne. Le vent, qui forçait le soir, retombait dès le milieu de la nuit, la chaleur persistait, et cet été indéfini, aux premiers jours d'octobre, prenait quelque chose d'oppressant. Mais les poissons de Trendy, avec leurs scolioses, soulevaient des questions beaucoup plus impérieuses. Alors, un peu honteux, il chassait toutes ses interrogations, il revoyait le visage impitoyable du docteur Drogon, son crâne chauve et ses lunettes d'acier, et il rentrait vite à son perchoir où, jusqu'à la nuit tombée, il se penchait avec ardeur sur ses dossiers, et les vertèbres déformées de ses précieux squelettes.

Enfin arriva le jour de la grande marée. Dès le moment où il ouvrit ses volets, à l'air brusquement plus salé qui lui fouetta le visage et chassa à l'instant ses restes de sommeil, Trendy devina que le temps changeait. Ce fut le seul présage de la tempête. Les nuages s'amoncelèrent très vite, et très vite aussi se leva une clameur qui balaya la mer, la corniche, les cyprès. *Hauteclaire* se mit à vibrer de toutes ses membrures. Gonflées par la marée, nourries à l'énergie d'autres vents, d'autres orages, les lames frappaient la terre de leur pulsation régulière. Des odeurs de varech s'insinuaient dans les pièces, auxquelles se mêlaient, réveillées par la pluie battante, celles du jardin saccagé, des dahlias, des pivoines tardives, des roses d'automne effeuillées. Entre chaque vague, qu'il voyait arriver de loin, couronnée de brume et d'une écume grise, la terre, comme *Hauteclaire,* tâchait de reprendre souffle.

Trendy, ce matin-là, comprit que la maison, outre son versant diurne et son versant nocturne, possédait deux autres faces, plus opposées encore : son côté de la mer et son côté des terres. Aujourd'hui, c'était jour de colère, les eaux salées se déchaînaient, l'Océan, pour un temps, croyait tenir la victoire. Les arbres n'étaient plus que de vagues fantômes, les goélands effarés s'égaraient dans le ciel bleu-noir et sous ces assauts grondants, la maison elle-même semblait un navire en fuite. Marée de vive-eau, songea Trendy. La lune et le soleil, en se rapprochant, tiraient trop fort sur les eaux de la mer.

Du plus profond des criques au sommet des rochers, la vie profuse et grouillante de l'Océan s'abandonnait à cette fureur ; et, sentant monter en lui une tension inhabituelle, il se demanda si les hommes, parfois, n'étaient pas gagnés des mêmes folies.

Au déjeuner, Ruth fut soucieuse. Une lettre était arrivée pour Trendy, une épaisse missive comme sa mère lui en écrivait tous les quatre ou cinq mois, où elle lui racontait par le menu ses dernières fantaisies, sa dernière rupture, ses acquisitions de bijoux, de teckels, ses projets de théâtre ou de cinéma. D'Amérique où elle résidait depuis quelques années, elle lui avait envoyé, à son habitude, une enveloppe de vélin mauve à frises d'iris, allusion spectaculaire à son prénom, dont elle raffolait. Quand Ruth lui donna son courrier, Trendy se sentit mal à l'aise. C'était la simplicité de son hôtesse, sans doute, son naturel, qui tranchaient tellement avec ce papier tapageur.

— Ma mère s'appelle Iris, dit-il comme pour s'excuser.

La remarque était d'autant plus inutile que, par la bouche de Drogon, la réputation de sa mère avait dû le précéder chez Ruth.

— C'est un très beau prénom, fit-elle. Et une belle fleur. En mai, notre jardin en est plein...

Ainsi qu'au premier soir, lorsqu'elle avait parlé de son père, sa voix s'était assourdie. Puis elle s'arrêta net. La confidence, comme l'autre jour, se mourut sur ses lèvres. Une rafale secoua les murs, plus forte que les précédentes. Trendy sursauta. Ruth, pour sa part, n'avait pas frémi. Elle luttait contre une force bien plus impétueuse que celle de la tempête contre sa maison. C'était son passé qui à nouveau refluait, tandis que ses yeux erraient sur les objets, les cloisons vibrantes d'*Hauteclaire* et ses fenêtres battues de pluie. Trendy enfouit la lettre dans sa poche.

De tout le déjeuner, elle eut toutes les peines du monde à soutenir leur conversation ordinaire. Au salon, au moment du café, Trendy perçut sous les rafales le ronflement éraillé de la mobylette de Judith, et il la vit, enveloppée d'un grand ciré, qui franchissait bravement la barrière du jardin.

— Il faut qu'elle sorte par tous les temps, dit Ruth.

Trendy ne sut que répondre. C'était la première fois qu'elle reparlait de sa fille. Elle fixait la fenêtre qu'envahissait la buée, du côté où elle avait vu, elle aussi, Judith qui s'en allait. Etait-ce le jour affaibli ? Ses yeux, ce jour-là, grisaillaient plus que de coutume, et ses cheveux aussi, comme un vieil or qui se ternit. Trendy reposa sa tasse. Il ne savait plus s'il devait craindre ou redouter de nouvelles confidences. La sonnerie du téléphone le délivra de ses appréhensions. Ruth se précipita pour répondre dans une partie de la maison inconnue de lui, par-derrière la salle à manger. Il supposait qu'elle y avait sa chambre et son atelier de reliure. Il en profita pour s'éclipser. La conversation de Ruth fut très brève. Lorqu'il fut en haut de l'escalier, il jeta un œil par-dessus la rampe et la surprit qui revenait au salon, se souriant à elle-même et le teint animé. Elle ne l'avait pas vu. Il préféra disparaître.

Cet après-midi-là, peut-être en raison de la pluie, la femme brune ne vint pas. Judith rentra vers cinq heures, ruisselante, avec un gros paquet à l'arrière de sa mobylette. Elle avait négligé de refermer la barrière qui n'arrêtait plus de grincer dans la tempête, puis elle avait claqué la porte d'entrée, et Trendy l'avait très distinctement entendue qui s'ébrouait au pied de l'escalier. Il n'arrivait plus à se concentrer sur ses fiches. Il dut s'avouer qu'il l'épiait. La nuit tomba très tôt. Un moment, le vent faiblit. A l'affût comme il l'était, Trendy distingua des allées et venues à l'étage inférieur, comme si Judith s'apprêtait à un grand départ. Puis la tourmente reprit de plus belle, les bourrasques, les battements puissants des vagues contre les rochers. Il n'avait plus qu'une envie : planter là ses écritures et descendre au salon, s'abandonner à la quiétude d'un fauteuil près de la cheminée, non qu'il eût froid, mais, sans qu'il sût pourquoi, il lui fallait un réconfort. Il pensait sans arrêt aux mains, aux traits limpides et aux cheveux de Ruth. Selon ses recommandations, il avait tiré depuis longtemps les persiennes sur les doubles fenêtres. Il avait mis à cette tâche une lenteur inhabituelle ; cependant, il était encore beaucoup trop tôt pour descendre.

A l'étage en dessous, le remue-ménage continuait. Trendy rassembla toutes ses forces et se replongea dans ses fiches. Il s'acharnait sur une classification compliquée quand, d'un seul coup, toutes les lampes s'éteignirent. Une panne d'électricité, voilà qui était providentiel. Il n'était pas dans le noir depuis dix secondes qu'il avait découvert un prétexte pour aller au salon : il lui fallait des bougies pour continuer à travailler. Il les demanderait à Ruth, il commencerait à bavarder, et il s'arrangerait pour rester avec elle jusqu'à l'heure du dîner.

Il s'engagea à tâtons dans l'escalier. Rien ne bougeait plus à l'étage de Judith. Trendy était parvenu à la dernière volée de marches lorsqu'il entendit un bruit de moteur assourdi par le vent. Il s'éteignit presque aussitôt. On avançait d'un pas pressé dans le vestibule, comme pour accueillir un visiteur. Eclairés par un grand chandelier qu'elle tenait à la main, les traits de Ruth se découpèrent devant les tritons de pierre. Il n'avait pas souvenir de l'avoir vue si rayonnante. Elle ouvrit la porte, éleva les bougies. Le vent s'engouffra dans l'entrée. Les flammes vacillèrent. Dans le très bref intervalle qui précéda le moment où les bougies s'éteignirent, Trendy eut le temps de voir, penché sur elle, le visage fatigué d'un homme qui n'était plus très jeune. Il s'approcha de sa bouche et l'embrassa. Il n'y avait pas eu un mot.

Qui a prétendu qu'il ne se passait jamais rien en province ? Dans les campagnes les plus reculées, dans les villégiatures comme celles-ci, désertées aux premiers vents d'automne, se tramaient et s'épanouissaient les plus violentes passions. Lors de cette soirée mémorable, ce fut la première découverte de Trendy. D'autres devaient suivre ; lorsqu'il y réfléchit, plus tard, lorsqu'il fit la revue des folies dans lesquelles, spectateur ou acteur, il fut irrémédiablement entraîné, une seule image, marine encore, revint à son esprit : celle du maelström. Il se croyait en eau calme, et d'un seul coup un gouffre le happait, dont il ignorait la nature. Il ne résista pas, il s'abandonna au tourbillon ; si bien que, très vite, il ne s'étonna plus de rien.

Il resta un moment sans bouger, le pas suspendu dans l'escalier et ne sachant quel parti prendre. S'il remontait, on risquait de l'entendre ; s'il descendait, il manquait à la discrétion. Les événements décidèrent pour lui : l'électricité se ralluma d'un coup.

Ruth marqua à peine un moment de surprise. Dès que la lumière fut revenue, elle et l'inconnu levèrent les yeux vers l'escalier. La première, elle aperçut Trendy.

— J'aurais dû vous prévenir, dit-elle après un petit silence, et elle s'avança vers les marches. C'est un ami, Malcolm Cornell.

Par pudeur, sans doute, elle n'avait pas dit *mon ami*. Elle avait rosi, tout de même. Et elle faisait les présentations à l'envers.

— ... Malcolm enseigne dans une université américaine. Depuis quelques années, il vient passer l'hiver ici.

Elle se retourna vers le professeur :

— C'est mon jeune hôte, mon chercheur... Tu te souviens, dans ma lettre...

Le dénommé Cornell lui serra la main et posa sur lui un regard perplexe. Puis il hocha la tête :

— Un jeune chercheur... Très jeune. Je vous envie.

Le ton n'était pas amer. Il avait une belle voix grave.

— J'aurais dû vous prévenir, reprit Ruth. Mais tout à l'heure, après le déjeuner, quand je vous ai cherché, vous étiez déjà parti. Enfin, laissons. Nous allons dîner ensemble. En attendant, passez donc au salon.

Comme avec Trendy, le premier soir, elle disparut à la cuisine, et comme ce soir-là aussi elle déclina son aide. Les deux hommes se retrouvèrent seul à seul.

— La maison de Ruth, dit lentement Cornell. On dirait l'intérieur d'un bateau...

Il avait parlé d'*Hauteclaire* comme Trendy lui-même aurait souhaité le faire, il avait répété tout haut les mots qu'il s'était répétés en secret dès son arrivée, sans pouvoir les confier, sans doute parce qu'il les jugeait trop élémentaires. Et surtout, il avait prononcé ces syllabes devenues presque magiques avec le fil des jours : *la maison de Ruth*. Qu'il dût rester ici deux heures ou six mois, Trendy sut alors que Cornell deviendrait un ami.

On dîna. Cornell n'avait pas sorti ses bagages. Il ne semblait pas qu'il dût s'installer à *Hauteclaire*. Au détour d'une phrase, il évoqua une maison qu'il avait achetée non loin de là. Depuis quelques années, dit-il, il s'y retirait l'hiver pour rédiger ses livres. L'homme rassurait Trendy. C'était un chercheur, comme lui, mais un historien. Quand il avait entendu Ruth appeler son jeune hôte par son surnom, au lieu de s'en moquer, il l'avait adopté avec le plus grand naturel. De Ruth, on le devinait, Malcolm Cornell aurait accepté n'importe quelle fantaisie, et pourtant il n'était pas un homme de fantaisie, cela se sentait aussi ; voilà pourquoi, sans doute, il ne tenait pas à vivre sous son toit.

Judith, bien sûr, ne descendit pas. Personne ne la réclama. Cornell ne manifesta aucun étonnement. Selon la coutume, il n'y avait pas de couvert pour elle. Judith demeurait donc pour Trendy ce qu'elle avait été jusqu'à ce jour : une fille de l'air, quelqu'un qui était là, sans l'être, une sorte de fantôme qui s'agitait parfois, traversait les murs et ne connaissait rien des nourritures terrestres.

Comme on repassait au salon, Ruth fut parcourue d'un frisson. Elle se blottit près du feu :

— Cette pluie, soupira-t-elle, cette pluie qui n'arrête pas...

Dehors en effet l'averse redoublait.

Cornell sortit une pipe et se mit à la bourrer.

— Temps de saison. Et quand on a choisi de vivre ici...

Elle feignit de ne pas l'entendre :

— Hier encore je pensais que l'été ne finirait jamais. Et ce soir j'ai l'impression que la maison va disparaître sous les eaux.

— Toujours l'obsession des villes englouties...

Cornell avait eu une petite moue ironique. Elle ne fut pas du goût de Ruth :

— Il n'a jamais voulu me croire, dit-elle à l'adresse de Trendy. Mais c'est vrai, la nuit, en mer, on entend parfois des cloches. Ou bien, dans le silence, le bruit de plusieurs voix. Des voix qui viennent du dessous des vagues. Des trompes de navires que personne ne voit.

— Tu les as entendues ? coupa Cornell.

— Non. Mais mon père...

Une fois de plus, elle se ferma d'un seul coup. Elle se releva et continua sur un ton léger, un peu faux, tout en attisant le feu qui commençait à faiblir :

— Les pêcheurs le disent. Enfin, ils le disaient. Ils racontaient qu'ils avaient vu des villes entières sous la mer, avec des centaines de fenêtres, des toits ruisselants d'écume, quelquefois même des flèches de cathédrale. Des histoires de villes maudites englouties en même temps que leurs dieux...

— On en trouve dans le monde entier, intervint à nouveau Cornell. Partout où il y a la mer. Les mêmes histoires d'empires anciens vivant au fond des eaux, de cités dont les clefs sont cachées au ventre des baleines, de monstres, là-dessous, de pierres vivantes dans le calme des grands fonds.

— Je sais, tu me l'as dit mille fois. Les villes englouties n'existent que dans notre tête.

Elle parlait à présent sur un mode un peu tendre, presque puéril, comme pour adoucir les choses graves qu'elle disait, mais il y avait dans sa voix un reste d'insolence, et elle jetait à Cornell des petits regards de bravade :

— ... Tous ces gens que nous avons croisés, aimés, perdus. Engloutis au fond de notre tête.

— Et il faut continuer à vivre.

Le ton, cette fois, était sévère.

— C'est vrai, répondit Ruth. Comme il fait froid, ce soir ! Cela donne des idées sinistres. Je vais préparer du café.

Elle partit à la cuisine comme on s'enfuit. Ces deux-là se donnent la réplique, pensa Trendy. Ils jouent sans moi.

Il brûlait d'être du jeu. Il brûlait surtout d'en savoir plus. Mais où trouver l'audace des questions ? Il fut pris de court. Ruth n'avait pas disparu que Cornell l'interrogea :

— Vous travaillez sur les poissons, m'a dit Ruth. Mais que cherchez-vous donc dans le ventre de ces bêtes ?

Cornell, ainsi que Ruth, avait le regard clair, mais ses yeux fouillaient davantage. Il était impossible de leur échapper. Trendy eut un moment d'embarras. Il n'aimait pas parler de ses recherches. De surcroît, comme sa journée n'avait pas été fructueuse — à cause de Judith ou de la tempête, il ne savait plus au juste — il se sentait vaguement coupable.

— Les vertèbres, bredouilla-t-il au bout d'un moment. Elles sont de plus en plus souvent déformées. Je cherche pourquoi.

Cornell hocha la tête et se retourna vers le feu. Il le tisonnait avec l'aisance d'un habitué des lieux.

— Et cette maison vous plaît ? Vous travaillez bien ?

Les flammes éclairaient ses traits creusés de ravines, ses cheveux argentés, encore très fournis. Il avait un air détaché, mais sans mépris ; c'était plutôt l'expression d'un homme qui commençait à se retirer du monde. Ses gestes ralentis, comme appesantis par l'approche de l'âge, accentuaient cette distance bienveillante.

— Mme Van Braack est une hôtesse délicieuse. Elle sait me faire oublier mes vertèbres tordues. Elle est tout sauf déformée.

La réponse parut plaire à Cornell. Il eut un rire bref et enchaîna :

— Et sa fille ?

— Je l'ai à peine vue.

— Bien sûr.

Puis il ajouta en reposant le tisonnier :

— Elle n'est vraiment pas facile. Je me demande quand elle arrêtera ses caprices. Il faut s'y faire, sans doute. C'est une fille unique. Et une artiste.

A l'évidence, il avait eu droit aux provocations et aux bouderies de Judith. Etait-ce l'année précédente ? « C'est le troisième hiver que Malcolm passe ici », avait dit Ruth pendant le dîner.

— D'où les connaissez-vous ? risqua alors Trendy.

Il regretta aussitôt sa question. La panne d'électricité, la rencontre avec cet inconnu, tout lui était prétexte, aujourd'hui, à abandonner ses poissons.

L'autre revint à son fauteuil. Trendy remarqua que, pour un Américain, il était habillé avec un certain chic. Son costume n'avait pas souffert du voyage et il paraissait presque trop élégant pour cette villa perdue dans la tempête.

— Je suis mythologue, dit-il. Je n'enseigne plus guère. J'écris toujours un peu.

Il soupira. Sa pipe s'était éteinte. Il se leva pour la vider dans le feu.

— J'en suis arrivé au temps des nostalgies. Il y a quelque temps, je suis revenu dans la région. C'est ici, il y aura bientôt quarante ans, que j'ai commencé mes enquêtes. Je travaillais sur les légendes océaniques, les démons, les monstres marins. J'interrogeais des pêcheurs, des capitaines au long cours. J'ai voulu revoir le pays. Un jour que je me promenais sur une plage, c'était un début d'automne, comme en ce moment, j'ai rencontré Mme Van Braack. Elle ramassait des algues sur une plage et je me demandais bien pourquoi. Je l'ai abordée. Nous avons d'abord parlé jardinage. Elle m'a expliqué que les algues permettent de faire pousser des fleurs superbes sur les terrains du bord de mer. De fil en aiguille, elle m'a appris qu'elle habitait cette maison. Je me souvenais très bien de l'homme qui l'avait construite. C'était son père, le capitaine Van Braack.

Trendy avait du mal à le suivre. Son accent était assez prononcé, il parlait de plus en plus bas, il avait peur, sans doute, que Ruth ne revînt à l'improviste. Il désigna le portrait du capitaine :

— Un mélange d'aristocrate et de vieux forban. Un homme un peu inquiétant. Je n'avais gardé aucune mémoire de sa fille. J'ai été très étonné d'apprendre qu'elle habitait toujours ici. Puis... puis nous sommes devenus amis.

Encouragé par ses confidences, Trendy allait lui demander pourquoi, malgré son veuvage, Ruth portait toujours le nom de son père, quand elle fit son entrée avec le plateau du café. Cornell ne voyait plus que Ruth. Il l'observait de son œil précis, perçant, comme s'il ne voulait rien perdre d'elle, pas un seul de ses gestes, pas un frémissement, une ombre de sourire. Puis il prit un air lointain et rêva devant le feu. Pourtant, quelle présence, à son arrivée, quand il avait embrassé Ruth sitôt franchi le seuil ! Tant de fougue étonnait encore Trendy. C'était peut-être une passion qui le prenait sur le tard, où il craignait de manquer de force, de manquer de temps. Mais qui d'autre, sinon sa fille, Ruth Van Braack aurait bien pu aimer ?

CHAPITRE V

La tempête dura plusieurs jours. Il y eut quelques accalmies. Chaque fois, elle reprit son souffle pour repartir de plus belle, comme si elle se vengeait de n'être pas arrivée plus tôt. Malgré la pluie, Cornell venait tous les soirs. Il dînait, puis rentrait seul, vers onze heures. « Il aime la nuit, expliqua Ruth, il ne peut travailler que la nuit. » Elle apprit aussi à Trendy qu'il avait cédé à Judith une partie de l'ancienne maison de pêcheurs où il logeait. C'est là-bas que sa fille allait peindre.

De ces trois ou quatre jours, on ne vit pas Judith sortir. Elle se terrait, semblait-il. De loin en loin, Trendy entendait encore du remue-ménage à l'étage inférieur. Le plus souvent, le vacarme de la tempête couvrait tout, avec les rafales sans fin contre les murs d'*Hauteclaire*, les coups de boutoir des vagues contre les rochers du rivage. C'en devenait épuisant. Cependant, il ne se voyait plus travailler ailleurs. Il s'aperçut brusquement qu'il n'avait pas encore appelé un seul de ses amis des Halles, contrairement à ses promesses ; et, en dépit aussi de ce qu'il s'était juré, il n'avait plus la moindre envie de retourner, à la fin du mois, passer à Paris une petite semaine. A la fin de chaque après-midi, il se mettait à attendre l'arrivée de Cornell. Il prenait un plaisir croissant à leurs conversations du soir. Il devait en aller de même pour le professeur, car il partait de plus en plus tard. Trendy avait beaucoup de mal à imaginer sa liaison avec Ruth. Il ne restait jamais dormir à *Hauteclaire*. Etait-ce elle qui le rejoignait, au matin, lorsqu'il était parvenu au bout de sa nuit de travail, et qu'elle sortait sa voiture pour aller, disait-elle, aux provisions ? Chaque fois que Trendy voyait son automobile disparaître sous la pluie, tout au bout de l'allée du Phare, il ne pouvait réprimer un petit pincement de cœur. Ruth revenait, très gaie, sur le coup de onze heures. Cornell ne déjeunait jamais à *Hauteclaire.* « C'est un homme de la nuit, répétait-elle à Trendy en lui servant son café, un vrai hibou, je vous le dis ! » Et elle repartait, un peu brusque, travailler à ses reliures. A ces moments-là, elle ressemblait beaucoup à sa fille.

Le troisième soir de la tempête, il y eut une nouvelle panne d'électricité. C'était à la fin du dîner. Toujours prévoyante, Ruth avait préparé un chandelier sur une console de l'entrée. Elle se leva pour le chercher. Elle s'avançait dans l'obscurité avec l'assurance d'une femme qui connaît par cœur le moindre pouce de sa maison.

Quand elle revint pour faire passer ses amis au salon, sous la lumière incertaine des bougies, les nuages hauts et lourds des marines parurent un instant s'agiter, eux aussi, sous un début d'ouragan.

Comme chaque soir, ils restèrent un moment près du feu, à parler de tout et de rien. Ruth évoquait son jardin, ses reliures, ses récoltes d'algues, les tableaux qu'elle confectionnait parfois à partir d'échantillons qu'elle avait fait sécher. Cornell l'écoutait avec intensité, mieux encore, une vigilance extrême. Il s'appropriait le moindre souffle de Ruth, il prévenait ses plus minuscules frissons.

Elle s'éloigna quelques instants. Elle voulait, annonça-t-elle, leur faire goûter une eau-de-vie de cerise qu'elle faisait vieillir depuis plus de trois ans. Trendy n'attendait que cette occasion pour questionner à nouveau Cornell. Il fut direct :

— Pourquoi êtes-vous fasciné par le capitaine Van Braack ?

L'autre commença par éluder :

— C'est difficile à expliquer. La nostalgie, je vous l'ai dit l'autre jour.

Puis il soupira et reprit :

— Le souvenir du temps de mes recherches. Et j'aime ce lieu, cette maison. Elle n'a pas changé depuis le jour où je l'ai vue. En ce temps-là, je n'y suis venu que deux fois, mais elle m'a tellement frappé que je ne l'ai jamais oubliée. Sans doute à cause du capitaine. C'était un homme d'une espèce rare. De ces marins qui construisent des maisons. C'était une folie de bâtir ici. Il a réussi. Vous entendez la tempête, ce soir ? Et la maison tient. Elle tient depuis des années.

— Ce n'est pas la seule villa construite en bordure de mer. Les autres maisons tiennent aussi. Ici même, sur le cap, au bout du jardin...

— Non, coupa Cornell. Je connais bien l'histoire de la région. Le terrain était nu avant l'arrivée de Van Braack. Nu et désolé. Il y avait seulement un vieux phare. C'est après lui que les autres ont construit. D'ailleurs, il n'a pas conçu *Hauteclaire* comme une maison. C'était encore un bateau, pour lui. Ou un port.

Il désigna l'ex-voto et sa devise :

— Un curieux homme. Taciturne, impossible. Une des plus belles déceptions de ma carrière. Je n'ai rien pu en tirer.

Et, comme l'autre soir, Cornell bourra une pipe et se retira dans ses pensées.

Depuis son arrivée, Trendy n'avait plus levé les yeux sur l'ex-voto. Il l'examina à nouveau. Etait-ce l'éclairage capricieux des chandelles, le poulpe géant, ce soir, prenait des allures effrayantes. Les tentacules échappés de l'abîme s'enroulaient avec plus de force à la mâture du navire et le tiraient vers le gouffre avec une ardeur décuplée. Ruth était revenue. Elle disposait sur la table un plateau chargé de verres. Elle non plus ne disait mot. Devinait-elle de qui Cornell et lui venaient de parler ? Il y eut un long moment de silence où l'on n'entendit plus que le fracas des vagues. On aurait pu se croire en mer, en effet. Tout en haut des fenêtres, par de petits carreaux que ne couvraient pas les volets, on voyait la lune en fuite au milieu des nuages. Un air très doux filtrait par un battant mal joint ; et cette sourde inquiétude d'une croisière nocturne aurait pu s'éterniser si, au moment où Ruth allait remplir les verres, n'avait surgi dans le hall, éperdue et tragique comme elle n'allait plus cesser d'être, la figure échevelée de la belle Anna Louvois.

Trendy reconnut la belle visiteuse qui, tous les après-midi ou presque, venait sonner à la maison de Ruth. Il apprit plus tard qu'elle dirigeait une agence de location de villas. Elle vivait seule, en fidélité à on ne disait quel amour, et s'obstinait à rester ici, même au plus creux des affaires. Ce soir-là, il ne vit en elle qu'une magnifique provinciale écrasée d'ennui. Le premier moment de surprise passé, puisqu'on ne l'avait pas entendue venir, couper le moteur de sa voiture, ni même frapper aux carreaux de la porte, Cornell s'avança vers Anna et la salua avec son immense courtoisie. Combien seraient-ils donc à se rassembler ainsi, se demanda Trendy, les habitants de ce rivage qu'il avait cru désert, enfoui pour des mois dans la morte-saison ? Davantage qu'un petit clan, dont les provinces au demeurant offraient des variétés infinies, ces amis qui se retrouvaient commençaient d'évoquer pour lui la complicité d'une société secrète. Il se croyait perdu dans quelque principauté oubliée, un repaire d'excentriques, aux foucades, aux amours singulières. Quelque chose les retenait ici, quelque chose qui venait du passé. Quelque chose qui ressemblait à un drame ou à une menace : il suffisait de voir le désarroi de la nouvelle venue et l'inquiétude inhabituelle qui s'emparait de Ruth.

Une première fois, Trendy songea à se retirer. Ruth s'était avancée vers son amie et les deux femmes se faisaient face dans l'entrée, devant la statue aux tritons. Anna, les yeux baissés, essuyait une larme. Ruth la regardait, pressentant une nouvelle qu'elle ne voulait pas entendre. Elle prit le bras d'Anna et balbutia des mots désordonnés : « Enfin, Anna, toi, à cette heure, d'où viens-tu, tu as l'air d'une folle, la tempête, je sais, mais tu pleures... » L'autre, comme pour s'excuser, passa ses doigts dans ses cheveux défaits. Entre deux sanglots, elle chuchota une phrase. Puis, sans plus se soucier de Cornell et Trendy — mais les avait-elle seulement vus ? — elle alla s'effondrer dans un fauteuil du salon.

Un long moment, Ruth demeura figée, les yeux fermés, les mains crispées sur la statue. Elle se reprit, saisit un second chandelier, l'alluma et gagna le salon à son tour. Elle était blême. Du fauteuil où elle s'était affalée, Anna l'observait avec une expression curieuse, de fatigue et de satisfaction mêlées, comme si elle venait de se décharger d'un malheur. Alors Ruth lui tourna le dos, rassembla toutes ses forces et, oubliant elle aussi la présence de Trendy, elle répéta les mots d'Anna :

— Le Commandeur, Malcolm... On va rouvrir la *Désirade*. Le Commandeur revient.

CHAPITRE VI

Chaque fois qu'il repensa à cette terrible soirée, qu'il essaya, pour mieux comprendre son histoire, d'en reconstituer les souvenirs épars, Trendy buta sur une difficulté identique : il se rappelait seulement Judith, et, un peu moins nettement, il revoyait Anna Louvois. Pendant des années, il ne put retrouver les termes exacts de la phrase que Ruth avait prononcée. A bien y réfléchir, ce fut pourtant la première fois qu'il entendit parler du Commandeur. Par la suite, quand il eut définitivement basculé dans l'aventure, il s'habitua aux traîtrises de la mémoire, historienne constamment faussaire, imagière toujours en mal de mensonge, surtout lorsque l'amour, ainsi que ce soir-là, vint se mêler de la partie.

Trendy fut d'abord frappé par la beauté d'Anna Louvois. Elle était très différente de Ruth. Elle se déplaçait avec légèreté, comme ignorante des objets et de la pesanteur des choses, on aurait dit qu'elle ne se nourrissait que d'absences et de rêves. Elle avait jeté son imperméable sur le bras de son fauteuil, découvrant une silhouette élancée, pleine là où il le fallait et sanglée dans un tailleur d'un rouge profond, presque violet. Sur sa veste retombaient des mèches noires et ondulées, assourdies, çà et là, de quelques filets blancs. Elle se pencha sur un verre d'eau-de-vie, le but d'un trait et remit de l'ordre dans ses boucles. Son égarement s'effaçait peu à peu. Ruth s'était retournée vers la cheminée et attisait le feu d'un mouvement trop lent, trop soigné. D'un seul coup, comme prise d'une rage subite, elle jeta le soufflet à terre et fit volte-face :

— D'où le sais-tu, Anna ? Qui te l'a dit ?

— Me Léonard. Il a reçu des ordres pour rouvrir la villa. Les domestiques arrivent après-demain.

— Alors tout va recommencer, dit Ruth.

La voix, les mots lui manquaient. Elle prit les pincettes et fouilla le brasier.

— Nous étions trop tranquilles, parvint-elle à articuler.

Jusqu'à cet instant, elle avait parlé comme si Trendy n'était pas là. C'était juste, d'une certaine façon. Il ne voyait plus qu'Anna, ses très longues jambes, sa somptueuse chevelure en désordre, son visage inquiet, sa bouche entrouverte vers on savait quel désir. Qu'elle fût un peu griffée de rides la rendait encore plus tentante. Enfin il y avait ses yeux : noirs et immenses, ils fixaient un point dans le feu. Sous cet éclairage, leurs cernes profonds s'allongeaient encore, et l'on devinait qu'elle usait ses nuits à imaginer des folies qu'elle n'avait jamais la force d'accomplir.

Ruth revint s'asseoir aux côtés de Cornell. Elle avait recouvré une apparence de calme, que démentaient ses mains : elle ne cessait de les ouvrir et de les refermer sur son verre. Alors seulement elle se souvint de la présence de Trendy.

— Pardonnez-moi, dit-elle. Un jour, il faudrait que je vous raconte...

Pour la seconde fois il voulut s'en aller, prendre congé, les saluer un à un, même Anna Louvois qui ne l'avait pas vu. Contre toute sa curiosité, il aurait dû les fuir, eux et leurs drames inexplicables. Il n'en eut pas le temps. Comme prévenue par un signe invisible, Judith se profila dans l'embrasure de la porte. La seconde d'après elle embrassait Anna.

Elle s'accroupit devant son fauteuil, lança aux autres, Trendy compris, un petit salut désinvolte, et s'empara des mains de la nouvelle venue :

— Allons, Anna... Raconte-moi ce qui t'arrive. Tu viens le soir, à l'improviste, en pleine tempête...

Anna secoua la tête et repoussa Judith. Les larmes à nouveau lui venaient.

— Le Commandeur, fit Ruth. Il est de retour.

Judith pâlit. Elle abandonna les épaules d'Anna, alla s'asseoir sur le rebord du foyer et il y eut — malgré le passage des années, Trendy ne put jamais en oublier le poids — un très long moment de silence. Dehors, la tempête retenait son souffle. Avec un soin dont la vanité disait son désespoir, Ruth rectifiait au millimètre près l'ordonnance des verres sur le plateau de service. Cornell s'était figé. Il tirait sur sa pipe et contemplait d'un œil vide le portrait de Van Braack. Ils s'étaient chacun retirés dans leur passé, mais, à n'en pas douter, ils agitaient dans leur esprit les mêmes séquences fantomatiques ; et ce silence aurait pu s'étirer indéfiniment si Judith, la première, ne s'était cabrée. Elle donna brusquement un coup de pied dans les chenets et s'exclama :

— Encore vos histoires !

Personne n'osa lui répondre. Dans la cheminée, une bûche s'écroula en brasillant. Elle eut alors un rire faux :

— Toujours la même chose ! Vous allez encore vous raconter vos vieux souvenirs... Allons ! C'est grotesque.

Elle se leva d'un bond et saisit le bras de Trendy.

— Viens, dit-elle comme au premier jour. Laisse-les.

C'était la même autorité enfantine. Il se laissa prendre de la même façon. Il vit qu'il oubliait son écharpe au dos d'une chaise, ne chercha pas à la reprendre, bafouilla un bonsoir confus. Ils lui répondirent à peine, les yeux absents, la tête ailleurs. Judith avait raison, ils se racontaient leurs souvenirs, il ne fallait pas rester. Il fallait la sauver, peut-être, en partant avec elle. « Viens, viens », répétait-elle en le poussant vers l'escalier. Elle serrait son bras avec une force inouïe, elle le poussait, c'était vrai, mais son *Viens* ressemblait à un sauve-qui-peut. Tout à l'heure, il était descendu dîner comme tous les soirs, curieux de sa mère, presque jaloux, et c'était maintenant la fille qui l'entraînait, qui l'attirait, de toute son insolence, de toute sa jeunesse, loin du secret de la vie des autres.

Dès la première marche, elle voulut l'embrasser. Il n'arriva pas à savoir si c'était le baiser d'une femme à bout de désir ou la bravade d'une petite fille éperdue. Puis ils montèrent main dans la main jusqu'à l'étage de Trendy. Ils poussèrent ensemble la porte. Ils étaient épuisés, ils n'étaient encore que des complices en fuite. Ils s'effondrèrent sur le lit et se blottirent l'un contre l'autre. Elle n'osait plus rien, lui non plus. Ils finirent par s'endormir. Ce ne fut qu'au matin qu'ils devinrent amants.

Ils s'étaient réveillés tard. La tempête, les vagues les avaient bercés. Judith voulut aussitôt ouvrir tous les volets. Le vent soufflait toujours, il faisait grand soleil. C'était une embellie comme on en voit au milieu des pires ouragans, de ces brèves heures qui donnent l'illusion du répit. La marée était basse, la lumière étonnamment nette découpait au bout du jardin les plus infimes contours des cyprès et des rochers, et sur la mer, au loin, des récifs que Trendy n'avait jamais remarqués. Le corps translucide des rouleaux était affaibli par le reflux, mais on les entendait toujours qui martelaient la plage.

Il se pencha vers les fenêtres qui donnaient sur la villa voisine. *Désirada...* Son nom étrange lui revenait, avec ses sonorités exotiques, presque aussi incongrues que son architecture. Devant des traînées de nuages transparents, dont les filaments, en s'enroulant puis se déroulant, transformaient le dessin de seconde en seconde, il vit se dresser les tourelles de la maison, toutes neuves de la pluie dont elles ruisselaient encore. Judith avait quitté le lit. Comme lui, elle avait dormi tout habillée. Alors qu'il n'attendait plus rien d'elle et tâchait d'oublier son désir, elle s'adossa à une fenêtre, bien en face de lui, et laissa tomber le peu dont elle était vêtue, son pull, son pantalon collant, ses petites socquettes qui accentuaient son air d'enfance. Comme sur les arbres et la maison d'en face, la lumière tombait nette sur sa peau, il en découvrait les plus menus détails, de minuscules taches de rousseur qu'elle avait à la naissance des seins, comme un reste de sable qui s'y serait logé et qu'elle aurait négligé d'essuyer. Elle continuait pourtant d'avoir l'air habillée. Elle est vêtue de soleil, pensa Trendy lorsque, très lentement, Judith quitta la fenêtre et s'avança vers lui. Il vint à sa rencontre. Il ne voyait plus que son visage lisse et rieur. Une source vive. Il s'y jeta. Il eut tôt fait de s'y perdre.

Le soleil de midi tapait plus fort sur la verrière, plus fort aussi les vagues sur la plage. Midi, Trendy le comprit trop tard, était une heure fatale ; il ignorait encore le moment où le monde, tout en surface, retrouve le chemin de ses profondeurs inconnues. Cependant, sans rien en savoir, sur le corps lumineux de Judith, il en avait pris la route. Il ne la posséda pas, il se laissa conquérir par elle, il se laissa prendre à son gouffre. Elle était presque maigre, avec, ainsi que sa mère, une poitrine opulente. Sur ses épaules nues, ses courtes mèches éparses prenaient tantôt l'éclat métallique de l'or, tantôt les teintes endormies de la cendre et de l'ambre gris. A ses lèvres, il but ce désir qu'il craignait d'étancher trop vite. A son autre bouche, il fut encore plus avide. Elle laissa passer alors des cris étranges, d'une musique qu'il n'avait jamais entendue. Elle avait aussi des gestes d'une impudeur extrême ; mais cette impudeur, la lui eût-elle refusée, il l'aurait exigée dans l'instant. Il la voulait comme il n'avait jamais voulu une femme, mais elle le voulait plus encore, et sa surprise redoublait son envie. Pour s'exhiber ainsi, pour réclamer si ouvertement son plaisir, cette fille était d'une espèce rare ; mais qui donc avait pu lui apprendre ? Et il l'avait capturée presque par hasard, elle s'était jetée dans ses bras. Capturée, non, c'était lui qui était tombé dans son piège. Et quel bonheur c'était d'avoir été chassé...

Elle eut un mouvement qui, autant qu'il en sût, n'était guère dans le goût des jeunes filles. Pris une nouvelle fois par surprise, il ne se déroba pas. Elle réveilla sous sa peau des plaisirs inconnus, maléfiques autant que brûlants. Elle le dévasta, le ravagea dans la lumière. Alors Judith elle-même devint le soleil qui rend fou, l'apparition du grand midi, funeste et merveilleuse ensemble. Il s'arracha de sa bouche, la saisit par la taille, la renversa et s'empara d'elle. Il le crut, en tout cas. Elle eut un air effarouché, elle lui parut soudain fragile, ce qui décupla sa rage. Une à une, il voulut réveiller dans leurs moindres replis les plus intimes sinuosités de sa chair féminine. Il y parvint fort bien. Mais à peine lui en furent offerts les signes les plus éclatants qu'insensiblement Judith s'éloigna. Elle était toujours allongée devant lui, animale à force d'impudeur. Ses yeux étaient limpides, ses petites boucles retombaient en désordre sur ses épaules menues, rien n'avait changé en apparence, sauf sa façon lointaine, son air de converser en silence à des choses inconnues de lui. Enfin elle se mit debout, et il ne la vit plus que de dos. Elle s'était collée à la fenêtre. Comme lui, à son réveil, elle regardait *Désirada*.

— Tu la connais, cette maison ? hasarda Trendy.

— La *Désirade* ?

Elle n'avait pas dit Désirada, elle lui avait répondu comme on corrige un enfant. Ce devait être une habitude de sa mère, ou la coutume du pays. Elle remit le nez au carreau. Elle avait l'air buté.

— C'est la villa du Commandeur, reprit-elle. On va la rouvrir.

Fallait-il se taire ou poursuivre les questions ? Il n'avait pas appris à apprivoiser les femmes. D'ordinaire, c'était lui, le sauvage. Comment la ramener à ses côtés, au fond des draps ?

Il la rejoignit près de la fenêtre. La tempête avait saccagé le jardin. Tout était piétiné, les campanules tardifs, les dahlias, les plants de rosier. Auprès du mur qui séparait les deux maisons, des branches entières avaient été arrachées : voilà pourquoi, à son réveil, il avait vu *Désirada* se lever devant lui avec la fraîcheur d'une apparition de conte. Comme au moment de son arrivée, sa bizarre architecture le troublait, sa pierre grenue et calcinée, ses frises de faïence brillante, ses vitraux ; et il essayait d'imaginer ce que découvriraient ses volets tirés, ses fenêtres ouvertes sur le déferlement du jour.

— Comment est-elle, à l'intérieur, cette maison ? s'entendit-il demander à Judith.

— Je ne sais plus. Je ne sais pas.

Elle avait eu sa petite moue insolente. Puis elle poursuivit plus tranquillement :

— Il faudrait demander à Anna Louvois. Elle connaît presque toutes les villas. C'est son métier. Elle les loue, elle les vend.

— Mais toi...

— Tu as vu notre pauvre jardin ?

Elle regardait maintenant du côté de la mer, vers les fenêtres du bureau de Trendy. Les nuages revenaient par l'ouest, leurs ombres de plus en plus pressées envahissaient la pièce.

— Quels dégâts ! reprit-elle. C'est la première fois que j'en vois autant.

Il se pencha par-dessus son épaule et effleura ses cheveux. La barrière d'*Hauteclaire*, en effet, était à moitié arrachée, des dizaines d'ardoises jonchaient la pelouse. Trendy observa à nouveau la *Désirade,* comme elle disait. L'ombre qui courait sur la mer ne l'avait pas atteinte encore, son toit et ses faïences continuaient d'étinceler, ses cèdres ployaient à peine malgré l'assaut des nouvelles bourrasques.

— Mais notre maison a tenu, fit Judith.

Pourquoi ce *mais*, si elle ne devinait pas ses moindres pensées ? Elle se retourna vers lui, l'entoura de ses bras.

— Allons jusqu'au bout, dit-elle.

Au bout de quoi ? Au bout du plaisir, au bout de l'amour ? Il croyait déjà les avoir atteints. Il ne chercha pas à comprendre. Cette fois encore, il se soumit. Il s'abattit sur ses hanches frêles, ses seins presque trop lourds pour son torse fluet. Le corps de Judith avait quelque chose de l'anguille ; et son esprit aussi, qui glissait un instant à la rencontre du sien, l'atteignait, le frôlait, puis s'enfuyait si vite, si loin, qu'il n'avait pas la force de lui demander, comme à une autre femme, où es-tu, à quoi penses-tu, dis-moi, Judith, où es-tu partie ?

Pour cette seconde fois, au milieu des draps repoussés, autre plage à marée basse, ruisselante encore du plaisir qu'elle avait donné, de celui qu'elle venait de prendre, Judith eut pourtant la saveur, la souplesse d'une femme heureuse. « Tu ressembles à une sœur », se hasarda-t-il à dire dans sa joie, et elle éclata de rire. Son allégresse redoubla. A la vérité, il avait dit n'importe quoi, et il se trouvait que ce n'importe quoi sonnait juste. Elle le désarmait. Ce n'était pas seulement sa jeunesse, c'était surtout qu'elle lisait en lui. L'expression était commune, mais il n'en voyait pas d'autre. Il ignorait d'où elle tenait ce don. Etait-ce de l'avoir touché, caressé, d'avoir pris de lui son plaisir ? Etait-ce un début d'amour, ou simplement sa manière d'être ? C'était ainsi, en tout cas, et il se laissait faire.

Elle s'assoupit quelques instants. Il se lova contre elle, approcha sa bouche de la sienne. Il respirait sa respiration. A ce moment-là, s'il avait cru aux esprits, il aurait pu croire qu'il buvait son âme. Confusément, il l'espérait peut-être. Il savait déjà qu'à leur jeu il serait le plus faible.

Elle se réveilla. Ils s'embrassèrent encore puis, en belle anguille qu'elle était, elle lui échappa des doigts. En quelques minutes elle fut douchée, rhabillée, coiffée.

— C'est l'heure où tu déjeunes avec ma mère, dit-elle en jetant un œil à la montre de Trendy.

— Alors tu descends avec moi...

Ce n'était pas une réponse. Il quémandait.

— J'ai dit *ton* déjeuner. Je déteste toutes ces cérémonies de table.

— Tu ne vis pas de l'air du temps.

— Non. Si... Si, je vis de l'air du temps. Et puis j'ai tellement à faire, aujourd'hui.

Une autre question aurait été de trop. Le regard de Judith s'était assombri. Elle fila dans l'autre pièce, contempla un moment la mer. Sur le bureau de Trendy, elle souleva un squelette de poisson, puis claqua la porte et dévala l'escalier.

Dehors, le vent recommençait à siffler. Trendy se leva, alla jusqu'à la fenêtre où Judith s'était appuyée, et, à son tour, y demeura un instant. C'était l'heure étrange où la mer s'apprête à remonter. Les vagues ne tarderaient plus à repartir à l'assaut des rochers, avec des gerbes d'embruns dont il pressentait l'amertume. Mais dans sa bouche c'était encore le goût de la peau de Judith, Judith à nouveau disparue, qui reprenait à l'étage au-dessous ses fébriles allées et venues. Il était libre d'aller chez elle, libre même de forcer sa porte, et, pourquoi pas, de la forcer, elle aussi, Judith. Mais voilà, elle était partie la première, et il était pris au piège, condamné à la soumission ou à la paralysie ; et il souffrait déjà.

Il ne descendit pas déjeuner. Il se coucha, comme on fuit. Un peu confus, le soir venu, il parut au salon un quart d'heure avant le dîner. Ruth était là, devant la cheminée, et qui semblait l'attendre. Sans émotion apparente, elle apprit à Trendy que Judith était partie. « A Paris », ajouta-t-elle. « Elle va sans doute reprendre ses cours aux Beaux-Arts. » A ce *sans doute* il la maudit, elle, sa fille, *Hauteclaire,* la tempête. Il fut certain qu'il avait été joué. Il tâcha néanmoins de faire bonne figure. Avant de remonter, il chercha son écharpe. Ni lui ni Ruth ne parvinrent à la retrouver. Peut-être quelqu'un l'avait-il emportée, dit Ruth sur le ton le plus détaché qu'elle put, quelqu'un qui s'était trompé, qui l'avait confondue avec une autre.

L'écharpe de Trendy était inimitable, elle le savait bien, et rien jamais ne disparaissait de chez elle. C'était une bien mauvaise journée. Mais pour ce qui était de son apparence, Trendy n'était jamais pris de court : il avait apporté deux écharpes identiques. Quant à celle qui avait disparu, il se refusa à penser qu'avant son départ Judith l'eût volée. Cette fille, il fallait l'oublier, la ravaler au rang de toutes les autres — on pouvait même estimer qu'elle avait été la pire — et retourner aux déformations vertébrales. Le monde, décidément, était trop faible pour l'amour.

CHAPITRE VII

Du jour où l'on rouvrit la *Désirade*, ce ne fut pas du retour du Commandeur que se mit à frémir le pays, mais de l'installation dans la villa d'une femme qu'on prétendait son amie, la fameuse diva Constance von Cruzenburg. D'Europe en Amérique, d'Australie au Japon, en Afrique même il n'était pas un magazine qui, un jour ou l'autre, n'eût consacré sa une à son visage lisse, à sa silhouette magnifique presque toujours vêtue de noir, à son sourire enfin, dont la calme ironie troublait tous les esprits. Depuis plus de quinze ans, la Cruzenburg, comme on disait, régnait sur l'opéra. Comme telle, on ne la désignait plus que par les sonorités de son patronyme germanique, aussi belles, énigmatiques et dures que la curieuse image qu'elle était parvenue à imposer au monde. Par on ne sait quel choix ou quelle fatalité — elle refusa sur ce point toute explication — elle n'avait interprété à ce jour que des grands rôles tragiques. Elle ne prêtait sa voix de soprano qu'à des héroïnes meurtrières ou ravagées de passion, princesses maudites ou Reines de la Nuit. Lady Macbeth, Médée, Salomé n'avaient plus de secrets pour elle. D'une façon déroutante, en dépit des outrances des livrets et des exigences baroques des metteurs en scène, elle possédait un jeu d'une grande sobriété. Du reste, il lui suffisait de paraître pour jeter les foules en délire. C'était l'effet de sa rare blondeur, celui de son maintien, une prestance élégante et hautaine, une présence qui fascinait dès l'instant où on l'avait aperçue. Enfin il y avait son regard, ses illustrissimes yeux gris, auxquels les musicologues du monde entier, fussent-ils les plus froids techniciens, consacraient immanquablement quelques lignes bouleversées.

C'était peu d'affirmer que la Cruzenburg avait un regard d'acier. « Si la mort possède une couleur, s'était un jour laissé aller à dire un chroniqueur américain, c'est à coup sûr l'indéfinissable gris des yeux de la grande Constance. » Une semaine plus tard, le critique, encore jeune et en bonne santé, passa brusquement de vie à trépas. Il put vérifier au plus vite l'excellence de son propos. Au nom de la Cruzenburg s'attachait donc une rumeur inquiète ; mais au fond de ces temps troubles et incertains, dans cette civilisation fatiguée qui se cherchait une âme et ne savait plus à quel dieu, à quelle déesse se vouer, la chanteuse apportait un cadeau inespéré, celui d'une peur inédite. Que parût sur scène Constance von Cruzenburg, et la passion, la folie, l'horreur, le sang, les ténèbres, le Mal même, tout devenait beauté. Beauté indispensable à la multitude qui l'adulait. Des mois avant sa venue, on se battait pour elle aux guichets des Opéras. Mais ceux qui étaient piétinés dans ces échauffourées n'étaient pas tous, et de loin, des esthètes décadents en mal d'émotions inconnues. Les adorateurs de la Cruzenburg se découvraient partout. Sa voix, son visage, sa prestance inimitable, vite répandus dans le monde par de grands opéras filmés, avaient transporté les foules du monde entier.

Elle réveillait — rencontre opportune de son art et de l'esprit du temps, qui pourrait à ce jour l'affirmer avec certitude ? — les plus fortes passions de cette époque étrange. Des salles surchauffées d'Europe centrale aux théâtres monumentaux du continent américain, Constance von Cruzenburg remportait triomphe sur triomphe avec une régularité impitoyable. Elle possédait la même tranquille assurance devant le public si mêlé des chorégies à l'antique, fébriles nuits estivales où plus d'un chanteur perdait tous ses moyens, et face aux riches mécènes qui la conviaient à chanter dans le parc de quelque ville d'eaux ou l'intimité lumineuse d'un jardin de Florence. Comme elle se refusait à la moindre déclaration, on ne racontait sur elle que des légendes. Pour une diva, toutefois, ses caprices restaient dans la mesure. Elle affichait un goût prononcé pour les toques de fourrure à la russe qui soulignaient l'arc très pur de ses pommettes et le dessin de ses yeux effilés, elle ne s'était jamais mariée, on ne lui connaissait pas de liaison, hors de scène, elle ne portait jamais qu'un seul bijou, une perle noire, en général, à son annulaire gauche. Elle avait toujours le même parfum, *Chrysopée*, très capiteux, fabriqué d'abord à son usage exclusif, et auquel elle imposa ce nom difficile et fort peu marchand. Elle consentit un jour à le livrer au pubiic, provoquant ainsi une mode qui fit fureur. Malgré sa quarantaine, elle ne paraissait jamais qu'en compagnie de très jeunes hommes, jamais les mêmes, et les tenait à bonne distance, à moins qu'elle ne se montrât au bras de Dräken, son chef d'orchestre favori. Mais le plus souvent c'était aux côtés de l'homme qui semblait son ami le plus cher, sans qu'on pût savoir quels liens les unissaient, celui précisément qu'on nommait le Commandeur.

Périodiquement, les bruits les plus extravagants se répandaient sur la diva. On prétendit un jour qu'elle était un castrat, rumeur que son imprésario ne prit même pas la peine de démentir, tant la qualité de son contre-ut, à quarante ans passés, demeurait sans faille ; si évidente aussi, et si magnifique, était sa féminité. D'autres voulurent alors qu'elle entretînt, dans un château bavarois qu'elle avait eu en héritage, un petit harem de très jeunes filles, de toutes races et nationalités, qu'elle renouvelait de temps à autre pour en conserver la fraîcheur. La chose ne fut jamais prouvée. On insinua encore que, pareille à la comtesse Bathory dans la Hongrie des siècles précédents, elle saignait régulièrement ses jeunes prisonnières aux seules fins de préserver, avec sa grande beauté, la pureté de sa voix. Le plumitif jeune et vigoureux lui aussi, qui avait risqué ces lignes, mourut peu après de façon inexpliquée. De fait, il en allait de la Cruzenburg comme, en d'autres temps, des impératrices ou des reines : on ne concevait pas souveraineté si absolue sans imaginer un pacte obscur avec des forces mal connues. On ignorait qui lui avait appris le chant, elle ne laissait jamais rien soupçonner de son travail. Quoi qu'il en soit, la Cruzenburg devait d'abord son immense popularité à la qualité de sa présence. Tout lui était donné comme par miracle. Ses longues mains très soignées, sa peau si pâle, ses demi-sourires, ses regards de glace, ses épais cheveux coupés court, sa chair qui ne paraissait pas chair, tout cela faisait d'elle un être venu d'un autre monde, diva, au sens propre, créature blonde mais vouée à l'ombre, entièrement désincarnée par le brio de ses vocalises, envoûtement perpétuel, femme toute musique : déesse-voix.

Dans ces conditions, on comprend quelle émotion agita le pays lorsqu'on annonça que la cantatrice passerait quelques jours à la *Désirade,* que l'on nommait aussi la villa du Commandeur. Pour les gens du lieu, cette propriété avait toujours gardé une aura un peu trouble. On la connaissait d'abord comme l'une des bâtisses les plus singulières de la côte. On la savait inhabitée. On aurait pu l'oublier si deux événements au moins n'étaient restés dans les mémoires. On les évoquait le plus souvent à voix basse et, pour un empire, on ne les eût confiés aux estivants de passage. L'épisode le plus ancien était la construction de la villa, il y avait de cela une cinquantaine d'années, par une jeune et ardente créole. On ignorait au juste d'où elle arrivait, d'une ancienne colonie espagnole, disait-on, à cause de son teint mat, de ses cheveux noirs et de son prénom, Léonor, tout ce qu'on avait retenu d'elle. Personne ne s'était lié avec l'étrangère. Dès qu'elle arriva dans le pays et fit bâtir la *Désirade,* sa seule compagnie fut celle de ses domestiques. Elle était riche ; on la disait folle. Cette rumeur fut accréditée du jour où l'on apprit qu'elle n'était pas mariée.

La construction de sa maison suscita des interrogations sans nombre. On ignorait quel architecte lui en avait fourni les plans, d'où elle faisait venir ses matériaux et les ouvriers qui la bâtissaient. Les maçons, peintres, charpentiers vécurent sur le chantier dans des cahutes inconfortables. Elle leur interdisait avec la dernière énergie de se mêler aux gens du pays. Dès l'achèvement de la villa, elle s'y enferma et n'en sortit plus. Elle y mourut, à peine cinq ans plus tard. Elle n'avait pas trente ans, et pas de famille connue en dehors de son jeune fils. Selon ses volontés, elle fut inhumée dans le parc, sous une dalle proche de l'étang, en la seule présence de ses domestiques. L'enfant fut confié à un jeune secrétaire, qu'elle avait eu le temps de nommer comme tuteur. *Désirada,* ou plutôt la *Désirade,* comme on l'appela dès lors pour plus de commodité, fut fermée pendant une dizaine d'années, jusqu'au matin d'été où réapparut son fils.

On l'avait oublié, on ne le reconnut pas. Il avait vingt-deux ou vingt-trois ans, il n'était pas très beau, mais il avait beaucoup d'allure. Il était *flamboyant*, ainsi que le définirent hardiment les beaux esprits de la province. Les autres approuvèrent sans plus de commentaires. A la vérité, dès cette époque, le Commandeur fit peur. Le surnom que lui avait donné, on ne savait pourquoi, la bande d'amis qui l'entourait n'était pas pour peu dans cette sourde appréhension. On n'aimait guère évoquer cette époque où, pendant trois étés successifs, la *Désirade* connut sa première vie de fêtes et de plaisirs, elle qui avait ressemblé, jusque-là, à une sorte de mausolée. Au questionneur impénitent, on fit sur ce temps-là des réponses évasives. Comment s'était terminée cette belle époque, on n'en disait jamais rien, sinon pour suggérer que s'était nouée une intrigue avec les occupants de la maison voisine, « oui, vous savez, marmonnait-on, l'autre villa, la première, celle qui se trouve à la pointe, la maison du capitaine hollandais, l'espèce de grand fou avec ses deux filles ». Baissant la voix, on ajoutait qu'on n'avait jamais rien compris à cette affaire, et que c'était sans doute, comme toujours, une sordide histoire de femmes. Et le silence s'installait ; il était inutile d'interroger plus avant.

Sur le dernier épisode, en revanche, celui qui s'était déroulé il y avait sept ans, la population locale était plus prolixe. Comment dissimuler un fait divers qui, une semaine durant, avait fait la une des journaux de la province ? Il fut vite étouffé, et les quelques journalistes accourus de la capitale en furent pour leurs frais. Ils se désintéressèrent de la *Désirade* aussi vite qu'elle les avait passionnés. Pourtant l'histoire offrait son content de mystère : une seconde fois, le Commandeur, qu'on n'avait pas revu depuis des années, était revenu dans sa villa, un début d'automne comme celui-ci, et l'on avait rouvert la propriété. Ses amis étaient plus brillants et nombreux, sa fortune, son prestige semblaient s'être encore accrus. Plus que jamais, on le nommait le Commandeur, qu'il fût convenu de taire son véritable nom ou qu'il fût établi qu'il était à jamais riche et puissant. Ceux, très rares, qui se souvenaient de l'histoire ancienne virent qu'il avait vieilli. Néanmoins, il flamboyait encore. Il donna quelques fêtes, on vit des limousines bourrées de gloires internationales franchir les grilles de la *Désirade*. Aux notables du pays qui brûlaient d'être conviés à sa villa, le Commandeur fit envoyer un matin de superbes invitations. Anna Louvois fut du nombre des heureux élus ; la rumeur lui prêtait une passion mal éteinte pour le Commandeur. Il y eut aussi E. Alex, un coiffeur de talent qui venait de s'installer dans la ville voisine, d'autres bourgeois qui avaient pignon sur rue, enfin, à la stupeur générale, on vit venir Ruth Van Braack, accompagnée de sa très jeune fille. Elle s'éclipsa au bout d'une petite heure. Le lendemain, le Commandeur repartit précipitamment. Il avait été précédé, dans la nuit, par toutes les stars qu'il avait hébergées. Il n'avait pas séjourné dix jours dans sa villa et son départ étonna beaucoup. Une semaine plus tard, on apprit que deux convives de la dernière fête, la pharmacienne Rolande Duvernoy et l'esthéticienne Louise Pinter — Loulou la Masseuse, pour certains — avaient disparu depuis leur visite à la villa du Commandeur. Les deux femmes possédaient en commun la jeunesse, la beauté, un goût prononcé pour le sexe opposé, et elles se prétendaient médiums. La pharmacienne, toutefois, se distinguait de sa malheureuse compagne par une extrême vélocité à reconnaître les champignons vénéneux de ceux qui ne l'étaient pas.

On ordonna une enquête. Au grand désespoir des amants des deux femmes, et pour la satisfaction du mari de la pharmacienne, on ne les retrouva pas. Un bruit insistant voulait que la fête n'eût pas été des plus calmes ; certains osèrent le mot de drogue, d'autres celui d'orgie. Me Léonard, déjà compromis par deux fois dans des affaires de mœurs (toujours conclues par un non-lieu), fut un moment inquiété. Il se défendit avec vigueur et le parquet, d'une circonspection étonnante en cette affaire, finit par se résoudre à faire venir le Commandeur. Il se présenta de bonne grâce, offrit de visiter sa maison, où l'on ne constata rien de suspect, sinon, dans une tourelle, les traces d'un incendie récent. Ce malheureux incident avait gâché la fête, expliqua le Commandeur, plusieurs invités avaient été incommodés, certains même s'étaient trouvés mal, et l'on s'était séparé à la hâte. Pour lui, il avait préféré retourner au plus tôt à ses affaires, et fuir ce séjour qui ne lui réussissait pas. Peut-être Mmes Duvernoy et Pinter, égarées par les émanations délétères provoquées par l'incendie, s'étaient-elles jetées dans le parc et avaient-elles commis quelque irréparable folie ? La mer était si proche...

Me Léonard et le Commandeur furent aussitôt mis hors de cause. Les amants des deux disparues se consolèrent ailleurs, comme le mari de la pharmacienne. Une semaine plus tard, l'affaire était classée. On n'avait même pas interrogé Ruth Van Braack.

Alors la mauvaise réputation qui depuis longtemps s'attachait à la *Désirade* prit un tour un peu plus consistant. Mais on ne se souvenait plus, ou presque, que de la figure du Commandeur, dont on voyait souvent les photographies dans les gazettes à la mode. Sans qu'on cherchât vraiment à savoir d'où il tirait prestige et fortune, on l'attachait à tout ce que le monde comptait de riche et de brillant. L'incohérence de ses retours continuait d'imprégner les mémoires, sa munificence, l'extravagance de ses fêtes et de sa compagnie. N'en va-t-il pas toujours ainsi de qui possède à la fois l'argent et la puissance ? concluaient les audacieux qui répondaient aux rares questionneurs. Quelle était cette puissance, d'où venait cet argent, personne au juste ne le savait, pas plus qu'on n'avait su qui était sa mère ; ou bien chacun feignait de l'ignorer. Pourtant, lorsque se répandit dans le pays la nouvelle du troisième retour du Commandeur, accompagné cette fois de la plus grande diva du temps, celle-ci n'eut aucune peine à lui ravir la vedette : si peu de chose était l'étrangeté du Commandeur en regard des immenses mystères qui traînaient, où qu'elle parût, dans le sillage chypré de Constance von Cruzenburg.

CHAPITRE VIII

Les allées et venues qui précédèrent l'arrivée du Commandeur laissèrent présager une installation qui allait durer. Dans une première et somptueuse limousine, on vit venir son fidèle valet ; il avait vieilli en même temps que son maître et lui aussi, de jeune et flambant, s'était un peu tassé. Cependant, il n'avait rien perdu de son maintien à l'anglaise, et, en dépit des immenses tâches ménagères qui l'attendaient à la villa, il semblait tout ragaillardi à l'idée de la rouvrir. Pour le seconder, il emmenait un couple d'Asiatiques, des jumeaux, prétendait-on, un homme et une femme sans âge arrachés autrefois à une île lointaine des parages de la Sonde. Eux aussi, par le passé, on les avait aperçus à la *Désirade* ; mais ils étaient si effacés — presque autant qu'efficaces — qu'on s'en souvenait à peine. Puis, comme toujours, arriva Sirius, le secrétaire du Commandeur.

Il n'avait pas changé. Toujours aussi long, maigre, un peu voûté. Et la même claudication, le même regard passionné et mélancolique. Autour de la villa, quelques bourgeois de la province firent guetter par des subalternes l'arrivée de la Cruzenburg. L'arrivée de Sirius dissipa tous leurs doutes. Si le boiteux était là, c'était bien que le Commandeur venait, et qu'il se préparait de grandes choses. De quoi, en tout cas, oublier l'automne qui venait et le début de peur qui s'emparait des temps.

La réalité de l'époque, en vérité, se prête mal à la chronique et le mot de *peur*, pour s'y appliquer, paraît à la réflexion légèrement excessif. Tout était alors trop diffus, en sa naissance encore, et rempli de confusion. On murmurait. Le calme de l'équinoxe avait troublé les esprits. Au ciel, on avait cru découvrir quelques signes, des comètes qui s'annonçaient avant leur date, des aurores boréales en trop grand nombre, des astres tourmentés d'éclipses au mépris de toute prévision. En plusieurs points du globe, des peuplades avaient affirmé qu'elles avaient vu la lune en larmes et le soleil se dédoubler. Partout, on s'inquiétait des errements de la mer. De fait, rien qu'aux alentours d'*Hauteclaire* et de la *Désirade* des loutres d'Hudson s'étaient mises à pulluler au fond d'estuaires où elles étaient inconnues, des tortues-luth, égarées loin de leurs îles, venaient mourir dans les mers froides, des dauphins de taille gigantesque remontaient les fleuves et mouraient en haute rivière, sans qu'on pût les arrêter dans leur course fatale. C'en fut assez pour réveiller les prophètes professionnels. Après avoir sollicité les vieux livres, saint Malachie, Nostradamus ou Bernard de Thuringe, ils annoncèrent au monde diverses calamités, une éternité glacée ou un futur brûlant. On reparla de l'Apocalypse, de sa Bête, du Léviathan tapi au plus profond des océans, on recommença à spéculer sur la Kabbale, on évoqua à nouveau le diable et les incubes. Un célèbre marchand d'avenir, spécialisé jusque-là dans l'art de gagner au loto et les prophéties des stigmatisés, fit état d'une prédiction du pape Honorius, retrouvée dans un grimoire exhumé des catacombes, selon laquelle quatre grands magiciens, nés des œuvres infatigables du Diable avec de belles mortelles, n'allaient pas tarder à s'emparer de l'univers. Au prix des plus abominables forfaits, chacun, dans une partie du monde, retrouverait l'objet de son plus violent désir. Pour le premier ce serait l'or perdu, le second la gloire perdue, le troisième reconquerrait le pouvoir perdu. Enfin au quatrième allait échoir de retrouver l'amour perdu : à celui-là, bien sûr, de commettre les plus affreux des crimes. Le prophète laissait toutefois une lueur d'espoir à l'humanité souffrante, puisqu'il affirmait aussi que si l'un des quatre magiciens, emporté par la tendresse héritée de sa mère humaine, venait à échouer, il périrait dans l'instant et les trois autres à sa suite. Il reculerait ainsi pour des siècles l'avènement du Malin.

Cette annonce fit sensation et jeta les hommes politiques du monde entier dans les officines des voyants. Se sentaient-ils menacés ? Se connaissaient-ils de longue date des penchants diaboliques ? Quoi qu'il en soit, les liseurs de marc de café, les mireurs de sueurs froides, ceux qui prédisaient par les viscères de chauve-souris et la poudre d'ornithorynque firent de magnifiques affaires. Rien ne calma pour autant les appréhensions des chefs d'Etat et les espoirs insensés de leurs nombreux opposants. Le pape lui-même fut gagné de cette fièvre naissante. Il déclara *urbi et orbi* qu'une punition amère menaçait le monde et lui ferait boire la coupe de la colère de Dieu, à moins que les hommes ne fassent pénitence et, en gage de bonne volonté, n'offrent à l'Eglise catholique et romaine cela seul qui pouvait attester de leur regret sincère, à savoir beaucoup d'argent. Signe des temps, en moins de trois semaines, les finances vaticanes commencèrent à se renflouer. La peur cependant ne diminua pas. Aussi sourde, mais plus insistante qu'avant, l'idée s'insinua partout qu'on était entré dans les jours condamnés.

CHAPITRE IX

Ruth se réveilla à l'aube. Etait-ce le battement plus sonore des vagues, la fin subite d'une averse ? A l'infime jour qui passait les rideaux, elle vit qu'il était tôt, trop tôt. Elle repoussa les draps. C'était ainsi depuis plusieurs semaines : dès les petites heures, le sommeil la quittait. Alors, comme aujourd'hui, pour fuir les pensées tournées et retournées à l'infini sous la chaleur des couvertures, elle s'obligeait à se lever, tirait les rideaux, entrouvrait la baie vitrée qui donnait sur le jardin et, un très long moment, elle contemplait la mer.

Il y avait dans cette pièce d'*Hauteclaire* — la chambre et le bureau qu'occupait autrefois son père — un petit secret qu'elle pensait être seule à connaître. Judith elle-même, elle en était certaine, ne l'avait jamais découvert. En se plaçant dans l'encoignure de la chambre, face à l'est, par un effet de perspective qu'offrait ce seul endroit de la villa, et d'autant plus inattendu qu'on se trouvait au rez-de-chaussée, on apercevait un morceau de la plage où se balançait, calfaté, verni, fin prêt pour le départ, le *Roi-des-Poissons*, l'ancien yacht de Van Braack. A la dernière tempête, le cyclone, comme on appelait l'effroyable ouragan qui avait dévasté la région avant le départ de sa fille, Ruth avait pensé que le yacht serait drossé sur les rochers, disloqué, toutes amarres rompues, abandonné à la mer en furie. De toute la tourmente, l'idée du naufrage ne l'avait pas quittée. Elle l'avait même souhaité. Qu'on ne voie plus jamais ce bateau, que c'en soit fini, qu'on n'en parle plus. Ce n'était pas l'argent qu'il coûtait, c'était sa présence.

Dans ses dernières volontés, Van Braack avait exigé qu'on l'entretienne ou qu'on le coule. Ruth l'avait gardé, entretenu, et pourtant elle le détestait. Elle ne l'avait jamais sorti depuis la disparition de son père. Elle haïssait jusqu'à son nom. Enfant, déjà, elle avait deviné que le capitaine ne l'avait pas choisi au hasard. Elle ignorait à quoi il faisait allusion, mais elle savait qu'avant sa naissance, il avait eu un passé tourmenté. Dans les rares moments où il parlait, il se complaisait à de très noirs récits, peuplés d'un terrifiant bestiaire marin ; l'ombre des mêmes démons qui, elle le pressentait aussi, agitaient continuellement son esprit et devaient le mener à sa perte.

Elle avait tout respecté de ses volontés dernières, elle avait conservé *Hauteclaire,* elle avait gardé le bateau. Béchard, un vieux marin du port voisin, l'entretenait avec un zèle étonnant. Jusqu'à ces derniers temps, Ruth était parvenue à le payer. Pour la maison, c'était une autre affaire. Jamais elle n'avait réussi à couvrir les énormes dettes abandonnées par Van Braack. A ce jour, l'unique créancier ne s'était pas manifesté. Un jour ou l'autre, il resurgirait, c'était inéluctable. Il réclamerait son dû, ou, plus vraisemblablement, il proposerait un arrangement qui ressemblerait à un chantage. A plusieurs reprises, Malcolm avait offert son secours. Elle avait toujours refusé. « Il faut partir, Ruth, disait-il alors, il faut renoncer à cette maison. Et Judith ? répondait-elle. Judith aussi aime *Hauteclaire* ! « Elle est jeune, elle fera sa vie, loin d'ici », lui opposait le professeur. « Toi aussi, tu ferais bien de partir. Je t'emmène, si tu veux. Tourne le dos aux souvenirs... » Elle s'était entêtée. La partie contre les souvenirs, elle voulait la gagner ici, sur place... Et contre le maître de la maison voisine. Contre le créancier. Contre le Commandeur. Et contre tant d'autres choses encore.

Elle posa sa tête sur la vitre. Il était à peine six heures, il faisait un peu froid. Elle jeta un peignoir sur ses épaules et fit coulisser la baie vitrée. L'air était doux, le jardin mouillé. Le matin venait. D'orange la mer virait au gris, puis à un bleu très doux qui gagnait la plage. Un reste de vent s'infiltra entre les branches des cyprès, agita les cimes jaunies des peupliers de la *Désirade,* fit voltiger jusqu'à l'intérieur de la chambre des parcelles de lichens gris et ocre arrachés aux rochers. Elle respira du plus profond qu'elle put. L'odeur, l'odeur seule d'*Hauteclaire* avait pouvoir de l'apaiser. L'arôme des aiguilles de cyprès détrempés par l'averse montait dans l'air salé, et, plus vif encore, celui de la mousse agrippée aux ardoises du seuil. Elle rouvrit lentement les yeux. Un jour de soleil se préparait. Plus blanche à chaque minute, la lumière envahissait le jardin. Derrière les arbres, l'eau devenait joyeuse, avec, à l'approche des rochers, de grandes laisses d'écume, des taches de mauve et de vert profond. Ce serait un matin radieux. Avec le jour se précisaient aussi les mille et un détails de ce jardin qu'elle aimait : l'herbe couchée par la pluie, les plantes bulbeuses qu'il faudrait arracher avant les premiers froids, l'ultime floraison d'un rosier épargné par la tempête, le squelette d'un arbre arraché, blanchi déjà, dont les racines torses montaient jusqu'au ciel dans ce qui semblait un dernier désespoir. Il faudrait s'occuper de le faire débiter en bûches. Quinze jours déjà que Ruth se le répétait, quinze jours aussi qu'elle n'en trouvait pas la force. C'était nouveau. La nuit ne la reposait plus, ni personne. Pas même Malcolm.

Elle referma la vitre, s'assit devant sa coiffeuse, défit nerveusement sa tresse. Elle évitait avec soin le reflet du miroir. Elle s'en voulait un peu, pour Malcolm. Depuis la tempête, depuis le départ de Judith, elle avait trouvé tous les prétextes pour espacer ses visites matinales à sa maison de pêcheur. « Il y a tant à faire à *Hauteclaire* depuis l'ouragan, Malcolm, mais toi, viens ce soir, oui, bien sûr, je sais, tu préfères le matin, alors demain, Malcolm, ou bien après-demain... » Il ne protestait pas. Il ne protestait jamais. Il attendrait, disait-il. Un soir, pourtant, il avait ajouté que depuis le départ de Judith il n'attendait plus que le jour où elle se déciderait à quitter ce maudit pays. Il était en colère, pour une fois. « Au printemps, avait-elle répondu, au printemps je te suivrai. Quand Trendy sera parti. » Elle n'en pensait pas un mot. Elle voulait rester ici, dans sa maison, envers et contre tout. Et même si le danger, comme maintenant, se précisait.

Par bonheur, Judith s'était éloignée. Sa fille lui manquait, mais elle l'approuvait. Elle avait flairé le danger, comme elle-même autrefois, lors du premier retour du Commandeur. Judith ne lui avait rien confié de sa peur, comme elle aussi, lorsqu'elle était enfant. Et elle avait eu le courage du départ, malgré Trendy.

Alors qu'elle repensait à son pensionnaire, la lassitude de Ruth s'estompa un moment. Il l'attendrissait. Depuis le départ de sa fille, il redescendait plus souvent, prolongeait le déjeuner, le dîner, les conversations du soir en compagnie de Cornell. Les deux hommes s'étaient pris d'amitié. Travaillait-il toujours à ses poissons ? Josepha le prétendait. Ruth ne lui parlait jamais de ses recherches, pas plus qu'elle n'évoquait Judith. Tout ce qu'elle remarquait, c'est qu'il oubliait très souvent son écharpe au salon. Chaque fois, c'était un prétexte pour redescendre, pour s'asseoir, l'air de rien, sur le bord d'un fauteuil, pour l'attendre devant le feu si elle était absente, parler, dès qu'elle entrait, de la pluie et du beau temps. Elle savait qu'il souffrait et ne pouvait rien pour lui. Au lieu des questions qui lui brûlaient les lèvres — où était Judith, allait-elle bien, quand donc reviendrait-elle — il lui assenait des banalités sans fin. Elle voyait bien qu'il se forçait, qu'il s'étourdissait de mots, qu'il espérait, sans doute, qu'elle l'interrompe. Elle aurait pu. Elle aurait pu lui dire : allons, mon petit Trendy, cessez de me regarder avec ces yeux-là, Judith est capricieuse, je vous l'ai dit dès le premier jour, mais, que voulez-vous, elle est jeune encore, difficile, imprévisible, c'est une artiste, et puis ne vous inquiétez pas, elle est à Paris, elle va bien, elle a repris ses cours aux Beaux-Arts, soyez patient, elle reviendra bientôt...

Elle n'avait pas la force de ces mots-là. Elle ne souhaitait pas le retour de Judith, et elle ne voulait pas mentir. Une seule et malheureuse parole sur sa fille, et il aurait fallu tout expliquer à Trendy, lui raconter sa vie, remonter plus haut, à l'histoire de sa sœur, à l'histoire de son père — ce que Malcolm, pour en atténuer le tragique, appelait avec ironie le *Récit des Origines*. Alors elle se taisait. La gorge nouée, elle l'écoutait devant le feu, qui continuait à lui parler de tout et de rien. A ces moments-là, elle aimait le regard qu'il posait sur elle, où elle voyait bien qu'il cherchait une ressemblance avec sa fille et, dès qu'il en trouvait une — certaines expressions, peut-être, cette même façon qu'elles avaient, disait-on, de sourire ou de froncer les sourcils — il s'illuminait, et elle à sa suite. Cela ne durait pas. Il s'assombrissait très vite. Fallait-il qu'il ait peu vécu, malgré ses vingt-huit ans ! Pareille tristesse pour une seule nuit, une seule nuit et un jour dans les bras de sa fille ! Elle aussi, quand elle avait fui cette maison pour suivre le père de Judith, elle avait cru que certains gestes sont irrémédiables. C'était cela d'ailleurs qu'elle cherchait en ce temps-là, couper les ponts, partir sans espoir de retour. Elle aussi avait eu ses nuits, ses nuits et ses jours d'amour, dont elle avait pensé, comme il en va pour certains voyages lointains, qu'elle ne reviendrait jamais. Elle en était revenue. Elle avait pris sa part de plaisir et d'aubes passionnées, elle avait eu son content de fantaisie, d'îles chaudes et d'archipels à cocotiers avec ce yachtman un peu fou qui l'avait emmenée faire le tour du monde. Elle avait eu enfin Judith, deux ans plus tard, au large des îles Sous-le-Vent. Lui, il commençait à aimer ailleurs ; elle, elle n'aimait déjà plus que sa fille. Il la lui avait laissée sans difficultés. A son retour en Europe, elle avait erré de capitale en capitale, de métier en métier, ne se fixant jamais, changeant souvent d'amant et se croyant, comme le capitaine Van Braack une bonne partie de sa vie, la destinée d'une éternelle nomade.

Jusqu'au jour où, un automne comme celui-ci, il y avait eu sur la côte un énorme ouragan. La tempête avait emporté une partie du toit d'*Hauteclaire.* A contrecœur, elle était revenue. Elle pensait confier le soin des travaux à Me Léonard, le notaire de son père, et repartir aussitôt. Elle était restée. Elle qui s'était juré de ne plus revivre ici, elle avait tout quitté, de son dernier amant, de son dernier travail, et s'était installée à *Hauteclaire* avec Judith. Sa fille n'avait pas dix ans. A la ville voisine, elle avait retrouvé Josepha. Ensemble elles avaient rouvert les persiennes, chassé la poussière et l'odeur de vieux. Dans les semaines qui suivirent, *Hauteclaire* redevint elle-même, et davantage sans doute qu'elle n'avait jamais été. Judith à son tour adora la maison. Plus jamais d'errance, se promit Ruth, pas d'homme dans cette maison, plus jamais que Judith, *Hauteclaire* et moi. La paix pour longtemps, pour toujours peut-être. Judith qui jouait, grandissait, peignait. Quelques relations, Me Léonard, Rolande Duvernoy, d'Argens, un nobliau voisin qui jouait les mondains. Une amie, Anna Louvois. Un jour, sa rencontre avec Malcolm. Il attendait beaucoup, elle un peu moins. Sa vie à *Hauteclaire* la comblait : les seules saisons de la mer, calme ou colère ; et ses gestes à elle, Ruth, appliqués inlassablement sur toutes choses. La

Désirade était fermée, resterait fermée. Et s'il suffisait de croire au bonheur pour qu'il vienne ?

Mais, depuis quelque temps, elle n'y croyait plus. C'était venu avec la fin de l'été, avant l'annonce du retour du Commandeur, bien avant même l'arrivée de Malcolm. Un matin comme celui-ci, elle s'était réveillée trop tôt, et elle avait eu peur de la journée qui venait. Peur d'elle-même, aussi, dans le reflet du miroir. Ce n'était pas seulement de voir sa beauté se défaire. Elle en souffrait, bien sûr, elle se demandait par quel travail souterrain, quelle sournoise fatalité cachée s'évanouissait ainsi, jour après jour, l'apparence harmonieuse de son corps et de ses traits. Mais elle craignait surtout de n'être plus assez forte pour être du côté de la vie ; plus assez courageuse, plus assez têtue pour continuer de braver les souvenirs, les morts et le malheur.

Alors ce matin, comme tous les autres matins depuis maintenant deux mois, Ruth chercha au fond de sa coiffeuse le portrait d'Iris. C'était un petit cadre un peu désuet, avec une vieille photo en noir et blanc dans le goût de l'époque, un visage pris à l'oblique devant une brassée de fleurs, sous une lumière artificielle. Iris était sa sœur, son aînée de dix ans, la femme du premier malheur, la fiancée du Commandeur. Ruth n'avait que douze ans, en ce temps-là, personne ne la regardait, on ne voyait qu'Iris, rayonnante, ravissante, qui allait se marier. Elle aimait le Commandeur et le Commandeur l'aimait. Cela durait depuis plusieurs étés ; et comme ils étaient chauds, les étés, en ce temps-là, tellement plus purs, tellement plus bleus. Et elle, Ruth, elle était la seule à se dire : il ne faut pas qu'Iris se marie, il ne faut pas, tout va finir...

Elle n'avait rien dit à personne. Elle avait toujours été silencieuse. Sa mère était morte à sa naissance et elle ne s'était jamais confiée qu'à Iris. Elle allait la perdre, pourtant, elle en était sûre. Mais pourquoi prédire le malheur quand tout le monde est dans la joie ? On aurait dit qu'elle était jalouse, qu'elle était méchante ; son père, c'était sûr, l'aurait punie, privée de ces innombrables et somptueux cadeaux que le Commandeur, quand il venait chercher Iris, ne manquait jamais de lui apporter. Comme s'il avait voulu l'amadouer, comme s'il ne venait que pour la perte de sa sœur, comme s'il avait deviné, déjà, que Ruth ne l'aimait pas.

Plus tard, quand l'irréparable se fut produit, Ruth garda encore le silence. A quoi bon parler ? La mort d'Iris avait rendu son père demi-fou, et le Commandeur lui-même, prétendait-on, n'avait pas été loin d'en mourir. Elle n'avait jamais su le détail de ce qui s'était passé. Elle n'avait jamais cherché à en apprendre plus que ce qui s'était dit. Un moment, elle avait soupçonné un enchaînement de malheurs depuis la construction de la *Désirade,* une fatalité, peut-être, qui s'attachait à l'obscur passé du capitaine, ou à celui de Léonor, l'étrange femme qui avait construit la maison d'en face. Autant qu'elle avait pu, elle avait préféré l'ignorer. Il fallait vivre. Ruth n'avait songé qu'à fuir, à vaincre le malheur. Elle avait grandi, mûri très vite. Elle n'avait plus jamais eu de prémonitions. Ou plus exactement, chaque fois qu'elle avait eu un pressentiment, elle l'avait enfoui au plus profond d'elle-même. Comme une faute, un penchant inavouable. Par un mystère qu'elle ne s'expliquait pas, ils s'étaient arrêtés à la naissance de Judith. Ainsi, elle n'avait pas prévu la disparition de son père. Une seule chose, depuis ce temps, n'avait pas changé : elle détestait le Commandeur.

Le soleil s'avançait dans la chambre, réveillait lentement le poli des meubles et, dans l'atelier qui prolongeait la pièce, le parfum un peu âcre des cuirs. Un long moment, Ruth regarda ses doigts refermés sur le petit portrait. Ses mains d'où étaient sorties tant de choses à *Hauteclaire,* l'éclat des cuivres, la force des plantes vertes, les dahlias, les rosiers du jardin, les reliures qui les faisaient vivre, elle et Judith, tout ce bonheur dont elle commençait à douter. Que sa fille fût partie n'était pas le pire. Elle reviendrait, une fois le danger passé ; car elle avait certainement pressenti le danger. Elle téléphonait tous les deux jours, d'une voix inquiète, un peu cassée, sa voix de petite fille quand elle allait pleurer, et elle demandait : « Tout va bien, tout va vraiment bien ? » « Tout va bien, répondait Ruth sur le ton le plus assuré qu'elle pouvait, travaille bien, reste à Paris » ; et Judith raccrochait très vite, comme si elle craignait d'apprendre quelque mauvaise nouvelle.

Il ne faut pas qu'elle rentre, se répéta Ruth en enfouissant le portrait au fond de sa coiffeuse. Et, tandis qu'elle s'emparait de ses brosses et tressait son chignon, elle tenta d'oublier ce qui l'inquiétait depuis la fin de l'été. Elle n'y parvint pas. Comment ignorer que Judith ressemblait de plus en plus à la morte du portrait ? Qui, ayant vécu ce temps-là, ces années, si intenses, tout illuminées de la souveraine beauté d'Iris, aurait pu jamais l'oublier ? Qui surtout, ayant aimé Iris...

Ruth demeura triste de toute la journée. Ainsi qu'à l'habitude, Trendy resta un moment au salon après le café. Cet après-midi-là, elle eut de la peine à dissimuler son impatience. Plus que tout autre jour, elle avait besoin de silence, et elle craignait que sa mélancolie ne finît par percer. Trendy fixait le feu, y remettait des bûches, ne savait plus que dire. Il devait penser à Judith ou à ses poissons. Vers trois heures, il se décida à remonter travailler, oubliant, comme à l'ordinaire, son écharpe derrière lui. Malcolm arriverait rituellement à sept heures. D'ici là, il faudrait essayer de tuer le temps et de ne pas trop penser. Par chance, Ruth attendait une visite, celle d'Argens, un de ses meilleurs clients. Elle le fréquentait assez assidûment. Elle ne l'aimait guère, mais il l'amusait. A soixante ans passés, il continuait de s'entourer de très jeunes amis. Déjà, du temps d'Iris, elle n'avait pas souvenir qu'il eût le goût des femmes. C'était un de ces nobliaux de province dont la famille, quelques générations plus tôt, avait été très riche. Unique héritier d'une fortune amoindrie, il s'était employé à l'écorner davantage, mais il lui restait encore de belles rentes et, dans les terres, comme on disait ici, c'est-à-dire à une dizaine de kilomètres de la mer, un assez gros domaine où il les invitait parfois, elle et Judith. A la vérité, il l'agaçait beaucoup. Il s'acharnait à vouloir copier le Commandeur, sans jamais pouvoir approcher son brillant. Ses relations se limitaient à des notabilités régionales, comme Anna Louvois, Me Léonard ou les deux malheureuses qu'il avait traînées à la fête à la *Désirade*. Pour le reste, les jeunes compagnons d'Argens, très fréquemment renouvelés aux fins de leur éviter la tentation de le spolier de sa fortune, épataient sans difficulté les gens du pays, à l'exception de Ruth, et surtout de Judith, qui ne lui en avait rien caché. Pareille insolence, venant d'une très jeune fille, l'avait enchanté ; et il n'avait plus eu de cesse que de la rencontrer et de la fêter.

Ce n'était pas sans malice, ni un brin de perversité. Avec une constance qui ne s'était jamais démentie, les jeunes amis du vicomte étaient tombés amoureux de Judith. Elle n'arrêtait pas de les provoquer ; puis, avec la même régularité, et une violence inouïe de la part d'une jeune fille, de les rabrouer dès qu'ils s'étaient déclarés. Le premier — elle n'avait pas quatorze ans — eut droit à un croc-en-jambe, puis les représailles se firent moins puériles. Elle apprit à raffiner. Pour se venger un jour d'un candidat séducteur, à qui le vicomte avait confié la garde des trois chatons de race dont il venait de faire l'acquisition, elle s'empara de l'une des bêtes, qu'elle tint une bonne minute sous un robinet d'eau froide. Le félin ne cessa plus d'éternuer et contracta un rhumatisme précoce, avec une aversion prononcée pour les femmes et tout ustensile de plomberie. Loin d'en vouloir à Judith pour sa férocité, Amy d'Argens l'en félicita. Il chassa le jeune homme et le remplaça aussitôt. Le nouveau venu s'appelait Peter Wall, il était anglais, opiniâtre et roux. A son tour, il s'enticha de Judith. Le vicomte brûlait de connaître quel châtiment elle lui réservait. Mais Peter Wall était délicat et stratège. Judith n'était pas loin de lui succomber quand, un jour de jalousie, il commit l'erreur de lui reprocher, devant sa mère et le vicomte, ses sorties nocturnes avec des jeunes gens de son âge, qu'elle attirait, prétendait-il, dans l'atelier prêté par Cornell. Cette indiscrétion, vraie ou fausse, ne lui fut pas pardonnée. Elle lui cingla le visage de sa serviette de table, puis, selon son habitude, se sauva en claquant la porte, tandis que résonnait, au coin de la cheminée, le grand rire sec du vieil Amy d'Argens.

Aujourd'hui, il s'était annoncé pour quatre heures. Ruth avait terminé ses reliures le matin même et elle brodait en l'attendant. De temps à autre, elle levait l'œil sur un petit miroir bombé installé par son père au-dessus de la cheminée. Il reflétait, en la déformant et la concentrant à la fois, l'image du salon et celle du vestibule ; et, si on avait bonne vue, on pouvait y voir aussi un morceau de jardin. C'était bien une idée du capitaine, d'avoir voulu contenir *Hauteclaire* en un seul reflet, de la renfermer presque en un unique objet, tel un monde en miniature. Trendy, elle en était certaine, ne l'avait pas remarqué : il ne comprenait pas qu'elle le vît arriver sans surprise. Mais que remarquait-il à présent ? Il devenait hagard, à un point qui parfois lui faisait peur. Il y avait de la violence en lui, une force plus profonde, plus dissimulée qu'en Judith.

Ainsi, le jour où Cornell lui avait parlé d'une prédiction qui bouleversait les grands de ce monde, Ruth, pour une fois, avait acheté les journaux. Elle les dévorait avec avidité, et, comme Trendy s'en étonnait, elle avait parlé de ces présidents, de ces rois, qui couraient sans vergogne chez les voyants pour une fable sur l'or perdu, le pouvoir perdu, l'amour perdu. Elle ne savait pas encore si elle devait en rire. « Et s'ils avaient raison... » Trendy avait sèchement coupé court à ses doutes : « Et qu'on nous rende aussi la mer perdue, avec des poissons un peu moins tordus que ceux qu'on ramasse tous les jours... »

Ruth soupira, s'appliqua davantage à sa broderie. Dehors, c'était à nouveau marée haute, mais pas un souffle de vent, pas un cri de goéland. La lumière déferlait par toutes les fenêtres. *Hauteclaire* l'aspirait, buvait le ciel et l'Océan mêlés. Son silence même était fait d'une rumeur qui n'arrêtait pas, la succion jamais lasse des vagues, le combat acharné de la mer sur le corps patient de la terre. Mais, avec les minutes qui passaient, sa patience à elle, Ruth, la désertait. Ses points sur la toile perdaient de leur précision, ses fils s'emmêlaient, se cassaient. Elle reposa l'ouvrage et, comme au matin, contempla ses mains : fallait-il à présent y lire l'usure, l'usure à force de donner ?

Cette pensée lui fut insupportable. Elle se força à reprendre sa broderie, mais, comme elle recommençait à tirer son fil, elle ne put s'empêcher de jeter un coup d'œil au petit miroir bombé.

Très précisément découpé sur son rebord droit, là où la surface polie reflétait un bout de barrière et du jardin d'*Hauteclaire*, se profilait un homme qu'elle eût reconnu entre tous, fût-il arrivé de la nuit des temps. Autant qu'elle pouvait en voir, il n'avait pas changé depuis sept ans. On frappa à la porte. Ruth se souvenait bien aussi de ce bruit, de ce geste, de sa froide et sourde détermination. La nappe qu'elle brodait glissa à terre, puis sa corbeille à ouvrage. Elle n'eut pas la force de les ramasser, et ce ne fut qu'au troisième coup sur le vitrail de l'entrée qu'elle réunit assez de forces pour ouvrir à Sirius.

CHAPITRE X

Ruth n'eut alors qu'une pensée : au moins, il ne restera pas. D'Argens doit passer, Sirius a toujours été d'une discrétion exemplaire. Dès qu'il le verra, il s'éclipsera. Elle lui ouvrit et l'introduisit au salon. C'était comme dans un mauvais rêve : ses gestes étaient lourds, soudain ankylosés, elle ne voulait pas le regarder en face, mais Sirius était là, qui s'avançait de sa démarche claudicante, s'approchait, la suivait. Elle lui offrit un siège face à la cheminée et s'assit bien en face de lui. Pour dissimuler qu'elle tremblait, elle referma la main sur le bois lisse et chaud de son fauteuil. Peu à peu elle reprit confiance. Il n'avait pas changé, ou si peu. Il paraissait arriver tout droit de son enfance. Elle l'avait beaucoup vu, en ce temps-là, et elle le détestait davantage encore que le Commandeur. Elle ne savait pas si c'était son nom ou sa personne qu'elle avait d'abord haï. Tout en lui la révulsait. A l'époque, il devait avoir une quarantaine d'années. Il était le seul qui s'intéressât à elle ; il la questionnait souvent, il la retrouvait toujours où qu'elle partît se cacher, on aurait dit qu'il la traquait. Elle ne voulait jamais répondre et elle se souvenait qu'il en était excédé. Il avait ce même petit rictus qu'à présent, cette crispation soudaine de la lèvre inférieure. Qu'il eût si peu changé tenait du prodige. Il ne vieillissait pas. Ou peut-être n'avait-il jamais été jeune.

Le regard de Sirius s'attardait sur la boîte à ouvrage qui s'était renversée, les aiguilles, les sachées de fil que Ruth n'avait pas eu le temps de remettre en ordre.

— Comme vous semblez fragile, à présent, dit-il.

Elle trouva la force de faire front :

— Une femme n'est jamais fragile. Elle se sait transitoire, c'est tout. Contrairement aux hommes. Un jour ou l'autre, on finit par le voir.

— La femme fait l'homme, madame Van Braack.

— Elle en fait quelques-uns. Puis elle se défait.

Il eut son petit rictus. Il était agacé, comme autrefois. Malgré son immense culture, l'homme de confiance du Commandeur avait la réputation d'avoir en horreur les considérations générales. Il changea de conversation et se fit direct :

— La *Désirade* est rouverte.

— Comment l'ignorer ?

— Vous avez vieilli, madame Van Braack. Autrefois, vous n'étiez pas si amère.

— Autrefois quand ? J'avais douze ans ! Depuis...

Elle allait parler de la mort d'Iris, de la disparition de son père, elle allait l'accuser, lui, Sirius, et le Commandeur. Elle se reprit à temps :

— Combien de fois nous sommes-nous revus ? Que savez-vous de moi, à part ce que disent les papiers du notaire ? Vous croyez que la vie s'arrête tout le temps que vous n'êtes pas à la *Désirade* ? Mais nous vivons, figurez-vous, vous ne venez pas réveiller le château de la Belle au bois dormant.

Il eut un geste curieux, qui semblait indiquer que la chose n'était pas sûre, et enchaîna :

— Dans deux soirs, le Commandeur donne une fête à la *Désirade*. Son invitée, Mme von Cruzenburg, chantera. Il serait souhaitable que vous veniez.

Il déposa un carton sur la table.

— ... Avec votre fille.

— Judith n'est pas là.

— La fête n'a lieu qu'après-demain soir. Elle peut rentrer. Elle en a le temps.

— Non.

Sa lèvre à nouveau se crispa. Il marqua un petit silence et ajouta :

— Vous avez un pensionnaire, m'a-t-on dit ?

— Les temps sont difficiles.

— Le Commandeur ne demanderait qu'à vous aider.

— Et à quel prix ?

Il ne releva pas. Il s'approcha d'elle :

— Venez écouter la Cruzenburg. Avec ce jeune homme qui habite chez vous. Avec votre ami le professeur Cornell.

— On ne peut rien vous cacher.

— La province, madame...

Il était maintenant tout près d'elle.

— Nous aurons Constance von Cruzenburg, poursuivit-il d'une voix presque tendre. Et Dräken, le chef d'orchestre. Venez, madame Van Braack, venez, même sans Judith. Emmenez vos amis. Ce sera magnifique. Magnifique, comme jamais...

Le feu, d'un seul coup, se mit à ronfler. Elle ne sursauta pas. La voix, insinuante, insidieuse, s'enroulait autour d'elle. Elle revoyait les somptueuses fêtes d'autrefois, du temps d'Iris et du jeune Commandeur, les quelques étés si chauds où tout le monde avait cru au bonheur.

— Nous viendrons, dit-elle.

Elle avait cédé sans difficulté. Sirius s'inclina devant elle et lui prit la main. Leurs regards se croisèrent. Etait-ce le reflet du feu, elle eut l'impression que ses prunelles étaient rouges ; mais ses lèvres, sur ses doigts, étaient d'une froideur mortelle.

— Tenue de soirée, bien sûr, souffla-t-il avant de disparaître.

Combien de temps s'écoula-t-il entre le départ de Sirius et l'arrivée du vicomte, Ruth ne put jamais s'en souvenir. C'était étrange, c'était comme dans son enfance. Depuis qu'il était ouvertement question du Commandeur, le temps n'était plus le même, semblait-il. Il s'étirait dans des attentes infinies, puis, d'un seul coup, tout devenait rapide, violent, intense ; on en restait abasourdi. A l'instant où elle avait revu Sirius, elle avait senti revenir le passé. Il y a sept ans pourtant, lorsqu'on avait cru, pour la deuxième fois, que la *Désirade* allait être rouverte, qu'elle avait accepté, comme aujourd'hui, une invitation du même genre, elle n'avait éprouvé que de l'indifférence. Elle s'y était rendue par simple convenance, par curiosité aussi, l'envie de revoir les lieux, de les confronter à l'image qu'elle en avait gardée ; et elle était partie très vite. Elle se rappelait mal le visage du Commandeur. Lui aussi ce soir-là semblait lointain, absent, tourmenté d'autres soucis que l'argent qu'elle lui devait, très éloigné du souvenir d'Iris. A peine avait-il eu pour Judith un regard plus attentif. Le lendemain, il était parti. Cette fois, Ruth le pressentait, tout serait différent. A cause de la Cruzenburg, sans doute. Qui résisterait à l'idée d'entendre la diva dans un concert privé, loin des bousculades et de la folie des capitales ? Malcolm accourrait : c'était l'un de ses plus anciens adorateurs. Quant à Trendy, on ne pouvait pas imaginer non plus qu'il laissât échapper pareille occasion.

Pareille tentation. Sirius n'avait pas dit trois phrases qu'elle savait qu'elle accepterait. Il avait presque aussitôt prononcé le nom de Judith. Quelle importance, puisque sa fille était au loin ? Le seul ennui, c'était Trendy. Avant d'évoquer l'invitation, il faudrait tout lui dire de la *Désirade*, lui raconter, pour Iris, revenir sur cette vieille histoire. En aurait-elle la force ? Comment commencer ? Et fallait-il tout dire ? Avec Malcolm, tout avait été facile. Mais ce jeune homme un peu sauvage, et qu'elle connaissait mal...

Un bon moment, Ruth resta immobile devant sa théière, les mains repliées sur les flancs de porcelaine d'où s'enfuyait la chaleur. Elle cherchait en vain une première phrase, un mot d'introduction, un de ces mots insignifiants qui amènent en douceur les pires révélations. Rien ne venait. Les circonstances la sauvèrent de l'embarras où elle était. Au même instant où elle entendit s'arrêter devant la villa la grosse limousine d'Amy d'Argens, Trendy fit son entrée au salon. Après la visite de Sirius, le malheureux prétexte qu'il trouva, une fois de plus, pour abandonner ses squelettes, la fit sourire :

— J'avais oublié mon écharpe...

Et, comme il découvrait la lueur narquoise de son regard, il faillit se prendre les pieds dans le premier tapis.

La visite d'Argens fut assez rapide. Ruth avait demandé à Trendy de rester et elle abrégea les présentations. Il observa avec stupeur cet homme encore vif malgré sa soixantaine, suivi de son jeune ami roux qui portait deux de ses chats, des bêtes insupportables au pelage entièrement noir ; pour cette raison sans doute il les avait baptisés Styx et Moloch.

— Vos chatons ont bien grandi, observa Ruth en lui tendant ses reliures. Vous devriez les laisser chez vous quand vous sortez. Un jour ou l'autre, ils vont se sauver.

— Ces animaux ont besoin d'air, repartit le vicomte. D'air et de variété. Il leur faut rencontrer d'autres créatures que Peter et moi-même. Il n'y a que Léthé qui soit dispensé de me suivre. Vous savez pourquoi, chère amie. L'étendue de la stupidité humaine le rend malade. Ses rhumatismes, ses allergies diverses...

— Et ces noms que vous leur avez donnés... Vous n'auriez pas pu trouver quelque chose de plus simple ?

— Le chat est l'ami du Diable, ma chère Ruth. Il est son représentant ici-bas. Ou plutôt ici-haut, si nous nous mettons du point de vue de Satan. J'ai donc voulu des noms infernaux. D'autant que ces bêtes sont noires, chère enfant. Absolument noires. Savez-vous que c'est très rare ?

— Je le sais. Mais rien de tout cela n'est très original. Depuis quelque temps, toutes ces diableries sont furieusement à la mode.

D'Argens prit le parti de n'avoir rien entendu et se pencha sur une des bêtes que portait Peter Wall.

— Ah ! Styx, mon joli Styx...

Trendy n'y comprenait rien. Il s'étonnait aussi que Ruth parlât avec un tel sérieux. Tout était apprêté chez son visiteur, le costume, le vocabulaire, les intonations, on aurait dit qu'il singeait quelqu'un. Il sortit d'un sac d'autres volumes à relier, un dictionnaire portatif en quatre tomes, pour lesquels une fois de plus il voulait un cuir noir, seulement frappé de ses armes à l'or fin.

— Ah ! cette fête, fit-il au moment de prendre congé. Cela va être magnifique. Vous en serez, bien sûr, ma chère Ruth ?

Elle ne répondit pas. Il jeta alors un regard à la ronde :

— Mais où est Judith ?

Trendy frémit et tâcha de s'absorber dans la contemplation du portrait de Van Braack.

— Judith est partie.

— Partie ? Mais où ?

— A Paris. Ses études.

— C'est de la folie. Vous allez nous la gâcher. Judith est une herbe folle.

— Les herbes folles courent le monde, vous savez. Il y en a beaucoup-là où elle est partie vivre. Et puis elle est jeune, elle est libre.

— Mais Judith vit en dehors du monde, en dehors du temps, s'entêta d'Argens. Il fallait nous la laisser...

Les deux chats s'étaient encore sauvés des bras de Peter Wall. Ils se pendaient aux rideaux des fenêtres et leur malheureux gardien ne savait plus comment les en arracher.

— Enfin ! soupira-t-il. Tant pis pour elle. Nous, d'ici trois jours, nous entendrons la Cruzenburg. Prévenez Judith, au moins. Voilà de quoi la faire rentrer dans la journée.

Il lança une œillade ironique à Peter Wall qui le rejoignait dans l'entrée, chargé des deux bêtes enlevées non sans mal aux rideaux, et qu'il empêchait de se débattre en les serrant sous ses coudes. Au seul nom de Judith, Trendy avait levé la tête, blêmi peut-être, ce qui n'avait pas échappé à Peter Wall. Au moment de s'éloigner derrière le vicomte, il se retourna vers Trendy et le fixa longuement. Fut-ce l'effet du couchant dans les vitres de l'entrée, un reflet trompeur dans ses cheveux roux ? N'importe quelle explication, ce soir-là, eût contenté Trendy. Car il avait bien vu, les yeux de Peter Wall, oui, ses yeux même, devait-il raconter plus tard, ses yeux, sa pupille, sa bouche aussi peut-être, ses mains aux ongles longs repliés sur les chats, tout en lui à cet instant rougeoya du plus beau feu.

Dans la minute qui suivit, cependant, il l'oublia.Car Ruth était devant lui, qui semblait, pour une fois, avoir à lui parler. Dès ses premiers mots, elle comprit qu'elle n'aurait pas à convaincre Trendy de l'accompagner à la *Désirade.* Son embarras se dissipa très vite. S'il en était besoin encore, la scène qu'il venait de voir avait excité sa curiosité ; et déjà aussi il devait espérer que Judith reviendrait. Il accepta dans l'instant et partit aussitôt, dispensant Ruth de tout éclaircissement. Elle en fut soulagée. Le soir, au dîner, elle fit part à Cornell de l'invitation du Commandeur. A l'annonce que la Cruzenburg allait chanter, le professeur eut un moment de surprise, puis il se laissa gagner par la joie. De la soirée, il ne parla plus qu'opéra. Peu après le dessert, Ruth demanda à Trendy de « garder la maison ». Malcolm et elle, expliqua-t-elle, avaient envie de « marcher dans la nuit ». Il accepta de bonne grâce. Il se coucha peu après leur départ et dormit d'un sommeil de plomb. La tentation, comme pour eux, avait fait son oeuvre. Il ne songeait plus qu'à la *Désirade,* à la fête, à la diva. Le retour de Ruth, avec l'aube, ne le réveilla même pas. Au bout de la route d'où elle arrivait de chez Cornell, personne ne la vit revenir, personne d'autre que Sirius, derrière les vitraux de la *Désirade*, veilleur impénitent que les petites heures, ainsi qu'elle jusqu'à ce jour, poursuivaient de leurs terribles tourments.

CHAPITRE XI

Au jour dit, les habitants d'*Hauteclaire* se rendirent à la *Désirade*. La nuit était venue depuis longtemps déjà et avec elle un extraordinaire silence. C'était marée basse ; à peine si, de temps à autre, une bouffée de vent s'infiltrait entre les arbres, un faible souffle, comme exténué par de trop longs voyages. Seules guettaient encore les vagues dans le noir, avec leur bruit de succion indéfiniment répété. La mer toujours veillait, même en ses basses eaux. Dans leur marche vers la *Désirade*, Ruth, Cornell et Trendy ne l'écoutaient pas, ne l'entendaient plus. Ils s'avançaient d'une façon presque solennelle et se taisaient. Comme leur corps, leurs pensées se tendaient vers la villa dont les fenêtres brillaient au-delà des ramures d'automne, vers la grille grande ouverte, la cour encombrée de limousines, les vitraux derrière lesquels, déjà, s'agitaient des formes. Comme pour signifier que cette visite à l'ennemi relevait de sa seule décision, Ruth marchait la première. De dos, on aurait pu la prendre pour sa fille. Ou, plus exactement, Trendy se plaisait à la prendre pour elle. L'obscurité faisait le reste. Elle a la même manière d'être absente que Judith, se disait-il, cette façon identique de s'éloigner, de se perdre en elle-même, d'être là sans être là ; et il souffrait. Judith n'était pas venue. Sa mère, sans doute, ne l'avait pas avertie de la fête. A lui-même, Trendy, elle l'avait d'ailleurs annoncée sans plus d'explications. Elle ne lui avait rien appris. Il avait tout su la veille d'un coiffeur de la ville voisine, E. Alex. Il fallait que Trendy fût bien désespéré pour s'en aller confier sa précieuse chevelure à un inconnu, provincial de surcroît. L'homme était élégant, observateur et disert. Il le coiffa divinement et, à quelque signe qui lui échappait, comprit chez qui vivait Trendy. Avec un plaisir non dissimulé, il lui chuchota à l'oreille la nouvelle du séjour de Constance von Cruzenburg à la *Désirade*, et celle de la fête qu'on allait y donner. A l'instant, Trendy comprit que Ruth serait invitée, et Cornell, et sans doute lui-même. Tout allait de soi, comme allaient de soi désormais le départ de Judith et sa passion pour elle. La nuit suivante, il rêva qu'il se trouvait dans un jardin d'Orient, égaré au milieu des sables, près d'une fontaine ombragée de palmes. La mer n'existait pas, n'avait peut-être jamais existé. Pourtant il relevait d'un naufrage, il le savait bien, et Judith était en face de lui, presque à sa portée, plus neuve que toutes les fontaines, source fraîche vers laquelle il ouvrait ses lèvres. A son réveil, il n'était pas désaltéré.

Quelques heures durant, il souffrit les mille morts qui avaient suivi son départ. Il guetta la route, les bruits. La passion, presque inconnue de lui, sinon pour l'attachement singulier qu'il avait pour ses squelettes, l'avait recouvert, emporté, marée de vive-eau dont le déferlement ne cessait plus, où il s'engouffrait, où il sombrait, et il ne luttait pas, il consentait à cette perte. Jour après jour, la réalité perdait de son goût, de sa force. La vie avait changé de lieu, rien n'avait plus de saveur que les rêves et les inextricables détours de son imagination enfiévrée. Sans vouloir se l'expliquer, il associait le départ de Judith à l'arrivée du Commandeur. Rien ne justifiait ce lien ; mais, avec l'amour, c'était aussi le dégoût de la raison qui s'emparait de Trendy.

Puis il se résigna. La fête à la *Désirade*, pour un court moment, mettrait un terme à ses questions. Ou plutôt elle les étoufferait, les remplacerait par d'autres interrogations, moins pénibles mais tout aussi insistantes : d'où sortait ce sinistre boiteux qu'il avait vu pousser la barrière d'*Hauteclaire*, qui était le roux Peter Wall, à quoi rimaient les chats d'Amy d'Argens, où diable s'était évanouie la belle brune de la nuit d'ouragan, la somptueuse Anna Louvois ? Allait-il les retrouver dans cette villa rouverte en plein automne ? Il le savait bien, ce ne serait qu'une distraction d'un soir, car rien d'autre ne le touchait plus qui ne fût de Judith. Arrivées de la ville, rappelées une ou deux fois par une Ruth un peu déconcertée, les rumeurs inquiétantes sur l'état du monde ne l'avaient pas atteint. Il ne s'intéressait même plus aux liens dissimulés qui unissaient les deux maisons, il se souvenait à peine du Commandeur, comment l'appelait-on, déjà, le Commandeur, le Commodore, il ne savait plus, il n'était plus que le feu qu'il avait reçu de Judith. Il ne l'avait pas possédée, elle l'avait dévasté en plein soleil, et tous les midis rayonnants qui s'étaient succédé depuis lui avaient été une insupportable morsure, toute lumière même, le premier rayon dans la nuit, telles à cet instant les fenêtres de la *Désirade*, une blessure qui se réveillait, Judith sa canicule, un sirocco de mal, Judith l'insolation, la brûlure et la mort.

Fut-il le seul à ralentir le pas ? Ils n'étaient pas à la grille que la voix s'éleva. La voix, car de pareille il n'en était nulle autre au monde, un son qui montait, coulait, descendait en volutes, qui semblait fait de miel et d'or, et de lait, quand elle s'en allait vers les graves, et dans l'aigu soudain approchait le diamant. Elle jaillissait de la nuit, venait jusqu'à eux, les entourait, les étourdissait, les happait vers la *Désirade*. Le concert avait commencé. Il n'y avait pas dix minutes pourtant qu'ils avaient quitté *Hauteclaire*. La voix montait encore. Ils pénétrèrent dans le parc. Derrière les voitures soigneusement alignées, il vit les eaux mortes de l'étang, les peupliers, le petit pont, enfin le tombeau, devant lequel Ruth détourna la tête. On était arrivé. A quelques pas du seuil, l'odeur de végétation humide se dissipa brusquement. Toutes les fenêtres étaient allumées, et la *Désirade* paraissait démesurément haute et vaste, brasillante, combustible, prête à prendre feu dans la minute. Ruth se retourna vers ses compagnons :

— Je n'y comprends rien, chuchota-t-elle. Nous sommes partis à l'heure, et nous sommes en retard.

— Une erreur sur le carton, suggéra Cornell.

Elle eut un geste d'exaspération puis franchit les sept marches inégales qui menaient à la porte d'entrée. Comme elle était fermée, elle secoua violemment le heurtoir. On entendit un long bruit de verrou. Trendy eut un mouvement de surprise : on était jour de fête, les portes auraient dû rester ouvertes. « Nous sommes en retard, répéta Ruth, nous sommes en retard et je n'y comprends rien. » La porte s'entrebâilla. Contrairement à l'attente de Trendy, les gonds ne grinçaient pas. Un couple de domestiques asiatiques apparurent, un homme et une femme sans âge et qui semblaient jumeaux. Ruth tendit son carton, bredouilla une excuse. La femme s'effaça devant elle sans un mot, puis lui désigna du doigt l'escalier qui menait à la salle du concert. Comme tout à l'heure, Ruth marcha la première ; Cornell et Trendy lui emboîtèrent le pas dans un silence recueilli. La voix de la diva enflait, se hissait jusqu'à des aigus d'où l'on croyait qu'elle ne reviendrait pas, et d'un seul coup, en cascades rapides, redescendait jusqu'à des graves chauds, presque rauques. Trendy finit par reconnaître le morceau qu'elle chantait, un de ses plus grands succès, une mélodie Renaissance très mélancolique ; ses phrases italiennes racontaient l'histoire d'une nymphe qui, ayant reçu le don de l'éternelle jeunesse, avait failli, par simple étourderie, le perdre pour toujours.

A mesure aussi qu'il pénétrait la *Désirade*, Trendy s'étonnait que rien n'y fût comme il avait pensé. Pas d'armures, point de hallebardes, de hiboux empaillés ou de suaires déchirés, aucun des oripeaux de l'étrange dont l'imagerie courante peuplait les châteaux hantés de l'Ecosse, les manoirs slaves ou bavarois. Tout ici demeurait humain, d'une beauté construite, sinon pour le bonheur, du moins pour le plaisir des sens. Ainsi cet escalier au plafond caissonné qui menait à une longue galerie dans le style florentin. Entre chaque vitrail, on avait disposé des miroirs, au-dessus de commodes marquetées ou de consoles baroques, avec des vasques de jaspe et des carafes de Bohême. De temps à autre, une bizarrerie s'y logeait : une petite porte qu'on n'attendait pas, ouverte sur un cabinet sombre, des curiosités diverses qui, en d'autres circonstances, auraient à coup sûr arrêté Trendy. Mais au bout de tous ces couloirs il y avait toujours la voix, la voix qui le tenait sous son charme, et Ruth et Malcolm avec lui, et les écrasait sous sa force. Du coup, au pied de l'escalier, Trendy avait seulement aperçu les deux fausses cornes de licorne qui ornaient l'entrée, croisées à la manière de piques médiévales ; à peine aussi, dans la galerie, jeta-t-il un œil sur une collection de cannes, un masque emplumé sur une console, au milieu de flacons à parfums qui s'y trouvaient comme par hasard. Il n'entendait plus que la Cruzenburg, il marchait de plus en plus vite, comme Cornell, qui s'essoufflait. Seule Ruth conservait son sang-froid :

— Attention, fit-elle à ses compagnons avant d'entrer dans la salle de concert, et elle leur montra une forme gigantesque qui s'agitait dans l'ombre.

C'était un automate. Animé sans doute au signal des domestiques, il leva le bras gauche, ses yeux vides s'allumèrent et il étendit l'une de ses mains d'acier vers les battants de la porte.

— Il a toujours été là, fit Ruth avec désinvolture, et elle pénétra dans la pièce, suivie de Cornell, qui en tremblait encore.

Trendy hésita un instant. Lui aussi, il avait eu peur. Il contempla la machine immobile dans la pénombre, figée entre les plis des tentures. Ces orbites creuses, ce sourire cruel, c'était ainsi qu'il imaginait le Commandeur. Peut-être n'était-il que cette mécanique, peut-être le personnage n'avait-il jamais existé ailleurs que dans les songes de cette province maritime, épuisée à force d'ennui. Il fit quelques pas en arrière, erra un moment entre les consoles et les portes qui donnaient sur on ne savait quoi, d'autres corridors, d'autres objets bizarres dont l'existence, il le sentait sans pouvoir l'expliquer, avait partie liée avec le maître des lieux. C'était donc cela, l'intérieur de la *Désirade*, des cabinets secrets, des couloirs sans fin, des miroirs incrustés de cabochons d'opale, des candélabres aux flammes vacillantes, ces couleurs enfin, ors passés, pourpre, topaze brûlée, ocre orangé, toutes les teintes de l'or et du feu, avec parfois les verts et les bleus troublants que prennent les bois rares au contact de la flamme. Mais rien ici ne disait l'horreur et la noirceur, encore moins la fin des temps, c'était tout juste une étrange opulence, dont l'origine, comme le terme, étaient inconcevables.

Un vitrail était ouvert. Il s'y pencha. Il se souvint que d'*Hauteclaire* il avait pensé que ces fenêtres étaient vivantes, comme des oiseaux de nuit, aux aguets dans l'obscurité. Il était à présent de l'autre côté des choses. Il respira l'air du parc. On ne sentait pas la mer, on ne l'entendait plus, on aurait dit qu'elle s'était retirée très loin.

Quelques instants plus tard, Trendy passa hardiment sous le regard de l'automate. Il avait retrouvé tout son calme. Ce n'était pas si difficile : la Cruzenburg continuait son chant, et il suffisait de s'abandonner à la tentation de sa voix.

Il pénétra dans la salle de concert. Les sièges n'étaient pas assez nombreux pour toute l'assistance et une dizaine d'invités étaient restés debout, appuyés à des consoles ou au dossier des fauteuils, perdus dans la contemplation de la célèbre diva. D'elle, Trendy ne vit d'abord que ses cheveux cendrés, épais et courts, avec des mèches plus sombres et des reflets d'argent. Pour ses quarante ans, elle paraissait très jeune. Sous sa robe de faille noire on devinait un corps délié, une poitrine généreuse. Elle chantait, selon sa coutume, d'une manière déconcertante, presque sans effort, avec un sourire qui n'en était pas un, mais une manière gourmande de soupeser ses proies. C'était peu dire qu'on l'écoutait, on buvait sa voix, ses trilles, la moindre de ses inflexions. Sans jamais se départir de son expression ironique, elle passait sans difficulté des déchaînements sauvages de la passion aux plus subtiles mélancolies. Certaines notes parfois étaient si inattendues, si aiguës, qu'il en passait un frémissement dans les cheveux des assistants. A ses côtés, assis sur un tabouret de velours grenat, Dräken tenait le luth. On aurait dit un animal soumis, plus docile encore que toute l'assistance, et Trendy se souvint que la rumeur publique, glosant sur le dos voûté du chef d'orchestre, sa silhouette efflanquée qui flottait dans ses smokings, assurait que la cantatrice l'avait choisi pour son souffre-douleur.

Trendy retint son souffle. Personne n'avait remarqué son entrée. Ruth et Cornell s'étaient placés dans l'encoignure d'une fenêtre. Ils n'avaient plus d'yeux que pour la chanteuse. Elle chantait devant une toile monumentale qui représentait la construction, ou la destruction, on n'aurait su dire, du grand escalier de l'Opéra de Paris ; des marches manquaient, d'autres étaient renversées, des colonnes gisaient au milieu des torchères.

La pièce était surchauffée. La mélodie tirait à sa fin. La Cruzenburg ne cessait plus de moduler des graves, ce qui accrut le trouble de Trendy. Il tenta de se ressaisir et voulut repartir dans la galerie ; quand il était entré, il en venait un air très frais, presque froid. Il ne s'était pas retourné qu'il s'aperçut que les battants de la porte avaient été rabattus. Un Noir superbe s'y était adossé. Il écoutait la chanteuse les yeux mi-clos, avec une expression d'une tristesse rare. Il avait la nuque rase et des mains très longues, une bague en forme de cigogne. On aurait cru un jeune guerrier tombé du ciel, égaré, portant comme par hasard les vêtements des Blancs, un léger costume d'alpaga et une écharpe de soie grise. Quand la mélodie fut finie et qu'il releva les yeux, Trendy le reconnut aussitôt : c'était l'architecte Halphas, l'homme qui bâtissait les palais des derniers grands du monde, le constructeur des mausolées offerts aux ultimes dieux du temps, ces idoles de la musique ou de l'image, à l'existence aussi brève que le talent fulgurant, et pour lesquelles, depuis une époque récente, les peuples des cinq continents exigeaient des monuments pharaoniques, sur les lieux de leur naissance et parfois de leur mort. Trendy était cloué de stupeur : Halphas, le grand Halphas, jamais aperçu que sur les photos des gazettes, était là, à sa portée, il entendait ses soupirs, il voyait l'étendue de sa mélancolie. Mais déjà s'élevaient des vivats, on se pressait autour de la Cruzenburg, on se bousculait, et il reconnaissait d'autres figures célèbres : le peintre Effroy, aux traits ravinés, au ventre proéminent, qui, manifestement, avait peint le décor ; il se pencha avec ostentation sur la main blanche de Constance. Puis vinrent les chanteurs du dernier groupe en vogue, les *Clavicules de Salomon*. Trendy les avait en adoration autant pour leur musique que pour leurs costumes excentriques. Ils s'effacèrent devant l'énorme Aurore Millenium, voyante dont les prédictions sévissaient dans l'Europe entière, et même, murmurait-on, jusqu'aux antichambres reculées du Kremlin et des gouvernants de la Chine. Enfin, onctueux à souhait, débordant d'enthousiasme, la bouche pleine de superlatifs, le cardinal Barberini s'inclina devant la diva.

Que de pareilles célébrités fussent ainsi attachées aux pas du Commandeur n'étonnait pas Trendy au-delà de la mesure. A elle seule, l'extraordinaire aura de la Cruzenburg justifiait leur présence à la *Désirade*. Mais que le nonce Barberini s'y mêlât, lui que tous voyaient comme le prochain successeur de saint Pierre, voilà qui laissait songeur. Les sources les plus assurées affirmaient qu'il avait pénétré les mystères les mieux gardés des archives vaticanes, on savait que dès sa jeunesse il avait mené les tractations les plus retorses entre les pays de foi chrétienne et les innombrables régimes sans Dieu. Ce bruit était conforté par son entêtement à se vêtir à l'ancienne, avec la calotte et la soutane violette en vigueur des lustres plus tôt. Mais sa prudence, son habileté politique étaient légendaires, et, quoiqu'il fût contraint par sa charge à quelques mondanités, on ne l'avait jamais vu se commettre dans pareille assistance, où se côtoyaient la bourgeoisie de province, des célébrités internationales, des troupes de jeunes gens arrivés tout droit des nuits des capitales, tous vigoureux et conquérants, le cheveu dru, bottés de cuir, portant des culottes bouffantes et, sur leurs chemises sombres, d'énormes croix inversées. A leurs côtés, E. Alex, Peter Wall, Amy d'Argens lui-même prenaient un air gourmé, lorsque à leur tour ils se penchaient devant la silhouette hautaine de Constance von Cruzenburg. Seule Anna Louvois, dans une longue robe de crêpe et de strass, donnait un peu d'allure à cette terne province, dont Me Léonard, qui se pendait à son bras, offrait l'illustration la mieux accomplie : un costume voyant, mal coupé, qui accusait ses rondeurs et son teint terreux.

Anna affronta hardiment le regard de la cantatrice et, dans un mouvement d'une impertinence appuyée, lui tourna le dos pour se diriger vers le buffet. Des domestiques en livrée commençaient à y déboucher des magnums. Trendy se sentit d'un seul coup très gauche. Une seconde fois, il eut envie de partir. Etait-ce parce qu'elles lui avaient enlevé sa mère, il avait toujours fui les mondanités. Après tout, il avait vu, il avait entendu la Cruzenburg. La plus élémentaire sagesse ne lui ordonnait-elle pas de retourner à ses poissons ? Dans son désarroi, il chercha le visage de Ruth. Elle n'avait pas quitté son encoignure, pas plus que Cornell. Elle attendait, semblait-il, plongée dans une sorte de songe. Etait-ce la musique ? Le souvenir du Commandeur ? La curiosité, à nouveau, reprit Trendy. Il avait oublié le Commandeur. Il ne l'avait même pas cherché dans la foule. Où pouvait-il bien être ? Un costume, une couleur particulière le signalait-il à l'attention de ses hôtes, ou bien, pour mieux les observer, se cachait-il derrière une tenture, les colonnades du décor ? Il parcourut la salle du regard. Tout le monde ou presque était vêtu de noir, d'un noir qui pour la première fois lui paraissait une vraie couleur, avec des nuances sans nombre, de la matité du velours au brillant gelé des satins et des failles. C'était le tour des jeunes filles de se bousculer autour de la chanteuse, de rougir sous son œil froid qui examinait sans indulgence leurs seins enserrés dans les corselets à busc dont elles s'étaient toutes affublées, selon la mode en vigueur le temps de cet automne. Au désespoir de découvrir le Commandeur, Trendy s'apprêtait à sortir quand il distingua un homme de haute taille. Il fendait le groupe des jeunes filles et baisait lentement la main de la diva. Il était de dos. Le silence se fit, puis il disparut au bras de la Cruzenburg par une petite porte que le peintre avait ménagée dans le fond du décor. De l'homme, Trendy n'avait vu que sa canne et sa chevelure argentée.

Alors le caquetage ordinaire des salons prit son essor et l'on se bouscula auprès du buffet, où l'on servait à présent des monceaux de gibier. Trendy se dirigea à nouveau vers la porte. L'architecte noir y demeurait adossé, perdu dans ses pensées. Trendy n'osait l'aborder. Plus que jamais, l'embarras le paralysait. Il s'en voulait mortellement d'être venu. Il se sentait pris à un piège. Son désagrément aurait pu s'éterniser si, tout d'un coup, une main inconnue ne s'était posée sur son épaule :

— Venez, fit une voix sourde. Cette demeure est un peu curieuse, n'est-ce pas ? Mais on s'y habitue.

C'était l'homme qu'il avait vu venir chez Ruth, celui qui avait porté l'invitation et qu'elle avait appelé Sirius. Il accompagnait ses paroles d'un sourire un peu forcé. Il attira Trendy dans un coin de la salle où il s'effondra dans un fauteuil, près d'une console surmontée, comme cela semblait être une manie à la *Désirade*, d'un grand miroir dans le genre florentin. Trendy y chercha furtivement son reflet pour remettre de l'ordre dans ses cheveux collés de sueur.

— Attention, dit Sirius.

Trendy le regarda sans comprendre et revint au miroir. Une légère buée le recouvrait. Sous le piquetage grisâtre qu'y avait laissé le passage du temps, il n'y découvrait que l'image inversée du décor, les colonnades renversées de l'Opéra de Paris, ses fausses perspectives qui se terminaient sur la porte où s'était évanoui le reflet blond des cheveux de la Cruzenburg.

L'autre eut un petit rire.

— Cette glace est un almuchefi, dit-il. Ne vous y regardez pas, vous ne vous y trouveriez pas. Ou plutôt vous y liriez votre avenir. C'est souvent très désagréable.

Trendy chercha à éluder :

— Je ne pourrai pas rester très longtemps ce soir. J'ai des obligations qui...

— Vous avez peur ? Comme c'est stupide. Vous n'y verrez rien, dans ce miroir. Pour y lire l'avenir, il faut avoir trempé son âme dans l'alchimie. Et l'alchimie, en ce bas monde... Venez plutôt. Il faut que je vous présente à quelques-uns de nos invités.

Il s'était levé et l'avait saisi par le bras. Trendy ne s'attendait pas à une telle autorité dans les gestes de l'infirme. La fuite était désormais impossible. Sirius était long et frêle, il paraissait sans âge, et pourtant il respirait le danger. Pour l'avoir souvent éprouvée, dans les rues nocturnes de son quartier, Trendy connaissait bien cette sensation d'alerte instinctive, animale ; presque chaque semaine, on s'y battait au rasoir, au couteau, au revolver, pour le corps trop aimé d'un garçon, la beauté ravageuse d'une enchanteresse des caves, quelques grammes de poudre à oublier la vie. Intrépidité ou inconscience, Trendy s'en était toujours sorti, par la fuite, le plus souvent, et, à deux ou trois reprises, au prix de quelques cicatrices. Et avec ce boiteux, au lieu de décamper au plus vite, il se laissait mener, il faisait la bête à l'abattoir... Une seconde fois, il chercha Ruth et Cornell. Ils s'étaient confondus dans la foule des invités. Tous se pressaient autour du buffet, les hobereaux inconnus comme les célébrités. Avec application, Sirius présentait Trendy à chacun. Trendy les saluait docilement et sans un mot, les jeunes filles rosissantes étranglées dans leur busc, les chanteurs bottés, Dräken, plus accablé que jamais, un maharajah de service, deux archiduchesses slaves dont il avait autrefois entendu le nom dans la bouche de sa mère, des milliardaires levantins et même un roi de Bornéo qui venait d'être chassé de son île par un coup d'État, et ne cessait de se désoler sur la dureté des temps. Aurore Millenium s'efforçait de le rassurer, assistée de Barberini, qui renchérissait avec volubilité sur chacune de ses prédictions.

— Il fait chaud, dit alors Sirius, et il offrit à Trendy un grand verre d'alcool. Voulez-vcus de quoi vous restaurer ?

— Je déteste le gibier.

— Vous avez tort. Ce soir, pour aller avec la musique et les robes de ces dames, on ne sert que des viandes noires : chevreuil, cerf, sanglier. Elles sont exquises. Enfin, à votre aise.

Il avisa un fauteuil près d'une grande cheminée où crépitait un feu et s'y effondra à nouveau. Dans le foyer, les flammes étaient claires, avec des reflets verts, comme les dizaines de candélabres qui éclairaient la salle. Sirius fit signe à Trendy de s'asseoir en face de lui.

— Comme on se sent bien... Venez. On ne le dit plus assez, la chaleur d'un feu est un immense plaisir.

Il renversa la tête sur le dossier de velours et ferma les yeux. Trendy ne songeait plus qu'aux moyens de s'éclipser. Parmi les invités, il chercha encore Cornell et Ruth, en vain. Il se résigna à s'asseoir. L'entracte s'éternisait. Tout près de la cheminée se dressait une énorme statue taillée dans l'obsidienne. Elle représentait un géant porteur d'une massue, un dieu de Mésopotamie, peut-être, ou de lointaine Asie. C'était une figure monumentale ; il s'étonna de ne l'avoir pas remarquée en entrant. Elle ruisselait de gouttelettes d'eau, comme un athlète en plein effort. Il avait beau se dire que, dans cette pièce surchauffée, c'était le simple effet de la condensation, il ne pouvait s'empêcher de penser que la statue transpirait. En face de lui, Sirius ne dormait pas, il avait les yeux mi-clos, il paraissait fixer un point invisible, le monde secret, sans doute, qui s'agitait en lui. Le feu ronflait, d'une façon qui dérangeait Trendy. C'était une constatation qui se refusait à toute analyse : ce feu n'était pas de la même nature que les autres feux, celui de chez Ruth, par exemple ; et, sans que personne vînt l'entretenir, il semblait brûler avec une ardeur constante.

Autour de lui, les mots aussi flambaient haut et clair. Un groupe s'était formé, on parlait avec véhémence. Trendy dressa l'oreille. A sa grande stupeur, il reconnut Anna Louvois. C'était un de ces échanges mondains comme on en entendait dans tous les salons élégants, mais Anna paraissait en colère et elle faisait face à Cornell avec une expression butée :

— ... Vous vous trompez. Vous êtes certainement un grand professeur, mais comme nous tous vous êtes capable d'erreur. Souvenez-vous de la dernière pluie d'étoiles filantes, il y a six mois. Depuis ce jour, nulle part au monde, je dis bien nulle part, personne n'a plus revu une seule de ces étoiles. Comme si le ciel était mort.

— Comment pouvez-vous répéter ces fadaises, repartit Cornell. Laissez-les à ceux qui ont pour métier de fabriquer les nouvelles. Ils ne passent pas leurs nuits à interroger les astres. Et vous non plus, Anna.

— Il y a six mois, les étoiles vinrent en pluie. La dernière pluie, celle qui annonce la fin.

— Qui vous a jamais prouvé cette théorie ? Un astronome ? Il y a un an, on ne la connaissait même pas. On laissait ces sottises où elles étaient, dans les vieux grimoires du Moyen Age, au milieu de centaines d'autres balivernes. Et d'un seul coup, on ne sait pourquoi, on a commencé à les exhumer. Pour cacher autre chose, sans doute. D'autres calamités, bien vraies celles-là. Croyez-moi, Anna, avant l'an mil, aussi, on a raconté...

Elle ne l'écoutait pas. Elle rejeta ses cheveux en arrière et ne cessa plus de l'interrompre. La conversation s'échauffa. Anna, tous le savaient, ne faisait que répéter les propos quotidiens des salons et des gazettes, mais elle parlait avec une telle exaltation qu'on aurait cru une pythonisse. A chaque phrase elle s'enflammait encore, prenait des expressions d'une beauté sauvage, pareille à ces femmes échevelées que l'Empire romain, les jours aussi où il se crut près de la fin, peignit en épouvante sur ses fresques de pourpre et d'or. Cornell voulut la calmer d'un geste désinvolte :

— Oui, je sais, dit-il. Une prédiction de plus. Le commencement de la fin, le grand renversement des choses, le cheval de l'Apocalypse semant la famine et la peste, le ciel qui se retirera comme un livre qu'on roule... Deux mille ans qu'on nous en rebat les oreilles !

Cette fois, elle ne répondit pas. Barberini s'était approché d'elle. Il passa légèrement sa main dans ses cheveux. Elle parut un instant désarmée puis sourit.

— Arrêtez, dit le cardinal. Si jamais vous proclamiez les prédictions de saint Malachie sur les papes, je serais contraint de vous organiser la fin du monde au pied levé. Or une opération d'une telle envergure ne s'improvise pas, chère enfant...

Anna éclata de rire puis accepta le bras que lui tendait Barberini. Ruth avait depuis longtemps disparu dans la foule. D'un seul coup, Cornell s'en aperçut. Il partit la rejoindre. Puis il se ravisa, se retourna et lança à Anna une ultime apostrophe :

— Et le Diable ? Que faites-vous du Diable, dans toutes vos histoires ?

— Le Diable est semblable à Dieu, répondit-elle sans se troubler. Ses desseins sont impénétrables !

Elle minaudait et serrait le bras du cardinal sans la moindre réserve. Cornell dut se sentir ridicule, les mots lui manquèrent.

C'est alors qu'on entendit s'exclamer une voix élégante :

— Non, madame. Vous avez tort. Ou vous avez mal lu. Le Diable a toujours un défaut.

— Et lequel ? rétorqua Anna.

Au seul son de cette voix, elle avait cessé de sourire.

— Dans le meilleur des cas, le Diable a besoin des hommes. Et dans le pire...

— Dans le pire..., répéta Anna.

Ce n'était plus une question, elle avait blêmi, tout perdu de sa belle assurance.

— Il a besoin des femmes, poursuivit-on. Ou d'une femme, une seule. Mais la bonne.

Il y eut à nouveau un silence de mort. Les invités s'écartèrent. Anna Louvois se précipita au buffet, où elle réclama une coupe, qu'elle but d'un trait, sans vouloir jeter un seul regard à celui qui l'avait si magistralement contredite. L'écharpe de Trendy avait glissé de sa veste. Il se baissa pour la ramasser. Quand il se releva, il était face au Commandeur.

L'homme se tenait très droit, avec ce qu'il est convenu de nommer de l'allure. Ce soir-là, Trendy ne fut pas frappé par sa beauté. Et d'ailleurs, était-il vraiment beau ? Le Commandeur n'était pas jeune. Il devait avoir la cinquantaine, sa chevelure était uniformément argentée, ondulée, assez fournie ; il la portait plus longue que ne le voulait l'usage. La Cruzenburg était à son bras. Dès qu'il l'eut aperçue, Trendy ne vit plus qu'elle, sa peau si pâle, ses cheveux cendrés, et surtout ses yeux gris qui semblaient couper l'âme. Il balbutia un salut.

Du coin de la salle où elle s'était réfugiée, Ruth dut le sentir en difficulté, car elle accourut. Et puis il fallait bien aussi qu'elle se décide à affronter le Commandeur. Il la salua avec une courtoisie, une délicatesse presque effusive qui surprit Trendy. Cornell les rejoignit à son tour. Les deux hommes se serrèrent la main froidement, comme si, du premier regard, ils s'étaient détestés. Il est vrai que l'atmosphère de la fête, toute faite de connivences, de complicités anciennes, avait de quoi irriter l'étranger. Trendy lui-même se sentait lointain. Il ne cessait plus de se faire des reproches. Il commençait à se dire qu'il s'était laissé prendre, par faiblesse ou mégarde, au piège d'une de ces sectes que l'inquiétude des temps faisait désormais pulluler, quand le Commandeur lui adressa la parole :

— Vous êtes l'hôte de Mme Van Braack.

Ce n'était pas une question. Il énonçait une évidence. Il s'exprimait avec hauteur et n'attendait pas de réponse. Il se tourna aussitôt vers Ruth :

— Depuis le temps... Mais vous êtes toujours aussi belle. On m'a dit que votre fille...

— Judith est absente.

— Ne vous méprenez pas. Je vous fais part de la rumeur publique, qui veut que votre fille soit très belle, comme vous. Elle a dû beaucoup grandir, depuis la dernière fois... Je suis sûr qu'elle est très belle.

— Ce n'est pas à une mère de le dire.

— Certes...

Il serra plus fermement la canne qu'il tenait à la main gauche, réfléchit un moment puis ajouta avec sécheresse :

— On dit aussi que Judith ne vous ressemble guère.

— A qui voulez-vous qu'elle ressemble ?

— Au reste de sa famille.

— Comment faut-il le prendre ?

— Nous verrons cela quand Judith sera rentrée.

— Il n'y a pas de chances qu'elle rentre de sitôt.

Il choisit d'éluder et reprit le bras de la Cruzenburg. Tout le temps que le Commandeur avait parlé, la cantatrice n'avait pas cessé d'examiner Cornell et Trendy.

— Constance, lui dit-il alors en souriant, ce sont là ces chers, très chers amis dont je vous ai parfois parlé...

Et il fit les présentations comme s'il les avait quittés de la veille. La main de la Cruzenburg était glacée. Quand, très maladroitement, Trendy l'effleura de ses lèvres, il sentit ses oreilles bourdonner. Il se dit que c'était l'effet du baisemain, le premier qu'il eût jamais risqué. Lorsqu'il releva la tête, le Commandeur l'observait avec ironie.

— Venez vous asseoir, lui dit-il en le poussant vers un fauteuil du premier rang. Constance va encore nous chanter quelque chose.

Il cita le nom d'un opéra ancien, où il était question, comme tout à l'heure, des désespoirs d'une magicienne.

— Ruth, venez à ma droite. A ma gauche, jeune homme. Ici, monsieur le professeur. Enfin, Ruth, qu'attendez-vous... Nos retrouvailles... Cela se fête ! Il est vrai que, de temps à autre, je me prends à penser que nous ne nous sommes jamais quittés...

Elle pâlit mais s'exécuta. La Cruzenburg reprit sa place devant le décor et Dräken, du coin de la salle où il s'étourdissait de champagne, bondit à sa suite et s'installa au clavecin que les domestiques avaient apporté pendant l'intermède. Avec une rapidité surprenante, tout le monde regagna son fauteuil, Anna Louvois, le teint encore animé, mais plus attirante que jamais avec ce reste de passion, Sirius, les lèvres pincées, surveillant l'assistance avec son habituellle attention, Barberini, qui caressait son crucifix, Amy d'Argens, Peter Wall, Aurore Millenium, le pas flottant d'avoir bu à l'excès. Seul Halphas, de tout l'entracte, n'avait pas bougé, il était resté adossé aux battants de la porte, toujours perdu dans ses sombres rêveries. A moins qu'il n'eût gardé l'issue de la salle de concert ? Trendy n'eut pas le temps de s'interroger. Dräken préluda quelques instants, puis le chant commença. Cette fois, il ne voulait pas se laisser envoûter. L'idée d'une secte ne le quittait plus. Pourtant la raison s'y opposait : c'était ici une compagnie trop mêlée, des dissemblances trop nombreuses séparaient les invités de marque du Commandeur et ceux qu'il avait conviés ici comme par charité, ces notables empruntés arrachés à la routine de leur automne provincial. Les jeunes musiciens fringants et bottés, Halphas, Barberini, Dräken, Sirius, en dépit de son tourment, avaient tous dans l'allure un tel détachement qu'on se disait : ces gens viennent d'un autre monde, ils ne sont ici qu'en visite, ils vont repartir sitôt le chant fini, s'évanouir dans la nature, retourner à leurs raffinements exotiques ; mais quel était-il au juste, ce monde d'où ils venaient ? Et de quel ailleurs arrivait le Commandeur ?

Trendy ne parvenait pas à effacer l'image de son apparition, celle d'un portrait qui marche, une figure patricienne, impériale, ainsi qu'il ne s'en trouve que sur les tableaux. Il sentait son parfum de jardin chaud et nocturne, il entendait sa respiration, il tentait de suivre ses yeux à l'affût de ses invités, les femmes surtout, poitrines soulevées et lèvres frémissantes, toutes suspendues à d'autres lèvres, d'autres seins, ceux de la Cruzenburg qui modulait son air. Le Commandeur les examinait une à une, s'attardait au lobe de leurs oreilles, à leurs aisselles, au creux de leurs coudes, à tous les endroits où logent les sensations les plus subtiles, comme s'il s'amusait déjà à les leur faire goûter ; et Trendy se souvint que c'était de la même façon que, tout à l'heure, il avait regardé Ruth.

Cependant, il craignait qu'il ne le surprît à le guetter, il redoutait de croiser son regard, où il avait bien vu qu'un des yeux était plus clair que l'autre, gris et coupant comme l'iris de la Cruzenburg. Alors, de temps à autre, il jetait sur lui un coup d'œil furtif, découvrait, en un éclair, un détail qui le déconcertait davantage, les cernes profonds qui enténébraient son visage, les perles noires retenant ses manchettes, une cicatrice ancienne qui couturait sa joue droite, et dont la trivialité s'accordait mal avec sa mise recherchée. Etait-ce sa distance, sa puissance musculaire qui affleurait sous son smoking, l'homme était inclassable, jeune, vieux, on n'aurait su dire, et qu'affirmer sur la foi de quelques petits regards lancés comme il aurait volé ? Il y avait quelque chose de tiraillé en cet homme, d'incertain, en tout cas, d'indéfinissable, quelque chose d'insolite qui rappelait l'animal amphibie. En désespoir de cause, et peut-être pour oublier qu'il tombait sous son charme, Trendy s'arrêta à un jugement qu'il voulut définitif : le Commandeur ressemblait à un sultan sur le déclin. C'était un séducteur tourmenté, riche et décadent, qui ne savait plus quoi inventer afin de se distraire. Fort de cette pensée, il résolut qu'il quitterait la *Désirade* dès la fin du concert, quelque obstacle qu'on pût y mettre. Le moment n'allait plus tarder. La Cruzenburg roula ses derniers trilles, des variations d'un aigu presque insoutenable, et se tut. Les vivats retentirent pour la seconde fois. La Cruzenburg les reçut avec la plus parfaite sérénité. Elle semblait à peine essoufflée. Autour d'elle, il y eut à nouveau un début de bousculade. Trendy voulut profiter de la confusion pour se sauver. C'était le moment ou jamais : Halphas avait quitté la porte et les battants étaient rouverts sur la galerie aux vitraux. Devant le décor, l'orchestre des *Clavicules de Salomon* s'était réuni à la hâte et il entamait des airs suaves, des sortes de tangos mis au goût du jour. Les domestiques repoussaient les fauteuils, des couples se formaient. Trendy se fraya un chemin entre les danseurs. Il était parvenu à la porte quand il se retrouva face à Sirius.

— Non, fit celui-ci avec autorité. Le Commandeur vous attend pour le jeu.

Trendy décida de passer outre. Au prix de ce qui parut un énorme effort, Sirius se redressa devant la porte et en retint les battants.

— Vous avez été choisi, ajouta-t-il. Vous plaisez au Commandeur. C'est un immense privilège. Comme Mlle Louvois. Comme M. le professeur Cornell. Comme...

Il marqua un temps d'arrêt et sa voix devint rauque :

— Comme Mme Van Braack. Elle est très belle, n'est-ce pas ?

Et il pointa l'index sur la petite porte noire au fond du décor, devant laquelle, un peu dissimulé par l'orchestre des *Clavicules*, le Commandeur attendait ceux de ses invités qu'il avait retenus pour le jeu.

CHAPITRE XII

La petite porte débouchait sur un étroit couloir, puis sur une pièce ornée de glaces à l'ancienne. Venait ensuite un autre couloir, plus large, un boudoir, encore un corridor ; et partout des miroirs. Dernier de ceux que le Commandeur avait conviés à la Chambre des Cartes, Trendy les suivait de pièce en pièce, à la file, tels des explorateurs sur une piste dangereuse. Il s'étonnait de ces innombrables reflets et il repensait à l'avertissement de Sirius. Etaient-ce là des almuchefi, où il dût lire son avenir ? Il ne s'amusait qu'à moitié de cette curieuse hypothèse. La peur se glissait en lui. Au détour d'une galerie, il osa enfin affronter son image. Au fond du miroir, il ne vit rien d'autre que lui-même, son expression inquiète, et combien il avait maigri depuis le départ de Judith.

On arrivait. Au bout d'un dernier couloir s'ouvrait un panneau coulissant. Par-dessus la tête de ceux qui le précédaient, Trendy distingua une pièce carrée, sans glaces celle-là, mais décorée de tableaux. Comme toutes les pièces de la *Désirade*, de longs candélabres à bougies vertes et bleues l'éclairaient. Les convives retenus par le Commandeur se pressaient pour entrer, même Ruth et Cornell, et les autres davantage encore, Dräken, Halphas, Barberini et son inséparable voyante, Peter Wall, Amy d'Argens avec ses chats, très calmes pour une fois, Anna Louvois enfin, plus nerveuse que jamais. Seule la Cruzenburg demeurait impavide. Elle avait offert son bras à Me Léonard, que tant d'honneur gonflait d'importance. De l'autre, elle serrait le peintre Effroy, suivi d'E. Alex, qui n'en revenait pas d'avoir été élu pour ces réjouissances inattendues. Le Commandeur s'effaça devant ses hôtes. Ne voyant pas arriver Trendy, il dut penser qu'il s'était perdu, car il revint un moment sur ses pas. Dans la pénombre, il buta sur lui. Un très court instant, il perdit contenance, et, dans ce bref embarras, il copia mécaniquement le geste de Trendy, qui rectifiait devant une glace l'arrangement de sa coiffure. Le Commandeur ne s'était pas vu dans le miroir qu'il détourna les yeux. Lui aussi, il fuyait son reflet, mais il avait eu ce geste comme par mégarde, comme si c'était un mouvement malheureux, pire encore, dangereux : il baissa les paupières et se dirigea en aveugle jusqu'à la Chambre des Cartes. Alors seulement il se retourna vers Trendy.

— Vous jouerez avec Madame, lui dit-il, et il lui désigna, au milieu des invités, la silhouette impérieuse de la cantatrice.

Il l'introduisit dans la pièce. Tous s'écartaient autour de la diva, qui s'installait déjà à la table de jeu.

— Venez ici, ajouta le Commandeur, et il fit signe à Trendy de s'asseoir en face d'elle. Et vous, Anna, de ce côté. Vous jouerez avec Sirius, contre Constance et notre jeune ami. Vous avez toujours adoré le jeu.

Anna s'assit sans se faire prier à la droite de Trendy. Le Commandeur se pencha sur un meuble pour y chercher des cartes. Des dizaines de boîtiers s'y alignaient, rangés avec un soin impeccable. Il devait les collectionner.

— J'ai toujours eu l'habitude de jouer, c'est vrai, lança Anna. Mais j'engage toujours de l'argent. Sans argent, le jeu n'a pas le moindre intérêt.

— Vous en avez ? rétorqua le Commandeur. Je croyais que vous aviez dilapidé la fortune de vos parents dans les casinos de cette malheureuse province. Il vous en reste donc ?

— Plus guère. Mais j'ai mes bijoux.

Et elle se défit dans l'instant d'un solitaire qu'elle portait à la main gauche.

— Nous jouons de l'argent, ajouta-t-elle. De l'argent ou nos bijoux.

— Fort bien, fit le Commandeur sans se départir de son calme. Par l'intermédiaire de Constance, je jouerai contre vous, Anna. Mais vous êtes présomptueuse. Constance est redoutable aux cartes, comme au chant. Comme en tout, d'ailleurs. Il est vrai que les cartes sont le miroir de ce que nous sommes. Voici mon enjeu.

A son tour, il se défit d'un bijou, une épingle de cravate en or. Les assistants se taisaient, ils ne songeaient plus qu'à prendre leur place derrière les chaises des joueurs. Trendy sentit sur lui le regard de la Cruzenburg. Il feignit d'observer les murs de la pièce. Chacun d'entre eux était orné d'un tableau représentant une figure du jeu de cartes : sur la porte coulissante, l'as de trèfle, puis le valet de pique, le roi de carreau, enfin, au-dessus de la commode où le Commandeur choisissait un jeu, venait la dame de cœur. Mais, au lieu d'être stylisée, elle avait le visage d'une femme bien réelle, peint avec une application appuyée, comme la représentation minutieuse d'une photographie ancienne. L'artiste s'était acharné à reproduire de minuscules détails, la ligne artificielle de ses longs sourcils, les petits crans réguliers de sa coiffure désuète. Autour de ses yeux, son maquillage un peu lourd soulignait son expression ardente, un air de sauvageonne mal apprivoisée qui rappelait, quoique d'assez loin, la sombre beauté d'Anna Louvois. L'intérêt de Trendy n'avait pas échappé à Sirius. Avant de prendre sa place, il se pencha vers lui :

— Léonor, souffla-t-il. Celle qui fit bâtir cette maison.

Et, comme Trendy ne comprenait pas, il ajouta, encore plus bas :

— La mère du Commandeur.

Trendy demeura sans voix. Il eût volontiers approfondi son examen du portrait si le Commandeur, des tiroirs de la commode, n'avait enfin extrait un boîtier de laque, qu'il tendit à la Cruzenburg :

— Celui-ci sera parfait, dit-il. C'est mon préféré.

La cantatrice ouvrit la boîte et étala quelques figures sur la table. Ainsi qu'il fallait s'y attendre, c'était un jeu de tarots. Depuis quelques mois, comme à la Renaissance, on se servait pour le jeu des tarots divinatoires. La vogue s'en était répandue dans toutes les classes de la société, on y jouait partout avec fureur, ce qui n'était pas la moindre singularité de cette époque étrange. Selon le cercle que l'on fréquentait, les règles du jeu pouvaient considérablement varier, notamment la hiérarchie des atouts : chacun, selon sa richesse, ses goûts en matière de plaisir et d'amour, ses fréquentations, ses ambitions, y projetait ses fantasmes et ses normes sociales. Il était prudent de s'en aviser avant le début des levées. Le Commandeur prévint les inquiétudes de Trendy.

— Voici nos règles, dit-il, et il les commenta.

Elles étaient assez simples, à mi-chemin entre les usages du bridge et le tarot traditionnel. Anna donna quelques signes d'impatience. Elle devait les connaître par cœur. Elle ne cessait plus de rejeter ses mèches brunes sur le boléro de fourrure qu'elle avait passé sur sa robe et pianotait sans retenue sur le tapis vert. Sirius demeurait impassible, tout comme la Cruzenburg, qui étalait les cartes à mesure que le Commandeur en expliquait les valeurs. Trendy, ainsi que sa mère, avait le goût des cartes. La passion de l'étude, néanmoins, l'en avait le plus souvent détourné. Il ne s'était autorisé ces écarts qu'à une époque très récente, quand la fièvre du jeu avait gagné à leur tour ses amis des Halles. Avec eux, il eut alors de ces soirées bizarres où tous aimaient à croire que, dans l'attente d'une aube qui changerait le monde, il n'était pas de plaisir plus intense que de brûler les heures de la nuit en agitant les mêmes images que la Cruzenburg sortait à présent du boîtier, l'Amoureux, le Fou, le Diable, la Mort, l'Etoile, la Lune et le Soleil, la Maison-Dieu, la Chasteté, le Temps. Cependant il n'avait jamais vu de cartes qui fussent aussi raffinées, à tranche dorée, comme autrefois les missels, et les figures elles-mêmes étaient peintes à la main, avec un soin extrême, celui des enlumineurs, dans un style maniéré et léché qui évoquait aussi les premiers artistes de la Renaissance. A l'évidence, ce jeu n'avait jamais servi. Les invités se rapprochèrent de la table. Trendy n'osait plus lever les yeux. Rien qu'à voir les mains longues et blanches de la diva sur les tarots, ses doigts si fins, si adroits, il était mort de peur. Serait-il à la hauteur de sa partenaire ? Quel jeu allait se jouer ici, dont il pouvait sortir battu, humilié, mortifié ? Par bonheur, se dit-il, cette femme est mon alliée. Elle est très forte. Je dois apprendre à le devenir autant qu'elle. Et qu'étaient ces cartes, au juste, sinon des morceaux de carton, matière vile et périssable, songerie et leurre à la surface des choses ? Sa seule terreur fondée, c'était l'absence de Judith. Elle n'avait rien à voir avec ce jeu.

Un court instant, au moment où il soulevait sa donne, il en douta. Il interrogea, en face de lui, le visage de Ruth.

Comme les autres, elle avait un air distant, détaché, elle avait basculé dans le jeu, dans l'univers du Commandeur. Sa frayeur le reprit. Il se força à se concentrer sur ses cartes. Le Commandeur lui fit signe de commencer.

Il abattit une première figure et respira. D'un seul coup, d'avoir cédé à l'attirance et à la fatalité de ces morceaux de carton peint, il se sentait délivré. C'était mal, sans doute, et il consentait à ce mal ; mais ce péché était un délice qui transfigurait tout.

Dès les premiers échanges, personne ne bougea plus. La partie dut être assez longue. Absorbé par le jeu, tenaillé aussi par le désir de vaincre, Trendy ne sentit rien du temps qui s'écoulait. Rien ne comptait plus, ni la moue accablée de Sirius, ni la beauté d'Anna Louvois dont le parfum, exalté par sa fourrure, s'exagérait de minute en minute, jusqu'à menacer les effluves puissants qui se répandaient autour de la Cruzenburg. De temps à autre, Trendy se risquait à scruter l'œil gris de la diva, tentait de deviner les indications de son regard froid. Peu à peu, il y parvint. Cette complicité inespérée l'enflamma. Il y eut plusieurs manches, qu'ils gagnèrent. Anna Louvois s'acharnait, aveugle aux mines consternées de l'assistance. Après son solitaire, elle s'était défaite d'un anneau d'or en forme de serpent, puis de sa montre et d'un bracelet de platine. Sans l'ombre d'un frémissement, le Commandeur s'était départi à son tour des perles qui fermaient ses manchettes, de sa montre lui aussi, enfin de sa tabatière. A chaque fois, la Cruzenburg et Trendy remportèrent la manche. Indifférente, la cantatrice se contentait de repousser les enjeux dans un coin de la table. Les pertes d'Anna Louvois n'étaient pas l'effet seul d'une malchance ordinaire. Elle calculait très mal. A plusieurs reprises, ses erreurs furent si flagrantes qu'un murmure de réprobation parcourut l'assistance. Lorsqu'on aborda la dernière manche, il fut évident qu'elle avait perdu. Le valet du Commandeur passa entre les convives, proposant des cigares et du café. Tandis que Sirius battait les cartes, le Commandeur se rapprocha d'Anna.

— On me l'avait dit, déclara-t-il, mais je n'avais pas voulu le croire. Votre passion du jeu n'a pas faibli, Anna.

Son mantelet de fourrure avait glissé et ses épaules étaient nues. Elle frémit, sans qu'on pût savoir si c'était d'avoir entendu son prénom énoncé par cette voix qui le faisait sonner, ou du contact sur ses épaules des doigts bagués du Commandeur. Elle ne le repoussa pas.

— Ne jouez plus, poursuivit-il. Vous avez la folie des grandeurs. Cela vous perd.

— La perdition ! Vous n'avez jamais eu que ce mot à la bouche. Je vis comme il me plaît.

— Je vous laisserai cette illusion.

Il détacha brusquement ses mains de ses épaules. Elle eut le rictus d'un enfant qu'on abandonne et qui s'empêche de pleurer.

— Reprenons les enjeux au début, poursuivit-il. Considérons que vous n'avez rien perdu et que seul ce dernier jeu sera décisif.

— Je n'ai pas besoin de vos bontés !

Elle se forçait, et savait qu'on ne le voyait que trop.

— Ne les refusez pas, je vous prie. Pour l'amour de moi, Anna...

Il avait fait sonner à nouveau les syllabes de son nom. Sans attendre sa réponse, il se défit de sa chevalière.

— Fort bien, dit Anna, subitement apaisée. Jouons. Je vous suis sur le même chemin.

Elle détacha avec désinvolture le seul bijou qui lui restât, la tresse d'or et de saphirs qui entourait son cou. La partie reprit. Anna jouait mieux, infiniment mieux. Trendy se crispait. En face de lui, la main soignée de la Cruzenburg continuait d'abattre les cartes avec une régularité implacable. Maintenant qu'il avait pénétré les moindres détours de sa tactique, Trendy la suivait sans difficulté. Une sorte d'exaltation le gagnait, il aurait joué des heures tant il était grisé. Sans posséder beaucoup d'atouts, la diva calculait à la perfection, mais Anna Louvois et Sirius dominaient toujours. A un moment crucial, la Cruzenburg hésita. Sa main resta suspendue au-dessus de la table. Elle reprit sa carte à temps. Derrière elle, Halphas tressaillit, son air mélancolique s'effaça d'un coup et fit place à l'expression d'un très vif intérêt. La Cruzenburg continuait à réfléchir, sa main endiamantée hésitait encore entre deux cartes. Anna se redressa et secoua sa chevelure. Halphas la regarda avec un sourire. Elle crut la victoire à sa portée, d'autant que la diva, qui s'était enfin décidée, abattait une très faible carte. Sans consulter Sirius, et persuadée que la cantatrice et Trendy n'avaient plus de jeu, elle déposa triomphalement son plus fort atout. C'était le Temps. Trendy joua, puis Sirius, l'un et l'autre très circonspects. Quand vint son tour, la Cruzenburg n'avait plus qu'une seule carte. Avec la plus grande sérénité, elle déposa sur les trois précédentes la figure du Jugement Dernier, qui consacrait la défaite d'Anna. Au même instant, Halphas quitta la pièce. Le jeu était fini. Trendy comprit alors que la diva avait joué de bout en bout à la perfection, et qu'à l'ultime instant, tremblant devant Anna, elle n'avait fait qu'hésiter sur les moyens de la perdre.

— Encore une manche ? demanda le Commandeur.

Anna repoussa sa chaise avec violence.

— Vous voulez m'humilier ! Vous n'avez pas changé ! Vous avez pipé le jeu et maintenant vous voulez m'abaisser ! Gardez mes bijoux, je m'en moque. Je vous méprise. Je m'en vais.

Le Commandeur revint près d'elle et la reprit par les épaules. Elle se laissa faire.

— Comme vous voulez, dit-il. Mais vous vous emportez. Il y a toujours eu trop de désir en vous. Trop de passion mal employée. Le jeu est un miroir, je vous l'ai toujours dit. Calmez-vous. Nous pouvons reprendre la partie. Vous pouvez regagner vos bijoux. Vous n'êtes pas ruinée.

Elle se laissait convaincre, regagnait sa chaise, fixait sur le tapis vert les figures du dernier jeu.

— Un jour, poursuivit le Commandeur, les figures du jeu sortiront de leur carton et nous regarderont en face. Ce jour-là, nous ne pourrons pas éviter de contempler nos erreurs. Et vous, Anna, vous verrez enfin vos vrais désirs, votre vie si mal employée...

Elle recommençait à battre les cartes, mais ce fut plus qu'elle ne put supporter. Elle se leva d'un bond et fit face au Commandeur :

— Tu dis n'importe quoi, siffla-t-elle. N'importe quoi pour torturer les femmes. Mais tu as tort. Tu n'es plus irrésistible.

La Cruzenburg, qui jusque-là n'avait pas bougé, se leva à son tour. Sous le chandelier où elle avait rejoint le Commandeur, il sembla à Trendy les voir s'assombrir.

— Tu ne m'auras pas cette fois-ci à ton jeu pipé, répéta Anna Louvois. Maintenant, je sais d'où tu sors.

— Personne ne vous comprend, intervint la chanteuse. Vous n'êtes qu'une mauvaise joueuse.

Les yeux de la Cruzenburg eux aussi avaient foncé. Anna ne se contenait plus. Elle haletait, la rage l'envahissait, de vieilles rancunes lui revenaient, des rancœurs accumulées, une haine irrépressible qui ressemblait trop à l'amour. Elle s'immobilisa un long moment devant le Commandeur, soutint son regard, et, comme il allait se détourner, elle s'empara d'une carte sur la table, qu'elle lui déchira au nez.

Nul ne voulut savoir quelle figure Anna Louvois avait détruite, et Trendy pas plus que les autres. A cet instant, il eut le pressentiment qu'elle était condamnée. Il n'eut pas le temps de s'attarder à cette considération. Anna avait déjà ramassé sa fourrure, elle s'enfuyait, elle disparaissait au bout d'un corridor. Alors, n'écoutant plus que les forces inconnues qui remontaient en lui depuis qu'il était arrivé ici, il s'enfuit à sa suite par les couloirs compliqués qui parcouraient la *Désirade*.

Il la rattrapa dans le second couloir. Elle était éperdue. Il la prit par le cou, elle se dégagea, il la rattrapa encore et cette fois la saisit par la taille. Alors seulement elle consentit à s'arrêter.

— Toi, fit-elle. Toi, le petit qui vit chez Ruth...

— Le petit ?

— Non. C'est vrai, tu n'es pas si jeune. Mais je me sens tellement vieille...

Elle ne bougeait plus. On aurait dit qu'elle sortait d'un rêve.

— Vite, chuchota Trendy. Sortons. Allons à l'air.

Il ne se reconnaissait plus. Quelque chose le poussait, qu'il ne voulait pas s'expliquer. On les cherchait. Des bruits de pas, des exclamations étouffées lui parvenaient déjà du bout du couloir.

— Oui, vite, reprit Anna, et elle lui montra une porte qu'il n'avait pas remarquée.

Elle connaissait admirablement la maison. Il la suivit. Ils furent bientôt essoufflés. Ils dévalèrent un escalier, traversèrent des enfilades de pièces, tour à tour immenses ou minuscules, des salons à peine meublés, mais toujours décorés de glaces. Pareil au Commandeur, il fuyait à présent son reflet. Partout brûlaient les mêmes bougies de cire verte et bleue, et ils tombaient parfois sur des objets insolites, tout un bric-à-brac dont le sens lui échappait. Enfin ils furent dehors. Par une fenêtre fusèrent quelques cris, le rire de la Cruzenburg, lui sembla-t-il. Des flammes vacillèrent sur un chandelier qu'on tendait. Elles s'éteignirent presque aussitôt. Ils coururent à travers le parc, dans les odeurs d'eaux mortes et des arbres d'automne.

Anna se précipita vers son coupé. Ses formes sportives et sa couleur rutilante tranchaient sur la sobriété de la plupart des limousines. Trendy s'y engouffra. Elle dégagea son automobile et franchit les grilles. Tout s'était passé très vite. Il était hébété, il n'eut pas la force de demander à Anna où elle se dirigeait. Il ne comprit que bien plus tard qu'elle avait pris le chemin des terres.

Elle conduisait vite, trop vite, elle avait dû boire, ou c'était un reste de l'excitation du jeu. Elle menait son automobile comme elle avait joué, impulsive, risquant leur vie à chaque seconde, l'air buté, se mordant les lèvres, avec une expression de désespoir intense. C'était une détresse bien singulière que celle d'Anna Louvois ; car, si la grâce de la jeunesse l'avait abandonnée, il demeurait dans ses gestes la même innocence qu'à Judith, une façon inconsciente d'être belle. Elle possédait par surcroît les charmes de la maturité, des formes épanouies, une recherche dans la mise, cela même que, d'emblée, Trendy avait aimé chez Ruth. Cependant, elle avait une manière bien à elle de provoquer les regards : le profond décolleté de sa robe de crêpe noir, son ourlet haut fendu sur ses jambes. A chaque freinage, il voyait ses cuisses apparaître entre les plis souples du tissu, leurs muscles se crisper, et malgré la vitesse, sa frayeur que la route ne révélât soudain une fondrière, une rangée d'arbres, un virage inattendu, il souhaitait un autre freinage, l'obstacle plus surprenant que les précédents qui soulèverait tout le bas de la robe et lui offrirait dans leur entier les longues jambes d'Anna. Le coupé, quoique rapide, était très confortable. Trendy aurait pu s'abandonner à la souplesse des sièges de cuir, s'assoupir, la laisser rouler jusqu'à la fin des temps. Mais il ne parvenait plus à se détacher d'Anna, de sa silhouette dans la pénombre. Elle se taisait. De temps à autre, elle soupirait, haussait vaguement les épaules, et c'était alors une joie de plus, car sa poitrine frémissait, le peu qui lui en était caché tremblait entre tissu et fourrure. Sur son cou s'était creusée la marque des pierres qu'elle avait jouées, et perdues. Trendy ne cherchait pas à comprendre ce qui s'était passé à la *Désirade*, et pourquoi il l'avait suivie. A cet instant, il n'était plus qu'à la violente présence de cette femme mûre, belle et désespérée qui l'emmenait il ignorait où — le savait-elle elle-même ? — et l'arrachait miraculeusement, par ses extravagances, aux démons qui le dévoraient depuis le départ de Judith.

Le moment arriva où il fallait tenter quelque chose. Le regard d'Anna s'était voilé, ses gestes se brouillaient, elle devenait hagarde. Il posa son bras sur le sien.

— Arrête, dit-il. Ralentis.

Il l'avait tutoyée. Décidément, il ne se contrôlait plus. Anna s'exécuta. Les phares éclairèrent sur la gauche une allée cavalière.

— Prends ce chemin.

Il se rapprocha d'elle et lui enleva le volant. Elle était la docilité même. Ils roulèrent ainsi quelques minutes sur les cahots du chemin de terre, il respirait l'odeur un peu forte de sa peau, mêlée à son parfum de fourrure. Il coupa le moteur et s'abattit sur sa bouche. Elle ne portait rien sous sa robe, sauf des bas retenus très haut. Le désir d'Anna Louvois fut aussi irréfléchi que le sien. Elle avait, comme il le présumait, un corps magnifique. La lumière affaiblie du plafonnier y estompait les premiers signes de l'âge. Il réserva pour une autre fois un examen plus précis de ses formes. Leur abri ne s'y prêtait guère et Anna se montrait ardente. Elle fut, sembla-t-il, comblée. Ils s'assoupirent quelques instants, puis elle s'ébroua.

— Il faut dormir, dit-elle. Trouver un meilleur endroit.

Elle avait retrouvé toute sa tête. Il allait lui proposer de se rendre à la ville la plus proche, d'entrer dans le premier hôtel venu, quand il s'aperçut qu'elle savait avec exactitude dans quel endroit ils se trouvaient.

— Au bout du chemin, sur la droite, poursuivit-elle. Il y a une maison. Une maison que je dois vendre... J'ai les clefs.

Il pensa qu'elle affabulait. Elle agita alors devant lui un trousseau. Elle l'avait pris parmi une série de clefs dont sa boîte à gants était pleine. Elle paraissait gaie, tout d'un coup, toute fraîche, comme si la *Désirade*, le Commandeur, rien n'avait existé, ni même les bijoux de prix qu'elle venait de perdre au jeu.

— Une maison ? balbutia Trendy. Une maison à vendre ?

— C'est mon métier. Je vends, je loue des maisons, des villas. Ici, c'est celle de Mordoré. Un vieux fou. Il a fait fortune, autrefois, au Mexique. Il possédait là-bas une chaîne de bordels. Il est rentré richissime. Tu ne l'as pas vu, tout à l'heure, au concert ? C'est le genre de personnage que le Commandeur aime inviter.

De la rage à nouveau passait dans sa voix. Elle se pelotonna sous sa fourrure.

— ... Mordoré n'avait jamais aimé que les femmes. A son retour, il en était dégoûté, il n'aimait plus que les paons. Il les élevait dans ce parc. Il en a possédé jusqu'à cinquante. Sa femme, une ancienne protégée, en a eu un jour assez. La veille d'une réception, en pleine nuit, elle les a tous étranglés. Au petit matin, Mordoré les a retrouvés morts, bien rangés côte à côte sur les marches de son perron. On n'a plus revu sa femme. De toute façon, depuis quelque temps, il se passe dans le monde tellement de choses bizarres !

Elle avait remis l'automobile en marche. Les phares éclairèrent une grille.

— Mordoré ne veut plus vivre ici. Il ne regrette pas sa femme, il veut oublier ses paons. Il m'a chargée de vendre sa maison. Tu vas voir, c'est une drôle de chose. Il y a même un aquarium. Quelqu'un vient nourrir les poissons tous les deux jours. Les poissons... C'est bien ton domaine ?

Elle n'attendit pas sa réponse et enchaîna :

— Il faut dormir. Il y a aussi un très bon lit.

D'où le savait-elle ? L'avait-elle essayé avec son client, ce Mordoré qui venait du Mexique ? Trendy sentit redoubler l'envie qu'il avait d'elle. L'automobile avait atteint la grille. Elle descendit l'ouvrir. Quand elle revint, il voulut profiter de son humeur bavarde et tenta une question :

— Pourquoi, chez le Commandeur... Ces bijoux que tu as perdus...

— Tais-toi, dit-elle. Il y a trop de passé entre lui et moi.

— Trop de passé ?

— Oui, autrefois, beaucoup de fêtes, de folies... Dans ce temps-là, on ne menait pas la même vie que maintenant. J'étais jeune. Un jour j'ai cru pouvoir le consoler. C'était faux. On ne console jamais personne. Trop de passé, et tellement de folie...

Elle redevenait incohérente. Il n'insista pas. Ils n'étaient pas rentrés dans la maison que ses ardeurs la reprirent. D'autorité, elle poussa Trendy dans la pièce à l'aquarium. Il n'eut pas le cœur d'examiner les poissons. Il remarqua seulement un très gros congre qui s'agitait au milieu de spécimens plus discrets. Du reste, Anna l'entraînait vers un immense canapé. Elle avait allumé un radiateur électrique et s'était dépouillée du peu qu'elle portait. Il put enfin détailler tous ses charmes.

Quand elle eut rendu grâce, contrairement à son habitude, Trendy l'abandonna. Elle ne lui en voulut pas, elle s'endormit presque aussitôt. Lui n'avait pas sommeil. Il n'était pas triste non plus. Anna s'était montrée experte et très douce, rare assemblage de qualités qu'il jugeait à son juste prix. Il devinait aussi que sa tendresse était le signe de son âge, cela même que, très confusément, il avait espéré de Ruth. A la réflexion, il valait mieux l'avoir goûtée dans les bras d'une presque étrangère, plutôt que dans ceux de sa logeuse, et la mère de Judith. Mais ce bonheur ne l'avait pas repu. Dans l'aquarium, sous un éclairage vert qui accentuait les reflets troubles de l'eau où ils s'ébattaient, les poissons poursuivaient leurs rondes capricieuses, aussi méprisants dans leurs glissades que quelques minutes plus tôt, lorsqu'il était arrivé et qu'il avait pris Anna. Pour la première fois de sa vie, Trendy leur renvoyait une indifférence égale. Etait-ce la décoration rustique de ce pavillon de chasse, où cet aquarium détonnait tellement ? Au bout d'un quart d'heure passé à tourner et retourner autour de ses parois, Trendy dut s'avouer que sa passion de chercheur avait fini par s'éteindre. La mer n'existait plus, Drogon était mort depuis des siècles, rien ne comptait que ces femmes entre lesquelles il errait. C'étaient elles, les vrais poissons, les rôdeuses, les insaisissables, toutes à l'affût de lui, et surtout la

Cruzenburg. Le temps du jeu, de son œil gris et froid, elle n'avait pas cessé de lui déshabiller l'âme.

Anna dormait au fond du canapé, ses longs cheveux épars sur ses seins un peu lourds. Même au fond du sommeil elle n'était pas sereine. De temps à autre, un soupir lui échappait, ses sourcils frémissaient, une ride profonde se creusait sur son front. Leur plaisir commun, par deux fois, avait été immense, mais elle avait dû sentir qu'elle ne l'avait pas apaisé. A son tour, il soupira. Quelle femme à présent pourrait le combler ? Anna Louvois, dans l'amour, était un vrai délice, mais, comment dire, elle ne brûlait pas, comme Judith. Oui, c'était le mot, elle ne brûlait pas. Il lui fallait ce désir qui ressemblait au supplice, au suicide, il voulait le ravage de Judith, et son incendie ; et de cette brûlure, dût-il en mourir, il n'arrêterait plus d'avoir soif.

Le lendemain, vers midi, Anna le déposa, à moitié hagard, à la barrière d'*Hauteclaire*. Depuis son réveil elle n'avait pas dit un mot. Elle repartit à grande vitesse, ainsi qu'elle était venue. Elle ne l'embrassa pas, ne se retourna pas. Le souhaitait-il ? Il n'en savait rien. Il était épuisé, il ne désirait plus que sa chambre et son lit. Quand il entra dans la maison, il vit Ruth au salon, devant le feu, selon son habitude. Elle parlait avec Cornell. Celui-ci paraissait inquiet. Elle se tut dès qu'elle aperçut Trendy. Elle portait la même tenue qu'au jour de leur rencontre. Apparemment, tout en elle était redevenu lisse et sans tourment ; et la journée aussi était belle, comme un reste d'été.

— Je suis fatigué, fit Trendy avec une assurance qui l'étonna lui-même. J'ai mal dormi.

Ruth ne dit rien et reprit son ouvrage, la nappe qu'elle brodait depuis le jour de son arrivée, et dont il semblait qu'elle ne dût jamais la finir. Une fois de plus, elle se réfugiait dans la patience de ses mains, elle se repliait sur son passé, ses secrets. Mais pouvaient-ils encore demeurer des secrets, maintenant que Trendy était entré à la Désirade ? Et ce qui l'inquiétait, n'était-ce pas d'abord ce qu'avait dit Anna, le monde entier qui allait mal, et personne pour y comprendre rien, sauf à repérer, de loin en loin, de vagues signes de détresse ?

Ils déjeunèrent. Tout continua comme en un songe. Le soleil caressait les vitres d'*Hauteclaire*, Trendy n'arrivait pas à chasser ses souvenirs de la nuit. Il répondait mécaniquement à ses compagnons de table. Par une sorte de pacte tacite, personne n'évoquait ce qui s'était passé la veille, ni la Cruzenburg, ni le Commandeur, encore moins sa fuite avec Anna Louvois. Un moment, alors qu'ils étaient revenus au salon et que Ruth servait le café, Trendy vit sa main trembler sur le rebord d'une soucoupe, quelques gouttes de liquide se répandirent sur le plateau ; et, comme elle se penchait vers la cheminée pour attiser le feu, il remarqua qu'elle s'était maquillée à la hâte et que la tresse de son chignon était nouée de travers. Cette négligence était inattendue. Sa dérisoire comédie de la sérénité commençait-elle à lui peser ? Ou bien était-ce lui, Trendy, qui voyait partout des intrigues, des mensonges ? Et qui, la veille, avait rêvé...

Il prit congé. « Venez me voir demain, avait dit Cornell. Vous avez besoin d'air, il faut vous détendre un peu. Vos recherches vous fatiguent. » Trendy n'eut pas la force d'éclaircir ce que Cornell avait entendu par *recherches*, s'il avait évoqué les scolioses de ses poissons ou son vif intérêt pour les hôtes de la *Désirade*. Il était exténué. Pendant tout l'après-midi, il erra de ses fiches à son lit, sans parvenir à se fixer. Le soir venu, il prévint Ruth qu'il ne dînerait pas, puis se coucha. Il dormit beaucoup, rêva presque autant. Ce furent des visions violentes, répétées, fugitives, les souvenirs désordonnés de sa visite à la maison d'en face. Il revoyait le feu qui brûlait sans qu'on l'entretienne, il repensait à l'arrivée du Commandeur, à son apparition semblable à celle d'un traître d'opérette ou d'un dieu providentiel d'une machinerie d'opéra. Des détails qui ne l'avaient pas frappé sur le moment lui revenaient avec une précision étonnante : la scabieuse bleue qu'il portait à la boutonnière, la façon si sèche dont il avait prononcé le nom de Judith. Sous sa langue, il avait claqué comme un fouet. Puis se mêlaient les invités, aux visages également sombres, Halphas, Sirius, et même la Cruzenburg. Le noir des vêtements, ses innombrables reflets sous les candélabres, le rouge des tentures, les vitraux, les colonnades, les cornes de licorne, tout se bousculait sans suite et finissait par se perdre dans le puits sans fond des miroirs, comme le chant de la diva ou le rire de Barberini. Qui était le plus vrai, des figures du jeu de tarots ou des jeunes gens bottés aux mines conquérantes ? Qui, d'Anna Louvois ou de la femme peinte au mur de la Chambre des Cartes ? Au réveil, il tenta de se persuader qu'il fallait se résigner au banal.

Il n'y parvint pas. Vers la fin de la journée, l'heure de partir chez Cornell apparut comme une délivrance. Il s'y rendit par le rivage, afin d'éviter la *Désirade.* Ruth l'avait prévenu, il en avait pour une bonne heure. La marche l'apaisa peu à peu. Pendant qu'il sautait de rocher en rocher, évitait des flaques, des tresses d'algues abandonnées par le flot, les souvenirs — ou les rêves — commençaient à se dissoudre. Il ne lui resta bientôt qu'une seule image en tête. C'était le regard du Commandeur, et plus exactement celui qu'il posait sur les femmes. Trendy chercha longtemps comment le définir. Il ne trouva rien. Puis, comme il était en vue de la maison de Cornell, il eut une inspiration subite. Le Commandeur observait les femmes du même œil souverain et distant que le grand poisson noir de l'aquarium, l'autre soir, au pavillon de chasse. Car il se trouvait au moins une chose, dans cette folle soirée, dont Trendy fût certain, c'était de ce sinistre serpent. Le temps de leur plaisir, sa prunelle froide et précise n'avait pas quitté le corps entrouvert de la belle et brune Anna.

CHAPITRE XIII

La maison de Cornell était basse, isolée au fond d'une baie immense, une longue plage en croissant qui s'étirait jusqu'à l'horizon. Une île rocailleuse, accessible à marée basse, se dressait au bout des sables, avec des habitations anciennes laissées à l'abandon. L'endroit était grandiose. Sa solitude étonnait, après le nombre de villas accrochées à la côte sitôt qu'on s'éloignait du promontoire d'*Hauteclaire* ; quelque loi devait protéger le site, à cause de l'île, sans doute, et de ses vieilles pierres. Il faisait encore grand soleil. Trendy dévala les dunes. Il marchait, il courait vers la maison de Cornell, il s'amusait, tel un gamin, à voir son reflet bouger à la même vitesse que lui sur le miroir un peu flou du sable, encore luisant de la dernière marée. L'air était vif, fouettait le corps, lavait l'esprit des pensées importunes. Etait-ce la pureté du paysage, l'idée de sa visite au professeur, ces retrouvailles avec la sensation enfantine, primitive, qu'il avait de la mer, Trendy reprenait force et espoir. Il était ranimé, joyeux, presque étourdi de ce retour à la lumière ; et il croyait Judith à nouveau possible.

Cornell l'attendait en tirant sur sa pipe, adossé au muret de pierre qui ceinturait sa maison. Il désigna le ciel sans nuages :

— Dans deux jours la Toussaint... On ne dirait pas.

— La Toussaint ? interrogea Trendy, puis il se reprit :

— C'est vrai, la Toussaint. L'automne. Et il continue à faire beau.

Depuis la tempête, il avait oublié les dates, les saisons, depuis Judith, surtout, depuis la *Désirade* et cette folie avec Anna. Il s'en voulait un peu des banalités qu'il disait, mais il se sentait bien aux côtés de Cornell, devant sa façade chaulée qui éclatait dans le soleil. La maison était longue et trapue, solide, avec un jardin pour la séparer de la dune, comme le voulait l'usage de la région. Quelques dernières fleurs, de minuscules roses rouge feu, s'y épanouissaient en désordre.

— Vous revenez au monde, dit Cornell.

— Il faut bien.

Il avait répondu sans réfléchir. Il n'eut pas le temps de se le reprocher : Cornell, déjà, le poussait vers la maison :

— Un petit vin de Samos, ça vous dit ? Ça nous changera du thé de Ruth. Attention, baissez la tête, la porte est un peu basse.

Trendy pénétra dans une longue pièce tapissée de livres et très peu meublée : une table rustique chargée de dossiers et de fiches, quelques chaises, un lit recouvert d'une courtepointe dorée, où il reconnut la main de Ruth. Dans une cheminée de pierre fruste somnolait un feu.

— Maison de besogneux, commenta Cornell tandis qu'il vidait sa pipe. On commence par lire quelques livres, puis on a envie d'en écrire un. Pour y arriver, il faut en lire des milliers. Alors à soixante-cinq ans, comme moi, où qu'on aille, on se retrouve entouré de bibliothèques. Dans mes histoires d'amour, j'ai toujours rompu à cause des livres. Je les ai toujours préférés à mes épouses ou à mes maîtresses. Excellente technique pour écrire en paix. Bon moyen, aussi, de se retrouver à vieillir seul.

A demi-mot, déjà, il parlait de Ruth, si souvent distante. Trendy en fut embarrassé. Pour se donner une contenance, il s'approcha des rayons et souleva quelques volumes. Comme il fallait s'y attendre, c'étaient des traités d'histoire des religions, des dictionnaires de mythologie, des ouvrages savants, avec une prédominance de légendes océaniques et d'essais sur les créatures fantastiques engendrées par le Moyen Age. Il remarqua aussi les ouvrages dont Cornell était l'auteur, *Sphinx et Dragons, Paraphrase de l'Astrolabe, Gnomes et génies, Babylone sur mer,* enfin ses deux maîtres livres, connus dans le monde entier, *le Grand Poisson Dormant* et *la Nuit des Sorciers*.

— Laissez tout cela, dit Cornell. Les ondines, les sylphes, les diables, les vaisseaux fantômes, le grand poisson carnassier qui dort en nous depuis la nuit des temps et nous poursuit quand nous dormons de ses images incohérentes... Je répète toujours la même chose.

Il eut un petit rire, ouvrit un placard, sortit deux verres et une bouteille de samos.

— *Le Grand Poisson Dormant*, fit Trendy sans l'entendre. Je connais votre livre. Je l'ai lu il y a quelques années, pour me distraire de la biologie. Il m'a beaucoup amusé. Savez-vous qu'un groupe de poissons a été baptisé les chimères ? Il y a aussi le diable de mer, le poisson-lune... Ils existent bel et bien, malgré leurs noms poétiques. Et il existe un vrai grand poisson dormant. Le cœlacanthe, le dernier survivant des poissons de l'ère primaire. A ce jour, on n'en a capturé qu'une quinzaine de specimen. Ils ont dans leur ventre une poche mystérieuse, ils vivent dans des failles étroites des grands fonds. Ils ne sortent que très rarement. Les voilà, les vrais Léviathan, les grands poissons dormants...

— Ne jouez pas trop les réalistes, coupa Cornell. Vous aussi, vous rêvez. Et même vous n'arrêtez pas.

— Je m'occupe de squelettes tordus de poissons. Bizarrement tordus depuis quelque temps. C'est très concret. C'est de la science. De la science pure.

Cornell ne répondit pas. Il buvait son samos à petites gorgées, comme quelqu'un qui a décidé de déployer des trésors de patience. Au bout d'un moment de silence, il désigna à Trendy une porte au fond de la pièce :

— Je suppose que vous aimeriez voir l'atelier de Judith ?

Trendy déposa son verre sur-le-champ. Cornell avait parlé avec une timidité soudaine, comme si Judith était près de revenir. Il poussa la porte. Elle s'ouvrait sur une pièce nue et très claire, grâce à une grande fenêtre percée dans le mur d'angle.

— C'était il y a deux ans, commenta Cornell. Judith m'avait rendu visite en compagnie de sa mère. Elle est revenue le lendemain, seule. Elle m'a demandé de lui prêter cette pièce. « Je ne vous ennuierai pas, m'a-t-elle dit, je ne viendrai que l'après-midi. J'en ai assez d'*Hauteclaire*, elle est trop haute et trop claire, et puis je voudrais plus d'ouest... » Elle est persuasive, vous savez. J'ai fait percer cette fenêtre.

De l'ouest, en effet, Judith en avait ici à satiété : la vue donnait sur la plage, là où les sables filaient à la rencontre de l'horizon, là où commençaient à baisser les rayons du soleil.

— J'ai eu peur, je l'avoue, poursuivit Cornell, mais elle ne m'a jamais dérangé. Elle peint, comment dire..., religieusement. Avec silence, dévotion. Elle arrive ici et s'enferme jusqu'au soir. Alors elle s'en va, aussi silencieuse qu'elle est venue. C'est l'heure où je commence à travailler. J'aime la nuit. J'ai besoin d'elle. J'aime son chaos d'où resurgissent les fantômes. Les plus vieux fantômes de l'humanité. La nuit, on retrouve les vraies sources, celles qui sont cachées, ensevelies, obscures. C'est un temps suspendu, infini, sans saisons. En se laissant porter par la nuit, on peut remonter très loin, à Jésus-Christ, aux druides, aux premiers sorciers, au Déluge même, à Babylone et ses démons. Toute une fantasmagorie que j'aime et à laquelle je n'ai jamais cru. Je l'étudie aussi froidement que vous examinez vos arêtes de poissons.

Trendy l'écoutait à peine. Il s'était arrêté devant le chevalet de Judith. Un grand chiffon le recouvrait. Il ne le quittait plus des yeux.

— Venez, fit alors Cornell. Quand Judith travaille, je vais marcher. Le rivage est magnifique. Et si changeant. Venez.

Pour toute réponse, Trendy s'approcha du chevalet.

— Venez, insista le professeur. Je ne regarde jamais ce qu'elle est en train de peindre. C'est une convention entre elle et moi. Je lui ai juré...

— Il n'y a aucun serment entre Judith et moi.

— Mais...

— Judith et moi nous sommes si peu vus !

Il s'était forcé à parler avec sécheresse. Il souleva le chiffon. Il demeura stupéfait. Il s'attendait à un paysage de mer, un peu maladroit, brouillon, vaguement impressionniste, comme en font souvent les débutants. Il découvrait une Annonciation bleue et dorée, extrêmement soignée, fignolée, un peu dans la manière des préraphaélites.

— Vous n'auriez pas dû, lâcha Cornell.

Mais lui non plus ne parvenait pas à se détacher du tableau. Le plus étrange n'était pas que la toile fût inachevée et qu'il y manquât les visages. C'était plutôt l'anachronisme de certains détails. Sous son voile, la Vierge avait les mêmes cheveux courts que Judith. Devant elle se tenait un ange aux ailes noires, vêtu d'un costume de flanelle grise coupé à la façon des meilleurs tailleurs britanniques. Il portait à la boutonnière une scabieuse d'un bleu mourant. Au-dessus de la jeune fille, il étendait une longue et fine épée : pour la tuer, ou l'élever à son rang de nouvelle mère divine ? Trendy laissa retomber le chiffon. Un long moment, son regard erra dans la pièce, à la recherche d'un signe, davantage même, en quête d'un indice quasiment policier qui lui donnerait la clef de ce curieux portrait. Il ne vit que l'attirail ordinaire des ateliers, des pinceaux, des tubes, des esquisses au fusain. Seuls les visages auraient pu lui éclaircir l'énigme, mais ils étaient restés en blanc.

— Venez, répéta Cornell. Le vin de Samos...

— Pourquoi ne peint-elle pas la mer ? coupa Trendy avec humeur. Vous avez fait percer cette fenêtre. La mer est là, juste en face d'elle.

— Je n'en sais rien. Ce n'est pas son univers, sans doute. Ou bien l'Océan lui fait peur.

— Et l'épée, juste au-dessus d'elle ? Elle n'en a pas peur ? Car c'est bien Judith, sur le tableau...

— De purs fantasmes.

Cornell s'apprêtait à sortir. Trendy allait le suivre, quand il avisa le seul meuble de l'atelier, une commode sur laquelle s'empilaient de vieux magazines, des numéros anciens de revues mondaines. Des signets soigneusement découpés marquaient certaines pages. Trendy s'en empara.

— Voilà son modèle ! s'exclama-t-il presque aussitôt. Personne d'autre ne l'intéresse.

Cornell se pencha sur les pages que lui montrait Trendy. C'étaient des clichés comme on en trouve à foison dans les magazines de luxe, des photos de cocktails, de premières, d'inaugurations, d'après-midi aux courses. Le plus souvent, on y reconnaissait Constance von Cruzenburg, Dräken, le peintre Effroy, ou des vedettes de cinéma, des chanteurs aux succès internationaux ; et sur chacune des photos marquées du signet de Judith se trouvait en retrait, mais immuablement présente, la haute stature du Commandeur. Dans la marge de l'un des clichés, Trendy remarqua une esquisse du tableau qu'il venait de découvrir. Il referma la revue et caressa un instant sa couverture de papier glacé.

— Venez, dit encore Cornell. Vous savez bien qu'elle est partie pour ses études...

— J'ai vu le Commandeur. Cette fête folle... Je n'ai pas rêvé ! Il existe. Et c'est lui qu'elle peint. Lui, avec une épée, qu'elle attend...

— Les artistes se nourrissent de rêves. Ils vivent d'images.

— Je l'ai vu, s'obstina Trendy. Le Commandeur n'est pas une créature sortie d'un conte, comme vos gnomes ou vos génies. C'est lui, sur le tableau. Cette façon de s'habiller, cette allure, ces épaules...

Cette fois, Cornell fit preuve d'autorité. Il le prit par le bras :

— Le soir va tomber. Sortons. Allons marcher sur la plage.

Trendy se laissa faire. Quand ils se retrouvèrent dehors, la mer avait encore baissé.

— Les choses sont beaucoup plus simples, reprit Cornell comme ils descendaient de la dune. Vous rêvez trop.

Trendy n'avait plus le cœur à répondre. Ils marchèrent un moment en silence. Au loin, au bout de la laisse de mer, derrière les striures brillantes des eaux qui se retiraient, les vagues retombaient lentement, petites et lasses, avec un infime liséré d'écume.

— Regardez l'Océan à marée basse, dit alors Cornell. Tout y est brouillé, flou, incertain. Au premier jour du monde, qui aurait parié sur le retour de la mer ? Un gonflement bien improbable, n'est-ce pas ? Et pourtant la vie continue à bouillonner sous ces pauvres vagues. La mer ne connaît pas la trêve. Nos rêves non plus.

— Je vous répète que je suis un scientifique. Je m'occupe des déformations vertébrales des poissons. Et ce que j'ai vu, l'autre soir, à la *Désirade*, de mes yeux vu...

— En dépit de toute notre science, en dépit aussi de tous les dommages que nous infligeons à la nature, nous continuons de vivre dans un réservoir à légendes. Le Commandeur en est une. La *Désirade* aussi. Des légendes modernes. Des légendes locales.

— Mais Ruth... Et ces gens, dans la maison ? Et la statue qui suait...

— Moi qui y suis entré comme vous pour la première fois, je n'ai vu qu'une maison soigneusement organisée pour l'étrange, avec des gens scrupuleusement costumés à cet effet, et jouant leur rôle à la perfection.

Cornell ponctuait ses paroles en claquant les talons de ses bottes dans une petite flaque qu'il s'amusait à traverser. Il poursuivit plus sereinement :

— C'est pourquoi d'ailleurs je vous approuve de vous être sauvé en compagnie d'Anna. C'était insupportable. Pauvre Anna ! Elle est beaucoup plus fragile que vous.

— Vous vous êtes pourtant disputé avec elle ! Au beau milieu de la fête... Je ne me suis pas trompé cette fois-là, j'ai bien vu !

— Enfin, Trendy, tous ces gens-là s'amusent ! Ils jouent à la fin du monde. Anna Louvois est tombée dans le panneau, comme toute cette belle province invitée chez le Commandeur. Mais pas vous, Trendy, pas vous...

— Je ne comprends pas.

— C'est la nouvelle mode. Le monde est mûr pour les sectes, les religions, les magies en tous genres. Maintenant qu'on a franchi toutes les barrières, il ne reste plus qu'une limite ultime, un seul secret, la mort. On s'est mis à en jouer. On a déterré Satan, Lucifer, toutes les vieilles lunes. Et parmi elles la fin du monde. Jusqu'à maintenant, il n'y avait qu'un vieux professeur comme moi pour s'y intéresser. Mais pensez donc, s'amuser à la mort de l'univers, aux pluies de feu, à l'Ange exterminateur... Le dernier grand jeu. Quel divertissement grandiose !

— Mais le Commandeur existe ! Il a eu des histoires avec Ruth, avec Anna. Avec Van Braack aussi, non ? Cette montagne de rumeurs...

— Il n'y a pas de secrets dans ces histoires, comme vous les appelez. Bien sûr, j'ignore bien des détails. Elle seule, Ruth, pourrait vous les raconter. A moi-même elle n'a pas tout dit. C'est tellement douloureux ! Des années qu'elle essaie d'oublier.

— Si j'ai rêvé, l'autre soir, alors expliquez-moi.

Ils étaient arrivés en vue de l'île, près d'un grand rocher qui, même à marée haute, devait rester à sec. Ils l'escaladèrent et s'assirent à son sommet. D'une tabatière qu'il gardait toujours en poche, Cornell tira de quoi bourrer une nouvelle pipe. Il y mit tant de précision et de soin que Trendy comprit qu'il reculait le moment de parler.

— Tout commence avec Van Braack, dit-il enfin. Et vous parler de Van Braack, c'est un peu vous parler de moi.

Un long moment, il tritura sa pipe, à la recherche d'un préambule. Puis il se fit violence :

— Cela remonte à une quarantaine d'années, quand je commençais mes recherches sur les légendes de la mer. Je travaillais sur les monstres marins. Ou plus précisément sur la permanence dans les légendes océaniques des démons inventés par la vieille Babylone. Sérieux, n'est-ce pas ? Déjà le Grand Poisson dormant... J'étais arrivé d'Amérique avec un immense projet : de l'Islande à la Scandinavie, de la Bretagne à la Hollande, sonder la mer européenne, son fourmillement de sirènes, de capitaines maudits, de vaisseaux fantômes. Et les comparer avec les diables de la Mésopotamie, les plus anciens démons de la Bible. J'interrogeais beaucoup de pêcheurs, d'anciens navigateurs. Je connaissais bien l'histoire de la région. Un jour, j'étais ici depuis déjà trois mois, on m'a parlé de Van Braack. Par la rumeur, j'avais entendu parler de sa maison et de son passé de capitaine. Le personnage m'intriguait. J'ai voulu le rencontrer. On ne m'a pas laissé beaucoup d'espoir. « C'est un fou, un étranger, il ne vous recevra pas, il n'en a que pour sa fille aînée... » Je me suis entêté. A ma grande stupeur, Van Braack m'a reçu. Ce jour-là, je n'ai même pas remarqué Ruth. Elle devait avoir dix, douze ans. Quand je l'ai retrouvée, il y a quelques années, sur cette plage, ramassant des algues, je n'aurais jamais imaginé que je l'avais déjà vue. J'avais appris qu'elle vivait dans la région, mais j'étais comme tout le monde, je ne me souvenais que du capitaine. Et de sa fille aînée. Iris... Elle était si belle. Le jour où Van Braack m'a reçu, elle est entrée quelques instants dans le salon. C'était l'été. Elle portait un bouquet de fleurs. Une fille superbe, brune, vingt ans à peine, et d'une telle élégance ! L'élégance de ce temps-là, la taille fine, la poitrine plantureuse, les cheveux ondulés et de tout petits escarpins. Je la revois encore ouvrir la porte. Elle était radieuse. C'était l'époque de ses fiançailles.

— Avec le Commandeur ?

— Tout juste. C'était l'événement du pays. Je m'en souciais comme d'une guigne, j'étais de passage, comme vous, avec une thèse à écrire. Il fallait que je fasse parler ce vieux fou qui, à ce qu'on disait, avait tellement bourlingué. Je lui ai à peine tiré quatre phrases. Il avait une voix très rauque, cassée, on aurait dit qu'il l'économisait. Et ce visage tourmenté, toujours crispé. Avec l'âge, il était devenu encore plus effrayant que sur son portrait. Et sa façon de marcher... J'avais l'impression qu'il traînait derrière lui un énorme filet. Il a été d'abord amusé que je m'intéresse à lui, il a eu un rire bizarre, une sorte de hoquet, puis, brusquement, il a changé de figure : « Des histoires, vos démons et vos monstres, des histoires à dormir debout. Tout ce qu'on rencontre sur les mers, ce sont des tempêtes et des fièvres. Les terriens n'y comprendront jamais rien. » Je n'ai pas pu en tirer davantage. Il a changé de conversation. Il m'a montré ses tableaux, il m'a parlé en bougonnant des anciennes colonies hollandaises, de son yacht, qu'il venait d'étrenner. On aurait dit...

D'un seul coup, Cornell cherchait ses mots. Trendy dissipa son embarras :

— Qu'il voulait se protéger de quelque chose.

— Exactement. Mais je n'ai pas pu l'oublier. Il avait l'air... C'est difficile à expliquer, c'est une pensée un peu folle, mais je vous jure qu'il ressemblait à quelqu'un qui avait fait sur mer des rencontres dont il ne s'était pas remis. Je savais bien que ce n'étaient pas des démons. Cet homme-là avait affronté toutes les terreurs et fortunes de mer, celles-là même qui ont donné naissance aux légendes des monstres et des diables tentateurs. En ce temps-là, j'étais trop jeune pour le faire parler. Trop inexpérimenté. Et je n'y avais encore rien compris, à mes monstres. Je cherchais à l'aveuglette.

Il marqua un temps d'arrêt et reprit :

— J'ai su plus tard, en naviguant moi-même, qu'on ne rencontre pas grand-chose sur les océans. Des tempêtes, des fièvres, comme l'avait dit Van Braack. Mais on a assez peur pour s'en trouver changé. Alors on se raconte des histoires. On invente des créatures d'épouvante, quand on n'a rien vu d'autre que des vagues, quand on n'a rien senti que le mal de mer.

— Mais le Commandeur ? Vous l'avez rencontré à cette époque-là ? L'autre soir, j'aurais juré que vous ne l'aviez jamais vu.

— C'est exact. Cet homme-là ne m'intéresse pas. Pas plus que sa maison, ni tous les bruits qui courent sur son compte. Je vous l'ai dit, c'est une légende locale. Il a suffi que sa mère, une créole sans mari, demi-folle, enceinte et propriétaire de mines d'or, vienne construire une maison sur le cap au moment où la région commençait à devenir à la mode pour que les habitants se mettent à jaser. A rêver. Les hommes préfèrent rêver ensemble que tout seuls.

Le vent s'était levé. Des nuées d'oiseaux tourbillonnaient autour d'une quille renversée sur le sable d'une anse.

— Pourtant Ruth et le Commandeur...

— Une simple histoire de voisinage. Puis une histoire de famille.

— Pourtant...

— Je vous raconte ce que je sais, coupa Cornell, tout ce que je sais par Ruth.

Trendy n'osa pas répliquer. A cet instant, Cornell ressemblait à Drogon. Ce n'était pas moins irritant. Quand donc arriverait-il à se passer de professeur ?

— Pour bien comprendre, il faudrait savoir d'où arrivait Van Braack, enchaîna Cornell. Il semble qu'il ait été une sorte de renégat. Il était fils unique. A vingt ans, Ruth elle-même ignore pourquoi, il a quitté les siens, une très riche famille d'Amsterdam. Il a couru les mers pendant quelques années, puis, à la mort de ses parents, il est rentré pour empocher l'héritage. Il a atterri ici. L'endroit était désert. Une lubie, sans doute. Il s'est fait construire une villa. Il y a très peu vécu. Il l'a abandonnée presque aussitôt pour ce poste invraisemblable de gouverneur d'une île perdue, au fond des Indes néerlandaises. Il s'est marié avec une Européenne qu'il avait ramassée entre Calcutta et Saigon, une de ces vagues demi-mondaines qui intriguaient encore entre les paquebots et les villes coloniales. Elle aussi, elle devait avoir des choses à oublier. Elle est morte à la naissance de Ruth. Le capitaine a obtenu très vite de rentrer en Europe. Il s'est installé à Londres. Il ne travaillait pas. Il menait grand train sur ce qu'il restait de son héritage. Ils passaient tous trois leurs vacances ici. Van Braack était fou d'Iris, m'a raconté Ruth. Quand on a découvert son talent pour le chant, il lui a payé les meilleurs professeurs. Un jour, à Londres, alors qu'on voyait en elle une future diva, elle a rencontré le Commandeur.

— Quel est son vrai nom ?

— Je n'ai jamais cherché à le savoir. Il ne m'intéresse pas, je vous l'ai déjà dit. Il faudrait le demander à Ruth. Toujours est-il qu'Iris et lui sont devenus fous amoureux. Pour épouser sa fille, le Commandeur a payé toutes les dettes de Van Braack. Il lui a même offert le yacht dont il rêvait, oui, vous savez bien, le *Roi-des-Poissons*, le bateau dans l'anse au bout du jardin d'*Hauteclaire*, que Ruth entretient à prix d'or et qu'on ne sort jamais. C'est un cadeau du Commandeur à son futur beau-père. Et puis il y a eu le drame.

— Le drame ?

— Comment l'appeler autrement ? Après les fêtes extravagantes, les folies que le Commandeur avait offertes à Iris, il a voulu un mariage très simple, presque à la sauvette. Il faut dire que les imaginations s'étaient enflammées : ce jeune homme pas très beau, mais si riche, si connu dans le monde, qui s'éprenait à la folie d'une cantatrice de vingt ans... On les épiait, on les suivait, ils n'étaient jamais tranquilles. Ruth se souvient qu'elle avait peur parfois du jeune Commandeur, à cause de ses airs excédés et de ses regards sombres. Seule Iris restait la même, radieuse, toujours gaie. Ruth m'a montré des photos d'eux. Un couple superbe. Un air de jeunes fauves. Elle surtout. Racée, gourmande. On aurait dit qu'elle voulait se repaître de la vie. Qu'elle s'apprêtait à un gigantesque festin. Alors le Commandeur a dû être jaloux, il a dû penser à la couper du monde. Iris avait obtenu du Commandeur une croisière dans les mers du Sud. Il avait accepté, peut-être comme on consent à un dernier caprice. Elle avait exigé aussi un détour dans l'île où elle était née et où elle avait passé une partie de son enfance. Cela aussi, il l'avait accepté. Et pourtant il détestait la chaleur, tous les sports balnéaires ; même ici, personne ne l'a jamais vu en maillot de bain. Tout s'est bien passé, jusqu'à l'île. A peine débarquée, Iris a voulu se baigner, comme autrefois, disait-elle. Les indigènes l'ont prévenue que la mer était mauvaise. Elle a répondu qu'elle connaissait la côte depuis sa naissance et qu'elle n'avait de leçon à recevoir de personne — c'est du moins la version des faits qu'a donnée le Commandeur. Elle s'est baignée. Il y avait d'énormes rouleaux. Elle s'est noyée. Quelques heures plus tard, la mer a rejeté son corps. Mais ce n'est pas le plus curieux de l'histoire.

La pipe de Cornell s'était éteinte depuis longtemps. Il la vida contre le rocher, avec de petites tapes régulières et minutieuses. Le soleil avait beaucoup baissé. On entendait contre les pierres un léger clapot, qui annonçait la marée montante. La vie bouillonnante des eaux, un moment recueillie, revenait à l'assaut des pierres, s'infiltrait dans leurs plus minces anfractuosités, soulevait partout, avec de minuscules courants, des éclosions de bulles, les nappes d'algues qui pendaient sur le sable.

— Venez, dit Cornell. Remontons chez moi.

Ils sautèrent du rocher et regagnèrent la plage.

— Le Commandeur a mis des mois avant de revenir, dit enfin Cornell d'une voix un peu plus sourde. Pendant des jours et des jours on n'a pas su ce qu'il devenait. L'endroit était isolé, les indigènes peu bavards. On n'a appris la nouvelle qu'un mois et demi plus tard. Il a fait incinérer le corps d'Iris, puis, des semaines entières, il a erré dans l'île, sans jamais se séparer de l'urne funéraire. On l'a retrouvé dans un village éloigné de tout. Il était en loques, méconnaissable. Il est revenu sans difficultés. Il a expliqué qu'il avait perdu la tête, qu'il avait fait une chute, qu'il avait erré dans les rizières et sur les pentes du volcan, mais que c'était fini, il avait vidé son chagrin, il rentrerait en Europe, il referait sa vie. Il est rentré, en effet. Il a voulu restituer les cendres d'Iris au capitaine, qui n'en a pas voulu. Il les aurait alors enterrées dans sa propriété, près du tombeau de sa mère. Ensuite... Ruth ne sait pas. Son père a très durement accusé le coup. Elle est retournée en pension, en Angleterre. Elle a vécu en orpheline. Elle voyait très rarement son père. Elle a voulu, très tôt, faire sa vie. Elle a suivi un yachtman, je crois, un original assez riche dont elle a eu Judith. Elle n'avait pas eu de mère, elle avait perdu sa sœur, et son père ne l'aimait pas.

Je me demande comment elle a pu résister. Mais Ruth est une force de la nature.

— Je sais.

Trendy devinait qu'à cet instant Cornell pensait au profil de Ruth près du feu ou devant les fenêtres ensoleillées d'*Hauteclaire*, qu'il revoyait ses mains s'acharner sur les choses avec la sourde et dérisoire volonté de contraindre le monde, dans ses plus infimes détails, à devenir beau et bon ; et ce qu'il savait aussi, c'est que pour ces deux seules images Cornell s'était mis à l'aimer comme un fou. Il se crispait chaque fois qu'il devait parler d'elle.

— ... Un jour, je ne sais plus si elle avait déjà rompu avec son yachtman, elle a appris la disparition de son père. Je dis bien la disparition, pas la mort. Le vieux était de plus en plus étrange. Il n'avait plus revu le Commandeur mais à plusieurs reprises, par l'intermédiaire de Me Léonard, son gendre avait couvert ses dettes. Le Commandeur se sentait-il coupable, pour Iris ? Et pourquoi Van Braack lui demandait-il de l'argent, à lui, plutôt qu'à un autre ? Ruth ne m'a jamais éclairé là-dessus. Elle déteste parler d'argent. Et pourtant je suppose que ces dettes courent toujours... En tout cas, Van Braack était devenu à moitié fou. Il n'y avait que deux choses pour lesquelles il semblait recouvrer la raison : l'entretien de son bateau et celui d'*Hauteclaire*. Il était alors d'une exigence maniaque. En ce temps-là, j'étais revenu en Europe pour un autre livre. J'étais déjà assez connu, j'ai voulu le rencontrer à nouveau. C'était par simple curiosité. J'ai découvert un homme halluciné. J'y ai vu un effet de la vieillesse, je n'ai pas insisté. De loin en loin, il partait en mer, toujours seul, sur son *Roi-des-Poissons*. Un jour, par temps calme, on a découvert le bateau qui dérivait. C'était au large de cette île. Il n'y avait personne à bord, le bateau était intact. Il faisait un temps superbe. Van Braack avait appareillé le matin même. On l'a cherché pendant quelques jours. Peine perdue. Les gens d'ici n'aiment pas parler de ce genre de disparitions. Ils ont dit qu'il était parti avec la marée. On ne l'a jamais retrouvé.

— Cela arrive, observa Trendy.

— C'est exact. Mais, dans le cas de Van Braack, l'aventure ressemblait tellement au personnage ! Un suicide, sans doute. Il avait envie de faire une belle sortie.

— Vous êtes sûr qu'il s'est suicidé ?

— Presque certain. Van Braack voulait une sortie conforme à son personnage : devenir le Hollandais errant, vous connaissez l'histoire, ce capitaine maudit que le Diable vient chercher un jour pour lui donner le commandement du vaisseau fantôme, celui qui naviguera jusqu'à la fin des temps...

Il eut un petit rire. Encore une fois, il s'efforçait de jouer les désinvoltes. Il y parvenait mal. Le capitaine l'avait fasciné, le fascinait encore, c'était la figure d'un conte trop véridique pour qu'il arrive à le prendre à ses filets de mythologue. Alors il se réfugiait dans une sorte de sarcasme, ce rire étouffé qui sonnait faux.

— ... En tout cas, son fantôme n'est jamais revenu ! Il n'est jamais réapparu pour demander asile pendant les tempêtes, comme les autres le font en pareille circonstance...

— Qu'en pense Ruth ?

— Sur le moment, elle n'a vu qu'une chose : elle héritait d'*Hauteclaire*, du yacht et des dettes. Elle a fini par s'installer ici. Vingt ans après, elle refuse toujours de chercher des explications. Je ne lui donne pas tort. Josepha, la vieille bonne, lui a dit que le capitaine écrivait beaucoup dans les derniers temps. Des cahiers entiers. Ruth ne les a jamais retrouvés. Mais laisse-t-on un signe avant de se détruire ? La vie a repris son cours. Rien n'a changé depuis la disparition de Van Braack : Ruth a des dettes, un bateau qu'on ne sort jamais, une maison qu'elle adore, une fille un peu sauvage. Plus un voisin occasionnel et excentrique qui fut son beau-frère et demeure son créancier. Quand il le veut, il peut ordonner la vente de la maison. Ruth ne veut pas un sou de moi. Elle attend... je ne sais quoi. La fin du monde, elle aussi. Vous voyez, Trendy, il n'y a pas de secrets là-dessous. Dans une semaine, un mois, Ruth elle-même, au coin de son feu, vous aurait tout raconté.

— Il n'y a pas de secrets, comme vous dites. Mais tant de choses inexpliquées !

Cornell tira sur sa pipe. Elle siffla. Il avait oublié qu'il l'avait vidée.

— Bien entendu. Seulement, à toujours vouloir chercher les moindres origines des choses, on finit par perdre de vue les évidences les plus simples. Moi le premier. Ma vie entière, j'ai sacrifié mes amours à mes livres, ceux que je lisais ou ceux que j'écrivais. J'avais des maîtresses beaucoup plus jeunes que moi, des étudiantes, pour la plupart. J'en ai même épousé deux. Deux échecs fracassants... Au bout de quinze jours, elles devenaient jalouses de ma bibliothèque. L'une d'entre elles a même précipité ma machine à écrire au fond d'un bain d'acide ! Je lis parfaitement toutes les langues anciennes, sanskrit, tokarien, gothique, gaélique, et j'en passe, je suis un professeur couvert d'honneurs, et me voilà, depuis bientôt trois ans, à revenir chaque hiver ici, à attendre une femme qui ne me suivra peut-être jamais, la première pour qui je sois prêt à sacrifier mes livres... Et c'est elle qui ne veut pas de moi !

Il se baissa sur le sable, ramassa un galet qui s'y était enlisé.

— Ruth est ailleurs, ajouta-t-il. Dans un monde où je ne suis pas. Sa maison, sa fille, je n'en sais rien.

Il pétrissait son galet dans un geste qui disait toute son impuissance. Il était face au soleil couchant, et Trendy remarqua pour la première fois les profondes rides qui sillonnaient ses joues et son front, ses cheveux blancs, ébouriffés par le vent, qui commençaient à s'éclaircir. Ses confidences devaient lui coûter, mais, à présent qu'il avait commencé, il ne pouvait plus les retenir :

— J'attends les événements. D'une certaine façon, moi aussi j'attends la fin du monde. J'attends la décision de Ruth. Je lui ai donné jusqu'au printemps. Dans le pire des cas, je continuerai à vivre en concubinage avec mes bibliothèques. A écrire des livres. Ou j'irai jouer, comme Van Braack, au Hollandais volant. Si ce n'est que moi, je n'ai rien à me faire pardonner.

— Le capitaine n'avait rien fait de mal. C'est le Commandeur, en lui prenant sa fille...

— Non, je parle bien de Van Braack. Dans sa jeunesse, j'en suis sûr, c'était une belle crapule. Son air torturé... Il avait fait des horreurs, quelque part, autrefois. De ces types inquiétants comme on en rencontre quelquefois au hasard des croisières, dans des petits mouillages isolés du Pacifique ou des mers du Sud...

— Maintenant, c'est vous qui rêvez.

— Non. Je suis sûr qu'il a voulu faire une sortie de capitaine maudit.

— A notre époque...

— Ne soyez pas sceptique. On n'arrête jamais les légendes.

— Alors vous ne croyez à aucun de ces contes sur lesquels vous avez travaillé toute votre vie !

Il médita un bref instant.

— Si. A une seule. Ou plutôt je voudrais bien y croire. La fin des amants. Vous savez, Tristan et Iseut. Prendre ensemble la barque pour l'autre monde, au lieu... Au lieu de s'en aller bêtement mourir chacun dans son coin. Hélas... Comme les navires dans la tempête, nous n'avons le plus souvent le choix qu'entre la fuite et la perdition.

Le vent, à nouveau, s'était suspendu. Le crépuscule était proche. Sur le sable stagnaient de grandes flaques d'or liquide. Trendy pensait à Van Braack. Il s'interrogeait sur son départ, si jeune, loin de sa famille, loin d'Amsterdam. Ce soir, au bout de l'Océan si calme, comment imaginer les terres chaudes où il avait vécu, leurs jungles, les mers du Sud comme une lave, cette île qui fut aussi la damnation d'Iris et du Commandeur ? Comment croire aux typhons, aux tempêtes, à la mer qui renvoyait ou gardait, à son gré, les cadavres défigurés des noyés ou des bateaux glorieux, la panse repue de marchandises, de rêves et de terreurs ? Partir ensemble, avait dit Cornell, et non pas s'en aller mourir chacun dans son coin. La mer le promettait, en effet, un serment qui pouvait paraître plus fort que la mort. Ou une illusion de plus.

— Ne vous inquiétez pas, pour Judith, dit Cornell comme ils parvenaient tout en haut de la plage.

— Mais le Commandeur...

— L'illusion des temps, Trendy, votre fatigue, les traîtrises de la mémoire. Et eux, le Commandeur, la Cruzenburg, Sirius, ils s'amusent à nous troubler. C'est la mode. Souvenez-vous de ce groupe de musiciens, l'autre soir, avec son nom bizarre, les *Clavicules de Salomon*. Il ne paraît étrange que si l'on ignore que c'est le titre d'un ouvrage de magie médiéval, une espèce de fatras sur les effets de la poudre de crapaud et autres billevesées. Pourquoi pas le *Petit Albert*, tant que nous y sommes ! Et les noms des morceaux qu'ils jouaient, décadents en diable... *Capharnaüm originel*, *Mortels Arômes*, *Souvenirs occultes*... Ne tombez pas dans leur panneau, Trendy. Je vous répète que tout a commencé avec l'installation de la mère du Commandeur. D'elle, on prétendait déjà qu'elle était sorcière, qu'elle était initiée à je ne sais quelle secte. C'était peut-être vrai. Sirius, son secrétaire, était autrefois un jeune homme bizarre. Et Léonor était à moitié folle lorsqu'elle est arrivée ici. Son fils a repris le flambeau. Mais lui, le Commandeur, il joue. Enfin des baroques, des bizarres, il y en a toujours eu.

— Et ces femmes, lors de la dernière fête, celles qui ont disparu ?

— Des Bovary de province. Elles en auront profité pour s'enfuir sous de meilleurs climats. Mais qui vous a raconté ces histoires ?

— Le coiffeur.

— Evidemment ! s'exclama Cornell. Tous les mêmes, dans ce pays. Ils s'ennuient à mourir. Et il a bien sûr ajouté que le Commandeur dirige une société secrète...

On n'était plus très loin de la maison. Les dunes commençaient. Le sable s'affaissait sous les pas, ce qui accrut l'agacement de Trendy.

— Il n'y a pas de société secrète, lui assenait Cornell. Moi aussi, j'ai voulu savoir, je me suis renseigné. Le Commandeur est producteur de cinéma. Il a financé les opéras filmés de Constance von Cruzenburg. Accessoirement, il conseille une firme internationale de cosmétiques et parfums. Il aime l'ombre, c'est vrai, mais il est archi-connu. Rentrez à Paris, vous retrouverez sa trace sans difficulté. Il voyage, il se montre dans des soirées mondaines, il possède ici et là quelques villégiatures. Votre mère doit certainement le connaître.

Une idée traversa brusquement Trendy. Il s'immobilisa au beau milieu de la dune :

— Et son nom ? Il n'a pas de nom ?

— Si. Atteggi, Hadji, un nom dans ce genre-là, un peu exotique et qui se retient mal. Vous ne le trouverez pas dans les journaux parce qu'il n'y tient pas et qu'il est assez puissant pour qu'on lui obéisse. Il soigne son étrangeté comme d'autres leurs muscles ou leurs moustaches. L'ennui, c'est qu'avec l'âge qui vient le Commandeur commence à apparaître pour ce qu'il est, un manipulateur, un dandy sur le retour, qui vit dans la terreur de ne pas être à la hauteur de sa somptueuse jeunesse. Je concède que sa comédie conserve de l'allure. Il nous aura au moins offert la Cruzenburg. Tenez, si nous l'écoutions, pendant que le soleil se couche, en buvant un peu de samos...

Le soir était là, en effet, la nuit venait, salée et douce. Ils escaladèrent en silence ce qu'il restait de dune. Pendant que Cornell rentrait dans sa maison, Trendy s'attarda dans le petit jardin pour contempler la plage, ses longues striures rose et or, les oiseaux rassemblés dans l'île, la mer toujours sereine et fatiguée. D'un seul coup, par la fenêtre, il entendit monter la voix de la Cruzenburg. Il revint à la porte. A la lueur des lampes, la maison de Cornell paraissait plus dépouillée encore. L'autre lui tendit un verre :

— Défendez-vous de l'irrationnel, Trendy. Il n'y a qu'une seule magie, la musique. Souvenez-vous du Grand Poisson Dormant. Le monstrueux poisson, écailleux, avec ses yeux glauques, ses branchies qui palpitent et crachent de l'illusion. Il ne nous parle pas du temps de l'innocence, mais de nos instincts les plus aveugles et les plus destructeurs. Les visions glissantes et maléfiques du rêve endormi... Il arrive aussi qu'on dorme debout ! Gardez votre sang-froid.

Les verres s'entrechoquèrent. Le goût du samos était chaud, sucré, rassurant. La Cruzenburg continuait ses vocalises. Une pluie de sons si aériens, si allègres qu'ils rendaient légers ceux qui l'entendaient. Trendy reprenait force. Cornell était un peu trop professeur, mais il voyait juste. Cette nuit, enfin, il dormirait tranquille.

La voix de la diva se tut un instant, puis elle entama le grand air de *Salomé*. Trendy se rapprocha pour mieux l'entendre.

— Voyez-vous, conclut alors Cornell, je ne crois pas que le Commandeur puisse vraiment menacer Judith.

Trendy oublia aussitôt la Cruzenburg et lui fit face :

— Qui vous de parle de menace ? Qui vous parle de Judith ?

— Vous. Sans jamais le dire.

Trendy accusa le coup, puis il répliqua :

— Et quelle condition, pour cette supposée menace ?

Cornell éclata de rire :

— Il faudrait vraiment qu'il fasse partie du monde d'en bas, celui des créatures diaboliques. Lesquelles n'ont pas plus de réalité que tous les autres monstres dont je m'occupe dans mes livres !

CHAPITRE XIV

Trendy revint très perplexe de chez Cornell. Le professeur l'avait rassuré, mais pas ainsi qu'il l'espérait. Il était prêt à reconnaître que, sous l'effet de l'étude prolongée et solitaire de ses os de poissons, son imagination enfiévrée ait pu remplir son cerveau des divagations les plus échevelées. Mais quel labyrinthe portait-il donc en lui, qu'il voulût à tout prix projeter sur le monde ? Quel cœlacanthe tapi au plus profond de lui, pour venir ainsi le bercer d'illusions ? Judith ? C'était une histoire simple, juste un amour d'absence. Anna Louvois ? Cette aventure devait se résoudre à une explication élémentaire : privé de la fille de Ruth, il s'était jeté sur la première venue. Elle l'avait d'ailleurs provoqué. Comme Judith. Comme peut-être la Cruzenburg, avec ses yeux qui s'effilaient et sa bouche avide. Mais sur quoi débouchait ce parcours jalonné de tentatrices ? Et pourquoi Cornell avait-il dit *Pauvre Anna*, avec une grimace de pitié qui n'était pas dans sa manière ?

La nuit était noire. Trendy avait pensé revenir par la plage. Dès la première crique, il avait changé d'avis. Dans les longues grappes de goémons soulevés par le flot montant, il avait cru sentir toute une population grouillante et obscure, prête à assaillir les sables puis les terres. Il tâcha de se raisonner : il connaissait parfaitement la mer, il n'avait pas passé des années dans des laboratoires et des stations marines pour se laisser impressionner par les légendes de Cornell, qui du reste clamait très haut qu'il n'y croyait pas. Mais plus il raisonnait, plus Trendy devait convenir qu'il n'avait pas le détachement du vieux professeur. Il avait faim d'inexpliqué. Une fois rangés ses squelettes, ses fiches, son microscope, il lui fallait de l'imaginaire, de la fantaisie, de l'injustifié. Cela même qui, malgré les objurgations de Drogon, l'avait amené à vivre au milieu des folies du quartier des Halles. Il ne comprenait pas non plus l'obstination de Cornell à combattre l'idée de la fin des temps. Pourquoi le monde n'irait-il pas à sa perte ? Les vertèbres des sélaciens, des agnathes, des placodermes étaient de plus en plus déformées. Et Judith, qui était partie...

Et si elle revenait ? rêva-t-il tandis qu'il regagnait la route. D'elle, il accepterait tout, même ses « fantasmes », selon le mot de Cornell. Il se soumettrait à ses terrifiants voyages d'imagière. Mais il avait beau s'étourdir de sages résolutions, il restait sous le coup de la révélation du tableau. Elle le bouleversait davantage qu'une infidélité. Judith n'était pas à lui, elle n'était qu'à elle-même : jalousie majeure. Lors de leur rencontre, il l'avait brièvement soupçonné. Comme on chaparde un fruit, il avait passé sa main sur ses yeux, l'arête de son nez, son front enfin, tout alourdi de rêverie. Elle n'avait pas frémi, pas protesté. Elle lui avait offert son absence. Puis, très vite, elle avait secoué la tête, éparpillé ses cheveux sur les draps. Tout en elle était devenu flou, comme l'eau d'un lac qu'un galet a troublée. Que dissimulait son profil, sur quel mystère se refermaient ses paupières ? Jamais il n'aurait pensé que ce fût cette Annonciation, cette épée, cet ange en costume de ville. Et quelles autres visions, qu'il ignorait encore...

Il marchait de plus en plus vite et finit par retrouver la route. Au moment où elle s'incurvait dans la direction de la *Désirade*, une idée incongrue le traversa : seule la maternité pourrait ramener Judith de son voyage au pays des chimères. Un enfant l'ancrerait, comme elle-même, Judith, avait ancré Ruth. Mais peut-être y perdrait-elle toute son inspiration ; et serait-elle à jamais perdue pour lui. C'était une absurdité, de toute façon. Les jeunes femmes ne voulaient plus d'enfants. C'était cela aussi, la folie des temps. Quelques instants, Trendy la regretta. Il dépassa rapidement la *Désirade*, non sans y avoir jeté un coup d'œil. La grille était fermée, la cour vidée de ses limousines. Deux fenêtres seulement demeuraient allumées, d'une lumière qui semblait électrique. Il crut entendre, sur un fond d'orgue positif, les vocalises de la Cruzenburg. Il pressa le pas. La lune s'était levée. Après les arbres et les longs murs de *Désirade*, il vit se dresser *Hauteclaire*. L'étage de Judith était entièrement éclairé. Cette fois, il courut.

Dès qu'il fut dans l'entrée, il eut un mouvement de recul. Il croyait trouver Judith, et il buta sur Ruth, penchée sur le carrelage. Elle portait une robe de chambre à grands ramages et ramassait les débris d'une assiette de Delft. Elle sursauta à son tour, replia les pans de son vêtement et se releva à la hâte.

— Tout est de ma faute, dit-elle.

Puis elle se corrigea :

— Ce n'est pas grave.

Elle s'empourpra et se baissa à nouveau sur les morceaux de faïence. Elle les rassemblait patiemment dans une feuille de papier sans oublier un seul des minuscules éclats. Trendy reconnut l'objet : c'était l'un des plats anciens accrochés au mur de l'entrée. Il ne s'était pas écrasé à terre sans l'intervention d'une main irascible. Ruth l'interrompit dans ses conjectures :

— Le Commandeur nous invite chez lui. Demain. C'est un dîner.

— Encore une fête ?

— Un dîner intime, a-t-il dit. Une petite chose. Judith tient à venir.

Elle soupira. Tout était dit : l'arrivée de Judith, l'invitation immédiate du Commandeur, la dispute entre mère et fille, l'assiette brisée. A moins que ce ne fût Judith qui, ayant eu vent de la fête à la *Désirade*, n'eût sur-le-champ décidé de rentrer. Trendy enragea. Tout ce temps-là, où il aurait pu maîtriser les événements, il l'avait passé à philosopher avec Cornell. Ruth elle-même semblait prise de court. Elle était accablée. Elle ne se relevait pas. Avec une minutie appuyée, elle tassait au fond du papier les morceaux de faïence. Enfin elle se redressa, secoua la tête dans un mouvement de découragement. Ses épingles ne retenaient plus son chignon, qui s'écroula. Il restait sur ses joues comme des traces de larmes. Il aurait voulu la consoler, mais comment ? Les mots lui manquaient. Elle haussa les épaules puis, comme chaque fois qu'elle cherchait à se dominer, passa lentement la main sur le rebord d'un cuivre, à la recherche d'une poussière invisible.

— Vous entendez ? finit-elle par dire en montrant l'escalier.

Trendy dressa l'oreille et distingua un ronronnement irrégulier.

— Elle se coud une robe ! éclata Ruth, et elle partit d'un rire où se mêlaient des larmes.

Trendy soupira à son tour. Le bruit capricieux continuait. En effet, c'était celui d'une vieille machine à coudre.

— Elle traverse un âge difficile, hasarda-t-il.

La phrase était ridicule, impuissante, il le savait. Il l'avait pourtant dite, et cherchait à présent comment la corriger. Mais Ruth s'était déjà reprise :

— Vous viendrez avec nous ? demanda-t-elle en remettant de l'ordre dans ses cheveux.

Sa voix s'était raffermie. Il ne restait que l'eau de ses yeux qui fût encore un peu trouble. Ils dînèrent. Cornell, ce soir-là, ne vint pas. Il avait prévenu qu'il resterait avec ses livres. Ils parlèrent, se jouèrent leur jeu habituel et faussement détaché, leur comédie d'insignifiance. On n'évoqua pas une seule fois la *Désirade*, ni le nom de Judith. La nuit de Trendy fut mauvaise : jusqu'aux premières heures du jour, il entendit la machine à coudre.

Le Commandeur avait dit qu'il souhaitait dîner tôt. Il s'agissait seulement, avait-il fait savoir par la bouche de Sirius, d'une petite réception intime. Constance von Cruzenburg se reposait, elle ne chanterait pas. Elle refusait d'ailleurs qu'on parlât de musique. C'en fut assez pour que Malcolm Cornell y trouvât prétexte à décliner l'invitation. « En vérité expliqua Ruth à Trendy alors qu'ils attendaient sa fille devant le feu du salon, je ne pense pas que Malcolm apprécie le Commandeur. Leurs nuits..., comment vous dire, leurs nuits sont ennemies. Malcolm aime l'étude, notre voisin préfère les fêtes... » Elle continuait avec brio à jouer les détachées. Trendy l'écoutait à peine. Ruth lui avait appris qu'Anna Louvois assisterait au dîner et il se demandait comment affronter ces quatre femmes ensemble, Ruth, Anna, Judith et la Cruzenburg. Il fallait le reconnaître, chacune d'entre elles l'attirait. Au-dessus de toutes il mettait Judith, mais elle était si imprévisible, et voudrait-elle encore de lui ? Ce qui l'inquiétait davantage, c'était que ce face à face se déroulerait sous l'œil inquisiteur de Sirius et le regard non moins impitoyable du Commandeur, lequel pourrait lui demander les raisons de son départ précipité, l'autre soir, avec Anna. Que lui répondre ? La sagesse, une fois de plus, dictait de ne pas se rendre à la *Désirade*. Mais il y avait Judith. Il voulait la voir, la suivre, se jeter, au prix des pires affronts, dans les mêmes aventures qu'elle.

Elle ne venait toujours pas. Pour éviter de tendre l'oreille, de guetter son pas dans l'escalier, Trendy s'efforçait de se souvenir de son dernier chapitre. Il était consacré à une déformation vertébrale particulièrement ardue, celle de la quatrième dorsale du lépadogaster. Ses efforts furent vains. Pas un moment il n'arriva à oublier que d'un instant à l'autre Judith pousserait la porte, s'avancerait dans le salon dans la robe qu'elle s'était cousue — quelle robe, et qui jamais l'avait vue en robe ? — qu'elle viendrait jusqu'ici, près de la cheminée, lui dirait — ou ne lui dirait pas — Trendy, depuis le temps ! et se jetterait dans ses bras. Ou bien elle ne viendrait pas. Elle ferait un caprice. Jetterait sa robe dans un coin de sa chambre. La lacérerait à grands coups de ciseaux. Enfilerait n'importe quel vêtement, disparaîtrait dans la nuit sur sa mobylette. Pour peindre. Ou pour Dieu sait quoi de pire. Elle reprendrait le train pour Paris. Pour ailleurs. Pour mourir. Et pourquoi ne mourrait-elle pas, après tout ? Il en serait malade, soulagé aussi. Il finirait par se dire qu'elle n'avait jamais existé. Qu'elle n'avait été qu'un rêve, un cauchemar épuisant, qu'on ne court pas après des rêves.

D'impatience, de rage ou de jalousie, Trendy s'empara de la pince à feu et se mit à marteler une bûche. Qu'elle meure, Judith. Qu'elle disparaisse dans les flammes. Le feu consumé par un autre feu. Les étincelles jaillissaient, les braises roulaient dans le foyer, rougeoyaient quelques secondes encore, puis prenaient une couleur morte. Le cuivre de la pince à feu noircissait ses mains, les cendres gâchaient son pantalon de shantung. Trendy ne voyait plus rien, n'entendait plus rien. Si Judith ne s'était parfumée, il n'aurait jamais su qu'elle était à deux pas.

Elle était entrée sur la pointe des pieds, sûre de son effet, avec un sourire presque méchant. Sa mère était derrière elle, mais Trendy ne la vit pas. Quand il se retourna, il n'eut qu'une pensée : elle était tellement plus jolie en robe ! Elle s'était cousu, selon la mode, un corselet noir avec une jupe à gros plis et leur avait rajouté une touche bien à elle : de fausses perles rebrodées et une ganse de tissu broché, comme sur le costume de la femme à l'Annonciation. Ses cheveux étaient retenus à l'intérieur d'une résille noire. Un bref instant, elle parut s'attendrir. Il voulut lui tourner un salut, un compliment, s'empêtra aussitôt, rougit. Cet embarras dut déplaire à Judith, qui se retourna vers sa mère et lui lança, sur un ton brutal qui jurait avec le raffinement de sa mise :

— On y va ?

Ruth était pâle. Elle avait passé un tailleur d'ottoman rouge qui seyait mal à son teint. D'un seul coup, aux côtés de Judith, elle accusa son âge. Elle saisit sa cape sans répondre et se dirigea vers le vestibule. À mesure qu'elle avançait, elle éteignait les lumières une à une. Elle sortit la première. Il restait encore la lampe de l'entrée à éteindre. Judith s'en chargea et referma la porte. Avant de rendre la clef à sa mère, elle s'empara de la main de Trendy et la serra très longuement dans le noir. Sa paume était brûlante.

— Tu as la fièvre, lui glissa-t-il.

Il devina dans la nuit son regard obstiné. Ils franchirent la barrière. Ruth marchait déjà loin devant eux.

— Tu as regardé mes tableaux, fit Judith. Je sais que tu es allé là-bas.

— Tu ne m'as rien interdit.

— C'était interdit. De toute façon, tu as perdu ton temps. Il n'y avait pas les têtes.

Elle parlait d'une manière enfantine mais d'un ton si dur que Trendy en fut glacé. Elle ne dit plus un mot jusqu'à la grille de la *Désirade*. Alors seulement elle déclara, comme à l'issue d'une mûre réflexion :

— Les têtes, je les trouverai ce soir.

Et elle l'abandonna pour rejoindre sa mère, qui les attendait au bas du perron.

Trendy se retint de hausser les épaules. Elle avait déjà fait son choix, il en était persuadé. L'ange aux ailes noires ne pouvait être que le Commandeur. Mais les églises d'autrefois, se dit-il aussi pour se donner du courage, n'étaient-elles pas remplies de créatures ténébreuses toutes semblables à cet homme, et terrassées sous les pieds de jeunes gens victorieux ?

A présent que la demeure était silencieuse, sa cour vide d'automobiles, ses fenêtres, comme n'importe où, éclairées à l'électricité, presque rien dans la *Désirade* ne déconcertait plus Trendy. Le même couple asiatique répondit aux coups de heurtoir. Le petit groupe s'engagea derrière eux dans l'escalier caissonné aux cornes de licorne, traversa la galerie aux vitraux et miroirs. Rien n'avait changé, sinon que, sur les consoles, les fioles à parfum avaient été ouvertes. De très rares arômes s'en échappaient, qui se mêlaient de façon curieuse. Trendy se répéta les mots de Cornell : l'organisation de l'étrange. Derrière lui, Judith traînait le pas, s'arrêtait parfois, ce qui l'agaçait. Mais comment lui expliquer ? Il n'y avait pas la place ici pour une discussion, et la commenceraient-ils qu'elle l'arrêterait aussitôt, comme tout à l'heure, d'un mot puéril et définitif.

Ils parvinrent à la porte de la salle de concert. Elle était fermée. L'automate la gardait toujours, mais ses yeux étaient morts et son corps immobile. Les domestiques leur désignèrent sur la gauche une porte basse. Ils s'engouffrèrent dans un petit escalier qui donnait sur une bibliothèque. Trendy crut le reconnaître pour l'avoir traversé lors de sa fuite avec Anna. Lorsqu'ils entrèrent, il ne vit d'abord que la Cruzenburg, assise sous une torchère au fond d'un fauteuil crapaud. Elle feuilletait distraitement un ouvrage ancien. Puis, quand il eut enfin arraché son regard à son visage lisse et pâle, il découvrit, debout devant la cheminée, une flûte à champagne à la main, le Commandeur qui souriait.

Il les salua comme la dernière fois, avec ce mélange de distance, d'autorité et d'ironie qui faisait tout son charme. Contrairement aux usages, il se dirigea d'abord vers Trendy. Voulait-il dissimuler son attirance pour Judith ? Trendy réunit tout son courage et s'obligea à l'observer le plus froidement qu'il put. C'était au-dessus de ses forces. L'œil du Commandeur, son œil gauche, plus sombre que l'autre, se rivait sur l'interlocuteur à la façon d'un objectif photographique. Il s'immobilisait, s'assombrissait encore, enregistrait tout, fouillait l'âme jusqu'au tréfonds. Trendy baissa aussitôt les yeux et se tourna vers la diva. Le regard du Commandeur continuait à le poursuivre, avec son air de régner sur un empire lointain.

Trendy s'inclina sur la main de Constance. Ses doigts étaient froids. Après la brûlure qu'il avait sentie dans la paume de Judith, ils lui parurent encore plus glacés. Le valet, immense et solennel, passait entre les convives avec un plateau chargé de flûtes. Constance en prit une, qu'elle offrit à Trendy. Une telle prévenance le fit rougir. Ses doigts rencontrèrent à nouveau ceux de la Cruzenburg et il réprima avec peine le frémissement de son bras.

— Ne vous inquiétez pas, dit le Commandeur avant de s'avancer vers le seuil de la bibliothèque, où demeuraient Judith et Ruth. Je ne rosis pas mon champagne des âmes que j'ai tuées !

Et il eut ce rire un peu sourd qui terrifiait davantage que tout l'attirail du mystère.

— Je ne suis pas inquiet, parvint à souffler Trendy.

— Cette maison vous intrigue. Nous vous intriguons. Cela passera.

Il parlait sans le voir, son œil à présent s'était fixé sur Judith.

— Rien que son nom tourne les têtes, poursuivit-il. *Désirada.* Une femme, un continent, une île, on ne sait pas. Et ces syllabes... Les sonorités redoublées du désir.

Il s'inclina devant Ruth puis saisit la main de Judith. Elle soutint sans faiblir l'inquisition de son regard. C'était elle qui lui buvait l'âme. Ruth, à cet instant, ne put retenir un sourire, le premier de la soirée. Le Commandeur, aussitôt, fit volte-face. Il revint à Trendy :

— Vous êtes un homme d'étude, paraît-il. Vous devez aimer les livres. Venez. Je possède des pièces rares.

Il l'entraîna dans un coin de la bibliothèque, prit sur les rayons, avec une précaution extrême, quelques ouvrages qui semblaient très anciens et les feuilleta devant son invité. Trendy s'efforçait d'écouter ses commentaires, mais il continuait d'épier Judith. Qu'y avait-il au juste à guetter ? Elle s'était assise aux côtés de la Cruzenburg avec le plus grand naturel. Les deux femmes commençaient à bavarder à mi-voix. Judith tutoyait-elle la grande Cruzenburg ? Elle se tenait bien droite au fond de son fauteuil, rien ne semblait pouvoir l'atteindre, pas même le regard gris de la cantatrice, qui la détaillait d'un air intéressé, presque gourmand. A l'autre bout de la pièce, Ruth examinait des reliures avec une indifférence appuyée. On entendit bientôt des pas dans l'escalier. Tout le monde leva la tête. C'étaient Sirius, Me Léonard et Dräken. Lorsqu'il aperçut Judith, le musicien eut un mouvement de recul. Puis, sentant que la Cruzenburg l'observait, il vint s'accouder à une console toute proche de son fauteuil et prit un air absent.

— Nous voici donc au complet, déclara le Commandeur. Nous allons pouvoir dîner. Il est encore tôt, mais Constance est si lasse, ce soir...

— Non, fit alors une voix sourde. Il nous manque Mlle Louvois.

C'était Sirius. Il avait une expression plus sinistre que jamais et Trendy eut l'impression que sa claudication s'était aggravée.

— C'est juste, repartit le Commandeur. Attendons encore quelques minutes.

— Elle est toujours en retard, insista Sirius.

— C'est vrai, renchérit Léonard. Elle n'est jamais à l'heure. C'est exaspérant.

— Ne prenez pas ce ton aigre, intervint le Commandeur, sans lever les yeux des ouvrages qu'il feuilletait devant Trendy. Anna Louvois a bien le temps de vivre.

— Mais le dîner..., s'entêta Sirius.

— Les murs périront à l'heure dite.

Aussitôt, comme si ce mot lui avait échappé, il ajouta avec la plus parfaite urbanité :

— Ces temps de fin du monde ! Nous finissons tous par y croire.

Avait-il noirci, cette fois-ci, comme le soir de la fête ? Trendy en eut l'impression, mais il n'en aurait pas juré. Peut-être était-ce un effet de l'éclairage, ou le symptôme insolite de quelque maladie secrète. Devant la porte où ils s'apprêtaient à saluer les habitants d'*Hauteclaire*, il lui sembla pourtant que Dräken, Léonard, Sirius s'étaient enténébrés d'une façon identique. Et la Cruzenburg aussi, dont le bras s'était arrêté sur celui de Judith. Trendy chercha instinctivement le reflet d'un miroir. La pièce en était complètement dépourvue. D'un mur à l'autre, ce n'étaient que des rayonnages qui n'en finissaient plus.

— Regardez ces exemplaires, reprit le Commandeur. Ce sont des pièces très recherchées, je dois vous avouer que j'en suis assez fier.

Trendy les feuilleta quelques instants. C'étaient des ouvrages étranges et rares, en effet, comme tout ce qu'on trouvait chez lui : un Pic de la Mirandole, la *Philosophie secrète* d'Agrippa Trimégiste, le *Millier d'années* d'Almubazar, plusieurs éditions du *Grand Grimoire* et du *Dragon rouge*, enfin un *Traité de la poule aux oeufs d'or* qui lui arracha un sourire.

— Je savais bien que vous n'étiez pas un cuistre, dit le Commandeur. Chez vous la gravité est un accident. Vous êtes fait pour la fantaisie et le bonheur. A moins qu'une tragédie, bien sûr...

— Il a l'âge du bonheur, lança alors Ruth de l'autre bout de la pièce. Il gagnera son bonheur.

Le Commandeur se raidit d'un seul coup. A nouveau, il posa l'œil sur Judith, qui l'affronta avec la même sérénité. Il claqua sèchement la reliure du traité, s'empara de sa canne et l'agita en direction de la pièce voisine :

— Passons à table.

— Mais Anna ? intervint Ruth.

— Tant pis pour elle.

On dîna. Insensiblement, l'atmosphère se tendait, aggravant la confusion de Trendy et contrariant ses volontés d'examen détaché. De ce moment, il ne retint que le visage des femmes, Judith surtout, magnifique sous sa résille et la gorge enserrée dans son corselet noir. Seul de l'assemblée, le Commandeur parlait. Ou plutôt il discourait, et si brillamment qu'il semblait n'avoir plus de corps. Il n'était plus que cette voix qui ordonnait à son domestique de resservir des vins vieux, évoquait la beauté du cinéma d'autrefois, de ses actrices aux décolletés profonds, les grandes fêtes qu'on leur offrait, leurs immenses malheurs et leur goût du scandale. Au grand soulagement de Trendy, il ne prononça pas le nom de sa mère. De temps à autre, Sirius se hasardait à lui donner la réplique, en s'appliquant, avec un soin qui étonnait, à ne jamais briller à ses dépens ; et pourtant, on le sentait, il aurait pu constamment s'offrir ce plaisir, cette revanche peut-être.

Dräken, comme toujours, se taisait. Il hochait la tête et, de loin en loin, sortait furtivement un calepin, où il griffonnait à la hâte des notes de musique. Trendy fut vite fatigué d'observer et de s'interroger. Il s'abandonna à la chaleur de la pièce, à la torpeur de l'alcool, à la voix du Commandeur. Judith était là, en face de lui, qui, de temps à autre, lui accordait un battement de cils, une ombre de sourire ; et cela lui suffisait.

Lorsqu'on repassa pour le café dans la bibliothèque, Anna Louvois n'était toujours pas arrivée. Le Commandeur proposa une partie de cartes. Judith accepta avec enthousiasme.

— Anna ne vient pas, lâcha Ruth avec un soupir. Je ne comprends pas. Elle m'a pourtant appelée, juste avant de partir.

Ces mots s'adressaient à Trendy. Il ne répondit pas. A la vérité, il était plutôt soulagé de n'avoir pas dû affronter Anna. Judith aurait tout deviné. Et de quoi, alors, eût-elle été capable...

— Elle a dû oublier, fit une voix très douce. Cela arrive. Un client, à l'improviste. Quand les gens ont envie d'une maison... C'est un désir fou, vous savez, l'envie d'une maison. Un coup de foudre. Il faut l'assouvir tout de suite.

C'était la Cruzenburg. Elle avait si peu parlé que Trendy sursauta. Ses accents ressemblaient à son chant, ils en avaient la mélodie, mais tant d'exquise suavité étonnait sur ses lèvres cruelles.

Tous avaient, sembla-t-il, partagé sa surprise. Tous sauf Judith. Elle se leva de son fauteuil et s'adossa à un rayonnage :

— Elle ne viendra jamais, laissa-t-elle tomber. Je veux dire : plus jamais.

— Tu as bu, dit Ruth. Il est temps de rentrer.

— Non. Je n'ai pas bu. Pas davantage que vous. Et je n'ai pas envie de rentrer.

Ses joues s'étaient échauffées, mais elle était parfaitement maîtresse d'elle-même.

— Anna Louvois ne viendra pas, reprit-elle. Elle est morte. Elle s'est tuée en voiture. Sur la route, tout à l'heure. Sur la route, en venant ici.

Elle parlait comme on énonce de tranquilles évidences.

— Rentre avec moi, ordonna Ruth.

Le refus fut aussi sec :

— Non. Je reste.

— Je m'en vais, fit alors Ruth en se tournant vers le Commandeur. Vos comédies m'ennuient.

Elle s'efforçait de parler avec froideur, mais sa voix s'était brisée. Trendy voulut intervenir :

— Judith, je t'en prie... Rentrons.

— Non. Raccompagne ma mère. Je reste. Il paraît qu'on joue, ici. J'ai envie de jouer. Laisse-moi.

Comment résister aux volontés de Judith ? Comment contrecarrer ses caprices, ses désirs, ses plaisirs ? Il s'exécuta. Il n'était pas dehors qu'il se maudit. Arrivés à *Hauteclaire*, ni lui ni Ruth ne purent se coucher. Ils restèrent un long moment silencieux devant la cheminée du salon, attendant vaguement un événement. Quelque chose, c'était sûr, devait arriver. Le vent s'était levé, un très grand vent qui annonçait la tempête. On entendit soudain une cloche.

— Le *Roi—des—Poissons*, souffla Ruth. Il va y avoir du gros temps. Nous arrivons à la Toussaint.

— Je n'ai jamais entendu cette cloche.

— On l'entend toujours, par gros temps.

— A l'équinoxe...

— Cette année, l'équinoxe n'était pas à sa date. Et vous aviez la tête ailleurs. De toute façon, on entend plutôt la cloche en hiver. Surtout à la Toussaint. C'est toujours un très mauvais moment, par ici. Les navires coulés viennent demander justice. Si on pêche, on remonte des crânes.

Elle enleva une à une les épingles de son chignon. Ses cheveux ruisselèrent sur son dos.

— Je ne crois pas à ces histoires.

— Cornell vous a convaincue...

— Je n'y ai jamais cru. La mer est une chose simple. Et comme toutes les choses simples, très éloignée de nous. Et très méchante. Mais il vaudrait mieux que nous allions dormir. Il est trop tard, maintenant.

Il comprit ce qu'elle voulait dire : trop tard pour cet événement qui ne se décidait pas à venir. Ils se dirigèrent vers le vestibule. Ils allaient se séparer quand retentit la sonnerie du téléphone.

— Restez, s'écria-t-elle dans un mouvement instinctif, et elle courut jusqu'à sa chambre.

Elle avait peur. La même terreur gagna Trendy. Elle revint presque aussitôt.

— Allez prendre l'appareil, dit-elle. C'est Me Léonard. Je n'ai pas pu l'écouter plus longtemps. Je lui ai dit d'attendre. Allez. Le téléphone est dans mon atelier.

Il se précipita dans le couloir qui menait à la pièce où travaillait Ruth. Et c'est là, entre ces murs inconnus, au milieu des cuirs et des odeurs de colle, qu'il entendit de Léonard ce qui n'était plus tout à fait une nouvelle. Anna Louvois était bel et bien morte. Sa voiture avait manqué un virage et s'était écrasée contre un mur. Trendy voulut se rendre sur-le-champ sur les lieux de l'accident. Ruth refusa de l'accompagner. Il sortit sa moto et, malgré la nuit et la tempête, il y fut moins d'une heure plus tard. C'était à l'orée de la forêt, un endroit qu'il était certain d'avoir traversé avec Anna lors de leur folle équipée. Parmi le petit groupe qui, malgré l'heure, ne se résignait pas à quitter l'épave calcinée de l'automobile, un homme donna à Trendy les détails de l'accident. Anna était la septième victime de ce virage dangereux. Toutes s'étaient écrasées sur la façade aveugle de la construction qui l'encombrait, une sorte de ferme abandonnée depuis longtemps, et qu'ornait une gigantesque publicité peinte, délavée par les années. Elle représentait une double lune en larmes, emblème d'une marque de cirage oubliée. Anna Louvois avait été brûlée vive. Quand les secours étaient arrivés, tout était consommé. On n'avait touché à rien. Près de l'automobile, Trendy retrouva intacts l'un de ses gants du soir et la ganse de strass qui ourlait son bustier.

Au matin, lorsqu'il se résigna à rentrer à *Hauteclaire*, la tempête avait forci. Ruth était occupée à arrimer les volets de la maison. Il lui prêta main-forte. Il n'eut pas besoin de l'interroger sur Judith. Ils n'étaient pas dans le vestibule qu'elle lui tendit une lettre que sa fille avait déposée durant les quelques heures où, recrue de fatigue et de désespoir, elle était allée s'écrouler sur son lit. *Je reste là-bas,* avait écrit Judith. *J'y serai mieux pour peindre. J'ai des centaines d'idées. Préviens Trendy.* Sous le nom de Trendy, sa plume avait faibli, et elle n'avait pas trouvé la force de signer. Pas plus qu'elle n'avait osé écrire en toutes lettres le nom de la *Désirade*.

— Un jour ou l'autre, commenta Ruth. Cela devait arriver. Cornell m'avait prévenue. La séduction du mystère. La force du secret.

Elle trouva encore le courage de lui apprendre que le professeur venait de l'appeler : Sirius, à l'aube, était passé prendre chez lui les pinceaux, les esquisses, les toiles de Judith, tout le matériel dont elle avait besoin pour peindre. Cornell n'avait pas protesté : Sirius lui avait présenté un mot de la main de Judith. Il avait tout emporté sauf les revues et leurs photos marquées de ses signets.

— Une folie, conclut Ruth. Un caprice de plus.

A mesure qu'elle parlait, la tempête avait grossi. On entendait le fracas des vagues, de plus en plus sauvage, et, de temps à autre, la cloche du *Roi-des-Poissons*. Plus féroce que jamais, le combat reprenait entre la terre et la mer, et elles se repaissaient de leurs mutuelles haines. Dans l'après-midi qui suivit, malgré la pluie et le vent, Trendy reprit sa moto et repartit pour Paris. Ruth ne chercha pas à le retenir. Il laissait derrière lui ses fiches et ses squelettes. « Nous n'avons le choix qu'entre la fuite ou la perdition », avait dit Cornell lors de leur marche sur la plage. Il avait bien compris. Il choisissait la fuite. Ce faisant, il se demandait aussi s'il ne courait pas à sa perte.

CHAPITRE XV

Trendy fut à Paris au milieu de la nuit. La tempête s'était calmée. Il faisait froid, un froid soudain, presque aussi inhabituel que l'avait été la chaleur à la fin de l'été. La ville se figeait dans un début de gel. C'était déjà, et trop tôt, l'hiver. Le plus étonnant n'était pas là. D'ordinaire, par ce temps, les rues étaient vides. On se calfeutrait chez soi, on se distrayait douillettement au fond des appartements. Les moins bourgeois, les moins casaniers n'échappaient pas à la règle. Etait-ce que le froid fût venu par surprise ? On aurait cru que tout le monde était dehors. Derrière les vitres des restaurants — par une mode curieuse, on s'était mis, à peu près partout, à les éclairer à la bougie — Trendy voyait des clients fébriles qui attendaient leur tour. Dans les immeubles, et ce n'était pas seulement l'heure tardive, très peu de fenêtres étaient illuminées. Il semblait qu'on se fût mis à vivre au ras du sol, ou même, pire, qu'on recherchât les profondeurs de la terre. Ici ou là, à un carrefour, ou au détour d'une rue obscure, le regard de Trendy était attiré par des soupiraux violemment éclairés, d'où lui arrivaient les musiques les plus diverses, d'acides tangos mis au goût du jour, des rythmes primitifs, monotones et assourdissants, ou des morceaux classiques : la plupart du temps, des mélodies hiératiques et glacées, comme celle qu'avait chantée la Cruzenburg au premier soir de la *Désirade*.

La *Désirade*... Depuis qu'il avait pris la route du retour, Trendy s'était contraint à ne plus y penser. Chaque fois que son souvenir, les sonorités mêmes de son nom lui étaient revenues, il s'était fait violence. J'ai rêvé, se disait-il, il faut fuir, c'est encore un tour du monstre de Cornell, le Grand Poisson Dormant rêveur et maléfique, vite chez moi, tout va s'arrêter là-bas, je vais dormir, dormir des heures et des jours, et tout oublier. Il n'oubliait rien. Malgré l'attention que réclamait la conduite de sa moto sur des routes humides, malgré le froid, qui s'accentuait à mesure qu'il s'en allait vers l'est, le nom de la *Désirade* le tourmentait sans cesse. Il le repoussait, il revenait, insistait, s'incrustait, et finissait, tout bas, par passer ses lèvres serrées. Ensuite, inévitablement, venaient tous ces autres noms qui n'arrêtaient plus d'approfondir sa douleur, Ruth, Anna, *Hauteclaire* ; enfin Judith.

Aussi, cette nuit-là, il fut à peine désorienté par les changements de la ville. Deux mois plus tôt, malgré la fatigue, il aurait voulu connaître le fin mot de cette nouvelle folie, il s'y serait jeté, il s'en serait grisé. Aujourd'hui, il y restait indifférent. A l'approche des Halles, le tumulte souterrain grandit. Les musiques venues d'en dessous se mêlaient jusqu'à la cacophonie. Sur la grande place qui formait le cœur du quartier, il ne vit que l'immeuble où il avait son appartement. Comme toutes les autres, ses fenêtres étaient éteintes. Il s'en réjouit. Il lui fallait la solitude. Et le sommeil. Et l'oubli.

A mesure qu'il gravissait les escaliers qui menaient à l'appartement, l'écho des musiques souterraines faiblissait. Arrivé devant la porte, au moment de tourner ses clefs, il vacilla. Il se reprit, pénétra dans le vestibule. Ses oreilles bourdonnaient. Un très bref instant, il crut que c'était d'avoir roulé trop longtemps, de s'être soûlé de route et du bruit de son moteur. Pourtant sa moto n'avait jamais murmuré avec cette pulsation rythmée, ni, de temps à autre, cette sorte de sourd grondement. Il tituba à nouveau. Ce qu'il entendait, c'était le bruit de la mer, ou plutôt, comme dans les conques que l'on place sur l'oreille des enfants ou des terriens crédules, le souvenir du bruit de la mer. Des semaines durant, il l'avait entendu jour et nuit, il était devenu sa propre pulsation. Il avait fini par ne plus y penser. Et voilà que le bruit le poursuivait, tel le nom de la *Désirade,* s'emparait de lui, l'anéantissait comme justement l'avait anéanti, trop brièvement écouté contre ses seins, le battement un peu rapide du cœur de Judith.

Quelques instants encore, il voulut se débattre contre l'hallucination. Sa chambre était située au fond du couloir, autant dire au bout du monde. Il chercha à allumer une lampe. D'un seul coup, les gestes les plus élémentaires devenaient des efforts. Il eut seulement le temps de remarquer que l'appartement était propre et en ordre, anormalement propre et en ordre, et il s'écroula sur le parquet ciré.

Lorsque Trendy revint à lui — combien de temps plus tard, il n'aurait su le dire — il ne ressentit que cette seule impression, celle d'une intense propreté. Il était bien dans son appartement, mais ce n'était pas sa chambre. Au papier des murs, à la cheminée de marbre blanc, il reconnut la pièce où Ralph, un de ses amis musiciens, avait élu domicile ; c'était un tel capharnaüm de partitions, d'instruments, de cendriers et de revues qu'elle avait découragé toutes les tentatives de rangement. A présent la pièce était vide, nette, presque nue. Il se redressa sur le lit. Les draps sentaient le frais, avec un léger parfum exotique. Le bruit dans ses oreilles avait cessé. Il se demandait comment il avait pu se retrouver là, quand, dans le cercle de lumière d'une lampe déposée à terre, il vit se déplier une forme longue et noire. Presque aussitôt, des mains extrêmement douces s'emparèrent de ses poignets.

— Vous m'avez fait peur, lui dit-on. Vous auriez dû prévenir.

Trendy voulut encore se redresser. Les mains noires, cette fois, se posèrent sur ses épaules.

— Ne bougez pas. Vous êtes fatigué. Très fatigué.

Trendy se laissa faire, ferma les yeux. La peau qui effleurait la sienne était tendre, mais ses gestes n'étaient pas d'une femme. Il s'abandonna à la douceur parfumée de l'oreiller, puis rouvrit les yeux. La forme longue et noire était toujours penchée sur lui.

— Vous êtes celui des arêtes de poisson ?

L'incongruité de la question ne surprit pas Trendy. Il acquiesça d'un signe, puis trouva la force de corriger, comme par réflexe :

— Non, pas les arêtes. Les squelettes. Où sont les autres ?

— La nuit. La nuit et la musique. Les caves, les boîtes. Ils veulent tous la terre, le dessous de la terre. Tout le monde s'y met. C'est la dernière folie.

La voix roucoulait un peu. Elle était suave et virile en même temps, elle donnait la même impression de douceur que les mains, tout à l'heure, quand elles avaient pressé les siennes. Elle apaisait, elle aussi. Il y eut un long moment de silence. Le bourdonnement, le bruit de mer s'étaient éteints. Il n'y avait plus que la tranquillité de cette chambre, la lueur atténuée de la lampe d'où émergeait peu à peu le visage de celui qui lui parlait.

C'était un Noir, ou plutôt un métis, un jeune et mince métis. Il était vêtu d'une longue robe à la manière africaine. Son tissu brillant crissait légèrement à chacun de ses mouvements.

— Vous auriez dû prévenir, répéta-t-il. J'aurais pu vous attendre.

Trendy sentit monter en lui un début de colère. Qui était-il, pour lui parler ainsi, et de quel droit était-il ici, et pourquoi avait-on rangé le capharnaüm de Ralph ?

— Vous êtes Trendy, fit l'autre. Celui des arêtes de poisson.

Cette fois, il n'eut pas le cœur de corriger. Décidément, tout lui échappait. Même ici, à Paris, il ne comprenait plus rien. Il devait être pris d'une folie subite, pire encore, il s'y voyait sombrer. Un seul point le rasséréna : l'autre était poli, il le vouvoyait. Il continuait de sa voix chantante :

— Les autres vivent en dessous. La nuit, les souterrains... Pour faire de la musique, pour danser, ou même pour peindre. Le jour, ils ne remontent pas. Tout le monde dit que la vie est plus forte sous terre. Ils ont emporté leurs affaires. Ils m'ont proposé l'appartement.

Puis il ajouta, plus sourdement :

— Moi, je n'aime pas la terre. Je n'aime pas la nuit. Ou plutôt je préfère ma nuit. Celle de mon île, avec la mer. Dès que j'aurai l'argent, je repartirai.

— Mais qui êtes-vous ?

Le métis se redressa devant le lit. Les plis de sa robe retombèrent avec leur bruit de glace qui se fendille.

— Je suis Numance. Alexis Numance. Je travaille à la Bibliothèque nationale. Je lis énormément.

— Ah ! fit Trendy. Un bibliothécaire...

Son irritation retomba. Il n'y avait rien à comprendre en ce monde. Rien qui mérite l'étonnement. Ni le départ de ses amis vers des habitats souterrains, ni ce Noir installé à leur place, ni le bruit de la mer à son arrivée, ni la mort d'Anna. La mort d'Anna... Un bref instant, il revit le gant bordé de strass près de l'automobile calcinée, il crut sentir son trop lourd parfum, et il eut un haut-le-cœur.

— Je cherche simplement les livres et je les apporte aux lecteurs, fit le Noir en serrant à nouveau son poignet. Je pousse les chariots dans la bibliothèque...

La suite se perdit dans un nouveau bourdonnement. C'était la tempête, cette fois, le fracas d'une terrible tourmente. Mais que les mains du métis étaient douces ! Trendy ne sut pas s'il s'évanouissait ou s'il s'endormait. Il l'entendit simplement chuchoter :

— Il faudrait que j'appelle Bérénice.

Quand Trendy reprit connaissance, ou se réveilla, il ne sut jamais, il entendit encore la voix de Numance. Une autre voix, plus mélodieuse et plus traînante encore, lui répondait.

— C'est le moment, dit la première voix. Va faire réchauffer les herbes.

Une seconde forme noire, bien plus noire que la précédente, s'inclina vers son oreiller. Elle bougeait lentement, presque avec paresse. C'était une jeune femme. Elle ressemblait étonnamment à Numance. On aurait cru sa sœur. D'emblée, Trendy sentit entre eux une immense complicité, et il les envia.

— Bérénice va te donner un remède, fit l'homme dans son français un peu suranné. Des herbes de chez nous. Bérénice sait soigner. Bérénice est merveilleuse.

Il n'en douta pas une seconde. Il avait parfaitement retrouvé ses esprits. Quelques instants plus tard, la femme revint, et lui tendit un bol d'une tisane très odorante. Elle portait une robe de lamé argent, ce même lamé argent dont il devait apprendre, plus tard, que la Cruzenburg l'avait mis à la mode. Elle avait un décolleté arrondi ; il voyait parfaitement la naissance de ses seins, les longs muscles sombres de ses bras et de ses épaules. Comme Numance, elle était gracile et royale.

— Il faut boire, dit-elle.

On ne résistait pas à sa douceur. Il obéit. Le liquide était très chaud, un peu vert, avec une odeur d'herbe qui laissait dans la bouche un goût amer. Il s'efforça de maîtriser sa nausée. Il ne demanda pas ce qu'était le remède. Les deux inconnus voulaient peut-être le droguer, ou le tuer. A la vérité, qu'avait-il à perdre ? Il était rescapé de dangers bien plus terribles, un dédale de passions meurtrières où il désespérait de jamais se retrouver.

La femme s'était mise à chantonner. Numance la couvait de son regard immense et noir.

— C'est Bérénice, mon amie, finit-il par dire. Elle aussi, elle veut retourner dans l'île. Elle est danseuse, ici, la nuit.

La femme se releva brusquement :

— Dis la vérité, Numance.

— Tu crois ?

— Dis la vérité.

L'homme eut un regard inquiet, puis il prit un air désinvolte :

— Elle danse nue, chez *Nepthali's.*

— Nephtali's ?

— Le cabaret, dit la jeune femme. Oui, je danse nue. Il n'y a pas de honte à ça. Il n'y a pas non plus de honte à le dire.

— Quand nous aurons assez d'argent, nous retournerons chez nous, coupa Numance.

Il eut un geste vague vers la fenêtre, vers l'ouest.

— ... Nous aurons des enfants, une maison. En attendant, il nous faut de l'argent. Bérénice gagne très bien sa vie. *Nephtali's Follies*, c'est la plus grande boîte de Paris. On l'a ouverte il y a trois mois. Avant, Bérénice dansait aux *Délices.*

Numance paraissait très fier de sa compagne. Trendy estima qu'il avait raison. Il connaissait les *Délices de Macao*, où il était allé souvent avec ses amis avant que Drogon ne l'expédie chez Ruth. Une éternité, lui semblait-il. Les souvenirs qu'il avait de cet endroit lui revinrent comme des images de l'enfance. Que de nuits consumées dans cette pagode transformée en gigantesque boîte, où l'on jouait, l'on dînait, l'on dansait, à sa convenance, tandis que les plus belles filles de la capitale se dénudaient sur une gigantesque plate-forme rouge et vert, au milieu des vapeurs d'encens et sous le regard narquois des dieux obèses de l'ancienne Chine. On murmurait qu'il s'y mêlait parfois, pour de rares élus qui en payaient très cher l'insigne privilège, l'odeur insinuante des calumets d'opium.

— Les *Délices* ont fermé ? demanda-t-il.

— Non. Ils se sont vidés. Personne n'y va plus.

— Je n'aurais jamais cru.

— Tout arrive, à présent, soupira Bérénice.

— Tout arrive.

Il se laissa retomber sur l'oreiller. Il avait sommeil. Tandis qu'elle reprenait son bol de tisane, il observa son visage délicat, ses muscles fins qui jouaient sous sa peau très noire. Il effleura sans le vouloir le haut de son bras, vit encore le sourire de Numance, derrière elle, puis une léthargie bizarre l'envahit. Il n'y résista pas. Il fallait se laisser aller. Il fallait consentir à la douceur.

Il dut dormir longtemps, très longtemps, d'un sommeil sans rêves. A son réveil, il n'était pas reposé. Il avait un début de migraine, les lèvres sèches et la bouche amère. Etait-ce la potion de la danseuse nue, comment s'appelait-elle déjà, Bérénice, oui, Bérénice. Il n'avait pas rêvé cette fois, il se souvenait parfaitement d'elle. La très noire Bérénice et ses magnifiques épaules qui s'était penchée sur lui avec le bol qui sentait l'herbe chaude... Le soir était là. Il avait dû dormir des heures et des heures, peut-être un jour entier. Il erra un peu dans l'appartement. Toutes les pièces étaient dans un ordre sinistre. Ses amis avaient bel et bien décampé. Deux mois plus tôt, il aurait pris ce départ pour une catastrophe, une désertion. A présent, il en était soulagé. Il avait besoin d'être seul. Anna... Il se rappela encore un infime détail, un petit mouchoir rose avec de longues traînées de rouge à lèvres, qui avait été projeté sans doute avant l'incendie de son coupé. Le mouchoir s'était échoué parmi les herbes, dérisoire, un peu voyant, comme la beauté même d'Anna. Alors Trendy comprit ce que dissimulaient sa migraine et l'amertume de sa bouche. S'il avait mal à la tête et ce goût âpre sur la langue, c'est qu'il avait besoin de pleurer.

Il s'abandonna aux larmes. Etait-ce vraiment un abandon ? Les larmes étaient là, c'était tout, c'était ainsi. Lorsque revint

Numance, lorsqu'il entra, comme la veille, de son pas de chat, Trendy ne prit même pas la peine de se sécher les joues.

— Tu as une cigarette ? lui demanda-t-il simplement.

Il avait confiance en cet homme. Il était fatigué de se surveiller, de spéculer, de se méfier. Assez de politesses, de vouvoiements, de salamalecs. Sa voix était cassée encore par les sanglots, mais les larmes l'avaient soulagé d'une partie de sa peine. Petite part de douleur, la plus apparente, sans doute, la plus mince, celle qui se lit sur le visage. Assez pourtant pour se redresser sur son lit. Et pour avoir envie de fumer.

L'autre secoua la tête :

— Pas de cigarettes. Des cigares seulement. Ils viennent de mon île.

— Donne.

Numance devait arriver de sa bibliothèque. Dans son costume à l'européenne, il demeurait aussi princier que la veille. Il revint de sa chambre avec une boîte de cigarillos. Ils se mirent à fumer en silence. Trendy se calmait peu à peu. Numance était accroupi sur le plancher. Ses yeux se perdaient dans le vague, du côté de la fenêtre, du côté d'un morceau de ciel où se levait la lune, et il se taisait. Il était beau, indiscutablement beau et tranquille. C'était Halphas sans le tourment. Son silence à lui seul était un apaisement. Alors, tout aussi brusquement qu'il avait pleuré, Trendy fut pris du désir de parler. Il ne chercha pas à justifier ses larmes. Il reprit un second cigare, s'assit comme le Noir sur le plancher, remit de l'ordre dans ses cheveux.

— Si tu savais d'où je reviens...

— Tout le monde est fou, en ce moment. Le monde ne va pas bien. Tu entends les musiques ?

Il entrouvrit la fenêtre. Les premiers airs de la nuit, échappés des caves, montèrent jusqu'à eux. Ils étaient triomphants, comme si les musiciens, et ceux qui, çà et là, se pressaient vers les escaliers qui descendaient sous terre, avaient été pris, à l'approche du soir, d'une ferveur insolite.

— J'ai vu bien pire, commenta Trendy.

Numance hocha la tête et tira sur son cigare.

— Il n'y a rien de pire que la mort. Et encore, ce n'est pas sûr. Il faudrait savoir ce qu'il y a après.

Trendy l'interrompit.

— Deux femmes, coupa-t-il. Deux femmes que j'ai perdues.

— Deux ? fit le Noir. Deux d'un coup ?

Une lueur de curiosité s'était allumée dans son regard.

— Deux d'un coup. L'une morte, l'autre partie. Le même jour.

Numance parut réfléchir. Ou peut-être n'osait-il pas questionner. Trendy prit les devants :

— Il y en avait une que j'aimais plus que l'autre.

— On a toujours des préférences.

— Je préférais celle qui est partie.

Numance baissa les yeux. Son silence, à nouveau, fut un encouragement à poursuivre.

— C'est pire que la mort, continua Trendy. Qu'est-ce qu'il y a, après un amour mort...

Numance se leva avec solennité. Son extrême sérieux et le ton pénétré qu'il prit détonnaient avec sa jeunesse.

— Ton amour n'est pas mort. Elle est partie, mais tu l'aimes. Tu peux toujours gagner.

— Elle est partie, si tu savais où... Avec qui !

— Tu peux toujours gagner.

Trendy sentait les sanglots revenir. Cependant les paroles graves de Numance s'élevaient dans la pièce, elles le touchaient avec la même tendresse que ses mains, la veille, quand elles s'étaient posées sur les siennes.

— Tu l'aimes et tu gagneras. Tu iras la chercher où qu'elle soit. Tu l'arracheras des mains des plus puissants. Elle te suivra, tu ne la perdras plus.

— Si tu savais. Mais si tu savais...

— Il ne tient qu'à toi que je sache.

Trendy leva un regard étonné. Numance parlait comme un livre, avec l'autorité et la gravité d'un livre.

— Il ne tient qu'à toi, martela-t-il.

Trendy se laissa faire. Au début, pourtant, ce fut difficile. Il lâchait seulement des bribes de phrases, des mots incohérents. Il le sentit bien, Numance dissimulait le mal qu'il éprouvait à le suivre. Tous ces noms inconnus, ces mots bizarres, ce labyrinthe sans fin de raisons et de causes. Fausses raisons, mauvaises causes, Trendy s'en aperçut à mesure qu'il parlait. Alors, peu à peu, tout commença à s'éclaircir. Il n'y eut plus que ce regard sombre et doux posé sur lui. Numance avait-il jamais connu l'angoisse ? Parfois il avait un mouvement d'étonnement ; un vague sourire, un rictus d'inquiétude passaient sur ses traits. Il écoutait. Il entendait tout, il comprenait, il pressentait ce que Trendy allait dire, mais il ne le précédait, ne l'interrompait jamais. Cela dura peut-être la moitié de la nuit.

— Anna est morte, Judith est partie, conclut Trendy. Tout est fini.

Numance ne répondit pas.

— J'ai laissé là-bas mes squelettes de poissons, reprit-il. Je n'ai plus envie de travailler.

— Par les temps qui courent, qui a envie de travailler ?

— Toi. Et Bérénice.

— A cause de l'île. Seulement à cause d'elle. Il faut que tu trouves ton île, toi aussi.

Il eut un soupir excédé.

— Mon île !

— C'était Judith, mais tu ne le savais pas. Maintenant tu le sais. Tu as avancé. Tu vas la gagner. Je t'aiderai.

— On ne gagne pas une fille comme elle. Elle se donne. Elle se refuse. Elle part.

Numance secoua la tête :

— Tu fais fausse route. Ce qui t'arrive n'est qu'une chose étrange parmi d'autres. Mais si tu veux cette fille...

— Je n'ai pas couru après elle ! C'est elle qui est venue...

— Tu l'attendais sans le savoir.

— Non. Personne n'attend personne. On m'a voulu du mal. Judith m'a voulu du mal. Je ne lui avais rien fait.

— Ce n'est pas elle, ton ennemi. C'est l'autre. Le Commandeur.

— Je ne l'avais jamais vu !

— Tu lui as fait peur. C'est la pire des fautes.

— Mais pourquoi ? J'étais là, bien tranquille, avec mes squelettes...

Dans la boîte de Numance, il ne restait plus qu'un seul cigarillo.

— Finissons-en, fit le Noir, et Trendy ne sut pas s'il parlait des cigares ou de son histoire. Ton ennemi, c'est le Commandeur. Il faut le vaincre pour revoir Judith.

— Le vaincre... C'est ridicule. Tu ne le connais pas !

— Et toi, tu le connais ? Il faut l'écraser. Pour vaincre, il faut connaître l'ennemi. Tu n'as même pas cherché à le connaître.

— Je n'ai pas eu le temps !

Le métis ne perdit rien de sa belle assurance :

— Tu vas le trouver. D'abord il faut savoir qui il est, ce qu'il cherche, ce qu'il aime. Et aussi ce qu'il hait. Je t'aiderai.

Numance était jeune, bien plus jeune que Trendy. Pour autant, on ne lui répliquait pas. A présent qu'il s'était abandonné à la confidence, il lui semblait qu'il le connaissait depuis toujours. Il ne s'en voulait pas d'avoir débondé son cœur, il ne voulait plus quitter cet homme qui semblait droit venu d'un royaume d'enfants et disait les phrases comme on chante, avec des répétitions, des modulations de vieilles mélopées. Mais Numance n'était pas un enfant. A deux longues rides qui lui marquaient la bouche et le front, on voyait bien que la vie, très tôt, l'avait blessé.

— J'ai lu des histoires un peu semblables dans les livres, poursuivit-il au bout d'un moment.

Trendy sursauta. C'était comme une insulte, pire encore que de lui démontrer qu'il avait rêvé.

— Les livres ? Quels livres ?

— Les grands livres, continua Numance sur le même ton inspiré. Les livres de magie. A la bibliothèque, je peux lire ce que je veux. Les ouvrages les plus rares, les plus secrets. Ceux aussi qu'on a égarés. Je suis l'employé le plus ordonné de la bibliothèque. C'est fou ce qui peut s'égarer là-bas. Je furète, je finis par tout retrouver. Et souvent, après mon service, je reste pour lire.

Il sortit de sa poche une petite clef :

— Elle ouvre toutes les portes.

Il en paraissait presque aussi fier que de Bérénice.

— Ce soir, je suis rentré pour toi. D'habitude, la nuit, quand Bérénice va danser, je suis un peu triste. Alors je reste là-bas. Personne ne le sait. La bibliothèque m'appartient. Des kilomètres de rayonnages. Des années-lumière de manuscrits, de grimoires, de journaux, d'enluminures. Et tous les grands livres.

— Mais pourquoi la magie ?

— Bérénice est un peu sorcière. Chez nous, le don se transmet de mère en fille. J'accumule des centaines de choses qu'elle ignore, des tours, des recettes, des exorcismes. Je ne les note jamais, je les apprends par cœur. Sans moi pour les lui réciter, elle ne peut pas les retrouver. Je les lui donne petit à petit, l'un après l'autre, deux ou trois seulement par semaine.

— Ils marchent, tes tours de magie ?

— Je ne sais pas si elle les essaie. En tout cas, elle en redemande. Elle en réclame sans cesse. Comme ça, tu vois, elle ne me quittera jamais. J'ai déjà assez de recettes pour tenir toute la vie.

Trendy eut un mouvement de colère :

— C'est ce que tu veux m'apprendre, pour Judith ? Comment la tenir ? Comment mentir...

— Je crois à la magie, rétorqua Numance sans se départir de son calme. Je sais que ça marche. Avec des magiciens, évidemment. Je ne suis pas magicien. Bérénice, elle...

Il s'interrompit.

— Ton histoire... Une femme, un capitaine, des morts, toutes des femmes... J'ai dû déjà la lire, quelque part.

— Laisse. J'en ai assez de cette folie. Je préfère encore aller m'abrutir sous terre avec les autres.

Il mentait. Il avait encore envie d'écouter Numance, il commençait à rêver de son palais de livres, de ses nuits solitaires à se repaître des vieilles encres et des papiers jaunis. Il se reprit :

— Et tu as lu quoi, qui ressemblait à mon histoire ?

— Des magies.

— Abracadabra, envoûtements et pentacles...

Trendy eut un dernier rire, mais cette fois il était forcé. Numance retrouva son air solennel :

— Les sorcelleries de la mer. Elles sont partout les mêmes. On les trouve rarement dans les livres. L'Océan est un monde de secrets et de perfidies. C'est le véritable enfer, le vrai royaume de Satan. C'est là qu'on va signer les malédictions éternelles. On signe, on consent au règne du mal, pour un peu de vent dans la bonace, pour le calme au plus fort de la tempête. On vend son âme en échange de l'épouvante. On signe, Trendy, on accepte le pacte sans même réfléchir. Et ce n'est que bien après qu'on s'aperçoit qu'on a rencontré le Seigneur du Large.

Trendy le dévisagea d'un air sceptique.

— C'est son nom, chez moi. Son pire nom, sa pire forme. Tu verras, avec un peu de chance, en cherchant dans la bibliothèque...

Trendy se leva vers la fenêtre et l'ouvrit. Les musiques venues d'en dessous commençaient à s'essouffler. La nuit devait être bien avancée.

— Je t'emmènerai voir les grands livres, dit Numance.

Trendy referma la fenêtre. Il revoyait Anna, la voiture calcinée, le gant ourlé de strass, le petit mouchoir rose, et surtout le mot terrible de Judith à sa mère, pour lui annoncer qu'elle restait chez le Commandeur. Quels seraient ses prochains tableaux ? Elle-même, aussi nue qu'il l'avait tenue, adorant cet homme qu'elle prenait pour un ange ? Il aurait fait n'importe quoi pour tout oublier.

— Demain soir ? demanda Numance.

— Demain soir.

Il avait chuchoté. A quoi consentait-il en ce moment, qui venait peut-être du même royaume de ténèbres ? Il n'avait pas envie de savoir. Il était tellement tard, déjà, et pour tellement de choses.

CHAPITRE XVI

Les semaines qui suivirent, ces jours, ces nuits sans fin où Trendy découvrit les joies et les mystères de la bibliothèque, furent, à bien y songer, une sorte de bonheur. Numance éprouvait comme une sourde volupté à lui faire partager ce qu'il considérait comme son pays secret. Il n'eut aucune peine à l'entraîner à sa suite. De fait, les moments les plus agréables furent ceux qu'ils y passèrent ensemble après la fermeture des portes, leurs furetages silencieux dans l'ombre poussiéreuse des rayonnages, une lampe de poche à la main, à traquer les grimoires et le tourbillon des siècles. Ils ne croisaient jamais personne. Quelquefois, une ombre se profilait au détour d'un couloir. Elle s'éclipsait rapidement derrière les colonnades. Numance avait, c'était clair, ses complicités dans la place.

Quand il se fut remis de la fatigue de son voyage, Trendy avait eu un moment de méfiance. « Que veux-tu que j'aille chercher là-bas ? avait-il dit à Numance, je préfère encore m'occuper de mes poissons, que veux-tu que je trouve dans tes vieux papiers, j'ai vécu une folie qui ne s'explique pas dans les livres ! » Et il avait ajouté avec plus d'humeur : « Explique-moi d'abord pourquoi tu as rangé mon appartement, pourquoi au juste les autres ont décampé, qui m'a dit que tu ne les as pas jetés dehors, d'où viens-tu, et où vit Bérénice, elle ne vient jamais dormir ici le jour... »

Numance n'avait pas répondu à sa colère. Il avait eu son grand regard mélancolique, puis, après un long silence, il s'était expliqué : dès le départ de Trendy, le moment où la vogue des souterrains avait commencé, un de ses amis musiciens lui avait proposé l'appartement. Il le lui offrait pour trois fois rien, à la seule condition qu'il l'entretienne et qu'il le protège des voleurs, très nombreux dans le quartier. Numance avait aussitôt accepté. Jusque-là, il vivait avec Bérénice, mais il lui était devenu insupportable de rentrer de la bibliothèque pour la voir s'en aller se déshabiller devant les foules des *Délices* ou de *Nephtali's Follies*. Elle n'aimait pas davantage, à l'aube, s'endormir seule tandis qu'il repartait pousser son chariot de livres. Ils décidèrent de se séparer. Ils se revoyaient les dimanches, toujours chez Bérénice. C'est de ce temps-là aussi que Numance avait pris l'habitude de passer la moitié de ses nuits à la bibliothèque.

L'histoire de Numance émut Trendy. Il se reconnut une sorte de parenté avec lui, dans sa passion pour une femme lointaine. Certes, Bérénice n'avait pas quitté Numance, et ils vivaient encore en amants et en frères, cet amour même qu'il aurait voulu connaître avec Judith. Mais il y avait en Numance la terreur cachée de l'autre vie de Bérénice. Il cherchait à fuir les rêves fous qu'elle incarnait pour les autres hommes, il voulait ignorer ses danses, les figures qu'elle donnait chaque soir à son corps dévêtu. C'était une jalousie insidieuse, jamais lasse, pareille à celle qui l'avait percé, lui Trendy, le jour où, dans la maison de Cornell, il avait découvert les toiles de la fugueuse d'*Hauteclaire*. Alors, puisqu'il ne comprenait plus rien à rien, puisqu'il n'avait plus envie de travailler, que Numance le prenait sous son aile et qu'il commençait à l'aimer, il accepta de le suivre à la bibliothèque.

Le but avoué de ces escapades quotidiennes était la quête du Commandeur. « Il faut que tu le connaisses, avait répété Numance, il faut que tu saches qui il est. Là-bas, tu trouveras tout ce que tu veux, les journaux de ce temps-là, ses livres, s'il en a écrit, ceux de ses proches, le souvenir de ses amis, celui d'Iris, de Ruth, du capitaine, pourquoi pas, et peut-être le fin mot de cette diablerie, le secret du Seigneur du Large... » Lorsque Numance parlait ainsi — et Trendy continuait de s'en étonner — il passait dans sa voix les souffles de l'Océan, on croyait entendre la respiration sifflante des vagues, de sourds fracas d'écume, voir le visage des marins damnés, le spectre de leurs navires aux voiles déchirées. Ses mots sentaient toujours le lointain et l'aventure. Telle lui parut alors la bibliothèque, et il le suivit là-bas comme dans les temps anciens on s'en allait vers les nouveaux mondes.

Très vite il ne se contenta plus d'y aller la nuit. Il vint le jour, au vu et au su de tous, à la manière ordinaire, avec une carte de lecteur. Il découvrit, avant les livres, l'atmosphère recueillie des salles aux lampes vertes, la rumeur légère des pages effeuillées, à peine troublée de soupirs ou de chuchotements : parler tout haut était ici un crime, pis encore, un sacrilège, impitoyablement puni d'expulsion immédiate. Il approcha aussi quelques habitués. Si les souvenirs de la *Désirade* n'avaient été aussi frais à sa mémoire, si les extravagances de la rue ne commençaient à lui apparaître, il aurait pu prendre pour des aliénés une bonne partie des lecteurs. Il y avait un jeune homme mince et pâle qui se signait rituellement avant de commencer son exploration des fichiers. Il y avait l'habitué de la place 222, qui refusait avec la dernière énergie qu'on lui attribuât d'autre place et menaçait à haute voix de mettre le feu à la bibliothèque si, par inadvertance, un employé y avait installé quelqu'un d'autre, fût-ce un prestigieux professeur. Il y avait un centenaire qui passait tout le jour penché sur des volumes vieux de quatre siècles et hochait la tête de temps à autre en chevrotant : « C'est vrai, je me souviens de tout. » On ne savait pas s'il parlait de sa mémoire des livres, ou de celle de ces temps reculés. Il était si parcheminé qu'on n'était pas loin, en vérité, de croire qu'il en fût l'ultime survivant. Il y avait enfin un homme entre deux âges, petit et obèse, qui se constituait dès l'ouverture un énorme rempart de dictionnaires ; puis il sortait de son sac les nourritures les plus diverses, qu'il se faisait fort de consommer sans être pris, à l'abri de son mur de reliures. Avait-il acheté la complaisance des employés et celle, non moins capitale, de ses voisins d'étude ? En dépit du règlement, nul ne l'inquiétait, et il passait sa journée à faire ripaille sans être inquiété, au point qu'on pouvait se demander quelle rare perversité le poussait quotidiennement sous la coupole byzantine de la bibliothèque, s'il y venait par gourmandise des livres, ou si sa boulimie de nourritures terrestres ne pouvait s'accommoder que de l'odeur des vieux cuirs et des papiers craquelés.

Trendy se plongea donc dans l'océan des livres. Numance était un curieux mélange de rêve et d'esprit pratique. Il lui avait conseillé de commencer par étudier la magie. « Ensuite, nous irons aux périodiques, là où sont conservés les journaux, et nous chercherons qui est le Commandeur. — Mais enfin, protesta Trendy, c'est par là qu'il faut commencer, le Commandeur est un homme réel, pas un magicien, c'est tout au plus un personnage, il joue un personnage, comme au théâtre ou dans les films ! » Numance avait secoué la tête avec sa gravité coutumière : « Les personnages, comme tu dis, ont une âme de démon. Ceux qui nous les envoient les ont fabriqués pour nous tenter et nous perdre. La plus belle ruse du Diable est de nous faire croire qu'il n'existe pas. »

Trendy s'était incliné. Selon les prescriptions de Numance, il était parti à la recherche des mystères de la mer, des créatures fabuleuses tapies au fond du chaos des eaux, le royaume du Léviathan et le cortège de ses hydres. Il y croisait tous les jours d'épouvantables abîmes. Il le redoutait moins que le gouffre qui gisait en lui-même. Si elle ne parvenait pas à effacer ses souvenirs, cette immersion, pour le moins, le calmait. A se perdre ici dans les annales du monde, à se frayer un chemin dans la nécropole des mots, des hiéroglyphes parfois, des langues mortes, des signes cabalistiques, il retrouvait l'enthousiasme de ses recherches sur les poissons. Depuis *Hauteclaire*, elles étaient devenues mécaniques et sans joie. Ici, comme lorsqu'il était enfant et qu'il passait des heures à épier la vie au fond des flaques laissées par la marée, il vivait à la frontière de deux univers, le visible et l'invisible, il guettait, il traquait sans relâche ce que dissimulait la frêle écorce des choses. Patient, têtu, soutenu aussi par la foi de Numance, c'était encore la mer qu'il cherchait sur l'océan des livres.

Quelle fatalité l'y poussait, alors que presque tous dans la ville partaient s'étourdir sous terre ? Il se le demandait rarement. Il se sentait bien sous la verrière de la bibliothèque qui ternissait avec le soir, et, fût-ce une apparence, ce début de tranquillité était un luxe sans prix. Il comprenait à présent les petits bonheurs de Cornell, il comprenait son goût de la nuit, la nuit sans saison, selon le mot qu'il avait eu. Avec Numance, le soir, au long des rayonnages, lorsqu'ils soulevaient des manuscrits précieux, dénichaient des grimoires écrits à l'encre rouge comme en lettres de sang, tombaient sur des gravures de monstres plus maléfiques et plus fous que la veille, des tortues-îles, des tritons grimaçants, des algues géantes, gluantes, qui s'emmêlaient aux cordages des navires et les entraînaient vers les grands fonds, Trendy croyait voir s'ouvrir devant lui l'enfer médiéval avec sa gueule de baleine, et plus loin dans le gouffre, la terrible nuit de la Bible, celle de Jonas et des premiers démons, les grands poissons de Babylone, ses serpents annelés tapis dans les abysses. Elles étaient toutes là, endormies entre les pages des livres, les créatures carnassières et aveugles des rêves de Cornell, les dragons du déluge et d'avant le déluge, à l'affût des hommes qui les narguaient sur leurs pauvres bateaux. A chaque instant pouvaient se réveiller les entrailles de la mer, et c'étaient alors des tremblements de terre, des pluies d'étoiles, des apparitions d'armées prodigieuses, des naufrages, souvent, et d'effroyables rencontres. Jamais Léviathan n'abandonnait ses proies. A mesure que Numance tournait les pages des encyclopédies et des vieux portulans, s'arrêtant, çà et là, pour commenter un détail plus monstrueux que les autres, des Néréides aux jambes torses et couvertes d'écailles, des hydres écumantes aux nageoires hérissées de crocs, des crabes gigantesques aux mâchoires garnies d'éperons, il s'ingéniait à montrer à Trendy que toutes les figures terrestres du Diable, sylphes, satyres, gargouilles, marmousets, dérivaient d'un unique et premier serpent, Léviathan ou Seigneur du Large, né de l'eau glauque, femelle et salée, aux confins où se rejoignent la lumière et les ténèbres. « Et nous voici proches de son règne ! s'exclamait-il, le signe des Poissons, le dernier du zodiaque des siècles. A cette heure où se confondent l'histoire et le chaos, le Seigneur du Large brisera la chaîne qui le rattache encore au fond de la mer, et il se répandra parmi nous avec son cortège de fléaux. — Alors, ton île ? objectait Trendy, si la fin est si proche, pourquoi ne pars-tu pas tout de suite pour ton île ? — Je dois gagner de l'argent pour rentrer », répondait Numance avec son regard triste, et alors Trendy renonçait à comprendre.

Il dut se passer ainsi plusieurs semaines. Il ne vivait plus que dans le désir des livres. Il s'était vite aperçu que pendant la journée il était loin d'être le seul à réclamer les traités des ténèbres. Deux fois sur trois, l'ouvrage qu'il cherchait était déjà aux mains d'un autre, et tous les passe-droits de Numance étaient alors inopérants. Trendy comprit ainsi l'utilité de leurs expéditions nocturnes. Après la fermeture, la bibliothèque leur appartenait tout entière. Leur fébrilité était telle que, bien souvent, ils consultaient les manuscrits debout devant le rayon où ils les avaient trouvés. Trendy prenait très peu de notes. Il retenait tout. La passion de l'invisible le travaillait à la manière de certaines médecines, qui rusent avec le corps pour mieux le débarrasser des penchants qui le menacent. Son amour pour Judith était venu de façon incompréhensible ; du jour de leur rencontre, tout en lui s'était trouvé jeté dans le plus grand désordre. Le monde du Diable et de la mer paraissait aussi, pour l'explorateur novice qu'il était encore, le royaume de l'anarchie et de la folie des sens. Mais Numance avait vu juste : cette démence même le calmait. Ou du moins elle l'aidait à continuer de vivre.

Il ne perdait pas de vue Judith, pas plus qu'Anna, d'ailleurs, ni Ruth ou la Cruzenburg. Chercher un sens à ce qu'il avait vécu, utiliser ses forces à reconstituer le dédale où il s'était perdu, rendait la jalousie un peu plus supportable. Car il était jaloux. Que fait-elle, Judith, en ce moment, se demandait-il souvent, pourquoi est-elle partie, et Anna elle-même, elle devait l'aimer, le Commandeur, c'était lui qu'elle cherchait, pas moi, je n'étais qu'un leurre, la consolation d'un moment, une distraction, un jeu, et Ruth elle-même, peut-être autrefois, entre Ruth et le Commandeur... Alors il se jetait désespérément dans les livres. Ils lui donnaient des réponses simples et rapides : tous les démons sont nés des eaux féminines, donc Judith est une sorcière, et les autres femmes aussi. Toutes ces goules, ces sirènes, ces ondines, ces mauvaises fées des abîmes... Un autre jour, Judith était la victime innocente d'une affreuse malédiction. Le Commandeur l'avait envoûtée et enfermée dans une chambre secrète ; et ces jours-là, Trendy n'était pas loin de penser que la *Désirade* ressemblait au château de Lusignan, accessible, en apparence, mais tout entouré de l'herbe qui égare. D'autres jours enfin, refermant ces reliures usées qui regorgeaient de contes, il croyait avoir découvert le remède à ses maux : punir Judith du châtiment des reines pécheresses, la cacher, la murer, l'ensevelir à jamais dans le tombeau d'oubli.

Alors il avait besoin de la présence de Numance. Il en avait assez d'affronter seul les cartulaires, assez des alchimistes, des dragons annelés aux impitoyables mâchoires, des monstres marins avaleurs de soleil, assez de la mer bouillonnante comme un chaudron de parfumeur. Il quittait la bibliothèque. C'était souvent le soir, vers cinq heures. La nuit venait. Il retournait à l'appartement attendre l'arrivée de Numance. Ils dînaient, puis, vers neuf heures, ils repartaient se plonger dans les livres.

Ce moment de solitude, à la fin de l'après-midi, ne durait pas longtemps. Trendy retournait vers les Halles en flâneur. C'était pourtant un automne froid, une saison glaciale et cendrée qui ressemblait à l'hiver. Certains jours, le vent se levait, arrachant aux branches leurs ultimes feuilles, répandant sur toutes choses une grande lumière dorée. D'un seul coup, les trompe-l'œil qu'on avait peints, il ne savait pourquoi, sur la plupart des façades aveugles surgissaient de la brume comme autant d'apparitions, les immenses glaces des nouveaux immeubles, leurs colonnades de verre se mettaient à resplendir. Illusion du rêve ou de la mémoire, ce n'étaient cependant jamais les déferlements lumineux d'*Hauteclaire*, ses brasillements, les étincelles qu'on voyait là-bas dans l'air les lendemains de tempête, quand s'envolaient les lichens arrachés aux rochers et que le soleil enfin se libérait des nuages. Que devenait Ruth, dans cet hiver précoce, et sa maison, ses meubles, ses odeurs de cire ? Il revoyait son profil devant la vitre mouillée du salon, les reflets cuivrés du feu dans son lourd chignon blond. Sans doute fallait-il obéir à Numance et ne plus jamais y penser. Le rêveur qui avait bâti *Hauteclaire* avait affronté des années les maléfices de l'Océan ; à sa suite, les deux rêveuses qu'elle hébergeait étaient affligées des mêmes tourments. Là-bas, ainsi que dans les livres, on voyait sur les murs des poulpes monstrueux, des tritons au corps de serpent, Neptune, maître des gouffres dont ne revient pas, régnait sur la maison du capitaine, Neptune et ses figures d'enfer, autrement dit, et comme toujours, le Seigneur du Large.

Alors Trendy soupirait, et regardait la rue. Ici, dans la ville, il n'avait personne à aimer comme Judith. Echappait-il pour autant à la folie ? En regard de ce qu'il avait observé à la *Désirade*, tout ce qu'il y voyait lui paraissait banal. Les femmes qui sortaient vêtues de noir et décolletées malgré le froid, les architectures nouvelles, leurs colonnades miroitantes, les jeunes vendeurs de prédictions postés aux coins de rue, uniformément moulés dans des combinaisons de cuir rouge, c'étaient là de simples extravagances. Comme les précédentes, elles changeraient avec la saison, c'étaient des modes passagères, piquantes, certes, mais à peine surprenantes, une distraction de plus, croyait-il, pour chasser l'ennui qui ravageait les temps. Et la nuit venait, transparente, glaciale, dure comme un alcool où il faisait bon se dissoudre.

Lorsque Numance le rejoignait à l'appartement, ils échafaudaient leur plan de recherches pour la nuit. Son ami était hanté par la hiérarchie de l'Enfer. Un soir, Trendy eut à ce sujet quelques mots ironiques. Il fit remarquer à Numance que les diables dont il lui parlait avaient une société calquée point par point sur les pires usages de ce monde. Numance rétorqua avec hauteur : « Depuis toujours, nous les Noirs, vous nous avez considérés comme des diables. A cause de notre peau. — Mais tu es métis ! » opposa Trendy avec maladresse. « Tu es bien comme tout le monde, siffla Numance, tu crois donc que Bérénice est une démone ! Si je veux connaître le Diable, c'est pour vous prouver, à toi et aux autres, que notre peau n'a rien à voir avec les monstres de l'Enfer... »

Trendy s'en voulut et n'insista pas. Vers les neuf heures, comme tous les autres soirs, ils repartirent pour la bibliothèque. C'était le moment où les musiques venues des soupiraux appelaient la ville à venir s'étourdir. Des dizaines de filles vêtues de paillettes et d'argent cherchaient avec fièvre les escaliers des caves. Parfois, ralenties par la foule, elles s'arrêtaient, rajustaient leurs bas brillants sur leurs trop longues jambes, achetaient un cornet à un vendeur de marrons. Entre leurs doigts gantés, elles respiraient un bref instant l'odeur âcre de la peau brûlée, l'épluchaient, croquaient le fruit noirci. Les musiques ronflaient, triomphantes comme au premier soir. Chaque nuit, d'ailleurs, il semblait à Trendy qu'elles devenaient plus fortes, plus barbares. Il y restait indifférent. Peu lui importait la vie nocturne de la ville, il se moquait même de la beauté des filles. Rien n'égalait pour lui ce qu'il avait entendu à la *Désirade,* la voix de la Cruzenburg descendant au long de ses corridors sans fin, et le buste de Judith, au dernier soir, enserré dans son corselet de velours, le même vêtement qu'on voyait maintenant sur les pâles mannequins des vitrines. Il ne doutait pas une seconde qu'elle les eût inventés. Il avait vécu des heures magiques qui ne reviendraient jamais ; ou plutôt, pour les faire revenir, pour en rester le maître, il lui fallait un secret qui était là-bas, caché entre les pages des manuscrits et des vieux in-folio. Alors une fois de plus, silencieux, le front tout alourdi de rêves, il suivait Numance à la bibliothèque.

Lui qui jusque-là n'avait eu ni Dieu ni Diable, ni foi ni loi sinon celle du plaisir, il découvrait la volupté de mots ignorés, les noms innommables et innombrables du démon, ses figures non moins diverses, ses hautes et basses œuvres, le péché et la perdition. Ce dernier mot surtout le fascinait : on l'employait aussi bien pour les navires que pour les âmes damnées. Nuit après nuit, ses déambulations interminables au milieu des catalogues et des anthologies infernales lui apportaient quelques certitudes. Si les visages du maître de l'Empire noir ne se comptaient plus, comme le nombre de ses tours et de ses maléfices, la force première, celle de l'Ange révolté, rejeté au fond de l'Océan par son Dieu courroucé, était bel et bien unique. Le Seigneur du Large, comme avait dit Numance, régnait sur les abîmes maritimes. Seule une croyance étroitement terrienne avait répandu l'idée que son royaume était logé dans le feu de la terre. La terre était bonne et douce, un ventre chaud et rassurant, la mer était mauvaise, traîtresse, aussi perfide que désirable. Et tous les contes le disaient, de sa lointaine condition angélique, le Diable avait conservé une faiblesse : il faisait consentir ses proies. Il passait des conventions, des traités, des pactes. Navigateurs ou alchimistes, chercheurs d'or ou d'immortalité, amoureux ou conquistadores, tous, un jour ou l'autre, ils avaient signé. Et plus souvent que dans le secret des laboratoires à cornues et alambics, dans la solitude des cimetières ou des déserts balayés de sirocco, le démon aimait à offrir ses contrats en mer. Dans l'ouragan, l'Océan ouvert sur ses grottes profondes, la mort caressant de son aile la coque fragile des navires. Plus pervers encore, sur les quais des ports en attendant le bon vent, ou dans les calmes insoutenables, par la faim et la soif, sur l'eau si proche et si amère : tel était l'instant préféré du serpent multiforme, guetteur inlassable à l'horizon en feu. Dans ces terribles pactes maritimes, tout tournait autour du vent et de l'or, plus rarement de l'immortelle jeunesse, et jamais de l'amour. Enfin, comme sur terre, le plus grand régal du Diable était une innocence.

Ainsi donc, au fil des semaines, de dictionnaire en opuscule, d'almanach en livre d'heures, Trendy se laissa gagner par les obsessions de Numance. Comme lui, il ne jurait plus que par les Puissances de l'abîme, il en voyait partout la marque. Quand ils regagnaient l'appartement pour dormir, sur les graffiti qui se multipliaient dans les rues, Numance et lui s'amusaient encore — mais était-ce vraiment un jeu ? — à reconnaître la silhouette griffue et cornue qu'ils avaient traquée toute la nuit entre les parchemins. Et dans ce quartier des Halles où s'étaient succédé durant des siècles d'innombrables faiseurs d'or, conjurant les démons de leur livrer ses mystères, ce qu'ils avaient lu dans les livres continuait à les poursuivre.

Une nuit, le trouble de Trendy grandit. Au hasard d'un registre, il tomba sur le nom de Barberini. Il s'agissait bien du cardinal. Il était l'auteur d'une *Théologie du Diable*. Qu'elle fût écrite en latin ne rebuta pas Trendy. Numance et lui s'en mirent aussitôt en quête. Le traité n'était pas à sa place. Le métis n'en fut nullement découragé. « Je retrouve toujours tout, je suis un vrai chercheur, assura-t-il, s'ils ne m'avaient pas, ici... » Trendy le crut sur parole. Ce n'était pas la première fois qu'ils redécouvraient des volumes égarés. Numance n'avait pas son pareil pour se rappeler que la veille, alors qu'il servait des ouvrages de botanique, il avait vu traîner un vieux traité sur l'art de gagner à la loterie, ou pour dénicher derrière un radiateur un rarissime libelle contre la tyrannie du Grand Turc, oublié là à la dernière guerre, peut-être, ou sauvé *in extremis* de la dernière inondation. Cette fois-ci, cependant, il ne put mettre la main sur l'ouvrage de Barberini. Le lendemain, à l'étonnement général, on le vit arpenter les couloirs et les rayonnages dans la plus grande agitation. Ce désordre dura trois jours et trois nuits, au terme desquelles, la mort dans l'âme, il avoua son échec à Trendy. Etait-ce pour le rassurer, ou lui-même déjà commençait à y croire, Trendy eut ce début de phrase :

— Ne t'inquiète pas. Si tu ne le retrouves pas, justement, cela prouve...

— Cela prouve que j'avais vu juste, coupa Numance. Ils sont tous dans le coup. C'est un maléfice, une diablerie, un envoûtement du Seigneur du Large. C'est le moment de nous attaquer aux gazettes. Il faut savoir qui est le Commandeur.

— Nous aurions dû commencer par là...

— Sans connaître le Diable, tu n'aurais pas su les lire !

Et il l'entraîna sous la verrière où, depuis des dizaines et des dizaines d'années, l'on conservait dans de grands registres l'éphémère mémoire des journaux.

CHAPITRE XVII

A la vérité, Trendy en conçut du soulagement. Il continuait à douter. Ou plutôt il n'avait pas eu le temps de s'accoutumer à l'illusion. L'amour l'y préparait ; mais il n'avait pu effacer encore des habitudes installées par des années de recherche, les raisonnements nés de l'observation minutieuse et patiente de ce qu'il est convenu d'appeler, d'un mot trop vague et trop simple peut-être, la réalité. L'un des derniers de ces temps-là, Trendy demeurait épris de la vérité. Lors de ses déambulations nocturnes, il rencontrait parfois, au fond d'une salle ornée de moulures et de boiseries, la statue de Voltaire. Son ricanement figé dans le marbre ne semblait s'adresser qu'à lui seul. Que Numance se complût dans des ténèbres peuplées d'esprits soufrés, de spectres, de mystères autant que de paroles, Trendy le comprenait, il voulait bien l'admettre : c'était son affaire, il était amoureux d'une supposée magicienne, et peut-être en effet ne pouvait-il la garder qu'en lui distillant les pseudo-secrets de la bibliothèque. Pour lui, il commençait à être fatigué des livres de magie et de leurs formules indéchiffrables, lassé de l'âme cachée au cœur des choses, des sueurs froides, des crimes affreux des navigateurs maudits. Il était saturé de gouffres, rassasié de poissons fantastiques. Les anges même commençaient à l'excéder. Chaque fois qu'il exprimait tout haut sa résistance à l'Empire noir, Numance lui répondait avec le mélange d'indolence et de hauteur qui définissait sa personne : « Un amour malheureux rend très stupide ou très intelligent. Si tu veux Judith, tu n'as pas le choix. Tu dois chercher, calculer, et bien jouer. Trouver le moyen de la reconquérir. Et ensuite de la conserver. Comme moi, avec Bérénice. Le secret est ici, dans les livres. Comme tous les autres secrets. »

Au milieu de ces doutes, la raison de Trendy trouvait cependant un appui : la classification des formes démoniaques. Leurs espèces étaient presque aussi multiformes que les variétés de poissons. Il songeait à les ordonner selon la méthode qu'il avait appliquée à ses déformations vertébrales, quand Numance consentit enfin à lui ouvrir le département des périodiques. Sa curiosité avait tellement redoublé qu'en quelques nuits il eut rassemblé tout ce qu'il pouvait apprendre sur le passé du Commandeur.

Il avait commencé par explorer les annuaires mondains. Quoiqu'il fût incertain de l'orthographe de son nom — et il n'était pas le seul, semblait-il, les journalistes hésitaient toujours entre les graphies les plus fantaisistes, *Adéjji, Atgy, Hadji* — il l'y découvrit sans trop de mal. Ses notices biographiques donnaient à peu près toutes les mêmes renseignements. C'étaient aussi des merveilles d'imprécision. A l'évidence, le Commandeur les avait voulues telles. Manuel Hadji, puisque c'était son nom, avait la cinquantaine ; selon les textes, on lui attribuait cinquante-deux ou cinquante-quatre ans. Une revue récente lui en attribuait même cinquante-sept. Son lieu de naissance officiel était Paris, en contradiction avec la légende répandue dans la province. On n'évoquait jamais ses parents. Sa profession, le plus souvent, n'était pas mentionnée. L'homme n'était pas oisif, mais il devait répugner à laisser voir qu'il travaillait ; ou peut-être signifiait-il ainsi que s'il avait un métier, c'était plutôt une occupation. Son adresse n'avait jamais changé : un hôtel particulier non loin du quai d'Orsay. Aucune de ses villégiatures, sa villa du lac Majeur, sa propriété du cap d'Ail, encore moins la *Désirade* dont Trendy, quelques heures plus tard, devait retrouver la trace dans les échos des gazettes, n'apparaissait dans les articles des annuaires. La rubrique *hobby*, en revanche, était d'une constance et d'une précision étonnantes : *Tango - Collection de tarots haute époque.* Au terme de cette première exploration, plusieurs points ne laissèrent pas d'intriguer Trendy. Même dans de très anciens bottins, rien ne signalait qu'il eût été marié, rien n'associait son nom à celui d'Iris Van Braack, rien n'évoquait non plus Constance von Cruzenburg, ni sa passion pour l'opéra. On notait qu'il avait suivi des études prestigieuses, dans une école qui ouvrait d'ordinaire aux plus brillantes carrières ; cependant cette mention laissait l'impression d'être donnée par hasard, pour rappeler simplement l'appartenance à une communauté intellectuelle, comme une sorte de confrérie.

L'homme aimait le secret, c'était une affaire entendue. Il ne pouvait toutefois vivre de l'air du temps. Trendy trouva assez vite la réponse à cette question. Il n'eut pas dépouillé dix numéros de *Vogue* et de *Harper's Bazaar* qu'il s'aperçut que le Commandeur était très lié aux milieux de cinéma. Sur les nombreuses photos qu'on publiait de lui — il était de la plupart des premières, des cocktails prestigieux, des croisières de luxe, des festivités mondaines — on le voyait constamment en compagnie de très jeunes et très belles actrices. Dans tous les cas, leur succès avait été aussi immense qu'éphémère. L'une, se souvint-il, était morte dans des conditions mal élucidées, l'autre avait sombré dans l'alcool et la drogue, une troisième avait complètement disparu, une autre encore s'était donné la mort. Ces étoiles avaient traversé les écrans comme autant de météores.

Y avait-il un rapport entre leurs triomphes foudroyants et leur tragique disparition ? Trendy commença à le soupçonner ; car, à mesure qu'il compulsait les revues et remontait le temps, il découvrait quel était le véritable champ des activités du Commandeur. Il produisait des films. Ou plus exactement il les commanditait. Toujours le goût de l'ombre : sans doute préférait-il laisser le titre officiel à un autre, à un de ces hommes de paille à la vanité sans limites qui se laissent dicter leur conduite pourvu qu'ils soient, dans les mondanités, assurés de figurer en bonne place. Nul ne s'y trompait, et quoique sous les flashes, les soirs de première, le Commandeur tînt farouchement à demeurer en retrait, les légendes des photos le citaient toujours à côté de ses vedettes féminines. On aurait dit aussi que les chroniqueurs, d'ordinaire prolixes sur qui possède à la fois l'argent et la puissance, redoutaient au plus haut point de parler de lui. Ils lui consacraient de rares articles, très brefs la plupart du temps, allusifs et superficiels. Ils paraissaient éprouver à son égard une sorte de révérence religieuse, comme une timidité, un scrupule qui tenait de la peur. Ils évitaient d'écrire son nom, ils employaient pour le désigner de curieuses périphrases, *le légendaire bienfaiteur de notre cinéma, le convive de toutes les fêtes, celui sans qui nos stars ne seraient pas ce qu'elles sont.* Tandis qu'il feuilletait les revues, Trendy voyait défiler les plus talentueuses actrices, brunes ou blondes, fragiles femmes-fleurs ou capiteuses vamps, toutes aussi fugitives qu'elles avaient été ravissantes. Les films auxquels on associait le nom du Commandeur avaient connu presque tous un fabuleux succès, certains même, d'un avis unanime, étaient regardés comme d'immenses chefs-d'œuvre. Il nourrissait une prédilection pour les grandes tragédies flamboyantes et baroques. Deux ans plus tôt, son dernier triomphe avait été la magistrale mise en images de *la Femme sans ombre*, où Constance von Cruzenburg avait déchaîné l'enthousiasme. C'était donc lui, le Commandeur, l'argent caché derrière ces prodigieuses créations. Tout se passait comme s'il avait toujours su, au bon moment, ce qu'il fallait montrer aux foules. Il méprisait pourtant les divertissements ordinaires. Tout ce qu'il touchait se transformait en or. Par surcroît, il offrait la beauté.

Il était parfois d'une imprudence rare. A plusieurs reprises, comme le laissaient entendre les échos des journaux, il avait misé sur de jeunes cinéastes inconnus, qu'il avait dénichés Dieu seul savait où, au bout du monde, le plus souvent : un demi-voyou brésilien à peine sorti de sa favela. Le premier, il transcrit en images les grandes folies sud-américaines. Puis vint le tour d'un Chinois rescapé de plusieurs révolutions ; ses longs métrages épiques bouleversèrent la planète. Enfin il fut séduit par l'un des derniers descendants d'une tribu maorie qui ressuscita avec une pureté et une délicatesse inouïes les récits immémoriaux de son île perdue. Chaque fois, le Commandeur avait gagné ces paris insensés.

De nuit en nuit, Trendy reculait le moment de consulter les revues les plus anciennes, celles du temps d'Iris, de son mariage avec le Commandeur, du court moment de bonheur que connut *Hauteclaire.* Quelque chose le retenait. Il avait de la peine à imaginer que ces années, celles de son enfance, — comme toutes les enfances heureuses, exagérément calmes, faites d'attentes un peu tristes, un peu vaines —, avaient pu être pour d'autres un temps si rempli, tellement fort qu'à présent ceux qui l'avaient vécu n'en étaient pas remis. Comment se peut-il que la vie s'affadisse, se demandait-il, la jeunesse qui fuit, est-ce donc qu'on perd son feu, sa grâce, ce don singulier qui donne à certains jours une saveur qui tient du prodige, et que plus jamais on ne rencontrera ? Et songeant cela, Trendy souffrait, car il se disait que ses jours prodigieux, c'était à *Hauteclaire* qu'il venait de les vivre, et peut-être sans le savoir, dans les bras d'Anna par exemple, dans la maison de la forêt, et le soir, tant de fois, seul dans le salon, à contempler sur les meubles de Ruth le reflet assourdi de ses grandes flambées.

Il fallait pourtant affronter cette seconde enfance, enfance derrière l'enfance, enfance du drame, sans doute, qui continuait d'opposer *Hauteclaire* et la *Désirade.* Depuis une heure déjà Numance avait déposé devant lui les registres des deux années fatidiques, depuis une heure il les feuilletait machinalement, il les effeuillait, plutôt, sans se résoudre à y jeter un œil. La nuit s'avançait. Il n'avait pas sommeil. Le silence de la bibliothèque redoublait ses craintes. De temps à autre il entendait, au bout du couloir, le pas lent de Numance sur les marches de marbre. Tout à l'heure, au moment de partir, comme toutes les nuits, le métis le questionnerait. Avec son regard grave et réprobateur, il répéterait : tu dois savoir, Trendy, si tu veux gagner Judith, tu dois savoir. Pour surcroît d'inquiétude, Numance lui avait annoncé que, ce soir, Bérénice viendrait les rejoindre. Elle mourait d'envie de voir la bibliothèque. Numance avait accepté, à condition qu'elle ne regarde que les revues de Trendy. Elle aussi, elle poserait des questions. Comment mentir, comment inventer ? Comment braver le grand regard de la danseuse quand elle se pencherait sur lui dans sa robe moulante ? S'il n'avait rien à répondre, ce serait plus pénible encore que de feuilleter ces vieilles revues. Alors Trendy trouva la force de chercher.

Dès qu'il eut parcouru les premiers numéros, ses appréhensions s'évanouirent. Ce fut même le début de moments magnifiques. Les revues de ce temps-là étaient somptueuses : un papier épais et glacé, des photos d'un noir et blanc superbe, des typographies raffinées. L'ensemble, certes, avait pris un côté démodé, mais cette désuétude même était agréable, elle accentuait l'impression que les personnages dont il était question, des magnats de la presse, des hommes politiques, des rois du pétrole ou des cosmétiques, leurs épouses, leurs maîtresses, mannequins, princesses, chanteuses, stars de l'écran ou du music-hall, arrivaient tout droit d'un royaume de légende, pays du Bois dormant oublié de tous, et dont il suffisait, pour le réveiller, d'étaler sous les lampes de la bibliothèque les feuillets à peine jaunis de ces journaux de luxe. A plusieurs reprises, Trendy tomba sur des photos de sa mère, aux temps de ses débuts. Il n'avait jamais imaginé qu'elle avait pu être si jeune, si éblouissante. Il se demandait pourquoi il l'avait ignorée, pourquoi aussi, en ce moment de désarroi qu'il traversait, il ne songeait jamais à elle, pourquoi, en somme, il la fuyait. Elle avait mérité, elle méritait l'amour. L'avait-elle connu ? Qu'avait-elle fait de sa vie, de son talent ? Malgré ses excentricités perpétuelles, malgré le peu d'intérêt qu'elle lui avait porté, Trendy commençait à penser qu'elle aurait pu l'aider. Elle était du même temps que la femme qu'il traquait entre ces pages, elle avait vécu la même frénésie, consumé les mêmes étés, connu les mêmes voitures décapotables lancées à folle allure sur les corniches qui menaient jusqu'au Sud, elle avait porté, sans doute, les mêmes bas de soie couturée, et sur les yeux ces résilles hypocrites qui redoublaient le désir des hommes. Enfin, comme l'autre, elle s'appelait Iris.

Iris, ma mère... Avait-elle seulement connu le Commandeur ? Il aurait pu être de ses amants. Il aurait pu être son père. Et Florimont ? Un jour — c'était il y a longtemps, il ne devait pas avoir plus de quinze ou seize ans — Trendy avait interrogé sa mère sur l'homme qui lui avait laissé son nom. Pour toute réponse, Iris Spencer avait répété ce qu'elle avait affirmé lorsqu'il était petit, que son père l'avait quittée avant sa naissance et qu'elle ne l'avait jamais revu. Elle n'avait gardé de lui aucune photo, elle ne savait pas ce qu'il était devenu. Il voulut en savoir plus. Les propos de sa mère furent très évasifs : « Oui, Florimont, il était bien beau... Tu sais, ce temps-là... Tout était possible, alors. On faisait n'importe quoi. Du *beau* n'importe quoi. Les gens allaient, venaient, on s'amusait, on brûlait la vie, les nuits. Quand le soir arrivait, on ne savait jamais avec qui on le finirait... Une bien belle époque

Maintenant, tout le monde s'est rangé, regarde-toi, avec tes poissons, ta thèse, on s'organise, tout est pensé, planifié, tout est en ordre, les enfants, les amours et le reste, on ne vit plus, on survit... » Puis Iris Spencer avait ébouriffé ses cheveux teints, repoudré son nez, secoué sa veste de fourrure, et, dans un grand éclat de rire, elle avait repris son sujet favori, sa sempiternelle philosophie du désordre, et il avait été impossible de lui faire lâcher un mot de plus.

Et tel était le monde dont elle venait, celui de ces photos sur papier glacé, le temps de la jeunesse d'Iris et du Commandeur. Le premier écho intéressant que découvrit Trendy, à sa grande stupéfaction, ne concernait pas l'homme dont les annuaires venaient de lui révéler la richesse et la puissance. Il s'agissait d'Iris Van Braack. A vingt ans, âge des plus précoces, la sœur de Ruth avait triomphé sur la scène de Covent Garden. Elle avait remplacé au pied levé une diva confirmée, qui s'était trouvée brusquement défaillante. Elle n'avait eu que trois jours pour se préparer au rôle, l'un des plus périlleux de tout le répertoire. On lui avait prédit la catastrophe, on avait même prétendu qu'elle y laisserait sa voix. En une soirée, le *jeune oiseau des îles,* selon le surnom que lui donnèrent les échotiers en allusion à sa naissance exotique, triompha de tous les prophètes de malheur. La presse internationale se précipita. La plupart des photographies de l'époque représentaient Iris au moment où elle chantait le duo final de *Turandot*, les bras tendus vers son partenaire dans un élan passionné, et quelques minutes plus tard, dans sa loge débordante de bouquets, épuisée, recevant les hommages des personnalités de marque. A chaque fois, à côté d'elle, presque plus fier qu'elle ne l'était elle-même, se tenait un jeune homme très mince au regard aigu, que Trendy identifia aussitôt : c'était Dräken. Du reste une légende mentionnait son nom. Elle le donnait pour pianiste. Le plus étonnant n'était pas sa présence aux côtés d'Iris. D'après les récits de Cornell, d'après ce qu'il avait vu lui-même à la *Désirade,* Trendy avait soupçonné une complicité ancienne entre le chef d'orchestre et le maître des lieux, et il avait deviné que, pour être si forte, cette connivence remontait à leur jeunesse. Le plus curieux, c'était la joie qui éclatait sur le visage de Dräken. Il était aisé de reconnaître qu'il était comblé.

Comment ce jeune homme ardent avait-il pu devenir le musicien maigre et voûté qui se pliait en chien battu aux mille et un caprices de Constance von Cruzenburg ? Etait-ce seulement la mort d'Iris ? Etait-ce son mariage ? Etait-ce le Commandeur ?

Le Commandeur, précisément, entrait en scène quelques semaines plus tard. De quelle façon, rien ne le laissait entrevoir. Il apparaissait d'un seul coup. C'était sur une autre photo prise dans une loge d'Opéra, devant des amoncellements de corbeilles de fleurs. On le voyait se pencher sur les doigts endiamantés de la jeune cantatrice. Tout cela ressemblait à l'officialisation d'une idylle. De fait, dans les numéros suivants, il n'était plus question, s'agissant d'Iris Van Braack, que de sa romance avec le jeune Commandeur. Galas, soirées mondaines, on les voyait toujours ensemble ; mais l'homme que les chroniqueurs nommaient *le plus assidu de ses chevaliers servants* prenait soin de se tenir toujours au second plan, il laissait la diva s'avancer seule, princière, ses bras haut gantés tendus vers les gerbes qu'on lui présentait, son profond décolleté ruisselant de pierres. On racontait dans les reportages que le Commandeur venait de les lui offrir. Iris Van Braack était belle, incontestablement belle, avec quelque chose de plus que les canons de l'époque : grande, comme Ruth, avec le même port de tête ; mais brune, avec un teint qui semblait un peu mat, le cheveu dru, épais, ondulé. Sa grâce rappelait celle qu'on voit à certaines créoles, un soupçon de sauvagerie, une sensualité mal contenue, toutes choses que Ruth, précisément, avait passé sa vie à vouloir dissimuler. Cela même que sa nièce Judith laissait sans vergogne éclater au grand jour. Oui, Iris ressemblait à Judith, c'était indéniable, elle était, une génération plus tôt, sa réplique, sa presque jumelle. Jumelle plus sage, certes, enserrée qu'était la cantatrice dans les toilettes de ce temps-là, ceintures, guêpières, talons aiguille. Mais au bord des ruchés de tulle le décolleté qui narguait le photographe était le même : plein, généreux, et plus désirable encore, au-dessus de sa taille étranglée à faire mal.

Depuis longtemps déjà, Trendy avait calculé que sur ces photos Iris devait approcher le même âge que sa brève conquête d'*Hauteclaire*. Mais quelle était sa voix, comment donc pouvait bien chanter Iris Van Braack ? se demandait-il en dépouillant, avec une fièvre qui ne cessait plus de croître, les numéros de *Vogue* et de *Harper's Bazar.* A la vérité, même s'il avait admiré, comme tout le monde, la performance de la Cruzenburg dans le film de *la Femme sans ombre*, il ne s'était guère intéressé à la musique d'opéra. Mais la voix d'Iris... La voix d'Iris, non sur la scène, mais dans la vie de tous les jours, sa première voix du matin, pour dire qu'elle a bien dormi, pour raconter un rêve, demander s'il pleut ou s'il fait soleil, sa voix pour téléphoner, commander une robe, un thé, sa voix dans l'amour, sa voix pour avouer, pour câliner, pour expirer...

Il en arriva assez vite aux temps du mariage. L'annonce des fiançailles avait surpris jusqu'aux journalistes. Une photo prise en hiver montrait Iris, émue, descendant d'une passerelle d'avion. Malgré sa fourrure, on voyait qu'elle avait un peu maigri. Elle avait refusé beaucoup d'engagements. Etait-ce par amour ? Ou pour ménager sa voix, trop jeune, trop fragile encore pour supporter des rôles écrasants ? Derrière le Commandeur, toujours en retrait, on distinguait vaguement la silhouette de Dräken. On le nommait à présent *l'accompagnateur attitré de Mlle Van Braack.* Autant qu'on pouvait en juger sur ces clichés un peu flous, il avait aussi beaucoup maigri. Dans les revues suivantes, avec l'approche de l'été, on présenta quelques reportages sur les villégiatures du jeune Commandeur. On montra sa villa du cap d'Ail, sa propriété du lac Majeur avec ses jardins étagés à flanc de montagne, leurs fontaines, leurs statues à l'antique. Enfin, juste avant le mariage, il y eut quelques photos prises à la *Désirade.* La maison était pareille à ce que Trendy en avait connu, à l'exception des traces d'incendie. Toutes les fenêtres étaient ouvertes, le parc semblait chaud, tranquille. Il n'y avait qu'un seul cliché des jeunes fiancés. Elle, Iris, radieuse, un peu moqueuse ; le Commandeur, plus songeur maintenant, évitant peut-être son œil narquois.

Tout correspondait aux récits de Cornell. Le Commandeur n'avait jamais été beau. Il était impressionnant. Il avait une expression qui laissait entendre que toutes choses lui étaient soumises. Sa force était au-delà du don de la jeunesse, il possédait déjà cette présence puissante qui avait bouleversé Trendy dès sa première apparition. On oubliait le charme rayonnant d'Iris pour ne plus le voir que lui, un peu lointain pourtant, le front tourmenté, qui se penchait vers son épaule nue. C'était devant la mer, l'été. L'été à la *Désirade*. Une autre photo, dans une revue plus populaire, montrait Iris au milieu d'une bande d'amis. Elle descendait un petit chemin qui menait au fond d'une crique. Ses espadrilles devaient glisser sur les rochers, elle s'appuyait au bras de Dräken. Il souriait comme sur la première photo. Ils étaient tous en tenue de plage, shorts, peignoirs, maillots de bain. Plus loin, on les voyait s'amuser sur le sable avec un ballon. C'était l'anse où Trendy, lors de ses premières promenades, avait découvert le *Roi-des-Poissons*. De fait, le bateau était déjà là, à la même place, amarré à la petite cale. Une haute silhouette maigre s'y profilait. Elle était floue, un peu fantomatique : le sujet avait bougé. Mais quiconque était entré dans le salon d'*Hauteclaire* ne pouvait manquer de l'identifier : c'était la haute stature du capitaine Van Braack.

Trendy ne pouvait plus se détacher des journaux. Il examinait un à un les clichés, il tournait les pages avec soin, redoutant que d'aventure une photo, une légende aient pu lui échapper. La *Désirade* avait bel et bien existé, le capitaine aussi, le *Roi-des-Poissons*, Iris, le jeune Commandeur. Là-bas, au lieu des tempêtes, des terreurs, du désert venteux qu'il avait connus, il y avait eu des fêtes, des rires, des jeux, le mica collé à la peau en minuscules taches brillantes, la mer et le sable lancés en grandes gerbes d'étincelles, le sel de l'Océan dans le sel des baisers. Les maillots de bain de ce temps-là, avec leurs décolletés travaillés à la façon des robes, allaient bien au buste d'Iris. Cuisses longues et fines, cheveux souplement rejetés sur ses épaules graciles, elle devait ressembler à Judith jusque dans la nudité. Une petite fille se mêlait parfois aux groupes des grandes personnes. Elle était longue et blonde, d'un âge incertain, sérieuse, un peu triste, comme exclue des rêves de l'enfance mais rejetée aussi des jeux des supposés adultes. C'était Ruth, avec de longues nattes sur ses hanches naissantes. Elle jouait dans la mer avec dédain, une sorte de colère contenue.

Le moment n'allait pas tarder où Numance, s'arrachant à ses livres de magie, viendrait chercher Trendy en lui tapant sur l'épaule : « On rentre. Maintenant il faut dormir. » Souvent d'ailleurs c'était Trendy qui se fatiguait le premier. Il allait alors le chercher dans le réduit où il s'enfermait, sur la droite de la grande salle, pour lire ses traités d'envoûtement.

Il se leva à contrecœur. Il n'avait pas trouvé la force de ranger les registres. Il les avait laissés grands ouverts sur la longue table de la bibliothèque, il sortait lentement en les effleurant, il interrogeait encore les visages figés sous le papier glacé. D'un seul coup, il sentit une présence et tressaillit. Ce fut une odeur, d'ailleurs, bien avant une présence : les mêmes senteurs de vanille et de fruits exotiques qui embaumaient ses draps depuis que Numance vivait chez lui. Avant même de se retourner, Trendy sut que c'était Bérénice. Elle s'inclinait déjà sur les reliures :

— Tu as vu les robes... C'est magnifique !

Elle portait son fourreau lamé de l'autre jour, échancré sur la gorge et les cuisses. Elle avait simplement jeté sur ses épaules une fausse fourrure blanche. Il en eut froid pour elle.

— Vous devriez vous couvrir. L'hiver est rude, cette année...

— Je suis plus forte que l'hiver.

Il s'entêta, voulut lui offrir son écharpe. Elle éclata de rire :

— Non, c'est toi qui prendrais froid ! Et puis ton écharpe...

Elle eut un nouveau rire. Il eut l'impression qu'elle ressemblait de plus en plus à Numance : elle avait les mêmes éclats de joie subits, la même familiarité spontanée.

— Mon écharpe ?

— Numance m'a dit que tu ne t'en séparais jamais. Que tu en avais au moins dix toutes semblables...

— Et qu'est-ce qu'il t'a encore dit ?

Son irritation parut la surprendre. Elle laissa tomber son manteau, puis se redressa devant lui.

— Mais calme-toi... Tu es trop susceptible. Numance m'a tout dit, bien entendu.

— *Bien entendu !* Et de quel droit ?

— Tu es son ami. Et je suis son amie. Et même plus. Je suis sa magicienne.

— Sa magicienne !

Il reprit son écharpe et la redrapa sur son cou. Il était agacé que Numance l'ait laissée venir à la bibliothèque, encore plus irrité qu'il lui ait raconté son histoire. La *Désirade*, Judith, c'était une histoire d'hommes, à se raconter entre hommes. Que venait faire là-dedans cette danseuse nue qui se prenait pour une pythonisse ?

Il lui lança un regard mauvais. Elle le soutint, le désarma aussitôt. Depuis quelque temps, d'ailleurs, toutes les femmes désarmaient Trendy. Il ne s'en voulait même plus. Ce n'était pas la beauté de Bérénice. C'était sa manière d'être belle. A la vérité, elle était un peu trop maigre à son goût, trop longue, trop musclée. Mais elle se tenait très droite, le cou un peu rejeté en arrière, avec une sorte d'assurance insolente. Sa robe était légère, il voyait parfaitement, comme l'autre jour, la naissance de ses seins ; pourtant elle demeurait profondément digne, jamais il n'aurait pu imaginer qu'elle venait de passer la nuit à danser nue devant des hommes.

— Ces photos, dit-elle en se penchant à nouveau sur les revues. Tu as trouvé ce que tu voulais ?

Il soupira. D'un seul coup, la fatigue l'écrasait.

— Cette femme, la brune, là, qui est-ce ? Et celui-là ?

Numance devait être un excellent conteur, car elle avait aussitôt repéré, au bas d'une page, une photo d'Iris aux côtés du Commandeur. A regret, il s'arrondit à nouveau sur le registre.

— Je ne sais pas, fit-il sans regarder le cliché. Il est temps de rentrer. Si nous sommes pris, Numance aura des ennuis.

— Numance n'aura jamais d'ennuis. Tu penses bien qu'ici nous avons des amis. Comment crois-tu que je sois rentrée ?

— Où est Numance ?

— Il va venir. Il veut finir son livre. Il ne veut pas que je le voie. Il dit que c'est trop difficile, que j'ai la vue trop fragile, que lire la magie fait mal aux yeux, que je perdrais mes dons. Il m'a dit de l'attendre ici, avec toi. Parle-moi du Commandeur. Dis-moi ce que tu as trouvé. La brune, là...

— La brune ? Laquelle ?...

Il se pencha sur son épaule. Elle sentait bien la vanille, et autre chose, en dessous, son odeur à elle, sans doute, celle de sa peau douce et foncée.

— Là, dit Bérénice, et elle pointa sur une silhouette son index surchargé d'anneaux.

Trendy tressaillit. Cette photo lui avait échappé. Il suffisait de regarder les robes pour voir que le cliché avait été pris des années après le temps d'Iris. C'était pourtant la villa du lac Majeur, les statues, les jardins étagés, toujours les mêmes amis, tous des hommes. Ils avaient vieilli. Il crut reconnaître Sirius, Léonard, Dräken. Mais ils étaient à l'arrière-plan ; il n'en aurait pas juré. En revanche il n'eut aucun doute sur l'identité de la femme que tous ces hommes entouraient à la manière d'une garde d'honneur. C'était Anna Louvois. Elle était resplendissante, comme l'avait été Iris, souriante, capiteuse elle aussi. Combien de temps s'était-il écoulé depuis la mort de l'autre ? Dix, quinze ans peut-être. Le Commandeur se tenait derrière elle, mais ce n'était plus le même homme. La jeunesse l'avait déserté. Ses yeux s'étaient cernés, sa chevelure commençait à blanchir. Cependant ses traits étaient calmes. Il faisait soleil sur le lac et les jardins de la villa, mais il ne cherchait plus la lumière. Il avait choisi l'ombre. Il s'y tenait.

Trendy se reporta à la légende. Elle était allusive, comme les autres. Le nom d'Anna Louvois n'était pas cité. Elle était d'ailleurs absente des numéros suivants. On y retrouvait le Commandeur dans des cocktails, des galas. D'autres jeunes femmes l'accompagnaient, de ces actrices météoriques dont il avait fait des stars le temps d'une saison. Puis venaient d'autres femmes, toujours nouvelles, plus jeunes et ravissantes.

Trendy ferma les yeux et s'éloigna de la table.

— Referme les registres, dit-il à Bérénice. Il faut bientôt partir.

Comme le jour de son arrivée, il perdait pied. Il eut un geste vague vers le couloir, où résonnait déjà le pas paresseux de Numance. Bérénice ne parut pas l'entendre.

— Il était couvert de femmes, dit-elle enfin en ramenant sur sa poitrine les manches de son manteau. Et on ne le voit jamais au soleil, jamais sur la plage ni en maillot de bain !

C'était rigoureusement exact.

— ... A croire qu'il n'a pas de corps. Ou quelque chose à cacher. Des taches, des ailes. Des ailes de chauve-souris...

Pareilles à celles de Numance, ses paroles étaient une chanson, on ne pouvait les contredire. Elle partit d'un grand rire, comme à son arrivée. Puis elle devint pensive. Elle tapota la photo des fiançailles d'Iris, la seule où on pût voir les fiancés au milieu de leurs amis. Elle soupira :

— Pauvre Commandeur.

— Pauvre Commandeur ?

Trendy était heurté. L'association des deux mots le troublait. C'était comme une obscénité. Bérénice continuait à fixer le cliché, elle pointait à présent le doigt sur la chanteuse :

— Elle était belle, cette fille. Et elle avait de ces robes...

Lui, Trendy, ce n'était plus Iris qu'il voyait. C'était l'expression accablée du jeune Commandeur. Il s'étonnait de ne pas s'en être aperçu. Le Commandeur regardait Iris et elle ne le regardait pas. Elle offrait son décolleté au photographe, à l'été, au soleil. Il avait voulu la suivre dans ce geste d'allégresse, mais, au dernier moment, son bras gauche avait bougé comme s'il avait préféré, dans un ultime sursaut, sortir de la photo, à moins qu'un autre bras n'ait pesé sur le sien, celui d'un jeune homme à grosses lunettes, au visage un peu flou, qui semblait lui aussi redouter la lumière. Le visage du Commandeur était torturé, il souffrait, c'était clair, il était déchiré, tiraillé. Et ce n'était pas seulement qu'il craignait la brûlure du soleil, c'était plus profond, plus violent, comme des forces en lui qui s'affrontaient depuis des jours.

Numance était arrivé :

— Il faudrait rentrer, dit-il. Il est temps.

Bérénice restait penchée sur les revues.

— La maison, dit-elle. Elle est bizarre. On ne montre jamais comment elle est faite, par-derrière. Comment est-elle, de l'autre côté ? Tu l'as déjà vu ?

Trendy n'y avait jamais pensé. La *Désirade* n'avait jamais été pour lui qu'une façade, le décor d'un théâtre auquel il s'était cru étranger. Auquel aussi il avait voulu se mêler. Pour son malheur. Il ne serait plus jamais le même. Il ne savait même plus ce qu'il cherchait. L'autre côté de lui-même, peut-être. Comme la façade inconnue de cette maison par laquelle tout avait commencé.

— Et comment dit-on qu'elle est morte, la chanteuse ? intervint Numance. Tu l'as trouvé ?

— Il n'y a presque rien. J'ai cherché dans les quotidiens, c'est toujours la même chose. Rien de plus que ce que m'a dit Cornell. Une sorte de communiqué, toujours le même.

Il souleva un registre, leur indiqua, au bas d'un carnet mondain, un petit encart cerné de noir. Il était des plus laconiques. Rien n'y rappelait le lyrisme et les métaphores enflammées par lesquelles la presse avait salué, quelques mois plus tôt, les performances vocales du *Rossignol des îles*. On ne signalait ni le mariage, ni le voyage de noces, ni le nom du Commandeur, ni même les circonstances exactes de sa disparition. On précisait seulement qu'elle était accidentelle, avec une mention énigmatique : *à Rocaïbo, île de la Sonde dont la cantatrice était originaire.* Et c'était tout.

Il reprit son manteau. Avec son application ordinaire, Numance était parti ranger les registres sur les rayonnages. Sur la longue table ne restaient plus que quelques recueils de revues, ceux des années les plus récentes. Comme sur les journaux que Trendy avait découverts dans l'atelier de Judith, on y voyait Dräken, comme toujours, et Sirius, Léonard, puis des visages que Trendy avait croisés à la *Désirade*, Barberini, Effroy, Halphas, enfin Constance von Cruzenburg.

— Je ne l'aime pas, celle-là, dit Bérénice.

— C'est une cantatrice, fit Trendy.

— Je sais. Tout le monde le sait. Tout le monde l'adore. Pas moi.

— Mais sa voix...

— Ça m'est égal.

— Tu as tort. Je l'ai entendue. Elle est...

Elle s'entêta :

— Je sais, divine. Moi, je préférerais connaître la voix de l'autre.

— Laquelle ?

— La première femme.

Trendy se tut un long moment. Les affirmations continuelles de Bérénice, plus péremptoires encore que celles de Numance, avaient achevé de le désarçonner.

— On l'a bien enregistrée, murmura-t-il enfin.

Elle ne l'écoutait plus. Son index impérieux s'était arrêté sur un visage.

— Cette tête-là me dit quelque chose...

Elle se reporta sur-le-champ à une autre photo. Elle devait être un peu myope, elle se pencha.

— Mais oui, je le connais... C'est Crin-Crin.

Il secoua la tête sans comprendre. Elle avait désigné Dräken.

— Oui, Crin-Crin. C'est un musicien, je crois. Un malade des danseuses nues. Il vient tout le temps me voir. Il arrive très tard, à la seconde tournée, à une heure du matin. Il a ses entrées dans les coulisses, il vient souvent me parler dans ma loge. On discute. Il ne demande rien, il n'essaie jamais rien. Je l'aime bien. Il venait déjà aux *Délices*. Il continue, chez *Nephtali's*. Il m'a suivie... Ce qu'il est bavard ! C'est pour ça que je l'appelle Crin-Crin.

— C'est l'accompagnateur préféré de la Cruzenburg. Je l'ai vu, à la *Désirade*. Et il était déjà là quand Iris...

Il voulut lui montrer un des premiers registres. Il avait oublié qu'ils étaient rangés. Du reste, Numance revenait. Il saisit les derniers volumes et repartit les remettre en place. A présent tout était en ordre. Le passé et ses fantômes étaient retournés dormir sur les rayonnages, bien cachés, bien tranquilles avec leurs secrets entre les pages des livres.

— C'est Dräken, reprit Trendy. Lui, il doit avoir des enregistrements de la voix d'Iris Van Braack.

— Tu vois, dit Bérénice, toi aussi, tu voudrais l'entendre.

— Mais non ! C'est du passé. Une morte. Des morts il ne reste rien. Ou si peu... Quand il reste quelque chose, c'est même pire.

— Tu as tort. Les gens ne meurent pas. Ils vont seulement se promener.

— Tu me prends pour un gosse ?

— Non. Mais tu as trop de pensées qui te font du mal. Des idées-serpents. Des bêtes malfaisantes. Tu devrais les chasser.

Il haussa les épaules et lui tourna le dos.

— Viens chez *Nephtali's*, insista-t-elle. On demandera à Crin-Crin s'il a gardé des disques de ce temps-là. Je saurai bien le faire parler. Je suis même sûre qu'il me la fera écouter, cette chanteuse.

— Je t'ai déjà dit que...

— Mais si, mais si. Viens. Dès que je le vois chez *Nephtali's*, je t'appelle.

— Non. Jamais de la vie.

— C'est ridicule. Tu as peur de quelque chose ?

Il recommençait à s'entortiller dans son écharpe.

— Tu es trop fier, dit-elle. La fierté, c'est aussi une maladie.

— Pourquoi *aussi* ?

— Parce que tu as une manière d'être amoureux qui te rend malade. D'être amoureux de cette fille, là-bas... Il faut que tu te guérisses. Que tu apprennes à aimer autrement.

— C'est tout ce que tu as appris, dans la vie, à part danser nue sur les tables et les abracadabras de Numance ?

Elle fit front avec le plus grand calme :

— Je suis une vraie magicienne. Je peux te guérir. Je t'appellerai. On parlera avec Crin-Crin.

Numance était revenu. Ils s'engagèrent en silence dans les couloirs et les enfilades de salles. Bérénice s'était glissée sous le bras de Numance. Un moment, comme le métis tournait sa clef dans la porte discrète qui leur permettait de s'échapper de la bibliothèque, elle se retourna vers Trendy. Leurs regards se croisèrent.

— Tu viendras, chuchota-t-elle. Et lui aussi, Numance. Même si c'est dur.

Ses yeux brillaient. Et comme elle affirmait ! C'était là sans doute toute sa magie. Pourtant, comme pour la bibliothèque, Trendy fit signe qu'il acceptait.

CHAPITRE XVIII

Bérénice était très fière de danser chez *Nephtali's*. A la différence des boîtes qui s'étaient ouvertes ces derniers temps, la grande salle où elle se produisait n'était pas souterraine. C'était un immense jardin suspendu au sommet d'un édifice entièrement recouvert de glaces, comme on venait d'en construire un peu partout dans la ville. Telle était peut-être la raison de son succès, que son toit de verre fût si proche du ciel, un ciel aux étoiles fixes, la nuit froide et transparente de cet hiver-là, qui prenait dans son gel jusqu'aux constellations.

La danseuse avait appelé Trendy le lendemain même de leur rencontre. Il avait cru qu'il aurait le temps de trouver un prétexte pour éluder le rendez-vous. De toute sa raison, il s'efforçait de repousser la logique absurde de Numance, *il faut que tu gagnes, il faut que tu saches.* Savoir quoi, gagner qui ? Connaître des fantômes ? Approcher des déments ? Et lui-même, le métis, s'il était si fort avec ses magies, pourquoi était-il contraint de laisser travailler Bérénice dans une boîte de nuit, pour gagner de quoi retourner dans leur île ? Avait-elle d'ailleurs jamais existé, cette île...

Ce soir-là, comme d'un accord tacite, ils n'étaient pas retournés à la bibliothèque. Numance n'avait pas soufflé mot du projet de sa magicienne. Sans doute avait-il deviné que Trendy demeurait sous l'emprise de ses dernières découvertes. De fait, les photos des journaux s'était inscrites en lui comme ses propres souvenirs. Le peu qu'il avait lu dans leurs légendes ne cessait de le poursuivre. Fragment après fragment, il aurait voulu reconstituer l'histoire éclatée de ce séducteur et de sa bande d'amis, soumis, unis tels des conspirateurs pour détruire une à une ses incessantes conquêtes. Le visage d'Iris n'arrêtait pas de se superposer à celui de Judith. Elle aussi, radieuse, tranquille, tout à l'intérieur de sa jeunesse, elle ignorait peut-être qu'elle allait mourir.

L'appel de Bérénice coupa court à ces questions. Numance avait décroché. Elle demanda Trendy. Il lui passa l'appareil de bonne grâce.

— Crin-Crin, annonça-t-elle sans préambule. Il est venu ce soir. Il a voulu me voir tout de suite. Il est triste. Il se plaint de la chanteuse.

Elle se refusait à dire la Cruzenburg, comme tout le monde. Elle devait vraiment la détester.

— Il prépare un concert avec elle, poursuivit Bérénice. Il m'a dit que c'était très dur. Qu'heureusement il y a *Nephtali's*. Qu'heureusement je suis là. Il revient demain. J'ai tout fait pour. Il est toujours aussi bavard.

Elle eut un petit silence, une sorte de timidité soudaine, puis elle ajouta :

— Tu viens ?

Trendy ne répondit pas.

— C'est d'accord avec Numance, insista-t-elle. Vous viendrez dix minutes après le spectacle.

Puis elle ajouta, comme au premier soir :

— Tu sais, je fais un métier comme les autres.

— S'il me voit, Dräken se taira. Et puis Numance...

— Il ne doit même pas se souvenir de toi. Il ne pense qu'à lui. A sa musique, à ses histoires. Il parle devant n'importe qui. Pourvu que je l'écoute. C'est un bavard, je te l'ai dit.

Trendy hésitait encore. Numance lui arracha l'appareil des mains :

— On viendra. Dix minutes après le spectacle, c'est d'accord.

Quand il eut raccroché, Numance répéta de sa voix grave :

— Elle fait un métier comme les autres.

Il voulait surtout s'en persuader lui-même. Il était clair qu'il se faisait violence pour aller chez *Nephtali's*. Le lendemain, toutefois, il avait retrouvé sa sérénité habituelle. Il s'engouffra sans frémir dans l'ascenseur orné de fausses plantes qui menait au jardin suspendu. Tandis que la machine les emmenait au sommet de l'immeuble, ils entendaient enfler la musique de la boîte.

— Je les reconnais, fit Numance. C'est le groupe des *Clavicules de Salomon*. C'est leur soir.

Trendy dressa l'oreille. Il crut reconnaître, en effet, les mélodies sur lesquelles avaient dansé les invités de la *Désirade*. A travers les portes vitrées, il distingua une salle immense entourée d'une gigantesque serre circulaire éclairée au néon. On y avait réuni tout ce qu'il pouvait se trouver de plantes rares ou spectaculaires. Dans un angle, il distingua une collection d'orchidées. L'atmosphère, pour le reste, était la même qu'aux *Délices :* on dansait, on buvait, on jouait aux tarots. Toutes les classes s'y mêlaient, rendues indistinctes par leurs cuissardes, leurs robes lamées, les ruchés de tulle qui tombaient de leurs manches. Dans ce lieu où l'on venait pour adorer la nuit, on ne se distinguait de l'autre que par de nouveaux morceaux de bravoure vestimentaires, des tours de force inédits dans l'art de décliner le noir, les accessoires les plus inattendus, les mêmes souvent pour les hommes et pour les femmes, les jeunes ou les vieux, d'extravagants chapeaux à plumes d'autruche, des ruissellements de dentelle épinglés à l'épaule, au genou, des jupes à traînes, de grands cols raides, empesés, tuyautés à la façon des nonnes, et qui se balançaient à chaque mouvement avec la solennité des vieilles cours princières. De temps en temps, des serveurs simplement vêtus d'un collant proposaient des nourritures, les mêmes qu'à la *Désirade*, de ces morceaux marinés ou carbonisés que Sirius avait nommés *viandes noires*. Et tout était à l'avenant : on avait remplacé l'encens des *Délices* par des bougies à parfums qui diffusaient une odeur entêtante et douceâtre, sur l'estrade au centre de la salle jouait l'orchestre des *Clavicules*, dans de longues tuniques rebrodées de motifs cabalistiques et couvertes de bijoux religieux, dont l'or gris brillait faiblement sous les candélabres qui les entouraient.

Le spectacle avait pris du retard. Alors que tout semblait fini, une horde de jeunes femmes vêtues de rouge, la tête surmontée d'énormes coiffures où se mêlaient des serpents d'étoffe, des cabochons, des griffes, des entrelacs de lianes vertes ou violettes, tout l'attirail des ornements d'épouvante, entamèrent une ronde infernale et se mirent à se dénuder. A la grande surprise de Trendy, presque personne ne leur prêta attention. Il chercha Bérénice, crut la reconnaître, de dos et au centre de la ronde, dans une forme longue et souple qui se défaisait peu à peu de ses oripeaux de diablesse. Numance détourna la tête.

— Viens, souffla-t-il. La porte, ici.

Il était pressé, tout d'un coup. Il l'attirait vers le fond de la salle, derrière la serre. Trendy résista un bref instant, mais, sur son bras, la poigne de Numance se fit brusquement plus forte. Il s'exécuta. L'odeur humide de la serre les poursuivit dans les couloirs avec un sillage bizarre, celui peut-être des orchidées. De longs manteaux rouges ou noirs strassés étaient suspendus le long des murs, et des coiffures plus extravagantes encore que celles qu'ils venaient de voir, des cagoules cornues, griffues, des échafaudages de poupées nues et convulsives, offertes aux flammes de carton d'un enfer en miniature.

A n'en pas douter, Numance s'aventurait ici pour la première fois, car il eut quelques mimiques d'étonnement et il hésita à plusieurs reprises sur le chemin à suivre. Il avait oublié le numéro de la loge, ils se perdirent, se retrouvèrent à la porte de la salle de spectacle. La danse était finie. Numance ne voulait interroger personne et ils reprirent leur déambulation aveugle dans les couloirs et au milieu des costumes. Ils finirent par tomber devant une série de portes et la mémoire revint d'un seul coup à Numance : la loge de Bérénice était la quatrième. Derrière la mince cloison, on entendait une voix d'homme un peu cassée, qui enchaînait de longues phrases sans presque reprendre souffle. Ils frappèrent. L'homme s'interrompit un bref moment, ils perçurent un bruit d'étoffes froissées, et Bérénice leur ouvrit, très souriante. Elle était en peignoir, pas encore démaquillée, et les présenta sans plus de façon à son visiteur. C'était bien Dräken. Il était en frac, comme à la *Désirade.* Il avait encore maigri. Il semblait très fatigué. Il les salua distraitement et recommença aussitôt à discourir.

— Vous êtes les amis de Bérénice, vous avez bien de la chance, poursuivit-il après leur avoir accordé un bref regard. Ah ! ma petite Bérénice, vous êtes jeune, vous, jeune et heureuse ! Bien sûr, j'ai de l'argent, j'ai vécu beaucoup de choses, mais ma vie, ma pauvre vie...

— Reprends un peu de mon petit breuvage des îles, dit Bérénice en lui remplissant son verre. Il te fait toujours beaucoup de bien. Allons, bois un petit coup, trinque avec moi. Et avec mes amis.

Il ne se fit pas prier. Il avala quelques rasades du liquide offert par la danseuse. C'était un alcool sucré, fruité, il donnait presque aussitôt une sorte d'euphorie. Pour autant, il n'apaisa pas le bavardage de Dräken :

— Ma pauvre Bérénice ! Ce concert qu'il faut préparer... Je vis l'enfer depuis que nous sommes rentrés, elle me tyrannise, c'est un monstre, je vous l'ai déjà dit, ah ! Bérénice, il n'y a que vous pour me croire, les autres, ils l'adorent, ils l'adulent, ils ne savent pas. Sa méchanceté, tout en silence, sa cruauté froide...

— Qui ? hasarda Trendy, avec l'assurance que lui donnait l'alcool.

— Elle ? Mais la Cruz, bien sûr, qui voulez-vous que ce soit, la Cruz, encore elle, encore et toujours la Cruz !

Trendy en faillit renverser son verre. La violence de ses propos le laissait interdit. Mais il était encore plus stupéfait que Dräken, l'accompagnateur attitré de la cantatrice, où tous voyaient son serviteur le plus désintéressé, voire son esclave parfaitement soumis, eût osé l'inconcevable, le sacrilège, le crime de lèse-diva, abréger le nom sublime de Constance von Cruzenburg.

— Elle n'arrête pas de faire des caprices, reprit-il. Elle me tyrannise.

— Allons, allons, répéta Bérénice.

— Toutes les chanteuses sont les mêmes, je suppose, intervint Trendy.

— Mais la Cruz n'est pas une chanteuse ! tonna Dräken. C'est une diva, une vraie !

— Alors pourquoi...

— Pourquoi m'en plaindre ?

Ce qui était le plus déconcertant chez Dräken, c'était sa faculté de précéder les objections de l'interlocuteur, fût-il un inconnu, ainsi que son extrême rapidité à changer d'intonation, d'expression, et même de posture. En quelques secondes, il n'était plus le même personnage. Il se recroquevilla au fond de son fauteuil crapaud.

— Oui, fit-il d'une voix assourdie, c'est vrai, pourquoi m'en plaindre. Mais la musique, mon cher, la musique... C'est elle, ma divinité, ma vraie maîtresse...

Puis il se redressa d'un coup :

— Notez bien que la Cruz n'a jamais été ma maîtresse. Dieu m'en garde ! Cette sorcière ! Ce vampire, cette goule... Ah ! ma petite Bérénice. Comme *Nephtali's* m'a manqué, quand j'étais là-bas !

Numance vida son verre d'un trait. Il semblait de plus en plus tendu. Trendy crut qu'il allait se lever et partir. Il fallait accélérer le cours de la conversation.

— Là-bas ? Où ? questionna-t-il.

— Mais avec la Cruz, mon pauvre ami ! Toujours avec la Cruz ! Elle voulait se reposer. Elle voulait aller au bord de la mer. Le bord de la mer, en hiver, ou presque... De la folie pure. Avec toutes ces sottises, elle finira par y laisser sa voix. Ce sera bien fait. Et vous pensez bien que nous ne sommes pas passés inaperçus, dans cette province. Tous les badauds ont défilé, tous les petits-bourgeois. En fait de repos, elle a chanté pour eux. Des ignorants ou des snobs, qui de toute façon n'entendent rien à la musique... Un gâchis, ma pauvre Bérénice !

On ne l'arrêtait plus. Il ne cessait pas de se lamenter, mais il y avait plus que de l'irritation ou de l'amertume dans ses propos, on y pressentait quelque chose d'autre, de plus sournois, de plus dissimulé, quelque chose qui affleurait à de très brefs instants, quand il prenait d'un seul coup des intonations graves, presque rauques, quelque chose qui ressemblait à une soif de revanche.

— Ensuite, on s'est ennuyés, poursuivit-il. Abominablement ennuyés. L'horreur de la province ! Alors elle a décidé de rentrer. Un coup de tête, ou des gens qui ne lui plaisaient pas, ne lui plaisaient plus. Et nous avions cette création à préparer, vous savez, Bérénice, je vous en ai parlé, cette chose très belle et très difficile que j'ai écrite pour elle, *Sansinéa,* à l'Opéra, dans quinze jours. Elle y arrivera, la sorcière, comme d'habitude. Elle y arrive toujours. Ce sera un triomphe.

Il marqua un temps d'arrêt, saisit la main de la danseuse, la tapota un instant :

— A moins que je ne l'aie un jour, la Cruz. A moins que je ne la piège... N'est-ce pas, ma petite Bérénice ? Heureusement que vous êtes là pour me rendre du cœur au ventre. Donnez-moi encore de votre petit breuvage.

Il paraissait gai, tout d'un coup. Il se leva, prit le verre, le but d'un trait, se mit à fredonner un air. Quand il chantait, il avait une voix flûtée, un peu ridicule.

— Méphisto, voilà un rôle qui m'aurait plu !

Il lissa ses longs cheveux gris devant la glace de la coiffeuse et s'essaya à un air d'opéra. Il n'avait pas chanté dix mesures qu'il fut pris d'une très violente quinte de toux. Il ne s'arrêtait plus. Lorsqu'il parvint à reprendre souffle, sa voix parut plus cassée encore, et son air plus inquiet.

— Et pourtant je ne fume pas, dit-il. Je n'ai jamais fumé. A cause de la Cruz. Toujours elle. Et je suis sûr aussi...

Il se tâta fiévreusement la gorge :

— ... Je suis sûr que c'est elle qui me rend malade. Elle me jette des malédictions, elle m'envoûte !

Il partit d'un petit rire. Se moquait-il de lui-même, était-il sérieux ? C'était impossible à démêler.

— Bérénice, vous qui savez tout... Suis-je le damné ou la damnation ?

Une seconde fois, Numance fut près de sortir. Bérénice s'en aperçut :

— Elles ne sont pas toutes comme la tienne, les chanteuses, dit-elle doucement à Dräken. Tu m'as dit toi-même qu'autrefois, une autre...

Le musicien fit volte-face :

— Ah ! bon ? J'ai parlé de ça ?

— Mais oui, Crin-Crin, tu te souviens bien, c'était un soir, aux *Délices*...

Il parut légèrement surpris, puis se rassit.

— C'est bien possible. Mais enfin, Bérénice, ne mélangeons pas tout. L'autre, c'était la tendresse même. Et la sensualité. Sa voix, ah ! sa voix, mais c'était l'amour, Bérénice, tout l'amour, le clair de lune, les déclarations, les baisers, les caresses, les étreintes, tout, vous dis-je...

D'un seul coup, il s'était enflammé, comme lorsqu'il dirigeait son orchestre. Il s'adressait maintenant à Numance et Trendy :

— ... Vous n'avez pas idée de ce que c'était, vous êtes trop jeunes, vous. Et d'abord qui s'en souvient ? Ça a duré si peu de temps.

— Nous ne demandons qu'à apprendre, fit Trendy.

— Vraiment ?

Il eut une expression à la fois surprise et ravie.

— Je suis touché. Si peu de gens s'y intéressent encore.

Il fixa longuement Trendy. Il avait l'œil clair, très perçant. Trendy se sentit rougir.

— Vous êtes bien séduisant, jeune homme. Les femmes doivent vous adorer. Mais ne vous entortillez pas comme ça dans votre écharpe ! N'est-ce pas, Bérénice, qu'il est beau garçon ?

La Noire détourna la tête.

— Allons, Crin-Crin, il faut que je rentre. Je n'ai même pas eu le temps d'enlever mon maquillage.

— Vous êtes toujours pressée. Moi, je resterais la nuit à parler.

Elle posa sa main sur la sienne. Il dut, comme Trendy, être sensible à sa douceur, car il ferma les yeux et l'écouta sans plus l'interrompre.

— Alors demain, Crin-Crin, si tu veux, nous parlerons toute la nuit. Mais tu me feras entendre la voix de l'autre chanteuse, celle d'avant, Crin-Crin, celle qui chantait comme les caresses et l'amour...

Il acquiesça. Il gardait les yeux fermés.

— Tu me la feras écouter, reprit-elle. Et à mes deux amis.

Il approuva encore. On aurait pu croire que ses intonations mélodieuses avaient enfin réussi à le calmer quand il bondit de son fauteuil :

— Mais il faudrait que vous veniez chez moi ! C'est chez moi que je garde ces vieilleries !

Il s'empara de son manteau, enfonça sur sa tête le feutre dont il ne se séparait jamais pour sortir.

— C'est très ennuyeux, Bérénice, dit-il comme il poussait la porte. Ça bouleverse nos habitudes.

— Ici ou là-bas, pour parler, qu'est-ce que ça change ?

— Oui, bien entendu, chère amie... Mais... mais là-bas vous ne serez plus la même.

— Comment ?

— Comme ça... Votre petite robe de chambre. Votre maquillage. Et le reste..

Il eut un geste vague vers ses jambes qui passaient le peignoir, avec les bas de soie pailletée, leurs attaches longues et élastiques qu'on devinait sous l'étoffe, ses talons aiguille garnis de strass, des chaussures de scène, sans doute, qu'elle ne se résignait pas à enlever malgré leur inconfort.

— S'il n'y a que ça ! s'exclama Bérénice. Je ne me changerai pas, Crin-Crin, je sauterai dans un taxi et je viendrai tout de suite chez toi. Avec mes amis. Ils sont gentils, tu vois bien. Aussi gentils que je te l'avais promis. Allons, donne-moi ton adresse.

Il lui tendit aussitôt sa carte. C'était une adresse très bourgeoise, tout près de l'Opéra.

— C'est sûr ? chuchota-t-il encore dans l'oreille de Bérénice. Vous me le jurez, vous viendrez comme ça ?

— Comme ça. Juré-craché. Et avec mes amis. Tu sais, Crin-Crin, de temps en temps c'est plus drôle, de changer les habitudes...

Il n'en parut pas convaincu. Quand il l'embrassa sur la joue, il lui fit encore promettre de ne pas se changer. Et il claqua la porte de la loge. Il n'avait salué ni Trendy ni Numance. Il était sorti sans les voir.

Le lendemain, à la même heure, ils étaient en route, comme convenu, vers l'adresse qu'il avait laissée. Trendy admira le soin avec lequel Bérénice n'avait rien changé à sa mise. Elle ne s'était pas démaquillée, elle avait gardé ses hauts talons strassés, elle avait simplement passé sur son peignoir sa fausse fourrure de l'autre jour. Tandis qu'ils attendaient leur taxi à la porte de chez *Nephtali's,* personne ne manifesta le moindre signe d'étonnement. A la vérité, les tenues les plus folles se côtoyaient ici, des hommes et des femmes vêtus de velours sombre, ruisselants de chapelets de jais, portant des cagoules sous leurs chapeaux de mousquetaires, et dans tout ce noir la seule lumière de leurs bijoux anciens ou, à l'extrémité de leurs fines mitaines, des ongles d'argent qui brillaient dans la nuit. Quelques minutes plus tard, l'automobile les déposa en bas de chez Dräken. Au moment de rentrer dans l'immeuble, Trendy ne put retenir ses appréhensions. Il y eut même un instant où, n'eût été la présence de Bérénice, il eût volontiers rebroussé chemin. Pourquoi Dräken, hier, ne l'avait pas reconnu ? Ils avaient dîné côte à côte, le soir de la mort d'Anna. Trendy s'en était ouvert à Bérénice. « Ne t'inquiète pas, avait dit la danseuse. Il ne pense qu'à sa musique. Il passe son temps à écrire ou à jouer. » Et Trendy se souvint, en effet, qu'il avait paru singulièrement absent lors du dîner à la *Désirade,* et qu'il avait même griffonné des mesures sur un carnet tandis qu'on passait les plats. Mais en supposant qu'il n'ait pensé qu'à sa musique, sa seule maîtresse, comme il disait, Dräken n'avait pu être aveugle à la beauté de Judith, et surtout à sa ressemblance avec Iris, celle qu'autrefois il avait tant aimée... Cette nuit, au pied de cet immeuble inconnu, c'était avec elle qu'il avait rendez-vous. Il avait peur comme le soir où Judith l'avait entraîné au sommet d'*Hauteclaire.* Mais Iris, elle aussi, était une étrangère. Au-delà de la mort, elle demeurait la propriété d'un autre. Viendrait-il jamais un moment où les femmes qu'il aimait seraient à lui, exclusivement siennes, et pour toujours ?

Bérénice pénétra dans l'immeuble la première, entra dans l'ascenseur aux lourdes portes de métal doré, et ce fut elle encore qui sonna à la porte du musicien. Si l'on faisait abstraction de son perpétuel bavardage, le surnom de Crin-Crin était tout à fait injustifié. Dräken était pianiste. Et, pour quiconque en eût douté, un piano à queue occupait le centre de l'immense pièce presque nue où il introduisit ses visiteurs. Comme la veille, il eut à peine un salut pour Trendy et Numance. Il ne s'attacha qu'à Bérénice. Il l'examina avec sévérité.

— Parfait, lâcha-t-il au bout d'un moment. Vous avez tenu parole. Il faudrait que je vous serve à boire.

— J'ai ce qu'il faut, dit Bérénice.

Elle sortit une bouteille qu'elle avait cachée sous sa veste.

— Breuvage des îles, Crin-Crin. Tu vois, ce sera exactement comme chez *Nephtali's.*

Elle avait pensé à tout. Il laissa échapper une sorte de sourire. Quelques verres attendaient sur un plateau. Bérénice fit le service.

— Ah ! ma pauvre, s'exclama Dräken, ce que je suis agacé ! Excédé à un point... Vous n'imaginez pas !

— La Cruz ?

— La Cruz, la Cruz, toujours cette démone ! Je croyais avoir vécu l'enfer, je n'étais que dans son antichambre. C'est maintenant que je vis tous les tourments de la géhenne !

Il se retourna vers son piano et se mit à jouer. Trendy n'était guère familier de la musique contemporaine, mais le morceau lui parut particulièrement dissonant et incohérent. Du reste, Dräken n'avait pas interprété vingt mesures qu'il bondit de son tabouret :

— Vous avez entendu ? Ce vampire me tue à petit feu. Je ne me contrôle plus. Je ne sais plus ma partition. Ma musique, la chair de ma chair, un texte que j'avais écrit pour elle ! J'ai confondu la main droite et la main gauche.

— Ça ne s'est pas entendu, dit Bérénice.

Il la foudroya du regard. Elle lui remplit à nouveau son verre. Il se radoucit et reprit ses plaintes :

— Tous les jours elle invente quelque chose de nouveau. Cet après-midi, en pleine répétition, elle a décidé que la tourneuse de pages ne lui plaisait pas. Elle a exigé un homme, un seul, un vieux bossu qu'elle a connu il y a vingt ans, dans je ne sais quelle ville d'eaux hongroise. Elle prétend qu'il lui porte chance. Par bonheur, il n'était pas mort. Il a fallu le retrouver, ensuite il a fallu le subir. Le malheureux est rhumatisant, il tourne les pages avec je ne sais combien de mesures de décalage sur ma partie de piano. Ça l'amuse, elle n'arrête pas de s'arrêter pour rire, pour sourire, plutôt, vous savez, son fameux sourire, celui qui ressemble à une menace de mort...

— Tu es sûr que tu n'exagères pas, Crin-Crin ?

Il partit d'un grand rire :

— Si. Vous devinez tout, ma chère Bérénice. La Cruz a fait tous ces caprices, mais en réalité elle ne rit pas. Elle a peur. Elle a peur de ma partition. Elle est même morte de terreur !

Il se retourna vers son instrument. Il s'essaya encore à égrener quelques arpèges. Lorsqu'il jouait, il était d'une concentration extrême. De ses doigts maigres, tout en nerfs, il laissa tomber, à une allure vertigineuse, un déluge de notes.

Trendy et Numance auraient pu croire, comme la veille, qu'il ne les avait pas vus, quand il se retourna brusquement, comme tout à l'heure :

— Vous êtes venu pour Iris Van Braack.

Il s'adressait à Trendy. Et il n'interrogeait pas, il affirmait.

— Vous devez connaître le Commandeur.

Il déposa une partition sur son instrument :

— Voilà ce que j'écrivais en ce temps-là.

C'était une sorte de barcarolle.

— Cela se dansait, chers amis. Une musique qui ne peut pas être dansée n'est pas une bonne musique. Maintenant, évidemment, pour faire plaisir à la Cruz...

Avec une rapidité extraordinaire, il enchaîna sur les dissonances du grand air qu'il avait composé pour elle.

— Mais c'est inouï... J'ai encore confondu la main droite et la main gauche ! Bérénice... Un peu à boire. Oui, Iris Van Braack. C'était la femme du Commandeur. Mais vous étiez chez lui, l'autre jour, vous, je vous reconnais, votre écharpe, là, tout entortillée...

Trendy n'eut pas le temps de répondre. Il enchaînait déjà :

— Il s'est entiché d'une nouvelle fille. Il l'a installée chez lui, au fond de cette province. Ou plutôt elle s'est installée chez lui. Elle va lui donner du fil à retordre. On va s'amuser, pour une fois.

A présent, sa soif de revanche devenait évidente.

— C'est justement la nièce d'Iris Van Braack. Toutes ces vieilles histoires de famille... C'est à n'y rien comprendre. Elle peint toute la journée, cette petite. Elle le peint lui, le Commandeur, ou bien sa maison. Beaux sujets, dans les deux cas. C'est ce qui a fini par ennuyer la Cruz. Nous avons plié bagage.

Sa voix s'était assourdie. Il était clair qu'il serait volontiers resté.

— La Cruz l'a mis en garde contre cette fille. Rien à faire. Il a je ne sais quelle idée en tête. Elle est au courant, mais elle n'est pas d'accord.

Il reprit de l'alcool. Sa main tremblait. Lui, si virtuose au piano, devenait subitement maladroit dès qu'il s'agissait des gestes les plus simples et les plus quotidiens. Un verre s'écrasa sur le sol.

— Un de plus, commenta-t-il simplement. Bien, nous parlions d'Iris Van Braack. Que voulez-vous savoir que tout le monde ne sache ?

Il continuait de s'adresser à Trendy. Son regard très clair fouillait le sien. Il rougit, comme la veille, et tâcha de réprimer le geste machinal qui le portait vers son écharpe. En réalité, Dräken lisait parfaitement en lui. Déjà la veille il avait dû comprendre ce que Bérénice attendait.

— Cela se résume en une phrase, poursuivit-il. Triomphe précoce, mariage très jeune, mort accidentelle. Ce dernier point est particulièrement original, elle s'est noyée au bout du monde. A l'endroit même où elle était née. Et en voyage de noces. C'est ce qu'on appelle faire une belle fin. En fait, peu de gens l'ont vraiment connue. Sauf moi. Avant tout le monde. C'est moi, mon cher, qui l'ai présentée au Commandeur.

Il en paraissait fier. Il n'avait pas l'air de le regretter. Il revendiquait, en somme, la paternité de ce destin hors ligne.

— Et sa voix, intervint Trendy, vous avez des enregistrements de sa voix ?

— La voix, c'est le secret, dit-il d'un ton pénétré.

— Que voulez-vous dire ?

— Que la voix d'Iris ne vous apprendra rien sur elle. A moins que vous ne soyez musicien. Vous aimez les cantatrices ?

— Oui, bafouilla-t-il.

— Quelle est votre diva préférée ? En dehors de cette sorcière de Cruz, bien entendu. Je vous cite des noms, en vrac...

Il énuméra une liste interminable de chanteuses de tous les temps et de toutes nationalités. Il assortissait parfois leurs noms de commentaires sur leur répertoire ou leur tessiture. On ne pouvait plus l'arrêter. L'embarras de Trendy redoubla. Mais Dräken ne lui laissa pas le temps de laisser apparaître l'étendue de son ignorance :

— Ecoutez, conclut-il, pour Iris Van Braack, il faudrait que je vous raconte sa vie. Je connais tout sur elle. Mais je n'ai pas le temps.

Il agita fébrilement ses doigts musculeux, comme pour montrer qu'il était démangé de l'envie de se remettre à son clavier.

— Il passe ses nuits à jouer, à composer, intervint Bérénice.

Il eut un petit rire satisfait :

— C'est vrai. Et, le jour, je me laisse tyranniser par la Cruz. Ma seule distraction, c'est *Nephtali's.* Et vous, chère Bérénice.

Comme la veille, elle crut qu'elle pouvait se permettre d'insister :

— Mais sa voix, Crin-Crin. Tu as bien gardé des enregistrements...

Il fut sec :

— Rien. Rien du tout.

— Mais...

Il s'était levé. Plus que jamais, il paraissait nerveux. Dans le très long moment de silence qui suivit, ses yeux restèrent fixés sur Trendy. Il sembla calculer. Puis il se retourna vers son piano, toussota et finit par lancer :

— Tous les disques que j'avais d'elle, je les ai donnés à la Cruz. Allez la voir.

Et, après un déluge de notes plus étourdissant que les autres, il déchira un coin de sa partition. Il y griffonna une date et le numéro, à l'Opéra, d'un studio de répétition.

— Ce jour-là, elle sera certainement de bonne humeur. Mais, avant, tâchez de l'apercevoir à mon propre concert. Car je prépare aussi un concert. *Mon* concert. C'est Barberini qui me l'a demandé. Oui, Barberini, vous savez bien, le cardinal. La Cruz est jalouse, évidemment. Elle déteste que je me produise seul. Cette fois-ci, j'ai passé outre. Je dirigerai des chœurs religieux de ma composition. C'est la mode, les chœurs. Dans trois jours, à la Nonciature. Tâchez d'approcher la Cruz. Vous viendrez, Bérénice ?

— Le soir, tu sais bien, je travaille, Crin-Crin.

— Eh bien, vous, séduisant jeune homme, vous viendrez. Je ferai déposer votre invitation chez *Nephtali's*. Vous savez, la Cruz, elle peut être très charmante, en privé.

— J'ai dû la voir, à la *Désirade*...

Draken l'interrompit. Il n'écoutait jamais, ou faisait semblant d'ignorer ce qu'on disait. Il eut, comme la veille, un accès de toux, puis il ajouta de sa voix cassée :

— ... La Cruz, j'en dis parfois du mal, quand je suis fatigué. Je dors si peu ! Mais c'est une grande, une magnifique diva.

La séduction, la féminité mêmes. Si vous savez vous y prendre, elle vous fera écouter les disques d'Iris Van Braack.

Il ignorait délibérément Numance. Bérénice se leva pour partir. Elle parla d'un seul coup d'un ton très dur, elle était devenue très distante avec Dräken, elle avait pris ostensiblement dans la sienne la main du métis. Le musicien fit celui qui ne voyait, n'entendait rien. Il réprima un nouveau début de toux, se pencha vers Trendy et lui glissa :

— Vous allez venir à mon concert. C'est toujours distrayant, ces séances musicales à la Nonciature. Et d'un chic ! Allons, il faut vous amuser. Avec tout ce qui nous menace !

— Ce qui nous menace ?

— Comment, jeune homme, mais vous ne lisez pas les journaux ?

— Non...

Trendy allait lui demander pourquoi, mais déjà Dräken refermait la porte. L'instant d'après, comme l'ascenseur les ramenait vers la rue, vers la nuit, il entendirent, qui les poursuivait, une pluie de notes cristallines. Bérénice et Numance s'embrassaient doucement. Et lui, Trendy, il imaginait, au-dessus de la musique, une voix très haute et très pure. Il voulait, dans son rêve, que ce soit celle d'Iris. Il était encore assez maître de lui-même pour savoir qu'il entendait, en fait, le célèbre vibrato de Constance von Cruzenburg.

CHAPITRE XIX

Depuis le début de l'automne, le temps où l'équinoxe n'était pas arrivée à sa date, il ne s'était pas produit, à proprement parler, de grand événement. Tout était venu peu à peu. De jour en jour, tous, insensiblement, s'étaient trouvés gagnés par une sinistre ferveur, si bien qu'à présent que s'installait l'hiver, la ville entière et le monde à sa suite, disait-on, tous s'en allaient d'une joie sombre à ce que certains se risquaient parfois à nommer le Grand Terme. Rien n'en était prouvé ; mais plus personne ne se hasardait ni à le démontrer ni à le contredire. On le pensait, on le murmurait, mais on répugnait à l'écrire ; et seule une lecture attentive des gazettes et la froideur distante que donne au chroniqueur le recul de dizaines et de dizaines d'années permettent d'en approcher l'insolite et l'infinie subtilité. Les discussions qui avaient fait les beaux soirs de l'automne avaient lassé les plus passionnés. Le temps n'était plus où les âmes chagrines s'inquiétaient de voir la mer se vider de ses poissons ; et on ne trouvait non plus personne pour renchérir en parlant de pluies de pierres, d'aurores boréales ou de soleils quadruples. Tous ou presque tenaient la chose pour acquise. On s'était installé dans la certitude de la fin.

Rien ne venait pourtant. La Comète rouge, signe indubitable de la ruine universelle, ne s'était pas montrée, au grand dam des astronomes qui n'avaient pas encore sombré dans la voyance. Les prédicateurs de toute espèce étaient en proie à l'inquiétude. Dans leur désarroi, ils s'étaient répandus en prophéties aussi variées qu'embrouillées : quoi qu'il arrive, ils pourraient toujours s'exclamer qu'ils l'avaient prédit. Par un extraordinaire retournement — et c'était peut-être d'abord cela, le renversement des choses qui se profilait — personne ne les écoutait plus. Depuis l'automne, la mode qu'ils avaient contribué à installer, cette vogue croissante de la vie nocturne et souterraine, le goût du sombre, de l'occulte, parfois du satanique, tout cela s'était retourné contre eux. Dans la plupart des capitales, avec une extraordinaire rapidité, on s'était mis à s'étourdir dans les souterrains, les caves, les tunnels, quelquefois même les catacombes. Mais, plutôt qu'un refuge, c'était une festivité d'un nouveau genre. On se plaisait à croire à la fin, on aimait l'idée qu'à force d'y croire elle finirait par arriver. La mode était au noir, Lucifer et les siens étaient devenus désirables. Alors on se grisait de nuit et de noir, on en variait à l'infini les combinaisons, ces costumes sombres et débordants d'invention qui avaient tellement étonné Trendy à la fête de la *Désirade*, et, dans une moindre mesure, à son retour dans la ville. Naguère on ne déployait de telles ressources d'imagination qu'à la veille d'un carnaval ; mais ce n'était pas, ce ne serait plus jamais carnaval, on s'apprêtait à l'ultime parade, la dernière fête, et il fallait que ces parures, leurs surenchères quotidiennes dans tous les endroits nocturnes, soient aussi magnifiques que les mots qui remplissaient les bouches, *suprême, dernier, ultime, fin,* dont tous s'étaient épris d'une incroyable folie.

Paris, bien sûr, y surpassait le monde. Sa légendaire vocation au plaisir fit de ses nuits hivernales autant d'apothéoses. La formidable excroissance du monde souterrain commençait d'y être compensée par l'engouement naissant des jardins suspendus. Dans ses boîtes où se confondaient toutes les classes sociales, prises dans une ferveur identique — était-ce celle de la fête, était-ce celle de la fin ? — on se livrait avant tout à la volupté de paraître. On jouait, en somme, à s'habiller pour la présentation au Diable. D'où ces corsages lacés qui enserraient les seins, ces guêpières de cuir, sur les fourrures ces parfums lourds qui ressemblaient à des nards, ces déluges de dentelles arborés par les hommes comme aux siècles passés, ces innombrables chapeaux, de la minuscule résille à des échafaudages de plumes, de bijoux, de boucles enchevêtrés.

Pour ces fêtes inouïes, de nouveaux lieux s'ouvraient chaque jour, avec des noms tout aussi déroutants, *Bételgeuse, L'Hydre Mâle, La Dernière Lune.* On voyait les paparazzi y guetter les têtes couronnées : elles s'y pressaient avec le même enthousiasme que les voyous. Les musiciens à la mode obtinrent sans peine l'autorisation de donner des concerts au Père-Lachaise. Ils y jouèrent des adaptations bruyantes des *Lamentations de Jérémie* et quelques *Leçons de ténèbres.* Qui aurait pu s'y opposer ? Tout était possible alors, les groupes de musiciens portaient des noms semblables à ceux des sectes qui avaient proliféré, on avait ouvert un temple d'Isis où l'on dansait, on donnait aux arènes de faux combat de gladiateurs.

Pourtant Dräken n'avait pas menti, lorsqu'il avait parlé de menace. Ce n'était pas celle de la fin. Elle était tangible, et donc plus sourde, plus inavouable. C'était la maladie. On n'avait osé encore lui donner un nom. La fièvre d'encanaillement des riches et des puissants retenait encore l'expression de la peur, mais pour combien de temps ? On ignorait encore quelles proportions le mal pouvait prendre. On connaissait seulement ses signes annonciateurs : une irritation de la gorge, quelques accès de toux. Dans un délai variable, le malade devenait aphone, puis complètement muet. Après la voix, les centres du langage étaient atteints. En quelques semaines, c'était la mort assurée. Les victimes, pour l'instant, n'étaient pas nombreuses ; mais il faut souligner que le mutisme, symptôme essentiel de leur mal, était souvent attribué à d'autres origines : une mélancolie subite sous l'effet de la fatigue, d'un chagrin d'amour, d'un revers de fortune. Dans ces conditions, le décès passait aisément pour un suicide. A la vérité, le pire, dans cette maladie, était qu'on en connût parfaitement les causes : quelques années plus tôt, par un usage répandu dans toutes les classes de la société, on avait consommé une drogue nouvelle, une sorte d'électuaire qu'on prenait à toute heure du jour, et qui décuplait l'imagination en même temps que les plaisirs. L'usage de cet orviétan dont le nom s'est perdu (les générations qui suivirent préférèrent parler, très vaguement, de *l'épidémie* et effacèrent jusqu'aux syllabes dont on avait désigné ce cadeau empoisonné) n'était pas étranger à l'intense vie nocturne et aux déferlements vestimentaires qui marquèrent la fin de ces années-là. La drogue permettait le sommeil court, la parole aisée, l'imagination fertile. Il semblait même qu'avec le temps, loin de s'émousser, ses effets s'exaltaient. Cette puissance nouvelle, chez ceux qui en consommaient au-delà de la mesure, annonçait en réalité leur mort.

Encore faut-il remarquer, et c'était là sans doute son effet le plus pernicieux, que la drogue condamnait ou graciait au hasard. Bien des maniaques de cet opiat maléfique furent épargnés, quand d'autres, qui en avaient usé ni plus ni moins que le commun des mortels, furent impitoyablement condamnés. Les gouvernants furent pour beaucoup dans ce silence sur la maladie. Qui d'entre eux n'avait tiré profit du commerce de cette médecine ? Les bénéfices ne s'étaient pas seulement comptés en bel et bon argent. Grâce à elle, le jour, les peuples avaient été dociles ; la nuit, douillettement égoïstes, narcissiques et rêveurs. Mais à présent, si la maladie venait à s'étendre, il faudrait trouver des coupables. Par un commun accord, les hommes politiques choisirent de garder le silence tant que la colère publique ne se réveillerait pas. Quand elle en viendrait à réclamer des boucs émissaires, il serait encore bien temps de les désigner, et ce serait chose facile : l'Histoire en fournissait des exemples tout trouvés. Rien ne pressait, pensaient-ils, personne ne pouvait prévoir l'étendue des ravages, nul ne voulait même se risquer à les étudier, et l'opinion la plus courante chez les gouvernants était qu'il suffisait de se taire pour que la maladie disparaisse ; mutisme contre mutisme, ils tentaient de guérir le mal par le mal.

Et c'était cette ville en proie à ses terreurs cachées que Trendy avait retrouvée, sans vraiment l'observer, à son retour d'*Hauteclaire*. Une ville qui s'abandonnait à la fièvre des fêtes, où l'on s'étourdissait aussi bien dans les caves à trois sous que dans les gigantesques celliers des palaces. Une ville qui se plaisait à penser qu'elle était la nouvelle et grande Babylone, prostituée féroce aux festins prodigieux, aux musiques ronflantes, avec ses hordes d'hommes et de femmes beaux à se damner qui s'avançaient dans la nuit comme autant d'apparitions infernales. Et le monde y croyait, et l'on accourait de partout pour goûter à des plaisirs qu'on jugeait inédits, ces bœufs entiers, tel le Béhémoth de la Bible, rôtis à la broche dans la vitrine rougeoyante des restaurants de luxe, ces filles aux corps splendides recouverts d'amulettes, ses rumeurs de comète, ses tangos acides chantés par des divas. C'était le Grand Jeu de la Fin, avec ses costumes, ses musiques, son folklore tout droit sorti des plus obscures démonologies médiévales. Non contents de leurs maux réels, les hommes s'en étaient forgé d'imaginaires. Mais sous ce noir frisson qui les parcourait à l'approche du moment où tournerait l'année couvait une peur plus souterraine, d'autant plus terrible qu'on n'en parlait pas ; et, à la réflexion, c'était peut-être la raison pour laquelle ils s'étaient habillés de sombre, la prémonition d'un malheur plus vrai, et qui serait le deuil du plaisir.

CHAPITRE XX

L'invitation à la Nonciature parvint ponctuellement chez Bérénice, portée par un ecclésiastique peu farouche jusqu'à sa loge de *Nephtali's.* Le concert tombait un dimanche, jour de repos de la danseuse. Les deux amoureux, trop heureux de se retrouver en tête à tête, laissèrent Trendy s'y rendre en solitaire. Toute la journée, il avait neigé ; mais, lorsqu'il partit pour la Nonciature, le ciel avait repris son aspect des nuits précédentes, étonnamment pur et transparent, avec les étoiles très nettes, et ce noir infini qui glaçait l'âme bien davantage que les créatures excentriques qui peuplaient les souterrains et les jardins suspendus. La neige avait gelé. Trendy ne connaissait pas la Nonciature, ou plutôt le palais qu'il était convenu d'appeler ainsi depuis la nomination de Barberini. Depuis très longtemps déjà, on lui prêtait des desseins fort noirs, ou, pour le moins, un tempérament machiavélique. Issu d'une famille florentine où ne se comptaient plus les princes de l'Eglise, il rêvait, disait-on, de lui apporter un honneur insigne : être le plus jeune de sa lignée à accéder au pontificat. Cardinal depuis des années, il avait été nommé ici en contravention aux usages : à son rang dans la hiérarchie vaticane, la charge de la nonciature n'était guère enviable. Lorsque Barberini était arrivé ici, on avait donc supposé que le Vatican le chargeait d'on ne savait trop quelle diplomatie occulte, dont lui seul saurait mener à bien les tractations compliquées. On chuchotait qu'il l'avait acceptée parce que de sa réussite dépendait son accession prochaine au trône de saint Pierre. Le pape n'allait pas bien. Il n'était pas apparu en public depuis plusieurs semaines ; certains le disaient mourant. La prédiction de Malachie voulait qu'il ne restât, avant la fin du monde, qu'un seul souverain pontife ; le prophète avait dit aussi qu'il devrait être de sang juif. Or on venait de découvrir dans l'arbre généalogique de la famille florentine une lointaine grand-mère apparentée à une famille d'Israël. Cela suffit à voir dans le cardinal le seul successeur possible du maître du Vatican. De fait, ses talents diplomatiques étaient exceptionnels. Il s'était rendu célèbre par les traités qu'il avait réussi à passer avec les régimes sans Dieu, où, plus d'une fois, il était parvenu à rétablir les cultes réprouvés. La légende s'était vite emparée de lui. On racontait qu'à vingt ans à peine il était entré dans l'amitié du solennel préfet des Archives, un homme aussi silencieux que chargé d'années. Il l'aurait alors aidé à classer les documents les plus secrets qui dormaient au fond des coffres-forts du Vatican. Plus tard, on avait murmuré qu'il était à l'origine de la mort prématurée d'un souverain pontife. Certains préférèrent y voir la main de son ennemi juré, le général des jésuites. A tort peut-être, l'Histoire retint cette dernière hypothèse.

Mais tout cela n'était que rumeur. Ce qui était assuré, c'était que l'homme, d'une fringante soixantaine, était passé maître dans l'art vatican par excellence, le théâtre et la jubilation du secret. Ces derniers temps, l'effervescence avait redoublé autour de Barberini, car, selon des informations confidentielles qui venaient de filtrer, et malgré les rumeurs de fin, le Saint-Siège envisageait d'organiser un concile. Il s'agissait, à la faveur du regain d'intérêt pour toutes les religions, et de l'enthousiasme renouvelé pour la catholique et romaine, de faire rentrer dans le giron de l'Eglise les sectes qui avaient pullulé depuis quelques années et de démêler, parmi tous les nouveaux prophètes, ceux qui annonçaient le vrai et le faux, autrement dit le bon grain de l'ivraie. Cette entreprise écrasante, disait-on, avait été confiée au cardinal. Il en avait pris une stature de chef d'Etat. L'homme pourtant était resté affable. A ses dons politiques, il joignait un talent particulier, hérité sans doute de sa Florence natale : l'amour des arts, fussent-ils d'avant-garde. Enfin l'excentricité ne lui déplaisait pas. Il la contenait toutefois dans des proportions ecclésiastiques : il se passionnait pour l'astronomie — certains disaient pour l'astrologie — collectionnait les télescopes, se montrait parfois (mais brièvement) dans les boîtes de nuit, et, de loin en loin, il organisait des concerts. Ces soirées étaient devenues si prisées que l'hôtel particulier où elles se déroulaient — la folie, en un siècle passé, d'une princesse russe — avait pris le nom de l'ambassade de Barberini. On ignorait délibérément son véritable siège, le lieu un peu terne d'où il menait, jour après jour, ses tortueuses intrigues, on ne voulait connaître, à son propos, que ce petit palais. On ne l'appelait plus que la Nonciature. Le cardinal avait suivi le mouvement et, sur ses invitations, à son tour, il l'avait débaptisé.

Il faut admettre que l'endroit était magnifique. C'était un bâtiment rond dans le goût italien, à hautes fenêtres oblongues, précédé d'une terrasse et ceinturé d'une colonnade. Ses marbres lisses, sa rotondité lui donnaient quelque chose d'apaisant, cette irréalité qu'on voyait parfois aux édifices des vieilles villes thermales. On supposait que Barberini, qui en avait fait l'acquisition peu après son arrivée, avait voulu retrouver ici, au milieu de ce parc ombragé de pins, quelque chose de la douceur de son pays d'origine. Même en ce soir de neige, alors que les marbres roses de son large escalier, pris sous une croûte de neige tenace, crissaient et craquaient sous les pas, la Nonciature semblait échappée d'un aimable hiver méditerranéen, où rien, en définitive, n'avait vraiment d'importance. Ainsi qu'à la *Désirade,* de grosses limousines étaient rangées au pied de ses terrasses circulaires, et comme là-bas aussi Trendy fut presque le seul à arriver à pied. Le bâtiment ruisselait de lumière. Des femmes en fourrures passaient les portes avec la dignité qu'on prend pour pénétrer dans une église, et dans le hall, au milieu des palmes, des dignitaires aux moires bruissantes — il y avait peu, le port de la soutane s'était rétabli — les recevaient avec la componction d'usage. Le palais paraissait surchauffé. On était ici à la lisière du bois, tout déjà reposait de la tension de la ville, tout paraissait tranquille, désuet et onctueux à souhait.

Le carton gravé d'or et frappé aux armes du cardinal correspondait à une place excellente, au troisième rang. Un des innombrables ecclésiastiques qui assuraient l'intendance de Barberini y emmena Trendy. Il se retrouva au milieu d'un parterre de célébrités. Assez loin de lui, il reconnut la voyante conviée à la *Désirade,* puis Halphas. Cette fois, la mélancolie du bel architecte noir ne le surprit pas. Et il ne cessait de se dire qu'il n'aurait pas été étonnant non plus de voir s'avancer, derrière les orangers et les palmiers du vestibule en rotonde, la silhouette écrasante du Commandeur.

Un moment, il la guetta. Beaucoup d'invités avaient du retard, si bien qu'il les vit se placer. Pour la plupart, ils portaient les mêmes accoutrements inquiétants que dans les rues et les boîtes, des superpositions de cuir, de velours, de dentelles noires, des fourrures sombres, des fourreaux lamés, des cascades de bijoux d'argent. Une femme s'exhiba même avec une perruque où elle avait logé un oiseau de nuit. Trendy lui aussi s'était habillé de noir, mais sans conviction. Le geste qu'il avait, sans jamais réussir à le réprimer, sa façon de s'enrouler sans cesse dans son écharpe de soie grège signalait son embarras. Il ne le savait que trop. Mais il n'avait plus envie de se sauver, comme à la *Désirade.* Il n'était plus temps de rebrousser chemin. Il irait jusqu'au bout. Il n'avait plus le choix. Il trouverait ce qui lui était devenu essentiel. Quelque chose, ou quelqu'un.

Au premier rang, deux places étaient restées vacantes. Les lumières baissèrent peu à peu. Le caquetage enfiévré qui précède les concerts s'apaisa, et le silence retomba sur la salle. Contrairement à l'usage, personne ne toussait, ne se raclait la gorge. Trendy en devina la raison. A mots couverts, Bérénice lui avait parlé de la maladie. Personne ne tenait à laisser paraître le moindre signe d'une affection de gorge, c'était là ce qui expliquait cette discrétion inhabituelle. Mais beaucoup devaient y penser : comme lui-même d'ailleurs, dans un mouvement qui semblait instinctif, ils se passaient furtivement la main sur le cou.

L'impatience renaissait, quand on entendit une légère rumeur. On se retourna vers l'allée, et l'on vit entrer Constance von Cruzenburg, hautaine et sobre comme elle l'avait toujours été. Elle était suivie du seul cardinal, et son parfum s'évapora dans l'air surchauffé.

Elle prit place au premier rang. Elle n'avait plus la même coiffure, et l'odeur qu'elle portait, semblait-il, avait changé aussi. Elle avait les cheveux plus longs, on aurait dit qu'ils étaient plus gris. Elle les avait couverts d'une légère résille. Trendy était bouleversé, d'une façon qu'il ne parvenait pas à s'expliquer. La rattachait-il à Anna, au souvenir du dernier soir ? Mais comme Anna lui était lointaine, à présent, lointaine et presque étrangère... Cela seul avait de la force, cette présence à deux pas, ce parfum volatil qui se glissait jusqu'à lui. Ce parfum qui était Constance. Il l'avait à peine aperçue.

Le silence retomba. Dräken fit son entrée, suivi d'un petit chœur d'hommes. Il avait son air de chien battu. On applaudit. Trendy vit les longs bras gantés de la cantatrice se dégager de sa fourrure. D'un seul coup, son odeur fut plus forte. Elle portait une robe de velours à dos très dégagé, presque entièrement nu. Elle avait la peau très blanche. Elle se baissa vers son programme, ou son sac. Le geste fut bref. Il suffit à Trendy pour entrevoir un début de sein.

Quelques images de femmes, une fois encore, se superposèrent très rapidement à celle de la chanteuse. Il revit Judith, son profil devant la fenêtre mouillée d'*Hauteclaire,* son corps ouvert sur les draps chiffonnés, sa chair qui avait l'air de se moquer de la mort. Il parvint très vite à se reprendre. Y aurait-il donc un jour où le corps de Judith, où son visage ne seraient plus l'image la plus exacte de l'éternité, mais une scène banale, perdue au plus profond du fatras de la mémoire, et dépourvue enfin de toute irradiation ? Il fallait s'en persuader, on ne guérissait d'une femme que par une autre femme. Il s'était trompé, pour Anna. Ce n'était pas la bonne. Elle n'avait pas le pouvoir d'effacer. Mais celle-ci... Qu'un feu dévore un autre feu.

Le concert commença. Malgré la silhouette de Dräken qui s'agitait devant ses chanteurs, Trendy ne savait plus qui l'avait amené ici, ni quoi au juste il venait y chercher. Quel était le fil, dans ce labyrinthe sans fin, dans cette série de corridors où il débouchait toujours sur des visages de femmes : les femmes, comme seule vérité, à moins qu'en fin de compte, comme au palais des miroirs, tout ne fût qu'illusion. Aujourd'hui, c'était le tour de la Cruz. Non, il fallait dire Constance. C'était Dräken qui disait la Cruz. Dräken ne l'aimait pas. Ou l'aimait trop.

Il dirigeait ce soir ses premiers chœurs, disait l'invitation, c'était une création. Aucun instrument ne lui obéissait que ces voix de basse à l'unisson. Elles chantaient une variation sur un verset de l'Apocalypse : *Ce que j'ai contre toi, c'est que tu as renié ton premier amour.* C'était une sombre harmonie dans le genre byzantin, une musique vibrante, grondante, avec des soubresauts, de longues respirations : un chant inexorable, venu tout droit des entrailles de la terre. Il agaça d'abord Trendy : où qu'on se dirigeât, on ne pouvait échapper à ces modes infernales. Puis il se remit à fixer la nuque de la Cruzenburg. Il repensait à la Chambre des Cartes, à la *Désirade*, il repensait au jeu, à ce moment de complicité qu'il n'avait pas su savourer. Mais Dräken se souviendrait-il seulement de son offre ? Le remettrait-il en présence de la diva ?

Son impatience grandissait. Par bonheur, le concert ne fut pas très long. Les chœurs se turent bientôt et Dräken reçut un triomphe. Le premier, le cardinal s'ébroua dans sa robe de pourpre et se tourna vers Constance. Les invités se pressèrent autour d'eux. Une fois encore, elle fut dérobée au regard de Trendy. Dans un grand salon circulaire, un buffet attendait les invités. A l'évidence, la musique religieuse n'était qu'un prétexte pour Barberini, l'occasion d'une réunion mondaine dans un lieu qui lui était cher. Faute de pouvoir s'approcher du buffet, Trendy s'engagea dans la longue galerie qui ceinturait le bâtiment. Au pied de chaque colonne était posée une vasque en forme de dauphin. Trendy n'était pas seul à déambuler. D'autres invités, découragés par l'affluence, s'étaient réfugiés sous la colonnade, des ecclésiastiques aux robes plus mouvantes que celles des femmes qui les écoutaient, et leurs propos amènes, où il était souvent question des étoiles, des prophètes, du prochain concile, résonnaient de colonne en colonne. Trendy était revenu à son point de départ lorsqu'il crut, à une porte qui s'ouvrait sur ce qui semblait un salon, reconnaître la silhouette abattue de Dräken. Il pressa le pas. On l'appela :

— Venez.

C'était une voix de femme, une voix qu'il avait très peu entendue mais qu'il reconnut dans l'instant.

— Vous me cherchiez, m'a-t-on dit.

Il se figea. Il n'avait même plus la force de se retourner.

— J'ai oublié pourquoi, poursuivait-on. Mais vous, vous devez le savoir.

La Cruzenburg était déjà à ses côtés. Elle lui tendait son bras nu. L'autre était resté ganté, son célèbre solitaire brillait sur le satin noir.

— Nous nous étions vus, ce me semble. Nous avions joué. Et gagné !

Elle eut, sur ces mots, son fameux sourire. Elle ne lui avait jamais autant parlé. Elle avait des intonations tendres. Mais le plus troublant était qu'elle fût seule.

Ils firent quelques pas côte à côte. Trendy sentit qu'on les regardait. Non, la Cruzenburg n'est pas seule, pensa-t-il, puisqu'elle est avec moi. Et cette idée, qui deux mois plus tôt l'aurait fait décamper, le remplit d'une immense fierté. Elle lui enleva aussi tous ses moyens. Il était incapable d'articuler le premier mot. La Cruzenburg eut un nouveau sourire et reprit :

— C'était une belle partie.

— Oui, fit-il dans un souffle.

Elle s'arrêta, posa la main sur une colonne et le dévisagea.

— La *Désirade,* parvint-il à dire. C'est là que je vous ai vue.

Elle dut percevoir son émotion, car son regard avait perdu sa dureté minérale ; ou, s'il était dur encore, il s'y mêlait une sorte de mélancolie. Elle caressait le marbre veiné de la colonne. Sous les flambeaux qui éclairaient la galerie, il vit bien qu'elle avait changé, c'était la fatigue, peut-être, ces grands cernes gris, et pourquoi laissait-elle pousser ses cheveux ? Pour l'opéra qu'elle préparait, pour son costume de scène ? Il s'y mêlait de grands fils blancs.

Elle retrouva d'un seul coup sa sécheresse habituelle :

— Oui, la *Désirade.* Mais j'ai un concert à préparer. Dans une semaine, à l'Opéra. Vous viendrez.

— Je vous avais entendue, là-bas, c'était superbe...

— Je sais. Un amusement de province. Je n'aurais pas dû. Mais le Commandeur est un ami. On ne refuse rien à ses amis, n'est-ce pas ?

Son gant était tombé. Il voulut le ramasser. Elle se pencha la première. Son dos était très blanc, en effet, avec de longs muscles fins. Son corps, lui, n'avait pas pris les marques du temps.

— Le Commandeur est rentré ? hasarda Trendy.

Elle éclata de rire, comme dans la Chambre des Cartes, quand elle avait compris qu'elle avait gagné.

— C'est cela que vous vouliez savoir ? Mais non, mon pauvre petit. Il s'est entiché d'une jeune fille. Vous la connaissez, je crois ? Il ne sort plus de la *Désirade.* Pour une fois, c'est une femme qui le séquestre. Enfin pour l'instant. Rien ne dure jamais avec le Commandeur.

Elle lui déroba son visage.

— Une femme qui le *séquestre ?*

Il avait appuyé sur le dernier mot, malgré tout le mal qu'il avait à parler.

— Pour les détails, demandez à Dräken.

Puis elle ajouta :

— Quand il a posé son regard sur elle, aucune femme ne se risque longtemps à braver le Commandeur.

Il y eut derrière eux un frou-frou de moire. C'était Barberini. La Cruzenburg rajusta sur sa gorge son étole de fourrure. Trendy eut pour s'éloigner un geste imperceptible. Elle le sentit. Son bras ganté le retint.

— Suivez-moi, dit-elle.

Et, comme si elle redoutait d'avoir été, trop tôt, trop cassante, elle corrigea :

— Suivez-nous.

Il salua Barberini. L'autre eut un éclair de malice, ou peut-être de malveillance. Il ne fit pas allusion à la *Désirade.* Le mot paraissait tabou. Il leur désigna la porte où avait disparu Dräken. Elle s'ouvrait sur un salon ovale, meublé dans le goût classique qui était celui de toute la Nonciature. Il n'y avait là qu'une quarantaine d'invités, les plus prestigieux, sembla-t-il à Trendy. Il le nota à peine, car dès son entrée aux côtés de la Cruzenburg, il y eut le même instant de silence que dans la galerie ; puis les conversations reprirent avec une feinte indifférence. Un petit cercle d'ambassadeurs et de dignitaires de l'Eglise se forma autour d'eux. La Cruzenburg s'appuyait à présent très ouvertement à son bras. Eût-il voulu s'en détacher qu'il n'aurait pas pu, car les franges de son écharpe s'était prises dans les minuscules boutons qui fermaient sur le côté le fourreau de la cantatrice. Barberini avait l'air de s' amuser de plus en plus. Trendy tâcha de s'intéresser autant qu'il put à la conversation. Avec la componction de mise, on parlait du renouveau extraordinaire de la puissance vaticane, on félicitait le cardinal pour sa résurrection des ordres de chevalerie et liturgies médiévales. « Le Moyen Age, la sombre grandeur du Moyen Age, merci de nous la rendre ! » s'exclamait un vieux ministre plénipotentiaire. Barberini opinait du chef avec un sourire fin. N'eût été la présence paralysante de la cantatrice, Trendy lui aurait volontiers posé quelques questions sur sa *Théologie du Diable*, curieusement disparue des rayons de la bibliothèque, quand il crut entendre quelques commentaires rapides et feutrés sur l'absence du Commandeur. La Cruzenburg haussa les épaules. Personne n'insista. On s'adressa alors directement à elle : *Sansinéa*, l'opéra qu'elle s'apprêtait à chanter, était, disait-on, d'une difficulté inouïe.

— Je vous remercie de tant de prévenances, laissa-t-elle tomber au bout d'un moment, avec un regard si coupant que le diplomate qui avait admiré son courage fut saisi d'une pâleur mortelle.

— Je ne m'inquiétais pas de votre voix, madame, s'enferra-t-il, ni de la difficile partition de notre ami Dräken. Je voulais simplement dire que le rôle prévu par le livret de Drogon...

Trendy blêmit à son tour. La Cruzenburg le lâcha brusquement et se tourna vers Barberini :

— Pardonnez-moi, monseigneur, mais il est temps que je vous quitte. Je me dois à la musique. Je dois prendre du repos.

Elle prit congé. Trendy eut un moment d'embarras. Les fils de son écharpe étaient toujours pris dans sa robe. Elle s'en était aperçue. Elle l'avait toujours su, sans doute, peut-être même en avait-elle joué. Elle l'attira vers la porte du salon ovale. Il la suivit comme un animal en laisse. Elle attendit le seuil de la galerie pour détacher de sa robe, avec un soin exagéré, les franges de soie. Quand elle en eut fini, elle leva vers lui son grand regard gris. Il lui parut un peu mouillé, mais il craignit, une fois encore, que ce ne fût qu'une impression.

— Dans une semaine, vendredi matin, onze heures, à l'Opéra. Mon nom est inscrit sur ma loge.

Dräken avait parlé d'un studio de répétition, mais elle préférait lui donner rendez-vous à sa loge. Elle sortit un carnet de sa minuscule aumônière, puis un petit crayon :

— Vous ne connaissez pas les coulisses de l'Opéra, je suppose...

Elle griffonna quelques chiffres, une sorte de plan. Elle était gauchère. Sa main était gantée, elle était maladroite. Cela lui donnait enfin un peu d'humanité. Il en perdit la force d'évoquer les enregistrements d'Iris.

— Vendredi, onze heures, bredouilla-t-il. Mais... c'est le jour de la création de...

— Oui. Et alors ?

A cet instant, elle n'était plus que dureté, dureté et méchanceté. On aurait dit qu'il lui manquait quelque chose, quelque chose de tellement important qu'elle était prête à tout pour l'avoir. Et cette expression-là — plus ténue, plus fugace cependant — Trendy l'avait déjà vue passer sur un visage. Sur celui du Commandeur. Quelle parenté pouvait donc les unir ?

A nouveau, elle lui pressa la main. Sa douceur lui parut divine. Il oublia tout. L'instant d'après, à la porte du salon ovale, il ne restait d'elle qu'un entêtant sillage.

Il finit par se résigner à abandonner la porte, se dirigea comme un automate vers le petit buffet et se fit servir une coupe. Il avait du mal à retrouver contenance. Il perdit tout à fait pied quand il vit en face de lui le crâne chauve de Drogon.

— Je vous croyais à vos fiches, laissa tomber le professeur.

Contrairement à son habitude, il ne s'embarrassait pas de préambule.

— Je vous avais demandé pour décembre la moitié de votre thèse, poursuivit-il. Je n'ai rien vu venir.

Trendy fit face le plus bravement qu'il put :

— J'ai eu des ennuis.

— Des ennuis ! éclata Drogon. Vous voulez rire. Vous avez décampé de chez votre logeuse, voilà la vérité.

Dans un mouvement qui lui était familier, Drogon souleva ses lunettes d'acier :

— Vous, le meilleur de mes élèves. Vous que j'ai toujours protégé, choyé. Et j'ai été jusqu'à vous trouver cet endroit, ce havre de paix, pour qu'enfin...

— Cette villa n'était pas si tranquille.

— Pourquoi a-t-il fallu que vous vous mêliez de ces histoires ? Je vous croyais plus de fermeté d'âme. Et je vous retrouve ici, en galante compagnie...

Trendy s'empourpra. Il soutint pourtant le regard de Drogon. A la vérité, son professeur avait perdu un peu de sa prestance. Il avait grossi, cela se voyait dans son smoking, et il y avait en lui quelque chose qui sonnait faux, une sorte d'inquiétude, de terreur mal contenues. Etait-ce l'angoisse des temps, la peur de la maladie, ou qu'il ne fût tout à fait à son aise sur cette scène mondaine ? Peut-être aussi, dans l'esprit de Trendy, commençait-il à souffrir de la comparaison avec le Commandeur. En tout cas, il avait perdu la belle assurance où l'avaient conforté les honneurs et la science, son air de royauté sur les êtres et les choses. Il continuait à jouer le jeu, mais sans exactement la même conviction. Du coup, il ne paraissait plus si terrible. Trendy parvint à l'observer avec détachement. L'autre s'en aperçut :

— Nous reparlerons de tout cela dans mon bureau, fit-il avec hauteur.

Il ne perdait rien de ses manières professorales. Il saisit un agenda dans la poche de son smoking :

— La semaine prochaine, au Muséum. Vendredi, à quinze heures. Soyez ponctuel.

Il marqua un temps d'arrêt puis ajouta :

— Savez-vous que je viens d'être nommé directeur du Muséum ?

Il ne lui laissa pas le temps de le féliciter :

— Vous m'apporterez votre thèse. Enfin ce que vous m'en avez rédigé. La moitié, comme convenu. Assortie de la première ébauche de vos conclusions.

Trendy n'eut pas le temps de chercher une dérobade. Le professeur était déjà sorti. Il laissa derrière lui un parfum, le même que celui de la Cruzenburg.

Un très long moment, il ne sut que faire. Il avait l'impression d'être la proie de tous les regards. Jamais ses squelettes de poissons ne lui avaient semblé si dérisoires, presque autant que la collection de télescopes dont il entendait le prélat vanter les mérites à ses hôtes, pour éviter leurs questions sur les prophètes et le concile. Avant de partir, il voulut défriper son écharpe. Il y restait un long fil noir, arraché sans doute à la robe de la diva. Il l'en détachait avec soin, quand, de derrière le rang d'orangers alignés le long des fenêtres, il vit surgir Dräken. Il se dirigeait droit sur lui. Il ne sut pourquoi, il en conçut du soulagement. Pourtant le musicien avait la démarche chancelante. Il était surexcité, il avait dû boire, à moins que ce ne fût encore l'enthousiasme du concert.

— On me dit que vous vous êtes affiché avec la Cruz ? demanda-t-il avec un petit rire.

— Affiché, non, c'est elle qui...

— Ne protestez pas, je la connais. Et je vous ai vus. Elle était très belle, ce soir. Dans le genre fatigué, bien entendu. C'est très nouveau, chez elle. De vous à moi, elle est épuisée.

Il ricana à nouveau :

— Tant mieux. Mon opéra la fatigue. Mes petits contre-ut, mes appoggiatures, mes glissandi, mon pauvre ami ! Mais il n'y a pas que les notes. Il y a le livret. Le rôle est difficile, théâtralement difficile. Seulement elle l'a voulu. Bien fait pour elle. Elle n'avait qu'à s'abstenir de le commander à Drogon.

— Vous connaissez Drogon ?

— Qui ne le connaît ? C'est notre nouveau Pic de la Mirandole. Il sait tout, connaît tout. Vous n'avez pas lu son roman ?

— Non.

Dräken eut l'air outré :

— Mais si, voyons ! *Faste fou*. Il y raconte ses aventures amoureuses. De façon transposée, évidemment. Mais pour nous tous, la Cruz, Barberini, le Commandeur, c'est très clair. Nous connaissons ses histoires. Il a beaucoup aimé Halphas, un temps. Il en a souffert. Bien entendu, il n'a pas entièrement écrit le roman. Sirius est repassé par là. Sirius sait tout faire. Dommage qu'il ne soit jamais sorti de l'ombre. Drogon et moi, nous préférons la lumière.

Il soupira :

— Le bel Halphas... Enfin tant pis pour lui. Tant pis pour Drogon, bien entendu. C'est de sa faute, après tout. Si ses goûts...

— Vous le connaissez depuis quand ? insista Trendy.

— Mais depuis toujours, voyons ! Depuis Iris, depuis les fiançailles. Il faisait partie de la bande. Il aimait beaucoup le Commandeur, en ce temps-là.

— Et le Commandeur ?

— Voyons, mon petit, il ne jurait que par Iris. L'imbécile, d'ailleurs... Mais vous avez un air consterné ! C'est la Cruz ? Qu'est-ce qu'elle vous a fait ?

— Non.

— Alors quoi ?

Il lui pressait le bras, il ne le quittait plus. Pour une fois, il avait l'air de prendre intérêt aux réponses qu'on lui faisait.

— C'est ce que vous me dites sur Drogon.

— Comment ? Vous l'ignoriez ? Vous n'allez pas me dire que pour Halphas vous n'aviez pas su, comme tout le monde...

— Non. C'est autre chose... Je ne savais pas que Drogon écrivait. Qu'il écrivait autre chose que...

— Que ses publications scientifiques ? Mais il écrit, mon cher, et de tout ! Il vient d'être nommé directeur du Muséum. En ce bas monde, il aura eu tous les honneurs ! Et cet opéra, dans une semaine... La gloire, mon cher, la gloire. Un vrai Pic de la Mirandole, vous dis-je. Il ne dort jamais. Quand il n'est pas à ses amours, quand il n'écrit pas, il est dans son laboratoire. Avec ses squelettes de poissons. C'est fou, n'est-ce pas ? Des squelettes...

— Il ne travaille pas sur les squelettes ! Il ne s'est jamais intéressé qu'au système nerveux. Il est même spécialisé dans celui des huîtres.

— Vous vous trompez, mon petit. Je suis formel. Il nous a promis, à la Cruz et à moi, une sensationnelle découverte sur ces histoires de poissons. Il tiendrait la raison pour laquelle ces malheureuses bêtes meurent les unes après les autres, une histoire de vertèbres déformées, ou de tibias, de clavicules, je ne sais plus...

— Les poissons n'ont pas de tibias. Ni de clavicules.

— Alors une histoire de sternum. Mais non, vous avez certainement raison, ils n'en ont pas. En tout cas, Drogon a fait des découvertes. Il doit les annoncer au tout début de l'année... Si toutefois nous sommes encore de ce monde. Mon pauvre, vous savez bien ce qui nous attend.

Trendy reposa sa coupe. Du cercle où Barberini continuait de pérorer sur ses télescopes, il eut l'impression que le cardinal l'observait avec une ironie grandissante.

— Pardonnez-moi, fit Trendy. Il est temps que je rentre.

— Vous n'allez pas chez *Nephtali's* ? Venez avec moi. Bérénice...

— Non. Je suis fatigué.

— Vous avez tort. Les nuits sont de plus en plus belles. Et ce qui nous attend...

— Rien ne nous attend. Rien ni personne.

— Mais si, mon cher, la nuit. Toujours la nuit. Mais au fait... Vous avez rendez-vous avec la Cruz ?

Trendy ne répondit pas. Il poussa la porte du salon ovale. L'autre le saisit par le poignet.

— Vous êtes l'ami de Bérénice, siffla-t-il. C'est pourquoi je préfère vous prévenir. La Cruz...

Trendy voulut le repousser, mais Dräken s'accrochait à sa manche avec une force inouïe :

— La Cruzenburg est une...

Il eut alors un mot obscène, qui résonna plus durement encore sous les marbres roses du palais de la Nonciature.

CHAPITRE XXI

A la première page des journaux, toute cette semaine-là, il ne fut question que du concert de la Cruzenburg. C'était d'ailleurs un trait marquant de l'époque, de transformer un fait presque insignifiant — à tout prendre, il ne concernait guère que les mélomanes avertis — en événement capital et de portée historique. Certes, depuis le début de ces temps troublés, la part de la musique n'avait cessé de grandir ; et la Cruzenburg, par la royauté sur les voix qu'elle s'était si mystérieusement conquise, était de jour en jour davantage adulée. Pourtant, disait-on, elle venait de recevoir des menaces de mort. Il n'y avait là rien de vraiment étonnant : les rumeurs incontrôlées se multipliaient. Les gouvernants, plus que jamais attentistes, s'étaient résolus à les ignorer. Ce dernier bruit, toutefois, ressemblait à un blasphème. Dès qu'ils en furent avertis, on fit entourer l'Opéra d'une double garde policière, de sorte qu'on renforça l'idée que ce qui s'y tramait était l'événement du siècle ; et l'on trouva quelques esprits pour suggérer que ce serait là, sous son chant, dans la pourpre et dans l'or, que l'on verrait venir la fin.

La fièvre avait gagné Trendy. Il avait lu toutes les gazettes. Son désir s'était accru d'autant. Cette femme en robe noire qui répétait sur la scène de l'Opéra lui avait donné rendez-vous, à lui, un inconnu, qui la veille encore se lamentait sur ses amours perdues. Comme s'il avait pu oublier ce qu'elle lui avait dit, elle l'avait écrit en tremblant sur cette page d'agenda. En tremblant, oui, il en était sûr, même si c'était inconcevable, la Cruzenburg avait tremblé en lui traçant ces mot : *Vendredi, onze heures, loge n° 5,* elle avait frissonné aussi en esquissant le plan. Il revoyait sa main gantée, le solitaire, ses cheveux enserrés dans sa résille. Tandis qu'elle s'éloignait dans le long couloir circulaire de la Nonciature, quelques épingles à cheveux s'étaient échappées de son chignon encore pauvre, et il se souvenait à présent de leur bruit métallique, quand elles étaient tombées sur le sol poli. Il n'avait pas bougé, il avait fermé les yeux, il avait cherché dans l'air le souvenir de son parfum. L'instant d'après, elle n'était plus là.

Constance, murmura-t-il plusieurs fois en relisant les articles. Constance, loge n° 5, vendredi onze heures. Cela seul apaisait sa fureur, sa révolte contre Drogon. Son professeur l'avait trahi, le trahissait depuis des années. Il n'osait imaginer ce qu'il lui aurait fait s'il n'y avait eu, miraculeux, ce rendez-vous avec la diva. Il l'aurait tué, peut-être. Par moments, quand il lisait dans les journaux le nom de Drogon, avec des indiscrétions sur le livret de *Sansinéa,* le livret qu'il avait écrit pour Constance, sa colère renaissait. Elle retombait vite. La Cruzenburg était devenue son unique horizon. Quand il se rendrait au rendez-vous du Muséum, ce serait pour régler ses comptes. Il saurait tenir tête à Drogon car deux heures plus tôt il aurait vu Constance. Il en trouverait la force, il le démasquerait, il lui dirait des mots qui le blesseraient à mort. En quelques heures, grâce à la diva, Trendy s'était cru consolé de tout.

Trois jours avant son rendez-vous avec elle, il pensa voir ses espoirs s'envoler. Le bruit s'était répandu que la cantatrice allait annuler son concert. On ne disait pas pourquoi, mais tous crurent en deviner la raison : la maladie. Un journal s'en fit l'écho, et jugea bon d'approuver la décision présumée de la chanteuse : *L'artiste est seul juge, lui seul connaît les limites et l'étendue de son pouvoir.* Le scandale fut énorme, et immédiat : s'agissant de la Cruzenburg, la phrase la plus anodine, quand elle n'était pas prononcée à son unique gloire, devenait une insulte effroyable. Drogon et Dräken, accusés d'avoir voulu piégé Constance par une partition et un livret impossibles, répliquèrent sur-le-champ par un article incendiaire : *Le pouvoir de la Cruzenburg est incommensurable, et le mot de limite n'a aucun sens pour cette voix céleste.* Des hordes d'adorateurs se ruèrent à son appartement. Ils ne l'y trouvèrent pas : elle ne vivait plus qu'au théâtre. Ils se précipitèrent à l'Opéra. Ils voulaient voir la chanteuse à toute fin, assister aux répétitions. Il y eut des échauffourées, presque une émeute, quelques blessés. Ebranlée par les objurgations du directeur du théâtre, la cantatrice, non sans irritation, consentit à paraître derrière le cordon de police. Tout enveloppée dans ses étoles de fourrures, elle poussa un contre-ut qui apaisa les esprits. Le même jour, Numance transmit à Trendy une enveloppe dont le contenu le rassura tout à fait. La nuit précédente, malgré le tracas de ses répétitions, Dräken était venu personnellement le remettre à Bérénice. C'était un laissez-passer, avec une invitation à la création de *Sansinéa*, le soir même. Par il ne savait quel miracle — Drogon, peut-être, ou Dräken lui-même, puisqu'il semblait parfaitement renseigné de tout — les deux documents étaient à son véritable nom, Mathieu Florimont. Il s'avisa alors que la Cruzenburg ne l'avait jamais appelé ni Trendy ni autre chose. Encore une fois, il prit le parti de l'ignorer. Les portes de l'Opéra, à ce jour le lieu de la ville le plus inaccessible, lui étaient ouvertes. Comme les bras de la Cruzenburg. Il se crut le plus heureux des hommes.

Il fit part de sa joie à Numance. L'autre ne répondit rien. Trendy en fut à peine étonné. Depuis quelques jours — à la réflexion, c'était depuis le concert à la Nonciature, dans son trouble, il s'était ouvert au métis de ses retrouvailles avec la cantatrice — Numance demeurait taciturne. Ils ne se voyaient guère. Trendy se réveillait tard, errait un moment dans l'appartement désert, puis descendait dans les rues, à ce moment qu'il aimait tant, l'approche du soir, quand le soleil jetait ses derniers feux sur les vitres géantes des nouveaux immeubles. Tout était glaciaire dans la ville, sur l'église épargnée par la fièvre architecturale, les arcs-boutants prenaient les formes aiguës et menaçantes des séracs, les escaliers roulants déchiraient le sol comme d'étroites crevasses, emportant les habitants vers la vie souterraine. Et Trendy les suivait vers le ventre chaud de la nuit et de la musique : lui aussi, il avait une attente à tromper, celle de Constance, celle de la fin, il ne savait plus, c'était peut-être la même chose, quelque chose de sombre et qui ressemblait au mal, mais qui pour cela en était plus désirable. Il ne remontait qu'au matin, les oreilles assourdies et, comme les autres, furtivement, se passant la main sur la gorge. Sur les immenses glaces des pilastres se dessinait une aube nouvelle, encore plus froide et qui pinçait les doigts. Numance avait déjà quitté l'appartement. A quoi bon me faire du souci pour lui, se disait Trendy en retrouvant l'ordre superbe de leurs chambres. Numance est ailleurs, refermé sur son rêve et sur sa jalousie, son attente des dimanches, son fol espoir de l'île. Et son désir de Bérénice.

Le jour où il reçut son laissez-passer pour l'Opéra, il ne put cependant retenir son enthousiasme. Numance, comme la fois précédente, demeura silencieux.

— Tu ne comprends pas, insista-t-il. Cette femme... Elle n'est pas le monstre que j'avais cru. A la Nonciature, quand elle s'est approchée de moi...

L'autre secoua doucement la tête mais ne dit mot.

— Elle est accessible, fit Trendy. Quand je l'ai vue de près...

Numance fit volte-face :

— Ce n'était pas la première fois que tu la voyais de près. Tu as joué avec elle à la maison du Commandeur...

— Non. Cette fois-ci, c'était la première. La vraie première.

Numance se redressa :

— N'y va pas.

— Tu veux rire !

Le métis lui serra le bras, comme au jour de leur rencontre, quand il lui avait tout dit de Judith et de la *Désirade.*

— N'y va pas, répéta-t-il.

Trendy le repoussa.

— Tu es jaloux !

Numance ne se troubla pas. Il saisit un cigarillo, l'alluma, s'assit sur le sol. La palabre recommençait.

— C'est une terrible chose qu'une femme qui a commerce avec le Diable, commença-t-il avec sa désarmante gravité.

— Le Diable ! Mais tu es fou...

— Le Diable, oui. C'est Bérénice qui me l'a dit.

— Vous et vos magies !

— La femme qui s'entend avec le Diable fait tourner le lait, poursuivit Numance, elle fait aigrir la crème, elle ternit les miroirs, dessèche les campagnes, engendre des serpents, rend les chiens enragés, réveille les tempêtes de la mer et déchaîne le Seigneur du Large...

— Mais la Cruzenburg, Numance ! Tu es loin de ton île, ici ! Une chanteuse ! Une diva...

— Justement.

— Des chiens enragés, des miroirs ternis... Elle n'a jamais vécu que dans des hôtels, des châteaux, des théâtres...

— Qu'en sais-tu ? Bérénice m'a dit...

— Bérénice la déteste. Elle aussi, elle est jalouse.

Numance secoua posément la cendre de son cigare.

— Cette femme chante l'opéra. C'est ce qu'il y a de plus difficile. Elle a besoin de puissance. Il faut bien qu'elle la prenne quelque part. Elle te la prendra.

— Pourquoi à moi ? Elle a les autres hommes. Tous ceux des photos, à la bibliothèque.

— Ils ne durent pas longtemps. Sur les photos, on ne les voit pas plus d'une fois. Sauf ceux de la bande du début, le chef d'orchestre, Léonard, le boiteux que tu appelles Sirius, et d'autres qu'on n'a pas bien regardés.

— Mais la Cruzenburg a Dräken. Elle en fait ce qu'elle veut !

— Oh ! non. Celui-là, s'il était vraiment sous sa coupe, il n'irait pas...

Il hésita.

— Il n'irait pas voir Bérénice ?

— Tout juste.

Trendy marqua une pause. Il s'était fait la même réflexion, le soir où ils s'étaient rendus chez *Nephtali's*.

— Et alors ? Où veux-tu en venir ?

— Regarde.

Il sortit de sa poche un petit paquet et le déposa sur le sol.

— Prends-le sur toi. Ne le quitte jamais. C'est une amulette.

— Je n'ai jamais eu peur de rien. Encore moins d'une femme.

— Tu n'as pas eu peur de Judith ?

— Qui te parle de Judith ?

Il se leva d'un bond. Il était hors de lui. Dans sa colère, il jeta son écharpe en boule.

— ... Et puis laisse-moi à mes histoires ! Je suis assez grand...

— Non.

— Et toi ? Tu te crois malin, avec Bérénice qui...

Il s'interrompit. Numance s'était levé lui aussi, avec un air de félin prêt à attaquer. Il leva la main. Trendy crut qu'il allait le frapper et fit un pas en arrière.

— C'est Bérénice, justement, qui m'a donné l'amulette. Pour toi.

Trendy eut un moment de stupeur, puis il se décida à prendre le paquet. Il déplia délicatement le papier de soie qui l'entourait. Il n'y découvrit qu'une boule de verre un peu glauque. A l'intérieur, il distingua de la poudre et quelques fils blancs et rouges parcourus de nœuds minuscules.

— Une véritable amulette, fit le métis. De la cendre de chat et de peau de serpent. Les fils noués retiennent les forces du Mal.

Une expression de vague dégoût passa sur le visage de Trendy.

— C'est Bérénice qui l'a préparée, ajouta alors Numance. Elle te supplie de la prendre. Si du moins tu t'entêtes à voir cette femme. Elle te supplie, tu entends ?

Et comme il était inconcevable qu'il ne revît pas Constance, comme il voulait encore, même si elle ne lui proposait pas son lit, effleurer sa longue main gantée, s'écorcher les lèvres à son solitaire et respirer son parfum, il s'empara de l'amulette et la fourra dans sa poche. Numance parut aussitôt soulagé. Jusqu'au vendredi, il ne lui dit plus rien du rendez-vous de l'Opéra.

Enfin le jour arriva. Il neigeait. Les journaux du matin avaient encore titré sur Constance, mais ils ne lui consacraient plus que de brefs articles, rédigés dans une prose particulièrement solennelle. On aurait dit que toute la presse s'était donné le mot : *Le jour du Soleil noir,* annonçait une manchette, et les gazettes rivales écrivaient d'une façon très voisine : *Le lever de l'Astre noir* ou *L'apogée d'une étoile sombre.* La Cruzenburg n'avait pas chanté qu'on se répandait en éloges. Au bout de quelques minutes, Trendy rejeta les journaux. Pour la première fois, il se demandait pourquoi la diva le faisait venir dans sa loge, quelques heures seulement avant un événement si important. Il commençait à douter d'elle. L'autre jour, avait-il bien compris ce qu'elle lui voulait ? Et elle connaissait nécessairement Drogon, puisqu'il avait écrit à son intention le livret de *Sansinéa*. S'il fallait en croire Dräken, le goût du professeur n'était pas celui des femmes. Quelque passion qu'on eût pour la musique et la littérature, on ne se faisait pas librettiste d'une célébrissime cantatrice sans entretenir avec la dame de vieux liens d'amitié. Et comme par hasard Drogon le convoquait au Muséum quelques heures seulement après sa rencontre avec la cantatrice.

La peur le prit. Il se surprit à serrer dans sa poche l'amulette de Bérénice. Mais aurait-il seulement le temps de voir sa crapule de professeur ? Constance pouvait le retenir, pourquoi pas ? Quel mal pouvait lui vouloir la femme si douce de la Nonciature ? Elle devait se sentir seule, comme toutes les stars. En ce matin de première, pétrie de trac, elle avait besoin de tendresse, ou même simplement d'une présence. Elle avait deviné qu'il saurait les lui donner. Enfin que pouvait-il craindre d'un directeur de Muséum qui se piquait de littérature pour se distraire de ses diplodocus et de ses baleines empaillées ?

La curiosité et le désir l'emportèrent vite sur ses terreurs. Il partit aussitôt. Il n'était pas en retard, mais il courut. Les rues de la ville étaient presque vides, comme les matins des jours fériés. Malgré la neige, il fut arrivé en un quart d'heure. Aussi extraordinaire que cela puisse paraître, Trendy n'était jamais entré à l'Opéra. Jusqu'à ce jour, il n'y avait vu qu'une grosse pâtisserie exagérément gonflée, ornée, surchargée, le chef-d'œuvre replet et mafflu d'une époque qui ne lui plaisait guère. Ce matin-là, était-ce l'effet de la neige d'où émergeaient, dans leur nudité vert et or, les innombrables Apollon et Terpsichore des toits, l'Opéra se transformait en architecture du mystère. Il se surprit à aimer son exubérance et son anachronisme. Après les immeubles dépouillés, les colonnades austères et glacées qui s'étaient multipliées dans la ville, il lui apparut comme une énorme gâterie. Les policiers qui le cernaient lui donnaient même un parfum d'aventure. Le laissez-passer agit sur eux comme une formule magique. Ils s'écartèrent sur-le-champ devant Trendy. On lui indiqua un large couloir, au bout duquel, murmura-t-on, se trouvait la loge de Constance. Il s'y engagea sans frémir. L'odeur était la même qu'à la bibliothèque, un peu âcre et poussiéreuse. Cela l'étonna, comme les couleurs grisâtres de ces coulisses interminables où s'ouvraient de tous côtés de nouveaux corridors, des escaliers, de vieux ascenseurs. Il n'osait trop les regarder, telle était sa hâte. Il pressa le pas. Le couloir se termina sur un escalier en colimaçon. Une chaise brisée y avait été jetée, sans doute pour le condamner. Il revint sur ses pas. La porte de la loge de la Cruzenburg était devant lui. Il frappa.

On ne le fit pas attendre. Le battant s'entrebâilla. Une main ferme l'attira dans la pièce. C'était Constance.

— Tu vas m'aider, dit-elle.

Elle lui désigna des dizaines de gerbes.

— Je ne veux pas de ces fleurs.

Il eut un geste d'hésitation. Elle ne l'avait tout de même pas fait venir pour faire le ménage dans sa loge.

— Dehors, répéta-t-elle.

C'était un ordre. Il s'exécuta. Les gerbes étaient lourdes et encombrantes. Elle enlevait les cartes une à une, les lisait puis les jetait.

A la quatrième gerbe, il hasarda :

— Le couloir risque d'être bouché...

— Aucune importance. J'ai donné des ordres. J'ai demandé aussi qu'on ne nous dérange pas.

A ces mots, il sortit les bouquets avec plus de vaillance. Il s'en voulait un peu, il se faisait l'effet d'avoir la même docilité que Dräken, néanmoins déjà il obéissait à Constance.

A la dernière gerbe, une brassée d'orchidées rouges et noires, elle l'interrompit :

— Laisse. Celle-là, je la garde.

Elle s'empara de la carte puis la jeta en évidence sur sa coiffeuse. Il y reconnut le nom du Commandeur. Il se crut autorisé à poser une question.

— Il... Il sera là ce soir ?

Sa voix s'étrangla dans sa gorge. Elle sourit, lui tourna le dos et disparut derrière un paravent.

Elle fut longue. Pour dissiper son impression d'être tombé dans un piège, ou du moins d'être réduit à sa merci, il se mit à observer la loge. Rien ne ressemblait à ce qu'il avait imaginé.

C'était une grande pièce grise, presque nue. Par une fenêtre et un œil-de-bœuf parvenait la lumière affaiblie de ce matin de neige. Le seul ornement de la pièce était une grande glace, face à la porte, près d'un électrophone d'un modèle ancien, posé à même le sol, et une coiffeuse méticuleusement rangée, avec quelques photos, selon l'usage, glissées entre le miroir et son cadre. Il se pencha pour les examiner. Il s'attendait à des clichés des triomphes de Constance, pris sur scène, quand elle chantait des airs particulièrement difficiles, ou qu'elle croulait sous les vivats. Il n'en était rien. A côté du programme de ce soir, Constance avait affiché une photo de ses mains ; c'était un cliché noir et blanc, où son célèbre solitaire concentrait presque toute la lumière. Etait-ce pour le diamant, ou pour montrer la perfection de sa peau ? Comme il l'avait remarqué au premier soir, ses mains étaient lisses, transparentes, sans la moindre tache, sans la moindre ride. La seconde photo représentait sa coiffeuse, dans le même ordre impeccable que celui qu'il avait sous les yeux. Au milieu des flacons trônait la fiole contournée de *Chrysopée.* Enfin une troisième photo la représentait de dos, se regardant dans une glace avec un regard, pour une fois, légèrement attendri. Rien qu'à la forme étrange du miroir, il eut la certitude que le cliché avait été pris à la *Désirade.* Et, dans le reflet, il crut apercevoir une forme frêle, à l'attitude soumise, qui semblait le corps nu d'une jeune fille.

La cantatrice l'arracha à ses investigations. Il l'entendit repousser le paravent. Il ne s'était pas retourné qu'elle était près de lui, dans un long peignoir de satin gris.

— Tu es jeune, dit-elle en lui enlevant son écharpe.

Par superstition, il avait remis la même écharpe qu'à la Nonciature. Elle la jeta sur le parquet sans le moindre ménagement. Le reste suivit. Il se laissa faire. La pièce était surchauffée. C'était très agréable. Elle l'attira jusqu'à un petit canapé. Elle le contempla un moment.

— Tu es jeune, reprit-elle. Tu as de jolis cheveux.

Elle le décoiffait à petits gestes rapides. Elle-même ne s'était pas défaite. Elle ne portait pas de parfum. Du coup, elle lui parut déjà nue. Il vit son sourire s'élargir. Elle semblait s'amuser de la situation. Un instant, il trouva ses lèvres carnassières, il eut peur de son grand regard froid. Il ne sut pourquoi, il lui rappelait certains poissons. Elle eut un geste direct. Le plaisir qu'il y prit dissipa ses appréhensions. Il ferma les yeux. Quand il les rouvrit, il vit ceux de Constance. Une brume s'y formait. Elle écarta les pans de son peignoir. Par l'œil-de-bœuf tombait la lumière d'hiver. Il neigeait encore, mais les flocons fondaient au contact des toits. Dans les cours intérieures, au long des gouttières, sur la tôle qui couvrait les greniers, de petits filets d'eau s'écoulaient à intervalles réguliers, avec un léger bruit métallique. Le corps de Constance était encore assez mince, avec un ventre légèrement bombé, l'effet de l'âge, sans doute, mais cela ne lui déplut pas. Avait-elle jamais été enfant, jeune fille ? Non, cela ne se pouvait pas. Elle n'avait jamais été que cette féminité mûre, puissante, capiteuse. Elle avait toujours eu au coin des yeux ces débuts de rides qui étaient sa seule humanité. Et ce sourire de qui connaît le dessous des cartes.

— J'ai besoin de toi, dit-elle, mais elle n'alla pas à lui comme à une source.

Elle était calme, trop calme. Il se dit qu'il avait dû se tromper, l'autre jour, quand il avait cru qu'elle tremblait. Constance s'exhibait avec la même froide autorité qu'elle chantait, elle était maîtresse dans tous les sens du terme, elle guidait sa bouche et ses mains. Elle fut lente, délicieusement lente. Enfin, d'un seul coup, elle se renversa tout entière sur le velours du canapé. La résille qui enserrait ses cheveux glissa, puis, comme dans le couloir de la Nonciature, il entendit ses épingles à cheveux tomber une à une sur le parquet. Le reste se perdit dans un sombre bouillonnement, qui fut le déferlement du plaisir.

Quand il reprit ses esprits, il fut à la fois ravi et déçu. Constance était muette dans l'amour. Il avait imaginé il ne savait quel chant du cygne, comme il s'était figuré que sa loge était une sorte de somptueux boudoir, tout rouge et tout doré. En tout cas, il l'avait possédée. Il se sentait apaisé. Une sensation très douce l'envahit, qu'il prit pour la torpeur de l'oubli. Tout est derrière moi, se dit-il, définitivement derrière moi ; et c'est si simple d'effacer un amour, j'ai pensé juste, l'autre jour à la Nonciature : détruire un feu par un autre feu.

Constance reposait près de lui. Elle avait ramené sur sa peau pâle les plis de son peignoir. Elle finit par trouver la position inconfortable et se releva. Avant de se tourner vers sa coiffeuse, elle lui adressa un sourire qu'il ne lui avait vu qu'une fois, à la *Désirade*, lors du jeu, quand elle avait su qu'elle avait vaincu Anna. Mais la proie, aujourd'hui, il lui semblait que c'était lui.

Il n'osa pas bouger. Il se sentait ridicule. Elle n'esquissa pas un geste de tendresse. Elle eut un seul mot pour le quitter, et les mêmes intonations méprisantes qu'à l'adresse d'Anna :

— Tu es jeune.

Elle avait prononcé *jeune* avec une volupté soudaine, comme si elle devait s'en repaître. Et elle alla se mirer dans sa glace avec quelque chose qui ressembla à un ricanement.

Il ne neigeait plus. Le ciel s'éclaircissait par la fenêtre ronde, il reprenait les teintes glaciaires qu'il avait eues dès le début de cet hiver précoce. En quelques instants, Trendy fut rhabillé. Devant la glace, Constance se maquillait. D'un seul coup, ses doigts chargés de fard s'arrêtèrent sur son cou. On aurait dit qu'elle avait distingué dans le miroir quelque chose d'inquiétant. Elle se retourna vers Trendy. Il était déjà à la porte. Elle se leva :

— Tu t'en vas ?

Il fit face.

— Est-ce bien le moment de rester ?

Il avait ricané, lui aussi. Elle parut surprise.

— C'est vrai, dit-elle.

— J'ai à faire, insista-t-il.

Il se faisait violence. Il ne savait pas où il en trouvait la force.

— Tu seras là, ce soir.

Elle ne questionnait pas. Elle continuait à ordonner.

— ... Tu seras là, à la place que je t'ai fait donner, et tu repenseras à ce que nous avons fait. A rien d'autre, entends-tu ? Ce que nous avons fait.

A l'écouter, il n'avait plus qu'une idée, le refaire, tout de suite. Mais le regard de Constance avait foncé, sa bouche, semblait-il, se gonflait, et ce n'était pas de gourmandise, mais d'un début de colère ou de peur, il n'aurait su dire.

Sa main effleura la sienne. Il eut un geste de recul. Il repensait à ce qu'avait dit Numance. Pourquoi moi ? se dit-il.

Je suis encore jeune, mais je ne possède rien, ni la richesse ni la puissance...

Son regard coula vers la gerbe noire et rouge offerte par le Commandeur. Elle se raidit :

— Tu ne m'écoutes pas ! Entends-tu, quand je chanterai...

Elle lui serra les poignets. Elle était de plus en plus dure, mais il sentit qu'elle tremblait.

— Oui, dit-il. Ce que nous avons fait.

— Souviens-toi, répéta-t-elle en desserrant son étreinte. De quelle façon...

— Tu as peur ? hasarda-t-il. Cette partition est vraiment si difficile ?

Elle blêmit :

— Je n'ai jamais peur.

— Tu trembles. Tu trembles comme l'autre jour...

Elle détourna son visage et s'assit devant sa coiffeuse. Elle piqua une à une ses épingles dans son chignon. A présent, c'était sa voix qui frémissait :

— Je tremble à cause de la beauté que je vais faire naître ce soir. Je n'ai jamais tremblé que pour la beauté.

Qu'elle fût émue devant lui parut à Trendy un cadeau du ciel. Il se rapprocha d'elle, posa ses mains sur ses épaules qui s'échappaient de la soie fuyante du peignoir :

— Parle-moi, dit-il. Parle-moi du chant. De ton chant.

A cet instant, elle eut vers sa gorge un geste imperceptible, puis ses yeux s'assombrirent.

— Je ne parle jamais. Je chante. Tais-toi. Va-t'en.

Puis elle reprit, plus doucement :

— Souviens-toi de notre pacte.

Le mot de pacte le fit frémir. Elle ne lui laissa pas le temps de lui en demander plus. Elle le repoussa vers la porte :

— Maintenant, va-t'en.

— Et pour te revoir ?

— Ce soir. Tu as reçu l'invitation ?

— Mais te revoir... Te revoir comme tout à l'heure...

— Je te ferai signe.

— Quand ?

Elle lui tourna le dos :

— On verra. On verra plus tard. Après.

— Après quoi ?

— Mais après le concert ! Allons, va-t'en.

Avant de refermer la porte, il distingua dans la grande glace son propre reflet. Il se trouva fatigué, amaigri. Ce n'était pas ce qui l'inquiétait le plus. Il avait le même air de chien battu qu'Anna, le soir où elle avait perdu contre la cantatrice.

Il voulut interroger une dernière fois le regard de Constance. Elle était retournée à sa coiffeuse. Il fut un peu rassuré. Elle n'avait pas l'air si victorieuse. Il referma lentement la porte. Il n'avait pas fait dix pas dans le couloir qu'il entendit, lente et solennelle, une voix qui s'élevait de la loge. Ce n'étaient pas des vocalises, c'était un lamento, un chant dont il s'étonna qu'on pût le pousser, aussi beau, aussi pur, sans aucune préparation.

Le couloir était désert. On n'avait pas encore débarrassé les gerbes. Il s'accroupit au milieu des fleurs et tendit l'oreille.

Il n'eut aucun mal à deviner ce qui se passait. La voix était maintenant accompagnée d'un violon. Elle provenait d'un disque, un microsillon ancien et qui grattait un peu. Malgré la mauvaise qualité de l'enregistrement, même pour qui ne connaissait rien à la musique, il était évident que cette voix était d'une pureté, d'une beauté incomparables. Elle modulait un air de *Turandot.* Ce ne pouvait être que celle d'Iris Van Braack. Sa voix sans vie, sans souffle, sans le frémissement de sa chair, sa voix conservée, figée dans les sillons d'un vieux disque, sa voix seule mémoire d'un temps évanoui. Elle passait la porte, inondait le couloir. Iris chantait à nouveau au cœur de l'Opéra. Elle chantait dans le temple, mais le dieu avait fui. Quel dieu ? Quel diable...

A nouveau, Trendy serra dans sa poche l'amulette de verre. Elle était bien là, et c'était surprenant, après les fougueux élans qu'il venait de subir. Je deviens superstitieux, Numance déteint sur moi, se dit-il. Et je vais être en retard à mon rendez-vous au Muséum. Il se mit à courir. Ce ne fut que dehors, dans le froid, qu'il s'aperçut qu'il avait oublié son écharpe chez la Cruzenburg, et, cette fois, il commença vraiment à avoir peur.

CHAPITRE XXII

Ce qui était agaçant dans cette histoire d'écharpe perdue, c'était que, sans elle, Trendy perdait tout son aplomb. Il ne se rappelait pas quand cette manie l'avait pris, mais il était persuadé qu'aller au Muséum sans s'envelopper dans son écharpe, c'était courir le risque d'être humilié par Drogon. Plus prosaïquement, il craignait aussi de prendre froid. Quand Bérénice lui avait parlé de la maladie, il n'y avait pas accordé beaucoup d'importance. Elle n'arriverait qu'aux autres. A présent, il n'était plus si rassuré. Il consulta sa montre. Il était en retard. Il n'avait plus le temps de repasser chez lui. Il arrêta un taxi. Dans la voiture, il repensa à Constance. Leur entrevue s'était mal terminée, mais, dans l'ensemble, le moment avait été agréable. Il ne sut pourquoi, il associa son image à celle de Ruth. D'où lui venait ce goût des femmes mûres ? Et n'avait-il pas été amoureux de la mère de Judith, un petit moment ? N'avait-il pas séduit Anna parce qu'elle était son amie ?

Il repoussa cette pensée. Il fallait tout oublier, maintenant qu'il y avait Constance. Et Ruth était au-delà du désir. Cependant il la revoyait, avec sa manière à la fois sensuelle et délicate, son inimitable façon d'aller vers les êtres et les choses, avec douceur, application et tendresse, sa façon de parler aussi, comme si les mots étaient cassables, la parole fragile. Un moment encore, tandis que la voiture passait la Seine, et ne pouvant détacher son esprit de son souvenir, il se demanda quelle était dans sa propre histoire la part de

Ruth Van Braack. C'était Drogon qui l'avait envoyé à elle. Lui, il n'avait rien demandé. Et voilà qu'une folie l'avait pris, reconstituer un passé perdu, qui n'était même pas le sien, et tournait à présent à la pure aventure. L'aventure à l'aveuglette, car de femme en femme il ne savait plus où il allait. Où était sa propre mémoire ? Une demi-heure encore, le temps d'en finir avec Drogon, et il en serait à jamais délivré. Plus de poissons. Plus de vertèbres, déformées ou non. Plus jamais de fossiles. Et ensuite ? Il n'en savait rien. Il ferait comme tout le monde, il attendrait la fin. Il continuait à espérer, toutefois, que ce fût dans les bras de Constance.

Les rues demeuraient vides. Il fut très vite arrivé. Dès les grilles du Jardin des Plantes commençait une contrée étrange, entièrement vouée à la conservation de la vie. Comme si la nature était immuable, soupira Trendy, figée une fois pour toutes dans ses espèces multiformes... Cette vocation s'affichait sur les murs du musée comme dans les sculptures du parc, où se mélangeaient les bustes des naturalistes célèbres et la figure des animaux les plus bizarres de toute la création. A bien y réfléchir, au cœur de la ville, le Muséum constituait une sorte d'aberration. Comme étaient aberrants les diplodocus, dodos et cœlacanthes empaillés qu'il conservait tant bien que mal sous sa verrière délabrée. Au moment où il franchit les marches du pavillon du directeur, Trendy se demanda comment il ne l'avait pas compris plus tôt. Il fallait qu'il se fût entièrement replié sur ses recherches, refermé sur ses squelettes, ses fiches, ses classifications à n'en plus finir de dentitions, branchies, vertèbres et nageoires. Mais c'en était fait. Il en aurait vite fini. Et commencerait une autre vie, la vraie. Tant pis si elle ne devait pas durer longtemps. Les autres, du reste, étaient logés à la même enseigne. Ces temps de fin étaient les temps des choix. Il choisissait le désordre. Jamais il n'aurait pensé que le chaos pût le remplir d'une telle ardeur.

Quand il fut introduit dans le bureau de Drogon, son bel enthousiame retomba. Le fauteuil du directeur était vide. Il resta un moment décontenancé. D'ordinaire, selon ce qui était devenu une sorte de cérémonial, Drogon l'attendait, le regard fixe, caressant lentement son crâne chauve et ramenant sur son front ses lunettes d'acier. Trendy repoussa le fauteuil que lui avait indiqué l'huissier et fit quelques pas dans la pièce.

Une immense cheminée ronflait derrière le bureau d'acajou. Elle jetait des lueurs rougeoyantes sur les portraits suspendus aux boiseries, ceux des professeurs qui s'étaient succédé à la direction du Muséum. Trendy nota que, malgré sa récente nomination, Drogon n'avait pas tardé à accrocher le sien. Certains de ses prédécesseurs avaient l'air débonnaire, d'autres, les plus nombreux, semblaient franchement cuistres. Drogon appartenait à cette dernière espèce. Sa vanité ne se démentait pas. Entre les oeuvres complètes de Linné et Cuvier, il avait déposé sa thèse, magnifiquement reliée de cuir rouge, et un exemplaire de son roman. Enfin, bien en évidence au milieu du bureau, il avait placé le livret de *Sansinéa.*

Trendy consulta sa montre. Drogon avait déjà dix minutes de retard. Son désir de rébellion s'exaspéra. Il songeait à partir quand, avec sa componction habituelle, Drogon fit son entrée par le fond du bureau.

Ce qui parut à Trendy le comble de l'outrecuidance, c'est qu'il était en blouse blanche. Dragon en blouse, qui peut-être n'avait pas touché un microscope depuis vingt ans, qui se contentait de signer les conclusions rédigées par ses protégés, autrement dit ses tâcherons, et lui au premier chef, Trendy, qui ne s'était pas méfié, ou s'était cru protégé par son hypocrite amitié. Trois mois plus tôt, l'eût-il appris, c'était toute sa vie qui s'écroulait. Mais Drogon le connaissait bien. Il avait prévu sa colère et le prit de court :

— Mon petit, vous n'allez pas me faire la scène du génie incompris et injustement pillé.

— Si. Justement si.

— Et en quel honneur ? Où est donc votre moitié de thèse ?

Trendy, non sans ostentation, déplia devant lui ses mains vides. L'autre souleva ses lunettes sur son front.

— Votre moitié de thèse, répéta-t-ii d'une voix blanche.

— J'ai pensé que ce n'était pas le jour. Vous devez être trop préoccupé, à cause de ce soir.

— Ma vie mondaine ne vous regarde pas.

— Mais si, pardonnez-moi, puisque vous utilisez mes travaux aux fins de briller dans les salons. J'ai appris que...

— Suffit, coupa Drogon. C'est moi qui vous ai fait. Entièrement fait. Vos séjours aux Galapagos, aux Kerguelen.

Vos spécimens rarissimes. Votre laboratoire. Bénissez-la, ma vie mondaine. Jusqu'à Mme Van Braack...

— Je vous l'ai déjà dit, il était impossible de travailler là-bas.

— La vérité, c'est que vous n'avez pas l'âme d'un chercheur, Florimont. Je me suis trompé sur vous. Les vrais chercheurs vont jusqu'au bout, en dépit de tous les obstacles. Moi-même, autrefois...

Du geste qui lui était familier, il se retourna vers les livres disposés derrière lui et effleura les volumes de sa thèse.

— Mais parlons net. Où en êtes-vous ? Qu'avez-vous rédigé ? Quelles sont vos premières conclusions ?

Trendy secoua la tête :

— Rien.

— Vous êtes fou !

— Non. Je n'ai rien fait.

— Enfin, vous avez travaillé, chez Mme Van Braack !

— Je sais que cela vous déçoit. Mais je n'ai rien.

— Vous abusez de l'amitié que j'ai pour vous !

— Vous n'avez pour moi aucune amitié.

Il avait du mal à prononcer ces mots, mais il s'obstina :

— Vous avez annoncé pour janvier une importante découverte sur la raréfaction des espèces maritimes. Vous l'avez présentée comme la vôtre. Vous avez même dit que vous l'aviez fondée sur l'observation du système vertébral. C'est mon sujet. Vous ne connaissez rien aux vertèbres, encore moins à leurs déformations. Vous, en dehors de vos huîtres et de vos romans...

Il n'aurait jamais cru qu'il était capable d'aller aussi loin. Il reprit souffle et poursuivit :

— Vous vouliez me voler.

Drogon enleva ses lunettes et les replia posément sur la table.

— Vous êtes jeune, Florimont, dit-il en le fixant de ses yeux d'acier.

Vous êtes jeune. C'était la même phrase qu'avait prononcée Constance. Elle l'avait dite avec avidité, Drogon avec reproche, méchanceté. Trendy ne comprenait pas. Lui, il se trouvait vieux. Ou plus exactement vieilli. Toutes ces maisons, ces femmes bizarres, la ville, le monde qui n'étaient plus les mêmes... Et Judith. Son nom lui revenait, pour la première fois depuis quelques jours, avec son cortège de souvenirs douloureux.

Encore une fois, il réussit à se dominer. Il soutint le regard du professeur. Il y eut un long silence. Trendy se força à le dévisager avec froideur. Cela devint rapidement difficile. Ici aussi refluaient les souvenirs. Comment se le cacher, il l'avait aimé, Drogon, aveuglément aimé. Il se rappelait son premier cours. Il n'avait pas dix-huit ans. Drogon l'avait ébloui. Il était peut-être vaniteux, malhonnête, mais c'était un orateur, un extraordinaire professeur. Il avait été sa seconde révélation après celle de la mer ; et, n'eût été Judith, il n'y en aurait jamais eu d'autre, il en était certain, il serait resté son fidèle, dévoué, zélé et aveugle assistant. Il s'étonnait maintenant de ne pas avoir subi ses avances. Il y aurait peut-être succombé. Mais pour ses amours Drogon devait préférer sans doute la scène mondaine, les artistes, les gens célèbres.

Le professeur devina qu'il reprenait l'avantage.

— Vous avez vu ce bureau, ces boiseries ? reprit-il. Belle pièce, n'est-ce pas ? Immense, et si chaude. Dès que je suis arrivé ici, j'ai redonné vie à cette cheminée. J'aime le feu. Et il fait si froid... On dirait une nouvelle glaciation qui commence...

Il fit quelques pas vers la fenêtre, contempla un moment le jardin couvert de givre, puis revint vers la cheminée où il se réchauffa les mains :

— Voyez-vous, je viens de faire installer mes fichiers. Dans les placards, derrière les boiseries.

Il saisit une clef dans sa poche et fit jouer la serrure d'un placard. Il était rempli de tiroirs. Drogon en tira vers lui quelques-uns, caressa les feuillets jaunis, puis referma l'armoire et la verrouilla avec soin.

— Mes chers fichiers, reprit-il. Nulle machine ne saurait en constituer de semblables. J'ai même des fiches de style, pour mes romans. Je relève dans tout ce que je lis les expressions qui me paraissent bien tournées. Et, comme je suis très prudent, je fais établir des doubles. J'ai même une copie de vos dossiers, Florimont. Donc si jamais vous ne m'apportez pas votre thèse...

Le reste se perdit dans un bourdonnement. Trendy ne se sentait même plus capable de colère. Il était abasourdi. Ainsi, depuis des mois, Drogon avait tout prévu. Il avait fait établir une copie de ses fichiers. Et il avait confié cette tâche infâme à un besogneux qui n'avait jamais rien découvert, un flatteur au petit pied, un parasite sans talent qui hantait son laboratoire. Il aurait dû s'en méfier. Mais Trendy était tranquille, en ce temps-là, le bonheur l'avait rendu aveugle.

Drogon continuait à discourir devant sa cheminée. Il avait jeté un bref regard à Trendy pour juger de l'effet de sa menace. Le voyant confondu, il poursuivit d'un ton qu'il voulut tendre :

— ... Ce qui manque encore à ce bureau, c'est un aquarium. Ce serait beau, n'est-ce pas, un grand aquarium près de la fenêtre ? Ah ! nos poissons, nos chers poissons. Me voici directeur du Muséum... C'est merveilleux, n'est-ce pas ? Non pas inespéré, mais merveilleux. Pour vous aussi, mon petit Florimont. A nous les crédits, les laboratoires. A présent, nous mettrons tout sur les poissons. Ils le méritent. Nous leur devons tout, vous le savez bien. La vie d'abord. Ensuite la gloire...

Trendy en eut le souffle coupé. Quand il parvint à se calmer, il lui demanda d'une voix sourde :

— Pourquoi m'avez-vous envoyé chez Mme Van Braack ?

— Ruth relie mes livres depuis des années.

Il se retourna vers la cheminée, saisit les volumes de sa thèse et la déposa sur le bureau. C'était bien le travail de Ruth, inimitable de soin.

Il marqua un temps d'arrêt, chaussa ses lunettes et reprit :

— Je la connais depuis fort longtemps. Ses reliures sont de pures merveilles. Et elle a tellement besoin d'argent ! J'espère maintenant que vous allez reprendre vos travaux. Ici, bien entendu, puisque vous n'avez pas supporté la maison de Mme Van Braack. Pourtant Ruth est si calme, d'ordinaire ! Il faut que vous soyez porté sur les femmes...

— Il ne s'agit pas de femmes. La maison voisine...

— Ne protestez pas. Constance m'a tout dit. La fille de Ruth vous a tourné la tête. Et puis vous vous êtes entiché d'une provinciale, Anna je ne sais comment... Voyons, Florimont, vous méritez mieux. Il faut toujours que je sois derrière vous. Pourtant je vous l'ai dit mille fois, la Science, mon cher, ne pensez qu'à la Science. C'est notre épouse légitime et notre seule maîtresse...

— Vous n'arrêtez pas de la tromper ! L'opéra, votre roman...

Drogon haussa les épaules :

— Mais j'ai ma thèse derrière moi, pas vous ! Et, je le répète, ma vie mondaine ne vous regarde pas. Vous ai-je demandé pourquoi, l'autre soir, à la Nonciature...

Trendy l'interrompit :

— D'où connaissez-vous Constance von Cruzenburg ?

— La voix de la Cruzenburg est à mes yeux la plus pure merveille de la création. Avec le squelette de la baleine, évidemment.

Trendy faillit observer que ce qu'il avait approché de la constitution de Constance ne laissait envisager aucune comparaison possible avec le genre cétacé. Il se retint à temps.

— D'ailleurs, ajouta le professeur en se rengorgeant, je n'ai pas à rougir du livret que je lui ai dédié. Pas plus que du reste de ma littérature.

— Certainement. Vous n'en êtes pas l'auteur.

— Je ne vous comprends plus. Vous, le meilleur de mes étudiants... Nous nous connaissons depuis si longtemps. Depuis toujours, ce me semble.

Il jouait la douceur. Il était difficile de lui résister.

— Mais tout est de ma faute, reprit-il. Je n'aurais pas dû vous envoyer chez Ruth. J'avais oublié qu'elle avait une fille. Et on aurait pu me prévenir qu'on rouvrait la *Désirade.* J'étais à l'autre bout du monde. Je n'en ai rien su. Je le regrette beaucoup. Mais que diable aussi êtes-vous allé vous mêler de ces histoires...

Il s'était accoudé à la cheminée. Le jour baissait. Sous cet éclairage affaibli, on ne voyait pas qu'il était chauve et il avait l'air brusquement rajeuni. Il lui rappelait quelqu'un d'autre, un visage qui l'avait retenu, il s'en souvenait maintenant, c'était à la bibliothèque, sur les photos, toujours aux côtés du Commandeur. Comme Drogon se baissait pour ranimer le feu, il eut la certitude que c'était lui, l'homme qui se tenait aux côtés du Commandeur sur le cliché des fiançailles. Drogon jeune, avec tous ses cheveux. C'était lui, aussi, il s'en souvenait maintenant, qui avait eu ce geste vers son bras, comme pour l'accompagner dans le mouvement qui le ramenait à l'ombre. Comme pour le détourner d'Iris.

— Vous les connaissez depuis longtemps, ces gens-là ? risqua Trendy. Ces histoires, comme vous dites. Le Commandeur...

— Qui se frottant au monde ne connaîtrait le Commandeur ?

— A vingt ans, lorsque vous disséquiez les muscles des huîtres, vous n'aviez pas le temps de vous frotter au monde.

Drogon se rassit.

— Je l'ai connu très jeune, figurez-vous. Nous fréquentions les mêmes écoles.

— Vous étiez là, du temps d'Iris Van Braack ?

Il ne répondit pas.

— Elle était belle, insista Trendy. Et quelle voix !

Drogon fit la moue et entreprit de chasser sur l'acajou du bureau une poussière imaginaire. A l'évidence, il était troublé. De question en question, Trendy sentait le courage lui revenir. L'interrogatoire commençait à lui plaire, comme l'embarras croissant de son professeur. Il se sentait l'âme d'un chasseur. Après Constance, il venait de trouver une seconde raison d'espérer. Il s'était mis en quête, le mot était fort sans doute, d'un mal originel. Il s'en rêvait le justicier. En dépit de toute logique, il se disait qu'il y avait un lien de Judith à Anna, d'Anna à Ruth, de Ruth à Iris, et au-delà, peut-être, d'Iris à une autre femme qu'il ne connaissait pas encore. Il continuait d'ignorer de quoi cette chaîne était faite, si c'était un nœud de passions amoureuses, une succession implacable de haines vipérines, ou le cheminement fatal d'une vieille malédiction. Il se refusait encore à basculer dans la déraison, mais en même temps il se disait que le vrai était peut-être à chercher dans l'invisible. Et, pour l'instant, il était sûr que Drogon avait partie liée avec l'histoire du Commandeur. Avec ce qui devenait de plus en plus l'histoire d'Iris.

Drogon releva les yeux. Ils s'étaient légèrement embués. Il reprit ses lunettes :

— Le Commandeur était un homme hors du commun.

— Il l'est toujours.

L'autre fit mine de ne pas entendre :

— ... Brillant, inventif. Tout lui était facile. Il avait déjà une telle fortune...

— Et Iris Van Braack ?

— Aucune comparaison possible. De toute façon, ça aurait mal fini. Mais je ne comprends pas votre intérêt pour tout cela. Des épisodes anciens, privés et provinciaux.

Il devenait sec. Il se leva. Trendy comprit qu'il cherchait à écourter l'entretien.

— Ces épisodes, comme vous dites, tourmentent encore Ruth Van Braack.

— On ne peut jamais tout effacer de son passé. Elle a dû souffrir.

— Iris...

— Allons, laissons cela. Le Commandeur, Iris Van Braack, ce fut un mariage stupide. Et la mort de cette petite chanteuse qui se prenait pour une diva n'est ni plus ni moins imbécile que les autres. Apparemment plus romanesque, c'est tout. Une noyade au bout du monde. Laissez là tous ces embrouillaminis autour d'une starlette du bel canto !

— Vous êtes injuste. Iris Van Braack chantait divinement !

— Mais non, voyons ! C'est une légende. Et puis elle aurait très vite cassé sa voix. Elle était ambitieuse, elle chantait trop souvent, elle s'attaquait à des partitions périlleuses.

— Je ne partage pas votre avis. Son chant...

Drogon s'arrêta dans son mouvement vers la porte et plissa les yeux sous ses lunettes. Cela ressemblait à un sourire. C'était le premier depuis le début de l'entretien :

— Où diantre avez-vous pu entendre Iris Van Braack ? A sa mort, son père a racheté et fait détruire tous ses enregistrements. Ceux qui ont échappé au carnage sont des pièces de musée. Je crois bien qu'il n'en reste que trois ou quatre. On en a enterré un au fond de l'Opéra, à côté de toutes les voix du passé. Encore le goût du romanesque. Pour les autres, personne ne se risque à les écouter, encore moins à les diffuser sur une quelconque radio. On dit que cette fille porte malheur... Vous avez dû vous tromper, mon petit Florimont. Vous avez rêvé, vous en avez entendu une autre. Il faudrait aussi que je fasse votre éducation en matière de musique. Mais nous avons pour l'instant d'autres chats à fouetter.

Trendy s'entêta :

— Je sais qu'elle avait une voix divine.

— Mais non, voyons ! Et si vous ne me croyez pas, allez le demander au Commandeur. Et posez-lui par la même occasion toutes les questions dont vous me fatiguez les oreilles !

Il le narguait. Il savait bien qu'on ne questionnait pas le Commandeur.

— Le Commandeur est à Paris, reprit Drogon. Il est revenu spécialement pour le concert de Constance. Ou bien, s'il vous fait peur, allez saluer Mme Van Braack. Elle est venue, elle aussi, avec son vieil amant. Un professeur fou d'opéra. Mais c'est vrai, vous devez le connaître. Demandez-lui, à ce Cornell, vous verrez, posez donc la question à Ruth. Et, par la même occasion, expliquez-lui pourquoi vous êtes parti de chez elle.

Il fut stupéfait. Le Commandeur était là, Ruth aussi. Et Judith ? La verrait-il, ce soir, à l'Opéra ? D'un seul coup, il était pressé de partir.

— Mme Van Braack sait parfaitement pourquoi j'ai quitté sa maison.

— Nous en reparlerons. Vous avez l'air fatigué, mon jeune ami. Revenez dans quinze jours, avec vos premières conclusions. Mais, cette fois, je n'admettrai plus la moindre dérobade. Ce sera votre thèse, ou la fin.

— Ce sera de toute façon la fin.

— Vous n'allez pas vous mettre à croire à ces fadaises. Je voulais dire la fin de votre carrière. Vous n'aurez plus qu'à repartir dans vos flaques, à étudier le lourd passé psychique de la crevette. Ou à écrire une thèse sur le naufrage de Christophe Colomb...

Comme il allait refermer la porte, il eut un dernier sursaut de vanité :

— Ah ! ce bureau, soupira-t-il en se redressant dans sa blouse blanche. Mais n'oubliez pas, Florimont, j'ai le double de vos fiches. Qu'allez-vous devenir, allons, mettez-vous à l'œuvre, ce n'est rien, vous verrez, et je vous ferai directeur du laboratoire, un jour c'est vous qui me succéderez dans ces lieux...

Comme chaque fois qu'il évoquait ses intrigues, on ne pouvait plus l'arrêter. Trendy renonça à le saluer. Il dévala l'escalier. La péroraison de Drogon le poursuivit de marche en marche. Il claqua la porte du pavillon et enfin il ne l'entendit plus.

Arrivé dehors, il eut envie, une dernière fois, de revoir le Muséum, et surtout les longues galeries où, depuis des dizaines et des dizaines d'années, on conservait les restes des plus étranges animaux, comme une immense arche de Noé, à ceci près qu'elle n'abritait que des squelettes et des bêtes empaillées. Il y fut en quelques instants. L'endroit était désert. Un jour blafard tombait par la verrière encrassée. On n'avait rien changé de l'ordonnance archaïque du musée ; et, malgré son délabrement, on n'y changerait jamais rien : on ne pourrait déplacer sans risquer de les perdre les dinosaures et les baleines. Comme égarés dans ce long boyau, les squelettes massifs des monstres oubliés semblaient tenter de remonter les millions et les millions d'années du monde dans une marche dérisoire. A côté, dans les vitrines, c'étaient des centaines de fossiles, de cartilages fragiles, les dents effroyables de certaines créatures marines, effilées comme des tranchoirs, qui ramenaient à des temps plus anciens encore, où le monde était muet, cruel et sans mémoire, l'époque de l'empire absolu des poissons.

Il sortit. Son laboratoire était tout proche, à quelques volées d'escalier, mais il n'avait pas envie d'y retourner, fût-ce pour quelques instants. Dans l'entrée du musée, il rencontra des gardiens somnolents, qui ne le reconnurent pas. Ils s'apprêtaient à fermer. C'est alors que Trendy eut l'idée de sa revanche contre son professeur. Le monde pouvait bien finir, Drogon n'aurait pas ses fiches. Rien ne se terminerait qu'il ne se soit vengé. Car il avait la clef du Muséum, bien mieux encore, c'était un passe-partout. On le lui avait remis il y avait des années pour qu'il puisse rentrer à toute heure, même en pleine nuit, s'il lui venait quelque inspiration. « Honneur insigne, avait dit alors Drogon, faut-il que je vous juge le meilleur de mes poulains ! » A l'heure qu'il était, il avait certainement oublié ce détail. La clef, Trendy en était certain, ouvrait tout dans le Muséum. Même le placard aux fichiers, derrière les boiseries du bureau de Drogon.

Il tâta sa poche. Le trousseau s'y trouvait. Il y avait réuni les clefs de son appartement, celle d'*Hauteclaire* et le précieux passe-partout. Il s'arrêta un moment pour réfléchir. Les gardiens lui jetèrent un œil étonné puis retournèrent à leurs serrures. Il ne pouvait rien tenter pour l'instant. Il fallait attendre la nuit, le moment propice, celui où il serait sûr de l'absence de Drogon. Il décida que ce serait ce soir, après le concert de Constance. Il souhaita plus vivement encore que ce fût un triomphe.

Comme il sortait dans le Jardin des Plantes, il fut pris d'un irrésistible fou rire. Ce n'était pas ce qu'il tramait contre Drogon. C'était ce que son professeur lui avait confié à propos de ses *fiches de style*. L'illustrissime Drogon ne devait l'élégance de ses publications qu'à une collection patiente et indéfinie de toutes les combinaisons de langage rares, surprenantes, astucieuses ou alambiquées. Selon sa méthode de naturaliste, il devait examiner ses trouvailles sous toutes les coutures, les noter, les hiérarchiser, enfin les classer et les conserver dans un gigantesque fichier. La Muse empaillée... Il était vraisemblable qu'il ne laissait, pour une fois, cette tâche à personne d'autre.

Trendy traversa rapidement le parc. Le temps s'était éclairci, mais le vent se levait, qui accumulait la neige en légers monticules. La nuit tombait et colorait la Seine d'une lumière rosâtre. Il n'arrêtait pas de rire, et il comprenait à présent pourquoi le rire et le mal faisaient si bon ménage. Ce qu'il projetait contre Drogon était une sorte de crime, car il continuait à l'aimer. Quoi qu'il en soit, c'était décidé, il le ferait.

Il retourna chez lui d'un pas allègre. Il s'efforça de faire le vide dans son esprit, de ne plus rien remuer de ce qui l'avait tourmenté jusqu'à ce jour, le Commandeur, Ruth, et même Judith. Ils seraient peut-être tous là ce soir. Et alors ? se dit-il. La grâce de la joie, c'était aussi de vivre dans l'instant. Et il n'avait pour l'heure qu'une seule idée en tête : il voulait se faire beau pour aller à l'Opéra.

CHAPITRE XXIII

La lune s'était levée, haute et brillante, bien pleine, comme sur les gravures des vieux livres. Depuis longtemps Trendy ne s'était pas senti d'aussi bonne humeur. Malgré la courte distance qui le séparait de l'Opéra, il avait décidé de s'y rendre à moto. C'était bon signe. Depuis son retour d'*Hauteclaire,* il n'avait pas sorti sa machine. Il y vit la marque de son ardeur retrouvée. Il recommençait aussi à se trouver de l'allure, la mèche au vent, à rouler dans le froid en tenue de soirée. Il avait ressorti de ses placards un très beau costume et un manteau de fourrure taillés exprès pour lui par un de ses amis, du temps de sa double vie entre les poissons et les nuits de musique. Double vie enfin close, car il avait eu la force de se dresser contre Drogon. Il avait choisi le parti de la nuit. Du moins s'en persuadait-il. Un doute l'effleurait encore. Il aurait bien voulu s'ouvrir à Numance du petit forfait qu'il tramait contre son maître... Quand il était rentré, il avait voulu engager la conversation avec lui, mais, pour une fois, le métis était pressé. Il sortait, lui aussi. A cause de la représentation de l'Opéra, *Nepthali's* avait fermé. Bérénice était libre. Numance allait la rejoindre à une soirée, en banlieue, avec d'autres Noirs qui étaient nés aux îles. Il avait l'air très fébrile. Dans ses explications embrouillées, Trendy crut comprendre qu'il allait passer la nuit à danser. Il n'insista pas. Il n'avait pas le temps, lui non plus.

Lorsqu'il arriva devant l'Opéra, la foule était énorme. Il eut du mal à ranger sa moto. Un long moment, il resta en retrait à contempler la scène. Une grande rumeur montait des marches. D'un seul coup, malgré le clair de lune, la nuit lui faisait peur. C'était une terreur presque enfantine, et à cet instant il regretta la mer. Les vagues lui manquaient, les éclaboussures et les midis marins, les grands vents, les tempêtes, les immenses lumières dont l'Océan était prodigue. Dans la mer, quels que soient ses abîmes et ses secrets, il avait toujours eu l'impression de voir clair. Ici, au débouché des venelles sombres qui filaient vers les Halles comme des rubans d'encre, qu'était-il d'autre qu'un marcheur aveugle, perdu dans l'hiver où se figeait le monde, égaré sous le Ciel, peut-être aux portes de l'Enfer, la nuit des temps et de l'univers ? A nouveau, la solitude lui pesa. Judith, que savait-elle de ce qui se préparait ? Que connaissait-elle de la mort, de la fin, de la perdition ? Tournait-elle toujours le dos à la mer ? Serait-elle ce soir à l'Opéra, dans ce théâtre où se refermait la ronde infernale de la *Désirade* ? Avait-on refermé la maison ? Vivait-elle toujours chez le Commandeur, à peindre ? L'avait-il enfermée, la retenait-il prisonnière ? Et vivait-elle encore ?

Si elle était morte, je l'aurais su, pensa-t-il. On me l'aurait dit, et Ruth n'aurait pas quitté *Hauteclaire* pour écouter un opéra. Il voyait mal ce qui avait pu pousser Ruth à venir jusqu'ici. Cornell, avec sa folie pour la Cruzenburg ? Mais à quoi bon se tourmenter ! finit-il par conclure. D'*Hauteclaire,* il ne voulait garder qu'une seule image, celle des mouettes noires qui avaient annoncé la tempête. A la bibliothèque, il avait lu que ces oiseaux descendraient sur la terre en immenses troupeaux pour annoncer la fin des choses et l'entrée dans l'ère du Verseau. Cela seul comptait, la fin. Plus de questions, jamais que le plaisir présent. Pas de futur, pas de passé non plus. Et Constance von Cruzenburg.

Il s'avança résolument vers le perron de l'Opéra. La garde policière avait été renforcée. Au vu de son invitation, on le dirigea vers un petit guichet, et il n'eut pas, comme les autres, à piétiner dans le froid. On se pressait en bas du grand escalier. Il s'enhardit. Il avait hâte de se mêler aux autres, de les copier dans leur cérémonieuse montée des marches, tandis que scintillaient sous les lustres les diamants, vrais ou faux, et les tissus lamés. Il faisait bon, et les senteurs aussi étaient agréables, celles des fourrures parfumées sur les épaules découvertes des femmes. C'était la même odeur qu'à la *Désirade*, la même aussi qu'à la Nonciature. Elle devenait son élément. Il se dit qu'elle valait toute l'écume du monde.

Du coup, il ne sentit guère l'attente, qui fut longue, avant le lever de rideau. Les quelques spectateurs qui ne pouvaient réprimer leur toux se gavaient de pastilles édulcorantes. Trendy avait été superbement placé. Autour de lui se pressaient des silhouettes célèbres. Il les détaillait l'une après l'autre. Il les trouvait toutes plus belles ou plus prestigieuses, il en était tout étourdi. Comme il s'y attendait, il aperçut Halphas, Peter Wall, Amy d'Argens, Barberini flanqué de sa voyante, et, à quelques rangs de lui, le groupe au complet des *Clavicules de Salomon*. Ils étaient restés semblables à eux-mêmes. Du reste, s'il y avait des signes à chercher, seule comptait leur présence, non plus leur apparence. Au bord d'une loge, Trendy reconnut Drogon, abîmé dans ce qui pouvait passer pour une puissante rêverie ou le trac du grand créateur. Il était si préoccupé de sa pose qu'il était clair qu'il ne voyait personne. Seul Sirius était absent.

Comme la salle était comble et que la rumeur grandissait, avec des applaudissements et des cris sporadiques, quelques personnalités de marque firent leur apparition dans les loges. L'ombre tombait sur la salle. A sa haute stature, il reconnut le Commandeur. Il était seul. Il s'était voûté.

Comme par réflexe, Trendy se mit à chercher Ruth. C'était trop tard. Déjà le rideau se levait. Devant un décor de voiles violets et rouges, une longue silhouette se déplia lentement. Un silence de mort retomba sur le théâtre. Elle s'avança et lança quelques notes dont l'aigu fit trembler les mélomanes les plus aguerris. C'était Constance. Elle chantait sans accompagnement. Puis un projecteur, dans la fosse, illumina Dräken. A son ordre, tandis que se profilait derrière les voiles la mâture d'un navire échoué, les instruments se déchaînèrent et l'on entendit pour la première fois le prologue de *Sansinéa*.

Lorsqu'on compulse les articles qui demeurent sur cette soirée, on est contraint de rejoindre, à peu de chose près, l'impression de Trendy : tout béotien qu'il fût en matière d'opéra, il trouva le livret exécrable, mais la musique était divine. Dräken avait donné là le meilleur de lui-même ; et de fait, cette œuvre seule fit passer son nom à la postérité. Elle frappa les esprits du temps, parce qu'elle était dans le goût du jour, et elle transporte encore les derniers amateurs de musiques anciennes, parce que Dräken avait tenté d'y mettre, au-delà des modes, le tréfonds de l'angoisse humaine. Le livret pourtant était des plus classiques. Sur une légende orientale, Drogon — ou Sirius — avait brodé une intrigue assez laborieuse. Autant que Trendy put comprendre, *Sansinéa* racontait l'histoire d'une pêcheuse de perles qui découvrait brusquement ses dons de magicienne. Elle faisait lever et calmer les tempêtes à volonté, échouer les navires ennemis, ressusciter les marins perdus. Elle n'usait son talent qu'à des fins bénéfiques. Le prince du pays la voulait pour épouse. Elle refusa d'abord, par coquetterie. Elle allait se résoudre à convoler, quand sa mère tomba malade. Sur son lit de mort, la malheureuse révèle à sa fille qu'elle a été la maîtresse du Diable : Sansinéa était née de leurs amours, et c'était là l'origine de ses dons fabuleux. Sansinéa lui demande alors de rencontrer son père. La mourante lui refuse la formule qui lui permettrait de l'invoquer. Les forces mauvaises contenues dans le corps de la jeune femme se déchaînent alors d'un seul coup. Elle refuse d'ensevelir le corps de sa mère, elle soulève une révolte contre le prince, elle ouvre un gouffre où elle précipite son vaisseau. L'entracte se situait à ces premières tempêtes. On en laissait présager d'autres encore plus effroyables.

On n'avait pas lésiné sur les décors. Il y avait des mers en fureur, le naufrage d'un vaisseau, des chevaux sur la scène, puis, quand la mère de Sansinéa revivait sa rencontre avec le maître des Enfers, un cataclysme de flammes et de fausses pierres. Ce ne fut pas, ce soir-là, ce qui émut Trendy. Le spectacle ne le surprenait pas, et il lui semblait que la salle partageait ce sentiment d'évidence. Qu'aurait pu jouer la Cruzenburg, sinon ce rôle d'une noire magicienne ? Qu'aurait pu composer Dräken, sinon cette musique oscillant sans cesse du grave à l'aigu, ces mesures haletantes, tourmentées, ces longs récitatifs où il avait mis toutes les peines d'un homme amoureux, et qui ne guérirait jamais de l'amour ? Et ce qu'avait écrit Drogon — ou son nègre — était bien dans la manière du prétentieux professeur : des déclamations sans fin, des phrases compliquées, des mots trop vénéneux et trop suaves en même temps, dont l'alliance était à la mode, trop à la mode : *Leurre de la musique, des saveurs, des parfums / Mensonge de l'amour, caprice des matins / Je suis le prince des bannis / le Révolté, l'Insoumis / Seul me séduit le Mal, seule me séduit la Nuit...*

La première partie du spectacle se termina sur ce qu'il devint convenu d'appeler le *Grand Air de la Perdition.* Quelques mesures d'orchestre avaient laissé présager un morceau de bravoure, le fameux duo entre la magicienne et le prince dont toute la presse s'était fait l'écho, par le relais d'indiscrétions savamment distillées. La Cruzenburg s'y opposait à un ténor de renom. Dräken abandonna ses musiciens et bondit dans un coin de la scène, où l'attendait un piano, échoué là comme par hasard au milieu d'un décor de falaises.

Dès ses premières notes, le ténor apparut résigné à sa condition de faire-valoir. La Cruzenburg lui fit face, toute frémissante, on ne savait de quoi, de colère, ou du souffle qu'il lui fallait prendre. D'ordinaire, elle était plus calme, tout lui venait comme sans effort. La salle frissonna. Elle attendait Constance. Elle partageait sa peur, elle attendait ce que les journaux avaient annoncé et qui n'était pas encore venu, le *Lever de l'Astre noir.* Ce soir, était-ce l'enjeu de la création, la Cruzenburg semblait souffrir. Elle paraissait plus petite dans sa robe de scène de velours à lourds rehauts de passementeries lamées. Elle avait les cheveux tirés en chignon, retenus, lui sembla-t-il, dans la même résille que ce matin, et d'où ses cheveux, sur le canapé, avaient lentement glissé.

Jusqu'à ce moment, Trendy l'avait vue sur scène comme une inaccessible étrangère. Déesse, certes, mais lointaine. La Cruzenburg, en somme, les deux mots disaient tout, le monstre sacré, la terrible diva. Il n'arrivait pas à comprendre par quel miracle il avait pu la tenir dans ses bras, il ne parvenait pas à superposer les deux images qu'il avait d'elle, la chanteuse costumée et fardée qui tenait la scène avec l'autorité du métier, et l'amoureuse muette de ce matin de neige. Il doutait même de l'avoir tenue dans ses bras. Ce ne fut qu'à cet instant, au moment où, dans un registre suraigu, Constance attaqua l'air, que Trendy se rappela ce qu'elle avait dit dans la loge. Le pacte, elle avait parlé de pacte. Mais quels mots au juste avait-elle prononcés, qui l'avaient fait trembler en même temps qu'elle les disait ? Il avait beau chercher, il n'y parvenait pas.

Le chant vint brusquement à son secours. *Tu te rappelleras ce que nous avons fait,* chantait Sansinéa face à son prince. *Et de quelle façon...* Mais cette chanteuse qui envoûtait la salle, était-ce bien la femme qu'il avait étreinte ? Celle qu'il avait voulue, plus qu'aimée... Il avait voulu Constance, il contemplait la Cruzenburg. Celle-ci n'était qu'une comédienne. Il avait beau faire, il ne la reconnaissait plus sous son maquillage, elle était tellement lisse, tellement *officielle*, c'était le mot juste, officielle, et cette robe aussi, ce décor. Il préférait sa maîtresse silencieuse, ou même la cruelle joueuse de la *Désirade* qui avait juré la perte d'Anna. Mais pourquoi n'aimait-il les femmes que pour leur vérité ? se demanda-t-il. Il était peut-être plus sage de les aimer pour leurs artifices...

La partition devenait de plus en plus périlleuse. Pacte ou non, Trendy ferma les yeux et se laissa aller à la musique. Autant que le chant de Constance, il écoutait le piano de Dräken. Il disait les blessures qu'aucune tendresse ne saurait panser, les malédictions de la jalousie, les instants magiques qui ne reviennent pas. Il revit la neige éphémère du matin tomber devant la fenêtre ronde, un corps se dévoiler entre les plis gris d'un peignoir, une main impérieuse guider son plaisir. Puis il s'abandonna au terrifiant déluge de sons imaginé par le vieux musicien. Son amoureuse n'était plus muette, il les entendait enfin, les cris de son amour fou, Constance l'aimait, le désirait, se tordait devant lui, se soumettait, le suppliait, expirait enfin.

Comme au matin, un déferlement de tonnerre l'arracha à son extase. C'étaient cette fois les applaudissements. Il resta un moment hagard. Puis il trouva la force de s'arracher à son siège, et il fit comme tout le monde : il sortit.

L'excitation, déjà, atteignait des sommets. On se répandait en commentaires. Ils étaient unanimes : hormis dans le *Grand Air de la Perdition,* la Cruzenburg ne s'était pas montrée au sommet de la forme. On se bousculait, on criait. L'assemblée de privilégiés à laquelle il appartenait n'était pas de reste dans ces débordements. Selon le regain de hiérarchie qui était bien dans l'esprit du temps, on dirigea les invités de marque vers l'un des foyers. Trendy suivait docilement la foule, quand il se trouva face à face avec la personne qu'il s'attendait le moins à retrouver ce soir-là : sa mère, Iris Spencer. Elle partit aussitôt d'un grand rire :

— Tu as laissé tomber tes poissons !

Puis elle lâcha le bras de son cavalier, un homme âgé d'assez belle allure, et bondit sur son fils.

— Tu n'as pas bonne mine, fit-elle quand elle l'eut embrassé. Tu as maigri. Mais tu es toujours habillé comme un prince. Dis-moi, cela fait un moment que je n'ai pas eu de tes nouvelles... Tu n'as même pas répondu à mes lettres ! Et quand je t'ai appelé, dans ton trou perdu, tu étais déjà reparti...

L'anglais cajoleur de sa mère le prenait toujours de court. Il resta sans voix. Ce qu'il avait vécu ne se résumait pas. Et ce n'était ni le lieu ni l'heure de se perdre en récits. Par bonheur, selon son habitude, Iris Spencer n'attendit pas sa réponse. Elle secoua ses épaisses mèches blondes d'un air désinvolte et le présenta à son ami, un certain Norman, un riche Américain, à ce qu'il semblait.

— Suis-je sotte, dit-elle. J'aurais dû me douter que tu serais là. Tout le monde est fou de la Cruzenburg. Tout le monde le devient, un jour ou l'autre. Nous sommes venus de New York rien que pour l'entendre.

— Je l'ai connue en meilleure forme, observa l'Américain. A Bayreuth, l'an passé... Et à Covent Garden, il y a six mois...

Il parlait avec le sérieux d'un mélomane averti, et peut-être l'était-il en effet.

— Tout de même, reprit-elle, ce grand air, tout à l'heure ! Elle a écrasé son malheureux partenaire. Et quelle beauté, quelle prestance... Sa robe doit peser des tonnes, elle est recouverte de fausses pierres, et elle la porte comme si c'était un déshabillé ! Elle qui s'habille toujours de simples tuniques noires...

L'Américain était intelligent : tout novice qu'il fût dans la vie d'Iris Spencer, il avait déjà compris qu'il ne fallait pas la contrarier.

— Attendons la suite, conclut-il philosophiquement.

Trendy marmonna une approbation. Son embarras grandissait. Il n'aurait pas su dire s'il était heureux ou non de retrouver sa mère. Elle n'avait pas changé. Elle avait gardé son habituel parfum de luxe, de palaces et d'amours éphémères.

Elle paraissait gaie, pleine d'entrain, elle était élégante, belle encore, même si sa beauté se fanait un peu. Du plus loin qu'il se souvienne, ses retrouvailles avec elle avaient toujours eu ce côté emprunté. Cependant il ne se rappelait pas d'avoir été aussi troublé. Etait-ce la présence de l'Américain, il avait envie de tourner les talons.

Il évita son regard amusé. La foule s'éclaircissait peu à peu. Il cherchait un prétexte pour s'éloigner. Il allait lui demander l'adresse de son hôtel, lorsqu'il vit, tout près de lui, passer le Commandeur. Il continuait d'être seul. Il était habillé exactement de la même façon qu'à la première soirée. Il avait choisi la même canne. Mais ses cheveux grisonnaient davantage, et il semblait que son teint — étaient-ce ses cernes qui s'étaient creusés ? — s'était assombri. Il passa lentement devant l'escalier. Il avait le regard lointain, comme s'il ne voulait parler à personne. Et, de fait, sur son passage s'était creusé le vide.

La surprise de Trendy n'échappa pas à sa mère :

— Tu le connais ? fit-elle. Où l'as-tu rencontré ?

Il demeurait interdit.

— C'est donc vrai, ce qu'on m'a dit hier, reprit-elle d'une voix plus sourde. Le Commandeur a beaucoup baissé.

— Il est insomniaque, intervint l'Américain. Et, il y a peu, il s'est disputé avec la Cruzenburg. On dit qu'ils sont fâchés. Ils avaient commis l'erreur de prendre des vacances ensemble.

— Elle n'est certainement pas sa maîtresse, observa Iris. Il n'aime que les jeunes femmes. Elle aussi, dit-on. Et quelquefois les jeunes gens.

— Elle aime beaucoup les jeunes gens, corrigea l'Américain. Elle se nourrit du sang violent de la jeunesse ! Qui pourrait lui donner tort ? L'opéra est un art difficile. Il aime la force et la puissance. Il faut les prendre où ils se trouvent.

Iris Spencer sortit de son sac un petit fume-cigarette. D'un seul coup, elle parut nerveuse.

— D'où tenez-vous ces potins, Norman ? fit-elle en se tournant vers son compagnon.

— Quand on est fou d'opéra, on s'intéresse aussi aux coulisses.

Elle alluma sa cigarette. Un long silence s'installa. Trendy, enfin, trouva la force de le rompre :

— Et toi, d'où le connais-tu, le Commandeur ?

Elle soupira. D'un seul coup, elle accusa son âge.

— De l'histoire ancienne. Tu n'étais pas né. C'est un homme dangereux.

Elle semblait vraiment lasse. A l'évidence, le sujet la rebutait. Elle ajouta pourtant, l'air ému, en ébouriffant ses cheveux avec un sourire nostalgique :

— Dangereux pour les jeunes filles. Seulement pour les jeunes filles... Moi, j'étais une Spencer. C'est-à-dire réaliste et délurée !

Il eut un subit accès d'humeur.

— Une folie de plus que tu romances après coup !

— La folie, mon cher enfant, c'était de résister au Commandeur. Je l'ai fait. L'une des rares !

Elle tirait de plus en plus fébrilement sur son fume-cigarette.

— Il est dans le cinéma, poursuivit-elle. Il est richissime.

— Ce n'est un secret pour personne.

Elle fit la mondaine, à ses dépens, comme d'habitude.

— Je vois que tu as lâché tes poissons ! C'est dommage. C'était amusant d'avoir un fils entouré de paperasses et de microscopes. Le Moby Dick du squelette de baleines...

— Je t'ai dit mille fois que les baleines n'étaient pas des poissons !

— Je m'en moque. Jamais je n'aurais imaginé que les poissons te mènent au Commandeur.

— Et toi, qui t'a menée à lui ?

Elle égrena ses diamants sur sa robe du soir. Elle n'avait pas changé, c'était vrai, elle était toujours aussi mince, aussi droite. Il n'y avait en elle que ce début de lassitude.

Il eut peur, soudain. De sa vie, il l'avait si peu vue ! Et tellement évitée, à cause de tous les hommes dont elle ne cessait de s'entourer. Avec ses poissons, il avait cru pouvoir l'oublier.

Iris Spencer eut un nouveau soupir.

— C'est de l'histoire ancienne. Je n'aurai pas le temps de raconter. Je déteste le passé. Quand j'en parle, j'ai l'impression d'évoquer des fantômes. Et puis est-ce bien l'endroit...

L'Américain apporta à Trendy un secours inespéré :

— Mais si, ma chère Iris. A l'Opéra rôdent toujours des fantômes. C'est l'une des demeures préférées du Diable. Et songez à toutes ces voix défuntes qui dorment au fond de ses caves, à y attendre une improbable résurrection...

Iris se tourna vers son fils. Elle souriait. A cet instant, elle ne se moquait plus de lui, mais d'elle-même.

— Nous devrions nous voir plus souvent. J'en ai, des histoires, à te raconter. Le Commandeur...

Elle secoua la cendre de sa cigarette.

— Un drôle de nom, n'est-ce pas ? En fait, son vrai titre, c'était le Commodore.

— Le Commodore ?

— Il me l'a expliqué, c'est un titre de la marine hollandaise. Il devait le tenir d'un de ses ancêtres. Sa mère était créole. Toute sa famille venait des mers, des îles. Il m'a raconté beaucoup de choses quand je l'ai rencontré. Il était très triste, à ce moment-là, il parlait beaucoup. Il avait eu un deuil. Il était veuf, je crois. Sa femme était cantatrice. Il a toujours adoré l'opéra. Elle s'est noyée quelques semaines après son mariage. Il rapprochait toujours cette mort de celle de sa mère. Il l'adorait, elle aussi. Les deux femmes devaient se ressembler. Pourtant, elle était morte quand il était tout petit et on m'a dit plus tard qu'elle était folle. Elle avait émigré en Europe avec une fortune énorme dont il a hérité. J'étais très jeune, à l'époque, cette histoire m'a beaucoup frappée. Il voulait me lancer, comme il disait, il me promettait la lune. Mais j'ai résisté. J'ai eu du mérite. Personne ne savait encore qu'il détruisait les femmes. Il commençait tout juste à s'intéresser aux actrices. Je dois t'avouer que je n'avais pas besoin de lui. J'étais déjà très connue. Et j'avais de la fortune. Plus que lui peut-être.

Un moment, elle resta pensive, passa et repassa sa main sur ses diamants :

— Je crois que je lui plaisais beaucoup. Et c'est l'un des hommes les plus séduisants que j'aie jamais rencontrés. Un beau *fin de race.*

Elle semblait aux aguets. C'était ainsi chaque fois qu'elle parlait de sa jeunesse, et elle avait toujours ce geste-là, comme pour dissimuler les premières marques de l'âge. Elle partit brusquement d'un rire de petite fille, trop cristallin pour être naturel :

— Mais nous vieillissons tous ! fit-elle en se retournant vers l'Américain. Il faut en prendre son parti. Mes rides sont des souvenirs de voyage.

A cet instant, avec sa blondeur et ses yeux bleu-vert qui riaient un peu faux, elle ressemblait à Ruth. Mais Ruth sans la lenteur, le calme, les silences. Et la gaieté en plus, la volonté de gaieté.

— Le Commandeur, dit-elle, si je m'attendais à le retrouver ce soir... Je l'ai revu de loin en loin, dans des soirées. Nous avons échangé quelques mondanités. Chaque fois j'ai béni le Ciel de lui avoir résisté. Il m'aurait rendue folle, comme toutes les autres. Des années qu'il mène ce petit jeu. C'en est devenu une légende. Il prend une fille sous sa coupe, une jeune actrice, la plupart du temps. Dès qu'elle est amoureuse, il la porte au zénith, puis il la détruit, méthodiquement. On n'a jamais compris pourquoi. C'est contre ses intérêts, puisqu'il produit des films dont elles sont les vedettes. Et avec quel talent ! Moi, j'ai préféré m'enfuir. Et pour qu'un homme me fasse fuir...

L'Américain se força à sourire. Il était vraiment très amoureux.

— J'étais trop capricieuse, enchaîna Iris Spencer. Le Commandeur a dû le sentir. Il n'a pas insisté. S'il avait insisté...

Elle se fit grave, tout d'un coup :

— Après tout, je n'ai pas de regrets. Il était incompréhensible, tortueux, il avait quelque chose de double, cet homme, comme des forces contraires qui se battaient au fond de lui. C'était fascinant, même si on savait qu'en lui cédant on courait à sa perte. En un rien de temps, comme par miracle, il pouvait tout donner à une femme. Et le retirer. Tous les coups lui semblaient permis.

Le mot était fort, dans la bouche de sa mère.

— Tout lui a réussi, observa Trendy.

Elle écrasa brusquement sa cigarette.

— Je n'aurais pas voulu de sa réussite pour un empire.

— Mais Constance von Cruzenburg...

— La Cruzenburg est une exception, intervint l'Américain. Est-elle seulement capable d'aimer ?

Iris Spencer eut une moue, secoua ses mèches blondes :

— Le Commandeur portait malheur aux femmes.

D'un seul coup, Trendy remarqua qu'elle parlait au passé :

— A t'écouter, on croirait que le Commandeur est un homme fini.

— Qu'est-ce qui n'est pas fini, en ce monde... Et puis tu as vu, il est seul... C'est bien la première fois ! Le Commandeur ne sortait jamais seul. Il avait toujours une nouvelle femme à son bras. Parfois, on aurait dit que c'était sa seule ambition. Son unique raison de vivre. Il mettra peut-être autant d'énergie à sombrer. Allons, soyons plus gais. As-tu entendu parler de cette histoire de fin du monde ? Ils en sont fous, en Amérique, bien plus fous encore qu'ici. Dans le genre sinistre, hélas ! Toutes les sectes courent les rues et annoncent les supplices de l'Enfer. A Paris, au moins, on s'amuse. Mais soyons pratiques. Cette catastrophe est prévue pour la Saint-Sylvestre, au plus tard.

— J'ai lu que c'était ce soir.

— A cause de la Cruzenburg ? intervint l'Américain. Apparemment, son contre-ut n'est pas près de décrocher le grand lustre...

— Mais peut-être le plafond va-t-il s'écrouler après l'entracte ! reprit Iris Spencer. Ce ne serait pas la fin du monde, seulement celle de l'Opéra !

— Pour nous, ce serait tout comme, repartit son compagnon.

Elle ne l'écoutait pas. Elle s'était blottie contre son fils. Elle se mit à jouer les amoureuses :

— La fin du monde, quelle jolie idée, n'est-ce pas ? Il faut que nous nous revoyions absolument avant. Pour parler de toi. Toi et moi... C'est tellement rare. Et si c'est la dernière fois, il faut absolument que je te raconte ma vie. Pour que tu passes l'enfer à écrire mes Mémoires !

Elle éclata de rire. Elle était bien la seule à plaisanter sur la question. Elle n'avait peur de rien, décidément, ou elle faisait semblant. C'était parfaitement réussi. Son Américain lui-même en restait coi.

Trendy lui donna rapidement rendez-vous pour le lendemain, à son hôtel. Il balbutiait, il tremblait de partout. Tout ce que sa mère lui avait dit du Commandeur l'avait inquiété.

Iris Spencer s'éloigna rapidement, mondaine à souhait, avec ses petits saluts habituels, rieurs et désinvoltes. La foule se referma sur elle. Il faisait de plus en plus chaud. Il avait besoin d'air. Il essaya de gagner l'escalier. On le bouscula. Il parvint à franchir quelques marches, puis se retrouva coincé contre la rampe. Il allait se résigner à remonter, quand il reconnut, quelques degrés plus bas, le beau visage raviné de Malcolm Cornell.

Trendy ne marqua aucun signe d'étonnement. La rencontre avec sa mère avait épuisé ses capacités de surprise. Le professeur lui apparut comme une bénédiction. Il se mit aussitôt à l'appeler. Il fallait crier. L'autre finit par l'entendre. Il se retourna et hocha la tête. Lui non plus, la présence de Trendy ne le surprenait pas.

— Venez, répéta Trendy, remontez. Il faut que je vous parle.

Non sans difficultés, ils parvinrent à se rejoindre et à se dégager de la foule. Trendy l'attira vers un petit foyer qui semblait plus calme, une pièce aux murs ornés de grandes glaces qui réfléchissaient les silhouettes à perte de vue.

— Où est Ruth ? demanda d'emblée Trendy.

— Elle est fatiguée. Au dernier moment, elle m'a dit qu'elle n'avait pas la force de venir. Elle est restée à l'hôtel.

Cornell eut un moment d'embarras. C'était peut-être son smoking, où il se sentait mal à l'aise, ou l'absence de sa pipe.

— Elle n'est pas bien, depuis quelque temps. Elle a pris sa maison en grippe. Elle est venue vivre quelques jours chez moi. Ce n'était guère mieux. Alors, comme j'avais projeté de venir écouter la Cruzenburg, que j'avais réussi parmi les premiers à obtenir des billets, j'ai pensé que c'était une occasion de la distraire. Mais vous voyez, au dernier moment...

— Constance ne doit pas lui rappeler de très bons souvenirs. Lorsque Anna Louvois...

Malgré lui, il parlait de la cantatrice comme d'une intime et d'Anna comme d'une étrangère. Il craignit que Cornell ne l'eût senti. C'était trop tard.

— Ce n'est pas la mort d'Anna, coupa-t-il.

— Alors c'est...

Il bafouillait. Le nom de Judith ne passait pas ses lèvres.

— Judith ? Mais Judith lui a écrit mille fois, à sa mère, elle lui a expliqué qu'elle a besoin d'être là-bas pour peindre, besoin pour le moment, pour un temps, et même si c'est dangereux. Je ne cesse de la défendre, de répéter à Ruth que sa fille a besoin de ce danger pour créer, qu'elle est forte, qu'elle n'a peut-être jamais aussi bien peint... La création est une passion. Comme toutes les autres, elle se nourrit de silence, elle trouve sa puissance dans la force du secret. Ruth ne veut pas l'admettre. J'ai beau tenter de la convaincre, de lui expliquer que ce n'est qu'un passage, une crise, que c'est la marque d'une véritable artiste, elle résiste à tous mes arguments. Elle n'est pas loin de penser que sa famille est victime d'un mauvais sort, d'une magie noire, d'un acharnement diabolique.

— C'est la mode. Et pourquoi pas ? La *Désirade* n'est pas très rassurante.

— Judith n'y vit pas seule avec le Commandeur. Il y a Sirius. Il n'en bouge pas.

— Souvenez-vous de la soirée là-bas. Que le Diable y ait sa part...

— Les plans du Diable sont faits de toute éternité, mais de toute éternité aussi les hommes sont libres de les refuser. Judith est partie à la *Désirade*, personne ne l'y a forcée.

— Personne non plus ne l'en a empêchée.

— Qui le pouvait ?

Trendy eut un mouvement d'agacement :

— Elle est jeune.

— Vous aussi.

— Mais le Commandeur...

— Le Commandeur n'est pas Satan, et Judith n'est pas une innocente ! Tout juste un peu voyante, un peu médium, sans doute, comme sa mère, autrefois. Remarquez que j'ai été étonné, le jour où Anna...

— Ne parlez pas d'Anna.

C'était à son tour de parler avec sécheresse, il ne pouvait plus réprimer son angoisse, une douleur aussi violente qu'elle était cachée, et qu'il fallait bien se résigner à nommer jalousie. Il revoyait passer le Commandeur, il se souvenait de son déchirement. Où était son visage rayonnant de naguère, la force flamboyante de ses photos, et ce port qu'il lui avait vu deux mois plus tôt quand il l'avait rencontré pour la première fois à la *Désirade* ? La souffrance recommençait à se creuser en cet homme, un mal que Trendy reconnaissait pour l'éprouver lui-même, pour sentir revenir ce poinçon qui le torturait depuis son retour d'*Hauteclaire*. Dans la solitude du Commandeur, dans la façon distante dont il portait sa peine, il ne pouvait s'empêcher de retrouver la marque de Judith.

Dans un mouvement maladroit, Cornell crut bon de poser la main sur l'épaule de Trendy :

— Vous savez, Judith est forte. Même si elle et le Commandeur... Je me suis acharné à le démontrer à Ruth. Elle ne veut pas m'écouter. Il y a en elle quelque chose que je ne comprends pas. Comme un obstacle insurmontable. Quelque chose qu'elle s'obstine à me taire.

— Ces vieilles histoires. Ce passé dont elle ne veut pas parler.

Ce fut au tour de Cornell de paraître abattu. Il lâcha l'épaule de Trendy :

— C'est juste. Je sais maintenant que Ruth ne m'a pas tout dit. Dans n'importe quel destin, il y a toujours une cause première. Une lignée, des ancêtres, un enchaînement de causes. Les connaît-elle seulement ? Dans ces conditions, il vaut mieux tourner la page. Je vous l'ai dit, depuis votre départ, elle s'est mise à détester sa maison. Je lui ai proposé de me suivre en Amérique. Là-bas, j'ai un bateau, une villa au bord de la mer. Elle élude, elle remet, elle joue les Pénélope. En vérité...

Il détourna son visage, mais, dans le reflet de la glace,- Trendy vit bien qu'il serrait les mâchoires :

— En vérité, je ne suis plus pour elle qu'un compagnon de peine. Je partage ses angoisses, mais je n'y peux rien.

Il n'osa pas dire qu'elle ne l'aimait plus. Il ajouta seulement :

— Aimer ses enfants, c'est simplement suivre sa pente. C'est ce qu'il y a de plus facile.

Il chercha machinalement sa pipe et ne la trouva pas.

— Et vous, vos poissons, Trendy ? reprit-il sur un ton plus convenu. Où en êtes-vous ? Savez-vous que votre professeur est l'auteur du livret de *Sansinéa ?*

— Je le sais.

Cornell l'observa d'un air intrigué :

— Ruth m'a dit que vous aviez laissé vos papiers à *Hauteclaire*, toutes vos notes, vos échantillons...

— Oui, justement. Dites à Ruth qu'elle ne laisse personne y toucher. Personne, entendez-vous. Même pas Drogon. Surtout pas Drogon.

— Drogon ? Mais pourquoi voulez-vous... Ruth prétendait que vous n'alliez pas tarder à revenir, qu'elle ne pouvait pas partir à cause de vous. Elle a fini par m'avouer que vous aviez gardé la clef d'*Hauteclaire*.

— C'est vrai. Mais on ne sait jamais. Jurez-moi. Prévenez Ruth.

Cornell lui jeta un regard perplexe. L'excitation soudaine de Trendy le prenait au dépourvu. Une seconde fois, il chercha sa pipe.

— Je le lui transmettrai, finit-il par lâcher. Il vaudrait mieux pourtant que vous le lui disiez vous-même. Nous sommes ici pour quelques jours. Elle vous aime beaucoup, vous savez. Venez la voir. Je suis sûr que votre visite lui rendrait un peu de joie.

Il chercha dans son portefeuille l'adresse de leur hôtel.

— Venez nous voir. Appelez-nous, un matin. Nous repartirons la semaine prochaine. Comment avez-vous trouvé la Cruzenburg, ce soir ?

Trendy avait complètement oublié la cantatrice. Les yeux de Cornell fouillaient les siens. Pour dissimuler son embarras, il eut à son tour un geste machinal. Il sortit de sa poche le trousseau où il avait réuni ses clefs. Il n'y trouva que celles de son appartement. Cornell le vit blêmir :

— Vous avez perdu quelque chose ?

— Non. Je m'assurais seulement que j'avais bien mes clefs.

— Ce soir, poursuivit le professeur, je ne reconnais pas tout à fait notre diva. A part dans le duo final. On dirait... On dirait qu'il lui manque quelque chose, ce surcroît de puissance qui a assuré sa gloire. Mais attendons la suite. L'opéra de Dräken est sublime, mais difficile. Et nous vivons une époque bien étrange. Ces rumeurs de fin...

— Vous y croyez, à présent ?

— Ruth n'arrête plus de les ressasser. Elle spécule sur les jours, sur les nombres. Elle fait comme tout le monde, en somme.

— Et pourquoi pas, après tout ? Vous ne croyez pas que nous avons trop fait confiance à la raison ? Il y a l'invisible, l'inexpliqué... Et cette maladie...

A ce seul mot, le visage de Cornell se ferma. Comme tous les autres, il avait du mot seul une crainte superstitieuse.

— Je crois surtout que nous nous sommes mis à croire à la fin parce que nous sommes malheureux, répondit-il. Ruth y croit parce qu'elle souffre. Parce qu'elle est persuadée de son échec. Nous sommes presque tous dans le même cas. Nous sommes devenus une civilisation malheureuse et sans force. Il est plus facile d'attendre je ne sais quel châtiment, je ne sais quelle révolution astrale, plutôt que de sortir quelque chose de notre douleur. Et voilà pourquoi nous nous remettons à croire à Satan.

Il reprenait ses sempiternelles considérations philosophiques. D'un instant à l'autre, il citerait la nuit du Moyen Age, il argumenterait sur les dieux de l'obscur, il remonterait une fois de plus aux démons de Babylone.

— Nulle part on n'échappe au Diable, poursuivait-il. Ici moins qu'ailleurs. Regardez ce plafond. C'est notre mythologie familière. Pour nous convaincre qu'il existe, si d'aventure nous nous mettions à douter.

Trendy leva les yeux vers les fresques que lui désignait Cornell.

— Des salamandres. Des oiseaux de nuit. L'univers noir des démons. Le Diable est souvent sordide, mais il sait aussi se marier avec la beauté. Pourvu que l'or et la puissance soient prévus au contrat...

Trendy ne l'écoutait plus. Il pensait à ses clefs. Il ne comprenait pas comment il avait pu les perdre. Où diantre avait-il pu les égarer ? Par quel mystère avaient-elles pu se séparer des autres ? Il s'efforça de réfléchir posément. Ce soir, lorsqu'il était rentré, Numance lui avait ouvert la porte. Il n'avait donc pas eu à les chercher. Or lorsqu'il s'était changé, il en était sûr, il avait enfoui dans sa poche, à côté de l'amulette du métis, un seul et unique trousseau.

Il comprit d'un seul coup d'où venait son erreur : il s'était persuadé qu'il avait réuni les deux jeux de clefs. En fait, quelques jours plus tôt, il y avait songé, à cause de la ressemblance des deux clefs, et surtout de l'extrême légèreté de leur métal. Elles tombaient sur le sol avec une sorte de tintement insolite, indéfinissable.

Brusquement, un éclair se fit dans son esprit : c'était le même bruit que celui des épingles à cheveux de Constance. S'il avait perdu ses clefs, ce ne pouvait être que dans sa loge, ce matin. Dans sa loge et sur son canapé.

Cornell remarqua qu'il était préoccupé. Il s'interrompit, l'observa un moment et abrégea ses considérations :

— Mais je vous ennuie, je vous fais un cours. Nous ferions mieux de regagner nos places. L'entracte a déjà beaucoup duré. Et cette foule...

Trendy ne se fit pas prier. Il était heureux d'avoir revu Cornell, mais il ne pensait plus qu'à ses clefs. Il prit aussitôt congé :

— N'oubliez pas, pour Ruth, insista-t-il. Vous m'avez juré.

Cornell acquiesça. Dès qu'ils furent sortis du foyer, la foule les sépara. Il eut seulement le temps de voir que Trendy ne regagnait pas le théâtre. Il allait en sens inverse, il prenait l'escalier, il sortait, et sa hâte était telle qu'il bousculait les dignitaires et les femmes du monde qui faisaient obstacle à sa course éperdue.

Par il ne savait quelle distraction ou quelle étrange superstition, Trendy avait gardé sur lui son laissez-passer. Il n'eut aucune peine à se faire indiquer le chemin des coulisses. La sonnerie grésillait dans tout l'Opéra. L'entracte était fini. Il arriva en peu de temps à la loge de Constance. Le couloir était désert. Il lui parut plus gris, plus sinistre que le matin. A son extrémité, la chaise cassée était toujours là, condamnant l'escalier en colimaçon. La porte de la loge était entrouverte. Il entendit des voix de femmes qui bougonnaient. Il tendit l'oreille. C'étaient deux costumières. Elles renchérissaient de plaintes au sujet de la cantatrice. « Elle, toujours si calme, si distante... On ne l'a jamais vue se mettre dans une colère pareille... Le malheureux chef d'orchestre, il en a pris autant que nous. Elle n'a voulu voir personne, même pas l'auteur du livret. Et pourquoi nous a-t-elles mises à la porte au moment où elle se maquillait... »

Il ne se souvint pas combien de temps il resta ainsi, guettant des bribes de paroles, attendant le moment propice, et désespérant qu'il arrivât jamais. Il continuait d'entendre le babillage des costumières, le bruit mat et régulier de leur fer à repasser. Parfois, par vagues, rediffusée par de petits haut-parleurs dans les couloirs et les loges, la musique enflait et couvrait tout. Cela pouvait s'éterniser sans qu'il pût jamais pénétrer chez Constance. Enfin il vit la porte s'entrebâiller.

— Il faut nous dépêcher, dit l'une des deux femmes. La robe est restée au quatrième étage. Tu es bien sûre que je me suis trompée ? Ce serait une nouvelle catastrophe...

La fin de la phrase et la réponse de sa comparse furent couvertes par une sonnerie de trompes, puis, venant de la scène, la voix de la Cruzenburg s'éleva. Les costumières se mirent à courir vers l'autre extrémité du couloir. Trendy se jeta dans la loge. Tout y était sens dessus dessous, les dernières gerbes que la diva avait reçues, le peignoir gris, ses longs gants parfumés, les faux bijoux qu'elle portait sur sa robe de scène. Les fards et les flacons étaient éparpillés sur la coiffeuse, parfois renversés. Au milieu de ce désordre, Trendy reconnut son écharpe. Elle était lacérée. Il s'en saisit. La colère s'empara de lui. Qui avait pu s'en prendre si férocement à un aussi beau tissu ?

Mes clefs, se dit-il, il me faut d'abord mes clefs. Il courut au canapé, chercha sous le meuble, souleva l'indienne légère qu'on y avait déposée, inspecta le plancher. Il ne trouvait rien. Mais il avait bien entendu ce bruit métallique. Etait-ce seulement celui des épingles à cheveux ?

Le doute le prit. Savait-il au juste ce qu'il faisait, depuis quelques jours ? Il revint à la coiffeuse. Il n'avait plus guère de temps devant lui. Les deux costumières n'allaient pas tarder à revenir. Dans sa fièvre, il se mit à ouvrir un à un les tiroirs de la coiffeuse. Ils étaient remplis de boîtes à fards, à poudre, de flacons, de boîtes bizarres. Parmi eux, il y reconnut, en grande quantité, la drogue dont la vogue avait été si grande quelques années plus tôt. En dépit de l'usage excessif que semblait en faire la cantatrice, il n'y avait là rien que de très banal. Lorsqu'il arriva au dernier tiroir, à la seule pression de ses doigts sur la poignée, il sentit qu'il était presque vide. Tout découragé qu'il fût, il l'ouvrit.

Il n'y vit d'abord que le tissu arraché à son écharpe. Il n'en restait plus que de la charpie, mais il en reconnut parfaitement la matière. Il allait refermer le tiroir, lorsqu'il s'aperçut qu'on avait noué le tissu à intervalles réguliers de fils noirs et de fils rouges. Il le souleva en tremblant. Une fine poussière, qui semblait de la cendre, tomba sur le sol. Sous l'étoffe, il découvrit ses clefs. Au moment où il les fourrait dans sa poche, un objet attira son attention, qui le fit frissonner davantage encore que le morceau d'écharpe noué et lacéré : c'était une petite lame de plomb. On y avait gravé un nom : *Judith.*

Il eut un moment de stupeur, puis l'examina de plus près. L'écriture était faite au poinçon. C'était, bien plus assurée que celle de la feuille où avait été griffonné son rendez-vous, la graphie élégante et précise de la Cruzenburg. Il secoua le tiroir. Une seconde lame, plus petite, était cachée tout au fond, à côté d'un sachet gonflé de cendres et d'une orchidée noire écrasée, celle du bouquet, sans doute, que la cantatrice avait reçu le matin. La même écriture avait commencé d'y tracer le nom du Commandeur, sous la forme du titre désuet que sa mère lui avait cité quelques minutes plus tôt, *Commodore.* En même temps que celles des cendres, il y distingua les traces du pistil jaune des orchidées.

La musique s'était tue, comme pour accompagner l'essoufflement qui le prenait. Il entendit des pas au fond du couloir. C'étaient les costumières. Sans même réfléchir à ce qu'il faisait, il vida dans sa poche le contenu du tiroir et s'élança en courant hors de la loge. Il s'engagea dans le premier corridor venu. Tout était vide. Il s'arrêta quelques instants pour retrouver son souffle. La musique reprit. Le ténor se lamentait sur la disparition de sa belle. Trendy se demanda si la Cruzenburg n'allait pas revenir à sa loge pour changer de costume. Il avait dû renverser un flacon de parfum en se sauvant, il avait l'impression d'empester *Chrysopée.* Il n'était pas sûr non plus d'avoir refermé les tiroirs de la coiffeuse. Il fut pris soudain d'une terreur panique. Il repartit à toutes jambes par les couloirs vides. Il allait au hasard, affolé, il ne cherchait même pas la sortie. Il ne pensait plus qu'à la Cruzenburg. Avec quel monstre avait-il fait l'amour ? Qui l'avait poussée vers elle ? Que voulait-elle de lui ? Il revoyait tous ses gestes, sa façon d'aimer sans aimer, gourmande et détachée tout ensemble, son autorité, son air de chercher dans le plaisir des forces mystérieuses, souterraines, et revigorantes autant qu'elles étaient dangereuses. Et il se rappela alors combien ce moment l'avait étourdi.

Il se perdit. C'était quelque part du côté des cintres. Il entendait, près ou loin, il n'aurait su dire, des bruits de pas pressés. Un décor descendit lentement. Le carton-pâte représentait une sorte de gouffre sombre. La lumière changea d'un seul coup. L'abîme se mit à rougeoyer, tandis que l'orchestre déchaînait ses vents. A quelques pas de lui, dans une glace destinée à ménager quelque effet de trompe-l'œil, il vit soudain se dresser la Cruzenburg, dans des voiles violets où elle semblait encore plus pâle. A son attitude tendue, il comprit qu'elle s'apprêtait à entrer en scène. Il était très loin d'elle, sans doute, ce n'était là qu'un reflet obtenu par il n'aurait su dire quelle savante mécanique, mais la précision de l'image était étonnante. Il voyait parfaitement le visage de Constance. La lumière crue du projecteur lui révélait l'étendue de sa peur. Elle n'appartenait plus qu'à son public, elle n'était plus que ce corps, ces traits qui se composent. Non, la Cruzenburg n'était pas lisse, il le savait maintenant, et c'était sans doute un secret qu'il ne fallait pas percer. La Cruzenburg n'était ni froide ni sereine. Ses seins palpitaient avant d'entrer en scène, ses lèvres se tordaient de terreur, elle écoutait en cachette la voix d'Iris Van Braack, elle nouait de terribles sorts au fond de sa coiffeuse, à ses jeunes amants, comme les vampires du sang, elle demandait des pactes pour conjurer le trac.

Ce bref moment parut à Trendy une éternité, et tel aussi dut l'éprouver la cantatrice. A cause du remue-ménage qu'il percevait derrière lui, il n'osait plus bouger de l'endroit où il s'était posté.

Pourquoi l'ai-je voulue, se dit-il, pourquoi suis-je tombé dans son piège, à elle aussi ? Il était forcé de se l'avouer, ce matin déjà, la tenant dans ses bras, il avait pressenti qu'elle était mauvaise, qu'elle cherchait à lui prendre sa force. Et il s'était laissé faire, car il était flatté. Vanité diabolique lorsqu'elle se mêle à l'amour : car, maintenant qu'il s'était approché trop près d'elle, il risquait de s'y brûler, d'y laisser le meilleur de lui-même.

Un immense chœur s'éleva. Le brouhaha qu'il avait entendu était celui des chanteurs qui prenaient leur place sur la scène. Dans un ultime élan, la Cruzenburg rassembla ses forces et fit un pas devant le décor. Elle disparut entre les flammes de carton. Trendy jeta un œil derrière lui. La route était libre. Il se perdit à nouveau dans les couloirs.

La musique le poursuivait. Grâce à de petits haut-parleurs, elle était diffusée partout dans le théâtre. Le parfum, réel ou imaginaire, le poursuivait aussi. S'y mêlaient enfin d'innombrables échos. Ce qui était effrayant à l'Opéra, — outre qu'il était rigoureusement impossible de s'y retrouver sans plan, et sous le très pauvre éclairage des escaliers et des galeries—, c'étaient les bruits. Parfois Trendy se croyait espionné, il s'arrêtait, d'un coup, aux aguets, se dissimulait derrière un tas de costumes ou de faux boucliers. Rien ne venait. Au bout de quelques instants, il s'apercevait que le bruit arrivait en réalité d'un ou deux étages au-dessous : la ronde des pompiers, le remue-ménage des machinistes, la sortie des chœurs.

En d'autres temps, il aurait cherché, sollicité les rencontres, demandé son chemin. Ce soir, il ne voulait voir personne. Il avait l'impression d'être porteur d'un maléfice, un très contagieux maléfice. Pour fuir la voix qui le poursuivait, il grimpa d'abord d'étage en étage. En pure perte. Elle l'entourait, le retenait, l'encerclait, l'enveloppait comme les anneaux d'un gigantesque serpent. Il faisait froid. L'odeur était la même qu'à la bibliothèque, sinon qu'il se mêlait parfois à celle de la poussière des relents de cuisine chinoise : des gardiens, sans doute, qui s'étaient réchauffé leur repas avant la représentation ; car tout était vide, personne n'avait voulu rater la Cruzenburg.

De fausse porte en impasse, de corridor en escalier, il fut bientôt au toit. Un peu de neige était resté accroché sur les frises, les palmettes d'où l'or s'écaillait, les guirlandes de lauriers, les pendules arrêtées, les ailes monstrueuses des anges de bronze. Sous la pleine lune, les lyres indéfiniment répétées aux lucarnes semblaient autant de figures démoniaques. Il se pencha. Quelque chose l'attirait en bas, quelque chose d'irrésistible. La ville, peut-être, Paris et sa rumeur, ville fébrile et veillante qui ne savait plus s'abandonner au sommeil, océan de pierres envoûtées, Babylone couvant ses monstres. Il vacilla. Au dernier moment, par il ne sut quel miracle, il parvint à se retenir. Il était couvert de sueur. Ce vertige, se dit-il, était l'effet des tablettes de plomb. Il fallait s'en débarrasser au plus vite, mais comment ? Il les sortait de sa poche quand l'une d'entre elles lui glissa des mains. Il la vit glisser sur un petit toit de tôle au-dessous de lui, puis elle disparut dans l'embouchure d'une gouttière. Il enfouit l'autre tablette dans sa poche. Il n'avait pas le cœur de regarder le nom qui s'y trouvait gravé. Sans presque rien connaître à la magie, il se doutait que celle-là seule qui lui restait pourrait être délivrée des envoûtements qu'elle portait. De quelle façon ? Il n'en avait pas la moindre idée. Il avait bien lu des recettes dans les vieux livres de la bibliothèque, mais il ne parvenait pas à s'en souvenir. Il regretta Numance. Pourtant il fallait la faire disparaître au plus vite, et décamper de ce lieu maudit. Il avait l'impression de devenir fou. Il s'enfuit à nouveau. Il tâta dans sa poche la clef du Muséum. Elle était bien là. Il tâcha de se calmer. A présent, il fallait sortir. Dès qu'il eut quitté les toits, il reprit sa course. Il n'était pas dans les couloirs que la voix de Constance recommença à le poursuivre. Le son était si clair qu'il pouvait apprécier à sa juste valeur le texte de Drogon. Un baryton — le Diable, selon toute vraisemblance — donnait la réplique à la Cruzenburg : *Je suis le fiancé de toutes choses mortes / Viens, viens que je t'emporte / Mon âme paire, ma noire jumelle / Du fond des siècles je t'appelle / Ah ! ton nom, Sansinéa / Le dernier soupir qui me reste de toi...* Ce style rappelait franchement celui de Sirius, ses phrases alambiquées, ornées de mots rares, son penchant affiché pour le frisson du bizarre. Cela n'excusait pas Drogon. Tel qu'il le connaissait, il avait dû donner des instructions très précises à son esclave littéraire, et le tyranniser jusqu'à obtenir le résultat dont il jugeait la paternité honorable.

La Cruzenburg, à présent, chantait à la perfection. Sur un solo de hautbois, sa voix ne cessait de monter et cependant quelque chose d'humain y vibrait enfin, plus qu'une inquiétude, une véritable blessure, un tourment. Dans les passages aigus, il altérait parfois sa tessiture mais la rendait plus proche aussi, plus humaine. Constance existait enfin au-delà de son personnage, elle était telle qu'il l'avait vue dans l'amour, avec cette avidité qui était sa faille, la soif de pouvoir qui était sa torture. *Je désire le feu,* suppliait-elle, et rien qu'à l'entendre on savait que de tout son être elle s'était mise à brûler. Jamais sans doute elle n'avait tenu un aussi beau rôle : la musique de *Sansinéa* avait été créée pour elle, par celui sans doute qui la connaissait le mieux, Dräken. Mais le public pourrait-il aimer sa diva dans sa plus intime vérité ? Diabolique amour, se répéta Trendy, si l'on se donne trop, si l'on se montre de trop près, toutes les illusions se dissipent, et ce n'est pas Constance que la salle veut aimer, c'est son image, son mirage, la terrible Cruzenburg.

Il revit son regard glaciaire détailler sa nudité, il se rappela que ses yeux alors s'étaient voilés d'une légère brume, seul signe apparent de son émotion. Il pensait si fort à elle qu'il s'égara une seconde fois. Dans sa course vers la sortie, il ne cessait plus de descendre. Les couloirs étaient désespérément vides. Parfois il tombait sur une salle de danse au plancher en pente, un appel d'air lui faisait croire à une issue proche, il courait, il tombait sur des battants impitoyablement clos, revenait sur ses pas, traversait d'autres salles, croisait des loges, d'interminables rangées de costumes, autant de défroques de spectacles morts ou à naître. Il traversa même un pont de verre, se vit sauvé, se perdit encore. Il n'avait jamais parcouru un pareil labyrinthe. En regard de l'Opéra, les dédales de la *Désirade* et même ceux de la bibliothèque étaient d'une simplicité évangélique. Aucune indication ne permettait de s'y retrouver. A un moment, il crut avoir trouvé son salut : c'était une affiche, au milieu d'un mur, que barraient de grandes lignes rouges. Il crut à un plan. Sa déconvenue fut grande. Ce n'était qu'une notice administrative qui proposait une normalisation des deux mille portes et des huit mille clefs que comptait l'auguste maison. Il s'entendit lâcher un juron.

Il s'enfonçait de plus en plus. Il n'entendait plus la voix. Au détour d'un couloir, entre des piliers de briques, il aperçut de l'eau. Il se souvint alors que l'Opéra était construit sur un lac, ou plutôt un réservoir aménagé sous l'édifice pour lutter contre un éventuel incendie. Non loin de là se trouvait la crypte aux voix, l'endroit où on avait enfermé les enregistrements des divas d'un autre temps. Tout à côté, bien plus tard, dans un accès de sentimentalité insolite, on avait aménagé une tombe pour les rares souvenirs du chant d'Iris Van Braack. L'eau était noire, elle clapotait à peine. Trendy s'arrêta un instant pour chercher à s'orienter. Il ne comprenait pas comment il avait pu se perdre, il éprouvait la même sensation désagréable qu'au jour de son arrivée à *Hauteclaire* : il ne s'était pas égaré, on l'avait égaré. Il désespérait de jamais pouvoir sortir quand, dans l'immense fatras qu'il avait lu à la bibliothèque, une phrase capitale lui revint brusquement : *La magie noire est une magie de feu. Pour l'éteindre, tu prendras de l'eau.* Il ne se souvenait pas du reste, ni du livre où il l'avait lu, le *Grand Albert,* à moins que ce ne soit le *Dictionnaire infernal.* Il ignorait aussi s'il y avait des formules magiques à prononcer, des poudres à répandre, des pentacles à tracer. Mais il n'avait plus le temps, il n'avait pas le choix. Un instant, il fut tenté d'examiner le nom sur la tablette de plomb qui lui restait. La lumière était faible, mais, s'il l'avait voulu, il aurait pu le lire. Il n'en eut pas le cœur. Et d'ailleurs, fallait-il vraiment croire à toute cette magie ? Fallait-il croire que la tablette plongée dans l'eau sauverait celui dont elle portait le nom, et que l'autre, perdue dans le dédale de l'Opéra, condamnerait sans appel celui qu'elle vouait à la mort ? Il était seul à savoir qu'il avait perdu une tablette. Qui pourrait, la retrouvant, poursuivre les maléfices de la Cruzenburg, sortilèges dont elle était peut-être seule au demeurant à se persuader du pouvoir ?

Il se pencha pourtant sur l'eau noire, et, d'un seul mouvement, jeta tout ce qui restait dans sa poche, la lame de plomb, l'écharpe déchirée, l'orchidée écrasée, le sachet de cendres, le programme de *Sansinéa*, et même le billet où Constance avait griffonné leur rendez-vous, ce morceau de papier froissé que, la veille encore, il n'aurait pas abandonné pour un empire. Il ne garda que son laissez-passer. Le billet de Constance surnagea un moment à la surface des eaux, puis il sombra, comme le reste. Alors Trendy fit volte-face, et il partit sans se retourner.

Il reprit sa marche dans les couloirs. Il allait plus lentement. Il était un peu triste. Il rencontra des pompiers, qui l'arrêtèrent. Le laissez-passer fit merveille. Quelques instants plus tard, il était dehors. Il retrouva le froid, sa moto. Lorsqu'il arriva au Muséum, tout était désert. Il n'eut aucun mal à ouvrir le pavillon, puis le bureau de Drogon. La clef qu'il lui avait remise et qu'il avait failli perdre était bien un passe-partout. Il n'était pas certain pour autant qu'elle ouvrît le placard aux fichiers.

Il fut agréablement surpris. Le placard était resté ouvert. Drogon avait vraiment de l'outrecuidance, à moins que ce ne fût son opéra qui lui eût fait perdre la tête. Trendy en sortit un à un les tiroirs. Le double de ses documents s'y trouvait, recopié de la main d'un des sbires du professeur. Le travail était d'une méticulosité extrême. Certains détails des déformations osseuses étaient reproduits avec un soin et une précision qui le laissèrent pantois. Il y trouva ensuite les dossiers de Drogon, ses fameuses *fiches de style,* enfin ses très anciennes observations sur le système nerveux des huîtres.

Des braises achevaient de se consumer dans la cheminée. A l'aide de quelques feuillets, Trendy les ranima. Avant de renverser les tiroirs et les dossiers dans les flammes, il eut un moment d'hésitation. Il ne dura guère. Après tout, le geste ne demandait pas plus d'effort que de jeter dans le lac de l'Opéra les objets maléfiques de Constance von Cruzenburg.

Tout fut achevé en moins d'une demi-heure. Le papier des fiches brûla bien, avec de grandes flammes jaunes. Justice est faite, pensa pompeusement Trendy lorsqu'il retrouva sa moto. Il rentra chez lui à toute allure. Il lui sembla que la lune était noire. Et, en dépit des belles phrases qu'il se racontait, il se sentait l'âme d'un homme traqué.

Chapitre XXIV

Lorsqu'il rentra dans l'appartement, il était à bout de souffle. Dans sa hâte, il n'avait pas voulu attendre l'ascenseur, un vieux modèle très lent qui semblait hoqueter à chaque étage. Il avait escaladé d'un trait les six étages qui menaient jusqu'à chez lui. Il voulait tout raconter à Numance. S'il dormait, il le réveillerait. Il n'y avait que lui qui puisse l'aider. Le guider, le rassurer. Il ne se dissimulait plus qu'il était mort de peur.

A son arrivée, il fut affreusement déçu. Numance n'était pas rentré. Trendy le chercha dans l'appartement, puis s'abattit sur son lit, où il resta un long moment sans bouger, sans pouvoir même réfléchir, comme étourdi. Il finit par se souvenir que le métis était allé danser. Il pouvait s'écouler jusqu'au matin avant qu'il ne revienne. Trendy tenta alors de se calmer. Il dut s'assoupir quelques instants, puis l'insomnie s'installa, entretenue par les bruits qui montaient de la rue. Davantage encore que toutes les autres nuits, la ville ce soir se refusait au sommeil. Du fond de ses draps, il la revoyait telle qu'il l'avait contemplée du haut de l'Opéra, derrière les Apollon aux ailes ourlées d'un mélange de suie et de neige, autant de démons parés pour un dernier bal, créatures comme surgies des cales d'un vaisseau fantôme, écailleuses et muettes, toutes à l'affût avant leur envol triomphant. Il se rappelait que leurs lyres, dans le contre-jour de la lumière lunaire, dessinaient très exactement la tête d'un diable cornu, au point qu'un instant il s'était cru environné d'une horde de démons qui l'observaient dans tous les recoins d'ombre, et il avait détalé à toutes jambes. C'était pour cela peut-être qu'il avait perdu la tablette d'envoûtement. Il ne gardait plus que le souvenir de sa peur. Hier, hier déjà, se répétait-il, tant de brisures en un seul jour, en une seule nuit tant de découvertes, de maux et de ruptures. Il basculait dans le gouffre, il le savait, et se laissait aller.

Numance n'arrivait pas. Lui seul aurait pu l'arrêter dans sa chute. Dans l'incohérence apparente de ce qu'il venait de vivre, le métis trouverait aussitôt un sens. Ne pas sombrer sans avoir compris, se répétait Trendy en guettant les bruits de l'escalier, en finir, mais savoir pourquoi. Une seule chose était assurée : la ville, les hommes, le monde étaient investis par les forces du mal. Il avait commencé à sourdre de la mer, l'équinoxe n'était pas venu à sa date, puis il y avait eu les prédictions, enfin la maladie qui chaque jour se répandait ; et maintenant, à la faveur du sentiment de fin d'année, c'était la grande fin qui semblait certaine, minutes, heures, années, tout était désormais semblable, le moment fatal approchait, pour expier quelle faute, pour assouvir quelle vengeance ? Mais par quel chemin obscur son histoire à lui, celle de Ruth, de Judith et du Commandeur, se rattachait à tout cela ? Car elle s'y rattachait, il en était sûr, et la Cruzenburg aussi, et Dräken, Iris Van Braack, Barberini, et tous les autres... Judith aussi. Il soupira. Il l'avait perdue sans doute, et l'on ne retrouve pas un amour perdu. Amour si court, au demeurant, et ce n'était plus l'amour qui l'intéressait. C'était le lien. Entre lui et Judith, malgré lui, malgré elle, s'était tissé un lien fatal et inexplicable. Il ne voulait pas sombrer sans l'avoir compris.

Il fallait un ordre à tout cela. Ce qui l'avait passionné chez les poissons, il le savait à présent, c'était qu'à les classer et les reclasser sans fin on pouvait croire que tout en ce monde obéissait à une cohérence impeccable. Dès l'enfance, avant même de rencontrer Drogon, il avait adoré les tableaux colorés, superbes d'ordre et de complication, où l'on rassemblait et distinguait à la fois les innombrables embranchements, classes et sous-classes du règne marin, selon la longueur et la forme des nageoires, la couleur des ocelles, la place des branchies, le profil d'une carène, d'un rostre, d'un museau, et où les résidus des mondes disparus, les fossiles aberrants tel le cœlacanthe, trouvaient leur justification dans leur solitude même, comme autant d'îlots de vie abandonnés là par un créateur oublieux et fantasque, ou pour témoigner de voies où il avait préféré ne pas s'obstiner, des esquisses, des possibles, des essais malheureux, des égarements, de sublimes erreurs. De même, dans la folie qu'il vivait depuis quelques semaines, Trendy se refusait à l'idée qu'elle fût dépourvue de sens. Il l'avait bien lu dans les livres, les moindres inventeurs de perlimpinpin, les plus rustres des sorciers, les plus obtus des jeteurs de sorts, les plus grossières des magiciennes des vents et des rivages avaient toujours quelque chose à expliquer, leur art était d'associer ce que les autres n'avaient pas su relier, et c'était la raison de leur pouvoir sur les choses : assembler le dissemblable, trouver, sous l'écorce têtue des apparences, la liaison essentielle, la raison profonde, la simple, nue, élémentaire vérité.

Trendy s'était couché tout habillé, ce qui ne lui arrivait jamais. Il avait pourtant de plus en plus froid. Il se leva et s'enveloppa dans son manteau. D'un seul coup, il lui vint l'envie de revoir le Commandeur. Dans les événements de la veille, un épisode revenait toujours, plus violent, plus obsédant que tous les autres. C'était le moment où il avait découvert les lames d'envoûtement. Il ne parvenait pas à s'expliquer que la cantatrice eût commencé d'y tracer le nom du Commandeur. L'homme était mauvais, c'était certain, animé des mêmes forces terribles et maléfiques qui émanaient de la Cruzenburg. S'il lui était si proche, si semblable, comment la cantatrice pouvait-elle chercher à le détruire ? Pour ce combat qui commençait à se lire sur les traits du Commandeur, cette faille qui se creusait en lui et qu'Iris Spencer lui avait désignée comme un début de déchéance ? Mais quel combat, quelle décadence ? Judith était-elle la source de ce tourment ? *Fin de race*, avait aussi commenté sa mère avec sa désinvolture habituelle. Quelle race ? Quelle fin ?

Il voulait en avoir le cœur net. Si le Commandeur souffrait plus que lui-même, le savoir constituerait déjà une sorte de victoire. Trendy était en somme abominablement jaloux. Il se souvenait parfaitement de l'adresse parisienne du Commandeur, découverte dans un des annuaires mondains exhumés des rayons de la bibliothèque. C'était un hôtel particulier en bordure de Seine. Mais qu'y apprendrait-il de plus ? Et peut-être le Commandeur était-il déjà reparti pour la *Désirade*... La *Désirade* ou ailleurs, une de ses villégiatures lointaines où il avait aimé emmener, et sans nul doute torturer, ses innombrables conquêtes amoureuses.

Trendy se pencha à la fenêtre. Les rues enfin s'étaient vidées, les bruits éteints. Le matin ne tarderait plus, ce jour dont tant de fans de la Cruzenburg s'étaient plu à croire qu'il ne se lèverait jamais. Et si la fin venait par surprise, au moment où personne ne s'y attendait plus ? Le silence, d'un coup, lui parut plus lourd.

Numance n'arrivait toujours pas. Trendy n'y tint plus. Avec ou sans Numance, il lui fallait revoir le Commandeur. Il se dirigea vers l'escalier. Au moment de franchir la porte, il eut un moment d'hésitation. La boule de verre remise par Bérénice, la même amulette qui, il en était certain maintenant, l'avait protégé des maléfices de la Cruzenburg, avait-elle aussi le pouvoir de le garder du Commandeur ? Ne pas oublier que le Diable s'incarne, se répéta-t-il, Numance et les livres me l'ont appris, ne pas oublier que le Diable a parfois deux visages. Deux visages, pour un seul mal.

L'aube se levait quand il fut à la Seine. La rivière était noire encore, seul bleuissait le ciel. Les monuments enneigés émergeaient peu à peu de leur gangue de nuit. Il n'eut pas besoin de chercher l'hôtel du Commandeur. Tout était éteint sur le front de vieilles pierres grises qui suivait la courbe du fleuve, à l'exception de trois fenêtres oblongues. Pareilles à celles de la *Désirade*, elles semblaient brasiller. Les lourdes portes de la cour étaient grandes ouvertes. Une limousine noire était garée entre les deux sphinx qui gardaient le perron. A travers les fenêtres, Trendy reconnut une serre, un enchevêtrement de plantes, le fameux jardin suspendu, sans doute, dont le Commandeur avait lancé la mode. Il distingua quelques va-et-vient dans la pénombre. Il fit glisser sa moto sur la berge du fleuve, s'arrêta, vérifia machinalement l'adresse. C'était bien là, il ne s'était pas trompé. Il s'occupait à ranger sa machine quand retentit un ronflement. Dans la chape de silence qui était retombée sur la ville, le bruit lui parut monstrueux. Il n'eut pas le temps de chercher Judith derrière les fenêtres ni parmi les ombres qui s'agitaient sur le perron.

Il se mit à trembler. Ce n'était pourtant qu'une automobile. A peine la vit-il passer. Il distingua une forme massive, la tête rejetée sur les coussins de cuir. Il sut aussitôt que c'était le Commandeur. Il était seul, comme à l'Opéra. Et il ne l'avait pas vu. La limousine avait pris la direction de l'ouest.

Trendy enfourcha sa moto et commença à le suivre. Il n'avait pas dépassé le premier pont qu'il y renonça. Quelque chose le retenait, quelque chose d'aussi puissant qu'indéfinissable. Plus tard, il pensa que c'était l'effet de l'amulette, il s'expliqua cet épisode en se disant, non sans facilité dans l'analyse, que le temps n'était pas encore venu de retrouver le Commandeur, que la magie de Bérénice l'avait empêché d'agir avant l'heure. A ce moment-là, il n'éprouva qu'une immense fatigue, une lassitude sans fond. Et il rebroussa chemin, il rentra à petite vitesse, se racontant qu'il faisait trop froid pour prendre la route, que tout était verglacé, enneigé, qu'il n'avait pas un sou en poche. Et quand bien même, conclut-il en arrivant aux abords des Halles, quand bien même je le suivrais à la *Désirade,* que pourrais-je dire au Commandeur ? Que je veux voir Judith ? Que je la veux ? Que je l'enlève ?

La seule idée d'affronter l'homme et sa maison l'épuisait. Il revoyait ses yeux ironiques et lourds de mystère, les vitraux de la *Désirade,* la Chambre des Cartes, le portrait de Léonor, il retrouvait l'odeur des vieilles tentures et celle, plus étrange encore, des fioles de parfum entrouvertes sur les commodes, tout un monde plus indéchiffrable que celui qu'il venait d'explorer dans le sillage de Constance. Tout lui pesait, il était à bout de fatigue, à bout de terreurs et de découvertes. Un curieux goût lui venait dans la bouche, comme lorsqu'on a envie de dormir : mais il était plus âcre, plus amer, et il se dit que c'était le désir de mourir.

Alors qu'il rentrait, au débouché de la venelle qui donnait sur son immeuble, il entendit un vacarme de tam-tam. Il crut à des noctambules attardés, un dernier écho de la sombre fête qui chaque nuit agitait la ville. Le matin cependant était là, et la musique joyeuse, fervente, enthousiaste. Il s'approcha. C'étaient des Noirs. Ils dansaient en cercle. Au milieu de la ronde était Numance, face à Bérénice. Sous son manteau de fausse fourrure, elle portait une longue et souple tunique échancrée, la même que celle du métis. Tous deux souriaient. Ils n'avaient pas l'air d'avoir froid. Il n'avait pas vu depuis longtemps des visages aussi heureux.

Il resta en retrait. La danse ne fut pas longue. C'était une sorte d'aubade, des adieux que les invités de la fête se faisaient devant l'immeuble des amoureux. Ce devait être une *coutume des îles,* comme aurait dit Numance. Le tam-tam se tut et le groupe s'égaya sur les trottoirs en courant, peut-être pour se réchauffer, peut-être pour une autre danse, à dix rues de là, un autre adieu allègre devant une autre maison. Trendy s'engouffra dans l'entrée.

— Numance, souffla-t-il dès qu'il eut poussé la porte, et ce fut Bérénice qui se retourna.

Elle ne parut pas surprise.

— Tu n'as pas dormi, dit-elle simplement.

— Numance, répéta Trendy comme on crie au secours.

Bérénice s'interposa entre les deux hommes :

— Il est temps d'aller dormir.

Numance ne dit mot, ne bougea pas. Il continuait de fixer Bérénice, on aurait dit qu'il attendait ses ordres. Elle était toute fraîche, elle rayonnait. On n'aurait jamais cru qu'elle avait passé la nuit à danser.

— Il faut que je te raconte, insista Trendy à l'adresse de Numance.

— Plus tard, répéta Bérénice.

Une seconde fois, son bras s'était interposé entre son amant et Trendy. A son tour, il se laissa faire. Comme ils rentraient dans l'appartement, il se rapprocha de Numance et chuchota :

— Je voudrais te raconter. La Cruzenburg...

Bérénice avait entendu. Elle l'interrompit aussitôt :

— L'amulette t'a protégé, puisque tu es là ! Maintenant, oublie tout. Cette femme était mauvaise, je t'avais prévenu.

Elle parlait comme si elle avait tout su de ce qui s'était passé. Il en fut encore plus excédé. Il la repoussa et courut vers Numance qui s'était écroulé dans un fauteuil :

— Et toi, ta nuit ?

Le métis ne répondit pas.

— Il a besoin de dormir, lui aussi, intervint encore Bérénice.

— J'ai revu le Commandeur, fit alors Trendy.

A ce seul nom, Numance se redressa.

— La Cruzenburg a voulu l'envoûter. J'ai trouvé des...

Il hésita un instant. Il avait peur de Bérénice. Mais elle aussi, elle s'était dressée.

— ... Des lames de plomb dans sa coiffeuse. Avec le nom de Judith. Et celui du Commandeur.

— Tu les as ? s'écria la danseuse. Tu les as sur toi ?

Elle s'était éloignée d'un seul coup, comme s'il avait la peste.

— Non. Je les ai jetées.

— Où ?

Elle frémissait de tout son corps, Numance encore plus qu'elle, et leur regard s'était soudain durci.

— Dans l'eau, finit-il par articuler d'un air penaud. Dans l'eau du lac de l'Opéra.

Bérénice le fixa un très long instant. Ses traits si purs, d'un seul coup, lui parurent cruels. Il était persuadé d'avoir commis une énorme erreur. Pire encore, un sacrilège.

— Tant mieux. Tu n'es pas aussi bête que je croyais. Mais...

Elle s'empara de la main de Numance, plissa les yeux, pinça la bouche, comme chaque fois qu'elle réfléchissait :

— Je ne comprends pas. Le nom du Commandeur... Je le croyais si fort. La Cruz n'a aucune raison de chercher à l'envoûter. Elle devrait plutôt chercher à le mettre de son côté.

— Judith, fit Numance. Elle est jalouse de Judith.

— Mais il est mauvais, lui aussi ! Mauvais et puissant ! La Cruz ne peut rien contre lui ! Au contraire, elle devrait faire des sorts pour lui prendre un peu de sa force !

Numance à son tour parut réfléchir :

— Elle a bien chanté, la Cruzenburg ?

Trendy eut du mal à répondre. Il recommençait à entendre la voix suraiguë, surhumaine qui l'avait poursuivi du haut en bas de l'Opéra. Il revoyait aussi le visage de la chanteuse dans les jeux de miroirs du décor, tordu par l'angoisse avant d'entrer en scène ; et surtout il entendait ce que la Cruzenburg lui avait dit après l'amour, ces mots si durs, si coupants. Les avait-elle répétés, en guise d'incantation, au-dessus des lames de plomb ? Et sur quel ton, sur quelle note avait-elle bien pu prononcer les abominables formules à vouer les êtres au néant ?

— Constance a remarquablement chanté, finit-il par lâcher.

— *Remarquablement !* fit Bérénice avec un grand rire. Mais avant ce soir tu prétendais qu'elle chantait merveilleusement, divinement, qu'elle était une fée, une ensorceleuse de notes...

— Elle l'est toujours. Elle le restera. Elle est une déesse. Une immense diva. Parfaite, sans faille. Une vraie. La seule.

Il tentait de s'en persuader, mais il n'y croyait plus. Bérénice eut un œil amusé. Il rougit. Qu'elle pressentît si bien décupla son exaspération.

— Et vous disiez tous que ce serait la fin, poursuivit-elle avec un nouveau rire. La fin de la Cruz, oui ! Mais pas la fin du monde...

Numance aussi avait éclaté de rire. Trendy se retourna vers lui :

— Tu n'y crois pas ? Tu n'y crois plus ?

Il était sincèrement déçu. Numance haussa les épaules.

— Ce ne sont que des esprits mauvais qui se sont déchaînés. Maintenant je peux te le dire, nous avons dansé cette nuit pour les détourner. Pour les forcer à rentrer dans la mer. Pour les ensevelir à nouveau dans leurs gouffres.

— Tu crois qu'il suffit de danser !

— Je t'interdis, cria Bérénice. Tu n'as pas le droit de rire. Tu nous jetterais le mauvais œil ! Tu nous ferais tous mourir !

Elle bondit sur lui, le saisit par les poignets. Il résista encore :

— Et toi, tu te prives de rire, quand je parle de la Cruzenburg ?

Il avait réussi à se dégager d'elle, et c'était lui à présent qui lui serrait les poignets. Bérénice ne chercha pas à lui échapper. Elle parut se soumettre, il y eut dans son corps comme un long frisson électrique, et il sentit la pointe de ses seins qui s'enfonçait contre sa poitrine.

— Je t'ai donné une amulette, dit-elle simplement. C'est ta façon de me remercier ?

A cet instant, il eut follement envie d'elle. Il desserra lentement son étreinte. D'un seul coup, la honte le prit. Honte de sa violence, honte du désir qu'il avait d'elle, honte de la braver, honte de succomber à sa douceur, honte de tomber sous la coupe d'une fille qui, à tout prendre, n'était jamais qu'une vulgaire danseuse.

Du fond de son fauteuil, Numance avait observé la scène avec le plus grand calme.

— Bérénice est magicienne, commenta-t-il lorsqu'il l'eut lâchée. Elle sait. Il faut l'écouter.

C'était son éternel argument. Trendy n'avait plus la force de le discuter. Il se contenta de soupirer et reprit :

— J'ai vu le Commandeur. Il était à l'Opéra. Il est reparti pour la *Désirade*. Il faut que j'y aille.

— Tu dois d'abord dormir, fit Bérénice. Tu as une tête de cadavre.

— Mais Judith. Les tablettes d'envoûtement...

— Laisse-moi réfléchir. Judith était avec lui ?

— Le Commandeur était seul. Il vient de repartir.

Il agita la main vers la fenêtre, dans la direction de l'ouest.

— Il est reparti. Je voudrais le suivre. Aller là-bas. Sortir Judith de la *Désirade*. Maintenant que j'ai jeté les lames de plomb au fond du...

Bérénice ne le laissa pas finir :

— Ne bouge pas.

Il crut qu'elle avait deviné qu'il lui mentait.

— Pourquoi ?

— Méfie-toi.

— Mais le Commandeur n'est pas si mauvais, puisque la Cruzenburg a voulu l'envoûter !

— Rien n'est si simple, intervint Numance. Laisse-nous chercher.

— Mais chercher où ? Judith est là-bas, j'en suis sûr. Il la retient, l'emprisonne, il l'envoûte, la torture peut-être... S'il lui arrive la même chose qu'à Anna Louvois...

— Tu n'as rien pu empêcher, pour Anna. Et pourtant tu étais là. Laisse-nous chercher.

— Il n'y a plus rien à trouver.

— Numance cherchera dans les livres. Moi, je vais voir Crin-Crin. Il sait beaucoup de choses. Il me racontera tout, cette fois-ci. Je ferai ce qu'il faut.

Numance leva sur elle un œil inquiet. Elle ne lui laissa pas le temps de s'interroger.

— Maintenant il faut que vous dormiez, tous les deux.

— Et toi ?

— Moi, je suis une femme de la nuit. Je m'empêche de dormir quand je veux.

Elle partit aussitôt à la cuisine. Trendy s'était allongé sur le lit.

— Elle recommence à faire sa magicienne, dit-il avec humeur. J'en ai assez de ses simagrées.

— Son amulette t'a protégé, observa Numance. Bérénice a raison. Elle a toujours raison. Il faut d'abord dormir.

— Je n'ai pas sommeil. Avec tout ce qui s'est passé... Je ne t'ai pas tout raconté.

— Plus tard. Laisse-toi aller. Ne bouge pas.

De son fauteuil, Numance allongea le bras vers lui. Il ne pesait pas, il ne serrait pas. Il n'y avait que le regard du métis qui fût comme une interdiction.

— Tout de même, je voudrais bien connaître les nouvelles du monde. Cette histoire de fin...

— Laisse les nouvelles, dit Numance. Il n'y aura pas de fin. Comme tous les ans, le monde tournera au solstice d'hiver. Je ne devrais pas te le dire, mais c'est pour le solstice que nous avons dansé. Pour l'aider à venir. Le soleil peine, cette année. Les forces de l'hiver sont mauvaises.

Trendy eut un dernier sursaut de raison :

— Il n'y a même pas d'hiver dans vos îles.

— Il y a le soleil.

Il avait répondu sans sourciller, à sa manière ordinaire. Un moment encore, la vision de la limousine du Commandeur poursuivit Trendy, avec son crissement sur les pavés glacés. Que valait la *Désirade* face à ces deux Noirs qui dansaient pour exorciser les terreurs du monde ? Ils étaient sereins, paisibles, presque alanguis dans leurs certitudes. Ils n'avaient qu'une seule peur : son sort à lui, Trendy. A eux deux, ils étaient pour lui comme une famille, et, à sa plus grande surprise, il sentait son goût de la liberté céder à leur possession jalouse.

Bérénice revint de la cuisine, précédée de l'âcre odeur d'herbes qu'il avait respirée au soir de leur rencontre.

— Buvez, fit-elle en leur tendant des bols du même liquide vert et amer. Buvez tous les deux.

Elle reprenait son accent des îles, elle chantonnait, elle y ajoutait des mots, des syllabes incompréhensibles. Elle continuait à jouer les magiciennes :

— Buvez l'oubli, un peu d'oubli...

Trendy avala quelques gorgées et reposa le bol. Numance s'endormait déjà, effondré sur le lit, la tête sur le côté, avec un souffle lent.

— Bois tout, fit Bérénice, et elle se pencha vers Trendy comme au premier soir.

Ses seins avaient passé l'échancrure de sa tunique. Il vit leur pointe sombre, avec une minuscule fente rosée, leur globe dur et nettement dessiné sur son torse un peu maigre. Il avança la main. Elle ne le repoussa pas :

— Je n'ai pas peur de toi, dit-elle.

Elle avança le bol plus près de ses lèvres.

— Pour toi, je suis une mère. Bois.

Il laissa un long moment sa main sur son sein, puis finit par la retirer. Cette fois, il n'avait plus honte de l'avoir désirée. Oui, Bérénice était comme une mère. Elle en avait tous les bienfaits. Tout ce qu'il avait imaginé, depuis toujours, que dût donner une mère. Le bien-être de l'oubli, dans une douce torpeur. Il en perdait jusqu'à l'envie qu'il avait eue de son corps. Il s'anéantissait dans sa paix. Elle était la force et la douceur ensemble. Comme Ruth, mieux que Ruth. Bérénice détenait une puissance inconnue. La sérénité avec la certitude. Elle était le repos absolu. Elle le guérissait de toutes les femmes.

— Les nouvelles, dit-il encore comme il finissait le bol. J'aimerais bien avoir les nouvelles...

— Pour t'avancer à quoi ? Allons, il faut dormir.

— Mais les deux tablettes. Tu sais, les deux tablettes de plomb. Il y en a une qui...

— Allons, dors.

— La tablette qui est tombée...

Le reste de ses paroles se perdit dans un murmure. En tendant l'oreille, on aurait pu y reconnaître, curieusement associés comme sur les lames d'envoûtement gravées par la diva, le nom de Judith et celui du Commandeur.

CHAPITRE XXV

Une fois de plus, Bérénice avait raison : qu'auraient pu lui apporter les nouvelles, sinon un inutile surcroît d'angoisse et d'interrogations ? Le concert de la Cruzenburg n'avait pas amené la fin. Avec leur légèreté coutumière, il ne se trouva pas un chroniqueur pour s'en étonner, voire en rire, pas un seul non plus pour avoir l'audace d'y consacrer ne fût-ce qu'un articulet, un minuscule billet nourri d'irrévérence. A la une de toutes les gazettes, on vit la même photo de la cantatrice. Elle avait été prise au moment où Constance, dressée dans ses voiles noirs et flottants qui se reflétaient dans le métal des cuivres, entamait le dernier acte de *Sansinéa.* A ses pieds, brandissant sa baguette de chef, apparaissait Dräken, manifestement épuisé, mais le regard enflammé par l'évidence de son propre triomphe ; et de fait, à longueur de commentaires, c'était lui qu'on couvrait d'éloges. Ce n'était pas que la Cruzenburg eût été mauvaise, loin de là. A en croire les témoins, elle avait fait des miracles dans l'air fameux qui termine l'opéra, celui qui est passé à la postérité sous le nom de *Dernier Chant de l'amour maudit*, et que chante l'héroïne avant de se donner à Lucifer dans un inceste de la pire espèce.

Mais, comme l'avait pressenti Trendy, la Cruzenburg, pour la première fois de sa vie, avait servi la musique davantage qu'elle ne s'en était servie ; l'avait-elle ou non voulu, était-ce un effet de l'échec de ses sortilèges, la partition de Dräken, par ses effroyables difficultés, l'avait-elle contrainte à plus d'humilité, à l'aveu des passions qui couvaient sous son visage de marbre ? Nul, dans les quelques documents qui restent sur ces lendemains, ne se laisse aller à pareille analyse. Mais Trendy avait vu juste : ce n'était pas cette beauté d'un seul coup torturée, avec sa faille humaine, que le public voulait continuer d'adorer. A cause de ses propres tourments, des convulsions dont lui-même était pris, le monde voulait se prosterner devant une beauté dure et glaciale, une impassible déesse régnant sur un univers de noirceurs et promettant des noirceurs plus épouvantables encore. L'extraordinaire faveur de la musique, et notamment celle de l'opéra, tenait alors à une conviction : la force du chant se nourrissait à des puissances occultes, une sève noire que Constance, plus que toute autre, avait le don de faire monter en elle. Mais, pour échapper aux chausse-trapes de la musique de Dräken, la Cruzenburg n'avait eu qu'un recours : le déchaînement des peurs qui couvaient au plus profond d'elle-même. Qu'elle eût rompu ses amours avec le Sombre Empire fut ressenti comme une faiblesse et le commencement d'un déclin. Pour la première fois de sa carrière, malgré la virtuosité de sa performance, qu'en d'autres temps on eût, en absolue sincérité, portée aux nues, Constance von Cruzenburg avait un peu déçu.

Certes, on l'avait acclamée. Quelques feuilles mondaines publièrent le récit de ce qui s'était passé après le concert, quand les musiciens des *Clavicules de Salomon* se ruèrent sur la scène pour être les premiers à la féliciter, et qu'ils entonnèrent avec elle, Dräken et Drogon, sur fond de piano, trompette et violoncelle, les couplets de leurs chansons fétiches, qui ces derniers mois avaient fait le tour du monde, *Sexe inaccessible, cesse tes sévices* et *Parking aux catacombes*. Cette association hardie leur avait valu un tombereau d'ovations. Néanmoins, tandis qu'ils ensevelissaient Constance sous les vivats et les gerbes de fleurs, tous savaient confusément qu'elle ne serait plus jamais la grande Cruzenburg.

Mais que signifiait au juste *plus jamais*, dans ces temps de peur et de rumeurs étranges ? Car ce qu'on vivait n'était plus un jeu, le frisson esthétique qu'on avait recherché partout ces derniers mois, en chantant à pleine gorge les plus sinistres *Dies irae*. Il y avait l'angoisse de la maladie. Pareille à la peste, elle frappait au hasard, injuste, capricieuse. Le concert de Constance avait permis de reculer l'annonce du décès de plusieurs célébrités, et les ravages du mal, on le savait depuis longtemps, ne s'arrêtaient pas aux personnalités. Tous avaient usé et abusé de la drogue, et tous pouvaient se trouver touchés. On ne tenait toujours pas de remède efficace. Les cas d'aphasie et d'angines mortelles, peut-être multipliés par la rigueur du froid, étaient devenus si nombreux, et l'impuissance des médecins d'une évidence si flagrante, que les politiciens, terrifiés par l'ampleur que pouvait prendre l'épidémie, cherchèrent à étouffer toutes les manifestations, si minces fussent-elles, du terrible fléau. Pour les malades, c'était chose facile : ils préféraient, dès qu'ils se savaient atteints, mourir discrètement et dans la solitude. La certitude de la fin du monde, la conviction que les autres ne tarderaient pas à les suivre agissaient sur eux à la façon d'une foi religieuse, et leur apportaient, dans leurs derniers moments, une sorte de consolation.

Les bien-portants, au contraire, préoccupaient les gouvernants : à quels excès pourrait les porter cette situation imprévisible ? *Si fin du monde il y a, elle doit aussi se gérer avec rigueur*, avait confié l'un des plus brillants politiciens de l'époque. *Rigueur*, en l'occurrence, signifiait silence. Les hommes politiques, pour une fois, étaient tentés de se taire ; mais se taire, c'était laisser entendre qu'on était atteint du fléau. Ils ne tenaient plus à consulter leurs voyants, les diseurs de bonne et de mauvaise aventure, qui, à force de souffler le chaud et le froid, tiraillés qu'ils étaient eux-mêmes entre l'un et l'autre, n'avaient rien vu venir de cette catastrophe, aussi réelle qu'elle était discrète. Les prédications de fin du monde étaient une chose, la terreur d'un mal bien concret en était une seconde, autrement difficile à manœuvrer. Il fallait éviter à tout prix la panique de la maladie, au besoin l'étouffer dans l'œuf. Une des premières marques de cette censure implicite — on a constaté, en tous temps, sa méticuleuse incohérence — fut de supprimer tout ce qui, de près ou de loin, pouvait évoquer une privation de parole. Nul n'aurait eu le front de proposer une minute de silence. Les opposants se mordaient la langue pour éviter de dénoncer une quelconque « conspiration du silence » autour de la maladie, les dirigeants n'osaient plus affirmer que si la parole est d'argent, le silence est d'or. Cette excommunication s'exerça jusqu'aux termes imagés. Ainsi *clouer la parole, bœuf sur la langue, langue de bois* ou même, par une curieuse extension, *gueule de bois* furent bannis du jour au lendemain de tout discours privé ou public.

Tout cela du reste alla de soi, il ne fut pas besoin de consignes ou de recommandations venues d'en haut. Seule *Bajazet,* la tragédie de Racine où il est si souvent question des muets du sérail, fut soudain frappée d'interdiction, par un arrêté laconique du *Journal officiel.* De nombreuses autres mesures furent prises dans le même sens, dont on n'a pas gardé la trace, par le peu de soin que mirent les générations suivantes à la conservation des archives, et aussi la rareté des esprits, dans le moment exceptionnel qu'ils vivaient, à noter les mille et une choses qui sont le grain d'une époque, le tissu même du passé. A la vérité, plus la maladie préoccupait, plus on cherchait à s'en étourdir. La fin de l'année, avec ses journées traditionnellement vacantes, autorisait bien des débordements. Pour montrer qu'on n'était pas malade, ou s'en persuader soi-même, on parlait très fort dans tous les lieux publics, les caves, les cryptes, les galeries souterraines, les jardins suspendus, et les politiques au premier chef, qu'on vit renchérir en conversations ininterrompues sur les sujets les plus frivoles. Dans tous les endroits à la mode où l'on allait brûler son argent et ses nuits, on s'abrutissait de paroles et musiques : en cette fin d'année, le silence était devenu le premier fléau.

Et l'on attendait. Les prophètes se turent, ou plutôt ils changèrent de conversation, attentifs qu'ils étaient comme les autres à bien montrer que la maladie ne les avait pas atteints. Ils rappelèrent simplement que, pour Lucifer et les siens, heures, minutes, années, tout se valait, que Satan se jouait des horloges comme de l'ordre des étoiles et que l'Empire noir était seul autorisé à fixer le décompte des heures et la minute fatale. Bref, ils se ménageaient une marge d'avenir. Seuls les financiers avaient gardé du recul, qui continuaient à spéculer, non sur la fin, mais sur la fièvre de la fin. Tous ceux qui avaient eu l'astuce de placer leurs intérêts dans les industries de l'apparence ou de la distraction avaient en six mois édifié des fortunes. Le seul ennui, c'est qu'on ne travaillait plus guère, ces derniers temps, et ils en étaient réduits, comme les autres, à redouter l'écroulement. Tous les termes, comme le temps, paraissaient suspendus. On n'évoquait plus les prédictions, on ne donnait plus le moindre horoscope, on avait même interrompu les prévisions météorologiques. Il est vrai que le temps s'y prêtait : comme l'été qui s'était prolongé jusqu'aux tempêtes de Toussaint, immuablement sec et chaud, il semblait qu'on ne dût plus jamais sortir de cet hiver glaciaire ; et c'était cela, sans doute, le plus terrible, cette attente sous le ciel froid, impassible, lui aussi privé de parole. Dans ces derniers mois, alors qu'à la vérité les signes avaient été illusoires ou pour le moins fort discrets, on avait disséqué les cartes du ciel, les grimoires, les hiéroglyphes, les moindres passages des textes apocalyptiques, on avait glosé sur eux à perte de vue, on avait brossé des fresques d'horreur, avec d'effroyables séismes, des pluies de météores, des Léviathan avaleurs de planètes, des raz de marée déchaînés contre de nouvelles Atlantides. A présent, pour peu qu'une catastrophe véritable et d'une réelle ampleur se fût produite ici ou là, nul n'en aurait soufflé mot. On aurait désespérément cherché, avant tout, à parler plus fort que son voisin, à dissiper en vêtements plus extravagants, en bijoux, en alcools, tout l'argent qu'on avait encore, on se serait soûlé de musique, et le matin, à l'aube, dans le froid et la solitude retrouvés, on se serait étonné une fois de plus que le soleil fût là.

CHAPITRE XXVI

Ruth repoussa les couvertures, tâtonna un moment dans l'obscurité, écarta légèrement les rideaux. Le matin était là, une aube glacée, comme la veille. Elle regarda le lit, puis revint à la fenêtre. Malcolm continuait à dormir, avec le même souffle régulier, la tête bien droite sur l'oreiller. Il ne s'apercevait jamais de ses insomnies. Elle se levait sans le moindre bruit, elle se repérait dans le noir sans la moindre difficulté. L'habitude lui venait de ses années de pension, et, plus loin encore, de ses premières années à Rocaïbo. En ce temps-là, dans l'île, l'électricité était inconnue. Dès le crépuscule, qui venait tôt, on se retrouvait dans le noir. On allumait des lampes à pétrole, des bougies, et ce fut là longtemps la seule mémoire qu'elle garda de son enfance : une curieuse odeur dans l'humidité de la nuit, où se mélangeaient la cannelle et la cire encore chaude.

Ruth avait peu de souvenirs de l'île. Ou, plus exactement, elle s'était persuadée qu'elle n'en avait pas. Quand il avait fallu répondre aux questions, elle avait toujours eu la même phrase toute prête : « Je ne sais plus, c'est si loin, j'étais si petite quand nous sommes partis... » Elle trichait. Depuis la mort d'Iris, depuis la disparition de Van Braack, elle s'était acharnée à enfouir ce passé. Elle n'aimait pas son enfance. Avec la naissance de Judith, elle avait cru que tout était à jamais effacé. Penchée sur son bébé, elle s'était convaincue que seul comptait l'avenir. Même lorsqu'elle avait retrouvé *Hauteclaire*, elle s'était entêtée dans l'illusion de l'oubli.

Rocaïbo, c'était la part la plus lointaine de sa vie, la plus obscure aussi. Tant de choses avaient dû se nouer là-bas, qu'elle avait voulu désespérément ignorer. Van Braack lui-même ne lui en avait jamais soufflé mot, pas une fois devant elle il n'avait prononcé le nom de l'île. Seule Iris, quelques jours avant son mariage, lui avait parlé de Rocaïbo. Elle était joyeuse, plus encore que de coutume : « Ruth, tu te souviens de notre maison, tu te rappelles ta nourrice, et les plages abritées où elle nous emmenait, et la mine d'or abandonnée, le volcan que les indigènes adoraient comme un dieu, et le vieux palais en ruine qui était hanté... » Ruth avait aussitôt deviné quelle était la destination de son voyage de noces. Iris pourtant en faisait grand mystère. Elle avait aussi compris qu'elle n'en reviendrait pas. Elle s'en voulait, elle se croyait jalouse, elle s'accusait, mais cela n'enlevait rien à l'évidence de son pressentiment : c'était là que s'en allait Iris, et elle n'en reviendrait pas. L'île, dans son esprit, était restée un lieu hostile. Plus tard, lorsque à son tour Ruth avait navigué, elle avait toujours évité ces parages de la Sonde. Elle, Iris, elle n'avait pas cette méfiance animale, elle était gaie, hardie, aveugle. C'était sa manière, sur scène ou en amour, et tout ainsi lui réussissait. Elle était douée pour le bonheur. De son enfance dans l'île, malgré les cyclones, les insectes, les maladies rôdeuses, sa sœur avait gardé un souvenir enchanteur ; et ce soir-là, quelques nuits avant son mariage et son départ avec le Commandeur, comme Ruth secouait la tête à chacun de ses « Tu te souviens », Iris l'avait attirée à elle, avait frotté ses joues de ses paumes si douces, et elle avait éclaté de rire : « Tu étais trop petite. Mais moi, je me souviens de tout. C'est notre berceau, là-bas. L'île était un berceau... » Ruth persista à se taire. Alors sa sœur se pencha sur elle et lui murmura à l'oreille ce que Van Braack, prétendait-elle, lui avait dit en confidence : des années avant de s'y installer comme gouverneur, le capitaine, par deux fois, avait séjourné dans l'île, si bien qu'il l'avait connue en son époque de splendeur, le temps de la mine d'or et celui du roi Manuel.

D'un seul coup, Ruth avait éclaté : « Tu me racontes des histoires ! Je ne suis plus une petite fille ! » Agacée, Iris était sortie en claquant la porte. L'instant d'après, se penchant à la fenêtre de cette chambre qui était devenue celle de Judith,

Ruth avait vu sa sœur passer la barrière d'*Hauteclaire*, et courir jusqu'à la *Désirade*, maladroite sur ses hauts talons, un châle jeté sur sa robe échancrée. Ce soir-là, Ruth l'avait détestée. Dans sa gaucherie de jeune adolescente, elle lui en voulait de sa beauté, de sa force de femme, mais elle la haïssait plus encore d'avoir voulu la ramener aux temps obscurs de son enfance, dans cette île trop chaude, trop verte, qui était aussi le tombeau d'une mère qu'elle n'avait pas connue. Sa nourrice, Concepción, l'emmenait régulièrement au cimetière. Avant d'y pénétrer, elles passaient devant la grille rouillée d'une construction abandonnée, une bâtisse baroque adossée aux premiers contreforts du volcan, infestée par les rats et noircie de moussons, le « palais hanté », comme disait Concepción en détournant les yeux. Au fond d'un parc livré à l'invasion des lianes, on voyait se dresser ses frontons contournés, toujours imposants malgré leur déchéance. « C'est le palais du roi Manuel, ajoutait rituellement Concepción. Manuel était autrefois le maître de l'île car il possédait la mine. Mais il aimait trop l'or et sa fille était trop belle, malheur sur lui, malheur sur lui et sa maison, tout est fini maintenant, malheur sur l'île et malheur sur nous... » La nourrice agitait la main vers les statues rongées de pluie éparpillées dans le parc et qu'enserraient jusqu'à les renverser des lacis inextricables de lianes, puis elle chuchotait des mots incompréhensibles et pressait le pas jusqu'au cimetière. Elle n'en disait jamais plus. Le peu qu'elle avait raconté, à vrai dire, suffisait bien à la petite Ruth. Elle courait sur les pas de Concepción et, bien qu'elle lui parût vieille et noire comme les maisons de Rocaïbo, elle s'accrochait à ses jupes et se réfugiait dans leurs plis. Elle n'avait jamais aimé avoir peur. Elle n'avait jamais aimé le mal. Elle avait toujours détesté l'île.

Et, jusqu'à ces derniers temps, tout ce qui concernait Rocaïbo était resté très flou dans son esprit, comme si des brumes tenaces enveloppaient cette part de sa mémoire, un brouillard qui jamais ne se dissipait. A *Hauteclaire*, du reste, il n'y avait rien qui rappelait l'île, aucune gravure, aucune photo, tout juste des rappels indirects qu'elle était seule à connaître, une écaille de tortue, des coquillages et les tritons de l'entrée, dont Iris avait prétendu un jour qu'ils venaient — mais peut-être était-ce encore pour se moquer d'elle — du palais du roi

Manuel. Si Van Braack n'avait pas disparu de manière si étrange, elle s'en serait peut-être séparée. Des années durant, elle n'avait pu écarter l'idée qu'il était vivant, qu'il était reparti courir les océans comme à vingt ans, libre de toute attache, avec la même ardeur, le même aveuglement, à la recherche des compagnons qu'il avait eus jadis, de ses aventures d'autrefois, de ses bonnes et ses mauvaises fortunes, reparcourant un à un, jusqu'à son dernier souffle, les mystérieux épisodes qui avaient bâti sa légende.

Mais Van Braack était déjà si vieux au moment de son départ, et sa santé si délabrée, qu'il était impossible qu'il fût encore vivant. Alors pourquoi Ruth ne cessait-elle plus de repenser à l'île ? C'était venu lentement, sournoisement, quelques semaines après le départ de Judith. Elle ne savait par quel cheminement, l'atmosphère étrange, peut-être, qui s'abattait sur les gens et les choses, elle avait retrouvé un peu de son enfance. Rien de très précis, rien qu'une atmosphère diffuse, de vagues parfums, des couleurs, des paysages voilés par l'éloignement des années. Van Braack avait le titre de gouverneur de l'île, et sa propriété était éloignée de la mer, adossée elle aussi aux pentes de la montagne, non loin, croyait-elle se rappeler, de la bâtisse du roi Manuel. Sa nourrice lui parlait espagnol, une langue qu'elle avait oubliée. Là-bas, le monde était vert et noir, vert de pluie, noir comme la pierre du volcan, les nuits étaient longues et lourdes, l'air chaud et humide, le ciel agité de nuages gris et pansus, les plantes hautes et grasses, suant l'eau et l'odeur de la terre noire, le même venin qu'exsudaient toutes choses. Seule la plage, au bout de la jungle, derrière les rizières et la mine abandonnée, laissait entrevoir ce que pouvait être la pureté du monde. Encore fallait-il se méfier de la mer, car elle était mauvaise le plus clair de l'année. On ne pouvait se baigner que dans des anses bien abritées, et même dans ces petits lagons il arrivait souvent qu'un pêcheur soit surpris par une lame étincelante qui s'abattait sur lui comme un glaive d'acier. Puis elle l'emmenait vers le large, sans qu'un seul instant il pût lui résister.

Mais de ces quelques visions Ruth n'était pas certaine. Ne les aurait-elles pas forgées des années après, par un travail obscur et souterrain, à cause de la mort d'Iris, de la disparition de son père, de la volonté d'oublier, d'effacer tout ce qui touchait au passé ? Tout ce dont elle était sûre, c'était d'une image simple : elle se voyait petite, très petite face aux pentes vertes de la montagne et à son chapeau de nuages sombres. Concepción, à ses côtés, commençait de sa voix cassée une longue histoire, et la nuit venait, la nuit avec la pluie, avec la peur ; et, comme toutes les autres nuits, elle serait longue à mourir.

Pour le reste, Ruth ne savait plus, et Van Braack avait si peu parlé. Il se fût d'ailleurs confié qu'elle n'aurait pas voulu l'entendre. Quand elle était partie naviguer avec le père de Judith, elle avait fui ce que Van Braack aurait pu lui apprendre, autant que la vie à ses côtés. Elle ne comprenait rien à ses tourments et elle avait envie de vivre.

Un jour pourtant, le capitaine avait lâché quelques phrases, lui aussi, sur le palais du roi Manuel. Elle s'apprêtait à sa première croisière avec l'homme qu'elle croyait aimer. Elle l'avait à peine écouté. Elle l'avait trouvé vraiment fou, de parler comme d'une merveille de l'univers d'une vieille bâtisse toute lézardée et mangée par la jungle, au fond d'une île perdue, tout au bout d'un océan hostile. A présent, elle n'était plus si certaine qu'il eût divagué. Mais c'était trop tard. Elle était passée à côté de son père. Un bref moment, comme des météores à la course imprévisible, ils s'étaient croisés. Elle avait eu un minuscule instant d'attention, puis elle avait repris la mer.

Ruth laissa retomber le rideau de la fenêtre. Un peu de jour passait maintenant l'étoffe. Malcolm dormait toujours. Hier soir, il était rentré tard de l'Opéra. Elle n'avait pas eu la force de l'y accompagner. Elle l'avait attendu, comme d'habitude en pensant à Judith. Elle ne s'était endormie que lorsqu'il fut couché à ses côtés, lorsqu'elle trouva dans sa chaleur un peu de réconfort. Comme il avait été injuste avec elle, ces derniers temps ! Elle l'aimait, mais il ne voulait pas la croire. Ou plutôt elle commençait à l'aimer. Elle l'avait découvert au fond de sa douleur, au fond de sa peine d'avoir perdu Judith.

Elle s'avança vers lui dans la pénombre et l'observa un long moment. La vieillesse gagnait les traits de Malcolm, mais Ruth aimait en lui jusqu'aux ravins de ses joues, jusqu'à ses cheveux gris ébouriffés qui commençaient à s'éclaircir, toute cette vie inconnue d'elle qu'il était venu lui offrir, ses nuits d'étude, ses livres, sa maison. A plusieurs reprises, ces derniers mois, il lui avait proposé de vivre avec lui, loin d'*Hauteclaire* et de la *Désirade*. Il possédait dans une île des Antilles une petite propriété, disait-il, où il pourrait y ancrer son bateau, où ils vivraient en paix entre mer et soleil. « Laisse Judith vivre sa vie, avait-il répété depuis son départ, laisse-la, oublie. Il y a plusieurs vies dans la vie, vivons-en une ensemble, Ruth, suis-moi, pour toi seule je lâcherai tout, ma machine à écrire, ma bibliothèque, viens là-bas, tu seras heureuse, ma maison est belle et nous naviguerons. » Elle avait chaque fois refusé. Un jour, il s'était fâché. Il avait eu des mots très durs, il avait menacé de partir, il lui avait dit qu'elle ne l'aimait pas, ou que dans le meilleur des cas il n'était pour elle qu'une lointaine planète, dont la trajectoire, de loin en loin, venait croiser la sienne. L'expression l'avait frappée. Elle n'avait su que soupirer. Devant son silence, il avait perdu pied à son tour. Puis, comme il refermait la barrière d'*Hauteclaire*, il avait conclu : « De toute façon, pour le temps qu'il nous reste à vivre, à tous... » Elle ne l'avait jamais connu si pessimiste. Lui aussi, les rumeurs de fin avaient fini par l'atteindre, et elles avaient eu raison de son habituel détachement. Et qui du reste aurait pu en être épargné, avec la terreur de la maladie ? Elle avait gagné jusqu'à la lointaine province, et les gens un peu partout étaient devenus comme fous. Ainsi, hier soir, on avait décrété que le monde s'arrêterait avec un concert. Avec cette Cruzenburg qui fascinait les foules. C'était à la fois dérisoire et tragique. A mourir de rire, ou à périr de désespoir.

Rien qu'à penser à la cantatrice, à revoir ses yeux se poser sur sa fille, impénétrables et glacés comme les eaux d'un lac, Ruth était soulevée d'une irrépressible colère.

Comment Judith, sa Judith, sa solitaire, sa sauvageonne, sa rebelle, avait-elle pu succomber à l'attrait de ce monde, à la fascination de cette chanteuse diabolique, à la tentation du Commandeur ? Elle avait cru lui apprendre tout ce qui l'avait aidée elle-même à vivre, la douceur, la beauté, l'amour des féeries. Elle s'était tellement sentie comblée quand on lui avait dit, lorsqu'elle avait douze ou treize ans : « Comme votre fille vous ressemble, madame Van Braack, on croirait vraiment vous voir, quand elle brode ! C'est votre portrait craché, votre jumelle, presque, elle a les mêmes expressions que vous, les mêmes gestes, quand elle s'occupe du feu, du jardin... Quand elle peint aussi, surtout quand elle peint ! — Je ne peins pas », avait objecté Ruth. « Vous ne peignez pas, avait-on répondu, mais à voir Judith, c'est tout comme... « Alors Ruth avait rougi de bonheur. Aimer sa fille. N'aimer que sa fille. La maternité avait été son seul, son vrai, son grand voyage. Allaiter Judith. Baigner Judith. Caresser Judith. Soigner Judith, jouer avec Judith, raconter des histoires à Judith, écouter Judith. Passer les mains dans les cheveux de Judith, respirer leur odeur, s'en griser comme s'ils renfermaient tous les parfums de l'Arabie... Et puis, il y a deux, trois ans, Judith s'était fermée. Elle était devenue tourmentée, presque hostile. Même ainsi, Ruth l'avait aimée. Dans la force infinie de sa passion pour elle, elle avait accepté sa rébellion, ses silences, elle avait su se taire quand il fallait se taire, écouter sans questionner quand Judith parlait, attendre quand elle partait, supporter les humeurs, les lubies, les caprices, et se répéter à elle-même, comme elle répétait aux autres, ce n'est rien qu'un moment, cela passera, une mauvaise période, pourquoi s'inquiéter, nous en avons tous, ce n'est rien, vous savez, rien du tout, cela passera...

Et Judith était partie. Partie chez le Commandeur. Ruth ne se souvenait pas d'avoir autant souffert. Même à la mort d'Iris. A cause de ses pressentiments, la disparition de sa sœur l'avait laissée distante et froide, elle avait eu la douleur muette, un peu hautaine, qu'ont souvent les enfants. Elle était seule depuis si longtemps, entre ce père incompréhensible et cette sœur trop belle, trop magnifique, trop comblée. Ce qu'elle attendait de la vie, dans le secret de son corps encore amphibie, mi-petite fille, mi-femme, c'était de devenir cet immense bienfait qu'elle n'avait pas connu : une mère, tout simplement une mère.

La vie lui avait donné Judith. Son enfance avait été la sienne, comme son adolescence. Elle aurait voulu partager sa jeunesse. Alors, comme toujours quand elle a beaucoup donné, la vie la lui avait retirée. Ou du moins Ruth le croyait-elle.

Avec le départ de sa fille, c'était comme un écroulement. Elle avait beau se forcer à écouter Malcolm, à relire et relire les billets de Judith, *Je peins, maman, je ne fais que peindre, j'ai besoin d'être là-bas,* rien n'avait plus de sens, la maison moins que tout le reste, une poignée de sable qui lui filait entre les doigts, qui allait se perdre dans l'infini des choses. Si seulement Anna avait été là... Des jours durant, elle crut entendre sonner à nouveau, comme la nuit de sa mort, la cloche du *Roi-des-Poissons.* Mais qu'aurait pu Anna ? Cela faisait longtemps que le mal l'avait prise elle aussi, le mal du Commandeur, ce même tourment qui s'était emparé de Judith. Anna aussi, il y a quinze ans, à l'apogée de sa beauté, avait voulu suivre le Commandeur, et personne, ni même elle, Ruth, sa meilleure amie, n'avait pu l'en empêcher. Lorsque Anna était rentrée, elle était brisée. Comme les autres femmes, elle avait cru le séduire, et c'était lui qui l'avait soumise à sa loi. Un jour, à l'issue de l'une de ces réunions mondaines où le Commandeur semblait passer sa vie, Anna avait compris qu'elle était remplacée. Par on ne savait quel miracle, elle avait trouvé la force de partir. Elle était revenue vivre dans sa province, mais rien vraiment n'avait pu la guérir du Commandeur. C'était plus fort qu'elle, Anna le cherchait toujours, elle savait toujours où il était, ce qu'il faisait, et, chaque fois qu'il avait rouvert la *Désirade,* elle avait réussi à être de la fête. Pauvre et belle Anna ! De sa vie, elle n'avait été qu'un feu ; et, parce qu'elle avait voulu l'offrir au Commandeur, il l'avait retourné contre elle, il l'y avait anéantie. Car c'était lui, le meurtrier. Un meurtrier tortueux et imprévisible. Un monstre. Un dévoreur d'âmes, comme son amie la Cruzenburg. Le Diable en personne.

Ruth soupira. Le Diable, non, ce n'était pas possible. Elle avait lu, comme tout le monde, des histoires d'envoûtements, d'exorcismes, de sorcellerie. Tout cela, la plupart du temps, lui avait paru sordide. Ces épingles enfoncées dans des poupées, ces sabbats sous la lune, ces pactes pour un peu d'or ou le corps d'une femme, il y avait là trop de désir brut et commun, rien qui se rapprochât avec le raffinement, la subtilité du Commandeur, la noire beauté dont il s'était entouré.

A bien y réfléchir, pourtant... D'un seul coup, Ruth eut froid, froid et peur, comme ces derniers mois dans la solitude d'*Hauteclaire.* Elle avait cherché à se distraire en sortant un peu, mais les gens de la province n'étaient pas plus gais qu'elle. Ils n'arrêtaient plus de raconter des histoires sinistres. Reprenant à leur manière les prédictions qui voulaient que le mal dût remonter de l'Océan, ils prétendaient que les rares marins qui s'aventuraient en haute mer y croisaient chaque semaine de plus en plus de dérélicts, ces épaves errantes qu'on verrait bientôt aborder la côte, avec les spectres de tous les naufragés, des conquistadores malheureux des temps passés aux scaphandriers emmêlés dans les algues des grands fonds. La mer devenait ennemie, la façade blanche d'*Hauteclaire*, dressée au bout du cap, ressemblait maintenant à un grand fantôme. Le jardin était nu et gelé, la maison sans vie, refermée sur l'hiver, sur les longues tempêtes glacées qui balayaient le rivage. A côté, derrière ses arbres pris dans le givre, la *Désirade* demeurait inchangée : une forteresse inattaquable. Comme Judith : indifférente à tout, au froid, à la peur, à la souffrance, à la mort d'Anna, à la fin de toutes choses.

Ruth se glissa sous les couvertures et se blottit à nouveau contre le corps de Malcolm. Il frémit mais ne se réveilla pas. La soirée à l'Opéra avait dû l'épuiser. Ils n'en avaient pas parlé. Avant son départ pour le concert, elle lui avait jeté tout ce qu'elle pensait de la Cruzenburg. Un démon, s'était-elle écriée, une vraie dévoreuse d'âmes. « Pourquoi alors étais-tu allée l'écouter à la *Désirade* ? — Parce que cette femme est diabolique et que j'étais tentée. Comme vous tous. » Malcolm avait haussé les épaules. Il savait tout du Diable, mais il n'y croyait pas. Pas plus qu'il n'admettait qu'on fût tourmenté par les morts. « Il ne faut plus penser à Anna, n'avait-il cessé de lui répéter de ce début d'hiver. Les morts ne nous appartiennent pas. Pas plus que les amoureux. Ils ne s'appartiennent qu'à eux-mêmes. »

Belles paroles. Comment se consoler avec des mots ? Et bien sûr, évoquant les amoureux, Malcolm avait pensé à Judith. Judith amoureuse du Commandeur, Judith reprenant le chemin d'Iris... Rien qu'à y penser, Ruth avait envie de hurler, de détruire ce qui l'entourait.

Les yeux mi-clos, elle examina le décor de la chambre. Une pièce sans âme, confortable et sans intérêt, comme toutes les chambres d'hôtel. Elle se calma peu à peu. Somme toute, elle avait bien fait de quitter sa maison. Un jour de plus là-bas, et elle aurait fini par céder à la tentation de tout briser, de tout jeter au feu, du mobilier de Judith aux porcelaines de Delft, de faire table rase de ce qui avait fait *Hauteclaire*, les gravures, les tableaux, l'atelier de reliure, et jusqu'à ce poulpe grimaçant face au portrait du capitaine. Quelle fatalité, pour poursuivre ainsi, génération après génération, les femmes de sa famille ? Où cela allait-il s'arrêter ? Où cela avait-il pu commencer ?

Car il y avait bien une raison, une clef à tout cela. C'est ainsi que jour après jour lui étaient revenus les souvenirs de Rocaïbo. Elle le devait un peu à Malcolm. Les semaines qui avaient suivi le départ de Judith, elle s'était murée dans sa souffrance, elle n'avait rien voulu lui dire, elle pensait encore qu'il y avait quelque chose à faire. Elle avait failli se rendre à la *Désirade.* Au dernier moment, elle s'était ravisée. Aller supplier le Commandeur pour mieux consacrer sa victoire ? Et Judith l'aurait-elle seulement suivie ? Elle avait vu alors, posé sur elle, le regard du Commandeur, avec son mélange terrifiant de hauteur et d'ironie. Et tout cet argent qu'elle lui devait... Il aurait été capable de lui proposer la remise de sa dette, contre Judith. Ç'aurait été plus qu'elle n'aurait pu supporter. Le temps passant, et Judith ne se manifestant à elle que par ses petits billets qui ne la rassuraient pas, Ruth avait compris que sa fille ne lui reviendrait pas de sitôt. Qu'elle ne serait plus jamais la même Judith. Sa Judith. Qu'elle était peut-être perdue à jamais. Alors elle s'écroula dans les bras de Malcolm.

Elle avait sangloté des heures. « Elle est enfermée depuis des semaines, elle est tombée sous sa coupe, comme les autres, comme Iris, elle pourrait au moins passer me voir, mais non, je n'existe plus, elle est ensorcelée, envoûtée, le malheur nous poursuit... »

Ce n'étaient pas des mots guidés par le désespoir. Elle les pensait. Elle se sentait coupable d'être revenue vivre à *Hauteclaire,* coupable d'avoir ignoré la fatalité qui liait sa maison à la *Désirade.* Et quelle sottise aussi d'avoir cru pouvoir opposer son dérisoire mur de douceur à tout le mal dont le monde était plein. Se souvenir de tout, ne rien pardonner, la haine contre la haine, telle était la seule vérité. Elle s'était engluée à force d'être tendre. Dans sa jeunesse, elle n'était pas ainsi. A force de s'oublier dans l'amour, elle s'était perdue. « Les navires sombrent aussi à cause des calmes, disait-elle alors à Malcolm. Les navires, et les marins. Et qui va regretter un imbécile qui ne sait plus avancer... »

Malcolm l'écoutait patiemment et tentait de la raisonner.

— Essaie de réfléchir, disait-il. Cet homme n'est pas surnaturel. Il y a eu quelque chose, entre vos deux familles, quelque chose qui fascine Judith, quelque chose qu'elle cherche parce qu'il y a mystère. Il suffirait de le dévoiler pour la délivrer du Commandeur. Et qui nous dit qu'il faut l'en délivrer ?

— Quelque chose, mais quoi ? opposait invariablement Ruth. Je ne sais rien de mon père. Je n'ai jamais rien su.

— Tu n'as pas cherché à savoir.

— Savoir, c'était souffrir.

— Maintenant, ce serait revivre. Cherche, Ruth, cherche le plus loin que tu peux. Dans l'île, là-bas...

— Jamais de la vie !

Il insistait :

— La source, c'est l'enfance. Dans l'île...

Elle secouait la tête, mais, dès qu'il était parti, elle partait à la recherche de Rocaïbo. D'abord, c'était l'odeur, le parfum d'une serre éternellement humide, avec la note nocturne de la cire chaude et de l'infusion de cannelle. Puis venaient les couleurs, le noir et le vert, la montagne, les nuages, le parc et ses statues renversées, la voix de Concepción comme une incantation. Et jamais rien d'autre que ces bribes.

Ce matin, toutefois, à mesure que le jour s'infiltrait dans la pièce, à mesure qu'elle se réchauffait contre le corps de Malcolm, quelque chose de nouveau lui revint. C'était à la vérité fort peu de chose. Lorsque Malcolm, non sans peine, l'avait convaincue de quitter *Hauteclaire,* elle avait, comme par une sorte de supersitition, emporté ce qu'elle avait de plus précieux : les photos de sa sœur, celles de sa fille et un document que Van Braack avait refusé de rendre au Commandeur après la mort d'Iris : leur certificat de mariage. C'était l'un des rares papiers qu'on ait trouvés après la disparition du capitaine. Des années durant, Me Léonard avait insisté à son tour pour que Ruth le lui rendît. Toujours méfiante à l'égard du notaire, et fidèle à l'obstination de son père, qui l'avait vivement frappée — elle s'attachait, à tout prendre, à un vulgaire chiffon sans plus aucune valeur légale — Ruth avait refusé de le confier à qui que ce fût, et elle l'avait conservé au fond de sa coiffeuse, dans le petit secret qui abritait les photos d'Iris et de Judith. Au moment de partir, et comme si elle abandonnait *Hauteclaire* à jamais, elle avait tout emporté. Ce qui lui revenait à l'esprit, c'était une phrase que Van Braack avait griffonnée au dos. Elle la connaissait par cœur. Pourtant, ce matin, une subite inspiration lui commandait de la relire. Sans plus penser au sommeil de Malcolm, elle rejeta les couvertures, se précipita sur son sac, écarta les rideaux, étala sous la lumière froide tout ce qui lui restait d'*Hauteclaire*. Elle repoussa les photos. D'un seul coup, ce papier était devenu ce qu'elle avait de plus précieux au monde. Il était léger, transparent, parcouru de nervures. Des années durant, Van Braack avait dû le conserver dans sa poche, et, pour y déchiffrer ce qu'on y avait inscrit, il fallait le déplier avec précaution. En dépit de son adresse, il filait entre ses doigts. Un court instant, elle crut l'avoir perdu. Il avait simplement glissé sur le plancher. Elle le ramassa, l'étala sur la commode face à la fenêtre. La phrase de Van Braack était bien là, au dos du document, tracée de sa longue écriture torturée et presque illisible : *Tout s'explique ici. Et par le Roi-des-Poissons.*

Elle la relut plusieurs fois. Malgré l'habitude qu'elle avait de la graphie de son père, elle s'étonnait encore de l'irrégularité de ses caractères. On aurait cru qu'il avait voulu s'inventer une écriture indéchiffrable à tout autre que lui. Pour autant, pour qui connaissait les drames des Van Braack, la phrase était d'une évidence absolue. Tout s'expliquait, en effet, par le cadeau que le Commandeur avait offert au capitaine, le *Roi-des-Poissons.* C'était ce jour-là qu'il avait vaincu les ultimes résistances du capitaine. Il n'y avait rien à chercher au-delà.

La feuille, à nouveau, lui glissa des doigts. Elle la ramassa et l'étala à nouveau sur l'acajou de la commode. Elle s'en voulut. Pourquoi donner d'importance à des objets si dérisoires ? Visages disparus figés sous une pellicule, misérables feuilles de papier attestant un bonheur éphémère. Quand s'étaient-ils mariés, déjà, Iris et le Commandeur, combien de jours avait duré leur bonheur ?

Elle retourna l'acte de mariage. Elle ne l'avait jamais regardé de près.

Iris Van Braack, née en l'île de Rocaïbo, Indes néerlandaises, fille de Cornelius Van Braack, né à Amsterdam, Hollande, et de Simone-Rose Carmelier, née à Charmailles, France, décédée,

Et Manuel Hadji, né au lieu-dit la Désirade, commune de Saint-Argens, France, fils de Léonor Hadji, née à Rocaïbo, Indes néerlandaises, et de père inconnu...

Pour la troisième fois, le document lui échappa des mains. En voulant le rattraper au vol, elle renversa le vase qui ornait la commode. Il s'écrasa à son tour sur le plancher. Malcolm sortit du sommeil en sursaut.

— A Rocaïbo, fut tout ce que Ruth parvint à lui souffler. Sa mère était de Rocaïbo. Et son père, Malcolm, son père est inconnu... J'ignorais ce détail.

Elle ramassa la feuille et relut encore l'acte de mariage :

— Mais ce n'est pas un détail...

CHAPITRE XXVII

Depuis le temps qu'il prenait des notes sur les habitants d'*Hauteclaire* et de la *Désirade*, Malcolm Cornell n'avait jamais eu connaissance d'un fait qui le retînt autant. Et pourtant, ces derniers temps, il avait lu et relu les dizaines de feuillets où, des mois durant, il avait patiemment réuni tout ce qu'il avait pu glaner, ici ou là, au hasard des conversations, sur le Commandeur et la famille Van Braack. A son grand désespoir, et malgré le soin maniaque qu'il avait mis à consigner leurs plus infimes détails, les versions de l'histoire étaient presque identiques. Que ce fût Anna, Ruth, Amy d'Argens ou les gens de la province, ils lui avaient tous fait le même récit : le capitaine, avant de devenir gouverneur d'une île de la Sonde, avait construit une maison au bout du cap. Puis il était reparti pour les mers du Sud. Quand il était revenu, veuf et vieilli, accompagné des deux filles qu'il avait eues là-bas, une autre maison s'était construite à côté, vite abandonnée par son jeune héritier, le fils de la folle qui l'avait bâtie, une femme extravagante arrivée d'on ne savait où. Elle était morte quelques années après son installation dans sa sinistre demeure. Puis, tout aussi invariablement, on enchaînait sur le premier retour du Commandeur, sa beauté, ses folies, ses fêtes flamboyantes, la passion tragique qui l'avait uni à sa jeune voisine. A ce moment-là du récit, tous se taisaient ; et le plus étonnant, c'était la façon dont on faisait silence : autant que les bouches, les visages se fermaient, les yeux se détournaient, on agitait fébrilement les mains, comme pour dissiper le mal que les mots auraient pu réveiller, le passage d'un mauvais esprit, d'un émissaire de malheur, l'aile, peut-être, d'un ange noir.

Pourquoi cette version unique, s'était maintes fois demandé Malcolm, pourquoi cette histoire officielle ? Rompu depuis des années à recueillir des contes, à se mettre à l'écoute de la mémoire des terroirs — fussent-ils, comme celui-ci, parmi les plus fermés, pour le peu de goût des marins à se confier à l'étranger — il n'avait jamais observé qu'on pût, même sur un événement récent, donner, au mot près, une relation qui ressemblât à l'autre. Il en avait conclu que le capitaine était devenu une figure mythologique, que sa curieuse disparition l'avait fait entrer dans les légendes de la côte, qu'il s'y était comme figé, et, par une superstition commune chez les gens de mer, personne ne tenait plus à éclaircir son mystère. Il y avait aussi une autre explication : que tous dans le pays aient ignoré le fond de l'histoire ; et, comme la *Désirade,* et surtout le Commandeur, avaient réveillé de très anciennes terreurs, tout le monde préférait s'en tenir à un même récit simple et tragique. On ne parlait que des malheurs du capitaine Van Braack, et le silence, à la fin de l'histoire, était autant un aveu d'ignorance que la certitude aveugle que la série noire était loin d'être close.

Que la mère du Commandeur fût née à Rocaïbo, voilà qui changeait tout. Voilà aussi qui plaisait à Malcolm. Entre les deux maisons, c'était enfin un lien concret. On sortait du récit légendaire, lourd de mystères et de fatalités inexplicables, pour entrer dans le domaine rassurant des effets et des causes. Il s'assit dans son lit, se cala sur l'oreiller, et, comme chaque fois qu'il avait besoin de réfléchir, Malcolm tendit la main vers sa tabatière et sa pipe. Ruth ne disait plus rien ; elle restait adossée à la commode, un peu pâle, et elle le fixait d'un air égaré.

— D'où t'arrivent ces révélations ? questionna-t-il le plus posément qu'il put.

Elle lui tendit le document :

— L'acte de mariage, balbutia-t-elle. Celui d'Iris et du Commandeur. Je ne l'avais jamais regardé de près.

Malcolm examina longuement le papier puis le replia.

— Tu n'as jamais su que la mère du Commandeur était née à Rocaïbo ? Van Braack ne t'a jamais rien dit ?

— Je te l'ai dit mille fois, il ne parlait pas. Jamais !

Elle se retourna vers la fenêtre, repoussa les rideaux, puis reprit plus doucement :

— Ou bien, quand il parlait, je préférais ne pas l'entendre...

Malcolm se dit qu'elle allait mieux. Un jour plus tôt, elle aurait refusé d'en convenir. Elle tiraillait les guipures du rideau, elle n'osait pas se retourner encore, affronter son regard. La lumière montait doucement, allumait dans sa chevelure des reflets d'ambre gris. Elle avait un peu vieilli, ces derniers temps. Elle n'en était que plus touchante.

A son tour, Malcolm ne savait plus que dire. C'était bien une idée de Ruth, de traîner des vieux papiers au fond de ses valises, même pour un simple séjour de huit jours, claquemurée dans une chambre d'hôtel. Elle s'acharnait à vivre en regardant en arrière, il le lui avait dit et répété, à aimer ce qui lui filait entre les doigts. Mais il était à bout de conseils. Pour se donner contenance, il reprit en main le vieux certificat. Il remarqua alors la phrase griffonnée par Van Braack.

— C'est curieux. Il y a une phrase manuscrite au dos de l'acte.

— Je sais.

Il déchiffra sans difficulté l'écriture du capitaine :

— *Tout s'explique ici. Et dans le Roi-des-Poissons.*

Ruth corrigea sur-le-champ :

— Non, tu lis mal. *Par* le *Roi-des-Poissons.* Mon père avait une écriture effroyable.

Malcolm s'entêta :

— Non. Il a écrit *dans*. Je suis habitué à lire des manuscrits.

— Je connais son écriture mieux que...

La voix de Ruth s'altéra, elle ne finit pas sa phrase. Elle se détacha brusquement de la fenêtre :

— Montre.

Elle s'assit à ses côtés. Elle avait d'un seul coup les joues roses.

— *Dans le Roi-des-Poissons...* Tu as raison. Je croyais pourtant la connaître par cœur, cette phrase. Qu'est-ce qu'il a voulu dire ?

— Il a peut-être caché quelque chose dans son bateau.

— J'ai cherché partout. Mon père n'a jamais rien laissé, rien écrit.

— Mais tu disais qu'avant sa mort il n'arrêtait pas de noircir des pages !

— C'est Josepha qui le prétend. On n'a jamais rien trouvé, ni dans le bateau, ni ailleurs. Il a dû tout brûler. De lui, je n'ai jamais connu que ce mot. Je croyais le savoir par cœur. Qu'est-ce qu'il a pu vouloir dire ?

— Il parle peut-être d'un bateau qu'il a eu dans son île, autrefois. D'un autre bateau qui portait le même nom. Ou d'un navire qui a sombré. Comment deviner ? Ce qui est sûr, en revanche, c'est que la mère du Commandeur, quand elle a construit la *Désirade*, n'est pas venue s'installer dans la région au hasard. Pour venir de si loin, c'est qu'elle connaissait le capitaine. Elle savait où était sa maison. Elle l'avait suivi, peut-être...

— Quand on a bâti la *Désirade*, mon père n'était pas là. Il était absent depuis des années. Et il est revenu en Europe quand j'avais six ans. Autant dire des siècles plus tard. Nous vivions à Londres, nous ne venions que pour les vacances. La *Désirade* était toujours fermée. Si la mère du Commandeur venait de Rocaïbo, et qu'elle avait connu mon père, dans l'île, ils s'étaient peut-être seulement croisés, un peu fréquentés... Il lui aurait parlé de sa maison en Europe. Quand elle a quitté l'île, elle aurait eu envie de la connaître, puis de construire à côté sa propre villa... C'est vraisemblable, non ? Une vague relation. Sinon le Commandeur et mon père, au temps du mariage d'Iris...

— Tu dis toi-même que tu étais trop petite. Qu'on ne t'a jamais rien dit. On n'allait pas t'expliquer toutes ces histoires de grandes personnes. De sordides histoires, selon toute évidence.

— Tu penses... Tu penses au Commandeur ? A ce père inconnu ?

Il acquiesça.

— Et ce père, Malcolm, tu crois que...

— Comment affirmer, avec si peu de choses ?

— Iris et le Commandeur, alors... Et le Commandeur le savait ? Et mon père aurait laissé faire ? Pour le *Roi-des-Poissons* ? Pour un bateau, un simple bateau ? Demi-frère, demi-sœur... Un inceste ?

Le mot auquel il avait pensé dès qu'il avait lu l'acte de mariage avait passé les lèvres de Ruth. Elle avait grimacé. Il crut qu'elle allait éclater en sanglots. Il voulut la prendre par les épaules et l'attirer à lui. Elle s'arracha à son étreinte, comme aux lendemains du départ de sa fille, mais sa froideur subite le désarçonna. Elle repartit vers la fenêtre et lui désigna le petit jardin sur lequel donnait la chambre :

— La neige fond, on dirait. Il doit faire meilleur qu'hier.

Elle avait parlé durement. Il ne répondit rien. Elle était trop calme. Cela pouvait présager le pire. A moins qu'elle ne soit à bout de colère. A bout de haine contre le Commandeur.

— C'était dans l'île, la première histoire, reprit-elle plus bas. J'aurais dû m'en douter. Là-bas, tout au bout des mers, dans cet endroit infect. Ils ont tous voulu y retourner, Iris, mon père, le Commandeur...

— Pas toi.

— J'ai toujours détesté cette île.

— Tu n'aimes pas te faire du mal. Tu as la force de l'instinct. Dans ton cas, c'est une bonne pente.

— Iris aussi l'avait.

— Mais elle s'aimait trop, Iris. Comme tous les artistes. Toi, tu as autre chose à offrir que toi-même. Tu donnes au-delà de toi.

Contre toute attente, elle sourit. Elle ramena sur sa nuque ses mèches éparses :

— Il faudrait prévenir Judith.

— Elle sait tout, peut-être, depuis longtemps. Et la prévenir de quoi ? Nous sommes en pleine hypothèse.

Elle réunit dans sa main ses épingles à cheveux. D'un geste gracieux et calme qu'il ne lui avait pas vu depuis longtemps, elle les enfonçait une à une à l'intérieur de son chignon.

— Nous ne pouvons pas continuer comme çà, dit-elle.

Enfin elle le reconnaissait. Mais qu'allait-elle lui proposer ? Il retint sur ses lèvres ses éternelles récriminations, il s'empêcha de lui dire qu'elle passait à côté du bonheur, que c'en était assez, de souffrir à cause des autres, qu'il fallait un peu penser à elle, à lui, qu'une autre maison, un autre bateau l'attendaient de l'autre côté de la mer, cette propriété dont il lui avait tant parlé, sur les pans d'une colline, à la Barbade, au milieu des cannes à sucre, dans un village nommé Bathseba. Mais il fallait se taire. Il fallait attendre. C'était leur dernière chance. Et si Ruth venait à dire : Malcolm, séparons-nous, à cet ultime instant il faudrait se soumettre.

— Je ne peux pas partir sans avoir essayé une dernière chose.

Il n'entendit que le début de la phrase. Ruth avait dit *partir.* Elle n'avait pas dit *repartir.* Il n'arrivait pas à y croire.

— Je vais essayer de voir Trendy, poursuivit Ruth. S'il est ici, à Paris...

— Il est là. Je l'ai vu hier à l'Opéra. Il m'a dit que tu gardes sous clef ses dossiers et ses squelettes.

— C'est déjà fait.

Elle déposa ses mains sur les siennes et ajouta :

— Entre lui et Judith, il y avait eu quelque chose de si fort !

— De si bref, aussi. Mais il l'aimait. Je suis sûr qu'il s'en est mal remis.

A la vérité, à cet instant-là, Malcolm se moquait bien des chagrins d'amour du dernier amant de Judith. Il s'en souvenait à peine. Ruth avait dit qu'elle le suivrait. Il avait envie de rire. Tout était magnifique. Il était jeune. Il n'avait plus de bibliothèque, ni de machine à écrire. Les poissons dormants et les diables n'avaient jamais existé, ni les gnomes, ni les légions sataniques. Il n'y avait plus que Ruth au monde, son corps épanoui et souple, sa chevelure blonde avec quelques fils gris, ses yeux où il se perdait comme dans les eaux d'*Hauteclaire.* La fin du monde pouvait venir. Il était tranquille. Il serait avec Ruth.

— Je vais suivre ma pente, reprit-elle. Je vais voir Trendy. Ensuite...

Une dernière seconde, il eut très peur. Elle dut le sentir frémir :

— Ensuite, je te suivrai.

Leurs regards se croisèrent. Le temps de ces mots qui sonnaient comme un serment, il lut dans ses yeux qu'elle disait vrai. Sa douleur s'était consumée dans sa propre démesure, et Ruth commençait un autre amour, un rêve où il était enfin, avec d'autres vents, d'autres vagues.

Malcolm avait vu juste. Se retournant vers les arbres d'où peu à peu se détachait la neige, Ruth commençait d'entrevoir son second bonheur. Il avait la forme d'une maison, sa maison sous le tropique, face à la mer, à Bathseba. Et elle aussi se dit que le monde pouvait mourir. Rien n'avait plus d'importance. Il lui suffisait de revoir Judith. Judith, comme Eurydice. Un seul instant, fût-ce à la porte des Enfers.

CHAPITRE XXVIII

L'ennui, c'est qu'elle ne se souvenait pas de l'adresse de Trendy. Elle ne pouvait non plus se rappeler son véritable nom, si bien qu'elle n'avait même pas la ressource de le chercher dans l'annuaire. Au bout de quelques instants, Malcolm eut une idée : c'était simple, il suffisait de retrouver Drogon. Ils l'appelèrent chez lui. Il était absent. Le domestique qui répondit assura qu'il ne saurait tarder, mais que le plus simple était d'attendre le début de la semaine, où ils le joindraient sans difficulté au Muséum. Ils laissèrent donc passer jusqu'au lundi, ce qui ressembla à un moment d'accalmie. Il faisait un peu moins froid, mais ils ne mirent pas le nez dehors. Les heures passant, rassurée par Malcolm et les murs sans mémoire de la chambre d'hôtel, Ruth s'accoutumait à l'idée d'abandonner *Hauteclaire.* Elle se persuadait qu'elle avait pris le bon chemin, et son rêve aussi prenait forme. A la suite de Malcolm, l'idée ne la quittait plus que la chaîne de fatalités dans laquelle elle s'était prise était aussi le piège du silence. Elle remettrait à flot le rêve échoué de Van Braack, elle rouvrirait *Hauteclaire,* mais pas pour elle. Cette maison, il fallait la rendre, comme au temps d'Iris, à la jeunesse, à l'avenir, au soleil. Pour cela, il fallait retrouver Trendy. Quel courant les avait séparés, après les avoir tous réunis ? Il avait dérivé loin de sa fille, comme elle.

Lui, il pouvait peut-être faire revenir Judith. Ruth se ferait violence, elle se contraindrait à parler. Elle expliquerait tout de ce qu'elle avait caché, enfoui. Elle chercherait au plus profond d'elle-même ce qu'elle s'était dissimulé pour pouvoir,- tant bien que mal,continuer à vivre. Elle lui ferait même ce pire aveu, sa folle passion de mère. Il la comprendrait. Quoi qu'il se soit passé entre lui et sa fille, Ruth savait qu'il y pensait encore, qu'il ne pouvait l'avoir oublié. Pour Trendy, le plus important n'était pas d'aimer Judith. C'était l'infirmité de n'avoir pas aimé, avant Judith. Et pour cette raison, où qu'il fût, Ruth avait deviné qu'il ne l'oubliait pas.

L'idée de la maladie l'effleura. Elle réussit à la repousser. Pourtant, le lundi matin, quand elle apprit, à la porte du Muséum, la terrible fin de Drogon, elle n'eut qu'une seule pensée : et si Trendy, lui aussi, devait succomber au fléau... Du coup, malgré l'ancienneté de ses relations avec celui qu'elle appelait souvent le docteur, et qui était aussi l'un de ses meilleurs clients, elle demeura presque indifférente au sinistre récit que lui fit l'employé qui avait découvert le drame. Aux lendemains de la soirée à l'Opéra, Drogon avait très mal pris que tous les éloges soient allés à la Cruzenburg et à la musique de Dräken. Personne n'avait eu un mot pour saluer son livret. Il s'était si bien convaincu qu'il en était l'auteur qu'il commença à tempêter, et, dans un lieu mondain où il était invité, il insulta un chroniqueur qui avait eu le tort de laisser entendre que son œuvre n'était pas à la hauteur de la partition de Dräken. Malice fortuite ou volontaire, le critique ajouta qu'il préférait croire que ce misérable texte n'était pas de sa plume. Drogon prit aussitôt feu et flamme et quitta l'assemblée pour se rendre à son bureau, où, clama-t-il, il gardait toutes les preuves de la paternité de son texte, et bien d'autres œuvres encore, dont le génie universel n'était plus à prouver. Que s'était-il passé au Muséum, attaque foudroyante, suicide ou crime, personne ne le savait au juste et on n'avait guère envie d'en parler, car la démence subite était l'une des formes rares, mais possibles, de la terrible maladie. On avait retrouvé le corps de Drogon effondré devant le placard où il rangeait ses dossiers et ses fiches. « Toute une vie de travail, conclut le gardien, une vie entière passée dans les recherches, et qu'il avait jetée au feu. Il a dû devenir fou... » Et, pour preuve de ce qu'il avançait, il désigna à Ruth, au fond de son bureau, les fragments calcinés des dossiers de Drogon.

Elle ne perdit pas son sang-froid. Elle ne venait pas pour le docteur, dit-elle, simplement pour son assistant, un homme jeune encore, et qui travaillait sur les squelettes de poissons. Le gardien eut l'air un peu surpris, remarqua qu'on ne l'avait guère vu ces derniers temps, mais l'identifia sans peine. Quelques minutes plus tard, Ruth avait obtenu son adresse. Elle quitta le Muséum sans un mot de regret pour Drogon. Une demi-heure plus tard, Malcolm et elle étaient à la porte de Trendy. Ils durent rapidement déchanter : Trendy n'était pas là, l'immeuble était presque vide, et personne n'avait la moindre idée de l'endroit où il pouvait se trouver. Elle revint le soir, sans plus de succès. Le lendemain, elle ne fut pas plus heureuse. Et elle commença à désespérer de jamais le retrouver.

Trendy était absent, en effet. Mais il n'était pas loin. Sur les conseils de Bérénice, Numance et lui étaient retournés passer leurs nuits à la bibliothèque. A l'approche de la fin d'année, elle était fermée au public, si bien qu'ils pouvaient y rester jour et nuit. Ils ne s'en privaient pas, et ne rentraient à l'appartement que lorsqu'ils étaient vraiment fatigués de ses rayonnages poussiéreux. La danseuse, chaque soir, espérait revoir Dräken dans sa loge. Mais lui aussi, il avait disparu. Chaque nuit, Bérénice les rejoignait après le spectacle. Rien qu'à son pas traînant sous les galeries de marbre, Trendy devinait que le musicien n'était pas venu. Il n'y faisait plus attention. Il s'était replongé dans la mer des livres.

Il s'abandonnait à la volupté de croire. Il se repaissait de chimères. Il succombait aux charmes de l'erreur, de l'horreur. Il avait l'impression de franchir le pont qui mène à l'autre monde, où il s'avançait à la suite des alchimistes, des possédés, des sorciers, des fous, de tous les magiciens, tous les sectateurs de la terre. Il se grisait de leurs démences, de leurs sabbats, de l'attirail de leurs mises en scène : épées clouées, gargouilles, fantômes errants, pactes écrits en lettres de sang. Devant les innombrables apparences du Diable, son exubérance de formes analogue à celle des poissons, sa nature de collectionneur se réveillait, il les voulait tous, ogres et croque-mitaines, vampires, sylphes, ondins et goules, monstres anonymes et démons dûment répertoriés, classifiés et hiérarchisés dans l'ordre impeccable et terrifiant de l'Enfer qui engendrait sans cesse des créatures plus traîtresses, de nouveaux suppôts, de nouveaux séducteurs, des démons de midi, des démons familiers, tout un peuple noir et pervers qui remontait des profondeurs pour assaillir le monde avec son cortège d'animaux maléfiques, crapauds, chats-huants, basilics, hippogriffes.

Parfois, bien sûr, Trendy croisait des anges, des représentants de l'univers céleste. Mais il ne les aimait pas ; dans son désespoir, il préférait le mal, il préférait la nuit, ou bien alors il lui fallait les émissaires des grands fléaux, les anges de la peste, l'Ange exterminateur. Moins il comprenait et plus tout cela lui paraissait cohérent, plus il y trouvait un ajustement parfait avec sa propre histoire. Sur un carnet dont il ne se séparait plus, il notait ses spéculations sur les nombres, sur les lettres, les signes cachés au cœur des signes, et il arrivait toujours à la même conclusion : le Diable et ses sbires avaient commencé à envahir le monde. Les femmes, Anna ou Judith, étaient leur régal préféré, la Cruzenburg, leur souveraine ambassadrice, elle qui ne trouvait son éclat que dans la noirceur, son habituel repaire d'ombres. Barberini, c'était Barbier, grand président des Enfers, pourvoyeur des grandes maladies et maître des choses cachées. Drogon était sous ses ordres, souverain du mensonge et de l'illusion. Léonard était le démon du même nom, grand maître des sabbats et inspecteur général des sorcelleries en tous genres. Halphas lui aussi avait gardé son patronyme de là-bas, c'était un hobereau de l'empire infernal, bâtisseur de villes comme son incarnation terrestre, et affecté de cette gravité superbe qu'on ne voyait qu'à lui. Il n'était pas jusqu'à des rencontres insignifiantes, d'Argens, Peter Wall ou même son coiffeur, où Trendy ne voulût voir, dans cette crédulité qui était un plaisir, les conquérants masqués de son royaume noir. Avec l'acharnement du désespoir, il y cherchait une clef, la clef de la *Désirade* et celle de Judith. Et sur ces légions infernales, bien sûr, régnait le Commandeur, forme achevée de l'esprit séducteur, Diable flamboyant et ténébreux tout ensemble, à qui tous les coups étaient permis. Il aurait lu qu'il faisait sortir à volonté son âme de son corps qu'il n'en aurait pas été autrement surpris. Sa canne était sa baguette magique, son teint étrange lui venait de séjours prolongés dans l'autre monde, il avait la voix grave de tous les possédés et sa cicatrice sur la joue était le sceau qui consacrait sa puissance. De Lucifer, le Commandeur avait la force, la prestance, le goût des miroirs, et cette mélancolie qui frappe souvent les suppôts du Mal. Peut-être même, comme l'avait suggéré Bérénice devant ses photos, cachait-il sous ses costumes des ailes hideuses de chauve-souris. Mais il n'alambiquait pas la sueur du soleil et les humeurs de lune, les femmes étaient son alchimie préférée, ce plomb qu'il transformait avant de les détruire, l'or de sa nuit, l'or de toutes les nuits.

Numance, quand il lui en parlait, ne le contredisait pas. Il se contentait de hocher la tête et continuait de chercher des magies pour Bérénice. Il retrouva ainsi derrière un rayon le livre de Barberini, cette *Théologie du Diable* qu'il avait crue irrémédiablement disparue quelques semaines plus tôt. Au grand regret de Trendy, elle ne contenait pas de secrets effroyables. C'était un opuscule résumant les dogmes de l'Eglise catholique au sujet de l'Enfer. Qu'importe, dit-il, le titre n'avait pu être choisi au hasard, et le cardinal ne pouvait être que ce que Trendy avait décidé qu'il fût, un des envoyés sur terre du Maître des ténèbres. Et il continua ses recherches.

Une nuit, était-ce la troisième ou la quatrième, il fut arraché à ses grimoires par le pas pressé de Bérénice. Il sursauta. La danseuse était déjà là, tout essoufflée par sa course au long des couloirs.

— Crin-Crin, dit-elle. Il est malade.

Il ne l'écoutait pas, il ne voyait qu'elle, il ne comprenait pas sa fièvre. Contrairement à son habitude, elle n'était pas passée voir Numance dans le petit réduit où il lisait ses livres, et elle avait dû quitter précipitamment sa loge de *Nephtali's*. Sous sa fausse fourrure elle avait gardé une robe fluide et ses bijoux de scène, une débauche de colliers de nomade ou de femme-girafe, mêlant le bois de rose, le cuivre ou la corne ; tout d'un coup, avec elle, c'était comme un vent brûlant qui soufflait sur les livres, l'odeur d'une pluie sur la terre assoiffée, tous les sortilèges d'une Afrique lointaine.

— Crin-Crin ? répéta Trendy sans comprendre.

Il ne se souvenait plus du surnom qu'elle avait donné à Dräken. Elle en fut agacée. Elle agita ses colliers et reprit avec le même débit pressé :

— Il m'a fait déposer un message à ma loge. J'étais inquiète. Il ne va pas bien. Il me demande si tu peux lui rendre les enregistrements d'Iris Van Braack.

Trendy eut un nouveau moment de stupeur :

— Les disques d'Iris ?

— Il m'a dit que la Cruzenburg te les a prêtés.

— Jamais de la vie.

— Mais tu l'as bien vue, avant l'opéra ! En tout cas, Crin-Crin veut te voir, très vite. Il est pressé. Il est malade.

Il bafouilla.

— Ce n'est pas tout, poursuivit Bérénice avec la même précipitation. Je suis passée à l'appartement. Il y avait un mot épinglé à la porte. Un mot pour toi.

Elle lui tendit une enveloppe qui semblait griffonnée à la hâte :

— On m'a dit qu'une femme est venue te voir. Une femme blonde.

Elle prit d'un seul coup une expression hostile. Il crut à une visite de la Cruzenburg et s'empara de la lettre. C'était une écriture inconnue. Il en respira de soulagement.

— Ruth Van Braack, dit-il quand il eut fini de lire. Elle me cherche depuis trois jours...

Au seul énoncé de son nom, il crut retrouver un peu de sa blondeur, de sa paix. L'Enfer en perdit beaucoup de ses prestiges. Il n'eut plus qu'une idée en tête : quitter ses livres et la revoir. N'eût été Bérénice, qui lui rebattait les oreilles du vieux musicien et des enregistrements d'Iris, il l'aurait appelée sur-le-champ au numéro qu'elle lui indiquait dans sa lettre. Et, comme il prévoyait qu'il n'en dormirait pas de la nuit, il accepta sans peine ce que proposait la danseuse, rendre visite aussitôt à Dräken, dont le message, disait-elle, ressemblait étrangement à un appel au secours.

CHAPITRE XXIX

Ils allèrent chercher Numance. Au moment de sortir, ils perçurent quelques bruits, comme une ronde de nuit qu'ils avaient dérangée, et ils crurent même entendre, alors qu'ils franchissaient la porte, des cris qu'on étouffait. Ils se précipitèrent dans la rue et arrêtèrent le premier taxi. Numance était inquiet : Bérénice ne lui avait pas laissé le temps de ranger les livres sur les rayonnages et il commençait à se demander si leurs expéditions nocturnes n'avait pas alerté quelque nouveau gardien. Bérénice lui imposa silence. Quelques minutes plus tard, ils étaient à la porte de Dräken.

Il jouait du piano, comme à l'accoutumée. Ils durent sonner plusieurs fois. Lorsqu'il vint enfin ouvrir, Trendy comprit qu'il était fatigué. Il s'était encore amaigri et paraissait plus voûté. Mais son regard brillait. On y lisait une assurance toute neuve, comme si le succès de son opéra, unanimement salué par le public et la critique, l'avait soudain libéré de ses vieux fantômes. En tout cas, ce n'était pas l'homme malade et traqué que Bérénice lui avait décrit à la bibliothèque. Un peu interloqué, Trendy se retourna vers la danseuse. Dräken prévint son geste :

— Je sais que vous n'avez pas les enregistrements d'Iris, dit-il aussitôt à son adresse. Je voulais vous voir. Le temps presse.

Il désigna son métronome, sur le piano, de sorte qu'on ne sut pas s'il voulait parler des nécessités impérieuses de sa création ou du terme que tous redoutaient. Il leur offrit quelques sièges au centre de la pièce.

— Vous savez maintenant ce que vaut la Cruz, dit-il comme Bérénice leur servait de sa liqueur des îles.

Trendy ne sut que répondre. Contrairement à son habitude, Dräken l'observait avec une attention soutenue. Il devina son embarras et reprit aussitôt :

— Elle avait tellement insisté pour que je vous fasse tomber dans ses filets ! Avant les concerts, ce sont toujours les mêmes caprices. Il lui faut des jeunes gens. Elle prétend que c'est bon pour sa voix. Mais je ne crois pas que vous l'ayez beaucoup aidée. Pour une fois, elle a montré son côté faible. Je crains qu'on ne commence à la voir comme elle est.

Il soupira :

— Et puis quelle importance... On finira par se lasser de ces modes diaboliques.

Il rêva un moment puis se mit à pianoter sur le rebord de son fauteuil, comme si une musique lui démangeait les doigts.

— Le temps presse, répéta-t-il. C'était Iris que vous cherchiez, n'est-ce pas ? La grande histoire d'amour du Commandeur. Vous aussi, vous voudriez bien y comprendre quelque chose... A cause de votre amie, sa nièce, la petite Judith.

Trendy eut un début de phrase pour le contredire. Dräken l'interrompit :

— Ne protestez pas. J'ai bien vu. J'ai tout vu. Personne ne se méfie de moi, mais je vois tout. C'est bien moi, d'ailleurs, de voir ou de savoir les choses, et de ne rien dire. Ce que je sais, ce que je vois, je le passe d'ordinaire dans ma musique. La musique me console de tout. Mais maintenant il est temps.

Il eut un nouveau mouvement dans la direction du métronome. A l'évidence, il brûlait de se remettre au piano.

— Le Commandeur est tombé fou amoureux, vous savez. Ce qui l'a enflammé, c'est que Judith passe son temps à les peindre, lui et sa maison. Elle peint aussi sa mère, d'après des photos, et Iris, et des paysages de l'île. Oui, vous savez, l'île, Rocaïbo, là où sont nées Iris et Ruth Van Braack, et Léonor aussi, la mère du Commandeur. La petite peint jour et nuit, même à la lumière électrique. Elle résiste à tout, à cette maison, au Commandeur. Enfin pour l'instant. La Cruz la déteste. A se demander si ce n'est pas pour cette raison qu'elle avait jeté son dévolu sur vous, avant le concert...

Il soupira encore, mais cette fois on voyait bien que c'était de peur de ne pas arriver à tout dire :

— Curieuse histoire, n'est-ce pas ? Mais elle est plus simple que vous ne l'imaginez.

Il le regarda de côté avec un début de sourire :

— Bérénice m'a dit que vous passiez vos nuits à la bibliothèque. Les livres font rêver. La réalité est beaucoup plus sordide. Quoique l'histoire d'Iris...

Il disait son prénom comme on savoure un fruit. Le plus étonnant n'était pas là. Pour une fois, il s'adressait à lui, Trendy, et pas seulement à Bérénice. Et si les mots se pressaient à nouveau dans sa bouche, ce n'était pas seulement l'effet de l'alcool. Il était pressé de se délivrer de quelque chose.

— Une histoire dans laquelle je n'ai jamais été qu'un témoin, reprit-il. Un témoin impuissant. Que faire contre le Commandeur ? Pour votre histoire aussi je n'ai été qu'un témoin. Mais j'aimerais tout de même que vous sachiez, avant de...

Il commençait à s'agiter, sa voix s'éraillait dans sa gorge. Bérénice déposa sur ses épaules ses mains chargées de bijoux.

— Calme-toi, Crin-Crin.

Il ferma les yeux un moment, s'abandonna sans doute à la douceur de sa peau. Trendy craignit que Numance n'eût un mouvement d'humeur. Mais lui aussi, il était à bout de curiosité et d'attente.

— Iris, répéta Dräken. Je l'avais rencontrée à vingt ans. Nous étions très jeunes, tous les deux. C'était à Londres, elle prenait des cours de chant. Ses professeurs disaient qu'elle serait une diva. Tout a commencé entre nous très simplement. Je l'accompagnais de temps à autre, puis, de fil en aiguille... Nous sommes devenus amants. Elle était la gaieté même. Elle m'a presque aussitôt présenté à son père. Lui aussi, il m'aimait. Et puis, très vite, est arrivé le Commandeur. Iris avait remplacé je ne sais qui, dans *Turandot*. Sa prestation avait enflammé la salle. On ne parlait plus que d'elle. Elle était jeune, belle, talentueuse. C'était assez pour faire courir les foules. Et puis elle avait ce passé exotique, cette enfance à Rocaïbo...

Il s'était levé vers son piano, mais ce soir il le referma. A l'évidence, il n'avait plus le cœur à jouer.

— ... Déjà, à ce moment-là, j'ai pensé que l'île était l'origine de tout. Ce qui a d'abord attiré le Commandeur, c'était qu'Iris avait vécu dans cet endroit du bout du monde. Il a dû croire que c'était un signe. Le reste de l'affaire, il l'a compris bien plus tard. Trop tard. A cause de la mort de sa mère, le Commandeur avait été privé d'enfance. En dehors de ses sottises de spiritisme et d'occultisme, tout ce que Léonor avait pu lui apprendre, c'était l'île, Rocaïbo, cette île où était son mari, disait-elle, ce mari riche et puissant dont elle affirmait tenir son incroyable fortune. Elle était déjà à moitié folle. Assez sans doute, comme le pensait Van Braack, pour enflammer l'imagination de son fils. Dès sa naissance, elle lui avait donné comme surnom le titre de son père à elle, un titre tombé en désuétude depuis des années, même là-bas, et qui remontait à la conquête de l'île par les Hollandais. Le Commodore, dès sa naissance elle l'appelait le Commodore... Avec cela qu'elle le faisait vivre, à la *Désirade,* dans cette folie du Diable et de l'occulte. Elle avait engagé un jeune secrétaire qui était comme tout le monde, si ce n'est qu'il boitait. Elle l'a débaptisé et appelé Sirius. Lui aussi, il était versé dans la magie noire. A la mort de Léonor, il a reçu tout pouvoir pour élever l'enfant. Le Commandeur était très brillant, très intelligent, il a dû faire peur à Sirius, sans doute, ce qui lui a ôté l'envie de détourner sa fortune. Dès sa majorité, il a monté des affaires incroyables, surtout dans le cinéma. Il a fait illusion. En fait, il était toujours poursuivi par son enfance, par les histoires de sa mère. Il n'a jamais pu oublier ce temps-là. Sauf à un moment. L'époque d'Iris, précisément. Un vrai bonheur...

— Pas pour vous, intervint Trendy.

— Ce n'est pas si simple. Je perdais Iris, mais elle était tellement heureuse ! Un seul mot, un seul sourire d'elle, et le monde s'illuminait. Vous ne pouvez pas imaginer ce que c'était. Van Braack et moi éprouvions la même chose. C'est ce qui nous a unis. Le souvenir d'une époque folle. Ce temps-là n'est jamais revenu, pour personne. Des jours filés d'or et de soie, comme on dit. Iris avait le bonheur contagieux.

Il abandonna le piano, ouvrit un placard presque vide et en sortit, avec des gestes précautionneux, presque dévots, un vieil électrophone, puis un paquet méticuleusement ficelé.

— Mais je parle trop. Ecoutez, vous comprendrez. Il faut que vous compreniez.

Il sortit du paquet un disque de ces années-là. Sur la pochette, on voyait le visage d'Iris photographié dans le goût du temps, devant une brassée de fleurs, en noir et blanc, sous une lumière artificielle.

— Ecoutez, répéta Dräken.

Il mit l'appareil en marche. La voix d'Iris s'éleva dans la grande pièce vide. Elle était plus pure, sembla-t-il à Trendy, que lorsqu'il l'avait écoutée derrière la porte de la Cruzenburg. Elle chantait l'air de la *Casta diva*, dans *Norma*.

— Comprenez-moi, dit Dräken lorsque l'air fut fini. Iris n'était pas faite pour Salomé, ni pour lady Macbeth, pour aucun de ces grands rôles noirs qu'on voulait trop tôt lui faire chanter. Iris, c'était Manon. Ou Mimi, dans *la Bohème.* Des filles douces et un peu frivoles. Elle était comme ça, vous savez. D'ailleurs, elle n'a jamais été aussi bonne que dans les valses. Iris chantant une valse...

Il examina à nouveau la pochette du disque :

— Il y en a une, sur ce disque. Un enregistrement rarissime. Mon préféré. Vous pensez bien que je ne l'aurais jamais prêté à la Cruz !

Il eut son petit rire sec, comme chaque fois qu'il parlait de la diva. Puis, quand l'aiguille recommença à crisser sur le microsillon, il se figea dans un silence religieux.

L'enregistrement, en effet, devait être des plus rares. La valse que chantait Iris était une musique un peu facile, avec des paroles sucrées, trop amoureuses et trop suaves.

— Elle était trop jeune pour la violence, poursuivit Dräken. Si on lui avait laissé le temps...

Il arrêta brusquement l'aiguille de l'électrophone. Il redevenait nerveux.

— *On,* le Commandeur, bien sûr. Tout ce que je vais vous dire, je l'ai vu. Ou je le tiens de Van Braack. Après la mort d'Iris, le capitaine s'est mis à écrire. Il me confiait ses souvenirs. Nous étions très proches, même sans nous voir. L'amour d'Iris nous avait unis à jamais. Il m'envoyait régulièrement des dizaines de feuillets et je les transcrivais sur ma machine à écrire. J'étais le seul à comprendre ses gribouillis. Un lien de plus entre nous. Ensuite, je les lui renvoyais avec ce que j'avais transcrit.

— Il les a gardés ? interrompit Trendy.

— Je n'en sais rien. Ruth les a peut-être détruits. Van Braack me demandait souvent : « Ruth... Est-ce qu'il faut qu'elle sache ? » Je lui répondais toujours : « Non, il vaut mieux qu'elle vive. » Quelle importance, après tout ? Il y a tant de choses qui se perdent. Mais je me souviens de toutes les histoires du capitaine. C'était un homme fascinant. Il parlait peu, mais il écrivait très bien. Je me souviens de presque tout. C'est pourquoi, quand je vous dis que tout a commencé dans l'île...

Et il commença son récit. Au début, Trendy écouta mal, il continuait à se demander pourquoi le musicien avait tellement tenu à cette confession, lui qui les autres fois avait semblé le voir à peine, et l'avait jeté dans les bras de la Cruz pour se débarrasser de ses caprices. Il se fit la réflexion qu'il était peut-être malade ; et peut-être aussi, de façon plus dissimulée, éprouvait-il le sentiment de lui devoir son succès, quelques soirs plus tôt, puisque la Cruz, à la stupéfaction générale, s'était effacée devant sa partition. Et ainsi il se laissa prendre à sa voix fatiguée et de plus en plus faible, au charme étrange de son long récit. Dräken évoquait un passé derrière un autre passé, une histoire de femmes derrière d'autres femmes, Iris derrière Judith, Léonor derrière Iris. Rien qu'à l'écouter, on était ramené si loin qu'on se croyait arrivé aux origines du monde, dans un univers tranquille et sans détours où brusquement s'était nouée la malédiction, la tragédie qui continuait encore. Parfois il s'arrêtait, il se servait un verre de liqueur, puis il reprenait son récit là où il l'avait laissé, les doigts toujours fébriles, comme si l'histoire se transcrivait à mesure dans une autre part de lui-même, celle qui aboutissait à ses longues mains de pianiste, cela même qui sans doute l'avait sauvé du désespoir, cette part de lui qui se nommait la musique.

Tout ce qu'il racontait, disait-il, il le tenait de Van Braack. Mais, pour l'époque d'Iris, il ajoutait des remarques dont on voyait bien qu'elles n'étaient pas d'un père ; et pour le reste, l'île, ce qui s'était passé à Rocaïbo bien avant la naissance de

Ruth et de sa sœur, il avait parfois des trous de mémoire, des lacunes qu'il tâchait de combler en se resservant de l'alcool, et qui faisaient bouillonner Trendy. « Le manuscrit de Van Braack, pensait-il alors, les écritures du vieux, si seulement il savait où elles ont pu passer... » Car il était de plus en plus sûr que le capitaine ne les avait pas détruites.

Cela tenait à l'histoire même. Il n'était pas possible que Van Braack fût mort en emportant un tel secret. Et un tel doute. Le capitaine, à vingt ans, avait quitté Amsterdam. Il n'aimait pas sa famille, qui le lui rendait bien. Une dynastie d'armateurs dont il était le seul héritier, des marchands de produits coloniaux pour qui la vie, puisqu'il n'y avait plus de conquêtes à faire, d'ultimes terres à découvrir, s'arrêtait au cours du coprah et du café sur les bords des canaux. Van Braack ne s'y résignait pas. Il voulait naviguer, faire le tour du monde. Il s'engagea comme mousse sur un cargo. Une première fois, le destin le mena à Rocaïbo. Un typhon força le navire à y faire relâche, dans l'unique baie protégée des vents qui lui avait valu, aux siècles précédents, d'abriter les flottes des Espagnols ou de leurs rivaux hollandais. L'île était assez prospère, mais perdue au bout de l'archipel. Sur les pentes de sa montagne dont les indigènes pensaient qu'elle abritait des dieux jaloux, on récoltait la même chose qu'ailleurs dans les îles de la Sonde, du coprah, du manioc, du tabac. Un siècle plus tôt, on y avait aussi découvert un peu d'or. Le maître de la mine était un vieux notable, une sorte d'*alcade mayor* qui dirigeait l'île. Il s'appelait Manuel Hadji, il était métissé d'espagnol et d'arabe, d'indigène aussi, murmuraient les méchantes langues. Plus simplement, on le nommait le roi Manuel, à cause de son pouvoir dans l'île, et de l'étrange maison qu'il s'était fait construire, une sorte de grande bâtisse d'ailleurs plutôt qu'un palais. On ne sait pourquoi, on la nommait *Désirada,* peut-être du surnom de sa fille Léonor, la seule après trois garçons. Le roi Manuel avait hérité d'une kyrielle de vieux titres qui remontaient à ses ancêtres et aux puissances qui avaient occupé successivement Rocaïbo et l'avaient presque aussi vite abandonnée, pour son isolement et la difficulté de son climat. Au moment où Van Braack aborda la première fois dans l'île, la mine d'or — à la vérité, ce n'avait jamais été qu'un très petit filon — était presque abandonnée. Le roi Manuel n'en continuait pas moins de régner sur son petit territoire, assuré qu'il se croyait, par l'éloignement de Rocaïbo, de n'être jamais tracassé par les fonctionnaires de Java. Il n'avait qu'un seul souci : marier sa fille.

Comme les rois de légende — et c'était d'ailleurs à se demander s'ils ne vivaient pas tous, dans cette île, comme des personnages de légende — il se sentait inquiet parce que ses fils étaient morts très jeunes, de malaria ou d'autre chose, qu'il n'avait plus qu'elle, Léonor, et qu'il se sentait vieux. Il l'avait enfermée dans sa maison, elle n'en sortait que pour la messe et les fêtes carillonnées, derrière les processions de flagellants et de pénitents en cagoule. Sa fierté et sa solitude avaient fait tourner les têtes, si bien qu'on ne savait plus qui se nommait Désirada, d'elle ou de la demeure où elle vivait le plus clair de son temps. Léonor n'était pas vraiment belle, elle était davantage, elle était ardente. Lors de la fête que Manuel donna chez lui en l'honneur des marins rescapés de la tempête, Van Braack la remarqua aussitôt. Enflammée qu'elle était par la semi-réclusion où la tenait son père, elle ne le quitta plus des yeux.

Ce fut sans doute à ce moment-là que Van Braack se promit, un jour, de revenir dans l'île. Ou qu'il le promit à Léonor.

— Sur cet épisode, ajouta Dräken, le capitaine ne fut jamais très clair. Peut-être avait-il cherché dès ce moment-là à pousser plus loin l'affaire, peut-être est-ce elle qui l'avait provoqué, fatiguée qu'elle était de vivre dans cette maison sinistre, avec pour seul horizon l'église où l'on conservait les momies des vieux missionnaires dans des cercueils de verre, et de loin en loin, des fêtes comme celles-là, pour des fonctionnaires en visite ou des marins en bordée.

» En tout cas, reprit-il, Van Braack repartit. Il navigua quelques années. Ses parents moururent à peu de temps d'intervalle, il fut contraint de rentrer à Amsterdam. Il se rendit compte aussitôt que ce n'était pas sa famille qu'il avait détesté, mais la ville. Il me confia souvent qu'il avait l'impression qu'elle l'enserrait, qu'elle l'étranglait. C'était une image qu'il avait souvent, mais il l'aimait pourtant, cette ville et ses canaux, il était fier de descendre des plus anciens marins. En fait, il aimait et il détestait Amsterdam comme on peut à la fois aimer et détester sa famille : l'aimer parce qu'elle est un berceau, la haïr parce qu'on a besoin d'autres horizons. Son horizon, quand il revint empocher sa fortune, c'était désormais Rocaïbo.

Dräken toussota. Il semblait de plus en plus nerveux. Bérénice avait oublié de lui remplir son verre et il se resservit lui-même. Il effleura le bois de son piano, puis il se tourna vers ses hôtes :

— Il n'osait pas encore partir. Peut-être avait-il l'impression que quelque chose l'attendait là-bas, comme un destin auquel il ne pouvait échapper. Ou bien il avait fait une promesse à Léonor, une promesse qu'il ne pouvait pas tenir. Il ne retourna pas tout de suite dans les mers du Sud. Il cessa de naviguer. Mais il se promenait toujours au bord des côtes. Un jour, il découvrit un endroit qui lui plaisait, le cap désolé où il bâtit *Hauteclaire*. Pourquoi cette envie de maison, tout d'un coup ? Il ne s'en est jamais expliqué. Mais, vous l'avez sans doute remarqué, sa maison ressemblait à un bateau. Il y transporta tout ce qu'il avait gardé de sa famille. Un jour qu'il était revenu à Amsterdam pour régler ses dernières affaires, il rencontra un marin sur les quais. Il avait à peu près le même âge que lui. Il était immense, une sorte de géant des mers. Et beau, divinement beau. Van Braack me disait toujours : « Je ne sais plus comment tout cela s'est fait. Il y avait ce marin, sur le quai, qui jouait avec des oiseaux des îles enfermés dans une cage. Au bout de quelques instants, je n'ai plus vu les oiseaux, ni le quai, ni les bateaux, je n'ai plus vu que lui, Adams. Nous avons passé une nuit à boire ensemble, à parler. Et nous ne nous sommes plus quittés. » Voilà comment tout a commencé.

— Ils sont allés dans l'île, intervint Bérénice.

— Tout juste. Van Braack n'attendait qu'une occasion pour repartir, quelqu'un qui le pousse un peu, quelqu'un à qui il puisse parler, quelqu'un à aimer, en somme, quelqu'un à qui se confier. Il n'eut pas plus tôt parlé de la mine qu'Adams, qui prétendait avoir travaillé dans les mines d'or d'Afrique du Sud, lui proposa un marché : il l'aiderait, pour la mine. Ils partageraient tout, les terres, les maisons, les femmes. Van

Braack accepta, un peu étourdiment. Il n'attendait que l'occasion de partir. Ce n'était pas Léonor qui le préoccupait. C'était la mine. Son rêve, c'était de prendre la place du roi Manuel. Régner seul sur une île comme sur un grand bateau. Et il aimait les mers du Sud. Rien ne lui faisait peur, là-bas, ni les insectes, ni la malaria, ni les typhons. Il aimait cette île, tout simplement. Mais il n'avait pas la force d'être seul.

» Quinze jours plus tard, ils étaient en route sur un nouveau cargo pour les îles de la Sonde. Quand ils arrivèrent à Rocaïbo, la situation avait changé. Le roi Manuel était malade, sa fille, disait-on, n'allait pas bien non plus. Elle vit revenir Van Braack comme une bénédiction. Ce n'était pas prévu dans les plans du bel Adams. Il était fou de jalousie. Le vieux métis leur avait accordé sans difficulté la concession de la mine, à charge pour eux de la remettre en état et de lui verser la moitié des bénéfices. Ce n'était pas assez pour Adams. Il voulut Léonor. Elle refusa d'abord, mais son père, qui voyait là un moyen de tenir sous sa coupe les deux étrangers, força sa fille à accepter. Van Braack ne venait plus à *Désirada.* Il ne pensait plus qu'à l'or. Au fil des semaines, toutefois, il s'aperçut que les compétences d'Adams n'étaient pas aussi étendues qu'il l'avait laissé croire. Ils avaient repéré un second filon, mais il était étroit, le sous-sol était mauvais, il y eut des accidents puis une épidémie parmi les ouvriers. En fait, il comprit assez vite qu'il n'atteindrait jamais la fortune amassée par le roi Manuel. Tout ce qu'il pouvait espérer, c'était de jouer les orpailleurs dans les petits torrents qui dévalaient les collines. Il broyait du noir, il commença à boire. Léonor le sut. Elle alla le voir, elle le fit revenir à *Désirada.* Que se passa-t-il alors dans leur tête, à tous les deux... La date de son mariage avec Adams était déjà arrêtée. Pour mieux la tenir, Adams en avait déjà fait sa maîtresse, et il fallut qu'elle se jette dans les bras de Van Braack... Elle devait déjà être folle !

— Non, dit Numance. C'était sûrement un sortilège. Une magie du Seigneur du Large.

Trendy réprima, non sans peine, un geste d'agacement. A son grand soulagement, son observation n'arrêta pas Dräken :

— Adams était beau, dit-il, mais réaliste... Il voulait la fille et l'or. Non l'or de la mine, mais celui qu'en cinquante ans le roi Manuel avait amassé dans ses caves. Adams avait tout fait pour décourager Van Braack et le forcer à repartir. Quand il l'a découvert dans le lit de Léonor, il est devenu comme fou. Il avait pris Van Braack pour un imbécile et c'était lui qui était blousé. Tout son plan s'effondrait. Il n'eut même pas le temps de songer à tuer Van Braack. Léonor, qui était une forte femme, le mit aussitôt à la porte. Elle l'a frappé, jeté dehors, elle a prévenu tout le monde qu'il voulait le trésor de son père, elle l'a fait poursuivre par la police de l'île. Il n'a pas demandé son reste. Il s'est embarqué sur le premier bateau. Ce qu'elle n'avait pas prévu, c'était que Van Braack le suivrait et qu'il ne voulait pas d'elle. Et elle ne savait pas encore qu'elle était enceinte.

— De qui ? souffla Bérénice.

— Voilà toute l'histoire, dit Dräken.

Cette fois, sa fièvre était devenue telle qu'il était entièrement parcouru de frissons.

— Le doute, ma petite Bérénice, le doute. La pire des tortures. Van Braack n'en fut jamais délivré.

Il se retourna vers son piano, fit tomber d'un seul coup une cascade de sons cristallins.

— La suite, vous la connaissez, dit-il. Nous la connaissons tous.

— Non, dit alors Bérénice. Moi, je ne la connais pas. Raconte, Crin-Crin, raconte.

Il haussa les épaules :

— A quoi bon ?

— Ça te fera du bien. Et à nous aussi.

En disant *nous,* elle s'était inclinée vers Trendy. Les doigts de Dräken se détachèrent du clavier :

— Du bien, vous croyez, ma petite Bérénice ? Le seul bien que j'aie tiré de ce passé, c'est ma musique. La beauté noire de la souffrance...

Comme s'il en avait trop dit, il eut alors un petit rire, pour se moquer de lui-même, peut-être, ou pour reprendre des forces. Bérénice sentit qu'elle gagnait du terrain. Comme tout à l'heure, elle posa ses mains sur ses épaules. Il referma doucement le clavier du piano.

— La suite, dit-il en fixant une partition griffonnée de sa main, vous pourriez la deviner. Van Braack, je vous l'ai dit, adorait Adams. Lorsqu'il l'a vu partir, il a voulu le suivre.

Malgré la mer qui était mauvaise, Adams s'était déjà embarqué. Van Braack a laissé passer la tempête et il a quitté à son tour Rocaïbo. Il s'est acheté un petit boutre et, des mois durant, il a navigué à sa recherche d'un bout à l'autre des mers du Sud. Il interrogeait tout le monde, les capitaines des cargos, les petits pêcheurs sur leurs jonques, les douaniers, les stewards des paquebots. Il n'a jamais retrouvé sa trace. Alors il a tâché d'oublier. Il s'est marié un peu comme on se suicide, avec une femme qui, comme lui, avait beaucoup vécu. Elle était prête à faire une fin à n'importe quel prix. Elle accepta tout de lui, ses humeurs, ses silences, et la vie qu'il lui imposa. Il ne voulait plus quitter les îles, il était devenu fonctionnaire colonial. Mais Rocaïbo le poursuivait toujours. Il avait su que le roi Manuel était mort, il avait appris que sa fille, juste après son départ, avait abandonné le palais, emporté le trésor de son père et quitté l'île à son tour. Il était assuré qu'elle ne reviendrait pas. A présent, on avait besoin là-bas d'un gouverneur. Van Braack se proposa. On s'est un peu étonné, on jugeait qu'il méritait mieux, mais il a eu le poste. Il est resté là-bas des années. Il y serait peut-être encore si sa femme n'était pas morte à la naissance de Ruth. Il pensait revenir un jour en Europe, mais il reculait le moment, comme s'il avait eu peur de quelque chose, comme s'il avait craint de retrouver Adams sur un quai, comme la première fois. Mais jamais il n'avait imaginé que Léonor était partie sur ses traces, qu'elle était allée jusqu'en Europe, qu'elle avait retrouvé *Hauteclaire*, dont il avait eu le malheur de lui parler, qu'elle s'était installée tout à côté, comme pour le poursuivre d'un remords éternel. Elle avait emporté le trésor de son père ; elle qui n'avait jamais quitté Rocaïbo, qui six mois plus tôt n'était qu'une de ces filles condamnées à vieillir entre leur chambre et l'église, elle a pris le paquebot, elle est allée en Europe, elle a retrouvé *Hauteclaire*, acheté un terrain, construit la *Désirade*. Entretemps, elle avait accouché. Cette maison qu'elle faisait construire, était-ce une vengeance, était-ce une immense preuve d'amour ? Van Braack penchait pour la vengeance. Il disait qu'elle était déjà folle à Rocaïbo, folle avant même qu'il ne vienne pour la première fois, que la folie était dans l'air de l'île, qu'on la suçait avec le lait des nourrices, que l'autre *Désirade*, là-bas, était déjà une maison de malheur...

— Alors, s'il le savait, s'il avait tous ces doutes, pourquoi le capitaine a-t-il laissé sa fille épouser le Commandeur ? Quelque chose le poussait, quelque chose au-delà de lui...

C'était encore Numance. Comme tout à l'heure, il revenait au Seigneur du Large. Dräken ne répondit pas. Numance insista :

— Et le Commandeur, pourquoi voulait-il Iris ? Il ne savait rien des habitants de la maison voisine ? Sa mère ne lui avait rien dit ? Et Sirius, lui, il le savait, non, il aurait pu le lui dire ?

— Personne n'a jamais rien dit parce que personne ne savait rien. Il y avait un doute, je vous le répète, que personne n'éclaircira jamais. Le Diable se greffe peut-être sur le doute, je n'en sais rien. Je crois plutôt que le doute est un démon assez vigoureux pour détruire toute une vie.

— Quand il a vu arriver le jeune Commandeur, Van Braack aurait pu parler à sa fille. Le Commandeur ne s'est pas caché, quand il a commencé à courtiser Iris...

— Pas le moins du monde. Le Commandeur n'a même pas dissimulé son nom. Il l'a prononcé dès la première fois, je m'en souviens bien, j'étais dans loge d'Iris, c'était après la troisième ou quatrième représentation de *Turandot*, c'était une vraie bousculade. Quand il est arrivé, si majestueux, si élégant, tout le monde s'est tu, le vide s'est fait autour de lui, et pourtant à l'époque il n'était pas connu. Je l'entends encore quand il s'est adressé à Iris : « C'est extraordinaire. Je suis votre voisin, je ne vous ai jamais vue. J'ai appris dans les journaux que votre famille possédait une villa à deux pas de chez moi et que vous projetez d'y passer votre été. » Et ils ont aussitôt parlé d'*Hauteclaire*. Iris était subjuguée. Il faut dire que le Commandeur était un homme magnifique. Il n'était pas beau, mais tous ses gestes, tous ses mots avaient une telle puissance... Rien n'était banal en lui, et il y avait aussi son regard, avec cet œil plus clair que l'autre. C'est ce qui fit parfois dire à Van Braack, des années après, que le Commandeur ne pouvait pas être son fils. Il était grand, comme lui, il avait la peau mate de Léonor et ses cheveux sombres, mais il avait la prestance d'Adams, sa force un peu sauvage, son air de grand félin. Cet œil plus clair que l'autre, me disait-il ces jours-là, c'était la marque d'Adams, sa marque indubitable. Je me demande quelquefois si Van Braack n'était pas autant séduit par le jeune Commandeur qu'il l'avait été autrefois par son père.

— Vous pensez qu'Adams était son père ? coupa Trendy.

Dräken parut méditer un moment, ce qui n'était pas dans ses habitudes. Il avait d'un seul coup un visage calme, son regard devenait lointain. Au bout de ses doigts, il n'y avait plus qu'un frémissement presque imperceptible.

— Je préfère me ranger à cette idée, finit-il par lâcher. Oui, je préfère.

— La plus belle ruse du Diable est de nous faire croire qu'il n'existe pas, s'écria Numance.

— Ou plutôt d'apporter l'oubli, rétorqua Dräken. Autour du Commandeur, personne, pas même Van Braack, ne se posait la question de savoir si ce qu'il faisait était bien ou mal. On voyait qu'il était amoureux, c'était tout. Il était en chair et en os. Il payait comptant. Il voulait épouser Iris, il avait mis sa fortune à ses pieds, il ne se nourrissait pas d'amour et d'eau fraîche. Pour avoir Iris, le Commandeur aurait accompli n'importe quelle bassesse. J'ai même cru, un moment, qu'Iris l'aimait pour ses bassesses. Cela peut arriver à une femme, vous savez.

— Alors elle, dit Bérénice, elle ne l'aimait pas vraiment ?

— Allez savoir ! Mais finissons-en. Au milieu de ses gerbes de fleurs, de ses journalistes qui lui posaient des dizaines de questions stupides, le Commandeur s'était distingué des autres, de tous les autres. De moi-même. Elle le revit, très vite, le lendemain peut-être. En quelques heures, j'avais été réduit à ce qu'était très exactement ma fonction, pianiste accompagnateur. Ils en furent rapidement au point que j'avais atteint : celui des petits secrets. Elle les partageait désormais avec un autre.

Il se tourna vers Trendy, comme s'il n'y avait que lui qui pût, à cet instant, comprendre exactement ce qu'était sa souffrance :

— ... Et cela, mon jeune ami, c'était plus dur que tout le reste. Partager un corps, c'est si peu. Mais partager les secrets...

Il était peut-être un peu ivre, à présent, les mots se bousculaient dans sa bouche.

— ... Entre autres secrets, il y avait Rocaïbo. Je vous l'ai dit, le Commandeur avait été privé d'enfance. Iris lui offrit la sienne. Comment au juste Rocaïbo les liait, cela sans doute on ne le saura jamais. Ce qui est certain, en revanche, c'est que le Commandeur ne tenait pas à y retourner. Iris continuait à chanter, à travailler inlassablement sa voix. Elle ne voulait pas abandonner la scène, le Commandeur la suivait partout, et à mon tour je les suivais. J'étais devenu l'intermédiaire entre le Commandeur et son père. Son professeur comme Van Braack étaient opposés à l'idée d'un mariage, et surtout d'un enfant. Je négociais. Moi aussi, j'aimais le Commandeur. Comme elle, comme Van Braack. Il n'y avait peut-être que la petite Ruth... Mais revenons à notre histoire. Pour Iris, le Commandeur multipliait les fêtes. Il y eut deux étés à la *Désirade,* deux étés avant lesquels elle m'avait dit : « Je retourne à *Hauteclaire,* il faut que je me repose. » Elle ne se reposait jamais. On rouvrait les deux maisons, et c'étaient des pique-niques, des garden-parties, des croisières le long de la côte, avec toute la bande de parasites dont le Commandeur se plaît encore à s'entourer, Me Léonard, d'Argens, le peintre Effroy, Barberini, qui était alors à peine sorti de son séminaire, mais dont on voyait déjà qu'il avait les dents longues,...

— Et la Cruz ? hasarda Bérénice.

— Non, elle était trop jeune. Et inconnue. Elle n'est venue que bien plus tard, quand, sous l'influence de Sirius, le Commandeur a fini par succomber à ses histoires de magie noire. Après sa liaison avec Anna Louvois, il a eu d'un seul coup envie de mal, de mystère. Ou plutôt de la mise en scène du mystère. Mais, au moment de ses fiançailles, le Commandeur se jouait bien de tout ça. Il aimait le décor de la *Désirade,* il savait qu'il surprenait, que toutes ces architectures inventées par Léonor ajoutaient à son personnage. Mais davantage que lui-même il aimait alors Iris. Comme nous tous. Et c'est elle encore qui, des années après, nous unit toujours. Sauf la Cruz. Parce qu'elle est venue plus tard. Elle n'y comprend rien, à Iris. Elle est jalouse de sa voix. Du culte que nous avons d'elle et du souvenir de sa voix. Le seul empire que la Cruz ait sur le Commandeur, ce sont ses histoires de magie. Et encore... Vous avez bien vu, pour Judith.

C'était la seconde fois qu'il prononçait son nom. Preuve, s'il en fallait, qu'il voyait, entendait tout, qu'il n'oubliait jamais rien. D'un seul coup, Trendy se souvint de la tablette à son nom, dans la coiffeuse de la Cruz. Etait-ce bien elle qu'il avait jetée dans le lac ? Il l'avait bien vue, cette tablette, avec les nœuds noirs et rouges qui liaient le mauvais sort. Un dernier sort, au bout de toute une chaîne de malheurs. Et que pouvait-il faire pour s'y opposer ?

— Vous avez peut-être du mal à me suivre, reprit le musicien après un moment de silence. C'est difficile de comprendre ce qui s'est passé entre ces deux-là, Iris et le Commandeur. Ils avaient un tel prestige, une beauté tellement foudroyante ! Et puis n'oubliez pas Van Braack, l'amour fou qu'il avait pour sa fille. Ne croyez pas pourtant qu'il n'aimait pas Ruth. Mais la petite était tellement sauvage, tellement silencieuse ! A ces moments-là, elle nous faisait peur. Elle nous regardait d'un œil si noir que nous en avions honte. Elle lui ressemblait trop, au capitaine. Il ne savait pas comment lui parler. Judith aussi lui ressemble. Je l'ai bien observée, à la *Désirade*. C'est une rebelle, une solitaire, une risque-tout, comme Van Braack. Par bonheur, c'est une fille. Si elle a des enfants...

Il ne termina pas sa phrase. Avec la facilité extraordinaire qu'il avait à changer de conversation, il revint au capitaine :

— Comprenez-le, ce pauvre Van Braack. Il adorait sa fille. Il avait l'obsession de l'inceste. Mais d'un autre côté il était séduit par le Commandeur. Il l'aimait, comme nous tous. Iris avait décidé de l'épouser. Alors, pour le décider à son tour, le Commandeur a su quoi lui offrir. A croire qu'il était vraiment le fils d'Adams. Van Braack avait épuisé sa fortune, il commençait à avoir des dettes, mais ce n'était plus l'or qui l'intéressait. Il rêvait d'un bateau. Le Commandeur l'a appris ; ou il l'a deviné, comme il faisait souvent. Un jour, le capitaine a trouvé un yacht dans la petite cale derrière sa maison. Une petite merveille, surtout à l'intérieur. J'étais chargé de lui faire comprendre que ce bateau était pour lui. Je ne l'ai jamais vu si heureux. Il s'est laissé faire. Il s'est laissé tenter.

— Vous voyez, dit Numance. C'est vous-même qui parlez de tentation !

— Tentation ou pas, il se serait opposé à ce mariage que rien n'aurait été changé. Iris se serait fâchée, elle aurait quitté sa famille, elle aurait épousé celui qu'elle aimait. Et elle serait peut-être allée mourir de la même façon à Rocaïbo. Van

Braack a donc accepté le bateau, il l'a baptisé le *Roi-des-Poissons*, du nom du cargo qui l'avait amené dans son île pour la première fois. Et il s'est remis à naviguer. C'étaient de petites croisières. Il était vieux, et il ne voulait pas trop s'éloigner d'Iris. Le mariage était proche. A la surprise générale, le Commandeur ne voulut pas de fête. Tout se fit dans la discrétion, presque à la sauvette. Il y avait seulement Sirius et Léonard, comme témoins. Van Braack était là, mais je ne sais même pas si Ruth était présente. Depuis quelques jours, tout cela ressemblait à un deuil. Le Commandeur lui-même s'était assombri. Il n'y avait qu'Iris pour être gaie, trop gaie peut-être. On aurait dit qu'elle s'apprêtait à de grandes batailles. Le Commandeur voulait qu'elle arrête le chant le temps d'avoir un enfant, son professeur y était opposé, il la trouvait trop jeune, il craignait que toutes les facilités dont le Commandeur l'entourait ne finissent par les gâcher définitivement, elle et sa voix. Mais comment savoir ? Entre Iris et le Commandeur, il y avait tant de secrets ! On aurait dit une forteresse, oui, c'était cela, leur amour, cela, un rempart de secrets contre le monde entier. Et entre autres mystères celui-ci, que le Commandeur fut bien contraint d'avouer à son retour : elle avait voulu que, pendant leur voyage de noces autour du monde, ils fassent un détour par Rocaïbo. A partir de là, on ne sait plus rien au juste. Après le drame, le capitaine s'est fâché avec son gendre. Il n'a même jamais voulu reprendre les cendres d'Iris...

Il se retourna vers la danseuse :

— Encore de ta liqueur, petite Bérénice.

Il disait toujours *petit*, ou *petite*, aux gens qu'il aimait. La bouteille était presque vide. Les yeux du musicien s'étaient embués, on ne savait si c'était ce qu'il racontait ou l'émotion qui le poussait à boire.

— Van Braack et moi, nous avons reconstitué ce qui s'est passé comme nous avons pu, à partir des documents officiels et des rapports de l'ambassade. L'île était devenue indépendante, le palais du roi Manuel avait croulé en ruine, et la maison même où avaient vécu les Van Braack avait été détruite. Iris et le Commandeur étaient terriblement déçus. Pour se distraire, elle voulut se baigner, comme autrefois, dit-elle. La mer était mauvaise, elle ne voulut écouter personne.

Elle n'était pas dans les rouleaux depuis cinq minutes qu'elle se noya. On retrouva son corps le lendemain, déchiqueté sur un récif. Le Commandeur le fit aussitôt incinérer par les indigènes. Puis il disparut. Peut-être alla-t-il se terrer dans les ruines de l'ancienne maison de sa mère, eut-il de l'amnésie, que sais-je ? Quand on le retrouva, il n'avait plus d'âge. Et il était ailleurs, définitivement étrange et lointain. La suite, tout le monde la connaît, ses succès, sa légende de séducteur, sa collection d'actrices et de tarots, son goût des magies noires, son amitié avec la Cruzenburg, ces femmes qu'ils se plaisaient tous les deux à envoûter puis à détruire... La diva et lui étaient semblables, l'un et l'autre. Deux fins de race. Ils ne partageaient aucune des décadences ordinaires. Ni aucun plaisir banal.

Il parlait au passé. Trendy allait lui en demander la raison, mais Numance le précéda :

— On ne touche pas à la magie pour s'amuser, monsieur Dräken. Ou bien elle se retourne contre celui qui a voulu s'en moquer.

— C'est vrai, intervint Trendy. Dans les livres que Numance m'a montrés...

— Vous passez trop de temps dans les livres, mon petit, rétorqua Dräken. Vous courez après les mensonges et les mensonges finissent par vous rattraper. Vous êtes comme tout le monde, en ce moment. Vous nagez dans la folie. La folie du faux. Il n'y a qu'une seule magie au monde. Elle seule console de tout. La musique.

Il marqua une petite pause :

— Ou bien écrire, comme l'a fait Van Braack. Ou peindre, comme votre petite Judith.

La colère s'empara de Trendy. Il s'aperçut qu'il n'avait pas éprouvé pareille violence depuis longtemps. Tout d'un coup, il se sentit mieux. C'était comme une force neuve. Comme s'il redevenait lui-même.

— De quoi voulez-vous que Judith ait besoin d'être consolée ?

— Elle devine tout. L'autre soir, pour Anna Louvois, cette folle qui s'obstinait à poursuivre le Commandeur...

Trendy se leva :

— Je ne vous permets pas, lâcha-t-il d'une voix blanche. Respectez le souvenir d'Anna.

Bérénice le força à se rasseoir. D'un seul geste, une fois de plus, la danseuse avait réussi à désarmer sa colère.

— Vous aussi, vous l'avez remarqué, observa alors gravement Numance. Judith est médium.

— Médium... Tous les artistes le sont un peu.

Dräken était retourné à son piano avec des petits mouvements désinvoltes et il commençait des gammes, comme s'il se contraignait à feindre la plus totale indifférence. Il dut sentir que personne n'était dupe de sa comédie, car il s'arrêta d'un coup.

— Vous n'avez pas tout à fait tort. Judith avait prévu cette mort avec des précisions étonnantes. Mais enfin, convenez-en, Anna était folle ! Et elle était dangereuse au volant d'une voiture, elle conduisait vite, elle conduisait mal. Ce qui l'attendait n'était guère difficile à deviner. La petite a dit tout haut ce que nous redoutions tout bas. Ou espérions tout bas, comme la Cruz. Et peut-être comme le Commandeur. Anna Louvois ne s'était jamais résignée à la rupture. Elle n'arrêtait pas de le poursuivre. Peu avant sa mort, elle avait été la maîtresse de Léonard. Le notaire avait eu la faiblesse de lui confier ce qu'il savait du passé des Hadji et du capitaine.

Les phrases de Dräken s'étaient faites brusquement très coupantes. Malgré leur mépris, ce fut le moment que choisit Trendy pour oser la question qui le tourmentait depuis des semaines :

— Et les deux autres, Dräken, les deux femmes qui avaient disparu il y a sept ans lors d'une fête ?

— Ah ! fit-il seulement. Vous savez donc cela...

Il soupira.

— Hélas ! fit-il. C'était Sirius. Sirius qui depuis des années répète au Commandeur qu'il a partie liée avec le Diable et que seul un médium peut lui permettre de retrouver Iris au-delà de la mort. Voilà pourquoi il a sombré avec la Cruz dans ce fatras de magie noire. Sirius et la Cruz animent une sorte de secte mondaine, vous savez, une de ces choses à la mode qui rapportent beaucoup d'argent. Le Commandeur n'y croit qu'à moitié. Ce qui l'amuse, ce sont toutes les jeunes filles qu'ils lui ramènent de la sorte, mais elle, la Cruz, par moments, je me demande si elle n'est pas sincère. Elle est persuadée que sa voix se maintient grâce à ces sornettes. Il suffisait de la voir chanter, l'autre soir, le stupide livret de l'infortuné Drogon...

— Infortuné ? coupa Trendy.

Dräken éluda avec un geste d'impatience :

— En tout cas, reprit-il, plusieurs de ces conquêtes y ont laissé des plumes. Les deux femmes dont vous me parlez étaient des provinciales. Elles n'ont pas supporté leur cérémonial, je ne sais quelle mise en scène morbide tout droit sortie de l'imagination de la Cruz. Il y a eu un début d'incendie, elles ont pris peur, elle se sont jetées par la fenêtre. C'est du moins ce qu'on m'a dit. Moi, ce soir-là, j'étais à ma musique, comme d'habitude. Ensuite ils ont fait disparaître les corps, et tout le monde s'est sauvé. Je crois qu'ils n'ont jamais dû recommencer. Entre nous, il y a une difficulté majeure dans cette histoire de médium : si le médium, par ses transes, donne le moyen de retrouver les morts, ses transes elles-mêmes sont mortelles. Si le Commandeur voulait retrouver Iris grâce à Judith, il faudrait d'abord qu'il la perde, la petite.

— Qui vous dit qu'il n'y est pas prêt ?

C'était encore Numance. Cette fois, pourtant, le musicien n'osa pas le contredire.

— Comment savoir, avec le Commandeur... Depuis Iris, il n'a jamais aimé personne. Et de quoi serait-il capable face à une fille qui lui résiste !

— Vous les avez vus ensemble à la *Désirade*, parvint à articuler Trendy, vous les avez observés pendant des jours et des jours, avec votre air de ne jamais rien voir. Vous, vous savez...

— Savoir quoi ? Les petits secrets ? Si elle vous aime, c'est à vous qu'elle les dira, Judith. Allez donc la chercher.

— La chercher ? Retourner là-bas ?

— Vous la croyez inaccessible parce que vous l'aimez. Mais personne n'est inaccessible. Même Judith. Allez frapper à la porte de la *Désirade*, si vous n'avez pas peur de la vérité. Allez la chercher, vous verrez. C'est une fille comme les autres. Une artiste, bien sûr, un peu plus difficile.

— Mais le Commandeur ?

— Le Commandeur, c'est une autre affaire. Cela fait des années qu'il s'est éloigné de nous. Lui, évitez-le. Il vous endormirait de paroles. Il essaierait de vous posséder, comme la Cruz. N'oubliez pas ce qui le poursuit. Il a été un enfant sans père.

— Moi aussi !

C'était la première fois que Trendy se laissait aller à pareille confidence. Numance et Bérénice levèrent un regard étonné.

— Moi aussi, répéta-t-il. Ce n'est pas le père absent qui compte. C'est l'amour de la mère.

Dräken à son tour parut surpris.

— Si vous voulez, dit-il. Mais un jour ou l'autre il faut bien oublier son enfance. Le Commandeur n'y est jamais parvenu et il n'y parviendra jamais. Il vit dans la hantise de ce père inconnu qui coule dans son sang. De ce père dont Léonor lui a répété qu'il a reçu la force. La petite Judith, en revanche... Elle est jeune. Vous pourriez être sa chance. A condition, bien sûr, qu'elle et le Commandeur...

Sa voix s'assourdit. On ne pouvait savoir si c'était d'avoir trop bu ou d'avoir tant parlé. Comme pour signifier qu'il ne dirait plus rien, il eut un mouvement machinal, un geste de chef d'orchestre qui d'un seul coup de baguette fait taire ses musiciens. Dans son désarroi, Trendy se tourna vers Numance. Pour une fois, le métis approuvait Dräken et ne cessait plus de hocher la tête. Et ce fut Bérénice, cette fois, qui prit la parole :

— Essaie, Trendy. Essaie d'avoir la force. Maintenant que tu sais.

Dräken s'était levé. Malgré sa fatigue, il se jeta sur son piano et commença à jouer. D'un seul coup, il paraissait, non plus jeune, mais sans âge, lui aussi, comme le Commandeur, transfiguré par la musique qui sortait de ses doigts, sa musique, les mélodies tourmentées et voluptueuses qu'il avait en prédilection, avec leurs thèmes entremêlés qui racontaient inlassablement une seule histoire, la sienne, sa passion toujours vivante pour Iris Van Braack, et l'impuissante magie des sons à la faire revenir en ce monde. Et à le voir ainsi habité, hanté par une femme disparue, à voir frémir au bout de ses doigts leurs impossibles rencontres, à entendre s'élever des sons qui suggéraient une voix, une danse, l'impalpable sillage d'un parfum, Trendy comprit comment, l'espace dérisoire de quelques minutes, la musique pouvait offrir une illusion sans prix, croire, croire le plus fort possible qu'elle consolait de tout.

Les mains blanches et torturées de Dräken firent tomber une ultime pluie d'aigus, puis s'immobilisèrent sur le bord du clavier. Bérénice s'avança vers lui et lui déposa un baiser sur le front.

— Tu devrais aller dormir, Crin-Crin.

Il lui prit la main, caressa longuement ses bracelets de corne. En un seul instant il était redevenu l'homme épuisé qui, quelques heures plus tôt, leur avait ouvert la porte. Il eut un geste vague vers la fenêtre :

— Demain est un autre jour.

Trendy ne chercha pas à comprendre. Il ne pensait plus qu'à Judith. Quelle conspiration se nouait autour de lui pour le ramener à la *Désirade* ? Avoir la force, avait dit Bérénice. La force de quoi ? D'affronter le Commandeur ? De risquer un refus de Judith ? Ou le courage de s'enfoncer encore plus avant dans ce labyrinthe qui était lui-même ?

Les bras fantomatiques de Dräken s'avancèrent dans la pénombre pour leur montrer la sortie. Déjà ils étaient arrivés dans l'entrée, et Bérénice à nouveau, dans un mouvement qui fit cliqueter tous ses lourds bijoux, serra longuement contre elle le visage du musicien. L'instant d'après, sans qu'il y ait eu un mot de plus, l'ascenseur silencieux les ramenait à la rue, à la nuit. Avant qu'ils ne sortent, Numance à son tour répéta à Trendy :

— Aie la force. Laisse les livres. Va la chercher.

— Et si elle était...

— Va la chercher. Va la chercher de toute façon.

Il n'osa pas répondre. Ce qu'il redoutait, ce n'étaient pas les diableries, la puissance quasiment magique dont tous, sauf peut-être Dräken, avaient crédité le Commandeur. C'était ce que le musicien avait dit de son amour, cette forteresse à deux qu'il avait construite avec Iris. Car que pourrait-il, lui, Trendy, pour Judith, si à son tour elle avait bâti avec cet homme un rempart de secrets ?

CHAPITRE XXX

Il ne se coucha pas. Le matin n'était pas levé qu'il téléphona à Ruth. Elle ne fut pas surprise. Dès qu'il lui eut annoncé son nom, il y eut au bout du fil un silence interminable. Mais ce n'était pas un silence comme les autres, c'était un silence vivant, pour une fois, un silence qui le happait, où il croyait déjà entendre sa respiration, son cœur peut-être, tout ce qui faisait Ruth. Elle se mit à parler. Il entendait à peine ce qu'elle disait. Avec les modulations de ses mots, de ses phrases, il retrouvait déjà un peu de sa maison, il croyait revoir ses cheveux, cuivrés par les reflets changeants de son feu, et sa main posée sur ses meubles polis, son regard errant sur le bord des grisailles, des marines, sa fatigue du soir, ses sourires aussi subits que ses mélancolies. Elle prononça enfin le nom de Judith. Il ne l'arrêta pas. Puis elle en arriva à celui d'Iris. « Je sais, dit-il alors, je sais tout cela. » Elle se tut à nouveau, et le silence fut tel, à ce moment-là, qu'il craignit qu'elle n'eût raccroché. Il demeura un instant interdit, redoutant d'avoir eu un mot malheureux, mais ce fut elle qui reprit : « Il faudrait venir, balbutia-t-elle, il faudrait rentrer. Je crois que vous avez laissé vos dossiers et vos squelettes à *Hauteclaire...* » Elle ne disait plus « chez moi », elle disait *« Hauteclaire »*, comme si elle s'apprêtait à partir. Il l'interrompit dans ses prétextes. « Donnez-moi rendez-vous, dit-il, je vous rejoins quand vous voulez. »

Le surlendemain, il était en route. Il avait voulu repartir à moto. Ruth et Malcolm l'avaient précédé dans leur vieille automobile. Le temps s'adoucissait. Dès que le rivage fut en vue, Trendy ralentit l'allure. Malgré toute sa fatigue, il voulait sentir monter en lui l'odeur qui promettait la mer, cet air plus vif, l'annonce du sel, des algues échouées, des sables fatigués de vagues et de marées. Sans se l'avouer, il retardait aussi le moment où il s'engagerait dans l'allée du Phare comme en ce jour d'automne où le soleil ressemblait si fort à celui de l'été, ce jour où il avait commencé sa dérive, son voyage étrange sous l'écorce des choses.

Allée du Phare. Il eut beau ralentir, il y fut très vite. Si le soleil était plus pâle, les villas n'avaient pas changé. Toujours les mêmes constructions aux plaques désuètes ou prétentieuses, les mêmes grilles fermées sur des étés qui avaient fui, des jardins à l'abandon et figés par l'hiver. A mesure que s'approchait le cap s'arrondissait un mur hostile. Maintenant qu'il avait entendu le récit de Dräken, il avait l'impression d'y avoir vécu trois vies : la sienne, celle d'Iris, enfin celle de Léonor, avec son désir fou de retrouver un amour perdu. Retrouve-t-on jamais un amour perdu... La *Désirade* n'était plus un mystère, mais la maison d'un malheur. Il en connaissait trop bien le décor : les galeries à vitraux, le parc aux cèdres noirs, l'étang, la pierre tombale, et la grille bientôt, cette grille qui abritait — ou retenait — Judith.

Il ne voulut rien voir de la *Désirade.* Il la dépassa à toute allure. Ce ne fut qu'à la barrière d'*Hauteclaire,* toute blanche comme au premier jour devant le ciel qui se dégageait, qu'il s'aperçut qu'une fois de plus il avait perdu son écharpe.

Comme au premier jour, tous les volets étaient ouverts, y compris l'étage de Judith. Un moment, il resta ébloui devant la façade qui réfléchissait le soleil échappé des nuages. La mer moutonnait au loin, des fragments de lichen tourbillonnaient dans l'air. L'odeur du sel se mélangeait avec les senteurs du jardin, un parfum de terre qui transpire, de plantes à peine délivrées de leur gangue de gel. Çà et là, on reconnaissait des plantations rases, des racines racornies, des bulbes, ces iris sans doute dont Ruth lui avait dit qu'ils fleuriraient au printemps sur toute la pelouse. Il leva à nouveau les yeux vers son étage à lui, son perchoir, comme il disait quand il vivait ici, une époque qui lui semblait distante d'une éternité. Il avait de la peine à superposer ses souvenirs à ce qu'il voyait, des vitres brillantes, sans plus. S'était-il vraiment passé derrière elles des choses aussi fortes ? Il se dit qu'il n'y demeurait que des fantômes d'amour, impalpables à d'autres qu'à lui seul, rêveur égaré au bord de ce rivage. Et si jamais demain il était foudroyé, que resterait-il de ce qui faisait de cette maison la plus irremplaçable maison, de cette fenêtre muette la plus irremplaçable fenêtre ?

Il entra. Avant de sonner à la porte, il ne se retourna pas du côté de la *Désirade*. Et quand la porte se fut ouverte, davantage encore que Ruth, ce fut la maison qui l'accueillit, avec ses clairs-obscurs, ses fougères dans les cuivres, et le feu, dans le fond, le feu qui flambait clair ainsi qu'au premier jour.

Ils parlèrent. Combien de temps, il ne se souvint pas. Malcolm était retourné à sa maison des dunes. Il ne reviendrait pas, dit Ruth, avant le soir. L'après-midi commençait, avec de grandes échappées de soleil. Il y eut une brève averse, une sorte de giboulée qui argenta les vitres d'une myriade de gouttelettes. Ils étaient assis devant le feu, libres et tranquilles comme jamais ils ne l'avaient été. Dans leurs mots se coulait peu à peu le passé, il se dissolvait, rien n'avait plus de poids, à présent, rien que cette minute où ils étaient face à face. Trendy n'avait pas voulu retrouver sa chambre, il n'avait pas cherché non plus à revoir ses squelettes. C'était un passé fossile et mort, comme tout le reste. Ruth le sentit et ne chercha pas à lui apprendre la disparition de Drogon. Très vite, elle parla de Judith, et lui demanda s'il avait une idée pour la revoir, sinon un moyen de la faire revenir. Mais, chaque fois qu'ils commençaient d'entrevoir une solution, ils butaient sur le Commandeur.

— Mon père lui-même avait peur de lui, observa Ruth. Même au temps des fiançailles, il s'en tenait éloigné. Et c'est vrai, je m'en souviens maintenant, Dräken venait souvent ici. Je n'aurais jamais cru que c'était du Commandeur qu'ils parlaient. J'ai toujours pensé qu'il était un musicien insignifiant. Une sorte de parasite, comme les autres.

— Ce que je ne comprends pas, poursuivit Trendy, c'est qu'au moment de sa disparition Van Braack ne vous ait pas laissé de signe. Un signe qui vous permette de vous retrouver dans toute cette histoire. Qu'il se soit ou non suicidé, il devait bien se douter que vous reviendriez ici, que l'histoire pouvait recommencer. Que le Commandeur, sa vie durant, serait pour vous une menace. Ne serait-ce qu'à cause de vos dettes.

Elle soupira :

— Je sais. J'y ai pensé, moi aussi. Mais, je vous le répète, il ne m'a laissé que ceci, dit-elle en désignant à nouveau l'acte de mariage de sa sœur. Ces quelques mots que je viens de vous montrer. J'avais toujours lu : *Tout s'explique par le Roi-des-Poissons.* Malcolm prétend maintenant qu'il faut lire *dans le Roi des Poissons.* Il a sans doute raison, mais cela ne m'avance à rien. J'ai déjà fouillé le bateau mille fois. Je n'ai jamais rien trouvé.

Il s'obstina :

— Le capitaine aurait dû vous laisser un signe.

— Croyez-vous que les gens laissent des signes, avant de mourir ?

Elle avait eu la même réponse que Malcolm, sur la plage.

— Vous faites fausse route, reprit-elle. Les dalles des cimetières ne sont pas refermées sur des morts. Elles tiennent enfermés des secrets. Des secrets que personne ne pourra plus percer.

Trendy eut un instant d'hésitation, mais il finit par lâcher ce qui lui brûlait les lèvres :

— Votre père n'est pas mort. Il a disparu.

Elle ne se laissa pas désarmer :

— Mort ou disparu, où est la différence ? Un mot plus élégant qu'un autre...

Elle semblait à nouveau amère, accablée, d'un seul coup. Elle se pencha vers le feu, y agita le tisonnier, puis, comme si son geste avait aussi ranimé son ardeur, elle se leva et déclara :

— Je m'occupe des vivants, moi. Je voudrais... Je voudrais Judith.

— Moi aussi.

Ils étaient à présent debout l'un devant l'autre, à bout de fatigue et de colère. Mais Ruth n'était plus la femme rencontrée à l'automne. Elle s'était durcie, semblait-il. Et elle était plus tendue, plus distante à l'égard de tout ce qui faisait sa maison. Elle avait l'air de quelqu'un de passage. Pire encore, en partance. Trendy rompit le silence :

— J'irai à la *Désirade.* Mais avant, je voudrais voir le *Roi-des-Poissons.*

Il avait parlé sur le ton d'un enfant, comme pour exiger un dernier caprice. Elle eut du mal à dissimuler son agacement :

— Si vous y tenez.

Il vit passer dans son regard gris-vert quelque chose d'inattendu. Cela ressemblait à du mépris.

— Vous reculez pour mieux sauter, dit-elle.

Elle disparut un moment dans sa chambre. Quand elle revint, elle avait passé un lourd chandail de laine et caché ses cheveux sous un petit fichu. Ils traversèrent en silence le jardin d'*Hauteclaire*.

— Il fait très doux, lâcha-t-elle enfin comme ils arrivaient à la rangée de cyprès.

Elle écarta les branches d'un arbuste et s'arrêta au bord des rochers.

— La mer se calme, ajouta-t-elle. Le vent tombe. Une sorte de printemps en hiver. Ça arrive souvent à cette époque de l'année. Mon père l'appelait le calme des alcyons. Un nom bizarre, une fois de plus. Tous ces marins... Des fous.

Elle avait prononcé ces derniers mots d'une voix étouffée, comme pour elle-même, comme si rien ne comptait plus, sinon régler ses comptes avec son passé. Elle semblait pressée, elle sautait de rocher en rocher avec une agilité surprenante.

Lorsqu'ils furent sur la crique abandonnée par la marée, elle s'arrêta pour reprendre souffle. Elle se pencha sur un fragment d'algue, l'observa dans le soleil puis le rejeta. D'un seul coup, elle devenait indolente. Elle tournait le dos à la cale où se balançait le bateau. Mais lui, il le voyait bien, le *Roi-des-Poissons*, ce n'était pas un rêve. Il voyait sa coque vernie, sa cloche de cuivre qui brillait dans le soleil, cette même cloche qu'il avait entendue sonner la nuit de la mort d'Anna. De l'objet de malheur qu'elle lui était alors apparue, elle semblait maintenant une chose comme les autres, soumise au hasard et à la volonté des hommes plutôt qu'à un implacable destin. Sa volonté à lui, à cet instant précis, c'était de savoir ce qu'avait écrit Van Braack. Sans pouvoir se l'expliquer, il se disait que, s'il retrouvait son manuscrit, il découvrirait une clef qui lui ouvrirait la *Désirade*, qui lui donnerait la force d'affronter le Commandeur, de détruire la fascination qu'il exerçait sur tous les êtres. Et lui rendrait Judith.

Ruth évitait toujours de regarder le yacht. Elle désigna l'extrémité de la crique :

— Vous voyez, là-bas, le petit escalier à flanc de rocher ? C'est par là qu'on venait se baigner quand on arrivait de la *Désirade.* Etait-ce parce que j'étais enfant, était-ce parce que le reste de l'année nous vivions à Londres ? Tous ces étés-là arrivaient comme un miracle. J'ai l'impression qu'il faisait tellement plus beau, en ce temps-là, tellement plus chaud. Mais rien n'est jamais pareil. Même pas la mer.

Et, comme pour retarder encore le moment où il faudrait aller dans le *Roi-des-Poissons,* elle s'assit sur un rocher. Elle écrasa entre ses doigts un brin de lavande de mer, respira sur ses doigts l'odeur qu'elle y avait laissée. A quoi pensait-elle ? A la même chose que Dräken lui avait racontée, la magie de ces étés-là, ses élans vers les vagues, les paillettes de mica qui collaient à la peau, le retour à *Hauteclaire* quand le vent fraîchissait, la lumière orangée qui envahissait la maison tandis que fumait la théière, le sel qui restait sur les lèvres et se mélangeait au sucre des pâtisseries, l'été qu'on croyait éternel, jusqu'à la première tempête, qui rendait la mer à sa solitude et, en quelques rafales, rompait le sortilège.

— C'est fini, dit-elle. Fini et bien fini. Allons.

De petites mèches s'étaient échappées de son fichu. Elle les ramassa fébrilement sous l'étoffe et se dirigea vers l'extrémité de la crique où se balançait, comme au jour de son arrivée, la fine silhouette du *Roi-des-Poissons.*

Dès qu'ils furent sur le yacht, elle ne dit plus un mot. Elle n'était plus la même femme. Toute douceur l'avait désertée, ses gestes se faisaient énergiques, presque violents. A plusieurs reprises, elle manqua de glisser, et, si dans l'escalier qui menait au carré Trendy ne l'avait pas retenue, elle serait sans doute allée rouler jusqu'à la dernière marche. Avec la même fièvre, elle alluma une lampe tempête et commença à la promener sur les parois du navire.

— Voilà, dit-elle. C'est très beau, et ça ne sert à rien.

C'était magnifique, en effet. Dans la lumière mouvante et jaune de la lampe, Trendy ne vit d'abord que la beauté du bois : de fines lames de teck, de pin, d'acajou verni. A mesure que ses yeux s'accoutumaient à la pénombre, à mesure aussi qu'il s'habituait à l'odeur du carré, où se mélangeaient l'humidité et le parfum un peu âcre des bois vernissés, il découvrait les détails qui faisaient de ce bateau une sorte d'objet rare : des frises de carreaux de Delft, des solives ouvragées de monstres marins, des tritons, comme à *Hauteclaire*, mais sculptés ici dans l'acajou pour former une rampe, enfin les mêmes lampes de cuivre, les mêmes tableaux fixés entre les lames de bois précieux. Mais ici le capitaine était plus présent qu'à *Hauteclaire*. Tous les détails de son organisation maritime, beaux et pratiques à la fois, son horloge, sa table à cartes, son sextant, entretenus avec un soin méticuleux et dérisoire, laissaient l'impression qu'il venait de quitter les lieux, qu'il était sur le pont, peut-être, à vérifier des agrès, à tâter le vent, à suivre les courants, la marée, la course des nuages.

— Ce bateau, soupira Ruth. Je pourrais le vendre. Il vaut une fortune. Quant à l'entretien...

— Il ne navigue plus ?

— Mon marin, Béchard, le sort de temps à autre. Il ne s'éloigne jamais de la côte.

— Il a peur ?

— Peut-être. Le bateau d'un disparu... Tout le monde ne partage pas ces superstitions, je suis certaine que je trouverais un acquéreur, mais... C'est difficile à expliquer. Jusqu'à maintenant, j'ai toujours pensé que le *Roi-des-Poissons* était la tombe de mon père. Il n'avait laissé qu'une seule disposition testamentaire : qu'on le coule, ou qu'on le garde. Comme s'il avait su, déjà, qu'il disparaîtrait sans lui. On ne vend pas une tombe, Trendy.

Ces derniers mots, elle les avait dits avec force, comme pour s'en convaincre elle-même. Son fichu glissa à nouveau de ses cheveux. Elle chercha l'escalier. Elle tremblait. Trendy s'empara de la lampe.

— N'insistez pas, dit-elle. J'ai cherché des dizaines de fois. Je vous l'ai dit, j'ai même soulevé les cadres des tableaux. J'ai examiné un à un tous les rouleaux de cartes, j'ai ouvert les coussins des fauteuils... C'est petit, un bateau, il n'y a pas mille cachettes.

— Et là, vous avez regardé ?

Trendy avait dirigé la lampe vers un recoin qu'elle n'avait pas montré.

— Dans la cheminée ? Bien sûr.

Elle eut un petit rire :

— C'était bien une idée de mon père, cette cheminée ! Une idée de Hollandais. Il lui en fallait partout. Il a beaucoup insisté pour faire construire celle-ci. Elle n'existait pas à l'origine.

Trendy s'en approcha. Elle était étroite, avec un entourage de bois plus sombre, et surmontée d'un mur de carreaux de Delft. La plaque de bronze qui la fermait était un peu humide.

— Après tout, ironisa Ruth, c'est peut-être ici qu'il a brûlé ses écritures.

Trendy ne l'écoutait pas. Il souleva la plaque. Il savait bien que Ruth n'approuvait pas son geste. Elle était venue ici à contrecœur, partagée entre l'exaspération et l'invasion de ses souvenirs. Et lui, Trendy, alors même qu'il s'acharnait contre cette plaque dont il n'aurait jamais imaginé qu'elle fût si lourde, il se reprochait aussi sa curiosité.

Il finit par la détacher. Il la déposa délicatement et se pencha vers le conduit.

— Vous avez raison, laissa-t-il tomber. Il n'y a rien.

— Vous voyez bien. Eteignez la lampe.

Elle reprenait déjà l'escalier qui menait au pont. Trendy resta un moment immobile devant la cheminée. Il se sentait ridicule et naïf, comme un enfant pris en faute. Il saisit la lampe, puis, dans un ultime moment de curiosité, il voulut passer la main dans le conduit de la cheminée. Il allait abandonner, quand ses doigts heurtèrent un long cylindre qui lui sembla métallique. Il était coincé dans la partie la plus profonde du conduit. Il s'y ajustait si exactement qu'il était presque invisible. Il le sortit sans difficulté et l'approcha de la lampe. C'était un rouleau vert, un étui à cartes, selon toute vraisemblance. Avant de l'ouvrir, il voulut appeler Ruth. Il n'aurait su expliquer pourquoi, il avait la sensation qu'il n'était pas le premier à le toucher. Quelqu'un d'autre l'avait déjà découvert, il en aurait mis sa main au feu.

Ruth était déjà sur le pont. Elle ne l'entendit pas.

— Ruth ! répéta-t-il, et cette fois il cria si fort qu'elle apparut en haut de l'escalier. Regardez ! Dans la cheminée...

Il vit ses mains se refermer sur le triton qui formait la rampe, comme si elle cherchait à dissimuler l'émotion qui déferlait sur elle. Elle descendit deux marches et s'arrêta. Sous la lumière orangée des bois éclairés par la lampe, il ne put savoir si elle avait pâli, mais ses traits s'était figés.

— C'est un rouleau à cartes, lâcha-t-elle enfin. Un rouleau comme j'en ai trouvé des dizaines. Les autres sont rangés sous la table.

— Il était dans la cheminée, insista Trendy.

— Dans la cheminée... Mais j'ai déjà cherché !

Elle s'empara de l'étui. Ses doigts glissèrent sur le métal humide.

— Un rouleau à cartes, répéta Ruth comme elle le débouchait.

Une seconde fois, Trendy eut l'impression qu'on y avait touché avant eux, qu'il n'était pas resté caché pendant toutes ces années.

— Du papier, dit-elle.

Ce fut tout ce qu'elle put articuler, et elle fit glisser du rouleau une soixantaine de feuillets humides mais parfaitement dactylographiés. Elle les déroula. Ils ne portaient aucun titre, pas la moindre mention d'un destinataire. Elle lut d'une voix blanche le début de la première page : *Pour décrire l'enfer, on a inventé mille tourments, mille machines à torturer plus affreuses les unes que les autres*, commençait le texte sans autre préambule, *mais l'enfer se vit sur terre, et la torture la plus raffinée du diable, c'est le doute. Le doute ressemble à une pieuvre, vous repoussez un tentacule, il en revient un autre, vous le croyez vaincu, caché au fond de son antre, le poulpe en resurgit, il fond à nouveau sur vous et il déroule un à un ses serpents armés de ventouses, qui vous enserreront lentement, impitoyablement, jusqu'au jour fixé pour l'étranglement final...*

— Le manuscrit de mon père... Mon père et son obsession de l'étouffement.

Elle remonta quelques degrés, hésita un instant puis se retourna.

— Lisez-le tout seul, dit-elle. Je préfère ne pas savoir. Lisez-le et faites au mieux.

Ce *faites au mieux*, Trendy n'en fut pas dupe, signifiait *N'oubliez pas Judith*. Il l'entendit à peine qui courait sur le pont, comme on s'enfuit. Il était déjà plongé dans le manuscrit.

CHAPITRE XXXI

Dräken avait dit vrai, Van Braack écrivait bien. A côté de tournures un peu désuètes, dans le goût des hommes de sa génération, il avait des phrases d'un tombé presque parfait, chaque fois qu'il évoquait son île, et surtout le destin d'Iris. Il ne s'était jamais guéri de sa mort. Pour décrire Rocaïbo, ses verdures grasses à flanc de volcan, ses pierres usées de pluies, ses frontons baroques, la foule colorée des indigènes, les mers du Sud hérissées de récifs, le soleil qui tue et la mousson qui pourrit, il devenait parfois lyrique : il était clair qu'il avait aimé ce pays d'une folle passion, avant même d'aimer toute femme. Ou plutôt, comme il le disait lui-même, il avait confondu l'amour d'une île avec celui d'une femme. Puis Adams était venu. Il aurait pu le détourner à jamais de son île. Il lui avait offert davantage : Rocaïbo, avec lui. Et avec l'or. *Comment ai-je pu vouloir le mal avec cette stupéfiante volonté*, écrivait Van Braack, *comment et pourquoi n'ai-je plus vu que l'or et la beauté d'Adams, que s'est-il passé sur ce quai d'Amsterdam, quand je me suis arrêté pour le regarder s'amuser avec un couple de perruches ?*

Son récit concordait avec celui de Dräken. Il semblait même qu'il y ait eu, entre le capitaine et son confident, une complicité si forte que le musicien, au-delà des années, avait répété au mot près certaines de ses phrases. Ce qui était nouveau, c'était plutôt le ton de Van Braack, sa présence. On croyait entendre sa voix lasse et cassée. Dans la marge du manuscrit, il avait ajouté quelques précisions. Ces phrases difficiles à déchiffrer évoquaient toujours Iris et le Commandeur, comme si l'épisode de leurs fiançailles représentait la faute entre toutes les fautes. *L'amour est une immense erreur,* écrivait-il, *comment ai-je pu me laisser prendre une seconde fois, moi qui avais eu tant de peine à me guérir de la première ? Et comment ma fille, à son tour, a-t-elle pu tomber dans le piège, elle à qui pourtant j'avais appris les illusions qui vont avec l'amour ? Ce n'étaient que des mots, hélas ! des généralités, des phrases pauvres comme en ont tous les pères. Et quand l'amour est arrivé, il était, lui, bien au-delà des mots, au-delà du bien, au delà du mal. Pourquoi aurais-je parlé ? Pourquoi aurais-je semé le doute dans un cœur qui était en paix ? Pour autant, je n'aurais pas été déchargé de mes tourments. Il fallait laisser vivre Iris, il fallait l'abandonner aux joies de l'illusion. Et le Commandeur avait droit lui aussi à sa part d'innocence. S'il était mon fils... Nous avons tous notre part de mal, notre part de bien, nous sommes tous doubles. Je voyais le Commandeur, je l'écoutais, je me souvenais de sa mère, j'avais peur, j'avais mal, et tout recommençait comme sur le quai d'Amsterdam, devant Adams et ses perruches. Toutes les raisons pour lesquelles je n'aurais pas dû céder étaient celles-là même pour lesquelles je cédais. La réalité est toujours à deux faces, et lui aussi, le Commandeur, possédait deux faces. Laquelle était la mienne ? Il avait la figure de mon doute et il m'offrait la tentation.*

Il parlait aussi de Léonor. Là où Dräken s'était fait allusif, le capitaine avait des mots précis, violents. *Léonor avait la beauté des métisses, un parfum fort, un reflet bleu dans ses cheveux crépelés. Elle avait la sauvagerie de cette île qui se croyait le nombril du monde et qui s'accommodait de tout, de la malaria, de la lèpre, des araignées venimeuses, de la nourriture infecte, de tout, sauf de la mesure. Même au plus fort de l'amour, Léonor semblait parler à des puissances invisibles. Sous ses crucifix, ses vêtements de deuil, ses dentelles empesées, elle brûlait comme on ne sait brûler que dans cette île, comme le soleil et les pierres du volcan, et ce n'était pas seulement son corps qui brûlait, c'était sa tête aussi, sa tête qui dictait à son corps les gestes les plus fous, à sa bouche les mots les plus surprenants ou les plus imbéciles. Je n'ai jamais rien compris à cette femme. Ni d'ailleurs à Rocaïbo. Mais j'aimais l'île. Je l'aimais pour sa solitude tout au bout des mers et pour sa terre si grasse, son ventre que je croyais gorgé d'or.*

Vers la fin du manuscrit, Van Braack évoquait rapidement la *Désirade* : *Pourquoi Léonor avait-elle tenu à me poursuivre ici ? Pourquoi avait-elle cherché à se construire une maison qui se rapprochât autant du palais du roi Manuel, avec les mêmes tourelles, le même invraisemblable bric-à-brac, les mêmes vitraux violets ?*

Van Braack expliquait alors qu'il avait deviné la triste fin de Léonor quand il avait découvert les frises de faïence qui ornaient la façade de sa maison : *A Rocaïbo, le palais du roi Manuel était tout orné d'azulejos dans le goût fin de siècle, avec d'innombrables symboles des gloires maritimes espagnoles, des galères, des vaisseaux sous le vent, des arquebuses, des blasons de fantaisie. Dans la nouvelle Désirade, Léonor les remplaça par les images des cartes à jouer et les figures des tarots. Je compris alors qu'elle avait succombé à ce goût de l'occulte qui la poursuivait depuis toujours. En construisant cette maison, en la décorant de tout ce qu'elle avait pu trouver de baroque et d'extravagant, elle voulait conjurer sur ce cap je ne sais quelles forces inconnues. De ses deux amants j'avais été le plus fragile : j'avais des attaches, des amarres, une maison dont elle connaissait le lieu, et où elle savait bien que je reviendrais un jour. Adams était un vrai marin, un voyou qui arrivait de nulle part, et qui disparaissait dès que ses affaires tournaient mal. Léonor avait compris qu'elle l'avait perdu pour toujours mais que moi, je reviendrais à Hauteclaire. Venir ici, construire cette maison à deux pas de la mienne, dans un pays qu'elle ne connaissait pas, c'était bien de Léonor, de ce feu qui la consumait jour et nuit. Cette violence noire a fini par la tuer, mais elle a voulu en poursuivre ma famille... Je me demande même si, le peu qu'elle a vécu, elle n'a pas élevé son fils dans l'unique espoir qu'il la vengerait.*

Les derniers feuillets concernaient uniquement le Commandeur, ou plutôt la vie qu'il menait depuis la mort d'Iris et son retour de l'île. Van Braack en parlait sans rancune apparente, et ses mots parfois laissaient entrevoir une sorte de sollicitude et de lucidité paternelles : *Lui aussi, Rocaïbo l'a changé,* écrivait-il, *ce voyage l'a changé comme rien d'autre n'aurait pu le faire. Le peu d'humanité qu'il avait, le Commandeur l'a perdu. Tout ce que je souhaite, c'est que cet enchaînement de malheurs épargne Ruth, ma seule réussite en ce monde, une vraie navigatrice, une fille qui sait qu'en dépit des tempêtes le bateau doit traverser la mer. Ruth et son enfant que je n'ai jamais vu, cette petite Judith qui est née en plein Océan, comme les Van Braack de nos temps héroïques.* Et quelques lignes plus loin il enchaînait encore sur son doute : *Comme moi-même à son âge, le Commandeur a le goût de l'or. Il transforme en or tout ce qu'il touche, jusqu'à la pellicule de ses films. Au prix, bien sûr, de terribles destructions. C'est un genre d'alchimiste. De qui tient-il ce don ? Mais ni l'or ni l'art ne le combleront jamais. Seul un nouvel amour, un amour sans violence pourrait réveiller enfin sa partie humaine, le sauver de l'héritage de sa mère, cette force noire qu'elle-même tenait du vieux Commandeur, le roi Manuel, seul maître de son île. Ces gens-là bâtissaient leurs maisons comme des forteresses, et concevaient l'amour comme une prison. Au début de sa liaison avec le jeune Commandeur, le prestige et la beauté foudroyante de son désir avaient laissé à ma fille l'illusion qu'il la protégerait de tout, même des pires embûches de sa vie de chanteuse. Elle dut finir par comprendre que la démesure de sa passion la conduirait elle aussi aux portes de la folie. Depuis aussi loin qu'ils régnaient sur l'île, les Hadji avaient eu le goût des maisons étranges. Leurs demeures avaient la forme démesurée de leur désir. Dès qu'on passait le seuil, on avait envie de s'enfuir. On entrait pourtant, on vous accueillait. Et si par malheur on s'attardait, le piège de la passion se refermait sur vous. A son tour, le jeune Commandeur avait fait d'Iris une prisonnière. Peut-être le savait-elle. Peut-être s'est-elle suicidée, à Rocaïbo. Elle connaissait si bien les traîtrises du rivage, et on m'a dit que dans les vagues, avant de disparaître, elle n'a pas eu un seul cri. Qu'elle ait voulu mourir, je le comprendrais, je l'accepterais. Moi aussi, de plus en plus souvent, j'ai envie que la mer me prenne.*

C'étaient les derniers mots du capitaine Van Braack. Trendy soupira. Il avait trouvé le manuscrit, de belles phrases, quelques explications, mais pas la formule magique, le secret qui jetât miraculeusement le Commandeur à sa merci. Il replaça la liasse humide dans le rouleau à cartes. Un seul mot l'avait frappé, qu'il se répéta à mi-voix. *Forteresse.* C'était très exactement le mot qu'avait employé Dräken. Il déposa le cylindre dans sa cache de la cheminée, sortit sur le pont, sauta sur la cale et rejoignit la plage. Il vacillait. Il ne savait pas si c'était le tangage du bateau qui le poursuivait, ou les mots qu'il venait de lire, la voix de Van Braack qu'il avait cru entendre, voix d'homme brisé, de vaincu, replié sur ses souvenirs et sa terrible solitude. La mer montait. Le vent se réveillait, les vagues s'écrasaient avec un ressac doux, un éclatement discret de bulles et de soupirs, eau tenace et calme, lourde de vie pourtant, qui laissait dans les sables des vallées en miniature où roulaient des milliers de minuscules débris, déchirures de varech, éclats de coquillages, poussière de rouille arrachée aux anneaux de la cale. Autant de restes d'histoires sans histoire, mêlés à l'infini du monde, perdus bientôt dans le néant de la mer.

Trendy leva les yeux et contempla le large. Où étaient les jours de soleil des premiers temps de son séjour, quand Ruth lui parlait des villes païennes englouties sous les flots ? L'Océan n'était plus le même, elle avait été la première à le dire. Où était l'eau vive de ce temps-là, la fontaine de sa jeunesse ? Où était Judith ? Et si le Commandeur, elle aussi, l'avait tarie, détruite ? A l'extrémité du cap, un banc de brouillard commençait à rôder. La nuit ne tarderait pas à se glisser dans le jour, la nuit salée qui battait comme un cœur. Il se retourna vers le rivage et se dirigea vers l'escalier qui menait à la *Désirade.* La maison apparut derrière les cèdres. Elle était de trois quarts. Quelques pas de plus et il verrait enfin sa façade inconnue, il serait aux portes de ce que Van Braack avait appelé la forteresse. Il ne pouvait plus bouger. Car ce qu'il entendait à présent, indéfiniment répété comme le son du ressac, c'était l'une des phrases du manuscrit de Van Braack : *Le doute est une terrible chose, mais le pire, avec le Commandeur, serait peut-être de savoir.*

Il se retourna vers la mer. Les eaux claires montaient avec la même patience, souples et tranquilles, dans leur robe d'étincelles mouvantes. Et il eut alors, comme le capitaine, et sans non plus pouvoir se l'expliquer, l'irrésistible envie de s'y noyer.

CHAPITRE XXXII

Judith soupira, essuya son pinceau, le rinça avec son soin habituel, puis le reposa à côté de sa palette. Elle se sentait lasse, tout d'un coup. Elle n'avait plus envie de regarder sa toile. Elle ne parvenait pas à la finir. C'était, sur une série de sept tableaux, son troisième portrait du Commandeur. Le dernier. Elle était persuadée qu'elle n'arriverait plus à rien. Elle avait décidé de l'appeler *le Prince au cœur noir.* Le Commandeur, quant à lui, préférait *le Prince des ténèbres.* C'était bien dans sa manière précieuse. Elle le lui avait dit. Comme chaque fois qu'elle le contrariait, il s'était fâché : « Et ta peinture, elle n'est pas maniérée ? Des choses léchées, des pastiches des petits maîtres de la Renaissance ! » Elle avait éclaté de rire : « Alors, pourquoi te laisses-tu portraiturer par une barbouilleuse ? » Il avait eu sa réponse coutumière : « Parce que tu ressembles à Iris. Je me moque de ta peinture. Tu ressembles à Iris et pour toi j'ai baissé le masque. Comme je l'ai fait pour elle. Mais n'oublie pas, Judith, je t'attends. » Elle se força à l'indifférence : « Cesse de bouger, reprends la pose. » Tandis qu'il essayait de retouver les gestes qu'elle lui avait assignés, Judith évitait de le regarder. Elle ne riait plus. Elle fronçait les sourcils, elle s'appliquait à des détails minuscules, un reflet sur les perles noires qui fermaient ses manchettes et la goutte d'opale qu'il portait à son cou. Ou bien, une fois de plus, elle se penchait sur ses couleurs, à la recherche de la teinte exacte qu'il fallait pour l'œil du Commandeur, son œil gauche, celui qui était plus sombre que l'autre et dont la nuance bizarre était si difficile à rendre.

Judith l'avait découvert ces dernières semaines, c'était là l'origine du trouble presque universel que suscitait le Commandeur : un regard qui brûlait, qui donnait la sensation d'une alliance établie entre la noirceur et la lumière. Pour un peintre, ce regard hors du commun représentait une difficulté majeure. Judith s'en était déjà aperçue sur les clichés du Commandeur qu'elle avait collectionnés depuis qu'elle l'avait entrevu, toute petite encore, lors de la première fête à la *Désirade.* La photographie ne rendait jamais le rayonnement de sa présence ; et le Commandeur sans doute en était conscient, qui se plaçait toujours en retrait des objectifs, comme si le photographe dût lui arracher tout ce qui faisait son essence. Au cours de leurs interminables conversations de ces dernières semaines, il lui avait avoué que les autres artistes l'avaient remarqué. Mais personne jusqu'ici, même le célèbre Effroy, qu'il connaissait depuis sa jeunesse, ne s'était risqué à entreprendre un seul portrait de lui. Et il avait ajouté que sa mère, la belle Léonor dont la figure ornait la Chambre des Cartes, avait dans les yeux le même terrible feu. Personne davantage n'avait pu en restituer l'éclat, mais le Commandeur prétendait qu'il ne l'avait jamais oublié. Il prétendait aussi que c'était le souvenir le plus intense qu'il eût gardé de sa mère. « Je sais que je lui ressemble, concluait-il sur un ton faussement désinvolte, à ceci près que ses deux yeux étaient semblables, tandis que moi, vois-tu, j'ai un peu de nord dans l'œil droit, un peu de ce nord maritime et glacé qui me rapproche de toi, belle et jeune Judith Van Braack... » Et il faisait sonner son nom comme un roulement de tonnerre.

Ce qui n'effrayait pas Judith, à son grand agacement. Elle peignait. Assidue, appliquée, inlassable, elle peignait. Combien de temps avait-elle passé à la *Désirade* depuis la nuit de la mort d'Anna ? Elle ne le savait même plus. Mais ce soir, tout d'un coup, se penchant à la fenêtre et observant le parc, elle se dit que c'en était assez. Une brume commençait à rôder. Le temps n'était plus si froid et elle pouvait déjà deviner quelles odeurs ce soir envahiraient la maison : senteur de mousse, de bois humide, et, comme chaque fois que le vent recommençait à venir de la mer, un fond d'embruns et de poussière de sable. Elle avait envie de grand vent, d'un seul coup. Mais déjà, tout au long des couloirs, les pendules une à une sonnaient quatre heures, le moment où le Commandeur la rejoignait dans son atelier. Il était en retard. C'était exceptionnel. D'ordinaire, il entrait, solennel et glacial, suivi de ses domestiques asiatiques qui apportaient le thé, les gâteaux, les vins sucrés dont il raffolait. Et il commençait à parler, tandis qu'elle peignait.

Qu'il fût en retard était mauvais signe. La veille, devant ses silences, il l'avait presque menacée. Judith se détacha de la vitre, tenta de reprendre son pinceau, de fignoler encore un détail du tableau. Elle le lâcha presque aussitôt. Pourquoi se le cacher ? Elle n'était pas seulement lasse de la *Désirade.* Elle commençait aussi à en avoir peur. Et, pour la première fois depuis de longues semaines, elle se demanda ce qu'elle avait pu y chercher.

Elle se souvenait seulement que, le soir de son arrivée, elle avait éprouvé le sentiment d'une urgence. D'une nécessité à laquelle elle ne pouvait échapper et qu'il était vain de vouloir justifier. Elle était partie, non pas pour dîner mais pour peindre, en laissant tout derrière elle, *Hauteclaire,* sa mère, tout le reste, un reste sur lequel elle continuait à refuser de s'interroger. Elle s'était jetée dans la peinture comme elle ne l'avait jamais fait, peut-être comme on prend la mer, comme son grand-père, autrefois, s'était embarqué. Elle avait mesuré le risque. Elle savait qu'elle partait en terrain ennemi. Elle connaissait parfaitement l'histoire de sa famille, depuis qu'elle avait découvert dans le *Roi-des-Poissons* la confession du capitaine. Tout le temps de son enfance, elle avait rêvé de la *Désirade* comme d'une maison interdite. Il lui suffisait de voir comment se fermait le visage de sa mère dès qu'elle prononçait son nom. La rumeur du pays en avait épaissi le mystère et décuplé l'attrait. Et elle se rappelait aussi comme Ruth, d'ordinaire si douce, était devenue nerveuse le jour où elle l'avait enfin emmenée à la maison d'en face. Ce fut un éblouissement, dont elle se souvenait encore avec une précision étonnante. Elle n'avait jamais vu des objets si étranges, tout semblait sortir d'un conte, et les invités aussi paraissaient issus d'une fantasmagorie, avec leurs vêtements si riches et si extravagants. Et comme ils se montraient déférents devant le maître des lieux, cet homme au regard curieux qui l'avait si longuement détaillée, elle, une simple petite fille. Aussi hardiment que lui, Judith l'avait regardé bien en face, et elle avait vu passer sur ses traits quelque chose qui ressemblait à de l'inquiétude. D'emblée, elle l'avait détesté, et elle savait pourquoi : on le lui avait dit, Anna Louvois aimait cet homme, et lui ne l'aimait pas. On avait ajouté qu'il l'avait blessée d'une façon dont elle ne pouvait se remettre. Ruth avait très vite quitté la fête, ce qui avait redoublé le prestige de la maison interdite. Mais le peu qu'elle avait vu à la *Désirade*, Judith l'avait inscrit à jamais dans sa mémoire ; et elle s'était juré qu'elle y reviendrait.

En grandissant, elle l'avait un peu écartée. Elle ne songeait plus qu'à sa peinture, et elle avait tant de choses à apprendre ! L'oubli était facile. Sur le passé, sa mère n'était pas bavarde. Un seul fait l'avait intriguée. Chaque fois qu'on s'apprêtait à nettoyer le *Roi-des-Poissons*, ce yacht dont il paraissait convenu qu'il ne quitterait plus sa cale, elle voyait Ruth le remuer de fond en comble. Elle semblait chercher quelque chose qu'elle ne trouvait jamais. Un après-midi où sa mère était absente, Judith lâcha ses esquisses et descendit au fond du bateau. Elle trouva presque aussitôt ce que sa mère avait cherché en vain, une sorte de livre qu'avait écrit son grand-père, une confession qu'il avait sans doute rédigée avant d'aller se noyer au large de l'île qui s'étendait face à la maison de Malcolm. De l'histoire de sa famille, Judith ne connaissait que des bribes. Elle savait que sa tante était morte très jeune, ce qui avait précocement brisé sa carrière de chanteuse. Elle ignorait qu'elle avait été mariée, et qu'elle avait épousé le propriétaire de la *Désirade*. Sur le passé du capitaine, Ruth avait été plus précise. Elle lui avait dit qu'il avait vécu longtemps dans les mers du Sud, où elle était née, comme Iris.

Ce que Judith découvrit dans le manuscrit de Van Braack ne l'étonna pas outre mesure. Elle avait longtemps rêvé devant le portrait du capitaine et lui avait prêté des aventures encore plus cruelles et romanesques que celles qu'il racontait dans sa confession. Tout le temps que dura sa lecture, elle n'en fut pas émue. Ce fut au moment où elle replaça le rouleau dans sa cache qu'elle comprit qu'elle avait touché à un secret, et qu'on ne touche pas un secret sans s'en trouver changé.

De fait, elle ne fut plus la même. Elle eut envie de fuir *Hauteclaire,* et déjà elle évitait sa mère, ses regards, ses conversations, sa douceur même. Elle voyait bien que Ruth était inquiète et qu'elle redoutait de l'avoir irritée par ses nouvelles amours, ce professeur américain qui venait désormais passer l'hiver tout près d'elle. Judith ne le détestait pas, loin de là. Si elle avait dû se confier à quelqu'un, c'était lui qu'elle aurait choisi. Mais comment faire ? Ce qu'elle avait appris, elle était persuadée d'être seule à le connaître, c'était un poison qui s'était insinué dans sa vie, et on ne partage pas un poison. Elle ne peignait plus de la même façon. Ce qu'elle portait en elle lui faisait si peur qu'elle avait demandé à Malcolm une pièce de sa maison de pêcheurs, pour que personne ne voie ses toiles, pour être seule devant la mer avec ce qu'elle prenait pour de la folie, pour ne pas en souiller le calme d'*Hauteclaire.* Personne ne peut comprendre, se répétait-elle à longueur de journée, personne ni même un amant.

Au fil des mois, elle multiplia ce que les autres prirent pour des caprices. A cause du Commandeur, à cause de ce qu'elle avait lu de lui dans le récit de Van Braack, à cause surtout du fantôme d'Adams, l'homme aux perruches sur le quai d'Amsterdam, elle s'était mise à détester les hommes. Elle les recherchait, les séduisait et les quittait sur-le-champ. Ou les méprisait, les humiliait, comme Peter Wall ou les autres jeunes compagnons d'Argens. Pourtant le Commandeur, par son absence, par toutes les noirceurs qu'il semblait réunir, continuait d'exercer sur elle sa fascination. En peu de temps, elle l'annexa à ses plus anciens rêves, à ses fantaisies sur la maison interdite, la *Désirade,* son vieux palais d'enfance. Elle la dessinait et la peignait sans fin, elle y inventait des ombres, des diables, des génies. De plus en plus souvent, sans même qu'elle l'ait cherché, ces créatures de fantaisie prenaient la figure du Commandeur. Quand elle s'en aperçut, elle jugea que ses portraits n'étaient pas ressemblants. Elle chercha des photos de lui, les collectionna, et commença à traquer le secret de son étrange regard, ce qu'elle n'appelait plus que *la lumière noire.*

Elle était seule, désespérément seule. A qui remettre ce fardeau ? Parfois, des jours très brefs, elle trouvait la force de tourner le dos à son enfance. Elle partait, comme au début de l'automne, pour une quelconque école d'art. Cela ne durait guère. Elle revenait toujours. C'était plus fort qu'elle, il lui fallait *Hauteclaire,* mais plus encore il lui fallait la *Désirade.* Et les autres continuaient à ne rien comprendre, qui appelaient tout cela des lubies, et sa mère elle-même se mettait à la sermonner, à lui parler d'une autre vie qui l'attendait, disait-elle, une vie plus forte où il y avait de grandes causes, des passions, des serments, enfin des enfants. Judith ne prenait pas la peine de répondre. Elle connaissait d'autres urgences. La vraie nécessité, c'était la *Désirade.*

Ainsi donc elle était partie. Quand elle avait appris que le Commandeur avait rouvert sa villa, elle avait d'abord hésité, puis elle était revenue. Elle n'avait jamais douté qu'elle y fût invitée. Le Commandeur l'aurait-il ignorée qu'elle serait allée frapper à sa porte. Malgré le danger, et sans chercher à se l'expliquer. C'était ainsi. C'était écrit. Comme il était écrit qu'Anna Louvois dût se tuer en voiture.

Sur cet épisode, la curieuse prescience que Judith avait eue de sa mort, et qu'elle-même ne s'expliquait pas, le Commandeur n'avait pas posé de questions. Ou il s'était dit que cette étrangeté servait la sienne. Le désir qu'il avait de Judith était l'évidence même. D'emblée, elle l'avait tutoyé, au mépris de la prudence la plus élémentaire. En homme sensible aux conventions, il avait pris cette familiarité immédiate pour l'assurance que Judith partageait son trouble ; elle semblait annuler entre eux toute distance. Les autres hôtes de la *Désirade* la prirent de la même façon. D'Argens, Léonard, Peter Wall, les derniers parasites qui restaient encore sous le toit du Commandeur, s'éclipsèrent presque aussitôt. Ici aussi, Judith faisait le vide autour d'elle.

En quelques jours, il ne resta donc à leurs côtés que Sirius, la cantatrice et son fidèle Dräken. Le musicien semblait s'ennuyer à mourir. La diva, pour sa part, s'était réfugiée dans un mutisme glacial. Quand elle ne venait pas l'épier derrière la porte de son atelier — qu'y avait-il à espionner, Judith ne cessait de peindre, et ici au moins elle ne se cachait pas — c'était Sirius qui venait rôder, qu'elle entendait arriver de loin, à cause de sa lourde claudication sur les carreaux de marbre. Le Commandeur quittait de plus en plus fréquemment ses invités pour s'installer dans la pièce qu'elle avait choisie pour son atelier, un grand salon à l'arrière de la *Désirade*. Il donnait sur les terres, et cela lui plaisait. C'était comme un repos, de tourner le dos à la mer. Elle l'avait entièrement débarrassée de ses lampes torses, de ses fauteuils à capitons, et même de sa pièce maîtresse, un immense canapé vert surmonté d'une gerbe de plumes de paon. Quand le Commandeur arrivait, elle continuait de peindre, et ils parlaient. Leurs conversations duraient des heures. Ils s'arrêtaient à peine pour le dîner et reprenaient les *palabres*, selon le mot de Judith. Elles se prolongeaient très avant dans la nuit. Il était insomniaque, elle le devint. A la vérité, c'était surtout le Commandeur qui parlait. Sans préambule, il avait deviné qu'elle connaissait presque tout de son passé. Très vite, il lui avait parlé d'Iris, de sa mère, de sa douleur dans l'île lorsque Iris s'était noyée. Il était aussi torturé d'un doute, celui d'ignorer si sa jeune épouse avait été victime de sa folle imprudence, ou si elle avait voulu se suicider. Leur familiarité verbale n'eut qu'une limite : malgré son souhait, elle refusait de l'appeler par son prénom. Quand elle devait le nommer, elle l'appelait toujours *Commandeur*. Il en paraissait blessé mais ne lui en gardait pas rancune. Tout ce qu'il avait sur le cœur depuis des années, il le confiait à Judith. De soir en soir, il l'aimait davantage. La Cruzenburg fut vite à bout de nerfs. Il y eut une scène.

Au terme d'une journée épuisante, Judith avait enfin réuni, parmi l'invraisemblable bric-à-brac de la *Désirade*, un assemblage d'objets qui lui paraissait harmonieux. Son idée, à ce moment-là, c'était de rendre le mystère et la prestance du Commandeur par l'étrangeté de ce qui l'entourait, et de suggérer sa *lumière noire* par un éclairage extérieur, un demi-jour dans le fond de son portrait, quelque chose d'indéfinissable qui pût suggérer sa voix rauque, sa façon de s'avancer dans les pièces comme le représentant d'un autre monde, avec son poids de souvenirs et de visions impénétrables. Dans la Chambre des Cartes, juste au-dessus de la dame de cœur qui figurait Léonor, elle avait réuni des flacons en verre de Bohême, allumé plusieurs des grands candélabres contournés qu'on trouvait un peu partout dans la villa. Elle y avait planté les chandelles de cire bleue et verte pour lesquelles le Commandeur avait tant de goût. Elles jetaient des reflets aux coloris très rares sur le verre des fioles à parfum. Le

Commandeur s'était beaucoup amusé de cette mise en scène, et surtout du désordre que Judith, à la grande indignation de Sirius, avait jeté dans la maison. Sans doute aussi le Commandeur s'en était-il trouvé troublé, d'une façon qui n'avait pas échappé à la diva. Alors que Judith se reculait pour juger de l'effet d'un jeté de velours qu'elle venait de déposer au pied des candélabres, elle sentit d'un seul coup une présence derrière elle.

Elle ne se retourna pas, elle ne sursauta même pas. Ce n'était pas qu'elle eût, comme tout autre, reconnu la Cruzenburg à son parfum. Elle savait qu'elle viendrait, tout comme elle avait pressenti, au point de désespoir où l'avait jetée le Commandeur, qu'Anna Louvois se tuerait en voiture. Elle n'avait pas prévu, en revanche, la colère qui allait suivre. Elle entendit s'éloigner le bruit de sa robe crissante, puis ses escarpins résonnèrent sur le marbre des corridors. A leur rythme précipité, elle devina que la Cruzenburg courait. Ce n'était pas dans sa manière. Un instant encore, Judith s'appliqua sur les plis de son velours, puis, sous l'effet d'une inspiration qu'elle ne chercha pas à comprendre, elle courut sur les pas de la cantatrice. L'architecture de la *Désirade* lui était devenue familière, elle ne se cognait plus aux meubles dans le noir, elle connaissait des raccourcis, des petits escaliers que personne ne prenait, et elle était légère, elle sautait sans un bruit de marche en marche. Elle fut bientôt à la porte de la bibliothèque. C'était là qu'avant le dîner se tenait le Commandeur. Dans un rituel immuable, et par elle ne savait quelle complaisance envers la Cruzenburg, car il les connaissait par cœur, il y écoutait les enregistrements des morceaux qui avaient fait ses beaux soirs. Par la porte restée entrebâillée, Judith vit la cantatrice s'approcher du maître de maison. D'un geste sec, elle coupa la musique. Le Commandeur eut un léger mouvement de surprise, tout comme Dräken, qui tuait son ennui, à son habitude, en noircissant une partition sur le bord d'une console. Judith et lui ne se parlaient jamais, mais il lui semblait qu'il l'aimait, et pour cela elle avait pensé le représenter dans un autoportrait qu'elle projetait. Il y symboliserait son démon familier, l'inspiration fébrile qui hantait ses nuits.

La voix de la Cruzenburg résonna dans la pièce. Elle avait perdu sa douceur ordinaire :

— Vous n'avez pas le droit ! s'écria-t-elle.

Le Commandeur s'empara sur les rayonnages d'une vieille reliure et se mit à la feuilleter.

— Vous vous reniez, insista-t-elle.

A cet instant, Sirius sortit de l'ombre où il aimait à rester. Son œil s'était allumé, comme pour encourager la Cruzenburg. Dräken leva le nez de sa partition, et le Commandeur lui-même finit par abandonner son livre.

— Je ne me renie pas, dit-il enfin. Judith sera la seconde.

De sa cachette, Judith eut d'abord du mal à suivre ce qui se disait. Elle entendait parfaitement, mais cela ressemblait à une conversation reprise où on l'avait laissée, et il lui manquait ce qui avait précédé.

— Vous prétendiez qu'elle ne vous intéressait que pour sa ressemblance avec Iris Van Braack. Pour le reste, vous la trouviez fade, trop gamine, trop brouillonne.

— J'ai changé d'avis, voilà tout. Judith ne ressemble qu'à elle-même.

La Cruzenburg eut un moment de stupeur, puis elle ajouta, apparemment radoucie :

— Vous avez bien changé, mon pauvre Manuel.

Il s'appuya à la cheminée, dans une pose qu'il prenait souvent.

— C'est possible.

— Vous l'aimez ?

— Pourquoi pas ?

— Vous m'aviez toujours dit que vous resteriez fidèle au souvenir d'Iris.

Le Commandeur eut alors une de ses phrases théâtrales et énigmatiques :

— Quelle est la différence entre l'amour et le souvenir de l'amour ?

Elle tint tête.

— Et nos projets ?

— Votre magie noire m'ennuie de plus en plus, ma chère Constance. Sottises et billevesées. Je l'ai déjà dit à Sirius. Allez vous amuser où vous voulez avec vos poudres de chauve-souris et vos envoûtements, mais plus ici. J'ai d'autres projets pour la *Désirade.*

A ce moment-là, de l'entrebâillement de la porte où elle se tenait, Judith vit que la Cruzenburg avait blêmi, et elle pensa qu'elle allait éclater. Sirius lui fit à nouveau signe du regard, et la chanteuse se maîtrisa. Elle s'approcha du Commandeur. Avec le soin et la lenteur qu'il y mettait toujours, il s'alluma un cigare.

— Vous l'aimez, vous aussi, laissa-t-il enfin tomber. Vous l'aimez comme vous n'en avez jamais aimé une autre. Les autres filles, vous n'avez jamais fait que les désirer.

La Cruzenburg fit encore un pas vers lui. Elle s'efforçait de jouer les tendres, un jeu qui lui allait mal. A force de se contenir, elle était devenue livide.

— Etait-ce un mal ? rétorqua-t-elle. Nous étions bien semblables, ce me semble. Et autant que vos petites conquêtes, j'ai désiré aussi bien des hommes. Sauf vous, Manuel. Vous n'êtes pas désirable. La petite l'a bien vu. Et c'est elle qui vous perdra.

Dräken n'écrivait plus. La scène paraissait l'amuser.

Le Commandeur tira quelques bouffées de son cigare et reprit sa reliure.

— Vous parlez au passé, Constance. Vous avez raison. Cela fait déjà quelques jours que cette maison vous est insupportable.

A la façon dédaigneuse dont il avait laissé tomber sa dernière phrase, au regard qu'il eut, à la fin, pour juger de son effet, la Cruzenburg comprit qu'elle était chassée. Elle eut un moment de désarroi, mais, une fois de plus, elle parvint à se reprendre. Elle s'approcha encore de lui. Elle le touchait presque. Il eut un mouvement de recul. Elle feignit de ne pas le remarquer et renouvela sa question sur le ton le plus suave :

— Vous l'aimez donc ?

Il ne répondit rien. Elle répéta sa question. Il continua de feuilleter son livre. Elle ne se décidait pas à sortir. Il eut alors un dernier mot :

— J'irai quand même vous écouter à l'Opéra.

Ce *quand même* fut plus qu'elle ne put supporter. Elle éclata.

— Et vous allez rester ici, hurla-t-elle, ici seul avec cette fille ! Elle ne vous aimera jamais, mon pauvre Manuel, elle est jeune, et quel âge avez-vous ? Enfin vous vous reniez...

— Renier quoi ? Je n'ai rien d'autre à renier que mon premier amour. Iris est morte et j'ai souffert des années. J'ai enfin trouvé celle qui le guérira. Judith sera la seconde.

— Vous reniez surtout ce qu'il y a eu entre vous et moi. C'est moi qui vous ai guéri. Je vous ai sauvé de vous-même.

— Nous n'étions jamais que des complices. Nous n'avons pas été amants.

Elle eut son rire flûté, celui qu'elle réservait à ceux qu'elle voulait humilier :

— C'est une éventualité que je n'ai jamais envisagée !

Il ne se laissa pas entamer :

— Toutes nos conquêtes, bien sûr... Mais si vous et moi cherchions à dominer, si nous aimions la comédie de l'amour, nous avions des rêves, des raisons, des visions différentes. Vous, Constance, vous n'aimez que vous-même. Vous n'aimez que votre voix, votre image sur scène ou dans les yeux de ceux, hommes ou femmes, que vous séduisez, que vous réduisez, pour pouvoir chanter. Je concède que notre association a donné lieu à des moments agréables. Et, pourquoi le nier, à quelques instants de beauté. Mais vous n'aimez que votre désir, Constance, ou le désir qu'on a de vous.

— Vous aussi.

— Non, Constance. Vous faites fausse route.

Il semblait brusquement moins hautain, moins cassant. Sur le seuil de la pièce, la Cruzenburg eut une seconde d'hésitation. Ce fut le moment qu'il choisit pour porter le coup final :

— Il faut que vous le sachiez, je n'ai plus besoin d'être sauvé. J'ai retrouvé la magie de l'époque d'Iris. La vraie magie. Blanche et humaine. Judith est blanche et humaine.

— Humaine ! Mais voyons, vous êtes fou ! Cette petite se moque bien de vous. Elle est venue ici pour sa peinture, seulement pour sa peinture. Vous n'êtes qu'un modèle, et votre maison un décor ! Cette fille vous détruira, vous vous trompez sur elle. Et à votre âge, mon pauvre Manuel, on n'a plus le droit de se tromper !

— A mon âge, on n'a plus d'âge. C'est-à-dire qu'on a tous les droits. Même celui de l'erreur.

Il avait parlé comme s'il avait mille ans, et à ce moment-là en effet son visage était si sombre qu'il semblait échappé d'un autre temps, accouché d'une montagne de siècles.

— Vous ne l'emporterez pas en paradis, siffla la Cruzenburg.

Le Commandeur ne fut pas désarmé :

— L'Enfer peut attendre, madame. Il a tout son temps, vous le savez mieux que personne.

Elle fit aussitôt volte-face. Judith entendit sa robe qui bruissait sur les lames du parquet. Le Commandeur répéta : « J'irai quand même vous écouter à l'Opéra ! » et l'instant d'après la Cruzenburg passait la porte, souveraine et raidie dans sa robe de faille.

Elle découvrit Judith. Elle n'eut pas un mot. Elle se contenta de hausser les épaules. Mais, comme Dräken à son tour allait passer le seuil, la chanteuse eut dans le noir un minuscule mouvement. Elle remonta une marche et tendit sans la regarder sa main vers la sienne. Ce n'était pas un salut. Elle lui pressait les doigts avec une force inexprimable. Judith eut si mal qu'elle laissa passer un cri. Alors la Cruzenburg haussa à nouveau les épaules et disparut. Elle entendit longtemps ses escarpins résonner dans les corridors, une marche furieuse, impérieuse, irrégulière. Ce soir-là, Judith ne voulut pas dîner. Elle ne retourna pas non plus à son atelier. Elle alla s'effondrer sur son lit, dans la chambre de Léonor que le Commandeur lui avait offerte, au grand scandale de Sirius — honneur insigne dont il lui apprit ensuite qu'Iris elle-même, le peu qu'elle avait vécu à la *Désirade,* n'y avait jamais eu droit. Et là, sous les torchères dorées et le baldaquin tendu de noir où s'était éteinte la belle Léonor, au fond de cette chambre immense qui sentait à la fois les épices et le renfermé, Judith pleura pendant des heures. Personne ne vint la consoler. Elle était seule, pour la première fois de sa vie, seule et comme prisonnière. Mais elle l'avait voulu. Le lendemain matin, elle était retournée à ses toiles.

La vie reprit son cours. Mais pouvait-on appelait vie ce qui se passait à la *Désirade* ? C'était le feu, la fièvre. Judith était toujours en quête de la lumière noire. Le Commandeur, en apparence, la laissait faire à sa guise. La maison interdite était devenue sienne, et, comme toutes les autres demeures devenues familières, elle lui offrit sa part d'émerveillements, d'habitudes et de déceptions. Judith furetait partout, déménageait ce qu'elle voulait pour le décor de ses tableaux, déjeunait et dînait à son heure. A mesure que les jours passaient, la *Désirade* devenait ce que la Cruzenburg avait prédit : simple décor. Elle avait choisi pour son atelier le côté des terres, l'arrière de la maison, cette autre face qui toute son enfance lui avait paru si mystérieuse, si inaccessible, dissimulée qu'elle était par le rideau des arbres et le long mur, tel un rempart, qui ceinturait la propriété. La seule fois qu'elle descendit dans le parc pour voir à quoi ressemblait l'autre façade de la demeure, elle fut affreusement déçue. Elle avait imaginé quelque chose de somptueux, d'alambiqué et grandiose à la fois. Elle n'avait rien trouvé que de plat, commun, banal. De dos, la *Désirade* ressemblait à toutes les autres villas du cap. On n'avait déployé d'efforts que pour les murs qui donnaient sur l'allée du Phare, ceux qui semblaient continuer leur menace sur *Hauteclaire.* Son architecture avait été conçue pour une démonstration publique, celle de la rancune, peut-être, ou celle de la vengeance. Judith avait aussitôt abandonné sa promenade. Elle s'était claquemurée dans la maison et n'en était plus sortie. A présent, elle avait l'impression d'avoir fait le tour de son mystère. Et Judith se disait aussi qu'il en allait de même pour le Commandeur : une belle façade, un personnage bien au point, dans le genre étrange. Et qui s'effritait à mesure qu'il s'était épris d'elle.

Mais les dédales de la maison, tel un piège, l'avaient très longtemps retenue. Les premières semaines, elle l'avait prise pour une malle au trésor, et elle avait pensé qu'elle ne parviendrait jamais à l'épuiser. Toutes ses curiosités, cependant, ne l'attiraient pas de la même façon. L'automate qui gardait la salle de bal, par exemple, et quoiqu'il l'eût tellement effrayée lors de sa première visite, quand elle était petite, ne l'avait pas intéressée. Dans la grande salle de bal, la monumentale statue d'obsidienne la laissa d'une indifférence égale, malgré les dizaines de gouttes d'eau qu'on voyait poindre sur la pierre où elle était taillée, sous l'effet de la lente combustion des bois rares qu'on faisait brûler dans toutes les cheminées. Dans le grenier, elle avait retrouvé les fausses perspectives peintes par Effroy pour chaque fête à la *Désirade.* Rien qu'à leur facture, on devinait que la plupart de ces décors remontaient à des dizaines d'années, le temps d'Iris, comme aurait dit le Commandeur, souvenirs dérisoires de festivités révolues. Mais cet étrange-là lui paraissait facile, trop apparent, trop près de la surface des choses. Ce qu'elle cherchait sans relâche, c'était à quoi tenait l'éclairage si particulier de la villa. Avait-il quelque influence sur l'aura du Commandeur ? A force d'examiner les meubles, les bibelots dont la maison était pleine, Judith comprit que cela tenait à de minuscules détails, ou plutôt à une accumulation de détails infimes qui se répondaient les uns aux autres. C'étaient souvent des reflets. Au détour d'une galerie, des voiles épais s'écartaient sur un laque de Chine ; sur la commode qui lui faisait face, une lampe constamment allumée révélait une figure grimaçante, qui d'un seul coup reprenait vie. Sous tout autre éclairage elle serait passée inaperçue. Ou bien c'était, dans un clair-obscur, la rampe serpentine d'un petit escalier ; son ombre sur le mur blanc semblait enrouler ses anneaux autour du visiteur. Il n'était pas jusqu'aux lambris, aux moulures des portes qui n'aient abrité çà et là quelque figure d'horreur, prête à surgir, comme ranimée en sursaut de son profond sommeil, sous le premier chandelier qu'on tendrait. Les dizaines de miroirs en réfléchissaient l'image à l'infini, donnaient naissance, selon l'heure du jour ou de la nuit, à d'autres reflets diaphanes, d'autres couleurs, d'autres formes : l'ombre d'un marmouset concentrée dans le prisme violet d'un flacon à parfum, la figure implacable d'une carte de tarot indéfiniment répétée sur une collection de glaces piquetées. Un cadre rare, en somme, un décor raffiné et pervers qui donnait le vertige, un vertige propice à la peinture de Judith. Mais il demeurait encore un mystère que la *Désirade*, à ce jour, continuait de lui refuser : celui de la lumière noire. A l'évidence, il fallait le chercher chez le Commandeur lui-même, non dans sa maison. Mais comment l'approcher, pour s'en approprier l'éclat ? Fallait-il vraiment, comme il ne cessait plus de le lui demander, partager son lit, devenir celle qu'il appelait, certains jours, *ma sœur*, et d'autres *mon âme paire ?* Elle avait cru d'abord qu'il suffisait de le laisser parler. Et il avait parlé, en effet, durant des nuits et des nuits. Quand elle était lasse de peindre, ils s'installaient dans un petit salon qu'il avait aménagé à cet effet. Un des domestiques y projetait ses films sur un écran tendu devant une cheminée désaffectée. Elle demandait toujours qu'on laisse une lampe allumée à ses pieds : autant que les chefs-d'œuvre qui se déroulaient sur l'écran, elle ne voulait rien perdre des nuances qui traversaient alors le visage du Commandeur.

Presque indifférente aux visions qui agitaient la pellicule, elle crayonnait de temps à autre, traçait dans la pénombre ses images à elle. Nuits fébriles, nuits courtes. Elle finissait par aller s'effondrer sur le lit de Léonor, où elle s'endormait pour quelques heures d'un sommeil agité : les fantasmagories de la veille la poursuivaient dans ses rêves, et le lendemain matin elle tâchait de les transcrire devant son chevalet. A quatre heures précises, le Commandeur lui rendait visite dans son atelier, avec pour commencer ses palabres la même phrase rituelle : « As-tu bien avancé ? » Elle lui montrait sa toile sans la moindre honte. Elle avait annoncé une série de sept toiles. « Tant que je ne les aurai pas finies... » Il avait si peur de l'entendre dire qu'elle partirait quand la série serait achevée qu'il l'interrompait aussitôt : « Travaille bien, Judith Van Braack. La jeunesse n'a qu'un temps. » Et il reprenait ses interminables récits.

Il n'avait que trois sujets de conversation : Iris, l'île et les films qu'il avait produits. Quand il évoquait ses films, curieusement — étaient-ce les bruits de fin qui agitaient le monde ? — il en parlait toujours comme d'un temps magnifique et révolu : « Avec mon or, j'ai donné naissance aux plus belles images de ce temps, Judith. J'ai été débusquer la beauté partout où elle était cachée. J'étais un mineur, comme le vieux roi Manuel, un mineur de beauté. Comme lui, à Rocaïbo, j'ai été un maître absolu. J'ai eu le pouvoir de créer, le pouvoir de détruire. J'avais besoin de puissance, comprends-tu, je ne me guérissais pas de la mort d'Iris. Dans l'île, moi aussi, j'ai approché la folie. Vois cette cicatrice... » Et il lui désignait le long filet pâle qui parcourait sa joue droite. « Une chute, sur les pentes du volcan. C'est là qu'on m'a retrouvé. Je ne me souviens de rien d'autre que de cette chute... » Et il reprenait son éloge des voluptés de la puissance : « Dans mes rêves les plus insensés, je me disais qu'avec tant d'or, de beauté, de succès, je pourrais peut-être forcer les chemins de la mort. Devenir Orphée, en somme, et retrouver Iris... » Judith alors l'interrompait, elle lui demandait des photos de la morte, elle réclamait d'entendre comment elle chantait, et le Commandeur, aussitôt, allait chercher dans sa chambre, au fond d'un coffre-fort, de vieux enregistrements qu'il déposait sur un appareil antique, et la voix d'Iris Van Braack s'élevait comme autrefois sous les plafonds caissonnés, pénétrait les couloirs, s'enroulait dans les escaliers. Et Judith peignait. Elle peignait Iris, et l'île, et Léonor, dont elle avait aussi obtenu des photos. Enfin elle peignait le Commandeur. Elle ne se lassait pas de peindre. Cette série de sept tableaux était une gageure, même si, de l'avis de tous ses professeurs, elle avait toujours eu le pinceau rapide, précis et fin. Tout ici était difficile, les sujets, les décors, les coloris, et surtout l'impalpable et sombre aura du Commandeur, qu'elle désespérait d'emprisonner dans la lumière de ses toiles.

Ils furent bientôt presque seuls. Sirius avait été plus patient que la Cruzenburg. Il avait pensé que Judith s'en irait très vite, ou qu'elle céderait au Commandeur. Mais, comme il ne voyait rien changer dans leur étrange amitié, que le Commandeur s'entêtait à poursuivre ses conversations nocturnes dans l'atelier de l'intruse, qu'elle ne s'en fatiguait pas, bien au contraire, mais s'enfiévrait à mesure qu'elle peignait, au septième tableau, il quitta les lieux sans un mot, sans un adieu, suivi du fidèle valet du Commandeur. Dans la *Désirade* où ne résonnait plus sa lente claudication, il ne resta désormais que le couple d'Asiatiques, silencieux, efficaces, presque invisibles. Le Commandeur apprit à Judith que c'étaient des jumeaux. Il les avait ramenés de Rocaïbo.

— Là-bas, la naissance de jumeaux est le signe d'une malédiction, surtout si c'est un fils et une fille, comme ceux-ci. Leurs parents sont exclus du village et les enfants sont maltraités. Je les ai recueillis. Moi aussi, j'étais maudit. Plus maudit qu'eux, car j'avais perdu ma sœur.

— Ta sœur ? s'exclama Judith. Mais tu ne vas pas croire, comme le capitaine...

— Je n'ai jamais su, Judith, je ne l'ai jamais su, pas plus que le capitaine. Ma mère ne m'avait rien dit. Mais, quand j'ai commencé à courtiser Iris, Sirius m'a averti. Lui, il était persuadé que j'étais le fils de Van Braack. Ma mère, prétendait-il, le lui avait confié sur son lit de mort. Mais comment savoir ? Léonor était folle.

Il lui désigna son œil droit, celui qui était plus clair :

— Le grand inconnu de notre histoire, c'est le mousse Adams. Avait-il dans les yeux le même nord que le capitaine ? Le même nord clair et glacé que toi, Judith Van Braack...

Il s'arrêta un instant, posa son front contre les vitraux de la fenêtre et reprit :

— Dans l'île, j'ai voulu tout dire à Iris. J'ai pensé qu'elle m'aimait assez pour partager mon doute. Pour m'aider à le porter. Tout le temps de mon récit, elle n'a pas sourcillé. A son habitude, elle a joué les désinvoltes, les gaies, les indifférentes. Et elle a voulu se baigner. « La mer lave de tout », m'a-t-elle lancé. Elle savait bien pourtant que les vagues étaient mauvaises. Avant qu'elle ne s'y jette, je lui ai chuchoté dans l'oreille : « Même si ce n'est pas vrai par le sang, c'est vrai par l'âme, Iris, tu es ma sœur. » Elle n'a rien répondu. Dix minutes plus tard elle s'était noyée.

Il soupira. Elle s'empara de son fusain. A ces instants-là, il fallait se dépêcher de crayonner, car c'était comme une grande et fugace ténèbre qui passait sur ses traits.

— Tu devrais comprendre cela, Judith. Notre union n'était ni platonique ni purement sensuelle. C'était un état mitoyen entre l'amitié et l'union des corps, ce dont le commun des mortels n'a généralement aucune idée. Mais avec toi, Judith... Avec toi ce miracle peut recommencer.

Il s'approcha. Elle sentait déjà le parfum de son éternelle scabieuse. Elle s'appliqua davantage à sa toile.

— Je suis patient, dit-il. Je prends ces longues semaines d'attente pour de longues fiançailles. J'attendrai, mais le moment viendra.

Et il fit sonner ces derniers mots d'une telle façon qu'elle sut que ce serait lui qui déciderait du jour où il n'attendrait plus. Ce jour-là, il ne la chasserait pas, comme la Cruzenburg. Il ne l'abandonnerait pas non plus. Elle serait tombée, comme les autres, sous sa coupe. Elle aurait succombé à la lumière noire.

Les jours passèrent. Judith ne trouvait toujours pas ce qu'elle cherchait. Les six tableaux qu'elle avait achevés la désespéraient, elle les avait retournés contre un mur, et le septième ne s'annonçait pas beaucoup mieux. Elle avait changé, elle le savait. A peindre dans une telle ferveur, l'enfance la désertait, elle se sentait pauvre et nue, pauvre de ce qu'elle n'avait pas réussi à mettre dans ses toiles, et nue car un à un s'épuisaient ses vieux rêves. Elle continuait pourtant, dans cette villa qui chaque jour ressemblait davantage à une prison. Elle aurait pu partir, elle ne le faisait pas. Les deux domestiques chauffaient à blanc la *Désirade*, et elle s'apercevait à peine du terrible hiver qui régnait au-dehors.

Un jour le Commandeur partit pour Paris. Comme convenu, il allait à l'Opéra écouter la Cruzenburg. Il voulut l'emmener. Elle refusa. Elle prit comme argument la maladie qui sévissait là-bas et dont Dräken lui avait parlé à mots couverts avant son départ. Le Commandeur craignit qu'elle ne profite de son absence pour s'en aller. Il voulut la faire jurer qu'elle resterait à la *Désirade*. Elle refusa encore : « Il n'y a pas de promesses entre nous. Il n'y en aura jamais. — Ce qui signifie ? — Que tu es libre, et moi aussi. Ma seule prison, c'est la peinture. » Elle se mentait à elle-même et elle le savait. C'était le Commandeur qui devenait sa prison, le Commandeur et sa lumière noire. Le temps qu'il fut absent, elle alla rôder dans les salons qui donnaient sur la route. Elle aperçut *Hauteclaire* à travers les arbres. La villa était fermée. Elle avait donc achevé de désespérer sa mère. Mais Judith aurait-elle seulement pris le chemin qui la ramenait à elle, si jamais elle avait vu la maison ouverte ?

Toute la nuit, elle guetta, derrière le carillon régulier des pendules, le ronronnement doux de la limousine du Commandeur. Elle ne l'entendit qu'à midi, et elle en fut alors presque joyeuse. Il vint la voir, selon leur rituel, sur le coup de quatre heures. Elle s'aperçut alors qu'il avait changé. Jour après jour, pourtant, elle avait été à l'affût des plus discrètes fissures qui commençaient de griffer son visage, lui arrachaient son air sans âge, le rendaient jour après jour plus fragile, plus proche, plus humain. Jusqu'ici, ces signes imperceptibles qu'elle guettait sans relâche, elle avait voulu ignorer qu'elle en était l'origine. Elle se disait que le visage du Commandeur se défaisait comme tous les autres, c'était le moment qui changeait, sa richesse, sa puissance, son aura ténébreuse l'avaient longtemps protégé des attaques du temps, mais il finissait par prendre le tournant de la vieillesse, et c'était à ce moment-là, un peu par hasard, qu'elle était venue à lui.

Il reprit ses palabres. Leur vie devenait de plus en plus chaotique. Ils mangeaient à peine. Le Commandeur semblait impatient. Il parlait à petites phrases pressées, sa voix devenait grave et de plus en plus rauque. Elle se demanda s'il n'était pas malade. Elle dormait aussi peu que lui. Elle dessinait, elle crayonnait, elle peignait à longueur de jour et de nuit. Elle voulait saisir, les moindres cheminements de l'âge sur ses traits, ses ravines toutes neuves sur ses joues, ses cernes qui se creusaient encore, ces nouvelles taches sur ses longues mains, lorsque enfin il se débarrassait de ses gants de chamois parfumé. Il demeurait élégant, il était toujours habillé comme s'il se rendait à une fête. Et dans le soin extrême qu'il mettait à sa toilette avant d'arriver chez elle, Judith commençait à se demander s'il ne fallait pas soupçonner un autre doute, plus affreux que celui qui entourait sa naissance : le Commandeur avait l'air de détester son corps.

Elle-même, Judith, elle avait oublié le sien. Malgré les reproches du Commandeur qui voulait qu'elle reprît les vêtements qu'elle portait au premier dîner, son corselet noir lacé et sa jupe à gros plis, elle ne pouvait plus passer son temps autrement que dans sa blouse de peintre, de jour en jour de plus en plus tachée. Elle n'était plus qu'un regard, deux yeux à l'affût d'un autre regard et de sa violence incompréhensible. Même après son départ, le Commandeur la poursuivait.

Jusqu'aux petites heures de l'aube, alors qu'elle s'était abattue, épuisée, sur le lit de Léonor, qu'elle avait soigneusement fermé le verrou de la chambre et qu'elle attendait vainement le sommeil, elle continuait de le voir fixé sur elle, elle continuait de braver son mystère. Certains matins, lorsqu'elle descendait par les corridors pour se restaurer un peu, elle se regardait à la sauvette dans les reflets sans fin des miroirs de Bohême, elle s'apercevait qu'elle avait maigri, qu'elle avait pâli, qu'elle avait peut-être, elle aussi, vieilli. Ses cheveux avaient beaucoup poussé, qui allongeaient encore ses traits. Elle se voyait passer de l'âge des foucades à celui du désir durable ; et, chaque fois que, penchée sur sa toile, elle se surprenait à y repenser, c'était toujours la même vision qui lui revenait, celle du corps nu d'un homme jeune et brun. Il la prenait comme on traverse un feu.

Alors elle s'arrêtait de peindre, elle saisissait une feuille, jetait un regard au vitrail et traçait une esquisse. C'était une neige légère qui tombait sur le parc, une échappée de mer à travers les grands cèdres, des brouillards rampants sur la tombe et l'étang, des matins de gel où le temps semblait, comme les branches, se figer sous le givre. Et, comme ce soir, elle se disait qu'elle était à jamais prisonnière, parce qu'elle n'avait plus la force de partir.

Mais aujourd'hui le Commandeur n'arrivait pas. La demie de quatre heures était sonnée depuis longtemps, elle n'entendait toujours rien dans l'escalier, ni le glissement de ses gants sur la rampe vernie, ni son pas lourd, sa démarche puissante. Pour tromper son inquiétude, Judith retourna à la fenêtre. Comme elle l'avait prévu, le temps changeait. Le vent s'était mis à forcir, des goélands survolaient les cèdres avec de grands cris, signe que la tempête approchait. Comme d'habitude, elle prendrait *Hauteclaire* de plein fouet. Elle regretta d'un seul coup de ne pas être là-bas pour la voir attendre le vent, frémir de haut en bas dans ses plus intimes membrures. Elle se détacha de la vitre. Sa respiration y avait laissé une buée, une buée rose et verte, comme les vitraux. Elle secoua sa blouse, mais ne chercha pas le reflet du miroir. Elle se savait décoiffée, les traits tirés. Elle n'avait pas envie de se faire belle. Elle se remit à son chevalet, et désespéra à nouveau de ce qu'elle y traçait.

Comme les pendules sonnaient cinq heures et que la nuit s'approchait avec un cortège de rafales, le Commandeur poussa la porte.

— Et aujourd'hui, dit-il, où en es-tu de ta dernière toile ?

Ce n'était plus la même phrase, il avait changé son rituel. Brusquement, elle eut envie de s'enfuir.

— J'ai continué.

Elle désigna le portrait qu'elle venait d'abandonner.

— C'est fini ?

— Non.

Il s'approcha de la toile. Il eut un rictus imperceptible. Il avait du mal à supporter l'image que lui renvoyait le tableau. Judith ne représentait plus l'homme flamboyant de ses précédents portraits, mais le Commandeur de ces dernières semaines, amaigri, un peu voûté, avec un teint étrange, comme s'il s'assombrissait de l'intérieur. Ainsi que sur la première toile qu'elle lui avait consacrée, elle lui avait fait des ailes, mais des ailes repliées, comme lasses elles aussi. Et ce Lucifer foudroyé, deux fois déchu, regardait ses mains, des mains semblables aux siennes, la gauche gantée de chamois, les mêmes longs doigts avec les mêmes perles noires. Ses cheveux s'étaient éclaircis, et à sa boutonnière la scabieuse bleue s'était fanée. Ce qu'il y avait d'extraordinaire dans cette toile — tous les experts s'accordèrent d'ailleurs sur ce point, lors de la dispersion de la collection — c'était qu'en dépit de cette facture lisse, précise, d'une minutie presque puérile qui était la manière de Judith Van Braack, elle laissait apparaître le fond de l'âme de son modèle : la faille, que tous ses amis avaient remarquée sur son visage, cette fissure qui s'ouvrait sur un gouffre, une sorte de fatalisme oriental qui lui soufflait désormais la vanité de toutes les batailles, la folie qui se cachait sous l'or, la puissance et la séduction triomphante. Dans ce portrait, le Commandeur était enfin une force inouïe alliée au désespoir le plus inexplicable ; et cela ne tenait ni à sa calvitie naissante, ni même à ses rides, ni à la fraîche voussure de ses épaules — il n'avait pas vieilli si vite, à tout prendre. Non, c'était plus intime, et plus indescriptible, d'autant plus indescriptible que cela semblait venir du dedans du portrait, un secret de la toile, un rayon obscur qui faisait scintiller ses recoins les plus sombres.

— Je n'aime plus ce que tu peins, dit-il.

Il semblait enroué, fatigué.

— Ce que je peins, c'est toi. Ce que tu es devenu. Ce que tu es.

Il haussa les épaules.

— Ce que je suis devenu ? Quelqu'un qui passe son hiver avec toi, seul dans cette maison, au fond d'une province, presque sans domestiques. Quelqu'un qui cède à tous tes caprices.

La colère le reprenait tôt, ce soir. Elle avait de plus en plus peur. Elle choisit de se taire.

— Et comment vas-tu le nommer, celui-là ?

Elle ne répondit pas davantage.

— Tu n'as plus d'inspiration, Judith Van Braack. Tu te fatigues, tu t'épuises... Et tu es mal coiffée. Tu es négligée. Tu n'es plus très belle. Le jour où tu étais venue...

Elle s'efforçait de ne pas l'écouter, mais sa voix, comme le vent, avait forci, elle aurait voulu se boucher les oreilles, mais l'eût-elle fait que son regard l'aurait poursuivie.

Les domestiques ne venaient pas apporter le thé et les alcools, ce qui accrut son inquiétude. Pour lui cacher sa peur, elle regarda par la fenêtre. Des nuages s'amoncelaient, poussés par des rafales de plus en plus serrées.

Il se remit à examiner le tableau :

— Tu te crois plus forte que tout le monde mais tu ne sais faire que des petites choses léchées, appliquées, scolaires. Tu n'es qu'une petite sucrée de province. Tu n'as aucun avenir.

Elle continuait de fixer la fenêtre. En réalité, le Commandeur enrageait de son silence, il ne regardait plus le tableau, il était suspendu à ses lèvres. Rien ne vint.

— Rappelle-moi le titre de ton barbouillage, dit alors le Commandeur.

Elle se retourna aussitôt et lâcha de sa voix presque enfantine :

— *Qu'as-tu fait de ton talent ?*

Il fut parcouru d'un frisson.

— C'est un titre ? Tu m'avais dit autre chose.

Il hésita :

— *Le Prince des ténèbres.*

— *Le Prince au cœur noir*, corrigea-t-elle. Mais ça ne me plaît plus. Celui-ci te convient mieux. Tu connais la parabole.

Il eut un geste évasif.

— Des sermons, à présent ! Ma pauvre enfant, tu es d'un démodé...

Il tenta de rire. Elle secoua ses cheveux, reprit ses pinceaux et s'enferma dans son silence. C'en fut trop. Il éclata :

— Ce que j'ai fait de mon talent, mais tu le sais ! De l'or et des films. Des films et de l'or. Tous ces chefs-d'œuvre...

— Je sais. Tu ne m'en as pas épargné un seul. Mais tu n'as fait que donner ton or, Commandeur.

— Appelle-moi Manuel.

Elle s'entêta :

— Tu n'as rien créé, Commandeur. Tu n'as construit que des collections. Tu as accumulé des jeux de cartes et des suites de femmes. Tu as peur de toi. Tu as peur de la mort. Et même s'il y a quelque chose, après, je suis sûre que tu as peur de retrouver Iris.

— Ma vie a été plus vraie que toutes les autres, Judith. Plus âpre, plus nue et peut-être plus fatale.

— Je connais par cœur toutes tes grandes phrases. Tu m'as tout raconté. Mais je le savais déjà. Et je n'aime pas ton passé glorieux, construit sur des femmes assassinées.

— Je ne les ai jamais assassinées que moralement. Et elles étaient consentantes !

— Alors je suis la prochaine victime ?

— Si tu le veux. La dernière. Mais je ne te veux pas de mal, Judith. Je veux simplement... que tu sois ma sœur, comme Iris.

La pluie venait, elle giflait déjà les fenêtres. Il s'approcha à son tour du vitrail. Un bref moment, le soleil couchant apparut entre les nuages et ses teintes se mélangèrent curieusement aux couleurs de la vitre, puis jetèrent une lueur rougeâtre sur l'œil du Commandeur.

Judith s'éloigna vers la toile.

— Ne t'en va pas, dit-il.

Elle ne l'entendit pas. Elle le tenait enfin, ce fameux rayon opaque. D'ailleurs il était déjà dans sa toile. Il n'y manquait plus qu'un infime et sourd scintillement.

Elle dut rester penchée quelques minutes sur son chevalet. Quand elle leva les yeux, il faisait presque nuit. Le Commandeur n'avait pas bougé de la fenêtre.

— Il ne fait plus si froid, dit-il comme on s'excuse.

— Il ne fait plus si froid, répéta Judith.

Elle revint à sa toile, continua de s'appliquer sur ce minuscule reflet dans son œil gauche. Un petit bout de langue passait ses lèvres, comme souvent aux élèves studieuses. Le soir baissait de minute en minute. Elle voulut allumer une lampe. Il arrêta son bras. Jusqu'à ce jour, il n'avait pas osé la toucher, et elle n'avait jamais pensé que ce fût possible.

— Judith, dit simplement le Commandeur, et sa voix soudain s'était éclaircie.

Elle leva les yeux vers lui. Elle ne le reconnaissait plus. Ainsi, il était presque beau. Etait-ce la lumière, était-ce de l'avoir si exactement représenté sur la toile, était-ce la magie du moment ? Elle n'avait plus peur de lui. La voix du Commandeur chuchotait à présent, elle s'étouffait de désir ou d'angoisse, elle ne savait plus, et c'était son désir à elle, et c'était son angoisse, comme le soir où il lui avait dit : « Tu viendras à moi, Judith, tu viendras à moi comme Iris est venue, tu lui ressembles mais tu es différente, ton nom même est différent, elle avait un nom qui éclatait dans la bouche comme un fruit juteux et toi ton nom à toi, Judith, c'est un grand éclair qui foudroie, un grand éclair bleu dans ma vie si sombre... »

Pourtant elle n'avait pas envie de sa bouche, elle n'avait pas envie de son bras. Il serrait fort, de plus en plus fort, et elle s'étonnait qu'il lui restât encore tant de puissance.

— Je n'aime pas ton désir, trouva-t-elle la force de souffler.

— Tais-toi, dit le Commandeur. J'ai passé l'âge de la folie des femmes.

Elle se cabra, elle se raidit de toutes ses forces contre la fenêtre, mais le bras du Commandeur se refermait comme un étau.

Il relâcha d'un seul coup son étreinte et la regarda, pantelante, effarée, qui ne savait plus que faire. Et ce fut pire encore, ce regard sur sa blouse entrouverte, son œil plus clair qui se fixait sur le bout de peau qui passait le tissu.

— Le jour où tu es venue, Judith, dans ta jupe à grands plis et ton corselet noir... Ne me dis pas que tu ne cherchais pas à me séduire. Je te vouvoyais, et tu me tutoyais. J'avais l'impression que tu te mettais nue.

Il avait brusquement des accents presque juvéniles, une ferveur qui donnait le frisson, comme la promesse d'un plaisir.

— Et moi qui te parlais d'Iris. Moi qui ne te voulais pas encore pour toi-même...

— Tais-toi.

— Iris est un amour perdu, Judith. Avec toi je me guéris d'elle.

— On ne guérit pas d'un amour perdu.

En disant ces mots, elle pensait au seul souvenir qu'elle eût emporté d'*Hauteclaire*, un morceau d'étoffe grège au fond d'un sac, et elle ne sut trop pourquoi, elle eut envie de pleurer. Mais il avait à présent posé sa main sur son sein, sa main gauche gantée de chamois, celle qu'il ne découvrait jamais, et c'était une bien étrange sensation, cette peau animale et parfumée qui suivait les contours de son corps.

— Laisse-moi, Commandeur, dit-elle une seconde fois.

Sa main se referma plus étroitement sur sa gorge :

— Maintenant, tu me donneras mon vrai nom. Tu m'appelleras Manuel.

C'étaient maintenant ses deux mains qui parcouraient son corps, et elle sentait sur sa respiration un souffle profond, une force sombre qui cherchait à se mêler à la sienne, et elle eut l'impression qu'il aspirait sa vie. Le pire était que ce fût délicieux.

Une dernière fois, elle eut un mouvement de recul et se pencha à la fenêtre.

Elle vit alors, accroché aux branches les plus basses d'un cèdre, un objet si inattendu qu'il lui arracha un rire.

— Non, dit-elle au Commandeur, et cette fois elle le repoussa avec violence.

— Je suis à bout de patience, Judith, méfie-toi...

Elle ne le laissa pas finir.

— Garde les toiles, s'écria-t-elle.

L'instant d'après elle dévalait l'escalier, elle courait à bout de souffle dans les couloirs sans fin, elle se précipitait dans le parc, elle s'emparait de l'étoffe grège accrochée aux branches du cèdre, et elle se sauvait par la porte de derrière, la petite barrière qui donnait sur la plage. Et ce fut là, en haut de ces marches glissantes qu'il n'osait pas franchir, transi de froid, mais n'osant pas non plus revenir à *Hauteclaire* affronter le regard de Ruth, presque à moitié noyé déjà, et de pluie et de larmes, que Trendy vit venir à lui Judith, qui brandissait en riant son écharpe souillée.

EPILOGUE

Achevant la chronique de cette époque étrange, et si brève à la vérité, associée qu'elle était à une mode éphémère, l'envie qui avait pris le monde, l'espace de quelques mois, de se jouer la comédie de la fin, l'historien solitaire et protégé par le recul des ans continue de se demander quelles connexions étroites peuvent à ce point enchaîner les destinées individuelles et les grandes folies collectives. Insatisfait, inquiet, lorsqu'il reprend pour un dernier examen les documents qui lui ont permis de reconstituer la vie de Mathieu Florimont et de sa compagne Judith Van Braack, lorsqu'il revoit, dans un ultime scrupule, les films du Commandeur, qu'il se penche encore sur la presse de l'époque, le journal du capitaine, la montagne de notes accumulée par Cornell sur les habitants d'*Hauteclaire* et ceux de la *Désirade,* le chroniqueur, à son tour, et quoiqu'il ne puisse plus rien reprendre à ce qu'il a écrit, est à la fois saisi d'un vertige et d'un doute.

Avec le début de l'année, les choses avaient repris leur cours. Il y eut un printemps, il y eut un été ; et d'autres hivers, d'autres printemps calmes, et des automnes venteux, et des étés radieux. Il n'y eut pas de fin du monde, et l'âge d'or ne vint pas davantage. La banalité retrouva ses droits. Chassé de la bibliothèque pour détournement d'ouvrages, Numance retourna dans son île avec Bérénice. Malcolm et Ruth partirent vivre à la Barbade. Tout le temps qu'ils ne naviguèrent pas, le professeur le passa à réunir ce qu'il put sur le passé des maisons ennemies et à recueillir les confidences des derniers protagonistes. Quand il estima qu'il en avait fini, en bon universitaire, il fit déposer ces énormes archives dans le coffre d'une banque où il les savait à l'abri, en demandant qu'elles ne soient consultées qu'au bout d'un délai parmi les plus longs. Ces archives, dépouillées avec le plus grand soin pour la rédaction du présent ouvrage, sont constituées de façon remarquable. Cornell ne fit pas le voyage de Rocaïbo, mais chaque fois qu'il revit Trendy et Judith, il les interrogea minutieusement et prit des notes tout aussi précises. Délivrée enfin qu'elle était d'*Hauteclaire* et de sa propre histoire, Ruth parfois devint prolixe et elle retrouva souvent des souvenirs anciens, très précieux pour qui à son tour voudrait reprendre ce récit.

Et le monde continua d'aller son train avec ses soubresauts ordinaires. Comme prévu, le cardinal Barberini devint souverain pontife.Il avait rompu depuis longtemps avec les sectateurs versés dans le noir et l'occulte. A la faveur du regain extraordinaire de la religion, il rendit au Vatican ses fastes et son opulence et se posa en mécène de toutes les sciences exactes.

Il protégea particulièrement les recherches sur l'épidémie. Quelques années encore, le mal continua de préoccuper les esprits. Il y eut des morts en assez grand nombre, puis on apprit à se prémunir du fléau. Il cessa peu à peu, comme il était venu. On fit des discours officiels pour célébrer le retour aux joies de la libre parole, on put à nouveau prononcer sans frémir les mots interdits et jouir quand on le voulait des plaisirs du silence ; enfin, pour faire bonne mesure, on distribua des médailles à ceux qui, étant atteints, avaient eu la chance de ne pas succomber.

Dräken fut du lot. De l'avis des musicologues, la fièvre, la solitude, le silence où il fut réduit décuplèrent ses facultés d'invention. Et de fait, ce furent dans ces mois-là, où tous le crurent perdu, qu'il écrivit ses oeuvres majeures, son oratorio, ses préludes, ses deux sonates, enfin sa *Grande Symphonie des Rayons et des Ombres*, qui, avec *Sansinéa* , le fit passer à la postérité.

Le destin — ou le Diable, qu'elle avait si souvent sollicité — fut beaucoup plus cruel envers la Cruzenburg. En quelques années, elle passa de mode, elle fut éclipsée, on l'oublia. Du règne du noir, on passa en quelques mois à celui du clair. Hors le scintillement, le rayonnement et la blancheur, il n'était désormais point de salut. Tel était le soulagement qu'on fût entré en d'autres temps qu'en dépit de tous ses efforts, Constance von Cruzenburg fut bientôt réduite à une telle obscurité qu'à ce jour on ignore quand et comment se termina sa vie.

Le naufrage du Commandeur fut encore plus rapide. A la réflexion, il est très surprenant qu'un homme qui n'avait fait que commanditer des films, ait pu prendre sur ses contemporains un pareil ascendant. La rumeur voulut qu'il se soit retiré dans sa villa du lac Majeur et qu'il y soit mort très vite, dans des circonstances mal élucidées. Comment pouvait-il en aller autrement, au sujet d' un homme que tous s'étaient plu à prendre pour une puissance de l'ombre, et qui avait eu un sens si aiguisé des choses en leur déclin ? On mit sa disparition au compte de l'acharnement de la maladie à frapper ce qui se trouvait de plus brillant au monde, tels Halphas ou Effroy, disparus eux aussi à quelques mois d'intervalle. Par un curieux retournement, alors que sa vie durant on n'avait pas eu assez de mots pour exalter la hauteur, la force, l'invulnérabilité du Commandeur, on souligna combien furent pitoyables les derniers moments de ce génie noir fracassé. Et il n'y eut personne, en effet, sinon les marins requis à cet office, pour accompagner en mer son urne funéraire.

En revanche, on se bouscula pour la dispersion de ses collections, dont une série de sept petits tableaux non signés, de facture très récente, qui suscitèrent la curiosité des amateurs éclairés. Au moment de leur acquisition, des années plus tard, par un musée hollandais, on finit par en découvrir l'auteur, Judith van Braack, plus connue pour ses grandes fresques maritimes. Il se trouve encore des érudits pour faire le voyage d'Amsterdam aux seules fins de les étudier, d'autant que les grands noms de ce temps-là sont présents dans le fond de ses toiles, Effroy, Halphas, Dräken, tous les représentants les plus éclatants de cette Haute ou Basse Epoque, comme on veut, à côté de visages anonymes, une chanteuse brune et gaie, une ardente métisse, une femme mûre et tourmentée devant son automobile, une autre, blonde et douce, penchée sur les flammes de sa cheminée, enfin un jeune homme brun qui

se profilait toujours au plus profond des tableaux, dans l'entrebaillement d'une minuscule porte. Mais la lumière étrange des toiles de Judith van Braack résiste encore à leurs savantes analyses ; sous l'effet d'une pudeur inexplicable. l'artiste se refusa toujours à en livrer le secret.
Lors de la succession du Commandeur, personne ne voulut acheter la *Désirade*. Débarrassée de ses meubles, la villa gardait beaucoup de charme, elle était en excellent état. Mais sa mauvaise réputation s'était accrue avec les sombres semaines du dernier séjour du Commandeur. On abandonna donc la *Désirade* à sa solitude. La maison était résistante ; et il paraît qu'il fallut des dizaines et des dizaines d'années avant qu'elle ne commence à tomber en ruine, et finir comme sa jumelle d'au-delà des mers, la *Désirada* de l'île de Rocaïbo.

Hauteclaire fut rouverte et donnée, selon le souhait de Ruth, à Trendy et Judith. Dès le retour de la fugueuse, Trendy reprit ses recherches sur les déformations vertébrales dont les conclusions, comme chacun sait, jetèrent les bases de nouvelles découvertes et contribuèrent à faire comprendre aux générations suivantes ce qui se passait dans le mystère des mers. L'annonce de la mort de Drogon n'affecta guère Trendy. En brûlant ses fiches, il l'avait déjà rayé de sa mémoire et il n'avait plus assez de rancune pour s'en réjouir. Tous les démons étaient rentrés sous terre, les poissons aux abysses. Il ne restait peut-être, pour continuer de nourrir les folies et les rêves des hommes, que l'éternel Grand Poisson Dormant. Trendy attendait donc le printemps et la conclusion de ses recherches. Judith vivait à présent à ses côtés, au dernier étage d'Hauteclaire. Avec les premiers soleils, il la vit souvent descendre à la plage du côté du *Roi-des-Poissons*, qu'ils ressortaient de temps à autre. Alors, comme à l'automne, il abandonnait ses fiches, ses squelettes, il la regardait se défaire de son peignoir, offrir sa peau aux nouveaux rayons, s'allonger sur les sables abandonnés par la marée, ou dans le jardin de Ruth tout fleuri de jeunes iris. Parfois alors s'infiltrait en lui le fiel de la jalousie et il cherchait, sur ce corps devenu familier, la marque, le sceau du Commandeur. Il ne le trouvait pas, et c'était pire encore. Il serrait fort dans sa poche l'amulette de Bérénice, il se souvenait de sa course dans l'Opéra, de toutes les femmes qu'il avait poursuivies, dans le désespoir d'avoir perdu Judith. Le souvenir qu'il avait gardé d'elle était celui d'un plaisir ravageur. Elle lui faisait encore un peu peur, mais cela s'estompait ; car il avait retrouvé une femme plutôt qu'une jeune fille, une femme adoucie et tendre, qui ne peignait plus et voulait un enfant.

Il le lui donna. Et lorsqu'il ne travaillait pas, ce lointain printemps-là, il passa des heures à épier Judith des fenêtres d'*Hauteclaire*. Dans la grande lumière de la mer, il pouvait observer les moindres détails de son corps, l'aréole brunie et gonflée de ses seins, la courbe adoucie de son ventre où montait, flux plus fécond, plus obstiné que n'importe quelle marée, cette mémoire silencieuse qui passe d'un corps à un autre, noire, sourde, muette et têtue, aveugle, ignorante des doutes et des combats du monde, puisée au plus profond de siècles inconnus.

SECRET DE FAMILLE

A Philippe Godoÿ

A Lucien Dolhman

Toute personne ayant survécu à pareille série d'abominables forfaits et qui croirait s'y reconnaître comme acteur serait bien entendu victime d'une très fâcheuse coïncidence.

ou,
selon la formule consacrée :

Les personnages de ce livre sont purement imaginaires et toute ressemblance avec des personnes existant ou ayant existé ne serait que pure coïncidence.

L'avenir du passé n'est jamais très sûr

Eugen WEBER

Il y a quelques années, un héritage livra un document insolite, comme il arrive souvent lors des successions : un énorme carton poussiéreux, bizarrement dissimulé dans le faux plafond d'une cuisine. Alors qu'il était à la recherche d'une fuite d'eau, l'héritier, Lucien Dolhman, dut affronter un fleuve de photos et de papiers les plus divers. Pas un seul d'entre eux n'était postérieur à 1943. En dehors d'une montre ancienne frappée d'un monogramme, le carton ne contenait aucun objet précieux. Lucien Dolhman fut d'abord fasciné par le flot des photos, notamment par la plus ancienne, conservée à l'intérieur d'un triptyque violet. Elle représentait une femme brune, en costume des années 1870, élégante et distinguée.

Lucien Dolhman découvrit aussi deux cahiers et deux films d'amateur, parfaitement conservés dans leur emballage métallique. Les documents étaient classés à l'intérieur de chemises, selon un ordre qui lui échappait entièrement. Au dos de certains d'entre eux, une écriture fébrile — toujours la même — traçait en capitales des patronymes inconnus, suggérait des pièces à chercher. La variété des personnages réunis dans cette nécropole photographique était encore plus troublante : des paysans à peine embourgeoisés y côtoyaient des nobliaux, des parvenus, des esthètes des années trente, tous embaumés dans la même lumière mêlée d'ombre, piégés par la chambre noire de photographes consciencieux ou pervers.

Lucien Dolhman le comprit très vite, ce carton racontait une histoire. C'était le lent battement d'une mémoire asphyxiée, un récit pour initiés, une histoire de famille et son cercle d'enfer, frères et sœurs, mari et femme, mère et fils, unis par le sang au-delà des plus mortelles rancœurs : le lait mélangé au poison, l'écheveau inextricable de l'intérêt et de l'instinct.

Dans les lettres, le testament, les actes notariés égarés parmi les photos, Lucien Dolhman trouva quelques indications qui lui permirent peu à peu de comprendre comment ce double plafond avait pu garder intacte, des années durant, une autre vie à double fond. C'était celle d'une femme qu'il avait voulu oublier, sa grand-mère, Marthe Monsacré, née en 1879 sur les bords de la Loire, d'une mère fantasque et de père inconnu.

Chapitre 1

Du plus loin qu'on s'en souvienne, Marthe promena sur le monde un regard d'étrangère. L'impression est criante, sur l'unique photo prise pendant son enfance, dans le couvent où elle avait été recueillie, chez les Ursulines, à Rouvray. On l'a fait poser devant un muret qui surplombe la Loire. Elle porte le sarrau des pensionnaires, elle se tient si droite qu'elle paraît beaucoup plus que son âge. Ses cheveux drus, très noirs, sont nattés et enroulés sur le sommet de sa tête. Malgré l'austérité de ses vêtements, cette coiffure lui donne déjà l'air de souveraine qui devait frapper tout ceux qui eurent affaire à elle. Elle sourit, de ce sourire qu'elle gardera jusqu'à la fin, qui séduit, qui nargue. Au fond de ses yeux clairs, Marthe a l'étincelle dure de ceux qui ont connu trop tôt l'âpreté de la vie.

Elle est orpheline. Sur sa naissance, sur sa mère, cette Hortense Ruiz qui sourit derrière le verre fracassé du triptyque violet, on ne sait rien, ou peu de choses. Peut-être fallait-il justement ce trop peu pour que la ville tisse autour de Marthe son réseau de paroles vraies ou fausses, et qu'elle commence à bâtir sa légende. Selon l'expression en vigueur, Marthe était une *accourue* : dans la langue du Val, c'était la façon dont on désignait ceux qui n'étaient pas du pays. On disait aussi parfois qu'elle était sortie de nulle part. Que n'a-t-on pas brodé autour de ce « *nulle part* »... Confidences d'après-boire, murmures d'alcôve, confessions de mourants, phrases interprétées, mots déformés, répétés, inventés, tout s'entremêle, se contredit, une mémoire engorgée, où sombra à jamais le souvenir de sa mère. Il faut se contenter de ce nom, Hortense Ruiz, et de la sécheresse de deux actes d'état civil, dressés à quelques jours d'intervalle. Le premier d'entre eux enregistre la naissance de Marthe, par un mois de janvier dont on se souvint longtemps. Dès le début de l'année, le vent du nord souffla très fort, avec de grosses averses glacées. La pluie gelait sitôt tombée et raidissait les parapluies, les manteaux, bloquait le jeu des serrures et des cordons de sonnette, engluait les pierres et les plantes sous le même vernis mortel. Plusieurs jours durant, les trains furent arrêtés. Les arbres s'affaissèrent sous le poids de la glace. En moins d'une semaine, les forêts de Sologne furent ravagées. Puis le vent tourna à l'ouest, un vent de galerne, comme on l'appelait, et le temps se radoucit. Les affluents de la Loire se mirent à grossir, l'inquiétude grandit d'un bout à l'autre du fleuve. Les vallées et les varennes étaient envahies, les flots montaient à l'assaut de la fragile digue des levées, les villageois abandonnaient leurs maisons à fleur d'eau pour se réfugier sur les coteaux, où ils campaient avec leur bétail dans le froid et la pluie. Devant le fleuve gonflé, ils repensaient aux terribles crues d'autrefois, se souvenaicnt des moulins emportés, des églises et des châteaux dévastés, des cimetières ennoyés d'où l'on avait vu remonter des cadavres.

La voie ferrée fut coupée, les passagers du train de Paris durent interrompre leur voyage. Hortense Ruiz descendit du wagon, grosse à pleine ceinture. Quelques heures plus tard, elle fut prise des premières douleurs et accoucha d'une petite fille à l'hospice des Ursulines, sur les hauteurs de la ville. Trois jours après, elle eut un violent accès de fièvre. Elle fit son testament, légua aux Ursulines les titres et les bijoux qu'elle avait cachés au fond de ses bagages, à charge pour les religieuses de veiller à l'éducation de son enfant, et de lui remettre le reste de ses biens à sa majorité. Hortense Ruiz mourut quelques jours plus tard, comme elle était venue, silencieuse et pressée.

Le testament fut authentifié par Maître Chicheray, brillant représentant d'une longue dynastie de notaires, aussi madrés que soupçonneux. L'anecdote ne le troubla pas outre mesure. Il n'était pas rare que des inconnues, riches ou pauvres, sollicitent l'hospitalité des religieuses pour mettre au monde au couvent les enfants du secret. Quand on avait à la fois de la fortune et de la religion — ce qui, à la vérité, n'était pas si fréquent — on y venait aussi mourir en paix, loin des regards ambigus d'héritiers impatients. Alphonse Chicheray fut beaucoup plus surpris par la nature de l'héritage : la mallette d'Hortense Ruiz ne contenait que des valeurs mobilières : des titres au porteur, des pierres précieuses non montées. En dehors du triptyque qui représentait la morte — une belle femme brune, à peau mate, très élégante, drapée dans un châle sévillan —, il ne découvrit aucune lettre, aucun objet personnel, sinon une bague d'une facture insolite, et une montre d'homme, un modèle suisse, frappé d'un monogramme peu courant, *T. W.* D'emblée, le notaire décida que ces initiales désignaient le père, et que c'était un étranger.

Premier secret dans la vie de Marthe. Première honte, premier reproche sournois. A Rouvray, les années qui suivirent - trois décennies prospères, comme partout en France, mais taraudées par l'envie d'une revanche sur l'affront allemand de 1870 — les bruits les plus divers coururent sur le nom de son père. On n'hésita pas à dire qu'il empestait l'ennemi. Marthe fit front, toute sa vie. A la rumeur et au soupçon, elle opposa toujours le même regard qui était un rempart, l'ironie qui était sa force, l'énergie du silence. Elle n'a jamais parlé de ses parents, elle n'a jamais cherché d'où elle venait. Elle *l'accourue,* l'étrangère, elle s'est toujours considérée comme une femme du pays.

Au printemps de l'année suivante, les églantines commençaient à assaillir la tombe d'Hortense Ruiz quand Marthe fit ses premiers pas sur la terre blanche et friable qui dominait la Loire. A la stupeur des religieuses, elle se tenait très droite, elle avait déjà la démarche solide et tranquille, à croire en effet qu'elle était *de là*.

Chapitre 2

Le couvent se referma sur la petite fille. De cette époque, Marthe parla très peu. Mais qui se confie vraiment sur ces fragments d'enfance, instants à la frontière de la mémoire et du néant, moments brumeux, instinctifs, où la conscience est ballottée de joies féroces en petites hontes, de sombres colères en chagrins fugaces... Que dire de ce temps où elle ne fut qu'un être livré à d'autres volontés que la sienne, Marthe qu'on a peine à imaginer autrement que femme, et volonté ?

Tout juste, connaissant la ville et la situation du couvent, peut-on rêver à ce que furent ces années. A Rouvray comme ailleurs la vie était très lente, et son cours semblait plus engourdi encore chez les Ursulines, comme dans la plupart des institutions religieuses. Le couvent était construit à flanc de coteau, au fond d'un parc planté de cèdres. Deux bâtisses grises et solennelles s'élevaient derrière un grand mur d'enceinte, l'une pour le pensionnat, l'autre pour l'hôpital. Le reste n'était qu'oratoires, longs corridors, enfilades de salles uniformément passées à la chaux. Tout laissait croire au détachement, à l'empire de la vertu.

Epoque bien étrange, sans doute, que celle où Marthe émergea des limbes, sourire offert à des visages figés sous des voiles noirs, enfant langé par des mains sèches qui n'avaient pas connu l'amour. Le froid, celui de l'eau bénite, le chaud, celui des cierges allumés à la chapelle. L'odeur des lys, en mai, qu'on déposait solennellement devant la statue de la Vierge. D'un bout à l'autre de l'année, le parfum de l'encens, cet encens dont Marthe, jusqu'à la fin, détesta jusqu'au nom.

Les religieuses trompaient leur ennui en guettant les rumeurs. Lors de ses visites hebdomadaires, le chanoine de la cathédrale les leur livrait à satiété. Les Ursulines répétaient les bruits, les commentaient à perte de vue, avec des exclamations étouffées et des signes de croix. Quand elles se taisaient enfin, leur silence même était une écoute. Elles étaient toujours en alerte, suivaient de près l'état des âmes, surveillaient tout aussi étroitement le destin des fortunes. Elles s'en justifiaient aisément : en ce bas monde, elles avaient pour charge d'éduquer les jeunes filles.

Dans tout le département, elles n'avaient pas leur pareil pour les former à la soumission. D'où le surnom qu'on avait donné au couvent, *La Colle,* contraction de *collège,* et allusion à la façon dont les religieuses emprisonnaient les pensionnaires, et s'infiltraient dans les familles, à leur manière ordinaire, douceâtre et acharnée. En ces temps incertains où la République voulait leur arracher leurs protégées, elles s'estimaient chargées d'une mission héroïque : assurer la perpétuité du sacrement du mariage. Les âmes candides qu'on leur confiait étaient généralement bien dotées. Elles ne pouvaient rien abandonner au hasard, surtout lorsque le prétendant recherchait une alliance légitime aux fins de s'acheter de la rente ou de payer les réparations d'une toiture. Des situations embarrassantes se présentaient parfois, quand la pensionnaire était laide ou stupide au-delà du tolérable. Là encore, les Ursulines de Rouvray faisaient merveille. Habiles négociatrices, elles parvenaient souvent, avec l'aide du vieux Chicheray, à apparier des unions où chacun trouvait son compte : les parents casaient leur fille, les maris empochaient la dot, et les religieuses, au passage, prenaient leur pourcentage. Enfin il y avait les cas désespérés : les bossues, les demeurées, les orphelines, les enfants naturels. Les Ursulines avaient toujours réussi à leur imposer la seule issue qu'elles jugeaient raisonnable : la prise de voile. Tel fut le destin que, dès la mort de sa mère, la Supérieure du couvent assigna à Marthe.

Le hasard voulut pourtant qu'elle reçoive la grâce d'une véritable enfance. Elle dut ce bonheur à la religieuse qui avait accouché sa mère, sœur Adèle. Elle était malade et poussive, on ne voulait plus d'elle à l'hospice. On la commit d'autorité à la garde de Marthe.

Adèle fut donc son premier souvenir. Marthe garda une mémoire très vive de leurs promenades au fond du parc, jusqu'à l'extrême bord du coteau qui surplombait la Loire. Le mur d'enceinte s'interrompait à l'endroit de l'à-pic. On y avait aménagé une curieuse construction de torchis et de stuc, mi-oratoire, mi-belvédère, avec un petit banc et une statue de la Vierge. Chaque fois qu'il était question de promenade, c'était là que Marthe voulait aller, « *du côté de l'eau* », comme elle disait, comme si quelque chose, déjà, l'attirait vers le fleuve.

Sœur Adèle se laissait faire. Des heures durant, elle berçait l'enfant sur ses genoux, lui racontait des histoires qui ne ressemblaient pas à celles qu'on lisait à la messe. Elle lui parlait souvent des fleurs et des saisons. Elle avait vécu longtemps dans un manoir de Sologne, elle avait pris le voile après un veuvage précoce. A présent qu'il ne lui restait plus qu'à suivre sur son corps le lent travail de la maladie, elle n'avait plus de joie que dans la contemplation assidue, jamais lasse, des choses de la nature. Elle retrouvait la sérénité dans le jeune regard de Marthe, ses yeux écarquillés qui découvraient les plantes, les insectes, les arbres, les oiseaux.

Aucun été, aucun printemps ne parut jamais aussi radieux à Marthe que les heures lointaines où Adèle lui apprit, jour après jour, comment le monde se renouvelle d'un bout à l'autre de l'an. Chaque printemps ramenait le miracle, avec des variantes qui paraissaient infinies. Il fallait apprendre à les voir, à observer tout ensemble la fleur, l'oiseau, le ciel et l'eau, déchiffrer l'alphabet secret de la langue paysanne, ses dictons, ses proverbes, sa mémoire obscure et juste, ses millénaires de savoir. Il fallait surtout dépasser l'instant de l'émerveillement, ne pas se laisser éblouir par la beauté du monde. La nature parlait comme un livre, elle racontait le temps, celui qu'il avait fait, celui qu'il allait faire. Rien ne s'y trouvait au hasard, tout était donné à qui savait comprendre, les buissons d'aubépines à flanc de coteau, les coulées de primevères, le cœur ocellé des tulipes, les brassées d'iris jaunes sur les berges des îles, les lys translucides après la pluie, l'arrivée des hirondelles, des abeilles, des chenilles, des fourmis, des frelons, la libellule et le roseau, le vol des bécasses, le passage des perdreaux, et même au loin les monotones plaines à blé, rougeoyantes de coquelicots quand elle se mettaient à griller dans la fournaise silencieuse des après-midi de juillet. Marthe apprit vite ce langage secret, elle sut très tôt regarder, humer, sentir. Des années et des années plus tard, à une fleur d'acacia brusquement fripée, elle pressentit les orages, au parfum trop têtu d'un lilas, elle devina la pluie; certains racontent même qu'à la fin de sa vie, Marthe savait prédire, dès juin, la couleur des moissons et la force du vin.

A chaque fois qu'elle revint sur ces heures lointaines, Marthe se rappela aussi le paradis que furent pour elle la poitrine profonde, les gros genoux d'Adèle, ses baisers de femme lasse, l'odeur de ses aisselles, acide et forte, dès qu'arrivaient les premières chaleurs. Marthe enfouissait son visage entre ses seins, elle reniflait sans cesse ce parfum animal. Sans doute est-ce un effet commun de l'enfance, de se sentir à la fois familier et extérieur, visiteur ébloui et protégé à la fois. Mais dans cette communion quotidienne avec le corps d'Adèle, avec la terre de Loire, Marthe trouva une assurance encore plus décisive : elle était une fille du pays. Fille de ces coteaux à vigne, de cette terre à blé, descendante des jardiniers âpres et patients qui avaient façonné le Val, de ses paillards bâtisseurs de châteaux. De ses vignerons, de ses bateliers. La Loire colora de ses eaux toutes ses journées d'enfance, elle coulait en elle, battait en elle, c'était son sang, sa vie. Son regard se perdait toujours du côté de ses rives quand elle allait à l'oratoire, ou lorsque Adèle la berçait, la joue contre la sienne, le temps d'une vieille chanson.

Ce qui suffit au bonheur d'un enfant, Marthe le trouva toujours dans les bras fatigués d'Adèle : la douceur, la paix après les fièvres, les réponses aux questions sur les gens et les choses. Marthe lui demanda peut-être qui étaient son père et sa mère, où ils étaient partis. C'est vraisemblablement de sa bouche qu'elle entendit pour la première fois ce mot de *mort,* qui ne lui fit jamais peur. Elle ne frémit pas non plus lorsque Adèle mourut. Elle n'avait que sept ans, mais elle ne pleura pas. Elle fit face, déjà. Et se tut. Elle tendit devant elle son paravent de silence; puis, comme tous les enfants solitaires, pour oublier sa peine, elle rêva.

A l'horizon des contes qu'elle s'inventait, elle n'eut pas que la Loire. Depuis son troisième anniversaire, la Supérieure la faisait monter dans son bureau et ouvrait devant elle une petite cassette où se trouvaient les quelques objets hérités de sa mère, le triptyque violet, les pierres non montées, la bague et la montre à monogramme. Elle laissait Marthe les contempler quelques instants, puis elle refermait la cassette avec chaque année la même phrase : « Vous les aurez plus tard si vous êtes bien sage. »

Dès qu'elle sut lire, Marthe se désintéressa des pierres précieuses, et même du portrait de la femme qu'on lui désignait comme sa mère. Elle ne vit plus que la montre, et surtout son monogramme, *T. W.* Elle eut alors la même idée que Chicheray : elle affirma qu'il désignait son père.

Tant de rapidité étonna chez une petite fille. Et inquiéta. Marthe apprenait, devinait trop vite et trop bien. A l'âge où la plupart des enfants se livrent et se trahissent, proies faciles, aisément malléables, elle posait sur les religieuses un regard précis, sans qu'il soit jamais possible de démêler ses pensées. Quand elle commença à rédiger des devoirs, vers dix ou onze ans, on s'aperçut avec désagrément que son esprit était aussi déterminé que son apparence. Ses copies étaient courtes, son écriture brève, comme sa voix, mais l'essentiel s'y trouvait toujours.

C'est à la même époque qu'on commença à parler de sa « *volonté de fer* ». Néanmoins, la Supérieure du couvent s'obstina dans l'idée de faire de Marthe une religieuse. Elle était sûre de son fait. Elle n'avait jamais connu d'échec. Du reste, elle venait de faire venir de Paris certaine sœur Clotilde, de la graine de sainte, disait-on, qui n'avait pas son pareil pour faire plier les filles.

Chapitre 3

A côté des autres religieuses, sœur Clotilde parut une beauté. Marthe a raconté son arrivée : par un soir de septembre, elle la vit déboucher de la grande allée en ployant sous ses deux valises, mince et fébrile dans sa longue robe noire. Elle trébuchait à chaque pas et rajustait les courtes mèches blondes qui passaient son voile froissé. La Supérieure l'examina avec la plus grande surprise. Clotilde de Nouÿ — en religion Sœur Clotilde du Saint-Cœur de Jésus — avait vingt-cinq ans. Elle était assez jolie, plus nerveuse que sèche. Elle portait sa guimpe de travers, bégayait un peu, mais elle n'avait pas encore cette allure amphibie, faite de vieillesse et de jeunesse à la fois, qui distingue les religieuses du reste des humains.

Elle apportait de Paris des méthodes nouvelles, dont la Supérieure se méfiait : elle tutoyait ses pensionnaires, et plutôt que de se heurter à celles qu'on nommait les « brebis galeuses », elle préférait entrer en complicité avec elles, voire en familiarité. Elle les prenait à part; tout en les sermonnant, elle leur caressait la main, la joue, quelquefois le menton. La méthode était redoutable, dans ce désert d'affection. Une à une, les élèves y succombèrent.

Seule Marthe opposa un silence glacé aux démonstrations de Clotilde. Curieusement, elle éprouva à son égard la même méfiance que la Mère supérieure. Elle jugea que Clotilde n'était pas très sûre d'elle, pour asseoir son autorité sur des cajoleries. C'était aussi cela, Marthe, dès cette époque : l'art de dépister la faille.

Elle n'avait que douze ans au moment de l'arrivée de Clotilde, elle ignorait encore les projets qu'on avait formés sur elle, mais elle s'était déjà promis qu'elle sortirait du couvent. Au début (sans doute au moment de la disparition d'Adèle) ce ne fut qu'une rêverie informelle, une songerie qui la prenait, le jeudi et le dimanche, lors de la rituelle promenade dans la ville. Mais ce n'était pas Rouvray qui l'intéressait, Marthe n'a jamais aimé Rouvray. Elle a vite soupçonné que tout n'était que détour et mensonge derrière les tulles et les jalousies des fenêtres, réseau de ruse et d'intrigue, chasse et affût, comme au couvent. Sous les mailles diaphanes, les guipures, la résille des rideaux, derrière les lattes des persiennes closes, on épiait, on guettait, comme chez les Ursulines, dans le labyrinthe des cellules et des réfectoires, dans le moindre faux jour, à la faveur du premier clair-obscur — jusqu'aux boiseries ajourées des confessionnaux qui n'étaient jamais sûres, jusqu'aux fenêtres grillagées des dortoirs. Il lui fallut un point de fuite. Elle n'en connaissait qu'un : le fleuve. La Loire fut sa première image de la liberté.

Où qu'elle fût, les yeux de Marthe la cherchaient toujours, par-delà la cathédrale, les toits d'ardoise, le donjon du château fort et ses grands cèdres bleus. Mais à mesure qu'elle grandissait, son regard se détachait de son lacis d'îles et de saulaies, pour se fixer sur le collier de grandes et blanches gentilhommières construites tout au long de ses rives. Il s'arrêtait souvent sur la plus lointaine des façades, pareille à un mirage, une illusion de brume, souveraine cependant, comme suspendue entre le ciel et l'eau, la silhouette irréelle du Grand Chatigny.

C'était un château de la Loire, comme on dit, non pas l'un des premiers, mais l'un des plus curieux, conçu à l'aube des guerres de Religion par un Italien visionnaire, égaré dans le Val à la suite d'un roi. Au-delà du fleuve et de ses sablières, par-delà les îles, les varennes, les grèves mauves et le frisson des saules, son image flottante se dédoublait dans un lac moiré, allégée jusqu'à l'épure. Le souffle de la folie paraissait avoir modelé le domaine, une pensée démente courait dans sa terre et ses pierres, et pourtant l'ensemble laissait l'impression de la légèreté, de la désinvolture, il avait une grâce presque désincarnée. On soupçonnait quelque secret d'architecture dans son dessin ornementé, surchargé de clochetons, de galeries à l'italienne. De fait, Ruggieri, l'astrologue de

Catherine de Médicis, y avait habité quelques mois, le temps d'y construire un petit observatoire, entièrement décoré de signes cabalistiques. On lui attribuait aussi la conception des jardins, un prodigieux labyrinthe de charmilles, de terrasses ornées de statues.

Adèle avait raconté à Marthe les histoires étranges qui couraient sur le domaine. Elles étaient presque aussi singulières que le bestiaire fantastique taillé dans la pierre tendre de son tuffeau. Selon la légende, son premier occupant, Foulques d'Ombray, pris d'un accès de jalousie, avait assassiné sa jeune épouse, puis enterré le cadavre dans les caves creusées à flanc de coteau. La malheureuse revenait parfois errer entre les arbres du parc, en réclamant une sépulture chrétienne. On prétendait que son apparition annonçait des malheurs. A la Révolution, après une visite de la « dame blanche », comme on l'appelait, la famille d'Ombray avait été presque entièrement décimée. Une cinquantaine d'années plus tard, après une autre apparition, on apprit que deux Ombray venaient de tomber sous les flèches d'une tribu africaine, lors d'une mission de colonisation.

Mais depuis que le train passait à Rouvray, les fantômes et les malédictions n'étaient plus de saison. Vingt ans plus tôt, lors de la guerre, quand les Prussiens avaient ravagé le pays, il ne s'était rien passé chez les Ombray. Pas de pillage, pas une égratignure. Le marquis lui-même, qui était sur le front, était revenu indemne, plus gaillard et plus riche que jamais. Il vivait le plus souvent à Paris. Il y avait ses maîtresses, sa femme y tenait salon. Ils avaient eu trois fils, tous très brillants cavaliers, et une fille, une petite dernière qui embarrassait sa mère dans sa carrière mondaine.

Lorsque Blanche d'Ombray arriva au couvent un jour d'octobre 1890, Marthe ne soupçonnait rien encore de la puissance du nom. Elle ne vit dans cette petite fille maladive qu'un être désarmé, le premier, après Adèle, qu'elle eût envie d'aimer.

Chapitre 4

Dans les papiers de Marthe, il reste deux photos de Blanche. La plus soignée, la plus posée, est un portrait de mariage. L'autre est une photo de classe. On y distingue assez bien Blanche et Marthe, debout côte-à-côte, au deuxième rang. Marthe est la plus grande, elle doit avoir treize ans. Elle a l'air plus décidé que jamais, elle paraît déjà femme, malgré ses nattes de gamine. Blanche est plus petite, très frêle, et d'une blondeur extrême. Cette fragilité, alliée à son maintien parfait, lui donne une grande distinction. C'est une pure Ombray, une fille de cette authentique noblesse tourangelle épuisée à force de mariages consanguins.

Blanche avait déjà été placée dans plusieurs pensionnats parisiens. Elle n'en avait supporté aucun. Deux années durant, elle avait refusé d'y retourner. A bout de patience, sa mère avait fini par passer outre à ses cris et ses larmes, elle l'avait envoyée chez les Ursulines, en attendant de la marier.

Marthe comprit assez vite pourquoi Blanche pesait à sa mère : elle était épileptique. Ses crises avaient lieu généralement la nuit. Si la chose venait à s'ébruiter, pour riche qu'elle fût, il deviendrait très difficile de la marier. Le marquis, qui adorait sa fille, ne voulait pas entendre parler d'une prise de voile. Il demanda aux religieuses de trouver une issue à ce qu'il persistait à considérer comme un désagrément passager.

La Supérieure, pour une fois, douta de sa compétence. L'épilepsie était pour elle une forme de démence. Jusqu'à ce jour, elle avait toujours refusé de s'occuper des folles — qui pourtant, n'étaient pas rares dans la noblesse du pays. Elle jugea que la charge de Blanche ne pouvait échoir qu'à quelqu'un dont la patience, et surtout l'humble condition, garantirait un dévouement de tous les instants. Son choix se porta sur Marthe. A l'issue d'un entretien particulièrement solennel, elle lui confia la tâche de surveiller Blanche, et de lui porter secours si besoin était, contre la faveur exceptionnelle d'une chambre à partager avec la nouvelle pensionnaire. Dans l'esprit de la Supérieure, cette mission charitable devait insensiblement persuader Marthe qu'elle n'était pas faite pour sortir du couvent.

« Vous êtes habile, vous réussirez », conclut la religieuse au terme de leur entrevue. Marthe sourit. Pour une fois, le mot était un compliment. D'ordinaire, dans cet *habile* qu'elle retrouvait toujours en haut de ses copies, elle sentait la méfiance. Elle ne s'en alarmait pas. A mesure qu'elle grandissait, elle s'apercevait que le doute qui s'attachait à sa personne était aussi un rempart contre toute forme d'inquisition.

Le religieuse avait vu juste : au bout de quelques mois, les crises de Blanche s'espacèrent, pour disparaître tout à fait. De loin en loin, elle parlait en dormant, elle avait des cauchemars, où elle criait invariablement le nom de sa mère. Ils finirent aussi par se dissiper. On attribuait généralement cette guérison aux leçons de sœur Clotilde. Néanmoins, on ne chercha pas à séparer Blanche de Marthe. Elles ne se quittaient que le temps des vacances, une semaine à Noël, et un mois en été, quand Mme d'Ombray acceptait enfin de se consacrer à sa fille.

Marthe redoutait ces moments-là, surtout en août, quand un voile de brume se levait au-dessus de la Loire amaigrie, lui dérobant, avec la présence de Blanche, jusqu'à l'horizon où elle s'était évanouie, les toitures du Grand Chatigny, nimbées d'or par l'été. Dans le silence du couvent, Marthe s'efforçait alors de s'aveugler sur son propre destin. Elle y parvenait mal. Elle s'en allait au fond du parc, là où elle avait si longtemps joué sur les genoux d'Adèle. Des journées entières, elle maniait le dé, tirait l'aiguille, usait ses doigts et sa nuque à s'acharner sur ses canevas, ses dentelles, que les sœurs vendaient à prix d'or à Julia, la mercière la plus réputée de Rouvray. Marthe était adroite, mais les travaux d'aiguille ne l'intéressaient pas. Elle s'y jetait à corps perdu parce qu'elle n'avait rien d'autre à faire, parce que les sœurs lui interdisaient de lire, hormis quelques vies des saints. Tout en faisant voler son crochet de guipure en feston, de jour échelle en boutonnière, Marthe s'empêchait de penser à Blanche. Elle ne pouvait pourtant chasser de son esprit le Grand Chatigny, si proche et si lointain, près de surgir des brumes au bout de l'horizon, neuf et brillant, derrière les saules et les cressonnières.

Blanche avait tout, et Marthe n'avait rien, sinon les quelques bijoux abandonnés par sa mère. Blanche avait un père, un nom, la richesse, l'argent de la terre et même celui de l'eau, puisque sa famille tenait une partie de sa fortune de moulins construits naguère sur le cours de la Luisse, un petit affluent qui rejoignait la Loire au cœur même de Rouvray. Elle aimait bien cette idée, Marthe, posséder jusqu'à l'eau. A force de broder sur ses étamines des motifs de libellules, de poissons, de barques, de plantes aquatiques, Marthe finit par comprendre que c'était cela qui lui plaisait dans le Grand Chatigny, qu'il apparût au loin comme une île à la dérive. Il avait le charme des choses flottantes, on aurait dit qu'il *valait* vers le fleuve.

Valer, descendre le cours des eaux en se remettant au sort : un vieux mot de marinier de Loire, un des secrets enseignés par Adèlc. « Si tu es malheureuse », lui avait dit la vieille religieuse, « oublie-le, petite Marthe, laisse valer la barque. » Eté après été, Marthe devenait femme; et plus elle était femme, plus elle se disait qu'elle ne laisserait pas valer. Elle n'aimait pas l'idée du destin. Elle pensait aux bijoux de sa mère qui dormaient dans le coffre de la Supérieure, elle avait envie d'en faire quelque chose. De quoi forcer la porte du couvent, de gagner le pays de Blanche. D'entrer enfin dans le monde des vivants.

L'été finissait par passer. Dès septembre, Blanche revenait. A nouveau les jours filaient, dans ce qui ressemblait au bonheur. Et c'était sans doute le bonheur que ces rires étouffés dans les couloirs, ces coups d'œil complices échangés à la messe, quand la Supérieure entonnait un cantique de sa voix de fausset, une chanson fade et stupide reprise par le chœur entier des Ursulines. Le monde était redevenu bien rond, bien clos, son ombilic était le pensionnat, les classes où Marthe apprenait vite, la chambre où, chaque nuit, elle s'allongeait près de Blanche. Pour rien au monde elle n'aurait voulu manquer le moment exquis où, à la lueur sourde de la veilleuse, elle voyait le cou fragile de son amie retomber sur l'oreiller, avec ses boucles décolorées à force de blondeur. Alors la paix descendait sur Blanche. Le lendemain, dès le réveil, la vie reprenait sur l'échange d'un sourire.

Elles se disaient tout. Pour Blanche, Marthe avait rompu la loi de son silence. Un soir, elle lui confia le peu qu'elle savait de sa mère, puis ses doutes sur la mort de son père, avec son fol espoir de retrouver un jour ce *T. W.* dont les initiales bizarres étaient gravées sur la montre. La Supérieure lui avait affirmé un jour que c'était un Prussien.

— Ou autre chose, coupa Blanche.

— Quoi ?

— Ça te vexerait.

— Pourquoi ?

Blanche ne répondit pas. Pour la première fois, c'était elle qui lui opposait un rempart de silence. Ou, plus exactement, de mépris. Marthe insista.

— Réponds ! cria Marthe en la tirant par les cheveux.

— Qu'est-ce ça peut faire, puisque tu ne te marieras pas !

Blanche serrait les dents pour ne pas crier. Marthe la rejeta sur son oreiller :

— C'est ce qu'on verra.

Elle avait répliqué sans élever la voix, du ton froid qu'elle eut toujours au plus fort de la colère. De la semaine, elle n'adressa pas la parole à Blanche. Son amie eut de nouveaux cauchemars, où elle la laissa se débattre. Elle s'en voulait, mais elle n'arrivait pas à se faire violence. Blanche l'avait touchée dans une partie inconnue d'elle-même, dont elle ignorait encore qu'elle fût si fragile. Si précieuse, aussi.

Ce fut bientôt Pâques. Blanche retourna chez elle pour trois jours. Le pensionnat redevint ce qu'il avait toujours été, aride et sans tendresse. Une fois de plus, Marthe se réfugia dans la broderie. Un après-midi, elle triait des sachées de fil, au fond du parc, quand Clotilde vint la chercher. Blanche venait de rentrer. Marthe s'étonna :

— Elle est partie avant-hier !

— Venez, souffla Clotilde. Venez vite.

La religieuse semblait plus nerveuse qu'inquiète. Marthe courut à sa chambre. Blanche était prostrée sur son lit, plus pâle qu'à l'ordinaire, et sa mère, une femme très élégante, se penchait au-dessus de son oreiller, en tentant maladroitement de border ses draps.

— Elle a eu une crise, dit Marthe.

Elle salua Mme d'Ombray, puis elle prit Blanche entre ses bras.

Quelques heures plus tard, Blanche était apaisée. Dès que sa mère eut disparu, Marthe obtint de Clotilde quelques éclaircissements. Lors d'un bal donné pour ses seize ans, Mme d'Ombray avait hasardé le mot de mariage. Une demi-heure plus tard, Blanche eut un violent malaise, au beau milieu d'une danse. Le mot d'épilepsie circula aussitôt entre les invités. Mme d'Ombray décida de la ramener sur-le-champ chez les Ursulines, le seul endroit, pensait-elle, où sa fille pourrait cacher sa disgrâce, en attendant des jours meilleurs.

A la rentrée suivante, Blanche d'Ombray ne revint pas au couvent. Clotilde en dévoila la raison à Marthe avec un plaisir sans mélange : on venait de la fiancer. L'heureux élu n'était autre qu'Alban de Nouÿ, son propre frère. On le disait inventeur. La rumeur voulait aussi que ce fût un raté.

Chapitre 5

Le mariage de Blanche n'eût représenté pour Marthe qu'un souvenir d'adolescence s'il ne l'avait jetée, par un de ces détours dont la fatalité est familière, sur le chemin des Monsacré.

Le marquis d'Ombray projetait d'installer sa fille et son gendre dans un petit manoir Renaissance construit sur les bords de la Luisse et laissé à l'abandon. Des siècles plus tôt, les Ombray avaient construit sur la rivière une succession de biefs. En quelques décennies, les moulins étaient peu à peu tombés aux mains d'une dynastie de meuniers plus avides et plus roués à chaque génération, les Monsacré. Le dernier d'entre eux, Auguste Monsacré, dit le Grand Monsacré, avait réussi à éclipser ses ancêtres. Il s'était amassé une énorme fortune. Il l'employait à acheter des terres. On soupçonnait qu'il l'avait acquise d'une manière qui n'était pas des plus nettes. Mais on ne murmurait jamais sur le passage du Grand Monsacré, parce qu'il était l'un des hommes les plus riches du pays, et qu'il continuait à vivre comme il avait toujours fait, dans la cour de son moulin, en blouse de paysan. Il avait deux fils, l'aîné, Rodolphe, à qui il passait tout, un bellâtre blond et musclé, qui ne travaillait guère, parcourait sans cesse la campagne à cheval, chassait beaucoup, troussait les jupons. Le cadet s'appelait Hugo. On prétendait qu'il se laissait gouverner par son père. On le voyait peu.

A la différence de Rodolphe, dont les conquêtes faisaient les beaux jours des commères de Rouvray, on ne savait presque rien d'Hugo. On disait qu'il avait « de l'ombrage ». On attribuait généralement son air fermé aux dispositions testamentaires que venait de prendre son père. Par une sorte de mépris paysan pour la loi venue de Paris, le Grand Monsacré avait préféré s'en tenir à une vieille tradition de droit d'aînesse qui remontait aux premiers meuniers installés sur les rives de la Luisse. Lui qui avait régné sans partage sur toute sa famille, enterré sa femme et la plupart de ses frères, écrasé ouvriers et métayers de sa morgue et de sa roublardise, il avait baissé pavillon devant Rodolphe. La brutalité de son fils, son insoumission le fascinaient. Elles le rassuraient aussi, en le persuadant que son aîné ne serait jamais un rival, un successeur auprès de qui la comparaison aurait pu tourner à son détriment. Dans la passion qu'il éprouvait pour lui, le Grand Monsacré n'avait jamais fait mystère qu'il lui laisserait les moulins et les meilleures terres, et abandonnerait à Hugo ses vergers, ses varennes; des bois qui ne rapportaient pas, des vignobles sans intérêt.

Le seul acte de générosité qu'on ait jamais connu au Grand Monsacré était d'avoir recueilli sa nièce Antonine, qu'on surnommait Nine. Encore s'y était-il résolu contraint et forcé : elle avait perdu ses parents. Avant de mourir, la mère de Nine lui avait fait jurer de donner à sa fille une éducation convenable. Chez les Ursulines, avait-elle précisé. La pension était chère. Monsacré avait renâclé, il avait poursuivi ses marchandages au-dessus de son lit de mort. La mère de Nine n'avait pas cédé. Monsacré avait promis. Sa sœur enterrée, il avait trouvé le moyen d'accommoder sa conscience et son goût de l'argent : contre une ristourne sur le prix de sa farine, il obtint que les sœurs hébergent Nine, pour un an, à moitié prix. Il avait aussi exigé que sa nièce revienne tous les dimanches au moulin « pour aider ». Trop contente de voir un mécréant se soumettre, la Supérieure avait aussitôt accepté.

Monsacré riait sous cape. Dans ses comptes de tutelle, il notait au prix fort la pension de Nine chez les religieuses, puisque personne ne connaissait l'arrangement qu'il avait avec la Supérieure. Et comme Nine était très douée de ses mains, il avait trouvé à la placer pour les vacances chez la meilleure modiste de Rouvray, Julia Robichon, qui était comme lui une républicaine acharnée. Il avait obtenu de la modiste qu'elle lui reverse la moitié de ses gages. En réalité, avec le travail qu'elle abattait chez lui tous les dimanches, et le peu dont elle avait besoin, sa nièce ne lui coûtait rigoureusement rien.

Nine était naïve et sensible. Le jour où Clotilde annonça les fiançailles de Blanche, elle remarqua la tristesse de Marthe. Elle avait perdu d'un seul coup son allant. Nine fit les premiers pas. Elle conseilla à Marthe d'écrire à Blanche, et lui offrit d'être sa messagère.

Le courrier était interdit au couvent, et personne, du reste, n'écrivait à Marthe. L'idée de Nine était ingénieuse : le samedi soir, juste avant de rentrer chez les Monsacré, elle ferait un détour par le Grand Chatigny, y déposerait ses lettres. Le samedi suivant, elle viendrait voir s'il y avait une réponse.

Marthe sauta sur l'occasion. Elle écrivit à son amie un mot très court. La semaine suivante, Nine lui remit une longue lettre de Blanche.

Elle a été conservée tout au fond du carton à photos. C'est une liasse de papier pelure, mille fois, sans doute, pliée et dépliée, car elle est entièrement striée de filets jaunâtres, comme les nervures, les rides mêmes du temps. L'écriture et le style en paraissent très enfantins. Blanche était amoureuse, c'est l'évidence même : « *Si tu l'entendais parler, Alban ! Il a de ces idées ! Il a inventé un modèle de manivelle sans retour qu'il a présenté au tzar, ça n'a pas marché, mais c'est normal, c'est un génie encore incompris. Il a aussi un projet d'aéroplane qui fonctionne avec des pédales, comme les bicycles. On fera la guerre avec. Nous allons nous marier le 28 mai, je t'invite, bien sûr, ensuite nous partirons en voyage de noces en Italie. Puis nous viendrons nous installer à Vallondé. Papa a commencé les travaux de restauration.* »

C'est vraisemblablement dans cette lettre que Marthe lut pour la première fois le nom de Vallondé. Elle n'y prêta guère attention. Elle était bouleversée. Emue de recevoir enfin des nouvelles de Blanche, abattue aussi par ce qu'elle pressentait : Blanche ne lui appartenait plus.

Elle se reprit très vite. On était en novembre : elle calcula qu'elle avait six mois devant elle, six mois de lettres avant cet immense mystère, le mariage. Elle répondit aussitôt à Blanche pour la féliciter. Elle la pressait de questions. Blanche répondit scrupuleusement. Des semaines durant, elle lui parla inlassablement des toilettes qu'on lui préparait. Blanche devait s'ennuyer : alors que Marthe l'avait toujours connue brouillonne, elle soignait à présent sa calligraphie, au point de transformer ses lettres en véritables enluminures. Souvent, quand Nine revenait de chez son oncle, elle rapportait quatre ou cinq lettres, tracées sur le même papier pelure frappé aux armes des Ombray. Pourtant, vers la fin avril, les lettres de Blanche s'espacèrent.

— Elle doit avoir à faire, commenta Nine.

L'instinct de Marthe était déjà en alerte, elle soupçonna plutôt une mauvaise nouvelle. Elle avait vu juste. Cette nouvelle l'atteignit sous la forme d'une rumeur, forme sournoise que les gens de Rouvray aimaient à donner à l'annonce de l'adversité. Quelques jours avant le mariage, les murmures se firent si insistants qu'ils forcèrent les murs du couvent. Marthe fut accablée : on chuchotait que Blanche épousait un escroc.

De fait, on l'apprit plus tard, Alban de Nouÿ avait ruiné sa famille avec ses découvertes, le *Vin phosphaté* contre la faiblesse et le dépérissement, l'ampoule auto-lumineuse sans pile et sans courant, le mécanisme à baisser automatiquement la capote des phaétons et le châssis-toilette permettant aux dames la toilette intime en position allongée. Mais plutôt qu'un raté, c'était un original. Il accumulait les dettes avec la plus grande inconscience. L'année précédente, sa baleine coulissante pour corset, dont il attendait un triomphe, s'était soldée par un fiasco retentissant. Seules les royalties du *Pilophile Persan*, qui promettait des moustaches en quinze jours, l'avaient tiré d'affaire. Quant à son affaire de farces et attrapes, *La rigolade en famille,* elle vivotait péniblement.

Même pour Marthe, qui n'avait jamais connu d'autre société que le couvent, il était incompréhensible que des aristocrates aussi intransigeants que les Ombray aient pu consentir à une union avec un pareil fantaisiste. Pour le marquis, il était clair qu'il était victime de son indéfectible optimisme. Quant à Mme d'Ombray, on était plus perplexe. Elle avait ses œuvres et ses pauvres; mais on disait aussi qu'elle prenait des amants.

Avec le recul, il fallut en convenir : le mariage de Blanche ressembla à un enterrement. Puis le couple partit en voyage de noces. Personne n'avait prévenu Nouÿ de la maladie de Blanche. Il continuait de vivre avec sa désinvolture habituelle, jouant gros jeu dans les casinos, et dessinant des plans de machines les plus saugrenues. A leur arrivée à Monte-Carlo, il perdit les bijoux de Blanche au baccara. Une lady un peu mûre lui offrit de lui payer sa note d'hôtel, en échange de quelques moments dans ses draps.

Alban de Nouÿ avait de l'affection pour Blanche; mais dans son étourderie et sa folie des inventions, il ne s'était jamais aperçu qu'elle était bizarre et nerveuse. Il ne voyait en elle qu'une sorte de jeune camarade de jeu; et son jeu, c'était d'inventer, de vendre ses brevets, de gagner un peu d'argent, d'en perdre beaucoup plus, et d'escroquer pour se refaire. Il accepta le marché de l'Anglaise aussi légèrement qu'il aurait joué aux cartes ou bu une coupe de champagne, sans se cacher, sans le sentiment d'une faute. Tout aussi étourdiment, Blanche les découvrit dans son lit.

Nouÿ ne voyageait jamais sans un gros pistolet de son invention : il était persuadé qu'on voulait lui voler ses calculs et ses plans. Il le laissait traîner n'importe où. Ce jour-là, il était en évidence sur la coiffeuse de la chambre. Blanche s'en empara, visa. L'Anglaise avait du sang-froid, elle parvint à la désarmer. Le pistolet d'Alban était tout aussi approximatif que ses autres inventions, il explosa en tombant sur le plancher. Blanche eut la moitié du visage arrachée. Elle mourut presque aussitôt.

Les faits sont relatés dans tous les journaux d'époque. Par on ne sait quel miracle, Marthe se procura deux d'entre eux. Elle ne s'en est jamais séparée. Ils sont du même jour, le 23 septembre 1897, date à laquelle elle quitta le couvent par la grande porte, la tête haute, en plein jour, sans la moindre autorisation.

Elle se dirigea droit chez la modiste, Julia Robichon, puis se rendit chez le notaire qui avait recueilli le testament de sa mère. Elle traita avec lui, à l'âge de dix-huit ans, la première affaire de sa vie, la plus chère aussi : le marchandage de sa liberté.

Le même Chicheray enregistra quelques semaines plus tard la vente du domaine de Vallondé au Grand Monsacré. On murmurait que le vieux meunier l'avait obtenu pour une bouchée de pain. Il projetait de raser le manoir et de restaurer son moulin. C'est aussi en ce temps-là, semble-t-il, qu'on commença à murmurer que le marquis d'Ombray avait perdu l'esprit.

Chapitre 6

L'important, ce n'est pas la chose, c'est le nom qu'on lui donne, a toute sa vie répété Marthe. Dès sa jeunesse, cette devise l'a aidée à survivre. Elle n'a pas refusé la mort de son amie. Elle a rejeté l'idée d'être anéantie par cette mort. Et elle n'a plus parlé de Blanche.

Marthe n'a pas quitté le couvent sur un coup de tête. Elle a calculé son affaire, comme elle fit toujours, vite et bien. Pendant l'été, Nine s'était trouvé un fiancé, un riche fermier de la région de Vendôme. Elle ne reviendrait pas chez les Ursulines, chez la modiste non plus, qui cherchait à la remplacer. Marthe a décidé que le magasin de Julia serait sa première étape vers la liberté. Elle a passé la porte du couvent avec une telle assurance qu'aucune religieuse n'a songé à l'arrêter.

Julia n'a pas été surprise de voir Marthe franchir le seuil de sa boutique. Depuis le temps que les Ursulines lui vendaient ses mouchoirs et ses dentelles, elle avait pu apprécier son adresse. A plusieurs reprises, la modiste l'avait abordée sans vergogne, en pleine rue, lors de la promenade du dimanche ou du jeudi. Ce qui l'a étonnée, en revanche, c'est de voir Marthe arriver si vite.

Marthe lui a demandé d'emblée la place de Nine, en affirmant qu'elle avait l'accord des religieuses. Julia ne la crut pas. Elle en profita pour lui proposer des gages dérisoires, que Marthe accepta. Le soir même, la modiste raconta à une voisine qu'elle lui « était tombée toute rôtie dans les bras ». C'était parfaitement exact. Pour Marthe, la liberté n'a jamais eu de prix.

C'est d'ailleurs sur cette phrase qu'elle quitta le vieux Chicheray, ce même 23 septembre, juste après son entrevue avec Julia. On n'en sait pas davantage sur ce qui se passa dans le bureau du notaire. Pourtant, les deux heures que dura leur échange, la modiste et ses clientes ne cessèrent d'épier son étude, providentiellement placée juste en face du magasin de frivolités. Il est vraisemblable que Marthe choisit d'abandonner aux religieuses les titres et les pierres de sa mère, en échange de sa liberté. En tout cas, quelques mois plus tard, elle fut officiellement émancipée de la tutelle des religieuses; et le soir même, elle coucha chez Julia.

Elle ne remonta qu'une semaine plus tard au couvent, pour y prendre ses vêtements, et le peu qu'il lui restait de sa mère, le triptyque violet conservé dans le coffre de la Supérieure, la bague et la montre au monogramme. La religieuse et Marthe n'échangèrent pas un mot. Il était acquis que son ancienne pupille était une mauvaise tête, bientôt peut-être une mauvaise femme, et à coup sûr une mauvaise mère, si jamais la grâce divine lui accordait des enfants. Elle la laissa partir sans la bénir, forme achevée de sa réprobation.

Les clientes du magasin de modes apprécièrent très vite le talent de Marthe. Mais elles n'aimaient pas son silence, sa façon de les regarder trop en face, avec une lumière dans les yeux qui semblait toujours dire : « Tu peux me regarder de haut, tu ne m'auras pas. » C'est de ce temps-là, sans doute, que date son premier surnom. Fut-ce une trouvaille de la Supérieure, une invention des femmes qui enviaient la beauté de Marthe, son corps délié qui se passait de corset ? On ne sut jamais. Ce qui est sûr, c'est qu'on ne le prononçait pas encore ouvertement. On le chuchotait de temps à autre, les lèvres pincées, c'était tout juste une allusion locale à l'actualité qui secouait Paris, et commençait de déchirer la France. Trois ans plus tôt, dans la cour de l'Ecole militaire, sous les horions d'une foule très dense, on avait dégradé un capitaine de trente-cinq ans convaincu de trahison, Alfred Dreyfus. Dans la capitale, une poignée d'écrivains et d'hommes politiques entamait une longue et patiente campagne pour le réhabiliter. A Rouvray, le surnom de Marthe fut tout trouvé : *La Juive.*

Chapitre 7

La modiste avait trente-deux ans. Elle était rousse, ronde et très vive. On l'appelait la Belle Julia, parfois aussi la Veuve Joyeuse. Le dernier surnom la définit assez bien : elle était veuve, en effet, d'un vieux marchand de bois, Robichon, qui lui avait légué une petite fortune; et elle avait beaucoup d'amants. Depuis peu, son soupirant en titre était Rodolphe Monsacré.

On n'en voulait pas à Julia de sa vie si légère. Elle ne s'attaquait jamais aux hommes mariés, elle ne criait pas sur les toits le nom de ses conquêtes, et elle confectionnait les plus beaux chapeaux de la ville, des copies parfaites de modèles de Reboux et Redfern, qu'elle vendait dix fois moins cher qu'une modiste parisienne. Certaines clientes venaient de Tours pour lui passer commande. Et pourtant Julia, comme Marthe, était une *accourue,* ses origines étaient un peu douteuses, puisque le vieux Robichon l'avait découverte au *Petit Soleil*, une maison close de Tours où il avait ses habitudes. Julia était la propre fille de la sous-maîtresse, elle officiait sous le nom de Zouzou-Mignon. Robichon devint assez vite son client le plus assidu. Il remarqua que Julia était très douée de ses mains. Lorsqu'elle n'avait pas de clients à cajoler, elle tuait le temps à confectionner des chapeaux, qu'elle ne portait jamais, puisqu'elle vivait cloîtrée. Un soir de 1890, il demanda à la sous-maîtresse la main de sa fille. Il se proposait de l'établir comme modiste sur le mail de Rouvray. La mère se fit prier, mais quand elle apprit que le vieux Robichon possédait trois grosses fermes et qu'il n'avait pas d'héritier, elle finit par accepter, moyennant une belle indemnité. Un mois plus tard, Robichon enterra sa vie de garçon au *Petit Soleil,* puis revint très fièrement à Rouvray épouser sa rousse jeunesse devant le maire et le curé.

Il lui passa tous ses caprices. Comme promis, il vendit son fonds de bois et charbons pour lui ouvrir un magasin de modes sur le mail, et rédigea son testament. Bien lui en prit : il trépassa un an jour pour jour après avoir convolé. La belle Julia le trompait déjà, au vu et au su de toute la ville.

A cette époque-là, Julia Robichon était encore une femme gaie. Elle cousait, repassait en chantant, faisait tout avec allégresse, elle tenait ses comptes comme elle vérifiait ses rubans, l'œil canaille et la bouche goulue. Elle avait toujours le mot pour rire, surtout quand elle sortait du fond de ses tiroirs secrets des cache-corsets affriolants, des pantalons à bouillonnés de soie, avec des ouvertures coquines à réveiller les morts. De temps à autre, elle les laissait traîner sur le comptoir, pour éveiller les tentations, « donner de l'idée », comme elle disait. On la disait habile, Julia, tout comme Marthe, on n'osait pas médire d'elle. Lorsqu'on lui demandait pourquoi elle continuait à travailler, alors qu'elle aurait pu vivre des rentes laissées par Robichon, elle répondait invariablement : « J'aime le mouvement ! ». De fait, sa boutique ne désemplissait pas. Le mois qui avait suivi la mort de son mari, elle avait transformé l'enseigne de son magasin. Il s'appelait jusque-là *A la tentation.* Elle y fit rajouter *Parisienne,* dans la même couleur, mais le raccord était criant. « Ça fait plus gai », expliquait-elle, « et croyez-moi, la gaîté fait du bien au commerce ! » Julia ne mettait pas les pieds à l'église, mais personne ne lui en faisait grief : elle fournissait le sacristain en surplis, nappes d'autels, broderies pour étoles et chasubles, le tout à moitié prix.

Enfin il y avait le sourire de Julia, son grand sourire de ce temps-là. Des années après ces événements, au seul énoncé de son nom, les octogénaires de Rouvray avaient encore des yeux émus, des gestes larges pour simuler ses rondeurs : « La belle Julia ! Elle n'avait pas froid aux yeux, celle-là ! Une femme comme on n'en fait plus... » Oui, c'était cela, Julia, d'après tous ceux qui l'ont connue : la gaîté, la facilité. On n'était pas entré chez elle, que la vie d'un seul coup paraissait plus légère. Rien qu'à voir Julia sourire en palpant ses dentelles, les femmes de Rouvray en oubliaient leurs soucis, maris brutaux, belles-sœurs revêches, les grossesses, les lessives, les enfants qui mouraient si jeunes quand les vieux, eux, ne se décidaient pas à passer, et qu'il fallait, pour toucher enfin la succession, remplacer leur soupe par du bouillon d'onze heures ou pousser leur chaise un peu plus près du feu.

Julia écoutait patiemment leurs confidences et leurs ragots. Elle hochait la tête, lançait une repartie qui faisait rire tout le monde. Mais elle ne se trompait jamais en mesurant ses étamines, elle surveillait sa vendeuse du coin de l'œil, comptait les louis, les faisait sonner sur le comptoir pour vérifier leur aloi, rendait la monnaie, et continuait à chantonner, à parler de la pluie, du beau temps. On en oubliait aussi que des hommes venaient souvent pousser sa porte, et pas du tout pour ses chapeaux.

On les voyait le dimanche, les légendaires dimanches de Julia. Ceux qui ont laissé les souvenirs les plus vifs sont les dimanches d'été, quand elle recevait ses amis sous la tonnelle couverte de roses qui dominait la Luisse, juste à l'endroit où la rivière se jette dans la Loire. Où les rencontrait-elle, ces fringants messieurs, argentés et viveurs, jeunes et ardents pour la plupart, républicains comme elle, et qui buvaient sec ? On n'a jamais trop su. Attirés par sa réputation, ils rentraient sans doute dans sa boutique, sous prétexte de lui acheter un mouchoir. Elle les sondait en quatre ou cinq phrases, pour voir si l'affaire valait le coup d'être menée plus loin. Si l'homme lui plaisait et s'il était célibataire, il était invité à un de ses dimanches. Ce n'était pas nécessairement pour la bagatelle. Julia aimait chanter, jouer avec eux, les recevoir, les gâter; cela lui venait du *Petit Soleil.* Sa table était fameuse, sa conversation très verte. Elle révélait alors sa vraie nature, volubile, passionnée. Elle lisait les journaux, elle avait un avis sur tout, en particulier sur la politique. Elle répétait ce qu'elle avait appris pendant la semaine, elle cancanait un peu sur ses clientes, raillait sans aigreur toutes les femmes qui avaient défilé chez elle pour lui confier leurs malheurs domestiques. Julia n'était pas faite pour le malheur, elle était toujours joyeuse, insolemment gaie, elle riait, elle buvait. Le dimanche se terminait invariablement par le même rituel : elle faisait l'amour avec son homme du moment.

Ses liaisons duraient entre trois et six mois. Elle possédait aussi un savoir-faire précieux, l'art de finir une aventure en souplesse, en beauté, sans cris et sans larmes. En amour, jusqu'à ce jour, c'était toujours Julia qui avait donné congé. Ses ardeurs, toutefois, commençaient à se calmer. On la prétendait fidèle, depuis qu'elle s'était attaché Rodolphe Monsacré.

Marthe le rencontra dès le dimanche qui suivit son engagement. Elle préparait le café, quand elle se trouva dans la cuisine face à un homme blond, dont la taille l'impressionna, autant que son torse nu, et son caleçon à peine boutonné.

Marthe était assise sur un tabouret, un moulin à café coincé entre les genoux. Elle eut un geste inexplicable, elle relâcha subitement la pression de ses cuisses. Le moulin s'écrasa sur le carrelage, dans une pluie de grains de café. L'homme éclata de rire, un petit rire sans joie, sans âme. Elle baissa les yeux, se sentit rougir. C'est bien ce qui lui fit honte, davantage encore que sa maladresse. Elle avait été prise au dépourvu, en terrain inconnu. Elle s'était trahie, pour une fois.

Chapitre 8

Marthe tomba amoureuse. Follement, éperdument, à un point qui lui fit peur. Cela ne vint pas tout de suite, c'était un mélange confus, un attrait profond pour cet homme, le premier qu'elle ait approché, et l'envie de lui prouver qu'elle valait mieux que l'ouvrière maladroite qu'il avait croisée dans la cuisine de Julia.

Elle eut très vite envie de lui. Il lui accordait à peine un regard. Il la saluait à sa manière distante, un peu hautaine, d'homme toujours pressé. Il courait les champs sur sa jument noire, pour inspecter les fermes, prétendait-il, pour veiller sur les blés.

Un samedi soir, en plein hiver, Marthe pensa que son heure était enfin venue. Il faisait du vent, elle crut entendre des volets claquer au rez-de-chaussée. Julia avait le sommeil lourd, elle ne bougeait jamais de son lit, pas plus que son amant. Marthe alluma sa lampe à pétrole, s'avança vers l'escalier qui descendait à la boutique. La porte de la chambre de Julia était entrebâillée.

Elle n'était pas en bas des marches qu'elle se retrouva face à Rodolphe. Malgré le froid, il n'était guère habillé. Il sembla un peu surpris, mais reprit très vite contenance. Il se redressa contre les lambris de l'escalier. Un long moment, il détailla Marthe de son œil précis, un peu cruel. Elle avait froid et se mit à trembler. Il la serra contre la rampe.

Elle eut un mouvement de recul. Il l'emprisonna plus étroitement, ce n'était pas un geste d'affection, il était brutal, avide. Il sentait encore les chevaux. Puis, aussi vite qu'il l'avait serrée, il la relâcha, comme on rejette un fruit sur la branche, après l'avoir tâté. Il ricana, désigna la porte de Julia, haussa les épaules et disparut.

Il ne m'a pas trouvée assez belle, se dit Marthe. Les semaines qui suivirent, tout parut lui donner raison. Le samedi soir, il arrivait quand elle était couchée. Le lendemain matin, devant la cafetière fumante, il la saluait à peine. Marthe avait l'impression qu'il la détestait, à moins que Julia ne l'eût mis en garde, Julia si prompte à répéter les ragots de Rouvray. Mais de quoi la modiste pouvait-elle lui en vouloir : elle était silencieuse et soumise, elle « *restait à sa place* » comme on disait alors. Elle n'avait rien laissé paraître du goût qu'elle avait pour Rodolphe, sinon peut-être qu'elle rougissait encore, lors des déjeuners du dimanche, au moment où elle servait les plats, quand son bras venait à frôler le sien.

Marthe s'obligea à oublier la passion qui la portait vers Rodolphe. A son tour, elle l'ignora, elle se refusa à épier en lui les signes de la violence qui l'avait jeté contre son corps, dans l'escalier, à deux pas de la chambre de Julia; et telle était sa volonté qu'elle finit par y parvenir.

Elle se contraignait, comme au couvent, à vivre au jour le jour, à savourer chaque instant de la vie chez Julia, cette vie de travail qu'elle s'obstinait toujours à nommer liberté. Elle avait peut-être raison, en fin de compte. Gagner son pain était alors difficile, mais le repos aussi était plus gai, et les plaisirs d'autant plus vifs. Depuis qu'il faisait beau, Julia réunissait sous sa tonnelle sa petite cour d'hommes. Dès la fin du déjeuner, elle poussait la chansonnette. Elle avait une voix chaude, elle fredonnait des airs d'opérette, des rengaines à la mode. Puis elle allait vers son phono, un gros appareil à cornet qu'elle avait rapporté du *Petit Soleil* quand elle s'était mariée, et elle dansait avec Rodolphe des polkas canailles, des valses surtout, jusqu'à s'en étourdir. Elle finissait toujours par s'effondrer dans un de ses fauteuils de rotin : « Ah là là, mes pauvres amis ! J'ai dû grossir, mon corset m'étouffe ! » Elle éclatait de rire, demandait à Marthe de la délacer, se dégrafait sans vergogne, se versait un dernier verre de Vouvray, qu'elle buvait lentement, en savourant les bulles acides qui éclataient sur le bout de sa langue. Puis elle commençait à somnoler. Sa main un peu grasse pendait dans celle de Rodolphe, ses seins opulents passaient parfois sa chemise, son chignon s'écroulait. Elle dormait ainsi deux bonnes heures.

Rodolphe retirait ses chaussures, somnolait à son tour, les jambes largement écartées. Le soleil traversait parfois le feuillage de la tonnelle, ses cheveux jetaient de brefs éclats dorés. Marthe imaginait le contour de ses muscles sous sa culotte collante, allait rôder dans son odeur de chevaux et de cuir. Au plus fort de cet abandon, il lui paraissait encore plus beau. Elle lisait pourtant sur ses traits une dure évidence : dans les rêves de Rodolphe, il n'y avait que des plaisirs, pris ou à prendre. Pas un seul amour.

Alors Marthe préférait s'éclipser. Elle feuilletait les journaux de Julia, elle rangeait le salon, la cuisine. Les hommes se racontaient des histoires de chasse, jouaient aux cartes, s'injuriaient parfois en parlant politique, avec un nom qui revenait souvent : Dreyfus. Elle se sentait à nouveau étrangère, même si les invités de Julia lui étaient devenus familiers. Depuis quelque temps, c'étaient presque toujours les mêmes : Antoine, le fils de Chicheray, gros et tassé comme son père le notaire; Vernon, un jeune étudiant en médecine assez bavard, qui savait tout de l'histoire de Rouvray. Enfin Hugo, le frère de Rodolphe, aussi brun que Rodolphe était blond, aussi maussade que son aîné paraissait avenant. Il s'essayait en vain à copier ses airs conquérants.

A partir du mois d'avril, Marthe put échapper à ces trop longs dimanches. Le fiancé de Nine était retenu par des travaux dans sa ferme, elle s'ennuyait à mourir chez le Grand Monsacré. Par on ne sait quel prodige, elle obtint de son oncle la faveur d'une bicyclette et demanda à Marthe de l'accompagner dans ses escapades. Julia lui prêta volontiers sa machine. Nine venait chercher Marthe vers quatre heures de l'après-midi. Elles se promenaient jusqu'à la tombée de la nuit.

Elles sortaient de Rouvray, suivaient le fleuve pendant un quart d'heure, longeaient les riches propriétés bâties à flanc de coteau, avec leurs parcs ombragés de cèdres, leur liséré de belvédères et d'orangeries. Marthe cherchait toujours à s'en éloigner au plus vite. Elle criait à Nine : « Dépêche-toi, Nine, on va à Vallondé ! »

C'était déjà son endroit préféré. Elles remontaient le cours de la Luisse dans le silence recueilli du dimanche, franchissaient des ponts, se perdaient entre les haies, trouvaient enfin le chemin de terre qui menait au domaine. Au sortir d'un bois, elles voyaient surgir entre la terre et l'eau le petit manoir où Blanche aurait dû s'installer, enserré dans sa boucle de Luisse, avec son vieux moulin, ses jardins envahis par le soir. C'était le château des deux fleuves, l'eau le guettait de toutes parts, la Luisse étroite et ses méandres souples, la Loire au sud dans toute sa majesté, ample et souveraine parmi ses sablières. « On s'en va, Nine, on s'en va ! » criait alors Marthe, et elle détournait les yeux des jardins livrés aux ronces.

Elles ne revenaient pas tout de suite à Rouvray. Assez souvent, elles poussaient vers Orfonds. Le Grand Monsacré convoitait aussi ce domaine perdu au fond d'un bois. Son propriétaire, un vieux hobereau sauvage et ruiné, refusait de le vendre. Il s'était réfugié dans une solitude hautaine, il ne recevait personne, on ne savait à quoi il employait ses journées. Il lui restait encore une meute, qu'il lâchait parfois sur les intrus. Malgré la peur qu'elle avait des chiens, Marthe aimait entraîner Nine vers Orfonds. Elles s'avançaient lentement dans le silence des bois, suivaient la longue allée jusqu'à la grille, contemplaient les cygnes glissant sur l'eau des douves, guettaient les chiens, surprenaient une ombre derrière une fenêtre, le frémissement d'un rideau. Avant de faire demi-tour, Marthe retenait son souffle, comme pour prolonger cet instant secret de la vie du Val, où l'existence d'un seul coup ressemblait à un rêve, un songe bref et beau qui la consolait de l'autre vie, celle de Rouvray, le travail, la patience. Sortilège étrange de ces soirs sur Orfonds : ils avaient toutes les vertus, même celle d'effacer l'image qui poursuivait Marthe à chacune de ses promenades : le sommeil de Rodolphe, ses jambes écartées sans pudeur dans le fauteuil de rotin, Rodolphe qui n'aimait personne, et ne l'aimerait pas.

Le premier dimanche de juin, Nine lui fit dire qu'elle ne viendrait pas. Elle était malade. On craignait un mal de poitrine. Marthe voulut aller la voir chez son oncle, derrière Vallondé. Julia était malade elle-même, elle lui dit d'y aller seule. Elle se coucha dès la fin du déjeuner sans chanter, sans danser, sans même un mot à l'adresse de Rodolphe. Le temps était très lourd. Malgré tout, Marthe partit. Elle allait prendre le chemin qui menait au moulin, à deux pas de la Loire, quand l'orage éclata. Elle se réfugia à l'abri d'un vieux mur, près de la sablière. La pluie fut brève. Quand elle voulut repartir, elle eut l'impression qu'on l'épiait. Elle remontait sur sa bicyclette quand elle reconnut la jument de Rodolphe, attachée à un peuplier.

Elle resta un moment perplexe. Elle inspecta les saules, les sables, et même les petites îles au milieu de la Loire. Tout était désert, mais elle ne se décidait pas à partir.

Elle se retournait pour secouer son chapeau, quand elle vit à contre-jour, dans le soleil qui commençait à baisser, une silhouette élancée, avec une chevelure dorée qu'elle aurait reconnue entre toutes. Rodolphe était adossé contre le mur, l'air goguenard, comme s'il lui avait joué un bon tour.

— L'occasion fait le larron, lui dit-il quand il la vit venir à lui, sans qu'il lui ait tendu les bras.

Chapitre 9

Il la prit dans la sablière. L'endroit était désert. A sa dernière crue, la Loire avait abandonné des troncs d'arbres blanchis dans les remous des sables, et c'est là qu'il la renversa, entre leurs branches torses, tout près de l'eau et de ses tourbillons. Tout fut facile, un peu bref. Elle n'eut pas peur de son corps, elle n'eut pas le sentiment d'une faute. Elle savait que ce qu'elle faisait n'était pas dans la morale commune. Mais comme il aurait été plus lâche de se refuser au désir, plus vil encore de l'étouffer...

Elle eut même l'audace de le guider, de lui montrer la voie, de l'aider à se frayer un chemin, et ne cria pas. Pourtant il n'avait pas eu pour elle la moindre prévenance, il ne l'avait pas embrassée, pas caressée. Quand elle était venue à lui, devant le mur, il avait pris ses seins à pleines mains, en propriétaire tranquille, comme des fruits qu'il aurait convoités longtemps avant de les trouver à son goût, à leur point d'exacte maturité.

Elle accepta presque aussitôt qu'il recommence, elle consentit à un second saccage, et il rit cette fois, comme il pesait sur elle, rit de la voir si soumise, si facilement conquise, jetée à feu et à sang; puis il l'abandonna à sa désolation.

Elle ne dit rien, le laissa partir sans un mot, elle était prête à tout pour devenir l'irremplaçable. Il se remit à pleuvoir. Elle alla se laver à la Loire, se rhabilla entre les saules, puis revint à Rouvray le plus vite qu'elle put. Elle ne passa pas chez Nine, elle ne voulait voir personne, il lui fallait son lit, la solitude de sa chambre et sa fenêtre qui donnait sur la Loire. Julia dormait de son sommeil lourd, elle ne l'entendit pas rentrer. Il n'était pas très tard, du reste, le soleil n'était pas couché.

Marthe ne dormit pas de la nuit. Elle se repaissait de sa faute, elle en revivait les plus infimes instants, comme le moment bref où Rodolphe avait saisi sa chemise, dévoilé ses épaules, avec un mouvement de recul pour juger de l'effet, et le sourire qu'il avait eu alors, un peu rapace, un peu cruel. Pour une fois naïve et faible, Marthe s'enchantait de sa défaite. Blessée, brûlée, elle rêvait déjà de retourner au feu. Dans l'aveuglement qui l'avait prise, sa déchéance n'en était pas une, sa honte était un début de gloire, la gloire de ce corps dont Rodolphe s'était emparé avec une telle gourmandise, la force de deux êtres qui se sont reconnus. Elle était persuadée de cela, qu'il l'avait reconnue, qu'il avait senti dans son abandon le même pouvoir que le sien, celui de mépriser les lois ordinaires du monde, de préférer l'aventure, les chemins de traverse. Rien qu'à son odeur de cuir et de chevaux, au premier jour, elle avait cru deviner ce goût. Elle espérait qu'il avait trouvé le signe de leur parenté, lui aussi, quand elle s'était pliée à ses caprices, au fond des sables; et c'était cependant beaucoup pour une novice, d'entendre les mots grossiers dont il nommait les parties de son corps, de le voir enfouir sa tête entre ses jambes, de se laisser tourner et retourner « pour mieux la voir », avait-il dit, en la pinçant et soupesant comme il eût fait d'un gibier à l'étal. Elle avait tout subi; à chacun de ses ordres, elle s'était exécutée.

A présent, comme venaient le matin et ses vols d'hirondelles, son impalpable lumière bleue sur les ardoises de Rouvray, Marthe sentait monter en elle un nouveau désir, bien plus exigeant que l'envie qu'elle avait de Rodolphe, le rêve d'une belle et grande histoire, pareille aux récits qu'elle s'inventait depuis son enfance sur les inconnus qui lui avaient donné le jour, ces deux absents unis dans les secrets du monogramme.

Marthe se trompait, et elle le savait. Elle se berçait d'illusions, la passion l'avait désarmée. Elle était faible, depuis la veille, faible et brisée, comme sans doute elle ne le fut jamais. Car son rêve, au matin comme la nuit, se heurta contre la même et cruelle évidence : quand il l'avait quittée, Rodolphe ne lui avait pas fixé de second rendez-vous.

Chapitre 10

Marthe ignorait encore à quoi tenait sa force : elle avait du charme, tout simplement. Si l'on en juge par le portrait qui fut fait d'elle quelques mois plus tard, elle était une étrange beauté, sombre et ardente à la fois, comme on n'on trouve pas beaucoup sur les coteaux de Loire. Le photographe provincial qui a tiré ce cliché a dû être troublé, lui aussi, par son visage faussement limpide, son énergie secrète. Par on sait quel tour de force, il a réussi à rendre cette ambiguïté. Si on regarde la photo de loin, Marthe paraît impassible et tranquille, elle ne trahit rien d'elle-même. Si on l'observe de près, on a l'impression, au contraire, d'une ironie profonde. Le mot est impropre, d'ailleurs, cette lueur dans son regard est indéfinissable, plus fascinante que de l'ironie. Une façon de dire : « Je suis maîtresse de moi, je suis maîtresse du jeu, venez donc vous y frotter, vous verrez... » Une façon de sourire, en défiant.

Les hommes de Rouvray étaient comme tous les autres, ils n'aimaient guère les défis, quand ils venaient d'une femme. Mais cette femme-là, qui se taisait, qui savait enjôler en silence, sans les provoquer ouvertement, les séduisit très vite. Bien avant Rodolphe, le fils du notaire avait remarqué Marthe, puis le jeune Alexandre Vernon, l'étudiant en médecine, qui se montrait très assidu aux dimanches de Julia, depuis qu'elle avait engagé Marthe. Il ne la quittait pas des yeux. D'elle, il dit un jour à Hugo qu'elle « *avait un genre* ». Le frère de Rodolphe eut une ombre de sourire. Il opina du chef, puis se ferma, plus sombre que jamais.

Vernon dut jaser, car ce cliché commode se répandit très vite dans la ville, et d'abord chez les clientes de Julia. La réserve de Marthe leur paraissait incompréhensible. C'est qu'il en allait à Rouvray de la beauté comme de la richesse : quand on en avait, on la montrait. Julia en avait usé ainsi; et bien qu'elle fût déjà sur le retour, on continuait de la dire belle, parce que avec sa gaîté et son goût des toilettes, elle semblait démontrer qu'on n'en verrait pas la fin.

Mais l'avantage de Marthe sur Julia n'était pas sa jeunesse, ni même la régularité de ses traits, ce visage fin comme une épure, avec ses yeux verts, aigus et qui regardaient droit. C'était plutôt le charme du silence, cette soumission contredite à chaque instant par des mouvements qui lui échappaient, les plus humbles en général, et les plus familiers : une façon de tirer l'aiguille qui n'appartenait qu'à elle, jamais penchée, jamais voûtée sur l'ouvrage; et cette grâce aussi chaque fois qu'elle se courbait : le dos de Marthe s'arrondissait en douceur, sans ployer, avec légèreté, comme si aucun effort ne dût jamais lui coûter. C'était le même détachement pour remonter un seau du puits que pour tendre une assiette de lait à un chat errant, nettoyer un rosier, au pied de la tonnelle, dont elle détachait une à une les corolles flétries. Elle s'appliquait sans ostentation, elle bougeait comme on glisse, l'œil à ces mille petits riens du jardin et de la maison, un ourlet à reprendre, un cuivre à polir. On aurait dit une connivence ancienne entre Marthe et les choses; et les choses le lui rendaient bien, les cuivres brillaient, les plantes poussaient, car il y avait de la minutie dans chacun de ses gestes, la précision et l'économie qu'ont les gens de la terre. Mais on ne pouvait pas la prendre non plus pour une femme de la terre, avec sa façon de se tenir droite, comme pour refuser les humiliations imposées au corps par les travaux et les jours. Enfin les filles de Rouvray n'avaient pas cette peau mate, ni cette chevelure épaisse à rompre les peignes à chignon : torsadés sur sa nuque, ses cheveux à eux seuls suggéraient sa force. Et ils étaient si sombres, ses cheveux, noirs à ne pas être *de là*.

Voilà sans doute ce qui retint Rodolphe : Marthe était davantage qu'une belle fille, elle n'était pas comme les autres filles. Avec la curiosité, ce trouble l'attira vers elle. Le soir où il la renversa dans les sables, le savait-il seulement ? Il l'avait quittée, comme toujours après ses conquêtes, avec un œil plein de rancœur,« la tête Monsacré », comme on disait à Rouvray ; à cet instant, en effet, Marthe lui avait trouvé un air de famille avec son frère Hugo.

Mais trois jours plus tard, au petit matin, Marthe fut réveillée par des coups à la porte. A l'instant où elle entendit frapper, elle sut que les poings qui secouaient le vantail étaient ceux de Rodolphe : parmi les habitués de la maison de Julia, il n'y avait qu'un seul homme pour s'impatienter ainsi.

Les coups redoublèrent. Marthe courut lui ouvrir. A la gravité qu'eut Rodolphe quand elle poussa la porte, elle comprit aussitôt qu'il ne venait pas pour Julia. C'était elle, Marthe, qu'il voulait rencontrer la première, il avait déjà, pour l'autre, la bouche pleine de mensonges.

— Tu es fou, souffla-t-elle.

Il la poussa vers la cuisine.

— Je suis pressé. Fais-moi un café.

Marthe se retourna vers le fourneau, souleva la bouilloire. Puis elle désigna le plafond, la chambre de Julia :

— Et si je la réveille ?

— Elle dort toujours comme une masse.

Tous deux évitaient de prononcer le nom de Julia. Marthe attisa les braises, avec application, comme à plaisir. Rodolphe se taisait. Il n'avait plus l'air si assuré, tout d'un coup. Puis il soupira :

— Va lui dire que je suis là. Qu'elle se lève.

— Tu as des nouvelles de Nine ?

— Elle va de mal en pis. Elle veut que tu viennes.

— Quand ?

— Ce soir. Mais cette fois-ci tu passeras la voir. Il ne faut pas qu'on jase. L'autre pourrait être mauvaise.

Marthe abandonna soudain le feu et la bouilloire, se retourna vers Rodolphe :

— L'autre ?

Il pointa à son tour le doigt vers le plafond. Il rit, bouscula une chaise de paille. Il retrouvait son aplomb.

— Si tu t'arranges pour ne pas traîner chez Nine, on pourra avoir un bon moment. En juin les jours sont longs...

Marthe revint au fourneau, déposa sur les braises une poignée de petit bois. Le feu prit aussitôt. Elle referma sur les flammes la plaque de fonte. Tandis qu'elle remplissait la bouilloire, elle sentait Rodolphe s'approcher d'elle, prêt à la renverser, comme l'autre soir. Elle ne savait plus si elle devait le souhaiter. Comme elle s'obstinait à ne pas se retourner, il eut un début de phrase :

— Tu as...

Il hésitait. Sa voix n'était plus la même. Marthe restait figée devant le fourneau, les mains refermées sur la barre de cuivre où étaient pendus les tisonniers. Elle la serrait si fort que ses doigts blanchissaient.

— Tu as un goût de revenez-y.

— Voyez-vous ça !

Elle essayait de braver, elle y parvenait mal.

— Il faut réveiller Julia, reprit-elle.

Sans attendre sa réponse, elle se dirigea vers l'escalier qui menait à sa chambre.

— Tu viendras ? répéta Rodolphe. Dans la sablière, près de la cabane, comme...

A chaque mot, la voix de Rodolphe devenait plus rauque. Rien qu'à l'entendre, Marthe se revoyait comme l'autre jour, écrasée sous son corps, se pliant à son caprice. Mais il avait pris les devants, ce matin; et elle ne voulait plus d'une partie si facile.

— J'avais compris, répliqua-t-elle.

Pour lui répondre, elle avait eu un ton bref, sa voix de mépris. Il se leva, la saisit par les poignets :

— Tu fais la fière ? J'ai encore des choses à t'apprendre...

Il la força à s'agenouiller sur la première marche de l'escalier. Comme elle résistait encore, il la plaqua contre la rampe. Il ne l'embrassait pas, il ne la caressait pas, il était comme dans les sables : une main, une respiration qui descendaient le long de son dos, le long de son ventre, puis des jambes qui cherchaient les siennes. Il lui chuchota à l'oreille les mêmes grossièretés. Chaque fois qu'elle voulait se dégager, il la prenait par les cheveux, l'obligeait à courber la tête sur le bois des marches.

— Alors, tu viendras ? lâcha-t-il enfin.

Elle donna un coup sec de l'épaule. Elle ne parvint pas à lui échapper, seulement à se retourner. Elle eut un court moment de répit. Rodolphe la serrait toujours, mais son visage s'était adouci. A cet instant précis, on aurait pu le croire tendre.

— Je viendrai, dit-elle.

— Alors va réveiller l'autre, dit-il, et il l'abandonna.

Son geste fut si brutal que la tête de Marthe alla cogner contre le pilier de la rampe. Il eut à nouveau son petit rire de gorge, le ricanement qu'il tenait de son père, et qui faisait peur aux gens de Rouvray.

Elle se releva sur-le-champ. Cela ressemblait à une défaite, mais ce n'en était pas une. Car lorsque Marthe fut debout, elle ne se frotta pas la tête, là où le bois l'avait frappée, elle ne remit pas ses cheveux en ordre. Elle ne rajusta même pas sa chemise sur ses seins découverts. Elle se faufila le long de la rampe, frôla Rodolphe, puis gravit lentement l'escalier. Il cessa de rire. Tandis qu'elle montait les marches, elle sentait son regard la suivre. On n'entendait plus que la bouilloire qui sifflait.

Quand elle se sut hors de sa vue, devant la porte de Julia, elle tira enfin sur sa poitrine sa chemise défaite, lissa rapidement sa tresse. Elle entra dans la chambre. Dans l'ombre, elle distingua le portrait du vieux Robichon, éclairé par une veilleuse et placé au-dessus du lit en lieu et place de crucifix. Julia dormait. Elle ronflait un peu. Marthe s'approcha. Elle s'arrêta près de l'armoire, jeta un œil à son reflet. Rien ne laissait voir ce qui s'était passé. Dans le miroir, derrière sa propre image, elle apercevait le corps de Julia.

L'abandon du sommeil ne trahissait pas son âge. Elle avait grossi, depuis quelque temps, l'éclat de ses cheveux se ternissait, mais elle restait aussi fraîche, aussi nette que dans sa boutique, quand elle plaisantait avec ses clientes. Au fond de ses draps ajourés, elle paraissait heureuse, sereine comme toutes les femmes riches de la ville. Elle avait comme elles un grand lit de merisier, la même courtepointe de satin, les mêmes napperons amidonnés, une armoire à glace pour ranger ses draps, ses nappes, ses économies.

D'un seul coup, Marthe eut envie de rire. Ce n'était pas seulement de voir régner sur cette chambre bourgeoise le portrait de feu Robichon. Marthe ne pensait plus qu'à Rodolphe. Elle était décidée à ne plus le lâcher. Maintenant qu'elle avait gagné du terrain, elle était décidée à le garder. Et à en conquérir davantage.

Elle réveilla Julia. Comme d'habitude, elle se rendormit, et fut très longue à se lever. Marthe eut tout son temps pour boire son café avec Rodolphe. Il ne tenta rien, il était tout entier à peaufiner ses mensonges. Elle ne troubla pas son silence. L'aube était si calme qu'ils entendaient Julia ronfler.

— Elle a le sommeil lourd, dit enfin Rodolphe en repoussant sa tasse.

— Elle est plutôt du soir.

— Moi aussi.

— Alors à ce soir, dit Marthe.

Il montait chez Julia. Mais pour la première fois, il eut pour Marthe un sourire, qu'elle lui rendit.

Chapitre 11

Ils se revirent plusieurs fois. Nine n'allait pas mieux. Elle toussait beaucoup, la fièvre ne baissait pas. Marthe abrégeait la visite autant qu'elle le pouvait, elle tâchait d'éviter le regard du Grand Monsacré, qui la toisait dès qu'elle passait le seuil, comme il faisait toujours avec ceux qui « n'avaient pas de bien ». Elle évitait encore davantage les yeux d'Hugo, assis sous un tilleul, à la grille du moulin, selon son habitude. Elle se demandait parfois s'il ne l'attendait pas.

Il la saluait à peine. Ni son père ni lui ne lui parlaient de Rodolphe. Il paraissait entendu qu'il était un coureur de routes, et qu'il rentrerait à son heure, selon son bon plaisir. Du reste, les Monsacré « n'étaient pas causants », comme on disait à Rouvray. Marthe ne l'était pas davantage, elle en fit très vite son affaire. Elle traversait sans un mot le jardin qui séparait la grille du moulin, entrait dans la cuisine, saluait de loin le Grand Monsacré, rituellement attablé devant sa jatte de soupe, et suivait Thérèse, sa servante-maîtresse, jusqu'à la chambre de Nine.

Thérèse était une femme entre deux âges, déjà voûtée par les tâches sans nombre dont l'accablait Monsacré, y compris, et ce n'était pas la moindre, celle de le distraire dans la chaleur de son lit. A sa vivacité, à son œil prompt à évaluer les gens aussi bien que les choses, on voyait bien qu'elle ne s'était pas résignée. Son dévouement à l'égard de Nine était très exactement mesuré. Thérèse soignait la nièce de Monsacré avec un zèle suspect, on devinait sans peine qu'il s'y cachait quelque intérêt ; et chaque fois qu'elle passait la grille du moulin, Marthe se disait qu'elle venait pour Nine, pour l'aider à guérir parmi ces gens qui ne l'aimaient pas.

Pourtant, elle n'était pas entrée dans la chambre de Nine qu'elle grillait de s'en aller. Elle l'embrassait, lui tamponnait le front, lui racontait quelques nouvelles de Rouvray, puis repartait. Elle traversait la cuisine et le jardin sans rien voir, elle courait presque, oublieuse, légère, dans l'odeur des foins, elle reprenait sa bicyclette et descendait jusqu'à la Loire.

Chaque fois qu'elle reprenait le chemin incertain qui parcourait les sables, Marthe se répétait qu'elle faisait mal, et néanmoins, ce mal, elle le faisait. Elle était heureuse de s'aveugler, pour une fois. C'était un repos, un plaisir, elle était joyeuse dès qu'elle voyait Rodolphe, ou même à l'instant où elle apercevait sa jument. Il était toujours là le premier, assis au fond des sables, il tirait sur sa pipe, ou bien taillait des badines d'osier ; et lui aussi semblait heureux. Alors elle oubliait Julia, Nine et les Monsacré, elle jetait sa bicyclette et elle courait vers lui.

Rodolphe avait pris goût à son corps. Plus que son corps d'ailleurs, il aimait la manière de Marthe, violente, aussi directe que la sienne. Il lui lâchait encore des mots obscènes, mais il ajoutait maintenant : « J'aime ce que tu en fais, surtout, j'aime ce que tu en fais... » Pour un peu, elle en aurait réclamé davantage ; car elle aimait s'abaisser devant ce maître exigeant, se soumettre à ce qui n'était pas se soumettre, mais prendre les chemins détournés vers le plus grand plaisir.

Il la quitta, dès la troisième fois, avec un petit mot mi-satisfait, mi-jaloux : « Tu apprends vite, toi... » qui redoubla sa joie. Car pour obscur qu'il lui fût encore, Marthe savait que son plaisir tenait au pouvoir qu'elle prenait sur Rodolphe. Les premières fois, il lui dit : « Rentre vite », et il évita son regard. Il s'attarda bientôt auprès d'elle. Sa main désormais n'était plus d'un chasseur, il avait des gestes furtifs, des ombres de caresse, ses doigts glissaient sur ses joues, sur sa bouche, au creux de ses cheveux. Le soir tombait, il fallait se quitter. Ils partaient chacun de leur côté, lui le premier. Tout en se rhabillant, elle le regardait s'éloigner vers la cabane, là où l'attendait sa jument. Il sautait maladroitement entre les fondrières, comme soudain embarrassé de son corps puissant. Puis il reprenait sa manière habituelle, son air insolent de royauté sur les choses. Et c'en était fait; il disparaissait entre les saules. De Rodolphe, il ne restait plus à Marthe qu'une odeur de cuir et de foin sur sa peau, là où il l'avait meurtrie. A nouveau, il ne restait plus qu'à attendre.

Elle errait un peu au milieu des sables, cherchait, derrière le vieux mur, au-delà des bois, le manoir de Vallondé, la façade d'Orfonds. La sablière était à la jonction des deux domaines, une terre vague et inutile qu'on avait abandonnée aux caprices du fleuve. Le soleil baissait, la Loire prenait alors une teinte curieuse, entre le gris et l'or. Marthe n'aimait pas cet instant-là, elle s'en allait très vite. Elle savait déjà qu'elle allait revenir.

Elle ne voyait pas de fin à leur histoire. Elle ne l'imaginait pas, elle s'acharnait à vivre dans l'instant. De rencontre en rencontre, elle sentait croître son empire sur Rodolphe, mais il continuait de rendre visite à Julia dès le samedi soir, et de partager sa chambre. « Ne t'avise pas de faire des histoires », l'avait-il avertie un soir dans la sablière, juste avant de la quitter, « ne t'avise pas de bavasser. » C'était un lendemain d'orage, la Loire avait brusquement monté. Ils étaient tout près des berges, juste au-dessus d'un tourbillon du fleuve, là où les eaux s'engouffraient en siphon entre deux bancs de gravillons. A ce moment précis, quand il avait feint de la pousser dans la Loire, Marthe avait compris la sauvagerie de Rodolphe : il était prêt à tout pour satisfaire ses caprices. Peu loquace, la plupart du temps, parce qu'il lui était plus facile de faire parler ses poings; et rompu depuis longtemps à toutes les violences.

Elle ne lui en voulut pas. Elle savait qu'il en usait de la sorte avec tout le monde. On racontait qu'il avait été jusqu'à brutaliser son père, quand il était revenu de l'armée, et que le Grand Monsacré avait regimbé devant ses premières fantaisies. Le vieux meunier avait cédé. On murmurait même que son testament, où il favorisait exagérément son aîné, aurait été rédigé sous la menace : c'est à ce seul prix que Rodolphe aurait accepté de renoncer à ses ambitions militaires.

Marthe n'avait pas besoin de redouter Rodolphe pour contenir sa jalousie à l'égard de Julia. Ses années au couvent lui avaient appris l'art de dissimuler. Comme en ce temps-là, elle se dit qu'elle avait tout son temps, que son silence travaillait pour elle, elle crut à la force du secret. Le samedi soir, pour brouiller les pistes, et surtout pour oublier que

Rodolphe s'apprêtait à monter chez Julia, elle allait retrouver Nine et restait très tard bavarder avec elle. Au retour, quand elle arrivait à la bifurcation qui menait jusqu'aux sables, elle s'obligeait à pédaler plus vite, à regarder bien droit devant elle. Ce fut un de ces samedis, comme elle revenait vers Rouvray, qu'elle vit se dresser, face au soleil couchant, la silhouette courtaude d'Hugo Monsacré.

Il lui barrait le chemin. Elle ne put l'éviter, elle faillit tomber.

— Tu es pressée, dit-il.

Elle ne répondit pas. Il s'empara du guidon, désigna la sablière :

— Allez... Tu connais le chemin.

Elle voulut repartir. Il l'en empêcha. Elle résista. Il s'empara de la bicyclette et la tira de toutes ses forces. Marthe résista encore. Quand Hugo comprit qu'elle ne voulait pas céder, il la lâcha d'un seul coup. La machine s'écrasa sur le chemin dans un grand bruit de ferraille.

Hugo la remit d'aplomb d'un geste maladroit, essuya la poussière qui recouvrait la selle. Puis il leva les yeux vers Marthe. Soudain, tout en lui était redevenu faiblesse. Pour une fois, il fixait Marthe sans dépit ni colère. Dans ses yeux trop grands et déjà cernés, Marthe ne distinguait plus qu'un désarroi sans fond.

Du même coup, elle s'aperçut qu'elle ne l'avait jamais vu de près. Elle qui aimait observer, elle ne s'était jamais attachée à Hugo, à cause de son « *ombrage* », comme on disait à Rouvray. S'agissant d'Hugo, l'expression était particulièrement juste : où qu'il arrive, on avait l'impression que la lumière disparaissait sur son passage, on aurait dit en effet qu'il jetait de l'ombre. Il était impossible de dire à quoi cela tenait : son air de chien battu, ses traits irréguliers qui se fermaient sur un tourment inavouable. Mais tel qu'il était, à présent, sans défense, avec ce grand regard qui suppliait, Hugo n'était pas laid. Il était brun, trapu, avec des traits fatigués. Il n'avait pas la prestance de Rodolphe, sa blondeur conquérante. Il n'avait pas sa beauté, tout simplement.

— Ça ne fait rien, dit Marthe.

Il avança à nouveau la main vers le guidon, mais c'était la main de Marthe qu'il cherchait. Il la frôla, puis la retira aussitôt, comme s'il s'était brûlé. A nouveau, l'ombre gagnait son visage. Marthe remonta sur sa bicyclette et partit aussi vite qu'elle put.

Le lendemain, vers la fin de l'après-midi, on vit Thérèse arriver chez Julia. C'était le Grand Monsacré qui l'envoyait, pour savoir si Hugo était là. Il n'avait pas couché au moulin, on ne l'avait pas vu de la journée.

Marthe se garda bien de parler de sa rencontre. Rodolphe partit aussitôt à la recherche de son frère. Pendant trois jours, on n'eut pas de nouvelles d'Hugo. Enfin une blanchisseuse de Vallondé apprit à Julia qu'il venait de rentrer. D'après elle, Hugo avait passé deux nuits dehors, il avait dû boire. Il avait fini par revenir chez son père, grelottant et fiévreux. Une voisine avait tenté de le soigner, une guérisseuse qui connaissait les herbes.

Le samedi suivant, Rodolphe ne revint pas dormir chez Julia. Il n'apparut qu'au déjeuner du dimanche. Il était de très mauvaise humeur. Il avait dû remplacer son frère au moulin. En revanche, annonça-t-il, Nine allait beaucoup mieux, elle serait sur pied d'ici peu.

Vernon et le jeune Chicheray étaient partis à une fête, de l'autre côté de la Loire. Rodolphe lui-même semblait n'être venu qu'à regret. Avant que Julia ne sorte les liqueurs, Marthe retourna à la cuisine. Elle sentait que Rodolphe voulait parler à la modiste. Maintenant que Nine allait mieux, pensa-t-elle, il cherchait à l'enjôler par de nouveaux mensonges, pour se ménager d'autres rendez-vous à la sablière. Elle ne voulut pas lui gâcher une si belle occasion.

C'était une année à fruits, cet été 1898, le jardin de Julia croulait sous les prunes. Marthe avait décidé de faire des confitures. Elle s'était installée sur la grande table, face à la tonnelle. Par la fenêtre ouverte, elle voyait Rodolphe et Julia en contre-jour, devant les eaux glissantes de la Luisse. Tandis qu'elle triait les fruits, elle tendait l'oreille, elle ne perdait pas un mot de leur conversation. Le vent agitait les tilleuls du jardin, les éclats d'une lumière capricieuse illuminaient de temps à autre leurs visages, leurs cheveux.

Julia attendait elle aussi que Rodolphe parle. Comme toujours après le déjeuner, elle avait le teint animé. Elle prit sur la table une bouteille d'eau-de-vie, en versa un verre à Rodolphe. Il le but d'un trait, mais persista à se taire. Elle parut embarrassée. Elle inspecta la dentelle de la nappe, rectifia ses plis, et reprit :

— Allons, reprends donc un petit verre.

Il ne répondit pas. Elle se cala dans son fauteuil. Elle commençait à somnoler, quand Rodolphe lâcha :

— Il est temps que je prenne le large.

Julia se redressa aussitôt. Elle crut que Rodolphe voulait rentrer au moulin plus tôt que d'habitude, à cause de la maladie d'Hugo :

— Tu as bien le temps, répliqua-t-elle. Ton frère sera vite d'aplomb. Un grand corps comme lui !

— Je ne parle pas de mon frère.

Elle lui versa un second verre d'eau-de-vie, qu'il repoussa. Rodolphe avait sa voix rauque des mauvais jours :

— Il est temps que je prenne l'air. Que je voie du pays.

— Allons donc ! Avec tout l'argent qui t'attend dans les moulins de ton père !

Elle avait pris le ton qu'on a avec les enfants. Elle eut un petit rire, puis disposa avec soin des petits coussins autour de sa tête, se cala à nouveau dans son fauteuil d'osier. Elle parut s'endormir.

De la cuisine, Marthe s'aperçut qu'elle guettait son amant sous ses paupières mi-closes. Rodolphe devait se méfier, il ne bougeait pas. Julia rouvrit les yeux, chercha sa main. Il la lui abandonna. Elle s'assoupit enfin.

C'était la torpeur de la fin juillet, la lourde chaleur du Val, où le tuffeau clair des maisons et des grottes semble distiller une langueur sournoise, qui fatigue l'âme, engourdit le corps. Julia ronflait. Rodolphe alla jusqu'à la fenêtre de la cuisine. Marthe continuait ses confitures. Elle sentit qu'il s'approchait d'elle.

Il s'accouda à la fenêtre. Elle ne leva pas les yeux de ses bassines de cuivre. Lorsqu'elle se détourna du fourneau pour prendre l'écumoire, elle jeta un bref coup d'œil de côté, et vit qu'il n'avait pas bougé. Il faisait frisotter sa moustache entre ses doigts, il gardait les yeux fixés sur les dessins du carrelage, des mosaïques vertes et jaunes qui figuraient des feuilles de marronnier. Il avait l'air de chercher ses phrases. Marthe le devinait lâche, à cet instant; mais elle n'avait pas le courage non plus de prendre les devants, de lui arracher les mots qu'il n'arrivait pas à dire. Et cependant, elle en était sûre, c'était à elle, Marthe, qu'il voulait parler, alors qu'il se moquait bien de ménager Julia. Elle se pencha sur la marmite où bouillottaient les fruits.

— Il me faut de l'air, répéta Rodolphe.

Marthe posa lentement l'écumoire sur la fonte du fourneau. Emmène-moi, le mot était sur ses lèvres. Elle ne dit rien. Elle voulait que ce soit lui qui parle, qu'il dise enfin ce premier mot d'amour. Elle n'osait plus bouger. Elle se forçait à garder très exactement sa pose de cuisinière vigilante, le visage penché au-dessus du jus rouge qui mijotait, la main droite repliée sur la poignée de la bassine.

Le cuivre devenait brûlant. Rodolphe s'obstinait à se taire, il ne quittait pas sa mine empruntée. Marthe comprit alors qu'il voulait vraiment partir, et que rien, ni personne, ne le retiendrait à Rouvray.

Elle ne tenta pas un seul mot, ne posa aucune question. Une fois de plus, elle se dit qu'elle attendrait son heure. Elle se pencha à nouveau au-dessus de sa bassine, continua de tourner sa cuiller dans le liquide où transpiraient les fruits. Il faisait de plus en plus chaud. Plus que jamais, Rouvray semblait engourdi dans sa gangue de silence. Ce fut bien cela le plus étonnant, qu'au fond de cette torpeur, personne n'entendit Rodolphe claquer les portes, seller sa jument et partir au grand galop sur les pavés du mail. Personne, sauf Marthe, qui ne réveilla pas Julia.

Le soir fut beau, un peu moins chaud, les confitures parfaites. Marthe s'était tout juste un peu brûlé la main.

Chapitre 12

Les deux mauvaises nouvelles arrivèrent presque en même temps. La première était prévisible : le samedi suivant, Rodolphe ne réapparut pas. Julia pensa à une nouvelle fugue d'Hugo, à une rechute. Elle garda bon espoir et se mit à l'attendre pour le déjeuner du lendemain.

Il ne vint pas. Elle eut un long moment de stupeur. Marthe, en revanche, ne fut pas prise de court. Elle s'étonna seulement que Julia n'ait pas appris où était passé Rodolphe. Elle aussi, elle l'ignorait; mais depuis huit jours, elle avait l'impression que tout le monde le savait, à Rouvray, et que le bruit s'arrêtait au seuil de la boutique. A des sourires soudain aiguisés d'ironie, des regards un peu lourds posés sur la modiste, Marthe avait compris que la ville, comme au temps des fiançailles de Blanche, était à nouveau entrée en rumeur. Commérages de lavoirs, par-dessus le fracas des battoirs, ragots de sortie de messe, de retour du marché; assourdis, comme toujours, par les bruits ordinaires de la ville, le carillon de la cathédrale, ses oraisons lointaines et vibrantes, les caquets des poules, les grincements de verrou, une chanson d'amour, parfois, à la croisée d'une fenêtre. La rumeur venait se briser là, à la porte de Julia, avec ses clientes qui n'osaient pas la regarder en face, et l'épiaient comme elles auraient soupesé, engraissé une dinde, avant de la tuer.

Mais personne ne disait rien à Julia. La modiste continuait de sourire comme à son ordinaire, puisque tout en apparence allait son petit train, Robichon au cimetière, de l'argent dans la caisse; et Rodolphe dans ses draps. Même si Marthe pressentait quelque chose, elle n'était pas tellement différente de Julia, elle ne voyait pas plus de fin à sa propre aventure. Elle aussi continuait d'espérer. Chez ces deux femmes si dissemblables, c'était la même folie : n'avoir d'autre horizon que le corps de Rodolphe, son nom, sa voix, sa présence brutale. N'avoir d'autre espoir que ce fils de meunier, violent et menteur, qui battait la campagne et sentait le vieux cuir.

Une semaine encore, les femmes de Rouvray firent durer le plaisir. Jusqu'au jour où la notairesse, qui habitait de l'autre côté du mail et passait ses journées à guetter les allées et venues autour du magasin de modes, trouva que son petit théâtre manquait d'animation. Un dimanche matin, elle arracha son fils à la partie de billard qu'il disputait rituellement avec Vernon. Elle le prit à part et voulut le persuader qu'il n'était pas charitable de laisser Julia dans l'ignorance de ce qu'elle nommait, avec une solennité qui dissimulait mal sa jubilation, « *le pot-aux-roses* ».

Depuis très longtemps, Antoine Chicheray brûlait de prendre la place de Rodolphe. Sa mère, qui le savait, n'eut aucun mal à le convaincre. Sur le coup de midi, tout raide, un peu fébrile, comme pour un deuil, la tête pleine de formules convenues, il se présenta chez la modiste. Il avait obtenu de Vernon qu'il l'assistât dans l'épreuve. Celui-ci s'était fait prier, avait formulé des réserves; sa bienveillance naturelle répugnait à une pareille démarche. La perspective de revoir Marthe eut raison de ses dernières réticences. A leur mine d'enterrement, Julia les vit venir de loin. Elle les reçut malgré tout avec sa chaleur habituelle. Mais dès l'apéritif, elle lança au fils du notaire, un peu bravache :

— Allons, Chicheray, arrête de me servir tes yeux de carpe. Tu sais où il est, le Rodolphe...

D'une voix blanche, Antoine Chicheray lâcha alors ce qu'il tenait de sa mère, qui le tenait elle-même du notaire son père : Rodolphe avait quitté le pays depuis une semaine. On ne le reverrait pas de sitôt.

Julia fit face avec une énergie surprenante. Elle se servit une double ration de vin cuit, écouta sans ciller le récit embrouillé du jeune Chicheray, de plus en plus congestionné à mesure qu'il parlait. Vernon dut bientôt le relayer. Son récit fut infiniment plus limpide : quelques semaines plus tôt, Rodolphe avait entendu parler d'un corps expéditionnaire qui partait pour l'Afrique. Il s'était engagé. Il était parti sans prévenir personne. Il avait signé son contrat au début de l'été, pendant un voyage qu'il avait fait à Tours. D'après Vernon, Rodolphe était encore à Saumur, mais il n'allait pas tarder à embarquer pour mater la rébellion des sauvages de l'île de Madagascar. Son engagement était irréversible. Il n'avait pas prévenu son père de son départ. Il s'était contenté de griffonner une carte postale à l'adresse de Chicheray, où il lui indiquait le nom de son régiment, et lui demandait de « *bien veiller sur ses affaires, en cas de malheur* », sans préciser quel était le malheur auquel il pensait, sa propre disparition ou la mort de son père.

— Il ne m'a même pas écrit, observa Julia.

Antoine Chicheray crut qu'il tenait sa chance. Il jugea bon de la saisir au vol :

— Il n'aimait personne. Il n'aimait que les chevaux.

— Il aimait aussi les femmes, mon petit Chicheray. Mais tu es trop jeune, tu ne sais pas encore ce que ça veut dire, aimer les femmes. Rodolphe avait l'envie, tu me suis, la vraie envie...

A l'évidence, Chicheray ne comprenait pas. Elle s'entêta :

— L'envie, la vraie, celle qui vous fait faire certains gestes... Moi qui en ai connu, des hommes, je pourrais vous dire...

Elle s'interrompit, soupira, se versa un second verre de vin. Puis elle s'approcha du parapet qui fermait la tonnelle, juste au-dessus de la Luisse, là où Rodolphe aimait à s'asseoir. Elle resta longtemps à contempler la rivière, ses eaux basses encombrées d'herbes, et son cours sinueux entre les maisons de Rouvray, juste avant qu'elle ne rejoigne la Loire.

Julia avait le visage en pleine lumière, le soleil de juillet lui gâchait le teint. Pourtant elle ne bougeait pas du plein midi, comme si la brûlure de ses rayons la soignait d'une autre brûlure, bien plus cuisante, et qu'elle ne voulait pas montrer. Chicheray et Vernon l'observaient avec l'inquiétude d'enfants qui auraient blessé leur mère.

Un petit chat noir, tout d'un coup, sauta d'un muret. Il appartenait au voisin. C'était une bête un peu maigre, qui aimait venir jouer sous la tonnelle. Avant que Marthe n'ait débarrassé la table, il y trouvait toujours quelques restes de nourriture, et Julia le câlinait souvent, lui offrait une lichée de beurre, une tasse de lait.

Comme d'habitude, il se pendit à l'ourlet de sa robe, s'agrippa à ses dentelles. Julia le repoussa d'un coup de pied. Il miaula. Comme il ne se décidait pas à partir, comme il la fixait, indécis, dans l'attente des gâteries dont il avait l'habitude, Julia s'empara de la canne de Vernon et le frappa à trois reprises.

Le chat s'enfuit. Il eut du mal à reprendre le chemin par lequel il était venu, l'étroite crête de tuffeau qui séparait le jardin du voisin de la tonnelle de Julia. Il boitillait, il avait sur la patte droite une large traînée de sang. Les dents serrées, la canne à la main, Julia continuait de siffler, de pester. Enfin la peur fut la plus forte, et l'animal s'évanouit au milieu des feuillages.

— Un de perdu, dix de retrouvés ! lança-t-elle en revenant sous la tonnelle, et elle mit son point d'honneur à manger de bel appétit.

Ce ne fut pas le cas de Marthe. Elle avala à peine quelques bouchées. Ce qui l'avait glacée, davantage encore que le départ de Rodolphe, c'était la fureur de Julia. Quand elle avait frappé le chat, son visage s'était tordu dans une expression mauvaise, qui avait mis à jour une Julia inconnue. Une femme dure et amère, qui savait se venger.

Les nuits suivantes, Marthe dormit très mal. Car l'autre mauvaise nouvelle, elle la voyait venir de loin, elle aussi, depuis plus de huit jours. Le dimanche suivant, il n'y eut plus de doute. Elle était enceinte, tout bonnement.

Chapitre 13

La suite, comment elle courut chez Nine, comment son amie lui indiqua la femme qui avait des tisanes, la guérisseuse qui l'avait soignée, Marthe l'enfouit dans sa mémoire. Elle ne se souvint que de la peur; et du piège.

La guérisseuse vivait en bordure de Loire, juste derrière le manoir de Vallondé. Elle était veuve, elle faisait des lessives à la journée, dans les fermes autour de Rouvray. Elle connaissait les gestes mystérieux à faire au moment de l'entrée et de la sortie du monde, elle récoltait des herbes, on la disait un peu sorcière. Elle ne parut pas surprise de la visite de Marthe. Elle l'observa un petit moment, puis elle lui fit répéter son nom, la raison de sa visite. Elle lui dit de revenir le lendemain, le temps de préparer les plantes. Elle était un peu rude, mais paraissait de toute confiance. Marthe obéit sans poser de questions.

Elle ne l'apprit que bien plus tard : la guérisseuse connaissait Hugo. La nuit où il avait disparu, elle l'avait hébergé. Pour une fois, il avait oublié son orgueil, il s'était confié à elle. Il lui avait tout dit de son désespoir, sa haine pour son frère. Il lui avait parlé d'elle, Marthe.

En quelques phrases sans détours, quelques mots un peu frustes, il avait raconté à la guérisseuse que du premier dimanche où il avait rencontré Marthe sous la tonnelle de Julia, il n'avait plus cessé de penser à elle. Il revenait constamment à Rouvray pour guetter ses allées et venues, il était resté des nuits à surveiller la fenêtre de sa mansarde. Il l'avait même vue suivre Rodolphe dans les sables, dès le premier jour. Le soir où elle refusa ses avances, Hugo voulut se noyer. Des heures durant, il erra le long de la Loire, à la recherche d'un tourbillon où la mort était sûre. C'était là que la guérisseuse l'avait surpris, au petit matin, transi, hagard, alors qu'il s'aventurait au bout d'un îlot dangereux, dont le sable se dérobait sous ses pieds. Elle avait poussé sa barque entre les troncs d'arbres, les bancs de gravier qui encombraient le lit du fleuve amaigri. Elle le rejoignit. Quand elle fut près de lui, Hugo s'effondra, d'un désespoir enfantin, qu'elle eut de la peine à calmer. Puis elle le ramena chez elle. Elle le fit boire. Il finit par parler.

Avec l'aplomb tranquille des gens qui ont souffert, la lavandière lui promit qu'il aurait Marthe, s'il savait attendre. Elle paraissait sûre de son fait. Il se laissa convaincre. Dès qu'elle eut reçu la visite de Marthe, beaucoup plus tôt qu'elle ne pensait, elle courut chez le Grand Monsacré.

Elle traita avec lui. Le moment était bien choisi : il était au plus bas. Lui qui n'avait pas versé une larme à la mort de sa femme, il ne se remettait pas du départ de Rodolphe. C'était pour lui comme une désertion, le refus de la vie qu'il lui avait tracée, la même que la sienne, de meunier avide et patient, le long sillon de la richesse paysanne, plus profond, plus fécond à chaque génération. De Rodolphe, en dépit de ses multiples écarts, le Grand Monsacré avait toujours proclamé qu'il serait un grand meunier, comme lui, et non un besogneux, comme l'autre, ce benêt d'Hugo qui assommait tout le monde avec son ombrage. Rodolphe saurait faire de l'or avec l'eau de la Luisse, il fallait seulement lui laisser le temps, attendre que jeunesse se passe.

Monsacré s'était aveuglé, comme tout le monde. Ce qu'il avait pris pour un excès de son âge était en fait un tempérament : Rodolphe aimait tout ce que détestait son père, les routes, les chevaux, la dépense, les femmes, l'aventure. Même s'il revenait, le Grand Monsacré ne le jugeait plus digne de lui succéder. Une autre passion venait de bousculer l'amour qu'il avait pour son fils : sa vénération pour l'argent, son culte de la fortune terrienne, lentement accumulée. A ses yeux, Rodolphe avait commis une faute impardonnable : le crime de lèse-patrimoine. Il ne voulait plus jamais entendre parler de lui.

Au moment de la visite de la lavandière, qui lui annonça sans ambages la grossesse de Marthe, et le nom de son amant, peut-être fut-il ému par l'idée de cet enfant que Rodolphe laissait derrière lui. Peut-être eut-il aussi envie de se venger. Car l'envie et la rancune étaient le fond de son caractère, le Grand Monsacré avait toujours aimé salir et blesser. Ravaler, abaisser. Personne n'y avait jamais échappé, ni sa femme, tôt disparue, ni ses maîtresses. Ni surtout Hugo, qui n'avait jamais plu aux filles, ce qui redoublait son mépris. Le Grand Monsacré ne fut pas mécontent qu'avant de partir son beau Rodolphe ait engrossé une fille solide, sortie de rien, et qu'il saurait mettre l'ouvrage.

Son parti fut très vite pris, sans même la nuit de réflexion qu'il accordait toujours aux décisions importantes. Tout fut réglé dès le lendemain. Quand Marthe revint chez la lavandière, ce fut Hugo qui lui ouvrit la porte. Il ne lui laissa pas le temps de s'étonner :

— J'ai parlé à mon père, dit-il d'une voix blanche.

Il lui tendit la main. Ce qu'il avait dit au Grand Monsacré, Marthe ne chercha pas à le savoir. Elle ne voyait qu'une chose : elle était tirée d'affaire. Car Hugo lui répétait :

— Je te prendrai comme tu es.

Il lui serra la main, longuement, durement. Plus qu'un mariage, c'était un marché qu'il lui offrait, un de ces marchés comme il s'en traitait sur le mail, toutes les semaines, pour les terres ou pour les bêtes. « Je te prends », semblait dire Hugo, « parce que tu n'as pas d'autre choix que de te faire prendre. Je t'offre ce qui te manque, un homme et un nom; et désormais, tu es à ma merci. »

Elle ne lui répondit pas. Elle lui abandonna sa main, ce qui revint à ce *oui* qu'elle n'arrivait pas à dire. Il la tint dans la sienne un long moment, il ne voulait plus la lâcher. Il avait perdu son ombrage, tout d'un coup, il exultait. A la démesure de sa joie, Marthe comprit quel avait été son désespoir, quand elle l'avait repoussé à l'entrée de la sablière.

Elle se maria un mois plus tard, juste avant les vendanges. Les noces eurent lieu le même jour que celles de Nine, par souci d'économie. Comme Nine voulait à toutes fins se faire bénir à l'église, le Grand Monsacré oublia ses opinions républicaines, et laissa son fils se faire bénir aussi. Il était prêt à tout, pourvu qu'on en finisse.

De la journée, il n'adressa pas un mot à Marthe. Ce n'était même pas de l'hostilité. Il l'ignorait. Il avait décidé qu'elle travaillerait avec Hugo à remettre en état le moulin de Vallondé, sur les terres qu'il avait achetées au marquis d'Ombray. Le matin des noces, au regard arrogant qu'il lui lança sur le parvis de l'église, Marthe comprit qu'elle n'aurait qu'un avantage sur Thérèse, sa domestique et sa maîtresse : la bague au doigt. Elle n'était qu'une pièce insignifiante dans un jeu auquel il la croyait étrangère, amasser du bien, le faire fructifier, le transmettre à quelqu'un du même sang. Rodolphe était parti, il se vengeait de lui en donnant sa maîtresse à son fils cadet, avec l'enfant qu'elle attendait.

Marthe ne se troubla pas. Elle se croyait protégée par Hugo, la complicité de leur pacte, où rien, ou presque, n'avait été dit. La ville elle-même était restée silencieuse. Personne n'avait jasé, Julia n'avait rien soupçonné. La modiste s'était simplement irritée de voir une si bonne ouvrière la quitter si vite, pour un balourd, qui n'était même pas drôle. Elle continuait d'espérer le retour de Rodolphe, elle était prête à attendre le temps qu'il faudrait.

Sur le seuil du magasin, lorsque les clientes chuchotaient le nom de Rodolphe, elles continuaient à l'associer à celui de Julia. Ce mutisme rassurait Marthe : la fortune du Grand Monsacré, la sombre violence d'Hugo, tout continuait d'encourager au silence. Tant qu'il n'y aurait pas de puissant motif à l'interrompre, ce qui ne devait pas se savoir ne se saurait pas, jusqu'à la fin, sans doute, quand les morts s'en iraient avec tous leurs mystères.

Ainsi donc commença la lente couvaison du secret Monsacré. Avec la bénédiction générale, Marthe fit son entrée dans l'église de Vallondé en portant l'enfant d'un absent. Il fit chaud, le jour des noces, une chaleur d'automne comme un reste d'été. Sur la photo de mariage, il y a peu d'invités. Pour la plupart, ce sont des paysans, des femmes en bonnet, des hommes cassés par le travail. Des ouvriers de Monsacré, ou ses fermiers. Nine est au centre du cliché, dans une toilette plus flatteuse que celle de Marthe, avec des volants, des ruchés de dentelle. Elle paraît pourtant plus gauche qu'elle. Derrière Nine, on aperçoit Damien Monsacré, le frère du Grand Monsacré, un éléphantiasique aux jambes énormes. Il a du mal à se tenir debout. C'est à son bras que Marthe est entrée dans l'église. A ses côtés, non loin de Thérèse, on reconnaît sans difficulté Julia, à cause de sa robe voyante et de son grand chapeau à voilette. Elle a pour cavalier le jeune

Chicheray. Elle affecte une gaîté de convenance, il y a quelque chose de forcé dans son expression. Elle pince les lèvres, son œil est dur, déjà éteint par le ressentiment.

Au bras d'Hugo, Marthe sourit. Son voile de tulle est soulevé par le vent. Il s'envole au-dessus d'elle, il forme un nuage un peu flou devant les figures de salamandres de l'église de Vallondé, une sorte de chapelle perdue entre les saules, mal protégée de l'invasion des eaux, et dédiée à saint Nicolas, protecteur des mariniers.

Plus que jamais, Marthe se réfugie derrière son sourire, se replie sur son silence. A la mairie, pourtant, on l'a vue serrer les dents, quand elle a entendu l'énoncé de son état-civil, « *fille d'Hortense Ruiz, et de père inconnu* ». Sur le parvis de cette église pleine d'ex-voto de bateliers, Marthe pense-t-elle au portrait de sa mère, cherche-t-elle encore le nom caché sous le monogramme de son père absent ? C'est impossible à dire. Tout ce qu'on peut affirmer, c'est qu'elle ne paraît pas décidée à en rester là. Car elle a l'air d'une reine, au milieu de cette noce de campagne, une reine en visite qui aurait par mégarde oublié sa couronne. C'est sa taille, peut-être, qui dépasse d'une bonne tête celle des autres femmes, et même celle de son mari; et sa toilette, une robe qu'elle s'est taillée elle-même, de coupe nette, sans fioritures ni dentelles, presque austère à force de simplicité.

En tout cas, sur ce cliché, on ne voit que Marthe. Hugo, à son bras, doit le prévoir, qui s'assombrit déjà. Il a peur d'elle, on le pressent. Il redoute la nuit qui va suivre, et les jours, et les années.

Marthe s'en moque. Elle dirige vers l'objectif son regard de guerrière, limpide, lucide. Elle se tient droite malgré les premières nausées de sa grossesse, parce qu'elle a décidé de se tenir droite, et que tout ira comme elle a décidé. Avant même de passer le seuil des Monsacré, Marthe a compris que la vie sera âpre et violente. Ce n'est pas ce qu'elle en attendait. Mais elle accepte qu'il en aille ainsi. Elle l'accepte parce qu'elle a résolu d'être la plus forte, peu importent les moyens, violence ou patience — plutôt patience. Et elle sourit.

C'est donc là, à deux pas de la sablière, sur le parvis d'une chapelle perdue entre la terre et l'eau, tandis que sa main esquissait un geste vers son ventre, seul indice de son émotion, que commença l'ascension de Marthe, son combat sans merci contre sa nouvelle famille, ces Monsacré rapaces et retors qui faisaient trembler la vallée, et dont elle venait de recevoir le nom.

Un mois plus tard, le maire de Rouvray vint frapper chez son beau-père. Il avait un air d'importance qui ne présageait rien de bon. En effet, il apportait un courrier de l'armée, un document officiel qui concernait Rodolphe. Juste avant d'embarquer pour Madagascar, il s'était battu avec des marins du port de Nantes. Il avait beaucoup bu, il était tombé du quai. Il s'était noyé.

Chapitre 14

Les années qui suivent sont un peu obscures, floues, comme les rares clichés qui restent sur cette époque, des photos maladroites, un peu tremblées, prises généralement autour de Vallondé. Ces clichés sont trop blancs, souvent surexposés. Hugo doit en être l'auteur, car il en est absent la plupart du temps. Il photographie presque toujours les moulins, signes de la prospérité de son nom, « le bien des Monsacré », comme on dit. Il réunit devant les bâtiments des groupes de personnages : des parents, des ouvriers. Ils ne l'intéressent pas, c'est un simple prétexte : il faut bien un premier plan. Si son père prend place devant l'objectif, il prend soin de ne pas le mettre en évidence, tout comme Marthe, presque toujours reléguée au second rang. Sur ces vieilles pellicules, c'est pourtant encore elle que l'on remarque, Marthe qui défie le brouillard du cliché, son grain trop blême, Marthe qui s'assure, qui s'affermit. Avec les mois qui passent, elle prend de plus en plus de place sur les photos, en dépit de tous les efforts d'Hugo pour lui ôter la vedette. A quoi cela tient-il ? Elle n'a pas changé : à peine plus ronde, toujours aussi droite. Une fois de plus, la réponse est dans son regard. Dans son air de savoir y faire, mieux y faire. D'être résolue à toutes les patiences.

Un air de puissance, déjà. A côté d'elle, au fil du temps, le Grand Monsacré cède peu à peu du terrain. Dès l'enterrement de Rodolphe, il perdit beaucoup de sa superbe. Il ne laissa rien paraître de sa peine, mais il se ferma, se voûta. En quelques semaines, il ne fut plus le Grand Monsacré, mais rien qu'un vieux meunier. Le plus riche du pays, le plus usé aussi. Désormais, partout où il entrait, pour réclamer ses fermages, les intérêts du grain qu'il avait avancé, ou chercher encore quelqu'un à berner, on murmurait le mot d'héritage. Sur les coteaux de Rouvray, ce mot-là annonçait la fin plus sûrement que le médecin.

Qui héritera ? se demandait-on, depuis la mort de Rodolphe. Tout républicain qu'il fût, et des plus farouches, le Grand Monsacré n'aimait pas l'égalité. Comme son père, son grand-père, la terrible lignée de meuniers jupitériens d'où il était issu, l'idée de partager son bien lui était intolérable. Il avait étudié avec Chicheray les moyens de tourner la loi : les rentes, les pièces d'or, les dessous-de-table, les actes fictifs. La perspective de flouer le percepteur le faisait jubiler. Mais avec la mort de Rodolphe, la donne n'était plus la même. Monsacré avait des sautes d'humeur, des accès de tristesse, il se desséchait, il pouvait tomber malade. Qui hériterait ? Le plus prompt à soigner, à consoler. Même s'il ne l'épousait pas, Thérèse retrouvait toutes ses chances. Enfin il y avait cet enfant qu'attendait sa silencieuse bru...

Les gens de Rouvray n'arrêtaient plus de spéculer sur son testament. L'avait-il changé ? Préférait-il « voir venir » ? Que manigançait-il, dans le vieux moulin où il vivait, entre la servile Thérèse et son frère Damien, l'infirme ? On ne l'avait pas vu retourner chez Chicheray, il demeurait impénétrable. Malgré son deuil, il posait toujours sur les gens et les choses le sourire madré de qui connaît très exactement leur prix, il gardait intacte sa féroce mémoire de propriétaire, avec le nom, la valeur et la surface de chacun de ses biens, la date à laquelle il l'avait acquis, le procédé aussi, ruse ou violence, mauvaise foi ou mauvaise façon. Il se souvenait de tout, des vengeances héritées de son père en même temps que son moulin, d'un quignon de pain volé par un ouvrier quarante ans plus tôt, d'une fauchaison qui n'avait pas été rendue contre une journée de charroi. Il continuait d'espionner, de convoiter. Son avidité, l'esprit de vengeance sur lesquels il avait bâti sa fortune n'avaient pas changé. Simplement, avec l'âge, comme son corps, ils se racornissaient.

Marthe n'était pas mariée depuis une semaine qu'elle apprit comment, de simple meunier des bords de Luisse, il était devenu le Grand Monsacré. Ce fut Thérèse qui le lui raconta, dans les prairies de Vallondé où elles étendaient le linge, un dimanche, après le déjeuner. Monsacré venait de la rabrouer devant son fils, elle était mortifiée, elle avait une revanche à prendre. Mais elle était prudente. Elle en dit juste assez pour susciter les questions de Marthe, la laissa deviner et prononcer les noms; et quand elle renonça enfin à ses sous-entendus, elle feignit l'indifférence, le détachement de qui s'abaisserait à reprendre une vieille histoire, des anecdotes connues d'un bout à l'autre du Val, ignorées seulement des enfants et des étrangers.

Elle lui expliqua que Monsacré ne s'était pas seulement enrichi avec du blé à moudre. Depuis très longtemps, il prêtait du grain aux paysans, juste avant les semailles. Si son débiteur ne le lui rendait pas après les moissons, en argent ou en farine, Monsacré jouait les magnanimes, attendait son heure. Il était passé maître dans l'art de percer la vie secrète des maisons, de deviner quand sa proie était mûre. Il attendait, il guettait, cela pouvait durer des mois. Lorsqu'il estimait que le temps était venu de retrouver son or, il le réclamait sans préavis. On le suppliait, il était intraitable. Il répondait par des menaces. Il s'amusait à les jeter au cabaret, sur le champ de foire : « Il fait beau, oui, mais tout le monde ne verra pas le soleil ! » « C'est la fête aujourd'hui, il faut en profiter, car j'en connais qui seront bientôt fâchés... »

Il rejetait alors la tête en arrière, il avait son petit rire de gorge, ce rire qui n'en était pas un, qui injuriait déjà. On cédait, il fallait en passer par tout ce qu'il voulait : la vente d'une ferme, le plus souvent, d'une terre qu'il convoitait. Ou parfois un simple caprice, un bout de varenne qui lui plaisait, un minuscule verger dont, depuis son enfance, il convoitait les poires. Il fixait le prix : trois fois rien. Dans les premiers temps, certains avaient résisté. Cela ne dura guère. De ses ancêtres, Monsacré avait appris aussi les lois de la vengeance. Il y eut des animaux empoisonnés, des arbres coupés, une ou deux filles violées. Et le pire, le feu. Des étables brûlèrent en plein hiver, des greniers entiers, avec la récolte de l'année. Il faillit un jour recevoir la monnaie de sa pièce. Il avait trop bu, il se laissa aller à signer la remise d'une créance, parce que la débitrice était une femme, et qu'elle était jolie. Elle s'empressa d'aller déposer le document chez son notaire, dans un village voisin. Monsacré ne décoléra pas d'une semaine, on le crut fou. Jusqu'à la nuit d'octobre, où, fait inédit dans les annales de la province, cette petite étude de campagne brûla de fond en comble. Tout fut anéanti, la remise de dette comme le reste. Monsacré fit comme les autres, il vint sur les lieux, il joua les curieux... « Je le revois », raconta Thérèse, « il m'a emmenée, il est resté là deux bonnes heures, il riait dans sa tête, si fort que ça faisait peur. »

Elle enchaîna aussitôt, comme si elle n'avait la force d'aller au bout de l'accusation « Comprenne qui pourra, ma pauvre Marthe, allez donc savoir... »

Marthe comprit. Un quart d'heure durant, elle écouta Thérèse vider sa rancœur. « C'est un malin, cet homme-là, il sait se faire respecter », ajoutait-elle comme une litanie à la fin de chaque anecdote. Même si elle lui en voulait de ne pas l'épouser, elle admirait le Grand Monsacré. Plus encore que pour sa richesse, elle s'était attachée à lui parce qu'il était *malin,* comme elle disait, et que la survie commandait d'être rusé plutôt que juste. « Et voilà qu'il a perdu son fils », conclut-elle. « Il est bien bête de se faire des idées noires à cause de lui. Il ne valait pas bien cher, le Rodolphe. Il était vantard. Il était méchant. » Elle glissa alors à Marthe que Rodolphe avait violé une fille, autrefois, une gamine qui n'avait pas treize ans, et devint à moitié folle. Il n'y avait jamais eu de plainte. Une fois de plus, Monsacré avait imposé sa loi.

— Enfin, c'est de l'histoire ancienne, soupira-t-elle. Monsacré a bien baissé, ces derniers temps. Et dire qu'on ne sait même pas ce qu'il fera de son bien...

Elles avaient fini de détacher les draps. Elles commençaient à les plier, elles étaient face à face. Avant de les déposer dans le panier à linge, elles les tiraient de toutes leurs forces, chacune de leur côté, pour « épargner le repassage », comme disait Thérèse. Marthe fit celle qui n'avait pas entendu.

— Il n'est pas prudent, répéta Thérèse. A son âge...

— Il n'a qu'un fils.

— Croyez-vous ça ! Du temps de sa femme, il a eu un fils, avec une autre. Il vit à Tours. Il s'appelle Archange. Il est bedeau. Sa mère avait de la religion, il faut croire...

Marthe ne répondit pas. Elle tirait de plus en plus fort sur le drap. Thérèse résistait mal. Elle suivait les secousses de la toile en continuant ses insinuations :

— On ne sait pas ce qui peut passer par la tête des vieux. Pour peu qu'il se mette en quête de cette grenouille de bénitier. Ça serait autant de moins pour votre mari. Et pour vous aussi. Monsacré ne va pas bien, depuis l'enterrement. Je ne sais pas ce qu'il manigance. Il reste des heures, sur sa chaise, à penser. Il ne dit rien.

— Laissez-le donc penser.

— Il ferait bien tout de même de prendre ses dispositions. Et de nous mettre au courant. Ce serait plus prudent.

Cette fois, c'était clair, elle parlait d'héritage, elle essayait de savoir si Marthe en savait plus long qu'elle, elle défendait déjà sa part contre Hugo, contre le fils naturel de Monsacré. Contre l'enfant d'Hugo, avant même sa naissance. Marthe décida de couper court :

— Monsacré a tout son temps. Et vous aussi, Thérèse.

Elle secoua le drap, qui claqua. Thérèse trébucha, puis enchaîna :

— On part souvent plus vite qu'on ne croit. Les jeunes avant les vieux, quelquefois. On a des espérances, et puis tout d'un coup...

Marthe eut soudain l'impression d'une menace. C'était la voix de Thérèse, ses intonations amères; et ce mot d'*espérances*. Parlait-elle de sa grossesse, de l'héritage ? Elle l'interrompit :

— Le drap se déplie mal. Il est resté trop longtemps au soleil.

Elle déposa la toile dans le panier d'osier, en détacha un second du fil où il séchait, le tendit à Thérèse. Elles le plièrent. L'énergie de Thérèse s'était réveillée, elle tirait sur l'étoffe à petites secousses nerveuses. Le calme de Marthe l'exaspérait, car elle finit par lui jeter :

— Tout de même, vous êtes intéressée à cette histoire, vous aussi.

Marthe demeura muette. Elle répéta :

— Monsacré devrait prendre ses précautions. Il faudrait le presser.

— C'est peut-être déjà fait. Il n'est pas obligé de le crier sur tous les toits.

— Il pourrait en parler aux siens.

— Il n'est pas malade.

Thérèse tira le drap avec violence. Marthe résista. Elles se battaient sans le dire, unies et désunies par le même travail. La toile, un chanvre rugueux rebrodé aux initiales de Monsacré et de sa femme défunte, se défroissait peu à peu. Marthe s'apprêtait à lui faire signe de le ranger dans le panier quand Thérèse lança le drap vers Marthe.

— Puisque vous êtes si forte !

La toile retomba sur la prairie mouillée. Marthe le ramassa sans un regard pour Thérèse. Elle partit aussitôt la rincer à la Luisse. Elle était lourde, épaisse, les traces de boue furent longues à s'effacer.

Pendant une semaine, ni Marthe ni Hugo n'eurent aucune nouvelle de Thérèse et du Grand Monsacré. Puis un matin, Thérèse passa la grille de Vallondé, avec une expression curieuse, où se mêlaient l'inquiétude et la satisfaction. Elle venait leur annoncer la décision de Monsacré : il voulait transformer en entrepôt le moulin où il habitait depuis toujours, et s'installer avec eux dans la maison de Vallondé. « Pour épargner », dit-elle.

Ce fut le premier effet des longs moments que Monsacré avait passés à « penser », selon le mot de Thérèse. Hugo comprit qu'il y en aurait d'autres. Mais il n'était pas encore question d'héritage, encore moins de partage. Peut-être Monsacré cherchait-il à quitter des lieux qui lui rappelaient son fils. Plus obscurément, il était sans doute attiré par la maison de Marthe, avec le grand coup de frais qu'elle lui avait donné, dès qu'elle y était entrée. Enfin il y avait cet enfant qui n'allait plus tarder.

Dès ce jour, Hugo s'attendit au pire. Mais le Grand Monsacré laissa encore passer deux bonnes semaines avant d'annoncer à son fils la suite de ses projets. Hugo n'osait pas l'interroger. Il se contentait d'aller lui rendre visite chaque soir, de veiller une heure ou deux avec lui devant sa cheminée, dans l'espoir que Monsacré finisse par lâcher un mot. Ce mot ne venait pas. Le vieux meunier prolongeait l'attente à plaisir, il se délectait de voir son fils tourner autour de lui, mâchant et remâchant des questions qui ne passaient jamais ses lèvres. Enfin un matin, alors qu'Hugo sortait de chez lui, il se trouva face à son père. Monsacré lui annonça sa décision en quelques phrases brèves, qui n'admettaient pas la réplique. Il l'affectait à la rénovation des biefs qu'il possédait en amont de la Luisse. Il fallait les équiper en moteurs, il voulait « du moderne ». Il fixa très exactement la somme d'argent qu'il lui verserait chaque mois - le salaire d'un simple garde-moulin. En somme, il confirma Hugo dans son rôle d'exécutant. Lui, Monsacré, il se consacrerait désormais à la surveillance des terres, à la vente de la farine.

Lorsqu'il déménagea, il emmena Thérèse, ainsi que Damien, son frère éléphantiasique. A cause de son infirmité, celui-ci n'avait jamais travaillé. Il vivait du loyer des terres laissées par son père et passait ses journées à dévorer des ouvrages de chimie et de sorcellerie, ou à attendre l'arrivée de son journal préféré, *Le Vélo.* Il ne lisait pas pour ses informations sur le sport cycliste, mais pour ses éditoriaux violemment dreyfusards. Il s'installa le premier, avec ses livres et ses trois chats.

Monsacré le suivit trois jours plus tard. Il y eut ce soir-là un épisode humiliant, lorsqu'il installa son garde-manger au fond de la cuisine, et qu'il en remit la clef à Thérèse, avec cet air solennel qu'il prenait lorsqu'il touchait au grain, au pain, à l'argent ou à la terre. Dans sa gravité, le moment ressembla à un sacre. Il élevait Thérèse au rang de maîtresse de maison.

Marthe s'effaça. Avec sa rapidité habituelle, elle ne tarda pas à remarquer que Monsacré jetait à Thérèse le même regard soupçonneux qu'à ses ouvriers du moulin. Elle ne pouvait pas sortir une miche de pain du garde-manger sans qu'il ne suive ses gestes un à un, avec l'œil jaloux des vieux de la vallée, pour qui le vol de nourriture demeurait un crime majeur. Plusieurs semaines durant, Marthe la laissa régenter la maison. Thérèse se voyait bientôt mariée, sans doute, car elle ne se cachait plus des libertés qu'elle prenait. Marthe l'observait sans un mot. Elle attendait la faute qui la perdrait.

Thérèse finit par la commettre. Au bout de quelques mois — Marthe était à la fin de sa grossesse, elle avait du mal à se déplacer — elle s'aperçut que Thérèse, après le dîner, subtilisait de menus restes, du pain, le plus souvent, du fromage, parfois des fruits. Elle comprit aussitôt son manège : la mère de Thérèse était infirme. Elle habitait de l'autre côté de la Loire, Thérèse lui rendait visite un jour sur deux, et c'est ainsi qu'elle la nourrissait. Monsacré feignait d'ignorer. Son indifférence était mûrie. C'était vraisemblablement sa seule générosité envers la domestique qui partageait son lit; et son silence ne lui coûtait rien, tant qu'il restait seul à savoir.

Marthe joua le tout pour le tout, elle décida de le briser. Un soir, alors que Thérèse fourrait dans les poches de son tablier un demi-pain et quelques pommes, elle abattit sa main sur son épaule. Thérèse blêmit, leva aussitôt les yeux vers Monsacré. Il semblait n'avoir rien vu, il cassait des noix sur le coin de la table. Hugo lisait le journal. Damien, à son habitude, était assis devant la cheminée, ses jambes monstrueuses enfournées dans une chancelière. Il lisait ses livres de magie en caressant ses chats. Dans sa surprise, Thérèse se mit à tutoyer Marthe.

— Tais-toi, souffla-t-elle. Je te le revaudrai.

— Monsacré t'a vue. Hugo aussi.

Marthe la serrait de plus en plus fort. Elle voulait qu'elle se découvre. Elle pinça la peau de son avant-bras, comme les enfants, quand ils jouent à la peau-de-serpent. Thérèse se retint à grand-peine de crier.

— Ne dis rien. Tu devrais comprendre. Ma mère... Je te paierai.

Elle s'arrêta. On n'entendit plus le craquement des coques de noix sur la table.

— Tu me paieras mon prix, repartit Marthe.

Elle avait parlé à voix haute. Thérèse jeta un regard affolé vers Monsacré, puis vers Hugo. Celui-ci n'avait rien entendu, il continuait de lire son journal avec son application ordinaire, en suivant un à un les mots de son index. Marthe retira le pain du tablier de Thérèse, le déposa dans le garde-manger, puis rangea les pommes. Avant que Thérèse n'ait pu s'éloigner, elle la reprit par le bras et la poussa dans la cour du moulin :

— Voilà mon prix.

Elle s'empara de la clef du garde-manger qui pendait au tablier de Thérèse.

— Monsacré a tout vu, ajouta-t-elle. Si je parle, il te jette dehors. Si tu crois qu'il ne te voit pas venir, toi et tes idées d'héritage ! On commence par voler du pain, et ensuite...

Thérèse frottait du pied les graviers de la cour. Elle chercha à jouer les braves.

— Monsacré...

— Monsacré dira comme moi. Voler du pain...

Marthe faillit dire *du bien,* à force d'entendre le mot dans la bouche des Monsacré. Thérèse ne se le fit pas dire deux fois. Elle détacha la clef de sa ceinture. L'espace d'un instant, Marthe crut qu'elle allait la jeter à terre, pour la forcer à la ramasser. Mais Thérèse était déjà vaincue. Elle lui tendit la clef sans un mot et partit se coucher.

Le lendemain matin, quand Monsacré vit la clef à la ceinture de Marthe, il ne fit aucun commentaire. Il eut seulement son petit rire sec, qui sonna comme les coques de noix, la veille, contre la table. Ce rire fut pour Marthe la marque d'une reconnaissance. Mieux encore, d'une alliance. Un pacte pour un temps. Non pas entre ennemis. Entre étrangers. Monsacré continua à lui tenir la dragée haute. A l'ignorer, le plus souvent. Cependant, il ne pouvait plus méconnaître qu'ils étaient unis. Ce qui les rapprochait était une égale méfiance à l'égard de Thérèse. Puis, très vite, ils découvrirent qu'ils avaient en commun un second ennemi. Il était plus sournois, plus difficile à combattre, surtout pour Marthe. C'était son mari, Hugo.

Chapitre 15

Tout commença avec la naissance de l'enfant. On espérait un fils, et ce fut une fille, une petite Elise aussi blonde que Rodolphe. Hugo lui jeta à peine un regard. Un mois plus tard, le jour du baptême, il déclara qu'il lui fallait un fils.

Il n'aimait pas Marthe, cela se vit très vite, il la voulait, tout simplement, il avait plaisir à la tenir sous sa coupe, à lui faire sentir tout ce qu'elle lui devait, son nom, un toit. Il était envieux de la moindre de ses conquêtes, de cette clef qu'elle avait obtenue, et surtout de ce pouvoir imparable, évident, que lui apporta la maternité. Il fut aussi jaloux d'Elise, jaloux de ce sein que Marthe lui donnait, de ces nuits sans sommeil qu'elle passait près du berceau, à langer l'enfant, à essayer de calmer ses cris. Elle n'était pas remise de ses couches qu'il voulut engager une nourrice. Monsacré fulmina. Hugo passa outre, il déclara bien haut qu'il la paierait sur ses deniers. Sous prétexte de compenser la dépense, il obligea Marthe à le suivre au moulin. Il venait d'achever la rénovation du premier bief, il pouvait moudre deux fois plus de farine qu'avant, les affaires allaient bien. Il lui fallait une femme, prétendait-il, pour recevoir les clients.

Ils étaient de plus en plus nombreux, la cour était constamment encombrée. Ils cherchaient toujours à rencontrer Marthe. La rumeur l'avait suivie à Vallondé, avec son cortège d'interrogations. Hommes ou femmes, leur curiosité était la même, ils voulaient voir cette Marthe que l'on donnait pour vaincue, prise au piège des Monsacré, ils cherchaient sur son visage les traces de sa défaite. Elle s'efforçait de rester impassible, se concentrait sur les poids de la balance, les livres de comptes, qu'elle tenait avec sa précision ordinaire, de sa belle écriture soignée, selon la méthode enseignée par les Ursulines. Hugo jetait à peine un œil à son travail. Au moindre prétexte, il venait la déranger. Il voulait qu'elle reste à portée de son regard, qu'on se régale de cette femme jeune et belle qui lui obéissait sans un mot. Il ne se cachait pas de son désir, il avait souvent devant ses clients des mots qui la faisaient rougir; et il aimait cela, qu'elle rougît, il se délectait de sa gêne : il la trouvait toujours sûre d'elle-même, sauf en cette occasion. Il désirait Marthe avec ressentiment, il n'était pas rassasié de sa victoire sur son frère. Il la forçait à le suivre n'importe où, n'importe quand, dans une grange, derrière un talus, au milieu des sacs de farine, et il la prenait toujours de la même façon, rapide, brutale. Mais si Marthe paraissait se soumettre, au fond d'elle-même elle ne cédait jamais.

A nouveau, elle fut très vite enceinte. Elle n'en dit rien à Hugo. Mais un soir qu'il s'était livré à son jeu favori, la faire reculer, sous le regard des ouvriers, jusqu'à la chambre des meules, elle n'y tint plus. Il avait arrêté les moteurs, il l'avait contrainte à reculer contre le mur, dans la demi-obscurité où flottait la poussière de farine, entre les courroies et les engrenages.

Elle ne se sentit plus le cœur de jouer le jeu, de chercher dans sa honte le plaisir qu'elle avait pris naguère avec Rodolphe. Elle le repoussa. Ce fut un mouvement soudain, sans brutalité ni douceur, mais dépourvu de toute équivoque : le geste d'une répulsion subite, qui refusait de s'égarer en paroles ou en invectives.

— Tu perds ton temps, souffla-t-elle. Tu l'auras bientôt, ton fils.

Il fut abasourdi. Un instant, elle crut qu'il allait la laisser sortir. Mais la méfiance l'emporta, il la serra contre le mur.

— Tu mens.

— Non.

— Toi... faire des garçons !

— On verra bien.

— On verra quand ?

— Octobre.

Elle n'avait pas envie de faire des phrases, elle était pressée de partir, maintenant que tout était dit. Il lui barrait toujours le passage. Elle se redressa, chercha la lumière au-dessus de la brume de farine. Il continuait de la maintenir contre la cloison, son genou enfoncé dans ses jupes.

— Tu serais bien capable de me faire une fille ! Comme à l'autre...

Il se refusait toujours à prononcer le nom de Rodolphe. La veine de son cou s'était brusquement gonflée. Il serra Marthe plus étroitement, elle crut qu'il allait la frapper. Elle était juste en face de la fenêtre. Un nuage passait devant le soleil. D'un seul coup, il se dissipa, et la lumière du soir se répandit sur son visage.

Elle se força à fixer Hugo. Il eut peur d'elle, comme elle le prévoyait, peur de son grand regard vert qui brillait dans le soir, intense et dur. Il ne quittait plus le sien. Hugo resta un long moment silencieux, puis il partit d'un petit rire, le même rire sans âme qu'avait Monsacré quand il voulait se donner contenance, et qui ressemblait à une toux. Comme elle ne bougeait pas, il se résigna à l'abandonner.

Ils sortirent. Il ne restait dans la cour qu'un ouvrier, le garde-moulin. A son habitude, Hugo fit le faraud. Il poussa Marthe devant lui, la força à l'accompagner tandis qu'il refermait les portes.

— Je te préviens, si tu mens... dit-il comme il verrouillait la dernière serrure.

Il plissait les yeux, il serrait les dents : la même expression que le jour où il avait proposé à Marthe de l'épouser, le menton en avant, le front bas, un air de peser ses chances; et la vengeance déjà prête, s'il était rabroué.

— Ce n'est pas un mensonge, coupa Marthe. Ni un marché. Disons que c'est un pari.

— Si tu perds...

Le hasard fit bien les choses, ironisa Marthe lorsqu'elle raconta la difficile naissance de son fils, par un jour pluvieux de septembre 1900. A cet enfant brun et fragile, Monsacré imposa le prénom de Lambert, en souvenir d'on ne savait quel ancêtre. Hugo ne s'intéressa pas davantage à Lambert qu'à Elise. Il se pencha à peine au-dessus du berceau, annonça à Marthe qu'il ne voulait plus d'elle au moulin, et qu'il renvoyait la nourrice; puis il sortit de sa chambre sans un mot de plus, les épaules voûtées, ramassé sur son tourment.

Chapitre 16

C'est un peu plus tard, semble-t-il, que les gens de Rouvray commençèrent à parler du « *Moulin de la Jalousie* ». On ne lit ce nom bizarre sur aucune carte, pas même sur le cadastre, ni sur les relevés détaillés dressés par l'état-major, prompts à enregistrer, pourtant, les images imprimées à la terre par des siècles de mémoire. Sur les cartes du temps, on trouve toujours l'indication officielle : *Domaine de Vallondé*. Monsacré n'avait pas fait mystère de son intention de raser le manoir. Une vague superstition l'en retenait encore, la peur d'aller trop loin, peut-être, dans sa revanche sur le marquis; à moins qu'il n'ait voulu l'humilier davantage, en vouant à la ruine un domaine qui avait fait la fierté de générations d'Ombray. Au fond du vallon, la gentilhommière avait presque disparu, toutes portes clouées, derrière une friche impénétrable.

La même raison qui le faisait parler de raser le manoir l'incitait à entretenir à la perfection le vieux moulin seigneurial. Pour les plus fidèles de ses clients, qu'il avait refusé de laisser à son fils, il s'amusait à le faire marcher à la manière ancienne, à la seule force de l'eau et du jeu de la pierre. Contre toute raison, en dépit même de la logique qui le poussait à lâcher son or pour la rénovation de ses deux autres biefs, il perpétuait ici, au seuil de la vieillesse, ses tours de main de magicien des meules. Il continuait de se déplacer devant la roue avec son allure de donjon en marche, fier de ce bien acquis sur un vieil ennemi à force de patience et d'intrigue. Acharné à vivre, tant qu'il pourrait prélever, entre la moisson et le pain, le droit de l'eau, le tribut que les Monsacré, depuis des années, prenaient à la vallée.

Il prétendait qu'avec ses vieux engrenages il pouvait moudre mieux que les moteurs de son fils, parce que Hugo, s'exclamait-il, n'avait pas son « pouce d'or, » le pouce meunier, large comme une spatule, à force de rouler la farine entre le majeur et l'index pour juger de sa finesse. Il exhibait ses doigts devant les quelques clients qu'il s'était réservés, des paysans usés qui préféraient admirer le pouce de Monsacré, sa main bleuie par les éclats du marteau sur la meule, plutôt que d'affronter le monde en changement, les métayers fatigués de louer les terres, les journaliers qui rêvaient de la ville. Monsacré, lui, n'avait peur de rien. Ou il dissimulait l'étendue de ses craintes, il les confondait avec sa peur de la mort. Pour mieux les conjurer, il avait laissé tous les risques à Hugo. Mais il ne se privait pas de l'accabler de critiques, parfois d'injures, à propos des deux moulins à moteurs qu'il lui avait imposés, comme il lui avait imposé Thérèse, et jusqu'au prénom de son fils. Plus Hugo lui rapportait d'argent, plus il se forçait à le mépriser, plus il s'accrochait à son bief de Vallondé. Avec les années qui passaient, Monsacré se soudait plus étroitement à ses champs, à sa rivière, il se repliait sur la vie qui avait toujours été la sienne, sourde, bestiale, nourrie d'astuce et de calculs silencieux, un colletage âpre et constant avec la terre et l'eau, les saisons, les crues, le cours des grains, les autres paysans, pour ne pas être entraîné dans ce qui restait à ses yeux, en dépit de la disparition de Rodolphe, la forme la plus achevée du malheur : le déclin de son rang, la perte de son bien.

A la mort de son fils, cette terreur l'avait poussé à émigrer dans ce moulin qui ne servait plus guère. Vallondé comblait aussi un rêve plus secret. Le domaine était au centre de ses terres, ce puzzle de pâturages, de vignes, de champs à blé, patiemment réuni à coups d'actes notariés. Il n'y restait que deux enclaves : la plus petite, en haut du coteau, était la vigne de Julia Robichon, qu'elle projetait de vendre aux Ursulines, depuis la mort de Rodolphe, parce que, disait-elle, elle n'avait plus de goût à rien. A l'ouest, le domaine d'Orfonds entaillait plus largement les terres de Monsacré. Son propriétaire possédait sur Vallondé un droit de passage et de pêche, en vertu d'un acte qui remontait au déluge. Monsacré ne s'en consolait pas. Curieusement, cette frustration lui rendait de l'énergie. Il vivait dans l'attente du jour où le voisin mourrait, où le domaine serait à vendre. Chaque matin, ses yeux se dirigeaient vers les longs murs d'Orfonds, le fixaient longuement. Puis son regard revenait vers les grottes, à flanc de coteau, les caves creusées dans le roc où, selon la rumeur, le Grand Monsacré avait enfoui son or.

A la vérité, personne n'en savait rien. Vallondé n'était pas Rouvray, l'inquisition s'arrêtait à la grille du domaine, à la lisière des prairies où courait la Luisse entre viviers et cressonnières, derrière ses herbes folles, ses entrelacs de saules et de trembles à demi renversés. On n'en savait pas davantage sur ceux qui y vivaient, logés tous ensemble dans le bâtiment construit en face du moulin, une solide maison d'habitation remaniée du temps des Ombray. Les uns et les autres sortaient peu, repliés là, eux aussi, au plus creux du vallon, à l'ombre de ce vieux moulin ronronnant d'où Monsacré continuait de narguer sa famille; si toutefois on peut appeler famille cet assemblage d'énergies entièrement tendues vers l'attente de sa mort. Tous s'obstinaient à vivre ensemble, patience contre patience, guettant chez l'autre la première faute, le premier mouvement de rage qui le réduirait à merci.

Même si les gens de Rouvray flairaient leurs dissensions, aucun événement n'avait pu, depuis le mariage de Marthe, leur donner matière à commentaire. Lorsqu'ils passaient devant la grille du domaine, ils épiaient la chambre qu'Hugo partageait avec elle, ils la voyaient parfois passer, derrière ses rideaux de mousseline. La fenêtre était fermée d'une ferronnerie baroque que le marquis d'Ombray avait naguère rapportée d'Espagne. Dans une de ses innombrables extravagances, il avait voulu en orner les communs du Grand Chatigny. A titre d'essai, il en avait apposé une sur la maison de Vallondé. Les gens de Rouvray furent frappés de ce détail insolite. Ils voulurent lui donner un nom qui résumât leur trouble. La ferronnerie était vaguement exotique, on chercha un mot insolite. Quoique l'emploi en fût impropre, on s'arrêta sur *jalousie.* Dès l'acquisition du domaine par le Grand Monsacré, ils ne parlèrent plus de Vallondé, mais du Moulin de la Jalousie. Puis l'expression se répandit, s'enracina. La raison en était simple : lorsqu'on l'employait, on avait tout dit de la famille Monsacré.

Le surnom fut connu de Damien, car on le voit apparaître au dos d'une série de clichés qu'il a pris dans les premières années du siècle. Il fait toujours suivre la formule d'un point d'exclamation, ou de points de suspension : *Moulin de la Jalousie...*, comme s'il voulait faire comprendre à la postérité les sous-entendus dont il s'accompagnait.

Ce lot de photos est à coup sûr le plus curieux des documents conservés dans le carton. Comme pour ses livres de magie, Damien en revendique la paternité en les marquant au dos d'un cachet ovale à son nom, dans un lettrage spectaculaire et compliqué, *Damien MONSACRE*. Marthe les a précieusement conservées, sans rien changer à l'ordre dans lequel elle les a trouvées, dans un album aux cadres prédécoupés, décorés dans le goût du temps, avec de grandes fleurs torses et languides, iris ou orchidées, des feuillages roses et verts enroulés sur le coin des pages à la manière d'une chevelure immense, ou d'un herbier dans le courant.

On comprend ce soin jaloux. C'est là toute sa jeunesse, et son bonheur de mère. La maternité l'a aidée à tout supporter, les idées noires d'Hugo, les sarcasmes de Monsacré; et Thérèse, toujours aux aguets, qu'on distingue souvent à l'arrière-plan des photos, devant l'alignement des casseroles de cuivre. « *Il y a les enfants* », paraissent dire ces photos de Marthe, l'éternelle phrase des femmes mal mariées. De photo en photo, on les voit grandir. Elise est frêle et blonde, elle a les yeux clairs. « Ils lui mangent le visage », se lamente parfois Marthe, toujours inquiète de la pâleur de sa fille. Elle ne cesse de la gaver d'eau dans laquelle elle fait rouiller des clous, d'huile de foie de morue, « pour aider sa croissance ». Lambert est très différent de sa sœur. Il est potelé, un peu trapu. Après quelques mois difficiles, où Marthe a craint pour sa vie, il a révélé sa vraie nature, très proche de celle de sa mère. Il est vif, mais silencieux. Dès qu'il a commencé à jouer, Marthe a remarqué, non sans satisfaction, qu'il savait déjà réfléchir avant d'agir, calculer, peser le pour et le contre. Si elle aime à caresser le visage d'Elise, qui lui rappelle tellement Rodolphe, elle se complaît davantage à observer Lambert, chez qui elle reconnaît sa propre volonté, son énergie jamais prise en défaut. Au regard dont elle le couve, on devine qu'elle attend beaucoup de lui.

Damien, lui, s'intéresse davantage à Elise. Depuis sa naissance, il ne cesse de la photographier. C'est sans doute pour elle qu'il a acheté son Kodak pocket 16, un des premiers appareils portables, qui faisait beaucoup d'envieux. Il a fixé Elise à tous les âges, nourrisson endormi sur la poitrine de Marthe, bébé aux pas hésitants dans la cour du moulin, sage petite fille en sarrau. Marthe s'est peut-être irritée de cette préférence. Souvent, quand l'objectif de Damien se pose sur sa fille, quand elle l'entend crier la phrase rituelle : « Attention, ne bougeons plus ! », Marthe appelle Lambert.

Il accourt, vient se réfugier dans ses jupes, jette à sa mère, ou à l'objectif, un œil effaré. C'est la seule faiblesse de Lambert, ce besoin constant d'affection, il n'a pas encore appris à la dissimuler. Il a souvent pour Marthe des gestes possessifs, étonnants chez un si jeune enfant. Un très beau cliché montre la mère et le fils, de profil, assis devant la porte de la maison. Il a été pris un jour d'été : la treille qui court le long des fenêtres commence à ployer sous les grappes, le mur paraît très blanc sous l'excès de lumière. Marthe et Lambert se regardent. Marthe sourit, la main doucement refermée sur la paume de son fils; mais lui, Lambert, fronce les sourcils, il a déjà l'amour très grave. De sa main libre, il a saisi une boucle de Marthe, échappée de son chignon. Il la serre, il la tire de toutes ses forces. Au fond de son regard assombri, et dans la violence de son geste, on distingue un peu de l'ombrage d'Hugo.

Images arrachées à une époque dont Marthe ne parla guère. Leur grain serré, un peu gris, restitue beaucoup plus que l'éclat d'une jeunesse : on croit en retrouver l'odeur. Parfum du buis bénit que Marthe a accroché au crucifix, dans sa chambre, près de sa table de toilette, même si personne dans cette maison — à commencer par elle — ne croit ni Dieu ni diable. Effluves de la cendre refroidie qu'elle prépare pour la lessive, et qui se mélangent au fumet de cuisine, dans la cheminée, au relent chimique qui reste dans les rainures des cuivres, là où revient si vite le vert-de-gris. Arôme léger qui imbibe les draps comptés et recomptés au fond des armoires. Senteur des années enfuies, des temps patients où Marthe se battait encore contre les choses, et non contre les gens. Avec ce grand rêve, toujours présent au fond de son regard : aller plus haut. Rêveries informelles dont le contour à jamais s'est perdu, mais où tout se prépare des années qui vont suivre. Marthe étouffe, elle cherche sans cesse par quel moyen s'en sortir. Elle n'est pas désespérée, mais opiniâtre, plus obstinée encore que du temps du couvent. Sur les photos de Damien, elle a l'air de plus en plus résolu, à mesure que les enfants grandissent. Elle paraît pourtant s'être accoutumée à cette vie campagnarde, solitaire. Elle jardine, elle cuisine. Elle trompe son attente, elle s'étourdit de lessives et de confitures. De repassages, de raccommodages. Scènes tranquilles où son regard invariablement clair défie l'incertitude des vieilles pellicules. Rien qu'à le voir, on devine l'apprêt soigné de l'amidon sur ses nappes, ses livres de comptes bien tenus, le parfum de la cire sur les meubles bourgeois qu'elle achète, avec l'argent qu'elle gagne sur ses légumes, au jardin, malgré les ricanements de Monsacré qui prétend qu'elle est « *ambitieuse* ».

Il a dû s'établir entre Damien et Marthe une complicité insolite, car trois ou quatre fois, elle s'est laissé surprendre à sa toilette, derrière la toile d'un paravent, penchée sur un broc, en chemise, un de ces caracos transparents et lâches à la mode du temps, sous lequel on distingue avec précision son corps brun, à peine alourdi par les maternités. Elle joue les lointaines, les absentes, mais elle a posé. Elle n'ignore pas, dans l'angle du paravent, l'objectif de Damien. Plus tard, elle n'a pas cherché à effacer la trace de ces instants un peu troubles. Ces clichés sont restés à la place que Damien leur avait assignée, au milieu de l'album, entre les photos des premiers pas d'Elise et du baptême de Lambert. Marthe les a conservés sans façon, avec la netteté habituelle de son caractère. Avec le recul du temps, elle y a vu le souvenir le plus éclatant des années qu'elle passa à Vallondé, temps âpres et difficiles, où cependant elle possédait un bien que sa fortune à venir ne lui rendrait jamais : la simple beauté de la jeunesse. Comme par prémonition de ce qui se prépare, c'est cette fraîcheur que Damien aime à saisir, dans des clichés au grain précis, qu'il développe lui-même dans le petit atelier qu'il s'est aménagé dans une des grottes. La lumière de ces photos s'attache à d'infimes détails du corps de Marthe, le duvet noir sous ses bras, un grain de beauté, ovale et sombre, sur ses épaules nues. Sur d'autres clichés, Marthe est à la cuisine, penchée au-dessus d'un brochet, qu'elle s'apprête à loger dans une poissonnière. Depuis la cour, derrière un rideau, Damien l'observe, son matériel à portée de main. Il a étudié la lumière, son angle de prise de vue, puis il est entré sans faire de bruit. C'est un exploit, car il a le souffle court. Il l'a appelée, elle s'est retournée, elle l'a vu, elle a compris ce qu'il cherche. De la sueur coule entre ses seins, elle cherche à relever son tablier sur sa poitrine, elle rajuste à la hâte une mèche échappée de son chignon; puis elle bat en retraite : « Tant pis, allons, mais fais vite ! » Damien lance une plaisanterie. Elle rit. La pose va s'éterniser, elle sera en retard pour sa cuisine, mais elle joue le jeu. « Ne bougeons plus ! » rugit Damien de la voix qu'il prend pour jouer les ogres, lorsqu'il distrait Elise en lui récitant des contes. Marthe sourit vaillamment tout le temps de la pose, Damien n'a pas de mal à fixer cette joie venue du plus profond d'elle-même, cette acceptation gourmande de l'instant.

Même lorsqu'il la piège à sa toilette, lorsqu'il la suit en été, à la Luisse, par les jours de chaleur, lorsqu'elle relève ses jupes jusqu'à la taille et que les eaux dessinent très exactement les contours de son corps, c'est toujours la mère qu'il voit en elle, une femme tout entière tendue vers le bien-être de ses enfants, et qui s'efforce d'oublier en eux le désert de sa chambre, la sécheresse des bras d'Hugo. Elle n'a pas cet air d'avidité qu'ont les autres Monsacré. Ou bien si elle attend quelque chose, cet espoir est plus fort que l'envie des terres, le goût de l'or.

Mais les clichés de Damien ne sont pas innocents. Lui aussi, c'est un Monsacré, un voleur. Un voleur d'âme. Ses photos sont une grimace, le rire maladroit, étouffé, de ceux qui n'ont jamais vécu. Un ricanement dans le dos de cette famille qu'il n'aime pas, lui non plus. Il est infirme, il sait qu'on le tolère, en attendant sa mort, en supputant le montant de ses biens. D'avance, il se venge en photos. A la première occasion, il sort son appareil, traque son frère, Thérèse, Hugo, il les emprisonne pour l'éternité dans l'enfer de sa chambre noire. Par exemple, il fait poser le Grand Monsacré, le fusil à la main, devant un lièvre qu'il vient de tuer. Thérèse dépouille l'animal, elle enfonce ses doigts maigres dans les chairs sanglantes. Un autre jour, il le prend devant un saumon jeté sur du foin. Le Grand Monsacré contemple ses proies avec son sourire habituel, un peu prognathe, son rictus de propriétaire. Ou bien c'est Hugo qui revient de la foire, sur la jument de Rodolphe. Il passe la grille de Vallondé en jetant un œil noir à Marthe, occupée à broder sous la treille tout en surveillant les enfants. Une autre fois, Hugo est à table, devant un pigeonneau, cuisiné sans doute selon l'une des recettes préférées de Marthe, à la fleur de thym et à l'ail doux. Avec le manche de son couteau, Hugo écrase la tête de l'animal. La cervelle jaillit, il se penche vers l'assiette sans retenir sa convoitise.

Ces derniers clichés prouvent assez que cet album, en apparence si anodin, a été conçu comme la chronique d'une guerre en gestation. Le premier, Damien a compris quelle serait l'importance de Marthe dans la bataille qui se prépare. C'est d'ailleurs lui qui a provoqué le destin, le jour où il lui a proposé l'impensable, un voyage à Tours, pour voir le cirque Barnum. Il l'a peut-être fait inconsciemment, il devait s'ennuyer. Mais qui fera jamais la part de l'irréflexion et du calcul, dans ces guerres circonscrites aux murs d'une maison, plus féroces pourtant que les conflits qui opposent les nations, et qu'on nomme pudiquement *histoires de famille* ?

Chapitre 17

L'arrivée du cirque était attendue depuis plus de deux mois, c'était l'événement de l'année. De Blois à Vendôme, de Langeais à Rouvray, on ne parlait plus que de la ménagerie, annoncée partout dans la région à grand renfort d'affichettes. A la fin de son album, Damien a collé un de ces prospectus. Dans le style pompeux et superlatif qui était alors d'usage, il promet « *des courses de chars romains, les plus rares et coûteuses créatures de la terre, une incomparable exposition de phénomènes humains, les animaux sauvages des forêts vierges d'Afrique, exposés dans d'élégantes cages sculptées* ».

Ce n'était pas la ménagerie qui intéressait Damien, mais les monstres. Rien qu'à l'idée qu'il pût exister plus contrefait que lui, il était soulevé d'enthousiasme. Depuis des semaines, il entretenait Marthe de la collection de phénomènes annoncée par Barnum : l'homme caoutchouc dont la peau s'étire comme de la pâte à guimauve, l'homme-squelette qui laisse voir tous ses os à travers sa peau, la Japonaise sans bras, l'acrobate sans jambes, les Chinois soudés par la hanche, les Aztèques microcéphales, le général Tom-Pouce, pas plus gros qu'un chat, l'homme-pelote qui supporte sans un cri la piqûre des épingles, la femme à barbe, l'albinos, la jeune-fille porc-épic, enfin Jojo, l'homme-caniche, au poil ras et bouclé comme les chiens du même nom. « *Une colonie heureuse d'êtres privilégiés,* concluait l'affichette, *qui vivent, aiment et souffrent comme les autres mortels, et même souvent sont plus heureux que d'autres créatures plus favorisées par la nature.* »

Marthe n'était guère tentée de le suivre. Damien eut un argument qui fit mouche : Barnum présentait aussi un troupeau d'éléphants. Sur le prospectus, le mot était écrit dans toutes les tailles et tous les caractères, indéfiniment répété,

Eléphants, Eléphants, ELEPHANTS, ELEPHANTS, ELEPHANTS, Eléphants, Eléphants, Eléphants,

avec des dessins coloriés censés représenter leurs rondes et leurs acrobaties. Les légendes débordaient de formules encore plus emphatiques : « *La collection la plus resplendissante d'animaux à trompes et à défenses, les plus beaux mammouths, les géants les plus intelligents et les mieux dressés que la plus belle Cour d'Orient ait jamais possédés. Ces splendides éléphants, aussi sagaces que rusés, sont dressés à tous les jeux et tours imaginables, ils se livrent à des farces désopilantes, ce sont des éléphants sachant tout faire et auxquels il ne manque qu'un don : la parole.* »

« Si je le fais, ce sera pour les enfants », dit Marthe, dès qu'elle eut achevé la lecture de l'affichette. « Tu as raison, Damien. Il faut le faire pour les enfants. » En deux jours, elle réussit à convaincre Hugo de la laisser partir à Tours. Il ne céda qu'à la condition que Damien paie le voyage et l'entrée à la ménagerie. Ils partiraient le matin, et seraient de retour le soir. Quant à lui, il resterait au moulin. Il y avait une dernière difficulté à résoudre : comment voyagerait Damien ? Il était de plus en plus fatigué. Il arrivait tout juste à se tenir debout. Avec ses cent kilos il était incapable de monter dans le train et de se traîner à la ménagerie.

Damien avait réponse à tout : il venait de s'acheter deux gros chiens, qu'il avait attelés à une petite charrette, comme c'était encore l'usage chez les paysans pauvres. Il partirait très tôt le matin, il donnerait rendez-vous à Marthe à la gare de Tours. Le soir venu, il rentrerait par le même moyen.

Le matin de juin où ils s'en allèrent, il faisait très chaud. Damien partit avant l'aube sur sa charrette à chiens. Il tenait son appareil photo précieusement serré entre ses jambes malades. Il fut ponctuel au rendez-vous de la gare. Marthe était très gaie. Elle se rendait à Tours pour la première fois, l'étendue de la ville l'impressionna. Elle ne garda pas une mémoire précise de l'exposition des monstres. Elle se souvint seulement de la confusion créée par Damien quand il voulut rentrer dans sa charrette sous la tente aux phénomènes. On le prit pour une attraction. On l'applaudit, certains même lui jetèrent des pièces. Il dut abandonner son équipage et fit péniblement le tour de la foire appuyé sur ses deux cannes, sans pouvoir prendre de photos. La ménagerie le ragaillardit. Il réussit à photographier Elise devant les singes et les girafes, et Lambert au pied des éléphants. Puis il fallut rentrer. Il reprirent le chemin de la gare. Les enfants s'endormirent au fond de la charrette à chiens.

Ils étaient parvenus sur une petite place quand ils entendirent s'enfler une grande rumeur. C'était la parade des éléphants. Damien dirigea sa charrette sur le bord du trottoir, fit signe à Marthe de grimper à ses côtés. Les éléphants s'avançaient deux par deux en agitant leurs pompons et leurs plumets. Ils étaient précédés d'une troupe de trompettistes en uniforme rouge et doré. Ils jouaient une sorte de musique militaire, dont l'allégresse tonitruante, on ne savait pourquoi, remplissait sur-le-champ d'une exaltation bizarre.

— Le train, dit Marthe au bout d'un moment. Je vais rater le train.

— Pour ce qui nous attend là-bas, répliqua Damien. Et regarde tes enfants...

Elise s'était réveillée la première, elle était debout à côté de sa mère, elle battait les mains.

— Tout de même, reprit Marthe. Si on ratait le train, Hugo...

Elle n'eut pas le temps de finir sa phrase. En face d'elle, un éléphant refusait d'obéir à son cornac. C'était Fritz, la vedette du troupeau. Elle l'avait bien remarqué, à la ménagerie, il n'avait pas l'air commode, il n'arrêtait pas de barrir. Son gardien avait déclaré qu'il fallait souvent l'entraver. Pendant la parade, par mesure de précaution, on l'avait attaché aux autres bêtes.

— Allons-nous-en, souffla-t-elle à Damien. Viens, fais demi-tour.

Il ne l'écoutait pas. Il conduisit la charrette sur un terre-plein qui surplombait la place. Quelques secondes plus tard Fritz rompit les cordes qui l'attachaient au reste du troupeau. Il chargea en barrissant. La foule courut dans tous les sens.

Des femmes s'empêtraient dans leur robes du dimanche, des hommes guindés dans leur costume noir tentaient de s'accrocher aux branches des platanes, forçaient les portes et les fenêtres. Après un moment de panique, les cornacs des autres bêtes s'approchèrent et tentèrent d'entraîner Fritz.

— Il est en rut, dit sentencieusement Damien. Ça ne pardonne pas.

La musique militaire continuait vaillamment ses flonflons. Au prix d'efforts inouïs, des cornacs réussirent à encadrer Fritz de deux autres bêtes. L'animal parut se calmer. Cachés derrière les autres éléphants, des employés de Barnum tendirent des câbles et parvinrent à lui ligoter les pattes. Au moment où ils resserraient le dernier nœud, Fritz s'écrasa sur le sol. Il continua à se débattre au milieu des branchages qu'il avait entraînés dans sa chute. Ses barrissements devenaient atroces. Le soleil se couchait. Au milieu du vacarme, le parti des cornacs fut rapidement pris : il fallait abattre l'éléphant. On choisit de le garrotter. Le jugement fut accueilli dans un hourvari de clameurs. La musique se tut, on ligota Fritz plus solidement, puis, vers minuit, à l'aide d'un palan, on l'étrangla.

Le train de Marthe était parti depuis des heures. A vide certainement, car personne ou presque n'avait voulu manquer l'exécution de l'éléphant. Les enfants s'étaient endormis dans la charrette à côté de Damien. Marthe ne regrettait rien, elle ne pensait même plus à Vallondé, ni à son mari. Devant elle, c'était une scène plus insensée encore que celle de la parade. Sortis de leurs salons ou du fond de leurs campagnes, des centaines de badauds défilaient devant la dépouille de l'animal, dans ce qui ressemblait à une sorte d'hommage barbare. Mi-curieux, mi-inquiets, ils tâtaient les défenses de Fritz avec des airs cérémonieux, palpaient sa peau grumeleuse, sa trompe inerte, ses immenses oreilles. Quelquefois, comme pris d'une terreur subite, certains faisaient un signe de croix, ou marmonnaient des formules incohérentes. Marthe ne ferma pas l'œil de la nuit. Elle était gagnée par cette ferveur étrange, elle avait oublié son mari, le moulin. Au matin, Damien prit deux clichés du cadavre de Fritz. Puis on vint chercher la bête pour la dépecer à l'école de médecine. Avec la chaleur qui montait, l'odeur devenait insoutenable, des nuages de mouches bourdonnaient sur la place. Marthe réveilla les enfants, reprit avec Damien le chemin de la gare. La fête n'était pas finie : une demi-heure plus tard, des étudiants masqués de bandes Velpeau se répandirent dans les rues. Ils traînèrent derrière eux les viscères de la bête, des mètres et des mètres de chair jaunâtre dont l'odeur jeta sur leur passage une panique encore plus violente que l'éléphant en rut.

Damien dut sentir la tristesse qui pointait sous le sourire de Marthe, car il lui lança de sa charrette, comme ils se séparaient sur le seuil de la gare :

— N'aie pas peur de ton mari. Je serai rentré avant toi. Je lui expliquerai tout.

Le train de Marthe partait un quart d'heure plus tard. Elle comprit qu'elle arriverait la première. Quand elle passa la grille de Vallondé, elle vit le Grand Monsacré qui l'attendait à la porte. Dès qu'il la vit entrer dans la cour, il disparut dans sa chambre. Personne ne la salua quand elle entra dans la cuisine, ni Hugo, qui s'était assis à la place de Damien, face à la cheminée, ni Thérèse, un sourire mince aux lèvres, debout devant les fourneaux, à nouveau maîtresse des lieux. Marthe s'avança vers la cuisinière et l'écarta sans un mot. Selon le geste qui lui était familier dès qu'elle rentrait de la lessive ou du jardin, elle déposa la bouilloire sur la fonte brûlante.

Ce fut là ce qui dut exaspérer Hugo et Thérèse : qu'elle n'eût pas un mot d'explication, qu'elle rentrât le front haut, de la manière la plus naturelle du monde, avec son expression ordinaire, une souveraine indifférence. Monsacré surgit de la pièce où il s'était posté. Il s'assit à la table, se versa un verre de vin, se mit à le boire à petites lampées. A présent, il ne guettait plus Marthe, mais son fils. Hugo sentait ce regard accroché à lui, ces yeux plissés qui ne voulaient rien perdre de la scène. Il sentait venir aussi le ricanement de Monsacré, son rire de gorge, bref et sec, pire qu'une insulte, qui serait son seul commentaire.

Marthe continuait d'aller et venir en silence. Les chats de Damien la suivaient, en quête d'une assiette de lait. Elise aussi sentait venir l'orage : elle s'était réfugiée sur le seuil et jouait avec sa poupée. Lambert, comme d'habitude, suivait les pas de sa mère.

Il y eut alors, par-dessus le ronronnement de la bouilloire, ce qu'Hugo redoutait depuis l'entrée de Marthe, le terrible ricanement du Grand Monsacré. Il se versa un second verre de vin, le but d'un trait, s'essuya la bouche du revers de la main. Personne ne broncha. Il repoussa la bouteille, eut un second rire, plus rauque, plus profond. Hugo n'y tint plus. Il se leva, s'approcha de Marthe. Elle soulevait la bouilloire. Elle ne le sentit pas venir. Il la frôla, elle crut qu'il allait la frapper. Elle eut un sursaut instinctif, se retourna, prête à éviter la gifle, à la rendre peut-être. La bouilloire se renversa. L'eau bouillante gicla autour d'elle. Il y eut deux cris, l'un étouffé, l'autre suraigu.

Le premier cri était celui de Marthe. Elle avait reçu quelques gouttes sur le dos de la main. Le reste de l'eau s'était répandu sur les jambes nues du petit Lambert.

La blessure de Marthe mit peu de temps à guérir. Pour Lambert, on ne comprit jamais pourquoi au juste, cela dura des semaines, des mois de bandages et d'onguents. Vernon venait de terminer sa médecine, il s'était installé non loin de Vallondé, ce fut lui qui le soigna. Il ne comprit jamais rien à cette brûlure qui ne cicatrisait pas, et retardait la croissance de sa jambe droite. Il souçonna d'autres causes, une maladie osseuse, une déficience congénitale. Il agita des noms savants, qui ne résolurent rien. Lambert boita. Des années plus tard, Vernon évoquait encore cet échec : « Je n'ai rien pu faire », disait-il. « Je n'ai jamais entendu parler d'une chose pareille ».

Lambert avait désormais le même œil assombri que son père. Marthe le consolait en lui montrant sa propre main, en lui expliquant que c'était peu de chose, ces chairs rougies, de simples dessins sur leur peau, des étoiles. Leurs cicatrices, ajoutait-elle, étaient jumelles, comme étaient semblables leurs yeux verts, et leur grain de beauté ovale, sur l'épaule gauche. Lambert s'assombrissait davantage. Elle le prenait dans ses bras, elle lui racontait des contes de fées, lui chantait des chansons. Et se forçait à espérer.

Marthe était jeune alors, jeune et trop confiante. Trop mère. Mais on ne sortit plus de berceau, à Vallondé, avant 1907. On disait qu'elle dormait seule derrière sa jalousie.

Chapitre 18

L'année de l'inondation, les choses prirent un tour nouveau. Le temps fut très souvent pluvieux, le Grand Monsacré n'allait pas bien. Un jour de juin, il eut du mal à se lever. Malgré les avertissements de Marthe, il voulut à toutes fins aller pêcher l'anguille. Lorsqu'il remonta de la Luisse, il était livide, il titubait. Il voulut se coucher. Lorsqu'elle entra dans sa chambre, Thérèse le retrouva affalé au pied de son lit. Il ne parlait plus, il était à moitié paralysé.

On fit venir Vernon. D'après lui, Monsacré ne s'en sortirait pas. « Mais il est taillé à chaux et à sable », ajouta-t-il, « il a encore toute sa tête. Avant qu'il ne passe l'arme à gauche... » Ces derniers mots achevèrent d'accabler Hugo. Le soir même, il poussa la porte de la chambre de Marthe, et la lumière fut longue à s'éteindre derrière leur fenêtre.

Ils tinrent conseil. La guerre venait d'être déclarée au chevet de Monsacré. Ils aboutirent à la même conclusion : l'ennemi était dans la place. L'ennemi, c'était Thérèse, qui ne voulait plus quitter Monsacré d'un pouce, sous prétexte que c'était elle qui l'avait trouvé au pied de son lit, la bouche tordue, et raide comme une vieille souche. Pendant la visite du médecin, Marthe avait eu toutes les peines du monde à l'écarter de la chambre. Mais elle était revenue, et elle ne s'en éloignait plus, même à l'heure des repas.

La nuit durant, Hugo et Marthe passèrent en revue les signes qui prouvaient que Thérèse était entrée dans la faveur testamentaire du Grand Monsacré. Ils spéculèrent à perte de vue sur une chaîne d'or que Thérèse arborait tous les dimanches, depuis environ six mois. Elle était très belle et de facture ancienne. Marthe fut assez habile pour laisser parler

Hugo sans jamais l'interrompre. Il lui ouvrit son cœur tout d'un coup, sans la moindre retenue. Son torse large se dilatait davantage, il se redressait sur ses jambes courtaudes. Il se grisait de ses paroles, de l'audace de ses confidences. Il n'arrêtait pas d'arpenter la chambre, il parlait sans regarder Marthe, les yeux dans le vague, le teint enflammé par le souvenir de ses humiliations. Il les lui narrait par le menu, des plus anciennes aux plus récentes, d'un sifflet que son père lui avait refusé lorsqu'il avait six ans, aux secrets de meunerie que le Grand Monsacré se gardait pour lui seul. Deux jours avant son attaque, rappela-t-il à Marthe, il y avait eu cette ultime avanie, quand le Grand Monsacré avait refusé d'augmenter sa part sur les bénéfices. « Fils de meunier, fils de rien ! » avait-il lancé en claquant la porte.

Hugo avait la mémoire précise, féroce, il se souvenait de tout, avec une cruauté enfantine. Son père reposait dans la chambre en dessous, abattu, mais toujours étonnamment conscient, loin d'être foudroyé. Cependant, dans l'esprit d'Hugo, Monsacré était déjà entré dans la contrée ambiguë qui précède la mort, le lieu des pires faiblesses, ou des vengeances les plus sournoises. Dans le déluge de confidences dont il fatigua Marthe, c'était de sa propre force qu'Hugo voulait s'étourdir, de sa santé, le premier avantage qu'il eût jamais pris sur son père. Alors qu'il l'avait toujours désigné selon l'usage commun, *Le Grand Monsacré* (jusqu'à ce jour, il y avait ajouté simplement, comme pour lui seul, une nuance d'ironie à peine perceptible) il l'appelait à présent *Le Vieux,* et il n'avait plus à la bouche que le mot d'héritage. Rien qu'à le prononcer, il en avait la voix et le cœur chavirés. L'heure des comptes, proclamait-il, avait enfin sonné.

Marthe lui ouvrit les bras, cette nuit-là, et celles qui suivirent. Au fond du lit de merisier, de soir en soir, de confidence en confidence, Marthe affina ses plans. Car c'est elle qui eut l'idée d'aller consulter discrètement Antoine Chicheray, qui venait de prendre la succession de son père. C'est aussi elle, selon toute vraisemblance, qui combina les détails du rendez-vous. Elle eut l'adresse de laisser croire à Hugo que l'idée venait de lui. Quand elle l'amena à prononcer le nom du notaire, lorsqu'elle le conduisit à s'interroger tout haut sur le moyen de rencontrer Chicheray sans se rendre à l'étude, elle lui soumit plusieurs idées, dont une promenade du dimanche aux alentours du *Goujon frétillant*, une guinguette des bords de Loire où il avait ses habitudes.

Hugo avait juré qu'il n'y mettrait jamais les pieds, à cause de Damien, qui s'y rendait très régulièrement. Depuis l'épisode du cirque Barnum et de la blessure de Lambert, il s'était désintéressé de la photographie. « *Il reporte tout sur la nourriture* », s'indignait Thérèse. Elle disait vrai ; mais Damien à présent refusait de partager le déjeuner dominical et préférait se restaurer au *Goujon frétillant*. Il vivait toute la semaine dans l'attente de ce moment. Dès onze heures du matin, chaque dimanche, il préparait son attelage de chiens et prenait le chemin de la guinguette dans un frac râpé qui craquait de partout. A force d'offrir tournées sur tournées à tous ceux qui passaient à portée de sa table, il s'était constitué une sorte de cour. On y trouvait de tout, des vignerons, des tailleurs de pierre, des mariniers à la retraite, quelques mendiants, réunis par le goût du vin et des chansons paillardes. Damien les régalait de la meilleure façon. En manière de remerciement, ses parasites l'emmenaient dans les fêtes des alentours, les tirs au pigeon, les vols d'aéroplanes. Enfin il avait inauguré avec eux la tombe qu'il venait de se faire construire. Il avait décidé d'être enterré loin du caveau des Monsacré, au beau milieu du cimetière, là où les places étaient les plus chères. Personne ne s'y trompa : Damien voulait narguer son frère de son vivant. Il n'avait rien laissé au hasard. Pour sa dalle funéraire, il avait exigé le plus beau marbre, le meilleur tailleur de pierre. Il avait fait surmonter sa tombe d'une sculpture monumentale qui représentait une corbeille d'osier d'où ruisselaient des louis. Pour mettre un comble à la provocation, il avait convié ses compagnons de beuveries à fêter l'achèvement des travaux. Au-dessus de sa future tombe, ils avaient mis une barrique en perce, ouvert une jarre de cochon salé, partagé une dizaine de pots de rillettes, en s'encourageant mutuellement à la ripaille à grand renfort de couplets salaces. Sans l'intervention des gendarmes, sur le coup de midi, on aurait retrouvé Damien couché sur sa tombe, congestionné et ronflant, à cuver son Chinon. Depuis cet épisode, aucun Monsacré, sinon Marthe, ne lui adressait plus la parole. C'était donc elle, tous les dimanches, qui était chargée de ramener Damien du *Goujon frétillant*.

Elle l'installait à l'arrière de la charrette à chiens et elle prenait les rênes pour le ramener à Vallondé.

Marthe suggéra à son mari de l'accompagner à la guinguette, quand elle irait chercher Damien. Ils ne pouvaient manquer de tomber sur Chicheray. Ils s'arrangeraient pour le saluer, ils auraient sur Damien quelques mots affligés. Ils finiraient bien par s'attabler ensemble. Ils offriraient une liqueur au « petit notaire », comme on l'appelait. L'alcool aidant, ils détourneraient la conversation sur le vieux Monsacré. L'air de rien, ils en arriveraient à parler de l'héritage et du testament.

Hugo approuva presque aussitôt le plan de Marthe. Il ne fit qu'une seule réserve : il ne savait pas comment demander au notaire quel était le meilleur moyen de chasser Thérèse.

— Il vaudrait mieux ne pas la chasser, observa Marthe. Il faut l'empêcher de mordre. Mais tu sauras y faire. D'une vipère, tu sauras faire une couleuvre.

Hugo approuva avec hauteur, comme si telle était son intention de toute éternité. De la même façon, il était persuadé que ses nouveaux projets sur les moulins étaient de lui. Pourtant, c'était encore Marthe qui venait de les lui souffler, elle qui l'avait convaincu que la meilleure façon d'employer l'argent de Monsacré serait de construire une grande minoterie comme on en voyait à Blois ou à Tours, une de ces monumentales usines à moudre où ne tarderait pas à affluer tout le blé de la Beauce. Car ce qui rapprochait à présent Hugo et Marthe, ce n'était pas seulement le complot contre Thérèse, leur guerre de tous les instants pour lui défendre l'accès au lit de Monsacré, la haute main sur les potions. C'était aussi l'esprit de revanche, l'envie de grandir; avec la certitude que la fortune du Grand Monsacré était plus vaste que ses terres et ses fermes, qu'ils n'en connaissaient que la part visible. Comme tout le monde à Rouvray, ils étaient convaincus qu'au long de sa vie passée à ruser Monsacré s'était constitué un véritable trésor de guerre. De l'or, des titres, ils ne savaient pas au juste. Ils imaginaient une cache mystérieuse, sous un plancher, derrière la porte murée d'une maison troglodytique. Ce trésor, se persuadèrent Hugo et Marthe, Thérèse pouvait bien en connaître la clef. Sans compter les dangers que contenait le testament — si testament il y avait...

— Il ne reste qu'une solution, trancha Hugo avec l'air pénétré qu'il prenait depuis que son père était cloué au lit. Il faut avoir Chicheray avec nous. Il faut le voir, et faire comme j'ai dit, aller au *Goujon.* Passer devant sa table, engager la conversation...

Il pérora encore une bonne heure. Le dimanche suivant, tandis que Damien ronflait dans sa charrette, épuisé par sa bombance hebdomadaire, ils s'attablèrent comme prévu en face du nouveau notaire, devant un ratafia de cerise. Hugo semblait le premier étonné de son audace. Il n'osait pas parler, il ne cessait de tourner et retourner son verre entre ses doigts maladroits. Marthe se taisait aussi. Fidèle à son habitude, elle attendait que l'un, ou l'autre, se découvrît. Elle n'avait pas vu Antoine Chicheray depuis plusieurs années. Quand elle venait chercher Damien, elle le saluait de loin, un peu gênée, comme lui, de leur passé commun sous la tonnelle de la modiste.

Hugo se décida enfin à parler. Chicheray ne l'écoutait pas. Ses yeux s'étaient posés sur la gorge de Marthe, ils ne quittaient plus sa peau découverte, là où suintait la sueur, à la naissance de ses seins. Hugo ne voyait rien. Il avait beau se concentrer sur son raisonnement, il en avait déjà perdu le fil. Il le ponctuait à présent d'expressions de son cru, « la garce du vieux, » « la putain de mon père », et ce mot qu'il prononçait toujours en traînant la voix, rejetant la tête en arrière, comme s'il buvait un vin qui réjouissait sa langue : « mes espérances ».

Une nouvelle goutte de sueur s'était formée en haut de la petite rigole du décolleté de Marthe. Chicheray guettait l'instant où elle allait disparaître sous l'étoffe de son corsage. Marthe l'essuya d'un revers de main, puis elle posa son bras sur celui d'Hugo.

— Comprenez-vous, dit-elle à l'adresse du notaire, mon mari n'entend pas se faire flouer par une servante-maîtresse. Mais ce n'est pas ce qui l'inquiète le plus. Il voudrait connaître ses droits. Car il y a aussi cet enfant adultérin que mon beau-père a eu autrefois avec une autre femme, vous savez bien, cet Archange Pastre qui est bedeau à Tours. Mon beau-père ne l'a pas reconnu, mais s'il s'avérait que par testament...

A l'instant où il avait vu Hugo aux côtés de Marthe derrière la charrette de Damien, Chicheray avait compris ce qui les amenait. Il laissa parler Marthe. Il dut se demander un moment ce qu'il fallait lire dans les yeux verts qui le fixaient, un désir identique au sien, ou la volonté de le mener là où bon lui semblait. Marthe fut concise, à son habitude. Chicheray s'essuya le front, réfléchit un instant, puis, sur le ton un peu suffisant qu'il avait pris à son père, il donna sa consultation. A l'entendre, l'affaire était simple. Si l'idée lui chantait, Monsacré pouvait laisser la moitié de sa fortune à Thérèse, en toute légalité. Ou au bedeau de Tours. Mais Thérèse possédait un avantage décisif : elle était dans la place. Si Monsacré avait caché de l'or ou des valeurs, et que Thérèse mît la main dessus, Hugo serait impuissant à faire valoir ses droits. A moins d'engager un procès; et encore faudrait-il être sûr de son fait.

— Possession vaut titre, conclut solennellement Chicheray. Votre seule ressource serait de démontrer que Thérèse a intrigué. Qu'elle a abusé de la faiblesse du mort.

— Monsacré n'est pas mort, intervint Marthe.

— C'est tout comme, à vous entendre.

Hugo rougit. Ce n'était plus la honte, mais la colère qui lui montait à la tête.

— Vous êtes donc de son côté ! Vous soutenez cette...

Une seconde fois, Marthe posa la main sur le bras de son mari :

— Mon cher Antoine, mon beau-père n'est pas mort, bien sûr, mais Hugo a bien raison de prendre ses précautions, vous ne pouvez pas dire le contraire... Moi aussi, demain, je peux tomber malade. Mais je ne possède rien, tandis que Monsacré est riche. Avec cette femme à son chevet... Thérèse n'est pas tout à fait une personne de confiance, convenez-en, Antoine...

Elle parlait bien, trop bien au goût d'Hugo. Il reprit la parole :

— Dire que je nourris cette vipère sous mon toit. A l'heure qu'il est, peut-être, pendant que j'ai le dos tourné...

Chicheray, à nouveau, ne l'écoutait plus. Il avait rapproché sa chaise de la table, tendu sa main vers son verre, juste au moment où Marthe prenait le sien. Leurs doigts se rencontrèrent. Sous la table, elle crut sentir un mouvement d'étoffes. Elle ne baissa pas les yeux, elle ne rougit pas. Elle se contenta de soutenir son regard. Dans cette assurance, Chicheray reconnut sans doute ce qu'il préférait chez les femmes, la dureté. Il repoussa soudain son verre, se détacha de la table, et, sans qu'Hugo ni Marthe n'aient à le demander, il leur lâcha ce qu'ils voulaient savoir :

— Tout ce que je peux vous dire, c'est que Monsacré n'a rien déposé chez moi. Ni testament, ni donation. Ce défaut de dispositions testamentaires m'a d'ailleurs bien étonné, quand j'ai repris l'étude. Avec cette fortune, cette...

Il allait dire *famille.* Il s'arrêta à temps :

— Enfin, vous savez, reprit-il, les vieux sont tous les mêmes... J'ai déjà vu de ces choses !

Il se lança dans un récit tortueux de ses premières expériences. Marthe joua d'audace, l'interrompit :

— Ecoutez, Antoine, mon mari ne tient pas à vous faire perdre votre temps. Vous êtes le notaire de son père, mais vous êtes aussi le sien. Croyez-moi, vous avez beaucoup d'argent à gagner avec Hugo, dix fois plus que votre défunt père n'en a jamais gagné avec le Grand Monsacré. Hugo voit loin, beaucoup plus loin que lui.

Elle reprit souffle, jeta un œil à son mari. Il ne broncha pas. Il était suspendu à ses lèvres.

— Ce que vous demande Hugo est très simple, reprit-elle. C'est un conseil, un bon conseil. Vous êtes un homme si intelligent, Antoine. Et tellement plus savant que votre père. C'est en tout cas ce qu'on dit.

Le notaire perdit sur-le-champ toute défense. Il croisa et recroisa ses bras sur la table encombrée de verres, caressa la nappe du plat de la main :

— Ma chère Marthe, si j'avais un conseil à vous donner...

— Le conseil, Antoine, est pour mon mari...

Elle lui adressa son meilleur sourire, celui qu'elle avait pour Hugo, depuis trois semaines, chaque fois qu'il lui parlait de l'héritage et de la minoterie. Chicheray tenta de retrouver l'attitude apprêtée qu'il se composait dans son étude, devant ses reliures et ses piles de dossiers. Mais sa voix n'était pas si assurée, quand il reprit la parole :

— Il faut tendre un piège à la maîtresse, je ne vois rien d'autre. Mais je la connais, la Thérèse. Je l'ai rencontrée lors de la mort de sa mère. Elle est loin d'être sotte. Méfiez-vous.

— Un piège, comme vous y allez, fit Hugo.

Il se tourna vers Marthe, comme pour raviver leur complicité. Elle recommençait déjà à gourmander Chicheray :

— Vous qui avez vu tant de choses, Antoine, expliquez-nous, donnez-nous une idée...

— Je ne connais pas assez Thérèse. Il faut voir. C'est selon.

— Selon quoi ?

— Selon les habitudes, l'état des lieux... Est-ce que je sais, moi ? On ne prend pas l'anguille et le brochet de la même façon.

Il sortit un cigare de sa poche, le proposa à Hugo, qui refusa.

— Réfléchissez-y à tête reposée.

Il s'adressait très explicitement à Marthe. Elle ne s'y laissa pas prendre :

— Ce ne sont pas mes affaires. Ce sont celles d'Hugo.

— Bien sûr, bien sûr.

Chicheray prit son temps pour allumer son cigare. Ses doigts glissaient sur le boîtier ouvragé de son briquet. Il tira deux ou trois bouffées, puis reposa le cigare sur le bord d'une assiette.

— Si j'étais vous, de toute façon, je ne ferais pas traîner les choses. Le pauvre Monsacré... Au point où il en est. Que ça presse ou que ça traîne...

Il continuait à parler en s'adressant à Marthe.

— Que voulez-vous dire ? intervint Hugo.

— Ça se comprend sans s'expliquer.

L'averse menaçait. Une fois de plus, le dimanche serait gâché. Derrière eux, effondré dans sa charrette, Damien ronflait de plus en plus bruyamment. Marthe ramena son fichu sur son décolleté, Chicheray se retourna vers la Loire. Il avait repris son cigare, il fumait en prenant bien soin de leur offrir son meilleur profil. Il avait les traits fins, quoiqu'un peu empâtés; affaissés, un peu veules. Il fixait l'horizon des îles avec l'air d'être en charge des destinées du monde. Hugo, le souffle court, était suspendu à ce regard obscurci.

Marthe décida d'en finir. Elle désigna à son mari le ciel chargé de pluie. Puis, sans attendre sa réponse, elle se leva. Lorsqu'il la salua, Chicheray avait les mains moites.

Sur le chemin de Vallondé, derrière la charrette où sommeillait Damien, Hugo ne cessa de se perdre en conjectures sur les sous-entendus de Chicheray. Marthe était à bout de patience, mais elle ne lui répondit que lorsqu'ils furent seuls.

— Ne cherche pas midi à quatorze heures. Chicheray a voulu dire que ton père et toi, depuis toujours... Dans ces cas-là, quand on pressé d'hériter...

Pour une fois, elle n'arrivait pas à finir ses phrases. Hugo prit un air entendu. Ils étaient dans la cuisine. Il désigna la porte de la chambre de son père, derrière laquelle, peut-être, Thérèse était aux aguets :

— Chaque chose en son temps. D'abord, il faut chasser la vipère. Ensuite...

— Laisse donc les choses se faire toutes seules, pour la suite. Ça vient souvent plus vite qu'on croit.

— Ça ira au trot ou au galop, ma fille, comme je voudrai.

Marthe le dévisagea, un peu interloquée. Pour la première fois, elle mesurait sa dureté, la puissance de sa rancune. Elle ne répondit rien. Elle se réfugia dans cette fausse soumission qui était toute sa force, depuis qu'Hugo n'avait plus en tête que l'argent de son père. Malgré son insistance, un mois plus tard, elle n'avait pas encore trouvé le piège où faire tomber Thérèse. Il est vrai qu'elle avait d'autres soucis : elle était enceinte pour la troisième fois. Hugo ne sut comment prendre la nouvelle, du bon ou du mauvais côté. Il finit par pencher pour le bon. Pourtant, depuis des semaines, il n'arrêtait plus de pleuvoir, et les moissons étaient gâtées.

Chapitre 19

Souvent, dans les familles, il y a des choses qu'on ne sait qu'après coup. Quand les langues se délient, des années plus tard, sous l'effet d'on ne sait quelle loi de prescription, la mémoire restitue de minuscules détails, de ces petits riens qu'on ne pourrait inventer, et que le souvenir conserve avec une netteté qui paraît miraculeuse. Dans l'histoire de Marthe et du Grand Monsacré, ce petit rien, c'est l'épouvantail. Thérèse y est sans doute pour beaucoup, mais l'épisode revient avec insistance dans les autres versions de ce moment exceptionnel que constitua l'inondation.

Ce n'était pourtant qu'un mannequin d'osier grossièrement tressé, une silhouette maigre et fantomatique plantée par Thérèse juste en face des grottes, au beau milieu du jardinet où elle cultivait des légumes. Elle l'avait habillé d'une de ses vieilles robes, une loque noire mangée de mites. Comme les corbeaux, désespérés par les champs détrempés, n'arrêtaient pas de convoiter ses graines, Thérèse avait fixé entre les lambeaux d'étoffe les éclats d'un miroir et son cadre doré.

Mais cette année-là, rien ne découragea les oiseaux. Dans les champs, tout avait pourri sur pied. Les blés d'abord, ensuite les fruits, les grappes dans les vignes. On avait attendu le soleil pour septembre, puis octobre. On n'avait vu que de vagues éclaircies, des accalmies d'un ou deux jours. Juste avant la Toussaint, on reprit espoir. Il y eut quelques journées un peu chaudes, on parla d'été de la Saint-Martin. C'était trop beau : au bout d'une semaine, la pluie recommença.

Au début, les averses furent douces dans l'air encore tiède. On s'y résignait, à ces pluies, malgré la Luisse, la Loire qui gonflaient. Un temps de saison, disait-on à Rouvray. A Vallondé, près du moulin endormi par la maladie de Monsacré, on ne s'inquiétait pas davantage. C'était le cours des choses, l'automne avec ses silences plus lourds, le salpêtre qui rongeait les murs, l'odeur amère de la mousse quand le bois vert fumait dans la cheminée, la buée sur le portrait de Rodolphe, à la gauche du buffet, au-dessus du tiroir où l'on rangeait les nappes.

Ce qui ne paraissait pas dans l'ordre du monde, en revanche, c'était la santé du Grand Monsacré. Contre tout espoir, il se rétablissait. Il était toujours à moitié paralysé, il avait beaucoup maigri, mais il recommençait à parler. Il s'égosillait du fond de son lit, il tempêtait presque aussi fort qu'avant. Souvent les mots s'emmêlaient dans sa bouche, il bégayait, il perdait souffle. Alors, à bout de colère, il lançait un long rugissement, il tendait son seul bras valide, renversait tout ce qu'il pouvait toucher. Thérèse continuait vaillamment de camper dans sa chambre. Marthe se réjouissait qu'elle fût en première ligne. Sa grossesse la fatiguait davantage que les deux précédentes, et Hugo commençait à l'inquiéter. Il avait consulté plusieurs experts en minoterie, il avait même rencontré des architectes. Il ne leur faisait jamais confiance. A partir des ébauches qu'ils avaient tracées, il échafaudait des plans plus insensés les uns que les autres. Des nuits durant, il s'usait les yeux sur les croquis des courroies, des moteurs. Il avait même acheté des livres de physique, des ouvrages remplis de formules savantes qu'il désespérait de comprendre. Alors il jurait, on ne pouvait plus lui faire entendre raison. Pour la construction de sa cathédrale à moudre, il avait déjà en vue un terrain, un grand pré à la sortie de Rouvray. Nuit après nuit, il peaufinait tout haut les contours de son futur empire. Il voyait de plus en plus grand. Le crayon à la main, il arpentait la chambre à grands pas, plus enflammé, plus embrouillé que jamais, indifférent au parquet qui grinçait, à Thérèse, qui les écoutait peut-être de la pièce en dessous, où reposait Monsacré. Avant même la mort de son père, Hugo avait sombré dans la manie arithmétique. C'était déjà un héritier parfait.

Le jour où Marthe lui apprit que Monsacré avait retrouvé l'usage de la parole, il resta sans voix, à croire que c'était lui, à son tour, qui avait une attaque. Puis la colère l'envahit, une fureur qui déferla par vagues, par saccades. De son cou, où s'enflaient ses veines, le feu lui monta aux joues, ses yeux s'ouvrirent démesurément sur ses livres, ses feuilles de calculs. Il s'empara d'une brochure de physique, la déchira avec le rictus d'un enfant qui se venge. Enfin il sortit. Il ne revint pas de la nuit. Marthe prit le parti de l'indifférence. Avec raison : dès le lendemain, Hugo recommença à passer ses soirées sur ses chiffres. Dès qu'il avait son crayon en main, Hugo oubliait tout, les mauvaises récoltes, la grossesse de Marthe. Le premier dimanche de novembre, le jour où reprirent les pluies, ce fut encore la minoterie qui l'éloigna de Vallondé.

Il avait rendez-vous à Blois avec un ingénieur, un expert en courroies, disait Hugo. Il l'avait rencontré au marché. Marthe était préoccupée. L'homme avait laissé à Hugo une carte de visite pompeuse, où le titre d'inventeur, quand elle le lut, réveilla dans l'instant le souvenir de Blanche et de son mariage malheureux. Le mot était suivi de l'intitulé d'une série de brevets. Certains d'entre eux l'avaient laissée songeuse comme la télégraphie en langue universelle et la guillotine électrique.

Elise avait supplié son père de l'emmener. Marthe fut stupéfaite du flot de paroles que sa fille déversa sur Hugo pour le convaincre de l'accompagner. Elle allait bientôt fêter son dixième anniversaire, elle avait beaucoup grandi, ces derniers mois, et elle avait une expression singulière, qui se précisait en même temps que sa beauté. Cet air la faisait curieusement ressembler à Rodolphe. C'était le même trouble au fond des yeux, la même façon de regarder toujours plus loin que l'horizon. Comme chez lui, la sauvagerie affleurait d'un seul coup, elle déroutait ceux qui l'observaient, de son institutrice au Grand Monsacré, qui fuyait son regard. A présent, Marthe s'en inquiétait davantage que de sa maigreur. Elle soupçonnait chez sa fille autre chose que l'ennui de la fin de l'enfance, époque ambiguë, entre deux âges, entre deux corps. Elise était sans cesse traversée de caprices, de lubies de toutes sortes, comme celle d'aller se promener sous l'averse, tête nue, les cheveux sur le dos, sans parapluie. Elle courait sous l'ondée, tendait son visage aux gouttes. Elle revenait radieuse et trempée, opposant le silence à tous les reproches. Marthe le sentait, Elise abritait des démons qui lui étaient étrangers. Elle était désarmée, elle se disait qu'Elise avait deviné qu'Hugo n'était pas son père. De fait, il l'avait toujours ignorée, il avait pour elle un dédain qui confinait au dégoût. Ce jour-là, Hugo crut qu'Elise s'abaissait devant lui. Il en fut flatté, et céda.

— Il faut aussi emmener Lambert, insista Marthe.

— Il est trop petit.

— Il ne faut pas faire de préférence.

— Et sa jambe ?

— Elle ne l'a jamais empêché de marcher.

Hugo haussa les épaules. Il ne pensait plus qu'à son rendez-vous. Lambert attendait, les yeux fixés sur lui. Il brûlait d'accompagner son père. Il était curieux de tout. Depuis quelques semaines, il épuisait tout le monde de questions, surtout Damien, qui se faisait une joie de l'initier aux arcanes de la « *science sorcellaire et diabolique* », comme il appelait le fatras de légendes et de recettes de bonnes femme qu'il lisait à longueur de temps. Mais Lambert commençait à le fatiguer, lui aussi. Ce fut donc Damien qui emporta l'affaire. De la cheminée auprès de laquelle il passait ses journées, il lança à Hugo :

— Emmène ton fils. Je te paierai la dépense !

Hugo ne se fit pas prier. Le dimanche matin, il partit à Blois par le premier train, en emmenant ses deux enfants. Vers midi, Damien quitta à son tour le moulin pour son rendez-vous hebdomadaire du *Goujon frétillant*.

— Ce n'est pas prudent, prévint Marthe. Les routes sont bourbeuses. Vos chiens vont se prendre dans la boue. Ou même se noyer. Si la Luisse continue à monter…

Pour toute réponse, Damien haussa les épaules. Comme chaque dimanche, il avait passé son vieux frac. Il tira sur ses manches avec cérémonie, sortit tendre une bâche au-dessus de sa charrette. Marthe le suivit dans la cour, jusqu'à son attelage de chiens.

— Restez, insista Marthe.

— Allons donc ! J'en ai vu d'autres.

— C'est de la folie.

— En suivant le sentier du coteau, je ne risque rien.

— Si l'inondation…

— S'il y a du danger, j'entendrai le tambour, comme tout le monde. La Loire est en crue, c'est un spectacle à ne pas manquer ! Elle a beaucoup grossi. Presque autant que toi !

Il désigna son ventre, puis il éclata de rire. Marthe tourna les talons sans le saluer. Lorsqu'elle rentra dans la cuisine, l'averse reprit de plus belle. Elle colla le nez à la vitre. Damien avait déjà disparu. L'eau ruisselait de partout, le coteau disparaissait derrière un brouillard liquide. Des nuages en fuite traversaient le ciel, avec des teintes qui ne cessaient de virer. Elle sentit revenir peu à peu le bien-être de son enfance. Avec l'odeur de la campagne détrempée, des gestes naïfs lui revinrent, comme celui de dessiner une forme sur la buée, de l'effacer aussitôt, puis de recommencer. Elle essaya de tracer des fleurs, puis des prénoms pour son enfant. Elle les calligraphiait, se reculait pour juger de l'effet, puis les effaçait, écrivait un autre nom. De temps à autre, elle donnait de petits coups de langue sur le carreau. Les gouttes fraîches, sur sa langue, avaient comme un avant-goût de paix. Elle eut très vite la tête vide.

Elle dut rester ainsi un bon moment, le front rafraîchi par la buée de la fenêtre, les yeux dans le vague, perdus dans le paysage de pluie. Elle allait se détacher de la vitre quand elle sentit l'enfant bouger. Ce fut un tressaillement fugace, mais violent, le premier signe qu'elle ait reçu de cette nouvelle vie. Elle n'eut pas le temps de porter la main à son ventre. Presque au même moment, le tambour se mit à gronder. Le bruit venait de Rouvray. L'instant d'après, Thérèse surgit de la chambre de Monsacré. Elle la rejoignit aussitôt près la fenêtre.

— Vous avez entendu ? souffla-t-elle.

— C'est le tambour. Ça vient de Rouvray.

Marthe et elle se parlaient à peine, depuis la maladie de Monsacré. Aujourd'hui, était-ce le départ d'Hugo et de Damien, Thérèse semblait en veine de bavardages. Elle jeta un œil au ventre de Marthe, puis elle reprit :

— Le tambour... Comme il y a trois ans, quand ils ont évacué les bas quartiers, à Rouvray. La Loire a dû encore monter. Hier, elle était dans les caves. On a triplé les amarres des bateaux-lavoirs. J'ai même rencontré quelqu'un qui faisait dépaver la rue, devant sa boutique, pour bloquer la porte de sa maison...

Marthe sourit. *Quelqu'un,* c'était Julia, elle en aurait mis sa main au feu. C'était bien une idée de Julia, de murer sa porte par peur de l'inondation. On disait qu'elle devenait avare, depuis qu'Antoine Chicheray l'avait quittée, et qu'elle n'avait plus d'homme dans sa vie. Thérèse allait lui rendre visite de loin en loin, les jours de marché, en général, seule occasion qui la décidât à abandonner le chevet de Monsacré.

Marthe retourna sans un mot à la cuisine. Comme elle s'asseyait pour éplucher des légumes, Thérèse ajouta, sur un ton presque tendre :

— La maison est bien vide.

— Ça nous change.

On entendait toujours le tambour, mais l'averse s'était arrêtée.

— Il faut toujours que la préfecture fasse peur aux gens, avec les pluies, poursuivit Thérèse. Mais on en a vu d'autres, dans le pays. Il y a trente ans, vous n'étiez pas née, l'année où l'eau était rentrée dans le cimetière. Les cercueils étaient remontés avec le reste, vous imaginez le spectacle ! Et l'odeur, vous n'avez pas idée de l'odeur...

Elle n'arrêtait plus de parler, c'était comme une trêve dans sa guerre contre Marthe. Peut-être était-elle le jouet de la pluie, de cette impression curieuse qu'on avait dans la maison, depuis que le temps s'était gâché, et que se précisait l'automne : la sensation d'être loin de tout, au creux de ce vallon, d'être protégé par la douceur des prés, la courbe du vallon, loin des soucis qu'annonçait le tambour, les maisons de Rouvray évacuées en catastrophe, les barques arrachées aux quais par les tourbillons de la Loire.

Il y eut une éclaircie, une échappée de soleil entre les nuages, qui vint éclairer le visage de Marthe, face à la fenêtre. D'un seul coup, il lui parut qu'il faisait plus chaud. A nouveau, elle sentit l'enfant remuer. Thérèse continuait de dévider ses souvenirs. Elle retint difficilement un soupir. Elle n'avait pas le cœur à lui parler., encore moins à l'écouter. Elle n'avait plus de goût à rien, du reste. C'était sans doute l'enfant, les fatigues de cette grossesse qui s'annonçait mal.

Il fallut cependant déjeuner, en face de Thérèse. Faire bonne figure, se répétait Marthe en avalant chaque bouchée, ne rien laisser paraître. Et continuer de l'avoir à l'œil.

Elle prépara un café très fort, puis rappela à Thérèse qu'Hugo avait oublié de récolter les pommes de Monsacré, dans un champ qu'il possédait sur l'autre versant du coteau, derrière Orfonds.

— Je vais profiter de l'éclaircie, répliqua sur-le-champ Thérèse. J'y vais tout de suite. Je ferai des beignets, quand M. Hugo sera rentré.

Marthe savait que Thérèse irait vendre la récolte au premier métayer venu, et qu'elle reviendrait à la fin de l'après-midi, l'air sombre, avec un minuscule panier. Elle entendait déjà ses lamentations : « On a volé les pommes, quelle pitié que Monsacré ne soit plus assez fort pour défendre son bien... » Mais elle la laissa faire. Son manège l'amusait.

— Prenez deux grand paniers, dit-elle seulement. Si jamais vous en trouvez beaucoup.

Thérèse approuva, courut chercher un parapluie, et sortit presque aussitôt. Marthe s'installa près du feu, sans même débarrasser la table. Elle dut s'assoupir, elle ne sut jamais combien de temps. Elle se souvint seulement que ce fut l'orage qui la réveilla. Plus exactement, en même temps que la foudre, elle sentit un grand courant d'air traverser la pièce. Elle se rappela alors qu'elle avait profité de l'éclaircie pour ouvrir les fenêtres des chambres, à l'étage. L'averse crépitait autour d'elle, mêlée de grêle. Le vent s'était levé, des portes claquèrent. Puis elle entendit Monsacré frapper le mur de sa canne, et jurer. Elle courut à sa chambre. Dès qu'il la vit, Monsacré détourna la tête. C'était toujours ainsi depuis qu'il allait mieux : il ne voulait pas la voir, il refusait même d'ouvrir la bouche en sa présence. Elle retourna à l'étage. Le courant d'air secouait portes et fenêtres, elle crut entendre une vitre se briser. Elle inspecta toutes les chambres, verrouilla une à une les fenêtres. Rien n'était cassé. Le vent s'était brusquement calmé. La pluie tombait de plus en plus, droite et drue, la lumière montait, un éclairage limpide, comme souvent après les orages. Il révélait dans le vallon des détails nouveaux. Ainsi cette table de jardin qu'on avait oublié de rentrer, blanche et contournée, souvenir des rares déjeuners qu'on avait pris dehors, pendant l'été; et juste derrière, dans un contraste imprévu, se dressait l'épouvantail, silhouette misérable, infernale, qui de ses bras ouverts semblait jeter des malédictions sur tout le vallon. Le jardin était saccagé, son jardin à elle, Marthe, jardin de fleurs au bord de la maison, où elle avait planté pour le printemps suivant iris et passeroses. Il y restait quelques chrysanthèmes en pots, qu'elle avait fait pousser pour la tombe de Rodolphe. Elle s'y rendait seule, toujours après la Toussaint, un jour où Hugo n'était pas là. S'il n'y avait pas eu la pluie, ce dimanche, elle en aurait profité pour aller la fleurir.

Une seconde fois, elle crut entendre Monsacré. Elle dressa l'oreille, prête à redescendre. Elle se dirigeait vers l'escalier, aux aguets, quand un nouveau bruit la ramena vers la fenêtre. Ce n'était pas Monsacré. Le bruit était léger, insistant, un clapotis de plus en plus proche. Elle pensa qu'une gouttière fuyait.

Personne ne s'occupe plus de rien, ici, se dit-elle en se penchant à la fenêtre pour jeter un œil au toit. Elle eut aussitôt une sorte de recul : devant elle, la Luisse avait disparu. Ou plutôt la Luisse était partout. Toutes les eaux se mêlaient, celles de Loire et celles de Luisse, elles se mariaient pour la mort de la terre et des travaux des hommes, les vignes, les champs, les ponts, les moulins, les jardins. La Luisse avait perdu jusqu'à ses méandres, c'était un océan jaunâtre où le moulin et le manoir ne formaient plus que des îlots fragiles. Son irrésistible marée touchait déjà la porte de la maison, elle caressait les murs en petites vagues régulières et serrées.

Dans la cour, autour des arbres, des tourbillons commençaient à se former. Deux des chats de Damien s'étaient réfugiés sur le rebord d'une fenêtre. Ils miaulaient. Marthe se précipita au rez-de-chaussée. L'eau pénétrait déjà dans la cuisine, léchait les pieds des chaises. Elle les repoussa vivement vers l'escalier. Dans le même instant, elle comprit qu'elle perdait son temps. Une inondation si violente ne pouvait pas venir de la Luisse. C'était la Loire.

Elle se souvint confusément du bruit du tambour, à midi, puis des récits de Thérèse. C'était sûr, la levée avait cédé. Et quand les levées cédaient, avait dit Thérèse, l'inondation ne s'arrêtait plus. Le pire, en général, n'arrivait pas dans le Val, mais sur les affluents du fleuve, au fond de leurs vallées trop étroites et trop creuses.

Marthe s'arrêta pour écouter à la porte de Monsacré. Il n'appelait plus. Avec sa vieille science de piégeur d'eau, son oreille de meunier qui distinguait encore quelques mois plus tôt la finesse de la farine au seul bruit d'un moulin, il avait dû sentir venir l'inondation. Il avait deviné que la rivière, cette fois-ci, prenait sa revanche. Qu'il allait peut-être mourir de ce qui l'avait fait vivre.

Marthe prit sa décision dans l'instant. Elle réunit à la hâte quelques provisions, les monta dans sa chambre et redescendit chez Monsacré.

— L'eau, fit-il dès qu'il la vit entrer. L'eau est partout.

Il eut un geste vague vers le seuil de sa chambre, où s'étalait déjà une flaque blanchâtre, l'eau de la rivière mêlée à la craie du tuffeau. Elle progressait par vaguelettes vers le pied du lit. Avec elle, dans cette chambre où le feu s'éteignait, c'était le froid qui venait, un froid plus terrible que les gelées d'hiver, insidieux, pénétrant.

— Tu vas me laisser, reprit Monsacré.

Sa voix était blanche, mais il ne bégayait plus. Il ne suppliait pas, il ne reprochait pas. Il était résigné.

— Taisez-vous, rétorqua Marthe. Ménagez vos forces. Je vais vous monter chez moi.

Elle se pencha sur lui. Il se laissa faire. Ce fut une chose bien étrange, cette lente montée. Le corps noueux et amaigri de Monsacré était suspendu au sien par son seul bras valide. Marthe le tira, le poussa. Tant qu'elle fut au rez-de-chaussée, ce ne fut pas très difficile, malgré l'eau froide où il fallut le traîner, et qui collait, souillait ses vêtements. Le calvaire, ce fut l'escalier. Quatorze marches : Marthe ne les avait jamais comptées, mais elle s'en souvint toute sa vie. Monsacré ne se plaignait pas. Il se taisait, il faisait corps avec son effort. Il poussait lui aussi, il cherchait désespérément à réveiller les muscles de son corps engourdi. Du même coup, il n'était plus tout à fait Monsacré, il était un corps asséché, altéré de vie, de survie plutôt, accroché désespérément aux épaules de Marthe, à ses hanches qui peinaient.

Leurs sueurs se mêlèrent, leur cri, parfois, deux cris étouffés et semblables, lorsqu'ils faillirent, à deux reprises, retomber au bas des marches. Ce qui rendit du courage à Marthe, c'était justement que Monsacré n'était plus Monsacré. Malgré son souffle mélangé au sien, sa peau rugueuse collée à la sienne, elle croyait tirer et pousser une longue bûche humide. Il avait perdu tout ce qui le rendait redoutable.

Marthe ne sentait plus ses épaules endolories, son dos brisé, son ventre qui peinait, ni l'enfant qui bougeait.

Quand ils furent en haut, la pluie avait cessé. Marthe lava Monsacré, l'habilla dans les vêtements d'Hugo, le coucha. Elle remonta du rez-de-chaussée tout ce qu'elle put, quelques chaises, des bibelots, la photo de Rodolphe. Elle avait déjà de l'eau à mi-mollet. Puis l'attente commença.

Elle n'était pas inquiète pour les enfants. Hugo et eux étaient partis si tôt qu'elle était sûre qu'ils avaient eu le temps de prendre le train avant le début de l'inondation. Ils devaient rentrer à sept heures. A Blois, on avait dû les prévenir que la route du retour était coupée. Hugo avait sans doute cherché un hôtel, en pestant contre la dépense. Il rentrerait trempé et de mauvaise humeur. Marthe s'en moquait, du moment que les enfants n'avaient pas pris froid.

De temps en temps, elle jetait un œil à la fenêtre. L'eau s'étalait dans le vallon comme dans sa plus ancienne contrée, elle s'y lovait, lourde et arrogante. La nuit tomba, avec un calme doucereux qui n'annonçait rien de bon. Au clapotis sournois qui se rapprochait, il n'était pas difficile de deviner que la Luisse continuait à monter. Monsacré ne dormait pas non plus. Comme Marthe, il avait l'oreille tendue vers ce silence qui n'en était pas un.

A plusieurs reprises, elle crut trouver le bien-être du sommeil, mais l'eau avait envahi jusqu'à ses rêves. Ce qu'elle y voyait, c'était encore la Luisse, la Luisse heureuse des jours d'été, alanguie dans ses nénuphars, assoupie au plus profond de ce vallon trop creux, qui lui avait semblé, la première fois qu'elle l'avait vu, la promesse même du bonheur. Ou bien elle reconstituait une Loire de songe, trop printanière et trop gaie, droit venue de son enfance, tranquillement corsetée à l'intérieur de ses levées. Tant de sérénité, de beauté sonnait faux. Marthe se réveillait aussitôt. A côté d'elle, elle entendait la respiration sifflante du Grand Monsacré, elle devinait ses yeux grands ouverts comme les siens sur la nuit humide. Elle pressentait ses questions, pareilles aux siennes : est-ce que la maison tiendra, le grain est-il au sec dans les moulins d'Hugo, et si une seconde levée cédait sur les bords de la Loire ? Peu avant l'aube, elle repensa aux enfants, à Hugo, à Damien, à Thérèse. Elle se dit qu'ils avaient réussi à rentrer à Rouvray. Le temps de trouver une barque et d'arriver à Vallondé en louvoyant entre les troncs d'arbres et le bétail crevé, il ne fallait pas compter sur des secours avant le lendemain soir. Mais elle n'avait pas besoin d'eux. Elle se réjouissait même d'avoir été seule, d'avoir fait ce qu'il fallait faire, sans avoir à rendre de comptes. S'ils avaient été là, il y aurait eu des cris, des disputes. Et même, dans l'état où se trouvait Hugo, des mots, des gestes irréparables.

Ce fut bientôt le matin. Dès le lever du jour, Marthe ne quitta plus la fenêtre. Les eaux tourbillonnaient autour du moulin, la roue disparaissait presque entièrement sous les eaux. La Luisse charriait des souches de vigne, des meules de foin qui se disloquaient dès qu'elles touchaient les murs. Du côté de la Loire, les peupliers semblaient avoir perdu leur tronc. Une odeur curieuse montait du rez-de-chaussée. On aurait dit celui du bois moisi, avec un relent de pomme surette.

— Approche-moi de la fenêtre, dit alors Monsacré.

Le jour se levait à peine. Marthe était exténuée. Elle se contenta de passer un oreiller derrière son dos, borda son lit et regagna le matelas où elle avait passé la nuit.

— Regarde, fit Monsacré en désignant les grottes.

Il agitait la main le plus vite qu'il pouvait. Sa bouche trembla, se tordit. Elle crut à une seconde attaque.

Monsacré était parfaitement installé dans son lit, il continuait de fixer la fenêtre. Elle se releva, borda à nouveau ses draps.

— Regarde, répéta Monsacré, comme elle s'éloignait du lit.

Marthe soupira, rajusta les mèches qui s'échappaient de sa natte, un mouvement qui lui était familier, lorsqu'elle était à bout de nerfs, et qu'elle s'obligeait au silence. Elle avait sommeil, tout d'un coup. Avant de s'écrouler sur son matelas, elle jeta un œil à la fenêtre, du côté où s'étaient fixés les yeux de Monsacré. Le jour venait lentement, avec une lumière gris-bleu, très douce, celle des lendemains d'orage. Les eaux ne montaient plus, une brume rôdait devant les grottes, au pied du coteau. Tout avait disparu sous la Luisse, les charrettes rangées devant les grottes, la table blanche des déjeuners d'été. Au-dessus de ce qui avait été le jardin de Thérèse, comme par dérision, seul l'épouvantail avait résisté. On n'en voyait plus que le torse, avec les lambeaux noirs de la robe, et les éclats dorés du miroir qui brillaient dans le premier soleil.

— Regarde donc, siffla une dernière fois Monsacré. Ma cave. Quelqu'un qui sort de ma cave...

A nouveau, les mots s'emmêlaient dans sa bouche. Il respirait mal.

— Et pourtant j'ai la clef... Je l'ai cachée..

Marthe se pencha vers la fenêtre, puis se retourna vers Monsacré. Il ne cessait plus d'agiter le bras. Il ressemblait à un naufragé qui crie au secours.

— Là, Marthe ! Tu vois...

C'était la première fois qu'il l'appelait par son prénom. Il désignait l'épouvantail.

La brume était capricieuse. Elle se déchira au-dessus du jardin inondé. Le vent se leva, agita en corolle les lambeaux de robe autour de la tête du mannequin d'osier, qui vacilla. Les eaux tourbillonnèrent à ses pieds. L'épouvantail n'allait pas tarder à sombrer.

— Oui, je vois, dit Marthe. Mais calmez-vous. Ça n'est jamais qu'un...

Elle s'interrompit. Monsacré s'était accroché à son bras. Il tentait de se redresser pour mieux voir. Elle ne l'aida pas. Quand il fut retombé sur l'oreiller, la bouche encore tremblante et le front en sueur, elle se contenta de lui chuchoter :

— Je sais, dit-elle. Vous avez bien vu. Vous savez qui c'est.

— Oui, dit-il dans un souffle. Et toi aussi, tu as vu. Tu le diras.

— Elle ne vous a pas volé. Elle a juste essayé. La serrure était difficile. Elle a eu peur de l'eau.

— Elle a eu peur, répéta Monsacré. Mais elle a essayé. Tu l'as vue, toi aussi. Tu le diras à ton mari. Tu le diras au petit notaire. J'aurais dû m'en douter.

Une demi-heure plus tard, le courant eut raison de l'épouvantail. Monsacré ne dormit pas de la journée, il refusa toute nourriture. Il resta hébété sur son oreiller, les yeux ouverts et fixes. Vers le soir, les eaux commencèrent à refluer. Les secours n'allaient pas tarder.

Ils ne furent là que le lendemain matin. C'étaient Hugo et Thérèse, sur un baquet de vendangeur cloué sur deux planches, qu'ils manœuvraient tant bien que mal. Hugo eut à peine le temps d'expliquer qu'il avait été bloqué à Rouvray, où il avait retrouvé Thérèse et Damien, eux aussi surpris par la rupture de la levée. Ils avaient été recueillis et hébergés à la mairie. Damien y était resté en même temps que les enfants. Quand Monsacré entendit le son de sa voix, mêlée aux exclamations de Thérèse devant les dégâts de la cuisine, il commença à jurer. Marthe les fit aussitôt monter.

Dès qu'il vit Thérèse, Monsacré se calma. Il avait pris froid, il avait de la fièvre. Il trouva cependant assez de force pour lui annoncer, comme elle passait le seuil de la pièce, qu'il la chassait.

— Je t'ai vue, dit-il. Et Marthe aussi, elle t'a vue. Voleuse.

Deux papillons de nuit étaient entrés dans la pièce, ils s'agitaient autour du visage de Thérèse, égarés, incertains. Ils avaient des ailes grises. Thérèse était grise, elle aussi, de la même couleur terne et indécise. Elle écarta les insectes de son visage. Puis elle disparut sans un mot, comme si elle avait su depuis toujours que son histoire avec Monsacré dût se terminer ainsi.

Elle repartit seule, le lendemain matin, sans que personne ne l'ait revue. Elle s'en alla malgré l'inondation, ni plus ni moins voûtée qu'avant, repliée dans son manteau noir, sur le baquet de vendangeur transformé en barque. Le soir même, alors que la Luisse retrouvait peu à peu son lit, Hugo s'enfonça jusqu'à mi-cuisse dans la boue jaunâtre du jardin pour aller jusqu'au cellier chercher une bouteille de son plus vieux Bourgueil. Dès que les enfants furent rentrés de Rouvray, il la déboucha. Marthe but presque autant que son mari. Elle disait qu'il fallait qu'elle se change les idées. Il ne la contraria pas.

La fièvre de Monsacré retomba vite. Une semaine plus tard, au moment des premières gelées, quand il fut assuré que la Loire avait retrouvé son cours, Hugo réinstalla son père dans sa chambre du rez-de-chaussée. La grossesse de Marthe s'avançait. Hugo eut pour elle quelques prévenances. Il engagea une nouvelle domestique, Suzanne, une jeune géante rougeaude qui abattait du travail comme quatre et ne cessait de pouffer aux plaisanteries de Damien. Soulagée du plus gros de ses tâches ordinaires, Marthe passait le plus clair de son temps au chevet du Grand Monsacré. Elle brodait, comme autrefois, dans l'attente d'elle ne savait quoi, la mort du vieillard ou la naissance de l'enfant. De temps à autre, Monsacré se mettait à parler, il lui racontait « de l'histoire ancienne », comme il disait, des souvenirs presque irréels à force d'être lointains. Ils lui revenaient brusquement, sans ordre, selon les lois d'un mécanisme obscur. Souvent aussi, comme pour se prémunir de la mort qui rôdait, Monsacré avançait son bras valide vers le ventre de Marthe, et longuement le caressait.

Elle le laissait faire. Pour Monsacré, elle ne le savait que trop, léguer, c'était mourir. Pourtant, devant le ventre déformé de Marthe, devant le visage de nourrice qu'elle penchait vers lui à chaque heure du jour, quelque chose avait fini par s'éveiller en lui, l'envie de donner, pour transmettre, pour ne pas tout à fait disparaître. Mais donner à Thérèse, à Hugo, à Marthe même, qui l'avait sauvé, c'était au-dessus de ses forces. Il lui fallait donner à un être sans forme, sans visage, à cette famille fantomatique qui se préparait dans le ventre de sa bru. Si bien qu'un soir, comme il l'avait caressé plus longuement qu'à l'ordinaire, Monsacré prononça la phrase que Marthe attendait depuis des semaines : « Je donnerai tout à ton petit. »

Vers le mois de janvier, elle accoucha avant terme d'un enfant fragile, le premier qu'elle pût prénommer à son goût, un second fils, Lucien. Monsacré ne put le voir, et d'ailleurs, il ne le demanda pas. Il avait encore baissé. Il était presque aveugle, il dormait beaucoup.

Chaque fois qu'il se réveillait, il appelait Marthe. Tandis qu'elle bordait son lit ou qu'elle versait entre ses lèvres un bol de tisane, il lui répétait : « Ton petit, Marthe, je lui donnerai tout. » Mais il ne demandait jamais à écrire, il appelait encore moins Chicheray pour lui dicter son testament.

Bien lui en prit. Marthe n'avait pas osé lui dire la vérité, pour l'enfant. Dès sa naissance, le bébé lui avait paru curieux. Il ne pleurait pas, il bougeait à peine. Malgré les haussements d'épaules d'Hugo, au bout de deux mois, Marthe finit par consulter Vernon. Alors qu'il était en route, le petit Lucien eut une crise de convulsions. Il mourut sous les yeux de Vernon.

Le médecin eut une explication qui rejoignit l'avis général, et le dispensa de tout autre commentaire :

— L'inondation, soupira-t-il en rabattant le drap sur le corps déjà gris.

Chapitre 20

Monsacré mit du temps à mourir. Marthe ne s'éloignait guère de son lit. Ce fut comme une grossesse, cette mort qui ne venait pas, la première attente qu'elle partageât avec Hugo. Son mari s'impatientait souvent, il n'était pas loin de lui reprocher que le temps fût si long. Ce fut lui qui décida, dit-on, d'aller rendre visite à la femme qui connaissait les plantes.

Elle habitait toujours près de la Loire, dans la ferme où s'était conclu le mariage de Marthe. La lavandière n'a pas dû beaucoup aider Hugo, ou bien il a mal compris ce qu'elle lui a expliqué. A moins que Monsacré n'ait été vraiment dur à la mort, que les plantes aient été mal préparées, mal récoltées. Quoi qu'il en soit, d'après Thérèse, qui avait trouvé une autre place à deux pas de Vallondé, et ne cessait d'épier ce qui se passait chez les Monsacré, Hugo est allé voir la lavandière à deux reprises, en avril 1913, et en septembre de la même année. Monsacré mourut plus de neuf mois après sa seconde visite.

Il est certain que tout le monde s'impatientait au Moulin de la Jalousie, avec des nuances diverses selon la parenté. Plusieurs fois, dans des conversations de marché, à Rouvray, Hugo fit état de sa hâte à voir mourir son père. Marthe, quant à elle, était lasse, de plus en plus lasse depuis la mort de Lucien. Mais pas résignée, pas accablée, il suffit de voir le regard déterminé qu'elle a sur la photo du *Studio Moderne et de la Préfecture* à Tours, un cliché cartonné que lui a offert Hugo, dans un subit accès de générosité, un jour où ils étaient allés consulter un nouvel expert en minoterie et qu'ils avaient laissé Monsacré à la garde de Suzanne. Une fois de plus, Hugo était persuadé que son père ne passerait pas la semaine. Il a voulu se faire portraiturer dans sa dignité de futur propriétaire. Sur ce cliché très soigné, Hugo paraît la cinquantaine, et pourtant il n'a pas quarante ans. Il est amaigri, ses cheveux s'éclaircissent, son torse naguère si large semble se rétrécir. Il est vrai que par une sorte de malice du destin, depuis qu'il ne pense plus qu'à hériter, l'asthme, la maladie des meuniers, commence à le tourmenter. Ce sont encore des crises discrètes, mais il s'affaiblit, il confie souvent la direction de ses deux moulins au plus âgé de ses ouvriers, Armand. Quant à Marthe, elle s'est endurcie. Ses yeux se sont creusés de grands cernes, l'habitude de dissimuler a figé son sourire, les traits fermes de son visage. Son nez légèrement busqué paraît plus racé; plus petite sa taille, plus ronde sa poitrine, sous le carcan du corset. Elle a enlevé son chapeau, elle porte un chignon noué bas sur la nuque, ce qui la distingue des paysannes et des bourgeoises de l'époque, encore habituées à rouler leurs cheveux sur le sommet du crâne. Avec ce cliché pris de face, on pourrait croire à des cheveux courts. Malgré sa pose un peu contrainte, debout devant un décor de fausse campagne, la main droite posée sur une chaise d'apparat, elle n'abandonne rien de son naturel. Elle continue à en imposer. Sur la voie de la maturité, Marthe n'a jamais été aussi belle. Cela va durer. C'est un mot qui lui va, à Marthe, maturité. Il évoque l'été, les fruits charnus. La plénitude. Sur ce portrait solennel, d'un grain raffiné, l'énergie de Marthe éclate comme jamais. Elle a ramassé ses forces, elle est rompue à tout. L'heure approche.

Elle finit par sonner. Monsacré mourut au début d'un après-midi de juin 1914, un dimanche d'orage où la foudre alluma un incendie dans les bois du Grand Chatigny. Il faisait très chaud, il fallut placer des pots remplis d'eau sous les colonnettes du lit, pour préserver le cadavre de l'invasion des fourmis.

Les doutes sur les circonstances de la mort de Monsacré se répandirent dès le moment où Hugo déclara son décès à la mairie. Thérèse s'employa à les répandre du mieux qu'elle put. Elle s'y préparait depuis des mois. Elle saisissait le premier prétexte pour venir à Rouvray, entretenait les bruits de jour en jour, mêlant le vrai et le faux, avec une science infinie du sous-entendu. Hugo n'était pas revenu chez lui qu'on commença à parler d'empoisonnement. On évoquait de vieilles recettes de bouillon d'onze heures : la soupe aux allumettes phosphorées, la décoction à l'ellébore noir. Damien n'était pas non plus étranger à ces rumeurs, qui continuait à prendre plaisir, lors de ses beuveries du *Goujon frétillant,* à noircir sa famille autant qu'il le pouvait.

Devenu adulte, Lambert a lui aussi parlé de l'ellébore noir. Aux heures les plus sombres de l'Occupation, il a évoqué à plusieurs reprises la mort de son grand-père, en laissant entendre qu'elle était suspecte, et qu'il n'avait pas fini de le venger. On pourrait mettre ses récits en doute, si Elise ne les avait confirmés. Leurs deux versions concordent presque parfaitement. Là où elles divergent, c'est sur l'identité de qui aurait versé la tisane. Ce qui est certain, c'est que dès le départ de Thérèse, quand le règne de Marthe fut assuré dans la maison, Damien joua les pousse-au-crime. Il laissa traîner dans la maison quantité d'ouvrages de chimie et d'ésotérisme. Lambert et Elise ont notamment gardé le souvenir d'un traité de toxicologie, qui se trouve du reste dans les archives de Marthe, *Généralités sur les poisons.* Curieux de tout, Lambert le dévora. A quarante ans, il en récitait encore de grands passages par cœur. On y décrivait par le menu tous les moyens chimiques de gagner — ou de faire gagner — l'autre monde.

Au sujet de l'ellébore noir, un nom qui, avec le temps, devint une sorte de mythe dans la famille Monsacré, Lambert et Elise ont rappelé la même dispute. Elle opposa un soir Marthe et Hugo. « Tu ne t'occupes de rien ! » aurait hurlé Hugo, à l'issue d'un de ses interminables monologues. Marthe éclata, pour une fois. Elle cria si fort qu'elle réveilla les enfants. Hugo lui lança une injure terrible, suivie d'une phrase non moins rude, où il était question de Rodolphe. Ce fut la seule fois où Lambert et Elise entendirent leur mère hausser le ton, la seule fois aussi où il y eut des coups, le fracas d'un meuble brisé. Une semaine plus tard, Monsacré était mort.

L'enterrement du Grand Monsacré fut ce qu'on appelait à Rouvray « *un enterrement de joie* ». Non qu'on s'y fût ouvertement réjoui. Il constitua le sacre d'Hugo en héritier. Il avait d'un seul coup des gestes larges, ronds, une façon pesante de marcher, comme s'il déplaçait derrière lui tout l'or de son père. Un or qu'il n'avait pas trouvé, d'ailleurs, et qui n'avait peut-être jamais existé. Monsacré n'était pas mort qu'Hugo lui détacha du cou la clef de sa mystérieuse cave, qu'il portait en sautoir sous sa chemise, au bout d'une vieille ficelle. Au fond de la grotte qui jouxtait le cellier, derrière un capharnaüm de moyeux de roues et de vis de pressoir, il finit par trouver un coffre de fer un peu rouillé. Il mit deux heures à le forcer. Le coffre contenait de l'emprunt russe, des obligations des chemins de fer d'Algérie, des actions de la Banque des Rentiers, et l'alliance de feu sa mère. Dans sa déception, et sur la foi d'une phrase ambiguë de Thérèse, entendue des années plus tôt, Hugo se mit en tête que Monsacré avait enterré son or dans le jardin. Il retourna le terrain motte après motte. Une semaine durant, il tressaillit au premier tesson de bouteille, au moindre éclat de vieille assiette. Il fut bredouille. Néanmoins, il était heureux : Monsacré n'avait pas fait de testament, il héritait en toute tranquillité.

D'un seul coup, il respira mieux. Il était seul, et libre. Ou du moins il le croyait. Chicheray était formel, il héritait de tout, des terres, des moulins, des bois, des vignes, du manoir, et même de quelques propriétés dont il ignorait l'existence : un droit de passage sur un bois, une pêche en bord de Luisse, une peupleraie près du Grand Chatigny, deux petites maisons à la sortie de Rouvray, un verger qui donnait chaque année de magnifiques poires. Leur possession, fût-elle minime, augmentait sa gravité de nouveau propriétaire. Par prudence, Marthe lui conseilla de « désintéresser » Thérèse, selon le mot de Chicheray, de lui offrir une petite maison, ou même un lopin de terre qui pût suffire à calmer son avidité déçue. Hugo avait fait ses comptes, il avait évalué son bien au sou près, comme le devis de la minoterie. Il n'entendait pas en sortir. Il s'y opposa rigoureusement.

Cinq semaines après les obsèques, Marthe l'appela de la chambre de Monsacré. Elle rangeait son armoire, exhumait quelques objets d'entre ses piles de linge : reliques froissées, mangées d'humidité, rares souvenirs qui témoignaient pourtant qu'il avait pu souffrir, qu'il avait eu un cœur : des lettres de Rodolphe, le bonnet de mariage de sa femme. Elle époussetait un tiroir quand elle découvrit, coincée entre les tasseaux d'une étagère, une enveloppe cachetée et noircie par les mouches.

— Le testament, murmura Hugo dès que Marthe lui tendit l'enveloppe. Il faut le brûler.

— Lis-le avant. On ne sait jamais.

Hugo avait le souffle court, comme avant ses crises. Il tremblait de tous ses membres. Marthe reprit l'enveloppe. Ce fut elle qui brisa le cachet.

C'étaient les dernières volontés de Monsacré, mais en aucune manière un testament. Monsacré formulait simplement le souhait que son héritier — il ne précisait pas de nom — organise pour toute sa famille un déjeuner au *Goujon frétillant,* un mois jour pour jour après ses obsèques. Le menu était précisé avec un luxe de détails. Il était d'une longueur exceptionnelle, même pour des gens de la campagne. Sous l'effet d'une étrange boulimie posthume, ou pour contraindre son fils à une dépense dont il se réjouissait par avance, Monsacré demandait qu'on fêtât son décès par un repas fin. Hugo fut effaré de ce luxe inutile : ce n'étaient que gélines farcies, millefeuilles, truites saumonées, croûtes de foie gras, confits truffés, et les vins les plus rares. Le texte n'était ni daté, ni signé, mais c'était bien l'écriture de Monsacré.

Telle était l'unique volonté du mort. Hugo se sentit contraint de la respecter. Il commanda scrupuleusement le banquet de Monsacré au *Goujon frétillant.* Il limita les invitations à Nine et son mari, plus Damien et deux vieilles cousines. Dans un accès de mauvaise conscience, il fit imprimer l'extravagant menu sur du papier gaufré surchargé d'enluminures. Marthe les a gardés dans leur emballage d'origine, sans en détacher la facture. On comprend pourquoi Marthe a tenu à la conserver : elle était considérable, et Hugo en fut pour ses frais. La veille du repas, le tocsin se mit à sonner. Il annonçait une nouvelle qui plongea le pays dans la stupeur : la guerre contre l'Allemagne venait d'être déclarée.

Il faisait chaud, on rentrait les moissons. Elles s'annonçaient assez bonnes, comme le vin. Le visage des femmes s'attrista brusquement. Pourtant la victoire était sûre, disait-on, la guerre serait rapide. Les hommes rentreraient pour les semailles. Hugo pensait qu'il ne partirait pas, à cause de son athsme. Il n'avait qu'un seul souci : un mois plus tôt, au moment de la mort de son père, on avait voté l'impôt sur le revenu.

Dès le mois de novembre, il fut évident que la guerre allait durer. Hugo fut mobilisé en janvier. Il argua de sa maladie, demanda à passer devant le conseil de réforme. Celui-ci se réunit en février, à Blois. Le médecin qui le présidait était originaire de Rouvray. C'était un nobliau austère et ruiné. Avec le pouvoir de disposer du destin d'autrui, la guerre lui donnait enfin sa revanche. Quinze ans plus tôt, le Grand Monsacré l'avait berné, dans une ténébreuse affaire d'hypothèques. Au seul nom de Monsacré, il avait déjà pris sa décision. Hugo fut déclaré bon pour le service et partit quinze jours plus tard pour le front de la Meuse.

Chicheray avait été mobilisé dès le mois d'août et n'avait pas eu le temps de régler la succession de Monsacré. La mort dans l'âme, Hugo se résigna à laisser une procuration au nom de Marthe, « *au cas où* », dit-il. En vertu du même « *au cas où* », Marthe obtint de son mari une donation en sa faveur, enregistrée chez le même notaire de Blois.

Pendant huit mois, elle reçut quelques brèves lettres d'Hugo, maladroites et tragiques. Sa maladie avait empiré, il pensait qu'on n'allait pas tarder à le renvoyer dans ses foyers. Puis Marthe n'eut plus de nouvelles. Au début de 1916, quand elle vit le maire passer la grille de Vallondé, elle se crut revenue vingt ans en arrière, elle pensa qu'il allait lui annoncer la mort d'Hugo, comme il avait apporté la nouvelle de celle de Rodolphe. En fait, il venait lui transmettre un avis du ministère de la Guerre, selon lequel Hugo était porté disparu.

Selon son habitude, Marthe ne fit aucun commentaire. Elle écouta gravement les phrases empruntées du maire. Elle n'osa pas lever les yeux, elle fixa sans un mot la jatte où elle préparait une pâte à crêpes. La farine n'était pas encore bien mélangée avec le lait et les œufs. Elle était collée en gros grumeaux sur le rebord de la terrine. De temps à autre, les caillots de pâte crevaient, laissaient échapper des filets de poudre blanche, des avalanches en miniature.

Elle finit par se ressaisir. Elle leva les yeux, eut enfin les gestes d'usage, offrit une chaise, prépara un café. Au bout de quelques minutes, le maire s'éclipsa. Dès qu'il fut parti, Marthe plia soigneusement le bordereau du ministère à l'intérieur de son livre de comptes, en lissa l'enveloppe avec application. Elle se retourna ensuite vers la fenêtre qui donnait sur le manoir, posa la tête contre la vitre embuée. Puis, comme son front commençait à se rafraîchir, elle respira profondément.

Chapitre 21

Lorsque Marthe signa l'achat définitif de la Closerie des Grotteaux, une demeure bourgeoise sise au fond d'un petit parc, à deux pas du couvent, il se produisit un petit fait bizarre, dont la tradition familiale a conservé la mémoire. On le relata généralement avec un soupçon d'ironie, comme pour prendre de la distance devant un incident qui pouvait trop facilement passer pour un mauvais présage. Lambert s'en gobergea souvent; si bien que tout le monde, dans son entourage et dans celui de Marthe, finit par croire à une légende.

Il faut constater pourtant que les Monsacré n'ont jamais pu se débarrasser de cette maison, malgré leur sens des affaires. Un examen de l'acte authentique d'acquisition des Grotteaux, signé le 3 mars 1918 dans l'étude de Chicheray, confirme l'existence du mauvais présage. Au moment même où Marthe traçait son paraphe, sa plume se cassa net au milieu de son nom.

C'est le *M* de *Monsacré* qui est coupé, dans le ferme essor de sa seconde boucle. Des minuscules gouttes d'encre ont giclé dans la marge de l'acte. Une plus grosse tache, un vrai pâté, s'est étalée en bas et à gauche du document. On l'a essuyée aussitôt. Le buvard a avalé l'encre. La tache, pâlie par les années, est maintenant presque invisible.

On peut sans trop de peine imaginer la scène : Marthe se fige, brisée dans son bel élan, cette ardeur d'acquérir, cette volonté de construire qui la pousse depuis l'héritage et la disparition d'Hugo. Combien n'en a-t-elle pas signé, des actes, depuis trois ans... Dans la campagne de Rouvray peuplée de femmes en deuil, elle est la plus prompte à repérer les terres abandonnées, elle n'a pas son pareil pour circonvenir les veuves, flatter les orphelins. A force de ventes et d'achats, elle a réussi, en dépit de la guerre, à former plusieurs propriétés d'un seul tenant. Elle espère y lancer des machines modernes. Elles lui appartiendront, comme les terres. Pour être pleinement propriétaire, il lui faut simplement attendre le parchemin qui transforme Hugo de disparu en mort. Ce n'est qu'une question de patience, comme pour le reste.

Il y a six mois, Marthe a signé l'acte d'achat du terrain de la minoterie, qui sera construite d'après ses plans à elle. Plus exactement, d'après les plans d'Hugo, révisés dans le sens de la raison. Si tout va bien, la construction devrait commencer dans un an. Et tout va bien : dès le départ de son mari, Marthe a repris en main les moulins, elle a mené les hommes. Puis elle a mené les femmes, lorsque les hommes, un à un, sont partis se faire tuer.

Le combat de Marthe n'a pas été facile : livres de comptes, nuits sans sommeil. Etre plus dure avec soi qu'avec les autres. Ce qui n'est pas peu dire. Une année où la récolte a été mauvaise, une fermière s'est jetée dans la Loire parce qu'elle a eu peur de la colère de Marthe. Une autre fois, c'est un jeune ouvrier qui a préféré s'engager plutôt que de continuer à travailler sous ses ordres. On a dit, et Marthe le sait, que c'est à cause d'elle qu'il est allé à la mort, un mois plus tard, sur un coteau d'Argonne. A la guerre comme à la guerre, répond Marthe, sans se départir de sa belle indifférence. A l'entendre, on sent bien que la guerre est pour elle une occasion comme une autre, comme l'héritage de Monsacré : elle profite à qui sait la saisir.

Riche de l'héritage, mais aussi des ruses apprises à force d'observation, Marthe a fait tourner ses moulins aussi bien qu'un homme, alors que tous les autres biefs étaient paralysés. Elle a vendu la farine au prix fort, elle a monté une boulangerie. Elle a placé à sa tête le vieux commis d'Hugo. Il est éperdu d'admiration pour elle : « Jamais une plainte », dit-il à qui veut l'entendre, « levée avec le coq, couchée bien après les poules. Sourire de velours et poigne d'acier, ça mène son monde l'air de ne pas y toucher » ! Jusqu'à ces derniers temps, à Rouvray, personne n'a pipé mot. Il est vrai que grâce à Marthe personne dans le pays n'a manqué de pain, même s'il était cher. Même lorsque la préfecture a fait réquisitionner le pain et la farine, Marthe a su ruser, biaiser. Elle a continué à s'enrichir en dépit des règlements. Le tout sans jamais se faire prendre. Plus que les autres, ce dernier succès a forcé le respect.

Depuis quelques semaines, cependant, le vent commence à tourner. Les Américains sont dans le pays, il a fallu les ravitailler. Cest Marthe qui a enlevé l'affaire, on ne sait trop comment. Cet argent-là est rapide et voyant. Marthe elle-même a envie de le placer au plus vite. D'où l'achat des Grotteaux, si rondement mené, et qui risque de capoter sur cette plume stupidement cassée.

Mais le notaire sait que l'ambition de Marthe ne se calmera pas de sitôt. Pas plus tard que la veille, sur le vieux cuir lisse de ce même bureau, elle a étudié avec lui l'acquisition d'un immense terrain dans la banlieue de Tours. On dirait que l'arrivée des Américains a décuplé sa rage d'acquérir. Elle est persuadée que la guerre va se terminer très vite. Avec la liberté de propos qu'on lui connaît parfois depuis la disparition d'Hugo, Marthe a parlé de l'avenir : « Les hommes ne reviendront pas aux champs », a-t-elle déclaré à Chicheray, « les femmes non plus, elles ont goûté de la liberté. Les campagnes vont se vider, croyez-moi, Antoine. Dès la fin de la guerre, il leur faudra la ville et l'électricité. Je veux avoir deux fers au feu. Maintenant qu'on les brade, j'achète les terres. Quand la guerre sera finie, je logerai en ville ceux qui les ont quittées... »

Quand il a vu se briser la plume de Marthe au bas de l'acte, le jeune Chicheray a blêmi. D'ailleurs il n'est plus si jeune, Antoine Chicheray, mais on continue de l'appeler ainsi, même s'il a fait la guerre. Il en est revenu fin 1915, gazé et presque chauve. Quand il voit se casser la plume de Marthe, il se précipite sur son buvard, il parle déjà de faire rédiger un nouvel exemplaire de l'acte. Avec la sobre autorité qu'elle met en toute chose, Marthe secoue la tête, essuie elle-même les gouttes d'encre qui ont giclé autour de son *M* interrompu. Du coup, le vendeur est rassuré. Il se redresse sur son siège, desserre légèrement son faux col. Il a eu chaud, comme on dit. Ce n'est pas qu'il soit impliqué personnellement dans l'affaire. Il n'est qu'un vague syndic chargé de liquider les biens du marquis d'Ombray. C'est un homme du pays, il aime le marquis, il est bouleversé par le sort qui le frappe.

La marquise s'est enfuie avec un danseur de tango, ses fils sont morts au front dans les premiers jours de la guerre. Il y a deux ans, on a retrouvé le marquis errant nu, en plein hiver, dans sa galerie des ancêtres. Il a fallu l'enfermer. Il est ruiné. Pour payer ses frais de pension à l'asile, tous ses biens ont été mis en vente. Le Grand Chatigny ne trouve pas preneur. Le seul espoir de payer la pension du marquis à l'asile de fous, c'est de liquider sa propriété des Grotteaux, un petit domaine qui domine la Loire. Les habitants des Grotteaux ont tous mal fini. La prison, la ruine, la maladie. Il n'y a pas d'exemple de réussite aux Grotteaux. Ce n'est pas que la maison porte malheur. Il s'y attache plutôt quelque chose de douteux. Pourtant la propriété est en parfait état, bien placée, élégante, avec son fronton Directoire, sa pièce d'eau, ses trois grands cèdres. Mais elle est *bizarre,* comme on dit à Rouvray. Un déshonneur originel, indéfinissable. Cela tient vraisemblablement à ce qu'elle a été louée. Les gens de Rouvray n'aiment pas les maisons de location. Surtout dans le cas des Grotteaux, aux locataires depuis toujours tellement déraisonnables : un parfumeur, une chanteuse d'opéra venue y cacher sa fille naturelle, un vieil explorateur. Chicheray lui-même s'est étonné que Marthe veuille l'acheter, plus surpris encore qu'elle ait décidé de l'habiter. Mais cela fait des mois que Marthe a envie de quitter Vallondé, maintenant qu'elle « *a de quoi* ». Les Grotteaux sont une bonne affaire : elle acquiert la propriété pour le quart de sa valeur réelle, en raison de la guerre, de la folie du marquis. Du reste, Marthe ne fait jamais que de bonnes affaires.

En cet instant d'hésitation où elle promène sur l'acte de vente un œil un peu troublé, Chicheray espère que Marthe ignore la réputation qui s'attache aux Grotteaux. C'est peu probable : elle qui parle si peu, elle sait tout, et généralement avant tout le monde. Le notaire table alors sur son ambition, sur son acharnement. Il lui faut cette maison pour asseoir sa réputation de nouvelle et riche bourgeoise. Marthe lui a confié la veille qu'elle songe à marier sa fille, la belle Elise, bientôt vingt ans, infirmière à l'hôpital militaire de Tours. Marthe et Chicheray ont parlé dot. C'est pour Elise qu'elle veut construire des immeubles de rapport à Tours. Quant à son fils, Lambert, qui est si brillant, elle le pousse à faire sa médecine. Il ne risque pas d'être appelé à la guerre : il boite plus que jamais. Marthe lui passe tout, à cause de son infirmité, à cause de son intelligence. Tout le monde s'accorde à dire que c'est un « jeune homme supérieur ». A commencer par Damien, qui vit toujours chez Marthe et voue à son petit-neveu une admiration sans bornes. Marthe répète que c'est pour Lambert qu'elle veut déménager : « Un médecin, ça ne sort pas d'un moulin. » En s'enrichissant, elle ne perd jamais de vue ses enfants.

Le notaire trouve enfin le courage de regarder Marthe. Elle continue d'examiner l'acte. En cet instant trop lourd, elle ne laisse paraître aucun signe d'émotion. Sa main droite, sur le buvard, ne tremble pas, pas plus que la gauche, posée à plat, sur la moleskine du bureau. Elle n'a pas changé. A peine un filet blanc qui frisotte sur sa tempe. Elle est toujours aussi belle.

Chicheray tend à Marthe une nouvelle plume. Elle dépose un peu de salive sur l'acier tout neuf, un geste enfantin, mécanique, un de ces rares gestes qu'elle ne contrôle pas, reste de l'application enseignée par les Ursulines. Puis elle trempe la plume dans l'encrier, elle signe. L'affaire est faite. Chicheray et le syndic répriment un soupir de soulagement.

Marthe Monsacré paie comptant. L'argent est là, dans le coffre de Chicheray. Le notaire le compte et le recompte. Il change de mains, rapidement, prestement, comme s'il était sale. Marthe a envie de rire. En quelques années, elle est devenue la femme la plus riche du pays. Ce qui irrite la ville, c'est qu'elle n'ait pas changé depuis le début de la guerre, elle n'a pas les yeux éteints, le dos voûté des veuves. Les autres femmes ne sont plus que désespoir ou attente. Elle, Marthe, en a fait le tour depuis des années, du désespoir et de l'attente. Maintenant, son regard brille. Jamais ses yeux n'ont paru plus verts. Elle aime la vie, c'est l'évidence. Elle aime jusqu'à son côté dérisoire, comme cet argent qu'on enfouit dans une sacoche, l'air honteux, alors qu'on se bat pour le gagner, pour le garder. Marthe aime l'argent, et pourtant elle se moque de la comédie qu'on joue autour de lui. Cela se voit. C'est bien ce qu'on lui reproche.

Elle l'ignorait encore, cette sourde réprobation, en ce 3 mars 1918. « Il a fallu cette histoire de plume cassée pour que j'apprenne qu'on m'en voulait », raconta Marthe. « C'est

Antoine Chicheray qui me l'a appris. Je ne l'ai pas écouté. J'ai pensé que ses superstitions lui étaient montées à la tête. J'avais raison, du reste. Ce ne sont pas les choses ni les lieux qui sont bons ou mauvais. Ce sont les gens. »

Le vendeur n'était pas sorti que Chicheray se leva. Marthe voulut l'imiter. Il la fit rasseoir d'un geste. Puis il se dirigea vers la fenêtre, souleva le rideau, soupira, et laissa tomber, d'une voix assourdie par une émotion insolite :

— Vous achetez trop, madame Marthe.

— J'ai de quoi.

Chicheray restait figé devant la fenêtre, il fixait un point invisible en se passant la main dans le col de sa chemise, comme s'il étouffait.

— C'est vrai. Mais on pourrait jaser.

— On dira ce qu'on veut. J'y suis rompue.

— Vous avez les dents longues.

— Plus ils m'en veulent, plus ils me les font pousser.

Une seconde fois, elle voulut se lever. Chicheray l'arrêta :

— Restez. J'ai à vous parler

Il se retourna enfin, s'accouda à la cheminée. C'était le début du printemps, il faisait beau. On avait pourtant allumé un feu. Il se pencha vers les braises :

— Il fait trop chaud.

Il martela les bûches. Sous l'étoffe de sa veste étriquée, on pressentait la crispation de ses muscles.

— On raconte beaucoup de choses sur vous, reprit-il.

— Je me moque des ragots. Je m'en suis toujours moquée.

— Les ragots sont comme la mauvaise herbe. Ils poussent n'importe où. Mieux sur la bonne terre.

Il tapait de plus en plus fort sur les bûches. Des étincelles volèrent jusqu'aux manches de son veston. Il sursauta, recula, puis brossa vivement le tissu. Une odeur un peu âcre flotta quelques instants dans la pièce.

— Pour les ragots, vous êtes une bonne terre, madame Marthe.

Il leva les yeux sur elle, cette fois, pour juger de son effet.

— Expliquez-moi ça.

Elle faisait front. Il ne parvint pas à soutenir son regard. Il fit quelques pas autour de son bureau, puis s'effondra dans son fauteuil.

— C'est bien simple. Tous ces gens dans le malheur. Votre fortune, la guerre...

— Du malheur, il y en a toujours eu. Du bonheur aussi. Elle va bientôt finir, votre guerre. Tout reprendra comme avant. Blanc un jour, noir le lendemain.

— Mais vous ne vous rendez pas compte que les gens...

— Les choses ont toujours un bon côté. Il suffit de le chercher. On s'y fait.

Chicheray soupira à plusieurs reprises. Ses épaules se soulevaient lentement, puis retombaient d'un seul coup. Enfin il lâcha :

— L'envie, madame Marthe, méfiez-vous de l'envie.

— Mes affaires sont en ordre. Tout est au net, maintenant que j'ai acheté les Grotteaux. On peut penser ce qu'on veut. On peut même le dire. Que voulez-vous que j'y fasse ?

— Fermez vos yeux et vos oreilles si ça vous chante. Mais je vous aurai prévenue. Ceux qui vous jalousent se chargeront bien de se rappeler à vous.

— L'argent peut tout, cher Antoine, vous le savez mieux que moi. Il a même le pouvoir de faire taire les envieux. Tenez, figurez-vous que j'approvisionne gratuitement en farine l'hospice des Ursulines. Et pourtant, pour ce qu'elles m'ont gâtée, dans le temps...

— Ce n'est pas une question d'argent.

— Alors quoi ?

Le notaire passa et repassa plusieurs fois son index dans le col de sa chemise. Son cou avait rougi, il paraissait de plus en plus à l'étroit dans sa veste sombre.

— Votre nom. Vos origines. Enfin vous savez bien... On ne sait pas d'où vous sortez.

Il avait laissé tomber sa phrase d'un seul trait, comme une obscénité inévitable. Et maintenant qu'il l'avait dite, il paraissait étonné lui-même de son audace, ses bras retombaient, sans force, le long du fauteuil.

— Je m'appelle Marthe Monsacré. Je ne suis pas un fantôme. Je suis née comme vous, et de la même manière, je suppose.

— Vous refusez de comprendre. C'est toujours comme ça, quand ça vous arrange.

Sa nuque s'empourpra encore. Il retourna à la cheminée.

— Quelle idée d'allumer du feu par un temps pareil.

Il désigna la fenêtre, les marronniers du mail qui commençaient à fleurir. Puis il recommença à taper sur les bûches, mais moins fort qu'au début de leur entretien.

— Vous êtes veuve, reprit-il en bredouillant, vous n'avez pas de nom. Enfin, vous en aviez un, mais maintenant, avec la guerre rien n'est plus comme avant, cet héritage, vos affaires, vos biens, votre fortune... La minoterie l'année prochaine, et votre marché avec les Américains.... Ça jase, vous savez, ça jase...

Marthe le laissa s'empêtrer. Elle regardait dehors, par la fenêtre qui donnait sur le mail, sur le magasin de Julia. Les volets de la boutique étaient tirés sur sa vitrine. Son enseigne, *A la Tentation Parisienne,* était presque effacée. Il ne restait que le mot *Parisienne,* avec son lettrage contourné, qui pût encore se lire distinctement.

Des souvenirs affluaient, qu'elle chassa. Un moineau se posa sur le rebord de la fenêtre. Des brins de laine étaient accrochés dans les ferrures du vantail. L'oiseau essayait de les décrocher. Il n'y parvenait pas. Il sautillait, donnait un coup de bec, échouait, recommençait, échouait encore, reprenait son élan. Il était exaspérant. Comme Chicheray, de plus en plus rouge à force de frapper sur les braises, et qui s'enlisait dans ses insinuations. Elle décida de couper court :

— Allons, crachez le morceau.

Chicheray leva les yeux. Une fois encore, son regard la fuyait. Un long moment, il fixa le rebord de la fenêtre. Lui aussi, il avait remarqué le manège du moineau. Le soleil de mars, sur le tuffeau, faisait paraître la pierre plus blanche, presque éblouissante. Il plissa les yeux. Ses paupières étaient fripées, comme trop lourdes de nuits sans sommeil. Marthe déposa la main sur son bras :

— Je ne suis pas une mauviette.

— Ce n'est pas si simple...

— Lorsqu'on le veut, tout est simple.

Il feignit d'approuver. Il se dirigea vers sa bibliothèque, en sortit un service à porto. Il le manipula avec précaution, versa l'alcool avec des gestes lents, une affectation un peu précieuse. Ses mots devinrent aussi plus maniérés :

— J'ai beaucoup réfléchi, commença-t-il. Placé comme je suis, j'entends beaucoup de choses. J'en sais long sur tout le monde, je suis à même de démêler le vrai du faux, le bon grain de l'ivraie...

Il se perdait en précautions oratoires, en circonlocutions qu'il peaufinait depuis des semaines. C'était Marthe, à présent, qui n'osait plus le regarder. Tout en buvant son porto à minuscules lampées, elle détaillait le napperon de cretonne rose du service à porto, le chiffre désuet gravé sur le cristal des verres, *T. C.*, Théophile Chicheray, son père, avec qui elle avait négocié sa liberté, vingt ans plus tôt. Sur le rebord de la fenêtre, le moineau poursuivait son manège. Il se lançait inlassablement à l'assaut des brins de laine. Tout aussi invariablement, son trésor duveteux lui échappait. Marthe continuait de boire son porto. Elle en était à la dernière gorgée, quand elle entendit enfin la phrase qu'elle attendait :

— Il faut vous garantir, madame Marthe. Ça vous fait du tort, de rester seule.

Chicheray respira un grand coup. Il trouva le courage d'affronter son regard. Tout se passait comme s'il avait fait un effort immense, si grand qu'il n'avait plus peur de rien, même des yeux verts de Marthe qui commençaient à se moquer.

— Une femme seule... Et alors ?

— Regardez Julia, comme elle finit. Une vieille putain. Et elle boit !

Il rougit le premier de sa trivialité. Marthe répliqua dans l'instant :

— Rassurez-vous, Chicheray, je n'ai personne dans mon lit. Et ce n'est pas demain la veille...

Antoine Chicheray se leva. Il était solennel, empesé, comme à un enterrement.

— Il ne faudrait pas que ça tarde.

Elle partit d'un grand rire :

— C'est donc ça, vos ragots !

— Il n'y a pas de quoi rire.

Il retourna à la fenêtre, souleva le rideau. Le moineau dut sentir sa présence derrière la vitre, car il s'envola.

Chicheray laissa retomber le voilage, le tritura un instant entre ses doigts, puis, comme il aurait parlé d'une vente intéressante, ou d'une hypothèque à racheter, avec la même componction roublarde du tabellion qu'il n'avait jamais cessé d'être, il laissa tomber :

— Ils vous appellent la Juive.

— La belle affaire.

Elle ne s'était pas exclamée, cette fois-ci, elle n'avait pas souri. Chicheray était sûr de son effet, car il plaça aussitôt :

— Je vous épouserais bien, madame Marthe.

— Je ne suis pas veuve. Vous connaissez la loi. Les disparus...

— Mais au cas où, madame Marthe, simplement au cas où... Et puis vous savez bien que votre mari ne reviendra pas. Je ne vous demande qu'un engagement. Un simple engagement moral, de gré à gré, de façon à répondre, si l'on jase.

— J'ai une langue, vous savez, même si je ne suis pas causante. Je peux répondre moi-même à toutes vos commères.

Chicheray haussa les épaules. Il se pencha à nouveau vers les chenets, éparpilla les braises :

— Je voudrais vous protéger, madame Marthe. Si on sait que vous et moi... Je suis notaire, quand même, ils n'oseront pas. Et le nom de Chicheray... Nos fortunes sont en rapport, nos âges aussi. Il suffit de nous montrer ensemble, de nous rencontrer, en tout bien tout honneur, bien sûr, en attendant le délai. Et ensuite... Marthe... Ça vous garantirait !

— C'est possible. Mais vous me prenez de court. Si je m'attendais...

Elle joua les femmes émues, rajusta son chapeau.

— Resservez-moi du porto.

Il s'exécuta. Il n'avait jamais eu de gestes aussi empressés. Elle but son verre d'un trait. Il se sentit obligé de l'imiter.

— Racontez-moi ce qu'on dit sur mon compte.

Chicheray se rassit derrière son bureau, dans son grand fauteuil à dossier de bois sculpté, un vrai trône de notaire. Puis, de la même manière qu'il aurait lu un compromis de vente, les yeux fixés sur les parchemins qui encombraient son bureau, les soulevant de temps à autre, les classant et reclassant, il brossa à Marthe un tableau à peine forcé de la rumeur de la ville.

Elle le crut. Ou, plus exactement, elle se souvint. Du temps de Julia, elle les avait si souvent entendus, ces on-dit. Elle savait qu'ils s'attaquaient aux proies faciles, servantes, veuves, jeunes filles trop fragiles et trop belles, maris imprudents et désargentés. Parfois elle les avait vus commencer sur le seuil même de la boutique, perfidies engendrées par l'ennui qui rongeait le pays, sa violence souterraine, sa langueur, son excessive douceur. Elle soupira; car elle comprit qu'en dépit des deuils de la guerre s'était mise en route, dans la quiétude rêvassante de la province, dans le réseau somnolent de ses rues de tuffeau, du couvent à l'église, du mail aux lavoirs, aux tanneries, au marché, aux salons dorés des propriétés qui bordaient la Loire, la rumeur de Rouvray, ce murmure indécis, capricieux, multiforme, fait de mots disparates, équivoques, aussi bien d'injures que de phrases inachevées, d'insinuations que de franches calomnies. Tout s'était assourdi pendant ces temps de guerre : il n'y avait que des morts, des tragédies à annoncer, et la rumeur n'aime pas la franchise de la douleur, elle préfère ce qui se cache, se pressent, s'interprète, se devine, s'imagine, à la frontière, comme elle, du clair et de l'obscur, les troubles de l'amour, les mystères de l'argent. Tandis que Chicheray reprenait par le menu l'incantation des calomnies, avec des élans dans la voix qui trahissaient la jouissance qu'il éprouvait à se mêler au chœur, Marthe cherchait à comprendre pourquoi la rumeur s'était emparée d'elle. Elle n'écoutait plus les phrases du notaire, qui mettait un point d'honneur à lui répéter les ragots sous la forme où ils lui étaient revenus : « D'où sort-elle, cette Marthe ? Elle est arrivée chez les Monsacré les mains dans les poches, comment a-t-elle pu gagner tant d'argent si vite ? Elle sait y faire, Marthe Monsacré, du reste Monsacré n'est pas son vrai nom, elle est née Ruiz, demandez donc aux Ursulines, sa mère était une étrangère, et le père, allez savoir ! Mais elle a bien mené sa barque, elle s'est mariée et bien mariée, et pourtant elle n'était pas nette, vous me suivez, seulement elle a les mains libres, à présent... Et vous avez vu sa tête, jamais fatiguée, l'air de ne pas y toucher, forcément, elle fait ses coups par-derrière ! Il suffit qu'elle regarde une terre pour qu'elle soit à elle, avec celle-là voir c'est avoir, ça ne se dit pas, bien sûr, avec tout son argent, elle sait bien monter ses combines, le vieux est mort au bon moment, elle s'est arrangée pour avoir tous les papiers... »

Une phrase revenait sans cesse dans la bouche de Chicheray : « Ils disent que vous faites de l'ombre. » Plus que toute autre, elle réjouit Marthe. Ce qui faisait de l'ombre aux bonnes gens de Rouvray, c'était qu'elle eût enfin conquis sa place au soleil; et, par un phénomène plus mystérieux à leurs yeux, qu'elle l'eût gagnée en dépit de sa dissemblance, cette indéfinissable différence qu'on lui attribuait depuis qu'elle était née. Son silence, à lui seul, était déjà une noirceur, une ombre portée sur ce monde bavard. Il y avait ensuite sa beauté trop évidente, ses cheveux trop foncés, cette sombre ardeur qui était dans ses gestes, jusqu'au fond de son regard. Que dire alors de cette duplicité essentielle, sa force d'homme dissimulée sous un sourire de femme...

Un sourire que l'adversité, le travail, rien encore n'avait pu éteindre. Ce jour-là, pourtant, tandis que Chicheray débitait inlassablement ses cancans, le visage de Marthe finit par se fermer. Elle se sentait lasse de sa guerre, fatiguée d'avance, pour une fois, d'avoir à se battre contre un ennemi qu'elle méprisait, les espionnes des fenêtres, leurs perfidies sans queue ni tête. D'un seul coup, elle eut envie de tourner les talons. Elle voulait retourner au plus vite à Vallondé. Non pas pour le moulin, qu'elle détestait, mais pour les pierres du manoir abandonné, la lente courbe de la Luisse, son lit de silence entre les coteaux, son cours limpide entre les saules, avec la Loire, au loin, derrière les peupleraies.

— Ça ne tient pas debout, coupa-t-elle. Des ragots.

— Enfin le Grand Monsacré... Quand il est mort, c'est tout de même vous qui avez ramassé la mise.

— Vous avez raison, Antoine. Je pense à tout, je sais calculer. J'avais prévu la guerre. J'avais prévu qu'Hugo, avec son asthme, serait envoyé au front. C'est moi qui ai poussé le médecin à le déclarer bon pour le service. Lui aussi, je l'ai mis dans ma poche. L'ennui, c'est qu'Hugo n'est pas mort, mais disparu. Si jamais il revient, je devrai lui rendre des comptes. Vous voyez, je ne suis pas aussi forte qu'on le dit !

— Mort ou disparu, c'est tout comme.

— Cherchez donc à me conduire devant le maire, vous verrez si c'est tout comme.

— Vous vous êtes quand même arrangée pour avoir une donation. Vous auriez pu vous contenter d'une procuration. Et ça s'est fait chez un notaire de Blois.

— Vous étiez à la guerre !

Il haussa les épaules :

— Vous avez réponse à tout, mais vous êtes fragile, madame Marthe. Il vous faudrait un nom. Un vrai nom.

— Monsacré, ça ne vous suffit pas ?

La colère avait eu le dessus, pour une fois. Elle s'en voulut aussitôt, elle corrigea :

— Ça ne leur suffit pas...

— Il y a les vieilles histoires.

Elle hocha la tête. Sur le rebord de la fenêtre, le moineau était revenu, il ne lâchait plus les brins de laine, il en avait le bec rempli. On aurait dit qu'il allait étouffer.

— C'est Thérèse qui mène la danse ? Pourtant elle est tombée malade, à ce qu'on a dit, elle a perdu sa place. Elle est à l'hospice, non, elle est gâteuse...

— Elle a eu une attaque l'an passé. Mais elle a trouvé le temps de jeter son fiel. Je vous avais prévenue, madame Marthe. Il aurait fallu la désintéresser.

— Hugo s'y opposait. J'ai respecté ses volontés. Ce n'était pas mon héritage, après tout.

— Je ne parle pas de l'héritage. Il y avait madame Julia. Les vieilles histoires, vous me suivez... Personne ne lui avait dit, à Julia, pour le pauvre Rodolphe. Ni pour votre fille. Elle a été la dernière avertie.

— Qu'est-ce qu'il y avait à savoir ?

— Ça ne se disait pas trop, du temps de votre beau-père. Mais avec l'héritage ! Vous savez, les rancunes... C'est comme les rillons, ça se cuit et ça recuit. Dans la graisse, la vraie bonne graisse, celle de l'héritage, vous pouvez en croire un notaire. Si je vous racontais tout ce que j'entends dans cette étude, depuis que je l'ai reprise...

— Elise Monsacré est la fille d'Hugo Monsacré. C'est écrit sur tous les papiers. Je ne vois pas ce que Julia et Thérèse ont à voir là-dedans.

— Il y a des moments où les papiers ne comptent plus.

— Quand ?

— Quand il y a de la vengeance à prendre.

— Qui a de la vengeance à prendre contre moi ?

— Thérèse en avait. Elle a tout dit à Julia, un mois après la mort de Monsacré. Et maintenant c'est Julia qui vous en veut.

— Elle aurait pu s'y prendre plus tôt. Depuis le temps !

— Il y a eu la guerre.

Marthe passa et repassa le doigt sur le bord de son verre. Le cristal humide grinça légèrement.

— Julia est une vieille ivrogne, reprit-elle. Elle n'a plus le sou. Quant à Thérèse... Elle est malade, non ? Elle n'en a plus pour longtemps.

Chicheray s'éloigna du côté de la fenêtre. Malgré le contre-jour, Marthe vit qu'il tentait de se redresser.

— Le mal est fait, madame Marthe. Il faut vous ranger. Il vous faut un nom.

— Le nom, je l'ai. C'est Monsacré.

Chicheray battit aussitôt en retraite, se réfugia dans son personnage de notaire papelard. Il retourna comme il aurait fui vers son grand fauteuil de chêne, se remit à compulser ses dossiers

— Il paraît qu'Orfonds est à vendre, reprit-il. Le propriétaire est mort.

— Je sais. Ses bois rendent bien, paraît-il. Mais le manoir est en mauvais état. J'ai assez à faire avec celui de Vallondé. Un de ces jours, je le remettrai en état. Si la minoterie rend bien...

— Le Grand Chatigny est aussi à vendre.

— Personne n'en veut. Et ce n'est pas mon genre, la folie des grandeurs. Voilà au moins quelque chose qu'on ne pourra pas dire de moi...

Elle se força à rire. Chicheray hocha la tête, souleva machinalement des liasses de documents. Elle enchaîna :

— Enfin pour Orfonds, reprit Marthe, tenez-moi au courant. On ne sait jamais...

— Vous savez, les héritiers, avec la guerre... Le temps qu'ils se manifestent.

Elle approuva, se leva. Il repartit près de la fenêtre. Ils se saluèrent de loin. Comme elle poussait la porte capitonnée, elle crut entendre une dernière phrase. Elle lui fit signe de la répéter. Chicheray s'exécuta :

— Je vous disais de réfléchir à tête reposée. La première impression n'est pas toujours la bonne.

— Pour Orfonds ? Je croyais...

— Non, pas pour Orfonds. Pour le reste. Vous et moi. J'aimerais en reparler.

— Attendons un peu. Hugo n'est pas mort, mais disparu.

Avant que le capiton de la porte ne se referme sur elle, Marthe jeta un dernier coup d'œil à Antoine Chicheray. Il avait repris son attitude familière, debout derrière la fenêtre, les épaules affaissées. Il soulevait légèrement le voilage de dentelle, son regard épiait ce qui se passait sur le mail. Le moineau était toujours sur le rebord de la fenêtre. Il sautillait, un peu hagard, sur la pierre blanche. Il venait d'arracher le brin de laine. D'un seul coup, il ne savait plus quoi en faire.

— Imbécile, souffla Marthe lorsque les battants de la porte se refermèrent sur elle.

Elle ne savait même plus de qui elle parlait, de Chicheray, ou du moineau. A moins que ce ne fût d'elle-même qui, pour ce nom qu'elle n'avait pas reçu en naissant, repartait se bâtir une fortune, envers et contre tout.

Chapitre 22

On croit généralement que la haine est un sentiment violent, d'un seul bloc, on aime à penser qu'elle naît brutalement, sans contrôle, sans résistance possible, sauvagement, d'un coup de foudre en négatif. Mais la haine est longue à venir, elle est de ces plantes grasses à l'enfance incertaine, il faut l'entretenir, la choyer; et quand elle éclate enfin, au terme de son interminable et silencieuse couvaison, fulgurante, vivace, superbe de noirceur et de férocité, on reste naïvement frappé de l'écart qui sépare son déchaînement aveugle et les circonstances, le plus souvent anodines, où elle prend son essor. On oublie que la haine attend, choisit son heure. L'événement — la plus mince, la plus futile occasion — l'aide seulement à échapper à sa gangue de silence, ce terreau de méchanceté sans imagination où des mois, des années durant, elle a lentement germé, condensé son venin.

Dans l'histoire de Marthe, il en a été ainsi. Il a fallu beaucoup de temps avant que ne se mette en branle le prodigieux arsenal de bassesses patiemment ourdi à l'abri des murs tranquilles de Rouvray. Son installation aux Grotteaux, le début des travaux de la minoterie n'ont suscité rien d'autre que les racontars étouffés dont Chicheray se fit l'écho. Puis il fallut se remettre de la guerre. Les champs de bataille étaient restés très éloignés, presque irréels. Avec l'armistice, les drames qui s'y étaient déroulés devinrent d'une évidence criante. Pour un visage fracassé qu'on avait évité de regarder en face, on tombait le lendemain sur des béquilles abandonnées dans l'entrée d'une maison, à la porte d'un jardin. Avec la paix, d'une façon très étrange, la mort des pères et des fils parut plus cruelle, et plus lourd le temps à passer dans l'absence.

Elle aussi, Marthe, voyait toutes ces plaies. Mais elle avait depuis longtemps apprivoisé la douleur, elle savait qu'il n'est pas besoin d'une guerre, ni de corps mutilés pour en toucher le fond. Sur un cliché de cette année 1918-1919, facile à dater grâce à sa première robe raccourcie, elle apparaît absolument inchangée. La photo a été prise à Vallondé, un jour de neige, au tout début de 1919, le matin de son déménagement. La neige fondante dessine sur la façade de sa maison de larges traînées humides. On distingue à l'arrière-plan deux charrettes surchargées de meubles.

L'auteur du cliché est Lambert. A l'époque, les films n'ont pas été développés, ils ont été conservés tels quels dans le carton. Ces clichés sont d'ailleurs les derniers jamais pris avec l'appareil de Damien. A lui seul, ce changement marque de façon spectaculaire la fracture qui traverse la vie de Marthe. Dans le classement minutieux du carton d'archives, tous les documents qui vont suivre paraîtront à la fois plus familiers et plus luxueux. Comme pour des millions d'hommes et de femmes, la vie de Marthe a basculé, à l'aube de ces années vingt. Mais, dans son cas, ce n'est pas seulement le monde qui a changé de face. La nouveauté, dans sa vie, c'est la fortune. Et la liberté.

Ces ultimes photos du Moulin de la Jalousie, dues à la main encore malhabile de Lambert, apparaissent comme le dernier témoignage de ce que Marthe appela plus tard : « *la vie d'avant* ». La raison pour laquelle ces films n'ont pas été révélés demeure mystérieuse. A première vue, on peut hasarder une explication facile : Lambert les a perdus. Quelqu'un les a retrouvés. Cela s'est certainement passé pendant la Seconde Guerre mondiale, car les films sont emballés dans des journaux datés du 10 et du 15 avril 1943.

Un autre indice permet d'éclairer cet étrange document. Entre les films s'est égarée une liste intitulée : « *Choses à faire* ». Elle est de la main de Marthe, elle date des années quarante, puisqu'elle évoque des tickets de rationnement à retirer à la mairie — le moment, à coup sûr, où les archives de Marthe ont été dissimulées comme autant de preuves à charge contre ceux qui la menaçaient. Au bas de la liste,

Marthe a écrit cette phrase curieuse : *Faire développer les vieilles pellicules de Lambert. Voir pour...*

Elle n'a pas fini sa phrase. Elle a été interrompue, le dernier mot est illisible, sa plume a dérapé sur le papier comme si elle avait sursauté. On a beau scruter les photos, en examiner scrupuleusement les plus infimes détails, on n'y découvre cependant rien de particulier. On y voit Damien, effondré au fond de son éternelle charrette à chiens, entouré d'un amoncellement de boîtes et de cartons. Il a encore grossi. On dirait qu'il est préoccupé. C'est peut-être à cause de l'absence d'Elise, qui termine à Tours ses études d'infirmière. Damien y retourne souvent, en emportant son appareil photo. Pourtant il ne photographie jamais sa petite-nièce. Certains disent qu'il ne reste que cinq minutes avec elle au parloir de l'école, et qu'il file aussitôt au *Petit Soleil,* la maison où Julia travailla naguère. Si Damien est tendu, sur cette photo, c'est sans doute à cause du déménagement. Il est de plus en plus bizarre, depuis la mort de Monsacré. Il se pique d'employer des mots compliqués qu'il trouve dans les livres, il élève des lapins angoras dont il tisse lui-même le poil, puis le tricote en écharpes qu'il ne porte jamais. Ses clapiers sont équipés de verrous extérieurs et intérieurs, qu'il montre avec fierté. Chaque fois qu'on lui demande pourquoi il a posé des serrures à l'intérieur, et qu'on doute que les lapins puissent les manipuler, il toise le curieux et répond invariablement : « Les subtilités de l'élevage des lapins angoras ne sont accessibles qu'à de rares élus. » Il a passé la guerre à accumuler les collections les plus hétéroclites : de blagues à tabac, de vues de châteaux de la Loire, de porte-plumes, de vieux dentiers, de colliers de chiens et même de croupions de poulets. Il emmène aussi tous ses vieux journaux. Il a demandé à Marthe de l'installer dans le petit pavillon qui se trouve à l'entrée des Grotteaux, une jolie construction ancienne d'où il peut observer la rue tout à son aise. Sa proposition l'a soulagée : elle voyait mal comment le capharnaüm où se plaît à vivre Damien aurait pu s'accorder avec le train de vie bourgeois, élégant et soigné, dont elle rêve pour les Grotteaux.

On distingue ici, dépassant d'un cageot, derrière les cages aux lapins angoras, sa collection de pichets. Il y a aussi une collection dont on ignore la nature : celle que Damien réunit dans une boîte de loupe d'orme. Il la garde toujours sur lui, même quand il va à Tours. Tout le monde se gausse de lui, comme on se moque de sa théorie selon laquelle les gens ne meurent que par conformisme. Il a décidé de se singulariser et déclare qu'il ne mourra pas. Il est sérieux comme un pape, lorsqu'il se lance dans ses grands discours sur l'état du monde, à l'issue de ses agapes dominicales. Marthe en est blessée. Elle voudrait qu'il évite de se rendre au *Goujon frétillant*. Il ne l'écoute pas, même lorsque Marthe lui dit de penser à l'avenir d'Elise et de son frère.

En fixant le déménagement, Lambert a voulu se substituer à Damien, le remplacer dans son travail de chroniqueur de la vie familiale. Mais ses clichés sont plats, il n'a pas l'ironie de Damien, ni son expérience de la chambre noire. Sa seule photo réussie est celle de la bonne, la grosse Suzanne, raidie contre le mur de la maison, la main enfoncée dans l'incision profonde qu'Hugo avait tracée dans le tuffeau pour marquer le niveau de la grande inondation.

Lambert n'est encore qu'un jeune étudiant qui s'amuse de la confusion de ce déménagement. Tous ceux qui l'ont fréquenté en ces lendemains de guerre ont été formels : Lambert ne pensait qu'à réussir. Il était extrêmement soigné, dans sa mise comme dans son travail. Il avait le verbe facile, il était élégant, il en arrivait à faire oublier qu'il boitait. Il comptait déjà quelques bonnes fortunes féminines. Mais il ne s'était jamais encore attaché à une femme. On attribuait généralement cette indifférence à sa passion pour Elise, et à ses succès universitaires, qui le grisaient. Il n'avait pas vingt ans mais se voyait déjà notable, médecin aussi respecté dans Rouvray que Vernon, qui avait si vaillamment tenté de guérir sa jambe malade. L'installation de sa famille dans la propriété des Grotteaux était à ses yeux la première étape de son ascension.

Il n'avait pas encore compris que c'était celle de sa mère. Lorsqu'on lui annonça que Marthe, avec la détermination sereine qu'elle montrait en toute chose, venait de faire raser le Moulin de la Jalousie, il fut pris d'une fureur inouïe.

Il l'apprit dans le train qui le ramenait de Tours. Il était avec Elise. Chicheray monta deux arrêts avant Rouvray. Il se fit une joie de leur annoncer la nouvelle. Lambert blêmit puis se fit répéter les détails de l'affaire. Sitôt débarqué du train, il abandonna Elise sur le quai de la gare, loua une voiture, se fit conduire sur les lieux. Des ouvriers étaient encore là, à déblayer les derniers gravats. Ils lui répétèrent les arguments de Marthe : « Depuis l'inondation, elle était entièrement salpêtrée, cette maison, et la charpente mangée aux vers. Regardez donc le château, il est magnifique, on le voit de la grille, maintenant qu'on a rasé la maison. Madame Marthe a dit qu'elle viendra y habiter un jour... »

Il n'entendait rien. On le vit arpenter le vallon pendant deux bonnes heures. Il s'abandonnait à une force obscure et farouche, qui d'un seul coup annulait toutes ses autres passions, son ambition, Elise, le seul amour qu'on lui connût. « On aurait cru M. Hugo quand il broyait du noir », observa Armand, le vieux commis des Monsacré.

Lambert ne quitta les lieux qu'à la tombée du soir. Il était sale et décoiffé. Trois jours durant, il n'adressa pas la parole à sa mère. Marthe lui opposa la même force qu'à Hugo, naguère : elle ignora.

Un événement inattendu le ramena à des dispositions plus pacifiques. Annoncé par un avis officiel, puis par une lettre transmise par la Croix-Rouge, Hugo Monsacré fit son retour à Rouvray, dans une ambulance bringuebalante qui s'arrêta d'abord à la mairie, puis le déposa à la grille des Grotteaux.

Chapitre 23

La puissance de Marthe, c'était aussi de maîtriser l'imprévu. Peu de choses la prenaient de court. Elle avait lu sans émotion apparente l'avis officiel qui arrivait de Paris. Puis elle avait reçu la lettre d'Hugo. Eut-elle peur de ce retour ? Sans doute l'avait-elle envisagé. On avait déjà vu deux disparus revenir à Rouvray, le jeune pharmacien Phélipeaux, et le garde-champêtre de Serizy, une petite commune proche de Vallondé. Marthe est restée calme. On ne trouve nulle part la trace d'un moment d'affolement, aucun signe non plus d'un émoi passager.

Dans sa lettre, Hugo lui avait résumé son odyssée, une errance tragique et banale entre les tranchées d'Argonne et les prisons d'Allemagne orientale. Ce courrier a été conservé dans son enveloppe d'origine, mais froissé, gardé sans soin, contrairement à l'habitude de Marthe. Peut-être l'a-t-on exhumé à la hâte d'un fatras de documents qu'on croyait égarés, ou sauvé in extremis de la corbeille à papier. Dans un style embrouillé, Hugo y raconte qu'il a été fait prisonnier, interné dans une forteresse. Il avait été grièvement blessé, trépané. On l'avait déporté ensuite à la frontière polonaise. Il prétendait avoir perdu la mémoire pendant quelque temps. Des semaines ou des mois, il ne savait plus.

Il ne finissait pas toutes ses phrases. Dans certains passages, il employait des mots allemands, ou bien il avait de curieuses défaillances de syntaxe. Il ne précisait pas quand il arriverait à Rouvray. Marthe n'eut pas le temps de le faire prévenir de son changement d'adresse. Elle n'a jamais su comment il l'a appris. Un matin où elle s'apprêtait à sortir, elle aperçut une vieille ambulance derrière la grille. Deux silhouettes s'agitèrent un moment. Après un salut, une forme grise et tassée remonta l'allée. C'était Hugo. Quand il fut au perron, il ne l'embrassa pas. Il serra ses mains entre les siennes un long moment, comme s'il voulait s'imprégner de leur force. Puis il gravit les marches du perron.

— C'est là que tu vis, dit-il quand il franchit le seuil.

A ce « *tu vis* », Marthe comprit qu'Hugo ne se battrait plus contre elle. Les jours qui suivirent lui donnèrent raison. Hugo semblait indifférent à tout, même à Elise, même à Lambert, quand ils revinrent de Tours pour l'embrasser. Quand Damien sortit de son capharnaüm pour le saluer, Hugo eut du mal à le reconnaître. Ses péroraisons sur les lapins angoras lui arrachèrent un vague sourire, puis il retomba dans l'apathie.

Le jour de son arrivée, Hugo avait constaté son enrichissement avec une satisfaction étrange, comme un plaisir amer. Il s'en étonna à peine, pas plus qu'il ne parut surpris des habitudes bourgeoises qui étaient désormais celles de sa femme : elle mettait son point d'honneur à être servie, elle avait engagé une cuisinière et une femme de chambre, en plus de Suzanne. Elle achevait d'installer les Grotteaux dans le goût qui était le sien : des cuivres, des porcelaines, des meubles anciens, ceux des Monsacré, mélangés au mobilier moins rustique qu'elle achetait dans les ventes aux enchères, à chaque fois qu'on vidait un château. Depuis la fin de la guerre, cela n'arrêtait pas.

Marthe ne dissimula rien à Hugo de l'état de leurs affaires. Elle lui annonça que la minoterie serait bientôt finie. Il ne réclama pas les comptes, il ne parla pas de revenir sur la donation. Ses crises d'asthme se rapprochaient, ses poumons étaient dans un état désastreux. Il se désintéressait de tout ce qui le passionnait naguère, les fermages et les moissons, les achats de terres, l'état des moulins. Il ne demanda même pas à revoir Vallondé. Il était étranger et lointain, comme déjà retiré du monde. Il se laissa docilement installer dans la chambre de Marthe, la plus belle pièce de la maison, au premier étage. Elle était entièrement tendue de toile de Jouy et donnait sur le parc, du côté de la route. Il ne voulut plus en sortir. On lui montait tous ses repas. Il passait le plus clair de son temps à dormir, ou bien il fixait la fenêtre, un point invisible derrière les rideaux.

Il parut un moment échapper à sa léthargie, lorsqu'il réclama les comptes de la succession de son père. Marthe les lui présenta. Il n'eut pas la force de les lire. Elle lui proposa de l'emmener à la minoterie. Il la regarda sans comprendre, et s'endormit.

Avec le printemps, il parut se rétablir. Il demanda du papier, des crayons, s'installa à son bureau avec ses livres de physique. Des nuits durant, il recommença à tracer des plans de minoterie, des schémas d'engrenages, de tuyères, des ébauches de moteurs. Ses projets se faisaient de plus en plus colossaux, il dressait à la gloire de la mouture des temples monumentaux, des constructions pharaoniques, une jungle de plus en plus démesurée de pistons et de rouages, avec des enchevêtrements de courroies et de tubulures d'une complexité monstrueuse. Elles débouchaient toutes sur de gigantesques gueules métalliques, qui crachaient sur le blanc du papier des Niagara de farine.

Le docteur Vernon finit par s'en inquiéter. Il ne laissa guère d'espoir à Marthe. Le cerveau d'Hugo, prétendit-il, était encore plus atteint que ses poumons. Il ne lui donna pas un an. Marthe accueillit ce pronostic avec sérénité. Avec le retour d'Hugo, rien n'avait changé dans sa vie, elle n'avait en tête que la prospérité de la minoterie. A Pâques, quand l'état de son mari empira, Marthe demanda à ses enfants de rentrer à Rouvray.

Hugo relevait d'une crise. Il était très affaibli, il parlait avec peine. Lorsque Elise monta pour le voir, Lambert et Marthe étaient déjà dans la chambre. Elise, comme à son habitude, était très élégante, un peu distante, avec son air de reine en visite, voyageuse arrivée d'un autre monde qu'elle était seule à connaître. Marthe lui désigna le lit où Hugo était effondré, sous une lampe électrique qui diffusait une lumière bleue. Elise s'avança à pas comptés sur le parquet ciré. On aurait dit qu'elle hésitait. Elle s'arrêta dans le halo de la lampe.

D'elle, Hugo ne distingua sans doute que la chevelure, cette blondeur spectaculaire qu'elle tenait de Rodolphe. Il se passa la main devant les yeux, comme ébloui. Puis il se redressa et jeta :

— Laisse-moi. Va-t'en !

Il répéta sa phrase à plusieurs reprises. Il en perdit le souffle, retomba sur l'oreiller et se mit à marmonner. Marthe n'entendait pas ce qu'il disait. Elle vit Lambert pâlir. Elle voulut s'approcher du lit, mais son fils lui barra le passage. Elise, qui était la plus proche d'Hugo, souleva la lampe avec un air interrogateur, comme pour lui demander de répéter ce qu'il venait de dire. Elle se pencha vers l'oreiller. La lumière jeta dans ses cheveux des reflets gris. Hugo lui souffla quelques mots qui échappèrent à Marthe. Comme si ses forces l'abandonnaient d'un coup, Elise lâcha la lampe, qui s'écrasa à terre. Les éclats d'opaline volèrent dans toute la pièce.

Il n'y avait plus que la veilleuse pour éclairer la chambre, une minuscule lampe à pétrole rosâtre posée sur la table de nuit d'Hugo. Un long moment, Elise resta ainsi, les bras ballants, face au lit. Elle se mit à pleurer, sans sanglots, sans effort. Puis elle bouscula Lambert et Marthe, et partit s'enfermer dans sa chambre.

Lambert voulut s'approcher d'Hugo. Sa respiration était sifflante, mais régulière. Marthe lui versa un peu de sirop. Il finit par s'endormir. Elle fit venir Suzanne pour le veiller. Puis elle demanda à Lambert de la suivre au salon.

Etait-ce la fatigue, l'échéance d'un nouveau deuil, ou tout simplement son amour pour son fils, Marthe, pour une fois, se sentait désarmée. Lambert s'en aperçut. Entre la mère et le fils, depuis des années, c'était le silence; silence attentif de Marthe, réserve plus grande à mesure que Lambert grandissait. Estima-t-elle, ce jour-là, qu'il avait assez grandi, qu'elle pouvait retrouver avec lui les moments bénis de l'enfance, le temps où elle lui racontait n'importe quelle fable, pour le consoler, sinon le guérir. En tout cas, Marthe parla, elle qui ne parlait guère; et ce fut peut-être là sa première erreur.

— Ton père est fichu, dit-elle en s'écroulant dans un fauteuil. Il devient invivable. Tu as vu ses plans de minoterie...

Lambert ne répondit pas. Il s'était figé devant la pendule de la cheminée. C'était un très bel objet, un boîtier du dix-huitième siècle surmonté d'un sujet qui figurait le Temps, avec un balancier baroque, un soleil grimaçant, entouré de grosses flammèches torses. Marthe venait de l'acheter. Elle semble d'ailleurs s'être attachée à cette pendule, car elle ne la quittera pas jusqu'à sa mort.

Les aiguilles marquaient neuf heures et demie. Lambert consulta sa montre. Il était onze heures passées.

— Ta pendule ne marche plus, dit-il à Marthe.

— Il faut la remonter. Il y a une petite clef. Derrière, au bout d'un petit crochet.

Lambert passa la main derrière le boîtier. Il découvrit la clef, manipula le remontoir. Le mécanisme devait s'être grippé, car on n'entendit qu'un long grincement, et le soleil du balancier demeura immobile. Lambert voulut alors ouvrir le boîtier, qui ne céda pas.

Il s'obstina. Marthe se leva, fit quelques pas sur le parquet. Les lattes grincèrent. Lambert est ainsi, se dit-elle. Dans les pires moments, il faut qu'il s'acharne sur les choses, jusqu'à les vaincre. En somme, il est comme moi.

A cet instant encore, elle espérait encore l'atteindre, retrouver le geste, le mot connus d'eux seuls, qui lui ramèneraient ce fils qui s'éloignait. Mais ce mot, ce geste, elle ne les trouvait pas.

Elle fixa les mains de Lambert, crispées sur le boîtier. Plus précisément, elle observait son index droit : sa phalange, comme sa jambe, avait été brûlée le jour où s'était renversée la bouilloire. Son doigt avait guéri plus vite, les traces de la blessure étaient presque effacées, sauf pour Marthe. Elle ne s'était pas résignée à cette cicatrice, moins qu'à l'autre, qui ne se voyait pas. Elle la connaissait par cœur, à force d'y avoir appliqué des emplâtres. Malgré l'éclairage affaibli du salon, elle en devinait le grain, les plus infimes striures violacées. Maintenant encore, comme par réflexe, elle avait envie de prendre dans la sienne la main de Lambert, de l'enduire d'onguent, de la panser.

Le boîtier de l'horloge céda enfin. Sous l'effet du choc imprimé par Lambert, les rouages recommencèrent à tourner, le soleil du balancier reprit ses oscillations régulières. Comme Lambert soulevait le verre de la pendule pour en déplacer les aiguilles, Marthe remarqua qu'il s'était rongé les ongles.

— Un médecin doit avoir les mains nettes, Lambert. Tu ne te rongeais pas les ongles, avant...

— Avant quoi ?

Il fit claquer le verre du cadran. Elle sursauta. Elle réprima à son tour un mot d'irritation et reprit :

— Ton père va très mal. Il est fichu.

— Ce n'est pas ton mari qui est fichu, dit Lambert, c'est ta pendule.

La pendule s'était à nouveau arrêtée. Il rouvrit le boîtier, passa les doigts sur les rouages.

— Il faudrait la nettoyer

— Si tu crois qu'en ce moment, avec ton père...

— Quoi, mon père ?

— Elise, tout à l'heure...

— Elise, Elise... Tu n'en as que pour elle.

— Elle est fragile, tu sais bien. Et toi aussi, tu n'en as que pour ta sœur. Damien l'adore aussi. Nous tous.

— Tu n'adores pas mon père, en tout cas.

Il abandonna la pendule, se dirigea vers la porte-fenêtre, écarta le rideau. Il regardait le jardin. Il ne se retourna pas, quand il laissa tomber:

— Qu'est-ce qui va le faire mourir, mon père ?

— Il devient fou. Quand il est revenu, il avait déjà les poumons dans un état...

— Il est asthmatique, c'est sûr. Mais pour la folie...

— Tu as bien vu, Lambert ! Il perd la mémoire, la raison.

— La raison , mais pas la mémoire.

Lambert paraissait lui-même surpris de ce qu'il venait de dire. Il secoua autour de lui les pans du rideau. Il bredouillait un début de phrase quand les rouages de la pendule se remirent à cliqueter. Le carillon tinta, avec un timbre grêle, désuet, puis se tut. Lambert alla rouvrir le boîtier, déplaça une lampe pour mieux l'examiner. Il détailla les rouages en plissant les yeux.

A son tour, Marthe se dirigea vers la porte-fenêtre. Elle se pencha vers le jardin. C'était une nuit douce, sans lune, sans vent. Il commençait à pleuvoir, une pluie fine, silencieuse, une averse impalpable comme on en voit parfois au début du printemps. Des odeurs humides montaient vers elle, la respiration nocturne du jardin. Elle entendit alors Lambert lui lancer, de la table où il tentait de réparer l'horloge :

— Qu'a prévu mon père, pour l'héritage ?

— Tu es bien un Monsacré, toi !

Elle rejeta d'un seul coup la mousseline du rideau. Elle se sentait brusquement ragaillardie.

— Ça t'amuse, toi, ces histoires d'héritage ! Tu es bien la seule.

— Si c'est l'héritage qui te travaille, parlons-en. Qu'est-ce que tu veux savoir ?

— Ce que mon père a prévu.

— Il a pris ses précautions, avant-guerre.

— Quelles précautions ?

— Une donation.

— En faveur de qui ?

Marthe se tourna vers la grande glace qui ornait la cheminée, elle guetta le reflet de Lambert, face au sien. Il lui ressemblait, cela sautait aux yeux. Les mêmes cheveux bruns, les mêmes lèvres pleines, gourmandes. Le même œil vert, durci par l'envie de se battre. Elle ne pouvait pas s'empêcher d'en être fière.

— En faveur de qui, cette donation ? répéta Lambert.

Le plus troublant, c'est que Lambert parlait d'une voix inchangée, chaude et tranquille. Il restait aussi calme qu'elle.

— Le premier qui meurt hérite de l'autre.

Il hocha la tête.

— Nous partagerons, reprit Marthe. Dès qu'Elise et toi serez majeurs...

Elle n'eut pas la force de finir sa phrase. Cela faisait des années qu'elle ne s'était pas sentie aussi faible. Depuis la mort de Blanche, ou celle du petit Lucien. Elle se souvint vaguement de la mauvaise réputation qui s'attachait aux Grotteaux. Elle chercha à nouveau le parfum du jardin. Ce n'était pas le même qu'à Vallondé. Il avait un fond plus acide, peut-être à cause des cèdres. Il y manquait aussi l'odeur de l'eau. En dépit de tous les sarcasmes, elle avait toujours prétendu que l'eau avait une odeur. Senteur de mousse, d'herbes fraîches ; lourde aussi de tous les mystères que charrie l'eau courante, les secrets des roches enfouies, de la vie en germe. A cet instant précis, elle lui manquait. Marthe s'entendit alors lâcher :

— Dès que tu auras ton diplôme, je te ferai don de cette maison. Moi, j'irai à Vallondé.

— Vallondé ! Tu l'as fait raser.

— La maison était laide et humide. Toute salpêtrée. Pourrie de la cave au grenier. Mais j'ai gardé le vieux moulin. Et je veux restaurer le manoir. C'est un très bel endroit.

J'irai y vivre. Dès que tu auras ton diplôme, je te laisserai les Grotteaux. Quant à Elise, lorsqu'elle se mariera...

— Qui te dit qu'elle se mariera ? Du reste, mon père peut très bien se rétablir. Retrouver sa tête, prendre d'autres dispositions. Annuler la donation, par exemple...

Il continuait à sourire. Peut-être aurait-il lâché, comme son grand-père autrefois, le petit rire sec des Monsacré, si la pendule ne s'était remise à marcher. Une dernière fois, Lambert allongea les doigts vers le cadran doré. Marthe se redressa, le saisit par le poignet.

— Ton père a perdu la tête, souffla-t-elle. Il est vraiment fou. J'ai un papier du médecin. Chicheray va s'occuper de la procédure. Tout est en route. Son incapacité juridique sera déclarée avant l'été.

Lambert leva enfin vers elle un œil étonné. Elle ajouta :

— C'est ce que j'essaie de te dire depuis tout à l'heure. Dis-le à Elise, mais ménage-la. Je te laisse faire. Je te fais confiance, Lambert.

Le vent s'était levé. Les rideaux de la porte-fenêtre se gonflèrent, puis retombèrent. Marthe alla la fermer. Quand elle monta se coucher, son fils était toujours penché sur la pendule. Elle voulut l'embrasser. Il ne la repoussa pas. Pourtant, quand elle le serra contre elle, elle évita son regard; et elle sortit de la pièce en trébuchant.

Marthe avait menti. La première expertise médicale de l'état mental d'Hugo Monsacré a été dressée une semaine plus tard, le 22 avril 1920, dès le départ de Lambert et d'Elise. Elle est signée du docteur Vernon. Elle est accablante.

Ce fut aussi la seule. La procédure qui devait aboutir à l'incapacité juridique d'Hugo Monsacré était à peine engagée qu'il eut une nouvelle crise d'asthme, beaucoup plus violente que les autres. C'était en pleine nuit, au début du mois d'août. Il s'évanouit dans les bras de Marthe. Il mourut trois heures plus tard. Elle ne marqua pas le moindre signe d'émotion, ni cette nuit-là, ni le jour des obsèques. « Elle ne fait même pas semblant de pleurer, » murmura-t-on quand elle traversa le cimetière. Mais ce fut tout. Il était trop tôt pour qu'on reparle de l'ellébore noir. La haine qui s'attachait à Marthe était trop jeune encore, elle n'était alors que distance et soupçon. Insinuation, conjecture. Il fallait attendre qu'elle prît racine.

Cela prit du temps. Le temps que les gens de Rouvray s'habituent à d'autres faits plus dérangeants que la fortune de Marthe, les automobiles, l'impôt sur le revenu, les femmes en cheveux courts, les Ursulines qui perdaient leurs pensionnaires, les paysans qui partaient à la ville, les nobles acculés à la ruine.

Leurs châteaux étaient presque tous rachetés par des *accourus* : autrement dit, le plus souvent, des Parisiens ou des Anglais. Mais d'année en année, parmi les acquéreurs, on finissait par « trouver de tout », comme le répétait Chicheray sur un ton consterné. Des Américains, des Roumains, des Russes même, comme au Grand Chatigny. Parfois des juifs, comme à Orfonds.

Chapitre 24

1920, l'année où mourut Hugo, fut un superbe millésime. On y vinifia des blancs frais, un rien canaille, des Bourgueil à la robe déjà sombre, qui prirent doucement du corps au fond des caves crayeuses. Marthe acheta beaucoup de vin, cette année-là. A côté de ses petits crus de coteau, rustiques, presque rêches, elle fit rentrer du Vouvray, du Saumur, du Chinon, et même un rosé d'Azay-le-Rideau, très pâle, un peu gris, qui fit merveille avec les pâtés d'anguille. Elle dirigea elle-même le rangement des bouteilles dans la cave des Grotteaux, un long boyau creusé des siècles plus tôt entre silex et tuffeau.

Les mois qui suivirent, elle s'y enferma souvent avec le père Aristide, un vieux vigneron rencontré au *Goujon frétillant*. Elle voulait surveiller la façon dont vieillissait son vin. Marthe aimait surtout le rouge. Après sa mort, on en a découvert dans ses caves des centaines de bouteilles. C'était un goût, un abandon à son instinct, elle aimait sa ressemblance avec le sang; sa solidité aussi, sa charpente. Le blanc lui parut toujours trop nerveux, plus futile. Pour le reste, Marthe n'y connaissait rien. Les quelques vignes qu'elle posséda, elle les laissa toujours au soin de ses métayers. Elle le regretta parfois. Elle disait alors, avec une pointe de mélancolie dans la voix : « C'est dommage, j'aurais dû apprendre. Dans mes terres, ce sont les vignes que je préfère. On tombe amoureux d'une vigne. Jamais d'un champ de blé. »

Elle ne cachait pas son faible pour l'âpreté du Chinon. Mais pour une fois, seul le Vouvray l'intéressa. Elle en avait fait rentrer dix caisses, du moelleux, un vrai vin de grandes occasions. On devina pourquoi, mais on attendit qu'elle en parle. Cela prit bien deux ans, jusqu'au soir de décembre où elle demanda au vieil Aristide, la voix soudain altérée, du goût du vin, ou de l'aveu qui lui passait les lèvres : « Ce petit Vouvray, père Aristide, est-ce qu'il sera bon pour le mariage de ma fille ? »

Il y avait donc anguille sous roche, comme on le murmurait depuis qu'Elise avait rencontré René de Bastarnay. Cela s'était passé à un bal de la préfecture, à Tours, selon un scénario banal : ils avaient dansé ensemble toute la soirée, il y avait eu des lettres, des fleurs. René venait souvent aux Grotteaux, il était très épris d'Elise. Sa famille vivait en Sologne, dans un château Henri III pourri de salpêtre. Il était désargenté mais il avait un nom. Du jour où elle l'avait rencontré, Elise avait perdu ses airs distants. D'un seul coup, sa beauté avait paru humaine. Elle parlait, elle riait. Un soir, à l'office, alors que Marthe faisait des confitures, elle avait rêvé tout haut de maison et d'enfants.

Les premières bouteilles de Vouvray furent débouchées pour ses fiançailles, quatre mois plus tard, à Pâques. La réception fut brillante. Il faisait beau, Marthe avait fait dresser des tables et des tréteaux sur la pelouse des Grotteaux. Elle s'était fait une joie d'inviter toutes les bonnes dames de Rouvray. Elles accoururent sans se faire prier et lui firent assaut d'amabilités.

Marthe y demeura assez indifférente, sans comprendre pourquoi. Vers la fin de la fête, quand les invités commençaient à s'égayer entre les cèdres, elle eut un accès de mélancolie qui n'était pas dans sa nature. Elle se sentit lasse, tout d'un coup, fatiguée de faire face. Elle eut le geste qui lui était familier dans ses moments de découragement : elle soupira, rejeta les épaules en arrière, comme si elle se disait : allons, ce n'est pas le moment de mollir. Ce soir-là il y eut le geste, mais l'énergie ne suivit pas. Les épaules de Marthe se creusèrent à nouveau. Elle alla s'écrouler sur un banc.

Sur la table de jardin placée face au banc était débouchée une bouteille de Vouvray, à côté d'une rangée de verres. Marthe se servit, reposa sa tête sur le dossier du banc, observa le parc entre ses yeux mi-clos. La fatigue, se dit-elle, la fatigue d'une journée réussie. Il n'y avait pas eu une seule ombre sur cette journée de fiançailles, au propre comme au figuré : le soleil avait été de la partie, on avait déjeûné dehors, sur des petites tables rondes, dans la plus parfaite harmonie. Damien lui-même s'était bien tenu. Marthe l'avait persuadé de passer une jaquette neuve, il ne s'était pas empiffré, pour une fois, pas saoulé non plus. Il n'avait pas davantage parlé des mérites comparés des filles du *Petit Soleil,* où la rumeur voulait qu'il eût ses habitudes. On en avait oublié tous les bruits qui couraient sur lui, à cause de la vie étrange qu'il menait dans son pavillon à l'entrée des Grotteaux, entre ses lapins angoras et ses escargots, son capharnaüm de journaux, de livres, de collections de plus en plus hétéroclites. Quant à Lambert, il s'était montré exquis, attentif au bien-être de chacun. Depuis un mois, il était stagiaire à l'hôpital de Rouvray et profitait de l'occasion pour se glisser dans sa peau de futur notable. Par moments, Marthe avait cru discerner une ombre au fond de son regard, comme s'il s'inquiétait de voir Elise quitter la maison. Cette impression restait fugace. La plupart du temps, quand il sentait le regard de sa mère s'attacher à elle, Lambert détournait la tête, ou, plus subtilement encore, reprenait le personnage qu'il s'était composé, de beau parleur, de médecin sûr de lui, vaguement mondain. Elle ne s'y trompait pas; mais elle avait beau demeurer sur ses gardes, son fils lui était chaque jour plus impénétrable.

Comme elle portait son verre à ses lèvres, Marthe comprit que depuis la mort d'Hugo, elle n'avait vécu que dans l'attente de ce jour. Elle s'étonnait maintenant que ce fût si peu de chose. Elle espérait une sensation plus violente, la plénitude d'un triomphe. Elle avait cru que la revanche avait un goût plus fort.

Depuis des mois, elle employait toute son énergie au succès du mariage. Avec le recul, on peut s'étonner que Marthe, après sa fille, ait jeté son dévolu sur René de Bastarnay. Tel qu'il apparaît sur la photo des fiançailles, il ressemble aux héros délicats et calamistrés des cartes postales sentimentales. Marthe démêla très vite que cette façade pommadée dissimulait un homme placide. Le calme de René, jugea-t-elle, serait du meilleur effet sur le caractère tourmenté d'Elise. Son fiancé était ce qu'on appelle une bonne pâte. Enfin les jeunes gens s'aimaient. Leur union offrait un second avantage : les Bastarnay étaient l'une des familles les plus prestigieuses de la région. Marthe et la mère de René feignaient de l'avoir oublié, mais elles avaient partagé le même dortoir chez les Ursulines. A l'époque, elles n'avaient pas échangé trois phrases. Avec ce mariage, Marthe se persuadait que Rouvray lui serait à jamais acquis.

Au soir de la fête, son ambition lui paraissait dérisoire. Elle se pencha vers son verre, voulut respirer une fois encore, avant de le boire, l'odeur du Vouvray. Les raisins mûris l'été de la mort d'Hugo avaient donné ce vin tendre et doré, radieux, qui avait remarquablement vieilli. Elle passa à nouveau la main sur la bouteille, huma sur son doigt les relents de craie humide, se rappela ses rendez-vous dans la cave avec le vieil Aristide. Moments de répit, dans le combat qu'elle avait continué de mener bec et ongles, pour asseoir son nom, sa fortune. Moments de recueillement : dans ce liquide pâle dont les arômes s'étaient peu à peu épanouis sous les voûtes de tuffeau, elle avait vu se préparer cette fête. Le vin, comme elle, avait été patient, il s'était fait en silence et dans l'obscurité. Maintenant qu'elle le savourait dans la splendeur de son bouquet, la narine palpitante, la papille à l'affût de sa première acidité, Marthe sentait aussi qu'elle n'était pas comblée. Ces trois années de liberté, de lente montée vers la richesse et le respect de la ville, tout cela la laissait fatiguée, vaguement amère. Elle avait laissé une partie de l'héritage d'Hugo à ses enfants. Elle avait gardé les deux minoteries, les terrains de Tours, Vallondé, qui ne valait rien. Elle leur avait abandonné la totalité des fermes et des terres, les bois, les vignobles, jusqu'à cette maison des Grotteaux où s'installerait Lambert, dès qu'il aurait terminé ses études de médecine. Ni l'un ni l'autre de ses enfants n'avait le temps, ni l'envie de gérer cette fortune. Marthe s'occupait de tout, poussée par un seul espoir : marier Elise, lui donner un nom qui la protège à jamais des racontars. Lambert, lui saurait se débrouiller seul. Mais à présent qu'elle touchait au but, Marthe n'avait plus qu'une envie : aller dormir.

L'après-midi finissait. Il avait fait chaud pour un lundi de Pâques, les feuilles des maronniers étaient entièrement dépliées. En s'affaiblissant, le soleil diffusait dans le parc une lumière verdâtre, un peu brumeuse, où Marthe voyait errer, tels des noyés, les derniers invités. Tout à l'heure, il y aurait bal, dans le château vermoulu des Bastarnay. Les invités partaient se changer, Elise les raccompagnait un à un à la grille des Grotteaux. Elle était rayonnante.

Marthe se versa un second verre. Un moment encore, son regard se perdit dans la robe du vin. Les bulles remontaient lentement, s'arrêtaient à quelques millimètres de la surface, tournaient quelques secondes sur elles-mêmes, puis crevaient. A travers le liquide, elle distinguait, perdus dans un flou ambré, les fûts des deux grands cèdres, et l'allée qui menait à la grille. Elise la remontait. Marthe avala une gorgée de vin, posa son verre, contempla sa fille qui courait vers la maison. Elle n'avait jamais paru aussi joyeuse.

— Je vais me changer, maman, s'écria-t-elle. Dépêche-toi ! Le bal...

Marthe hocha la tête, mais ne bougea pas de son banc. Elle était dans un état qu'elle avait rarement connu, celui d'une dormeuse obstinée, qu'on cherche à arracher à ses rêves, et qui ne se résigne pas à quitter la chaleur du lit, même en sachant que, tôt ou tard, il faudra s'y résoudre. Malgré ce Vouvray qui lui chatouillait la langue, elle trouvait à la vie une fadeur insupportable. Elle ramena son châle sur ses épaules. Au premier étage de la maison, elle vit une lumière s'allumer. La silhouette d'Elise passa devant la lampe. Elle portait une robe à la main, sa robe de bal, sans doute. A deux pas du banc, derrière les tréteaux, Suzanne alignait des verres vides sur un grand plateau.

— Laisse, dit Marthe. Va plutôt rentrer Damien.

La fatigue s'alourdissait sur les épaules. Elle pensait au bal où elle s'ennuierait, à son réveil, le lendemain, avec le retour des soucis : les travaux de restauration de Vallondé qui n'avançaient pas, les architectes à rencontrer, pour le nouvel immeuble qu'elle faisait constuire à Tours. Et l'ordinaire, les deux minoteries, les cours du blé. Pensées machinales et sans force, privées de l'élan qui toujours l'avait fait avancer. Et pourtant il fallait continuer. Se lever, saluer les derniers invités. Réparer les dégâts de la fête. Donner des ordres, être ferme, forte, encore et toujours. En terminer avec le mariage d'Elise. Ce sera en juillet, j'ai trois mois pour finir mon affaire, se dit-elle, et elle réprima un bâillement. Elle se leva, le verre à la main. Elle trébucha. Elle crut pouvoir se retenir à la table, glissa à nouveau. Elle se serait écroulée de tout son long sur la pelouse si elle n'avait été fermement arrêtée à la dernière seconde par un bras d'homme.

De lui, elle ne vit d'abord que le poignet, particulièrement gracile. On aurait pu croire à celui d'une femme, s'il n'y avait eu ces poils noirs et drus qui dépassaient de sa manchette : une chemise d'homme élégant, fermée par des boutons de nacre. L'étoffe de la jaquette était à l'avenant, à fine rayures grises.

Marthe avait mal à la cheville. Elle réprima une grimace, trébucha encore. Le bras qui serrait le sien était frêle, mais il la soutenait avec une force peu ordinaire. Elle retrouva son équilibre.

— Je ne sais pas ce qui m'a pris, balbutia-t-elle.

— La fatigue, sans doute, lui répondit-on.

— Je ne suis jamais fatiguée !

Marthe s'empourpra, puis se raidit, comme chaque fois qu'on avait le front de croire qu'elle pût partager les faiblesses ordinaires de l'humanité.

Chapitre 25

« *Je ne crois pas qu'elle m'ait reconnu tout de suite* », raconta Cellier-Blumenthel. « *Ou bien elle a fait semblant de ne pas se souvenir de moi. Je savais très bien pourquoi Marthe m'avait invité aux fiançailles de sa fille. Nous avions un petit différend à propos de son domaine de Vallondé, elle voulait me montrer à quel point elle était puissante. Elle avait fait de même pour le sénateur et le maire, dont elle attendait je ne sais quelle autorisation pour sa minoterie, ou ses immeubles à Tours. Je m'étais renseigné sur elle, j'étais venu, mais je n'étais pas disposé à lui céder. Quand je l'ai empêchée de tomber, elle a paru ulcérée. Elle m'a foudroyé du regard. Moi, j'ai eu du mal à m'empêcher de rire. J'étais jeune, en ce temps-là. Pour moi, Marthe Monsacré n'était pas une légende vivante, comme pour les autres. Je la considérais tout au plus comme une parvenue de province. Et puis, comme je la suivais vers sa maison, j'ai compris qu'elle était vexée. Le soir était tombé, on n'avait pas encore allumé les lanternes dans le parc, nous avons marché dans le noir jusqu'à sa maison. Sur le seuil, Mme Monsacré, comme je l'appelais alors, s'est retournée. Elle était royale, il n'y a pas d'autre mot. Elle a allumé la lanterne du perron, elle m'a toisé comme si elle était l'impératrice de toutes les Russies. Sous l'éclat de la lanterne, j'ai deviné qu'elle était triste. Marthe était très belle quand elle avait l'air triste. Elle était souveraine, un peu tragique. J'avais eu beaucoup de maîtresses, mais je n'avais encore jamais rencontré cela chez une femme, la puissance et la souffrance en même temps. Je me souviens que j'ai balbutié : "Je suis votre voisin, Jean Cellier." Elle n'a rien répondu. J'ai ajouté : "Votre voisin, votre voisin d'Orfonds." Nous nous étions déjà rencontrés deux fois, par hasard, sur ses terres, elle m'avait chaque fois entrepris sur le différend qui nous opposait, une histoire de droit de passage. J'avais toujours éludé. Ce soir-là, quand elle m'a entendu bafouiller, elle a eu une sorte de sourire. J'étais venu aux fiançailles de sa fille avec la ferme intention de ne pas lui accorder la moindre concession. Et je me suis entendu lui dire, là, sur le perron, les bras ballants, comme un gamin : "Vous savez, madame Monsacré, pour le droit de passage, çà peut s'arranger..."* »

Ce récit, signé de Jean Cellier-Blumenthel, a été rédigé sous l'occupation nazie. Il ouvre le premier des deux cahiers roses découverts dans le carton à photos. Ce premier cahier porte de nombreuses traces d'humidité, des traînées blanchâtres (de la craie mouillée, peut-être) qui rend parfois le texte difficile à déchiffrer. Selon toute vraisemblance, il fut rédigé dans les grottes de Mortelierre, où Cellier se cacha pendant quelques mois, au début de l'année 1943.

Son récit est vif, très frais, mais il porte déjà la marque de l'irrémédiable. Cellier essaie assez souvent de se justifier, en tout cas d'éclaircir les raisons qui, vingt ans plus tôt, ont lié son sort à celui de Marthe Monsacré. Il a ordonné son témoignage sans apprêt, il n'y a pas lieu de le mettre en doute. Du reste, tous ceux qui l'ont approché ont dit que Cellier était dur en affaires, mais franc du collier, « trop franc, même », ont ajouté certains, « vu les gens qu'il a trouvés en face de lui... »

D'après Cellier, ce premier échange avec Marthe fut bref, et très déconcertant. Dès qu'il lui eut parlé du droit de passage, Marthe saisit la balle au bond. Elle le fit immédiatement asseoir au salon.

— Cette servitude est absurde, commença-t-elle. Elle remonte à Mathusalem. Voulez-vous me dire à quoi elle vous avance ? Vous ne chassez pas, vous ne pêchez pas. Vous êtes absent les trois quarts du temps. La sagesse serait d'y renoncer, au lieu de vous empoisonner la vie.

— Apparemment, c'est la vôtre que ça empoisonne...

— Mais non, mais non. Je cherche simplement à nous débarrasser de ces vieux usages. Ils ne servent plus à rien. Dans le temps, bien sûr, ils se justifiaient, les gens avaient du mal à vivre. Mais maintenant... Enfin, cher monsieur

Cellier, trouvons un arrangement. Je vais m'installer bientôt à Vallondé. Chacun chez soi, n'est-ce pas... Il faut vivre en bonne compagnie.

— Nous vivons déjà en bonne compagnie, madame Monsacré. Vous ne m'avez presque jamais vu passer sur vos terres. Et votre invitation, aujourd'hui...

— Ecoutez, vous avez acheté votre propriété voici trois ans. Trois ans que vous n'avez ni chassé, ni pêché.

— Maintenant que j'ai fini de restaurer mon manoir, je crois que je viendrai très souvent à Orfonds. Je l'ai d'abord acheté pour les bois. J'ai fini par m'y attacher. Le charme des vieilles pierres... J'ai des relations d'affaires, ça chasse beaucoup, ces gens-là... Dans les mois qui viennent, vous me verrez souvent à Orfonds.

— On dit ça, on dit ça. Mais vous êtes tous les mêmes, vous les...

Elle retint le mot qui lui venait aux lèvres, *accourus*. Elle reprit :

— Vous y serez surtout l'été, dans votre château. Si j'ai bien compris, vos affaires sont à Paris.

— Mes bureaux, oui. Je suis papetier. J'ai des usines ici et là. Je voyage.

— Vous êtes bien jeune, pour mener des affaires.

— Mon père est mort à la guerre. A ma majorité, j'ai repris les choses en main. Il n'y a pas d'âge pour ces métiers-là.

A ces derniers mots, le visage de Marthe s'éclaira. Ce fut le seul moment de répit dans leur discussion. Elle reprit aussitôt l'offensive :

— Allons, vous n'aurez jamais le temps de venir chasser. Quel intérêt pour vous, cette servitude ?

— Il y a la pêche.

— Monsieur Cellier, vous n'iriez tout de même pas vous embêter à pêcher à la ligne pour le seul plaisir de faire valoir vos droits ! Vous êtes trop bien pour ça. Ce n'est pas non plus de votre âge...

Elle était à bout d'arguments. Dans ces cas-là, comme on l'avait raconté à Cellier, elle choisissait de jouer les charmeuses. Il prit un biais :

— Vous connaissez la légende du manoir d'Orfonds ?

— Quel rapport ?

— Le droit de passage, justement. Vous la connaissez ?

— Non.

— J'ai étudié les actes. Supprimer le droit de passage, ce serait faire fi de la légende. Elle est magnifique. Les deux manoirs ont été construits à la même époque, pendant les guerres de religion. Une époque où on ne bâtissait guère... Ils appartenaient à un frère et une sœur, deux jumeaux, mariés chacun de leur côté. Ils n'arrivaient pas à vivre loin l'un de l'autre. Orfonds était le manoir de la dame, Vallondé, celui du gentilhomme...

— Tiens ? J'aurais cru le contraire.

Elle réfléchit quelques instants, puis ajouta :

— Je ne veux pas vous blesser, mais Vallondé est infiniment plus raffiné, plus élégant. Vous verrez, quand la restauration sera achevée...

— On peut imaginer que si la femme vivait dans le manoir le plus austère, c'était pour se retrouver dans l'univers de son frère adoré. Et si le gentilhomme avait bâtir le manoir si féminin de Vallondé, comme vous dites...

— Oui, pourquoi pas ? Mais ce droit de passage...

— C'était pour que le frère puisse aller librement chasser dans les bois de sa sœur, et que la sœur puisse aller pêcher dans la Luisse, chez son frère. Ainsi...

— Tout ça, c'est du passé. Je ne sais pas comment ça s'est fait, mais vous êtes le seul, et le dernier, à posséder des servitudes sur mes terres. Moi, je n'ai droit à rien, sur Orfonds, Chicheray me l'a dit. Voyons, monsieur Cellier, toute cette histoire prouve que ce droit de passage est absurde.

— Je vous l'abandonne, madame Monsacré.

— A quel prix ?

— Je vous l'abandonne.

Elle eut un mouvement de surprise, une boucle s'échappa de son chignon. Cellier remarqua qu'elle avait sur les tempes et à la base de la nuque quelques petites mèches qui blanchissaient.

— Je ne vous demande pas de me le laisser pour rien, monsieur Cellier. Les bons marchés, ce sont toujours ceux où chacun met du sien.

— Puisque je ne chasse pas. Puisque je n'aurai jamais le temps d'aller à la pêche... C'est vous-même qui l'avez dit.

Elle l'observa d'un air perplexe, puis repartit :

— Bien, nous ferons un papier. D'ici là, je compte sur votre parole.

— Je n'ai qu'une parole, dit Cellier, et il se leva.

« *A cet instant-là* » poursuit Cellier, « *j'ai senti qu'il se passait entre elle et moi quelque chose de trouble. Trouble n'est pas le mot, d'ailleurs. Cette femme me surprenait. On m'avait dit et répété qu'elle n'était pas commode. On m'avait rebattu les oreilles de sa dureté, on m'avait même soufflé dans l'oreille son surnom, la Juive, ce qui, soit dit en passant, m'avait bien fait rire. Elle me parut fragile, tout d'un coup, ou à bout de forces. Elle a sonné un domestique, elle a demandé qu'on apporte à boire. J'ai protesté, elle n'a rien voulu entendre. Quand la bouteille a été sur la table, quand elle a versé le Vouvray dans les coupes, j'ai hasardé : "C'est une bien belle journée, madame Monsacré, mais pour une mère, un jour pareil n'est pas de tout repos." Je m'entends encore... Pour toute réponse, elle a hoché la tête. Alors, histoire de meubler le silence, j'ai repris, assez stupidement : "Evidemment, une mère qui marie sa fille a toujours l'impression qu'elle va la perdre."* »

On ne pouvait pas imaginer une plus belle bourde, raconte Jean Cellier. Marthe lui répliqua aussitôt, avec une sécheresse qu'il n'avait pas souçonnée :

— La perdre ! Mais est-ce qu'on possède jamais ses enfants !

Puis elle ajouta, d'une voix subitement radoucie :

— Vous avez des enfants ?

— Non.

— Vous êtes marié ?

— Dieu m'en garde.

— Vous avez raison.

On s'agitait au premier étage, une voix fraîche appela Marthe à plusieurs reprises. Elle ne répondit pas. Elle restait là, la tête rejetée en arrière, appuyée contre le dossier du fauteuil, à boire son vin à petites lampées.

— Vous êtes très jeune, dit-elle enfin.

— Vingt-huit ans.

Cellier sentit grandir sa gêne. Il ne savait comment prendre congé. Dans son embarras, il crut bon de lui parler du Vouvray :

— Votre vin est superbe.

— Du 1920.

— Une belle année.

— Comme vous dites.

— L'année où j'ai acheté Orfonds, j'ai fait rentrer beaucoup de Vouvray, moi aussi.

— Il faut le surveiller.

— Je le surveille. Il prend du corps, avec le temps.

— Il vieillit.

— Il vieillit bien.

Cellier n'arrivait pas à s'en aller. « *Jusque-là, je n'avais vu en Marthe qu'une quadragénaire parfaitement conservée. Sa beauté était célèbre dans le pays, le notaire m'en avait parlé dès le jour où j'avais signé l'achat d'Orfonds, lorsque je m'étais enquis de mon voisinage : "Une belle femme, mais aussi une belle garce !" Du coup, je ne m'étais jamais intéressé à elle, et pourtant Dieu sait si j'étais coureur ! Mais elle possédait davantage que la beauté, Marthe, elle avait quelque chose qui retenait, qui fascinait. Sa force de caractère, ou son intelligence, c'est difficile à dire. Dès ce premier soir, j'ai été frappé par ses yeux, perçants et vifs. Je pensais en même temps qu'avec ce regard, elle n'avait pas dû se faire que des amis. Elle vous déshabillait l'âme. Je n'avais jamais vu des yeux pareils, et cependant je m'y connaissais, en femmes. A l'instant où j'allais la quitter, j'ai eu envie d'elle; et presque aussitôt, je me suis juré qu'elle serait ma maîtresse. Elle me regardait, je l'ai regardée. J'ai fait comme elle, je l'ai déshabillée des yeux. Plus je la regardais, plus je la désirais.* »

Lorsqu'il s'aperçut que Marthe ne baisserait pas les yeux, qu'elle s'obstinait à le fixer avec une égale impudeur, au point de ne plus se soucier de rien, ni du soir qui venait, ni du bal qui l'attendait chez les Bastarnay, Cellier choisit une autre tactique. Il feignit de battre en retraite. Il détourna la tête vers le parc envahi par la nuit et lui souffla, tandis qu'il passait le seuil :

— Venez me voir, dès que vous aurez un peu de temps. Je vous montrerai Orfonds. Nous réglerons définitivement cette affaire. D'ici là, vous avez ma parole.

— Vous savez, avec le mariage de ma fille...

— Ça vous changera, de venir me voir. Vous oublierez vos soucis. Un peu de répit... Ce serait bien, un déjeuner de soleil, sur ma terrasse. Elle est en surplomb sur la Loire.

— Vous n'êtes pas souvent là.

— Mais si. Et puis nous sommes voisins.

Pour la seconde fois de la soirée, il la vit sourire. Puis elle jeta un œil à la pendule, sur la cheminée. Elle prit aussitôt une mine affairée.

— Marier sa fille, ce n'est pas une mince affaire.

— C'est pour quand ?

— Juillet. 26 juillet. Je vous invite, bien sûr.

— Venez ensuite à Orfonds. Ça vous changera les idées. Une journée de vacances. Ça n'a jamais fait de mal à personne.

— Vous serez parti.

— Je passerai à Orfonds le plus clair de l'été.

« *Elle ne me répondit pas* », conclut Cellier. « *Elle m'a raccompagné à la grille. J'étais le dernier invité à partir. Je ne savais plus quoi dire. Elle m'a salué d'une façon assez froide. J'ignore encore pourquoi, dès que nous nous sommes quittés, je me suis caché derrière le pavillon du gardien, et je l'ai regardée remonter l'allée des Grotteaux. Les lanternes étaient allumées des deux côtés de l'allée, le fronton blanc de sa maison était illuminé. Cétait un assez beau spectacle. J'ai pensé que j'avais mal joué, que Marthe Monsacré ne viendrait pas me voir à Orfonds, qu'elle m'enverrait son notaire, pour le droit de passage. Elle marchait la tête basse, elle regardait par terre. Cette femme-là n'avait plus d'horizon.* »

Chapitre 26

L'intuition de Cellier était juste : Marthe prépara le mariage de sa fille de façon mécanique et sans joie. Comme d'habitude, elle donna le change. Elle s'attachait aux moindres détails des noces d'Elise, méticuleuse, vétilleuse même, mettant une heure à choisir le papier d'un faire-part, le caractère de son lettrage, discutant pied à pied pour le prix du trousseau, ergotant sur le monogramme à graver sur les couverts, le tissu où l'on taillerait la robe des demoiselles d'honneur. Cette Marthe-là ne cherchait qu'à se fuir. Elle se noyait dans le travail. Elle abandonnait des discussions à leur moment crucial, son regard se perdait dans le lointain du parc, vers les champs de blé, de l'autre côté de la Loire, derrière la minoterie. Elle paraissait absente, l'espace de quelques instants, absente et accablée. Puis, comme elle sentait se poser sur elle l'œil surpris d'un domestique, d'un ouvrier, elle se reprenait d'un seul coup, se raidissait; mais le cœur n'y était plus.

Souvent aussi, à cette époque, Marthe se réfugia dans le sommeil. Etendue sous les toiles de Jouy de la chambre où était mort Hugo, elle fit d'interminables siestes. Elle se réveillait vers six heures de l'après-midi, commandait un thé très fort, puis allait retrouver son bureau, ses comptes, et ne se couchait qu'aux petites heures. Elle fuyait le jour, il lui fallait la nuit. On aurait dit qu'elle avait décidé d'apprivoiser la solitude, le désert qui menaçait de gagner sa maison et sa vie.

Bien sûr, comme tout le monde à Rouvray, elle entendit parler de l'anonymographe. D'après tous ceux qui s'en souviennent, c'était la seule chose qui pût alors lui rendre un semblant de gaîté. Depuis quelques mois, des lettres anonymes jetaient le trouble dans la ville. Marthe dressait l'oreille dès qu'on en parlait. Si méprisante à l'ordinaire pour tous les bavardages, elle insistait pour que Suzanne lui raconte le dernier rebondissement de l'affaire. Elle l'écoutait avec avidité, son œil s'aiguisait de malice. Parfois même elle éclatait d'un grand rire, quand elle apprenait que le mystérieux *Justicier* qui revendiquait la rédaction de ces sinistres missives s'était attaqué à une sommité de Rouvray.

A la vérité, l'histoire ne manquait pas de sel. Pour une fois, ce n'était pas une rumeur, mais une affaire sérieuse. Elle avait inquiété d'abord quelques notables, puis des commerçants, ensuite de ces petits bourgeois ou paysans enrichis qui, depuis la guerre, bâtissaient des villas en dehors de Rouvray. Les premières lettres anonymes avaient été reçues un an plus tôt. Dans les premiers temps, aucun des destinataires n'en souffla mot. On respecta rigoureusement la loi implicite en vigueur à Rouvray : la pire abomination n'existe qu'à l'instant où on en parle. Seul l'armurier qui tenait boutique sur le mail alla se plaindre à la police. Il avait reçu deux lettres, où on rappelait, plus qu'on ne révélait, ses insuffisances conjugales.

Début avril, soit une semaine avant les fiançailles d'Elise, l'affaire prit un tour nouveau. Le même jour, Chicheray et le receveur des postes reçurent deux lettres à peu près identiques. On évoqua dans les deux cas une liaison ancienne, entre feu sa mère et ledit receveur des postes. Le dévergondage de la notairesse avait été célèbre, son fils ne pouvait pas l'ignorer. Chicheray s'estima néanmoins insulté et prit une résolution qui lui parut héroïque : il décida de porter plainte contre l'anonymographe, puis obligea le receveur à l'imiter.

Cette plainte simultanée, déposée chez le commissaire, secoua presque autant la ville que l'arrestation de Landru. Les bruits de Rouvray ne furent plus des chuchotis tranquilles ; les caquets joyeux du marché, des lavoirs. On ne savait plus comment faire, continuer à insinuer tout bas, ou clamer haut et fort le mal qu'on pensait de son voisin. En écrivant noir sur blanc ce qui s'était toujours murmuré, l'auteur des lettres avait bouleversé un ordre millénaire. C'était la même fièvre qu'aux jours d'inondation. On ne redoutait pas tant le flot des médisances que ce qu'il en resterait au moment du reflux :

des souvenirs qu'on croyait oubliés, qui affleureraient à nouveau, plus effrayants d'avoir été cachés. Dans une excitation bizarre, on en guettait la lente progression.

Le pire, c'était que l'anonymographe était précis, il donnait des dates, des lieux, il se souvenait de tout, il citait des états civils complets. On aurait dit que depuis vingt ou trente ans il tenait le greffe des rumeurs de la ville. Il s'attaquait indifféremment à des riches — l'armurier, Chicheray — et à des familles démunies : il persécuta par exemple une octogénaire qui vivait dans une maison vermoulue des bords de Luisse, juste derrière chez Julia. Il l'accusait d'avoir expédié son frère pour pouvoir hériter plus tôt. Mais le danger des lettres, plus que leurs prétendues révélations, c'était le ravage du soupçon. Le *Justicier* montrait une prédilection marquée pour les histoires d'adultère. Après les moments de stupeur qui suivaient la réception des lettres, naissait dans les ménages une défiance insidieuse, qui dégénérait très vite en disputes, plus ou moins violentes selon l'ancienneté des faits et le tempérament des intéressés. Quelques couples, disait-on, s'était mis à faire chambre à part. Il y avait même eu une demande de divorce.

Dès la fin mai, les gens de Rouvray commencèrent à se perdre en conjectures sur l'identité du *Justicier*. Le plus généralement, ils pensaient à un vieil homme, un *ancien*, comme on disait : la plupart des affaires qu'il évoquait, remontaient à une vingtaine d'années, souvent même bien au-delà. Pour une fois, on n'osait pas avancer de nom : l'ennemi était peut-être ce partenaire au billard, ce familier des mêmes cafés, des mêmes salons, à qui l'on confiait ses tracas, parfois même ses secrets d'alcôve. Le mot même d'*anonymographe,* répandu par le commissaire, était difficile à prononcer. Certains préféraient dire, en baissant la voix : *l'auteur des lettres*. Pour faire sérieux, et surtout pour montrer à quel point l'événement était grave, on préférait généralement prononcer le mot savant. Inévitablement, on l'estropiait, on bafouillait : *amomymographe, mamymographe, mymamographe*, on entendit même assez souvent *momygraphe* , vraisemblablement en raison d'une parenté supposée avec le mot de momie, qui traînait derrière lui des images identiques, de malédictions lointaines et de cadavres avariés.

Vers le mois de juin, l'enquête parut avancer. Lors d'un dîner chez le notaire, le commissaire distilla quelques révélations : deux autres plaintes avaient été déposées, en raison des menaces voilées que les destinataires avaient cru lire dans ces lettres non signées. A force de les comparer et de les examiner, il avait acquis la certitude que les caractères des lettres étaient découpés dans des numéros d'un journal défunt, la vieille gazette dreyfusarde *Le Vélo*. Ses lecteurs n'avaient pas été très nombreux, à Rouvray et dans les environs, il avait bon espoir de confondre le coupable.

Début juin, quand la femme du maire reçut à son tour sa petite lettre, dont la copie arriva le même jour chez deux conseillers municipaux, l'enquête rebondit. Le maire était accusé de dilapider les rentes de sa femme chez les filles du *Petit Soleil*. Dans son indignation, la malheureuse alla aussitôt porter la lettre au commissaire, sans consulter son mari, qui l'aurait sans doute réduite au silence. Les faits étaient avérés, les élections imminentes. Le commissaire fut discrètement sommé de démasquer le *Justicier* dans les plus brefs délais.

Marthe était chez elle, à étudier les derniers détails du contrat de mariage d'Elise avec René de Bastarnay, quand Chicheray lui téléphona pour lui demander de passer à l'étude dans l'heure qui suivait, et, précisa-t-il, « *l'air de rien* ». Elle n'avait fait installer le téléphone que depuis les fiançailles de sa fille, elle soulevait encore l'appareil avec précaution, elle n'était jamais sûre d'avoir bien compris. Elle demanda à Chicheray de répéter. Le notaire prit un ton de plus en plus mystérieux. Elle craignit qu'il ne lui renouvelle ses avances : à plusieurs reprises, ces derniers mois, il l'avait à nouveau pressée de l'épouser.

Elle crut bon d'éluder. Chicheray baissa encore la voix, se perdit dans un dédale de périphrases. Comme Marthe s'impatientait, il laissa crûment tomber la nouvelle : la police avait découvert l'auteur des lettres anonymes. C'était Damien Monsacré.

— Vous comprenez, ajouta Chicheray, et sa voix au fond du téléphone parut plus obséquieuse, le commissaire a des preuves. J'ai préféré vous prévenir. Ça vous laisse le temps de vous retourner.

— Lambert est là, répondit Marthe. Je vais aviser.

Elle raccrocha sans le saluer. Le lendemain matin, la police se présenta aux Grotteaux. Marthe conduisit le commissaire jusqu'au pavillon où vivait Damien. La porte n'était pas fermée, il y pénétra sans difficulté. Ce fut là qu'on le trouva, les bras en croix, allongé au milieu de ses collections, du fatras de livres et de journaux qu'il accumulait depuis des années, notamment les numéros du *Vélo* où il avait découpé le lettrage des lettres anonymes. Quelques escargots s'étaient échappés de leurs caisses et se lançaient à l'assaut de sa vareuse en y laissant un long sillage argenté. Dans sa main droite, crispée contre son cœur, il serrait la boîte en loupe d'orme qui contenait sa plus chère collection. Le commissaire l'ouvrit. Elle était entièrement cloisonnée de minuscules tiroirs ouvragés. Comme l'indiquait une étiquette précieusement collée à l'intérieur du couvercle, c'était une collection de poils pubiens. Une liste très méticuleuse était cachée sous les tiroirs et donnait la date des prélèvements ainsi que le nom des intéressées : pour la plupart, des pensionnaires du *Petit Soleil.*

Damien Monsacré était mort. Suicide, conclut péremptoirement le commissaire, et le médecin légiste le suivit sur cette voie. D'après le docteur Vernon, son confrère aurait ajouté sur le certificat, aujourd'hui perdu : « *par empoisonnement* », mais la nature du poison n'était pas précisée.

Il est difficile de trancher sur ce point. Ni Elise, ni Lambert n'ont jamais voulu parler de la fin de Damien. La seule fois où sa femme le questionna à ce sujet, Lambert Monsacré blêmit et entra dans une de ces rages froides qui terrifiaient son entourage. Il ne devait pas se sentir la conscience bien nette : des années plus tard, sa fixation grandissante sur les objets le poussa à entreprendre une enquête pour retrouver un baromètre construit par Damien. Il écrivit une lettre à Chicheray pour essayer de savoir si Marthe s'en était débarrassée. Au passage, il bâtit une version officielle de la biographie de Damien. Il y parle de son « *oncle si tendrement chéri,* » décrit sa mort comme celle d'un « *pauvre invalide oublié de tous* » et croit pouvoir précéder le soupçon éventuel d'une singulier commentaire : « *Qu'y pouvais-je ?* »

Ce qui est certain, c'est qu'Elise resta en dehors de l'affaire. Elle ne pensait qu'à son mariage. Elle ne put cependant ignorer la discussion très vive qui opposa Marthe et son fils, la veille de la mort de Damien. C'était la nuit de la Saint-Jean. D'après des jeunes gens qui revenaient de la fête vers deux heures du matin, la lumière était encore allumée dans le salon des Grotteaux, et ils crurent apercevoir derrière les voilages deux silhouettes qui s'agitaient, comme s'il y avait une dispute. On n'en sait pas davantage sur cette nuit si courte.

Ce qui est certain, en revanche, c'est que les livres de Damien, dont Lambert hérita, le *Dictionnaire infernal,* par exemple, ou la *Chimie organique* de Wurtz, lui fournissaient assez d'éléments pour se mitonner, au milieu de son bric-à-brac, un mélange fatal à tout coup. Il n'avait même pas besoin de les relire, il les connaissait par cœur. Mais on recommença aussitôt à jaser; car il n'était pas dans les manières des paysans, fussent-ils embourgeoisés comme Damien Monsacré, de se supprimer en s'empoisonnant. Dans les campagnes de Rouvray, la mort voulue était toujours la même : la corde, au bout de la fourche d'une charrette ou de la poutre maîtresse d'un grenier. La rumeur repartit de plus belle : le poison, c'était l'arme des femmes. Du temps du Grand Monsacré, n'avait-on pas déjà parlé, dans cette famille, de l'ellébore noir ? Sans aller jusqu'à charger Marthe du crime, car sa fortune continuait de forcer le respect, on rappelait que son fils Lambert, qui officiait à l'hôpital, avait libre accès à l'armoire aux poisons. Ledit placard était surveillé, certes; il y avait une clef, un livre. Mais il en savait long, le jeune Lambert, même s'il n'avait pas encore passé tous ses examens. Il était vif et rusé, il voulait faire son chemin...

La rumeur prit son essor dès les obsèques de Damien, deux jours après sa mort. Il fut inhumé à huit heures du matin, *à la croque au sel*, sans prêtre, sans église. Marthe, une fois encore, mena le deuil. Derrière elle suivit un bien pauvre cortège : Lambert, Elise, Suzanne, la patronne du *Goujon frétillant.* La tombe de Damien était prête depuis plus de vingt ans, avec son monument grotesque, la corbeille d'où ruisselaient les louis, son épigraphe en lettres gothiques. Personne jusque là n'y avait prêté attention. Elle prit alors une résonance prophétique : « **Farine du diable retourne en son.** »

La veille au soir, Marthe avait reçu un pli de René de Bastarnay. Il lui était adressé. Il lui annonçait qu'il rompait ses fiançailles, « à cause du scandale ». Il voulait parler des lettres anonymes, et peut-être déjà des soupçons qui entouraient le décès de Damien. Marthe ne le révéla à sa fille qu'après l'enterrement. Elise le prit, en apparence, avec la plus totale froideur. Elle repartit aussitôt pour Tours. Quant à Lambert, il ne reparut pas à l'hôpital. Le lendemain des obsèques, il quitta Rouvray. Avant de prendre le train, il rendit visite à Chicheray. Ils restèrent trois heures enfermés ensemble. Rien ne filtra de cet entretien, sinon qu'il fit savoir à sa mère, par l'intermédiaire du notaire, qu'il lui retirait la gestion de ses biens.

On ne le revit pas à Rouvray avant longtemps. Six mois plus tard, Marthe partit des Grotteaux pour s'installer à Vallondé. Elle laissait sa maison à Lambert, comme promis. Elle n'avait pas de nouvelles de lui. Elle en demanda à Chicheray. Il prétendit qu'il n'en avait pas non plus. Elle lui fit part de ses inquiétudes : à ce qu'on disait, Lambert laissait ses affaires s'en aller à vau-l'eau, les fermes comme les deux grosses sablières qu'elle lui avait données, et qui prenaient de la valeur, depuis qu'on bâtissait en béton.

Avant que Marthe ne sorte de l'étude, Chicheray eut un mouvement de bonté : il lui dit qu'à son avis, Lambert se trouvait à Paris. Marthe voulut connaître son adresse. Le notaire lui assura qu'il l'ignorait. Pour une fois, il ne mentait pas, il n'avait fait que répéter un bruit. Quelques semaines après le départ de Lambert, un représentant de commerce avait raconté qu'il l'avait croisé à deux reprises, dans un cabaret, à Montparnasse. On disait qu'il « faisait la vie ».

Chapitre 27

Restons-nous jusqu'au dernier souffle, comme certains le prétendent, l'enfant que nous avons été ? Pour Marthe, lorsqu'on évoque les mois qui suivent, on est tenté de dire qu'elle demeura la même, en dépit de tout. Après la mort de Damien, elle opposa au monde son indifférence habituelle. Ce fut du sang-froid, sans doute, plus que de la sérénité. La blessure était là, plus profonde que les précédentes, mais cachée, mieux cachée. Egale à ce qu'elle était depuis ses premières années, Marthe continua sans un mot de tracer son sillon. Elle traça droit, elle traça net. Puis elle attendit en silence le moment des récoltes.

En lui-même, son détachement de façade fut un spectacle. Par son silence, par son sourire, Marthe niait la rumeur et la honte, le mariage brisé d'Elise, le départ de Lambert, et même la malédiction dont certains assuraient déjà que Damien, par-delà la tombe, allait poursuivre le nom des Monsacré. Comme par le passé, il suffisait que Marthe apparaisse dans une cour de ferme, au bout de l'allée centrale d'un marché, pour que se taisent les langues les plus fielleuses, dès qu'on entendait son pas, cette manière qu'elle avait de frapper le pavé, vive, un peu brève. Ce mutisme subit la réjouissait. Marthe continuait de se fier à l'empire du silence, elle mettait toute sa foi dans ce pouvoir singulier, d'autant plus souverain qu'il était impalpable. C'était, croyait-elle encore, la forme achevée de sa force.

Au plus fort du désespoir, elle résolut de porter beau. Elle garda la tête haute, l'eau de ses yeux n'avait pas changé, aussi pure, aussi claire. *Clair,* c'est d'ailleurs un mot qui revint souvent chez Marthe, à cette époque. Lorsqu'elle s'installa à Vallondé, à la fin des travaux de restauration, six mois après la mort de Damien, elle ne fit pas poser de rideaux aux fenêtres du rez-de-chaussée. Ce manoir, elle le voulut aussi léger, lumineux que le Sud, les eaux courantes sur lesquelles il s'ouvrait. Faut-il y chercher un signe ? Une autre qu'elle, au fond de cette province, dans ces années où grandissaient sournoisement toutes sortes d'intolérances, aurait pris le parti de l'humilité, du mensonge, aurait cherché à se cacher. Le manoir de Vallondé s'y prêtait, entre ses collines et ses bois. Pour une fois, Marthe ne dissimula rien. Elle partit vivre à Vallondé parce qu'elle en avait envie, parce qu'elle rêvait depuis plus de vingt ans de s'installer au manoir. Mais peut-être aussi en avait-elle assez des gens de Rouvray. Peut-être avait-elle décidé qu'elle vivrait désormais à sa guise, sans avoir de comptes à leur rendre, sans souci des ragots.

Qu'elle les *emmerdait*, ni plus ni moins : c'est en tout cas le mot qu'emploie Cellier, pour parler de ce temps-là. D'après lui, la rumeur sur son compte était insatiable, elle cherchait toujours de nouvelles oreilles. Elle toucha jusqu'aux « accourus » comme lui, qui n'habitaient leurs domaines que de loin en loin. On n'épargna à Cellier aucune des insinuations sur Marthe, on lui chuchota plusieurs versions de l'histoire qu'on appelait le « mystère du premier million, » autrement dit sa série d'héritages, depuis la mort du Grand Monsacré. Tout se mélangeait dans le torrent des malveillances, le vrai et le faux, sa naissance douteuse, la paternité d'Elise, la mort de Monsacré, la donation d'Hugo, le départ de Lambert, le marché passé avec les Américains; et l'inépuisable leitmotiv, l'affaire des lettres anonymes. Invariablement, on finissait sur l'énigme suprême, prompte à enflammer les imaginations dans un pays qui trois siècles plus tôt avait joyeusement brûlé une dizaine de sorcières sur le parvis de sa cathédrale : sa science supposée de l'ellébore noir.

Pour l'essentiel, ce fut Chicheray qui se chargea de rapporter ces bruits à Jean Cellier. Il interrompit une conversation d'affaires pour lui raconter par le menu l'histoire des lettres. Cellier l'écouta distraitement. Il avait d'autres soucis en tête. Les travaux d'Orfonds étaient finis, il ne s'y plaisait pas autant qu'il l'avait imaginé. Les bois rendaient mal. Il songeait déjà à revendre le domaine. Cellier était ainsi : dès qu'un projet arrivait à son terme, il fallait aussitôt qu'il en trouve un autre. Son idée du moment, c'était d'investir une partie de ses capitaux dans une usine d'automobiles. Rien ne le retenait à Rouvray. Il vit dans les médisances de Chicheray un nouveau ridicule de la vie de province. Puis il se souvint de sa rencontre avec Marthe sur le perron des Grotteaux, il revit cette femme à la beauté singulière, si sobre, si peu provinciale. D'une façon beaucoup plus nette, il se rappela sa lassitude; et combien cette beauté fatiguée, un court moment, lui avait paru désirable.

Cellier était perspicace, il comprit que Chicheray, comme les autres notables de Rouvray, réglait quelque vieux compte en s'attaquant à Marthe. Il connaissait bien l'air de la calomnie : après la grande crue de la Seine, quinze ans plus tôt, les propriétaires de forêts et les papetiers, dont son père, s'étaient vu reprocher leurs déboisements et on leur avait imputé l'entière responsabilité de l'inondation.

Il laissa Chicheray distiller ses perfidies, puis le ramena à l'objet de sa visite. Il voulait connaître le prix qu'il pouvait tirer d'Orfonds. Chicheray lui annonça un chiffre qui lui parut très bas. Cellier prit congé et retourna aussitôt à Paris. D'autres préoccupations l'y attendaient, en plus de ses affaires. Depuis quelques mois, il avait une liaison plus longue que les autres. Sa mère jugeait qu'il était urgent qu'il se range, à bientôt trente ans. Elle lui avait présenté un parti qui ne lui disait rien. En désespoir de cause, elle lui avait demandé de se décider avant la fin de l'été.

Lorsqu'il rentra à Paris, Cellier pensa fugitivement à Marthe. La même image lui revint : elle était devant sa maison, au coucher du soleil, il revoyait son visage las. Il estima qu'après le scandale, elle devait se terrer, de chagrin ou de honte. Il jugea qu'il ne la reverrait pas. Très fugacement, aussi, il fut traversé d'une sorte de tristesse, ou plutôt d'une de ces nostalgies légères qui le prenaient quand il pensait à une aventure virtuelle, un amour dont l'idée l'effleurait quelques minutes, le temps d'ébaucher un vague roman.

Dès qu'il fut chez lui, il envoya à Marthe un mot très formel, à propos du droit de passage. Elle lui répondit quelques jours plus tard, assez vite, lui sembla-t-il. Sa lettre était aussi courte et imprécise que la sienne.

Cellier reparut à Orfonds vers la mi-juillet. Il s'était donné quinze jours pour réfléchir au parti proposé par sa mère. La solitude, pensait-il, lui éclaircirait l'esprit. Il faisait très chaud, il n'avait pas plu depuis plusieurs semaines. Au pied de son domaine, la Loire maigrissait chaque jour davantage. Elle avait pris une teinte plombée, elle s'effilochait entre ses sablières. Quelques jours avant la date fixée pour son départ, Cellier n'avait toujours pas réussi à se décider au mariage. Il s'ennuyait beaucoup. La chaleur était telle que les bois, autour du manoir, ne le rafraîchissaient plus. Il revit Chicheray à deux reprises, lui demanda de mettre le domaine en vente. Puis il repensa à Marthe. L'image qu'il avait d'elle était de plus en plus floue. Etait-ce l'ennui, l'incertitude où il se trouvait, l'idée de partir d'Orfonds en ayant perdu son temps lui fut brusquement insupportable. Selon son habitude, il décida de tenter le sort. Il envoya un second mot à Marthe. Manie de séducteur, geste un peu inconsidéré ? Vingt ans plus tard, dans les grottes de Mortelierre, Jean Cellier n'y avait toujours pas trouvé d'explication.

Son message était particulièrement bref, assez cavalier pour l'époque, mais Cellier était ainsi, il ne laissait jamais rien traîner, ni en amour, ni en affaires : « *Chère madame, il faudrait régler une fois pour toutes notre histoire de droit de passage. Vous souvenez-vous de notre projet, le déjeuner de soleil ? Je vous attends à la date de votre choix.* »

Marthe lui répondit la veille de son départ. Elle téléphona. Cellier ne l'attendait plus. Il pensait qu'en provinciale, elle aurait préféré lui envoyer une lettre. Au bout du fil, sa voix lui parut très nette, précise. Elle lui proposait de venir le lendemain. Cellier ajourna son départ sur-le-champ.

Il fut debout très tôt. L'air était lourd, chargé d'orage. Toute la matinée, il guetta le ciel, les caprices du soleil au-dessus du fleuve. Du gris plombé, la Loire virait au bleu sombre, elle prenait d'un seul coup la teinte de l'ardoise, puis étincelait, s'éclaircissait. Quand on la croyait revenue au bleu lavé des grands matins d'été, elle s'assombrissait d'un seul coup, noircissait à nouveau dans son corset de sablières.

Sur la première terrasse, face au fleuve, Cellier avait fait dresser le couvert sur une table de jardin, protégée d'un parasol blanc. Il avait commandé un menu léger. Il prévoyait de l'arroser d'un Vouvray vieilli dans ses caves. Dans un accès de vanité qu'il ne cherchait pas à comprendre, il était persuadé que son vin serait meilleur que celui de Marthe.

Dès midi, il fut sur son trente-et-un. Il se posta au milieu de la grande galerie du premier étage, percée de vitraux au siècle précédent, dans le goût faussement médiéval qui était alors à la mode. Cellier ne savait pas de quel côté arriverait son invitée, par la grande allée qui débouchait de la route, ou du côté des bois, par le chemin de traverse qui faisait l'objet de leur différend. Il se répétait ce qu'il allait lui dire lors du déjeuner. Il commencerait par lui verser du Vouvray. Puis il lui parlerait de ses caves, de ses bois. Il lui désignerait ensuite le paysage, il irait de son petit couplet sur le fleuve. « La vue, » dirait-il, « la vue qu'on a sur la Loire. C'est d'abord le manoir qu'on aime, ses douves, sa solitude. Au bout de quelques jours, on ne voit plus que la rivière. Elle vous envoûte, elle finit par couler dans vos veines. On ne s'en lasse pas, on ne peut plus partir. » Il mentirait, puisqu'il projetait de vendre le domaine. Elle l'écouterait sans l'interrompre. Pour la suite, il improviserait. Il ne savait pas lui-même où il voulait en venir. Il savait seulement qu'il n'avait pas envie de parler du droit de passage.

Les éléments improvisèrent à sa place. A midi et demi, juste au moment où Marthe devait arriver, il se mit à pleuvoir. Ce n'était pas une ondée, mais un vrai déluge, comme si le ciel se vidait d'un coup des eaux qu'il retenait depuis des semaines. Il y eut plusieurs coups de tonnerre, le vent se leva, souleva la nappe de la table dressée sur la terrasse. Une carafe se renversa, les éclats de cristal volèrent de tous côtés, allèrent se perdre dans les eaux ruisselantes. Cellier se précipita en bas de l'escalier, appela sa bonne, l'aida à déplacer la table sous une petite tonnelle. Comme il traversait la galerie du premier étage pour aller se changer, il jeta un œil du côté des bois. Marthe arrivait, abritée sous un grand parapluie bleu. L'instant d'après, elle était à la porte. Elle sonna. La bonne continuait de s'affairer sur la terrasse. Cellier courut ouvrir.

— C'est le monde à l'envers, s'exclama Marthe en refermant son parapluie. La visiteuse est sèche et l'hôte est mouillé.

Il y avait de l'ironie dans sa voix. Cellier se passa la main dans ses cheveux trempés et bafouilla :

— Vous êtes prévoyante.

— On dit ça.

Elle le regardait avec une expression qui le déconcerta, où les lèvres seules souriaient, où les yeux étaient durs. Il avait du mal à la reconnaître. Elle le paralysait, il n'osait même pas essuyer des gouttes qui ruisselaient de ses cheveux sur son cou, malgré l'envie qui l'en démangeait. Il lui prit son parapluie, bredouilla :

— Je vais le mettre à sécher.

Elle le lui tendit. Comme elle s'avançait dans l'entrée, elle lui parut un peu plus humaine, avec ses tempes un peu grises où s'étaient accrochées quelques gouttes de pluie. Elle n'avait pas de chapeau, cela aussi frappa Cellier. Pour sacrifier aux convenances, elle avait caché son chignon sous une résille qui lui donnait un air espagnol. Il l'emmena jusqu'au salon. Il y faisait noir comme au plus fort de l'hiver.

— Pour un déjeuner de soleil... dit Marthe en passant la porte.

Elle parlait sans méchanceté, mais Cellier sentit grandir son malaise. Il lui offrit un fauteuil. Elle s'assit. Une minuscule mouche bourdonnait autour d'eux, qui finit par se poser sur le poignet de Cellier. Il la repoussa.

— Ces moustiques, grommela-t-il. Rien n'y fait. C'est à cause des bois.

— Non, c'est une mouche, répliqua Marthe. Les mouches piquent par temps d'orage.

Il s'assit au bord de son fauteuil. Les mots lui manquaient. Il n'arrivait même pas à plaisanter. Plus les minutes passaient, plus il perdait ses moyens. Il n'osait pas la regarder en face, il se demandait où était passée la bonne, il jetait des petits coups d'œil désespérés à la porte.

— Que puis-je vous offrir ? finit-il par articuler.

— Ce que vous avez. Je ne suis pas bien difficile.

Elle continuait à sourire, mais ses yeux ne se moquaient plus, elle était presque tendre. Il retrouva un peu de son assurance. Il sonna. La bonne s'obstina à ne pas venir. Il allait se lever pour chercher la bouteille de Vouvray, quand Marthe reprit :

— Vous êtes trempé comme une soupe. Allez vous changer, vous allez prendre froid.

Il monta sur-le-champ dans sa chambre. Cela ressemblait à une fuite.

Quand il revint, encore un peu guindé, Marthe ne l'entendit pas entrer. Elle s'était accoudée à la fenêtre. Elle se croyait seule, elle s'était tassée, elle fixait le parc, ses terrasses étagées vers la Loire. Une sorte de vapeur montait du sol, qui émoussait les contours des parterres, dérobait les contreforts du coteau, le dessin des varennes, en bas, en bordure du fleuve. Dans le contrejour, les yeux de Marthe avaient pris la même teinte que le paysage, un vert noyé, presque grisâtre. Il s'avança. La bonne avait dû venir, la bouteille de Vouvray était servie. Quand elle s'aperçut que Cellier était là, Marthe sursauta. La voussure de son dos s'effaça d'un seul coup, comme par réflexe. A présent, c'était elle qui ne savait que dire. Cellier alluma une lampe et brisa le silence :

— De la lumière à midi, en plein été. J'ai vraiment choisi mon jour !

— Qu'est-ce ça peut faire.

— Mon déjeuner est fichu...

— Fichu, c'est vite dit. Si votre cuisinière brûle votre rôti, je veux bien. Mais tant qu'il s'agit de la pluie et du beau temps...

Son enjouement était forcé, Cellier le voyait bien, elle n'était pas si gaie, elle paraissait préoccupée. Elle soupira, se rassit, rejeta sa nuque contre le cuir du fauteuil. Elle était belle, ainsi, c'était la beauté d'un début d'abandon. Sa jupe remontait sur ses jambes, elle avait le genou très fin, presque osseux, ce qui l'étonna. Elle ne portait pas de bas : une audace de plus, comme l'absence de chapeau. Cela lui plut; mais il n'arrivait pas à superposer ces manières désinvoltes à l'image qu'il avait gardée d'elle, une provinciale triste, en mal de respectabilité. Elle devait beaucoup vivre en plein air, car sa peau était légèrement hâlée.

La mouche ne bourdonnait plus. Elle s'était posée sur la poitrine de Marthe, juste au-dessous de sa clavicule droite. Sous l'autre clavicule, elle avait un grain de beauté. La mouche se collait sur sa peau mate, s'y abreuvait d'un reste de pluie, ou d'une goutte de sueur. Marthe la chassa. Cellier détourna les yeux, se concentra sur le bouchon de la bouteille. Il eut beau s'escrimer, le bouchon refusa de sortir du goulot.

— Tout va mal, commenta Cellier avec un sourire contraint. Il y a des journées, comme ça...

— Dites-vous que tout va bien. Vous allez voir, ça changera tout.

— Croyez-vous que ce soit si simple ? Vous avez vu cette bouteille ? Et ce temps de chien...

— On peut être heureux même par un temps de chien.

— Et quand on ne peut pas ouvrir une bouteille ? Un petit Vouvray de derrière les fagots. Je l'ai fait vieillir moi-même. C'est agaçant !

— Pour la bouteille, vous avez raison. Tenez, prenez mon foulard. En vous protégeant les mains...

Elle dénoua de son sac un grand carré de coton. Cellier en protégea ses doigts rougis, puis attaqua à nouveau le bouchon. Il céda presque aussitôt.

— Vous êtes magicienne, madame Monsacré, dit-il en essuyant la mousse qui ruisselait sur ses doigts.

Il versa le vin, puis lui tendit un verre. La mouche était revenue sur la gorge de Marthe. Elle devait avoir chaud, sa peau était luisante. Les ailes de l'insecte frétillaient, elle se gorgeait de sa sueur. Marthe semblait ne rien sentir. Elle fixait Cellier. Elle n'était pas aussi lasse que le jour de leur rencontre. Elle était fatiguée, c'était évident, mais on aurait dit, cette fois, qu'elle attendait quelque chose. Il se leva, jeta un œil à la terrasse.

— Nous allons déjeuner dans la salle à manger. La verrière est assez belle. Une de ces choses fin de siècle. Elle ne détonne pas trop avec le reste. Vous savez ce que c'est, ces vieilles maisons. Chaque propriétaire veut laisser sa marque.

— Vous devez avoir une belle vue.

— Magnifique. Mais aujourd'hui...

Il désigna la fenêtre :

— Je joue de malchance. L'horizon est bouché.

— C'est parti pour la journée.

— Vous pensez ?

— Ça pourrait se lever. Mais il faudrait un miracle.

— Je ne compte jamais sur les miracles.

Elle donna un petit coup de langue sur une goutte de mousse qui débordait son verre, puis soupira :

— Moi non plus.

— Vous avez toujours vécu ici ?

Elle ne répondit pas. Ou plutôt, elle répondit à côté.

— Goûtons ce vin. A la vôtre.

— A la vôtre.

Dehors, l'orage se calmait, la pluie ne crépitait plus. Marthe buvait les yeux mi-clos, comme recueillie. Cellier attendit un commentaire sur le vin, qui ne vint pas. Elle se contenta de lui demander où se trouvaient ses caves.

— A gauche de la dernière terrasse, répondit Cellier. Elles datent de la construction de la maison.

— Vous les avez fait renforcer ? Il faut toujours se méfier, après les hivers difficiles.

— J'ai déjà eu tellement à faire, avec le manoir...

— Il ne faudrait pas qu'elle s'écroule sur vos bouteilles !

— Je m'en occupe...

La mouche tournait à présent autour de la bouteille. Marthe voulut l'écarter du goulot. Cellier eut le même réflexe, leurs doigts se frôlèrent. Elle eut un sourire embarrassé, se retourna vers la fenêtre et pointa un index tremblant vers les toits d'ardoise :

— Vous avez eu de gros travaux, avec les toitures.

— Les toitures, c'est toujours le gros morceau.

— A qui le dites-vous... A Vallondé...

Il y eut un courant d'air, qui souleva les rideaux. Des odeurs de volaille rôtie arrivèrent de l'office. Marthe ne finit pas sa phrase. Elle se raidit et jeta :

— Moi aussi, je suis en travaux. Je viens de m'installer, mais j'ai encore beaucoup à faire.

Et cette fois-ci, elle avoua :

— Je suis fatiguée.

— Fatiguée de quoi ? Les gens, vos affaires ?

— Un peu de tout. C'est ça, voilà, fatiguée de tout.

— Ça ne se voit pas.

— Voyons. On ne vous a pas dit mon âge ?

L'eau de ses yeux, d'un seul coup, n'était plus si claire, et sa voix non plus n'était plus si neutre, elle frémissait, elle devenait chaude, lente, presque rauque. Une phrase monta aux lèvres de Cellier, une réponse sans apprêt, où il aurait dit qu'il la trouvait belle, qu'il se moquait de son âge. Il se retint. Il se resservit du Vouvray, qu'il but lentement. Comme le silence s'alourdissait, il laissa tomber :

— Moi aussi, je suis fatigué.

Il avait cru dire n'importe quoi. Mais au moment où il le dit, il s'aperçut que c'était vrai, et il baissa les yeux. Etait-ce l'effet de l'alcool, de sa fébrilité qui retombait, ou simplement l'orage, il n'avait plus envie de bouger. Il fixait entre ses cils le cou de Marthe, puis son genou bruni. La petite mouche s'y était à nouveau posée. Il entendit Marthe lui répondre « à votre âge », ou quelque chose d'approchant, puis elle sentit l'insecte. Elle le repoussa, mais d'un geste indolent. Elle aussi, elle se laissait aller. A cet instant précis, elle ressemblait à une odalisque, une femme de harem, un peu grise, presque somnolente.

Cellier voulut se reprendre. Il se leva, allongea à nouveau le bras vers la bouteille. Il s'apprêtait à remplir les verres quand Marthe l'arrêta dans son geste.

— Allons, dit-elle. Puisque vous en avez envie, et moi aussi.

Elle le saisit par les poignets, referma ses mains sur ses seins. Ils étaient lourds, mais encore fermes. Jean Cellier en fut encore plus étonné que de son geste. Dix minutes plus tard, elle était dans son lit. Vers trois heures de l'après-midi, contre toute attente, le temps se remit au beau. Ils descendirent juste à ce moment-là. On dressa à nouveau la table sur la terrasse. En définitive, ils eurent leur déjeuner de soleil.

Chapitre 28

Cellier ne vendit pas Orfonds, et ce fut une bien curieuse histoire, la passion qui le lia à Marthe. Pour elle, il se fâcha avec sa mère. Dans les premiers temps, quand Marthe vit qu'il s'attachait à elle, elle eut peur, elle prit les devants : « Treize ans de différence, tu es si jeune, et moi je suis un fruit mûr, mon petit Jean. » Il secoua la tête, il dit non, un *non* tranchant, furieux. Elle n'insista pas. Elle était heureuse. Pour la première fois de sa vie, elle savourait l'instant.

L'instant durait. Au bout de la deuxième année de leur liaison, elle avait encore de la peine à y croire, comme le montre une lettre qu'elle adressa à Nine. Sa cousine était veuve, comme elle. Ses enfants s'étaient installés à Paris. La solitude lui pesait dans le petit bourg du Vendômois où elle s'était installée au moment de son mariage. Elle projetait de revenir à Vallondé. Marthe l'y encourageait, dans les nombreux courriers qu'elle lui envoyait. Pour Nine, Marthe avait brisé sa règle de silence. Elle lui « débondait son cœur, » comme elle disait. Tout au long de ces longues lettres, elle tâchait d'oublier la torpeur bizarre qui s'abattait sur elle, dès que Cellier quittait Orfonds. « *Je suis une de ces harpies que les jeunes filles condamnent* », écrivit Marthe dans une de ces lettres, « *une de ces femmes abominables qui se disent, la quarantaine passée : J'ai encore un amour à vivre.* »

Elle ne s'en cachait pas, elle aimait la jeunesse de Cellier. Elle aimait ses élans, son corps encore gracile. Dans ses bras, une lumière nouvelle avait réussi à l'atteindre, qui illuminait la part intacte, la plus profonde d'elle-même, celle que n'avaient touchée ni les deuils, ni la peur. Marthe était enfin heureuse sans penser au lendemain, elle vivait au jour le jour, sans avenir, sans projet. Elle s'étonna d'avoir si longtemps ignoré ce bonheur, elle méprisait la femme qu'elle avait été à vingt ans, si tendue, secrètement inquiète. C'était comme une détente, un entracte. L'entracte se prolongeait. Marthe s'était posée, tout d'un coup.

L'été de sa rencontre avec Cellier, elle se força à croire à une passade. Ce ne fut qu'au seuil de l'hiver qu'elle comprit que le chemin qu'elle avait pris ne permettait pas de retour. Cela se passa à Orfonds, un après-midi ; Cellier lui donnait souvent rendez-vous l'après-midi. La scène sans doute n'a rien d'original, mais elle lui parut extraordinaire, un fragment de joie inaltérable arraché à l'éternité. Des années après, quand tout fut consommé, ce souvenir, plus que les autres, l'aida à vivre. C'était dans la chambre de Cellier. L'hiver était très précoce, on disait que la Loire, à Blois, commençait à charrier des glaçons. La chambre était surchauffée, Marthe était nue sur la courtepointe du lit, une couverture de velours comme on les aimait à l'époque, violette, avec des motifs de roses mauves en relief. Cellier caressait Marthe. Le soleil, d'un coup, tapa les carreaux de la fenêtre.

— Je veux te voir, lui dit-il.

Qui avait eu la même phrase, Rodolphe, Hugo ? Marthe avait aimé le premier, subi le second, elle aurait dû s'en souvenir. Elle ne chercha pas. Elle ne vivait plus que pour cette minute, le rayon de soleil qui caressait ses cuisses, cette chaleur soudaine qui ne durerait pas. Elle ouvrit ses jambes le plus largement qu'elle put. Il la prit en partant d'un grand rire. Il n'y avait plus d'hiver ni d'été, de soleil ni de froid, de maison ni d'héritage, de parents ni d'enfants, il n'y avait que cette jeune bouche d'homme, ce jeune corps d'homme, contre elle, en elle, et son rire, qui finit dans un râle.

De Jean Cellier, ce fut son souvenir préféré, et pourtant elle en eut beaucoup d'autres. Il ne se fatiguait pas d'elle. Il repartait assez souvent à Paris. Il n'était pas revenu à Orfonds qu'il lui téléphonait. Elle accourait. Il la poussait presque aussitôt jusqu'à sa chambre. Il avait les mêmes gestes que Rodolphe, la même façon de la retourner, de la transpercer en silence, avec un petit rictus lui aussi, quand il arrivait à la réduire; et de quelque façon qu'il s'y prît, il était exigeant, impérieux, toujours à l'affût des marques de son plaisir.

Il était fou d'elle, il n'y a pas d'autre mot. Il pouvait passer une soirée entière, après l'amour, à la caresser, à se perdre comme un enfant entre ses genoux, ses cuisses; mais il ne restait jamais bien longtemps enfant. Elle en avait parfois assez, il lui faisait mal, elle le lui disait, il n'écoutait pas. Alors elle chuchotait : « Il faut que j'aille faire mes comptes, j'ai du travail, crois-tu que l'argent se fasse comme çà ? » Il répondait : « Laisse tes affaires, on a la vie devant nous. » Le plus surprenant, c'est que Marthe lui obéissait. De lui, elle aurait accepté n'importe quoi. Dans une autre lettre à Nine, Marthe eut ce mot : « *Cellier me fait tout oublier.* »

Ils s'aimaient, en somme. Ils finirent par avoir leurs petites habitudes. Ils se donnaient toujours rendez-vous à Orfonds. Marthe venait à pied, elle prenait le chemin des bois. A l'allée qui avait fait l'objet de leurs discussions sur le droit de passage, elle préférait maintenant un sentier de braconnier qui traversait une brèche dans le mur d'enceinte. Prise sous l'assaut des lierres, la maçonnerie avait fini par s'écrouler. Personne ne songeait à la réparer. Elle n'en parla jamais à Cellier. L'amour qu'elle lui portait n'avait pas brisé ses âpres habitudes, cela faisait trop longtemps qu'elle avait pris le pli, pour survivre, de se fabriquer des petits plaisirs, des souvenirs égoïstes, qu'elle couvait comme son or, et que personne, jamais, ne lui arracherait. Des fenêtres de Vallondé, elle pouvait apercevoir l'éboulis de la brèche. Chaque soir passé loin d'Orfonds, elle pensait au moment où elle allait le franchir à nouveau, légère, allègre, comme du temps de ses dix-sept ans, quand elle allait à la sablière pour retrouver Rodolphe.

Cellier ne la rejoignait jamais chez elle. Marthe s'y refusait. « A cause d'Elise, » disait-elle, « à cause des domestiques. » Les domestiques avaient depuis longtemps observé son manège. Quant à Elise, après la rupture de ses fiançailles, elle avait repris son travail d'infirmière à Tours, elle quittait très rarement l'hôpital. Cellier parla alors d'emmener Marthe en voyage. Il lui fit miroiter une croisière en Egypte, un séjour en Italie. Elle éluda. Il ne découvrit que plus tard la raison de cette distance : Marthe espérait, autant qu'elle le craignait, le retour de Lambert.

De loin en loin, elle restait dormir à Orfonds. Elle y dormait bien, d'un sommeil lourd, sans rêves. Pour la première fois de sa vie elle avait des vraies nuits, jamais écourtées par le travail, le souci d'une maisonnée. Elle *laissait valer,* elle partageait enfin un lit qui n'était pas celui des rancœurs, des silences, mais un lieu de plaisir, de repos, pour un jeu où il n'y avait encore ni vaincu, ni vainqueur. Cependant, elle ne s'y attardait pas. Au petit matin, elle était déjà partie. Elle avait très vite compris que Cellier n'était pas facile à vivre. Enfant unique, trop gâté par sa mère, il était capricieux, désinvolte. Il pouvait disparaître du jour au lendemain, il la prévenait au dernier moment, parfois au saut du lit. Elle lui pardonnait tout. Par les vitraux violets de la galerie du premier étage, elle le regardait partir à toute allure au volant de sa Roland-Pillain, effrayée et ravie de l'avoir pour amant. Il revenait comme il était parti, à l'improviste, après trois jours ou trois semaines. Il lui donnait très peu de nouvelles. Elle ne cherchait pas à en avoir. « *On prend ce qu'on peut, on souffre ce qu'il faut,* » écrivit Marthe en ce temps-là, dans les lettres de plus en plus nombreuses qu'elle envoyait à Nine.

Elle ne souffrit jamais bien longtemps. Cellier revenait toujours, avec l'air d'un enfant pris en faute. Il lui offrait les cadeaux les plus inattendus, souvent ceux qu'il aurait aimé se faire à lui-même, des quartz, des agathes, des tourmalines, toutes sortes de cristaux minuscules ou gigantesques, car il adorait la géologie. Quelquefois même, il venait déposer dans le creux de sa main de simples bijoux taillés dans le silex par les paysans de Rouvray. Il allait les acheter dans elle ne savait quelle ferme. Marthe se fit souvent photographier devant ses rangées de pierres, à côté de la pendule qui représentait le Temps. Un jour, dans un des paquets maladroits de Cellier, ficelés à la hâte dans du papier journal, elle découvrit un énorme bloc noirâtre, où étaient incrustés deux fossiles d'ammonites, dont les spirales presque exactement symétriques se chevauchaient légèrement. « C'est nous, » dit Cellier, « toi à gauche, moi à droite, nous voilà unis pour l'éternité. » Il avait la voix qui tremblait, elle retint le rire qui lui montait aux lèvres. La puérilité de son geste l'enchanta. Elle rapporta religieusement la pierre à Vallondé. Dans un geste aussi naïf que celui de Cellier, elle la fit enchâsser dans un mur, à un endroit qu'elle crut longtemps être seule à connaître, sous le grand escalier caissonné. Elle y est toujours.

Un soir d'été, Cellier lui annonça qu'il ne quitterait plus la région. Il avait en vue une affaire à Tours, une armurerie qui périclitait. Il voulait la racheter pour lui donner un nouveau souffle. Il projetait de fabriquer des armements modernes. Il les vendrait à l'Etat, il fabriquerait aussi des moteurs d'avion. Il proposa à Marthe d'y investir des capitaux. Contrairement à son habitude, Marthe accepta sur-le-champ.

— Il faudra bien un jour qu'on passe devant le maire, ajouta Cellier.

Ils étaient assis sur la terrasse, là où s'était déroulé le déjeuner de soleil, et aux mêmes places. C'étaient aussi les mêmes couverts, le même menu d'été, léger, arrosé d'un vin frais. Ils en étaient au dessert, Marthe pelait une pêche. La nuit venait, très lourde, tourmentée d'insectes. En bas, du côté du fleuve, c'était déjà le noir, mais un peu de lumière traînait encore sur le coteau, là où mûrissaient les vignes. Les oiseaux ne se couchaient pas, ils continuaient de venir picorer sous la table. Cellier fumait un cigare. Dans le demi-jour, il paraissait encore plus jeune.

Marthe contempla un instant son profil qui se détachait sur le fleuve. Il avait un visage fin, tout en muscles, avec un nez très droit, presque féminin. Il reposa son cigare sur le bord du cendrier, elle vit ses mâchoires se crisper. Puis il se remit à fumer. Elle n'arrivait pas à parler. Elle se concentra sur sa pêche. Le fruit était très mûr. Alors qu'elle dégageait le noyau, son couteau dérapa brusquement sur la porcelaine de l'assiette, le jus gicla sur sa blouse de soie. Elle lâcha un juron. C'était inhabituel. Cellier leva un œil surpris.

— Les taches de pêche, ça ne part pas, souffla Marthe. Je vais me changer.

Elle quitta la table. Elle ne revint pas sur la terrasse.

Ils se couchèrent très tôt, malgré la chaleur. Cellier lui dit à peine deux mots, elle non plus ne parla guère. Il lui fit l'amour longuement, silencieusement, puis sombra dans le sommeil. La fenêtre était ouverte, les volets n'étaient pas tirés. Seule une moustiquaire protégeait la chambre. Marthe regarda longtemps dormir Cellier. Elle ne pouvait détacher les yeux de son corps un peu maigre. Il bougeait beaucoup, des mots inarticulés lui échappaient parfois. Dans la vérité du sommeil, Cellier était semblable à ce qu'elle savait de lui : nerveux, encore enfant. Encore épargné du malheur. Naguère, lui avait-il confié, il avait fait quelques folies, il avait passé ses nuits dans les casinos, il avait perdu des sommes incroyables. A une autre époque, il eut la manie des femmes, collectionna les maîtresses, se ruina en robes, en bijoux. Puis son oncle, qui gérait ses papeteries, était tombé malade, il avait fallu qu'il se mette aux affaires. A présent, elles étaient son unique passion, avait-il dit à Marthe, puis il avait corrigé : « La seule avec toi... » « Tu es doué pour les deux », lui avait répondu Marthe et elle avait ajouté : « Tu vois clair avant tout le monde. Avec moi aussi, tu vois clair. »

Tout en le contemplant, Marthe écoutait la nuit, elle respirait son grand souffle noir, son odeur de plantes humides qui se mêlait à celle, plus fauve, de la peau de Cellier. Elle ne s'endormit qu'au matin.

Cette nuit-là, derrière le corps abandonné de son amant, c'était Lambert qu'elle avait vu. Elle qui n'avait jamais rougi de rien, elle avait eu honte. Dès le lendemain, elle écrivit à Nine une lettre très courte. Sa dernière phrase aurait dû alarmer sa cousine : « *L'amour d'un homme, cela s'oublie. Pour celui d'un enfant, comment faire ?* »

Deux mois plus tard, cependant, Marthe Monsacré signa l'acte par lequel elle s'associait à Cellier pour le rachat de l'armurerie et moteurs Tranchelion, sise à Tours, derrière la place Rabelais. Elle possédait le tiers des actions. Elle avait vendu la plus grosse de ses deux minoteries, au prix fort. Tout le monde jugea que c'était une folie, bien digne d'une femme qui n'était pas *de là*. Le jour de la vente, Chicheray l'adjura de renoncer. « Je ne veux pas mettre tous mes œufs dans le même panier, » lui rétorqua-t-elle.

Dans son cahier, lorsqu'il parle de cette époque, Cellier affirme qu'il n'a jamais été aussi heureux de sa vie. Marthe et lui continuèrent néanmoins, comme on disait à Rouvray, à vivre « *chacun de leur bord* ». Cellier ne lui reparla plus mariage. Il ne mettait jamais les pieds à Vallondé.

Les mois qui suivirent, chaque fois que Marthe reprit, au petit matin, le chemin des bois, chaque fois qu'elle passa la brèche dans le mur, elle se demanda combien de nuits d'oubli il lui restait à vivre, dans les bras de Cellier. Sa vie pourtant était libre et ouverte, ses enfants élevés, sa fortune faite; elle ne désespérait pas de marier Elise. Elle se disait qu'elle était entrée dans la seconde partie de sa vie, *la vie de maintenant,* comme elle l'appelait dans ses lettres à Nine — sans trop savoir quand, ni comment, avait fini la *vie d'avant*. Les vieilles haines, les fatalités des héritages et des familles, tout cela avait été balayé, pensait-elle, par la guerre, par les deuils. Tous ceux qui avaient tourmenté sa jeunesse étaient morts, jusqu'à Thérèse, jusqu'à Julia, décédées à trois mois d'intervalle à l'hospice des Ursulines. Dans les cartons qu'elle entassait dans les greniers de Vallondé, tous les souvenirs étaient rangés, étiquetés. Enfouis, pensait-elle, pour l'éternité, indéchiffrables à tout autre qu'elle-même, embaumés sous la naphtaline et le papier de soie, ceux de Damien et ceux d'Hugo, de Rodolphe et du Grand Monsacré, les barboteuses d'Elise comme les brassières de Lambert, les jouets usés, les cartes postales d'avant-guerre, les dentelles fanées, les enveloppes bourrées de boucles de cheveux, les photos d'ancêtres qu'elle n'avait pas connus, des clichés d'enfants qui n'avaient pas vécu. Le monde n'aurait plus jamais la même face, il allait vite, avec des bébés qui ne mouraient plus, des ouvriers qui travaillaient moins. Avec des avions, des machines, des colonies. Avec d'autres guerres en germe, pour lesquelles il fallait des armes, celles-là même que voulait fabriquer Cellier, et sur lesquelles elle espérait bien, comme sur le blé, faire de nouveaux bénéfices.

Marthe se disait alors à propos de Cellier, chaque fois qu'elle franchissait la brèche dans le mur : « Allons, assez pensé pour aujourd'hui, j'ai bien dormi, c'est toujours ça de pris. » Elle dépassait le moulin, les fondations moussues du Moulin de la Jalousie. Elle traversait la Luisse, suivait un moment le dessin de ses méandres. Les jambes mouillées par les herbes de la prairie, elle pressait le pas vers son manoir ouvert sur le Val, au mépris des domestiques et de leurs regards lourds, de leurs murmures dans son dos. Il ne fallait pas être sorcier pour deviner ce qu'ils allaient répéter : que Marthe Monsacré, enfin, avait trouvé son maître.

Marthe préférait ne rien savoir, elle n'avait pas peur, elle avait choisi le parti du mépris. Elle avait tort. « *Droit de passage, droit de cuissage* », se gaussait-on à Rouvray, quand on parlait de son histoire avec Cellier; et quand on évoquait sa fortune, désormais associée à celle de son amant, on concluait invariablement : « *Le vin se fait dans la lie.* »

Chapitre 29

Ce fut là sans doute la seconde erreur de Marthe, d'avoir pensé qu'avec les morts la ville avait enterré ses rancunes, d'avoir cru qu'elle était capricieuse dans ses haines, que la terre était sans mémoire. Mais depuis des siècles que les paysans accrochés à leurs arpents de tuffeau guettaient les étrangers égarés dans le Val, ils avaient appris à se taire, eux aussi. A se transmettre de père en fils leur grosse pelote d'envie, avec le même soin jaloux que les nappes brodées, les terres fertiles, les couverts d'argent et les sacs de louis. Ils savaient attendre l'heure où tomberait l'ennemi, pris au piège de la fortune, ou, plus souvent encore, à la folie du fleuve. Ils avaient vu sombrer les plus paillards des rois, des peintres de génie, des sculpteurs arrachés à des terres de soleil, qui n'avaient pas souhaité mourir ailleurs qu'en ce jardin, ce faux jardin, possédés et heureux, prisonniers du charme d'une rivière sournoise. Ils s'étaient faits mécènes et alchimistes de sa grâce impalpable, tandis que sous leur treille, du haut de leur coteau, âpres et patients, les paysans les regardaient s'agiter, en attendant leur chute.

Dans son domaine de Vallondé, Marthe Monsacré se croyait encore sincèrement paysanne. Elle n'avait pas voyagé plus loin que Tours, elle savait comme personne choisir la date des moissons, prédire le temps à la couleur du ciel. Mais sans le savoir, elle succomba à un réflexe venu de plus loin, de son enfance, peut-être, du temps du couvent, quand on lui faisait grief, sans toujours le lui dire, d'être différente, d'arriver d'ailleurs. A l'époque, déjà, elle s'entêtait à ne pas jouer le jeu, à ne pas feindre d'être quelqu'un d'autre qu'elle-même, une belle fille brune et qui portait beau. Qui choisissait ses amies, n'ouvrait la bouche que lorsqu'il lui plaisait. A plus de quarante ans, riche et veuve, menant à Vallondé le train d'une châtelaine, il faut bien constater que Marthe n'en usa pas autrement. Ses enfants partis, elle ne se lia qu'avec des étrangers.

Ils étaient de plus en plus nombreux à s'installer sur les bords de la Loire, nouveaux riches engraissés par la guerre, industriels ingénieux ou chanceux, appâtés d'abord par le prix dérisoire des propriétés à vendre, puis envoûtés par la lumière, le rythme étrange du fleuve. Dans les salons de Rouvray et d'ailleurs, chez les notables, les fins de race, les paysans fraîchement teintés de manières bourgeoises, tous ceux qui, à des titres divers, se targuaient d'être *de là*, on n'entendait plus, à l'heure du café, que des conversations navrées. Ils se chuchotaient le nom des nouveaux propriétaires, écorchaient leurs noms comme à plaisir, pour bien montrer qu'ils étaient imprononçables. Mais ils pouvaient spéculer des heures sur le montant de leur fortune, récapituler par le menu leurs biographies réelles ou imaginaires, celle des Carvalho, installés à Villandry, des Alphen-Salvador, propriétaires du château de Ballan-Miré, des Berheim, nouveaux maîtres des Savonnières. Dans les domaines qu'ils venaient d'acheter, on cherchait inlassablement le vice caché qui pouvait faire espérer leur rapide déconfiture. Au premier hiver, à la première inondation, on leur prédisait les pires catastrophes. On parlait de termites dans des charpentes, de grottes qui allaient s'écrouler, libérant des sources souterraines, inconnues jusque-là, qui rongeraient en un rien de temps les fondations de leurs manoirs. Malgré tous ces maux présents et à venir, les gens de Rouvray ne se consolaient pas. D'année en année, selon une loi qui paraissait inéluctable, les forêts, les domaines, passaient à des mains qui n'étaient pas *de là*.

Aussi éprouvèrent-ils une intense satisfaction lorsque le nouveau propriétaire du Grand Chatigny, un banquier argentin nommé Perès-Peron, fut ruiné par une affaire un peu hasardeuse en Egypte, et mit à nouveau le château en vente. Il l'avait acquis quatre ans plus tôt. Il n'y avait pas séjourné plus de trois semaines d'affilée. Le domaine avait continué à se délabrer, les canalisations des bassins étaient rongées, le parc, les charmilles laissés à l'abandon. Les terrasses en bordure de Loire, qui étaient naguère tout l'agrément du domaine, avaient entièrement disparu sous la friche.

Plusieurs candidats à l'achat se présentèrent chez Chicheray : deux Parisiens, un soyeux de Lyon, deux Anglais, un autre Sud-Américain, enfin un prince égyptien, Ahmad Pacha, un des créanciers de Perès-Peron. De l'avis général, le prix demandé par l'Argentin n'était pas exorbitant. La négociation prenait bonne tournure, quand le prince Ahmad Pacha voulut à nouveau visiter le domaine. Il traversa les rues de Rouvray dans une énorme Bugatti, mais ce fut son burnous, plus que son automobile, qui frappa ceux qui se trouvèrent sur son passage. Arrivé au Grand Chatigny, il arpenta longuement le parc, puis inspecta le château de la cave au grenier. Il parut satisfait. Pour finir, il demanda à voir les caves. Elles n'étaient pas en excellent état. Il le fit remarquer très aigrement, souligna qu'il faudrait les remaçonner avant qu'il pût y entreposer sans risque sa collection de grands millésimes. Il était très observateur. En visitant les dernières grottes, où l'on abritait le matériel de jardinage, il s'aperçut qu'une paroi de craie s'était écroulée sous l'effet des pluies, derrière un pressoir désaffecté. Elle s'ouvrait sur une galerie inconnue du propriétaire. Le boyau avait été creusé à main d'homme et descendait en pente douce. Perès-Peron s'avança le premier, suivi du prince, du gardien du domaine, enfin de Chicheray, qui n'en menait pas large. Ils entrèrent dans une première salle — les vestiges, selon toute évidence, d'un très ancien habitat troglodytique — puis ils se trouvèrent en face d'un nouvel éboulis, qui fermait une seconde salle, beaucoup plus petite. Le gardien le dégagea sans difficulté. Ils crurent que la pièce était vide, comme la première. Lorsqu'ils s'avancèrent, ils distinguèrent deux squelettes étendus sur le sol. L'un était beaucoup plus grand que l'autre. Ils eurent à peine le temps de le remarquer, encore moins de disserter sur leur origine : au bout de quelques instants, les os se disloquèrent et tombèrent en poussière.

Tout égyptien qu'il fût, familier des nécropoles et d'innombrables variétés de momies, le prince Ahmad Pacha parut très affecté par la macabre découverte. Le surlendemain, il fit savoir qu'il renonçait à l'achat. L'affaire fit grand bruit. Qu'on eût découvert deux squelettes dans les grottes du Grand Chatigny n'avait pourtant rien de très surprenant.

Rien non plus qui pût réveiller l'hydre du soupçon, si vivace à Rouvray. Les ossements remontaient à des temps très anciens : ils s'étaient pulvérisés au bout de quelques minutes. De loin en loin, on faisait dans la région des découvertes analogues. Le docteur Vernon, qui connaissait à la perfection l'histoire du pays, ne manqua pas de rappeler que vingt ans plus tôt, dans des circonstances identiques, à la faveur d'un éboulement des souterrains du château fort de Rouvray, on avait trouvé un cadavre parfaitement conservé, vêtu de pied en cap, assis devant une table et enchaîné par les pieds. A ses vêtements, on estima que le prisonnier avait été emmuré à l'époque d'Henri IV. Comme au Grand Chatigny, le mort était tombé en poussière quelques instants après qu'on eut dégagé l'ouverture du cachot.

Plus encore que les légendes qui couraient sur le Grand Chatigny, les imaginations furent troublées par le fait que deux squelettes, aussitôt retournés en poussière, fussent devenus fatals à une vente. N'était-ce pas un nouvel effet de la malédiction jetée par la première marquise d'Ombray ? suggérèrent quelques esprits romantiques. En tout cas, fin août, l'affaire n'était toujours pas réglée. On avançait quelques autres noms d'acquéreurs tentés par l'acquisition du Grand Chatigny. On disait que Marthe Monsacré s'était renseignée sur le prix du domaine. D'après la rumeur, elle n'avait pas donné suite.

C'était parfaitement exact. Elle avait agi sur l'ordre de Cellier, intéressé par la forêt. Pour elle, la majeure partie de ses capitaux était désormais bloquée dans l'armurerie, « l'affaire de son Juif », comme on disait à Rouvray. Bien lui en avait pris, du reste, car les cours du blé n'arrêtaient pas de baisser. Seuls les immeubles qu'elle avait fait construire à Tours lui permettaient encore d'arrondir sa fortune. Les travaux de restauration qu'elle poursuivait à Vallondé engloutissaient les revenus de la minoterie. Après la réfection du manoir, elle s'était lancée dans la restauration des jardins, une série de bassins et de terrasses qui descendait en pente douce vers la Loire. D'après des gravures anciennes, elle en avait déterminé le plan initial. Elle n'arrêtait pas de répéter : « Ce manoir est né de l'eau, il faut le rendre à l'eau. Le remettre en eau, comme un moulin. » Cellier objecta que le manoir deviendrait plus humide. Elle ne voulut rien entendre.

Elle prétendit qu'elle avait retrouvé des tronçons entiers des anciennes canalisations. « Les gens de ce temps-là savaient ce qu'ils faisaient. Le manoir est construit sur un petit éperon de roche entre les alluvions du vallon. Les fondations du bâtiment resteront parfaitement sèches. D'ailleurs, les jardins donnent plein sud. »

Cellier n'avait rien répondu. Que répondre à Marthe, quand elle parlait de son manoir ? Entre elle et Vallondé, c'était aussi une histoire d'amour. Avec l'aide de Vernon, elle avait reconstitué minutieusement l'histoire du domaine. Dès le Moyen-Age, c'était sur ce bief que les premiers seigneurs du lieu avaient fondé leur puissance. Des années durant, le blé de tout le pays avait coulé des terres jusqu'au vallon, jusqu'au moulin. Avec le grain, était venu l'argent, qui avait permis de construire le manoir. En rasant la maison d'habitation, en gagnant à son tour de quoi vivre en châtelaine, Marthe s'y était trouvé une sorte de généalogie. Non celle des parvenus, qui s'inventent un titre, une dynastie. Marthe se rattachait à une ascendance plus secrète, celle de la science des éléments, de leur harmonie intime, de leur utilisation astucieuse, des combinaisons et des ruses qui lient si étroitement les hommes avec leur terre. Plus que le manoir, elle aimait le paysage. Elle y voyait peut-être l'image de son destin.

A présent qu'il était dégagé de la friche, Vallondé, du haut du coteau, ressemblait à un barrage, une digue ornementale et richement blasonnée, surchargée de pilastres, de clochetons. Au cours des travaux, Marthe avait eu quelques belles surprises : la découverte d'une marelle, au coin d'une cheminée; sous le linteau d'une fenêtre, une frise de signes cabalistiques. Dans le jardin lui-même, elle avait remarqué une variété d'œillets inconnue. D'après Vernon, l'espèce ne poussait qu'en Palestine. Au retour des croisades, l'un des premiers seigneurs de Vallondé l'avait sans doute acclimatée ici, dans la rocaille d'un embryon de parc.

Marthe n'eut pas le temps de faire courir son imagination. Des mois durant, elle dut diriger des troupes d'ouvriers, faire ravaler, chauler les murs, déclouer les portes sauvagement murées par l'avarice du Grand Monsacré, puis nettoyer encore, maçonner, polir, ouvrir toutes les pièces sur l'eau et la lumière. Par chance, Vallondé n'était pas très grand, c'était là tout son charme. Le manoir donnait l'impression de vivre au rythme des eaux, alangui, selon les jours, ou au contraire emporté dans les tourbillons de la Luisse, fait de pierres vives, aimait-elle à rappeler, avec le même sourire que lorsqu'elle disait *les eaux vives.* Elle avait voulu qu'on voie partout la pierre. D'une façon audacieuse pour l'époque, elle avait fait tomber les vieux plâtres, les papiers peints décolorés. Puis on avait poncé le tuffeau pour faire éclater sa blancheur, ses arêtes. Jamais Vallondé n'avait paru si lumineux.

Tout le temps des travaux, Marthe était restée pareille à elle-même, d'une calme énergie. Jusqu'au moment où elle toucha aux jardins. Elle avait cru qu'ils avanceraient comme le reste. En cette fin d'août très pluvieuse, elle commenca à déchanter. A cause des averses incessantes, elle avait l'impression qu'elle n'arrivait à rien. A peine avait-on reconstitué une terrasse que des infiltrations d'eau menaçaient d'emporter la terre. On ne pouvait pas commencer les maçonneries destinées à les soutenir. Les ouvriers engagés pour ce travail délicat, à l'ancienne, lui avaient conseillé d'attendre le changement de temps. Pour mettre un comble à son exaspération, Cellier était parti du jour au lendemain, lui annonçant sans plus de façons qu'il devait participer à un rallye automobile, sur les routes du Midi.

Elle était d'une humeur massacrante. On ignorait ce qui l'agaçait le plus, du départ subit de Cellier ou des pluies qui n'arrêtaient pas. Le temps venait de se lever, mais il faisait très froid, on se serait cru en novembre. Juste après le 15 août, Elise était retournée à Tours. Pour tromper sa solitude, Marthe avait invité Nine. Comme du temps de leur jeunesse, son amie était gaie et très vive, malgré la mort de son mari. A cette époque-là, elle paraissait plus âgée que Marthe. Elle commençait à ressembler à la vieille femme qu'elle allait devenir, menue, ridée, toujours à l'affût, un rien commère, mais enjouée, malicieuse, la mémoire alerte, la plaisanterie toujours au bord des lèvres.

C'est à Nine qu'on doit le récit de cette soirée mémorable. Marthe, quant à elle, n'en a jamais parlé. Chaque fois qu'on a évoqué l'événement devant elle, elle a affirmé que Nine, comme les gens de Rouvray « *en avait fait tout un plat* ». En minimisant les faits, Marthe niait d'abord que son destin, contre son gré, se soit joué en partie ce soir-là. Elle refusa cette idée jusqu'à sa mort.

D'après Nine, elles avaient dîné très tôt. Marthe était allée inspecter une dernière fois les travaux de terrassement. Elle était revenue du jardin plus excédée que jamais. Nine voulut la calmer :

— Des travaux pareils... Ça ne peut se faire en un jour.

— Du train où ça va, ils ne se feront pas non plus en un an.

— Il faut prendre la vie comme elle vient.

— Je ne fais que ça.

— Cellier t'a écrit ?

— Non.

— Il téléphonera.

Marthe tourna un moment dans la pièce, rajusta un napperon sur une table, des fleurs dans un vase. La nuit n'était pas tombée, une lumière verte rôdait encore sur les premiers parterres, l'éclairage du soir si particulier à Vallondé, quand s'adoucissait la ligne du coteau, que les derniers rayons se concentraient dans l'herbe du vallon. Le monde semblait alors se résumer à ce creux, ce ventre de terre moussue. Il n'était plus qu'attente, acceptation de la nuit, du noir qui envahissait, par vagues, les courbes de la Luisse.

Nine brodait une nappe que sa fille possède toujours, un service de table orné de motifs comme on les aimait à l'époque, des bouquets de bleuets et de coquelicots. Les cœurs des fleurs étaient noirs. Marthe fit remarquer à Nine qu'elle allait s'user les yeux, à vouloir travailler des couleurs sombres à la lumière électrique. Nine s'obstina.

— On se croirait en hiver, insista Marthe. Laisse ton ouvrage, tu n'y vois rien.

— Ça me fait passer le temps.

— Tu ferais mieux d'aller te coucher. C'est un temps à dormir. Un temps de chien. On grelotte. Année de foin, année de rien. Le vin ne sera pas bon, cette année.

— Il y aura la quantité.

— Quand il y a la quantité, il n'y a pas la qualité.

— Qu'est que tu veux... Ça finira bien par passer. Regarde, le ciel se dégage.

Nine avait lâché un moment son ouvrage, elle désignait l'orée du vallon. Derrière les tas de terre amoncelés par les ouvriers, au-delà des prairies, on apercevait en effet un bout de Loire, un morceau de fleuve très clair, comme lorsqu'il faisait beau temps; et les nuages, en effet, commençaient à s'effilocher.

— Ça va durer deux heures, et puis ça va reprendre.

Marthe prit une pelote de fil entre ses doigts, la caressa un moment, puis la reposa et se leva.

— Je vais faire du feu, dit-elle. Si ça n'est pas malheureux, en plein mois d'août.

Elle sonna Suzanne pour qu'elle apporte du bois et du papier journal. Puis elle disposa elle-même les bûches et y mit le feu. Nine rapprocha sa chaise de la cheminée. Marthe se réchauffa un moment les mains au-dessus des flammes, puis repartit dans son bureau, qui était à droite du salon. Nine la vit feuilleter ses livres de comptes. A l'évidence, elle n'arrivait pas à se concentrer : de temps à autre, quand Nine relevait la tête de son ouvrage, elle la voyait contempler ses terrasses.

La nuit était là. Nine avait allumé une seconde lampe. Elle continuait à broder le cœur noir des coquelicots. Comme l'avait prévu Marthe, sa vue se brouillait, ses points n'étaient plus si réguliers. Elle se frotta les paupières.

— Laisse donc, dit Marthe qui l'observait depuis son bureau. Je te l'ai déjà dit, le soir, on n'arrive jamais à rien avec les couleurs sombres.

« *Marthe n'a jamais pu rester longtemps en place* », ajouta Nine quand elle fit le récit de cette soirée, « *surtout lorsqu'elle avait des soucis. Dans ces cas-là, il fallait toujours qu'elle s'occupe les mains, ou qu'elle surveille son entourage. Je savais bien ce qui la tourmentait : Cellier qui était au loin, avec sa voiture qu'il conduisait comme un fou; et puis ses jardins, ses terrasses qui n'avançaient pas. Il y avait aussi ce qu'elle gardait pour elle, ce qu'elle n'aurait jamais avoué pour un empire, Elise qu'elle n'arrivait pas à marier, qui tournait à la bonne sœur laïque dans son hôpital. Enfin Lambert. Elle ne prononçait jamais le nom de son fils. Je n'en parlais jamais, je savais qu'elle n'avait aucune nouvelle de lui, même par Chicheray. Marthe avait beau faire la fière, elle n'arrivait pas à s'endormir, les soirs où Cellier n'était pas là. Elle passait la nuit à lire le dictionnaire. Elle en apprenait des pages par cœur, pour s'empêcher de penser.*

Voilà pourquoi elle était si forte aux mots croisés. Le plus fort, c'est qu'elle était toujours debout sur le coup de sept heures, pas un cheveu qui dépasse de l'autre, et fraîche comme un gardon. »

Nine n'osa pas l'épier trop longtemps. Elle craignait de rencontrer son regard, elle redoutait de l'irriter davantage. Elle rangea sa broderie, reposa sa tête sur le dossier du fauteuil, jeta à nouveau un œil au jardin. L'ombre avait gagné du terrain, elle descendait vers la vallée. Dans l'obscurité, on distinguait encore quelques vasques, cernées par des nuées de moustiques. Nine se leva pour aller fermer la porte-fenêtre.

C'est alors qu'elle vit le feu. Elle se souvint qu'elle n'y crut pas, sur le moment, tant l'air était humide. Ce ne fut d'abord qu'une lueur, une grande illumination rougeâtre au-dessus des bois d'Orfonds. Elle s'étonna que le soleil ne fût pas encore couché. Puis, comme la lueur était au sud, elle comprit que c'était un incendie. D'un seul coup, la lumière se fit plus vive, un long panache de fumée s'éleva, que le vent rabattit au-dessus de la Loire. Nine courut au salon :

— Le feu, Marthe, le feu...

Elle non plus, elle n'y crut pas. Elle ne leva pas le nez de ses comptes.

— Remets une bûche, si tu as froid.

— Mais non, Marthe, dehors, le feu... Le feu, l'incendie ! Là-bas...

Elle avait désigné les bois, du côté d'Orfonds. Marthe fut debout dans l'instant. Elle courut à son tour sur le perron.

— C'est à Orfonds, souffla Nine.

Marthe frissonna. Elle fixa un court instant l'horizon rougeoyant, puis elle déclara, de ce ton égal et froid qui n'était qu'à elle :

— Non, c'est plus loin. Beaucoup plus loin. Plus à l'ouest. Ça vient du Grand Chatigny. Ce sont les bois qui brûlent, les anciens bois du marquis.

Elle parut réfléchir un moment, et ajouta :

— D'ailleurs, si c'était à Orfonds, ça sentirait déjà le roussi.

Elle tourna les talons. Elle était vraiment à bout de nerfs, car elle claqua la porte.

Ce fut Nine, pour une fois, qui ne dormit pas de la nuit. Elle resta jusqu'au petit matin en haut du coteau, avec les domestiques, à regarder l'incendie. Cela ressembla à une sorte de fête. Tous étaient pris d'une fébrilité étrange, qui rappelait les temps d'inondation. Sur le coup de minuit, on entendit le tocsin sonner, puis des moteurs gronder, depuis la route qui longeait la Loire. Il y eut enfin quelques sirènes. Derrière les futaies d'Orfonds, les flammes montaient de plus en plus haut.

Vers cinq heures du matin, tout fut fini. Nine alla se coucher, épuisée, mais profondément satisfaite. « Sur le coteau, j'étais aux premières loges », raconta-t-elle, « pour une catastrophe, c'était une belle catastrophe ! »

Marthe avait vu juste, l'incendie venait de plus loin qu'Orfonds. Mais elle s'était trompée sur un point : le feu avait épargné les anciens bois des Ombray. A moins qu'elle ait compris la vérité tout de suite, sans trouver la force de la dire. C'était le Grand Chatigny qui avait brûlé.

Chapitre 30

A présent le domaine ne valait plus grand-chose. Il n'y aurait plus que des fous pour songer à l'acheter. Très étrangement, ces fous se manifestèrent beaucoup plus vite qu'on aurait cru. On ignora longtemps qui leur avait indiqué l'affaire. On prétendait que c'était Chicheray. Rien n'était moins sûr.

Avec le recul, on peut s'étonner, à juste titre, que l'incendie revienne aussi souvent dans les souvenirs des gens de Rouvray, qu'il soit si souvent associé au récit de l'histoire de Marthe, comme un repère particulièrement sûr, une datation quasiment historique. Tout tient, en réalité, à un effet de perspective, à la façon dont le Grand Chatigny, dans les mois qui suivirent, et d'une façon particulièrement spectaculaire, se retrouva lié au destin des Monsacré. Une seule aile du château avait brûlé. Pour le reste, il était intact, c'est-à-dire en voie d'abandon. Mais les gens de Rouvray préféraient les pierres aux hommes, le sentiment de la propriété au sentiment tout court. Cette mort portée dans ses clochetons, les sculptures maniérées qui enjolivaient ses toitures, leur parut plus désastreuse que la disparition de Blanche ou la fin tragique du marquis d'Ombray. Comme pour Marthe, la cassure qui se produisit alors fut presque aussi nette que celle qu'avait créée la guerre. Ou, plus précisément, l'épisode de l'incendie apporta la démonstration, la preuve tangible que les temps n'étaient plus les mêmes. On ne parlait plus de malédiction, c'était beaucoup plus fort, on souffrait : il était désormais évident qu'avec ce château qu'abandonnait la grâce, une puissance tutélaire venait de quitter le pays.

Il fallut donc attendre l'incendie pour que Rouvray s'aperçût qu'il n'y avait plus de marquis. On ne se perdit pas très longtemps en conjectures sur les raisons du sinistre. L'opinion commune était que Perès-Peron avait eu l'allumette heureuse. Il était très bien assuré, il n'allait pas manquer de toucher une grosse prime. De fait, il l'obtint très vite, et remit le château en vente. Le plus extraordinaire, c'est qu'il trouva aussitôt preneur. Tout s'était réglé à Paris. C'étaient deux femmes qui achetaient. Des Russes, les sœurs Bronski.

Elles n'avaient pas trente ans. Dès qu'elles arrivèrent à Rouvray, on comprit qu'il allait se passer *là-bas*, comme on appelait le Grand Chatigny, des choses hors du commun. Elles s'étaient décidées après une visite de la cadette, la comtesse Marina, une femme blonde et mince. Elle avait inspecté le château, arpenté le parc une petite heure, puis, comme si elle avait parlé d'une fourrure, d'un flacon de parfum, elle avait jeté à Chicheray, en claquant la portière de sa voiture : « J'achète » et elle était repartie à Paris. Le notaire s'était déplacé là-bas pour lui faire signer l'acte. Elle avait payé rubis sur l'ongle.

Les sœurs Bronski avaient ébloui Chicheray. Quand on lui parlait d'elles, il se contentait d'agiter les bras d'un mouvement large, comme pour signifier l'étendue de leur fortune, le faste de leur train de vie. Le geste laissait aussi entendre que quelque chose lui échappait dans l'usage que ces deux femmes faisaient de leur argent, dans leur condition même d'étrangères. Un jour où il avait bu, il finit par lâcher qu'elles étaient célibataires. Elles venaient de faire un très gros héritage, celui de leur grand-père, un certain Dolhman, un financier balte. Chicheray ajouta qu'elles avaient joyeusement commencé à le *claquer* : ce fut très exactement le mot qu'il eut, assorti d'une grimace inconsciente, comme lorsqu'il parlait des filles du *Petit Soleil,* ou des actrices de cinéma. « Tant mieux pour nous », conclut-il, « elles vont le claquer ici. Avec les travaux qu'il faut faire au château... » On soupçonnait que c'était lui qui leur avait indiqué l'affaire. Mais par quel détour Chicheray, toujours enterré dans son étude de Rouvray, avait-il pu connaître ces deux richissimes étrangères ? Etaient-elles des parentes de Perez-Peron ? De ses relations, de ses maîtresses ? On l'ignorait. Et surtout, on se demandait ce qu'elles pouvaient avoir de si particulier, pour rendre le notaire si subitement muet, lui si pressé de se vanter quand il rencontrait de jolies femmes.

Des semaines durant, on attendit en vain l'installation des deux sœurs. Elles ne firent leur apparition qu'en février suivant. Ce qui frappa les gens de Rouvray, c'était qu'elles ne se ressemblaient pas. Marina, la plus jeune, était fine et blonde. Tania Bronski, l'aînée, était une solide beauté brune, volubile, elle conduisait elle-même son automobile, une Pierce Arrow, un modèle américain d'une ligne très pure, qui fit sensation à lui seul. Des années plus tard, Madeleine Roseroy, la mercière qui avait succédé à Julia à la *Tentation parisienne,* la revoyait sauter de sa voiture avec ce geste qui n'appartint jamais qu'à elle, en rejetant sèchement sur ses épaules ses cheveux drus, si noirs. A peine arrivée, Tania Bronski se mit en quête d'un architecte. Elle jeta son dévolu sur Albert Huisseau.

Ce fut lui qui commença à répandre dans le pays la légende des sœurs Bronski, dès le soir où il rapporta les déclarations exaltées que venait de lui faire la belle Tania, devant la façade défigurée du Grand Chatigny : « Il faut absolument conserver les traces de l'incendie », s'était-elle exclamée. « J'adore ces cicatrices sur cette craie si tendre, c'est décadent à souhait, prophétique des ruines qui nous menacent, gardons celà, je vous en prie, ces pierres noircies, ces poutres calcinées, je suis folle de ce château déparé et souffrant... »

D'après Huisseau, cette profession de foi dura cinq bonnes minutes. Tania Bronski débitait presque sans accent des phrases interminables, elle parlait, comme sa sœur, un français précieux, qu'elle prétendait avoir appris à Pétersbourg, juste avant la révolution. Malgré le froid, elle s'assit sur un banc de pierre, au pied d'une statue. Une neige très fine tombait sur le parc. Les flocons fondaient dès qu'ils touchaient les encorbellements des terrasses, les fontaines égarées dans les broussailles. Elle eut une dernière phrase, pour lui confier qu'elle était peintre. D'après Huisseau, l'aînée des Bronski se mettait à parler d'un seul coup, on avait du mal à la suivre, on ne l'arrêtait plus, puis elle se taisait brusquement.Tania Bronski resta sur son banc deux bonnes heures, à contempler la façade noircie du château, sans un mot, comme en extase. Huisseau n'en était pas encore revenu.

Comme pour Chicheray, on ne savait pas ce qui l'avait surpris davantage, de la beauté de l'aînée des Bronski ou de sa liberté d'allure. De son silence brutal, ou de ses phrases démesurées.

Les travaux étaient loin d'être finis, au début de l'été, quand les deux sœurs donnèrent leurs premières fêtes. On vit des escouades d'automobiles traverser Rouvray en direction du domaine, remplies de musiciens noirs, de femmes maigres et très maquillées. D'autres voitures suivirent, plus luxueuses encore, conduites par des chauffeurs en livrée, avec des passagers de marque, semblait-il, à en juger par leurs vêtements et leur air compassé. Personne ne savait vraiment ce qui se passait au Grand Chatigny, sinon qu'on y *claquait l'argent*. Les sœurs Bronski n'invitaient personne qui fût de Rouvray, ni même de Tours. Elles partaient comme elles venaient, à l'improviste. Elles s'installaient aux dates les plus incongrues, suivies ou précédées de camions de déménagement qui déversaient aux grilles du domaine, sous les yeux interdits des paysans voisins, les objets les plus hétéroclites, miroirs rococo, paravents de laque, cabinets incrustés d'ivoire, armures de samouraïs, masques africains, totems de peuplades inconnues, plusieurs pianos, un clavecin, et même un gigantesque orgue de Barbarie, dont on entendit, un soir, ronfler au-dessus des bois les accords fatigués.

Ce qui déplut, à Rouvray, ne fut pas seulement cette débauche d'argent. C'était l'usage que les sœurs Bronski faisaient du lieu, et encore davantage leur mépris du temps, leur indifférence aux rythmes convenus. Elles ignoraient les saisons, le rituel des fêtes et des villégiatures. Il n'était de loi que celle de leur caprice. Il était clair qu'elles avaient pris possession du Grand Chatigny comme d'un décor de théâtre, d'une pièce qu'elles auraient pu jouer à Deauville ou sur la Riviera, mais qu'elles avaient préféré donner ici, dans leur course éperdue à l'extraordinaire. Leurs fêtes elles-mêmes ne correspondaient à rien que l'on connût. Elles commandaient à l'aubergiste du *Goujon frétillant* des soupers gigantesques, dont elles abandonnaient la moitié aux chiens des paysans, faute d'y avoir touché. Puis les invités buvaient, dansaient jusqu'au matin. Des hameaux voisins, des fermes accrochées à flanc de coteau, on les voyait s'agiter, derrière la façade illuminée du château, plus étrange encore depuis qu'elle était mutilée. Tout se passait à l'intérieur, les convives des Bronski n'aimaient pas le grand air, ni le jour, ils préféraient la nuit et ses lumières électriques. Il y avait des bals costumés, parfois des pièces de théâtre. D'après les domestiques, c'était Marina Bronski qui en fabriquait les costumes, et elle chantait aussi, en s'accompagnant au piano. A deux ou trois reprises, toujours d'après les domestiques, on tourna les séquences d'un film.

D'un bout à l'autre des nuits, inlassable, Marina Bronski chantait. On disait qu'elle était cantatrice, ou actrice de cinéma. Un soir plus agité qu'un autre, on la vit paraître à une fenêtre, déclamer des vers dans une langue inconnue. Sa voix devenait parfois si aiguë qu'on aurait pu croire qu'elle criait au secours. Pour une fois, les invités dansaient dehors, ils avaient traîné un piano face à la charmille. Un musicien noir jouait sous un projecteur. Il se mit à pleuvoir. Les gouttes rebondissaient sur la laque du piano, mais le musicien s'entêtait à jouer. De temps à autre, sa main droite lâchait son clavier, il s'emparait d'une bouteille, qu'il buvait au goulot. Des hommes se précipitèrent pour rentrer le piano, le musicien protesta, vacilla, il y eut des injures, un début de bagarre. Debout à sa fenêtre, un chandelier à la main, Marina Bronski continuait inlassablement à déclamer ses vers.

Les fêtes, avec les sœurs Bronski, pouvaient durer plusieurs jours, puis elles cessaient d'un seul coup. Les invités repartaient comme ils étaient venus, le visage plombé et distant. On voyait leurs voitures traverser Rouvray, la même caravane qu'à l'arrivée, peut-être moins rapide, moins arrogante. Le plus souvent, Marina Bronski était du voyage. Tania restait seule au domaine. Elle y séjournait quelques jours ou plusieurs semaines, jamais coiffée, vêtue de grandes chemises sales, l'œil agrandi, se gorgeant de thé, de café. On disait qu'elle restait enfermée dans sa chambre, face à son chevalet, qu'elle maniait jour et nuit ses couleurs, ses pinceaux. Ce qu'elle peignait, d'après la rumeur publique, n'était que barbouillages. Des toiles rouge et noir, ou toutes vertes, ou même entièrement violettes. Des croûtes voyantes, sans queue ni tête, qui ne représentaient rien.

Les sœurs Bronski n'avait pas acheté le Grand Chatigny depuis un an qu'elles avaient déjà reçu leur surnom. On les appelait les *romanos*.

Chapitre 31

Marthe, pourquoi le cacher, se contenta elle aussi de cette appellation commode. Tout lui répugnait dans les récits qu'on répandait sur les Bronski, leur mépris de l'argent, l'usage sacrilège qu'elles faisaient du domaine. Dans les racontars, elle ne tenta pas de faire la part des choses, celle de la vérité et celle de l'envie. Elle eut les mêmes mots, jetés comme un sort, renouvelés à la première occasion, la prière muette du rejet : qu'ils s'en aillent, ces gens, ils ne sont pas d'ici.

Il fit beau, les printemps qui suivirent l'installation des sœurs Bronski. Cellier était très souvent à Orfonds, l'armurerie prospérait, il vendait ses marchandises en Italie, en Espagne, il ne désespérait pas de conquérir l'Allemagne. Signe du goût croissant qu'il avait pour le pays — ou pour elle, Marthe ne cherchait pas à y voir clair — ses séjours à Orfonds se prolongèrent. Il avait fait construire un court de tennis à la lisière de la propriété. Il y jouait avec Vernon.

Marthe continuait à encaisser ses loyers, à diriger la minoterie, à surveiller les comptes de l'armurerie de Tours. Elle désespérait de marier Elise, qui s'obstinait à travailler à Tours alors que ses fermages lui donnaient largement de quoi vivre. Devant les chambres vides du manoir de Vallondé, Marthe s'exclamait souvent : « *Il faudrait des enfants, dans cette maison. Sinon, à quoi ça sert...* »

Ces printemps-là, le samedi soir, elle emmena souvent Elise à Orfonds. Elles arrivaient toujours à la fraîche, quand Cellier et Vernon avaient fini leur partie de tennis, et qu'ils descendaient, les cheveux encore mouillés de la douche, et sentant très fort l'eau de Cologne. Ils dînaient tous les quatre sur la terrasse. Derrière les arbres, du côté de Vallondé, flottaient encore des traînées de pollens, comme une poussière d'or au-dessus des prairies. Cellier parlait de fossiles et de vignes, Vernon reprenait ses anecdotes sur l'histoire du pays, ses sempiternelles aventures de châtelaines lascives, d'alchimistes maudits. Marthe écoutait, se taisait. Cellier levait soudain vers elle son visage bruni : « Tu ne dis rien... » Elle souriait, elle ne parlait pas davantage. Ce recueillement était tout son plaisir, joie d'une quarantaine dont elle avait décidé, selon son expression, qu'il fallait « *en prendre le meilleur* ».

Elise se taisait aussi. Ce fut bientôt elle qui demanda à venir à Orfonds. Quand Vernon parlait, elle ne l'écoutait pas, elle suivait le mouvement de ses lèvres, avec un regard flou, parfois traversé, comme ceux des chats, d'un éclair très bref. Marthe s'en aperçut. Elle prit Vernon à part. Il était célibataire, assez timide. Elle l'encouragea à faire la cour à sa fille.

Entre lui et Elise, il dut y avoir assez vite des promesses, des baisers, malgré les vingt ans qui les séparaient. Mais chaque fois que Marthe parla mariage à sa fille, elle éluda. Seule une série de photos, soigneusement rangée dans un étui de cuir noir, témoigne de ce début d'idylle. Au fond de la pochette, une facture permet de le situer très précisément : elle est datée du 20 juillet 1925, avec l'indication du prix : *4,50 frs.* Les tirages sont numérotés d'un trait fébrile de crayon. La facture est au nom du docteur Vernon.

Chronique d'un printemps oublié, de la grâce fragile d'un moment de répit. Entre le premier et le dernier cliché, l'été est venu, le printemps a passé. De cliché en cliché, on voit se ternir les feuilles des cerisiers, se faner les fleurs d'acacias. Les foins sont coupés, les arbres se chargent de fruits. Marthe dut penser à la mort, en cette année 1925 : elle alla déposer chez Chicheray son premier testament.

D'un bout à l'autre de ce glorieux printemps, Vernon a photographié Elise dans le parc de Vallondé. Les terrasses sont terminées. Les vasques y déversent des tresses de lierre, des coulées de fleurs. Marthe fait construire une roseraie, on dresse des treillis de bois clair contre le tuffeau des grottes où, naguère, Hugo et Thérèse cherchèrent l'or du Grand Monsacré. L'objectif artiste de Vernon détaille dans toutes ses nuances la patine de la pierre. Il parvient à saisir un papillon égaré au milieu des premiers foins, l'ombre d'une brume de chaleur glissant entre les cèdres.

Elise figure sur la plupart des clichés. Toujours aussi blonde et mince, elle porte à ravir les robes courtes de ces années vingt, mais elle demeure distante, presque hautaine. Vernon la prend assise sur une chaise de jardin, ou bien allongée à côté du vieux moulin, entre les branches d'osier et les iris sauvages. Dans tous les cas, sa pose est toujours très convenue. Quelque chose d'elle se refuse à l'objectif — ou à Vernon, le photographe. Elle n'a pas le visage d'une amoureuse. Sa vraie nature n'éclate que sur la photo marquée du numéro 16, où Vernon l'a prise à l'improviste. Il photographiait les toits de Vallondé, il a dû être le premier étonné de la voir surgir au centre de son objectif. Elise se dresse au milieu de la lucarne centrale du grenier, un gigantesque œil de bœuf où s'engouffre le soleil. Que faisait-elle là-haut ? Quels souvenirs, quels secrets était-elle allée remuer dans les vieux cartons de Marthe, les albums de cartes postales, les valenciennes jaunies des robes d'autrefois ? Dans l'ovale de la lucarne, Elise ressemble aux dames blanches dont Vernon racontait les légendes, fantômes du plein midi, qui préféraient le grand jour pour crier leur douleur. Tendue au-dessus du parc gorgé de sève, comme ignorante du vide qui s'ouvre devant elle, elle paraît plus fragile que jamais. Plus sauvage, surtout. Parce qu'elle se croit loin du regard inquiet d'Alexandre Vernon, elle se livre tout entière à son tourment, une inquiétude étrange, qui l'amène peut-être à prendre cette posture étonnante, devant l'embrasure de la lucarne : on croirait une crucifiée.

Vernon a réussi une seule fois à la surprendre à rire, devant Cellier, sur le tennis, à Orfonds. Cellier et Elise éprouvaient beaucoup de sympathie l'un pour l'autre. Leur âge les rapprochait — il était à peine de quatre ans son aîné. La séduction de Cellier dut jouer sur Elise, cette façon qu'il avait de suggérer à n'importe quelle femme, par une multitude d'attentions, qu'elle était la créature la plus irremplaçable qu'il ait jamais rencontrée. Pour dérider Elise, Cellier multipliait les pitreries. Ici, d'un coup de raquette entre ses jambes écartées, il lance une balle en arrière, dans un élan si exagéré qu'elle ne peut se retenir de rire. Vernon a saisi au vol ce bref instant de joie.

Dans cette série précieusement conservée au fond de son étui noir, on ne trouve aucune photo de Cellier aux côtés de Marthe, pas une trace de leur liaison. On a envie de dire : *pas une preuve.* Comme retenu par une peur inexplicable — la même prévention, sans doute, que les gens de Rouvray — Vernon s'est abstenu de les réunir devant son objectif.

Le dernier cliché, marqué du numéro 17, est un portrait de Marthe. Le printemps est fini, les cerisiers croulent sous les fruits. Une échelle est posée contre le tronc d'un arbre, Marthe vient d'en descendre, elle soulève un panier, qui paraît assez lourd. A sa manière moins raide, on sent que son corps est comblé, sous sa robe de crêpe pâle. Il s'alourdit, sa tension se relâche. Son cou n'est plus si ferme, son visage commence à s'empâter. Son regard aussi a changé, il est beaucoup plus tendre, comme adouci par les nuits qu'elle a passées dans les bras de Cellier. Marthe s'abandonne, elle qui ne s'est jamais abandonnée.

Son testament confirme ce relâchement. Marthe y demandait qu'au jour de son décès, ses parts de société reviennent à Cellier. De façon à respecter la législation sur l'héritage, la valeur de ces parts était nettement sous-estimée. Dans son aveuglement, Marthe a confié son testament à Chicheray. Elle avait été distraite, tout ce beau printemps-là. Désinvolte, un peu légère. Lasse de ses rancunes, fatiguée de se souvenir. Oublieuse de tout. Amoureuse. L'oubli lui fut fatal. Il fit rentrer Lambert.

Chapitre 32

Il est arrivé sans prévenir. Le jour, la grille du domaine était presque toujours ouverte. Comme tous les gens de la province, Marthe avait toujours une oreille à l'affût. Même lorsqu'elle était plongée dans ses comptes, elle ne cessait jamais de guetter les bruits qui venaient de la route, mêlés au léger clapot de la Luisse.

Elle a entendu Lambert arriver au seul bruit du gravier, ce gravier de Loire roux et grenu, qu'on trouve là-bas dans toutes les allées. Elle était à la cuisine, à faire un clafoutis. La fenêtre était ouverte. Quand elle s'est aperçue que le gravier crissait de façon irrégulière — un pas plus lourd, plus traînant que l'autre — Marthe a su que son fils était de retour.

Elle n'a pas osé lever les yeux. Elle a simplement pensé : Elise n'est pas là, Cellier non plus. Elle s'est demandé si c'était mieux. Elle était déjà désarmée.

Cellier était à Paris, pour affaires. Elle n'aimait pas ces moments-là. C'était pourtant elle qui l'avait envoyé là-bas. Elle l'incitait à chercher de nouveaux brevets. « Il faut aller de l'avant, » ne cessait-elle de lui dire, en ajoutant toujours son dicton préféré, « Qui n'avance pas recule ». La dernière idée de Marthe, c'était d'investir dans l'armement pour l'aviation. Depuis quelque temps, elle lisait les journaux de Paris. Un soir, elle y a découvert un article qui l'a passionnée : « La guerre moderne ». On y parlait de mitraillettes, de soutes à bombes. Elle a d'abord été intriguée, puis son idée a pris corps. Il s'agissait d'acquérir au plus vite les brevets des armes nouvelles, pour les fabriquer dans l'usine de Tours, au premier bruit de guerre. Elle en a parlé à Cellier. Il s'est ausitôt montré très enthousiaste. Il voulu prospecter au plus vite tous les bureaux d'études. Du jour au lendemain, Marthe s'est retrouvée seule.

Elle était triste et inquiète, elle n'était pas sûre qu'il soit rentré pour le 14 juillet. Il fallait alors qu'elle « *s'occupe les mains* », comme elle disait. Elle saisissait le premier prétexte pour passer la journée à l'office ou au jardin.

Cet après-midi là, le prétexte fut le clafoutis. Le verger croulait sous les cerises. Elle a dit à Suzanne : « On ne sait plus où donner de la tête, avec tous ces fruits. On a déjà fait des confitures, de la gelée. Les cerises vont se perdre. A moins de faire un clafoutis... »

Marthe beurrait un moule, quand elle a entendu Lambert. Elle a jeté un œil dehors, elle l'a aperçu au milieu de l'allée. Elle avait les mains collantes. Elle a couru les laver au-dessus de l'évier, elle a arraché son tablier, rajusté son corsage. Puis elle s'est dit : Non, c'est trop facile. Et elle a décidé de jouer l'indifférence.

Elle y serait arrivée, pour Cellier. C'était Lambert : elle n'y parvint pas. D'un mouvement mécanique, elle a jeté quelques cerises dans la jatte de pâte, puis elle a renoncé. Elle est sortie sur le perron. Elle se sentait étrangement raide. Pourtant, quand elle a vu Lambert s'avancer dans l'allée, elle s'est détendue d'un seul coup. Elle a souri.

Il ne la voyait pas. Il regardait du côté du vieux bief, il fixait l'emplacement de la maison rasée.

On était au milieu de l'après-midi. Une heure plus tôt il avait plu, les ardoises du toit étaient encore humides. Le soleil apparut d'un seul coup, un soleil d'après les averses d'été, généreux, apaisant. Les toits se mirent à briller, comme la Luisse, tout autour d'eux. Au même moment, Lambert leva les yeux vers sa mère. Elle comprit dans l'instant qu'il ne faisait que passer.

Elle eut mal, déjà. Elle s'est avancée vers lui, elle a esquissé le geste d'un baiser. Il ne l'a pas repoussée. Il a fait pire, il l'a ignorée. Ou plutôt il a ignoré son geste, comme s'ils étaient séparés par un rempart invisible. Par un état de fait, qu'il était vain de nier. Marthe s'est pourtant entendue lui souffler : « Entre... » Il n'a pas répondu. Il a gardé le visage tourné vers le moulin, vers la Luisse. Il a hoché la tête, quand il a vu les terrasses, la roseraie en fleurs, contre la craie des grottes. A son visage fermé, Marthe a compris qu'elle ne recevrait pas le compliment qu'elle attendait. Lambert posait maintenant sur le monde le même œil sombre que son père. Il aurait obscurci les plus radieux soleils.

La grosse Suzanne a passé la tête par la fenêtre de la cuisine. Elle reniflait, plissait les yeux, comme chaque fois qu'elle épiait Marthe. Lambert l'a aperçue.

— Allons par là, a-t-il dit en désignant la Luisse. Nous serons mieux pour parler.

Il a désigné le vieux moulin. Sa voix n'avait pas changé, à peine était-elle plus rauque, plus étouffée. L'émotion, espéra Marthe, le trouble des retrouvailles. Elle lui emboîta le pas. Il lui aurait demandé de le suivre jusqu'au bout du monde qu'à l'instant même, elle l'aurait fait. Elle aurait quitté Vallondé sans rien emporter de ce qui avait fait sa vie, sans un centime, sans un souvenir. Sans même prévenir Elise, ni Cellier.

Pourtant, à mesure qu'ils se rapprochaient du bief, elle a senti que Lambert ne revenait pas en fils prodigue. Il ne revenait même pas en fils. Il venait lui rendre visite en vengeur. Ou plus exactement, en triomphateur rancunier, comme le Grand Monsacré, en homme qui n'aurait jamais son content de victoire. C'était elle qu'il voulait écraser, elle le devinait sans peine, rien qu'à son ombrage, le même que celui d'Hugo, avec la même petite grimace qui lui amincissait la bouche. Contre toute raison, elle garda espoir. Tandis qu'ils marchaient vers le moulin, elle se répétait : c'est mon fils, c'est Lambert, il est revenu. Elle ne s'était jamais connu l'esprit aussi confus.

Lambert s'assit au bout de l'allée qui menait au vieux moulin, non loin de l'endroit où, au mois de mai, Vernon avait photographié Elise. Les iris sauvages étaient fanés depuis longtemps. Marthe s'assit à ses côtés. Pour la première fois de sa vie, elle se sentait abandonnée. Elle qui n'avait songé jusque-là qu'à protéger, qu'à apaiser, elle avait besoin à son tour d'être calmée et défendue. Elle a pensé à Elise, elle s'est dit : elle pourrait m'aider. Puis elle a songé à Cellier. Elle a aussitôt écarté son image. Elle se sentait faible, rien qu'à penser à lui.

Lambert ne disait rien. Il observait toujours l'emplacement de la maison de son enfance, là où il ne restait plus, entre les marguerites et les herbes folles, que les restes noircis d'une cheminée décapitée. Marthe contemplait son fils, elle ignorait pourquoi elle le trouvait différent, si c'était son costume trop neuf, trop élégant, ou ses cheveux, sur ses tempes, un peu moins fournis. Elle a remarqué aussi son automobile, garée derrière la grille, un modèle voyant, qui aurait déplu à Cellier.

C'est elle qui a rompu le silence. Elle a menti. Elle a dit : « Tu n'as pas changé. »

Une guêpe bourdonnait autour d'eux, attirée par un plant de colchique, ses fleurs gorgées de pollen. Marthe a levé la main pour chasser l'insecte. Lambert a eu un sursaut, il a cru qu'elle voulait le toucher. Leurs bras se sont heurtés. Dans les muscles crispés de son fils, Marthe a pressenti de la hargne, plus que de la colère. Des mois, des années de rancœurs mal contenues. Elle a pris les devants :

— Qu'est-ce que tu as de si important à me dire, pour avoir fait toute cette route ?

— Je suis d'ici, non ?

— Tu t'installes aux Grotteaux ?

— Non. J'ai mis la propriété en vente.

— Ce n'est pas le moment. Il y a tellement de maisons à vendre.

Lambert a saisi un gravillon, l'a jeté dans la Luisse. Marthe n'a pas bougé, elle n'osait plus remuer un doigt, battre un cil. Il a ramassé un second gravier, l'a lancé de toutes ses forces dans la rivière. Le caillou a ricoché. Quand il a disparu dans l'eau, Lambert a lâché, les dents serrées :

— Je vais me marier.

Marthe a hoché la tête, sans pouvoir articuler un mot. Un bref instant, Lambert a été désarçonné :

— Ça ne te surprend pas ?

— C'est de ton âge.

— On dirait que ça t'agace.

— Je suis heureuse que tu sois heureux.

— Non, ça t'agace. Parce que tu ne sais pas avec qui.

— Il suffit que tu me le dises.

— Devine...

Elle se pencha sur la prairie, coupa quelques brins d'herbe, qu'elle se mit à natter d'un mouvement rapide, habile, comme elle aurait fait de ses cheveux. Quand elle eut fini, elle enroula la tresse en bracelet autour de son poignet. Elle continuait d'espérer, elle se répétait : il faut faire avec Lambert comme avec Hugo, silence contre silence, le dernier qui parle a gagné la partie.

— Devine, répéta Lambert.

Elle s'obstinait à se taire. Et lui aussi, il s'entêtait :

— Devine !

— Comment veux-tu que je devine ? Ça fait deux ans que tu es parti.

— J'ai fait mon chemin.

— Alors tout va bien.

Lambert se leva. Il désigna les bois d'Orfonds, puis jeta :

— Toi aussi, tu fais ton chemin !

— Qu'est-ce que ça peut te faire ? Laisse-moi mes belles heures. Je les ai bien méritées. Toute ma jeunesse, à vous élever, ta sœur et toi. A vous bâtir cette petite fortune...

Elle lui montrait les champs, le parc. Lui, il ne quittait pas le sol des yeux, il donnait des petits coups de pied dans les graviers de l'allée. Elle s'est radoucie :

— Reste quelques jours ici, a-t-elle repris. Tu verras ta sœur. Elle vient tous les samedis.

— Je sais. Tu veux la marier à Vernon.

— Je ne veux rien. Ta sœur est maîtresse de son destin. Toi aussi.

— Quand on vit avec toi, on ne fait jamais ce qu'on veut.

Marthe baissa la tête. Elle se forçait à fixer les gueules violacées des fleurs de colchique, à détailler leur pistil à l'extrémité filiforme, alourdie du trésor jaune auquel la guêpe, inlassablement, venait s'enivrer.

Lambert s'est alors emparé d'une grosse poignée de gravier. Puis il s'est retourné vers la rivière, il s'est mis à jeter les cailloux un à un dans le courant, régulièrement, méthodiquement. Marthe garda son calme, malgré la guêpe qui continuait de bourdonner autour de la branche de colchique. Lambert a perdu patience le premier, il a saisi la plante par la tige, l'a arrachée, puis lancée dans la Luisse. L'espace d'une minute, elle a été retenue par une vieille souche d'aulne, puis le courant l'a dégagée des broussailles pourrissantes. Il l'a regardée un moment dériver jusqu'à la petite cascade. Quand elle a disparu dans le courant, il a lâché :

— J'épouse Tania Bronski.

— La...

Elle allait dire *la romano.* Lambert l'a compris. Il a eu un petit rire :

— Oui, la romano. Figure-toi que c'est moi qui lui ai fait acheter le Grand Chatigny. Tu vois, ça sert, d'être bien avec son notaire...

Un gros nuage blanc, moutonneux, est passé devant le soleil, en faisant courir sur les bois de longues traînées d'ombre. Marthe a soupiré. Les ardoises du manoir tournaient au violet. Il y aura de la pluie avant la nuit, a-t-elle pensé, il faudrait que Suzanne rentre le linge.

C'était la seule idée claire dont elle se sentît capable. Cet après-midi là, elle avait beau peser ses mots avant d'ouvrir la bouche, ils se retournaient contre elle, dès qu'elle les prononçait.

— Ces femmes sont très riches, s'est-elle entendue lâcher.

— Je n'en épouse qu'une. L'aînée, la brune.

— Elle est aussi riche que l'autre, je suppose.

— Tu supposes bien.

— Mais... La vie qu'elles mènent...

— Et alors ?

Lambert se redressa devant elle. Marthe s'aperçut alors qu'il portait exactement le même costume que Cellier, un ensemble d'été d'une coupe raffinée, taillé dans un shantung très léger. Elle ne l'avait pas remarqué tout de suite : il ne tombait pas de la même façon sur son fils, Lambert était plus trapu, plus large d'épaules. D'avoir pu relever ce détail lui rendit un peu d'assurance. Malgré tout, elle eut encore une phrase de vaincue :

— Si je comprends bien, je suis la dernière avertie.

Il haussa les épaules. On n'entendait plus que le chuchotis de la Luisse. Ses eaux tenaces s'attaquaient maintenant à une autre souche, sous la friche de la rive opposée. Marthe a fini par oser la question qui lui brûlait les lèvres :

— Mais qu'est-ce que tu fais donc, à Paris ?

— La même chose que ton juif. Des affaires.

— Ecoute, Lambert...

A son tour, Marthe s'est levée. Le soleil, un court moment, s'échappa des nuages. Dans la lumière, le visage de Lambert restait impénétrable. Ils étaient face à face, à quelques centimètres l'un de l'autre. Marthe crut retrouver l'odeur qu'il avait pendant son enfance : chaude, si vite imprégnée du parfum moussu du vallon. Elle jeta un œil à sa cicatrice, sur sa main droite, puis hasarda :

— Tu es pâle. Tu dois beaucoup travailler. Tu as repris ta médecine ?

Il ne répondit pas. Elle crut voir sa main trembler. Elle tenta d'y glisser la sienne. Il la repoussa : un mouvement furtif, plus impitoyable qu'une gifle, dans sa sécheresse. Lambert n'était plus qu'hostilité, refus. Inévitablement, les mots ont suivi, des griefs qu'il lui asséna en désordre, sans se justifier, d'une voix assourdie par la rancœur. Elle crut qu'il n'allait jamais s'arrêter

— ... Tu as rasé la maison, tu as fait mourir mon père, c'est toi qui l'a rendu malade, toi qui l'a rendu fou, tu as même voulu l'enfermer. Tu as fait semblant de partager son héritage, mais tu t'es arrangée pour garder pour toi tout ce qui rapportait, les minoteries, les immeubles de Tours, tu ne m'as laissé que les terres, et maintenant le cours du blé n'arrête pas de baisser... Et c'est aussi à cause de toi que ma sœur ne se marie pas, et Damien, tu te souviens du scandale... Alors maintenant ton gigolo, ton...

— Arrête, a crié Marthe.

Il s'est arrêté. Mais il a repris presque aussitôt, les dents serrées :

— Elise, tu as toujours préféré Elise. Forcément. Et maintenant, ton testament..

Le mot sonna comme une conclusion.

— C'était donc ça, souffla Marthe.

Elle tenta de faire front, réunit ce qui lui restait de forces :

— Je ne suis pas encore morte. Ça peut toujours se changer, un testament.

— C'est vrai, tu t'y connais. Tous les papiers que tu as extorqués à mon père... Tu t'y connaissais, déjà, du temps de mon grand'père. mais tu ne seras pas la plus forte, avec moi. Tu ne prévois pas toujours tout.

Elle soupira. Malgré tous ses efforts, elle ne parvenait pas à se conduire comme d'habitude, à relever la tête, à planter là l'ennemi. Tout simplement, elle n'arrivait pas à voir en Lambert un ennemi.

— ... Tu n'avais pas tout prévu, poursuivait-il, quand tu as partagé l'héritage de mon père. Tu m'a laissé les sablières. Tu ne savais pas que ça vaudrait de l'or...

Il avait l'air triomphant, tout d'un coup.

— C'est donc ça, ton affaire ? Tu t'es lancé dans le ciment ? Dans le béton...

— Tu es devenue savante.

— Je lis les journaux.

Elle avait répondu sèchement, pour une fois. Il ne se troubla pas :

— Oui, dans le béton. Du ciment et des immeubles. Je suis entrepreneur. Je serai un jour plus riche que toi. Même plus riche que ma femme.

— Tu l'aimes ?

— J'épouse Tania Bronski dans un mois, à Paris, Mariage civil. Si tu veux voir à quoi elle ressemble...

Marthe n'a compris qu'une chose : Lambert l'invitait à son mariage. C'était enfin un semblant de tendresse. Elle était prête à s'en contenter. Elle le vit sortir une carte, griffonner une adresse :

— Va la voir, tu t'amuseras.

Et il ajouta aussitôt :

— Elle est enceinte.

Il lui avait annoncé la nouvelle sans un soupçon de joie, tout juste la fierté d'un propriétaire. Il eut un geste vers la Loire, en contrebas du vallon :

— On fera une fête, là-bas, avant l'automne.

Il reprenait peu à peu les usages du pays, il disait *là-bas,* comme les gens de Rouvray, pour parler du Grand Chatigny.

Comme ils étaient face au perron, il a ajouté :

— Là-bas aussi, tu viendras, si ça te chante. Même avec l'autre...

Il parlait encore de Cellier, mais il s'était calmé, tout d'un coup. Marthe ne fut pas dupe : c'était l'idée de sa réussite qui l'apaisait, et encore plus la perspective de pouvoir en faire étalage dans son pays natal. Il jeta un bref coup d'œil à sa montre, puis à la grille, derrière laquelle était rangée sa voiture. A la façon dont il suspendit sa jambe infirme, Marthe crut qu'il hésitait à partir.

— Reste, chuchota-t-elle. Reste seulement une nuit.

Elle le vit serrer les mâchoires. Dans l'expression impitoyable qu'il tentait de se composer, elle pressentit la même volonté que la sienne, la même obstination. Elle insista pourtant :

— Pour voir ta sœur. Elise rentre demain matin.

Lambert a à peine frémi, quand il a entendu le nom de sa sœur. Sa bouche s'est crispée, il a laissé passer un soupir, d'agacement ou de fatigue, Marthe n'aurait su le dire. Il était si près d'elle qu'un instant encore elle crut sentir l'odeur de sa peau. Mais elle n'a pas eu d'élan vers lui, cette fois-ci. C'en était fait de leur liens de mère et de fils. A Lambert, il ne restait plus que la sécheresse d'un cœur endurci. A Marthe, la douleur.

Elle ne l'a pas accompagné à la grille. Elle est seulement restée sur le perron, pour le regarder s'en aller. Elle n'avait plus qu'un désir : aller s'écrouler sur son lit. Elle s'est raidie, elle est restée dehors jusqu'à ce qu'il ait disparu.

Lambert a démarré si vite que sa voiture a dérapé dans la boue de la route. Elle a fait une petite embardée, puis il l'a redressée. L'automobile s'est évanouie derrière les peupliers. Alors seulement Marthe est allée s'enfermer dans sa chambre. Elle a pleuré, cet après-midi là. Debout, le front collé à sa fenêtre.

Chapitre 33

Jean Cellier n'a connu de Marthe que la douleur silencieuse. La souffrance portée haut, le désespoir muet. Il n'a jamais été dupe de sa façade impassible. Dès ce temps-là, il a deviné sa détresse, à ses yeux trop cernés, à son teint fatigué. Il a voulu l'aider, la conseiller. Ce fut très difficile. Elle ne voulait pas lui parler. Pour Cellier, Marthe avait l'humilité des amoureuses, mais l'amour de son fils était une contrée à part, où elle ne le laissa jamais entrer. Dès que Cellier prononçait le nom de Lambert, elle n'était plus que refus. Comme son fils, refus et repli.

Au retour de Cellier, elle a dû pourtant lui annoncer le mariage de Lambert. Elle lui a montré l'adresse de Tania Bronski, sur la carte griffonnée par son fils. Elle habitait rue Spontini. Une excellente adresse, a commenté Cellier.

— Je ne suis jamais allée à Paris, a coupé Marthe. Je voudrais que tu m'accompagnes.

Elle semblait gênée, presque timide. Cellier a compris qu'il s'était passé quelque chose de pénible, lors de la visite de Lambert. Il a posé quelques questions. Elle a éludé. Il s'est entêté. Elle trouvait toutes sortes d'échappatoires, elle changeait de conversation, commentait à perte de vue les fluctuations boursières. Elle ne parvint pas à lui donner le change. Il se renseigna aussitôt sur Lambert. A Rouvray, tout le monde était déjà au courant de son mariage avec l'aînée des sœurs Bronski. Curieusement, personne ne songeait à lui reprocher cette union tapageuse. On avait oublié la « romano ». Lambert était accueilli comme l'enfant du pays, on parlait déjà de lui comme du nouveau maître du Grand

Chatigny. Il gagnait déjà beaucoup d'argent, disait-on, pour un homme aussi jeune.

Par l'intermédiaire de ses relations parisiennes, Cellier parvint à en savoir davantage. Après son départ de Rouvray, Lambert Monsacré avait mené une vie assez bohème, puis il s'était lancé dans la spéculation immobilière. Ses deux sablières lui avaient donné l'idée d'investir dans le ciment. Contrairement à ce qu'il avait prétendu, ses bénéfices ne provenaient pas encore de la construction d'immeubles, mais de la démolition de bâtiments vétustes et de la vente de terrains. Il avait monté son affaire très peu de temps après sa rencontre avec Tania Bronski. Elle en avait financé les débuts. En somme, Lambert avait transposé dans le Paris des années vingt la vieille science des Monsacré, acheter au plus bas, vendre au prix fort. Et bien choisir ses proies.

« *Dès l'annonce du mariage, j'ai saisi que Lambert était pour Marthe un amour où je n'étais pas, où je ne serais jamais* », raconte Cellier dans ses cahiers de Mortelierre. « *Cela me laissa indifférent. Je suis devenu beaucoup plus inquiet quand j'ai compris que Lambert lui avait déclaré la guerre. L'achat du Grand Chatigny montrait à l'évidence qu'il avait une revanche à prendre à Rouvray, sur le terrain de Marthe. Mais à l'époque, je ne pensais qu'à la bonne marche de nos propres affaires. Lambert était un obstacle agaçant, comme le vice caché d'une maison, une clause illégale dans un contrat. Je suis allé interroger Chicheray. Il a été stupéfait d'apprendre que j'ignorais tout du testament de Marthe. J'ai pris peur. C'était une terreur irrationnelle, l'instinct du gibier qui sent venir son chasseur. A l'époque, pourtant, rien ne laissait prévoir ce qui allait suivre. J'ai voulu parler à Marthe. Un soir, à Orfonds, je lui ai dit, sans préambule : Méfie-toi de ton fils. Elle ne m'a pas écouté. Je ne voyais en elle qu'une femme. J'avais oublié qu'elle était une mère.* »

Ce soir-là, Cellier mesura pour la première fois l'étendue de la faiblesse de Marthe, dès qu'il s'agissait de Lambert. A son « *méfie-toi* », elle répliqua par une phrase qui le laissa pantois :

— Ce serait me méfier de moi-même, mon petit Jean.

C'était une fin de dîner, ils étaient sur la terrasse. Il faisait encore jour, Cellier lui servait un café. La froideur de

Marthe était telle qu'il se sentit confus. Il n'osait pas la regarder en face. D'elle, il ne distinguait qu'un reflet dans l'argent de la cafetière, un visage déformé, à la fois lointain et trop précis. Il écarta la cafetière, puis insista :

— Revois ton fils, Marthe. Revois-le sans illusions, mais ne montre rien de ce que tu éprouves. Prends-le avec indifférence, comme tu fais avec tes ennemis.

— Mais mon fils n'est pas un ennemi !

Elle se leva. Elle tremblait. Ou, plus exactement, son menton frémissait, comme si elle allait fondre en larmes.

Cellier était comme la plupart des hommes : il détestait voir les femmes pleurer. Mais il lui était encore plus insupportable de voir Marthe s'égarer. Il l'aimait pour sa force. Il n'acceptait en elle aucune faiblesse, en dehors de celle qui la portait vers lui.

— Lambert va revenir dans le pays, rétorqua-t-il. Il continuera ses affaires à Paris, bien sûr, mais c'est ici qu'il prendra sa revanche.

— Sa revanche ? Quelle revanche ?

— Il peut nous faire beaucoup de mal. A moi aussi.

— A toi ? Mais tu es jaloux !

Elle se rassit, but son café d'un trait. Elle paraissait d'un seul coup plus sereine :

— Je vais revoir Lambert, puisqu'il m'invite à son mariage.

— Tâche aussi de t'entendre avec ta bru.

— Je n'ai pas besoin de toi pour savoir ce que je dois faire.

Elle repoussa sa tasse de café, se leva. Elle était redevenue parfaitement maîtresse d'elle-même.

Pour la première fois depuis longtemps, Marthe quitta Orfonds avant la tombée du jour, sans avoir partagé le lit de Cellier. Elle s'en alla sur-le-champ, pour dormir seule, à Vallondé, dans son vieux lit de merisier.

Chapitre 34

Dès qu'elle rencontra Tania Bronski, Marthe l'aima. Elle en oublia son fils. Avec Tania, elle le sut très vite, c'était l'aventure qui entrait dans la famille.

Sous ses dehors casaniers, Marthe aimait le changement. Elle s'en méfiait beaucoup pour elle-même, mais elle savait en apprécier la puissance créatrice. Elle a toujours eu le sentiment que la vie, chaque jour, peut changer de cap, elle était persuadée qu'il faut savoir risquer, pour continuer à vivre. C'est peut-être à cela que tenait sa mystérieuse différence, celle qui la sépara, davantage que les autres, de ses ennemis de Rouvray.

Les sœurs Bronski traînaient derrière elle des centaines d'anecdotes, des siècles d'imprévu autant que de noblesse. C'étaient d'authentiques comtesses russes. Leurs parents étaient morts dans le naufrage de leur yacht sur la côte dalmate, juste avant la guerre. Elles avaient eu des « idées rouges », elles avaient attendu 1919 avant de quitter Pétersbourg pour rejoindre à Copenhague leur grand-père maternel, un Danois, Kristöf Dolhman, dont elles tenaient toute leur fortune. Elles s'étaient enfuies dans des conditions particulièrement insolites, sur un bateau à l'équipage musulman, immobilisé à Pétersbourg non par les révolutionnaires, mais pour cause de Ramadan. Elles avaient réussi à se glisser à bord la veille de la fin du jeûne. Elles avaient soudoyé des gardes, des diplomates, elles avaient vendu des bijoux. Pour finir, il leur fallut payer de leur personne. Elles ne s'en cachaient pas.

Leur grand-père avait été lui-même un singulier personnage. Il appartenait à une vieille famille de la Hanse, francophile par goût, autant que par intérêt : des siècles durant, les Dolhman avaient vendu du Bordeaux dans tous les ports baltes. Sa fortune était considérable. Après la mort de sa femme, il s'était désintéressé du commerce du vin et s'était mis en tête de jouer les mécènes. Il avait une passion pour la musique, notamment pour les violes de gambe et les Stradivarius, dont il possédait une importante collection. L'un de ses plus fidèles acheteurs de Bordeaux, le comte Bronski, lui aussi collectionneur d'instruments, vint un jour visiter le petit musée qu'il s'était constitué. Au lieu de se pâmer devant les violons, il tomba amoureux de Frederika Dolhman, sa fille unique. Il voulut l'épouser. Il avait trente ans de plus qu'elle. Dolhman s'opposa au mariage, jusqu'au jour où le comte Bronski lui offrit sa propre collection, en échange de la main de sa fille. Il accepta.

Dès la naissance de ses petites-filles, Dolhman s'enticha d'elles. Il les traîna dans tous les musées d'Europe, dans toutes les salles de concert. Il avait des goûts d'avant-garde, il les fit séjourner six mois à Trieste, puis à Vienne, après la mort de leurs parents. C'est là que Tania Bronski eut sa première liaison. Elle n'avait pas seize ans quand elle s'amouracha d'un peintre. Dolhman détestait les œuvres de son amant. La guerre vint à point pour tout briser. Le peintre disparut dans la tourmente, Tania déclara qu'elle se consacrerait désormais à l'art, et ne se marierait jamais. Elle refusa de suivre son grand-père à Copenhague, retourna en Russie avec Marina, qui venait elle-même de s'éprendre d'un acteur. Elle voulait fonder avec lui un théâtre anarchiste. Tandis que l'empire s'écroulait autour d'elles, les deux sœurs passèrent leurs journées à peindre ou à répéter des tragédies populistes, dans les salons délabrés du palais Bronski. Puis elles se lassèrent de la révolution et se réfugièrent à Copenhague. Dolhman décida de reprendre avec elles sa vie de mécène cosmopolite. Il les emmena à Paris. Leur nom leur ouvrit toutes les portes. Leur entrée dans le monde fut fracassante : elles étaient jeunes, embellies encore par l'aura romantique des réfugiés russes. A la différence de la plupart d'entre eux, elles continuaient, grâce à Dolhman, de mener grand train.

Depuis l'adolescence, elles vivaient comme elles auraient joué une pièce de théâtre. Tout en elles était spectaculaire. Ce qui aurait pu ne pas l'être le devenait instantanément, par la mise en scène qu'elles montaient, sans même s'en rendre compte, autour des plus minces de leurs faits et gestes. Dolhman les observait avec une tendresse amusée. Elles devinrent à la mode, surtout Tania. Elles passaient leur temps entre Deauville et la Riviera, changeaient constamment d'amant, sans jamais s'en cacher. Elles étaient de toutes les fêtes, dans les palaces hantés de princes nostalgiques et déchus, comme dans les boîtes un peu douteuses qui s'ouvraient à Montparnasse. C'est là que Lambert les avait abordées, juste après son départ de Rouvray.

La rencontre de Tania et de Marthe eut lieu rue Spontini, l'avant-veille du mariage. Fait inattendu, c'est Lambert qui l'y emmena. Il continuait de prendre sa mère de très haut, mais il était tout à la satisfaction de lui montrer sa future femme, et tenait beaucoup à assister à leur rencontre. Il lui exposa par le menu la généalogie de Tania. Marthe l'écouta d'un air compassé. Elle n'avait pas dormi de la nuit. Paris ne lui plaisait pas, pas plus que l'immeuble moderne où la faisait entrer Lambert. L'appartement la déçut encore davantage : c'était un atelier, une immense enfilade de pièces, toutes percées d'immenses verrières, qui donnaient sur une cour aux murs noircis.

Un homme étrange leur avait ouvert, que Lambert présenta à Marthe comme le secrétaire de Tania. C'était plutôt un factotum : Marthe l'apprit ensuite, ses attributions s'étendaient de la cuisine au jardinage. De loin en loin, il lui servait même de chauffeur, et ne la quittait jamais. Il avait le teint bâsané, il était assez gros, il devait friser la quarantaine. Sous sa djellabah de velours rouge à galons dorés, dépassait un pantalon rigoureusement européen. Lambert s'amusa de la surprise de sa mère, lui précisa qu'il était syrien. Son nom était encore plus curieux : il s'appelait Léon Fattal. Par une sorte de prémonition bizarre, aucun Bronski, ni aucun Monsacré ne l'a jamais écrit autrement que *Fatal*. Il faut dire qu'ainsi orthographié son patronyme le résumait parfaitement : il posait immuablement sur les gens et les choses le même regard grave, comme s'il était seul à prévoir les tragédies qui les menaçaient. En dépit de son nom, il était d'une rare efficacité : jamais une sottise, jamais un faux pas. Et le plus absolu silence. Certains jours, on aurait pu croire qu'il était muet.

Il introduisit Marthe et Lambert dans l'atelier. Tania ne les entendit pas entrer. Elle ne remarqua même pas Lambert, qui marchait devant Marthe. Elle était tout entière à sa toile. Elle avait dû oublier le rendez-vous, elle ne s'était pas changee. Elle était debout, en blouse de travail, devant son chevalet, le pinceau à la main. Elle s'acharnait sur un petit détail, une longue flamme, sembla-t-il à Marthe, une longue traînée rouge sur le bas du tableau. Elle tirait la langue, comme une petite fille qui s'applique.

Marthe eut à peine un regard pour la toile. Elle était fascinée par ce bout de langue qui passait la bouche fardée de Tania Bronski. Le rouge à lèvres avait débordé, coloré ses incisives. Sous la lumière un peu crue de la verrière, son maquillage paraissait déplacé, elle donnait l'impression d'une gamine mal grimée. Ses cheveux coupés court découvraient des épaules un peu grasses. Elle était plus grande que Lambert, plus âgée aussi : elle approchait de la trentaine. Son corps était magnifique, mais un peu lourd.

Tania Bronski releva soudain les yeux, vit Lambert, puis Marthe. Elle comprit qu'ils étaient arrivés depuis un petit moment, et qu'ils étaient là, à la regarder peindre, sans oser prononcer un mot. Elle n'en parut pas troublée, ni même surprise. Elle soupira, puis se leva. Elle bougeait avec beaucoup d'aisance. Elle s'avança vers Marthe comme si elle l'avait toujours connue.

Et elle sourit. Ce fut peut-être son sourire, le large sourire de Tania, qui conquit Marthe dans la seconde. La joie éclaboussait tout, quand Tania souriait. La joie, comme une fragilité. Car les yeux de Tania, si sombres, n'étaient pas noirs de force. Ils brillaient de trop de tendresse, de trop d'amour. Sa faiblesse, c'était cet élan, cette volonté de donner, et même davantage, un besoin d'offrir, de prodiguer. Sa faille, Marthe le vit tout de suite, c'était ce *trop*. Il y avait aussi en elle quelque chose qui avait peur. Qui refusait, qui fuyait.

Lambert avait dû la chapitrer, elle s'efforça de recevoir Marthe de la façon la plus convenue qui soit, elle lui offrit du thé et des gâteaux secs, sur un napperon amidonné. Au bout de dix minutes, son naturel reprit le dessus : elle se leva, se regarda longuement dans la psyché installée derrière son chevalet, et parla de l'enfant qu'elle attendait pour le printemps. Lambert prit congé sur-le-champ. On ne le revit plus de la soirée.

Après avoir servi le thé, Léon Fatal s'était éclipsé dans ce qui semblait une cuisine, ou une salle de bains. On entendait de l'eau couler, et, de loin en loin, le fracas de casseroles, ou de flacons métalliques. Marthe et Tania restèrent, en tête à tête, devant la théière qui refroidissait. A travers la verrière, le soir s'avançait. Une lumière orangée noyait les contours des objets, le désordre de l'atelier.

Tania Bronski parla beaucoup. Elle avait la parole magique. Tel fut le mot de Marthe, en tout cas, lorsqu'elle retrouva Cellier, juste après sa visite. Deux heures d'affilée, sans presque s'interrompre, Tania lui raconta les beautés de Vienne et de Petersbourg, toutes sortes de merveilles exotiques qu'elle inventait peut-être. Elle avait un très léger accent, elle entremêlait ses digressions de réflexions sur la peinture, de souvenirs sur des artistes qui paraissaient avoir été ses amants. Elle avait beaucoup voyagé, elle avait une passion pour les jardins. Elle lui assura qu'elle n'avait acheté le Grand Chatigny que pour ses terrasses et sa charmille. Elle lui jura qu'elle voulait les rendre à leur première splendeur.

— Installez-vous là-bas, dit Marthe. L'air est si bon, pour les enfants.

— Les enfants, les enfants...

Tania se rembrunit. Elle lui désigna sa toile. A plusieurs reprises, Marthe y avait jeté un œil. C'était un nu. Il lui paraissait assez laid, sans doute à cause de ses couleurs violentes, de la pose obscène du modèle, sur un fauteuil aux pieds griffus

— Il y a ma peinture, vous comprenez ? reprit-elle.

Marthe ne répondit pas. Elle porta sa tasse à ses lèvres. Le thé était froid depuis longtemps. Comme elle la reposait sur la table, Tania ajouta :

— De toute façon, je prendrai des nurses.

A nouveau, elle sourit. Ses traits s'illuminaient, puis s'assombrissaient de manière imprévisible. Elle se remit à parler peinture. Marthe avait du mal à la suivre, et cependant elle ne se lassa pas de l'écouter. Quand la nuit tomba, Tania Bronski se tut. Elle alluma une lampe. Ses yeux s'arrêtèrent à nouveau sur son chevalet. Elle redevenait indéchiffrable. Marthe ne savait que dire, quelque chose l'éloignait encore de Tania. Sa facilité de parole, ou la liberté d'allure que lui donnaient son nom, son argent; et l'impuissance à comprendre ce qui la poussait à peindre.

Marthe se détourna du chevalet. Elle était brusquement pressée de partir, l'affaire était entendue : cette bru n'était pas, ne serait jamais une ennemie. Il fallait la prendre pour ce qu'elle était, une originale. Et surtout un ventre qui prolongeait le sien. Elle rassembla ses forces, avant de sortir de son sac un petit écrin.

— Mon cadeau de mariage, bredouilla-t-elle. Avec mes vœux de bonheur.

Elle déposa l'écrin sur la table. Tania parut surprise, murmura un remerciement. Les mots lui manquaient, comme à Marthe. Elle ouvrit la boîte d'un mouvement nerveux, elle faillit se casser un ongle sur le fermoir. Il finit par céder. Elle découvrit une bague, qu'elle passa à son annulaire, puis à son majeur. Le bijou était encore beaucoup trop large pour son doigt gracile, mais il soulignait parfaitement la finesse de sa main. C'était une pièce assez curieuse, plus étrange que spectaculaire. Elle figurait un long feuillage contourné, traité à la manière baroque, surchargé d'améthystes et de petits rubis. Marthe avait jugé, sans en être trop sûre, qu'une artiste, ou prétendue telle, pourrait en apprécier la singularité.

C'était la bague d'Hortense Ruiz. Elle ne l'avait jamais portée, pas même le jour de son mariage, ni le soir des fiançailles d'Elise. Elle l'avait gardée au fond du sac où elle l'avait reçue, à côté de la montre à monogramme et du triptyque violet. Le sac l'avait suivie de maison en maison, du Moulin de la Jalousie aux Grotteaux, à Vallondé, d'abord caché sous des nappes, des piles de torchons ou de draps, puis enfoui à côté de ses lingots d'or, de ses titres de propriété, au fond d'un coffre-fort noyé dans le mur de sa chambre. Elle l'en extrayait une fois l'an, au moment du nettoyage de printemps, un rituel, qu'elle s'efforçait d'accomplir le plus froidement possible : elle brossait la montre et la bague, les passait au blanc d'Espagne, puis les enfouissait dans le sac jusqu'au printemps suivant.

Tania, à nouveau, balbutia un remerciement. Elle avait rougi. Elle paraissait touchée. Elle approcha la bague de la lampe, la fixa du même œil précis que sa toile, quand elle peignait.

— C'est une très belle pièce, finit-elle par murmurer.

— C'est un bijou de famille.

Tania désigna les petits rubis, à chaque extrémité du feuillage d'or rose..

— Ce motif de fleurs... Ça me rappelle... Et regardez la taille des pierres...

Les paupières de Tania s'aiguisèrent. Un mot lui monta aux lèvres, elle hésita un instant, le retint. Puis elle cria :

— Fatal, où sont mes lunettes ?

Le Syrien traversa les pièces très lentement, en traînant ses babouches sur le parquet mal ciré. Il transpirait beaucoup, il marmonnait des mots incompréhensibles. Dès ce jour, Marthe remarqua que ses manières n'étaient pas d'un domestique. Il ne cherchait pas à cacher qu'il était excédé.

— Mes lunettes, Fatal, répéta Tania Bronski. Je les avais tout à l'heure, pour peindre.

— Non, madame.

Il avait répondu sèchement, comme s'il mettait son point d'honneur à lui tenir tête.

— Mais si, voyons. Trouvez les moi.

Léon Fatal repoussa des tubes de gouache, souleva des piles d'esquisses au fusain. Tania avait déjà oublié ses lunettes. Elle poursuivait tout haut son idée :

— A Vienne, les joailliers...

Marthe s'était déjà avancée dans le vestibule, elle cherchait une formule pour prendre congé. La fin de la phrase la fit changer d'avis. Dès qu'elle entendit les derniers mots de Tania : « *mais si, à Vienne, les petits bijoutiers juifs...* », elle fit volte-face.

— C'est la bague de ma mère, coupa-t-elle. Mon père l'avait achetée à Tours, pour leurs fiançailles. Je pourrais vous dire chez qui. Je retrouverai l'écrin. Il était tout abîmé. J'ai préféré le remplacer.

— Votre père avait très bon goût. Vraiment, excellent. Ce bijou est une petite merveille.

Qui fit semblant de croire l'autre ? Qui joua le mieux la comédie ? Marthe, sans doute, plus rompue au silence, mieux dressée à donner le change. Mais les mots de Tania lui allèrent droit au cœur, quand elle lui chuchota, comme elle passait le seuil de l'atelier :

— Vous m'avez comblée. Vous avez deviné mes goûts sans me connaître.

Marthe fit un pas vers l'ascenseur. Tania la suivit. Elle paraissait craindre de rester seule.

— Je ne sais pas où est parti Lambert, fit-elle. Et dire que je me marie après-demain...

Elle lui parut plus pâle, tout d'un coup, sous la lumière pauvre de l'escalier. Un instant, Marthe crut qu'elle allait la suivre dans l'ascenseur, dans la rue, à son dîner avec Cellier. Elle voulut l'apaiser :

— Ne faites pas attention. C'est dans le caractère de Lambert. Avec moi, aussi... Profitez-en pour vous reposer. L'enfant...

— Ce sera un fils, vous verrez. Lambert veut un fils.

— Fils ou fille, on prend ce qui vient.

Marthe voulut appuyer sur le bouton de l'ascenseur. Elle hésita : elle n'était guère habituée à la machine, mais elle ne voulait pas le montrer. Tania la précéda. Leurs doigts se rencontrèrent. L'espace de quelques secondes, Marthe les retint au creux des siens. Tania baissa les yeux, caressa la bague, puis la regarda longuement. Elle ne souriait plus. Son regard, comme sa voix, s'était un peu voilé.

Marthe ne s'éternisa pas. Elle avait hâte de retrouver Cellier, dans le restaurant où il l'avait invitée. Elle fut bavarde, pour une fois, elle voulut absolument dîner au champagne. Ils se couchèrent très tard. « Tu verras », ne cessait-elle de répéter, « tu verras, Vallondé, maintenant, avec mes petits-enfants... »

Ses confidences, son allégresse alarmèrent Cellier. « *Quelque chose s'était réveillé en elle* », raconta-t-il dans les cahiers de Mortelierre, « *une soif de posséder, une volonté de domination que je n'avais jamais soupçonnée. Pour la première fois de ma vie, elle m'a fait peur. Elle avait compris que Tania Bronski ne serait jamais une mère. De ce soir-là, ce fut elle, Marthe, qui attendit cet enfant. Elle le convoitait, d'ailleurs, plus qu'elle ne l'attendait. Elle ne prononçait plus le nom de Lambert, elle ne parlait plus d'argent, ni même de la minoterie, des terres, de l'armurerie. Elle n'arrêtait pas de répéter : "Tu verras, à l'avenir, mes petits-enfants..." L'acharnement, l'habileté qu'elle avait mis à accumuler sa fortune, elle s'apprêtait à les déployer pour la seule chose qui l'intéressait désormais, la transmission du sang. Elle, Marthe, qui n'avait jamais su d'où elle était sortie... Elle avait l'espoir effrayant.* »

Et quelques lignes plus bas, à la fin de ce récit qui clôt son premier cahier, Jean Cellier conclut : « *Le jour où elle rencontra Tania, je crois, Marthe devint enfin une vraie Monsacré.* »

Chapitre 35

La fête au Grand Chatigny eut lieu plus tard que prévu, par un jour d'octobre encore chaud, juste avant les vendanges. Le ciel était très clair, les femmes portaient toujours leurs robes d'été. On avait dressé un grand buffet à l'entrée de la charmille.

Il a fait très beau, ce premier dimanche d'octobre. On but beaucoup. Vers quatre heures, Léon Fatal puis Marina se mirent au piano, dans le grand salon, et l'on dansa jusqu'à minuit. On tira un feu d'artifice au-dessus de la Loire, il y eut des musiques « nègres », pour les nombreux invités qui étaient venus de Paris; enfin des valses, en concession à la province. Marthe dansa *Le beau Danube bleu* dans les bras de Cellier.

Elle aussi, elle avait dû boire. La scène a été fixée dans une très brève séquence d'un film d'amateur, retrouvé dans le carton à photos, à l'intérieur de deux petites boîtes métalliques, soigneusement fermées à l'aide d'un ruban de chatterton. Elles portent toujours leur étiquette, avec la marque *Pathé - Baby*, d'une calligraphie vaguement cubiste. Les deux pellicules sont assez floues, parcourues de rayures, parfois noyées de brume, le brouillard du temps, le voile que l'oubli jette sur les plus radieuses journées. Ces films ont dû appartenir à Cellier. A cette époque, il avait la passion du cinéma, comme il eut plus tard celle des avions, ou des postes de radio. Le jour de la fête, à plusieurs reprises, il a abandonné à Léon Fatal sa chère caméra, car on le voit à plusieurs reprises traverser les salons, incomparable d'élégance, dans un smoking blanc.

Il a dû lui aussi abuser du Vouvray : ses pas ne sont guère assurés, quand il invite Marthe à valser. Marina est au piano. Elle tape sur le clavier avec une grande conviction. Elle est très blonde, beaucoup plus mince que sa sœur. Elle semble aussi moins tourmentée. Ses cheveux fins, coupés au carré, lui donnent un air de jeune pensionnaire. A l'instant où elle lève les yeux vers l'objectif, celui-ci se détourne d'elle, se dirige du côté des danseurs. Il y a alors un long moment de confusion. On distingue à peine quelques formes, on a l'impression de se noyer dans des abîmes de soie opaque. Puis on se retrouve face à la cheminée de la salle à manger, là où, selon la légende, la première marquise d'Ombray fut contrainte par son mari à manger le cœur de son séducteur. Il fait grand soleil dans la pièce, toutes les fenêtres sont ouvertes. Les invités s'écartent, certains même s'arrêtent de danser. C'est qu'il se passe ici quelque chose d'important, peut-être même de grave : Marthe Monsacré s'affiche aux bras de son amant.

La scène est extrêmement brève, à peine une demi-minute, juste le temps de voir Marthe décrire quelques cercles, dans la valse où l'entraîne Cellier. Le temps aussi de surprendre quelques expressions de réprobation, sur le visage des invités. Près de la fenêtre, Chicheray arrondit la bouche. A ses côtés, le directeur de la Caisse d'Epargne jette à sa femme un sourire entendu. Elise préfère regarder dehors. Lambert n'est pas là, il doit être au salon, à jouer au billard avec Vernon, comme dans la séquence qui précède. Les amis de Tania Bronski, reconnaissables à leurs toilettes excentriques — un homme en short colonial, deux femmes, dans l'embrasure d'une porte, en tuniques drapées, dont l'imprimé à grandes fleurs paraît peint à la main — contemplent le couple avec ironie. Ce qui les fait sourire, davantage que l'élan qui emporte Cellier et Marthe, c'est l'intérêt passionné qui a pétrifié la bonne société de Rouvray, dès l'instant où Cellier a saisi Marthe par la taille; où Marthe elle-même, lasse de son éternelle façade de respectabilité, a laissé retomber sur l'épaule de Cellier sa tête alourdie par le vin.

Il n'est pas difficile d'imaginer les paroles qui montent aux lèvres de ces provinciaux endimanchés, si fiers d'avoir été admis au Grand Chatigny, et d'avoir un petit esclandre à se mettre sous la dent. Ils préparent les mots qui, le lendemain, feront le tour des maisons de Rouvray — *quel culot, tout de même, à son âge, sous le toit de sa belle-fille, et avec ce juif qui a quinze ans de moins qu'elle, voilà à quoi ça mène, tout cet argent*. Ils rassemblent leurs souvenirs sur Marthe Monsacré. Ils se disent que ce n'est pas son genre, de s'afficher. Chicheray se lance dans des calculs, il se rappelle que cela fait bien trente ans qu'il n'a pas vu Marthe danser, qu'il faut remonter aux dimanches de Julia, sous la tonnelle. Il se souvient aussi que même en ce temps-là, devant le gramophone de la mercière, Marthe n'a jamais perdu la tête...

Chicheray se trompe, Marthe n'a pas bu au point d'avoir perdu l'esprit. Son instinct n'était qu'assoupi. Il se réveille en sursaut. Elle se ressaisit. Elle a pensé à Lambert, sans doute. Ou, tout simplement, elle a senti le vide se creuser autour d'elle.

Son premier mouvement est caractéristique : elle redresse le dos, le cou, le menton, elle reprend son maintien impeccable, si droit. Tout se passe très vite, la métamorphose de son visage est étonnante. Elle n'a plus d'âge, Marthe, quand elle se retourne vers ceux qui la regardent, vers la caméra de Léon Fatal. Sa robe de crêpe pâle ne tombe plus sur elle de la même façon : la sensualité, la douceur désertent ses drapés.

La séquence s'arrête là. C'est l'avant-dernière de la seconde bobine. Il devait être quatre, cinq heures de l'après-midi. Ensuite, il n'y a plus eu assez de lumière pour filmer.

Il y a eu une seule fausse note, ce jour-là. Tania avait fait suspendre un gigantesque dragon de papier aux poutres calcinées de la tour qui avait brûlé. A tous ceux qui s'en sont étonnés, elle a répondu que c'était un rite oriental, pour attirer sur la maison prospérité et bonheur. Elise lui a rétorqué qu'en amour on n'est sûr de rien. Dès qu'il a entendu sa voix, Vernon a pris sa main dans la sienne, il l'a serrée un long moment. Elise s'est calmée. Elle a rejoint Marina, au piano, pour un quatre-mains.

Les invités qui ont entendu Elise ont haussé les épaules. Qui pourrait douter de l'amour qui unit Lambert et Tania ? Une belle et richissime comtesse, qui épouse un homme d'affaires boiteux, un provincial, petit-fils de meunier : faut-il qu'elle en soit folle. Lui aussi, Lambert Monsacré, faut-il qu'il l'adore, Tania Bronski, pour supporter tous ses amis bohèmes, pour travailler comme il le fait, à Paris, à diriger des chantiers, à acheter des terrains.

Il revient chaque dimanche au Grand Chatigny. De temps à autre, il rentre dès le vendredi après-midi, il met son point d'honneur à aller au marché, sur le mail. On répète à l'envi qu'il a su rester simple. Il a si bien fait, Lambert, que personne à Rouvray ne murmure plus sur son passage, sinon pour dire qu'au train où il va il finira bien par devenir député. On a oublié — ou feint d'avoir oublié — son stage à l'hôpital, la sombre histoire de son oncle Damien. Lambert commence à réussir là où sa mère a échoué.

Ce dimanche de fête, il prend un malin plaisir à le lui prouver. Il a invité tous les notables de la ville, il sait leur parler, les flatter, alors que Marthe est trop souvent silencieuse. Il a des égards pour eux, des familiarités qui leur plaisent. Il reprend — seulement pour eux — les mots du pays, où l'on dit *fratrès* à la place de coiffeur, *marcou* au lieu de guérisseur. Il retrouve leur accent, sa légère rocaille, comme un gravier de Loire glissé dans le cours fluide de la phrase. Au premier qui s'est risqué à une plaisanterie malveillante sur son mariage avec une « métèque », Lambert a répliqué par une grande bourrade dans les côtes, en ajoutant, avec le même petit rire que le Grand Monsacré : « *Mieux vaut se tromper de femelle que de se tromper de bouteille, non ?* » On va le respecter.

Toutes les photos prises ce jour-là ont disparu. La seule trace de la tendresse de Lambert pour Tania est la brève séquence qui ouvre le film : on les voit côte à côte, devant une pièce montée. Ils unissent leurs mains pour déboucher un magnum de champagne. Ils rient à pleine gorge, un rire dont les saccades sont accélérées par le rythme vacillant des images. Le bouchon saute, la mousse ruisselle sur les bras de Tania. Lambert prend sa femme par le cou, puis il a un geste inattendu : il dépose un léger baiser sur le bout de son nez.

Il est heureux. Et Tania aussi, dans sa robe à sequins, déjà déformée par sa grossesse. A plusieurs reprises, on la voit traverser d'autres séquences du film, seule, un peu fantomatique, comme effrayée par la foule d'invités qui se pressent autour d'elle. Elle a les yeux cernés, les traits tirés. Mais vaillamment elle sourit.

Flagrant délit d'amour, flagrant délit d'espoir. Gelé dans la pellicule de bromure d'argent, le secret de la famille Monsacré, à cette époque où elle cherche à s'agrandir, est une espérance aussi imprévue qu'unanime. Un désir banal, une envie simple : devant le ventre alourdi de Tania, le rêve qu'un enfant puisse conjurer toute la violence du monde, son implacable dureté.

Chapitre 36

Au fond du parc de Vallondé, non loin de l'endroit où la Luisse se jette dans la Loire, se dresse un petit sureau. Il a résisté à tout. Aux inondations, au gel, aux sécheresses, aux destructions de la guerre. En juillet, les grands corymbes de ses fleurs pâles continuent de répandre au-dessus des eaux leur senteur âcre, revigorante. C'est Marthe qui l'a planté, quinze jours après la naissance de Boris, le premier enfant de Lambert et Tania. Quelques semaines durant, la joie de Lambert fut telle que Marthe le crut enfin délivré du tourment qui le faisait si fréquemment ressembler à Hugo.

A mesure qu'elle s'avança en âge, Marthe eut souvent des élans de cette sorte, des mouvements de fondatrice. Ainsi, elle se fit portraiturer en pied, devant sa minoterie, par un peintre de Blois. La toile est assez mauvaise. De Marthe, l'artiste n'a retenu que la solennité provinciale. Il a transformé son énergie en air d'importance, cette morgue que donne souvent l'argent. En revanche, il a parfaitement restitué l'éclat de son regard, sa précision d'oiseau de proie : curieusement, alors que sa vue baisse, ses yeux paraissent encore plus perçants. Marthe fut déçue par ce tableau. Elle tint pourtant à le placer dans son bureau. Sur les rares photos qui furent prises d'elle à cette époque de sa vie, elle s'arrange toujours pour poser devant son portrait. L'épisode du sureau est plus insolite. Il y en avait eu un, naguère, au Moulin de la Jalousie, juste devant la chambre du Grand Monsacré. Damien, de temps à autre, détachait son écorce pour en fabriquer des tisanes, des décoctions malodorantes. L'arbuste avait disparu avec la maison. Le matin où elle descendit avec Nine au fond du parc, serrant la jeune pousse emmaillotée dans du papier journal, Marthe se rappela-t-elle que le sureau est un arbre qui soigne ? Sentait-elle pointer à nouveau la noire angoisse de Lambert, le vieil ombrage des Monsacré, cherchait-elle à le conjurer par un geste symbolique ? C'est peu probable. Marthe ne laissait rien au hasard, mais elle ne faisait rien non plus pour la beauté du geste. Quand elle a planté le sureau, elle avait un projet bien concret, bien précis. Elle l'a confié à Nine, en des termes qui résument parfaitement son état d'esprit : « *D'ici trois ou quatre ans, l'arbre fera un peu d'ombre. Ce terrain, c'est pour le petit. Un petit jardin rien que pour lui. Je lui apprendrai les fleurs, les légumes. Quand on connaît la terre, on connaît presque tout.* »

Le jour où Marthe traça avec Nine les contours du jardin, elle n'avait pas encore vu son petit-fils. Un télégramme lui avait annoncé la naissance. Il n'était pas signé de Lambert, mais de Léon Fatal. Puis Tania lui téléphona. A ses mots désarmés, Marthe pressentit qu'elle ne s'occuperait guère de l'enfant. Néanmoins, à sa grande surprise, elle n'engagea pas de nurses. Ou, plus exactement, Lambert en embaucha plusieurs, mais elles désertèrent la place dans la journée : avec une science consommée de la provocation, Tania et Marina les persuadèrent qu'il était très téméraire de s'y attarder.

La plupart du temps, Tania confiait son fils à sa sœur. Marina l'emmenait dans les théâtres où elle répétait, les studios de cinéma où elle tournait de petits rôles, parfois même chez ses amants. A une époque où les bébés ne sortaient des nurseries qu'à heures fixes, on y vit une extravagance particulièrement spectaculaire, chez une femme qui pourtant n'en manquait pas. Elle veillait si bien sur Boris qu'on croyait qu'elle était sa mère. Elle ne démentait pas, bien au contraire. L'enfant ne paraissait pas souffrir de ces déplacements incessants : c'était un gros nourrisson placide, facile à élever.

Il n'avait pas trois mois que Tania fut à nouveau enceinte. Elle sortait, elle fumait beaucoup. L'enfant naquit avant terme, en avril de l'année suivante, au moment où les pêchers, au fond du verger de Marthe, achevaient leur floraison. Ce fut une fille, que Lambert appela Anaïs, du prénom de sa grand-mère, la femme du Grand Monsacré, une petite femme fragile qui était morte jeune. Marthe ne la connaissait que par un médaillon, au centre d'un tableau de famille. Tania accepta le prénom sans difficulté. Elle déclara que Lambert l'avait bien choisi, parce qu'il rimait avec Boris. Elle conclut d'un ton solennel : « Je les élèverai comme des jumeaux. »

Lambert parla à nouveau de nurses. Il dut y avoir des disputes : Anaïs n'avait pas trois semaines que Tania quitta Paris et vint s'installer au Grand Chatigny. Léon Fatal l'accompagnait. A ses multiples attributions, Tania ajouta la préparation des biberons et la surveillance des enfants. Il s'en lassa très vite. Au bout de quelques semaines, Anaïs et Boris furent confiés à Marthe, qui aménagea pour eux une immense nursery, au premier étage de Vallondé.

Ce n'était pas que Tania fût égoïste, ou privée de la fibre maternelle, elle fut plus mère que bien des mères. Il fallait l'être, en effet, pour comprendre aussi vite que l'existence chaotique qu'elle imposait à son entourage priverait Boris et Anaïs de ce trésor irremplaçable, l'émerveillement, la paix d'une enfance. Elle ignorait comment vivre autrement que dans l'exagération, la grandiose mise en scène de sa sincérité. Tania était une amoureuse, mais elle dilapidait l'amour; et quand elle l'épargnait, c'était uniquement pour l'offrir à sa peinture, à ces toiles violentes, vibrantes, qui laissent d'elle l'image d'un brasier d'émotions.

Lambert se taisait, se soumettait en apparence. Dans son aveuglement, Tania n'avait pas appris à se méfier de son silence. Quant à Marthe, elle n'avait d'autre horizon que son bonheur présent : Vallondé revivait, depuis l'arrivée des enfants. Ils ne quittaient le domaine que lorsque Lambert était de passage au Grand Chatigny. Depuis l'installation de Tania, il venait un peu moins souvent à Rouvray. Il travaillait beaucoup, ses affaires prenaient de l'importance. Grâce à la dot de Tania, il avait pu réaliser son ambition, devenir entrepreneur. Il venait d'enlever la commande d'un grand monument officiel, à Paris. Un ministère ou un musée, on n'en savait rien au juste, sinon que le bâtiment serait construit par un architecte d'avant-garde, un des innombrables amis de sa femme. La rumeur voulait aussi qu'il eût une maîtresse. Tania semblait l'accréditer, qui confia un jour à Marthe qu'elle n'aurait plus jamais d'enfant. « *Allez savoir !* » lui répondit-elle.

L'autre joie de Marthe, à ce moment de sa vie, fut de constater qu'elle n'était pas la seule à aimer Vallondé : Tania y venait souvent, et pas seulement pour les enfants. Elle s'y attardait parfois une bonne semaine, se baignait dans la Luisse, esquissait des fusains au fond du vallon. Ou bien elle s'en allait lire tout en bas des terrasses, là où Marthe avait tracé le jardin des enfants.

A la naissance d'Anaïs, elle y avait planté un second sureau. Il fut moins robuste que l'autre, il creva à la première gelée. Marthe a toujours prétendu que c'était le sureau de Boris qui avait crevé. Seul le jardinier a su la vérité.

Chapitre 37

Un curieux personnage, Augustin Chailloux, le jardinier de Marthe. Il mourut centenaire. La veille de sa mort, il savait encore tout sur tout le monde, à Rouvray, « *les gens du vieux temps* », comme il les appelait. « *Et encore* », ajoutait-il, « *je ne peux pas tout dire, il faut bien respecter les morts. Même les mauvais.* »

Car le monde, selon Augustin Chailloux, s'ordonnait autour d'une distinction simple : les bons et les mauvais morts. Les bons, c'étaient des gens comme lui, qui n'avaient jamais tenté de changer le cours des choses, qui s'étaient éteints sans bruit au terme d'une vie de travail, marquée par les seules césures des mariages, des naissances, des deuils, parfois d'une guerre. Existences silencieuses et résignées à tout, au cours des saisons comme au nombre indéfini des douleurs; égayées seulement par l'affût aux fenêtres, la chasse aux cachotteries des autres, de ceux qui ne se résignaient pas, qui ne respectaient pas l'ordre du monde : *les gens à histoires,* comme les nommait Augustin Chailloux. C'étaient eux qui faisaient les mauvais morts, avec tous les secrets infects qu'ils emportaient sous terre, mystères mal gardés au fond des cercueils, sous la terre de Loire trop légère. Ils ne tardaient jamais à revenir à la surface, plus délétères à chaque génération. Un poison pour la descendance, jusqu'à sa complète extinction.

C'est Augustin Chailloux qui raconté l'histoire des deux sureaux. C'est lui aussi qui a le mieux connu cette période de la vie de Marthe, les quelques années où elle vécut à Vallondé, repliée sur le bonheur que lui donnaient ses petits-enfants, et ne retrouvant ses esprits qu'au moment où Cellier surgissait chez elle, pour lui parler de l'armurerie, de ses rallyes, de l'argent qu'il fallait investir, des brevets qu'il s'apprêtait à acheter, des banquiers dont il faisait le siège.

Années-soleil : sur ce temps-là, Marthe n'a conservé que des clichés pris au printemps et en été. Ils sont regroupés dans un paquet soigneusement ficelé, et daté à la manière d'une pierre tombale : *Boris, Anaïs, 1927 - 1934*. Au fond du paquet dormait aussi un rouleau non développé. L'ombre de ces négatifs emprisonnait la même vie radieuse. Des années plus tard, dans le bac où ils frémissaient sous le révélateur, ont surgi d'autres scènes ruisselantes de lumière.

A cette époque, Augustin Chailloux ignorait encore si Marthe Monsacré ferait une bonne, ou une mauvaise morte. Quand il la regardait s'occuper des semis de radis avec ses petits-enfants, dans le « *jardin du fond* », comme elle appelait le carré de terre qu'elle leur avait réservé, quand il l'entendait leur chanter des comptines, s'inquiéter pour une fièvre, une dent qui poussait de travers, Augustin Chailloux se disait que cette femme, qui d'après la rumeur publique n'avait pas été une bonne épouse, et non plus une bonne mère, ni une bonne bru, se révélait une grand-mère parfaite. En toute logique, elle s'apprêtait à faire une bonne morte, puisqu'elle vivait si simplement, et qu'un tel silence entourait ses journées.

Elle n'avait pas d'idées de grandeur. Elle se contentait d'encaisser ses fermages, ses loyers, et surtout les dividendes de l'armurerie. A présent que les cours du blé n'arrêtaient plus de baisser, elle se bénissait chaque jour d'avoir vendu la plus grosse de ses minoteries. Les propriétaires terriens, c'était clair, couraient droit à la ruine. « Qui n'avance pas recule » répondait-elle invariablement à ceux, aussi hypocrites qu'envieux, qui la félicitaient de sa clairvoyance. En son for intérieur, elle était persuadée d'avoir eu « un coup de chance ». C'est du moins ce qu'elle confia à Elise, à deux ou trois reprises. Elle ajouta qu'elle attendait le moment opportun pour exploiter le capital de brevets qu'elle avait achetés par l'intermédiaire de Cellier. Pour l'instant, ils dormaient dans son coffre, à côté du portrait de sa mère, de la montre à monogramme et de ses titres de propriété.

Après son fils, prétendait Chicheray, Marthe Monsacré était la plus grosse fortune du pays. Contrairement à Lambert, elle n'étalait pas son opulence. Elle ne se rendait au Grand

Chatigny qu'à son invitation, c'est-à-dire très rarement, à Noël, à Pâques, à l'Assomption. Elle se montrait au marché de Rouvray le vendredi, dans ses tailleurs gris ou beige de bonne bourgeoise. Elle avait confié la direction de la minoterie au fils du vieux commis d'Hugo. Elle se contentait désormais de l'inspecter de temps à autre, et d'en vérifier les comptes. Elle n'achetait plus de terres, sauf au nom de ses petits-enfants. Malgré le mariage de son fils avec une riche étrangère, elle ne se croyait pas obligée de jouer les grandes dames. « *Elle est restée pareille* », proclamait avec satisfaction Augustin Chailloux à tous ceux qui ne manquaient pas de l'interroger sur Marthe, les jours de marché, quand il l'attendait au bout du mail, adossé à sa voiture : « *Tenez, regardez, elle vient elle-même faire ses courses. Croyez-moi, elle sait toujours discuter le bout de gras !* »

La seule folie que Marthe se fût permise, après la restauration de Vallondé, c'était précisément la voiture que conduisait Chailloux, un cabriolet Voisin. Elle caressa un moment l'idée d'apprendre à tenir un volant, mais renonça presque aussitôt, sans jamais donner d'explication. Il semble qu'elle ait voulu ménager Cellier, dont l'automobile était le loisir favori. Il continuait à participer à des rallyes, il s'était lancé dans plusieurs expéditions lointaines, à travers les sables d'une steppe asiatique, puis en Afrique. A chacun de ses départs, Marthe n'avait pu lui dissimuler sa peur. Cellier eut chaque fois la même phrase : « Laisse-moi vivre à ma guise. Sois tranquille. Ma vie, je la veux aussi large que longue. »

Marthe a soupiré, s'est soumise. Et s'est mise à attendre. Elle continuait d'espérer le mariage d'Elise. Sa fille se laissait courtiser par Vernon, sans jamais fixer de date pour le mariage, ni même pour des fiançailles. Marthe ne se résignait pas. Elle attendait, comme elle avait toujours fait, vigilante et résolue. Le regard fixé sur le seul horizon qu'elle eût : ses petits-enfants.

Marthe avait engagé Augustin Chailloux comme jardinier, au moment de la restauration du parc. Aristide, qui connaissait si bien les vins, venait de mourir. Avant de disparaître, il avait eu le temps de lui recommander Chailloux. Un jour qu'ils désherbaient ensemble un parterre, il lui avait raconté qu'il avait conduit des ambulances, pendant la guerre. Marthe lui proposa aussitôt une place de chauffeur. Il posa ses conditions : continuer à entretenir le jardin. Il aimait la terre, les fleurs, plus encore que la vigne. Elle accepta : « Pour ce que vous aurez à faire... M'emmener au marché, raccompagner les petits chez leur mère. Les visites au moment des fermages. De temps en temps, un tour à la minoterie... Et vous savez bien que je n'abandonnerai jamais la bicyclette. L'auto, c'est à cause des petits, vous comprenez... » Une femme qui parlait ainsi de ses petits-enfants ne pourrait faire une mauvaise morte, jugeait Augustin. Seulement il y avait Jean Cellier, l'amant. Le Juif.

Enfin l'amant, c'était vite dit. Il était sûrement plus juif qu'amant, chuchotaient les gens de Rouvray. Ils estimaient généralement que Marthe et lui « *avaient fini leur bon temps* ». De fait, on ne voyait plus guère Marthe Monsacré quitter sa maison sur un simple coup de fil, traverser les prairies en direction de la brèche. Mais on prétendait qu'elle et Cellier étaient toujours ensemble, on ajoutait parfois que c'était « *pour l'argent* », en allusion à leur association financière dans l'armurerie de Tours. Un soir où Boris et Anaïs étaient au Grand Chatigny, Cellier fit irruption à Vallondé, par la brèche. Ce n'était jamais arrivé. Augustin Chailloux n'en crut pas ses yeux, quand il le vit franchir les éboulis du mur.

Cellier est allé droit à la fenêtre de Marthe, il a frappé aux carreaux. Il avait l'air impatient, soucieux. Marthe est sortie aussitôt. Elle n'a pas paru surprise. Ils se sont regardés un long moment sans rien dire, puis ils sont allés se promener dans le parc. Cellier parlait beaucoup. Elle, Marthe, à son habitude, se taisait, écoutait. Ils allaient de terrasse en terrasse. Le soir tombait. Leurs ombres se confondaient avec celles des statues, leur reflet se perdait dans celui des saules, quand ils longeaient les bassins.

Augustin Chailloux n'a pas laissé passer une si belle occasion. Il s'est faufilé au fond du parc, il est allé ranger ses outils dans la cabane construite près du sureau, dans le jardin des enfants. Comme il l'avait prévu, Marthe y a emmené Cellier. Cellier lui répétait : « Vivre autant en largeur qu'en longueur, tu comprends ? » Il parlait vite, un peu fort. Augustin Chailloux a collé son nez sur les planches de la cabane. Par une petite fente, il a vu toute la scène. Marthe serrait les mâchoires. Cellier ne parlait plus. Il se passait la main dans les cheveux, qui retombaient aussitôt en désordre sur son front hâlé. Chailloux s'est dit que Marthe aurait pu être sa mère.

Cellier a pris la main de Marthe. « Si j'avais eu un enfant... » a-t-elle laissé tomber. Cellier n'a rien répondu. Elle a poursuivi en soupirant : « De toute façon, c'était trop tard. » Il l'a prise par les épaules : « Je ne t'abandonnerai pas. Rien n'est fini, Marthe, nous avons nos affaires ensemble. » Elle a eu un mouvement d'amertume : « Ah ça oui ! » Cellier s'est crispé : « Il n'y a pas deux femmes comme toi. Nous continuerons à bâtir de grandes choses ensemble. »

Elle a hoché la tête. Puis elle a levé les yeux vers lui : « Il y a une autre femme ? » C'était à peine une question. Il a eu une réplique bizarre, il a dit : « Peut-être. » Puis il a ajouté : « Viens. Je n'ai qu'une parole, je ne t'abandonnerai pas. »

Elle n'avait pas envie de partir, elle regardait la Luisse avec un regard mort. Il a fallu qu'il la tire par le bras pour la forcer à remonter au manoir. Quand son étreinte s'est desserrée sur son poignet, elle y a laissé une trace violacée.

Cellier a passé la nuit à Vallondé. Pour la première fois de sa vie, Marthe lui a ouvert sa chambre. Il a couché avec elle dans le lit de merisier, son lit de veuve, celui d'Hugo. Il a dormi face au portrait d'Hugo, il s'est réveillé dans les draps marqués au chiffre des Monsacré. Il est parti tard, juste avant midi, mais il est parti. Il a couru à nouveau dans les prairies de Vallondé, il a franchi la brèche comme un poulain impatient.

Il n'est revenu que trois mois plus tard, l'automne qui a suivi la naissance d'Anaïs. Marthe avait beaucoup maigri. Il a passé à nouveau une nuit à Vallondé. Il est à nouveau reparti, puis il est revenu. Ça n'a plus arrêté, il allait, il venait. Marthe ne prenait plus jamais le chemin d'Orfonds. Jean Cellier lui disait toujours, au moment de la quitter : « Je ne t'abandonnerai pas. » Elle retenait un soupir, esquissait un sourire. Elle n'a jamais gémi, jamais pleuré. Elle a tenu bon. Elle recommencé à manger, elle a grossi. Un peu trop, peut-être. En somme, elle a pris un petit coup de vieux.

Tout le monde l'a vu, tout le monde l'a su. Comme elle, ses domestiques tenaient un compte précis des nuits que Cellier passait à Vallondé. Une par mois, en moyenne. Dans le mépris de Rouvray, Marthe a retrouvé une ardeur nouvelle. Elle n'a jamais porté aussi beau qu'en ce temps-là, où elle vivait enfin sa passion au grand jour.

Il y avait aussi des soirs où Cellier venait, mais ne restait pas coucher. Il téléphonait d'abord, il demandait : « Les petits sont chez toi ? » Le visage de Marthe s'éclairait, elle répondait : « Mais oui, viens vite ! » Il accourait. Il les berçait, jouait avec eux des heures entières. Elle se figurait qu'il était comme elle, qu'il était fou des enfants. Pourtant, ces soirs-là, il montait rarement dormir au fond du lit de merisier. Il repartait dès qu'ils étaient couchés.

Si elle a pu vivre, Marthe, en ce temps-là, c'est qu'elle s'est aveuglée. Elle a suspendu son souffle à celui des enfants. Ils lui ramenaient Cellier. Puis elle a fini par saisir ce qui le poussait à venir se pencher sur les berceaux. Elle a compris quel rêve confus il caressait, qui l'emmenait inexorablement loin d'elle, vers une autre femme, vers un ventre fécond. A l'approche de la cinquantaine, Marthe a atteint ce point de désespoir où peut se greffer un amour, un autre amour. Elle a décidé de s'oublier dans les deux vies fragiles qui prolongeaient la sienne sans qu'elle l'ait cherché; et qui, sans qu'elle l'ait voulu davantage, se retrouvaient liées à son existence quotidienne. Elle les a prises comme une joie providentielle, un bonheur miraculeux qui lui venait par surcroît. Elle est devenue grand-mère. Non par instinct, ni sens de la famille. A cause de Cellier, qui s'éloignait.

Elle céda tout à Boris, elle gâta Anaïs au-delà de toute mesure. Augustin Chailloux hasarda parfois des reproches. Elle lui répondit toujours par la même tirade : « Allons, mon pauvre Augustin, nous avons le même âge, vous et moi, nous avons vécu nos belles heures, laissez-moi mes petits plaisirs, vous avez les vôtres, non ? » « Moi, madame Monsacré, en dehors du jardin... » « Voyons, vous êtes un hypocrite, Augustin, vous avez bien votre vie, vous aussi, allons, laissez-moi les gâter... »

En dépit de son petit coup de vieux, elle était encore fraîche comme une pomme de reinette, d'après Augustin, la Marthe de ces années-là. Vive et alerte, malgré son cou, ses hanches qui s'empâtaient, malgré son Juif qui venait la voir quand ça lui chantait, son fils qui l'évitait, et sa bru qui vivait de plus en plus en *romano,* à ce qu'on disait, dans son domaine du Grand Chatigny. Avec le temps, il est vrai, Tania devenait de plus en plus fantaisiste. Elle venait chercher les enfants sans crier gare, les emmenait pour quelques heures, quelques jours, parfois plusieurs semaines.

Marthe laissait faire, se taisait. Comme avec Cellier, elle se soumettait, se repliait sur son silence. Elle s'arrangeait toujours pour ne pas assister au départ des enfants. Elle tournait le dos à la route, à la grille, elle allait vite rejoindre Augustin : « Allons, Augustin, j'ai eu mes belles heures », lui disait-elle. Et elle ajoutait, plus droite que jamais : « Trouvez-moi donc du nouveau pour notre jardin ! » Elle ne disait jamais *mon* jardin, elle parlait du parc de Vallondé comme d'une terre qu'ils possédaient ensemble, et Augustin Chailloux en avait le cœur chaviré. Il se creusait la tête pour lui inventer une complication supplémentaire dans l'aménagement des terrasses, il lui dessinait un nouveau tracé des parterres. Marthe l'écoutait, discutait, puis comme toujours se fermait. Ses silences pouvaient durer des journées entières. Il ne les brisait jamais.

Jusqu'au retour des enfants, elle ne quittait plus Augustin d'une semelle. Elle trouvait tous les prétextes pour l'accompagner dans le parc, elle désherbait, taillait les rosiers, le regardait tondre les pelouses, nettoyer les bassins de leurs algues brunâtres. Elle s'arrêtait souvent devant les eaux glissantes de la Luisse. Son regard soudain brouillé se perdait alors du côté des peupliers, son pied s'égarait sur le sable des rives, elle soulevait d'un bout d'orteil la terre de Loire, chaude et légère. A ces seuls brefs instants, Augustin pressentait sa nostalgie, les idées de mort qui rôdaient autour d'elle. Mais elle se reprenait vite, il n'avait pas le temps de lui asséner le mot, le dicton bien senti qui lui ramènerait les pieds sur terre. Marthe avait déjà retrouvé son œil précis, aigu, elle l'apostrophait, comme si elle n'avait jamais eu d'autre souci en tête : « Dites-moi, Augustin, avez-vous pensé à faire élaguer les tilleuls, devant la grille ? Et le bois mort, sur le coteau, y avez-vous songé ? Il faudra le rentrer avant l'hiver... » Il approuvait. Ils échangeaient quelques phrases sur la pluie et le beau temps, puis le silence retombait.

D'autres fois, sous prétexte de prospecter des terrains, Marthe lui demandait de l'emmener en voiture. Elle se faisait arrêter à l'orée d'une forêt, à la barrière d'une ferme. Elle partait marcher seule. Chailloux l'attendait en polissant des pierres à fusil. Il se risqua plusieurs fois à la suivre. Elle se promenait, plus qu'elle ne prospectait. Elle parlait à peine aux propriétaires des lieux, elle visitait les bois d'un air détaché, lointain. Du reste, elle n'acheta guère, à cette époque, où la terre ne rapportait plus.

Il comprit assez vite ce qu'elle cherchait, dans ces promenades solitaires. Des riens. Des riens qu'ils partageaient en silence, l'annonce du printemps, par exemple, dans la senteur acide d'un tas de bois mouillé, l'odeur âcre des plantes tout juste délivrées de leur gangue de gel. Marthe les prenait comme autant de promesses.

Et les enfants revenaient. Sur un coup de tête, Tania Bronski arrivait de Paris ou d'ailleurs, déposait à Vallondé Boris et Anaïs, repartait, sans jamais d'explication. Marthe reprenait espoir. Tania n'était jamais très longtemps absente, il semblait acquis que les enfants dussent grandir ici. Un jour de Noël, elle avait entendu Lambert parler d'inscrire Boris dans une école de Rouvray, une institution pour les fils de notables. Là encore, Marthe s'aveugla; et quand Marina Bronski, un soir de juillet 1930, lui expliqua pourquoi Lambert lui laissait si facilement les enfants, elle ne l'écouta pas.

Marina était très différente de Tania. C'était ce qu'on pourrait appeler une extravagante sensée. Elle aimait s'amuser, elle prenait la vie avec désinvolture, mais elle savait toujours s'arrêter à temps, contrairement à sa sœur. Marina eut ce soir-là une comparaison qui frappa beaucoup Marthe. Elle lui dit que sa sœur ressemblait aux images lumineuses qu'on a regardées trop longtemps, et qui continuent à vous poursuivre, les yeux fermés, plus étranges encore sous le noir des paupières. Tania le savait, et jouait de cette fascination, comme d'autres avec le feu. Elle n'aimait que le danger. Lambert, si différent d'elle, avait été ce danger. Il ne l'était plus. Elle était retournée à sa passion première, la peinture. Il venait de comprendre qu'il n'y aurait jamais de place pour lui dans cet amour-là.

D'après Marina, Lambert s'était complu dans l'idée qu'il n'épousait Tania que pour sa dot, il avait refusé d'admettre qu'il avait succombé à son charme. En peu de temps, il avait dû se rendre à l'évidence : il ne dominerait jamais Tania. Il se sentait infirme devant son talent, il ne comprenait pas non plus qu'en vivant sans rigueur et sans loi elle ait pu prendre sur lui pareil ascendant. Pour l'éblouir — pour l'écraser peut-être — il n'avait pas trouvé d'autre moyen que de s'enrichir à n'importe quel prix. C'était aussi pour la tenir sous sa coupe, affirmait Marina, que Lambert avait imposé à sa femme deux maternités rapprochées. Mais, aux moments les plus pénibles de ses grossesses, Tania était restée égale à elle-même, une reine absente et fantasque, prête chaque jour à se réinventer, à se consumer, pour l'amour de son art. Depuis la naissance d'Anaïs, par dépit, Lambert lui inventait des amants. Ils ne cessaient plus de s'affronter, parfois violemment. Lors d'une dernière dispute, un mois plus tôt, il avait lacéré deux de ses toiles.

— Un jour, peut-être, il ira plus loin, conclut Marina. Et ce jour-là...

— Qu'attendez-vous de moi ? coupa Marthe.

— Gardez les enfants le plus souvent possible. Multipliez les prétextes.

— Mais Lambert...

— Expliquez-lui que...

— Allons, vous le savez bien, on n'explique rien à Lambert. Moi-même, autrefois...

Marthe sentit sa voix vaciller. Elle se redressa, se réfugia dans les banalités :

— Les ménages, vous savez... Vous en connaissez beaucoup qui vont ?

— Tania n'en peut plus. Un jour Lambert la couvre de cadeaux, le lendemain il l'insulte. Il n'est jamais en paix, même quand elle est seule au Grand Chatigny. Il lui téléphone sans arrêt, il la fait rentrer à Paris du jour au lendemain. Il se moque bien des enfants.

— Il est jaloux parce qu'elle est belle. Mais puisqu'elle est fidèle...

— Je connais ma sœur, elle ne le restera pas très longtemps. Et nous agaçons beaucoup Lambert, avec notre fortune. Il sait qu'il ne sera jamais aussi riche que sa femme.

— Qui sait ? Ses affaires vont très bien. Chicheray m'a dit qu'il vient d'acheter une petite cimenterie. Et deux autres sablières. D'ici cinq ou dix ans, le béton... Il doit gagner beaucoup d'argent, il n'arrête pas d'acheter des terres dans la région.

— La terre ne vaut plus grand-chose.

— Il espère sans doute que les prix vont remonter.

Puis elle laissa tomber :

— Allez donc savoir ce qu'il y a dans la tête de Lambert. Et puis il y a les enfants. Tout s'arrange, quand il y a les enfants.

Jusqu'à ce jour, Marina ne s'était jamais interrogée sur Marthe. Elle l'avait toujours vue comme une provinciale opulente, plus habile, plus indépendante que les autres, mais tout aussi paisible. Seule sa liaison avec Cellier l'avait un peu intriguée. Le soir où elle se confia à elle, Marina soupçonna son passé chaotique, ses amours perdues, l'homme qu'elle était en train de perdre. Elle pressentit aussi les domestiques aux aguets, la rumeur qui couvait, la réprobation, le mépris, une menace peut-être. Elle saisit que, pour Marthe, Vallondé n'était pas une maison comme les autres, mais un refuge. Les enfants aussi. Elle s'interdisait de voir plus loin que son bonheur présent. La mémoire lui était un poids, elle s'abandonnait à l'oubli, ultime défense contre la vie.

Marina ne s'éternisa pas. Elle retourna à son existence insouciante et gourmande, certaine d'avoir fait son devoir, fataliste et légère, comme elle fut toujours. Mais la menace qu'elle avait sentie rôder autour de Marthe se précisa rapidement. Il y eut un incident, à la fin de l'été.

De sa remise, du côté des grottes, Augustin Chailloux vit toute la scène. Un soir, Cellier fit irruption à Vallondé sans prévenir. Il était arrivé par la route, après un long voyage, il était fatigué. La grille était fermée, il pleuvait. Il sonna, personne n'entendit. Il aurait pu repartir à Orfonds, mais Cellier était ainsi, impatient, impulsif, il fallait toujours que les choses lui cèdent. Il escalada la grille, y déchira son pantalon, puis sauta. Il se reçut mal, se meurtrit le bras. Il courut vers le salon, certain d'y trouver Marthe. Elle y était, en effet. Anaïs était assise sur ses genoux, elle lui apprenait les noms des plantes, sur un petit album colorié. Elle vit Cellier se profiler derrière les vitres, qui martelait du poing la porte-fenêtre. Elle se leva un peu mollement, peu pressée sans doute de lâcher le corps chaud et potelé de la petite fille. De rage, Cellier frappa très violemment les carreaux. Un d'entre eux se brisa. Les domestiques de Marthe accoururent.

Il avait une main en sang. Quand il est entré dans le salon, il s'est mis à hurler, il a même lâché une injure à l'adresse de Marthe. Elle l'a giflé. Il a failli repartir, puis il s'est retourné vers elle, l'a prise dans ses bras, malgré sa blessure. Marthe s'est laissée faire, l'a soigné. Puis elle est montée coucher les enfants, et elle est allée dormir avec lui dans le grand lit de merisier.

Comme c'était prévisible, au retour du marché, le vendredi suivant, la rumeur était à nouveau à la porte de Marthe. Augustin Chailloux en fut le messager. Il ne parla pas tout de suite, il était encore de ceux qui ont peur du mal qu'on fait avec les mots. Il attendit une bonne semaine, puis, à bout de patience, il saisit le premier prétexte.

Ils étaient dans le jardin du fond, ils taillaient deux rosiers plantés pour Anaïs. Marthe, comme souvent, eut une phrase futile à propos des enfants :

— Vous voyez, Augustin, quand ils seront grands, j'aimerais bien leur agrandir leur terrain, pour qu'ils décident, eux aussi, pour leurs parterres, pour leurs arbres. En aménageant les bords de la Luisse, on pourrait leur laisser tout le fond du parc...

— Vous ne les aurez pas toujours, les enfants. Ils vont grandir. Et puis dans les familles...

La voix de Chailloux s'étouffa. Marthe leva les yeux, interloquée. Cependant elle ne dit pas, comme elle aurait dû : « Mêlez -vous de ce qui vous regarde. » Il y avait entre Chailloux et elle trop de choses partagées, les saisons, les fleurs, trop de silence en commun. Elle se contenta de répondre, d'une voix égale :

— Famille ou pas, on prend le meilleur quand il est là.

— Vous avez aussi le pire.

Elle s'est redressée d'un seul coup, elle a lâché le rosier :

— Le pire ?

Puis elle a jeté le sécateur sur le terreau luisant et elle a ajouté :

— C'est du marché que vous me ramenez ces idées-là ?

Augustin Chailloux ne répondit pas.

— Le pire, je sais ce que c'est, reprit-elle. Le pire est derrière moi.

A son tour, Chailloux s'arrêta de tailler son rosier. Il lui jeta, la bouche un peu crispée :

— Vous devriez faire attention.

— Faire attention à quoi ? Je n'ai rien à cacher.

— Puisque vous le dites.

Marthe ramassa le sécateur. Elle débarrassa les lames du terreau qui les souillait. Elle pinçait les lèvres, comme si elle voulait s'empêcher de parler. Puis elle lâcha, comme elle s'attaquait à nouveau à son rosier :

— Alors, le pire, c'est quoi ? Finissez, maintenant que vous avez commencé.

Il eut un geste vague du côté du manoir :

— L'autre soir, madame Marthe. Ça n'arrête plus de jaser.

— Les imbéciles. Ils me tombent dessus maintenant que c'est fini !

— Ce qui est fait est fait, madame Marthe.

— Mon pauvre Augustin, on peut jaser. J'ai toujours un nom.

— Lui aussi, l'autre, il a un nom.

— Et alors ?

— Comme si ça pouvait s'appeler un nom !

Marthe sentit la colère lui monter à la tête. Elle plissa les yeux, concentra son regard sur les lames de son sécateur. Elle serrait les dents à chaque pression sur la poignée de l'outil. Une à une, les branches de rosier s'écrasaient sur le sol humide, avec une précision presque métronomique. Elle s'en trouva calmée, sembla-t-il. Elle empila en tas les branches sacrifiées, se dirigea vers le manoir sans saluer Augustin. Il ne put alors retenir une dernière phrase :

— Vous devriez l'oublier, l'autre, là, le...

Il ne termina pas sa phrase, il préféra agiter la main du côté d'Orfonds.

— Et pourquoi ?

— Pour vos petits-enfants. Faites au moins ça pour eux.

— Au moins ? Pourquoi au moins ? Est-ce que je ne...

Chailloux l'interrompit.

— Sinon ils y reviendront, madame Marthe. Ils y reviendront à la première occasion.

Au ton qu'il prit pour le dire, légèrement assourdi, au sourire dont il accompagna sa phrase, Marthe comprit qu'Augustin se comptait dans le *ils*. Elle fit aussitôt volte-face. Elle ne trouva qu'un mot pour le faire taire :

— Je suis une Monsacré, Augustin. Personne n'y reviendra. Ni vous ni personne.

— Même pas votre fils ?

— Lui moins que les autres.

Elle tourna les talons. Elle courait presque, quand elle remonta au manoir. Augustin Chailloux prétend que c'est de ce jour, où il la vit repartir chez elle d'un pas précipité, qu'il comprit que Marthe Monsacré ne le laisserait jamais, le Juif qui habitait Orfonds. Ni pour son fils, ni même pour ses petits-enfants. Et qu'elle ferait en conséquence une bien mauvaise morte, sous les dalles grises du cimetière de Rouvray.

Chapitre 38

Avec le jardinier, une seule personne a vu venir les choses : c'est Vernon. Il les a vues arriver de très loin, il a senti, beaucoup plus précisément qu'Augustin Chailloux, quel cheminement tortueux elles allaient prendre.

Un an après la naissance d'Anaïs, Elise s'est enfin décidée à épouser Vernon. Elle approchait de la trentaine, elle avait reculé le mariage pendant plus de trois ans. C'est peut-être la beauté du nouveau-né qui l'a convaincue de franchir le pas, le charme extraordinaire qu'eut Anaïs, dès sa première enfance.

Elise avait peur du mariage, c'était une évidence criante. Infirmière depuis l'âge de dix-huit ans, elle se montrait d'un dévouement remarquable, elle était, comme sa mère, très résistante à la fatigue. Elle était toujours soignée, impeccablement habillée, parfumée, elle s'offrait même l'audace, depuis qu'elle connaissait les sœurs Bronski, d'un soupçon de maquillage. Lorsqu'on la voyait seule, sa blondeur, son visage lisse pouvaient passer pour de la sérénité. Quand on l'apercevait aux côtés de sa mère, en revanche, c'était Marthe qui donnait l'impression de la tranquille, de la puissante acceptation des choses. Les yeux d'Elise — les mêmes que ceux de sa mère, verts et aigus — étaient toujours en fuite.

Après leurs rencontres d'Orfonds et de Vallondé, Vernon la croisa plusieurs fois à l'hôpital, à Tours, où il était venu visiter des malades. Il y découvrit une Elise pleine d'assurance et lui fit compliment de son savoir-faire. Une date fut fixée pour le mariage. Elise la fit reculer à deux reprises. La troisième fois, en février 1927, Marthe redouta le pire jusqu'à la cérémonie.

Ils furent à peine une dizaine à assister à cette noce un peu mélancolique, dans la chapelle de mariniers où Marthe elle-même s'était mariée. Elise, en robe courte et chapeau cloche, n'avait pas « *voulu de famille* ». Tania et Marina tinrent à être présentes. Lambert, lui, ne s'était pas déplacé.

Cette absence alerta aussitôt la sagacité de Vernon. Il avait senti son hostilité au mariage, sans en comprendre la raison. Il l'avait soigné lors de son accident, il connaissait bien son *ombrage,* le vieux mal des Monsacré. Mais Vernon estimait que son mariage était une providence pour Elise, en dépit des vingt ans qui les séparaient. Il lui apportait sa tendresse et, ce qui était plus précieux encore, un nom, un rang. En toute bonne foi, il pensait effacer les séquelles d'un passé dont elle était innocente.

Certes, au fond de lui-même, Vernon ne se sentait pas très à l'aise, d'épouser une femme dont il aurait pu être le père, et qui se montrait parfois si étrange. Comme tous les hommes de son âge, il avait eu un petit béguin pour Marthe, du temps de la tonnelle de la belle Julia. Il avait suivi de loin son ascension, il avait soigné les maladies de ses enfants, il l'avait même accouchée une fois, de ce petit Lucien qui n'avait pas vécu. A travers les confidences qu'il recevait dans son cabinet, il n'ignorait rien du soupçon qui s'attachait à Marthe.

Tant que le mariage ne fut pas décidé, on ne reprocha pas à Vernon les liens qui l'unissaient à Elise, ni même son amitié avec Jean Cellier. On ne s'y hasarda que le jour où les bans furent déposés à la mairie de Vallondé. Il était très respecté. Il eut seulement droit à l'insinuation, à des phrases à double sens. Il feignit de ne pas les comprendre. Il n'y eut que Madeleine Roseroy, la mercière qui avait succédé à Julia, pour se risquer à des attaques plus directes. Elle avait épousé Chicheray, deux ans plus tôt, au terme d'une longue liaison « de voisinage », comme on disait : son magasin faisait face à l'étude. C'était une femme d'une quarantaine d'années, sèche et nerveuse, toujours très maquillée. Elle avait longtemps travaillé chez Julia. Quand la modiste tomba malade, elle lui acheta son magasin. On aurait dit qu'elle avait repris les haines de Julia en même temps que son fonds de commerce. Lors de sa visite à Vernon, sous le prétexte d'une obscure maladie de nerfs, elle ne put s'empêcher, à la fin de la consultation, de faire allusion aux plus anciens épisodes de la vie de Marthe. Vernon lui objecta qu'elle n'était qu'une petite fille, à l'époque de la tonnelle de Julia. Madeleine Roseroy déversa alors son fiel d'un coup : « Elise Monsacré n'est pas la fille de son père, mais d'un autre, le frère, Marthe Monsacré avait une tache, docteur, et la fille aussi... »

— Vous êtes très fatiguée, lui rétorqua Vernon en lui tendant son ordonnance. Vous avez besoin de repos. Rentrez chez vous, et soignez-vous bien.

Sur le seuil de la porte, elle prononça encore le nom d'Elise, elle parla encore de tache, d'une horreur ineffaçable. Vernon l'entendit à peine. Il oublia l'épisode dès qu'elle fut partie. Il ne s'en souvint qu'au soir de ses noces, quand Elise le chassa de son lit.

Chassa, du reste, est un terme impropre. Elise voulut le corps de Vernon, elle lui manifesta, tout au long de cette nuit déchirante, les signes les plus éclatants d'une tendresse sans limites. A son regard tour à tour effrayé ou joyeux, à la façon douce et maladroite dont elle tentait de l'approcher, Vernon comprit qu'elle l'aimait. Mais ce fut plus fort qu'elle, au dernier moment, elle se refusa. L'amour n'était pas en cause, mais le désir. C'était sans doute pire.

Elise pleura longtemps, prostrée au milieu des draps. Elle était nue, il faisait froid. Vernon l'enveloppa d'une couverture. Il lui répétait sans se lasser : « Pleure, petite, tout ira mieux demain. » Au bout d'une demi-heure, elle finit par se calmer. Alors elle se releva, rejeta ses cheveux sur son dos et cria : « Il n'y aura pas de demain. Jamais. » Puis elle se lança dans une longue phrase, qu'elle ne finit pas. Vernon y reconnut deux noms : Damien, Lambert. Sur le moment, il crut qu'elle était folle. Elle le poussa dehors, verrouilla la porte de sa chambre. Il laissa faire, il espérait encore. Le lendemain soir, elle ne le laissa pas entrer. Elle s'était repliée sur son silence — le même que celui de Marthe, indéchiffrable, apparemment serein. Quand il s'en alla, ce second soir, un peu voûté, à travers les interminables couloirs qui parcouraient Mortelierre, le doute était en lui, poison subtil, qui commençait son long travail.

Il tâcha de lui résister. Pour faire front, il se mit à chercher, dans les moindres indices qu'il pouvait réunir, l'explication de la sauvagerie d'Elise. Il ne pouvait se résoudre à l'appeler autrement. Des termes de médecine lui vinrent souvent à l'esprit, le mot même de folie. Il les repoussa aussitôt. Elise n'est pas malade, se disait-il, elle est *sauvage*, on lui a fait du mal. Mais quel mal, et comment ? Des mois durant, il fut persuadé que s'il le découvrait elle le laisserait enfin pénétrer dans sa chambre. Il ne lui posa pas de questions et garda son tourment pour lui.

Pendant l'Occupation, dans ses cahiers de Mortelierre, Cellier esquissa un portrait de Vernon. Il remarque que les mots de *regret*, de *remords* revenaient souvent dans la bouche du médecin, chaque fois qu'il évoquait les drames de la famille Monsacré. « *Et pourtant, de nous tous, Vernon a été le seul à voir clair*, commente Cellier. *Lui, Vernon, parce qu'il aimait Elise, il a eu le courage de regarder en face le visage de la douleur. Il a trouvé la force de lui chercher un sens. Nous aurions dû l'écouter. Nous aurions dû croire à ce qu'il nous a expliqué un jour, la violence et l'horreur qui couvent sous la chaleur de la famille. Nous n'avons pas péché par insouciance, mais par manque d'attention. Ou par défaut d'amour. Ce n'est pas très différent, d'ailleurs.* »

Chapitre 39

Les choses, en fait, ne furent pas aussi simples. Alexandre Vernon douta très souvent. Des nuits entières, dans la solitude de sa chambre, quand il cessait enfin de recouper les racontars, les bribes de commérages qui continuaient de filtrer sur la famille Monsacré, il se disait qu'il voyait le mal où il n'était pas. Toute famille a son anormal, son original ou son fou, pensait-il alors. Son monstre, quelquefois. J'ai tiré le mauvais numéro, c'est tout. Ou bien Elise m'a repoussé parce qu'elle m'a trouvé vieux.

Lors de ces longues nuits où il ne trouvait pas le sommeil, Vernon finissait toujours par ouvrir la fenêtre. Il respirait longtemps l'air humide de Mortelierre, chargé d'odeurs de forêt et de grottes. Puis il allumait la radio. Sur cet énorme poste qui lui avait coûté une fortune, il aimait à chercher les stations les plus lointaines : leur son brouillé, chargé de rumeurs grésillantes et incompréhensibles, le persuadait un moment de l'insignifiance de sa peine. Vie de province, se disait-il, moi aussi je m'ennuie, je tourne et je vire entre mes malades et mes livres, j'ai vieilli sans avoir combattu.

C'est peut-être ce qui lui manquait le plus, en dehors du corps d'Elise. Il avait passé la guerre dans un hôpital de l'arrière, à soigner des gazés, des mutilés. Le conflit lui avait laissé l'impression d'un absolu gâchis. Il n'avait pas eu l'impression de se battre, mais de subir une fatalité imbécile. A présent, lorsqu'il s'étourdissait de la lecture des journaux, ou qu'il se mettait en quête, sur sa radio, de la rumeur affaiblie de l'agitation du monde, il se cherchait sans doute une cause, une raison violente de vivre. Avec la rebuffade d'Elise et l'anéantissement de son espoir le plus cher, avoir des enfants, Vernon se crut à nouveau inutile.

Il n'en laissa rien paraître. Il continua vaille que vaille à parcourir les routes de campagne, à s'oublier dans la souffrance des autres. Il écoutait, il observait, comme il avait toujours fait. Parfois, sur les corps douloureux qu'il palpait, il croyait toucher la matière abominable des rancœurs qui taraudaient le pays, sueurs d'envie, de malveillance. Il n'était pas loin de planter là ses malades, de jeter sa trousse aux orties. Pour tenir bon, il se répétait que c'était la vie même qui était ainsi, la vie et ses désirs, bons ou mauvais. Et il tenait.

Les apparences étaient sauves. Il reprit les habitudes qu'il avait avec une fille de l'*Etoile bleue,* à Tours. Il ne chercha plus à frapper à la porte d'Elise. Au bout de quelques jours, il s'aperçut qu'elle ne s'enfermait plus à clef. Il se risqua parfois à venir la regarder dormir. Il ne passait jamais le seuil de la chambre. Elle parut lui en savoir gré. Elle s'apaisa peu à peu, perdit de sa brusquerie. Elle lui parlait davantage. Il lui arrivait même, certains soirs, de s'attarder contre sa joue, de chercher un instant la chaleur de ses bras. Elle se sauvait presque aussitôt. Elle ne quittait presque jamais Mortelierre, sauf pour rendre visite à sa mère, à Vallondé, un dimanche sur deux, ou pour rejoindre Marina au Grand Chatigny, quand elle était de passage, pour jouer du piano.

Marina fut la première à s'étonner de la sérénité d'Elise. Elle en fit compliment à Vernon. Marthe elle-même, quelques semaines après le mariage, félicita le médecin de la transformation de sa fille. Il fut bientôt entendu dans Rouvray que « *les Vernon formaient un excellent ménage* ». Au bout de quelque temps, on n'y trouva à redire que l'absence d'enfants. On avait coutume de dire : « *C'est sans doute lui, il est trop vieux* », et on soupirait. Vernon le savait. Une fois de plus, il passa outre. Cela l'arrangeait, qu'on se trompe de secret.

Tout le monde fut dupe. On s'habitua, quand on passait devant la grille verte du domaine de Mortelierre, à entendre, assourdi par les hêtres du parc, le piano d'Elise, ses mélodies languides, interrompues souvent, par hésitation ou par caprice, on n'aurait su dire. A cette seule musique, qui enveloppait toute la maison, on pressentait qu'Elise avait trouvé une sorte de bonheur. Bien qu'humide et isolé, le domaine avait beaucoup de charme. C'était un pavillon construit en bordure de forêt au moment de l'Empire. Il était simple, harmonieux. On le voyait de loin, malgré son petit parc, à cause de la blancheur de son fronton, de la falaise presque aussi claire à laquelle il s'adossait. Des roses trémières, des vignes vierges couraient sur des treillis, près d'une orangerie construite à flanc de rocher. Puis le coteau s'ouvrait sur une série de grottes, naguère employées à la culture de champignons de couche. Elles étaient abandonnées depuis des années. Une légende voulait qu'elles donnent sur l'autre versant du coteau. L'endroit était si écarté que seuls les paysans voisins connaissaient leur existence, avec les bruits qui s'y étaient attachés.

Vernon avait toujours aimé la solitude de Mortelierre, l'aimable désordre de sa maison, un bric-à-brac d'objets anciens, de meubles qui sentaient la cire. La nuit, quand il ne dormait pas, il s'y promenait inlassablement. Il allumait une à une les lampes d'opaline, ouvrait ici un livre, ailleurs de vieilles collections de journaux, soulevait les rideaux pour guetter la nuit. A son grand soulagement, il constatait qu'Elise s'y plaisait autant que lui. On aurait dit qu'elle se sentait protégée depuis qu'elle ne vivait plus chez sa mère. Cependant, Vernon n'arrivait pas à imaginer que Marthe pût être à l'origine de ses bizarreries. Au plus fort du découragement, il demeurait à l'affût de l'indice, du signe perceptible de lui seul qui lui permettrait de comprendre la rumeur, de remonter les méandres infinis du fleuve de mots qui avait transformé la jalousie en haine, le soupçon en accusation. En crime, peut-être. En violence, en tout cas. Les nuits où il s'approchait à tâtons de la chambre d'Elise, où il cherchait dans la pénombre, en retenant son souffle, l'éclat assourdi de sa chevelure blonde, Vernon se persuadait, devant ce corps abandonné, que, pour être à la fois si beau et si tourmenté, il n'avait pu être que forcé. Elise avait été violée, il en était chaque jour plus certain. Mais il avait aussi l'intuition qu'il s'était passé autre chose. Mais quoi ? Et quand ?

Il aurait fallu interroger Marthe. Vernon y songea souvent. Il y renonçait presque aussitôt. C'eût été trahir son propre secret. Et pourquoi aller troubler la paix de Marthe ? Même si le faisceau des rancunes aboutissait toujours à elle, la vie n'était-elle pas faite de ces haines héritées, transmises avec les maisons et les terres par filiation et par mariage ? Marthe n'était pas *de là,* il l'avait toujours entendu dire. Dans le meilleur des cas, les gens de Rouvray prétendaient qu'elle était *bichetecaille* : indéfinissable, sans couleur précise. Vernon n'avait jamais cherché à éclaircir l'histoire de sa naissance. Tout ce qu'il avait constaté, dès l'époque de la tonnelle de Julia, c'était que son regard, en effet, était celui d'une étrangère. Etrangère non par le sang, mais par cette façon distante, curieuse, un brin ironique dont elle avait, dès sa jeunesse, abordé la vie.

Pendant ces longues nuits d'insomnie, Vernon finissait toujours par s'installer dans son bureau. Il allumait son poste de radio, qui lui renvoyait l'écho assourdi des grèves, des guerres, des scandales et des déconfitures financières. La vieille intolérance contre laquelle il s'était si vivement dressé dans sa jeunesse, lors de l'affaire Dreyfus, au mépris même de ses intérêts, semblait reprendre racine d'un bout à l'autre de l'Europe, en Allemagne surtout, où l'on commençait ouvertement à parler de revanche. Une sorte de fièvre prenait alors Vernon, l'envie d'en découdre. Seulement il y avait Elise. Il y avait Rouvray, ses malades; et il se sentait vieux.

Alors, au petit matin, quand les brumes se déchiraient au-dessus de la Loire, à l'horizon de Mortelierre, Vernon haussait les épaules, une fois de plus, et tentait de se moquer de lui-même. Aller se faire tuer, comme en 14, pour un pays dont le nom disparaîtrait de la carte, une fois la paix signée ? Et ce mal dont il voyait se préciser le visage dans les nouvelles qui arrivaient d'Allemagne, d'Italie, des petits Etats d'Europe centrale n'était vraisemblablement qu'un avatar local des innombrables perversions dont l'imagination des hommes savait être féconde. Guerres, cabales, hérésies, persécutions, bûchers de sorcellerie, combien de grandes folies, au cours des siècles, étaient déjà venues réveiller le Val de sa somnolence... Si le fléau revenait, la Loire resterait la même, spectatrice indolente des égarements humains. Dans sa course capricieuse vers la mer, elle se contenterait, comme toujours, de prendre sa part des morts.

Pourquoi déranger l'eau qui dort ? se disait Vernon, serons-nous seulement de ce monde dans cinq ans... Il tournait le bouton de son poste. Le silence retombait sur la maison. Il dressait l'oreille du côté de la chambre d'Elise, il allait guetter, une fois encore, son sommeil dans l'ombre. A la fin de ces nuits de doute, Vernon décidait qu'elle serait son seul combat. Il dormait quelques heures, se réveillait apaisé. Et il reprenait sa silencieuse enquête.

Un jour, il crut avoir trouvé la bonne piste. A chacune de leurs visites chez Marthe, Elise ne pouvait s'empêcher de retourner les cadres de bronze doré qui contenaient les photos de la famille Monsacré. Depuis la naissance de ses petits-enfants, Marthe avait renoué avec quelques bribes du passé. Sous l'effet de la nostalgie, ou de ses préoccupations « dynastiques », comme les appelait Cellier, elle avait pris plaisir à aligner sur une console, dans des cadres anciens achetés chez des brocanteurs, de vieux clichés d'Elise et de Lambert, des photos un peu guindées, prises le jour de leur première communion, ou d'un anniversaire. A l'arrière-plan, sur deux ou trois d'entre elles, on reconnaissait aussi Hugo et Damien.

Marthe servait rituellement l'apéritif dans son bureau. Elle gardait dans une bibliothèque fermée à clef une précieuse carafe de vin cuit, qu'elle versait sans jamais en perdre une goutte, avec le même commentaire chaque dimanche : « Un petit ratafia de cerise d'Augustin Chailloux, vous n'en trouverez nulle part, vous m'en donnerez des nouvelles. » De dimanche en dimanche, Vernon réussit à reconstituer le petit manège d'Elise. Tout commençait d'une façon identique : lorsqu'elle entrait dans le bureau de sa mère, elle se figeait face à la console, puis elle détournait la tête, comme s'il lui était imposible de soutenir le regard fantomatique des personnages des cadres. Puis elle s'arrangeait pour retourner les photos. Elle les déplaçait, d'ailleurs, plus qu'elle ne les retournait, elle les chassait de son champ visuel. Tout aussi invariablement, elle laissait un cadre en place, et elle n'arrêtait pas de le regarder jusqu'à ce qu'on passe à table : un cliché où elle avait posé en communiante aux côtés de Lambert. Tous deux souriaient, paraissaient heureux. Elise avait, selon l'usage, la main repliée sur son missel, et les doigts de Lambert s'étaient fugacement accrochés aux siens.

Sa mère finissait toujours par s'apercevoir qu'on avait déplacé les cadres. Le dimanche suivant, ils avaient retrouvé leur place, au millimètre près. Un soir, Vernon fit irruption dans le bureau au moment où Marthe les alignait sur la console. Elle soupirait, essuyait sur le verre des poussières imaginaires. Dès qu'elle vit entrer Vernon, elle eut un mouvement de recul. Puis elle choisit de faire front.

— C'est Elise, souffla-t-elle. Elle n'aime pas les photos. Elle a toujours été comme ça.

Elle désigna à Vernon le cadre qu'elle tenait en main, la photo de Lambert et d'Elise :

— Dire qu'ils s'aimaient tant, quand ils étaient petits.

Vernon la sentit au bord d'une confidence. Il risqua une phrase volontairement ambiguë :

— Ils ne sont pas fâchés, au moins...

— Ils ne se voient plus guère, c'est tout. Chacun sa vie. Après tout, c'est mieux que de vivre les uns sur les autres et de se disputer. J'ai connu ça, autrefois. Mais maintenant il y a les enfants...

Comme toujours, Marthe jetait délibérément un voile sur le passé, pour tenter de vivre le présent dans sa force. C'était aussi sa manière de couper court. Des mois durant, Vernon n'en apprit pas davantage. Malgré sa brièveté, le souvenir de cette conversation le poursuivit. Il se rappelait lui aussi à quel point Lambert et Elise avaient été attachés pendant toute leur enfance. Il lui semblait que cet amour avait duré très longtemps, au-delà de leur adolescence, de la mort de leur père. Il avait du mal à situer le moment où il avait pu se briser, il n'arrivait pas à trancher si c'était au moment de l'affaire des lettres anonymes, de la mort de Damien ou du mariage de Lambert avec Tania Bronski.

Une fois encore, il crut à une fausse piste. Il se résigna à attendre. Et comme rien ne venait, comme le souci majeur des Monsacré, désormais dispersés, était d'oublier qu'ils avaient été une famille, il laissa ses questions en suspens.

Chapitre 40

Comment jeter la pierre à Vernon, même si tant de signes, en ce début 1934, laissaient déjà clairement voir que l'Europe était bien engagée dans sa marche à l'abîme ? Sorties des corons, de longues colonnes de chômeurs, musettes calées sur les reins, s'étaient lancées à l'assaut des routes de France, réclamant du pain ou du travail. En Allemagne, en Italie, dans les restes disparates du vieil empire d'Autriche, d'autres crève-la faim se ralliaient à des chefs qu'ils croyaient habités par la grâce. Lors des gigantesques rassemblements où ils s'agglutinaient pour les glorifier, des hommes en uniforme leur assénaient comme vingt ans plus tôt les mots de *patrie,* de *sang du sacrifice.* Ils péroraient des heures durant sur le monde nouveau qu'ils leur promettaient, ils parlaient d'une vermine à détruire quand il était encore temps. Des emblèmes inconnus fleurissaient sur les palais, ressuscités de la nuit des temps, prétendait-on, pour régénérer le monde à leur force magique. Les pas militaires recommençaient à battre le pavé de villes vouées naguère au seul plaisir, Rome ou Berlin, bientôt Vienne et Prague.

Même s'il voyait bien où était le mal, même s'il en redoutait la sinistre contagion, Vernon n'arrivait pas à admettre l'idée que le fléau vienne un jour déranger la tranquillité de Rouvray, en dépit de la misère grandissante, des gouvernements qui sautaient, des Oustric ou Stavisky qui défrayaient la chronique. Tout peut encore durer longtemps, se répétait-il, les Français ont la tête près du bonnet, la catastrophe n'est pas pour demain.

Ce qu'il observait à Rouvray paraissait lui donner raison. Là comme ailleurs, les ouvriers et paysans qui voyaient fondre leurs revenus allaient s'étourdir chaque dimanche dans les guinguettes du bord de Loire, dans les flonflons d'amour et le petit vin blanc. Certains soirs, le vent apportait jusqu'à Mortelierre l'écho de leurs accordéons. Un jour peut-être les guinguettes fermeraient leurs portes, les accordéons émigreraient sur la ligne Maginot. Mais, pour l'instant, l'espoir était là, même s'il était un peu mesquin, un peu frileux, borné à un verre d'anisette au bord d'un zinc, à des baisers volés dans un chemin creux qui sentait la noisette, petit bonheur qui faisait oublier les toiles cirées poisseuses des cuisines de fermes, leurs chambres pourries de salpêtre. C'était la même France goguenarde et râleuse que Vernon voyait se préparer chaque samedi soir, au moment où il regagnait Mortelierre, à la fin de sa tournée. Dans les couloirs des maisons où on l'avait appelé, il croisait des petites ouvrières, des bonnes à tout faire aspergées de senteurs Roja, couvertes de poudre de riz, qui grillaient de filer au *Sélect-Palace,* derrière le mail, pour s'étourdir de cinéma et de *Parlez-moi d'amour.* Dans l'euphorie légère de ces samedis soir, tous se jouaient vaille que vaille la comédie du bonheur. Riches ou pauvres, protégés derrière les grilles de leurs propriétés encore opulentes, ou errant de bistrot en bistrot dans les rues crayeuses de Rouvray, ils partageaient les mêmes rêves, de soleil, de pique-niques, de shorts, de corps hâlés, de vacances et de paix; et quand ils avaient passé l'âge, ils en rêvaient pour leurs enfants.

C'est précisément un de ces samedis soir que Vernon sentit renaître la rumeur autour des Monsacré. Elise avait voulu aller au cinéma. On passait il ne savait quel film sentimental et gai, qu'elle tenait absolument à voir, à cause de Lucien Dalsace, un bel acteur brun dont elle s'était entichée. Vernon était rentré en retard. Il avait été épuisé par sa dernière visite, un cancéreux pour lequel il avait dû retourner à l'hôpital chercher de la morphine. Pour comble, sa voiture tomba en panne d'essence à l'entrée de Rouvray. Un orage grondait, il commençait à pleuvoir à grosses gouttes. Elise le força à l'abandonner sur le bas-côté, et ils coururent sous la pluie jusqu'au *Sélect-Palace.* Le cinéma était comble. Vernon crut qu'Elise allait renoncer, mais sa détermination était telle qu'elle réussit à obtenir de l'ouvreuse un siège au premier rang.

Vernon se résigna à occuper un strapontin au fond de la salle. Il dut dormir pendant la moitié de la séance. Après l'entracte, quand le film attendu par Elise commença enfin, il ne fut guère plus vigilant. Il piquait à nouveau du nez quand un brouhaha le fit soudain se redresser. L'écran s'était éteint, tout était dans le noir : l'électricité était coupée.

Il ne fut pas surpris, l'incident était coutumier à Rouvray, surtout par temps d'orage. Les pannes pouvaient durer un bon quart d'heure. Le premier moment d'émotion passé, les spectateurs se mirent à bavarder, à croquer des bonbons. Le *Sélect-Palace* sentait très fort la brillantine et la réglisse, un mélange d'odeurs qui lui parut, il ne sut pourquoi, particulièrement soporifique. Devant lui, une femme parlait à mi-voix à sa voisine. Elle avait une voix curieuse : elle faiblissait tout d'un coup, s'en allait vers les graves, s'étouffait, devenait presque tendre, endormeuse; puis d'un seul coup, alors que Vernon recommençait à dodeliner de la tête, la voix redevenait haut perchée, rapide, et l'arrachait à son début de somnolence. A l'évidence, cette femme avait beaucoup à dire, car elle s'interrompait à peine pour reprendre son souffle. De temps à autre, sa voisine tentait une question, froissait le papier d'un bonbon. La lampe de poche d'une ouvreuse, de loin en loin, jetait un éclair rapide sur leurs chapeaux de feutre, du même rouge que le velours des fauteuils.

Vernon ferma les yeux. Il dut s'endormir, quelques secondes ou quelques minutes. Il ignora toujours ce qui le réveilla, de la voix soudain plus acide de sa voisine ou de la lumière, qui s'était rallumée presque au même moment. Il y eut un nouveau moment de confusion, puis une ouvreuse annonça qu'il fallait encore attendre : le machiniste devait rembobiner le film. La femme à la voix étrange reprit aussitôt le fil de sa conversation. Vernon songeait à aller voir si une place ne s'était pas libérée au premier rang, près d'Elise, quand il entendit distinctement prononcer le nom de Jean Cellier. Il dressa l'oreille.

— ... Pensez donc, poursuivait-elle, ce n'est pas son vrai nom, ils sont tous comme ça, ils les changent. Et elle non plus, ce n'est pas son vrai nom, c'est pour ça qu'ils s'arrangent si bien. Mais avec sa famille elle a eu fort à faire, ça a été une autre paire de manches. Dans le temps, il y a eu de ces histoires, vous n'allez pas me dire que vous ne le savez pas...

La voix chuchota à nouveau, puis haussa à nouveau le ton. Vernon était certain de la connaître. Une cliente, sans doute, mais il ne voyait pas qui.

— ... Elle a toujours su y faire, reprenait-elle, elle a retiré ses billes au moment où il fallait, ça fait bien dix ans qu'elle a vendu sa minoterie, elle a laissé à son fils le plus gros de ses fermes, juste avant la dégringolade, quand le blé ne s'est plus vendu... Comme si elle avait su avant tout le monde ! Elle l'a bien roulé, son fils.

— Il est pourtant très riche.

— Ça lui vient de sa femme. Car son fils, c'est autre chose. Il est parti de rien. Croyez-vous qu'elle l'aurait aidé... Elle a préféré donner un coup de main à l'autre...

La voix se remit à murmurer. Malgré toute son attention, Vernon ne put entendre que la fin de la phrase :

— ... Ces gens-là savent se mettre à l'abri de tout. Ils ont leurs renseignements, vous pensez bien, mon mari me l'a dit, ça leur arrive du monde entier. Savez-vous ce qu'elle se prépare à signer avec lui, chez le notaire...

La lumière s'éteignit à ce moment précis. Il y eut un cri de satisfaction, le visage du beau Lucien Dalsace se remit à sourire sur l'écran. Les deux chapeaux rouges se rapprochèrent, la voix s'étouffa, marmonna encore quelques instants, puis se tut.

Vernon ne se rendormit pas. Tandis que s'agitaient sur l'écran les images noir et blanc, il n'arrêtait pas de chercher qui pouvait être cette femme dont il était sûr de connaître la voix. Juste avant que la lumière ne se rallume, il s'en souvint enfin. C'était Solange Gosselineau, une ancienne couturière mariée à un contrôleur des impôts, et qu'il soignait pour le cœur. Elle habitait la villa des Glycines, à la sortie de Rouvray. Il ignorait qu'elle connût Marthe, encore moins le détail de ses affaires.

Ils se croisèrent à la sortie du cinéma. Elle salua Vernon très respectueusement. Elle était très élégante, elle avait encore beaucoup d'allure, une poitrine imposante et une bouche magnifique. Il eut du mal à imaginer que ce fût elle, une heure plus tôt, qui avait débité ce flot de venin.

Trois semaines plus tard, quand Vernon fut appelé d'urgence à la villa des Glycines, pour une phlébite qui tournait mal, il comprit enfin le cheminement de la rumeur. La femme qui lui ouvrit la porte, la cousine de Solange Gosselineau, qui l'avait veillée toute la nuit, n'était autre que Madeleine Roseroy, l'épouse de Chicheray, chez qui Marthe s'apprêtait à signer — dans le plus grand secret, avait-elle exigé du notaire — les statuts de la nouvelle société qu'elle fondait avec son amant.

Chapitre 41

Marthe s'était montrée particulièrement rigoureuse. Elle avait rédigé elle-même les statuts de sa nouvelle affaire, à partir de plusieurs modèles fournis par Cellier. Elle y déploya une minutie touchante. C'était le soin d'une ménagère plus que l'adresse d'une femme d'affaires. Elle mûrissait son projet depuis plusieurs années. Quand elle l'eut peaufiné, elle consulta Chicheray. Après l'affaire du testament, elle avait pensé à remettre ses intérêts à un autre notaire. En définitive, elle jugea qu'il y verrait une humiliation intolérable, et que son ressentiment pourrait être plus désastreux que ses indiscrétions.

Pour une fois, Chicheray ne chercha pas à la conseiller. Il paraissait résigné à la voir en faire à sa tête. Il la dispensa même de ses sous-entendus acides. Il se contenta d'apporter quelques modifications à son projet. Pour l'essentiel, des aménagements de pure forme.

En dehors de lui, Marthe ne mit dans la confidence qu'Elise et Vernon. Elle le fit deux jours avant la signature de l'acte. C'était un dimanche, juste avant l'apéritif. « Pour que vous n'ayez pas de surprise à l'héritage », précisa-t-elle. « De toute facon, vous n'y perdrez rien. Vous allez voir l'argent que ça va nous rapporter ! »

Avec ce *nous,* on ne savait pas si elle parlait de la société qu'elle fondait avec Cellier ou du patrimoine des Monsacré. Si elle pensait à sa famille, en tout cas, elle n'y incluait pas son fils, à cet instant précis. Car elle ajouta :

— Quand l'argent rentrera, il sera bien assez tôt pour tout expliquer à Lambert. Avec son caractère...

Elle ne finit pas sa phrase. Elle tapotait sa vieille pendule, sur la cheminée de marbre blanc, là où elle aimait poser quand on la prenait en photo. Le mécanisme était arrêté. Elle chercha la clef derrière le boîtier, remonta les ressorts, puis se rassit dans son fauteuil avec l'air qu'elle prenait quand elle jugeait que sa maison était en ordre.

— Lambert l'apprendra très vite, observa Vernon. Chicheray et lui...

— Il se voient très souvent, je sais. Mais Lambert....

Elle s'interrompit : Elise s'était levée, sortait du bureau sans un mot. Elle n'avait pas touché aux cadres, pour une fois. Marthe feignit de n'avoir rien vu. Elle continua d'exposer ses projets à Vernon.

Malgré toute sa curiosité, il avait lui aussi envie de sortir, d'aller prendre l'air au jardin. On était à la mi-mai, la journée était superbe. A Vallondé, la végétation lui paraissait toujours plus grasse, plus profuse qu'ailleurs. En cette saison, juste avant les foins, le manoir semblait encerclé non plus par les eaux de la Luisse, mais par les herbes hautes et drues des prairies, les colonies d'iris sauvages. Marthe n'avait toujours pas posé de rideaux au rez-de-chaussée du manoir. Dès qu'il faisait beau, les odeurs du vallon s'y infiltraient, finissaient par imprégner les murs. Les insectes se laissaient emporter dans leurs effluves, jeunes abeilles, papillons grisés par les premières chaleurs. Ce matin-là, c'était une libellule qui s'était égarée dans le bureau de Marthe, au-dessus du plateau où elle avait servi l'apéritif. Avec son bourdonnement léger, Vernon se sentait pris par la nonchalance de l'été, l'impression que rien n'avait vraiment d'importance. D'ordinaire, des jours comme celui-là, Marthe attendait l'heure du déjeuner en parlant de tout et de rien. Du jardin, le plus souvent. Des plantations à faire, des greffes, des boutures. Les dimanches qui avaient précédé, à sa voix brusquement plus brève, Vernon pensa que Marthe allait enfin s'ouvrir à lui de ses projets. Il n'en fut rien. Chaque dimanche de ce printemps, elle s'obstina à servir son vin vieux sans une entorse à son cérémonial, sur son plateau d'argent et son napperon de cretonne, sans jamais en perdre une goutte, en dissertant avec sérénité sur la taille des rosiers, la difficulté d'acclimater des magnolias dans la terre de Vallondé.

Si elle a décidé de parler, se dit Vernon, c'est qu'elle prévoit une objection, un reproche. Elle avait voulu les prendre de court, Elise et lui, l'avant-veille de la signature de l'acte, à un moment où il était difficile de le remettre en cause. Pourtant Vernon avait beau l'observer, guetter la plus ténue de ses intonations, il ne trouvait pas en elle le premier indice de peur, le plus infime début de justification. Au lieu d'histoires de sécateurs et de pucerons, Marthe parlait maintenant royalties et contrats, de la même façon résolue et sereine. Mais on aurait dit qu'elle les savourait davantage, ces mots de l'argent et de la puissance de l'argent, elle n'était pas loin de retrouver la souveraine prestance qu'elle avait autrefois, sa force depuis les origines, l'assurance que le monde et les choses lui obéiraient sans réserve. A de très brefs instants, elle avait aussi des accents enthousiastes, comme un regain de jeunesse. Son ardeur gagnait peu à peu Vernon, malgré les accords tourmentés du piano d'Elise, qui lui parvenaient de la pièce voisine. A mesure que Marthe parlait, il se sentait retomber sous son charme, comme au temps de la tonnelle de Julia. A l'époque, Marthe était silencieuse, c'était son corps qui lui parlait quand ils valsaient ensemble, lorsqu'il cherchait dans son cou l'odeur de sa transpiration, qu'il guettait, sous la cotonnade trop lâche de sa robe, les imperfections qui auraient pu la lui rendre un peu moins désirable. Aujourd'hui encore, alors même qu'il s'étonnait de son goût de l'argent, des accents de convoitise qu'elle prenait pour en prononcer les mots, *intérêts, débours, association, brevet, agios, bilan, contrat,* Vernon succombait au trouble de sa voix.

Marthe le déconcerta dès ses premières phrases. Elle lui annonça sans préambule qu'elle avait mis en vente la seconde de ses minoteries. Il fut surpris. Le commerce du grain était chez elle beaucoup plus qu'une habitude, il lui avait tenu lieu d'amour, du temps de son mariage. A ce qu'il crut comprendre, elle se débarrassait de la minoterie pour investir dans une affaire de brevets d'armement. A l'évidence, elle lisait les journaux, écoutait la radio. On allait réarmer, prétendait-elle, il ne fallait pas se faire d'illusions, le pays, le monde allaient mal. L'armurerie qu'elle possédait avec Cellier marchait bien, mais, avec la crise qui se prolongeait, il fallait s'attendre à ce qu'un gouvernement les oblige, un beau matin, à la céder à l'Etat. Ils seraient contraints de la vendre au prix qu'on leur imposerait, une bouchée de pain, à n'en pas douter. Elle avait réussi à convaincre Cellier d'abandonner l'affaire. Ils venaient de trouver un acheteur qui leur en offrait un pactole. Avec l'argent de l'usine et le produit de la vente de la minoterie, ils allaient commercialiser les brevets : des inventions achetées dix ans plus tôt, quand elles passaient encore pour farfelues. D'après Marthe, elle valaient à présent une fortune, c'était un vrai trésor qui dormait dans son coffre-fort. Par exemple, elle possédait le brevet exclusif de l'ouverture hydraulique des soutes de bombardiers, celui des tourelles basculantes pour avions mitrailleurs. Cellier avait déjà trouvé plusieurs clients : des Suisses, des Yougoslaves, des Italiens, des Espagnols, et même un Japonais. Marthe et lui se feraient payer deux fois : la première pour la mise en place des ateliers de fabrication, la seconde par les royalties des brevets. De cette fortune-là, assurait Marthe, aucun gouvernement ne pourrait les déposséder.

Pendant qu'elle argumentait, Vernon observa Marthe. Elle avait dû thésauriser ses brevets comme le Grand Monsacré avait entassé naguère son emprunt russe, avec les mêmes pensées, « *on ne sait jamais, on verra bien, il ne faut jamais mettre tous ses œufs dans le même panier...* ». Elle lui expliquait en souriant comment, dix ans durant, elle avait accumulé ici même, dans cette maison tranquille ouverte sur le ciel et sur l'eau, les secrets d'engins redoutables, comment elle avait patiemment attendu l'heure où reprendraient les fanfaronnades de rois fous, de généraux hallucinés.

Vernon se sentit mal à l'aise. Il voulut cacher son embarras, se leva, hocha la tête. Marthe croisa son regard, l'évita presque aussitôt. Ce n'était pas son habitude. Elle changea de conversation :

— Anaïs est ici depuis hier soir. Elle en train de déjeuner à l'office. Je l'ai pour quinze jours. Son frère n'est pas venu, il a la varicelle. Il a fallu les séparer. Je la trouve un peu pâlotte, il faudrait que vous la regardiez.

— La croissance...

— Ou bien autre chose... Les enfants, quel souci. On n'est jamais tranquille.

Elle se leva à son tour, caressa sur son bureau une des pierres que Cellier lui avait offertes C'était sa préférée, une azurite. Il la lui avait offerte au plus beau de leur passion, il y avait bien dix ans de cela, peut-être même davantage. Il l'avait polie de ses mains, pour en faire ressortir les coloris étranges, de longues veines vertes et bleu outremer, comme le dessin des mers tropicales sur les cartes de géographie.

— Tania va donner une fête pour les trente ans de Marina, reprit Marthe. Ce sera le 15 août. Nous sommes tous invités.

Vernon, une seconde fois, hocha la tête. *Tous,* c'était la manière dont Marthe signifiait que Tania avait expressément convié Cellier. Du reste elle poursuivit :

— Je ne sais pas si Cellier viendra. Enfin...

Elle réprima un soupir, essuya sur la pierre une poussière imaginaire.

— Suzanne tarde à servir, on dirait. C'est la petite qui doit la retarder. Elle est longue à manger, elle chipote tout le temps. Sauf pour le dessert... J'ai demandé à Suzanne de préparer des beignets de fleurs d'acacia, elle en raffole, et ça ne peut pas lui faire de mal. Elle viendra prendre le dessert avec nous. Ensuite, vous l'examinerez, Vernon. Vous me le promettez ? Je la trouve vraiment pâlotte. La varicelle de son frère...

Elle avait retrouvé sa voix brève, elle jetait constamment des petits coups d'œil dehors. Vernon sortit sur la terrasse. Il sentait que Marthe attendait une parole, une phrase qu'il ne trouvait pas; et lui, Vernon, ce n'était pas seulement les mots qui lui manquaient, c'était la force de parler. Il passa plusieurs fois le doigt dans le col de sa chemise. A bout d'embarras, il laissa enfin tomber :

— Bravo. Bravo et bonne chance dans vos nouvelles affaires.

Marthe le suivit, s'appuya, comme un peu lasse, à l'un des battants de la porte-fenêtre. Elle semblait avoir chaud, elle aussi, sa peau brillait sous la poudre. Elle devait réfléchir. Comme toujours à ces moments-là, elle avait la paupière à demi fermée, la bouche pincée. Puis elle laissa tomber, sur le ton doucereux qu'elle prenait toujours pour mettre un terme à une discussion :

— Ce sont aussi vos affaires à vous, Vernon. Quand je ne serai plus de ce monde, Elise...

— Elise a tout ce qu'il lui faut.

— On dit ça, on dit ça. Mais quand ça vous arrive, un petit magot... On ne crache pas dessus, vous savez !

Elle eut un petit rire. Elle revint vers lui, enjouée. Devant la glace qui surmontait la cheminée, elle eut un geste de jeune fille, elle fit bouffer ses mèches blanchissantes, lui adressa dans le miroir une ombre de sourire, puis se retourna. Elle était belle, à cet instant, d'une beauté maîtrisée, souveraine. Vernon se dit que la vie ne l'avait ni adoucie ni durcie. Aiguisée seulement, affûtée. Avec cette ruse suprême : l'âge lui avait appris à dissimuler sa gourmandise.

Gourmandise, ou avidité ? Devant les yeux narquois qui ne le quittaient plus, tous les ragots qui couraient sur Marthe lui revinrent à l'esprit. Il ne comprenait pas ce déploiement de charme. Elle cherchait un allié, c'était clair. Mais contre qui ? Car cet allié, elle le voulait sourd et aveugle. Un pantin, en somme, pour continuer à jouer avec des cartes qu'elle se refusait à montrer.

Elle pressentit que Vernon n'était pas loin de la percer à jour. Elle baissa les yeux, prit la carafe d'apéritif. Tandis qu'elle remplissait à nouveau les verres, elle reprit le ton égal qu'elle avait d'ordinaire :

— Enfin, ne vendons pas la peau de l'ours... On a tellement de projets, dans la vie. Tellement de rêves, et au bout du compte...

Elle ne finissait plus ses phrases. Elle attendait peut-être que Vernon prenne les devants, qu'il tombe dans son piège. Il se força à se taire. Elle dut s'impatienter. Fait inhabituel, son bras tremblait pendant qu'elle remplissait les verres, une goutte d'alcool gicla sur le napperon de cretonne. Les fibres du tissu burent aussitôt le jus rouge. Elle gratta un moment la tache du bout du doigt, puis, à nouveau, se mit à réfléchir, les yeux plissés fixés sur la terrasse, ses vasques débordant de lierres, de pétunias. De temps à autre, une grande bouffée de vent apportait jusqu'à eux un gargouillis, le murmure de la fontaine ou celui de la Luisse, on n'aurait su dire, avec l'odeur un peu acide des iris sauvages.

— Qu'est-ce qui vous chiffonne ? finit-elle par lâcher. Vous n'avez pas l'air content. Pourtant, cette affaire...

— Vous devriez prévenir Lambert.

— Je vous l'ai dit, avec son caractère...

— Le notaire...

— Quoi, le notaire ? Je lui ai fait jurer le secret.

— Le secret ! Avec Chicheray...

— Je lui ai dit que s'il parle je me sépare de lui. Il m'a juré...

— Chicheray ne se sent tenu par rien. Sauf par la loi du plus fort.

— Justement !

Elle souleva son verre. Un moucheron survola un instant le liquide rougeâtre, y piqua du nez. Marthe parut amusée, le regarda s'abandonner à son orgie de sucre, reposa son verre, puis reprit, sans relever la tête :

— Chicheray est aussi votre notaire.

— Pour ce que j'ai à traiter chez lui.

Vernon ne se reconnaissait plus. Il répondait sans plus réfléchir, à petites phrases sèches. A chaque phrase, sa gorge se nouait davantage.

— Chicheray ne peut pas tout se permettre, reprit Marthe.

— Il n'y a pas que lui, coupa Vernon. Il y aussi sa femme.

A ce seul nom, Marthe se redressa. Elle ne se raidit pas, pourtant, comme elle faisait autrefois. Elle se composa simplement un rempart de dédain. Et c'est avec la même désinvolture qu'elle enchaîna :

— Ah oui, Madeleine Roseroy.... Laissez-la donc jaser. Ce n'est certainement pas dans le lit de cette harengère que le notaire passe à confesse. Il se méfie d'elle comme de la peste.

— Chicheray est bavard. S'il veut que quelque chose se sache...

— Bavard, non. Roublard. Ce n'est pas neuf. Il n'a jamais été franc du collier. Je les connais bien, ces gens-là. C'est de famille. Son père déjà, dans le temps... Il suffit de lui en imposer. Avec le vieux Chicheray, quand j'étais jeune, déjà....

Elle s'arrêta. Elle n'aimait pas les souvenirs des autres, elle détestait encore plus les siens. Elle recommença à observer le moucheron, dans ses remous d'alcool rouge. Il ne se débattait presque plus.

— Chicheray ne respecte rien, reprit Vernon. Ou plutôt il respecte ce qui l'arrange, quand ça l'arrange.

— Il ne peut pas me berner, tout de même. Pas moi. Il n'oserait pas.

— Vous berner, non, mais parler. L'air de rien, comme il fait toujours. Ou faire parler sa femme.

— Qu'est-ce ça peut me faire ? Je vous l'ai dit, Chicheray est roublard. Roublard ne veut pas dire habile. Les gens habiles prévoient leur propre échec, pour mieux l'éviter. Les roublards sont toujours sûrs de réussir. Et, souvent, ils échouent.

— Mais Lambert...

— Lambert, quoi, Lambert ?

Elle s'était levée, elle s'était placée dans le contre-jour, comme pour dérober son visage à Vernon. Il ne voulut pas lâcher prise :

— Vous feriez mieux d'avertir votre fils. Il le sait, de toute façon. Tout le monde le sait. Ne le laissez pas à l'écart.

— Est-ce qu'il me met au courant de ses affaires, lui ? Je suis restée deux ans sans avoir de ses nouvelles, quand...

— Vous avez bien mis Elise dans la confidence.

— Pas Elise. Vous.

— Raison de plus.

— Je parlerai à mon fils quand je voudrai. D'ailleurs...

Elle s'interrompit. Dans la pièce voisine, Elise s'arrêta de jouer, puis entama un nouveau morceau, une partition qu'elle déchiffrait lentement. Le moucheron venait de se noyer dans le verre de Marthe. Mais elle n'entendait, ne voyait plus rien. Ou, plutôt, elle avait décidé de ne plus rien voir ni entendre. Elle continuait, comme pour elle seule :

— Pour ce qu'il y a à savoir... Tout est propre, dans cette histoire. Les brevets sont dans mon coffre. Cellier va installer des bureaux à Paris. La société aura son siège ici même. De pures formalités.

— Et Cellier, qu'est-ce qu'il en pense ?

— Cellier, Cellier... Vous savez bien, c'est du vif-argent, Cellier. Pourvu qu'il bouge.... Toujours par monts et par vaux, il aime l'argent, la nouveauté. Il va rendre visite à nos clients, en Suisse, en Espagne. Il est jeune.

— Plus si jeune, tout de même.

— Quarante ans bientôt. Le bel âge, non ?

— Le bel âge.

Vernon n'avait plus la force de la contredire. Il espéra un instant que tout allait en rester là, quand il vit Marthe sortir sur la terrasse, en pleine lumière. Elle parut un instant éblouie, fit quelques pas hésitants entre les fauteuils de jardin, chercha son chapeau, revint au salon, dans le contre-jour, pour que Vernon ne puisse pas l'observer. Elle ignorait qu'il la guettait dans le miroir placé au-dessus de la cheminée. Il y distinguait son visage, dans ses plus petits détails, ses yeux à nouveau plissés par le calcul, le muscle de sa mâchoire qui s'était noué, dès qu'il avait parlé de Cellier.

Elle s'assit derrière son bureau, sortit d'un étui quelques photos qu'elle venait de faire développer. Elle les étala posément, comme elle eût fait de cartes à jouer, les examina une à une, sans les montrer à Vernon.

— Je n'aurais rien dû vous dire, reprit-elle. J'aurais dû garder tout ça pour moi. Mais Elise est tellement fragile. S'il m'arrivait quelque chose...

— Elise n'est pas si fragile. Et je peux mourir avant vous.

Elle ne répondit rien, se leva, abandonna les photos sur le bureau sans les ranger. D'où il était, Vernon ne voyait pas ce que représentaient les clichés. Les enfants, sans doute, de ces photos maladroites et familières comme Marthe en prenait depuis quelques années.

— Laissez-moi en dehors de vos histoires de famille, dit alors Vernon.

— Que vous le vouliez ou non, vous les avez prises avec ma fille.

— Tellement prises que...

Il eut une seconde d'hésitation, puis ajouta :

— Vous aussi, Marthe, Lambert finira par vous passer sur le corps.

Il avait parlé sans réfléchir, sans respirer. Pour courte qu'elle fût, sa réplique lui avait paru d'une longueur insupportable. Il l'avait dite, cependant, il l'avait laissée tomber dans toute sa cruauté.

A présent il avait chaud. L'effet du soleil ou celui de la colère, il ne savait pas. Il s'en voulait. L'instant d'avant, il hésitait encore entre deux méchancetés : raconter à Marthe la rebuffade qu'Elise lui opposait, ou lui répéter la rumeur de la ville. Il n'avait révélé ni l'une ni l'autre. Il avait fait pire, il avait blessé Marthe dans ce qu'elle avait de plus précieux, après Cellier : son amour pour Lambert. Elle allait le prendre pour un envieux de plus.

Il ne sut jamais si elle l'avait entendu. A l'instant même où il finit sa phrase, Anaïs déboula sur la terrasse avec de grands cris, et Marthe courut vers elle.

La petite pleurnichait. Marthe s'assit, l'attira sur ses genoux. Elle s'y blottit. Elle prétendit que le chat de Marthe l'avait griffée. Elle lui désignait une égratignure sur sa jambe potelée. Marthe la consola :

— Et pour tout arranger, tu n'as pas dû manger, comme d'habitude...

Elle la balançait doucement sur ses genoux, elle la chatouillait tout en la grondant. La petite éclata de rire, sauta de ses genoux, s'enfuit dans le jardin. Marthe n'était plus la même. D'un seul coup, elle parlait, elle respirait différemment. Elle soupira :

— Sept ans déjà, ça passe trop vite...

Puis elle lança à l'adresse d'Anaïs :

— Tu n'as pas dit bonjour à ton oncle ! Reviens donc ici...

Anaïs rentra en courant dans la pièce, se jeta sur les genoux de Vernon. Elle était aussi blonde qu'Elise, sa peau avait presque la même odeur, de lait et d'herbes fraîches. Elle se pelotonna un instant dans ses bras, puis sauta à nouveau sur les genoux de Marthe.

Elle était ainsi, Anaïs, rieuse et primesautière, plus joyeuse, plus enjouée que la plupart des enfants. Vernon était fou d'elle. Souvent, lors de ses longues nuits d'insomnie, il lui fabriquait des décors de théâtre, des marionnettes en carton. Elle ne manquait jamais de lui en réclamer. Ce dimanche, Vernon avait oublié ses découpages. Elle eut une mine dépitée, repartit en courant sur la terrasse, puis se mit à nouveau en quête de son chaton.

— Elle a de la suite dans les idées, dit Marthe.

— Et vous prétendez que c'est malade...

— Vous me la regarderez tout de même après le repas.

C'étaient à nouveau les phrases banales des dimanches; et ce dimanche-là fut apparemment semblable à tous les autres, avec son grand gigot bien aillé, le café et le pousse-café, qu'on prit près de la fontaine, parce qu'il faisait lourd, une vraie chaleur d'été. Avant la sieste d'Anaïs, comme convenu, Vernon l'examina. Elle n'avait rien, elle n'était jamais malade. Il la regarda s'assoupir en compagnie de Marthe. Il s'étonna une fois de plus de sa façon de dormir : elle qui était si vive, elle s'enfonçait dans le sommeil sans repousser le drap, chose légère, comme pour ne pas laisser de trace, comme si la place qu'elle prenait dans leur vie était déjà trop grande.

Au-dessus du lit d'Anaïs, Marthe avait l'œil plus brillant, la respiration plus courte. Sans doute fallait-il lui laisser son voile d'oubli sur les yeux, l'abandonner à ce nouvel amour, hydre plus aveugle, plus dévorante que toutes celles qui l'avaient tourmentée jusque-là, parce que c'était une passion qui la prenait sur le tard, et qu'elle la croyait justifiée par le sang. Quand vint le soir, au moment de quitter Vallondé, comme il longeait la Luisse au bras d'Elise, Vernon se répéta, une fois de plus : pourquoi déranger l'eau qui dort ? Pourquoi troubler l'ordre voulu par Marthe, ses comptes si bien tenus, son manoir sans poussière, ses fleurs au jardin, chacune en sa saison, ses lundis qui fleuraient la lessive, son coffre-fort bourré de plans qui valaient un pactole ? Elle pouvait mourir demain, comme tout le monde, ne jamais voir se réveiller les vipères de Rouvray, ni même les démons de la guerre, dont elle attendait la fortune.

Lorsqu'il passa la grille, Vernon n'avait plus de remords. Il se jura de laisser Marthe à son refuge de Vallondé, son tranquille creuset de silence et d'argent, avec les souples anneaux de la Luisse qui étranglaient sa maison.

Chapitre 42

Il fait chaud, n'avait pas arrêté de se plaindre Cellier, Cellier qui ne se plaignait jamais. Il avait toujours été gai, il était *très champagne,* comme disait Marina. Mais ce quinze août 1934, tout le monde l'a remarqué, Cellier n'a pas cessé d'afficher une humeur massacrante. Marthe l'a raconté elle-même, tout a commencé la veille, lorsqu'il est arrivé de Suisse, à la fin de l'après-midi. Le ciel était voilé, le temps un peu frais. Dès qu'il est entré dans le bureau de Marthe, il a lâché, d'un ton excédé : « Il fait chaud », et elle a compris dans l'instant qu'il voulait être ailleurs.

Elle lui a demandé des nouvelles de leurs affaires. Il fallut lui arracher les mots. Il finit par lui dire que tout allait on ne peut mieux. De temps à autre, il lorgnait sur sa Delage, rangée devant la grille, comme pour s'assurer qu'il pourrait bien repartir. Après le dîner, il a commencé une phrase maladroite, quelque chose comme « *J'ai des choses à te dire* », puis il a bégayé, il est sorti sur la terrasse. Il l'a arpentée quelques minutes, en se baissant de temps à autre pour arracher une mauvaise herbe. Il est revenu dans le bureau de Marthe. Une seconde fois, devant l'étagère où elle rangeait ses pierres, Cellier a dit : « Il fait chaud. »

C'était faux. Il aurait dû dire : « *Il fait bon.* » Il avait plu toute la matinée, la nuit tombait, gorgée d'eau, comme toujours à Vallondé. Des senteurs de menthe montaient vers le manoir, l'odeur de feuilles fraîchement lavées. Par la fenêtre de son bureau, Marthe a regardé Cellier parcourir le jardin, elle a pensé qu'il ressemblait à un poisson dans un bocal. Image banale, mais justifiée par la lumière verdâtre, un peu glauque, qui rôdait dans le parc, comme souvent le soir, après les orages. Marthe s'est dit aussi : si je ne vide pas le bocal, ce poisson-là n'arrivera jamais à se sauver.

Il aurait suffi d'un mot pour lui rendre sa liberté. Marthe ne le dit pas. Cellier n'en était pas à sa première aventure, mais cette fois-ci il était amoureux, cela crevait les yeux. Il suffisait de voir avec quelle convoitise enfantine son regard avait couvé le téléphone, quand ils étaient passés dans le bureau, après le dîner, pour prendre le café. Elle avait failli lui dire : allons, mon petit Jean, rentre à Orfonds, téléphone tranquillement, laisse-moi. Elle n'avait rien dit. Comme lui, elle était lâche. Marthe l'était à force de silence. Lui, Cellier, à la manière des hommes, pataude, un peu grossière. Dans ses rêves, il y avait des désirs contre lesquels elle se sentait impuissante. Elle entendait déjà les mots qu'il allait dire : mariage, enfants, le temps qui passe et qui détruit les choses. Et surtout ce « *Je ne t'abandonnerai pas* », la pire des blessures. Cette phrase-là, elle ne voulait plus l'entendre.

Il dut le deviner. Il n'osa pas parler, il n'osa pas non plus partir. Ils passèrent la nuit ensemble dans le grand lit de merisier. Il s'endormit dès qu'il fut couché. Elle ne ferma pas l'œil de la nuit. A plusieurs reprises, elle se pencha sur lui pour écouter son souffle, l'aspirer comme un dernier soupir. La nuit était lourde, mais il ne faisait pas chaud, Cellier se trompait. L'insupportable était ailleurs, dans ces mots qui n'étaient pas dits.

Il se réveilla de très mauvaise humeur, une bonne heure après qu'elle fut levée. Ils prirent ensemble le petit déjeuner sur la terrasse, lui en robe de chambre, elle habillée de pied en cap pour la réunion de famille au Grand Chatigny, droite et nette comme à son habitude. Pour la première fois, elle se sentit empruntée devant lui. Pour tout dire, vieillie. Et même carrément vieille.

Il dit encore : « Il fait chaud. » Elle ne put s'empêcher de corriger : « Il fait beau. » Elle avait raison, comme toujours. La terre était détrempée, des filets de brume rôdaient encore au fond des peupleraies. Du côté de la Loire, l'air avait pris ce bleu lavé, léger, qui annonce dans le Val les plus radieuses journées.

— Ça nous promet un bel après-midi, poursuivit Marthe. Tania sera contente.

— Tania ?

Cellier parut sortir d'un rêve. Il se reprit aussitôt :

— Tania, oui, Tania. Qu'est-ce qu'on fête, déjà, qui va venir ?

Elle le lui avait dit la veille, et une semaine plus tôt, avant son départ pour la Suisse. Elle réprima son impatience :

— C'est le 15 août, l'anniversaire de Marina, ses trente ans. Tania voulait une grande réception. Mais Marina a rompu avec son dernier fiancé... Elle a tenté se suicider...

— On me l'a dit, oui. Elle s'est ouvert les veines, c'est bien ça ?

— Elle était debout le surlendemain. Elle en est quitte pour une cicatrice.

— Ces Russes, tout de même. Et tout ça pour un petit acteur qui avait dix ans de moins qu'elle...

Qu'est-ce qu'il mijote, se dit Marthe, de quoi cherche-t-il à me consoler d'avance ? Cellier continuait tranquillement à beurrer sa tartine de pain grillé, il versait le lait dans son thé à sa manière habituelle, précise, un peu maniaque. Un mot lui vint aux lèvres, qu'il ne put prononcer. Il répéta, en s'épongeant le front :

— Il fait chaud.

Ils partirent pour le Grand Chatigny sur le coup de midi. Dès qu'elle eut embrassé Boris et Anaïs, Marthe oublia Cellier. Elle se retrouva comme elle avait toujours été, femme en marche, indifférente à tout, sauf aux enfants. Elle opposa son habituel sourire à la distance de son fils, la même désinvolture aux ronds de jambe de Chicheray, que Lambert, bien sûr, n'avait pas manqué d'inviter. Le notaire avait eu vent des déboires sentimentaux de Marina, il avait cru bon de venir avec une musette remplie de farces et attrapes, dont une boîte à rire, « *pour mettre de l'ambiance* ».

Une fois de plus, Tania s'était avisée de changer la décoration du château. Sa nouvelle folie, c'étaient les trompe-l'œil. Dès la fin du printemps, Tania s'était installée au domaine, avec l'ambition déclarée d'y créer un monument de l'illusion picturale. Elle décorait tout, même les portes. Elle venait de commencer une fresque au fond de l'office, malgré la réprobation des domestiques, qui prétendaient que sa peinture leur « *flanquait le bourdon* ». La fresque, aujourd'hui disparue, représentait un puits sombre, vu d'en haut, tout encombré de scolopendres. Tania tenait sa nouvelle passion d'un ami sculpteur, Adolphe Méridor, un artiste assez connu à l'époque. Il vouait à Tania une adoration aveugle. Lambert feignit toujours de se tromper sur son nom, il l'appelait invariablement *Médor*.

En ce 15 août 1934, le déjeuner, en soi, fut déjà un petit événement. Tania inaugurait la fresque de la salle à manger. Elle l'avait peinte sur le long mur aveugle qui faisait face aux fenêtres. Par la même propension morbide qui l'avait poussée à dessiner le puits ténébreux de l'office, elle avait voulu que la pièce s'ouvre sur un escalier comme on en voit parfois dans les châteaux d'Ecosse, des boiseries à la Walter Scott, poussiéreuses et sombres, d'une architecture qui défiait les lois de la perspective. L'escalier s'arrêtait sur une porte basse. Sur la moulure du plafond, Tania avait peint un chat noir et blanc. Il semblait surveiller la table, ou la menacer, on n'aurait su dire.

Dès qu'elle vit la fresque, Marthe détourna instinctivement les yeux, comme la plupart des invités. Par des journées radieuses comme celles-là, il faut le reconnaître, la peinture de Tania Bronski suscite des sensations troublantes : on ne sait plus où on est, de l'Italie riante qu'évoque le parc du Grand Chatigny, ou du sinistre manoir figuré sur les murs. Ce jour-là, Lambert fut certainement le seul à l'examiner de près. Il eut un sourire amusé, puis il fit remarquer à sa femme qu'elle avait oublié de peindre les moustaches du chat. Tania protesta :

— Les chats n'ont pas de moustaches !

— Voyez-vous ça ! rétorqua Lambert.

Tania se tourna vers le sculpteur, le prit à témoin :

— N'est-ce pas que les chats sont dépourvus de moustaches ?

Du bout de table où il tentait de se faire oublier, Méridor rougit :

— Ça dépend des races.

En dehors de cette anecdote, personne ne s'est souvenu avec précision de ce qui s'est dit pendant le déjeuner. Tania fit servir, à la manière de la province, un repas copieux et interminable. Elle venait une fois de plus de congédier sa cuisinière. Elle l'avait remplacée au pied levé par un patron de restaurant qu'elle avait débauché à prix d'or. Il leur avait concocté un menu prétentieux, avec des tourtes au ris de veau, des poulardes à la crème. Dès le deuxième plat, et quoiqu'il fût de plus en plus gourmand, Lambert en fit ouvertement reproche à sa femme. Puis l'atmosphère parut se détendre, Vernon et lui parlèrent des grands travaux que lançait le gouvernement. Le sujet passionnait Lambert : il avait obtenu plusieurs de ces chantiers. Cellier touchait à peine à son assiette. Il avait du mal à dissimuler son ennui, il n'arrêtait pas de pétrir des boulettes de pain. Quelqu'un — Chicheray peut-être, à moins que ce ne soit Marina — évoqua alors la création de l'armée de l'air, et le record de vol battu par Hélène Boucher trois jours plus tôt. Il demeura de marbre. Vernon réussit à détourner la conversation sur un sujet plus futile, « *la mode du short, si ma mémoire est bonne* », a raconté Marina. Cellier ne fut pas plus loquace. De temps à autre, Chicheray, qu'émoustillait beaucoup la question des shorts, mais dont personne n'écoutait les allusions grivoises, retournait sur le bord de sa chaise la boîte à rire, malgré les vigoureux coups de pied que lui lançait sous la table Madeleine Roseroy.

Dehors, le soleil tapait de plus en plus fort. Les bassins du parc, la Loire elle-même, en bas des terrasses, avaient pris une couleur bleu-gris, un peu plombée. Au moment du dessert, on servit du champagne. Marina et Cellier, d'un seul coup, parurent très gais. Ils burent coupe sur coupe, se gavèrent de millefeuilles. Marina chuchota à l'oreille de Cellier des mots qui le déridèrent Au moment du café, ils se mirent à chantonner des airs à la mode, d'abord à mi-voix, puis ils entonnèrent à pleine gorge *Les Gars de la marine* et *Couchés dans le foin*, que Tania reprit avec eux, puis Madeleine Roseroy et Marthe, tandis qu'on servait les liqueurs. L'euphorie de Marina et de Cellier était telle, après le dernier couplet, qu'ils parlèrent, en un langage canaille qui ne leur était pas coutumier, d'aller « *guincher au Goujon frétillant* ». La chaleur, sans doute, les en dissuada. Comme tout le monde, ils s'affalèrent très vite sur leurs fauteuils, un verre d'eau-de-vie de prune à la main, à moitié somnolents.

Les enfants s'étaient éclipsés. Boris était au billard. Il avait déclaré au dessert qu'il voulait battre son père. Il avait la même vivacité que Lambert, au même âge, la même expression tendue et décidée. Anaïs était sortie, elle s'était installée sous un parasol, en bas du perron. Marthe la surveillait du coin de l'œil, depuis un fauteuil d'angle proche d'une fenêtre. Elle jouait avec des pétales de pensées. Elle tentait d'en faire un chapeau pour sa poupée préférée, un minuscule poupon de laine que Marthe lui avait tricoté. De temps à autre, elle s'interrompait, calait la poupée contre le dossier d'un chaise de jardin, s'emparait d'un livre, lui faisait la lecture.

Anaïs avait très vite appris à lire, beaucoup plus rapidement que son frère. Ce jour-là, cependant, elle n'arrivait pas à se fixer. Elle revint deux ou trois fois au salon, demanda conseil à Marina pour son chapeau, puis à Marthe. Elle aussi semblait accablée par la chaleur. A plusieurs reprises, elle réclama à Cellier qu'il l'emmène sur la petite plage de sable parfaitement sûre qui s'étalait en bas du parc. Il l'y avait accompagnée plusieurs fois l'année précédente. Elle commençait à savoir nager. Cellier somnolait, la tête renversée sur son fauteuil. Il marmonna quelques mots indistincts. Anaïs ressortit jouer sous le parasol.

C'était en somme l'abandon qui marque la fin des repas de famille, cette lourde torpeur où se confondent l'ennui et la digestion. Marthe observait Cellier à la dérobée, elle tâchait de calculer le moment où allait se dissiper son ivresse, à quelle heure il allait retrouver son air excédé et dire à nouveau : « Il fait chaud. » Il s'était endormi pour de bon. Elle en a profité pour le regarder de plus près. Elle l'a trouvé un peu vieilli. Sur ses tempes, sur le sommet de son crâne, ses cheveux devenaient clairsemés. Comme s'il s'était aperçu qu'elle l'épiait, Cellier a brusquement rouvert les yeux. Il s'est levé sans un regard pour elle, il a dit : « On crève de chaud, je vais faire un tour. » Et il est sorti.

Il avait tombé la veste depuis la fin du repas, au moment où il avait commencé à chanter avec Marina. A son grand soulagement, Marthe a constaté qu'il ne la reprenait pas. Elle a pensé : « Encore un moment de répit. » A son tour, elle s'est assoupie.

Qui l'a réveillée en sursaut, qui a dit le premier : « *Où est passée la petite ?* » Sur ce point, les versions divergent. En tout cas, ce n'était pas Lambert. Il jouait au billard dans la pièce voisine. Il montrait de nouveaux coups à son fils. Boris apprenait très vite, il poussait de grands cris chaque fois qu'il marquait un point. Ce ne fut pas non plus Tania qui s'enquit d'Anaïs : elle était perchée en haut d'une échelle, dans la salle à manger, elle ajoutait des moustaches à son portrait du chat. Elle était toujours très concentrée, Tania, quand elle peignait, le monde disparaissait autour d'elle. Elle a à peine tourné la tête quand on a parlé d'Anaïs.

Elise a ajouté, en écho à la première voix : « Où est donc passé Cellier ? » Au seul son de sa voix, tous les autres ont levé la tête, Madeleine Roseroy la première, devant la table où elle s'était installée pour jouer à la crapette, puis Vernon, qui commençait une partie de bridge avec Chicheray, Méridor et Marina. Enfin Marthe, du fauteuil d'angle où elle somnolait, dans la lumière trop jaune de l'après-midi.

Elle a toujours prétendu que c'est Léon Fatal qui s'est aperçu le premier de la disparition d'Anaïs. Quand elle a ouvert les yeux, elle l'a vu surgir au fond de la galerie, suant et soufflant, à son habitude, traînant les pieds sur le dallage. Sur le coup, ça n'a étonné personne. Il adorait Anaïs, il n'arrêtait pas de la couver, de la gâter. Marina lui a répondu presque aussitôt, sans même lever les yeux de ses cartes : « La petite était là à l'instant, elle jouait avec des fleurs. » « Elle jouait à la poupée sous le parasol », a corrigé Marthe, en se redressant dans son fauteuil. Elle avait encore la voix tout empâtée quand elle a ajouté, à l'adresse de Léon Fatal : « Allez donc voir du côté du tas de sable, elle y va toujours, quand elle commence à s'ennuyer. »

Léon Fatal s'est éclipsé. Il transpirait toujours, mais il ne traînait plus les pieds. On n'a plus entendu que ses pas précipités sur le gravier des allées, et le bruit des boules que tapaient Lambert et Boris. Marthe a déambulé un moment dans le salon, elle a observé le jeu de Vernon par-dessus son épaule, puis celui de Méridor et celui de Marina. Au bout de dix minutes, comme Léon Fatal ne revenait pas, elle a compris qu'il se passait quelque chose d'anormal. Elle allait jeter un œil dehors, quand elle a vu Fatal courir vers la salle à manger, là où Tania continuait de fignoler les moustaches de son chat. Il a crié : « Madame, madame, je ne retrouve plus la petite. »

Marthe a gardé son calme, elle a dit à Fatal d'aller voir dans la chambre d'Anaïs. Il s'est exécuté. Il est revenu bredouille. Tania est descendue de son échelle, elle est allée elle-même voir dans la chambre, puis elle a voulu inspecter le tas de sable, la charmille qui faisait face au perron. La poupée de laine, le livre et le bouquet de pensées déchiquetées étaient abandonnés sur un fauteuil de jardin.

Marthe, la première, a pensé à la Loire. Elle n'a pas osé la nommer. Elise l'a entendue crier : « Bandes d'imbéciles, avec cette chaleur, courez donc la chercher en bas des terrasses ! »

Dès qu'il a entendu sa mère crier, Lambert s'est précipité dans le parc. Il a bousculé Vernon, Léon Fatal, sur les marches qui descendaient au fleuve. Prévenus par Méridor, les domestiques l'ont rejoint. Marthe les a suivis, mais à la seconde terrasse elle n'a pas pris la même allée qu'eux. Elle a enlevé ses chaussures, elle a couru à travers les parterres, elle est arrivée la première au-dessus de la petite plage. Elle n'y a découvert que Cellier. Il était nu, il se baignait. Elle lui a crié : « Tu n'a pas vu la petite ? » Il a secoué la tête, puis s'est rhabillé à la hâte.

Les autres sont arrivés. Les hommes devant, les femmes loin derrière. A cause de leurs talons hauts, leurs chevilles vacillaient dans les allées de gravier. Leurs robes de soie légère s'accrochaient dans les buissons, les oseraies des berges. A la lisière du parc, ils ont rencontré le garde-chasse, Gaston Caillotte. C'est lui qui a évoqué le premier le tourbillon de la Noue, un siphon mortel qui aspire les nageurs, ou même les simples baigneurs, juste à la limite des bois. « Mais ça fait bien trente ans qu'il n'y a pas eu d'accident », a ajouté Gaston Caillotte en jetant à Cellier un petit regard par en dessous. « Il n'y a plus que les étrangers pour se flanquer à l'eau dans cette foutue rivière. » Puis il a expliqué que la Loire rend toujours les corps au même endroit, à la sortie du siphon, cinq cents mètres en aval, au lieu-dit la Grange-au-Rouge, près d'une pêcherie abandonnée.

« Anaïs n'aura jamais pu aller si loin », a rétorqué Tania. « Elle est trop petite, elle n'a pas eu le temps. » « Allez savoir ce qui peut se passer dans la tête d'une mioche », a opposé Marthe. « Elle a sept ans, tout de même. Et elle est risque-tout. »

L'après-midi s'avançait, il faisait de plus en plus chaud. La Loire avait gardé sa couleur plombée. « On ferait mieux de retourner là-haut », a dit Cellier, « la petite est peut-être tout bonnement en train de jouer à la poupée au grenier. » Personne ne l'a écouté. La marche a repris. Lambert arriva le premier à la Grange-au-Rouge. Il s'enfonça aussitôt dans les buissons qui encombraient la berge. Les autres s'arrêtèrent, essuyèrent leur visage en sueur, frottèrent dans les herbes leurs souliers crottés. Vernon sortait sa pipe de sa poche, quand il a vu Lambert émerger des buissons. Très exactement à l'endroit indiqué par Gaston Caillotte, il venait de découvrir le corps d'Anaïs. Vernon s'est précipité sur le corps, l'a examiné, puis s'est effacé. Chicheray et lui se sont jeté un long regard : c'était la seconde mort par l'eau dans la famille Monsacré.

Lambert s'est effondré sur le petit corps. Cela dura cinq bonnes minutes. Personne n'osait plus bouger, même pas Tania. On ne voyait plus que le dos de Lambert, secoué de hoquets, au-dessus du corps de la petite fille. Il voulut le remonter lui-même au château. Jusqu'à la nuit, il ne laissa pas Tania s'en approcher. Il s'était enfermé dans son bureau, d'où on l'entendait téléphoner, d'une voix neutre, professionnelle. Il exigea une enquête. A la nuit close, les gendarmes firent leur entrée au Grand Chatigny, solennels et guindés. Ils interrogèrent successivement les invités et les domestiques, pour conclure à un accident. Cellier fut soumis à un interrogatoire particulièrement détaillé. Il nia fermement que la petite fille l'ait accompagné au fond du parc, il prétendit avec la même obstination qu'il ne l'avait pas vue jouer devant le château, quand il était sorti, et qu'il ne l'avait même pas croisée dans le parc.

Trois jours s'écoulèrent avant l'enterrement. Tania ne sortait plus de sa chambre. Lambert demeurait calme, mais il avait le visage ravagé. Il dirigea par le menu l'organisation des obsèques. Il s'occupa de tout, du nombre des faire-part, de l'ordonnance de la cérémonie, qu'il voulut grave et grandiose. Le maire et le sous-préfet se déplacèrent, on vint de Blois, de Tours et même de Paris. Lambert mena le deuil jusqu'au caveau des Monsacré. Il serrait Boris contre lui, comme pour le protéger d'une malédiction. Puis venait Tania, appuyée au bras de Marina et de Léon Fatal. Elle était hagarde, incapable d'une seule larme. Derrière lui, Elise avançait aux côtés de Vernon, plus lointaine que jamais. Enfin venait Marthe, raidie sous ses voiles noirs. Pour la première fois de sa vie, tout le monde le remarqua, elle avait la démarche incertaine.

Elle était venue seule. L'avant-veille, Lambert avait déclaré à Chicheray que rien ne serait arrivé si Cellier n'avait pas entraîné Anaïs dans le parc. Il s'était baigné, la petite avait voulu l'imiter, il ne l'en avait pas empêchée, il ne l'avait pas surveillée, et peut-être même... Dès que la rumeur revint aux oreilles de Marthe, très exactement vingt-quatre heures plus tard, elle se rendit au Grand Chatigny, demanda des explications à son fils. Il nia tout. Puis, selon son habitude, au moment où ils allaient se séparer, il ajouta d'une voix sourde :

— C'est ta faute, ce qui est arrivé, il faut toujours que tu régentes tout le monde. La petite n'obéissait à personne d'autre que toi, tu ne laissais jamais personne s'occuper d'elle, c'était toujours toi qui l'avais à l'œil...

Marthe posa sa main sur le bras de Lambert.

— Tu ne crois pas que j'ai autant de chagrin que toi ?

Il eut un mouvement de recul, puis éclata :

— Toi, toi, toujours toi ! Tu n'as jamais pensé qu'à toi... Toi et ton fric, toi et...

Il s'arrêta net, comme si l'injure qu'il s'apprêtait à dire était si forte qu'elle lui coupait le souffle. La mère et le fils se firent face en silence. Lambert était sur le seuil de la pièce, Marthe n'avait pas bougé de la fenêtre, la petite fenêtre au fauteuil d'angle où elle s'était assoupie, l'après-midi où Anaïs s'était noyée. La chaleur n'avait pas faibli, le même jour cru et jaune tombait dans la pièce. Elle n'avait pas encore remarqué combien Lambert avait vieilli. Comme Cellier, il perdait ses cheveux; mais, en plus, il s'alourdissait, la vivacité qui avait fait son charme commençait à s'évanouir.

Lambert détourna la tête. Il était comme tout le monde, il ne pouvait pas soutenir le regard de Marthe. C'est de dos, comme il s'éloignait dans le couloir, qu'il lui jeta :

— Ne t'avise pas de te présenter devant moi avec ton gigolo !

Ce soir-là, quand elle se coucha, Marthe ne pleura pas. Il lui semblait que toutes ses peines, en s'accumulant, avaient fini par s'annuler. Elle ne savait plus où se trouvait la plus grande douleur, du nom de son amant qu'on lui jetait comme une insulte, de la petite qui s'était noyée. Ou de ce mystère presque aussi intolérable, la haine de son fils.

Chapitre 43

Cellier n'a pas quitté Marthe. Trois mois après la mort d'Anaïs, il a réussi à la convaincre de fermer Vallondé, de le suivre en voyage. Pourtant Marthe ne pleurait pas. Elle n'a jamais eu le visage ravagé de Lambert, elle a continué à faire face. Ou plutôt à faire semblant. Elle était très forte à ce jeu, il fallait bien la connaître pour ne pas en être dupe. Cellier a tout deviné. Il n'a pas pu la quitter.

Avant son départ, Marthe est allée voir Tania dans son atelier de la rue Spontini. Elle non plus ne pleurait pas. Elle avait d'autres échappatoires. Elle peignait davantage. Elle préparait une exposition, son atelier regorgeait de toiles. Depuis son mariage avec Lambert, c'était la première visite de Marthe à son atelier. Rien n'avait changé. Léon Fatal ouvrit, avec son air éternellement fatigué. Tania portait la même blouse, elle était à peine coiffée. Des tasses de thé marquées de rouge à lèvres, des bouteilles de brandy vides étaient éparpillées dans tout l'appartement. Quand Marthe l'a embrassée, elle sentait un peu l'alcool.

Cette fois, Marthe ne fut pas intimidée. Tania parla de tout et de rien, avec une exubérance un peu forcée. Au bout de quelques minutes, Marthe en eut assez.

— Moi aussi, autrefois, j'ai perdu un fils, coupa-t-elle. Vous êtes encore solide. Un autre enfant...

Elle lui prit la main. Tania la retira aussitôt. Puis elle secoua la tête. Marthe ne se laissa pas démonter :

— Vous n'effacerez rien, vous n'oublierez rien. Tout simplement, vous commencerez une autre vie. Il y a plusieurs vies dans la vie. Vous pouvez me croire...

Tania jeta un œil à Léon Fatal, qui préparait du thé dans la cuisine. Elle saisit un pinceau, mélangea quelques couleurs sur sa palette. Enfin elle chuchota :

— Laissez-moi...

Marthe s'en alla presque aussitôt. Elle quitta Paris le lendemain. De ce premier voyage, elle n'attendait pas grand chose. Même pas l'oubli. Elle joua pourtant le jeu. Elle qui n'était jamais allée plus loin que Paris, elle suivit docilement Cellier en Egypte, en Italie. Elle donna le change, elle s'habilla comme n'importe quelle riche voyageuse, de chapeaux de paille, de tissus clairs. Elle écouta les guides, s'étourdit de la vie de palace, de paquebot, même si, de temps à autre, elle rechigna à la dépense. Elle se força à sourire partout où Cellier l'emmenait, devant les temples de la vallée des Rois, dans les montagnes de Sorrente. Un jour, elle entra même dans un casino, au Caire. Elle joua, elle gagna. Elle tourna aussitôt les talons. « Je n'aime pas la chance », dit-elle à Cellier. « Un jour ou l'autre, on finit par passer à la caisse. » Elle fit alors un petit signe vers le ciel, avec l'œil durci qu'elle avait quand elle avait démêlé le jeu d'un concurrent.

De ces trois mois de voyage, ce fut sa seule allusion à la mort d'Anaïs. Ici ou là, près d'un piano-bar, dans les couloirs d'un train de luxe, Cellier noua quelques relations. Il avait la parole facile, on le prenait en affection. On l'invitait, on le fêtait. Marthe restait toujours en retrait. Elle gardait son air absent, ou s'éloignait assez vite. On la prit sans doute pour une de ces riches exilées que les soubresauts du monde condamnaient à errer dans les villégiatures à la mode, jusqu'à épuisement de leur fortune. On demanda parfois à Cellier qui elle était, de quel pays elle venait. Il éluda. Il ne savait pas quoi répondre, il n'avait pas la force de mentir : il le savait bien, ce n'était pas à l'Egypte, à l'Italie que Marthe se sentait étrangère. C'était à ce monde, tout simplement. Il n'avait pas le cœur de l'y ramener.

A leur retour, une bonne nouvelle les attendait : Tania était enceinte. Elle reprenait goût à la vie, sa peinture était beaucoup moins torturée. Lorsque Marthe revint la voir à son atelier, elle ne sentait plus l'alcool. Elle lui annonça aussi que Boris était le premier de sa classe. Elle paraissait très fière de lui. Lambert venait de l'inscrire dans l'un des lycées les plus prestigieux de Paris. Il n'avait pas onze ans, il jurait déjà qu'il deviendrait médecin. Il ne parlait plus d'Anaïs, il semblait l'avoir oubliée.

« Il tient de son père », dit Marthe, un peu étourdiment. Tania ne releva pas. Elle se retourna vers son chevalet et se remit à peindre. Marthe s'en alla sur la pointe des pieds. Elle était déjà dans l'ascenseur, quand Tania sortit en courant de l'atelier. Marthe l'aperçut à travers les ferrures de la porte palière. Elle l'entendit crier : « Restez à Paris ! Je ne retournerai plus très souvent là-bas, vous comprenez ? Restez... »

A la façon dont sa voix chancela sur le *là-bas,* Marthe comprit qu'elle parlait du Grand Chatigny. Elle ne répondit rien, elle appuya résolument sur le bouton du rez-de-chaussée. Elle rentra le lendemain à Rouvray.

C'est à Vallondé, un soir de janvier 1936, qu'elle apprit que Tania venait d'accoucher d'un fils, un superbe garçon brun et potelé, qu'elle avait tenu à appeler Lucien. Sur le coup, elle fut abasourdie, elle ne fit aucun commentaire. Puis elle rappela Marina. Au bout de quelques phrases, elle finit par hasarder :

— Dans votre famille, quelqu'un s'appelle Lucien ?

— Non. Je crois que le nom plaisait à Tania. Et à Lambert aussi. C'est une chance, non ? Pour une fois qu'ils sont d'accord...

Marthe raccrocha très vite. Elle se souvenait parfaitement de la confidence qu'elle avait faite à Tania sur l'enfant qu'elle avait perdu, mais elle ne rappelait pas qu'elle eût précisé son prénom. Quelques jours durant, elle se demanda qui, en dehors de Lambert, avait pu lui raconter l'histoire du premier Lucien. C'était un sujet que personne n'avait jamais abordé depuis sa mort, pas même Hugo. Marthe était persuadée que Lambert n'avait gardé aucun souvenir de l'inondation, ni de la brève existence de ce bébé fragile.

Elle se força à croire à une coïncidence. Pourtant, elle eut peur de ce prénom, elle redouta le moment de s'approcher du nouveau-né. Une sensation curieuse s'était emparée d'elle, l'impression de porter malheur, de laisser derrière elle un sillage de mort. Où qu'elle aille, et malgré elle.

Elle s'en ouvrit à Cellier : « J'ai l'impression d'être une sorcière », lui confia-t-elle le lendemain de la naissance. Un an plus tôt, Cellier se serait moqué de Marthe. Cette fois-là, il l'écouta gravement. « Ne t'occupe pas de cet enfant », conseilla-t-il. « Vois-le régulièrement, mais tiens-toi à distance. Si Tania veut te le confier, refuse. Prends le prétexte de ton travail, de nos affaires... »

Elle suivit le conseil. Sur la photo qui fut prise par Léon Fatal le jour où elle rendit visite à Tania pour voir le nouveau-né, cette distance volontaire est très nettement perceptible. Au centre du cliché, au milieu de ses draps de satin, Tania se penche sur l'enfant avec un regard brillant. A sa gauche, Elise et Marina sourient. Derrière elles, on aperçoit le profil de Boris, mâchoires serrées, lèvres pincées, tout le portrait de son père. Ce bébé vers lequel convergent tous les regards semble beaucoup l'inquiéter. Il a le rictus du bon élève qui vient de se faire souffler la première place et tâche de dissimuler sa déconvenue. Une main s'avance vers le bavoir du bébé, un peu ridée, piquetée des premières taches de vieillesse. A sa finesse, à son énergie, elle est reconnaissable entre toutes : c'est celle de Marthe. C'est tout ce qu'on voit d'elle sur ce cliché. Un halo flou, sur la droite de la photo, marque qu'au dernier moment, comme par réflexe, elle est sortie du cercle.

Cercle où manque aussi Lambert. Sur sa commode, Tania a posé un portrait de lui, pris dans un studio à la mode, le visage de biais sous un éclairage artificiel. Photo dans la photo. Tout est flou, dans l'image de ce père absent : son beau visage qui s'empâte, son regard terni par le chagrin. Ses cheveux sont de plus en plus clairsemés, il tente de le cacher en les coiffant en arrière, en les graissant de brillantine. Hasard ou malice de Léon Fatal, le portrait du père apparaît au centre du cliché. Malgré la brume qui noie son regard, jamais Lambert n'a paru aussi présent que dans ce cadre. Il ne sourit pas. Ou, plus exactement, il ne sourit plus.

Avant de partir, Marthe a demandé pourquoi son fils n'était pas là.

— Il est à Rouvray, a répondu Tania d'une voix précipitée.

— J'en arrive. Je ne savais pas qu'il était là-bas. Il a vu son fils ?

— Pas encore. Les affaires... Vous savez bien qu'en ce moment, les affaires...

— Tu parles ! a coupé Marina, et elle avait un air méchant.

— Alors qu'est-ce qu'il fait de la sainte journée ? Il est à Paris ou à Rouvray ?

— Ça doit être bien intéressant, en tout cas, a repris Marina, pour que ça l'empêche de venir voir son nouveau-né.

Marthe n'a pas insisté. Quand elle est sortie avec Marina, elle lui a tout de même demandé :

— Qu'est-ce que vous avez voulu dire, tout à l'heure ? Il y a une femme ?

Marina a éclaté de rire :

— Lambert, une femme... Ça lui coûterait trop cher ! Et ça ne lui rapporterait rien....

— Alors quoi ?

— L'argent. Toujours l'argent. Il prétend que Tania est dépensière, qu'elle lui coûte des fortunes.

— Elle a de quoi vivre sans rien lui demander.

Marina portait un petit chapeau à résille. Elle a soulevé sa voilette, elle s'est mise à jouer les coquettes :

— Les héritages, vous savez, ça se mange comme le reste ! Moi-même...

Marthe ne l'a pas laissée finir :

— Comment vont les affaires de Lambert ?

— On ne peut mieux. Alors que pour les autres tout va mal.

— Il travaille beaucoup.

— Il sait aussi se salir.

— C'est-à-dire ?

— Il traficote, il intrigue, il...

Une seconde fois, Marthe l'interrompit :

— Que voulez-vous, Lambert est comme moi, il a grimpé tout seul.

Marina a rougi. Elle s'est mise à marcher d'un pas plus rapide. Une phrase lui est montée aux lèvres, mais elle n'a pas pu affronter le regard de Marthe, avec sa pupille rétrécie comme celle d'un chat aux aguets. Elle rabattu sa voilette, puis elle a jeté :

— Lambert verra, lui aussi. L'argent, ça va, ça vient. Mais quand il est propre, on a moins de regrets à le perdre.

— Et, le plus important, c'est de le transformer en bonheur, non ? a répliqué Marthe en lui prenant le bras. Il est bien joli, le petit Lucien.

Marina s'est laissé faire. Elles ont marché bras dessus bras dessous en parlant de brassières et de barboteuses. A la première mercerie venue, elles ont acheté des pelotes de laine, des patrons-modèles. Jusqu'à la guerre, Marina n'a plus prononcé devant Marthe le nom de Lambert.

Quinze jours plus tard, Marthe a annoncé à Tania qu'elle quittait Vallondé, qu'elle venait vivre à Paris. Elle avait enfin trouvé un appartement. Il était situé rue des Belles-Feuilles, à deux pas de son atelier.

Chapitre 44

Cet appartement, c'était une occasion, a prétendu Marthe, une de ces affaires qui ne se présentent pas deux fois. Son propriétaire, un marchand de viande argentin qui retournait à Buenos Aires, l'avait quasiment bradé. Il était juif. Il s'était installé en Europe pendant la guerre, où il s'était enrichi dans la vente du corned-beef aux armées alliées. Puis il avait trafiqué un peu de tout dans l'Europe de l'Est jusqu'en 1932, date à laquelle il était venu s'installer à Paris. Il se vantait d'avoir prévu les lois qu'Hitler venait de faire proclamer à Nuremberg, et qui privaient les juifs de la citoyenneté allemande. Ces mesures n'avaient soulevé aucun émoi en Europe; en foi de quoi l'Argentin assurait qu'elles finiraient un jour ou l'autre par entrer en vigueur dans les autres démocraties. C'était chez lui une obsession. Comme s'il n'en était jamais assez convaincu, il se plongeait des heures dans la presse d'extrême droite, soulignait de rouge les articles les plus virulents. Le jour où Marthe et Cellier visitèrent l'appartement, il s'arrêta au milieu de leurs discussions pour brandir plusieurs de ces feuilles. Elles étaient entièrement annotées de sa main.

— Je préfère partir tout de suite, déclara-t-il gravement.

— Ces journaux ont toujours existé, répliqua Cellier. Et nous sommes en France, tout de même. Mon père s'est battu à Douaumont. Il avait trois rangs de décorations. Je les possède encore.

Le marchand de viande n'insista pas. Il paraissait pressé de terminer l'affaire. Il aurait pu palabrer, mégoter, il y semblait rompu. La vente fut conclue dans la journée, au prix ridiculement bas qu'avait proposé Marthe.

Elle n'avait jamais vécu dans un appartement, encore moins dans une construction moderne. Elle s'y fit très bien. La nouveauté l'amusait, notamment la cuisine « à l'américaine » : elle possédait des quantités de placards et une armoire réfrigérante. Autre singularité, l'Argentin avait transformé une partie de cette armoire en coffre-fort. Dès son installation, Marthe y entassa ses précieux brevets. Pour le reste, l'appartement de la rue des Belles-Feuilles était spacieux et très clair. Sa décoration était peu courante, dans le goût de l'atelier de Tania, avec de grandes baies vitrées, des cheminées cubistes. Contre toute attente, Marthe n'y toucha pas.

Cellier est venu vivre avec Marthe rue des Belles-Feuilles. Il avait une maîtresse, une certaine Gisèle Delvaux, une jeune actrice qu'il avait projeté d'épouser, juste avant la mort d'Anaïs. Il a continué à la voir jusqu'à la guerre. Il rencontrait aussi très souvent une célèbre danseuse de flamenco, Dolores Tortosa, qui voulait à toutes fins un enfant de lui. Elle lui téléphonait constamment. A plusieurs reprises, elle vint même lui faire des scènes rue des Belles-Feuilles. Elle criait, suppliait. Marthe n'a jamais posé de questions. Elle a toujours « *fait l'innocente* », comme on aurait dit à Rouvray. Lors de la dernière dispute qui opposa Cellier et sa danseuse de flamenco, elle s'aperçut qu'il lui racontait qu'il vivait chez sa mère. Elle était malade, prétendait-il, il ne l'abandonnerait jamais. Derrière la porte où Marthe écoutait, le mensonge de Cellier lui arracha un rire. Le seul rire qu'elle eût désormais, très bref, un peu amer. Et ce fut tout. Il n'y eut jamais de reproches, jamais d'explications. Cellier et elle ne dormaient plus ensemble. Ils étaient ensemble, c'était peut-être mieux. En tout cas, elle n'en demandait pas davantage. Mère et fils, vieux amants, elle se moquait des noms dont Cellier baptisait leur lien. Ce qui les unissait était désormais au-delà de l'amour. C'était une alliance, un genre de pacte qui n'avait pas besoin de mots.

Tout aurait pu continuer ainsi, doucement, jusqu'à la mort. Cela dura jusqu'à la guerre. Jamais Marthe n'a tenu ses livres de comptes avec autant de minutie. Son jardin lui manquait sans doute, ses équipées dans la campagne. Elle les remplaçait par de longues promenades dans les parcs de Paris. Elle les connaissait tous par cœur. Elle se rendait tous les matins aux bureaux de la société qu'elle avait fondée avec Cellier, régentait les dactylos. Les employés la redoutaient, ce qui lui rendait un semblant de bonheur. Comme les grèves l'amusèrent, en 36, avec l'effroi de Cellier devant les lois du Front populaire.

Dans les quelques déjeuners de famille qui réunirent les Monsacré jusqu'en août 39, Lambert ne parla jamais politique. Marthe jugea donc que les compromissions évoquées par Marina touchaient à autre chose. Un seul souci paraissait travailler son fils : acheter, accumuler. En dépit des *Faites payer les riches* placardés sur les murs de Paris, il avait acquis plusieurs immeubles, une nouvelle cimenterie. Jusque-là, Marthe n'y trouva rien à redire. Elle fut beaucoup plus étonnée quand elle le vit reprendre ses achats à Rouvray. Dès qu'une ferme était abandonnée, dès qu'un verger était à vendre, un morceau de vignoble, un pâturage, une sablière, il achetait, au mépris du rapport qu'il pouvait en tirer. Chicheray le prévenait aussitôt qu'il avait une affaire en vue. Il préparait son coup de longue date. Selon une méthode éprouvée par des dynasties de notaires, il prêtait de l'argent à un paysan, un nobliau proche de la ruine. Quand il devenait évident que son débiteur ne pourrait jamais le rembourser, Chicheray lui représentait, avec l'air de la plus grande compassion, qu'il n'avait plus d'issue que la vente.

Alors qu'il aurait pu laisser la négociation à Chicheray, Lambert abandonnait ses chantiers au premier appel du notaire, il accourait. Le vieux démon des Monsacré s'était réveillé en lui, il fallait qu'il arpente le bien sur lequel il jetait son dévolu, qu'il l'écrase sous son talon comme pour mieux l'humilier, ainsi qu'il en userait quelques heures plus tard avec son malheureux propriétaire, quand il jetterait sur le bureau du notaire ses liasses de billets de banque. Souvent aussi, dans les champs de Rouvray, Lambert avait le même geste que le Grand Monsacré, il s'emparait à la dérobée d'une pincée de terre, l'écrasait entre le pouce et l'index, et, longuement, en respirait l'odeur.

Marthe, en revanche, ne s'intéressait plus à ses propriétés foncières. « La terre, c'est fichu », ne cessait-elle de répéter. Elle n'allait plus guère à Vallondé. Elle n'y retournait qu'au milieu de l'été, en compagnie de Nine. Elle s'installait dans son manoir pour un petit mois, ouvrait les fenêtres, chassait la poussière, l'odeur de moisi qui imprégnait les murs. Elle ne reprit jamais les travaux d'installation du chauffage central, commencés trois mois avant la mort d'Anaïs. Nine lui suggéra de les finir. « Je ne viens jamais plus l'hiver », lui répondit-elle. « On ne sait jamais », s'entêta Nine. « Tu ne vivras pas toute ta vie à Paris. Tu es une fille de la campagne, je ne sais pas comment tu fais, pour te plaire là-bas, toi qui... » Marthe l'interrompit sèchement : « On se fait à tout. »

Elle était sincère. Elle ne comprenait plus comment elle avait pu vivre à Vallondé, entre le jardin, les lessives, les herbes d'eau sur les bords de la Luisse, la lente pousse des glycines, des treilles mûries contre la pierre de tuffeau. Années consumées dans l'espoir, dans l'attente. Espoir des moissons, des fermages, de la mort d'Hugo. Puis des visites de Cellier, du retour des petits-enfants. Il n'y avait plus rien à attendre, se disait maintenant Marthe. Rien que la fin. Elle continuait pourtant à se tenir droite, à faire de l'argent. Mais elle n'aimait plus Vallondé. Ses herbes ployées dans le courant, ses prairies humides n'avaient plus pour elle le parfum du bonheur. Elle n'y sentait plus que l'odeur douceâtre des choses qui se défont.

Une année, un début d'inondation la força à revenir à Vallondé au milieu de l'hiver. Le manoir avait été à nouveau encerclé par les eaux, une partie des grottes s'était écroulée. Par chance, la cave à vin avait été épargnée, avec ses Vouvray millésimés et ses grandioses Bourgueil. Il s'en était fallu de très peu : la voûte calcaire était imbibée d'eau, de nombreuses pierres s'étaient descellées. Il fallait la remaçonner au plus vite. Marthe quitta Paris sans hâte. Lorsqu'elle arriva à Vallondé, à la fin d'un après-midi de février, elle surprit Augustin Chailloux au milieu des décombres. Il les retournait méthodiquement, il grattait, auscultait gravement le moindre gravat.

Elle fit celle qui n'avait rien vu. Le lendemain, le garde-chasse d'Orfonds lui apprit que Chailloux passait ses nuits au fond des souterrains. Tout le monde savait ce qu'il cherchait à la lueur de sa lampe-tempête, et pourquoi il campait jour et nuit sur les lieux : le lendemain de l'éboulement, il avait trouvé devant les grottes quelques piécettes de cuivre. Il s'était mis dans la tête qu'elles annonçaient une fabuleuse découverte : celle de l'or du Grand Monsacré. Les grottes étaient devenues pour Chailloux une sorte de mine, un filon mythique qui aboutissait dans le parc de Vallondé, un trésor dont il ne savait même plus à quand il remontait, tant il en avait entendu parler, tant il en avait rêvé.

Quinze jours durant, Marthe observa Chailloux sans jamais le déranger. Maintenant qu'elle était là, il était contraint de se cacher pour retourner les gravats. Il s'attaqua bientôt aux champs les plus proches, des terrains très humides, bruns, luisants sous la blessure du soc, encore parcourus de longues traînées blanches, ultimes traces de l'inondation. Quand les maçons arrivèrent pour cimenter les voûtes qui menaçaient ruine, il eut toutes les peines du monde à abandonner les lieux. Pour un peu, il se serait laissé murer dans les caves, à gratter jusqu'à l'épuisement les couches crayeuses entassées depuis des millions d'années entre les bandes noires de silex.

Un jour qu'Elise avait rejoint sa mère au manoir pour y remettre un peu d'ordre, chasser l'odeur de moisissure qui l'avait envahi, elles contemplèrent ensemble le manège de Chailloux. Elles étaient penchées à la lucarne centrale du grenier.

— Le Vieux n'arrêtera jamais de remuer la cervelle des gens, dit subitement Elise. Il les aura tous rendus fous.

Marthe sursauta. Non seulement Elise avait parlé, mais elle avait osé évoquer celui dont l'ombre s'étendait toujours sur Vallondé, sans que son nom fût jamais prononcé. Elle avait dit *Le Vieux,* comme Hugo, jadis. Marthe se crut ramenée des années en arrière. Elle eut un réflexe de mère :

— Parle autrement de ton grand-père

— Mon grand-père... Plus de trente ans qu'il est mort. Et moi j'en ai bientôt quarante.

— Un mort est un mort.

— Ça dépend lesquels.

Elise eut un petit rire. Elle referma la lucarne qu'elle venait d'ouvrir, repoussa nerveusement quelques cartons, d'où s'élevèrent des bouffées de poussière. Marthe était face à la dernière lucarne. Elle s'arrêta, se pencha à la vitre, observa une dernière fois Chailloux. Il faisait beau, un soleil d'hiver, qui tombait par taches dans le grenier, cette nécropole d'objets, de souvenirs abandonnés. Puis elle rejoignit Elise.

Elles passèrent devant une vieille psyché, un des objets légués par Damien, et leurs regards se croisèrent dans son reflet, sous un rai de soleil. Elles y jaugèrent l'une et l'autre le passage du temps. Ses effets étaient plus sensibles sur Elise : ses cheveux, de blonds, paraissaient cendrés, elle avait un peu grossi. La solitude, sans doute, l'oisiveté de Mortelierre.

— Il faudrait débarrasser ce grenier, reprit Marthe. Toutes ces vieilleries... Ce désordre. Même un grenier doit être rangé.

Elise ne répondit pas. Dès le lendemain, Marthe commença à descendre du grenier les cartons de souvenirs qu'elle y avait entassés. Elle refusa l'aide de sa fille. Deux jours d'affilée, elle souleva la poussière, les vieux emballages, tria, classa, répertoria. Elle s'arrêtait à peine pour manger. Elle soulevait des liasses de factures, des paquets de photos, de courrier. La lumière des clichés qu'elle entassait, la pelure fragile des lettres, des enveloppes lui semblaient venir d'un temps aussi lointain que les silex entassés par Chailloux tout autour de la grotte, et le calcaire où il continuait de traquer l'or du Grand Monsacré.

Elle fixa son départ au dimanche matin. Le manoir resta allumé toute la nuit. Sur le coup de neuf heures, comme convenu, Elise vint embrasser sa mère. Elle avait appris à conduire et devait l'emmener à la gare. Elle arriva en avance. Tout était silencieux, les persiennes du manoir étaient tirées. Malgré son appréhension, elle se dirigea droit au grenier. Il était parfaitement rangé. Tous les meubles avaient été alignés le long d'un mur, le plancher avait été balayé, les vitres des lucarnes nettoyées. Au lieu de l'odeur de moisissure, un parfum de naphtaline fraîchement sortie de son emballage imprégnait jusqu'aux poutres du grenier.

Elle redescendit aussitôt. Elle trébucha à plusieurs reprises dans l'escalier, car l'électricité était coupée. Il faisait très froid. Elle courut à la chambre de Marthe. La pièce était parfaitement en ordre. La courtepointe de chintz était rigoureusement tirée sur le lit, le fauteuil à sa place, le broc et la cuvette de porcelaine à leur place sur la table de toilette.

Elle sortit sur le palier, inspecta les couloirs dallés, l'enfilade des chambres. Tout était vide, dans le même ordre parfait que la chambre de Marthe. L'idée que sa mère ait pu partir sans la prévenir l'effleura. Presque au même moment, elle entendit un bruit léger, une sorte de crépitement venu du rez-de-chaussée. Elle se précipita dans l'escalier. Le grésillement arrivait du bureau de Marthe. Elise s'approcha, poussa doucement la porte, puis s'arrêta. Ici aussi les volets étaient tirés, les housses replacées sur les fauteuils. Une seule lampe était allumée, posée sur la cheminée à côté de la pendule, une veilleuse à globe de l'époque Charles X, un des objets que sa mère avait achetés dans les ventes, du temps des Grotteaux.

Marthe était de dos, la tête inclinée vers le halo de la lampe, en tenue de voyage, ses valises autour d'elle. Elle se croyait seule. Elle parcourait des papiers entassés en désordre sur le rebord de la cheminée, des documents qu'elle extrayait de plusieurs caisses. Elle les empilait dans un carton plus petit, barré d'une marque voyante, à l'enseigne d'une poudre à fabriquer de l'eau minérale à domicile, **Lithinés du Dr Gustin**. De temps à autre, ses mains frémissaient, elle s'attardait parfois sur une photo, une carte postale, déchiffrait une écriture, puis rejetait la lettre, la facture, sans l'avoir lue jusqu'au bout, avec un soupir d'exaspération ou de regret, on n'aurait su dire. Dans la cheminée, des feuilles de papier journal se consumaient.

D'un seul coup, elle regarda sa montre, se pencha sur le foyer. Le papier journal devait être humide, car les flammes retombèrent très vite, en dégageant une fumée noirâtre. Elise vit sa mère se pencher sur une seconde pile de journaux, au pied de son bureau, saisir une boîte d'allumettes. C'est le moment qu'elle choisit pour rentrer dans la pièce. Marthe ne sentit sa présence qu'au dernier moment, quand elle entendit sa fille lui chuchoter :

— Un feu, au moment de partir...

Marthe a sursauté, mais n'a pas répondu. Elle a aussitôt frotté l'allumette qu'elle tenait entre les mains, l'a jetée sur le papier journal. Cette fois, les feuilles étaient bien sèches, le feu a pris dans l'instant. Marthe s'est baissée sur le carton et, d'un geste de voleuse qui veut couvrir sa fuite, elle a voulu le lancer dans le feu.

— Non, a crié Elise.

Elle s'est interposée, elle a saisi le carton au vol. Des photos, des lettres se sont répandues sur le dallage. Certaines sont tombées dans les flammes. Marthe résistait toujours.

Elle a fait un pas de côté, elle a concentré toute son énergie, pour déjouer le barrage de sa fille.

— Tu n'es pas toute seule, dans la famille ! a sifflé Elise.

— Toi non plus.

— Ça fait longtemps que j'ai tout compris.

— Compris quoi ?

— Ce qu'il y a à comprendre.

— Comprendre, comprendre, mais il n'y a rien à comprendre !

Elle a hurlé, Marthe, pour une fois ; elle avait le visage tout rouge, et ce n'était pas seulement les flammes, au-dessus de son visage, qui animaient si subitement son teint.

— Ah bon ? a simplement répliqué Elise.

Et, comme le bras de Marthe desserrait son emprise sur le carton, elle en a profité pour le lui arracher.

Marthe a laissé faire. Son bras est retombé. Le contenu du carton s'est répandu sur le plancher. Au risque de se brûler, Elise s'est précipitée sur les liasses de clichés ou de lettres qui commençaient à brûler avec le papier journal. Puis elle les a soigneusement réunies aux autres, au fond du carton marqué **Lithinés du Dr Gustin**.

— A quoi bon ? a dit Marthe.

— On ne sait jamais.

— Ma vie est finie, ma pauvre fille. A mon âge...

— Qui a parlé de toi ? Dans les familles...

— Les Monsacré, une famille...

— Tes petits-enfants...

— Je ne les vois presque plus ! Et toi, Elise, tu ne m'en as même pas fait...

Elise se pencha sur le feu, réunit les derniers documents. Elle avait des gestes furtifs, pour éviter de se brûler. Quand elle les eut tous entassés dans le carton, elle se frotta les mains pour en ôter les traces de cendre, et répéta :

— On ne sait jamais. Tu m'as toujours dit qu'on n'est jamais assez prudent.

Marthe s'effondra dans le fauteuil de son bureau, sans même en soulever la housse. Elle dévisagea sa fille comme si elle était une étrangère. Elle avait l'air exténuée, « fatiguée du matin », comme on disait à Rouvray. Puis elle a lâché :

— Qu'est-ce qui te prend, à toi aussi ?

— Rien.

— Tu n'étais pas comme ça, avant.

— Avant quoi ?

Marthe s'est redressée d'un seul coup dans son fauteuil. Elle a regardé sa montre, puis elle a désigné le carton :

— Ote ça de ma vue. Fais-en ce que tu veux, je ne veux plus jamais voir ces paperasses. Garde-les pour toi. Tu as bien compris ? Pour toi toute seule.

Elise n'a rien répondu. Elle a éteint le feu, à sa manière habituelle, méthodique, soignée. Elle a balayé les cendres, nettoyé les chenets, rangé le tisonnier, puis elle a conduit sa mère à la gare et elle a emporté le carton. Ni elle ni Marthe n'en ont plus jamais parlé. S'il n'y avait pas eu la guerre, on l'aurait peut-être perdu. Pis encore, oublié.

Chapitre 45

Et la vie reprit son cours. C'était encore la paix, la paix frivole et distraite. Chaque année, on attendait l'été, qui jetterait à nouveau sur les routes des troupes d'ouvriers en congés payés, équipés de ce qui était resté si longtemps les accessoires des riches, le maillot de bain, l'ambre solaire. Dès le printemps, Marthe se mettait à redouter son séjour à Rouvray. Elle craignait d'affronter à nouveau les souvenirs, et d'abord ce silence sur son passage qui, plus sûrement qu'une insinuation, qu'une insulte même, racontait la rumeur et l'envie. Elle n'avait jamais été aussi riche : l'Europe réarmait, les royalties pleuvaient. Elle épluchait les bilans, lisait la presse, « *pour surveiller* », comme elle disait. On avait rétabli le service militaire à deux ans. De temps à autre, les diplomates étaient pris de crises d'agitation, échangeaient des communiqués incendiaires, puis se calmaient tout aussi subitement. Les ventes de brevets suivaient fidèlement leurs variations d'humeur. Cellier jurait ses grands dieux que la guerre se déroulerait en Pologne, en Russie, contre ceux qu'il appelait « les Rouges ». Peut-être même en Chine, disait-il, contre ces Japonais à qui il vendait aussi des armes. Mais jamais plus en France, proclamait-il avec emphase, le pays possédait de quoi décourager ses pires ennemis, les Anglais eux-mêmes le reconnaissaient. « Nous avons construit la ligne Maginot », s'exclamait Cellier, « nous nous sommes offert la meilleure armée du monde... »

En 1938, Marthe prétexta les rumeurs de guerre pour passer l'été à Paris. Le 30 septembre, quand on apprit que les représentants de la France, de l'Italie et de l'Angleterre s'étaient réunis à Munich et avaient réussi l'impossible, apaiser Hitler, Cellier déboucha une bouteille de champagne. Marthe et lui la burent en écoutant les dernières nouvelles. Leur euphorie fut telle, ce soir-là, que Marthe se crut ramenée quinze ans en arrière, lors de leur première rencontre, lorsque Cellier lui avait servi une coupe de Vouvray sur la terrasse d'Orfonds. Puis la vie reprit son train habituel. A la une des journaux, on continua de parler d'alliances, de contre-alliances, de guerre qui couvait, de paix qu'il fallait faire. Marthe lisait les titres mécaniquement, parcourait à peine les articles. C'était « *de l'ordinaire* », selon son expression. Autrement dit des malheurs inévitables, la forme collective du destin. Mais comme disait Cellier, il y avait aussi de bonnes nouvelles, les promesses d'un monde neuf, les découvertes d'Einstein, les premières expériences de transmission à distance, la *télévision,* un mot barbare, pour un domaine encore vierge. Il y aurait de nouvelles inventions, de nouveaux brevets. Rien que pour cela, il fallait croire à la paix.

Le premier janvier 1939, lors d'un déjeuner de famille chez Lambert et Tania, à Paris, Marthe eut une inquiétude, juste avant de passer à table. Un journal traînait sur la commode du salon. Il aurait suffi d'un geste un peu vif pour le faire tomber, il risquait d'entraîner dans sa chute une belle porcelaine de Saxe, posée elle aussi sur la commode. Par réflexe, Marthe voulut le ranger. Elle s'y arrêta par mécanisme, « pour surveiller ». Elle aurait fait de même si elle était tombée sur un *Petit Echo de la Mode,* pour examiner les patrons de robes, ou un *Paris-Soir,* où elle aurait jeté un œil sur le bulletin météo, en première page, en haut et à gauche, pour savoir le temps qu'il faisait à Rouvray.

Le journal qu'elle tenait entre les mains était l'une des feuilles dont lui avait parlé le précédent propriétaire de son appartement. Elle y découvrit un texte d'une violence rare, signé de Léon Daudet, un nom qui ne lui était pas inconnu. Elle s'interrompit dès les premières lignes, un passage où l'auteur fustigeait ce qu'il appelait « *l'épouvantable puissance des Juifs, leur fortune anonyme et vagabonde* ». Elle s'étonna de trouver cette feuille chez son fils. La mort d'Anaïs semblait avoir brisé ses ambitions politiques. A Rouvray, il passait pour un notable, mais il le devait à sa fortune, à sa facilité de parole. Pour le reste, il s'abritait derrière des figures familières, des fantoches de province qui arpentaient leur canton avec la componction et la solennité d'un roi, prêts à se vendre, pour autant, à qui savait les flatter. Jusque-là, Lambert avait été comme elle : il n'avait d'autre opinion que la couleur de son argent.

Ce fut le seul instant désagréable de ce premier janvier. Marthe se ressaisit vite. Depuis son installation à Paris, elle avait appris à apprivoiser l'angoisse du lendemain. Vivre dans l'instant, ne jamais penser que Cellier, Boris, Lambert, Lucien, Elise, Tania pouvaient mourir. Ne penser qu'à l'argent, aux placards en ordre, aux livres de caisse bien tenus. Elle y arrivait assez bien. Ce jour-là, une fois de plus, Marthe parvint à jouer les détachées. A deux pas d'elle, Lambert était accoudé à la cheminée. Il la fixait d'un air roublard, il attendait un commentaire, une réflexion.

Elle repoussa le journal sans un mot. Sa désinvolture n'était qu'à moitié feinte. Après tout, pensa-t-elle, les journaux n'arrêtent plus de souffler le chaud et le froid. Un entrefilet parlant de bruits de bottes à une lointaine frontière, et on se mettait subitement à voir tout en noir. Le lendemain parvenait l'annonce d'une conférence, du retrait d'un bataillon, et tout virait aussi vite au rose, sur fond de *Rien que mon cœur* et *Tout va très bien madame la marquise.* Marthe s'interdisait de gâcher un jour comme celui-là, trop rare, passé avec ses petits-enfants. Elle était venue seule, comme convenu depuis la mort d'Anaïs. Elle avait revu Boris et Lucien, qu'elle n'avait pas rencontrés depuis deux mois, malgré la proximité de leurs appartements. Elle était arrivée en avance. Avant l'apéritif, elle avait pu jouer un bon quart d'heure avec Lucien, sans que Lambert y trouve à redire. Lucien allait bientôt fêter ses trois ans, il avait le même enjouement qu'Anaïs. Malgré les constantes rebuffades de son frère aîné, il restait malicieux et tendre. Il manifestait déjà un intérêt très net pour la musique. Il n'arrêtait pas de jouer sur un petit piano que Marthe lui avait offert, un peu au hasard, le Noël précédent. Tania rêvait tout haut d'en faire un virtuose.

Elle était de plus en plus lointaine, Tania, de plus en plus absente et rêveuse. De temps à autre, elle donnait des ordres aux domestiques, d'un air songeur et distant, puis adressait à ses invités des sourires de commande. Lambert et elle paraissaient s'ignorer. Elle ne prit la parole qu'à deux reprises, pour annoncer qu'elle préparait une exposition pour le printemps. Elle déplora ensuite l'absence de Léon Fatal. Il avait disparu six mois plus tôt, du jour au lendemain. Elle n'avait jamais reçu de nouvelles de lui. Elle avait joint Cellier pour lui demander qu'il intervienne auprès de ses amis du Quai-d'Orsay. On avait entrepris des recherches, qui n'avaient rien donné. Elle ne s'en consolait pas.

L'arrivée d'Elise et de Vernon parut l'apaiser. Vernon venait d'être élu maire de Vallondé, il était encore à la joie de sa nouvelle dignité. Il raconta à Lambert quelques potins de Rouvray. On allait passer à table, quand Marina fit son entrée, au bras de son nouvel amant. Il avait une cinquantaine d'années, il s'appelait Otto von Platten. Il était comte, d'authentique noblesse prussienne. Il avait fui son pays « pour incompatibilité d'humeur avec les nazis », expliqua-t-il à Lambert, qui l'examina d'un air déconcerté. Von Platten parlait un français parfait, il était habillé avec une incomparable élégance. Dès qu'elle le vit, Elise ne le quitta plus des yeux. Elle manœuvra tant et si bien qu'elle réussit à se faire placer à côté de lui pendant le déjeuner. L'après-midi, elle fut aussi sa partenaire au bridge, contre Vernon et Marina. A la surprise générale, son équipe gagna. Au moment du dîner, Elise fut très gaie, presque bavarde. Elle prétendit que c'était le champagne. Comme convenu, Vernon devait rentrer à Rouvray quelques jours avant Elise. Lorsque Marthe et sa fille le quittèrent sur le quai de la gare, il avait l'air soulagé, presque gai, lui aussi. Marthe soupçonna un instant qu'une bonne fortune l'attendait à Rouvray.

— Amuse-toi bien, lança-t-il à Elise avant de monter dans le train.

Il l'embrassa, puis lui pinça le nez. Le geste agaça Marthe.

— Elise n'est plus une petite fille, observa-t-elle.

— Croyez-vous...

Vernon souriait, embrassa Marthe à son tour. Puis il sauta dans le train. De dos, on l'aurait pris pour un jeune homme.

— Ton mari est bien guilleret, remarqua Marthe comme le train s'ébranlait.

— Depuis qu'il est maire...

— Justement. Trop guilleret pour un maire.

Elise, à nouveau, s'était fermée. Elle ne répondit pas.

Elle resta quinze jours à Paris. Elle sortit beaucoup, surtout l'après-midi. Elle prétendait qu'elle faisait des courses. Elle ne ramenait pas beaucoup de paquets. « Il y a tellement de choix... », expliqua-t-elle à sa mère. En définitive, elle sortit assez peu le soir, une fois au théâtre, pour aller applaudir Marina, deux autres fois au cinéma, pour voir *Frou-Frou* et *Hôtel du Nord,* toujours chaperonnée par Marthe. Elle prenait pour prétexte qu'elle était fatiguée. Quand elle rentrait de ses courses, Marthe lui trouvait pourtant les joues bien roses, et un allant qu'elle lui avait rarement connu, sauf à l'hôpital. Au moment du dîner, elle était très enjouée. « Paris lui réussit, on dirait », confia Marthe à Cellier. « Elle a l'air d'avoir dix ans de moins. » Après quelques secondes de réflexion, Cellier répliqua : « Elle s'amuse, il est bien temps. »

Marthe n'a pas cherché à en savoir davantage. A force de vouloir toujours aller de l'avant, à force de se forcer, elle a fini par ne plus rien voir. Il n'y avait que la guerre pour l'inquiéter un peu. Pour ses enfants, elle s'était définitivement aveuglée. Dès qu'il se produisait un événement qu'elle n'avait pas prévu, la révolte de Lambert, par exemple, la transformation subite — et suspecte — d'Elise, elle coupait court à sa réflexion, chassait son trouble de la même pensée : « Ce sont mes enfants, après tout. » Ce fut peut-être cela, la fatalité de Marthe. Elle d'ordinaire si tolérante, elle n'admit jamais leur différence. Pour elle, ils n'étaient ni humains, ni monstrueux. Ils étaient ses enfants.

Chapitre 46

Sur le moment, Marina n'a rien vu non plus. Quand elle a fini par l'apprendre, la guerre, l'oubli, d'autres peines étaient venues; il y avait prescription, comme on dit. Pour excuser Marina, il faut préciser qu'elle traversait, en cet hiver 1938-1939, un épisode particulièrement tourmenté de sa vie amoureuse. Elle aussi frisait la quarantaine. Elle était toujours très vive, mais son entrain était parfois forcé, elle commençait à redouter l'avenir. Avec raison : à force d'extravagances, Tania et elle avaient fini par venir à bout de la fabuleuse fortune de Dolhman. Après l'avoir financé, sa sœur dépendait à présent du bon vouloir de Lambert. Autrement dit, elle devait lui mendier chaque sou qu'il lui versait. Ses toiles se vendaient, mais elles ne lui procuraient que des revenus irréguliers. Elle les flambait aussitôt dans les achats les plus déraisonnables, comme si l'argent qu'elle en tirait était maudit. Pour Marina, c'était pis encore. Elle avait vendu les appartements légués par Dolhman, il ne lui restait plus que la moitié de l'hôtel particulier qu'elle possédait en indivision avec Tania. Les deux sœurs s'étaient juré de ne jamais le vendre. Jusqu'au départ de Léon Fatal, qui lui retaillait ses vêtements à la dernière mode, Marina fit encore illusion, mais quand il s'évanouit dans la nature, elle fut au désespoir. Elle dut se rendre à l'évidence : elle était *à la faridondaine* — une expression qu'elle tenait de Marthe, et qu'elle répétait à tout propos, avec un mélange d'insolence et de provocation.

Vers le milieu de 1937, elle se décida à prendre un amant fortuné, très momentanément, pensait-elle, le temps de dénicher l'oiseau rare. Elle voyait grand, comme d'habitude. Elle rêvait d'un mari titré, riche et beau, aussi peu regardant sur la fidélité que sur les billets de banque. Elle se lia avec un veuf très riche, qui faisait le commerce de la charcuterie. Il s'appelait Armand Lossegru, on le surnommait le « Roi de la Mortadelle ». Il était normand et jaloux.

Il ne put convaincre Marina de renoncer au théâtre. A l'époque où Elise séjourna à Paris, Marina avait obtenu un rôle de demi-mondaine dans une pièce de boulevard un peu leste pour l'époque, *Chair de Poule.* Elle considérait ce rôle comme un pis-aller. Elle rêvait de jouer Giraudoux et Claudel. Elle avait même songé, un moment, à faire le siège du vieil écrivain catholique. Puis elle avait jugé qu'avec Lossegru, elle avait déjà son content de vieux messieurs, et elle avait planté là ses projets galants.

Elle rencontra Otto von Platten le plus banalement du monde, dans sa loge, où il s'était fait précéder d'une gerbe d'iris. Comme bien d'autres, il avait été intéressé par la nuisette transparente que portait Marina quand elle jouait *Chair de Poule.* Il eut le bon goût de glisser une petite broche dans son bouquet. Elle n'était qu'en plaqué or, mais Marina trouva le geste d'un excellent augure. Elle l'attendit le cœur battant et lui tomba dans les bras dès leur première rencontre.

Dès ce premier soir, Marina fut enchantée de son imagination : il l'étendit face à la psyché, et tira toutes les ressources qu'il put de ses degrés d'inclinaison du miroir. Puis il fit un usage aussi délicieux qu'inattendu des plumes d'un éventail abandonné sur sa coiffeuse. Il avait encore les articulations très souples et démontra d'emblée une maîtrise parfaite du terrain. Marina fut encore plus enthousiaste quand son amant lui laissa sa carte : il était comte, et logeait au *Ritz.* C'était en tout cas l'adresse qui y était gravée, sous les armes pluriséculaires de la famille von Platten.

Elle devint folle de lui. Toto, comme elle le surnomma au bout d'une semaine (contraction commode des « *mon petit Otto* » qu'elle lui servit bientôt à tout moment) n'était pas précisément beau. Il était surtout d'une élégance rare. Il affirmait qu'il pouvait traverser la Manche pour aller se faire fabriquer des bottes d'équitation à Savile Row. Bien que Prussien, il connaissait aussi précisément qu'un Anglais la différence entre une chaussure Richelieu et une chaussure derby, un nœud de cravate Ascot et un demi-Windsor, il pouvait disserter des heures durant sur les avantages respectifs des différents modèles de chapeaux de chasse. Sa passion des fauves l'avait entraîné dans des voyages hasardeux en Afrique et aux Indes. Il racontait avec une délicieuse désinvolture comment il avait failli tomber aux mains des sauvages du Congo, la façon dont il avait descendu les rapides du Zambèze et le lac Tanganyika sur les traces de Livingstone. Il avait échappé au naufrage d'un cargo entre Saigon et Pondichéry, avait cherché à s'établir en Chine, au fond d'une concession, à Shanghaï. Il aimait à terroriser Marina en lui montrant des photos qu'il avait prises là-bas, notamment un cliché d'une exécution capitale. Il la sortait de son portefeuille aux moments les plus saugrenus. Marina tombait chaque fois dans le piège, en poussant des cris d'orfraie.

Elle était persuadée qu'il était riche. Au bout d'une semaine, quand les combinaisons optiques de la psyché lui parurent épuisées, elle demanda à von Platten de l'emmener chez lui. Elle le poussa d'autorité vers la sortie du théâtre et avisa un taxi.

— Vous y tenez vraiment ? murmura Otto, comme elle s'engouffrait dans la voiture.

— Si j'y tiens ! répondit hardiment Marina.

Elle joignit le geste à la parole et s'empara du talentueux instrument de reproduction dont une nature prodigue, d'après le comte, avait régulièrement doté chaque génération de von Platten. Il ne put résister à un si bel aveu. « A la grâce de Dieu » murmura-t-il, et il se résigna à l'emmener.

Il logeait au *Ritz,* en effet, mais dans une chambre de bonne, non chauffée, une vraie cellule de moine avec lit en fer et broc à eau, qu'il avait obtenue au prix d'un obscur passe-droit. Marina dut se rendre à la triste évidence : von Platten vivait comme elle *à la faridondaine.*

Par des moyens qui n'appartenaient qu'à elle, elle réussit à le faire passer aux aveux. Otto était effectivement le dernier des von Platten. Il avait été riche, il avait passé toute sa vie à chasser, mais, de retour en Allemagne, il avait pris position contre les nazis, qui avaient confisqué ce qui lui restait de biens. Lors de sa fuite, il n'avait pu emporter que des bijoux et un peu d'argenterie. Il achevait de les écouler. Il vivait à présent de traductions, d'articles qu'il donnait à des journaux diplomatiques. Le reste, il le dépensait dans les théâtres et au bar du *Ritz.* Il entretenait avec le plus grand soin ce qui restait de sa garde-robe, mettait son point d'honneur à cirer son ultime paire de richelieus selon les règles de l'art, avec de la crème additionnée d'ammoniaque et une brosse en poil de chèvre mongole. Marina découvrit aussi avec consternation qu'il avait une seconde bouche à nourrir : celle de sa chienne Molly, un skye-terrier noir d'une redoutable voracité.

Mais von Platten possédait une botte secrète : il avait étudié la psychanalyse. Quand il sentit que Marina allait lui échapper, il lui parla de ce qu'il appelait son *ego*. Marina ne s'en lassa pas. Elle ne savait pas qu'elle eût un ego, elle se demandait comment elle avait pu vivre en l'ignorant, d'autant qu'Otto l'assurait que ledit ego était d'une richesse exceptionnelle, et qu'elle pouvait le développer davantage, notamment par des prouesses d'alcôve auxquelles il se faisait fort de l'initier.

Elle choisit donc de mener double vie. Elle supporta Lossegru pour sa fortune charcutière, rencontra Otto à l'heure du thé, dans sa soupente sous les combles du *Ritz*. Dès le mois d'octobre, elle découvrit qu'il y faisait très froid. Elle se crut revenue à Pétersbourg, aux pires heures de la Révolution. Elle se rendit alors chez Marthe, et lui demanda sans ambages de lui prêter deux fois par semaine sa chambre d'amis à l'heure du thé, « *pour passer un moment avec un homme élégant* ».

Marthe accepta sans poser de questions. Marina lui promit de lui faire rencontrer von Platten. Ils prirent le thé, un soir de décembre, un mois avant le séjour d'Elise. La situation amusa Marthe, sans plus, comme une pièce de boulevard qui se serait déroulée sous son toit. Marthe plut aussi à von Platten, sans doute pour son sourire, la manière attentive dont elle l'écoutait. Il prit l'habitude d'arriver rue des Belles-Feuilles de plus en plus tôt. Il lui rendit parfois visite alors il n'avait pas rendez-vous avec Marina. Si d'aventure Cellier ramenait rue des Belles-Feuilles une relation d'affaires, Marthe le présentait comme « un ami de la famille ». Elle ne mentait pas. Elle s'était déjà attachée à von Platten. Leur amitié était fondée sur une estime réciproque, une complicité de bon aloi. Il travaillait à ses traductions sur un coin de son bureau. De temps à autre, il s'interrompait, trempait les lèvres dans sa tasse de thé, lui racontait ses voyages, ses chasses africaines. L'exil semblait beaucoup lui peser. De son côté, Marthe appréciait sa sagacité, son élocution élégante et précise. Mais dès que sa fille fut là, c'est elle qui eut droit à tous ses récits.

Le séjour d'Elise, en ce début 1939, a duré trois semaines. Comme elle occupait la chambre d'amis, Marina annula ses rendez-vous avec son cher Otto, avec d'autant plus de sérénité qu'elle avait une nouvelle pièce à répéter, *Ménage à quatre*, dont elle attendait beaucoup. Elle n'avait plus une minute pour l'amour, proclamait-elle. Otto revint quand même rue des Belles-Feuilles, prit deux fois le thé avec Marthe et Elise, puis ne revint plus.

Elise n'a jamais été très explicite sur son histoire avec Otto. Elle a simplement précisé qu'ils se retrouvaient au *Ritz,* et qu'ils parlaient beaucoup. Avant leur rendez-vous, von Platten se chargeait de faire les achats pour lesquels elle était censée sortir. « *La première fois* », raconta-t-elle, « *il m'avait donné rendez-vous au bar de l'hôtel. Il m'a beaucoup parlé de moi. Cela m'a plu. A mon tour, je me suis mise à parler. J'étais effrayée de ce que je disais, mais je le disais, et Otto m'a écoutée sans jamais m'interrompre. J'en ai plus appris en trois semaines que pendant toute ma vie.* » Une autre fois, raconta aussi Elise, von Platten lui donna rendez-vous dans le train fantôme de la Foire du Trône. Au sourire ému qu'elle avait en racontant l'histoire, il était clair qu'elle n'y avait pas rencontré que des dragons en carton-pâte et des squelettes en papier mâché.

Elise est pourtant partie sans regret, par un jour de neige, un matin de janvier. Elle était rayonnante. Au grand soulagement de Marina, elle emportait la petite chienne Molly, cadeau de von Platten.

— Ça te réussit, Paris, lui dit Marthe

— C'est la vie, maman, a soufflé Elise.

Puis elle a sauté dans le train. Marthe l'a trouvée aussi gaie que Vernon, au moment de son départ. Quand le train s'est ébranlé, elle s'est sentie seule, pour la première fois depuis longtemps.

Lorsque Elise est arrivée à Mortelierre, Vernon était parti à Tours, à L'*Etoile bleue,* comme il le faisait deux fois par mois. Il est revenu aux alentours de minuit, sentant un peu le vin et le parfum. D'habitude, au moment où il s'engageait dans le long corridor qui menait à sa chambre, Elise dormait toujours, ou feignait de dormir. Il allait souvent l'épier dans le noir, écouter sa respiration. Il fut très surpris, ce soir-là, de voir se profiler sa silhouette au fond du couloir. Il fut encore plus étonné quand elle le prit par le bras et l'attira jusqu'à son lit.

Dans la pièce voisine où Elise l'avait prudemment enfermée, Molly commença à japper. Vernon eut un mouvement de recul, demanda d'où venait le bruit. Elise, à son habitude, ne répondit pas. Elle continuait d'attirer Vernon du côté du lit. Vernon réunit ce qui lui restait de forces. Il finit par affronter la situation à peu près honorablement. Comme il s'y attendait, il n'était pas le premier.

Chapitre 47

L'été 39 fut très beau, « *le dernier été* », comme l'appela Elise. Il fit assez chaud, surtout à la mi-août. Les moissons avaient été bonnes, les vendanges s'annonçaient bien. Pour une fois, Marthe retourna à Rouvray, mais elle rentra à Paris juste avant l'Assomption. Vallondé lui pesait de plus en plus. Elle parlait même de le vendre. Elle redoutait toujours l'imminence du 15 août. A chaque anniversaire de la mort d'Anaïs, elle revivait la terrible journée de l'été 1934, mais aussi tous les moments qu'elle avait passés avec sa petite-fille, sa première fièvre, sa première dent, les confitures, les crêpes qu'elle lui préparait dans l'office de Vallondé. Ou des épisodes plus précis, quand par exemple Anaïs était tombée dans une mare, lors d'une visite à un fermier. Elle en était sortie noire de la tête aux pieds, le regard féroce et triomphant, car elle avait réussi à s'emparer du caneton qu'elle poursuivait.

Marthe se revoyait aussi elle-même, toujours sur le qui-vive, avec son ombre constamment portée sur le corps de l'enfant, alarmée au moindre prétexte, au premier miaulement d'un chat, qu'elle prenait pour un sanglot, pour un front un peu chaud, où elle trouvait immanquablement l'annonce d'une maladie mortelle. Avec l'âge, lui semblait-il, sa mémoire devenait de plus en plus impitoyable. Ecrasée sous les souvenirs, elle en oubliait Boris et Lucien. Elle ne se voulait plus grand-mère, depuis la mort d'Anaïs, elle refusait même d'entendre les maladroites consolations que lui soufflait Nine, lorsqu'elle la voyait s'assombrir à l'approche de la date fatidique : « On les aime petits, ma pauvre Marthe, mais quand ils sont grands, ils nous déçoivent tellement. » Marthe ne répondait pas, ou se contentait de hocher la tête.

Comment expliquer à Nine qu'elle aurait tout donné pour cette déception-là ? Avec Anaïs, elle s'était offert une seconde enfance.

Comme tous les ans, ce 15 août, il y aurait un service anniversaire à la cathédrale de Rouvray. Lambert se rendrait avec solennité sur la tombe de sa fille, avec Tania et Boris, et la petite cour de notables qui gravitaient autour de lui.

Marthe n'assistait jamais à la cérémonie. « Je ne suis pas une femme de cimetière » dit-elle une fois pour toutes. « Les morts prennent assez de place dans ma tête. » Ce 15 août comme tous les autres, elle s'apprêta donc à rentrer à Paris. Elle avait à faire, prétendait-elle. C'était faux. Rien ne l'attendait à Paris, rien ni personne. Cellier était à Deauville, vraisemblablement avec une maîtresse. Quant au bureau, il était fermé pour cause de congés payés.

Deux jours avant son départ, elle se rendit au marché, comme tous les vendredis. Elle venait d'acheter des plants de pétunias pour le balcon de la rue des Belles-Feuilles, quand elle aperçut Lambert au bout de l'allée centrale. Elle ne sut pourquoi, elle eut l'impression qu'il ne se trouvait pas au hasard sur son chemin : quand il l'avait vue, il n'avait pas cherché à l'éviter, ce qui laissait pressentir qu'il avait des nouvelles à lui annoncer.

En effet, il s'avança vers elle, la salua froidement, à son habitude. Il laissa aussitôt tomber la nouvelle : Tania n'assisterait pas à la messe anniversaire de la mort de sa fille. Marthe eut un mot irréfléchi :

— Qu'est-ce qui lui prend ?

Les vendeurs de fruits arrêtèrent les pesées, le regard des clients abandonna les fléaux vacillants des balances.

— Tu devrais le savoir. Toi, tu n'es jamais venue...

— Mais moi...

— Toi, bien sûr, tu es un cas à part.

Lambert craquait une à une les articulations des doigts de sa main gauche, un geste qui lui était devenu familier, depuis la mort d'Anaïs. Puis il y eut un long silence. Les marchands recommencèrent à peser les fruits et les légumes, mais leurs gestes étaient mécaniques, ils ne quittaient pas des yeux les deux Monsacré.

— Tania est malade ? finit par risquer Marthe.

Lambert ne répondit pas tout de suite. Il eut un sourire distant. Il fixait les ardoises de la cathédrale, et même plus haut, les toits pentus de l'ancien couvent des Ursulines, en haut du coteau. Il fit encore craquer ses articulations, donna un coup de pied dans un fruit blet qui avait glissé d'un étal, et lança à la cantonade :

— Je demande le divorce.

Marthe eut un bref moment de stupeur. Le mot *divorce* l'avait heurtée. Elle évitait toujours de le prononcer. Elle trouvait sans doute qu'il sentait trop la ville, les femmes sans maison, les enfants sans père, les fortunes dissoutes, les noms perdus, l'incertain, l'aventure — le reproche obscur, peut-être, que lui avait toujours fait la ville. Mais à son habitude, elle se reprit très vite :

— Et les enfants ? demanda-t-elle. Et le petit Lucien ?

Lambert ne répondit pas. Elle s'obstina, chuchota :

— Tu as de bonnes raisons, au moins ?

— Ma femme est folle, rétorqua Lambert, et il passa son chemin.

Chapitre 48

Folle : Marthe a eu du mal à l'entendre, ce mot, elle aurait voulu que Lambert le répète, pour être sûre qu'il l'avait bien dit. Elle était ébranlée, davantage encore, désorientée. Elle aurait pu le prendre en son sens ordinaire, vague et général, elle aurait pu penser que Lambert avait évoqué les extravagances sans nombre dont Tania l'avait étourdi, du jour où ils s'étaient rencontrés. L'idée l'en effleura. Elle faillit se retourner, lancer à son fils : « Mais tu le savais bien, qu'elle était folle, quand tu l'as épousée ! » La phrase n'a pas passé ses lèvres. Au moment où elle allait ouvrir la bouche, Marthe s'est souvenue du regard qu'avait eu Lambert quand il avait lâché le mot *folle*, de son ironie, cette misérable superbe qu'il affichait depuis la mort d'Anaïs, la marque la plus éclatante de son tourment, des larmes qu'il ne pouvait pas, ne savait pas verser. Il a eu alors des yeux qui voulaient dire : toi aussi, ma mère, tu es une ennemie. Tu es du même bord que Tania, tares, taches, chiens enragés, noms salis. Marthe a compris alors qu'il n'avait pas jeté le mot au hasard. En criant à la face du monde que Tania était folle, il avait déjà son idée.

Le soleil tapait fort sur la place du marché. Marthe regagna sa voiture en aveugle, bouscula sans les saluer de vieux métayers, d'anciens clients des minoteries. Elle s'assit à l'arrière de la Delage. Comme l'automobile traversait le pont sur la Loire, Augustin Chailloux la vit repousser son panier, couvrir furtivement sa bouche de ses mains, comme si elle avait envie de vomir.

Il n'était pas très loin de la vérité. A ce seul mot, Marthe avait été submergée d'un dégoût puissant, irrésistible. Elle ne mangea pas de la journée. Elle avait beau se raisonner, se dire qu'après tout, Lambert avait lancé son accusation contre une femme qui n'était que sa bru, autrement dit une étrangère, elle n'en supportait pas l'idée. Elle en était sûre, il avait pris le mot au sens précis, médical. Dans cette acception, la démence de Tania était une tare héréditaire. Elle l'avait peut-être transmise à Boris, à Lucien. Qui pourrait assurer que la maladie ne couvait pas déjà sous leurs traits enfantins ?

Elle n'en dormit pas de la nuit. Au matin, elle décida d'en avoir le cœur net. Elle téléphona à Marina, qui ne parut pas étonnée de ce qu'elle lui apprit. Ni guère alarmée. Elle était de très bonne humeur. Elle avait reçu une grosse avance sur son prochain cachet, annonça-t-elle à Marthe. Son amant en titre était en Normandie pour une affaire d'héritage ou de conserveries de saucisses, elle ne savait plus, en tout cas, elle s'estimait tranquille pour une bonne semaine. Elle s'apprêtait à en profiter joyeusement dans les bras de von Platten. Il venait de finir une traduction, il était en fonds, lui aussi. Il avait décidé d'abandonner sa chambre de bonne au *Ritz* pour occuper l'une des plus belles suites de l'hôtel *Lutetia*. La voix joyeuse de Marina défiait la friture du téléphone. Elle alla jusqu'à plaisanter sur les disputes incessantes de Lambert et Tania. Mais lorsque Marthe insista pour la voir, elle accepta. Elles convinrent d'un rendez-vous au salon de thé du *Lutetia,* la veille du 15 août.

Dès qu'elle eut raccroché, Marthe se calma. Elle rassembla les derniers souvenirs qu'elle avait gardés de Tania. Elle n'y trouvait rien qui pût justifier l'accusation de Lambert. Elle l'avait rencontrée pour la dernière fois le jour de son exposition. Elle l'avait félicitée pour la seule toile qu'elle avait aimée : elle représentait une fenêtre ouverte sur un océan en tempête. Tania parut heureuse que la fresque l'ait arrêtée. D'un seul coup, elle perdit sa distance, elle redevint la femme exaltée qu'elle avait toujours été. « Les fenêtres ! » s'exclama-t-elle de sa voix chaude et rocailleuse, « Vous êtes bien comme moi, vous aimez les fenêtres... Ce sont les fenêtres, et non les portes qui s'ouvrent sur la liberté. Les fenêtres donnent sur le ciel, le paradis, tous les rêves. Derrière les portes, il n'y a que la laideur des choses trop réelles... »

Le vernissage fut un triomphe. Les enfants étaient là, Lambert aussi. On vit même Léon Fatal. Sa longue escapade n'avait pas été une partie de plaisir : il s'était engagé comme ambulancier dans les rangs des républicains espagnols. Il avait eu un doigt sectionné par l'explosion d'une grenade. Il avait dû franchir les lignes ennemies avant de rejoindre la France. Tania l'avait repris à son service à condition que son infirmité ne change rien à ce qu'elle exigeait de lui, un dévouement absolu et de tous les instants.

Le soir du vernissage, Tania fut telle que Marthe l'avait toujours connue : fantasque et mondaine à souhait. Elle était vêtue d'un fourreau noir bordé de strass, avec une lourde étole de fourrure sur l'épaule. Elle paradait au milieu d'une escouade de jolies femmes, ses modèles, des mannequins, de très jeunes danseuses. Plusieurs journaux internationaux avaient envoyé leurs photographes. A un moment, Tania voulut placer Marthe à ses côtés, au centre du cliché. Marthe accepta d'assez mauvaise grâce, elle craignait de paraître gauche. Sur ce cliché, Lambert se trouve également au premier rang, mais à l'extrême droite, séparé de sa mère par deux jeunes femmes blondes à la coiffure crantée. Il est très élégant, mais semble tendu. Il est vrai que les quatre mois qui ont précédé son exposition, Tania a vécu seule, dans son atelier de la rue Spontini. Au dernier rang, à droite, derrière plusieurs personnalités très en vue dans les milieux artistiques et littéraires de cette fébrile avant-guerre, on distingue le visage d'Otto von Platten. Comme la plupart des critiques et des amateurs éclairés, il fut enthousiasmé par les toiles de Tania.

Dans ces souvenirs, les derniers qu'elle eût d'elle, Marthe ne trouvait rien de bien neuf, sinon l'installation de Tania rue Spontini, et le succès de son exposition. Elle restait persuadée que sa retraite dans son atelier avait été provisoire, liée à la fièvre de la création. Quant à la folie — au sens où l'entendait Marthe, une tare, une maladie de naissance qui se transformait un beau jour en dérèglement irrémédiable — elle n'arrivait pas à en trouver le premier indice dans son comportement. « Je l'aurais vu », se répéta Marthe quand elle monta dans le train de Paris, « je l'ai toujours su, tout de suite, quand les gens n'allaient pas. »

C'est vrai, elle l'aurait vu, Marthe, au premier regard. Sa redoutable intuition l'avertit toujours du désarroi des êtres qu'il lui avait été donné d'aimer, non par la loi du ventre, mais par celle du cœur : Cellier, Tania, Nine, Marina. Même pour de simples clients, des métayers, des boulangers, du temps de la minoterie, des ingénieurs, maintenant qu'elle vendait des brevets, de simples petites dactylos, au bureau, il lui suffisait de quelques minutes, parfois quelques secondes, pour deviner une inquiétude, une simple faiblesse dont elle pouvait tirer parti. Au point que cette prescience, avec l'ascendant immédiat qu'elle lui donnait, lui avait longtemps tenu lieu de sens des affaires. Mais cette fois, il n'était plus question d'affaires. Ce qu'elle avait senti se réveiller, avec le mot de *folie* dans la bouche de son fils, c'était la vieille hydre de la famille Monsacré, l'orgueil de l'argent et du nom, la férocité accumulatrice, accapareuse, la manie possessive qui rejetait impitoyablement quiconque ne partageait pas cette cette soif d'écraser, cette avidité sans limites. Le monstre à nouveau dépliait ses tentacules. Il avait désigné Tania. Marthe ne comprenait pas pourquoi.

Quand elle a repris le train pour Paris, elle attendait tout de sa rencontre avec Marina. C'est Otto von Platten qui vint au rendez-vous. Il lui apprit beaucoup plus sur elle-même qu'elle n'en avait jamais su.

Chapitre 49

Otto von Platten a souvent évoqué l'été 39. Cette période un peu étrange lui a laissé une impression beaucoup plus forte que la guerre. Comme la plupart des esthètes cosmopolites venus admirer à Paris les derniers feux de l'Europe, il voulut savourer jusqu'au bout la jouissance morbide de l'imminence d'une catastrophe. Il aima cette attente hébétée, dans un Paris écrasé de chaleur, cette sensation de lent et tranquille naufrage, de torpeur lagunaire : « *Nous étions tous au bord du gouffre et nous le savions* », a-t-il raconté dans un recueil de souvenirs publié à Munich au début des années cinquante. « *Il faisait très beau. Le visage hâlé et le sourire aux lèvres, nous attendions la fin du monde. Nous n'en parlions jamais, comme s'il avait suffi de la nommer pour qu'elle vienne.* »

Une fois de plus, Marina était en retard. Elle avait oublié d'apprendre la scène qu'elle devait répéter. Elle s'enferma dans la suite de von Platten et le chargea de faire patienter Marthe.

Lorsqu'il sortit de l'ascenseur, von Platten la trouva plongée dans les journaux de la veille. Il connaissait sa manie : elle parcourait rapidement les titres, puis cherchait fiévreusement les articles sur l'aviation, le seul domaine qui l'intéressait. Von Platten lui aussi avait lu les journaux. Depuis le début de l'été, il éprouvait une délectation inouïe à y traquer les moindres signes de l'approche de la guerre. Il se dit que Marthe serait de bonne humeur. Pour qui était lié, comme elle, à tous les marchands de canons, les nouvelles étaient excellentes. On les trouvait en bas de page, au milieu de reportages insipides sur les noyades en mer et le passage à

Paris de Marlène Dietrich, mais elles étaient précises. Depuis un an, la France avait construit mille avions de plus qu'elle n'en avait prévus. Les récentes manœuvres de la flotte aérienne avaient été parfaites, ajoutait un communiqué officiel. Toutefois, le gouvernement venait de décider que les tentatives de records aériens resteraient désormais secrètes.

Von Platten referma doucement la porte de l'ascenseur, s'amusa un moment à observer Marthe. Elle avait achevé sa lecture, enlevé ses lunettes. La tête posée sur le dossier du fauteuil, elle fixait le plafond. Elle devait réfléchir.

Von Platten n'avait jamais réussi à croire qu'elle fût d'origine paysanne. Dès leur première rencontre, il lui avait trouvé beaucoup d'allure, et il s'y connaissait en femmes. Il confia à Marina qu'il la trouvait « grande dame ». Il aimait sa raideur, sa tension. Elle lui rappelait les femmes de sa famille, ses tantes, ses grands-mères prussiennes, toujours sur le qui-vive. Leur exigence, leur rigueur cachaient souvent une blessure. Malgré ses longues conversations avec elle, l'hiver précédent, en dépit aussi de ce qu'il savait d'Elise, von Platten n'avait jamais réussi à définir l'origine de cette souffrance. C'étaient ses enfants, prétendait Marina. Il n'y croyait pas. Ou, plus précisément, il pressentait que le mal venait de plus loin.

Von Platten s'approcha de Marthe. Les tapis étouffèrent ses pas, elle ne l'entendit pas venir. Quand il la salua, elle sursauta.

— Marina est en retard, dit von Platten. Comme d'habitude.

Il croyait que Marthe allait sourire. D'ordinaire, elle aimait leurs tête-à-tête. Ce jour-là, elle eut l'air contrariée.

— Marina s'y prend toujours au dernier moment, poursuivit-il en guise d'excuse. Elle a oublié d'apprendre sa scène, elle a une répétition ce soir. Les acteurs, 15 août ou pas...

A l'évidence, Marthe ne l'écoutait pas. Elle l'avait salué froidement, puis elle était revenue aux gros titres des journaux étalés sur la table. Elle n'arrivait pas à en détacher son regard : LE BEAU TEMPS VA DURER - ROMANCE A HOLLYWOOD : JANET GAYNOR EPOUSE SON COUTURIER - UN BOA DU RIO VERDE AVALE UN COLPORTEUR MAIS EPARGNE SON PORTEFEUILLE - ARLETTY ET MICHEL SIMON TRIOMPHENT AU THEATRE MARIVAUX - POURQUOI NOUS AVONS PERDU LE TOUR DE FRANCE.

Phrases de plumitifs qui n'avaient rien à dire. Ou qui faisaient semblant de n'avoir rien à dire. Elle soupira, releva les yeux. Ils croisèrent ceux de von Platten, qui hocha la tête, soupira à son tour. Une fois encore, ils s'étaient compris sans rien dire. Car elle les avait bien remarqués, comme lui, ces petits articles en typographie minuscule, coincés en bas de page, entre les échos des stars d'Hollywood et des placards publicitaires : « *Petit incident de frontière à Katowice.* » « *Londres et Tokyo rompent leurs négociations.* »

Marthe pointa l'index sur une publicité pour la Quintonine.

— On dirait qu'il va nous en falloir, des fortifiants, avec tout ce qui se prépare.

Elle soupira une seconde fois, puis replia les journaux dans son sac. Von Platten savait qu'elle allait les relire, découper les articles sur l'aviation, les ajouter aux dossiers qu'elle tenait scrupuleusement à l'intention de Cellier. Elle paraissait impatiente de retrouver Marina, elle tapotait le bord de la table laquée. Von Platten avait commandé deux thés, malgré la chaleur. Le garçon arriva, déposa le plateau.

— Vous avez vu que Churchill a visité la ligne Maginot ? reprit-elle.

— En effet.

— Il a dit que la France était très bien gardée.

— Mais certainement.

Elle dut percevoir de l'ironie au fond de sa voix, car elle se raidit encore contre le dossier de son fauteuil. Elle buvait son thé du bout des lèvres. Elle ne portait pas de bijoux. Son tailleur gris perle, curieusement, était de la même teinte que ses cheveux. Lorsque le regard de von Platten, qui la détaillait sans retenue, s'arrêta sur ses lèvres, elle détourna les yeux et se remit à guetter l'ascenseur.

— Nous en avons peut-être pour des heures, remarqua von Platten. Quand Marina apprend une scène...

Sur le plateau, le garçon avait déposé un petit vase, avec quelques fleurs d'anémones négligemment mêlées. Marthe les remit en ordre, but encore une gorgée de thé :

— J'ai tout mon temps.

— En êtes-vous si sûre ? On dirait que vous avez peur.

— Mais non, je n'ai pas peur ! Je suis inquiète, comme tout le monde.

Elle désigna les journaux, soupira :

— On verra bien.

— D'ordinaire, quand il s'agit de votre famille, vous ne dites jamais « on verra bien ».

— Je ne vous ai jamais parlé de ma famille !

— Mais aujourd'hui vous êtes venue pour ça.

— Non.

— Si. Je prends tous les paris.

— Mais non, voyons ! Ce sont mes petits-enfants qui me tracassent. Le petit Lucien. Où est Tania ? Elle n'était pas au Grand Chatigny, avec Lambert, et le petit non plus. Lambert m'a dit...

Jamais von Platten ne l'avait entendue parler aussi vite. Il alluma un cigare, la laissa parler. Elle s'arrêta aussi brusquement qu'elle avait commencé. Il laissa alors s'installer le silence; et comme elle levait les yeux vers lui, enfin désarçonnée, von Platten commença, dans son français solennel :

— Admettons qu'il s'agisse de vos petits-enfants. Vous voulez des nouvelles. Marina vous les a données, l'autre matin, quand vous l'avez appelée. Je peux vous les répéter. Tania et Lambert ne vivent plus ensemble. Tania est à Cannes, avec Lucien, sa nurse, ainsi que Fatal. Lambert est en Touraine, près de chez vous, avec Boris. Votre fils s'apprête à divorcer. Il n'y a aucune raison de s'affoler.

Il parlait d'une voix dure, à petites phrases sèches, mais il continuait à sourire. Comme il s'y attendait, Marthe perdit rapidement son aplomb. Elle bredouilla :

— Les enfants...

— Les enfants seront certainement plus heureux séparés. Boris déteste son petit frère, cela crève les yeux. Il vit dans le sillage de son père. C'est bien vous qui m'avez dit qu'il allait faire médecine, comme Lambert, autrefois...

— Vous en savez des choses.

Malgré son trouble, elle se défendait bien. Elle réussissait même à reprendre son petit sourire fin, de femme qui avait tout son temps. Von Platten tira plusieurs fois sur son cigare, enleva ses lunettes et répondit à son sourire par un autre sourire :

— Je n'ai pas compris une seconde pourquoi vous avez voulu vous déplacer à Paris. Rien ne pressait. Si Marina n'avait pas eu sa pièce à répéter, je serais venu volontiers vous rendre visite en Touraine. Vous y possédez un merveilleux manoir, m'a-t-elle dit. Un petit bijou. Des jardins en terrasses, n'est-ce pas, et toute cette eau, toute cette belle eau qui court... Marina m'a montré des photos...

— Oui, c'est vrai, l'eau...

Marthe ferma à demi les yeux, reposa la tête sur le cuir du fauteuil. Von Platten se redressa, voulut éteindre son cigare. Plusieurs gouttes de thé étaient tombées dans le cendrier, les feuilles de tabac s'éteignirent avec un léger sifflement. Marthe ne bougea pas. Mais elle perdait peu à peu toute raideur, elle devait reconstituer en esprit son décor familier, ses couleurs, ses formes. Des odeurs, peut-être, avec leur cortège de souvenirs; et elle avait déjà un aveu au bord des lèvres, qu'il ne fallait pas brusquer. Il l'entendit souffler :

— Il fait toujours très bon, à Vallondé, même par les grosses chaleurs.

Le silence retomba. Von Platten ne faisait pas un geste, il gardait les yeux fixés sur la rue vide de cette veille de 15 août, un désert de pierre figé dans la chaleur, encadré par les tentures solennelles des fenêtres, rouge et doré comme un rideau de théâtre. Derrière le comptoir du bar, les garçons lisaient les journaux, levaient la tête de temps à autre du côté de la rue, dressaient l'oreille, comme à l'affût eux aussi de cette guerre qui ne venait pas.

— Marina m'a dit que vous avez étudié les fous, lâcha Marthe.

— Pas exactement. Seulement les choses cachées de nous-même.

Elle parut réfléchir un moment. Puis l'angoisse fut la plus forte :

— Mon fils m'a dit que Tania...

— Tania n'est pas folle. Elle est seule.

— Seule ?

— J'en suis certain.

— Mais ses enfants ! Et ses clients, tous ces critiques d'art qu'elle n'arrête pas d'inviter... Tous ces amis qui étaient là le jour du vernissage ! Et sa sœur, et moi...

— Vous avez raison. Une accumulation de solitudes, qui se reflètent les unes dans les autres.

— Je ne comprends pas.

— Vous êtes seule. Et moi aussi. Et Marina aussi, et votre fils, et même vos petits-enfants. Ces solitudes se reflètent les unes dans les autres, on appelle ça la famille, l'amitié, l'amour, la haine, au choix... La particularité d'une artiste comme Tania, c'est qu'elle donne corps à ce reflet. Elle se nourrit de solitude. Elle souffre donc davantage que nous. Ce n'est pas la folie. C'est...

— Vous êtes très savant, vous faites de belles phrases. Mais vous connaissez mal mon fils. Il ne prononce jamais des mots à la légère. S'il a dit folie...

— Si Tania était vraiment folle, Lambert n'aurait pas besoin de divorcer. Il suffirait qu'il la fasse enfermer.

— Il ne pourrait pas se remarier.

— C'est exact. Remarquez que là-bas..

Il eut un petit geste du côté de l'est.

— Chez moi, maintenant, les fous... On sait bien s'en débarrasser.

— Je sais, vous me l'avez dit l'hiver dernier. Mais ce n'est plus le Moyen Age, tout de même. Même... même là-bas.

— Tania n'est pas folle, répéta von Platten. Elle n'a plus de patrie. Essayez au moins d'imaginer ça. Etre de nulle part..

— Vous non plus, vous n'avez plus de patrie. Marina non plus...

— Etre de quelque part vous donne de l'assurance, Marthe. Vous êtes riche d'un passé, vous disposez d'un avenir. Etre sans patrie, c'est être condamné à ne posséder que le présent. En dehors de ce présent, vous n'avez rien. Absolument rien.

Une fois encore, Marthe fit front :

— Mais vous, vous vivez très bien, on dirait. Vous lisez tranquillement les journaux. Vous êtes heureux, vous avez Marina.

— On ne possède jamais une femme, Marthe. Un homme non plus. Il y a toujours un mystère, un désarroi. Ne me dites pas que vous l'ignorez... Vous aussi, un jour, il n'y a pas si longtemps...

Il avait enfin frappé juste. Les yeux de Marthe se mirent à briller. Ils paraissaient plus vifs, plus verts. Ses mains retombaient sur le bord du fauteuil avec une étrange mollesse, ses jambes se dépliaient imperceptiblement, comme si quelque chose, soudain, s'était brisé en elle. Elle avait aussi une expression curieuse, un genre de petit rictus où la souffrance et le plaisir étaient indémêlables. Celle, pensa von Platten, qu'elle devait avoir dans l'amour. Il fut certain qu'elle ne l'interromprait plus.

— Mais Tania ne ressemble pas à sa sœur, enchaîna-t-il. Ni à vous, ni à moi. Elle ne ressemble à personne. Elle ne vit pas dans le mensonge. Ni dans l'aveuglement, ni dans le goût de l'argent, toutes ces choses qui font que Marina, vous et moi, votre fille, votre ami Cellier nous finissons tous par nous accommoder de la vie. Nous sommes protégés, nous avons... comment dire ? Nous avons l'âme habillée. Tania est vouée à la souffrance. Elle ne sait pas mentir. Elle n'a pas de refuge, comprenez-vous ? Tania est nue, parmi des gens vêtus. L'âme écorchée. Et depuis la mort de la petite...

— Vous n'étiez pas ici quand la petite est morte.

Von Platten parut surpris. Il se pencha vers le vase rempli d'anémones, s'empara d'une fleur, la déposa dans la main de Marthe. Elle la reposa sèchement sur la table. Il poursuivit sans se troubler :

— Depuis la mort de sa fille, Tania ne sait plus se griser de rien. Sauf de sa peinture. Repensez à ses toiles, Marthe, revoyez-les... Souvenez-vous du portrait de la danseuse andalouse, rappelez-vous celui de la duchesse de...

Une seconde fois, elle arrêta von Platten dans son envolée :

— Je n'ai jamais rien compris à la peinture de Tania. Je ne suis qu'une provinciale. Une femme de la campagne... Quelqu'un de très simple. J'aime mes enfants et je voudrais leur bonheur.

— Oubliez vos enfants. Vous n'êtes pas forcée de les aimer. Eux non plus. Il n'y a pas de mal à ça, pas de faute.

— Si. Mais avec les enfants, on ne sait jamais quand on commet la faute.

— Vous ne ferez pas le bonheur de vos enfants contre eux. Oubliez Tania et Lambert. Oubliez même vos petits-enfants. Personne n'est obligé d'aimer personne. L'amour filial, la famille... Foutaises.

Von Platten avait repris son accent germanique, quand il avait dit *foutaises*. Puis il reprit plus calmement :

— Ce sont des choses qui ont été inventées. Et auxquelles on se rattache quand on n'a pas la conscience très nette. Quand on se reproche des choses, à tort ou à raison. Des choses anciennes, enfouies...

Marthe parut sur le point de se lever, de partir. Von Platten sentit qu'il allait trop loin. Il trouva aussitôt une parade. Il joua la même carte qu'elle : la vérité :

— J'en ai eu, moi aussi, des enfants. Un fils et une fille, comme vous. Ils sont... Ils sont là-bas. Ce sont eux qui m'ont dénoncé aux nazis. On ne leur demandait rien, ils sont allés les voir, ils ont tout raconté de mes lectures, de mes idées. Ils leur ont même donné ma maîtresse... Elle doit être morte, maintenant. Dans leurs camps... Tout ça parce qu'ils avaient peur de perdre un héritage !

Au seul mot d'héritage, Marthe redoubla d'attention. A nouveau, elle s'abandonna à la douceur du fauteuil.

— Trahi par mes enfants ! poursuivit von Platten. Si j'avais pu imaginer... Et pour quel héritage... Un château en ruine, deux ou trois vieilleries qu'on leur a aussitôt confisquées... Le nazi est ingrat, sachez-le, Marthe, il n'a même pas la reconnaissance du ventre ! On m'a prévenu à temps, j'ai pu m'enfuir. Je m'en suis très vite remis, comme vous voyez.

— Vous avez de la santé.

— Non. Je vois les choses comme elles sont. Pas comme on veut nous les montrer. Qu'est-ce qu'un enfant ? Je sais ce que vous allez me répondre, votre sang, votre vie... Allons donc ! Rien que de petits animaux qui vous ressemblent. Et encore, quand ils vous ressemblent ! De petits animaux très momentanément inoffensifs et généralement ingrats. Les usages veulent que vous leur transmettiez les quelques biens dont la vie vous a donné l'usufruit. Ces petits animaux, Marthe, vous les avez abrités pendant une quinzaine, une vingtaine d'années. Partie par obligation, partie par instinct. Vous avez fait de l'élevage. Ni plus ni moins.

— Détrompez-vous. On s'attache aux animaux qu'on élève.

— Admettons. Alors disons que vous avez fait pousser des fleurs. Bravo. Elise est encore une belle fleur. Vous êtes une bonne jardinière. Mais aucun jardinier ne s'attache à une fleur. Tout au plus à la plante. Et encore...

Marthe s'est levée sans un mot. Elle a consulté sa montre :

— Vous direz à Marina que je n'ai pas pu l'attendre.

— C'est mieux ainsi. Je ne suis pas sûr qu'elle ait eu envie de parler de sa sœur. Et cette pièce qu'elle répète... La première aura lieu le 4 septembre. Vous viendrez, n'est-ce pas ?

Il lui tendit à nouveau l'anémone. Cette fois, Marthe l'a prise. Mais elle n'a pas répondu à sa question. Elle a relevé la tête, puis elle lui a lancé :

— Ce sont des mots, tout ça. Vous allez voir que vous allez tous retomber sur terre, bientôt, avec la vie...

Marthe a fait un lapsus : elle a dit *la vie,* quand elle pensait *la guerre.* Les événements lui donnèrent raison, du moins au début. Moins de deux semaines plus tard, juste après qu'Hitler et Staline ont lié solennellement le sort de leurs patries respectives, Tania est rentrée chez son mari. Il ne lui a fait aucun reproche. Il ne lui a même pas demandé d'où elle venait, ni pourquoi elle était rentrée. Elle n'est pas retournée rue Spontini. Lambert ne parlait plus de divorce, encore moins de folie. La ville était enfin sortie de sa torpeur. On saisissait tous les journaux communistes, on entreposait dans les caves les tableaux du musée du Louvre. On parlait même d'évacuer les enfants.

Le 3 septembre, la guerre fut déclarée. Il faisait encore assez beau. La pièce que répétait Marina ne fut jamais jouée. A cette date, dans l'agenda de Marthe, le dernier qu'elle a tenu, il y a une anémone séchée. Sur sa tige, on distingue encore quelques minuscules barbes blanchâtres. La fleur devait être rouge, elle a perdu sa teinte. Elle est devenue rose, parcourue de très fines veinules. Elle est étonnamment transparente et fragile. Comme les instants de grâce où se dit un mot juste. Ne fût-ce qu'une demi-vérité.

Chapitre 50

Il fallut un peu de temps, encore, avant que ne se rencontrent les haines privées et les vengeances de l'Histoire. L'attente parut interminable. On ignorait si on devait s'en réjouir ou s'en alarmer. La France était en guerre, sans l'être. En tout cas, personne ne voyait arriver les chars, les bombardements promis. Du fond de ses nuits dans son manoir de Mortelierre, l'oreille plus que jamais tournée vers sa radio, Alexandre Vernon s'étonnait que la conflagration du monde fût si longue à venir et que la guerre, pareille aux rancunes les plus banales, ressemblât à un enlisement.

Chaque fois qu'il achevait la lecture des journaux — de plus en plus tard dans la nuit, maintenant qu'Elise s'était prise à son tour de passion pour les nouvelles — Vernon n'arrivait pas à dépasser l'idée la plus commune : le nouveau conflit n'avait de guerre que le nom. On aurait dit un paysage improbable, un peu vertigineux, où la réalité ne se distinguait plus de sa parodie, comme sur les trompe-l'œil de Tania Bronski. Dans les journaux, des gros titres annonçaient régulièrement l'imminence de la défaite du Reich. Sans souci de l'incohérence, on y mélangeait les appels à la souscription de bons d'armement, rédigés sur le même ton que les réclames à la gloire des panacées ordinaires, Quintonine et Aspirine, maintenant conseillées aux soldats, au lieu des frêles jeunes femmes à qui on les recommandait jusque-là. Quelques articles, de loin en loin, laissaient entrevoir de plus sombres perspectives : « *Goering déclare qu'il suffit d'un coup de téléphone pour qu'il déclenche la guerre aérienne* » - « *Goebbels calme l'opinion allemande en lui promettant la prise de Paris avant le 1er juillet.* » Mais l'arrangement, la façade finissaient toujours par l'emporter, sans qu'il soit possible de démêler vérité et faux-semblant. A côté de reportages alarmants sur les combats en Finlande, on trouvait les prédictions de voyants qui fixaient le terme de la guerre aux six mois à venir. Le lendemain, des historiens en mal de signes venaient à la rescousse des astrologues. Le chiffre quarante, démontraient-ils à grand renfort d'érudition, avait toujours été fatal aux peuples dominateurs. On continuait à se repaître de chimères, de l'illusion que tout s'arrangerait, ou que la guerre se cantonnerait ailleurs, en Finlande, en Norvège, lointains inaccessibles et perdus dans leurs glaces, pays irréels, presque fantomatiques, seul point de fuite de cette guerre en trompe-l'œil.

Le simulacre dura une dizaine de mois. On vivait dans l'expectative. La plupart des affaires étaient en suspens, la léthargie gagnait jusqu'à d'infimes intérêts privés, à en juger par les récits de Chicheray. Dans les successions, par exemple, les héritiers avaient brusquement modéré leurs ardeurs de partage. Ils retenaient leur souffle, ils se demandaient s'il fallait à tout prix rafler tel lot plutôt que tel autre, quand un bombardement, une simple balle perdue pouvaient changer la donne du jour au lendemain. Dans la France fataliste qui n'arrivait pas à émerger de l'engourdissement d'un hiver très froid, les communiqués continuaient à tomber avec leur sécheresse rassurante : « *Rien à signaler.* »

On aurait pu en dire autant de la famille Monsacré. Marthe venait plus souvent à Vallondé, mais seulement pour le ravitaillement. Elle repartait très vite à Paris. Elle vivait dans l'attente des lettres de Cellier, qui avait été mobilisé. Depuis octobre, il était affecté à la surveillance de la frontière des Ardennes. Il la scrutait à la jumelle des journées durant, sans jamais apercevoir l'ombre d'un ennemi. Marthe lui tricotait des gilets, des écharpes. Dans l'espérance de ses rares permissions, elle s'occupait du bureau. Les affaires n'allaient pas bien. Là comme partout, la situation était insaisissable. Les anciens amis de Cellier, industriels, hommes politiques, ingénieurs, directeurs de bureaux d'études, étaient subitement devenus distants. Dans un premier temps, Marthe pensa qu'ils ne souhaitaient pas traiter avec une femme. Elle se rendit très vite à l'évidence : on savait que leur société avait vendu des brevets à l'étranger; sinon à l'Allemagne, du moins à des nations qui, d'un jour à l'autre, pouvaient se déclarer ennemies. Qui pouvait jurer que les tourelles à mitrailleuse, les lanceurs de bombes dont elle avait vendu le secret aux Italiens, aux Hongrois, aux Japonais, ne viendraient pas semer la mort ici même ?

Deux seuls points rassuraient Marthe : Lambert était réformé, à cause de son infirmité. Et il ne parlait plus de divorce. Dès le début de la guerre, le gouvernement avait demandé que les enfants soient évacués de la capitale. Lambert avait aussitôt emmené Lucien et Boris à Rouvray. Tania les avait accompagnés. A la rentrée des classes, alors que tout danger semblait écarté, Lambert n'avait pas voulu retourner à Paris. Il n'avait plus rien à y faire, prétendait-il, les chantiers étaient arrêtés. Il avait inscrit Boris dans la meilleure pension de Tours.

Lambert souffrait de l'arrêt des affaires, cela se sentait. Il s'était fait raser les quelques cheveux qui lui restaient, il portait un monocle, arpentait ses terres en casquette et veste de tweed. Il surveillait étroitement ses fermes, répétait à tout propos : « En période troublée, il faut revenir à la terre. » Comme Hugo naguère, son angoisse le poussait à se couler dans le personnage monstrueux qui continuait de hanter sa conscience, le Grand Monsacré, maître absolu d'un monde farouchement borné à ses propriétés, tyran tranquille de ses ouvriers, de ses fils, de ses femmes, souverain de droit divin, par la toute-puissance des moulins et de l'or. Mais Lambert habitait mal ce personnage d'emprunt. Il continuait de penser à ses chantiers et parlait déjà de construire des immeubles à Tours, dès que la guerre serait finie.

Tania ne sortait plus du Grand Chatigny. Tout le temps que dura cet hiver glacial, chaque fois que les habitants de la ville levèrent les yeux vers leur horizon familier, ils avaient l'impression que le domaine était entré dans l'engourdissement qui précède la mort. Figé sous son voile de givre, il ressemblait plus que jamais à un mirage. La Loire elle-même paraissait irréelle, d'un gris d'acier quand il neigeait, ou bleu dur sous le gel, quand elle charriait des glaçons entre ses sables fatigués.

On disait que Tania Bronski s'était remise à peindre. Chaque fois qu'il se rendit au Grand Chatigny, Vernon remarqua que sa joie de vivre, déjà bien entamée après la mort d'Anaïs, s'était définitivement dissipée. Elle ne parlait guère, ses yeux ne s'animaient plus que lorsqu'on lui parlait de ses toiles. Maintenant qu'elle vivait loin de ses clients, la nébuleuse de diplomates et d'artistes qui, depuis son arrivée à Paris, n'avait cessé de graviter autour d'elle, Tania faisait leur portrait d'après des photos. Ils les lui envoyaient dans de grandes enveloppes cartonnées, souvent ouvertes par la censure, quand elles arrivaient d'Allemagne ou d'Autriche. Le facteur qui les déposait au Grand Chatigny ne pouvait s'empêcher d'y jeter un œil. Les photos le fascinaient, davantage encore que la fenêtre de l'atelier de Tania, qui restait allumée très tard dans la nuit.

Un jour, Vernon eut accès à cette mystérieuse pièce. Depuis quelque temps, Lambert se plaignait de maux d'estomac. Il avait eu une crise plus violente que les précédentes, il l'avait appelé au petit matin. Vernon arriva plus tard que prévu. Ce fut Tania qui lui ouvrit. Dès qu'elle le vit, elle eut un soupir de soulagement. Elle le prit par le bras :

— Venez vite.

Il crut que l'état de Lambert avait subitement empiré. Il ne s'aperçut de sa méprise que lorsqu'il se retrouva dans le petit escalier qui menait à son atelier.

— Je voudrais vous montrer ce que je fais, souffla-t-elle.

Elle était décoiffée, négligée, elle avait des gestes furtifs, nerveux. Vernon se laissa faire. Il admirait beaucoup Tania, mais elle l'intimidait, il n'avait jamais osé lui parler de ses toiles. Il fut flatté qu'elle cherche à lui faire partager ses secrets. Ce matin-là, cependant, elle lui parut exagérément fébrile. Sur le seuil de son atelier, il vit qu'elle avait les paupières fripées, les yeux gonflés. Il soupçonna l'abus d'alcool, de quelque drogue, en tout cas le manque de sommeil. Mais sa voix n'avait pas changé : elle était toujours aussi chaude, avec les mêmes modulations rauques.

— Entrez, dit-elle. Dépêchons-nous !

Elle l'introduisit dans son atelier, une grande pièce blanche, avec un carrelage à l'ancienne. A droite, une porte assez basse donnait sur ce qui ressemblait à une chambre. On y entendait traîner le pas de Léon Fatal. Il devait s'affairer à l'une de ses tâches aussi mystérieuses qu'inutiles.

L'atelier était dépourvu de meubles, à l'exception d'une table sans style sur laquelle Tania avait déposé les photos d'après lesquelles elle travaillait. Elle avait accroché des toiles face à la fenêtre, sans le moindre souci d'effet. Sur l'autre mur, elle avait esquissé les perspectives d'un trompe-l'œil. Elle le désigna à Vernon :

— Je n'y arrive plus. L'habitude des portraits, que voulez-vous.

Elle se pencha au-dessus de la table, effleura quelques clichés :

— Comment refuser ? Ce sont mes amis. Ils ne m'ont pas oubliée. Ils aiment ce que je fais. Et ils savent que...

Elle s'interrompit. Elle avait retrouvé soudain un air d'enfance, celui d'un elfe un peu hagard, à jamais égaré en ce monde. Vernon examina quelques clichés, crut identifier quelques célébrités. Il souleva aussi plusieurs photos qui représentaient des mains, celles de Tania elle-même, facilement reconnaissables à leurs phalanges très fines, à leurs ongles effilés, soigneusement manucurés. Sur l'une des photos, ses paumes se repliaient sur un pantin. Sur un autre cliché, un petit serpent noir s'enroulait autour de ses doigts. Une dernière photo montrait Tania allongée au soleil en robe du soir, les bras en croix, sur le balcon d'un appartement parisien.

— Il faudrait aussi que je finisse le portrait de Lambert, reprit-elle. Mais il n'aime pas poser. On a pourtant tellement de temps, maintenant...

Une toile était retournée contre le mur. C'était un portrait de Lambert, inachevé, en effet. Il y manquait les mains. Lambert était vu de trois quarts, dans l'embrasure d'une porte, sans son monocle. Sous cet angle, sa ressemblance avec Marthe était étonnante.

Un brûle-parfum était déposé à même le carrelage de l'atelier. Tania s'accroupit, alluma un bâton d'encens, respira longuement la fumée qui montait vers son visage.

— Je les connais tous, mes clients, enchaîna-t-elle, je les connais corps et âme. Le corps raconte l'âme, savez-vous. Les moindres détails du corps. Un tendon, la façon dont pousse un ongle. La pilosité, la sécheresse d'une peau. Il n'y a qu'une seule chose qu'un portrait ne puisse rendre, c'est l'odeur. Quoique...

Elle continuait de s'approprier les mots comme elle faisait des couleurs, à les psalmodier à sa guise, comme pour les rendre à leur sens profond, à leur poésie ancienne, atrophiée par des siècles de bavardage. Mais Tania Bronski n'était plus la belle excentrique, la Russe ardente et gaie qui faisait tourner les têtes. La gravité l'avait rattrapée — peut-être définitivement. Elle accompagnait ses phrases de gestes inquiets, parfois incohérents. Elle s'arrêta au bout de quelques phrases, repoussa le brûle-parfum où se consumait l'encens, chercha une cigarette, la reposa sans l'avoir allumée.

— Dépêchons-nous, reprit-elle. Il faut que je me remette au travail. Tous mes clients m'écrivent qu'ils sont pressés. Je ne sais pas ce qui leur prend, tout d'un coup. Comme si on pouvait être pressé, en ce moment ! Les soldats eux-mêmes ne sont pas pressés. Vivement qu'ils nous débarrassent de cette guerre. Elle va bientôt finir, n'est-ce pas ?

— Bien sûr.

Vernon avait répondu mécaniquement. Il examinait un à un les portraits accrochés au mur. Il était saisi par les regards fixes de leurs personnages, par leur précision douloureuse. Tania dut deviner son trouble. Elle étendit le bras vers deux petites toiles, qu'il n'avait pas remarquées.

— Vous devriez aimer ces paysages. C'est le fleuve, vu d'ici. Je l'ai peint pendant les grands froids.

Tania ne disait jamais la Loire, elle préférait dire le fleuve, ou la rivière. Du reste, dans ces toiles rarissimes où elle s'est risquée à peindre un paysage, il est très difficile de reconnaître le Val — en tout cas celui, aimable et délicieux, de l'imagerie à l'usage des touristes. Elle en a fait un fleuve de mort, la rivière des enfers, agitant entre ses îles floues de gros tourbillons d'un gris plombé.

— Prenez-les, dit Tania. Prenez-les tous les deux. Ils vous attendaient.

Elle les décrocha sans attendre sa réponse.

— Je vous les donne.

Vernon protesta. Elle s'entêta.

— Vous soignez si bien les enfants... Donnez-les à Elise. Elle a tellement changé, ces derniers temps. Changé en bien. Et puis... J'aurai peut-être besoin de vous...

— Vous êtes malade ?

Elle s'approcha de la fenêtre, soupira :

— Je voudrais partir aux Etats-Unis, dès que la guerre sera finie. Seule, vous comprenez ? Vous croyez... Vous croyez que Lambert me laisserait les enfants ?

Vernon n'eut pas la force de répondre.

— Vous m'aiderez, n'est-ce pas ?

— Attendez la fin de la guerre.

— Combien de temps ?

Elle tira sur les plis de sa robe, se passa la main dans les cheveux, comme si elle se rendait compte brusquement qu'elle était mal coiffée. Une seconde fois, Vernon tourna la tête. La Loire était d'un bleu très clair, avec une petite brume qui s'attardait entre ses îles. A son tour, il s'approcha de la fenêtre. Il posa son visage contre la vitre, comme un guetteur qui scrute l'horizon. Puis il eut un mot absurde, qui résume à lui seul le pli que tout le monde avait pris, cette année-là :

— Ça ne va plus tarder, maintenant.

Il crut entendre la voix de Lambert. Il s'en alla, ou plutôt il se sauva, avec les mêmes gestes coupables que Tania, quand elle l'avait entraîné.

Lambert ne s'aperçut de rien. Vernon l'examina, conclut à des douleurs d'origine nerveuse. Par un curieux effet de la contagion militaire, il lui définit son état à la façon des communiqués de guerre : « Rien à signaler. »

Les malaises de Lambert cessèrent à la mi-juin. Les Allemands avaient traversé les Ardennes le 14 mai, et, vingt jours plus tard, bombardé Paris. Dès le 15 juin, des milliers de réfugiés pris sous la mitraille italienne et allemande se jetèrent à l'assaut des ponts sur la Loire. Il faisait très beau. C'était la débâcle.

Chapitre 51

— Vous devriez descendre, répéta Marina pour la dixième fois. Séparons-nous. C'est une souricière, Marthe. Rentrez chez vous.

— Je ne vous quitterai qu'au pont. Nous ne sommes plus qu'à cinq kilomètres.

— Vous en êtes sûre ?

— Mais oui, voyons ! Je connais Blois depuis toujours. Et là-bas, j'aurai plus de chances de trouver une voiture pour m'emmener à Vallondé.

Marthe, à son tour, s'épongea le front. La Loire était là, toute proche, et on n'avançait pas. Les voitures progressaient sur trois files, toutes vitres ouvertes. De temps à autre, on se hélait de véhicule en véhicule, on tentait de plaisanter. Mais les mêmes mots finissaient toujours par revenir au détour d'une phrase : *Loire, pont*. Une fois de plus, on regardait le ciel. Ce n'était pas l'orage qu'on redoutait, mais l'aviation allemande. Depuis deux jours, le fleuve endormi derrière les ardoises de Blois était devenu la frontière entre la guerre et la paix, le malheur et l'espoir. Le dernier obstacle, croyait-on, avant la liberté.

Marthe avait décidé depuis longtemps de ne pas passer la Loire. Vallondé était situé rive droite, elle resterait rive droite, même si les bombes tombaient, même si les ponts sautaient. Marina, elle, s'en irait vers Bordeaux, où elle comptait trouver un bateau pour Lisbonne : von Platten s'y était réfugié dès la déclaration de guerre.

Marthe n'avait qu'un petit bagage, une valise où elle avait entassé quelques vêtements, tous ses bijoux et ses brevets. Elle était persuadée qu'elle n'aurait aucun mal à trouver une voiture ou une charrette qui prît la route de Vallondé. Si elle n'en trouvait pas, elle partirait à pied. Mais elle ne voulait pas quitter Marina avant de l'avoir vue passer le pont.

Marina coupa le moteur, rejeta la tête en arrière, écarta du bras un papillon qui s'était égaré à l'intérieur de la voiture. Elle semblait à bout de fatigue, elle aussi. Deux jours qu'elle conduisait au milieu de l'interminable caravane de camions, charrettes, motos, bicyclettes qui avait pris d'assaut la route du Sud-Ouest. On aurait pu croire à une croisade, à une marche à l'étoile. Quand les yeux se levaient vers le ciel, cependant, ils ne cherchaient ni Dieu ni anges, mais des avions à mitrailleuses.

— Vous devriez descendre ici, reprit Marina. Je suis tirée d'affaire.

— Je voudrais en être sûre.

— Que voulez-vous qui m'arrive maintenant ?

— Je veux vous voir passer le pont.

— Histoire que nous soyons deux dans le pétrin, en cas... en cas de malheur ?

— Qui vous parle de malheur ?

— Dans le Nord, les avions...

— Allons donc ! Et pour ce que j'y tiens, à la vie.

La phrase lui avait échappé. C'était aussi cela, la débâcle, la défaite coulait de source. On laissait tout aller.

Marina parut se calmer. Elle reprit d'une voix plus douce :

— Vous avez de mauvaises nouvelles de Cellier ?

Marthe ne répondit pas. Elle n'insista pas. Elle savait que Marthe était restée à Paris à cause de lui. Depuis l'attaque allemande en Belgique, elle n'était plus sortie de chez elle. Elle s'était mise à attendre, on ne savait quoi au juste, puisqu'il était à peu près sûr que Cellier, comme la plupart des soldats postés sur la frontière ardennaise, avait été refoulé vers le piège de Dunkerque. Dans la débandade générale, qui pouvait espérer des nouvelles ? Marthe s'était pourtant enfermée chez elle, comme pour refuser la défaite. Comme si ce monde qu'elle voyait s'en aller à vau-l'eau, c'était aussi son propre échec.

Pour des raisons exactement opposées, Marina ne partit qu'à la dernière minute. Elle s'était liée avec Guitry, qui lui avait promis un rôle dans sa prochaine pièce. Toutefois, début juin, quand elle vit la plupart de ses amis s'éclipser à Biarritz ou sur la Côte d'Azur, l'inquiétude la prit. De son époque de splendeur, elle avait gardé une Panhard-Levassor un peu cabossée, mais encore vaillante. Elle y entassa ce qu'elle avait de plus précieux : les restes de l'argenterie Bronski, son samovar, ses bijoux, ses fourrures, sa collection de robes du soir et quelques échantillons des plus fabuleux millésimes des bordeaux Dolhman. Elle voulait rejoindre von Platten à Lisbonne. Il y pratiquait la psychanalyse, lui avait-il écrit. Au ton singulièrement enjoué de ses lettres, elle avait supposé qu'il n'employait pas son divan qu'à la confession des névroses. Malgré sa hâte à le retrouver, Marina n'en comptait pas moins passer à Rouvray embrasser sa sœur et ses neveux. Elle savait que Marthe était encore à Paris. A tout hasard, elle lui proposa de l'emmener à Vallondé. Elle pensait qu'elle refuserait. A sa grande surprise, elle accepta.

La belle ardeur de Marina retomba dès qu'elles prirent la route. Les encombrements furent tels qu'au bout d'une journée, elles n'avaient pas dépassé Chartres. Elles dormirent dans une grange, repartirent au petit matin. Le lendemain, entre Chartres et Châteaudun, elles n'avancèrent pas plus vite. Elles se reposèrent quelques heures dans la cour d'un garage. Marthe convainquit Marina de ne pas aller saluer sa sœur, de passer la Loire au plus tôt. Elle se procura des cartes, indiqua à Marina de petites routes cahoteuses. Il faisait de plus en plus chaud. Enfin Blois fut en vue. Il fallut quitter les chemins de traverse, rejoindre la colonne des réfugiés. La circulation dans la ville, disait-on, était devenue impossible. Un passant leur affirma qu'il fallait attendre six heures avant de passer le pont.

Le soir tombait. Marina saisit son sac, se repoudra. Puis elle reprit :

— Ecoutez, Marthe, soyez raisonnable. Si les avions doivent nous mitrailler comme les réfugiés du Nord, croyez-vous que la Loire les arrêtera ? Ils se fichent bien des ponts. Rentrez chez vous tout de suite. A moins que vous n'ayez envie de continuer avec moi jusqu'à Bordeaux ?

— Remettez donc votre moteur en marche.

La colonne de véhicules s'ébranlait à nouveau. Marina rougit, s'exécuta. Le moteur hoqueta, puis s'étouffa. Il fallut bientôt se rendre à l'évidence : il était tombé en panne.

Marina eut un moment de désarroi. Elle n'arrivait plus à détacher les mains de son volant, elle continuait de fixer le long serpent de voitures qui descendait vers la Loire. Marthe était déjà descendue sur le bord de la route. Elle demanda de l'aide à des passants. Quelques minutes plus tard, ils réussirent à pousser la Panhard-Levassor dans la cour d'une maison au portail miraculeusement ouvert. Le soir venait. Dans le désordre général, il était inutile de chercher un garagiste pour réparer la panne. Il fallait coucher à Blois.

— Vous pourriez continuer à pied, dit Marthe, essayer de trouver une place dans une voiture, sur une charrette. Mais il faut abandonner vos bagages.

Elle désigna les fourrures de Marina entassées à l'arrière de la Panhard, avec ses robes du soir, son argenterie, ses bouteilles de bordeaux.

— Jamais de la vie.

— Alors il faut dormir ici et réparer la voiture. Je connais la ville. Restez ici à surveiller vos bagages, je reviendrai dès que j'aurai trouvé une chambre.

Marthe fit mieux. Alors qu'une nuit lourde commençait à tomber sur la ville, elle revint en compagnie de ce qui parut à Marina un collégien en goguette, un gros garçon rougeaud et bègue, curieusement prénommé Maxence. Il prétendait s'y connaître en mécanique. Il s'offrait aussi à les loger. Il affirmait qu'il était seul dans la maison de son oncle, qui était parti en pèlerinage à Lourdes pour demander à la Vierge le salut de la France. Il ne devait pas avoir plus de vingt ans. Dès qu'il vit Marina, dont la robe était très décolletée, il lui demanda sans bégayer si elle pouvait l'emmener à Bordeaux quand il aurait réparé sa voiture. Elle accepta. Il déclara alors qu'il faisait sombre, et qu'il ne pourrait pas démonter le moteur avant le lendemain matin.

La maison du gros Maxence était située non loin de là, à deux pas du cimetière. Marina entassa tout son trésor de guerre sur une charrette abandonnée au bord de la route. Maxence la traîna docilement jusqu'à chez lui. La maison était sinistre, entièrement décorée d'images pieuses, mais le lit offert par le jeune homme était très confortable. Marina s'endormit aussitôt.

A ses côtés, malgré sa fatigue, Marthe ne trouvait pas le sommeil. Elle ne pouvait s'empêcher d'écouter la rumeur de la ville. La colonne de réfugiés continuait de descendre vers la Loire. A plusieurs reprises, elle entendit des cris. Elle se mit à la fenêtre. C'étaient des habitants des maisons voisines qui s'en allaient. Ils prétendaient que le pont était miné et qu'il sauterait à cinq heures du matin.

Elle se recoucha. Elle commençait à somnoler, quand une énorme explosion la réveilla. Les bombardements commençaient. Marina se mit à trembler. Maxence vint frapper à la porte de la chambre et les emmena à la cave.

Marina assurait qu'elle n'avait pas peur, qu'elle en avait vu d'autres à Pétersbourg pendant la révolution, et qu'elle ne tremblait que pour ses millésimes, qui étaient restés dans la chambre. Maxence remonta courageusement lui chercher ses bouteilles, ainsi qu'une fiasque de cognac. Marina la déboucha sur-le-champ. Au bout d'une vingtaine de minutes, les bombardements cessèrent. Quand Marthe s'aperçut que Marina en était à son troisième verre, elle retourna se coucher. Ni Maxence, ni Marina n'essayèrent de la retenir. A son réveil, Marthe les chercha en vain dans toute la maison. Elle finit par aller frapper à la porte de la cave. Marina se leva en sursaut, se souvint que la Panhard était en panne, et qu'elle allait à Bordeaux. Puis elle se rappela l'explosion de la nuit. La bombe était tombée très près, lui apprit Marthe, au milieu du cimetière, où elle avait déterré des cercueils. « Comme pendant les inondations », conclut-elle. Marina fut aussitôt dégrisée. Elle repoussa Maxence, lui ordonna de réparer la voiture au plus vite. Ils retournèrent dans la cour où elle était garée. Maxence plongea sous le capot. Autour d'eux, la confusion était encore plus grande que la veille. Les magasins fermaient un à un, les habitants quittaient la ville et se mêlaient aux réfugiés. On avait commencé des travaux de défense autour du pont, on n'y circulait plus que sur une seule file. A la nuit tombée, Maxence n'avait toujours pas trouvé la panne. Marina s'emporta contre lui. Il devint très rouge, bégaya une phrase indignée. Marthe s'interposa. Ils rentrèrent dormir. Cette nuit-là, lorsque les bombardements reprirent, ils n'eurent pas le temps de descendre à la cave.

Les neuf appareils italiens qui semèrent la désolation dans la ville volaient très bas, l'alerte ne fut pas donnée. Quand ils repartirent, le centre de Blois était en feu.

Marina et Maxence n'osèrent s'aventurer dans les rues qu'à partir de dix heures du matin. Il le fallait pourtant : le garde-manger de la maison était complètement vide. Maxence retourna démonter le moteur de la Panhard et Marina se mit en quête de ravitaillement. Tous les magasins étaient fermés. Des vieillards, des fous déambulaient dans les rues, au milieu des chiens errants et de lapins échappés de leurs clapiers. Marina quitta ses escarpins pour en poursuivre un. Elle le rapporta à Marthe, qui le dépouilla et réussit à cuire un civet, malgré un nouveau bombardement très violent, en fin de matinée.

Vers deux heures, elles allèrent voir si la réparation avançait. Le quartier était en feu. La maison devant laquelle elles avaient garé la voiture s'était écroulée. Elle s'avancèrent dans la cour. La Panhard était intacte, le capot à peine cabossé par quelques gravats. Marina se mit à courir dans la rue en appelant Maxence. Un homme qui tentait d'éteindre l'incendie de la maison voisine s'approcha de Marthe et lui désigna le hangar dévasté, au fond de la cour.

— Le petit avait trouvé la panne. Il était tout fier. Il m'a dit que c'était une aile d'insecte qui avait bouché le gicleur...

Marthe détourna les yeux, lui fit signe qu'elle avait compris. L'homme avait un regard vide, il fixait le toit fracassé du hangar.

— Il allait repartir, et puis...

Il haussa les épaules et reprit.

— J'ai eu le temps de courir à l'abri, pas lui. Je l'ai vu se jeter sous le hangar. Vous avez vu ce qu'il en reste...

Marina s'appuya contre la portière de la voiture, resta un moment interdite, les yeux baissés, le souffle court. Puis elle releva les yeux. L'éboulement du hangar avait dégagé l'horizon, la Loire miroitait au loin, avec le pont toujours encombré. Elle fit signe à Marthe de monter dans la Panhard. La voiture marchait parfaitement. Elles retournèrent chez Maxence pour charger les bagages de Marina et, vers sept heures, se risquèrent dans les rues. La plupart d'entre elles étaient impraticables. De loin en loin, on voyait s'élever les flammes d'un incendie. A cause des boucheries abandonnées, la ville sentait la viande pourrie. Les chiens enfermés dans les maisons continuaient à hurler à la mort.

Elles approchaient du château, toujours à la recherche de l'accès au pont, quand un policier leur barra le passage. Il leur expliqua que les rues qui menaient à la Loire étaient bloquées par les décombres, qu'il fallait attendre le lendemain matin avant de pouvoir traverser le fleuve. Il leur faudrait passer une nuit de plus à Blois. Marina ne voulait pas retourner chez Maxence. Le policier leur proposa alors un abri qu'on venait d'improviser pour les vieillards, dans les sous-sols du château. La voiture de Marina serait en sécurité dans le petit garage du gardien. Il était déjà tard, les bombardements pouvaient reprendre d'une heure à l'autre. Elles se résignèrent à cette solution. Au détour d'une place, comme elles se dirigeaient vers le château, elles aperçurent un éléphant qui déambulait entre deux rangées de tilleuls. Il s'arrêtait de temps à autre pour mâchonner des feuilles.

— Il a dû s'échapper d'un cirque, dit Marina.

Marthe ne parut pas l'entendre. Elle répétait :

— Un éléphant... Un éléphant, comme l'autre fois...

— L'autre fois, quelle autre fois ?

— Dans le temps... Il y a des années... Juste avant... Juste avant l'accident de Lambert.

— Quel accident ?

— Il ne boitait pas à la naissance. C'est une brûlure, un accident. On n'a jamais très bien compris... Je vous raconterai.

Elle le lui raconta, en effet, cette nuit-là, dans les caves du château de Blois. On leur avait attribué un matelas au fond d'une petite pièce, près d'une salle plus vaste où l'on avait regroupé des malades, des vieillards recueillis dans les rues. Sous ces voûtes où s'étaient noués tant de drames, l'assassinat du duc de Guise, l'évasion de Marie de Médicis, Marthe sentit peut-être que sa propre aventure était dérisoire, au regard de l'Histoire, la grande, dont la violence parvenait toujours à frapper les existences les plus tranquilles. Sous l'effet de la fatigue, sans doute eut-elle aussi l'impression qu'une boucle de sa vie venait de se refermer, après tant d'années — trop d'années — de silence. C'était plus fort qu'elle, il fallait qu'elle parle.

Elle enfila l'un après l'autre les épisodes qui avaient fait sa vie, avec soin, en choisissant ses mots, la voix un peu plus brève, peut-être, quand elle évoqua Rodolphe, ou le petit Lucien qui n'avait pas vécu. Elle parla d'un peu tout, de Julia, de Rodolphe, du Moulin de la Jalousie. D'Hugo aussi, du Grand Monsacré, et de Thérèse qui guettait son or, des Grotteaux. Du jour enfin où elle vint voir Cellier sur la terrasse d'Orfonds, et du verre de vouvray qu'il lui avait versé. Elle racontait des matins qui sentaient la lessive, des soirs parfumés de foin. Rien qu'à l'écouter, Marina entendait la pluie quand elle s'écoule dans la chantepleure des moulins, elle croyait sentir l'amidon fraîchement passé sur les dentelles des corsages, les pommes acides sur le terreau de l'automne, le goût âcre du vin nouveau. Marthe dévidait son histoire comme elle aurait lancé une bouteille à la mer, pour laisser une trace, pour qu'au moins quelqu'un sache. Cependant, Marina le soupçonna très vite, Marthe savait aussi arranger son histoire. Elle laissait des blancs, elle ne disait pas tout.

Elle n'osait pas l'interrompre. Elle craignait qu'une question, fût-elle discrète, n'arrête le flot des confidences. Elle était prise aussi sous le charme de sa voix, emportée par le cours tranquille de son récit. Trop tranquille justement, trop lisse, comme son visage, sous la lueur indécise de la lampe à pétrole. Car il y eut au moins deux sujets que Marthe ne se risqua pas à aborder : ses origines, et Damien.

Plus curieusement encore, lorsque Marthe en vint au récit de sa liaison avec Cellier, elle s'arrêta brusquement. Elle fut même brutale : « Le reste, vous le savez. Drôle de famille, n'est-ce pas ? » Elle n'attendit pas de réponse. Elle souffla la lampe et s'allongea sur son matelas.

Marina s'endormit presque aussitôt. Le récit de Marthe avait eu sur elle l'effet d'un conte. Elle sombra dans le sommeil, la tête remplie d'histoires de foins et de moissons. La voix de Marthe, au petit matin, la tira du sommeil. Elle n'avait pas dû beaucoup dormir. Elle était pourtant fraîche et nette, comme d'habitude, elle avait trouvé le temps d'aller aux nouvelles. Elle lui annonça que les travaux de défense du pont étaient finis, qu'on pouvait à nouveau franchir la Loire. Il fallait faire vite, les Allemands n'étaient plus très loin. Elle avait réussi à trouver une charrette, puis un mulet, qu'elle y avait aussitôt attelé.

C'est dans cet équipage qu'elle suivit Marina jusqu'au pont. Il était sept heures, il tombait une petite pluie. Derrière elles, Blois continuait à brûler. « Dépêchez-vous », dit-elle, puis elle fixa la forêt, de l'autre côté de la Loire, la route de Bordeaux où continuaient à cheminer les longues charrettes des réfugiés de Beauce. Au dernier moment, elle se retourna pour ajouter :

— Vous allez avoir de la pluie.

— Vous croyez ?

Marthe soupira, puis lui souffla :

— Pour cette nuit... Gardez ça pour vous. Vous me jurez ?

— Je vous promets que...

Marthe ne la laissa pas finir. Elle frappa le dos de son mulet :

— En route.

Ce fut là tout son adieu. Elle s'engagea sur le quai, en direction de la petite route à flanc de coteau qui menait à Vallondé. Elle ne se retourna qu'au bout de trois quarts d'heure, au moment où le fracas d'une énorme explosion retentit dans la vallée : dans un ultime geste de résistance, l'armée française venait de faire sauter le pont. Les Allemands entraient dans la ville. On était le 18 juin. D'un avis unanime, et comme partout en France, on trouva l'occupant parfaitement correct.

Un peu plus tôt, dans une indescriptible confusion, l'état-major et le gouvernement français avaient eux aussi gagné le Val. Sous les plafonds caissonnés des châteaux où ils s'étaient repliés, il leur apparut assez vite que la bataille de France était perdue. On n'avait jamais autant parlé d'honneur sur les rives de la Loire. Puis tout ce beau monde s'égailla dans la nature, en réclamant l'armistice, à quelques exceptions près. Les Allemands bombardèrent Tours, les ponts sautèrent, la ville prit feu. Des centaines d'immeubles furent entièrement détruits ou endommagés — dont ceux que Marthe avait fait construire à l'issue du précédent conflit.

Le maréchal Pétain avait dû prendre goût au pays : quatre mois plus tard, il revint dans la région, à Montoire, serrer courtoisement la main de son vainqueur.

Chapitre 52

Marthe rentra, rouvrit le manoir,« *la maison* », comme elle disait. Elle retrouva tout, Vallondé et son silence de lente couvaison, l'odeur de craie mouillée qui s'élevait des caves, les clématites, les glycines à la grille, les iris sauvages, raidis dans les courants de la Luisse. Puis vint le temps des roses trémières, des nénuphars. L'été fut royal, cette année-là, comme s'il n'y avait pas de guerre. Les vignerons qui étaient restés au pays pressèrent un vin chaleureux, qui promettait de bien vieillir.

Rouvray avait essuyé quelques raids allemands. Des maisons s'étaient écroulées près du pont sur la Loire, une bombe avait explosé au fond du parc de Vallondé, où elle avait creusé un petit cratère, tout à côté du sureau. Pour le reste, tout était intact.

Marthe n'avait pas de nouvelles de Cellier. Elle se disait parfois qu'il avait été pris dans le piège de Dunkerque, comme tant d'autres, tué ou fait prisonnier. Son regard se perdait souvent du côté des futaïes d'Orfonds. Le tennis était envahi par les herbes. Au premier étage, près de la galerie aux vitraux violets, la peinture des persiennes s'écaillait. Pourtant elle continuait à espérer. S'il avait été fait prisonnier, elle finirait bien par l'apprendre, il écrirait. Un jour peut-être il serait libéré, il viendrait. Elle n'attendait pas grand-chose, une journée, une nuit passées ensemble, avant un nouveau départ qui paraissait inéluctable, maintenant que les Allemands étaient là. Pour mince qu'il fût, cet espoir était toute sa vie.

Début août, elle reprit Suzanne à son service. Le temps de son absence, elle avait été engagée par l'huissier de

Rouvray. Elle s'ennuyait chez lui. Elle vint de son propre chef proposer ses services à Marthe. Puis à la fin du mois, elle vit arriver Nine. La guerre l'avait enfin décidée à ne plus vivre seule. Elle se mit à attendre Cellier, elle aussi, sans que Marthe ait jamais parlé de lui. Comme elle, Nine tressaillit pour une ombre entrevue à l'orée des bois, elle guetta le facteur, la moindre bicyclette, le premier bruit de moteur. De loin en loin, des voitures venaient s'arrêter à la grille : des Parisiens qui cherchaient du ravitaillement. Ils quémandaient de la viande, des œufs. Ils avaient tous les mêmes sourires convenus. Dès l'année précédente, prévoyant que l'ère des restrictions ne faisait que commencer, Marthe avait demandé à Augustin Chailloux d'élever des poules et des lapins, et de reconstituer près des grottes le potager du Grand Monsacré. Elle ne laissa à personne le soin de négocier ses quelques marchandises. Nine l'épiait au-dessus de son tricot, elle s'amusait de la voir discuter le prix de sa douzaine d'œufs comme elle l'aurait fait de celui d'un champ ou d'un brevet, en laissant l'impression qu'elle y perdait, qu'elle se laissait apitoyer. Quand les Parisiens étaient partis, elle revenait s'asseoir auprès de Nine, elle soupirait. Elle disait parfois, comme pour s'excuser d'un enfantillage : « Que veux-tu, ma pauvre Nine ! Il faut bien se changer les idées. »

Une nuit de la fin septembre, Nine fut réveillée par des coups violents frappés sur les volets du salon. Il était plus de minuit. Marthe ne devait pas dormir, elle courut aussitôt au rez-de-chaussée, déverrouilla la porte sans frayeur apparente. Du haut de l'escalier où elle était restée, Nine l'entendit murmurer : « Je l'ai toujours su. »

Elle faisait face à Cellier. Il était debout au milieu du perron, il n'osait plus bouger. Il portait des vêtements froissés, il n'avait pas de bagages. Marthe éleva vers son visage sa petite lampe à pétrole. Puis elle hocha lentement la tête et dit : « Saleté de guerre. »

Cellier avait été blessé. Une fine cicatrice courait sur son menton. Il la dissimulait assez bien sous un début de barbe, mais Marthe l'avait remarquée à l'instant où elle lui avait ouvert. Elle le serra longuement contre elle. Puis elle passa son doigt sur sa cicatrice :

— C'est ça qui t'a retardé ?

— Mais non. J'ai été fait prisonnier.

— Où ?

— Après Dunkerque, en Normandie. Je me suis évadé. Je me suis retrouvé en Bretagne, puis dans le Limousin. Voilà, je suis rentré.

— Tu vas rester ?

— Je suis fatigué. Je voudrais me reposer. J'ai... J'ai des décisions à prendre.

— Quelles décisions ? Les affaires ?

— Les affaires, par les temps qui courent...

Il eut un petit rire amer, puis il passa devant elle. Elle pensa qu'il ne voulait pas parler devant Nine. Elle n'insista pas. Il avait maigri, il flottait dans ses vêtements. Au pied de l'escalier, il tituba légèrement. Il semblait désorienté, il regardait les lieux sans paraître les reconnaître, comme un voyageur qui revient de loin, un navigateur qui a du mal à se réaccoutumer à la terre.

— Tu veux souper ? hasarda Marthe. J'ai ce qu'il faut, je me suis remise aux poules et aux lapins. Je les élève dans la volière, tu te souviens, là où on avait installé les paons, dans le temps, quand...

— Je veux dormir, coupa Cellier. Simplement dormir.

Il trébucha sur la première marche de l'escalier. Il eut un mouvement d'agacement, puis se reprit :

— Je ne reconnais plus rien, chez toi.

— Je n'ai rien changé.

— Tu as posé des rideaux.

— Le black-out...

Nine était toujours en haut de l'escalier. Elle tremblait, de froid ou de peur. Cellier voulut plaisanter :

— Vous en avez vu d'autres, non ?

— Tout de même, grommela Nine, arriver comme ça sans crier gare... Et se promener en pleine nuit.... C'est interdit !

— Les choses interdites, il suffit de se les permettre, repartit Cellier.

Nine tourna aussitôt les talons. Dans son irritation, Cellier avait retrouvé tous ses esprits. Il se dirigea droit à la chambre de merisier.

Quand ils furent seuls, Marthe ne lui posa aucune question. Elle le regarda se déshabiller sans un mot, le borda comme un enfant. Il s'endormit presque aussitôt. Elle resta un moment près de lui. Dès qu'il fut endormi, elle examina un à un ses vêtements. Ils étaient tachés, ils sentaient l'herbe, le terreau. Puis elle descendit inspecter la cour. Comme elle le soupçonnait, il n'était pas venu en voiture. Elle alla se coucher dans l'ancienne chambre d'Anaïs, à l'autre bout de la maison. Elle passa la nuit à se perdre en hypothèses. Quand Cellier se réveilla, il paraissait beaucoup moins fatigué. Il lui demanda d'appeler Vernon.

Elle avait envie de rester seule avec lui. Elle lui répondit qu'il n'était pas mourant, qu'il pouvait bien attendre jusqu'au lendemain. Il insista, prétendit qu'il avait pris froid, qu'il avait un point au poumon. Marthe lui trouva l'œil un peu trouble, à cet instant, le même regard fuyant qu'avant-guerre, lorsqu'il partait rejoindre ses maîtresses. Néanmoins, elle a appelé Vernon.

Il arriva dans l'heure qui suivit. Marthe eut alors un mouvement qui ne lui était pas habituel : elle a écouté à la porte. Elle a très vite compris que Cellier n'était pas malade, tout au plus anémié. Comme elle s'y attendait, les deux hommes ont cessé très vite de parler de sa santé. Ils ont baissé la voix, elle n'a entendu que la fin de leur conversation, quand Vernon a dit à Cellier, sur le ton d'une conclusion :

— ... Pour moi, ce n'est pas la même chose. Je suis né vieux, je voudrais mourir jeune. Mais vous...

— Qu'est-ce qui me retient ? Je n'ai pas d'enfants.

— Vous devriez décamper. Il ne faut pas vous faire trop d'illusions. Ce sera ici comme en Allemagne et...

— Mon père s'est battu. Pourquoi pas moi ? La guerre...

— La guerre, ou la chasse ?

— Que voulez-vous dire ?

— A la guerre, il y a un ennemi. A la chasse, un gibier.

— Quel gibier ? Quand on se bat, on a un fusil, non ? On peut se battre aussi avec sa tête. On peut ruser.

— Ruser ! Avec eux...

Marthe a entendu Vernon toussoter, comme chaque fois qu'il hésitait à révéler un diagnostic. Il se raclait la gorge en cadence, avec un petit sifflement rauque. Il avait toussé de la même façon, autrefois, juste avant de lui avouer qu'il n'y avait plus d'espoir, pour son petit Lucien. Cette fois-ci, Vernon a eu beau tousser, il n'a pas trouvé la bonne formule. Il a eu des mots évasifs, il a marmonné :

— Attendez donc de vous requinquer. Quand vous serez sûr de votre affaire, nous en reparlerons. Dites à Marthe de m'appeler. Inventez quelque chose, que vous crachez le sang, n'importe quoi. Il faut se méfier du téléphone. D'ailleurs il faut se méfier de tout le monde. Ne dites rien à Marthe. C'est trop tôt. Nous sommes tous très isolés, rien n'est organisé... Ne vous montrez pas non plus. Et réfléchissez bien.

— C'est tout réfléchi.

— Laissez encore venir. On en reparlera. D'ici un mois...

Vernon ne finit pas sa phrase, comme s'il savait qu'on en reparlerait beaucoup plus tôt. Il avait vu juste. Début octobre, Marthe lut dans *Le Carillon de Rouvray* le résumé d'une loi que le gouvernement de Vichy jugeait de la plus haute importance. Elle portait statut des Juifs.

Elle alla aussitôt réveiller Cellier. Il lut le texte sans marquer la moindre émotion, même lorsqu'il en arriva à l'article 4 : « *Des règlements définiront l'élimination des Juifs en surnombre.* » Il lui demanda simplement d'appeler Vernon.

Il arriva encore plus vite que la première fois. Il arborait sa sacoche de médecin avec un peu d'ostentation. Sa consultation — ou ce qui en porta le nom — dura une bonne heure.

Cette fois, Marthe n'a pas écouté à la porte. Elle est descendue au salon. Nine était déjà installée devant son tricot. Marthe lui a demandé une pelote, des aiguilles. Elle s'est mise à tricoter quelque chose qui ressemblait à un début d'écharpe. Mais le cœur n'y était pas, elle n'arrêtait pas de perdre ses points. A deux reprises au moins, Nine l'a surprise à agiter ses aiguilles dans le vide, en fixant l'escalier.

Enfin Vernon s'est décidé à descendre. Il les a saluées rapidement, il s'est esquivé en parlant d'une visite urgente, dans une ferme éloignée. Une demi-heure plus tard, Cellier est descendu à son tour, rasé de frais. Il leur a appris de son air le plus détaché qu'il faisait un saut à Orfonds, et qu'il allait revenir. Il revint en effet, deux heures plus tard.

— Je pars, annonça-t-il à Marthe dès qu'il eut passé le seuil.

L'habitude fut la plus forte, Marthe ne posa pas de questions.

— Mange un peu, au moins, se contenta-t-elle de répondre.

Il n'était qu'onze heures et demie, mais il accepta. Il s'installa sur un coin de table, à l'office, dévora son repas en quelques minutes, se leva et sortit.

Elle l'accompagna en silence le long de la Luisse. Il n'emportait qu'une petite valise. Marthe la trouva d'une légèreté étonnante, quand elle voulut la soulever; et l'adieu de Cellier lui sembla aussi bien piètre, lorsqu'il lui dit, devant la grille :

— Cette fois-ci, ce n'est pas pour une femme.

Il lui tendit les clefs d'Orfonds. Il souriait. Il partit par les bois.

Chapitre 53

Peu après le départ de Cellier, Marthe commença à perdre ses cheveux. Elle garda son apparence habituelle, de bourgeoise nette qui ne pense qu'à l'argent, installée dans la certitude de s'être enracinée, de posséder, aussi sûrement que son bien, un nom sans tache, un sang pur à transmettre. Mais elle vieillit très vite. De plus en plus souvent, elle parlait du passé. Il suffisait d'un rien pour qu'elle dise à Nine : « Tu te souviens, Nine, de ce qu'on faisait dans le temps... » L'époque s'y prêtait, où l'on retrouvait d'anciennes habitudes, à cause des restrictions : les conserves maison, les lapins dépouillés dans un coin de l'office, loin de la vue des éventuels envieux, et dont on recueillait le sang comme la plus précieuse des liqueurs. « Tu te souviens, Nine, autrefois, on les dépiautait sous la grange, les lapins... Pour les tuer, le Grand Monsacré avait le coup, mais pour ce qui est de les dépouiller... Tu te rappelles qu'il disait que c'était le travail des femmes ? De Thérèse, évidemment... Il disait toujours : *Thérèse, garce de fumelle.* Tu te rappelles, Nine, comment il la traitait ? »

Marthe vidait elle-même le lapin de ses entrailles, pour être bien sûre que Suzanne ne perde pas un seul gramme de viande. Puis elle reprenait le fil de ses souvenirs. Ils lui revenaient de façon désordonnée, elle enchaînait sur le vin blanc du Grand Monsacré, son léger goût de pêche, ou sur les dentelles de la belle Julia, les chansons qu'on fredonnait sous sa tonnelle. De loin en loin elle prononçait même le nom de Rodolphe : « Tu te souviens, Nine, la jument qu'il avait... Elle était toute blanche. Ce qu'elle pouvait avaler comme foin, cette jument ! Comment s'appelait-elle, déjà... C'est curieux, je ne sais plus... »

Elle mentait. La miséricorde de l'oubli lui avait été refusée, elle avait une mémoire infaillible, des lieux, des noms, des dates. C'est bien cela qui la tourmenta, durant ces premiers hivers de l'Occupation, ces nuits glacées, interminables, où elle ne dormit pas. Pendant ses insomnies, sa mémoire sans pitié lui ramenait une marée de souvenirs, une inondation irrépressible, monstrueuse, qui ne cessait qu'avec le matin. Marthe s'endormait alors pendant deux ou trois heures. Sitôt réveillée, le flot recommençait à la poursuivre. Les anecdotes lui montaient aux lèvres à la première occasion, comme encouragées par l'engourdissement qui était tombé sur le Val, depuis que les Allemands étaient là.

Souvent, ce qui lui revenait paraissait insignifiant : Marthe parlait des étés d'avant-guerre, de printemps radieux qui ne reviendraient plus. Mais il y avait d'autres images, derrière les figures qu'elle évoquait. Des silhouettes plus proches et curieusement plus indécises, celle de Cellier, de von Platten, d'Elise et de Lambert, de la petite Anaïs. Comme un parfum de Paris, parfois, qui faisait rêver Nine. Une confidence pointait. Sa voix claire s'altérait soudain, se cassait, ce timbre qui n'était qu'à elle, chaleureux et bref. Marthe jetait un coup d'œil à un miroir embué, passait la main dans son chignon amaigri, se détournait. D'un seul coup, elle disait : « Comme c'est loin, tout ça. J'ai presque tout oublié. »

Elle ne se confiait pas, Marthe, elle ne s'est jamais confiée, sinon à Marina, la nuit de Blois. Elle ne se justifiait pas non plus. Elle eut seulement des phrases qu'elle ne parvint pas à finir, des *si j'avais su, si j'avais pu*... Il y passait une vérité qui inquiétait Nine : Marthe n'aimait plus l'avenir. L'envie de construire l'avait quittée, la joie de régner, de dominer gens et choses. Pourtant, Marthe ne s'est pas voûtée, elle n'a pas plié, pas ployé. Elle a porté son chagrin à sa manière ordinaire, enfoui au plus profond. Si elle pleurait, c'était de l'intérieur.

Elle n'affichait qu'un seul souci, le chauffage de Valondé. On n'avait plus de charbon. Juste avant la guerre, au moment où elle avait fait installer le chauffage central, dans un rare mouvement de légèreté, elle avait supprimé les poêles.

Elle les avait vendus à un ferrailleur. Il avait fallu en racheter. Elle en avait choisi de superbes, des Pied-Selle à feu continu, qui fonctionnaient au bois, « *quatorze heures sans rechargement* », comme disait la réclame. Mais chaque automne, c'était plus fort qu'elle, Marthe affirmait qu'elle allait mourir de froid.

Un froid noir, comme elle l'appelait. Elle prétendait qu'il était entré dans son corps, qu'il ne la quittait plus. Elle qui ne s'était jamais plainte, elle commençait à s'exclamer, dès la Toussaint : « Nine, on grelotte, j'aurais dû vendre cette maison, le froid humide rentre partout, on a beau calfeutrer... » Elle avait multiplié les boudins de laine au bas des portes, les bandes de feutre sur l'entourage des fenêtres, elle avait même doublé tous les rideaux. Nine devina très vite qu'elle ne se protégeait pas du froid. Ce que redoutait Marthe, dans cet âge glaciaire de l'Occupation, c'était la torpeur grandissante où s'endormait le pays. Sitôt finis les bombardements, Rouvray s'était laissé envahir par une somnolence étrange, qui n'était plus la vieille indolence du Val, mais un engourdissement sinistre. Le sommeil d'un malade, d'un blessé, un état d'ankylose qui ne présageait rien de bon. Dans les rues, sur le mail, jamais le silence n'avait paru aussi pesant. Ce n'était pas seulement l'effet du couvre-feu : on s'était de tout temps couché de bonne heure, à Rouvray, ce qui n'avait jamais empêché personne de savoir très exactement ce qui s'était passé à minuit sur la Place de la Gare ou dans la cave du voisin. A présent, le fracas des bottes allemandes venait rompre ce silence à intervalles réguliers : comme pour rappeler à chacun que le réseau de rumeurs qui formait à Rouvray le tissu de la vie pouvait enfin se traduire dans une violence évidente. Dans le sang peut-être, au grand jour. Marthe n'avait pas froid. Elle avait peur.

Dès le premier hiver, Orfonds fut saisi comme bien juif. L'affaire ne traîna pas. Chicheray fut chargé de la vente, il la mena très rondement. Il ne rencontra qu'un seul obstacle : il ne possédait pas les clefs du manoir. On força la porte. La veille de la vente aux enchères, les gens de Rouvray vinrent visiter le domaine, pour y chercher les traces du luxe insensé qu'on prêtait à Cellier. On ne trouva qu'une maison humide, abandonnée depuis longtemps, et qui sentait le moisi. On s'attarda beaucoup dans la chambre à coucher, à la recherche d'autres signes d'infamie, qu'on ne découvrit pas davantage.

Le jour de la visite, Madeleine Roseroy arriva la première. Elle partit aussi la dernière. Inlassablement, elle signala aux visiteurs les dégradations du domaine. Elle indiquait à l'un des papiers peints décollés, à l'autre un robinet qui fuyait. Elle prétendit même avoir aperçu des termites dans la charpente, elle assura qu'une source souterraine minait les fondations. Chicheray, qui avait son pourcentage sur la vente, lui adressait des signes exaspérés. Elle refusa de les voir. Le soir même, à bout de nerfs, elle affirma à son mari qu'à force d'arpenter les couloirs du manoir, elle avait acquis une certitude absolue : Marthe possédait les clefs d'Orfonds. De quelles manigances une telle aventurière n'était-elle pas capable ?

La porte du manoir avait été brisée, les meubles de Cellier, depuis longtemps, entreposés sous bonne garde. Néanmoins, Chicheray fut ébranlé. Il courut aussitôt à Vallondé. Il mit une bonne demi-heure avant d'avouer à Marthe le but de sa visite. Elle lui rit au nez.

— Les clefs d'Orfonds ! Vous ne trouvez pas que j'ai assez de mes affaires, sans aller me mêler de celles des autres ?

— Les autres, les autres, c'est vite dit.

— Les autres, s'obstina Marthe.

Elle le reconduisit aussitôt à la grille, à travers les allées durcies par les gelées. Chicheray faisait peine à voir. Elle aussi. Elle n'avait plus de malice au fond des yeux. Elle avait deviné, comme tout le monde, ce qu'il adviendrait d'Orfonds.

Comme elle l'avait prévu, ce fut Lambert qui l'acheta. Il le fit raser presque aussitôt. Il prétendit que le manoir était insalubre, pourri d'humidité. Il n'y eut aucune protestation, même pas de la part de Vernon, défenseur acharné, pourtant, des domaines historiques les plus négligés. Du château jumeau du sien, du manoir qui avait été si longtemps son réservoir à rêves, il ne resta à Marthe que les clefs.

La semaine où les masses s'attaquèrent aux murs d'Orfonds et déchirèrent la vallée de leur fracas insupportable, Marthe partit pour Tours. Elle avait un bon prétexte : trois de ses cinq immeubles avaient été ravagés par les bombardements. On venait de terminer le dégagement des gravats, il fallait à présent songer à la reconstruction. Elle hésitait. Dans les forêts autour de Vallondé, on avait griffé des V de la victoire sur l'écorce des arbres. On parlait déjà de sabotages. Les Allemands étaient aux aguets, ils surveillaient très étroitement les ponts, comme si d'un jour à l'autre la même bataille dût reprendre, qui leur avait donné le Val.

Marthe s'installa pour trois jours dans l'hôtel où elle avait ses habitudes, à deux pas de la mairie de Tours, constellée d'inscriptions gothiques et d'aigles hitlériennes. Elle alla visiter ses terrains, rencontra un entrepreneur, qui lui parut étrangement fuyant. Elle n'était pas rentrée à l'hôtel qu'elle fut abordée par un inconnu. Il lui tendit sa carte avec empressement. Il se nommait Marcel Héronnier. Il voulait acheter ses terrains.

Il l'invita à déjeuner. Il se prétendait au mieux avec la banque allemande. Il était obséquieux, enveloppant. Il parlait beaucoup de ses actionnaires, mais ne paraissait guère au fait du droit foncier. Au bout d'un quart d'heure, Marthe fut persuadée qu'il n'était qu'un homme de paille. Elle feignit d'être intéressée, se fit encore plus sotte que lui. Héronnier se rengorgea, crut la partie gagnée. Il lui laissa le nom de son notaire, avec un rendez-vous pour le surlendemain.

Elle ne s'y présenta pas. Deux heures avant le rendez-vous, par l'intermédiaire d'un de ses anciens courtiers en farine, reconverti dans le ravitaillement de l'armée allemande, elle avait réussi à apprendre ce qu'elle cherchait. La société immobilière que présidait Héronnier s'était constituée juste après les bombardements. Divers notables tourangeaux y avaient placé leurs capitaux. L'actionnaire principal, le véritable patron de l'affaire, n'était autre que Lambert.

Chapitre 54

Face à un autre ennemi, Marthe aurait éclaté de rire. De son grand rire clair et bref qui désarçonnait tout le monde, qui prouvait à lui seul son incroyable force, sa puissance de calcul jamais prise en défaut. Car à la vérité, l'achat des terrains était une très mauvaise affaire. Ils ne valaient rien sans les immeubles. De l'avis unanime, il était prématuré de reconstruire. Ils étaient situés trop près des ponts, trop exposés aussi aux raids aériens sur la gare, si jamais, comme on le murmurait, les Anglais ou les Américains s'avisaient d'attaquer. La guerre pouvait s'éterniser, c'était de l'argent stupidement bloqué.

Pourtant Lambert ne s'intéressait qu'à ces terrains. Lui, si prudent d'ordinaire, sans conviction politique affichée, il avait pris le risque de chercher un prête-nom, de s'acoquiner avec la banque allemande. Le soir de son retour, au moment où elle repassa la grille de Vallondé, dans des odeurs de végétation fraîchement dégelée, Marthe comprit que ce n'était pas les terrains que voulait Lambert. C'était la guerre, la guerre contre elle. Sous n'importe quel prétexte, à n'importe quel prix. Et la victoire, enfin.

Une guerre dérisoire. Elle voyait très nettement venir la suite : Héronnier la retrouverait, lui proposerait un bon prix. Elle refuserait. Il ferait grimper son offre. Elle refuserait encore. Le loup finirait par sortir du bois. Le loup : son fils. Qui mangerait l'autre ? Et pourquoi Lambert tenait-il tellement à ces terrains ? Que cherchait-il, sinon le plaisir de la faire céder ? Et pourquoi le cherchait-il ?

D'ordinaire, face à un concurrent dont elle ne saisissait pas la manœuvre, Marthe se contentait d'attendre. « Laisse venir et fais l'imbécile », telle était sa devise, « on finit toujours par trouver le défaut de la cuirasse. » Cette fois-ci, plus que toute autre, elle aurait dû rire, tant il était clair que Lambert allait droit à sa perte, en se compromettant avec les Allemands pour construire des immeubles qui seraient menacés jusqu'au retour de la paix. Mais aujourd'hui, c'était son fils qui se dressait sur son chemin; et c'était elle, sa mère, le défaut de sa cuirasse.

Une fois encore, Marthe a trouvé la force de laisser venir son ennemi. Mais elle n'a pas pu rire. Elle s'est prise au jeu. La mort dans l'âme, elle a décidé de se battre, et de gagner.

Le soir où Marthe est rentrée de Tours, Nine s'est étonnée de la voir s'avancer dans l'entrée d'un pas hésitant. Elle l'a crue malade, elle a lâché son tricot. Elle a couru jusqu'au vestibule : « Elle s'est cognée plusieurs fois à des meubles », a-t-elle raconté, « on aurait dit qu'elle ne savait plus où elle était. » Puis elle a remarqué son regard sombre, son front creusé de soucis. Elle s'est approchée d'elle : « Tu n'as pas fait bon voyage, on dirait », a-t-elle hasardé. Marthe n'a rien répondu. Ses mains tremblaient. Elle a jeté son chapeau sur un fauteuil, elle s'est assise à son bureau. Elle s'est pris la tête entre ses mains. Elle est restée un long moment sans bouger, sans même enlever son manteau. Nine a pensé qu'elle pleurait. Quand Marthe a enfin relevé la tête, elle avait le visage serein, comme si elle venait de prendre une grande décision. Elle ne tremblait plus, elle paraissait parfaitement maîtresse d'elle-même. « Je te raconterai tout ça plus tard », a-t-elle lâché avant d'aller se coucher. Nine a pensé qu'elle ne lui dirait rien, que c'était un mot pour se débarrasser d'elle. Le lendemain, contre toute attente, Marthe lui a raconté ce qu'elle avait appris à Tours, « l'histoire des terrains », comme elle n'a plus cessé de l'appeler.

Nine a été très surprise de ses confidences. Elle a eu l'impression que Marthe cherchait une alliée — un témoin, peut-être. Marthe parlait de son fils comme elle l'aurait fait de n'importe quel rival, avec le plus absolu détachement, sans pitié pour lui, sans pitié non plus pour elle-même. Elle s'interdisait de le haïr aussi bien que de l'aimer. On aurait dit qu'elle avait décidé d'oublier qu'elle était sa mère.

Tous les soirs jusqu'à la fin de l'hiver, Nine la vit se préparer de grandes tisanes de fleur d'oranger, qui ne durent lui être d'aucun effet, à en juger par les grandes ravines violettes qui commencèrent à lui griffer le pourtour des yeux. Elle devait passer ses nuits à retourner cette affaire dans tous les sens, à chercher sans relâche à élucider cet insondable mystère, la haine d'un enfant. Si elle a jamais pleuré à ce moment de sa vie, Marthe, ce fut de ces larmes intérieures plus amères que les autres, parce qu'elles ne coulent pas. Plus que jamais, son implacable mémoire la tourmentait. Détail après détail, elle retrouvait tous les moments de l'enfance de Lambert, ces mois où leurs deux corps avaient vécu dans la plus étroite connivence. Plus nettement que sur n'importe quelle photo, elle le revoyait dans son maillot, au fond de son berceau, elle revivait la lumière de ses premiers sourires, ces minutes miraculeuses qui avaient eu le pouvoir d'effacer tous ses griefs contre Hugo, sa condition de prisonnière, à la merci des Monsacré. A plus de quarante ans de distance, Marthe crut sentir à nouveau sous ses doigts la peau fraîche et translucide de son fils nouveau-né, jusqu'à la souplesse effrayante de sa fontanelle, qui mit si longtemps à se fermer, à se couvrir de cheveux. Quand approchait le matin, à l'heure où les brouillards descendaient lentement le long du cours annelé de la Luisse, elle finissait par tout confondre, les babillages de Boris et ceux de son père, la mort d'Anaïs et celle du premier Lucien. Un fantôme les reliait constamment aux autres : celui de Cellier. Elle le revoyait toujours sur la terrasse d'Orfonds, qui souriait devant son verre où pétillait le vouvray. Elle se répétait sans cesse : c'était une faute, ce jour-là, la seule faute que j'aie commise. A cet instant, pourtant, elle aurait donné sa fortune pour la commettre encore, ou simplement pour revoir Cellier, une journée seulement, ou même une petite heure. Elle essayait d'imaginer ce qu'il faisait au même instant, elle le voyait souvent sur un bateau, au bout du monde, à la façon dont elle voyait le bout du monde, une sorte de paradis intermédiaire entre les métropoles américaines et les îles du Pacifique Sud. Sa mémoire s'emballait, se brouillait, elle finissait par flotter dans un demi-sommeil, plus épuisant encore que la veille. Elle se redressait dans son lit. Avec une impitoyable régularité, elle allait alors buter contre son pire souvenir, celui du jour où Lambert s'était brûlé. Le matin était là. Une fois encore, il fallait l'affronter.

Cette réminiscence dut tourner à l'obsession, car deux mois après son voyage à Tours, Marthe prit Vernon à part, un dimanche, et lui demanda tout à trac pourquoi la blessure de Lambert avait mis si longtemps à guérir. Vernon se perdit en explications embrouillées, puis choisit d'avouer son ignorance. « Est-ce que je sais... On n'avait pas les médicaments d'aujourd'hui. Il y a si longtemps... Et ça ne l'a pas empêché de réussir, votre petit Lambert... » « Réussir, réussir... » gronda Marthe. Vernon s'en alla très vite, ce dimanche. Un mois plus tard, lors d'un autre déjeuner dominical, Vernon remarqua qu'elle avait beaucoup maigri.

Il s'en aperçut à l'instant de son arrivée. Marthe attendait à sa place habituelle, à son bureau, devant son éternel plateau de ratafia de cerises. Elle ne le vit pas venir. Elle caressait une statuette, un jeune chasseur souriant qui bandait son arc, la version moderne d'un bronze antique, bien dans le goût de Cellier : un de ses cadeaux, sans doute, du temps de leur liaison.

Vernon passa devant Elise. Un rayon de soleil traversa les rideaux. Il n'osait pas parler. Marthe était toujours perdue dans ses pensées, ses calculs. Il se figea au centre de la pièce, comme retenu par une crainte religieuse. Elle ne bougea pas davantage.

Il eut alors le temps de noter une ressemblance étrange, entre la figurine de métal sombre, et les traits de Marthe tirés par l'insomnie. Dans le contre-jour de ce midi hivernal, la lumière se figeait aux mêmes endroits, là où se ramassaient les muscles. Sur les cuisses du chasseur, ses avant-bras coulés dans la matière inerte, et le tissu vivant du visage de Marthe, elle dessinait les mêmes polissures, de longues traînées brillantes, qui suivaient fidèlement le dessin de la crispation. La différence, c'était que sur les traits fatigués de Marthe, la lumière paraissait intensément vivante. A l'angle de ses mâchoires venait régulièrement saillir une petite boule olivâtre, d'une fermeté extraordinaire, où semblait s'être concentré ce qui lui restait d'énergie.

Chapitre 55

La première décision de Marthe concerna son testament. Elle se rendit chez Chicheray. Elle n'avait pas pris rendez-vous. Dès que le notaire apprit qu'elle était là, il expédia son précédent visiteur. Il avait grossi, il avait de plus en plus de mal à se déplacer. Il se leva néanmoins pour accueillir Marthe. Il s'étonna de sa froideur. Il la comprit beaucoup mieux lorsqu'elle lui annonça, sans préambule, qu'elle venait pour corriger son testament. Il eut alors la phrase à laquelle elle s'attendait :

— Voyons, Marthe, ce n'est pas raisonnable...

Le col de Chicheray devait le serrer, il n'arrêtait pas d'y passer la main. Il poursuivit d'une voix altérée, comme étouffée d'émotion, ou de curiosité :

— ... Vous n'allez pas me dire...

— Je n'ai rien à vous dire. Sinon que je veux refaire mon testament.

— Par les temps qui courent...

— Justement, par les temps qui courent.

Chicheray s'empara de son porte-plume, en fit rouler le manche entre ses paumes : le même geste que le vieux Chicheray, autrefois, à cette même place. Il était devenu aussi poussif que son père, il se réfugiait dans les mêmes gestes lents et inutiles, pour attendre le moment où sa proie serait mûre.

Sur le porte-plume, un peu d'encre humide était restée à la jonction de la plume et du manche. Elle tacha légèrement son index. Il l'essuya avec précaution sur le grand buvard blanc qui recouvrait son bureau.

— M. Cellier, n'est-ce pas, c'est ça qui vous chiffonne ?

C'était à la fois une question et une insinuation. Sur son cou, là où sa chemise l'irritait, une grosse artère se gonflait. Le réseau de vaisseaux couperosés qui parcourait son goitre se dilatait au même rythme. Il répéta :

— M. Cellier...

— Je vous en prie.

Il soupira :

— Vous faites bien. Il vaut mieux oublier.

— Il n'y a rien à oublier. Ce qui est fait est fait.

— Bien entendu. Mais pourquoi voulez-vous corriger votre testament ?

— Vous savez bien que les femmes sont capricieuses.

— Pas vous, Marthe.

— Je suis bien comme les autres, allons.

Chicheray se redressa sur son siège :

— Enfin... Commençons par dresser un état de votre patrimoine. Il va falloir réfléchir, avant de...

— C'est tout réfléchi.

— Certainement. Mais il ne faut rien faire à la légère, en ce moment. Les choses ont changé, avec la guerre.

— Quelles choses ?

Il eut un petit geste du côté du mail, là où défilait, plusieurs fois par jour, la garnison allemande qui surveillait les ponts. Marthe sourit :

— Mais j'attends, justement, mon cher Antoine, j'attends... Je n'ai plus envie de rien acheter. Ni de rien vendre, d'ailleurs.

— Même pas...

— Même pas les terrains de Tours.

Chicheray avait beau connaître Marthe, il fut surpris qu'elle ait pris si vite l'offensive. Il posa son porte-plume sur le buvard.

— Evidemment. Mais tout de même, cela mérite réflexion.

— Je vous l'ai déjà dit, c'est tout réfléchi.

— Et... les biens que vous possédiez avec M. Cellier ? Vous avez dû perdre beaucoup d'argent...

— Depuis le temps que vous me connaissez, vous m'avez vue perdre de l'argent ?

Sur le cou enflammé de Chicheray, la grosse artère se dilata encore. Du plat de la main, il se mit à caresser son buvard. Il n'osait plus la regarder.

— Vous vous souvenez bien, poursuivit Marthe, quand nous avions vendu l'usine... Mais je ne vous l'ai peut-être pas raconté. C'est vrai qu'on ne s'est pas beaucoup vus, vous et moi, depuis le temps. Avec les liquidités, Cellier et moi avons acheté des brevets. Au moment de la guerre...

— Il les a emportés !

— Détrompez-vous. C'est moi qui les ai.

— En lieu sûr, j'espère ?

— A Vallondé, dans mon coffre. Ils sont à mon nom.

Chicheray hocha la tête d'un air entendu, tenta de sourire. Là où son col le serrait, de petites gouttes de sueur affleuraient, suivaient le dessin filiforme des veinules. Le moment n'allait pas tarder où il allait découvrir son jeu.

— Pour les terrains, Marthe...

— Je les lègue à Elise.

— Il vaudrait mieux construire.

— En pleine guerre ? Vous avez perdu la tête.

— Vendez-les.

— Jamais de la vie.

— D'autres que vous peuvent avoir envie de construire.

— Les Allemands ? Ils ont d'autres chats à fouetter.

— On va bien finir par vous faire des propositions.

— Allons donc. Les gens ne sont pas si bêtes.

Le carillon de la cathédrale se mit à sonner. Chicheray attendit qu'il eut égrené tous ses coups, puis il se leva, se dirigea vers la fenêtre, souleva le rideau, comme chaque fois qu'il réfléchissait. Une voiture militaire allemande traversa rapidement le mail.

— Ils sont énervés, on dirait, observa Marthe.

— Les ponts... Il y a eu des sabotages, sur la ligne de chemin de fer, du côté de Blois. Enfin... Qui peut prévoir comment les choses vont tourner...

— Alors justement, je les garde, mes terrains.

— Et si jamais une offre intéressante...

— Une offre intéressante, en ce moment !

— Pourquoi pas ?

— Vous voulez me les acheter ?

Elle plissa les yeux. Comme par réflexe, Chicheray saisit une feuille, trempa sa plume dans son encrier, commença à tracer quelques lettres et laissa tomber, tout en écrivant :

— Les Allemands pourraient vous exproprier. Nous ne sommes plus chez nous.

— Je voudrais voir ça !

La réplique avait été si sèche que Chicheray sursauta. Il avait les mains moites, sa plume dérapa sur sa feuille. L'encre gicla. Marthe y pointa aussitôt le doigt :

— Pourquoi n'avez-vous jamais utilisé de stylo à plume ? Savez-vous qu'il en existe d'excellents ? On ne se tache plus les doigts, on ne...

— L'habitude, que voulez-vous, l'habitude...

Il continuait à griffonner, quelque chose comme « *Pour le testament de Madame Marthe Monsacré, née Ruiz* », ou « *Dispositions concernant la succession de Madame Monsacré.* » Elle avait pris depuis longtemps l'habitude de lire à l'envers les notes que prenait Chicheray pendant leurs entrevues, mais cette fois-ci elle n'arriva pas à les déchiffrer, tant son écriture était devenue nerveuse. Il y eut une seconde tache, puis une troisième, avec une myriade de points d'inégale grosseur. De loin, ils dessinaient comme une grappe. Chicheray les contempla un instant, les sécha, puis chiffonna la feuille et la jeta dans sa corbeille. Il allait en saisir une seconde quand Marthe se leva :

— On verra plus tard, dit-elle.

Au prix d'un effort qui parut considérable, Chicheray la suivit jusqu'à la porte. Son bras pesant s'abattit sur son épaule :

— Plus tard, plus tard... Moi je ne connais qu'un mot qui rime avec *testament,* ma chère Marthe. C'est *maintenant.*

— Vous me trouvez mauvaise mine ?

— Voyons !

— Il faut que je réfléchisse.

— Vous m'avez dit tout à l'heure que c'était tout réfléchi !

— Vous m'avez brouillé les idées, avec vos histoires de terrain...

Elle s'interrompit. Elle portait un chapeau à voilette, un modèle qu'elle avait acheté à Paris, juste avant la guerre. Il avait encore assez belle allure. Elle avait repris l'expression tendue, l'allure un peu raide qu'elle avait en entrant dans le bureau du notaire. Elle rabattit la voilette sur ses yeux, avant de lui lâcher, comme elle disparaissait dans l'entrebâillement de la porte :

— Qu'est-ce que je deviendrais sans vous, mon brave Antoine...

Chapitre 56

Dès le lendemain, à l'appel de Madeleine Roseroy, plus digne et plus sèche à mesure que son mari engraissait, toutes les fenêtres de Rouvray étaient mobilisées, à l'affût comme jamais des moindres faits et gestes de Marthe Monsacré. On eut très vite de quoi se mettre sous la dent. Le surlendemain de sa visite à Chicheray, on la vit prendre le train de Paris. Elise l'accompagnait. On se perdit en conjectures sur le contenu de la petite valise que portait Marthe. Elle ne paraissait pas bien lourde, mais elle ne la lâcha sous aucun prétexte, même au moment où il lui fallut franchir le marchepied du train. Quand les deux femmes revinrent, trois jours plus tard, c'était Elise qui la portait.

Comme il fallait s'y attendre, ni Elise, ni Marthe ne laissèrent filtrer la moindre indication qui pût éclairer quiconque sur les raisons de ce voyage à Paris. On soupçonna qu'il était en rapport avec les projets testamentaires de Marthe Monsacré. Tout le monde à Rouvray s'accorda sur un point : Marthe avait bien meilleure mine, au retour de son escapade. Quant à sa fille, elle « *faisait l'importante* » : manière de signifier, à Rouvray, qu'elle ressemblait à sa mère, qu'elle avait l'air décidée. « Les chats ne font pas des chiens », conclut-on unanimement, en contradiction avec les propos tout aussi unanimes qu'on avait tenus sur son compte jusqu'à ce jour : on disait souvent qu'Elise était un peu folle, qu'elle tenait de son père, le beau Rodolphe qui s'était noyé en partant aux colonies. Du coup, certains allèrent jusqu'à suggérer que les deux femmes étaient allées à Paris pour « *voir des hommes* ». On reparla de Cellier. Les esprits les plus romanesques se risquèrent à insinuer qu'elles le gardaient caché.

De fait, les deux femmes s'étaient rendues rue des Belles-Feuilles. Marthe avait déposé le contenu de la petite valise dans le coffre-fort extravagant aménagé dans la cuisine par le marchand de viande argentin, derrière l'un des compartiments de son monumental réfrigérateur. Elle y entreposa tous ses titres de propriété, les brevets qu'elle tenait de Cellier, la petite cassette qui l'avait suivie depuis sa naissance, avec le portrait de sa mère et la montre à monogramme. L'appartement était resté dans l'état où elle l'avait quitté en juin 40. Il était poussiéreux, mais rigoureusement rangé, en dehors de quelques journaux abandonnés sur un canapé, dont les gros titres criaient encore à la victoire. Tout l'attestait, Cellier n'y était jamais revenu. Marthe en fut curieusement soulagée. Un soir, pourtant, elle céda à la tentation de chercher son odeur, dans le placard où il rangeait ses vêtements. Sa garde-robe s'y trouvait au grand complet, notamment les vestes de cheviotte contre lesquelles elle aimait à se frotter le nez, du temps où ils étaient amants. Elle souleva la housse, approcha son visage des fibres brunes. Elle réussit à s'en détourner avant de les avoir effleurées.

A plusieurs reprises, elle fit part à Elise de sa satisfaction de retrouver l'appartement en ordre. « Il faut que tout reste en l'état, en attendant. » En attendant quoi ? faillit lui demander sa fille. Elle s'en abstint. En cette époque sinistre, il suffisait sans doute d'attendre pour avoir l'impression de vivre.

Un seul point froissa Marthe : deux mois plus tôt, une petite inondation s'était produite chez un voisin. Le concierge était venu inspecter l'appartement, vraisemblablement à la recherche de tuyauteries défectueuses. Il avait dégagé une trappe dans le plafond de la cuisine et mis à jour un faux plafond. Dans le grand espace vide qu'il avait découvert, ne courait qu'un vieux fil électrique. Il n'avait pas refermé la trappe. Marthe voulut la remettre en place. Elle n'y parvint pas. Elise s'y essaya à son tour, sans plus de succès. Elle se résigna à la laisser ouverte. Chaque fois qu'elle entrait dans la cuisine, elle levait les yeux vers la trappe et soupirait d'un air excédé. Elle finit par se résoudre à appeler un menuisier. Il ne vint jamais au rendez-vous.

Des trois jours qu'elles passèrent à Paris, Marthe ne souffla mot à sa fille des manigances de Lambert à propos des terrains. Elise les connaissait par Vernon. Bien avant que Marthe elle-même n'en fût informée, la rumeur s'était chargée de les lui apprendre. C'était cela aussi, la famille Monsacré : savoir que l'autre savait, ne rien dire, se borner au langage des actes, pour signifier quel camp on avait choisi, et quelle guerre on menait. Elise ne manifesta aucune émotion particulière lorsque Marthe ferma le coffre, pas plus qu'elle n'en avait marqué quand sa mère l'avait appelée à Mortelierre, pour lui demander de l'accompagner à Paris. Elle s'étonna simplement qu'elle ne préférât pas garder ses documents dans une banque, ou chez un autre notaire, un Parisien, par exemple, qui ne connaissait rien des intrigues de Rouvray.

— Un notaire ! s'écria Marthe. Après ce que j'ai vu de Chicheray ! Et les banques, avec la guerre.... A qui faire confiance, par les temps qui courent...

Elle ferma le coffre, rabattit la porte du réfrigérateur. Elle avait des gestes précautionneux, malhabiles; comme si toucher à l'argent, devant sa fille, ou même à ces paperasses compliquées qui représentaient l'argent, était un geste scabreux, une inévitable obscénité.

Elise restait en retrait, retenue, elle aussi, par une pudeur inexplicable. Elle brûlait de savoir ce qu'étaient ces papiers, mais elle n'avait pas la force de lui demander des explications. Elle n'osa pas non plus regarder sa mère en face, quand elle risqua :

— Mais si Paris est bombardé...

— Rouvray sera bombardé avant Paris, ma pauvre fille. Les ponts...

— Et la combinaison du coffre ? Si jamais...

— Il n'y a pas de *si jamais*. J'aurai toujours le temps de me retourner.

— On dit ça, et puis...

— Puisque je te le dis.

— Ecoute...

— Tais-toi. Je ne céderai pas. C'est comme pour ton frère. Souvent, pour mieux donner, il ne faut pas donner.

Ce fut la seule allusion, brève et énigmatique, que Marthe fit au conflit qui l'opposait à Lambert. Elle s'était redressée. Comme d'habitude, elle voulait faire de son corps un rempart contre toutes les menaces, elle tentait de museler la peur qui la prenait à la simple idée du lendemain — cet avenir qu'elle avait si allègrement affronté jadis, modelé même parfois de son impitoyable volonté. Des années de ténacité pour en arriver là : quelques papiers entassés avec fièvre au fond d'un coffre dissimulé dans un appartement désert qui sentait la poussière, à la lisière d'une capitale engourdie dans la malsaine léthargie de la guerre.

Son corps à présent trahissait Marthe : elle avait beau se forcer, rejeter les épaules en arrière, comme elle avait toujours fait, le souffle lui manquait, elle flottait dans son tailleur, les fronces de son corsage s'affaissaient le long de sa poitrine amaigrie. Elle sentit qu'Elise l'observait. Elle se retourna vers le corridor qui menait à la chambre de Cellier, une petite galerie entièrement ornée de trophées gagnés dans des rallyes ou des tournois de tennis. Elise la regarda s'éloignei dans le couloir où brillait le métal un peu terni des coupes. D'un seul coup, à ce moment-là, elle n'a plus eu honte de sa mère. Sans trop savoir pourquoi, elle a su qu'elle prendrait la suite.

Chapitre 57

A son retour à Rouvray, en ce mois de février 1942 où les lettres de dénonciation les plus diverses affluaient dans les commissariats de la zone occupée, Elise ne se sentit pas différente de ce qu'elle était depuis le début de la guerre : une infirmière, une nourrice. Rien ne l'intéressait plus que la souffrance universelle. Elle s'y perdait, s'y noyait. De loin en loin, elle s'effondrait dans un fauteuil, contemplait ses mains rougies par ses longues courses dans le froid, abîmées par les travaux ménagers que les restrictions imposaient aux femmes les plus aisées. Et pourtant elle n'était presque jamais fatiguée.

Les premières années de son mariage, elle avait cessé de travailler. Mais peu après sa rencontre avec von Platten, elle avait eu l'idée de fonder un dispensaire à la mairie de Vallondé. On l'avait appréciée, on lui avait demandé de venir ici ou là faire une piqûre, assister une femme en couches. Bientôt, elle n'avait plus cessé de parcourir la campagne, au volant d'une belle Hotchkiss offerte par Vernon. D'avoir été enfin associée aux mystères de Marthe fit redoubler son allant. Mais cette joie même lui sembla peu de chose, à côté de l'énergie puissante que son mari avait réveillée en elle, dix mois plus tôt, quand il s'était résolu à lui faire partager ses propres secrets. En avril 1941, Vernon s'était engagé dans un petit réseau de résistance. Pendant l'exode et les bombardements, il avait connu de grands moments d'exaltation, à l'idée que le Val endormi depuis plus de trois siècles avait enfin retrouvé la fièvre de l'Histoire. Après la défaite, on avait défini le tracé de la ligne de démarcation. Plus que jamais, la Loire faisait du Val une contrée ambiguë, insaisissable : la frange de terres incertaines qui sépara, jusqu'en novembre 1942, l'évidence de la barbarie et l'illusion de la liberté.

Comme tant d'autres avant eux, les Allemands s'étaient laissé prendre à la douceur du pays. Dans les ateliers de ses villes paisibles, Blois et Vendôme, Tours ou Romorantin, ils croyaient pouvoir mettre au point en toute sérénité les précieuses pièces de leur machine de guerre, bombes et moteurs d'avion. A Tours, les anciennes usines de Marthe et de Cellier tournaient maintenant pour la Luftwaffe. A côté des rumeurs sur les sabotages entrepris par la Résistance, des murmures circulaient sur certaines villas tranquilles de Tours et de Blois, où officiait la Gestapo. Vernon s'efforçait de ne pas y penser. Il s'obligeait à se concentrer sur sa mission : à la faveur de visites chez de pseudo-malades, il recueillait et transmettait des renseignements sur les activités des ateliers qui travaillaient pour les nazis. Sa contribution, parfois, lui paraissait très mince. Comme à tant d'autres résistants, elle lui avait néanmoins révélé une joie inconnue : le plaisir de tromper et de dissimuler.

A la fin de l'année précédente, un événement curieux s'était passé aux grilles de Mortelierre. Tentés par les sous-bois giboyeux du coteau, deux officiers allemands s'avisèrent d'y chasser. Dans des circonstances qui ne furent jamais éclaircies — sans doute accidentelles, car toute agression par un Français aurait donné lieu à des représailles immédiates — le plus âgé d'entre eux se blessa à la jambe. Son compagnon courut chercher du secours chez Vernon. Il fallut lui injecter de la morphine. Ce soir-là, comme de plus en plus souvent, Vernon était fatigué. Il confia à Elise le soin de faire la piqûre. Dans la confusion où l'avait jeté son état, l'officier blessé la prit pour une parente — à moins qu'il n'ait été frappé par sa rare blondeur. En tout cas, dans les semaines qui suivirent, il exigea d'être soigné par Elise, dans le château que l'état-major allemand avait réquisitionné de l'autre côté de la Loire, à une dizaine de kilomètres du Grand Chatigny.

Elise prit donc l'habitude de passer le pont sans encombre, dans sa onze chevaux Hotchkiss équipée d'un gazogène. Les soldats qui surveillaient la Loire s'accoutumèrent aussi à la voir traverser le fleuve. Au bout de quelques jours, ils ne lui demandèrent plus ses papiers. Elle profita de ses allées et venues pour soigner des habitants isolés dans les forêts et les varennes qui séparent la Loire et le Cher. Vernon raconta l'anecdote au médecin de Tours qui dirigeait son réseau. Ils eurent la même idée : se servir de cette opportunité pour organiser des passages. Une filière venait d'être démantelée à La Chapelle-Blanche, les deux ecclésiastiques qui la dirigeaient avaient été déportés. Il était urgent de la reconstituer.

Situé juste avant le pont, à l'abri de ses bois, Mortelierre représentait une halte idéale. Au Moyen Age, le domaine avait été une maison forte, la dernière défense avant la Loire. De cette époque troublée, il avait gardé un étonnant réseau de grottes. Vernon les avait explorées une vingtaines d'années plus tôt. Il avait rédigé un opuscule où il avait dressé leur plan, esquissé les grandes lignes de leur histoire supposée. D'après lui, l'enfilade de boyaux débouchait sur l'autre versant du coteau, au fond d'un bosquet envahi par les acacias, à un lieu-dit nommé la Jugeraie, qui dominait le fleuve. Il n'avait pas poussé ses reconnaissances jusque-là, mais il prétendait détenir la preuve que les souterrains de Mortelierre avaient servi plusieurs fois de refuge, notamment pendant les guerres de Religion. Il y avait découvert des graffiti, des balles de plomb, d'anciens silos, et même des anneaux scellés dans la pierre, qui avaient servi à attacher le bétail. Sous le Directoire, quand le domaine avait été agrandi, l'ouverture des grottes avait été dissimulée aux regards par la construction d'une serre et d'une petite orangerie. Seuls les fermiers voisins et le garde-chasse en connaissaient l'existence, et encore de manière très vague, par des on-dit, des récits nébuleux, quasiment légendaires, transmis naguère par leurs parents. On pouvait donc y accéder en toute sécurité. Il suffisait d'emprunter les chemins forestiers, guère surveillés par les Allemands. Il était même possible d'entrer dans les souterrains sans être jamais vu de la maison, si on prenait soin d'arriver par les bois, et d'entrer dans l'orangerie par une petite porte latérale, elle-même dissimulée sous la végétation.

Dans l'esprit de Vernon, les grottes devaient servir à abriter les voyageurs une ou deux nuits, le temps qu'ils se reposent et qu'il leur fournisse de faux-papiers. En tant que maire de Vallondé, il possédait les cachets et les imprimés nécessaires. La suite serait à la fois très simple et très rocambolesque : Elise ferait passer le voyageur dans le coffre de la Hotchkiss. Le passage n'excéderait pas une demi-heure. Il n'y faudrait que du sang-froid.

Vernon mit un bon mois avant d'en parler à sa femme. Il ne savait pas comment aborder l'affaire. Il se décida un soir de décembre, dans son bureau, à l'heure de la radio anglaise. Il s'égara dans des explications embrouillées, des justifications maladroites. Elise l'écouta posément, sans jamais l'interrompre. Puis, comme Vernon continuait de s'empêtrer, elle tourna d'autorité le bouton de la radio. « Je t'aiderai », dit-elle, puis elle sortit du bureau.

Elle n'avait rien proposé, rien demandé, elle avait parlé comme si la chose allait de soi, comme si elle savait tout, déjà, de ce qu'il attendait d'elle. A l'instant où Vernon lui avait confié ses secrets, elle lui avait dit *oui* en silence, de tout son être, sans la moindre condition. Du long hiver, de l'été sans joie qui précédèrent la terrible année 1943, elle n'arrêta plus de lui redire ce *oui.*

Enfin elle ne se sentait plus de trop. Les malades qu'elle soignait d'un bout à l'autre de l'année, les hommes et les femmes égarés qu'elle contribuait, avec d'autres, à faire passer de l'autre côté de la ligne de démarcation, ces hommes-là, indifféremment, étaient tous ses enfants. Elle n'avait guère que trois ou quatre « *clients* » par mois, comme Vernon surnommait les voyageurs fatigués qu'il hébergeait à Mortelierre. Des semaines plus tard, alors que Vernon les avait oubliés, Elise revoyait leur visage, elle s'endormait en entendant indéfiniment leur merci. Plus fréquemment encore, elle se souvenait de leur reconnaissance muette, plus forte que n'importe quel mot, qui s'exprimait par des gestes à peine perceptibles : une simple pression des doigts sur les siens, au moment de la séparation. Un mouvement discret de la tête, un regard éperdu, dilaté par l'espoir.

Le « voyage », comme on l'appelait, se déroulait toujours selon le même rituel : Elise traversait le pont sur le coup de neuf heures. Le client était pelotonné au fond de sa malle. Un kilomètre après le pont, elle quittait la route, pénétrait dans la cour d'une petite bâtisse de briques rouges, un logement de garde-chasse, où habitait l'un des pseudo-malades du réseau de Vernon. Elle se garait derrière le bâtiment, déverrouillait le coffre, pénétrait dans la maison. Le client sortait tout seul. Après quelques secondes d'hésitation, il reconnaissait devant lui le mur jaune et la petite porte verte dont Elise lui avait parlé, juste avant le départ de Mortelierre. Il la poussait. Derrière la porte l'attendait un autre passeur, qui allait le guider le long d'autres sentiers, à travers d'autres rivières, jusqu'à un deuxième pont, à Bléré-la-Croix, sur le Cher, où il franchirait la ligne de démarcation. Elise n'avait jamais demandé comment se déroulait la suite du voyage. Elle se contentait de sa condition de relais, de maillon. Le silence chez elle n'était pas un effort, remarquait Vernon, elle était comme sa mère, elle savait cacher son jeu. C'était un don. Même s'il se révélait tardivement, elle s'en servait aux mêmes fins que Marthe : la survie, la simple et élémentaire survie.

Certains jours, Vernon en arrivait à la trouver effrayante, tant elle mêlait avec brio la vérité et le mensonge. Quand il la voyait partir à bicyclette pour sa tournée quotidienne, sa mallette d'infirmière amarrée derrière sa selle, il en frissonnait. Qui aurait pu imaginer qu'elle pensait à autre chose qu'aux enfants qu'elle s'apprêtait à gaver d'huile de foie de morue, aux vieillards qu'elle allait réconforter ? Amaigrie par les privations et le manque de sommeil, durcie par ses matinées passées à pédaler, passant le pont dans sa Hotchkiss ou changeant les pansements des douairières alitées sous leur crucifix et le portrait du Maréchal, Elise rayonnait toujours de la même allégresse. Elle n'avait qu'une seule faiblesse, aux yeux de Vernon : elle détestait les grottes. Quand il fallait y accompagner les « clients », elle s'arrêtait à l'entrée, tentait quelques pas, puis rebroussait chemin entre les plantes de la serre, comme saisie d'une crainte religieuse. Vernon avait tenté de la guérir de sa phobie, il l'avait poussée à plusieurs reprises vers l'enfilade des boyaux. « Il le faut, Elise. Si jamais... » « Avec tes *si jamais,* tu vas nous apporter la poisse » répliquait-elle toujours. Elle se sauvait, errait un long moment entre les plantes, le souffle court. Après trois ou quatre tentatives, Vernon renonça.

Il ne faut pas réveiller l'eau qui dort, se dit-il, comme toujours. Pour la première fois de sa vie, il s'estimait heureux. C'était un bonheur qui lui venait sur le tard, une joie parasite, née de la tragédie universelle. Mais une joie quand même. Il l'acceptait sans barguigner. Peut-être soupçonnait-il qu'il ne durerait pas, peut-être devinait-il que ses échanges avec Elise, dans cette singulière intimité que créait l'Occupation — rideaux tirés, lampes voilées, corps si souvent emmitouflés —, n'auraient qu'un temps, celui de la guerre, celui de leur complicité contre l'occupant. Souvent, le soir, après l'heure de la radio anglaise, ils aimaient à recouper ce qu'ils avaient appris pendant la journée, ils faisaient le point des rumeurs indécises, souvent inabouties, qui travaillaient lentement le pays : le nom d'un épicier de Tours qui avait du savon, une nouvelle interprétation des prédictions de Nostradamus, où l'on voyait la fin de la guerre pour la fin de l'année. Ils aimaient prolonger ce moment où ils n'étaient plus ni le docteur Vernon ni Elise Monsacré, mais les pseudonymes qu'ils s'étaient choisis en prenant le parti de l'ombre : *Epi,* pour Elise, à cause de sa blondeur, *Marcou,* pour son mari, du nom des guérisseurs. Ils en oubliaient les renoncements, les malentendus qui les avaient conduits à unir leurs deux vies. Ils n'étaient plus que deux voix en répons sous la lampe voilée, parfois tristes, parfois malicieuses : le dialogue simple d'humbles combattants. D'un accord tacite, leur conversation s'arrêtait toujours au premier mot qui, par une série d'enchaînements qu'ils s'efforçaient de voir venir de loin, les aurait menés à évoquer, même à mots couverts, la guerre sournoise qui opposait Marthe et son fils. Pour ne rien gâcher de l'exaltation de ces instants hors du commun, pour prolonger le tête-à-tête entre Epi et Marcou, ils allaient jusqu'à éviter de prononcer le seul nom du Grand Chatigny.

On n'y appelait plus jamais Vernon. Pourtant, à ce qu'il avait appris par l'un des pharmaciens de Rouvray, Lambert était à nouveau malade. Il se soignait maintenant à sa façon, engloutissait les opiats les plus divers, des sels miraculeux fabriqués par des pseudo-révérends, des sirops bizarres, qu'il se procurait à prix d'or. Quant à Tania, elle ne sortait plus du château. Depuis que la correspondance avait été strictement limitée à des cartes postales, elle ne recevait plus de courrier, sinon des petits mots très convenus de Marina. Sa sœur s'était arrêtée à Bordeaux. Elle y avait découvert que le souvenir de Kristof Dolhman était resté vivace chez les négociants et les maîtres de chais. Elle s'était entichée du propriétaire d'un prestigieux Médoc, sagement replié sur ses vignobles depuis l'Occupation. Par des ressources dont on ignorait encore la nature, le châtelain lui avait fait passer le goût de von Platten et de la psychanalyse viennoise. Marina n'avait jamais raconté ce qu'était devenu son aristocrate allemand. Peut-être n'en savait-elle rien elle-même. Par nécessité ou par choix, ses cartes postales n'étaient guère prolixes. Elle demandait parfois des nouvelles des enfants. Tania lisait ses courriers d'un air étrangement détaché. Elle confiait le soin de répondre à Léon Fatal. Avec son scrupule habituel, il rédigeait quelques petites phrases anodines et cérémonieuses sur les cartes postales réglementaires. Tania les signait sans les lire. Comme sur ses toiles, son paraphe était de plus en plus sommaire.

Jusqu'en novembre 1942, pour tous ceux qui entrèrent au Grand Chatigny, rien ne laissa prévoir les événements qui allaient suivre. Vernon, si perspicace d'habitude, se laissa lui-même endormir par les apparences. Il est vrai qu'il n'apparaissait plus chez Lambert qu'à l'occasion du rituel obligé des réunions de famille; et il faut bien avouer que depuis l'Occupation, Elise et lui s'y rendaient sans réticence, car la table de Lambert, naguère excellente, était restée plus qu'honorable, grâce aux braconnages de Léon Fatal, qui passait dans les bois le plus clair de son temps. Les Allemands avaient réquisitionné les fusils. Fatal chassait le lapin au furet, silencieux, solitaire, comme en tout. Il avait déniché chez un libraire un vieux recueil de recettes exclusivement consacrées à l'accommodement du lapin. Puis il avait réussi l'exploit encore plus brillant d'être toléré à l'office par Solange, la cuisinière de Lambert, un très fin cordon-bleu. Grâce à son précieux recueil, Fatal parvint à lui en remontrer en matière de pâtés, civets, marinades, rôtis, salmigondis, fricassées, gibelottes et carbonnades, tous à base de lapin. Boris en était particulièrement friand. Sans les restrictions de l'Occupation, il serait vraisemblablement devenu obèse. Il n'arrêtait pas de se plaindre de la logeuse de Tours chez qui son père l'avait installé quand il avait entrepris ses études de médecine. Il n'était pas rentré au Grand Chatigny qu'il se mettait à crier famine. Lambert était émouvant, ces dimanches-là, au moment du dessert, quand il sortait de sa poche, comme un trésor inestimable, de longues barres de chocolat enveloppées dans du papier doré. Il les plaçait toujours devant l'assiette de son fils aîné. Malgré ses dix-huit ans et son corps d'homme, Boris les attendait avec une convoitise enfantine. Tania partageait le chocolat entre ses deux fils avec une application désarmante. Elle était pâle et amaigrie, remarqua souvent Vernon; mais qui ne l'était pas à l'époque ? Ses mains tremblaient, quand elle cassait les barres de chocolat, mais pas davantage qu'avant. Son regard s'égarait souvent sur les dessins de la nappe brodée, remontait vers le trompe-l'œil, s'y attardait un moment puis s'attachait au samovar qui étincelait au milieu de la desserte rustique. Enfin ses yeux allaient se perdre, comme toujours, du côté des fenêtres, vers les eaux de la Loire, inchangée en ces heures si sombres : toujours indifférente et fantasque, claire et légère, insolemment libre entre ses îles sableuses.

Quel est donc le sésame qui permet de toucher Tania ? se demanda parfois Vernon, au long de ces déjeuners qui se ressemblaient tous. Sa peinture ? Ses enfants ? La Russie ? Ou quel amour perdu ? Se souvient-elle seulement de cet amour perdu, et s'il fallait qu'à cause d'une passion malheureuse, chacun de nous, autour de cette table...

La qualité des plats faisait taire très vite ses interrogations. Lambert savait sortir à point nommé une merveilleuse bouteille, qu'on accueillait toujours des mêmes commentaires : « *Vin de Loire, vin de gloire, encore un que les Boches n'auront pas...* » Lors de ces repas de famille, Lambert n'était pas le dernier à donner aux Allemands du *doryphore,* du *vert-de-gris,* tandis qu'il versait dans les verres ses Sancerre un peu vifs, ses Bourgueil à l'arrière-goût de framboise. Personne ne songeait à s'en étonner. Autour de la table, tout le monde, même Marthe, se figeait de délectation devant les cristaux marqués au chiffre du grand-père Dolhman. On savourait en silence les lapins braconnés par Fatal, que Solange apportait de l'office avec l'œil arrogant des sacrilèges. Réunis le temps d'un repas par cette messe noire de la nourriture soustraite à l'occupant, les Monsacré en oubliaient qu'ils avaient, eux aussi, un champ de bataille. Cependant ils ne pouvaient pas s'aveugler : dans le conflit sournois qui les opposait, comme avec les Allemands, il faudrait bien qu'un jour on désigne un perdant.

Rien ne transparut donc, jusqu'à la fin 1942, du combat feutré que Lambert avait engagé contre sa mère, ni de celui, plus insidieux encore, qui le dressait contre sa femme. Rien n'apparut davantage de ce qui est devenu évident avec le recul des années, l'étrange connexion qui reliait ces deux guerres. Lambert paraissait de plus en plus hostile à Tania. Aux très rares moments où, le ventre plein, Vernon se risqua encore à spéculer sur cette curieuse rancune, il préféra conclure que Lambert était misogyne. Il en resta là. Par commodité. Pour savourer dans leur entier les plaisirs de la digestion. Et parce qu'il avait à présent des soucis plus urgents.

Au regard de l'aventure qu'il vivait dans l'ombre sous le nom de Marcou, les mystères de la famille Monsacré lui semblaient désormais très insignifiants. Il aimait à penser que la victoire sur les Allemands donnerait naissance à un monde neuf, régénéré, où tous ces enjeux familiaux deviendraient dérisoires. Pendant ces déjeuners au Grand Chatigny, il donnait le change. Il jouait comme tous les jours au bon docteur Vernon, le vieux médecin de Vallondé, qui soigne si bien et qui supporte tout, même les Allemands et même les Monsacré. Il subissait sans broncher leurs réunions de famille et leur cérémonial immuable, le café au salon, après le dessert, les interminables parties de billard avec Lambert ou Boris. De loin en loin, il jetait un œil à Marthe. Il notait qu'elle aussi, elle avait maigri, qu'elle avait maintenant l'œil fiévreux des grands insomniaques. Constatation mécanique : Vernon n'avait la tête qu'à ses messages, qu'aux futurs « clients » de la grotte. Les seuls changements qui retinrent son attention furent les plus évidents : ceux qui touchaient les enfants.

Pouvait-on d'ailleurs parler encore d'enfant, à propos de Boris ? On lui aurait donné plus de vingt ans, il était très précoce, extrêmement brillant, comme Lambert, et, comme lui au même âge, ouvertement ambitieux. Très habile de ses mains, il se destinait à la chirurgie. Il ne se cachait pas de son arrivisme. Il prétendait qu'il avait gagné le cœur d'une jeune fille plus âgée que lui, la fille d'un psychiatre éminent. Il jurait à qui voulait l'entendre qu'il l'épouserait. « Tu es bien jeune », lui répétait souvent Marthe. Il ne répondait pas, il se contentait de sourire, mais il avait l'œil froid. Vernon crut à une forfanterie d'adolescent, il se moqua un jour de lui : « Toi, Boris… Mais tu ne penses qu'à manger ! » « Vous verrez ça » répondit placidement Boris. Il partit aussitôt jouer au billard. Marthe fut effrayée, elle prit Vernon à part :

— Il ne faut pas vous moquer de lui. Il se vexe vite, c'est de famille.

— A ce compte-là, on supporte n'importe quoi.

— C'est de famille, s'entêta Marthe. Je sais de quoi je parle. Ne le contrariez pas.

Vernon lui fit grâce de son agacement. De ce jour, il se désintéressa de Boris, il ne s'attacha plus qu'au petit Lucien.

Lucien... Il y avait de la lumière dans son nom, et dans son regard aussi, ardent, brûlant, celui de son père ou de sa mère, on n'aurait su dire. C'était Lambert petit, Lambert d'avant la blessure. Lambert sans le tourment. Il était au plus beau de la grâce de l'enfance, il en avait la beauté fragile, la fugace gracilité. Il parlait peu. Il se faisait léger, presque invisible, mais posait sur le monde l'expression têtue, étrangement sagace des enfants qui ont trouvé leur code secret pour toucher leurs semblables, pour apprivoiser les choses. La musique était son langage. C'était sa mère — autre silencieuse, autre maniaque des choses informulées — qui le lui avait appris.

Dès le début de la guerre, quand ils s'étaient repliés au Grand Chatigny, Tania s'était mis en tête de lui apprendre le violon. Elle en avait joué elle-même, autrefois, du temps de Pétersbourg. Lucien n'avait pas cinq ans quand elle lui offrit un rarissime quart de violon de la collection Dolhman, un petit bijou qui sortait de l'atelier de Giuseppe Guarneri, luthier de Crémone. Lucien était étonnamment doué. Un don qui faisait peur : c'était trop de force dans ce corps menu, trop de savoir, trop tôt. Trop de lucidité unie à trop d'enfance. Lucien fascinait, mais éloignait en même temps. On restait paralysé devant lui, comme tenu à l'écart par un mur invisible.

Est-ce pour cette raison que Lambert le plaça, dès l'âge de six ans, dans une pension de Tours ? Le plus singulier, c'est que Tania ne protesta pas. Elle exigea simplement qu'on continue à lui donner ses leçons de violon. Dès qu'il rentrait — en général tous les quinze jours —, Lucien se jetait sur son instrument, pour montrer à sa mère les progrès qu'il avait accomplis. Les cordes grinçaient, couinaient encore, ce qui exaspérait Boris. Du billard où il jouait avec son père, il n'arrêtait pas de pester. « Je vais peindre », disait alors Tania. De son pas furtif, elle partait avec Lucien se réfugier dans son atelier.

Tania était une femme-oiseau, à ces moments-là, et son fils aussi était un enfant-oiseau. Il la suivait du même pas léger, à tire-d'aile, semblait-il, comme effrayé. Le silence retombait sur le Grand Chatigny. Dans le salon, Vernon, Elise et Marthe évitaient de se regarder. De temps à autre, le choc des boules de billard, une modulation lointaine de violon leur rappelaient qu'ils n'étaient pas seuls, mais prisonniers de ce cercle de famille, irrémédiablement liés, cimentés les uns aux autres. Ils se souvenaient alors que la guerre était là, à la porte du domaine, au premier pont sur le fleuve.

Comment leur en vouloir de n'avoir rien compris à ce qui se tramait ? C'est au cœur de l'être, si souvent, qu'est la fatalité; et de l'être on se contente généralement de la trompeuse évidence : la démarche, une petite manie, un tic de langage. La façon d'être, comme on l'appelle par facilité, pour éviter de s'interroger sur le reste. Mais comment trouver la force d'imaginer le visage du malheur, dans sa tranquille et froide précision ? Avec la distance, bien sûr, on peut s'étonner de leur inconscience, on peut aussi s'indigner qu'ils ne se soient pas arrêtés aux toiles que peignit Tania à cette époque, les plus belles de son œuvre, et les plus explicites. Elle avait abandonné ses portraits de mondains, faute sans doute de recevoir des commandes. Elle était maintenant obsédée par le feu. Ce n'était pas seulement l'effet du froid, des longs hivers passés entre les murs humides du Grand Chatigny. La hantise du feu, dans ses toiles de la guerre, c'est la mise à nu de sa flamme intérieure. De sa beauté qu'elle avait brûlée, Tania voulait faire surgir une autre beauté, éternelle celle-là, en tout cas moins transitoire. Emmitouflée dans des laines rouges, qui accentuaient encore sa pâleur, Tania peignait à longueur de journée des bûchers encerclés par des danseuses andalouses, des fakirs contorsionnés au-dessus de leur brasier. Quand elle se décidait enfin à lâcher son chevalet, elle errait en somnambule dans les couloirs du château, blottie sous ses châles comme pour se protéger d'un froid polaire, et souvent frissonnante, même quand il faisait beau. Il était convenu que personne ne lui parle jamais de ses toiles. Tania, la première, semblait avoir exigé ce silence. Son cri était dans sa peinture, dans les corps nus de ses personnages, leurs muscles tétanisés, leurs visages illuminés d'une joie convulsive. Elle les terminait rarement. Elle était souvent prise d'un dégoût subit, ôtait la toile du chevalet, allait la déposer en bas de son escalier, la retournait contre le mur, comme pour s'en débarrasser.

Dans cette période 1940-1942, l'unique toile qu'on puisse considérer comme achevée, dans tous les sens du terme — terminée, et parfaitement maîtrisée — représente un couple qui s'embrasse. La femme, c'est elle, Tania, émaciée, vieillie. Les épaules puissantes de l'homme sont dissymétriques, suggèrent une position déséquilibrée. Le visage est assez flou. Mais on pense aussitôt à Lambert, à cause du regard durci, et du costume de gentleman-farmer, le même que sur quatre photographies prises par Elise pendant l'Occupation, à la fin d'une pellicule achetée juste avant la débâcle.

Sur le portrait comme sur les photos, Lambert a une expression sévère. On distingue à peine son monocle, ses joues qui s'affaissent en un pli maussade. Mais la toile possède une autre précision. La peinture imaginative de Tania, son goût des symboles ouvrent des perspectives interdites aux photos d'Elise, fragments de vérité saisis à la va-vite, incohérents et troubles. Sur cette toile singulière, répertoriée dans les catalogues sous le nom du *Baiser interdit* (on ignore encore qui lui donna ce titre), l'homme occupe presque tout l'espace. Au moment où il pose ses lèvres sur celles de la femme, on voit son œil s'égarer vers on ne sait quel point de fuite. A force d'examiner le tableau, on finit par le découvrir : c'est une femme, représentée de dos, à la porte d'une vieille maison. On ne sait pas à quoi elle est occupée, mais elle est occupée. Malgré sa taille minuscule, son dos la raconte parfaitement : elle s'est retournée, ce baiser ne l'intéresse pas. L'a-t-elle seulement vu ? Elle est indifférente, plus que dédaigneuse. Terrestre, terrienne — on a envie de dire : terre à terre —, à la différence des deux autres personnages, que leur élan amoureux a rendus aériens, presque immatériels. La femme de la maison ne s'intéresse qu'à sa maison. Elle ne se retournera pas. On ne connaîtra jamais son visage.

Les Monsacré l'ont tous vue, cette toile. Tania ne la reléguа pas avec les autres en bas de son escalier. Dès qu'elle la jugea finie, elle l'accrocha elle-même, avec des mouvements fiévreux, à la place du célèbre portrait du grand-père Dolhman par La Gandara, dans la bibliothèque du Grand Chatigny, là où Lambert avait installé son billard. C'était la pièce la mieux chauffée du château. Pendant l'Occupation, toute la famille s'y retrouvait. Sous cette toile, Vernon a siroté son eau-de-vie de prunelle, Marthe a joué à la crapette avec Elise, tandis que Boris dégustait ses barres de chocolat, et que Lambert frappait ses boules de billard. Tania et Lucien, eux, s'enfuyaient toujours à l'autre bout du château. Ce détail seul aurait pu alerter Marthe, ou Vernon. Et surtout Elise, qui avait reçu le don redoutable de sentir, avant de savoir. On a peine à croire à une telle inconscience.

Ce fut peut-être un effet supplémentaire de cette époque noire, où le temps lui-même paraissait gourd, les jours et les heures englués, suspendus aux nouvelles brouillées de la radio de Londres. En tout cas, quand Marthe, Elise et Vernon ont fini par comprendre ce qui s'était tramé au Grand Chatigny, à la fin décembre 1942, tout était consommé. Les habitants de Rouvray, eux, ont été à peine surpris. Depuis le temps qu'Augustin Chailloux, le jardinier de Marthe, répétait à qui voulait l'entendre, sur le mail ou dans les enterrements : « *Ces gens-là, que voulez-vous... La caque sent toujours le hareng...* »

Chapitre 58

Une seconde fois, il y avait eu des lettres anonymes. Elles avaient été adressées à Lambert. Il y en a eu deux, d'après Léon Fatal. Il a dit aussi que c'est la seconde qui a tout déclenché. A la vérité, personne ne les a lues, ces lettres, en dehors de Boris et Lambert. Tout ce qu'on sait, c'est qu'elles sont arrivées à trois jours d'intervalle. Fatal était chargé d'apporter le courrier à Lambert. D'après son récit, ce matin de décembre 1942 commença comme tous les autres. Tania avait travaillé sur ses esquisses une bonne partie de la nuit. Il était vraisemblable qu'elle ne se réveillerait pas avant deux heures de l'après-midi, abrutie par la fatigue et par ce véronal qu'un médecin ami de Lambert (le père de la prétendue fiancée de Boris) lui fournissait à profusion. Son mari, comme d'habitude, avait dormi dans l'aile opposée. Il était assis depuis une heure à son bureau, à rédiger des lettres et à téléphoner, en attendant le facteur. En général, après la lecture du courrier, il partait inspecter ses terres. Il poussait quelquefois jusqu'à un chantier qu'il venait d'ouvrir à Tours.

Le facteur, Adrien Plumereau, était particulièrement ponctuel. Selon un rite dont il ne s'écartait jamais, il passait la grille sur le coup de neuf heures, traversait le parc à bicyclette et venait frapper à l'office, pour remettre le courrier à Léon Fatal. Fatal déposait les lettres sur un plateau et les apportait à Lambert. Ce jour-là, Fatal s'en souvint très bien, Plumereau lui remit une facture à l'en-tête du garagiste qui avait installé un gazogène sur sa voiture. Puis deux journaux, *Actu,* que Léon lui empruntait régulièrement en cachette à cause de ses clichés d'actualité, et *Les Nouveaux Temps.*

Enfin une petite enveloppe jaunâtre, qui était si mince qu'elle glissa du plateau.

Fatal l'a ramassée, l'a placée en haut de la pile. Tout naturellement, c'est elle que Lambert a ouverte en premier. Fatal n'était pas sorti de la pièce qu'il l'a entendu lâcher un juron. Dans sa surprise, lui qui cherchait toujours à se faire couleur de muraille, il s'est retourné. Il a vu Lambert devant la cheminée, qui examinait le verso de la lettre, sans même s'apercevoir que Fatal l'observait.

Dans sa manie de tout savoir ce qui se passait chez lui, Lambert avait fait vitrer la porte de son bureau. Il avait oublié un détail : un peu plus loin dans le couloir, une grande glace de Venise permettait aussi qu'on l'observe en toute tranquillité. Léon Fatal a vu Lambert froisser la lettre, la pétrir d'un poing rageur. Un moment, il a pensé qu'il allait la jeter dans la cheminée. Lambert a esquissé le geste, puis s'est ravisé. Il s'est rassis derrière son bureau, il s'est caressé le menton, et il s'est mis à faire craquer les articulations de ses doigts, ce qui était très mauvais signe. La lettre avait disparu. Il avait dû la ranger.

Lambert est parti arpenter ses terres, comme tous les autres jours. Il rentra vers midi, déjeuna en tête à tête avec Tania sans plus lui adresser la parole qu'à son habitude. Tania elle aussi était inchangée : fiévreuse et lointaine. Ni plus ni moins blessée. Douloureusement absente, comme toujours.

Quand la seconde lettre est arrivée, le 14 décembre 1942, Léon Fatal a aussitôt reconnu sur l'enveloppe la fine écriture bleue. La lettre avait été envoyée deux jours plus tôt. Elle portait le cachet de la Grand Poste de Rouvray. Un court instant, il s'est demandé s'il allait la remettre à Lambert. Il a même pensé à l'ouvrir à la vapeur, dans le petit appartement qu'il occupait à côté de la chambre de Tania. Le temps lui en a manqué : l'emploi du temps de Lambert était réglé au chronomètre, il allait partir un quart d'heure plus tard. Du reste, en dehors du journal, le facteur n'avait déposé que cette lettre. Solange, avec qui Fatal venait d'entamer de délicats pourparlers pour la marinade de lapin à servir au déjeuner de Noël, l'avait parfaitement vu déposer l'enveloppe sur le plateau du courrier; et elle semblait se demander, elle aussi, ce qu'elle pouvait contenir.

Fatal a eu envie de savoir, très vite. Il est allé porter l'enveloppe à Lambert. Il a refermé la porte vitrée. Dans la glace de Venise, il a vu Lambert soupeser l'enveloppe. Lui aussi, Lambert, il a reconnu l'écriture bleue. Comme par réflexe, il a levé les yeux vers les petits carreaux de la porte. Fatal se savait invisible, il n'a pas bougé. Lambert a paru rassuré. Il s'est assis à son bureau, il a déchiré l'enveloppe avec un soin étonnant, et il a posément commencé sa lecture.

On l'a su plus tard, par des confidences imprudentes de Boris, l'auteur de la lettre anonyme jetait le doute sur l'origine de la fortune de Lambert, en remontant à des épisodes anciens, notamment celui de la mort de Damien. L'anonymographe mettait également en cause sa mère et sa femme. Il lui reprochait enfin — mais par simple insinuation — ses accointances avec les autorités d'occupation.

Lambert resta un bon quart d'heure assis à son bureau, sans cesser de tourner et retourner la lettre. Il l'éleva même vers le jour, comme s'il cherchait un filigrane. Puis il se rassit. Que le torrent de boue et d'envie ait fini par se déverser sous son toit le laissait, à l'évidence, complètement abasourdi. Comme l'autre fois, il a tiré sur les articulations de ses doigts pour les faire craquer. Puis il a enfoui la lettre dans sa poche. Il est sorti d'un pas pressé.

Il est resté absent une semaine. Il n'est revenu que la veille de Noël. Il a prétendu qu'il était resté à Tours, pour ses affaires.

Tania n'a fait aucun commentaire, et Léon Fatal encore moins : il venait de vivre l'une des plus belles semaines de sa vie. Il avait convaincu Tania de préparer Noël. Il était toujours si heureux quand il restait seul avec elle au Grand Chatigny, à son seul service, à son exclusive adoration. A plusieurs reprises, tandis qu'il accrochait les boules et les santons de papier doré aux branches du sapin, en suivant scrupuleusement les instructions de Tania, Léon se mit à rire tout seul. Il pensait aux lettres anonymes. Il fit comme tout le monde, Léon, à ce moment-là, comme Solange, comme Vernon, comme Elise elle-même, il jugea que Lambert n'avait rien d'autre en tête que sa guerre contre sa mère. En bonne logique, il était persuadé qu'il venait de recevoir la monnaie de sa pièce.

Il jubilait, Léon, en haut de son escabeau. Les lettres anonymes, pensait-il, c'était le début de la fin. Pendant toute la semaine, il se montra si gai que Tania, comme par contagion, a recommencé à sourire. Elle a même remis le nez dehors. Un matin, ils sont allés ensemble cueillir du houx au fond du parc. Il avait un peu neigé. D'après Léon, Tania avait le même sourire que lorsqu'il l'avait rencontrée, à Pétersbourg, un jour de neige comme celui-là. Elle n'avait que treize ans, il n'était encore que le jeune secrétaire de Kristof Dolhman. Fatal s'est alors souvenu d'une phrase que son père lui avait répétée bien souvent, au fond de son échoppe du Grand Bazar de Tripoli : « *Le malheur naît du hasard, mon fils. Et le bonheur est si souvent dans l'attente...* »

Chapitre 59

Cette même semaine, l'avant-veille de Noël, Marthe a reçu la visite de Marcel Héronnier, l'homme de paille de Lambert. Quand Nine lui a annoncé qu'on la demandait, Marthe était dans sa chambre, occupée avec un fumiste à tenter de régler son poêle, dont le tirage, une fois de plus, donnait des signes de faiblesse. Aussitôt, elle a tout planté là. Elle s'est changée, s'est coiffée. Elle a fait attendre Héronnier une bonne demi-heure. Quand elle est descendue, elle était parvenue à retrouver un peu de son ancienne allure : triomphante, détachée.

Cette fois, Héronnier fut direct. Tranquillement arrogant. Il lui proposa pour les terrains le triple de leur prix.

— Vous avez donc de l'argent à perdre ? demanda Marthe.

— Et vous ?

— J'ai l'âge de mourir. On n'a jamais vu un coffre-fort suivre un corbillard.

— Alors remplissez-le, tant que vous êtes en vie. Et profitez-en. Vous vous y êtes assez bien entendue, dans le temps, à ce qu'il paraît...

Elle fit face, elle sourit. Il reprit l'offensive. Elle écouta ses arguments avec le plus grand calme, sans jamais l'interrompre. De temps en temps, Héronnier guettait son approbation. Pour toute réponse, il ne trouvait que son immuable sourire. Il s'embrouilla dans ses raisonnements, se trompa dans ses chiffres. Puis il commença une phrase qui se voulait définitive. Il ne parvint pas à la finir. Il y eut un très long silence. La pénombre gagnait le salon, par vagues lentes, depuis le jardin. La Luisse était déjà devenue invisible.

Sur la table qui les séparait, Marthe alluma une lampe. Négligemment, comme elle aurait dit : *c'est l'hiver, les jours raccourcissent,* elle laissa tomber :

— Quelle idée de se torturer la cervelle pour les avoir, ces terrains. Avec ce qui risque de...

D'un mouvement vague, elle désigna la forêt, au-delà d'Orfonds, ses futaies où venaient parfois se perdre, disait-on, des aviateurs anglais.

Héronnier ne se troubla pas :

— Vous connaissez la réponse.

— Quelle réponse ?

— Cessez de jouer au plus fin.

— Je ne joue pas. Je garderai mes terrains. Vous perdez votre temps.

— Vous serez expropriée.

— Voyez-vous ça ! Et par qui ?

— J'en connais, madame, qui sauront vous faire plier.

Héronnier se leva. Elle le reconduisit à la porte. Elle réunit ce qui lui restait d'énergie pour lui opposer, une dernière fois, ce sourire qui sa vie durant avait été sa force. Elle parvint même à retenir la phrase qui lui montait aux lèvres, personne ne m'a encore fait plier, monsieur, et ce n'est pas vous, maintenant... Une fois encore, elle se tut. Elle joua l'indifférence, l'ironie silencieuse. Mais le lendemain, après une nouvelle nuit d'insomnie, elle demanda à Augustin Chailloux de la conduire chez sa fille.

Elle recula le moment de la visite jusqu'à quatre heures de l'après-midi. Elle ne s'annonça pas. Dans son esprit, il était évident que sa fille l'attendait. Il était rare, pourtant, qu'elle lui rendît visite. Par chance, Elise était à Mortelierre. Elle venait d'installer deux clients dans les grottes. Elle fut pétrifiée, quand elle entendit la vieille Delage de Marthe pétarader à la grille. Elle sortit précipitamment de la serre, persuadée que sa mère avait tout deviné. Elle cherchait déjà comment se justifier.

En fait, Marthe n'y a vu que du feu. Dès qu'elle est entrée, elle a promené sur l'enfilade des pièces son beau regard fatigué. Elle a eu un soupir, comme toujours, devant ce manoir trop tranquille, enlisé dans la paix douceâtre des maisons vides d'enfants. Puis elle s'est effondrée dans un fauteuil. Elle a parlé de tout et de rien, de son poêle qui ne marchait pas, des lapins qui avaient la diarrhée. Elle ne touchait pas à la tasse de tisane que lui avait servie Elise.

Il était vain de vouloir l'interrompre. Comme toujours, lors de ces rares moments de confidence, Marthe allait son chemin, elle suivait le fil de ses idées, posément, avec son sens de la phrase juste, pesée au mot près. Il faisait sombre, cet après-midi là. Sous l'éclairage blême des lampes d'opaline, Elise la trouva très pâle. De temps à autre, sa mère s'arrêtait pour reprendre souffle, renouer l'enchaînement de ses pensées. Elle se levait, déambulait quelques instants dans l'aimable désordre du salon, examinait les bibelots de son œil précis. Si Elise le lui avait demandé, elle lui aurait dit dans la seconde d'où provenait telle pièce d'argenterie, telle minuscule boîte à musique, si c'était un héritage Vernon ou Monsacré, un legs d'Hugo ou de Damien, où elle l'avait vu pour la première fois, dans quelle maison, à quelle date, sur quelle console, quelle cheminée. Dans ses pupilles brusquement rétrécies, on croyait voir fonctionner à nu sa prodigieuse mémoire. Mais dès qu'il revenait vers Elise, son regard redevenait flou : comme s'il fallait y lire, au terme d'une vie, l'insignifiance du souvenir, la vanité des possessions humaines.

Cet après-midi là, cependant, quand elle en eut fini avec ses soucis domestiques, Marthe n'a parlé que d'un seul sujet : sa succession. Elle y est passée sans transition. Elle fut concise, comme toujours. Elle s'est assise d'autorité au secrétaire de Vernon, s'est emparée d'une feuille et d'un crayon, puis a dressé de mémoire un inventaire complet de ses biens, y compris ses brevets, en soulignant le nom de ceux qui, à son avis, mériteraient d'être exploités dès que la guerre serait finie.

— Et Cellier ? finit par risquer Elise.

— Cellier ne reviendra pas, a tranché Marthe.

Elle a repris sa liste sans un frémissement. Elise a insisté :

— Et pour Lambert ?

— Je te lègue les brevets. Ça n'intéresse pas ton frère. Pour l'instant, ils ne valent pas grand'chose. Mais dans cinq, dix ans... C'est mieux que les terres, crois-moi.

— Tu seras encore en vie, dans dix ans.

— Alors il sera encore temps de changer d'avis.

Marthe avait répondu sur le ton qu'on prend quand on parle aux enfants, quand ils se mettent à rêver tout haut, et qu'on ne veut pas les contrarier. Elise n'a pas bronché. Elle était à la fois joyeuse de voir sa mère s'en remettre à elle, et non à un autre, Cellier ou Lambert. Exaltée aussi, parce qu'elle sentait qu'elle vivait un moment unique, un événement qui n'admettrait pas de retour. Marthe était là, bien vivante, volonté en marche, qui se projetait jusque dans son anéantissement. Elle a poursuivi :

— L'appartement de Paris, c'est aussi pour toi. Comme les terrains de Tours. Ne les vends pas avant que la guerre soit finie. Pour le reste...

Elle évitait soigneusement le nom de Lambert. Elle a sorti de sa poche un pli cacheté :

— Mon testament. Mets-le sous bonne garde.

Elise a eu un mouvement prévisible : elle n'a pas voulu le prendre. Elle a secoué la tête, elle s'est retournée :

— Jamais de la vie. Ça nous porterait malheur.

— Le malheur arrive bien sans ça. Fais-moi plaisir de le prendre et de le garder sous clé. Mais pas ici.

Marthe donnait des ordres, à sa manière à elle, insinuante, presque tendre. On cédait sans même s'en apercevoir.

— Tu n'as aucun souci à te faire, je connais la loi, je l'ai rédigé en bonne et due forme. Personne ne pourra l'attaquer. Aussitôt après les fêtes, tu vas aller à Paris. Tu le déposeras dans le coffre, rue des Belles-Feuilles.

— Je peux le garder ici.

— Non. Ici, c'est trop dangereux.

Elle a donné un coup de menton du côté de la fenêtre. Elle pensait à la Loire, aux ponts. Elise a cru qu'elle désignait les grottes. Elle a jeté un regard machinal à l'orangerie. La nuit tombait, rien ne bougeait derrière les vitres de la serre. Avant d'entendre la Delage de Marthe, elle avait eu le temps de donner des provisions à ses clients, deux vieillards si effrayés qu'elle était sûre qu'ils ne risqueraient pas un œil en dehors du souterrain.

— Et si jamais on bombardait Paris ? reprit Elise.

— Je te l'ai déjà dit l'autre jour, Paris est grand. Avant qu'une bombe vienne s'écraser sur notre immeuble...

— A Tours, les Allemands n'ont pas fait le détail. Tu en sais quelque chose. Avec tout ce qu'ils manigancent dans leurs usines...

Marthe ne quittait pas des yeux la feuille où elle avait dressé l'inventaire de ses biens. Elise s'entêta :

— L'appartement est inoccupé. Si jamais ils le réquisitionnent... Tu ne sais même pas ce qu'est devenu Cellier. S'ils le prenaient... Ils savent faire parler les gens.

— Je n'ai rien à cacher. Mon testament ne regarde pas les Allemands. Ni Cellier.

— Mais Cellier est...

— Cellier ne reviendra pas. Il ne reviendra jamais.

— Qu'est-ce que tu en sais ?

— Je le sais.

Marthe n'avait pas levé le nez de sa feuille. Elle se mit à compter sur ses doigts, souligna encore trois ou quatre lignes, y ajouta des annotations. Puis elle reprit :

— Tu vas aller à Paris, juste après les fêtes. Voici la combinaison du coffre. Tu vas l'apprendre par cœur.

Elle aligna sur une seconde feuille une série de chiffres :

— Allons, répète-moi ça. Ce n'est pas difficile.

Elise se pencha sur le feuillet que lui tendait Marthe.

— Si jamais tu l'oublies, souviens-toi que c'est une date de naissance. Celle d'un de nos parents. Tu n'as qu'à demander à ton mari de te donner son acte de naissance, à la mairie. Il s'appelait...

— Rodolphe, coupa Elise. Je sais qui c'est. Rodolphe Monsacré.

Marthe froissa aussitôt la feuille et la jeta dans la cheminée.

— Puisque tu sais tout !

Elle repoussa la tasse de tilleul qu'elle n'avait pas bue, se leva. Sa chaise alla buter sur la table où était la tasse, la porcelaine tinta. Elise enchaîna aussitôt, d'une voix précipitée, comme si elle s'excusait :

— Rodolphe, le frère de mon père. Celui dont vous ne parliez jamais.

— Il vaut mieux se taire que bavasser sur les morts. Ils parlent bien assez vite, les morts, tu verras.

C'était une phrase énigmatique, comme elle en avait de plus en plus. Elise n'eut pas le temps de chercher à en savoir davantage : Marthe avait déjà repris son manteau, son chapeau, elle se dirigeait vers le vestibule. Elle n'avait pas eu un mot sur Lambert. C'est seulement sur le seuil de Mortelierre qu'elle parla de lui. Ce ne fut d'ailleurs qu'une généralité, une vague allusion :

— On n'est jamais assez méfiant, ma petite Elise. Surtout en famille. J'aime la justice, je déteste qu'on me berne. Je n'aimerai jamais ça. Même pas dans mon cercueil...

Elle éclata de rire. Un rire de gorge, sec et sans joie. Et elle disparut dans le parc de Mortelierre, tout imprégné de l'humidité qui sourdait du coteau. Augustin Chailloux l'attendait dans sa voiture. A la grille, avant de le rejoindre, elle vit déboucher la Hotchkiss de Vernon. Il arrêta sa propre voiture, baissa sa vitre pour la saluer. Il semblait très surpris.

— Je vous ai apporté des provisions, dit Marthe.

— Il ne faut pas vous priver pour nous. Nous avons ce qu'il faut.

— Par les temps qui courent, on n'a jamais ce qu'il faut.

Elle eut un mouvement pour monter dans la Delage, puis revint sur ses pas, s'approcha de l'automobile de Vernon. Il baissa à nouveau la vitre.

— Vous avez vu Lambert, ces temps-ci ?

Vernon secoua la tête.

— On m'a dit qu'il boite beaucoup plus qu'avant. J'ai trouvé, moi aussi, la dernière fois... A votre avis, Vernon... Des rhumatismes, non ?

Vernon bredouilla quelques mots indistincts.

— Ça doit être l'humidité du Grand Chatigny, enchaîna Marthe. Il n'est pas sain, ce domaine. Trop près de la Loire, je l'ai toujours dit. Il doit y avoir des infiltrations. Vous n'avez jamais remarqué, quand il pleut, les taches vertes qui montent sur certains murs ?

Elle marqua une petite pause :

— Mon pauvre Lambert. Cette brûlure, tout de même. Je n'ai jamais compris qu'il se soit mis à boiter. Vous avez vu ça chez d'autres enfants, vous, Vernon ?

Avec la nuit qui tombait, Vernon avait du mal à distinguer son visage, mais rien qu'à l'entendre, il devinait ses yeux battus, flétris par l'inquiétude.

— On voit de tout.

Elle eut son petit rire qui faisait mal, maintenant qu'il ressemblait à un ricanement.

— On voit de tout, ça oui. Et puis c'est de famille, non ?

Il n'eut pas la force de répondre. Il ne remonta pas sa vitre, il attendit qu'elle soit partie. Il la regarda monter à l'arrière de la Delage, derrière Augustin Chailloux qui, comme d'habitude, avait tout écouté. Marthe retournait à Vallondé, plus digne, plus impassible que jamais, faire semblant d'être une femme comme les autres, couvant son beurre, ses lapins et ses poules comme autrefois elle avait couvé ses enfants et son or, feignant d'espérer comme tout le monde le printemps suivant, les moissons, les fermages, les vendanges, le retour des prisonniers et la fin de la guerre. On aurait dit qu'elle disait *J'attendrai.* Il y avait une chanteuse qui roucoulait la même chose, tous les soirs, à la radio.

Elle trompait bien son monde, Marthe Monsacré, elle les possédait tous, avec son masque de femme ordinaire. Elle bernait tout le monde, sauf lui, Vernon. Il la connaissait trop. Mine de rien, elle continuait d'avancer. Obstinée, tenace. Plus encore que Lambert. L'un et l'autre, ils avaient ranimé en eux une flamme plus intense, pour continuer à vivre. La volonté de vaincre. L'empire sur les hommes, la royauté des choses. Hommes et choses circonscrits à ce minuscule terroir que les Allemands croyaient posséder comme les autres, et qu'ils ne domineraient pas davantage, faute de savoir quelles lois non écrites en avaient modelé les champs et les domaines, une histoire immémoriale, pétrie d'alliances et de haines obscures.

Et Vernon le savait aussi, la faiblesse de Marthe, à ce moment de sa vie, c'était que son énergie risquait à chaque instant de se briser contre ce mystère plus intolérable que tout autre, la rancune de Lambert. Elle avait décidé d'oublier qu'elle l'aimait, pour continuer à mener sa bataille. Elle avait cru pouvoir se résoudre à l'impossible : mépriser, détester son fils. Mais c'était plus fort qu'elle, elle ne s'y était pas résignée. Elle n'arrivait pas à reconnaître en lui le vieux mal Monsacré, l'âme en hiver et le cœur sec.

Elle se joue une vilaine comédie, songea Vernon tandis qu'il écoutait mourir le ronronnement de la Delage dans la nuit humide des bois de Mortelierre. Ce soir-là, avec Elise, après l'heure de la radio anglaise, ils ne se parlèrent pas. Comment trouver le cœur de dire ce qu'ils lisaient chacun dans le regard de l'autre, l'évidence banale et tragique qui se trouve dans toutes les guerres, qu'elles déchirent les peuples ou les familles : la fatalité est en marche bien avant le début de la pièce, et les événements finissent toujours par décider à la place de leurs misérables acteurs.

Chapitre 60

C'était Noël, malgré tout. Comme convenu, ce 25 décembre 1942, Vernon et Elise sont allés déjeuner au Grand Chatigny. Il y avait espoir de civet. Espoir de chocolat, de bon vin. Espoir de découvrir les dernières toiles de Tania, d'écouter le violon de Lucien. De revoir Marthe un peu moins fatiguée. Espoir de paix, au moins l'espace d'une journée.

Vernon et Elise ont passé la grille du parc un peu distraits, en songeant aux clients de la grotte, qui avaient froid, et ne franchiraient la ligne que le surlendemain. La veille au soir, Elise avait été tentée d'appeler sa mère pour lui demander si elle viendrait, ce Noël comme tous les autres, déjeuner au Grand Chatigny. Elle se l'était aussitôt interdit. Marthe avait toujours respecté les apparences, elle viendrait, fidèle à son devoir. A ce qui lui restait d'amour, ou d'illusion d'amour, Boris, Lucien. Vernon, aussi. Elle enfin, sa fille.

Il faisait froid, comme tous les jours depuis la mi-décembre. Dès qu'ils sont descendus de voiture, Vernon et Elise ont eu l'impression que le gel n'avait jamais été si pénétrant. Ils ont été transis d'un seul coup; troublés aussi par l'odeur étrange qui s'élevait des bassins, comme un relent de moisissure et d'algues d'eau douce. Ils la connaissaient bien, pourtant.

Ils se sont empressés de gravir les marches du perron. Ils ont sonné. Dès le vestibule, Elise a deviné qu'il se passait quelque chose d'anormal. Solange était venue leur ouvrir, et non Léon Fatal. Un autre détail frappa Elise : on n'entendait pas le violon de Lucien. Le Grand Chatigny paraissait désert. Il faisait beau, une lumière pâle glaçait les murs de craie.

Avec son impitoyable intuition, Elise a compris que ce jour de Noël ne ressemblerait à aucun autre. Elle n'a plus pensé au civet, malgré les effluves d'aromates et de vin blanc qui s'infiltraient dans toutes les pièces. Elle est tombée en arrêt devant le grand escalier. Vernon s'est penché vers elle :

— Tu n'es pas bien ?

Elle a ôté ses gants, jeté un regard à la longue galerie vitrée qui menait à l'aile où travaillait Tania. Puis elle a dit :

— Il fait froid.

— Il fait toujours froid, ici. Ces vieilles bâtisses...

Elle ne l'a pas contredit. Comme aux premiers temps de leur mariage, elle a eu un mouvement incontrôlé, elle est partie en courant vers la salle à manger. Elle est revenue presque aussitôt.

— Il manque trois couverts, a-t-elle chuchoté à l'oreille de Vernon.

— Ta mère fait la tête. L'histoire des terrains...

— Trois couverts qui manquent... Nine, maman... Et qui ?

— Une erreur de Fatal, est-ce que je sais ?

— Un jour de Noël...

Vernon a violemment serré son bras, comme pour l'empêcher de s'enfuir une seconde fois :

— Allons. Nous avons d'autres soucis.

Elle n'a pas écouté sa réponse, elle a seulement dit :

— C'est vrai qu'il n'y a jamais eu de Noël pour eux.

Parlait-elle de Lambert et Tania ? De Marthe ? Ou remontait-elle aux temps de son enfance, à l'époque archaïque de la première tribu Monsacré ? Vernon a eu peur. Il a pensé qu'Elise avait une rechute. Il a même eu le temps de se dire : si elle redevient comme avant, c'est fichu, pour les passages. Alors il a tenté le tout pour le tout. Il a serré sa main dans la sienne, et il a murmuré :

— Epi...

La main d'Elise a répondu à sa pression, si fort que sa bague de fiançailles s'est enfoncée dans la paume de Vernon, y a imprimé la marque de ses pierres. Puis elle a déposé son chapeau sur une console. Dans la glace qui la surmontait, elle a remarqué qu'elle était décoiffée. Elle a remis de l'ordre dans les crans de sa permanente, puis elle a soufflé à son tour :

— Tu as raison.

Elle est entrée la première dans la bibliothèque où son frère, rituellement, faisait servir l'apéritif. Lambert était assis devant la cheminée, au pied d'un gigantesque sapin, entièrement décoré de santons baroques en papier mâché, où l'on reconnaissait sans peine la main de Tania. Il lisait un journal. Il était étonnamment calme, pour une fois. Il avait posé son monocle sur un rayonnage de la bibliothèque, comme s'il n'avait plus besoin de jouer le personnage qu'il s'était composé depuis la mort d'Anaïs. Il n'en avait gardé que les attributs les plus confortables, sa veste de gentleman-farmer, son pantalon de tweed, un peu déplacé en ce jour de fête. Boris était assis en face de lui, plus placide encore. Il était plongé dans un gros traité de médecine. Tout en lisant, il suçotait un long bâton de réglisse.

Lambert les a salués froidement. Il a fait signe à Elise et à Vernon de s'asseoir, puis il a sonné Solange; et il n'a plus dit un mot. Dans son embarras, Vernon s'est mis à fixer le feu dans la cheminée. La scène aurait pu se prolonger indéfiniment si on n'avait entendu brusquement le violon de Lucien. La musique était encore lointaine, déformée par l'écho des plafonds, des couloirs, mais elle se rapprochait. De temps en temps, il y avait un couac, un grincement, que personne ne corrigeait. Lucien jouait dans le vide, doublement dans le vide : sans auditoire, sans professeur. Sa musique allait se perdre dans les enfilades de pièces et de couloirs glacés.

— Il nous énerve, lâcha Boris, et il cassa son bâton de réglisse.

A ce moment précis, Vernon vit Elise tressaillir. Il comprit à son tour qu'il allait se passer quelque chose. Il dressa l'oreille vers le couloir, il se leva, aux aguets.

L'odeur de civet au vin blanc s'est faite plus insistante. Le violon de Lucien a grincé plusieurs fois, puis s'est interrompu. Il y a eu un silence très long, presque intolérable. Au moment où l'archet de Lucien reprenait le fil de la mélodie, Vernon a entendu tomber de la bouche d'Elise la phrase à ne pas dire :

— Où est Tania ?

Elle n'avait pas osé questionner son frère de front, elle s'était postée dans l'encoignure d'une fenêtre, elle regardait le fleuve, lointaine, distante, comme autrefois. Dans le fauteuil où il s'était rassis, Lambert a vissé son monocle, repris son journal. Quelques secondes durant, il a feint de chercher un entrefilet. Puis il a reposé son monocle à côté du verre de vin cuit que venait de lui servir Solange, et il a tranquillement lâché à l'adresse de Vernon :

— Elle était folle, mon pauvre. Il a fallu l'interner.

Vernon remarqua sur-le-champ qu'il avait dit *elle,* pour désigner Tania. Il avait même évité de dire *ma femme.* Vernon a eu un réflexe professionnel, il a aussitôt demandé :

— Qui a établi le diagnostic ?

Lambert a vaguement grimacé. C'est Boris qui a répondu à sa place :

— Le professeur Heurgon. Le père de ma fiancée. Enfin, ma future fiancée.

— Ta future fiancée... Boris ! A l'âge que tu as....

— J'ai dix-huit ans. Je rentre l'an prochain en deuxième année. Vous verrez bien, un jour... Je suis le premier de ma promotion et...

Son bâton de réglisse, encore enduit de salive, continuait de fondre sur le rebord d'une coupelle de cristal. Lambert posa son bras sur le sien :

— L'internement de Tania a été décidé en bonne et due forme. Paranoïa, si vous voulez tout savoir. Elle était infernale. Vous l'avez constaté vous-même, ces derniers temps. Et puis la preuve !

Il étendit le bras vers le tableau, juste au-dessus de la console.

— En plus, elle s'était mise à écrire ! Comme si elle n'avait pas autre chose à faire ! Ecrire... J'ai tout brûlé. Un monceau d'insanités. Il faut vraiment être fou, non ?

— Qu'est-ce qu'elle pouvait faire d'autre ? a protesté Elise, sans se retourner de la fenêtre.

Lambert a tenté de rire. Puis il a rétorqué, toujours à l'adresse de Vernon :

— Il vaut mieux le prendre comme ça, non ? Après tout, c'est Noël !

Elise ne broncha pas. Comme son frère, elle avait parlé de Tania au passé — comme d'une morte, déjà. Mais ses mains s'étaient mises à frémir : un léger tremblement, d'abord, au bout des doigts, puis un frisson qui devenait convulsif.

Vernon pensa aux clients, dans les grottes, à qui il faudrait faire passer le pont le surlendemain. Si Elise était hors d'état de remplir sa mission, il était exclu que ce soit lui qui conduise la Hotchkiss. Les Allemands ne le voyaient jamais traverser le fleuve, ils fouilleraient la voiture, c'était couru. Il faudrait sans tarder trouver un remplaçant.

Il se composa le visage le plus benoît qu'il put, tenta de dresser mentalement une liste des membres du réseau susceptibles de passer la Loire sans éveiller l'attention. Ses pensées se brouillaient. Il étendit le bras vers son verre de vin cuit et bredouilla :

— Ça alors... Pour une nouvelle, c'est une nouvelle.

— Et encore... Vous ne savez pas tout. D'après Heurgon, elle avait de ces tendances... Vous l'aviez certainement remarqué, vous aussi... Je ne vous parle pas en l'air, c'est un diagnostic tout à fait sérieux. Elle m'en a fait voir, si vous saviez... J'ai tout supporté. Au début, j'ai cru simplement à... Enfin vous me suivez, la Russie, elle avait un peu vécu, une enfant gâtée, l'argent, les artistes... Et puis un jour, l'évidence des faits... Vous pouvez comprendre ça, vous qui êtes médecin. Une nymphomane, imaginez-vous...

Il avait commencé ses confidences en chuchotant, puis il avait peu à peu haussé le ton, de façon à attirer l'attention d'Elise. A chaque mot, il jetait de petits coups d'œil de son côté, pour juger de son effet.

Le résultat ne se fit pas attendre. Elise laissa retomber le rideau de la fenêtre, se retourna, s'approcha de son frère. Le plancher craqua sous ses pieds. Elle avançait d'un pas raide, la bouche lourde de mots trop longtemps étouffés. Elle avait perdu l'air de bête aux abois qu'elle avait si souvent devant Lambert, elle avait retrouvé son regard d'enfant, droit et limpide, avec la violence, la sauvagerie de l'innocence.

La porte du salon était ouverte sur le vestibule et la longue galerie du rez-de-chaussée. Le soleil d'hiver gelait leurs dorures sous une lumière blanche, un peu crue. Le violon de Lucien venait de commencer un nouvel air, une mélodie plus facile que la précédente, très vive, très gaie. Il devait bien la connaître, il la jouait sans faute. Léon Fatal apparut au bout d'un corridor, traversa une flaque de soleil de son pas indolent. Il était impassible, inchangé. Il jeta un bref coup d'œil du côté de la bibliothèque, puis s'éclipsa.

— Tu es bien comme eux, fit alors Elise à l'adresse de Lambert. Il faut toujours que tu salisses tout.

Boris leva un instant les yeux de son gros traité, puis s'y replongea. Elise avait un peu chancelé au moment de parler, mais elle avait réussi à maintenir sa voix dans son registre habituel, tranquille, presque trop suave; et cependant Lambert sursauta comme si elle l'avait insulté.

— Eux qui ? Et d'ailleurs je sais parfaitement ce que j'avance, ma chère sœur. J'ai mes preuves, figure-toi.

Il tentait de copier les intonations qu'elle avait eues. Il ne parvint qu'à être doucereux. Il se pencha vers la bibliothèque, déplaça quelques livres. Un dossier jaune était dissimulé derrière des reliures. Il le déposa sur la table où Solange avait servi l'apéritif.

— Et le petit ? demanda Elise sans regarder le dossier. Qu'est-ce que tu vas faire de Lucien ?

— Il est en pension, non ?

— C'est un enfant. Et c'est tout de même ton fils...

— Mon fils présumé, tu veux dire !

— Il te ressemble tête coupée !

— Allons donc...

Il tapotait le dossier. Petit à petit, il l'éloignait de lui. Des documents commençaient à s'en échapper, des cartes postales, des enveloppes déchirées, quelques lettres, beaucoup de photos. Il opposait à sa sœur le même sourire que Marthe, quand elle voulait se débarrasser d'un interlocuteur gênant. Mimétisme inconscient, sans doute, car Lambert se ferma d'un seul coup dès qu'Elise évoqua sa mère :

— Maman le sait ?

— Tu vas te faire une joie de lui apprendre la nouvelle !

— Elle vient déjeuner ?

— Non.

— Vous vous êtes disputés ?

— Non.

Le dossier jaune était maintenant au bord de la table, tout près du verre de Vernon. Lambert l'effleura à nouveau. Ce mouvement à peine perceptible fut suffisant pour qu'il tombe. Son contenu se répandit sur le plancher, au pied du sapin décoré par Tania.

Entre les lettres, les enveloppes, surgirent des visages, des corps superbes, gelés sous la pellicule de clichés magnifiques, aux éclairages subtils, au grain raffiné, le noir et blanc sublime de ces années-là. Elise y distingua d'abord quelques photos d'hommes. Des mondains, lui sembla-t-il, en tout cas des hommes en uniforme ou en smoking, rien de très compromettant. Pour le reste, c'étaient des portraits de Tania, des clichés pris avant-guerre par la bohème cospomolite et artiste dont elle aimait à s'entourer. Tania en maillot de bain, riant à pleine gorge, renversée dans les bras du sculpteur Méridor. Tania au chevalet, peignant des nus, ou enlaçant leurs corps musculeux en plein soleil, sur le balcon de la rue Spontini. Tania face à sa coiffeuse, au sommet de sa beauté brûlante, éternisée sous le glaçage de ce noir et blanc parfait, dans des poses étudiées au millimètre. Tania dans tous les états de sa vie excentrique, sa « *vie de gestes* », comme elle aimait à la nommer. Tania tourmentée ou heureuse, selon l'heure, en pyjama ou en short, en tenue de tennis, en costume russe ou en robe du soir rebrodée de strass. Elle était toujours entourée de jolies femmes ou d'hommes qui portaient beau, vernissée, maquillée à la perfection devant l'objectif artiste de ses admirateurs, théâtrale, parfois grandiose. Tania d'avant l'apocalypse.

Lambert ne ramassa pas les clichés épars à ses pieds. Vernon et Elise détournèrent bientôt la tête, comme pris de la pudeur qu'on a devant un mort. Lucien continuait de jouer à l'étage supérieur, la musique s'enroulait dans les galeries vides. C'était une parodie de marche militaire, entraînante, vaguement ironique.

— Il n'arrêtera jamais de nous énerver, répéta Boris.

Tout le temps de la discussion, il n'avait pas levé les yeux de son dictionnaire. Lui non plus, il n'avait pas eu un regard pour les photos répandues sur le plancher, comme s'il s'agissait d'une affaire entendue. Solange vint annoncer que le déjeuner était servi. Boris repoussa aussitôt son traité. En dépit de sa démarche poussive, il fut le premier dans la salle à manger. Lambert lui emboîta le pas. Vernon remarqua que Marthe avait raison, sa claudication s'accentuait. Mais la mélodie de Lucien était si guillerette que, sans même s'en rendre compte, Lambert accordait ses pas au tempo du violon.

Elise est sortie la dernière de la bibliothèque. Sous le sapin orné des petits santons modelés par Tania, elle a soigneusement ramassé le contenu du dossier jaune, dans un emballage qu'elle a trouvé à l'office, un petit cartonnage verdâtre à la marque de *L'Elixir digestif de l'abbé Manduchon,* un des innombrables orviétans dont se gavait Lambert.

Elle a pris son temps. Elle a rassemblé avec soin les photos et les lettres, puis elle est allée enfermer le petit cartonnage dans le coffre de la Hotchkiss. Quand elle est revenue à table pour faire honneur au civet, elle était redevenue la même femme que lorsqu'elle passait les ponts avec ses clients : silencieuse et sereine, d'un aplomb infaillible.

Les gens de Rouvray n'avaient pas tout à fait tort, à cette époque, quand ils parlaient d'Elise : l'âge venant, c'était tout le portrait de sa mère. En blonde, bien sûr, en beaucoup plus fragile. Sa version diaphane, si l'on veut. Plus impalpable qu'insaisissable. L'air de ne pas pouvoir faire de mal à une mouche. C'était tout de même plus rassurant.

Chapitre 61

Elise ne s'occupa pas de ses clients, ce jour-là. Ce fut Vernon qui leur porta la nourriture et les boissons chaudes qu'il leur avait promises. Il ne s'aventura dans les grottes que la nuit venue, quand Elise fut enfin rentrée de Vallondé, où elle était aller annoncer à Marthe les mauvaises nouvelles.

Elle n'avait pas trouvé sa mère à sa place habituelle, devant la cheminée du salon. Nine aussi était absente. Pour la seconde fois de la journée, Elise a eu peur, elle s'est mise à les appeler à tue-tête depuis le vestibule. Augustin Chailloux a fini par surgir des cuisines :

— Qu'est-ce qui vous prend de brailler comme ça ?

Il la prenait de très haut, depuis quelque temps. Comme Suzanne, du reste. Elise est sortie sans un mot. Elle est descendue au fond du parc. A la deuxième terrasse, elle a vu Marthe et Nine apparaître au bout de l'allée. Elle a couru à leur rencontre.

— Ma pauvre Elise, a commencé Nine. C'est un bien triste Noël.

Elise a pensé qu'elles étaient au courant. Elle n'en a été qu'à moitié étonnée, les nouvelles allaient si vite, à Rouvray.

— Ça, pour être triste...

C'est Marthe, pour le coup, qui a paru surprise :

— Mais comment le sais-tu ? Il est mort il y a à peine deux heures ! C'est Chailloux qui te l'a dit ?

Marthe portait une petite bêche. Elise a compris le quiproquo :

— Ton chat ?

— On vient de l'enterrer, intervint Nine. Hier encore, il courait dans le jardin.

— Qu'est-ce qui lui est arrivé ?

— On nous l'a empoisonné.

— Tu es sûre ?

Marthe est intervenue :

— Les ennuis, ma fille, c'est comme les compagnies de perdreaux. Ils arrivent tous en même temps.

— Qui veux-tu qui l'ait empoisonné ? Vous n'avez pas de voisinage.

— Voisinage ou pas, quand on en veut à quelqu'un... On fait feu de tout bois, tu sais bien.

Comme par réflexe, Marthe s'était redressée, et elle avait souri. Par réflexe, ou par habitude. Car l'instant d'après, elle s'est appuyée au muret d'une terrasse.

— Mais toi aussi, Elise, tu nous apportes des nouvelles. Et elles ne sont pas bonnes, à ce qu'on dirait.

Elise évita son regard. Elle se mit à gratter une plaque de mousse, sur le muret. Des fragments spongieux s'inscrustaient sous ses ongles, les verdissaient. Marthe lui saisit le poignet et lui frotta les doigts, comme à une petite fille. Elise se laissa faire.

— Allons, raconte-moi, le plus tôt sera le mieux. C'est encore Lambert...

— C'est Tania.

— Si c'est Tania, c'est Lambert. Rentrons, tu vas me raconter tout ça.

Quand elles se sont installées au salon pour parler, Nine a voulu partir. Marthe l'a retenue :

— Il vaut mieux que tu saches, toi aussi.

Elise a résumé en quelques mots sa visite chez son frère. Marthe l'a écoutée sans l'interrompre. Elle a quand même été surprise, quand Elise lui a annoncé l'internement de Tania. Elle a eu alors un étrange commentaire :

— J'avais tout imaginé. Mais ça...

Elle s'est levée pour aller ranimer le feu. Puis elle est revenue à son bureau, elle a saisi dans une pile un formulaire de courrier :

— Il faut écrire à Marina.

Elle n'a pas eu besoin de brouillon. De sa plume sûre, elle a rédigé un mot où elle annonçait à Marina que sa sœur était malade et que sa présence auprès de Lucien était nécessaire. Son invite était voilée mais cependant très claire : « *Venez le voir après le premier de l'an à sa pension. Vous n'avez besoin*

de prévenir personne, ni même les responsables des soucis de votre sœur. Il faut sauver les meubles. » Elle ajouta deux phrases d'une parfaite banalité sur le temps qu'il faisait et les désagréments de la saccharine, signa de son seul prénom, et indiqua, à la place de son adresse, l'indication de la pension où avait été placé Lucien. Elle ne ratura pas son texte une seule fois, on aurait dit qu'elle en avait pesé les termes depuis des semaines. Elle tendit la carte postale à Elise et lui demanda qu'elle la fasse poster par Vernon, à Tours, dès son prochain voyage.

— C'est une bouteille à la mer, a-t-elle conclu. Il ne faut pas se faire trop d'illusions.

Marthe est retournée devant la cheminée. Elle a redressé les bûches à demi consumées, elle a remis de l'ordre dans les braises. Son beau visage amaigri était impénétrable. Puis elle est sortie faire quelques pas dans le parc, malgré le froid. Elle a marché autour de la fontaine, dans le jardin jauni par les premières gelées. Un long moment, elle a suivi la Luisse au milieu des brumes qui montaient de la terre humide. Quand elle est rentrée, elle s'est assise à son bureau, elle a soulevé quelques liasses de papiers. Puis elle a laissé tomber :

— Le pire, dans cette histoire, ce sont les raisons.

Elle commença une autre phrase, qu'elle ne termina pas. Avec le temps, Marthe devenait sibylline, à force d'aimer le silence.

Chapitre 62

Le lendemain matin, Vernon partait pour ses visites en compagnie d'Elise quand ils ont vu un homme leur faire de grands signes, en haut des bois de Mortelierre. Elise l'a aperçu la première. C'est elle aussi qui l'a reconnu. Elle a aussitôt soufflé son nom :

— Léon Fatal.

Elle a eu un geste mélodramatique, elle a porté la main à son cœur. Vernon a eu peur, il a cru à un malaise, un contrecoup de la scène de la veille. Il a tout de même levé les yeux vers le coteau.

Il a distingué entre les acacias la silhouette d'un homme qui ne bougeait plus, qui paraissait attendre. Il a coupé son moteur. L'homme a recommencé à leur faire de grands signes. Il semblait très agité. Comme Vernon ne bougeait pas, il s'est calmé, il a fait quelques pas dans leur direction. A sa démarche poussive, Vernon l'a reconnu à son tour.

Il a regardé à la ronde. La Hotchkiss était arrêtée au plus épais des bois, à un kilomètre de Mortelierre et à trois de la route de Rouvray, sur un chemin vicinal emprunté d'eux seuls. Arrivé au bas du coteau où il s'était posté, Fatal s'est caché derrière un tronc d'arbre. Il leur a indiqué du doigt une allée de traverse. Vernon la connaissait bien : c'était par là qu'arrivaient les clients. Il est descendu de la voiture. Elise a voulu le suivre.

— Reste ici, a-t-il ordonné. Je reviens tout de suite.

Il est allé rejoindre Fatal. Il est revenu quelques minutes plus tard. Fatal voulait leur parler, annonça-t-il à Elise. Il leur avait donné rendez-vous derrière le coteau, au belvédère, une sorte de chalet qui dominait la Loire, dans un bois d'acacias nommé La Jugeraie, qui faisait partie du domaine de Mortelierre. Le belvédère possédait une petite pièce en sous-sol où ils seraient à l'abri d'une éventuelle rencontre.

— Tu aurais pu le faire venir à la maison, observa Elise.

— Pas quand on a des clients. On ne sait jamais.

— Fatal est plutôt de notre bord.

— Comment le sais-tu ?

— Je le sais.

Elise s'était fermée, elle avait repris son expression d'enfant, son air de converser en silence avec des choses mystérieuses.

— On n'est jamais assez prudent, insista Vernon.

Il partit le premier à travers les sous-bois qui entouraient le belvédère. Elise le rejoignit une demi-heure plus tard, avec un thermos de lait chaud mêlé de miel, comme il le lui avait demandé. Fatal avait dû les guetter dans les bois depuis longtemps, car il grelottait. Il but à lui seul les deux tiers de la bouteille. Il avait le regard éperdu de tous ceux qu'ils abritaient dans les grottes, cet air d'arriver de nulle part, d'espérer n'importe quel ailleurs, pourvu qu'on y soit libre. Comme eux, il portait des vêtements fatigués, une veste de chasse en daim usagé, un pantalon de velours crasseux. Mais Fatal sentait les feuilles et la mousse, son odeur était celle du pays. Rien qu'à la façon dont il l'avait vu se faufiler entre les acacias, écarter prestement les branchages et les ronces, Vernon avait compris que lui aussi, Fatal, il s'estimait *de là*.

Un étranger de plus pris au piège du Val. Le plus curieux, ce matin-là, dans la petite pièce cimentée et froide qui soutenait le belvédère, ce fut la voix de Léon Fatal, l'Orient tout entier résumé dans sa bouche, quand il commença son récit. Ni Vernon, ni Elise ne lui avaient jamais accordé qu'une attention distraite. Il faisait partie des meubles, des meubles de Tania, s'entend : une extravagance de plus, une bizarrerie inexplicable. Il était resté à leurs yeux un personnage de théâtre. Tandis qu'ils écoutaient Léon au fond de ce refuge, assis sur des pliants à la toile moisie, ils comprenaient enfin que ce n'était pas une pièce qui s'était déroulée au Grand Chatigny, mais une histoire semblable à toutes celles de Rouvray, lentement ourdie, sournoise, sordide. Léon en démontait le mécanisme point par point, donnait des dates, des lieux, des détails d'une singulière exactitude. Il parlait un français superbe, avec des expressions désuètes, parfois académiques, qu'il mélangeait de façon cocasse à des tournures du cru, apprises sans doute des paysans, des autres braconniers. Sa voix restait un peu fausse, mal placée, mais à mesure qu'il avançait dans son récit, il retrouvait les modulations du temps de sa jeunesse, tièdes, un peu sucrées. La mémoire de Fatal était impressionnante : il leur précisa la date des lettres anonymes, résuma leur contenu, fit un compte rendu circonstancié des allées et venues de Lambert depuis le début du mois. Puis il leur relata ce qui s'était passé la veille de Noël. A quatre heures du matin, dit-il, le bruit d'un moteur l'avait réveillé. « C'était un moteur de Traction. Je suis allé à la fenêtre. J'ouvrais doucement mes volets quand j'ai entendu du remue-ménage dans la chambre voisine. J'ai voulu sortir, ma porte était verrouillée de l'extérieur. J'ai tout de suite compris qu'on l'emmenait. Ça n'a pas pris dix minutes. Je suis retourné à ma fenêtre. Il y avait trois hommes dans la cour, dont Lambert. Elle était enveloppée dans des couvertures, ils la portaient comme un gros tapis. Ils l'ont jetée à l'arrière de la voiture. Elle n'a pas protesté. Il avait dû la droguer, la veille au soir. »

Fatal ne prononça pas une seule fois le nom de Lambert. Quand il dut le nommer, il se contenta d'un *il,* d'un *lui,* assorti d'une légère grimace. Il ne prononça pas davantage le nom de Tania, sauf à la fin de son récit, quand il confia à Elise et Vernon, en manière de conclusion : « Elle avait toujours eu peur de l'asile de fous. C'était une obsession, depuis la mort de la petite. Tania a toujours vu venir les choses de loin, vous savez. Voilà pourquoi elle m'avait installé sur le même palier qu'elle... »

Sa voix baissa d'un seul coup, et son visage brusquement illuminé laissa entrevoir le jeune homme qu'il avait été autrefois. En quelques phrases, il leur raconta qu'il n'avait pas pu se rendormir, après le départ de la Traction. Au matin, il entendit un bruit de serrure, il s'aperçut qu'on déverrouillait sa porte. Il se précipita dans l'escalier, tomba sur Boris, qui le fixa sans se troubler, et s'en alla d'un air goguenard. Fatal mit son point d'honneur à descendre à l'office à l'heure habituelle. Solange ne fit aucun commentaire, on avait dû la mettre dans la confidence. Lucien aussi avait dû être prévenu, qui ne demanda pas où était sa mère. Il s'était réfugié dans l'atelier de Tania, où il jouait du violon sans discontinuer. Léon porta rituellement son courrier à Lambert, sur le coup de neuf heures, juste après le passage du facteur. Au moment où il déposait le plateau sur son bureau, Lambert le prit par la manche.

— Vous savez lire ? dit-il à Fatal.

— Vous me renvoyez ?

— Mais non, voyons. C'est la guerre, non ?

Il le tirait toujours par la manche. Fatal aurait pu le contraindre à le lâcher, mais il se laissa faire. Lambert attirait peu à peu son bras sur un document dactylographié posé au centre de son bureau.

— Lisez donc, dit Lambert.

Il lui tendit le document. C'était un ordre d'internement. D'après les souvenirs de Fatal, Tania avait été enfermée à l'asile du Vinatier, près de Lyon, et l'autorisation d'internement avait été signée par un certain professeur Heurgon — le nom qu'avait cité Boris comme celui du père de sa future fiancée.

— Une sommité, commenta Vernon.

Fatal baissa les épaules, reprit son expression habituelle, détachée, placide :

— J'aimerais bien rester dans la région.

— Puisque Lambert vous garde...

— Je vais rester à son service, bien sûr. Mais j'aimerais autant me rendre utile. Travailler pour vous.

— Travailler ?

— Espionner. C'est ce que je fais de mieux. J'ai appris très jeune, vous savez...

Il se lança dans une tirade interminable, qu'il paraissait avoir apprise par cœur. C'était le récit de sa vie. Ou plutôt de la rencontre qui avait décidé de sa vie. Il leur raconta tout du couple étrange qu'il avait formé avec le vieux Dolhman. La même passion les avait rapprochés, celle du Bordeaux, des violons, du secret. Dolhman lui avait appris à épier ses concurrents. Des nuits entières, il lui avait appris l'art de se faire oublier, « tout dans la démarche, tout dans l'œil, et la bouche, aussi, on ne pense jamais à la bouche, la bouche qui tombe, l'air dégoûté, l'air fatigué... »

Au bout de quelques minutes, malgré le feu qui l'animait, Fatal s'aperçut que Vernon demeurait sur ses gardes. Il s'interrompit au beau milieu d'une phrase, l'observa un moment. Vernon resta impassible. Alors Fatal lâcha :

— Ne faites pas cette tête, je sais bien ce que vous trafiquez. On voit tout, on sait tout, quand on passe son temps dans les bois…

Vernon s'approcha de la porte sans un mot.

— Je pourrais m'occuper de vos sabotages, reprit alors Fatal. Les explosifs, ça me connaît. Quand j'étais en Espagne…

Il lui montra son doigt mutilé.

— On verra ça, répondit enfin Vernon.

— Qu'est-ce que je dois faire pour vous prouver…

— Attendez un peu. Les choses ne sont pas si simples.

Il se leva. Fatal l'imita. Son pliant retomba sur le sol.

— J'attendrai. Mais elle ?

— Elle qui ?

— Tania, intervint Elise.

— Oui, elle, Tania, enchaîna Fatal. Elle aussi, il va falloir qu'elle attende ?

Il y avait de la révolte dans sa voix. Vernon s'obligea à l'ignorer :

— J'ai bien peur qu'il ne soit déjà trop tard. Les asiles… Vous savez bien ce que les nazis pensent des fous. Et les autres, à Vichy… Déjà qu'avant la guerre, quand on internait quelqu'un…

— Mais elle n'est pas folle !

— Qui veut noyer son chien…

— Alors autant que je serve à quelque chose. Autant que…

A nouveau, Fatal retrouvait son visage de jeune homme, l'air frémissant qu'il devait avoir à son arrivée en Europe, trente ans plus tôt, quand il avait rencontré Dolhman. Des souvenirs peut-être s'agitaient dans son esprit, car il semblait absent, tout d'un coup, passionnément absent. Mais il se reprit vite. Il se redressa, se tourna vers Elise, lui prit les mains, comme pour l'implorer :

— Autant que cette guerre finisse le plus vite possible, n'est-ce pas ? Par n'importe quel moyen…

La pression de ses mains sur celles d'Elise se fit insupportable. Il avait l'air violent, d'un seul coup, presque sauvage. Elle serra les dents, parvint à détacher ses mains des siennes. Ce fut Vernon qui répondit :

— Je vous ferai signe.

Fatal lâcha Elise, mais il adressa à Vernon un regard sceptique.

— Je vous en donne ma parole, ajouta Vernon.

A cette seule phrase, Fatal fit volte-face. Il sortit du belvédère sans les saluer et s'engagea entre les acacias. Les arbres avaient été taillés deux ans plus tôt pour fabriquer des piquets qui servaient à soutenir les vignes. En deux printemps, les acacias avaient donné de grands rejets flexibles, qui sifflaient à chaque fois que Fatal les écartait.

— Il va me talonner jusqu'à ce que j'accepte, dit Vernon quand il eut disparu.

— Tu accepteras.

— Ça ne dépend pas de moi.

— Tu feras ce qu'il faut.

Ils prirent le chemin de terre qui menait au manoir. Ils étaient en vue de la grille quand Vernon demanda :

— Tu lui fais confiance, toi, Epi ?

— Oui.

— Moi aussi. Et pourtant...

— Pourtant quoi ?

— Pourtant rien.

— Dis-le.

Il hésita. Il ne lui répondit que lorsqu'ils se furent installés dans la voiture. Il eut une formule cruelle :

— Il me fait l'impression d'un rat qui quitte le navire.

— Fatal n'est pas un rat.

— C'est juste. Mais le navire...

— Le navire, quel navire ?

— Le Grand Chatigny. Lambert...

— Le navire n'est pas si pourri.

— Lambert est un faible. Il a l'arrogance, la méchanceté des faibles. Il est sournois et...

— Non. C'est ma mère qui le rend faible. C'est comme ça depuis toujours. C'est bien le drame. Tant qu'elle sera de ce monde....

Vernon s'apprêtait à remettre en marche le moteur de la Hotchkiss. Il était en retard dans ses visites, mais il s'interrompit dans son geste, dévisagea Elise. Elle avait le regard flou, elle fixait la poignée intérieure de la porte de la voiture, comme si elle déchiffrait dans son reflet chromé tous les secrets du monde. Elle répétait :

— Tant qu'elle sera en vie, Marcou, tant qu'elle sera en vie...

Chapitre 63

Sous ses dehors fantasques, Marina Bronski était une femme tout à fait terre à terre. Elle possédait un trait en commun avec Marthe, le sens de la survie. La différence, c'est que Marina, en naissant, avait reçu les clefs du monde, presque toutes les clefs; tandis que Marthe, elle, avant de pouvoir arracher à la vie un peu de ses plaisirs, avait dû étudier la serrure, gagner — voler peut-être — l'acier des clefs, et les forger elle-même, avec souffrance, avec patience. Marthe n'eut jamais le droit à l'extravagance, tout juste put-elle, avec Cellier, s'offrir le luxe de la sincérité. Marina se permit tout, ou presque. Mais dans ses aventures les plus folles, elle sut toujours distinguer ce qui relevait du caprice, de la joie éphémère, et le moment où elle risquait d'altérer ce qu'elle avait d'essentiel, son amour de la vie. Au moment de la débâcle, lorsqu'elle était arrivée en vue de la Garonne, après une semaine d'un voyage épuisant, Marina avait compris qu'elle n'irait pas à Lisbonne. Ce n'était pas la fatigue, c'était le manque d'envie.

L'envie : il faut avoir entendu Marina le dire, ce mot-là, pour comprendre la passion, l'énergie qu'elle mettait dans toutes ses entreprises. Elle salivait toujours, quand elle disait *envie,* elle souriait, elle savourait son plaisir d'avance. Mais quand l'envie la désertait, elle se repliait sur elle-même, elle se voûtait, comme une bête malade, elle avait l'œil et le cheveu terne, ne se coiffait plus, ne se maquillait plus, ne parlait plus; et surtout, ne souriait plus. Cela pouvait durer deux heures ou deux jours — jamais davantage — jusqu'à ce que l'envie, sa fameuse et belle envie, l'ardeur, la vitalité surprenante qui la portait vers toutes choses, la fassent d'un seul coup revenir au monde, une renaissance si spectaculaire qu'il faut avoir observée pour comprendre qu'Otto von Platten se soit plu à la nommer de mots mystiques, « une épiphanie glorieuse », disait-il, « la Pâque russe faite femme, une vraie résurrection... »

Marina ne dépassa pas Bordeaux. Elle s'enterra quarante-huit heures dans un hôtel des environs, une sorte d'auberge pour représentants de commerce envahie par les réfugiés. Puis elle partit au hasard des routes. Elle erra deux jours à travers le vignoble qui mûrissait au soleil de la débâcle. Elle songeait à partir pour Biarritz quand elle s'avisa qu'elle n'avait plus d'essence. Elle était perdue en pleine campagne, au plus beau du Médoc. Il était tard. Elle décida de se rendre au village le plus proche, à pied. Elle n'avait pas fait cinq cents mètres qu'elle fut abordée par le conducteur d'une autre Panhard-Levassor, un vieil aristocrate aux manières exquises. Il se nommait Longuenac, était marquis, et possédait surtout l'un des meilleurs châteaux du vignoble. Il la dépanna, puis l'invita à dîner. Il voulut lui donner un cours sur le Bordeaux. Il trouva à qui parler. Il avait connu Dolhman, il se souvenait qu'il avait comme lui la passion des violons. Longuenac possédait deux Panormo et un Jacob Stainer, qu'il avait naguère refusé de vendre à Dolhman, pour une raison élémentaire : il en jouait. Marina retrouva aussitôt tout son allant. Au bout de trois heures de conversation, elle sut qu'elle ne quitterait pas de sitôt Château-Longuenac. L'homme lui convenait parfaitement : soixante ans, le cheveu dru et blanc, veuf, pas très riche, mais élégant. Il fabriquait l'un des meilleurs Médoc qu'elle eût jamais goûtés. Elle décida qu'il ressemblait à son père. Plus exactement, avec ses bouteilles et ses violons, Longuenac ressemblait au souvenir qu'elle avait gardé de son grand-père ; mais cela, Marina ne se le serait avoué pour un empire. Au bout de huit jours, elle en fit son amant. Longuenac était attentionné et fort peu exigeant : c'est-à-dire, après von Platten, parfaitement reposant.

Il l'abonna à *Ciné-Mondial,* à *Comoedia* et à *Signal*. Il était généreux. Il avait des ancêtres et des meubles anglais, des lits à baldaquin, une horde de chats faméliques, une domesticité réduite mais extrêmement dévouée. Quand il n'était pas dans ses vignes, ou au fond de ses chais, il jouait des sonatines baroques en haut de ses tourelles. Ce goût de la musique allemande, comme les grands millésimes du Château-Longuenac, lui valaient d'excellents rapports avec les occupants. Il leur vendait ses vieilles bouteilles au prix fort, reversait une partie de ses bénéfices à ses amis résistants, ce qui le mettait en paix avec sa conscience. Marina s'estima au paradis. De temps en temps, elle se demandait pourquoi elle avait interrompu son voyage. Elle préférait ne pas trop y réfléchir. Elle savait que von Platten n'y était pas pour grand'chose. Elle ne parvenait à s'avouer la vérité que lorsqu'elle recevait du courrier du Grand Chatigny. Quand elle déchiffrait les phrases convenues tracées de la main de Léon Fatal, elle était bien contrainte de voir les choses en face. Elle jetait aussitôt la carte au feu. L'aveu qu'elle devait se faire lui était insupportable : elle avait fui loin de Tania, sans réussir à s'éloigner d'elle. Elle avait voulu partir, sans partir.

Depuis toujours, Marina avait accepté comme une fatalité les dérèglements de sa sœur. Elle avait longtemps protégé Tania de ses démons, c'est-à-dire d'elle-même. Mais elle ignorait comment la protéger des autres, peut-être parce qu'elle, Marina, savait parfaitement se prémunir contre eux. De la même façon que sa sœur, Marina n'avait peur de rien. Mais elle avait la fantaisie légère, Marina, tandis que l'ardeur de Tania la menait aux enfers. Du jour où elle avait cru que son pinceau pouvait rendre le monde plus beau, plus fort, Tania avait pris le chemin des douleurs vers des contrées maléfiques, et souvent sans retour. Depuis la mort d'Anaïs, quand Marina pensait à sa sœur, elle la voyait debout au bord d'une terre désertique, en haut d'une falaise. Elle se demandait si elle allait tomber.

Le pays de Marina, en revanche, c'était celui des hommes : directeurs de théâtre, riches amants, metteurs en scène, producteurs, grands couturiers, photographes. S'il lui arrivait d'y trébucher, elle retombait toujours sur ses pieds, en souplesse, comme un chat, sans une égratignure. C'était pour cette raison, elle ne l'ignorait pas, qu'elle ne serait jamais une très grande artiste. « Je suis trop sensée », disait-elle, « ma sœur, c'est tout le contraire, aucun peintre, aucun écrivain ne peut être raisonnable. S'il est raisonnable, il ne crée pas. » Sa pente, en effet, c'était la joie, et non la tragédie. Marina aimait la vie, *l'envie,* l'entrain presque inépuisable qui la réveillait chaque matin, pimpante, allègre, prête à sourire au premier venu. Dans les pires circonstances, cet amour de la vie l'a toujours sauvée. Comme son formidable aplomb.

Elle ne l'a pas perdue, cette belle assurance, le 3 janvier 1943, lorsqu'elle a reçu la carte de Marthe. A l'instant où elle a reconnu son écriture, elle a compris que Tania s'était approchée trop loin sur la falaise : là où elle pouvait tomber. Là où l'on pouvait la pousser.

Marina n'a pas cherché à savoir si Tania était tombée ou si on l'avait poussée. Avant même d'avoir fini de lire la carte de Marthe, elle a su ce qu'elle attendait d'elle : aller chercher Lucien. Elle l'a fait sur-le-champ. Elle était prête avant même de s'être préparée.

Elle est allée voir Longuenac. Comme d'habitude, il était en haut de sa tourelle à jouer une sonate. Elle a saisi son archet au vol :

— Vous n'avez plus la main très sûre, mon ami.... Occupez-vous plutôt de me trouver...

S'ensuivit une énumération d'objets indispensables à son voyage, - la Panhard de Longuenac, qui était plus vaillante que la sienne, du bois pour le gazogène, un manteau noir, deux turbans assortis, un *ausweis,* une fausse-carte d'actrice professionnelle, enfin le nom de personnalités influentes dont elle pourrait se recommander, en cas d'ennui majeur. Jusque-là, Longuenac n'a pas bronché : il n'avait jamais rien refusé à Marina. Le soir venu, il s'est tout de même risqué à lui demander où elle allait. Comme si elle avait préparé son plan depuis des mois, elle lui a répondu qu'on l'appelait à Paris pour tourner un film, et qu'elle allait s'arrêter à Tours pour voir sa sœur et ses neveux. Puis elle a ajouté un luxe de détails : elle allait tourner avec Guitry, elle jouerait les utilités aux côtés de Corinne Luchaire. Longuenac a tout gobé. Ou fait semblant de gober.

Il ne s'est mis en colère que la veille de son départ, lorsqu'il lui a remis son *ausweis*. Marina s'est enhardie, elle lui a demandé de lui prêter son demi-violon, l'instrument sur lequel il avait appris à jouer, un Panormo vieux de plus de deux siècles. Longuenac a refusé. Marina est montée dans sa chambre, et comme dans la scène qu'elle avait jouée en 37 dans *Madame sans Gaine,* elle est revenue en déshabillé, elle a jeté à ses pieds son coffret à bijoux et son samovar.

— Mais je paye ! s'est-elle écriée.

Elle sortit en claquant la porte. Le lendemain matin, comme prévu, le Panormo était à l'arrière de la voiture, soigneusement empaqueté, à côté de son coffret à bijoux et de son samovar, malheureusement cabossé. Elle monta les ranger sous son lit à baldaquin, garda le Panormo et s'en alla presque aussitôt.

Avec son nez poudré, son air futile et ses petites fourrures, Marina a passé tous les barrages sans la moindre difficulté. De loin en loin, on l'inquiéta plus que de raison, à cause de son accent. Elle répondit invariablement : « Je vais à Paris, je suis actrice, je dois tourner avec Guitry et Corinne Luchaire, tenez, voilà les papiers... » Elle tendait son *ausweis* et sa fausse carte d'actrice. A l'arrière de la voiture, étaient entassées des piles de *Comoedia* et de *Ciné-Mondial.* Ce n'était même pas calculé. Elle souriait, Marina, comme d'autres respirent. C'était sa défense. Pendant tout le voyage, elle s'est obligée à ne pas penser ce qui était arrivé à sa sœur. Elle ne voulait réfléchir qu'à ce que lui avait demandé Marthe : emmener Lucien, sauver Lucien. Elle s'était toujours refusée à s'interroger sur Lambert, elle s'était interdit d'envisager le pire. Néanmoins, ce pire, elle le pressentait depuis longtemps, puisqu'elle n'avait pas trouvé la force de quitter la France. Du reste, on dirait qu'elle a tout effacé, Marina, sur cet épisode de sa vie. Elle n'a guère été prolixe sur les trois ans qu'elle a passés chez Longuenac, elle n'a rien raconté ou presque de son équipée à Tours. A l'écouter, on pourrait croire qu'elle a déboulé à la pension de Lucien dans l'heure qui a suivi l'arrivée du courrier à Château-Longuenac, et qu'elle a ramené son neveu dans la même journée, sans autre forme de procès.

Ce qui est faux : elle a mis deux bons jours avant d'atteindre Tours. Elle y est arrivée un mercredi matin, sur le coup de onze heures. Malgré sa fatigue, elle est allée droit à la pension, et directement au bureau du principal. Il a été éberlué de voir entrer cette femme parfumée, si élégante. Elle ne lui a pas laissé le temps de parler : « Le père de Lucien Monsacré... Le pauvre petit, un tel malheur... Il faut que je le prépare. Quel malheur... » Elle a laissé coulé une larme :

« La guerre, mon Dieu, tout ce qui nous arrive... » Le principal s'est approché, prêt à offrir un bras compatissant : « Mais j'ai oublié... » a repris Marina, « je perds la tête, je ne vous ai même pas dit... Je suis sa tante... Son pauvre père, quel malheur. Qu'est-ce qui va lui rester, maintenant, à ce pauvre petit... Il faut que je le prépare. Donnez-moi la journée... » Le principal a emmené Marina au parloir. Sous son bras, elle portait le Panormo. Dès qu'il a vu sa tante, Lucien a remarqué l'instrument. Il s'est jeté dans ses bras. Elle lui a soufflé : « Je te le donne dès qu'on est dans ma voiture. Fais une tête d'enterrement et il est à toi. » Lucien a joué le jeu. Marina a repris à l'adresse du principal : « Il faut que je vous signe quelque chose, je suppose ? Je vous le ramène à cinq heures. Ensuite, nous aurons ensemble une petite discussion, n'est-ce pas ? » Elle était tragique et élégante à souhait. Le principal en a perdu l'usage de la parole. Il a eu un geste large. Elle a emmené Lucien sans la moindre formalité. Il les a accompagnés en silence à la porte de la pension.

A dix kilomètres de Tours, Marina s'est aperçue qu'elle n'avait pas prévu de papiers pour Lucien. Il était trop tard pour y songer. Elle a choisi de rentrer par un autre itinéraire. Elle n'a été arrêtée qu'une fois, elle a présenté Lucien comme son fils, elle a joué son rôle de prédilection, les femmes du monde inconsistantes et délicieuses. On l'a laissée partir. Deux jours plus tard, elle était revenue à Bordeaux.

Elle a fait un saut chez Longuenac, elle lui a tout expliqué, elle lui a annoncé qu'elle avait décidé de s'exiler aux Etats-Unis. Longuenac aurait bien voulu qu'elle reste, mais elle craignait les recherches de Lambert. Il l'a cachée quelques jours chez un métayer, puis il a trouvé un passeur pour l'Espagne.

Contre la promesse qu'elle l'épouse une fois la guerre finie, Longuenac a tout payé, le passeur, le voyage jusqu'au Portugal, l'hôtel à Lisbonne, en attendant qu'elle trouve à s'embarquer. Il a même eu la force de laisser à Lucien le demi-violon de Panormo, après l'avoir entendu jouer. Du coup, Marina l'a contraint à accepter son samovar cabossé, en gage de fidélité et de bonne volonté.

A Lisbonne, Marina et Lucien ont attendu un bateau pendant un mois dans un hôtel de la vieille ville. Elle ne l'a su qu'après, elle a logé à trois cents mètres de l'immeuble où von Platten continuait d'officier comme psychanalyste mondain. Elle n'a pas songé une minute à lui. Une seule idée la poursuivait : trouver deux places sur un bateau pour les Etats-Unis. Elle finit par obtenir un embarquement sur un cargo qui partait pour Boston. Après une traversée mouvementée, Lucien et elle gagnèrent enfin New York, où ils s'installèrent dans un minuscule appartement du Bronx.

Grâce à l'entregent de Longuenac, Marina était entrée aux Etats-Unis sous sa véritable identité. Pour le petit violoniste à qui elle allait sacrifier le restant de ses jours, elle avait choisi le patronyme de son grand-père, le nom sous lequel il allait devenir célèbre, Lucien Dolhman.

Chapitre 64

Lambert n'a appris la disparition de son fils que le samedi suivant, quand Boris est allé à la pension chercher Lucien, pour le ramener au Grand Chatigny, où il passait tous les dimanches. Le principal tomba des nues. Certes, il avait été pris d'un doute, le soir de la visite de Marina, quand il ne l'avait pas vue revenir. Mais l'effet de son charme était encore si vif qu'il s'était résolu à l'incroyable : Lambert Monsacré était mort, dans des circonstances assurément suspectes, puisque sa belle-sœur s'était déplacée pour l'annoncer au petit Lucien, et que sa mère elle-même, disait-on, venait de disparaître de façon très étrange, même pour une excentrique.

En bon Tourangeau, le principal jugea que l'inertie était la seule tactique susceptible de lui attirer le minimum d'ennuis. Ce fut assez bien calculé. Quand Lambert apprit la nouvelle, il eut un long moment de stupeur. Puis il s'enferma dans son bureau. Il fut sans doute traversé d'un mouvement de colère, la fureur courte et froide qui était le trait distinctif de la plupart des Monsacré : Solange retrouva au pied de sa cheminée les débris d'un petit Saxe, ainsi que le barreau d'une chaise Empire, à moitié fracassé. Mais il ne songea pas un seul instant à s'en prendre au principal du collège. Il s'assura simplement auprès de lui que c'était bien Marina, comme il le pressentait, qui était venue chercher Lucien. Il l'interrogea sèchement, sans lui faire un reproche, et lui fit abréger ses excuses.

A la vérité, la situation de Lambert devenait délicate : la disparition de son fils, « *l'enlèvement* », comme il l'appela, laissait entendre que les origines de Lucien étaient des plus douteuses. De l'avis général, Lambert était *de là.* La logique voulait que Tania fût responsable de la tare qui s'était infiltrée dans cette famille bien française; ce qu'accréditait, du reste, son internement. Mais le soupçon, si prompt à s'insinuer en cette période trouble, pouvait finir aussi par entacher Boris. Et lui-même, Lambert, à moins qu'il ne reprenne l'offensive.

Il ne voyait pas comment. Sa douleur l'aveuglait. De fils présumé, Lucien était redevenu d'un seul coup la chair de sa chair. Il était ainsi, Lambert, il ne pouvait aimer qu'en souffrant, ou en faisant souffrir. En perdant Lucien, il s'est figuré brusquement qu'il avait tout perdu.

Alors au fond de lui s'est réveillé le goût de la vengeance, l'envie de dénoncer, de trouver un coupable. On l'avait dépossédé d'un bien. En quelques heures, il s'est persuadé que c'était sa mère qui avait tout monté. Il n'a rien dit à personne, il s'est rendu à la gendarmerie, il a porté plainte pour enlèvement d'enfant. Tout le monde est formel, il n'a accusé personne. Il a fait comme son père ou son grand-père, comme n'importe quel paysan d'autrefois dont on aurait volé la vache, brûlé la grange, il s'est contenté de silences, quand on lui a posé des questions, de regards qui en disaient long. Puis il est retourné chez lui. A huit heures pile, comme d'habitude, il a dîné avec Boris.

Il n'a pas eu un mot sur Lucien. Il ne parlait plus que des terrains de Tours. Avant d'aller se coucher, il a confié à son fils : « D'ici deux mois, ils seront à moi. » Boris l'a approuvé. Comment lui jeter la pierre ? Il ne se plaisait que dans l'ombre de son père, et Lambert le lui rendait bien, qui se complaisait lui aussi dans la compagnie de cet enfant docile, le premier être qui l'eût, sans le craindre, ouvertement admiré.

Boris était tellement fier de son père qu'il a raconté toute l'histoire à ses camarades de faculté, quand il est rentré à Tours. Il s'est même vanté : « Il va y avoir du sport, chez moi, dans les mois qui viennent. » Il paraissait heureux. Personne ne songea à le lui reprocher. Plus généreusement que jamais, le professeur Heurgon lui accorda sa bienveillante protection : à mesure que les événements se précisaient, Boris devenait un parti de plus en plus intéressant. Il serait peut-être l'unique héritier de son père, de sa grand-mère, et même de sa tante, qui n'avait pas d'enfant. Même en Touraine, ce n'était pas si courant.

A Tours, ces murmures ne dépassèrent certainement pas les propos étouffés des notables, entre hommes, au salon, en tirant sur une cigarette de contrebande ou en dégustant une fine du marché noir. A Rouvray, en revanche, on en est presque sûr, ce furent les femmes qui parlèrent. Les femmes, rapaces héritières des secrets comme des nappes brodées, dépositaires ordinaires de tout ce qu'on chuchote, des tours de main de cuisinière, des dernières volontés des mourants. Une fois encore, le bruit enfla depuis le cœur de la ville, ce confluent de la Loire et de la Luisse où Marthe avait commencé sa montée vers l'argent, là où se trouvait encore la maison de Julia, où débouchaient les souterrains du château, les égouts. Une fois encore, ce qui remontait à la surface du flot habituel des conversations, c'était de l'histoire ancienne, le vieux malheur des Monsacré, l'illégitimité qui avait souillé un jour une honorable famille, et entraîné une cascade d'autres fautes, toutes plus monstrueuses, la naissance d'Elise, les lettres anonymes, le suicide de Damien, le Juif, le mariage de Lambert avec une étrangère, la noyade d'Anaïs, enfin ce rapt d'enfant, en pleine guerre, ultime aboutissement de la faute originelle.

Ce flot de bruits qui montait de la vieille ville ressemblait au début des crues, quand le trop-plein de la Loire engorge les égouts : tout pouvait gonfler jusqu'à la catastrophe, les maisons envahies de boue, les morts déterrés de leur fosse. Ou bien refluer d'un seul coup, ne laisser d'autre trace que trois planches arrachées à un lavoir, une ou deux îles bousculées dans leurs sables. La rumeur prit son temps, cette année-là, elle eut du mal à se frayer son lit. Pourtant, on ne se taisait plus devant les enfants, au contraire, on les entraînait avec passion dans le récit des origines, comme dans une histoire qui pouvait répondre à toutes leurs questions, justifiait les bons et les méchants, le tracé des chemins, la répartition des domaines, les riches et les pauvres. Un jour de marché, c'est aux enfants, justement, à leur regard étrange sur son passage que Marthe a compris qu'on recommençait à parler d'elle. Elle a soupçonné pourquoi : Elise lui avait appris que Lucien avait quitté la pension. Elle le tenait de Léon Fatal, Lambert n'avait pas pris la peine de la prévenir.

Marthe décida qu'elle n'irait plus au marché : « Pour ce qu'il y a à acheter », dit-elle. Une fois de plus, elle se replia derrière les eaux de Vallondé. Mais Vallondé n'était plus un refuge, et la solitude n'apaisait plus Marthe. Dans la campagne engourdie par l'hiver et la guerre, où chacun cachait ses provisions comme autrefois son or, la peur rôdait, informe, crainte des Allemands, des résistants, terreur plus grande encore de ceux dont « on ne connaissait pas le bord », terreur surtout que les armes des uns et des autres ne finissent par vider des querelles entamées des années plus tôt pour un bornage mal défini, une histoire de petites cuillers injustement partagées.

De loin en loin, Marthe évoqua encore avec Nine quelques vieux souvenirs. Elle prononça pour la première fois le nom de sa mère, Hortense Ruiz, lui parla de la montre marquée *T. W.*, et des spéculations sans fin qu'elle avait faites à son sujet pendant son enfance au couvent. Un seul sujet pouvait la ramener à la minute présente, une seule exigence, une seule volonté : l'histoire des terrains. Elle en parlait tous les jours. Elle qui n'avait jamais radoté, elle répétait inlassablement la même phrase : « Il me passera sur le corps, mon fils, avant que je cède. » Quant à Lucien, elle ne prononçait plus son nom, ni celui de Tania. En somme, Marthe faisait comme d'habitude : pour continuer à vivre, elle passait outre, elle ignorait. Ou plus exactement, elle faisait semblant de faire comme d'habitude. Elle accumulait les comédies les unes sur les autres, comme les épaisseurs de laine, par cet hiver glacial.

C'est Suzanne, un dimanche matin, qui lui a appris que son fils avait porté plainte. Nine n'était pas encore levée. Chailloux avait pêché des anguilles. Marthe avait décidé de les cuire en matelote, une vieille recette à elle, qu'elle tenait toujours à surveiller. Marthe s'était assise en face de Suzanne, à la table de l'office. Elles épluchaient des oignons. Depuis le petit déjeuner, Marthe sentait que Suzanne cherchait à parler. Elle le devinait à la manière arrogante dont elle s'acquittait de ses tâches habituelles. Marthe lui opposait l'indifférence. Mais Suzanne ne désarmait pas. Tout en épluchant les oignons, elle observait Marthe par-dessus le cerclage métallique de ses vieilles lunettes.

Marthe détachait patiemment les pelures une à une, sans relever les yeux. Quand elle parvint à la dernière peau, luisante et acide, une larme lui échappa. Ce fut le moment que choisit Suzanne :

— Vous n'avez pas fini de pleurer.

— C'est sûr, avec ces gros oignons-là.

— Je ne parle pas des oignons.

— Je n'ai jamais pleuré de ma vie. Ce n'est pas maintenant que je vais commencer.

Suzanne quitta la table, s'approcha du fourneau, racla le fond d'un beurrier avec des gestes cérémonieux, puis elle jeta la graisse au fond d'une petite marmite :

— Il y a un début à tout.

Marthe la rejoignit près du fourneau :

— Cesse donc de tourner autour du pot, tu vas me rater ma cuisine.

Suzanne ne se fit pas prier. Sans lever les yeux de la marmite où le beurre commençait à fumer, elle lui débita d'un seul trait ce qu'elle brûlait de lui dire depuis la veille au soir :

— Ils racontent que c'est vous qui avez enlevé le petit Lucien. Ils disent que vous étiez de mèche avec l'autre romano. Ils vont peut-être venir le chercher ici, le petit.

Puis elle éclata de rire. Mais elle ne s'amusait pas, Suzanne, c'était tout juste le plaisir de s'être aventurée à toucher Marthe là où elle la croyait blessée.

— Qui, *ils* ? a demandé Marthe en feignant le même rire.

— Les gendarmes. Votre fils a porté plainte. Il paraît qu'il sait qui a monté le coup.

— Tiens donc ! Et à ton avis, le petit Lucien, où est-ce que je l'ai caché ?

Suzanne a rougi. Elle est revenue s'asseoir à la table, elle s'est à nouveau penchée sur ses oignons. Elle les a hachés, puis elle est retournée à son fourneau.

— Ils disent que vous en voulez à votre fils, à cause des terrains.

— Les terrains, quels terrains ?

Le beurre commençait à grésiller. Suzanne a bafouillé :

— Les terrains... ceux de Tours. Ceux où il y avait les immeubles, avant les bombardements. Ceux où il faudrait construire...

— Tu en sais, des choses. Tu t'y connais, en affaires.

— Mais tout le monde sait, à Rouvray...

— Personne ne sait rien, ma pauvre Suzanne. C'est pour ça que tu ferais mieux de te taire.

Suzanne s'est voûtée à nouveau au-dessus de sa marmite. Le beurre avait rissolé quelques secondes de trop, il noircissait, en dégageant une odeur un peu âcre. Marthe s'est emparée de la marmite, l'a secouée quelques instants. La graisse a cessé de fumer. Suzanne a haussé les épaules. Alors Marthe a repris, sans la regarder :

— Ma petite Suzanne, en ce moment, il vaut mieux se servir de sa langue pour manger que pour parler. Tu as de quoi vivre, ici, non ? Tu manges à ta faim, tu dors au chaud ?

Et au moment où elle mouillait l'anguille dans le vin blanc, le visage rougi par la colère ou la chaleur du fourneau, Marthe a cru bon d'ajouter :

— Est-ce que je suis derrière toi quand tu te fais réchauffer les jambes par Augustin Chailloux ?

Nine venait de descendre, elle a tout entendu. Elle a pensé que Marthe avait eu un mot de trop. De fait, Suzanne s'est aussitôt fermée. De la journée, elle n'a plus ouvert la bouche. Le lendemain non plus, ni le surlendemain.

Ce soir-là, Marthe est allée fermer la grille elle-même, elle s'est claquemurée derrière ses volets plus soigneusement que d'habitude. Elle a demandé à Nine de s'enfermer dans sa chambre, quand elle allait se coucher. Elle aussi, Marthe, elle s'est enfermée à clef.

Les nuits qui suivirent, elle écouta la Luisse glisser dans le silence. Les bruits qui avaient couru sur elle, qui continuaient de s'insinuer partout dans le pays, avaient le même élan que la rivière, elle le savait : souple, impalpable, méandreux, obstiné cependant. Elle songeait à Suzanne, maintenant presque aussi âgée qu'elle, aigrie par ses années de domesticité. Elle repensait au sureau, au fond du parc, à Augustin Chailloux, qui était si bon jardinier, si bon chauffeur, qui savait tellement bien s'occuper des poules et des diarrhées des lapins; mais qui l'espionnait aussi, d'un bout à l'autre de la journée, qui la trahissait sans doute, pour trois sous lâchés par Lambert. Marthe réfléchissait surtout à la croissance des racontars à son sujet, tumeur parallèle dans sa progression à l'accumulation de ses biens, et qui entrait peut-être en sa phase ultime, le moment où elle allait succomber sous sa propre grosseur. Car elle continuait de croire à sa victoire, Marthe, envers et contre tout. Son entêtement lui tenait lieu d'espoir.

Cependant, de l'étude de Chicheray à la vieille guinguette pourrissante du *Goujon frétillant,* du plus humble galetas de servante à la villa « *Chez Nous* » — un faux castel Renaissance à la sortie de la ville, où officiait la Gestapo —, la rumeur faisait son chemin, illogique et douce, plus claironnante dans ses silences que n'importe quelle calomnie publique, mélangeant tout dans le même chuchotis tranquille, le vrai et le faux, le supposé et l'avéré. Tous l'entendaient, ce murmure ininterrompu, jusqu'à Lambert, au fond son château d'où il ne sortait plus. Au seul regard du facteur, quand il sautait de sa bicyclette, à la façon dont Solange lui présentait les plats, Lambert savait qu'elle était pour lui, la rumeur, et qu'il aurait les coudées franches quand il voudrait se défendre, lui, Lambert Monsacré, fils, petit-fils, arrière-petit-fils d'authentique Monsacré, faiseur d'argent, comme eux, puissant, vaguement filou, meneur d'hommes, connaisseur en terre, en pierre et en vin, injustement victime d'une machination de femmes, d'*accourues,* de garces étrangères. Il était dans son droit, puisque tout le monde le disait.

Il faisait de plus en plus froid. La Loire commençait à charrier des glaçons quand Lambert, pour la première fois, se rendit chez sa mère. Depuis trois jours, le bruit courait à Rouvray que sa femme s'était suicidée. Sur ce point, on n'a jamais su la vérité. Tania Bronski a été internée au Vinatier, près de Lyon, en contravention avec la loi, qui voulait que les aliénés soient enfermés dans un asile du département où ils avaient élu domicile. Ce n'est pas la moindre des irrégularités de la procédure qui lui fut appliquée. Du reste, l'administration de l'hôpital du Vinatier, où le professeur Heurgon avait de solides amitiés, fut reconnue plus tard comme la plus suspecte d'une époque qui cependant n'en manqua guère. Pour toute la période de l'Occupation, ses livres sont remplis d'erreurs, de ratures, parfois même de maladroites (ou cyniques) tentatives de camouflage. La mort de Tania Bronski y est enregistrée sous le n° 15 839 et porte la date — sans doute approximative — du 31 mars 1943. La cause officielle du décès s'y trouve notée : « cachexie œdémateuse », terme qui dissimulait le plus souvent la mort de faim. Tania Bronski était allée grossir les rangs des quarante mille malades mentaux, vrais ou supposés, qui disparurent dans les hôpitaux psychiatriques sous le régime de Vichy. On ignore encore où elle fut inhumée.

Chapitre 65

Il y eut deux visites de Lambert à sa mère. La première, l'après-midi du 27 janvier, et la seconde, le matin du 9 février. La première n'a pas duré cinq minutes. Lambert est arrivé sans crier gare, il a laissé sa voiture à la grille, il est entré sans frapper. Quand il a poussé la porte du salon, Marthe a pâli. Il ne l'a pas saluée, elle non plus. Elle lui a simplement dit : « Qu'est-ce que tu viens chercher ? Puisque je t'ai fait dire... »

Nine s'est aussitôt éclipsée. Elle a eu le temps d'entendre Lambert répliquer : « On n'a jamais vraiment discuté. Il faudra bien que je te fasse entendre raison. » « Raison de quoi ? » a demandé Marthe. « Pour les terrains. » « Ils sont à moi, je suis libre de mes biens. » « Tu as voulu faire ton testament, tu es allée à Paris avec Elise, qu'est-ce que tu as manigancé avec elle ? » « Ça ne te regarde pas ! » « Forcément ! » « Forcément quoi ? » « Je me comprends. Et toi aussi, tu me comprends ! »

Le ton montait. Alors qu'elle gravissait les marches de l'escalier, Nine a entendu Marthe prononcer le nom de Tania, de Lucien, puis, curieusement, celui de Damien, que Lambert a répété à son tour, mais la phrase qui a suivi était inaudible, de l'endroit où Nine s'était postée. Elle s'est découragée, elle est montée s'allonger dans sa chambre. Depuis quelques jours, elle avait mal à la gorge. Elle n'est pas restée sur son lit cinq minutes. Elle a entendu des pas sur le gravier, elle a couru à sa fenêtre. Elle a vu Lambert retraverser le parc jusqu'à la grille. Il s'est retourné plusieurs fois. Elle a alors pensé : il reviendra. Le plus curieux, c'est que Marthe a fait la même réflexion à Nine, quand elle est redescendue au salon.

Ce fut son seul commentaire. Pendant quinze jours, Nine et Marthe, d'un accord tacite, n'ont plus parlé que du temps qu'il faisait, de la vague de froid qui était tombée d'un seul coup sur la vallée. Le 5 février, Nine a commencé à tousser. Elle avait de la fièvre. Elle n'a pas voulu déranger Vernon, elle s'est soignée à l'ancienne, à grand renfort de grogs flambés. Le 7, la fièvre a pris Marthe à son tour. Elle a voulu le cacher à sa cousine, mais Nine l'a surprise un soir à l'office, au-dessus d'une casserole d'eau-de-vie de cidre, une allumette à la main. Marthe lui a dit : « Je ne sais pas ce qui me prend, j'ai mal à la tête. » Nine lui a répondu : « Pourvu que ce ne soit pas la grippe espagnole, comme pendant l'autre guerre. » « Je ne suis jamais malade, a rétorqué Marthe. Ce n'est pas maintenant que je vais commencer. »

Nine s'est vite affaiblie, elle ne sortait plus de son lit. Marthe a fait venir Vernon. Il a diagnostiqué une grippe, plus sévère pour Nine que pour Marthe. Il leur a donné les mêmes médicaments. Quand il a examiné Marthe, dans sa chambre, il lui a demandé si elle était sûre d'avoir bien chaud la nuit, si son poêle marchait mieux. Elle a dit qu'on a trouvé la panne, que c'était un défaut dans la fonte d'un tuyau. Malgré les conseils de Vernon, elle a passé sa grippe debout, en disant simplement, comme autrefois : « Je suis patraque, ça va passer. » Et chaque soir, quand elle allait se coucher, elle montait elle-même sa provision de bois pour son poêle, avec une bouillotte et un thermos de tisane.

Le temps s'est radouci. Dans la nuit du 8 au 9 février, vers minuit, il y a eu une brève averse de neige. C'est ce matin-là que Lambert est venu pour la seconde fois. Le ciel s'éclaircissait sur un soleil de Chandeleur, déjà bien jaune, comme une promesse de printemps. Bien sûr, on n'a pas de photo de ce jour-là. Dans le carton, les clichés s'arrêtent sur quelques images du Grand Chatigny, juste avant l'internement de Tania. Mais on se plaît à l'imaginer, cette photo. Sur la pelouse enneigée, on verrait s'avancer l'ombre dissymétrique de Lambert. Il aurait le soleil dans le dos, on distinguerait nettement, dans la neige, la marque de sa claudication, ses pas inégaux, le droit profond, le gauche plus léger, avec une ligne presque imperceptible pour les réunir.

Il a fait comme la dernière fois, il a laissé sa voiture à la grille. Léon Fatal l'a parfaitement astiquée. Ses chromes brillent, ses vitres étincellent au soleil levant. Lambert porte son monocle, le chapeau qu'il aime à arborer quand il veut frapper son monde. Sous son manteau, il a passé sa vieille veste de tweed, imprégnée de l'odeur de terreau du Grand Chatigny. Il avance lentement : la neige est gelée, il a peur de glisser. Un flocon effleure sa joue. Il regarde le ciel. Il neige, comme au début de la nuit. Un rideau frémit, à droite de l'office. C'est la fenêtre de la chambre de Suzanne. Elle approche du rideau une lampe à pétrole. Derrière sa silhouette épaisse, Lambert n'a aucune peine à reconnaître le profil ironique d'Augustin Chailloux.

Quand il arrive à la porte, l'averse de neige redouble. Il tombe maintenant de gros flocons, qui se collent partout. Lambert ne sonne pas, il frappe à petits coups pressés sur les vitraux du vestibule. Nine n'entend rien. Elle dort. C'est la grippe, c'est le froid. Hier, à cause des glaçons qui dérivaient entre les îles de la Loire, un métayer de Marthe, venu lui régler un fermage en retard, lui a dit qu'il pourrait bien y avoir un embâcle.

Marthe, elle, ne dort pas. Dès qu'elle a entendu sur le gravier le pas irrégulier de son fils, elle s'est redressée dans son lit.

C'est Suzanne qui a ouvert à Lambert. Avait-il déjà son idée en tête, quand il est entré dans la maison de sa mère ? Il a secoué les flocons qui se collaient à son chapeau, il a désigné d'un signe de tête le bureau de Marthe. Suzanne lui a dit : « Madame est couchée, elle tousse, elle a la grippe. » Il a alors demandé : « Et la cousine ? » « Elle aussi », a répondu Suzanne. « Elle est malade, elle ne quitte plus sa chambre. Dire que je suis toute seule pour m'occuper de tout ce monde... »

Elle ne s'est pas plainte, Suzanne, elle a simplement dressé à Lambert un état des lieux, avec un grand sourire, comme pour lui signifier : vous pouvez y aller, la route est libre.

Il a hoché la tête, il est monté. Il a pris son temps.

Avant que son fils ne soit arrivé en haut de l'escalier, Marthe s'est levée pour déverrouiller la porte. Elle ne s'est pas pressée non plus, l'escalier était raide, elle avait tout son temps elle aussi. Elle s'est recouchée. Elle a toussé plusieurs fois. Sur sa table de nuit, elle a pris son thermos rempli de tilleul. La tisane était encore tiède, elle a adouci sa gorge enflammée. A travers les volets filtrait la lumière du soleil, qui lui a paru plus forte que la veille. A ce détail, Marthe a su tout de suite qu'il avait neigé.

Elle a saisi son tricot, au pied de son lit. Depuis quelque temps, elle n'arrêtait plus de tricoter et de détricoter, elle passait son temps entre ses écheveaux et ses pelotes. A quoi pensait-elle, quand Lambert est entré ? Elle a dû faire comme d'habitude, écouter le cliquetis de sa vieille pendule, se concentrer sur la même phrase, la même volonté, je ne cèderai pas, je ne plierai pas. Peut-être a-t-elle souri, en se souvenant de l'appartement de la rue des Belles-Feuilles, avec son testament dans le coffre-fort de la cuisine, là où Lambert n'irait jamais le chercher... A moins qu'elle n'ait revu, en un éclair, Lambert petit, Lambert d'avant la brûlure, vif et fragile, qui venait toujours se réfugier dans ses bras, dès que le Grand Monsacré entrait dans une pièce.

Marthe n'a pas levé les yeux de ses aiguilles, quand Lambert a frappé, quand Lambert est entré. Il y a eu un très long silence, comme chaque fois qu'ils se retrouvaient face à face. Un de ces moments qui résistent à la description, des minutes indéchiffrables, comme dans n'importe quel amour. Comme dans toutes les haines.

Lorsque Lambert s'approche de sa mère dans la chambre en merisier, le plancher craque. Il s'arrête, le bruit le trouble. Les meubles aussi le gênent, l'ordonnance de cette chambre sans crucifix, sans portrait de mariage, sans photographies d'enfants, sans le souvenir même de ses petits-enfants. A ce seul détail, on sait que Marthe n'a jamais été une femme comme les autres. Sur la commode, à la droite du lit, elle a rangé les pierres offertes par Cellier, dans un ordre qu'elle est seule à comprendre, et qui raconte l'histoire de sa passion pour lui. De l'autre côté du lit, un tableau posé trop bas laisse trop facilement deviner qu'il dissimule un coffre-fort. Sur la table de nuit, le sirop et les pastilles prescrits par Vernon, la tasse de tilleul vide, à côté d'un pot de miel d'acacia et de la bouteille thermos. Enfin, au milieu de la pièce, le panier à bois, devant la cheminée, et le poêle qui tire à nouveau comme s'il était neuf.

Marthe regarde les braises, derrière le grillage noir qui obture le foyer du poêle. Elle pense peut-être à Tania, à l'ardente Tania. Ou elle se souvient des scènes brûlantes qu'elle a vécues sur ce même lit, naguère, dans les bras de Cellier. Elle se souvient des plus intimes, des plus chauds recoins de son corps. Dans sa mémoire, ces plaisirs ravageurs se confondent avec ceux qu'elle a reçus de Rodolphe. Elle revoit sans doute aussi la silhouette d'Elise, de dos et qui s'éloigne. Elle lui évoque un bateau qui appareille, pour une navigation tranquille, à défaut d'être heureuse.

Elle revoit tout cela, Marthe, à l'instant précis où Lambert s'approche, saisit une chaise, si près de son lit, trop près, et s'assied, la bouche déjà pleine d'insinuations, de menaces. Elle tousse, elle s'en veut. Elle se force à regarder ailleurs, elle joue les ménagères, une maille à l'endroit, une maille à l'envers, des mouvements mécaniques, pour ne pas tousser, pour ne pas voir les gestes de Lambert, déformés par la passion qui le fait trembler, au-dessus de son édredon, de sa table de nuit où refroidit le tilleul.

Elle continue de se cuirasser, elle pense à ses conserves, bien étiquetées sur les étagères au fond des grottes. Elle pense au garde-manger à remplir, pour Nine, pour Augustin Chailloux, pour Suzanne. Pour... Si jamais. Elle pense au bois pour le gazogène de la Delage. Aux fermages, aux baux. Aux actes chez le notaire, aux plantations de printemps. Au petit sureau, au fond du parc. Et peut-être aussi se rappelle-t-elle la devise de von Platten, ne posséder que le seul présent, la condamnation de tous les gens sans patrie.

Alors elle a froid. Elle tousse encore. Au moment où elle lève les yeux vers le poêle, elle croise le regard de Lambert. Elle ne le quitte plus. L'effet d'aimant a joué. Il parle. Elle répond. Il hausse le ton, comme l'autre jour. Elle essaie, elle n'arrive pas. Elle se passe la main sur le front. Elle transpire, elle a de la fièvre. Elle essaie de se lever. Elle retombe sur son oreiller. Elle continue à parler, à argumenter. Lui aussi. Elle tousse de plus en plus. Puis plus rien. Elle s'est réfugiée dans le silence, comme d'habitude.

Et le silence a duré. S'est fait éternité. On ne saura jamais rien des gestes qui ont traversé ce dernier silence, rien des chuchotements, rien des soupirs. Comme on ignorera tout de ce qui s'est dit entre la mère et le fils, juste avant. Nine dormait; et si Augustin et Suzanne ont entendu quelque chose, ils se sont bien gardés de le répéter. Ils avaient déjà tout compris, quand ils avaient vu Lambert arriver aux aurores, à contre-jour devant la Luisse. Dans ces cas-là, comme l'a toujours dit Augustin Chailloux, il vaut mieux se boucher les oreilles.

Quand elle a entendu la voix de Lambert au rez-de-chaussée, Nine s'est réveillée. Elle s'est demandé ce qui se passait, et depuis combien de temps Lambert était à Vallondé. Elle a regardé sa pendule : il était dix heures moins dix. Elle a ouvert ses volets, elle a vu la voiture de Lambert, recouverte de flocons qui avaient gelé. Il ne neigeait plus depuis une bonne heure, a dit le garde-champêtre, le lendemain matin. Nine l'a pourtant répété jusqu'à son dernier souffle, le pare-brise de Lambert était couvert de neige, quand elle a découvert sa voiture en ouvrant les volets.

Chailloux et Suzanne ont toujours prétendu la même chose, que Lambert était arrivé à dix heures moins le quart. D'après eux, il est redescendu aussitôt, il leur a crié : « Ma pauvre mère est morte ! » Il s'est jeté sur le téléphone pour appeler Vernon. Elise est tout aussi formelle, elle a reçu l'appel de son frère peu avant dix heures.

A ce point de l'histoire de Marthe, on a envie d'imaginer sa dernière pensée. Elle a dû revoir la Loire, la sablière, l'empreinte qu'y avaient laissée son corps et celui de Rodolphe, un soir de juin 1898. Et peut-être a-t-elle regretté de n'y avoir jamais emmené Jean Cellier.

Mais déjà son âme était repartie vers le fleuve, grain de sable parmi les autres, vers la mer, d'où elle était venue, très exactement soixante-quatre ans plus tôt.

Chapitre 66

Contrairement à bien des médecins, Alexandre Vernon avait une magnifique écriture. « Une écriture d'instituteur », disait-on à Rouvray, sans qu'on sache s'il fallait y voir un compliment ou une allusion perfide à sa réputation de libre penseur. Elle était fine, petite, mais parfaitement lisible. Sur son bureau, il avait aligné une collection de plumes et de bouteilles d'encre, mais il utilisait toujours le même stylo, un bel objet d'acier anglais, gravé à son nom, un cadeau d'Elise. Grâce à un minuscule ressort logé derrière sa plume, il pouvait écrire à la manière ancienne, en traçant les pleins et les déliés, les boucles des *r,* des *l,* les sinuosités des *s* et des *m.* Mais la plume de Vernon a frémi, le matin où il a signé son rapport sur le décès de Marthe Monsacré. Comme s'il avait prévu la suite, son écriture n'était pas non plus très assurée, lorsqu'il a commencé, à l'aube du 12 février 1943, sur une feuille à en-tête arrachée à sa souche d'ordonnances, une note vraisemblablement destinée à sa femme, qu'il a intitulée, en soulignant ce titre de deux traits plus désespérés que rageurs : *Pourquoi j'ai refusé le permis d'inhumer.*

Elise lui avait appris la nouvelle à midi, au retour de sa tournée. Il est aussitôt parti pour Vallondé. Lambert l'attendait au salon. Vernon a voulu monter seul dans la chambre de Marthe. Il y est resté assez longtemps. Trop longtemps en tout cas au goût de Lambert, qui s'est impatienté. Il a fini par descendre. Dans le couloir, il a croisé Nine, à qui il a glissé : « Il va y avoir des histoires. » « Quoi encore ? », a grondé Nine, « vous ne trouvez pas qu'on en a assez ! » Vernon a soupiré : « Autant vous le dire tout de suite, je ne donnerai pas le permis d'inhumer. »

Il est parti sans revoir Lambert. Une heure plus tard, il a eu un bref échange téléphonique avec lui. C'était Lambert qui l'avait appelé. Vernon ne voulait pas céder. Malgré ses injonctions, il ne voulait pas non plus lui dire pourquoi. Alors Lambert a prononcé le mot de *scandale*. Elise a pris l'écouteur, elle a entendu son frère vociférer son nom, en disant à Vernon qu'il en avait, lui aussi, des choses à lui révéler sur sa femme. Il a laissé s'installer un silence, puis, plus calmement, il a demandé à Vernon d'oublier qu'il était venu à Vallondé. Vernon a très vite transigé. Le même soir, le professeur Heurgon examina le corps de Marthe, et délivra le papier qu'il avait refusé.

Les obsèques furent fixées au début de la semaine suivante. Les gens de Rouvray sont presque tous sortis de chez eux, ce lundi-là, en si grand nombre qu'ils ont fait peur aux Allemands. Tours avait été bombardé par les Alliés deux jours plus tôt, ils commençaient à se sentir en pays assiégé.

Il faisait encore froid, avec du vent, des bourrasques de neige, capricieuses, intermittentes. A Vallondé, où la végétation est toujours en avance, les premiers crocus pointaient dans les parterres encore ourlés de neige, dont le liseré dessinait les contours du parc abandonné. Derrière les bancs de brume qui se déchiraient entre les cèdres, on distinguait au loin la Luisse et la Loire, leur confluent tranquille et bleu. L'escalier de Vallondé était trop étroit, il a fallu sortir le cercueil par la fenêtre. L'enterrement a pris du retard. Marthe avait toujours dit qu'elle « ne voulait pas d'église ». Pour une fois, Lambert a fait selon son vœu.

Sur le chemin du cimetière attendait une foule avide, tourmentée par la curiosité bizarre qui entoure les morts subites. Ils étaient tous là, sur le passage du corbillard, Chicheray et sa femme, le facteur Adrien Plumereau, le directeur de la Caisse d'Epargne, le commissaire de police, l'armurier, les nouveaux patrons du *Goujon frétillant,* enfin tant d'autres que Lambert et Elise ne connaissaient que « de vue », comme on disait, le rémouleur chez qui Marthe portait ses vieilles casseroles à rétamer, son fournisseur en bocaux à conserves, son marchand de charbon, ses métayers ou simplement leurs femmes, pour ceux qui étaient prisonniers. Jusqu'à un forain à qui elle achetait des biscuits secs, le vendredi, sur le marché. Au nombre de ceux qui s'étaient déplacés, on mesurait le pouvoir de Marthe, l'importance de sa fortune. A la mine allongée de Chicheray, on devinait aussi qu'il n'avait pas recu le testament en garde, et qu'il ne s'en remettrait pas. On tentait de lire sur le visage de Lambert et d'Elise la manière dont ils allaient se partager ce lot plus empoisonné que l'héritage de leur mère : les vieilles haines Monsacré, dont on ne savait plus si elles étaient héritées par le sang, ou par les enjeux de la terre. Des rancunes que la plupart des assistants commençaient à juger imbéciles, maintenant qu'on se battait, dans les familles, pour du café, pour du savon...

Sur le passage du corbillard, une femme — peut-être Madeleine Roseroy — a risqué : « Elle aussi, comme le Vieux, la farine a fini par l'étouffer. » Derrière elle, il y a eu aussitôt des remous. Quelqu'un a dit à haute voix : « Respectez au moins les morts. » C'était la première fois qu'on prononçait le mot de *mort,* à propos de Marthe. Il a sonné de façon très incongrue, malgré la proximité du cimetière. C'était sans doute le grand soleil de ce lundi, qui sentait déjà le printemps, les mousses vertes qui gagnaient les écorces des troncs; et les eaux plus vives, depuis la veille, tout autour de Rouvray, jeunes et cristallines, qui annonçaient des bourgeons bien juteux, des feuilles fraîches et vernissées.

Lambert a conduit le deuil, suivi de Boris et d'Elise, puis de Nine. Vernon était un peu en retrait, confondu déjà dans la foule des notables. Lambert avançait plus péniblement qu'à l'accoutumée. Il paraissait un peu gris, comme surpris lui-même des instants qu'il vivait, étonné de voir triompher si facilement le vieux principe des Monsacré, écarter les êtres pour conserver les choses. Abasourdi aussi par sa solitude devant son monceau de biens.

Le cimetière de Rouvray est en pente. On y accède par une longue route non goudronnée, bientôt interrompue d'une grille. Le chemin se prolonge entre les tombes jusqu'à une grande façade médiévale, souvenir d'une cathédrale abattue, et dont les ogives, les rosaces nues s'ouvrent sur des tombes, à perte de vue, dirait-on, à cause de la déclivité. Il y eut des murmures, pendant tout le trajet qui menait à la tombe des Monsacré, parcours allongé par le détour qu'on fit pour éviter le monument de Damien et ses inscriptions sacrilèges. C'était de Lambert que parlaient à présent les gens de

Rouvray, non de Marthe. Ils chuchotaient les premiers mots de l'envie, si proches du respect, mais si voisins aussi des plus féroces calomnies : « Il a tout, maintenant, le Lambert. Il a le son et la farine. Même le Vieux, dans le temps, n'a jamais eu ça. » Certains, plus hardis, se hasardèrent à insinuer que la mort subite de sa mère ressemblait curieusement à d'autres, dans la famille, et qu'elle aussi, Marthe, on aurait bien pu la pousser dans la tombe.

Car malgré les années, l'ombre gigantesque du Grand Monsacré planait toujours au-dessus du cimetière, son fantôme ricanant continuait de tourmenter les imaginations, même chez ceux qui ne l'avaient pas connu. C'était lui, l'ancêtre, le Grand Mort de Rouvray, le légendaire fondateur de la plus étrange fortune de la ville, le grand faiseur d'argent, de fils et de malheurs. Tandis que morte, Marthe restait une étrangère. Etrangère et distante, à la façon de ce Dieu qu'elle avait refusé, puissance lointaine, indestructible, mais néanmoins omniprésente, en dialogue constant avec des forces invisibles. Elle n'était pas morte, Marthe, elle s'était éloignée. Il avait fallu attendre ce matin-là pour mesurer son mystère. De son vivant, elle avait été trop vivante, elle ne serait jamais fantôme, son ombre à elle ne viendrait pas errer parmi les tombes, elle serait pour toujours l'étrangère qui hante la campagne, à chaque moisson, à chaque vendange, dans l'étude de Chicheray, à la moindre signature d'actes, sous le tuffeau des caves, toutes les fois qu'on y entrerait pour chercher une bouteille, dans les jardins, les bois des grands domaines qu'elle avait convoités, évalués au centime près, discutés, refusés, dans les vergers, dans les varennes, au-dessus d'Orfonds et de Vallondé, au fond du Val et du haut des coteaux, dame blanche plus étrange que toutes, la fille des sablières, de père et mère inconnus, l'étrangère remontée de la Loire, un jour de vent de galerne.

Quand le cercueil fut hissé au-dessus de la fosse, il parut léger, trop léger, et personne ne pleura. Marthe s'était simplement éloignée, ce cercueil était vide, elle était comme toujours dans son manoir de Vallondé, protégée derrière son rempart d'eau et d'argent, Marthe *l'accourue*, aussi essentielle à l'harmonie du Val que ses grottes d'alchimistes et ses châteaux à l'italienne. Elle était là-bas, derrière son bureau, à jamais différente. L'œil précis, le front posé contre la fenêtre, à prévoir la date d'une récolte, compter ses fermages, calculer le rendement d'un bois, irremplaçable Marthe, dans sa façon d'avoir partie liée avec les mystères de la terre, elle qui était venue de nulle part, et qu'on ne pouvait désormais imaginer ailleurs qu'à Vallondé.

Lambert chancela plusieurs fois en quittant le cimetière. Il n'en revenait pas, d'être si seul, en face d'elle, alors même que son corps était parti en terre. Néanmoins, il prit ses précautions, comme aurait dit sa mère. Une semaine plus tard, au petit matin, la Gestapo fit une descente à Mortelierre. Vernon fut arrêté, son bureau mis à sac. Les Allemands ont aussi fouillé la serre. Ils ne sont pas allés plus loin. Par bonheur, il n'y avait pas de clients, et selon son habitude, Elise avait tout remis en ordre après le dernier départ.

Vernon avait été donné par une lettre anonyme. Dans son bureau, la Gestapo n'a trouvé aucun document compromettant, même pas sur Léon Fatal, qui venait d'être admis dans l'équipe de sabotage. On l'a emmené malgré tout. Elise ignorait où son mari cachait ses papiers, mais d'emblée, elle a joué la demeurée, la demi-folle. Les Allemands s'y sont laissé prendre. Ou bien ils ont choisi de s'y laisser prendre. Ils ne l'ont pas inquiétée. A Rouvray, on a dit qu'ils avaient leurs raisons. On a reparlé des bombardements de Tours, des dégâts énormes que les appareils alliés avaient infligés à la gare et aux usines d'aviation. On a murmuré qu'à force de battre la campagne, le docteur Vernon n'était pas blanc-bleu. Mais tout de même, on a trouvé que l'histoire devenait un peu grosse.

Elise a préféré ne pas trop se poser de questions. Depuis quinze jours, elle était constamment sur la brèche, elle n'avait plus le temps de penser. Le lendemain de l'arrestation de Vernon, Augustin Chailloux s'est présenté à son tour à la grille de Mortelierre. Il n'avait pas l'air dans son assiette. Elle l'a fait rentrer. Après un verre d'eau-de-vie, il a fini par lui dire pourquoi il était venu. Lambert lui avait annoncé qu'il lui donnait son congé, ainsi qu'à Suzanne. Il avait déjà commencé à déménager des meubles. Il considérait que Vallondé lui revenait de droit.

Elise a brusquement compris pourquoi sa mère lui avait confié son testament. Pendant que Chailloux finissait son verre d'eau-de-vie, elle a pris peur, elle s'est dit que Lambert n'allait pas tarder à aller rue des Belles-Feuilles, et qu'avec son esprit retors, il aurait tôt fait de trouver les papiers de Marthe, dans la cache de la cuisine. Elle a envisagé de partir dès le lendemain pour Paris, afin de les mettre en sécurité, dans le coffre de la première banque venue. Mais comme elle continuait d'espérer, contre toute raison, que la Gestapo allait lui rendre Vernon d'une heure à l'autre, elle y a aussitôt renoncé.

Du reste, Chailloux a poursuivi, en choquant son verre contre la bouteille, pour lui en demander une nouvelle rasade : « J'ai autre chose à vous dire, madame Vernon. Une chose que je garderai pour moi, si vous me promettez de me conserver ma place. »

Elise a eu un mouvement de prudence : « Qu'est-ce qui me prouve... » Chailloux lui a alors parlé de son fils, un infirme que Vernon avait longtemps soigné. Il a juré sur sa tête qu'il ne la trahirait pas. « Il y en a maintenant assez, des histoires, madame Vernon, on aimerait bien que ça s'arrête un jour... » Elise a promis à Augustin de le garder à son service, puis elle a rempli son verre. Elle s'est aussi servie, quand elle a appris la nouvelle. Elle a bu son verre d'un trait.

Chailloux était venu la prévenir que deux nuits plus tôt, à Vallondé, il y avait eu un revenant. Un revenant bien vivant, « *qui ne savait pas où il avait mis les pieds, et qui pourrait aussi bien débarquer à Mortelierre sans crier gare, un de ces soirs, à un moment qui ne serait pas le moment* ». Car ce fantôme était toujours dans les parages, à ce qu'on disait dans le pays. Il logeait en face de la gare de Blois, à l'*Hôtel des Princes,* si elle voulait tout savoir, dans un des meublés les plus sordides de la ville.

Ce fou-là, qui ne s'était même pas aperçu qu'il était allé dormir à deux pas de la Gestapo, Elise devina son nom, avant même que Chailloux l'ait murmuré. Elle en eut le cœur chaviré, quand il le prononça avec son accent tourangeau qui traînait toujours sur l'avant-dernière syllabe : « L'autre joli cœur de votre mère, madame Vernon, et si je vous le dis, ce n'est pas pour vous faire de la peine... Jean Cellier... »

Chailloux n'était pas parti qu'Elise a appelé Fatal. Au Grand Chatigny, depuis la mort de Marthe, c'était toujours lui qui répondait au téléphone, comme si Lambert se refusait désormais à affronter le monde. Elise et Léon se sont vus le soir même, au belvédère. Leur discussion a été longue et houleuse. Elise voulait à toutes fins rencontrer Cellier, Fatal prétendait que c'était trop dangereux. A bout d'arguments, Elise l'a quitté en lui disant qu'elle irait elle-même le retrouver à Blois.

Léon l'a ratrappée. Il a cédé. Il a dit : « Une femme décidée fait tourner la lune entre ses doigts. » Il avait des proverbes pour toutes les situations, Fatal, c'était souvent agaçant. Pour une fois, c'était exaltant.

Chapitre 67

Augustin Chailloux avait bel et bien vu Cellier. Mais contrairement à ce qu'il avait suggéré à Elise, il n'était pas entré dans le manoir. Pour une raison simple : il n'avait pas les clefs. Il était venu en plein jour, un matin, il avait rôdé un moment à la lisière des bois d'Orfonds. Mais il ne s'était pas approché. Il était aussitôt retourné à Blois. Chailloux avait dit vrai sur un seul point : la présence de Cellier dans la région n'était pas l'effet d'une coïncidence.

Après son départ de Rouvray, à l'automne 40, Cellier était allé retrouver un de ses amis, René Bollinger, amateur comme lui de belles voitures, qui l'avait hébergé plusieurs mois dans son manoir breton. Puis dans le courant de l'année 1941, Cellier était entré dans la Résistance, vraisemblablement dans le réseau Eleuthère, dirigé par André Brouillard, mieux connu ensuite sous le nom de Pierre Nord. Sous l'influence de ses nouveaux amis (notamment Bollinger, qui le chapitra sur ce sujet à plusieurs reprises), Cellier était devenu prudent. Il avait appris à voir sans se faire voir. Néanmoins, il ne réussit jamais à étouffer complètement son goût de l'aventure. Plusieurs de ses compagnons se souviennent encore qu'il s'illustra en se déguisant en employé du gaz afin d'espionner les chantiers allemands de la base sous-marine de Saint Nazaire. En dehors de cet exploit, ses activités sont mal connues. Il changea de nom plusieurs fois, on ne sait sur cette époque de sa vie que les bribes de récit qu'il a confiées à Elise. Après ses péripéties bretonnes, il semble qu'il ait vécu dans la banlieue parisienne, et qu'il ait passé ses journées à observer les mouvements de troupes et de camions aux alentours des gares. Il communiquait les informations qu'il avait recueillies à des spécialistes des radio-transmissions, des « pianistes, » comme on les surnommait, qui les faisaient ensuite parvenir à Londres.

De l'avant-guerre, Jean Cellier n'avait conservé qu'une seule habitude : il lisait très régulièrement *Le Carillon de Rouvray*. Il y avait abonné une de ses amies. *Le Carillon* était une feuille provinciale à souhait, on ne peut plus pro-allemande. Un jour, sa maîtresse s'était moquée de cette manie, très inattendue chez un homme aussi parisien. Il avait tenté d'y renoncer. Il n'avait pas pu. C'était plus fort que lui, il fallait qu'il lise ces annonces de comices agricoles, ces faire-part de naissance, de décès. Dans la moindre histoire de chien écrasé, il retrouvait des noms qui ressuscitaient devant lui des paysages, des parfums oubliés. Trois fois rien, la plupart du temps : un vallon perdu dans les saules, l'odeur d'une oseraie, la charmille d'une maison bourgeoise, des poiriers aplatis en espalier, contre un mur de tuffeau. Touches disparates, détails insignifiants, qu'il n'avait pas cru remarquer, à l'époque où il fonçait sur les routes du Val au volant de ses voitures de sport. A bien y réfléchir, pourtant, c'était cet accord subtil de beautés minuscules, parfois contradictoires, qui l'avait si longtemps retenu là-bas. Les noms qu'il aimait à lire dans *Le Carillon de Rouvray*, Beauregard, Prépatour, Montrésor, Monbrison, Colombay, Florigny, Azay, Ussé, le faisaient à nouveau succomber à l'envoûtement du Val, le ramenaient à l'essence de son charme. Au souvenir, aussi, d'une femme qui lui ressemblait : apaisante et forte, sereine et pourtant violente. Il n'arrivait pas à le chasser.

C'est là, dans *Le Carillon de Rouvray,* entre des annonces de propagande et des réclames qui vantaient les mérites d'onguents contre les rhumatismes, que Jean Cellier a découvert, doublement encadré de noir, l'interminable et solennel avis par lequel Lambert Monsacré avait annoncé, une semaine plus tôt, les obsèques de sa mère.

Trois jours durant, Cellier résista à l'envie de courir à Rouvray. Il se sentait coupable, il fallait qu'il en ait le cœur net. Il a fini par prendre le train. Arrivé à Blois, il n'a plus su que faire, il est allé loger dans le premier hôtel venu. Il n'a pas dormi de la nuit. Lui non plus, il ne parvenait pas à imaginer Marthe autrement que vivante. Au matin, il a loué une bicyclette, il est allé au hasard des chemins. Il savait bien que tôt ou tard, il finirait par prendre la direction de Rouvray. Il se laissait aller, il n'avait pas peur. Depuis qu'il était entré dans la Résistance, il s'était teint en blond, il portait une moustache, des petites lunettes rondes. Il était persuadé qu'on ne le reconnaîtrait pas. Il s'est engagé sur la route d'Orfonds. Derrière les arbres, il a aperçu les douves, le vieux porche Henri-III. Le portail n'était pas fermé. Il s'est souvenu des clefs qu'il avait remises à Marthe, il s'est dit que ce n'était pas dans sa manière, de laisser les choses en désordre, « *à vau-l'eau* », comme elle disait, avec une petite moue de mépris.

Il a fait quelques pas. Son regard cherchait la fenêtre de sa chambre, la galerie aux vitraux violets. Il a d'abord cru à un effet de brume, mais quand il a atteint l'endroit où les arbres s'éclaircissaient, il lui a bien fallu se rendre à l'évidence : devant lui, il ne restait plus que les fondations du manoir, et les ardoises de la terrasse qui donnait sur la Loire, là où il avait bu avec Marthe leur premier verre de Vouvray. Des ronces noircies par l'hiver couraient parmi les pierres fracassées. Il n'a pas eu la force d'aller plus loin. Il est aussitôt parti du côté de Vallondé.

La brèche dans le mur était toujours là. Il l'a franchie, il est descendu vers la Luisse. Il a tout retrouvé, cette fois, les prairies, le vieux moulin. Il a couru un moment entre les herbes encore blanchies de gel, il a écrasé des primevères en bouton, les tiges frêles des premières jonquilles. Il a pensé que Marthe aurait dit : « Le printemps sera en avance, cette année, gare aux gelées d'avril. » Vallondé était intact, enserré dans les méandres brillants de la Luisse, et ses pierres armoriées s'offraient tranquillement au tout premier soleil. Il a senti qu'il allait pleurer.

Il a vu alors un rideau frémir, au rez-de-chaussée, à droite de l'office. Il s'est aussitôt souvenu de Suzanne, et d'Augustin Chailloux. Plus exactement, il s'est souvenu de la guerre, il s'est rappelé qui était le gibier, qui était le chasseur. Il a tourné les talons, il a retrouvé sa bicyclette, cachée dans les douves d'Orfonds. Il est aussitôt reparti pour Blois.

Il a acheté son billet de retour. Sur le quai, à l'arrivée du train, il a fait volte-face, il est retourné dans sa chambre sordide, à l'*Hôtel des Princes.* Il a eu une nouvelle nuit d'insomnie. Il n'arrivait pas à comprendre que Marthe fût morte sans lui laisser de signe. La raison lui soufflait qu'il n'y a que dans les romans que les hommes laissent des signes, avant de mourir, mais il n'avait pas la force de se résoudre à cette banale évidence. Il a pensé aller au cimetière, s'est aussitôt ravisé. Alors il a commencé à caresser l'idée de se rendre à Mortelierre, pour rencontrer Vernon.

Par réflexe, au matin, il est descendu acheter *Le Carillon de Rouvray.* En première page, il a découvert la nouvelle de l'arrestation de Vernon. Cellier a eu la même pensée que tout le monde, il s'est dit : ça fait beaucoup de choses, en si peu de temps, pour une seule famille. Il a estimé qu'il avait peu de chances d'éclaircir l'affaire avant que la guerre finisse. Et d'ici qu'elle finisse, les pistes seraient brouillées, la vérité à jamais enfouie. Il n'aurait plus jamais de signe de Marthe. Cette fois, il a pleuré. Puis il a décidé de rentrer à Paris, de ne jamais plus remettre les pieds dans le pays. Son train partait vers vingt heures. Il s'est assoupi. Au milieu de l'après-midi, il a été réveillé par des petits coups inquiets frappés à sa porte. Il a ouvert, un peu hagard. Il s'est trouvé face à Léon Fatal, qui lui a tendu une enveloppe sans prononcer un mot.

C'était une courte lettre d'Elise. Elle demandait à le voir. Cellier introduisit Léon Fatal dans sa chambre. Il ne le trouva pas changé. Sur le ton le plus indolent qui soit, Léon lui apprit qu'il y avait eu des sabotages, la veille, sur la voie ferrée Paris-Tours, et que les Allemands étaient sur les dents. « Ils ont organisé des obsèques grandioses pour les victimes des bombardements de Tours. Ils parlent de prendre des otages. Il vaudrait mieux que vous restiez tranquille, le temps qu'ils se calment. » Il lui proposa de le conduire à Mortelierre, où Elise pouvait le cacher. En attendant que la voie soit libre, ils auraient aussi tout le temps de parler. Cellier n'a pas cherché à discuter. Il était épuisé, encore à moitié endormi. D'emblée, il fit confiance à Léon Fatal. Mieux encore : il s'en remit entièrement à lui.

Ils sont partis aussitôt. Le comble, c'est que Léon était venu à Blois au volant de la voiture de Lambert, sous le prétexte d'en faire réviser les freins au *Garage moderne.* Ils sont d'abord allés au Grand Chatigny. Cellier a attendu Fatal en grelottant, caché au bas des terrasses, à deux pas de la Loire. Léon n'est ressorti qu'à la nuit noire. Il l'a guidé jusqu'à Mortelierre à travers bois, par les mêmes chemins que les clients. Il ne l'a quitté que devant la porte de la serre. Elise devait les guetter, elle est arrivée presque aussitôt, une lampe à la main, emmitouflée dans un long châle noir qui avait appartenu à sa mère. Léon s'était déjà évanoui dans les bois quand elle s'est trouvée devant Cellier.

Il s'est passé alors une chose inattendue. Cette femme qui l'avait si souvent désorienté lui a soudain semblé très proche, absolument humaine. Sa vérité profonde avait enfin trouvé son chemin, elle allait donner toute sa force, maintenant qu'elle était écrasée de malheur, à la merci des menaces de son frère, de la première dénonciation, d'un simple mot de son mari, sous les tortures des Allemands. Dès qu'elle a vu Cellier, Elise l'a embrassé. Ce fut un geste spontané, irréfléchi. Aussitôt après, quand elle a élevé la lampe jusqu'à son visage, Cellier a vu qu'elle était cramoisie.

Pourtant Elise a trouvé une autre force, ce soir-là, dont Vernon aurait été fier : elle est allée sans trembler jusqu'à la dernière grotte. Elle y est restée toute la nuit.

Chapitre 68

Depuis toujours, dans le Val, les grottes ont servi de refuge. Ces longs souterrains étroits abritent aujourd'hui des débarras, des champignonnières, ou bien sont envahis par les blaireaux et les renards, les hivers de grand froid. Si d'aventure un tracteur en défonce le plafond et découvre soudain leurs chatières, leurs chambres bordées de bancs, on se met à y chercher fébrilement des trésors, quand on ne s'empresse pas de les combler. Car il s'est toujours attaché une réputation étrange aux centaines de grottes qui, d'un bout à l'autre de la vallée, grignotent de part en part la terre de Loire. Certains noms qu'elles ont reçus, *Cave du diable, Cave aux fées, Cave des Bohêmes, Cave à la fausse monnaie,* témoignent des activités occultes auxquelles on s'y livra, édition de pamphlets hérétiques, recherches alchimiques, ou même orgies lucifériennes, les célèbres « nuits de l'erreur » pendant lesquelles les femmes les plus vertueuses des villages s'offraient à des comparses inconnus, sous des symboles gravés à fleur de craie, sexes mâles et femelles, constellations, lunes jumelles, soleils doubles, fourches sataniques, et autres signes cabalistiques, dont la plupart résistent encore à l'interprétation.

Selon toute vraisemblance, les grottes de Mortelierre ne sont qu'une des innombrables « caves fortes » creusées au Moyen Age dans le pays de Rouvray. Il fallut des années de patience, plusieurs vies peut-être, pour arriver à forer leur réseau tortueux. Vernon en a minutieusement dressé le plan dans l'opuscule dactylographié qu'il leur a consacré, et qu'il envisageait de faire publier par une société savante dès que la guerre serait finie. Il y note en marge une légende locale, assez commune en vérité : un dragon serait caché dans la dernière salle, et garderait un trésor devant une rivière souterraine. Au dos du plan, il a collé un fragment de carte d'état-major, où l'on remarque que les grottes de Mortelierre sont désignées du toponyme : *La cave-fourte.* D'après Vernon, ce nom atteste qu'elles servirent originellement de refuge. « *Aucun texte* » commente le vieux médecin, « *aucun acte notarié ne signalait leur nom, par mesure de prudence. La seule trace de l'existence de ces grottes-refuges, c'étaient les noms de lieux.* » D'après lui, les trois salles successives creusées sous le coteau de Mortelierre pouvaient accueillir une cinquantaine de personnes : la population du vallon, du temps où Mortelierre en défendait l'entrée. Vernon y avait découvert des vestiges intéressants : outre des bancs sculptés dans la pierre, des silos à grain, une mâchoire de grand carnivore, loup ou dogue, juste derrière une feuillure. Au pied d'une meurtrière, il avait fait les trouvailles dont il était le plus fier : deux anneaux qui avaient servi à attacher des animaux, et une balle de plomb, identique en tous points à celles qu'on utilisait à la fin du Moyen Age. Dans la dernière salle, enfin, plusieurs graffiti représentaient des personnages coiffés de heaumes.

Lors de leur perquisition à Mortelierre, les hommes de la Gestapo avaient parcouru l'opuscule, puis l'avaient piétiné comme le reste. Après leur départ, le premier moment de désarroi passé, Elise s'est empressée de le cacher. Vernon lui avait toujours dit : « En cas de malheur, souviens-toi, Elise, les grottes, c'est notre seul salut. Elles débouchent de l'autre côté. » De l'autre côté, c'est-à-dire à la Jugeraie, au pied du belvédère, dans le petit bois d'acacias où ils avaient retrouvé Léon Fatal, juste après l'internement de Tania.

Elise n'avait jamais cru Vernon. Ou plutôt, elle ne voulait rien entendre qui touchât aux grottes. Si elle avait précieusement dissimulé le mémoire de son mari, c'était par respect pour ce qu'il écrivait. Elle redoutait que les Allemands ne viennent à le détruire, dans un nouveau geste de barbarie aveugle.

Plusieurs fois, cependant, Vernon avait tâché de lui faire partager sa passion pour les grottes. Il lui avait expliqué comment s'ordonnait leur plan labyrinthique, il lui avait montré l'emplacement des feuillures, où les soldats se postaient pour prendre l'ennemi sous le feu de leurs tirs croisés.

Il lui avait signalé qu'à la droite de la troisième salle, un couloir débouchait sur un puits-piège très difficile à éviter, même à la lueur d'une torche. A gauche, un autre corridor taillé dans le roc débouchait sur une salle presque entièrement inondée — d'où la légende, sans doute, de la rivière souterraine. D'après Vernon, c'était le couloir central, le plus étroit, le plus souvent coupé de feuillures et de chatières (*les étrangloires*, comme les nommaient les gens du pays) qui menait au coteau de la Jugeraie.

Elise n'avait jamais bien écouté Vernon, elle ne se rappelait pas s'il avait exploré les souterrains jusque-là, ou s'il se fondait, pour l'affirmer, sur des racontars de paysans. Le soir où elle fit entrer Cellier sous leurs voûtes crayeuses, elle s'arrêta dans la première salle, là où logeaient habituellement les clients. Elle ne pensa pas au reste. Elle avait enfin triomphé de sa peur.

Elle installa Cellier, lui indiqua les bancs taillés dans la pierre, sur lesquels il pourrait se coucher, lui remit des couvertures, des provisions, retourna dans le manoir pour lui préparer du vin chaud. Elle revint au bout d'un moment. Dès ce premier soir, Cellier en fut frappé, Elise s'était mise à ressembler à sa mère. En blonde, en plus frêle. Mais pour le reste, c'était exactement Marthe, à l'époque où il l'avait rencontrée : tranquille et précise, comme affûtée par le malheur.

Ni l'un ni l'autre ne regardèrent leur montre, ne cherchèrent à savoir combien de temps ils se parlèrent. Ils étaient assis face à face, sur ces bancs de pierre, creusés des siècles plus tôt par des insoumis, des hérétiques, ou tout simplement des paysans qui craignaient pour leurs barriques, pour quelques muids de blé. Entre eux, à même le sol, Elise avait posé sa lampe. Sa lumière pâle éclairait une succession de salles et de boyaux, le ventre humide de ces caves dont le nom seul la faisait naguère trembler, se couvrir d'une transpiration étrange, la même que celle de la pierre, lui semblait-il, comme une exsudation mortifère. Tout en parlant, Elise lui versait de petits gobelets de vin chaud, elle s'abandonnait à l'euphorie légère du liquide parfumé d'épices. De temps à autre, elle dressait l'oreille, retournait dans la serre, guettait dans la vallée les aboiements des chiens. « Je n'oublierai jamais », disait-elle chaque fois qu'elle revenait sous la grotte.

Cellier crut d'abord qu'elle pensait à la mort de sa mère. Mais elle parlait de Vernon. C'était son seul souci. La fin de Marthe, à l'écouter, relevait d'une fatalité prévisible. En revanche, elle aurait pu reprendre indéfiniment le récit de l'arrestation de son mari : « Ils sont arrivés avec une voiture et trois motos. Ils ont fracturé la grille, ils ont enfoncé la porte d'entrée. Je les revois, c'était un matin, très tôt. Ils l'ont frappé... A son âge... Il ne s'est pas retourné, quand ils l'ont emmené. Je ne sais même pas où il est. »

Son regard s'égarait à nouveau du côté de la serre, comme si elle guettait un peu d'espoir derrière ses vitres embuées. Cellier lui tendit une couverture. Sa main s'attarda sur la sienne. Dans le soupir qu'eut alors Elise, il reconnut sa propre angoisse : quarante ans passés, la peur de n'avoir pas vécu. La crainte d'avoir effleuré l'essentiel, sans avoir su l'approfondir. Ils avaient le même âge, les mêmes ennemis. Il avait perdu une maîtresse qui fut aussi une mère, elle avait vu partir une sorte de père, qu'elle avait consenti à prendre pour mari. L'un et l'autre avaient disparu sans un mot; et eux, qui restaient, cherchaient désespérément ce dernier mot, pour continuer à vivre. Cellier reconnaissait en Elise une soif analogue à la sienne : justifier l'injustifiable. Il pensait à Marthe, elle à Vernon. Mais il y avait dans leurs yeux la même envie de signe.

Ils confrontèrent ce qu'ils savaient de Marthe et de Lambert. Elise lui parla des clients, du réseau de Vernon. Elle lui raconta l'internement de Tania, la disparition de Lucien, l'affaire des terrains de Tours, les circonstances troubles de la mort de sa mère. Après le départ de la Gestapo, à côté de l'opuscule sur les grottes, elle avait trouvé la note rédigée de la main de Vernon, *Pourquoi j'ai refusé le permis d'inhumer*. D'après lui, Marthe était morte asphyxiée.

— Ça devait arriver, intervint Cellier, son poêle n'a jamais marché. Avant de partir, je lui avais dit de le changer.

— Elle venait de le faire réparer, on avait trouvé le défaut. Et pourtant elle est morte asphyxiée, Vernon est formel, je vous montrerai son rapport. Bien sûr, elle avait la grippe, elle était fatiguée, depuis quelque temps, avec des poussées de fièvre, elle avait du mal à dormir, mais la veille encore...

— Vous accusez votre frère, coupa Cellier. Vous vous rendez compte ?

Elise a aussitôt rejeté la couverture. Elle n'a pas répondu, elle s'est servi un dernier verre de vin chaud, puis elle s'est levée :

— Il vaut mieux que je réfléchisse à la façon dont je peux vous sortir d'ici. Je vais me débrouiller. Il faut d'abord que les Allemands se calment. On m'a dit qu'ils étaient deux cents, hier soir, autour du pont. On prétend qu'ils vont prendre des otages...

Elle parlait à petits mots brefs, avec des intonations nettes, presque sèches. C'était aussi dans la voix, maintenant, qu'elle ressemblait à Marthe.

Il fut certain d'être à nouveau à Paris dans moins d'une semaine. Il dut vite déchanter. Le surlendemain, il y eut à nouveau des sabotages sur la voie ferrée. Les troupes allemandes fouillèrent les forêts et les champs, sur les deux rives du Val, de l'Indre à la Luisse, du Cher au Lathan, au Beuvron, à la Vienne. Elles restèrent en alerte sept semaines d'affilée.

Au bout de quelques jours, Elise se décida à se rendre à la villa *Chez Nous*, le siège de la Gestapo de Rouvray, pour avoir des nouvelles de son mari. Elle s'était mise sur son trente-et-un, elle avait pris son air de femme-enfant. On l'a poliment éconduite. Elle n'a pas désarmé. Elle est allée voir l'officier qu'elle avait soigné, dans le château qu'il occupait avec l'état-major allemand, sur l'autre rive de la Loire. Sa démarche n'a pas davantage abouti. Pour comble, quand Elise lui a raconté ses malheurs, l'officier en question s'est cru autorisé à un début de cour. Il est venu lui rendre visite à trois reprises à Mortelierre, toujours sans s'annoncer, et sous le même prétexte de compatir à ses peines.

Elle a vaillamment joué son personnage d'épouse décente et vaguement demeurée. L'Allemand s'est découragé. Elle se croyait tranquille quand Lambert à son tour s'est présenté à Mortelierre, un matin de la fin mars, et sans plus s'annoncer. Il lui a demandé de réfléchir au partage des biens laissés par Marthe. Chicheray l'avait assuré que sa mère n'avait pas laissé de testament. Sa sérénité de façade ne trompa guère Elise. Lambert était inquiet, il lui répétait que leur mère était beaucoup plus riche qu'elle ne le laissait croire, et qu'elle avait dû cacher de l'argent et des titres, à Vallondé, ou rue des Belles-Feuilles. Il ne cessait de dire qu'elle possédait des brevets qui valaient une fortune.

Elise le savait bien, Lambert ne parlait jamais au hasard. D'ailleurs, le vendredi suivant, au marché, lorsqu'elle rencontra Augustin Chailloux au marché, il lui apprit que son frère avait retourné motte après motte le jardin potager qui s'étendait devant les caves de Vallondé, là où il avait lui-même cherché, quelques années plus tôt, l'or du Grand Monsacré.

Elise a pris peur. Elle avait l'impression d'être harcelée de toutes parts. Chaque jour, d'anciens malades de Vernon prenaient le chemin de Mortelierre pour lui demander de ses nouvelles. Elle n'avait plus la force de supporter leurs condoléances voilées, leurs hochements de tête devant son bureau vide. Elle a appelé Léon Fatal, elle lui a donné rendez-vous dans les bois de la Jugeraie, l'après-midi même.

C'était la seconde fois qu'ils s'y retrouvaient depuis l'arrestation de Vernon. Au dernier rendez-vous, Elise lui avait demandé de faire passer Cellier de l'autre côté de la ligne de démarcation. Il avait agité la main du côté du pont : « Ils sont tous dehors, madame Vernon. » Elle n'avait pas insisté, il lui avait même semblé qu'elle était soulagée.

Cet après-midi là, Léon a été surpris, quand elle l'a supplié de partir pour Paris, rue des Belles Feuilles. Selon l'idée qui la poursuivait depuis des semaines, elle voulait qu'il ouvre le coffre caché dans la cuisine et qu'il en dépose le contenu dans une banque recommandée par Jean Cellier.

Léon n'a pas cédé. Il a opposé à Elise son sourire le plus niais, il a longuement caressé ses mains grasses, et il a soupiré la même réponse : pour l'instant, il ne voulait pas prendre de risques, car il avait trempé dans les sabotages. Les Allemands surveillaient tout, il fallait encore attendre.

Il lui a tout de même laissé un peu d'espoir, au moment de partir. Il lui a dit que Lambert avait retourné sa veste. Il ne parlait plus des terrains de Tours, il donnait l'impression d'avoir pris ses distances avec la banque allemande. Il venait de donner de l'argent à la Résistance, et le faisait savoir, par des confidences artistement distillées. « C'est bon signe » conclut Fatal. « Monsieur Lambert est comme madame

Marthe, il voit les choses venir de loin. Tout va finir bientôt, ce ne sera pas la guerre de Cent Ans... »

Au nom de Marthe, Elise s'est mise à pleurer. Mais elle s'est arrêtée presque aussitôt. Elle est sortie du belvédère, elle est redescendue à Mortelierre en courant à travers les rejets d'acacias. Le temps passait si vite, depuis que Cellier était là.

Chapitre 69

Ce printemps 1943, coupé d'averses et d'orages précoces, fut la saison la plus étrange qu'Elise ait jamais vécue. Elle surveillait Cellier. Elle était sa geôlière, et cependant elle ne pensait qu'à le faire évader. Chaque soir, elle allait le retrouver après la radio anglaise. Elle lui apportait des livres, des provisions, lui résumait les nouvelles arrivées de Londres, puis ils parlaient de choses et d'autres, souvent de Marthe et de Tania. Au seul regard d'Elise, il devinait que la surveillance allemande ne s'était pas relâchée. D'autres fois, elle était prise d'un élan d'audace, elle l'emmenait en tremblant passer un moment dans le manoir, sous prétexte de lui prêter sa salle de bains. Cellier ne s'y attardait pas. Il revenait très vite au salon, où il n'arrivait pas à tenir en place. Au bout de quelques minutes, il repoussait la tisane ou le verre d'alcool offerts par Elise. Sous la lumière assourdie des lampes d'opaline, il se mettait à rôder entre les collections de Vernon. Il feuilletait des livres anciens, soulevait des bibelots, il avait des gestes de cambrioleur. Parfois même, sous prétexte de chercher une cache, au cas où il serait surpris, il risquait quelques pas au hasard des couloirs. Il était resté très mince. De la jeunesse qui le fuyait, il avait gardé la vivacité, la souplesse, il restait léger, presque aérien. Le temps n'avait marqué que son visage, sa bouche, crispée désormais dans un pli d'ironie, ou de souffrance, on n'aurait su dire, tant la douleur, à cette époque, avait appris à se cacher sous les formes de ses plus sûrs antidotes, la malice et l'humour. Son regard même, autrefois si flou, avait pris l'expression canaille de ceux qui ont appris à ruser : l'œil du voleur.

Un soir, à la fin mars, Elise trouva la force de lui dire la vérité, avec des phrases sans fioritures, que n'aurait pas reniées sa mère. Ils étaient dans les grottes. Elle lui lâcha soudain :

— Il y en a pour des semaines. Il vaut mieux ne plus quitter les caves. Ils sont toujours à rôder dans les bois.

Cellier ne répondit rien. Il posa la main sur la paroi de la salle, effrita un peu de craie, puis frotta longuement ses paumes l'une contre l'autre.

— Combien de temps ? finit-il par demander.

— Le moins de temps possible.

Il se mit à taper du poing sur le banc de pierre où il était assis. Ses coups détachaient à chaque fois des fragments de craie jaunâtre, qu'il balayait d'un revers excédé. Elise s'en alla très vite. Au moment de sortir, elle eut comme un remords. Elle se retourna, revint sur le seuil de la cave et lui jeta :

— Faites-moi confiance. Je trouverai à vous occuper.

Elle revint le lendemain matin, juste avant le lever du jour. Elle le surprit dans son sommeil. Il s'était à peine dégagé de ses couvertures qu'elle lui tendit deux cahiers d'écolier à couverture rose fuchsia, pareils à ceux où elle tenait les comptes de Vernon.

— Tout ce qu'on se raconte, le soir, vous pourriez aussi bien l'écrire.

— Ecrire ! Il faudrait être fou.

— Ça vous occuperait.

— Fichez-moi la paix.

— Mais puisque vous ne lisez plus...

— Faites-moi sortir d'ici, c'est tout ce que je vous demande.

Il rabattit les couvertures sur lui. Elle s'en alla sur-le-champ; mais avant de partir, elle avait déposé sur le banc d'en face, à côté des deux cahiers, une bouteille d'encre et le stylo de Vernon, dont le capuchon était gravé à son nom.

Le soir même, quand elle revint, Cellier paraissait calmé. Les deux cahiers avaient disparu, mais le stylo était en évidence sur la petite table où Elise avait déposé les provisions. Il n'osait pas parler, elle non plus. Elle n'avait pas envie de partir, car elle s'était assise sur l'autre banc, et elle ne cessait d'enrouler autour de son index un de ses petits crans blonds. Cellier céda le premier. Il désigna le stylo :

— C'est à votre mari ?

— C'était.

— Vous avez de ses nouvelles ?

— Non.

— Vous pensez que...

— Il ne reviendra pas. Il était déjà si fatigué, quand ils l'ont emmené...

Elle forçait le ton, comme pour se persuader elle-même. L'eau de ses yeux se troublait; et Cellier essayait d'imaginer la scène qui repassait au fond de son regard, comme chaque fois qu'elle parlait de Vernon, le moment où les hommes de la Gestapo l'avaient poussé dans leur voiture, devant le perron de Mortelierre. Cet instant où elle avait attendu un mot, un geste, qui n'était pas venu.

Cellier regarda longuement le stylo, en caressa la laque froide, là où était gravé, en anglaise, le nom de son propriétaire : *Alexandre Vernon*. Il hocha la tête plusieurs fois, puis se détourna d'Elise, avec le tic qu'il avait depuis qu'il vivait dans les grottes : il grattait la paroi de tuffeau, puis se frottait les mains, les épaules rentrées, comme affaissées sous le poids de la voûte de pierre, ou de ces heures trop longues, trop lourdes. Ce soir-là non plus, Elise ne s'attarda pas.

Elle fit bien : Cellier commença à écrire dès qu'elle eut disparu. De tout ce long printemps, il n'a plus arrêté.

Chapitre 70

Il eut pourtant du mal à commencer, et souvent les mots lui manquèrent. Il a déchiré les trois premières pages du cahier, dans un de ses mouvements subits d'exaspération. Entre la couverture et la ficelle qui reliait les feuilles du cahier, quelques effilochures de papier attestent encore ses premiers flottements.

Puis Cellier a trouvé sa voie, la sobriété de style qui est souvent la marque de la joie la plus pure, ou de l'absolu désespoir. Il écrit alors presque sans rature. Quand les mots lui faisaient défaut, Cellier parcourait l'enfilade des caves, il recommençait à frapper leurs parois. On aurait dit qu'il voulait les briser, les forcer à accoucher d'un sésame qui expliquerait tout, la guerre, son emprisonnement dans les grottes, son destin, celui de Marthe. Il détestait pourtant le mot *destin*. Cellier était un homme de l'instant. Au mieux, du futur proche, souriant et gros de promesses. Il était fâché avec l'irrévocable.

Cela ne l'aidait pas à écrire son histoire. Il progressait avec lenteur, il ne notait sa phrase que s'il en était sûr. Il ne cherchait pas la beauté du texte, seule l'intéressait son exactitude. Il voulait écrire comme il avait mené ses affaires ou conduit ses automobiles : avec assurance et précision. Lorsque Elise le surprenait dans ces déambulations inquiètes, il ne rougissait pas. Il disait simplement, en guettant son approbation : « Vous voyez, je m'occupe. » Elle ne souriait pas, même s'il était un peu ridicule, emmitouflé dans ses vieux chandails, la lampe à la main, qui arpentait les boyaux humides. On aurait cru un ouvrier des champignonnières. Ou un chercheur de trésor, malhabile et inquiet.

L'or que cherchait Cellier dans les boyaux de Mortelierre, c'était celui de la mémoire. Il voulait fixer ses souvenirs comme une vérité absolue, écrire un récit sec et concret qui aurait gardé par miracle tout le mystère d'un rêve. Autant dire la pierre philosophale. Il l'ignorait, par chance, il avait l'écriture naïve. Un peu bizarrement, son premier cahier s'ouvre sur quelques mots d'adresse à Marthe, datés du 27 mars 1943 : « *Ici, Marthe, tu as été condamnée à mentir jusqu'à l'heure de ta mort. Dans ce pays que tu croyais le tien, les gens ne touchent qu'aux apparences, le cœur ne se découvre jamais.* »

Puis Cellier tente de comprendre la fatalité qui l'a amené dans le piège de Mortelierre. Il lui en refuse le nom. Il a si peur de l'irréversible qu'il préfère taire jusqu'aux mots qui le nomment, et préfère parler des « *choses qui se font sans qu'on le veuille, sans qu'on le sache* ».

« *Je me suis retrouvé noué* » écrit-il, « *mais je sais quelle a été mon erreur. Jusqu'à la guerre, j'ai pensé que rien n'avait vraiment d'importance. Même Marthe. Elle m'a retenu parce qu'elle était différente. Parce qu'elle semblait au-dessus des choses. J'ai aimé son air de reine qui se moque de tout, sa façon tranquille de mépriser l'ordinaire. Il y a vingt ans, elle est venue à moi le front haut, à visage découvert, elle n'a jamais rougi. C'est cela qui m'a plu. Même après la mort d'Anaïs, elle a continué de tout narguer, les cancans, la haine de son fils. Elle n'a pas eu une larme, pas un mot de colère. Je ne pouvais pas m'en aller comme ça. Voilà comment je me suis retrouvé empêtré dans les histoires des Monsacré.* »

Il revient à plusieurs reprises sur la mort d'Anaïs. En dépit des apparences, Cellier était un homme tourmenté, cela se sent aux reproches qu'il ne cesse de se faire. Lorsqu'il évoque le jour de la noyade, on découvre en lui des arrière-plans insoupçonnés : « *Depuis plus d'un an, j'avais envie de quitter Marthe, je restais avec elle pour la pire raison qui soit : par gentillesse. Si je suis allé au Grand Chatigny, c'est à cause de Tania. Elle me plaisait, elle était de ces femmes qui rendent les hommes fiers. Elle paraissait facile, sans l'être. J'avais souvent envie de la prendre dans mes bras. Je n'avais rien compris aux Monsacré. Le pire de l'histoire, c'est que la mort de la petite ne m'a pas ouvert les yeux. Lambert resta pour moi le fils ombrageux de ma vieille maîtresse. Je l'évitais, je croyais que cela suffisait à me protéger, à protéger Marthe. On dit que le gibier sent son chasseur, c'est faux; ou bien l'instinct de la chasse s'était bien émoussé chez moi. J'ai si longtemps pensé que rien n'avait d'importance...* »

Puis Cellier égrène ses souvenirs. Au désordre de son récit, on sent qu'il s'est laissé porter par le flot de sa mémoire, ses cohérences aventureuses. Mais il ne perd jamais le fil de son récit : comprendre comment sa vie s'est retrouvée liée au sort de Marthe. De temps à autre, il s'interroge. Il note des phrases qui lui reviennent, sans les commenter, en les soulignant seulement, comme si elles contenaient la clef du mystère Monsacré. Il se souvient par exemple de la réponse que lui fit Marthe, chaque fois qu'il risqua des questions sur Damien et Hugo : « *Je ne suis pas une femme de cimetière, mon petit Cellier, je n'irai pas chercher sous le secret des tombes.* » Elle le découragea toujours de la même phrase, identique au mot près, comme si elle l'avait préparée des années plus tôt, au fond d'une des nuits de calcul dont elle était coutumière.

Cellier raconte qu'il n'a jamais trouvé la force d'insister. Au fond des grottes de Mortelierre, ce printemps-là, il n'arrêta plus de s'en faire reproche. Il se demandait comment son amour pour Marthe avait pu se défaire, sans qu'un mot eût jamais été dit. Avant cette mort-là, celle de l'amour, il aurait aussi voulu un signe. « *Elle devait savoir, elle, qui savait tant de choses. En amour, aussi, Marthe était savante. Comme elle l'était pour les plantes, ou pour les animaux. On aurait dit qu'elle avait reçu de naissance les clefs de toutes choses. Pour cette raison, si on se mettait à l'aimer, c'était éperdument. Et si on la haïssait, c'était aussi avec fureur. Je ne l'ai plus aimée quand j'ai cessé de m'intéresser aux mystères. Je ne l'ai jamais détestée. J'aurais dû. Je l'aurais peut-être sauvée de son fils.* »

De temps à autre, Cellier s'aventurait jusqu'à la serre, écartait les branchages des orangers, contemplait le fronton blanc du manoir d'Elise. Elle ne sortait plus qu'une fois par semaine, pour se ravitailler à Rouvray. Elle jouait souvent du piano. Il l'écoutait, ou il attendait de la voir passer derrière une fenêtre. Il avait l'impression qu'elle aussi, elle l'espionnait. Quand il l'apercevait enfin, ombre fugace derrière un rideau, c'était comme le fantôme de Marthe, une revenante qui lui aurait dit : écris, cherche, tu trouveras. Il retournait à ses écritures, il recommençait à noter des épisodes anodins, comme le jour où elle lui avait serré la main si fort qu'elle l'avait blessé à la phalange, avec la pierre d'une de ses bagues, une petite obsidienne qu'il avait trouvée, fait tailler, monter pour elle. Il la lui avait offerte dans un éclat de rire : « Elle est noire et coupante. Comme toi, Marthe... Noire, aigue et belle... »

Chaque souvenir le ramenait à la même question : la mort de Marthe. Sous des formes diverses, une seule interrogation parcourt les deux cahiers : « *Comment Marthe a-t-elle pu mourir, avec toute l'énergie qui était en elle ? Je ne vois que deux explications. Ou sa force s'est transformée en exigence, et elle l'a retournée contre elle-même. Ou bien cette exigence a contrarié quelqu'un...* »

Mais il a peur d'accuser, Cellier, il recule aussitôt, il a pris le réflexe de ceux qui se savent proie. Alors il revient à d'autres souvenirs : cette entaille connue d'eux seuls, derrière le lit de merisier. Il l'avait faite un jour, avec un couteau, un geste possessif, enfantin, un matin qu'elle lui avait parlé d'Hugo, dans les premiers temps où elle l'avait admis dans sa chambre de Vallondé. « Je ne suis pas ta femme » avait-elle dit, « et ce lit n'est pas le tien. » « Il y a davantage entre toi et moi qu'entre mari et femme », avait répondu Cellier. « Je t'ai marquée. » Il avait dit *marquée* avec une délectation orgueilleuse. Marthe avait eu un sursaut, un mouvement d'indépendance. « C'est une marque secrète », avait ajouté Cellier en riant. Avant même qu'elle n'ait pu l'en empêcher, il avait poussé le lit, et sur l'arrière de son dossier, entaillé le merisier d'une étoile comme en dessinent les enfants, quelques lignes entrecroisées, avec la queue d'une comète.

Futilités, avait-il pensé chaque fois qu'il avait quitté Marthe. Il était toujours parti avec d'excellentes raisons, le monde trop étroit pour son envie de vivre, son besoin de respirer toujours plus large, toujours plus fort. Des justifications qui ne tenaient plus. Dans ses cahiers, Cellier écrit en homme à bout de nerfs, à bout de souffle. Il n'est plus l'amant désinvolte qui avait quitté Marthe avec des mots légers, en lui laissant les clefs d'Orfonds. C'est la guerre qui l'a changé, peut-être aussi les grottes. Chaque fois qu'il se surprenait à caresser leur paroi humide, son regard s'arrêtait sur les veines de silex, horizontales et presque parallèles, qui la parcouraient de part en part. Ses souvenirs de géologue lui revenaient d'un seul coup, avec des images d'animaux, d'océans disparus depuis des millions d'années. Quand il revenait à ses petits cahiers, sa mémoire lui semblait plus friable que la craie, dérisoire, à côté de l'histoire immémoriale de la terre, de ce ventre suintant où il était retenu, si voisin, dans son désarroi, des soldats coiffés de heaumes, des paysans qui s'y étaient réfugiés des siècles plus tôt, à la merci, comme eux, de la première disette, du premier barbare venu.

A la moitié du deuxième cahier, le texte de Cellier s'interrompt au beau milieu d'un paragraphe. C'est le premier qu'il ait écrit au présent. Il y décrit sommairement sa vie dans les caves. Il connaît l'opuscule de Vernon : il en commente certains passages, et, à deux reprises, en évoque le plan. Apparemment, il a bon espoir de sortir prochainement. Il n'envisage pas d'emporter ses cahiers avec lui : il dit qu'il les remettra à Elise. Il paraît gai, pour une fois, il se moque de lui-même : « *Fallait-il être idiot, pour venir me jeter dans la gueule du loup...* » Il enchaîne sur les grottes : « *En tout cas, j'en aurai appris beaucoup sur l'histoire du pays, ses alchimistes et ses faux-monnayeurs. Merci pour tout, Elise. Ce que j'ai préféré, parmi mes lectures, c'est le livret de votre mari, sur Mortelierre. Faites-le éditer, après la guerre.* »

La phrase suivante est inachevée : « *Vous jouez très bien du piano, je suis souvent allé vous écouter dans la serre. Quand tout sera fini, je voudrais...* »

Il n'est pas allé plus loin. Il a été interrompu, sans doute par Elise. D'après ce qu'elle a raconté, on peut dater ce passage du 11 mai 43, la veille du jour fixé pour son évasion. Les Allemands commençaient à relâcher leur surveillance. Pour plus de prudence, néanmoins, Fatal et les hommes du réseau avaient décidé que Cellier ne devait en aucun cas sortir par les bois, où les occupants patrouillaient encore avec leurs chiens. Après la lecture de l'opuscule de Vernon, Fatal avait choisi une solution plus sûre et plus rapide : les souterrains. Il en avait découvert la sortie, en haut du coteau de la Jugeraie, non loin du belvédère. Sur la carte d'état-major, un nom l'attestait encore, qui semblait sorti du plus profond Moyen Age : *L'Etrangloire*. A cause de son poids, Fatal n'avait pu s'engager dans la longue chatière qui formait la seule communication avec la dernière salle. Mais lorsqu'il avait tenté l'expérience, Cellier, posté derrière la petite mare qui s'étendait de l'autre côté de la chatière, avait parfaitement entendu l'écho de sa voix.

Jean Cellier était mince et souple. D'après le plan de Vernon, il estima qu'il en aurait pour une dizaine de minutes à traverser la chatière. Fatal apprivoisait les soldats depuis maintenant deux mois avec ses lapins braconnés, il espérait passer le pont sans être inquiété. Puis il gagnerait la forêt, la ligne. Comme avec n'importe quel client.

Chapitre 71

Il était convenu qu'Elise vienne réveiller Cellier un quart d'heure avant le moment fixé pour la sortie : sept heures et demie du matin, en ce 12 mai 1943. En fait, elle vint le rejoindre bien avant le lever du soleil, à cinq heures du matin.

Elle n'avait pas dormi de la nuit. Etaient-ce les interminables pluies du printemps qui pourrissaient tout, ou son impression constante d'être traquée, Elise était à bout de nerfs, elle aussi. Elle n'en pouvait plus de mener une vie parallèle à celle de Jean Cellier, lui dans les grottes, elle à l'abri de sa maison. C'est-à-dire à la merci du premier visiteur, du premier mensonge mal combiné. La moindre négligence, une chemise à sécher, un verre d'eau-de-vie qui traîne, et elle était perdue. A la seule pensée de son départ, cependant, elle avait perdu le sommeil.

Elise n'a pas supporté l'idée que leurs vies soient à jamais deux tracés parallèles. La veille encore, elle y paraissait résignée, quand elle s'est rendue à son dernier rendez-vous avec Fatal, au belvédère, pour vérifier l'horaire du départ, les noms des hommes qui surveilleraient l'évasion. Elle n'a pas marqué davantage d'émotion quand elle est redescendue à Mortelierre, pour accompagner Cellier dans sa reconnaissance des salles qui menaient à la chatière : trois caves obstruées de feuillures, parfois de meurtrières, dont le calcaire s'effritait au moindre frottement. De galerie en galerie, ils avaient fini par atteindre une grande mare souterraine aux eaux très vertes, juste avant la chatière. Cellier s'y engagea. Il était immergé jusqu'au ventre. Il était impatient, il trébucha plusieurs fois. Si Elise ne l'avait pas retenu, il aurait certainement tenté, en pleine nuit, la traversée du boyau qui débouchait à l'Etrangloire.

Ils parlèrent peu, pour une fois. Elle lui apporta des vêtement secs, et comme d'habitude, lui servit du vin chaud. Il lui dit simplement combien il était heureux à l'idée de retrouver l'air libre, le soleil du Sud. Il était redevenu insouciant, il rêvait tout haut d'été. A ce seul mot d'été, Elise s'assombrit. Elle partit presque aussitôt.

La nuit, elle la passa comme la précédente, comme toutes les journées de cet interminable printemps, à remuer sans fin des photos, des papiers. Chaque fois que Jean Cellier lui avait demandé à quoi elle s'occupait, quand elle ne jouait pas du piano, elle avait répondu : « Je fais des rangements. » Elle n'avait menti qu'à moitié. Chez sa mère, le jour de sa mort, elle avait eu le réflexe de fouiller avant Lambert le secrétaire de sa chambre, et même sa table de nuit. En dehors du carnet où Marthe consignait ses recettes de cuisine (le clafoutis de son enfance, notamment, et un coulis d'écrevisses qui valait à ses yeux l'or du Grand Monsacré), elle n'avait trouvé que des tickets d'alimentation, des factures, deux livres de comptes, des vieux menus. Dès son retour à Mortelierre, elle les avait ajoutés aux photos de Tania gardées dans le vieux carton vert à la marque de l'*Elixir de l'abbé Manduchon*. Chaque matin, depuis l'arrestation de Vernon, chaque soir aussi, quand elle revenait des grottes, elle ressortait le carton du placard à chapeaux où elle le cachait, à côté de l'autre, le gris, qui avait contenu naguère des *Lithinés du docteur Gustin*. Celui-là contenait les documents qu'elle avait empêché sa mère de jeter dans le feu, juste avant la guerre. Inlassablement, elle les classait. Elle sortait une lettre d'un carton pour le ranger dans l'autre, se ravisait, revenait à son classement initial, tombait sur une autre photo, qui la laissait songeuse, ouvrait un dossier, un second, un troisième, changeait encore d'avis, rêvait à perte de vue. Elle se complaisait dans le naufrage de la fouille, cet inventaire indéfini des fantômes. Aucun des dossiers n'avait de nom, comme si l'ordre qu'elle cherchait était encore hors d'atteinte. Comme si elle ne le créait que pour le déranger.

Quand Elise est entrée dans la serre, il ne pleuvait plus. Il faisait encore nuit noire, mais elle savait parfaitement quelle heure il était. Elle a cependant réveillé Cellier. Il s'est réveillé en souriant, il devait poursuivre ses rêves de soleil. Il lui a demandé l'heure. Elle lui a répondu la vérité. Il a eu aussitôt un rire, il s'est exclamé : « Cinq heures ! Comme pour un condamné à mort... »

C'était la première fois qu'elle le surprenait dans son sommeil. Et d'ordinaire, elle s'asseyait en face de lui, à bonne distance. Ce matin-là, elle s'est assise au bout du banc de pierre qui lui servait de couchette. Cellier s'est étiré dans ses couvertures :

— On dort très bien, là-dessus, en fin de compte...

— Avec le matelas que je vous ai apporté. Mais dans le temps, quand les paysans...

— Dans le temps, c'étaient des durs à cuire.

— Vous aussi, vous êtes un dur à cuire.

Il s'est remis à rire. Elle avait apporté son éternel thermos de vin chaud. Il a attendu qu'elle l'ait servi avant de lui demander :

— Et en été, vous en buvez aussi ?

Elle a répondu : « L'été, l'été » en agitant la main, comme pour dire que l'été était loin, ou que pour elle, maintenant, il n'y aurait plus d'été.

Alors ça a été plus fort que lui, Cellier s'est redressé dans ses couvertures, il l'a attirée à lui. Ce fut d'abord un courant très doux, puis il l'a emportée, on aurait cru la Loire, au bord des sablières, qui ne fait d'abord qu'effleurer la peau, et mine de rien finit par enlever l'imprudent, l'engloutir au plus creux de son lit sauvage. Quand la main de Cellier s'est refermée sur ses seins, Elise a eu mal, elle a crié : elle ne savait plus qu'elle avait des seins, et lui aussi, il devait avoir oublié leur chaleur, leur saveur, car il ne cessa plus de les mordiller, de les égratigner. Il a tout voulu d'elle, Jean Cellier, et quand il eut bien fait le tour de ses plaisirs, il recommença. Il s'est gorgé, repu d'Elise. Il ne parlait pas, elle non plus, ils se contentaient de la plainte, du soupir. Elle avait parfois des cris qui l'engageaient à poursuivre. Elle n'en avait jamais assez.

C'est pourtant elle qui a regardé sa montre, elle aussi qui s'est levée la première, qui a dit : « Ne tardez plus. Dans une demi-heure... »

Il s'est levé, avec l'œil des hommes comblés, cet air d'enfant qui vient de faire une bêtise, et ne la regrette qu'à moitié. Il a remis de l'ordre dans ses cheveux, s'est rhabillé sans la regarder. Il a bu un verre de vin, en agitant sa cuiller dans son verre avec des gestes empruntés. Il ne cessait plus de lorgner vers l'enfilade de salles qui menait à la chatière. Elise se taisait. Il y avait entre eux moins de choses à dire qu'à ne pas dire.

D'une petite cache à gauche du banc, Cellier a sorti les deux cahiers roses. Leur couverture s'était déjà décolorée, elle était gondolée, parcourue de traces blanchâtres. Il a rajusté le bracelet de sa montre, puis il a murmuré :

— Vous avez raison. Il était temps.

Elise a souri, d'un sourire pauvre et las. Comme tous les hommes pressés de partir, entre les mots à dire et ceux à ne pas dire, Cellier avait fait le plus mauvais choix.

Elle l'a pourtant accompagné au long des galeries, jusqu'à la dernière salle avant la chatière. Il s'est engagé dans l'eau. Cette fois-ci, il en avait jusqu'à la poitrine.

— Il a tellement plu, a-t-elle soufflé.

Cellier a approuvé. Il avançait difficilement, il a dû esquisser quelques mouvements de brasse. Il a fini par atteindre l'entrée. Il s'y est hissé sans trop de difficulté. Au moment où il s'est baissé pour s'y engager, quelques grands pans de craie se sont détachés sous son poids. Ils sont aussitôt tombés dans l'eau verte de la mare, où ils ont commencé à se dissoudre.

Il a vérifié que la lampe de poche était bien amarrée sur sa tête et il est entré dans le boyau. L'ouverture était encore assez large, il pouvait encore progresser debout, le dos simplement courbé. Il s'est alors retourné, il a crié quelques mots dans la direction d'Elise.

Elle n'a pas voulu les entendre, elle est repartie en courant dans l'enfilade des salles. Il lui fallait de l'air, d'un seul coup, le grand jour. Quand elle est arrivée, à bout de souffle, devant les vitres de la serre, quand elle a vu le matin se répandre sur les lilas fanés, les premières roses de son jardin humide, les jeunes iris, les pivoines en bouton, les herbes couchées par la pluie qui deviendraient, avec un peu de soleil, les foins glorieux et blonds de juin, Elise s'est dit que celui qui donne un signe, au moment de s'en aller, est celui qui n'a pas su vivre. Et que tout était bien, pour Vernon et pour Marthe. Eux, ils avaient su. Ils étaient partis tranquilles.

L'éclaircie n'a pas duré. La pluie a repris. Elise est rentrée dans sa maison, elle a secoué la craie qui salissait ses cheveux, elle a fait sa toilette, elle a joué du piano, en s'imaginant encore que Cellier l'entendait, du fond des grottes. Devant elle, à la place de la partition, elle avait ouvert les deux cahiers roses. Elle y jetait un œil de temps en temps, sans les lire, et elle savait déjà qu'elle les ajouterait aux photos et aux lettres, dans le vieux carton vert ou le vieux carton gris, selon l'humeur, et qu'elle passerait des jours et des nuits à s'y user les yeux.

Elle a repris plusieurs fois son morceau, une pièce de débutant, joyeuse et sereine, extraite du recueil d'Anna-Magdalena Bach. Elle aimait son rythme enfantin, un peu mécanique. Elle aurait pu le jouer indéfiniment.

Elle n'a jamais su combien de temps elle est restée à frapper son clavier. Elle levait de temps en temps les yeux vers les lignes des cahiers roses, ou jetait un œil au parc, toujours noyé d'averses capricieuses. De ce dernier matin, elle ne s'est rien souvenu, sinon qu'elle était à la fin d'un morceau quand elle a entendu frapper à la porte. Elle s'est levée si violemment qu'elle a renversé le tabouret du piano.

Elle a couru ouvrir, sans même regarder qui était sur le seuil. Elle s'est trouvée face à Fatal. Il était si nerveux que la graisse de ses joues en tremblait.

— Il est parti ? a-t-il crié.

Elle n'a pas eu le temps de répondre.

— La serre, a-t-il repris. Ouvrez-moi la serre, vite.

Il était déjà redescendu du perron, il traversait l'allée de gravillons qui séparait le manoir de ses caves. Elle s'est précipitée. Contrairement à son habitude, elle ne s'est pas assurée qu'on ne l'espionnait pas.

Fatal n'a parlé que lorsqu'ils furent à l'abri. « Il n'est pas arrivé », a-t-il fini par lâcher de sa voix traînante. « Une heure que je l'attends. Au début, j'ai cru l'entendre, puis plus un bruit. Plus rien. Il lui est arrivé... »

Elise ne l'a pas laissé prononcer le mot *malheur*. Elle est allée s'effondrer sur le banc de pierre. Sans lui demander son avis, Fatal est retourné dans le manoir chercher une lampe. Elle l'a laissé partir seul à travers les galeries.

Quand il est revenu, une bonne demi-heure plus tard, il s'est à son tour effondré sur le banc, en face d'Elise. Il était trempé des pieds à la tête. Il n'avait pas pu aller très loin dans la chatière, elle était trop étroite pour lui, encombrée d'éboulis qui semblaient très récents. Elle n'osait pas le regarder, elle se frottait le nez à la dérobée sur les couvertures laissées par Cellier, comme un animal en quête d'une odeur. Fatal a fini par se lever, il a dit : « Il faut que je prévienne les autres. » Elise a remarqué alors que ce n'était pas seulement ses joues flasques qui frémissaient, mais tout son corps, comme un long sanglot muet.

Elle l'a suivi. Au moment de sortir de la serre, elle a eu une phrase brève à la manière de Marthe, une question qui n'en était pas une, l'affirmation tranquille des pires vérités :

— Ça s'est éboulé, non.

Fatal a haussé les épaules :

— Ça ou autre chose...

— Mon mari, dans son livre...

— Le docteur, on n'a jamais su s'il y était allé. Sur son dessin, la chatière est toute droite. Moi je peux vous dire qu'elle a au moins un coude. Allez savoir ce qu'il a trouvé, le pauvre M. Cellier...

Il soupira à plusieurs reprises. Il transpirait à grosses gouttes. Puis il a continué :

— On a pris trop de risques. Peut-être pour rien. Après tout, ils ne m'arrêtent pas, moi, les doryphores, quand je suis dans les bois... J'aurais pu...

— Mais vous savez faire l'imbécile, vous, Fatal. Lui... Lui il n'a jamais su. Il était... Trop pressé, vous comprenez, un Parisien, Fatal, un...

Elle se mit à bafouiller. Elle a respiré un grand coup, elle a refermé posément la porte de la serre. Fatal s'est éclipsé sur-le-champ. Il n'a même pas cherché à se changer.

On n'a jamais su ce qui s'était passé au fond de la chatière. On a dit que c'étaient les pluies, un ruisseau souterrain qui a brusquement enflé, ou encore un éboulement, sur le passage de Cellier, à un moment où il ne pouvait revenir en arrière. Une semaine plus tôt, en tout cas, à Montlivaut, une habitation troglodytique s'était écroulée sur son occupante, et trois jours après le drame de Mortelierre, le plafond d'une cave à vin, à la Pouprière, a brusquement cédé. C'était la pluie, disait-on, trop de pluie après trop de froid.

Début juin, des hommes de la Gestapo sont venus rendre visite à Elise. Ils ont fouillé le manoir, la serre et les grottes, sans succès. Au moment de partir, leur chef lui a confisqué ses papiers. Quand elle lui a demandé des nouvelles de son mari, il a eu un sourire fin, puis il est parti. Le lendemain, par le commissaire de police de Rouvray, Elise a appris la mort de Vernon.

On ne lui a pas rendu le corps. On lui a simplement remis un mot de lui, une semaine plus tard, où étaient écrites ces deux seules phrases : « *Adieu, mon Elise. Avec tout le temps que nous avons passé ensemble, je sais que c'est mon nom qui reviendra dans tes rêves.* »

Elise n'a jamais su quand il avait rédigé ce mot. En revanche, elle garda la certitude que Vernon l'avait sur lui au moment de son arrestation : il est écrit à l'encre, avec les pleins et les déliés que seul son stylo préféré lui permettait de tracer. Comme toujours, et de longue date, Alexandre Vernon avait tout prévu.

A la Libération, on a su par un autre résistant qu'il était mort quarante-huit heures après son arrestation. Il avait été torturé. Il n'avait pas parlé. Son cœur, bien avant, avait lâché.

Chapitre 72

Sur le moment, quand les hommes de la Gestapo lui ont pris ses papiers, Elise est restée de marbre. Elle ne redoutait plus rien pour elle-même. Curieusement, elle n'a jamais aussi bien dormi qu'en ce début d'été. Elle vivait avec le jour, se couchait avec les poules, pour une de ces courtes nuits de juin, lourdes d'odeurs d'herbes sèches, de fleurs trop tôt fanées. Il faisait beau. Elle passait son temps au jardin, courbée sur la terre. Quand elle se relevait, c'était pour s'allonger sur une chaise longue, à l'ombre d'un tilleul. Elle était toujours tournée vers les caves.

Elise n'a repensé à ses papiers qu'au moment où Lambert est revenu la voir, fin juin. Il ne lui a pas dit un mot de Vernon. Comme la fois précédente, il lui a parlé de la succession de Marthe. « Je vais vendre le Grand Chatigny. C'était bon du temps de ma femme. Mais maintenant... Je ne m'y suis jamais plu. »

— Où vas-tu t'installer ? a demandé Elise.

— A Vallondé. Puisqu'il n'y a pas de testament. On va s'arranger, tous les deux, non ?

Elise n'a rien répondu. Elle l'a reconduit à la porte. Quand il a voulu l'embrasser, elle l'a repoussé.

Il n'avait pas passé la grille qu'elle a appelé Léon Fatal. Par chance, il était au Grand Chatigny. Ainsi que toutes les fois où elle lui donnait rendez-vous au belvédère, elle lui a dit : « J'ai du vin à vendre, il faudrait que vous le goûtiez. » Pour une fois, Léon a paru hésiter. Elle a insisté : « Il pourrait bien se gâter, si on ne le tire pas tout de suite. » Il y a eu un nouveau silence au bout du fil, puis Fatal a soufflé : « On va voir ça. » Et il lui a donné rendez-vous pour la fin de l'après-midi.

Quand il est arrivé, elle a remarqué sur-le-champ son expression fatiguée. Il avait le regard durci de ceux qui n'ont plus rien à perdre. Elle n'a rien dit. Elle a fait comme sa mère, elle est passée aux actes. Il faisait beau, ils ne sont pas rentrés dans le sous-sol du belvédère, ils se sont assis entre les jeunes acacias, qui avaient beaucoup grandi depuis l'an passé. C'est Elise qui a commencé à parler :

— La Gestapo m'a pris mes papiers. Il faut pourtant que je récupère le testament de ma mère. Il est à Paris, dans son coffre, rue des Belles-Feuilles.

Fatal a pris un air absent. Elle a insisté :

— Ils m'ont à l'œil, vous comprenez. Je ne sais pas non plus ce que trafique mon frère. En tout cas, si je n'ai pas le testament, il aura Vallondé. Vous le connaissez, il va s'y installer, me mettre devant le fait accompli, si je résiste, il me fera du chantage, comme à ma mère...

Léon tourna la tête du côté du fleuve. Le soleil baissait, creusant davantage les ravines qui parcouraient ses joues flasques.

— Rendez-moi ce service, poursuivit Elise. Avec le réseau, je sais que vous avez tous les papiers que vous voulez. Personne ne ne se méfie de vous. Prenez l'argent, les titres, ça m'est égal. Mais rapportez-moi le testament.

— Je vais me faire repérer. La gare de Rouvray est surveillée. Celle de Blois aussi :

— Prenez ma voiture. Vous pouvez même la garder, si ça vous chante. Et tant que vous y êtes...

Elle venait de penser aux deux cartons, dans la cuisine :

— J'ai d'autres papiers chez moi. Il faudra également les mettre en lieu sûr.

Fatal secoua la tête :

— Ce n'est pas la guerre, tout ça. Ce sont vos histoires à vous. Vos affaires de famille.

— C'est une autre guerre.

— Pas la mienne.

Il transpirait. Malgré la chaleur, il portait la même tenue qu'en hiver, son éternelle veste de daim. Il a sorti un mouchoir de sa poche, il s'est essuyé le front, il a secoué autour de lui les pans de sa veste. Elise s'est alors aperçue qu'il s'était parfumé. Une fragrance un peu lourde, chyprée, complètement déplacée sur ce corps masculin, encore plus incongrue en pleine campagne, au milieu des foins, des acacias aux fleurs fanées. Elle lui rappelait un souvenir confus, l'avant-guerre à Paris, un présence subtile, raffinée. Elle enchaîna alors, sans même réfléchir :

— Et Tania, Fatal, vous avez pensé à Tania ? Dans le coffre, il y a des papiers qui lui appartiennent. Des preuves, vous comprenez ? Des preuves contre mon frère. Moi aussi, j'en ai ! Deux grands cartons de preuves... Il faut les mettre en lieu sûr. Vous me suivez, Léon, en lieu sûr, pour la suite, quand Tania va sortir. Alors j'ai pensé...

Elle parlait sans s'arrêter, elle en perdait le souffle. Fatal a détourné la tête, il s'est levé. Il s'est mis à gratter du pied une petite taupinière. Il y débusquait de minuscules vers de terre, les regardait se tordre entre les brins d'herbe. Imperturbable, Elise poursuivait :

— ... Vous allez réunir tous ces documents, les entreposer dans le coffre d'une banque que Cellier m'a indiquée. Tant qu'à aller à Paris, il faut me rapporter le testament. Il le faut, Fatal, vous comprenez, on ne peut pas faire autrement... Qu'on sorte enfin de toutes ces histoires. Ma mère avait pris ses précautions. Elle nous protégeait tous, vous comprenez ?

Il avait repéré une autre taupinière, un peu en contrebas. Il s'éloignait, il ne l'écoutait plus. Elise a alors tenté le tout pour le tout. Elle a couru derrière lui le long de la pente, puis elle a repris, à petites phrases hachées :

— Ma mère aimait tellement Tania, vous savez. Elle avait tout compris, pour mon frère et pour elle. Elle nous protégeait tous. Elle avait pris ses précautions. Elle en savait, des choses... Elle n'est pas partie comme ça, croyez-moi. Pour Tania...

Fatal écrasa soudain la taupinière :

— Arrêtez, madame Elise. Ça sert à quoi, de remonter le temps ? Le mal est fait, il n'y a pas de remède.

— Vous pourriez m'aider... Vous avez peur, voilà !

— Oui, j'ai peur, madame Elise. Je n'ai même pas honte. Ceux qui rentrent dans votre histoire, ils n'en sortent jamais. Comme l'autre, là, en dessous...

Il frappa à nouveau la terre du pied, puis il désigna l'entrée de la chatière, derrière les branches d'acacias.

— ... Votre frère commence à se méfier de moi.

Elise s'est levée. Elle a eu alors un geste dont elle ne se serait pas crue capable six mois plus tôt : elle a saisi Fatal par les pans de sa veste, et elle a lâché d'un seul trait :

— Ecoutez, Fatal, vous avez peur, je ne vous en veux pas, parce que justement je vous offre l'occasion de partir, d'aller refaire une vie ailleurs, une bonne vie tranquille, à l'aise pour le restant de vos jours. Gardez tout, la voiture, les titres, l'argent, s'il y en a, je ne me souviens plus, les bijoux, gardez tout. Mais rapportez-moi le testament.

Fatal l'a repoussée. Il s'est encore essuyé le front de son mouchoir, et pourtant il ne transpirait plus. Il est parti sans un mot, de son pas de chat, en sautillant parfois entre les acacias. Mais à la fin de la nuit suivante, il est venu frapper à la porte de Mortelierre.

— Je vous attendais, a dit Elise en lui ouvrant.

Elle mentait. Elle était décoiffée, en robe de chambre, elle avait l'œil battu. Une fois de plus, elle avait passé la nuit à reclasser les deux cartons. Mais elle souriait; et Fatal fut sans doute ému de sa joie limpide, car pour une fois, il lui rendit son sourire.

Il n'avait pas de bagage, il portait la même tenue, son pantalon de velours côtelé, sa veste de daim usée, et il sentait toujours le chypre de Tania. Avec une sorte de joie puérile, Elise l'a emmené dans sa chambre, elle a ouvert le placard à chapeaux où elle cachait les deux cartons, le vert et le gris, posés l'un contre l'autre, avec leurs piles de dossiers sans étiquette.

Fatal sourit à nouveau. Elle lui proposa un verre d'alcool, qu'il refusa. Ils attendirent le matin avant de sortir la voiture. Fatal s'endormit dans un fauteuil, il ronflait très fort. Elise s'enferma dans sa chambre et classa une dernière fois ses dossiers. Elle ne s'arrêta que lorsque Fatal vint la chercher.

Comme il sortait la voiture du garage, elle revint soudain sur ses pas et lui cria d'attendre. Il s'exécuta. Elle rentra dans le manoir, revint quelques minutes plus tard, rouvrit le coffre de la voiture, et, dans une sorte d'élan irraisonné, comme un geste de sacrifice, elle jeta pêle-mêle sur la pile de dossiers les recettes de cuisine de sa mère et les cahiers de Cellier, qu'elle n'avait pas encore eu la force de lire.

Au moment du départ, elle a couru après la voiture. On aurait dit qu'elle regrettait d'envoyer Léon à Paris. Elle l'a rattrapé à la grille, elle s'est agrippée à la vitre, qui était baissée, et elle a soufflé :

— Revenez vite. Ne lisez rien, ne perdez pas de temps.

Dans un buisson voisin, des bourdons se sont mis à grésiller. La chaleur commençait à monter, une bonne grosse chaleur à faire blondir les blés. Léon a souri, du même sourire détaché qu'il avait depuis la veille. Elise n'arrivait pas à desserrer ses doigts de la vitre. Elle attendait de lui un mot, un de ses proverbes orientaux, une simple phrase qui rassure, qui éclaire sa détresse.

Ce mot, Fatal ne l'a pas eu. Il n'avait peut-être plus de dictons en réserve. A moins qu'il n'ait déjà tout dit.

D'après Nine, c'est quand elle n'a pas vu revenir Léon qu'Elise n'a plus été la même. Du jour au lendemain, elle est redevenue comme avant, sauvage, farouchement silencieuse. Elle n'a jamais plus adressé la parole qu'à une seule personne. A elle, Nine, qui avait tranquillement suivi d'un bout à l'autre l'histoire des Monsacré, sans qu'aucun de ses acteurs ne se préoccupe d'elle, comme si son éternel tricot, la grisaille de sa mise l'avaient confondue avec le décor. Alors qu'elle voyait tout, Nine; et le reste, elle le devinait.

Chapitre 73

Marthe avait été une jardinière, une bâtisseuse, Nine avait passé sa vie à tricoter. Elle avait appris le monde derrière le compas de ses aiguilles, avec leur cliquetis grêle qui rythmait ses journées. Elle avait vécu comme elle avait déroulé le fil de ses pelotes, résignée et tranquille, en soupirant, en n'en pensant pas moins. C'est vers elle, la grise tricoteuse, que sont venus confluer les secrets Monsacré, méandreuse rivière engluée dans le temps lent de la province, charriant autant de questions que de vérités mises au jour.

Il n'était jamais arrivé grand-chose à Nine : un mari mort trop tôt, deux enfants partis à Paris, pris dans l'engrenage de la ville, des dettes, de l'ambition. Il ne lui était jamais arrivé que Marthe. Ce qui les avait unies, plus encore que le couvent et leurs cachotteries d'enfants, c'était leur amour du pays. Toutes les deux, elles étaient *de là.* Jamais Nine ne contesta que Marthe fût *de là.* : voilà pourquoi elle devint son amie, la seule. Jamais le doute ne l'a saisie, pas même effleurée; et quand Nine évoquait la naissance de Marthe, l'épisode de l'étrangère venue accoucher à Rouvray par un jour de grand vent, Hortense Ruiz y apparaissait comme une divinité tombée du ciel, qui ne s'était arrêtée à Rouvray que pour lui apporter la grandiose figure qui lui manquait encore pour être vraiment Rouvray : Marthe la faiseuse d'argent, qui d'un œil posé sur la terre allait faire surgir les moissons, les vendanges, rendre tous les hommes utiles, donner aux pierres le prix de l'or.

La mort de Marthe l'avait anéantie. Pendant plus de deux mois, Nine en oublia de tricoter. Elle se traînait dans Vallondé, cirant inlassablement les meubles préférés de Marthe, son bureau, sa chambre de merisier. Elle avait bouclé ses valises, mais ne savait pas où aller. Elle n'osait pas imposer sa présence à ses enfants à un moment où Paris vivait dans une demi-famine. Elle n'avait pas non plus la force d'affronter la solitude de la maison qu'elle avait héritée de son mari, dans la campagne de Vendôme. Cependant, au matin du 12 juillet 1943, quand elle vit arriver à la grille la procession des charrettes chargées du mobilier de Lambert, elle comprit qu'il était temps de partir. Elle quitta Vallondé dans la matinée. Le soir même, Lambert prit possession des lieux, donna leur congé à Chailloux et Suzanne. Le lendemain, Elise les engageait.

Le jour de son départ, quand Nine se fit conduire à Mortelierre, elle projetait seulement de prendre des nouvelles d'Elise, de la saluer avant de quitter le pays. Il faisait beau, elles s'attardèrent au jardin. Elise parla de Tania et de Marthe, de Fatal, de Vernon, de Cellier, de Lambert, un récit embrouillé, interrompu de questions, de soupirs, de retours en arrière, de conjectures à n'en plus finir. Nine l'écoutait avec avidité. Elle en oublia l'heure du train. Elise lui proposa de passer la nuit à Mortelierre. Nine accepta. La nuit suivante, elle était encore là, à écouter les confidences d'Elise. Et le soir qui a suivi, et une autre nuit, puis encore une autre. Elle avait repris son tricot. Elle ne l'a plus lâché.

Elle est restée vingt-neuf ans à Mortelierre, jusqu'à la maladie qui l'emporta au début du printemps 1972, à quatre-vingt-quatorze ans. Elle ne bougeait guère, mais se portait très bien. Son esprit d'observation, sa prodigieuse mémoire la tenaient en éveil, comme en état de perpétuelle alerte, derrière son immuable tricot. De temps à autre, elle se rendait à Paris, chez ses enfants, qu'elle fatiguait de ses souvenirs de Marthe.

Ils la soupçonnèrent très vite d'en inventer une partie. Mais leurs propres enfants s'en amusaient, posaient question sur question, réclamaient des détails. Ils écoutaient l'histoire de Marthe comme un récit mythique, elle leur paraissait tout droit sortie des Ecritures, du temps âpre et inconfortable qui précédait la guerre. Marthe était devenue une femme de légende, entourée de comparses tout aussi irréels, la figure majeure d'un passé rural qui venait de sombrer, l'aïeule fondatrice d'une famille lointaine, à jamais dispersée.

Nine était une conteuse accomplie. Elle se souvenait de tout, restituait comme à plaisir les expressions du cru, « la vie d'avant », comme elle disait, à la manière de Marthe — à croire, parfois, qu'elle se prenait pour elle. Elle chantonnait souvent des chansons qui dataient du temps de la belle Julia, *Hé, mamzelle, enlevez donc votre chapeau, que je voye le cinémato,* ou *La belle Suzon et sa tournure en crin,* singeait les manières des différents protagonistes, distillait savamment les détails, promettait des révélations pour sa prochaine visite. Mais souvent aussi elle s'interrompait dans son récit, elle disait : « Je vous le dirai une autre fois, il y a des choses que vous saurez bien assez tôt. » Elle ne souriait plus, elle se mordait les lèvres. Elle s'en voulait, c'était évident, de trahir celle qui continuait de l'héberger dans son manoir de Mortelierre, et blanchissait, vieillissait auprès d'elle, silencieuse et farouche, sauf au long de ces nuits interminables qui revenaient cinq ou six fois l'an, pendant lesquelles Elise dévidait interminablement le fil de son passé.

Elise s'était inclinée devant tous les coups du destin, la disparition de sa mère, de Vernon, de Cellier. Elle avait même pris son parti de cette douleur plus secrète que les autres, n'avoir pas porté d'enfant. Il y eut une seule chose qu'elle n'admit jamais : la disparition de Léon Fatal. Pendant les trente années qu'elle hébergea Nine, elle reprit des dizaines de fois le récit de sa vie. Elle commençait toujours par la fin, le jour où elle avait compris que Léon ne reviendrait pas.

Elle revivait l'épisode comme s'il datait de la veille. Elle revoyait tout, le visage des hommes du réseau de Vernon, quand elle était allée les voir, au mépris du danger, pour les supplier de lui donner de faux-papiers. Elle se rappelait leur métier, leur adresse, elle aurait pu décrire leur atelier, leur cour de ferme. Elle se souvenait même du nom de la couturière qui lui avait prêté sa bicyclette jusqu'à la gare de Blois. Elle donnait toujours le même récit de la fin de l'histoire, une version identique au mot près. C'était une mémoire mécanique, méthodique, comme si, sur le moment, elle avait voulu enregistrer la plus infime seconde de ces heures dramatiques, leurs bribes les plus insignifiantes, certaine, dès ce jour, que la clef de l'énigme était dans le détail.

Arrivée à Paris, elle était allée droit rue des Belles-Feuilles. Devant l'immeuble où avait habité sa mère, elle eut un mouvement d'espoir : la voiture était garée en face de la porte d'entrée. Mais elle a aussitôt déchanté : l'appartement de Marthe était vide. Et le coffre aussi, quand elle l'a ouvert.

Malgré son désarroi, elle nota quelques points troublants : alors qu'elle avait remis les clefs à Fatal, l'appartement n'était pas verrouillé, et la porte de l'escalier de service, à droite de la cuisine, était restée entrebâillée. Du reste, elle en retrouva les clefs en évidence sur le réfrigérateur, à côté de celles de la Hotchkiss. Le carton vert à la marque de l'*Elixir de l'abbé Manduchon* était retourné sur le carrelage, à côté d'un tabouret lui-même renversé, et de quelques photos éparses, avec deux factures, et une vieille carte postale, qu'elle a précieusement ramassées. L'appartement semblait avoir été fouillé, mais aucun objet de valeur n'avait disparu.

Depuis plus d'un an, il n'y avait plus de concierge rue des Belles-Feuilles. Elise a gardé son sang-froid, elle a retourné l'appartement de fond en comble. Elle n'a rien trouvé, ni testament, ni lettre, ni les livres où Marthe avait tenu la comptabilité de Cellier, ni surtout les documents qu'elle avait confiés à Fatal. Elle est rentrée à Rouvray au volant de la Hotchkiss. Elle est arrivée à Mortelierre sans être inquiétée.

Du jour de son retour, elle est redevenue la femme qu'elle avait été avant guerre, celle qui retournait sur les consoles les portraits de famille, celle qui avait peur des grottes. Elle ne sortait de Mortelierre que pour visiter ses malades. Elle apaisait sa douleur sur la douleur des autres, elle soignait ses malades en silence, comme si ses mains seules, ses mains inlassablement imposées sur la souffrance du monde pouvaient parler à ses semblables. Le soir, à bout de fatigue, elle s'endormait pour quelques heures. Elle se réveillait bientôt, se levait, errait dans les corridors glacés de Mortelierre, avant de se réfugier dans le bureau de Vernon, où elle allumait sa vieille radio, fixait la nuit derrière la fenêtre dont elle ne rabattait plus les volets, indifférente à toutes les nouvelles, aux nouveaux bombardements de Tours, aux ponts qui sautaient, aux massacres dans la campagne, à la débâcle allemande, et même à l'allégresse de la Libération, à la longue patience des hommes pour redonner au monde sa tranquille mesure, faite de bonheurs fugaces et de tristesses sans histoire, cet état fragile qui se nomme la paix.

Dépossédée des images de son passé, Elise était entrée dans une sorte d'amnésie. Ce fut cela, le vrai deuil d'Elise, elle ne pleura pas la perte de sa famille, mais celle des objets qui la racontaient. Elle avait oublié depuis longtemps l'inventaire exact du fatras qu'elle avait accumulé dans le coffre et les cartons, elle ne songeait même plus au testament. Ce qui lui manquait, ce n'étaient pas les choses, ni même les preuves à charge dont elles étaient porteuses. C'était leur paipitation secrète, comme le pouls du passé, leur existence gelée à l'intérieur du temps : sous leur écorce matérielle, la vie obscure des objets.

De loin en loin, quand la peine de les avoir perdus atteignait l'intolérable, elle allait réveiller Nine, qui dormait dans la chambre de Vernon. Elle l'emmenait dans son bureau. Là, sous le cercle étroit de la lampe d'opaline, à l'endroit précis où son mari, naguère, écoutait la radio anglaise, la nuit entière, elle lui parlait.

Combien y en eut-il, de ces nuits qui commençaient toujours par la même histoire, celle de la disparition de Fatal ? Nine ne les a pas comptées. Elle était à l'affût d'un mot, d'une anecdote qui expliquerait tout, et ces nuits ne lui pesèrent jamais, nuits d'été légères où s'évaporaient les parfums montés de la vallée, glaciales nuits d'hiver, épaissies des brouillards où se figeait la lune, à l'horizon des bois. Nuits de souvenir à la lisière du songe, de navigation sans fin sur l'océan de la mémoire, à louvoyer entre vrai et faux, à se heurter toujours aux écueils des questions. Nine écoutait Elise sans jamais se fatiguer, elle l'observait des heures entières derrière l'entrelacs habile de sa laine sur ses aiguilles; et elle imaginait déjà comment elle allait crocheter cette autre broderie, l'histoire de Marthe, indéfiniment reprise devant les siens, à chacun de ses séjours à Paris.

Car chaque fois qu'Elise se taisait, à bout de salive, à bout de mémoire, Nine se disait toujours : c'est pour que je le répète, tout ce qu'elle me raconte, elle sait bien que je vais le dire... Des semaines durant, Elise ne parlait plus, elle paraissait sereine, elle avait le regard apaisé de ceux qui ont laissé une trace. Et un beau soir, sans raison apparente, elle venait à nouveau réveiller Nine, s'asseyait au bord de son lit, lui servait une tisane, l'emmenait dans le bureau de Vernon, et reprenait tout au début.

Peut-être, encore une fois, était-ce un effet de la vie souterraine des objets, de la force du passé concentrée sous leur matière. Il devait suffire de peu pour qu'Elise reprenne à l'envers le cours de sa vie : un vase hérité de Marthe, qui lui rappelait les bouquets d'iris qu'elle y dressait les soirs de mai, une simple rayure sur le bureau de Vernon, qui la ramenait au temps où il y rédigeait ses ordonnances, où elle ne voulait pas de lui. Il n'y a pas que la vie qui fasse vieillir, les souvenirs s'y entendent encore mieux, quand la mémoire est impuissante à leur trouver un sens. Les cheveux blanchis d'Elise, les rides qui se creusaient, autour de ses yeux, de sa bouche, de son cou, dessinaient sur son visage le hiéroglyphe de son destin : il lui était indéchiffrable, encore plus qu'à Nine. Elle ne se résignait pas à mourir sans en avoir la clef.

En dehors du décès de Suzanne, en 1954, des suites d'une indigestion, il y a eu une seule mort, pendant tout ce temps : celle de Lambert, en 1948, qu'Elise ne pleura pas. Boris lui organisa de magnifiques funérailles. Il fut unanimement regretté, comme un homme mort trop tôt, qui aurait pu faire beaucoup pour le pays. Il n'avait certes pas la stature d'un héros; mais dès la fin 1943, au moment où tous les réseaux de résistants tourangeaux avaient été décapités, il avait aidé très efficacement les maquis. Boris lui-même s'y était engagé. Le jour de la libération de Tours, le père et le fils entrèrent côte à côte dans la ville en liesse. Une photo parue en première page d'un journal de l'époque les montre au troisième rang, sur les marches de la mairie libérée, derrière les plus grands notables de la région.

La guerre avait permis à Lambert, comme à tant d'autres, de se fabriquer un destin bien droit, où les affaires privées paraissaient négligeables. *Charbonnier est maître chez soi,* disait-on chaque fois qu'un imprudent se risquait à évoquer le nom des sœurs Bronski, ou s'étonnait de la disparition étrange du petit Lucien. Puisqu'il s'était trouvé du bon côté à point nommé — même si on soupçonnait qu'il fallait y voir de l'habileté plus que de la conviction — la vie de Lambert paraissait désormais limpide. Du reste, il était un bon héritier. La succession de sa mère s'était passée sans le moindre heurt : il avait obtenu de garder Vallondé et les terrains de Tours, où il s'empressa de reconstruire des immeubles dès les lendemains de la Libération. Elise avait eu les restes de la fortune terrienne constituée par Marthe depuis plus de quarante ans, ainsi que l'appartement de la rue des Belles-Feuilles. Elle n'avait pas bronché. Elle en avait confié la gérance à Chicheray, jusqu'au jour où le notaire s'éteignit à son tour, dix ans après Lambert, curieusement victime du même mal que lui, un cancer de l'intestin.

Boris resta donc seul à perpétuer le sang des Monsacré. Il s'en fit un devoir : chirurgien notoire, il se maria à la fille de son patron, et lui fit six enfants. En plus de son obésité, il leur imposa les idées qu'il avait sur tout, l'argent, la médecine, la propriété, le raisonnable et le déraisonnable. Il réussit brillamment dans le domaine où son père avait en partie échoué : la tyrannie domestique. Ainsi Boris se trouva protégé de ce qu'il redoutait le plus : les histoires de famille. Il avait changé son prénom, qui accusait trop nettement à son goût le caractère hybride de sa naissance. Sa plaque, ses cartes étaient gravées au nom d'Alexandre. On ne savait pas où il était allé chercher cette idée. On pensait généralement à une référence émue au souvenir du bon docteur Vernon, dont une rue de Rouvray portait le nom, pour perpétuer la mémoire de ses faits de résistance. Le plus souvent, on lui donnait respectueusement du *professeur Monsacré.* Il n'en demandait pas plus — sinon, qu'au grand jamais, on on ne lui parle de sa famille. Parmi les noms de ses parents, il redoutait au plus haut point celui d'Elise. Elle n'a pourtant revu Boris qu'une seule fois, après guerre, aux obsèques de Lambert. Elle apprit son mariage par hasard, et n'y fut pas invitée. Elle ne rencontra jamais ses six petits-neveux.

Pour être juste, il faut dire que c'était le cadet de ses soucis. Le présent, comme l'avenir, la laissaient indifférente. En dehors de ses malades, elle ne s'intéressait à personne. Son existence ressemblait à celle des cités antiques touchées un jour par une catastrophe : vivante sans l'être, figée à l'instant du malheur. Nine l'a dit maintes fois, Elise n'a jamais cessé d'attendre des nouvelles de Léon Fatal. Elle n'a pas pu se résoudre à l'idée qu'il l'avait trahie, elle tressaillait chaque fois que le facteur poussait la grille, elle attendait une lettre, elle rêvait parfois tout haut d'une enveloppe affranchie d'un timbre exotique, aux couleurs de l'Orient, bleu et doré, comme elle imaginait le ciel et les mosquées de Syrie.

La lettre ne vint jamais. Mais à sa place, un an avant la mort de Nine, un autre nom vint déranger sa solitude, dont les syllabes lui ôtèrent jusqu'au goût du sommeil : celui de cet enfant radieux, au corps si léger, Lucien, Lucien Dolhman.

Elle eut de ses nouvelles par Nine, qui avait découvert un article sur lui dans un magazine féminin, au verso d'un patron de tricot. On y parlait de Lucien comme d'un virtuose international du violon. D'après l'article, il était célèbre depuis son adolescence, il vivait aux Etats-Unis. Il avait fallu plus de quinze ans pour que sa renommée atteigne Mortelierre.

Le texte était assorti d'une photo. C'était un bel homme brun, d'une trentaine d'années. Le doute était impossible : il avait exactement le même regard que Marthe.

Une semaine durant, Nine a entendu Elise descendre chaque nuit dans le bureau de Vernon, relire indéfiniment l'article où elle avait découvert le nom de Lucien, et fixer sa photo. Pour la première fois depuis qu'elle était à Mortelierre, Nine se mit à redouter les confidences qui n'allaient pas manquer de suivre. Car du jour où elle entendit à nouveau le nom de Lucien, Elise voulut à toutes fins retourner à l'hôpital, visiter à nouveau des malades. Elle était à la retraite depuis une dizaine d'années. On eut le plus grand mal à la convaincre qu'elle ne pouvait plus reprendre son travail.

Elle rentra à Mortelierre. Quelques jours durant, elle tenta de s'occuper du parc, « soigner le jardin », comme elle disait. Un soir, à bout de nerfs, elle s'est effondrée au pied du fauteuil de Nine. Et, comme celle-ci le redoutait, elle commença à parler.

« Ce qu'elle m'a dit, j'aurais préféré ne jamais l'entendre », a confié Nine à la petite-fille chez qui elle séjourna, dans les derniers jours de sa vie. « C'était affreux, à ne pas croire... »

Néanmoins, Nine l'a raconté; et du reste, on ne l'a pas crue.

Chapitre 74

Nine était lasse, elle ne tricotait plus. Sa voix même avait perdu son charme et sa malice, elle avait pris une intonation grêle, comme hésitante. C'était l'effroi des mots, du mal qu'ils peuvent faire. La peur de ce qui peut changer une vie, à être révélé trop tôt, à être un peu mal dit. Le désir en même temps, que le secret s'évente.

Dans la bouche de Nine, l'histoire de Marthe avait cessé d'être un conte. Elle s'arrêtait constamment dans son récit. C'était toujours la même phrase plaintive : « Ils ne sont pas tous morts, c'est mal, ce que je fais... Si Elise m'entendait... » Sa tête retombait sur son oreiller, elle semblait s'assoupir. C'est pourquoi ses enfants ont cru à une rêverie de vieillard, quand elle a trahi la dernière confidence d'Elise, la scène qui, d'après elle, expliquait tout dans le destin des Monsacré.

Ils ont pensé à un fantasme, à une hallucination de malade. A une invention qu'Elise et Nine s'étaient forgée à deux, au cours d'une de leurs nuits fiévreuses de Mortelierre. Quand les petits-enfants de Nine l'ont raconté à leur tour à Lucien Dolhman, l'épisode lui a laissé la même impression : celle d'une image, plus que d'une histoire. Une scène tremblée, où tous les personnages ont des mouvements fébriles, hagards, comme sur les photos surexposées que prenait Damien, au temps du Moulin de la Jalousie.

C'est un épisode fugace et un peu imbécile, comme tous les fragments d'enfance trop longtemps enfouis. La lumière est aveuglante, à force d'être blanche. Méchante, a-t-on envie d'écrire.

Quelque chose de bref va se passer sous cet éclairage dur. Quelque chose de rapide et d'irréparable. Il fait chaud, c'est la lumière sèche du désir. De l'envie, plutôt, de l'envie qui ne se retient plus, un jour d'été sur les bords de la Luisse, du temps du Moulin de la Jalousie, du temps où Vallondé était encore en ruine, il y a presque un siècle, autant dire une éternité. Le temps de la jeunesse de Marthe, de son mariage avec Hugo. Le temps du Grand Monsacré.

Hugo et Marthe sont absents, Thérèse aussi, et le Grand Monsacré. Ils sont sans doute à surveiller les moulins, à arpenter les champs. A surveiller les vignes, les blés, les ouvriers, les métayers. Ou à s'épier les uns les autres, à se guetter. A calculer, à compter. A se haïr. Ils ne peuvent pas être occupés à autre chose, ils ne font que ça, ou travailler. Ils ne s'arrêtent que lorsqu'ils dorment; et encore, ce n'est même pas sûr.

Elise a dix ans. Elle ne sait pas encore ce qu'est la haine, elle la pressent seulement, et déjà elle la fuit. C'est une décision, une résolution farouche. Il y a de la violence en elle, mais qui la porte toujours vers la douceur. C'est contradictoire, difficile à expliquer. C'est peut-être ce que certains appellent la force de l'amour.

Peu importe. Elise sait déjà qu'elle n'est pas comme les autres, qu'il y a toujours comme un reproche qui se déplace avec sa personne, un grief qu'elle associe très vaguement à celui qui, où qu'elle aille, poursuit aussi sa mère. Voilà ce qui l'unit à Marthe, dans l'affection silencieuse qu'elle lui voue. Voilà aussi ce qui l'attache à Damien, qui ne cesse de la photographier, qui lui dit sans cesse qu'elle est belle. Voilà enfin qui fait d'Elise la presque jumelle de Lambert. Ils ne se ressemblent pas, mais ils ont en secret la langue commune des enfants qui s'aiment, avec cette inflexion propre au petit Lambert, l'ardeur, déjà, dans l'amour qu'il a pour Elise, la brûlure de la passion.

Lambert dort, cet après-midi, il fait si chaud. Il s'est endormi près de la maison, à l'ombre d'un cerisier. Elise s'ennuie. Elle descend au jardin, vers les caves, puis remonte vers le vieux manoir. Elle erre un moment à la lisière des ronces qui s'élèvent autour des murs abandonnés, avec un mélange de délectation et de crainte : Marthe prétend qu'elles sont infestées de vipères, les aspics rouges dont la piqûre est mortelle. La végétation est devenue trop épaisse pour qu'Elise puisse apercevoir les meneaux des fenêtres, les salamandres sculptées à même le tuffeau. A bout d'ennui, elle redescend vers les caves.

Au pied de la dernière grotte, celle qui fait office de resserre pour les outils de jardinage, la Luisse décrit un de ses ultimes méandres, à l'ombre d'un bosquet de noisetiers. Elise aime cet endroit, parce qu'il est frais, et que Marthe lui a permis de « jouer avec l'eau », comme elle dit, à cet endroit où la rivière devient si paresseuse. Personne, en dehors de Lambert, ne vient jamais la déranger.

Elle a été surprise, Elise, cet après-midi là, quand elle y a trouvé Damien. Il est assis sur un grand pliant, dont la toile s'enfonce sous son poids. Il sourit. Son appareil est posé sur ses gros genoux. On dirait qu'il l'attend. Comme d'habitude, il parle de la photographier. Elise prend aussitôt la pose, elle rejette en arrière sa chevelure blonde. Elle se sent belle, heureuse. Presque femme, déjà, dans la posture, dans les formes. Elle est en contre-jour. Damien regarde à travers l'objectif. La robe d'Elise est légère, transparente. Elle attend ses ordres habituels : « Recule-toi, Elise, non, de l'autre côté, attention à l'ombre de l'arbre, un peu en avant, non, pas là, tu as le soleil sur la joue... »

Il n'a rien dit, ce jour-là, Damien. Il a reposé l'appareil dans l'herbe, lui qui d'habitude était si soigneux. Il avait les mains moites. Lui qui ne marchait plus guère, qui se traînait, le gros, le monstrueux Damien, il s'est jeté sur elle, il l'a entraînée dans la cave. Elle n'a même pas pleuré, pas crié, tout s'est passé si vite. Elle ne s'est mise à trembler que lorsqu'elle s'est retrouvée en face de Lambert. Elle a pensé qu'il avait tout vu. Elle s'est aperçue aussi qu'elle était presque nue, et que Damien était parti.

Il y a toujours eu ce secret entre Lambert et elle. Comme entre des amoureux. Lambert ne l'a trahi qu'au moment des lettres anonymes. L'idée du mariage de sa sœur lui était insupportable. La nuit qui précéda la mort de Damien, il a tout raconté à Marthe, à l'issue d'une violente dispute.

D'après Nine, Elise ne chargea personne, à la fin de sa confession, ni Damien, ni sa mère, ni même son frère. Du reste, elle n'accusa jamais personne, même pas Léon Fatal, quand il ne revint pas. Elle ne s'en remettait non plus à une justice immanente. Elle se comportait en victime qui avait perdu son acte d'accusation.

On a du mal à le prendre en compte, ce secret-là. On aimerait qu'il explique tout, s'il n'expliquait tout trop bien. C'est peut-être l'effet d'une imagination souffrante au fond d'une maison solitaire, la vieillesse qui projette indéfiniment ses plus anciens désirs, la réminiscence déformée du geste d'un amant, Cellier, von Platten, une rêverie hasardeuse sur une confidence de Vernon, ou le fruit d'une interminable songerie sur les photographies perdues, qui continuaient de projeter leur lumière incertaine sur la mémoire d'Elise, de plus en plus tourmentée à mesure que passaient les années.

Ou encore une idée de Nine elle-même, une de ces images qui viennent errer la lisière du sommeil ou de sa sœur la mort, un fantasme surgi du plus profond de son passé. Dans l'histoire des familles, comme dans celle des espèces animales, il y a toujours des croisements, des mélanges de souvenirs aussi bien que de gènes, bien malin qui les démêle. Il faut se résoudre, sans doute, dans l'histoire de Marthe, à des obscurités, à des mystères définitifs.

Ce fut en tout cas la dernière fois que Nine raconta la vie de Marthe. Elle est morte une semaine plus tard. On peut donner deux versions à cette rapide disparition. Le secret l'avait tuée, elle aussi. Ou plus prosaïquement, on jugera qu'elle quitta la vie en paix, délivrée de son fardeau d'histoires : pour solde de tout compte — ou, si l'on préfère, de tout conte...

Peu après le décès de Nine, Elise a perdu la raison. C'est du moins ce qu'on a dit. Il semble surtout qu'elle ait passé ses journées, un peu comme Tania autrefois, à rédiger sur un gros cahier à spirale l'histoire de sa vie. Elle n'a guère eu le temps de dépasser le temps de sa petite enfance, au Moulin de la Jalousie : dès que la rumeur, toujours aussi véloce, lui en est revenue aux oreilles, Boris s'est senti animé pour sa tante d'une sollicitude soudaine. Il lui a rendu de nombreuses visites, l'a fait examiner par plusieurs médecins de ses amis. Il est parvenu sans trop de mal à lui faire quitter Mortelierre pour un asile psychiatrique choisi par ses soins : c'était le moins cher qu'il ait pu trouver. Il a réussi sans plus de difficultés à obtenir son incapacité juridique et à se faire nommer administrateur de ses biens. Enfin, dans la grande tradition Monsacré, il n'a pas attendu sa mort, le 20 mai 1986, pour vider la maison d'Elise de ses meubles et de ses souvenirs, au vu et au su de tous, avant d'y installer une de ses filles. Devant ses six enfants, il prononça un jour ce jugement solennel et définitif, qui, à ses yeux, le justifiait de tout : « *Elise est folle, elle écrit.* » Il était médecin, tout le monde le crut.

Néanmoins, Elise avait rédigé son testament depuis plus de dix ans, il était en lieu sûr, chez un notaire vendômois ami de Nine, et parfaitement inattaquable. Au grand scandale de la nouvelle génération Monsacré, elle faisait de Lucien Dolhman son légataire universel. La célébrité de l'étranger interdisait toute manœuvre. Dolhman était d'autant plus inquiétant que la cinquantaine venue, il se cherchait des racines. Recru d'honneurs et de succès, il était atteint d'un mal classique, qu'on appelle souvent nostalgie.

TABLE DES MATIÈRES

Aubin Imprimeur
LIGUGÉ, POITIERS

IMPRESSION - FINITION

Achevé d'imprimer en avril 1994
N° d'édition 94 / N° d'impression L 45212
Dépôt légal avril 1994

Imprimé en France